· 勃朗特三姐妹文集 ·

Charlotte Brontë

谢利
Shirley

〔英〕夏洛蒂·勃朗特 著

曹庸 译

上海译文出版社

目次

译本序

夏洛蒂·勃朗特（1816—1855）是我国读者比较熟悉的一位英国女作家，我们不仅读到了，也在银幕上看到了她的名著《简·爱》。

《谢利》是继《简·爱》出版两年后问世的另一部长篇小说。夏洛蒂·勃朗特在《简·爱》出版后不久，即着手写《谢利》，于1849年9月10日写毕交出版社，同年10月26日出版。

夏洛蒂·勃朗特的父亲据说年轻时曾做过铁匠和织工[①]。他在1806年取得了学位，受了圣职，1809年到英国北部约克郡哈沃斯任副牧师，就此在那里定居下来。作家的父母都有一定的文学才能，使得这个贫寒的家庭充满文学气氛，而且对作家三姊妹以后的文学成就有了很大的影响。

哈沃斯在约克郡的西区（西里亭），这是个穷困的农村，但是，境内河流纵横，到处都是羊群，拥有纺织业所必需的羊毛和水，成为英国纺织业的发源地。十八世纪末，纺织业逐渐采用水力纺织机，纺织厂大多迁至靠近河谷的地方。1812年，由于各纺织厂普遍采用水力纺织机，织工害怕失业，纷纷自发地起来捣毁机器、厂房，袭击厂主住宅。汹涌澎湃的卢德运动在这个时期达到了高潮。

夏洛蒂·勃朗特出生时，正是拿破仑彻底垮台后不久，英国工商业获得复苏，纺织业更其普遍采用新机器，加速生产，扩大市场的时期，西区不断涌现出了富有的纺织业主，与此同时，由于这些新兴资产阶级要教育自己的子女，社会上需要成批的家庭教师。这种新兴的、受歧视的职业，夏洛蒂·勃朗特有过亲身的痛苦经历，因此，这种家庭教师的生活都先后出现于《简·爱》和《谢利》中。

作家通过自己的亲身经历，结合本书出版前三十七年的一些真实情况，以严谨的现实主义手法，再现了约克郡的风光、习俗、人物，再现了当时的重大社会历史事件。《谢利》洋溢着英国北方的浓郁的地方气息，真切动人，为作者继《简·爱》之后，进一步奠定了自己的声誉。

《谢利》的故事发生于1812年，作者一开始有点夸张地写道："读者，如果你以为这个开场白是要为你写爱情小说什么的，那你就大错特错了。你指望出现多愁善感，诗情画意和虚幻缥缈的东西吗？你希望看到热情、刺激和通俗闹剧吗？请你安下心来，别存这些希望，把希望的标准定得低些。你要看到的是种真实的、实在的、实际的事情；是种像礼拜一早晨那样毫无浪漫气息的事情，礼拜一早晨，凡是有工作的人，一觉醒来，便知道他们必须起床，到工作的地方去。"

事实当然不完全是这样，因为《谢利》在严峻、真切、具体地记载了重大历史事件的同时，也写了比较曲折的爱情故事。

十九世纪初，资本主义制度已在英国巩固下来了，随之而来的是，工人阶级日益贫困，群众运动风起云涌，1811年至1812年，约克郡和诺丁汉等地都连续发生捣毁机器事件。当时的首相小庇特采取高压手段，残酷镇压人民革命运动，包括捣毁机器在内的群众运动的许多参加者大多被处死。

夏洛蒂·勃朗特在本书第二章明确地写了当时的历史情况："我写这本书的时候，正是英国历史上（特别是在北方各地的历史上）暗淡无光的时期。当时，大战方酣。整个欧洲都被卷进这场战祸。英格兰，即使不是困乏，也已经由于长期战争而精疲力竭了——不错，国

① 见艾弗·伊万斯：《英国文学简史》（第四版）。

内半数人民也都困乏了，大声呼吁，但求和平，不计条件。所谓国家荣誉已经变得空有其名，在许多人眼里，一文不值了……

“由拿破仑的米兰和柏林法令所引起的‘诏令’和禁止中立国与法国进行贸易，触怒了美国，从而把约克郡毛纺业的主要市场给切断了，使约克郡的毛纺业濒于绝境。一些次要的外国市场胃纳已足，不能再多吸收——巴西，葡萄牙，西西里都供过于求，存储将近两年的消费量。在这种危机时刻，北方的纤维工业都采用新机器，这样一来，大大缩减了原来必须雇用的大量工人，成千成万的人失业，使他们毫无维持生活的合法手段。接着而来的又是庄稼歉收。灾难达于顶点。忍耐，过分刺激，使得同胞们都起来暴动。人们都感到，一种精神上的地震，像分娩阵痛一般，正在北方地区的丘陵下面起伏不息。”

这是当时英国的实际情况。本书主人公罗伯特·吉勒德·穆尔，这个西区的工厂主代表人物，是个半约克郡、半比利时血统的商人。他雄心勃勃，为人骄傲，面对着当时纺织业奄奄一息的困境，决定采用新发明的纺织机，以便节省劳力，降低成本，提高竞争能力，扩展市场，结果遭到当地工人的反抗。这就是《谢利》一上来就出现的“山雨欲来风满楼”的场景，它以三个副牧师登场为引子，逐步揭开这一历史事件。

罗伯特·穆尔这一举动，得到了四邻的工厂主的支持，也得到了教区长赫尔斯通和一个比较开明的地主兼厂主海勒姆·约克的支持。罗伯特·穆尔把他父亲生前商行破产的债务，当作一笔遗产接受下来，立志不但要还清这笔债务，还要重振家业。他来到约克郡，只得在一个偏僻地区的偏僻角落租下菲尔赫德的洼地小纺织厂，但因资金有限，无法“大展宏图”。他把最后一点资金都拿来扑在购买新机器和剪绒机上，不料这批是他生死存亡攸关的机器，竟在运输途中全给砸毁了，这怎能叫他忍受得了？他要报复，要追捕，要打击破坏他的机器的为首人物，结果是导致了工人来攻打他的工厂，以至险些丧了自己的生命。

罗伯特·穆尔有个表妹，即教区长赫尔斯通的侄女卡罗琳·赫尔斯通，她跟罗伯特的姊姊霍顿斯学法语，天天来到穆尔家，逐渐对罗伯特怀单相思，无奈罗伯特一心只想发财，还债，重振家业，对她十分冷淡，后来又因罗伯特与她叔父，即教区长赫尔斯通在政治上发生分歧，她叔父禁止她与罗伯特往来，使得卡罗琳郁郁寡欢，很想离开家庭，出去自谋生路，给人家当家庭教师，最后，事与愿违，终于卧床不起。

海勒姆·约克所代管的（包括洼地工厂在内的）菲尔赫德产业的女主人，基达尔家唯一的后嗣，谢利·基达尔小姐回到菲尔赫德来了。赫尔斯通以教区长身份带了卡罗琳去谢利家作客，从此谢利和卡罗琳成了好友。同谢利一起来到菲尔赫德的，还有她的前任家庭教师普赖尔太太，后来在卡罗琳病得几乎就要离开人世时，这位太太毅然决然地亮出了自己的身份，原来她就是教区长赫尔斯通的嫂嫂，卡罗琳的生母。

不久，谢利的姑母一家人来到菲尔赫德做客，她的姑夫此来目的是要为谢利找个门当户对的对象，了却一桩心事的。姑夫辛普森先生以监护人身份，一会儿提出这个，一会儿提出那个，都一一遭到谢利的拒绝。最后，谢利又在南尼利爵爷这个有身份人物身上，使辛普森先生大失所望。大大出乎这位满脑子正统思想的老先生的意料，谢利竟爱上她表弟的家庭教师，罗伯特的弟弟路易斯·穆尔。

罗伯特·穆尔在机器遭到破坏后，又要重新购买机器，可是，缺乏资金，于是，他转上了谢利的念头，他一面向她借钱，一面向她求婚，谢利慷慨地借了钱给他，却激昂地拒绝了他的求婚，罗伯特碰了一鼻子灰，只好借追捕袭击他工厂的首要人物为名，躲往伦敦，久久不归，待到回来时，却在路上遭到他要追捕的敌手的伏击，中弹受伤。罗伯特·穆尔伤好后，转而向卡罗琳表示忏悔，求婚，这正是卡罗琳所梦寐以求的，当即被接受了。此时，害得罗伯特·穆尔濒于破产的拿破仑战争已因拿破仑惨败而告结束，穆尔既能重振家业，又得到卡罗琳，有情人终成眷属，他的弟弟也同谢利结婚了，故事就在大团圆中结束。

《谢利》在英国文学史上，可说是当时一部具有创新意义的作品，在这以前，还没有出现过一部类似题材的小说，这是第一部约克郡的地方小说，也是第一部英国的地方小说。作者以其拥有的丰富材料，善于状景写人的生花妙笔，质朴谨严的文体，展现了具有历史意义的大事件。

夏洛蒂·勃朗特在创作《谢利》的过程中，先后于 1848 年 9 月、12 月，1849 年 5 月遭到失去她的弟弟勃兰威尔，妹妹爱米莉、安妮的哀痛，使她不得不中断一个时期，待到她忍受身心不适，重新提起笔来继续写下去时，还“一再感到有点寒嗞嗞，胸口、喉头有点儿痛”。[①]所以，她以《死荫的幽谷》这一个出自《圣经》的典故来作为她续写下去的第二十四章的题目，就不是偶然的了。同时，我们在第九章中，读到对小杰西·约克那种挽歌式的描绘，也同样不会感到很突兀，原来是作者写到这里，借这番描绘以抒发与寄托她那未能抑止的哀伤之情。

《谢利》的一些人物，不论是谢利、卡罗琳，还是罗伯特·穆尔两兄弟，赫尔斯通，约克以至普赖尔太太，都给人以难忘的印象，其中尤以谢利和卡罗琳的塑造，更是称得上剔肤见骨，入木三分，这两个

---

① 盖斯凯尔夫人：《夏洛蒂·勃朗特传》第 325—326 页。

人物，特别是谢利，作者不是平面的、浮浅地塑造了她，而是巧妙而细致地挖掘了潜藏在她感情深处的细微变化，揭示了她的心理世界和感情世界。卡罗琳是个善良纯洁，逆来顺受，自怨自艾，性格软弱的姑娘，谢利则性格刚强，敢作敢为，豁达大度，意气风发。谢利这个名字本身就有种饶有兴趣的来历，原来她双亲希望能生个贵子，结果是结婚八年后，老天只赐他们一个女儿，他们就把原来给儿子取的男性家名——谢利给了她。她就自称为基达尔老爷，教区长赫尔斯通甚至还"封"她为白莱亚菲尔特少爷、义勇骑兵队队长、治安推事、教会执事等许多衔头。卡罗琳可说是谢利的配角，有了卡罗琳这个人物的映衬，使得谢利这个艺术形象更其显得光彩夺人，作者为塑造谢利这个人物，是付出了不少艰辛的劳动的。

谢利是英国文学史上第一次出现的一个突出的女主人公。她正如路易斯所说的，是"母豹，林中生长的尤物！任性，粗野"。看她把副牧师唐赶出她家门时那副凛然不可侵犯的神气！看她送东西给为帮助罗伯特镇压捣毁机器的工人而受伤的军队时那种慷慨豪爽的气概！她在同约克先生辩论时，又是怎样一股泼辣劲！弄得约克这位含讥带讽、愤世嫉俗、善于雄辩的先生也只好瞠目结舌。又如她眼看工人捣毁机器的浪潮就要扩大，祸延自身产业，她"想通过行善，获得拯救"时的那番自我剖白，又是多么坦率！她之所以要"做好事"，是因为"我的良心很不安，仿佛我犯了罪，也可以说，就要犯罪。这不是我个人的良心……而是我作为一个地主和领主的良心……为了安我的心，尽力避免发生不幸的事情，我决意做一连串好事"。于是，她请来了牧师、几个老处女，一起来商量如何"做好事"。她明白地说，"做好事"是要"防患于未然"，"我要做的是防止出现灾害，为了缓和这种苦痛生活（指穷工人当时的生活——笔者），从而使这种憎恨变得小些，我要从我的大量钱财中，拿出钱来大量施舍……”

这里，我们不禁想起恩格斯在《英国工人阶级状况》那本名著中的一段话来：“英国资产阶级行善就是为了他们自己的利益；他们不会白白地施舍，他们把自己的施舍看做一笔买卖。他们和穷人做**买卖**，对穷人说：我为慈善事业花了这么多钱，**我就买得了**不再受你们搅扰的**权利**……”

谢利那番自白，正是给恩格斯这个一针见血的判断做了最好的注脚。从这里，也可以看到夏洛蒂·勃朗特的观察力相当深刻。因为接下去，谢利又直率地说：“如果那些政治的纵火犯到这一带来放火，袭击我的产业，我就会像只雌老虎起来保卫……十分冲动地起来抵抗，起来镇压。”

在本书第十九章中，在捣毁机器者夜袭穆尔的洼地工厂那场战斗中，谢利和卡罗琳在远处“旁观”，当时，卡罗琳天真地要去“帮助”罗伯特·穆尔，谢利坚决制止她说：“怎么个帮助法？用英雄行为去激励他吗，啐！现在不是骑士时代……而是一场有关金钱、粮食和生命的斗争……他的工厂才是他的情妇……他有了工厂和机器做靠山，他要什么勇气就有什么勇气，也知道该拿出多大的勇气来。他要动刀动枪的，可不是为了爱情或者美人，而是为了账簿和布匹。”这说得多么有见解，多么跟她的性格相称！她还称赞那些暴动者：“他们这支队伍很有纪律……他们这些人都是吃足了苦头，这才不顾死活的……”

后来，谢利的姑夫要为她找配偶，谢利所表现出来的那种坚决、斩钉截铁的态度，也是十分惊人、大胆的，她毫无顾忌地对她的姑夫说：“你所尊奉的神，就是‘物质’……你所尊奉的神……就像恶魔似的出现在我面前……看他怎样忙着他最喜欢的工作——撮合婚姻。他把年轻的配给年老的，把强的配给弱的。他伸出了梅曾特的臂膀，把死人硬缚在活人身上。”

“我要把你在我的道路上所结下的蜘蛛网计划都扫掉，让我可以干干净净地走过去。我有一种你动摇不了的决心。我的内心，我的良心自会处理我自己的婚姻——只有我的内心和良心才处理得了。”她说到做到，不久，公开宣布她爱她表弟的家庭教师路易斯·穆尔，把那个辛普森先生气得几乎昏厥。

可以这样说，在夏洛蒂·勃朗特的同时代的女作家乔治·爱略特和盖斯凯尔夫人，甚至在狄更斯的作品中，都还没有出现过像谢利这样生气勃勃而又泼辣大胆的女主人公。这是勃朗特的一大成就，她赋予谢利这个人物不仅远超出了简·爱的反叛性，还让人们看到谢利在用更具体、果敢的行动来表达她作为妇女不止于在口头上渴求自由，要求解放，这应该说是夏洛蒂·勃朗特这部作品的一个特色。而且我们不仅在谢利身上看到了这种气概，即使在谢利的配角卡罗琳身上也同样看到这种精神。卡罗琳竭力要找个职业，为男人与女人的社会地位的不同而大发牢骚，向她叔父——赫尔斯通教区长提出一连串以前从不敢提的问题，弄得他无所措手足。因此，西方有批评家认为夏洛蒂·勃朗特是近代妇女解放运动的先驱是不无道理的。谢利·基达尔就是她当时最不为习俗所拘束的杰出人物，作者正是通过谢利这一形象，对当时英国社会及它的一些陈腐的习俗，对宗教的虚伪性给以无情的揭露和鞭挞。

在第二十二章末尾，作者通过卡罗琳的内心独白，表露了对当时英国妇女的处境的看法，最后大声疾呼：“英格兰的男人呵！看看你们那些可怜见的姑娘吧，她们有许多就在你们周围一天一天地憔悴下去……更惨的是，沦为怪僻愁苦的老处女……为人父的人呵！你们不能改变这种情况吗？”这是多么凄厉的叫喊！这是当时的英国妇女对男人，对整个以男性为中心的社会所发出的抗议！

夏洛蒂·勃朗特还通过工人捣毁机器这一运动，对劳资问题，对新兴资产阶级——商人给出了自己的相当独到的见解。在《谢利》第十章开头，她大肆鞭挞资本家——商人，认为他们“只是一门心思要赚钱，他们根本不为国家种种利益考虑……一个国家如果完全由他们来统治，必定动辄可耻地投降”。

另一方面，她对当时的工人阶级寄予了人道主义的同情，有比较中肯、正确的描写，书中有一处地方，这样写道：“……那些受苦的人，他们的唯一遗产就是劳动，可是，如今连这种遗产也都失掉——他们无法找到工作，因而得不到工资，因而吃不到饭——他们只有再受苦下去……阻止工厂进行改革，不让革新机器，破坏科学发明，固然解决不了问题。但是，战争停不下来，有效的救济搞不起来……失业者只能听天由命：吃面包配苦水。”

第五章中还有描写童工怎样在天蒙蒙亮时分，冒着风雪，淋着大雨匆匆赶来上工，一些粗暴残酷的老板是怎样对待他们，只是作者不愿意记载“这些人物的劣迹，省得污染篇幅”，她“要把那些虐待儿童者，苛刻的老板和残忍的监工交给监狱的看守去处理”。

夏洛蒂·勃朗特对罗伯特·穆尔这个新兴资产阶级人物的刻画多少有点笔下留情，她没有把他写成一个残酷凶暴的老板，而把他描绘为一个处于逆境，但颇有作为，颇有理性的企业家，你看他在对付工人夜袭时，指挥若定，在对待为首几个破坏机器者则是适可而止。这个人物显得头脑相当清楚，判断事物很有见解，例如，他认为，他之所以不得不拼命采用新机器，迎头赶上去，是因为“如果我在旁边歇一歇，别人就要赶上来，我就一定会被人家踩在脚下”。

又如他对于谢利希望通过“做好事”平息工人的不满，很不以为然，他说：“你的慈善捐款是否永远灵验，我很怀疑。到目前为止，还没有出现过慈善救济能使工人阶级安静下来的事儿，慈善事业决不会使他们感恩戴德。”他认为，这种“救济”，在工人看来是一种“侮辱”。

果然不出所料，工人大举夜袭工厂，就是在“慈善救济”的“盛宴”的当晚爆发的。

《谢利》是作者面对现实的必然发展的产物，作者不期而然地受到了她的时代的各种影响，她扩大了视野，有了更高超的意向，对事物有了更深入的观察力，她自己也说为《谢利》花了很大心血。作者不以单纯处理男女关系、婚姻问题为满足，而是进一步提出了男女的社会地位是否平等，应否平等的问题，同时还直接处理了在英法战争下英国的工商业、劳资问题，这是作者高出于她的同时代作家的地方。

应该指出，作者当时因为《简·爱》受到了不公正的批评，所以，她在写《谢利》时，多少有点谨小慎微，加上在这中间，弟妹先后去世，严重地影响了她的情绪，使得整个作品发展不很均匀，不仅表现在结构上，如到了最后几章，颇有点儿草草收束的情况，在文体上既有充满散文诗韵味的章节，也有杂音似的不够调和的地方，时而出现《圣经》似的笔法，时而有点法国诗歌余韵，整个故事显得不是一气呵成，多少有点焊接的痕迹。

尽管本书有其不足之处，但是，瑕不掩瑜，其优点或特点还是很多。夏洛蒂·勃朗特善于利用当时现实生活中所提供的题材与人物，正确表现了那个时代的大事件，作品富有时代的新气息，新色彩，既发议论又抒了情，写活了人；有些章节时而沉郁悲凉，时而激昂慷慨，说明这些都是作者的真情流露，都是她所强烈感受过、感动过的，也是她深刻观察到了的真情。

1854年，马克思在评价狄更斯、萨克雷、夏洛蒂·勃朗特和盖斯凯尔夫人等现实主义作家创作的社会意义时，这样写道："他们用逼真而动人的文笔，揭露出政治和社会上的真相；一切政治家、政论家、道德家所揭露的加在一起，还不如他们揭露的多。"[①]读了夏洛蒂·勃朗特的作品，特别是读了这本《谢利》，对于马克思这段评价，有了进一步的体会与认识，夏洛蒂·勃朗特的确配得上马克思这一并非溢美的评价。

看完了校样，不觉有点感慨系之，要另外唠叨几句。因为这部译稿也可说是"劫后余生"。译稿开译于六十年代初，我好容易断断续续把它译就初稿，已是接近那场史无前例的"大革命"的前夕了。由于原书有好些法语对话，我把全部译稿交给一位同志，请她帮忙解决，就此放在她那里。待到那场"大革命"开始了，我把多年积累的资料烧毁了，所有的"封、资、修"书本，几乎连同中外工具书全都送进了旧书店，还把其他一些译就的存稿全都付之一炬（如果当时这部译稿也在手边，同样地逃不了付之丙丁的命运），决心从此洗手不干。后来进了"牛棚"，我还深为此举"正确"而自诩有"先见之明"，因为那时管"牛棚"的一个"造反派"，在一次突击搜查"牛棚"时，发现一位老先生有一本英文版《语录》，当场没收之余，还大声叱责："你还忘不了这一行，《语录》不看中文的，还要看外文的，你这一生一世，别再想干这一行了。"意思很明白，你们这批假洋鬼子，应该从此老老实实，"脱胎换骨"了。

如果不是十恶不赦的"四人帮"成了不齿于人类的狗屎堆，被押上了今天的审判台，这个译稿决没有重见天日的可能，因此，我此时别有一番滋味在心头也就比较可以理解了。

---

① 转引自《文学评论》1959年第3期，杨绛：《萨克雷〈名利场〉序》。

这里，我应该感谢那位为我保存这部译稿的同志，也要感谢后来为我解决书中的法语的成玉亭同志。至于译文的拙劣和错误之处，我热切地希望得到读者和行家的批评指正。

曹　庸

1980年12月

第一章
利未人[①]

近年来，副牧师像瓢泼的阵雨落在英格兰北部。他们密布在丘陵上，每个教区都有一两个副牧师。他们年纪很轻，十分活跃，大概可以做许多有益的事情。但是，我们要说的不是近年来的情况。我们是要回顾本世纪[②]初的情况。近年来——这几年来，尘埃弥漫，太阳猛毒，炎热干燥。我们要避开正午，把它忘却在午睡中，在熟睡中度过午刻，梦想黎明。

读者，如果你以为这个开场白是要为你写爱情小说什么的，那你就大错特错了。你指望出现多愁善感，诗情画意和虚幻缥缈的东西吗？你希望看到热情、刺激和通俗闹剧吗？请你安下心来，别存这些希望，把希望的标准定得低些。你要看到的是种真实的、实在的、实际的事情；是种像礼拜一早晨那样毫无浪漫气息的事情，礼拜一早晨，凡是有工作的人，一觉醒来，便知道他们必须起床，到工作的地方去。这也不是完全肯定地说，你就不会领略到刺激的滋味，也许到饭吃了一半或者吃完的时候，可以多少尝到一点，不过，菜单已经排定，端上桌来的第一道菜，将是个天主教徒——唔，甚至是个国教徒——在受难周的耶稣受难日吃的一道菜。那是道加醋不加油的冷扁豆，不发酵的面包加苦野菜，而且没有烤羊肉。

我说，近年来，副牧师像瓢泼的阵雨落在英格兰北部。可是，在 1811 到 1812 年间，那种豪雨还没有下过。当时，副牧师很稀少，既没有“牧师补助金”，也没有“增设副牧师者协会”向衰老的教区长和在职牧师伸出救援之手，给他们一笔钱去雇个牛津或剑桥出身的精力充沛的年轻同行。目今这些使徒的继承者，这些普赛博士[③]的门徒和宣传工具，当时都还正在摇篮的毯子下面孵化，或者还正在洗手盆里领受婴孩洗礼，经受再生呢。你光是看着他们齐眉戴顶意大利熨法的双折边网状小帽，简直猜不出哪个是事先授了圣职，是圣保罗，圣彼得，圣约翰特予承认的继承者。而在一群穿着长睡衣的人中，你也看不出其中哪个今后将要穿着白法衣去无情地磨练他的教区居民的心灵，哪个将穿着一件在讲坛上高高挥舞的衬衫似的衣服，而使那些老派牧师不舒服得不知所措，因为这种衣服从来都没有飘得比读经台还要高。

不过，即使在副牧师稀少的那些日子里，副牧师也有的是，奇花异草固然稀罕，要找还是找得到。且说约克郡西里亭某个得天独厚的教区，就可以夸下海口说，在方圆二十英里地面上，正有三个亚伦④血统的人物在如花吐艳般茁长着。读者，你就可以看到这三个人了。请跨进惠因伯利郊外这所带有花园的整洁的屋子，朝那个小客厅走进去，他们正在那儿吃饭。让我来把他们向你介绍一下：这位是唐先生，惠因伯利的副牧师；这位是马龙先生，白莱亚菲尔特的副牧师；这位是斯威廷先生，南尼利的副牧师。这儿是唐先生的下处，也是一个叫做约翰·盖尔的小布商的住宅。今天是唐先生做东道，请他两位同行来叙叙。你我不妨也进去凑凑热闹，增广一下见闻。不过，此刻他们正在吃饭，咱们就趁他们在吃饭，在一旁聊聊吧。

这三位先生都正当青春时期，他们都拥有那个令人发生兴趣的年龄的一切活力——这种活力，他们那些精力衰颓的老牧师一定乐意将它纳入尽忠牧师职守的正轨，还常常发愿要把这种活力用于孜孜不倦

---

① 利未人，利未这个词儿直接翻译过来即祭司的意思。“只要派利未人管法柜的帐幕和其中的器具，并属于帐幕的，他们要抬帐幕和其中的器具，并要办理帐幕的事，在帐幕的四围安营。”（《圣经·旧约·民数记》第1章第50节）以后沿用蔑指牧师。

② 指19世纪。

③ 普赛博士（1800—1882），英国牧师，当时所谓“牛津运动”的领袖人物之一。

④ 亚伦，犹太教最初的祭司长。

地监督学校教育，经常访问他们各自的教区的病人。可是，这些年轻的利未人却觉得这是乏味的工作；他们宁可把精力浪掷在一连串的活动上，这种活动，虽说在别人看来，似乎比织工织布还无聊，还单调，却仿佛会使他们得到无穷无尽的乐趣和消遣似的。

我指的是他们彼此之间的奔来赶去，来来往往于他们各自的下处，这不是什么相互拜访，而是种三角式的拜访。一年到头，春夏秋冬，继续不息。季节和天气都毫无影响，他们有的是无法理解的热情，不怕冰雹飞雪，不怕刮风下雨，泥泞灰沙，出去吃午饭，喝午茶，或者彼此一起吃晚饭。究竟是什么东西吸引他们这样做，实在很难说得上来。吸引他们的并不是什么友谊，他们每次碰面都要吵架；也不是宗教信仰，他们之间是从来不提这个的。他们也许偶尔谈论神学上的问题，可是，有关虔敬神明，决不来。吸引他们的也不是因为他们好吃爱喝，他们每个人在自己的下处本来就可以像在他们同行的下处那样，吃到可口的肉、布丁、新鲜面包，喝到浓茶。盖尔太太，霍格太太，惠普太太——他们各自的女房东——都斩钉截铁地说："这只是要给人家添麻烦罢了。"所谓"人家"，这几位好太太指的自然是她们自己，因为，说实在，他们搞了这套闯来闯去的名堂，她们就得不断地"煎煎炸炸"下去。

我刚才说过，唐先生和他的客人正在吃饭，盖尔太太在一旁伺候他们，她眼睛里还闪着厨房那阵灼热的火花。她认为，偶尔请个朋友吃顿便饭，而不必另外付钱的这种特权(一种包括在她出租住处的条件中的特权)已成为近年来相当通行的习俗了。可是，这一周，现在还不过是礼拜四，礼拜一，白莱亚菲尔特的副牧师马龙先生来吃早饭，还留下来吃中饭；礼拜二，马龙先生和南尼利的斯威廷先生来喝午茶，接下来还吃晚饭，睡在那张客床上，还承他们的情，在礼拜三早上，请她同他们一起吃早饭。今天是礼拜四，他们两个人又来吃午饭，她简直可以肯定，他们还要通宵待在这里。“这未免太过分了”[1]，如果她会说法语的话，她准会这样说。

斯威廷先生一边在盆子里切烤牛肉，一边嘀咕着牛肉十分硬；唐先生则说啤酒走气了。唉！这真是再糟也没有的了。只要他们客气些，盖尔太太也不会多作计较；只要他们吃了觉得满意，她也就不放在心上，无奈“这些年轻牧师这样傲慢，这样无礼，他们对什么人都看不上‘眼’。他们对她这样不客气，只是因为她没有个用人，而是像她母亲先前一样，自己料理家务。他们还常常说些诋毁约克郡的风俗和约克郡人的话”，光凭这一点，盖尔太太就不相信他们里头会有个真正的君子，或者是出身高贵的。“那些老牧师比整个儿的大学小伙子真不知道要高出多少；他们懂得应该怎样待人接物，对高贵的低贱的都很和气。”

“再来点面包！”马龙先生大声叫嚷，只说五个字，声调却拖得很长，那种口音立刻就叫人知道，他是出产白花酢浆草和马铃薯那个地方[2]的人。这三个人中，盖尔太太最不喜欢马龙先生。但是，她也很怕他，因为他长得高大，身体强壮，生就地道的爱尔兰人的一双手和一双脚，一张真正爱尔兰人的面孔——那不是一般爱尔兰人的面孔，不是丹尼尔·奥康内尔[3]式的面孔，而是面部轮廓分明、北美印第安人那种容貌，这是爱尔兰上流社会某一阶级的相貌，显得冷酷，高傲，与其说像自由小农制的地主，不如说像奴隶庄园主。马龙先生的父亲自称是个绅士，他出身贫寒，债台高筑，却妄自尊大。他的儿子正跟他一模一样。

盖尔太太给端来了面包。

---

① 原文为法语，以仿宋体排，下仿此。
② 指爱尔兰，白花酢浆草是爱尔兰的国花。
③ 丹尼尔·奥康内尔(1775—1847)，爱尔兰的宗教改革家。

“切一切，婆娘，”她的客人说。于是，这个“婆娘”遵命切了。要是她能随心所欲的话，她准会把这个牧师也切了。她那约克郡心灵，对他那发号施令的态度，完全起了反感。

这三个副牧师胃口真好，虽说牛肉“很硬”，他们却吃了不少。他们还灌了相当可观的“走气啤酒”，而一盆约克郡布丁，两汤碗青菜，也像叶子碰上蝗虫，刹那间就不见踪迹。牛酪也承蒙他们异常关注，一盆作为点心的“香糕”，一送上去，就像影子一样，倏忽而逝，再也找不到什么了。盖尔太太那位六岁哲嗣阿伯拉罕已在厨房里为“香糕”高唱挽歌，他原来指望可以有点剩余，可是，一看到他母亲拿回来的竟是一只空盆子，不禁扯高嗓门，痛哭流涕了。

这时候，三位副牧师坐在那里，慢条斯理地呷醇葡萄酒。其实，马龙先生倒更喜欢威士忌，可惜唐先生是英格兰人，不买这种饮料。他们一边呷酒，一边争论；争论的不是政治，不是哲学，也不是文学——这些话题，他们向来是完全没有兴趣的——甚至也不是神学（不管是实用的还是学理的神学），而是谈些教规上的细端末节，谈些一般人觉得虚无如泡沫的、他们却津津乐道的琐事。其他两个同行只消一杯就够，马龙先生却想方设法要喝两杯，逐渐变得自得其乐起来，这就是说，他变得有点目空一切，虚张声势，大说粗话，而且自命不凡地呵呵大笑。

他那两个同伴都挨个儿成了他的箭垛。马龙藏有许多听凭吩咐的笑话，碰上现在这种吃喝玩乐场合，他就总要端出来露一手，只是花样难得翻新。因为，事实上，也不需要翻新，他从来就不认为自己单调没趣，根本也不担心别人会有其他什么想法。承他暗示唐先生身体极其羸弱，讽刺他那只朝天鼻子，挖苦他那件破旧的棕色大衣，因为唐先生每逢下雨或者看来好像要下雨时，总要穿这件大衣，他还批评唐先生那另有一功的伦敦用语和发音方式，至于唐先生自己的特点，那种表露在他外表上的文雅、整饬，肯定也是值得大评特评的。

斯威廷先生所遭到的嘲笑则是他的身材。他是个小个子，不论长短宽窄，他同这个运动健将马龙比起来，不过是个小孩，马龙挖苦他的音乐本领，说他吹笛子、唱圣歌，活像个六翼天使（据说他教区里有些太太小姐就有这种看法），嘲笑他是“娘们的宠儿”，又拿他母亲和姊妹开玩笑，因为斯威廷对她们总有点恋恋不舍的敬意，还时不时傻里傻气地在这个爱尔兰佬牧师面前谈起她们。可是，经过这个牧师一番解剖，骨肉之情就不免多少有点淡薄了。

这两个“靶子”都各有一套招架的办法。唐先生显出一种不自然的自我陶醉，又有点愠怒地淡然置之，这是他撑住自己本来就有点摇摇欲坠的尊严的唯一倚靠；斯威廷先生则态度轻松愉快，毫无所谓，好像表明他从来没有什么尊严要保持似的。

待到马龙的玩笑开得未免太唐突了（不一会就果然是这样），他们两个就联合起来对他进行反攻，问他今天一路走来时，有多少个小孩在他背后喊着“爱尔兰佬彼得！”（马龙名叫彼得——彼得 · 奥古斯塔斯 · 马龙牧师）还要他回答：在爱尔兰，牧师去访问人家的时候，是不是时行口袋里藏有实弹的手枪，手里拿着粗橡木棍；问他“杖布头”“店家”“头罩”“轰暴”（马龙先生对牧杖遮布，商号，头盔，风暴总是这样叫法）这些词儿的意义；还用心里随时想到的精彩东西来进行报复。

这种做法自然无济于事。因为马龙性情既不温和，又沉不住气，他顿即火冒三丈。他大叫大嚷，指手划脚；唐和斯威廷则哈哈大笑。他以大声大气的凯尔特人的高调门辱骂他们是撒克逊佬，是势利鬼；他们则痛骂他是个被征服的土著。他恫吓着要为他的“民主（族）”进行反抗，对英格兰的统治表示深恶痛绝；他们则说到什么破破烂烂，像个叫花子和鼠疫等等。这间小客厅顿时吵得不亦乐乎；你准会以为这样刻毒对骂过后，一定会来场决斗。叫人觉得奇怪的是，盖尔先生夫妇听到这样吵闹，并不惊慌，也不去找个警察来维持治安。他们对于这种表演已是习以为常了，他们心里很有数，这几个副牧师在一起吃饭、喝茶，没有一次不是要来番小操练的，因此，对于一切后果，倒是相当放心的；他们也知道，这种牧师式的争吵，正如他们大肆吵闹一样，没有什么害处；到头来，什么事也没有。这些副牧师尽管今天晚上会怎样不欢而散，到明天早晨，准又会像天下最好的朋友那样再行相会。

这对贤伉俪坐在厨房里炉灶旁，听着马龙的拳头一再捶击客厅里的红木桌面发出的响亮声音，听着每次捶击过后酒盏茶杯的跳动和克啷啷声，听着这两个同盟的英格兰争论者的戏谑声，听着那个孤家寡人的爱尔兰佬的结结巴巴的辩驳——就在他们俩这样坐在那儿听的时候，突然听到大门台阶上的脚步声，而且门环被急剧地敲得哐哐响。

盖尔先生出去开门。

"谁在你楼上客厅里？"有个声音问道——声音有点特别，声调带着鼻音，说得很急。

"啊！赫尔斯通先生，是你吗，教区长？我在暗头里看不见你；现在天黑得快。请进来好吗，教区长？"

"我先要弄清楚值不值得进来。谁在你楼上？"

"几位副牧师，教区长。"

"怎么！他们全都在吗？"

"是的，教区长。"

"在这里吃饭吗？"

"不错，教区长。"

"那行。"

话音一落，这人走进来了——是个着黑衣的中年人。他径自穿过厨房，走到里边一道门口，把门打开，探出头去，站在那儿听一会，倒是有些可以听听的东西，因为这时候上边的声音比先前更响了。

“嗨！”他不由暗自叫了一下后，回过头来，对盖尔先生说：“你家里常常有这种名堂吗？”

盖尔先生做过教会执事，对牧师宽大为怀。

“他们都年轻么，你知道，教区长——他们都年轻么，”他求情似的说。

“年轻！他们在讨打。坏孩子——坏孩子。如果你是个不信奉国教的人，约翰·盖尔，不是个正派的国教教徒的话，他们就会这样做，他们准会惹事；不过，我可要——”

他没有把这句话说完，就穿过里边一道门，随手把门掩上，登上楼梯。等他来到楼上房门口，又谛听一会。他不敲门就径直冲了进去，站在那几个副牧师跟前。

他们登时鸦雀无声，吓得目瞪口呆，这个不速之客也目瞪口呆。他虽是个五短身材人物，却仪表端正，阔肩膀上顶着鹰头、鹰嘴和鹰眼，戴顶罗波安，也叫宽边帽，他似乎觉得在走进他现在站的这个地方之前，不必把帽子脱下来或者抬一抬。他双臂交叉在胸前，悠然自得地打量一下那几个年轻朋友(如果他们称得上朋友的话)。

“怎么！”他开口了，说话的声音不再是带着鼻音，而是深沉——不仅是深沉——是种故意说得又沉重又瓮声瓮气的声音：“怎么！圣灵降临节的奇迹又出现啦？那些说邪话的人都又打上边下来啦？他们在哪儿？此刻整幢房子都是这种声音。我听到十七种语言都出动了：帕提亚话，米太话，以栏话，美索不达米亚话，犹大话，卡帕多细亚话，本都话，亚细亚话，弗里家里话，旁非利亚话，埃及话，靠近施勒尼的利比亚话，罗马客音，犹太话，新皈依犹太教的话，克利特话和阿拉伯话[1]——两分钟前，这屋子里，说这十七种语言的都一定派有各自的代表在这里。”

“请原谅，赫尔斯通先生，”唐先生说，“请坐，教区长。喝一杯吧？”

他这番客气话没有得到回答。穿黑衣的鹰隼又往下说了：

“我怎么扯到语言的天才来着？天才，真是！我搞错了章节，也搞错了圣约书，把《福音书》看做律法，把《使徒行传》看做《创世记》，把耶路撒冷看做示拏[2]。这不是天才，而是语言混乱，喊喊喳喳，把我搞得耳朵都完全聋了。你们都是圣徒吗？怎么，你们三个都是圣徒吗？肯定不是。不多也不少，是三个放肆的巴比伦泥水匠。”

“请你放心，教区长，我们友好地吃过饭后，只是一边喝酒，一边随便聊聊罢了，谈的是怎样解决不信奉国教者的问题。”

“啊！原来你们在谈论解决不信奉国教者的问题，是吗？马龙在谈解决不信奉国教者的问题么？我听起来，倒很像是在谈怎样解决他的圣徒同行的问题。你们是在一起吵闹，你们这三位，简直就跟摩西·巴拉克劳夫，那个布道裁缝同他的听众在那边监理会教堂一样吵吵嚷嚷，可他们是在那里起劲地大谈信仰复兴。我知道是谁的错——就是你，马龙的错。”

“是我吗，教区长？”

“是你，先生，你来以前，唐和斯威廷都不声不响，如果你走了，他们还是会不声不响。我希望你过了海峡，也把你那爱尔兰脾气给丢了。都柏林[3]的学生派头在这里是行不通的。这种做法在康诺特[4]的荒

① 帕提亚为波斯北部的古王国，米太为伊朗西北部的古王国，以栏为巴比伦东部的古王国，卡帕多细亚为古罗马时代在亚细亚的一个小国，本都为黑海南部古亚细亚王国，弗里家里、旁非利亚均为古亚细亚王国，施勒尼为北非古国。

② 示拏，《圣经》上称巴比伦为示拏。

③ 都柏林，爱尔兰共和国的首都。

④ 康诺特，爱尔兰一个郡。

凉泽地和山区里，也许会没人注意就过去了，在一个正派的英格兰教区里，却会玷辱那些纵容这种行动的人，而且，更糟的是，还会玷辱他们不过是它的卑微下属的那个神圣机构。”

这个身材矮小的长辈先生在斥责这几个年轻人时，自有一种威严，虽说这也许不是很适合时宜的威严。赫尔斯通先生站在那里，像通条一般挺直，样子像风筝一般敏捷，尽管他头戴牧师帽，身穿黑衣，箍着皮裹腿，可是，那副神气，与其说是个年高德劭的牧师在劝告他的子弟坚定信仰，不如说是个老官僚在申斥他的部下。那张精明的棕色面庞，似乎一点也看不出有传播福音的圣徒那种慈祥亲切的神色；而是面貌刚毅，脸上处处透着机敏精明。

“我刚才碰到萨普霍，”他又说下去，“在今儿晚上这样的下雨天，他踩着烂泥到米甸的非国教教堂去布道。我刚才已经对你们说过，我听到巴拉克劳夫在小教堂里像头疯牛一样大肆咆哮；可我却看到你们诸位先生流连于半瓶黄汤，像些肝火很旺的老太婆在骂街。难怪萨普霍能够一天施洗十六个改教的成年人，这还是他两个礼拜前做的事；难怪巴拉克劳夫那样一个无赖和伪君子，竟然能够吸引所有的纺织女工都插了花，扎上缎带去亲眼看看他的拳骨究竟比讲坛的木边硬多少，而你们，一旦放任你们，你们的教区长——我，霍尔和博尔特比——不在你们背后，你们往往就只好对着光秃秃的墙壁传我们国教的道，对执事、风琴手和教区小吏讲你们那点干巴巴的道，也就同样不足为奇了。可是，咱们不谈这个了。我来找马龙——队长呵，我有一件事告诉你！”①

“是什么事？”马龙不乐意地问道。“这个时候总不会有什么葬礼要办吧？”

---

① 这个牧师套用《圣经》上的话：“王啊，我有一件机密事奏告你。”（见《圣经·旧约·士师记》第3章第19节）

“你身上可带有阿姆斯[①]？”

“胳膊吗？教区长，有，还有腿哩；”说着，他把结实的手脚都伸了出来。

“啐！我是说武器。”

“我带有你给我的几支手枪；这一直是从来不离身的；到了晚上，我就把它们拉开机头，放在我床边的椅子上。我还有根橡木棍。”

“很好。你到洼地工厂去一趟好吗？”

“洼地工厂出了什么事？”

“眼前还没有出什么事，也许不会出什么事；但是，那里只有穆尔一个人。他把他可以信任的工人都派到斯蒂布罗去了，家里只有两个女人。他那些祝福者，如果知道路径多么方便，有哪个去拜访他的话，那可是个绝好的机会。”

“我一点也不是他的祝福者，教区长，我不管他。”

“噢！马龙，你胆怯啦。”

“你最了解我，知道我不至于这样吧。如果我真的认为有吵架的机会，我准定去，可穆尔是个古怪、害臊的人，我从来不想了解他。如果只是为了去作他的温柔的伴侣，我可一步也不高兴动。”

“可是，确实会有吵架的机会；即使不会有真正的骚乱——我的确还看不出有这种迹象——今儿晚上，大概也不会平平安安地过去。你知道，穆尔已经决定要搞新机器了，他今儿晚上就在等斯蒂布罗运来两大车机器和剪绒机，是监工斯科特和几个头挑的人去装运的。”

“他们尽可以平平安安，悄悄地运回来，教区长。”

“穆尔也这样说，而且斩钉截铁地说他什么人也不需要。不过，万一发生什么事情，即使是为了有个作见证的，他也总得有个把人在身

① 阿姆斯(arms)英语为“胳膊”，也可作“武器”解，这个牧师意指后者，马龙故意曲解为前者，故有以下一番纠缠。

边。我说他十分粗率。他坐在账房间里，连百叶窗也没关上，天黑以后，他还在外边走来走去，一会儿徜到洼地，一会儿跑到菲尔赫德巷，在林子里转来转去，仿佛他是那一带的可人儿，或者——其实他却是那一带的一个万人恨——好像故事书里所说的，是个‘刀枪不入’的好汉。他没有从皮尔逊和阿米塔奇的遭遇中吸取教训——一个在自己家里，另一个在泽地里吃了冷枪。”

“可是，他应该吸取教训呀，教区长，也应该采取预防措施，”斯威廷先生插嘴说，“我还认为，如果他听到我那天所听到的事情，他准会吸取教训。”

“你听到些什么，戴维？”

“你认识迈克·哈特利吧，教区长？”

“那个唯信仰论的织工。认识的。”

“每逢迈克一连喝了几个礼拜酒，他一般就要打起精神上南尼利的牧师住宅，去同霍尔先生谈他对于霍尔先生讲道的一点看法，公然指责霍尔先生所讲的教义有点令人听了讨厌，还警告霍尔先生说，他自己和一切听众都坐在外边黑暗里①。”

“唔，这跟穆尔一点也没有什么关系。”

“他除了是个唯信仰论者，还是个激烈的雅各宾②兼平均派，教区长。”

“我知道，他一喝得烂醉，心里总想弑君。迈克并非不熟悉历史，听他一一历数暴君，那才够味儿，他总是说，‘报血仇者如愿以偿。’这家伙一听到杀掉了帝王，或者由于政治上的原因而杀了任何人，他就乐不可支。我已经听说过，他似乎特别看中穆尔。你指的是不是这

① 《圣经·新约·马太福音》第 8 章第 12 节：“唯有本国的子民，竟被赶到外边的黑暗里去。”这里隐喻不明白。

② 雅各宾，指雅各宾派，18 世纪末法国资产阶级革命时期资产阶级革命民主派，1793 年掌握政权。当时英国统治阶级把各种反政府的人都称为雅各宾。

个，斯威廷？”

“你说得真对，教区长，霍尔先生认为迈克对穆尔并没有什么个人仇恨。迈克说，他甚至很想同穆尔谈谈，去追逐他，不过，他看中的是要拿穆尔来做个榜样。有一天，他还在霍尔先生面前把穆尔捧做约克郡一个最有头脑的工厂老板，因此，他斩钉截铁地认为，应该挑穆尔来做个牺牲，做件滋味可口的祭品。你可认为迈克·哈特利神经正常吗，教区长？”斯威廷天真地问道。

“这可说不上来，戴维，他也许是神经不正常，也许只不过是刁顽——或者两者都兼而有之。”

“他还谈到看见异象，教区长。”

“啊！说到异象，他倒是个地道的以西结或者但以理[①]。上个礼拜五晚上，我正要睡觉，他跑来了，把当天下午在南尼利林苑看见的异象说给我听。”

“你说说看，教区长，是什么异象？”斯威廷要求说。

“戴维，你脑壳里真有个好奇的大器官，你看马龙就一点也没有，谋杀、异象都引不起他的兴趣。你看他这会儿多像个发呆的大撒弗。”

“撒弗！谁是撒弗，教区长？”

“我想你是不会知道的。你可以查得出来，这是《圣经》上的人物。我除了知道他的名字和种族，其他都不清楚。不过，打从小孩到如今，我一直爱撒弗这个人物。我相信他是个正直、迟钝又没有运气的人，他在歌伯死在西比该手里[②]。”

“可是那个异象呢，教区长？”

“戴维，我就要说给你听了。唐在咬指甲，马龙在打呵欠了，所以

---

① 以西结、但以理，《圣经》上的预言者。

② 《圣经·旧约·撒母耳记下》第21章第18节：“后来以色列人在歌伯与非利士人打仗，户沙人西比该杀了伟人的一个儿子撒弗。”

我只说给你听。迈克像其他许多人一样，不幸失了业，菲利普·南尼利爵爷的管家格拉姆先生给他在爵爷府[①]找了个工作。据迈克自己说，有一天，在太阳快要落山时分，他正在忙着修整篱笆，可是，天黑之前，他认为听到远处有个乐队——喇叭，笛子和号角的声音，声音是打树林里来的，他不知道那儿怎么会有乐声。他抬头一看，所有的大树中间，都有活动的东西，红的像罂粟，白的像5月花，林子里尽是这些东西。这些东西一拥而出，一下子塞满了林苑。接着，他看到这些东西是军队——成千上万。可是，他们发出来的声音却不过是夏天夜晚的蚊子嗡嗡声。他肯定地认为，他们排得齐齐整整，一个军团又一个军团，开过林苑。他的眼睛一直盯着他们到南尼利公地；音乐仍在远处幽幽鸣奏。他瞅着他们在公地上转来转去转了好几个圈子——一个穿着猩红色衣服的人站在中心指挥他们；他说，他们陆续走过了五十英亩地；有半个钟头可以看到他们；接着，他们就悄悄地开走了。在那整个时间里，他没有听到声响，也没有听到脚步声——只是隐约地听到音乐在奏庄严的进行曲。”

“他们是到哪里去的，教区长？”

“到白莱亚菲尔特去。迈克一直盯着他们看；似乎就在他们经过菲尔赫德的时候，突然冒出了一缕烟柱，像是炮场喷射出来的，悄悄地漫遍了田野、大路、公地，后来，他说，蓝蓝的烟雾迷迷蒙蒙地直滚到他脚跟。等到烟雾消散，他再找那支军队时，他们都不见了；他再也看不到他们了。迈克这个人就跟但以理一样聪明，他不光能够把异象再说一遍，还能解释它。他暗示说，这种异象表示要发生流血和内争。”

“你相信吗，教区长？”斯威廷问道。

---

① 爵爷府，原文为Priory，应为小修道院，大概这个爵爷府原先是个小修道院，这里径译为爵爷府。

“你呢，戴维？可是，喂，马龙，你干吗还不走？”

“我倒是弄不懂，教区长，你自己为什么不去跟穆尔待在一起，你是很喜欢这种事情的。”

“我要不是很不凑巧地同博尔特比约好，要他在南尼利开完圣经公会的会议后、回家的时候顺便到我家吃晚饭的话，我是肯定会去的。我答应过穆尔，派你去代替我。不过，顺便说一句，穆尔并没有谢我。他倒是宁可要我，而不要你，彼得。万一真个有什么要我帮忙的地方，我一定会赶到你那儿去，厂里那只大钟可以发出警报。现在就走吧，如果(他突然掉过头对斯威廷和唐两位先生说)——如果戴维·斯威廷和约瑟夫·唐也高兴去的话。你们两位觉得怎样？这是个光荣任务，还有点儿真正的危险助助兴；因为国家正处在古怪的境地里，这你们都知道，穆尔和他那个工厂、机器都是极其不受欢迎的。你们内心里都有种骑士感情，有抑制不住的勇气，这我是决不怀疑的。也许我太偏爱我所喜欢的彼得，还有小戴维和纯洁的约瑟夫也都是斗士。马龙，说到底，你就是个伟大而急躁的扫罗[①]，能够借助你的甲胄就是桩好事，拿出你的武器来，拿起粗橡木棍，走吧，喏——橡木棍就在那角落里。”

马龙意味深长地咧嘴一笑，拿出他那几支手枪，给他的同事每人一支。他们并不马上接住，都端庄文雅地后退一步，没接对方递过来的武器。

“我从来不碰这东西，我从来没有碰过任何这类东西，”唐先生说。

“我简直认都不认识穆尔先生，”斯威廷嘟哝一声。

“如果你们从来没有碰过手枪，这会儿不妨摸它一下，伟大的埃及督军。至于这位小吟唱诗人，他也许只喜欢用他的笛子而不喜欢用别

① 扫罗，《圣经》上的以色列王，勇猛善战，后改名保罗。

的武器去跟非利士人交战。把他们的帽子拿来，彼得，他们两个都要去。”

“不，教区长；不，赫尔斯通先生；我母亲不喜欢这玩意儿，”斯威廷央求说。

“我向来有个规矩，决不同这种事情搅在一起，”唐说。

赫尔斯通冷笑一下，马龙哈哈大笑。于是，马龙重新藏好武器，拿起帽子和棍子，一边说，“我生平从来没有感到这么爱吵架过，我希望今儿晚上会有一二十个油腻腻的整布工突然去拜访穆尔，”一边走了出去，两步一跨地走下楼梯，随手砰地关上前门，连屋子都震动了。

第二章
大　车

这天晚上，黑咕隆咚的。星星和月亮都被灰蒙蒙的雨云盖住了——这些雨云，白天灰蒙蒙的，到得夜晚，就显得黑黝黝了。马龙生就不是个善于仔细观察大自然的人；大自然的千变万化，他大多是不注意的。他可以在极其变幻莫测的4月天走好几英里路，而从来不看天地在嬉戏的美景；从来不注意到阳光吻着山尖，山尖在青光里眉开眼笑；也从来不注意到阵雨压着山尖，把峰峦掩藏在低挂如蓬乱束发的云层里。因此，他决不会注意到这会儿的天空——一个覆盖的、水汽蒙蒙的天穹，除了东面，斯蒂布罗铁厂的熔炉在天边投出一片震颤的青白色闪光，尽是一片漆黑——跟晴朗、寒冷的夜空有什么不同。他并没有劳神问一问星座和行星都到哪儿去了，也没有为浩渺的太空那透着“青紫”的宁静气氛感到惆怅，这会儿，浩渺的太空满布着白色的小岛，而浩渺的大地全是更为浓密的雾露，滚滚不息，把一切都遮住了。他只顾闷着头赶路，身子有点向前俯冲地走去，按照他那爱尔兰人的方式，帽子搭在后脑勺上。“行行复行行”，他沿着堤道走去，这条路好像因为有这样一个堤道而颇为自豪。他“拍扎拍扎”穿过泥泞的车辙，石板路到这儿已经换成松软的泥地。他找了一下路标：白莱亚菲尔特教堂的尖顶；再往前去，就是红屋的灯火。这是一间小酒店，他到了那儿时，窗帘半掩的窗户透出炉火的红光，可以隐约看到圆桌上一些杯子，坐在橡木高背椅子上的酒客，这一看几乎要使这位副牧师偏离正道了。他渴切地想喝一大杯兑水的威士忌；要是换个陌生地方，他准会立刻实现这个梦想，可是，在那间厨房里的一伙人都是赫尔斯通先生自己教区的居民；他们全都认识他。他只好叹了一口气，走过去了。

这会儿快要走完大路了，剩下到洼地工厂那段路，只消横穿田野，抄一抄近路，就可以少走很多路。这里的田野平坦而单调，马龙跳过篱笆和矮墙，直穿过去。他走过一座大厦，这大厦显得很宽敞，像个会堂，虽然样式不很正规。先看到一堵高高的山形墙后，就是长长的正面，接着又是低低的山形墙，再接着是一列又粗又高的烟囱，烟囱后边有些树木。屋子里边漆黑，哪一扇窗都没有烛光，一片阒静。雨水打屋檐下来的滴嗒声，一阵劲风绕过烟囱，穿过枝丫而发出的低沉呼啸声，便是这附近一带仅有的声响。

走过这座大厦后，本来是平坦的田野，就陡急地往下泻去；下边显然有个峡谷，可以听到流水穿流其间。峡谷深处，有闪闪发光的灯火。马龙就借这个火光走去。

他来到一所白色小屋那里——即使在这片黑咕隆咚中，还是可以看出它是白色的——敲一敲门。一个脸色鲜艳的仆人前来开门。借着她擎的烛火看去，可以看到一条狭窄的走廊，走廊尽头是条狭窄的楼梯。两扇门都挂有深红色的粗绒布帘，顺着梯级而下铺着一条深红色地毯，同那淡色的墙壁和雪白地板相映成趣，使得这狭小的屋里显得整洁而清新。

“我想穆尔先生在家吧？”

“在的，先生，可他不在里头。”

“不在里头！那么，他在哪儿？”

“在工厂里，在账房间里。”

就在这时，一扇深红色的门开开来了。

“大车来啦，萨拉？”一个女人声音问道，同时还可以看见一个女人的脑袋。

那不可能是个仙女的脑袋——不错，两鬓的卷发纸就很可以使人打消这个猜测——也不是个妖怪的脑袋。可马龙似乎仍把它看成是妖怪的脑袋。尽管他是个大汉，一看到她的脑袋，他还是顿即腼腆地往后一缩，走回雨里，嘴里说着“我要到他那儿去”，匆匆地好像浑身打颤那样顺着小巷，穿过暗黑的院子，向着那又黑又大的工厂走去。

已经过了工作时间，“做活的人”都走了，机器也休息了，厂门关上了。马龙绕着工厂走去。他看到在那烟黑的大厢房里的什么地方，另有一片灯光。他用那根橡木棍的粗梢敲敲另一扇门，敲得咚咚直响。里边钥匙转动一下，门开开来了。

“是乔·斯科特吗？大车有什么消息，乔？”

“不是——是我。赫尔斯通先生要我来的。”

“啊！马龙先生。”在说出这个名字时，声音里略微透出点儿失望的声调。过了一会，又客客气气而又有点儿拘泥地说：“请进，请进，马龙先生。非常抱歉，赫尔斯通先生竟认为需要劳你的驾，实在不必如此——我已经对他说了——这样一个夜晚，可是，请往前走吧。”

马龙跟着说话的人穿过一个样子看不清楚的暗黑房间，走进里边一间光亮的屋子——对于一个在过去一个钟头里，眼睛一直想透过夜空和迷雾的双重黑暗看东西的人说来，确实觉得很亮；不过，除了一盆喜人的炉火，桌上点着一盏雅致的灯灿亮生辉而外，这地方十分朴素。地板上没有铺地毯；三四张漆着绿色的硬背椅子，似乎本来是农舍的厨房里用的；一张结实坚固的写字台，还有上面提到的那张桌子，几张挂在宝石色墙上的、装在镜框里的图表，上面画着厂房设计、庭园布置、机器装置等等草图；就是这地方的全部家具。

这地方的确很朴素，马龙也似乎很满意，这时候，他把湿大衣、湿帽子脱下，挂起来，拉了张好像害风湿症的椅子到火炉旁边，简直要把双膝都塞进通红的炉格里。

“你这地方倒很舒适，穆尔先生。十分惬意。”

“不错，不过，如果你高兴上我家去的话，我姊姊准乐于见你。”

“啊，不，小姐们还是别去打扰她们为妙。我决不是个喜欢和女人厮混的人。你别把我错看成我的朋友斯威廷，会吗，穆尔先生？”

“斯威廷？他是哪一位——是那个穿深棕色大衣的，还是那个小个儿的先生？”

“那个小个儿的——他是南尼利的，是赛克斯家几位小姐的崇拜者，她们六个，他个个都爱。哈哈！”

“在这方面，我倒认为，与其专爱一个，不如统统都爱。”

“可他就是专爱一个，而且当我和唐要他在那小堆美人里头挑定一个的时候，他提的是——你猜是哪一个？”

穆尔先生古怪而悄悄地笑了一下，答道：

“不是朵拉自然就是哈丽特了。”

“哈哈！你猜得真好。可是，你怎么会想到这两个？”

“因为她们都是顶高大，顶漂亮的，而且至少朵拉是顶结实的；因为你的朋友斯威廷先生是个细瘦的小个儿，我认为，根据这种情况的惯例，他总是更喜欢跟他相反的人。”

“你说得对，正是朵拉。可是，他不会有成功的可能，他会有吗，穆尔？”

“斯威廷先生除了副牧师的收入，还有什么？”

这个问题似乎很使马龙发生兴趣。他整整笑了三分钟后才答道：

“斯威廷还有什么？怎么，戴维还有只竖琴，或者一支笛子，这横直都是一码事。他有只充金的表，一只充金戒指，一副充金的眼镜——全部家当都在这儿了。”

“光让赛克斯小姐一直穿长外衣，他怎么个求婚法？”

“哈哈！妙语！下回我碰到他的时候，准要把这个问一问他。我一定要对他的大胆行为嘲弄一顿。不过，他准是指望克利斯朵夫·赛克斯老先生会放漂亮些。他很有钱，可不是吗？他们住的是大宅子。”

“赛克斯先生在搞一项大事业。”

“因此，他一定十分富裕，不是吗？”

“因此，他一定有许多处理他的财富的办法，而且这种时世，如果认为他能从生意上抽出些钱来给他那些女儿办嫁妆，那大概正跟我梦想拆掉那儿的小屋，在废墟上造起像菲尔赫德那样一幢大房子一样。”

“你知道我有一天听到些什么吗，穆尔？”

“不知道，也许是说我就要搞些什么改革吧。你们白莱亚菲尔特的流言是会扯到这种那种更要无聊的事儿上去的。”

“说你准备把菲尔赫德租过来——顺便说一句，我今儿晚上经过那儿的时候，我觉得那地方很凄凉——还说你打算选定一位赛克斯小姐作情人——简单点说，跟她结婚。哈哈！那么，究竟选哪一个？准是朵拉，你刚才说她顶漂亮。”

“我真弄不懂，自从我来到白莱亚菲尔特以后，人们一直认定我要结婚了！人们已经把这地方每一个已届结婚年龄的姑娘都挨个儿派给我了。一会儿是那两个温小姐——起先是那肤色浅黑的，后来又是那个肤色淡些的；一会儿又是红头发的阿米塔奇小姐；再一会儿又是那个成熟的安·皮尔逊；这会儿，你又把整个姓赛克斯的姑娘都扔在我双肩上。这些流言究竟有些什么根据，天知道。我什么地方也没去；我找女人做朋友也跟你——马龙先生一样小心谨慎。如果我上惠因伯利去的话，也只是到赛克斯或者皮尔逊的账房间去看看他们，在那儿，我们谈的都不外乎是婚姻以外的其他问题，而且我们考虑的也完全不是求爱求婚，成家立业，陪嫁嫁妆这种事情，而是销不出去的布匹，雇不起的工人，开不了工的工厂，总之，谈的都是这些使人心事重重，我们又无法改变的别别扭扭的事情。我现在可以明明白白地说，我们绝对不谈人家虚构的这种调情求爱的事儿。”

“我完全同意你的看法，穆尔。如果说我有个最讨厌的看法的话，那就是对于婚姻的看法——我指的是那种庸俗无聊的、只是把婚姻看做一种宣泄情感的事情。两个可怜的傻瓜同意用一根虚幻的感情(胡说八道！)带子来把自己的窘迫联结起来。不过，一种有利的婚姻，比如能够做到共同尊重意见，获得永恒可靠的利益，那倒是不坏的，是吗？”

“是，”穆尔心不在焉地回答。

这种话题似乎引不起他的兴趣，他并没有接口。他全神贯注地瞪眼凝望一下炉火后，突然转过头来。

“听！”他说，“你可听到车轮声？”

他站了起来，走到窗前，打开窗子，侧耳倾听一下。他马上又关上窗。

“不过是起风的声音，”他解释一下，“还有那有点儿涨潮的小溪流向洼地的声音。我原来认为那些大车六点钟可以到，这会儿快九点了。”

“说正经的，你可认为装上这种新机器会给你带来危险吗？”马龙问道。“赫尔斯通似乎认为会这样。”

“我只希望那些机器——全部机器平安运到这里，放进厂里。等到机器一装上了，我才不理会那些破坏机器的人呢。他们只要肯来光顾我，就请他们自食其果，我的工厂就是我的堡垒。”

“这些下流的无赖真叫人瞧不起，”马龙说，一副大发幽思的神气。“我简直巴望今晚会有一帮子人来拜访你，不过，我一路过来，似乎极其平静，我一点也看不出有什么动静。”

“你是打红屋那边过来的吗？”

“是的。”

“在那条路上，当然不会有什么事情，危险是在斯蒂布罗那方面。”

“你认为那边有危险吗？”

“凡是这些家伙对别人做得到的，他们就会拿来对付我。不同的只有这一点：大部分厂主一遭到他们袭击，就瘫痪了。比如拿赛克斯来说，他的整布间给人放了火，烧成平地，张布架上的布都给撕掉，一片片地撒在田野上，他却不采取任何措施来发现或者惩罚那些恶棍。他像雪貂嘴里的兔子一样，服服帖帖，束手无策。至于我，如果我知道我自己的话，我对于我的生意，工厂，机器，都决不袖手旁观。”

“赫尔斯通说这三件东西就是你所尊奉的神明；‘诏令’[①]在你看来就是七大罪[②]的另一个名称；卡斯尔雷[③]是你的伪基督，那个主战的党就是他的军团。”

“不错，我非常厌恶这些东西，因为这些东西毁了我的事业，挡我的道，叫我不能前进。我因为这些东西，无法实施我的计划。这些东西的恶劣影响，每一次都使我遭受挫折。”

“可是你很富足，生意也兴隆，不是吗，穆尔？”

“我的布匹真富足，就是销不出去。你不妨到我那边的仓库，去看看那些布匹是怎样一匹一匹直堆到屋顶的。赛克斯和皮尔逊也是处于这种境地。美国一向是他们的市场，可是诏令却把市场都给切断了。”

马龙似乎不准备精神抖擞地将这种交谈继续进行下去，他开始叩击自己两只靴后跟，打起呵欠来。

“你再想想，”穆尔先生却继续说下去，他似乎只顾自己的思路，

---

① 指英国当时为对抗拿破仑的所谓大陆封锁制度的敕令，而先后颁布的有关禁止中立国船舶在法国及同盟国港口之间进行贸易的种种枢密院令，即诏令。

② 七大罪又称七戒，即：骄傲，贪婪，色欲，暴食，愤怒，忌妒和懒惰。

③ 卡斯尔雷(1769—1822)，英国政客，曾多年担任陆军大臣和外交大臣。他镇压过爱尔兰人民，枪杀过工人。1822年患癫狂症自杀。拜伦和雪莱分别在《爱尔兰的神灵》和《群魔乱舞》中鞭挞过他。

而没有注意到他的客人已厌倦了——“想想惠因伯利和白莱亚菲尔特那些无稽之谈，一直在谈什么结婚不结婚，真把人也烦死了！仿佛生活里没有什么事好做，只有所谓‘注意’年轻姑娘，然后同她一起上教堂，然后去度蜜月旅行，到各处去拜访一通，再然后就是，我想，‘成家立业’，——噢，他妈的”，——他突然精神勃勃地煞住了滔滔不绝的谈论，比较心平气和地找补说：“我相信女人谈的、想的就只是这些事情，她们自然认为男人满脑子想的也是这种东西。”

“自然——自然，”马龙表示同意说，“可是，别理会她们。”说着，他吹一下口哨，不耐烦地四下张望一番，好像觉得非常缺少点什么似的。这下子穆尔注意到了，而且仿佛也理会了对方的表情。

“马龙先生，”他说，“你在雨里跑了一趟后，一定需要点提提神的东西，我可有点怠慢了。”

“没有什么，别客气，”马龙说。可是，他脸上仿佛表示这话说到点子上了。穆尔站了起来，打开食橱。

“我总喜欢，”他说，“一切都自己来，而不要吃一口东西，喝一点酒都得依靠那边小屋里的女人家。我常常一个人在这里消磨黄昏，独自吃晚饭，跟乔·斯科特睡在厂里。有时候，我就自己做更夫。我睡得不多，碰上夜色好的时候，攥支步枪，到洼地徜徉它一两个钟头，真是愉快。马龙先生，你能烧羊排吗？”

“看我的，我在学校里不知烧过多少回呢。”

“那么，那边有一大盆羊肉，还有铁丝格子。赶快烧起来，你可知道烧得不走卤的诀窍吗？”

“别担心——你等着瞧吧。请给我刀叉。”

这个副牧师登时卷起衣袖，劲道十足地一心扑在烹调上。那个厂主把几只盆子，一大块面包，一只黑瓶子，两只大杯子放在桌上。他又取出一只小小的铜茶壶——也是打那只应有尽有的壁橱，他的食橱里拿出来的——到角落里一只大石瓮那儿加上水，然后搁在嗞嗞作响的铁丝格子旁边的炉火上，又拿出柠檬、糖和一只小小的调五味酒瓷钵。可是，正当他在调五味酒的时候，一阵轻轻的敲门声叫他去应门了。

“是萨拉吗？”

“是的，老板。请问，你来吃晚饭吗，老板？”

“不，我今晚不回去啦。我要睡在厂里。你把门户都锁好，要女东家去睡好啦。”

他又回来调五味酒。

“你把家务料理得有条有理，”马龙称赞地说，这时候，他正在勤快地烧羊排，那副尊容由于俯身在炭火上而显得红彤彤的。“你不像可怜的斯威廷那样，让女人管治。一个男人——啐——油溅得多厉害！——烫痛我的手了——注定要受女人管治。说起来，我跟你，穆尔——这块黄褐色的给你，卤很足——我跟你，有朝一日结婚了，马厩里准不会有灰雌马[①]。”

“我不知道——这事情我从来没有想过。如果那匹灰雌马又漂亮又温顺，又为什么不可以有呢？”

“羊排烧好了，五味酒可调好了？”

“满满一杯，尝尝看。等乔·斯科特和他那些下手回来，也让他们尝一尝，如果他们把机器完好地运回来的话。”

这顿消夜马龙真是越吃越得劲，他有笑无笑地高声大笑，乱说笑话，自赞自叹，总之，渐渐变得毫无意义地吵吵嚷嚷。反之，他的主人则依然同先前一样安静。读者，现在该让你对这位主人的外貌获得一点印象了。趁他坐在那儿吃的时候，我必须尽力把他略为勾勒一番。

---

① 灰雌马，英谚，类似我国从前所谓“牝鸡司晨”“惧内”的意思。

他是那种让你初眼一看也许会认为是个模样儿有点古怪的人，因为他长得又瘦又黑，血色不好，完全是个异邦人的相貌，一抹阴影似的头发，随便地披在前额上，仿佛他根本没有时间进行修饰，要不然，准会梳理得更有气派。他好像没有意识到自己的相貌长得还不错，也没有意识到他的相貌有南方人的匀称、清秀和端正的轮廓，不过，一个旁观者也得对他仔细端详一番后才能发现这种特点，因为那种忧心忡忡的脸色和一张凹陷而有点儿憔悴的脸，难免要使细心人一下子看不出什么美来。他的眼睛是灰色的，又大又有威严，透着种专心一意，沉思冥想的神气，与其说是和蔼、亲切，不如说是锐利而又深谋远虑。当他张开嘴来，露出笑容的时候，那副尊容倒是很随和的。不过，即使如此，那副尊容也并不是率直或者愉快的，只是叫人觉得多少有种庄重的魅力，有点儿（不管是真是假）体谅人的，也可说是种和善的神色；有种能够经受磨炼的情态，一种有耐性，坚忍的，也许是可靠的感情。他还年轻——还不到三十岁；他身材颀长，体态纤细。他的谈吐并不讨人喜欢；说起话来含有外邦土音，这种腔调尽管是故意不讲究发音和用语，却叫不列颠人，尤其是约克郡人听起来好生刺耳。

其实，穆尔先生只不过是半个不列颠人，而且连半个也说不上。就母系说来，他出身于一户外国世家，他本人出生在外国，半生是在外国长大的。因为是个天生的混合体，所以在许多方面——比如在爱国精神上——他就可能有种混合的感情；他好像是无意参加任何党派，甚至不能入乡随俗；他还可能有这么一种意向：不使他自己同任何社团发生关系，尽管他的命运可能暂时要同这些社团有所接触，他也可能觉得最聪明的办法，莫如设法使罗伯特·吉勒德·穆尔的事业完全不同为公益的慈善事业发生关系，并把吉勒德·穆尔家看做是完全与慈善事业无关的。做生意是穆尔先生的祖传职业——安特卫普[1]的吉勒德家族二百年来一直就是商人。他们曾经是富裕的商人，可是，后来碰上了时局动荡不定，生意不免受到牵连，加上损失惨重的投机，逐渐动摇了他们声誉的基础。多年来，这个商行总是处于摇摇欲坠的境地里，最后，在法国大革命的冲击下，它一下子就完全垮台了。这一崩溃，殃及了穆尔家在英国和约克郡的商号，因为这个商号与安特卫普的商行有密切关系，而且，在安特卫普的商行中有个股东罗伯特·穆尔就住在安特卫普，他娶了霍顿斯·吉勒德为妻，指望他的妻子将来可以继承她父亲康斯坦丁·吉勒德在商行里的股份。可是，我们已经知道，她只是继承了她父亲应在这个商行里分摊到的债务，而这些债务，尽管通过与各债权人取得协议，及时将其取消，但是，有人说，她的儿子罗伯特却把这笔债务当作一项遗产接受下来，还说他立志有朝一日要还清这笔债务，重建吉勒德和穆尔那个已经垮了的商行，其规模至少要与先前的商行一样宏大。甚至有人认为，他时刻把过去的家境谨记在心。一个人如果在幼年时代是在预知凶祸即将来临的情况下，在心情沉重的母亲身边度过的，成年时，又让一场无情急降的暴风骤雨淋得浑身湿透，狼狈不堪，而能把这一切痛苦都铭刻在心，那么，他的成年时代也许就决不会有什么金碧辉煌的印象。

不过，如果他怀有重振家业的伟大目的，而要使用巨大的财力来达到这个目的，又不是他力所能及的，那么，他就只得满足于这种小本经营的日子了。当他来到约克郡时，他——他的祖先曾在这个海港拥有过许多仓库，在内地城镇开过许多工厂，城里盖有大厦，乡间造了别墅——看到自己不能有什么大作为，只得在一个偏僻地区的偏僻角落租下一个小织布厂，把旁边一间小屋作为他的住所，还把他那水力发动的水沟所流过的洼地四周的、几英亩陡峭崎岖的土地，作他放

① 安特卫普，比利时一个工业城市。

马的牧场和放布架的地方，以增加他的财产。所有这一切，他是从经管菲尔赫德地产（当时是属于一个未成年人的产业）的受托人手里以高价租来的（因为战时艰难，百物昂贵）。

在这个故事开始的时候，罗伯特·穆尔还不过在这里住了两年，两年来，他至少已经表现出自己具有活动能力。那间脏黑的小屋已变成一个整洁雅致的住宅。他以非凡的，甚至是以佛兰芒[①]人的谨严态度和细致作风，把一部分崎岖的土地开辟成个庭园。至于那个工厂，原来是座古旧的建筑物，装的是陈旧的机器，目前已是效率极差而且式样也过时了。他打一开始便极其瞧不起厂内所有这些装备和设施，一直想加以彻底改革，而且已就他那点十分有限的资金尽快地这样做了。可是，资金毕竟有限，因而阻碍他改革的进展，这是使他感到极其困恼的一种精神桎梏。穆尔一直想迎头赶上，“前进”就是刻记在他心灵上的计划；无奈贫困束缚了他的手脚，有时候（比喻地说），他好像让人家的缰绳勒得很紧，嘴边尽是白沫。

有了这种心情，就无法指望他能进一步考虑他的前进是否损害别人。因为他不是本地人，又不是在附近一带定居很久的住户，他就不能充分关心使用新机器是否会使老工人失业的问题。他从来不自问一下，那些他不再发周薪的人每天将到哪儿找饭吃。说到这种疏忽，他不过是跟其他数以千计的人相似而已，可是，约克郡的饥寒交迫的穷人却似乎更有理由对他们这些人提出要求。

我写这本书的时候，正是英国历史上（特别是在北方各地的历史上）暗淡无光的时期。当时，大战方酣。整个欧洲都被卷进这场战祸。英格兰，即使不是困乏，也已经由于长期战争而精疲力竭了——不错，国内半数人民也都困乏了，大声呼吁，但求和平，不计条件。所

---

① 佛兰芒，古国名，包括今之比利时、荷兰南部及法国北部。

谓国家荣誉已经变得空有其名，在许多人眼里，一文不值了，因为他们只见一片灾荒，什么也看不清楚。为了一小片肉，连自己的生死权都会拿去出卖。

由拿破仑的米兰和柏林法令[①]所引起的“诏令”和禁止中立国与法国进行贸易，触怒了美国，从而把约克郡毛纺业的主要市场给切断了，使约克郡的毛纺业濒于绝境。一些次要的外国市场胃纳已足，不能再多吸收——巴西，葡萄牙，西西里都供过于求，存储将近两年的消费量。在这种危机时刻，北方的纤维工业都采用新机器，这样一来，大大缩减了原来必须雇用的大量工人，成千成万的人失业，使他们毫无维持生活的合法手段。接着而来的又是庄稼歉收。灾难达于顶点。忍耐，过分刺激，使得同胞们都起来暴动。人们都感到，一种精神上的地震，像分娩阵痛一般，正在北方地区的丘陵下面起伏不息。不过，情况往往就是这样，起先谁都不加注意。等到一个工业城镇突然爆发粮食暴动，一个起毛厂给烧成平地，或者一个厂主的住宅遭到袭击，家具给抛到街上，家属不得不逃命的这个时候，地方官员才采取或竟不采取若干权宜措施。查出了一个为首人物，或者更常见的是查都查不出来，报纸对此只登一段新闻，事情就到此为止。至于那些受苦的人，他们的唯一遗产就是劳动，可是，如今连这种遗产也都失掉——他们无法找到工作，因而得不到工资，因而吃不到饭——他们只有再受苦下去，也许不可避免地还要再受苦下去。阻止工厂进行改革，不让革新机器，破坏科学发明，固然解决不了问题。但是，战争停不下来，有效的救济搞不起来——当时真是无法可想——因此，失业者只能听天由命：吃面包配苦水。

苦难产生仇恨。这些受苦人仇恨机器，他们认为是机器夺走他们

① 指 1806 年 11 月 21 日拿破仑在柏林，1807 年 11 月 23 日和 12 月 17 日又在米兰先后颁布的、为对英国实行大陆封锁的三道“敕令”。

的饭碗；他们仇恨那些摆着这种机器的厂房；他们仇恨那些拥有这种厂房的厂主。在白莱亚菲尔特教区，在这个我们现在要谈的地方，洼地工厂就是个最令人厌恶的地方；吉勒德·穆尔，由于他具有既是半个外国人又是个彻底改革派的双重身份，就成了个最可恶的人。穆尔的脾气也许是宁愿为此而被人仇恨，而不愿因别的事被人仇恨，尤其是在他认为人家所恨他的事业恰是一种正当的、有利的事业时更是如此。今天晚上，他正是怀着一种打仗似的兴奋情绪坐在他的账房间里，等候装运机器的大车到来。马龙跑来同他做伴，也许是最不受他欢迎的。他真宁可独自坐在那儿，因为他喜欢一种寂静、暗黑而不安全的孤独环境。有他那支守更人的毛瑟枪同他做伴就尽够了。豁谷里那条滚滚奔流的小溪的不断絮语，听来就最悦耳。

这个厂主带着再古怪也没有的眼色对这位爱尔兰副牧师瞅了好几分钟，这时候，副牧师正在放怀畅饮五味酒，可是，突然之间，厂主那双坚定的灰色眼睛变色了，仿佛又在马龙面前看到另一个异象。穆尔抬起头来。

"嘘！"马龙把杯子弄得叮当作响，穆尔用他那法国派头说。他侧耳倾听一会后，站了起来，戴上帽子，朝账房间门口走出去。

夜空寂静，暗黑，凝滞不动，溪水仍在哗哗湍流。在万籁俱寂中，水流听来简直就像洪水泛滥。不过，穆尔的耳朵听到的却是另外一种十分遥远，然而又不像是流水，而是断断续续，十分刺耳的声音，总之，是负荷很重的车轮嘎扎嘎扎地碾着石子路的一种声音。他又回到账房间，点上一只灯笼，拿了灯笼，顺着厂外广场走去，打开大门。几辆大车逐渐驶过来了；可以听到拉大车的马匹的大马蹄在泥水里的泼溅声。穆尔向他们高声招呼：

"嗨，乔·斯科特！都顺利吗？"

也许乔·斯科特还相隔太远，听不到这声询问，他并没有回答。

“喂，都顺利吗？”穆尔又问一遍，这时，那匹大象似的先导马的鼻子几乎要碰上他的鼻子。

有人从最前面一辆大车里跳下来，奔进大路，大声叫嚷。

“是呀，是呀，恶魔，一切顺利，都给我们砸烂了。”

一阵奔跑。大车都停住不动了，车子里空无一人。

“乔·斯科特！”听不到乔·斯科特的回答。“默加特罗！皮格希尔斯！赛克斯！”都没有人搭腔。穆尔先生举起灯笼，仔细瞧瞧车里。里边既没有人，也没有机器，车子里空空如也，没人管啦。

且说穆尔最喜欢他的机器，他把最后一点资金都拿来扑在购买今晚等着运来的机器和剪绒机上，对他的事业最重要的投机就全靠这些机器作出来的成绩。如今这些机器哪里去了？

“都给我们砸烂了”这句话仍在他耳际回荡。灾难怎么会落到他头上？借着他手里拿的灯笼，我们可以看到他脸上肌肉松弛成一副奇特的笑容——这是意志坚决的人，在生死关头，觉得需要加强这种坚决意志时所表露的笑容，因为这时神经极其紧张，心智必须承担得了，否则，就会崩溃。然而，他依然一声不响，甚至一动不动，他一时间既不知道该说什么，也不知道该怎么办。他把灯笼放在地上，叉起双臂，站在那儿，眼睛凝望地上，陷入沉思。

有一匹马不耐烦地跺着脚，使他立即抬起头来，他顿即看到马具上缚有一样闪着白光的东西。他拿灯笼仔细一照，原来是张折叠着的纸——一张字条。上面并没有什么抬头，里边这样写道：

“致洼地工厂的恶魔：”

我们不想照抄其他一切缀字法，因为写得十分特别，不妨把它译成清晰可读的英语，它这样写道：

“你那些万恶的机器已在斯蒂布罗泽地给砸烂了，你手下那些人都给绑了手足，躺在路旁沟里。你应该以这件事为教训。我们都是些忍饥挨饿的人，我们还有忍饥挨饿的妻儿子女，我们干了这件事后，都得回家了。如果你搞来新机器，或者如果你又再这样去搞这种机器来，我们又会给你颜色看。当心！”

“你们又会给我颜色看？好的，我就要再看你们的颜色，你们也要看看我的颜色。我直接告诉你们吧，你们马上就要在斯蒂布罗泽地上看到我的颜色。”

他把大车拉进大门后，匆匆向着小屋走去。他打开了门，急急而悄悄地对在走道里奔过来迎他的两个女人说几句话。他把发生的情况简要而轻描淡写地说了一下，安定其中一个看来惊慌失措的女人的情绪，又对另一个女人说：

“到厂里去，萨拉——钥匙在这里——尽你的力气把厂里那口大钟敲得响响的，敲过后，你再点上一只灯笼，帮我照亮屋前。”

他又回到马匹那儿去，同样迅速而仔细地卸下马具，给它们喂料，把它们赶进马厩，他一边这样做，一边偶尔停一停，仿佛要听听厂里的钟声。钟声立即敲响了，虽然敲得节奏不够均匀，却声音很大，轰轰直响，十分吓人，那种急促、激动人心的声响，似乎比个老手的从容不迫的敲击还更显得事态紧急。在这样静寂的夜间，在这样不平常的时刻，老远也能听到钟声。红屋厨房里几个客人都被这当当响的钟声吓了一跳，大家都说：“洼地工厂准出了什么很不平常的事儿，”他们都要了灯笼后，大伙一起匆匆赶到那儿去。他们刚好提着灯笼拥进广场的时候，就听到一阵马匹的奔驰声，一个戴着宽边帽的小个子，笔挺地坐在一匹毛茸茸的小驹背上，“轻松地策马而来”，后边跟一个骑匹较大的栗色马的副官。

这时候，穆尔先生把那几匹拉大车的马赶进马厩后，给自己的坐骑安上鞍具，在仆人萨拉的帮助下，把厂里的灯火点得一片通明，厂房那又阔又长的屋面，现在都大放光明，把广场照得如同白昼，从而消除了由于暗黑而引起的一切惶恐。一阵深沉的嗡嗡声变得清晰可闻了。马龙先生终于从账房间里出来，他事先采取了预防措施，把头和脸都在那只石水瓮里浸了一通；这番预防措施加上突然一番惊恐，差不多把刚才让五味酒多少驱散了的理性又重新恢复过来。他站在那里，帽子搭在后脑勺上，右手攥紧橡木棍，信口开河地回答刚从红屋赶来的那伙人提出的问题。穆尔先生这当儿来到了，他立即就碰上那顶宽边帽和那匹毛茸茸的小驹。

"唔，穆尔，你找我们来有什么事？我想你今儿晚上该用得着我们，用得着我和这位大将(拍拍他那匹小驹的颈项)了，用得着汤姆和他的战马了。我一听到你厂里的钟声，我简直就坐也坐不住，所以我让博尔特比一个人去吃完他的晚饭。可是，敌人在哪儿？我眼前既看不到一只面具，也看不见一张抹黑的脸，你的窗玻璃一块也没有给打烂。你是遭到了袭击还是希望人们来袭击？"

"啊，完全不是这回事！没有人来袭击过，也不希望人们来袭击，"穆尔冷冷地回答。"我之所以叫敲钟，只是因为要请两三个邻居来待在洼地厂里，好让我同两三个人到斯蒂布罗泽地那边去一趟。"

"到斯蒂布罗泽地去！去干什么？去接大车？"

"大车一个钟头前就到家啦。"

"那就好喽。你还要上那边去干什么？"

"大车空空回来，乔·斯科特那伙人还留在泽地上，机器也在那儿。你看这张条子。"

赫尔斯通先生接过条子，看一看前面已经提到的内容。

"哼！他们不过是像对待别人那样对付你罢了。可是，沟里那几个可怜汉在等待救援，一定等得有点焦急了。今晚下雨，这差使可够受的。我和汤姆同你一起去，马龙留下来照顾厂里。他怎么啦？他那双眼睛似乎要打脑瓜儿爆出来了。”

“他刚才在吃羊排。”

“真有你的！彼得 · 奥古斯塔斯，你得留神呀。今晚别再吃羊排了。我们要你留在这里统管这些房屋——这可是个光荣岗位。”

“还有什么人跟我待在一起？”

“眼前在的这许多人，听你挑吧。小伙子们，你们有多少人要留下来，有多少人要同我和穆尔先生走一小段路去斯蒂布罗，去接几个遭破坏机器者伏击的人？”

自愿跟去的只有三个人，其余都宁愿留下来。穆尔先生跨上坐骑时，教区长低声问他可把羊排锁好了？免得让彼得 · 奥古斯塔斯再沾上一手。工厂主点点头表示已经锁好，于是，这队援军出发了。

第三章
约克先生

一个人心情是否愉快，似乎完全取决于内因，也取决于外因。我之所以要这样老生常谈地絮叨一下，是因为我碰巧知道赫尔斯通和穆尔两位先生率领数目很少的一伙人骑马快步离开厂场大门时，心境极好。灯笼光(其中三个徒步的人都人手一只灯笼)一照在穆尔先生脸上，就可以看到一番不同寻常的神色，因为他眼睛里闪烁着生气勃勃的光辉，黝黑的尊容透着一种新发现的轻松愉快；同时，灯笼光一照亮教区长的脸，也可以看到他那严峻的面相乐得满脸笑容。人们不免认为，这样一个细雨霏霏的夜晚，这样一个多少有点危险的征程，总算不上是个什么好时刻，可以为那些冒雨去进行冒险的人增添多少生气吧。如果刚在斯蒂布罗泽地上作过案的那些人中，大家或者有一个看到这队人马，他们准会十分高兴地躲到墙后开枪打这两个为首人物中的一个；这两个为首人物也知道这一点，事实上，这两个人都是神经坚强，心意坚定的人，因为知道可能有人开枪，反而扬扬自得。

读者，你不必提醒我，我也知道，做牧师而好战，实在是桩可怕的事情。我知道牧师应该是个爱好和平的人。我多少有个大概的印象，知道教士在人间负有什么使命，我也清晰地记得他是谁的仆人，传谁的道，应该以谁为榜样。不过，尽管如此，如果你是个憎恨牧师的人，你就不必指望我会亦步亦趋地跟你一起走阴森的、反基督教教义的下坡路；你也不必指望我会跟你一起那么小心眼儿，那么厉害地痛切诅咒——那么激烈而又那么荒唐地痛恨“圣职”；不必指望我会跟一个叫萨普霍的一起瞪眼举手，或者跟一个叫巴拉克劳夫的一起张大肺部、气胀鼓鼓地嫌恶和谴责这个恶魔似的白莱亚菲尔特教区长。

他根本不是个恶魔。毛病只出在他找错了职业，他原该去当兵，但是，环境却使他当了教士。至于其他方面，他倒是个耿直、顽固、苛刻、勇敢、严峻、难以和解、信仰坚定的小个子；是个可说没有同情心、不和蔼、有偏见而严谨的人；也是个忠于教义、可敬、精明、诚恳的人。读者，我觉得，你总不能把人塑造得同他们的职业完全相称，也不应该因为职业有时不合人意地缠住他们而诅咒他们。尽管赫尔斯通是个哥萨克一般的牧师，我可不诅咒他。然而，他自己的教区却有许多居民诅咒他，同时，也有其他一些人崇拜他，这是那种偏重友谊、痛恨仇敌，既坚守原则又坚持偏见的人经常会遭到的命运。

赫尔斯通和穆尔两人都情绪高涨，眼前又为一个目标而一致行动，你也许会认为，在他们这样并辔策马前去时，一定会亲密地交谈一番。啊，不！这两个人都是气质冷酷，易动肝火的，他们除了经常发生摩擦，是难得往来的。他们经常争论的题目就是战争问题。赫尔斯通是个极端的托利党人（当时已经有托利党人了），穆尔则是个激烈的辉格党人——至少就反对那个主张战争的党这一点说来，他是个辉格党人，因为这是个影响到他自己的利益的问题；也只有在这个问题上，他才发表一点有关英国政治的意见。他喜欢这样激怒赫尔斯通，一会儿说他相信波拿巴是无敌的，一会儿嘲弄英国和欧洲无力抵挡波拿巴，再一会儿则冷静地提出看法，认为与其迟认输，不如早认输，因为到头来，波拿巴一定会摧毁一切反对者，获得至高无上的权力。

赫尔斯通不能容忍这些意见，只因他考虑到穆尔可以说是个流浪者兼外邦人，身上流的只有一半是英国的血，无法冲淡那腐蚀了他的血管的外国胆汁，他才只好硬着头皮倾听下去，而不想鞭笞这个说话者。另外还多少有种使他不那么厌恶的原因，那就是，穆尔提出这种看法的那种顽强口气，获得他的同情，穆尔那种一贯执拗到底的反抗精神获得他的敬重。

当这伙人折入斯蒂布罗的大道时，一阵微风迎面扑来，细雨斜打着他们的脸。穆尔刚才一直在激恼他的同伴，这会儿，经这阵冷湿的微风一吹，精神不禁抖擞起来，也许那阵密匝匝的毛毛细雨惹得他恼火了，他又开始刺激他的同伴。

“你们那个半岛[1]的消息可还叫你高兴吗？”他问道。

“你这是什么意思？”教区长倔气地反诘一句。

“我说你可还相信那尊叫做威灵顿[2]勋爵的邪神么？”

“现在这样说又是什么意思？”

“你可还相信这个脸如木雕，心如鹅卵石的英国偶像，有力量从天上召下火神来烧你们想贡献上去的法国燔祭么？”

“我相信威灵顿哪天高兴挥戈一击，那天就可以把波拿巴那些将军都扔进海里。”

“可是，亲爱的先生，你说的可不是当真的吧。波拿巴那些将军都是了不起的人物，他们是在一位万能的主神指挥下作战的；你那位威灵顿却是平庸的严守纪律者中最无聊的一个家伙，加上国内是个昏庸的政府，更使他那迟缓、机械的行动寸步难移。”

“威灵顿是英国的灵魂。威灵顿是正义事业的忠实战士；是个强有力的、不屈不挠的、通情达理的、正直的民族的适当的代表。”

“你们的正义事业，就我所知，不过是要把卑鄙、不中用的斐迪南[3]再扶上那被他玷污了的王位；你那个正直的民族的适当的代表只是个木头木脑的赶牲口的，是个木头木脑的庄稼汉的代表；可是，同这一切对垒的是个百战百胜的霸主和无可匹敌的天才。”

---

① 指英法战争(1803—1814)时拿破仑为夺取伊比利亚半岛而进行的战役。

② 威灵顿(1769—1852)，英国将军，在滑铁卢打败了拿破仑。

③ 指西班牙国王斐迪南七世(1784—1833)。

“是篡夺同正统对垒，是大言不惭、两面三刀、自私自利、存心谋反、巧取豪夺同谦虚、诚实、公正和敢于抗击侵略者对垒。上帝卫护公理！”

“上帝往往是卫护强权的。”

“怎么！我会认为鞋子一点也不湿地站在红海的亚洲一边上的那一小批以色列人①，比一群刚从非洲一边上岸的埃及人还更强有力吗？难道他们是人数多吗？难道他们是装备好吗？一句话，难道他们是很强大吗？你别开口，要不然，你就会说谎，穆尔。你自己知道你会说谎。他们是一群劳累过度的可怜的奴隶。历代的暴君整整压迫了他们四百年，里头还夹杂有少量的老弱妇孺，使得他们那支稀拉的队伍更加显得稀稀拉拉，他们的主人是一伙奢侈的埃塞俄比亚人，在后面大肆咆哮地迫着这支队伍过了把水分开的大海。那些埃塞俄比亚人跟利比亚的狮子一般强壮和残忍，他们携武器，骑骏马，驾战车；可怜那些希伯来流浪者都是徒步跋涉，其中大概只有寥寥几个人携有比牧羊杖或者泥水匠的工具好不了多少的武器；他们那个温顺而伟大的领袖自己也只有一支杖，可是，你想一想，罗伯特·穆尔，公理是与他们同在的；战神也是站在他们那一边的。统率法老的队伍的是罪犯和败坏了的天使，是哪一边获胜呢？②我们都很清楚：‘当日耶和华这样拯救以色列人脱离埃及人的手，以色列人看见埃及人的死尸都在海边；’③而且，‘深水淹没他们，他们如同石头坠到深处。’耶和华的右手施展能力，显出荣耀，耶和华的右手摔碎仇敌！”④

“你说得都不错，只是你忘记了真正的对比。法国是以色列，拿破

① 指《圣经》上所载，耶和华要摩西率以色列人离开埃及，耶和华使用“法术”，将海劈开，让“以色列人在海中走干地”。事见《圣经·旧约·出埃及记》第14、15章。

② 参阅《圣经·旧约·出埃及记》第14、15章。

③ 见《出埃及记》第14章第30节。

④ 见《出埃及记》第15章第5、6节。

仑是摩西。欧洲和她那些脑满肠肥的帝王以及腐朽的王朝正是腐败的埃及：英勇的法国就是那十二支派[①]，而她那个新来乍到的、精力旺盛的僭夺者就是何烈山的牧羊人[②]。”

“我不屑回答你。”

于是，穆尔自己回答自己；至少他低声对自己刚才所说的又加上一番看法：

“啊，他在意大利跟任何一个摩西一样伟大。他在那里真是个适当的人才——适宜于领导并制订许多措施，使好些民族得以复兴。直到今天还叫我大惑不解的是，这个罗地的征服者[③]怎么居然会纡尊降贵地当了皇帝——一种庸俗、愚蠢的骗子！更奇怪的是，一个曾经自称为共和政体的民族居然又会沦为小奴隶的地位。我鄙视法国！如果英国在文明的进展上像法国一样，英国就不见得会这么无耻地退却了。”

“你该不会认为昏庸的法兰西帝国会比血腥的法兰西共和国更坏吧？”赫尔斯通恶狠狠地反问道。

“我什么也不认为；不过，你知道，赫尔斯通先生，我高兴怎么想就可以怎么想，不论是对法国，对英国，对革命，对弑君，对一般的复辟复位，对你在讲道的时候老是唠叨不休的帝王的神圣权利，对不抵抗的义务，对战争是否明智，对——”

迎面一辆单马双轮车急驰过来，突然停在路中间，把穆尔先生的话打断了。穆尔和教区长两人一直专心一意在谈话，直等到车子逼近他们的时候，这才注意到。

“老板，那几辆大车可到家啦？”车里有个声音问道。

“难道是乔·斯科特吗？”

---

① 指以色列人出埃及前，摩西按耶和华旨意，将以色列人分为十二支派，见《出埃及记》第 24 章。

② 见《出埃及记》第 3 章第 1 节，牧羊人指摩西。

③ 罗地，意大利米兰省的一个城市，罗地的征服者指拿破仑。

“是呀，是呀！”另一个声音回答；原来车里有两个人，这从闪烁的车灯可以看到。几个掌灯笼的人都落在后头，或者，不如说，这支援军的骑兵已经走在徒步者的前头。“是呀，穆尔先生，是乔·斯科特，我是在相当困难的境地里把他带回来给你的。我在那儿泽地上找到了他——找到了他和另外三个人。我把他交给你了，你将给我什么？”

“还有说的，我想，我要大大感谢你。因为我宁可花点钱，也不愿意失掉一个好人。从你的声音听来，我想，你是约克先生吧？”

“是呀，小伙子，正是我。我正从斯蒂布罗市场回家，刚走到泽地半路里，快马加鞭，风一般疾驰的时候，（因为听说眼下时世不太平，多亏那个坏政府！）我听到一声苦哼。我拉住缰绳——换了别人，也许会鞭子挥得更快，跑了。可是，我没有什么好怕的，这我心里有数。我不相信这一带会有个小伙子要伤害我，至少，如果他们这样做，我一定会以牙还牙回敬他们一下。我说，‘什么地方出了岔子啦？’‘出事啦，’有人说，声音好像是打地里冒出来的。‘怎么回事，快点，说给我听！’我命令道。‘只有我们四个躺在沟里。’乔说，说得那么轻松。我对他们说，‘多羞耻呵，’我要他们爬起来赶路，要不然，我可要用鞭子狠狠抽他们一顿，因为我还当他们都是活灵活跳的。‘要是走得了，我们早在一个钟头以前就走啦；我们给布条绑住了，’乔说。所以，我立即下车，用小刀为他们解绑，斯科特就跟我一起坐马车先走，把一切经过都告诉我，其他几个人也都拼命赶上来了。”

“啊，多谢，多谢，约克先生。”

“你会多谢吗，我的小子？你是不会谢的。其他几个也来到了。啊，天呵，这里还另有一群提灯掌火的人，活像是基甸[1]的队伍。啊，牧师也一起来了，晚上好，赫尔斯通先生——我们人齐马壮。”

---

① 基甸，《圣经》上的英雄，击败了米甸人，统治以色列40年，参阅《圣经·旧约·士师记》第7、8章。

赫尔斯通先生对坐在车里这个人的招呼，老实说，回报得十分勉强。这个人又说下去：

“我们十一条好汉，既有马匹，又有战车。要是真个碰上那群破坏机器的饿鬼，我们准能打个大胜仗；我们个个都会成为威灵顿——那一定会教你开心吧，赫尔斯通先生！如果我们能给报纸写上几段，白莱亚菲尔特准能就此扬名。不过，我们要把这件事照实在《斯蒂布罗快报》上登它个一栏半，我敢说——只多不少。”

“我向你保证只多不少，约克先生，因为我要亲自来写。”教区长答道。

“的的确确，当然，当然！你可千万要好好地提出，给那些破坏了机器，用布条绑乔·斯科特的脚的人上绞刑，牧师决不开恩。这是桩上绞刑的案件，是该上绞刑的案件；没错儿。”

“如果我去审判他们，我可要不客气地对待他们！”穆尔嚷道，“不过，我的意思是这一回随他们去，给他们绳子就够了，到头来，他们准会自己上吊的。”

“随他们去，你会吗，穆尔？你说话算数吗？”

“算数？不。我的意思只是说，我才不特地为此去捉他们；不过，如果有谁跟我碰上的话——”

“那你自然要抓住他；只怕在你同他们算账以前，他们会做出点儿比光是拦车还要糟糕的事情来。唔，眼前我们不再谈这个了。先生们，已经到舍下门口了，我希望你们大家都进去；你们里头总不至于有人连喝点茶水也不行吧。”

穆尔和赫尔斯通都反对这个提议，认为没有这个必要。可是，一则拗不过主人的盛意，再则夜气实在寒冷，那幢房子（他们就停在这房子前面）几扇挂着细布窗帘的窗户照射出来的灯光显得很是诱人，他们终于让步了。约克先生下了车，把车子交给一个在他到来时就从侧屋出来的人后，领着大家进去。

这里必须说明一下，约克先生的用语有点儿多样化；他一会儿说着一口纯粹的约克郡土腔，一会儿又操着十分地道的英语。他的态度似乎也有同样的变化；他可以彬彬有礼，和蔼殷勤，也可以粗率鲁莽。光从他的谈吐举止，人们简直不容易肯定他的身份；也许只能根据他那幢住宅的外表来作判断。

他要那些下人到厨房去，说是他会“吩咐立刻给他们弄点东西吃吃”。同时领那些先生走进前门。他们来到一间用草垫铺地的门厅，图片几乎一直贴到顶棚；穿过门厅，他们又被领到一间大客厅，壁炉里烧着熊熊的炉火；总的看来，这是个最为赏心悦目的屋子，等你仔细看过那些摆设后，这种生气勃勃的印象仍然不会减色。屋里并没有什么富丽堂皇的气概，但是，处处都显得风味别具——不同凡响的风味——你可以说，是种旅行家、学者、绅士的风味。墙上挂着一套意大利的风景画；每张画都是真正的艺术品；是经过行家挑选的画；这些都是真品、名品。即使借着烛光看去，也是令人神往的：明朗的天，衬着蓝天的柔和远景，在眼睛与小丘间抖颤不息，鲜艳的色彩，巧妙集中的光与影。画的都是田园生活，景色全是阳光满溢。沙发上还有一把吉他和几张乐谱；一些玉石，贝壳，美丽的小摆设；壁炉架上摆着一套希腊瓶；两只精致的书架里，书籍摆得井井有条。

约克先生请客人就座后，打铃吩咐拿酒来；他殷勤地关照送酒来的仆人，给厨房里那些下人送饮料去。教区长还是站着，不坐下来；他好像不喜欢这个地方；主人递给他酒，他也一滴不沾。

“你就是尝一尝，”约克先生说。“我还是认为你是在想到东方的风俗，赫尔斯通先生，你是不会在我屋里吃喝的，怕我们会因此而不得不成为朋友；我可不这么讲究，也不这么迷信。你可以喝掉杯子里的东西，你可以打你自己酒窖里给我一瓶顶好的，可是，以后我们在教区会议上和治安会议上碰头的时候，我还是要随时保持有反对你的自由。”

“这正是我所指望于你的，约克先生。”

“我说，赫尔斯通先生，以你这个年纪，在这样一个雨夜，骑着马出来追索暴动者，这可同你相称吗？”

“干我分内的事，总是相称的；眼前这种事情，尽我的本分就是十足一桩乐事。追捕坏人是桩高尚的事情——有大主教身份的也合适。”

“好吧，就算你也合适；可是，那位副牧师在哪儿？他是骑着老马去访问什么穷人，还是碰巧又去另外什么地方追捕坏人啦？”

“他在洼地工厂担任警戒。”

“我希望你已给他留下口酒了，鲍勃①，”（他转身对穆尔先生说）“让他鼓足勇气？”

他并不停下来等待回答，还是继续急促地对穆尔说，穆尔已经坐进炉边一只老式椅子里：“走开，罗伯特！起来，我的孩子！这是我坐的。你可以坐那只沙发，也可以坐另外那三只椅子，就是别坐这一只，这是我坐的，谁都不能坐。”

“你干吗对这只椅子这么讲究，约克先生？”穆尔问道，懒洋洋地遵命离开那只椅子。

“先前我父亲也是这样，我只能这样回答你；这也是赫尔斯通先生可以大发一通高论的好理由。”

“穆尔，你打算走了吗？”教区长问道。

“不；罗伯特还不走，或者不如说，我还不打算跟他分手，他是个坏孩子，需得纠正纠正。”

“为什么，先生？我做了些什么事？”

“到处树敌。”

① 鲍勃，罗伯特的爱称。

“这我怕什么？你们这些约克郡佬恨我也好，喜欢我也好，跟我有什么关系。”

“哼，你瞧，你瞧。这孩子是故意要做我们的敌人；他父亲就决不会这样说话。滚回安特卫普去，你是在那里生长的，坏家伙！”

“你才是坏家伙，我不过是做我应该做的。至于你那些乡下佬，我真不在乎！”

“反过来说，我的孩子，我们那些乡下佬也不在乎你，你放心吧。”约克用几乎同吉勒德·穆尔一样纯粹的法语回答说。

“好啦！好啦！既然对我都是一样，那我的朋友就别担心好了。”

“你的朋友！你的朋友在哪儿？”

“我不妨重复你的话，他们在哪儿？只有回声回答，我很开心。叫朋友见鬼去吧！我还记得，当我父亲和那些吉勒德舅舅向周围呼唤朋友的时候，天晓得那些朋友是不是都赶快跑来救助他们！约克先生，你看，朋友这个字眼，太使我难过了；你别向我提这些吧。”

“随你的便。”

说着，约克先生闭口不语了。趁他背靠着他那张雕花的三角橡木椅坐在那儿的时候，我得抓紧时机，给这位操法语的约克郡绅士画个像。

第四章
约克先生（续）

作为一位约克郡的绅士来说，他在各方面都是呱呱叫的。他大约五十五岁，可是，初眼一看，似乎年龄还要大些，因为他的头发已呈银白。他额头不高，却很开阔，脸色健旺；脸上处处透着北方人的粗犷气概，这从声音中也听得出来；每一个特点都带有地道的英国人色彩，一点也没有诺尔曼人的痕迹；这不是种风雅、高尚、相貌堂堂的面型。优雅的人也许会称这种面型是粗俗的；通情达理的人会称它是富有特征的；机灵的人则会喜欢这种面型，因为它精力饱满，聪明机智，有一种显露于外形，深藏于纹理中的粗犷的，然而却是真诚的、别具一格的特征。不过，这是一张倔强的、倨傲的又爱好挖苦的脸，一张属于一个难以领导，也难于驱使的人的脸。他身材比较高，长得均匀，肌肉发达，自有一种端庄正直的风采；在他身上绝无一点凡夫俗子的形迹。

我并不觉得可以一下子把约克先生的身体容貌勾勒清楚，可是，更困难的是如何说明他的精神状态。读者，如果你指望我会把他说成个“十全十美”，甚至是个仁慈博爱的老绅士，那你可就错了。他对穆尔先生说话的时候，确实带点儿理性，有点儿好的感情；但是，你可不要因此而得出结论，认为他所说所想的都总是合情合理，和蔼厚道的。

首先，约克先生没有“崇敬”这个机能——这是个大缺点，因为需要崇敬而不能崇敬，就会使人误会；其次，他没有“比较”这个机能——这是使人没有同情心的一大缺陷；第三，他太缺乏“仁慈”和“理想”的机能，这就使他的性格失去灿烂而柔和的光辉，使他推测天地万物的能力大为减色。

缺乏崇敬使他不能容忍那些在他之上的事物：帝王，贵族，僧侣，朝廷，议会，制度以及他（它）们的所作所为，尤其是他（它）们的种种措施，形式，权利，主张，在他看来，都是可憎可恶的——都是毫无意义的；他看不出这些东西有什么好处或乐趣，认为如果把这些事物的高高在上的处所连根铲掉，盘踞在那里的事物就会一起倒塌，那对世人真是有百利而无一弊。由于缺乏崇敬，也使他对于敬仰值得敬仰的事物的那种惊心动魄的欢乐无动于衷，这样一来，无数纯粹欢愉的泉源就此枯竭，无数生动乐趣就此枯萎。他不是一个反对宗教的人，他也不是一个属于任何教派的成员，而且，他所信奉的宗教决不可能是一般人知道应如何崇拜的那种宗教。他相信上帝，也相信天国，但是，他的上帝和天国却是对之缺乏敬畏，想象和柔情的那种上帝和天国。

他由于“比较”能力薄弱而不能首尾一贯；他一方面承认互谅互忍一些优美的通则，一方面又对某些阶级抱有顽固的反感；他一提到“牧师”以及一切属于牧师一类的人物，一提到“贵族”以及贵族的依附者的时候，不免态度粗鲁，有时还十分傲慢，这种粗鲁、傲慢既叫人难以忍受，又是不公正的。他不能为被他辱骂的人设身处地地想一想；他不能拿他们的错误与他们的诱惑，拿他们的不利条件与他们的弱点加以比较一下；他体会不了他自己也同样受到所处环境的影响，他常常对那些他认为是行动凶恶、残暴的人表示最凶恶、残暴的愿望。根据他作出的种种威胁看来，他为了推进自由平等的事业，他不惜采用霸道甚至于残酷的手段。平等——不错，约克先生是讲平等的，可是，在内心里，他却是个高傲的人：他对自己的工人十分和蔼，对一切在他下面的，而且是乖乖地甘居在他下面的人十分好，可是，对于凡是众人认为（因为他对谁都不认为）比他高出一筹的人，他却傲慢得像个魔王。反抗就是他的性格；他不能容忍控制；他的父亲、祖父也是不能容忍控制的，他的子女也决不会容忍控制。

由于缺乏一般的仁慈，他十分不能容忍低能的人，容忍不了跟他那刚强、精明的性情格格不入的一切过失；这就使他可以畅所欲为地进行尖刻的讽刺。因为他不是个仁慈宽大的人，他常常会一再伤害别人而不注意他使人受到多大的创伤，也不管他对人刺得多深。

至于说到他精神上缺乏理想，这倒说不上是一种缺点；他有欣赏音乐的灵敏的听觉，又有鉴别色彩与形体的正确的视觉，他既然有了审美的本领，谁还管它什么想象不想象？谁不认为这与其说是种精神上的才赋，不如说是种危险的、无意义的品质——近乎弱点——也许有点儿疯狂——是种病害呢？

除了那些具有这种才赋——或者自以为具有这种才赋——的人以外，也许大家都是这样看法。听听他们说话，人们准会认为他们的心是冷的，仿佛仙丹灵药都治不了他们；人们准会认为他们的眼睛是朦胧的，仿佛火光也无法照亮他们的视力；人们准会认为他们准是十分孤独，仿佛这种奇妙的友伴丢弃他们了。人们也许会认为，这种才赋会使春天增添一种欢愉的希望，会使夏天平添一种美丽的魅力，使秋天具有一种宁静的欢乐，冬天具有安慰作用，而你却没有这种种感觉。这自然是一种幻想；但是，狂热的人都紧抱着自己的梦幻不舍，而且不肯拿它来换取黄金。

约克先生自己并不具有诗意的想象力，他认为想象力是别人身上一种最多余的品质。他可以容忍甚至可以鼓励画家和音乐家，因为他能够享受他们的艺术成果；他能够看出一幅好画所具有的魅力，能够感受悦耳的音乐的情趣；可是，一个文静的诗人——不论他的胸臆具有多大的斗争力量，具有多么炽热的烈火——如果他不能影响账房间里这个人，或者布业会馆这个生意人，那在海勒姆·约克看来，这个诗人准是个活着被人瞧不起，死了被人唾骂的人。

幸亏世间有不少的海勒姆·约克，因此，真正的诗人，尽管他外表是多么文静，却往往在平静中有股好斗的精神，在温柔中满含泼辣，能够衡量那些蔑视他的人的整个精神境界，能够正确地肯定人们因为他没有去做而蔑视他的那种事情的价值与分量。幸而这个诗人尚有他自己的完美的幸福，有他自己那个有老朋友、女神和造物主的圈子，这个圈子同那些感到他没有乐趣、他也觉得他们毫无乐趣的人是风马牛不相及的。这是最公正不过的事，因为既然人间和环境总是冷待他——正确地说，也因为他首先冷待他们轻视他们的缘故——他就可以在心里保持一种欢乐焕发的精神，为自己创造一切光明柔和的东西，尽管也许有些不理解他的人，会认为他是在过着一种从未受过太阳照耀的北极冬天的生活。真正的诗人是一点也不要求人家怜恤的；如果有哪个愚昧的同情者对他的过失哼哼唧唧，他倒大可窃笑一番。哪怕是有些功利主义者升堂审判他，宣判他和他的艺术毫无用处，而他在受审的时候，还是要对那些审判他的不幸的法利赛人投以尖辛的嘲讽，投以显明而深刻，全般而无情的蔑视，他宁可听人家责骂，而不愿意接受人家慰抚。不过，这些都不是约克先生的思想，我们现在要谈的是约克先生本人。

读者，我已经把约克先生的一些缺点告诉你了；至于说到他的优点，他倒是约克郡一个最可敬、最有能耐的人；哪怕那些不喜欢他的人也不得不尊敬他。他深得穷人的爱戴，因为他对他们十分和善，十分慈爱。他对工人很体贴，很诚挚；如果他解雇他们了，他也总要设法为他们另找其他一些事情；或者如果找不到的话，就帮助他们举家迁到可能找到工作的地区去。还必须指出，如果偶尔碰上他的“做活的人”中，有一个显出不服从的迹象时，约克——他像许多不愿意受人控制的人一样，懂得怎样有力地控制别人——自有一种镇压叛乱于萌芽状态中的秘诀，像除毒草一般将其连根铲除，使其永远不再会在他的权力范围内蔓延或者发展下去。这就是他处理自己事务的巧妙情况。他觉得自己可以随意极其严厉地谈论那些跟他处境不同的人；可以把他们的不愉快境遇都归之为咎由自取，可以把自己同一般厂主分别开来，随意鼓吹劳工问题。

约克先生的家庭是教区里最早最老的世家；他虽然不是最富裕的，却是最有势力的人物之一。他受过良好的教育；他年轻时，在法国大革命前，曾经游历过欧洲大陆；他精通法语和意大利语。他在意大利盘桓的两年中，搜集了许多名画和雅致的珍贵物品，他现在就用这些东西装饰他的住宅。他的风度，碰上他高兴的时候，倒不失为老派的优雅绅士风度；他的谈吐，在他想取悦对方的时候，真是说得娓娓动听，别具一格；如果他经常要说约克郡土话，那是因为他故意要这样说，他情愿讲他的家乡土话，而不愿意用比较文雅的词汇。他斩钉截铁地说："约克郡的喉音之胜过伦敦那种咬舌儿的声音，正如公牛的叫声胜过小老鼠的吱吱叫。"

在方圆几英里内，约克先生人人都认识，人人也都认识他，可是，他的知心朋友却为数寥寥。因为他自己是个十足的奇人，所以他对一切平凡的事物都毫无兴趣：一个爽直，粗犷的人，不论地位高低，总会受到他的欢迎；一个风雅而无味的显贵，不管地位多高，都使他反感。他可以随时花上一个钟头同他自己一个精明的工人，或者同他村子里一个古怪机灵的老妇随便聊天，却一分钟也舍不得同一个平庸的文雅绅士，或者同一个最时髦、风雅，甚至是轻佻的贵妇攀谈。他把自己在这些方面的癖好搞得过了头，从来没有想到在那些算不上奇人的中间，也可能会有和蔼可亲，甚至值得敬仰的人物。然而，他也有破例的地方。有一种人，生来朴讷，直率，不修边幅，简直可说是缺乏智慧而且完全不能鉴赏他身上所具有的才智，但是，同时，他们却决不会对他的粗鲁感到厌恶，也不容易被他的讥嘲所伤害，他们不仔细分析他的言谈、举措或者意见，他同这种人在一起，特别感到自由自在，因而，他特别喜欢这种人。他是这些人的君主。这样一些人在盲目接受他的影响的时候，从来也不认为(因为他们从来也没有想到)他是高人一等的；他们都很驯良，因此，丝毫不会有受奴役之虞；而他们那种没有思虑，心安理得，朴质率直，无知无觉的精神状态之投合约克先生的心意，就因为正如约克先生所坐的那把椅子，所踏着的那方地板之投合于他的心意一样，是适合需要的。

也许有人会说，他对穆尔先生并不是很不真诚的，他有两三点理由对这位先生略怀一点偏爱。这事情听来未免有点奇特，可是，这几点理由的第一点是，穆尔先生说英国话带种外国口音，说法国话却十分纯粹，土腔十足，他那张黝黑的瘦脸，自有一种虽说较为憔悴却颇为优美的轮廓，有一种同英国人而且是同约克郡人迥然不同的外表。这些特点似乎都很微不足道，不可能会对约克这样一个人产生什么影响，可是，事实上，这些特点却能使他回想起从前一些也许是愉快的有关联的事情来。这些特点使他回到了他过去游历的年轻时代。他在意大利各城市和各风景区中，看到过许多像穆尔这样的脸；他在巴黎的咖啡馆和剧场中听到过许多像穆尔这样的声音。那时，他年纪还轻，现在他一听到和看到这个外国人的音容，似乎又年轻起来了。

第二点，他认识穆尔的父亲，还跟他打过交道。这是一种比较具体的，虽然决不是很令人愉快的关系；由于他的商号同穆尔家的商号有业务关系，而且在某种程度上说来，他的商号与穆尔家的商号的亏本也有牵连。

第三点，他发觉罗伯特本人是个精明厉害的生意人。他觉得有根据可以指望罗伯特到头来准会通过这样那样的手段发财，他也尊重罗伯特的果断和敏锐，也许还尊重罗伯特的冷酷无情。使他们彼此接近的第四个理由是，约克先生是洼地工厂的地产小主人的监护人之一，因而，穆尔在进行改进和改革的过程中，经常来找他商量。

至于现在在约克先生客厅里的另一位客人，赫尔斯通先生，主人和客人之间却存在着双重的厌恶，一种是属于性格上不能相容，另一种却是事出有因的。自由思想者总是不喜欢拘泥形式者；爱好自由者总是憎恶清规戒律者。此外，据说在早年，他们两人还是追求过同一位小姐的情敌。

约克先生年轻的时候，一向是以喜欢活泼、浮华的女子闻名的。惹眼的外表和姿态，机敏的才智，能言善道，似乎尤其能够吸引他。不过，尽管他喜欢结交这样的女子，他可从来没有向这些漂亮人儿中哪个求过婚。哪知他突然之间却认真地热恋一个姑娘，并且热切地追求起来，原来她是一个同他迄今所认识的完全不同的姑娘。这个姑娘有张圣母的脸；是个栩栩如生的石雕像，静物的化身一般的姑娘。尽管他同她无论说什么话，她都只是冷淡地回答个是或否；尽管他的声声叹息似乎她听也没有听到，他的眼色总是得不到回盼，她从来对他的意见不置可否，对他的戏谑难得报以一笑，既不尊重他，也不注意他；尽管她似乎是他生平所认识所敬仰的女人中最最不同的一个女人，他还是爱她。对他说来，玛丽·凯夫是个十全十美的人儿，因为不知怎的，总有某种道理——他准是自有道理的——他爱上她了。

赫尔斯通先生当时是白莱亚菲尔特的副牧师，他也爱玛丽·凯夫，或者可以说，他很喜欢她。爱慕她的还有其他几个人，因为她就像个不朽的天使一般美丽；可是，这个牧师却是因为他的职务而获得这个美人的欢心，他那个职务也许还使他具有一种必然会吸引人家来托办婚姻大事的错觉，而这正是玛丽·凯夫在任何一个年轻的羊毛商人，她的其他崇拜者身上所找不到的。赫尔斯通先生既没有像约克先生那样对她怀着全神贯注的热情，也没有表白过这种热情，他一点也没有那种似乎可以击退她大多数求婚者的那份谦卑和恭敬；可是，他比别人更能看出她的真正品质；因此，他更能成为她和他自己的主人。他一求婚，立刻便被接受，接着他们便结婚了。

造物主从来不想使赫尔斯通先生成为一个体贴的丈夫，特别是做一个娴静的妻子的丈夫。他认为，一个女人只要一声不响，就没有什么可以使她苦恼的事情，她也一点不缺少什么。如果她并不抱怨孤寂冷清，不管孤寂冷清怎样继续下去，她就不会感到厌烦。如果她不开口，又不提出什么意见，表示偏爱这个，嫌恶那个，她就没有什么偏爱和嫌恶，那么，去考虑她的趣味，岂非白搭？他并不自命为善于理解女人，也不想拿她们同男人作比较。女人总和男人不同，她们也许是种十分低劣的生物；妻子是不能成为她丈夫的伴侣的，尤其不能成为她丈夫的知己，尤其不能成为她丈夫的依傍。一两年后，他的妻子，对他说来，就无足轻重了；等到有一天，他认为她突然——因为他简直就没有注意过她身体日见衰弱——可是别人却认为她逐渐要同他生离死别了，她只剩下一个泥塑似的依然美丽的脸型，又冷又白，躺在一张鸳鸯榻里，他这才感到丧偶之痛——谁能说他情分不够？然而，也许他还觉得已超过他的感情了；因为他不是个会悲痛得轻易洒泪的人。

他那无泪而有节制的悲伤使得一个老管家，也使得一个女佣觉得可耻，她们在赫尔斯通太太生病期间一直服侍在侧，她们也许比这个已逝的主妇的丈夫更有机会了解主妇的性格，了解她的感情和爱情的程度。她们一起在尸体旁边聊天，加油添酱地谈她缠绵枕席时种种轶闻以及生病的真正的或想象的原因。总之，她们你一言我一语，终于激起对那个苛刻的小个子的愤慨，他则坐在隔壁房间里翻检文件，一点也不知道自己正是个痛遭针砭的对象。

赫尔斯通太太几乎还未入土，谣诼就已传遍邻里，说她是因伤心而死的；谣言很快就扩大为虐待的传说，最后，连她丈夫怎样进行虐待的详情细节也都传开来了。传说固然大大失实，然而，人们却对此深信不疑。约克先生听到这些传说，也不免半信半疑。不消说得，他早就对他那个幸胜的情敌毫无友情可言了；虽说现在他自己已是个有妇之夫，同一个似乎从各方面看来都与玛丽·凯夫截然相反的女人结婚了，可是，他还是忘不了他生命史上这一大挫折；因此，当他听到本来是他所视若至宝的人一直遭到另一个人的冷待，也许是遭到摧残的时候，他对那另一个人就不免产生根深蒂固而刻骨难忘的仇恨了。

赫尔斯通先生对于这种仇恨的性质和力量却是若明若暗。他既不知道约克先生爱玛丽·凯夫有多深，也不知道约克失去了她有什么感觉，更不知道关于自己怎样对待她的种种毁谤的传说，而这些传说，除了他，左邻右舍都已听得滚瓜烂熟了。他认为他同约克先生的隔阂只是在政治和宗教见解上有所分歧。如果他能知道事实真相的话，那么，任凭怎样劝说，他也决不会跨过他先前这个情敌的门槛。

约克先生不再继续对罗伯特·穆尔发议论了；过了一会，谈话又回到比较一般的话题上，不过，还是多少带点儿争论的口气。国家的动荡状况，近来这一带发生的各种劫掠工厂财产的行为，就提供了大量不能取得一致看法的话题，尤其是这三位先生对这些问题都多少各有一套不同的看法。赫尔斯通先生认为厂主们受了侵害，工人们蛮不讲理；他大肆谴责那种普遍反对政府当局的不满情绪，谴责那种日益增长而不能容忍的、他认为是不可避免的祸害。他所开出的治疗药方是，政府应该进行严厉干涉，地方当局应该严加戒备，必要时，立即采取军事镇压。

约克先生却想知道这种干涉、戒备和镇压究竟能否喂饱那些挨饿的人，能否给那些要求工作又没有人会雇用他们的人以工作。他讥笑所谓不可避免的祸害的想法；他说公众的忍耐好比是一只骆驼，人们已在骆驼背上加上了它所能负荷的最后一点分量；现在起来抵抗就成为一种义务；所谓反对政府当局的普遍不满情绪，他认为是时代最有希望的迹象；他说，厂主们确实受到了侵害，不过，他们受到的主要损害都是一个“腐化、卑劣和嗜血的”（这些都是约克先生的表示特征的形容词）政府加给他们的。像皮特①那样的狂人，卡斯尔雷那样的恶魔，帕西瓦耳②那样的害人白痴，都是暴君，都是国家的祸殃，国家贸易的破坏者。正是他们昏头昏脑地坚持进行一个不合理的、无希望的、毁灭性的战争，才把国家弄成现在这般田地。正是他们征收穷凶极恶的苛捐杂税，正是那一声名狼藉的“诏令”——这个“诏令”的始作俑者真该弹劾，送上断头台，无论是哪个公务员做的——这才使得英格兰的脖子上挂着一块磨石。

“可是，这样谈谈又有什么用呢？”他反问一声。“在一个国王跛扈、僧侣跋扈、贵族跋扈的国家里，一个疯子却是空有其名的君主，一个没有节操的荡子却是真正的统治者，像议员世袭这样一种侮辱常识的做法，人们也都容忍得了，像英国上院的主教团这样一种骗人的东西，像奢侈骄纵，专事迫害的国教这样一种妄自尊大、滥施权威的宗教，人们都不仅容忍得了，还对之大为崇敬，不仅维持了一支常备军队，还让一大群贪吃懒做的牧师和他们原来的贫穷家庭过着奢侈的生活，像这样一个国家，哪里还能有机会听到理智的话。”

赫尔斯通先生霍地站了起来，戴上宽边帽，回答说，“只要言者与健康、实力和尘世的繁华有姻缘，就会十分勇敢地这样说话，这种例子，有生以来，他总共只碰到过两三次。不过，对所有的人说来，”他

① 威廉·皮特(1759—1806)，英国首相，反对法国资产阶级革命，残酷迫害人民革命运动。

② 斯宾塞·帕西瓦耳(1762—1812)，1809 年任英国首相，由于他的笨拙的对外政策，造成了同美国的新战争(1812—1814)，后被人刺杀。

说，“总有这么一天‘看守房屋的发颤，人怕高处，路上有惊慌。’① 到了那个时候，就是混乱和叛乱的辩护者，宗教和秩序的敌人经受考验的时刻，在这之前，”他斩钉截铁地说，“就要请他去对教会怀有深仇大恨的一个敌人，到那个快要死了的可怜病人床边，念我们教会专为这种病人而写的祷文，他就可以看到这样一个为悔恨所折磨的人，祈求给他找个忏悔的地方也找不到，虽然他泪眼汪汪，小心在意地要找这样一个地方。他必须事先警告一下约克先生，亵渎上帝和国王乃是个滔天大罪，将来总有‘审判日就要来到’这样一种事情。”

约克先生说，“完全相信会有审判日就要来到这样一种事情。如果不是这样的话，那么，所有那些在这世上似乎得意洋洋的恶棍，他们明目张胆地非法滥用特权，使无辜的人伤心，就成了体面职业的奇耻大辱，他们打穷人嘴里抢走了面包，威吓小人物，卑鄙地谄媚有财有势的人——怎么会一报还一报，罪有应得，就难以想象了。不过，”他又说，“每当他看到这样一些行径，看到他们在这个一团糟的人世间获得表面上的成功，而自己意志消沉的时候，他只消伸手去拿那本古老的经书”（他指着书架上一本大《圣经》），“好像是随便一翻似的，他就一定会马上翻到一节关于闪烁着蓝色的火焰②的话，而什么都一清二楚了。”他说，“他知道，有些人一定会到那里去的，正如仿佛有个长着白色大翅膀的天使跨过门槛来告诉他一样清楚。”

“先生，”赫尔斯通先生摆足架势地说——“先生，人类最需要知道的就是了解他自己，了解他自己那双脚要跨向哪里去。”

“不错，不错，赫尔斯通先生，你会想得起来的，‘无知’已经让人家从天堂的大门带走，穿过太空，直扔进那往下通向地狱的丘冈旁边一扇门里去了。”

---

① 见《圣经 · 旧约 · 传道书》第 12 章第 3、4 节。
② 指地狱。

“约克先生，我也没有忘记，‘极其自信的人’因为不看面前的路，一跤跌进了深渊，那个深渊正是土地王爷故意挖来捕捉那些‘自负甚高的’傻瓜的，结果他们跌得粉身碎骨。”

“且慢，且慢，”穆尔先生插上一嘴，他一直不声不响地坐在那里，颇有兴趣地作这场舌战的旁观者，他向来不关心当今的党派政治，也不关心街坊的流言蜚语，所以，他对这样一场唇枪舌剑的是非得失，倒成了一个即使是冷淡的，也是公正的裁判，“你们两人这样你一枪我一剑地也攻得够了，证明你们互相憎恨得多么厉害，你们互相认为很坏。我呢，恨来恨去还是最恨那些破坏我机器的家伙，所以，我毫无余力可以用到我的私人朋友上，尤其是更无余力可以用到党派或者政府这类不明确的东西上去；不过，老实说，先生们，从你们自己的表现看来，你们两位似乎都十分坏，比我所能想象的还要坏。我没有胆量跟你，约克先生这样一个叛逆兼渎神者整夜待在这里，可我也不大有胆量跟赫尔斯通先生这样一个暴虐的神职人员一起骑马回家。”

“可是，我要走了，穆尔先生，”教区长厉声说，“跟不跟我一起走，随你的便。”

“不，他是没有什么选择的余地的，他要跟你一起走，”约克答道。“已经是半夜了，半夜也过啦。我不再让谁待在我家里，你们都得走。”

他拉拉铃。

“德布，”他对那个应声而来的仆人说，“把那些下人都给撵出厨房去，锁门，睡觉。这边走，先生们，”他又对客人说；同时拿起烛火为他们照着过道，理所当然地把他们请出大门。

他们碰上了那几个仓皇从后门奔出来的下人；马匹就在门口，他们跨上坐骑，策马走了。穆尔想到他们突然被请走了，不觉哈哈大笑，赫尔斯通则对此深表愤懑。

第五章
洼地的小屋

穆尔第二天早晨起床，仍是兴高采烈。他和乔·斯科特两人昨晚都在厂里过夜，随便打账房间前后两个壁橱里拿出一些卧具，倒头就睡。这个老板向来是个早起者，今天甚至比平常还要起得早，他一边盥洗，一边唱着法语歌，把乔吵醒了。

“你睡不惯吧，老板？”乔大声说。

“一点也不，mon garcon——意思是我的孩子。起来，趁工人还没有进厂，我们先到厂里去走一趟，我还要把未来的计划说给你听。我们还是要搞机器，约瑟夫；你也许从来没有听说过布鲁斯①吧？”

“是那个大蜘蛛吗？听到过的，我还念过苏格兰历史，总算能够跟你一样知道；我懂得你的意思，你是说要再干下去。”

“是的。”

“在你们国家里，同你一样性格的人很多吧？”乔一边在折叠临时铺盖，把它拿走，一边问道。

“我的国家！哪个国家是我的国家？”

“怎么，可不是法国吗？”

“不是法国，真的不是。法国人入侵安特卫普时，我正好在那儿出世，不能算我是法国人。”

“那么，是荷兰？”

“我不是荷兰人，你这下又把安特卫普跟阿姆斯特丹搞混了吧？”

“是佛兰德人吗？”

“我最恨这种叫法，乔。我是佛兰德人！我有一张佛兰德人的脸吗？——一只突出的粗鼻子，一个凹进去的低前额，一双灰蓝色的眼睛‘眼珠突出’吗？难道我浑身上下都像个佛兰德人吗？不过，你还不知道他们像什么样子——那些个荷兰人。乔，我是安特卫普人，我母亲是安特卫普人，不过，她有法国血统，因此，我说法国话。”

“可你父亲是约克郡人，所以你也有点像约克郡人。谁都看得出你跟我们相像，你很会挣钱，有进取心。”

“乔，你是个冒失鬼，我打少年时候起，一直就有点儿粗鲁、傲慢。‘classe ouvrière’——这是比利时话的工人阶级——对他们的老板态度凶暴，乔，我说凶暴，就是 brutalement——这个词儿，正确地翻译过来，也许应该是粗暴。”

“我们这儿总是有啥说啥，可是，他们那些年轻牧师和伦敦来的大人物都给我们的‘粗野’吓坏了，我们也真喜欢弄点什么吓唬他们一下，因为看到他们眼珠翻白，摊开双手，像是见了鬼神似的，着实叫人开心，还可以听到他们说话，把话斩头切尾地说得很短，比如——‘哝呀，哝呀！多野呀！多粗呀！’”

“你们都是野人，乔，你总不认为你已经开化了吧？”

“差不离，差不离，老板。我想，我们这些北方的做厂的小伙子总比南方那些庄稼汉聪明得多，也比他们懂得多。活儿磨练了我们的脑筋；那些像我一样的技工，都不得不动动脑筋。你总知道照管机器这类活儿是怎么一回事，我已经养成了一种习惯，一看到结果，就要去找原因，我常常要寻根究底；我还喜欢读点东西，我最喜欢知道那些想管我们的人究竟要为我们做些什么，跟我有什么一致的地方；有许多人比我精明，他们里头也有许多人有一股油腻腻的油气，他们里头有许多人身上都是青一块紫一块的，可他们头脑聪明，辨别得出法律有多么肮脏，也能够辨别你或者约克老头，他们比惠因伯利的克利斯朵夫·赛克斯，比那头大号大叫的公牛，赫尔斯通的副牧师，爱尔兰人彼得这号傻瓜蛋不知要好上多少。”

---

① 罗伯特·布鲁斯(1274—1329)，苏格兰民族英雄。

“你自以为是个聪明人，我知道，斯科特。”

“是呀，我还不差；我总分得清奶酪跟白垩，我十分清楚地知道，我很能见隙补漏，比那些自以为比我强的人好得多，不过，在约克郡，跟我一样的人真有成千上万，还有两三个比我更高明的哩。”

“你是个了不起的人物——你是个顶儿尖儿的人；可是，你是个自命不凡的人，是个自吹自擂的傻瓜，乔！你别以为因为你捡到了一点儿实用数学的知识，在染缸底里找到了一丁点儿化学元素，就以为你是个被怠慢了的科学家；你也别因为谋生往往并不都是很顺当的，而且像你这样的人，有时还不免要没工做，没饭吃，就认为你那个阶级都是一些殉道士，认为你上头的整个政府形式都是错的。还有，你一点也不必暗示说，有德行的人已经躲到小屋里去，完全放弃石板瓦的屋子了。我对你说，我特别讨厌那种废话，因为我深知人性到底总是人性，不管住的是瓦屋还是草屋，我也深知在各种人性中，好的和坏的总是混在一起，只是比例大小而已，这种比例并不是由身份来决定的。我看到过富有的恶棍，也看到过贫穷的恶棍，也看到过不富不穷的恶棍，不过，他们实现了阿甲[①]的愿望，过着光明正大、相当富裕的生活。快敲六点钟了；去吧，乔，去打钟。”

这会儿是2月中旬，因此，到了六点钟，黎明才开始悄悄地赶上黑夜，一道灰蒙蒙的光线穿过棕褐色的朦胧天空，给那片晦暗的阴影抹上层半透明的东西。这天早晨，那道光线真够灰蒙蒙的；东边一点也没有什么色彩，没有使它温暖的红霞。看到白天像个多么沉重的锅盖慢慢地揭开来，看到它对群山投下了多么苍白的一瞥，简直叫人以为太阳的烈火已让昨儿晚上的洪水给淬息了。这天早晨的空气也像它的外表一样使人感到冷飕飕的；一阵刺骨寒风搅动了一团夜云，随着这团夜云慢慢腾升——留下了一个毫无色泽、银光微闪的圈圈，把地

① 阿甲，《圣经》里的人物。

平线全都包围起来——显现出来的并不是蓝天，而是一层更为灰蒙蒙的烟霭，缭绕在远处。雨已经停了，但是，地上湿漉漉的，池塘和小溪都涨满了水。

厂里的窗户都亮堂堂的，钟声仍在轰鸣，这时候，许多小孩奔了进来，来得太急了，但愿他们不会觉得凛冽寒风太刺肤才好。其实呢，恰恰相反，也许今天早晨的天气反而更使他们高兴，因为那年冬天，他们经常是冒着风雪，淋着大雨，穿过严寒进厂上工的。

穆尔先生站在门口，瞅着他们打他身旁走进去。他们走过一个，他数一个。对来得较迟的，他申斥一句，碰上一些姗姗来迟者到达工场时，乔·斯科特就把穆尔先生刚才申斥的话再说一遍，声气说得稍为严厉些。老板和监工都没有说得凶相毕露；他们俩都不是残酷的人。不过，他们两个人都显得很严格，因为他们对一个来得太迟的犯规者罚了款。穆尔先生要他先付一个便士后才可以进厂门，还对他说，下次重犯，就要罚他两个便士。

像这种情况，需要制订一些规章是毋庸置疑的。那些粗暴残酷的老板还会定出许多粗暴残酷的规章来，至少在我们谈这个问题的这个时候，他们还时常暴虐地实施这些粗暴残酷的规章；不过，虽说我写了一些不是十全十美的人物(在本书里，每个人物都多少有些不足之处，我这支笔不愿意把一切都写成典范)，我不想写那些卑鄙的或者完全是声名狼藉的人。我要把那些虐待儿童者、苛刻的老板和残忍的监工交给监狱的看守去处理。写小说的人可以不必记载这些人物的劣迹，省得玷污篇幅。

我不想着力描写鞭笞拷打的场面，来伤害读者的心灵，取悦读者的好奇心。我幸而能够告诉读者说，穆尔先生和他的监工都从来没有打过他们厂里的童工。不错，乔曾经十分厉害地鞭打过他自己的儿子，因为他说了谎，而且屡教不改；不过，他像他的老板一样，是个太冷静、太沉着，也是太讲理的人，因此，除了对待他自己的儿子而外，是不使用体罚的。

穆尔先生在厂里、厂外的广场、染坊、仓库巡视到苍白的黎明变成了白天。太阳也升起来了——至少像只白色的圆盘，清亮，一无色彩，看来简直就像冰一样使人感到冷飕飕的——在黑魆魆的丘陵那儿探过头来，把山头那片镶着青黑色边的浮云变成银色，而且板着脸俯视着整片洞窟和峡谷，一直照到那块现在把我们也包括在内的狭窄的境界里。八点钟了；厂里的灯火全都熄灭了；这是吃早饭的信号。孩子们可以有半个钟头不做活儿，去拿装有咖啡的小铅罐，拿装有发给他们面包的小篮子。但愿他们够吃；要是不够，那才可怜见呢。

这会儿，穆尔先生终于离开工厂广场，向着自己的住宅走去。住宅离开工厂只有一小段路，可是，那条通向住宅的小巷两旁的篱笆和高堤，却使它有点儿远离尘嚣的样子和感觉。那是个刷白灰水的玲珑去处，有个绿色的门廊；门廊近旁的庭园有稀疏的褐色茎梗，窗下也有一些茎梗——这会儿都没有嫩芽也没有花，不过，隐约预示出，到了夏天，就会有修剪过的、花朵盛开的爬藤。小屋前面有块草地和几块花坛；那些花坛还只是些黑黑的泥土，但在荫蔽的角落里，绿如翡翠的雪花也即番红花已经破土爆了新芽。今年春迟，一直还是逡巡不去的严冬，最后一场大雪因为碰上昨天一阵大雨刚刚融化；一点不错，未化的白雪还在山冈上闪闪发光，斑斑驳驳地布满洼地，罩着峰峦；草坪不是青幽幽，而是白塌塌的，堤上、巷里篱下的草地也是这样。三株挺拔地长在一起的大树，耸立在屋旁；树身并不高，可是，由于附近没有对手，却也显得壮丽威武。这就是穆尔先生的家，一个使人满足又可遐思的安乐窝，也是个使人置身其中，行动与壮志的双翼无法久伏不展的去处。

这个家的相当舒适的气氛，似乎对它的主人也不见得拥有什么特殊的吸引力。他不是立即进屋，而是在小棚屋里拿了把铲，开始在园子里操作起来。他一气不歇地掘了一刻钟光景。最后，窗门打开了，一个女人的声音在叫他：

“唔，不错！你今儿早上不吃早饭啦？”

回答和其余的对话都是用法语，可是，既然这是一本用英语写的书，我就把它译成英语吧。

“早饭准备好了吗，霍顿斯？”

“当然准备好了，已经准备好半个钟头啦。”

“那么，我也就来了，我饿得像条狗。”

他扔下铲子，走进屋里。他穿过狭窄的过道，走进小客厅，桌上已经摆着早餐，有咖啡，面包，黄油以及有点非英国式的伴食——炖梨。面对着这些食物的主座上，坐着刚才在窗口说话的那个女人。我得把她交代一番，然后再写下去。

她年纪似乎稍为比穆尔先生大些，也许有三十五岁，个子高高的，肥而不胖，乌黑的头发，这时用卷发纸卷起，双颊气色极好，一只小小的鼻子，一双又小又黑的眼睛。她脸庞的下半部比上半部大，天庭狭小，皱纹很多，她的面相，透着虽说不是脾气很坏，却是很烦躁的神情。她的整个外貌有种使人五分感到惹火，五分感到好笑的模样。最奇特的是她的服装：呢裙子，条纹棉布短袖衬衫。裙子很短，双腿和膝头都露了出来，论对称美，实在还有许多有待改进的地方。

读者，你难免要认为我是在描摹一个非常邋遢的女人吧。完全不是这回事。霍顿斯·穆尔(她是穆尔先生的姐姐)是个十分整洁、节俭的人；裙子、短袖衬衫和卷发纸是她的晨装，她在自己国内时，每天午前，总是习惯于这样装束来“操持家务”。她并不因为不得不住在英国而非采用英国的时尚不可；她坚持她那种古老的比利时方式，十分心安理得地认为这样做是一种优点。

小姐自有一套高见，一套不完全是不当的意见，她有某种高尚纯良的品质；不过，她把这些品质的特性和程度有点儿估计过高，完全忽略随同这些品质而来的细小缺点。你决不能使她相信她自己是个成见很深、心胸狭窄的人，不能使她相信她在自己的尊严和地位问题上太敏感了，动辄为些细小事情生气；然而，这一切都是实情。不过，只要她对荣誉的要求不遭到反对，她的种种成见不受到触犯，她是能够十分和蔼友善的。她对两个兄弟（因为除了罗伯特，还有另外一个吉勒德·穆尔）都爱护备至。由于这两个人是她那个中落的家庭硕果仅存的两个后代，因此，在她眼里，他们两人简直就是神圣不可侵犯的人物。不过，比起罗伯特来，她对路易斯了解甚少。路易斯还是个童子的时候，就给送到英国来，在一个英国人办的学校受教育。他受的并不是那种要使他去做生意的教育，也许是因为他没有做生意的天资的缘故，他在眼看继承遗产的前途十分暗淡，不得不设法自谋出路时，选上了当教师这样一种十分辛苦而又十分普通的职业；他在学校里当过助教，据说这会儿在一个人家当家庭教师。霍顿斯每次提到路易斯时，总是把他说成她所谓有“*办法*”的人，就可惜他为人太迟钝，太文静。她称赞起罗伯特来，又是另一种口气，而且言过其实。她很为罗伯特自豪，把他看成是欧洲最伟大的人物；他的一切言行，在她看来，都是了不起的，她也指望别人用这种眼光看待他。最使她觉得荒唐、可恶、丢脸的是，除了有人反对她不说，竟然有人反对罗伯特。

因此，这个罗伯特在早餐桌旁一坐下来，她就马上为他切炖梨，给他切了一大片涂了果酱的比利时式面包，接着，她就对昨晚的事件——破坏机器——滔滔地说了一番令人惊愕而恐怖的话。

“这是什么想法！要破坏机器。多么可耻的行为！看得出来，这个国家的工人又笨又坏。完全同英国的用人一模一样，特别是女用人。比如说，没有比萨拉更使人受不了的啦。”

“她样子倒是整洁勤快。”穆尔先生说。

“样子！我不知道她是个什么样子，我也没有说她很脏，或者很懒，她是个目中无人的女人！昨天为了烧牛肉，同我吵了一刻钟，她说我烧得太烂，说是英国人决计吃不来我们这道煮肉的菜，还说什么肉汤比温吞的脏油水好不了多少，至于酸泡菜，她斩钉截铁说，她碰都不要碰！我们放在地窖里那桶酸泡菜——亏得是我亲手做的——她却管它叫一桶泔脚，意思就是猪食。我给这个姑娘烦死啦，但是，我又不能回掉她，怕会找到一个比她更坏的。你同你那些工人也是这般情况——我可怜的亲爱弟弟！”

“我怕你在英国不很快活吧，霍顿斯。”

“你在哪里，我就应该在那里过得快活，弟弟，不过，要不是这样的话，肯定不知有多少事情会叫我留恋我们家乡的城市。这里看来看去似乎全都是没有教养的(mal-élevé)。我觉得人家都认为我的服装古怪好笑，要是你厂里有个女工偶然闯进厨房，看到我穿着短裙和短袖衬衫在烧饭(你知道，我连叫萨拉烧一道菜都信不过)，她准会嘲笑一顿。如果我应邀出去喝茶，我就曾经出去过一两回，我觉得人家相当冷待我，我不是说人家一定应该殷勤招待我。我们知道，吉勒德家和穆尔家是多么高尚的人家！我们这种人家当然有权利要求人家相当尊重我们，而一旦人家不尊重我们，就会感到伤心。在安特卫普，人家对我总是另眼相待，在这里，我一张嘴说英国话，人家就会觉得我发音古怪，可我却很有把握地认为，我发音很准确。”

“霍顿斯，在安特卫普，人家都知道我们富有，在英国，人家除了知道我们穷以外，什么都不知道。”

“正是这样，人类就是这么势利。再说，亲爱的弟弟，上个礼拜日，如果你还记得的话，是下雨天，所以，我穿那双轻巧的黑木鞋上礼拜堂，这种木鞋，一般人确实不会在时式的城市里穿的，可是，在乡下，我一直习惯于穿这种东西走泥路。真的，我跨上走廊的时候，还是像平常那样泰然，稳静，却有四个女人和许多男人哈哈大笑起来，还用祈祷书来掩面。”

“唔，唔！再别穿木鞋啦，我先前就对你说过，我认为这种东西在这个国家穿不得。”

“可是，弟弟，那又不是庄稼汉穿的那种普通木鞋。我告诉你，那是黑木鞋，十分轻巧，十分称脚。在蒙斯和劳茨——这两个距离那个第一流的布鲁塞尔京城并不很远的城市——体面人在冬季里走路，除了穿这种木鞋，是难得穿其他东西的。随便哪一个人，不妨穿着一双巴黎靴子去踩佛兰芒堤道上的烂泥试试看，准会被人家当成新闻呢！”

“别管它什么蒙斯和劳茨，也别管它什么佛兰芒堤道；入乡从俗么！说到短袖衬衫和短裙，我也很拿不稳是否可以穿。我从来没有看到一个英国妇女穿这种衣服。不妨问一问卡罗琳·赫尔斯通看。”

“卡罗琳！我去问卡罗琳！我去请教她应该穿什么衣服？倒是她在各方面都应该来请教我，她是个孩子咧。”

“她十八岁了，至少也十七岁了，论年纪，完全能够知道一切有关衣着的事情了。”

“别袒护卡罗琳，我求求你，弟弟，别把她弄得不是她当得起的那样重要。眼前她很朴实，也不傲慢，我们还是让她这样的好。”

“我真心诚意同意你的看法。她今儿早晨要来吗？”

“她照例是十点钟要来上法语课。”

“你不觉得她讥笑你吧，是吗？”

“她才不讥笑我哪，她比这里任何人都更尊重我，不过，她也更有直接了解我的机会，她知道我受过教育，聪明，有礼貌，有德行，总之，凡是一个好出身好教养的人应该有的东西我都有。”

“你完全喜欢她吗？”

“说到喜欢——我可说不上来，我不是个容易热烈喜爱的人，因此，我的友谊更可靠。我把她当做我的亲戚那样尊重她，她的地位也使人发生兴趣，从她做我的学生到现在为止，她的举止可以说是使那种来自其他原因的情谊增加了，而不是减少了。”

“她上课表现得很好吗？”

“她对我表现得很不错，可是，弟弟，你知道，我为了赢得人们尊敬，博得人们重视，故意不表示过分亲热。然而，我因为有洞察力，能够清楚地看到卡罗琳并不是十全十美的，她还有许多有待改进的地方。”

“给我最后一杯咖啡，让我一边喝咖啡，一边听你谈她的缺点来助助兴。”

“亲爱的弟弟，我看到你昨儿晚上熬了一个疲累的通宵后，早饭吃得津津有味，真是快活。说到卡罗琳，她是有缺点的，可是，用我这善于陶冶人格的本领，加上可说是慈母般的照顾，她是可以雕琢的。她有时候有点儿——我认为是隐晦，这是我不很喜欢的，这就使她显得老气有余，谦恭不足，而且隐约显出她性格中有种不安定的躁急情绪，使我很不开心。不过，她通常倒是挺文静的，有时候的确情绪太低落，思虑重重。我肯定早晚要使她始终如一地恬静和端庄起来，使她不再会莫名其妙地抑郁沉思。我向来不认为有什么不可理解的事物。”

“我一点也不懂你所说的这些事情。比如说，你所谓‘不安定的躁急情绪’是指什么？”

“也许举个例子就最能得到满意的解释。你知道，我有时候要她念法国诗歌，以便练习发音。在她的功课中，她已经念了许多高乃依[1]和

---

① 高乃依(1606—1684)，法国戏剧家，古典主义戏剧的创始者。

拉辛[①]的诗，念得十分认真严肃，这正是叫我满意的地方。但是，她在熟读这些尊敬的作家的作品时，有时候确实显得有气无力，有点缺乏感情，而不是十分认真，我对于那些得到我的教益而缺乏感情的人是不能容忍的，再说，一个人在学这些标准作品的时候，是不应该缺乏感情的。有一天，我把一卷即兴短诗塞进她手里，叫她到窗口去背，可是，等我抬头一看，却看到她在不耐烦地把书翻来翻去，一边翘着嘴唇，完全是一副蔑视的表情，一边草率地打量一下那些小诗。我把她申斥一顿。'表姊，'她说，'这全是一些死人写的无聊东西。'我对她说，这话就说得不妥当。'天呀！'她高声叫了起来。'在整个法国文学里，可不是没有两行诗么？'我问她这是什么意思。她这才真正服帖地要求我原谅她。不一会，她安静下来了，我看到她一边看书，一边在暗笑，她又开始用功学习了。不消半个钟头，她就按照我向来要她做的，站到我面前来，把书交给我，十指交叉，开始背舍尼埃[②]那首短诗《年轻的俘虏》。如果你能看到她背这首诗时的态度，听她背完以后说了几句语无伦次的评语，你就会懂得我那句'不安定的躁急情绪'的意思。人们准会认为舍尼埃比拉辛和高乃依所有的诗都更能使人激动呢。你，弟弟，是个很聪明的人，一定看得出这种不相称的喜爱争辩是一种很不正常的心理吧，不过，她亏得有位女教师。我会使她有条理，有种思想方法，有套意见，我要完全控制和指导她的感情。"

"你一定要这样做，霍顿斯。她来了。我相信，刚才她的身影掠过窗口。"

"啊，真的呢！她来得太早了——比原定的时间早了半个钟头。孩

---

① 拉辛（1639—1699），法国古典主义戏剧家。

② 安德烈·舍尼埃（1762—1794），法国诗人。初期接近于温和的宪章派，同情资产阶级革命，到了 1792 年 8 月 10 日革命时，他反对革命，在雅各宾专政时期被判处死刑。《年轻的俘虏》是在他上断头台多年后才出版的。

子，我还没吃好早饭，你为什么就来了？”

这问话是对一个走进房来的人说的，来者是个年轻姑娘，披着件冬季斗篷，斗篷的褶襞折叠得颇雅致，裹着个分明是苗条的身材。

“我急忙赶来看看霍顿斯怎样了，也来看看罗伯特怎样了。我肯定你们两位都让昨儿晚上的事情吓坏了。我直到今天早晨才知道，是我叔叔在吃早饭时告诉我的。”

“啊！这真是说也讨厌。你同情我们吗？你叔叔同情我们吗？”

“我叔叔十分生气，不过，我相信，他是站在罗伯特一边的——可不是吗？他不是同你一起到斯蒂布罗泽地去的吗？”

“是的，我们完全以作战的方式出发，卡罗琳，可是，我们去援救的俘虏却在半路上就同我们相遇了。”

“自然没有人受伤吧？”

“啊，没有，只有乔·斯科特的胳膊肘儿因为给反绑得太紧，有点儿小伤。”

“你们不在那儿吧？他们来打大车的时候，你们不在那儿吧？”

“不在，一个人在他特别想帮一手的时候，总是不大有赶得上的运气。”

“你今儿早晨要到哪里去？我看到默加特罗在院子里给你的马上鞍。”

“到惠因伯利去，今天是集市日。”

“约克先生也去了，我看到他坐在车子里，你同他一起回家吧。”

“为什么？”

“两人行总比一个人走好，有哪个不喜欢约克先生的？至少穷人并不讨厌他。”

“这样说来，他倒可以做我的保护人了，人家不是不喜欢我吗？”

“也许应该这样说，人家误会了你，会耽搁你吗？——会耽搁他吗，霍顿斯表姊？”

“很可能耽搁他了，他常常在惠因伯利有许多事情要办。你练习簿带来了吗，孩子？”

“带来了，你什么时候回来，罗伯特？”

“我一般是七点钟回来。你希望我早点到家吗？”

“还是设法六点钟回来为好。现在六点钟天还没有完全断黑，可是，到了七点钟，就一点也不见日光了。”

“卡罗琳，即使不见日光，又有什么危险好怕？我摸黑赶路你觉得会有什么风险来着？”

“要我说怕什么，可也说不上来。不过，眼下我们大家都有点为自己的朋友担心。我叔叔管这个时世叫做危险时世，他也说工厂老板都是不讨人喜欢的。”

“我就是个最不讨人喜欢的？这难道不是事实？你只是不愿意明白说出来罢了，可是，你在心底里却认为我会遭到皮尔逊一样的命运，他是在——的确不是从篱笆后面，而是在他自己家里，打楼梯旁边的窗口，在他要去睡觉的时候遭到枪击的。”

“安·皮尔逊让我看了房门上的弹洞，”卡罗琳一边一本正经地说，一边折着斗篷，把斗篷和皮手筒一起放在小桌上。“你知道，”她继续说下去，“从这里到惠因伯利，沿路都有篱笆，还要经过菲尔赫德那个林子。可你一定会在六点钟或者更早一点回来吧？”

“他一定会早点回来，”霍顿斯肯定地说。“现在，我的孩子，准备背你的功课吧，我去把午饭做汤用的豆浸一浸再来。”

她这样吩咐后就走了。

“这样说来，卡罗琳，你疑心我有许多敌人吧，”穆尔先生说，“毫无疑问，你知道我是个无亲无友的人吧？”

“不是无亲无友，罗伯特。你有姊姊，又有弟弟路易斯——我还从来没有见过他呢——还有约克先生，还有我的叔叔，此外，自然还有很多。”

罗伯特微笑一下。

“要你指出你的‘还有很多’的名字来，准会把你难住，”他说。“不过，让我看看你的练习簿。你花了多大的工夫写出来的呀！我想是我姊姊硬要你这样用功的，她样样事情都要按照佛兰芒女学生的样式来教育你。你打算过什么样的生活，卡罗琳？等你学会了法语，绘画和其他的技艺后，你要派什么用场呢？”

“‘等你学会了后’你真说得好，你知道，霍顿斯没有教我以前，我真懂得奇少。说到我打算过什么样的生活，我可说不上来。我想，替我叔叔管家，直到——”

她迟疑一下。

“直到什么——直到他死吗？”

“不，这样说多难听呀！我从来没有想到他死——他只有五十五岁。不过，直到——总之，直到我有机会找到其他什么职业。”

“一个非常不明确的前途！你就以此为满足吗？”

“我从前总是这么想。你知道，小孩子想得很少，或者不如说，他们想来想去总是些理想的东西。现在，碰到我不很开心的时候就会这么想。”

“为什么？”

“我又不在挣钱——什么也挣不到。”

“你这说到点子上来了，琳娜[1]。这样说来，你也想挣钱？”

“我的确想挣钱。我真巴望有个职业，如果我是个男孩子，找个职业就不会这么困难了。我觉得学做生意，自谋出路真是自在、愉快的办法。”

---

① 琳娜，卡罗琳的爱称。

“继续说下去，让我听听怎么个谋生法。”

“我可以学你这一行——织布业，我可以从你那里学，反正我们是远亲。我可以做账房间的工作，管管账，写写信，你呢，跑市场。我知道你非常想致富，好去还清你父亲的债务。也许我可以帮你致富。”

“帮我？你应该想到你自己。”

“我是要想到我自己，可是，难道一个人一定要永远光想到自己吗？”

“我还要想到谁呢？我敢想到谁呢？穷人不该有什么很大的同情心，他们应该只想到自己。”

“不，罗伯特——”

“是的，卡罗琳。贫穷必然会自私，气量小，卑躬屈节，焦心迫肠。一个穷人的心，如果不时得到点儿阳光照拂，雨露滋润，就会像春天园子里那种发芽的植物一样壮大起来，会觉得时机成熟，能够枝叶茂盛，也许还会开花，可是，他一定不能过分抱着乐观的希望，他必须去求谨慎之神打她嘴里吐出口冰冷的气来把它吹熄，因为那口冰冷的气就像北风一样刺骨。”

“那么，没有一间小屋会快活了。”

“我所说的贫穷，与其说是指工人天生过惯了的那种贫穷，不如说是指债务在身的人那种窘迫的匮乏，我说的穷人总是窘迫的、在挣扎的、受忧虑折磨的生意人。”

“应该抱有希望而不是忧愁。你心里有些想法似乎变得太定型了。说来也许是放肆，不过，我总觉得你所讲的获得幸福的最好方法，有点不对头的地方，比如在——”

又是迟疑一下。

“我洗耳恭听，卡罗琳。”

“在——（放勇敢点，我不妨说老实话）——在你的态度上——听好，我只是说态度——对这些约克郡工人的态度。”

“你常常想告诉我这一点，可不是吗？”

“是的，常常——很常常。”

“我的态度的缺点是，我认为，只是消极的。我并不是骄傲，处在我这种地位的人，有什么好骄傲？我只是沉默寡言，态度冷淡，没有欢乐罢了。”

“仿佛你那些活活的整布工都是机器，跟你那些机器和剪绒机一样，你在家里就似乎不同了。”

“我对自己家里的人没有什么合不来的，我合不来的是那些英国乡下佬。我本来可以对他们装成个善人，可是，假装不是我的专长。我觉得他们没有理性，十分任性，他们在我巴不得向前急奔的时候阻碍了我，我只要公正地对待他们，就履行了我对他们的全部义务。”

“你自然不希望他们爱你吧？”

“没存这个希望。”

“啊！”这个女劝告者大摇其头，叹了一口大气。

这声叫喊，说明她已经看出什么地方出了纰漏，可是，要她纠正，却是她力所不及的，她只得俯身伏在文法书上，寻找当天要用的尺和练习簿。

“我认为我不是个重情谊的人，卡罗琳，能够爱上少数几个人也就够了。”

“罗伯特，在你走以前，可不可以给我修一两支笔？”

“先让我替你划好线，你总是把线划歪了……喏，划好啦……现在来修笔；你喜欢修得尖点，我想？”

“就跟你平常替我和霍顿斯修的一样，不是像你自己用的那样粗。”

“如果我是干路易斯的职业，我就可以待在家里，把今儿早晨全献给你和你的功课，可惜我非把这时间都泡在赛克斯的羊毛仓库里不可。”

“你可以赚钱嘛。”

“倒更有可能亏本。”

等他修好了笔，一匹上了鞍、扎了缰绳的马已经停在园子门口了。

“啊，弗雷德已经为我备好马匹，我得走啦。我还要先看一看春天把南边的花坛变成个什么样儿。”

他离开屋子，径直走进工厂后面那块园地。一溜可人的青翠草木和盛开的花卉——雪花也即番红花，甚至还有樱草花都在暖洋洋的厂墙根的阳光里争艳斗妍。穆尔这里那里摘一朵带叶的花儿，直到集成一小束后，又回到客厅里来，打他姊姊的针线篮里偷根丝线，把花扎好，放在卡罗琳书桌上。

“喏，再见啦。”

“谢谢你，罗伯特，真美，搁在这儿，真像是太阳闪闪发光和蔚蓝的天空，再见。”

他走到门口，停一停，张开嘴，仿佛要说话，又什么也没说，继续走去。他穿过木门，登上坐骑，不一会，又突然翻身下马，把缰绳交给默加特罗，重新走进屋里。

“我把手套忘了，”他说，好像要在小桌上拿什么东西似的，接着，又像是临时想到了什么，说道：“你在家里也许没有什么非做不可的事儿吧，卡罗琳？”

“我从来没有什么非做不可的事，只是要为犹太篮[1]织些孩子的短袜，是拉姆斯登太太关照做的，可是，那搁得下。”

---

① 犹太篮，篮里盛有送给犹太人的施舍品。

“犹太篮，织来——卖的！再没有比这名称更好听的东西了。实在想不出有什么比这篮子——里边装的东西和它的价钱——更犹太气的东西来。可是，我从你那点微微噘起的嘴角看出些苗头来，使我知道你同我一样懂得那种篮子的好坏。那么，别去搞什么犹太篮，就在这儿玩一天，调剂调剂。你不在家里，你叔叔也不见得会伤心吧？”

她微露笑容。

“不。”

“那个老哥萨克！我敢说他不会伤心，”穆尔嘟哝一下。“那么，待在这里，同霍顿斯一起吃午饭，有你做伴，她一定会高兴，我会准时回来。晚上我们可以念点儿东西。八点钟月亮就出来了，九点钟我送你回教区长住宅。你同意吗？”

她点点头，眼睛粲然一亮。

穆尔又磨蹭两分钟，他俯身伏在卡罗琳书桌上，看一看她的文法书，摸一摸她的笔，拿起她的花束，抚弄一下，外边的坐骑不耐烦地跺跺脚，弗雷德·默加特罗在门口一会儿哼一声，一会儿咳嗽一下，仿佛弄不懂他老板究竟在干些什么。

“再见，”穆尔又说一声，终于走了。

十分钟后，霍顿斯进来，她看到卡罗琳还没有开始做练习，觉得很是诧异。

第六章
科利奥兰纳斯[①]

那天早晨，穆尔小姐教的是个有点儿心不在焉的学生。卡罗琳一再忘记讲给她听过的解释。不过，她对于这种因不专心而受到的斥责，一点也不感到不开心。她坐在窗边的阳光里，似乎要从阳光的温暖中得到亲切的感化，使她既快活又舒适。这样坐定后，她显得很乐观，她的乐观就是一种讨人喜欢的幻象。

她决不是个天生丑陋的人。完全不必先了解她，就会使人喜欢她，即使初眼一看，她也美得够叫人喜爱。她的外貌同她的年龄相称，具有少女的、愉快的、柔顺的特点，曲线优美，四肢匀称，面孔富有表情而和蔼，双眼俊俏，天生具有时刻博得人们欢心，赢得人们爱慕的笑容，对她所倾心的人说话轻声细气。她的嘴十分美丽，皮肤柔嫩，一头褐色美发，她知道怎样把头发梳得大方得体，一头鬈发，也跟她很相称，长得像张浓艳的画。她的衣服式样教人一看就知道穿着者颇有审美力，样式十分不引人注目，衣料也绝不是华贵的，但是，颜色同与其相映的白皙肤色十分相称，做得也同所披覆的纤巧身段完全相称。她现在穿的冬服，是用美丽诺呢的料子做的，颜色同她的头发一样，是柔和的褐色，箍在脖子的细细的衣领上，有一条粉红色的缎带，打成一只粉红色的蝴蝶结，她并没有佩戴其他的装饰品。

关于卡罗琳·赫尔斯通的外貌就说到这里为止。至于她的性格或者才智，如果她多少有点性格或者才智的话，那么，到了适当时机，自会表现出来。

这里，应该立即说明一下她的亲属的情况。她出世后不久，双亲就因性情不合而离异。她母亲是穆尔先生的父亲的隔山姊妹，这样，虽然没有直接的血缘关系，但在远亲的意义上说来，她是罗伯特、路易斯和霍顿斯的表妹。她父亲是赫尔斯通先生的哥哥——这是个怪人，在死神一经为他了却一切俗务后，朋友们就不愿意再提起他。他使得他的妻子郁郁寡欢，有关他一些据说是真实的传说，大概就同有关他那位很有节操的弟弟的种种传说一样，都是以讹传讹的。卡罗琳从来不知道自己的母亲，因为她在孩提时就离开她的母亲，以后一直没有见过她。她父亲年纪相当轻就死了，于是，那个当教区长的叔叔就当了她好几年唯一的监护人。我们知道，这位教区长，不论他的天性或者习惯，都并不很善于管教一个年轻姑娘。他不大管她的教育方面的事情，要不是她自己觉得没人照管，而越来越焦急，时不时要求得到一点关心，要求得到一种可以取得若干必不可少的知识的办法，他也许会什么也不管。但是，她仍不免抑郁地觉得自己低人一等，觉得自己在学识上比年龄、身份同她相仿的一般姑娘要少得多。幸而在她表姊霍顿斯来到洼地工厂后不久，承蒙她主动提出要教她法语，教她做针线活。穆尔小姐之所以乐于这样做，是因为这可以给自己增加身价，她喜欢对一个温顺然而伶俐的女学生略施一点威风。她的确是按照自己的估计，把卡罗琳当成是个没有受过正规教育，甚至是愚昧无知的姑娘。可是，等她发现卡罗琳进步迅速，求知心切时，却认为这种进步，并不是由于这个学生有天资，肯专心用功，而完全是她自己的高超教学方法的结果。后来她发现卡罗琳日常课业不很娴熟，却自有一套知识——杂乱无章而且五花八门——这一发现并不使她觉得奇怪，因为她还是认为，这些宝贵的知识都是这个姑娘不知不觉地从

① 科利奥兰纳斯，即卡厄斯·马歇斯。传说中的公元前5世纪的罗马英雄，为人傲慢、自负、固执，看不起人民群众。因在征伐伏尔斯人中奋力攻克科利奥里有功，被称为卡厄斯·马歇斯·科利奥兰纳斯。后被罗马护民官控以企图个人独裁，判处流放，逐出罗马；他只得去投奔先前劲敌伏尔斯人奥菲狄乌斯，并率将进攻罗马，在罗马城郊，由于母亲妻儿的苦谏，他撤军回安息，拟与罗马媾和，终为奥菲狄乌斯所杀。莎士比亚根据这个故事写了《科利奥兰纳斯》一剧。

她的谈话中拾掇来的。即使她不得不觉得她的学生对于一些问题比自己知道得还要多的时候，她还是这种看法。这种看法虽然不很合乎逻辑，霍顿斯自己却深信不疑。

这位小姐以有“讲究实际的精神”，有一套硬是偏爱死读书的办法而自豪，她也拼命要她的表妹依样画葫芦。她无情地硬要她表妹学法语文法，认为这是她自己所设计的最能提高水平的教学法，因此指定她不断做“逻辑分析”。这些“分析”却一点也没有引起卡罗琳的特别兴趣；她认为，即使不做这些“分析”，她也照样能把法语学得很好，她极其不愿意把时间花在默记“分句，主句和插入句”上；花在判断“限定的插入句”和“应用的插入句”，研究“分句”究竟是不是“完全的”“省略的”或者“暗示的”这些上面。有时候，她简直就像掉进了迷宫，每当她这样掉进了迷宫(也正好是霍顿斯在楼上翻她的抽斗的时候——这种莫名其妙的事情，每天总要花去她大部分时间，理好了，又弄乱，再理好，又再弄乱)，卡罗琳往往就把书本拿到账房间去找罗伯特，在他帮助下，弄懂了难懂的问题。穆尔先生生就脑子清楚、镇静；几乎一看到卡罗琳提出的一些小难题后，当下就把这些困难给解决了，不消两分钟，他就把一切都解释得明明白白——两句话就解开了疙瘩。她心里想，要是霍顿斯也能像他这样教她，她可以学得多快呵！她用敬慕而感激的微笑来报答他，只是笑容不是仰起落在他的脸上，而是悄悄地落在他的脚上。她总是很勉强地离开工厂，回到小屋里去，于是，等她做完了习题，或者做出了答数(因为穆尔小姐还教她算术)，她就怪造物主没使她是个男孩，却使她是个女孩，否则，她就可以要求罗伯特，让她去做他的职员，同他一起坐在账房间里，而不是同霍顿斯一起坐在客厅里了。

她偶尔——不过这种情况是十分难得的——也在洼地的小屋里度过整个黄昏。每当她去时，穆尔有时候出门到市场去了；有时候到约克先生那里去了；常常是在另一间屋里会见一位男客；不过，有时候他也在家，没有客人，有空同卡罗琳谈天。碰到这种场合，黄昏就像添上翅膀那样过得很快，不知不觉便过去了。在这三个表兄妹坐在那间小客厅里时，全英国也找不到这么愉快的一间屋子。霍顿斯在不教课，不骂人，不烧饭的时候，她就完全不是个容易动肝火的人；她到了黄昏时分，总是心情舒畅，对她这位英国女亲戚也客气了。而且，还有可以使她愉快的一个方法，那就是设法促使她拿出吉他来唱唱弹弹。于是，她就变得相当和蔼可亲；因为她弹得很高明，又有声调很好的嗓子，听她弹弹唱唱，的确不是不愉快的；要不是因为她那拘谨而自负的性格影响了她的唱腔，弄得态度一本正经，面孔有如雕像，那听起来的的确确是很舒服的。

穆尔先生摆脱了业务的束缚后，即使他不是个活泼的人，也是个愿意欣赏卡罗琳那种轻松活泼神情的人，是个乐于听她谈话，随时准备回答她的问题的人。他不失为一个可以接近，交往，谈谈，看看的人。有时候，他还不只如此——简直是有说有笑，十分温柔和气。

美中不足的是，到了第二天早晨，他又肯定是冷冰冰了。尽管他看来私下里很喜欢这些有说有笑的夜晚，可是，他也不大设法再过这样的夜晚。这种情况真使他表妹那没有经验的头脑百思而不得其解。她心里想，“如果我有自由支配幸福的办法，我一定要经常使用这种办法；一定要用得它锃亮，决不让它搁上几个星期不用，让它生锈。”

然而，她却小心在意，不使自己这套理论付诸实施。正如她喜欢夜访小屋，却从来不做不速之客一样。说实在，往往是霍顿斯硬要她来，她却谢绝了，因为罗伯特并没有附和，哪怕只是稍微附和一声。今天早晨，是他生平第一次出自自己的本意邀请她，当时，他说得那么亲切，使得她在听他说这话时所得到的快感，真够叫她高兴一整天。

这天早晨像平常一样地过去。小姐一直忙得气都透不过来，整个早晨她都花在奔波于厨房与客厅间，一会儿责骂萨拉，一会儿查看卡罗琳的习题，听她背书。尽管这些课业作得无懈可击，她也决不称赞一下。她有条金科玉律：称赞学生是同师道尊严格格不入的，或多或少的绝对的责备却是不可或缺的。她认为，不断进行或轻或重的斥责，对于维持自己威信说来，是完全必要的。如果在课业上找不到什么可能的差错，那么，学生的举止，态度，服装，风采，都还是有需要加以纠正的地方。

例行的争吵总是发生在午餐时分，当萨拉终于把饭菜端进屋里时，她简直是把饭菜扔在饭桌上，脸上一副表情，透着相当明显的神气："我一生从来没有端过这种东西，这种东西给狗吃也不配。"不过，萨拉虽然这么诅咒，饭菜却是很可口的。那道汤是用干豆浸后做成的一种豆汤，这是小姐在一连串悲叹声中做出来的，她哀叹在英国这个凄凉的国家，连扁豆都找不到。第二道菜是肉——用什么肉做的，不知道，大概是猪杂——剁得奇细，加面包屑，调味独特，并不难看，用模子烘出来的，一道怪里怪气的，但决不是不可口的菜。把青菜捣得稀烂，就成为一道伴食；还有一只果酱饼，就算吃完一餐饭。果酱就是按照吉勒德·穆尔太太的"老祖母"的秘方做的蜜饯，那味道好像是用"糖蜜下脚"代替糖。

卡罗琳对这种比利时烹调法并没有什么意见。事实上，为了换换口味，她倒是喜欢这种烹调法的。幸好她是这样，因为如果她露出任何一点嫌恶的迹象来，准会害得自己永世不得小姐的欢心；真正的罪恶也许比稍露不喜欢外国食物的神色更容易获得宽恕。

饭后，卡罗琳就撺掇她的表姊教师上楼去打扮——这番巧计倒也需要点手段。如果光是暗示一下短裙、短袖衬衫和卷发纸都是讨厌的东西，确实没有什么值得称赞之处，那准会构成一项重罪。因此，任何想使她不用这些东西的过早的企图都是不智的，不如让她整天那样穿戴为宜。不过，这个学生小心翼翼地避过触礁和流沙，借口需要换换环境，设法使教师上楼去，一旦进了卧室，这个学生就使她相信，犯不着再下楼，不如就在这里梳妆打扮。于是，趁小姐在作庄严的说教，大谈她自己不顾一切轻浮风尚的卓越优点时，卡罗琳便把她那件短袖衬衫剥了下来，给她穿上一件大方的长外衣，为她端整领头，理理头发等等，把她弄得相当好看。不过，霍顿斯最后还是要自己亲自润色一番，这番润色包括拿条厚围巾缚在脖子上，再扎上一条像用人用的黑色大围单，这样一来，就教一切打扮都前功尽弃了。小姐在自己家里，随便怎样都要箍上那条厚围巾，扎上那条大围单。第一，这完全是桩有关德行的事情——不扎围单倒是桩相当错误的事；第二，这是好主妇的标志——她仿佛认为，这样披挂，她多少就可以大大节省她弟弟的开支。她还亲自做了这两样装备，拿来送给卡罗琳，哪知这位年轻表妹却不领情，硬是不收，不识这些雅致礼品的好歹，从而引起一场她们从来没有发生过的大争吵，直到如今，还在表姊心头留下创伤。

“我穿一件有领的好外衣，”卡罗琳说，“再加上一条围巾，准会叫我觉得气都透不过来，我的短围单其实也跟条长围单一样好。我宁可不换。”

然而，照霍顿斯的固执脾气，也许会硬要卡罗琳换一换，碰巧穆尔先生听到她们为这事情争吵，他认为卡罗琳扎那条短围单就够了，他说，照他看来，因为她还是个孩子，现在不必箍长围单，尤其是她的鬈发本来就很长，差不多要碰到肩膀。

罗伯特的意见是无可非议的，因此，他的姊姊只好认输。但是，她完全不赞成卡罗琳那种雅致得惹人生气的服装，也不赞成她外表上那副贵妇人般的风姿。她总认为比较严肃朴素“更为合适”。

那天下午的时间都花在缝纫上。小姐像大多数比利时妇女一样，特别精于针线活儿。她认为，花许许多多时间做刺绣，做有伤眼力的花边活儿，做令人赞叹的编织和织网，尤其是花大功夫来补补袜子等等，都绝不是浪费时间的事情。她一天里总要找点时间来补只袜子的两个破洞，等到补好了，她就认为光荣地完成自己的“任务”。另一桩使卡罗琳大伤脑筋的事，就是为了学这种外国式的织补工作而挨骂，做这种活儿，要一针一针地织补，才能十分精确地仿照袜子本身的经纬织好。这种令人厌烦的工作，在霍顿斯·吉勒德，在她以前的好几代祖先看来，都是“妇女的首要分内事”之一。从前在她自己还是个小孩，小小的黑脑瓜上戴着顶小帽的时候，人们就把针线和一只撕破得吓人的袜子塞在她手里。她在织补方面的“优异成绩”早在她六岁时就曾经在大伙儿面前表演过。所以，当她第一次发现卡罗琳对这种最基本的手艺竟然一窍不通的时候，她只能对她那无人管教的可怜青春一洒怜惜之泪。

她总是不失时机地找出一双后跟都完全烂光了的、简直是无可救药的袜子来，让这个一窍不通的英国姑娘修补。这项工作两年前就开始了，至今卡罗琳的活计袋里还有好几双这样的袜子。她每天织上几行，作为赎罪的悔过。这些袜子真是卡罗琳一项苦恼的负担，她真想把这些破烂都给扔进炉火里去。有一次，穆尔先生看到她坐在那里，对着这些破烂唉声叹气，他曾经提出把它们拿到账房间里悄悄火化拉倒。但是，卡罗琳听到这个提议，知道这是不宜接受的——其结果只会招来另一双袜子，也许还要破烂得更厉害，因此，她明知不幸，仍是坚持下去。

整个下午，这两位小姐都坐在那儿做缝纫活计，直做到眼睛和指头，甚至其中有一位的精神都觉得疲惫不堪。中饭后，天就黑下来，这会儿又开始下雨了，而且倾盆猛泻。卡罗琳心里开始悄悄地担起心来，怕赛克斯先生或者约克先生会劝罗伯特等天晴后再离开惠因伯利，而眼看天又不会一下子就晴起来。时钟敲了五记，时光悄悄飞逝，天上仍是乌云密布，一阵太息似的风儿在外面齐屋顶的树木中飒飒作响。白天似乎行将结束，客厅的炉火在明亮的炉子上投下了一片斜晖似的红光。

“这天总得到月亮上升才会晴，”穆尔小姐说，“因此，我肯定地认为，我弟弟这会儿不会回来，老实说，他要是真的回不来，我可真难过。我们喝咖啡吧，等他也是白等。”

“我很倦。我现在可以放下活儿吗，表姊？”

“可以，横竖天色太黑了，看不见，做也做不好。把它折起来，仔细地放进活计袋里后到厨房去，要萨拉把点心，或者你管它叫做茶点拿来。”

“可是，钟还没有敲六点呢。他也许还会回来。”

“他不会回来，我告诉你。我算得出他的行动。我了解我的弟弟。”

悬虑不安真是苦恼，叫人厌倦，扫兴，人人都不免有时会有这种感觉。卡罗琳遵命走进厨房。萨拉正在桌边缝衣服。

“要你送咖啡去，”这位小姐无精打采地说过后，胳膊和脑袋倚在厨房的壁炉架上，倦慵地烤一下火。

“你显得多没精神呀，小姐！这全是你表姊一直要你紧张做活儿的缘故。真缺德！”

“一点也不是这样，萨拉，”卡罗琳简短地回答。

“啊！我知道是这样。你这会儿眼看就要哭了，不为的啥，全是因为你一动不动地坐了一整天的缘故。就是教一只小猫咪这样喵喵叫个一整天，也会叫得没神气了。”

“萨拉，你东家碰到下雨天，是不是常常很早就打市场上回来？”

“不，不是这样，只是今天，不知什么缘故，他却跟往回不同了。”

“你这是什么意思？”

“他回来了，我刚才确确实实看到默加特罗牵着他那匹马打后门进了院子，那会儿，我正好去水泵那儿提水，还不过是五分钟前的事。我想，他现在同乔·斯科特一起在账房间里。”

“你弄错啦。”

“我怎么会弄错呢？我当然认得那匹马。”

“可是，你没有看见他本人吧？”

“我还听到他说话呢。他在同乔·斯科特说什么一切办法都定下来了，大概再过一个礼拜，厂里就会有一套新机器了，还说这一次他要到斯蒂布罗的兵营去弄四个大兵来押车子。”

“萨拉，你在做长外衣吗？”

“是呀，这件长外衣漂亮吗？”

“真好看！你去准备咖啡吧。我来给你把那只袖子裁好，我还可以送你一点滚边镶袖子呢。我有一点狭缎带，颜色刚配得上。”

“你真好，小姐。”

“快一点，好姑娘，不过，先把你东家的鞋子放在炉架上，他一进来就会脱掉靴子。我听到他来了。”

“小姐，你把料子剪错了。”

“真的呢，好在只是剪了一点点，还坏不了事。”

厨房门被推开了，穆尔先生走了进来，又湿又冷。卡罗琳搁下裁剪活计，转过半个身子来，可是，又转身再做一会儿活，仿佛有意要争取多做一分钟似的。她俯身伏在衣料上，脸也看不见了，看来是想使脸色镇定下来，不让表情有所泄露，可是，又做不到，因为等她终于抬起头来迎穆尔先生时，她还是面有喜色。

“我们都不想再等你了，她们都说你不会回来了，”她说。

“可是我答应早些回来，你在等我吧，我想？”

“不，罗伯特，雨下得这么急，我不敢等你来。你又湿又冷——把衣服都换了吧！要是你着了凉，我就得——我们就得多少有点担待了。”

“我并没有完全湿透，我的骑装是防水的。我只需要换双干鞋子。喏……在冷风大雨里赶了几英里路后，炉火真是使人愉快。”

他站在厨房的炉边，卡罗琳站在他身旁。穆尔先生一边烘着柔和的炉火，一边眼睛直望着架子上闪闪发光的黄铜制品。他偶然往下一望，眼光刚好落在一张仰起的脸上，那张让柔丝似的鬈发遮着的脸，倏地飞红起来，满脸笑容，快快活活，一双秀眼熠熠发亮。萨拉端着托盘到客厅去了。她的女主人在对她训话，使她一时脱不得身。

穆尔把手在他年轻表妹肩上搁了一会，伛下身子，在她前额上亲吻一下。

“啊，”她说，仿佛这一吻，吻开了她的金口，“我一想到你也许不会回来就不好受，我这会儿简直是太快活了。你快活吗，罗伯特？你喜欢回家吗？”

“我想是喜欢的，至少在今儿晚上。”

“你肯定不会为你的机器，你的生意和战争烦恼吗？”

“这会儿不烦恼。”

“你的确不觉得洼地的小屋又狭又闷，容不下你吗？”

“此刻不觉得。”

“你能肯定说，因为有钱有势的人都把你忘了，你心里不感到不是滋味吗？”

“别再提问题了，如果你以为我急着要去巴结有钱有势的人，那你就错了。我只要钱——地位——事业。”

“你自己的才能和德行一定会使你得到这些。你是天生要做大人物的——你一定会成为大人物。”

“如果你打心底里说老实话，我不知道你现在为了使我得到这种伟大，要给我开什么秘方，不过，我倒知道——比你还更知道那秘方。这会灵验吗？这会行吗？不错——穷困，可怜，破产。啊，生活并不是你所想的那样，琳娜！”

“可你正是我所想的那样的人。”

“我不是。”

“那么，你是比那样的人还要好？”

“更要差得多。”

“不，更要好得多。我知道你行。”

“你怎么会知道？”

“你看来就是这样，我也觉得你是这样。”

“你从哪里觉得呢？”

“从我心里。”

“啊！你是用你自己的心来判断我的，琳娜，你应该用你的脑袋来判断我。”

“我也用脑袋判断过，因此，我很为你骄傲。罗伯特，你猜不出我对你的一切想法。”

穆尔先生黝黑的脸顿时通红，他嘴露笑意，却仍抿得紧紧。他虽神欢眼笑，却仍紧皱眉尖。

“把我看得渺小些，琳娜，”他说。“一般说来，人都是一种浮渣，跟你所想的任何浮渣十分不同，我不想装得比我的同胞高明。”

“如果你是这样的话，我就不会这么尊敬你了，正因为你很谦虚，我才对你的优点有这种信心。”

“你在捧我吗？”他反问道，眼睛敏锐地盯着她看，好像一眼就要看穿对方似的在搜索她的脸。

“不，”她轻声说，看到他突然眼睛这样尖，不觉哈哈一笑。她似乎认为，对他这声反问不必急急否认。

“不管我认为你是不是在捧我，你不会介意吧？”

“不会。”

“你对你自己的想法那么有把握吗？”

“我想很有把握。”

“为什么呢，卡罗琳？”

“只是为了使我自己心里舒畅，才把我所想的一部分立刻说出来，同时，也使你会更满意你自己。”

“是要使我相信我的女亲戚是我的诚挚的朋友吗？”

“正是，我是你的诚挚的朋友，罗伯特。”

“我也是——不管我会遇到什么意外，会有什么变化，琳娜。”

“总不会是我的敌人吧？”

这时，萨拉和她的女主人吵吵嚷嚷地一道走进厨房来，把回答给打断了。刚才主仆两人在“牛奶咖啡”这个问题上发生了一番小争论，为穆尔先生和赫尔斯通小姐提供了谈话的时间，说了不少话。萨拉说“牛奶咖啡”是她见所未见的一种最古怪的脏东西，是暴殄天物，因为“咖啡本来就应该在水里煮”，小姐则咬定那是一种“极好的饮料”，千万倍的好，只有下流人才会反对。

先前待在厨房里的两个人，这会儿撤退到客厅里去。趁霍顿斯还没有跟上来，卡罗琳还来得及再问一句：“不是我的敌人吧，罗伯特？”穆尔像个教友派教徒那样，反提一个问题代替回答，“我会是吗？”说着就在桌旁坐下来，并让卡罗琳坐在他旁边。

小姐进来时，卡罗琳还没能听清楚她大发雷霆的原因，那番对

“那个坏东西的恶劣行为”的滔滔不绝的数说，教她听来就跟在气急败坏地敲击瓷器那样令人心慌意乱。罗伯特听了，很有节制地笑一下后，客气而心平气和地劝他姊姊镇静下来，还向她保证说，如果她有什么不满意的地方，她尽可以在他厂里的姑娘中挑一个来做下人，只是担心那些人难得有中她意的，因为，据他所知，她们大多对于家务工作完全一无所知，又都像萨拉一样冒失，任性，也许萨拉并不比她那个阶级的大多数妇女差些。

小姐承认这个估计完全合乎事实，根据她的看法，“这些英国乡下女人完全是教人受不了的。”即使她不给一个“漂亮的安特卫普厨娘”戴顶高高的便帽，穿条短裙，着双跟她的阶级相称的大方的木鞋，也确实比个穿着荷叶边长外衣、完全不戴帽子、目中无人的妖娆女子好得多（因为萨拉仿佛并不同意圣保罗这个意见，即“女人光秃着头走来走去是一种耻辱”[①]，她宁可相信一种相反的学说，坚决不肯让她那丰满的黄头发给禁锢在麻纱或者竹布里，而喜欢用只梳子把头发潇洒地紧束在后脑勺上，逢礼拜天才把头发卷到前边来）。

“要不要我给你设法找个安特卫普姑娘来？”穆尔先生问道，他这人在外边十分严峻，在家里，一般说来，却十分和气。

“谢谢你的礼物！”小姐答道。“一个安特卫普姑娘在这里决待不上十天，她准会遭到你厂里那些妖娆姑娘的讥笑。”接着，口气变得柔和说：“你真好，亲爱的弟弟。请原谅我的别扭脾气，可是，老实说，我的家务磨练真是严酷，这也许是我命里注定的，因为我想起我们尊敬的母亲也经历过同样的磨练，虽然她有个安特卫普最好的用人。无论在哪个国家，家务都是桩败兴而又难以驾驭的事情。”

---

① 《圣经 · 新约 · 哥林多前书》第 11 章第 5 节：“凡女人祷告或是讲道，若不蒙着头，就羞辱自己的头。”这里霍顿斯把保罗的话套用到关于萨拉不肯戴小帽子上去。

穆尔先生对他尊敬的母亲的磨练也还想得起来。她一直是他的良母，一想起她就肃然起敬，可是，他也想起，她在安特卫普那个厨房里也是经常吵吵闹闹的，就像他的亲姊姊这会儿在英国一样，因此，这样一想，他就不再提这个问题了。等到喝完咖啡，他就去为霍顿斯找出乐谱和吉他来慰抚她，他满怀手足情谊从容地把吉他的带子套上她的脖子后，就知道已经完全使她那最纷乱的心情安定下来了，于是，他请她为他弹奏他们母亲最喜欢的一些歌曲。

世间再没有像手足之情这样高尚的情感。家庭不和使人鄙陋庸俗——家庭融洽使人意气昂扬。霍顿斯为了取悦她的弟弟，为了向他表示感激，她一抚弄起吉他来，简直就显得十分端庄，十分美丽。她日常的烦恼表情顿告消失，取而代之的是“满脸和善的笑容”。她富有情感地唱他要她唱的歌，这些歌曲使她想到一位她真正热爱过的母亲，使她想起了自己的青春时代。她也看到卡罗琳听得那么有趣，神情那么天真，这更使她大为愉快，而唱完歌后，那声“但愿我也能像霍顿斯这样唱歌，这样弹琴！”的叫喊，就说明她有多大成就，使她这天晚上十分可爱。

果然不错，接着她就在“愿望”的虚荣心与“磨练”的本分上对卡罗琳发表一小通训话。大意是，“正如罗马并不是一天建造起来的一样，吉勒德 · 穆尔小姐的教育也不是一个礼拜就完成的，不是光有想聪明的‘愿望’就可以达到。完成这种伟大的工作是靠努力。她向来就以具有不屈不挠的精神，刻苦用功著称。她的一些老师都认为，能够找到天才与踏实结合得这么好的，实在难得，也使人十分高兴，”等等。小姐一谈到自己的优点，她便口若悬河。

她终于沉浸在极乐的自我陶醉中，她拿起了针黹，恬然坐了下来。窗帘拉严，一炉明火，一盏柔光闪烁的灯，使得现在这个小客厅尤更宜人——这个夜晚更有魅力。在座三人大概都感觉到了这种魅力，他们全都脸容怡悦。

“现在我们又该干什么啦，卡罗琳？”穆尔先生问道，又回到他表妹旁边的座位上来。

“现在我们该干什么啦，罗伯特？”她打趣地照说一遍。“你出主意吧。”

“不下棋吧？”

“不。”

“也不下跳棋，不来双六吗？”

“不，不，咱们俩都不喜欢闷声不响的游戏，这种游戏只叫手动——可不是吗？”

“我想确实是这样。那么，来讲别人坏话吧？”

“讲谁呢？难道我们真有兴趣拿任何人来取乐，把他们讲得一文不值吗？”

“这问题提到点子上来了。我呢——这话听起来好像很不和蔼——我必须说，不。”

“我也是这样。可是，说也奇怪，我们又不要有第三个——我是说第四个”（她连忙后悔地朝霍顿斯看了一眼）“人跟我们在一起，我们快活的时候多么自私，我们也不愿意想到现实世界，那么，回溯一下过去准会愉快。听听那些已经在坟墓里（也许现在连坟地也没有了，只剩下些园林和田野）睡了好几代的人给我们谈谈话，给我们讲讲他们的想法，讲讲他们一些看法。”

“谁来说呢？用什么语言来说——法语吗？”

“你的法国祖先不会说得像你的英国祖先那样动听，那样庄重，那样使人动容，罗伯特。今天晚上，你应该完全说英语，你来念本英国书吧。”

“古代的英国书？”

“是的，古代的英国书，你喜欢的一本，让我来挑一段声调跟你有点儿相称的。这样就会唤起你的本性，给你心里灌注音乐，就像有一只娴熟的手在抚摸你的心一样，使得心弦歌唱起来。你的心是把吉他，罗伯特，可是，你命里注定，你不是个会奏吉他的歌手，因此，它一直无声无阒。要是让了不起的威廉[①]来碰它一下，你就会知道他会打那些弦线里奏出多大的英国力量和多好听的调子来。”

“我得念一段莎士比亚。”

“你先得有莎士比亚的精神；你必须用你内心的耳朵来听他的声音；你必须把他的心灵吸收一点到你的心灵里去。”

“你是要使我念得更好；要弄得像在宣道吗？”

“这是要唤醒你——使你有新的感觉。让你强烈地意识到你的生命，不光是意识到你的优点，也意识到你的缺点和不好的方面。”

“天啊，她在说些什么？”霍顿斯大声叫了起来，她本来一直在数她的编织物的针脚，不很注意他们所说的话，可是，她突然听到了这几句很刺耳的话。

“别管她，姊姊，让她说。今儿晚上，她高兴说什么，就让她说什么。她有时候喜欢挖苦你的弟弟，这使我高兴，还是随她去吧。”

卡罗琳爬上椅子，在书架上搜索一番后，拿着一本书回来。

“喏，莎士比亚，”她说，“这里有《科利奥兰纳斯》，现在念吧，看你念的时候的感情，就可以立刻发现你有多少低劣，又有多少崇高。”

“好吧，那么，你坐在我旁边，碰到我发错了音的时候好纠正。”

“这么说来，我是老师，你是学生了？”

“心愿如此！”

“既然我们要来研究莎士比亚，莎士比亚就是我们研究的学问了。”

“大概是这样。”

---

① 威廉，指英国大戏剧家威廉·莎士比亚。

“那么，你大概不会带着怀疑和嘲弄的法国气质吧？你大概不会认为拒不赞美就是有智慧的表现吧？”

“我不知道。”

“如果你是那样的话，罗伯特，我就要把莎士比亚拿开，我就会伤心，戴上帽子往家跑了。”

“坐下来，这就开始念。”

“请等一等，弟弟，”小姐打岔说，“逢到家里的男人在念书的时候，女人们向来都应该做针线活儿。卡罗琳，亲爱的孩子，把你的刺绣拿来，你今天晚上可以做好三支花样。”

卡罗琳满面愁伤。

“我在灯下看不清楚，我的眼睛累啦，我也不能同时做好两件事。如果我做针线活儿，我就不能听；要听就不能做针线活儿。”

“真丢脸！真像儿戏！”霍顿斯说。

穆尔先生照例又态度和蔼地插嘴了。

“今儿晚上就免了她的刺绣吧。我希望她能全神贯注地注意我的口音，为了使这一点有保证，她就得用眼睛来看我念下去，就得看着书本。”

他把书放在他们中间，胳膊搁在卡罗琳的椅背上，开始念了。

《科利奥兰纳斯》第一幕出自他那聪明之口，念得极有韵味，而且，他一路念下去，自已也兴奋起来了。他添油加酱地念着卡厄斯·马歇斯对饥饿的市民们那段傲慢的讲话，他并没有说他认为这种没理性的自傲是对的，可是，他似乎觉得是对的。卡罗琳带着奇妙的笑容抬起头来看他。

“已经露出不好的方面来了，”她说，“你同情那个骄傲的贵族，可他并不同情他那些饥饿的同胞，还侮辱他们。好吧，念下去。”

他又继续念下去。那好战的部分并不很使他激动。他说这一切都过时了，或者应该算是过时了，所表现的精神是野蛮的，然而，马歇斯与塔勒斯·奥菲狄乌斯两人间的单枪匹马的交战，他却很有兴趣。等他再念下去，他就忘记批评了。他显然很欣赏有关强权和真理的那部分，而且，一跨出个人偏见的狭隘境界，就开始沉迷于人性的巨大画面，觉得现实就表现在他面前的书上这些说话的人物身上。

那些喜剧场面他念得并不好，于是，卡罗琳打他手里把书拿过来，替他念这几场。他似乎很高兴听她念，她念这几场的气概，的确是谁都想象不到的，那种生气蓬勃的表情，表明她似乎具有随机应变的天才，虽说这种天才不过是昙花一现而已。顺便可以这样说，她那天晚上的谈话的一般特点，不论是严肃的还是活泼的，认真的还是欢欣的，都好像是无师自通，不学而会，出于直觉，心血来潮的。这种情况出现过后，就再也无法再现了，它不过是像流星那样一闪而逝的光芒，是露珠的淡淡的色泽，是落霞的色和体，是小河流水的变化万状、璀璨夺目而一瞬即逝的涟漪。

科利奥兰纳斯显赫一时，科利奥兰纳斯灾难重重，科利奥兰纳斯被流放了，都像是许多巨大的影子一样，接踵而现。面对着这个被放逐者的幻影，穆尔的灵魂似乎停步不前了。它站在奥菲狄乌斯的大厅的火炉架上，看到那个伟大的形象倒下去了，即使已是卧地不起，也比过去都更加伟大。它看到"一副凛然不可侵犯的容貌"，黝黑的脸上"有一种威严"，"装束这样破旧，却不像是一个庸庸碌碌的人"。[①]穆尔完全同情卡厄斯·马歇斯的复仇之心，他并不为此觉得愤慨。于是，卡罗琳又悄没声儿地说：

"我又瞥见错误的同胞关系了。"

---

① 参见《科利奥兰纳斯》（朱生豪译）第4幕第5场〔人民文学出版社《莎士比亚全集》（七）第342页〕。

进军罗马，母亲的哀求，长久的抗拒，不正常的情绪终于向正当的情绪让步了，这始终是个配得上高贵称号的性格一定会出现的情况，奥菲狄乌斯看到他认为是自己的盟友的软弱无能而大为愤怒，科利奥兰纳斯之死，他的大敌的最后忧伤——这种种络绎涌现的、以无可辩驳的事实和力量写成的场景，深沉而急骤地流经读者和听者的心灵，使人不胜神驰。

“现在，你可体会到了莎士比亚？”卡罗琳在她表哥掩上书本十分钟后，问道。

“我想体会到了。”

“那么，你可觉得科利奥兰纳斯有点跟你一样的地方吗？”

“也许有点。”

“他不是又有缺点又是伟大的吗？”

穆尔点点头。

“他的缺点是什么？市民为什么要恨他？他的同胞为什么要放逐他？”

“你认为是些什么缘故呢？”

“我再问一遍：

也许因为他的一帆风顺的命运，
使他沾上骄傲的习气？
损坏了他的完善的人格；
也许因为他见事不明，
不善于利用他自己的机会？
也许因为他本性难移，
只适宜于顶盔披甲，不适宜于雍容揖让，
刚毅严肃本来是治军的正道，

他却用来对待和平时期的民众？”①

“好吧，你自己回答吧，斯芬克斯女神②。”

“这有各式各样的含义，不应该对你的工人态度傲慢；不应该忽略慰抚他们的一切机会；不应该有顽固不化的性格；请求人家的时候却说得像是下命令那样严厉。”

“这是你硬加给这个剧本的教训。你怎么会想到这些上面去？”

“希望你好呀，欲你安全呀，亲爱的罗伯特，也是一种担心呀，因为我近来听到了许多关于你会遭到伤害的事情。”

“谁告诉你这些事情？”

“我听我叔叔谈到你。他称赞你的苦干精神，你的坚定的脾气，也称赞你看不起下等的敌人，你决心，像他说的，不‘屈从暴民’。”

“那么，你要我屈从他们吗？”

“不，完全不是这样。我从来不希望你降低身份，只是不知怎的，我总不禁认为，把所有的贫苦工人都笼统地加上‘暴民’这样一个侮辱性称号，而且一直认为他们是暴民，对待他们十分傲慢，的确是不公平的。”

“你倒是个小民主分子，卡罗琳，如果你叔叔知道了，他会怎样说？”

“我很少同我叔叔谈天，你知道，也从来不谈这种事情。他认为女人充其量只能了解针线活儿或者烧饭等事情，其他的事都不是她们所擅长的。”

“你认为你劝告我的这些事情，你自己都懂吗？”

---

① 参见《科利奥兰纳斯》（朱生豪译）第4幕第7场〔人民文学出版社《莎士比亚全集》（七）第356页〕。

② 希腊神话，狮身人面有翼的怪物，常出谜给过路人，不能解者都遭杀死。

“就这些事情对你的关系来说，我都能懂。我知道，让你那些工人敬爱你，总比让他们憎恨你更对你有好处。我肯定仁爱可能会比傲慢更能赢得他们的爱戴。如果你对我，对霍顿斯傲慢冷淡，我们会爱你吗？如果你像有的时候那样冷淡我，我敢用爱来回报你吗？”

“你听着，琳娜，我已经听完了语言和伦理学两门功课，还沾着点儿政治的边。现在轮到你了。霍顿斯对我说，有一天，你学到了可怜的安德烈·舍尼埃所作的《年轻的俘虏》一小段诗，很受感动，你还记得这首诗吗？”

“我想还记得。”

“那么，把它背出来。慢慢来，别急，注意你的口音，尤其是不要有英语的重音。”

卡罗琳背诵舍尼埃的动人的诗章了，开始时声音很低，带点儿颤，可是，等她一路背下去，就逐渐有勇气了。最后三节背得挺好：

我美丽的航程，离结束还有很远！
在路旁夹道的榆树中间，
　我起程，几乎是第一个
走过刚开始的生命席筵，
我的嘴唇刚好浸沾
　我手中还满盈的酒杯。

时间不过是春天——可我已想看见收割；
一季一季，犹如太阳穿梭，
　我恨不得一年度过。
前程光明，花园名倬，
刚看到晨曦曙光，

我恨不得一天度过！

穆尔起先是低垂着眼睛谛听，可是，过了一会儿，他悄悄地抬起眼来。他身子往椅背一靠，以便望着卡罗琳，而不让她看到自己的目光是落在她身上。她腮帮子泛红，双眼发亮，她今晚的面容有一种甚至足以使平凡的面貌也变得动人的表情，而且在她那平凡中，并没有须加原谅的重大缺点。阳光不是照在高低不平的荒原上，它照在柔美、盛开的花朵上。每个特征都变得十分优美，整个外貌很是可人。此刻——生气蓬勃，富有情趣，楚楚动人——她可以称得上是个美人。这样一张脸，不仅可以唤起尊敬的人的平静的情感，唤起敬慕者的冷淡的情感，而且可以唤起一种更亲切、和蔼、亲密的感情，也许是友情、爱情、关怀。

她背完后，转过头来望望穆尔，刚好碰上穆尔的目光。“背得很好吗？”她问，笑得像个快活而驯良的小孩。

“我确实不知道。”

“为什么不知道，你没有听吗？”

“听呀——还看哪。你很爱诗吧，琳娜？”

“我碰到真正的诗，我不学到能背，决不罢休，这样就把诗多少变成我的了。”

穆尔先生一声不响地坐了几分钟。时钟敲九点了。萨拉进来说，赫尔斯通先生的用人来接卡罗琳小姐了。

“这么说来，今晚已经过去啦，”她说，“我想，得隔好久，我才能再在这里过另一个夜晚。”

霍顿斯已经对着编织物打了一阵子盹，这会儿正式打起瞌睡了，她对卡罗琳的话毫无反应。

“你晚上常常来总不会有意见吧？”罗伯特一面问道，一面把她搁在小桌上那件折好的斗篷拿给她，小心地为她披上。

“我喜欢来，不过，我不想随便闯进来。我并不是暗示着要人邀请。你得懂我这意思。”

“我懂你的意思，孩子！你有时候对我大讲希望我发财的大道理，琳娜。不过，如果我发了财，你得常常住在这里——总之，不管我住在哪儿，你都要跟我住在一起。”

“那准是很快活的，即使你很穷——一直这么穷——还是很快活。晚安，罗伯特。”

“我已经答应过要陪你走到教区长住宅了。”

“我知道你答应过了，不过，我还以为你忘记了，我也不知道该怎样提醒你，虽然我很想提醒你一下。可是，你高兴去吗？今晚很冷，好在范妮已经来了，不必啦——”

“喏，你的皮手筒，别叫醒霍顿斯。走！”

到教区长住宅的半英里路，不一会就走到了。他们在花园那里分手，没有亲吻，简直连手也没拉一拉，然而，罗伯特却把他的表妹送了进去，弄得她十分兴奋，心里既是快活又是激动。他这一天对她特别和气——不是表现在言辞上，礼节上，表白上，而是表现在一举一动，一顾一盼，表现在轻声细气，口气亲切上。

他自己呢，回到家来，心情沉重，简直是愁眉苦脸。当他靠着自己的宅门，站在那里，独自对着有雨意的月色冥想的时候，看到前面是寂静、黝黑的工厂，四下是群山包围的洼地，他猝然大声叫了起来：

“这不行！这一切都是软弱——明摆的毁灭。不过，”他放低了声音，又说下去，“这种狂乱完全是暂时的，我自己心里很有数，从前也有过这种情况，明天就会消失。”

第七章
几位副牧师来吃下午茶

卡罗琳·赫尔斯通刚好十八岁。人到了十八岁，真正的生命史还没有正式开始哩。十八岁以前，我们坐在那儿听人家讲故事，讲一部惊奇小说，时而喜，时而忧，可以说总是不真实的。十八岁以前，我们所理解的世界充满英雄事迹，它的居民不是有一半神明，就是有一半鬼魔，它的景色都是幻然若梦。布满在我们这个迷人的地球上的，都和我们在大自然中所看到的不同，森林更为暗黑，山峦更为奇异，天空更为明亮，海洋更为凶险，百花更为芬芳，果子更为诱人，平原更为辽阔，荒野更为凄凉，原野的阳光更为充足。十八岁以前，我们注目而视的是怎样一个月亮呵！我们一看到它那难以言宣的美丽外表，心里颤动得多么厉害！至于我们的太阳，那是一个炽热的乐园——众神的世界。

到了这个时候——到了十八岁的时候，已是逐渐接近幻觉，空梦的境界，魔境在我们的后边，现实之岸崛起在前边。现实之岸还是可望而不可即，显得那么青苍，平静，柔和，我们真想能够到达那里。在阳光里，我们看到苍穹下一片翠绿，宛如春天的牧场。我们偶尔看见一道道银线，就想到滚滚的流水。我们只要能够到达这块陆地，就不再会想到饥渴！其实，在尝到真正的至福之前，还得跨过多少个荒野，而且往往是要跨过死神的洪水，跨过一条又冷又简直像死神一般凶恶的愁河。凡是生命所赐予的欢乐，在到手之前都须力争，而得来不易的甘苦，只有那些曾经夺取过大奖金的人才能有所体会。心血必须镶有斗士额头的红珠，胜利的花冠才会在头上沙沙作响。

到了十八岁的时候，我们对此还一无所知。当希望之神向我们微笑，许愿明天就有幸福的时候，我们便盲目地信以为真；当爱神像个迷途的天使踯躅到我们门口来的时候，我们便立即恭请进门，欢迎，拥抱，却没有看到他背后的箭袋，如果让他一箭射中，伤口就像是新生命在颤动；不必害怕有毒，决没有连医生的手也拔不出的芒刺。那种冒险的激情，在激情的某个阶段说来，总是一种苦恼，尽管始终有许许多多苦恼，人们还是认为，这是一种绝对的幸福。总之，到了十八岁的时候，还得进“经验”学校，还得学习它那把你揉呀，压呀，碾呀，然而却能教你净化，精力充沛的功课。

唉，经验呵！再没有其他一个师傅，像你这样长着一张如此憔悴和冷淡的脸，穿着这么黑的袍子，拿着这么重的棍棒，这么无情地使新手经历如此严苛的磨练，用权力迫得他为了获得经验而如此服服帖帖。完全亏得你的指引，男人或者女人，才能找到一条通向生命的荒野的康庄大道，没有这番指引，他们准要跌跤，准要走入歧途！他们准会闯进禁地，准会顺着可怕的斜坡猛冲下去！

卡罗琳由罗伯特送回家后，在睡觉前，她不想同她叔叔待在一起了。她叔叔那个房间是她的禁地，她难得随便闯进去，今儿晚上，她尤其是敬而远之，只是到了祷告的铃声响后，这才进去。晚祷是赫尔斯通先生家的一种崇拜仪式，他以惯常的鼻音，清晰响亮而单调地念了一下祷文。仪式完毕，按照习惯，他的侄女跨上一步，向他说：

“晚安，叔叔。”

“嗨！你整天在外边浪荡——做客啦，吃饭啦，等等！”

“我只是在小屋里。”

“你可上课了？”

“上了。”

“还做衬衫吧？”

“做了一点。”

“唔，那就行；手不离针——学做衬衫，做长外衣，做糕做饼，有朝一日，你就成了个聪明妇女啦。现在去睡吧，我这会儿还要忙着搞个小册子哩。”

侄女当即走进自己的小寝室，把门闩好，穿上白睡衣，解开长发，让它浓密、柔软、波浪似的挂在腰际，她把头发梳过后，休息一下，手托腮帮，定睛望着地毯，在她站起来之前，我们看到，在她四周，冒出许多个十八岁的幻影。

她的思想正在同她说话，仿佛谈得很欢，因为她一边凝神谛听，一边面露笑容。她看上去很美丽，她这么沉思默想：在她屋子里，还有个比她更喜洋洋的东西——年轻的希望之神。据这个善于奉承的预言家说，她不再会知道失望，不再会觉得沮丧了。她已经开始看到夏日的黎明——不是虚假的黎明，而是真正的春天也似的早晨——她的太阳很快就会升起。现在，她不可能怀疑她是幻想的嘲弄对象了，她的种种希望似乎有了保证，希望的基础仿佛固如磐石。

“人们一恋爱，第二步就是结婚，”这是她的论据。“现在，我爱罗伯特，我十拿九稳地认为罗伯特也爱我。我先前已经想过多次了，今天我已感觉到他爱我了。我在背完舍尼埃的诗后，抬起头来望他的时候，他那双眼睛(他有多美的一双眼睛！)就把这个事实送进了我的心坎。我有时候怕同他谈话，生怕我会显得太坦率，会显得孟浪，因为我已不止一次为自己那些江河奔泻似的言语而后悔不迭。我担心我说了超过他要我说的话，担心他会不满意，认为我举动欠慎重。可是，今儿晚上，我总算敢于说出任何想法，他是那么宽容。我们在小巷里走的时候，他多么和气！他既不谄媚，也不说傻话；他的求爱(我指的是友爱；我当然还没有把他当成我的情人，不过，我希望，有朝一日，他将成为我的情人)同我们在书本上看到的不一样——比那要好得多呢——质朴，温和，刚毅，诚挚。我真喜欢他！如果他娶了我，我准会是他的贤妻，我一定要把他的缺点(因为他有一些缺点)告诉他，不过，我也要尽力使他舒适，爱护他，尽力使他快活。现在，我肯定他明天不会冷冰冰了，我简直可以十拿九稳地认为，明天晚上不是他到这里来，就是要我上那边去。”

她又开始梳那长得像美人鱼一般的头发。她一边慢条斯理地梳，一边回过头来，看到自己映在镜子里的脸和身子。这样的映像真可以使普通人神清气爽，普通人自己的眼睛是不会被那个映像迷住的，他们确信别人的眼睛看了那个映像也不会受诱惑。可是，公正的人一定会自然而然地得出另外的结论来：镜子里那个映像是迷人的，而且一定会迷人的。卡罗琳看到一个形体，一个脑袋，如果这样一种姿势和表情用银版照相拍下照来，准会叫人喜爱，她不得不由这番情景而肯定自己的希望。于是，她就在尚未消失的欢愉中上床了。

第二天，她在尚未消失的欢愉中起身。她走进她叔叔的早餐室时，温柔欢乐地向他道了早安，连这个铜像似的小个子一时间也认为他侄女已变成“一个标致的姑娘”了。她同他在一起时，总是稳静而腼腆，十分驯服，而且话语不多。可是，今天早晨，她却有许多话要说。他们之间只能谈些无关紧要的问题，因为同妇女——姑娘——在一起，赫尔斯通先生是不谈其他什么问题的。她一清早在花园里散了步，她告诉他什么花开始抽芽；她问花匠什么时候来修剪花坛；她又对他说，有几只八哥鸟开始在钟楼(白莱亚菲尔特教堂就紧挨在白莱亚菲尔特教区长住宅旁边)筑窝，她不知道钟楼的钟声会不会叫它们惊吓。

赫尔斯通先生认为“它们同那些刚刚成双结对的傻瓜一样，目前对任何打扰都是莫知莫觉的”。

卡罗琳也许由于一时兴高采烈，有点过于勇敢，对她这位尊敬的至亲脱口而出的看法，竟然不顾一切地说出以前决不敢冒失说出来的一番意见。

“叔叔，”她说，“你一谈到婚姻，就说得这样轻蔑。你认为人们不该结婚吗？”

“单身生活肯定是上上策，尤其是对女人说来。”

“所有的婚姻都是不幸福的吗？”

“无数的婚姻都是不幸福的。如果大家都肯说实话，也许大家都多少有这种看法。”

“人家一来请你主持婚礼，你就恼火，为什么呢？”

“因为谁都不喜欢去做那种纯然是蠢事的从犯。”

赫尔斯通说得那么爽快，他似乎觉得有机会把他心里关于这方面的看法说给他侄女听而很高兴。她则因向来不论提出什么问题总要遭到责备，这回竟是例外而勇气大增，不禁再问下去。

“但是，”她说，“为什么这纯然是蠢事呢？如果两人彼此相爱，他们为什么不可以一起生活呢？”

“不出一个月，他们就会彼此腻烦——彼此腻烦了。配偶不见得都是志同道合的，不是他，就是她，总有一个是苦恼者。”

激发卡罗琳又提出问题来的，决不是出于天真纯朴，而是因为她对这种看法有反感，对持有这种意见的人感到不满而发的。

“人们准会以为你从来没有结过婚呢，叔叔，人们准会以为你是个老独身汉。”

“实际上，我倒是个独身汉。”

“可你结过婚啦。你为什么一说到结婚就如此自相矛盾？”

“每个人一生中，总不免有一两次糊涂的时候。”

“因此，你对我婶娘感到腻烦，我婶娘也对你感到腻烦，你们彼此都很不幸？”

赫尔斯通先生把愤世嫉俗的嘴一噘，棕色的额头一皱，咿咿唔唔地哼了一声。

“她不配你吗？她脾气不好吗？你和她过不来吗？她死的时候你不觉得难过吗？”

“卡罗琳，”赫尔斯通先生说，一只手慢慢地放下来，到了同桌子相距一两英寸时，突然朝桌板砰地一击，“要弄清这一点：把一般与特殊混淆在一起是庸俗无聊的。各种事情都有规律，也有例外。你提的问题都是愚蠢而幼稚的。如果你早饭吃好了，就摇摇铃。”

早饭给撤走了。饭后，按照惯例，叔侄便分手，要到午饭再见面。可是，今天侄女却不是离开房间，而是跑到窗台那儿，坐了下来。赫尔斯通先生不安地四下望了一两遍，仿佛希望她走开似的，可是，她正在窗口注目凝视外面，似乎没有注意到他，于是，他继续翻阅晨报——碰巧看到一则特别使人发生兴趣的新闻，原来半岛上正出现新动态，报纸一些篇幅上尽是威灵顿勋爵将军发出的长篇累牍的电讯。这时候，他一点也不知道他侄女的脑子里正在想些什么——她想的都不是什么新问题，而是半个钟头前谈到的那些问题。这些思想现在乱成一团，就像蜂箱里乱糟糟的蜜蜂一样，可是，这些思想第一次在她脑中营巢筑窝迄今已有多年了。

她在玩味他的人品、性情，重温他对于婚姻的种种看法。这些事情她先前已经想过多次，觉察到自己的思想同他的思想有了一道鸿沟，而且在那道又阔又深的沟对面，她过去看到过，现在又看到了在她叔叔旁边站着另外一个人——一个陌生的形体，朦朦胧胧，阴森可怕，简直不是活人。原来就是她对自己的父亲，詹姆斯·赫尔斯通（马修森·赫尔斯通的哥哥）依稀记得的形象。

她风闻过那个父亲的为人，老仆人们曾经偶尔提到过他，她也知道他不是个好人，知道他从来没有待她好过。她回忆到——真是种不愉快的回忆——她曾经和他一起在某个大城市待过几个礼拜，那时候，她没有女仆照顾她，为她梳妆打扮；那时候，她日日夜夜给关在一个高高的顶楼里，地上没有地毯，只有一张光秃秃的、没有帷子的床，简直没有其他什么家具；那时候，他每天一早就出去，白天常常忘记回来给她吃饭，到得晚上，他一回来，就像个疯子，吵吵闹闹，十分吓人；也可以说——更叫人痛苦的是——像个白痴，痴痴呆呆，无知无觉。她知道她曾在那个地方害过病，有天晚上，她已病得十分厉害，他正好回来，在房间里大肆咆哮，说要杀死她，因为她是他的包袱。她大声叫喊，别人赶来救助。从她得救那时起，她就再没有看到他，只到了他成为一个躺在棺材里的死人时才看到一面。

那就是她的父亲。她也有过一个母亲。不过，赫尔斯通先生从来没有对她提起过她母亲，她也记不起是否看到过她。可是，她知道她母亲还在人间。这个母亲当时就是那个酒徒的妻子。那是一种什么样的婚姻？卡罗琳打窗台那儿回过身来，她刚才（视而不见地）一直在望几只八哥鸟。她低声而凄切地打破了屋子里的沉默。

“你所以把婚姻称为不幸的，我猜想是因为你看到我父母的婚姻的缘故。如果我母亲遭受过我同我父亲在一起时的那种痛苦的话，那她准是过着一种可怕的生活。”

赫尔斯通先生听到这番话，在座椅里转过身来，打老花眼镜的上方腾眼细看一下他的侄女，不觉大吃一惊。

她父母！她怎么会突然想到提起她父母来？在她同自己一起生活的十二年中，他从来没有对她提起过他们。这种想法是不是自己想出来的，是不是她还记得她父母，对她父母有什么想法，他实在想不出。“你父母？谁同你谈到他们来着？”

“一个也没有，我只是想起了爸爸的为人，我可怜我妈妈。她在什么地方？”

这声“她在什么地方？”以前已经几百次挂在卡罗琳嘴边，可是，从来没有说出来过。

“我不知道，”赫尔斯通先生答道。“我不大清楚。我多年没听到她的消息了。不过，不管她在哪儿，她决不会想到你了，她从来没有打听过你。因此，我相信，她并不希望看到你。走吧，该去上课了，你不是十点钟要到你表姊那儿去嘛？刚才已经敲过十点了。”

卡罗琳也许还要再说些什么，不料，范妮进来通报主人说，有几位教会执事要同他在礼拜堂说话。他连忙出去会见他们。他侄女当即动身上小屋去。

教区长住宅到洼地工厂的路是下坡路。因此，她简直是一路奔去。运动，新鲜空气，想到可以见到罗伯特，至少可以在他家里，在他近旁，很快就使她那有点儿颓唐的精神振奋起来。等到那幢白色的房子在望，可以听到工厂的隆隆声，小溪的淙淙流水声，这时，她一眼就看到穆尔在花园门口。他站在那儿，穿着束了腰带的荷兰工装，头戴便帽，便装戴上便帽，对他真合适。他在望着小巷，不是望着他表妹来的那个方向。她停了下来，稍微往后一缩，躲在柳树后面，仔细端详他的外貌。

“他是个无可匹敌的人物，”她心里想，“他长得又漂亮又聪明。他那眼睛多有神！轮廓多么鲜明，多么有精神——虽然很瘦，表情严肃，却是十分优雅！我真喜欢他那张脸——我真喜欢他那容貌——我真非常喜欢他！比如说，比任何一个温吞水副牧师都高明——比任何人都高明。*亲爱的*罗伯特！”

她迅即走到“*亲爱的*罗伯特”跟前。他呢，当她希望他会看到的时候，我相信，如果可能的话，他准会像个幻影那样，打她眼前一晃而过，无奈这是个明摆着的事实，并不是什么虚幻的，他只得勉强招呼一下。他招呼得很随便，就像是表哥，兄弟，朋友，完全不像是一个情人那样的招呼。他的态度已经完全没有昨天晚上那种难以言宣的魅力。他不再是同一个人了。或者说，他胸膛里跳动的并不是原来那颗心。

剧烈的失望！刀刺似的苦痛！起先，这个热切的姑娘简直不相信会有这种变化，虽然她已看到了，感觉到了。可是，要把手打他手里缩回来倒也很困难，后来，他总算稍微有点和气地握一握。要把眼睛移开，不看他的眼睛也很困难，后来，他总算透着点儿情意，而不是冷冷的欢迎了。

一个男性的恋爱者碰到如此失望时，还可以开口说话，要求解释；可是，一个女性的恋爱者却只能哑口无言。如果她也开口，结果准会因为自我背叛而羞愧，而苦痛，而心里悔恨不已。造化一定会将这种表现指作是违反自己本性的大逆不道行为，以后由于这种自我轻蔑突然悄悄地像霹雳般袭来，就会得到惩罚性的报应。世事只可听其自然而顺受之，不要问，不要抗议，这就是上策。你想吃面包，却得到块石头，把你牙齿都咬掉了，也别尖声叫嚷，因为神经已经殉了难；不要怀疑你心灵的胃——如果你有这样的胃的话——是否跟鸵鸟的胃一样厉害，石头也消化得了。你伸手去接一只蛋，命运之神把只蝎子放进你手里。不要惊慌失措，紧紧握住这份礼物，让它叮穿你的手掌。不要紧，到了一定时候，等到你的手臂肿痛得老是发抖之后，那只被你捏在掌心里的蝎子自会完蛋，你就会获得大教训，知道怎样忍受而不呜呜咽咽。如果你经历了考验之后仍然活下来——据说有人因此而死——你的整个余生，就会变得更坚强，更聪明，不那么敏感了。这也许是你当时没有认识到的，因此，不能向那种希望去借勇气。不过，上面已经说过，在这种情况下，造化就是个良友，封住嘴巴，不要发言，心平气和地装聋作哑，这种装聋作哑，起初总是装得轻松愉快，到了一定时候，就开始黯然神伤，接着就逐渐消逝了，于是权且不以苦乐为意，而因为这是五分辛酸的经历的结果，依然十分坚强。

五分辛酸的经历！这错了吗？不，它本来就应该是辛酸的，辛酸就是力量——就是补剂。经过剧烈的磨练后，哪来甜蜜温和的力量，打哪儿去找？这简直是幻想。受过折磨后，可能会精疲力竭，感觉迟钝，如果尚有余力，那倒不如说是种危险的力量——一碰上不公正的行为，就是致命的力量。

谁曾念过那支《可怜的玛丽·利》的民歌——那支古老的苏格兰民歌，我可不知道它是哪个年代，哪个人写的。玛丽一直遭受虐待——也许在于本来是假的事，却被迫相信是真的。她毫无怨言，孤苦伶仃地坐在暴风雪里，你简直可以听到她的思想。在她那种情况下，这并不是个标准女英雄的思想，而是一个有深切感受，强烈憎恨的农村姑娘的思想。极度痛苦逼使她从家里炉边走到白雪笼罩、寒冰覆盖的山峦中去。她蹲在“寒风”里，回想起种种恐怖的形象——“黄腹的蝾螈”“粗大的蝮蛇”“吠月的老狗儿”“独眼鬼”“脾气别扭的公牛”“癞蛤蟆背上的乳状液”，她憎恨这些东西，可是，“她最憎恨的是罗宾—阿—瑞！”

啊！我从前快活地住在美丽的小河畔——
　世间人人都爱上我；
而今我只得坐在寒风里悲叹，
　诅咒黑心的罗宾—阿—瑞！

你这刺骨寒风一个劲儿呼啸，
　狂呼怒号刮过小树丫，
刮得我在雪地里啥也看不到，
　永远不让我看到太阳！

啊，你这白雪编成的花环老不融消，
　多亏你把我埋葬；
请别让我遭到像罗宾—阿—瑞
　那样个坏蛋的嘲弄讥笑！

不过，上面所说的情况，同卡罗琳·赫尔斯通的感受并没有什么关系，也同她和罗伯特·穆尔之间的情况没有什么关系。罗伯特并没有亏待过卡罗琳；他没有对她说过谎；如果要责怪谁的话，那倒是要责怪她。她心里所凝结的苦痛必须也应该自作自受。人家并没有向她求爱，她却要爱——这是种自然的，有时也是不可避免的偶然情况，不过却充满着痛苦。

不错，罗伯特有时似乎很喜欢她——可是，为什么呢？因为她硬使自己讨他喜欢，使得他（尽管他做了一切努力）不得不表现出他的判断力并不称道、他的意志并不认可的一种情感来。他本来就下定决心要撒手了，不再同她亲密往来，因为他的确不愿意让自己的感情同他认为是轻率的婚姻问题牵丝攀藤地搞在一起，也不让人家把自己的感情（不顾自己的理智）拉进一种他认为是轻率的婚姻中去。那么，她该怎么办呢？放任自己的情感呢，还是克服自己的情感？是去追求他呢，还是就此断念？如果她是个软弱的人，她准会试着采取第一个办法——失去他的尊敬，招来他的嫌恶；如果她有理智的话，她就会自己做主，下决心来克制并控制自己的混乱情绪。她就会下定决心沉着而实事求是地面向生活，开始认真学习生活的严酷真理，密切而有意识地研究生活的症结问题。

她似乎还有一点理智，她从容地离开了罗伯特，既不抱怨，也不问什么问题，神色不改，也不流泪——照常到霍顿斯那里去上课，午饭时分，毫不留恋地回家。

吃过饭后，她独自待在客厅里，听她叔叔在有节制地喝红葡萄酒，她所想到并使她发窘的难题是“我该怎样度过这一天”？

昨天晚上，她原来希望今天会像昨天一样度过——又会再同幸福之神与罗伯特一起度过这个夜晚。今天早晨，她这才知道自己想错了，可是，她还是定不下心来，她相信，再也不会有邀她到洼地小屋，也不再有同罗伯特聚首的机会了。

午茶后，他不止一次地跑来同她叔叔消磨个把钟头，门铃响了，就听到他在过道里说话的声音，正好是暮色苍茫时分，这样一种乐趣她简直想也没有想到——这种乐趣居然在他对她特别拘谨后出现了两次——虽然他当着她叔叔的面并没有同她多说什么话，可是，在他停留期间，面对着她的工作台而坐的时候，他曾冷冷地看了她一下。他对她说的寥寥几句话，倒是使人觉得舒服，他对她道晚安时，态度也很和善。那么，他今天晚上准会来了，“虚妄希望”说，她简直知道这是“虚妄希望”在她耳边悄悄说的，然而，她还是谛耳聆听。

她试着看书——她神志恍惚；她试着做活计——缝一针也使人厌倦，这种活计真是乏味，叫人难耐。她打开书桌，想写篇法语作文——她写来写去都写错了。

突然，门铃急响，她的心扑扑直跳。她连忙奔到客厅门边，轻轻地打开门，打缝隙里张望。范妮正在让一个客人进来，一个男客——个子高高，同罗伯特一般高。刹那间，她认为来的就是罗伯特，刹那间，她乐不可支，可是，要见赫尔斯通先生的那个话音却骗不了她，那是个爱尔兰人的声音，因此不是穆尔的，而是那个副牧师——马龙的声音。范妮把他领进了餐厅，在那里，毫无疑问，他会很快就帮他教区长把酒瓶里的酒都喝光。

这里必须说明一下，在白莱亚菲尔特，惠因伯利或南尼利，不论哪户人家，如果有位副牧师顺便进来吃饭——吃午饭或喝午茶都不一定——立即就有另一位副牧师跟着而来，而且往往是来了两个。这并不是说，他们彼此都事先约好了，而是说，他们总是在同一个时间里在外面跑来跑去，比如说，唐到马龙下处去找他，发现他人不在，便问他到哪里去了，一从女房东那里打听到他的行踪后，唐就连忙拔腿去追他。斯威廷也如此这般地照做不误。这样一来，那天下午，恰好就叫卡罗琳的耳朵挨到三次门铃声的折磨，来了几个讨厌客人。因为唐跟着马龙，斯威廷又跟着唐相继来了，于是，得叫人到地窖里再拿些酒到餐厅去(尽管赫尔斯通老头一看到他的下属在各自的寓所里，像他所说的，在“大喝大闹”时就要训斥他们，可是，他们一来到这位长辈家里，他总是高兴尽情招待他们)。卡罗琳透过关着的门，听到了他们那孩子似的笑声，废话连篇的说话声。她唯恐他们会留下来喝午茶，因为她没有给这三位仁兄弄茶的雅兴。人们把界线划得多分明呵！这三个也是男人，年轻的男人，受过教育的男人，同穆尔一样，然而，在她看来，却有多大的不同呀！同他们交往就是一种厌烦，同他交往则是一种快乐。

她不仅注定要招待这三位副牧师，司命运的女神这时又为她招来了另外四个客人——四位女客，她们这会儿全都坐在二马四轮车里，多少有点沉甸甸地打惠因伯利辘辘而来。有一位老太太同她三位丰腴的女儿，按照那一带的风俗，“友好地”来看望她。不错，门铃第四次响了。范妮立即到客厅通报。

“赛克斯太太和三位赛克斯小姐驾到。”

每当卡罗琳要去迎接客人时，她总是十分胆怯地绞绞自己双手，脸上稍微泛红，匆匆而又有点迟疑地走上前去，同时又巴不得能远而避之。碰到这种要紧关头，她真叫人难过，虽说她曾上过一年学校，态度却一点也不优雅。因此，这当儿，她一边站在门口，恭候赛克斯太太进门，一边那双雪白小手又在悲惨地相互虐待。

那位太太，一位个子高高、肝火旺盛的贵妇昂首阔步地进来，她爱尽力而不完全是伪善地表白自己是个虔诚的人，而且极其喜爱殷勤招待牧师。她那三位千金，一个显眼的三人小组，大模大样地进来，三人都长得很结实，多少有点儿标致。

在英国，乡村里的小姐就是具有这种引人注目的特点。不管年轻年老，长得平常还是漂亮，动作迟钝还是玲珑活泼，她们全都(可说是全都)在面上刻有一种表情，好像在说："我知道——我并不吹嘘我长得好看——可是，我知道我就是真正的标准。因此，我要打交道的或者要同我打交道的每一个人都得仔细留点神，如果他们与我有什么不同的地方——尽管衣着、态度、想法、操守或者做法是相同的——那就是，他们在这中间必有一桩是错了的。"

赛克斯太太和三位赛克斯小姐对这种看法决不会有什么例外，她们就是这种正确无讹的看法的突出表现者。玛丽小姐——一位好看的、好心的，总的说来，是个好心好性的姑娘——虽说不是生得粗糙而令人不快，却满脸洋洋自得，而且透着点儿庄严；哈丽特小姐——一个美人儿——更是一派高傲神气，她显得高不可攀，冷若冰霜；汉纳小姐花哨、轻浮，爱出风头，故意肆无忌惮地炫耀自己。那位母亲则现出与她年龄和虔诚名声相称的庄重气派。

客人总算迎接过了。卡罗琳"真高兴见到她们"(十足的小谎言)，祝她们好，祝赛克斯太太的咳嗽好些了(赛克斯太太近二十年来一直害咳嗽)，祝除了三位赛克斯小姐以外的、其余留在家里的几位小姐好。三位赛克斯小姐坐在风琴矮凳对面三张椅子里接受这番问候，卡罗琳不经意地在那只矮凳旁边停了下来，等她在这只矮凳和一只大扶手椅中间犹豫了几秒钟后，她这才想起应该请赛克斯太太坐那只大扶手椅，但是，事实上，那位太太已经省却了她一番麻烦，自己坐下去了。三位赛克斯小姐一起哈哈腰答谢卡罗琳的问候，做得十分隆重，非常一本正经。接着是一阵沉默。刚才那番哈腰就是种保证接着要静默五分钟的动作，事实果然如此。过了一会，赛克斯太太向赫尔斯通小姐问候赫尔斯通先生，他的风湿症是否复发过，他在礼拜天布两次道累不累，如今他能否从头到底做完一次礼拜，等到卡罗琳回答他能够这样后，她和三位千金齐声表示意见，说“像他那样年纪，真是个了不起的人物”。

又是一阵沉默。

这回轮到玛丽小姐来振奋大家的精神了，她问卡罗琳上个礼拜四晚上可曾到南尼利出席圣经协会召开的会；卡罗琳不得不据实作出否定的回答——因为上个礼拜四晚上，她在家里读一本罗伯特借给她的小说——这声回答，引得四位太太小姐的嘴不约而同地表示一声惊异。

“我们都去了，”玛丽小姐说，“妈妈和我们大家都去了，我们甚至还劝爸爸也去，汉纳硬要爸爸去。可是，等到那位德国摩拉维亚牧师朗威利希先生演说的时候，爸爸睡着了。我感到很难为情，他竟然那样打起盹来。”

“还有柏洛文先生，”汉纳大声说，“那么一个漂亮的演说家！你可别指望他的相貌也长得漂亮，他简直是个相貌粗俗的人。”

“可他是个那么可爱的人！”玛丽插嘴说。

“那么有本事的人，那么有用的人！”她母亲接上来说。

“就是外貌像个屠夫，”那位白皙、骄傲的哈丽特也插上一嘴说。“我简直不敢看他，我是闭着眼睛听的。”

赫尔斯通小姐觉得自己既无知又无能，竟然没有见过柏洛文博士，无法发表意见。第三次静默。在这段静默的时间里，卡罗琳打心底里觉得自己是个多么会做梦的傻瓜，过的是多么不切实际的生活，多么不配同寻常人作寻常的交往。她觉得自己多么闭塞，只同洼地那幢白色小屋的人往来，尽把自己的世界局限在那幢小屋里一个人身上。她知道这是不行的，有朝一日她将非加改变不可。这也不能说，她真希望能同眼前这些小姐一样，而是说希望变得比她现在更高明些，免得一看到她们那番神气便那么惶惑不安。

要使这种越来越没劲的交谈重新活跃起来，她所想到的唯一办法就是问她们能否都留下来喝午茶；可是，说出这句客套话，她是作了一番残酷的内心斗争的。赛克斯太太首先开口了，“十分感谢，不过——”不料范妮又进来了。

“几位先生都要待到晚上，小姐，”她来传赫尔斯通先生的话。

“你们有些什么先生？”当下赛克斯太太问道。

逐一报过这几位先生的名姓后，赛克斯太太和她三个女儿互丢了一下眼色。她们对待这几位副牧师并不像卡罗琳那样。斯威廷先生确实是她们的宠儿，即使马龙先生也可以说是这样，因为他毕竟是个教士。

“说真的，既然你们已经有客，我想我们就留下来。”赛克斯太太说。“我们很可以算是有个快活的小茶会了，我总是喜欢会见教士的。”

这样一来，卡罗琳就得领她们上楼，帮她们卸去围脖儿，捋平头发，把她们弄得漂漂亮亮，再陪她们到客厅去，分给她们雕刻画册，或者犹太篮买来的一些小玩意儿。她是迫不得已才买犹太篮的，她不过是个力不从心的捐助者，如果她有很多钱，那么，每逢犹太篮(一个非常沉重的负担)送到教区长住宅来时，她准会把所有的东西全都买下来，而不止是捐一只针插了。

为一些不“熟悉”“犹太篮”和“教会篮”个中奥妙的人着想，也许应该顺便解释一下。原来这些“盛器”都是柳条篮子，大小同家里置放待洗衣服的大号篮子差不多，用来挨家挨户大量收集针插，插针簿，名片架，针线袋，婴儿穿着用品等等。这些东西都是教区里一些信奉基督教的太太小姐自愿或者很勉强做出来后，拿去强卖给一些异教的先生，价钱高得有点厚颜无耻。强卖的对象总是那些改教的犹太人，就是被放逐后的以色列十支族的残余者，或者是地球上有趣的有色人种的革新派。每个女捐助者轮流保管篮子一个月，为它做活计，把篮子里的东西拿到怕事的男人那里去骗售。轮到该谁保管时，可真是个够令人兴奋的时分。一些会做生意的热心妇女都喜欢包揽这项差事，极有兴趣地拿它去作弄那些苛刻的织绒线的人，要他们拿出钱来，价钱大约比成本高四五倍，东西却都是对他们毫无用处的。其他一些心肠比较软的人都反对这种做法，宁可看到恶魔在哪天早晨亲自登门，也不愿意看到人们送来那只鬼篮子，说是“卢斯太太向你致意，对不起，太太，她说这会儿轮到你了”。

且说赫尔斯通小姐在尽女主人之职时，与其说是高兴，不如说是焦急，她亲自上厨房，同范妮和埃利萨为茶点开了个小小的枢密会议。

“有多少人呵！”埃利萨因为是厨娘，大声嚷道。“我今天所以不烘面包，是因为我想尽够吃到明天早晨，现在决计不够了。”

“有什么茶点吗？”年轻的女主人说。

“只有三样茶点，一只面包。我真巴望这些好人没人邀请就待在自己家里，我还要把我的帽边（她指的是女帽）滚好呢。”

“那么，”卡罗琳出主意说，她为了应急要紧，只得拿出点精神来，“范妮必须赶紧上白莱亚菲尔特去买些松饼、煎饼和饼干来，埃利萨，别发急，我们这会儿也真没办法。”

“那么，我们该用什么茶具呢？”

“啊，我想，拿顶好的！我去把银茶具拿出来！”说着，她奔上楼，到餐具室去，随即把茶壶，奶油缸，糖缸都拿了下来。

“我们一定要用这种茶具吗？”

“一定要用，现在请你尽快准备起来吧，我们能够快点吃好茶，他们就能快点走——至少，我希望这样。嗨唷！我但愿他们走了就好！”她一边叹气，一边回到客厅去。“不过，”她走到门边，在打开门以前，心里想，“如果罗伯特这会儿能来，那一切会多么愉快呵！如果他在的话，那么，招待这些人就比较轻松得多喽，听他谈话（虽然他在人前话语不多），当他的面说话就是种乐趣。可是，这会儿，听他们随便哪一个说话，同他们随便哪一个说话，哪有什么兴趣。等会儿那些个副牧师一进来，他们可多唠叨，我越听他们说话，越觉得腻烦！不过，我想我是个自私的傻瓜，这些都是十分可敬的上流人物，毫无疑问，我应该因他们的光临而感到骄傲。我并不是说他们没有我这样好——完全不是这样——只是他们都跟我不同。”

她走进去了。

在当时，约克郡人都是围桌喝茶的，坐得毕恭毕敬，双膝恰好顶在橡木桌下面。必须要有许多盆黄油和面包，茶点品种花色繁多，数量充足，同时，一般认为得体的是，中间那只盆子必须是一只装着果子酱的玻璃碟子。在这许多食品中，最好是能看到一小盆什锦，其中既有干酪点心，又有果馅饼，如果再有一盆粉红色的火腿片，加上一点青翠的荷兰芹配头，那就更出色了。

幸而教区长的厨娘埃利萨懂得办理伙食这一行。她起先看到这么些不速之客如此出人意料地一拥而来，确实有点儿不大高兴，可是，后来，忙了一阵，她仿佛又来了劲，高兴起来了，因为茶点终于及时堂皇地端了出去，而且在伴食中，既不缺少火腿，果馅饼，也不缺乏果酱。

被请来吃这些丰盛食物的几位副牧师，乐陶陶走了进来，可是，因为他们事先一点也不知道有女客，一看到这些太太小姐，顿时在门口停下步来。马龙走在前头，他连忙站住，往后一缩，简直要把他身后的唐撞倒。唐摇摇晃晃地倒退了三步，把小个儿斯威廷一下子撞进了赫尔斯通老头的怀里，因为赫尔斯通正好是殿军。于是，不免发出一阵“当心”声，一阵嗤嗤笑声，马龙一心想弄清楚是怎么一回事，急于要冲上前去，他终于冲到前头，他那尖峰似的额头上直冒起一阵紫红色。赫尔斯通撇下几个害羞的副牧师，继续向前走去，对那几位女客表示欢迎，同每个人拉拉手，开个玩笑，然后，舒舒服服地坐在可爱的哈丽特和轻浮的汉纳中间。他请玛丽小姐坐到他对面的位子上，说是他即使不能坐在她旁边，还可以看到她。他对女人的态度总是这样十分随便而殷勤，所以，在她们中间最受她们喜爱，可是，在心底里，他是不尊重也不喜欢女性的，而她们碰到这种同他亲近的机会，也与其说是爱慕他，不如说是敬畏他。

那三位副牧师只得自己来设法应付这个场面。斯威廷是三个里头最不感到尴尬的一个，他挨到赛克斯太太旁边去避难，他知道，赛克斯太太对他简直爱之如自己的儿子。唐以他独特的风度向大家一鞠躬后，声气极其自负地说：“你好，赫尔斯通小姐，”就一屁股坐在卡罗琳旁边，使她觉得再烦心也没有了。她特别讨厌唐，讨厌他那愚蠢而又一味自负的态度，讨厌他那无可救药的小心眼儿。马龙则毫无意思地咧开大嘴笑，自己去坐在卡罗琳的另一边上，这样一来，卡罗琳就颇有福气地坐在一对保镖中间。她自己心里明白，这两个人，一个都派不了用场，既不能使谈话不冷场，又不能递杯子，分松饼，甚至不能打洗酒杯的盆子里拿出一只碟子来。小斯威廷尽管个子长得小，有点孩子气，却真抵得他们两个十倍。

马龙这个人，虽说在全是男客的场合上，是个滔滔不绝的健谈家，可是，一有太太小姐们在场，往往就结结巴巴，不过，他却有陈腐而干巴巴的，并且是必定要说出来的三句话：

第一句："你今天散步过了吗，赫尔斯通小姐？"

第二句："最近可碰到你表哥穆尔吗？"

第三句："主日学校你班上的人数没有减少吧？"

这三个问题问过了，对方答过了后，卡罗琳和马龙就无话可说了。

唐却又是另外一种情况，他令人讨厌，惹人恼怒。他信手拈来，自有一堆闲话，不难想象，都是既陈腐又最无聊的老套：侮辱白莱亚菲尔特人；侮辱一般约克郡人；抱怨看不到上流人物；抱怨这些地方落后，不开通；嘟嘟哝哝地攻击北方的下层人物不尊重上层人物；笨拙地讥笑这一带的生活方式——不时髦，不文雅，仿佛他，唐，确实是个过惯大场面的人。可惜他这番暗示同他那有点粗鄙的态度和面貌碰不拢。他似乎认为这种种非难一定会使自己在赫尔斯通小姐，在任何一个听他说话的小姐眼中身价百倍。可是至少在卡罗琳听来，这些话使他落得个比耻辱还要差劲的地步。不过，有时候，这些话也确实使她恼火，她本人是个约克郡姑娘，她不喜欢听到约克郡受到这样一个可怜的碎嘴子侮辱，因此，她听到一定程度，就会转过头来，说几句话，这几句话从内容或者方式说来，都决不会使唐先生对她有好感。她会对他说，老是骂别人粗俗，不见得就能证明自己文雅；老是在非难自己的教徒的人，也不见得是个好牧师。她还会问他，既然他抱怨只是光顾一些村舍，只是对一些穷人讲道，他为什么又要参加教会工作——他是不是只是为了要穿丝着绸，住在王宫里，这才来担任圣职？这三位副牧师都认为这是些最不礼貌，最不恭敬的问题。

喝茶时间拖得很长，所有客人都不出女主人所料，七嘴八舌唠叨个不停。赫尔斯通先生兴致奇佳——事实上，他何曾有什么其他的交往，哪有同具有迷惑力女性交往的机会？他只是在同自己家里的一位小姐相处时，才保持一副冷酷无情、沉默寡言的神态，现在同左右邻座，甚至同他对座的玛丽小姐，都滔滔不绝地信口开河，显得才华横溢。玛丽是个最为通情达理的人，三个姊妹里头，数她最不卖弄风情，这个老鳏夫也最不瞩目于她。在心底里，他对妇女并没有什么好感，他喜欢把她们看作是糊涂的，轻佻的，自负的，只是可供人们开玩笑的对象，因为她们在当时，实际上也处于他所认为的，他所希望于她们的那种情况——低人一等，是供人耍弄的玩具，听人家排遣无聊，取乐一个钟头后，又给扔在一边。

他最喜欢汉纳。哈丽特虽然美丽，却妄自尊大，自满自足，很不合他的口味。她在矫揉造作的傲气中，有种真正的自尊心，如果说她并不是像个圣人那样说话，她倒也不像个痴子那样唠叨，她决不让人家把自己当成一个玩偶，一个孩子，一件玩具，她希望人家把她当成皇后那样膜拜。

反之，汉纳则不要求人家尊敬她；只要人家捧场。如果她的爱慕者只对她说，她是个天使，她就会让人家把她当成一个白痴。她非常轻信，非常轻佻，每当人家对她殷勤，奉承，敬慕而弄得她应接不暇时，她就非常傻头傻脑，以致有时真个使得赫尔斯通先生心旌摇动，想再结一次婚，试图体验一下娶她为第二个贤内助的生活。不过，幸而他对第一次婚姻的无聊生活记忆犹新，那块曾经磨穿他脖子的沉重磨石旧痕犹存，他对两性生活难以忍受的痛苦，那种不变的反感，起了抑制他的柔情的作用，使他忍住了那只老铁肺的起伏不停的太息，使他不敢私下向汉纳求婚，否则，教她听了，倒是再有趣、再愉快也没有的了。

如果他向她求婚，她大概会嫁给他。她双亲也会完全同意这门婚事。他那五十五岁的年纪，他那颗老牛皮似的心，在她双亲看来，也一点不是个障碍，加上他是个教区长，生活优裕，有座好房子，甚至听说还有私产（虽说在这方面大家都弄错了，他从他父亲那里继承到的五千镑，每个便士都捐给他的兰开夏老家所造的新教堂了——因为只要他高兴，他是会非常慷慨的，而且，如果他喜欢那个目标的话，他为了达到那个目标，就会毫不迟疑地作出巨大牺牲）。我说，她的双亲准会毫不犹豫地把汉纳交给他，由他去出于爱心的怜悯或者虐待，那么，赫尔斯通这第二位太太在改变了昆虫的本性后，准会变成一只鲜艳的、令人羡慕的蝴蝶，振翼度过蜜月，把余生慢慢地消磨成为一只听任践踏的泥色虫豸。

小斯威廷先生坐在赛克斯太太和玛丽小姐中间，她们两人都待他很好，面前又有一碟果馅饼，自己的盆子里有果酱和松饼，他显得也觉得比哪个君主都惬意。这几位赛克斯小姐他都喜欢，她们也都喜欢他。他认为她们都是顶呱呱的姑娘，都是他的门当户对的对象。如果在这个极乐时刻他还有点遗憾的话，那就是碰巧朵拉小姐没有来，因为朵拉是他暗地里希望有朝一日成为戴维·斯威廷太太的人儿，他梦想同她一起堂而皇之地散步，像陪个皇后那样带她走过南尼利村。如果单凭身材就可以做皇后的话，她倒真是个皇后。她长得又大又重，打背后看去，她很像个四十岁的胖太太。不过，她同时还有一张好看的脸，有不算不和气的性格。

午茶终于接近尾声了。午茶本来早就可以结束，只因唐先生始终面对着半杯冷茶赖在那里。后来其他的人都早就喝完了茶，他自己却在津津有味地咀嚼那些他觉得吃得下去的食物——一点也不假，后来满座宾客都露出了不耐烦的神色，所有的椅子都往后一推，话也谈得没劲儿了，满室一片鸦静，这样过了好久之后，他还是赖在那里，动也不动。卡罗琳徒劳地一再问他要不要再来一杯，要不要再换一点热茶，因为杯里的残茶一定冷了等等，他就是既不把残茶喝掉，又不肯离座。他似乎认为，他这种与众不同的态度，多少会使他显得相当神气，认为最后离席，才显得高贵威风，让众人都等他一个人，才是了不起。他这样拖延得烧茶壶的火也熄了，茶壶不嘶嘶作响了。最后，老教区长本人也不耐烦起来，在这以前，他一直在同汉纳谈得很欢，没有注意到这种耽搁的情况。

“我们在等谁呀？”他问。

“我想是在等我，”唐自鸣得意地答道。仿佛认为大家居然这样以他的行动为转移乃是他的莫大光荣。

“啐！”赫尔斯通大叫一声后，站了起来，“我们这就请便吧，[①]”他说，说完就立即离席，大家也都离开了饭桌。

唐一点也不害臊，依然独自坐了足足十分钟之久，这当儿，赫尔斯通先生摇铃叫人来收拾饭桌。这个副牧师这才不得不把残茶喝掉，不再扮演这个使他如此荣幸，获得众人注意的角色，因为他认为，这个角色已给了他如此适切的殊遇。

这时，按照一般常规(卡罗琳知道总应如此，她打开了钢琴，拿出乐谱来做准备)，大家一定会要求唱歌。这是斯威廷先生可以一显身手的机会，他巴不得马上就开始。因此，他不辞劳苦地力劝那几位小姐赏光，一展歌喉——唱一支歌。他承担并完成了求呀，恳呀全部差使，一会儿要对付人家的种种借口，一会儿要解释明白种种困难，终于说动了哈丽特小姐，把她领到钢琴那边去。于是，他拿出自己的笛子(他总是把笛子放在口袋里，跟他随身带着手帕儿一样，万无一失)。他们校音正调，这时，马龙和唐则凑在一起，对他嘲弄。可是，这个小个儿回头一看，虽然看到了他们在嘲弄，却根本不当它一回事。他认为他们的讥笑全都是出于妒忌。他们都不能像他一样为小姐们伴奏，他正要享受一番战胜他们的乐趣。

胜利的喜悦开始了。马龙听到他调子吹得极为高明，大为懊恼，

---

① 原文“Let us return thanks”，直译为“让我们答谢吧”，指饭前祷告或回答举杯祝贺。

决定也要尽力一争短长，于是，马上扮起情郎的角色（这个角色他先前曾经竭力扮演过一两次，可惜迄今仍未获得成功，虽然他毫不怀疑地认为理该成功），他走到赫尔斯通小姐坐着的沙发旁边，把他那魁梧的爱尔兰身躯挨近她，着手（或者不如说是用口）试说一两句好话，还咧开大嘴赔着一副最为特别而费解的笑脸。在他力图使自己讨人欢喜时，他竟一个人占有了两只沙发的长坐垫加上一只方座垫，他以奇怪的姿势把三只坐垫滚了一阵后，就又设法在自己和他献殷勤的对象中间树起了一道屏障。卡罗琳真巴不得他们两人能隔开点，她立刻借故跨到房间对面那边去，挨着赛克斯太太身旁坐下，向这位太太讨教装饰用的编织物的新织法，这位太太当即予以指教，这样，便把彼得·奥古斯塔斯给甩掉了。

他看到自己给人抛弃了，脸色确实十分愁伤地沉了下来——他只能完全自己一个人来消遣了，他坐在大沙发上，双手搂着三只小垫子。其实，他非常愿意认真地同赫尔斯通小姐建立友谊，因为他也同别人一样，认为她叔叔有钱，而且断定他因为没有儿女，很可能会把钱都留给他的侄女。吉勒德·穆尔在这一点上倒是十分清楚的，穆尔已经知道这座精巧的教堂是靠这位教区长的热诚和金钱才建立起来的，他心底里不止一次地咒骂这种与他的愿望相左的任性浪费行为。

这个黄昏对屋里某一个人说来似乎很长。卡罗琳不时把编织物放在膝头上，陷入一种昏头昏脑的状态——闭上眼睛，低下了头——好像是因为她觉得四下有种没有意义的嗡嗡声的缘故。琴键发出的不和谐而粗俗的咯咯声，笛子那种刺耳而痉挛的音调，她叔叔同汉纳和玛丽的欢笑声，她不知道哪来这么好笑，因为她从他们的谈话中一点也听不出有什么好笑或快活的地方，尤其是因为赛克斯太太无休无止的闲扯，就在她耳边嘟哝个不停，谈来谈去不外乎这四件事：她自己和她家里各人的健康情况；教会篮和犹太篮以及篮里装些什么；最近在南尼利所开的会；以及下个礼拜还要在惠因伯利再开一次会。

她终于累得精疲力竭了，这时斯威廷先生刚好走上来同赛克斯太太谈话，她连忙抓住这个机会，悄悄溜出了房间，去找个可以单独休息一会的去处。她走到餐厅，在那里，那明亮的、然而现在已接近熄灭的余火仍在格子炉里闪烁着。这地方空无一人，静悄悄的，桌上的酒杯茶壶都已撤去，椅子也都放回原处，一切井然有序。卡罗琳一屁股坐进她叔叔那只大安乐椅里，眼睛半开半闭，休息一下——至少可以让四肢，脑筋，听觉，视觉休息一下——她疲累得什么也不听，只是瞪眼望着茫茫的空间。至于她的心则已直接飞到洼地去了，那颗心站在那边的客厅门口，接着便走进账房间，弄不清罗伯特的大驾这会儿在哪里。可是，哪个地方都没有他光临的那份光荣，因为罗伯特这会儿就在彼此相距半英里的地方，而且，比她那无精打采的心所猜想的还更接近卡罗琳了。这当儿，他正在跨过教堂院子，来到教区长住宅的花园门口，不过，他不是来看他的表妹，而是特地来给教区长通点小消息的。

不错，卡罗琳，你听到门铃的铁丝在颤动了。今天下午，门铃又第五次响了，你猛一惊醒，这会儿你肯定这准是你梦寐以求的他了。你怎么会这样肯定，连你自己也无法解释，你只是知道是这样而已。你探身向前，全神贯注地听着范妮去开门，果真如此！就是这个声音——声音很低——带点儿外国口音，可是，同你想象的一样，十分好听，你欠起身来。"范妮会告诉他说，赫尔斯通先生有客，于是，他就会走了。"啊！她不能放他走！她不由自主地也顾不上自己的理智，走到房间的半中间，她站在那儿，准备在万一听到脚步要往后退的时候就冲出去。可是，他走进过道来了。

"你主人既然有客，"他说，"那么，就领我到餐厅去，给我拿笔和墨水来，我要留张条子给他。"

现在，已经听到这些话，又听到他在走进来了，要是餐厅里有道门的话，卡罗琳准会悄悄溜出去，走了。她觉得让人家逮住了，走投无路了。她害怕自己意外地在这里会使他生气。一秒钟之前，她准会奔上去迎他，可是，那一秒钟过去后，她却要避他。她无法避，无处可避，这个餐厅只有一道门，现在她表哥就打这道门进来了。她原来以为可以在他脸上看到的那种又窘又惊奇的神色果然出现一会，又消失了，叫她心里一撞。她结结巴巴地说了可以说是辩解的话——

“我刚刚离开客厅一会儿，出来清静一下。”

她说这话时，态度和声调显得那么羞怯和颓丧，谁都看得出，她那满怀希望的情绪刚才已经发生了令人悲痛的变化，她那愉快的沉着能力也消失了。穆尔先生也许还记得先前见到她时，她总是多么温柔热情，满怀希望，自信的情况，他一定觉察出今天早晨自己那种拒人于千里之外的神气起了什么作用。如果他高兴改善这种情况的话，这倒是一个可以有效地实施他这个新办法的机会。也许他觉得在白天里，在他厂里的广场上，在纷纭的工作中间，比在夜晚时分，在幽静的客厅里，在空闲时更容易实施这个新办法。范妮点了蜡烛(蜡烛原先放在桌上，没有点着)，拿来笔墨后就走了。卡罗琳正要跟她一起出去。穆尔如果是始终如一的话，就应该让她去。可是，他却拦在门口，伸出手来，轻轻把她挡住。他既没有请她留下来，又不让她走。

“要我去告诉我叔叔说你在这里吗？”她问，仍是那么低声下气。

“不，我要同他说的话都可以对你说，你就做我的信使吧？”

“好，罗伯特。”

“那么，你只消对他说，我对那些破坏我机器的人，至少已经得到了其中一个人的线索，他就是那帮袭击赛克斯和皮尔逊的整毛坊的同伙，我希望明天就要把那个人关起来。这些话你记得了吗？”

“啊，记得了！”这四个字说得声气再悲伤也没有了，她一边说，一边轻轻地摇头，叹气。“你要告那个人吗？”

“那还用说。”

“不，罗伯特。”

“为什么‘不’，卡罗琳？”

“因为这样一来，就会弄得左邻右舍都比过去更恨你了。”

“这是毫无道理的，我干吗不能尽我的本分，保卫我的财产？这家伙是个大恶棍，应该搞得他再也不能为非作歹。”

“可是，他的同伙会向你报仇。你还不知道这里的人多么会记恨。他们有些人还夸口说，他们可以把一块石子藏在袋里七年，到了七年再摸一摸，再藏七年，‘最后’扔了出去，‘百发百中’。”

穆尔哈哈一笑。

“一种最简单的吹牛，”他说——“这种大牛皮应该大大归功于你那些亲爱的约克郡朋友。可是，琳娜，别为我担心，我自己会时刻提防着你们这些羔羊似的同胞，请别为我担心。”

“我怎能不担心呢？你是我的表哥。万一有什么——”

她住口了。

“什么也不会发生，琳娜。用你们自己的话来说，最重要的是有上天——有没有呢？”

“有的，罗伯特。但愿上天保佑你！”

“如果祷告灵验的话，你的祷告就将对我有好处。你有时候为我祷告吗？”

“不是有时候，罗伯特，我总是记着你，路易斯和霍顿斯。”

“我也常常这样想。碰到我疲累，心烦，像个异教徒那样上床睡觉的时候，我就会突然想到有另外一个人在为我的得意求饶恕，为我的失意求平安。我并不以为这种牧师式的虔诚会有很大作用，不过，这些祈求是出自一颗诚挚的心，出于一张纯洁的嘴的。这些祈求应该像亚伯的供物[①]一般可以接受的，而且，如果那个对象值得祈求的话，无疑是可以接受的。”

“不要存有这种怀疑，这是毫无根据的。”

“既然一个人只是为了挣钱而教导出来的，活着就是为了挣钱，而不是为了其他，他除了闻到工厂和市场的气息而外，根本不会闻到其他任何气息，而祷告的时候提到他的名字，或者把他的思想跟有关神明的事混在一起，似乎很可笑。更奇怪的是，一颗纯良的心竟会收留他，庇护他，仿佛他对那种舒适的处所有任何要求权似的。如果我能够支配那颗仁慈的心的话，我相信我一定要劝劝它，既然有人认为生活的更高目标，只不过是在缀补他那支离破碎的运气，抹掉他那资产阶级的盾饰上的破产的污渍，干吗还要睬这种人。”

话虽然说得这么婉转而谦虚（卡罗琳想），却使人敏锐地感觉到，明白地领会了那言外之意。

马上得到的回答是：“真个的，我只是认为——或者我只是不免认为——你是我的表哥。罗伯特，我已经开始比过去，比你刚来到英国的时候，比一个礼拜前，比一天以前更能明白事理了。我知道，你要上进，这是你的本分，因此，你想入非非是不行的，可是，将来如果我显得友好，你不应该误解我，今天早晨你就误解了我，可不是吗？”

“你是怎么看出来的？”

“你的面色——你的态度。”

“那么，这会儿看看我——”

“啊，这会儿你又两样了。此刻我敢同你说话了。”

“可我还是我呀，我只是把生意人的面孔丢在洼地罢了。站在你面前的不过是个亲戚。”

---

① 亚当和夏娃的次子亚伯，将他羊群中头生的和羊脂献给上帝，上帝看中了亚伯和亚伯的供物。见《圣经 · 旧约 · 创世记》第 4 章第 4 节。

“是我的罗伯特表哥，不是穆尔先生。”

“一点也不是穆尔先生。卡罗琳——”

这当儿，可以听到客人已在另一个房间站起身来，大门开开来了，吩咐准备小马车，要斗篷，要女帽之声不绝于耳。赫尔斯通先生在找他的侄女了。

“我得走了，罗伯特。”

“是，你该走了，要不然，他们会进来，看到我们在这儿，我与其在过道上碰上所有的客人，不如跳窗走了为好。幸亏那扇窗开得像一扇门那样，只消一分钟——立刻把蜡烛吹熄——晚安。我要亲吻你，因为我们是表兄妹，既然是表兄妹——一——二——三，就可以亲吻三次。卡罗琳，晚安！”

第八章
挪亚和摩西

第二天，太阳还未东升，穆尔就起床，在他姊姊为他煮牛奶咖啡，切面包，涂黄油，准备早点之前，他已经骑马到惠因伯利打了个来回。他到惠因伯利去干什么，他讳莫如深。霍顿斯也不问他什么，她向来不过问他的行动，他也无须向她说明来踪去迹。生意上的秘密——复杂而且往往是沉闷无趣，难以理解的——都深藏在他心坎里，从来不肯泄露，除了不时用来吓唬乔·斯科特，或者用来使外国客户大吃一惊。不错，在他那做生意人的血统里，似乎养成了一种对任何重大事情都能保守秘密的习惯。

吃过早饭，他就去账房间。乔·斯科特的孩子亨利送来了信件报纸。穆尔坐在写字台边，将信件一一拆封，粗略看了一遍，信都写得十分简短，似乎一点也不亲切；反之，也许不如说是有点讨厌，因为在穆尔放下最后一封信时，他的鼻孔发出一阵嘲弄而不屑一顾的吸溜声，虽然他没有突然自言自语起来，可是，他的眼色里，好像要祈求魔鬼，请魔鬼负责把一切忧虑都扫到地狱去那样。不过，他拣了一支笔，手指发抖，有点儿痉挛地撕掉了笔端的羽毛——只是手指发抖而已，脸上却十分平静——他一气回复了一批信，把信封好后，走了出去，在厂里兜了一转，回来后，坐下来看报。

报上的消息似乎引不起他什么兴趣，他一再把报纸搁在膝头上，叉起双臂，瞪眼直望炉火，偶尔掉头望望窗口，又不时地看看表，总之，他显得心事重重。也许他是在想美好的天气，觉得这是个当令的晴朗而暖和的早晨，很想到外面原野去欣赏一阵景色。账房间的门敞开着，和风与阳光长驱直入，但是，和风并没有带来春天的芬芳，只是打厂里那只怕人的烟囱汹涌而出的浓密烟柱中不时送来一股硫磺气。

一个深蓝色的影子(那是乔·斯科特的身影，刚从染缸里出来)在开着的门口出现了一会，说声“他来了，老板”后便走了。

穆尔先生的眼睛抬也不抬，仍在看报纸。一个大个儿进来了，这人宽肩粗肢，身穿粗柳条布衣服，脚穿灰色绒线长袜。主人对来客点一下头，请他坐下，那人坐下后，一边说“2月的天气真暖和”，一边卸下帽子(一顶很蹩脚的帽子)，把它藏在椅下，又打帽里拉出一块斑污的布手帕儿，抹抹前额。穆尔先生表示同意客人刚才的说法，至少他轻声地说了些什么，虽然发音不清楚，总算是表示同意。来客把手里拿着的一支执行公务用的棍子仔细地放在靠近他身边的角落里后，嘴里嘘溜一声，也许借此表示他很自在。

“我想，需要的东西你都带来了吧？”穆尔先生问。

“是！是！都带来了。”

他嘴里又嘘溜一声，穆尔先生只顾看报。报纸显然是变得更有趣了。不过，他当即转身对着他的食橱，食橱就在他的长臂够得着的地方，他用不着起身便打开了橱门，拿出一只黑瓶子——就是他上回为马龙拿出来的那只瓶子——一只平底大玻璃杯，一只有柄的大水罐，一一放在桌上，然后对来客说：

“请自便吧，角落里那只缸里有水。”

“我真不知道这多需要，一个早晨浑身干巴巴的(渴)。”那个穿粗柳条布衣服的先生一边说，一边站了起来，遵命照办。

“你自己不喝么，穆尔先生？”他问，手法熟练地调好一杯饮料，尝了一大口后，便满意而舒适地倒在椅子里。

穆尔金口不开，只是以否定的动作，嘟哝一声代替回答。

“这东西你不妨也来一口，提提神。难得的道地荷兰货！我想，你是打外国买来的吧？”客人自顾自地说下去。

“唔！”

“听我话，试它一杯，那些小子等会儿来了，你得说个不停呢，谁也不知道会说上多久，你得提一提神。”

“今儿早上你看到赛克斯先生吗？”穆尔问道。

“半个钟头前，我看到他——不——一刻钟前看到他，就在我动身之前，他说他正要到这里来，我肯定你也要赫尔斯通老头来吧。我走过教区长住宅后门的时候，看到下人在为他那匹小驹上鞍。”

说话的人真是个先知，因为五分钟后，院子里就传来了小驹的嘚嘚声，小驹一停下来，一个大家熟悉的带鼻音的声音便高声叫嚷起来。

“孩子（也许是在对哈里·斯科特说话，后者从早上九点钟到下午五点钟总是待在屋外附近），把我的马牵到马厩去。”

赫尔斯通进来了，步履轻快，身子笔直，面色比平常更红，更有神气，更为高兴。

“早上好哇，穆尔，你好么，我的孩子？哈哈！谁在这儿呀？”（回头对那个带着棍子的人）“是萨格登，怎么，你准备亲自动手么？你一定要立即动手。我只是来弄清楚一下情况，你带给我的口信知道了。你肯定拿到准确的线索啦？你打算怎么着手？你拿到了拘票没有？”

“萨格登有拘票。”

“那么，你这就要去找他了？我陪你一起去。”

“不劳你的驾啦，教区长。他就要来找我了。我现在就在坐守，等他驾到。”

“来的人是谁，是我教区里的人吗？”

乔·斯科特神不知鬼不觉地进来。他靠着写字台，站在那儿，真像个穷凶极恶的鬼怪，半个身子染着最深的靛青色。他的老板以笑容回答教区长的问题，乔接茬儿，他脸上堆着一副鬼鬼祟祟而狡猾的神色，说道：

“那是你的老朋友，赫尔斯通先生，是个你常常提到的先生。”

“真的么？他叫什么名字，乔？——你今天早上气色很不错。”

“就是摩西·巴拉克劳夫牧师，你有时候管他叫夸夸其谈的那个演说家，我想。”

“啊！”教区长说，他取出鼻烟盒，浓浓地抹了一大撮——“啊！真是意想不到。怎么呀，这个虔诚的人可从来没有做过你的工人，穆尔？他的职业是裁缝。”

“我对他真有深仇大恨，他插手我的事，挑拨我那些解雇的工人来反对我。”

“摩西真的还参加了斯蒂布罗泽地那场战斗吗？他跑到那地方——就凭那条木腿？”

“不错，先生，”乔说，“他是骑马去的，这样人家就看不到他那条木腿。他是队长，戴着面罩，其余的人只是把脸抹抹黑。”

“怎么会发现是他呢？”

“我来说给你听，先生，”乔说，“老板不很高兴说话，我不反对。他追求穆尔先生的女用人萨拉，听说她本来没有什么好跟他说的，她不喜欢他那条木腿，也不知道他是个伪君子。碰巧(女人真是古怪——好在这里没有女人，你我不妨私下说说)她赏了他一次光，也不管他那条腿，不管他为人虚伪——大概不过是玩玩罢了。我知道有些女人很喜欢这样，有的还是长得很标致，很好看呢——不错！我见过许多干净利落的年轻娘儿，长得好看，出落得像雏菊，有时候，却叫人发现不过是像荨麻一样，又有刺又有毒。”

“乔是个聪明人，”赫尔斯通先生插嘴说。

“不过，萨拉还另有所欢，我们一个工人弗雷德·默加特罗看中了她，女人么，看男人光凭面孔——弗雷德有一张过得去的脸，摩西却没有那么漂亮，这是大家都知道的——这姑娘就喜欢弗雷德了。两三个月前，默加特罗和摩西偶然在礼拜日晚上碰上了，他们两个都在这儿躲来闪去，想劝萨拉出去散散步，他们吵了一架，打了一阵，弗雷德吃了败仗。因为他年纪轻，个子长得小，巴拉克劳夫尽管只有一条腿，却简直同那边的萨格登一样强壮。的确，谁个听到他在福音布道会或者卫理会友好聚餐会上那种大叫大嚷的声音，就会断定他不是个窝囊废。”

这当儿，穆尔先生插嘴了：“乔，你是在胡扯。你扯的这番话就同摩西在扯他的讲道一样，总之是，默加特罗吃了巴拉克劳夫的醋，昨天晚上，默加特罗和一个朋友在堆房里避阵雨的时候，他们听到也看到摩西同几个同伙在里边商量。从他们的谈话里，显然他是个为首人物，不仅在斯蒂布罗泽地，在袭击赛克斯的产业上也是他领的头。他们商量出了一个代表团，要在今天早晨来见我，由这个裁缝带头。这个代表团要以最严正、最和平的精神来要求我把厂里的倒霉机器拿掉。我今天早晨骑马上惠因伯利去，请来了一位警察，拿来了拘票，现在我就在这里等，要给我的朋友以应得的接待。同时，赛克斯也要来。赫尔斯通先生，你一定要给他打打气，他一想到打官司就胆怯。”

一辆马车辘辘驶进院子里。赛克斯先生进来了——这人又高又胖，约莫五十岁，眉目清秀，一副优柔寡断的相貌，显得焦躁不安。

“他们来过啦？走啦？你逮住了他？完事了没有？”他问道。

“还没有来，”穆尔恬静地答道。“我们正在等他们。”

“他们不会来了——快正午啦。不如甭搞啦。这会引起恶感——引起轰动——也许会有致命的后果。”

“你不必出面，”穆尔说，“他们来了，由我到院子里去同他们见面，你可以待在这里。”

“可是，打起官司来，我就不能不出面了。有妻室的人，穆尔先生——有妻室的人，总得小心谨慎。”

穆尔露出厌恶的神情。

“你要退让就退让，”他说，“由我自己来办。我不反对单干。只是请放心，屈服并不见得会太平无事。你的合伙人皮尔逊退让了，让步了，容忍了。唔，还是不能使他们不在他家里枪击他。”

“我亲爱的先生，来点兑水的葡萄酒吧，”赫尔斯通先生进言道。

赛克斯先生调好酒，大口喝了满满一大杯后，才知道兑的是荷兰酒。不消两分钟，他就变了形，脸上有了血色，至少能豪言壮语了。这会儿他宣称，他巴不得先让老百姓践踏，他决定再也不忍受工人阶级的蛮横无理。他已经考虑过这一点，已经下定决心，什么事情都做得出来。如果银钱和勇气镇压得了这些暴徒，他一定要把他们镇压下去。穆尔高兴怎么办就怎么办，可是他——克利斯蒂·赛克斯——愿意在被打败以前花尽最后一个便士来打官司。他一定要解决他们，他也一定要想个办法。

“再来一杯，”穆尔怂恿着。

赛克斯再来一杯也无所谓。今天早晨天气冷(萨格登却认为天气暖和)，遇到这种季节必须小心一点——喝点解解寒气的东西也是正理。他已有点儿咳嗽(这当儿，他咳了一声，证明确有其事)。喝点这种东西(他举起黑瓶子)，真是再好也没有的了，可以当药治病(他把这种药倒进自己的大酒杯里)。他早晨没有喝酒的习惯，不过，偶尔喝点，确实也应该谨慎，以防万一。

“真该谨慎，必须以防万一。”主人怂恿说。

赛克斯这时对赫尔斯通发话了，赫尔斯通先生正站在炉旁，头上戴着宽边帽，他那双炯炯的小眼睛意味深长地直瞅着对方。

“教区长，你是个神职人员，”他说，“置身在混乱慌张的境地里，也许会觉得不愉快，而且我可以说，会觉得危险。我敢说，你的精神会受不了。你是个喜欢太太平平的人，教区长，可我们这些开工厂的人，生活在尘世上，总是处在纷纷扰扰中，过着很像打仗的生活。事实上，一想到危险，就激起我一股热情，使得我的心怦怦直跳。碰到赛克斯太太担心屋子会遭到袭击，人们会破门而入的时候——她天天晚上都是这样——我就十分兴奋。教区长，我真无法把我的情绪描摹给你听。说真的，如果有谁要来的话——不论是贼还是任何东西——我相信，我倒觉得很高兴，这就是我的勇气。”

教区长的回答是一阵短促而轻轻的，但决不是带有侮辱的最刺耳的笑声。穆尔一味硬要这位英雄气概的厂主再来第三杯酒，可是，这位神职人员却不让他喝，因为他向来主张凡事适可而止，决不容忍别人当着他面超越礼数的界限。

“知足常乐，可不是吗，赛克斯先生？”他说，赛克斯也表示同意这个看法，于是，坐在那里瞅着乔·斯科特在赫尔斯通示意下，把瓶子拿走，嘴巴挂着自得自满的痴笑，眼睛却透着遗憾的闪光。

穆尔那副样子仿佛很想尽情耍弄他一阵。这时候，如果他那位年轻的女亲戚能看到她的亲爱的、善良的、伟大的罗伯特——她的科利奥兰纳斯——这个样子，她会怎么想？她会在这张恶意的、挖苦的脸上认出这就是她昨天晚上那么深情地仰望着、而他也那么温存地俯视着的那张脸吗？这就是在晚上那么恬静地同他姊姊和他表妹(对这个很殷勤，对那个那么亲切)在一起，念着莎士比亚剧本，念着舍尼埃的诗的那个人么？

是的，正是这一个人，只不过是从不同的一面出现的一个人。这一面卡罗琳还没有很好地看到，尽管她也许很聪明，能够模糊地疑心到有这一面。不错，毫无疑问，卡罗琳也有她的不足的一面。她是个人，那么，她就一定会有很不足的地方，不过，如果让她看到穆尔这种十分不好的一面，她可能还会在心里这样想，而又原谅他。“爱情”

能够原谅除了“卑鄙”以外的一切，“卑鄙”会杀害“爱情”，甚至损伤“自然的感情”。没有“尊重”，就没有“真正的爱情”。尽管穆尔有许多缺点，他还是值得尊重的。因为他的思想并没有道德的瘰疬症，没有无可救药的败坏的污点，比如说，没有虚伪的污点。他也不是自己的欲望的奴隶——他所生长于其中的生气勃勃的生活，使他要做另外一种事情，而不是去无益地追逐享乐。他是个不甘堕落的人，是“理智”的弟子，不是“情感”的信徒。赫尔斯通老头也可以说是这样一种人。他们两人，谁都不愿意看到、想到或者口出谎言，因为他们两人谁都不会给那只刚刚拿开的、讨厌的黑瓶子迷住。他们两人都可以理直气壮地自夸具有“万物之灵”这个骄傲的称号。因为任何野兽的邪恶都不能左右他们；他们好像是，事实上也是比可怜的赛克斯高出一筹。

院子里传来一阵杂沓而沉重的脚步声，接着便停下来。穆尔走到窗前，赫尔斯通跟了过去。两人站在一起，那个高个子晚辈站在低个子长辈后面，小心地向外看着，免得被外边的人看到。他们对所看到的情况的唯一评论，就是闪现在彼此的严峻的眼睛中一丝挖苦的笑容。

这时听到了一声响亮的，像在做演讲那样的咳嗽，接着就是一阵“嘘嘘！”声，仿佛是要使许多咿咿嗡嗡声静下来。穆尔把窗开了一两英寸，让声音更方便地传进来。

“约瑟夫 · 斯科特，”一阵塞鼻子的声音说——斯科特像个哨兵似的，正站在账房间门口——“请问你老板在里边吗？我们可以同他说话吗？”

“他在里边，不错，”乔冷淡地说。

“那么，劳你（在“你”字上加重了语气）的驾跟他说，有十二位先生要见他。”

“他说不定要问有什么事，”乔说，“我不如一起告诉他。”

“有个意思，”对方答道。

乔进去了。

“老板，有十二位先生要见你，说‘有个意思’。”

“好，乔，他们没找错人。萨格登，我一吹哨子，你就来。”

穆尔走出去，冷冰冰地轻声笑了一下。他走进院子，一只手放在口袋里，另一只手插在背心里，帽檐差不多遮住了眼睛，多少遮住了眼睛里闪烁着的极为轻蔑的神色。十二个人等在院子里，有的穿衬衫，有的束着蓝色围单，有两个人惹眼地站在队伍前头。一个是短小精悍，趾高气扬，长着一只朝天鼻子；另外一个肩膀宽阔，他那张假正经的脸，一双不诚实的猫眼，加上他那条木腿跟粗短的丁字杖都很引人注目。他嘴角有种狡猾的神气，似乎在窃笑什么人和什么东西，他那副神气看来看去都不像是个诚实可靠的人。

“早安，巴拉克劳夫先生，”穆尔对他温雅地说。

“祝你平安！”对方答道，巴拉克劳夫先生说话的时候，完全闭上他那双本来就是半开半闭的眼睛。

“多谢，平安是极好的东西，我最盼望的就是这东西。不过，我想，你们要跟我说的并不就是这句话吧？我想你们的意思并不是来说声平安吧？”

“说到我们的意思，”巴拉克劳夫说，“那是会使你这样的人听起来觉得奇怪，也许觉得是愚蠢的，因为现世的子女，他们这一代，比光明的子女①要聪明得多。”

“请你说得简单扼要一点，好让我听清到底是什么。”

“你听吧，先生，如果我说不灵清，我后边还有十一位可以帮我。这是桩大有意思的事，而且，”（声音从本来带点嘲笑变成种哭鼻子

---

① 光明的子女指上帝的子民，见《圣经·新约·帖撒罗尼迦前书》第5章第5节。

声)“这是上帝自己的意思，那才更妙。”

“巴拉克劳夫先生，你要为兰德派[①]的新教堂捐款吗？除非你干的就是这种差使，我实在看不出这同你有什么关系。”

“我根本没有想到这个义务，不过，既然上天使你提到这个问题，我倒要尽量设法收下你匀得出的一点钱，最少的捐款也是欢迎的。”

说着，他摘下帽子，把它伸了出来，当成一只化缘袋，同时，面上泛起一阵厚颜无耻的嬉笑。

“如果我给你六个便士，你就会拿去喝酒。”

巴拉克劳夫抬起手掌，翻着眼白，现出一种完全是伪善而戏谑的样子。

“你像是个高尚的人，”穆尔相当冷酷无情地说，“你毫无顾忌地让我看到你是个双料的伪善者，你干的是欺诈的行当。你扮演了粗劣的插科打诨的角色，同时自以为你后面这些人可欺，你这种聪明手法，的确使我发笑。”

摩西的脸色沉了下来，他觉得自己刚才未免太过分了。他正要回答时，那个副手因为直到现在还没有让他露面，沉不住气，当即跨上一步。这人看来并不像个叛徒，虽说态度极其自信、自负。

“穆尔先生，”他开口了，他也是打嗓子眼和鼻子在说话，字斟句酌，说得很慢，仿佛想让他的听者有时间来充分欣赏他那不同凡响的优雅的措词用字。“也许可以公平地说，我们的意思与其说是来说平安，不如说是来说理。首先，我们是来请你听道理的，如果你不肯听，那么，我有责任用十分明白确切的词句警告你，将不得不采取”（他意思是说“用”）“些办法，这些办法可能使——使你从无知愚蠢中清醒过来，使你不再愚蠢，因为引你到这里工业地带来做生意的，似乎就正是无知和愚蠢。哼！……老板，对不起，我不得不说，一个外

---

① 兰德派，美以美派初期的热情说教者。

国人，打老远的海岸来到这里，从地球的另一角，从另一个半球来到这里，我可以说，完全是个流浪者来到这边的海岸，——英格兰的悬崖峭壁——你并不懂得用什么办法来使工人阶级得到利益。如果马上就谈具体问题的话，你不妨考虑一下放弃这里的工厂，马上滚回你的老家去，那倒还不错。我觉得谁都不会反对这样个计划。你们大家对这一点有什么意见？”他转过身去，对着代表团其他成员说，他们都异口同声地说，“赞成，赞成！”

“好极啦，当代的挪亚！”乔·斯科特嘟哝一声，他就站在穆尔先生背后。“摩西绝计说不出这种话——英格兰的悬崖峭壁，另一个半球！我敢肯定！你是打南极来的吗，先生？摩西输啦！”

不过，摩西并不肯认输，他想要再试一下。他愤怒地望了一下“当代的挪亚”后，又轮到他来发言了。这会儿，他说得声气一本正经，不再用那种他已发觉不顶用的嘲弄。

“就算你已在我们中间安了家，立了业，穆尔先生，我们都可以相安无事。是呀，我可以说，大家和和气气，相亲相爱。我自己还不是个上年纪的人，不过，我还能记得早二十年的事，那时候，手工劳动者都得到鼓励，受到尊重，也没有什么挑拨离间的人敢用这儿这些机器，这种机器真是坑人。现在，我自己虽然不是个整布工，吃的是裁缝饭，不过，我天生是个软心肠的人，是个十分有感情的人，我看到我的同胞受压迫，像从前我的伟大先辈那样，我就要为他们辩护。为此，我才今天来同你面对面说话，劝你放弃你那些鬼机器，多雇些工人。”

“如果我不听你的劝告，又怎么样呢，巴拉克劳夫先生？”

“愿上帝宽恕你！愿上帝感化你的心，老板！”

“你现在还同威斯莱教派有关系吗，巴拉克劳夫先生？”

“赞美上帝，愿主的名为圣！我已经是个监理会的人了！”

“这可一点也不妨碍你既是个酒徒又是个骗子，一个礼拜前，有天晚上，我就看到你喝得烂醉，躺在路旁，当时我正从斯蒂布罗市场回来。你一边宣传和平，一边又利用和平来干你煽动纷争的营生。你其实是不会同情苦难的穷人，也不会同情我的；你是为了你自己的恶毒目的而挑拨他们犯法的；那个叫做‘当代的挪亚’的也是这样。你们两个都是靠不住的，惹是生非的，无耻的恶棍，你们的主要动机就是自私的野心，又危险又无聊。在你们后面的那些人中，有些都是老实人，不过给你们带坏了。你们这两个我却认为完全是坏人。”

巴拉克劳夫正要开口说话。

“住口！你已经说够了，这会儿该我来说了。如果让你或者世间任何张三李四来指挥我的话，我是一刻也容忍不下去的。你们要我离开这里；你们要我放弃那些机器，万一我拒绝了，你们就威胁我。我确实要拒绝——爽爽当当地拒绝！我就待在这里，我要守住这个工厂，我要把发明家所能提供的最好的机器发明都弄到厂里来。你们要怎么办？你们大不了是——而这是你们绝不敢做的——把我这个厂烧成平地，把厂里的东西都捣个精光，用枪来打死我。那又怎样呢？就算是厂房成了废墟，我成为一具死尸，那又怎样呢？你们站在这两个无赖后面的人倒想想看，这么做就阻止得了发明，弄得光科学吗？一点也不会！别的更好的起毛厂又会在这个废墟上建立起来，也许有个更有进取心的老板来代替我。听着！我高兴织布就织布，而且要按照我最好的想法去做。在织布过程中，我还要采用我高兴采用的各种手段。听了我这番话后，谁个还敢来干涉我的事，只能自食其果。马上就有例子可以证明我说的不是假的。”

他把哨子吹得又响又刺耳。萨格登带着他那根棍子和拘票走出来了。

穆尔猛一转身，对巴拉克劳夫说。

“你在斯蒂布罗闹过事，”他说，“我有证据。你到过泽地——你戴了面罩——你亲手打倒我一个工人——你，好一个传福音的人！萨格登，把他抓起来！”

摩西被捕了。一阵叫喊，有些人拥上来抢救，可是，穆尔那只一直藏在胸口的右手伸了出来，掏出了一支手枪。

“两只枪筒都装上了子弹，”他说，“我已经下了决心！——躲开！”

他向后退了一步，一边后退，一边脸朝他的敌人，他押着他的俘虏到账房间去，他命令乔·斯科特同萨格登押犯人进去后，把门打里边闩住。他自己则在厂门外走来走去，一派沉思地望着地上，一只手随随便便地挂在腰际，手里仍是捏着枪。余下的十一个代表瞅了他一阵，彼此悄悄谈了一下。最后，其中有一个走过来。这人的样子同刚才说过话的那两个人完全不同。他虽然长得难看，却很朴实，有大丈夫气概。

“我并不很相信摩西·巴拉克劳夫，”他说，“我自己要对你说句话，穆尔先生，就我来说，我并不是怀着恶意来到这里的，我不过是要尽力把事情说明白，因为这些事情给弄得这么邪，真叫人痛心。你知道我们生活困苦——十分困苦，我们的家庭很穷很窘。这些机器都叫我们失业了，我们没有什么活好做，我们挣不到什么。该怎么办呢？难道我们得嘘一声后就躺下来等死吗？不！我说不来什么豪言壮语，穆尔先生，不过，我觉得，让一个讲道理的人像只哑物那样饿死，准不是一种高尚的德行。我可不干。我是不赞成流血的，我不杀人，也不伤害人；我不赞成砸掉工厂，捣毁机器，因为正如你说的，那种做法绝计阻止不了发明。不过，我要说——我要尽量说得十分响亮。发明也许是不错的，但是，我认为，让穷人挨饿可不是正确的。上头的人一定要设法帮助我们。他们一定要定出些新法令来。你会说，这办不到——我们必须大声疾呼，因为那些议会的人都很疲沓，不会专心一意来管这棘手的事情。”

“你高兴替议会的人操心，就只管操心吧，”穆尔说，“可是，要为厂主操心却是荒唐的，我受不了。”

“你可真是个倔强的人！”那个工人答道。“你不能给我们一点时间吗？你不能答应把你的改革搞得慢一些吗？”

“我能代表约克郡整批织布商吗？你倒回答我这个问题！”

“你可以自己作主。”

“只是我自己！如果我在旁边稍为歇一歇，别人就要赶上来，我就一定会被人家踩在脚下。如果我照你们要我做的办法去做，不消一个月，我就一定破产，我破了产，就可以把面包放进你们的饥饿小孩的嘴里吗？威廉·法伦，不管是你的命令，还是别人的命令，我都不会屈从。别再同我谈机器了，我将按照我自己的办法去做。我明天就要把新机器弄进来。如果你们再捣毁这些机器，我还是要再弄来更多的机器。我决不屈服。”

这时，工厂的钟敲十二点了。这是午饭时间。穆尔突然车转身，离开代表团，又走进账房间。

他最后几句话给人留下一个恶劣、粗暴的印象。他至少已“失去了一个对自己有利的机会”，穆尔如果对威廉·法伦和和气气地说话，他也许可以得到一个朋友。法伦是个十分老实的人，从来不妒忌，也不憎恨那些比自己境遇好的人。他认为靠劳动过活，并不是非受苦受难和不公平不可。他只要能够得到工作，他就会体体面面地感到满足，穆尔本来可以交上个朋友。穆尔怎能毫无和解或者同情的表示，不理会这样一个人，看来真是怪事。这个可怜汉，由于穷困，面容枯槁，他那副样子就像有好几个礼拜，也许有好几个月不知道什么叫做安乐和满足的生活了。然而，他脸上却没有凶猛、怨恨的神色，而是透着筋疲力尽，垂头丧气，质朴而又忍耐的神色。穆尔怎能就这样撇下了他，而且说着“我决不屈服”，连一声好心好意，或者使人有点希望，或者帮助的话都不说？

法伦在回到他小屋去的途中，不禁自己问自己这些问题。他这个小屋，在光景好的时候，曾经是个相当好的、干干净净的舒适去处，可如今，虽说仍然干干净净，却因为穷而显得十分凄凉了。他终于认为，这个外国厂主是个自私自利、毫无情感的人，而且，他还认为，是个蠢汉。他觉得，如果他有办法移居的话，移居到别的地方去，总比在这样一个老板下面干活好。他觉得很沮丧——简直是走投无路。

他一进家门，他的妻子便有条有理地端出饭食来，这是她不得不端给他和孩子们吃的午饭：只是一份粥，而且实在很少。几个小点的孩子吃完了自己一份后又要再添，这个要求很使威廉心里不安，他的妻子尽力使他们安静下来。他起身走到门口，吹个好像很快活的调子的口哨。可是，这阵口哨却挡不住那本来就凝聚在他灰眼皮上的一两滴大泪珠啪哒落在门口，这些泪珠与其说是像从斗士的伤口渗出来的血，不如说是更像“头一阵的雷阵雨”。他用袖口揩揩视线模糊的眼睛，伤感的心情过去了，又十分坚定起来了。

他还站在那里一声不吭地沉思的时候，来了一位穿黑衣服的先生。一眼就看出，来者是位牧师，不过，既不是赫尔斯通，马龙，也不是唐，斯威廷。他大概有四十岁：面貌平常，肤色黝黑，头发已经相当白了。他走起路来，有点儿拱腰曲背。他走上来的时候，面上有着一种茫然，而且好像阴郁的神气。不过，快走到法伦跟前时，他抬起头来，那张专注而严肃的脸，闪上一股热诚的表情。

“是你吗，威廉？你好吗？”他问。

“马马虎虎，霍尔先生，你好吗？请进来歇一歇好吗？”

霍尔先生的名字读者先前已经听到过了（其实他是南尼利教区的牧

师，法伦原来是那个教区的居民，三年前，为了住得便于靠近洼地工厂，才从那里迁到白莱亚菲尔特来）。霍尔先生走进屋里，同主妇和孩子们招呼后，便坐下来。他开始十分愉快地谈起他们离开教区已经有好长一段时间，这段时间里的种种变化情况；主人很关切地问起他姊姊玛格里特的情况。他回答了关于他姊姊的问题后，就接下来提了好些问题，最后，他透过眼镜（他因为是近视眼，戴了眼镜）匆匆而焦灼地四下一望，望着家徒四壁的房间，望着身边几张消瘦而苍白的小脸——因为孩子们都来到他膝前，父亲和母亲则站在他面前——他脱口而出地说：

"你们大家都好吗？你们生活过得怎样？"

顺便说一下，霍尔先生虽然是个博学之士，可是，说话不仅带着浓重的北方口音，还偶尔随意说些北方土话。

"我们过得很苦，"威廉说，"我们都失了业。我把家具大多卖了，这你可以看得出来。下一步该怎么办，天晓得。"

"穆尔先生把你们撵走了吗？"

"他把我们全都撵走了，我现在对他真有意见，我想，即使他明天再要我，我也不愿意为他做工了。"

"这话可不像是你说的，威廉。"

"我知道这不像是我说的，可是，我变得跟过去不同了，我觉得我在变了。要是孩子们和妻子都活得下去，我本来是无所谓的，可他们都受罪呀——他们都过得很苦。"

"唔，我的孩子，你是变了，我看你是变了。世道艰难，我到处都看到苦难。威廉，坐下来，格雷斯，坐下来。咱们来商量一下。"

为了好好地商量一下，霍尔先生把最小的孩子抱在膝上，又把手放在倒数第二个孩子的头上。可是，当这两个小东西向他呱拉呱拉谈天的时候，他却嘘他们噤声，一双眼睛愣望着格子炉，注视着那点已烧得很暗淡的余烬。

“坏透了的时世！”他说，“而且还要拖得很久。这是上帝的旨意，他的旨意应该实现！他要尽力考验我们。”

他又沉吟一下。

“你没有钱，威廉，你没有什么可以变卖，凑起一小笔钱吧？”

“没有，我把五斗橱，时钟，一只红木小几，我老婆一只好看的茶盘和一套茶具，统统卖掉了，茶盘和茶具还是我们结婚的时候，她买来做嫁妆的。”

“如果有人借你一两镑，你能好好利用一下吗？你能够学会做点新的事情吗？”

法伦没有答话，可是，他妻子连忙说：

“能，我肯定他能，先生。他这人很能想办法，我们的威廉很能想办法。如果他有两三镑，他就可以开始贩卖东西。”

“你能吗，威廉？”

“感谢上帝，”威廉审慎地回答，“我可以去买点杂货，线带啦，纱线啦，买点我认为卖得出去的东西，我可以先从叫卖做起。”

“你知道，先生，”格雷斯插嘴说，“你放心，威廉任怎样都不喝酒，不偷懒，也不浪费的。他是我的丈夫，我本来不该称赞他。可是，我敢说，全英国也找不出一个比他更稳重老实的人。”

“好吧，我去同一两个朋友说说看，我想我可以答应一两天内给他五镑，听好，这是借的，不是送的，他必须归还。”

“我懂，先生，这我完全同意。”

“现在，先给你几个先令，格雷斯，这不过是让你揭得起锅盖，等做了生意再说。现在，孩子们，排成一行，趁你们母亲去买点午饭的时候，念一念教义问答吧。我断定，你们今天没有吃得很饱。本恩，你先来。你叫什么名字？”

霍尔先生等到格雷斯回来后，才匆匆告辞，同法伦夫妇拉拉手。走到门口时，他又对他们说了几句简短然而是十分诚挚，带着宗教性的慰藉和劝告的话。彼此相互说："愿上帝保佑你，先生！""愿上帝保佑你们，我的朋友！"然后便分手了。

第九章
白莱亚曼斯

穆尔先生打发掉代表团后回来，赫尔斯通和赛克斯两位先生就开始极其愉快地向他道贺。不过，穆尔先生对他们称赞他如何坚定等等，他都不声不响，那副面容真像静止而阴沉的天气，既无一线光，又无一丝风，使得那位教区长狡狯地直望一下他的眼睛后，把贺词一古脑儿扣进自己的上衣里，并对赛克斯说（可惜赛克斯知觉不够灵敏，不能发觉自己在那儿没有什么用处，说话又讨人厌）：

“走吧，先生，你跟我差不多是同路的。我们结伴走不是很好吗？我们要同穆尔先生告别了，让他去快活地幻想他似乎很爱想的事吧。”

“萨格登到哪里去啦？”穆尔抬起头来问。

“哈哈！”赫尔斯通大声说。“你刚才在忙的时候，我也不曾偷懒过。我也在帮你一点忙——我这不是在不识相地自吹自擂。我认为最好还是抓紧时间，所以，趁你在同那个垂头丧气的先生——我想他就叫法伦吧——打交道的时候，我打开这扇后窗，高声喊了默加特罗，他那时正在马厩里，我要他把赛克斯先生那辆小马车拉过来，接着我便把萨格登和摩西教友连同他那条木腿一起打窗口悄悄送走，目送他们登上马车（当然是得到我们的好朋友赛克斯允诺的）。萨格登掌缰绳，他驾起车来活像个赶出租马车的——再过那么一刻钟，巴拉克劳夫就可以平安到达斯蒂布罗监狱了。”

“很好，谢谢你，”穆尔说，“再见，先生们，”他找补一句；十分客气地送他们到门口，目送他们走出了厂。

这以后，他一整天沉默寡言，板着面孔。他甚至不同乔·斯科特打趣，乔·斯科特呢，也只同老板说点业务上非说不可的话。不过，他老是打眼角瞅瞅他，还常常走进账房间来为他拨拨炉火。后来，他把厂门锁好后（当时因为生意清淡，工厂开工时间很短），说声夜色很好，他“希望穆尔先生上洼地去散一下步，对他会有好处”。

听了这番建议，穆尔先生突然小声笑了一下，问乔这番劝告是什么意思，乔是把他当成个女人还是个小孩，接着，便打他手里抢过了钥匙，把他肩膀一推，要他出去。不过，乔将到院子门口之前，他又把乔叫回来。

“乔，你认识法伦那家人么，我想，他们过得不好吧？”

“他们怎能过得好，先生，他们已经三个月没工做了。你自己可以看出威廉变得多厉害——很瘦。他们把家里的家具大多变卖了。”

“他不是个坏工人吧？”

“打你开厂到如今，先生，你还从来没碰到一个比他好的人哪。”

“一个正派人——全家都正派吗？”

“再正派也没有了——他的老婆真是个可爱的人儿，很爱清洁——简直可以在她家地板上把粥舔掉。他们很落魄了。我想威廉可以找到个园丁，或者类似的差使，他很懂得园艺。他过去跟个苏格兰人一起过活，听说那人教了他那门手艺的诀窍。”

“唔，现在你可以走啦，乔，你不必再站在那里尽盯着我看了。”

“你没有什么吩咐了吗，先生？”

“没有，只是要你马上就走。”

乔遵命走了。

春天的黄昏总是又阴又冷，虽然这一天天气很好，甚至早晨和正午还很暖和，阳光满溢，可是，太阳一落山，就有点儿冷飕飕，地面也有霜冻了，暮霭拢来之前，白霜就伺隙悄悄地覆盖在成长的草木和含苞未放的花蕾上。白霜洒白了白莱亚曼斯（约克先生的住宅）前面的大路，悄悄地摧残园子里嫩弱的草木，破坏草地那如茵的草皮。至于那株大树，树身雄伟，枝丫粗大，护卫着路旁的山形墙，似乎不把春夜寒霜放在眼里，不怕它会损害那依然是光秃秃的枝柯，那巍然屹立于屋后的掉了叶子的胡桃树丛也是这样。

在没有月亮却是满天星斗的夜空里，灯光从窗户中明亮地照射出来。这儿不是暗黑或者孤寂，甚至也不是静悄悄的。白莱亚曼斯矗立在公路旁边。这是个年代比较古老的地方，早在公路开辟以前就已建造起来。那时候，蜿蜒通过原野的一条小巷就是屋子进出的唯一小径。这里同白莱亚菲尔特相距不过一英里之遥，可以听到白莱亚菲尔特的市尘喧嚣，可以清楚地看见白莱亚菲尔特的灯火。白莱亚小教堂就在一百码以外的地方，这是威斯莱教派作礼拜的新会所，房屋很大，尚未竣工。现在里边正在举行晚祷，教堂的灯光打窗户照得路上通明，一种最特别的圣诗愉快地引起附近的人同声唱和，这种圣诗好像一个地道的教友派教徒听了也不禁感动得要跳起舞来。圣诗的词句断续可闻，十分清晰。下面不妨从不同的诗节中引一两段，因为唱歌的人活泼地一会儿唱这一首，一会儿又唱另一首；一会儿唱这个调子，一会儿又唱那个调子，得心应手地唱得流畅而活泼。

啊！哪一个说得清
　这种求生的奋斗，
这种苦痛和艰辛，
　这种战栗和争斗？
天灾、地震和饥馑，
　纷乱和战争，
这种基督宣布的

奇迹正在来临！

每一场战斗
恐怖而猛烈——
武士喜欢
厮杀流血；
仇敌马翻人仰
全军覆灭——
干柴烈火，
烧光烧尽！

唱到这里，便插上一段喧闹的祷告，还伴有可怕的呻吟。一阵“我获得自由啦！”“比尔的多德获得自由啦！”的叫喊声响彻教堂，于是，全体又高声大唱：

何等幸运！
天赐福祉！
我有无法形容的快乐，
同你招收的子民，
一起待在羊栏里，
同你的子民同生共死！

啊，仁慈的主
在塑土成人时
发扬主的荣耀；
高举主的旗帜，

扬扬得意宣布：
主的难以形容的丰硕恩典！

啊，深不可测的爱，
承蒙赏赐，
我事事成功，
我撑着牧杖
跨过溪流，
但见我置身在畜群中！

我惊讶发问：
谁如此作成我？
畜群来自何方？
回答使我心满意足，
它们乃是从天而降，
光荣归于主和耶稣！

这节歌唱完后，又是一阵更长的间歇，这中间，有叫喊呼号，有不由自主的叫嚷，有如疯似狂的啼哭，有苦恼的呻吟，下面这一节歌似乎更是出乎意料的喧闹和热忱。

沉睡在罪恶的边缘，
托非特张嘴要把我们吞噬；
幸亏突然救星降临——
砸烂陷阱，救出我们。

在这里，如同置身狮穴
我们依然未被吞咽；
安全度过洪水大灾
吊在上帝胳膊上。

在这里——

（最后一节所发出的力竭声嘶的叫喊，凄厉可怕，听了使人精神错乱。）

在这里，我们嗓门提高
在炼火里大声叫号：
在熊熊烈火中鼓掌，
光荣归于耶稣之名！

小教堂的屋宇并没有给震得揭顶，这有力地说明是在歌颂它那牢固的石板瓦。

不过，如果说白莱亚小教堂好像很热闹，那么，白莱亚曼斯也很热闹，尽管大厦里肯定要比教堂里安静得多；有几扇窗户也是灯火通明。下面一排窗户迎着草地敞开，窗帘把内部遮住了，多少挡住了室内点燃的烛光，却没有完全捂住里边的谈笑声。我们承蒙特许走进前门，可以登堂入室了。

约克先生家里这样热闹，并不是因为家里有客，除了他自己一家人以外，一个客人也没有。他们都聚集在右边最远那个房间，也就是后客厅的地方。

这里通常是黄昏时分的起坐间。那些窗户，白天看来都是彩色辉煌的玻璃窗——大多是紫色和琥珀色的，闪闪发光地托出中间一只着色的大浮雕，刻有威廉·莎士比亚优雅的头像和约翰·弥尔顿[①]清醒的头像。墙上挂着一些加拿大的风景画——苍翠的树林，湛蓝的海景——在这些风景画中间，有一幅维苏威火山[②]爆发的夜景，发出十分炽热的白光，同那凉爽的海水，蔚蓝的大瀑布和郁郁苍苍的深渊似的树林辉映成趣。

炉火照得这个房间如此明亮，读者，如果你是个南方人，你是不大会在私人住宅看到这么炽热的炉火的，那是烧得又旺又热的炉火，煤块在大壁炉里堆得高高。哪怕是燠热的夏天，约克先生也一定要生上这样的炉火。这时，约克先生坐在炉旁，手里拿着一本书，近在手边有张上面点着蜡烛的小圆桌。他并不是在看书，而是在瞅着他的子女。坐在他对面的是他的太太，我本该对这位太太详细地描摹一番，可是，我觉得力不胜任这项工作。我现在就十分清楚地看到她在我面前：一个大个儿女人，脸容挺庄严，脸上和双肩都好像忧虑重重——但是，不是无可抗拒的，不可避免的忧虑，而是那种有意要当模范的忍辱负重、愁云满脸的人总要表现出来的忧虑，因为他们都认为显得阴郁才是本分。哎呀！约克太太有了这种想法，所以，从早到晚她都像农神一般严肃，她总要想到哪个不幸福的人——特别是想到女性——种种难以忍受的事情，这些不幸福的人竟胆敢在她面前显得笑逐颜开，轻松愉快。在她看来，欢笑就是亵渎神明；高兴就是轻薄——她看不出其间有什么分别。然而，她是个地道的贤妻良母，不停不歇地照顾自己的子女，诚挚地爱自己的丈夫；美中不足的是，如果她作得了主的话，她决不允许她丈夫在这个世界上除了她，还有任

① 约翰·弥尔顿(1608—1674)，英国诗人，政治家，著有《失乐园》《复乐园》等诗歌。

② 维苏威火山，在意大利南部那不勒斯附近，是欧洲大陆现在仅有的一座火山。

何朋友。他所有的亲友都是她所不能容忍的，她对他们都远而避之。

约克先生同她意气完全相投，不过，他天生是个喜欢交际、好客的人——是个家庭和睦的提倡者——据说，他年轻时，他只喜欢活泼快活的女人。他怎么会挑中她——他们彼此怎能相合，确是一个十分费解的问题，但是，如果哪个有时间对此深入分析一下的话，一定能够很快得到解答。这里只消指出这么一点就够了：约克的性格既有阴暗的又有明朗的一面。而且他的阴暗一面，可在他妻子那整个始终如一的阴霾的天性上找到一致和相似之处。此外，她还是个意志坚强的女人，从来不说一句示弱或者平庸的话，对社交有严格的民主见解，对人性则有比较玩世不恭的看法，她认为自己是完善可靠的，其余的世人全都是错误的。她的主要缺点是对一切人事、信条与党派都抱郁郁沉思、一成不变、不能缓和的怀疑态度。这种怀疑就是遮住她眼睛的迷雾，就是她前进的谬误的向导。她看到哪里，就在那里转过身来。

也许人们会认为，这样一对佳偶的子女大概不会成为很平常、很普通的人吧，他们当然不是这样。读者，你不妨看一看这六个子女：最小的一个是个怀抱的婴儿，到现在为止，这个婴儿完全是属于她的，也是一个她迄今还没有对他开始产生怀疑，疑虑，责备的婴儿，因为他要从她那里得到营养。他依靠她，依恋她，爱她胜过世界的其他一切——她对此也很有把握，因为，他得靠她生活，别无他法，因此她很爱他。

倒数上去的两个是女孩，一个叫罗斯，一个叫杰西。她们两人这会儿都在她们父亲身边——她们不大到母亲那里去，除非是非去不可才去。大姐姐罗斯十二岁；她长得像她父亲——在所有儿女中，数她最像父亲——而且像是只仿象牙的花岗石脑袋，只是色泽和线条较淡一点。约克本人长着张粗糙的脸，他女儿的脸却不粗糙，可是，也不很漂亮，是一张平常的孩儿脸，滚圆的腮帮子十分鲜艳。至于那双灰色眼睛，倒并不怎样孩儿气——神色像个一本正经的人——虽然还是个小孩，但是，如果躯体活着，还会成熟起来，而且还有一种她的双亲都没法同她相比的精神。这样兼有父母两人的精华，有朝一日，准会比她父母更优秀——更坚强，更纯洁，更有抱负。罗斯现在是个沉默寡言，有时还是个执拗的女孩。她母亲想使她成为像自己一样的女人——一个应以阴郁沉闷为本分的女人——无奈罗斯却有兼收并蓄的精神，密密地播下了决不是她母亲所能理解的各种思想胚芽。使她苦恼的是，常常要受到这些思想的搅扰和约束。她迄今还没有反抗过，不过，如果逼迫过甚的话，她总有一天要反抗的，那样一来，就将是一次彻底的反抗。罗斯爱她父亲——她父亲并不是拿着铁尺来管教她，他对她很好。他往往担心她不会活下去，她的才华如此焕发，时而露于眼色，时而露于言语。这一想法常常使他忧伤地爱怜她。

他一点没有想到小杰西会夭折，她是如此快活，如此饶舌，诡诈——甚至现在已是心裁独具了。她是受到刺激就暴躁，受到爱抚就挺温柔。一会儿文文静静，一会儿喋喋不休；一会儿刻薄而又慷慨，一会儿无所畏惧——比如不怕她的母亲，常常公然反抗她母亲那种不合理的苛刻严格的管教方法——却又依赖任何一个能给她帮助的人。凭她那张有趣的小脸，一天到晚聒絮不休，令人怜爱的样子，杰西天生是个宠儿，而且当然是她父亲的宠儿。说来也怪，这个小姑娘居然长得同她母亲极其相像，正如罗斯长得像她父亲一样，然而，从观相术说来，却又有多么不同！

约克先生，如果现在让你照一照魔镜，又如果镜子里照出了你这两位千金从今晚算起二十年后的情况，你会有什么想法？魔镜就在这里，你将知道她们的命运——尤其是你那个小宝贝，杰西的命运。

你可认得这个地方么？不，你从来没见过这个地方。可是，你认得出这是些什么树，认得出丝柏树，杨柳树，水松树的簇叶。像这样一些石头十字架，你并不是不熟悉的，那些常开不谢的花朵所做成的色泽暗淡的花环你也不是不熟悉的。就在这个地方，青翠的草皮，一块灰色的大理石墓碑——杰西就睡在那下面。她经历过了4月的日子；多么受人爱怜，又多么钟情。在她那短促的生命里，她常常流泪，经常悲伤；她看到使她愉快的事物，也会莞尔一笑。在罗斯的照护下，她宁静而幸福地死了，因为罗斯是她历经许多试炼的扶持者兼保护人。这两个英国姑娘，一个奄奄一息，一个日夜守护在侧，当时孤零零地生活在异邦，那个异邦的土地给了杰西一块葬身之地。

那么，两年后再看看罗斯。那些十字架和花环看来很陌生，这个地方的山冈和树木更其显得陌生。这里的确同英国相距很远；海岸必定十分荒僻，一派郁郁苍苍的气象。这是个人迹罕到的处女地，叫不出名字的鸟儿在森林四周振翅飞翔，这不是欧洲的河流，罗斯就坐在河堤上沉思。这个沉默的约克郡小姑娘是南半球上某个地区的孤单的移民。她还会再回来吗？

这户人家的前三个孩子都是男孩：马修，马克和马丁。他们一起坐在那个角落里，在做什么游戏。不妨看一下他们那三只脑袋瓜子：乍一望去，很是相像，再一看看，有点不同，又再细看，完全不同。哥儿仨都是深色头发，深色眼睛，红红的腮帮子，他们都有点儿英国人的特征，都有点儿既像他们的父亲，又像他们的母亲，然而又各有不同的相貌，各有不同的性格。

关于这户人家的长子马修我不想多说，但仍不免要叫人一面对他凝眸细看，一面在心里揣摩这副面相究竟隐藏有或者显示出什么特点。他不是个容貌平常的孩子，你看他那乌黑的头发，白皙的额头，红润的腮帮子，那双灵活的深色眼睛，都自有一些特点。你爱看多久就看多久，可是，看来看去，屋子里就只有个怪物，马修那张脸似乎很有一股凶相，这张脸不免时刻使你古怪地想到维苏威火山的喷发，这又是怎么一回事？火焰与阴影似乎就是这孩子的灵魂的组成部分；其中没有阳光，没有白昼，纯洁、幽清的月光也从来没有照到这里。他有英国人的身躯，可是，显然没有英国人的精神。你会说，这是一把套在英国手工制的剑鞘里的意大利小剑。他玩得恼火了——你看他那张瞪眼怒视的脸。约克先生看到了，他说些什么呢？他低声要求似的说："马克和马丁，别惹怒你们的哥哥。"这就是双亲常常说的话。从理论上说，他们大叫反对偏心，家里不许有长子继承权；可是，从来没有人敢惹怒马修，从来没有人敢反对马修。他们之不敢惹怒他，就像不让火接触火药桶那样小心谨慎。"忍、让"就是他们在与他打交道时的座右铭。共和党人正在急速地把自己的亲血肉培养成暴君。这一点，两个弟弟都深有体会，他们在心底里都反对这种不公平待遇；他们不能理解双亲的动机；他们只看到不同的待遇。相互争斗的根源已经在约克先生这些小哲嗣间播下了种子，有朝一日将结出争吵的果实来。

马克是个面孔漂亮的孩子，家里数他面貌最为端正，他极其沉静，一副狡猾的笑容，他能以最安静的声调说最枯燥、最伤人感情的话。尽管他很恬静，可是，那只有点紧蹙的额头说明他肝火很旺，教人想起最风平浪静的海洋并不总是最平安的。此外，他太安静，太冷淡，太不动感情，因而郁郁不欢。在马克看来，生活从来就没有多大乐趣，到他二十五岁的时候，他会摸不透为什么人们要哈哈笑，而且认为样子快活的人都是些傻瓜。在马克看来，不论是在文学中，还是在生活中，根本就没有什么诗，最好的诗，在他听来，也不过是咆哮号叫或者鸟语禽声，他所痛心疾首和不屑一顾的是热情。马克将是没有青春时代的，尽管他外表是个少年，而且正当青春时期，可是，他的心境已是到了中年。现在他的实际年龄是十四岁，可是，他的心灵却已是三十岁了。

马丁是三个里头最小的一个，他又是另一种性格。他的生命也许很短，也许不很短，但是，他的生命肯定是十分辉煌的。他将做尽生命一切迷梦，对迷梦半信半疑，充分享受迷梦的乐趣，然后比迷梦还要长命。这孩子并不漂亮——不及他两个哥哥漂亮。他长得平常，身上好像长有一层外壳，一层干壳，他将背着这层壳，一直背到靠近二十岁，这才脱掉。大概到了那时，他就会使自己漂亮起来。他那粗野的态度也要到那时才改得了，也许简朴的服装也要穿到那时才脱下来，可是，虫蛹都具有把自己蜕化为蝴蝶的能力，到了适当季节就会进行蜕化。他会爱好虚荣一个时期，可能是个彻头彻尾的花花公子，渴求享乐，亟想得到人家仰慕，也渴望得到知识。凡是人间所能给予他的，他都要，既爱享乐，也要学问；他也许会在这两只大喷泉里这也大吸一口，那也大吸一口。待到渴止了——又要什么呢？我不知道。马丁也许会成个了不起的人物。究竟他会不会成个了不起的人物，预言者力不从心，无法预言。在这方面，还没有眼光这样透彻的人物。

如果拿约克先生家里这六位少爷小姐的智力，创造力，活动力和脑力加起来后平分一下，在智能上，准会比半打普通孩子的平均数高些。约克先生知道这一点，而且为他的哲嗣感到自豪。约克郡的山冈原野间到处都有这样的家庭——别具一格，生气勃勃，精力饱满；阀阅门第，头脑聪明；自恃体力过人，有点惹是生非，自以为生来就有威力，性格顽强；缺乏修养，鲁莽粗野，但却跟峭壁悬崖上的雄鹰或者草原上的骏马一样壮健，勇敢，血统纯正。

有人在轻轻敲客厅门了，孩子们正玩得欢，大叫大嚷，加上小杰西正在唱支苏格兰歌给她父亲听，唱得那么动听——她父亲喜欢苏格兰歌和意大利歌，曾把其中一些最好听的歌教给他这个爱好音乐的小女儿——因此，没有听到外边的门铃声。

“请进来，”约克太太说，用的是她那煞费苦心地装得十分庄严的声音，她总是把声音调节成为一种适合于葬仪的阴郁声调，尽管这种声调只是用来关照厨房做一只布丁，或者吩咐孩子们把帽子挂在门厅里，叫女孩们做针线活儿——“请进来！”

罗伯特·穆尔应声进来了。

穆尔那种习以为常的严肃态度，以及他那饮食有度的习惯（因为他每次夜间来访时，从来不必叫人为他拿出酒瓶来）一向得到约克太太的称许，所以，他迄今还没有成为她对她丈夫私下责备的对象。她也还没有认为，他之所以没有结婚，是因为他同人家私通的缘故，她也没有认为他是披着羊皮的狼。她在新婚之初，一经发现她丈夫结婚前的大多数朋友有上述情况，这些人都从此不能成为她家的座上客。她这种行为确实可以说是有其正确、聪明的地方，同时也有其乖张的一面。

“啊，原来是你？”她对穆尔先生说，这时，他向她走上来，伸出了手。“这么深更半夜，你干吗还要徜来徜去？你应该待在家里才是。”

“一个光棍能说得上有个家吗，夫人？”他问。

“啐！”约克太太说，她同她丈夫一样，蔑视圆滑的客套，而且自己尽量不来这一套。她在各种场合上那种爽直的说话，往往是有意要达到博取人们敬慕的目的，而且更常常是要达到发人深省的目的——“啐！你不必来同我胡扯，光棍也可以有个家，如果他要的话。请问，你姊姊不是为你安排了个家吗？”

“她不是，”约克先生也凑上来。“霍顿斯是个正直的闺女，可是，我在罗伯特这个年纪的时候，我有五六个姊妹，个个都像她一样正派规矩。可是，你想，赫斯特，尽管如此，这并没有妨碍我去找个妻子。”

“他同我结婚非常后悔呢，”约克太太接着说，她偶尔也喜欢对他们的婚姻开个无味的玩笑，虽然总是拿自己来开玩笑。“他深深悔恨，罗伯特·穆尔，你看他现在遭受这种惩罚”（她指着一群子女）“就可以深信不疑了。如果有办法的话，谁高兴背上这样一大群粗野小子的包袱？这不仅是把他们生下来就算数，虽说把他们生下来已是够糟的了，还得给他们吃，给他们穿，教养他们，为他们安家立业。年轻先生，如果你觉得想要结婚，请你想一想我们这四个儿子和两个女儿，你可要三思而后行啊。”

“我横直现在并不想结婚，我认为现在不是谈论结婚成家的时候。”

这种阴郁情绪，当然深受约克太太嘉许，她点点头，哼了一下，表示默认，可是，不消一分钟，她又说：

“我在你这般年纪的时候，就不重视所罗门的智慧篇[①]，如果你突然第一次有了幻想，那个幻想准会使你心烦意乱。现在，请坐下吧，先生，我想你坐着也可以像站着一样说话。”

这就是她请客人就座的一种方式，他刚要遵命坐下，不料小杰西马上打她父亲膝头跳了下来，奔进了穆尔的怀里，他立即伸手把她接住。

“你说要同他结婚，”她很愤懑地对她母亲说，这时候，穆尔把她轻轻地抱上膝头，“他现在结婚啦，横竖都是一样。他旧年夏天就答应要我做他妻子，那会儿，他第一次看到我穿那件有蓝腰带的白连衫裙。可不是吗，父亲？”（这些孩子都没有喊爸爸妈妈的习惯，他们母亲也不许有这种“愚蠢的感情用事”的叫法。）

“不错，我的小闺女，他答应过的，我可以作证。可是，杰西，现

---

① 即《圣经·旧约·箴言》。

在要他再说一遍，像他这样的人，只不过是个不诚实的小子。”

“他并不是不诚实，他人太好，不会不诚实，”杰西说，满含极其信任的眼色，抬头望着她这个高个儿情人。

“好！”约克先生大声说，“这就是他一定不会诚实的道理，事实证明，他是——是个无赖。”

“可是，他显得这样忧愁，哪会不诚实呢，”这当儿，在父亲的座椅背后有个声音轻轻地插嘴说。“如果他总是哈哈笑，我倒认为他会立刻就忘记诺言，但是，穆尔先生从来不哈哈笑。”

“你这位多愁善感的公子是个最会骗人的家伙，罗斯，”约克先生说。

“他不是多愁善感的，”罗斯说。

穆尔先生有点惊讶地望望她，同时脸露笑容。

“你怎么知道我不是多愁善感的，罗斯？”

“因为我听到过一位小姐说你不是。”

“瞧！这多有趣！”约克先生高声叫了起来，把座椅挪近火炉。“一位小姐！倒真是有点儿离奇。我们得猜究竟是谁。罗斯，悄悄地把名字说给你父亲听。别让他听到。”

“罗斯，别太逞能，不要乱说，”这当儿，约克太太以她惯常要使人家扫兴的方式插进来说，“杰西也不能这样，小孩子，尤其是小姑娘，在大人面前，向来都是带耳不带嘴的。”

“那么，我们干吗要长舌头？”杰西冒冒失失地问道，罗斯却一个劲儿望着她母亲，那副表情似乎是说，她应该记住这一格言，有空仔细想一想。经过两分钟郑重考虑后，她问道：

“为什么尤其是小姑娘，母亲？”

“第一，因为我是这么说的；第二，慎重和检点就是女孩子的最好的才智。”

“我亲爱的夫人，”穆尔说，“你说的都是至理名言，这的确叫我想起我亲爱的姊姊的一些看法来。可是，说实在，这对这两个小姑娘并不适用。让罗斯和杰西同我随便谈谈吧，要不然，我到这里来的首要乐趣就一点也没有了。我喜欢听她们要怎么说就怎么说，听了对我有好处。”

“可不是么？”杰西问道。“总比那几个缠住你的粗野孩子好吧，是你自己管他们叫粗野的，母亲。”

“不错，小宝贝，好上千万倍。我整天尽给这几个粗野孩子缠得够受了，小妞儿。”

“许许多多人，”杰西又说下去，“只注意小男孩。我所有的叔伯婶母伯母似乎都认为侄儿比侄女好，男客来吃饭，总是同马修、马克和马丁谈话，从来不同罗斯和我谈话。穆尔先生是我们的朋友，我们要同他交朋友。可是，罗斯，你听着，他与其说是你的朋友，不如说是我的朋友，他是我的特别要好的朋友，记住！”她抬起小手，做个告诫的姿势。

罗斯对这只小手的告诫姿势，已是习以为常了，她每天都愿意听从这个任性的小杰西的告诫。她事事都听从杰西的指挥——控制。在各种出头露面和玩乐的场合，总是杰西走在前头，罗斯不声不响地退居后边。反之，碰到生活上有什么不如意事情——一般事情出了问题和有困难的时候，罗斯便自然而然地除了肩负自己的分儿外，还承担她妹妹的分儿。杰西早已打定了主意，等她到了可以结婚时，她就要结婚。她认为，到那时，罗斯必定是个老姑娘，可以同她住在一起，为她照管孩子，料理家务。两个姊妹，如果一个长得平常，另一个长得漂亮，那么，她们之间有这种情况，并不是什么罕见的事，可是，就她们两姊妹的情况说来，假如说她们的外貌有所不同的话，那么，倒是罗斯占了优势，她的脸比那个尖刻的小杰西长得更端正。不过，杰西在活泼、聪明和机灵的同时，还注定能够随时随地，无论对什么人都具有出奇制胜，使人神魂颠倒的才干。罗斯却有善良宽大的心胸，经过精心培养的高贵智能，一颗可以信赖的心，就是缺乏可以吸引人的风度。

“听着，罗斯，把这位认为我不是多愁善感的小姐的名字告诉我，”穆尔先生要求说。

罗斯并无故弄玄虚之意，否则，她很可以让他去疑惑一阵，她简单地答道：

“我说不出，我不知道她叫什么名字。”

“把她的样子说给我听。她是什么样子？你在哪里见到她？”

“有一天，皮尔逊家的凯特和苏曾刚从学校回家，我同杰西到惠因伯利去同她们玩了一天，当时，她家有批客人，有几个年轻小姐坐在客厅角落里谈论你。”

“难道那些人里头，你一个也不认得吗？”

“有赛克斯家的汉纳，哈丽特，朵拉和玛丽。”

“好。她们在说我坏话吗，罗斯？”

“有几个说的，她们管你叫厌世者，我记住了这个词儿，一到家就查字典。原来就是厌恶人类的人。”

“她们还说过些什么吗？”

“汉纳·赛克斯说你是个一本正经的傻少爷。”

“更妙！”约克先生哈哈大笑说。“啊，妙极啦！汉纳，就是那个长红头发的——是个漂亮姑娘，可惜很迟钝。”

“我倒觉得她一点也不迟钝，”穆尔说。“是个一本正经的傻少爷，真是！唔，罗斯，说下去吧。”

“皮尔逊小姐说她相信你很会装模作样，还说凭你的深色头发，潦白的面孔，教她看来，你真像个多愁善感的傻瓜蛋。”

约克先生又哈哈大笑，这回连约克太太也禁不住参加进来了。

“你看，人家在背地里，是怎样尊敬你的，”她说，“不过，我相信那个皮尔逊小姐倒很想追你。打你一来到这地方，她就逗引你去向她求婚，尽管她年纪不小了。”

“有谁反驳她吗，罗斯？”穆尔问道。

“有个我不认识的小姐，因为她从来没有到过我家，不过，我每个礼拜天都在礼拜堂里看到她，她坐在靠近讲坛那一排。我总是不看我的祈祷书，尽望着她，因为她很像我们餐厅里的一张画像，就是那个手里捧着鸽子的女人，至少，她那双眼睛很像，那只鼻子也像，是只直鼻子，不知怎的，使我觉得她整个面孔显得很明朗。”

“可你不认得她！”杰西以极其惊讶的声调大声叫嚷。“罗斯就是这样。穆尔先生，我常常在捉摸，我姐姐是生活在怎样一种世界中。我肯定她并不是始终生活在这个世界中。教人老是觉得，有些小事情大家都知道，就偏偏她不知道。你想想看，她每个礼拜天都一本正经上教堂，却在做礼拜的时候，一直专盯着一个人看，又居然连那个人叫甚姓啥也不问一声。她说的是卡罗琳·赫尔斯通，教区长的侄女。那事情我完全记得清清楚楚。赫尔斯通小姐很生皮尔逊小姐的气，她说：‘罗伯特·穆尔既不装模作样，也不多愁善感，你完全不了解他的性格，或者不如说，在座的没有一个会了解他的性格。’现在要我告诉你她是个什么样子吗？人们生得怎么样，是怎样打扮的，我都比罗斯说得更好。”

“你不妨说给我们听听。”

“她很可爱，她很美丽，她有只非常白非常细的脖子，长长的鬈发，不是硬邦邦的，而是软软松松地挂下来，是棕褐色的，不是深色的，她说话文气，声调清朗，她走起路来不是急急匆匆的，她经常穿着灰色的绸衣服，她浑身齐齐整整，她的长外衣，鞋子，手套总是跟她相称。她是我认为的小姐，等我长得像她那么高的时候，我就要像她那样。如果那样的话，我配得上你吗？你真个要同我结婚吗？”

穆尔抚摩杰西的头发，他似乎一下子要把她拉过来些，哪知却把她推开了一点。

“啊！你不要我啦？你把我推开了。”

“说起来，杰西，你一点也不爱我，你从来不到洼地来看我。”

“因为你没有请过我。”

于是，穆尔先生请这两个小姑娘明天来看他，还答应等他明天去斯蒂布罗时，给她们每人买件礼物，买什么他现在不说，可是，她们一定要来看看。杰西正想回答，那几个男孩中有一个突然插了进来说：

“你们刚才扯到的那个赫尔斯通小姐我认识，她是个丑八怪。我讨厌她，我讨厌所有的娘儿。我真弄不懂她们有什么用。”

“马丁，”他父亲说——刚才开口的是马丁——这孩子也不应答一声，只是把他那张冷嘲热讽的小脸对着他父亲的座椅望一下，透着五分狡猾、五分凶猛的神气。“马丁，我的孩子，你这会儿是个吹大牛的小鬼，将来准会成个无法无天的花花公子。可是，你说话要算数。你瞧，我现在就把你这几句话记在我的笔记本子上。”（这个长辈拿出个摩洛哥面子的本子，郑重其事地在那上面写了一下。）“十年后，马丁，如果你我两个那时候都还活着的话，我要拿你这番话来提醒你。”

“那时候，我还是这样说，我说我总是讨厌女人，她们都是些玩偶，她们什么事都不做，光知道打扮得漂漂亮亮，到处蹓来蹓去，让人家赞美。我决不结婚，我要做个光棍。”

“说话算数！说话算数！赫斯特，”（他对他妻子说）“我像他这个年纪，也跟他一样，是个不折不扣的厌恶女人的人，可你瞧！到了我二十三岁的时候——当时正在法国、意大利还有天晓得的一些地方游历！——我每天晚上睡觉前，总要卷头发，戴耳环，要是那时行穿鼻子的时尚的话，我连鼻子也会穿上一只环环——以及凡是能够讨小姐们喜欢的事情，我都会做。马丁将来也会这样做。”

“我会？绝对不会！我不至于这样糊涂。你是个多么古怪的人，父亲！说到穿衣服，我可以这样起誓，我决不会穿得比你现在看到的更漂亮。穆尔先生，我从头到脚都是穿的蓝布，人们都笑话我，在文法学堂里，他们都管我叫水手。我更响亮地笑话他们，说他们都是些碎嘴子，学舌鹦哥，他们上衣是种颜色，背心又是种颜色，裤子又是种颜色。我呢，总是穿蓝布，穿来穿去都是蓝布。一个人把自己打扮得五颜六色，实在有失人的尊严。”

“十年后，马丁，哪家裁缝铺的各色料子都够不上你那苛求的口味，哪家化妆品铺子的香水都够不上你那挑三剔四的嗅觉。”

马丁透着副不屑一顾的神气，不再答话了。

这时候，马克接上了嘴，他刚才一直在小桌上的书堆里翻找什么东西。他说得特别慢，声音很低，脸上那种不动声色的讥诮表情真不容易描摹。

“穆尔先生，”他说，“卡罗琳·赫尔斯通说你不是多愁善感，你也许认为是她对你恭维吧。我两个妹妹刚才告诉你这些话的时候，我觉得你好像有点发慌，仿佛你觉得人家在捧你。你脸红了，就跟我们学校里一个爱虚荣的小孩子一样，每逢人家在课堂上戏弄他的时候，他总就认为应该脸红一下才是。穆尔先生，我为了你，刚才一直在字典上查‘多愁善感’这个词儿的意思，我查到它的意思是‘带点儿感情’。再查下去，‘感情’还可以解释为思想、主意、见解。这样说来，一个多愁善感的人就是一个有思想、有主意、有见解的人；一个不多愁善感的人，就是一个缺乏思想、主意、见解的人了。”

马克说到这里住口了，他并不露出笑容，也不四顾一下，等待人们称赞。他已经发表了自己的意见，就此住口了。

“一点不错，我的朋友，”穆尔先生对约克说，“他们真是些了不起的孩子，多像你呀！”

罗斯刚才一直聚精会神地在听马克的话，这当儿，她回答马克说：

“有各种各样思想、主意和见解，”她说，“有好的，有坏的。多愁善感一定指的是坏的，或者赫尔斯通小姐一定认为多愁善感就含有这个意思，因为她并没有责怪穆尔先生，她是在为他辩护。”

“这才是我的好心的小辩护士！”穆尔一边说，一边抓住罗斯的手。

“她是在为他辩护，”罗斯又说一遍，“要是我处在她的地位，我也一定会这样做，因为其他一些小姐似乎都是出于恶意说的。”

“小姐们说话总是有恶意的，”马丁说。“恶意么，就是娘儿们的天性。”

这会儿，马修第一次开口了。

“马丁是个多大的傻瓜呀，老是要唠叨他所不懂的东西！”

“我是个自由人，我有权利高兴说什么，就说什么，”马丁答道。

“你把权利用——或者不如说是滥用——到这种程度，”大哥哥说，“你自己刚好证明你应该是个奴隶。”

“奴隶！奴隶！居然把奴隶加在姓约克的人身上，约克家会出奴隶！这家伙，”他说着，站到桌子上，隔着桌子指着马修——“这家伙忘记了，白莱亚菲尔特每个小农都知道，我们家出来的人都有弓脚背，脚底流得过水——这就证明我们家三百年来没有出过一个奴隶。”

“走江湖卖假药的家伙！”马修说。

“孩子们，静静！”约克先生大声说。“马丁，你是个惹是生非的，如果没有你，就不会闹出乱子来。”

“真是！这正确吗？是我开的头还是马修开的头，他骂我像个傻瓜在唠叨的时候，我跟他说过话吗？”

“一个放肆的傻瓜蛋！”马修又说一遍。

这时候，约克太太身子开始摇晃起来了——这是她的一种相当不祥的动作，尤其是碰到马修吵架时吃了亏，她就要发这种癔病。

“我弄不懂我为什么要忍受马修·约克的侮辱，也弄不懂他有什么权利诅咒我，”马丁说。

“他没有什么权利，我的孩子，可是，你可以原谅你哥哥到七十七次。”约克先生劝慰地说。

“总是来这一套，说的跟做的总是碰不拢！”马丁一面要走出房间，一面嘴里嘟哝说。

“你要到哪儿去，我的儿子？”父亲问道。

“到个没有人侮辱我的地方去——如果这屋子里我能找到这样个地方的话。”

马修十分傲慢地哈哈一笑。马丁眼色奇特地向他看了一眼，自己的细小的身子整个儿哆嗦一下，可是，他按住性子。

“我想我走总没有什么不可以吧？”他问。

“可以，可以，走吧，孩子，只是记住，别记恨。”

马丁走了，马修又以一声傲慢的大笑目送他出去，罗斯那只美好的脑袋刚才在穆尔肩上靠了一会，这会儿，她抬起头来，紧盯着马修看了一下说：

“马丁很伤心，你倒很快活，可是，我宁可做马丁而不做你。我不喜欢你这脾气。”

这时，穆尔先生为了要避却，或者至少是为了要逃却一场吵闹——因为约克太太的呜咽声已在向他发出预告：眼看就要开始吵闹了——他站了起来，把杰西打膝头上轻轻推下来，吻吻她，又吻吻罗斯，同时提醒她们明天下午一定要准时上洼地来，接着，他向女主人道别后，就对约克先生说："我可以同你说句话吗？"说着，约克先生同他一起离开房间。他们在门厅里简单地谈了一会。

"你要雇个好工人吗？"穆尔问。

"这种时世，提这问题，岂非胡扯，你自己也知道，每个老板都有许多好工人，他就是无法使他们统统有活儿干。"

"如果可能的话，你得买我一次交情，收留这人。"

"老弟，就是买整个英国一次交情，我也不能再添一个工人。"

"没有什么关系，我总得为他在什么地方找个位置。"

"是谁？"

"威廉·法伦。"

"我认识威廉，威廉是个地道的老实人。"

"他已经失业了三个月，家里有一大堆人。我们很清楚，没有工资，他们就不能生活下去。今天早晨，他也是整布工的代表，他们来跟我请愿，威胁我。威廉倒没有威胁我，他只是要我再多给他们点时间——要我改革得慢点。你知道我不能这样做。我已经窘迫得走投无路，我除了向前冲，别无他法。我觉得再同他们废话下去也是白搭。我把其中一个流氓逮捕后，就打发他们走了，那个被捕的，我希望能把他流放出去——那家伙有时候还在那边小教堂里讲道呢。"

"不是摩西·巴拉克劳夫吧？"

"是的。"

"啊，你把他逮捕了？好！这么说来，你是打算把一个恶棍弄成个殉道者了。你干了一桩聪明事。"

"我干了一桩正当的事。唔，千句并一句，我决定要为法伦找个位置，我指望你给他个位置。"

"这可真是荒唐！"约克先生大声嚷道。"你有什么权利，居然指望我来安插让你遣散了的工人？我对你那些个法伦，那些个威廉知道些什么？我听说过他是个老实人，可是，难道要帮助约克郡所有的老实人么？你可以说，这又不花什么大力气，可是，不管大小，我一概不管。”

“好啦，好啦，约克先生，你能给他找点什么做做？”

“我找！你要使我说我不习惯说的话了。我希望你就回家去——门在这里——开路！”

穆尔在门厅里一只椅子上坐将下来。

“你不能在你厂里给他找个位置——好吧——可是，你有地，在你的地上给他找个什么差使吧，约克先生。”

“鲍勃，我觉得，你一点也不关心我们那些‘迟钝农民’。我不懂怎么会变得这样。”

“我懂，那人对我说的完全是实话，也是有道理的话。我却像回答其他那些人那样，粗暴地回答他，其他那些人实在完全是胡扯淡。我那时候没能分清对象。看那人的外表，他不说，人家也知道他最近的情况很糟，可是，解释又有什么用呢？给他个工作吧。”

“你既然这么热心，拼命要叫人家做办不到的事情，你就自己给他工作吧。”

“要是我自己有一点点办法的话，我一定会努力支撑到垮了为止，可是，我今天早晨收到了许多信，说明我已经快要站不住脚，离开山穷水尽不远了。国外市场，一句话，塞饱了。如果没有什么变化——如果没有和平的希望——如果诏令不至少暂时搁一搁，使我们可以向西打开一条出路的话——我真不知道我要走向何方了。我好像给关在山洞里，一点亮光也看不到，所以，要我装得好像能给人家找份生计，那就不是老实的做法了。”

“来，来，咱们到屋前去走一转吧，今儿晚上星光很好，”约克先生说。

他们走了出去，随手带上大门。于是，两人并肩在霜白的大道上踱来踱去。

“马上把法伦的事决定下来吧，”穆尔先生催促说。“你在约克米尔斯有大片果树园。他是个呱呱叫的园艺工人，让他在那里工作吧。”

“好吧，就这么办。我明天派人去找他，再瞧着办吧。这样说来，老弟，你很为你目前的情况担心吧？”

“是呀，第二次失败——这个失败本来还可以拖一拖，可是，在这时刻，我毕竟变不出什么别的办法来——穆尔这个姓准会就此完啦。你知道，我有了清一切债务的好意，再在先前的基础上把旧商号重新建立起来。”

“你需要资金——这就是你所需要的东西。”

“不错，不过，你还不如说一个想活下去的死人最需要的就是一口气。”

“我知道——我知道资金这东西不是要有就有的。如果你是个结了婚的人，像我一样有个家，那我敢说，你的景况还更要糟，年轻人，没有家累，总比较有机会。我时常听到说，你就要同这位那位小姐结婚了。不过，我想这是完全不可靠的吧？”

“你也许猜得对，我认为我是不能够梦想结婚的。结婚！我受不了这个词儿，这个词儿听起来是那么愚蠢，那么不切实际。我已经果断地解决了这个问题，我认为结婚和爱情都是多余的，只是给有钱人的，他们生活舒坦，不必担心明天，也可以说，结婚和爱情是不顾一切的冒险，是最最可怜的人的最后的苦中作乐，因为他们从来就不希望能跳出精穷的泥坑。”

“要是我处在你的境地，我决不这么想。我一定要认为，我很有可能娶到一个有几千镑的老婆，这个老婆，对我，对我的事业都很合适。”

“我不知道到哪儿去找？”

“如果你有机会的话，你会试一下么？”

“我不知道，这得看——一句话，得看许多情况而定。”

“你要娶个老太婆吗？”

“那我宁可到公路上去敲石块。”

“我也是这样。你要娶个丑八怪吗？”

“啐！我不爱丑，我喜欢美，约克。年轻、美好的脸蛋儿真是教我赏心悦目，狞恶的、皱眉蹙额的丑陋的面孔教人望而生厌。线条柔美，色泽鲜艳使我愉快——粗粗糙糙使我反感。我决不娶丑八怪。”

“即使她有钱也不娶？”

“即使她满身珠宝也不娶。我不能爱她——不会想要她——也吃不消她。一定要满足我的口味，要不然，深恶痛绝就变成凶残暴虐——或者还要更坏——使人沮丧得冷若冰霜。”

“鲍勃，如果你娶个老实、和蔼又有钱的闺女，虽然面孔有点儿难看又怎样呢？那种高颧骨的，嘴比较大，头发发红的女人，你也不能将就点吗？”

“我告诉你，我决不尝试。我至少要长得雅致的，而且要年纪轻，身材匀称——不错，还要有我所谓的美。”

“可是穷困，加上个育婴室似的一大群小娃娃，你无法给他们穿，也无法给他们吃，很快就变成个焦急而面容憔悴的母亲——接下来是破产，丢脸——终生的挣扎。”

“别管我，约克。”

“如果你是个浪漫派，罗伯特，尤其是如果你已是在恋爱了，那谈也无益。”

“我不是浪漫派，我有什么浪漫，我给剥得精光，就像那边地里的张布架一样，一片布也没有了。”

“总是要用这样一些辞藻，老弟，我懂得那意思了。没有什么恋爱事件分散你的判断力吧？”

“我觉得，这个问题，我以前已经说得够多了。我谈爱情？废话！”

“唔，那么，如果你身心都健全的话，如果有好机会，你绝对没有理由要错过它，因此，等着瞧吧。”

“你真是个预言家，约克。”

“我想，我多少有点儿这种本事。我不对你许下什么诺言，也不给你什么劝告，可是，我要你不必灰心，由情势来决定吧。”

“内科医生年鉴上与我同名的人也不会说得比这更谨慎。”

“我得告诉你，我不管你的事情，罗伯特·穆尔。你又不是我的亲戚，我也不是你的亲戚，你走运不走运，都同我没有什么关系。现在回家去吧。已经敲过十点钟。霍顿斯小姐会闹不清你到哪儿去了。”

第十章
老处女

时间缓慢地过去，春色已浓。英格兰的外表开始显得愉快了，田野青翠，丘陵富有生气，庭园百花盛开。可是，在内心里，英格兰并不见得舒畅，穷人依旧景况悲惨，工人依旧愁容满面，某些商业部门似乎快要瘫痪了，因为战争继续未已，英格兰流了血，耗了财，似乎一切都是要达到最不适当的目的。不错，偶尔也传来半岛胜利的一点消息，可是，消息来得很慢，间隔时间很长，从消息中也听不到什么暗示，只听到波拿巴因为连获胜利而傲慢自大，自得其乐。凡是因战争而遭到损失的，都觉得这是一场冗长的战争，而且——人们认为——是场没有希望的战争，是在跟他们所恐惧的人物作斗争，也可以说是他们的利益使他们认识到，这是在跟一个无敌的强有力者，最傲慢不逊的人物作斗争。他们都要求依照任何条件得到和平。像约克和穆尔这些人——还有成千成万听任战争摆布，在破产边缘发抖的人——都以孤注一掷的劲头来谋求和平。他们举行会议，发表演说，请愿，强行提出这个要求：按照什么条件取得和平，他们都不在乎。

所有的人，如果单独来看，都多少有点儿自私；如果总起来看，更加自私得厉害。英国商人也不例外，商人阶级的自私，表现得非常突出。属于这个阶级的人肯定只是一门心思要赚钱，他们根本不为国家种种利益考虑，一味想扩展英格兰的（也就是他们自己的）商业。勇武精神，大公无私，光荣感，他们都不放在心上。一个国家如果完全由他们来统治，必定动辄可耻地投降——这并不完全是来自基督教的教诲，而是来自财神的熏陶。在战争后期，英国的商人简直会听任法国人掴了右颊又掴左颊，他们简直会把外套都脱给拿破仑，然后又毕恭毕敬地献上上衣，如果对方再逼一下，他们还会把马甲也脱下来，他们准会只恳求准许留下一件短衫，因为钱包就在短衫的口袋里。待到那个科西加匪徒[①]一手攫住了他们那只心爱的钱包，他们这才露出一点精神，有点抗拒的表现，于是，也许当即变成一只英国叭喇狗，直扑那个强盗的喉头，紧紧扼住，吊住不放——贪得无厌的老毛病发作了，直到那只钱包重新到手。商人们一说起反对战争的话来，总是承认他们之所以憎恨战争，是因为战争是残酷野蛮的行动，教人听来，简直会认为他们是特别文明的人物，对他们自己的同胞特别和蔼，文雅。其实并不是这么回事。他们中间有许多人都是心胸极其狭窄，冷淡无情的，除了对他们自己那一阶级，对所有别的人都无好感，十分冷漠——甚至是敌对的，称别人为废物，似乎还要查究别人是否有生存权利，似乎让别人呼吸一口空气都舍不得，认为别人的吃喝条件，居住像样的房屋都是不合情理的。他们不知道别人怎样在帮助，满足，或者教育自己的同胞，他们也不费神问一问真相。凡是不做买卖的都被指责为贪吃懒做，虚度生活。也许要不了多久，英格兰就真个变成个店铺老板的国家了。

我们已经说过，穆尔并不是个有自我牺牲精神的爱国者，我们也解释过，情势怎样使他特别爱把自己的注意力和精力都集中在发展他个人的利益上。因此，当他觉得自己已是处于第二次破产的边缘时，任何一种斗争，都不及他跟那使他跌了筋斗的势力的斗争那样的艰巨。凡是他能在北方掀起一个反对战争的运动的事，他都做了，他还煽动另外一些由于有钱、有关系而比他更有势力的人。有时候，他会突然觉得他那一派向政府所提的要求并没有什么道理，因为他知道整个欧洲都受到波拿巴的威胁，整个欧洲都武装起来反对波拿巴，因为他看到俄罗斯也受到威胁，看到俄罗斯人愤激而坚定地起来保卫他们那冰天雪地的国土，保卫它那分布在许多荒僻地方的农奴，保卫那黑

① 指拿破仑。

暗而原始的专制制度，不受一个外国胜利者的蹂躏、羁勒和暴虐统治。他知道作为一个自由王国的英国，当然不能派出它的子民去同一个不讲信义、贪婪的法国领袖提条件媾和。又因为常常传来消息，提到当时那个在半岛上代表英国的人[①]的动向，说到他如何节节胜利地推进——推进得那么慎重而勇往直前，那么谨慎而有把握，那么“不急不躁”而又“不停不息”，因为他在报纸上看到威灵顿勋爵所发的军事电讯，看到“朴实”的公文写出了“真实”的命令——这时候，穆尔就在心底里承认英国军队自有一种力量，自有一种警醒的、持久的、真正的、不是徒具形式的力量，这种力量到头来一定能够使它所领导的这一方赢得胜利。到头来！可是，他心里又想，那个“头”还远得很呢！而他，穆尔，作为一个个人来说，到那个时候却准会被拖垮了，他的希望准会给碾成粉末，他得照顾的正是自己，他得继续追求自己的希望，他要完成自己的命运的使命。

他那么精力充沛地要完成这个使命，因此，不多久，他终于同他那位朋友，老托利党人，教区长坚决地决裂了。他们在一次大会上争吵，过后又在报纸上互写措辞尖刻的信件。赫尔斯通先生斥责穆尔是个“雅各宾”，从此不去看他，甚至见面时也不同他说话，他还十分明白地告诉他侄女，说她眼前必须与洼地小屋断绝往来，她必须放弃学法语。他认为，法语充其量也不过是轻薄的坏语言，这种语言所吹嘘的大部分作品也都是坏的、轻薄的，在削弱女性心理上，往往起了极其有害的作用。他弄不懂（他插话似的说）是哪个傻瓜首先兴起教女人念法语这个时尚来。对她们说来，比这更不妥当的事情真是再也没有的了，真像是拿白垩和粥汤去喂伛偻病的小孩。卡罗琳一定要放弃这玩意儿，也要放弃她那表兄表姊，他们都是危险人物。

赫尔斯通先生满心认为这项命令准会遭到反对，准会看到哭鼻

---

① 指威灵顿勋爵。

子。他难得费神去管卡罗琳的行动，不过，他模模糊糊地认为，她很喜欢到洼地小屋去，他还怀疑她欢迎罗伯特·穆尔不时上教区长住宅来。这个哥萨克还看出，如果马龙在晚上走进来，为了表示他爱好交际，相当有趣，他或者掐掐那只老黑猫的耳朵（这只猫儿总是同赫尔斯通小姐的脚一起躺在那只脚凳上），或者是借支鸟枪，尽管那时候阳光还很充足，照得到那一眼就看得到的园子里工具棚的门，他仍不免慌慌张张撞上那扇门——同时为了方便他自己跑进跑出，以便高声叫嚷说是找到了还是没有找到，一直让过道和客厅的门开着，叫人很不舒服——他看出，碰到这种有趣的场合，卡罗琳总有脱身妙计，她踮起脚尖悄悄上楼，一直待在楼上，连影子也看不到，要等到叫她下来吃饭这才下来。反之，碰上罗伯特·穆尔来做客时，虽然他并没有拿小猫来取乐，一点也不去逗弄它，只不过是偶尔哄它从脚凳上爬到他膝头，让它在膝头上得意地呜呜叫，爬上他的肩膀，用头擦着他的腮帮子；虽然在他逗留期间，没有震耳欲聋的火枪爆炸声，没有发出火药的硫磺气，没有高声叫嚷，也没有夸夸其谈，卡罗琳就是坐在那里不走，好像在一针一针地做犹太篮的针插中，在为教会篮织袜子中找到了无限乐趣。

她十分文静，罗伯特也不很注意她，简直没有同她谈什么，可是，赫尔斯通先生并不是一个容易瞒得过的老先生，相反的，他觉得自己在各方面都极为机警，在他们相互道别的时候，他也瞅着他们看，他只看到他们四眼相对过一次——只有过一次。如果有人喜欢看看那种眼色的话，看了不免要骇异，因为那种眼色既没含有邪恶，也没有一点欢愉。那种眼色决不是一种心照不宣的眼色，因为两双眼睛并没有相互悄悄相爱的神色，也一点都没有什么诡谲和鬼鬼祟祟的痕迹，不过，穆尔先生的眼睛直望着卡罗琳的眼睛时，觉得那双眼睛又明亮又温柔，卡罗琳的眼睛所面对着的穆尔那双眼睛也明摆着是大丈夫气概的、炯炯有光的眼睛，各人都自有一种承认对方的魅力的方式。穆尔微露笑容，卡罗琳也微泛红晕。赫尔斯通先生简直会当场把他们都训斥一顿。他们叫他看了不舒服，为什么呢？——说不上来。如果你当时问他该怎样处罚穆尔，他准会说“吃顿马鞭”！如果你问该如何处置卡罗琳，他准会判给她一记耳光。如果你再问这种处罚的理由，他准会勃然大怒，痛骂那是男女调情，是在搞恋爱，而且发誓他决不能让这种蠢事继续在他家里出现。

这些个人的理由，加上政治上的原因，使他决心要把这对表兄妹拆开。有一天晚上，他把自己的决心告诉了卡罗琳，当时，她正坐在客厅的窗边做针线活儿，她的脸转过来望他，灯光完全照在她的脸上。那张脸对他看了好几分钟后，显得比平常更灰白更文静。过去三个星期来，他注意到，她始终没有提到过罗伯特·穆尔的名字，而且在这段期间里，这位仁兄也没有来过教区长住宅。可他心里仍不免怀疑他们有什么幽会，因为他一向对女人有很坏的看法，他总是怀疑她们，他认为必须经常监视她们。他当时以十分冷淡的声调，要她不要再天天上洼地去。他原以为准会使她大吃一惊，会看到哀求的神色。他虽然看到她吃了一惊，但是，只是略为一惊而已，而且也不对他看一下。

“你听到没有？”他问。

“听到了，叔叔。”

“你自然是说，你是注意我所说的话吧？”

“是，当然注意。”

“而且一定不要写什么条子给你表姊霍顿斯，也一定不要再同他们往来。我不赞成那户人家的节操，他们是雅各宾派的思想。”

“一定照你吩咐做，”卡罗琳轻轻地说。

这样说来，她答应了，脸上并没有泛起烦乱的红晕，也没有莹莹的泪珠。赫尔斯通先生没有开口以前所看到的那种满脸透着沉思的神气依然如故，纹丝不动。她听话了。

不错，完全听话。因为这道命令同她自己先前的看法不谋而合；因为现在要她上洼地小屋已成为一桩痛苦的事儿了，在那里，她看到的只是沮丧。希望和爱情已经离开了那间小屋，因为罗伯特似乎丢弃那个地方了。每次问起他的时候——她十分难得一问，因为一说出他的名字，她就会面孔发烫——听到的回答总是，他不在家，或者他事情很忙。霍顿斯担心他是在进行自杀。他简直没在家里吃过一顿饭；他就住在账房间里。

卡罗琳只有在礼拜堂里才有机会看到他，可是，在那里，她也不大朝他看。看一看，既有无限苦痛，又有无限愉快，这会激起无限的情感，而且她清清楚楚地知道，这全是白费的情感。

有一次，是个阴暗、下雨的礼拜天，当时，礼拜堂里人数寥寥，尤其是那几个小姐都没来(这些人一在那里，她们那滴溜溜的眼睛和战斧似的舌头真叫卡罗琳望而生畏)，她的眼睛这才敢去寻找罗伯特的座位，而且把眼睛对着座位上那个人望了一会。只有他一个人坐在那里，霍顿斯因为谨慎地考虑到下雨和一顶新的春季“帽子”，待在家里，没有出来。在牧师讲道时，他交叉着双臂，眼睛低垂，坐在那儿，显得十分忧愁，心不在焉。一碰上他情绪低落，他脸上这种色彩就似乎比他微露笑容时还要暗黑，今天，他的面颊和前额就显出最无光彩而素净的棕榄色。卡罗琳仔细地看了那副愁容后，就本能地知道，他的思想正在陌生或者崎岖的路线上奔驰，她知道他的思想已经奔得老远老远，不仅离她很远，也离她所能了解的、所能同情的一切事物很远。这会儿，他心里想的都不是他们曾经一起谈过的事情，他让事业和责任包围得她可望而不可即，而那些事业和责任据说都是跟她没有关系的。

卡罗琳对这问题随意想了一会，思索他的感情，他的生活，他的忧虑，他的命运；默想“做生意”的秘密，设法对做生意了解得比他过去告诉她的还要多一些——了解做生意的种种错综复杂情况，债务，税务，苛捐杂税，尽力体会“做生意人”的心境，深入了解这种心境，想他所想的，向往他所向往的。她的真诚希望就是实事求是观察事物，而不是想入非非。她设法靠自己的努力来多少了解一点事实真相，希望所了解到的那一点端倪足以指引她前进。

她终于认为：“罗伯特的精神状态的确与我不同。我只想到他自己，他却没有空想到我，也没有机会想到我。那种叫做爱情的东西，两年来一直是我心里最主要的感情，总是在那儿，总是醒着的，总是在骚动。而吸引他的思想的，控制他的官能的却完全是另外一种感情。他这会儿站起来了，准备离开礼拜堂了，因为礼拜已经做完。他会回过头来朝我这一排望一下吗？——不——一次也没有——他看也不看我一眼。这真狠心。哪怕是客气地看一眼也会叫我快乐到明天。他一眼也不看我，他就是不肯看一眼，他已经走了。说来也怪，只因另一个人的眼睛不肯看我一眼，这会儿那阵悲伤就堵得我几乎喘不出气来。”

那个礼拜天晚上，马龙照例又跑来陪他的教区长。卡罗琳喝过茶后，回到自己寝室去。范妮摸熟了她的脾气，已经为她生了一小炉旺旺的火，因为天气很阴冷，而且起风了。她孑然一身，寂静地关在屋里，除了左思右想，她能做些什么呢？她轻轻地在铺着地毯的地板上踱来踱去，低挂着脑袋，叉起双手，坐下来也嫌讨厌。思潮在她脑里迅疾奔跑。今儿晚上，她激动得话都说不出了。

屋里阒无声响，整个房子阒无声响。书房的双道门使得外面听不到男人的声音，仆人们都静静地待在厨房里，在看年轻的女主人借给她们的书，看她对她们说是“适宜礼拜天阅读”的那些书。她自己呢，也有类似的另一本书摊在桌上，但是，她看不进去，书上那套神学她懂不了，她自己的心里太忙，太杂，太乱了，听不进另一种心思的语言。

再说，她的想象里也挤满了许多画面：穆尔的种种形象；他和她在一起的种种情景；冬天炉边的速写；炎夏午后同他在南尼利林深处一起的印象鲜明的风光；和煦的春天或者丰腴的秋天那种神妙的插画似的时刻，那会儿，在洼地的矮树丛里，她坐在他身边，侧耳细听5月布谷鸟的鸣叫，或者共尝9月的坚果和熟透的黑草莓——这种野果是她早晨兴致勃勃地采在一只小篮子里后，盖上几片绿叶，几朵鲜花，她午后的乐趣就是一枚一枚、一颗一颗给穆尔吃草莓和坚果，有如一只鸟儿在喂它的雏儿。

罗伯特的相貌、形体一直萦绕着她；他的声音十分清晰地回荡在她耳际；他那不多的几次抚摸似乎又叫人感觉到了。可是，这些乐趣因为是空幻的，不多久就消失了。画面变淡了，声音没有了，幻影似的握手在她手里变得冰冷，曾经盖在她额头上的暖热的唇印，这会儿使人觉得像是滴过雨夹雪的水珠。她从幻境回到了现实世界：原来她以为是6月的南尼利林的，却是看到了自己的狭窄的房间；她以为是鸟儿在幽径中啼啭的，却是听到了雨打窗格的声响；她以为是南风的轻声太息的，却是凄凉的东风的呜咽声；她以为是自己跟穆尔的雄伟的身躯在一起的双双形影的，却是自己的映在墙上的模糊身子细淡的影像。她从那个映出自己的轮廓的灰淡形影中回过身来，从那低垂着模糊的脑袋和毫无色泽的辫发的沉思中苏醒过来，她坐了下来——一动不动也许更适合她这会儿的颓丧的心境——她自言自语地说：

“我也许还要活到七十岁。我知道自己身体很好，在我前面还有半个世纪的生活。我该怎样过下去？我该怎样填补那段铺展在我与坟墓之间的时间空隙？”

她苦思冥想了。

“看来我是不会结婚了，”她继续想下去，“我想，既然罗伯特不爱我，我就再也不会有丈夫好爱了，也不会有小孩好照管了。我最近还十拿九稳地想靠做个贤妻良母来过活呢。不知怎的，我总是理所当然地认为，我已经生就了这种通常的命运，不必再为寻求别的命运而烦恼了，可是，现在我清清楚楚地看到，我也许是想错了。我大概得做老处女。我会亲眼看见罗伯特同别人，同个有钱小姐结婚。我决不结婚。我不知道造物主为什么要造我出来？天下哪儿是我的去处？”

她又沉思下去。

“啊，我明白了，”她立即想下去：“这是个大多数老处女不知道如何解决的问题，别人在替她们解决这个问题时这样说：‘你的本分就是为别人做好事，随时去帮助需要帮助的人。’这话在某种程度说来是正确的，而且对于持有这种看法的人来说，也是种十分方便的道理。不过，我看到某一类人往往总认为，另一类人必须为他们而牺牲自己的生活，为他们效劳，于是，他们就以表扬作为报答。他们管这些人叫做忠实的人，善良的人。这就够吗？这就是生活吗？因为你缺少一种可以使自己生活下去的东西，你就得为别人而牺牲自己的生活，这种生活难道不是极其空虚，可笑，匮乏和渴望吗？我怕是这样。难道善良就在于否认自己吗？这个我可不信。过分谦逊会产生暴戾；软弱让步会产生自私。天主教特别教人要抛弃自己，服从别人，可是，任何地方都找不到像天主教教士队伍中那么许多贪婪的暴君。每个人都有他自己的一份权利。我想，如果每个人都知道自己的命运，而且像殉道者信守他的教条那样坚信自己的命运的话，这将有助于全人类的幸福与福利。这些就是在我心头汹涌奔腾的奇思怪想。这些都是正确的想法吗？我不能肯定。

“唔，生命充其量也是短促的。据说，七十年就像昙花一现般过去，像一个人做过一场梦后醒来一样。人生旅途都有个尽头——坟墓，这是这个大地球表面的一个小缝儿，也是那个手持大镰刀的大庄稼汉放下种子的犁沟，种子是他打成熟的枝茎上抖下来的，种子落在沟里，腐朽了，等到世人再把泥土翻几翻，它又爆出新芽来。躯体也是如此。灵魂振翅高飞上去，在那镜子似的火海岸边合拢翅膀，打红亮的火光中俯望下来，看到映出了基督教的三位一体神——万能的主，沉思默想的基督，造物主。这种话至少一直被用来表达没法表达的话，描摹无法描摹的事。此后谁能猜到灵魂是真是假？”

她炉子里的煤火已经烧成渣渣，马龙也走了，这会儿，书房里响起做晚祷的铃声了。

第二天，卡罗琳得完全是独个人待在家里，她叔叔去同他的朋友，惠因伯利的教区长博尔特比博士一起吃饭了。她整天都是用这种语气在内心里谈话，展望前途，自问她该怎样处理生活。范妮专心一意在做杂务，偶尔打屋里进出一趟，看到她的年轻女主人静悄悄地坐在那里。她总是坐在一个地方，总是勤勉地伛着身子在做活计。她像往常那样，不抬起头来同范妮谈话，待到范妮说今天天气很好，她应该去散散步，她才说——“天冷。”

“你活计做得十分勤苦，卡罗琳小姐，”那姑娘一边走近她的小桌，一边说下去。

“我真做得发腻了，范妮。”

“那么，你干吗要做下去？放下来。看看书，或者做点儿让你觉得有趣的事情。”

“家里真冷清，范妮。你不觉得是这样吗？”

“我倒不觉得这样，小姐。我和埃利萨可以彼此做伴，你可是太冷清了，你应该出去看看朋友。现在，请听我劝告，到楼上去打扮得漂漂亮亮，然后到曼小姐或者安利小姐那里去亲亲热热地喝喝茶。我肯定这两位小姐都高兴见到你。”

“可是，她们的家都很凄凉，她们两个都是老处女。我肯定，老处女都是十分不快活的人。”

“她们不是十分不快活的人，小姐。她们哪里会不快活，她们都那么关心自己。她们都是自私的。”

“安利小姐倒不自私，范妮，她总是在做好事。她对她后母，在那位老太太活着的时候，一直十分忠诚体贴。眼前她可说只是单身一人在这世上，没有兄弟姊妹，也没有谁照顾她。可是，只要她做得到，她对穷人多么慈善！但是，谁都不重视她，谁都不高兴去看看她，那些男人又总是那么讥笑她！”

“那些男人真不该讥笑她，小姐，我相信她是个好女人。不过，男人看小姐只看外貌。”

“我要去看看她，”卡罗琳高声说，猛然立了起来，“要是她留我喝午茶，我就留下来。如果因为人家长得不漂亮，不年轻，不快活，就不去理人家，那可多不对呀！我也一定要去看看曼小姐，她为人也许不很亲切，可是，她为什么会不亲切？她过的是怎样一种生活？”

范妮帮赫尔斯通小姐拿开活计后，又帮她打扮。

“你决不会做老处女，卡罗琳小姐，”她一边说，一边给她束棕色绸连衫裙的腰带，刚才还把她那浓密的、柔软发光的鬈发梳得光光的。“你浑身一点儿也没有老处女的影子。”

卡罗琳望着面前的小镜子，认为自己有些老处女的影子。她看得出，最近一个月来，自己变样了，脸色比从前苍白，眼睛也不同了——四周似乎有圈阴影，面容没精打采的。一句话，她已不像过去那样漂亮，那么鲜艳了。她隐约地把这一点告诉范妮，却没有得到范妮的直接回答，范妮只是说，人的外貌确实会变，可是，在她这种年龄稍微有点消瘦，算不了什么——她很快又会胖起来，还会比过去更丰满，更艳丽。范妮下了这个保证后，特别热心地给她披上暖热的斗篷和头巾，直弄得卡罗琳差不多给闷得透不过气来，只得要求别再给加上什么东西。

她串门儿去了。先去拜访曼小姐，因为这是最难以应付的一个目标，曼小姐肯定不是个很可爱的人。直到目前为止，卡罗琳总是毫不迟疑地说她不喜欢曼小姐，她还不止一次地同她表哥罗伯特一起嘲笑过曼小姐一些怪癖。穆尔并不是生就要嘲弄人家的，尤其不爱嘲笑任何比他低微，比他差的人。不过，有一两次，碰巧他在房间里，曼小姐来拜访他的姊姊，他听了她的谈话，端相一下她的面貌后，就跑到园子里，他那位小表妹正在那儿照料他心爱的一些花草，他就站在她旁边，眼睛尽瞅着她看，不禁拿美丽的年轻姑娘——长得纤巧又吸引人的——同萎瘪、面如土铅、毫不可爱的女人做对比来取乐，还调侃地把那个苦恼的老处女的酸溜溜的说话，再说一遍给这个满面笑容的姑娘听。有一次，也在这种场合中，卡罗琳打繁密的爬藤架中抬起头来，对他说：

“啊！罗伯特，你不喜欢老处女。如果我是个老处女，我一定也会成了你挖苦的对象。”

“你是个老处女！”他当时答道。“长着这种色泽和形态的嘴竟会说出这话来，倒是有趣。不过，我可以想象，你即使到了四十岁，穿得很素净，面色不很好，面孔瘦凹了，可是，那只鼻子还是很直，额头还是很白，眼睛还是很柔美。我还认为，你的声音准不会变，那是比曼小姐的又粗又沉的嗓子又高一着的‘音色’。拿出勇气来，卡利[①]！——你即使到了五十岁，也不会叫人讨厌。”

---

① 卡利，卡罗琳的昵称。

“曼小姐并不是自己要变成这样，也不是自己要把嗓子弄成这样的，罗伯特。”

“造物主造她的时候，心情就跟在造荆棘时一样。反之，造物主却把5月的早晨辰光留来造出另一些女人，那时候，有阳光，有露珠，造物主能够使草地长出樱草来，林地的苔藓长出百合花来。”

卡罗琳被引进曼小姐的小客厅后，就发觉自己(她总是这样发觉自己)置身在十分齐整、清洁和舒适的环境里(说到底，这不是老处女的优点吗？正因为孤独，老处女就不大会懒散或者杂乱无章)；擦亮的家具，一尘不染，地毯也是这样，桌上花瓶里插着鲜花，炉格子里一炉明火。她拘谨而有点整洁得可怕地坐在一张铺着垫子的摇椅里，双手正在忙着编织，这是她最喜欢做的活儿，因为不必花什么大力气。卡罗琳进去时，她简直身子也不挪一挪，避免激动是曼小姐的生活宗旨之一，她从早晨下楼来到现在，一直就这样安静地坐在那儿，刚刚有点恬静得赛似昏睡的时候，客人的敲门声把她吓了一跳，使她放下她日常的活儿来。因此，她看到了赫尔斯通小姐，并不是很高兴的。她冷淡地接待卡罗琳，严肃地请她坐下，等到卡罗琳在她对面坐下了，她便拿眼睛盯着对方看。

这并不是寻常的劫数——让曼小姐的眼睛这样盯着看。罗伯特·穆尔就曾经被她盯着看过一次，从此忘不了这一情况。

他认为这很可以同美杜莎[1]的所作所为相媲美。他说他不知道经她那么一看，他的肉体是否还会像以前一样——他身上的肌理会不会有什么地方变得像石头一样硬。那个眼色竟然对他有如此影响，使他不得不连忙离开那屋子和那个房子；甚至使得他径直奔到教区长住宅，

① 美杜莎，希腊神话中三魔女之一，据说人一被她看了，立刻就变成石头。后为宙斯之子柏修斯所杀。

面孔十分古怪地出现在卡罗琳跟前，要她当即来个表示表兄妹致敬的接吻，整治他刚才所受到的损害，弄得卡罗琳不胜惊愕。

作为一个女性来说，曼小姐的确有一双可怕的眼睛：眼珠突出，叫人看到大量的眼白，一动不动，一眨不眨地直盯着你看，仿佛那是装在她脑袋瓜子上的钢球。当她一边看着你，一边以一种难以形容的冷淡、单调的声调——一种毫无抑扬顿挫的声调——开口说话的时候，你会觉得仿佛是个凶神恶煞的雕像在对你说话。但是，这都不过是种错觉，是种表面现象。曼小姐那恶煞似的凶相简直就跟成百成千美人的娇柔仙姿没有什么不同。她是个十足敦厚、方正的女人，她一生为尽义务而经历的严重痛苦，准会叫许多眼睛温柔得像羚羊似的、头发梳得丝绸一般光滑、口若悬河的人间谪仙吓得退避三舍。她独自经历过连绵不绝的苦境，受过严格的自我克制的锻炼，为别人而在时间、金钱、健康上作出了巨大的牺牲，结果得到的却是忘恩负义的酬报。现在，她的主要的（可以说是她唯一的）缺点据说就是爱吹毛求疵。

不错，她是个爱吹毛求疵的人。卡罗琳还坐不到五分钟，还在让那可怖的妖魔的眼色看得出神的时候，她的女主人就开始精神抖擞地严厉批评附近一些人家了。她在这样说三道四时，态度异常冷静，从容不迫，就像个外科医生在用手术刀处理一个没有生命的东西一样。她几乎是一视同仁，她简直不承认有什么好人；她差不多把她认识的人全都公正无私地拿来解剖。倘使她的听者冒昧地不时插进一句辩护的话，她就带着一种不屑的神情置之不理。不过，尽管在精神解剖上她是这样铁面无情，她却不是个传播丑闻的人。她从来不散播真正恶毒的或者危险的流言蜚语；与其说是她的心地不好，不如说是她的脾气不好。

卡罗琳还是今天才第一次发现这种情况，因此，她十分感动，为自己过去不止一次对这位乖张的老处女作了种种不公正的评价而感到内疚。她开始和蔼地同曼小姐谈话，不是说同情的话，而是带着同情的声气。女主人那种孤苦伶仃的处境突然使客人产生一种新看法，也使她对女主人那丑陋的外表：脸色苍白，毫无血色，因历尽艰辛而皱纹百结产生了新看法。这姑娘对这个孤独而苦恼的女人顿生怜恤之情。客人的面容充分说明了她的内心感情，这张温柔的脸从来没有像这会儿这样温柔，因为这时候心里十分激动，脸上便露出一种怜悯的柔情。曼小姐看到客人对她露出这种神色，不免也大为感动。她知道自己也因此而出乎意料地露出了高兴的神色，坦率地回答对方的问话，因为她平常所碰到的全是冷淡和讥笑。她通常是不谈她自己的私事的，因为谁都不喜欢听，可是，今天她却变得这样健谈，她的知心朋友一边听她说话，一边流泪，因为她说了种种悲惨的、慢慢消耗的、难以对付的苦难。难怪她像具僵尸那样；难怪她显得这么冷酷，从无笑容；难怪她要避免激动，要保持安静！卡罗琳在知道这一切后，她认为，与其说应该责怪曼小姐愁眉苦脸，倒不如说应该钦佩她那种坚强不屈的精神。读者！如果你看到有种面貌，经常愁眉苦脸而不知其所以然，看到有种面貌始终是一副愁相却找不到明显的原因，因而使你非常生气时，那么，肯定是在什么地方害了溃疡病，而且因为很隐蔽，它的腐蚀性准是相当厉害的。

曼小姐觉得对方已经多少了解她了，于是希望人家能更进一步了解她；因为不管我们年纪多么大，多么平凡，多么低微，多么孤单，多么苦恼，只要我们心里还有一丝生命的火花，我们的心也就有（虽说是索索抖的、迹近暗淡的余烬）一种如饥似渴的、幽灵也似的渴望得到人家的赏识和爱慕。人们对这个衰弱的幽灵，也许一年连块面包皮都不肯抛给它；可是，等到饥渴成灾——等到大家都忘记一间摇摇欲坠的房子里还有个奄奄待毙的房客的时候——天老爷顿时记得了这个悲伤的人，于是灵粮像阵雨似的抛下来，可惜那只嘴巴已经再也吃不进这种人间营养品了。《圣经》上的种种诺言，起先是在身体健康时听到的，可是，后来是未受注意地来到病榻跟前悄悄耳语了，于是，人们认为慈悲的上帝注意到了人类被抛弃的情况，人们不禁想到，也要依靠耶稣的慈悲怜悯了：失神的眼睛，越过“时间”瞪眼望着，看到一个“家”，一个“朋友”，一个“永恒”的“避难所”。

曼小姐的客人听得如此入神，使她欲罢不能了，她只得继续谈她过去的遭遇。她说得像个吐露真情的人一样——朴实而带点含蓄：她既不吹嘘，也不夸大。卡罗琳这才知道这个老处女过去是个最忠实的女儿兼姐姐，是个不知疲倦的看护，服侍过许多缠绵枕席的病人。她因为长期不断服侍过病人，现在毒害她自己生命的毛病就是由此而来的，她曾经帮助过一个陷于自作自受的堕落深渊里的倒霉的亲戚，是她亲自使他摆脱精穷的困境。赫尔斯通小姐整个黄昏都待在那里，忘记去拜访另一位原先打算去拜访的小姐。当她离开曼小姐的时候，她打定主意以后一定要原谅她的缺点，决不再看不起她的怪癖，不再取笑她的朴素，尤其是决不再冷淡她，要一个礼拜到她那里去一次，至少要向她衷心表示敬爱，她觉得她现在能够诚挚地对她表示一点敬意了。

卡罗琳回到家后，对范妮说，她出去一趟后，十分快活，因为她串门后，觉得精神好多了。第二天，她并没有忘记去找安利小姐。这位小姐的景况比曼小姐还要差，住的地方也更简陋。不过，如果还说得过去的话，就是更其整洁，虽然这位中落的小姐雇不起用人，而是自己料理家务，只是偶尔有个住在附近的小姑娘来帮一下忙。

安利小姐不仅比较穷，甚至比另外那位老处女还更朴素。她年轻的时候，一定是长得很丑，现在，到了五十岁的时候，她显得十分丑。初眼一看，除了特别富有修养的人，谁都不免望而生畏；对她怀有成见，只因她长得不美。不过，她的衣着和风采倒是十分端庄，外表、谈吐、动作完全是个老处女。

她欢迎卡罗琳时(即使是很和蔼——因为本来就是很和蔼)，十分讲究礼节。但是，赫尔斯通小姐不计较这一套。因为她知道这位戴着浆硬的头巾的人有颗仁慈的心。所有的邻居——至少所有的女邻居——都对此有所了解。除了那些年轻活泼的先生和认为她丑陋的那些不识相老头子，谁都不说安利小姐的坏话。

卡罗琳在那间小客厅里不一会就感到很自在，一只亲切的手接过了她的斗篷和小帽后，就要她坐在炉边最舒适的座位上。一老一少顿即亲切地交谈起来，不一会，卡罗琳就知道这位最恬静、无私、仁慈的人是能够开诚相见的。她从不谈她自己——总是谈别人。别人的缺点她都略而不提；她谈的是自己如何生方设法去满足别人的需要，如何极想减轻别人的苦恼。她是个笃信宗教的人——一个宗教专家——是个可以称为“圣徒”的人，她提到宗教时，往往都用严格的词汇——那种词汇，凡是认识荒谬、没有正确鉴别和真正判断是非能力的人，一定会认为是一种适宜讽刺的材料——是种可以模仿和取笑的资料。但是，尽管他们费尽心机，一定会大错特错。诚恳决不是荒谬可笑的；诚恳总是值得尊敬的。不管真理(不论是宗教的或道德的真理)是否胜于雄辩，用字遣词是否妥当，真理的声音都应该肃然恭听。奉劝那些不能肯定，不能很好地分辨虚伪与诚恳声调的人，千万不要瞎笑一气，免得他们因为笑错了而大倒其霉，免得他们在自以为富有机智的时候却犯了亵渎大罪。

卡罗琳虽然不是从安利小姐自己嘴里听到她的种种善行，可是，她对此都深有了解。安利小姐的慈善行为是白莱亚菲尔特的穷人熟悉的谈资。那并不是什么施舍的事情；这位老处女太穷，施舍不出多少东西，不过，如有必要，她也会拼命束紧腰带，捐献出自己的一点点意思来。那都是妇女慈善团[1]的工作，做起来远比慷慨太太[2]的工作还更困难。她可以去看护任何一个病人；她似乎什么病都不怕；她会照护谁都不肯去照护的最穷的人；她对一切事情都很恬静、谦卑、和善、心平气和。

她一生做了这许多好事，却得到很少的酬报。许多穷人对于她的照顾似乎已是习以为常，因此，他们也不大向她称谢。有钱人听到人家提起这些事情，惊奇之余，不声不响，因为一想到她那牺牲精神同自己的牺牲精神，差别如此之大，不免有羞耻之感。许多太太小姐，虽然极其尊重她，但那是不得不如此罢了。有一位先生——只有一位——同她十分友好，而且完全信任她，这人就是南尼利的教区长霍尔先生。他说，而且是老老实实地说的，她的生活比之他有生以来所碰到的任何一个人都更接近于基督的生活。读者，你千万不要以为我在描摹安利小姐这个人物时，是在刻画一个出自想象的虚构人物，不，我们只是在现实生活中找到这样一些肖像的原型罢了。

赫尔斯通小姐这会儿把她所了解的这个人和她的心地仔细研究过了，她觉得并没有什么值得羡慕的高超才智，这个老处女不过是通情达理罢了。可是，她发现了这许多优点，这许多有益的东西，这许多温和、忍耐、忠实的特点后，不禁对安利小姐肃然起敬。比起这位善良女人那种实事求是的美德来，她自己那种爱好自然，美感，比较复杂而狂热的感情，比较深沉的思想能力，比较广泛的理解力等等，都算得了什么？刹那间，这些似乎只是自私的嗜好的徒有其表的美，她在心里把这些所谓“美”统统拿来踩在脚下。

---

① 妇女慈善团，罗马天主教会的修女慈善团。

② 慷慨太太，法国喜剧作家法夸耳（1678—1707）所著喜剧《好计谋》（1707）中的女主角，以慷慨好施著名。

不错，她依然苦恼地觉得，使安利小姐快活的那种生活，却不能使她自己快活，尽管这是纯洁而积极的生活，可是，在心底里，她却认为这种生活极其凄凉，因为在她想来，这种生活是如此缺乏爱情，如此可怜。然而，她又想，毫无疑问，这只要养成习惯，使这种生活对任何人都切合实际，适宜就行。她觉得多愁善感地悲伤，暗自哀痛，空自回忆往事，都是可鄙的，到头来，毫无生气，把青春浪掷在悲痛郁闷中，到得老来一事无成。

“我一定要振作起来，”她下了这样的决心，“即使我不能做什么好事，也要设法聪明起来。”

她开始问安利小姐，她能否帮她做点什么事。安利小姐很高兴有个助手，就告诉她说，她能帮着做些事情，还指出，白莱亚菲尔特有几个穷苦人家，她不妨去访问一下，在她进一步要求下，安利小姐又要她为一些多子女的穷苦妇女做些事情，这些妇女都做不来针线活儿。

卡罗琳回到家里，定了计划，下了决心，一定要按这些计划做下去。她安排出一部分时间来做各种学习研究，再拨出一部分时间来做安利小姐可能要她做的任何事情，其余的时间用来做做运动，决不剩下一分钟时间来胡思乱想，损害身心，像她上个礼拜天晚上那样。

天公地道地说，她诚实而坚定地执行了她订的计划。这种工作从头，甚至到底都是十分难做的，不过，这种工作有助于她防止与抑制苦痛，迫使她不得不去做，不许她沉思默想。每当她觉得自己做了些好事，给人快活或者为人分忧解愁的时候，那种愉快的闪光就能随时照得她那灰溜溜的生活也有点儿光彩。

然而，我得说老实话，这种种努力并没有使她身体健康，也没有使她继续心境平静。作了这种种努力后，她精疲力竭了，变得更其郁郁寡欢，面色也更苍白了；作了这种种努力后，她仍不住反复想着罗伯特·穆尔的名字，凭吊往事的哀歌依然经常回荡在她耳鼓里，内心里的送葬哭声一直萦绕着她，折磨着她，消沉的意志，衰弱瘫痪的官能，这两个沉重的负担都慢慢地歇落在她那活泼的青春上。冬天似乎征服了她的春天；心里的土壤和它的宝藏都逐渐冻结成贫瘠的荒地。

第十一章
菲尔赫德

然而，卡罗琳不肯就此乖乖地屈服。她那少女的心里有股天生的力量，她就利用这股力量。男人和女人在单枪匹马奋斗时，从来都没有奋斗得如此艰辛，没有证人，没有顾问，没有知心朋友；没人鼓励，没人咨询，没人怜恤。

赫尔斯通小姐就是这般处境。她的痛苦就是她唯一的鼓舞力量，这种痛苦因为是十分真实，十分猛烈，所以强烈地激发了她的精神。她专心一意要战胜这致命的苦痛，便竭尽全力来扑灭这苦痛。从来没有看到她这么忙碌，这么专心，尤其是这么生气勃勃。不论什么天气，她都出去散步——到荒僻地区去作漫长的散步。她天天都到晚上才回来，脸色灰白，十分疲累，但是，表面上却不像疲乏，而且，她一脱下帽子和斗篷，并不休息，而是开始在房里踱来踱去，有时候，她不走到真正要昏厥了，决不肯坐下来。她说，她这样做是要把自己累个够，晚上就能睡得很熟。不过，如果这是她的目的的话，那是没法达到的，因为，到得晚上，别人都沉睡了，她还在枕头上翻来翻去，或者就在黑暗里坐在床尾，显然忘记必须设法休息。不幸的姑娘呵！她还常常在哭呢——哭得那么凄惨，叫人听了难受。每当悲伤向她袭来的时候，就把她的力量摧毁殆尽，使她变成个孤苦无依的小孩。

每逢这样疲惫时，种种诱惑就来包围她，懦弱的意见在她疲惫的心里悄悄耳语，要她给罗伯特写信，还说她之所以不快活是因为她叔叔不许她去看他和霍顿斯的缘故，说是她担心他会同她断绝友谊（不是爱情），完全把她忘却，她应该求他记住她，有时给她写信。这种信她倒真的写过一两封，只是她从来没有发出去：羞耻和良知使她没有这样做。

最后，她所过的生活已经到了她似乎不能再忍受下去的程度了，她必须设法改变一下生活，要不然，她的心和脑准会在这种紧张的压力下垮了。她渴望离开白莱亚菲尔特，到一个十分遥远的地方去。她有另外一种渴望：要发现和知道她母亲的下落，这种深切而悄悄的渴望日见增长了。可是，随着这种愿望而来的是一种疑惑，一种恐惧——如果找到她了，她会爱我吗？迟疑不决和害怕的原因就在这一点上：她生来没有听到人家称道过她的母亲，谁提到她，总是十分冷淡。她的叔叔似乎对他那个嫂嫂怀有一种不言而喻的嫌恶，有个老仆人，在詹姆斯·赫尔斯通太太结婚后曾经和她短时期生活过，她每回提到先前的女主人，总是说得十分冷淡，有时候，管她叫“怪物”，有时候，又说并不了解她。这种种说法就像搁在做女儿的心头的一块冰，这些说法不免使人得出这样一个结论来：与其找到了母亲而不喜欢她，也许还不如永远别去找她为好。

但是，她所能想到的一个计划（如果实现了的话），似乎可能给她带来一线安慰的希望。那就是去找个家庭教师的位置——别的事情她做不来。后来，偶然一件小事情终于使她鼓起了勇气，把这个打算向她的叔叔透露出来。

上面已经说过，她总是在冷落的大道上作漫长的散步，回来很迟。但是，不论她在哪个方向徘徊，不论她是沿着斯蒂布罗泽地的荒凉的边缘，还是跨过那片阳光满溢的南尼利公地，她回家的时候，总是设法走靠近洼地那条小路。她不大到那个豁谷下面去，但是，她几乎总是在星星升起在山头的黄昏时分，就到豁谷旁边去。她歇脚的地方就在那一簇老荆棘下面的一个篱门踏级那儿，从那里，她可以居高临下地望着那间小屋，那个工厂，那片雾蒙蒙的庭园，那个又静又深的水闸；从那里，可以看到那个熟悉的账房间窗户，那个窗格，在特定的时间，那盏熟悉的灯就会突然发出灿亮的灯光来。她就是专程到那里守候这支灯光，看到灯光就是不虚此行，有时候，灯光在晴空里光芒四射，有时候，透过迷雾闪着蒙光，再有时候，在斜风细雨里，灯光一闪一逝——因为她是风雨无阻地来到这里的。

有的夜晚见不到灯光，她就知道罗伯特不在家，她只得倍加愁伤地走开了；反之，灯光照耀使她精神百倍，仿佛她在灯光里看到了一种含有模糊希望的诺言。如果在她凝眸注视时，有一个伛着身子的人影闪现在灯光与格子窗间，她的心便猛地一跳——那个影子就是罗伯特，她看到他了。她就会称心如意地回家，心里就对他的面貌有个更清楚的幻影，更明晰地想起他的声音、笑容、举止，而同这种种印象交融在一起的往往就是一种愉快的信念，认为如果她能接近他，他的心也许还会欢迎她。在这种时刻，他也许会乐于伸出手来，把她拉过去，让她待在他身边，像过去那样。那一夜，虽然她还像往常一样哭泣，她却觉得眼泪并不那么烫，被泪水洒湿了的枕头也似乎柔软了一点，压着枕头的两鬓也不那么痛了。

从洼地到教区长住宅，有条最近便的路，在一座大厦旁边蜿蜒而去，也就是本书第一章已经提到的，马龙在赶夜路时打它那冷寂的墙边经过的那座大厦，就是那座名叫菲尔赫德的无人居住的老宅。屋主已经让它空了十年，可它并没有毁坏：约克先生一直细心照护，将它修缮得很好，里边住着个老园丁和他的妻子，栽培花木，把房屋保持得适于居住。

如果菲尔赫德尚有作为大厦的少数优点的话，那么，它至少可以说是富于画趣：它那无规律的建筑样式，加上由于时间推移而显得灰蒙蒙兼有苔藓的色泽，使得它这所谓富于画趣正好名副其实。古老的格子窗，石门廊，墙壁，屋顶，高烟囱，都是富有蜡笔画风味，兼有水墨画的明暗浓淡的特色。屋后的树木优美、雄伟、茂盛；屋前草地上那棵杉树昂然屹立，花园围墙上的花岗石缸，回纹装饰的拱门，在艺术家看来，都十分赏心悦目。

5月一个傍晚，天气温暖，卡罗琳走过那儿时，月亮正要上升，她虽然觉得疲累不堪，却还不愿意回家。在家里，等待她的不过是那只荆棘也似的眠床和痛苦之夜。她在大门旁边的苔藓地上坐了下来，凝望着里边那棵杉树和大厦。这是一个静谧的夜，平静无风，露珠闪结，长空无云；朝西的山形墙，反照出了它所面对着的天边的明朗的琥珀色。后边的橡树黑黝黝的，杉树更其显得墨黑。在浓密的杉树下，乌黑的枝丫露出一线湛蓝凛然的天空：原来是一轮满月出来了，它庄严而温柔地从那昏暗的天盖下直照在卡罗琳身上。

她觉得今儿晚上和景色既可爱又可悲。她但愿自己能快活；但愿能够找到内心宁静。她弄不懂上苍怎么不怜恤她，帮助她，安慰她。她想起了古老民歌所记载的那些情人的快活幽会，她认为，在这种境地里作这样的幽会一定是至福的。罗伯特这会儿在哪儿？她问道。不在洼地。她已经为他那盏灯守了好久，却没有看到灯光。她不禁在心里自问：她和穆尔是否就此注定不能再见面、再谈话了。突然之间，门厅的石门廊里一扇门豁然开来，有两个人走了出来：一个年长的，满头白发；另一个年轻的，深色头发，高个子。他们穿过草地，打园墙的一个正门走了出去。卡罗琳看到他们跨过大道，经过栅门，朝地里走去。她看到他们消失了。罗伯特 · 穆尔同他的朋友约克先生刚才打她面前走过去。他们两个都没有看到她。

那个幻影倏忽而逝——还没有看清楚就消失了。可是，那个幻影像通了电似的使她的血管燃烧起来，心如潮涌了。这个幻影使她悲观绝望；使她不顾一切——两种不同的状态。

“啊！要是只有他一个人就好了！要是他能看到我就好了！”这就是她的叫喊，“他准会说些什么话，他准会对我伸出手来。他真会，他一定会爱我一下，他准会有点儿爱的表示：在他眼睛里，在他嘴上，我就可以得到一点儿安慰。可是，这个机会已经失掉了。风儿——云影也不会比他去得这么无声无息，这么无踪无迹。我受到了嘲弄，上天真残酷！”

于是，她怀着渴望又失望的极度苦痛心情回家了。

第二天早晨，吃早饭时，她双颊灰白，愁眉苦脸，像个见到了魔鬼的人，她问赫尔斯通先生：

“叔叔，我要到一户人家去找个职位，你可有什么意见吗？”

她的叔叔，像那张摆着咖啡杯的桌子一样，完全不知道他的侄女过去和现在所发生的变化，这当儿，简直不相信自己的耳朵。

“这会儿又有什么怪念头啦？”他问。“你着了魔啦？你打算怎样啦？”

“我不舒服，需要改变一下，”她说。

他朝她端相一番。他发现她确实改变了。他不知不觉间，那玫瑰花似的脸蛋已经凋萎憔悴得只成一小朵雪花了：花谢，叶枯。她坐在他面前，垂头丧气，面无血色，十分消瘦。要不是她那双棕色眼睛还有点儿柔和的神色，脸上那些纤巧的线条，一头浓密的秀发，那她是再也配不上这个形容词——“俏丽”了。

“你究竟怎么啦？”他问。“怎么啦？病了吗？”

没有回答，但见棕色的眼睛泪盈眶，苍白的嘴唇在发抖。

“去找个职位，真说得好！要找到什么适合你的职位？你这一向在做什么？你身体不舒服啦。”

“我要是离开家，就会舒服。”

“这些个女人真是不可理解。她们就有那么最奇妙的招数，冷不防地吓你一下，教你不痛快。你今天看到她们活蹦乱跳，丰满娇媚，红得像樱桃，圆得像苹果，可明天，她们却显得像枯草那样疲惫无力，面色刷白，完全垮了。可究竟是什么原因呢？是个谜。她有饭吃，有自由，有好房子住，有好衣服穿，同过去一样。刚才还是那么漂漂亮亮，快快活活，可一忽儿工夫，她就坐在这里，变成只可怜的小灰猫，在抽抽噎噎了。真惹火！接下来的问题是，该怎么办？我想我得去找人来商量商量了。要找个医生来吗，孩子？”

“不要，叔叔，我不要找医生，医生治不好我。我只是需要换换空气，换换地方。”

“唔，如果就是这种怪想的话，那倒可以满足。你可以到矿泉去，费用我倒无所谓，范妮可以陪你去。”

“可是，叔叔，有朝一日，我总得自己做点事，我又没有钱。我还不如现在就开始好。”

“只要我还活着，你就不用出去做家庭教师，卡罗琳。我不愿意让人家说，我的侄女是个家庭教师。”

“可是，叔叔，一个人的生活，越是变化得迟，越是困难，越是痛苦。我倒巴不得趁我的安逸和依赖的习惯还没有定型，先习惯那种受束缚的生活。”

“我请你不要折磨我，卡罗琳。我存心要供养你。我一直存心要供养你，我可以拿到一笔年金。啧啧！我还不过五十五岁，我的健康和身体都很好，要节约和采取措施，时间还有的是呢。别自找麻烦急着去想未来。你焦急的就是这事么？”

“不，叔叔，可是，我急盼要改变一下。”

他哈哈一笑。“看这个女人说的！”他大声说，“这个女人！——改变！改变！总是异想天开，瞎转念头？唔，女人么就是这样。”

“可是，叔叔，这并不是异想天开，瞎转念头。”

“那么，是什么？”

“需要，我想是。我觉得比从前衰弱了，我相信我应该多做些事情。”

“钦佩之至！她觉得衰弱，因此，她应该去做苦工——‘一清二楚’——像穆尔一样——混蛋穆尔！你可以到克利夫·布里奇去一次，拿两个几尼去买件新连衫裙。好，卡利，别怕，我们总可以在基列找到香油[①]。”

“叔叔，我希望你少慷慨一点，多——”

“多什么？”

同情这个词儿已经到了卡罗琳嘴边，可是，她没有说出来，她及时咽了下去。如果把这个愚蠢地感情用事的词儿漏了出来，她叔叔准会哈哈大笑。她叔叔看到她不开口，就说道：

“其实是，你也不知道自己究竟需要什么。”

“只想做个家庭教师。”

“啐！简直是胡扯淡！我不要听到做家庭教师这句话。别再提啦。这真是太柔弱的一种奇想。我早饭吃好了，你摇一摇铃，把所有的奇思怪想都打你脑袋里出清，跑去消遣消遣吧。”

“找什么消遣？找我的布娃娃吗？”卡罗琳一边走开，一边心里想。

一两个星期过去了，她的身体和精神既没有好起来，也没有坏下去。她现在就是这般情况，如果她体内有肺病，衰弱病，低热这些病根，这些毛病就会迅速发展，不久就会使她悄悄地离开人世。人决不会单单因为爱情或者悲伤而死的，虽然有些人是因为原来的旧疾而死的，那是由于失恋的苦痛提前迫使旧疾发生破坏作用的缘故。本来身体健康的人，一旦经受这种苦痛，身心受到折磨，震动，毁损，虽然玉颜销歇，春华落尽，生命却仍存在。她们逐渐衰颓；变得脸色苍白，身体虚弱，憔悴消瘦。人们看到她们毫无生气地晃来晃去，不免

---

① 基列产香油，典出《圣经·旧约·创世记》第37章第25节，这里借喻，表示总可以得到安慰。

认为她们定将卧床不起，就此凋零，永远与健康和快活绝缘。结果并不是这么回事：她们活下去了；虽然不能夺回青春与欢乐，也许还会恢复体力与宁静。3 月的寒风虽然摧残了花朵，却还没有把它一扫而尽，也许还能侥幸活下来，枝头挂着一只萎瘪的苹果进入晚秋，既然经受得了春寒，也就经受得了冬季的初冷。

每个人都注意到赫尔斯通小姐的脸容变了，大多数人说她眼看就要死了。她自己却从来没有这样想过。她觉得自己没有致死的病症，她既没有病，也没有痛。她的胃口减退了，她知道原因何在，那是因为她晚上哭得太多的缘故。她的体力大不如前了，她也心里有数，睡意姗姗来迟，而且简直就是不来，做的都是苦恼悲伤的梦。她还是觉得，在遥远的将来，这段苦痛的日子总有一天会过去的，那时候，她必会再度平静下来，不过，也许再也不会快活了。

与此同时，她叔叔总是要她出去做客，经常去应亲友的邀约，她却规避这种邀约，她在人前欢乐不起来，她觉得人们都以希奇而不是同情的眼光来打量她。老太太们常常给她出主意，推荐这样那样的万灵药方；年轻太太小姐们则以她能理解的眼光对她看着，她见了倒有点怕。她们的眼光等于在说，她们知道她是一如常言所说的“失恋”了，对象是谁呢，她们肯定不了。

一般太太小姐们简直就同一般年轻先生们一样刻薄——相当世故和自私。凡是有苦恼的人总是应该回避她们，他们鄙视悲痛和不幸，他们似乎都把悲痛和不幸看成是上帝对粗野人的天罚。在他们看来，“谈情说爱”不过是动番脑筋去求得个好配偶，“失恋了”就是机关算尽了，失败了。他们认为别人对恋爱问题的看法和想法是同他们自己的看法和想法一样的，因而也就这样判断别人。

所有这一切卡罗琳都很明白，有的是凭本能，有的是凭观察得来的。她凭自己的常识来调节自己的行动，尽量不让人家看到她那灰白的脸和憔悴的形体。她就这样完全离群索居地生活下去，得不到左邻右舍的一丝半点消息。

有一天早晨，她叔叔跑进客厅来，她正坐在那里尽力想从绘画中找点儿乐趣，她在画打洼地上边的篱笆下采来的一小束野花，她叔叔一跑来，就急匆匆地对她说：

“来，孩子，你老是伏在那里画画，看书，绣花，把那涂涂抹抹的活儿丢下。顺便问一下，你绘画的时候，可曾把画笔放进嘴里？”

“有时候一忘记就放进嘴里，叔叔。”

“那么，毒害你的就是这东西了。这些颜料都是有毒的，孩子；这些颜料块里，有白铅，红铅，铜绿，藤黄，还有其他二十来种毒物。把它们都锁起来！把它们都锁起来！戴上帽子。我要你跟我一起去拜客。”

“跟你，叔叔？”

这个问题问得声调很是诧异。她不习惯于跟她叔叔一起去拜客；她从来就没有跟他一起骑马，或者步行出去过。

“快！快！你知道我总是很忙，我的时间一点也不能浪费。”

她连忙收起各种画具，同时问着他们要上哪儿去。

“去菲尔赫德。”

“菲尔赫德，怎么，去看那个老园丁詹姆斯·布恩？他病了吗？”

“我们要去看谢利·基达尔小姐。”

“基达尔小姐！她到约克郡来了吗？她在菲尔赫德吗？”

“不错。她来了一个礼拜啦。我昨儿晚上在一个宴会上碰到她——那是你不要去的一种宴会。我很喜欢她。我想你可以同她做朋友，这对你会有好处。”

“我想，她现在是个大人了吧？”

“她是个大人了，她要在自己的宅子里住一阵。我就这个问题对她教训了一顿。我给她指出这是她的本分。她并不是很难弄的，她不如说是个好姑娘，她会让你知道为什么要有活泼的精神——她一点也没有什么想入非非的地方。”

“我不认为她愿意见我，或者要人家把我介绍给她。我对她有什么好处？我怎能使她高兴呢？”

“啐！把帽子戴上。”

“她骄傲吗，叔叔？”

“我不知道。你不至于认为她会对我显得骄傲吧？我想。那么一个黄毛丫头是不大敢对她教区的教区长摆什么架子的，不管她多么富有。”

“是呀。可是，她对别人的态度怎样？”

“倒没有留心过。她趾高气扬，也许在她敢于放肆的时候会很放肆的——她也不愿意做个普通女人。喏！现在马上去拿你的帽子来。”

天生就不是十分有自信心，加上体力不济，精神萎靡，当然无法教卡罗琳的态度更沉着，心情更平静，也不能使她更有勇气去见陌生人，尽管她暗自诤告自己，仍不免有点儿畏畏缩缩。这当儿，她已跟她叔叔走上那条宽阔的铺道，就要由此走到菲尔赫德的正门，进入门廊了。她勉强跟着赫尔斯通先生穿过门廊，走进那个阴暗的老式门厅。

门厅里十分阴暗，又长又大又黑，一扇格子窗昏蒙蒙地漏进点儿光来。宽大的旧烟囱这会儿并没热气，眼下天气还暖，不必生火；炉子里塞满了柳枝。大门对面那条高高的走廊，只见一个轮廓，这个门厅直至顶棚都显得黑黝黝的，雕刻的鹿头和真正的鹿角，怪模怪样地从四面墙上俯视着。这是一幢既不华丽又不舒适的房子，里里外外都很古旧，杂乱和不舒服。这份产业每年可有一千镑的收入，因为缺乏男嗣，所以传给一个女的。这个教区虽有一些拥有收入两倍于它的做生意人家，可是，基达尔家，由于历史悠久，又兼享有领主的称号，在这里，可算首屈一指。

赫尔斯通先生和赫尔斯通小姐被引进一间客厅。不出所料，在这样一幢哥特式的古老的大屋里，这间客厅自然是四面都镶着橡木，晶黑光滑的镶板把墙壁围得又阴森又堂皇。读者，这些闪光的褐色镶板确实十分漂亮——色调十分柔和，外观又颇风雅。不过，如果你知道“掸尘”①是怎么一回事的话，那就使人觉得十分可厌，不近人情了。凡是稍为有点人性的人，看到那些仆人在暖热的5月天，拿着蘸了蜂蜡的布头，在擦这些锃亮的木板墙，一定会认为他们是“吃不消而且不堪忍受的”。我不得不暗自赞美那个好心的蛮子，把菲尔赫德另一间更大的房间——就是那个会客室，先前也是一个橡木房间——漆成一种雅致的白里透粉红色，因而获得了一个匈奴人的名声，而且使得他所住的这个地方大大增加快感，又为未来一些女佣省却了许许多多劳苦。

这间装有褐色镶板的客厅，一切摆设都古色古香，都是真正的古老家具。在高高的壁炉面饰两边各放着一只古老的橡木椅，像林神的宝座一样结实，其中有一只椅子坐着一位太太。如果这就是基达尔小姐的话，那她一定至少在二十年前就是个大人了。她那样子像个保姆，虽然她没戴小帽，一头光泽未失的赤鸢色头发，遮着那张本来就显得后生的小脸庞，她看来可不后生，显然也不想装得后生。你大概会希望她穿着比较时兴的服装，比如穿件精工裁制，匀称合身的长外衣，她的样子就不会不优美。叫人弄不懂的是，为什么一件质料很好看的衣服褶裥竟然那么少，设计得式样这样陈旧，使人立即就想把穿这身衣服的人看做个老古董。

---

① 原文为“Spring-clean”，西俗每年春天一般住户进行大扫除，类似我国春节前的“掸尘”。

这位太太接待客人既拘泥礼节，又很腼腆，颇有英国风味。只有英国妇女中的中年保姆才能精确地表现出这种态度——一种对自己，对自己的优缺点，对自己的能力都显得很无把握的态度，然而，却又很急于要显得颇为得体，如果可能的话，还要显得比较和婉一些。不过，这会儿，却甚至比通常一般腼腆的英国妇女尤更显得局促不安。赫尔斯通小姐心里感觉到这一点，不禁对这个陌生人颇表同情，而且凭经验知道一个胆怯的人具有什么价值，所以她悄悄地挨着她坐下来，开始温和自在地同她谈话，同一个比自己还更不够沉着的人交谈一会儿。

如果只有她和这位太太在一起的话，她们准会立即谈得极其投机。这位太太有个再清脆也没有的嗓子——一个四十岁的女人，身体肯定还会发福，嗓子却这样柔和，音调这样优美，从道理上说来，确实出人意料。卡罗琳喜欢这种嗓子，这种嗓子大可补偿那种即使是正确的、然而是拘谨的音调和语言之不足。这位太太本来准会立刻发现对方喜欢她本人和这嗓子，而且，不消十分钟，她们准会做起朋友来。可是，赫尔斯通先生却站在地毯上直对着她们两人看，并以他那讽刺的、锐利的眼睛专门盯着这位陌生太太看，分明对她那冷淡的礼仪表现出了不耐烦的神色，也对她那畏畏缩缩的态度感到恼怒。他那迫人的眼色和粗声粗气的声音越来越教这位太太心慌意乱。不过，她还是设法开始说些有关天气，乡下景色等等无关紧要的闲话，顽梗的赫尔斯通先生当即觉得自己有点重听了，不管她说什么，他都装得听不清楚，弄得她每次只好费劲地编出一些其实并不是刚才所说的话来。这番功夫不一会儿就使她吃不消了。正当她狼狈不堪，坐立不安地抬起身来，怯生生地嘟哝着，她不知道基达尔小姐有什么事耽搁了，还不出来，说是她要去找她的这个时候，基达尔小姐却省掉她一番麻烦，自己出来了，至少可以使人猜到，这个从花园的一扇玻璃门进来的人就是基达尔小姐了。

赫尔斯通老头一看到这个挺秀、修长的姑娘向他走上来，顿时觉得她真是风姿潇洒自如，她左手托着放满鲜花的绸围单，右手向他伸过来，愉快地说：

“我知道你准会来看我，虽然你确实认为约克先生已经把我变成个雅各宾了。早安。”

“可是，我们都不让你做雅各宾，”他答道。“不，谢利小姐，他们偷不了我这朵教区之花。现在我们都是自己人，你将是我的政治上和宗教上的学生——我要把这两方面的正当的学说都传授给你。”

“普赖尔太太也盼望你来，”她答道，转身对着那位老太太。“你知道，普赖尔太太是我从前的家庭教师，现在依然是我的朋友。在所有的激烈和严正的托利党人中，数她是个女王，在所有的坚定的女教徒中，她是个领袖。我在神学和历史方面都得到了良好的训练，你放心，赫尔斯通先生。”

教区长顿即向普赖尔太太深深地鞠了一躬，表示感激。

这位前任家庭教师说她既不擅长政治上的、也不擅长宗教上的论争，并解释说，她认为这种事情完全不适合女性的志趣。不过，她认为自己一般说来是个卫道者，是个忠诚者，因此，自然是个国教的忠实信徒。她还找补说，她在任何情况下都决不有所变易；末了，还说到太随便接受新思想是极其危险之类的话，只是说得有点叫人听不清楚。

“太太，我希望基达尔小姐有同你一样的看法。”

“年龄不同，气质不同，看法也就会不同，”她答道。“不可能希望热切年轻的人应当同冷静的中年人抱有一样的看法。”

“啊！啊！我们都是不愿受约束的——我们都为自己着想！”赫尔斯通先生大声叫嚷。“我也不大清楚，我们都有点像雅各宾——都有点像个真心实意的自由思想者。我们马上就来念信条吧。”说着，他抓住这位女继承人两只手——使得她把整堆鲜花落了满地——要她挨着他坐在沙发上。

“背信条！”他命令道。

“使徒信条？”

“不错。”

她像个小孩那样背了。

“现在再背圣阿他那修斯信条[①]：这是考试！”

“让我把鲜花收收拢。鞑靼来了，它会踩在花上。”

鞑靼是一只相当大的狗儿，很强壮，样子很凶猛，长得十分难看，是猛犬和斗犬的混血种，它此刻打玻璃门进来了，径自走到地毯那儿，嗅着散落在地毯上的鲜花。它似乎把鲜花当成不屑一顾的食物，不过，它也许认为那些柔软的花瓣很可以派个草荐的用场，正在转过身来，准备把它那黄褐色的大身坯躺上去，就在这时，赫尔斯通小姐和基达尔小姐不约而同地一起伛下身子去抢救。

“谢谢你，”女继承人说，同时摊开她的小围单，让卡罗琳把鲜花堆在里面。“这位是你的女儿吗，赫尔斯通先生？”她问道。

“是我的侄女卡罗琳。”

基达尔小姐同她握握手后，朝她看一看。卡罗琳也对女主人看一看。

谢利·基达尔(她除了谢利这个名字，没有教名。她双亲本来希望生个贵子，结果是，结婚八年后，上天只赐他们个女儿，他们就把这个原来要给儿子——要是能有个儿子，那他们才有福呢——取的男性家名给了她)——谢利·基达尔决不是个丑陋的女继承人。她生得十分

---

① 4世纪时阿力山特里亚的主教阿他那修斯的信条，主张三位一体，基督的化身，赎罪等。

可人。她的身长与模样儿跟卡罗琳并没有什么不同——也许论身材，她要比卡罗琳高出一两英寸。她天生优雅，面孔也具有优美那个词儿所描绘的同样魅力。那张脸天生是淡色的，但是，灵巧而且表情丰富。她并不像卡罗琳一样是个金发姑娘，白净而带深色是她的外貌肤色的特征，面部和前额开朗，眼睛呈深灰色——眼睛里没有碧光，是透明、纯粹、不鲜明的灰色，头发呈最深的棕褐色。她的面貌长得超群出众；我并不是说她相貌长得高贵，瘦削和罗马型，实在倒不如说又小又有点儿特别，不过用几个法语词儿来说，那就是"清秀，优雅，才智横溢"，虽然面貌表情多变，而且富于感情，可是，它的变化却无法推测，它所表达的感情也不是一下子解释得清楚。她认真地端相卡罗琳，脑袋微侧，一派深思熟虑的神气。

"你看，她不过是一只小雏鸡，"赫尔斯通先生说。

"她好像很年轻——比我年轻。你几岁啦？"她问，那态度即使不是极其严肃而率直，也是相当傲慢。

"十八岁零六个月。"

"我可二十一啦。"

她不再说什么了，这时，她把鲜花放在桌上，在忙着整理花儿。

"那么，还有圣阿他那修斯信条呢？"教区长催促说，"你完全记得，不记得了吗？"

"我不完全记得了。等我给你侄女一束花后，我也要给你一个花束，赫尔斯通先生。"

她拣了一小束花，其中有一朵鲜艳的、两三朵秀丽的，衬着几片深绿色叶儿；她从针线盒里拿出一根丝线把它一扎，放在卡罗琳膝头上，然后，她反背着两手，稍微弓着身子，站在客人面前，继续打量着她，那副姿态和神气既庄重又像个豪爽的小骑士。她的头发式样对她脸上此刻的表情有很大帮助，头发在一边鬓角上分开，梳得光闪闪的，掠在前额上，又从前额一卷卷地挂下来，显得很自然，波浪起伏，十分洒脱。

“你走累了吗？”她问。

“不，一点也不累，只有那么一点点路——不过一英里路。”

“你脸色苍白。她总是这样苍白吗？”她掉过头，问教区长。

“她本来就像你这些挺红的花儿一样鲜艳。”

“那她为什么变得这样呢？她怎么会苍白了？她有病吗？”

“她对我说需要改变一下。”

“她倒是应该改变一下，你应该让她改变一下，你该送她到海边去。”

“我要在夏天过去以前送她去。现在，我要她同你交朋友，如果你不反对的话。”

“我肯定基达尔小姐不会反对，”这当儿，普赖尔太太说。“我想我可以大胆地说，赫尔斯通小姐常常光临菲尔赫德，那真不胜荣幸。”

“你真正说出了我的心里话，太太，”谢利说，“我还要谢谢你替我先表明了。我告诉你，”她又转过身来对卡罗琳继续说下去，“你也应该谢谢我这位家庭教师，她并不是会像欢迎你这样欢迎每一个人的。你比你自己想的还更出众。今儿早上，等你们一走，我就要征求普赖尔太太对你的看法。我总是信赖她观察人的见识，因为直到如今，我觉得她看人看得非常准。我已经未卜先知地知道我的征求意见准会得到很好的回答，我可不是猜对了吗，普赖尔太太？”

“亲爱的，你刚才说你等赫尔斯通小姐走了要征求我的意见，我倒是不大会当着她的面就把意见说出来的。”

“不，我也许要等好久才能得到你的意见。我有时候，赫尔斯通先生，真给普赖尔太太那种过分谨慎的态度弄得干着急，很不好过，她的意见总要等到十拿九稳才肯说出来，这种意见常常是像个大法官的判词那样姗姗来迟。有些人的人品，任我怎样要求，总无法使她宣布出来。”

普赖尔太太这当儿微笑一下。

“不错，”她的学生说，“我知道这微笑的意思了，你是在想我那位租户先生了。你可认得洼地的穆尔先生？”她问赫尔斯通先生。

“嘿，嘿！你那位租户——不错，不错，你来了后，一定见过他不少次了吧？”

“我不得不见他，有些事务要处理嘛。事务！这个词儿倒真使我意识到我确实不再是个姑娘，而完全是个妇女或者还有点不仅如此了。我是个老爷！谢利·基达尔老爷才应该是我的称呼和头衔。他们给我取了个男人的名字，我有男人的地位，这就足以使我有点儿大丈夫气概了，当我看到像那个堂堂一表的盎格鲁—比利时人——那个吉勒德·穆尔那种人在我面前，同我一本正经谈事务的时候，我的确觉得我很像个绅士。赫尔斯通先生，你们下次选举教会新执事的时候，应该选我才是。他们应该让我当治安推事和义勇骑兵队长。托尼·拉姆浦金[①]的母亲就做过上校，他的姑母当过治安推事——我干吗不能当？”

“我全心全意赞成。如果你愿意提出这种要求，我保证领头签上我的名字，不过，你刚才是在谈穆尔吧？”

“啊，不错，我觉得要了解穆尔先生——要懂得对他怎么看法，究竟是喜欢还是不喜欢他，倒有点儿困难。作为一个租户，似乎任何一个房主都会对他感到自豪——在这个意义上，我也是对他感到自豪——可是，作为一个邻居，他又是怎样一个人呢？我一再要求普赖尔太太说说她对穆尔先生的看法，可是，她一直不肯正面回答。赫尔斯通先生，我希望你不那么暧昧，一下子就说出来。你喜欢他吗？”

---

① 托尼·拉姆浦金，英国作家哥尔斯密（1728—1774）的剧本《屈身求爱》中的人物，是剧中主角哈特卡斯尔太太的前夫所生的儿子。

“此刻来说，一点也不喜欢，我已经完全不相信他了。”

“这是怎么一回事？他做了些什么事？”

“我叔叔同他政见不合，”卡罗琳轻声插嘴说。她既然刚才没有参加过谈话，还是不开口为好，这会儿说话真不妥当。她刚一说完，就猛然想到这一点，不免惴惴不安，顿时脸红到耳根。

“穆尔是什么政治观点？”谢利问道。

“商人观点，”教区长答道，“狭隘，自私，不爱国，这个人一直口诛笔伐，反对继续战争；我对他已是忍无可忍了。”

“战争损害他的商业。我记得他昨天还这样说。可是，你对他还有什么其他反对意见呢？”

“这就够啦。”

“他看上去是个君子，按照我对这个词儿的理解来说，”谢利又说下去，“这就使我愿意认为他是个君子了。”

卡罗琳掰掉花束里一朵鲜艳的紫色花花瓣，口齿清晰地答道：

“他肯定是个君子。”

谢利一听到这声英勇的断言，她那双深沉的、富有表情的眼睛顿即对这个发言者投去诡诈而敏锐的一瞥。

“你至少是他的朋友喽，”她说，“你背后也替他辩护。”

“我是他的朋友又是他的亲戚，”对方立刻回答，“罗伯特·穆尔是我的表哥。”

“啊，这么说来，你可以把他的一切情况都告诉我了！就把他的人品大概地告诉我一下吧。”

这个要求提出后，真叫卡罗琳窘得不能再窘了。她不能，也确实不想满足这个要求。普赖尔太太立刻来为卡罗琳的沉默打掩护了，她开始向赫尔斯通先生打听附近一两户人家的各式各样问题，她说她认得他们在南方的一些朋友。谢利当下也就不再盯着赫尔斯通小姐的脸看。她不再提起她刚才的问题，又去摆弄鲜花，开始为教区长挑一小束花。在他告别的时候，她把花束送给了他，得到了他举手行礼，表示敬意。

“可一定要为我佩这个小花束啊，”她说。

“不消说得，贴着我的心。”赫尔斯通先生答道。“普赖尔太太，请照顾这位未来的治安推事，地道的教会执事，义勇骑兵队长，白莱亚菲尔特的少爷。总之，别让他[1]太努力了，别让他在打猎时折断颈骨，尤其是要他注意，他是怎样骑马奔下洼地附近那个危险的山冈的。”

“我喜欢下坡，”谢利说——“我喜欢急急地一冲而下，我特别喜欢，真心诚意地喜欢那个富有浪漫色彩的洼地。”

“富有浪漫色彩——因为那里有个工厂吧？”

“不错，因为那里有个工厂，富有浪漫色彩。那个旧厂和那座白色小屋真是各有千秋。”

“还有那个账房间，基达尔先生？”

“那个账房间比我这间粉红色的客厅好得多哪！我真爱那个账房间。”

“还有生意哩？布匹——油腻腻的羊毛——肮脏的染缸？”

“那种生意完全值得尊敬。”

“那个商人还是个英雄吧？真行！”

“我听到你这样说，很高兴。我认为，那个商人看上去很英勇。”

她在同这个老哥萨克这样唇枪舌剑地对话时，满脸红光，又顽皮，又有精神，又快乐，对方也可说是同样喜欢这种斗嘴。

“基达尔队长，你的血管里可没有商人的血液呀，你干吗这样喜欢做生意？”

“那还用说，因为我是个工厂主。我的收入有一半是来自洼地那个

① 这个教区长故意把谢利当成男性。

工厂的。”

“千言万语，不要合伙。”

“你已经提醒过我啦！你已经提醒过我啦！”她高声大叫，乐得哈哈大笑。“我决不会忘记，谢谢你。”她挥着那只白如百合花，纤细如仙女的手，消失在门廊里，教区长和他的侄女则穿过拱形大门走了出去。

第十二章
谢利和卡罗琳

谢利通过经常找卡罗琳做伴，以表示她说乐于同卡罗琳往来这句话是诚挚的，的确，如果她不找卡罗琳，卡罗琳就不会去，因为赫尔斯通小姐不大会主动结交新朋友。卡罗琳总是退缩不前，认为人家不见得会要她，自己又不能使别人快活，况且像菲尔赫德这位女继承人这样一个才气焕发、快快活活的年轻小姐，在她看来，完全可以不必同她这样一个没趣的人往来，人家哪会真正欢迎她？

谢利也许确是才气焕发，而且可能也是快快活活的，可是，哪有一个人不同人家亲切往来？虽说在一个月左右的时间里，她已经结识了四邻大多数人家，而且同赛克斯家、皮尔逊家的所有小姐，同华登府的两位顶呱呱的温小姐都熟不拘礼了，但是，她觉得，在这些人中，看来没有一个是十分亲切的，用她自己的话来说，没有一个可以同她友善地往来。要是她果真有福做个真正的谢利·基达尔老爷，白莱亚菲尔特的领主的话，那么，她觉得，在这个教区和相邻两个教区中，简直找不出一个美人可以做基达尔太太，领主夫人。她向普赖尔太太这样说了，普赖尔太太十分安静地听了，就像她听这个学生大多数信口说来的话那样，然后答道：

“亲爱的，别把这个弄成习惯：专门说自己是个男人，这是种古怪的说法。不知道你的人，听了你这样说，一定会认为你在装模作样摆男人派头呢。”

谢利从来不嘲笑她的前任家庭教师，即使这位太太那些繁琐的拘泥礼节和无伤大雅的古怪脾气，在她看来，也是值得尊重的。要不是这样的话，她就会当即表明自己是个女人，因为只有女人才会拿人家的私德来开玩笑，因此，她默然接受规劝。她不声不响地站在窗边，看着草坪上那棵大杉树，瞅着停在它最下边的枝丫上一只鸟儿。不一会，她开始啧啧作声逗弄那只鸟儿，过了一会儿，她的啧啧声变得更响了，再一会儿，她吹起口哨来了，口哨吹出了一种曲子，吹得十分好听，十分圆熟。

“天呀！”普赖尔太太表示劝告地叫了出来。

“我在吹口哨吗？”谢利说，“我忘记了。请原谅，太太。我一定注意，决不在你面前吹口哨。”

“可是，基达尔小姐，你是打哪儿学会吹口哨的？这个习惯一定是你来到约克郡后才养成的。我以前从来不知道你有这个罪过。”

“啊，我老早就会吹口哨啦。”

“谁教你的？”

“谁也没教过我。我听听就听会了，不过，我又把它撂下。可是，最近，是昨天晚上，当我走到我们巷里的时候，突然听到一位先生在篱笆外边的地里吹着这只曲子，一下子又叫我想起来了。”

“那是个什么先生？”

“这一带只有一个先生，太太，那就是穆尔先生——他至少是仅有的一个头发还没发白的先生。我那两个老宝贝，赫尔斯通先生和约克先生倒确实是两个老小白脸，肯定比任何一个傻小伙子都高明。”

普赖尔太太默然不语。

“你不喜欢赫尔斯通先生吧，太太？”

“亲爱的，赫尔斯通先生的职位可以保证他不受到批评。”

“你一听说他来了，总要设法离开客厅。”

“你今儿早上要出去散步吗，亲爱的？”

“要去的，我要到教区长住宅去找卡罗琳·赫尔斯通，要她出来活动活动，要她到南尼利公地那边去透透风，散散步。”

“如果你要上那边去，亲爱的，请提醒一下赫尔斯通小姐，要她穿得暖和点，那边风大，我觉得她需要当心一下身体。”

“一定遵命，普赖尔太太。请问，你不陪我们一起去吗？”

“不喽，亲爱的，我去了反而拖累你们，我长得胖，不能走得像你们所希望的那样快。”

谢利一下子就说服了卡罗琳同她一起出去。当她们完全来到寂静的大路上，正在跨过那片宽广、荒凉的南尼利公地时，她不费吹灰之力就使卡罗琳谈起话来。开头那种羞怯之感一经消失，卡罗琳顿即觉得高兴同基达尔小姐谈话了。刚刚开始交换一点意见，就足以相互明了彼此的看法。谢利说她喜欢公地上那一片青翠的草皮，尤其喜欢公地那片隆起的荒地，因为荒地使她想起泽地。她在靠近苏格兰的边境旅行时曾经看到过泽地。她特别记得在夏季某一天，她整整一个下午所走过的一个地方，那天，虽然没有太阳，却很闷热，他们从正午一直走到太阳落山，走过一个好像是无边无际的大荒原，眼睛看来看去尽是野羊，耳朵听来听去尽是野鸟的叫声：

“我知道那种时刻的荒原是怎么个样子，”卡罗琳说，“天空呈紫黑色，比紫黑色还要深还要浓，而且一定是青黑色。”

“不错，完全是青黑色，云块四边镶着黄铜色，到处都有闪闪的白光，比青白色还要可怕，你一对那种色彩看，顿时觉得就要激起叫人眼睛也睁不开来的电光。”

“打雷吗？”

“老远有一阵听不大清楚的闷雷，等到黄昏，我们到达客店之后，才来了暴风雨。那个客店就在山脚下，孤零零的一幢房屋。”

“你可看着云块笼住山头吗？”

“看着的。我站在窗边看了一个钟头云块。山峦好像在阴沉的雾里翻腾，等到雨像白布似的落下来的时候，突然看不到云块，云块都给冲刷得无影无踪了。”

“我在约克郡的山区里也看到过这种暴风雨，到了暴风雨最猛烈的时候，天空全像个大瀑布，地上大水泛滥，使我想起了挪亚的洪水。”

“不过，刮过这种飓风，使人觉得又恢复平静后，真是特别叫人有精神，这当儿，豁开的云块，露出一线白光，看看也使人得到安慰，它静悄悄地证明太阳是决不会熄灭的。”

“基达尔小姐，就在这里站一会，看看下面南尼利的豁谷和树林。”她们两人在公地青翠的崖顶停了下来，俯望着穿上5月衣裳的幽谷，望着各式各样的草地，有的像镶着珍珠似的长满了雏菊，有的是一片黄金似的长满了毛茛。今天，所有这些青翠的草木都在阳光里笑逐颜开，透明的翡翠和琥珀似的光线在它上面嬉戏。一抹云翳栖息在南林上——这是英国古代森林的唯一遗迹，这地区的低地原来都是林木茂盛的猎场，高地则都长满高及胸膛的石楠属植物。远处的丘冈斑斑驳驳，地平线像珍珠母似的，色彩时浓时淡，银蓝色，淡紫色，淡绿色和玫瑰色，全都化为片片白云，纯净如晴空的白雪，像是天宫的喷泉在远处一闪那样诱人眼目。崖顶的风儿清新，沁脾，教人振奋。

“我们英国是个美丽的岛国，”谢利说，“约克郡又是英国最美丽的一个隐避去处。”

“你也是个约克郡姑娘吗？”

“我是地地道道的约克郡人。我五代的族人都睡在白莱亚菲尔特教堂的走廊下面，我就在我们后边那个黑色的老厅屋里吸了第一口气。”

这当儿，卡罗琳伸出手来，当即被握住了。

“我们都是同乡，”她说。

“不错，”谢利表示同意地说，还一本正经地点点头。

“那么，”基达尔小姐手指着树林，问道，“那边就是南林吧？”

“是的。”

“你到过那儿吗？”

“到过好多次。”

“一直到了森林中心吗？”

“是的。”

“里头是个什么样子？”

“就像亚衲族[1]的子孙住的森林野营一样。树木巨大而古老。你站在树根旁边，树顶就像是在天上，树身昂然屹立，稳固有如廊柱，枝丫随风飘摇。即使在静寂无风的时候，树叶也决不是很悄静的，刮起大风来，那就像是洪水冲来——在你头顶发出一片雷霆万钧的霹雳声。”

“那岂不是罗宾汉[2]出没的一个地方吗？”

“是呀，如今那儿还有他的遗迹呢。走进了南林的腹地，基达尔小姐，就等于走进了远古的混沌时代。你看到森林里那个缺口吗，就在中间那地方？”

“看到，很清楚。”

“那个缺口就是小溪——像只深深的空杯子，四边镶着草皮，跟这个公地的草皮一样又青又短，那些树木里头有一种最古老的树木，就是长满木瘤的大橡树，密密麻麻地长在小溪四周，小溪底有个修女院废墟。”

“我们——光是你我两个人，卡罗琳——找个好天气的夏天早晨，一清早就上那块林子去，到那边去玩它个一天。我们可以带着铅笔、写生簿和我们喜欢的任何有趣的书本去，自然还要带些吃的东西。我有两只小篮子，吉尔太太，我们那个管家会给我们装些食物，我们一

① 亚衲族人被耶孚尼的儿子迦勒赶出基列亚巴，事见《圣经·旧约·约书亚记》第15章第14节。

② 罗宾汉，英国中古时代所传说的绿林豪杰，专事劫富济贫。

人拎一只。走那么远大概不会把你累坏吧。”

“啊，不会，尤其是如果我们在林子里休息了一整天，哪会累。所有最好玩的地方我都知道，我知道在采坚果的季节可以在什么地方采到坚果；我知道什么地方野草莓最多；我知道一些冷僻的、人迹罕到的林中空地，上面铺着罕见的苔藓，有的黄得像是贴上金箔，有的灰得黑黝黝，有的碧绿如宝玉。我知道有许多树，由于外表完全像是一幅幅的画儿，叫人看得眼花缭乱：粗壮的橡树呀，优雅的桦树呀，光滑的山毛榉呀，密结丛集，相映成趣；还有那些榛树，庄严有如扫罗，傲然屹立，还有一些老朽的大树王，给金光闪烁的常春藤盘绕得像是穿着件寿衣。基达尔小姐，我可以给你当向导。”

“你同我在一起会觉得没有兴味吗？”

“决不会，我想我们会合得来，如果再来个第三者，岂不扫我们的兴吗？”

“说得不错，同我们年纪差不多的，我就一个也找不出来——至少小姐就没有，至于男人——”

“游逛么，有男人做伴，那完全又是另一回事，”卡罗琳插嘴说。

“我同意你的看法——同我们打算做的完全是另一回事。”

“我们只是去看看古老的树木，故迹；去体验一天古代的生活，四下全是年代湮没的古时气氛，尤其是一片静寂。”

“你说得对，我认为，有男人在，就会大煞风景。如果找错了人，像你们那些个马龙，小赛克斯和温，那就不是宁静，而是叫人恼火了。如果找对了人，那还是会有所不同的——有什么不同，我可说不上来，人总是感觉起来容易，描绘出来就困难了。”

“我们首先忘记了造化。”

“接着造化也忘记了我们，造化用朦胧的面纱遮着自己的开阔、安详的天庭，遮住自己的脸，从而收回了太平盛世的欢乐，本来只要我们愿意崇拜造化，造化就会使我们满怀欢乐。”

“那么，造化究竟又会另外给我们些什么呢？”

“更多的扬扬得意，更多的惶惶不安，一种使时间悄悄地过得很快的兴奋，一种打乱了时序的苦恼。”

“我们之所以能够得到快活，大多在于我们自己，我相信，”卡罗琳像个贤人似的说。“我曾经同大伙儿到过南林，都是些副牧师和这里一些大人先生，还有几个小姐太太，我觉得那回真乏味，也真可笑，实在不好受。我简直是单身一人，或者可以说只有范妮做伴，范妮坐在林中居民的小茅屋里做针线活，同主妇谈天，我则逛来逛去，写写生，看看书，我倒是过了整整一天清闲、十分幸福的生活。不过，那时候，我还年轻——是两年前的事。”

“你可跟你表哥罗伯特·穆尔一起去过？”

“去过的，去过一次。”

“在这种时候，他是怎样一种游伴？”

“表哥嘛，你知道，总跟陌生人不同。”

“这我知道，可是，一般表兄妹，如果他们是傻里傻气的，那比陌生人还更难堪，因为你不能那么容易地对他们疏远。可是，你的表哥该不是傻里傻气的吧？”

“不，不过——”

“怎么？”

“如果跟傻瓜在一起，像你说的，会叫人冒火，那么，跟聪明人做伴也会有它的特殊的苦痛。如果你的朋友的德行和才能都毫不成问题，那你自己配不配做他的伴侣往往也会成为问题了。”

“噢！我听不懂你的意思，这种古里古怪的想法是我一刻也听不进的。我认为我自己并不是不配同他们——我是指那些男人——中间最好的人做伴，虽然这很了不起。我相信，他们有哪一点好，就很好喽。顺便说一句，你的叔叔就不是个样子叫人不舒服的老先生，我不论是在自己家里或者在别人家里，我总是很高兴看他那张聪明、敏锐、棕褐色的上了年纪的脸。你喜欢他吗？他对你好吗？你老实说。”

“他把我从小养大，我相信他完全像抚养自己的亲生女儿一样，如果他有个女儿的话。他对我很好，可是，我并不喜欢他，我与其说是愿意见到他，不如说是不愿意见到他。”

“奇怪！他却有使自己显得那么随和的本领。”

“是呀，跟外人在一起是这样，可是，在家里，他却很严厉，沉默寡言。正如他把手杖和宽边帽搁在家里的门道里一样，他也把自己那种活泼精神锁进他的书架里和书桌里了。他在家里皱眉蹙额，三言两语，在外边笑容满面，插科打诨，妙语连珠。”

“他很专制吗？”

“一点也不，他既不专制，也不伪善。他就是这样一个人：与其说是脾气好，不如说是自由随便；与其说是亲切，不如说是机灵；与其说是真正公正，不如说是谨严公允；你能了解这样精细的区别吗？”

“噢！我能：脾气好含有纵容的意思，这他没有；亲切含有热心的意思，这他也没有；至于真正的公正，就是同情与体恤的产物，这个，我很清楚，我那位古铜色脸的老朋友也是完全没有的。”

“谢利，我常常弄不清楚，是不是大多数男人在家庭关系上都像我叔叔一样；是不是对家里人必须显得生疏，好让家里人觉得他们很好，值得尊重；是不是他们天生不能经常关心和爱他们天天看到的人。”

“我不知道，我不能解决你的疑团。我有时候自己也在捉摸这种事儿。可是，告诉你一个秘密吧，如果我确信他们必然而且普遍跟我们不同——变化无常，一下子变得麻木不仁，冷酷无情——那我就永远不结婚。我才不愿意到头来发现我所爱的人并不爱我，对我厌倦了，尽管我花了多少力气去讨人欢喜，结果不仅是白搭，而且更糟，因为这种事情的性质必然要发生变化，变得冷淡。既然发现了这种情况，我还巴望些什么呢？离开那个有我在就没有愉快的地方——跑了拉倒。”

“可是，如果你结婚了，就不能这样。”

“是呀，我结婚了，就不能这样——问题就在这里。我将永远不得自由。想想真可怕！——叫我气都透不过来！最使我生厌的就是想到要做人家的拖累，做使人讨厌的人——一种无可避免的拖累——做个无穷无尽的讨人厌！现在，如果我觉得我是多余的，我可以像披一件斗篷一样，把我的独立自主舒舒服服地裹了起来，像卸下一张面纱一般放弃我的自尊，去过孤身独人的生活。如果结婚了，就不能这样啦。”

“我想我们大家未必都有过单身生活的决心，”卡罗琳说：“如果我们听听别人的经验之谈，我们就能。我叔叔总是把婚姻说成是一种拖累，我相信他每次一听到有个男人结婚了，他总就认为那个人是傻瓜，或者起码认为是在做桩蠢事。”

“可是，卡罗琳，一般男人并不都像你叔叔一样，肯定都不一样，我想都不一样。”

她住口不说，沉吟一下。

“我觉得我们在结婚前，都认为自己爱的那个人是个例外，”卡罗琳提醒着说。

“我想是这样的，而且我们都认为这个例外是货真价实的，我们把这个例外想得就像我们自己一样，我们总怀有和谐的观念。我们认为他的声音说出了心里最温柔、最忠实的诺言，那颗心决不会对我们变得冷酷，我们在他的眼睛里看到这种诚意——爱情。我不认为我们应该完全相信所谓情欲，卡罗琳。我认为那只不过是干柴烈火，一烧就旺，旺过了就熄。可是，我们可以注意他，看他对动物，对小孩，对穷人是不是和气。他是否也同样对我们和气——善良——体贴，他是否不奉承女人，是否对她们耐心耐性，他是否在女人跟前似乎很随便，跟她们在一起十分温和。他喜欢女人是否不光是为了虚荣和自私的理由，是否像我们喜欢他一样——因为我们本来就喜欢他。于是，我们注意到他很正派；注意到他总是说老实话，是有良心的。他一走进屋里来，我们就觉得快活，安逸，他一离开，我们就觉得愁伤，难过。我们知道这个人一直是个好儿子，也是个好兄弟，那么还有谁敢对我说他不会是一个好丈夫呢？"

"我叔叔一定会毫不迟疑地这样断言。他准会说'他不消一个月就会厌恶你'。"

"普赖尔太太一定会认真地同意这个看法。"

"约克太太和曼小姐也会隐约地这样说。"

"如果他们的确都是圣人，那最好是永远也别谈恋爱。"

"如果你能避免得了，那很好。"

"我倒不免要怀疑他们说的是不是对。"

"我怕事实会证明你已经错了。"

"不是我错，不过，如果是我错，你知道我要找哪号占卜者？"

"我倒要听听看。"

"我既不找男人，也不找女人，不找老人，也不找小伙子。我要找那个赤脚来到我门口的爱尔兰小叫花子，找那只悄悄地打板壁缝里钻出来的老鼠，找那只在霜雪里来到我窗口啄面包屑的鸟儿，找那只舔我的手，坐在我膝旁的小狗儿。"

"你可曾见过有谁对这些东西和气来着？"

"你可曾见过这些东西天生要跟着或者依靠谁来着？"

"我们家里倒养着只黑猫，一头老狗儿。我知道那只黑猫爱爬上谁的膝头，喜欢顶着谁的肩膀和腮帮子咪咪叫。有人来的时候，那头老狗儿总是从窝里出来，摇着尾巴，亲热地汪汪叫。”

“那么，那个人怎么办？”

“他温和地抚摸着猫儿，让它坐在身上，只要不碍他事，如果他要站起来而必须惊动它的话，他就轻轻地放它下来，从来不粗暴地把它一扔，他常常对狗儿吹口哨，抚摩它一下。”

“他会这样吗？这该不是罗伯特吧？”

“可正是罗伯特。”

“了不起的人！”谢利热情地说。

她双眼闪闪发光。

“他可不是了不起嘛？他可不是长着俊俏的眼睛，端正的容貌，开阔、宽宽的天庭吗？”

“他确实是样样俱全，卡罗琳。上帝保佑他！他既文雅又善良。”

“我肯定你会看到他是这样个人，我一看着你的脸，就知道你会这样想。”

“我没有看到他以前，就对他很有好感。我真个一看到他，就喜欢他，我现在爱慕他啦。美的本身自有一种魅力，卡罗琳，如果美跟善交融在一起，那就是种了不起的魅力。”

“如果再加上智慧呢，谢利？”

“那谁能抵挡得住？”

“可得记住我叔叔，普赖尔太太，约克太太和曼小姐的看法。”

“可得记住那些埃及蛙怎样咯咯叫！他是个高贵的人。我告诉你，如果他们是善良的，他们就是万物之灵——他们就是上帝的子民。凡是按照他们的造物主的想象塑造出来的，造物主哪怕一丁点儿的精神火花就简直可以使他们高人一等。无可置疑的，伟大、善良、英俊的人就是第一流的创造物。”

“高出于我们吗？”

“我不高兴同他争高低——我不高兴这样做！我的左手会跟我的右手争先后吗？我的心会跟我的脉搏吵架吗？我的血管会妒忌那注给血管的血液吗？”

“男人和女人，丈夫和妻子都会吵得很厉害，谢利。”

“可怜的东西——可怜，堕落，退化的东西！上帝是要使他们有另外一种命运，有另外一种情感才造出他们来的。”

“可是，我们是同男人平等的，还是不平等的？”

“最能迷惑我的是让我碰到一个比我强的人——一个使我诚挚地觉得他是比我强的人。”

“你可碰到过他？”

“我倒真高兴在哪一天看到他。越是比我高超的人，越是好。卑躬屈膝是卑鄙的——敢于趾高气扬才是光荣。使我烦恼的是，当我设法要尊重人家的时候，却又无从下手。当我很想虔诚的时候，却只有假神好让我崇拜。我不屑做异教徒。”

“基达尔小姐，你要进来吗？我们已经来到教区长住宅的大门口了。”

“今天不啦，可是，我明天要来找你去同我一起消磨黄昏。卡罗琳·赫尔斯通——如果你真的是像我现在所看到的这样一个人——你跟我一定合得来。我一生从来没能像我今儿早晨同你谈话这样同个小姐谈过话呢。亲亲我——再见。”

普赖尔太太似乎也像谢利一样存心要同卡罗琳交朋友。她本来是什么地方都不去的，有一天，却先上教区长住宅去做客。她是在下午到的，当时，教区长恰巧不在家。那天天气比较闷热，热浪使她面孔红彤彤的，而且她在走进一所陌生的房子时，似乎有点忐忑不安，看来她的脾性是最腼腆也最孤僻的。当赫尔斯通小姐走到餐厅迎她的时候，看到她坐在沙发上，一边浑身抖颤，一边却用手帕儿扇风，似乎是在同那眼看会变成歇斯底里的神经质的烦乱作决斗。

卡罗琳看到像她这样年纪一位太太，竟会这样异乎寻常地欠缺自制，这样一个看来可说是强健的人，竟会缺乏真正的体力，不禁有点纳罕；因为普赖尔太太忙不迭地说她走得累了，太阳火热啦等等，作为她暂时觉得不舒服的理由，尤其是她还急急匆匆而不是有条有理地一再列举所以精疲力竭的种种原因。卡罗琳温存地设法宽慰她，为她解开披肩，取下女帽。

换了别人这样向她献殷勤，普赖尔太太一定不肯领情。一般说来，凡是人家对她有所帮助时，她总是畏畏缩缩，不让人家碰她或者挨近她，那副又窘又冷淡的态度，真叫人不高兴。可是，她这时却乖乖地听任赫尔斯通小姐那只轻巧的手的摆布，还似乎因同她那只手接触而觉得舒服。不消几分钟，她就不抖颤，逐渐安静下来了。

她恢复了常态后，便开始谈些平常的事儿。在各式人等杂处的场合，普赖尔太太是难得一开金口的，或者如果非说不可时，她也说得十分拘谨，很不流畅，其实，在一般对话中，她倒是很健谈的，她用的语言，虽然总是有点拘泥形式，却是字斟句酌，她的思想感情正当，见闻渊博而正确。卡罗琳觉得听她说话十分愉快，出乎意料地愉快。

在她们坐的那张沙发对面的墙壁上，挂有三张画像：在壁炉架上方正中间那一张是帧女人像，其余两张都是男人像。

“这张面孔很美，”她们亲切地谈了半个小时后，略为歇一歇，普赖尔太太突然插进来说：“那相貌可以说是十全十美，任何一个雕刻家的刀子都无法再把她修得更美。我想这是张写生画像吧？”

“这是赫尔斯通太太的画像。”

“是马修森·赫尔斯通太太？你叔叔的妻子吧？”

“是的，这张像据说画得很像。她没有结婚以前，人家都认为她是本教区的美人儿。”

“我敢说这个荣誉她可以当之无愧，轮廓多么鲜明！不过，这是逆来顺受的面孔，原来的面孔也决不可能是一般所谓的‘生气勃勃的女人’。”

“我相信她是个非常沉默寡言的人。”

“亲爱的，简直想不到你叔叔居然会选中这么一种伴侣。他可不是不喜欢活泼有趣的谈天吗？”

“他同别人在一起倒是有说有笑，不过，他总是说，健谈的妻子他是绝对受不了的。他在家里一定要保持安静。他认为要聊天可到外面去，在家里就得读读书，多想想。”

“马修森太太结婚后只活了几年，我想我听到人家这样说起过，是吗？”

“大约五年光景。”

“唔，亲爱的，”普赖尔太太一边说，一边起身要走了，“我相信，不消说得，你会常常到菲尔赫德来，我希望你会来。你在这里一定感到寂寞，家里又没有女眷。你必定是大部分时间很孤单的。”

“我已经过惯了这种生活，我是自己孤单单地长大起来的。我来给你披好披肩好吗？”

普赖尔太太听任她帮着披好。

“你在学业上如果需要帮助的话，”她说，“你可以来找我。”

卡罗琳表示她领这番盛情。

“我希望能常常同你谈谈。我希望会对你有用处。”

赫尔斯通小姐又感谢一番。她心里想，这位客人外表这样冷冰冰，可藏有一颗多和善的心。卡罗琳看到普赖尔太太走出房间时，又很有兴趣地瞟了一会那几张画像，就随便解释一下：

“挂在窗边的那张像，你看，是我叔叔，二十年前画的；在壁炉架左边的那一张，是他的哥哥詹姆斯，也是我的父亲。”

“他们彼此倒有点相像，”普赖尔太太说，“但是，从额头和嘴巴的不同还是可以看出性格不同来。”

“有什么不同？”卡罗琳一面问道，一面陪她走到门口。“詹姆斯·赫尔斯通——那就是说，我父亲——一般都认为两个人中间，数他长得最好看。我记得，客人总是嚷道：‘多么漂亮的人！’你觉得这张画像漂亮吗，普赖尔太太？”

“比起你叔叔来，那是长得清秀得多，文雅得多。”

“可是，你指的性格不同表现在哪里，是什么呢？你倒说说看，我很想看你是不是猜对了。”

“亲爱的，你叔叔是个有节操的人。他的前额和嘴巴很有力，眼睛沉着。”

“唔，那么，另外一个呢？别怕我不高兴，我总是喜欢说实话的。”

“你喜欢说实话吗？这才对，要坚持这种偏爱——永远不要动摇。另外那位，亲爱的，如果他现在还活着的话，可能对他女儿有点儿帮助。不过，脑袋瓜子很优美——我想一定是年轻的时候画的。亲爱的，”（突然转过头来）“你承认有节操是种无可估量的道德标准吗？”

“那当然，没有节操，一个人是不可能有什么真正的价值的。”

“你心口如一吗？你想过这个问题吗？”

“常常想的。环境早就迫得我非注意这个问题不可。”

“那么，虽说想这个问题未免有点儿过早，可是，这个教训并不是白费的。我认为，土壤并不很薄，也不是石头很多，要不然，种子在那种时令撒下去，也许永远不会开花结果。亲爱的，别站在门口当风的地方——你会着凉的，再见吧。”

赫尔斯通小姐这位新朋友不多久就变得对她很有价值。她把她们这种交往看做是种优惠。卡罗琳觉得，她如果错过这个可以获得慰藉的机会——如果自己不利用这个可喜的变化，确实会失之交臂。因此，她的思想有个转弯的机会，思想有了新渠道，至少可以把有些思想引向别的方面去，可以使那野马奔腾似的思想放慢一下速度，减少思想集中在损耗点上的压力。

不久，她就愿意整天待在菲尔赫德，轮流做着谢利或者普赖尔太太要她做的事，一会儿这位要求她做这件事；一会儿那位要求她做那件事。这位太太的友谊可说是最不形之于色的，但是，也可以说是最警醒，最殷勤，最坚持不懈的。我已经说过，她是个奇特的人，她在对待卡罗琳的关怀备至上，这种奇特的性格表现得再明白也没有了。她注意着卡罗琳的一举一动，仿佛她会保护卡罗琳的一举一动，如果赫尔斯通小姐能够接受她的意见和帮助，那真使她愉快。每当卡罗琳有所要求时，她总是以不显眼的，然而又是显而易见的乐趣来帮助卡罗琳，以致卡罗琳过不多久便喜欢事事依靠她。

谢利·基达尔如此完全听命于普赖尔太太，起初很使赫尔斯通小姐诧异，后来看到这位矜持的前任家庭教师住在她的年轻学生家里竟是如此安适自在，这么一个寄人篱下的职位，她却过得这么闲适，无拘无束，同样使她颇为诧异，可是，不多久，卡罗琳就知道，只消了解一下这两位太太小姐的情况，就可以充分理解这个哑谜。她觉得，每个人一了解了普赖尔太太，就一定会喜欢，会爱，会称赞普赖尔太太。不管她是怎么坚持到底地要穿旧式的长外衣；不管她说话多么拘泥形式，态度多么冷淡；不管她有怎样与众不同的二十种生活习惯——她还是这样一种依靠，这样一个顾问，态度那么真诚，那么体贴，以致卡罗琳认为，任何人一同她接触惯了以后，都舍不得离开她。

至于说到依赖或者屈从，卡罗琳在同谢利的接触中，都没有这种感觉，普赖尔太太怎么就会有这种感觉呢？这位女继承人有钱——同她的新朋友比较起来——十分有钱：一个一年有一千镑的净收入，另一个则一个子儿也没有。然而，在同她交往中，却使人有一种平等的安全感，这是在白莱亚菲尔特和惠因伯利的一般上流社会中从来没有过的。

其理由是，谢利脑海里想的事情并不是金钱与地位。她因在财产上可以独立自主而高兴，有时候，她甚至一想到自己是个女领主，有租户又有产业而得意扬扬，每一想到洼地一带“那一大片产业”，其中有极好的布厂，染坊，仓库以及住宅和屋基，花园和称为洼地小屋的附属建筑的时候，她尤其扬扬得意，喜形于色。不过，她的欢欣因为是完全不加掩饰的，所以格外不惹人反感；因为就她的主要思想说来，她想的都是另外一些事物。爱慕伟大，尊崇善良，同和蔼的人快活相处，很可以说就是谢利的主要爱好，因此，与其说她是在考虑她的优越的社会地位，倒不如说是她常常在默思如何找到贯彻这种爱好的方法。

基达尔小姐之所以一上来就对卡罗琳发生兴趣，是因为卡罗琳沉静，羞怯，生得娇嫩，仿佛需要有人照顾她似的。基达尔小姐一发现这位新朋友理解自己这种想法并且很听自己的话，她就更其偏爱卡罗琳了。她本来可说是没有料到自己会这么偏爱卡罗琳。她以为，赫尔斯通小姐脸长得太标致，态度和声音太温柔，智力与学识决不会有什么过人之处，可是，看到这张柔和的脸，听了自己毫无顾忌地说出一两句刻薄的笑话，竟会伶俐地粲然一笑，不禁使她大为惊异；尤其叫她诧异的是，她发现在那只小姑娘似的、罩着一层鬈发的脑袋里，竟然蕴藏有自己得来的知识和无师自通的种种道理。卡罗琳天生的趣味也跟她自己的一样，基达尔小姐读得津津有味的那些书，也是赫尔斯通小姐所喜欢的。她们也有许多共同不喜欢的东西，而且能够有共同对那些虚情假意、靡丽浮夸的作品嘲笑的乐趣。

谢利觉得，不论男人或女人，对于诗歌具有真正鉴赏力的，具有辨别真伪的正确判断力的，实在为数寥寥。她曾经一再听到十分聪明的人说，在这个诗人或那个诗人中，这节诗或那节诗都完全值得赞美，可是，等她自己读了，她实在不敢领教，认为那都不过是些附庸风雅，偏重藻饰的东西，或者充其量也只是雕虫篆刻的文字游戏；也许有点奇巧，聪明，学识，甚至或许带点儿玄虚的蛊惑色彩，可是，天晓得，它同真正诗歌的差别，正如华丽的，剪嵌细工的大花瓶同用真正的金属制成的小杯子的差别一样；或者，不妨给读者另打个比喻，就正如杂货商的人造花环同新从地里采来的百合花的差别一样。

她觉得，卡罗琳能辨别真金的价值，知道那种炫耀的铁渣只有迷惑人的外表。这两位姑娘的心意既是如此合拍，她们的意见就常常合拍得十分美妙。

有一天晚上，恰巧只有她们两个人在橡木客厅里。她们已经毫不厌倦地一起度过了下雨的长昼，这会儿，天快要断黑了，烛火还没有拿进来，随着暮色逐渐深沉，她们两人都变得默默沉思起来。一阵西风在门厅附近高啸，打老远的海洋上刮来了汹涌的云层，吹来了暴雨。古老的格子窗外全是一派暴风雨景象，室内则是一片寂静。谢利坐在窗边，瞅着天上的飞云，地上的迷雾，谛听暴风中一些声音，像是不安定的精灵在幽诉——这些声音，如果她不是那么年轻，快活和健康，准会教她吓得丧魂落魄，像是碰上什么恶兆，听到什么预料得到的挽歌，可是，在她这种青春妙龄，如花吐艳的当口，这些声音教她听来，不过是教她轻松愉快地沉思一下而已。动听的歌谣断断续续地萦绕在她耳际，她不时地唱上一节，她的音调随着风力的忽高忽低而抑扬顿挫：风声猛烈，音调高扬；风声渐弱，音调渐轻。卡罗琳退缩到房间的老远老暗的角落里，她的形体在没有火焰的炉火的红宝石光的闪烁下，隐约可辨，她正在踱来踱去，暗自嘟哝着自己背熟了的诗歌的片段。她念得十分轻，可是，谢利听到了，谢利一边轻声地唱，一边在谛听。卡罗琳念的是这节诗：

黑夜包围天空，
　大西洋波涛汹涌，
我这个命中注定的可怜虫，
　乘船破浪往前冲，
失去朋友和希望，
　就此离开动荡的家园。

念到这里停止了，因为谢利的歌刚才唱得有点洪亮和震颤，此刻变得很微弱。

“念下去呀，”谢利说。

“那么，你也唱下去呀。我只是在背《坐船遇难的人》。”

“我知道，如果你全都记得，就全都背出来吧。”

于是，因为天快断黑了，而且基达尔小姐毕竟不是个难弄的听者，卡罗琳就把它背完了。她好像是一定要一气把它背完似的把它背完了。汹涌的海，那个溺水的水手，那只不由自主的船在暴风雨里飘荡，叫人听了有如亲临其境，尤其是生动地体现了诗人的衷情，他并不是在为那个坐船遇难的人哭泣，而是在一个无泪的苦痛时刻中，在那个被人间丢弃的水手的命运中，探索跟他自己被上帝遗弃的苦境有何相似之处，并从他在进行挣扎的海底大声呼叫：

听不到神明制止暴风雨的声息，
　看不到吉利的光辉，
刹那间，失却一切有效的救助，
　我们惨遭灭顶——各自东西！
而我——置身在更汹涌的海底，
　比他更深地淹没在深渊里。

“我希望威廉·库柏[1]现在在天堂里安宁，”卡罗琳说。

“你可怜他在人间所遭受的苦难吗？”基达尔小姐问道。

“可怜他，谢利？我还能有其他什么作为呢？他写这首诗的时候，已是快要心碎了，读这首诗也简直要叫人心碎。可是，他把这首诗写出来后就觉得如释重负——我知道他是这样。而且，我相信，这种诗才——也是赋予人类的最神妙的才赋——在情感的力量眼看就要受到伤害的时候，刚好用来安定情感。我觉得，谢利，谁都不该为了显示智慧或才艺而写诗。谁去注意那种诗呢？谁去注意学问——谁去注意诗里的优美的词句？谁不注意感情——真正的感情——不管是表现得多么纯朴，甚至于是多么粗犷呢？”

“总之，看来你很注意感情，当然啦，听了这首诗，人们就发现库柏当时的情绪简直同刮那只船的大风一样强烈——这种情绪虽然不容他停下来修饰每一个诗节，却使他浑身是劲，要至善至美地把它一气呵成。你能够声调沉着地把它朗诵出来，卡罗琳，这很使我惊奇。”

“库柏在写这首诗的时候，手并没有发抖，我在朗诵的时候，干吗声音要颤抖呢？错不了，谢利，《坐船遇难的人》的原稿上决没有斑斑的泪痕，我在这首诗里听不到忧伤的呜咽声，只是听到绝望的叫喊，可是，那种叫声一经发出来后，我相信，那种致命的痉挛就打他心里

---

① 威廉·库柏（1731—1800），英国诗人。

消失了。他大哭一通之后，也就舒服了。”

谢利又哼起歌谣来了。不一会，她突然停住，说——

“如果只是为了有个安慰他的优惠，人们也许会爱库柏了。”

“你决不可能爱库柏，”卡罗琳顿即答道，“他不是个生来让女人爱的人。”

“你这是什么意思？”

“就是我说的意思。我知道世界上有一种天性——也是十分高贵、高尚的天性——爱情永远不能接近这种天性。你也许会怀着要去爱他的意愿去找寻库柏，你准会对他看了一会，怜恤他一阵，就离开他，因为觉得不可能、不相称而不得不离开，正如水手让‘狂风’刮得只好离开他们那淹溺的同伴一样。”

“你也许说得不错，是谁告诉你这些的？”

“既然我提到库柏，我还应该说说卢骚。卢骚从未被人爱过吗？他热烈地爱，可是，他的热爱可得到回报吗？我肯定说，从来没有得到过回报。如果有任何一个女库柏和女卢骚，我肯定她们也是这样。”

“我问你，是谁告诉你这些的，是穆尔吗？”

“为什么一定要有人告诉过我？我没有直觉吗？我不能用类推法来判断吗？穆尔从来不同我谈库柏、卢骚或者爱情。我们在孤寂的时候所听到的声音，就告诉我关于这些问题的一切知识。”

“你可喜欢卢骚派的人物吗，卡罗琳？”

“总的说来，一点也不喜欢。我极其同情他们所具有的某种品质：他们天性中某种神光照得我眼睛发花，心灵灿亮。然而，我又蔑视他们。他们都是泥塑金雕的。废料和渣滓造出了一批懦弱的人，总的看起来，我觉得他们都是不自然的，不健全的，令人可厌的。”

“我敢说，我比你更能容忍卢骚，卡利。你自己又柔顺又爱沉思，你却喜欢坚强和讲求实际的人。顺便说一句，你一定十分惦记你那位表哥罗伯特，因为你不能再同他会面啦。”

“我确实惦记他。”

“可他一定惦记你吗？”

“他倒不惦记我。”

“我不得不认为，”谢利又说下去，她近来有个习惯，老要把穆尔的名字插进谈话里来，哪怕是看来并无此必要也要提一提——“我不得不认为，他喜爱你，因为他那么地注意着你，同你谈天，也教了你不少东西。”

“他从来就没有喜爱过我，他从来没有表示过喜爱我。他只是尽量表现得很能宽容我罢了。”

卡罗琳决定今后在评价她表哥同她的关系时，决不再在这方面多加渲染，所以现在在习惯上总是极少想到和提到这方面的事情。她之所以在展望未来时不像以往那么乐观，在回顾过去时也不那么沾沾自喜，是有她自己的理由的。

“那么，不消说得，”基达尔小姐说，“你反过来也宽容他不就结了吗？”

“谢利，男人和女人是不同的，他们所处的地位又是如此不同。女人要想的事情很少——男人却有许多要想的事情，你也许同一个男人有友谊，可他简直就对你很冷淡。在使你生活愉快的事情中，也许大多得仰仗他，而在他看来，却没有什么重大的看法和兴趣是同你有关联的。罗伯特常常去伦敦，有时候，一去就是一两个礼拜，唔，他出门了，我觉得很空虚，总像少了点什么似的，白莱亚菲尔特也显得更沉闷了。自然喽，我有我自己的日常事情，然而，我还是惦记他。晚上我独自坐着，老是觉得有种奇特的、形容不出的肯定的信念，认为如果当时有个魔术师或者妖怪给我一只阿里王子的千里镜（你总记得那是《天方夜谭》吧？）如果靠了那只千里镜，我能够看一看罗伯特——

看他是在哪儿，在做什么——我就可以多少使人惊奇地知道我同他的隔阂究竟有多大。我自己心里有数，不管我的思想怎样离不开他，事实上，他却同我离得远远的。”

“卡罗琳，”基达尔小姐突然发问，“你不是想找个职业——找桩生意吗？”

“我简直是一天想了五十遍。其实我常常在想，我到这个世界来干什么。我真巴不得有些什么极其有趣的事情，硬塞进我的头脑里，手里，免得我东想西想。”

“光是劳动就能使人快活吗？”

“不能，不过劳动可以带来各种各样劳苦，可以使我们不会伤心，不会只是遭到一个暴虐的苦主的折磨。再说，成功的劳动还可以得到报酬，空虚、烦腻、孤单、无望的生活是什么报酬也没有的。”

“可是，据说，艰苦的劳动和需要学问的职业会使女人变成男性，变得粗鲁，不像个女人。”

“未婚和永远不结婚的女人是否会不漂亮，不雅致，这又有什么关系呢？只要她们正派、端庄、整洁，就够了。一般老处女最最应该具备的，就容貌来说，就是她们在街上经过男人身旁的时候，绝对不能叫他们刺眼，至于其他方面，只要不太侮慢，她们尽可以随意地专一，严肃，朴素，粗衣素服。”

“卡罗琳，你说得如此顶真，你自己也许要做老处女吧。”

“我一定要做老处女，这是我命里注定的。我决不嫁给姓马龙的或者赛克斯的——谁都别想娶我。”

这当儿，两人都歇了好一会儿。后来还是谢利先开口。那个好像使她迷惑的名字又几乎是首先挂在她嘴边。

“琳娜——穆尔可不是常常叫你琳娜吗？”

“是的，那是有时候他按照他本国的习惯作为卡罗琳的简称的。”

“唔，琳娜，你可记得我有一天看到你头发里有点儿不对称吗？右边缺了一绺鬈发，当时你对我说，那都是罗伯特的不好，因为他有一次在那上面剪去了一大绺。”

“记得的。”

“如果他是像你说的，现在对你，过去对你都总是冷淡的，他为什么要偷你的鬈发呢？”

“我不知道——啊，我知道，那是我做的事，不是他做的。这类事情样样都是我做的。当时他像往常一样，要去伦敦，他走的前一天晚上，我在他姊姊的针线盒里找到了一绺黑发，一绺短短的鬈发。霍顿斯对我说，那是她弟弟的头发，也是一种纪念品。那时候，他就坐在桌旁，我望一望他的头——他头发很多，在鬓角的地方有许多鬈发。我心里想，他准能给我一点。我知道我很想要，因此我就问他要。他说，要有个条件，那就是他要在我头上选一绺发。于是，他就拿去了我一绺长发，我呢，得到了他一绺短发。我保存了他的头发，可是，我敢说，他把我的丢了。这是我做的事，也是这么一些傻事之一，叫人一想，心里就不痛快，脸上火辣辣的。一想到这种虽然很细小却很刺人的事情，就像是让小小的削笔刀划伤了我的自尊心，而且使得你的嘴巴，在你单身独坐的时候，会突然疯子似的发出惊叹声来。”

“卡罗琳！”

“谢利，在有些方面，我真个认为我是个傻瓜，我确实看不起我自己。但是，我所说的，我决不是要让你来做听我忏悔的牧师，因为你不能拿弱点来换弱点，你不是个弱者，你现在瞅着我瞅得多么沉着呵！把你那明朗，坚强，雌鹰似的眼睛别过去，这样定睛看我是种侮辱。”

“你可多么会研究性格呵！弱者，当然啦，可是，同你想的意思不一样——请进来！”

这是应外面的敲门声说的。基达尔小姐当时刚好坐在门边，卡罗琳坐在房间另一头。她看到有张条子塞进了谢利手里，还听到说：

“是穆尔先生捎来的，小姐。”

“拿烛来，”基达尔小姐说。

卡罗琳有所期待地坐在那儿。

“是张谈公事的条子。”女继承人说。

可是，等到蜡烛拿进来了，她却既不打开，也不看那条子。不一会，外面通报：教区长家的范妮来了。于是，这位教区长的侄女就回家了。

第十三章
又是谈公事

谢利的性情有时会显得懒懒散散。有时候，她喜欢完全手闲眼净——在这种时刻，她的思想，她的质朴的生活，她置身于其中的尘世，头顶的天，都似乎给她产生了如此圆满的幸福，以致她不费吹灰之力就能增加快乐。她经常在忙了一个上午后，就到适意的树荫下，一动不动地躺在草地上，消度一个令人愉快的下午。除了卡罗琳，她不需要其他人做伴，而如果卡罗琳就在左近的话，这就够了。除了湛蓝的天空，她也不要求看到其他什么景致，片片的云儿像是远处点点篷帆，高高地掠过天际；除了蜂儿的嗡嗡声，树叶的喁语，别无其他声响。在这种时刻，她唯一的书本就是模糊的回忆录，或者是女算命者的预言的篇章。打她那年轻的眼睛，发出灿烂的光辉，落在所读的每一卷书上；嘴角时时露出一丝笑意，教人看出其中有个故事，有种预言——这都不是悲哀，不是阴郁的故事或预言。命运之神一直眷顾这个极乐的做梦人，还答应要再来照顾她。她的过去是美妙的篇章；她的未来是瑰丽的希望。

但是，有一天，卡罗琳心想谢利已经躺了好久，就跑到她身边想弄醒她，不料低头一看，却见谢利的腮帮子湿潮潮的，仿佛沾着露珠，她那双秀丽的眼睛水汪汪的，闪着盈眶的泪花。

“谢利，你为什么哭？”卡罗琳问道，不知不觉地把重音放在你上。

基达尔小姐微露笑容，转过她那只雅致的脑袋，望着发问的人。

“因为一哭就使我非常高兴，”她说，“我心里又是悲又是喜。可是，你这个耐心的乖孩子，干吗——干吗不来跟我在一起呢？我只是流眼泪，怪愉快的，一下子就拭掉了。如果你愿意的话，也可以痛哭一顿。”

“我为什么要痛哭一顿？”

“没有伴侣，孤独的鸟儿！”这就是回答。

“难道你不也是没有伴侣吗，谢利？”

“在心底里——不。”

“噢！谁紧挨在那儿，谢利？”

可是，谢利听了这问话，只是乐呵呵地哈哈笑，接着，敏捷地站了起来。

“我刚才做了个梦，”她说，“十足是个白日梦，当然是很快活，也许是无根无脚的。”

如今，赫尔斯通小姐完全摆脱了一切幻想，她对未来抱了相当严肃的看法，她自以为充分了解自己未来的命运，了解其他几个人的未来命运。可是，从前的朋友仍是对她有相当影响，正是这些朋友和习惯势力依然经常使她晚上跑到篱栅踏级和荆棘丛那里去俯眺洼地。

有一天晚上，就是送来了那张条子的下一天晚上，她又来到她通常那个岗位上，守望着她的信标，结果是空守了一阵。那天晚上，没有点灯。她一直等到星星上来，告诉她时间不早，应该回去了。在她回家路过菲尔赫德的时候，美好的月色招引了她的眼目，使她停下步来。大树和邸宅静穆地屹立在夜空和明澈的满月下面，珍珠似的苍白色镶着那座大厦，四周尽是柔美、暗棕色的百花，深绿色的阴影罩在它那戴着橡树花冠似的屋顶上。屋前那条宽阔的铺道也是苍白色的，它闪闪发光，仿佛有什么魔力把那黝黑的花岗石变成了光闪夺目的大理石。在那片泻着水银的地上，映着两个黑影，轮廓鲜明，分明是两个人。这两个人，初眼看去，一动不动，无声无息，不一会，他们步伐和谐地走动起来，音调和谐地低声细语。在他们打桦树后边出来时，仔细盯着他们看的眼色是多么聚精会神呵。

“是普赖尔太太同谢利吗？”

那一个肯定是谢利。除了她，谁会有这么柔软，骄矜，优雅的身段？她的脸盘儿也清晰可见，她的面容透着漫不经心而又心事重重，沉思冥想而又高高兴兴，逗弄嘲笑而又含情脉脉。她不怕露水，竟然光着脑袋，鬈发蓬松地遮着她的脖子，发圈抚摸着她的肩膀。一只金锁片打她拦胸裹着的围巾的褶缝里熠熠发光，白皙的手上的红宝石在闪闪发亮。不错，那是谢利。

那么，她的伴侣自然是普赖尔太太喽？

是呀，如果普赖尔太太是身高六英尺，如果她已经脱下她那寡妇的丧服而女扮男装的话。走在基达尔小姐身旁的那人是个男人——一个个子高高，仪表堂堂的年轻人，——原来是她的租户罗伯特·穆尔。

两人轻声说话，说的话并不是清晰可辨的。待在这儿看一会，该不会就成了偷听人家说话的吧，况且月色这么澄明，他们的面容又都这么清楚，谁能不为这么有趣的场面吸引呢？卡罗琳似乎为这场面吸引了，因为她流连不走。

有一度，穆尔喜欢在夏天的夜晚，同他表妹散散步，就像他这会儿同这位女继承人在散步一样。她也常常在太阳落山后同他一起走上洼地，去闻闻清新的泥土气息，在那里，芬芳的牧草地毯似的铺在一块狭狭的台地上，旁边是深谷，打深谷的幽暗的裂隙，可以听到一种声音，宛似孤寂的河神在河边湿漉漉的石块中，在杂草丛生的河岸间，在暗黑的接骨木荫处呻吟。

“不过，我过去总是跟他挨得很近，”卡罗琳想，“他觉得不必跟我客气，我也只需要亲切。他过去总是挽着我的手，这回他却碰也没有碰她的手，谢利在她真正爱的时候并不是骄傲的。这会儿她的模样并不傲慢，只在举止上有一点点傲慢，她觉得正常的事物，她就决不放手，她在最漫不经心时想到的，就像她在最小心提防的时刻想到的一样。罗伯特一定是同我一样想法，他这会儿正低着头在看那张秀丽的脸，他一定是以男人的头脑，而不是以我的头脑来思量那张脸的。她眼睛里有如此炽烈的，然而又是温柔的一团火。她笑了——是什么使她笑得那么甜？我看到罗伯特觉得她笑得很美，他一定是以他那男人的心，而不是以我这女人的迟钝知觉来感受那笑容的。我觉得他们就像两尊快活的巨神，那条有如水银泻地的铺道使我想起那据说是在致人死命的洪水彼岸的白色河岸[①]来。他们已经走到了那儿，他们走到那儿结合了。可我是什么，站在这儿的阴影里，缩在隐蔽的地方，我的心比我躲藏的这个地方还要暗黑吗？我是这个尘世的凡人，不是神——是个可怜的、劫数已定的人。她无知而绝望地自问，她为什么要来到人间，她活下来有什么目的，她的心一直在想这个问题，她最后的遭际怎样，可以靠谁撑持到死呵？

“这是我早晚要走到的最坏的道路，不过，我对此已有充分准备。我放弃罗伯特了，我第一天听说谢利到来了，就已经把他让给谢利，我头一回就看到她——有钱，年轻，可爱。现在她得到他了，他是她的情人，她是他的亲爱的。等到他们结婚了，她更加是他的亲爱的。罗伯特越是了解谢利，他的心越会爱恋她。他们两个都会幸福，我并不嫉妒他们的至福，我只是自叹我的不幸，我有些痛苦是十分厉害的。老实说，我真不该来到人间，人们应该在我呱呱坠地的时候就把我给闷死。”

这当儿，谢利跨到路旁去采朵挂着露珠的花儿，她和她的伴侣折进了那条靠近大门的小径。他们的谈话可以听到一些了。卡罗琳可不

---

① 希腊神话的大洪水，据说当时一切生灵都死于洪水，只有普洛美杜斯的儿子豆卡利昂和疕披美杜斯的女儿匹耳拉这对夫妻留了下来，遂传世界之人种云云。

愿意待下来听，她悄悄地走开了。月亮顿时吻着刚才被她的身影挡住的墙壁。读者既然有待下来的特权，那就尽可能来弄明白他们在谈些什么吧。

“我简直想不明白，既然你有斗犬那种顽固精神，造物主又为什么不让你长有斗犬的脑袋？”谢利说。

“这不是捧我的吧，难道我这样卑贱吗？”

“你也好像有这种畜生的不声不响的营生方法。你不事先发出警告，你悄悄地打后面扑上来，急急攫住，就此抓住不放。”

“这是推测，你又没有亲眼看到我这种功夫，我在你面前，一直就不是斗犬。”

“你这种不声不响的脾气，就表明了你的出身。你通常话说得很少，然而，你的计划诡计多端！你是个看得远的人，你是个有算计的人。”

“我懂得这些人的脾气。我收集了许多关于他们的意图的材料。我昨天晚上给你的条子就告知你说，巴拉克劳夫的审判已经结束，定了罪，判他流放，他那些同伙还会阴谋报复。我要订出我的反击的计划来，或者，至少要准备对付他们的计划，如此而已。这会儿，我已经尽我可能给你解释清楚了，可不可以让我了解一下，我打算要做的事，你可同意？”

“只要你是处于守势，我就一定支持你。我同意。”

“好！没有你的帮助，哪怕是你的反对或者不赞成，我相信我还是会完全照我现在所想的去做，只是气魄有所不同。我现在觉得很满意。总之，我很喜欢这种情况。”

“也许你的确是这样，这是很明显的。你喜欢你面前这个工作甚至超过你完成政府的军布订货呢。”

“我当然觉得这很适合我的兴趣。”

“赫尔斯通老头也是这样。不错，在你们的动机方面，有点儿不同，也许还有许多不同的地方。我可以同赫尔斯通先生说吗？如果你愿意的话，我可以去说。”

“随你的便，基达尔小姐，你的判断会正确地指引你。我自己在碰到更困难的局面的时候，也会依靠你的判断，不过，我必须告诉你，赫尔斯通先生目前对我有点儿反感。”

“我知道，我已经听到过你们的分歧了。你放心，分歧一定会消释，在目前这种情况下，他是忍不住携手合作的诱惑的。”

“有了他，我倒是高兴的，他本性老实。”

“我也是这么看法。”

“刀刃旧了，有点儿发锈；可是，刀口和硬度还是顶呱呱的。”

“唔，你一定可以有他，穆尔先生，那就是说，如果我能够说服他的话。”

“你还有谁说服不了？”

“也许说服不了这位教区长，不过，我要尽力而为。”

“尽力！他也许会屈服于一个词儿——笑容。”

“决不是这样。这要花掉我好几杯茶，一些糕饼和大费口舌的规劝，忠告，说服。天气有点冷森森了。”

“我看到你发抖了。我把你留在这儿，做得不对了吧？不过，这会儿并没有风，我甚至觉得很暖和，有你这样的人在一起，是我难得的一种愉快——可惜你没有披件厚点的披肩。”

“我本来还可以再待一会，管它时间多晚了，只是怕普赖尔太太会不高兴。我们在菲尔赫德，总是早眠早起，定时定刻，穆尔先生，因此，我肯定，你姊姊在小屋里也是这样。”

“不错，可是，霍顿斯和我有种天下最实用的谅解，那就是我们都可以各行其是。”

“你喜欢怎样各行其是呢？”

“一个礼拜中，我三天睡在厂里。可是，我几乎不需要什么休息，碰上月亮夜，天气好，我常常在洼地溜达到天亮。”

“穆尔先生，从前我做小姑娘的时候，我的保姆总给我说洼地出现妖精的故事。那还是在我父亲造这工厂以前的事情，那时候，洼地完全是个荒凉的山谷，人们不免要受到魔法迷惑。”

“我怕是有这么回事，”穆尔轻声说。

“可是，还有比防备妖精更糟的事儿呢，”基达尔小姐又说下去。

“更危险的事儿，”他接口说。

“岂止是危险。比如说，你可高兴碰上迈克尔·哈特利，碰上那个狂热的卡尔文教徒兼雅各宾的织工吗？听说他专爱偷猎，常常在夜里带着枪出来。”

“我已经有幸碰到过他了。有一天夜里，我们一起辩论了好久。那虽然是桩奇特的小事，我却喜欢这样。”

“喜欢这样？我真佩服你的兴趣！迈克尔不是个神经正常的人。你在哪儿碰到他？”

“在林中空地最隐僻的地方，那儿河水在丛林下边缓慢地流。我们就坐在独木桥边。那天晚上有月亮，只是有云，而且风很大。我们谈了一阵。”

“谈政治吗？”

“还谈宗教。我想那天晚上是满月，迈克尔拼命装得疯疯癫癫，他摆出一副唯信仰论的派头，说了些亵渎神明的怪话。”

“请原谅，不过，我认为，你去坐在那里听他说话，必定也差不多同他一样疯了。”

“他那套疯话，倒是别有趣味。如果他不完全是个疯子，他就会成为半个诗人；如果他不是个浪荡汉，也许就会变成个预言家。他一本正经地告诉我说，我不可避免地注定了，地狱准有我的份儿，说他在我额头上看到了野兽的标记，说我打一开头就是个无家可归的人。他说，上帝已为我布下了天罗地网，还斩钉截铁地说，他在今夜的异象中，已经看到了我是怎样死法，上了什么刑具。我本来还想再多知道一些，可是，他只是给我留下了这么一句话：‘末日还没有到来。’”

“打那回以后，你可再见到过他？”

“大约过了一个月，我从市场回来，碰到他和摩西·巴拉克劳夫两人都醉得不成样子。他们发疯似的在路旁做祷告。他们管我叫撒旦，要我滚，大叫大嚷着不要受我的诱惑。再有一次，还不过是几天前，迈克尔突然驾临我账房间门口，光着脑袋没戴帽子，穿着衬衫，因为他的上衣和帽子都给押在酒店里，他发表了一个教人愉快的消息，说他真希望穆尔先生能收拾房子，因为他的灵魂大概不久就要找他了。”

“你不把这些事情放在心上吗？”

“那个可怜汉一连喝了几个礼拜酒，眼看到了快要发神经的境地。”

“那又怎样呢？他很可能想实现他自己的预言吧。”

“让这种小事情影响一个人的神经，总不行吧。”

“穆尔先生，回家去！”

“这么快吗？”

“直接穿过地里，别绕小巷和林子走。”

“天色还早呢。”

“不早了，我可要进去了。你能答应我今晚不在洼地走来走去么？”

“如果你希望这样的话，只得遵命。”

“我确实希望这样。我不妨问一下，你是不是认为生命毫无价值？”

“决不是这样，相反的，近来我把生命看得很贵重。”

“近来？”

“现在，我觉得，生活不是毫无目标，也不是毫无希望的了，三个月前，真是既无目标也无希望。那时候，我正给淹死了，巴不得就此给淹死拉倒。不料突然之间，有只手向我伸过来——那么一只纤巧的手，我简直都不敢相信呢——可是，那只手的力量，终究把我从毁灭中救了出来。”

“你真的给救出来了吗？”

“目前说来是这样，你这一臂之力给了我另一个机会。”

“那就活下来，充分利用这个机会吧。别拿你自己去做迈克尔·哈特利的靶子，晚安！”

赫尔斯通小姐约好第二天晚上来菲尔赫德，她如约前来。来之前，她已度过几个郁闷的钟头。她大部分时间都是关在自己房里，不错，只是下来同她叔叔一起吃饭，才出房门，同时，还指望范妮会问她，那么，她就可以对范妮说，她正在忙着改一件衣服，喜欢待在楼上缝制，免得受到打扰。

她确实是在缝衣服，她连续不断地一针一针缝下去，但是，她的脑子却比她十只手指还要转得快。她又希望有个固定的职业，而且这个念头比以往更为热切——不管这个职业是多么繁累，多么令人厌倦。她一定要再去恳求她叔叔，不过，她先要同普赖尔太太商量一下。她坐在白色的小榻脚那儿，那件薄细布的夏衣就摊在小榻上，她脑子里在努力制订计划，同她双手在那块衣料上缝针打褶裥一样勤快。她在这样一心两用地忙着的时候，盈眶的泪珠不时落到她忙碌的手上，不过，这种情感迸发的次数并不多，而且很快就给抹掉了，刀割似的阵痛一经过去，遮住视觉的阴翳也就消失，她又再拈针走线，又再打褶裥，修剪，继续做下去。

快近黄昏时分，她穿着齐整，来到菲尔赫德。走进橡木客厅时，茶点刚好端进来。谢利问她为什么来得这么迟。

“因为我在做衣服，”她说。“这么晴朗的天气，开始使我觉得不好意思穿这件冬季的美丽诺呢衣了，因此我改了件薄一点的衣服。”

“你穿这件衣服正是我喜欢看到的样子，”谢利说。“你真像个小贵妇，卡罗琳，她可不是吗，普赖尔太太？”

普赖尔太太对人的外貌，不管好坏，向来是不置一词，也难得表示意见的。现在，她只是在卡罗琳挨着她坐下来时，为卡罗琳撩开遮着脸颊的鬈发，抚摸一下她那鹅蛋脸，说：“你好像有点瘦了，亲爱的，而且脸色有点苍白。你睡得好吗？你双眼无神。”说着，焦灼地对她凝视一阵。

“我常常做忧郁的梦，”卡罗琳答道，“如果我在夜里醒一两个钟头，我就不住地把教区长住宅想做是一个古老阴郁的地方。你知道，那地方十分靠近墓地，屋子后头地方极其古老，据说厨房外边那块地方原来是墓地的一部分，那下面有许多坟。我真巴不得离开教区长住宅。”

“亲爱的！你一定不是迷信吧？”

“不是，普赖尔太太，不过，我想我变得所谓神经质了。我现在看事情比过去看得更阴暗了。我产生了从来没有过的恐惧——倒不是怕鬼，而是怕不好的兆头和不幸的事情，我心头压着块说不清的大石头，真要叫大家来把它搬掉，可我又办不到。”

“奇事！”谢利高声说。“我就从来没有这种感觉。”

普赖尔太太一言不发。

“好天气，快活的日子，快活的事情都无法使我快活，”卡罗琳又说下去。“无风的夜晚，我也不觉得是无风。我一向认为是柔和的月光，现在看来只是叫人伤心。这是神经衰弱吗，普赖尔太太，还是什么？我实在毫无办法，我常常跟它作斗争。我在思考，可是思考也好，努力也好，都是一个样。”

“你应该多运动运动，”普赖尔太太说。

“运动！我运动得太够啦。我总是运动得我快要站不住了。”

“亲爱的，你应该出去走走。”

“普赖尔太太，我真想出去走走，不过，不是去作任何没有目的的旅行或者观光。我希望能够像你过去那样，去当家庭教师。如果你能就这个问题去同我叔叔说说，我真要大大地感激你。”

“胡说！”谢利突然插进来说。“多怪的念头啊！去当家庭教师！不如马上去做奴隶。干吗要这样做？你为什么一定要梦想走这么痛苦的一步？”

“亲爱的，”普赖尔太太说，“你要做家庭教师还嫌年轻，身体也不够结实。家庭教师所担负的责任往往是很重的。”

“可是，我认为我需要很重的责任来使我不闲空。”

“使你不闲空！”谢利嚷道。“你什么时候偷懒来着？我还从来没见过比你更勤勉的姑娘哩。你总是在做活儿，来，”她又说下去——“来，坐到我这边来，喝点茶提提神。这么说来，你是连我的友谊都不大放在心上，竟要离开我了？”

“实在是这样，谢利，可我并不希望离开你。我决不会找到另外一个这样亲爱的朋友。”

基达尔小姐听了这话，把自己的手放在卡罗琳手里，动作亲昵得有点儿冲动，还以面部的表情来大大地补充一下。

“如果你是这样想的话，那你就应该重视我的友谊，”她说，“而不离开我了。我最不喜欢同我爱慕的人分开。普赖尔太太就常常说要离开我，还说我也许可以交到一个比她更有好处的朋友。我简直会立即认为要拿个老式的母亲去换件什么时新的东西。至于说到你，唔，我开始自诩我们是地地道道的朋友。我认为你喜欢谢利，差不多就像谢利喜欢你一样，谢利并不吝惜对你的关心。”

“我真个喜欢谢利，我一天比一天喜欢她。可是，这并不会使我强壮，也不会使我快活。”

“那么，你去做个寄人篱下的人，生活在完全陌生的人们中间，就会叫你强壮快活吗？肯定不会，而且这种经验可千万试不得。我告诉你，这准不会成功。去忍受家庭教师总要过的那种孤寂生活，也不是你的性格受得了的。你准会病倒，我才不要听到这事。”

基达尔小姐十分肯定地说出这番劝阻的话后，歇了一歇。不一会，她又开口了，仍然显得有点怒意。

“说起来，我现在每天的乐趣就是期待那个戴着乡下小帽，围丝围脖的人儿闪现在巷里的树木间，知道我那位文静的、聪明的、细心的伴侣兼训诫者又到我这儿来了，我就要请她坐在房里，对她看看，同她谈天，或者各管各，随她和我的意。这也许是一种自私的话——我知道这是自私的，可是，这是自然而然地涌上我嘴边的话，因此，我把它说了出来。”

“我会给你写信的，谢利。”

“信算得了什么？只是一种没有办法的办法。喝点茶吧，卡罗琳，吃点东西——你什么也没有吃。大笑一阵，快活起来，别离开家吧。”

赫尔斯通小姐摇摇头，叹了口气。她觉得，在把自己的生活变成自以为是称心如意的生活的过程中，要劝使人家给以帮助或者同意，会碰到多少困难呵。如果她能够按照自己的看法去做，她认为，她总能找到一个也许是令人不快的，然而却能疗治自己的创伤的灵验办法。可是，这种看法所根据的事实，却是她对谁（尤其是对谢利）都无法完全说清楚的，这种看法，除了她自己，在大家看来，都似乎是不可理解的，狂妄的，当然要遭到人家反对。

她要离开舒适的家，去“找个工作”，确实不是出于眼前经济拮据的需要，因为她叔叔随便怎样，总有办法永远供养她。她的朋友们都这么想，就他们的眼光所能看到的，也都这么认为，他们都推论得很正确。可是，对于卡罗琳这么急于要克服或者摆脱的这种奇特的苦恼，他们却都一无所知，对她夜间辗转反侧，白昼坐立不安的情况，也都毫无感觉。这真是说都说不清，要说也无法说的事。她唯一的打算就是等待和忍受。许多缺衣缺食的人都比她有更快活的生活，更光明的前途；许多为贫穷所困的人也不像她这样悲伤地走投无路。

“你现在心境平静些了吗？”谢利问道。“你会答应别离开家吗？”

“既然我的朋友都不同意，我就不走。”对方答道。“不过，我认为，总有一天，他们一定会有跟我一样的想法。”

在这番谈话中，普赖尔太太显得很不自在。她那已成习惯的极其庄重的态度本来就不大会随便说话，或者对别人盘根究底。她会想到一大堆她决不冒昧提出来的问题，她心里会给人家出了许多嘴里决不说出来的主意。要是她单独同卡罗琳在一起的话，她也许会说出一点中肯的意见来。有基达尔小姐在场，她一向总是守口如瓶。现在，像过去无数场合一样，说不明白的胆怯和顾虑，使她不想插嘴。她只是以间接的方式来表示她对赫尔斯通小姐的关切，问她是否觉得火炉过热，同时拿块挡板放在她的座椅与火炉中间，又把那扇她认为刮进穿堂风来的窗关上，还常常不停地望着卡罗琳。谢利开口了：

“既然打消了你的计划，”她说，“我希望我已经把你的计划给打消了，我就要想出我自己的一个新计划来。我每年夏天都要出去旅行一次。今年夏天我打算到苏格兰海湾或英国的湖泊地区去过它两个月。那就是说，我要到那些地方去，假如你答应陪我去的话。如果你不肯，我就动也不动了。”

“你真好，谢利。”

“如果你能让我待你好，我就真好了，我有要做好事的各种意愿。我知道，我的不幸和习惯，就是认为我自己总比任何人都高出一头，可是，在这方面，谁又不都一样呢？不过，如果基达尔队长生来就很舒适，要什么有什么，包括有一个聪明、亲切的伴侣，那他就可以痛痛快快地拿出他的余力来使那个伴侣快活。卡罗琳，难道我们在高地[①]不快活吗？我们要到高地去。如果你经得起航海旅行的话，我们一定要到一些岛去——赫布里底群岛，设得兰群岛，奥克尼岛。你难道不喜欢吗？我看你会喜欢的。普赖尔太太，我要求你做见证。我一提到这事情，她的脸就开朗起来了。”

“我一定很喜欢，”卡罗琳答道，对她来说，这样一种旅行的想法不仅是愉快，而且会使她精神为之大大一振。谢利搓着双手。

“唔，我可以做一件好事，”她大声嚷着说。“我可以用我的钱来做件善举。我一年有一千镑收入，这不仅仅是一堆肮脏的钞票和害黄疸病似的金币的问题（我不妨以尊敬的口气提到这两件东西，因为我崇拜它们），而且它也许可以使委顿者得健康，使虚弱者长力气，使忧愁者有慰藉。我决定要利用这些钱来做点事情，做出比住一幢古老的好房子，比穿着缎袍，比得到朋友的尊敬，比得到穷人的敬重都更有益的事情。这就是要着手做的事情。今年夏天——卡罗琳，普赖尔太太和我到北大西洋去，到设得兰岛，也许要去法罗群岛。我们要到苏台罗去看海豹，而且，不消说得，还要到斯特罗莫去看人鱼。卡罗琳在笑啦，普赖尔太太。我使她笑了，我已经为她做了好事啦。”

“我一定高兴去，谢利，”赫尔斯通小姐又说一遍。“我真想听到海浪的呼啸声——海洋的巨浪声，去看看海浪是不是像我在梦里所想象的那样，像是摇晃着绿光的沙洲，撒着比百合花还要白的、消失了又

① 指苏格兰高地。

出现的、花冠似的浪沫。我很喜欢走过那种孤寂的暗礁似的小岛的堤岸，海鸟生长在那里，没人去骚扰它们。我们还要去寻找古代斯堪的纳维亚人——古代挪威人的故迹；我们简直可以看到挪威的海岸。这是我从你的提议所联想到的十分模糊、然而很快活的感觉。而且，这是一种愉快。”

“现在，如果你夜里睡不着，该会想到菲特夫·海特，想到海鸥在它四周尖叫，滔滔的海浪向它冲去，而不想到教区长住宅的厨房外边有坟墓了吧？”

“我要试试看，不再想到寿衣的残片，棺材的破片，尸骨和尸壳，而是想到躺在孤寂的海岸上晒太阳的海豹，渔人和猎人都从来没有到过那个地方，想到石缝里净是躺在海草里的珍珠似的鸟蛋，想到不怕人的鸟儿成群结队、快快活活地铺盖着白色的沙滩。”

“而你刚才说过的那块压在你心头的说不明白的大石头怎样了？”

“我要设法把它忘却，而想到在摆动的整个大海上，有一群大鲸打冻结的海面猛然冲了出来，有如雷声霹雳，穿过青黑色的巨浪。也许有一百头大鲸，跟在一头大公鲸后面翻腾，闪跃，摇摇摆摆地游去，那头大公鲸大得像是大洪水以前就已出世了的，这就是可怜的斯马特[①]所记在心头而说出来的那种动物：

‘勇猛地顶着怒潮
那头巨鲸一现而去。’

“我希望我们的小舟不会碰到你说的这种大小鱼群，卡罗琳。（我

① 克利斯朵夫·斯马特(1722—1771)，英国诗人，《大卫颂》(1763)的作者，诗中将《圣经·旧约·诗篇》作者大卫王歌颂为伟大的诗人。

猜想你大概认为这些大海象[1]是放牧在这些‘长青的峰峦’的海底，在大嚼那些在巨浪滔滔的大豁谷里的奇特的粮秣。）我才不高兴让那头大公鲸弄翻了船呢。”

“我想你想看到美人鱼吧，谢利？”

“至少总要看到一条，我决不希望一条也没看到，而且要它在这种情况下出现：我正一个人在甲板上走着，时间是在8月一个夜晚，我正在望着一轮满月，满月也在望我，突然海面上浮起一样白色的东西，这时候，月亮悄悄地爬上海面，高高地挂在那里，那东西一闪一沉，又浮起来了。我好像听到它声音清晰地喊叫，我把你打舱里叫起来，我让你看到一样东西，像雪花石膏一样洁白，从蒙蒙的波涛里冒了出来。我们俩都看到长长的头发，高高举起的白沫似的臂膀，椭圆形的镜子像星星一样灿烂。等它更滑拢来，一张人面清晰可见，同你一般模样儿的脸，它那端正、纯洁的（很抱歉，用了这个词儿，可是，这用得恰如其分），它那端正、纯洁的相貌，虽是灰白，却不难看。它看着我们，可并不是用你的眼睛看。我在它那诡计多端的眼色中看到了一种异常的魅力，它在招呼。要是我们是男人，我们一看到那阵招呼，就会纵身跳将下去，为了那个更要冷冰冰的女妖，我们还怕什么冰冷的波涛？可是，因为我们是女人，我们平安无事地站在那里，虽则有所畏惧。它理解我们一动不动的凝视，它自觉无能，怒形于色，它蛊惑不了我们，却一定会使我们惊骇，它高高一跃，全身袒露地滑过了黝黑的浪峰。吓人的女魔！真跟我们一样可怕！卡罗琳，等你最后看到它一阵狂叫，潜下水去的时候，你不会快活吗？”

“可是，谢利，它可跟我们不一样，我们都不是女魔，不是恐怖，也不是怪物。”

---

① 大海象，指大鲸。

“据说，我们有些女人是集这三种东西于一身的。这些特点一般说来，是男人加给‘女人’的。”

“亲爱的，”这当儿，普赖尔太太插嘴了，“难道你们不以为你们最后十分钟的谈话太异想天开吗？”

“可是，我们这种想法并没有什么害处，难道有害处吗，太太？”

“我们都知道并没有什么美人鱼，为什么要把它们说得像真有这东西那样呢？你们怎能在谈论乌有的东西中得到乐趣呢？”

“我不知道，”谢利说。

“亲爱的，我想是有人来了，刚才你们在谈话的时候，我就听到巷子里有脚步声，花园门可不是轧轧响了吗？”

谢利走到窗口那儿去。

“不错，有人来了，”她说，轻轻地转过身来。

她又坐下来的时候，脸上泛起一阵敏感的红晕，显得生气勃勃，一阵闪光既使她的眼睛倏地一亮，又变得柔和起来。她抬起手来，托着下巴颏，凝眸俯视，似乎一边在等待，一边在思索。

仆人通报穆尔先生来到，谢利刚一回过头去，穆尔先生已经来到门口。他进门站在那儿，与那三个女性一比，他的身材显得十分高大。这三个女性，谁都不能夸称自己的身材比一般人高。他神色很好，比他过去一年来任何时候都好。眼睛、气色都闪烁着一种青春重现的光辉，一举一动都透着一种令人奋发的希望和坚定不移的意志。他的外表虽然显得十分坚定，却不是凛然不可侵犯的神气。他显得既愉快又诚恳。

“我刚从斯蒂布罗回来，”他一边跟基达尔小姐招呼，一边对她说，“我认为应该把我此行的结果告知你一下。”

“你不让我挂心，真做得对，”她说，“你也来得正是时候。请坐，我们还没喝完午茶。你是已经很英国化了，能够品茶呢，还是仍然忠实地坚持你那喝咖啡的习惯？”

穆尔接过了茶。

“我正在学做个归化的英国人，”他说，“我的外国习惯正在一个一个地离开我了。”

这当儿，他向普赖尔太太致意，做得十分得体，端庄有礼，同普赖尔太太的年纪相比，正同他的年纪相称。接着，他望望卡罗琳——不过，这并不是第一次望——他刚才已经望过她了。他朝她坐的地方躬一下身子，把手给她，向她问好。窗户射进来的亮光没有照在卡罗琳小姐身上，她刚好背着光，文静然而比较轻声的一声回答，宁静的态度，亏得薄暮帮忙，使得双方都看不到彼此所显现的那种表里不一的形迹。谁都不能肯定卡罗琳是否身抖面红，心动神摇，谁都不能证明她是否动过情感。双方互致问候时都仍不免略为流露感情。穆尔坐在她旁边一把空椅子上，正好在基达尔小姐对面。他坐的地位真好，因为他坐得过近，形成一道屏障，无法仔细端相，加上暮色时刻都在加深，又多了一层掩蔽，所以不一会儿，他的邻座就不仅能够在外表上，而且能够真正地控制刚才因听到通报他的名字而激起的那阵汹涌的情感。

他又对基达尔小姐说话了。

“我去过兵营了，”他说，“会见了赖德上校。他赞成我的计划，答应帮我的忙，事实上，他提出的兵力，远远超过我的需要——六个就够了。我不想让许多丘八搅得应接不暇，其实只不过是要他们出来摆摆样子罢了。我主要还是靠我自己的人。”

“还靠他们的队长，”谢利插上一句。

“什么，基达尔队长？”穆尔问道，微露笑容，但是，没有抬起眼来。他说这句挖苦话时，声气十分恭敬而有所抑制。

“不是，”谢利也以笑容相答，“是吉勒德 · 穆尔队长，我认为他很相信自己的勇猛。”

“还有他是账房间的统治者，”穆尔找补一句。他重新恢复庄重的常态，又说下去：“今天晚班邮件，我收到了内政大臣一封复信。看来他们对北方这边的事态感到不安，他们特别谴责一些厂主因循姑息和怯懦无能。他们说，我也常常这样说，在目前情况下，无所作为就是犯罪，怯懦就是残酷，因为这两者只会助长纷乱，最后导致血腥的暴动。信在这里，我带来给你读一读，还有一批报纸，其中还登有诺丁汉，曼彻斯特以及其他各处的情况。”

他拿出了信件和报纸，放在基达尔小姐面前。她在仔细看信和报纸，他则不声不响地喝茶。不过，他虽然嘴巴不动，他的观察官能却似乎一刻也没有离开职守。普赖尔太太因为坐在后边，不在他的视线范围之内，可是，那两位年轻小姐却让他尽收眼底。

基达尔小姐就坐在他贴对面，他不花一点力气就看得到。她是他眼睛的目标，一抬起眼来，自然首先碰个正着。不过，由于还有点天光——逐渐西斜的残晖——落在她身上，她的形体在背后黝黑镶板的映衬下益发鲜明。谢利的白净面颊还带有几分钟前泛起的红晕，因为读报看信而下挂着的黑黑的睫毛，微黑而细密的眉毛，一头可说是乌光闪闪的鬈发，使得她那潮红的面色，相形之下，像是一朵红色的野花一般鲜丽。她的姿态天生有种魅力，她的丝绸衣服的大片片闪亮的褶裥也富有艺术效果——这套衣服式样虽很平常，可是，因为衣服的颜色具有摇曳的光辉，看上去简直是灿烂辉煌，衣料本身因为色泽很深，所以像是雉头颈的颜色一般变化。腕上的闪耀发光的手镯发出金黄和象牙相映照的光辉，全身都显得光彩鉴人。可以这样说，穆尔也是这般想法，因为他的眼睛久久凝望不舍。不过，他难得将自己的感觉或看法形之于色罢了。他自诩自己生性有点冷淡，又喜欢对任何人装出一副不露声色，却又并不俚俗，而是一本正经的样子。

他正面直视，就看不到卡罗琳，因为她就紧靠他在旁边，因此，必须想点儿办法才能把她完全收进自己的视野之内。他背往椅子一靠，眼睛往下朝她看。在赫尔斯通小姐身上，他也好，其他任何人也好，都找不出什么光彩来。她坐在暗头里，既没有戴花，又没佩上什么饰物，服装是朴素的细棉布做的，除了狭条的淡蓝色，一点也不鲜艳，她的面色并不泛红，也不激动，那棕色的头发和眼睛也由于光线昏蒙而教人看不清楚，她同这个女继承人相比，正如素静的铅笔速写之与鲜艳的油画。自从罗伯特上回见过她以来，她已经有了巨大的变化，他是否看出来了，可摸不准。他对这方面一点也没说什么。

“霍顿斯好吗？”卡罗琳轻声问道。

“很好，可是，她在抱怨失业了，她惦记你。”

“请对她说，我也惦记她，说我每天都写点法文，看点法文。”

“她一定会问我，你是否要我代问候她，她对这方面的事情总是很讲究的。你知道她喜欢人家关切她。”

“请代我向她问好——最诚挚的问候，还请你对她说，她什么时候有空，请她随时给我写个条子，我很乐于得到她的音讯。”

“如果我忘记了怎么办？我不是个代人问候的最可靠信使。”

“不，别忘记，罗伯特，这不是一般的问候，这是真心诚意的问候。”

“因此，就得万无一失地传到吗？”

“如果你肯的话。”

“霍顿斯一定会马上掉下泪来。她对她的学生向来是软心肠的。不过，她有时候也在骂你太听你叔叔的话。感情正像爱情一样，有时也会不公平。”

卡罗琳对这看法没有置答，因为老实说，她心里乱极啦，要是她敢作敢为的话，她准会拿起手帕儿来凑到眼睛上。要是她敢作敢为的话，她也准会说，她多么珍爱洼地小屋的园子里那些花，那所房子的客厅多像她的人间天堂，她多么希望能回到那里去，简直就像夏娃在放逐期间多么希望重返伊甸园一样。可是，她不敢把这些事情都说出来，她只好缄口无言。她静静地坐在罗伯特旁边，等着他再说些什么。好久没有同他如此贴近了——好久没有听到他对自己说话的声音了。如果稍有一点希望，即使是稍有一点可能，她会认为这种相见会使他愉快，而对她说来，则是一种至福。然而，即使她在怀疑这是否会使他愉快，又生怕这会使他着恼时，她还是把这种天赐的会面看做是只笼中鸟又喜逢阳光照进笼里来了。对于目前这种幸福的意义究竟是怎样，争辩是白费的，能够靠近罗伯特就是等于复活。

基达尔小姐放下了报纸。

"你听到所有这些咄咄逼人的消息是喜是忧？"她问她的租户。

"说不上喜，也说不上忧，不过，我当然是奉命办事。我觉得，我们的唯一打算就是要坚定。我觉得，充分准备和态度坚决就是避免流血的最好办法。"

接着，他问她是否看到一些非常值得注意的段落，她回说没有，于是，他站起来指给她看，他站在她面前继续谈话。从他所说的大意听来，他们两人显然都对白莱亚菲尔特附近的骚动有点恐惧了，虽然看不出他们究竟认为这种骚动将以什么形式爆发。卡罗琳和普赖尔太太都没有问什么问题，看来这还不是个成熟到可以随便讨论的问题，因此，这位小姐和她的租户只好把细节秘而不宣，免得他们的听者出于好奇而来盘根究底。

基达尔小姐在同穆尔先生谈话的时候，声调既活泼又有尊严，既亲密又不失自尊。不过，等到用人拿来烛火，拨旺火炉，满室生辉，因而她的面部表情教人看得一清二楚时，你就可以看到她富有兴趣，生气勃勃，十分热切了。她毫无搔首弄姿之态，凡是她对穆尔表示的同情，她都表示得十分认真。他的感情也是认真的，他的意见显然也是坚定的，因为他一点也不花什么力气来吸引，迷惑或者打动对方。不过，他难免要设法稍微左右一下对方，因为那种比较深沉的声音（尽管经过适当调节），那种比较倔强的意见（虽然是不自觉地和无意地表露出来），总不时以一些独断的话和声调把谢利那悦耳的土腔和高傲而敏感的性格给压了下来。基达尔小姐在跟他谈话的时候，显得十分快活，她的喜悦似乎有双重意义——是一种包含着过去和现在，有回忆又有希望的喜悦。

我上面所说的都是卡罗琳对这一对的看法。她的感情也正如上面所描述的。她设法不为这种感情所折磨，然而，又给折磨得好苦。她确实给折磨得好苦，几分钟以前，她那饥饿的心田已经尝到了点滴的滋养，如果这是慷慨赐予的话，那准会给正在逐渐衰退的生命带来大量活力，无奈丰盛的筵席已经让人攫走，摆到别人面前去了，结果自己只好做个陪客。

时钟敲了九下，这是卡罗琳该回家的时候了，她收起活计，把花边、剪刀、顶针箍放进袋里，悄悄地同普赖尔太太道了晚安，得到了那位太太比平常更要热切的握手，她走到基达尔小姐跟前。

“晚安，谢利！”

谢利猛地抬起头来。

“怎么！这样快？你要走啦？”

“敲过九点啦。”

“我连钟声也没听到。你明天再来吗？你今儿晚上会快活吗？会不会？别忘记我们的计划。”

“不忘记，”卡罗琳说，“我不会忘记的。”

她不禁担心起来，不知道这些计划或者任何其他计划能不能使她精神永远重新平静下来。她回过头看看罗伯特，他就紧站在她后面，他抬起眼来的时候，壁炉架上的蜡烛正好完全照在她脸上，顿时教人一清二楚地看到那张脸全然苍白，全然与前不同，全然是一派绝望的神气。罗伯特向来眼尖，如果他肯看一看的话，准是逃不过他的，究竟他看了没有，一无迹象可寻。

“晚安！”她说，身子像片叶子那样飒飒抖，急急地伸出小手，巴不得快快同他分手。

“你回家么？”他问道，却不碰她的手。

“是的。”

“范妮来接你吗？”

“来的。”

“我不如陪你走一节路吧。不过，不走到教区长住宅那儿，我怕我那位老朋友，赫尔斯通会打窗口对我开枪。”

他哈哈一笑，随手拿了帽子。卡罗琳说不必劳驾了，他要她戴上女帽，披上斗篷。她一下子就披戴完毕，于是，两人当即来到外面。穆尔又照过去的老样子，把她的手夹在自己腋下——这是她一直觉得十分亲切的样子。

“你只管往前跑吧，范妮，”他对那个女佣说，“我们会赶上你的，”等到那姑娘走在前面几步后，他把卡罗琳的手握在自己手里，说他知道她是菲尔赫德的常客，十分高兴，他希望她能继续同基达尔小姐交朋友，这种往来准会又愉快又有益处。

卡罗琳回答说她很喜欢谢利。

“不消说得，喜欢是相互的，”穆尔说，“如果她明白表示友谊，那你放心，她是诚恳的，她不会做假，她鄙视虚伪。不过，卡罗琳，难道我们永远不能再在洼地小屋看到你吗？”

“我看，除非是我叔叔会改变主意，否则，倒是这样。”

“你现在很寂寞吗？”

“是呀，非常寂寞。我除了同基达尔小姐往来，不高兴同任何人往来。”

“你最近身体很好吗？”

“很好。”

“你必须保重。千万不要忘记运动。你知道我觉得你有点儿变样了——有点瘦，脸色也苍白了。你叔叔待你好吗？”

“好，他还是像往常那样。”

“那就是说，不太体贴，不太照顾，不太关切。那么，你有什么毛病呢？说给我听，琳娜。”

“一点也没有，罗伯特，”可是，她的声音发颤了。

“那就是说，你什么也不说给我听了，你认为我不可靠了。这样说来，不往来倒真使我们疏远起来了，是么？”

“我不知道，有时候我简直害怕是这样。”

“可是，不应该有这种想法。‘难道该忘记老朋友，忘记那旧日的时光’吗？①”

“罗伯特，我可没有忘记。”

“卡罗琳，我想，你已经有两个月没到我家了吧。”

“是呀，我两个月没去了。”

“你在散步时可曾经过那地方？”

“我在黄昏时分，有时候，到过田野的高处，俯望下去。有一次，我看到霍顿斯在园子里浇花，我知道你账房间里什么时候上灯，我不时在那儿等着灯亮起来，我看到过你坐在灯和窗户中间的地方，我知道那就是你——我简直认得出你身体的轮廓。”

“我怎么从来没有碰到过你？我常常在太阳落山后，在洼地田野的

---

① 这是苏格兰农民诗人罗伯特·彭斯（1759—1796）一首诗《旧日的时光》开头一节的两句。

高处散步。”

“我知道你去的，有一天晚上，我简直就要同你说话了，你那么近地打我身边擦过去。”

“是吗？我打你身边擦过去，却没有看到你！我是单独一个人吗？”

“我看到过你两次，两次你都不是单独一个人。”

“那我同谁搭伴呢？也许只是乔·斯科特，或者我自己在月光下的影子。”

“不，既非乔·斯科特，也非你的影子，罗伯特。第一次你同约克先生在一起；第二次呢，你所谓的你自己的影子却是个有着白皙前额，黑黑鬈发，脖子上挂着条光闪闪的项链的形体。不过，我只是匆匆看了你和那个美丽的影子一眼，我并没有停下来听你们谈话。”

“看来你能隐身走路了。今晚上我看到你手上戴了一只戒指，这会是该齐斯[①]的戒指吗？从今以后，当我独自坐在账房间里，也许是在深更半夜的时候，我一定要想到卡罗琳也许就把头探过我的肩膀在跟我看同一本书，或者就正坐在我身边忙着她的活计，还不时地抬起她那别人看不到的眼睛在看我的脸，在揣测我心里的想法。”

“你不必害怕有这种苦痛，我决不会来到你身边，我只是站在老远的地方，看着你会变得怎样。”

“以后每当我在黄昏时分工厂放工后，——或者在夜里代做守更人沿着灌木树篱走去的时候——我一定会把每只小鸟在头顶的窝里扑动，每片树叶的飒飒声，都认为是你的动作，会把树影当做你的形体。我会把山栌树的白色小枝，看做是你的眼波，琳娜，你将会出没在我身边。”

“我决不会到你不希望我去的地方，也决不会去看、去听你不让我

① 该齐斯戒指，据传是古代利底亚王所戴的戒指，戴此戒指后就有隐身术。

看、让我听的东西。”

“我将会在大白天里看到你在我那个厂里，说真的，我有一次就看到过你在那里，不过是一个礼拜前的事，当时我站在一间长房间高处，女工们正在另一头做活，在那六七个走来走去的女工中间，我好像看到有个很像你的人。那大概是因为捉弄人的光和色，或者炫眼的阳光起作用的缘故。我朝着那群人走去，可我要找的影子已经不知不觉地溜掉了，结果是我自己站在两个扎着围单的胖娘儿中间。”

“我决不会跟你到厂里去的，罗伯特，除非是你找我去。”

“想象作弄我，可不止这一次。有一天晚上，我从市场上回来得很迟，我走进了客厅，想找霍顿斯，不料我不是找到她，我认为是找到了你。当时房间里没有烛火，我姊姊把蜡烛拿到楼上去了，百叶窗又没有拉下来，大片的月光打窗格泻进来。你呀，琳娜，就在窗边，畏畏缩缩地缩在一边，那样子就跟你平常差不多，你穿着白衣服，就跟我在一个晚会上看到你穿的衣服一样。一会儿，你那鲜艳活泼的脸似乎对着我看；再一会儿，我想跑去抓你的手，想责怪你好久没有来，同时欢迎你现在终究来了。我走了两步，好像符咒解除了似的，丝绸衣服变了外形，脸色也完全消失，变得无形无体了。确确实实，等我走到那个地方，什么都没有，只见一幅白麻纱窗帘在飘拂，只见花盆里一株凤仙花，上面红花累累——‘原来不过是一种幻觉’等等。”

“那么，那不是我的生魂了？我简直认为那就是我的生魂呢。”

“不，只是罗纱，陶器和粉红色的花，地地道道的一个白日梦的例子。”

“我弄不懂，像你这样专心一意忙着做生意的人，竟然会有做这种白日梦的时间。”

“我就是这样做了。不过，琳娜，我发现我身上有两种天性，一种是为人世和做生意的天性，一种是为家庭和悠闲的天性。吉勒德·穆尔是个苦命人，生就办工厂跑市场的，那个你叫他表哥的罗伯特有时候是个梦想家，他除了过着布业公会和账房间的生活，还有其他的生活。”

“你这两种天性倒是同你的实际情况一致的。我觉得你看来精神很好，身体也很健康。几个月前你脸上那种教人看了就心里难过的烦乱神情，已经完全看不见了。”

“你看出来了吗？不消说得，我已经解决了一些困难，我已经清除了一些暗礁，有更平安的海面了。”

“这么说来，只消一阵顺风，这会儿，你也许可以希望有个顺遂的航行了。”

“我也许希望这样，不错，可是，希望是靠不住的。天下没有控制得了的风浪。阵风和巨浪不断扰乱水手的航程，他心里总不敢除去可能就会到来的暴风雨。”

“可是，你已经随时都在准备迎接和风啦——你是个好水手，一个能干的船长。你是个熟练的领航人，罗伯特。你一定会冲过大风暴。”

“我的女亲戚总是很看得起我。不过，我一定要把她的话当成一种利市话。我会认为，我今儿晚上碰到她，就是碰到水手见了就有好运气兆头的那种鸟儿。”

“她是一种说来可怜的好运气兆头，她什么办法也没有，她没有能力。我觉得我很无能。如果说我决心要为你效劳，我只是有这种决心罢了，结果又无法办到，说了也是等于白说。我希望你一帆风顺；我希望你鸿运高照，真正幸福。”

“你什么时候希望过我有别的东西来着？范妮干吗要等在那里？——我已经告诉她先走。啊！我们已经走到墓地了。那么，我想，我们得在这里分手了。要不是这个姑娘同我们在一起，我们倒可以在礼拜堂门口坐一会儿，今天晚上天气这么好，这么温和的夏季，又没有风，我此刻还不很想回洼地。”

“可是，我们这会儿不能坐在门口，罗伯特。”

卡罗琳之所以这样说，是因为穆尔正在使她转过身来背着门口。

“也许是不行。不过，要范妮先进去。说我们就来了。等几分钟总没有什么关系吧。”

礼拜堂的自鸣钟敲了十下。

“我叔叔就要出来做他例行的巡逻了，他常常要查看一下礼拜堂和墓地。”

“如果他真的出来了，怎么办？要不是因为范妮知道我们在这儿，我倒很乐意同他来个捉迷藏。如果他在门口，我们可以躲到东边窗下去，他打北面来，我们可以转到南边去。大不了我们还可以躲到一块墓碑后面去。温家那块高高的碑石就可以把我们完全遮住。”

“罗伯特，你兴致可真好！走，走！”卡罗琳急急找补说。“我听到前门——”

“我不想走。相反的，我要留下来。”

“你知道我叔叔会非常气恼。他不许我见你。因为你是个雅各宾。”

“一个古怪的雅各宾！”

“走呀，罗伯特！他来了——我听到他的咳嗽声。”

“见鬼！真奇怪，我多么想待一下呀。”

“你记得他怎么对付范妮的——”卡罗琳说到这儿，又突然住口不说了。

再说下去的词儿应该是“情人”，可是，她说不出口。说了出来似乎是故意要说出她并不想说出来的念头——一种虚妄而叫人心里缭乱的念头。

穆尔可就没有这许多顾虑。

“范妮的情人吧？”他马上说。“你叔叔用水龙带给他冲了个淋浴，可不是吗？我敢说，他也准会乐于这样对付我。我倒很想挑逗一下这个土耳其老头——不过，我不是不满意你。可是，表哥和情人他总分得清吧，难道他分不清吗？”

“噢！他对你决不会那样想，自然不会。他同你吵架完全是政治上的。然而，我不喜欢裂隙扩大——他又是那么暴躁。他已经站在园子门口了。罗伯特，为了你，也为了我，走吧！”

这番恳求的话还加上一个恳求的手势，更加上一副恳求的神情。穆尔用手按住她那双紧握的手一会儿，俯望一下她那仰起的脸，说声“晚安”后就走了。

卡罗琳顿即赶到厨房门口范妮的后边。就在这时，一顶宽边帽的影子落在月光下的一座坟堆上。教区长像根竹竿一样笔直，从他的园子里出来，倒背着双手，慢步向着墓地走去。穆尔简直就要给逮住了，他只得挨着礼拜堂“躲闪”一下，他终于伛着高高的身子躲到温家的墓碑后面去了。他不得不在那里躲了整整十分钟，一只膝头跪在草地上，脱掉帽子，一头鬈发暴露在露水中，他那双深色的眼睛闪闪发光，嘴巴张开，暗自笑着自己这副姿势，因为这时候，教区长冷冷地站在那儿瞪眼凝望，就在同他相距三英尺的地方吸鼻烟。

好得这时候赫尔斯通先生心头一点也没有什么疑惑，因为他向来不大过问他侄女的行动，认为不值得一天到晚去注意她的行动，所以他并不知道他侄女整天都在外头，还以为这会儿她正在房里看书或者做活计呢。这时，她的确是在房里了，只是不像他想的那样在专心一意看书或者做活计，而是心里别别跳个不停地站在窗边，打百叶窗后面张来望去，在张着她叔叔回来，望着她表哥逃脱，最后她总算称心如意了，她听到赫尔斯通先生进来了，看到罗伯特跨过一座座坟堆，翻过了墙头，她这才下楼去做晚祷。等她再回到房里来，她又要想罗伯特了。睡意早已完全消失，她久久地坐在格子窗边，久久地凝望下边那个古老的园子和那个更要古老的礼拜堂，凝望着那些灰溜溜、静悄悄、给月光照得清清楚楚的坟堆。她随着夜的脚步，走向星星，直到“深更半夜”，[①]她全部时间都在精神上与穆尔在一起。她就在他身边，她听到他的声音，她把手放在他手里，暖烘烘地搁在他的手里。待到礼拜堂的自鸣钟一敲，待到有什么声动，待到她房里的常客——一只小老鼠，这个不速之客(这是她决不让范妮对它放置捕鼠器的客人)闯了进来，在她那条金锁片的链条，她唯一的一只戒指，和放在梳妆台上的一些小饰物间搞得喀啦喀啦响，啮啮本来放在那里等它来吃的一小片饼干，待到这时候，她才抬起眼来，顿时又回到现实中来。于是，她说得不高不低，仿佛在祈求一个看不见听不到的劝告者：“我不是在做爱情梦，我只是因为睡不着觉才想来想去，我自然知道他会跟谢利结婚。”

寂静再现了，钟声停了，她那只野性未驯和不知姓氏的小被保护者也退却了，她又做起梦来，偎依在那个幻影身边——侧耳细听，同它交谈。它终于暗淡失色了，因为朝暾已经驾到，沉星与破晓使得这个由幻想创造出来的幻影暗淡无光了，鸟儿的晓歌盖过了幻想的耳语。这个热情洋溢，兴趣盎然的故事被一阵晨风吹走了，变成了模糊的喃喃声。在月光里看到的那个形体，本来活生生的，既有脉搏，又有动作，闪烁着健康之火，青春之光，不料一碰上殷红的旭日，便变成冰冷和死灰色了。形体消逝了。她终于又是孑然一身，她浑身冰冷，颓然神伤，爬上床去。

---

① 典出苏格兰诗人彭斯的《死神与洪不克医生》中的诗句。

第十四章
谢利想通过行善获得拯救

她在早晨起身时，第一句话便是：“我自然知道他会跟谢利结婚。”接着，又肯定地说：“他也应该同她结婚，她能够帮助他。”接下来，就是这个令人痛苦的想法：“可是，等到他们结婚了，他们一定就把我忘记了。噢！他们一定会把我全给忘记了！不过，到了她把罗伯特完全从我这里夺走了的时候，那我该怎么——怎么办呢？我将到哪儿去呢？我的罗伯特！但愿我能正正当当地叫他是我的，可是，我又穷又无能。谢利有财有势，她也长得美丽，可爱——这我不能否认。这不是卑鄙的求情说爱，她也不是出于低劣的情感而爱他的。她会爱，也一定会爱他，正如他一定会因为有人爱而觉得自豪一样。决没有什么可以反对的正当理由。那么，就让他们结婚去吧，可是，以后，我对他来说，将是无足轻重的了。至于说到我是他的表妹，那全是废话，我才不看重它哩。我要么完全属于像罗伯特这样一个人的，要么就跟他毫无关系。那种不死不活的或者口是心非的好听话都是无法忍受的。一旦那一对结合了，我就一定要离开他们。至于留恋不舍，假冒伪善，故作镇静，保持友谊情分，在我的心灵已为其它感情所折磨的时候，我是不至于落到如此卑鄙的地步的。我不能成为他们的共同朋友，正如不能成为他们的死敌一样；我不能去硬挤在他们中间，正如我不能在他们身上踩踏一样。在我看来，罗伯特是个第一流人物，我爱过，真正的爱，一定要爱他。如果我能够的话，我准是他的妻子。既然不能做他的妻子，我就一定要到永远看不到他的地方去。只有一条路——依恋着他，仿佛我是他的一部分，要不然，就跟他一刀两断，南辕北辙，分道扬镳。那么，老天爷，让我跟他一刀两断吧。快快使我们分离吧。”

快近黄昏时分，她心头又撩起这样一些想法，这时候，这两个在她脑子里萦绕不散的人中，有一个影子打客厅窗口一闪而过。基达尔小姐款步走来，她的走相，她那既含沉思默想，又含漫不经心的外表，如果是在她心情平静时，这就是她的惯常的形色和举止。如果她是生气勃勃时，漫不经心的神气就完全消失，沉思默想则变得与和蔼愉快混成一体，还用一种富有柔情的独特风味来使笑声，笑容，眼波更加富有情趣，因此，她的欢乐绝不同于“锅下烧荆棘的爆声”。①

“你今天下午不来看我，是什么意思，你本来不是答应来的吗？”她一走进房间，就这样对卡罗琳说。

“我心情不好，”赫尔斯通小姐十分忠实地答道。

谢利目光锐利地盯着她看了一下。

“不，”她说，“我看你是不高兴爱我，你现在的心情阴暗、冷酷，就像一个人认为站在你面前的人是个不受你欢迎的人那样的心情。你就是这种心情。你可知道吗？”

“你想在这里多待一会吗，谢利？”

“是的，我是来喝午茶的，而且一定要喝过茶后才走。那么，对不起，我要不客气地脱掉帽子了。”

说着，她脱下帽子，然后，双手放在背后，站在地毯上。

“你脸上的表情真美，”她又说下去，仍然敏锐地盯着看，不是含有敌意，确实可说是怜恤地看着卡罗琳。“你好像不要人家帮忙那样奇妙，你这只自找寂寞的受伤的小鹿。如果谢利发现你受了伤，又流了血，你怕她会欺负你吗？”

“我从来没有怕过谢利。”

“可是你有时候不喜欢她，你常常回避她。谢利在受到怠慢，或者

① 参阅《圣经·旧约·传道书》第7章第6节：“愚昧人的笑声，好像锅下烧荆棘的爆声，这也是虚空。”

人家不接近她的时候，她是感觉得到的。如果你昨天晚上没人陪你回家，你今天准又是另一个姑娘了。你们是什么时候到达教区长住宅的？”

“大约十点钟。”

“哼！你们一英里路要走三刻钟。是谁这样依依不舍，是你还是穆尔？”

“谢利，你胡扯。”

“他胡扯——这我不怀疑，或者他看来像是在胡扯，那就更要糟啦。这会儿，我在你额头上还看到他眼睛的反光。我真想把他喊出来，如果我有个可靠的帮手的话。我觉得非常恼火，昨天晚上就很恼火，今天整天都恼火。”

“你不必问我原因，”她歇一歇，又说下去，“你这个闷声不响，过分谦虚的小东西，要我自己主动把我的心思都倒给你听，你才不配呢。说老实话，我昨天晚上真觉得心里有种可怕的念头，要去盯穆尔的梢。我有好几管手枪，可以用一用。”

“废话，谢利！你想打谁——打我还是打罗伯特？”

“你们一个都不想打，也许——也许是打我自己——更可能是打蝙蝠或者树枝。他是个小滑头，你那个表哥，是个不声不响、一本正经、聪明识趣、野心勃勃的小滑头。我看到他站在我面前，说着半真半假、半俗半雅的话，怀着确定不移的意图要压服我，我都完全心里有数，于是——我不能容忍他了！”

基达尔小姐突然急急地走过房间，精神饱满地又说了一遍她对一般男人都不能容忍了，尤其是不能容忍她那个租户。

“你误会了，”卡罗琳有点着急地说，“罗伯特不是个小滑头，也不是个轻浮的男人，这我可以保证。”

“这你可以保证！你认为在这个问题上我会相信你的话吗？别说是

你的，我是谁的证明都不相信的。为了使得穆尔飞黄腾达，你是连右手都舍得砍掉的。”

“这可不是说谎，如果容我说实话，我必须向你保证，他昨儿晚上对我真有礼貌——就是这么回事。”

“我决不问他是怎样的情况——我能猜。我打窗口看到，他一走出我的大门，他那些长手指就握着你的手。”

“这有什么打紧呢。你知道，我又不是什么外人，我是个老朋友，又是他的表妹。”

“我觉得很气愤，问题主要就在这里，”基达尔小姐答道。“我的全部安逸，”她立即又找补说，“都被他的花巧给破坏了。他老是在你我中间闯来闯去，如果没有他，我们一定会是好朋友，可是，这个身长六英尺的小滑头总是一再使得我们的友谊黯然失色。他一再穿来穿去，把我一直想看个清楚的太阳表面给弄得模模糊糊，不时地使我让你看成只是个拖累，是个讨人厌。”

“不，谢利——不。”

“他确实是这样。你今天下午不要跟我做伴，我觉得很难受，你天生就有点儿沉默寡言，我却是个爱好交往的人，我不能孤单单地生活。只要没有人来干扰我们，我是会尊重你，也始终愿意看到你，一秒钟也不想离开你。你就不能说会这样重视我了。”

“谢利，你要我怎么说我都可以怎么说。谢利，我喜欢你。”

“你会希望我明天就走得远远的，琳娜。”

“我才不呢。我一天比一天都更习惯于——都更喜爱你。你知道，我太像个英国人，不能一下子就同人家热烈交朋友，可是，你比一般人不知要好多少——你同一般小姐是那么不同。我尊敬你，我尊重你。你决不是我的负担，决不是。你相信我说的话吗？”

“部分地相信，”基达尔小姐答道，笑得有点奇怪，“可你是个怪人。尽管你看来很文静，可是你内里很有城府，很有一种力量，叫人不容易理解，不容易摸得透，再说，你一定是很不快活。”

“不快活的人大多不是好人——你是这意思吗？”

“根本不是这回事。我倒是认为，不快活的人往往是很专心的，而且不大乐意跟我这种性格的朋友往来。而且，还有一种郁郁不乐的情绪，不仅使人抑郁，而且越来越没精神，我怕这就是你的情况。同情对你会有些好处吗，琳娜？如果会有好处的话，就打谢利这儿拿点儿吧。谢利愿意大量贡献，而且保证货真价实。”

“谢利，我没有姊妹——你也没有姊妹，可是，这会儿，我突然想到姊妹之间彼此多么好感。相亲相爱是同她们的生命分不开的，这是任何感情冲击都不能动摇其根本的，小吵小闹只能破坏它一会儿，等到吵闹过了，反而更会重新相亲相爱起来，归根结蒂，相亲相爱不是任何激情所能抵敌的，有了相亲相爱，甚至爱情本身充其量也只能在力量大小和真假上跟它竞争一下。爱情是这样地伤害我们，谢利——爱情是这么折磨人，这么使人痛苦，爱情的火焰把我们的精力全烧光了，相亲相爱不是痛苦，也不是烈火，只是一种营养和香油。每当你——那就是说，只有你——在我身边的时候，我就得到支持，得到安慰，谢利。你现在可相信我？”

“如果道理说得我满意了，我总是容易相信的。这样说来，我们确实是朋友了，琳娜，尽管有过晦暗的时刻？”

“我们确实是朋友，”对方答道，把谢利拉了过去，使她坐下来，“不管出现什么意外，我们都是朋友。”

“好吧，那么，我们别再谈这个捣蛋鬼，来谈点其他的事情吧。”但是，这当儿，教区长进来了，于是，基达尔小姐正想“谈点其他”的事儿一直等到她要告辞时才说出来，那时，她在过道里待了几分钟后说：

“卡罗琳，我想把我压在心头的一桩大心事说给你听。我的良心很不安，仿佛我犯了罪，也可以说就要犯罪。这不是我个人的良心，你得明白，而是我作为一个地主和领主的良心。我已经给一只老鹰的铁爪抓住了。我已经受到了很厉害的影响，我虽然不赞成这种影响，可又抗拒不了。我怕不久会出什么叫我想来决不愉快的事情。为了安我的心，尽力避免发生不幸事情，我决意要做一连串好事。因此，如果你看到我突然之间竟有点不顾一切地行起善来，千万不要惊奇。我还不知道该怎么开始，可是，你一定要给我指点指点。这事情我们明天再详细谈谈。只是要请那位了不起的安利小姐劳驾上菲尔赫德来一趟，我想拜她为师。她会收个宝贝弟子吗？琳娜，你不妨给她个暗示，说我虽然存心很好，性格却有点乖张，这样，她对我不知道织布业等等情况就不会那么起反感了。”

第二天，卡罗琳看到谢利端庄地坐在写字台旁，面前摆着一本账簿，一捆钞票，一只装得鼓鼓囊囊的钱包。她显得非常一本正经，然而又有点儿困惑。她说她已经“查看过”邸宅里的每周家用账，正在设法找出还有什么地方可以节省开支；说是她刚才找来了那个厨娘吉尔太太，打发她走了，吉尔太太一定会认为她（谢利）的头脑不对劲了。

“我就如何恪尽职守对她讲了一番大道理，”她说，“说得她一定觉得很新鲜。我对于经济学居然会发这番宏论，连我自己也感到惊奇，因为你想，这完全是个新鲜的想法，我直到最近，对这个问题从来想都没有想过，尤其是从来谈都没有谈过。这全是一番大道理，等到我亲自做起来，我却什么也节省不下来。我还没有决心来减掉一磅黄油，或者采取任何明确的措施，来详细调查一切下脚，猪油，面包，冷肉或者厨房其他方面的开支等等下落。我知道，在菲尔赫德，我们是从来不在起身的时候点灯的，可是，我又不能询问相当细小的一磅磅蜡烛的莫名其妙的去路。我们并不给整个教区洗衣服，然而，我悄悄地注意到肥皂和漂白粉这两项，如果有人很想查究我们对这两项东西的花费情况，那是准能满足他的要求的。我并不是食肉动物，普赖尔太太、吉尔太太本人也都不是食肉动物，但是，我只要哼一声，稍微睁大一下眼睛，看看肉铺的账单上的账款，又好像我们都是食肉动物，我的意思是说大有出入。卡罗琳，你也许会笑话我，可是，你无法使我不这样。我觉得，我在某些方面说来，是个胆小鬼。我的气质有一种不敢明辨是非的杂质。每当吉尔太太应该向我结结巴巴地坦白时，我总不免面红耳赤，低下头来。我自觉无法打起精神来，对她哪怕是略微暗示一下，更别说是明白指出，她是个骗子。我这个人就是缺乏沉着的尊严，缺乏真正的勇气。”

“谢利，干吗要对自己作出这样不公正的判断来呢？我叔叔向来是不说女人的好话的，可他说在英国，一万个男人中，也找不出一个像你这样真正无所畏惧的人。”

“在身体上，我是无所畏惧的，我从来不怕什么危险。有一回，我独自走过樱草地，温先生那头赤色大公牛，在我面前一声嗥叫，跳了起来，顶着它那弄得很脏的、不高兴的脑袋，要向我冲过来，我也没有给吓得手足无措，可是，我却怕看到吉尔太太那张自知羞耻而又惶惑的脸。卡罗琳，你在某些方面比我有两倍——十倍的决心，你尽管碰到一头看来很文静的公牛，可随便怎么劝说，你就是不敢打它身旁走过去，但是，你却会坚定地对我的管家婆指出她做了些什么错事，然后又温柔而聪明地劝诫她，临了，我敢说，如果她有悔罪的表现，你准会十分亲切地宽恕她。我就不会这样做。不过，尽管出现了这种不同寻常的欺诈行为，我还是觉得我们是量入为出的。我手头有钱，我确实应该用这些钱做点好事。白莱亚菲尔特的穷人生活过得很糟，必须帮助他们。你认为我应该怎么做，琳娜？我是不是最好就立刻把现金拿来散发给他们？”

“不，说真的，谢利，你不会做得很得法。我常常发觉你对于慈善的唯一看法就是大手大脚，随随便便地给人先令或者半个金镑，其实这只会不断地滥用钱财。你应该有个首相，要不然，你就会弄得焦头烂额。你自己提出了安利小姐，我会去找她，不过，同时，你要答应我，你要保守秘密，而且，别开始白扔钱。你能有多少钱呵，谢利！你一定觉得有了这些钱就很富有了。”

“是呀，我觉得很了不起。其实，数目并不很大，只是我觉得有责任拿它花掉，这种责任压在我心头上，确实出我意料地沉重。听说，在白莱亚菲尔特，有一些人家简直饿得快要死了。我自己的一些农户就景况很惨，我必须而且一定要帮助他们。”

“有人说，我们不该施舍穷人，谢利。”

“他们都是枉费心机的大傻瓜。没有挨过饿的人，空谈什么慈善事业使人退化之类的话是容易的，可是，他们忘记了生命是短促的，也忘记了生命是苦痛的。我们是谁都不会永生不死的，我们还是尽可能互相帮助，度过匮乏和苦恼的时期吧，一点也不要去理会那种空头哲学的种种顾虑。”

“可是，你确实要帮助别人呀，谢利。事实上，你要施舍很多。”

“还不够，我一定要施舍更多些，否则，我告诉你，我兄弟的灵魂有朝一日会到天国去大声反对我。因为，说到底，如果那些政治的纵火犯到这一带来放火，袭击我的产业，我就会像只雌老虎起来保卫——我知道我会这样做。只要慈悲女神在我身旁，我就听她的话，一旦她的声音被暴徒的反抗声淹没了，我就会十分冲动地起来抵抗，起来镇压。一旦穷人聚拢来，像暴徒那样起来反抗，我就要像个贵族一样来对抗他们；如果他们吓唬我，我一定要反抗，如果他们来进攻，我必定要抵抗——我必定要抵抗。”

“你说得跟罗伯特一样。”

“我觉得很像罗伯特，而且比他还要凶。他们尽可以去跟罗伯特胡闹，或者跟罗伯特的工厂，跟罗伯特的事业胡闹，我恨他们。眼前我不是贵族，我也不把我周围的穷人看做是平民，不过，如果他们很厉害地委屈了我或者我接近的人，接着又胆敢对我们发号施令，那我就完全不会想到去可怜他们的凄惨生活，去理睬他们的贫困生活，而是要骂他们无知，气他们不知好歹了。”

“谢利——你眼睛怎么这样一闪一闪的！”

“因为我的心灵在燃烧。难道你会比我更愿意让罗伯特被众人打垮吗？”

“如果我有你这份帮助罗伯特的力量，我一定也会像你那样决心要利用那份力量。如果我也能像你那样跟他做朋友，我一定会像你那样决心至死都支持他。”

“琳娜，这会儿，你的眼睛虽然没有闪光，可也很炽热。你即使垂下眼皮，我还是看到火星。不过，现在还不是到了要战斗的时候。我要做的是防止出现灾害。我日夜都忘记不了穷人反对富人的愤懑感情是因为生活苦痛的缘故，如果他们不认为我们比他们快活得多，他们就不会妒忌，也不会憎恨我们了。为了缓和这种苦痛生活，从而使这种憎恨变得小些，我要从我的大量钱财中，拿出钱来大量施舍，只要做得很得法，还可以更进一步募集捐款。我们一定要给我们许多郡议会提出明确、稳妥、切合实际的意见来，你去把安利小姐找来吧。”

卡罗琳二话不说，戴上小帽就走。说来也许有点奇怪，她和谢利两人，谁都没有想到拿她们的计划去请教一下普赖尔太太。不过，她们不这样做倒是聪明的。如果去请教她——她们也凭本能知道这一点——只会使她进退两难，十分难堪。论知识，论学问，论思考问题，她都远远超过安利小姐，可是论办事能力，论实际活动，她却一无所有。她很情愿拿出她自己的一点点钱来认捐一种慈善事业——悄悄施舍，她是来得的，可是，在与公众有关的计划上，大规模的，她是不来的，至于说到做个发起人，那更是提也甭提。谢利对此心里有数，因此，她不去麻烦普赖尔太太来做于事无补的商议，因为，那只会使普赖尔太太想起自己的种种缺点，反而没有好处。

这一天，风和日丽，安利小姐应召来到菲尔赫德商议一些十分投合她的旨趣的计划，这时，她体面而谦逊地坐在桌边，面前放着纸，笔，墨水以及——最最重要的——现金，请她就救济白莱亚菲尔特贫苦人家起草一份正式计划。安利小姐很了解这些贫苦人家，曾经研究过他们的穷苦境况，一再觉得只要能够找到救济资金，就可以用哪种最好的办法救济他们，她对这项事业完全力能胜任。这两位年轻小姐提出了一些急切的问题，她都能明确而迅捷地一一回答，而且在回答中，让她们看到自己对周围同胞的景况多么熟悉，多么有用，她一想到这一点，她那颗善良的心真是感到又舒服又高兴。

谢利拿出三百镑来归她支配，安利小姐一看到这笔钱，真是热泪盈眶，因为她仿佛已经看到饥者得食，寒者得衣，病者得治。她很快拟出一个开支这笔钱的简单而切合实际的计划，她还向她们保证说，更光明的时刻现在已经来到，因为她毫不怀疑地认为，菲尔赫德这位小姐的榜样必将得到别人的仿效。她将设法再搞到一些捐款，成立一个基金管理机构，不过，她先得去请教牧师，不错，在这一点上，她是毅然决然的。必须去请教赫尔斯通先生，博尔特比先生，霍尔先生（因为必须救济的不仅有白莱亚菲尔特，还有惠因伯利和南尼利），她断言，如果不通过他们而单独采取行动，那她未免太胆大妄为了。

在安利小姐看来，牧师都是圣人。不管对方是多么微不足道的人，牧师这个地位就使他是神圣不可侵犯的。那些个副牧师——就他们那种浅薄的狂妄态度说来，简直是不配给她系鞋带，撑布伞，或者端正一下毛围巾——虽说凭她那纯洁、诚挚的信心，她也把他们看成是些小圣人。不管人家多么明白地向她指出，他们这些副牧师存在有什么细小的缺点和巨大的荒唐行为，她对这些教士的缺点，都视而不见，听而不闻；一件白法衣就掩盖了许许多多罪恶。

谢利知道她这位刚入选的首相有这种无伤大雅的糊涂想法，因此有言在先地说，那几个副牧师不得有处理银钱的发言权，决不能让他们参与其事。那几个教区长，自然非请教不可，应该完全信任他们。他们多少有些经验，有些远见，至少霍尔先生就对他的同胞具有同情心和慈爱心，至于他们底下那几个年轻人，必须把他们搁在一边，压他们一压，必须告诫他们一下：服从与沉默，最适合他们的年龄与能力。

安利小姐听了这番话，不免有点吃惊，亏得卡罗琳不时插上一两句称赞斯威廷先生的温和话语，才使她又定下心来。斯威廷确实是安利小姐最喜爱的人儿，她也尽力尊重马龙与唐两位先生。每当斯威廷到她小屋来看她，她给他几片软蛋糕，一杯猿猴草酒或樱草酒时，都是怀着真正的母亲似的亲切情感。有一回，她也以同样乏味的点心端给马龙，不料那位仁兄公然显出那么一副不屑一顾的神气，吓得她从此再也不敢款待他了。她常常请唐吃东西，看到他毫不置疑地欣然接受，心里着实高兴，因为他常常吃了两块软蛋糕后，还要再拿一块装进袋里。

凡是要做好事，安利小姐总是不知疲倦地全力以赴，她本来马上就要出门，步行十英里地，到三位教区长那里去一次，以便奉上她的计划，恭请他们批准，可是，基达尔小姐不让她去，另外提出个修正意见，说是要在当天晚上把这三位教区长都找到菲尔赫德来，开个小会。安利小姐可以在会上碰到他们，那个计划也可以在那个十足的枢密院里讨论。

谢利于是设法把这三位老牧师找在一起，而且，在那位老处女到来之前，她已经把这三位先生说得心情最愉悦也没有了。她亲自对付博尔特比博士和赫尔斯通先生。博尔特比博士是个倔强的威尔士老头，脾气急躁，刚愎自用，同时又是一个做过许多好事的人，虽然不无为此吵吵嚷嚷；至于赫尔斯通先生的为人，我们已经知道了。谢利对这两位都较有友情，尤其是对赫尔斯通老头，她轻而易举地就使得他们很高兴。她带着他们到花园里去兜了一转，她为他们采花，像个和蔼的女儿那样对待他们。她把霍尔先生交给卡罗琳——或者不如说，是霍尔先生自愿把自己交给卡罗琳去照料。

霍尔先生在各种聚会上，只要有卡罗琳在，他总要找她做伴。一般说来，他并不是个喜欢同女人交际的男人，虽然所有的女人都喜欢他。他有点儿书呆子味道，近视眼，戴眼镜，常常有点心不在焉。在老太太们看来，他像个儿子一般亲切。在各行各业的男人看来，他是个颇得人心的人物，他那诚实、质朴、率直的态度，高贵的正直精神，真实而高尚的虔诚作风，使他成为各界人士的朋友。他那个卑贱的执事兼职员也喜欢他，他那些高贵的衣食父母极其尊崇他。不过，他一碰到年轻、美丽、新式、时髦的太太小姐就感到有点腼腆，因为他自己是个质朴的人——态度质朴，举止质朴，言谈质朴——他似乎对她们的出风头，爱风雅和摆架子，望而生畏。可是，赫尔斯通小姐既不爱出风头，又不摆架子，她那天生的雅致又是十分素静的——素静得像土生土长的树篱花一般美丽。他是个口若悬河的、兴致勃勃的、讨人欢喜的健谈家。卡罗琳也是个善于“促膝谈心”的人。在聚会上，她总喜欢霍尔先生来坐在她的邻座上，这样就使她没有受到彼得·奥古斯塔斯·马龙，约瑟夫·唐，或者约翰·赛克斯打扰的危险，霍尔先生呢，只要有可能，是总要利用这个特权的。一个单身男子对一个单身小姐显得这样亲热，在一般情况下，一定会引起闲言闲语，可是，西里尔·霍尔已经是四十五岁了，头有点秃，发有点灰白，谁都决不会说或者认为他会要娶赫尔斯通小姐为妻室。他自己也从来没有这种想法，他早已同他的书本和教区结了不解之缘；他的亲姊姊玛格里特，像他一样戴了眼镜，学问渊博，她使他的单身生活过得十分快活，他认为要改变这种单身生活也已为时太晚了。再说，他在卡罗琳还是个漂亮的小姑娘时，就已经认识了她，她在他膝头上，不知坐过多少回，他为她买过玩具，送过她书，他觉得她对自己的友谊还掺杂着一种晚辈的敬意，他决不可能想要使她的情感带上另一种色彩，而他那明朗的心简直可以照出一个美人儿的形象，而不会觉得心底里受到那个映影的搅扰。

安利小姐一到来，就受到每个人的亲切欢迎。普赖尔太太和玛格里特·霍尔为她在沙发中间腾出个位置来，这三位太太小姐一坐定后，就组成了个三人小组，并且的确会被快活而无思无虑的人嘲笑为三个废物和讨人厌——一个中年寡妇和两个戴了眼镜的平凡老处女——不过，许多饱经风霜，无亲无友的人却知道她们自有一种只可意会不可言宣的价值。

谢利开了场，把计划亮了出来。

“我知道这是谁起的草，”霍尔先生说，眼睛瞟着安利小姐，亲切地微露笑容。

这个计划立刻获得他的批准。博尔特比则听得蹙额噘嘴，一副沉思神气，他认为自己的意见，举足轻重，不能遽尔表示出来。赫尔斯通目光锐利地四下一瞟。一副机警、怀疑的表情，仿佛生怕那个女人在玩弄什么花巧，怕娘儿们大概是在私下企图获得过分的势力，使她们自己显得过分了不起。

谢利一眼看出这种表情。

“这个计划算不了什么，”她漫不经心地说，“这不过是个大纲——

只是一种意见。各位先生，还要请各位拟出你们自己的细则来。”

于是，她当即拿文具盒，她一边伛着身子在桌子上拿，一边古怪地暗自笑着。她拿出一张纸，一支新笔，把一只扶手椅拉到桌边，对赫尔斯通老头摆一摆手，请他就座。一时间他倒有点失措了，站在那里，奇妙地搓着他那紫铜色的前额。后来终于嘟哝说：

“唔，你又不是我的妻子，也不是我的女儿，我就让你牵着走一回吧，可是，请注意，我知道我是让人家牵着走的，你这种女人的小策略可瞒不过我。”

“噢！”谢利一边说，一边把笔尖蘸着墨水后，把笔塞进他手里，“你今天应该把我看做是基达尔队长。这完全是男人的事——完全是你我的事，博士。”（这是她封给这位教区长的衔头）“那边几位太太小姐不过是要做我们的副官，她们说话都是自己负责的，整个事情还要我们来安排。”

他有点邪恶地微笑一下后，便开始写起来。不一会，他停下笔来提些问题，请教一下他的同道，不屑地抬眼掠过那两个姑娘的鬈发头，掠过那几个年纪较大的太太小姐的古板小帽望去，望那两个牧师的眨巴着眼睛的眼镜和灰白的脑袋瓜子。在随后的讨论过程中，这三位先生真是值得加以称赞，表明他们充分熟悉他们教区里的穷人的情况，甚至对每个穷人的匮乏情况都了如指掌。每个教区长都知道哪里需要衣着，哪里最欢迎食物，哪里可能恰到好处地发放金钱。碰到他们一时有什么记不起的地方，如果问到安利小姐或者霍尔小姐，她们就会帮他们想出来，不过，这两位小姐都十分小心，不经询问，决不开口。她们两个谁都不愿意抢先，但是，各人都诚挚地希望能有所帮助，牧师也答应让她们有所帮助，她们对这番恩典真是心满意足。

谢利站在三位教区长背后，不时欠身探过他们肩膀，看一看拟好的细则和开列出来的分类名单，听着他们所说的一切，还时时露出她那古怪的笑容——这种笑容虽然不是怀有什么恶意，却很意味深长，正因意味过于深长，不免被人们认为不很厚道。男人都不大喜欢他们的同伴如此明显正眼地观察他们内在的心性。幸亏女人特别具有容易受欺的盲从的天赋，她们长着一双柔和、蒙眬的眼睛，从来只看事物的表面——把表面看成为整体。千千万万的人，根据规律，知道了这一点，都垂下眼皮，可是，最善于下垂的眼色却自有它的窥孔，有时候，通过那个窥孔，这种眼色就对世态起监视的作用。我记得我曾经看到一对蓝眼睛，人们总是认为那是睡意蒙眬的，其实却在暗中提防着，我从那双眼睛的表情知道——这种表情叫我看了心寒，正是在这双眼睛里，有着那么出人意料的奥妙——它多少年来做惯了悄悄探究心灵的工作。人们管长着这种蓝眼睛的人叫做“美丽的小妞儿”（她不是个英国女人）。我后来才弄清她的性格——暗地里弄清——研究她的性格的最深奥处——她原来是欧洲一个最了不起、最专心的、最细致的阴谋家。

后来，一切终于按照基达尔小姐的心意安排停当，几个牧师也完全同意她的计划的精神，各人都在募捐册上签名领衔认捐了五十镑，她便吩咐开饭。为了准备这餐饭食，她事先关照吉尔太太拿出她的全副看家本领来。霍尔先生不是一个爱好舒适的人，他天生是个饮食有度，不爱奢侈的人；可是，博尔特比和赫尔斯通两人都喜欢美食，这顿考究的晚餐终于叫他们吃得异常痛快。他们确实饱啖一番，不过，吃得彬彬如君子，不像唐先生那样，可惜唐先生没来。他们也都喝了一杯美酒，虽然喝得礼貌十足，却也看出津津有味。他们都恭维基达尔队长具有情趣，这番恭维很使他受用。他的目的本来就是要使他这几位牧师嘉宾心满意足，现在已经达到目的，当然乐得满面春风。

第十五章

唐先生的《出埃及记》①

第二天，谢利对卡罗琳说，昨晚那个小宴会搞得真不错，她觉得十分愉快。

“我很喜欢请些男客来吃饭，”她说，“看着他们尽情吃顿调制得宜的饭食着实有趣。对我们自己来说，你想，这些美酒佳肴我们是觉得无所谓的，可是，男人对于食物好像还保持着一点儿小孩的纯真，而且，人们也喜欢使他们满意——那就是说，他们要像我们这几位可敬的教区长那样，有合乎礼仪的自制精神。我有时候也注意过穆尔，想发现怎样能使他满意。可是，他这个人就是没有小孩那样单纯。你可发现到他有什么容易使人接近的地方吗，卡罗琳？你对他比我了解得多。”

“他至少跟我叔叔和博尔特比博士不同，”卡罗琳面露笑容答道。要她像基达尔小姐那样谈论她表哥的为人，她总觉得有种羞怯的乐趣。她自己是决不谈这个问题的。不过，碰上人家要她谈，那么谈论一个她始终在想的人的这种诱惑可真是无法抗拒。“不过，”她又说下去，“我确实不知道什么，因为我生平从来没有仔细注意过罗伯特，我一仔细朝他看，就发觉他也在注意我，顿即使我不敢看他了。”

“啊，原来如此！”谢利嚷道。“你不能盯着他看，是因为他的目光顿即闪电似的落在你身上。他倒是从来不会丧失警惕的，他不肯让你有个机会。哪怕他不在看你的时候，他脑子里所想的似乎也就是你自己的脑子里在想个不停的东西，追查你一言一行的根源，代他从容地思量着你的动机。啊，这是一种什么性格，或者类似的什么东西，我都心里有数！这是教我特别恼火的一种东西——它是怎样影响你的？”

这样发问就是谢利突如其来的尖刻措词的一个例子。卡罗琳起先听了总不免忐忑不安，不过，现在她像个教友会的小女教徒那样，知道如何避开这种唇枪舌剑的诀窍了。

“教你恼火？在哪方面教你恼火来着？”她说。

“啊，他来啦！”谢利突然嚷起来，不再说下去，猛一起身，奔到窗边。“散闷的事儿来了。我还没有把我最近打了一次很了不起的胜仗告诉你——事情出在那种我决不劝你陪我去的聚会上，不过我断言，这事情也不是我有意硬要这样做的。铃响了——真是有趣极了！来了两个。难道他们非两个就不出来觅食吗？可以给你一个，琳娜，可以听你挑一个，我想我是够大方的。听鞑靼的叫声！”

那只戴着黑口络、黄褐色的狗儿（我们在向读者介绍它的女主人的那一章中已见过它），这当儿，在门厅里汪汪叫了，响亮的吠声在空落落的门厅里可怕地回荡着。接着，一阵比吠声还要可怖的号叫，像低沉的雷声一样吓人。

“听！”谢利一边嚷道，一边哈哈大笑。“你会以为这是一场血战的前奏哩，他们给吓破胆了，他们不像我这样了解老鞑靼，他们不知道它的号叫只是叫得凶罢了，并没有什么了不起。”

这时听到了一阵忙乱的声响。

“卧倒，老兄——卧倒！”一个声调很高、口气专横的声音嚷道，接着就是手杖还是鞭子的噼啪声。

紧接着又是一声喊叫——急促的奔跑——逃跑——真是一阵骚动。

“噢！马龙！马龙！”

“卧倒！卧倒！卧倒！”那个高亢的声音大叫大嚷。

---

① 《出埃及记》原系《圣经》上记载大批以色列人退出埃及的一卷书，这里借喻唐被撵出谢利家。

“它真个在咬他们啦！”谢利嚷道。“他们刚才打了它。它可不习惯挨打，也不肯听人家打。”

她奔了出去——一个男人正在往橡木楼梯上逃，急急忙忙地要躲到走廊或者房间里；另一个男人则迅速退到楼梯脚跟，疯狂地挥舞一根多节的手杖，同时反复地叫：“卧倒！卧倒！卧倒！”那只黄褐色狗儿则对着他吠呀，叫呀，号呀，一群下人从厨房里蜂拥而来。那只狗纵身一跃；下边那个男人拔腿便跑，紧跟着他的同伴奔上去；上边那个男人已经平安无恙地躲进了寝室；他抵住门，不让他的同伴进去——再没有像恐怖这样无情的了——可是，奔上去的那个逃命者拼命地撞，那扇门眼看要顶不住他的力气了。

“先生们，”基达尔小姐以银铃似的，可是有点震颤的声调开腔了，“请你们饶饶我的门锁吧。镇静点——下来吧！你们看看鞑靼，它连一只猫儿都不会伤害呢。”

她抚摸着这只鞑靼，鞑靼就蹲在她脚边，伸出前脚，尾巴还在吓人地摆动不停，鼻孔发出哼哼声，它那双斗犬眼睛有如一团闷火。它是只忠实、恬静、愚蠢然而又是顽固的狗儿，它爱它的女主人和约翰——喂它的那个人，对别人大多不感兴趣；虽说它很文静，不过，如果挨了揍，或者受到手杖的吓唬时，那它立刻就如鬼魔附身。

“马龙先生，你好吗？”谢利又说，对着走廊仰起她那乐融融的脸。“那儿不通橡木客厅，那儿是普赖尔太太的房间。请你的朋友唐先生撤离吧，我将极其乐于在楼下房间里接待他。”

“哈！哈！”马龙空洞地大笑一下，离开房门，趴在粗栏杆上。“那只畜生真把唐吓坏了。他有点儿胆小，”他一边说，一边把身子一挺，好整以暇地走到楼梯头。“我刚才认为不如跟他上来，好叫他放心。”

“好像你的确是这样，好吧，请你下来。约翰，”（她转身对她的男仆人说)“到楼上去救救唐先生吧。小心，马龙先生，楼梯很滑。”

那是磨光的橡木楼梯，确实很滑，马龙要小心也嫌迟了，在他堂而皇之走下来时，就已滑了一跤，亏得他一把抓住栏杆，把整条栏杆弄得格格直响，这才没有跌下来。

鞑靼看来认为这个客人下来时，准会莫名其妙地摆摆威风，因此，它又号叫一阵。不过，马龙可不是个胆小鬼，那只狗纵身一跳，虽然不免使他吃了一惊，可是，他现在打它身边走过时，与其说是害怕，不如说是压住一腔怒火，如果眼睛一瞪，就可以把鞑靼扼杀的话，它准会就此断了气。马龙在满腔愠怒中竟忘记了礼貌，抢在基达尔小姐前头，直冲进了客厅。他对赫尔斯通小姐瞟了一眼，他简直不屑对她哈一哈腰。他瞠目望望两位小姐，他那副神气仿佛是，如果她们两个人中，有一个是他的妻子的话，他会当即扮起个可怕的丈夫来。他似乎真想一手抓住一个，把她们掐死。

谢利却起了恻隐之心，她不再笑了，卡罗琳则是个太地道的小姐，即使看到任何一个屈辱的人，也笑不出口来。鞑靼给打发走了，彼得·奥古斯塔斯也得到了慰藉，因为谢利那副音容，哪怕是头大公牛也慰抚得了。马龙总算还有这个感觉，既然他不能责怪狗的主人，那还是斯文一点为好，他倒是设法装得很斯文，而且他这种做法也深得主人的赏识，他顿即变得十分斯文，又完全正常了。其实，他是怀着使自己讨人欢喜，惹人心醉这个明确目的而来的，虽然他初次上菲尔赫德来，兆头不佳，不过，这段事情既然过去了，他还是决意要讨人欢喜，惹人心醉。有如早春3月，像头狮子那样来了，他就决意要像羔羊一般离去。

仿佛是为了要透透空气，或是为了万一又会发生什么新的紧急情况时，便于及时开溜，他不去坐在基达尔小姐请他就座的沙发上，也不去坐在卡罗琳以友好的手势，温和地邀请他坐下的炉边座位上，而坐到紧挨门口的一张椅子上去。这时，他已不再绷着脸或者狂怒了，他按照自己的方式，变得又拘谨又尴尬。他断断续续地同两位小姐谈天，专拣最最普通的事情来做话题。每说完一句话后，便意味深长地叹口大气，他每换一口气就叹一口气，还未开口就先叹口气。最后，他觉得必须在其他一些法门中，加点儿不费什么力气的花样，便求助于一块绸子大手帕。看来这倒是一种雅致的解闷玩儿，好让他那双空着的手摆弄摆弄。他相当起劲地开始摆弄那块大手帕，他把红黄的方格斜对角地折起来，一晃就把它抖开了，再把它折得比较狭长点，卷成一根美丽的带子。他要拿这根带子来派什么用场呢？他会拿它来裹脖子，裹脑袋瓜子吗？它可以做块毛围巾，做块头巾吗？都不是。彼得·奥古斯塔斯自有一种发明天才，一种别出心裁的天才。他打算让这两位小姐看到这些优美的动作至少有种新奇的魔力。他坐在椅子上，交叉起那双运动家的爱尔兰脚，他就以这种姿态用那块大手帕把两只脚紧紧地缚在一起。他分明觉得这个新发明值得再来一次，于是他一而再地做了又做。第二次的表演就使得谢利只好跑到窗口那儿，去悄悄又实在撑不住地暗笑一阵，卡罗琳也把头扭向一边，让她那长长的鬈发遮住那笼罩在她脸上的笑容。赫尔斯通小姐确实是让彼得这种名目繁多的举动逗乐了。她看到他对自己的顶礼膜拜，突然完全转向了这个女继承人，实在大有启发。他大概认为她有朝一日可能继承到的五千镑，实在不能同基达尔小姐的财产和房屋相比。他大可不必隐瞒自己的打算和战略，他自以为不必逐渐改变看法，因此，他立刻转向了：公开放弃追求较少的财富，而去追求更多的财富。在这番追逐中，他指望根据什么来取得成功，他自己最清楚，当然不是靠玩弄技巧。

已经过了这么久，看来约翰要劝唐先生下楼是颇有困难了。不过，这位先生终于下来了，当他来到橡木客厅门口时，他一点也不显得难为情或者神色慌张——一点也没有。唐确实是属于冷漠迟钝，一味自鸣得意，极度自负，毫无羞耻之心的那种人。他生平从来没有红过脸，任何屈辱都不会使他感到羞愧，他的神经麻木，无动于衷，脸上从来不会泛起红晕。他血液里没有火气，心灵里没有羞怯；他是厚颜无耻，狂妄自大，而又一本正经的庸俗之辈，自负，愚蠢，使人望而生厌。可是，这位先生却想追求基达尔小姐！不过，这种事情应该怎么着手，他也不比木头人懂得多些，他不知道应该有怎样取悦于人的情趣，不知道在求爱时应该有怎样打动人家的心意。他的看法是，等他能够正式拜访她几次，就写封求婚信，然后，他估计，她会因喜爱他的职司而接受他的要求，然后，他们就可以结婚，然后，他就可以成为菲尔赫德的主人，可以过十分舒适的生活，有许多仆役可以听他指挥，可以吃喝最好的东西，成为一个大人物。你听他对那个未婚新娘说话时那种傲慢、生气的腔调，就一定会对他的意图深信不疑。

“基达尔小姐，这是只十分危险的狗儿。我弄不懂你竟会养这样一只畜生。”

“是吗，唐先生？要是我告诉你，我十分喜欢它，也许你会更弄不懂呢。”

“我敢说，你这样说不是认真的吧。一位小姐喜欢那只畜生，真是不可想象，它长得这么丑——不过是只马车夫的狗儿。请把它勒死吧！”

“勒死我喜欢的东西！”

“另外去买只可爱的哈巴狗或者狮子狗——买只适合于女性的狗儿。女人一般都喜欢哈巴狗。”

“也许我是个例外。”

“噢！你不能是个例外，你知道。在这种事情上，所有的女人都是一样的——这是放之四海而皆准的道理。”

“鞑靼把你吓坏了吧，唐先生。我希望你没有受到什么伤害。”

“我差点儿受伤，没有疑问。它那么吓了我一跳，我是不会立即就忘记的。我一‘吭’”（这是唐先生的发音法）“到它要跳起来，就认为我要昏倒了。”

“也许你真个昏倒在寝室里了——你待在里边好久。”

“不，我拼命把房门顶得死死的，我决定不让任何人进去。我认为，这样我就可以在敌我之间设置一道屏障。”

“可是，如果你的朋友马龙先生给咬了，怎么办呢？”

“马龙得自己当心。你的下人最后劝我出来，说是已经把狗拴在窝里了。我要是没有得到他这个保证，我准会整天待在房里。可是，这是怎么一回事？我说，那个人说谎！狗就在那儿！”

一点不错，鞑靼走过通往花园的那扇玻璃门，它像平常一样顽强，黄褐色，套着黑口络。它仍然显得心情不好，它又号叫一下，还有点闷声闷气地哼着气，这是从它的斗犬祖先那儿传过来的。

“又有客人来啦，”谢利说，口气冷淡得惹人恼火，凡是家里养有样子可怕的狗儿，在畜生汪汪大叫、颈毛倒竖时，主人往往就会有这种态度。鞑靼急忙顺着铺道，奔向门口。“爆炸似的”大吼大叫。女主人轻轻地打开玻璃门，跨了出去，对它啧啧几声。可是，它已不叫了，抬起它那又粗又笨的大脑袋瓜，让新到的客人抚摸。

“怎么——鞑靼，鞑靼！”一个高高兴兴的，有点儿孩子气的声音说，“你不认得我们吗？早安，老朋友！”

小斯威廷先生一边抚摸着那个卫士，一边穿过大门进来，他那明显的温和性格，使他对男人，女人，小孩或者畜生都不存什么戒心。走在他后面的是他的教区牧师霍尔先生，他不怕鞑靼，鞑靼也对他绝无恶感，它拿鼻子对这两位先生嗅了一通，然后，仿佛断定他们都是没什么恶意的，可以放他们进去，它就退到阳光满溢的门厅前面，空出拱道，让他们走。斯威廷跟在它后面，本来想跟它玩一阵，可是，鞑靼对他的抚摸毫不在意；只有它女主人的手的接触，才使它觉得愉快，对于所有其他的人，它就十分执拗地显得毫无知觉。

谢利上前迎接霍尔和斯威廷两位先生，同他们亲切握手。他们是来告诉她，他们那天早晨募捐基金颇有成绩。霍尔先生的眼睛透过眼镜显出慈祥的喜色，他那张质朴的脸由于善良而显得十分漂亮，卡罗琳一看到是谁来了，就奔出去迎他，两只手都放在他手里，他带着一副柔和、平静、慈爱的表情低头望着她，使他活像个笑容满面的梅兰克森①。

他们并不重新进屋，而是在花园里荡来荡去，两位小姐分别走在霍尔先生两边。这天风和日丽，风儿吹艳了两个姑娘的面颊，虽然吹乱了她们的发卷，却反而更加优雅，两人都显得很美——其中一个快快活活。霍尔先生总是一边同他那个聪颖的伴儿谈话，一边不停地望着另一个文静的伴儿。基达尔小姐采了一捧捧盛开的花儿，花香扑鼻；她拿一些给卡罗琳，要她为霍尔先生挑个花束，卡罗琳怀里兜满许多鲜艳的花儿，在一个凉亭踏级上坐了下来，牧师倚着手杖站在她旁边。

生来殷勤好客的谢利，这时候把橡木客厅里那两个受怠慢的客人叫了出来，她护送唐走过他的死对头鞑靼身边，鞑靼这时鼻子搁在前脚上，躺在正午的太阳光下打鼾。唐不是个知恩的人。人家待他好，照顾他，他从来是不知感恩的，不过，他为有这个保镖而大为高兴。基达尔小姐想做得公平，也给那几个副牧师献了花，他们生成一副尴尬相地接受了花。马龙尤其显得惶然不知所措，因为他一只手拿了花束，另一只手拿着根爱尔兰人的粗橡木棍。唐那声“谢谢”，听来真有

① 梅兰克森(1497—1560)，德国路德教派的改革者。

意思。这是一种最狂妄自大的声音，含有他认为这种献花是对他的优点致敬的意思，是那位女继承人企图讨好他那无可估量的爱情。只有斯威廷依然像个聪明伶俐的小人物那样，接受了花束后，怪有气派而灵巧地把它插在钮孔里。

为了酬谢他彬彬有礼，基达尔小姐把他叫到一旁，派给他个差使，使他乐得眼睛熠熠发光。他飞也似的走了，绕过庭院直奔厨房。不必给他指示方向，他处处都熟门熟路。不一会，他回来了，扛来一张圆桌，放在杉树底下；接着，他从花园的角角落落找来了六张便椅，绕桌摆成一圈。客厅里那个女仆——基达尔小姐不用男听差——出来了，托着一只盖着食巾的盘子。斯威廷那双灵敏的手便帮着安杯，摆盆，置刀，放叉，他还帮她搬出精致的午餐，菜肴是冷子鸡、火腿和果馅饼。

谢利就是喜欢用这种即兴小酌来款待随时驾到的客人。而最使她高兴的是，莫过于有斯威廷这样一个机警、听话的小朋友，在她身边跑来跑去，高高兴兴地接受而又活活泼泼地执行她那殷勤待客的暗示。戴维和她真可说是天下最合得来的朋友，他对这位女继承人的忠诚也是完全没有什么私心杂念的，因为这一点也无损于他对壮丽的朵拉·赛克斯的忠贞。

这顿小酌变成一顿十分愉快的便宴。不过，老实说，唐和马龙对这活泼场面并没有作出什么贡献，他们两个所起的主要作用不过是使使刀、叉和酒杯的事情，可是，话得说回来，像霍尔先生、戴维·斯威廷、谢利和卡罗琳这样四个人热闹亲热地聚首一起，头顶是晴朗的天空，脚下是如茵的草地，四周是一片烂漫的花丛，气氛是决不会不友好和沉闷的。

在谈话中，霍尔先生提醒两位小姐说，圣灵降临周快要到来了，届时联合主日学校要举行盛大茶会，白莱亚菲尔特、惠因伯利和南尼利三个教区要举行游行。他说，他知道卡罗琳会负起她的教师职责，他希望基达尔小姐也要担任什么职务。他希望届时她会第一次出来公开露面。谢利决不是个会错过这种机会的人，她喜欢节日狂欢：许多人快快活活地聚在一起，各种愉快的玩儿都集中在一起，尽是快活的脸，无数兴高采烈的人。她对霍尔先生说，他们可以万无一失地把她计算在内。不过，她不知道自己可以做些什么，他们愿意安排她做什么，就安排她做什么。

“不过，”卡罗琳说，“你一定要答应我，到我桌上来，坐在我旁边，霍尔先生。”

“一定如此，*若承天意*，”他说，“过去六年来，在这种盛大茶会上，我总是坐在她右边，”他对着基达尔小姐说下去。“在她是个十二岁小姑娘的时候，他们就让她做主日学校教师。她天生并不很有自信，这你是看得出来的，她第一次去像成语说的‘端盘子’，当众冲茶的时候，浑身发抖，满脸通红，怪可怜的。我看到她吓得话都说不出来，茶杯在小手里晃来晃去，茶壶打茶缸里装得太满，都泼了出来。我就去帮帮她，坐在她旁边，帮她管茶缸，管茶渣缸，事实上，就像个老太婆似的帮她倒茶。”

“我真十分感激你，”卡罗琳插嘴说。

“你是知恩的，你很诚恳地这样对我说，这就很好地报答了我。你跟大多数十二岁小姑娘不同，随你怎样帮助她们，照顾她们，从来不会看到她们会有一种领情的动作和表示，仿佛她们是蜡做木雕的，而不是有血有肉有脑子的。她后半夜一直紧跟着我，基达尔小姐，跟我走到孩子们在玩的地方。等到大家听到钟声，进礼拜堂的时候，她跟我一起走进法衣室。我相信，要是我事先不注意，没有把她领到教区长住宅的座位那里去的话，她简直会跟我一起登上讲坛。”

“打那时候起，他就一直是我的朋友，”卡罗琳说。

“总是坐在她的桌边，靠近她的托盘，递茶杯，这就是我效劳的范围。我要为她做的第二件事就是有朝一日要把她嫁给一个副牧师或者工厂主，不过，听好，卡罗琳，我要先问一问新郎的人品，如果对方不是个君子，不像会使这个跟我手携手走过南尼利公地的姑娘快活的话，我是不肯主持仪式的。所以，你得注意。”

“这番告诫是白费的，我并不打算结婚。我要像你姊姊玛格里特一样，过独身生活，霍尔先生。”

“很好——你也许会过得更差——玛格里特并没有不快活，她有书本可以消遣，还有个弟弟可以照料，因此，过得心满意足。如果你需要一个家，如果有朝一日白莱亚菲尔特教区长住宅不再是你们的，请到南尼利来吧。假如那个老处女和老单身汉还活着的话，他们一定会亲切地欢迎你。”

“喏，这是给你的花，”卡罗琳说，她把为他所选的花束一直保存到现在，“你并不在乎花束，可是，你一定要拿给玛格里特。不过——这一次得多情一下——把那朵勿忘我花保留起来，这是我从草地里找到的一朵野花，还有——还要再多情一下——让我拿两三朵兰花放在我的纪念册里。”

于是，她拿出一本有银扣子的珐琅封面簿子，把它打开，将花夹了进去，用铅笔在花的四周写着：“为我的朋友，西里尔·霍尔牧师存念。一八——，5月。”

西里尔·霍尔牧师也把一小串花拿来仔细地放进袖珍《圣经》里，他只在旁边写着“卡罗琳”三个字。

“唔，”他笑吟吟地说，“我相信我们是够罗曼蒂克的了。基达尔小姐，”他又说下去（顺便说一下，在谈话时，那三个副牧师因为只顾他们自己开玩笑，没有注意到桌上另一端的情况），“我想你是在笑话这位老牧师这种‘兴奋’的特点吧，不过，说实在，我对你这位年轻朋友向来是有求必应的，每逢她要我做什么事情的时候，我简直不知道怎么拒绝她。你一定会认为我是不大会跟花儿，跟勿忘我花打交道的吧，可是，你看，人家要我多情一点，我就遵命。”

“他天生是比较多情的，”卡罗琳说，“玛格里特同我这么说过，我知道他喜欢什么。”

“那你一定会平安幸福了？不错，这是我的最大乐趣之一。愿上帝永远为你的安宁与纯真祝福！我说的这句话指的是相当纯真。因为在他看来，我很清楚，没有一个人是纯洁的。在我们人类的知觉说来，凡是我们以为像天使一般无疵的，在他看来，却是不贞洁的，需要拿圣子的血来洗涤，要靠他的圣灵的力量来扶持。还是让我们大家都谦卑一点吧——我，像你们，我的年轻朋友们都一样。如果我们仔细观察我们自己的心，看到我们心里有种种诱惑，自相矛盾的行为，各种怪癖，甚至我们脸红得不敢承认，我们还是要好自为之。在上帝看来，构成美或者善的，并不是青春，也不是长得好看，优雅或者外表温柔动人。小姐们，当你们的镜子，或者男人的嘴巴谄媚你们的时候，请记住，在她的造物主的眼里看来，玛丽·安·安利——一个从来没有镜子或者嘴巴赞美过的女人——却远比你们随便哪个都更美，更好。她确实是，”他换口气后，又说——“她确实是这样。你们这些年轻小姐——自私自利，只顾怀着世俗的希望——简直就没有像基督那样生活。也许你们还不能这样做，因为生活是这么美好，人间又是这么对你们笑容可掬，要希望你们能这样做，未免太过分。她呢，心地温柔，相当虔诚，一步一步地走近她的救主的台阶。”

这当儿，唐插进来了，他那嘎声嘎气，盖过了霍尔先生的柔和声气——“阿嗨！”他先清一清嗓子，分明是要发表一通重要言论。“阿嗨！基达尔小姐，请你注意一下。”

“唔，”谢利冷淡地说。“怎么呀？我在听哪。我用的完全是耳朵，不是眼睛。”

“我希望你还得多少用一用手，”唐以他那粗鲁，冒失而随便的方式说，“还得多少用一用钱包，我打算要求的是手和钱包。我今天早上是想来乞求你——”

“你应该到吉尔太太那里去。她专管分发我的救济品。”

“我是想乞求你捐助一个学校。我和博尔特比博士打算在挨刻菲格村创立一所学校，那地方是属我们惠因伯利教区管的。浸礼会已经占有那地方，他们在那儿有个小教堂，我们要去争夺那块地盘。”

“可是，我同挨刻菲格一点也没有什么干系，我在那边又没有什么产业。”

“这又有什么关系呢？你可不是个女教徒么？”

“好家伙！”谢利暗自嘟哝一下，“好漂亮的话。多有气派！他惹得我多欢呵！”接着，便大声说，“我当然是个女教徒。”

“那么，你对这件事情不能拒不捐助了。挨刻菲格的居民是批畜生——我们要开化开化他们。”

“由谁去传道？”

“也许是我自己。”

“你大概不至于因为你不同情那些教徒而搞得一败涂地吧。”

“我希望不会，我指望成功。可是，我们必须有钱。捐款单在这里——请慷慨解囊吧。”

每当人们前来请求捐款时，谢利总是不大会回绝的。她题了五镑。她最近已经拿出三百镑，她还经常捐出许多小捐款，如今捐五镑，可说是尽力而为了。唐看一看那数目，说那数目“不体面”，大叫大嚷地要求再多捐一点。基达尔小姐登时有点气恼，更有点惊讶，面孔通红。

“眼前我不能再多给了，”她说。

“不能再多给了！怎么，我还指望你能捐出个一百的整数来带个头呢。以你的财产看来，你绝对不应该题下比这还小的数目。”

她默然不语。

“在南方，”唐又说下去，“一个一年有一千镑收入的小姐，如果为公益事业捐款拿出五镑来，是会感到羞耻的。”

很难得倨傲的谢利这时显得很倨傲。她那娇小的身躯有点儿把持不住了，那张出众的脸气得倏红倏白。

“怪话！”她说，“最最轻率的话！恩将仇报，实在不该。”

“恩！你把五镑叫做恩？”

“是的，我把五镑叫做恩，我不是给博尔特比博士想开办的学校捐了钱，支持他创设学校吗？而且并没有对他的副牧师怀有什么恶感，可这位副牧师要人捐钱的态度似乎很粗鲁——或者不如说是在敲竹杠——捐款，我再说一遍，就是恩，要不是这样考虑的话，我就当即收回。”

唐天生感觉迟钝，对方的口气神色他几乎一点也没有感觉到。他不知道自己是处在什么地位。

“倒霉地方——这个约克郡，”他又说下去。“我要不是亲眼目睹，我决不会对这地方有这种想法，那些人——不论贫富——是些什么人呵！多粗，多没教养！换了在南方，谁瞧得起他们。”

谢利欠身向前，靠着桌子，她鼻孔微张，尖细的手指交叉在一起，彼此钩得紧紧的。

“有钱的，”昏头搭脑、木知木觉的唐又在说下去，“是一批吝啬鬼——从来就不像那些有进项的人应该那么过活地生活下去。你简知”（读者，你得原谅唐先生的发音法，这真妙不可言，他还认为说得十分斯文，而且以说这种南方腔自豪，北方人听来，都觉得他某些词儿的发音特别刺耳）；“你简知（直）从来没有看到一户人解（家）有过一辆相(像)样的车子，一个好好的光(管)家；至于穷人呢，只要看看他们碰上婚丧大事都挤在礼拜堂门口也就够了，大家都拖着木屐，克里克洛的，男人穿着衬衫，扎着梳毛的围单，女人包着头巾，穿着睡衣。他们真该让一个人赶条疯牛冲到他们里头去，把他们那乱七八糟的队伍轰散——嘻，嘻！那可多有趣！”

“喂，你已经说到顶了，”谢利沉着地说。“你已经说到顶了，”她又说一遍，一双燃烧似的眼睛直望着他。“你不能再说下去了，而且，”她着重地找补说，“你不能待在我家里了。”

她猛地站了起来，这会儿，谁都控制不住她了，因为她已火冒三丈，她径直向着花园门口走去，豁地把门敞开。

“出去，”她严厉地说，“快快出去，从此别再踏上这条铺道。”

唐大吃一惊。他一直认为自己是个卖弄得非常好的人，就像个头“挑”的高贵人物那样；他以为自己正在给人产生一种了不起的印象。难道他没有对约克郡的一切事物明白表示了蔑视？还要拿出什么明确的证据来证明自己比这里的任何事物都高明吗？但是，这会儿，他却眼看就要让人家像赶条狗一样给赶出了一个约克郡人的花园！那么，像这种情况，岂不是“大大的不对头”吗？

“你立即——立即给我滚！”谢利看到他还迟迟不走，又说了一句。

“小姐——我是个牧师！撵走一个牧师？”

“走！哪怕你是个大主教，你已经表明你自己不是个君子，因此，非走不可。快！”

她已完全下了决心，她并不是说说就算了的。再说，鞑靼也爬起来了，它觉察到有种不安宁的迹象，它显得也要参加进来，一清二楚，除了走，别无他法，于是，唐只好实践他自己的《出埃及记》。女继承人一边对他深深地施个屈膝礼，一边在他身后关上大门。

“这个狂妄的教士居然胆敢侮辱他的教徒？这个大舌头伦敦佬胆敢辱骂约克郡人？”她在回到桌边来时，只对这事情说了这么两句话。

不一会，这个小宴会便散席了。基达尔小姐那皱起的暗黑的额头，噘起的嘴，冒火的眼睛，充分表示她再也不请人来搞友谊活动了。

第十六章
圣灵降临周

基金募捐进展顺利。由于基达尔小姐的示范，三位教区长大为卖力，两位老处女兼戴眼镜的副官玛丽·安·安利和玛格里特·霍尔的悄悄而得力的协助，终于募得一笔相当可观的款项。这笔基金经过审慎处理，暂时可以大大减轻失业穷人的痛苦。邻近一带似乎渐趋平静。过去两个星期来，没有发生破坏布匹的事件；三个教区都没有发生捣工厂砸邸宅的暴行。谢利很乐观，认为她想躲避的灾难可以说逃脱了；险恶的风暴即将过去。随着夏季来临，她很有把握地认为生意将有转机——过去就总是这样；再说，这场使人厌倦的战争也不可能一直打下去。有朝一日总会恢复和平，有了和平，将给商业以多大的推动力呵！

她每次见到她的租户吉勒德·穆尔，谈起话来，总是这样说，穆尔则十分安静地听着——安静得叫她感到不快。于是，她就以不耐烦的眼色要他多说一点——做些解释，或者至少再说几句。他总是以他那特有的笑容，以他那种使得他的嘴巴别具优美特色的表情，容貌则依然那么严肃，这样回答说，他也相信这场战争总有个了局，他的希望也确实寄托在这个看法上，他的投机事业也取决于这个看法。

"因为你知道，"他继续说下去，"现在洼地工厂完全是为了投机而开工的，我什么也没有卖出去，我的货物没有市场。我在为未来生产，我自己时刻准备着，要利用可能到来的第一个机会。三个月以前，我无法这样做，我既没有贷款，又没有资本，你很清楚，是谁来搭救我的，我是打谁手里得到救我命的借款的。我正是仰仗这笔借款，才能够继续进行这场大胆的赌博。没多久前，我还在担心我是否还能再赌下去。我知道一失败就会完全破产，我也知道能否获利大为可疑，可是，我很乐观，只要我还能活动，只要我还能奋斗，一句话，只要我双手还没有被缚住，我就不会沮丧。只要有一年，不，只要有六个月的和平时期，我就平安无事，因为正如你说的，和平会给商业以推动力。在这一点上，你说得对，至于要使附近一带恢复平静——至于你的慈善捐款是否永远灵验——我很怀疑。到目前为止，还没有出现过慈善救济能使工人阶级安静下来的事儿——慈善救济决不会使他们感恩戴德。就人的本性说来，也不会这样。我认为，如果一切都安排得当的话，他们就不再会需要这种侮辱性的救济，他们有这种看法，换了我们，我们也会有这种看法。再说，他们会感谁的恩呢？感谢你——也许感谢牧师，但是，决不会感谢我们这些厂主。他们比过去更恨我们。这里那些心怀不满的人都同各地其他一些心怀不满的人互通声气：诺丁汉是他们的总部之一，其次是曼彻斯特，再次是伯明翰。下面的喽啰都接受他们的首领的命令。他们纪律严明，不考虑成熟，决不会下手。在闷热的天气里，你看到天上一天过一天都要打雷的样子，但是，一夜过一夜，云块消散了，太阳又悄悄地落山了。危险并没有过去，只是推迟下来而已。长期咄咄逼人的暴风雨肯定是终究要发作的。精神与物质中都有类似的情况。”

“唔，穆尔先生，”（谈话总是这样结束）“你自已当心点。如果你认为我对你有过什么好处的话，那就用答应我你会自已当心来作为报答吧。”

“一定。我一定要仔细注意当心，我要活，不是要死。未来就像伊甸园一样展开在我面前，而且，每当我仔细望着我那天堂的阴影时，我就看到一个幻象，一个比六翼天使或者小天使更使我喜欢的幻象，悄悄掠过遥远的景色而去。”

“是吗？请问，是什么幻象？”

“我看到——”

女佣端着茶具匆匆地进来了。

那年的5月上旬，我们知道，天气十分晴朗，中旬则是雨天，可是，到了最后一个礼拜，由于新月出现，又晴朗了。一阵清风把银白色、重重叠叠的雨云，成团成团地吹向东边。云团在东边那儿缩小后，就消失在东边后面，撇下一片湛蓝的苍穹，准备恭候夏日的太阳驾到。太阳在圣灵降临周时豁然升起。晴朗的天气就是各校集合的信号。

降灵节后的礼拜二是个热闹的日子，为了给这个日子做好准备，白莱亚菲尔特的两间大教室(主要由现任教区长出资建造的)都腾了出来，刷上白粉，重新油漆，饰以鲜花和常青树——有的是从教区长的花园拿来的，菲尔赫德也装来了两车，比较缺花的德·华登府，温先生的住宅也装来了一手车。两只教室里放了二十张桌子，每桌打算坐二十位宾客，桌子四边摆着长凳，桌上铺了白台布。根据这个地方的特殊风俗，桌子上边至少吊有二十只鸟笼，笼里尽是一些金丝雀，这是赫尔斯通先生的执事特别珍爱的鸟儿，他最爱听这种鸟儿的尖锐叫声，他也知道在人声嘈杂中，这种鸟儿总是叫得最欢。其实这二十张桌子，并不是为来自三个教区的一千二百个学生布置的，而是专为几个学校的赞助人和教师而设的。孩子们的宴席都将摆在露天里。下午一点钟，队伍将开进来；到两点钟，他们就要列队集合；四点钟，就要在这个教区列队游行，接下来就是大开宴席，过后才开会，礼拜堂里有音乐，又有演说。

为什么专挑白莱亚菲尔特作为集会地点——办宴席的地点——倒是应该说明一下。这并不是因为白莱亚菲尔特是个面积最大或者人口最多的教区——惠因伯利在这方面就远远超过它；也不是因为白莱亚菲尔特年代最老——尽管那座陈旧的礼拜堂和教区长住宅十分古老，南尼利那个低屋顶会堂和苔藓蔓生的牧师公馆比它还更古老，它们隐藏在同年代的橡树里，成了南林的杰出的卫兵。这只不过是因为赫尔斯通先生决定要这样做，而赫尔斯通先生的决定又是比博尔特比和霍尔的要来得更有力。博尔特比不会，霍尔则不愿意为了一个地点问题而同他们这个坚决而专横的同道发生争吵。他们就让他来领导和统管。

这个著名的纪念日迄今一直是卡罗琳·赫尔斯通的一个难受的日子，因为这迫得她非抛头露面不可，迫使她不得不同附近一带的有财有势、有名望的人物周旋，在这些人跟前，要不是有霍尔先生的亲切支持，她一定会显得无依无靠。作为教区长的侄女，又兼第一班的第一位教师，她不得不引人注目；不得不走在她所带领的队伍前头；不得不到第一桌去为男女混杂的一大批人倒茶，而且，在做这一切事情时，又没有母亲、姑母或者一个侍女可以帮助——她生来是个胆怯的人，非常怕在大庭广众露面——在这种情况下，不难想象，她一想到圣灵降临周到来，自然要浑身发抖了。

可是，今年有谢利同她在一起，这就奇妙地一变这种难受的局面——可说是完全改观了。它不再是一种难受的事情，而简直是种乐趣。光是基达尔小姐一个人，就比一群普通朋友不知要强上多少。她相当沉着，总是生气勃勃而又悠然自得；知道自己的社会地位，却从来不利用这种社会地位，只消朝她一看，就足以教人平添勇气。唯一教人担心的是，就怕这位女继承人不会准时来到。她常常是漫不经心，姗姗来迟，卡罗琳却知道她的叔叔决不会为任何人而多等一秒钟。等到礼拜堂那只大自鸣钟当当敲了两下，钟楼里所有大钟齐声轰鸣，游行就开始了。那么，她就得为此而去找谢利，要不然，她所盼望的这个伴当就会迟到。

降灵节后的礼拜二，卡罗琳简直是与太阳一道起床。她，范妮和埃利萨整整忙了一个早晨，把教区长住宅几间客厅布置得像些第一流的交际场所，在餐厅的食橱上，摆出一批冷却的食品——酒，水果，糕饼。随后，她就得穿上用白麻布做的最新、最美的衣服，这样的良辰美景，这样隆重的节日，必须，甚至非穿这种服装不可。她的新腰带——玛格里特送的生日礼物，她有理由认为是西里尔自己买的，因此，为了回礼，她真个送他一副装在精致盒子里的细麻布宽领带——是由范妮那双灵巧的手缚好的，范妮此刻能为她的年轻女主人打扮，真有不少乐趣。她那顶便帽镶着同腰带一色的边，那条用白绉纱做的围巾虽然花费不多，却很好看，也很配她的衣服。等到穿戴舒齐，她就成了画里的美人，虽然不是鲜艳夺目，却也美得足以引人注目，虽然不是浓妆艳抹，却也雅致可人，真是一幅色泽柔和，格调纯正，风采优雅的图画，足以补偿色彩不浓艳，外表不华丽的缺点。她的褐色眼睛和明朗的天庭所表现出来的心境，同她的服饰和容貌完全一致——朴实无华，温文尔雅，虽然有点忧郁，却很和谐。仿佛羔羊和鸽子都不必害怕她，而是会欢迎她，因为在她那质朴而温柔的神色中，有同羔羊和鸽子的性情，也可以说同我们认为是羔羊和鸽子的性情一致之处。

她毕竟不是一个十全十美的人；虽说身段，色彩和打扮都很美，可是，正如西里尔·霍尔说的，谁都没有衰老的安利小姐这么善良，这么伟大，安利小姐现在正在她那狭窄的小屋里穿上她的最好的黑长外衣，披上教友派式的围巾，戴上小帽。

卡罗琳跨过十分荒僻的田野，穿过相当僻静的小巷，向着菲尔赫德走去。她快步悄悄地穿过绿篱，走过更显得绿油油的草地。没有灰尘，没有露珠玷污她那一尘不染的衣裙，打湿她那纤小的鞋子。雨过如洗，万物洁净，此刻烈日一晒，全都干了。她毫无畏惧地走过雏菊丛和草地，穿过茂密的林子，来到菲尔赫德，径直走进基达尔小姐的化妆室。

亏得她来了，要不然，谢利准会太迟了。她不在做全速准备，却直躺在长榻上，全神贯注在看书。普赖尔太太站在近旁，徒劳地催她起来穿衣打扮。卡罗琳二话不说，立即把她的书拿掉，亲自动手为她脱衣，穿衣。谢利因天热而显得懒洋洋，因年纪轻，天生愉快而显得快快活活，喜欢说说笑笑，磨磨蹭蹭。可是，卡罗琳一心只想准时到会，一个劲儿为她打扮，十只手指尽快地束带插针。最后，等她扣上最后一排钩钩环环，这才有空来责备她，说她十分淘气，居然这样不准时，说是甚至现在看来，她就像是一幅粗枝大叶、难以修饰的画儿。谢利这时确实是这样，是一幅带有倦慵姿态的，十分可爱的写生画。

她显得跟卡罗琳截然不同。她的衣服的每条褶裥，身材的每一线条，自有一种风格，鲜艳的绸缎比普通服装更适合于她，深色的绣花围巾成为她的特色，她随便一围，就显得风度翩翩，小帽上的花环使她更尽善尽美，注意时尚，衣服镶饰配搭的雅致，都同她完全相称。她眼睛里那坦率的光彩，嘴角上那凝聚不散的笑容，亭亭玉立的风姿，轻盈的步履，所有这一切，都同她很合适。等她装扮完毕，卡罗琳拉起她的手，催她赶快下楼，出门。她们就这样急速穿过田野，一路走一路笑，看起来真像一只雪白的鸽子和宝石色的极乐鸟在比翼共飞。

亏得赫尔斯通小姐的敏捷果断，她们及时赶到了。在树木还遮住礼拜堂的时候，她们便听到大钟均匀而急促的轰鸣，在召唤大家集合；也听到了成群结队前进，步履杂沓，人声嗡嗡的声音。她们在一块高地上顿即看到在惠因伯利大道上，惠因伯利学校的学生正在走来，人数有五百之多。教区长博尔特比和副牧师唐走在前头，教区长穿着全套法衣，庞然耸现，像个领圣俸的教士，顶着华盖似的宽边帽，神气十足，挺胸凸肚，身披最方最大的黑衣，手拄最粗的金柄手杖。博士一边走，一边不时地轻轻挥舞一下手杖，歪着他那宽边帽，煞有介事地对他的副手说话。那个副手——就是唐——尽管同他的长官那宽肩阔背的身躯一比，他细得像根线，还是千方百计装得像个道地的副牧师：他浑身上下，从他那只朝天鼻、翘下巴到一身黑的牧师衣着，那条有点嫌短，不束皮带的裤子和那双方头皮鞋，都透着种独断独行、妄自尊大的神气。

走呀，唐先生！人家都在端相你啦。你自以为样子好看——可是，在那边丘岗上瞅着你的两个穿白着紫的人是不是这样看法，却是另一个问题。

这两个人狂奔而下时，队伍正好开过来；礼拜堂院子尽是小孩和教师，他们全都穿着节日盛装，尽管这个教区这样贫困，世道这样艰难，看到他们多么郑重其事，甚至多么大方地想方设法这样穿戴，着实教人称奇。英国人那种爱体面的天性真会创造奇迹，贫困能使一个爱尔兰姑娘衣衫褴褛，却剥夺不了一个英格兰姑娘穿戴整洁的权利，因为她知道必须自尊自重。再说，那位领主小姐——那位谢利现在正兴高采烈地注视着这些打扮得漂漂亮亮、面容愉快的人——确实为他们做了好事，她那及时的捐款使得许多穷苦人家得以欢度眼前这个节日，让许多小孩都能穿上一件新衣，戴上一顶新帽过节。她知道这一点，而且因为知道这一点而得意扬扬：庆幸她的金钱，示范，影响已经真正地——具体地——使她周围这些人都受了益。她不能像安利小姐那样行善——这不是她的天性做得来的，她一想到还有另外的行善办法，顿感一阵轻松，毕竟各人有各人的情况，各人有各自的切实可行的办法。

卡罗琳也十分高兴，因为她也以自己的小办法做了些好事，为了帮助打扮她班上的学生，要她自己多拿出一套衣服、一条头带或者一只领头，这她做不到；她也拿不出钱来，她只能学安利小姐的样，腾出时间，献出劳力来为孩子们缝制衣服。

不仅礼拜堂院子里人头攒动，教区长住宅的花园也挤满了人，双双对对，一群群男男女女都在迎风飘摇的紫丁香和金莲花间走来走去。屋子里也没有空：一群群快活的人儿都站在客厅敞开的窗前，他们都是学校的赞助人和教师，是来给游行队伍一壮声势的。在教区长住宅后边的牧师小农场里，呆着三个教区的乐队的乐师，他们随身带着乐器。范妮和埃利萨，戴着最漂亮的小帽，穿着最漂亮的长外衣，扎着最白的饭单，在人群中走来走去，斟出一夸脱[①]一夸脱的麦酒；几个礼拜前，根据教区长的吩咐，而且是在他亲自专门监督下，已经酿出了一大批又纯又烈的酒。凡是他插上一手的事情，都必须做得漂漂亮亮，任何“不体面的做法”都是他所不能容忍的，大自公共建筑物，礼拜堂，学校或者法院的建筑，小至一顿晚餐的烹调，他都主张要做得有气派，大方和卓有成效。基达尔小姐在这方面同他一样，他们还相互称许彼此的做法。

卡罗琳和谢利不多久就来到人群中，卡罗琳会见他们时，态度十分自然，她不是像过去那样，去坐在一个荒角落里，或者悄悄溜到自己房里去，直等到队伍要集合时才出来，而是穿梭在三个客厅之间，有说有笑，而且完全不是等人家先同她说话后她才对人家敷衍一两句，总之，她似乎是换了一个人。这是因为有谢利在，才使她变了样。一看到基达尔小姐的风采和态度，就给她带来了无限的好处。谢利向来是不怕外人的，绝不畏缩，也不回避人家。所有的人，不论男女老幼（教养低和粗俗无礼并不就使人讨厌）都很受她欢迎，自然，还有些比别人更差的人也受她欢迎。可是，一般说来，在一个人无可争辩地证明自己很坏，是个讨厌的人之前，谢利总是愿意认为他不坏，是个可以争取的人，而相应地对待他。这种气质使她成为一个人人欢喜的人，因为这种气质使她毫无挖苦伤人的意向，使她不论是正经的

---

① 夸脱，英美干量或液量单位，一夸脱等于 1.136 升。

或者带笑的谈话，都很讨人喜欢。这种气质也并没有减低她那亲密友谊的价值，实际上，这是取决于她性格上的完全不同的部分，因为这种亲密友谊同一般慈善布施毕竟全然是两码事。赫尔斯通小姐是她的感情和智力所选中的密友，至于那几位皮尔逊小姐，赛克斯小姐和温小姐等等，不过是按照她那和蔼的性格和快活的脾气说来可加利用的一些人罢了。

唐走进客厅时，恰巧谢利坐在沙发上，四周围着相当多的一圈人，使她成了个中心人物。她已经把自己生过他的气这件事忘记得一干二净，她笑容可掬地向他哈哈腰。这位仁兄的气质顿即显现了。他既不知道该怎样不失尊严地婉谢人家的殷勤，像个自尊心刚受过创伤的人那样，也不知道该怎样坦然地应付人家的殷勤，像个乐于不计前嫌的人那样。他所得到的惩罚并没有给他留下羞耻之感，他在碰到他的惩罚者时，也毫无感觉。他不是穷凶极恶，不会存心狠毒——他只是像个挨过责骂，愁眉苦脸的人那样，羞答答地走了过去，好像对他的敌手绝无妥协的余地，然而，哪怕他受到更尖刻、更丢脸的惩罚，他那迟钝的性情也不懂得什么叫做怨恨。

“跟他吵，真不值得！”谢利对卡罗琳说。“我多傻！为了可怜的唐傻里傻气地侮辱约克郡人而对他进行报复，这真有点儿像是掐死一只叮犀牛皮的蚊子。我要是个男人的话，我相信我一定会使用体力请他离开屋子。现在我倒庆幸我只是动用精神武器。可是，他必须从此不再走近我，我不喜欢他，他叫我恼火，这人身上简直一点趣味都没有。马龙倒比较有趣点。”

仿佛马龙想要证实这一偏爱的看法似的，因为说话的人话刚出口，彼得·奥古斯塔斯便走上来了，他真是“全副配备”，戴了手套，浑身喷喷香的，头发搽了油，梳得光光滑滑，手拿着一大束重瓣红蔷薇，一共有五六朵，都是盛开怒放的。他把这些花献给女继承人，态度温雅，即使生花妙笔也无法描绘得惟妙惟肖。这样一来，谁还敢说彼得不是个喜欢和女人交际的男人？他采了花，又献了花，他已经在爱神殿或者财神殿前作了一番多情的——富有诗意的进贡。赫尔克里斯[①]拿着卷线杆也不过是彼得拿着蔷薇花的缩影。他自己一定也想到这一点，因为他对自己的所作所为也似乎大为惊讶。他一句话也不说就往后一退，带着自我庆贺的干笑声走了，接着，他又转念一想，停了下来，回过头来，想以眼睛作证来查明他是不是真的献了一大束花。不错——六朵鲜红的重瓣蔷薇花就放在那紫缎的膝头上，一只十分白净的手，手指上还有几只金戒指，正轻轻地兜拢那些花，飘散的鬈发半遮着一张笑哈哈的、俯在花上的脸，只是半遮着脸。彼得看见那哈哈笑容——这是错不了的——他已成了一个笑柄——他的殷勤行为，他的骑士作风反而成为一个娘儿——两个娘儿——赫尔斯通小姐也在笑——的笑料。彼得觉得人家已经把他看穿了，他顿时面孔发黑，有如抹上一层雷云。等到谢利抬头一看，却看到一双低垂的眼睛正盯着她。至少，马龙还有股憎恨的劲儿，她从他的眼色里看到这一点。

“彼得倒是个值得一吵的人，有朝一日，如果他喜欢的话，倒是可以吵一吵的，”她对她的朋友咬一下耳朵。

这当儿，三位教区长出现在餐厅门口，他们虽然面孔十分温和，面色却很庄严，阴沉。他们一直在礼拜堂里忙着，这会儿才想趁游行还未开始，来小酌一番，给自己的身体稍微加点油。那只摩洛哥皮面的大安乐椅一直就为博尔特比博士空着，人们让他坐下后，卡罗琳听从谢利的怂恿(她对卡罗琳说，现在是她做女主人的时候了)，连忙给她叔叔这位了不起的、尊敬的，总之是畏友端上一杯酒，一盆蛋白杏仁饼干。博尔特比的那些教会执事和主日学校赞助人(他一定要他们来)都已随侍在侧；赛克斯太太和他的会众中另外一些太太小姐也都在

---

① 赫尔克里斯，希腊神话中主神宙斯之子，力大无穷，曾完成12项英雄事迹。

他左右，她们都说希望他不会太疲累，她们怕今天的天气对他会太热。博尔特比太太则伛着身子，亲昵地为他擦擦额上不知是真是假的汗珠。她认为，她的家主公吃过一顿好饭食后，如果能睡个午觉的话，他的脸就会像天使的脸一样。不过，博尔特比却极为得意，以圆润的、“最低的声音”，低沉地表示感谢大家的关注，说他身体相当健康，请大家放心。对于卡罗琳，虽然这会儿正近在身边，他却一理不理，只是接过她递上来的东西，根本看都没有看她——他从来就不看她，他简直不知道有她这个人存在。不过，他却看到了杏仁饼干，因为他很爱吃甜食，就顺手抓了一把。博尔特比太太硬是要把酒兑上热水，还要掺点糖和肉豆蔻。

霍尔先生站在敞开的窗边，呼吸着新鲜空气和花香，像个弟弟那样同安利小姐谈天。卡罗琳愉快地朝他注视一下。“她该拿些什么给他呢？不应该让他自己拿——她一定要服侍他”，于是，她端了一只小托盘，把各种东西都给他一点。玛格里特·霍尔也走过来了，基达尔小姐也来了。这四位小姐站在她们最喜爱的牧师四周，她们也认为，她们是在望着一张人间天使的脸。西里尔·霍尔就是她们的教皇，她们觉得他绝对可靠，正如托马斯·博尔特比博士的崇拜者觉得博士绝对可靠一样。白莱亚菲尔特的教区长也被一大群人围着，有二十多个人紧挤在他四周，从来没有一个牧师会像赫尔斯通老头这样给围得如此铁实。三位副牧师也学他们的样挤在一起，成为三颗小行星的卫星群，一些年轻小姐则在远处瞅着他们，不敢挨拢去。

赫尔斯通先生掏出表来。“差十分钟就两点了，”他大声宣布。“是大家列队的时候啦。走吧。”他抓起宽边帽，开步走了，大家都起身跟着他走。

一千二百个孩子排成三队，每队四百人，每个队伍后边各有一支乐队，每二十个人留出个空隙，由赫尔斯通给安上两位教师。他站在队伍前头发号施令——

“格雷斯 · 博尔特比和玛丽 · 赛克斯带领惠因伯利队。”

“玛格里特 · 霍尔和玛丽 · 安 · 安利指挥南尼利队。”

“卡罗琳 · 赫尔斯通和谢利 · 基达尔率领白莱亚菲尔特队。”

接着，他又下令——

“唐先生到惠因伯利队去；斯威廷先生到南尼利队去；马龙先生到白莱亚菲尔特队去。”

于是，这三位先生便走上去，站在女司令员前头。

三位教区长走到队伍最前头，教区执事为殿军；赫尔斯通把他的宽边帽一扬，钟楼上八只大钟登时轰然齐鸣，乐队高奏，声震寰宇，笛子一吹，喇叭应和，铜鼓咚咚直敲，他们开步走了。

那条宽阔的白色大道伸展在长长的队伍前头，头顶一轮红日，晴空无云，风吹大树枝丫，一千二百个儿童和一百四十个大人所组成的队伍，合着节拍走去，大家脸上喜洋洋，心里乐滋滋。这是个快活的场面，是个会有好处的场面；这是个富人穷人都幸福的日子。这首先是上帝，其次是牧师的杰作。让英格兰的教士都得到他们应得的东西吧，他们是一群在某些方面有缺点的人，只因他们也同我们大家一样，都是有血有肉的凡人，不过，如果没有这些教士，国家将会很穷，如果教会垮了，不列颠准会惦记她的教会。但愿上帝拯救它！但愿上帝也改革它！

第十七章
学校盛宴

这支由牧师指挥、妇女当军官的队伍，既没有战斗的志向，也没有要加搜索的敌人，然而，乐队却奏军乐，而且——从某些人，例如，基达尔小姐的眼睛和态度看来——这种乐声，却唤起了一种即使不是战斗的，也还是一种热望战斗的精神。赫尔斯通老头偶尔回过头去，直望着基达尔小姐的脸，不禁哈哈一笑，她也对他哈哈一笑。

"看来没有什么战斗了，"他说，"我们的国家不需要我们为它战斗；没有敌人或者暴君对我们的自由有所怀疑与威胁，一点也没有什么好干的，我们只是出来散一下步。拉住缰绳，队长，火气别太旺；不必这样，真是遗憾。"

"劝劝你自己吧，博士，"谢利答道。她对卡罗琳嘟哝一下，"现实不会给我的，我就借用想象吧。我们不是军队——流血也不是我的愿望；或者可以说，如果我们是军队，我们便是十字军。时间倒流它几百年，我们这会儿就要到巴勒斯坦去朝圣了。不过，不，这太缥缈了。我需要比较着实点的梦想。我们是苏格兰的低地人，跟着一个立了誓约的队长到山里去开会，那儿是残害百姓的军队够不着的地方。我们知道要进行那种战争，先得作番祷告，我们相信，战争到了最坏的结局时，天堂就一定是我们的报酬，我们都准备好了，愿意用我们的鲜血来染红煤田。乐声打动我的心灵，唤起我的全部生命，使我的心怦怦跳，不是用心脏平常的适度的脉搏，而是用种惊心动魄的新活力在跳动。我简直是渴望危险，渴望保卫一种信仰，一块土地，或者至少是一个爱人。"

"你瞧，谢利！"卡罗琳插嘴说。"在斯蒂布罗山顶那儿，那个红点点是什么？你目光比我好，把你的鹰眼转过去看一看。”

基达尔小姐看了。

“啊，”她说过后，当即又找补说，“那是一队穿红衣服的人，是大兵——骑兵，”她连忙又接着说，“他们骑得很快，一共有六个，他们就要经过我们这儿了，不，他们向右拐了，他们看到我们的队伍，故意打个迂回，避开我们。他们上哪儿去呀？”

“也许他们只是在训练马匹。”

“也许是这样。这会儿看不到他们了。”

这当儿，赫尔斯通先生开口了。

“我们要穿过罗特巷，抄近路到南尼利去。”他说。

于是，他们换成纵队，走进狭窄的罗特巷。这条巷十分窄——窄得只能容两个人并排走，否则，就要跌进两旁的沟里。等他们走到巷里半中间时，几位牧师司令员显得大为激动，博尔特比的眼镜和赫尔斯通的宽边帽也抖动了。三位副牧师彼此用胳膊肘儿轻轻推了一下，霍尔先生掉头望望小姐们，面呈笑容。

“怎么啦？”有人问道。

他用手杖指指他们前边的巷梢。啊嗬！迎面又进来了一支队伍，也是由穿黑衣服的人带领着，后边也有乐队，这会儿听得到乐声了。

“跟咱们闹双包啦？”谢利问道——“是我们的拷贝生魂吗？这会儿摊牌了。”

“如果你要打仗的话，大概有得打了——至少看样子有得打，”卡罗琳悄悄地说，哈哈笑了。

“不能让他们过来！”三个副牧师一致说：“我们不能退让！”

“退让！”赫尔斯通回过头去，厉声叱道，“谁在说退让？你们几个孩子，瞧你们在搞什么。我知道，那些小姐会很坚定——我信得过她们。为了国教的荣誉，这里的女教徒个个都会站稳脚跟，抵抗这些来人的。基达尔小姐在说什么？”

“她问那是什么？”

“是反对国教者，监理会教徒，浸礼教徒，独立教会派和威斯莱教派结成了不神圣同盟，故意拐进这条巷里，想阻挡我们的队伍前进，迫使我们后退。”

“恶劣行径！”谢利说，“我最恨恶劣行径。自然得给他们个教训。”

“给个文雅的教训，”霍尔先生建议说，他向来是赞成和平的：“不是个粗暴的儆戒。”

赫尔斯通老头继续往前走。他加速步伐，走在队伍前面几码的地方。他快要走到对方那些黑衣领袖面前时，那个好像担任敌军总司令的人——一个满身油污的大汉，一头黑发梳得平贴在前额上——顿即喝令队伍停下来。队伍停下来了，他拿出一本圣诗，挑出一首，定了调，大家就唱起最忧伤的圣诗来。

赫尔斯通对他这边的乐队做个手势。他们当即使出所有乐器轰然狂奏。他要他们奏《英国国歌》，同时命令孩子们同声唱和，孩子们唱得劲头十足。敌人给歌声压倒了，圣诗简直听不见了，就声音说来，敌人给打败了。

“现在，跟我来！”赫尔斯通大声说，“不要奔，步伐要坚定，齐整。要沉着，你们每个孩子，每个妇女。大家靠拢——必要的话，抓住彼此的衣裾。”

说着，他以非常坚定从容的步伐向前走去，他的主张得到了他那些学生和教师的热烈响应——他们都完全按照他的吩咐做，既不奔跑，也不畏缩，而是以沉着稳健的气势走去。那三位副牧师，也不得不这样做，因为他们是在赫尔斯通和基达尔小姐这两面炮火的夹击中，他们两人都目光锐利，警惕地注视着是否出现任何偏差，一个拿着他那根手杖，另一个拿着她的阳伞，随时准备训斥哪怕是略微扰乱秩序的、稍微露出不听指挥或者不守规则的人。那群反对国教者先是一愣，继而一吓，接着便给压服下来，被迫退了，终于不得不掉过头去，离开罗特巷。博尔特比在这场冲击中吃了点苦头，好得赫尔斯通和马龙刚好在他左右，把他撑住了，他们两人一直抬着他，顶着风走，浑身酸痛，好不吃力。

刚才发令唱圣诗的那个胖子反对国教者还是坐在沟里。他原来是个酒商，一个非国教徒的领袖，据说，那天下午，他喝的水比他前一年喝的还要多。霍尔先生照顾卡罗琳，卡罗琳照顾霍尔先生，他和安利小姐还在事后对这个事件悄悄交换过意见。基达尔小姐和赫尔斯通先生在整个队伍完全通过小巷时，热切地握握手。三位副牧师开始欢跃起来，赫尔斯通先生顿即对他们那种天真的兴致加以制止。他说，他们从来就不知道该怎样说话，还是闭起嘴来为妙，他还提醒他们说，这种事情他们一个也对付不了。

三点半钟左右，队伍折回来了，四点钟，又回到原来出发的地点。学校四周麦茬割剩得很短的地里放了一长排一长排长凳。孩子们都坐在那儿，人们搬出了许多盖着白布的大篮子，许多冒着气的大铁锅。在分发美味之前，霍尔先生作了一个简短的祷告，孩子们唱了感恩歌。稚气的歌声在旷野里听来怪嘹亮的，甚至颇为动人。大大的葡萄干甜面包，很甜的热茶，大量供应，至少这一天是不许克扣分量的。规定给每个孩子的份额几乎是两倍于他们吃得下的东西，这样，他们可以留下一些东西带回家去给那些年老、生病的，或者因故不能前来参加盛宴的人。这时，甜面包和啤酒在乐师和礼拜堂唱诗班的人中传来传去，过后，人们把凳子搬走，听任他们拿出浑身解数来狂吹狂奏。

召唤教师、男女赞助人去课室的钟声响了，基达尔小姐，赫尔斯通小姐以及其他许多太太小姐都已经在那儿，她们用眼睛扫视一下她们各自的杯盘和桌子的排列情况。附近的大部分女佣，连同执事，唱诗班员和乐师的妻子那天都被拉差充当招待。她们都穿着漂亮、花哨的衣服，互相竞艳争妍，在年轻妇女中，还有许多长得标致的女人。大约有十来个人在切面包涂黄油，另外有十来个人负责供应热水，热水是打教区长住宅厨房的铜锅里取来的。装饰着雪白墙壁的无数花卉和常绿叶，放在桌上的银茶罐和锃亮的瓷器，处处是迅速掠过的活泼身段，欢乐面孔，华丽服装，形成了一个赏心悦目的场面。每个人都在说话，声音虽不大，却很愉快，黄莺在高挂着的笼子里尖声啼啭。

卡罗琳，因为是教区长的侄女，坐在三桌主桌中的一桌，博尔特比太太和玛格里特·霍尔则分别主持另外两桌。这几桌是要招待名流的，有关平等待遇的严格规定，在白莱亚菲尔特并不像其他一些地方那样行时。赫尔斯通小姐卸掉围巾，除下小帽，这样就不至于热得难耐，她那长长的发卷，垂到脖子上，简直可以代替面纱，那身麻布衣服，样式朴素，像件修女袍子，这倒使她可以省却披上一件斗篷的累赘。

房间里挤得水泄不通，霍尔先生已坐在卡罗琳身旁担任岗哨了，这当儿，卡罗琳一边在重新整理面前的茶杯，茶匙，一边低声对他悄声说着当天所发生的大事。他对于罗特巷所发生的情况，面色显得有点儿沉重，她则设法对他微笑，使他不至于那么严肃。基达尔小姐就坐在近旁，说也奇怪，她既不笑，也不说话，而是十分沉静，警惕地四下望来望去，她似乎担心有个不速之客来占去这只她显然要留给谁坐的邻座。她不时把自己的绸衣服摊到不该占有的坐凳那一边，或者把自己的手套、绣花手帕儿放在那上面。卡罗琳终于注意到这种手法，于是，问她在等哪个朋友。谢利俯身挨拢她，玫瑰色的嘴唇差点要碰着她的耳朵，以唱歌也似的柔和声音悄悄地说（每当她所说的话想要略微透露秘藏在她心里的一点美妙的情思时，她往往就用这样一种声调说话）：

“我在等穆尔先生。我昨天晚上见到他，我要他答应带他姊姊一起来，坐在我们这一桌，他谅来不会失约，我觉得有把握，不过，我怕他来得太迟，会跟我们分开坐。这会儿又有一批人来到了，每个座位都有人坐了，真气人！”

不错，治安推事温先生夫妇，儿子，两个女儿这当儿大模大样进来了。他们是白莱亚菲尔特的上流人物，自然要坐到第一桌来，人们也在领他们上这儿来，他们把所有的空位子都占去了。为了免得基达尔小姐再心挂两头，萨姆·温先生径自坐上她为穆尔留着的那个空位，他没头没脑地就往她的长外衣、手套、手帕上坐下去。萨姆先生本来就是她所讨厌的人物之一，更其使她讨厌的是，他竟有转她念头的严重迹象。因为这位老先生公开宣称，菲尔赫德的产业和德·华登府的产业将要可喜地发生传染性[①]——这个错用的词儿传来传去，当然会传到谢利耳朵里。

卡罗琳的耳鼓还回荡着那声教人听了毛骨悚然的耳语：“我在等穆尔先生。”听了这句话，她的心还在跳个不停，腮帮子还火辣辣的，这当儿，风琴声轰隆一响，盖过了室内的嘈杂声。博尔特比博士、赫尔斯通先生和霍尔先生都站了起来，在场的人也都跟着站起来，大家合着风琴的伴奏，唱过感恩歌后，便开始喝茶。卡罗琳由于职守关系，一时忙不过来，没空看来看去，待到冲完最后一杯茶，才把不安的眼波打屋子里一扫。有几个女人和好几个男人站在那里，还找不到座位。在人堆里，她认出了她那位老处女朋友曼小姐，大概是好天气诱人，或者是经过哪个硬撺掇她出来的人的劝说，她这才离开她那荒凉

① 这位老先生原来要说“联在一起”（contiguous），表示有朝一日，两家要联亲，却说成“传染性”（contagious）。

孤寂的居处，出来交际一小时。曼小姐好像站累了，一个戴着黄色小帽的小姐为她搬来一张椅子。卡罗琳对那顶“黄缎子小帽”十分眼熟；对那头黑黑的头发和头发下边的和蔼但是有点顽固而且刚愎自用的脸，那件“黑绸长衣”，甚至那条“灰亚麻布的围脖儿”都很眼熟；总之，她知道那就是霍顿斯·穆尔，她真想跳将起来，奔过去亲吻她——去拥抱她两下，一为她自己，一为她弟弟。卡罗琳的确欠起身子，差点没高声叫喊起来，也许——因为实在是情不自禁——她就要奔到房间那头，真个同她去寒暄一番，不料这时有一只手按着她，而且有一个声音在她身后，悄悄地说：

“等喝过茶后，琳娜，我就带她到你这边来。”

等到她能够抬起眼来一看，原来罗伯特本人就紧挨在她身后，他看到她那副渴切的样子，不觉面露笑容。她好像从来没有看到他这么好看——在她那偏爱的眼睛看来，他确实显得十分漂亮，使她不敢相信自己可以冒险再瞟一眼，因为他的形象教人痛苦而又鲜明地一下子想起她心头的幻象来，那个形象活龙活现地出现在她的记忆上，仿佛有幅用强烈的闪电似的画笔画出来的银版照相贴在那儿。

他走过去同基达尔小姐说话。谢利这时决不是情绪很好，她气萨姆·温那种不受欢迎的殷勤，气这位先生还坐在她的手套和手帕儿上——大概还气穆尔不守时刻。她先对他耸耸肩膀，接着对他“无缘无故迟到”狠狠地抱怨了一两句。穆尔既不表示歉意，也不反唇相讥。他不声不响地站在她旁边，仿佛等着看她是否不发脾气了，隔了不过三分钟左右，她就把手伸给他，表示已经不发脾气了。穆尔微露笑容，握她的手，五分表示改正，五分表示感激，可能轻轻地摇一摇头，就是微妙地表示改正，也许温情地握一握手，就是表示感激。

“这会儿是，哪儿有位子，你就坐在哪儿吧，穆尔先生，”谢利也脸带笑容说，“你看，这儿简直没有你立锥之地了，不过，我看到博尔特比太太那一桌，在阿米塔奇小姐和伯特威斯尔小姐中间倒有许多空位，去吧，你可以坐在约翰 · 赛克斯对面，背对着我们。”

穆尔却喜欢像现在这样徜来徜去，他不时在那长长的房间的另一头拐个弯，半路里停下来同像他一样尴尬，无位可坐的其他先生们寒暄一下，可是，他又回到那块磁石，谢利这边来，每次回来，总要随口说些必须向她咬咬耳朵的话儿。

这时，可怜的萨姆 · 温显得极不安生，他这个芳邻，从她的动作看来，仿佛心情极不安定，很不随和。她两秒钟也坐不定。她一会儿觉得很热，尽扇扇子，一会儿抱怨空气不好，地方小。她说，照她看来，喝过了茶的人就该离席，还明明白白地说，如果再这样下去，她免不了要昏倒。萨姆先生提出要陪她到户外去，她说这正是使她因伤风而丧命的好办法，总之，他那个位子看来是坐不稳了，于是，他连忙喝下自己那份茶后，觉得还是撤离为宜。

穆尔应该就在近旁，不料他却在房间老远的另一头，正同克利斯朵夫 · 赛克斯谈得很上劲。一个大个子的粮食掮客，蒂莫西 · 拉姆斯登先生，刚巧就在近旁，他觉得站得有点累了，就走过去想填补那个空位。谢利从来就不会没有应急的办法，她把围脖儿一甩，弄翻了茶杯，茶水就泼在坐凳和她自己的缎衣服之间。这样一来，就得找个招待员来为这个恶作剧料理后事了，拉姆斯登先生是个气喘吁吁的胖子，长得同他的家当一样大，看到这一随之而来的骚乱，裹足不前。谢利向来对弄脏衣服这类小事情简直是十分无所谓的，她现在搞出这场骚乱来，可说正同那种最灵敏、最有勇气的女人相称，拉姆斯登先生张开大嘴，慢慢地后退，加之这时，基达尔小姐又暗示她要“受不了”，要当场昏倒了，他掉过身子，急急打退堂鼓了。

穆尔终于回来了，他镇静地打量着这场骚乱，有点古怪地端相着谢利那莫测高深的面色后，他说，这里实在是屋子里最热的一头，说他认为这里的气候大概只能适合像他自己这种性格冷静的人，他把招待员，食巾，那件缎衣，一句话，把整个混乱场面都不放在眼里，就此坐在分明注定非坐下来不可的位子上。谢利气消了，她的面貌也变了形，扬起的皱结的眉尖和费解的嘴角曲线都变得平坦了。任性和淘气代之以另外的表情，她用以捣乱萨姆·温的心灵的所有乖僻动作都好像是着了魔法似的消失了。不过，投向穆尔的眼色并不是和蔼的，相反的，责怪他使她惹了一大堆麻烦，狠狠地责备他是使得她对拉姆斯登先生大为不敬，使她失去了萨姆·温先生的非常宝贵的友谊的罪魁祸首。

“我从来没有得罪过这两位先生，”她斩钉截铁地说，“我向来总是极其客气地对待这两位，可如今，为了你，却是怎样对待他们来着？我不把这事情掇弄好，我是不会快活的，我不跟邻居友好，我决不会快活，所以我明天得专程上罗特粉厂去安慰那个老板，去称赞一下谷物，再过一天还得到德·华登府去一趟——我真不高兴上那儿去——手提袋里装上半块燕麦饼去给萨姆先生那头心爱的猎狗。”

“你知道怎样最准确地摸到每个崇拜者的心理，这我不怀疑，”穆尔悄悄地说。他终于弄到现在这个座位，显得十分满足，但是，他没有说出表示感恩的好言好语，也没有为他所引起的麻烦道一声歉。他这样冷静，使他变得很了不起，显得更漂亮。他这么泰然自若，使他的邻座很愉快，她心情就此平静下来。看他那副神气，你决不会认为坐在这个有钱女人身边的人，是个在拼命挣扎的穷汉，这种平起平坐的宁静态度使得他的外表也很镇定。也许他内心里也是这样宁静。从他对基达尔小姐说话时眼睛不时俯视着她的那种样子看来，你准会以为他的社会地位也像他的身材一样比她高出许多。冷酷的寒光几乎时时掠过他的眉梢，闪烁在他的眼睛里。他们的谈话逐渐亲切起来，只是声调很轻，看来她在催他回答一些问题——他显然不肯全部满足她的好奇心。她用眼睛探索一下他的眼睛，在这种温柔然而急切的表情中，你可以看出她的眼睛是在要求对方作出更明确的回答。穆尔乐滋滋地微笑一下，嘴巴却仍然封着。后来她生气了，转过脸去，可是，不消两分钟，他又使她转过脸来，他似乎在作出什么诺言，来使她乖乖地接受这种诺言，而不再打听下去。

看来房间里的热度很不适合赫尔斯通小姐的健康，随着茶事继续下去，她越来越显得苍白。等到大家致谢过了，她就离开桌边，连忙去找她的表姊霍顿斯，霍顿斯已经同曼小姐一起到户外去吸新鲜空气。卡罗琳站起来时，罗伯特已经站了起来——也许他想同她说话，可是，还得同基达尔小姐互相道别，不料等他道别过了，卡罗琳已经不见影踪。

霍顿斯接见她先前的学生时，那态度与其说是亲热，不如说是有点威严。她一直极其不满意赫尔斯通先生的做法，还一直认为应该责怪卡罗琳，不该那么刻板地听从她叔叔的话。

“你真是个了不起的生客了，”她的学生紧握着她的手时，她严峻地说。这个学生深知她的脾气，决不指责或抱怨她冷淡。她不把这些死板的怪念头放在心上，深信霍顿斯那种善良（我用这个法国词儿，是因为它恰能表达我的意思——既不是仁慈，也不是脾气好，而是有点介于两者之间）的本性顿即会占上风。果然不出所料，霍顿斯刚一仔细端相卡罗琳的面孔，看到她那有点憔悴的面色所显露出来的变化，态度就和缓下来。她吻着卡罗琳两颊，焦急地问她身体好不好。卡罗琳愉快地应答了。不过，要不是曼小姐要求陪她回家，转移了问话者的注意力，卡罗琳一定免不了要经受一次长长的盘诘，接着还一定会为此而恭听一次没完没了的训话。可怜这位有病在身的曼小姐已经累了，疲倦使得她生气了——气得简直不同卡罗琳说话，再说，这个年轻人一身白衣服，一副活泼的神气，真叫这位老小姐看不入眼。穿着棕色呢料或者灰柳条布的家常服装，经常一副忧郁的神气，才比较配这位孤居独处的老处女的口味。今儿晚上她好像不认识这个年轻朋友似的，只是冷冷地点一下头便走了。霍顿斯因为事先已经答应陪她回家，她们俩一起走了。

卡罗琳这时望来望去在找谢利。在一群女人中间，她看到了一条彩虹色围脖儿和一身紫色衣服，那些女人都是她熟悉的，可是，她对所有那些女人只要能够回避，都一概加以回避。有时候她甚至更为羞怯，这会儿，她就觉得一点也没有勇气上这伙人那里去。不过，大家都成双成对，成群结伴，她不能单独站在那儿，所以，她走到她自己一群学生那里去，其中有大女孩，或者不如说是年轻姑娘，她们都站在那儿，观看几百个小孩玩捉迷藏。

赫尔斯通小姐知道这些姑娘喜欢她，但是，一出校门，她甚至同她们在一起也会感到害臊，她们怕她可及不上她怕她们。现在她走到她们旁边，与其说是上去照顾她们，倒不如说是想在与她们在一起中得到保护。她们凭本能知道她这个弱点，而且以一种出于自然的礼貌尊重这个弱点。她在教她们的时候，以自己的知识博得她们的尊敬，她态度温和，也使她们尊重她，因为她在上课时，具有她们所认为的聪明和善，所以她们在她不上课时自然也就不去注意她这种明显的羞怯态度了。她们没有趁机利用这种羞怯态度。她们虽然都是农家姑娘，却有过多的她自己也有的那种英国人的敏感性，因而不会犯举动粗鲁的错误。她们文静，有礼貌，友好地围着她，接受她那淡淡的笑容，有点吃力地不知该怎样同一个有良好感情和良好教养的人谈话，因为良好教养是有良好感情的结果，所以良好感情立即使她不感到拘束了。

萨姆·温急匆匆地走上来，硬要年纪大点的姑娘去同年纪小点的姑娘一起玩儿，这样，又剩下卡罗琳一个人了。她正在思忖悄悄溜回家去的时候，谢利老远看到她单身一人，连忙赶到她这边来。

“咱们到田野高处去，”她说，“我知道你不喜欢人多，卡罗琳。”

“可是，谢利，这样就会使你离开这些高尚的人，叫你失去乐趣，他们又都那么拼命要同你在一起，你对这些人不必使用什么技巧，花什么力气就可以使你自己十分快活。”

“不一定是不必花什么力气，我已经对花这种力气感到厌烦了，这只是种乏味无聊的事儿，净跟白莱亚菲尔特那些名流说说笑笑。刚才十分钟里，我一直在找你这一身白衣服。我喜欢注视人群里我所喜欢的人，拿他们来同别人作比较。我已经这样把你比较过了。你跟这里这些人，一个也不相同，琳娜。这儿固然有几个比你面孔长得漂亮的人，比如说，你并不像哈丽特·赛克斯那样，是个标准美人，你站在她旁边，就显得简直微不足道。可是，你显得讨人喜欢——你显得深思熟虑——你显得我所谓的有趣。”

“嘘，谢利！你这是在奉承我啦。”

“难怪你的学生都喜欢你。”

“胡扯，谢利，谈谈别的吧。”

“那么，我们来谈穆尔吧，我们来注意他一下，我甚至这会儿就看到他了。”

“在哪儿？”卡罗琳问的时候，并不是看那边的田野，而是直对着基达尔小姐的眼睛看，每当谢利提到她老远看到什么人时，她总是这样看谢利。她的朋友有比她自己敏锐的视力，卡罗琳似乎认为，也许在她那暗灰色的眼球虹彩里，可以看到她那老鹰的敏锐的秘密——或者不如说，也许她只是想通过那双炯炯的、有识别能力的眼睛的指导来找到引导。

“穆尔就在那儿，”谢利说，手直指着对面那辽阔的田野，无数小孩正在那里玩儿，现在几乎有千把个成年观众在那儿走动。“喏，就在那儿——你难道看不见那高高的身材和挺拔的样子吗？他在围着他的那群人中，显得像是伊利亚置身于比较卑微的牧羊人中间那样——像是扫罗[①]在开军事会议，如果我没有弄错，那就是个军事会议。"

"为什么是军事会议，谢利？"卡罗琳问道，她的眼睛终于找到要找的人。"罗伯特这会儿正在同我叔叔说话，他们还在握手呢，这样说来，他们是和好了。"

"和好并不是毫无道理的，你相信我好啦，是在搞反对共同敌人的共同事业。你想，温先生，赛克斯先生，阿米塔奇先生和拉姆斯登先生干什么要聚在一起，这样紧紧围着他们两人呢？干吗又要把马龙招呼过去呢？既然找到他，肯定就是需要一个有力的帮手了。"

谢利一边注视，一边越来越不安定，她的眼睛闪闪发光。

"他们不信任我，"她说，"碰到节骨眼的事儿，他们就总是这样。"

"怎么一回事呀？"

"你觉不到吗？准是在进行什么秘密事儿。看来要出什么事了，要做些准备工作了，我肯定。今儿晚上，我从穆尔先生的态度上全都看出来了，他很兴奋，又很冷酷无情。"

"对你冷酷无情，谢利？"

"是呀，对我。他常常对我冷酷无情。我们难得促膝谈心。我不得不认为，他的性格的根底并不是什么凫绒毛做的。"

"可是，他同你谈起话来好像很温存。"

"可不是吗？声调十分柔和，举止又很文静，然而，这个人独断独行，嘴很紧。他那种保守秘密的作风直教我恼火。"

---

① 扫罗，《圣经》上以色列的第一个王，他"身体比众民高过一头"。扫罗作以色列王后，就率众攻打非利士人，出发前，扫罗挑选人马，分派任务，事见《圣经·旧约·撒母耳记上》第12、13章。谢利在这里大概是指这事。

“不错——罗伯特是嘴很紧。”

“他简直没有权利这样对我，尤其是他已开始对我吐露他的心思。我根本一点也没有泄露过他的心思，他不该这样回避我。不过，我觉得他们认为我的心肠还不够硬，不能同他们共患难。”

“他可能是怕会使你不安生吧。”

“不必要的小心。我是有弹性的材料做的，不是一下子就垮得了的，他应该知道这一点。可是，这人十分骄傲，他有他的缺点，随你怎样说去吧，琳娜。你看那群人谈得多上劲，他们还不知道我们正在瞅着他们呢。”

“如果我们小心留意，谢利，我们也许找得到他们秘密的线索。”

“要不了多久，就有什么不平常的行动——也许就在明天，可能就在今天晚上。可我的眼睛和耳朵都没有睡觉，穆尔先生，有人要监视你了。希望你也留心一点，琳娜。”

“我一定留心。罗伯特走了。我看到他又转过身去。我相信他看到我们了。他们在握手啦。”

“握手，握得那么着力，”谢利接着说，“仿佛他们是在签订一种庄严的盟约。”

她们看到罗伯特离开人群，穿过大门出去，不见了。

“他竟不同我们告别一下，”卡罗琳嘟哝说。

这句话刚一出口，她就想以微笑来否定刚才话里似乎含有表示沮丧的意思。一时间，一阵自然而然的红晕使得她的眼睛又柔和又明亮。

“啊，这马上就可以得到补偿！”谢利大声说。“我们一定要叫他同我们告别。”

“叫他！那又是另外回事了，”对方答道。

“完全是一回事。”

“可是，他已经走了，你又赶不上他。”

“我认得一条近路，比他走的更近。我们可以去拦住他。”

“可是，谢利，我宁可不去。”

卡罗琳这句话刚落音，基达尔小姐就抓起她的胳膊，催她赶快奔下田野。要争也是枉然的了，碰上谢利脑子里忽发什么奇思，那是再任性也没有的。卡罗琳简直是不知不觉地发现自己已经看不到那群人，就被领进一个狭窄的林荫地里，头顶遮着山栌，脚下是滑溜溜的雏菊。她一点也没有留意到夕阳弄得草地变幻多姿，也没有觉察到这当儿树木花草正在发出的清香，她只听见前头的木门开开来的声音，知道罗伯特在走过来了。山栌的长长的小枝，突然伸展在她们面前，刚好当做个屏风；他还没有看到她们，她们已看到他了。卡罗琳眼睛一晃，就看到他的社交乐趣已经消失，他已经把那种乐趣抛在后面学校四周的欢乐回荡的田野上了，现在只剩下他那张黝黑，文静，一本正经的面孔。正像谢利说的，他那副神气是有一股冷酷的味儿，眼睛显得很兴奋而又有点严肃。谢利这个恶作剧真是闹得不合时宜。如果他显得像是要过愉快的假日那样，那倒没有什么关系，可这会儿——

“我本来就对你说不要来，”卡罗琳有点怨恨地对她的朋友说。

她似乎心情确实很缭乱，这样无端打搅罗伯特，实在有违她的本意，也不是他所期望的，况且眼前他分明是不容人家耽搁他，想到这里，格外叫她不安生。基达尔小姐却一点也不在乎，她向前跨上一步，同她的租户面面相觑，挡住他的去路。

“你还没有同我们告别呢，”她说。

“还没有同你们告别！你们是打哪儿来的？你们是仙女吗？一分钟前，我才离开你们这两个，一个穿紫色衣服，一个着白衣服，站在隔开四块地那边的堤上。”

“你在那儿离开了我们，又在这儿看到我们了。我们一直在注意你，以后还要注意你呐，有朝一日得好好盘问你一下，不过，不是这会儿，眼前，你只消说声晚安后就让你过去。”

穆尔望望这个，又望望那个，脸上毫无倔强的神色。

“欢乐的日子有欢乐日子的特免，危难的日子也有危难日子的特免。”他一本正经地说。

“喂——别讲大道理啦，说声晚安后就放行，”谢利催着说。

“我非得向你说声晚安不可吗，基达尔小姐？”

“非说不可，也要对卡罗琳说声晚安。我想，这一点也不是新鲜的。你从前也同我们道过晚安。”

他握她的手，把那只手握在自己一只手里，又用另一只手盖在她手背上，他庄重，和善，然而又威严地俯望着她。这位女继承人无法臣服这个人。在他盯着她那张鲜明的脸看的眼色中，毫无屈从之态，也几乎没有什么敬意，只有通过另外一种感情所显现出来的关注与爱怜。从他说话的声调，所说的话中，多少使人觉得爱怜就是感恩。

“你的债务人祝你晚安——祝你一夜到天亮，平安宁静地睡觉！”

“那么，你，穆尔先生，你准备干什么？你刚才同赫尔斯通先生说些什么？我看到你同他握手。那些先生干吗都围着你？这一次，请你不要有所保留了，对我坦率一点吧。”

“谁敢反抗你？我一定坦率，如果有什么好说的，明天你一定可以听到。”

“现在就说，”谢利顶着说，“别拖拖拉拉。”

“我要说也只能说一半，我的时间有限——我，一分钟也匀不出来，以后我一定以坦白的态度来弥补我这回的迟延。”

“那么，你是回家去吗？”

“是的。”

“今天晚上，不再离开家里了吗？”

“当然不离开。现在同你们两位再见啦！”

他本来想握一下卡罗琳的手，像他刚才握谢利的手那样，可是，不知怎么一来，那只手却不准备让他握，她已经后退了几步。她回答穆尔的道别，只是轻轻点一点头，加上一个温和、严肃的微笑。他找不到更诚挚的话说，只得再说一声“再见！”就离开她们。

“喏！——好啦！”等他走了，谢利说，“我们已经叫他同我们道别，却又无损于他的尊严，我想，卡利。”

“我想是这样，”对方简单答道。

“我认为你十分胆小，十分克制，”基达尔小姐说。“穆尔先生刚才向你伸出手来，你干吗不把手伸给他呢？他是你表哥，你喜欢他，你是觉得让他看出你的感情而感到害羞吗？”

“对他有兴趣的，他都看出来了，何必再表露什么感情。”

“你倒是说得干脆，如果你能够的话，你准是个禁欲主义者。卡罗琳，在你看来，爱情是犯罪的吗？”

“爱情是犯罪的！不，谢利，爱情是种神圣的美德，你干吗要把这个词儿扯进我们的谈话里来？这是极其不相干的！”

“好！”谢利说。

这两个姑娘闷声不响地在草径上慢步走着。卡罗琳先开口了：

“冒失是犯罪的；孟浪是犯罪的；或者说，都是可恶的。可是，爱情——最纯洁的天使听到爱情也不必脸红！要是我看到或者听到不论男人或女人将羞耻与爱情联在一起，我就知道他们的思想是粗俗的，他们的结交是下贱的。许多自命高尚的小姐先生，‘庸俗’这个词儿一直挂在他们嘴上，一提到‘爱情’就不免要泄露出他们自己生来就是愚蠢和堕落的。在他们看来，爱情只是同他们的低劣想法有关的一种低劣感情。”

“你把四分之三的人类都说在里头了，卡罗琳。”

“在这个问题上，他们是无情的，卑劣的，愚蠢的，谢利！他们永远不会爱人家，人家也永远不会爱他们！”

“你说得对，琳娜！在他们的愚钝无知中，他们亵渎了六翼天使从圣殿里取来的烈火。”

“他们把烈火同地狱里蹿上来的火星混淆了！”

这当儿，突然一阵召唤大家去礼拜堂的欢乐钟声打断了这番对话。

第十八章

奉劝斯文读者略过本章，下等人物在此登场

这天黄昏，天气很热，一点风儿也没有，看来甚至还会变得闷气燠热起来。在逐渐西坠的太阳四周，云块红得发紫，夏天的色彩（与其说是寻常的夏天色彩，不如说是晚秋的色彩）弥漫着地平线，把玫瑰色映照在山坡上，屋前，树干上；映照在曲折的道路和起伏的牧地上。这两个姑娘从田野上慢慢地下来。等她们来到墓地的时候，钟声已经静息，大家都聚集在礼拜堂里了，外面一派冷落。

“多么愉快，多么安静呵！”卡罗琳说。

“礼拜堂里一定好热哪！”谢利答道，“博尔特比会做多么乏味冗长的演说呵！那些个副牧师又会对着他们那准备好的讲稿多么唠叨呵！我宁可不进去。”

“不过，如果我叔叔看到我们不在那里，他是会生气的。”

“我宁可让他对我大发其火，他又不会把我吞了。错过他那尖刻的演说才是遗憾的事。我知道这会儿讲的都是教会多么通情达理，对分离派则尽说些刻薄话。他一定忘不了罗特巷那场战斗。我使你听不到霍尔先生的诚恳、友爱的讲道，听不到他那地道的约克郡土音，很对你不起。可是，我一定要待在这里。这个灰色的礼拜堂和那些更要灰色的坟墓，让这种深红色一照，显得十分神妙。造化女神这会儿正在作晚祷，她就跪在这些红色的山冈前面。我看到她匍匐在她的圣坛的大台阶上，在为海上的水手，沙漠上的旅客，泽地上的羔羊，树林里的羽毛未丰的鸟儿，得到一个晴朗的夜晚而祷告。卡罗琳，我看到她！我来告诉你她是个什么样子。她就像当年同亚当单独站在大地上的那个夏娃一样。”

“那可不是弥尔顿[1]所写的夏娃吧，谢利。”

“弥尔顿所写的夏娃！我不禁要再说一遍，弥尔顿所写的夏娃！不，千真万确，她不是弥尔顿所写的夏娃！卡利，只有我们两个人在这里。我们怎么想就可以怎么说。弥尔顿是伟大的，可是，他是好人吗？他的脑子不错，他的心又怎样呢？他看到过天堂，他俯望过地狱。他看到撒旦和撒旦的女儿罪恶，看到他们的可怖的后代死神。天使在他面前列队，一长列一长列坚固无比的盾牌在他那瞎了的眼球上反照出无法言宣的美轮美奂的天宫。魔鬼在他的视界里集结队伍，它们那黯然无光，弃盔丢甲的队伍全体经过他的面前。弥尔顿拼命想看第一个女人，可是，卡利，他并没有看到她。”

“你这样说真大胆，谢利。”

“既不大胆也不忠实。他看到的是他的厨娘，或者就像我看到吉尔太太一样，看到她在大热天里，在阴凉的奶房里制乳蛋糕，奶房的格子窗旁边长有蔷薇树和金莲花，她在为教区长们做冷点——蜜饯和‘美味奶油’——心里却弄不懂‘为什么要挑最精美的东西，点菜为什么要点得这么别出心裁，竟然只要单味，不要搭配，不必讲究，却尝了一味又尝一味，硬是要随意换了又换。’”

“都也很好嘛，谢利。”

“我却要提醒他，世上第一批男人都是些泰坦，夏娃就是他们的母亲，她生了农神，原始神，河海之神，她生了普罗米修斯——”

“你真是个异教徒！这有什么意思呢？”

“我说，当时人间有巨人——力图爬上天堂的巨人。这第一个妇女的胸脯在这人间发出生的气息，生出了敢同全能的上帝较量的勇士，生出了能够忍受千年奴役的大力士，生出了能够长年累月喂养死神那

① 这是指弥尔顿用《圣经》故事所写的长诗《失乐园》，作者写此诗时，眼已失明，是以口授方式写成的。

只鹰隼的长生不老者；生出了不竭的生命和纯洁的优秀人物，不朽的同胞，他们虽然经历过几千年罪恶，挣扎和灾难，却能够孕育出个弥赛亚来。第一个女人是上天所生的。心胸宽广，是产生各族的泉源，那只不颓不朽的脑袋宏大，戴得上万物的配偶之冠。”

“她垂涎一只苹果，上了蛇的当。你脑袋里则因装进了这样一堆大杂烩，既有圣经，又有神话，所以你说的都是毫无意义的话。你还没有告诉我，你看到跪在丘岗上的是些什么。”

“我看到——我这会儿看到——一个女泰坦：她那蓝天似的长袍一直伸展到荒原的外廓，羊群在那儿吃草；一张面纱白如雪崩，从头披到脚，面纱四边镶着闪电光似的花纹。在她胸脯下面，我看到她的腰带紫得跟地平线一样，晚空的星星在腰带那阵红光中闪烁。她那双坚定的眼睛我没法描绘，那双眼睛清澈，其深如湖，对空仰望，满怀崇拜之情；那双眼睛因爱情的温柔和祷告的光泽而抖动。她的前额是茫茫一片浮云，比早在黑暗拢来之前就已上升的新月还要苍白，她把胸脯靠在斯蒂布罗泽地山脊上，她那双威力无双的手叉在一起，放在下面。她就这样跪在那儿，同上帝相对谈话。那个夏娃是耶和华的女儿，正如亚当是耶和华的儿子一样。”

“她十分模糊，是个幻影！走吧，谢利，我们应该到礼拜堂里去了。”

“卡罗琳，我不去，我要同我的母亲‘夏娃’，近代所谓的造化女神一起待在外边。我爱她——爱这个不朽、伟大的神，等她一进乐园，太空也许会因她的额头而失色，可是，世上一切灿烂辉煌的东西还是会继续照耀下去。她把我搂在怀里，让我看她的心。别做声，卡罗琳！如果我们俩都寂静无声，你就会像我一样看到她，感觉得到她。”

“我会凑你的兴，可是，你一定要再说下去，再过十分钟就不行了。”

基达尔小姐倚着一块笔直的墓石，暖和的夏夜似乎以一种非常的力量使得她有点儿兴奋，她定睛望着殷红的西边，陷入愉快的昏睡状态。卡罗琳走到稍远一点的地方，在教区长住宅的花园墙下踱来踱去，也在作她自己的梦。谢利刚才提到“母亲”这个词儿，引起了卡罗琳的想象，想象的不是谢利幻想的那个伟大的、神秘的母亲，而是一个慈祥的人体——她认为是她自己的母亲的形体——虽然还不知道是谁，还没有爱过，却并不是不渴慕的。

“要是有朝一日她会记起她的孩子来，那可多好呵！呵，我就可以认她，一直认她，爱她！”

这就是她的热望。

她心里又充满了自己童年时代那种渴望的情景。那种渴望不知有多少个夜晚使她在小床里合不拢眼。近年来，因为担心这种渴望是虚妄的，渴望之火几乎已熄灭了，如今突然一点又亮了起来，教她心坎里暖呼呼的——她不禁觉得她的母亲也许会在一个良辰吉日来到，叫人来找自己到她跟前去，慈爱的眼睛爱怜地看着她，以悦耳的声音，亲切地对她说：“卡罗琳，我的孩子，我给你一个家。你要同我生活在一起了。你打孩提所需要的而没有领略到的所有爱情的滋味，我都小心地为你保存着。来吧！现在就要爱抚你了。”

大道上一阵喧闹声，把卡罗琳从她的孝顺的希望中，也把谢利从她的泰坦的幻想中惊醒过来。她们侧耳细听，听到了马匹的哒哒声。她们看了一下，看到了树木间闪闪发光；她们透过簇叶瞅到了穿着鲜红外衣的军人，钢盔闪耀，羽毛晃动，六个大兵悄然有序地轻轻策马而过。

“就是我们今天下午看到的那班人，”谢利悄声说，“他们准是呆在什么地方，一直呆到现在。他们想尽可能不让人们注意到，趁大家都在礼拜堂里，这才在这个寂静的时分出来找他们的集合地点。我刚才不是说，不要多久，我们就将看到不寻常的事儿吗？”

那几个大兵的身影和声息刚一消失，就又有另外一种骚动划破万籁俱寂的夜空——一个小孩的急躁尖哭声。她们一看，但见一个男人打礼拜堂里出来，怀里抱着一个婴孩——一个壮实的、脸色红润的小男孩，大约两岁模样——在使出他全部的发声力量吼叫，他也许是刚在礼拜堂里让人家给吵醒的，后面还跟着两个十岁左右的小姑娘。那个小孩一接触到新鲜空气，又看到了大人从坟墓那边摘来的几朵花，不一会，便不哭了。那人抱着他坐下来，像个女人那样温柔地把他放在膝上晃来晃去，两个小姑娘则分别坐在两侧。

“晚安，威廉，”谢利对这个人仔细看清楚后说。

他刚才已看到了她，显然是在等待对方先招呼。这时，他脱下帽子，愉快地嘻嘻一笑。他头发蓬乱，相貌难看，年纪不大，却十分枯槁。他衣着整洁，几个孩子也穿得很干净。原来就是我们的老朋友法伦。两位小姐都走拢去。

“你们不到礼拜堂里去吗？”他问道，扬扬自得地注视着她们，脸上却带点儿腼腆——这种表情决不是因为对她们的社会地位存有敬畏之心，而只是对她们的雅致风姿和年轻美貌表示赏识。

威廉在先生们跟前——比如是穆尔或赫尔斯通——往往有点儿顽强；对傲慢自负的太太小姐，他也很难弄，有时还很会发脾气。不过，他最能发觉，也最服帖好脾气和客客气气的人。他生性固执，却得不到另外一种天生顽固的人的喜欢，因此，他也决不会喜欢他先前的老板穆尔，也不知道穆尔对他还怀有好感，不知道是穆尔私下把他推荐给约克先生做园丁，同时还把他推荐给附近其他一些人家。他至今仍对穆尔那种苛刻态度怀恨在心。他近来常常在菲尔赫德干活，基达尔小姐的率直，殷勤态度着实叫他服帖。卡罗琳呢，是他从她做小孩时就认识的，她不知不觉地成了他心目中的理想小姐。她那温雅的态度，举止，姿势，优雅的容貌和服装，打动了他那农民心地的某些艺术家气质。他喜欢仔细地看着她，好像是在仔细端相什么奇花异卉，或者在欣赏什么悦目的景色。这两位小姐都喜欢威廉。她们喜欢借些书给他，给他一些花草。她们宁可同他谈天，而不愿意同许多地位无限高，但是粗俗，冷酷，虚伪的人谈天。

“你刚才出来的时候，谁在讲道？”谢利问道。

“是个你最爱攻击的人，谢利小姐——唐先生。”

“你很机灵，威廉。你怎么知道我对唐先生的看法？”

“噫，谢利小姐，有时候，你眼睛里叫人看出了一股剑锋似的光芒。碰上唐先生在近旁的时候，你总是眼睛朝下，不屑一看。”

“那么，你自己可喜欢他吗，威廉？”

“我？我对那几个副牧师都是敬而远之的，我妻子也是这样。他们没有礼貌，他们同穷人谈起话来，仿佛认为穷人总是低他们一等似的。他们还常常夸大他们的职司，可惜他们的职司无法夸大他们，这是办不到的事。我很不喜欢骄傲。”

“可你自己也很会骄傲，”卡罗琳插嘴说，“你就是你自己所谓的爱装阔的人，你喜欢显得你样样都大方，有时候，你好像简直太骄傲，连工钱也不屑拿。碰到你失业的时候，你十分骄傲，任何东西都不肯赊账；要不是为了你这些孩子，我相信你宁可饿死，也不肯没有钱上铺子去；有时候，我很想给你一点东西，可我得费多大的劲来使你收下呵！”

“这说得有几分对，卡罗琳小姐，有朝一日，我宁可给人家东西，而不愿意拿人家的东西，尤其是不愿意拿你这样的人的东西。你看我们两人多么不同：你是个小不点儿的姑娘，我是个强壮的大汉子。我差不多有你两倍的年纪。所以，我觉得，我不该拿你的东西——不该受你的(像人们说的)惠。那天你到我家来，把我叫到门口，给了我五个先令，我怀疑你拿不拿得出那钱——因为你没有财产，我知道——那天我真像个叛逆的人——一个激进分子——一个造反的人，是你迫得我那样的。我想这是可耻的，像我这样一个愿意做工，能够做工的人，竟然落到这个地步，要一个年纪差不多同我自己的大闺女一样的小东西来把她那一点钱给我。”

“我认为你当时生了我的气啦，威廉？”

“我可以说有点生气，可是，我很快就原谅你。你存心不错。不错，我是骄傲的，你也是骄傲的，可是，你我的骄傲是对头的——也就是我们管它叫做约克郡人的正大光明的骄傲——这同唐先生和马龙先生他们不同，他们的骄傲是卑鄙龌龊的骄傲。现在我要教我几个姑娘都像谢利小姐那样骄傲，教我那几个小子同我一样骄傲。可是，我怕这几个小子中，会有像那几个副牧师一样的。我一定要揍小迈克尔，如果我看到他有那种样子的话。”

“这有什么不同呢，威廉？”

“其实，有什么不同，你很清楚，你只是要我打开话匣子罢了。马龙先生和唐先生简直是骄傲得不会照顾自己，我们却是骄傲得不让任何人来照顾我们。那几个副牧师简直不会对他们认为比他们低下的人说句文雅话，我们也不希望那些认为比我们高一等的人对我们说句粗野话。”

“听着，威廉，请你老老实实告诉我，你是怎样过活的，你过得很宽裕吗？”

“谢利小姐——我过得十分宽裕。自从我靠了约克先生的帮助，干起园艺这行当，自从霍尔先生(又是一个正派人)帮助我妻子搞起个小铺子以来，我已经没有什么可抱怨的啦。我一家人足吃足穿，我的骄傲使我设法随时积个把镑以防万一，因为我觉得，我要不是来到这个教区，准会饿死了。现在我很满足了。可是，街坊们都很穷，我看到很多困苦情况。”

“我想，因此，还有不满的人吧？”谢利小姐问道。

“因此——你说得不错——因此。自然啦，挨饿的人不会是满足和安定的人。国家也不安稳——我要这样说！”

“可是，该怎么办呢？比如说，我能再做些什么呢？”

“做？——你不能再做什么了，可怜的小姐！你已经拿出了钱，你已经做得很不错。如果你能够把你那个租户穆尔先生给流放到植物湾[①]去，你就会做得更好。大家都恨他。”

“威廉，真丢脸！”卡罗琳热切地嚷道。“如果大家真个恨他，那是他们的耻辱，不是他的耻辱。穆尔先生自己却谁也不恨，他只是要尽他的本分，维护他的权益。你这样说，错啦！”

“我想到什么就说什么，他是个没有感情的冷血动物，那个穆尔。”

“可是，”谢利插嘴说，“假如把穆尔赶出去，把他的工厂夷为平地，人们会有更多的活儿好干吗？”

“那他们一定只有更少的活儿了。这我知道，他们也都知道，有许多正直的小伙子确实被迫得铤而走险，可是，随他怎样变法，他自己还是弄不好，同时，又有许多阴险的人引坏他们。那些自以为是‘人民的朋友’的恶棍，他们懂得人民些什么，他们就同恶魔一样伪善。我在这个世界上活了差不多四十年，我认为‘人民’除了他们自己，从来就没有任何真正的朋友，有两三个地位不同的好人，那就是了不起的朋友了。打总起来看，人性都是自私的。这里那里，有时候也有像你们两位年轻小姐同我这样的关系，尽管身份不同，却能彼此了解，还能做起朋友来，一方面不是拍马屁，另一方面也不骄傲。可

① 植物湾，在澳大利亚东部，向来作为流放的地方。

是，这毕竟是很少很少，而且也完全是种例外。那些自以为是下层阶级的朋友的，其实是从政治动机出发的人，是万万信不得的。他们总是设法要把比他们低微的人拿来做工具。至于我自己，我既不会让人家保护，也不会让人家给引错了路，去给人家取乐。最近有人向我提出建议，我看都是奸诈的，我当面把他们提出来的都给顶了回去。”

“你不肯告诉我们，那是些什么建议吧？”

“我不说，说了并没有什么好处。横直总是一个样。他们要关心的人是会自己照顾自己的。”

“是呀，我们会自己照顾自己，”另一个声音说。

乔·斯科特从礼拜堂里荡出来吸口新鲜空气，站在他们旁边。

“的的确确，乔，”威廉微笑着说。

“确实不假，”对方答道。“小姐们，”乔又说下去，装出一副高傲的神气，“你们还是进那屋里去吧。”

“为什么？我不懂，”谢利问道，这个监工那种有点爱管闲事的态度，对她说来，已是不足为奇的了，而且她还常常跟他抬杠。乔对一般女人总是抱着自高自大的看法，他在心底里，对他老板和老板的工厂好像是处于牝鸡司晨的那种情况极为反感，看到这个女继承人有时候到洼地的账房间来谈公事时，总是觉得再讨厌也没有似的。

“因为并没有发生什么配女人们关心的事情。”

“真的！那边礼拜堂里的祷告和布道，难道我们不关心吗？”

“小姐，要是我没有看错的话，你们并没有去做过祷告，也没有去听过道。我刚才指的是政治上的事，威廉·法伦在这里谈的正是政治上的事情，如果我没有弄错的话。”

“唔，那又怎么样呢？政治正是我们日常要注意的东西，乔。你可知道，我每天要看报纸，礼拜天要看两份吗？”

“小姐，我却认为你是要看婚姻启事，也许是要看凶杀和意外事故之类的东西吧？”

“乔，我看的是社论和外国消息，我还看市价行情，总之，我看的正是男人们看的东西。”

乔仿佛认为这种谈话简直是瞎扯淡。他以一种藐视的沉默代替回答。

“乔，”基达尔小姐又继续说下去，“我直到现在还摸不准你究竟是个辉格党人还是个托利党人，请问尊驾属于哪个党？”

“究竟你是否真个不知道，我也还弄不明白，”乔傲慢地答道，“可是，如果要我做个托利党人，我还不如立刻变成个老太婆，或者变成个小姑娘，倒还比较干脆。正在打仗和坑害商业的就是托利党。如果要我参加任何一个政党的话——虽然政党全都是无意义的——那我就要参加一个最有利于和平，因而也最有利于这个国家的商业的政党。”

“我也是这样，乔，”谢利答道，她颇有兴趣要戏弄这个监工，硬是要谈论他认为作为女人的她无权干预的问题，“至少有几分是这样。我对农业也颇有兴趣，理由是，因为我不希望英国让法国踩在脚下，因为如果我的收入有一部分是来自洼地工厂的，那我还有更大一部分是来自地产的。我认为，不应该采取任何损害农民的措施，乔，你说对吗？”

“这时候的露水对女人是有损无益的。”乔说。

“如果你这句话是为我着想的，我只有叫你放心，我是不感觉到冷的。在这种夏夜，如果挨到我拿着你的毛瑟枪去工厂值班，我才不在意咧，乔。”

乔·斯科特的下巴颏向来是比较凸出的；他一听到这番言语，就把下巴一撅，比平常还要撅出几英寸。

“可是，还是言归正传吧，”她说。“既然我除了是个地主以外，也是个织布商兼工厂主，我的脑子里就不能没有一种想法，那就是说，我认为我们这些厂主，做生意人往往有点——一点点——自私和鼠目寸光，也有点太不关心人类疾苦，在追求利润上有点心狠。你难道不同意我的看法吗，乔？”

“凡是我不明白的，我就决不争论，”得到的只是这个回答。

“神秘莫测的人！你老板有时候还要同我争论一番哩，乔，他可不像你这样硬邦邦。”

“他也许不这样硬邦邦，我们大家都各有千秋。”

“乔，你可真个认为世间一切智慧都深藏在男人脑壳里吗？”

“我认为女人都是很顽固，难于对付的族类，我极其尊崇《保罗达提摩太前书》第二章所说的教义。”

“是什么教义，乔？”

“‘女人要沉静学道，一味的顺服。我不许女人讲道，也不许她管辖男人，只要沉静。因为先造的是亚当，后造的是夏娃。’①”

“这同做生意有什么关系？”谢利插嘴说，“这倒有点儿长子继承权的味道。只要约克先生一攻击这个权利，我就向他提出这个问题。”

“‘而且’”乔·斯科特继续说下去，“‘不是亚当被引诱，乃是女人被引诱，陷在罪里。’②”

“亚当还更无耻，睁开眼睛来犯罪！”基达尔小姐大声说。“老实说，乔，我对这一章心里从来就不舒服。它使我大惑不解。”

“这是说得十分明白的，小姐，开工厂的人都领会得了。”

“开工厂的可以按照他自己的意思来领会，”卡罗琳说，她现在还是第一次参加谈话。“我想你总得允许人家有个人判断的权利吧，乔？”

---

①《圣经·新约·提摩太前书》第2章第11至13节。
②《提摩太前书》第2章第14节。

“当然，当然，我确是这样！我不但允许而且认为对《圣经》各章各节都可以有个人的看法。”

“女人也同男人一样可以行使这个权利吗？”

“不，女人是，不论在政治上还是宗教上，都要听她们丈夫的意见——这对她们说来是有益无害的。”

“嗬；嗬！”谢利和卡罗琳都不约而同地叫起来。

“一点不假——这不能有所怀疑，”这个固执的监工一味坚持己见。

“看你居然为这样一个愚蠢看法，哼哼唧唧，又是嘲笑，又是反对，”基达尔小姐说。“你还不如说男人都要毫不考虑地听取他们的教士的话。这样一种宗教还有什么相信的价值？它不过是一种盲目的，使人越来越糊涂的迷信。”

“卡罗琳小姐，你对圣保罗这些话是怎样领会的？”

“哼！我嘛——我是这样看法的：他这一章是在特定的情况下，为某一群基督徒写的，而且，我敢斗胆说，如果我能够念希腊原文，我准能发现有许多词句是给译错了的，也许完全理解错了。我毫不怀疑地认为，只要运用一点技巧，就大可以把这一段话译成相反的意思——比如说，可以译成这样：‘女人觉得该怎样提出反对意见，都可以随时坦率说出来，’——‘应该充分允许女人讲道，行使权力。而且，男人莫如缄口不说’等等。”

“这一定是靠不住的，小姐。”

“我敢说就是这样。我的看法比你更有根据，乔·斯科特先生，你是个彻头彻尾的独断独行的人，而且一直是这样，比起你来，我是更喜欢威廉的。”

“乔在家里倒是够好的，”谢利说，“我看到过他在家里像只羔羊一样文静。在白莱亚菲尔特，再没有一个比他更好的丈夫。他对他老婆也不专横。”

“我老婆是个勤快的普通女人——岁月和苦恼已经把她折磨得够呛啦。你们年轻小姐可就不是这样。你们自以为有很多知识，可是，照我看来，你们懂的只是一种虚荣的东西的皮毛。我还记得——一年前吧——有一天，卡罗琳小姐来到我们账房间，那会儿，我正在大写字台后边包什么东西，她没有看到我，她拿一块上边写着数目的石板给我老板看。那上面实际上只是一点点算术的问题，换了我们那个哈利，不消两分钟就可以算清楚。她却做不来，穆尔先生只得做给她看，等他做给她看了，她却还是弄不明白。”

“胡说八道，乔！”

“不，决不是胡说八道。还有这位谢利小姐，碰上老板在谈生意经的时候，好像听得那么留神，仿佛一字一句地听，明白得像戴上了女人用的望远镜所看到的那样，可是，她却脑袋一直朝窗外探视个不停，看看那匹牝马站在外边是否很安静，一会儿望望她那骑装的裙子上一点水渍，再一会儿又倏地看看账房间里的蜘蛛网和灰尘，心里在想我们是多脏的人，还在想着如果这会儿在南尼利公地上骑马可多愉快。当时，如果穆尔先生说希伯来话，她也照样听不进去。”

“乔，你真是个毁谤家。我本来会回答你的，只因人们都从礼拜堂里出来。我们得走了。偏见的人，再会吧；威廉，再见。明天上菲尔赫德来，孩子们，你们可以在吉尔太太的贮藏室里挑你们最爱吃的东西。”

第十九章
一个夏夜

这会儿，正是薄暮时分。清风徐来，星儿闪烁。

“天还很亮，尽够照着我走回家呢，”基达尔小姐说，这时，她准备在教区长住宅花园门口跟卡罗琳分手。

“你不能一个人走，谢利。叫范妮来陪陪你。”

“不用不用。在我自己教区里，我有什么好怕的？任何一个晴朗的仲夏夜，比这会儿再迟它三个钟头，我也会从菲尔赫德走到礼拜堂。我就是只想看看星星，看看有没有机会碰上个仙女。”

“那么，等人群走光后再走吧。”

“好的。阿米塔奇家五位小姐成串儿走过去了。赛克斯先生的马车驶过来了，还有温先生那辆拉严了门窗的马车，伯特威斯尔太太的车子。我才不高兴跟他们一一举行告别仪式呢，我们还是走到花园里，去金链花丛中躲一下吧。”

这时，教区长们，副牧师们，教会执事们都打礼拜堂门廊走出来。大家有说有笑，握握手，祝贺刚才的演说，互相关照当心着凉等等，好不热闹。人群渐渐地散光了；车辆也驶走了。基达尔小姐刚从金链花丛里走出来，恰好赫尔斯通先生走进园子来，迎面碰上。

“啊！我正要找你！”他说，“我还担心你已经走了呢。卡罗琳，过来！”

卡罗琳一边走过来，一边也像谢利一样，心想会不会因为刚才没在教堂而挨一顿训。可是，教区长心里想的却是另外一些事情。

“我今儿晚上不睡在家里，”他说下去。“我刚才碰到一个老朋友，答应去陪他过夜。我也许要到明天午刻左右才回来。那个执事托马斯有事，我不能像我平常夜里不在家时那样，叫他睡到这屋里来，现在——”

“现在，”谢利插嘴说，“也就是说，你要我权充一下男人——白莱亚菲尔特的呱呱叫的男人，来顶你的缺，在你外出的时候，做教区长住宅的主人，做你侄女和女佣的保护人吧？”

“正是这样，队长；我认为这个差使你挺合适。你肯赏卡罗琳个脸，作她一宵的客人吗？你可否待在这里，不回到菲尔赫德去呢？”

“可是，普赖尔太太怎么办呢？她等我回家呢。”

“我会叫人给她送个信去。好吧，打定主意待下来吧。天色越来越晚了；露水很重；我敢相信，你和卡罗琳可以高高兴兴地聚一聚了。”

“好吧，我答应你，同卡罗琳待在一起，”谢利答道。“你说得不错，我们可以高高兴兴地聚一聚了；今儿晚上，我们决不分开。现在请到你老朋友那儿去吧，一点也不必为我们担心。”

“如果今儿晚上万一有什么骚动的话，队长——如果你听到撬门锁，割开玻璃窗，屋子四周有悄悄的脚步声（我告诉你也无所谓，因为你虽然是个扎着头带的姑娘，却有受过很好磨练的勇气，目前，这种小事故是很可能会发生的），你怎么办？”

“不知道——也许会昏倒了，得让人家扶起来。不过，博士，既然承蒙付以这个重任，你就得给我武器。你的要塞里有什么武器？”

“你使不来剑吧？”

“使不来；我使起切肉的餐刀来比较在行。”

“那你可以在餐厅的餐具架上找到一把很精巧的刀子：是女人用的，很轻，可是却像匕首一样尖。”

“这只配卡罗琳使；你必须给我两支枪。我知道你有枪。”

“我有四支枪；我可以留两支给你用。就挂在我书房里的壁炉架上，装在布套里，你可以去拿。”

“装着子弹吗？”

“装着的，不过，机头没有打开。你睡觉前要把机头打开。队长，借给你这两支枪，算你面子不小呢！你要是个笨手笨脚的小八辣子，我才不会借给你哩。”

“我会当心的。你不必再耽搁了，赫尔斯通先生；现在你可以走啦。他把枪借给我，真难为他，”她说；这当儿，教区长已经走出园门。“那么，走吧，琳娜，”她又说；“我们进去吃点饭吧：刚才吃茶的时候，萨姆·温先生坐在旁边，真叫人着恼，一点也吃不下，这会儿我当真觉得饿了。”

进得屋子，她们便走到黝黑的餐厅，夜风透过敞开的窗户袭来，带来了园子里的花香，隐约可以听到大路上逐渐远逝的脚步声，听到一阵听不清楚的轻轻喃喃声，卡罗琳站在窗边侧耳倾听，同时对这声音的来源解释道：

“谢利，我听到洼地的溪流声。”

接着，她摇摇铃，吩咐掌烛，拿点面包和牛奶来——这是基达尔小姐和她自己通常的晚餐。范妮把食盘端来后，要关窗户和百叶窗，她们要她暂时别关；今儿晚上风不大，也很凉爽，不忙关窗。她们默默地进餐。卡罗琳站起来一次，把放在餐具架上一瓶花移到窗台上，房间闷热，花香有点稍嫌太浓。她回来时，轻轻拉开抽斗，打里边拿出一件在她手里粲然发亮的锋利的东西来。

“谢利，这是你指定要给我的东西，是吗？你看它晶光铮亮，刀刃锋利，刀头很尖；样子很吓人。我从来不觉得有一股劲，可以使我拿这件东西直对着一个同胞刺呢。这真很难想象，什么时候我的胳膊儿会拿出勇气来，把这一把长刀击中人家的要害。”

“我实在不愿意这样做，”谢利答道；“不过，如果我受到一种可以想象的紧急情况的刺激，我想我是会这样做的。”

基达尔小姐悄悄喝着新添的一杯牛奶，显得有点心事重重，脸色还有点儿苍白，不过，事实上，她的脸色什么时候不显得苍白来着？她从来就不是脸色鲜艳的。

喝过牛奶，吃过面包，又把范妮唤来。要她和埃利萨睡觉去，这真是她们求之不得的，因为劳累了整整一天，切了许多葡萄干面包，冲了许多罐茶，端着食盘奔来奔去。不一会，就听到女佣关上寝室房门。卡罗琳拿了一支蜡烛，悄悄地到各处巡视一番，看看每扇门窗是否关严闩牢。她甚至连闹鬼的小厨房和穹隆似的地下室也没有放过。这样巡视过后，她回来了。

“现在这屋里是活人死人都没有了，”她说，“他们都不会在这里。快十一点喽，完全是睡觉的时候了。可是，如果你不反对的话，我还想再坐一会儿。谢利，啵，”她又说下去，“我打我叔叔书房里取来了这两支枪；你有空可以检查一下。”

她把两支枪放在她朋友面前的桌上。

“你干吗要再坐一会儿呢？”基达尔小姐一面问道，一面拿起那两支火器，看一看，又放下。

“因为我心里觉得有种异样的激动。”

“我也是这样。”

“我在想，大概是因为空中有一种电力才弄得这样既不想睡又不想休息吧？”

“不；天空晴朗，星星无数；今晚天气很好。”

“可是十分静寂。我听到河水擦过洼地矮林那边的石头河床，就像在坟地墙边流过那样清晰。”

“今夜这么静寂我真高兴；如果这会儿有一阵呜咽的风儿和急泻的雨声，那准会使我恼得发狂。”

“为什么呢，谢利？”

“因为这样一来，就叫我无法仔细倾听。”

“你是在听洼地那边的动静吗？”

“是呀；现在我们能够听到声音的就只有这个地方。”

“只有这个地方，谢利。”

她们俩坐在窗边，都把双臂搁在窗台上，把头伸向敞开的窗格。她们靠着星光看看彼此的年轻面庞。6月的朦胧暮霭不到东方开始破晓是不会完全在西方消失的。

“赫尔斯通先生认为我们不知道他是到哪儿去的，”基达尔小姐嘟哝一下，“也认为我们不知道他去干什么，想做什么，有什么准备；可是，我却大多猜到了——难道你没猜到吗？”

“我猜到了一点。”

“那些个男人呀——包括令表哥在内——都以为你我这会儿莫知莫觉地睡在床上呢。”

“一点也不要关心他们——一点也不为他们怀着希望，不为他们担忧，”卡罗琳找补说。

她们俩有足足半个钟头都不声不响。夜，也万籁俱寂，只有礼拜堂那只大自鸣钟每隔一刻钟响一下。她们说了一两句有关夜风很凉的话；把围脖儿兜一兜拢，把原先脱掉的帽子重新戴上，又再留心守望下去。

午夜时分，那只守门狗一阵逗弄人的单调吠声，搅扰了她们守夜的静谧。卡罗琳站了起来，蹑手蹑脚穿过黑乎乎的过道到厨房去，想拿一片面包使它安静下来，结果果然如愿以偿。她回到餐厅来，竟是一片漆黑，原来基达尔小姐把烛火吹熄了。只见她的形体的轮廓就在敞开的窗边探出头去。赫尔斯通小姐什么也不问；悄悄地走到她旁边。那只狗儿又狂吠起来；它突然又不吠了，好像在仔细地听。餐厅里的这两个人也侧耳倾听起来，现在不仅可以听到工厂水沟的流水声，还可以听到坟地下边大路上一阵更近的但是模糊的声响——一种均匀的、啪嗒啪嗒的逐渐走来的声音——一阵行军的沉重脚步声。

声音更近了。倾听的人逐渐听清人数多少了。这不是两个人，十多个人，二十几个人的脚步声；这是好几百个人的脚步声。她们什么也看不见：花园里高高的灌木丛成为一张拦在她们与大道中间的枝叶茂盛的屏风。不过，现在她们不光是听到了，而且已有所感觉了，因为队伍正在开过来，好像实际上正在经过教区长住宅。等到有一个人声——虽然只说一句话——划破寂静的夜空时，她们更是感觉得到了。

“立定！”

接着就立定了；队伍停下来。于是有一阵轻轻的商量的声音，餐厅里一个字也听不清楚。

“我们一定要听个明白，”谢利说。

她回过身来，拿起桌上两支手枪，悄悄地穿过餐厅中间一扇窗（其实就是一扇玻璃门）蹑手蹑脚顺着小径，走到围墙那儿，站在紫丁香下，侧耳倾听。如果只有卡罗琳独个儿，她是不会离开这屋子的，可是，既然谢利走了，她也要去。她朝餐具架上那柄小刀望了一下，仍旧听它放在那儿，当即站到她朋友身旁。她们不敢探头往墙外望，怕让外边的人看到；她们只得蹲在墙脚根；她们听到了这些话：

“看来这是一所乱七八糟的旧房子。里边除了那个该死的牧师，还住有什么人？”

“只有三个女人——他的侄女和两个女佣。”

“你知道她们睡在哪里吗？”

“两个女佣住在后边；侄女住在上房。”

“那么赫尔斯通呢？”

“那边就是他的卧室。他一向总是点着灯火的。可是，这会儿，我一点也没看到灯火。”

“你打哪儿进去？”

“如果命令我干他的话——他是罪有应得的——我就试着从那扇长窗进去；那扇窗通餐厅。我可以摸索着上楼，我知道他的卧室在哪儿。”

“你怎么对付那些女人呢？”

“她们不叫叫嚷嚷就随她们去，要是叫叫嚷嚷，我马上就可以使她们安静下来。我只巴望那个老家伙睡着。如果他醒了，他是不好对付的。”

“他有武器吗？”

“火枪，总是有的——而且总是上了子弹的。”

“那你真是个傻瓜，要我们停在这儿；一声枪响，就等于发出警报。我们还来不及转过身去，穆尔就会扑上我们。我们就会丢了主要目标。”

“我说，你们可以继续前进。我一个人来对付赫尔斯通。”

谈话停了一下。有个人掉落了一件武器，在石头地上咣当一响，教区长住宅那只狗闻声又狂吠起来。

“糟了，糟了！”那个声音说，“他会醒了，这种叫声，死人也会给吵活过来。你没有说这里头有狗。混蛋！前进！”

他们往前走了——啪嗒啪嗒地走去——许多重新集合起来的人抬起脚来，慢慢地鱼贯而去。他们走了。

谢利笔直地站在那儿；从墙上顺着大路望去。

“一个人也不剩了，”她说。

她站在那儿，沉思一会。“感谢上帝！”又说了一句。

卡罗琳也照说一遍，声气却不是那么坚定。她浑身抖得厉害，心怦怦地跳得又急又沉，脸儿冰凉，额头汗淫淫的。

“感谢上帝保佑我们！”她又说了一遍；“可是，别地方又会出什么事？他们所以放过了我们，是因为他们可以稳拿住别人。”

"他们干得不错，"谢利镇定地回答说，"别人会自卫的——他们能够自卫——他们已有所准备。我们又是另一回事。我的手指刚才已经扣在这支枪的扳机上了。如果那个人进来了，我就会叫他吃个冷不防地欢迎他一番；不过，跟着他的还有三百个人。我可没有三百只手和三百支枪。我一定无法保护你我，也没法保护睡在里头那两个可怜的女人；因此，我再一次真心诚意地感谢上帝，让我们逃脱了侮辱和危险。"

歇了一会，她又说：

"接下来我该怎样尽我的责，运用我的智慧呢？我总算可以说，不能一动不动地待在这里，不过，自然啦，要上洼地那边去。"

"上洼地去，谢利？"

"上洼地去。你同我一起去吗？"

"到那些人要去的地方去？"

"他们走的是大路，我们不会碰上他们。田野对面那条路就跟登天的小径一样平安、寂静、冷僻。你去吗？"

"去，"这声回答说得很呆板，这并不是因为说话的人想去，或者准备去；也不是因为她真的不怕去，而是因为她觉得不能听任谢利一个人去。

"那么，我们得先把这些窗户关严，把一切都料理得十分稳妥才走。你可知道我们去干什么，卡利？"

"知道——不知道——因为你想去。"

"就这些吗？你这样听话，完全听我安排吗？如果你嫁了个凶狠丈夫，你还是会做个多乖的妻子呵。这会儿，月亮的脸蛋也没有你的白；门口那株白杨树也没有你十只勤快的指头抖得厉害。你这么驯良，又吓得要死，这么丧魂落魄，又这么忠实，居然要跟我去出生入死！卡利，我来使你这种忠心耿耿有个目的吧：我们是为穆尔去的——去看看我们对他可有什么用处——设法去给他报个信，告诉他有什么情况。”

“真的呀！我是个无知、懦弱的傻瓜，你是又机敏又聪明，谢利！我一定要跟你一起去！我一定高高兴兴地跟你一起去！”

“这我不怀疑。你会为我糊里糊涂、服服帖帖地死，但是，你会为穆尔聪聪明明、高高兴兴地死；不过，说实话，今晚并没有什么死不死的问题——我们根本不会冒什么险。”

卡罗琳迅速关好百叶窗和格子窗。

“你别担心，你能跑多快，我也一定能一气跑多快，谢利。拉着我的手；我们就直穿过田野跑去。”

“可是，你不能爬墙吧？”

“今儿晚上我能爬。”

“你不敢爬篱笆，我们还得跳过那条小溪。”

“我跳得过。”

她们动身了，一路奔去。迎面虽然碰到许多墙，也阻挡不了她们。谢利脚步稳，人也灵活，她高兴的话，会像一头鹿那样跳。卡罗琳则比较胆小，也不那么活络，她跌了一两次，身子也擦伤了；可是，她又立即爬起来，还说没有擦伤。最后一块田野四面是树篱，她们只得花些时间来找个缺口，找到的却是一条狭缝，她们还是没法钻过去，只是苦了长长的头发，细嫩的皮肤，绸麻的衣服；不过，最遗憾的是，经过这么一番周折，要快也快不来了。刚一钻了过去，迎面又是一条小溪，溪水看来很深，在崎岖不平的河床中滚滚流去，上面只架着一块狭板，就算是桥。谢利从前已经毫不畏惧而万无一失地跨过许多次；卡罗琳却从来还不敢冒险跨过去。

“我来扶你过去，”基达尔小姐说，“你身体轻，我也不弱；我来试一试。”

“万一我跌下去，你可以把我捞起来，”对方这样回答，这当儿，她的手已经被紧紧捏住，叫她十分感激。

卡罗琳脚不停步地跨上那块摇摇晃晃的木板走去，仿佛它是一片连绵不断的坚实的泥炭地。走在后边的谢利，真是走得再稳再定也没有。按照她们这时的心情，这时的任务看来，哪怕有一条泡沫迸溅的海峡，也拦不住她们。在她们这样赴汤蹈火在所不顾的时刻里，哪怕是整个斯蒂布罗泽地，给篝火烧得通红，或者是卡尔德和埃尔①泛滥成灾，也都阻挡不了她们。然而，一个声响却叫她们停将下来。她们刚一踏上对面坚实的河岸，就听到北边一声响彻空际的枪声。过了一会，南边那头又同样响起一下枪声。不到三分钟，东边西边都响起了同样的信号枪声。

“我还以为第一声枪响就把我们打死了，”谢利吁口长气后说。“我觉得正好打中我的太阳穴，我还以为你的心给打穿了；可是第二次枪声就弄明白了；原来是信号枪——他们总是这样做——准是快要开始攻击了。我们真该长上翅膀才好；这两双脚不能使我们走得很快。”

现在得走过一片矮树丛了；等她们从树丛里走出来后，工厂正好就在她们下边。她们可以居高临下地看到厂房，院子；还可以看到厂外的大道。谢利朝那方向放眼一看，便知道自己没有猜错，她们已经来得太迟，无法去通风报信了；刚才为了克服穿过田野的近路上的重重障碍，她们花了远超出原来估计的时间。

本来应该是白色的大道，由于人群晃动，显得黑乎乎的；那些暴动者都聚集在紧闭着的院门外边，只有一个人站在院子里，显然是在对他们说话；工厂本身一片乌黑，十分宁静；四周没有人，没有灯光，也没有什么动静。

“他肯定是准备好了；对付他们的肯定不只是穆尔一个人吧？”谢利悄声地说。

---

① 卡尔德、埃尔是约克郡西里亭的两条河流。

“只有他一个人——我们得到他那儿去！我一定要到他那儿去。”

“你一定不能去。”

“那么我干吗要来？我只是为了他才来的。我要到他那里去。”

“幸亏这不是你的力量办得到的，院子里走不进。”

“除了前边那几扇大门，后边还有一扇小门；是用机关开的，我知道怎么开法——我要去试一试。”

“我不许你去。”

基达尔小姐双臂抱住她腰，把她抱住。“一步也不许你动，”她命令式地又说下去。“这个时刻，如果穆尔看到了你我，他准会又吓又窘。在真正危险的时刻，男人是决不希望女人在他们身边的。”

“我不会给他添麻烦——我会帮助他。”对方回答。

“怎么个帮助法？用英雄行为去激励他吗，啐！现在不是骑士时代。我们将要见到的可不是比武场上的马上枪法比赛，而是一场有关金钱、粮食和生命的斗争。”

“我自然应该在他身边。”

“做他的心爱的王后吗？他的工厂才是他的情妇，卡利！他有了工厂和机器做靠山，他要什么勇气就有什么勇气，也知道该拿出多大的勇气来。他要动刀动枪的，可不是为了爱情或者美人，而是为了账簿和布匹。别太多情啦；罗伯特可不是个多情的人。”

“我能够帮助他——我一定要去找他。”

“那么去吧——我让你走——去找穆尔去。你一定找不到他。”

她松了手。卡罗琳像满弓的箭那样直射出去；送她的是一阵含讥带讽的响亮笑声。

“当心不要弄错呀！”添上这样一声警告。

可是，确实弄错了。赫尔斯通小姐停下步来，犹豫不决，瞪眼凝视。那个人突然离开大门，急急奔回厂里。

“赶快，赶快，琳娜！”谢利嚷道，“趁他还没进厂，去会他呀。”

卡罗琳慢慢地回来。

“那不是罗伯特，”她说，“长短，样子，姿态都不像他。”

“我是看到不是罗伯特才让你走的。你怎么会认为是他呢？那是个矮小的大兵；人家把他安在那儿站岗的。他现在已经平安走进厂里，我看到人家打开厂门让他进去。我越来越放心；罗伯特是有准备的，我们的通风报信已经是多余的了，这会儿，我倒庆幸我们来得迟，通风报信不上，省得我们出了丑。‘失魂落魄’地冲进账房间，迎面撞上阿米塔奇和拉姆斯登两位先生在抽烟，马龙在得意洋洋，你叔叔在大肆嘲弄，赛克斯先生在喝酒，穆尔那副冷冰冰的生意人派头，那才真叫妙哩。我真高兴，我们错过了这一切。”

“谢利，我想里头未必有许多人。”

“保护工厂的人多的是哪。我们今天碰到两次的军队准是到那儿去的，还有我们看到的田野里那群围着你表哥的人也会跟他一起在里头。”

“他们现在在做什么，谢利？那是什么声音？”

“是斧头和铁橇在砍院门的声音。他们在强攻院门。你怕吗？”

“不怕；可是我的心跳得很快，我站不住了：我要坐下来。你觉得镇定吗？”

“说不上来——不过我很高兴我来了。我们可以亲眼看到出什么事。我们是亲临其境的，而且谁都不知道。我们不是传奇式地冲上去使副牧师、布商和粮商感到惊奇，而是独自站在这儿，同亲切的夜，缄默的星星，悄悄喁语的树木做伴，这些声音决不是我们那些朋友所能听得到的。”

“谢利——谢利，大门倒下去了！哗啦一响，真像大树倒下来那样。现在他们都拥进去了。他们一定会像刚才砸掉大门那样砸掉厂里的门户，罗伯特怎么抵挡得了这许多人？但愿上帝能让我稍微靠近他一点才好——让我可以听到他说话——可以跟他说话！我肯定——我多么想能为他效劳——我决不会成为碍他手脚的一只无用的包袱：我多少可以有点用处。”

“他们攻上去啦！”谢利嚷道。“他们的步伐多么坚定地开进去！他们这支队伍很有纪律——我不愿意说他们勇敢：几百个人对付几十个人不能表明是什么勇敢；不过”（她放低了声音）“他们这些人都是吃足了苦头，这才不顾死活的——凭这种刺激就可以激励他们前进。”

“冲上去反对罗伯特——他们都恨他。谢利，他们获得胜利会有很大的危险吗？”

“等着瞧吧。穆尔和赫尔斯通都是‘天下头号凶狠的人’——决不是笨手笨脚的人——决不是懦夫——”

噼呖啪啦——轰隆隆——一阵震颤——她们停止了耳语。一阵万炮齐发似的石块在迎击工厂的宽阔的正面和所有的窗户；现在每扇格子窗的玻璃都给炸碎，给砸得粉碎了。紧接着这一示威行动后便是一阵叫嚷——这是暴动者的叫嚷——英国北方人——约克郡人——西里亭人——约克郡西里亭的织布区的暴动者的叫嚷。读者，你也许从来没有听到过这种声音吧？你的耳朵——也许你的心，还是没听到好；因为如果震天价响的叫嚷声是对你，或者是对你所赞同的人和原则，对你希望它发达的事业表示憎恨的话，那么“愤怒”一听到“憎恨”的叫嚷，准会惊醒过来；“狮子”一听到“鬣狗”的嗥叫，就会抖动一下鬃毛，一跃而起；“阶级”愤懑地起来反对“阶级”；“中等阶级”的愤懑、委屈的心情就会满怀热情而轻蔑地袭击“工人阶级”的饥饿而暴怒的群众。在这样一种时刻，就很难做到宽容——很难做到公正了。

卡罗琳站了起来，谢利一手搂住她。她们并排站在那儿，像两株笔挺的树干似的一动不动。那阵叫嚷叫了好久，等到它停止了，夜空里还是充满着人群走来走去和嘟嘟哝哝的声响。

“接下来又怎么样？”这是这两个倾听者所想的问题。

眼前还没有什么动静。工厂像座陵墓似的阒然无声。

“他不会是单身独人吧！”卡罗琳咬着耳朵说。

“我拿我的全部家当打赌，他绝不是单身独人，也不担惊受吓，”谢利答道。

暴动者又放了几枪。难道防守者就在等这声信号吗？看来倒是如此。本来是毫无生气的、处于守势的工厂，一下子醒过来了：空落落的窗格闪出阵阵火光；连珠炮似的毛瑟枪声响彻洼地。

“穆尔终于开口了！”谢利说，“他似乎很有说外语的才能；那并不是单一的声音。”

“他一直在容忍。谁都不能责怪他鲁莽，”卡罗琳辩解地说，“是他们先开的枪；他们砸了他的大门和窗户；是他们对他的要塞先开火后，他才回击的。”

这会儿情况怎样了？在黑暗里，似乎很难分辨清楚；不过，显然有一种可怕的，还要继续爆发的骚动——猛烈攻击，拼命回击。工厂广场上，工厂本身，战斗激烈：这会儿枪声简直没有停止过，不时还有格斗，冲击，踩踏和叫嚷的声音。攻击者的目的似乎是要冲进工厂，防御者的目的则是要把他们击退。她们听到暴动的首领高声叫喊：“冲到后边去，伙伴们！”她们也听到回驳的声音，“过来吧，给你们点颜色看看！”

“冲账房间！”又是一道命令。

“欢迎，欢迎！我们就要在那儿揍你们！”对方回答说。于是，大批暴动者向账房间蜂拥而去，账房间正面爆发出了前所未见的最猛烈的炮火，爆发出了前所未闻的最响的咔嗒咔嗒声。

刚才说话的声音是穆尔本人的声音。她们凭那声调就知道他这时满怀战斗的激昂情绪；她们猜得到，在那里并肩作战的那些人，每个人的好战兽性全发作了，而且，一时间，兽性大大压倒了理智的人性。

两个姑娘都觉得脸上火辣辣，脉搏怦怦跳；她们俩都知道，如果她们猛冲下去，冲进这种混乱场面里，也没有什么用——她们不想去殴打人家，也不想去挨揍。可是，她们又不愿意逃开——卡罗琳和谢利都一样不愿意逃开；她们不愿意昏倒；她们的眼睛决不愿意离开这个模糊、可怖的场面——不愿意离开这个硝烟弥漫、炮火连天的场面。

“它怎样结束，什么时候结束？”这是跳动在她们的跳动的脉搏里的问题。“会不会出现一个用得着她们的时机？”这就是她们所要等等看的；因为尽管谢利刚才说笑话似的不把她们的迟到当做一回事，而且随时都想讥讽她自己的或者其他任何人的热情，这会儿，她却愿意拿出她一片良田美地来换取一个帮帮忙的机会。

可惜，她没有捞到这个机会；期望着的那个时机也始终没有出现——大概不会有这个机会了。穆尔对这个攻击已经等了好多天，也许是等了好几个星期；他已为此而在各方面做好了准备。他把他的工厂变成了堡垒、要塞，况且工厂本身就是座坚固的建筑物。他是一个沉着、勇猛的人：他毫不畏惧，十分坚定，主张防御到底。凡是同他在一起的人都受到他这种精神的感染，学他的样。暴动者从来没有碰到过这样的抵抗。他们攻击过其他一些工厂，根本就没有遭到什么抵抗；他们做梦也没有想到会碰上这样一个有组织而坚决的抵抗。他们的首领看到厂里始终保持着稳定的炮火，亲眼看到这个厂主的沉着和决心，听到对方漠然地不把他们当一回事，还在请他们上去送死，眼看他们手下的人伤亡遍地，他们觉得在这里是干不出什么名堂来的。

他们赶紧收起兵力，撤离这座建筑物，点过了名，大家都按照号码而不是按照名字应答。他们就在田野上四散了，撇下了瓦砾堆和寂静。这场攻击，从头到底，还不到一个小时。

到了这时，白昼逐渐到来了；西面一片朦胧，东边开始熠熠发光。人们也许以为，这两个旁观这场战斗的姑娘，这会儿会想连忙奔到胜利者跟前去，因为她们一直是支持胜利者的；可是，她们只是小心翼翼地走近那个现在已是遍体鳞伤的工厂，等到突然看到许多大兵和先生们出现在通向院子的大门口时，她们连忙闪在一边，跨进一间放废铁木料的堆房里去，她们躲在那儿，可以看到外边，外边却看不到她们。

这并不是个愉快的场面；那些房屋这会儿都只是一堆废墟，暴露在清新的夏日晨曦面前。洼地上的矮树丛都还影影绰绰，挂着露珠，上头的丘岗则是一片翠绿；就在这个可爱的林中空地的正中间，昨儿晚上，“冲突之神”突然像匹脱缰野马，铁蹄踏遍这块土地，把它踩得粉碎，疮痍满目。由于玻璃窗都打烂了，工厂像张开大口似的露出一片劫后惨状，院子里到处撒满石块、碎砖，紧挨着厂房下边，砸碎的窗玻璃片在闪闪发光，这里那里都有毛瑟枪和别的武器。砂石道上可以看到不止一处的猩红血迹；一具死尸脸朝下悄悄地躺在大门旁边；五六个受伤的人在血迹斑斑的尘埃里扭动呻吟。

基达尔小姐一看到这番情景，脸上立时变色。这是打仗的余味，死亡和痛苦取代了激昂与奋力；到了火焰熄灭，热气散发，火光消失的时候，熊熊烈火所留下来的就是一片漆黑。

“这就是我不希望发生的事，”她说，声气里流露出她心里另有一番激动。

“可是你无能为力；你已经尽了你最大的努力；只是枉费一场，”卡罗琳安慰似的说。“别悲伤，谢利。”

“我是为这些可怜汉难过，”对方答道，她眼睛里的火花已经化成露水般的泪珠。“厂里的人不知可有受伤的？那是你叔叔吧？”

“是的，还有马龙先生，啊，谢利！还有罗伯特！”

“唔，”她又恢复原来的声调，“别把你的指甲尽戳进我的手。啊，这是一点也没有什么好奇怪的。不管谁在不在，至少我们知道他是在的。”

“他朝我们这边走过来了，谢利！”

“他朝水泵边走去了，那就是说，是去洗手、洗额头的，我看到他的额头擦伤了。”

“他流血啦，谢利。别拉住我；我一定要去。”

“一步也不许动。”

“他受伤了，谢利！”

“胡扯！”

“可我一定要到他那儿去——我真想去——我再也受不了约束啦。”

“去做什么？”

“去跟他说话，问他身体好不好，我能为他做点什么？”

“去逗恼他，惹他生气，去当着军队，当着马龙先生，你叔叔等人的面出你和他的洋相。你想，他喜欢这样吗？你可愿意回忆一下一个礼拜前的情况吗？”

“难道我该老是克制，老是隐忍吗？”卡罗琳有点动情地反问道。

“为了他，应该这样。为了你自己，更应该这样。你听着，如果你现在就露面，过一个钟头，你就会为此而后悔，罗伯特也是这样。”

“你认为他不喜欢这样吗，谢利？”

“比我们拦住他，要他对我们道别还更大大不喜欢呢，上次这件事不是叫你很伤心嘛？”

“可是，那回是闹着玩的；又没有什么危险。”

“可这回是正经事情；他一定不要人家去碍手碍脚。”

“我只是因为他是我的表哥才想去的。你懂吗？”

“我很懂。可是，现在，瞧瞧他。他已经洗过了额头，血也不渗出来了。他确实不过是擦伤一点罢了；我打这儿也看得出；他要去照料那些受伤的人了。”

穆尔先生和赫尔斯通先生在院子里走了一周，检查每一个趴在地上的人。他们发出命令，要人们把伤者抬进厂里。这件事做过后，又吩咐乔·斯科特去给老板的马和赫尔斯通先生那匹小马备鞍。于是，这两位先生快马加鞭走了，分头去找外科医生。

卡罗琳还是不死心。

“谢利，谢利，我真想在他走前同他说句话，”她嘟哝一声，泪水盈眶，亮晶晶的。

“你干吗哭，琳娜？”基达尔小姐有点厉声地问道。“你应该高兴，而不是难过。罗伯特已经逃却了任何重大的损害；他胜利了；他在战斗中一直是又沉着又勇敢；他现在也没有给胜利冲昏了头脑。这是你哭的时间和理由吗？”

“你不知道我的心思，”对方叹苦经似的说——“你不知道我心里多苦痛，多紊乱；也不知道这是什么时候起的，你为罗伯特的伟大、善良而兴高采烈，这我可以理解，在某种意义上说来，我也这样，可是，在另一种意义上说来，我又觉得很可怜。我跟他隔开得太远了；我一向都同他很接近。别管我，谢利。请让我哭几分钟；哭哭就会舒服些。”

基达尔小姐觉得她浑身都发抖了，便不再劝她。她走出堆房，让卡罗琳去安静地哭一顿。这是最好的办法。不消几分钟，卡罗琳心情比较安定地回到她这儿来了。她态度自然、驯良、柔和地说：

“走吧，谢利，现在我们该回家了。我保证不再想去看罗伯特了，除非他找我去。我从此不再想自己硬要上他那儿去。我感谢你刚才制止了我。”

“我这样做是好意的，”基达尔小姐答道。

“好吧，亲爱的琳娜，”她又说下去，“咱们转过面来迎着清晨的和风，悄悄地走回教区长住宅去。我们要像悄悄出来那样悄悄地进去；不让谁知道我们今晚到过哪儿，看到过些什么；这样，我们就不至于会遭到奚落和误解了。明天，我们就可以心情十分快活地见到罗伯特；可是，我不再多说了，免得我说不定也会哭起来。我似乎对你很粗暴，其实我并不是对你粗暴。”

第二十章
明　天

两个姑娘在回到教区长住宅的路上，一个人影子也没有碰到。她们轻手轻脚地进去，悄悄地上楼，谁都没有听到。晨曦给了她们需要的一点亮光。谢利立即摸上床去，虽说这是个生地方——她先前从来没有在教区长住宅睡过——虽说刚才所看到的情景，就刺激与恐怖的程度说来，是她有生以来亲眼目睹的任何场面所无法比拟的，然而，她的头一搁在枕头上，不一会，一阵深沉的、爽快的睡意便使她合上眼睛，心神完全安静下来。

无病无痛、身体健康就是谢利的叫人羡慕的地方。她虽然热情恳切而富有同情心，却不是神经质的。强烈的激动虽然能够使她兴奋，心神不定，却消耗不了她的元气。风暴没有停息之前，固然使她困惑不安，大为震动，可是，到头来，她还是舒展自如，不屈不挠，锐气完全未遭挫折。白天给她带来激情，夜晚反而能够使她安心休息。这会儿，卡罗琳瞧她睡着，在她那快活的美貌中，看出她的心境十分宁静。

她自己呢，是个气质不同的人，无法入睡。光是料理茶事与学校集会这种平常的兴奋情况就足以使她通宵不宁。刚才出现在她眼前的那幕悲剧的作用，大概也不是几天就会离开她。即使想在床上靠一靠，也是徒劳的；她守候在谢利旁边，数着缓慢的分秒，瞅着6月的太阳冉冉上升。

像卡罗琳最近(而且经常是)这样彻夜不眠，生命会消耗得多快，在这样通宵不睡时，她的精神——没有可资营养的可口食物，没有希望的灵粮，也没有蜂蜜似的快活的回忆——尽力想靠一点点作为食物的“愿望”为生，既不能从中得到愉悦，也得不到支持，又由于觉得欲求而不得，精神随时会毁灭，于是求助于“彻悟”“决心”和“忍从”这些神祇，要求这些神祇给予帮助——无奈这些神祇听不到这种要求，没有给予帮助，结果是白费心机，精神就此了无生气。

卡罗琳是个基督教徒，因此，在困难中，她就按照基督教的教义，编了许多祷文，极其诚笃地念这些祷文，祈求忍耐，得到力量，获得慰藉，可是，我们都知道，人间就是个试练场，她的祈求迄今还没有得到任何顺利的结果，她觉得她的祈求都未蒙上天垂听，未蒙采纳，她有时候以为上帝已经不睬她了。有时候，她成了个加尔文教徒，深陷于对宗教绝望的深渊里；她看到遭受神弃的劫数已像一片乌云似的笼罩在她头上。

一般人在他们的生命史上大多有过一次或多次自觉就此遭到弃绝的时期；这时候，由于长久抱有万一的希望，却仍备尝开花结果之日姗姗来迟之苦，他们确实难免要灰心丧气。这是一种可怖的时刻，可是，这也往往就是白昼到来之前的最暗黑的刹那——就像是1月的彻骨寒风刮过荒野，既哀悼行将离去的寒冬，又预告春天这种岁序更始的时刻即将到来。可是，气息奄奄的鸟儿并不能这样理解它们不免要对之抖颤的这股疾风；同样的，伤心的人儿在痛苦万分的时刻，也不能辨识可以摆脱痛苦的黎明。不过，伤心的人还是应该坚持不懈地爱上帝，信上帝；上帝决不会欺骗他，最后也决不会丢弃他。“凡是上帝所爱的人，上帝总要磨练他。”这两句话是至理名言，千万不能忘记。

家里终于又活动了，用人都起床了；楼下的百叶窗都打开了。卡罗琳在离开那张对她说来是个钉床的卧榻的时候，觉得白昼返来、活动重新开始，除了完全悲观失望或者实际上是奄奄一息的人，大家又都精神焕发了。她照常仔细地打扮一番，尽力把头发衣着收拾得一点也不让她心头所感到的悲观绝望情绪形之于色；等到她们两人梳妆完毕，她也像谢利一样焕然一新，不过，基达尔小姐的眼睛炯炯有神，赫尔斯通小姐的眼睛则呆滞无神。

“今天我有许多话要跟穆尔说，”这是谢利的头一句话；你可以在她脸上看到生活对她说来充满兴趣、期望和事业。“我一定要盘问他一番，”她又说。“我敢说，他还认为他已聪明地骗过我们了。这就是男人对待女人的方式，仍然对女人隐瞒危险；我想这是想省却女人的苦恼。他们以为我们不知道他们昨晚在哪儿，我们也知道他们没料到我们是在哪儿。我相信，男人总以为女人的头脑就跟孩子的头脑一样。这回可错啦。”

她一边说，一边站在镜子跟前，用手指夹着她那天生的鬈发，卷成一个个发卷。五分钟后，当卡罗琳为她束衣扎带时，她又重新拾起这个话题。

“如果男人能够看到我们的实际情况，他们准会有点吃惊；可是，顶聪敏、顶精明的男人也往往用有色眼镜看女人。他们并没有看到女人的本色，他们误解女人，不管是好是坏。他们的所谓好女人，是五成玩偶，五成天使的一种怪物；他们的所谓坏女人几乎往往就是恶魔。于是，就可以听到他们彼此各自创造出来的种种神话，对一首诗——一篇小说——一只剧本的女主角崇拜得五体投地，认为那个女主角是个天仙美女！尽管是个天仙美女，可往往全是人造的——就跟插在我这顶漂亮帽子上的玫瑰花一样是假的。如果让我在这方面畅所欲言，让我对那些第一流作品中一些第一流的女主角说出我的真实的意见，我会落到什么地步？不消半个钟头，就会变成报应的石头所做成的石冢里的死人。”

“谢利，你这样哇啦哇啦，我简直无法为你扎了；别动。说到头，男作家写的女主角同女作家写的女主角都可说是一样好。”

“完全不是这样：女人了解男人远比男人了解女人更正确。几时等我有空，我就要在杂志上写篇文章来证明这一点；只怕决不会让登出来；准会‘谢谢，歉难接受’，让我到出版社去把文章取回来。”

“说真的：你不会写得很麻利；你懂得不多；你还不精通这一行，谢利。”

“上帝知道，我不能反对你的说法，卡利，我像石头一样愚昧。不过，好在你也不见得比我高明多少。”

她们下楼去吃早餐。

“我不知道普赖尔太太和霍顿斯·穆尔昨天晚上是怎么过的，”卡罗琳一边冲咖啡，一边说。“我多么自私！直到这会儿才想到她们俩。她们一定听到全部骚动情况，菲尔赫德同小屋是这么近，霍顿斯对这种事情又很胆小，普赖尔太太也准是这样。”

“我敢保证，琳娜，穆尔一定设法把他姐姐弄走了：她是同曼小姐一起回家的，穆尔准会让她在那儿过夜。至于普赖尔太太，我承认，我对她很不放心，不过，再隔半个钟头，我们就可以同她在一起了。”

这时候，洼地出事的消息已经传遍了邻近一带。范妮到菲尔赫德去取牛奶，气喘吁吁地慌忙赶回来，带来消息说，昨天晚上穆尔先生厂里有过一场战斗，据说打死了二十个人。范妮出去的时候，肉铺的小子告诉埃利萨说，工厂给烧成平地了。两个女人连忙冲进客厅，把这些可怕的事情告诉两位小姐，她们一清二楚地说过后，临了，断定说，她们肯定教区长也一定在那里头。她们相信，他和那个执事托马斯昨天晚上一定也同穆尔先生和军队在一起。听说马龙先生昨天下午开始就不在他的下处；乔·斯科特的老婆和家里的人都极其难过，不知道他们的家长怎样了。

这个消息刚一说完，厨房门上便有敲门声，菲尔赫德那个小厮，十万火急地送来了普赖尔太太一张条子。条子是匆匆写就的，催促基达尔小姐马上回去，因为邻近一带和屋里好像全都大乱了，只有府里的女主人才能准确发号施令。在附言里，还要求别让赫尔斯通小姐一个人留在教区长住宅。她提议，最好让她陪基达尔小姐一起来。

"这是没二话的事儿，"谢利说，她把帽子扎好后，就跑去找卡罗琳的帽子。

"那么范妮和埃利萨怎么办？还有要是我叔叔回来了怎么办？"

"你叔叔还不会回来哩；他有别的要紧事情；他要整天骑着马在白莱亚菲尔特和斯蒂布罗间赶来赶去，去给法院里的治安推事，兵营里的军官打气；范妮和埃利萨可以去找乔·斯科特和那个执事的妻子来做伴。再说，现在自然没有可以担忧的真正的危险了，那些暴动者得过好几个星期后才能重新集合，作别的打算。如果穆尔和赫尔斯通先生不利用昨天晚上的暴动把他们一网打尽，那我才大大的猜错啦，他们一定会去胁迫斯蒂布罗地方当局采取有力的措施。我只希望他们别做得太厉害——别把那些溃败的人迫得太狠。"

"罗伯特是不会很残酷的，这我们昨儿晚上已经看到了。"卡罗琳说。

"可是他会发狠的，"谢利反驳说，"你叔叔也是这样。"

她们急急沿着牧场和林子小径向菲尔赫德走去，看到远处大路上已经很热闹，一大群往常不大见的人，其中有骑马的，也有徒步的，都向着平常是冷清清的洼地那边走去。一到了家，她们就看到后门敞开，院子里和厨房里似乎都挤满了许多兴奋的来取牛奶的人——男人、女人和小孩——管家吉尔太太似乎无法劝使他们端起牛奶罐就走。（顺便说一说，在英国北部，过去和现在都有这个习俗：住在乡间地主庄园上的村民，每天都到庄园主住宅的奶房里领牛奶和黄油，为了乡邻的方便，庄园主的牧场都养了一群乳牛。基达尔小姐就养了这样一大群乳牛——全都是长喉袋的克拉文母牛，吃美丽的埃尔河边的鲜嫩青草，饮清澈的河水，她很为这些乳牛的光滑外表和十分健康而自豪。）谢利看到眼前这番情况，觉得应该设法叫大家都走才是。她一脚跨进了嘁嘁喳喳的人群里，向大家道了早安，态度很坦率、从容——这是每当她向群众说话时的一种天生特点；尤其是如果这些群众是工人阶级的话，她在同她地位相等的人相处时，态度比较冷淡，而对那些地位比她高的人却颇傲慢。这时，她问他们是否都把牛奶量好了，等她知道都量好了，她便说，她“不知道他们还在等些什么”。

“小姐，我们只不过是在聊聊你厂里发生的那场战斗，”有个人回答道。

“聊聊！真有你的！”谢利说。“这真古怪，大家总是这么喜欢聊人家的事：有什么人突然死了，你们聊聊；着火了，你们聊聊；一个厂主破产了，你们聊聊；他给人家谋杀了，你们聊聊。你们这样聊来聊去有什么好处呢？”

下层阶级最喜欢的就是带点儿爽直愉快的批评。他们最看不起奉承；他们爱听老老实实的责备。他们管这叫做说得干脆，由此而挨顿批评也真高兴。基达尔小姐这种刺耳而朴实的打招呼，立即引起整群人的注意。

“我们可不比那些比我们高的人差吧，可不是吗？”有一个人笑嘻嘻说。

“一点儿也不见得高明些，你们应该都是勤劳的模范，却跟懒汉一样喜欢闲扯。那些没事好做的文雅人、有钱人，浪掷他们的光阴，倒也情有可原；你们这些靠流汗挣口饭吃的人却是完全不能原谅的。”

“这倒也怪，女老板。难道因为我们拼命做活，就决不应该有个假日嘛？”

“决不应该！”一声迅捷的回答；“除非，”这位“女老板”又说，面呈几分同她说话的严重口气不相称的笑容——“除非是你们知道怎样更好地利用假日，如果你们是女人，就不该大家凑在一起喝酒、饮茶，如果你们是男人，就不该凑在一起喝啤酒、吸板烟，也不该说你的街坊的坏话。好吧，朋友们，”她找补说，立刻又从粗鲁变得客气起来，“请你们端起罐子回家去吧。今天还有好几个客人要来见我，如果这屋子的路都挤满了人，那是不很方便的。”

约克郡人的服软正如他们不肯吃硬的倔强脾气一样：不消五分钟，院子里便空无一人了。

“谢谢你们，再见喽，朋友们，”谢利说着，关上寂静的院子里的门。

现在，我倒要听听那些顶高尚的伦敦人怎样来找约克郡人在礼貌上的岔子！他们应该知道，西里亭的大部分小伙子和大姑娘都是地地道道的绅士淑女。他们要反对的只是自以为是贵族的那种虚情假意和空摆架子。

两位小姐打后门进去，经过厨房（或者按照人们对里厨房的称法，称为屋里）来到门厅。普赖尔太太打橡木楼梯上奔下来迎接她们。她已经是完全失常了。她那天生红润的脸色发白了。她那向来虽说有点腼腆，但很安详的蓝眼睛恍恍惚惚，游移不定，一派不安、惊恐的神色。不过，她并没有大叫大嚷，或者急急忙忙地把经过情况都说出来。她昨儿夜里以至这会儿，今天早晨的主要心情，就是一直自己不满意自己，怪自己不能更坚定，更沉着，更能适应情况的需要。

“你们知道，”她声音发抖地说开了，但又极其谨慎，竭力避免夸大要说的话，“昨儿晚上，有群暴动者袭击了穆尔先生的工厂。我们这儿十分清晰地听到枪声和乱糟糟的声音，我们谁都没有睡觉。这一夜真不好受。这所房子整整一个早晨，人们跑进跑出，乱腾腾的。用人们都来向我请示，可我实在觉得无权发号施令。我相信，穆尔先生派人来为参加防卫的军队和其他一些人取过食物，也为受伤的人要过吃用的东西。我负不起这个发号施令、采取措施的责任。我又生怕耽搁了，会妨害什么事情，可这里不是我的家。你又不在家，亲爱的基达尔小姐——叫我怎么办呢？”

“食物没有送去吗？”谢利问道，这当儿，她那本来十分明净、善意、从容的脸色（即使刚才在数落那些取牛奶的人时也是这样），突然变得阴沉激动了。

“我想是没有送去，亲爱的。”

“什么也没有送给受伤的人吗？亚麻布、酒、铺盖、都没有送吗？”

“我想是没有。我不知道吉尔太太可做了些什么，不过，那时刻，我觉得我不能冒昧处理你的财物，送东西给军队——给一连军队送食物，听来可真吓人。究竟有多少官兵，我可没有问，不过，我想都不敢想，可以听他们来洗劫这屋子。我倒是想做该做的事的，不过，我承认，这事情我实在摸不着头脑。”

“可是，这是易如反掌的事。士兵们拼着他们的生命来保卫我的财产——我认为他们有权利接受我的谢意；受伤的都是我们的同胞——我认为我们理该帮助他们。吉尔太太！”

她回过头去，叫了一声，声音十分响亮而不柔和。这声叫喊响彻门厅厚厚的橡木镶板和厨房门，比摇铃叫人还要来得有效。吉尔太太正在埋头做面包，听到叫声，满手满围单都是面粉就跑来了，不敢停下来擦掉手上的生面团，或者抖掉围单上的面粉。她的女主人除了先前有过一次，从来没有用过这种声气喊用人。那一次是她在窗口看到鞑靼在跟搬运夫的两只狗儿搏斗，那两只狗即使不凭勇气，光凭身体，只只都跟鞑靼不相上下，况且有它们的主人站在旁边为它们助威，而她那只狗却孤立无援；当时，她叫起约翰来，确实像是末日已经来到那样。她也不等这个约翰来到，就帽子也不戴走到小巷里，她对那两个搬运夫说，她认为他们决不是人，比那三只在他们跟前的灰尘里打滚和相咬的畜生都不如，这样说过后，她就用手卡住其中一只最大的野狗的粗脖子，使尽全力想叫它喘不过气来，放掉鞑靼那只被撕得血淋淋的眼睛，因为那只野狗的毒牙就咬住了鞑靼的眼睛。当即有五六个男人赶来帮她，可是，她一个也不感谢他们。“如果他们的心思是好的，早就该来啦，”她说。事情过后，她一整天对谁都一句话也不说，而是在门厅的火炉旁，一直坐到黄昏时分，在那儿守护鞑靼，鞑靼则躺在她脚边的草垫上，血淋淋的，浑身发肿，一动不动。她不时地为它悄悄流泪，嘴里哼着充满爱怜的最温存的话儿，那只遍体鳞伤、上了年纪的狗武士，带着自己的血红的伤口一会儿舔舔她的手，一会儿舔舔她的木鞋，算是领会她所哼的调儿。至于约翰，后来被他的女主人冷淡了一个星期之久。

吉尔太太想到了这个小插曲，正像她自己对自己说的，“浑身哆嗦地”赶来了。基达尔小姐声气坚定、三言两语地提了问题，发出命令。想到在这样一种当口，居然叫人看到菲尔赫德是个毫无恻隐之心的守财奴窝，一下子刺伤了她那高傲的精神；胸口起伏不息，使人看出她的自尊心起了风波。她那颗由花边绸衣遮盖着的心像暴风雨似的搅动。

“厂里送口信来到现在有多久了？”

“还不到一个钟头咧，小姐，”管家抚慰似的答道。

“不到一个钟头！你还不如说还不到一天呐！这时候，他们一定到别处去张罗了。马上派个男人去对他们说，这屋子里的一切东西都听穆尔先生，赫尔斯通先生和军队随意使用。先去办这件事！”

吉尔太太去执行这个命令了，谢利离开她的朋友，站在门厅窗边，闷声不响，叫人不敢接近。等吉尔太太回来了，她才回过身来。苍白的双颊因难过激动而变成了紫红色，深色的眼睛因不高兴而闪着怒火。

“把食品间和酒窖里的东西统统拿出来，装几辆板车，送到洼地去。万一家里的面包和肉不多，就到肉铺和面包坊去，要他们尽所有的都送来。等下我要亲自检查一下。”

她走开了。

“一会儿就没事了；不消一个钟头，她就会完全忘掉，”卡罗琳悄悄地对着普赖尔太太说。“上楼去吧，太太，”她又亲昵地找补说，“尽量镇静，宽宽心。其实，不到黄昏，谢利准会责怪她自己，而不怪你了。”

赫尔斯通小姐又做了一些温存的安慰和劝解，设法安定这位激动的太太。卡罗琳陪她到房里后，答应等事情办妥帖后再来，说是“要去看看自己可有什么用处”，便走了。她当即发觉自己可以很有用处，因为菲尔赫德的仆役并不很多，此刻他们的女主人正有许多事情需要差使所有的人手，连她自己也忙不过来。卡罗琳以她的细致、和蔼和灵巧的能动性来帮管家和女佣的忙——大家都给女主人那不常见的脾气吓坏了——顿即带来了无穷的好处。她既帮了那些助手，又消掉了那位女指挥官的气。卡罗琳偶一顾盼，一个笑容，当即使谢利也感动得报以一个笑容。这时，卡罗琳挽着一只沉重的篮子打地窖上来。

“这真不好意思！”谢利一边高声说，一边奔到她身边。“这会扭伤你的臂膀。”

她打卡罗琳手里把篮子拿过来，自己挽到院子里去。等到她回来时，愠怒的乌云消散了；眼睛里的火光消失了；额上的愁影也不见了。她对周围的人又恢复她往常的愉快和诚挚的态度，在她那精神振奋中夹着一点对自己刚才不当的怒火感到不好意思的柔情。

她在继续监督装车时，一个男人走进院子，来到她身边后，她这才看到了他。

“我希望看到基达尔小姐今儿早晨很好。”他说，带点儿意味深长的察言观色，仔细端相着她那还是通红的脸。

她对他看一看后，又伛着身子去忙她的，没有答话。嘴上露出一丝十分愉快的微笑，可是她不让他看到。这位先生又致意一番，也伛下身子，使她更容易听到。

“还好，如果她是够好的话，”基达尔小姐答道；“我相信穆尔先生也很好。说老实话，我并不为他着急；一丁点儿不幸也许不过是他理所应得的：他的行为一直是——我们现在可以说是古怪的，等我们有机会的时候，再用比较明确的形容词来描绘它。不过，请问大驾光临，有何贵干？”

“赫尔斯通先生和我刚刚得到你的口信，说是菲尔赫德的一切都可以随我们使用。我们从那无限盛情的话意听来，觉得你准会给自己添了太多的麻烦；我看我们猜得不错。请记住，我们不是一个兵团，只不过有六七个大兵和六七个普通人罢了。请允许我打这些太丰富的物品中拦截一些下来。”

基达尔小姐脸上倏地飞红起来，不禁对自己过于热切的慷慨，和极其不相称的算计感到好笑。穆尔也笑起来——不过笑得很轻；这当儿，他轻声吩咐人们打车上拿下一篮又一篮的东西来，又叫人把一罐一罐的东西拿回地窖去。

“一定要让教区长知道这事儿，”他说，“他将会把这事情编出一只动听的故事来。基达尔小姐大可以当个很出色的军队承包人！”他又一边笑，一边找补说——“正同我所猜的一式一样。”

“你应该领情，”谢利说，“不该取笑我。叫我怎么办？我怎么估量得了你们的胃口，怎么知道你们队伍的人数？你们也许至少有五十个要吃饭的人，我可不大清楚。你什么也没有告诉过我；再说，既然是要求给军队送食物，自然会使人认为数目很大喽。”

“不错，”穆尔说，又对狼狈不堪的谢利悄悄而迅疾地乜了一眼。“现在，”他继续对车夫说，“我想你们可以把剩下来的都送到洼地去。

重量总比这位基达尔小姐原来要你们装的轻点了。”

车子刚一辘辘地出了院子，谢利就振作起精神来问那些受伤者的情况。

“我们这方面一个也没有受伤，”对方答道。

“你自己可受伤了，在额角那儿，”一个又低又急的声音插进来说——原来是卡罗琳的声音，她刚才缩在门角落里，躲在大个子吉尔太太背后，直到现在都没让穆尔看到；穆尔听到她这样说，就把眼睛朝着她隐蔽的地方探索一下。

“你伤得厉害吗？”她问道。

“就跟你在缝衣服的时候，手指头让针戳了一下那样。”

“把头发撩一撩，让我们看看。”

他脱下帽子，撩一撩头发，只见贴着狭狭的一条橡皮膏。卡罗琳把头轻轻一晃，表示她很放心，就消失在门里，完全看不见了。

“她怎么知道我受了伤？”穆尔问。

“准是听到传说。可是，她真是太好了，为你操心。至于我，我刚才在问起受伤者的时候，一直想的却是你那些受害者，你的对手伤亡情况怎样？”

“一个暴动者，或者你所谓的受害者给打死了，六个受伤。”

“你怎样处置他们？”

“准会叫你完全满意。我们立即找来了急救人员；等我们一找到几辆有篷的车子，一点干净的稻草，就立刻把他们送到斯蒂布罗去。”

“稻草，你们得要有床，铺盖。我立刻把我的车子配备齐整拉出去；还有约克先生，我肯定，也会派车子去。”

“你猜得对——他已经自愿拿出来了；还有约克太太——她也跟你一样，似乎想把这些暴动者当成殉道者，而把我，特别是赫尔斯通先生当成杀人犯——我相信，她这会儿，正在挺辛苦地忙着给车子配上鸭绒被盖，枕头，枕垫，毯子等等。我可以向你们保证，决不怠慢那些受害者。霍尔先生——你挺喜欢的牧师——打早上六点钟到现在，一直在他们身边，规劝他们，同他们一起做祷告，甚至像个护士那样服侍他们；还有卡罗琳的好朋友，安利小姐，就是那位十分朴素的老处女，送来了一批棉花和亚麻布，一点大约可供一位太太吃的牛肉和酒。”

“那就行啦。你姊姊在哪儿？”

“人们把她照顾得很好。我把她万无一失地安置到曼小姐那里去。今儿早晨她们两人都动身到沃姆伍特温泉(一个著名的温泉)去了，要在那儿呆几个礼拜。”

“所以赫尔斯通先生叫我住到教区长住宅去！你们这些先生都自以为非常聪明呵！我要让你们对这个主意打心底里高兴，还希望你们在对这个主意深思细想时，那番回味会叫你们心满意足。精明狡猾，你们为什么又不是无所不在的呢？怎么事情就发生在你们鼻子底下，你们却一点也没有什么疑惑呢？倒是应该这样，要不然，人们就决不会知道出奇制胜必然会带来什么乐趣。朋友呵！你可以细看我的脸，可是你就是看不出什么来！”

穆尔真个显得好像他什么也看不出来似的。

“你认为我在女人里头，是个危险人物吧。可不是吗，你倒说说看？”

“至少是个古怪的人。”

“那么，卡罗琳呢——她也古怪吗？”

“就她那样子说来——她是的。”

“她那样子！她是什么样子？”

“你同我一样了解她。”

“了解她，我倒认为她是既不怪僻也不难于控制——是吗？”

“那得看——”

“不过，她身上可一点也没有男子气？”

“干吗要在她字加重语气呢？你认为，在这方面，你跟她完全不同吗？”

“毫无疑问，你就是这么想法；可是，这没有什么关系。卡罗琳既没有男子气，也没有人们所谓的女人那股泼辣劲。”

“我见到过她大发脾气。”

“我也见到过——可那不是男子似的火气；那是一种短暂的，亮晶晶的，哆哆嗦嗦的火光，倏地冒了起来，一亮，便消失了——”

“结果是她对自己那股勇气大为吃惊。除了卡罗琳，你再说说别人看。”

“我想提出的论点是，赫尔斯通小姐虽然温柔，容易驾驭，也很老实，却还是完全能够甚至使穆尔先生也无法识透的。”

“你同她一直在做些什么？”穆尔突然问道。

“你可吃过早饭了？”

“你们有些什么串通的秘密？”

“如果你饿了，吉尔太太可以给你弄点东西在这儿吃。走进橡木客厅，摇一摇铃——你就可以像在客店里一般，有人来服侍你；或者，如果你认为最好是回洼地去，那就请便。”

“我是别无他法的，我必须回去了。早安。我一有空，马上再来看你。”

第二十一章
普赖尔太太

谢利在同穆尔谈话时，卡罗琳又上楼到普赖尔太太那里去。她看到这位太太极其抑郁。她当然不肯说是基达尔小姐的急性子伤了她的心，可是，内心的创伤显然使她很痛苦。如果不是意气相投，她对于赫尔斯通小姐力图安慰她的那种不显眼而细心的殷勤一定会莫知莫觉。卡罗琳心里有数，尽管普赖尔太太外表上好像不为这种殷勤所感动或者略微有所感动，她却感觉到也珍视这种殷勤，从而治愈了内心的创伤。

“我这个人就是缺乏自信和果断，”她终于开口了。“我向来缺乏自信和果断。不过，我认为，基达尔小姐到现在也应该很了解我的性格，知道我总想苦心刻意地代她把事情搞得井井有条，做得尽美尽善。我这种非常缺乏判断的性格真是把我难住了，尤其是经过昨儿晚上那场惊吓之后更是如此。我实在不敢代别人当机立断行事，可是，我相信我的优柔寡断也不至于会引起什么严重的损害。”

这当儿，传来了轻轻的敲门声；门给推开了一半。

“卡罗琳，你出来一下，”一个轻轻的声音说。

赫尔斯通小姐走了出去。谢利站在过道上，像个悔悟的小孩那样，显得后悔、羞惭、难受。

“普赖尔太太怎样啦？”她问道。

“有点没精打采，”卡罗琳说。

“我刚才对她的举止十分可耻、十分卑鄙、十分无情无义，”谢利说。“我这样对她发脾气，多么骄横不逊，她根本就没有什么过失，只不过是过于谨慎罢了。可是，我最真诚地为我的错误而深感抱歉。请对她这样说，问她能不能宽恕我。”

卡罗琳满心愉快地办了这个差使。普赖尔太太起身来到门口。她向来不喜欢吵闹，像一般胆小怕事的人那样害怕吵闹。她结结巴巴地说：

“进来吧，亲爱的。”

谢利有点冲动地走了进去。她猛地抱住她的家庭教师，一边真心诚意地亲吻她，一边说：

“你知道你一定要宽恕我，普赖尔太太。要是你我之间有什么误会，我简直就完全无法过下去了。”

“我没有什么好宽恕的，”对方答道。“你就把咱们这件事给撂了吧。这件事情的最后结果只是更清楚地表明我这个人多么不会应付某些非常事变。”

这种痛苦的感觉会一直留在普赖尔太太心头。这不是谢利或者卡罗琳的力量所能抹掉的，她可以宽恕她这个无礼的学生，却不能宽恕无辜的自己。

这天早晨，基达尔小姐是注定要给请来请去的了，不一会儿，楼下又有人找她。第一个来拜访的是教区长。他是特地来接受一番热烈的欢迎，也是来接受一顿更为热烈的谴责的；他认为两者都兼而有之，而且由于自己兴致勃勃，他把这两项都同样高兴地接受了。

在这番短促的拜访中，他完全忘记打听一下他侄女的情况。暴动、暴动者、工厂、治安推事、女继承人占满了他的全部思想，把家庭关系置之度外。他隐约提到他自己和那位副牧师都参与了保卫洼地之战。

“因为我们参与了这件事情，那些法利赛人准要找我们发泄他们的愤怒了，”他说；“不过，我才不管一切的造谣中伤者。我只是为了维护法律，为了尽我作为一个人，一个不列颠人的本分上那儿去的，这种本分的性质，我认为，就其最高的意义说来，是同圣职人员和利未人的性质完全一致的。你那位租户穆尔，”他又说下去，“真是深得我心。比他更沉着、更坚决的指挥官我还没有看到过。再说，这人还表现出具有正确的判断力和良知；首先，表现在对于已经发生的那件事上作了充分的准备，其次，表现在他那布置周详的计划已经获致成功时，知道怎样利用而不滥用他的胜利。有些治安推事现在已吓得要命，像所有的懦夫一样，又表现出要采用残酷手段了。穆尔谨慎地制止他们，着实令人佩服。直到如今，他在这一带都很不得人心，可是，你听着，舆论的潮流这会儿将要转而对他有利了。人们将会发觉，他们没有真正了解他，而将赶紧纠正自己的错误了；他呢，等他觉察到大众想承认他的长处时，就会表现出比他先前对待我们还要谦和的态度来。”

赫尔斯通先生正要就外间传说基达尔小姐偏袒她那个有才能的租户这件事对她添上一点儿半开玩笑半认真的警告时，门铃响了，又有客人来到，就此把他的挖苦话煞住。来客是位白发苍苍的老先生，外表有点凶猛，眼神有点倨傲——总之，原来是我们的老相识，是教区长的死对头约克先生——这位神职人员兼利未人，一把抓起自己的帽子，极其马虎地同基达尔小姐告别，又最硬邦邦地对她的客人点一点头，就匆匆离去。

约克先生在对昨天晚上发生的事情表示意见时，情绪不佳，措辞也失分寸。穆尔，治安推事，军队，暴动的首领，一古脑儿都给他骂上了，他把分量最重的形容词——一些真正富有约克郡的道里斯地方色彩的形容词——留来专门用于那两个好斗的牧师，那个“杀人不眨眼的，恶魔似的”教区长和副牧师。根据他的看法，这些教士现在确实是恶贯满盈了。

“教会，”他说，“现在处境很不妙了，牧师们竟然夹在士兵中间高视阔步，连连开枪放炮，杀害远比他们自己正直的生灵，这就是教会走下坡路的时候了。”

“如果大家都不去帮穆尔，那么，叫他怎么办呢？”谢利说。

“自己酿的酸酒自己喝——自己烤焦的面包自己吃。”

“你这意思就是让他自己去对付那些暴徒。行。他有的是勇气；可是，一个人哪怕胸怀无限的豪勇，也抵挡不了二百个人呵。”

“横竖他有军队；那些可怜的奴隶，为了钱，不惜出租自己的血，又去叫别人流血。”

“你侮辱军队简直就跟你侮辱神职人员一样。在你眼里，凡是穿红外套的人①，都是国家的渣滓，凡是穿黑衣的人②，都是国家的骗子。照你的看法，穆尔先生求助于军队是做错了，而他接受别人的帮助，更是大错特错了。你这种说法就等于是这样：他应该放弃他的工厂和生命，听任一群误入歧途的狂人肆虐，赫尔斯通先生和教区里的每个先生都应该袖手旁观，眼睁睁地看着厂房给夷为平地，厂主给屠杀而坐视不救。”

“如果穆尔对他的工人打一开头就像老板应该对待他的工人那样，他们就决不会对他怀有现在这样的恶感了。”

“你说说倒容易，”基达尔小姐大声说，她开始变得为她那位租户热烈辩护了：“你呀，家住白莱亚曼斯达六代之久，人们也同你们这几代人相处了五十年，你知道他们的一切生活习惯，偏见，爱好。要你做到不得罪他们，确实是容易的；可穆尔先生是个闯进这地方来的外路人。他来到这里的时候，又穷又无亲无故，什么都没有，光凭自己一份毅力，光凭他的自尊心、才能和勤奋来为自己创业。在这种情况下，他那天生的庄重，文雅的态度，不能一下子就吃得开，他又不能像你跟你的同乡人在一起那样，诙谐，随便，热诚地同这些陌生的农

---

① 穿红外套的，英国军人在北美独立战争开始，就以红外衣为制服。

② 穿黑衣的，指神职人员。

民相处，这倒确实是个天大的罪过！他在改进设备的时候，没有把事情处理得挺适当；没有像个有钱的资本家可能会做的那样慎重从事，进行逐渐改革，这又是一个无可饶恕的犯罪行为！难道因为这种错误，他就得做暴徒行暴的牺牲品吗？他就得连保卫自己的权利都放弃吗？难道那些有良心的人（赫尔斯通先生——随你对他怎么说法——就有这种良心）因为站在他那一边，因为他们胆敢支持这种一对二百的事业，就得把他们辱骂为罪人吗？”

“好啦，好啦——冷静一下，”约克先生说，他看到谢利那副认真态度，连珠炮似的一再提出了许多问话，不禁莞尔而笑。

“冷静！我必须冷静地倾听纯粹的胡扯——倾听危险的胡扯吗？不。你知道，约克先生，我很喜欢你，可是，我完全不喜欢你的一些主张。你对军队和牧师所说的种种黑话——对不起，我还要再说一遍——这种种黑话，叫我听来挺刺耳。这样荒谬无理地瞎捧一个阶级的场，不管这个阶级是贵族的还是民主的，喝另一个阶级的倒彩，不管这个阶级是神职人员的，还是军人的，这样极其不公平地对待某一个人，不管他是君王还是乞丐，确实叫我厌恶。所有的阶级对垒，所有的党派仇恨，所有的假装自由的暴政，我都反对，我都跟它们断绝关系。你认为你是个博爱主义者；你以为你是个自由的辩护士；可是，我倒要告诉你这一点：南尼利的牧师霍尔先生却比白莱亚菲尔特的改革家海勒姆·约克更是人类和自由的一个好朋友。”

这种话，如果是出自一个男人之口，约克先生一定不会十分有耐性地忍受下去，如果出自其他一些女人之口，他也受不了。可是，他认为谢利既正直又美丽，她这种直言不讳的愤激态度反而叫他受用。再说，他在听着她为她那个租户辩护时，私下里还很愉快呢，因为我们已经知道，他非常关心罗伯特·穆尔的切身大事；况且，如果他想对她这种疾言厉色加以报复的话，他知道，办法就掌握在他手里。他相信，只消一句话，就足以教她服服帖帖，哑口无言，足以使她那开阔的额头抹上一阵羞惭的红云，使她那双热情洋溢的眼睛顿时眼睑低挂，睫毛下垂，好像披上一条面纱。

“你还有什么要说的吗？”在她歇一歇的时候，他问道，她看来与其说是因为已经无话可说或者劲头消退，不如说是要喘一口气。

“说，约克先生！”对方答道，同时打橡木客厅的墙壁这头急急地走到墙壁那头。“说吗？我要说的多着呢，如果我能够明明白白，有条有理地把它说出来，可惜我从来不能把话说得明明白白，有条有理。我不得不说，你的一些观点和那些最极端的政客的观点，只不过是一种不在其位的人才会鼓吹的观点。这纯然是些反对派的观点，就是说只可以谈谈，而从来不想拿它付诸实施。如果明天让你当英国首相，你准会放弃这些观点。你辱骂穆尔保卫工厂，要是让你处在穆尔的地位，你除了像他那样做以外，决不可能讲究仁义道德，采取其他办法。你辱骂赫尔斯通先生所做的一切，赫尔斯通先生固然有他的缺点，有时候做错了事，可他也往往是做对的次数多。如果任命你做白莱亚菲尔特的教区长，你准会发觉，要继续执行前任教区长为教区的利益而制订并坚持的一切实际计划，并不是件轻而易举的工作。我弄不懂人们为什么总不能比较公平地推己及人。每当我听到马龙和唐两位先生在喊喊喳喳谈论教会的权力，教士的尊严和权利，对他们神职人员应有的尊敬等等；每当我听到他们对反国教者大肆发泄其无谓的私怨；每当我亲眼看到他们种种愚笨的、气量狭小的猜忌和臆测；每当我耳朵里听到他们废话连篇地大谈形式、传统、迷信；每当我看到他们对穷人举止傲慢，对富人却往往是卑躬屈膝的这个时候，我就认为，国教确实非常糟糕，这个国教和它的子民都似乎急需加以改造。别让苦恼接近教堂的钟楼和乡村的塔尖——这种苦恼就像一个明知墙壁石灰剥落，又没有钱好买石灰的教堂执事所感到的那样——我不禁想起你那些没有意思的讽刺：‘肥头大耳的主教’‘娇生惯养的牧师’‘老太太教会’等等。我记起了你对一切跟你意见不同的人的种种责难，你对各种阶级和个人那种一扫无遗的责备，一点也不考虑到种种环境或者种种诱惑。于是乎，约克先生，我打心底里怀疑，究竟有没有厚道、通情达理、十分公正的人，足以承担改革的重任。我不相信你就是这号人。”

“你认为我这个人很坏，谢利小姐。你从来也没有这样对我推心置腹过。”

“我从来没有机会；不过，我有好几个晚上，在白莱亚曼斯的后客厅里，坐在靠你座椅旁边杰西那只矮凳上，激动地倾听你的谈话，一半钦佩你所说的，一半又有点不以为然。我认为你是个了不起的老约克郡人，先生：我以能够同你一样出生在这个郡和教区而自豪。虽然你诚实，正直，独立不羁，像海底一块磐石；但是，你也是苛刻，粗暴，狭隘和无情的。”

“对穷人可不是这样，姑娘，对谦逊的人也不是这样：只是对骄傲和自命不凡的人才如此。”

“请问，先生，你有什么权利可以作出这种分别来？比你再骄傲、再自命不凡的人，可说世上还找不到。你觉得称心如意地对比你低下的人说话很容易；你对那些胜过你的人，却因为你太傲慢、太自负、太猜忌，而不讲礼貌。可是，你们全都一样。赫尔斯通也骄傲也有偏见；穆尔呢，虽说比你或者比教区长都较公正，较慎重，却也傲慢，严峻，而且一般说来，自私。好得偶尔还可以看到有像霍尔先生这样的人——心胸宽阔、仁慈的人，能够爱全人类，能够宽恕比自己富有，比自己发达，比自己更有权势的人。这种人也许比起你来，不那么有首创精神，不那么有号召力，可是，他们都是人类的比较好的朋友。”

“请问，什么时候要那个啦？”约克先生站了起来说。

“什么时候要什么那个？”

“举行婚礼嘛。”

“谁的婚礼？”

“当然是洼地小屋的罗伯特·吉勒德·穆尔先生与菲尔赫德府故查尔斯·凯夫·基达尔的公主兼女继承人基达尔小姐的婚礼喽。”

谢利面有潮红地对发问的人盯了一眼。她的目光并不游移，而是坚定地闪闪发光——不错，有如熊熊炉火。

“这就是你的报复，”她慢慢地说，接着又说下去：“这敢情是门不当户不对，同故查尔斯·凯夫·基达尔的后裔不相称吧？”

“我的姑娘，穆尔是个绅士。他的血统也同你我一样纯正与古老。”

“我们，我们也十分重视古老的血统？我们有阀阅的门第，虽然其中有一位至少是个共和派？”

约克哈着腰站在她面前。他哑口无言，可是，他的眼睛承认这种责问。不错，他有阀阅的门第，你从他整个态度就可以看出来。

“穆尔是个绅士，”谢利回声似的说，把头一扬，面有喜色。

她自己不说下去了。话似乎都涌到嘴边，就是不肯说出来，可是，这时候，要说的话全都表露在脸上。是什么话，约克想把它捉摸出来，就是捉摸不出来。话就在那儿——清晰可见，就是无法翻译过来。这是以一种未知的语言写出来的一首诗，一篇热烈的抒情诗。这不是一个平淡的故事，不过，显然也不是普通的感情的迸发，不是一般的爱情表白；这是他无法猜测的另外一种更为奥妙，更为复杂的感情。他觉得他的报复扑了个空；他觉得谢利胜利了，她搞得他十分狼狈，一败涂地，不知如何是好。得意的是她，不是他。

“如果穆尔是个绅士，那你只能是个贵妇了，所以——”

“所以，我们的结合就不是什么不平等了吧？”

“一点也不是。”

“谢谢你的嘉许。在我拿掉基达尔这个姓改姓穆尔的时候，你会替我做主婚人吗？”

约克先生不作回答，十分困惑地直瞪着她看。他看不透她脸上的表情，究竟她说的是认真的还是戏谑的。在她那变幻无常的外貌上，既有决心，又有感情；既有嘲弄，又有戏谑和开玩笑的神色。

“我不理解你，”他说，掉过头去。

她哈哈一笑。

“放勇敢点，先生；你可不是非常愚笨的人。不过，我认为，如果穆尔理解我，那就行啦——难道不行吗？”

“就我来说，从今以后，穆尔可以解决他自己的事情了，我决不管闲事，也不再参与他的事情。”

她脑子里突然掠过一个新念头，她的面色变得不可思议。她的眼睛突然一沉，正容厉色，诘道：

“有人请你来干预吗？你是在做别人的代表来盘问我吗？”

“哎呀！谁个跟你结婚都得留神！把你所有的问题留着去问罗伯特吧：我不再回答这些问题了。再见，好姑娘！”

天气很好，至少是晴天——柔云遮着太阳，一抹朦胧的，但不是冷峭的或者潮湿的烟霭愁眉不展地歇息在峰峦上——刚才谢利在会客的时候，卡罗琳劝说了普赖尔太太戴上帽子，披上夏天的披肩，同她一起上洼地狭隘的一头去散步了。

在这儿，村中空地相对的两边彼此逐渐拢来，矮树丛和短小的橡树交相披覆，形成一个树木繁茂的峡谷；峡谷底上，供水力发动用的水沟起伏不平地潺潺流去，一会儿跟石块扭斗，一会儿冲击地势起伏的堤岸，再一会儿擦过多瘤节的树根，泡沫迸溅，汩汩作响，一面战斗一面奔流。如果你打工厂漫步走了半英里来到这儿，你就知道什么叫做人迹罕到之处；你可以在未受烦扰的老树的阴影里找到它，可以在百鸟争鸣声中听到它，树荫就是百鸟之家。这是一条人迹未到的路；野花鲜艳，证明人的脚很少踩踏过这些野花；无数的野蔷薇仿佛就在寂寥之神的监护下结蕾、开花、凋谢，就像是在苏丹王的宫闱里。在这儿，你可以看到美妙的苍天一般的野风信子，并在那闪烁在草地里的珍珠一般白的花朵中，看到一种微型的繁星璀璨的太空。

普赖尔太太喜欢作悠静的散步；她总是避开大道，专拣僻路幽径走。她喜欢有个伴当而不喜欢单独一个人走，因为孤身独人不免有点胆怯；还有点儿害怕猝然撞上什么可厌的事情，就此破坏了独游的乐趣。不过，有了卡罗琳在一起，她就什么都不怕了。她一经远离尘嚣，走进这个仍然是属于庄园的地区，身边有这一位年轻朋友做伴，一种吉祥的变化似乎就悄悄地笼罩了她的心，使她脸呈喜色。每逢同卡罗琳在一起——而且只有同卡罗琳在一起的时候，你简直可以说，她的心就卸下了块大石头，额上撂开了一条面纱，精神也摆脱了拘束。同卡罗琳在一起，她就心旷神怡；常常是同她在一起，她就十分温柔亲切。她会把自己的知识传授给卡罗琳，浮光掠影地透露一点自己的经历，给卡罗琳种种机会来猜测她曾经过着什么样的生活，她的身心受到过怎样的陶冶，她有多大的才智，她的情感怎样会脆弱，表现在哪些方面。

就拿今天来说，她们一路信步走去，普赖尔太太便把在树上啼啭的各种鸟儿都说给她的同伴听，给鸟儿分门别类，还说点有关鸟儿的习性和特点。她似乎很熟悉英国的博物学。在她们走着的那条小径四周的所有野花她都认识。打岩石旁边爆出来的、打旧墙缝里探出头来的小花小草，——都是卡罗琳先前几乎没有注意到过的花草，都各有名目，各有所本。仿佛她曾经详细研究过英国各处原野森林的植物。她们来到峡谷上端后，便一起坐在一块打陡峭的青山脚伸出来的、长满苔藓的灰濛濛岩架上，青山就矗立在她们头顶。她四下一望，便谈起这一带的情景，因为很久以前，她曾经到过这一带。她隐约谈到这一带的变化，还以英国其他地方的景色来跟这里的景色作比较；表露出她对叙事状物具有不形于外的、人所未知的妙技，善于赏识如画的景物，善于评价美丽或平凡的事物，具有比较雅俗驯野的能力，所有这些，使得她的谈话具有神工妙笔的魅力，质朴生趣。

卡罗琳听得津津有味，肃然起敬，态度如此诚挚，如此质朴而又如此显明，把这位老太太的官能搅动得缓缓地兴奋起来。由于她那令人望而生畏的冷峻外表，她那缺乏自信的态度，不爱与人交往的癖性，她大概还不大懂得怎样去激动一个她自己可以爱的人的真挚爱慕的感情。由于意识到这个年轻姑娘似乎向着她——这从这个姑娘的眼睛和外貌那种感动的表情就可以看出来——这个姑娘的心简直变成一种迷恋的冲动，把她尊崇为一个导师，当成一个可靠的朋友，毫无疑问，她一定大为高兴。她一面伛身对着她的年轻的伴当，撩开那从压发的梳子散开来的一绺披在前额的淡棕色发卷，一面以不是她经常会使用的一种表示关切的着重语气说：

“我真希望吹来的这阵清新山风会对你有好处，我亲爱的卡罗琳。我但愿能够看到这两片腮帮子有更多的血色，不过，也许你从来就不是脸色红润的？”

“有一度我的腮帮子也是红通通的，”卡罗琳小姐满面笑容答道。“我记得一两年前，那时候我常常爱照镜子，总是看到一张同我现在看到的不同的脸——比现在圆，比现在红。可是，我们年轻的时候，”这个十八岁的姑娘找补说，“我们心里无忧无虑，生活舒舒服服。”

“难道你，”普赖尔太太又说，即使在现在这种情况下，那种暴君似的胆怯还是紧紧地控制着她，使她难以探究对方的心——“难道你在你这样的年纪，也会担心未来吗？听我话，你最好不要担心，得过且过，船到桥头自会直。”

“不错，亲爱的太太。我愁的不是未来。这邪恶的世道常常使人郁闷——太郁闷，我真巴不得能逃却这世道。”

“那是说——这邪恶的世道；那是说——你叔叔，也许不——你觉得这个很不好理解——他不知道——”

普赖尔太太无法把这些断断续续的句子说全；她实在无法提出赫尔斯通先生是否对他侄女太严这个问题来，可是，卡罗琳已经会意了。

“啊，决不是这事情，”她答道；“我叔叔同我相处得挺好，我们从来没吵过嘴——我不认为他严——他从来没有责骂过我。我常常希望世上有人会爱我；可是，我不能说我特别希望他应比现在更爱我。做小孩的时候，我也许会觉得缺少照顾，不过，那些仆人都对我很好。可是，如果人们长期对我们冷淡，我们就变得对他们的冷淡无所谓了。我叔叔的脾气总是不大关心女人和姑娘——除非是他在场面上碰到的那些太太小姐。他这个脾气改不了，就我来说，我也不希望他一定要改过来。我相信，如果他现在竟对我亲热起来，那只会叫我烦恼，把我吓一跳。可是，你知道，普赖尔太太，我在教区长住宅只是过着过一天算一天的生活。日子过去了，我好歹也总算挨过去了，我并不是在生活，我是在忍受生活，而且简直没有什么乐趣。打从基达尔小姐和你来后，我可以这样说，过得快活一点了，可是，这也不是真的。”她住口了。

“怎么不是真的？你很喜欢基达尔小姐，可不是吗，亲爱的？”

“我十分喜欢谢利：我喜欢她，也佩服她。可是，我处境痛苦，道理我也说不上来，我很想离开这地方，把它忘掉。”

“你先前告诉过我，说你想去当家庭教师；可是，亲爱的，如果你还记得的话，我是不赞成你这种想法的。我的大半生就是做家庭教师的。我能够跟基达尔小姐相识，我自以为挺幸运；她的才份和她那确实是完美的气质使得我的职务十分轻松；可是，我年轻的时候，我结婚以前，我的磨练真是厉害，叫人伤心。我当然不喜欢一个——我当然不喜欢你也去经受同样的磨练。我命里注定要到一个自以为是门第阀阅、智力高超的人家去，而且这个人家的人也都自以为‘在他们身上’一看就知道有一种‘基督徒的温文尔雅’的通常的天赋；都自以为他们已经经过洗心革面，精神经过特别修炼。我早就心里有数，知道‘我不是可以跟他们平起平坐的’，所以我不能指望‘可以得到他们的同情’。一点也瞒不了我，我知道他们把我看成是一只‘不堪为伍的大包袱’。我发觉那些老爷先生都把我当做一个‘不可接触的女人’，对这个女人，‘他们不许她拥有一个女人的普通权利’，然而，这个女人‘又经常要让他们撞见而使他们大为恼火’。那些太太小姐也摆明地认为我是‘一个讨厌鬼’。那些个仆人呢，不消说得，也‘讨厌我’；究竟为什么，我永远也闹不清。至于我那几个学生呢，据说，‘不管他们多么爱我，不管我对他们多么发生兴趣，他们也决不能做我的朋友’。据说，我必须‘一个人生活，决不能逾越那条划定了我同我的东家差别的、肉眼看不见的却又很严格的界线’。我在这个人家的生活是静止，孤单，局促不安，毫无乐趣，辛苦劳累的。在这种情况下，其结果当然是血气给可怕地消磨殆尽，始终觉得无亲无友，无家无室，不消多久，就致命地影响了我的体质——我感到厌倦了。那个人家的主妇冷淡地对我说，我是‘虚荣心负伤’的倒霉鬼。她隐隐约约地说，如果我不努力压制我的‘邪恶的不满情绪’，不停止‘对上帝指定的命运的嘀嘀咕咕’，不养成一种与我地位相称的极其谦逊的态度，我的精神很可能要在那块毁灭了我大部分姊妹的岩石——病态的自尊心上‘碰得粉身碎骨’，一定会死在疯人院里。

“我什么也不跟哈德曼太太说；说了也是白搭，不过，有一天，我对她的大女儿脱口漏了几句话，得到的回答是：她说，做个女教师，确实艰苦：‘不消说得，她们都得遭受磨练；可是，’她斩钉截铁地说，那态度呀，教我如今一想起来，就要发笑——‘可是，这是应该的。她（哈小姐）看不出来，不希望，也不愿意看到这种情况应该有所改善；因为在英国人的习惯、感情、偏见这种固有的套套中，这种情况是不可能获得改善的，家庭教师，’她认为，‘应该永远使她们处于一种绝缘状态中：这是英国人那种冷淡的态度和英国人的家庭礼仪要求保持那种距离的唯一手段。’

“我记得在哈德曼小姐离开我的床边时，我叹了一口气。她听到后，连忙转过身来，厉声说：‘格雷小姐，我怕你是最充分地继承了我们的堕落的本性那种最不可救药的罪恶——骄傲的罪恶。你很骄傲，因此你也是个不知感恩的人。妈妈给了你数目可观的薪水；如果你有点儿普通的灵性的话，你就会谢天谢地，把做得累死，难于忍受的事情都熬下来，因为这笔薪水就很足以酬劳你了。’

“亲爱的，哈德曼小姐是个十分好胜的年轻姑娘，很有才具。你知道，贵族肯定是个十分优越的阶级——从德、智、体方面来说——作为一个极端的保守党人，这我是知道的，我简直无法形容她在对我说这些话时，那种声色俱厉的神气；不过，亲爱的，我怕她是个自私的人。我从来不想说地位比我高的人的坏话；可是，我认为她有点儿自私。

“我记得，”普赖尔太太歇一歇后又说下去，“哈小姐另外一次说的话，她说得摆足自高自大的架子。‘我们’，她说——‘我们需要有一批轻率放肆、不走正路、作了孽的父亲来播种子，好让我们收获一批女教师。做生意人出身的女儿，不管受过多么良好的教育，必然是粗鄙的，这种人不配同我们住在一起，也不配做我们的孩子的心灵上和人品上的监护人。我们永远宁可安置我们自己的子孙，他们的出身和教养都多少同我们一样高尚。'”

“哈德曼小姐一定自以为比她的同胞高明，太太，因为她认为，她那些同胞的灾祸甚至罪孽也必然是对她有用的。你说她很虔诚，那她信的一定是法利赛人的宗教，法利赛人感谢上帝说，他不像别人，也不像这个税吏。”①

“亲爱的，我们不谈这个了。我最不愿意在你心里灌注任何一点不满意你自己命运的感情，灌注任何一点妒忌或者不顺从你的长辈的感情。照我看来，绝对服从有权有势的人，小心翼翼地尊敬比我们强的人（我自然是把社会上许多比我们高的阶级都包括在这一档里），对于整个社会的繁荣来说，是不可或缺的。亲爱的，千句并一句，你最好还是不要想去当家庭教师，这个职位的本分，对你的体质说来，实在太受不了。我不论对哈德曼太太，还是对哈德曼小姐，都不说一句不尊敬的话。不过，一想到我自己的经历，我不免觉得，如果你落到在她们这么一些人的保护下，你准会勇敢地跟你的命运斗争一下。然后，你就会憔悴衰弱，连工作都做不成了；你就会完全垮了回家，如果你还有个家的话。接下来就是漫长的愁苦岁月，这种岁月只有这个病人和她的至亲好友才会觉得心痛，知道这个担子的轻重，肺痨或者衰弱就会结束人生这段公案。这就是许多人的生命史；我可不希望你也有这个生命史。亲爱的，如果你高兴的话，咱们现在走一走吧。”

她们俩站了起来，在陷窟旁边一块青翠的天然草坪上慢步踱着。

“亲爱的，”不一会，普赖尔太太又开口了，她说话时，态度显然

---

① 典出《圣经·新约·路加福音》第18章第9至11节：“耶稣向那些仗着自己是义人，藐视别人的，设一个比喻说，有两个人上殿里去祷告。一个是法利赛人，一个是税吏，法利赛人站着，自言自语的祷告说：上帝呵，我感谢你，我不像别人，勒索、不义、奸淫，也不像这个税吏。”

有点又怯又窘又急，“年轻人，特别是一些得天独厚的——常常——往往——希望——盼望——把结婚作为结局，作为她们希望的目标。”

她说到这里住口了。卡罗琳敏捷地为她解窘，卡罗琳对现在所提出的这个可怕问题，显得比过去沉着、大胆。

“她们确实是这样，而且很自然，”她答道，那种镇定有力的声气倒叫普赖尔太太吓了一跳。“她们盼望同一个她们所爱的人结婚，认为这是能够等待她们的最幸福的、仅有的幸福命运。难道她们错了吗？”

“啊，天呀！”普赖尔太太一边叫了起来，一边拍着手；接着，又没话说了。卡罗琳不禁探索而急切地望着她朋友的脸；那张脸非常激动。“亲爱的，”她念念有词地说，“生命是虚幻的。”

“可爱情不是！爱情是真实的——最真实，最持久的——是我们所知道的最甜也最苦的东西。”

“亲爱的，爱情是十分苦的。据说是强烈——像死一样强烈！生活中的欺诈行为大多是强烈的。至于生活的甜，那是再缥缈也没有的了。它的生命昙花一现——瞬息即逝，苦痛却永远存在。它也许会随着来世的黎明而消逝，可是，它却经年累月地折磨人，直到老死。”

“不错，它经年累月地折磨人，”卡罗琳表示同意说，“不过，相爱又是另一回事。”

“相爱！亲爱的，爱情小说都是有害的。我希望，你没看这种小说吧？”

“有时候也看——只要搞得到就看。可是，那些写爱情小说的作家，从他们那种写法看来，也许一点也不懂得爱情。”

“他们什么也不懂，亲爱的！”普赖尔太太热切地附和说，“也不懂得什么叫婚姻；对他们在这方面所表现出来的那种虚妄情况加以苛责也不算过分。他们所写的东西跟现实也不一样；他们只让你看到沼泽地那层滴绿的诱人外表，从来不忠实或者真正地暗示出下面是泥沼。”

“下面也不总是泥沼吧，”卡罗琳表示异议说，“还有美满的婚姻呢。大凡爱情是相互的，诚挚的，志同道合的，婚姻就必定是美满的。”

“从来没有什么十足的美满。两个人永远也不会真正地成为一个人；在特殊情况下，也许有满足的可能，不过这种结合是难得碰到的，可是，索性还是不去冒这个风险好；你也许会铸成个大错。知足常乐，亲爱的；让所有的独身者都满足于自己的自由吧。”

“你重复我叔叔的话！”卡罗琳叫道，声气里有点惊恐；“你说得跟约克太太挺不开心的时候说的一样——也跟曼小姐在心情挺别扭、挺忧郁的时候说的一样。这真可怕！”

“不，这不过是实在的情况。孩子呵！你还只经历过生命的愉快的早晨时刻；那炎热、令人厌倦的正午，悲伤的黄昏，没有太阳的晚上，都还有待于你去经历哩！你说，赫尔斯通先生说得同我一样；要是马修森·赫尔斯通太太活着的话，我不知道她会怎么说法？她死啦！她死啦！”

“唉！还有我自己的母亲和父亲……”卡罗琳突然想起过去的忧郁生活，大声叫了起来。

“他们怎么啦？”

“难道我没有同你说过他们分开了吗？”

“我听说过的。”

“那么，他们过去一定过得十分悲惨。”

“你看，所有的事实都证明我说得不错。”

“像这样子，那就不应该有婚姻这种事情了。”

“有倒应该有，亲爱的，如果只是为了要证明这种生活不过是一种见习，既不必缴纳什么预备金，又用不着赔偿的话。”

“可你自己的婚姻呢，普赖尔太太？”

普赖尔太太听了吓得缩做一团，打个寒颤，仿佛有一只粗心的指头猛然戳了一下裸露的神经。卡罗琳觉得她碰到了经不起哪怕是轻轻一碰的东西。

“我的婚姻是不美满的，”这位太太终于鼓起勇气来说，“不过，还——”

她迟疑了一下。

“不过，”卡罗琳提示似的说，“还不算惨得不堪设想吧？”

“至少，就其结果说来，还不是如此。不，”她声气更轻地找补说：“上帝甚至在那些装着最富有腐蚀性的悲哀的瓶子里也掺进了一点儿慈悲的香油。他就能这样化凶为吉，使得由于这种盲目、轻率的举动而前半生苦痛的我们，还能过着幸福的余生。而且，我承认，我是个性格怪僻的人：决不是容易亲近的，不会应酬，在某些方面，行为乖张。我本该终身不结婚，像我这种脾性的人，是不容易找到对儿，也不大可能同脾性相反的人合得来的。我很知道我自己的缺陷；不过，如果我没有那么不幸地做过家庭教师的话，我是决不会结婚的。再说——”

卡罗琳的眼睛要求她说下去；这双眼睛在恳求她冲破浓密的愁云，因为从她刚才那些话看来，她的生活似乎愁云密布。

“再说，亲爱的，某先生，就是我同他结婚的那位先生，也许是个比一般人都更特别的人。我希望，至少有过我这种经历的人越少越好，或者说，遭受过我所遭受过的痛苦的人实在不多。这种痛苦简直使我精神错乱；真是解除无望，补救无方。可是，亲爱的，我不想使你沮丧，我只想劝告你，用事实来证明独身的人千万别急于改变她们的状况，她们也许会变得更糟。”

“谢谢你，亲爱的太太，我很了解你的善意，可是，我不可能犯你所提的那种错误。我至少没有想到结婚，因此，我要用其他一些办法来找到一个位置。”

“亲爱的，你仔细听我说。我要说的话都是仔细考虑过的，老实说，打从你第一次提到你想找一个位置以来，我就一直在想这个问题。你知道，我现在是以伴当的资格跟基达尔小姐住在一起的。如果她结婚了（许多情况使我认为她不消多久就要结婚），我就不必再做她的伴当了。我必须告诉你，我有一小笔可以独立生活的钱，一半是靠我自己积蓄起来的，一半是我几年前得到的一笔遗产。我不论什么时候离开菲尔赫德，就得自己搞起个家来。叫我单身独人生活，我是受不了的。我又没有什么亲戚，可以请来一起住。你一定已经看出来，我也已经承认过了，我的脾气和兴趣都很特别。可是对你，亲爱的，我不必说，我很爱你；跟你在一起，比我过去同任何人”（这句话说得非常着力）“一起生活都更快活。有你在一起，我应该看做是一种十分可贵的特惠——一种无法估量的特惠——一种安慰，一种福祉。那时节，你一定要到我这里来。卡罗琳，你会拒绝我吗？我想你会爱我吧？”

这两句突如其来的问话一说完，她住口了。

“说实在，我真爱你，”对方答道。“我真愿意同你生活在一起；你可太好了。”

“我所有的一切，”普赖尔太太又说下去，“我都留给你——我一定会供养你，可是，以后别再说我太好了。你会刺痛我的心的，孩子！”

“可是，亲爱的太太，这样慷慨——我可不配呀——”

“嘘！不许你这样说，有些事情我们实在不忍听下去。啊！可惜开始得迟了一点，不过，我也许还可以再活几年。我永远也抹不掉过去的事情。也许未来还有我的一点点地位！”

普赖尔太太似乎极其激动。大滴大滴的泪珠在眼睛里晃动，顺着双颊滚下来。卡罗琳温柔、体贴地吻她，轻轻地说：

“我非常爱你。别哭啦。”

可是，这位太太似乎浑身都震动了。她坐下来，头耷拉到膝盖，放声大哭。除了听任她内心的风暴发作下去，任怎样都安慰不了她。最后，痛苦自行消散了。

“可怜见的！”她嘟哝一下，回报了卡罗琳一吻：“可怜的离群羔羊！可是，哎呀，”她骤然找补说——“哎呀，我们得回家了。”

普赖尔太太很快地走了一小段路。可是，她又逐渐平静下来，恢复她的老样子，踩着她平常那富有特色的步子——一种特殊步子，像她所有的动作一样——等她们来到菲尔赫德时，她又重新恢复她的本色；外表像平常那样，又沉默又羞涩。

第二十二章
两种生活

穆尔在保卫工厂的战斗中，只用了他一半的活力和决心；他把另一半(真是可怕的一半)用在不倦而无情地追踪暴动的首要人物上。参加暴动的群众，都不过是些喽啰，他都随他们去；也许一种天生的正义感使他认为，不应该把那些受骗而走上歧路的，迫于穷困的人都当做报复的对象，他也认为，凡是要对已经低头屈服的苦难者加以严刑的人，就是暴君而不是法官。总之，虽然他认识许多暴动者，而且在那天破晓时分的后半场攻击中，他还认出了他们，可他还是随他们天天在大街小径上与他擦身而过，而不去注意或者威吓他们。

那几个首要人物他并不认识。他们都是外路人——是几个大城镇派来的代表。这些人大多不是工人阶级的成员；他们主要是些“烂酒鬼”，破产的人，一些总是债台高筑、经常喝酒的人，一些一无可失，大有(就人品、金钱、清白来说)可得的人。穆尔像警犬一般搜索这些人；他也很喜欢这工作，这一使人兴奋的工作是一种投合他生性的乐趣。他喜欢这一工作远胜于织布。

他的坐骑一定很不喜欢这些日子，因为它给骑得又辛苦又不得休息。他简直是在路上过活，他的肺部之喜爱新鲜空气，正和他的性情之喜爱警察的搜索工作一样；他喜欢这种新鲜空气而不喜欢染房里的水蒸气。地方上那些治安推事一定很畏惧他：他们都是一些迟钝、胆小的人；他喜欢吓唬他们，又喜欢去激怒他们。他喜欢逼使他们显得惊慌失措，使他们既是迟疑不决而又畏缩不前——简单地说，就是害怕遭到暗杀。这确实是目前使得每个厂主，也是几乎地方上每个公务人员不敢随意行动的一件非常可怕的事情。只有赫尔斯通根本不把它当一回事。那个老哥萨克明知自己也许会被打死，知道有危险，可是，这样的死他却一点也不害怕：这简直可说是他求之不得的——如果他有所求的话。

穆尔也同样知道自己有危险；其结果是他不停地咒骂这个产生使人须得担心这种危险的地方。他知道自己之所以要搜索暗杀者是出自他那火暴脾气的驱策，说到畏惧，他这个人太骄傲——生性太残酷（如果你爱这样说的话）——太冷漠，因而无所畏惧。他多次在日暮时分骑马经过泽地，有时有月光，有时没有月光，他都觉得比平常安定地枯坐在账房间里更有精神，四肢五官都更舒畅。要搜索的四个首要人物，情况如下：在两个星期搜索中，有两个已在斯蒂布罗附近走投无路了；其余两个尚须再到更远的地方去搜索：他们经常去的地方据说是伯明翰附近一带。

与此同时，这个织布商并没有忽略他那个遍体鳞伤的工厂，他认为，工厂的修缮工作并不繁重，只消做点木匠活和装配玻璃就行。暴动者并没能冲进工厂，他那些阴森森的钢铁情人——机器——并没有遭到什么损害。

在这种繁忙的生活中，在做这种需要殚思极虑才能达到又稳又准的事情的同时，究竟他是否不时匀出一点时间，献出一份心力，使爱情之火兴兴旺旺，而不是像复仇女神神殿上的火那样光是冒烟，这是不容易探得出来的。他难得走近菲尔赫德；如果他去了，拜访时间也很短促。即使他去教区长住宅，也只是在书房里同教区长商量事情而已。他十分坚定地坚持他那严格的方针。与此同时，时势继续动乱不定；战争的风暴并没有暂息下来；战争的大旋风仍然遍及欧洲大陆。天气哪怕一丁点儿晴朗迹象也看不到；“硝烟滚滚，战云密布，”不露一丝缝隙；橄榄树上得不到一滴滋润的甘露，那种滋养邪恶而可怕的月桂树的红雨却下个不停。这时候，毁灭之神已经派出她的挖地道、埋地雷的工兵在穆尔脚下活动了，不论他是骑马还是步行——不论他只是跨过他账房间的火炉，还是策马驰过阴沉的露悉奇——他都觉察到有一阵空洞的回声，觉得地面随着他的脚步而摇动。

穆尔就是这样度过夏天，那么，谢利和卡罗琳又是怎样过法的呢？我们不妨先去拜访那位女继承人。她是怎样一副样子？她像个害相思病的闺女，脸色惨白，为负心郎而牵肠挂肚吗？她可是成天坐在那儿，埋头在做什么枯燥的活儿？她可是一直手里拿着一本书，或者膝头上搁着针线活儿，而眼在心不在，一言不发，在转些没有表达出来的念头吗？

决不是这样。谢利诸事顺遂。如果说她那似有所欲的容貌依然如故，那么，她的无忧无虑的笑容也毫未消失。有她欢欢乐乐在家里，她那座暗黑、古老的邸宅就灿烂生辉，那条走廊和那些通向走廊的顶棚低矮的房间，都可以听到她那富有生气的声音的回声，那个昏暗的穿堂和它的一扇窗，也变得愉快地听惯了丝绸衣服的频繁往来的窸窣声，因为那位穿着丝绸衣服的人总是一阵风也似的从这房间走到那房间，一会儿拿着花到那间野里野气的桃花盛开的沙龙里去，一会儿又走进餐厅，打开它的窗子，让木樨花和蔷薇花飘香进来，再一会儿又把盆栽从扶梯窗口放到敞开的大门口的阳光里。

她也偶尔拿起针线活儿来，不过，好像有什么天数似的，她注定每次都没法坐定在那儿做超过五分钟的活儿；她刚一套上顶针箍，刚刚穿了针，引了线，就突然想起必须上楼去；也许是去找一本刚刚记起的、象牙书脊的旧插针簿，或者是去找一只瓷面的活计盒，虽说不是很需要的，可在当时又似乎是少不了的；也许是去理一理头发，或者是去整理一只她记起今儿早上看到过的非常凌乱的抽斗；也许只是到一只特定的窗口去特地张望一下，打那儿，可以清晰看到白莱亚菲尔特礼拜堂和教区长住宅，安乐地隐伏在树丛里。等她刚刚下楼，重新拿起一片细麻布，或者一方做了一半的帆布时，就听到鞑靼在大门口拼命地扒擦，闷声闷气地呜呜叫，她又得奔去给它开门。天气很热，它气喘吁吁地进来，她得送它到厨房里，亲眼看看它那只水碗是否有水。透过敞开的厨房门，可以看到天井，阳光满溢，煞是有趣，那里栖息着大小火鸡，大小孔雀，珠斑色的几内亚鸡，还有五颜六色的鸽儿：有纯白的，有紫颈的，有蓝色的，有肉桂色的。这真叫谢利爱不释睹！她连忙跑到食品室里去拿只面包卷，站在门阶上撒面包屑；在她四周挤满了她那些急切、肥胖、快活的禽类。约翰大约是在马厩里，必须去同他谈谈，顺便去看看她那匹牝马。她还在爱抚那匹牝马，拍着它的身子的时候，那些乳牛给赶进来挤奶了，这是一件大事：谢利必须待下来，好好地观察它们一下。也许还有给它们的母亲丢弃的几只小牛犊，几只新生的小羊羔——也许是双胞胎，约翰一定要把它们介绍给基达尔小姐——一定要让她做一次东道，在她那个小心的监工的指导下，亲手喂它们一番。这时候，约翰提出有关耕作某些“小田地”“小牧场”“河边低地”等等难以决定的问题，他的女主人得去拿宽边小草帽，跟他一起跨过梯磴，经过树篱，去当场听听这整个有关农务的结论，亲眼看一看刚才说的“小田地”“小牧场”和“河边低地”等。阳光灿烂的下午就此变成静谧的黄昏，她回家来吃晏午茶，喝过茶后，她就决不再做针线活儿了。

喝过茶后，谢利就看书，她对于书本的锲而不舍大概正如她对于针线的不锲而舍一样。那条地毯就是她的书房，一只脚凳，或者也许只是普赖尔太太脚边的地毯就是她的座位——她做小孩的时候，总是坐在那儿做功课，旧习惯对她真有强大的支配力。那只茶褐色、狮子似的鞑靼始终横卧在她身边；它的黑嘴搁在前爪上，身子又直又强壮，样子像只阿尔卑斯山狼。女主人总是一只手搁在这只可爱的农奴的粗陋的头上，因为，要是她把手拿开了，它就要哼哼叫，不开心。谢利全神贯注在书本上；她连眼也不抬一下；说实在，除非不得不简短而客气地回答一句普赖尔太太的问话，她是既不动弹，也不说话的，无奈普赖尔太太总不时地要对她说几句恳求的话。

“亲爱的，你还是别让那只大狗儿这么靠近你为好；它压皱你的裙边了。”

“啊，这不过是一条麻布裙子；我明天可以换一条干净的。”

“亲爱的，我希望你能养成坐在桌边看书的习惯。”

“过些时候，我会试试看，太太；可是，过去一直这样坐惯了，这样坐十分舒服。”

“亲爱的，我求求你把那本书放下来；你凑着那闪烁的火光看书，是在同你的眼睛作对呀。”

“不，太太，一点也不会；我的眼睛从来不会累。”

不过，最后，一片微光打窗口落在她的书本上；她一看，月亮已经上升了；她合上书，站了起来，在屋里走了一通。她看的也许是一本好书；这本书使她精神饱满、爽快，心里暖呼呼的；这本书使她思潮起伏，脑海里映出了许多图景。寂静的客厅，明净的火炉，窗子迎着朦胧的天际开着，现出一个刚刚登基，好不显赫的“女摄政王”来，对于谢利说来，此情此景，真足以使人间成为伊甸园，使生活成为一首诗。一种寂然、奥妙、天赋的喜悦在她那年轻的血管里发热发光，纯洁——平静，不是人力所能及，也不是人力所能夺去的，因为这并不是人力所赐予的，这是上帝赐给他的造物的纯净的礼物，是造化女神赐给她的孩子的慷慨嫁妆。这种欢愉使她体验到了神仙生活。她身轻如燕地登上翠绿的踏级，爬过美丽的丘岗，郁郁葱葱，光华灿烂，来到了一个高度不低于从前天使在俯望伯特利的梦中人[1]的地方，她的眼睛在搜寻，她的心灵要占有她所想望的梦幻的生活。不——这不是她所想望的；她没有时间想望：那道神速的荣光一经扩展开来，

① 指雅各梦中得指示，参阅《圣经·旧约·创世记》第28章第10节至章末。

势不可挡，如火如荼，光华扩增之神速，远超过“思想”之形成，远超过“希望”之能道出它的渴望。当谢利在这样出神时，她什么话也没有说——要是这会儿普赖尔太太不对她说话，她是完全默默无言的。她悄悄地走了出去，继续在昏暗的走廊里走上楼去。

如果谢利不是一个懒惰、粗率、无知的人，这会儿，她准会拿起笔来，或者至少趁着脑子里此时记忆犹新的时候，她准会抓住，盯牢那个幻象，把显现的梦幻记下来。如果她头脑里多一点儿渴求的机能——生性多一点儿爱好所有权的话，她准会拿出一大张纸来，用她自己那古怪而清晰可辨的字体，将听到的那段故事，把对她而唱的那只歌，不加修饰地写出来，就此把她所能创作出来的东西算做她自己的。可是，她是这么懒惰，这么粗率，而且最最无知，因为她并不知道她的梦是多么稀罕——她的感觉多么与众不同。她不知道，永远也不知道，到死也不知道那春天的全部价值，是春天的鲜艳在她心里沸沸扬扬，才使青春常在。

谢利把生活看得十分轻松，这事实不是表现在她眼睛里吗？在她脾气好的时候，可不是一派娇慵温顺，恰像她在一阵激怒时，火光疾闪，炫人眼目那样吗？她的性情也表露在她的眼睛里，只要她心平气和，那灰色的大球体就显出懒惰宽纵，兴致很好，含情脉脉。一激怒她——有如一道红光直透朝露——顿即燃烧起来。

7 月底，基达尔小姐本来也许会按照她和卡罗琳的计划，两人一起动身到北方旅行；可是，就在这时，菲尔赫德突然遭到侵袭：一支温文尔雅的粮秣征集队伍把谢利围困在她的堡垒里，使她不得不无条件投降。原来是南方来了一位姑夫，一位姑母，两位表妹，即某郡辛普森园的辛普森夫妇和两位辛普森小姐，堂而皇之不速自来。殷勤待客的规矩使她不得不屈服了，她这样轻易就屈服，倒有点教卡罗琳惊奇，卡罗琳知道谢利行动迅捷、足智多谋，她的意志就足以取得胜利。赫尔斯通小姐甚至还问她，她怎么这么容易就屈服？她回答说，旧情自有它的威力，她小时候，曾在辛普森园待过两年。

“她觉得她那些亲戚怎么样？”

她跟他们毫无共通之处，她答道：只有小哈利 · 辛普森，这个人家的独养儿子，才的确同他两个姊姊十分不同，她以前一直喜欢他，可是，他并没有到约克郡来；至少目前还没有来。

下一个礼拜日，白莱亚菲尔特礼拜堂里的菲尔赫德家族席上多了几个人：一位拘谨、整洁、烦躁不安的老先生，他每三分钟就要托一托眼镜架，换一换姿势；一位耐心耐性、面色沉静的老太太，身穿棕色缎子服装；还有两位时髦小姐，衣服时髦，举止时髦。谢利置身在这些人中，有如鹤立鸡群，显得落落寡合。我们已经把她带到那些尊贵的客人那里去了，就让她在那儿待一会儿，我们去找赫尔斯通小姐吧。

卡罗琳暂时同基达尔小姐分开了，因为她无法在那些气派的亲戚中找谢利做伴。菲尔赫德来了新客人后，弄得附近一带闹哄哄的，吓得她不敢上菲尔赫德去，只得又困守在那座灰色的教区长住宅里。早晨她单身独人在偏僻的小径上散步；整个冷清的午后就坐在那间到了午刻便遭太阳遗弃的寂静的客厅里，或者去坐在花园的亭子里，那儿，太阳灿亮然而又忧郁地照在攀着棚架的将要成熟的红醋栗上，照在纠缠交错的鲜艳的月季花上，又透过它们像棋盘似的照在坐在那里的卡罗琳身上。她身穿白色夏衣，一动不动，像是园子里一尊石像。她在那儿看着从她叔叔书房里拿来的一些旧书。希腊文和拉丁文对她毫无用处，书架上主要有一套通俗文学书，是她婶娘玛丽的；几本历史悠久的《妇女杂志》，曾经随着它们的主人作过航海旅行，因为碰上风暴，至今书里还有海水渍迹；几本狂热的《监理会杂志》，尽刊登些奇迹和鬼怪，不可思议的训诫，噩梦和叫人发狂的迷信；还有同样热狂的伊丽莎白·罗夫人的《死人致活人书》；几本英国古典作品，卡罗琳做孩子的时候，已经从这些凋谢的花朵吮吸过蜜汁，现在她已觉得淡而无味了。为了调剂生活，也为了行行好事，她会做些针线活儿：按照善良的安利小姐的吩咐，为穷人缝制衣裳。有时候，她感觉到也看到自己的泪珠慢慢地落在活计上，她就弄不清楚那位裁好衣裳、安排给她缝制的了不起的女人，怎么能够在她那孤独生活中过得这么恬静。

“我从来没有看到安利小姐沮丧气馁，或者悲伤莫名；”她心里想；“她那间小屋，又静又暗，她也没有一个美好希望，或至亲好友。不过，我记得，她有一次对我说，她已经把她的思想锻炼得一心趋向上天。她认为这个尘世对她说来，过去是，一直是很少乐趣的，我认为，她是在指望福祉到来。那些女修道士也是这样，住在密不通风的小室里，一盏青灯，道袍笔挺，有如一袭寿衣，床铺狭窄得像口棺材。她常常说，她不怕死，也不害怕坟墓。毫无疑问，即使圣西米恩·斯太利斯①吓人地出现在荒野里他那根野里野气的柱子上，也不再害怕；即使看到这个印度教的崇拜者直挺挺地躺在他的钉床上，她也不再害怕。这些人都亵渎造化，他们天生的爱憎都是反常的：他们都变成了十足的病态者。我到目前为止确实是怕死的，不过，我认为这是因为我年纪轻的缘故。如果生活对可怜的安利小姐较有诱惑力的话，她就一定会更依恋生活。上帝肯定并不是怀着总是想到死这个唯一的目的而创造我们，使我们生活下去的。我心里相信，只要我们能够好好地生活下去，我们就会珍视生活，高高兴兴地生活。生活原来的意义决不是一种无益的、空虚的、惨淡的、苟延残喘的事物，它往往是适合于许多人，也适合于包括我在内的一切人的。

① 5 世纪叙利亚的修道士，他最后 30 年生活在一根 72 英尺高的柱子上，顶端有 4 英尺见方的座位。死于 459 年，时年 72 岁。

“我可以看出，没有一个人，”她又想下去——“没有一个人会特别责怪世态，尽管我对世态很是迷惑不解，可我又说不出怎样才能把世态改得更好；不过我觉得，总在什么地方有什么不对头了。我相信，独身女人应该有更多的事情好做——应该比她们现在更有机会找到有趣有利的职业。我这样说，话里并没有含着我不满意上帝的意思；也不等于说我不虔敬或者没有耐心，轻视宗教信仰或者亵渎神明。老实说，叫我感到安慰的是，上帝听到了许多呻吟后，对人类所不愿意听，或者带着无力的轻蔑神情对之大皱眉头的种种悲伤都给予同情了。我说无力是因为我看到社会有不能迅速予以疗治的许多伤痛，社会总是不许人家声张出来，违者就按侮辱社会罪论处，而这种侮辱只不过是像给社会那畸形失体的缺点添上一件虚饰的大氅而已。人们总是讳疾忌医，有谁提到毛病就等于是在强使他们感到自己无能为力，或者更痛苦地觉得非去作番不愉快的努力不可，从而打扰他们的安定的心情，动摇了他们的自满情绪。老处女跟无家无室、失业无告的穷人一样，都不应该要求在这世界上获得一席地或者一个职业。这种要求扰乱了幸运的和有钱人的安宁，扰乱父母的安宁。看这一带许多有女儿的家庭：阿米塔奇家，伯特威斯尔家，赛克斯家。这些姑娘的兄弟们个个都在做生意或者有个职业，他们都有事情好做。他们的姊妹却完全没有什么事情好做，只做些家务和针线活儿；完全没有什么乐趣，只是毫无益处地出门拜客；眼看一生一世都没有任何更好的希望。这种无所事事的状况，使得她们健康衰退；她们决不会强健；她们的心胸和眼光变得极其狭窄。她们每个人的最大希望——唯一的目标——就是结婚，可是大多数却永远也结不成婚，一直到死都像现在这样生活下去。她们为了勾引丈夫而费尽心机，想尽计策，梳妆打扮。那些先生却把她们当成笑柄；他们都不要她们，他们都十分瞧不起她们。他们说——我多次听到他们带着讥笑这样说——婚姻市场存货过多。做父亲的也这样说，而且看到他们的女儿在巧施计谋，就对她们大发脾气，命令她们待在家里。他们指望她们在家里做什么呢？如果你这样问的话，他们就会答道，缝衣煮饭。他们指望她们做这些事情，也只有用这些事情，来使她们终生心满意足、一成不变、毫无怨言地活下去，仿佛她们缺乏做旁的任何事情的能力似的。这是一个被认为合情合理的原则，正如那些做父亲的只知吃女儿所煮的东西，穿女儿所缝的衣服一样。男人自己都能这样生活下去吗？他们难道不会活得十分厌腻？而且，到了没有什么可以消解他们的厌腻的办法，而只能责难他们对此所表示的些须不满的时候，难道他们那些厌腻不会早晚变成疯狂吗？卢克丽茜亚[①]（她在半夜里跟她那些婢女一起纺纱）和所罗门心目中的才德妇人都经常被引为'女人家'（按照他们所说的）应该效法的模范。详细情形我不知道。不过，我敢说，卢克丽茜亚是个最值得尊敬的人，很像我的表姐霍顿斯·穆尔，只是卢克丽茜亚总要让仆役们熬夜。我才不愿意做那些婢女中的一个。霍顿斯如果可能的话，她也会那样地使我和萨拉做活，那是我们俩谁都受不了的。再说那个'才德妇人'硬要她家里的人深更半夜起来。在午夜一点钟以前'把早饭吃好'（像赛克斯太太说的）；可是，她要做的还不止是纺纱和分配食物。她是个实业家——她织了精致的麻布拿去出售；她是个农业家——她置产业，建立葡萄园。那个女人是个经理，她是这附近一带的主妇们称之为'聪明女人'的人。总之，我喜欢她远远超过喜欢卢克丽茜亚；我不相信阿米塔奇先生或者赛克斯先生在做买卖上都能够胜过她。但是，我还是喜欢她。'能力和威仪是她的衣服，她丈夫心里倚靠她。她开口就发智慧，她舌上有仁慈的法则，她的女儿起来称她有福；她的丈夫也称赞她。'[②]以色列王呵！你心目中

① 罗马传说中的"贞妇"。

② 这个"才德的妇人"的事迹和引文均见《圣经·旧约·箴言》第31章。

这个妇女模范真是个名副其实的模范！可是，在现代，难道我们也得像她那样成长起来吗？约克郡的男人呵！你们的女儿可达到这个了不起的标准了么？她们能够达到吗？你们能帮助她们达到吗？你们能够给她们一块地，使她们可以发挥和增长才能吗？英格兰的男人呵！看看你们那些可怜见的姑娘吧，她们有许多就在你们周围一天一天地憔悴下去，慢慢地衰弱下去或者死于肺病；或者，更惨的是，沦为怪僻愁苦的老处女——爱妒忌，爱背地里骂人，十分讨厌，因为她们的生活就是一片沙漠；或者还有更惨的是，堕落到拼命以打情卖俏和降低身份的手法，通过独身生活所摒弃的结婚来获取地位和报酬。为人父的人呵！你们不能改变这种情况吗？也许不能一下子全都改过来；不过，事情既然摆到你们面前了，就得三思一下，把它看作是一个值得思索的问题；不要以无所谓的玩笑态度或者不近人情的侮辱口气把它打回去。你们总希望为你们的女儿而骄傲，不希望为她们而羞惭吧，那么，为她们找种事业，找个职业，这将会把她们从卖弄风骚，巧施计谋，挑拨离间，搬弄是非的泥坑里拔出来。限制和束缚你们的女儿的思想，到头来，她们还是会成为你们的灾害和忧虑，有时还会给你们带来耻辱。培养她们——给她们机会和工作——她们将成为你们健康时的最快活的伴侣；患病时的最体贴的看护；年老时的最忠实的依傍。”

第二十三章
晚间出访

卡罗琳完全独自度过一个晴朗的夏日（她叔叔到惠因伯利去了），那天，阳光灿烂，长空无云，四周寂静，一丝风儿也没有，可是，这漫长的时刻（打太阳上升到现在，似乎已有好多个时辰了！）对她说来，真是凄凉，仿佛时间是在无影无踪的撒哈拉荒原中打她头顶过去，而不是在一个英国住宅的百花吐艳的花园里过去的。这一天，她一直坐在亭子里，膝头搁着针线活儿，十指孜孜不辍地忙于针黹，眼睛始终对牢手指的动作，脑子里却不停不息地在活动，这时候，范妮来到门口，朝草地和花坛四下望了一遍，没有看到她要找的人儿，便高声叫喊：

"卡罗琳小姐！"

一声轻轻的回答：

"范妮！"

声音是打亭子里发出来的，范妮手里拿着一张纸条连忙奔了过去，来接这张条子的手指好像没有胆量拿似的。赫尔斯通小姐既不问条子是哪儿来的，也不看一看条子，就让它落到她的活儿中间。

"是乔·斯科特的儿子哈利送来的，"范妮说。

这姑娘不是个女巫，也不懂得符咒，可是，她说的话儿乎马上就对她的年轻女主人起了魔法的作用。她顿即恍然大悟，连忙抬起头来；向范妮投去不是茫然而是生动的、质问的一瞥。

"哈利·斯科特！谁差他来的？"

"他是打洼地来的。"

那张落在活儿中间的条子给急急地一把攫了起来，打开封口，看了两秒钟。原来是霍顿斯写来的一张亲热的条子，通知她的表妹说，她已经从沃姆伍特温泉回来；今天只有她一个人在家，罗伯特上惠因伯利市场去了；卡罗琳如能前来一起喝茶，那真是叫她再快乐也没有的了，这位小姐还加上一笔，她肯定，这样调剂一下，一定最受卡罗琳欢迎，也对卡罗琳最有益处，因为自从罗伯特和赫尔斯通先生发生误会，使得卡罗琳同她的“挚友霍顿斯·吉勒德·穆尔”分离以来，卡罗琳对于失去一个可靠指导兼良师益友，一定会感到十分悲戚。在附言中，她又敦促对方戴上帽子，马上就来。

卡罗琳倒用不着这个指示；她心里多欢呵，她把为犹太篮做的那件正在滚边的棕色荷兰麻布的小孩围涎往旁边一放，急忙奔上楼去，草帽往鬈发上一戴，黑绸披肩往肩上一披，披肩的普通质料同她的身段真相称，它那浅黑色也益发显得她衣服洁净、面孔白皙。她心里多欢呵，可以有几个钟头不必过那寂寞、愁伤、梦魇似的生活。她心里多欢呵，顺着那条翠绿的斜坡向着洼地狂奔而去，可以闻到那比蔷薇花或者百合花还更芬芳的篱花的香味了。不错，她知道罗伯特不在小屋里，可是，能够到他刚才待过的地方去实在愉快；同他分开这么久，这么完全不相往来，光是去看看他的家，走进他今儿早晨在那儿坐过的屋子里，就像是阔别后的重聚。正当她这样兴奋时，那个“幻觉”又披着面具跟着她了：轻轻扑击的翅膀擦了一下她的脸颊，蔚蓝的夏空吹来一阵微风，带来了一个声音悄悄地说：

“你在罗伯特家里时，他也许会回家来；那么，你至少可以直看一下他的脸——至少可以把手伸给他。也许你还可以在他身旁坐一会儿。”

“别响！”她严肃地答道。可是，她喜欢这个安慰者和那番慰抚的话。

穆尔小姐大概是在窗口看到卡罗琳的白衣服一闪一晃地穿过园里枝条繁密的灌木丛而来，因为她已从小屋门廊里出来迎她了。这位小姐像往常一样，挺直、矜持、恬静地走出来。她向来不让匆匆忙忙或者大喜若狂来扰乱她的端庄动作；她只是面呈笑容，十分高兴地注视一下她的学生的愉快之情，接受她的亲吻，接受她那轻轻的亲切拥抱。她亲切地领卡罗琳进屋——五成是受了骗，五成是给奉承得心花怒放。五成是受了骗！要不是这样的话，她完全会把卡罗琳推出木栅门，把她关在外边。要是霍顿斯清楚地知道这种孩子般的欢乐主要是为谁而发的，她极可能会感到又惊又怒。做姊妹的都不喜欢年轻小姐同自己的弟兄闹恋爱；这似乎即使不是放肆、愚蠢、无聊，也是一种妄想，一种荒唐的错误。她们都不爱这些男人——不管她们对这些男人具有多么深切的姊妹之情——因此，别人也应该认为这是粗俗的风流韵事而拒绝这些男人。总之，如果发现这种情况（正如许多父母亲发现他们的子女在恋爱时一样）必然会激起的第一个动作，就是既不耐烦又很轻蔑。理性——如果她们是有理性的人的话——早晚会纠正这种错误的感情；不过，如果她们是没有理性的，那是永远也纠正不过来的，到头来，女儿或嫂嫂（弟媳）就会失欢。

"你看了我在条子上所写的话，准以为会看到我是独个儿的，"穆尔小姐一边领着卡罗琳向着客厅走去，一边说；"那张条子是今儿早晨写的，到吃过饭后，就来了客人。"

说着，她推开门，让对方看到一大摊深红色的裙子漫在火炉旁边那只扶手椅上，在那摊裙子上面，威风凛凛地顶着一只比皇冠还更令人敬畏的小帽。小屋里从来是不把这种小帽算作女帽的；不，这顶小帽给人的印象，好像是只庞大的袋子，或者不如说是只用黑绸做的中型气球，用鲸骨撑得大大的。那个帽边，或者叫做小帽的褶边，有四分之一码宽，简直遮住了戴小帽的人的尊容；那条丝带是一种叫做窄轨缎带的饰带，鼓鼓囊囊地在头上飘来飘去；饰带真多——我可以说，好多好多。约克太太戴了这顶小帽——她戴这顶小帽很合适；她还穿着长外衣——这件长外衣也同样很称身。

这位高贵的太太是亲善地跑来同穆尔小姐喝茶的。这简直是个珍贵的大恩典，有如英国女王未经恭请突然临幸她的一个子民家里便饭。这简直是她破格的殊举——她总是摈斥拜访和喝茶，认为那是毫无价值的，并把附近一带每个姑娘和主妇都给打上“长舌妇”的烙印。

不过，一点儿没有错；穆尔小姐是她特别喜爱的人；她不止一次地用事实表明出来——比如说礼拜日在教堂墓地上停下来同穆尔小姐谈话；可说是十分殷勤地邀她上白莱亚曼斯去做客，又如今天纡尊降贵亲自登门造访。她之所以有这个偏爱，正如她自己所表示的，是因为穆尔小姐是个态度稳重的女人，谈吐举止绝无半点轻浮之处；而且，还因为穆尔小姐是个外邦人，外邦人必然觉得需要有个可以依傍的朋友。她也许还会在她那么许多理由中再加上一条，即穆尔小姐有张普普通通的脸，穿着自制的古板的衣服，态度恬静，没有什么引人注意的地方。至少可以肯定地说，凡是具有与美完全相反的特点的女人，但举止活泼、服装风雅也往往得不到她的称赏。总之，凡是男人对女人动辄加以赞美之处，无不遭到约克太太的谴责；凡是他们所忽视的或不屑一看的，无不获得她的庇护。

卡罗琳有点儿腼腆地走到这位高贵妇人跟前，她对约克太太可说一无所知，而且因为自己是牧师的侄女，心里还摸不准会得到什么样的接待。她果然得到十分冷淡的接待，幸喜可以转过身去卸下帽子，隐藏一下自己的窘态。坐定之后，教她不无高兴一下的是，顿即有一个穿着蓝色连衫裙，束着腰带的小贵人招呼她，那个小贵人像个仙女打那位魁伟的太太的座椅旁边一蹦而起，原来她就坐在脚凳上，让那件红色的大长外衣的褶边给遮住了，她朝赫尔斯通小姐这边奔过来，不拘礼节地双臂钩住她的脖子，要求亲吻。

“我母亲对你不客气，”这个提要求的人说，这当儿，她得到一个笑容后，也报以一个笑容；“还有，那边的罗斯也不理你：这是她们的派头。要是走进屋里来的不是你，而是个白衣天使，头戴满是星星的王冠，母亲就不会硬邦邦地点点头，罗斯也决不会连头也不抬了。可是，我要做你的朋友：我总是喜欢你！”

“杰西，管住你那张嘴，收起你那份逞能的劲儿吧！”约克太太说。

“可是，母亲，你这么冷冰冰的！”杰西规劝说。“赫尔斯通小姐从来没有损害过你什么。你干吗不能对她客气呢？你坐得这么挺，样子这么冷淡，说话这么干巴巴——究竟为的啥？你就是这样对待谢利·基达尔小姐，对待每一个到我们家的年轻小姐。还有罗斯，是那么一架自——自——我把那个词儿给忘了，不过，那是指一种像人一样的机器。可是，老实说，个个人都要让你打白莱亚曼斯给撵走了——马丁就常常这样说！”

“我是一架自动机！好！那就别来管我，”罗斯说，声音来自一个角落，她正坐在那儿地毯上的书架边，膝上摊着一本书。“赫尔斯通小姐——你好吗？”她找补说，眼睛向对方随便一晃，又再低下她又灰又大的眼睛，望着书本，重新埋头看书。

卡罗琳对她悄悄凝视一下，详细端相她那张年轻、全神贯注的脸，看到她一边在看书，一边嘴角在无意识地动着——一种富有特性的动作。卡罗琳颇有机智，她也有精确辨识的本能，她觉得罗斯·约克是个古怪孩子，是那种别具一格的小孩。她知道应该怎样对待她。卡罗琳悄悄地走拢去，跪在她身旁的地毯上，在她身后向前探过头去，看她那本书。原来是拉特克立夫夫人[1]的一本小说——《意大利人》。

---

① 拉特克立夫夫人(1764—1823)，英国专写神怪小说的通俗女作家。

卡罗琳同她一起看下去，不置一词。不一会，罗斯在要翻另一页之前，对她关切地问道：

“你看完了没有？”

卡罗琳只是点点头。

“你喜欢这本书吗？”不一会，罗斯问道。

“从前喜欢过，读它的时候我还是个小孩，真奇怪，我给它吸引住了。”“为什么？”

“它似乎开始出现一种希望，一种预兆——就可以看到一只挺奇特的故事了。”

“而且，在读它的时候，还会觉得好像你已经远离了英国：实际上是在意大利，在另外一种天空底下，是旅行家所说的南方蓝天底下。”

“你觉得这样吗，罗斯？”

“看了书，使我真想去旅行，赫尔斯通小姐。”

“等你大了，也许你能够满足这个愿望。”

“我是说，如果没有人为我想办法，我自己要想办法去旅行。我不能老是住在白莱亚菲尔特。整个世界同宇宙比起来并不算十分大，我至少一定要去看看我们自己这个星球以外的地方。”

“这个星球以外的地方有多少呢？”

“首先是我们生活的这个半球；然后是另一个半球。我已经打定主意，我的生活一定应该是一种真正的生活，不是像癞蛤蟆那样，钻在石头里，过着漆黑的昏睡生活；也不是像你那种住在白莱亚菲尔特教区长住宅里，过着漫长的、慢慢死去的生活。”

“像我那种！你指的是什么，孩子？”

“你一直关在那座教会的房子里——那个地方，我每次走过的时候，总要想起一个装上玻璃窗的坟墓来，难道不是同在慢慢死去一样吗？我从来没有看到门口那儿有什么动静；我从来没有听到里边有什么声响；我相信，烟囱都从来不冒烟。你在那里头做些什么来着？”

“我做针线活儿，看书，做功课。”

“你快活吗？”

“难道我一定要像你想做的那样，独个儿到外国去浪荡就会更快活点吗？”

“那是快活得多的，哪怕你什么也不做，光是浪荡也快活得多。请记住，我是怀有目的的。不过，如果你只是荡呀荡的荡下去，像童话里着迷的女人那样，那你也一定会比现在更快活。在一天的浪荡中，你会经过许多山岗、树林、河道，随着太阳的闪耀或者阴暗；随着天气晴雨，亮黑；每样东西的外表都在不断地变。在白莱亚菲尔特教区长住宅里，可一点也没有什么变化——客厅天花板上的白粉，糊墙纸，帷幔，地毯，椅子都还是一个样儿。”

“难道一定要有变化才算快活吗？”

“是的。”

“变化就是快活的同义词吗？”

“我不知道；不过，我觉得单调与死亡简直就是一回事。”

这当儿，杰西开口了。

“她疯了不成？”她问道。

“可是，罗斯，”卡罗琳紧接着又说下去，“我怕一个浪荡者的生活，至少就我看来，到头来，会像你在看的故事一样：失望、空虚、精神十分苦痛。”

“这本《意大利人》的结局是这样么？”

“我想我从前看它的时候是这样。”

“与其什么事情都不去试，让你的生活留着一块空白，那还不如把所有的事情都试一试，而发现一切都是空的。这样做就可以定那个可鄙的懒汉的罪，他把天才藏起来不用。[①]”

“罗斯，”约克太太说，“只有尽自己的本分才能得到可靠的满足。”

“不错，母亲！如果我的主给了我十种天才，我的本分就是拿这些天才去做买卖，使这些天才再多出十种来。决不让这份本钱埋没在家里的柜子的灰尘里。我一定不把它藏在一只缺嘴的茶壶里，也不把它关在放茶具的瓷器壁橱里。我一定不把它放在你的活计台里，让一堆堆羊毛袜子给闷死。我一定不把它禁闭在被柜里，拿被单来做寿衣，尤其最不肯，母亲”（她从地板上站了起来）——“我尤其最不肯把它闷在一盖碗冷土豆里，同食橱里的面包、牛油、点心和火腿一起搁在那里。”

她停一停，接着又说下去：

“母亲，给我们每个人许多天才的主，有朝一日，必定要回来，要来向大家算账。有许多人家的茶壶呀，旧袜筒呀，破被单呀，柳景图案[②]的盖碗呀，都要把放在里头的一无生息的东西交出来。至少得让你们那些女儿拿她们的钱去交给银行，等到主来了，可以连本带利把他自己这笔钱交给他。”

“罗斯，你可照我告诉你的，把绣花样本带来了？”

“带来了，母亲。”

“坐下来，绣一行吧。”

罗斯顿即坐下来，遵命做了起来。摆弄了十分钟后，她母亲

---

① “藏起来不用”——典出《圣经·新约·路加福音》第19章。据说耶稣到了耶利哥，到一个有罪的税吏家里，设了一个比喻：有一个贵胄出门前，给了他的仆人每人十锭银子，回来后，有的赚了对本对利，有的赚了对半，有一个却把银子藏起来，因此主人要定他罪。下文罗斯所说的话，是套用这个故事而说的。

② 柳景图案，原为我国瓷器上白底蓝花之图案，1780年英国考夫利一个叫做托马斯·特纳的人采用于英国瓷器上，一般为白底蓝花，其中画柳，故名。

问道：

“你现在可觉得气闷，很委屈吗？”

“不，母亲。”

“不过，你刚才的长篇大论，照我听来，是对一切妇道和家务的一种抗议。”

“你弄错了，母亲。要是我没学上针线活儿那才懊悔呢；你教我做针线活儿，做得对，叫我做活儿，也做得对。”

“即使要你补你兄弟的袜子，做被单也都对吗？”

“全都对。”

“那么，这么哗啦哗啦地大讲特讲它，有什么益处呢？”

“难道我只会哗啦哗啦，别的什么都不会做吗？我一定要做，我还要做得更多。听着，母亲，我要说的都已经说了。我现在是十二岁，我不到十六岁决不再谈关于才能的事；在这四年里头，我一定要做一个勤勉的学徒，做着你所能够教我做的一切。”

“你看我这些女儿是什么样子，赫尔斯通小姐，”约克太太说，“多么像个大人那样自以为聪明！‘我宁愿这样，我喜欢那样’；这就是杰西的傻叫声，罗斯呢，则会发出更大胆的叫声来，我一定要，我一定不要！”

“我是在说明理由，母亲；再说，如果我的叫喊是大胆的，那也只是一年才叫你听到一回。大概每一个生日，神灵就感动我来提出关于我自己的管教的预言。我说了算了；听不听是母亲你自己的事。”

“我要劝告所有的年轻小姐，”约克太太紧接着说：“在她们结婚以前，自己有孩子以前，有机会碰到孩子的话，要研究一下他们的性格，要好好地考虑一下，她们该怎样欢欢喜喜地负担起这种责任来：指导漫不经心的孩子，不辞劳苦地劝劝个性倔强的孩子，经常负起教育最优秀的孩子的艰巨重担来。”

“可是，只要有爱，就不必这样煞费周章了，”卡罗琳插嘴说。“做母亲的最宝贝她们的孩子——简直胜过爱她们自己。”

“说得真漂亮！十分多情！你还没碰上艰辛的、实际的生活呢，年轻小姐！”

“可是，约克太太，如果我怀里抱了个小娃娃——比如说是随便哪个穷苦女人的小娃娃——我就觉得我真特别爱那个可怜的小东西，虽然我不是他的母亲。我简直甘心情愿为他做任何事情，如果他完全交我照管的话——如果他完全依靠我的话。”

“你觉得！是呀！是呀！这会儿，我敢说：你的许多生活都是靠感觉过的，你自以为是个十分灵敏的、文雅的人物，这是不消说得的。你可知道，你用所有这些罗曼蒂克想法，就可以设法把你的脸锻炼成一种终日愁恹恹的表情，从而配得上做个小说的女主人公，而不是做个靠常识在这个现实世界里挣生活的女人吗？”

“不，这我根本不知道，约克太太。”

“镜子就在你后面，照一照吧。把你照在镜子上的脸同任何一个起早落晏、劳苦工作的挤牛奶姑娘的脸比一比吧。”

“我的脸本来就是白的，可这并不是多情，而且大多数的挤牛奶姑娘，尽管她们的脸是多么红，身体多么壮健，却更愚蠢，实际上不见得比我更适合在这世界挣生活。一般说来，我还远比挤牛奶姑娘更想得正确；因此，在她们由于缺乏思想而经常做得很差的地方，我却靠了思想而能做得恰到好处。”

“啊，不！你一定会受到你的感情的影响；你一定会受冲动的指引。”

“我自然应该常常受到我的感情的影响；感情本来就是要使我达到某种目的。我的感情告诉我应该爱谁，我就一定而且会爱谁；我希望，万一我有丈夫和几个孩子的话，我的感情准会促使我去爱他们。

那样的话，我希望我所有的冲动都会强烈地驱使我去爱。”

卡罗琳加重语气说了这番话，心里觉得很愉快。她敢于当着约克太太的面把它说了出来，真感到愉快。她不管对方在回答时会对她激烈地进行多么不公平的讥讽。她脸红了，并不是因为愤怒，而是因为激动而脸红了，这时候，那个不友好的妇女冷冷地答道：

“别浪费你的戏剧效果吧。那真说得好；说得很动听；可惜这番话只说给两个女人听——一个老太婆和一个老处女——真是白费神；这儿应该有个没有订婚的男人才好。大概罗伯特先生不会藏在哪儿的帷幔后面吧，你说呢，穆尔小姐？”

在她们谈得上劲的时候，霍顿斯一直在厨房里监督准备茶点，根本就摸不清谈话的脉络。她莫名其妙地回答说，罗伯特在惠因伯利。约克太太以她特有的短促笑声哈哈笑了一阵。

“直心肠的穆尔小姐！”她一派恩人气概地说。“真像你的为人，这样照直理解我的问话，又这样天真地回答我的问话。你的头脑一点也不懂得什么叫做阴谋诡计。在你身边出了什么怪事，你也决不会知情：你不是属于世人所谓的机灵的那一类人。”

这番暧昧的赞语似乎并不叫霍顿斯开心。她身子一挺，两道黑眉一皱，不过，还是一副莫名其妙的神气。

“我打做小孩到现在，向来就以聪明伶俐、有辨识力见称，”她答道，一点不错，她正是以具有这种优点而特别自负的。

“你可从来没有为了获得一个丈夫而大要计谋吧，我肯定，”约克太太马上答道；“你也没有什么前车之鉴的经验来帮助你发现别人在要计谋。”

卡罗琳感觉到，也一定打心底里感觉到这个有德行的发言者这番好话是有所指的。锋芒所向，她甚至避都无法避。她眼前一无防御之道：回答呢，就等于承认对方抛过来的那顶帽子刚好自己戴上。约克太太看着她坐在那儿，不知所措地低垂着眼睛，双颊火辣辣的，十分苦恼，显得弯腰曲背，人事不省似的浑身战颤，充分说明对方受到了莫大的侮辱和委屈，觉得这个受折磨者是个有懈可击的对象。这个古怪女人天生是个不喜欢畏缩、敏感的人，不喜欢神经质的人。面孔长得标致、优美的年轻姑娘，也不是一张能够得到她怜爱的护照。她难得碰到一个集所有这些可憎的特点于一身的人，她尤其难得找到一个可以听她摆布的人，好让她这样将对方捏个粉碎。恰巧今天下午碰上她肝火特别旺，极其不高兴，正如任何一只剽悍的“牧群里的牝牛”很想牴一牴角那样，于是她俯冲着她那只大头，又重新发动一次进攻。

“你的表亲霍顿斯真是个好表姐，赫尔斯通小姐；凡是来到这儿洼地小屋碰碰生命运气的小姐，只消使点儿女人的聪明手段，就哄骗得住这屋子的女主人，而且完全可以听任她们摆布。你很爱同你的表亲在一起吧，我敢说，小姐？”

“是哪一个表亲？”

“啊，自然是表姐喽。”

“霍顿斯现在是，一直是对我挺好的。”

“每个只有一个够格的兄弟的姐姐，都被她那些未婚女朋友认为是挺好的。”

“约克太太，”卡罗琳说，慢慢地抬起眼来，这时，那对湛蓝的眼球绝无困惑之色，而是稳定地大放光芒，羞怯的红晕也从双颊消失了，脸色变得苍白而明朗——“约克太太，请问你这是什么意思？”

“给你上一堂培养正直品格的课：教你唾弃那玩弄诡计和虚假的感情。”

“我真的需要上这堂课吗？”

“眼下的年轻小姐大多需要上这堂课。你也算得上是个摩登小姐——病恹恹的，弱不禁风，自称喜欢幽静生活；我认为，这意思就是表示你觉得在一般人中，找不到一个配你同情的人。一般人——平常的、正直的人——却都比你想象的高明，比任何一个成天捧着书本的、专事空想的毛头姑娘不知要强多少，这个毛头姑娘，简直是从来没有把鼻子伸出过她叔叔的、那个牧师的花园墙头。”

“这样说来，你对这个人是一点也不了解了。请原谅——其实，你原谅不原谅都没关紧要——你平白无故地攻击我，我只好不客气，进行自卫了。关于我同两位表亲的关系，你一无所知。你一时不高兴，就想含沙射影地伤害他们，这种做法远比你自以为理直气壮地攻击我的更要狡猾，更要荒谬。至于我恰巧生来脸色苍白，有时候还显得害羞，这都与你无干。我喜欢看书，不乐意像一般人那样闲扯，这更不干你的事。说我是个‘专事空想的毛头姑娘’，那只是你自己的臆测。我从来没对你怀有什么空想，也没对你所认识的任何人怀有什么空想。我是牧师的侄女，并不犯什么罪，虽然你大可以心胸狭窄地认为是犯罪的。你不喜欢我，你并没有不喜欢我的正当理由。因此，还是收起你那可憎的话，自己消受去吧。以后不论什么时候，如果你再这样惹人恼怒地说这种话，我甚至会比现在更不客气地回答你。”

她住口了，坐在那儿，脸色雪白，仍然十分激动。她刚才说话的声调极其清晰，不快也不高，可是，她那银铃似的音调却响彻耳鼓。这当儿，她的血液循环的速度迅疾得看都看不见。

这番责难，措辞这么质朴而严正，又说得这么沉着而自尊，约克太太听了并不恼火。她冷冷地掉过头，对穆尔小姐频频晃着帽子表示同意似的说：“她毕竟还有血性。要一直像你刚才这样正直地说话，”她又说，“你就行啦。”

“我不要如此无礼的称赞，”对方答道，音调仍然是那么纯正，脸色仍然那么鲜明。“我不爱听含有暗讽毒素的意见。我有权利说出我认为是正当的话，我没有义务按照你的意旨说话。我不但不是一直像刚才那样说话，我日后也决不会对任何人这么声色俱厉，也不会说得这样粗暴，除非是要回答人家的无端侮辱。”

“母亲，你找到对手了，”小杰西开口了，这场争吵似乎对她大有启发。罗斯则无动于衷地从头听到底。她这会儿说：

“不，赫尔斯通小姐不是我母亲的对手，因为她自己竟然恼怒了。我母亲准会搞得她在几个星期内不好过。谢利 · 基达尔小姐对付得比较好。母亲，你从来还没有伤过基达尔小姐的感情呢。她在绸衣服里面穿着保险马甲，你攻不进去。”

约克太太经常嘀咕她那些孩子大逆不道。说也奇怪，尽管她那么严厉，那么“意志坚强”，她却无法驾驭他们，他们的父亲一个眼色就比她对他们来番长篇大论更有效力。

穆尔小姐——她亲眼看到一场口角，却没有自己的分儿，只落得做个无足轻重的配角，心里老大不高兴——现在为了挽回自己的尊严，她准备发表一通谈话，证明双方都错，向争辩双方说明各人都有理由为自己感到惭愧，应该先虚心接受对方的高超的意见后，再向对方发言。总算她的听者运气好，她大声疾呼了不上十分钟，便因萨拉端着茶盘进来而分了她的神。首先她看到这姑娘头发里插了一只镀金的梳子，脖子上还箍了一条红项链，其次和最后，是萨拉竟然明白提出，请她来尽敬茶之责。用过茶点后，罗斯拿来吉他，请穆尔小姐边弹边唱一支歌，弹唱之后，还盘根究底地请她对弹吉他和一般音乐问题道出一番富有才智的深刻见解来，使得穆尔小姐又高兴起来。

这时候，杰西却对卡罗琳大献殷勤。她坐在卡罗琳脚边的矮凳上，同她谈天，起先是谈宗教信仰，后来又谈政治问题。杰西在家里习以为常地大量吸收她父亲对这些问题的看法，听过之后，又在众人面前，与其说是首尾一贯、思虑周到，不如说是富有风趣与口若悬河地来传播她父亲的看法、憎恶与偏爱。她痛斥卡罗琳是个国教信徒，有个做牧师的叔父。她对卡罗琳说，她既然是靠国家生活，就应该为自己的生活正直地工作，不应该过着无谓的生活，坐食年赋。杰西从这里又转而对当时在职的内阁和内阁的失职问题发表一通意见。她随便地提了卡斯尔累勋爵和柏西瓦耳先生的名字。她把这两尊人物分别描绘为也许只有莫洛克①和恶魔才配得上的人物。她斥责战争为大屠杀，斥责威灵顿勋爵为“受雇的屠夫”。

她的听者听得极有启发。杰西生就有点儿幽默的天才，听她用她那硬邦邦的北方乡村英语，复述她父亲那些攻击的话，实在妙不可言，在那件麻纱连衫裙和腰带里边既有诚笃的小雅各宾的灵魂，又始终包藏着一种放纵的反抗精神。她生性并不恶毒，说的话也并不是很刻薄，而是极富风趣，那张富有表情的小脸蛋给一词一句平添一种情趣，完全抓住了听者的兴趣。

她辱骂威灵顿勋爵的时候，卡罗琳申斥了她一下，可是，等她后来滔滔不绝地攻击起摄政王②来时，卡罗琳却听得眉飞色舞。杰西从她的听者的眼睛里闪出的光芒，嘴角荡漾不散的笑意，就知道她终于说到了对方爱听的话题了。她在她父亲的早餐桌上，多次听到谈及那个“五十岁的胖子阿东尼斯”③的事情，她现在就把约克先生对这方面的看法都说了出来——同他父亲用约克郡话说的一式一样。

可是，杰西呀，我不会再写到你了。这会儿是秋夜，有风又有雨。天上虽然只有一片浮云，这片浮云却把天空遮得无缝无隙。风就

① 莫洛克神，以儿童为祭品的古代腓尼基人的火神。

②③ 均指英王乔治三世的长子，即后来的乔治四世（1762—1830），此人以骄奢淫逸著称。他在就任国王前，曾于 1811 至 1820 年间任摄政王。英国作家利·韩特（1784—1859）于 1812 年在《审查者》杂志（系韩特兄弟两人所办）上著文抨击他，称他为“50 岁的胖子阿东尼斯”，兄弟两人被控以诽谤罪，坐牢两年。

是不肯停息，它呜咽着急急掠过山岗，山岗阴绷着脸，蒙影与迷雾弄得它尽失本色。雨整天扑打着礼拜堂的钟楼，钟楼在石围墙的坟地里黑黝黝地矗立着；荨麻，长长的野草和坟冢全都湿得水淋淋的。今天晚上，迫使我不得不想起几年前的另一个夜晚——也是一个风儿怒号、大雨滂沱的秋夜——那天，有一些人到一个异教徒的坟地去上过新坟后，坐在一个外国人家里的烧木柴的壁炉边。他们都有说有笑，十分亲热，可是，他们个个都知道，在他们这个圈子里，有一个永远不能弥补的空隙。他们都知道，他们失去了一个人，在他们的有生之日，这个人是再也不可能失而复得了。他们也知道，这场倾盆大雨正在渗透进那埋着他们已逝的心爱者的泥土，幽幽怨怨的大风正在她那覆土的头顶哀号。炉火暖了他们的身体，“生活”和“友谊”仍然加惠于他们，可是，杰西却已置身棺木，寒冷而孤零零地躺在那儿——只有一抔薄土为她抵挡风暴。

约克太太卷起她的编织物，腰斩了音乐课和政治讲演，提早一小时结束她对小屋的访问，以便充分保证她能赶在夕阳完全西坠之前，赶在田间阡陌还不会因为夜露而完全潮湿之前回到白莱亚曼斯。

这位太太和她两位女儿一走，卡罗琳也觉得她该围上围脖，亲吻她表姐脸颊，打道回府了。如果她待得过迟，暮霭必定拢来，又得麻烦范妮来接她。她记起今天是教区长住宅烘面包和烫衣服的日子，范妮一定很忙。可是，她又舍不得离开小客厅窗边那个座位。因为实在找不到像格子窗那样一个角度可以看到西边那番绮丽的景色，窗户四周布满素馨花环，衬着那金黄、淡红的夏日晚霞，衬着8月里午后八点钟时分那片殷红的苍穹，它那白色星星和翠绿叶子现在似乎就是一幅铁灰色的铅笔速写画——形式优美，色泽淡得赛似无色。

卡罗琳望着木栅门，门旁的大橡树尖塔似的高高耸立，她望着那由水蜡树和月桂树结成的拦着花园的密树篱，她一双眼睛真巴望在离开那有限的景色之前，会看到除了灌木以外的另外什么东西。那双眼睛真巴望能看到一个人体，一个有着某种形状和高度的人体，经过树篱，走进门来。她终于看到一个——不，两个人体了：弗雷德里克·默加特罗提着一桶水走过去；乔·斯科特跟在后边，食指上叮叮当当地响着一大串工厂的钥匙。他们是因为天色晚了，要去锁厂门和马厩后准备回家去。"我也该回去了，"卡罗琳心里想，一边起身，一边叹气。

"这全是蠢事——叫人伤心的蠢事，"她又想。"第一，就算我直等到天黑，他还是不会来；因为我心里觉得，命运之神已经在她那本千古不灭的簿册里把这事情记在今天那一页上：我得不到我所渴望的乐趣。其次，如果他这会儿走进来了，我在这里准会叫他懊恼，而我一意识到果然如此，就准会叫我的心冷了半截。如果我把手放到他手里的话，他那只手也许会是松弛无力，冷冰冰的；如果我想在他的眼睛里找到什么光辉的话，一定只会看到满布阴云。如果我抬起头来，要找到我过去所看到的那种激动的神色，我一定只会看到晦暗的神色，虽说我的面容、言语、举止在过去快活时分曾经使他高兴过，我还是回家去好。"

她打桌上拿起帽子，正要缚紧帽带的时候，不想霍顿斯提起基达尔小姐今儿早晨打菲尔赫德派人送来了花，卡罗琳举目一看，果然看到桌子上有一束瑰丽的花插在花瓶里。霍顿斯接着又对基达尔小姐现在在招待的那些客人，对她最近所过的闹哄哄的生活评论一番，还加上许多揣测，认为基达尔小姐并不很喜欢这种生活，并且大感诧异地认为，像这位女继承人这样一个喜欢一意孤行的人，居然找不出什么办法来快点把这群亲戚撵走。

“不过，听说她实际上并不肯放辛普森先生和他一家子人走，”她又说：“他们上个礼拜就很想回南方，准备去迎接那个独养儿子，他在外边旅行就要回家了。她却硬要她的表弟亨利到约克郡来会会他在这儿的一些朋友。我敢说，她这样做，有几分是给罗伯特和我点面子。”

“怎么是给罗伯特和你点面子？”卡罗琳问道。

“唉呀，孩子，你真迟钝。难道你不知道——你一定常常听到说起过——”

“对不起，小姐，”萨拉推开门来说，“你要我在糖浆里煮的蜜饯——你管它们叫做东(糖)果的——全都烧焦了。”

“蜜饯！全都烧焦了？啊，多么粗心大意！这个懒惰的女用人——这个叫人难忍的女人！”

于是，小姐匆匆打抽斗里拿出一条麻布大饭单，扎在黑裙子上，“心烦意乱地”冲进厨房去。说实在话，厨房里已经弥漫了一种与其说是香味，不如说是极其刺鼻的烧焦的甜味了。

女主人和女用人为了把一种硬如石弹、酸若梅子的黑樱桃制成蜜饯，已经吵了一整天。萨拉认为要制蜜饯，只有用那传统的作料——糖；小姐则坚持——而且用她的母亲，祖母，曾祖母的经验与实践来证明——“糖浆”[①]肯定比糖更好。只怪她自已粗心大意，把蜜饯锅交给萨拉照料，因为萨拉本来就对那只锅里的东西缺乏兴趣，势必在制作过程中有点儿漫不经心，结果变成了漆黑一堆煤渣。接着就是大吵大闹——猛烈的责骂声，以及与其说是痛哭或者真哭，不如说是大肆号啕的啜泣声。

卡罗琳再转身照照那面小镜子，用手撩撩披到颊上的鬈发，抹抹平后，塞到草帽里面去，心里认定，再待下去，不仅毫无用处，也是不愉快的。不料就在这时，突然有人推开后门，厨房里顿即鸦静下

---

① 原文为法文 Mé lasse，是制糖厂的副产品，即糖浆下脚。

来，话也不说下去，仿佛是猛地拉住了马衔和马笼头。“会是——会是——罗伯特吧？”他经常——可说总是——从市场回来时都是打厨房里进来的。不，原来是乔·斯科特，他意味深长地咳了三声——每一声咳都表示对那两个争吵的女人发出一种高傲的谴责，然后说：

“唔，我还当是听到一声霹雳啦？”

没人回答他。

他又自负地说下去：“有位先生来了，他就要打这堂屋进来了，我认为该进来通知你们一下。家里都是女人，有人来了，不先通知一下，总不妥当。他来啦，往前走，先生。她们正在吵得着劲哩，不过，我想，我已经使她们安静下来了。”

另外有个人——脚步声清晰可闻——进来了。乔·斯科特又在骂人了。

“你们这是什么意思，黑咕隆咚的？萨拉，你这个小妮子，不能点支蜡烛吗？太阳落山一个钟头啦。不叫人碰上你那些瓶瓶罐罐，桌子和别的什么东西，把胫骨都碰断才稀奇。留心那只烤面包钵，先生，她们把它放在半道里，好像是故意要耍恶作剧。”

随着乔这番说话，里边慌慌张张地停了一下，卡罗琳虽然两只耳朵都在仔细听，却弄不明白是怎么一回事。间歇的时间很短，突然一声大叫，打破这个间歇——一种惊奇的叫声，接着又是亲吻声，又是含含糊糊的叫喊声。

“老天爷！老天爷！你就是我在盼望着的人儿吗？”只有这句话叫人听得明白。

“你身体一向都健康吧，好姐姐？”另一个声音问道——这准是罗伯特的声音了。

卡罗琳大惑不解。一阵冲动，干吗要这么冲动，她也来不及细想了，她连忙打小客厅溜了出去，就此躲开，往楼上奔，据守在楼梯头，在那儿，她可以不让人家看见，继续看下去。现在太阳已经下山很久了，过道里一片昏黑，不过，还没有黑得她连罗伯特和霍顿斯走过来也看不见。

“卡罗琳！卡罗琳！”过了一会，霍顿斯叫道，“来见见我的弟弟！”

“奇怪！”赫尔斯通小姐想，“真真奇怪！打市场回来这样平常的事情，干吗要这样不同寻常地激动，这是什么征兆？她不会发疯了吧，会吗？糖浆烧焦了当然不会使她发神经吧？”

她有点忐忑不安地下楼来。然而，等霍顿斯在客厅门口一把抓住她手，把她引到罗伯特那儿去的时候，她越发忐忑不安了，罗伯特就亲身站在那儿，衬着一扇玻璃窗，显得又高大又黝黑，真是叫她又是激动又是拘谨，仿佛在场的都是素不相识的陌生人，仿佛这是彼此初次见面。

越来越叫人困惑不解！他很尴尬地哈一哈腰后，便像个发窘的陌生人那样转过身去，刚好迎上窗口射进来的游移不定的光线，光线照在他的脸上，这个谜语似的梦(这仿佛就是个梦)真是到了难解难答的当口，她看到一个似是又非的面庞——是罗伯特，又不是罗伯特。

“这是怎么一回事？”卡罗琳说。“我的眼睛出毛病了吗？这是我的表哥吗？”

“哪会错，当然是你的表哥，”霍顿斯答道。

那么，这会儿，这个打过道走过来——现在正在走进屋里来的人又是谁呢？卡罗琳四下一看，又看到了一个罗伯特——真正的罗伯特，她立刻就认出来了。

“唔，”他看到她那疑问、惊异的脸，微笑着说，“哪一个是那个？”

“啊！这才是你！”对方答道。

他哈哈一笑。

“我相信这就是我。可是，你知道他是谁？你以前从来没有见过他，可是，你已经听说过他。”

她这下子才恢复了神志。

“这只能是一个人：你的弟弟，因为他这么像你。是我的另一位表哥，路易斯。”

“聪明的小俄狄浦斯[①]——你准能难倒斯芬克斯——可是，这会儿，看看我们两个。咱们换一换位置。再换一下，路易斯，叫她闹不清。现在哪一个是老朋友，琳娜？”

“你说得好像人家真会闹错似的！你倒该叫霍顿斯来问问看。可是，你们两个并不很相像，你们不过是在高度，样子，肤色上很相似罢了。”

“我可不是罗伯特吗？”新来的人问道，第一次尽力不露出他那似乎是天生的腼腆来。

卡罗琳轻轻地摇摇头。她眼睛里的柔和，富有表情的光辉却直照在那位真罗伯特身上，千言万语尽在其中。

她不能一下子就离开这些表亲了，罗伯特又硬要她留下来。这时，她态度高兴，天真，和蔼可亲（至少今晚很高兴），轻松活泼。这个小屋里又多了一个人，她实在很快活，舍不得同他们中间任何一个人分手。路易斯似乎生来是个比较严肃、沉静、缄默的人，可是，今天晚上的卡罗琳，读者，你知道，并不是平常那个卡罗琳，一下子就使他那沉默寡言的态度冰消雪化，使他那严肃态度变得兴高采烈起来。他坐在她身旁，同她谈话。她已经知道他是以教书为职业的了；她现在才知道他已当了辛普森先生的儿子的家庭教师好几年了；知道他和辛普森先生的儿子一起旅行，又陪他到北方来。她问他是否喜欢

① 希腊神话：解斯芬克斯之谜，收除了斯芬克斯；一般泛指善于解谜之人。

他的职务，得到的回答只是朝她一看，好像是不鼓励也不许人家再问下去似的。这一看，顿即唤起了卡罗琳的同情心。她认为，像路易斯这样聪明的脸，而浮现这么一种表情，的确是十分悲伤的表情。他确实长着一张聪明的脸——不过，她认为，同罗伯特的脸贴近一比，就不很漂亮了。她转过头去加以比较，罗伯特正倚着墙，在她后面的地方，在翻阅一本版画，也许同时还在听她和路易斯的谈话呢。

“我怎么会认为他们相似来着？”她自己问自己，“我现在才看出，路易斯是同霍顿斯，而不是同罗伯特相像。”

这种看法，倒也有几分道理，路易斯与其说具有他哥哥的种种美好特征，不如说长有他姊姊的短短的鼻子和长长的上唇。他也有他姊姊的嘴型和下巴——完全不及那个年轻工厂老板那么刚毅，端正，清秀。他的样子，虽然显得从容不迫，深思熟虑，却不能说是机敏精明。你坐在他旁边，抬头对他一看，就觉得他比起他哥哥穆尔来，是个慢性子，也许可以说更为亲切，使人觉得平和易处。

罗伯特——也许知道卡罗琳的眼色已经瞟了过来，落在他身上，他既不把自己的眼睛迎上去，也不回她一眼——放下那本版画，走了过来，在她身旁坐下。她又同路易斯谈了起来，可是，她在同路易斯谈话的同时，思想却飘到别的地方去了。她的心，就在她半侧着脸的那一边怦怦直跳。她在路易斯身上看到了一种沉着，大丈夫气概，和蔼的态度。可是，她却屈服于罗伯特那种潜在的威力。同罗伯特靠得这么近——虽然他一言不发——虽然他连她围巾的边边，连她衣服的白边都没有碰一下——使她像给符咒镇住了似的。如果她不得不只跟他谈天的话，那准会给镇住了——可是在随便同另一个男人谈话时，她却十分活跃。她的话滔滔不绝，愉快，诙谐。她的听者那种宽容的面色，平静的态度，格外使她毫无拘束；他那笑容所显现的那股真诚的高兴劲儿，把她天生所有的才华都给引了出来。她觉得今儿晚上她好像很称心如意，而且，罗伯特就是个旁观者，一想到这一点，就更叫她心满意足。如果这会儿有人来把他喊走了，那么，随着兴奋而来的准是立即颓丧。

可是，她那一轮满月似的欢乐却没能照射得很久：一片云儿立刻飘过来了。

刚才一直在忙着指挥做饭的霍顿斯，这会儿正在整理那只小桌上的书本杂物，腾出地方来放盘子，这一来，顿即教罗伯特注意到那瓶花，它那胭脂红，雪白，金黄的花瓣，在烛光映照下，确实灿烂夺目。

“这些花是菲尔赫德送来的，”她说，“不消说得，是送给你的；我们知道这儿谁是讨人喜欢的人儿——肯定不是我。”

听到霍顿斯说起笑话来，倒是一奇；这表示她的兴致确实达到了最高点。

“这么说来，你是要我们知道罗伯特是个讨人喜欢的人儿了吧？”路易斯说。

“亲爱的，”霍顿斯答道，“罗伯特——这是世界上最珍贵的，同他比起来，余下的人类都不过是废物，我说得不对吗，我的孩子？”最后一句，是要卡罗琳回答的。

卡罗琳不得不回答“是的”，她那欢乐的烽火一下子熄灭了，她的运星也随着她的话而陨落了。

“那么，你呢，罗伯特？”路易斯问道。

“等你日后有机会，问她本人去吧，”对方镇静地回答。究竟他是脸红呢还是脸白，卡罗琳并没有仔细看，她只发觉时间很晚了，她得回家去。她一定要回去。现在哪怕是罗伯特要留她，也留她不住了。

第二十四章

死荫的幽谷[1]

有时候，“未来”对于它正在带给我们的事情似乎会呜呜咽咽地轻声发出警告，像是一阵正在集结然而距离尚远的风暴。风暴借风声，借天色，借冉冉飞云宣告一阵强度将使海面布满遭难船只的劲风即将来到；或者受命借迷雾带来黄色人种的疫疠病毒，让东方的毒气弥漫西方白人的岛屿，让印度的瘟疫使英国人家的窗户暗淡无光[2]。有时候，这个“未来”突如其来，仿佛岩石豁裂，墓穴洞开，沉睡其中的僵尸一跃而出。你还没有发觉，却已同一个穿着寿衣和意想不到的“灾难”——一个再世的拉撒路[3]——面面相觑了。

卡罗琳·赫尔斯通从洼地小屋回家，她自己认为身体十分健康。隔天早晨醒来，她感到非常困倦。第二天的早饭和接下来的每一顿饭，她都觉得毫无胃口，可口的食物都变成了尘土和锯屑。

“我病了吗？”她不禁问道，又照一照镜子。眼睛明亮，瞳仁扩大，双颊似乎比平常红，也比平常丰腴。“我样子很健康，怎么会吃不下东西呢？”

她觉得两只太阳穴的脉搏跳得很快，她还觉得脑子异常活跃。她精神亢奋，脑海里涌满了无数乱糟糟、断断续续然而光耀夺目的思想。这些思想大发红光，一如她的面色一样。

接下来便是夜不成寐，身热，唇焦，口渴。黎明时分，一个噩梦像只猛虎似的困住了她。等她醒来，她觉得，也知道自己病了。

她怎么会发热(确实是发热)，她说不上来。也许昨晚回家迟了，一阵有毒的清风，夹着夜露和瘴气，侵入了她的肺腑和血管，在发现那里已经是精神激动若狂，并且由于心情长期矛盾和日常忧伤而精神消沉后，便扇起了火星，烧成一炉旺火。

不过，看来这只不过是一阵文火。发了两天热，难过了两夜后，并没有什么严重的征象，不论是她叔叔，范妮，医生，还是前来探病的基达尔小姐，都认为不必为她担忧。大家都认为，她过几天就会复原。

几天过去了，虽然大家还是认为这病不会拖久，可是，她的精神还是没有开始恢复过来。天天来探望的普赖尔太太（在卡罗琳病了两星期后，有一天早晨，她来到卡罗琳卧室里），这会儿她仔细地看了卡罗琳几分钟，握着她的手，又把指头按在卡罗琳的手腕上；然后，悄悄离开卧室，上赫尔斯通先生的书房去。她同他关起门来谈了好久——半个上午。等她重新回到她那位生病的年轻朋友房里后，她把披肩和帽子放在一边，在床边站了一会，以她惯常的姿势和动作，一只手放在另一只手里，身子轻轻地晃来晃去。最后，她说：

“我已经教范妮到菲尔赫德去给我拿几样东西，拿几样我短期内待在这里所需要的东西。我要留在这里陪你，等你好点再走。你叔叔很好，答应让我来伺候你。你可要我吗，卡罗琳？”

“给你添了这样不必要的麻烦，我心里很过意不去。我并不觉得十分病重，但是，我又不能坚决拒绝。我知道有你在这屋里，常常看到你在这里，真是一种安慰。可是，你不要专门来照应我，亲爱的普赖尔太太。范妮会护理得很好。”

这当儿，普赖尔太太伛身对着这个面色青白的小病人，抚摸着她那戴小帽的头发，轻轻地抬高她的枕头。她在这样摆弄的时候，卡罗琳面带笑容，抬起头来吻她。

---

① 参阅《圣经 · 旧约 · 诗篇》第 23 篇第 4 节：“我虽然行过死荫的幽谷，也不怕遭害，因为你与我同在，你的杖你的竿都安慰我。”按“死荫的幽谷”指最痛苦的时期。

② 西俗，家有丧事，要将窗户遮上。

③ 拉撒路，《圣经》里的乞丐，这里用以隐喻恶兆。典见《新约 · 路加福音》第 16 章第 20 节。

“你不难过了吧？相当舒服了吧？”问话的声音又轻又热切，这个自告奋勇的看护让病人亲热得不能自持了。

“我想我简直很快活了。”

“你要喝水吗？你嘴唇都焦了。”

她拿了一只装着阴凉饮料的杯子凑到卡罗琳嘴边。

“你今天可吃过什么东西，卡罗琳？”

“我吃不下。”

“不过，不要多久你又会有胃口了，一定又会有胃口，这就是说，我恳求上帝，让你有胃口！”

这位太太在让卡罗琳又躺在床上时，把她搂在怀里，在这样做的时候，似乎是不自觉的，突然一个动作，把她搂在胸口，紧紧地抱了一会。

“我简直不希望好起来了，这样可以一直不让你走，”卡罗琳说。

普赖尔太太听了这话，并无笑意。她脸上突然掠过一阵震颤，有几分钟工夫，她集中全力在抑制情感。

“比起我来，你是更习惯于范妮吧，”隔了一会，她说，“我认为我来服侍你，一定好像很奇特，好管闲事吧？”

“不，一点也不奇特，十分舒服。你过去一定服侍惯了病人，太太。你在屋里走动，那么轻手轻脚，说话那么悄悄的，抚摸我又是那么温柔。”

“我一点也不灵巧，亲爱的。往后你一定会常常发觉我笨手笨脚，只是决不粗心大意。”

她倒的确是不粗心大意的。从那会儿开始，范妮和埃利萨便成为病房里的不重要人物了。普赖尔太太把病房看成她的领地；她行使一切职责；她日日夜夜生活在里面。不过，病人起先也略为表示异议，隔不多久，也就听之任之。现在卡罗琳床边那种寂寞和忧郁的气氛一扫而空了；代之而来的是保护与安慰。她和她的看护奇妙地化为一体。卡罗琳常常觉得过意不去，不敢要求或者接受过多的照顾，普赖尔太太本来就没有低三下四地侍候别人的习惯和技巧，现在却一切都做得这么得心应手——这么自然，因此，病人心甘情愿接受爱抚，这位看护则一心一意在进行爱抚——看护始终没有显得疲累，病人也没有想到应该为她担心。事实上，也没有什么十分辛苦的事；不过，一个佣工做起来也许会觉得很辛苦。

尽管有了这种种照顾，说也奇怪，这位生病的姑娘并没有见好，而且事实上，她衰弱得像碰上解冻的雪花环；她憔悴得像遭了干旱的花儿。脑子里难得想到危险和死亡的基达尔小姐，起初根本就不为她的朋友担忧，如今一次一次来看望她，却看到她一次一次地变化，衰颓，也不免心头一紧。她马上跑到赫尔斯通先生那里，那么着力地说出自己的看法，使得这位先生终于不得不(尽管还有点勉强)同意这个看法：他侄女患的决不只是一种偏头痛。于是，等到普赖尔太太跑来悄声地要求请一位医生的时候，他说如果她要请两位医生，两位也请得。来了一位医生，而且是个神医圣手。他说了一番难解的话，有些话只有未来才能解答这个谜，他开了一张方子，吩咐几句——完全是一副了不起的权威神气——诊金往袋里一装，就走了。也许他深知自己无能为力，却不愿意说出来。

不过，左近一带还没有听到什么严重病症的传说。在洼地小屋里，大家认为，卡罗琳只是得了重感冒，她给霍顿斯的一张条子也是这么说的；于是，小姐大为放心，叫人送去两罐醋栗果酱，一张定量饮食的方单和一张吩咐如何善加调摄的便条。

约克太太听说已经找了一位医生，认为这是财主和懒汉杞人忧天的做法，大加嘲弄一番，她说，这种人无所事事，只在考虑自己，如果只是一只小手指头痛，也得叫人去找个医生来。

且说这位给当做“财主和懒汉”的卡罗琳，这时正在急速陷于一蹶不振的境地，她这样一下子就衰弱不堪，凡是亲眼目睹这种情况的人(除了一个人不算)都大惑不解。只有那个人在思量着，这个躯体受损的人怎么会突然间一病不起，几将毁灭。

病人往往有些在一般护理人看来是不可思议的怪事，卡罗琳就有一桩连她那个深情的看护起初也弄不明白的怪事。每星期，在某一天，某一个时辰，她总要——不管病势好坏——要求人家扶她起来，穿戴齐整，让她去坐在窗边的椅子里。她会一直坐到过了午刻，不管她那苍白的脸上流露出了多么疲倦、衰弱的神色，她仍然婉言辞却一切劝说，得等到礼拜堂的大自鸣钟报了午刻后才肯去休息，十二记钟声一敲过，她就变得温顺起来，肯乖乖地躺下来。一回到床上，她总就把脸深埋在枕头里，拿被子把周身裹得紧紧，仿佛要把那使她厌倦了的尘世和阳光都给隔绝了。她这样躺在那里，不止一次地叫人看到病床在轻轻抖动，听到一阵打破四周寂静的轻微啜泣声。这些情况，普赖尔太太都看在眼里，记在心头。

有一个礼拜二早晨，她照例要求起床，于是，她穿着白睡衣坐在安乐椅里，身子前倾，眼睛一眨不眨地、耐心耐性地注视着窗格外面。普赖尔太太就坐在她后边不远的地方，看样子像是在编织东西，其实却是在注意她。突然之间，卡罗琳那苍白愁苦的额头起了一种变化，那衰弱无力的面色平添一番生气：一线亮光直射进她那无神的眼睛，眼睛又像从前那样熠熠发光；她欠起身来，拼命往外边瞧。普赖尔太太轻轻地走拢去，打她后面向前探头望去。打这扇窗望去，礼拜堂墓地清晰可见，墓地外面是条大路，就在那儿，马蹄声的过处，出现了一个骑者。那人相距还不太远，可以认得出来；普赖尔太太有远视力，她一看就知道是穆尔先生。正当一块高地把他挡得看不见时，那只大自鸣钟敲十二记了。

“我可以再躺下来吗？”卡罗琳问道。

她的看护扶她上床，让她躺下，拉好帷子后，就站在近旁侧耳倾听。那只小床颤动一阵，空中又回荡着那隐忍的啜泣声。普赖尔太太气得皱眉蹙额，面容也变了，她绞着双手，嘴边漏出轻轻的哼哼声。她这才记起礼拜二原来就是惠因伯利的集市日，穆尔先生一定总是在这一天午前从那儿回来，经过教区长住宅。

卡罗琳的脖子上总是吊着一根细细的丝带子，带子结有一只鸡心。普赖尔太太曾经看到那一小块金器闪光过，可是，还没有机会对它好好地端详一番。她的病人也一直不肯卸下那东西；穿起衣服来，她把它藏在胸口；躺在床上，则总是把它握在手里。

这个礼拜二下午，卡罗琳一时间打起瞌睡了——这与其说是像睡觉，不如说是像昏睡——这种瞌睡有时就缩短了漫长的白昼。天气炎热，在热病发得睡不安宁中，她把被子踢开了一点，普赖尔太太俯身给重新盖上。这个生病姑娘那只消瘦的小手有气无力地搁在胸上，手里依然捏着她那只谨防慎护的宝贝，几只手指(瘦得叫人看了难受)这会儿因为睡着而放松了。普赖尔太太轻轻地解开丝带，把那只小鸡心慢慢地拉出来——这样一点点东西，正好是她那小小的私房钱能买得起的；揭开那水晶盖子，便看到一绺黑发——又短又卷，不可能是从女人头上剪下来的。

突然一个翻身，这条丝带随之一扭：睡着的人猛一惊醒。这一向，她一醒来，思想总是有点涣散；面色也总是迷迷惘惘的。她欠起身子，仿佛吓得要命，大声叫嚷：

“别拿走，罗伯特！别拿走！这是我唯一的安慰——让我保存着吧。我决不向任何人说这是谁的头发——我决不让任何人看。”

普赖尔太太已经闪到帷子后面，安坐在床边的大安乐椅里，看都看不到了。卡罗琳头伸出帷子外，看看房里。她以为屋里一个人也没有，等她那失散的思想又慢慢回来，像一群飞得精疲力竭的鸟儿，收拢无力的翅膀，停歇在心头的苦岸上，她看到房里空洞洞的，四下一片寂静，她相信只有她一个人了。她心神还是没有定下来，也许她已再也不会有健康的冷静和自制力；也许那个生活着壮健、幸福的人的世界已经就此打她脚下滚开去了；至少这是她自己常有的一种感觉。身体好的时候，她从来不习惯于自言自语的玄思；可是，这会儿，话语都不知不觉地漏了出来。

“啊！在万事俱休之前，我一定要再看到他一次！到了这般地步，老天总会照顾我一下吧！”她哭了。“在我死前，但求上帝赐我一点安慰！”这是她的谦卑的祈求。

“可是，他一定会等到我死才知道我病了。等他来了，人们已经把我抬出去了，那时候，我却冰冷、僵硬、无知无觉了。

“那时候，我那死了的灵魂会有什么感觉呢？灵魂会看到，会知道肉体的变化情况吗？如果通过任何媒介，幽灵能同活人谈话吗？究竟死人能够再来看望它所撇下的人吗？死人能够化为土、风、水、火到来吗？风，水，火能够让我假道到穆尔那儿去吗？

“风儿有时候简直叫人听得明明白白，像我最近在夜里听到它在唱歌那样，有时候，呜呜咽咽地透过窗格吹来，仿佛眼看就有什么伤心的事儿到来那样——难道那会是无缘无故的吗？难道风儿会无缘无故出没，会无缘无故激动吗？

“说起来，有一天晚上，风儿还给我暗示过一些话儿呢。它唱出了一段歌儿，我简直可以把它记下来，可惜我那时给吓愣了，不敢借那守夜的昏暗灯光，起来找铅笔纸张。

“人们对于闪电是怎么说来着？它的变化对我们是好是坏，它不忽闪或者忽闪得很厉害，它甚至还能有节奏地一闪再闪？大气中所有这些存在我们四周的玄妙势力又是怎么回事？它们像是手指按在琴弦上似的抚弄着我们的神经，一会儿拨出一支优美动听的调儿，一会儿又是一声哀泣——时或奏出欢欣鼓舞的乐调，时或奏出忧恻回肠的调子吗？

“来世在哪儿呀？来生有些什么呢？我为什么要问？难道我没有理由认为，要为我撕去面纱的时间未免赶得太快吗？难道我不知道我大概会过早地领悟‘大秘密’的道理吗？伟大的神！我信赖他的仁慈；他是我的圣父，我打孩提时候就日夜晨昏祈求过，请求帮助他亲手创造出来的懦弱的生灵！帮助我度过我所害怕却又非经受不可的试炼！赐我力量吧，赐我耐心吧！赐我——啊！赐我信心吧！”

她又倒在枕头上。普赖尔太太设法悄悄离开房间，立刻又再进来，表面上装得十分镇静，仿佛她确实没有偷听过这番奇特的独白。

下一天，来了几位客人。大家都知道赫尔斯通小姐病势沉重。霍尔先生和他姊姊玛格里特来了，他们在病人房里坐了一会后，两人都泪眼汪汪地出来，他们觉得病人变得大出他们意料。霍顿斯·穆尔来了。她一来到，卡罗琳似乎就兴奋起来。她笑容满面要霍顿斯放心，她并不病得很重，她轻声而愉快地同霍顿斯谈话。在霍顿斯在的时候，卡罗琳兴奋得面色始终是红彤彤的：她看来好点了。

“罗伯特先生好吗？”霍顿斯准备要走时，普赖尔太太问道。

“他走的时候身体很好。”

“走！他不在家吗？”

于是，霍顿斯解释说，这天早晨，他得到了警察局关于他在追索的暴动者的情报，当即到伯明翰去，大概总要过两个礼拜才能回来。

“他不知道赫尔斯通小姐病得很厉害吗？”

“啊！不知道。他也同我一样，以为她只是得了重伤风罢了。”

这位客人走后，大约有一个多钟头，普赖尔太太故意不走近卡罗琳床边。她听到卡罗琳的饮泣声，但不敢看她的泪水。

薄暮拢来，她给送茶点去。卡罗琳刚才迷迷糊糊睡了一会，这时张开眼来，不认识似的对她的看护瞅了一眼。

“今年夏天，有一天早晨，我站在账房间窗边的时候，闻到了林中空地上一阵子忍冬香。”她说。

这种出自没有血色的嘴唇的怪话，比钢针还更尖利地直戳进这个怜爱的听者的心里。这种怪话，在书本子上，听来有点儿罗曼蒂克，在现实生活中，却叫人听了伤心。

“亲爱的，你认得我吗？”普赖尔太太说。

“我跑进去叫罗伯特吃早饭。我刚才同他一起呆在花园里。他要我走。好大的露水把花儿给洒得多精神，桃子快要熟了。”

“亲爱的！亲爱的！”这位看护一再地叫着。

“我还当是早晨——太阳升起来好久啦。好像很黑——这会儿月亮下去啦？”

刚刚上升的月亮，又圆又柔和，直照在她脸上，它浮动在湛蓝的空际，澄明地照着她。

“那么，现在不是早晨？我不是在小屋里？这是谁？——我看到床边有个人。”

“是我——是你的朋友——你的看护——你的——把头靠在我肩上。定一定神。”（声调更低）“主啊，可怜可怜吧！赐她生命，赐我力量！给我勇气——教我说些什么话吧！”

寂静无声地过了几分钟。病人不声不响，驯服地躺在嗦嗦抖的怀里，躺在这位看护的悸动不休的胸脯上。

“我现在好点啦，”卡罗琳终于悄悄说，“好得多喽。我知道我是在哪儿。这是普赖尔太太在我旁边。我一直在做梦，我打梦里醒来就说话，生病的人总是这样。你的心跳得多快呵，太太！别怕。”

“这不是害怕，孩子，只是有点儿急，一会儿就会过去。我给你拿了些茶来，卡利，是你叔叔亲自做的。你知道，他说他能够做比任何主妇都做得好的茶。你尝一尝。他听说你吃得这么少，很担心。要是你胃口好点，他准会很高兴。”

“我渴，让我喝。”

她急切地喝了。

“几点钟啦，太太？”她问。

“九点敲过了。”

“不是还要晚些吗？啊！我还得过一个漫长的夜哪。不过，这杯茶使我有力气了。我要坐起来。”

普赖尔太太扶她起来，又给她整一整枕头。

“感谢上天！我并不总是这样不幸，生病，绝望的。今天下午打霍顿斯走后，就一直很不好，也许今儿晚上会好一点。我想，今儿晚上天气很好吧？月亮清明。”

“天气真好，不折不扣的夏夜。礼拜堂那个老钟楼闪闪发光，白得像银。”

“墓地上也显得很静穆吗？”

“很静穆，花园也很静穆。露水在簇叶上闪光。”

“你看得见坟墓中间许多长长的杂草和荨麻吗？它们看起来可像草地和花儿吗？”

“我看到含苞未放的雏菊花尖，像珍珠在沃土上闪亮。托马斯已经剪掉了羊蹄草和杂草，全都除得干干净净。”

“我总是喜欢除草。看到地方弄得井井有条，心里也舒服。我敢说，礼拜堂里现在的月光也像我这房里一样柔和。月光会打东面的窗子完全照在赫尔斯通的墓碑上。我一闭上眼睛就似乎看到那用黑体字刻在白色大理石上的可怜的爸爸的墓铭。那下边还有好多地方空着，可以刻些别的东西。”

“威廉·法伦今天早晨跑来照料你那些花了。他怕你现在不能亲自料理它们，花儿没人管。他把你最喜欢的两盆花拿回家去代你养了。”

“如果我要立个遗嘱的话，我一定要把我所有的花都留给威廉；把我那些鸡心都给谢利，只不过要留下一只，这一只一定不能打我脖子上取下来。还有你，太太，我的书都给你。”（歇了一歇）“普赖尔太太，我觉得很想要点什么。”

“要什么，卡罗琳？”

“你知道，我一直喜欢听你唱歌，现在就给我唱一首圣歌吧——唱那首这样起头的：

> 我们的造物主，我们世代的依傍，
> 我们未来的希望；
> 我们躲避狂风暴雨的处所；
> 我们的避难所，避风港，栖息所！”

普赖尔太太立即照办。

怪不得卡罗琳喜欢听她唱歌。她的声音，即使在说话的时候，就十分美妙，银铃一般清脆，唱起歌来，简直就是出神入化——不论是一般丝竹还是金属弦乐，都没有这么纯净的音调。可是，这音调同那浑身震颤的表情比起来，又要略逊一筹——那是一种出自感情丰富的肺腑的至情颤动。

厨房里的仆役，一听到这调子，都蹑手蹑脚来到楼梯脚跟倾听，连赫尔斯通老头，一边在花园里散步，一边在揣摩一般女人那种难解而软弱的性格时，也不禁在他那些花坛中间站定下来，以便更清楚地听听那支如泣如诉的调子。这歌声怎么会突然教他想起自己那个早已抛在脑后的亡妻来，他可说不上来，这歌声又怎么会使他自己比向来更关心起卡罗琳那逐渐消失的少女时代来，他也说不上来。他一想到今晚已经约好要去看那位治安推事温先生，顿时心里一乐。他最痛恨的就是垂头丧气和郁郁寡欢，思虑重重。每当这种毛病向他袭来时，他总要设法加速把它们打发走。在他跨过田野时，圣歌还隐约地尾随着他。他连忙加速他那惯常的快步，免得再听到歌声。

“你令我们的肉体变成尘土——
　‘返璞归真吧，你们这些人之子。’
万民当初都从地里来，
　而今都要回到地里去。

“你眼光里的万千百年，
　就像一宵消逝；
像守夜的巡更人，
　一眨眼就见太阳东升。

“时间，有如滔滔滚去的溪流，
　把它的儿孙统统带走；
他们飞去，被人忘却，像个梦，
　死在光天化日之下。

“万民，像争妍竞艳的花圃，
　在晨光里鲜丽挺拔；
割草人手下不留情，
　不到夜晚，花儿就此枯萎。

我们的造物主，我们世代的依傍，
　我们未来的希望；
圣父呵，只要苦难存在，
　你就是我们的护卫，我们的栖息所。”

“现在唱一支歌——一支苏格兰歌吧，”圣歌一唱完，卡罗琳便提出说，——“‘你这美丽的东的河岸和山坡’①。”

普赖尔太太又答应了，也可以说是试图答应了。第一节唱完后，她不往下唱了，她唱不下去了。她心里的悲伤已经漫溢出来了。

“你在唱这支悲怆的调子时哭啦，过来，我来安慰你，”卡罗琳以怜悯的声音说，普赖尔太太过来了。她在病人的床沿上坐下来，听任两只消瘦的胳膊把她搂住。

“你常常安慰我，我也来安慰你吧。”这姑娘一边吻她的面颊，一边嘟哝着。“我希望，”她又找补说，“你不是因为我才哭吧？”

没有得到回答。

“你认为我不会好起来吗？我觉得我并不病得十分重——只是没有力气。”

“可是，你的精神，卡罗琳——你的精神垮了。你的心差不多都碎了。人们一直不留心你，冷待你，弄得你这么凄凉。”

“我相信悲伤是，一直是我的致命伤。我有时候想，如果我会碰到许许多多幸福的事情，我还是能够振作起来。”

“你希望活下去吗？”

“我没有生活的目的。”

“你爱我吗，卡罗琳？”

“非常爱——十分真切地爱——有时候简直是爱得难以形容。这会

---

① 苏格兰诗人罗伯特·彭斯的《东的河岸》的第一句。

儿我就觉得好像我差不多同你心心相印了。”

“我马上就来，亲爱的，”普赖尔太太一边让卡罗琳躺下，一边说。

她离开了卡罗琳，悄悄走到门边，轻轻把门锁上的钥匙一转，肯定了门关紧后，又走回来。她俯身对着卡罗琳。她拉开帷子，让月光更尽情地泻进来。她凝神注视着卡罗琳的脸。

“那么，如果你爱我，”她急急地说，声音也变了——“如果你觉得好像，用你自己的话来说，是‘同我心心相印’，那么，等你知道那颗心就是你的心的泉源；知道打*我的*血管像潮水似的流出来的，都流进了*你的*血管，知道你是*我的*——我的女儿——我的亲生孩子，你就不会震动或者痛苦了。”

“普赖尔太太——”

“我的亲孩子！”

“那是说——意思是——你要收养我了？”

“这是说，如果我别的一点也没有给你，我至少给了你生命，我生了你——抚育你，我是你的真正的母亲。任何其他一个妇女都不能得到这个称呼——这是*我的*称呼。”

“可是，詹姆斯·赫尔斯通太太——可是，我父亲的妻子，虽然我一直记不起是不是见到过，她才是我的母亲呀！”

“她是你的母亲，詹姆斯·赫尔斯通是*我的*丈夫。我说你是*我的*。这我已经证明了。我想也许你应该完全属于他的，这对我说来，一直是种残酷的天意。可是，我觉得并不是这样。上帝准许我做我孩子心灵上的母亲，这孩子是属于我的，她是我的所有物——我的*权利*。你的相貌很像詹姆斯。他年轻的时候，在他还没有因为走了邪路而变形的时候，面孔长得很秀气。亲爱的，爸爸给了你一双湛蓝的眼睛，一头棕色的软发，他还给了你这只鹅蛋脸，齐齐整整的轮廓，他给了你外表，可是内心和头脑却是我的。种气是我给你的，种气已经经过改良，长成优良品种了。我非常尊重，称许我的孩子，正如我非常疼爱她一样。”

“我听到的都是真的吗？这不是做梦吧？”

“我希望这是同你的腮帮子会重新恢复健康，结实，又有血色一样真实。”

“我的亲母亲！她是个我能够像爱你一样爱的人吗？过去人们总是告诉我，人家一般都不喜欢她。”

“人们这样告诉你吗？唔，现在让你母亲来告诉你，她生来就不会讨一般人喜欢，因为她根本不在乎人们喜欢不喜欢，她的思想全都集中在她的孩子身上。究竟她的孩子是欢迎她还是摒弃她呢？”

“如果你是我的母亲，我觉得世界全都变样了。我一定能够活下去——我非恢复健康不可——”

“你一定会恢复健康。打你是个可爱的小娃娃的时候，你就打我胸脯获得生命，获得力气，我经常对着这双湛蓝的眼睛哭，怕我在你这双十分美丽的眼睛中看到一些像铁一样戳进我的心的东西，像剑一样刺透我的灵魂的东西。女儿！我们分开得太久了，我现在又回来爱抚你了。”

普赖尔太太把卡罗琳搂在胸口，抱在怀里，轻轻地摇她，仿佛在哄小孩睡觉。

“我的母亲！我的亲母亲！”

孩子舒舒服服地躺在母亲怀里，母亲感觉到了孩子的亲昵，听到了孩子的要求，把她搂得更紧。她轻轻地对孩子吻了又吻，嘴里对她轻哼着亲呀爱呀的，像只斑鸠在抚育幼雏。

屋子里寂静了好久。

“我的叔叔知道吗？”

“你叔叔知道了。我第一天到这里来陪你的时候就告诉了他。”

“我们在菲尔赫德第一次见面的时候，你认出我了吗？”

“怎么会认不出呢？我一听到赫尔斯通先生和赫尔斯通小姐来到，就准备看看我的孩子了。”

“原来当时叫你感动的就是这个。我看到你很不安生。”

“你哪里会看到什么，卡罗琳，我能够不露任何情感。在听到你的名字和你进来的那两分钟里头，你万万不会知道我那时的情绪多么奇妙。你万万不会知道你的外貌，你的行动、举止多么使我惊骇。”

“怎么，你失望了吗？”

“她长得像什么样子？我心里想，等我一看到你的样子，我简直站都站不住了。”

“妈妈，为什么呢？”

“我一看到你就浑身打颤，我说我将永远也不会认她了，她将永远不会认识我了。”

“可是，我说话举动都一点也没有什么特别的地方。我只不过是一想到要同陌生人见面就有点儿腼腆罢了。”

“我立即就看到你腼腆，这就是叫我放心的第一件事。你要是举止粗野，村俗，笨拙，我准会满意。”

“你把我闹得糊涂啦。”

“我有理由害怕外表好看的人，不相信举止讨人喜欢的人，我见到高贵、优雅、文质彬彬就要打颤。美丽和殷勤我也曾经碰到过，那时节，我孤单、凄凉、年轻、无知，是个劳累得精疲力竭的家庭教师，辛辛苦苦却毫无乐趣，未老先衰，眼看就要枯死。卡罗琳，当我看到美丽和殷勤在对我微笑的时候，我就错当是看到了天使！我跟着这些天使回家，毫无保留地把我整个未来幸福的机会都托付给了它们，命运叫我在家庭生活上亲眼看到一个变形，看到揭开了白面具，扔掉了堂皇的伪装，坐在我的对面——天啊！我吃足了苦头！”

她倒在枕头上。

“我吃足了苦头！没人看见——没人知道，得不到同情——得不到救济——得不到补偿！”

“宽宽心，母亲，现在这些都过去了。”

“都过去了，而且不是白白地过去的。我努力记住上帝那个‘忍耐’的词儿。上帝在我痛苦的日子里保护了我。我吓怕了——我困惑不安，经受过巨大的苦难后，上帝终于在这最后一次使我获得拯救。我过去给折磨得要死的恐怖——上帝把它扔出去了，于是上帝给了我十足的爱……可是，卡罗琳——”

她歇一歇后，就这样请求她的女儿。

“母亲！”

“等你下次去看你父亲的墓碑的时候，我要你对那刻在上面的名字表示一下敬意。他对你做的都是好事。他把他全部美的财宝都给了你，没有给加上一丁点儿的污点。你从他那里得到的都是呱呱叫的。你应该感他的恩。我和他彼此之间的账应该怎么算，随它去。你不必管，上帝就是公断人。人间的法律从来没有管过我们——从来没有！人间的法律像根烂芦苇那样没有力量保护我！——像个胡言乱语的白痴那样没有能力制止他！正如你说的，现在这些都过去了。坟墓把他和我隔开了。他睡在那儿——睡在那个礼拜堂里！我今天晚上要对他的尸体说几句我以前从来没有说过的话，‘詹姆斯，安安静静地睡吧！你瞧！你那笔可怕的债已经勾销了！你看！我亲手抹掉了这笔又长又惨的账！詹姆斯，你的孩子来抵账啦。这个跟你一模一样的人儿——这个长得跟你完全一样的小东西——这一件你给我的好礼物，现在正亲昵地依偎着我，亲热地叫我“母亲”。丈夫呵！安息吧，宽恕你了！’”

“最亲爱的母亲，做得对！爸爸的灵魂听得到我们的话吗？他要是知道我们仍然爱他，心里会舒服吗？”

“我一点也没有说爱，我是说宽恕。记住事实，孩子，我一点也没有说爱！如果他能够在来世的门槛那儿送我进去，我还是要这样说。”

“母亲呵！你一定吃足了苦头！”

“孩子呵！人心是吃得起苦头的。人心比海洋容水都更容得了泪水。我们永远也不知道心有多深多宽，要等到‘苦难’开始放出了愁云，给灌进了如奔如突的黑暗才弄得清楚。”

“母亲，忘却吧。”

“忘却！”她说，带着鬼里鬼气的一声大笑。“要等到西天出太阳，铁树开花才会忘却。”

“嘘，母亲！安静！别嚷嚷！”

孩子在哄母亲，正像刚才母亲在哄孩子一样。最后普赖尔太太哭了，过了一会，她变得比较安静了。激动一经暂时平息下来，她又像先前那样慈祥亲切。她重新让女儿躺在床上后，捋一捋枕头，摊好被单。柔软的发卷松了，她给重新理好，给湿渍渍的额头擦上点儿阴凉的香水。

“妈妈，要他们拿烛来，让我看看你，等一会儿，要我叔叔到这屋里来。我要听到他说我是你的女儿。还有，妈妈，你在这里吃晚饭，今儿晚上，你一分钟也别离开我。”

“呵，卡罗琳！亏得你这样好。你要我走，我就走，要我来，我就来，要我做这样，我就做这样。你传到了一种态度，也传到了一个相貌。以后总会听到你在下命令前，先轻轻地叫声‘妈妈’，感谢上帝！说起来，”（她悄没声儿地找补说）“他从前说话也是轻声细气——像支吹情歌的笛子，后来，等到旁边没人在听的时候，叫人头昏脑涨，心惊胆寒的不协合音——叫人听得发癫发疯的声音便出来了。”

“妈妈，要你做这样，做那样，好像是很自然的。除了要你在我身边，给我做任何事情，我什么人都不要，可是，别让我太麻烦你，如果我胡闹了，你制止我。”

“你不应该依靠我来制止你，你应该自己管住自己。我没有教训人的勇气，我的致命伤就是缺乏这个。正是因为这个，使我成为一个不近人情的母亲——使我自从丈夫死后十年来，一直跟我的孩子分开，不能自由承认她，正是因为这个，首先使我双手失去勇气，不能让原该归我所有的婴儿多在我怀里待一会，听人家过早地攫走了。”

“怎么一回事，妈妈？”

“我让你给人家抱走的时候，你还是个小娃娃。因为你长得标致，我怕你长得好看；我认为长得好看是邪恶的标记。他们给我捎来了你的相片，是你八岁上照的，那张相片竟然证实了我的担心。如果我看到的是个黧黑的小乡巴佬——一个迟钝、粗鲁的普通孩子——我一定会赶快来认你。可是，掀开那张上等薄纸，却叫我看到开着一朵娇嫩的、贵族气派的花儿——好像‘小姐’这两个字都一笔一划，清清楚楚地写在那上面。我还刚刚从那个高尚绅士的羁勒下偷偷地溜了出来——逃了出来，遍体鳞伤，精神瘫痪，行将死亡——哪里敢再碰上他那还更高尚，真像个神女那样的后裔呢？我的可爱的小姐把我吓得不知如何是好；她那天生丽质叫我冷彻肌肤。在我的经历中，我没有碰到过既是美人，又是老实，谦虚，有好操守的人。我不禁在肚里嘀咕，一个生得这么挺秀的人一定包藏着一颗乖戾和冷酷的心。我简直不相信有什么教育力量可以纠正这样一颗心，或者不如说，我完全怀疑我自己未必有能力感化这颗心。卡罗琳，我不敢负起养育你的责任，我下了决心，把你交给你叔叔去管。我知道，马修森·赫尔斯通，尽管为人严刻，却是个正直人。他和天下所有的人都简直不能理解我这种不像个慈母的奇特的决心，人家误会我是理所当然的。”

“妈妈，你为什么自称为普赖尔太太呢？”

“这是我娘家的姓，我用了这个姓，就可以安安稳稳地生活下去。我夫家的姓太会使我触心地想起我婚后的生活，这我受不了。再说，听说有人要胁迫我重新回去做牛做马。这是办不到的，我宁可拿棺架做床铺，把坟墓当做家。我用这个新名字可以隐姓埋名。我就用这个新名字作掩护，去重操我教书的旧业。起先，教书简直无法维持生活，可是，我在安安静静地禁食时，饥饿的滋味可多开胃呵！过去的恐怖既然没有什么回光，使凄凉生活染上深红色，那么，不生炉火而显得暗黑，阴冷，又似乎是多么安全！我既然不怕暴力和邪恶侵入，孤单的生活可多么恬静呵！”

“可是，妈妈，你从前在这一带住过。怎么你和基达尔小姐重新来到这里的时候，没有人认出你来呢？”

“我只是二十年前做新娘时来过一次，时间很短，况且，那时候，我跟我现在大不相同——苗条，生得简直同我如今的女儿一样苗条。我的肤色，相貌都变啦，我的头发，衣服式样——一切都变了。你简直想象不出我曾经是个纤细的年轻人，穿着薄薄的白麻纱衣服，裸露双臂，手戴镯头，挂着珠项链，头发梳得前额有个刘海。”

“你现在确实和过去不同。妈妈，我听到开大门的声音了。如果是我叔叔来了，就请他上楼来，让我听他保证说，我真个清醒定神了，不是在做梦或者说梦呓。”

教区长自动上楼来了，普赖尔太太要他上他侄女房里来一下。

“我希望她不是病重了吧？”他急急地问道。

“我想她好点了，她很爱谈话，她似乎比较有力气了。”

“好！”他快步跑进房里说。“哈哈，卡利，你好？你可喝了我做的那杯茶？我是特为你做的，正如我喜欢自己做来喝一样。”

“我把它喝得一滴不剩，叔叔，这杯茶真受用——使我觉得很有精神。我想找人做伴，所以我要求普赖尔太太请你来。”

这位尊敬的教士面色愉快然而有点儿窘。既然这个生病的侄女忽发奇兴，希望他来，他倒很乐于陪她坐十分钟。可是，用什么方法使她高兴，他却心中无数，他清一清嗓子——不知如何是好。

“你马上就可以起来啦，”好歹总得说点什么，他就这样说。“这一点点虚弱很快就会过去，那时候，你得喝点儿葡萄酒——如果你能行的话，抽一筒板烟——吃野味，吃牡蛎。我去给你找来，如果什么地方有的话。嗨，嗨！我们一定要使你像参孙[①]一般强壮才罢。”

“叔叔，站在床脚跟，在你旁边那位太太是谁？”

“哎呀！”他不由自主地叫了起来。“她不是在说胡话吧，太太？”

普赖尔太太面呈笑容。

“我是在说趣话，”卡罗琳轻声而快活地说，“我要你告诉我，这究竟是真实的还是幻象。那位太太是谁？她叫什么，你说，叔叔？”

“我们得再去把赖尔医生找来，太太，或者最好还是去找麦克特克，他比较不会骗人。马上叫托马斯给那匹小驹备鞍，去把麦克特克找来。”

“不，我不要找医生，妈妈就是我唯一的医生。现在你明白了吗，叔叔？”

赫尔斯通先生把眼镜从鼻梁推向额头，拿出鼻烟盒，抹了一撮。这样一番设防后，他简单地答道：

“我懂啦。这么说来，你已经告诉她啦，太太？”

“这是真的吗？”卡罗琳反问道，抬起身子，倚着枕头。“她真的是我的母亲吗？”

“如果我回答是的话，你不会哭，不会吵闹，也不会发歇斯底

---

① 参孙，《圣经》中的人物，以身强力大见称。

里吧？”

“哭？如果你说不是，那我才哭哩。现在如果叫我失望，那才可怕。可是，她叫什么，你说，你管她叫什么？”

“我管这位穿着古雅的黑衣服的胖太太，她如果穿上更漂亮点的衣服，准会很年轻，要是她高兴穿的话，我管她叫艾格尼丝·赫尔斯通。她同我哥哥詹姆斯结过婚，现在是他的未亡人。”

“是我母亲吗？”

“真是个小怀疑鬼！看她那张小脸蛋，普赖尔太太，还没有我这只巴掌大，却那么精灵，热切。”（又对卡罗琳说）“总之，她是费了好大的劲才把你带到这个世界上来，要记住，如果你要报答她，就得赶快好起来，让这两边腮帮子长起肉来。嗨嘀！她本来长得胖嘟嘟的，怎么一下子就搞成这样，我可随便怎样都弄不懂。”

“如果希望我好起来会有好处的话，我就不会再病下去了。今天早晨，我可没有理由，也没有力气抱这个希望。”

这当儿，范妮轻轻敲了一下门，说晚餐已经准备好了。

“叔叔，你肯的话，你可以在你盆子里随便拣一点菜叫人送给我。这总不能说是发歇斯底里吧？”

“说得像个贤人，卡利，看我能不能聪明地投合你的胃口。女人通情达理的时候——主要是聪明——我就能同她们合得来。只有那种莫名其妙，过于微妙的感觉，过分细致的意见才把我弄得左右为难。一个女人问我要吃的穿的——不论是要一只大鹏蛋还是要亚伦[1]的胸甲，要一份圣约翰的蝗虫拌蜂蜜还是要他的皮腰带——我至少能够懂得那种要求。可是，如果她们一味想着连她们自己也弄不明白的东西——同情啦，感情啦，类似这种模糊抽象的东西——我就毫无办法了。我

---

① 亚伦，《圣经》中的人物，摩西之兄，犹太教的第一祭司长，见《圣经·旧约·出埃及记》第4章第14节。

不懂得这些，我也没有这些东西。太太，来吧，咱们吃饭去。”

普赖尔太太表示她今晚要同她女儿一起吃饭。因此，赫尔斯通让她们一块儿吃。不一会，他又回来，亲自用他那只圣手端来一只盆子。

“这是仔鸡，”他说，“不过，明天我们要吃雉鸡了。把她扶起来，给她披上披肩。一点不假，我懂得怎样护理。喏，这是你刚来到教区长住宅时用过的那支小银叉。这忽然教我想起一种你可以叫作愉快的想法——细心周到。拿去，卡利，乖乖地，慢慢地吃吧。”

卡罗琳尽量吃。她叔叔一看到她的吃量这么有限，不禁眉头一皱。不过，他预言道：将来自会大有好转。等她称赞他拿来的那点食物，带着笑容，感激地直望着他的时候，他伛在她枕头上，亲吻她，破锣似的声音，刺耳地说：

“晚安，小妞儿！上帝祝福你！”

那一夜，卡罗琳由她母亲搂在怀里，头枕着她的胸脯，睡得那么安静，以致不再希望要任何别的人待在一起，虽然在沉睡中，做了不止一次兴奋的梦，不过，等她气喘吁吁地醒来，由于恢复知觉而感到十分快活自得时，她几乎一感到激动，就立即安定下来。

至于母亲呢，她那一夜过得像雅各在毗努伊勒一样，在一片诚心的祷告中与上帝摔跤，直到黎明。[①]

---

① 参阅《圣经·旧约·创世记》第32章第23至30节。指普赖尔太太终于解决了与女儿团聚的问题，获得胜利了。

第二十五章
西风起矣

胆敢同神明进行这样斗争的，总不都是成功的。一夜过一夜，痛苦的汗水会突然莫名其妙地涌上额头；恳求者在向上帝哀求时，也许是打心灵里发出无声的声音哭求怜悯。“饶饶我心爱的人儿吧，”恳求者也许这样哀求着。“请恢复我的生命健康吧。别抢走同我整个肉体不可分离的久已心爱的人儿。上帝呵——俯首——垂听——大发慈悲吧！”经过这番呼号和争斗后，太阳也许升了起来，看到恳求者并没有得胜。爽朗的清晨，本来总是以西风的喁语，云雀的歌声向恳求者致意，如今却是首次从那个亲爱的人的失色冰冷的嘴发出了低声细语——“啊！我夜来过得好苦呵。今儿早晨我更不行啦。我拼命想爬起来，就是起不来。那些个我从来没做过的梦折磨得我好苦呵！”

于是，那个守夜的人挨近病人枕畔，看到了那个熟悉的容貌，另有一种新奇的样子，顿时觉得难以忍受的时刻终于逼近了，知道他的偶像之所以会被打碎，乃是出自上帝的意旨，于是，低下头来，死心塌地听候自己所无法回避而又不能忍受的宣判。

交运的普赖尔太太！她还在做祷告，不知道夏天的太阳已高悬在丘冈上，她的孩子也已在她怀里平静地醒来。在她醒来之前，并没有发出人事不省、凄厉的呻吟——这是一种十分伤耗我们体力的声音，即使我们发誓要坚强起来，怎奈一阵不可抑止的泪水，一下子又把这誓言冲得无影无踪了。接下来也不是充耳不闻的冷漠态度。说出来的第一句话也不像是行将远离人间，眼看随时就要脱离正轨、滑进生灵所不熟悉的国土去的人所说的话。卡罗琳显然清清楚楚记得已经发生的事情。

“妈妈，我睡得真好。我只是做了梦，醒了两次。”

普赖尔太太吓了一跳，连忙起身，免得让她女儿看到因为刚才那声亲昵的“妈妈”以及随之而来的令人快乐放心的话而不由洒下的快活泪水。

好几天来，这位母亲只敢一边欢乐，一边心惊肉跳。初度复原的情况似乎像盏行将熄灭的灯火忽放光明一样：如果火苗往上一冲，亮了一会，接下来就暗淡地消失在灯头里，紧接着一阵兴奋后，就是油尽火熄了。

虽说总是力图显得病况好转，却叫人看了感伤，更常常的是力不从心，尽管想强打起精神来，却又做不到。尽力想吃，想谈话，想显得愉快，都归于失败。许多个小时过去了，在这期间，普赖尔太太深怕生命之弦再也不能伸张下去，虽说断弦也许还要拖一段时间。

在这段时间里，在这附近一带，似乎只有这母女孤零零两个。这时是 8 月底，天气晴好——也就是说，十分干燥，灰尘弥漫，这个月来，一直都是吹着干燥的东风：万里长空，一点云儿也没有，但是，大气里却始终弥漫着一层灰蒙蒙的烟雾，好像要夺去苍穹一切浓烈色调，夺去大地一切青翠葱茏的生气，夺去白昼一切灿烂光华。在白莱亚菲尔特，几乎家家户户都出门旅行去了。基达尔小姐和她那些朋友都在海边；约克太太一家也到海边去了。霍尔先生和路易斯·穆尔两人“北上”，徒步旅行到湖泊区去，这两个人大概因为情投意合，似乎自然而然地成为亲密无间的朋友。甚至本来愿意待在家里襄助普赖尔太太护理卡罗琳的霍顿斯，也因为曼小姐那么热切要求陪她重上沃姆伍特温泉，希望借此减轻由于气候不正而大大加重的病痛，而不得不应命前去了。其实，霍顿斯天生就不肯拒绝人家的要求，何况这种要求既能投合自己的好心好意——对方也公开表示了依赖态度——又能使自己的虚荣心得到满足。至于罗伯特，已经从伯明翰径上伦敦，至今仍逗留在那儿。

只要亚洲沙漠那种静止风仍然使得卡罗琳嘴干唇焦，肌理发热，她的身体复原就无法与她日趋平静的神志齐步并进。不过，终于有这么一天，风儿不再在教区长住宅的东面山形墙角和礼拜堂那凸窗旁边呜咽了。一片巴掌大的小云在西边泛起，一阵风儿也从西边把云儿赶走，使它散开去，又来了一阵大雨和风暴。等到风过雨止，太阳便温和地探出头来，天空重现淡青色，大地重现葱翠；死灰的霍乱色彩从大自然的脸上消失了，峰峦轮廓鲜明地屹立在地平线四周，摆脱了青灰色的瘴气烟雾。

这个时候，卡罗琳的青春活力以及她母亲的悉心护理才发生了作用。这两样——再加上上帝的保佑，让纯洁的西风凉爽而清新地吹进那常开的寝室窗格来——使她重新焕发那久已疲惫的活力。普赖尔太太终于认为可以希望开始真正的、肉体上的复原了。卡罗琳不仅笑容比从前欢快，精神感到振奋，眉宇间也看不到一种神色——一种可怖而又难以描摹的神色，这是凡是曾经厮守在危在旦夕的病人床边的人一下子就回忆得起来的一种神色。虽说她面上那憔悴的轮廓远还没有开始丰满起来，那消失了的红润也远还没有回来，但是，脸上已有比较微妙的变化：处处都显得比较柔和，比较有生气。普赖尔太太看到倚在枕上的已经不是一张大理石的假面和迟钝的眼睛，而是一张苍白、很衰弱的脸，也许样子比较憔悴，但已不那么吓人了，因为这终究是个活生生的、生病的姑娘，而不是个石灰模型或者一尊呆板的雕像。

她现在也不总是要求喝水了。“我很渴”已经不再是她哀叹的口头禅了。有时候，她咽下一点食物后，就会说她吃了很有精神。各种食物都不再统统是毫无滋味的了。有时候，甚至还可以使她点一样爱吃的东西。她挑选的食物，何曾不叫她的看护乐得发抖，小心翼翼地给准备好！她在吃那爱吃的东西的时候，这位看护可看得多么乐滋滋呵!

营养长力气，她能够坐起来了。接着，她很想出去呼吸新鲜空气，巡视一下她栽植的花木，看看果子成熟了没有。她叔叔向来慷慨，特地为她买了一辆推车。他亲自抱她下床，又亲手把她放进车里，于是，威廉·法伦便推她四处走走，让她看他怎样照料了她种的花木，要她指示还得做些什么事情。

威廉同她总有许多好谈的话题，他们有十几种共同感到有趣的，而对别人说来却是无关紧要的话题。他们对动物，禽鸟，昆虫，花草都有同样的兴趣；他们对于应该仁慈对待低级动物也有相同的看法，对博物学的各方面都具有细致观察的相同癖性。一些钻在老樱桃树下草皮里的甲虫，它们的营窠筑巢的情况就是有趣的话题之一，一种篱雀的栖息处所，某种珍珠般的鸟蛋和尚未长毛的雏鸟的安全问题，又是另一种有趣的话题。

如果当时钱伯斯的《集纳杂志》[①]还在的话，它一定会是赫尔斯通小姐和法伦所喜爱的刊物。她一定会订阅它，也一定会按期借给法伦。他们一定会毫不置疑地相信这本刊物所刊载的有关动物灵性的千奇百怪的逸话，而且看得津津有味。

这未免离题太远了，不过，这却足以说明为什么卡罗琳不要别人而要威廉来推车的道理，也足以说明为什么卡罗琳同法伦在一起谈话可以大大增加她游园兴趣的原因。

普赖尔太太走在他们旁边，弄不懂她女儿怎么会同一个“普通老百姓”这么相得，她自己觉得除了对他板起面孔，是不可能同他谈话的。她觉得在社会地位上，她和他之间仿佛隔着一道大鸿沟，要跨过这道鸿沟，或者与他在半道里相遇，简直就是贬低自己。她轻声问卡

① 《集纳杂志》，系苏格兰出版商威廉·钱伯斯(1800—1883)和他弟弟罗伯特·钱伯斯(1802—1871)出版于1832年的《爱丁堡集纳杂志》。

罗琳：

“亲爱的，你同这个人这么坦率谈话，不怕吗？他也许会自以为了不起，变得嘁嘁喳喳，叫人讨厌呢。”

“威廉会自以为了不起，妈妈？你不了解他。他从来不自以为了不起。他完全是太自重太灵敏，哪会自以为了不起。威廉有十分高尚的情操。”

听到这种天真的说法，竟然说这个粗手粗脚，笨头笨脑，穿着粗柳条棉布衣服的乡巴佬会有“高尚的情操”，普赖尔太太不禁大表怀疑地微笑一下。

法伦则只是对普赖尔太太紧绷着脸。他知道如果人家错看了他，他就应该对那些没有公平对待他的人回他一个受不了。

到了晚上，卡罗琳又完全属于她母亲的了，因此，普赖尔太太喜欢晚上，因为这时，可以单独同她女儿在一起，没有什么人影子来夹在她和她所爱的人中间。白天里，她又像向来那样，态度拘谨，冷冰冰的。她同赫尔斯通先生一直保持一种十分敬重而极其拘泥虚礼的交往。任何类似于熟不拘礼的行为一定会激起这两个人互相蔑视。不过，由于严守礼仪和始终保持一定的距离，他们两人倒也相安无事。

普赖尔太太对待仆役的态度也不是毫无礼貌，而是羞怯，冷淡，不够亲切。也许不是骄傲而是腼腆才使她显得那么傲慢。不过，果然不出所料，范妮和埃利萨都未能分清骄傲与腼腆的界限，因而，她很不受她们欢迎。她也觉得产生了这种后果，她时时不满意自己这种不能克服的缺点，也不满意其他那些满脸愁伤，冷若冰霜，沉默寡言的态度。

这种情绪在卡罗琳的影响下，也只有在她的影响下才有所改变。她的爱女的孺慕之情，她的亲生骨肉的出自自然的情爱，使她变得温和了，她那冷若冰霜的态度消失了，严峻古板的神情舒展了，变得面有笑容，柔顺温和了。这并不是说卡罗琳把爱这个词儿成天挂在嘴上，这才不对普赖尔太太的劲哪，她反而会从中看出不诚挚的证据来，而是卡罗琳以存心依赖的态度缠住她，以大胆的信赖信任她，这种种做法才使得这位母亲心满意足。

她喜欢听她女儿说，“妈妈，做这样。”“妈妈，请给我把那东西拿来。”“妈妈，念给我听。”“妈妈，唱一点吧。”

除了这个女儿，没有一个人——没有任何一个生灵——曾经这样要求她效劳过，这样要她动手帮助过。别人对她总是多少有所保留和拘束，正如她对他们也有所保留和拘束一样。别人对她的缺点都不免流露出心照不宣和厌烦的态度。卡罗琳却同她从前是个三个月的奶娃娃所做的一样，不会现出这种伤人情感的聪明或者令人觉得是在申斥。

然而，卡罗琳也会找岔子。虽说她看不到那种无可救药的先天的缺点，却明明白白地看到了那种可以矫正的后天的习惯。在某些方面，她会很不讲究技巧地大训她母亲一通，而那位母亲，不仅没有觉得难过，反而以发现这个姑娘胆敢教训她，以发现她和她的女儿如此无拘无束而觉得无限愉快。

“妈妈，我已经决定了，你可别再穿那件旧长外衣啦；式样不行时了，裙子也太窄啦。以后你天天下午都穿黑绸衣服，穿上那衣服，你显得好看，那衣服配你身，你还应该再做一套礼拜天穿的黑色缎子衣服——真缎子——不是棉毛缎子或者充缎子。妈妈，等你有了新衣服后，你可记住，一定要穿上。”

“亲爱的，我认为那件黑绸衣服是我最排场的衣服，还可以再穿好多年呢，我倒想给你买几样东西。”

“瞎说，妈妈。我要买什么，我叔叔会给我钱，你知道他是够慷慨的。我已经专心一意要看到你穿上一套黑色缎子衣服，立即就去做，交给我推荐的裁缝去做，由我来挑式样。你总是把你自己装成个老奶奶，你想教人家认为你又老又丑——根本就不是这样！相反的，如果你穿得好，高高兴兴的，你确实十分标致。你的笑容是这么可爱，牙齿这么白，头发色泽还是非常淡。再说，你说起话来像个年轻小姐，声调那么清脆，悦耳，你唱起歌来比我所听到的任何一个年轻小姐都唱得好。你干吗要穿这种衣服，戴这种帽子，妈妈，干吗要穿戴谁都不曾穿戴过的东西呢？”

“这教你厌烦吗，卡罗琳？”

“非常厌烦，甚至教我着恼。人家会说你是个守财奴，可你又不是，因为你给起穷人和宗教团体来又很慷慨，不过，你送的东西都是不声不响，悄悄地送出去的，除了收受的人，谁都不知道。可是，我一定要做你的侍女，等我身体稍为有点力气，我就要认真做起来，妈妈，你一定要听话，照我说的做去。”

卡罗琳坐在她母亲身边，重新整整她的麻纱手帕，又重新抚平她的头发。

“我的亲妈妈，”接着，她又说下去，仿佛由于想到她们的关系而十分高兴，“你是我的，我是你的！我现在是个富有的姑娘了，我有一种我可以好好地爱的东西，而且也不怕爱了。妈妈，这只小胸针是谁给你的？让我摘下看看。”

普赖尔太太向来看到人家的手指乱戳或者挨拢来就会退避三舍，这回竟安安生生地听任摆布。

“这是爸爸给你的吗，妈妈？”

“是我姊姊——我唯一的姊姊给我的，卡利。你的姨娘卡罗玲要能活到今天看到她外甥女可有多好呵！”

“爸爸的东西，你一点也没有吗？——鸡心，礼物，一样都没有吗？”

“我只有一样东西。”

“你很宝贝它吗？”

“我很宝贝它。”

“很贵重又很好看吗？”

“对我说来，是无价之宝，令人眷恋的。”

“让我看，妈妈。是在这儿还是在菲尔赫德？”

“那样东西现在正在同我谈天，倚着我，还搂着我呢。”

“哈哈！妈妈！你指的是你这个死乞白赖的女儿吧，她是决不会由你的，等你一走进你的房间，她就要情不自禁地奔着去找你，像只狗儿那样跟你上楼下楼。”

“她的相貌至今还时时使我心里很奇特地震颤一下。我至今还有点怕看你这美丽的面孔呢，孩子。”

“你别怕，你不必怕，妈妈。爸爸对你不好，我心里很难过，我真希望他一向对你好。不道德的事情会弄糟、毒害所有的愉快事情，它会杀害爱情。如果你我彼此都各怀恶意，我们岂不是不能彼此相爱了吗？”

“还有，如果我们彼此不能互相信任呢，卡利？”

“那我们一定会多么不幸！母亲，我在了解你的情况以前，我总以为你不很好，我不能尊重你，这一种恐惧使我不希望看到你，可现在我心里很高兴，因为我发觉你简直是十全十美——仁慈，聪明，正派。你的唯一缺点就是你很旧式，我就要治你这一点。妈妈，放下你的活儿，给我念一段书。我喜欢你的南方口音，它是那么纯净，那么柔软。一点没有刺耳的喉音，没有鼻音，这里北方差不多每个人都有那种声音。我叔叔和霍尔先生都说，你是个出色的朗诵者，妈妈。霍尔先生说他从来没有听到过任何一位小姐太太朗诵得表情如此得体，口音如此纯净。”

“我希望我能不辜负这种称赞，卡利，不过，老实说，我第一次听到你那位真正优秀的朋友读经讲道的时候，我简直听不懂他那地道的北方话。”

“你能听懂我的话吗，妈妈？我可好像说得很难听吗？”

“不，我简直巴望你说得难听，正如我原先巴望你长得很粗鲁那样。你父亲，卡罗琳，天生说话就很好听，同你这位可敬的叔叔可以说是完全相反，他咬音准确，柔和悦耳。你承受了他这份禀赋。”

“可怜的爸爸！他既然是这么讨人喜欢，他为什么不好呢？”

“他为什么会这样——幸亏你，孩子，对于这一点还得不出什么概念来——我也说不上来，这是个难解的谜。答案操在造物主手里，我也随它去了。”

“妈妈，你总是这么不停地一针一针缝下去，缝下去——把针线活儿搁下吧，我最恨针线活儿。针线活儿加重了你膝头的负担，我要用你的膝头来做枕头，针线活儿占了你的眼睛，我要你的眼睛看书。这是你最爱念的书——是库柏的。”

这种纠缠不休的要求却是母亲的乐趣。如果她一直把这番要求拖延不理，那只是为了要听到她女儿的一再唠叨，也为了要再听听她孩子那种娇声柔气，半玩儿半使性子的猴急的催迫声。不过，过了一会，她也就让步了。于是，卡罗琳会诡诈地说：

“你要把我宠坏啦，妈妈。我总觉得我真巴望能给宠坏才好，我觉得这十分惬意。”

普赖尔太太确实是这样宠坏了她。

第二十六章
旧习字簿

到了菲尔赫德那一伙人都回到白莱亚菲尔特时，卡罗琳也差不多恢复健康了。基达尔小姐已经从信札中得到她的朋友复原的消息，她回家后一个钟头也不到，就忍不住急急地赶到教区长住宅来做第一次访问。

又细又急的阵雨正洒在迟开的花儿和赤褐色的秋季灌木上，就在这时，听到花园门豁然开来的声响，谢利那熟悉的身影打玻璃窗一闪而过。她一进来，人们就看到了她那具有特色的情感。每当她因为大惊或者大乐而十分激动的时候，她是不唠唠叨叨的。她难得让强烈的感情影响到她的言语，甚至不肯让她的眼睛现出一点诡秘或者游移的神色来。她抱住了卡罗琳，朝她一看，对她一吻，然后说：

"你好些啦。"

一分钟后："我看你现在平安啦，不过，要当心。上帝赐你健康，可以使你不再担惊受怕了！"

于是，她滔滔不绝地谈了旅途情况。在兴高采烈的谈话中，她的眼睛仍然瞟着卡罗琳，在那目光里，透露出一种深切的关怀，有点儿忧虑，又有点儿惊愕。

"她也许好些啦，"眼睛似乎在这样说，"可她还是多衰弱呀！她经受了多大的危险呵！"

突然，她眼睛瞟向普赖尔太太，一眼看穿了真相。

"什么时候把我的教师还我呀？"她问道。

"我可以全都告诉她吗？"卡罗琳向她母亲发问。

一个表示可以的手势，谢利顿即明白了在她出门期间所发生的情况。

“很好！”她冷冷地说，“很好！可是，这对我说来，并不是什么新闻。”

“怎么！你已经知道了？”

“全部事情我早就猜到了。我听说过一点儿有关普赖尔太太过去的情况——不是她自己说的，而是别人说的。我知道詹姆斯·赫尔斯通先生的生涯和性格的一切详细情况。这是有一天下午同曼小姐坐坐聊聊知道的，他也成了约克太太那许多叫人引为殷鉴的例子之一——是她为了吓得小姐们不敢结婚所挂出来的许多血红的警灯之一。我相信，我是一直对这么一些手指所勾勒出来的画像的真实性表示怀疑的——也对这些个太太抱着幸灾乐祸态度要叫人们看的这种生活的黑暗面表示怀疑——不过，我曾就此事问过约克先生，他说：

“‘谢利，我的姑娘，如果你想知道一点关于那位詹姆斯·赫尔斯通的情况的话，我只能说他是个狼虎之徒。他漂亮，放荡，文雅，背信，殷勤，残酷’——不要哭，卡利，我们不再谈这事了。”

“我不是在哭，谢利，即使我是在哭，那也没有关系。说下去吧，如果你不告诉我真相，你就不够朋友。我最恨那种掩饰真相，割裂真相的虚伪策略。”

“幸而我差不多把我要说的都说出来了，除了你叔叔本人证实约克先生所说的话没有说出来以外，因为他也痛恨说谎，而且从来不使那种比说谎还要卑鄙的老奸巨猾的手段。”

“可是，爸爸已经死啦，现在大家总该不再提他了吧。”

“大家应该——我们也一定不再提他了。痛痛快快地哭吧，卡利，哭哭对你会有好处。把本来要淌出来的眼泪硬压下去是错误的，再说，这会儿你母亲一边望着你，一边眼睛里好像在微笑，我倒觉得能同她一样看法而高兴呢，每一滴眼泪都可以抹掉一桩罪恶。哭吧，你的眼泪有着大马色河所没有的功效：像约旦河一样，能够洗净大麻风似的记忆。①”

“太太，”她又对着普赖尔太太继续说下去，“你可认为我能够每天总要看到你和你女儿在一起的情况，看到你们在许多方面相似得出奇——还看到——请原谅——你的孩子在你跟前，尤其是她不在你跟前的时候，你那种压制不住的激动情绪，而没有引起我的猜测吗？我是有所猜测的，而且实际上猜对了。这倒叫我开始认为我自己眼光很锐利呢。”

“可你一点也没有说什么？”卡罗琳说，她立即又悄悄地控制住自己的情感。

“一点也没有说什么。我没有必要对这事情吭一声气。这不干我的事，我不做这种事情。”

“你猜到了这样一个大秘密，却没有把你猜到的暗示出来。”

“这很不容易吗？”

“这不像是你的为人。”

“你怎么知道我的为人？”

“你并不是个藏得住的人，你是肚里有啥就要说啥的。”

“我也许是有啥说啥的，但是，也知道分寸。在给人家看我的贵重物件的时候，我也许会藏起一两样宝石，比如藏起一块买不到的、希有的石雕，一张护符之类，它那种神秘的光辉连我自己也不肯多看它一眼。再见啦。”

卡罗琳似乎就这样从一本小说的角度观察到了谢利的性格。不久，又有了新发现：这种新发现就摆在她面前。

卡罗琳一经恢复体力，足以经得起换个环境——令人兴奋地同一

① 典出《圣经·旧约·列王纪下》第5章。亚兰王的元帅乃缦得了大麻风，求治于先知以利沙，以利沙告诉他去约旦河洗澡，结果，全身完全洁净了。

小群客人交际——基达尔小姐便天天请她上菲尔赫德去。谢利是否已对她那些尊贵的亲戚感到烦腻了，可不清楚，她本人没有这样说过。可是，她那么热切地要卡罗琳去，留住卡罗琳，却表明除了那些可尊敬的客人，再加上个把客人也不是不愉快的。

辛普森家是国教信徒，这位教区长侄女自然受到他们的礼待。辛普森先生原来就是一位无懈可击的体面人物，多忧多虑的性情，虔诚的节操而耽于利欲。他的太太是个十分和善的女人，忍耐，和气，有教养。她是在狭隘的思想方式中教养出来的——靠这几种东西过着饥饿生活：几种偏见，一小撮苦药草，几种偏爱的东西，这几种东西都泡得原味稀淡了，煮的时候又没加上任何作料；还有几条卓越的原则，则是以硬得发酸的面包皮似的固执拼凑起来的，吃了很难消化。由于生性过于驯服，她对这种食物一无怨言，也不敢要求除此以外的一点面包屑。

那两个女儿真是女性的模范。她们都长得个子高高，各有一只鹰钩鼻。她们受的教育都是无可指责的；她们的所作所为都好得很。历史以及最扎实的书本磨练了她们的心智。她们所拥有的原则和意见都是好得无以复加。她们那种标准的生活、情操、规矩、习惯真是踏破铁鞋没寻处。她们背熟了一套女学堂的有关语言、态度等等的法典；她们自己从来不偏离这些法典种种稀奇古怪、固执已见的琐碎规定；如果看到别人偏离这种规定，她们便私下咬咬耳朵，吓得如见鬼神。“亵渎圣地的可恶的人”①对她们说来，并不是什么不能理解的——她们已经发现那种富有特性的、非语言所能表达的、别人都称之为“创新”的“事物”。她们迅速看出这种邪恶的东西的苗头，她们一看到这种迹象——不论她们是从外表上，一言一语或一举一动上看到的，是

① 参阅《圣经 · 新约 · 马太福音》第 24 章第 15 节：“你们看见先知但以理所说的，那行毁坏可憎的，站在圣地。”

在一本文体清新、遒劲的书上看到的，或是在有趣的、新鲜的、纯正的、富有表现力的语言中听到的——她们都会感到毛骨悚然，吓得缩成一团。眼看危险就挂在她们头上，灾难就在她们脚跟。这种新奇的东西是什么？因为是难以理解的，那就一定是坏的。应该抨击这种新奇的东西，把它拿来拴起。

亨利·辛普森——这个人家的独养儿子，也是最小的孩子——今年十五岁。他一般是同他的家庭教师在一起的。如果他不同教师在一起，他就去找他的表姊谢利。这孩子同他两个姊姊不同，他个子长得小，跛脚，面色苍白，他那双大眼睛有点像是在阴暗的眼窠里有气无力地闪动；这双眼睛确实是经常显得相当朦胧，可是，又能够发出光来，而且有时候不仅能够闪光，还能够发出火来。内心的情感照样能使他的面颊增光生色，使他那无力的行动坚定果断。亨利的母亲很爱他。她认为他的怪癖就是出类拔萃的标志。她说，他同其他的小孩不同。她认为他会再生——成个再世的撒母耳[①]——是从上帝那里求得他诞生的。他将来要做牧师。辛普森先生和两位小姐因为不了解这个孩子，都不管他。谢利使他成为自己的宠爱者，他使谢利作他的游伴。

在这个家庭圈子中——或者不如说是在它的圈外——有位家庭教师，像颗卫星在转来转去。

不错，路易斯·穆尔是辛普森家的卫星——若即若离，又近又远。这个高尚的家庭，每个人都恰如其分地对待他。父亲谦恭得出格，有时又动辄发脾气；母亲是个和善的妇女，殷勤周到，却又拘泥虚礼；那两位女儿则把他当成是件抽象的东西，而不是一个人，从她们的态度看来，她们弟弟的这位教师并不是为她们而生活的。她们都很有学问，他也很有学问，可是，却与她们无关。她们都是多才多艺的小姐；他也有不是她们所能察觉的天才。出自他手笔的最有生气的

---

① 撒母耳死后复生，参阅《旧约·撒母耳记上》第28章第11节。

写生画，在她们眼里却是一片空白，出自他嘴的最为独到的意见，她们都充耳不闻。什么东西都不能超越她们的正当行为。

其实，我应该说，什么东西都不能同这种正当行为相比，而且，我还想起一件使得卡罗琳·赫尔斯通大为惊讶的事来。她发现她的表哥在菲尔赫德完全没有一个共鸣的朋友。他在基达尔小姐眼里，正如在两位可尊敬的辛普森小姐眼里一样，也是个微不足道的教师，是个小君子，小人物。

这个心地善良的谢利对这样孤单地生活在她家里的一个同胞这种凄凉景况，怎么竟会如此漠不关心呢？她也许对他并不傲慢，可是，她从来连正眼都不看他一下，听之任之。他来来去去，说话也好，不声不响也好，她都听之任之，简直不承认有他这个人在。

至于路易斯·穆尔本人呢，他却有一个过惯这种生活的人的风度，他已经下定决心要暂时忍受一下。他似乎把才能堵在体内，在囚禁中也不嘟哝一声。他从来不高声大笑；也难得莞尔而笑；他不发牢骚。他认真完成自己的日常职责。他的学生爱他；他对别人一点也不要求超过一般礼仪的东西，至少就他所寄居的这个人家说来，他甚至好像别无他求，因为每当他的表妹卡罗琳向他温柔地表示友爱时，他并没有进一步的表示；他与其说是要接近她，不如说是在回避她。在这屋里，除了他那个面色苍白的残废学生而外，他只爱另外一样生物，那就是那只歹徒也似的鞑靼；这只狗儿，对别人老绷着脸，十分顽强，对他却格外偏爱——非常明显的偏爱，比如说，有时候，人们去请穆尔来吃饭，他走进餐厅，坐了下来，谁都不睬他，鞑靼却马上从谢利脚边一跃而起，蹲到这位沉默寡言的教师脚跟。有一次——只此一次——她注意到了这种背弃行动，便伸出她那雪白的手，轻声细语，想将它哄回来。鞑靼只是像过去那样望一望，淌淌口水，呜呜一声，就是不理那一招呼，悄悄停停地蹲在路易斯·穆尔脚边。这位先生把这狗儿那上了黑口套的大脑瓜拉到自己膝头上，轻轻地拍它一拍，暗笑一下。

就在这天晚上，一个细心的观察者可以注意到，在鞑靼又去对谢利表示效忠，再次躺在她的脚凳旁边之后，这位旁若无人的教师一句话，一个手势就又使它神魂颠倒了。它一听到这句话，立即竖起双耳，猛然身子一挺跑了过去，有趣地耷拉着脑袋，去接受意料中的抚摸，抚摸过后，穆尔那不动声色的脸上又涟漪似的闪过一阵意味深长的微笑。

有一天，只有卡罗琳和谢利两个人坐在凉亭里，卡罗琳说："谢利，在辛普森家到这里来以前，你可知道我表哥路易斯是你姑夫家的家庭教师吗？"

谢利的回答不像平常那样那么爽快，不过，她终于答道：

"知道——自然知道；我知道得清清楚楚。"

"我本来就认为你一定知道这种情况。"

"唔！那又怎样呢？"

"我真不明白，你怎么会从来没有向我提起过这事情。"

"为什么这就会使你不明白呢？"

"这似乎很古怪。我自己也说不出个道理来。你很爱说话——说话很直爽。怎么从来没提到这情况呢？"

"因为从来没人提起过这事情，"谢利笑着说。

"你是个奇人！"她的朋友说，"我还以为我十分了解你呢；我现在开始觉得我自己弄错啦。你过去对普赖尔太太的情况讳莫如深，现在，这又是个秘密。可是，你为什么要把这件事当作秘密，这却是我不能理解的。"

"我从来没有把这件事当作秘密；我没有理由要这么做。如果你问过我，谁是亨利的老师，那我一定会告诉你；再说，我还以为你知道了呢。”

“在这件事情上，我搞不明白的还不止这一桩呢。你不喜欢可怜的路易斯——为什么呢？你也许是认为他地位卑贱而看不上眼吧？你是希望罗伯特的弟弟应该地位更高点吗？”

“罗伯特的弟弟，真是！”这声叫嚷，声气里像是带藐视的腔调；接着，一个骄傲急躁的动作，谢利从敞开的窗格探进来的枝柯上猛地摘下一朵蔷薇花。

“不错，”卡罗琳又温和又坚定地照说一遍，“罗伯特的弟弟。他是同洼地的吉勒德·穆尔这样关系密切，虽然造化女神没有赐他像他的胞兄那样，长着一张很漂亮的脸，或者赐他一种高贵的风采；可是，他的血也同样很纯，要是他能不受拘束的话，他也同样是个绅士。”

“聪明，谦恭，虔诚的卡罗琳！”谢利讥讽地大声说。“男人和天使们，请听她说的！我们不应该看不起相貌平常的人，也不应该看不起辛苦而正直的职业，是吗？瞧瞧你所称赞的对象吧——他就在花园里。”她一边说，一边指着藤蔓纠结的一个空隙，打这个空隙可以看到路易斯·穆尔正顺着小径慢慢走过来。

“他并不长得很丑，谢利，”卡罗琳辩护似的说，“他也并不卑贱，他很忧愁，沉默封住了他的心。不过，我相信他是有才智的，而且肯定的，如果他的性情没有一点儿十分值得赞美的地方，霍尔先生决不会像现在这样找他做朋友。”

谢利笑了一声后，又笑了一声，每次都略带种含讥带讽的声调。

“唔，唔，”她说。“看在这人是西里尔·霍尔先生的朋友和罗伯特·穆尔的弟弟的脸上，我们就容忍他存在吧——可不是吗，卡利？你认为他有才智，是吗？还不完全是个白痴——是吗？他的性情有点儿值得赞美的地方！那就是说，[1]不是个完全的歹徒。好！你的说明对我

① 原文为拉丁文 id est。

说来很重要，为了证明你的说明确实重要，如果他朝这边过来，我一定要同他说话。”

他走到凉亭旁边，没发觉凉亭里有人，就在石阶上坐下来。现在已成了他日常伴侣的鞑靼，跟在他后面，也蹲在他脚跟。

“老朋友！”路易斯一边说，一边拉着它的黄褐色耳朵，或者不如说，拉着它那由于不知多少次的战斗而被撕掉了、啃掉了的半爿耳朵，“秋天的太阳愉快地照着我们，正如它照着最美丽、最富有的人一样。这花园并不是你我的，可是，我们也享受它的绿荫和花香，可不是吗？”

他不声不响地坐在那里，不断抚摸着鞑靼，它由于获得超常的爱抚而大淌口水。这时，在附近的树木间开始发出一阵轻轻的啁啾声，有什么东西轻若树叶似的晃落下来，原来是几只小鸟，怯怯地落在远处的草地上，仿佛有所期望地跳来跳去。

“这几只棕色的小东西，其实是记起我前几天喂过它们，”路易斯又自言自语道。“它们还要再吃点儿饼干，可惜我今天忘记留点下来。急切的小鬼头，我今天连一点点屑屑也无法给你们啦。”

他把手探进口袋里，又把手空空地拿了出来。

“这倒是一个容易解决的要求，”竖起耳朵在听的基达尔小姐悄没声儿地说。

她从手提袋里拿出一小块饼来，因为那只小仓库似的手提袋从来不乏一种可以丢给小鸡、小鸭、麻雀吃的东西，她把饼掰散了，伛身把手从后面掠过他肩头，将饼屑递到他手里。

“喏，这是上天赐给没有先见之明的人的东西。”她说。

“这个9月天的午后真愉快，”路易斯·穆尔一边说，一边——毫不慌乱地——镇定地把饼屑丢在草地上。

“连你也觉得愉快吗？”

“我同任何一个君王一样觉得愉快。”

“你倒有点残酷，拿自然力，无生命的和低级动物来寻开心，自得其乐。”

“自得其乐倒是真的，残酷则未见得。同动物在一起，我觉得我是亚当的子孙，是那个上帝要他管理‘地上各样行动的活物’[①]的人的后裔。你这只狗喜欢跟我，我一走进院子，你那些鸽子就从鸽棚里飞到我脚边来，你那匹关在马厩里的牝马像认识你一样认识我，而且更听我的话。”

“还有我的蔷薇给你香味，我的树木给你遮阴。”

“还有，”路易斯接下去说，“谁都无法随便夺走我的这些兴趣，这些都是*我的*。”

他走开了。鞑靼跟着他走去，仿佛受义务与情谊的约束似的，谢利依然站在凉亭石阶上。卡罗琳看到她在目送这个鲁莽的教师时，脸色潦白，仿佛自尊心在流血了。

“你看，”卡罗琳辩解似的说，“他的情感老是受到伤害，所以他才郁郁不乐。”

“你看，”谢利忿忿地顶了一句，“如果我们老是要谈他，那他准是个叫你我争吵的话题。所以，从今以后，永远别再谈他了。”

“我想，他是不止一次现出这种态度的，”卡罗琳心里想，“这才使得谢利这样冷淡他，然而，我不知道她为什么不能体谅他的性格和处境。我也不知道他生性这样谦虚、诚恳和具有大丈夫气概，为什么不去恳求她。她并不是经常这样轻率的——这样容易恼火的。”

卡罗琳两个朋友对她表哥的性格所作的口头证明更加使她对后者具有好感。威廉·法伦（她表哥曾经和霍尔先生一起光临过他的小屋）

① 参阅《圣经·旧约·创世记》第1章第28节。

认为他是个“真君子”，在白莱亚菲尔特找不出第二个这样的人。他——威廉——“可以为这个人做任何事情。再看那些小把戏多么喜欢他，还有我老婆初眼一看到他，对他怎么看法，他一走进人家屋里，那些小把戏总是立刻就缠住他，那些个小东西在发现人们的性情上，仿佛比成年人都更精灵。”

霍尔先生在回答卡罗琳小姐问他对路易斯·穆尔的看法这个问题时，毫不迟疑地答道，路易斯是他自从离开剑桥大学以来所碰到的一个最好的人。

“可他是那么严肃，”卡罗琳表示不同意说。

“严肃！他是天下最痛快的朋友！富有奇妙的、朴素的、非常的幽默。我生平还没有过一次旅行像上回同他一起到湖泊区去那样的愉快。他的理解力和趣味真是头挑的，能够得到他的教益真是大有好处，说到他的脾气和性情，我都认为是上等的。”

“可是，我认为，他在菲尔赫德显得郁郁寡欢，性格上好像是厌世的。”

“啊，我想他在那儿相当不得其所——地位不当。辛普森家都是些最值得尊敬的人，不过，他们都不是能够了解他的人；他们想来想去都是一大堆繁琐的形式和礼节，而这都是路易斯看不惯的。”

“我认为基达尔小姐也不喜欢他。”

“她并不了解他——她并不了解他。要不然，她就会完全懂得怎样公平地对待他的优点。”

“唔，我就不妨认为她并不了解他吧，”卡罗琳沉思一下，并且尽力根据这个假设来解释另外一些看似难以说明的东西。不过，用这种简单办法来解决困难问题的做法也没能维持多久，她甚至不得不否定这种为基达尔小姐的偏见辩解的消极理由。

有一天，她偶然同亨利·辛普森一起在课室里，亨利那种和蔼可亲的性情很快就使她很关怀他。当时，这孩子正在忙着做什么手工，他的残疾使他喜欢做些案头工作。他开始掏他老师的书桌，要找一点做手工所需要的蜡和麻线。穆尔恰巧出去了。不错，霍尔先生刚才找他去做一次时间较长的散步。亨利不能立即寻到他要找的东西，他一只一只抽斗都找遍了，最后，打开一只暗抽斗，他突然看到，不是一团线，也不是一块蜂蜡，而是一小捆大理石色的小练习簿，用棉纱带子捆得紧紧的。亨利一边看，一边说：

“穆尔先生书桌里藏些什么垃圾货呀！我想他总不会把我的旧练习簿都这么仔细保存起来吧。”

“是什么？”

“一些旧习字簿。”

他把那一捆东西丢给卡罗琳。这捆东西外表这么齐整，不免激起她的好奇心，要看看里边是些什么。

“如果不过是些旧习字簿，我想我可以把它们打开来吧？”

“啊，打开吧，完全可以随便打开。穆尔先生的书桌有一半是我的，因为他让我把各式各样东西都放在这里头——我说你尽可以把它打开来。”

仔细一看，原来是些法语作文，字体写得特别细密，而且非常整洁、清楚。那笔法一看就看出来，她简直不必再看每篇文章后面所签的那个名字就知道这些作文是谁作的。然而，那个名字还是不免教她惊讶一下：“谢利·基达尔，作于辛普森园，×郡”（南方某郡），还有一个四年前的日期。

她又把它们捆好，拿在手里，对它沉思一番。她有点儿觉得，把它打开了，好像她侵犯了人家的秘密。

“你看，都是谢利的，”亨利漫不经心地说。

“是你把这些东西给穆尔先生的吗？我想，她是跟普赖尔太太在一起时写的作文吧？”

“她是在辛普森园我的课室里写的，那时节，她同我们住在一起。穆尔先生教她法语，这是他本国的语言。”

“我知道……她是个好学生吗，亨利？”

“她是个又野又爱笑的小东西，可是，有她在课室里，倒真开心。她使得上课时十分有趣。她学得快——简直不知道是什么时候学的，怎样学的。法语对她说来真是算不得什么，她说得很快——很快，同穆尔先生一样快。”

“她听话吗？她可惹麻烦吗？”

“在某些方面说，她惹的麻烦可多哪。她很轻佻，可是，我喜欢她。我穷喜欢谢利。”

“穷喜欢——你这个小傻瓜！你还不知道你在说什么呢。”

“我穷喜欢她，她是我眼睛的光源，我昨儿晚上就对穆尔先生这样说。”

“你说得夸张其词，他准会骂你。”

“他不骂我。他从来不唠唠叨叨骂人，像一般女孩子的女家庭教师那样。那时候他正在看书，听了我的话，只是边看书边笑笑，还说如果基达尔小姐不过是这样的话，他却认为她比这还要差。因为我是个目光不清楚的近视小孩。我担心我是个可怜的倒霉人，卡罗琳·赫尔斯通小姐。你知道，我是个跛子。”

“别担心，亨利。你是个十分好的小人儿，如果说上帝没有赐你健康和体力，他却赐给你好性情，赐给你极好的心肠和头脑。”

“人家会看不起我的。我有时候认为谢利和你都看不起我。”

“你听着，亨利。一般说来，我并不喜欢学堂生，我非常害怕他们。我觉得他们都是些小恶棍，他们总是非常喜欢杀害、折磨小鸟，昆虫，小猫以及一切比他们弱小的东西。可是，你跟他们不相同，我很喜欢你。你简直跟大人一般懂事（她心里暗自说，“远比许多大人都懂事，天晓得”），你喜欢看书，你又能把看过的东西很聪明地说出来。”

“我是喜欢看书。我知道我懂事，而且我知道我有感情。”

基达尔小姐进来了。

“亨利，”她说，“我给你把午饭拿来了，我自己来给你摆好。”

她在桌上放下一杯鲜牛奶，一盘看来不无像是皮革的什么东西，还有一盆像是烤猪肉。

“你们两个在做什么，”她又说，“在掏穆尔先生的书桌吗？”

“在看你那些旧习字簿，”卡罗琳答道。

“我的旧习字簿？”

“法语练习簿。你瞧！人家一定认为是很宝贵的，保存得很仔细。”

她把那捆东西一扬。谢利一把抢了过去。

“哪里知道还会保存到如今，”她说。“我还以为早就全都给拿去厨房生火，或者让辛普森园的女用人拿去卷头发了。你为什么要把它们保存起来，亨利？”

“不是我保存的，我才不想保存它。我脑子里从来就没想到习字簿有什么价值。是穆尔先生把它们放在他书桌的一只暗抽斗里。也许是他忘记了。”

“正是，正是，他忘记了，毫无疑问，”谢利应和说。“那都写得极其好，”她很自负地说。

“从前你是个多么轻佻的姑娘呵，谢利！我到现在还能记得清清楚楚——一个轻巧的细条儿，虽然你长得蛮高，我还能把你抱起来。我看到你肩上挂着无数长长的鬈发，还看到那条随风飘动的饰带。你老是使得穆尔先生十分愉快，那是说，在开头的时候，可是，过了不久，我相信，你就使他伤心了。”

谢利翻翻那些写得密密麻麻的簿子，一言不发。不一会，她说：

“这是在一个冬天下午写的。描写雪景。”

“我记得了，”亨利说；“穆尔先生看到这篇东西的时候，大声说：‘这有点儿法国味道！’他说这篇东西写得很好。后来，你硬要他用深褐色颜料把你所描写的景色给画出来。”

“这样说来，你都没有忘记，哈耳[①]？”

“一点也没有忘记。那一天，因为下边在喊喝茶，而我们没有下去，所以都挨了骂。我还记得我的老师坐在画架前，你站在他背后，手里擎着蜡烛，在看他画积雪的峭壁，松树，蹲在松树底下的鹿，以及上面挂着的一只半月。”

“他画的东西在哪儿，亨利，应该让卡罗琳看看。”

“在他那只皮包里，可是，锁上了，钥匙在他身边。”

“等他来了，要他拿出来。”

“应该由你去问他要，谢利，现在你看到他害羞啦，在他看来，你已经长成个高傲的小姐了，我注意到这一点。”

“谢利，你真是个谜，”卡罗琳对她咬耳朵说。“现在我天天都有许多多么古怪的发现！我还自以为是你的知己呢。费解的人儿！连这孩子都在责怪你。”

“你知道，哈利，我已经忘记‘旧日的时光’[②]啦，”基达尔小姐回答着小辛普森说，不理睬卡罗琳。

“这你是决不会忘记的。如果你记性这样差，你就不配做一个男人的金星了。”

“做一个男人的金星，有你说的！我想，所谓‘一个男人’就是指

---

① 哈耳，哈利都是亨利的昵称。

② 套用苏格兰诗人彭斯一首诗的题名。

你自己所崇拜的吧？好吧，好吧，把鲜牛奶趁热喝下去吧。”

这个小跛子站了起来，一拐一拐地向着炉边走去，他的丁字杖倚在壁炉架旁边。

“可怜的跛子宝贝！”谢利一边极其温柔地嘟哝一下，一边扶着他。

“究竟你是最喜欢我还是萨姆·温先生，谢利？”他一边让谢利把自己安置在扶手椅里，一边问道。

“啊，哈利！萨姆·温是我最不喜欢的人！你是我最喜欢的人儿。”

“喜欢我还是马龙先生呢？”

“还是喜欢你——千倍的喜欢你。”

“不过，他们都是长着络腮胡子，身长六英尺的大个儿。”

“而你，哈利，只要你活着，你就不过是个脸色苍白的小瘸子。”

“是呀，我知道。”

“你不必愁伤。我不是常常告诉你，那个可说是同你一般又小又苍白又苦恼的人，却像巨人一般强有力，像狮子一般勇敢吗？”

“是霍雷肖海军上将吗？”

“是霍雷肖海军上将，纳尔逊子爵和勃朗蒂公爵①，内心里像泰坦一样伟大，像世间历代的骑士一样豪侠，英勇；是英国的强权的领袖；英国的海上实力的总司令；是英国的震慑洪水的投掷手。”

“一个了不起的人物。可惜我不是好战的，谢利。不过，我的心很不安宁，我日夜燃烧——为什么——我却说不上来——要生存——要做番事业——要受苦受难，我想。”

“哈利，叫你不安宁的是你那比你身躯强大、苍老的心。那是一个

① 都是指英国海军上将纳尔逊(1758——1805)，后被拿破仑军以炮弹击毙于战舰上。

俘虏。那是因为身体受了束缚的缘故。可是，这还是可以靠自己获得补救的。不光要仔细研究书本，还要研究世界。你爱好大自然，就无畏地爱吧。要有耐心——等待时间到来。你当不成兵，也当不成水手，亨利，可是，如果你活下去——听我的预言——你会成为作家——也许成个诗人。”

“作家！这对我说来，真是一线——一线光明！我一定——一定要做个作家！我要写本献给你的书。”

“你一定要写，你可以把你的心灵都自然而然地倾泻出来。哎唷！我在说些什么？我认为这简直超出了我的了解，不会有什么好处。喏，哈耳，这是烤麦饼，吃了长寿吧！”

“正好，正好！”敞开的窗户外面突然有个声音叫道，“我知道那麦饼的香味。基达尔小姐，我可以进来吃一点吗？”

“霍尔先生，”（原来是霍尔先生，跟他一起的还有路易斯·穆尔，他们刚散步回来）“餐厅里有正正经经的午餐摆着，正正经经的人都围桌坐在那儿。如果你高兴的话，可以到那边去，同他们一道吃。不过，如果你的不正常的兴趣竟喜欢这种不正常的东西的话，就请进来，像我们一样吃吧。”

“我很欣赏这种香味，因此，不惜让人家牵着鼻子走，”霍尔先生一面回答，一面已在路易斯·穆尔陪同下进来。那位先生的眼睛落在他那只遭了劫掠的书桌上。

“窃贼！”他说。“亨利，你该打手掌。”

“要打打谢利和卡罗琳吧——是她们干的，”说得那么郑重其事，比真的还要像。

“叛徒兼伪证！”两个姑娘齐声嚷道。“我们一样东西都没有碰过，只是有点爱打破沙锅问到底！”

“真是这样，”穆尔说，难得地露出了笑容。“那么，你们的‘有点爱打破沙锅问到底’，问出了些什么来着？”

他看到那只暗抽斗敞开着。

“这里头全掏空了！”他说。“是谁拿的——”

“喏！喏！”卡罗琳连忙说，把那小捆东西放回原处。

他马上把暗抽斗关上，用一只系在表链上的小钥匙锁起来，他把其他一些纸张重新放好，把大抽斗一关，坐了下去，没有再说什么。

“我还以为你会大骂特骂呢，先生，”亨利说。“这两位姑娘该骂。”

“我由她们凭自己的良心去吧。”

“应该告她们个故意胡闹的罪名，先生，我要是不在这儿的话，她们准会像掏你的书桌一样去掏你的皮包呢，好得我对她们说，皮包锁上了。”

“你要同我们一起吃午饭吗？”这当儿，谢利插上来对穆尔说，仿佛想岔开话题。

“当然，如果我可以吃的话。”

“你只能吃新鲜牛奶和约克郡麦饼。”

“行——就吃新鲜牛奶！”路易斯说。“就是不吃你那麦饼——”说着，做了一个鬼脸。

“他吃不来麦饼，”亨利说。“他认为像糠一样，是用酸酵母发起来的。”

“好吧，好吧，我们就特别通融一下，给他几块薄饼干吧，可是，依旧是家常味。”

女主人摇一摇铃，吩咐拿食物来，食物当即拿来了。她亲自倒牛奶，给现在围着小课室里的熊熊炉火而坐的这几个亲密的人挨个儿分面包。接着，她就担当起烤面包大师傅的职司。她跪在地毯上，手里拿着叉，熟练地尽她的职守。

霍尔先生似乎兴致非常好，他对于任何按照一般习俗做出来的家常饭菜都吃得津津有味，从习惯上，他觉得这种干巴巴的麦饼，就同灵粮一样可口。他有说有笑，十分高兴，一会儿同正好坐在他旁边的卡罗琳谈话；一会儿同谢利谈话；再一会儿又同路易斯·穆尔谈话。路易斯也愉愉快快地凑他的兴。他并没有高声大笑，而是轻声细气地说些极富机智的话。他总是脱口而出地说几句认真的话，富有特色地突然夹进一些语惊四座的话，相当生动风趣，深刻。他证明自己就像霍尔先生说的，是个难得的好同伴。卡罗琳对他的幽默，尤其是对他那完全镇定自若的态度大为惊讶。在场的人，没有一个人会对他感到不愉快的拘束，没有一个人会被他认为厌烦，碍手碍脚和扫兴，况且跪在炉前，简直就在他脚跟的，还有个态度冷静而高傲的基达尔小姐。

可是，谢利已不再是冷静高傲的了——至少这会儿不是这样。她显得没有意识到她这时地位低微，或者即使意识到了，也只是要尝尝地位低微的乐趣。她并不觉得自己自动给这群竟然包括她表弟的教师在内的人做女佣会触伤她的自尊心，她把面包、牛奶给其余的人同时，也还得把面包牛奶拿给他，而这并不使她有所惶恐；穆尔从她手里接过自己的一份，态度之沉着，仿佛他是一直同她平等的。

“你太热啦，”等她把叉拿在手里歇一下的时候，他说，“我来替你一下吧。”

说着，他以一种不显眼的权威态度打她手里拿过叉来，她默从地交给了他，既不抗拒，也不向他道谢。

“我倒真想看看你的画，路易斯，”当大家在品尝这顿阔绰的午餐时，卡罗琳说。“你难道不要看吗，霍尔先生？”

“为了使你高兴，我当然要看，不过，就我自己说来，我已经当他是个艺术家了。我在堪培兰和威斯摩兰，已经在这方面领教得够多了。我们不知有多少个雨天跑到群山里去，因为他一定要坐在三脚凳上捕捉雨云，捕捉逐渐拢来的迷雾，时隐时现的阳光等等景色。”

“皮包在这里，”亨利说，一手拿着皮包，一手撑着丁字杖。

路易斯接了过来，可是，他还是一动不动地坐在那儿，仿佛要等另一个人开口。看来好像是除非那个高傲的谢利肯表示自己高兴让人们看，否则，他是不会打开那只皮包的。

“他为了刺激我们的好奇心，故意要让我们等。”她说。

“你知道怎样开的，”路易斯把钥匙给她，说，“你曾经弄坏过这只锁——现在不妨开开看。”

他拿住皮包，她把皮包打开，把里面的东西独占了一会，把每张画都自己先看一看。她悄无声息，不置一词，玩味这一难得的乐事（如果这是难得的乐事的话）。穆尔站在她座椅背后，头探过她的肩看着，等她看好了，别人都还在注目而视的时候，他才跑开，在房间里踱方步。

巷子里传来了辘辘的车辆声——门铃响了，谢利吓了一跳。

“有客来啦，”她说，“又要叫我去了。一个漂亮人儿——他们说——我要去见客了。我同亨利今儿早上在花园里采了半个上午果子。啊，在自己的葡萄树，我自己的无花果树下休息一下多好！做个印第安酋长的奴隶妻子多快活，她不必去会客室见客，可以自在地坐着织垫子，穿珠子，在她那小屋的无人打扰的角落里安安静静地抚摸着她娃娃的脑瓜。我要移居到西部的丛林里去了。”

路易斯·穆尔哈哈一笑。

“嫁给一个叫作白云的或者大水牛的，结过婚后，让你全心全意去摆弄那种不好摆弄的活儿，给你家主公挖玉米地，他呢，却在吸板烟或者喝烧酒。”

谢利似乎正要回答，可是，这当儿，课室门豁地开来，辛普森先生进来了。这位大人物一看到炉子四周一伙人，瞠目结舌地站定了。

“我还以为只有你一个人呢，基达尔小姐，”他说。“不想却有不少人。”

从他那副惊骇、愤慨的神气看来——要不是他认出了其中还有一位牧师的话——显然他会对他的内侄女那种出格的习惯当场痛骂一通，可是，尊重圣职人员的习惯使他没有这样做。

“我只想通知一下，”他冷冷地说，“德·华登府一家子人，先生，太太，几位小姐和萨姆·温先生都在客厅里。”

说着，他哈一哈腰就走了。

“德·华登府一家子人！再差劲也没有的一伙人，”谢利嘟哝一下。

她一动不动地坐在那儿，面容有点倔强，很不愿意动弹那样。她给炉火烤得面孔通红，深色的秀发给那天的晨风不止一次地吹乱了。她穿着一件薄薄的、齐整合身的、相当潇洒的麻纱衣服，她那条在花园里披上的披巾仍是随便地裹在身上。她那副倦慵、任性的样子，像个画中美人，分外娇丽——比平常还要娇丽，仿佛内心微微有点激动——谁知道怎么会激动来着？——使得她脸色鲜艳，富有表情。

“谢利，谢利，你应该去，”卡罗琳悄声说。

“我真不懂，干吗要去？”

她抬起眼来，看到火炉上边的镜子里霍尔先生和路易斯·穆尔两人都在严肃地注视她。

“如果，”她带着一种屈从的微笑，说——“如果在座大多数人都认为我应该去接待德·华登府那一家人，我只好去尽我的本分。认为我应该去的，都请举起手来。”

她再端相一下镜子，看到映出一致举手赞成她去。

“你必须去，”霍尔先生说，“而且要客客气气。你应该对客人尽的本分还多着呢，决不能光是趁自己的兴。”

路易斯·穆尔轻声表示同意说：“听好！听好！”

卡罗琳走到她身旁，给她抚一抚鬈发，使她的衣服减少一点艺术趣味，多一点家居风味，于是，把谢利送了出去，尽管她还是噘着嘴，对人家这样硬要她去表示抗议。

“她浑身上下有一种奇妙的风韵，”霍尔先生看到她走了，说道。“现在，”他又说，“我得走了，因为斯威廷去看他母亲了，还有两处葬礼得去处理。”

“亨利，拿出书来，该上课啦，”穆尔说，在他书桌前坐下去。

“一种奇妙的风韵！”这个学生又说一遍，这时候，只有他和教师两个人了。“一点不错，她不是一种白魔女吗？”他问道。

“你在说谁呀，先生？”

“在说我的表姊谢利。”

“不许提不相干的问题。静心读书。”

穆尔先生面色和声气都很严厉——怪不开心的样子。亨利知道这种心情，这是他老师难得一现的神气。可是，每逢出现这种神色，他就有点畏敬。他遵命了。

第二十七章
第一个才女

基达尔小姐和她的姑夫具有合不来拍——永远也合不来拍的性格。他动辄发脾气，她却意气风发；他专横独断，她却爱好自由；他耽于利欲，她却也许有点罗曼蒂克。

他并不是毫无目的来到约克郡的，他的使命很明确，他想本着良心完成这个使命。他亟想把她的内侄女嫁出去，给她找个门当户对的配偶，把她交给一个适当的丈夫，从此对她撒手不管。

不幸的是，谢利自从未成年开始，在“门当户对”和“适当”这两个词儿的意义上总是同他看法不同。她直到现在还始终不能接受他所认为的那种定义，而且，在她生命的这个最重要的阶段上，她是否会接受这种定义，仍是大可怀疑。

这个考验不久就来到了。

温先生正式为他儿子，塞缪尔·法思罗甫·温求婚。

“肯定是门当户对的！最最适当！”辛普森先生说。“一份没有抵押负担的好家产，底子殷实；门第阀阅。非办不可！”

他派人去找他这位内侄女到橡木客厅来。他关起门来单独同她待在那儿。他把求婚消息告诉她，发表了一通自己的意见，要她答应下来。

内侄女不同意。

“不，我不嫁给塞缪尔·法思罗甫·温。”

“我要问为什么，我必须听听理由。就各方面说来，他配你绰绰有余。”

她站在壁炉旁边，脸色像她背后的白色大理石板和檐板一样灰白，眼睛张得大大的，闪闪发光，毫无笑容。

“我要问：根据什么理由说那个年轻人配我？”

“他有双倍于你的钱，有双倍于你的常识，同样门第，同样体面。”

“如果他有一百倍于我的钱，我也不会发誓爱他。”

“请说出你反对的道理来。”

“他过的是一种可鄙的、陈腐的放荡生活。请把这作为我之所以拒绝他的第一个理由。”

“基达尔小姐，你使我感到愤慨！”

“光是这种行为就足以叫他沦于无法计量的下等深渊而不能自拔。他的智力也没有达到我可以尊敬的标准，这是第二块绊脚石。他见解狭隘，情操粗鲁，趣味粗俗，态度庸俗。”

“他是个可尊敬的、有大量财富的人。拒绝他倒是你狂妄自大。”

“我直截了当地拒绝！别再拿这事情来烦恼我。我不许！”

“你究竟是要结婚呢，还是愿意过独身生活？”

“我坚决不认为你有对这个问题要求回答的权利。”

“我可不可以问一声：你是否指望一个有爵衔的人——一个属于贵族方面的人——来向你求婚？”

“如果有哪个贵族的话，我还怀疑是否会答应呢。”

“如果家里有过神经错乱的人的话，我准会认为你疯了。你这种反常和自负的行径已经是几近疯狂了。”

“也许在我把话说完之前，你就会看到我远远不止如此哩。”

“我也这样期望。狂乱而顽强的姑娘！你听好！我看你胆敢用与身份不相称的人联姻来玷污我们的名姓！”

“我们的名姓！我姓辛普森吗？”

“谢天谢地，你不姓辛普森！可是，你得自己当心！我决不会等闲置之！”

“如果我高兴起来，选择一门不合你意的婚事，按照习惯法和常识，你要怎么样，你能怎么样？”

“小心！小心！”（这声警告说得声音和手足都一起发颤了。）

“怎么？你凭什么有支配我的权力？我为什么要怕你？”

“小心！姑娘！”

“我一定会处处留心，辛普森先生。在我结婚以前，我决定要尊重——崇拜——要爱。”

“荒谬的废话！毫无礼节！不像个女人！”

“全心全意去爱。我知道我说的是句陌生的话。可是，不管人家理解不理解我，我觉得都无所谓。”

“那么，如果你这种爱竟会落到一个叫花子身上呢？”

“落到一个叫花子身上倒是决不会的。过叫花子生活并不是值得尊重的。”

“爱上个低微的职员，一个戏子，一个写剧本的，或者——或者——”

“放勇敢点，辛普森先生！或者什么？”

“任何一个百无一用的书生，或者一个腌臜的、牢骚满腹的艺术家。”

“百无一用的、腌臜的、牢骚满腹的，我都没有兴趣。搞文学和艺术的，我倒有兴趣。因此，我才奇怪，你那个法思罗甫·温怎能配得上我呢？他不能写一张没有错别字的便条；他看的只是娱乐的报纸；他本来就是斯蒂布罗文法学堂的蹩脚货！”

“不像个小姐的语言！天啊！——她会落到什么境地呀？”他扬起手，抬起眼。

“绝对不会落到同萨姆·温一起上婚姻之神的圣殿的境地。”

“她会落到什么境地呀？法律为什么不能更严厉一点，好让我迫使她非听听道理不可？”

“你安慰你自己吧，姑夫。如果不列颠是个农奴制国家，而你又是沙皇的话，你也不能逭我到这个地步。我要写信给温先生。请你别再为这事操心吧。”

司命运的女神真像俗语说的，变化多端，不过，她的变化往往是以相似的走运形式在同一个地方一再出现。基达尔小姐——或者说是她的命运——现在似乎在这一带引起轰动了，而且在一些她想都没有想到的地方产生了影响。紧接着温先生求婚后，来求婚的又有不下三起——全都或多或少有点门当户对。这三起全都由她姑夫接连向她压上来，也全都接连遭到她拒绝。在这些求婚者中，出众的人物以及具有相当资产的还不止一个呢。她姑夫还问过她多次，她这样回绝是什么意思，她这样傲慢地挑挑剔剔，究竟想勾引谁。

最后，传布流言蜚语的人都以为找到了她这种举动的答案，而且，她姑夫也很相信；不仅如此，这个发现还使他对他的内侄女有了新的看法，从而使他完全改变了对她的态度。

近来，菲尔赫德已经很快地变得太紧张，容纳不下他们两个人了。那位娴雅的姑母无法使他们和解，两个女儿一看到他们吵嘴便吓得呆如木鸡。格特鲁德和伊莎贝拉一起在化妆室里时，总是悄悄咬耳朵，如果她们偶尔同她们这位旁若无人的表姊妹在一起的时候，她们就吓得浑身冰凉，毕恭毕敬。不过，我已经说过，马上就要有变化了：辛普森先生气消了，他一家人也安定下来了。

前面曾经提到过一个名叫南尼利的村子，提到过村子里的老礼拜堂，森林，修道院遗址。村子里还有一个叫作小修道院的爵爷府——比白莱亚菲尔特或者惠因伯利任何一个人家的府第都更古老，更宏大，也更像贵族的邸宅，而且，它还出有有爵衔的人物——出有不论白莱亚菲尔特或者惠因伯利都夸不出口来的从男爵。这份产业——南尼利最值得骄傲和最宝贵的——多年来都一直不过是有名无实的。当今这位从男爵，是个迄今仍住在偏远省份的年轻人，连他约克郡庄园的人都还不认得他。

基达尔小姐滞留在克利夫·布里奇这个上流人士玩乐的避暑胜地时，她和她的朋友们都碰到过菲利普·南尼利爵爷，人家也把她们介绍给他过。她们一再在沙滩上，峭壁上，在各种幽径小道上，有时候在当地的公共舞会上遇到他。他似乎是单身无伴，态度十分质朴——质朴得不能称之为和蔼可亲，与其说是骄傲，不如说是腼腆。他并不是自贬身价地与她们交往，而是似乎乐于与她们交往。

谢利同任何一个不是矫揉造作的人都能一下子结成朋友。她同菲利普爵爷散步，谈天；她，她的姑母，表姊妹，有时候还坐上他的游艇出海。她之所以喜欢他，是因为她觉得他亲切，谦虚，而且觉得自己居然有办法使他高兴而乐不可支。

只有一个问题不大的缺点——哪来没有缺点的友谊呢？——菲利普爵爷有文学癖好。他写诗歌，写十四行诗，韵诗绝句，歌谣。也许基达尔小姐认为他有点太爱好朗诵这些作品；也许她希望韵律能够更正确——节拍更富有音乐性——比喻更生动——灵感更有激情；总之，每逢他一提到他的诗作的时候，她总是有点畏缩，而且常常尽可能把话题转到其他方面上去。

他会哄她跟他一起到桥上去踏月，唯一的目的似乎就是要把他那首最长的歌谣灌进她的耳朵里。他会带她跑到幽静的乡野地方去，在那儿，可以听到碎浪冲击着沙滩的柔和悦耳的声音；等到他已把她弄得身不由己，前面是大海，四下是一片芬芳、阴凉的园林，背后是高高的避风所似的峭壁的这个时候，他就掏出刚刚脱稿的一批十四行诗来，用一种激动得发抖的声音来念。他似乎并不知道这些诗，尽管也许有韵，却不是诗。可是，从谢利低垂的眼睛，惶惑的面色看来，她倒好像是知道，并且因为这位和蔼可亲的绅士的这个唯一缺点而打心底里觉得难受。

她常常尽量委婉地劝他别再这样狂热地崇拜缪斯女神。无奈这是他的偏热狂——他对一般事情倒都十分通情达理，她不得不要他谈谈一般问题。有时候，他也问起她关于他的南尼利的情况；她真是乐于详详细细回答他的询问。她不厌其烦地描摹那座古老的小修道院，有漫山遍野的树木的林苑，那个古老的礼拜堂和小村子，她还不忘记劝他北来，来整理他祖先一些庄园的所有出佃产业。

有点教她惊奇的是，菲利普爵爷竟完全听从她的劝告，到了9月底，真的来到小修道院。

他立即上菲尔赫德登门拜访，他的首次拜访并不是最后一次的拜访。他说——他已在附近一带走了一遭——他找来找去，实在找不出这么一个安乐去处，像白莱亚菲尔特这座有着粗大橡木栋梁的灰色的领主住宅这样；这个住宅，虽说比起他自己的住宅来，稍嫌局促，相当朴素——可是，他也很喜爱它。

他顿即觉得同谢利坐在她那镶板客厅里不够味儿，因为那里人来人往，他简直找不到一个安静时刻，可以让她看看他那多产的诗作中的最新作品。他一定要她出去，到快乐的牧场中，带她到宁静的河边去。她不愿意作两人单独漫步，因此，他在自己的领地上，在那繁茂的树林里为她举行茶会；到比较偏僻的风景区去——到那让码头隔开着的森林里去，到靠近埃尔河的豁谷去。

这样殷勤周到顿使基达尔小姐身价百倍。她姑夫那颗预言家的心已在期待一个辉煌的未来。他已经嗅出一个遥远的时刻，那时节，他可以用漫不在意的气派，跷起二郎腿，直着脖子，熟不拘礼地提到他的“爵爷内侄女婿”的名字了。这下子他终于恍然大悟，他的内侄女不再是个“发疯的姑娘”，而是个“最明白事理的女人”。他在同辛普森太太说私房话时，称他内侄女是“一个真正上等人，脾气虽然古怪，却十分聪明”。他对她极尽百依百顺之能事；诚惶诚恐地站起来为她开门，关门；不惜涨红着面孔，捧着脑瓜喊头痛，伛下身子去为她捡起手套，手帕，或者其他一些散落的东西，这些都是谢利随身携带而又不善保管的东西。他挖空心思造出一些莫名其妙的笑话来，说什么女人的才智胜过男人的智慧；又会不明不白地来番道歉，说是他闹了一个大错，不识“一位隔开菲尔赫德不满一百英里地的人物”的将才和策略。总之，他似乎像只“图案里的大公鸡”一样趾高气扬。

他的内侄女把他这些花招都看在眼里，冷淡地听他种种旁敲侧击的说话，表面上她好像对他这种旁敲侧击的意思连一半也没有弄懂似的。等到他毫不掩饰地指出所谓她所偏爱的那位从男爵来时，她就说，她相信他确实喜欢她，她也喜欢他，她从来没有想到一个有地位的人——一位高傲、慈爱的母亲的独生子，许多溺爱的姊妹的唯一的兄弟——居然会这么善良，一句话，会这么通情达理。

时间证明菲利普爵爷的确喜欢她。也许他已在她身上找到了霍尔先生所注意到的那种“奇妙的风韵”。他来找她的次数越来越多，到得最后，竟频繁得足以证明这已成为他的一种不可或缺的刺激了。大约就在这时，有一种奇妙的情绪荡漾在菲尔赫德的四周；坐立不安的希望和焦肠迫肚的热望萦绕在菲尔赫德的一间房间里。在这个宅第四周的宁静的田野里，有个人在心神不宁地踯躅着，有一种使人神经紧张的期待心情。

有一件事情看来是很明白的：菲利普爵爷并不是个可鄙的人。他很和蔼，即使不是才智过人，也是相当聪明的。基达尔小姐对他还不能像她对萨姆·温那样厉害地断言这位爵爷情操粗鲁，趣味粗俗，态度庸俗。他天性灵敏，对于艺术即使不是具有十分的鉴赏力，也是十分真切地爱好的，在他一切举止中，有一种英国绅士的风度。至于他的血统和资财，这两者自然远远超出她的要求。

他的容貌起初倒曾引得这位快活的谢利说出一些并非恶意的笑话来。一张孩儿脸：相貌平常，没有什么引人之处，头发呈淡茶色，身材细小。可是，她不久就不对这方面加以嘲笑了，甚至碰到有人提到类似的贬抑说法时，她还要激怒呢。她斩钉截铁说，他有“一张可爱的面孔；而且，在他心底里，有一种比三只鹰鼻，比押沙龙的头发，或者扫罗①的身材还更优秀的东西”。不过，她对他那不幸的诗人癖性还难免要偶尔讽刺一下，但是，即使如此，除了她自己，她还是不容别人对他进行任何讽刺。

总之，事情已经发展到这个地步，似乎完全可以证明约克先生此时对路易斯老师所作的谈话是有道理的。

“你那位令兄罗伯特，我觉得，不是傻瓜，就是疯子。两个月前，我简直可以发誓说，他已经是完全有必胜的把握了。不料他到处奔来赶去，在伦敦一待就是几个星期，我看，等到他回来的时候，他就会觉得自己大吃瘪了。路易斯，‘世事有如潮水起落，赶上了涨潮，就会否极泰来；可是，一旦错过机会，就一去不复返了。’如果我是你的话，我一定要写信给罗伯特，把这事提醒他一下。”

“罗伯特对基达尔小姐有意思吗？”路易斯问道，仿佛他觉得这是个新鲜想法。

“意思是我自己向他提出的，意思他本来就可以实现的，因为她喜欢他嘛。”

“是一种友朋关系吗？”

“不止是友朋关系。我一直看到，只要一提到他的名字，她的面色

① 押沙龙以发多见称；扫罗以身体比一般人高见称，分别参见《圣经 · 旧约 · 撒母耳记下》第 14 章和《旧约 · 撒母耳记上》第 9 章。

马上就变。给那个小伙子写封信吧，我说，要他回来。说到底，他比这个小不点儿从男爵总更漂亮些吧。”

“你难道没有想到，约克先生，一个身无分文的冒险家竟要去高攀一个有钱的女人，是一种放肆行为，一种卑鄙的行径吗？”

“啊！如果你是自命不凡、双料风雅的话，那我没有话说。我自己是个讲求实际的平凡人物；不过，如果罗伯特心甘情愿地要把这件好宝贝拱手送给一个小伢儿对手——一个拖鼻涕的小贵族——我也十分同意。我要是在他这样年纪，在他这种地位，有他那样的条件，我准会有不同的做法。不经过斗争，随他是什么从男爵，公爵，亲王都别想打我手里抢走我的情人。可是，你们这些个教师都是些板板六十四的家伙，同你们商量事情，简直就像同牧师说话。”

这会儿，人们都对谢利捧呀，奉承呀，她倒好像没有完全给捧得昏天黑地——她还没有完全失去自己的本性。外间一般传闻确实不再把她的姓同穆尔这个姓连在一起了。这种绝口不提的情况，也似乎由于她自己表面上对那个不在的人置之度外而得到了证实，不过，她并没有完全忘记他(她即使不是眷恋他，还是满怀兴趣地关切他)，这个事实似乎从这时发生的一件事就可以得到证明：罗伯特那位做家庭教师的弟弟突然生病了，引起她对这位老师更加关怀备至。她向来对这个人的态度总是很不正常，一会儿对他冷淡矜持，一会儿又对他温顺尊敬；时而以一个富有的女继承人兼未来的南尼利夫人的身份显得威风凛凛，大摇大摆地打他身旁擦身而过，时而又以一个腼腆的女学生身份像过去招呼严师那样招呼他。尽管她脖子上挂着象牙项链，嘴唇圈着胭脂，如果他碰上她顾盼一分钟，那么，第二分钟，她准会满含悔悟的神色对着他那严责似的眼睛低下头来，仿佛他自有惩罚倔强者的威力。

路易斯·穆尔也许是在当地一个穷苦人家那儿传上了热病，使他好几天精神不振，因为他，他那个跛子学生和霍尔先生，经常一起出去访问穷苦人家。总之，他生病了。他同疾病不声不响地对抗了一两天后，不得不待在屋里，不能出来。

有一天晚上，他正在那张如钉如刺的床上辗转反侧，亨利不肯离开他，忠诚地服侍在侧，这时候，忽然有一阵轻轻的敲门声——吉尔太太和女用人决不会敲得这么轻——要小辛普森到门口去。

“穆尔先生今儿晚上怎么样啦？”在暗黑的走廊里，有个低低的声音问道。

“你自己进来看看他吧。”

“他睡着吗？”

“我才巴不得他能睡哪。进来跟他谈谈，谢利。”

“他不见得高兴谈吧。”

可是，说话的人已经跨了进来，亨利看到她在门口犹豫不前，就拉住她的手，把她拖到病榻跟前。

暗淡的灯光虽然没有完全照出基达尔小姐的身影，却照出了她一身优雅的服装。原来楼下正在举行宴会，菲利普·南尼利爵爷也在内；太太小姐们现在都在客厅里，所以女主人悄悄地溜出来看望亨利的老师。她那套纯白的衣服，她那白皙的双臂和脖子，箍在颈项上、挂在胸前晃动不停的那根小金链条，都在这间阴暗的病室里发出奇特的闪光。她样子纯朴，心事重重；她轻声细语说：

“穆尔先生，你今儿晚上好吗？”

“我并没有什么大病，现在好多了。”

“我听说你老在喊口渴，我给你带来一点儿葡萄，你尝一颗好吗？”

“不要，谢谢你没有忘记我。”

“尝一颗看。”

她打手挽的小篮子里拿出一大串葡萄来，摘了一颗送到他嘴边。他摇摇头，面孔通红地扭了过去。

“那么，我可以给你另外拿些什么来呢？你不想吃水果，可是，我看你的嘴唇都焦干了。你喜欢喝什么饮料？”

“吉尔太太给我面包和水，我最喜欢这东西。”

沉默了几分钟。

“你难过吗？你痛吗？”

“一点点。”

“你怎么会得病的？”

沉默。

“我弄不懂怎么会得这个热病？你管这种热病叫什么？”

“瘴气，也许是——疟疾。现在是秋季，是个容易得热病的季节。”

“我听说你常常同霍尔先生一起去白莱亚菲尔特和南尼利访问病人，你本该留点神，孟浪总不是聪明的。”

“这倒提醒我了，基达尔小姐，也许你最好别进这房间来，也别靠近我这病榻，虽然我不相信我这病会传染给人家。我并不担心会”（带一丝笑容）“过给你；不过，哪怕是一丝丝危险的苗头，你又何必冒这个险呢？你走吧。”

“别急，我就要走了，可是，在我走前，我真想给你做点什么事情——帮你一点小忙。”

“他们楼下的人会想起你呢。”

“不，那些男客都还没有吃好。”

“他们不会吃得很久的。菲利普·南尼利爵爷不是个酒徒，我这会儿听到他打餐厅走进客厅了。”

“那是用人的脚步声。”

“是菲利普爵爷，我知道他的脚步声。”

“你的听觉真灵敏。”

“我的听觉从来就不是迟钝的，眼前感觉似乎更灵。昨儿晚上，菲利普爵爷在这里喝茶，我听到你为他唱着他带给你的一支歌。后来他在十一点钟走的时候，我听到他叫你出去，到铺道上去看夜空的星星。”

“你一定是神经过敏。”

“我听到他吻你的手。”

“没有的事！”

“有，我的房间就在门厅上面，窗户正好在前门上头，因为我觉得很热，我把窗帘稍微拉上点。你同他在台阶上站了十分钟，我还听到你们的谈话，句句都听到，我还听到你们的告别声。亨利，给我点水。”

“我来拿给他。”

可是，他已经抬起身子，打小辛普森手里接过了杯子，谢绝她的伺候。

“我真的一点也不能做什么吗？”

“一点也没有，因为你不能担保我晚上睡得安安稳稳，这是我眼下最需要的。”

“你睡不好吗？”

“睡眠已经丢弃我啦。”

“可你还说你没有什么大病？”

“我即使在身体极好的时候，也常常失眠。”

“如果我有能力的话，我准要轻轻拍得你安安静静地睡着，睡得很沉，很安静，一个梦也不做。”

“那简直成了个死人！我可不要这样。”

“做着你最想做的梦。”

“可怕的幻想！睡觉简直就是发热昏，是醒着的死亡。”

“你的希望不都是这样空幻吧，你该不是个有幻想的人吧？”

“基达尔小姐，我想你是这样看法的，可是，我的性格并不是这样，也许同你拿着的一本最新小说的篇章一样清楚明白。”

“这是可能的……可是，这个睡眠，我真想恳求睡眠来到你枕边——使你获得它的照顾。如果我拿一本书，坐下来，念几页——？我大可以腾出半个钟头来。”

“谢谢你，可是我决不耽搁你。”

“我会念得很轻很轻。”

“不行。我热发得太厉害，太激动，耳朵边受不了轻声细语，震动的声音。你还是走吧。”

“唔，我就走。”

“不说一声晚安吗？”

“啊，先生，要说的，穆尔先生，祝你晚安。”

谢利出去了。

“亨利，孩子，你现在睡去吧，你应该去休息了。”

“先生，我喜欢在你床边守个通宵。”

“完全没有这个必要，我好多啦，去吧。”

“给我祝福吧，先生。”

“愿上帝保佑你，我最好的学生！”

“你从来不管我叫作你的最亲爱的学生！”

“不，永远不这样叫。”

基达尔小姐也许会因为她从前这位老师拒绝她的一番好意而怨

恨他吧，可以肯定，她不再献这种殷勤了。白天里，她的轻盈的步履虽然常常走过那条走廊，脚步并没有再在他房门口停下来，也不再以她那“轻声细语、震动的声音”来打扰那个病室的安静。事实上，这个病室，不多久就不再是病室了。穆尔先生体质好，很快就战胜他的微恙，不消几天工夫，他就把病魔赶走，重新恢复他的教师职务。

那个“旧日的时光”对于教师和学生双方说来，都仍有其威力，这有事实为证，他常常那样匆匆地掠过她身旁走去，她则总是对他保持着一定的距离，还坚定而悄悄地放下她那极其矜持的架子。

有一天下午，辛普森一家子人都出去驱车兜风。谢利向来就巴不得有个摆脱他们的机会，她留了下来，说是家里有事，走不开。所谓有事——写一封很短的信——却在车子驶出，后门关上之后就马上打发掉了。基达尔小姐移步到花园里去。

这是个温和的秋日，小阳春的金粉把辽阔的牧场抹得绚烂多彩。赤褐色的树木虽仍枝叶繁茂，却已经成熟得可以砍枝剥皮了。枯萎而尚未凋谢的紫酱色石楠灌木花把山岗点缀得斑斑驳驳。小溪蜿蜒流向洼地，穿过寂静的去处；风儿没有跟着流水吹去，也不出没于森林边缘。菲尔赫德的园林已呈出缓慢凋零之态。那天早晨，黄叶又飒飒地飘落在小径上。百花盛开，甚至瓜果成熟的时节都已过去了；可是，还有少量苹果为苹果树增色添彩；这里那里有一朵发淡而脆弱的花儿夹在一簇黄叶中。

这些硕果仅存的花儿——花族的末代子孙——都让谢利在沉思地踯躅于花坛间时随手采了下来。她在把一束色褪香消的花束插进腰带时，亨利·辛普森一边一瘸一瘸地打屋里拐出来，一边喊她。

“谢利，如果你没有要紧事情，穆尔先生要你到课室里去一趟，听你念一点法语。”

这个信使十分简单地完成了他的使命，仿佛这不过是一个理所当然的差使。

“是穆尔先生要你这样说吗？”

“当然是，为什么不是呢？请现在就去吧，让我们再像从前在辛普森园那样。那时节，我们上课总是很愉快的。”

基达尔小姐心里也许认为那种情景，打那时以后已是时过境迁了。不过，她不置一词，沉思片刻后，便不声不响地跟着亨利走了。

进了课室，她把头一偏，正正经经地敬个礼，像她从前做惯的那样。她脱下女帽，挂在亨利的便帽旁边。路易斯·穆尔坐在书桌边，翻着摊开在面前的一本书，手里拿着铅笔在书上做记号。他只是身子略为动弹一下，以回答她的屈膝礼，并没有起身。

“前几天晚上，你提出要念书给我听，”他说。“当时我不能听你念，现在我倒是有意要听听了。重新练习一点法语，也许不是没有益处的。我觉察到你的音调已开始上锈。”

“要我念什么书？”

“这是圣比埃尔①的遗作。念几页《阿马松的断片》吧。”

她坐上那张他事先放在他自己座椅旁边的椅子。那本书就放在他书桌上——他们两人共看一本书。她那扫帚似的鬈发垂得那么低，几乎把书遮得看不见了。

“把头发往后撩一撩，”他说。

一时间，谢利显得把握不定，究竟是听从吩咐呢还是置之不理。她眼睛偷偷地往这位老师脸上一闪。说不定如果他是严厉地或者腼腆地朝她看着，或者如果他脸上现出一丝不坚定的神色，她就会反抗，这堂课就此告吹。不料他只是在等着她遵命行事像大理石一样镇静，一样冷冰冰的。她随即把那帷幕也似的一束长发往耳后一掠。好得她

① 贝那丹·德·圣比埃尔(1737—1814)，法国作家。

的面孔生来就有一个讨人喜欢的轮廓，双颊又有青春的光辉，十分丰腴，要不然，这样失却一种有所转圜的屏障，面型一定会失去原有的优雅。可是，在现在这个场合上，这又有什么关系呢？卡吕蒲索①也好，尤卡丽斯也好，都不喜欢用魔力迷惑曼陀②。

她开始念了，这种语言已经变得生疏，不容易上口了。她念得结结巴巴，音调高低不平，一会儿呼吸急促，打坷啐儿，一会儿又迸出个英国腔来。她停下不念了。

“我念不来，请你念一段吧，穆尔先生。”

于是，他念一句，她跟着念一句，不消三分钟，她学上他的声调了。

“很好，”这篇东西念完，得到这样一句赞语。

“这简直又是在上法语课了，可不是吗？”

“我怕你不能再像从前那样写法语了。”

“啊，不错，我现在一定会用我自己的文法写出怪东西来。”

“你写不来那篇《第一个才女》的作文了吧？”

“你还记得那篇蹩脚东西吗？”

“每一行都记得。”

“我可怀疑哪。”

“我可以逐字逐句把它背出来。”

“你念了第一行就会打坷啐儿。”

“你要激我来试一试吧？”

“我要激你。”

他开始背诵如下，他说的是法语，我们必须把它翻译一下，省得

---

① 卡吕蒲索，希腊神话中的女神，阿脱拉斯之女。荷马《奥德修纪》中的女海神，收留遭破船之难的奥德修于她的岛上7年。

② 曼陀，即《奥德修纪》中明眸女神帕拉雅典娜的化身，奥德修之子帖雷马科的师傅。

有些读者看不懂：

“当人在世上多起来，又生女儿的时候，上帝的儿子们看见人的女子美貌，就随意挑选，娶来为妻。”[①]

这是时代的黎明，晨星未落，还在一起歌唱。

这是很远很远以前的时代，黎明时分的幽晦雾露把它罩得如此漫漠阴暗，以致各种风俗习惯的特点，各个地方的明确界线，都不能辨认，无法考查。但是，必须知道，当时已经有了世界，世界上已经有了人，运星知道了人的本性连同人间的喜怒哀乐，并且得到了灵魂。

地球上某一个地方群居着某一个部落，这个部落是属于什么种族——不知道；这个地方是在什么区域——不明白。我们每一提到当时的事情，总是想到东方，可是，我们不禁要问，难道在西方，南方，北方就没有生命吗？我们说，这个部落不是在亚洲的棕榈树丛底下安营扎寨，而是在那发源于我们欧洲自己的海洋里的岛国的橡树林下漂泊，你能举出什么反证来呢？

我觉得那似乎不是一个沙质的平原，也不是任何一个界限分明的、有限的绿洲。在我面前的是一个莽莽苍苍、深不可测的山谷，两边都是巉岩和一片树木繁茂、蓊蓊翠翠的树荫。一点不错，人类就住居在这里，只是人数寥寥，而且，因为小路幽径犬牙交错，曲曲折折，人们对他们真是见所未见，闻所未闻。他们是野蛮人吗？——那是没有疑问的。他们以钩弓为生，半牧半猎，他们的子女像他们的猎物一样野游。他们快活吗？——不，不见得比我们现在快活。他们善良吗？——不，不见得比我们善良。他们的本性就是我们的本性——都一样是人嘛。在这个部落中有一个人经常过着太悲惨的生活——一

① 见《圣经·旧约·创世记》第6章第1、2节。

个失去了双亲的孩子。谁也不照料这个孩子。有时候有人给她点东西吃，但更常常的是被人忘却了。她难得住进一间茅屋，树洞和冰凉的洞窟就是她的家。孤苦无依，不知所措，东飘西泊，她大多是与鸟兽为伍，而不是同自己的族类住在一起。饥寒是她的伴侣，忧伤在她头顶翱翔，寂寞包围着她。没人理睬，不受重视，她本该是要死的，可是，她不但活下来，还长大成人。翠绿的荒野抚育了她，成为她的母亲，用多汁的浆果，糖质的根菜食物和坚果喂养她。

这地方的空气里有一种适宜于养育生命的东西，在它的露珠里也一定有一种可以治疗创伤的万灵药膏。这地方四季温和，使人不会热情过分，理性有余；这地方气温和协；这地方的风儿，可以说是从天上带来了纯洁的思想和更纯洁的情操的胚胎。峭壁和簇叶都不是千奇百怪的形体；花儿和禽鸟的色泽不是鲜艳得斗眼。森林雄伟而静谧，茁壮而柔和。

这种柔和的魅力赐给了花树——赐给了鹿和鸽子——也赐给了人类的婴儿。虽然是孑然一身，她却出落得端庄秀丽。造化女神以优雅的模型为她塑造了面貌，如今已长得轮廓端正，纯洁无疵，的是姣秀，即使遭到疾病打击，也不会失形变体。可怕的烈风任凭怎样凶狂，都动摇不了她的外形；如火如荼的太阳晒不曲、晒不枯她的辫发。她的身体在树林间闪着白如象牙的光芒；她的秀发又多又长又有光泽，随风飘拂；她的眼睛即使看到迎空直冲的火焰，也不会眼花缭乱，而是在暗头里把眼睛张得老大，有如一轮满月，又像露珠似的晶莹欲滴。在这一双眼睛上面，一阵微风，露出她的前额，饱满而明朗的天庭闪闪发光——有如一页透明的白纸，智慧（如果智慧会来到的话）可以在那上面写下金碧辉煌的记录。在这个孤独的年轻野人身上，毫无恶意和愚笨的形迹，她出没在森林中，毫无恶意，若有所思。不过，这样一个没有受过教育的人能想些什么，却难以捉摸。

早在挪亚的大洪水以前，有一个夏天的晚上，她因为实在孤寂——因为她已经找不到她的部落的行踪，部落已经漂泊到老远老远的地方去，她不知道他们在哪儿——便打一个豁谷走上去，去看“日”去和“夜”来。一个上边有大树遮阴的巉崖就是她的栖身之所，长满杂草和苔藓的橡树老根便是她的坐椅，橡树枝柯和密叶是个华盖。

“日”缓慢而气派地引退了，经过深红色的火焰，合着来自林地里的狂热而轻轻的合唱的告别曲离开了林地。接着“夜”悄寂有如死神般来了，风息了，鸟儿不再歌唱了。这会儿，每只窝里都有快活的双双对对，公鹿和母鹿幸福地安睡在它们的窝穴里。

这个姑娘坐在那里，身子一动不动，内心却骚动不息。可是，与其说她是若有所思，不如说她若有所感——与其说是有所期望，不如说是有所祈愿——与其说是若有所图，不如说是在尽情想象。她觉得世界，穹苍，夜，都无限强大。可是，她想来想去，似乎只在想她自己——一个被人忘却的小微粒般的生命，一点从伟大的造化那里无意地迸射出来的心灵的火花，现在正在一个暗黑的废坑中悄悄化为灰烬。她不禁问道，她就这样给烧光烧尽，她那富有生命力的火光就此一无用处，永远不为人们所见，永远不为人们所需要——是另外一个没有星星的穹苍的一颗星星——牧羊人，漂泊者，圣者，僧人都不把她看成一个向导，都不把她看成一种预示吗？她又追问道，难道在她的智慧的火焰烧得如此炽热，她的生命的脉搏跳动得如此真切，如此有力，在她那激动不安的内心里正有一种自称为上帝所赐予的力量，而这股力量还一个劲儿说她应该加以运用的这种时刻，却会是这样吗？

她圆睁着眼，凝望“天”和“夜”，“天”和“夜”也对她回眸相看。她伛着身子，探索那迷蒙地铺展在下边的河岸，山岗，河流。她所提出的问题都由神使回答了。她听到了——心里大为感动。可是，她不能理会。她把双手合在一起，高高举过头顶。

“指引——帮助——安慰——来吧！”她高声叫喊。

可是，一无声息，也一点得不到回答。

她跪在那儿等着，眼睛一眨不眨地仰望着，天空已给密封起来了：一本正经的星儿好像在遥远的异邦闪烁着。

最后，她那过分紧张的痛苦心弦松弛下来了。她认为上面有“一种东西”大发慈悲了。她觉得，仿佛“一种东西”原来是在老远什么地方，而今已相距较近了。她仿佛听到“寂静”在说话，无言无语，只是一种声调。

再过一会，一个悦耳，饱满，高昂的声调，一个深沉而柔和的声音，有如狂风暴雨在簌簌作响，弄得朦胧的黎明也悸动起来。

又是一阵更深沉，更迫近，更清亮的声音，和谐地滚滚而来。

可是，再一会儿——在“天”与“地”之间传来了一个清晰的声音。

“夏娃！”

如果夏娃不是这个女人的名字，那她是什么名字也没有的。她顿时一跃而起。

“我在这儿。”

“夏娃！”

“‘夜’（这只能是‘夜’在说话）呵，我在这儿！”

那个声音降临“地”上。

“夏娃！”

“主啊！”她哭了，“看看你的女仆吧！”

她有她的宗教信仰，所有的部落都有一种信仰。

“我来了，我是个‘安慰者’！”

“主啊！快快来！”

“夜”由于满怀希望而面孔红彤彤的，“风”则气喘吁吁，先前已经升起的“月儿”，如今升得高高的，可是，月光照不出什么形体来。

“挨着我吧，夏娃。到我怀里来，这样休息一下。”

“我就这样挨着，‘神明呵’！感受着！你是谁呵？”

“夏娃，我从天上带来了一口富有活力的圣水。‘人’的‘女儿’呵，打我杯里喝吧！”

“我喝啦。我的嘴好像尝到了一大阵潮水似的最最香甜的甘露。我的枯干的心田复活了，我的痛苦减轻了，我的艰苦和挣扎过去了。夜也变了！树林，山岗，月亮，辽阔的天——全都变了！”

“全都变了，永远变了。我打你的目光里赶走了黑暗；我打你的身体解掉了枷锁；我在你的道上推倒了路障；我以我的本体填补了空隙；我把那失去的一丁点儿生命认作是我的；我把这一点心灵的火花算作是我自己的——这点火光至今仍是被人忘却地燃烧着。”

“娶我呵！要我呵！这是神。”

“这是大神之子，是一个在那激动了你的生命中意识到自己的人；上天允许他来收回他自己的一部分生命，加以抚育、帮助，使它不会毫无希望地消亡。”

“大神之子呵！我真个给挑上了吗？”

“你是在这片土地被挑上的唯一一个人。我看到你长得美丽；我知道你是我的。对我说来，这是我命该救助、抚育、珍爱的我自己的东西。我就是大地上的六翼天使，名叫‘天才’。”

“我的光荣‘郎君’呵！真正的从天上降临的‘黎明’，我所会有的东西，终于都有了。我得到了天启。打我做孩子时就萦绕着我的难解的暗示，隐晦的耳语，如今都得到了解释。你正是我过去在找的‘他’。上帝所生的人啊，娶我做你的新娘吧！”

"不必低三下四，是我自己的人，我是会娶的。我可不是从圣殿上拿了这支火来照耀夏娃的身体吗？再回到你所由来的天上去吧。"

那个眼不能见的而很强大的"神灵"把她紧紧抱住，像是把只羔羊收进了羊圈；那柔和而遍在的声音，像音乐似的直在她心里震荡。她虽然看不到什么形体，可视觉和脑子却感觉到纯洁的太空的宁静，大海的威力，行军似的星星的威仪，互相碰撞的四行的力量，根基广大的岗峦的根深蒂固的忍耐力，尤其是感觉到了壮丽的光彩长驱直入地战胜了"夜"，像是一个更要非凡的太阳在消灭夜的阴影。

这就是"天才"和"人性"的新婚燕尔的时刻。谁将详叙他们婚后的故事？谁将记述他们的福祉与苦痛？谁将告诉我们，在"他"和这个"女神"受挑拨而引起不和的时候，"他"怎样制造致人死命的阴谋来毁坏这个婚姻或者污损这个圣洁的婚姻呢？谁将记下"大蛇"和六翼天使的长期斗争史呢？而魔鬼又怎么把恶说成善，把骄傲说成智慧，把粗鄙说成荣耀，把痛苦说成福祉，把败坏道德说成热情呢？这个"无所畏惧的天使"怎样不顾一切，公然反抗，击退了敌人？他怎样一再净化那只被亵渎的圣杯，赞扬那被贬低的感情，矫正那被诱入邪道的冲动，查明那隐藏着的毒液，挫败无耻的诱惑——荡涤了罪恶，理直气壮，时刻留心，经受了考验？又怎样靠了他的忍耐，他的魄力，靠了他那从上帝那里（他的始祖）得来的无可言宣的美德，这个忠实的六翼天使为"人性"作了毕生的英勇战斗，而且，等到"时间"的行程结束，终于碰上了死神，来到那有憔悴的臂膀拦着的来世的门口的时候，"天才"又怎样依然紧抱着他的垂死的新娘，扶着她走过那痛苦的道路，得意洋洋地把她带到他自己的家里——天堂，履行了义务，把她交回给耶和华——她的制造者，最后，在天使和天使长面前，给她加上一顶"不朽"的荣冠。

谁将把这些事情写成历史呢？

穆尔背完的时候，谢利说："我决计改不好这篇作文，你那支朱笔画上了许多责备的条条杠杠，我拼命想揣摩出那些条条杠杠的意思来，结果还是弄不清楚。"

她从老师书桌上拿了支铅笔，在那本书的边上画着小叶子，一截截的柱子，乱七八糟的十字。

"法语也许是忘了一半，可是，上法语课那个习惯却仍保留着，我想，"路易斯说。"我这些书，这会儿又要像从前一样，因为你而不安全了。我这本刚装订好的圣比埃尔，不消多久，就会像我那本拉辛一样，基达尔小姐的记号又可以在每一页上找到了。"

谢利连忙放下铅笔，仿佛它烫了她的手指似的。

"你说，这篇作文的错误是些什么？"她问道，"是文法上的错误呢，还是你对内容不满意？"

"我从来没有说过，我划的条条杠杠指的都是错误。你尽可以有这样的看法，我也并不反对。"

"那么，那些条条杠杠指的是什么呢？"

"现在没有提它的必要了。"

"穆尔先生，"亨利大声一叫，"要谢利背一点她过去总是背得很好的东西。"

"如果要我提的话，那就是《驯马》，"穆尔一边说，一边用小刀修削那支让基达尔小姐画得快光了的铅笔头。

她把头偏向一边，脖子，明朗的面颊，因为失去了那天然的面纱，显得又红又热。

"啊，她并没有忘记，你知道，先生，"亨利兴高采烈地说。"她知道她多么调皮。"

一缕笑意(谢利决不肯大笑)使得她的嘴唇一颤，她低下头来，面孔一半埋在怀里，一半掩在鬈发里，她一伛下身子，鬈发又披散开来了。

“不消说得，我是个反抗者！”她答道。

“反抗者！”亨利照说一遍。“不错，有一回，你和爸爸吵得非常厉害，你把爸爸妈妈，普赖尔太太，大家都不放在眼里，你说爸爸侮辱了你——”

“他是侮辱我嘛，”谢利插嘴说。

“于是，你要立刻离开辛普森园。你把东西都收拾好了，爸爸却把那些东西打你箱子里给扔了出来，妈妈哭了——普赖尔太太哭了，她们两个站在那儿，尽绞着双手，求你耐耐性子，你呢，跪在地上，面前就是你的东西和那只翻了身的箱子。你的样子，谢利——你的样子，唔，正是你发脾气的样子。你的面孔，那么发脾气，却一点也不变样，那么纹丝不动，十分美丽，你简直不像是在发怒，而是很坚决，有点毛焦火燎，可是，叫人觉得，在这种时刻，如果有什么东西挡你的道，那个障碍物准会像遭闪电那样拆裂开来。爸爸弄得十分沮丧，找了穆尔先生来。”

“够了，亨利。”

“不，还没有说够。我不知道穆尔先生是怎么处理的，不过，我记得他对爸爸说，激动会引起他的痛风病复发。接着，他悄悄地同太太们说了几句话，把她们打发走了，后来，他对你说，谢利小姐，现在谈话或者讲大道理都没有用，可是，茶具刚刚送到课室里，他口十分渴，如果你能暂时撇下行李，为他和我弄一杯茶，他一定十分高兴。你跑进去了，你起初不肯说话，可是，过了一会，你气消了，变得高高兴兴。穆尔先生开始对我们说些关于欧洲大陆，战争，波拿巴等我们都喜欢听的事情。喝过茶后，他说，那天晚上，我们一个都不要离开他，他不让我们走开，怕我们又会去淘气。我们分别坐在他两侧。

我们真快活，我从来没有过过那么愉快的一个夜晚。第二天，他对你，小姐，教训了一个钟头，结果指定你念一篇博絮埃[1]的东西，作为一种处罚——《驯马》。你念了这篇东西，就不再去打行李了，谢利。我们再也没有听说你要逃跑了。后来有一年工夫，穆尔先生老是用这件事情取笑你。”

“她从来没有像那回那么用心念书，”穆尔添着说。“那时候，她第一次使我觉得十分愉快，让我听到一位英国姑娘说我的家乡话而不带一点土腔。”

“后来有一个月工夫，她像夏天的樱桃一样可爱，”亨利又插嘴说。“一次痛痛快快的吵架总会使谢利的脾气变得比原先好。”

“你们这样谈论我，好像我本人不在这里似的，”基达尔小姐说，她依然没有抬起头来。

“你真的认为你在这儿吗？”穆尔问道。“自从我来到这里后，有时候，我真想问菲尔赫德这位小姐，可知道我从前的学生怎样了？”

“她这会儿不是在这里嘛？”

“我看到她非常谦恭，可是，我却不劝哈利，也不劝别人过分相信谦恭，因为谦恭这个东西，一会儿会像个最害羞的小孩，藏起它那绯红的脸儿，再一会儿又会像个石雕的朱诺[2]那样，抬起它那又青白又高傲的脸来。”

“听说古时候有个人，会给他雕刻的人像灌注生命力。别人也许具有相反的才能，能够使生命变成石头。”

穆尔在回答之前，不禁对这句话沉思一番。他的面孔，既感动而又显得沉思默想，好像在说：“一句怪话，这大概是什么意思呢？”他把这句话在心里翻来覆去地想，想得又深又慢，仿佛是个德国人在思

① 博絮埃(1629—1704)，法国历史上的著名主教，宗教诔词作家。
② 朱诺，罗马神话中大神朱庇特之妻，气派高贵的美人。

考什么玄妙的问题。

后来，他终于说："你是说有些人使人讨厌，因而叫好心人心寒吧？""聪明！"谢利答道。"如果你喜欢这样解释，你尽可以认为这是对的。我不在乎。"

说着，她抬起头来，样子高傲，神色真像路易斯说的一尊雕像。

"看这变形！"他说。"谁都没有想到，竟就出现了——一个低微的仙女一下子竟变成个高不可攀的女神。可是，亨利要你背诵，你可千万别使他失望，奥林匹亚准能赏他个光。咱们这就开始吧。"

"我把第一行忘记了。"

"这我倒还记得。我的记忆，尽管迟钝，却还是记得牢。知识和爱好，我是从容地学到的。学到的东西一直生根在我脑子里，那种感情也生根在我心里。它也不像快速地冒出来的东西那样，本身没有根，青翠繁茂一阵子，很快就凋谢了。听着，亨利！基达尔小姐答应满足你的要求了。'瞧那匹猛烈、急躁的马儿'——它是这样开始的。"

基达尔小姐确实愿意勉力一背，可是，不一会，她便不往下念了。

"除非让我先听听全文，否则，我背不下去。"她说。

"可是，这是快速学法。'来得快也去得快'。"这位老师说教一通。他从容地，准确地背诵了一段，背得很慢，有声有色。

谢利随着他继续背下去，逐渐偏起耳朵。她的脸在扭过去以前，对他望一望。等他背完了，她接了下去，仿佛是打他嘴里背出来似的。她准确地按照他的声调，也抓住他的土腔，像他一样该顿则顿；她再现了他的态度，他的发音，他的表情。

现在轮到她提要求了。

"想起了《阿塔利埃之梦》，"她恳求道，"把它念出来吧。"

他背给她听。她又接下去背，她因能使他的语言成为自己的语言而乐得非常激动。她又再要求背下去。所有从前的学校课业都重温了一遍，谢利从前的学校生活也随之而重现了。

他已经背了拉辛和高乃依一些优秀的章节，接着又在这位姑娘的声音里听到自己的深沉声调的回声，完全如真如实地按照他的抑扬顿挫的声调念出来。《橡树与芦苇》——拉封丹最美丽的一个寓言，老师已经背诵过，背得非常之好，学生也生气勃勃地照背一遍。也许这时他们都同时激起了一种感情：他们的热情都燃烧得很炽热，一点点法国诗歌的柴火再也不够作为能源了；也许他们巴不得有一大段英国橡木可以像圣诞节前夕那样，扔进那贪得无厌的火焰里。穆尔说：

"这些就是我们的最好的东西！我们没有比这更富有戏剧性，更紧张，更自然的东西了！"

说着，他莞尔而笑，默不作声。他的整个身体似乎在悠悠地燃烧。他站在壁炉旁边，胳膊肘靠着壁炉架，不无乐陶陶地沉思一阵。

秋日苦短，暮霭正在拢来。让爬藤盘绕得黑黝黝的课室窗户，只透进了一丝天光，10月的金风还没有来到，枯萎的簇叶纹丝不动。好在炉火还很明亮，足以继续谈下去。

这时，路易斯·穆尔用法语对他的学生说话，她起先又笑又忸怩地应答，说得十分蹩脚。穆尔为她纠正，鼓励她说下去。亨利也凑了进来。这两个学生面对老师站在那儿，彼此互搂着腰。早就希望也能让它凑进来的鞑靼，貌似聪明地坐在地毯中央，紧盯着一块块黑煤在通红的煤屑里不时爆出的火光。这群人真够快活，可是——

快乐情趣有如昙花一现，
　刚一抓住花儿——它就瓣落凋谢！

院子里的铺道上，辘辘的车轮声清晰可闻。

"车子回来啦，"谢利说，"晚饭一定已经准备好了，我还没有换衣服呢。”

一个用人拿着穆尔先生的烛火和茶点进来了，因为师生两人总是在吃点心时分吃晚饭的。

“辛普森先生和太太小姐们都回来了，”她说，“菲利普·南尼利爵爷也同他们一起来了。”

“好叫你惊动呀，你的手抖得多厉害，谢利！”亨利说。这时候，女佣已把百叶窗关上后走了。“可是，我知道为什么——你不知道吗，穆尔先生？我知道爸爸的意图。他是个小丑八怪，那个菲利普爵爷。我巴不得他没来——我巴不得姊姊们和大家都待在德·华登府吃饭。谢利就可以再为你我煮茶了，穆尔先生，那样的话，我们就可以过个快活的夜晚。”

穆尔锁上书桌，把他那本圣比埃尔放开。

“这是你的如意算盘，是吗，孩子？”

“你不赞成吗，先生？”

“空想的东西我绝不赞成。要在‘生活’的刻薄无情的面孔中看‘生活’，从‘现实’的厚颜无耻的尊容中凝视‘现实’，煮茶吧，亨利，我一会儿就回来。”

他走了，谢利也从另一扇门走了。

第二十八章
菲　比

那天晚上，谢利大概同菲利普爵爷过得很愉快，因为第二天早晨，她心境极其舒畅地下楼来。

“谁同我一起去散步？”早饭后，她问道。“伊莎贝拉和格特鲁德——你们去吗？”

基达尔小姐难得这样邀请她那两个表姊妹，因此，她们犹豫了一番后才答应下来。好在她们的妈妈已经表示同意，她们戴上小帽后，表姊妹仨便出发了。

这三个人凑在一起并不很对劲。基达尔小姐向来只喜欢同少数几个太太小姐在一起。一点不错，她只有同普赖尔太太和卡罗琳·赫尔斯通在一起，才真正感到愉快。虽说她对这两位表姊妹很客气，和蔼，殷勤；可她总是觉得同她们没有什么话好说。这天早晨，她因为心境愉快，连这两位辛普森小姐，她也想应酬一番。同她们谈天，绝不越出她的老规矩，只谈一些普通事情，她把这些事情谈得极其有趣：一字一句都闪烁着她那兴高采烈的情绪的火花。

是什么使她如此快活？一切原因只有她自己知道。今天天气并不明朗，而是天色朦胧——是个灰不溜秋的、残秋的日子。蜿蜒在暗褐色的树林间的小径都湿潮潮的，气压很低，是个阴天，可是，谢利的心却是一片意大利的蓝天和阳光，因为所有的意大利热情都在她那灰色的英国眼睛里笑了出来。

在她们散步回来，快近菲尔赫德的时候，基达尔小姐因为必须对她的工头约翰作些指示，滞留下来，让她的表姊妹们先走，从她跟她们分手到她重新走进家里这段辰光，也许相隔只有二十分钟。这当儿，她同约翰谈过话后，又在门口的小巷里逗留一会。等到用人出来找她吃午饭时，她才进来，她说明不能吃饭的原因后，就径自登楼。

“谢利不来吃午饭吗？”伊莎贝拉问道，“她说过她饿了。”

一个钟头后，因为她还是在自己房里没出来，她的一位表妹便去找她。一进门，看到她坐在床脚跟，手托着头，脸色十分苍白，显得心事重重，可说是很忧愁。

“你不会生病了吧？”来人不禁问道。

“有点儿不舒服，”基达尔小姐答道。

她同两个钟头前显然很不相同了。

这个变化，只有刚才所说的六个字可以说明，其他就找不出解释了；这个变化——不管是怎么发生的，也只是在短短的十分钟里出现的——像夏天没有一丝轻云那样一倏而逝。到得她吃晚饭时，又照常同她那些朋友谈天了。晚饭后，她一直同她们待在一起，等到人家再问起她身体好不好时，她说已经完全好了，那不过是倏忽而逝的一阵眩晕，一时感到有点不舒服，不值一提。然而，大家还是觉得谢利有点儿异样。

第二天——又一天——一个礼拜——两个礼拜后——这种新奇的阴影一直挂在基达尔小姐的面上，表现在她的态度上。她的面容，举动，声音都有种奇特的宁静。这种变化并不是很明显，可以使人设法弄清楚或者屡加探究的，然而，这种变化却明摆着，而且不会消失。它像一抹云儿那样，挂在她身上，连风儿也吹不动，刮不散。不消多久，这种变化就很明显了，而且谁若注意到这种变化，谁就不免要使她恼怒。起先她怕人家提起，如果对方一定要问个究竟，她就以她那特有的傲慢态度给顶回去。“她病了吗？”回答却是斩钉截铁的：

“我没有病。”

“她有什么心事吗？出了什么影响她精神的事情？”

她不屑一顾地嘲弄对方这种想法。

“他们所谓的精神是指什么？她有什么精神可以受影响？精神是黑是白，是蓝是灰？她什么精神也没有。”

“一定有什么事情——她变得这么厉害了。”

“她认为她有权可以要怎么变就怎么变。她知道她自己比先前朴素了。如果这样正合她想变得丑点的要求，为什么需要别人为这事情操心呢？”

“一定有个变化的原因——究竟是什么？”

她毫不客气地要求人家别管闲事。

于是，她想尽各种办法显得很快活，而且似乎为自己不能完全装得像而自怨自恨。每当她单身独处时，她嘴里便要冒出一些简短、自责自贬的名词来。她会称自己为“傻瓜！孱头！”她还会说：“胆小鬼，如果你非发抖不可——就悄悄地发抖！在人家看不到你的地方，你尽管畏畏缩缩嘛！”

“你胆敢”——她会自己问自己——“你胆敢露出自己的弱点，泄露出你那低能儿的忧虑来？抛弃这些弱点和忧虑，摆脱这些弱点和忧虑，如果你不能这样做，就把这些弱点和忧虑藏起来。”

于是，她尽量把这些弱点和忧虑藏起来。她在人前又变得刚毅、活泼起来了。等到她精疲力竭，不得不放松一下精神的时候，她就去寻求孤独——不是关在自己房里的那种孤独——她不肯关起门来闷闷不乐——而是找户外那种更狂妄的孤独，她会骑上自己那匹叫作佐伊的牝马去追逐这种孤独。她一骑就是半天。她姑夫很不以为然，可是，他又不敢规劝她，去碰在谢利的火头上，即使是在她身体健康，快快活活的时候，也决不是愉快的。可是，现在，她的脸瘦了，那双大眼睛显得凹陷了，脸上那股黑气，眼睛里那点儿火光，实在既教人难受又教人担心。

一些比较不很熟悉的人，因为不知道她精神上有了变化，有时提到她面色变化时，她只有这样一个回答：

“我十分好。我无病无痛。”

说到身体好，她一定的确很好，因为她经受得了她现在所经受的风吹日晒雨淋。不论晴雨，有风无风，她天天要骑马上斯蒂布罗泽地去，鞑靼总是随侍在侧，狼也似的狂奔疾驰，不论路途多远都不疲累。

有两三次，好管闲事的人看到——长着这种眼睛的，到处都有，不论是在隐秘的地方，还是在山顶——看到她不是拐向露悉奇，即斯蒂布罗泽地的山脊，而是向前直驰，一直向着镇上骑去。留意她的目的地的探子有的是，结果探明，原来她是在一位叫做皮尔逊·霍尔先生的律师的门口下马，这位律师同南尼利那位牧师还沾了点亲。这位先生和他的先辈一直担任基达尔家好几代的代理人。于是，有人断定：基达尔小姐给卷进了与洼地工厂有关的商业投机了；说她亏了本，不得不把土地抵押了；又有人猜测：她就要结婚了，在准备办理财产授予权。

穆尔先生和亨利·辛普森一起在课室里，老师在等那个学生似乎正在忙着准备的课业。

“亨利，快点！下午快完啦。”

“是吗，先生？”

“当然是喽。你的作业快做好了吗？”

“没有。”

“还没有快做好了？”

“我一行也想不出。”

穆尔先生抬起头来。那孩子的声调有点儿特别。

“作业并没有什么困难，亨利，如果真个困难的话，拿来给我，我们一起来做。”

“穆尔先生，我做不了作业。”

“孩子，你病啦。”

“先生，我身体上的健康一点也不比平常差，我只是心里激动透了。”

“把书合起来。过来，亨利。到火炉这边来。”

哈利一瘸一瘸地走上来，他的老师把他安置在椅子里。他的嘴唇抖个不停，眼泪盈眶。他把丁字杖搁在地上，低下了头，哭泣起来。

“这决不是身体上有什么病痛，你说呢，哈利？你有伤心事——说给我听。”

“先生，我有种从来没有过的悲痛。我希望能有什么解脱的办法，我简直受不了了。”

“如果我们不来商量一下，谁能知道，谁能解脱呢？究竟是什么缘故？同谁有关系？”

“缘故嘛，先生，是谢利，这同谢利有关系。”

“是吗？……你认为她变了吗？”

“凡是认得她的人，都认为她变了。你，穆尔先生也认为她变了。”

“不是那么严重——不。我看不出有什么大变化，只不过是一种要过几个星期才能好转的变化。再说，她自已说的话总也得算数吧。她说她很好。”

“是呀，是呀，先生，只要她自认为身体很好，我就相信她。过去，我一看不到她，便心里烦闷，一看到她，便神清气爽。可现在——”

“唔，哈耳，现在——！她对你说过什么来着？今儿早晨，你同她一起在花园里待了两个钟头，我看到她在说话，你在听。听我说，我亲爱的哈利！如果基达尔小姐说过她有病，还要你为她保守秘密，你可不要听从她。为了她的生命，要把一切都说出来，说呀，孩子！”

“她说她病了！我相信，先生，如果她快要死了，她一定还会露出笑容，并且硬是说‘我没有什么不舒服’。”

“那么，你听到了些什么？有什么新情况——？”

“我听她说，她刚刚立好了遗嘱。”

“立好了遗嘱。”

老师和学生都默然。

“她对你这样说吗？”隔了几分钟后，穆尔问道。

“她对我说得很快活，不像是在说一件不祥的事，我却觉得这是不祥之兆。她说，除了她的律师皮尔逊·霍尔、赫尔斯通先生以及约克先生多少知道一点以外，只有我一个人知道。她说，她特别想对我说明遗嘱的条款。”

“说下去吧，哈利。”

“‘因为，’她说，她那双美丽的眼睛直朝下看着我——啊，穆尔先生，那双眼睛真美丽！我爱那双眼睛——我爱她。她是我的启明星！上天决不能向她提出要求！她是这个世界的可人儿，配生活在这个世界上的。谢利不是个天使，她是个普通女人，她要同男人们一起生活。六翼天使不能得到她！穆尔先生，如果有一个‘大神之子’长着像天一样辽阔，明亮，像海一样蔚蓝，深邃的翅膀，看到她长得美丽，下来对她提出要求，他的要求一定会遭到反抗——遭到我，遭到我这样一个跛孩子的反抗！”

“亨利·辛普森，我刚才对你说了，说下去吧。”

“‘因为，’她说，‘如果我不立下遗嘱，比你先死，哈利，我所有的财产一定会全归你，我并无意非这样不可，虽则你父亲一定喜欢这样。可是，你，’她说，‘你将来可以得到你父亲全部产业，那笔财产很大——比菲尔赫德还要大。可是，你两位姊姊将会一无所有，所以，我给她们留一点钱，虽然我并不爱她们，把她们两个加在一起，还不及我爱你这头美发的一绺呢。’她说了这些话，还管我叫做她的‘心爱的人’，又让我吻她。她接下去又对我说，她也给卡罗琳·赫尔斯通留了一点钱。至于这座住宅，连同家具和书籍，她都留给了我，因为她不愿意让自己老家的地方留给不是亲骨肉的人。至于她余下的财产，除了给我两个姊姊和赫尔斯通小姐，大概还有一万两千镑，她决定不留给我，因为我已经很富有了，而是要交给一个好人，他会像任何一个人那样充分利用这笔钱——这个人，她说，既温和又勇敢，既坚强又很慈善为怀；这个人也许不会自称是个虔诚的人，可是，她知道这个人心底里有着纯洁的宗教信仰，而且不会亵渎上帝。这个人具有爱与和平的精神，他经常去访问苦难的孤儿寡妇，自己却清清白白，与世无争。后来，她问：‘你赞成我这种做法吗，哈利？’可是，我无法回答——泪水呛住我了，就像现在这样。”

穆尔先生让他的学生同情感争斗一会，控制了情感后，他问：

“她还说了些什么？”

“等我表示我完全同意她遗嘱上这些条款的时候，她说我是个慷慨的孩子，说她为我觉得自豪。‘你听着，’她又说，‘万一发生什么事情，一旦“恶意”来到你耳边嘁嘁喳喳说我坏话，说谢利亏待了你，她不爱你的时候，你就会知道该对“恶意”怎么说。你就会知道我确实爱你，哈利，就会知道任何一个姊妹都没能比我更爱你，我的亲宝贝。’穆尔先生，先生，我一想到她的声音，记起她的面容，我的心就怦怦跳，仿佛心弦也绷断了。她可以比我先进天堂——如果上帝要这样做的话，她就得这样做。可是，我的余生——我又不会活得长——我现在对此倒很高兴——将沿着她走过的道路笔直、迅速、认真地走去。我认为我会比她更早进入基达尔家的墓穴。万一是她比我先走的话，请把我的棺材放在谢利的棺材旁边。”

穆尔在回答他的时候，态度极其镇定，同这孩子那种又慌张又热切的态度形成个奇特的对照。

“你错啦，你们两个都错啦——你们是在相互伤害。如果一个青年人一旦受到了一种缥缈的恐惧的影响，可以想象得到，这就决不再会有阳光灿烂的生活，心里第一次所想象的不幸将会影响终生。她还说些什么？还有什么？”

“我们私下安排了一两件家事。”

“我倒很想知道知道——”

“可是，穆尔先生，你却有笑容，我看到谢利这种心情，就是笑不出来。”

“孩子，我不是个神经质的人，不是个诗人，也不是个没有经验的人。我实事求是看待事情，你还没能做到这样。把这些家事说给我听。”

“先生，她只是问我是不是认真考虑过我自己应该是个基达尔呢还是个辛普森，我回答说，我打心坎里，打骨子里都是个基达尔。她说她听了很高兴。因为除了她，我是英国仅存的一个基达尔。后来，我们在一些事情上取得了一致的看法。”

“啊？”

“唔，先生，那就是，如果我能活下去，继承我父亲的产业和谢利的住宅，我就要姓基达尔，以菲尔赫德作我的住家。我说我就要叫作亨利·谢利·基达尔，我一定要这样。她的姓和她的住宅都是年代悠久的，辛普森和辛普森园不过是昨天的东西。”

“唔，你们两个，谁都还不会上天堂哩。我对你们都抱着最好的希望，你们都有值得自豪的个性——是一对羽毛未丰的小鹰。现在，你说，你对我说的这一切究竟有些什么含义？把它明白说出来。”

“那就是说，谢利认为她快要死了。”

“她谈到她身体的健康吗？”

“不止一次。不过，我可以向你保证，她越来越憔悴了。她那双手变得很瘦，腮帮子也是这样。”

“她可曾告诉过你母亲和两位姊姊吗？”

“从来没说过。她们一问起她的时候，她总是对她们笑。穆尔先生，她是个怪物——那么美丽又那么小姑娘气，根本就不是个有男子气概的女人——不是个亚马孙①，可是，却昂起头来，既不要人家帮助，也不要人家同情。”

“你知道她这会儿在什么地方吗，亨利？她是在家里，还是骑马出去了。”

“一定不会出去，先生，雨下得这么急。”

“话说得不错，不过，这也不能保证她此刻不在露悉奇那儿驰骋。近来，天气已绝对不成为她骑马的障碍了。”

“穆尔先生，你总记得上个礼拜三雨多大，风刮得多厉害吧？确实是狂风暴雨，因此，她不让人家给佐伊备鞍。不过，虽说她认为风刮得太猛，她的牝马吃不消，她自己却不怕风吹雨淋，走了出去。那天下午，她差不多一直走到南尼利。等她回来了，我问她不怕着凉吗。‘我才不怕，’她说，‘能着上凉，那我是太交运啦。我不知道，哈利，可是，我最好能着上一场凉，发阵寒热，这样，就能像其他的基督徒一样停止呼吸了。’你看，先生，她是不顾前后的。”

“真是不顾前后！你去看看她在哪儿，如果有机会可以同她说话而不引起别人注意，要她到这里来一下。”

“是，先生。”

他一把抓起丁字杖，马上就要走。

“哈利！”

---

① 亚马孙，《希腊神话》中亚马孙族中女战士。

他又回来。

“别把话传得太一本正经，要说得同你从前随随便便地找她到课室来那样。”

“知道，先生，她很可能会遵命前来的。”

“还有，哈利——”

“先生？”

“等我要你的时候，我会找你。这会儿，你也不必做功课啦。”

他走了。只有穆尔先生独自在那儿，他打书桌边站了起来。

“我对亨利可以十分沉着，十分傲慢，”他说。“我似乎可以不把他的忧虑放在心里，轻视，‘轻视’他那幼稚的热情。我可以对他说，在我看来，他们两个仿佛都是小孩。可是，看我能不能也对她保持同样的态度。我历经一个似乎就要忘却的时刻，那时候，‘慌乱’和‘恭顺’似乎刚柔兼施地要把我一下子打垮；那时候，我瞠目结舌，我简直是丢盔弃甲，站在她面前的——不是个老师——不——而是另外什么东西。我相信，我决不再那样当傻瓜了。总算还有个菲利普·南尼利爵爷，一看到她的眼睛，脸就红，他尽可以大肆恭顺，他甚至尽可以在碰到她的手的时候，自己的手大抖特抖而不怕丢脸。可是，如果她的一个佃户显得多情善感的话，那只会说明，他需要穿上一件紧衣[①]。话说回来，我倒总是干得很不错。她坐在我旁边，我也没有比我的书桌多摇晃一下。我面对过她的面孔，笑容，就像——唔，就像我原来是个老师那样。她的手我从来没有接触过——从来没有经历过这种考验。我不是她的佃户，也不是她的仆役——我从来没有做过她的农奴或者她的底下人。我虽然穷，但是，这更使我应该注意我的自尊——对自尊我决寸步不让。先前她曾说过什么冷酷的人把有血有肉的人变成大理石，那是什么意思？这话叫我听了高兴——我也不知道

① 紧衣，专指为束缚疯子用的一种紧衣。

为什么——我不愿意问个究竟——我从来不专门去探究她的说话或者脸色，因为如果我这样做了，我就不免有时候要忘记‘常识’而相信‘骑士故事’了。有时候，我周身的血管竟不知不觉地有种奇特的、隐秘的、心醉神迷的感觉，我决不怂恿——也决不想起它。我已经决定，无论多长时间，都要保持一种像保罗那样说话的权利：‘我不是癫狂，我说的乃是真实明白的话。’”①

他歇一歇——侧耳倾听。

“她会来呢还是不会来？”他问道。“她会怎样看待这个口信？是天真地一叫就来呢还是不屑一顾，是像个小孩那样呢还是像个女王？她的性格倒是两者都兼而有之。

“如果她来了，我要对她说些什么？首先，怎样解释这样随便找她来的理由呢？我要向她道歉吗？我固然可以十分谦恭，可是，道一声歉会使我们在这件事情上处于应有的相称的地位吗？我一定要保持老师的尊严，要不然——我听到开门声了。”

他等了一会。好几分钟过去了。

“她会不肯来。亨利正在央求她来，她回绝了。在她看来，我这个要求是放肆的。只要她能来，我就会使她知道情况正好相反。我倒宁愿她有点儿倔强，这样反而可以使我刚强起来。我倒宁愿她披着傲慢的铠甲，以嘲弄为武器。她的嘲骂可以使我从迷梦中惊醒过来，勇敢起来。打她眼睛或者嘴里所出现的嘲弄会使我浑身肌理血络都有力量。有脚步声走拢来了，不是亨利的——”

门开了，基达尔小姐进来了。看来她接到口信时，正在做针线活儿，她手里还拿着活儿呢。那天，她没有出去骑马，她显然是要悠闲地度过那一天。她穿着日常的洁净衣服，扎着一条绸围单。她不是从

① 典出《圣经·新约·使徒行传》第26章第25节。保罗赴罗马途中，非斯都说保罗癫狂，保罗这样回答他。

战场回来的塔列斯特里斯[1]，而是刚离开灶边的文静的操持家务的人。穆尔先生已经给了她个冷不防，他本来会立刻以一本正经的口气，极其严肃的态度对她说话；如果她显得很无礼的话，他也许会这样做；可是，她的态度显得很果敢，一种少女的羞涩柔情压着她的眼皮，笼罩着她的面颊。老师不声不响地站在那儿。

她在门口与书桌间骤然立定不动。

“你找我吗，先生？”她问。

“基达尔小姐，我冒昧找你来——是要同你谈几分钟话。”

她一边等，一边在挑针引线。

“唔，先生，”——眼也没抬——“是什么事？”

“请先坐下。我要提出的问题不是一下子谈得清的。也许我连提它的权利也没有哩。我可能应该致个歉意，可能不是歉意所能为我辩解的。我之所以这样冒昧，是因为同亨利谈话而引起的。这孩子为你的健康很不快活——你所有的朋友在这件事情上也都很不快活。我要谈的就是你的健康问题。”

“我很好嘛，”她简短地说。

“可是，变啦。”

“这除了我自己，同谁都没有什么关系。我们大家都变啦。”

“请坐下好吗？基达尔小姐，从前我对你还有点儿影响——现在还有点吗？我可以认为我所说的话都不算是实足的冒昧吗？”

“我来念点法语吧，穆尔先生，或者，我甚至还可以念念拉丁文文法，咱们就别再提健康问题吧。”

“不，不，现在是到了应该谈谈的时候啦。”

“那么，要谈就谈吧，可是，别拿我来做你的材料。我是个身体健

---

① 亚马孙女王，曾带领三百名女将迎战亚力山大大帝。

康的人。”

“一再肯定实质上并不是真实的东西，你不觉得这是错误的吗？”

“我说我很好——一无咳嗽，二无病痛，三又不发热。”

“这样说法，难道一点也没有什么值得可疑的吗？这是地道的实话吗？”

“地道的实话。”

穆尔先生认真地看了她一下。

他说：“我自己也找不出什么真正生病的迹象来，可是，请问，你为什么变了呢？”

“我变了吗？”

“我们不妨来试一试看，我们就可以找出个证据来。”

“怎么找法？”

“首先，我问你，你睡得同平常一样吗？”

“不一样，可这并不是因为我生病的缘故。”

“你的胃口还像过去一样吗？”

“不一样，可这并不是因为我生病的缘故。”

“你总记得我这只结在我表链上的小戒指吧？这是我母亲的戒指，套进我自己的小指还嫌太小。你从前闹着玩儿偷过它好几次。它刚好套得进你的食指，现在不妨试套一下。”

她同意这个试验。那只戒指打那憔悴的小手上落了下来。路易斯把它捡起来，重新系在表链上。他前额撩起一阵不安的红晕。谢利又说：

“这并不是因为我生病的缘故。”

“你不仅是失眠，没有胃口，落了肉，”穆尔说，“而且你的精神也总是不振。再说，你眼睛里有一种神经紧张的神色，态度上显得神情不安。这些都不是你从前的特点。”

“穆尔先生，我们就谈到这里为止吧。你已经完全猜对了。我是神经紧张。现在谈点别的事情吧。这是个多会下雨的天气！倒也似的，落个不停的雨！”

“你神经紧张？不错，如果基达尔小姐神经紧张，那是不会无缘无故的。我们来找这个缘故吧。让我看得仔细一点。这不是生理上的病，我早有怀疑。这是突如其来的，我知道是哪一天开始的。我注意到这种变化。你闹的是心理上的病。”

“完全不是这样。没有什么了不起的事——只不过是神经紧张罢了。啊，撂掉这个话题吧！”

“这个话题是该完就会完的。神经紧张总是可以说得明白的，也是可以消除的。我但愿能有诱导的才能，能够使你高兴谈出来。我相信，就你的情况来说，自我坦白准能收到事半功倍的疗效。”

“不，”谢利猛然说。“我但愿这完全有可能，但是，我怕并不可能。”她把针线活儿搁起一会儿。她现在坐下来了。肘子靠在桌上，手支着头。穆尔先生那副神气好像已经觉得他终于在这条遍地荆棘的小径上获得一个立足点了。她不是说着玩儿的，她的那个但愿确实含有一种愿意谈下去的重大意味。打这以后，她就不再能硬说她自己一点也没有什么病了。

老师让她休息一下，考虑几分钟后，他再开始进击。他的嘴动了一下，想开口说话，但是，他改变了主意，于是，再等下去。谢利抬眼望着他的眼睛。如果他流露出不慎重的感情，其结果也许会招来难以突破的顽强的沉默，不过，他显得镇定，坚韧，可靠。

“与其说给我的姑母，或者说给我的表姊妹，说给我姑夫听，”她说，“我不如说给你听。她们听了准会喧闹一阵，我害怕的正是这种喧闹；那种惊慌、慌张、轰动。一句话，我从来不喜欢做家庭小漩涡里的中心人物。你受得了一点儿惊骇吗？”

“如果必要的话，再大一点也受得了。”

这个人，身上的肌肉纹丝不动，可是，他那颗巨大的心却在他深沉的胸脯里怦怦直跳。她要对他说些什么呢？是不是闯出了不能挽回的大祸啦？

“如果我原先认为该对你说，我对此事就决不会保持哪怕一刻的秘密，”她说，“我就会立刻来告诉你，向你请教了。”

“干吗不该来对我说呢？”

“也许是该来的——我并不是这个意思。只是我没能这样做。我觉得没有惊动你的权利，这个不幸不过是我个人的事罢了——我要把它放在自己心里，可是，人们偏偏不肯让我放在心里。我告诉你，我极不喜欢成为大家焦急的对象，也不喜欢成为村里闲谈的资料。再说，这个不幸也许会毫无结果地过去了——天知道！”

穆尔虽然忐忑不安得好苦，却不马上要求对方解释，他不论是神色还是言语，都一点没有流露出急躁来。他这种安详的态度教谢利心定了；他的自信使她放了心。

“小原因可以产生大结果，”她说，一边卸掉她腕上的手镯，接着又解开袖管，往上翻了一截——“你瞧，穆尔先生。”

他看到雪白的臂膀上有个疤，虽然已经合了口，仍有很深的锯齿状疤痕，有点介乎烫伤与咬伤的疤痕。

“在白莱亚菲尔特，除了你，我是什么人都不让看的，因为你能沉着看待这事。”

“这点儿疤痕当然是没有什么好惊吓的。不妨说一说它的来历。”

“小虽小，却叫我睡不着觉，使我神经紧张，使我瘦了，傻了。因为，为了这点点疤痕，我不得不看到它有可能产生种种令人惧怕的事情。”

袖管放下扣好；手镯也重新套上了。

“你可知道你在折磨我吗？”他面露笑容说。“我总算是个有耐性的人，可是，我的脉搏却越跳越快了。”

“不管发生什么事，你都一定会帮助我，穆尔先生。你的沉着态度会给我带来好处，而不会让我听任那些激动的懦汉摆布吧？”

“我这会儿不作什么诺言。先把经过说给我听，然后再来要你所要的诺言。”

“经过情况十分简单。有一天，我同伊莎贝拉和格特鲁德一起出去散步，大概是三个礼拜前的事吧。她们比我先到家。我落在后边，同约翰说话。同约翰说完话后，我高高兴兴地一个人在巷子里流连一下。那地方十分幽静，又很荫凉，我因为刚才同那两位小姐谈腻了，所以不急于去赶上她们。正当我倚着大门廊柱，快快活活地想着我未来的生活——因为那天早晨我认为事情已经像我早已盼望的那样开始有了转机——”

“噢！上一天晚上南尼利一直同她在一起！”穆尔插话似的在脑子里一转。

“就在这时，我突然听到一阵气喘吁吁的声音。原来是一只狗打巷里跑上来了。附近一带的狗我都认识，一看是菲比，是萨姆·温先生的一条猎狗。可怜那只畜生奔得耷拉着脑袋，拖出了舌头，它那副样子仿佛不是给咬了就是给打得遍体鳞伤。我叫了它，我想逗它进屋里来，给它喝点水，吃点东西。我肯定它受了虐待。萨姆先生常常残酷地鞭打他的猎狗。它太慌张了，不知道是我，正当我要去拍拍它头的时候，它竟转过头来，对我臂上咬了一口。它咬得好像要吸血似的，然后扑哧扑哧地往前奔去。萨姆先生的看守人随即拿着枪走过来，他问我可看到狗，我对他说，我刚才看到菲比。

“‘你还是把鞑靼用链条锁起来吧，小姐，’他说，‘关照你那些底下人，别让它出门来。我在追菲比，要把它打死，那个马夫已经往另一条路去追了。它正在发狂犬病。'”

穆尔先生身子往椅背一靠，两臂交叉在胸前。基达尔小姐重新拿起她那块绸布，继续绣一束帕马紫罗兰花。

“那么，你一个人都不告诉，也不找谁帮助一下，也不去治一治，也不来找我？”

“我只走到课室门口，没有勇气进来，我宁可把这事情藏起来。”

“为什么？在这个世界上，我要做的难道有比对你有用的更好的事情吗？”

“我没有这个权利。”

“真荒唐！你就什么也没有做吗？”

“有呀，我径直走进洗衣间，底下人正在那儿烫那个礼拜的一大堆衣服，因为我家里有那么多客人。趁着女佣正在忙着打褶裥、过浆的时候，我从炉火上拿了一只意大利烙铁，把那火烫的淡红色的烙铁直凑在我的臂上，我拼命把它压下去，烙铁烧焦了我那个小伤口，然后，我上楼了。”

“大概你连哼也没哼一下吧？”

“我真的不知道。我十分可怜，一点也不能安定下来，我想，我心里从此不得安静了。”

“可你外表倒很安静。我记得我们在吃中饭的时候，我们一直竖起耳朵来听，想听听你在楼上的房间里有什么动静，一点动静也没有。”

“我坐在床脚跟，巴不得菲比没有咬过我。”

“独自一个人，你喜欢孤独。”

“请原谅我。”

“你看不起别人的同情。”

“穆尔先生，我是这样吗？”

“照你那伟大的精神说来，你一定觉得不需要帮助，不需要请教人家，不需要与人为伍。”

“就算是这样吧——既然你喜欢这样说。”

她面露笑容。她细心而迅速地在做刺绣。可是，她的睫毛闪动了一下，接着闪闪发亮，接着一滴泪珠掉了下来。

穆尔先生身子靠着前面的书桌，把坐椅动一动，变换一下姿势。

“如果不是这样，”他问，声音变得又柔和又奇特，“那么，又是怎样呢？”

“我不知道。”

“你是知道的，就是不肯说出来，一切都得藏在自己心里。”

“因为这不值得叫人分忧。”

“因为没有人出得起获得你信任的高价。没有人富足得可以购买这种信任。没有人拥有你所需要请教的那份光荣、知识和力量。在英国，你简直找不出可以让你搭一搭手的肩膀——更别说能找到可以让你把头搁在那上面的胸脯喽。你自然就非孤单地活下去不可。”

“我可以孤单地活下去，如果必需的话。可是，这不是如何孤单地活下去，而是如何孤单地死的问题。这叫我想起来更加可怕。”

“你可懂得病毒的作用吗？你指望一种无限的威胁、可怕的劫数吗？”

她低下了头。

“你真十分神经紧张而又很女人气。”

“刚刚两分钟前，你还称赞我有伟大的精神。”

“你是十分女人气。如果把整个事情冷静仔细考虑和讨论一下，我肯定地觉得，结果准是根本不存在什么你要死了的危险。”

“阿门！我十分乐意活下去，如果上帝高兴这样的话。我一向觉得生活十分美妙。”

“按照你的天分和性格说来，生活还能不美妙吗？你可真的认为你会得狂犬病，会大说疯话死去？”

“我认为是这样，也很害怕这样。不过，此刻我什么都不怕了。”

“为了你，我也不觉得害怕。究竟是不是有哪怕最小的一点点病毒混进你的血液，我都很怀疑，即使真的有，我可以向你保证——像你这样年轻，健康，完美无缺的强壮——决不会有什么大害。此外，我还要去打听一下，究竟那只狗是不是真的患狂犬病。我认为它并不是患狂犬病。”

“对谁都别说它咬了我呵。”

“我既然相信这种咬伤就像让这把小刀割了一下，不会有毒，又干吗要对人家说呢？你放心罢，我很放心，而且我对你的生命看得同我对我自己来世的幸福机会一样贵重。你抬起头来。”

“为什么，穆尔先生？”

“我想看看你是不是快活了。撂下你的活儿，抬起头来。”

“那——”

“朝我看。谢谢！是否烟消云散了？”

“我什么也不怕了。”

“你的心境是不是回复到原来那样自然、开朗舒畅了呢？”

“我十分心满意足，可是，我要你的诺言。”

“说吧。”

“你知道，万一我所害怕的最坏的结局竟然发生了，他们一定会弄得我透不过气来。你不必笑。他们一定会——他们总是这样的。我姑夫准会吓得瘫了，倒了，这是他准会想到的唯一对策。在这所屋子里，除了你，谁都不会沉着。现在答应帮助我吧——设法使辛普森先生离开我——别让亨利走近我，我怕对他会有害处。注意——也注意留心你自己。可是，我不会损伤你，我知道我不会。把我的卧室锁起来，别让外科医生进来——如果他们进来了，把他们撵出去。老麦克特克也好，小麦克特克也好，他们的同行格里夫斯先生也好，都别让他们碰我一下。最后，如果我出了什么毛病，请你亲手给我使用最强烈的麻药，比如像鸦片丁几这种特效药，准不会出错。请答应我做这些事。”

穆尔离开书桌，在房间里来回踱了一两转，养一养神。之后，他在谢利座椅后边停将下来，在她头顶伛下身子，声调很低而很着力地说：

“我答应你所提出的要求——毫无意见，毫无保留。”

“如果需要个女人做帮手的话，可找我的管家吉尔太太。如果我死了，要她为我装殓。她很爱我。她一再把我当冤大头，我一再原谅她。她现在爱我啦，一只别针都不会揩油我的，信任使她老实，忍耐使她仁慈。到了现在，我信得过她的诚实、胆量和感情。有事找她。只是别去找我那位好姑母和那两位胆小的表姊妹。再说一声，答应我。”

“我答应你。”

“你真好，”她微露笑容说，抬起头来，望着他俯下的头。

“好不好？舒服不舒服？”

“真好，真舒服。”

“我一定同你在一起——只有我和吉尔太太——在任何一个、在每一个需要镇定和忠心的困难关头。绝对不让毛手毛脚的人或者胆小鬼插手。”

“你还认为我孩子气吗？”

“还认为。”

“噢！你瞧不起我。”

“我们可瞧不起小孩吗？”

“其实，穆尔先生，我并不像一般人所认为的很刚强，很傲慢，很没有同情心。只是碰上我有任何悲伤的事情的时候，我不敢告诉给我所爱的人知道，怕会使他们难过。而对于那些我很冷淡的人，我又不屑同他们嘀咕。说到头，你不应该骂我孩子气，因为如果你也像我过去三个礼拜那样不快活，你也会需要个把朋友。”

“我们大家都需要朋友，可不是吗？”

“凡是在本性上都有一点好处的人，都需要有个朋友。”

“唔，你有卡罗琳·赫尔斯通。”

“是呀……你也有霍尔先生。”

“是呀……普赖尔太太是个聪明善良的女人，有什么事需要商量的时候，可以同她商量。”

“你呢，你有你的哥哥罗伯特。”

“如果缺少一只右手的话，还有牧师马修森·赫尔斯通硕士可以依傍。如果少了一只左手的话，还有一位海勒姆·约克老爷。这两位老先生都很尊敬你。”

“我从来没有看到约克太太对任何一个青年像她对你那样慈爱。我不知道你是怎样博得她欢心的，她对你比对她自己的儿子都还体贴。再说，你还有姊姊霍顿斯。”

“看来大家对我们两个人都很照顾。”

“好像是这样。”

“我们应该多么感恩呵！”

“是呀！”

“该多么心满意足呵！”

“是呀！”

“我呢，我此刻简直就很心满意足了，也十分感恩。知足感恩就是一种圣洁的感情，它使人心里满足，而又不至于爆开来；它使人心里暖呼呼的，而又不至于发烧。我喜欢悠闲地品品幸福的滋味；急急忙忙地狼吞虎咽，我就辨不出它的滋味。”

穆尔还是倚着基达尔小姐的椅背，瞅着她十指的迅速动作，逐渐织成的那只有绿有紫的花环。过了好长一段时间，他又问道：

“那种阴影都消失了吗？”

“完全消失了。两个钟头以前的我同现在的我，完全是两种不同的生活状况。我相信，穆尔先生，如果悄悄地怀着悲伤和恐惧，悲伤和恐惧就会像泰坦的娃娃一样日长夜大起来。”

“你再也不会悄悄地怀着这种感情了吧？”

“不会，不会，如果我敢说出来的话。”

“你所谓‘敢’是指谁说的。”

“指你。”

“这怎么会用到我身上来？”

“因为你又严厉又怕羞。”

“我为什么是又严厉又怕羞？”

“因为你很骄傲。”

“我为什么骄傲？”

“我倒真想知道知道，可不可以请你告诉我？”

“也许是因为我穷，这是一个理由，穷和傲往往是连在一起的。”

“这倒真是个绝妙的理由。如果我能发现另一个同这配对的理由，我才喜欢呢。你给配对成双吧，穆尔先生。”

“马上就来，把五颜六色的‘任性’配给朴素的‘贫穷’，你觉得怎样？”

“你任性吗？”

“是你。”

“这是诽谤。我坚定得像磐石，稳定得像北极星。”

“今天一清早，我抬头往外一望，看到一条美妙的彩虹，像充满着希望一样辉煌，富丽堂皇地横跨过那一时盖满乌云的穹苍似的生命。一个钟头后，我又抬头一看，弓形消了一半，余下来的一半也失去光华了。再隔一会儿，铁板着脸的天空竟不承认它曾经有过这样亲切的一种满怀希望的征象。”

“好吧，穆尔先生，你应该同这种变化多端的心情格斗一番。这种心情就是你常常容易犯的坏习惯。谁都永远不知道到哪儿才找得到你。”

“基达尔小姐，我有过——两年模样——一个我越来越觉得十分可爱的学生。亨利是可爱的，可是，她更可爱。亨利从来不给我惹麻烦。她呢——唔——她给我惹过麻烦。我认为，她二十四个钟头里，有二十三个钟头要惹怒我——”

“她每次同你在一起可从来没有超过三个钟头，或者说，最多也只是六个钟头。”

“她有时候倒翻我的茶杯，偷我盆子里的食物；有时候，又让我一天没有东西吃（我是不喜欢这样的，因为我这个人习惯于吃得津津有味，还认为合理的享受丰衣美食是相当重要的）——”

“我知道你是这样。我还说得出你最喜欢吃的是哪一种饭食——能够说得完全准确。我能一点不差地知道你喜欢哪种菜——”

“她剥夺了这些佳肴美味，还愚弄了我。我喜欢睡得甜睡得足。在我的安稳的日子里，当我还是自由自在的时候，我晚上从来没有辗转反侧得很久，也没有诅咒我的床铺是只钉床。她使所有这一切都起了变化。”

“穆尔先生——”

“而且在夺走了我的平静的心境、安适的生活后，连她自己也从我这里跑走了，走得那么冷静——仿佛她走了，世界对我说来，依然会一切如旧那样。我知道，有朝一日我总会再见到她。结果是两年后，哪里知道我们在她自己的家里重逢了，她就是这家里的女主人。你知道她是怎么对待我来着，基达尔小姐？”

“像个从你这里受业获益很多的人一样。”

“她待我傲慢；她在我们中间划了一条鸿沟，她对我态度矜持，敬而远之，难得对我一看，而且视若陌路，说起话来平铺直叙，彬彬有礼。”

“她真是个优秀的学生哪！老远一看到你，就懂得立刻回避。先生，她的傲慢是在殚思极虑地矫正你自己的冷静态度，你还该夸奖她呢。”

“良心、自尊心和最最残暴的命运，硬是把我同她扯开来，用笨重的枷锁使我寸步难移。她是任性的，她本来倒是为人宽厚的。”

“她决不会任性得放弃自己的自尊心，任性得到她一直回避的地方去找她。”

“而且，她是前后矛盾的，她还像从前一样要逗弄人。有时候，我认为我已打定主意只是把她看成一个可望而不可即的陌生人，不料她又突然教我看到那么一种质朴可爱的眼波——她会以那么一种带有失而复得的同情的微笑教我心里暖呼呼的，她会同我谈得那么温存，快活，亲切，使得一时其乐融融——教我既不能闭上我的心扉，将她的形象置之度外，也不能关起门来，让她吃闭门羹。你倒解释解释看，她干吗要使我这样苦恼。”

“她受不了做个完全被放逐的人！于是，她有时候，在寒冷的雨天，忽然心血来潮，觉得课室不是个愉快的地方，觉得她有义务去看看你和亨利是不是炉火生得很旺。一经走了进去，她就喜欢待下不走了。”

“可是，她不该那么变化无定呀。如果她终于来了，就该更常常来。”

“因为有一种叫作打扰的东西。”

“你明天将不会像今天一样吧？”

“我不知道，你呢？”

“我不是个狂人，最最尊贵的倍瑞尼斯[①]！我们可以拿一天来做梦，可是，第二天一定得醒来。而且我一定要在你嫁给菲利普·南尼利爵爷的那一天早晨醒来。现在炉火照耀着你和我，镜子也把我们照得清清楚楚，基达尔小姐，我在谈话的时候，一直盯着镜子里那个人看。你抬起头来看一看！你的头同我这只头有多么不同呀！——我看起来还不止三十岁呢。”

“你是这么威严，有这么一只方方的额头，脸上血色不好。我从来不把你看作是年轻人，也不把你看作是罗伯特的弟弟。”

“是吗，我想不是这样。你不妨想象一下，如果罗伯特那张轮廓鲜明、漂漂亮亮的脸这会儿正在我的后面往前看着。这个幻影可不是逼真地衬出我这具有迟钝特点的愚笨性格来吗？喏！”（他吓了一跳）“我在这最后半个钟头里，一直在等那根线晃动起来。”

晚饭的铃声响了，谢利站了起来。

“穆尔先生，”她一边收拾活计，一边说，“你最近可听到你哥哥的消息吗？你可知道他干吗要在城里呆那么久？他提到回来吗？”

“他提到回来的，可是，他干吗出门这么久，我也说不上来。说老实话，在约克郡，谁都没有你清楚他为什么那么不高兴回家来。”

基达尔小姐的面颊掠过一阵红晕。

“写封信催他回来吧，”她说。“我知道他在外边耽搁这么久，并没有什么失策的地方。横竖生意这么差，工厂不开工也好。可是，他总不该丢弃这个地方吧。”

---

① 倍瑞尼斯，埃及王托勒密三世的皇后，她为实践誓约，悬其发于战神庙中，发旋不见，升天而变为后发星座。

“我知道，”路易斯说，“他在走前的那天晚上同你谈过话，后来，我还看到他离开菲尔赫德。我捉摸了一下他的脸色，或者说，设法捉摸一下。他却不让我看。我揣测到他一定会久出不归。准是有什么纤细的手指巧妙地捏碎了一个男人那种一碰就碎的自尊心。我认为，罗伯特未免太相信他的男性美和朴素的绅士风度。凡是境况比较好而缺乏优越地位的人，是不能抱有什么幻想的。可是，我会写信，说你劝他回来。”

“别说我劝他回来，而是说他还是回来的好。”

第二次铃声又响了，基达尔小姐应声而去。

第二十九章
路易斯·穆尔

路易斯·穆尔过惯了宁静的生活。他是个喜爱宁静的人，比大多数人更能忍受这种宁静生活。他在自己的脑里和心里另有他自己的一个大千世界，他能够十分有耐心地忍受禁锢于这个现实世界的一个安静的小角落里。

今天晚上，菲尔赫德多么寂静呀！除了穆尔，大家——基达尔小姐，辛普森全家人，甚至亨利——全都到南尼利去了。菲利普爵爷一定要请他们去，他想使他们同他的母亲和姊妹见见面，因为他母亲等人现在都在爵爷府。从男爵是位和蔼的绅士，他也请了这位家庭教师。可是，这位教师真宁愿同亨廷顿伯爵①的幽魂约定，到南尼利森林那华盖似的最大最老最黑的橡树底下去同他和他一群侍从的鬼魂相会。不错，他宁可到他们那个在树林中腐朽着的、又潮湿又是杂草丛生的圣堂遗址中，去同一个幽灵的女修道院长或者一个雾一般苍白的修女幽会。路易斯·穆尔今儿晚上真渴望有什么人在他身边，但不是那个小伢儿从男爵，不是他那个慈善为怀而面孔铁板的母亲，不是他那两个贵族的姊妹，也不是辛普森家的人。

今儿晚上并不平静。昼夜平分时还在它的风暴里挣扎。白天的暴雨已息。那一大片浮云滚滚离开天际，不是掠过而留下一大片纯蓝宝石色，而是迎着那继续不断、声如海啸、疾奔猛涌、夹有月色的大风暴东摇西荡。“月亮”兴高采烈地临御着大风，就像她听任大风的猛烈爱抚那般高兴。今儿晚上，恩底弥翁②不会来守候他的女神了。羊群也不会来到山上，这很好，因为她今儿晚上要欢迎挨奥拉斯③了。

穆尔坐在课室里，听着暴风绕过对面的山形墙，沿着屋前号啸而去。这一头倒是可以避风的。他不要避风所，他不想听低沉的声音，也不想找个遮蔽的处所。

“所有的客厅里都空无一人，”他说，“我打心底里厌恶这个牢房。”他离开课室，走到比他自己这间屋子的窗棂更大更宽畅的窗子那边去，可以一览无遗地看到秋天夜空一片深蓝色，又点缀着朵朵银色浮云的骚动不息、势不可挡的景象。他没有拿着烛火，根本就不需要灯火，那虽有浮云交错穿梭，却很明朗的月光就泻在各处的地上和墙上。

穆尔信步走过所有的房间，他好像随着一个幽灵，从这间客厅走到那间客厅。他在橡木客厅里停了下来。这间客厅并不寒冷，没有灯火，十分雅致，像间沙龙。壁炉烧得很热，红彤彤的，柴灰在熊熊的炉火中颤动。在小地毯旁边，有一张做活计的小桌子，地毯上有一张写字桌，旁边摆着一把椅子。

难道穆尔要找的那个幻影就坐在那只椅子上吗？你准会这样想，你不见他就站在椅子跟前吗？这时他的眼睛是那么满怀兴趣，脸上显得那么意味深长，仿佛在这个孤寂的屋子里，他已找到一个活生生的伴侣，而且就要同那个人说话了。

他发现了一些东西。一只手提包，一只缎子的小手提包挂在椅背上。那张写字桌敞开着，钥匙插在锁孔里。一只玲珑的印章，一支银笔，一片绿叶挂着一两颗成熟的艳红的浆果，一只干净、细巧的小手套——这些乱放在架子上的零碎杂物，既装饰了那只架子，又使架子显得十分凌乱。一幅画是应该有条有理而不许枝节横生的，她倒是把那些零碎杂物都收拾得齐齐整整，不过，枝节也自有一种魅力。

穆尔说话了。

---

① 亨廷顿伯爵，疑系指谢利·劳伦斯·费拉斯(1720—1760)，此人1760年因大发脾气，枪杀了他的管家，被判死刑，上了绞架。

② 恩底弥翁，希腊神话中俊美的青年牧羊倌。

③ 挨奥拉斯，希腊神话中的风神。

“这就是她的特点，”他说。“毫无疑问，这个漫不经心、有魅力的人儿，她是在这里让人家匆匆叫走，忘记回来整理好东西的。她为什么会在自己的脚印里留下魅力呢？她从哪里获得这种轻率而从不失误的才分呢？要斥责她总是有得斥责的，而且，这种斥责决不会不愉快地存在她心里。可是，对她的情人或者她的丈夫说来，三言两语地斥责一番后，一个亲吻就自然而然地会叫他的话打嘴上消融了。宁可花半个钟头来责备她，也不愿意花上一天工夫去夸奖或者称赞任何其他一个女人。我这是在嘀嘀咕咕——在自言自语吗？别再说了！”

他真的没再说下去。他站在那儿思索，然后，他准备过个舒舒服服的夜晚。

他放下窗帘，遮掉了宽阔的玻璃窗和雍容的月儿，他把一切王法和星群都关在窗外。他在那虽然很热却快要熄灭的炉火里添上一点燃料；他把桌上的一对蜡烛点了一支；他另外拿把椅子放在写字台旁边那张椅子的对面后，就坐下去。他接下来的动作就是从口袋里拿出一本空白的、厚厚的小笔记本子，拿出铅笔，开始又细又密地写起来，叫人不大好懂。读者，必须走近一点，别害臊——伛身探过他的肩膀，不必害怕，看他这样写下去：

“九点钟了。我肯定，车子总得到十一点以后才会回来。打现在到那时，我是自由自在的，我可以占有她的房间，坐在她的座椅对面，胳膊肘搁在她桌子上，旁边都是她的一些令人回忆的小东西。

“我向来比较喜欢孤独——把她想象成一个有点文静而一本正经，又是个美丽的山林女神，一个打荒凉的山口向我降落下来的山神。她的衣裳有点儿像山峰上的蓝雾，呼吸就像寒冷的山风——仪态里有峰峦那样的壮丽。我一旦可以从容地向她求婚，可以想象得到，我一向她这样提出，我的心一定会更舒畅——她呢，默默无言，但是，庄严无比。

“打从那天我找 S[①] 到课室里来，她来了，坐得那么靠近我以后，打从她向我敞开了她心里的忧虑——要求我保护——请求我帮助以后，打从那一刻起，我便厌恶孤独。使人寒心的幻影——无血无肉的骷髅——死神的女儿——母爱——伴当！

“写我心坎里最亲近的事物实在是桩乐事。谁都不能夺去我这个小笔记本。用这支铅笔，我可以对这个本子畅所欲言——说出我敢于向决不是活生生的人所说的话——说出我不敢自言自语的话。

“打从那天晚上以来，我们就彼此不大碰面了。有一次，我独自在客厅里找亨利的一本书，她进来了，打扮得漂漂亮亮，要到斯蒂布罗去赴音乐会。羞涩——是她羞涩，不是我羞涩——在我们中间拉上了银色的帷幕。我不知听过、读过多少次有关‘少女的羞涩’这个口头禅。可是，这几个字，如果用得得当，而不是滥用的话，倒是恰当的好字眼。她默默无言而端庄地认出是我后，便径自走到窗前，这时候，我的心里除了叫她为‘白璧无瑕的处女’而外，实在找不出其他的称呼来。在我看来，她打扮得如此雍容华贵，这种少女的羞涩正是她的光轮。我也许是个最愚昧的人，正如我是个最平凡的人一样，可是，说实话，她那羞涩的态度真叫我有说不出的感动，真叫我心荡神移。我显得像块笨木头，我敢说：当她把目光一转，避开我的目光，轻轻地掉过头去，藏住了她腮帮涌上的红潮的那个时候，我简直像是过着天堂的生活，精神抖擞起来了。

“我知道，这是个做梦者——一个着迷的罗曼蒂克疯子的说法。我确实是在做梦，我从此还要不时地做梦。如果她已经把罗曼斯灌进了我的平凡的文章里，我又有什么办法？

“有时候，她多么像个孩子呵！多么像个天真纯朴的小东西！我这会儿就看到她抬头直望着我的脸，要求我别让他们叫她透不过气来，

---

① 即谢利原文的第一个字母。

千万要给她一剂强烈的麻醉药，我看到她在自白，说她并不像人们所认为的那样，是个自满自足，不要人家同情的人。我看到一滴眼泪悄悄地打她睫毛上掉了下来。她说我认为她孩子气——我确实是这样认为。她认为我瞧不起她。瞧不起她！这叫人听来无比的甜美，因为这使我觉得既是同她差不多，又高出于她，使我意识到我天生有权利和力量帮助她，如同一个丈夫理该帮助他的妻子一样。

“我崇拜她的才艺，可是，她来接近我——舒舒服服地躺在我怀里——用我的爱来怀抱她——而且是出自一种最自私然而极其自然的理由，这就是她的缺点，或者至少是她的弱点。这种缺点正是我借此而爬上可以胜过她的台阶。如果她爬上一个修饰齐整、平平坦坦的人工土墩头，她会处于什么地位呢？这是个天然的山丘，它有长满苔藓的缝缝隙隙，它有引人攀登的山坡——那个峰巅是人们乐于攀上去的。

“丢下隐喻不提了。看着她，真叫我赏心悦目。她中我的意。如果我是个国王，她是为我洒扫宫殿阶梯的婢女，尽管我们地位相距很大，我一眼就能看出她的优良品质。我心里的脉搏确实会为她而跳动，虽说那条无可估量的鸿沟使我们无法相识。假如我是个绅士，她是个服侍我的女仆，我也不能不喜欢这个谢利。即使她没受什么教育——不戴那些首饰，不穿华丽的衣裳——没有一切并非固有的有利条件——没有一切优美姿态，只剩下她那成为必然的匀称的身段，让我看到她穿着一件粗棉布长外衣站在一间茅屋门口，让她带着那副笑容，怀着像她现在所表现的领地主人的殷勤那样的热情诚意，递给我一杯清水，我一定还是喜欢她。我一定希望能耽搁一个钟头，我一定会依依不舍地同这个村姑谈天。我一定不会有像我现在这样的感觉。我一定会觉得她身上并没有什么圣洁的东西。可是，每当我碰到这个年轻的农家女的时候，就会十分愉快——每当离开她，就会满怀悔恨。

"她多么轻率呀，真该责备，竟让写字桌敞开着，我知道这里边藏有金钱！这串挂在锁孔上的钥匙，都是她所有的贮藏所和她那只珠宝箱的钥匙。那只缎子小手提包里还有一只钱袋。我看到银色的珠穗荡在外边。这个光景准会教我哥哥罗伯特大发脾气。她所有的小毛小病，我知道，都是惹他愤怒的因头。如果这些小毛小病会惹恼我的话，那却是一种最愉快的恼怒。我喜欢找她岔子，如果我一直同她住在一起的话，我知道，像这种让我开怀的事情，她可决不是个吝啬人。她一定会给我一点什么事情做做，由我来纠正，让我这个做教师的有个责骂的材料。我从来不责骂亨利，从来不想这样做，即使他做错了事——他也很难得做错事，这个亲爱的优秀的孩子——只消一句话就够了，我往往充其量也只是摇摇头。可是，我一看到她那'像个不听话的、漂亮小孩的脸'的时候，告诫的话不由涌上嘴边，我相信，她会把我这个沉默寡言的人变成个碎嘴子。我为什么喜欢这样多话呢？这问题，有时候，我自己也弄不懂。她的性情越是狂妄，刁皮，爱撩惹人，她必然使我更有明确的理由可以非难她，我越是找上她，越是喜欢她。她再没有比穿起骑装，戴上有边的帽子更显得野了；再没有比她和佐伊在丘岗上同风儿赛跑后火一般回来时更难以对付了，我应该坦白出来——我尽可以对这个不会说话的本子把它坦白出来——我已经在院子里等了一个钟头了，希望能亲眼看到她回来，更希望能有一种难得的机会抱她下马。我曾经注意过(再说一遍，我只是在这个本子上才会说出这番话)，她除了我，从来是不肯让任何男人扶她下马的。我曾经看到过她婉却菲利普·南尼利爵爷的帮助，虽然她总是对她这位年轻的从男爵非常温柔，非常照顾他的感情，当然也非常照顾他那敏感的自尊心，我也注意过她傲慢地拒绝萨姆·温的帮助。现在我知道——我心里知道，因为心里有这种感觉——她情愿听我摆布。难道她知道我为她效劳会浑身感到多快活吗？我自己并不是她的奴隶——这我应该声明——可是，我的全部官能都集中在她的美貌上，像那个妖怪全神集中在那盏神灯的灯光上那样。我所有的学识，小心，镇定，能力全都卑恭地伫立在她跟前听候差遣。命令一下，全部官能感到多愉快呵！全部官能在接受她所指派的差使时，又是多么快活呵！这些她都知道吗？

“我称她是漫不经心的，希奇的是她的漫不经心从来不会损害她的优雅。说实在的，通过这个特点的小孔，才能弄清这种优雅的实际情况、深度和真实来，一件齐整的衣裳有时候包裹着的是瘦骨嶙峋和歪形残体，通过一只裂开的袖管，倒可以看到一只白皙丰腴的玉臂。我曾经看到过、拿到过她许多东西，因为这些东西都是她经常失落的。我从来没有看到任何一件东西不是叫人一看就知道是这位小姐的。东西一点也不邋遢，一点也没弄脏，一方面，她很审慎，另一方面，却很轻率。如果是个农家女，她准会一直穿得整整齐齐，干干净净。你看这只真小山羊皮小手套——看这只鲜艳、一无污点的缎子手提包。

“S 同那个小家碧玉 C. H. ①有多么不同呵！我想，卡罗琳是个方正古板、一丝不苟的人，她正好适合我某些苛求的亲戚的持家习惯，那么细致、灵巧、古雅、敏捷、沉静，一切都做得恰到好处，一切都料理得丝毫不爽，她一定很配罗伯特。可是，我怎么容忍得了样样东西都这么几乎是一无瑕疵呢？她倒是同我一样，同我一样穷。她当然是长得美丽的，她长着一只拉斐尔②式的小脑瓜，具有拉斐尔式的容貌，道地的英国人表情，纯粹是一派岛国的优美风度。可是，哪里找得出一点需要改变、需要忍受、叫人非难、令人着急的东西呢？她就是豀谷里一朵百合花，未经着色，也不需要着色。有什么变化能够提高

---

① 卡罗琳 · 赫尔斯通原文的第一个字母。
② 拉斐尔（1483—1520），意大利画家。

她？有哪一支铅笔敢于描画她呢？我的爱人（如果我会有个爱人的话）一定要具有比较接近蔷薇花的特色——新鲜、挺秀，讨人喜爱而又带有自卫的刺。我的妻子（如果我会结婚的话）一定要时刻拿刺来刺激我的巨大身躯，她必须具备有利用她丈夫的宽宏大量的耐性的能力。我生来不是个能够与羔羊结成配偶的人，我一定要找个比较适合我的天性的、专门照管年轻的雌狮或雌豹的重任。我不喜欢甜的而是喜欢有点儿辣的东西；不喜欢明亮的而是喜欢有点儿热烈的东西。我喜欢夏天，夏天的太阳使得水果发红，谷物发白。所谓美应该是在逗弄它的时候，它就勇敢地扭过身子来拧住我，否则，决计称不上美。所谓魅力，应该是一受激动，就似嗔若怒，眼看就要变得十分凶狠，才算得上具有出众的魅力。我怕我会厌倦羔羊那种不声不响、单调无趣的天真无邪，不消多久，我就会觉得好像怀抱着刚出窝的、毫不动弹的雏鸽一样累赘，可是，如果是要使暴躁的小鹰不再焦急乱动并训练它们的能力的话，我的耐心却会因此而感到喜悦。在对付野性未驯、难以对付的'愚蠢的猛兽'时，我倒因为力量得到发挥而扬扬得意。

"啊，我的学生！啊！倍丽！[1]因为太难控制而不见容于天国——因为过于纯洁无辜而进不了地狱！我是除了看你，崇拜你，祝愿你以外，简直毫无办法的。唉，我自知能够使你快活，难道我命该眼睁睁地看你为一个并没有这种能力的人占有吗？

"不管你的手多么友好——如果是软弱无力的话，也无法使谢利折服。可是，一定要教她折服。这只手虽然控制不了她，也一定要把她控制起来。

"留神呵！菲利普·南尼利爵爷！我从来没有看到过你走在她身旁或者坐在她身旁时，她曾抿一下嘴，蹙一下额，她是在坚决忍受你那她所不赞赏也不喜欢的性格的若干特点；她是在下定决心容忍你某种

---

① 倍丽，波斯神话中的仙女。

她认为可以由一种优点抵偿的弱点。可是，尽管她有这个信念，她还是不喜欢那种弱点。每当你的身子靠得太拢，凝望得有点过于明显，絮絮喁语得有点过于亲热的时候，我从来没有瞅到她脸上现出一本正经的红晕，眼睛露出毫无笑意的光芒，整个身体略微退缩；我从来没有亲眼见过这种种情况，可是，我不免要想到完全相反的赛姆米拉[①]的神话。

“我看到的并不是卡德摩斯[②]的女儿，我也不认为她的致命的想望是要看看育夫[③]的神性的威严。站在我面前的是朱诺[④]的一个僧人，天色很晚，还在独自守着亚果斯庙一个神龛。多年的孤寂的僧人生活，使他靠做梦过活，他有一种天赐的热狂；他热爱他所侍奉的偶像，日夜祷告，希望他的癫狂得到满足，希望那个牛眼[⑤]对她的崇拜者嫣然一笑。她已经听到了，她一定会大发慈悲。所有的亚果斯人都沉睡了。庙门已经关上，那个僧人还在祭坛那儿侍候。

“一时间，天摇地动了——沉睡的全城却一无感觉，只有那个孤单的守夜人感觉到，他勇敢并对他的盲信毫不动摇。在一片寂静中，一点没有什么先兆的声响，他突然给笼罩在神光里。从屋顶，从那大张着口的裂缝，蓝天大片闪闪白光，奇妙地倾泻下来——有如星星狂奔而下，好不骇人。他得到他所要求的东西了。退却——不敢抬头一看——我的眼睛给弄花啦。我听到那个神庙里有种难以形容的声音——但愿我听不到才好！我看到廊柱间猛烈地腾起一阵难以忍受的

① 希腊神话，赛姆米拉是地之女神，卡德摩斯的女儿，她与宙斯生狄俄尼索斯。宙斯曾答应满足她任何要求，她要求亲眼看看宙斯的显赫威力，终为宙斯之闪电击毙。

② 希腊神话，腓尼基有一王子，曾杀一龙而播种其牙齿，遂生一班武士，互相搏斗，只剩五人。此五人后来与卡德摩斯建立底比斯国。传说卡德摩斯首创字母，输入希腊。

③ 育夫，罗马神话中的最高主神，即朱庇特，也即希腊神话中的宙斯。

④ 朱诺，罗马神话中的天后。

⑤ 指希腊神话中的天后赫拉。

荣光。大慈大悲的神呵，把它熄灭吧！

“一个虔诚的亚果斯人在寒冷的黎明时分，进来做早祭了。夜来有雷、闪电击过这地方。圣坛摇摇晃晃，旁边那条大理石铺道豁裂发黑了。农神的铸像却高雅、庄严、巍然屹立在那儿，在它脚边堆着一堆死灰。一个僧人也没有了，再也看不到那个守在那儿的人了。

“车子来了！让我锁上这张写字桌，把钥匙藏进口袋里，她明天一定会找这串钥匙；她一定会到我这儿来。我听到她——‘穆尔先生，你见到过我的钥匙吗？’

“她一定会这样说，声音清亮，说得十分勉强，脸色羞惭，自知这是第二十次的询问了。我一定要逗她一番，使她同我待在一起，期望，不安，等到我真个归还她的时候，一定还要责备一通。还有小手提包，还有钱袋，手套，银笔，印章。她将慢慢地、一件一件打我手里逼出来，只是必得经过一番忏悔，认错，请求。我从来没能接触过她的手，接触过她头上的小发卷，衣裳上一根带子，可是，我一定要自己创造出这个特惠来。她脸上的每一部分，明亮的眼睛，嘴巴，要是知道我在取乐的话，一定会全都发生变化；眼睛，嘴角都会现出微妙的变化，使我愉悦——浑身战栗——也许更会毫无办法地用锁链锁住我。如果我非做她的奴隶不可，我一定不会白白丧失我的自由。”

他锁上了写字桌，把所有的东西都装进口袋里，走了。

第三十章

露悉奇——忏悔所

人人都说，这该是穆尔先生回家的时候了。全白莱亚菲尔特对他这样不可思议的离开，都感到惊奇，惠因伯利和南尼利也分别表示各自的诧异。

人们都知道他为什么要离开吗？知道，大家都知道二十遍——四十遍以上了，为了说明这个难以说明的情况，至少已经提出了四十个似乎讲得通的理由了。决不是因为什么公事——这是所有的流言蜚语都一致同意的看法，他早在离开以前，就把这桩公事办好了：为首的四个暴动者都被他很快追踪搜索到了，他还出席了对他们的审判，听完了对他们的定罪和宣判；还亲眼看到他们安全地被押上轮船放逐出去。

这是白莱亚菲尔特全都知道了的事情，报纸也登载过了，《斯蒂布罗快报》还详尽地记述一切情况。没有人称赞他这种不屈不挠的精神，也没有人欢呼他的成功。不过，那些工厂老板都为此而十分高兴，相信采用了法律的恐怖手段后，那种心怀不满的邪气就会一蹶不振了。可是，到处还可以听到“不满”在暗自嘟哝。“他”在酒店里一边喝着麻药似的啤酒，一边大发其兆不祥的誓，还用英国那种猛烈的杜松子酒来做别开生面的干杯。

有一个消息断言穆尔不敢回到约克郡来，他知道，如果他回来，他的生命一定立时不保。

“我要把这个消息告诉他，”约克先生听了他的工头提到这个谣言后，说，“如果这个消息不能教他快马加鞭回来的话，那是什么消息都不能使他回来了。”

最后，不是这个动机就是别有其他动机，他回来了。他把到达斯蒂布罗的日期通知了乔·斯科特，要乔把他的坐骑送到“乔治”那里供他使用。乔·斯科特又通知了约克先生，这位先生当即出发去迎接他。

这天是集市日。穆尔赶到的时候，刚好及时坐上他平常在集市日聚餐会上就座的那个座位。在座的工厂老板有点不同寻常地欢迎他，好像他是一位生客，一位名人兼实行家。有些人，在公开场合上不大敢同他打招呼，怕人家所积聚下来的、准备对他的一点报仇雪恨的行动，说不定因此会落到自己身上，只得悄悄地把他捧成为一种他们的战士。酒筛一巡后，如果不是因为穆尔那副不为所动的冷淡神气，把大家那番热情弄得消沉、扫兴、发作不起来，那他们对他的尊敬，准会激起奔放的热情。

约克先生——聚餐会的常任会长——带着非常得意的神情看着他这位年轻朋友的态度。如果说有什么最能惹起他的脾气，最能激起他的轻蔑的事情，那就是看到一个人被当成傻瓜大捧特捧，或者因了声望而趾高气扬。如果说有什么特别使他舒服、安慰、喜欢的事情，那就是看到一个著名人物不会享受自己出了名的乐趣——我是说，不会；藐视会使他激怒——只有冷淡才能平息他那浮躁的脾气。

罗伯特往椅背一靠，闷声不响，可说十分乖戾，可是，那些布商和制毯商却还在夸奖他的勇敢行为，反复讲他的英勇事迹——其中有许多人还在他们的阿谀巴结中捎带对工人阶级进行粗野谩骂——这真教约克先生看了大为愉快。他心里乐得大为激动，他认为，这种滥捧滥赞真教穆尔羞愧得无地自容，使他多少要瞧不起他自己和他所做的事。面对谩骂、非难、中伤而一笑置之，那是容易的；可是，老实说，要藐视这些颂词却是需要费点儿力气的。穆尔经常是从敌对的立场，容光焕发地凝视着那些咆哮的人群的；他已经以勇敢的态度，兴高采烈的精神挺身抵挡了那场不得人心的风暴，可是，他在这些粗野的商人的赞美下却耷拉着脑袋，听到他们的祝贺而吓得缩做一团，又恼又恨。

约克不禁问他，他对他这些支持者的看法如何，他是不是认为他们不该对他表示敬意。“可惜的是，老弟，”他找补说，“你没有把那四个‘下层人民’的标本挂起来示众。如果你能干下那个伟绩，在座这些老爷准会把套在车子上的马匹都拉掉，换上二十头驴子，把你像个凯旋的将军那样给拖进斯蒂布罗来。”

穆尔不一会就拒绝喝酒，突然离席，打道回府。不消五分钟，约克先生也跟着走了。他们一起策马离开斯蒂布罗。

回家还早，可是，天色却不早了。太阳的余晖已经渐次消失在云端里，10月的夜正在泽地上空投下阴影，表示它已缓步前来。

约克先生因为酒喝得恰到好处而相当兴奋，加上又在约克郡见到年轻的穆尔，又有他结伴一起长途跋涉，骑马回家，心里很是高兴，一路上大多是他一个人在说话。他带着冷笑约略提到审判和判决的事情；又从这个话题扯到左近一带的流言蜚语，过不多久，便攻击起穆尔的私事来了。

“鲍勃，我认为，你败北啦，你活该。一切都顺顺当当。司命运的女神曾经爱上了你，她在她那运转的轮盘上已经注定要让你得到头奖——二万镑，她只等你伸出手去拿。可你干些什么来着？你找来了一匹马，到沃里克郡去搜索去了。你的情人——我指的是司命运的女神——真是再宽大为怀也没有的了。她说，‘我会原谅他，他还年轻。’她像‘古书里那个忍耐姑娘’一样等待着，直等到追捕结束，害虫找到。那时节，她想你准会回来，做个乖孩子，你还是可以拿到她那个头奖。

“不料，到头来，叫她，也叫我说都说不出地发现你不但没有拼命快马加鞭，轰轰隆隆地回家，把你那顶陪审的桂冠放在她的脚跟，反而漠然地驾车上伦敦去。你在那边干些什么，鬼才知道——我相信，一个屁事也没有，只是板着脸坐在那儿。你这个尊容从来就不是百合花那样白皙，可现在却是橄榄青了。老弟，你还没有本来那么漂亮呢。”

“那么，你这么大谈特谈的这个头奖该谁得呢？”

“不过是个从男爵——如此而已。我心里毫不怀疑地认为，你失掉她啦。眼看在圣诞节前，她就要成为南尼利夫人啦。”

“唔，很可能。”

“可是，她本来是不必去做夫人的。傻瓜蛋！我敢赌咒，你本来已经得到她了！”

“凭什么证据，约克先生？”

“凭种种证据。凭她眼睛的光辉，腮帮上的红晕，一提到你的名字，腮帮子就红起来，平常都是白的。”

“我想，我的机会已经完全过去了吧？”

“那还用说。可是，不妨再试一试，这是值得一试的。我管这个菲利普爵爷叫作掺水的牛奶。唔，听说他还写诗——押韵的诗呢。不管怎样，鲍勃，你比他高明。”

“约克先生，这么迟啦，你还劝我去求婚吗？已经是快要上斩的时刻啦？”

“你只能去试试看，罗伯特。如果她爱你——而且，凭良心说，我相信，如果她现在爱你，或者过去是爱你的——她就会大大地原谅你。可是，老弟，你在笑呐，是在笑我吗？你还是龇牙咧嘴笑你自己的反常行为吧。不过，我看，你哭都来不及呢，还要笑。这会儿，你倒是有着一副谁都很想看到的酸相。”

“约克，我已经是跟自己争论过了，我已经是拿鸡蛋去碰过石头，在一件紧衣里拼命挣扎过了，肘腕因为在手铐里急扭急拽而脱了臼，硬着头皮死命去撞一堵比我脑袋瓜子还硬的墙，碰得头上七凹八凸了。”

“哈哈，这话我听了高兴。你倒是苦练功夫嘛！我希望这对你有好处，可把你身上那点自高自大磨掉些了吗？”

“自高自大！这是什么东西？自尊心啦，甚至自我容忍啦，这都是些什么东西？你卖这种东西吗？你可知道谁卖这种东西？给我指点一下，他们准会发现我是个大方的买主。我一定会掏出我最后一个子儿，当即把它们全买下来。”

“你真是这样吗，罗伯特？说得真痛快，够味儿。我喜欢一个人说心里话。出了什么毛病啦？”

“我天性上所有的机器，我这个人体工厂的整套机器，那只我看作是心的锅炉，眼看都要爆炸了。”

“这真惊人，你倒该拿去印成书本。这简直就是一首无韵诗。你现在就可以把它写成诗。如果灵感来了，让它来吧，罗伯特。别理睬我，我这会儿倒受得了。”

“可恶的、讨厌的、卑劣的阴错阳差！一失足成千古恨——永生永世也抹不掉。”

“老弟，说下去吧。我管这些叫作香糕甜饼，好吃果子，糖果。我非常喜欢这味道，说下去吧。谈出来对你有好处，现在前边就是泽地了，四下好几英里路，一个人影子也没有。”

“我一定要谈。我说了也不害臊。我胸口好像有只野猫，我认为，你简直可以听到它叫得多惨。”

“叫我听来却是音乐。你和路易斯可有多雄浑的嗓子呵！路易斯唱起歌来——声调像柔和、深沉的钟声，我又觉得自己发抖了。夜很静，夜在侧耳倾听，夜就在对你俯下身子，像个黑衣僧人在听一个穿着更黑的衣服的人忏悔那样。忏悔吧，老弟，一点也不要保留。要像一个已经定罪又得到释罪的圣洁的监理会教徒在祈祷会上那样老实。把你自己看成像魔王一样邪恶，这会叫你心情舒畅。”

“你会说，像财神一样吝啬。约克，如果我下了马，自己横倒在路上，可不可以请你做做好事，骑着马打我身上奔驰过去——奔过去又跑过来——奔个二十趟来回？”

“真是高兴之至，如果没有验尸这种事情的话。”

“海勒姆·约克，我当然相信她爱过我。我看到她在人群里认出了我的时候，眼睛闪得灿亮。当她对我伸出手来，说声‘你好吗，穆尔先生？’的时候，脸便上红。

“我的名字对她有种魔力，别人一说到我的名字，她脸就变色——我知道她是这样的。她自己说起这个名字来的时候，用的就是她那许多富有音乐色彩声调中最有音乐色彩的声调。她对我真心诚意，她对我感兴趣，她为我担心，她希望我好运，她找各种机会，抓住各种机会帮助我。我考虑，踌躇，观察，权衡，揣摩，弄来弄去只能得出一个结论——这就是爱情。

“我盯着她看，约克，我在她身上，看到了青春和一种美。我在她身上看到了力量。她的财产使我可以赎回我的面子和地位。我感她的恩。她以五千镑一笔借款，具体而有效地帮助了我。我可以想起这些事情吗？我可以相信她爱我吗？我可以听到智慧在催促我娶她，而不顾一切可贵的利益，不相信一切似乎有希望的建议，蔑视一切极其重要的忠言，掉过头来离开她吗？我的年轻、优美、庄重的女恩人呵，爱上我，爱慕我吧——我常常这样对我自己说。我一再这样说，玩味这些话，怀着种快活的得意的心情——怀着种完全献给我自己的敬服的心情，甚至不受对她大为尊敬的影响。说实在，我暗地里还窃笑她天真和单纯，窃笑她是第一次恋爱，才现出这种情态。你那根马鞭的捏柄似乎分量很重吧，约克，你可以把它在你头顶一晃，将我打鞍上敲倒下来，如果你高兴的话。我宁可领略一顿狠敲狂打的味道。”

“耐心点，罗伯特，等月亮上来了，我看得见你的时候再说。明明白白地说出来——你究竟爱不爱她？我真想知道，我觉得很好奇。”

“老兄……老兄——我说——她长得十分美丽，自有一种风度，而且十分有吸引力。她的模样儿常常像是用风和火做成的，我站在那儿只有大表惊异，绝没有想到要去拥抱她，亲吻她。我觉得她身上有种极有威力的磁石，能够吸住我的兴趣和虚荣。我仿佛从来没有觉得造化有意思要使她成为我的佳偶。每当这样一个问题突然涌上我的脑际，我连忙把它甩掉，粗鲁地说，我有了她就会发财致富，没有了她就会垮台破产，立誓说我应该讲实际，不该罗曼蒂克。”

“十分聪明的决定。这又惹出什么祸来了呢，鲍勃？”

“我怀了这个聪明的决定，在8月的一个晚上到菲尔赫德去，那正是我要去伯明翰的前一天晚上——因为——你知道——我要去拿司命运的女神那份光彩的头奖啦，我事先已经送去一张条子，要求同她私下谈一次话。到得那里，看到只有她一个人在家里。

“她毫无窘态地接待了我，因为她认为我是为公事去的。我呢，可够窘的，只是决心已经下了。我简直不知道我是怎样了结这段公案的，不过，我敢说，我是用一种硬邦邦的、坚决的、相当可怕的方式开始的。我严肃地亲自求婚——以我这一表人才——自然连同我的债务作为一种财产授予。

“这真教我恼火，这教我怒火中烧，我竟看到她既不脸红，也不发抖，也不低下头来。她答道：‘我拿不准是否听懂了你的话，穆尔先生。’

“于是，我不得不完全重新再求一次，把它说得像启蒙课本一样明白，好让她完全听清楚。可是，她怎么样呢？她不是结结巴巴地说声悦耳的‘好’，也不是哑口无言，显得又温柔又缭乱，如果是那样，那才好呢，而是猛地跳了起来，在房间里急急地走了两转，显出一种只有她，而不是别个女人会有的态度，接着大声说‘哎唷，我的天啊！’

“约克，我站在火炉旁边，背后是壁炉架；我就靠着壁炉架，准备要豁出去啦。我知道我的运数，我有自知之明。她的音容毫无误会的意思。她停下步来，瞪着我看。

“‘哎唷，我的天啊！’她以那种激动的、愤慨的，然而又是悲伤的腔调又惨然说了一遍。‘你这个婚求得多怪呀——打你嘴里说出来，真怪。如果你知道你说得多奇怪，再仔细地想一想，你自己也会吓一跳的。你说得真像一个来要我的钱包的强盗，而不像是个来要我的心的情人。’

“一句怪话，可不是吗，约克？而且，我知道，她说的是又正确又古怪。她的话是一面镜子，我在那里头照到了我自己。

“我哑口无言，凶狠狠地望着她，她既叫我气愤，又使我羞惭。

“‘吉勒德·穆尔，你自己知道你并不爱谢利·基达尔。’我本来还可以冲口而出地发番假誓——发誓我确实爱她，可是，当着她那纯洁的脸，我说不出谎，我不能当着她那诚实的脸发假誓。再说，那种空泛的誓言也一定是徒劳无益的——她一定不会相信我，正如她一定不会相信犹大的鬼魂一样，如果犹大那天晚上能够突然窜了出来，站在她面前的话。她那颗女人的心具有更加敏锐的知觉力，决不会轻易给诳骗得把我这种五成粗鄙、五成无情的赞美，错当成真正出自肺腑的、男子汉的爱情。

“‘后来呢？’你一定会问，约克先生。

“唔，她坐在窗台上，哭起来了。她哭得很伤心。她眼睛里不单是泪如雨注，而且电光闪闪。那双眼睛对着我看，熠熠发光，睁得很大，又大又黑，十分傲慢。那双眼睛似乎在说：‘你伤了我的感情啦；你污辱了我啦；你欺骗了我啦。’

“她看了看后，立即又开口了。

“‘我过去确实尊敬你，佩服你，喜欢过你，’她说——‘不错，就像你是我的哥哥一样，哪知你——你竟想拿我来做投机！你简直是拿我去给那个工厂——你那个莫洛克神做祭品！’

“我倒还有常识，一句辩白的话也不说，任何辩解也不想做。我站在那里，听她辱骂。

“我一时间出卖给魔鬼啦，我当时确实是给搞得昏头昏脑了。待得我说话的时候，你猜我说什么来着？

“‘不管我自己的感情怎样，我总认为你是爱我的，基达尔小姐。’

“‘漂亮，可不是吗？’她坐在那里，颇为惶惑。‘这话是罗伯特·穆尔说的吗？’我听到她嘟哝一下。‘这是人，还是比人也不如的什么东西说的？’

“‘你是说，’她高声发问——‘你是说你认为我爱你，就像一般爱着那些想嫁给他的人一样吗？’

“这倒是我所说的意思，我回答说是这样。

“‘你怀了一个容易伤害女人感情的念头，’她这样说，‘你公然用了使一个女人打心底里发生反感的方式把这个念头说了出来。你暗示我过去对你种种坦率的好意是一种复杂的、大胆的、不正经的、想勾引个丈夫的手法。你的意思是认为你终于出于可怜地跑来向我求婚，因为我追求过你。我得这样说：你的看法带有偏见，你看错啦，你想歪啦，你判断错啦，你的说话叫你露出了马脚，你这会儿就说错了。我从来没有爱过你。这一点请放心。我的心绝对没有热爱过你，正如你的心并不爱我一样。’

“我想人家已经回答我了吧，约克？

“‘我似乎是个瞎了眼睛、糊里糊涂的人，’我这样说。

“‘爱你！’她大声叫嚷。‘唔，我一直像个妹妹一般直率待你——从来没有回避过你，从来没有害怕过你。你来了，’她得意洋洋地肯定说——‘你来了，既不能使我发抖，你的影响也不会加速我脉搏的跳动。’

“我举例子说，她对我说话的时候，总要脸红，一听到我的名字的时候，身子就会一动。

“‘不是因为你的缘故，’她直截了当地说。

“我要她解释一下，可是，没有听到下文。

“‘这么说来，我在学校宴会上，坐在你旁边，你可认为我爱你吗？我在曼松巷拦住了你，你也认为我爱你吗？我到账房间去看你——同你一起在铺道上走的时候——你都认为我爱你吗？’

“她既是这样问我，我就说是的。

“一点不假！约克——她站了起来——她变得很高——她整个人好像涨得纯然就要燃烧起来。她浑身哆嗦，像是烧得炽热通红的熊熊煤块。

“‘那就是说，你对我怀有极坏的看法，你否认我拥有我最重视的东西，那就是说，我是我所有的女同胞的叛徒。我在做任何一个女人做了都会贬低自己和一般女人身份的事。我是在找我的方正的女同胞天生就看不起、厌恶去找的那种东西。’她和我都沉默了好几分钟。‘金星呀，启明星呀，’她又说下去，‘你已经殒灭了。你，曾经极受我尊敬，却一下子给扔下来了。你，曾经是我的亲密朋友，如今却给赶走了，走！’“我并没有走。我听到她声音颤抖——看到她嘴唇颤动。我知道又有暴雨似的眼泪要落下来，我相信，这样过后，一定会雨过天青，风平浪静。我就要等这个时刻。

“热泪如雨，很快而且比先前更为悄静地直泻下来。她的哭声里还有另一种声音——一种比较温和，比较像悔恨的声音。我站在一旁看着，这当儿，她眼睛往上一抬，对我看着，显出一种与其说是傲慢，不如说是谴责，与其说是发火，不如说是哀伤已极的神色。

“‘啊，穆尔！’她说，这比‘勃鲁脱斯，你也在内！’[①]还更差劲。

“我原该用一声叹息来宽慰自己，结果竟是一声苦哼。一种像该隐[②]似的孤单之感教我心口好痛。

“‘我所做的都做错了，’我说，‘我已经为此而得到痛苦的报应，我得到离开她远远的地方去消受她所给我的这份报应。’

“我拿起帽子。我总无法这样就走，我相信她也不会让我这样就走。要不是我大大地伤害了她的自尊心，使她失去同情心，吓得她不敢开口，她是决计不会这样让我就走的。

“我走到门口的时候，不得不又自动折了回来，走到她身边，说，‘请宽恕我。’

“‘我可以宽恕，如果不是我自己也要宽恕的话，’她答道，‘不过，教一个聪明人引起如此的误会，我一定也有做错的地方。’

“我突然也慷慨激昂地发表一通高论，说些什么，我可不记得了。我只知道说得相当诚恳，我的希望和目的是要她不必为自己承担什么责任——事实上，就她说来，自责倒是一种怪念头。

“最后，她伸出手来。我生平第一次想拥抱她，亲吻她。我确实吻了她的手好几下。

“‘有朝一日，我们还是会再做朋友的，’她说，‘那得等到你有时间从正确的角度上来了解我的行动与动机，而不是这么吓人地误解我的行动和动机的那个时候。时间会使你对这一切获得正

---

① 这是恺撒被刺死前的一句话，见莎士比亚《裘力斯·恺撒》第三幕一场。这里含有原来你也是如此的意思。

② 指该隐杀死了弟弟后的心情，见《圣经·旧约·创世记》第4章第8节以后。

确的解答，到那时候，也许你就会了解我，到那时候，我们就和解了。’

“离别的泪珠打她双颊慢慢地滚下来，她把泪珠抹掉了。

“‘我对刚才所发生的事情觉得很抱歉——深深地抱歉，’她呜呜咽咽地说。

“我也是这样，天晓得！我们就这样分手了。”

“一个离奇古怪的故事，”约克先生说。

“我决不再干这种事情啦，”他的同伴发誓说——“除非我真正感到爱，我决不再向一个女人去提婚嫁的事情。从此以后，让‘债务’和‘生意’自己去照顾它们自己吧。破产高兴来就来吧。我从此不再像个奴隶那般怕灾怕祸了。我原先倒是存心要勤勤恳恳工作，耐心等待，坚持下去的。最凶最惨的事也让它来吧。我将捡起一把斧头，带张帆布床，同路易斯一起到西部去；我已经同他商量好了。任何一个女人都再也不能像基达尔小姐那样地看着我——再也不能像基达尔小姐那样对待我。我从此再也不会既像个傻瓜，又像个仆人，既像只猛兽，又像只小狗那样待在一个女人面前。”

“啐！”镇定自若的约克说，“你也未免太把这事情看得严重了。不过，我说，我来加几句吧，第一，她并不爱你；第二，你也并不爱她。你们两个都年轻，都长得漂亮，都很有机智，甚至都很有脾气——从正面来看你们，你们怎么不能意见一致呢？”

“我们从来不曾，从来无法彼此相处得很好，约克。我们也许会在远处彼此爱慕，可是，我们一走得十分靠近，就会冲突起来。我曾经坐在屋子里的一边观察着她坐在另一边，也许当时正是兴奋、愉快的时刻，因为她四周都是一些她所喜欢的人——她的老相知，比如说，有你，有赫尔斯通，她同他们在一起，显得那么爱开玩笑，快快活活，口若悬河。我也曾经在她最自然、最活泼、最可爱的时刻注视过她，我的判断教我认为她是美丽的。往往在她心情很好，打扮得有点儿华丽的时候，她是很美的。我也曾经稍微靠近过她，心里觉得我们的朋友关系使我有权利可以接近她。我曾经成为围她而坐的人群中的一个，看到她的眼色，控制过她的注意力。再说，我们也谈过话，而别人呢——也许认为我有这份殊荣——都逐渐走开了，只剩下我和她两个人。这样只剩下我们两个人，我们可快活嘛？就我自己说来，我得说，并不快活。我往往感到拘束；我往往会变得严肃与陌生起来。我们谈过政治，也谈过生意，从来不觉得有一种亲切叙家常的柔情可以打开我们的胸怀，或者融化我们的语言，谈得很随便，很畅快。如果我们有过私房话的话，那也只是有关账房间的，而不是心底里的私房话。她一点也没有对我怀有什么爱——可以使我更舒畅，更温存些，她只是搅动我的脑子，激起我的敏感。她从来没有悄悄进入过我的心坎或者影响过我的脉搏，毫无疑问，正因为这个理由，我没有使她爱我的秘诀。”

“唔，老弟，这真是桩怪事。我本来会取笑你，还想鄙视你这种清高，可是，因为如今正是黑夜，兼之只有你我两个人在一起，我不妨对你说，你所说的这些事情，却使我隐约看到我自己过去的生活。二十五年前，我拼命劝使一个漂亮的女人来爱我，她就是不肯。我摸不透她的生性。对我说来，她是堵石墙，既没有门，也没有窗。”

“可是，你爱她呀，约克。你崇拜玛丽·凯夫，你的举止毕竟是个堂堂的男子汉——决不是个想找有钱女人结婚的人。”

“是啊！我确实爱她。而且，那时候，她真的美得像我们今儿晚上看不到的那个月亮一样。如今简直没有一个像她那样的女人喽，也许赫尔斯通小姐长得有点像她，可是，除了她，再也找不出另外一个人了。”

“谁长得像她？”

“那个穿黑衣的暴君的侄女，那个娴静、纤巧的赫尔斯通小姐。我多次在礼拜堂里戴起眼镜来看这个姑娘，因为她长着一双柔美、湛蓝的眼睛，长长的睫毛。当她坐在背阴的地方，身子一动不动，面孔白潦潦的，又因为正好碰上布道布个没完，屋子里很热，眼看就要睡着了的这个时候——她真是再像喀诺瓦[①]的一尊石像也没有了。”

“玛丽·凯夫就是那种样子吗？”

“要庄重得多！不大有姑娘气和人情味。简直叫人弄不懂她干吗不长上翅膀，戴上花冠。她真是个庄严温和的天使——我的玛丽就是这样。”

“你就无法劝她爱你？”

“我想尽一切办法，都劝不动她。我对上天不知祷告过多少次，跪过多少回，要上天帮助我。”

“玛丽·凯夫并不像你所认为的那样美吧，约克——我在教区长住宅里看到过她的画像。她哪里是个天使，不过是个皮肤白皙、相貌端正，样子沉默寡言的女人而已——长得太白，没有生气，不合我的胃口。可是——想来她还有比她实际更好的地方——”

“罗伯特，”约克插嘴说，“我这会儿就可以把你摔下马来。不过，我要管住我的手。理性告诉我，你说得不错，我错了。我很清楚，我至今犹存的这点激情，只是一种幻想的残余罢了。如果凯夫小姐有点儿情意的话，她决不会对我的敬重表现得如此无动于衷——她应该会更喜欢我，而不喜欢那个紫铜面孔的暴君。”

“约克，假如她受过教育（当时女人根本是不受教育的），假如她富有思想，有独创精神，爱好知识，希望增广见闻，假如她天真地喜欢打你嘴里听到这种东西，你也亲自一点一滴地说给她听过，假如她的

---

① 喀诺瓦（1757—1822），意大利雕塑家。

谈话——当她坐在你身旁的时候——丰富多彩，还带着雅致的风度，亲切的情趣，说话像是潺潺流水，又清朗又湍急；假如你是偶然站在她身旁，或是故意坐在她身旁，这时候，你既觉得环境舒服，又觉得内心满足；假如你能随时看到她的面孔，或者思想里尽是她的形象，你就会逐渐觉得不那么难受焦急，而纯洁的爱，喜爱家庭生活，渴望亲密的交谈，无私的热望去保护，去珍爱，就会取代你那肮脏的、孳孳为利的生意，假如——有了所有这一切——你多次十分快活地握住你的玛丽的纤手，觉得那只手在你手里颤抖——正如你从鸟窝里拿出的一只暖热的小鸟儿在你手里颤抖一样，假如你注意到她一看到你走进房间里来，就连忙往后一缩，如果你在她躲着的地方找到了她，她以一种只有在处女的脸上才有的最甜美的微笑来欢迎你，但又不敢正视你，怕那眼色会太明亮，总之，假如你的玛丽并不是冷淡，而是害羞；不是茫然失神，而是多思多虑；不是迟钝，而是敏感；不是癫狂，而是天真；不是假装正经，而是纯洁无疵——你会撇下她而去追求另外一个有钱的女人吗？”

约克先生抬一抬帽子，用手帕擦擦前额。

“月亮上来了，”这是他似乎答非所问的第一声回答，马鞭指着泽地对面。“你看她，升进雾霭里去了，带着一种奇妙的红得像火烧的色彩直瞪着我们看。她不是银色的，正如赫尔斯通老头的前额不是象牙白一样。她那样把面颊倚在露悉奇上，那么绷着脸、吓人似的尽望着我们，是什么意思？”

“约克，如果玛丽曾经默默地，然而忠诚地——圣洁地，然而炽烈地爱过你，像你希望你的妻子会这样爱你一般，你会撇下她吗？”

“罗伯特！”他举起手来，腾空举着不动。“罗伯特，这是个古怪的世界，人都是洪荒之神在她折折腾腾的时分所搅起来的最古怪的渣滓做出来的。我简直可以发个响亮的誓——这种誓会教偷猎者认为是比耳贝利沼地的鹭鸶在大叫特叫——你提的这件事，只有死神才能使我同玛丽分手。可是，我已经在人世间活了五十五年了，我一直在竭力研究人性，不过——说句不可思议的实话——十有八九是，即使玛丽爱我，不是瞧不起我；即使我认为我已经得到了她的爱，确信她坚贞不移，我既无疑惑之忧，又无屈辱之苦——可是，十有八九是”（他把手重重地落在马鞍上）——“十有八九是，我要撇下她！”

他们默默地并辔骑去。谁都还没再开口，却已经来到露悉奇的另一边了。白莱亚菲尔特的灯火像星星似的点缀着泽地那紫酱色的四周。罗伯特年纪很轻，不像他的同伴那样，有许多可以冥思的往事，他又先开口了。

“我认为——我每天都觉得事实确是这样——在这世界上，我们找不到一点值得保存的东西，哪怕是一个原则或者一个信念，除非那是出自净火，或者历经巨险的。我们走错路，跌跤，给人瞧不起，以后，我们走起路来，就会比较当心一点。我们打那只镀金的罪恶之杯里，或者从乞丐的贪婪的百宝袋里贪婪地吃毒饮毒，我们生病了，堕落了，我们身上所有的好东西都来反对我们了，我们的魂灵极其愤怒地起来反抗我们的身体，于是打了一阵内战，如果魂灵有力量，它就此胜利，坐稳江山。”

“你现在打算干什么，罗伯特？你有什么计划？”

“就我私人的计划说来，我不想让人家知道，要计划也十分容易，只是我眼前还一无计划。一个处在我这地位——一个债台高筑的人是不能有什么私生活的。至于我的公的计划，我的看法有点不同了。我在伯明翰的时候，我稍微研究了现实，仔细地考虑过国内目前的困难的来源和原因。我在伦敦也这样做。我心里还没有数，我可以到我高兴去的地方去，同我愿意跟他混在一起的人去混。我要到缺乏粮食、燃料、衣着的地方去；到没有事情好做和没有希望的地方去。我看到过一些人，他们天生有高尚的志趣和良好的感情，却让恶劣的贫困和折磨人的痛苦压得爬不起来。我也看到过许多出身低微的人，因为缺乏教育，落得个只有禽兽的需要，又因为连这一点需要也得不到，肚饥口渴，像些饿慌了的禽兽一样，不顾死活，铤而走险。我看到了可说是给我脑子上了一堂新课，给我的心胸灌输了清新感情的事情。我不想说得比我已经说了的更柔和些，更多情些，我还是像过去一样，经常注意造反和野心。我将仍像现在这样抵抗暴动的群众。我一定要非常热心地追索那个逃跑的为首暴动者，而且要穷追到底，严厉地给以当然的处罚。可是，我现在必须首先为那些被他引上歧路的人的安全做点事情。约克，一个人除了他个人的利益，除了推进充分准备的计划，甚至除了清偿不体面的债务，总还有一点什么企图。人要尊重自己，就必须抱有一种信念：公平对待他的同胞。除非我比过去更能体谅愚昧的人，更能谨慎对待苦难的人，否则，我将责骂我自己是个大大不公的人。怎么啦？”他对他的坐骑说，原来那匹马一听到潺潺的水声，就觉得口渴，径自转向路旁的水槽，月亮正在那儿的晶莹的涡流里嬉戏。

“约克，”穆尔又说，“你继续骑着走吧。我得让它喝点儿水。”

于是，约克慢慢地朝前骑去，他一边走，一边全神贯注地在这会儿正在远处闪烁的许多灯火中辨认白莱亚菲尔特的灯火。斯蒂布罗泽地已经撇在后边了，林子黑魆魆地高耸在两边，他们已在下坡了。下边就是豁谷和人烟稠密的教区。他们觉得已经是到家了。

四周已不再是长满石楠灌木的荒地，约克先生看到墙后边露出一顶帽子，听到一阵说话声，也不觉得惊奇。不过，那些话说得很古怪：

“恶人临死的时候，就要高声叫喊一下，”那个声音说，接着又说，“像阵旋风刮过那样，那个恶人也就这样完蛋了。”（是一种声音比较深沉的咆哮)“恐怖像大海似的包围着他；地狱赤裸裸地出现在他面前，他将不知不觉地死掉。”

猛然一阵火光，一声刺耳的爆炸声划破了宁静的夜空。约克还没有回过头来，就知道伯明翰那四个罪犯报了仇了。

第三十一章
姑夫和内侄女

大局已定。菲利普·南尼利爵爷知道，谢利知道，辛普森先生也知道。那天晚上，菲尔赫德一家人到南尼利爵爷府吃饭，就是要了结这段公案。

有两三件事情教这位从男爵轧出了苗头。他注意到基达尔小姐显得心事重重，十分微妙。她的态度出现这种新情况，真是深深打动了他那脆弱的或者诗人的气质，他脑海里不由酝酿起一首十四行诗来；十四行诗还正在制作的当儿，他的一位姊姊跑来劝使他的情人坐下来，合着钢琴唱支民歌——一支菲利普爵爷自己创作的小调。这支民歌，同他无数杰作比较起来，绝不是什么精心之作，也绝不是个动人的作品。

恰巧谢利刚才一直在凝视窗外那边的林苑，她看到的骚动不定的月光也许正是“路易斯老师”此刻在她那橡木客厅的格子窗边所注视的月光。她看到林苑里一些单株大树——又粗又大的、枝柯漫展的橡树，傲岸矗立的雄壮的山毛榉——在同大风搏斗。她听到远处森林的狂呼怒吼声，看到急奔急驰的浮云，月亮则远更匆急地掠过她的眼帘。她不再看也不再去听，即使不是魂销神移，也已大为感动，即使不是有所感悟，也已如梦初醒。

她遵命唱了。这是一支情歌——歌颂不肯放弃对方的忠实的爱，任何灾难不能动摇的爱，在灾难中，更是如胶似漆的爱，在困苦中，更是难分难舍的爱。歌词写得颇为古雅。歌词本身纯朴动听，也许念的时候需要用点力气，可是，唱得好的话，一点也不需要什么力气。谢利唱得很好，她唱得含情脉脉，倾注了激情和力量。那天晚上，她的声音真是美妙，表情富有戏剧意味。她使大家动容，使一个人神往。

她离开了钢琴，径直走到火炉那儿，坐在一只半是脚凳，半是坐垫的位子上。她四周的太太小姐们——一个也没有开口。两位辛普森小姐和几位南尼利小姐尽朝着她看，有如安静的家禽在看只白鹭，朱鹭，或者任何其他奇鸟异禽。她为什么会这样唱？她们就决不这样唱。用这样一种表情，这样别出心裁，这样不像个女学生的腔调来唱歌，恰当吗？肯定是不恰当的！这真奇怪，这真反常。凡是奇怪的就一定是不对头的；凡是反常的就一定是不恰当的，大家都在品评谢利。

不仅如此，南尼利老太太还从炉旁那只大椅子里板着脸紧盯着她看。她那眼色似乎说："这个女人同我，同我几个女儿都不一样。我不要她做我的儿媳妇。"

她那位儿子一看到那副神色，便理解到它的意思。他变得惶悚起来了。他如此热切希望成功的，眼看就有告吹的危险，他得赶紧想想办法。

他们坐的那个房间过去是画廊。菲利普从男爵的父亲——蒙克顿老爵爷——把它改成个沙龙。可是，这房间仍有种幽暗，长期无人过问的样子。其中有个只有一扇窗的凹室——只能放一榻一几和一只玲珑的橱柜——成为一个套间。如果两个人站在里边谈话，时间不长，声音不大，是谁也不知道的。

菲利普爵爷撺掇他两位姊姊胡乱地来个二重唱，又请两位辛普森小姐去听。两位老太太则在谈天。就在这时，他看到谢利站起来看画去了，真是正中下怀。他有个关于某个女先祖的故事可以讲一讲，那位先祖的黑俏的脸颇像个南方美女的脸。他跑到她那儿，开始讲了起来。

在那只点缀着凹室的橱柜上，还有这位女先祖的一些纪念品，正当谢利弯腰细看壁架上一本弥撒书和一串念珠的时候，正当两位南尼利小姐没有大做表情的罪过，没有别出心裁，完全是遵照古法，绝无其他意思在拉长嗓音，尖声叫喊的这个时候，菲利普爵爷也弯下腰去，悄悄地说几句急急的话。起先，基达尔小姐给吓得呆愣愣的，叫人还以为刚才那番咬耳朵是种魔术，顿即使她变成一尊雕像；不过，她随即抬起头来，作了回答后，他们便分开了。基达尔小姐到火炉旁边，坐将下去。从男爵直瞪着她的背影看，接着，走去站在他那几个姊姊背后。辛普森先生——只有辛普森先生一个人注意到这幕哑剧。

这位先生得出了他自己的结论。如果他真的像他好管闲事那样的敏锐，像他爱好寻根究底那样的钻研，他准能在菲利普爵爷脸上找到足以纠正他的论断的东西来。无奈他向来浅陋、草率而又自信，他得意洋洋地打道回府了。

他不是个善于保守秘密的人。如果他有什么自以为得意的事情，他总按捺不住，要把它说出来。第二天早晨，恰好需要请他儿子的老师来权充一下私人秘书，他觉得必须向这位教师宣布一下，于是乎，他一口土腔，态度飘飘然，极其浮夸地说，他自己还是应该准备提早回南方去为好，因为重大的事情使得他（辛普森先生）在约克郡耽搁得太久了，好在现在大功就要告成。他那番急切而辛苦的努力大概终于就要获得最愉快的成功了——眼看就要增添一个真正合格的亲戚。

“是菲利普·南尼利爵爷吗？”路易斯·穆尔猜道。

辛普森先生听了，当即犒赏自己一撮鼻烟，同时咯咯一笑，只因忽然感到有关尊严，这才连忙咽住，请这位老师办正经事。

辛普森先生有一两天工夫仍是和蔼得像油一般，可是，同时也好像如坐针毡，走起路来，那步子简直可以同突然踩上一块火烫的圆铁板的母鸡的步子相媲美。他一直凝望窗外，一直侧耳倾听战车的车轮声：真是连蓝胡子的妻子[1]，西西拉的母亲[2]，也比不上他。他要等到事情可以正式公开，等到人家来找他商量，等到找来了律师，等到讨论婚姻财产授予的决定，总之，要等到一切佳妙的俗务纷扰非常排场地开始起来。

最后，来了一封信，他亲自打手提包里拿出来交给基达尔小姐，他认出那笔迹，他认出火漆印章上的饰章。他没有看到谢利把它拆开来看，因为谢利把信拿到自己房里去了。他也没有看到回信，因为谢利关起门来写回信，而且写了好久好久——花了大半天工夫。他后来问她是否写了回信，她回答说“写了”。

他又等下去——悄悄地等下去——一点儿不敢声张出来。总有什么事情才使得谢利的脸上显得如此缄默——一种十分可怕的事情——教他看来，就同伯沙撒[3]看到墙上所写的文字一样费解。他急得不止一次地想去找但以理，就是那位叫做路易斯·穆尔的人，请他来解释一下。可是，他的尊严不许他这样熟不拘礼。至于但以理本人呢，也许他自己个人的困难处境正同这桩难以解释的事情有关也说不定，他的面孔活像一个对于文法茫然无知，对于字典视同哑巴的学生。

辛普森先生出去了，到德·华登府他那些朋友那儿去消磨掉一个焦灼的时辰。他有点出乎意料地提早回来，他一家子人和基达尔小姐

---

① 蓝胡子的妻子，据法国中古稗史，有一个别号蓝胡子的人，曾杀六妻，某日外出，以钥匙交其第七妻，嘱某室不能开，其妻于无聊中拿去一开，里边原来藏有以前六妻的尸骨。

② 西西拉的母亲，西西拉是迦南王耶宾之将军，率队抵抗以色列人，战败后逃到基尼人希百之妻雅亿的帐篷，被雅亿以帐篷的橛子钉杀。他的母亲从此总是“从窗户里往外观看，从窗棂中呼叫说，他的战车为何耽延不来呢？”参见《圣经·旧约·士师记》第4、5章。

③ 伯沙撒，巴比伦最后一个国王，看到墙上有字，不可解，但以理给解了出来，说上面写的是“上帝已经数算你国的年日到此完毕”等等。参见《圣经·旧约·但以理书》第5章第25、26节。

都坐在橡木客厅里，他对基达尔小姐说，他要同她一起到另一间房里去一趟，他想同她作一次“绝密的谈话”。

她没问什么问题，也不表示诧异就站了起来。

“很好，姑夫，”她语气十分坚定，就像一个人知道牙科医生要来给他拔去一只大叠牙、他已经为此吃了一个月涤罪似的苦头。

她把针线活儿和顶针箍往窗台上一搁，就随着她姑夫走到他要她去的地方。

关上了客厅门后，两个人就坐下来，各据一只扶手椅，面对面，相距几码之遥。

“我刚才到过德·华登府，”辛普森先生说。

他歇了一下。基达尔小姐的眼睛只顾望着那张青白相间的漂亮地毯。这个消息不必置答，她一声不吭。

“我得知了，”他慢慢地又说下去——“我得知了一个叫我大为惊异的情况。”

她把食指抵着面颊，等着对方说出什么情况来。

“看来南尼利爵爷府已经封门闭户了，全家人都已回到他们在某郡的地方去了。看来那位从男爵——那位从男爵——菲利普爵爷本人也陪他母亲姊妹一起走了。”

“真有这事！”谢利说。

“请问我得到这个消息，你可也感到惊讶？”

“不，姑夫。”

“这对你说来是个新闻吗？”

“是的，姑夫。”

“我的意思——我的意思，”辛普森先生又说下去，这会儿，他在椅子里烦乱不安，不用他刚才那种简短而相当明白的措辞，又用起他那惯常的唠唠叨叨，语法混乱，急躁的说话方式了。“我的意思是要得到一个彻底的解释。我一定不会就此撒手不管。我——我——硬是要弄个明白，要——要怎样做就怎样做。你必须回答我的问题。我一定要得到明白满意的答复。我不是好惹的。（沉默。）

“这真是一桩非常之奇怪的事情——一桩十分奇特——一桩最最古怪的事！我原以为一切都是顺顺当当的。别的什么也不知道。哪里知道——一家人都走了！”

“我想，姑夫，他们是应当走了。”

“菲利普爵爷也走了哪！”（加重了语气。）

谢利眉头一扬：

“一路平安！”她说。

“这不行呀。这必须想办法挽回，小姐。”

他一会儿把座椅向前挪，一会儿又把座椅往后推，他显得火冒三丈，也显得束手无策。

“好喽，好喽，姑夫，”谢利规劝说，“别又焦躁发火，要不然，我们对这事情就搞不出什么名堂来。你要知道什么，就问吧，我会像你一样乐于解释，我答应给你如实的回答。”

“我要——我需要知道，基达尔小姐，菲利普爵爷可向你求过婚？”

“求过的。”

“你承认啦？”

“我承认。可是，现在你说下去吧，既然这一点已经解决了。”

“他是在那天晚上，我们在爵爷府吃饭时向你求的婚吗？”

“我说他求过了，这不就结了吗？再说下去吧。”

“他是在那个凹室里——那间过去用作画廊——蒙克顿老爵爷把它改成沙龙的房间向你提出的吗？”

没有回答。

“当时，你们两人都在细看那只橱柜。我看得一点不漏。我的洞察力是决不会出错的——从来不会出错。后来，你收到他一封信。信里写的是什么事情——什么性质的事情？”

“这无关紧要。”

“小姐，这是你同我说话的态度吗？”

谢利的脚急击着地毯。

“你这个答应要如实回答的人——竟这样不声不响，板着脸坐着！”

“姑夫，我已经回答你了。再问吧。”

“我倒要看看那封信。”

“你不能看。”

“我必须看，一定要看，小姐。我是你的保护人。”

“我已经不是个被保护的人了，哪来的保护人？”

“忘恩负义的人！我把你像亲生女儿一样抚养成人——”

“再提一次，姑夫，请你不要离题太远。我们大家都要保持冷静。我呢，我不想发脾气，可是，你知道，如果把我迫得超过一定限度，我就不大管我说些什么了。那时候，可不是一下子就制得住我了。听好！你问过我，菲利普爵爷是否向我求过婚，这个问题，我已经回答了。接下来，你想知道些什么？”

“我要知道你是答应了还是拒绝了，我非知道不可。”

“那还用说，你应该知道。我拒绝他了。”

“拒绝他了！你——你，谢利·基达尔，拒绝了菲利普·南尼利爵爷？”

“不错。”

可怜这位先生虎地打椅上蹦了起来，先是在房间里狂冲一顿，继而小跑着走了一通。

“原来如此！原来如此！原来如此！”

“说句真心话，姑夫，我很对你不起，叫你这么失望。”

对付有些人，让步——后悔——是决不会有什么好处的。他们不仅不会软下来，消消气，反而更是得寸进尺，更难对付。辛普森先生就是这号人。

“我失望啦？这同我有什么关系？我捞到什么好处？也许你的意思是认为我有什么动机吧？”

“人们的行动，大多不免有些动机吧。”

“你竟当面骂起我来了！我——一直对你像个父亲——竟给你指责为怀有不好的动机！”

“我可没有说不好的动机呵。”

“现在你又赖了。你毫无节操！”

“姑夫，你叫我累死啦，我要走了。”

“你不能走！你还要回答我的问题。你究竟有什么打算，基达尔小姐？”

“关于哪一方面的？”

“关于婚姻方面。”

“安静点——我高兴怎样做就怎样做嘛。”

“高兴怎样做就怎样做！这话说得再不成体统也没有了。”

“辛普森先生，我劝你别侮辱起人来，你知道我是受不了侮辱的。”

“你念过法语。你的思想让法国小说毒害了。你吸收了法国人的信念。”

“留神！你现在踩着的那块地面正在你脚底下发出非常空洞的回声了。”

“迟早总要落得个声名狼藉的下场，我已经全看出来了。”

“姑夫，你硬是说我参与了什么事情会落得个声名狼藉的下场吗？”

“那还用问——那还用问。你刚刚就说你高兴怎样做就怎样做。你不承认有什么准则，不承认有什么界限嘛。”

“蠢话，又俗又蠢。”

“不顾体统，你准备大着胆子反抗礼节啦。”

“你使我累死啦，姑夫。”

“小姐，你有什么——什么理由拒绝菲利普爵爷呀？”

“总算又提出一个通情达理的问题了。我一定乐于回答这个问题。菲利普爵爷配我嫌太年轻，我把他看作是个孩子。如果他娶了我，他所有的亲属——尤其是他母亲——一定会老大不高兴。那样一来，准会使他同她们纠缠不清。在世人看来，我同他不是门当户对的。”

“就是这些吗？”

“我们的性情也不是相投的。”

“怎么，比他再和气的绅士可还没有出世咧。”

“他是十分和气——十分出色——真正可敬，就是不能做我的主人——一点也不行。我不相信我自己能使他幸福，我也担保不了能有许多幸福。我决不接受一个不能控制我的人的求婚。”

“我还真的以为你喜欢怎么做就怎么做呢，你倒真是前后非常矛盾的人。”

“如果我答应听从的话，那必须是我认为我能遵守那个诺言才听从，我不能听从像菲利普爵爷那样一个少年。再说，他决不会命令我，他一定老是希望我去管理这样，支配那样，我不喜爱职掌任何事情。”

“你不喜爱摆摆架子，征服别人，发号施令，支配人家吗？”

“不对我的丈夫这样——只对我的姑夫。”

“这有什么不同呢？”

“这有点儿不同，说都不用说得。我自己心里完全有数。谁希望作我的丈夫，同我一起生活得真正舒适，谁就得是个能够控制我的人。”

“我倒希望你有个真正的暴君。”

“暴君是一天也管不住我的——一个钟头也不行。我一定会反抗——同他分手——同他分庭抗礼。”

“你这样自相矛盾，还不够把人家的脑子搞得稀里糊涂吗？”

“这显然是你的脑子让我搞得稀里糊涂了。”

“你说菲利普爵爷年纪轻，他二十二了。”

“我的丈夫一定要有三十岁，还要有四十岁的见识。”

“那你还不如去捡个老头儿——捡个白发苍苍或者秃光了顶的乡巴佬。”

“不，谢谢你。”

“你可以牵着一个老傻瓜蛋的鼻子走。你也可以把他用别针别在你的围单上。”

“我对一个孩子也许会这样做。可是，这不是我的专长。我不是说我喜欢一个主人吗？要有一个让我在他面前，我会觉得该乖乖的，不得不乖乖的人。要有一个必须承认有控制我的躁急脾气能力的人。要有一个人，他的称许能够得到回报，他能够用不愉快责罚我。要有一个人，教我觉得不能不爱，又很可能教我惧怕。”

“这样说来，有什么使得你同菲利普爵爷相处而不能做到这一切呢？他是个从男爵，一个论地位，论财产，论门第都远远高出于你的人。如果你说到智能，他是个诗人，他写了许多诗。这个，我认为，随你怎样聪明，也是做不到的。”

“他有爵位，有财产，有门第也好，写诗也好，都无法使他具有我所说的那种能力。他那些东西算得了什么，轻飘飘的，有了那些东西，还得有压舱物，还要有几分可靠的、扎实的实际知识才能对我更有帮助。”

“你同亨利发狂似的大谈特谈诗！从前你做小姑娘的时候，一提到诗，总是像火绒着火那样炽烈。”

“啊，姑夫，在这个世界上，决没有什么真正有价值的东西，将来也决没有什么了不起的东西，那不是诗！”

“那么，看在上帝的分上，嫁给一个诗人吧！”

“你把他告诉我，我就嫁。”

“菲利普爵爷。”

“一点也不是。你简直就同他一样，也是个满不错的诗人。”

“小姐，你这是越说越离谱啦。”

“一点不错，姑夫，我就是要这样，我真巴不得能使你离开我。别让我们彼此都弄得发起脾气来！——这是不值得的。”

“发脾气，基达尔小姐！我倒乐于知道是谁发脾气来着？”

“我是还没有发哩。”

“如果你存心要说是我发脾气，那么，我认为你该当失礼的罪。”

“如果你再这样说下去，你就快要发脾气了。”

“原来如此！凭你这张利嘴，你倒可以去考验考验约伯[1]的忍耐功夫。”

“我知道我是办得到的。”

“别油腔滑调，小姐！这不是什么说笑话儿的事情。这是一桩我决定要彻底弄清楚的事情，因为我认为，这实际上是胡闹。你刚才居然说到你喜欢哪一种人做你的丈夫，这未免太放肆了，这话不是你这年纪和性别的人说的。请问，你可曾写过生？”

谢利张开了嘴，可是，并没有说话，只是闪现出蔷薇红的颜色。

---

① 约伯，《圣经》中善于忍耐的模范人物。

"我要你回答这个问题，"辛普森先生斩钉截铁地说，凭着对方这种表面上好似无话可答的惶惑现象，他显得很理直气壮。

"姑夫，根据几张原作，画过一张历史画。"

"几张原作！我的天！"

"我恋爱过好几次。"

"这简直是胡说八道。"

"我爱过许多民族的英雄。"

"还有呢——"

"还有哲学家。"

"她疯啦。"

"别拉铃，姑夫，你会吓坏我的姑母的。"

"可怜你那位好姑母，她有个什么样子的侄女！"

"我曾经爱过苏格拉底。"

"啐！别胡闹啦，小姐。"

"我爱慕过忒密斯托克利①，李奥尼达②，意巴米农达③。"

"基达尔小姐——"

"如果再下来几百年，华盛顿是个平凡人物，可是，我喜爱他。不过，说到眼前的实际情况——"

"啊！眼前的实际情况。"

"丢开女学生的浅薄幻想，回到现实上来——"

"现实！这就是对你的考验，小姐。"

"在我这会儿跪着的圣坛前承认——揭露我心灵里这会儿的偶像——"

---

① 忒密斯托克利(公元前527？——前460？)，雅典将军，政治家。

② 李奥尼达(公元前480年卒)，斯巴达王。

③ 意巴米农达(公元前418？—前362)，底比斯政治家，将军。

“请你赶快把它说出来，快吃中饭啦，你必须坦白出来。”

“我一定坦白。我心里尽是秘密，必须统统说出来。我只巴望你是赫尔斯通先生而不是辛普森先生就好了，那你就会更同情我。”

“小姐——这是个常识，也是个应有的小心谨慎，并不是什么同情与情感等等的问题。你刚才是说赫尔斯通先生吗？”

“不完全是，不过，大概差不多。他们很相像。”

“我要知道姓甚名谁——我要知道详细情况。”

“他们肯定是很相像的；他们那两张脸没有什么不同的地方——一对人鹰——两个人都是冷淡，直率，果断的。可是，我心目中的英雄却比这两个人伟大。他的心地具有大海的爽朗明澈，具有大海礁石的忍耐功夫，具有怒涛巨浪的威力。”

“狂言狂语，空洞无物！”

“我敢说他会像锯口一样粗糙，饿鸦一样粗暴。”

“基达尔小姐，这个人可是住在白莱亚菲尔特的？你回答我这问题。”

“姑夫，我就要告诉你啦——他的名字已经在我嘴皮上跳着啦。”

“说呀，姑娘！”

“这真说得好，姑夫。‘说呀，姑娘！’——说得很有点儿悲伤。英国大肆咆哮，十分野蛮地反对这个人，姑夫，可是，有朝一日，她将会为他大喜若狂地怒吼一顿。他一直没有为这种咆哮所吓倒，以后他也不会被这种吼叫弄得晕头转向。”

“我说她发疯了——她是发疯了！”

“这个国家将会一而再，再而三地改变对他的态度。他呢，却永远也不会改变他对她所承担的义务。好啦！不用着急，姑夫——我就要把他的姓名告诉你。”

“你一定要告诉我，否则——”

"听好！是阿瑟 · 韦尔斯利 · 威灵顿勋爵。"

辛普森先生气得直跳起来。他蹿出房外，可是，立刻又蹿回来，关上门，重新坐下来。

"小姐，你一定要告诉我这一点：你的节操容许你嫁给个没钱的人——一个地位比你低的人吗？"

"决不嫁一个地位比我低的人。"

这回是提高嗓门了：

"你，基达尔小姐，要嫁给一个穷人吗？"

"你有什么权利问我，辛普森先生？"

"我硬是要知道。"

"你不该知道。"

"我的家族的尊严决不能受到损伤。"

"好决心，别放弃。"

"小姐，别放弃的可是你呀。"

"没那回事，姑夫，我又不是你家里的什么人。"

"你要同我们脱离关系啦？"

"我鄙视你这种独断独行的做法。"

"你要嫁给谁，基达尔小姐？"

"既不是萨姆 · 温先生，因为我瞧不起他；也不是菲利普 · 南尼利，因为我只是尊敬他。"

"你心目中有谁呢？"

"四个被否决了的候选人。"

"除非你是受到了不正当的影响，否则，不可能这么固执。"

"你是什么意思？有些话真个会教我的血也沸腾起来。不正当的影响！这是什么老太婆的废话？"

"你是个年轻小姐吗？"

“我比年轻小姐要好上好几千倍——我是个正正派派的女人，我要人家也这样对待我。”

“你可知道，”（故弄玄虚地把身子往前一探，说得郑重其事，怪可怕的）——“你可知道左邻右舍都谣诼纷纷，哄传着关于你同你那个破产的租户——那个外国佬穆尔的事吗？”

“是吗？”

“不错。你的名字已经挂在大家嘴上了。”

“那些个嘴巴可多光荣，挂上了我的名字，我希望众神能让这名字涤除那些嘴巴的罪恶。”

“有力量影响你的就是那个人吗？”

“他的影响远远超出你所说的。”

“你要嫁的就是他吗？”

“他长得漂亮，有大丈夫气概，又能发号施令。”

“你竟当着我面这样说！那个佛兰芒无赖！那个下贱的商人！”

“他有才能，有闯劲，有决心。眉宇之间有帝王威仪，举止像个王君。”

“她还认为是光荣呢！她一点也不隐瞒！无耻，无法无天！”

“我们一提到穆尔这个姓，就该忘记羞耻，抛弃畏惧。穆尔家只知道光荣和勇敢。”

“我说她发疯了。”

“你已经把我辱骂得教我的血往上涌了。你烦得我又要作呕了。”

“那个穆尔就是我儿子的老师的哥哥。你要让那个‘教书匠’叫你嫂嫂吗？”

这会儿，谢利盯住发问的人看，她那双眼睛亮闪闪的，光芒四射。

“不，不！即使有万贯家财——即使能活一百岁也办不到！”

"你总不能使丈夫脱离他的家族呀。"

"那又怎么样呢?"

"你将做路易斯·穆尔先生的嫂嫂啦。"

"辛普森先生……所有这些枯燥无聊的废话实在叫我讨厌,我再也受不了啦。你的想法并不是我的想法,你的目的并不是我的目的,你所信奉的神明并不是我所信奉的神明。我们看问题角度不同,我们衡量事物标准不同,我们说的简直不是一样的语言。咱们这就散了吧。"

"这并不是,"她又说下去,显得非常激动——"这并不是说我厌恶你——你可以说是个好人,也许在你那方面说来是存心很好的。可是,我们合不拢,我们始终是有分歧的。我给你那小心眼儿的管闲事,那小暴君的态度烦死了,你惹起我的火气,使我一直要发火。至于你那些无聊的格言,你那些狭隘的准则,你那些小偏见,反感,教条,都给我捆起拿走吧。辛普森先生——去吧,把这些东西拿去献给你所崇拜的神明做祭品吧,我一样也不要。我同运气断绝关系了。我是按照与你不同的另外一种信条,见解,信念,希望生活的。"

"另外一种信条!我相信她是个异教徒。"

"是个不信仰你的宗教的异教徒,一个不信你的神的无神论者。"

"一个——无神论者!!!"

"你所尊奉的神,姑夫,就是'物质'。在我看来,你如果不是个异教徒,也是个偶像崇拜者。我认为你是在愚昧地崇拜,我觉得你对各种事情都太迷信。姑夫,你所尊奉的神,你那个伟大的拜耳①,你那个长着一根鱼尾巴的半人半鱼的神②,就像恶魔似的出现在我面前。你以及同你一类的人,把他抬上了宝座,给他戴上了王冠,给了他王位。看他管理得多么骇人听闻!看他怎样忙着他最喜欢的工作——撮

① 拜耳,巴比伦神话中的主神之一。

② 即达公(Dagon),古代非利士的国神。

合婚姻。他把年轻的配给年老的，把强的配给弱的。他伸出了梅曾特[1]的臂膀，把死人硬缚在活人身上。在他的王国里有恨——隐藏的恨；有憎——无言的憎；有背信弃义——家族的背信弃义；有罪恶——深重的家庭罪恶。在他的领地上，孩子们都是在毫无爱情的父母中间缺乏爱抚地成长起来的；婴孩一生下来就靠欺诈喂养；他们都是在腐化与谎言的环境里教养出来的。你所尊奉的神专管帝王的婚礼——不妨查看一下你那历代的王朝！你的神是外国贵族的神——不妨分析一下西班牙的贵族！你所尊奉的神是法兰西的婚姻之神——可是，法兰西的家庭生活是怎么一回事？他周围的一切都在加速腐烂，在他统治下，一切都在退化，堕落。你所尊奉的神就是一个戴上了面具的死神！”

“这些话多可怕！我的女儿再也不能同你结交下去，基达尔小姐，这种友谊十分危险。我要能早一点了解你——可是，尽管我认为你荒诞不经，我还是不能相信——”

“姑夫，现在你可开始了解对我搞阴谋是白搭的吗？这样做，你只能得到更坏的结果。我要把你在我的道路上所结下的蜘蛛网计划都扫掉，让我可以干干净净地走过去。我有一种你动摇不了的决心。我的内心，我的良心自会处理我自己的婚姻——只有我的内心和良心才处理得了。这一点你终于明白了吧。”

辛普森先生变得有点手足无措了。

“从来没有听到过这种语言！”他一再嘟哝着。“我生平还从来没有听到人家对我说过——也从来没有用过这样的语言。”

“你很慌乱了吧，姑夫。你还是走吧，要不然，我走。”

他慌忙立了起来。

---

① 梅曾特，古罗马诗人维吉尔的著名史诗《伊尼特》中一个暴君。

“我们必须离开这地方，一定要她们马上收拾行李。”

“别去催促我姑母和表弟妹们，慢慢来。”

“不再谈下去了，她不对头啦。”

他向门口走去，又回来拿手帕儿，他的鼻烟盒掉下来了，鼻烟撒在地毯上，他蹒蹒跚跚地走了出去。鞑靼躺在门口脚垫上——辛普森先生差点儿绊倒在它身上。他在气头上，对着那只狗吐出一声咒骂，还对它的女主人吐出一句粗鄙的恶言。

“可怜的辛普森先生！他真是又低能又庸俗，”谢利自言自语道。“我头很痛，也累死啦，”她又说；说着，把头靠在坐垫上，她静静地压制激动情绪，躺在那儿。一刻钟后，有个人走进房来，看到她睡着了。谢利每逢激动了，总是这样自然而然地养一养神，这种功夫一呼就来。

这个不速之客在不知不觉的她的面前停下步来，嘴里说：

“基达尔小姐。”

也许他的声音同她正在做的梦有点和谐，并没有惊动她，简直没有惊醒她。她没有张开眼睛，只是把头微微一转，所以，她的面颊和侧面，在没有让臂膀遮住的部分，清晰可见。她的脸色蔷薇般红，快快活活，半含笑意。可是，睫毛却湿渍渍的，她刚才在沉睡中哭过了，或者，也许是在睡着以前，听到了那声恶言后，不由滴下了几颗泪珠也说不定。男人，女人都不总是很坚强，都不总是能够忍受不公平的意见、中伤的话。即使出自一个傻瓜之口的诽谤，有时候也会突然刺伤一个没有防备的人的感情。谢利的样子很像一个因为淘气、受了责备的孩子，只是现在已经得到大人的宽宥而安安静静了。

“基达尔小姐，”那个声音又说。这回把她叫醒了，她往上一望，看到路易斯·穆尔就在她旁边——还没有挨拢来，只是突然停住脚步，站在那儿，相距约两三码。

“啊，穆尔先生！”她说，“我还当又是我姑夫进来了，他刚才同我吵过了。”

“辛普森先生实在不该来打扰你，”对方答道。“难道他看不出你还不很强壮吗？”

“我向你保证，他并没有发现我身体很差，他刚才在这里，我没有哭过。”

“他准备要离开菲尔赫德了——他这样说。他现在正在吩咐他家里人，他刚才在课室里发号施令，那副态度，我认为，就是他刚才折磨你的态度的继续。”

“你同亨利也回去吗？”

“我相信，他那个简直就不好懂的命令的大意是同亨利有关的。不过，他明天可能又要变卦，他这个人就是这种脾气，叫人不能相信他会连续坚持两个小时，我想他再过几个礼拜也未必会离开你。他对我所说的几句话，等我不久有了时间，倒是需要略加注意，略为议论一下。他跑进课室的那会儿，我正在忙着看约克先生写来的一张条子——忙得我简直有点儿唐突地没有同他谈完就走了，留下他在那儿发癫发疯。条子就在这儿——我希望你看一下——那是有关我哥哥罗伯特的事情。”

于是，他望着谢利。

“能够听到他的消息倒是叫我高兴，他回来了吗？”

“他来了，现在在约克郡，约克先生昨天到斯蒂布罗去接他。”

“穆尔先生——出了什么岔子——”

“我刚才声音发抖吗？他现在在白莱亚曼斯——我就要去看他。”

“出了什么事？”

“如果你面色变得这么青，我倒懊恼我说出来了。本来也许还要糟：罗伯特没有死，可是伤很重。”

“噢！先生，是你面孔发青哪。请在我旁边坐下来。”

“看看这张条子——我来打开它。”

基达尔小姐看了条子，那上面简略地提到昨天晚上罗伯特·穆尔在布劳山脚，让人打弥耳第林子围墙后枪击了，伤势严重，但可望无生命之虞。凶手是一个还是不止一个，一点也不清楚——凶手在逃。“不消说得，”约克先生认为，“这是种报复，人们总要产生恶意，真是遗憾，如今已是毫无办法了。”

“他是我唯一的哥哥，”谢利把条子交还给路易斯时，他说。“听到那几个歹徒躲在那里等他，而且像是打什么野兽似的在墙后边枪击他，我不能无动于衷。”

“宽宽心，往好处看。他会好的——我知道他一定会好的。”

谢利很热心地要安慰他，把她的手放在穆尔先生手上，仿佛是搁在座椅的扶手上，她只是那么轻轻地碰一碰，简直叫人觉都不觉得。

“唔，把手给我，”他说。“这还是第一次呢。这是在不幸的时刻——给我吧。”

他不等对方表示同意不同意，便去抓他所要求的手。

“我现在就要上白莱亚曼斯去了，”他又说下去。“如果我请你上教区长住宅那边去一趟，把情况告诉卡罗琳·赫尔斯通，你肯吗？由你去告诉她，她听起来会比较心宽一些。”

“立即就去，”谢利当即言听计从地说。“我应该说没有什么危险吗？”

“就这样说。”

“你一会儿就回来，让我知道更多一些情况，好吗？”

“我不回来就写信来。”

“你放心，我会照顾卡罗琳。我也会去通知你姊姊，不过，她肯定已经上罗伯特那里去了吧？”

"肯定去了，或者就要去了。那么，再见。"

"你不管怎样都挺得住吧？"

"咱们走着瞧吧。"

谢利的手不得不从老师那儿缩回来。路易斯不得不把那只完全紧握在自己手里的手放开。

"我想我非支持她不可，"他一边向着白莱亚曼斯走去，一边说，"正是她使我坚强起来。那副可怜的样子——那种温存的接触，什么绒毛都没有它软——什么仙丹灵药都不及它有效！它像雪花似的粘在那儿；像闪电似的震颤。我真巴不得有千千万万次握住那只手的机会——把它放在我手里。我已经握过了它——握了五分钟。她的手指同我的手指再也不会生分了——两只手既然相会过一次，准会再度相会。"

第三十二章
学童和山林女神

因为白莱亚曼斯比洼地路近，约克先生就把他那位年轻朋友护送到白莱亚曼斯来。约克先生亲自把他安置在家里最好的床铺上，那么小心在意，仿佛他是自己的一个亲生儿子。看到罗伯特的血从那被伏击的伤口直涌出来，确实使这位约克郡的老先生打心底里把他看作是自己的儿子。目睹这个突如其来的事变，看到这个高大、颀长的人那个值得自豪的身躯趴在路上，看到他那优美的南方人脑瓜耷拉着躺在尘埃里，看到这个年富力强的青年一转眼工夫便倒在他面前，面色潦白，了无生气，毫无办法——正是这种种情况交织在一起，使这个罹难者赢得了约克先生的深切关怀。

当时找不到其他人手可以帮忙，也没有其他声音可以亲切询问，没有其他人可以商量一下处置办法，他只得全都由自己来干。这个默默无言、鲜血淋漓的小伙子(他把对方看作个小伙子)完全得依靠他的一片善心，也最有效地得到这一片善心。好得约克先生很喜欢有这种力量，很喜欢使用这种力量，他现在正亲手掌握这个同胞的生命，这很投合他的心意。

这事情也很投合他那位个性沉郁的贤内助的心意，应付这种意外事件正是她的专长，也很合她的口味。有些妇女在“深更半夜”看到把一个血淋淋的人抬进自己家里，放在自己的门厅里，准会吓得话都说不出来。你准会认为，这真是发癔病的好材料。不，约克太太是在杰西不肯离开花园进来做针线活儿，或是在马丁提出要动身去澳洲，以便获得自由，免遭马修的暴虐的这种时刻才会发癔病的。可是，一个谋杀犯来到她家门口——一个给谋害得半死不活的人躺在她最好的床铺上——却只会教她头脑清醒，精神振作，正好使她越发生气蓬勃起来。

约克太太正是这样一个妇女，在过着一个普通女仆那种千辛万苦的生活的同时，她会像个女英雄那样看护整整一个医院的时疫病人。她可说是热爱穆尔，当她知道罗伯特要交给她照管——完全放在她怀里，像她那个在襁褓中的最小的婴孩那样非靠她不可的时候，她那颗强顽的心简直是向往着他。要是让她看到一个下人，或者她的一个女儿给他喝口水，摩平一下他的枕头，她准会给这个硬挨进来的人一个耳刮子。她把杰西和罗斯都撵走，不让她们登临楼上这片王土，她不许女用人的脚踏进去。

不过，话得说回来，要是这个意外事件发生在教区长住宅大门口，而赫尔斯通老头收容这个殉难者的话，那么，约克也好，他的太太也好，都决不会可怜他。他们一定会断定，这是他那暴虐和爱管闲事的天理昭彰的报应。可是，实际上，他此刻却成为他们的极为珍爱的人。

怪事！他们倒允许路易斯·穆尔进来——坐在床沿，身子俯在枕头上——握着他哥哥的手，用他那张同胞的嘴紧贴着他哥哥的死灰色的前额，约克太太也很沉得住气。她还准许他在那儿待了半天，有一次，她还准许他在病室里守了个通宵。她自己呢，则在多雨的11月里，早晨五点钟就起床，亲自到厨房生火，为这两弟兄做早饭，亲自端给他们吃。她打扮得十分庄严，身穿一件晃荡荡的法兰绒睡衣，围着披巾，戴着睡帽，坐在一旁瞅着他们吃东西，那副得意的神情，就像只老母鸡在看它的小雏鸡啄食那样。那天她还因为那个厨娘胆敢为穆尔先生做了一碗西米羹后，自行端了上来而警告了厨娘，那个女佣也遭了她一顿白眼，因为在路易斯先生走的时候，她居然去把晾在厨房里那件大衣取下来给他，还弄得真像个“逞能的人儿”那样，帮他穿上身去，接受了对方一个微笑，一声“谢谢你，姑娘”和一个先令。有一天，有两个女客来访，脸色苍白，神情焦急，热切地低声下气地要求让她们看望一会穆尔先生。约克太太把心一横，教她们立刻滚蛋，还加上几声臭骂。

可是，如果霍顿斯·穆尔来了，又是怎样一种情况呢？可以预料，很不错。穆尔一家人确实好像很投合约克太太的意，可说是从来没有第二个人家这样投合她过。霍顿斯和她谈起用人的坏脾性来，彼此都有取之不竭的话题。她们对这个阶级的看法是相同的，她们都一样带着疑忌的眼光注意女佣，同样严峻地判断女佣。霍顿斯对于约克太太那样殷勤对待罗伯特，打一开始也没有显出丝毫妒意，她听任约克太太去坚守那个看护的岗位，一点不加干涉。至于她自己呢，不住地无事找事，在屋子里坐立不安，不停地监视厨房，随时报告那边所发生的情况，总之，使自己成为处处用得着的人。她们两人都一致同意，要不屈不挠地不让客人踏进病房。她们把这个年轻的厂主当成俘虏，简直不让他风吹日晒。

麦克特克先生，这位负责治疗穆尔的外科医生，宣称病人伤势危殆，不过，他相信，决不是毫无挽救之望的。起先，他希望能由他自己选配一个看护，可是，这番主意，约克太太也好，霍顿斯也好，都听不进去，她们保证忠实遵照医生嘱咐行事。因此，他暂时只好交给她们照料。

毫无疑问，她们确是竭尽所能地执行这个付托的，可是，有些事情还是不免要出岔子：绷带不是松脱了就是扎得不得当，随之而大量失血。于是，只得去找麦克特克医生来，害得他像匹浑身是汗的马儿似的赶来。他是那种惹不起的外科医生之一，心情好的时候，粗鲁生硬；心情坏的时候十分野蛮。他一看到穆尔这番情况，便用一些绚丽的辞藻来抒发一下感情，我们也不必拿它来点缀这个篇幅。有一两只最精彩的花束抛在一位叫做格里夫斯的先生那镇定不惊的头上，他是这位外科医生经常带在身边、没有表情的年轻助手；另有一束花送给他的随行人员中另外一位年轻先生——是他本人的一个有趣的翻版，事实上就是这位医生的亲儿子。可是，一大篮富丽鲜艳的花却落在那群好管闲事的妇女身上。

于是，在一个冬夜里，他和两个随从就为穆尔忙了大半夜工夫。他们这三个人关起门来，待在床边，对着那个精疲力竭的身躯，一边操作，一边吵嘴。他们三个站在床铺这一边，死神则站在另一边。争吵十分激烈，直吵到天破晓了。那时节，交战双方似乎势均力敌，双方都可以宣告胜利了。

天亮时分，留下格里夫斯和小麦克特克来照料病人后，这位长辈便亲自出马去找生力军。他找来了一位名叫霍斯福尔太太的人，这是他的正式职员中最优秀的一名看护。他把穆尔交给这个妇女照管，下了最严格的命令，把全副责任都压在她肩上。她不动声色地承担了这个责任，不动声色地坐进摆在床头的一只扶手椅里，就此开始她的统治。

霍斯福尔太太有一个优点：接受了麦克特克的命令后，便彻底遵照执行——在她看来，“十诫”也不及她的外科医生的金言来得有约束力。在其他一些方面说来，她不是个女人，而是个凶狠的监护人。霍顿斯·穆尔在她面前也不免相形见绌；约克太太则只好退避三舍，大吃其瘪。然而，这两个女人还自认为是具有相当尊严的人物，别人也都认为她们确是庞然大物。可是，霍斯福尔太太的宽度，高度，骨骼和筋肉，确实叫她们望而生畏，她们只好缩回到后客厅去。她呢，喜欢坐在楼上就坐在楼上，高兴下楼就下楼。她一天喝三次酒，抽四次板烟。

至于穆尔，现在谁都不敢冒昧前去探望他了。霍斯福尔太太已经成为他的保姆了。只有她才能服侍他，现在一般推测也都认为她对他还相当称职。

麦克特克晨昏都来看他。他的病情由于这一新的不幸就此复杂化后，却成为这位外科医生心目中一个有趣的病例。他把穆尔的病看作是一只时钟的齿轮与发条损坏了，只能仰仗他的技术来把它修好。格里夫斯和小麦克特克——穆尔仅有的另外两位客人——则按照他们向来所想的，认为他暂时是斯蒂布罗病院解剖室里一个病人。

罗伯特·穆尔因此而有段愉快的时期——疼痛，危殆，衰弱得不能动弹，简直是衰弱得不能说话；他那个看守人，可说是个女巨人，三个外科医生是他仅有的伴侣。他就这样躺在那里，度过整整一个阴郁的日短夜长的11月。

穆尔在开始过监禁生活时，经常微弱地反抗霍斯福尔太太。他极不喜欢看到她那粗大的身躯，害怕接触她那双硬邦邦的手。可是，一转眼工夫，她就把他教得乖乖的。尽管穆尔身长六英尺，有着男子汉的一身肌肉和力气，她都不放在眼里——她把他在床上翻过来翻过去，就像别的女人在摇篮里把个娃娃翻过来翻过去那样。他乖乖听话的时候，她就叫他"亲爱的"，"心爱的"；他不听话的时候，她往往就猛力把他摇来摇去。等到麦克特克来了，穆尔想开口说话时，她就举起手来，吩咐他"别作声！"像个保姆制止一个逞能的小孩那样。穆尔心里想，要是她不抽烟，不喝酒，那倒还好些，可是，她烟酒都来。有一回，她不在房里，他对麦克特克说："那个女人是个酒鬼。"

"啐，亲爱的先生，她们这班人都是这样，"穆尔一番苦心，却得到这样一个回答。"可是，霍斯福尔有个优点，"这位外科医生又找补说，"不管是喝醉还是清醒，她总是记得要听从我。"

晚秋终于过去了。晚秋的雾，晚秋的雨，都在英国卸掉了它们的丧服，抹掉了泪水；晚秋的风不断向着远方呼啸而去。紧跟在11月后边而到来的便是隆冬：晴朗，寂静和随之而来的严寒。

白天无风，黄昏必然一片澄明。大地一抹北极色调——尽是北极的光和色，就像是一种“折光”[①]，其中有白色，紫罗兰色，或者淡绿色的宝石光。山峰披上一层紫丁香的蓝色；落日红得发紫；天空如冰，一片镀银的蔚蓝色；星星出来时，都好像不是金光灿烂，而是雪白的水晶体。整个景色都抹上了灰的，天蓝色的，或者是淡淡的翡翠色的色泽——凉爽，纯净而透明。

在一个已不再是青翠的，甚至已不再是赤褐色的树林里，在一个色彩不明确的树林里，这件深蓝色而又在走动的东西是什么呀？啊，原来是个学童——白莱亚菲尔特文法学堂的一个学童——他刚刚同他的伴侣分手，这会儿一边循着大路拖着沉重的步伐回家，一边在寻找一棵树，看看树根那儿是否有个满覆苔藓的土丘好当座位。他干吗要在这儿流连呢——天这样冷，时间又很晚了。他坐下来了，他在想些什么？难道他觉得今天晚上造化女神有一种高雅的魅力？珍珠一般白的月儿，透过绿色的树木露出了笑容，难道他爱上月儿的笑容了吗？

这很难说，因为他一声不响，而且也没有什么表情。这会儿，那张脸并不是照得出感情来的一面镜子，而是遮住了感情的一张面具。这孩子是个十五岁的年轻小子，身材细长，显得比他的实际年龄高点，他的脸既不显得很愉快，也不是一副奴相，他那双眼睛似乎随时都在留神是否有人就要控制他、欺诈他，他的神色处处显得处于戒备状态。聪明的教师先生都避而不对这种孩子进行不必要的干涉。用严厉手段来驯服他，准是种徒劳的尝试，想用笼络手段来赢得他的好感，准是比徒劳还要不如的白费劲。最好是随他去。时间自会教育他，经验自会锻炼他。

明白地说，马丁·约克（自然是约克先生的公子喽）是很看不起诗歌这个名称的。跟他去谈多愁善感的话，准叫你得到讥讽的回答。这

---

① 原文为法语“Reflets”。作者作了如下脚注：“读者，请为我找个英语的词儿，我将乐于不用这个法语词儿。英语的‘Reflections’不管用。”

会儿，他独自徜来毕恭毕敬地侍候造化女神，造化女神就在他那全神贯注的凝视下，打开了一页严谨、庄重无言的诗歌。

他坐定后，打书包里拿出一本书来——不是拉丁文法书，而是一本禁书——童话。天光还足足有一个钟头可为他那年轻的好眼力效劳，再说，月儿也在侍候他了，它那光线，虽然还很朦胧，却已洒满了他坐在那儿的林中空地。

他看书了，书本把他领到一个荒凉的山区，周遭一片蛮荒，无形无迹，简直是一无色彩。他听到钟声叮叮当当随风而来，从那混沌、重叠的迷雾里他看到了最鲜明的幻影，一个穿着绿袍的小姐，骑着一匹雪白的小驹驰骋而来。他看到她的衣服，她的珠宝，她的坐骑。她出其不意地问了他一些不可思议的问题，他给弄得瞠目结舌，只得随她进入仙境。

第二个传说把他带到海边，在那儿，急猛的潮水滚滚而来，在叫人看得眼花缭乱的峭壁下边沸沸腾腾，潮水如狂风暴雨。一片又黑又粗的礁石，远伸入海，雪白的浪花在这些巉崖旁边、中间、上面泼呀，晃呀，冲呀，跳呀，推波助澜，一会儿像只只花环，一会儿又像个个雪堆。有个孤单的浪游者出现在这些礁石上，步履谨慎地踩着那湿淋淋的野海草，眼睛直往许多洼洼洞洞看去，在那儿，就是深不可测的海，像翡翠一般澄明。他看到那儿长着比陆地所能看到的更为千奇百怪，更为庞大的野生植物，还有珍贵的贝壳——绿的，紫的，珍珠色的——都密密满满地集结在盘曲得像蛇一样的植物身上。他听到一声叫嚷，他连忙抬起头来，向前看去，看到在那光秃秃的礁石上边，有样高大、灰白的东西，样子像人，却是由浪花激起来的，透明，震颤，煞是可怕。站在那儿的不光是一样东西，它们全都是人形，在礁石间跳来跳去——一群泡沫似的女人——一群虚幻无常的白衣女海神。

啐！——他合上书本，把书放进了书包里——马丁听到了脚步声。他侧耳谛听一下，不——是，有人在轻轻踩着枯树叶，林中小径上发出了飒飒的声响。马丁仔细瞅一瞅，大树中间，走出一个女人来。

她是一个穿着黑绸衣服的小姐，脸上罩着面纱。马丁以前在这个林子里从来没有见到过一个小姐，除了不时碰上一个前来采坚果的村姑，也没有遇到过一个女人。今天晚上，这个幻影不无叫他感到愉快。等她走过来时，他看到她年纪不大，长得也不很平凡，而是相反地，十分年轻。要不是他认出了原来就是他经常称之为丑八怪的那个女人，他一定会认为他已在那张薄薄的面纱后面发现了美的特点。

她掠过他身边走去，什么也没有说。他知道她一定是什么话也不说的。所有的女人都是骄傲的猴儿——他只是把卡罗琳·赫尔斯通看成是个自负的玩偶。他脑子里简直还转不出什么念头来，不料这个已经走过去了两步的小姐又折回来，而且，揭开面纱，直望着他的脸，同时轻声轻气问道：

“你是约克先生的儿子吗？”

如果不是亲眼看见，谁都决不会相信在这个女人这样向马丁·约克发话时，他竟会脸红起来，然而，他确实脸红了，而且一直红到耳根。

“是，”他一边期期艾艾地说，一边傲慢地壮起胆来揣测对方还要问些什么。

“我想，你叫马丁吧？”跟着就是这句话。

这声问话再恰当也没有了，这是一个简单句，说得十分朴实，还有点儿怯生生的，可是，声音很合这个年轻人的性格。它像一支歌子那样使他安静下来。

马丁这人感觉十分敏锐，他觉得这个姑娘不错，很聪明，居然能够把他与他的弟兄们区别开来。他像他父亲一样，讨厌繁文缛节，听到一个小姐直呼他马丁，而不是马丁先生，或者马丁少年，真是顺耳，如果是用后面两种叫法，准会就此教她得不到他的喜欢。如果说还会有比繁文缛节更糟的，那就是另一个极端——随随便便，熟不拘礼。那种羞答答的轻声细气，那种几乎看都看不出的犹豫态度，才被他认为是完全适当的。

“我是马丁，”他说。

“你父母亲好吗？”——（算她运气，没有说爸爸妈妈！如果那样说法，准会一切都毁啦）——“罗斯和杰西也好吗？”

“我想都好的。”

“我表姊霍顿斯还在白莱亚曼斯吗？”

“啊，在的！”

马丁发出一声滑稽的似笑非笑、似哼非哼的声音来，这位小姐也报以一个似笑非笑，因为她猜得出，那几个小约克大概对霍顿斯会有什么看法。

“你母亲喜欢她吗？”

“她们对用人的看法是那么不谋而合，这就不能不彼此喜欢了。”

“今儿晚上很冷。”

“这样晚啦，你还出来干啥？”

“我在这林子里迷了路啦。”

听了这话，马丁可真忍不住发出一阵嘲弄的、开心的笑声来。

“在白莱亚曼斯这个大林子里迷了路！你活该再也找不到路了。”

“我以前从来没有到过这里，我相信我这会儿是无意间闯进来的，如果你高兴的话，马丁，你尽管去告发我，罚我款，这是你父亲的林子。”

“我想，这我决不会不知道。不过，你既然只不过是迷了路，我就来领你出去吧。”

“那倒不必，我现在已经走上正道了，我能行啦。马丁，”（有点急急地）“穆尔先生怎样啦？”

马丁曾经听到过一些谣传。他灵机一动，觉得不妨寻一下开心，试一试看。

“快要死啦。什么也救不了他。所有的希望全都抛到海里去了！”

她把面纱拨在一边，直望着他的眼睛，说：

“要死啦！”

“要死啦！都是那些个女人，我母亲和其他的女人搞出来的，她们把他的绷带不知怎么一弄，就此把一切都搞糟了。要不是她们，他准会好些了。我准保她们最最起码一定会给逮捕起来，坐班房，受审判，给流放到植物湾去。”

问话的人也许并没有听到这一判断，她木然站在那里。不消两分钟，她二话不说，径直向前走了，既不说声再见，也不再问什么。这倒不是有趣的事，也不是马丁始料所及的，他本来指望看到一点富有戏剧性的、表露情绪的动作，如果得不到一点作为报酬的乐趣，那简直就不值得吓唬这个姑娘了。他喊道：

“赫尔斯通小姐！”

她不听，也不回过头来。他连忙追上去，赶上了她。

“喂喂。你听了我说的情况，很焦虑吗？”

“你懂得啥叫死，马丁？你太年轻，不配同我来谈这种事情。”

“你相信我说的话吗？那全是一派胡言！穆尔的食量抵得上三个人。她们总是做西米、葛粉，或者什么好吃东西给他吃。我每次走进厨房，炉子上总是搁着一只小锅，在为他煮好吃的东西。我想我一定也要装死装活一下，可以像他一样过着穷奢极侈的生活。”

“马丁！马丁！”这会儿，她的声音发抖，不再说下去了。“你这真是大错特错了，马丁。你刚才几乎把我吓死啦。”

她又住口了，身子倚着树，抖呀，颤呀，脸白得像个死人。

马丁怀着一种难以形容的好奇心打量着她。他看到这番情景，一方面，用他自己的话说："很够劲"，也使他明白了许多事情，于是，他开始因为发现了秘密而感到很大乐趣，另一方面，这又使他想起从前另外一种感受来，那时候，马修用一块石子砸死了几只小画眉，后来马丁听到那只大画眉为失掉小画眉而不住哀鸣，那真不是愉快的感受。这时，他为了安慰卡罗琳，却又找不到任何十分合适的话可说，他便开始为能够做些什么而开动起脑筋来。他面露笑容，这个小孩的笑容使得他的面孔显得异常明朗。

"我想出来了，我想出来了！"他嚷了起来。"我会慢慢地弄舒齐的。你现在好点了，卡罗琳小姐，往前走吧，"他催促说。

他根本没有想到爬墙，钻篱笆，赫尔斯通小姐会比自己更有困难，他只顾领着她抄一条通向死胡同的近路。结果他不得不扶她跨过几处难以对付的障碍物，他一边奚落她毫无用场，一边心里十分高兴，觉得自己还有用处。

"马丁，在我们分手以前，你要认真向我保证，而且说出话来要算数，说穆尔先生已经好点了。"

"你对那个穆尔可多么关心呀！"

"不——可是，他有许多朋友会问起我，我希望我能够给他们一个确实可靠的回答。"

"你可以对他们说，他好得很，只是有点懒散。你可以对他们说，他中饭吃羊排，晚饭吃挺好的葛粉。有一天晚上，我自己就在楼梯半道里拦截到一碗，我把它吃了一半。"

"谁在服侍他，马丁？谁在看护他？"

"看护他？——那个大娃娃！唔，一个女人，又粗又大，跟我们家最大的水桶一样——一个粗声粗气、面貌凶恶的老娘儿。我决不怀疑，她让他过着豪华的生活，谁都不能接近他。他大多什么都不知道。我相信，她在那病房里把他打得好厉害。我有时候睡在床上，凑着墙壁细听，我想我听到她在用拳头捅他。你该看看她那拳头，她一只手掌就抓得住六只像你这样的手。说到头，尽管他吃到猪排，羊排，果酱，我才不高兴做他呢。其实，我私下里认为，送给穆尔先生吃的东西，倒有八九成让她吃了。我只希望她不至于使他挨饿。”

卡罗琳一言不发，一味沉思，马丁则是一派悄悄戒备的神气。

“我想你从来不去看他吧，马丁？”

“我？不，我才不去看他，管我什么事？”

又是沉默。

“大约五个礼拜前，你不是同普赖尔太太一起上我家去探望过他吗？”马丁又问道。

“不错。”

“我敢说，你真希望有人带你们上楼去，是吗？”

“我们的确是这样希望，我们要求上楼去，可是，你母亲不肯。”

“是呀！她不肯，我全知道了。她对待你们就像她喜欢不时地对待一些客人那样。她对你们很粗暴无礼。”

“她真不客气。因为你知道，马丁，我们是亲戚，我们自然应该关心穆尔先生。可是，我们得在这儿分手了。已经走到你父亲家门口了。”

“很好——可是，这又有什么呢？我来送你回家，好吗？”

“他们会记挂你，不知道你上哪儿去了。”

“随他们去……我会自己当心自己，我想。”

马丁心里有数，他已经给自己招来了一顿训斥，要罚吃干面包配茶了。不管怎样，今儿晚上，让他经历了一番冒险，也比吃松饼和烤面包要强得多。

他送卡罗琳回家。在路上，他答应去看看穆尔先生，不去理睬守卫他房间的那个凶狠的监护人，还约定第二天一个时辰，让卡罗琳在白莱亚曼斯林子里听消息，他会在某一棵树那里同她碰头。这个计划并没有什么了不起，可他还是十分喜欢这个计划。

到家后，马丁果然挨上一顿训斥，吃一份干面包，还给提早一个钟头打发去睡觉。他像是一个最坚忍的禁欲主义者那样接受了这番处罚。

他在上楼走进自己房里以前，悄悄地先上餐室去一趟，这是一间又静又冷而很有气派的房间，难得派它用场，因为这家人总是在后客厅吃饭。他站在壁炉架前，举起蜡烛，照着挂在上边的两张画像——两个女人头像，一个是属于宁静的美人一类的——快活无邪；另一个虽然比较可爱——却又可怜又绝望。

"她的样子像*那个人*，"他说，眼睛直盯着第二张像看，"她刚才倚着树，面色发白，呜呜咽咽，就是这个样子。"

"我想，"等他来到自己房里，坐在那张小床的床沿时，他又说下去——"我想，她就是人们叫做在'*闹恋爱*'的人，不错，同隔壁房间里那个长条子*闹恋爱*。嘘！那是霍斯福尔在噼噼啪啪打穆尔的声响吗？奇怪，他干吗不大叫大嚷。听起来确实像是她在拼命打他那样。可是，我想，她是在收拾床铺。我见过一次她收拾床铺的情景——她一个劲儿直敲垫子，仿佛是在拳击。真奇怪，齐拉（人们都管她叫齐拉）——齐拉·霍斯福尔是个女人，卡罗琳·赫尔斯通也是个女人，她们是同类里的两个人——却不大相像。那个卡罗琳，是个漂亮的姑娘吗？我想她是个漂亮姑娘——十分好看——脸上显得那么鲜明——眼睛那么柔和。我喜欢她朝我看，那么看我，真好过。她长着长长的睫毛，她的眼睛在看哪里，睫毛的阴影也落在那里，带来了宁静与遐思。如果她表现得好，继续像她今天这样投合我的兴趣，我就会好好报答她。我很欣赏这样一个念头，那就是用计战胜我母亲和那个女妖霍斯福尔。这并不是说，我要讨好穆尔，而是因为不管我做了些什么，都会得到报酬，而且这个报酬还可以由我自己挑。我知道我可以得到什么报酬——一个叫穆尔不高兴，却叫我欢喜的报酬。”

他上床睡觉了。

第三十三章
马丁的妙计

根据马丁的计划的安排，这一天，他必须待在家里。因此，他突然感到吃不下早饭，而且，就在快要上学时，他又觉得胸口痛得厉害，这样一来，他就可以名正言顺地坐进他父亲那张摆在炉边的扶手椅里，看看早报，不必同马克一起上文法学堂了。第一步既经得心应手地解决了，马克也已经去上萨默先生的课，马修和约克先生又都到账房间去了，那么，有待完成的还有另外三个，不，四个英勇行动。

在这四个英勇行动中，第一个便是去吃他还没有上口的早饭，不吃早饭，他那个十五岁的人的胃可实在受不了；第二，第三，第四就是要在下午四点钟以前，先后把他母亲，穆尔小姐，霍斯福尔太太都支使开，免得碍手碍脚。

眼前最紧迫的是第一个行动，因为他面临的工作，需要有一定的能量，他那只年轻的肚子，此刻这样空空如也，似乎不可能提供什么能量。

马丁对于食品室熟门熟路，既然是熟门熟路，他拔腿就去了。用人都在厨房里，关起门来一本正经吃早饭；他母亲和穆尔小姐正在草坪上呼吸新鲜空气，议论用人为啥要关起门来吃早饭。马丁万无一失地待在食品室里，挑三剔四地在拣贮藏在里面的食品。他的早饭已经给耽搁了——他决定应该吃得讲究点。他觉得，在他那平常有点单调的伙食——面包牛奶——上加点花式品种是合乎需要，也是可取的。他认为，滋味好应该与有益健康相结合。架子上有许多搁在草里的玫瑰色苹果，他捡了三只。碟子里有糕点，他拣了一块杏仁泡芙，一块李子馅饼。家常面包，他的眼睛看也不看，他带着恩宠的神色打量一下几块无核葡萄干糕点，屈尊地拣了一块。亏得随身带有一把折刀，使他能够捞到一只鸡翅膀和一片火腿。他心里想，再搞一小块乳蛋冷布丁，就可以同这些东西相称了，他在这些战利品上添了这最后一件东西后，终于动身到门厅里去。

他已经走了一半有余的路——再跨三步，就可以碇泊在后客厅那个港口——不料就在这时，前门豁地开来，马修站在那儿。真不如碰上个全副配备，有角有蹄，又有尾巴的“恶魔”还要好些。

马修生性多疑，爱好嘲弄，他本来就不赞成当即相信所谓胸口痛，他当时就咕噜几句，其中有一句“虚伪的亚伯拉罕”①，十分清晰可闻，接着又看到扶手椅和报纸，使他好像顿时患了精神痉挛症。如今看到眼前这番情景——苹果啦，馅饼啦，糕点啦，鸡呀，火腿呀，还有布丁，正是提供了太好的证据，好像专门要充实他那独具慧眼的看法似的。

马丁“局促不安”地待了一分钟，一会儿，接着，他就知道应该如何应付，而且判断得完全正确。他以“一般优秀人物”的真正敏锐，立刻看出怎样把这件乍一看来是不利的事情转化为非常有利的事情，他看出怎样可以把它处理得就此完成他的第二项任务，那就是说，打发掉他母亲。他知道他同马修一发生冲突，往往就会引起约克太太理所当然地发阵癔病，他还知道，根据风暴之后必定风平浪静这个原理，他母亲发了一个上午癔病之后，肯定会整个下午卧床不起。这就可以使他完全如愿以偿了。

冲突及时在门厅里爆发起来了。一声干笑，一阵侮辱性讥讽，一番轻蔑的辱骂，遭到对方一种冷淡，然而却是最尖刻的回答，这就等于发了信号枪。他们干起来了。马丁在这种场合，声音总是很小，这会儿却大叫大嚷起来。仆人，约克太太，穆尔小姐都奔进来了。女人是拆不开他们的。于是着人去找约克先生来。

---

① 伪君子的意思。

“孩子们，”他说，“如果再发生这种事情，你们两个总有一个非离开我这个家不可，我决不容许发生该隐和亚伯的争斗。”

马丁现在总算让人家拉走了。他受了一点伤；他年纪最小，身体最羸弱，却相当冷静，一点也不动火，他甚至微露笑容，因为他所着手的工作的最困难部分已经办妥，显得心满意足。

整整一个上午，他似乎有一度显得萎靡不振。

“为那个卡罗琳而叫我操劳，实在不值得，”他说。

可是，一刻钟后，他又来到了餐室，对着那只辮发散乱的脑袋和由于绝望而暗淡无光的眼睛看了一会。

“不错，”他说，“我使她呜咽，浑身打颤，几乎要昏过去。我一定要看到她笑之后这才同她分手，再说，我要以机智斗败所有这些娘儿们。”

吃过午饭，约克太太果然逃不出她儿子的掐算，立即到她卧室去了。这会儿得去对付霍顿斯了。

这位小姐消消停停地坐在后客厅补袜子，马丁则像个乳臭未干的巴夏，骄奢淫逸地躺在沙发上（按照他自己的说法，他还不很舒服），埋头看书。这时候，他突然放下书，缓慢地谈起洼地那个女佣萨拉来。在这么转弯抹角的闲聊中，他逐渐而巧妙地透露说，听说这个姑娘有三个向她求婚的人——弗雷德里克·默加特罗，杰里迈亚·皮格希尔斯，马利的、汉纳的、德布的那个约翰——曼小姐也肯定知道这件事，说是现在因为小屋完全交给这姑娘一个人管，她常常找她的情郎去吃饭，拿家里现成的最好的东西招待他们。

不必再往下说了，霍顿斯要是不到那个在干这种无法无天勾当的现场去走一趟，不亲自去查看这种情况的话，那她简直是一个钟头也活不下去了。只剩下霍斯福尔太太了。

马丁这会儿成了个常胜将军，他打他母亲的针线篮里拿出一大串钥匙。他用这些钥匙打开壁架上的碗橱，从里面拿出一只黑瓶子，一只小玻璃杯，放在桌上，然后轻捷地登上楼梯，直趋穆尔先生门口，轻轻敲一敲——那个看护来开门了。

“如果你高兴的话，小姐，请你到后客厅里去吃些点心。没有人会来打扰你——全家人都出去了。”

他瞅着她下楼，瞅着她走进后客厅，自己把门关上。他知道她已不会出什么事了。

费劲的工作已经完成了——现在要找乐儿去了。他抓起帽子，到林子里去。

这时候还不过是三点半，早晨本来天气很好，可是，这会儿，天变得黑魆魆，在下雪了。风吹得叫人冷飕飕的，林子里显得阴阴郁郁，老树狰狞可怕。可是，马丁很满意一路上的阴影，他觉得那株秃掉了树梢的老橡树的幽灵似的样子，别具一种魅力。

他还得等一下。他走来走去，雪片越下越急，起先只像是在呜咽的风儿，这会儿已在凄厉地号啸了。

“她一时还不会来，”他喃喃道，眼睛瞅一瞅那条小径。“我不知道，”他又找补说，“我为什么这样想见到她？她又不是为我而来的。可是，我有控制她的力量，我要她来，让我可以使用那种力量。”

他又走来走去。

“现在，”再过一会，他又说，“如果她不来，我就要恨她，蔑视她了。”

四点钟了——他听到远处的礼拜堂大自鸣钟声。忽然一阵又急又轻的脚步声制止了他的不耐烦情绪，要不是树叶的飒飒声，林中小径简直不会听到脚步声。这会儿风刮得很猛，又密又白的暴风雪变得使人着慌了。可是，她来了，没有惊惶的神色。

“啊，马丁，”她急切地说，“他怎样啦？”

“这真怪，她多想他呵！”马丁心里想。“我相信，这场迷眼的大雪和刺骨的寒风，她简直不当一回事。可是，她不过是像我母亲说的，一个‘毛头姑娘’。我真打心里希望有件斗篷来把她裹住。”

他这样沉思默想，竟至于没有回答赫尔斯通小姐的问话。

“你见过他吗？”

“没有。”

“啊！你本来答应我去看他的。”

“我打算为你做的事，比我去看他还要好得多。我不是说过吗？看不看他，管我什么事？”

“可是，这样一来，我得要好久以后才能知道他一点确实情况，我已经等得发腻了。马丁，千万要看看他，还代卡罗琳·赫尔斯通问候他一下，说她真想知道他的情况，还想知道能做点儿什么可以安慰他的事情。”

“我不高兴。”

“你改变主意啦。昨儿晚上，你可多么够朋友。”

“走吧！我们不应该站在这林子里——太冷了。”

“可是，趁我没走，你答应我，明天带着消息再到这里来一趟。”

“再不干这种事情喽。我身体实在太差，不能在冬季里赶这种约会。要是你知道我今儿早晨胸口有多痛，早饭都没有吃，加上又给人家敲了一顿，你准会觉得不该要我冒着风雪到这里来。我说，走吧。”

“你身体真的很差吗，马丁？”

“我的脸色可不是这样吗？”

“你的腮帮子红彤彤的。”

“那是潮热。你走呢——还是不走？”

“到哪儿去？”

“跟我走。我真是个傻瓜，忘记带件斗篷出来。要不然，就可以使你舒舒服服了。”

“你要回家！我最近便的路是在相反的方向。”

“把手钩住我的手吧。我会当心你的。”

“可是，那墙头，篱笆，要爬过去可不容易呀，你这么弱，年纪又这么小，扶了我，准会叫你自己受伤。”

“你可以打大门径直走进去。”

“可是——”

“可是！可是！你相信不相信我？”

她直盯着他的脸看。

“我想我会相信你。我回去的时候心里会比来时更焦急吧。”

“那个我不能回答。不过，这个我可以向你保证，听我指挥，你就可以亲自见到穆尔。”

“我亲自见到他？”

“你亲自见到他。”

“可是，亲爱的马丁，他知道吗？”

“呀！我这会儿是亲爱的啦。不，他不知道。”

“那么，你母亲和其他一些人知道吗？”

“全都安排停当啦。”

卡罗琳默默地沉思了好久，可是，还是跟着她的向导朝前走去。他们已经看到白莱亚曼斯了。

“你可拿定主意了吗？”他问。

她一声不响。

“决定一下。我们已经到了。我决不去看他——我得告诉你——我只去通知说你来了。”

“马丁，你真是个怪孩子，这也是一个怪办法。我想来想去现在是，一直是觉得奇怪。我要去见他。”

“话一出口，你可就不能再犹豫或者收回啦？”

“决不。”

“那么，我们到啦。经过客厅窗口的时候，可别害怕，没有人会看到你。我父亲和马修都在厂里，马克上学去了，用人都在后面厨房里，穆尔小姐回家去了，我母亲在睡觉，霍斯福尔太太在‘乐园’里。你看——我不必拉铃，我把门打开了，门厅里空无一人，楼梯头静悄悄的，走廊里也静悄悄的，整幢房子和里边所有的人全给符咒镇住了，不到你走，我决不会去解符咒。”

“马丁，我相信你。”

“你从来没有说过一句比这更好的话。我来拿你的披肩，我会替你抖掉雪，给你晾干。你又冷又湿。不要紧，楼上生有火炉。你准备好了吗？”

“好啦。”

“跟我来。”

他把鞋脱在擦脚垫上，不穿鞋子登上楼梯，卡罗琳蹑手蹑脚地跟在后面，走得一点声响也没有，走过走廊，经过穿堂，在穿堂那头，马丁在一个门口停了下来，轻轻一敲，他得敲两次——三次，终于有个是来客所熟悉的声音说：

“进来。”

这孩子轻快地走了进去。

“穆尔先生，有位小姐要来跟你请安。现在这儿一个女人也没有，今天是洗衣日，女用人都合头合脑泡在后面厨房的肥皂沫里，所以我请她上楼来。”

“上这儿来，先生？”

“上这儿来，先生。不过，如果你反对的话，她可以再下去。”

“带一位小姐上这儿来，上来看我？你这毛毛躁躁的孩子。”

“啊，那我就带她走啦。”

“马丁，且慢。她是谁？”

“穆尔小姐说，是打斯凯尔特河[1]上的古堡里来的你的老奶奶。”

“马丁，”门口有一个很轻很轻的声音说，“别傻啦。”

“她来啦？”穆尔连忙问道。

他听到了一个不很清楚的话音。

“她来啦，快要昏倒了，她站在擦脚垫上，看到你这样无情无义，快气死啦。”

“马丁，你真是个又是顽童又是学童的坏蛋。她是什么样子？”

“不像你倒很像我，因为她长得又年轻又漂亮。”

“你去请她来。你听到吗？”

“来呀，卡罗琳小姐。”

“卡罗琳小姐！”穆尔跟着说。

卡罗琳一走进去，就在房间当中碰到一个又高又瘦又憔悴的人，那人拉住了她两只手。

“我给你一刻钟时间，”马丁一边走出去，一边说：“不能超过。把话都在这个时间里谈完，在这段时间里，我等在穿堂里，谁都不会走拢来，我会使你平平安安地离开。如果你硬是要磨蹭下去，我可就不管了。”

他关上门。他在穿堂里，像个国王一般趾高气扬，他从来没有做过一次教他如此高兴的惊险活动，因为决不会有一种惊险活动能使他显得如此重要，使他如此有兴趣。

“你终于来了，”那个瘦弱的人一边说，一边用那双深陷的眼睛凝视着女客。

---

① 斯凯尔特河，流经法、比、荷三国的一条河，这里马丁意指穆尔的故乡。

“你先前可盼望我来？”

“盼望了一个月啦——快两个月了。我们本来就很亲近，我这一向生活在愁苦、危险和不幸中，卡利。”

“我没法来呀。”

“没法？可是，教区长住宅同白莱亚曼斯相隔很近，还不到两英里地。”

这个姑娘听到这些隐含责难的话，脸上显得又是苦恼又是快活，话说得听来真是甜滋滋的——如果要为自己辩护，未免有点心狠。

“我刚才说无法来，是说我不能来看你，因为我那天一听到出了事，就同妈妈一起来。麦克特克先生当时对我们说，不许见任何生人。”

“可是，后来呢——这许多个礼拜来，每个好天气的午后，我总是在等，在听。我这地方，卡利，”（他把手放在胸口上）“告诉我说，你不想到我是不可能的。这并不是说我值得你想，而是说，我们都是老朋友，我们是表兄妹。”

“后来我又来了一次，罗伯特，妈妈和我又来了一次。”

“是吗？唔，那真值得听听。你既然又来了，我们可以坐下来谈谈这事情。”

他们都坐下了。卡罗琳把座椅朝他那边拉过去。这会儿外边黑黝黝的，正在下雪。一阵冰岛的风暴把雪刮得狂飘乱舞。这一对既没有听到那曳长的阵阵“咆哮”声，也没看到它在洒下的白雪。各人都似乎只知道一件事——对方就近在眼前了。

“这么说来，妈妈和你又来过了？”

“可是，约克太太对待我们很奇怪。我们要求见你。‘不，’她说，‘在我家里不行。我现在担待着他的生命，半个钟头的闲谈也担待不起。’不过，我不必把她说的话全说给你听。那是十分不愉快的。我们后来又来了一次——妈妈，基达尔小姐和我。我们心里想，这一次我们总可以得胜了，因为我们是三对一，谢利又是在我们这一边。哪里知道约克太太开了那么一大阵排炮。”

穆尔微微一笑。“她怎么说来着？”

“说的全是些教我们惊讶的话。最后，谢利哈哈大笑，我却哭了，妈妈非常气恼。我们三个全给当场轰跑了。打那以后，我只得每天跑过这房子一趟，只是为了自得其乐地抬头望着你的窗子，因为我看到窗帘拉严，就知道是你的窗。我确实不敢进来。”

“我真的希望你来，卡罗琳。”

“这我不知道。我从来一刻也没有梦想过你会想到我，我只要能极其渺茫地想象有这种可能就——”

“约克太太大概把你轰怕了吧。”

“她不可能。如果好说歹说都不行，那就得试用一下计策。我可以走到厨房门口去，用人准会放我进来，我就可以径直登楼。其实，我所以不敢闯进来，与其说是怕约克太太，倒不如说是怕你。”

“昨儿晚上，我还在为再也不可能见到你而觉得绝望呢。身体衰弱使得我非常悲观丧气——非常悲观丧气。”

“你就孤零零地坐在这里吗？”

“比孤零零还要不如。”

“可是，你一定会慢慢好起来的，因为你现在可以起床了。”

“我真不知道还会不会活下去。我经过这样衰弱后，一点也没有什么指望，而且不敢存什么指望了。”

“你——你可以回到洼地家里了。”

“还不是赶不跑的凄凉伤心——决不会有快活来陪伴我。”

“我一定要改变这种情况。应该改变这种情况，哪怕是得同十个约克太太斗一场。”

“卡利，你使我笑逐颜开了。”

“请再笑，再笑一下。要不要我把我高兴说的全对你说？”

“把任何事情都对我说——就是不要停嘴。我是扫罗，[①]如果没有音乐，我准定要完蛋。”

“我真巴不得能把你搬到教区长住宅去，交给我和妈妈照料。”

“一件多贵重的礼物！自从他们枪击我到现在，我还没有大笑过呢。”

“你还痛吗，罗伯特？”

“现在不很痛啦。可是，我衰弱得简直没有希望了，而且我的精神状态也是无法形容的——无精打采，了无生趣，无能为力。难道你从我脸上没看到这一切吗？我看来不过是个幽灵。”

“是变了，可是，我多少还能了解你。而且，我了解你的情感，我也经历过这种情况。自从我们上次见面以后，我也病得很厉害过。”

“病得很厉害？”

“我以为我会死呢。我的生命好像已经完了。每个晚上，我都是在半夜里从噩梦中醒来——好像一本书摊开在我面前，已经翻到最后一页，上面写着个‘完’字。我有过许许多多奇怪的感情。”

“你说的我都经历过。”

“我以为，我从此再也见不到你了。我越来越瘦——像你现在这样瘦。我一点也不能料理自己——爬不起，躺不下，我吃不下东西——可是，你看，我现在好啦。”

“天呀！又伤心又快乐。我太衰弱，无法把我的感受说给你听。可是，你在说这些话的时候，我确实也都有所感受。”

“我这会儿坐在你身旁，原来我认为再也没有这个机会了。我这会

① 指扫罗召大卫鼓琴驱魔，参见《圣经·旧约·撒母耳记上》第 16 章第 14 至 23 节。

儿在同你说话——我看到你听得很高兴——和蔼地望着我。这我可指望过吗？我是心灰意懒过的。”

穆尔叹了一口气——叹得那么重，几乎是在呻吟。他用手掩住眼睛。

“但愿我能有个补偿的机会！”

这就是他的祷告。

“补偿什么？”

“现在我们别谈这个吧，卡利。我现在这样沮丧，我没有力量谈这样一个问题。你生病的时候，普赖尔太太同你在一起吗？”

“在一起的。”（卡罗琳满面春风地微笑一下）——“你知道她就是我的妈妈吗？”

“我听说过，霍顿斯对我说过。可是，这事情我也要听你亲口说。她给你增添幸福吗？”

“什么！妈妈？我真宝贝她，多么宝贝，我说都说不上来。我本来完全活得腻了，全是她一手把我扶持起来的。”

“这话叫我听来，真该叫我一时不敢把手抬到头上。我该死。”

“这又不是在责怪你。”

“这真像把一炉炭火堆在我的头上，你对我说的每一句话，你美丽的脸上所闪现出来的每一个神色也都是这样。再坐过来一点，琳娜，把手给我——如果我这双细瘦的手不叫你害怕的话。”

她把那双细瘦的手放在自己两只小手中——她低下了头，“etleseffleuradeseslè vres”①(我只得用法语了，因为“effleurer”是个微妙的词儿)。穆尔深为感动。一两滴粗大的泪珠顺着他那凹陷的面颊流下来。

“我要把这些事情永远记在心里，卡利，我暂时不想吻你，有朝一

---

① 这句法语大意是“而且把她的嘴唇对他的手轻轻一擦”。

日，你会再听到这种亲吻声的。”

“出来，出来！”马丁打开了门，大叫大嚷。“走，走——你已经待了二十分钟，不是十五分钟了。”

“她还不想走呢——你这个流氓。”

“我不敢再待下去了，罗伯特。”

“你能答应我再来吗？”

“不，她不能再来，”马丁答道。“这种事情一定不能搞成惯例。我搅扰不起。来了一次已是够好的了。我决不答应再来一次。”

“你决不答应再来一次？”

“嘘！别惹他——要没有他，我们今天就不可能会面，不过，我会再来的，如果你希望我应该来的话。”

“这是我的希望——我的一个希望——可说是我所能觉得的仅有一个希望。”

“马上就走，我母亲在咳嗽啦，她起来啦，脚踩在地板上了。不信让她在楼梯上捉到你看，卡罗琳小姐。你不必同他说再会了，”（他一脚跨到她和穆尔中间）——“你得走啦。”

“我的披巾，马丁。”

“我拿着啦。等你到了门厅，我会给你披上。”

他硬使他们分手，他不让他们道别，只能由他们形之于色，他半拉半推地把卡罗琳弄下楼去。到了门厅里，他给她披上披巾，而且——要不是这时候他母亲的脚步声已经在穿堂里叽叽嘎嘎响，要不是感到羞怯，要不是他那孩子气的心里一种固有的、天生的，因而是高贵的冲动遏止了他，他准会索取他的报酬，他一定会说：“现在，卡罗琳小姐，给我一个亲吻作为这一切的酬劳吧。”可是，话还没有出口，她已经穿过那条白雪覆盖的大道，轻轻地掠过，而不是费劲地涉过积雪。

"她是我的债务人，我一定要她还债。"

他自以为失去的是一种好机会，而不是一种厚颜无耻的行为。他看错了自己的天生品质，还准备拿这种品质去换取一种比原来还要低下的品质。

第三十四章

家庭迫害案——虔诚地坚持履行宗教义务的范例

马丁尝过了刺激的味道后，还想再喝一口；他试过了力量的威风后，舍不得放弃这种力量。赫尔斯通小姐——这个过去总是被他认为是丑八怪的姑娘，如今她的脸却成日成夜，不论天昏地黑还是阳光灿烂，始终出现在他眼前——已经跨进了他的禁地里一次，他一想到这种访问也许从此不会再出现，不禁发起愁来。

他虽然是个学童，可不是个普通学童，他命里注定长大起来要成个怪人。几年之后，他煞费苦心地要把自己修饰得能赶上潮流，可是，他始终没能如愿以偿。他身上总有一种独来独往的标志。他这会儿懒洋洋地坐在文法学堂的课桌前面，心里正在想方设法怎样给他那已经开始了的罗曼斯再添上一章。他还不知道许多已经开始了的罗曼斯都注定永远翻不过第一章——或者充其量也不能翻过第二章。他那个星期六的半天假日，都消磨在林子里看一本童话书，也消磨在他想象里的、没有写完的另一本书上。

马丁对于礼拜日的到来，怀有一种反宗教的厌恶态度。他的父母亲在不肯与国教接触的同时，却必定在每个圣日带着全家的兴旺人丁准时去坐进他们那在白莱亚菲尔特礼拜堂的特定大座位里。从理论上说来，约克先生对各宗各派都一视同仁，约克太太则颇为激赏摩拉维亚教徒和教友派教徒，因为这些名流都戴着谦卑的大帽子。不过，从来没有人看到他们两人中有谁踏进非国教的小教堂。

我说马丁不喜欢礼拜天，那是因为早上的布道时间很长，而且讲的道通常又不合他的口味。可是，这个礼拜六下午，他在林子里一番沉思的结果，却使他觉得明天有一种新发现的魅力。

结果是这一天积雪很厚，厚得约克太太在吃早饭的时候，提出她的主张说，孩子们，不论男孩女孩，还是都呆在家里为好。她还决定，他们都不上礼拜堂，应该都在后客厅里静坐两小时，由罗斯和马丁轮流念点讲道集——约翰·韦斯利的《讲道集》。约翰·韦斯利，因为是个宗教改革者兼鼓动家，得到她自己和她丈夫的青睐。

“罗斯高兴念由她去念，”马丁说，脑袋没有从书本上抬起来，按照他当日和以后一生的习惯，他一直是一边吃面包喝牛奶，一边看书的。

“吩咐罗斯做什么，她就会做什么，马丁也是这样的，”他母亲说。

“我要上礼拜堂去。”

她的儿子这样回答，带着一个地道的姓约克的人那种不可名状的沉着神气，凡是姓约克的，都知道他一定要、应该要有这种态度，如果一旦给人家推到墙根，又是走投无路的话，他准会让人家迫死了拉倒，也决不屈膝投降。

“天气不好呀，”父亲说。

没有回答。这个小伙子仍在专心看书，他慢条斯理地掰面包，呷牛奶。

“马丁不喜欢上礼拜堂，可是，他更不喜欢听大人的话，”约克太太说。

“我想，难道我受到了十足邪恶的影响吗？”

“是的，你是这样。”

“母亲，我不是这样。”

“那么，你受到什么影响？”

“是受到一些复杂的动机的影响，这些动机的错综复杂情况，要是说给你听，我真会认为等于要立即把我自己都兜底翻了过来，把我身体内部的机器全都暴露出来。”

“听马丁怎么说！听他怎么说！”约克先生大声说。“我一定要设法把我这孩子教育成个律师。造化存心要他靠嘴巴过活。赫瑟，你这第三个儿子准定会成为个律师，他有干这一行的本钱：脸皮厚，自命不凡，还会说话——说话——说话。”

“罗斯，请给我点面包，”马丁要求说，神情非常严肃，从容，冷淡。

这孩子天生有个低沉、忧郁的嗓子，在他“脾气执拗”的时候，嗓门简直还及不到一个小姐的耳语声，脾气越顽梗执拗，声音越轻，越忧伤。他摇一摇铃，轻声细气地要用人给他拿出门穿的靴子。

“可是，马丁，”他老子说，“一路上全是积雪，一个大人都很不容易走过去。不过，孩子，”他又说下去，因为那个孩子听到礼拜堂钟声一响便站了起来，“这就是我决不阻拦坚持自己意志的执拗家伙的一个例子。硬是要上礼拜堂去嘛。只是外边有无情的风，还有刺骨、冰冻的雨雪，外加脚下还有很深的积雪。出去吧，既然你不喜欢暖热的炉火而宁可出去。”

马丁一声不响地穿上大氅，围上毛围巾，戴上帽子，不慌不忙地走了出去。

“我父亲比我母亲要有头脑，”他判断说。“女人多么没有头脑！她们硬是要把钉子敲进肉里，还自以为是在敲着没有感觉的石头呢。”

他很早就到了礼拜堂。

“唔，如果天气把她吓倒了（这倒是地道的 12 月风暴），或者如果那个普赖尔太太不让她出来，到头来，我就见不到她，就要教我恼火了。可是，不论狂风暴雨，落冰落雹，她都应该来呀。如果她想配得上她那双眼睛和容貌，她就一定要来。她会到这里来获得看到我的机会，正如我到这里来获得看到她的机会一样。她要来听到一点关于她那个该死的情人的消息，正如我要再尝一尝那种我认为是生命的真髓的味道一样——尝一尝其中贮藏着没有蒸发掉的酒精的生活。惊险活动之于呆滞生活，有如香槟之于走了气的黑啤酒。”

他四下张望了一阵。礼拜堂里又冷又静又空，只有个老太婆在里边。谐和的钟声一低下去，那只独一无二的大钟就慢慢地响起来，又有一个个上了年纪的教区居民陆续进来了，他们都谦恭地坐在散座里。不怕恶劣天气，表示他们对于可爱的老教会坚信不移的，总是那些身体最弱、年纪最大、最贫穷的人。这个风雪交加的早晨，上礼拜堂来的，一个富裕人家也没有，乘车来的人也没有——那些特别划出来的、安上坐垫的座位全都空在那儿。只有那些光秃秃的橡木座位上才一排排地坐着一些白发苍苍的老人和衰弱的穷人。

“要是她不来，我就要蔑视她，”马丁暗自粗野而简短地说。

教区长的宽边帽已经掠过门廊。赫尔斯通先生和他的执事已经在法衣室里。

钟声止息——读经桌上摆满了东西——大门关上——开始做礼拜了。教区长住宅的特定座位上空无一人，她没有来。马丁骂起她来了。

“贱货！不识趣的东西！起码的骗子！同所有别的姑娘一样——懦弱，自私，浅薄！”

这就是马丁念的公祷书。

“她不像我家里那张画像。她那双眼睛不大，没有表情，她的鼻子不直，不细巧，不是希腊式鼻子。嘴巴也没有我认为应有的那种魅力——我想那种魅力能在我心情恶劣的时候，解解我的愠气。她是什么东西？一根细竹竿，一个玩偶，一件玩具——总之，一个丫头罢了。”

这个好挖苦的年轻人这样全神贯注，竟忘记在该起立时立起来，继续跪在那儿，等到念过了公祷书，唱起了第一首圣诗的时候，他还是保持一副堪为虔诚典范的姿势。这样当场出丑可不会使他好过，他面孔赤红，连忙立了起来（他也跟一般姑娘一样，对于遭到嘲笑的事情非常敏感）。更糟的是，礼拜堂大门突然又开开来了，过道里尽是人群，啪哒，啪哒，啪哒，有成百只小脚踩进来了。原来是主日学校的学生进来了。按照白莱亚菲尔特冬天的习惯，这些孩子在这以前都被安置在有暖热炉火的地方，直到领圣餐和讲道开始前，才由教师领他们进来。

年纪小的先坐定，最后，等到大一点的男女孩子都挨次坐好，等到风琴奏得响彻梁宇，唱诗班和会众都站起来，扯高嗓门唱圣歌的时候，一群高年级的姑娘作为殿军悄悄进来了。他们那位教师，照料他们坐好后，便闪进了教区长住宅专座中。那件浅灰色斗篷，那顶獭皮小女帽，马丁都很眼熟，这正是他望眼欲穿的装束。赫尔斯通小姐毕竟没有让暴风雨拦住，她终于来做礼拜了。马丁大概乐得直对圣诗本子耳语了。总之，他用圣诗本子把脸掩了两分钟光景。

不管高兴不高兴，讲道没有讲完之前，他还有时间来再大生她的气，她居然连对他这边看都不看一眼，他至少连看一看这个运气也捞不到。

“如果，”他说——“如果她不理会我，如果她显得脑子里没有我这个人，我将从此把她看得更坏，更卑贱。最可恶的事情不是为了我，也不是为了那个骨瘦如柴的长子穆尔，全是为了那些绵羊面孔的主日学校的学生才发生的。”

讲道总算结束了，祷祝过后，会众散了，她却一直没有走到他身边来。

这会儿，马丁在打道回府的时候，他的确觉得雨雪赛如刀割，东风很冷。

他要抄最近便的路得穿过几块田野，那条路很危险，因为还没有人走过。他不在乎，他一定要走那条路。在第二个梯磴旁边，矗立着一个树丛，有人撑着伞等在那儿吗？不错，那把伞顶着大风分明很不好撑，伞子后边，一件浅灰色斗篷随风飘动。马丁咧开嘴笑着，使劲爬上陡峭的、挡在前面的一块地，步履艰难，有如攀上埃特纳火山[①]高峰的斜坡。

等他走上那梯磴，镇静地坐在那儿的时候，他脸上那副神情真是不好模仿。于是，开始了会谈，对他自己说来，他倒是很乐意把这个会谈无限期地拖延下去。

“我想你最好还是拍一下板，拿我来交换普赖尔太太。”

“我拿不准你会不会走这条路，马丁，不过，我想不妨碰一碰机会。在礼拜堂里或者礼拜堂坟地上，实在没有悄悄地说句话儿这种机会。”

“你同意吗？把普赖尔太太交给我母亲，让我穿上普赖尔太太的裙子，好吗？”

“好像我听得懂你的意思似的！你怎样会想到普赖尔太太？”

“你管她叫‘妈妈’，可不是吗？”

“她是我妈妈。”

“不可能——或者说不可能有一个这么无能、这么粗心的妈妈——我简直可以做个比她好上五倍的母亲。你尽管笑吧，我不反对看到你笑。你那副牙齿——我讨厌难看的牙齿，可你这副牙齿呀，却像一串珍珠项链那般精美，而穿成这根项链的珍珠都十分洁白、齐整，配得也真好。”

“马丁，怎么啦？我还以为约克家的人是决不会称赞人家呢！”

“约克家的人，直到这一代都没有称赞过人家。可是，我觉得，仿

① 意大利的一座火山。

佛我的使命就是要变出一个约克家的新品种来。我对我自己的祖先感到相当烦腻，我们追溯上去，有过四代的传统——那就是第一代的齐鲁巴贝尔·约克，第二代的约翰，第三代的塞缪尔，第四代的海勒姆到海勒姆的儿子。从齐鲁巴贝尔到最后一个海勒姆，全都像你所看到的我的父亲一样。在这四代之前，还有一个戈弗雷，我们家里有他的画像，就挂在穆尔的寝室里，那人像我。关于他的性格我一无所知。可是，我肯定，他同他的后几辈不同，他有拳曲深色的长头发，他穿着讲究，像个骑士。我已经说过，他很像我，我也毋须再说他长得漂亮了。”

“你又不漂亮喽，马丁。”

“哪里，且等等，让我慢慢地来。我是说，要打现在开始磨练，润饰——以后咱们等着瞧吧。”

“你真是个十分奇特——十分不可理解的孩子，马丁。可是，你别以为你以后会漂亮起来，你不会。”

“我是说试试看。可是，我们刚才是在谈普赖尔太太，她准是个从来没有过的、最不合人情的妈妈，这种天气竟然毫无所谓地让她女儿出来。我的那个母亲听说我要上礼拜堂，气得直跳脚，她简直要拿起刷子朝我身后扔呢。”

“妈妈非常关心我，可是，我怕我有点固执，我一定要出来。”

“出来见我？”

“一点不错，我一点也没有想到别的。我生怕这场雪会使你不能来。你还不知道我看到只有你一个人坐在那儿的时候有多快活呵。”

“我是为履行我的义务而来的，也给教区树立个好榜样。原来你也很固执，是吗？我倒要看看你是怎样固执的，我真要看看。要是我有了你，看我能不能把你管得乖乖的！我来撑伞吧。”

“我两分钟都不能耽搁——我们就要吃午饭了。”

“我们也要吃午饭了。我们礼拜天午饭总是要吃热菜。今天是烤鹅，还有苹果饼和米布丁。我总要设法知道一下菜单。唔，我非常喜欢这些东西。可是，如果你愿意的话，我可以牺牲一次。”

“我们吃的是冷餐。我叔叔不许在安息日另外煮东西。可是，我必须回去——要是我没能回去，家里一定会骚动起来。”

“白莱亚曼斯也是这样。天呀！我觉得我听到我父亲派出那个监工和五个染布工分头到六处雪地里去找他的浪子的尸体了，我母亲正在后悔她过去多次亏待我，现在我已经没啦。”

“马丁，穆尔先生好吗？”

“你就是为这个来的——就是为说这句话来的。”

“好啦，好啦，快点告诉我。”

“该死的东西！他并不差，只是还是遭到虐待——给关起来，坐禁闭。她们故意要把他弄成个白痴，一个疯子，拿出一张鉴定精神病的证明书来。霍斯福尔让他挨饿——你已经看到他有多瘦了。”

“上一天你十分好呀，马丁。”

“哪一天？我一直是好的——是个模范。”

“你什么时候会再这么好？”

“我看出了你想要什么，可是，你不能再用甜言蜜语来诱骗我啦。我不是个被人利用的人。”

“可是，非这样做不可——这完全是正经事，也是必要的事。”

“你多么会得寸进尺呀！听着，我先前做的事情都是出于我自己的自由意志的。”

“那么，你一定要再做一次。”

“我不干啦。这差使给我增加了很大很大的麻烦。我喜欢舒舒适适。”

“穆尔先生很想见到我，马丁，我也很想见到他。”

“也许是这样——”（声气冷冷地）

“都是你母亲太不好，不许他的朋友去看他。”

“去对她这么说好啦。”

“连他自己的亲戚都不许见。”

“去骂她一通。”

“你知道骂她是解决不了什么问题的。唔，我将坚持我自己的主意。我一定要见到他。如果你不肯帮助我，没人帮助我也对付得了。”

“干吧。没有什么能比得上依靠自己——自力更生。”

“现在我可没有时间来劝说你了，而且我认为你叫人恼火。再见吧。”

她因为无法顶着风撑伞，把伞一收，走了。

“她倒不是个不识趣的东西，也并不浅薄，”马丁说。“我倒要好好地瞧一瞧，看她没有人帮忙，怎样个办法。如果这场风暴不是暴风雪，而是大火——像突然袭击平原上的城市那样令人振奋——她一定会为了能够同穆尔谈五分钟话而冲过去。这会儿，我认为我已过了一个愉快的上午。眼看她就要失望了，如果她终于害怕和发脾气了，那只会使这番短短的谈话更愉快。她原想一下子就哄住了我——她一下子哪里能办得到。她还会再来，再来，还要再来。我倒很喜欢惹得她发起脾气来，叫她哭出来。我要看她为了达到她的愿望，能有多大能耐——会做出些什么来，敢做些什么。这似乎很奇特，很新鲜，一个人竟会像她想穆尔那样，对另一个人想得那么厉害。可是，该回家了，我的肚子在对我说时候到了。我不去干掉那只肥鹅才不信！我们今天不妨试试看，拿到最大一块苹果饼的，究竟是马修还是我。”

第三十五章
情况有所进展，但不很大

马丁已经计划好了。他敏捷地订出了一个私下消遣的妥善计划。可是，比他更老练、更聪明的谋士也往往会由于突然碰上命运之神那把扫帚——那个残暴的主妇，她的厉害的臂膀是谁也招架不了的——而眼睁睁地看到他们那个最细致的计划给扫得无影无踪。在眼前这个例子中，这把扫帚却是穆尔用他自己的执拗的决心的硬毛做出来的，而且用他的意志把它扎得紧紧的。他现在已经逐渐恢复体力，而且出奇地迎头击败了霍斯福尔太太。每天早晨，他都以令人惊讶的新鲜举动叫那个女看守惊愕一通。首先，他免除了她种种侍候工作，他要自己穿衣服。接着，他拒不喝她端给他的咖啡，他要同约克一家人一起吃早饭。最后，他不许她踏进他寝室。就在这一天，当场在所有的女人的一片叫喊声中，他径自到户外去了。第二天早晨，他跟着约克先生上后者的账房间去，请人到红屋客栈去雇马车。他说，他决定要在当天下午回洼地家里去，约克先生不但不反对，还帮助他，支持他，差人去雇车子，可是，约克太太宣称，这一来，他必死无疑。车子来了，穆尔不愿意开口，由他的钱包代他发言，他让硬币的叮当声来向用人和霍斯福尔太太表示谢意。后者非常激赏也完全明白这种语言，硬币为先前一切拒不听命的举动赔了罪。她同她的病人像天下最要好的朋友那样告别了。

穆尔看望和慰劳了厨房里的人后，又上客厅去。他应该去使约克太太消消气，这个抚慰工作不像他刚才对她那些女佣那么轻而易举。她非常愤怒地坐在客厅里，情绪极其低落，全神贯注在揣摩人类忘恩负义这个深奥问题。他走到她身旁，伛下身子望着她，她不得不抬起头来，仿佛只是表示要他“走”。他那苍白、憔悴的面貌还是很漂亮；

那双凹陷的眼睛有种诚挚、带点儿亲切的神色——因为他面露笑容。

“再见啦！”他说。他在说话时，笑容一闪而逝。他现在不善于严峻地控制自己的情感，在他目前这种衰弱状态中，哪怕很小的激动也会叫人一目了然。

“那么，你干吗就要离开我们呢？”她问道，“如果你只要能再待一阵，等到更强壮些再走，我们会照护你，会为你做各式各样事情。”

“再见啦，”他又说，接着，又找补说，“你这一向像母亲一般待我，赐你这个顽梗的儿子一个拥抱吧。”

他照他原来外国人的派头，向她伸出一边面颊后，又伸出另一边，她亲吻了他。

“我已经成了你多大一只包袱——多大一个负担！”他嘟哝一下。

“你这会儿就是个最坏的包袱，一个任性的小伙子！”对方答道。“我不知道在洼地小屋谁来照料你？你姊姊霍顿斯对这种事情不见得比小孩懂得多。”

“感谢上帝！我已经给照料得够叫我活下去了。”

这当儿，两个小姑娘进来了——杰西在哭，罗斯不声不响，显得十分庄重。穆尔把她们领到门厅里去，安慰爱抚她们一番，又吻吻她们。他知道她们母亲的脾气，除了她自己，看到任何一种生灵受到爱抚都是不能容忍的，要是他当着她的面爱抚一只小猫，准会叫她不高兴。

穆尔跨进车时，几个男孩子都站在车子旁边。可是，他没有向他们告别。他只对约克先生说：

“我可以让你好好地松口气啦。那么倒楣的一枪，给你添了多大的麻烦，约克。把白莱亚曼斯变成了医院。快点到小屋来看我。”

他拉上玻璃窗，马车辘辘地驶走了。不消半小时工夫，他就在自己的花园门口下车。付了车资，打发车子走后，他倚着园门站了一会，一边休息，一边沉思。

“六个月以前，我打这扇门出来，”他说，“那时节，我是个傲慢、愤怒、沮丧的人，如今，我回来了，更忧伤，却比较聪明点，十分衰弱，却不很烦恼了。四下是一片寒冷、灰色而寂静的世界——这个世界，即使我对它希望很小，也没有什么可怕的了。所有那种奴隶似的恐怖的苦境都离开我了：最坏的事情随它来吧，我能够像乔·斯科特那样，为正直的生活而工作。在这样一种命运中，我虽然经历了艰难困苦，却没有堕落。以前，在我看来，经济破产就等于是个人的耻辱。现在可不是这样看法了。我知道这是两码子事。破产是祸害，可是，我对此已经有所准备，我知道它要来到的日子，因为我已经掐算到了。我还可以把它推迟六个月——一个钟头也不多。如果到了那时情况会有所变化——这并没有可能；如果那种眼前看来似乎是打不破的枷锁，竟然会为我们的商业打开（这是最不可能发生的）——我还能在这个长期斗争中获得胜利——我可能获得胜利——老天爷！我有什么不能做的？可是，这是一种暂时的、疯狂的想法，还是让我清醒地正视形势吧。破产一定会来到，像一把斧头那样搁在我财运的根上，一下子把它砍下来。那时候，我将抓起一株树苗，漂洋过海，把它栽在美洲的树林里。路易斯会同我一起去。难道只有路易斯会去吗？我说不上来——我没有发问的权利。”

他走进屋里。

虽是午后时分，外边已经暮色苍茫——没有星星，没有月亮的薄暮。干黑的厚霜冻得绷绷硬，天上罩着一只乌云凝集、密封紧锁的面具。水坝也冻起来了。洼地十分寂静，屋里已经完全昏黑。萨拉在客厅里生上了旺旺的炉火，她正在厨房里准备午茶。

“霍顿斯，”穆尔说，这时候，他姊姊赶快上来帮他脱掉外衣，“我到家了，真高兴。”

霍顿斯对她弟弟这句话，并没有感到特别新奇，他以前从来就不称这个小屋是他的家。对他说来，这个狭窄的天地先前一直似乎是个约束而不是庇护的去处。不过，凡是可以使她兄弟快活的，她都高兴，所以，她也对此表示高兴。

他坐下来，可是，立即又站起来。他走到窗边，又回到火炉旁边来。“霍顿斯！”

“我的弟弟？”

“这个小客厅显得十分整洁，舒适——不知怎的，非常明亮。”

“说得不错，弟弟。你不在的时候，我把整个屋子彻底仔细地打扫了一遍。”

“姊姊，我想，我今天第一天回家，你应该找个把朋友来喝喝茶，即使只是让人家看看你把这个小地方搞得多么齐整，多么有生气，也值得。”

“不错，弟弟，要是时间不晚的话，我倒可以差人去请曼小姐来。”“你可以这样做嘛。不过，时间也确实太晚了，不便去打搅那位善良的小姐，而且晚上太冷，不好教她出来。”

“你多会体贴人呀，亲爱的吉勒德！我们得把这事搁一搁，过一天再说。”

“我今天就要找个什么人来，亲爱的姊姊——找个文静的客人，不会搞得我们很累。”

“安利小姐好吗？”

“听说她是个了不起的人，可是，她住得太远了。还是要哈里·斯科特上教区长住宅去一趟，由你出面，要卡罗琳·赫尔斯通一定来同你一起消磨这个黄昏。”

“明天不是比较好些嘛，亲爱的弟弟？”

“我真想要她这会儿就来看看这地方，这儿光辉清洁，一尘不染，都应大大归功于你。”

“这也许在做榜样说来，对她有好处。”

“这也许而且一定会对她有好处，应该要她来。”

他走进厨房。

“萨拉，把午茶推迟半个钟头。”

接着，他吩咐她打发哈里·斯科特到教区长住宅去，给她一张他自己用铅笔匆匆涂了一下的、搓成一团的条子，说：“给赫尔斯通小姐。”

面包已经在炉上烤，萨拉几乎还来不及因担心面包烤焦而发急的时候，送信的人已经回来，被邀的客人也同他一起来了。

客人走进厨房，悄悄地快步走上萨拉住的楼上。她脱下小帽和皮衣，又悄悄地下来，美丽的鬈发梳得煞是光滑，她那件雅致的美丽诺羊毛衫和精巧的领头全都整饬无疵，手里携着一只灰色的针线活袋子。她流连一会，同萨拉友好地说几句话，看看那只躺在厨房壁炉架上烤火的龟背新小猫咪，说句逗弄金丝雀的话，这只金丝雀突然看到火花一闪，在栖架上吓了一跳。于是，她走到客厅去。

那种文雅的寒暄，朋友般的欢迎，彼此都说得那么平静，完全符合表亲相见的礼节。一种愉快的感觉，像阵香味那样，幽幽而悄悄地弥漫整个房间，刚点燃的灯盏发出灿亮的光辉，盘子和嘘嘘作响的茶壶都端进来了。

“我回家了，真高兴，”穆尔先生又说一遍。

他们围桌而坐。大多是霍顿斯在说话。她祝贺卡罗琳的健康有明显的进步，脸上又有血色，双颊又胖嘟嘟了，她说。一点不错。赫尔斯通小姐有明显的变化了：她浑身都好像有弹力，消沉、恐惧、绝望全都离开她了。她不再是一蹶不振，愁眉苦脸，无精打采，垂头丧气，她显得像个尝过强心剂的人那样，满怀希望翱翔长空。

喝过茶后，霍顿斯上楼去了。她已经有一个月没有翻她的抽斗了，这会儿实在按捺不住要去翻它一翻的瘾头。她不在的时候，变成是卡罗琳在说话了，她轻易地接过话题，娓娓地谈了起来。话说得那么愉快、流畅、巧妙，使得熟悉的话题也很新鲜，富有魅力。本来总是柔和的声音，如今竟成为一种新的音乐，慢慢地、令人惊异而悦耳地教听话的人迷住了。那种罕见的、有声有色的表情，使得那张颇有个性的年轻面孔更为动人，满脸一派兴奋神色。

“卡罗琳，你的样子好像是听到了什么好消息，”穆尔认真地注视她几分钟后说。

“是吗？”

“我今天晚上找人去请你来，本来是想使我高兴，不料你使我高兴，远远超过我的估计。”

“我听了真高兴。我真的使你高兴吗？”

“你显得这样欢乐，动作轻快，说话像在唱歌。”

“能够再到这里来真是愉快。”

“确实叫人愉快，我也觉得愉快。看到你面颊有健康之色，眼睛充满希望，着实愉快，卡利。可是，我在你身上所看到的这种希望是什么，这种阳光是打哪儿来的呢？”

“一则是我因为有了妈妈，十分快活，我非常爱她，她也爱我。她亲切地照护我很久。现在，因为是她的照护，使我身体健康，我就可以成天想到她，成天同她在一起。我说应该轮到我来服侍她，我也的确服侍她。我是她的侍女，也是她的女儿。我喜欢——如果你知道我多么乐于为她缝制衣服，你准会笑我。她现在显得那么好看，罗伯特。我决不让她成个守旧人物。再说，同她谈话也真有趣——充满智慧，判断老练，知识丰富，她的观察能力日积月累，贮藏着无穷无尽的东西。我每天同她生活在一起，一天比一天喜欢她，我更其尊重她，我更其亲切地爱她。”

“那是一件，还有呢，卡利。你这样谈起‘妈妈’来，真够使人羡慕那位老太太的。”

“她并不老，罗伯特。”

“那么，是位年轻小姐。”

“她也不自以为年轻。”

“唔——就算她是位太太吧。可是，你说‘妈妈’的慈爱是使你快活的一件事，现在再说说第二件事吧。”

“你病好了，我很高兴。”

“除此以外，还有什么？”

“我们是朋友，我很高兴。”

“你同我？”

“是的，我有过一度认为我们决不会成为朋友。”

“卡利，有朝一日，我要告诉你一件关于我自己的、但不是值得称赞的，因而会叫你不高兴的事情。”

“啊！——别说！我不忍把你想得很坏。”

“我也不忍你把我想得比我该受的要好。”

“唔，可是，我已经知道你那件‘事情’的一半了，的确，我相信我全都知道了。”

“你不会知道的。”

“我相信我知道了。”

“除了我，这件事情还同谁有关系？”

她脸红了，犹豫一会，不声不响。

“说呀，卡利！——这件事情还同谁有关系？”

她想说出名字来，可又说不出口。

“告诉我，这儿除了你我两个人，又没有别人，坦白地说出来嘛。”

“不过，如果我猜错了呢？”

“猜错我会原谅的。悄悄地说，卡利。”

他把耳朵凑到她嘴边，她还是不说出来，也可以说，不能明白地说到点子上。因为穆尔还在等，而且非要听到说些什么不可，她终于说了：

“一个礼拜前，基达尔小姐到教区长住宅来待了一天，那天晚上，刚好风雪交加，我们劝她留下来过夜。”

“于是，你同她一起卷头发。”

“你怎么会知道？”

“然后，你们谈心，她就告诉你——”

“那倒不是在卷头发的时候说的，所以你并不是像你想的那么聪明，再说，她也没有告诉我。”

“你们后来就一起睡，是吗？”

“我们睡在一间房里，共一张床。我们睡得不多，我们谈了个通宵。”

“我打赌，你们说了！后来就全都说出来了——糟啦。我倒宁可让你来听我自己说。”

“你完全错啦——她并没有告诉我你所疑惑的事情。她不是个会说出这种事情来的人。不过，我从她的谈话中，多少推测出一点来。我又从流言蜚语中听到了更多的东西，其余的是我凭直觉猜出来的。”

“可是，如果她不曾对你说，我是为了她的钱才想同她结婚，说她又气愤又轻蔑地拒绝了我（你不必脸红，也不必吓一跳，更不必用针刺你那发抖的手，这是实实在在的情况，不管你爱不爱听）——如果这不是她的堂皇的知心话的话题，那么谈些什么呢？你说你们谈了一个通宵，那你们在谈点什么呢？”

“谈些我们以前从来没有谈透的事情，尽管我们一直是知心朋友，可是，你不至于希望我会告诉你吧？”

“不，不，卡利——你一定会告诉我的，你刚才说我们是朋友，朋友嘛，总就应该彼此说心里话。”

“可是，你保证不会再说出去吧？”

“我保证。”

“也不对路易斯说吗？”

“连路易斯也不对他说。路易斯对小姐们的秘密哪会在乎？”

“罗伯特——谢利是个豪爽的怪人。”

“我说也许是这样。我想象得到，她可说既有古怪的地方，也有了不起的地方。”

“我发现她在泄露感情上，倒是磨磨蹭蹭的。可是，一旦发泄出来，就像大江大河那样，汹涌澎湃地打你面前奔流过去——简直是不停不息——叫人对她侧目相看，感到惊讶，不胜羡慕，而且——我认为——爱她。”

“你看到这种情景啦？”

“是呀，在深更半夜里，那时候，整幢房子都很寂静，我们房里闪烁着星光和白雪反射出来的寒光——就在这当儿，我看到谢利的心了。”“她的心底里吗？你认为她让你看到了心底里吗？”

“是她的心底里。”

“那么，是怎样一种情况？”

“像个神龛——因为它是神圣的；像雪一般——因为它是纯洁的；像火焰一般——因为它炽热；像死神一般——因为它坚强。”

“她会爱吗？你说说看。”

“你觉得怎样？”

“她到现在还没有爱过一个爱她的人。”

“曾经爱过她的是谁？”

他念出了一串男人名字，末了一个是菲利普·南尼利爵爷。

“这些人她一个都没爱过。”

“可是，这些人中总还有个把值得女人爱的吧。”

“对有些女人说来是这样，对谢利说来却不是这样了。”

“她比她的其他一些同性更高明吗？”

“她很特别，轻率地去娶她做妻子更要危险。”

“这我想象得到。”

“她还说到你——”

“噢！她说过啦！我还以为你会否认呢！”

“她可不是像你想的那样说到你，而是因为我问了她，我一定要她说出她对你的看法，或者不如说，要她说出她怎样对待你。我很想知道——我早就很想知道。”

“我也如此，那么，不妨说来听听。她把我看得很卑鄙——她很瞧不起我，没有疑问吧？”

“她把你看得简直就同一般女人看待男子一样高尚。你知道她很会说话——我到现在还想象得出她在说她的看法时那种容光焕发的情况。”

“可是，她的看法是怎样的呢？”

“在你吓她以前（她说你吓过她，可是，她不肯告诉我是怎么一回事），她觉得像个妹妹对待她所喜欢和自豪的哥哥那样。”

“我决不再吓她喽，卡利，因为那一吓像只皮球一般又弹回来，落到我自己身上，弄得我站都站不住了。不过，那种所谓妹妹同哥哥的比喻全是无稽之谈。她太有钱，太骄傲，哪会对我怀有手足之情。”

“你不了解她，罗伯特。不知怎的，我现在认为（我以前也有其他种种想法），你不能了解她。你同她好像生就不会彼此透彻了解。”

“也许是这样，我尊敬她，我钦佩她。然而，我对她的印象却是粗暴——也许可以说是无情的。比如说，我认为她不能爱——”

“谢利不能爱！”

“她永远也不会结婚。我认为她唯恐失掉她的自尊心，唯恐放弃她的权力，唯恐别人来共她的财产。”

“谢利伤了你的自尊心了。”

“她的确伤了我的自尊心。不过，我对她一点也没有什么柔情，没有一丁点儿热情。”

“那么，罗伯特，你又想同她结婚，这就未免太缺德了。”

“而且是十分卑鄙，我的小牧师，我的美丽的女教士。我生平从来没有想起要亲吻一下基达尔小姐，虽然她长了一张美妙的嘴，又红又圆，像成熟的樱桃，也可以这样说，我曾经想过要亲吻一下，可是，那只不过是想满足一下我眼睛的欲望罢了。”

“现在我不免要怀疑你是不是在说老实话了。葡萄或者樱桃是酸的——‘挂得太高了’。”

“她有美丽的脸，美丽的身段，漂亮的头发——我承认她有种种魅力，但是我对这些魅力毫无感觉，或者只是有点使她藐视地感觉到这些魅力。我以为，我确实让诱饵那么一晃就被诱住过。卡罗琳，你的罗伯特是个多高尚的人——伟大，善良，毫无私欲，而且又是那么纯洁！”

“可也并不是十全十美的。他也曾经犯过大错误。不过，我们以后不会再听到这等事情了。”

“我们以后也不会再想到这等事情吗，卡利？在我们的温和而公正、怜恤而正直的心里将不会瞧不起他吧？”

“绝对不会！我们将会记得我们用什么标准衡量人家，人家也会用什么标准来衡量我们，这样，我们就不会藐视，只会友爱。”

“这还不够——这我要提醒你。有朝一日，除了友爱，还需要有一种——一种远更强烈，远更亲切，远更温暖的东西。要不要给呢？”

卡罗琳给感动了——大大地给感动了。

“冷静点，琳娜，”穆尔安慰地说。“我这会儿，以后几个月，都不想扰乱你的心，因为我没有这个权利。别显得好像你就要离开我了那样。我们不再说令人不安的隐话了，我们还是再闲谈下去吧。别哆哆嗦嗦啦，直看着我的脸——看我是个多么可怜、苍白、可怖的幽灵，与其说是可怕，不如说是可怜。”

她显得十分羞涩。

“还是有点儿可怕，你这么苍白，”她说，眼睛在他注视下，不禁耷拉下来。

“再谈谈谢利吧，”穆尔又说。“你认为她很可能会结婚吗？”

“她会爱。”

“柏拉图式的爱，理论上的爱——全是胡说八道！”

“我认为她爱得诚挚。”

“她自己这样说吗？”

“我不能断定她这样说过，她嘴里从来没有说过‘我爱这个人’这类话。”

“我认为不是这样。”

“可是感情自会不由她作主地向前发展，我已经看到了。她说到一个人，语气说得决不会令人误解，光凭她的声调就是充分的证明。我逼了她说出她对你的看法后，我又硬要她说出她对另一个我所猜测的人的看法，虽然这是天下最复杂、最难解的一种猜测。我一定要她说出来，我摇她，我骂她，我捏她的指头，她则想用她那古怪、惹人生气的脾气，用嘲弄、戏谑来阻挡我，后来，终于说出来了。那声音，我说，就足以说明一切，简直比咬耳朵高不了多少，然而，声气里却满含热烈的柔情。这并不是表白——一点也不是说心里话。对这种事情她从来是不肯低声下气的，可是，我肯定，那个人的幸福，在她看来，就像她自己的生命一样可贵。”

“是谁呀？”

“我用事实来向她进攻，她并没有否认，也没有承认，只是直对我看，我借雪光看到了她的眼睛。这就真够了。我毫不留情地战胜了她。”

“你有什么权利可以战胜她？你的意思是说你是可以瞎想的人吗？”

“不管我是怎样一个人，谢利是个女奴隶。一头雌狮！她已经找到她的捕手了。她可以是她周围的人的女主人——她却不是她自己的女主人。”

“这样说来，你是在一个那么美丽而威严的人的身上认出了一个奴隶同伴而大为高兴了吧？”

“是这样，罗伯特，你说得对，是一个美丽而威严的人。”

“你承认啦——一个奴隶同伴？”

“我什么也不承认，可是，我说，那个傲慢的谢利也同夏甲[①]一样不自由了。”

“那么，请问，谁是亚伯拉罕——谁是那个完成这个征服大业的家长人物？”

“你还是说得这么轻蔑，含讥带讽，这么恼火，可是，我一定要在同你说完以前，使你改变态度。”

“咱们走着瞧吧，她能同这位爱神结婚吗？”

“爱神！他可以说就是个爱神，就像你是个独眼巨人一样。”

---

① 夏甲，《圣经》中亚伯拉罕之妻。

“她能同他结婚嘛？”

“你等着瞧吧。”

“我要知道他叫什么，卡利。”

“猜猜看。”

“是个住在这一带的人吗？”

“是的，就在白莱亚菲尔特教区。”

“那么，是个不配她的人了。我还不知道白莱亚菲尔特教区有个可以同她平起平坐的人咧。”

“猜吧。”

“不可能。我想她又在胡思乱想了。到头来，一定又会闹出什么荒唐的事儿来。”

卡罗琳面露笑容。

“你赞成这个选择吗？”穆尔问道。

“很赞成，很赞成。”

“那么，我真给难住了。因为这只长着一头淡褐色的、浓密的鬈发的脑袋是架精巧的小思想机器，开动起来非常精确，我想，它还自夸是从‘妈妈’那里传到正确、稳当的判断力呢。”

“不但我很赞成，妈妈也认为太好了。”

“‘妈妈’说太好了！普赖尔太太。这样说来，这不可能是离奇的了？”

“离奇倒是离奇，只是也很不错。”

“告诉我吧，卡利，做做好事，告诉我吧。我身体太虚弱，经不起逗弄啊。”

“应该逗弄你一下，这对你不会有什么坏处，你并不像自以为的那么虚弱。”

“今天晚上，我已经有两次想跪在你脚下。”

“那你还是别跪的好，我可不会扶你起来。”

“彻底地崇拜你。我母亲是个罗马天主教徒，你的样子真像她那些圣母像中最可爱的一帧，我想我一定要皈依她，跪下来顶礼膜拜。”

“罗伯特，罗伯特，坐着别动，别荒唐啦，如果你闹得过分了，我就要到霍顿斯那儿去了。”

“你神不知鬼不觉地抓住我的心啦，我心里现在只是想到‘圣母祷文。天上的玫瑰，天使的女王！’”

“‘象牙之塔，黄金之屋’是不是这种隐语？好吧，安安静静地坐下来，猜猜你那个谜。”

“可是，‘妈妈’认为太好了，这就是个谜。”

“我来告诉你，当我说给妈妈听的时候，她是怎么说的：‘你相信我好啦，我亲爱的，这样一种选择一定会使基达尔小姐生活幸福。’”

“我就猜一次，决不再猜了。是赫尔斯通老头。她就要做你的婶娘啦。”

“我要告诉我叔叔去！我要告诉谢利去！”卡罗琳嚷了起来。笑得乐不可支。“再猜猜看，罗伯特，你错得真有趣。”

“那么，是那个霍尔牧师。”

“有你说的，不是，他是我的，请你明白。”

“你的！哎唷！白莱亚菲尔特现今整批女人似乎都把那个教士当成一尊偶像了。我真弄不懂是什么道理。他是个秃顶，一双半瞎的眼睛，满头白发。”

“如果你不赶快点，你这个谜还没有猜出来，范妮可要来接我回去啦。”

“我不再猜了，我累啦，再说，管我什么事。基达尔小姐尽可以去给我嫁给‘一个了不起的土耳其人’。”

“非得我来给你打个耳喳儿不可吗？”

“你非得这样不可了，快一点，霍顿斯来了，走过来，走过来一点，我的亲琳娜，我最爱听打耳喳儿，不很爱听一般说话。”

她打了个耳喳儿，罗伯特吓了一跳，眼睛一亮，短促地一笑。穆尔小姐进来了，萨拉跟在后面，通知说范妮来了。谈话就此结束。

罗伯特要找个机会再说几句打耳喳儿的话，他等在楼梯脚跟，这当儿，卡罗琳正围好披巾下楼来。

“这会儿我可以把谢利叫做一个高尚的人儿吗？”他问。

“如果你想说真心话，当然可以。”

“我应该宽恕她吗？”

“宽恕她？淘气的罗伯特！是她错还是你错？”

“我到头来应该真正爱她吗，卡利？”

卡罗琳猛地抬起头来，对他做了一个介于爱与愠之间的动作。

“只要你说一声，我就会尽力听从你。”

“说实话，你不应该爱她，光凭这个想法来看，就是不正当的。”

“可是，她很漂亮，特别的漂亮，她的漂亮是一种越看越使人爱的漂亮，初次看到她的时候，只认为她有风度，可是，同她相处一年后，就发觉她很美了。”

“这些话轮不到你说。听着，罗伯特，乖一点。”

“啊，卡利，我没有可以给予的爱。如果美神来追求我，我简直不能对付她的求爱，在我这个胸口里，没有一颗我可以叫做是我的心。”

“这才更好，还是没有，你就会大大地平安，再见。”

“琳娜，你为什么总是在我希望你能留下的时候就一定要走？”

“因为在你最希望保留之时，也就是你最肯定会失掉之日。”

“听着，再说一句话。当心你自己那颗心，你可听到吗？”

“万无一失。”

“这我不很相信，比如说，还有那个柏拉图式的牧师呢。”

“谁，马龙？”

“西里尔 · 霍尔，我对那方面的妒忌才不止一阵呢。”

“说到你呀，你过去一直对曼小姐调情，前几天她还让我看你送给她的一盆花呢。范妮，咱们走吧。”

第三十六章
写于课室

路易斯·穆尔对辛普森先生要立刻离开田头的疑虑，结果竟是完全有根有据的。就在为了菲利普·南尼利爵爷而大吵特吵的第二天，姑夫和内侄女似乎可以说暂时和解了。谢利心里从来没有也似乎不会有待客不够殷勤(除了对待唐先生那仅有的一次)的情况。她要求他们全家人再住一段时间；她要求得非常恳切，显然有某种理由希望他们再住下来。他们也相信她说的话。一旦罗伯特·穆尔会(辛普森先生虔诚地祈祷上苍，但愿决不会发生这等事情)再度提出他自以为有权提出的婚事，这位姑夫确实不能听她在完全没人照管的情况下，完全自由地同那位先生结婚。全家都留下不走了。

辛普森先生在反对穆尔全家人的气头上，也对路易斯先生采取这种态度，以致这位先生——他能任劳任怨，却容忍不了粗暴的侮辱——当即提出辞职，不过，经过劝说，这会儿已经答应复职，但也只保持到这一家人离开约克郡时为止。这还是亏得辛普森太太百般恳求才答应下来，路易斯对他那个学生的依依不舍之情也成为他所以让步的另一个动机，也许他还有比上面提到的那两个动机更为重要的第三个动机，他大概认为此刻离开菲尔赫德确实十分困难。

眼下事态进展十分顺利，基达尔小姐已经恢复了健康，重新焕发了精神。穆尔已经找到使她解除各种精神顾虑的方法，而且，自从她向他表示信任的那一刻开始，各种恐惧确实也似乎都振翅高飞了。她的心变得十分轻松，态度无忧无虑，像个小孩那样，一点也没有想到生和死，把一切责任都交给了双亲。他和威廉·法伦——穆尔通过他去了解菲比的情况——都一致认为，那只狗不是疯狗，只因受了虐待，使它不得不离家出走，而且事实上，它主人经常把它打得很厉害。他们这种说法也许是真的，也许不是真的。那个马夫和猎场看守人却都持相反的看法，他们两人都认为，如果那只狗不是患的狂犬病，那就根本没有这种病名了。可是，路易斯·穆尔却认为这种证据不足为信，他只是把可以振奋精神的东西告诉谢利，她相信他，而且，不管对不对，她给咬了一口肯定是无毒害的。

11月过去了，12月来了，辛普森一家人现在真的要走了，到自己家里去过圣诞节是他们义不容辞的责任。他们已在收拾行李，几天内就要走了。在他们勾留的最后一周中，有一个冬夜，路易斯·穆尔又拿出他那本空白的小本子来，同它作如下笔谈：

“她比以前更出落得可爱。自从那一小团疑云消散以后，所有暂时出现的憔悴、苍白的神色都不翼而飞了。看到她那魔术似的青春活力一下子又使她富有弹力，重新焕发青春，着实教人惊奇。

“今天早晨，吃过早饭后，我看到了她，听到她在说话，而且——我好比——我全身的每一颗有感觉的微粒都感觉到她，那时候，我打她那阳光满溢的身边掠过，走进那个寒冷的客厅。我拿出一本烫金边的小书，发现那是一本抒情诗选。我念了一两首诗。究竟是我着了魔还是诗句有魔力，我不知道，可是，我心里温暖如春，我的脉搏增快，虽然寒风刺骨，我却浑身火热。我也还是个青年，虽然她说她从来不认为我年轻，我还不过是三十岁呢。有过这么一种时刻(不外乎是因为我觉得自己年轻)，生命以绚烂的色彩照耀着我。

“现在该到课室里去了。我去了。这间课室早上总是比较舒适，太阳打低低的窗棂照进来，书籍摆得井然有序，没有散乱的纸张，火炉明亮、干净，没有掉下来的煤渣，没有积灰。我看到亨利已在课室里，他还把基达尔小姐也带来了。他们坐在一起。

“我说她比以前更出落得可爱，她确实是这样。她双颊盛开着两朵秀丽的蔷薇花，色泽不浓艳，很是优雅，她那双眼睛，总是乌溜溜的，十分明亮，像在说话，此刻正在说一种我无法解释的语言——这是一种可见而不可闻的语言，是在‘天堂寂静’的时候，天使一定要通过它来交心的语言。她的头发总是油黑如夜，细软如丝；她的脖子总是洁白、柔美、光滑的——不过头发和脖子现在都另有一种魅力，辫发像影子一般轻飘，披在肩上，显出一派天仙丽质。过去，我只是眼睛看到她美，这会儿，却打心底里感到她美了。

“亨利正在向她背书，以便再背给我听——她一只手拿着书，另一只手由他握着。这孩子得到了超过他应得的殊荣，他竟敢抚摩她的手，自己的手也听她的手抚摩。她对他显得多么纵容和体恤！太过分了，如果这样下去，不消几年，等亨利那颗心成熟了，他就会把那颗心献在她的圣坛上，像我已经把我的心献在她的圣坛上一样。

“我看到我一走进去，她的眼皮一动，可是，她并没有抬起头来。现在她几乎再也不对我顾盼了。她似乎也变得沉静起来——难得对我说话，而且每当我在的时候，她对别人也不大说话。在我心境抑郁的时候，我不免要把这种变化归结为冷淡——嫌恶之类。在我心境开朗的时候，我又对它另有解释。我说，如果我是她，我同她一样的话，我就会在这种腼腆中找到忸怩，在那种忸怩中找到爱情。事实上，我敢找爱情吗？如果找到了，我又拿它怎么办呢？

“今天早晨，我至少敢于设法使她同我交一小时心，我敢于不仅是希望，而且是一定要同她谈谈，我敢于召唤孤独来护卫我们。我十分坚决地把亨利叫到门口，毫不犹豫地对他说：‘孩子，你高兴上哪儿就上哪儿去吧，我不找你，别再回来。’

“我看得出，亨利并不高兴走开，这孩子年纪虽小，却是个思想家，他那双沉思冥想的眼睛有时候表示惊奇地对我看着。他有五成感到我同谢利有什么关系，他有五成猜到我所得到的客气的对待，比他所能获得的宠爱更为宝贵，更为愉悦。这只年轻、跛脚、半成长了的狮子将会不时向我咆哮，因为我驯服了他的雌狮，做了她的看守者，却没有用严厉的习惯和友爱的本能来使他安静下来。去吧，亨利，你得去学会如何同一切过去或者未来的亚当的族类分尝生之苦酒，你的命运决不会是一般人的命运的例外。在你的爱情能够说是近似于激情以前，人们就这样早地把你的爱情给忽视了，你应该谢天谢地。一个钟头的焦躁，一阵妒忌，就足以表示你的感受。妒忌之火，热得像赤道线上的太阳，狂暴之风，像热带地方的风暴那样具有毁灭性，在你的感觉的气候里，可还一无所知呢。

"我坐在书桌旁平常的座位上，态度也完全像平常一样，我庆幸我有这种能耐，能够以外表的平静来遮盖我内心的沸腾。凡是看到我这张迟钝的脸的人，谁都猜不到我心里的漩涡有时候竟是如此急旋急卷，吞没了思想，摧毁了慎重。愉快的是具有一种天赋，能够平和而有力地按部就班做去，碰到任何反常行动，也毫不惊慌失措。我眼前并不想对她说一句有关爱情的话，也不露出一丝我已给它烧得焦头烂额的火光来。我从来不放肆——今后也决不放肆，甚至与其使人觉得自私自利，我宁可坚决地站起来，束束腰带，就此分手，离开她，到地球的另一边去找一种新生活，毫无生气，不知不觉，像天天遭到海潮冲刷的岩石。今天早晨，我是打算对她比较仔细地端详一番——念一行她内心的篇章，在我离开之前，我决定要知道我写下些什么。

"我把几根鹅毛管削成墨水笔。一般人在他们的内心这么骚攘不息的时候，双手准会发颤，我这双手却泰然地操作，而且我的声音，在我要它发挥作用的时候，也是十分坚定。

"'这个星期，你就要单身一人住在菲尔赫德啦，基达尔小姐？'

"'不错，我这会儿倒更愿意认为我姑夫要走的主意已经拿定了。'

“‘他是很不称心地离开你的。’

“‘他不喜欢我。’

“‘他空手来又空手去——白跑了一趟。这是很叫他伤心的。’

“‘我相信他的计划失败会使他断去一切再搞新计划的念头了。’

“‘就辛普森先生那做法说来，他倒是真诚地希望你好的。他所做的一切，或者说，他想做的一切，他都自以为是最好的事。’

“‘你这人真好，竟然会替一个待你如此无礼的人辩护。’

“‘说到这个人的性格，我是从来既不害怕，也不怀恨的，最能充分表现他的性格的是他在走投无路地离开你的时候，却来粗暴凶横地攻击我。’

“‘你现在不做亨利的教师啦？’

“‘我要暂时同亨利离别一阵(如果他和我还能活下去，我们总还有再见的机会，因为我们彼此相爱)，并将从此给撵出了辛普森的生活中心了。幸好这种变化并没有使我走投无路，反而促使我提前实行那个早已想好的计划。’

“‘你对任何变化都是有所防备的。我肯定，以你的冷静态度，你对于突然变化是会有所准备的。我总是想，你像个隐士一般置身人间，却像树林里的射手那样机警细心，你肩上的箭袋里装着比别人多的箭，你那张弓还配备双弦。你哥哥也是这种习惯。你们哥儿俩大可以像无家可归的猎手一样，到最荒僻的西部蛮荒去，你们一切都会顺利。树洞可以作你们的家，开辟了的森林会从它那袒露的胸脯上给你们长出庄稼来，野牛会挨到你们的步枪子弹，低角曲背地拜倒在你们脚下。’

“‘也许还有什么“黑脚”或者“扁头”的印第安部落会给我们每人一个新娘吧。’

“‘不；’(迟疑一会)‘我想不会的。野人都很脏。我想——那就

是说，我希望——你们两个谁都不会同那些你们无法献出心去的人共同生活。'

"'你怎么会想到西部的蛮荒，基达尔小姐？我没有看到你的时候，你是否在精神上同我在一起啦？你可同我一起做过白日梦，看到我的脑子在辛苦地制订一个未来的计划吗？'

"她把一片可以卷作引火用的纸头——人们叫做纸捻儿的——撕成片片。她把碎纸一片片地丢进炉火，沉思地站在那儿，眼看它们化成灰烬。她没有说话。

"'你好像是对我的意图有所了解，你怎么会知道呢？'

"'我什么也不知道，我还是这会儿才发现的。我是随便说说的。'

"'你的随便说说听起来倒像是未卜先知。我是决不再做教师了——教过亨利和你这样的学生后，再也不教第三个学生了，我再也坐不惯别人的饭桌边————再也不做人家的附庸了。我现在是个三十岁的人喽，打从我是个十岁的小孩以来，我从来没有过过自由的生活。我是那么渴求自由之神——怀着无比的激情要认识她，把她叫做我的——我是那么日思夜梦地想获得她，占有她，为了她，我决不拒绝横渡大西洋，我一定要跟着她深入原始森林。我决不会把一个野蛮姑娘收做奴隶，她不能做妻子。我知道，我所爱的白种女人，没有一个会跟我一起去，可是，我肯定，自由之神一定会等我，坐在一棵松树底下，我一叫她，她就会跑进我的木屋里来，倒在我怀里。'

"她不可能听了我这番话而无动于衷，她确实被我打动了。不错——我是存心要打动她的。她没能回答我的话，也没能望着我，如果她既回答我，又看我一眼，那准会叫我难过。她的腮帮子红彤彤的，仿佛是阳光透过红花的花瓣落到腮帮子上。她那低垂的眼睛上的雪白的眼皮和乌黑的睫毛不住颤动，真是优美，可说是五成痛苦，五成愉快的一种羞涩。

“不一会，她控制了自己的激动，掌握住了她所有的感情。我看到她已感到要发生叛乱了，而且逐渐注意到应该保住江山——她坐了下来。我在她脸上可以看到这种情景：仿佛是表示我看到我的限度的界线了——任怎样都不会使我越过那条界线。我觉得——我知道我可以把自己的感情暴露到什么程度，什么时候该收场。我已经挺进到了一定的距离，已经到了我这个人的真正的、最高的、不卑不屈的本性所能允许的距离了——现在我应该在这里立定不动了。如果失败了，我的心也许会碎，碎就让它碎吧——这决不会使我蒙受耻辱——这决不会使我身上的姊妹情分受辱。宁受痛苦，决不堕落，宁死不屈！

“我呢，心里在说，‘如果她是贫穷的话，我一定会跪倒在她脚下。如果她是出身低微的话，我一定会把她抱在怀里。她的“金钱”和“地位”就是两只怪兽[①]，守卫在她两侧。有爱的要求和想望，却又不敢有所行动，“欲念”在周围盘旋，却又无法接近。“真理”和“信仰”受惊了。在赢得她的过程中，什么都不会失掉——不必做什么牺牲——完全是一笔纯益，因此困难就无法想象了。’

“不管困难不困难，总得做些什么，总得说些什么。面对着一个如此娴静的美人，我不能，也不会一声不响地坐在那里。我这样说了，依然说得十分镇定，我的话虽然说得很轻很轻，我却听到话语变成一种清晰、流畅、深沉的声调。

“‘不过，我知道我将会同那个名叫自由的山林女神出人意料地待在一起。我揣测她同那个我一度追求过的、现在正在设法离异的“孤独”有点相似。这些山神真是古怪，她们以一种神秘的魅力，像是一个星光闪耀的夜晚突然向你袭来，这些山神使人感到一阵不是暖呼呼的，而是狂热的愉悦。她们的美是神灵的美，她们的优雅不是生命的

① 指希腊神话中头翼似鹰，躯体似狮之怪兽。

优雅，而是自然季节或者风光景色的优雅，她们的优雅是早晨的含露的鲜花，黄昏的斜阳余辉，月亮的肃穆柔和，云层的变幻多彩那种优雅。我一定要有一种与这不同的东西。那种小精灵般的光辉教我看了浑身阴冷，教我觉得浑身冰凉。我不是个诗人，我不能靠抽象观念生活。你，基达尔小姐，有时候在你的闹着玩儿的讥讽中，叫我是唯物的哲学家，意思是说我完全是为具体的东西而生活的。我自然是从头到尾都觉得是物质的，像造化女神那样显赫，我虽然以一颗具体的心的具体力量深深地崇拜她，我却宁可通过一个热爱的、可爱的妻子的温柔的肉眼来看她，而不愿意通过奥林匹斯山上的最高女神的狂野眼珠来看她。'

"'朱诺可不会称你的心意煮出一块野牛排来，'她说。

"'她当然不会，可是，我要告诉你谁会——是——是个年轻的、身无分文、无亲无友的女孤儿。我希望我能找到这样一个人，美得够叫我爱，还有一种适合我的兴趣的精神和心胸。不是没有受过教育的——正直而文雅。我一点也不注意什么学识，可是，我情愿要有一种任何东西都比不上的、美妙的自然力的胚胎，随命运之神赋予她以任何脾气——我能够对付最厉害的脾气。对这样一个人，我很愿意先做她的老师，然后再做她的丈夫。我要教她说我的话，熟悉我的习惯，懂得我的一些基本原则，然后，以我的爱来报答她。'

"'报答她！造物主呵！报答她！'她噘着嘴，大声叫嚷起来。

"'而且要偿还一千倍。'

"'如果她不要偿还呢，阁下？'

"'那么，她本来是可以不要偿还的。'

"'你已经说过任何脾气都是命运之神的旨意。强迫对某些钢铁心肠的人说来，是一种火石，一种打击。'

"'可是，爱情却是它所引出来的火花。'

“‘谁理会那种只是一点火花的爱情——使人看到了一眼，往上一冲，就此消失了呢？’

“‘我一定要找我那个女孤儿。告诉我办法，基达尔小姐。’

“‘登个广告吧，而且千万要加上一条，如果你开列条件的话，她必须是个平凡的好厨娘。’

“‘我一定要找她，等我真的找到了她，我就同她结婚。’

“‘不是你！’她的声音突然有一点特别嘲笑的意味。

“我喜欢这样；我已经把她从我初次看到她的那种沉思中唤醒了，我还要进一步激发她。

“‘这又为什么要疑惑呢？’

“‘你结婚！’

“‘是呀——自然要结婚，再没有什么比我能够，比我要结婚更明显的了。’

“‘同这相反的事情倒是明显的，穆尔先生。’

“她就是这种态度使我着迷，渐渐变成轻蔑，带着五分无礼的态度，骄傲，暴躁，嘲笑都在她那双又大又美的眼睛里混成一体，此刻就是一只小鹰的眼色。

“‘请你告诉我，你为什么会有这种看法，基达尔小姐。’

“‘我弄不懂你怎么结婚法？’

“‘我一找到合适的人，我自会很容易而快速地结婚。’

“‘还是抱独身生活吧！’（她做了一个手势，仿佛要给我什么东西似的）‘把独身生活作为你的命运吧！’

“‘不，我已经有了的东西，你不能再给我。我已经过了三十年的独身生活。如果你想送我一件礼物，一件分别的礼物，一件纪念品，你必须另换一样东西。’

“‘那么，拿一件更坏的东西！’

“‘为什么？是什么东西？’

“我现在在感觉上，脸色上，说话上都显得很急切了。我真蠢，竟然一时间把我的镇定这件最后的法宝也放弃了，这样一来，就使我失去了有利地位，并把有利地位转手给她。小小的一点脾气已经化成讥讽，化成一种嘲弄的笑容，涟漪似的盘旋在她脸上。

“‘娶一个过去向你求过爱的人做妻子，省得你害羞，让她硬塞给你，免得你受到良心责备。’

“‘请你告诉我在什么地方。’

“‘任何一个已经有过几个丈夫的胖寡妇，就办得了这事情。’

“‘那么，她决不能是个有钱人。这些个有钱人呵！’

“‘你决计找不到一个会长出金果来的花园。你没有面对着一个不睡不眠的海怪的勇气！你没有向阿特拉斯去讨救兵的本领！’

“‘你变得激烈、傲慢起来了。’

“‘你比我还更傲慢哩。你的态度是一种假装谦恭的可怕的傲慢。’

“‘我是个食客，我知道我的地位。’

“‘我是个女人，我也知道我的地位。’

“‘我贫穷，我必须骄傲。’

“‘我已经听了许多训话，又承担了你那些必须遵守的义务。’

“我们这会儿已经到了一个临界点了，我们都停了下来，四眼相对。我觉得她是不会让步的。除了这一点，我什么也感觉不到，看不出。不过，我还有几分钟时间。结果眼看就要到来了——我听到它那急急涌来的声音——不过还没有来到，我会拖延，等待，谈话，等到劲头一来，我就会行动起来。我从来不心急火燎——我一生从来都不心急火燎。急性子的人喝起生命甘露来觉得滚烫。我喝起来却觉得像露水一般阴凉。我又说下去：

“‘显而易见，基达尔小姐，你也像我一样，不大会结婚的吧。我

知道你拒绝了三次——不，四次——有利的求婚，我相信，还有第五次呢。你已经拒绝了菲利普·南尼利爵爷了吗？’

“我突如其来地提出这个问题。

“‘你可认为我应该接受他吗？’

“‘我想是应该的。’

“‘请问，根据什么理由？’

“‘身份相称，年龄相合，脾气不同得很愉快，因为他和蔼可亲；知识趣味一致。’

“‘一句漂亮的句子！我们不妨把它拆开来看一看，“身份相称”，他却比我高得多。请你不妨拿我的庄园同他的豪华府邸比一比，他的亲戚朋友都瞧不起我。“年龄相合”，我们倒是同年，可是，结果，他还是个孩子，我却是个成年女人，实际上，我比他大了十岁。“脾气不同”，他“和蔼可亲”，我——是什么，你说说看。’

“‘一头斑驳、伶俐、敏捷、凶狠的豹子的妹妹。’

“‘那么，你却要我去配给一个小孩？——千年至福①毕竟离开人类还有好几千年。老实说，七重天的天使长根本还没奉命下凡呢。不公平的粗鲁汉子！“知识趣味一致”，他爱诗歌，我却讨厌诗歌。’

“‘是吗？这倒是个新闻。’

“‘我一看到韵律，一听到押韵诗，不论是在爵爷府，还是菲利普爵爷到菲尔赫德来，我就完全发起抖来。“一致”，真是！我什么时候搅拌过牛奶加酒的饮料那种十四行诗，或者弹奏过玻璃碎片一般脆弱的诗节来着？我什么时候流露出一种信念，认为那些小念珠是真正会发光的珍珠来着？’

“‘你也许会乐于引导他到一个更高的标准——改进他的趣味。’

---

① 千年至福，指耶稣再来人世作王一千年，见《圣经·新约·启示录》第20章第1至5节。

“‘引导，改进！教呀，训呀！忍呀，耐呀！啐！我的丈夫不能是我的娃娃。我决不会给他指定日常功课，监督他学习，如果他乖，就赏他一只蜜饯李子，如果他不乖，就耐心耐性，苦心孤诣，满面愁容地给他一顿训斥。这倒真像一个教师，谈起“乐于教导”来。我想你认为教书是天下最美好的行当吧。我可不认为这样——我才不干呢。改进一个丈夫！不，我一定要坚持这个看法，应该是我的丈夫来改进我，要不然，我们就拉倒。’

“‘上帝知道必须这样！’

“‘你这话是什么意思，穆尔先生？’

“‘我是说，改进是极其需要的。’

“‘如果你是个女人，你一定会很有趣地去训练男人，你的丈夫。这刚好适合你，教书是你的职业嘛。’

“‘我可不可以问一声，在你现在这种公正而温和的语气中，你是在骂我是个教师吗？’

“‘是的——恨恨地骂——骂，骂你所喜欢的其他一切——骂你所苦恼地意识到的任何缺点。’

“‘比如说，骂我贫穷？’

“‘自然喽，这一定会刺痛你。你很厌恶你贫穷，你一直在沉思这个问题。’

“‘骂一个别无所有，只有一张很不漂亮的面孔的人，却来向一个会征服我的心的女人求婚，是吗？’

“‘正是。你总爱称你自己长得不漂亮。你对你的相貌很敏感，因为那相貌并不很有阿波罗[1]的样子，你动不动就想到相貌是大有道理的，多少希望人家会对它说句好话，可惜难得有这种机会。你这张脸是一点也没有什么好夸耀的，不消说得——在那上边既找不到一丝美

① 阿波罗，希腊神话中太阳、音乐、诗、健康等的守护神。一般借喻美男子。

丽的线条，也找不到一点美丽的色调。’

“‘把它同你的脸比一比呢。’

“‘你那张脸就像埃及神的脸——长着一只被黄沙掩没了的石头似的大脑袋——或者，不如说，我不妨拿它同从来都没有这么崇高的东西比一比。那样子倒像鞑靼。你是我那只警犬的表弟兄，我想你像它，真再像也没有的了。’

“‘鞑靼是你亲爱的伴侣。夏天里，你起得早，奔到田野里去用露水滋润你那双脚，让风吹艳你的双颊，吹散你的鬈发，这时候，你总是要找它同你一起去，你有时候吹着从我这里学到的口哨呼唤它。你一个人在林子里的时候，你以为是什么人也没有，只有鞑靼在听你吹口哨，你吹着打我嘴上学去的那些调儿，或者唱着那些从我的歌声里听去的歌儿。我不问你倾泻进这些歌儿的感情是打哪里涌出来的，因为我知道那是打你心坎里涌出来的，基达尔小姐。到了冬天的晚上，鞑靼躺在你脚边，你让它把头搁在你那芬香的膝头上，你让它躺在你那缎子衣服的下摆上，它的毛皮同你双手接触已是习以为常的了。有一次，我还看到你亲吻它那点缀在开阔的前额上雪白美丽的点点。说我像鞑靼是十分危险的，这不免提醒我来要求你应该像对待鞑靼那样来对待我了。’

“‘先生，也许等到你找到那个身无分文、无亲无友的年轻女孤儿的时候，你可以去勒索她吧。’

“‘啊，我要是能像我想象那样找到她，有多好！——总得先驯服她，然后再教她，先训练，然后再爱，把这个贫穷、骄傲的小东西从贫困中拉出来，树立支配她的威信，然后纵容她那从来没有受过影响、没人纵容过的任性脾气，让她在二十四小时中，一会儿发怒，一会儿息怒，反复个十二次，也许最后，等到把她训练完毕，就可以看到她成为一个膝下有十二个小孩的、任劳任怨的模范母亲，只是不时地把小路易斯亲热地打一顿，作为偿还她欠他父亲的一笔大债的利钱。啊，’（我又说下去）‘我那个女孤儿还会给我许多亲吻，晚上，她会守在门口，等我回家，她会奔进我怀里来，一定会把我那个家弄得满室生辉又温暖如春。上帝祝福我这个美妙的理想吧！我一定要找到她。’

“她双眼发出一阵热烈的光，嘴巴张开，可是，她又把嘴合上了，猛地转过头去。

“‘你说——你说她在什么地方，基达尔小姐。’

“又是一个动作——非常傲慢，火气十足，十分冲动。

“‘我一定要知道。你能够告诉我，你一定要告诉我。’

“‘我决不告诉你。’

“她转过身，要离开我了。我这会儿能让她像过去那样要走就走嘛？不，我已经是到了这个地步，欲罢不能了。我已经是很接近目标，只得一气登堂入室了。所有的疑惧的障碍，所有的举棋不定的无聊想法，都必须立刻撤除，简单的事实必须闹个分明。她也必须行动起来，告诉我真相；我也必须行动起来，而且坚持不舍。

“‘等一等，小姐，’我一边说，一边用手按在门把手上，暂时不开门。‘今儿早晨，我们已经作了一次长谈，可是，最后一句话还没有说，这是该你说了。’

“‘我可以出去吗？’

“‘不，我要守住这扇门。我简直是宁可死，决不让你现在没有说出我要求你说的话就走。’

“‘你敢指望我说些什么呀？’

“‘就是我到死到绝要听到的话，就是我必须听到、一定要听到的话，就是你现在不敢压下不说的话。’

“‘穆尔先生，我简直不明白你的意思，你不像你自己了。’

“我觉得我很不像平常的我了，因为我吓了她，这我可以看出来。这做得对，必须吓了她，才能获得她。

“‘你的确明白我的意思，我是第一次以我自己的身份站在你面前。我已经抛掉了教师的身份，要求把你介绍给这个人，要记住，他是一位绅士。’

“她打了个寒颤。她把手放在我的手背上，仿佛要把我的手从门把手上推开，她还不如设法来松开我的手，那么轻轻一接触，就像金属碰金属一样给焊牢了。她觉得她无能为力，把手撤回，又打了一个寒颤。

“我心里起了什么变化，我说不上来。可是，她所表现出来的情绪却灌输给我一种新精神。我既没有让她的产业、金钱压得粉碎，也没有觉得趾高气扬，我根本没想到那些产业、金钱，我根本不在乎这些东西，那些东西算得了什么，那些都是吓不倒我的废物。我只看到她本人，她那年轻美丽的形体，她那少女的优雅、庄严和羞怯。

“‘我的学生，’我说。

“‘我的老师，’低声的回答。

“‘我有一件事要告诉你。’

“她低垂着头，串串的鬈发挂了下来，等着我说下去。

“‘我得告诉你，你逐渐成长在你老师心里已经有四个年头了，你这会儿已在那儿生了根喽。我得打开天窗说亮话，你使我心荡神移，不管什么知识和经验，不管地位财产的不同，我了解你的外貌，言语，动作，也让我看到你的缺点和优点——不如说是种种美点，这些都几乎不像优点那么严正——因此，我爱你——用我的生命和力量爱你。这会儿全都说出来了。’

“她似乎要找什么话说，可是，一句也找不出来。她想振作起精神来，可是，没能如愿。我热情地一再说我爱她。

“‘好喽，穆尔先生，那又怎样呢？’我只得到这个回答，声调说得即使不是结结巴巴，也准是叫人听了十分别扭。

“‘你什么也不对我说吗？你不爱我吗？’

“‘有一点点。’

“‘你不该折磨我，我现在甚至决不想闹着玩儿。’

“‘我不要闹着玩儿，我要走。’

“‘此刻你竟敢说要走，真叫我骇异，你走！怎么，你把我的心捏在手里，拿它去放在你的梳妆台上，用别针去戳吗？如果我得不到一个抵押品——以誓言换誓言——以你的心换我的心，你别想能离开我，别想能逃出我的掌握。’

“‘你要的东西已经遗失啦——丢了好些时候了，得让我去找找看。’

“‘你应该说那就在你常常放钥匙的地方——就在我这里。’

“‘你应当知道。那么，我的钥匙在哪儿，穆尔先生？的的确确，一点不假，我又把钥匙丢啦，吉尔太太要一点钱，我除了这只六便士的硬币，一个子儿也没有了。’

“她打围单口袋里掏出那只硬币来，摊在掌心里给我看。我本来可以同她开一阵玩笑，可是，这不行。这是有关生死存亡的事情。我马上抓住这只硬币连同握着钱的那只手。我说：

“‘是要我没有你而死呢，还是为了你而活？’

“‘随你高兴，我决不来指挥你的选择。’

“‘你应该亲口告诉我，究竟你是要判我去流亡呢，还是召唤我奔向希望。’

“‘走。要离开我也受得了。’

“‘也许我离开你也受得了，可是，回答一下吧，谢利，我的学生，我的君主——回答一声吧。’

“‘如果你愿意的话，没有我而死。如果你敢的话，为我而活。’

“‘我可不怕你呵，我的母豹。从此刻直到我死，我敢为你而活，敢同你生活在一起。那么，我有了你啦。你是我的啦。我决不放你走。不论我的家在哪儿，我已经挑定了我的妻子。如果我呆在英国，你就要待在英国；如果我横渡大西洋，你也要跨过大西洋，我们的生命已经钉在一起，我们的命运已经连结在一起了。’

“‘那么，我们可相等吗，先生？到底我们相等吗？’

“‘你比我年轻，脆弱，无知。’

“‘你会待我好，决不虐待我吗？’

“‘你会让我活下去，不为难我吗？你现在不必笑。世间在我周遭摇摇晃晃，变幻莫测。太阳红得教人头晕眼花，天空像个紫罗兰色的漩涡，在我头顶旋个不停。’

“我是个强壮的人，可是，我说话的时候，却有点蹒蹒跚跚，一切的东西都变大了，颜色都变得更鲜明，动作变得更快，生命本身更其生气勃勃。我简直看都没有看她一下，可是，我听到她的声音——虽然冷酷却很美妙。她就是不肯把她的哪怕是一点点魅力变成怜恤，也许她不知道我的感觉是怎样的。

“‘你管我叫母豹，要记住，母豹是难驯的。’她说。

“‘是驯是野，是蛮是柔，你是我的啦。’

“‘我很快活，我认识我的看守者，而且对他习惯了。只有他的声音我听得懂；只有他的手能管得住我，只有在他脚边，我才能安息。’

“我领她回到她刚才的座椅上，挨着她坐下来，我要听她再说一遍。她的声音，她的说话，我是决不会听够的。

“‘你究竟有多么爱我？’我问。

“‘呵，你要知道，我决不会讨你好，我决不会奉承你。’

“‘我连一半都还不知道，我的心热望东西吃。如果你知道它是多

么饿，多么凶猛的话，你准会赶忙用一两句好听的话来抑制它一下。’

“‘可怜的鞑靼！’她说，摸摸、拍拍我的手，‘可怜的人儿！忠实的朋友！谢利的宠爱的东西，乖乖，躺下来吧！’

“‘可是，如果不拿一句美言来喂我，我决不躺下来。’

“她终于说出来了。

“‘亲爱的路易斯，要对我忠实呵——永远不要离开我。我不会照应生活，除非让我在你身边过活。’

“‘再说一些。’

“她变换花样了。她的脾气是不喜欢炒冷饭的。

“‘先生，’她说，猛地站了起来，‘你要是再提到钱呀，贫穷呀，不相称等等脏事儿，你得自己负责！用这种教人气疯招忌的话来折磨我，是不折不扣的危险。我不许你这样做。’

“我的脸顿时火辣辣的。我不禁再次巴望我能不这么穷，她则不这么富有才好。她看到了这种一倏而逝的可怜相，于是，她真的抚摩起我来了，我体验到了交织着苦痛的狂喜。

“‘穆尔先生，’她说，抬起头来，现出一种美妙、开朗、热切的面容，‘教导我，帮助我上进。我不要求你来卸下我肩上这副照顾所有的财产与义务的担子，可是，我要求你来分担一下这副担子，而且告诉我应该怎样来好好地撑住我这一头的担子。你的判断很公平，你的心是和善的，你的操守可靠。我知道你很明智，我觉得你这人慈善为怀，我相信你是光明正大的。终生做我的伴侣，碰到我有什么不在行的地方，指导我，我有什么错误的地方，做我的师长，永远做我的朋友！’

“‘我敢对天发誓，我一定如此！’”

但是，读者，如果你喜欢的话，再将那本空白的笔记本子看一看，如果不喜欢，那就跳过了拉倒。

“辛普森一家子人都走了。可是，是在有所发现，得到真相之后才走的。我的态度或者神色一定泄露出了一点什么。尽管我十分沉着，可是，有时候，还是难免失于防备。我待在客厅里的时间比平常多了，长了，我不看到她实在受不了。我要回到她那儿去，沐浴在她的光辉里，像鞑靼沐浴在太阳光里那样。如果她离开了橡木客厅，我也本能地起身，离开那客厅。她为此不止一次斥责了我，我这样做，是怀着一种糊里糊涂、冒冒失失的想法，想在门厅里或者其他什么地方同她交谈一句。昨天，黄昏时分，我同她在门厅的火炉边待了五分钟光景。我们并肩站在那里，她正在骂我，我则在欣赏她那声音。那几位小姐走过来时，对我们看了一下，我们并没有分开。不一会，她们又走过来，又看了一下。辛普森太太来了，我们动都不动。辛普森先生打开餐室那扇门，谢利眼睛对他一晃，回敬一下他那侦探似的眼色。她噘着嘴，甩一甩辫发。她那眼色既是解释，又是挑战，好像说：‘我喜欢同穆尔先生在一起，你敢对我的兴趣找岔子嘛？’

“我问道：‘你是要让他了解一下真相吗？’

“‘是的，’她说，‘可是，我让事情听其自然地发展下去。准有一场吵闹。我既不吵闹，也不怕吵闹——不过，你一定要在场，因为叫我单独去面对着他，真有说不出的厌腻。我不喜欢看到他发火，那时节，他会卸下他所有的温文尔雅的礼仪和惯常戴着的假面具，而现出真正的人也不如的、你所谓粗俗、乏味、卑鄙——恶棍兼小商人的真面目来。他的思想是不干净的，穆尔先生，那些思想都是要用软肥皂和漂白土来擦洗的。我想，如果他能把他那套想法放进吉尔太太的洗衣筐里，让她放在那只加雨水和漂白粉的锅子里去煮一煮（我希望你能认为我是个相当不错的洗衣妇），那对他真有数不尽的好处。’

“今天早晨，我好像听到她很早就下楼。我当即也下楼。我果然没有听错，她的确在那儿，在吃早饭的客厅里忙着做活儿，女佣已经把客厅收拾打扫干净。她是特意提早起身，把她打算送给亨利的一件小纪念品赶做完毕的。我只得到一个冷淡的招呼，我受过那个招呼，等到女佣一走，便拿起书悄悄地坐到窗台上。即使当时只有我和她两个人在那儿，我也没敢去打扰她。能够看到她、同她坐在一起，就是一种幸福，一种真正的幸福，因为这时候还是清早——静穆，虽然还有点美中不足，前景却是美好的。如果我莽撞一下，我知道又得挨一顿骂。'不是接待求爱者的时刻'这几个字就刻在她额头上，因此，我只得把书看下去——只是不时悄悄地看她一下，看到她的面色变得温和开朗了，知道她觉得我尊重她的心情，很欣赏当时这种温柔的情景。

"我们之间的距离逐渐缩短了。淡淡的白霜也不知不觉地消融了。不消一个钟头，我已经坐在她旁边，看她捻针走线，堆起笑容，对我大量倾泻欢乐的话语。我们就像我们理该这样坐地并肩坐在那儿。我的手臂搁在她的座椅上，我坐得那么贴近，连她的活儿的针脚都数得清，针眼都看得明。这时候，门突然豁地开开来。

"我相信，如果当时我一吓而离开了她，她一定会鄙视我。多亏我生来迟钝，我一动也没有动。我在幸运、幸福、舒坦的时候，我是不容易给惹动的。我确实幸福——十分幸福——因此，我一声没响。我的肌理纹丝不动，我简直连门都没有看。

"'早安，姑夫，'她说，受话的人愣在门口，有如一块化石。

"'你待在楼下好久啦，基达尔小姐，而且，单独同穆尔先生在一起？'

"'是的，好久啦。我们两个都很早就下来了——天几乎还没亮哪。'

"'这种做法不合适——'

"'这还是刚开头呢。我很有点恼火，也不很有礼貌，可是，你

看，我们现在是朋友啦。’

“‘我比你要我看的还更看得多哪。’

“‘不见得吧，先生，’我说，‘我们又没有什么假装的行为。请允许我告诉你，你还有什么说的，还是对我说吧。从此以后，我不让基达尔小姐受到什么为难的事情。’

“‘你！你同基达尔小姐有什么关系？’

“‘要保护她，照顾她，侍候她。’

“‘是你，先生？——是你，这个家庭教师？’

“‘不许说一句侮辱人的话，姑夫，’她插嘴说。‘在这屋子里，不许对穆尔先生说一句不尊敬的话儿。’

“‘你袒护他吗？’

“‘袒护他？啊，不错！’

“她突然转过身来，对我做出一个亲昵的动作，我会意地搂住了她。她和我两人都站了起来。

“‘老天爷！’这就是那个穿着晨衣站在门口哆哆嗦嗦的人的叫喊声。

“我想，上帝一定就是辛普森先生的家神的别号。一碰上走投无路的时候，他总是乞灵于这尊偶像。“‘走上前来，姑夫，你可以听个明白。路易斯，把一切都告诉他吧。’

“‘他敢说！叫花子，无赖！假装正经的伪君子！卑鄙，拍马，不顾廉耻的奴才！离开我的内侄女，先生！放开她！’

“她却死劲地抱住我。

“‘我是站在我未婚夫身边，’她说。‘谁敢碰碰他，碰碰我？’

“‘她的丈夫！’

“他举起双手，一摊，颓然倒在椅子里。

“‘不多久以前，你很想知道我要跟谁结婚。那时节，我的主意已

经拿定，只是还没到说出来的时候，这会儿时机成熟了，熟透熟透，果熟蒂落啦。吃这只鲜红的桃子吧——吃路易斯·穆尔吧。’

“‘可是，’（声气粗暴）‘你决不能嫁给他！他决不能娶你！’

“‘我宁可死也不愿意嫁给别人。我宁可死也不愿意没有他。’

“辛普森先生说了许多决不能让它玷污本书篇幅的话。

“她变得脸如死灰，她浑身哆嗦，她完全没有力气了。我把她放倒在沙发上，想看看她有没有昏厥过去——她却带着一种圣洁的笑容，使我放下了心。我亲吻她，这时候，仿佛我已经完蛋了，随后五分钟究竟是怎么一种情况，我说不清楚。后来她——又是眼泪，又是哈哈大笑，又是浑身战栗——对我说，我变得非常可怕，有如中了邪气。她说我离开了她，一个箭步穿过房间，辛普森先生像身中一发炮弹似的穿过房门，溜得无影无踪，我也直穿了出去，她只听到吉尔太太的尖厉痛哭声。

“等我定下神来，吉尔太太还在尖声痛哭。那时候，我已经在另一个房间——我想是橡木客厅。我把辛普森先生硬按在一张椅子里，手按在他的领带上。他那双眼睛滴溜溜地直转——我想，我是在掐住他的喉咙。女管家站在一旁，尽绞着双手，恳求我放掉他。我当即放掉了，顿时觉得像石头一般冷。可是，我要吉尔太太立即派人去红屋客栈找辆马车来，同时通知辛普森先生，马车一到，他就得马上离开菲尔赫德。他虽吓得灵魂快要出窍，却说他不走。我把上述命令再说一遍，又加上一句，差人去找个警察来。我说：

“‘你一定得走，不管使好手段还是使坏手段，都要你走。’

“他扬言要控告我，我一点也不在乎。我又站到他面前去，逼视着他——虽然这会儿没有先前那么凶狠，却相当威严。有一回夜里，夜贼来到辛普森园行窃，他非常怯懦，只想徒劳地拉警报器，不敢设法抵抗。当时，我不得不指挥他，保护他一家人和住宅，终于成功了。

我现在就这样同他待在一起，等车子来。我领着他去上马车，他一路走，一路破口大骂。他非常着慌，也十分气愤。他本来会抗拒我，可是，不知道该怎么好。他找人去唤他妻子女儿来。我说她们一准备好，就得跟他一起走。他那副气得七窍生烟、吹胡子瞪眼的焦躁神气真是无法形容。可是，这是一种束手无策的愤怒。这个人，对他处理得当，他必定是软弱无能的。我知道他决不会对我动法律。我了解他的妻子，他虽然在小事上虐待她，可是，碰到大事，他却只能听她指挥。由于我对她儿子的一片热心，我早就得到她那不朽的母性的感恩戴德，有时候，亨利生病了，我服侍他——据她说，我服侍得比任何一个女人都好。这一点，她是决不会忘记的。她和她的女儿今天离开，虽然隐含愤怒与惊讶——可是，她还是尊重我。当我把亨利抱上车子，把他放在他母亲身边，亨利钩住我的脖子——我又替她把衣服裹裹紧，免得她着凉的时候，虽然她把头扭了过去，不理我，我却看到她眼睛流眼泪了。她只会更热心地支持我这种做法，因为她是生着气离开我的。我想到这一点就感到十分高兴，倒不是为我自己，而是为了我的生命和偶像——我的谢利。”

一个礼拜后，他又这样写道：

“我这会儿在斯蒂布罗了，我暂时住在一位朋友那儿——他是个专家——我对他的业务可以有所帮助。我每天骑马上菲尔赫德去。究竟还要多久我才能把那地方算是我的家，才能把那个女主人算是我的？我很不安心——很不平静。我干着急——有时候十分苦恼。现在去看她，简直教人认为她从来没有把她的面颊紧贴过我的肩膀，从来没有以亲昵或表示信任的态度抱过我似的。我感到很不安生，她使得我好不伤心。我去看她的时候，她总是回避我，她使我无法接近她。今天，我下了一次决心，抬起她的脸，想清清楚楚地看一看她那双深邃而乌黑的眼睛，我看到的真是难以描摹！母豹！——林中生长的尤物！——任性，粗野，无与伦比的天性！她在啮她的锁链，我看到那副雪白的牙齿正在咬锁链！她还在梦想她那蛮荒的丛林，还在恋慕原始的自由。我巴望辛普森会再来一趟，让她不得不又要用双臂搂住我。我巴望她会有失去我的危险，正如我会有失去她的危险。不，我不怕最后的失败，只是怕拖得太久——

"现在是夜里——深夜。我今天下午和晚上都待在菲尔赫德。几个钟头前，她从橡木楼梯下来，擦过我身旁，走进门厅。她不知道我就站在暗头里，就在楼梯窗边，在望那冻得晶莹的星空。她扶着栏杆走下来，打我身边擦过去，距离多近呀！她那双大眼睛多么羞涩地看着我呀！她显得多么虚幻，缥缈，不定——细长、疾速，有如北方的流光！

"我跟着她走进客厅。普赖尔太太和卡罗琳·赫尔斯通小姐两人都在那儿，是她找她们来同她做一会儿伴的。她身穿白色的夜礼服，一头波涛汹涌似的飘荡的秀发，脚步没有声音，面颊灰白，两只眼睛有如夜空和闪电，我心里想，她那样子真像个仙女——一件由四行之一造出来的东西——风和火的孩子——光线和雨点的女儿——是一件压不倒、捉不住、捏不牢的东西。我希望我的眼睛不去望她，不去看她走来走去，但是，实在办不到。我虽然尽量同另外两位女人谈天，眼睛却仍在望她。她一气不吭，我想她根本没有同我说过话——即使她拿茶给我的时候也不开口。恰巧这时吉尔太太把她叫出去一会。我闪进了月光满室的门厅，打算等她回来时同她说句话，我总算办到了。

"'基达尔小姐，停一停！'我看到她，就说。

"'什么事？——门厅里太冷了。'

"'有我在你身边，我不冷，你应该也不会冷。'

"'可是，我打寒噤啦。'

“‘我想是害怕吧。你为什么要怕我？你不声不响，避而远之，为什么？’

“‘我也许怕得要死，怕在月光里碰上个真像大黑鬼一样的人。’

“‘别走——不要走！——同我在这儿待一会儿，让我们说几句体己话。我已经有三天没同你单独谈话了，这种变化可真残酷。’

“‘我又不想残酷，’她答道，声音真温柔，在她整个举止上——脸上，声音中，确实有一种温柔。可是，同时又有一点冷淡，而且还有一种可望而不可即、倏忽即逝的、变幻无常的神气。

“‘你肯定是使我苦恼了，’我说。‘打从你管我叫你的未婚夫那么对待我以来，还不满一个礼拜，可这会儿我又是你的老师了。你叫我穆尔先生，先生，你嘴上已经忘记了路易斯。’

“‘不，路易斯，不，这是个十分顺口，一叫就叫得出的名字，不是一下子忘得了的。’

“‘要真心诚意待路易斯，那么，接近他——让他也接近你。’

“‘我是真心诚意的，’她说，像个白影子一般飞翔在高空。

“‘你的声音十分美妙，十分低，’我一边回答，一边悄悄地走上去，‘你似乎沉着些了，可是，依然有点惊吓。’

“‘不——很安定，什么也不害怕，’她对我说。

“‘只怕你的崇拜者吧。’

“我一个膝头跪在她脚边的石板地上。

“‘你看我现在是在一个新世界里了，穆尔先生。我不认识我自己——也不认识你，不过，起来吧。你这么做，我觉得惶惑不安。’

“我遵命起来，我也不宜老是这么跪着。我只是向她乞求明朗的态度，对我信任，果然没有白费工夫，她信任我，又抱住我了。

“‘那么，谢利，’我说，‘你看得出，我现在这种动荡不定的处境是决不会快活的。’

“‘啊，不，你是快活的，’她急忙大声说，‘你不知道你有多么快活！任何变化都只会变坏而不会变好！’

“‘快活也好，不快活也好，我再也不能这样继续忍受下去了，你是豁达得不需要快活的。’

“‘要理智一点，路易斯，要有耐心。我是因为你有耐心才喜欢你的。’

“‘那么，别再喜欢下去，还是——爱我吧。把我们的结婚日期定下来。今儿晚上考虑一下，决定下来。’

“她嘴里嘟哝着一句听不明白但又意味深长的话，打我怀里冲了出去，或者可以说是消失了，于是，我不见她了。”

第三十七章
结　束

不错，读者，咱们现在得来把账结一结啦。我只要对这个故事里我们已经熟悉的一些人物的最后命运简略地说一说，那么，你我就得拉拉手，暂时告别了。

咱们先谈一谈那几位副牧师——谈谈那几个非常可爱，却已久被忽略了的人。朴实的人儿，走上来吧！我看到马龙当即应声而来，他一听到呼唤，就知道自己是何等样人。

不，彼得·奥古斯塔斯，我们对你没有什么可以说的，不行呀，我们无法相信你那充满功绩和无数的动人故事。彼得，难道你不知道富有辨别力的公众自有种种奇思异想吗；不知道质朴的真话是行不通的；不知道明摆着的事实是人们所理会不了的吗！你岂不知道真正的猪猡尖叫声现在已经不像从前那样讨人喜欢了吗？我要是把你的生活和行状的结局都说出来，公众准会在一片歇斯底里的尖叫声中一哄而散，而且还会拼命喊叫拿挥发盐和焦羽毛[①]来。这儿一定会说："不可能！"那儿一定会应和说："不是真的！"到头来，一定会庄严地下结论说："缺乏艺术性！"听好！每当你说出实际的、简单的真话的时候，不知怎地，总会被人斥之为说谎。他们不承认你说的话，把它扔掉，把它摔在教区上，反过来，你自己的幻想的产物，那种微不足道的虚构的东西，那种完全是捏造的东西，却会被接受下来，得到宠爱，被称为可爱的、正经的、自然而美妙的东西。私生的小可怜虫得到了所有的糖果——正直的嫡出的毛头娃娃却得到所有的手铐。这就是世道常情，彼得。因为你是个嫡出的顽童——粗野，肮脏，淘气——你必须退下去。

给斯威廷先生让路吧。

他来了，臂弯儿还钩着他的太太，就是约克郡那个最堂皇、分量最重的女人——斯威廷太太，从前的朵拉·赛克斯小姐。他们是在最恰当的人主持下成亲的。斯威廷先生刚刚过着挺舒适的生活，因为赛克斯先生总算能够给朵拉一笔可观的嫁资。他们真是百年偕老，幸福无疆，得到他们教区的居民和无数朋友的爱戴。

你瞧！我认为油彩已经抹得十分地道。

来吧，来吧，唐先生。

这位先生竟变得如此令人敬佩了——读者，远远超出你我的意料。他也同一个最聪明、文雅、贵妇似的小妇人结婚了。这门亲事真是他成功的基础，他已经成为一个善于料理家务的模范人物，同时也是一位真正活跃的教区司祭（他直到老死，诚心诚意地不肯担任教区长）。他家里的杯盘碟子的外表都用最好的擦光粉擦得晶光锃亮，那个圣坛和神庙的家具他都以家具商的热情，桌椅匠的谨慎照顾得十分周到。他那个小小的学堂，小小的礼拜堂，小小的牧师公馆，都是靠他建立起来的，而这一切也都不负他一片热诚：每个地方都自成一种值得效法的模范。如果在建筑学上的一致性和兴趣就等于在宗教上的言行一致和认认真真的话，那么，唐先生该会成为多么了不起的基督教徒的牧师呵！唐先生精通一件一般人无法望其项背的技术——那就是要钱的技术。凭他自己孤立无援的努力，他要到了他一切建筑物的全部金钱。在要钱这件事上，他有运筹帷幄的智力，又有活动能力，简直是举世无双。他向不论地位高低的人要钱——向没有鞋穿的村娃娃和戴红顶的爵爷要钱，他普遍大量发出要钱的信——给老女王夏洛蒂，她那些公主女儿，她那王家爵爷的儿子，给摄政王，给卡斯累尔勋爵，给当时执政的每个内阁阁员；尤其值得注意的是他从这些人物那里，个个都能勒索到一点。有案可稽的就有：他打那位手缝很紧的

---

① 从前专给昏厥的人嗅嗅，使其恢复神志的应急品。

老太太，夏洛蒂女王那里拿到了五镑，从她的长子，那个放荡的王爷那里拿到两个几尼。唐先生每次亲自出马去作要钱的远征时，他就穿起整齐的黄铜[①]铠甲来，你既然昨天给了他一百镑，那今天为什么不能再给二百镑，他会这样直对着你的脸说，你十有八九都得摸出钱来，人们为了摆脱他而给了他钱。他毕竟拿了这些钱做了一点好事，他是他那个时代的有用的人。

也许我应该提一下，那就是在马龙先生过早并突然地打白莱亚菲尔特教区这个舞台上消失后（读者，你不会知道究竟是怎么一回事，你必须去掉你的好奇心，对这个妙人快人致以高尚的敬意），又来了他的继任副牧师，爱尔兰人麦卡瑟先生。我觉得十分欣幸，能够真真实实地告诉你，这位先生之为他的国家带来很大光荣，正如马龙之为他的国家带来很大耻辱一样。他表现得庄重、谦恭和诚实，正如彼得之表现得跋扈、狂暴和——（最后这个形容词，我故意给略了，因为提了就等于拆穿秘密）。他忠诚地为教区操劳，那些学堂，包括主日学校和普通学校，在他指挥下都像青翠的月桂树般繁荣。因为是人嘛，他自然也免不了有他的缺点，不过，这都是一些正当的、稳健的、牧师工作上的缺点。其中有许多还可以称之为优点。如果他发现自己被邀去与一个反国教的人一起喝茶，他准会一个礼拜心神不定，如果看到有一个教友派教徒戴着他那种帽子坐在礼拜堂里，想到有一个未受洗礼的同胞混杂在基督徒中做礼拜——这种种事情都会使得麦卡瑟先生的肉体和精神组织发生一阵莫名的骚动。除此以外，他倒是一个精神健全、富有理性、勤勤恳恳、仁慈为怀的人。

我毫不怀疑，爱好正义的公众一定会说，我直到现在，显然犯了玩忽职守之罪，还没有把那个谋害穆尔先生的未遂犯追捕归案，给以应得的惩罚。这是一个可以让我那些诚心的读者疲于奔命的既正当又

① 黄铜，原文为 brazen，这里是个双关语，又有“厚着脸皮”的意思。

令人兴奋的大好机会，一会儿是法律和福音书，一会儿又是地牢，法院被告席和“死的苦痛”。读者，你也许会喜欢这种事情，可是，我不喜欢。我和我的本题准会立即吵架，那时节，我必败无疑。幸而我找到了一些具体事实，完全可以免除我这番尝试。谋杀犯一直没有受到处罚，主要原因是一直没有捉到他，以后也一直没有再去追捕他。那些治安推事都闪烁其词，仿佛他们都快要高升，要去大干一番英勇的事业了。可是，因为穆尔本人也不像先前那样催迫他们，而是安静地躺在他小屋里的床上，在肚子里暗笑，他那张外邦人的灰白面孔每条纹路都露出讥讽的痕迹，他们也就变更了主意。于是乎，在完成了若干必要的形式之后，便慎重地决定让这事情悄悄地不了了之，他们也真的这样做了。

穆尔先生知道是谁枪击他的，整个白莱亚菲尔特也都知道，那不是别人，就是迈克·哈特利，就是前面一度提到的那个半痴半疯的织工，是个在宗教上属于狂热的道德律废弃论者，在政治上属于疯狂的平等主义者。这个可怜人在枪击穆尔一年后，害了颤抖性酒疯死了，罗伯特还拿出一个几尼给他那个倒楣的寡妇去掩埋他。

冬天已经完全过去，春天跟着来了。光辉灿烂，树木成荫，百花争艳，阵雨骤降。这会儿我们已经到了仲夏，1812 年 6 月中旬。

天气炙热，天空呈深蓝色间纯金色，它与这个时序，这个时代，现时各国的精神完全一致。19 世纪的大好青春都浪掷虚度了。巨人般的孩童在嬉戏中把三山五岳连根拔起，在他那荒唐的游戏中乱抛岩石。这个夏季，波拿巴坐不离骑，他和他的军队在洗劫俄罗斯的不毛之地，同他一起的还有法国人，波兰人，意大利人和莱茵河的孩子们，兵力有六十万。他向着古老的莫斯科推进，那个厉害的哥萨克正在古老的莫斯科城墙下等着他。野蛮的禁欲主义者！他等在那里，不怕无穷的毁灭滚滚而来。他信任雪云。荒野，大风，冰雹都是他的庇护物。他的同盟军是风，火，水。这是些什么东西呀？这是一直守在耶和华殿前的三个大天使。他们穿着洁白的衣服，腰束金带，他们举起三只碗，满溢着上帝的大怒。他们生当复仇的时代，他们的信号就是万人之主的语言，“响彻着主的大雷的声音”。

“你可进过雪库吗？你可见过雹库吗？这都是我储藏着以防灾难，以防争斗和战争的。”

“你们去，把盛上帝大怒的七碗倒在地上。”①

碗倒下去了，大地给火烧焦了，海变成“死人的血”，大小岛屿不翼而飞，三山五岳不胫而走了。

这一年，威灵顿勋爵在西班牙执掌军政大权，他们为了自救，封他为大元帅。这一年，他攻克了瓦达和斯要塞，激战于维多利亚，收复了潘普洛纳，猛攻圣塞瓦斯蒂安；这一年，他在萨拉曼卡大获胜利。

曼彻斯特的人们呵！请原谅我这样浮光掠影地提到战争的事情，这都是无关紧要的。威灵顿勋爵，现在对你们说来，不过是个老朽的先生罢了。我倒认为，你们有些人曾管他叫“老糊涂”——你们曾嘲笑过他上了年纪，丧失体力。可你们自己是些什么优秀的英雄人物呵！像你们这种人，当然可以看不起那种半神半人的人。你要嘲笑，尽管嘲笑吧——你的嘲骂绝对伤不了他那伟大古老的心。

好啦，好啦，朋友们，不管是教友派教徒还是印染工人，咱们来开个“和平会议”吧，把我们所不满意的从从容容地说出来。我们一直以不相称的热情谈论血腥的战争，谈论那些嗜杀成性的将军，我们这会儿终于获知你们所喜欢的胜利了。1812 年 6 月 18 日，“诏令”撤

① 参见《圣经 · 新约 · 启示录》第 16 章第 1 节。

销了，被封锁的港口也都开放了。你们都十分清楚——你们年纪这么大，准是忘不了的——那时候，你们的叫喊声，简直叫约克郡和兰开夏地动山摇了，敲钟的人在白莱亚菲尔特钟楼上大敲其钟，钟声直到今天还是十分刺耳。“厂商协会”在斯蒂布罗聚餐，大家都喝得酩酊大醉回家。那番情景真是他们的妻室决不希望再看到的。利物浦像一只河马般给惊醒了，大喷鼻息，打雷似的在它的芦苇丛中跳了起来。有些美国商人觉得眼看就要闹中风了，连忙自己放血。像一般聪明人那样，在这初露繁荣的时刻，大家都准备冲进投机的深渊里去，去发掘新的困难，有朝一日，他们必将沉溺在困难的深渊里。累积了多年的股票证券，一眨眼工夫，现在都一下子抛出去了，仓库出空，船只满载，工作增多，工资提高，好日子似乎到来了。前景也许是昙花一现，可是，看来却很辉煌——有些人甚至还认为是可靠的。在这个新时代，在这一个6月，有许多人都着实发了财。

伦敦以外各地都欢欣鼓舞，最低微的居民也尝到了节日的味道。大钟声惊醒了最幽僻的人家，仿佛在号召大家欢乐起来。在这个商业获得胜利的日子，卡罗琳·赫尔斯通比平常打扮得更地道，穿上最干净的麻纱衣服，到菲尔赫德去消磨午后的光阴，这时候，她就是这般想法。她是到那里去为准备喜事，监督料理衣着穿戴的，因为她具有无可指摘的鉴赏力，这些事情到头来是否有吸引力，得由她来鉴别。她就结婚时应该戴哪种花冠、面纱，穿什么衣服，作出了决定，她选定了一般场合穿着的各式各样长外衣，也不多征求新娘的意见，事实上，那位小姐这时的脾气正有点儿执拗。

路易斯原已预见到种种困难，如今，果然不出所料地碰上了。事实上，他的爱人表现得叫人说不出的恼怒，一天天，一个星期过一个星期，一个月过一个月，推延结婚佳期。起初，她对推延时日还以各种好听的借口来哄他，到后来，弄得他那慎重而沉着的天性也不得不对她那既是那么可爱，又是那么难以容忍的暴君行为大起反感了。

这是需要有一种暴风雨似的冲击才能使她直截爽快地摊牌的。可是，她终于受到一个确定的日期的束缚了。她受了爱情的征服，安排了日期，还发了誓。

她这样给击败了，受到约束后，就像任何一只上了锁链的荒野的动物那样动弹不得了。只有她的猎手能够使她快活，只有同他在一起才能抵偿已经丧失了自由的权利。他不在的时候，她不是一个人呆坐在那儿，就是一个人荡来荡去，话说得不多，饭吃得更少。

她不对自己的婚礼再作进一步准备。路易斯不得不亲自指挥各种准备工作。他在名义上还没有成为菲尔赫德的主人，实际上却已经当了好几个礼拜的主人了。他虽是一个罕见的最不傲慢、最为和气的主人，可是，对他的夫人却是个专制的主人。她毫无二话，毫不抗拒地让了位。“去找穆尔先生；去问穆尔先生，”每逢有人来请示的时候，她总是这样回答。有钱新娘的追求者从来没有一个这样完全居于当家作主的地位，这样非做一个主要人物不可的情况。

在所有这些事情中，基达尔小姐有几分是由着自己的性儿的，可是，一年后，她说过这样一句话，证明她也有几分是胸有成竹才这样做的。她说：“如果我不撒手不管的话，路易斯就永远也不会知道该怎样管，君主无能，正好发挥宰相的权力。”

本来打算让赫尔斯通小姐在即将到来的婚礼中担任女傧相，可是，司命运的女神却派定她去担任另一个角色。

她及时赶回家去浇花。她快做完这个小活儿了。最后要浇的是一株蔷薇树，它在屋后一个幽静、苍翠的角落里争妍吐艳。她让这株树得到清凉的浇洒后，这会儿她要休息一下。墙边有一块石雕断片——修道院的遗物，从前也许是一只十字架底座，她跨了上去，想好好地纵览一下景色。她一只手还拿着洒水壶，另一只手轻轻地撩着漂亮的衣衫，免得沾着滴滴嗒嗒的水滴。她打墙头望出去，眼前是一片寂静的田野，远处有三棵黝黑的树，并肩地参天矗立，在远处一条孤寂的小径尽头，有一片孤零零的荆棘。她仔细打量一下那黑黝黝的泽地，那里正燃着篝火，夏天的黄昏暖洋洋的，钟声像音乐似的叫人听了高兴，篝火的蓝烟显得十分柔和，红红的火光十分明亮，篝火上边，在太阳已经消失了的天空中，闪烁着一个银白点——爱情星。

卡罗琳这天晚上并不是不快活的——决不是这样。但是，她一边凝望，一边叹息，不料就在她叹息的时候，有一只手搂住她，悄悄地搁在她腰上。卡罗琳自以为知道是谁走拢来。她毫不吃惊地听任搂抱。

"我在看太白星，妈妈。你瞧！这颗星儿真美丽。同那深红的篝火相比，它发出的光多白呵！"

回答却是搂得更紧，卡罗琳回头一看，看到的却不是普赖尔太太那张安详的脸，而是得抬起头来才看到的一张黝黑的、雄赳赳的脸。她不禁丢下洒水壶，打踏石上跨下来。

"我已经同'妈妈'坐了一个钟头，"这个不速之客说，"我同她作了一次长谈。当时，你上哪儿去啦？"

"到菲尔赫德去了。谢利还是那么淘气，罗伯特。人家问她什么问题，她都不说'是'，也不说'不是'。她独自坐在那儿——我说不出她究竟是忧郁还是冷淡。如果你去对她大叫大嚷或者骂她，她只是朝你一看，五成沉思，五成漠不关心，教你只能像她一样古怪，一样痴呆地走开。路易斯会怎样去摆弄她，我可说不上来。反正如果我是个男人，我觉得，我决不敢去惹她。"

“别管他们的事——他们是叫做天作之合。说来也怪，路易斯还最喜欢她这种怪脾气呢。如果任何人对付得了她，他也对付得了她。看来她是在考验他。他为了这样一个宁静的人使用了暴风雨似的求婚法，可是，你看到，到头来胜利是属于他的。卡罗琳，我是专程来拜见你的。那些钟干吗尽敲呀？”

“是为了撤销你最害怕的那个法律——撤销你最憎恨的那个‘诏令’而敲的。你很高兴，可不是吗？”

“昨天晚上，这个时候，我正在收拾几本书，准备去作一次航行。除了一些衣服、种子、树根和工具，这些书是我仅有的财产，也是我认为可以一起带到加拿大去的东西。我眼看就要离开你了。”

“离开我？离开我？”

她的小手指紧紧地放在他臂膀上。她的脸色、声音都显得很惊吓。

“现在不啦——现在不啦。你仔细看我的脸——是呀，仔细地瞧一瞧。这上面可有告别的那种明显的绝望神色？”

她直望着那张明亮的脸：眉、眼、嘴、鼻全都喜洋洋的，虽然脸盘本身黑黝黝的。这张脸，各种特征都隐含有一种威仪，光也似的照着她的希望，钟情，喜悦。

“撤销诏令对你会有好处——很多好处，直接的好处吗？”她问。

“撤销诏令真是救了我的命。我这下子不会破产了，我这下子不放弃我的生意了，我这下子不离开英国了，我这下子不再是个穷人，我这下子可以还债了，我这下子仓库里所有的布匹都可以脱手啦，我可以拿到更多的佣金。如今我在国外的运气可以有更牢靠的基础了，我生平第一次能够稳固地站牢在这个基础上。”

卡罗琳全神倾听他说话。她手里握住他的手。她长长地叹了一口气。

“你得救啦？你的沉重困难卸下来了？”

“卸下来了。我活得下去啦，我能够行动了。”

“毕竟有这一天！啊！上天真仁慈。感谢上天，罗伯特。”

“我确实感谢上天。”

“我为了你，也感谢上天。”

她虔诚地抬头望天。

“我这下子可以多雇一些工人，给他们比较高的工资，制订比较明智、比较大方的计划，做点有益的事情，少做自私的打算。这下子，卡罗琳，我可以有一幢房子——有一个我可以真正称做我自己的家。这下子——”他住口了，因为他的深沉的声音说不下去了。

“这下子，”他又说下去——“我这下子可以考虑到结婚了，我这下子可以找到个妻子了。”

这不是她该开口的时刻。她没有开口。

“卡罗琳会——她温顺地希望人家会像她宽恕别人一样宽恕——会原谅我过去使她受苦，原谅我缺德地使她受到所有的痛苦，原谅我使她受尽了身心的疾痛吗？她会忘掉她所知道的、我的下贱的野心，卑鄙的打算吗？她会让我对这种种事情赎罪吗？她会让我来证明，由于我一度残酷地丢弃了，任性地玩弄了，卑劣地伤害了她，我现在能够忠诚地爱，热诚地珍爱，亲切地宝贝吗？”

他的手仍在卡罗琳手里，她轻轻一捏算是回答他。

“卡罗琳是我的吗？”

“卡罗琳是你的。”

“我一定要宝贝她。感到她可贵的，就在这里，在我这颗心里，同她在一起的迫切需要已同我的生命交融在一起了。我会爱护她的幸福安宁像爱护我那冲激我自己的脉搏的血液一样。”

“我也爱你，罗伯特，而且一定会诚挚地照料你。”

“你会诚挚地照料我——诚挚地照料，仿佛是那棵蔷薇树会答应庇护这块灰色的硬石头，使它不遭到暴风雨一样吗？唔，她一定会以她自己的方法照护我，这一双手将是温柔的善于服侍人的手，使我可以尝到一切安慰。我知道我所找的配偶一定会给我带来安慰——仁爱——净化——这些对我来说，都是陌生的。”

突然之间，卡罗琳难过起来了，她嘴唇嗦嗦抖。

“我的鸽儿怎么不安定起来啦？”穆尔问道，这当儿，她依偎着他，接着，又不安地缩开去。

“可怜的妈妈！我全都是妈妈的，我非离开她不可吗？”

“你知道，我已经想到这个困难啦，我已经同‘妈妈’商量过这事啦。”

“你告诉我，你想怎么做——你会怎么做——让我考虑考虑我能不能答应，可是，我丢不了她，哪怕是为了你也不能丢下她，我不能使她伤心，哪怕为了你，也不能使她伤心。”

“我不诚实的时候，她忠诚——她可不是吗？我从来没有走近过你的病床，她却不停不歇地守在你病床旁边。”

“我该怎么办？什么都可以，就是不能离开她。”

“按照你的愿望，你永远不必离开她。”

“她可以同我们住得很近吗？”

“同我们住在一起——只是她要有她自己的一套房间，要有她自己的用人，这就是她提出的条件。”

“你知道，她自己有一笔收入，加上她自己的脾气，所以她向来是不依靠人家的。”

“她告诉我这一点，那种柔和的自豪神气，使我想起了另外一个人来。”

“她一点也不会干扰人家，也不会说人家闲话。”

“我了解她，卡利，不过，如果——她不是冷淡、慎重的化身——她是完全相反的一种人，我是不会害怕她的。”

“可是，她终究要做你的岳母吧？”

说话的人诡诈地微微点一下头，穆尔微微一笑。

“路易斯和我都不是害怕岳母的那号人，卡利。我们自己家里决不会有，决不可能有敌人。我毫不怀疑，我的岳母一定会十分尊重我。”

“这她是一定会的——你知道，她自有一套。她不是个感情外露的人，如果你看到她闷声不响，甚至十分冷淡的时候，你千万不要以为她不愉快，这只是她特有的一种态度。如果她有什么使你弄不懂的地方，一定要让我来替她解释，这方面的事情你总会相信我所说的话，罗伯特。”

“啊，绝对如此！说正经的，我觉得她同我一定会合得来——不能再好的了，你知道，霍顿斯非常之敏感——就我们对这个词儿的法语字义说来——而且，也许她的要求往往是不讲道理的。可是——亲爱的，诚实的姑娘——我这一生，从来没有伤过她的感情，叫她苦痛，也从来没有同她很厉害地吵过架。”

“是呀，你是最豁达最会体贴人的——确实是对她挺亲切，挺宽容的，你也一定会体贴妈妈，罗伯特，你一直是个绅士，哪儿也找不到一个像你在家里这样的十全十美的绅士。”

“我喜欢这个赞扬，十分动听。我非常愉快，我的卡罗琳会从这个角度来看我。”

“妈妈对你的看法也正跟我一样。”

“我想不很一样吧。”

“她并不要我嫁给你——别扬扬得意——不过，有一天，她对我说：‘亲爱的，穆尔先生的态度讨人喜欢，像他这样又有礼貌又诚恳，在我碰到过的男人中，倒是为数不多的一个。’”

“‘妈妈’有点像个厌世者，可不是吗？对于男性不会有最好的看法。”

“她能够克制，不把男人作为整体来看，而且也有她所尊敬的一些例外人物。路易斯和霍尔先生，以及，近来——对你就是这样。她从前并不喜欢你，我心里有数，因为她从来没有提到过你。可是，罗伯特——”

“唔，怎么啦，又有什么新想法？”

“你还没有去看过我叔叔吧？”

“看过啦。‘妈妈’请他到房里来。他有条件地答应了。如果我证明我养得起一个妻子，我就可以娶她，可我能够养她养得比他想的还要好——比我自夸的还要好。”

“如果你发财了，你会用你的钱来做些有益的事情吗，罗伯特？”

“我一定会做些有益的事情，你可以告诉我怎么做，老实说，我自己也有些打算，有一天，我可以同你在我们自己家里谈谈这些打算。我觉得有必要做些有益的事情。我已经知道自私自利是彻头彻尾的愚蠢。卡罗琳，我预见到我现在可以预言的情况。这场战争不久就一定会结束。商业大概会兴隆几年。英国和美国之间可能会发生小小的误会，不过，那不会持续很久。有朝一日——也许再过十年——路易斯和我将平分白莱亚菲尔特教区的天下，你觉得怎样？无论如何，路易斯一定会是个有财有势的人，他决不会埋没自己的才能，他是一个慈善为怀的人，而且，他自己还有一种不可忽视的才气。他的头脑虽然迟钝，却很健全，他的头脑一定能行，会郑重地考虑问题，会考虑得很出色。人们一定会让他当这个地方的治安推事——谢利说他会当的。如果他肯让谢利去办的话，谢利一定会急躁地、匆促地去为他谋到这个尊贵的职位。不过，他不会让她这样做，他会像平常一样，不急于这样做，他做菲尔赫德的主人不消一年工夫，全区都会觉得他具有悄悄的影响，认识到他具有谦恭的优越性，是个治安推事的合格人选，人们终究会自愿而不是勉强地给他这个职位。他们终究会尊敬他未来的妻子，大家都会喜欢他，他是一个公认的‘和气的人’，‘像面包那样好’——是最苛求的人每日的食粮，是老幼咸宜的食粮，是穷人的营养品，是富人的补药。尽管谢利任性，怪僻，对他躲躲闪闪，拖拖拉拉，却对他真是爱得要命，有朝一日，她一定会看到他是个甚至超过她所能希望的、人人爱戴的人。他呢，受到人人尊敬，重视，凡事都要来找他商量，以他为依傍——类似的情况还多着呢，他的意见总是恰当的，他的帮助总是和和气气的——不消多久，找他商量，找他帮助一定会成为使他感到麻烦的要求了，他一定会订出一些限制办法来。至于我，如果我能如愿以偿地获得成就，我的成功也一定会为他和谢利增加收益，我能够把他们那个工厂的资产翻个一番，我会用一连串小屋和一排排村屋花园来把那片荒凉的洼地都包围起来。”

“罗伯特，把那些矮树丛都连根拔起？”

“再过五年，那些矮树丛都将成为柴火，那个美丽的荒谷准将成为一片平滑的坡地，那片青翠的天然高台将会变成一条砌石的大街，暗黑的山谷里会有小屋，荒凉的山坡上会有小屋，那条崎岖不平的石子小径将变成一条平坦、坚实、宽阔、乌黑的煤屑路，打我工厂里拿煤渣来做路基。而我的工厂，卡罗琳——我的工厂将把它现在那个院子都占满了。”

“吓人呀！你要把我们这个青苍的山区天空都变得像斯蒂布罗那样烟雾缭绕啦。”

“我要把帕克托勒斯河水灌进白莱亚菲尔特豁谷来。”

“我却千百倍地喜欢那条小溪。”

“我要搞到一条法律，把南尼利公地给圈进来，把它分成许多田庄。”

“不过，斯蒂布罗泽地不会听你的话，谢谢老天！你能在比耳贝利沼地上种出什么东西来呢？露悉奇会多么繁荣呀？”

“卡罗琳，不论远近，凡是无屋可住，饥饿、失业的人都将到洼地工厂来，乔·斯科特将给他们工作，路易斯·穆尔老爷将使他们得到一个安身之所，吉尔太太在他们拿到第一次工资以前，将配给他们一份口粮。”

她抬起头来，面露笑容，直望着他的脸。

“你准会有一个很好的主日学校，卡利！你准会拿到很多的捐款！你同谢利一定可以办个很好的小学校，由安利小姐来给你们主持，工厂会支付一个男教师和一个女教师的薪水，那位老爷或者布厂主一定会每季度举行一次大宴会。”

她不声不响地自动让对方一吻，这一来反而让对方不正当地钻到空子，给勒索去了无数个亲吻。

“多么放肆的白日梦呵！”穆尔叹了一口气，又笑着说，“不过，也许我们可以实现其中的一两桩。这会儿，下露水啦。穆尔太太，我来扶你进去。”

8月，钟声又轰鸣了，不仅响彻约克郡，而且响彻英国。军号声早就从西班牙传来了，现在越吹越响了，它宣告萨拉曼卡胜利了。这天晚上，白莱亚菲尔特灯火通明。这一天，菲尔赫德的租户举行聚餐，洼地工厂的工人也要相聚在一起进行类似的庆祝。几个学校举行盛宴。这天早晨，白莱亚菲尔特礼拜堂隆重地举行了两个婚礼——安特卫普的世家，路易斯·吉勒德·穆尔老爷，与菲尔赫德已故查尔斯·凯夫·基达尔老爷的令嫒谢利举行婚礼；洼地工厂的罗伯特·吉勒德·穆尔先生与白莱亚菲尔特教区长，牧师马修森·赫尔斯通硕士之侄女卡罗琳举行婚礼。

第一个婚礼由赫尔斯通先生主持仪式，白莱亚曼斯的海勒姆·约克老爷为女方主婚人。第二个婚礼则由南尼利的牧师霍尔先生主持仪式。在结婚仪式的行列中，最引人注意的人物是那两个年轻男傧相，亨利·辛普森和马丁·约克。

我认为，罗伯特·穆尔的预言至少已部分实现了。有一天，我经过洼地，那地方据说原来是一片青翠的荒野，如今，我却看到了这位厂主的白日梦已经在大石头，砖头和泥灰中具体化了——那条铺上煤渣的乌黑的大道，那些小屋，还有小屋的花园，我还看到了一个巨大的工厂，一座烟囱，像巴比之塔那样气概非凡。我回到家的时候，对我的老管家说我刚才到过那地方。

"是呀，"她说，"这个世界发生了古怪的变化。我简直还记得起那个旧工厂刚建起来的情况——那是这一带最早的一个工厂，接着我还记得起它又给拆掉了，我还同我的姊妹淘一起去看他们竖立新工厂的基石。那两位穆尔先生呀，可真忙了一阵。他们都在那儿，还有许多大人物，还有他们那两位太太，都显得又美丽又华贵，不过，要算路易斯太太最华贵，她总是穿着那么漂亮的衣服，罗伯特太太比较素静一点。路易斯太太一说话就笑容满面，她真是长着一副幸福、愉快、和蔼的相貌，但是，她还长着一对能看透人心的眼睛。眼下是没有这种太太的了。"

"那时节，洼地是个什么样子，玛撒？"

"同这会儿大不相同，不过，我还能再说出它另一个样子来，那时节，周围两英里地，既没有工厂，也没有小屋大宅，只有一个菲尔赫德。我可以说出来，有一个夏天晚上，是五十年前的事啦，我母亲在快黄昏时奔了进来，简直像给吓昏了头，说她在菲尔赫德洼地那儿看到了一个仙女，那是这一带所曾见到过的最后一个仙女(虽然在这四十年内他们已听说过一回）。那是一个多么荒凉的地方呵，也是一个美丽的地方，净是橡树和榛树。现在可不同啦。”

故事讲完了。我想，我这会儿看到一位贤明的读者在戴上眼镜来寻找寓意了。如果想提出什么说明的话，那未免是对他的明智的一种侮辱。我只能说，愿上帝保佑他能顺利找到！

· 勃朗特三姐妹文集 ·

Charlotte Brontë

维莱特
Villette

〔英〕夏洛蒂·勃朗特 著

吴钧陶 西海 译

上海译文出版社

目　次

第二卷

第三卷

译本序

1852 年 11 月里寒冷的一天，在英国北部约克郡布拉德福市霍沃思村教区牧师巴特里克 · 勃朗特先生的寓所里，牧师的女儿，这时已经以笔名柯勒 · 贝尔蜚声文坛的夏洛蒂 · 勃朗特（Charlotte Brontë，1816—1855）写完了她的小说《维莱特》的最后一行。她搁下笔来，大大松了一口气。后来她写信告诉朋友说："我写完后，作了一次祈祷。究竟写好了还是写坏了，我不知道；任凭天意吧！现在我要努力平静地等待结果。"

这时，夏洛蒂年方三十六，已出版了轰动一时的杰作《简 · 爱》（1847）和颇受欢迎的《谢利》（1849），年龄和事业都是如日方中之际，应该有漫长的锦绣前程等候着她，却不料《维莱特》已是她的绝唱了。两年以后，她与副牧师亚瑟 · 贝尔 · 尼科尔斯（Arthur Bell Nicholls，1818—1906）结婚，结婚前后动笔写小说《爱玛》，未能完成，婚后只九个月便受疾病折磨，留下几章残篇，于春寒料峭的 3 月 31 日匆匆离开了人世，年仅三十九岁。

勃朗特一家的生活，原像多数乡村牧师家的生活那样，是清寒的；如果不是迭遭变故，倒也融融泄泄，乐在其中。但是，夏洛蒂六岁时，三十八岁的母亲便被癌症夺去了生命。姨母来家照料六个孩子，终未能慰抚孩子们丧母之痛。两个姐姐、夏洛蒂和一个妹妹被送往教士女儿学校住读，学校里恶劣的条件和过分严厉的管教，对幼小的心灵只能投下暗影。还不仅如此，两个姐姐不久以后都得了肺结核，先后夭折。这些，在《简 · 爱》一书里都有着令人伤心落泪的反映。夏洛蒂和妹妹艾米莉辍学回家以后，和弟弟勃兰威尔、最小的妹妹安妮一同长大。弟弟后来一事无成，自甘堕落，浪掷了自己的才华，也辜负了家人的希望。夏洛蒂和她的两个妹妹对于写作诗歌和小说有着共同的爱好，终于都登上文坛，成为杰出的文学家。

三姐妹于1846年用笔名自费出版了《柯勒、埃利斯、阿克顿·贝尔诗集》。夏洛蒂的《简·爱》于1847年由史密斯—埃尔德公司出版以后，艾米莉的名著《呼啸山庄》和安妮的《艾格妮丝·格雷》也于同年由纽比公司以作者负担一部分费用的苛刻条件出版。第二年，安妮又出版了小说《女房客》。

命运之神似乎开始垂顾这一门三女杰的辛勤劳动，让她们可以采摘甜蜜的果实了，却不料从1848年的秋天到1849年的春天的八个月之内，勃兰威尔、艾米莉和安妮三人相继在青春年少时死于结核病。

夏洛蒂的《谢利》写到三分之二的地方，正是家中惨祸连连的时候，她不得不暂停写作，过了一阵才强忍悲痛，勉力续完。

在她写作《维莱特》的一年间，可以想见亲人们的死亡的阴影是如何时时出现在她的眼前。还要加上一句的是，他们的姨母也早已于1842年死于他们家中。人去楼空，教会提供的两层八间的牧师寓所里空空荡荡的，只剩下爱独居一室的父亲、一个女仆和夏洛蒂三人。在荒原深处，墓冢丛中，教堂对面，这样一个阴森森的屋子里，室外狂风呼啸，室内炉火闪忽，夏洛蒂伴着孤灯，形单影只，奋笔疾书，此情此景，该是什么况味！她们三姐妹原来有个习惯，在晚饭后绕着餐桌踱步，一个跟着一个，一面走，一面交流写作心得，互提意见。两个妹妹去世以后，夏洛蒂依然保持这一习惯，绕桌而行但已无人可以交谈，不闻欢声笑语，却只有自己的脚步敲击那石块铺成的冷冰冰的地板跫跫之声了。

这样的写作背景，这样凄凉寂寞的心境，不可能不反映到她的作品《维莱特》中来，何况这部书的内容比起夏洛蒂其他几部小说，带有更浓厚的自传色彩。

《维莱特》的女主人公露西·斯诺从许多方面看来，就是夏洛蒂·勃朗特本人的真实写照。露西的经历如果说并不完全等于夏洛蒂的经历，也应该说是经过艺术加工后的夏洛蒂的主要经历；同时，露西用第一人称对读者所说的话，应该看做夏洛蒂对世人倾吐的心声。

夏洛蒂把女主人公的姓氏称做“斯诺”是有含意的。1852 年 11 月 6 日，作者致函出版公司的审稿人威廉斯说：“说到女主人公的姓名，我几乎无法解释，是怎样一种微妙的意念使我决定给她起了一个冷的姓氏……她必须有一个冷的姓氏……因为她有一副冷冰冰的外表。”原来“斯诺”的原文 Snowe(=Snow)是“雪”的意思。作者一度曾使女主人公改姓 Frost，意为“冰霜”，同样是寒冷之意。参照作者的经历看来，当不仅指她的外表，很可能还指她的遭遇和她的内心。所以在同一封信里，夏洛蒂还说：“除非我错了，这本书的情调将从头到尾是比较低沉的。……她也许会被看成是病态的、软弱的……而任何人如果过着她那种生活，都必然会变得病态的。”

书名“维莱特”的原文是法文 Villette，乃“小城”之意，英国人用这个词指比利时首都布鲁塞尔。夏洛蒂用这个字暗指布鲁塞尔，正如她在书中用“拉巴色库尔”(Labassecour，“农家场地”或“晒谷场”)暗指比利时一样。原因当是作者要把故事的真实背景弄得模糊一点。从 1842 年到 1844 年，夏洛蒂在布鲁塞尔埃热夫人寄宿学校读书并兼任英语教员。这是夏洛蒂一生唯一的一次走出国门，来到欧洲大陆。初渡英、法之间的海峡的时候，是她父亲陪送她和艾米莉前去的，费用由姨母资助。不到一年，姨母病故，夏洛蒂和艾米莉奔丧回家。在埃热先生来信盛情催请下，夏洛蒂再次只身返回布鲁塞尔。前后两年，夏洛蒂在法语、德语和文学修养方面大有收获。意想不到的是，在感情问题上，竟然也给她留下了一段刻骨铭心、难以忘怀的恋情。她所以要写这部小说，所以要把这部小说叫做《维莱特》，显然是事出有因的。

这一段恋情，当时和后来都鲜为人知。如果不是一个戏剧性的插曲，可能会永远湮没无闻。据说，夏洛蒂去世以后不久，为她写出第一部传记的伊丽莎白·盖斯凯尔夫人，在向有关人士搜集资料时，对此事是知道的，但是为了不使尚活在世上的人难堪，为了不使她的朋友夏洛蒂本人的形象受损，故而在传记中略而不提。

事情是夏洛蒂在布鲁塞尔埃热夫人寄宿学校学习期间与康斯坦丁·埃热(Constantin Heger，1809—1896)先生之间发生的感情纠葛。

埃热先生的第一位夫人死于1833年，他的第二位夫人(娘家姓Parent)克莱尔·卓埃(Claire Zoë)·埃热(1804—1890)是夏洛蒂求学时的校长。埃热先生主要在学校东隔壁的一所布鲁塞尔王家中学担任文学教授(在比利时，对资深中学教师也称教授)，同时也协助夫人治理自己的学校并且授课。埃热先生为人热情，充满活力，学识渊博，是一位第一流的教师，在夏洛蒂和艾米莉初来的时候，给予帮助，特为她们辅导功课。不久，夏洛蒂在学校里学习的同时，还担任了英语教师，并且为埃热先生和他的妻弟补习英语。从现有的材料看来，他们之间不过是如此这般的泛泛的关系。1842年5月，即夏洛蒂和艾米莉到达布鲁塞尔之后的三个月，夏洛蒂给她童年时的学友，后来成为终身挚友埃伦·纳西女士写的信里，这样形容埃热先生："他是修辞学教师，一个智力雄厚的人，可是脾气异常暴躁易怒，一个矮小黝黑的丑八怪，一张脸上表情瞬息万变。有时他借用一只发疯的雄猫的模样，有时又借用一头癫狂的狼狗的神态；偶尔，但很罕见，他抛开了这些危险的诱人的表情，采用了一副距温文尔雅的绅士派头相去无几的风度。"从这些不大恭敬的言词看来，夏洛蒂这时不像对埃热先生有多少好感。但是，过了一年，夏洛蒂在给她的弟弟勃兰威尔的信上，抱怨在这个异乡异国人际关系"虚伪透顶"，不懂什么是友谊的同时，却说："唯一一个例外是那个黑天鹅，埃热先生。"从"丑八怪"一跃而升为"黑天鹅"，岂不是像丑小鸭变成了白天鹅？这里，岂不是透露了一点什么信息吗？

另一方面，埃热先生比他的第二位夫人小五岁；那所学校看来又是这位夫人的资产；如此"屈居人下"，如果他感到"压抑"的话，便很有可能主动接近夏洛蒂，引为红粉知己。

当然，不能忘记，当时是十九世纪，当地是天主教国家的天主教学校。校长埃热夫人矮矮胖胖，彬彬有礼，但是神态冷峻，不苟言笑，一贯以严格的态度领导学校，以不断的监督对待师生。在《维莱特》里，夏洛蒂按照她的模型出色地创造出一位贝克夫人，可以想见埃热夫人管理下的学校的大致的环境氛围。因此，夏洛蒂和埃热先生之间的关系想必不是那种浪漫的师生之恋，而多半如夏洛蒂在《维莱特》里所描写的露西·斯诺和保罗·伊曼纽埃尔之间那种精神上的互相吸引、心灵上的彼此接近和沟通，但事实上是只有绝望和痛苦的那种交往。

夏洛蒂身材娇小瘦弱，但是性格坚韧刚毅，很有主见，再加上长期艰难和孤独生活的磨练，她是一个深情而又不易动情的人。她这时二十六岁，在来布鲁塞尔之前，曾经在家乡拒绝过两位求婚者，可是不知为什么却在这样一个不适当的地方向一位不适当的对象打开了心扉。恐怕只能说是盲目的爱神向她盲目地射出了一支金箭吧。

尽管夏洛蒂竭力自我克制，尽管表面上维持正常的师生关系，但是既然心中燃起了恋之火，总不免有外露的迹象。勃朗特研究家玛格丽特·莱恩在《勃朗特一家的故事》中写道："埃热夫人敏锐地注意到那个英国女教师对教授的反应过分冲动，过分带感情意味。她不喜欢热情，对这种歇斯底里，无疑也有过充分体验。……当然，两个女人之间的那种无以名状、不知不觉的妒意也在起作用。夏洛蒂随时随地都猜疑到对方的冷淡，正如埃热夫人随时随地都猜疑到对方的不适当的热情。”

大概是为了摆脱精神上的痛苦、处境的尴尬，避免埃热夫人猜疑和冷漠的目光，以及治疗那难以忍受的孤独之感、思乡之情，夏洛蒂于1843年10月向埃热夫人表达了离校回国的意愿。不料，一如夏洛蒂给埃伦的信上所说：“埃热先生听说发生了什么事以后，第二天把我叫了去，怒冲冲地宣布了他的决定：我不能走。”直到这年年底传来消息，说夏洛蒂的父亲快要双目失明了，这才给了她脱身的充足的理由。

可是一颗动了真挚的感情的心，并不因为它的主人身在何处而情况有什么不同。对于夏洛蒂说来，回到家乡，从此永不相见，反而使思念之情加上生离死别之苦，一如火上加油，而更受煎熬。在这种情况之下，只有书信才能够慰情聊胜于无。这些信必须是可以公开的，因为是写给一位有妇之夫；但又必须让对方了解自己的渴念和爱恋，因为这才是写信的真正目的。夏洛蒂以自己非凡的才华尽力这样做，然而纸包不住火，从一些字句，从字里行间，明眼人和旁观者是容易知道此中深意的。不知这些信共有多少，但是极其偶然、极其戏剧性地被保存下来的是四封，流传后世，让人得知湮没了许多年的这段隐情，也让研究者和读者得知夏洛蒂写《维莱特》的背后，实际上有着这样一段不幸的背景。

信是写到埃热夫人寄宿学校去的，可见夏洛蒂并不有意避开埃热夫人的“监督”。后来埃热先生要求把信寄到自己任教的那所中学，可见他遇到了“麻烦”。夏洛蒂觉得这样做不妥，便从此中断了通信，可见她认为自己光明磊落，不想背着那位夫人暗诉衷曲，而且很可能当局者迷，她认为这些信只不过是普通的，或稍稍越过“普通”的师生间的通信而已。

四封信被保存下来的曲折经过是这样的。

据说，埃热先生接读夏洛蒂的来信以后，便撕作废纸，随手扔掉；埃热夫人却颇有心计地悄悄拾起来，用线缝缀并且裱糊好（从一本传记书上的一张图片上可以看出），藏在自己的首饰匣子里。埃热夫人死去多年之后，埃热先生才发现这些自己扔掉的信，很是惊讶，便再次扔去，却又被他的女儿拾起来珍藏。直到半个世纪以后，这时，夏洛蒂一家及埃热先生都已先后作古，埃热夫妇的子女也已到了老年，他们觉得这四封信是举世闻名的作家的珍贵手迹，便于1913年拿了出来，捐赠给不列颠博物馆。《泰晤士报》于同年7月29日将法文原信全文发表，并附英文译文。这时，已是这些信件书写日期的六十八年之后了。

夏洛蒂在信中说："日日夜夜，我既不能休息，也不得安宁。……我梦见你，老是疾言厉色，老是乌云满面，老是冲着我大发雷霆。……如果我的老师全部收回他对我的友谊，我就毫无希望了。""我曾经试图忘掉你，因为怀念一个你非常敬仰但又认为不复得见的人，是太令人伤神了。而当一个人忍受这种焦虑心情达一两年之久，只要能回复心情的宁静，他是在所不惜的。我什么办法都尝试过，我找事情做，禁止自己享受谈到你的快乐——甚至对艾米莉都绝口不谈。……我食无味，寝无眠，憔悴消损。"

夏洛蒂心中沸腾着多么热烈的感情，又忍受着多么痛苦的煎熬，真是跃然纸上。弗洛伊德派心理学者认为文艺是被压抑欲望的升华。厨川白村认为："生命力受了压抑而生的苦闷懊恼乃是文艺的根底。"这些话有多少道理，或许值得探讨，但似乎至少可以部分说明夏洛蒂写作小说《维莱特》的动机。

她的动机，其实在那四封信的第一封里就初露端倪了。那是1844年7月24日给埃热先生的信，上面说："若是我能写作，我就不会感到空虚无聊。……我要写一本书，把它奉献给我的文学老师——我唯一的老师——奉献给你。”

不过，夏洛蒂从布鲁塞尔回到家乡霍沃思以后，开头做的是与妹妹们积极筹备在家中开办招收四至六名学童的寄宿学校的事。她去比利时求学，原来也是为自己办学当教师打基础的。无人报名，办学未果，她们才转向文学事业。在三姐妹诗集出版以后，夏洛蒂于 1846 年写成的第一部小说是《教师》，而不是《维莱特》。《教师》同样以布鲁塞尔为背景，写一位英国男青年前去做教师，与一位外国女学生恋爱而终成眷属。这部小说当是为献给老师而作的，可惜被认为失之平淡，不合流行口味而被出版公司六次退稿，后来又遭三次拒绝，夏洛蒂生前没有见到它的出版，直到 1857 年，即她逝世后两年，才得以问世。

《教师》受到的冷遇，终于由《简·爱》和《谢利》的巨大成功弥补了。但是夏洛蒂依然不能忘情于她在布鲁塞尔的那段经历。早在 1847 年 12 月 14 日，她就曾在信上对史密斯—埃尔德公司的审稿人威廉斯说：“我的愿望是重写《教师》，尽量弥补其不足，删除一些部分，扩充另一些部分，把它变成一部三卷小说。”结果便是她这部动笔于 1851 年夏，完成于 1852 年冬，出版于 1853 年初的杰作《维莱特》。作者也许担心这部作品会像《教师》那样不受出版者欢迎，所以在完成之后作了祈祷，仿佛不那么有信心。

与《教师》比较起来，《维莱特》的篇幅增加了一倍有余，人物大大增加，内容也丰富复杂得多，已经完全不是局部的改写和增删，而是另一部有独创性的小说了。不过写的仍然是叫做“维莱特”的布鲁塞尔，仍然以一所学校中的师生关系为主要情节。把《维莱特》看做是一部李代桃僵的作者心心念念要奉献给她的老师埃热先生的作品，大概并不为过。

露西·斯诺是《维莱特》里最主要的人物，她自始至终向读者叙述故事，倾吐心曲。另一位主要人物保罗·伊曼纽埃尔，即在外表上和性格上都经过化装却仍然依稀可辨的那位埃热先生，在小说的第一、二卷里却不占主要地位，直到第三卷里才同露西和贝克夫人，即埃热夫人的化身，占据了舞台的中心，演出可歌可泣的一幕幕，直到悲剧性的终场。

第一和第二卷里的主要人物，除露西和贝克夫人以外，则是约翰·格雷厄姆·布列顿医师、波琳娜·玛丽·霍姆小姐、姞妮芙拉·樊箫小姐和阿尔弗莱德·德·阿麦尔上校等等。他们之间交织着种种错综复杂的关系。露西暗暗地爱上了约翰医师；约翰迷恋的是姞妮芙拉；爱虚荣的姞妮芙拉却选中那位游手好闲的有贵族头衔的德·阿麦尔上校。到全书近尾声的时候，约翰与波琳娜(据知其原型是盖斯凯尔夫人的小女儿朱莉娅)结合成幸福的一对；姞妮芙拉与那位上校私奔远行。贝克夫人一贯不动声色地执行她明察暗访、严格管教的校长任务。露西遭受的则是命运对这位孤独无依的少女的种种折磨。

这第一和第二卷之中，同样反映了作者夏洛蒂的亲身经历。比如马趣门特夫人之死，使人联想到作者姨母之死；比如露西初至伦敦，渡海去“维莱特”时的感受；比如以一个信奉新教的教徒的身份到天主教教堂里向神父忏悔的描写，在夏洛蒂于1843年9月2日给艾米莉的信上就有详细的叙述。这些地方，夏洛蒂和露西已不分你我了。至于用大量笔墨描绘的那位年轻有为、英俊文雅、惹人喜爱、责任心和事业心都强的约翰医师，据知同样是实有其人，呼之欲出的。此人便是出版过夏洛蒂几部作品的伦敦史密斯—埃尔德公司的业主乔治·史密斯先生。夏洛蒂是从布鲁塞尔回到英国以后，写作成功，才成为一名作家，并与史密斯先生有了交往的。但是在《维莱特》里，作者把这一段经历的时间、地点和背景都作了移花接木的艺术处理，搬到先于此时的“维莱特”去了。夏洛蒂生平五次去伦敦，或为文稿出版事宜，或受史密斯邀请参观博览会什么的。每次，这位出版家都盛情款待，有时夏洛蒂住在他颇为舒适讲究的家中。夏洛蒂性格内向，木讷寡言，不善也不爱交际，但是史密斯还是把她带领到一些社交圈中。她在此时认识了萨克雷、卡莱尔、盖斯凯尔夫人、罗杰斯等名作家、诗人，以及其他一些社会名流。出席宴会、观剧、参加音乐会、参观不列颠博物馆的画廊等等节目，主要也是这位史密斯先生的热心安排。他还与夏洛蒂去爱丁堡远游。交往密切，通信也频繁，看来夏洛蒂对乔治·史密斯颇有好感；史密斯先生的热心和殷勤似乎也超过一位出版公司业主同其投稿人之间的关系，因此外界有了一些猜测。不幸的是，史密斯的母亲对这样的关系不表赞同，夏洛蒂也觉得年龄不相配，对自己的容貌和家庭经济情况又有自卑感。1850 年 6 月 21 日，夏洛蒂在致她的女友的信中，回答询问时说：“乔治和我彼此十分了解，十分真诚地相互尊重。我们双方都明白，岁月在我们之间造成多么大的差距。……我年长他七八岁，更何况我绝不以美貌自居，如此等等，都是最安全的保障，哪怕同他一道去中国，我也无所顾忌。”

话虽如此，但他们之间的感情并非一般，夏洛蒂的心中不免又添一层怅惘。不过，史密斯并没有像埃热那样使夏洛蒂产生伤感和痛苦的心情。在《维莱特》里，史密斯母子以布列顿母子的面貌出现，露西默默地爱慕着约翰·格雷厄姆·布列顿医师，但是祝福他能够与波琳娜永结同心，幸福地过一生。这一创作意图，夏洛蒂在将《维莱特》的第一卷和第二卷手稿寄交史密斯先生以后，于 1852 年 11 月 3 日的信上有明确的说明：“露西不该嫁给约翰医师；他太年轻、英俊、开朗、和蔼；他是大自然和命运的‘鬈发的宠儿’，应该从生活的彩票中抽得一张奖券。他的妻子应该年轻、富有而漂亮；他应该得到莫大的幸福。如果露西要嫁人，她应该嫁给那位教师……”

在这部小说里，夏洛蒂给波琳娜和姞妮芙拉都安排了各方圆满的结局，但是给主角露西安排的却是一个可悲的终场。这本来符合作者的创作意图，也符合作者当时的处境和心境。然而她的父亲却不以为然。他不喜欢一部小说最后在他心头留下凄凄惨惨的印象，要求他的女儿让露西也喜结良缘，幸福美满地过一生，就像童话故事里的公主和王子那样。夏洛蒂不忍违拗她世上仅存的亲人的心意，又不愿放弃自己原来的设想。结果便写成了读者现在看到的尾声。伊曼纽埃尔从西印度群岛回国，就在轮船驶近国门的时候，忽遇狂风暴雨，归舟不幸触礁沉没。这就完了。这位男主人公究竟遇救脱险没有？他和露西究竟得庆重逢、终成眷属没有？夏洛蒂放下笔来，不作交代。这个生死未卜、吉凶难定的悬念推给了读者，包括她的父亲。她在 1853 年 3 月 26 日写信给那位出版家史密斯先生说："反正总得在淹死和终成眷属之间进行可怕的抉择。那些慈悲为怀的读者……当然会选择前一种较为温和的命运——让他淹死，以便解除他的痛苦。相反，那些狠心肠的读者就会……残忍地、冷漠地让他同那个人……露西 · 斯诺——结婚。"

阅读一部文学名著会被它的不可抗拒的艺术魅力所吸引，即使对作者生平和创作背景不甚了了，也能够兴味盎然地尽情欣赏，正如《简 · 爱》问世，万众传阅，却还不知作者"柯勒 · 贝尔"是男是女。《维莱特》是作者呕心沥血之作，同样有着这样的艺术魅力。不过，《维莱特》更接近于作者后半生的自传，如果我们比较深入地了解夏洛蒂的生平故事，那就像游览名胜古迹事先作一番研究一样，会跟着我们所钦佩、所爱戴、所同情的作者同呼吸，共命运，想作者所想，爱作者所爱，悲作者所悲，乐作者所乐。

因此，译者不惜花费许多时间和精力，追踪和整理出夏洛蒂的心路历程来，觉得这样对于我国一般读者阅读此书将会有一些帮助。

夏洛蒂为她的妹妹艾米莉和安妮的作品再版，于1850年写过一篇关于她们的回忆录。其中写道："当烈日方中，农事正忙之时，耕耘者却在劳动中倒下了。"不料夏洛蒂本人也是这样倒下的。综观她的一生，有过事业成功，生命大放异彩的时期。她的爱情最后倾注到那位"不是富有诗意的"、但是真诚爱她的副牧师亚瑟·贝尔·尼科尔斯身上，并且在她这位丈夫的祈祷声中死去（据朱虹、文美惠主编《外国妇女文学词典》所载，夏洛蒂是患妊娠败血症病逝的）。她最后一年的生活也可以说夕阳辉煌，金光灿灿。这正如夏洛蒂在写《维莱特》的时候说的那样："（作者的）天空并不总是风和日丽，也并不——谢天谢地！——总是暴风骤雨。"然而，整个说来，夏洛蒂所尝味的人生是苦多于乐。面对死亡、长守孤独、恋情无所寄托，为寻找出路而拼搏。她心灵的负担实在是非常非常沉重。这些，在《维莱特》的许多篇章里都有催人泪下的反映。用血泪写成的文字最能打动人心，《维莱特》正是这样一部小说。西谚有云："受创伤的牡蛎用珍珠来修补它的介壳"（It is the wounded oyster that mends its shell with pearl），《维莱特》正是这样一颗永放光彩的不朽的稀世之珍。

无怪乎盖斯凯尔夫人在为夏洛蒂写的传记中说道："《维莱特》受到异口同声的一致欢呼。"女学者兼作家乔治·艾略特在书出版两星期以后便说："我刚刚回到自己周围真实世界的感觉中来，因为我刚刚读完《维莱特》，这是一部比《简·爱》更了不起的书。"为勃朗特三姐妹编全集的玛丽·沃德说："这种诗的想象力的伟大天赋，她从来没有像在《维莱特》里运用得这样好。"小泉八云[①]认为："《维莱特》

① 小泉八云（原名 Lafcadio Hearn，1850—1904），日本作家、翻译家。生于希腊，长于爱尔兰，求学于英、法。19岁去美国，当记者，发表作品。1891年在日本与小泉节子结婚。1895年入日本籍。写作题材极广，有小说、游记、诗、散文、评论，并大量介绍和翻译日本风俗、宗教和文学。

［比《谢利》］更好，说实在的，我常常禁不住要想，它甚至比《简·爱》还要好……”近代勃朗特研究家、作家玛格丽特·莱恩说：“在许多方面，这部小说更精彩、更成熟、更老练……也是唯一的一部几乎从头到尾显示出夏洛蒂·勃朗特在最佳时期所能达到的高度。”

《维莱特》自出版以来已有一个半世纪，在国外，对于读者和研究者一直具有强大的吸引力。我国翻译介绍当以伍光建的译本为首，那是1926年由商务印书馆出版的，书名为《洛雪小姐游学记》。另外，1987年湖南文艺出版社出版了谢素台翻译的《维莱特》。西海(杨之宏)先生和我合作的这个译本当为第三个译本。我们自1987年开始，孜孜矻矻，不觉经过了五六个寒暑。其间固然有其他审稿、译稿以及疾病等等事情干扰，不得不暂停译笔，但是原文本身不易翻译，必须仔细推敲斟酌，也是一个原因。萨克雷觉得夏洛蒂“比多数女士们更精通英语……文体可说极其浓郁，极其纯正”。盖斯凯尔夫人认为：“她在选词用句上十分讲究。……一组词语，就是如实反映她思想的一面镜子，其他的词，不论含意多么接近，都不能取代它们……这种仔细推敲遣词造句，使她的文体显得像完美的镶嵌图案。每一个组成部分，不管多么细小，都安插得天衣无缝。”作为译者，面对这样一件精雕细琢、长达六百多页的艺术精品，要用另一种文字把它表现出来，说一声戛戛乎其难哉，至少对于我们来说，确实不过分。作者可以随心所欲、天马行空地写；译者则必须体察入微、亦步亦趋地译。中国的方块字有世界上绝无仅有的丰富的文化遗产为基础，其表达能力决不亚于任何其他文字。不过，要把夏洛蒂那样完美的西洋镶嵌图案惟妙惟肖地临摹出来，却不是一件轻而易举的事。读者看过这个译本，或许可以多少体会到译者所费的苦心。但是“天衣无缝”则是我们望洋文而兴叹的事。

西海先生和我分译互校。我译前面一半，并且担任全书中文润饰工作，以求笔调的一致。西海先生校正了我译文中的疏误之处。杨又才、吴成艺担任了枯燥的誊抄稿件的任务，在此谨表谢意。

书中注解是参考注释本原文和多家作品及中外文工具书编写的。

评论家认为，了解夏洛蒂的作品要和了解她的生平联系起来。为此，本书附有一份夏洛蒂生平大事记作为附录，以便读者参考。

这篇序言之中的某些引文引自国内有数的勃朗特研究家和译者杨静远女士及祝庆英女士、祝文光先生编译和翻译的作品。

吴钧陶

1992.7.2.

这部译稿全部审阅完毕，正待发稿之时，译者之一西海(杨之宏)先生不幸于1992年11月29日病逝，终年七十五岁。他和我从1955年起在平明出版社和新文艺出版社同事多年。后来反右时同被错划为右派分子。1958年，他们举家迁往宁夏。1981年，拨乱反正之后，他又和我同在上海译文出版社任编辑。他与我谊在师友之间，他的溘然去世，使我深感悲痛。杨之宏先生十六岁时到英国留学，二十一岁毕业于牛津大学。抗日战争爆发以后回国，曾任英语教官和大学英语教师。新中国成立以后进入出版界，译著有《天路历程》等文学作品。当年他们迁往宁夏，我们一别就是二十多载。在那些非常年代里，他先在中学当图书馆管理员兼为学校抄写教材，后来专司敲上下课的钟之职。“文化大革命”期间，被遣送到农村，在农田劳作整整十一年，常常食不果腹，健康遭到严重损害。然而，他仗着惊人的毅力和耐心，也许还仗着他的宗教信仰，一直坚持到“四人帮”垮台，全家才在上海团圆。他正直、清白、善良，待人坦诚、宽厚。凡认识他的人，都会认为这决不是溢美之词。愿他在天之灵得享安息！

“故人云散尽”，我想到林同济、孙瑜、孙梁、方重各位先生都已先后离开人间；“吾亦等轻尘”，我想到自己不知还能笔耕到几时。但是只要一息尚存，我将永远记着他们，并且学习他们孜孜不倦工作直到最后的精神。

杨之宏先生不能亲眼看见这部译书的出版了，但是他所费的心血将随同原作者所作的卓越贡献而遗留在世上。或许，这是一个文字工作者在活着的时候最足以自我安慰，也是死后他的追念者心中的悲痛和遗憾稍得以宽解的一件事。

吴钧陶

1992.12.1.

这个译本出版许多年以后，出版社计划重印。杨之宏先生的女儿又才女士(《大众医学》杂志执行主编)和我将全书看了一遍，作了一些修订。附录部分的“生平大事记”也稍作补充。

新千年的3月初，我突然患病住上海徐汇区中心医院两星期。住院期间断断续续阅读此书，不时想到两年多前的秋天(1997.9.20.)，同事三十余载的祝庆英女士正是在此医院大楼内病逝，不禁感慨系之。读者将会因为她翻译的《简·爱》、《爱玛》等名著而怀念她吧。

吴钧陶

2000.4.5.

第一卷

第一章
布 列 顿

我的教母住在整洁而古老的布列顿镇的一座漂亮的房子里。她的丈夫家好几代是那儿的居民，因此，说真的，就以他们的出生地做了姓氏——布列顿镇的布列顿。这是由于巧合，还是因为哪一位远祖曾经是一位相当重要的人物，因而把他的姓氏留给了这个地区，那我可不知道了。

我还是个小姑娘的时候，每年大约去布列顿镇两次，我很喜欢到那儿去做客。那所房屋和屋子里的人们特别让我中意。那一间间宁静的大房间，那布置得很好的家具，那干净的宽大的窗户，那外面的阳台，望下去是一条古色古香的街道，似乎星期日和节假日一直在那儿逗留不去，气氛是那么安详，人行道上是那么清洁——这些事物真叫我赏心悦目。

在一个都是成人的家庭里，对于独个孩子通常总是特别钟爱的；布列顿太太对我就是不动声色地格外给予照顾。我认识她以前，她已是一位寡妇，带着一个儿子。她的丈夫是一位医师，她还是个年轻漂亮的女士的时候，丈夫就去世了。

在我的记忆之中，她年纪已经不轻了，但是仍然漂亮，身材修长、匀称，并且虽然作为英国女子来说，肤色黑了一些，然而在她浅黑色的面颊上，一直带着健康滋润的样子，在那双美丽的含笑的黑眼睛里，露出轻松愉快的神色。人们感到极为可惜，她没有把自己的肤色传给儿子。儿子的眼睛是蓝色的——虽然还是个孩子的时候就显得目光非常敏锐——他的长头发，有着正如朋友们觉得难以归类的那种颜色，只是太阳照着的时候，才称为金黄色。然而，他继承了母亲的五官的线条，还有她那一副好牙齿，她的身材（或者说有希望长成她那样的身材，因为他还没有长到定型），以及更好的是她的毫无缺陷的健康，她的那种状态和同等情况的精神，这对于拥有者说来，比一笔财产更好。

在这年的秋天——我正待在布列顿，我的教母亲自来认领我是她的家属，这时候正为我安顿永久的住处。我相信，她这时已经清楚地看到事情的预兆正在显现，我却想也没有想到，不过关于这事情的微小的疑虑已经足够把不肯定的悲哀传递给别人，并且使我乐于换换自然环境和社会环境。

在我的教母的身边，时间总是平静地流过——并不是哗哗地、迅速地流，而是平淡无奇地流，好比一条水位高涨的河静静地流过一个平原。我去拜访她，就像“基督徒”和“盼望”①逗留在一条可爱的小溪边，“绿树排列在两岸，百合花终年装点着青草地。”那儿没有丰富多彩的魅力，也没有小事情引起的激动；但是我那么喜欢安宁，那么不想找刺激，因而在刺激到来的时候，我差不多觉得那是一种烦扰，并且希望它还是远远离开我为好。

有一天，布列顿太太收到了一封信，其内容显然使她惊讶，并且有些担心。我起初觉得信是从家里寄来的，不禁一阵哆嗦，只怕是我所不知道的什么灾难性的信息。不过，并没有告诉我什么情况，阴云似乎过去了。

第二天，我作了长距离散步回来以后，走进我的卧室，却发现了料想不到的变化。除了我那张搁在光线阴暗的凹处的法国式卧床以外，屋角出现了一张有栏杆的儿童小床，床上蒙着白布；除了我那只桃花心木的五斗橱以外，我还看见一只青龙木小柜子。我站在那儿凝视着，脑子里在想。

---

①“基督徒”和“盼望”都是《天路历程》（The Pilgrim's Progress）中角色的名字。《天路历程》是英国作家班扬（1628—1688）在狱中写的著名讽喻小说。

“这些东西表明和意味着什么呢？”我自问。回答是明显的。“另一位客人就要来了。布列顿太太准备迎接另外一位客人。”

正要下楼去吃饭的时候，得到了解答。我被告知，一个女孩子马上就要来和我做伴，她是已故的布列顿医师的一位朋友兼远亲的女儿。还告诉我说，这个女孩子新近失去了母亲；然而，说真的，布列顿太太不久又添补了一句，说这一损失并不像起初看起来可能会有的那么严重。霍姆太太（好像是姓霍姆）过去非常漂亮，但却是一位轻浮、随便的女人，她对孩子漫不经心，又使她丈夫感到灰心丧气。他们远远不是情投意合的，这种结合必然导致的离异终于发生了——是双方同意的离异，没有办过任何法律手续。这一事件以后不久，这位女士在一次舞会上玩得过分卖力，患了感冒，发了烧，病了没有多少天便一命呜呼。她的丈夫天生是一位感觉十分敏锐的人，被这个太突然地传来的消息震惊得不知所措，这时，似乎很难使他不认为他在某些方面的过于严厉之处——某些欠缺耐心和纵容之处——对于加速她的死亡曾经起过一份作用。他闷闷不乐地想着这一点，直弄得精神上受到严重的影响；医师们坚持要他旅行，试图作为一种治疗方法，这时布列顿太太便提出照看他的小女孩。“我希望，”我的教母在最后加上一句说，“这个孩子可不要像她的妈妈——可不要成为一个疯疯傻傻的小调情者，弄得明智的男人情不自禁地要去娶她。因为，”她说，“霍姆先生正是一个有他自己特点的明智的男人，虽然他并不很讲实际。他喜欢科学，半生都消磨在实验室里搞实验——这是他的蝴蝶般的妻子既不理解、也不容忍的事情；不过，说真的，”我的教母承认说，“我自己也不喜欢这样的事情。”

在回答我的一个问题的时候，教母还告诉我，她已故的丈夫常常说，霍姆先生的一位舅舅是法国学者，他这种科学才能是从这位学者身上得到的。他的祖先似乎是法国和苏格兰的混血种，一些亲戚现在还住在法国，他们之中不止一个在姓氏前加上“德”字，称自己是贵族。①

就在这天晚上九点钟，一个仆人被派去迎接我们的小客人预计会乘坐的那辆轿式马车。只有布列顿太太和我两人坐在客厅里，等候她的到来，因为约翰·格雷厄姆·布列顿不在家，他去看他的一位同学，当晚住在乡下。我的教母一面等候，一面阅读晚报。我在做针线活儿。这是个阴雨绵绵的夜晚，雨打在窗玻璃上，风一刻不停地怒吼着。

“可怜的孩子！”布列顿太太时不时地叹息着。“在这样的天气里长途旅行啊！我但愿她已经在这儿，平平安安。”

十点差几分钟的时候，门铃响起来，华润回来了。前门刚打开，我就已经奔下楼，来到厅堂里。地上放着一只大皮箱，几只圆筒形纸板盒②，旁边站着一个人，像是保姆，楼梯边则是华润抱着一个用围巾包裹起来的东西。

“这就是那个孩子吗？”我问。

“是的，小姐。”

我本想打开围巾，看一眼那张脸，但是孩子急忙避开我，把脸搁到华润的肩膀上。

“请你放下我，”华润打开客厅门的时候，那娇小的声音发出来，“还要拿掉围巾，”这孩子又说，用一只小手取下别针，以一种过分讲究的、急急忙忙的样子脱掉那堆不像样的包裹。这会儿出现在我们面前的小家伙，动作熟练地试着折好那条围巾，可是这件织品太重，太大，那双小手和胳臂可提不起，也舞不动。“请把这个交给海蕊特，”她发出了这样的指令，“她会把它放好的。”孩子说了这句话以后，转

---

① 法国名门出身的人，一般在姓氏前加一个介词“de”，中文一般译为“德”。
② 圆筒形纸板盒，用来盛放女帽或领圈等物的盒子。

过身来，眼睛直盯着布列顿太太瞧。

“来呀，小宝贝，”这位夫人说。“来让我看看你是不是又冷又湿。来让我在壁炉边使你暖和暖和。”

孩子飞快地奔过来。她脱去了包裹以后，看起来是一丁点儿大，可是小身段却生得匀称、完美无缺，又轻灵，又小巧，又挺直。她坐在我的教母的宽大的裙兜上，只像是个洋娃娃。她的脖子像蜡制的那样细腻，丝线一般的鬈发覆盖在头上，我觉得更增加这种相似的程度。

布列顿太太一面用简短、亲爱的词句说着话，一面擦热孩子的手、胳膊和脚。刚开始，孩子若有所思地呆望着她，但是过了一会儿，孩子便向她露出微笑。布列顿太太一般说来并不是一个善于嘘寒问暖的女人。即使对待她宠爱至深的儿子，她的态度也很少热情洋溢，倒常常是相反。然而这位小生客向她微笑的时候，她吻了她，问道：“我的小宝贝儿叫什么名字啊？”

“妞妞[1]。”

“除了妞妞之外呢？”

“波莱，爸爸这样叫她。”

“波莱乐意跟我住吗？”

“不一直乐意；不过乐意待到爸爸回家。爸爸出门去了。”她富于表情地摇摇头。

“他会回到波莱身边来的，或者派人来接。”

“他会吗，太太？你知道他会吗？”

“我想会的。”

“可是海蕊特不这样想——至少她认为不会很快来接她。他病了。”

她的眼睛湿了，从布列顿太太手里抽回自己的手，做出要离开她

① 原文是 Missy，“小姑娘”或“小姐”的意思。

的裙兜的动作。起先没有得到同意，但是她说：“请让我走。我可以坐在小凳子上。”

她终于被允许从太太的膝盖上滑下来。她把一张脚凳拿到光线很暗的角落里，坐了下来。布列顿太太虽然爱发号施令，在重大事情上甚至是一个专断独行的女人，然而对于细枝末节的事情却常常听之任之。她允许这孩子自行其是，还对我说：“这会儿可别对她瞧。”但是我却对她瞧着。我看着她一只小小的肘弯搁在小小的膝盖上，头枕在手掌上，发觉她从她小裙子的小口袋里掏出一块一两英寸见方的手帕，接着听见她哭泣起来。别的孩子伤心或感到疼痛的时候会大声嚷着哭，不怕难为情，也不忍着点儿；但是，这孩子却光流眼泪——只有最轻微的偶尔的欷歔声才能证明她动了感情。布列顿太太没有听见，这样倒很好。过了不久，说话声从那个角落里发出来，要求说：“可以打铃请海蕊特来吗？”

我打了铃，保姆应声而来。

“海蕊特，我必须上床睡觉了，”她的小女主人说。“你必须问问我的床在哪儿。”

海蕊特表示她已经问过。

“问问是否你和我一同睡，海蕊特。”

“不，妞妞，”保姆说。“你要跟这位小姐同住一个房间，”她指着我。

妞妞没有离开座位，但是我看见她的眼睛转向我。她默默打量我几分钟之后，从她的角落里走出来。

“太太，我祝你晚安，”她对布列顿太太说，但是不声不响地打我身边走过去。

“晚安，波莱，”我说。

“没有必要说晚安，因为我们睡在一间寝室里，”她回答，说完便走出了客厅。我们听见海蕊特提出把她抱上楼去。“没有必要，”她又回答，“没有必要，没有必要。”于是她乏力地拖着小小的脚步走上楼去。

我一小时以后去就寝，发现她还没有睡着。她用枕头支撑她小小的身躯，形成坐的姿势。她的一只手握着另一只手，安静地搁在床单上，那种老式的镇静自若的样子，完全不像个孩子。我有一阵子避免和她说话，但是在熄灯之前，我劝她躺下去。

“稍待一会儿，”是她的回答。

“可是你会伤风的，妞妞。”

她从童床栏杆边的椅子上拿起一件小衣服，披在肩膀上。我容忍她去做她喜欢做的事情。我在黑暗中谛听一会儿，发觉她仍然在哭泣——安安静静、小心翼翼、忍气吞声地哭泣。

天亮了，我醒来，耳边只听得一股流水的声音。瞧啊！她踩在靠近盥洗盆的一只凳子上，费尽九牛二虎之力把那只有柄的大口水壶（她无力提起它）倾斜过来，以便把里面的水倒进脸盆里。瞧着她洗脸穿衣的样子，那么小，那么忙，那么悄没声儿，真是一件新鲜事儿。她显然不大习惯自己梳妆打扮；那些纽扣啊、带子啊、钩子和襻子啊，造成了种种困难，她坚韧不拔地去克服，瞧着真够味儿。她折好睡衣，把床罩弄得平平整整。她退到角落里，一片白色帘幕遮住了她，在那儿她没有声音了。我半支起身子，把头伸出去看看她在忙些什么。她跪在地上，双手捧着低下来的前额，我看出她正在做祷告呢。

她的保姆敲房门，她一下子站了起来。

“我已经穿好了，海蕊特，”她说。“我自己穿的衣服，但是我觉得不整齐。把我弄整齐吧。”

“你干吗自己穿衣服呢，妞妞？”

“嘘！小声点儿，别弄醒了那位姑娘。”（是指我，这时我已经躺下来闭上眼睛。)“我学学自己穿衣服，以防备你离开我的时候。”

“你要我走吗?”

“你闹别扭的时候，我许多回都想要你走，但不是现在。请把我的腰带系系直；把我的头发摸摸平。”

“你的腰带够直的了。你是个多么爱挑剔的小人儿啊!”

“腰带必须重新系过。请你系吧。”

“那么，好吧。等我走了，你必须请那位年轻小姐替你穿衣服。”

“无论如何不要。”

“为什么呢?她可是一位非常好的年轻小姐。我希望你注意对她要有规矩，妞妞，可别耍脾气。”

“她无论如何不会替我穿衣服的。”

“多可笑的小东西!”

“你没有把梳子笔直地挑过我的头发，海蕊特；那条线要变得弯弯曲曲的了。”

“哎，你可是难伺候啊。这样行了吧?”

“很好。我穿戴好了，现在该到哪儿去?”

“我带你去吃早餐。”

“那么，来吧。”

她们向房门口走去。她又站住了。

“哦，海蕊特，我真希望这是爸爸的房屋!我不认识这些人。”

“要做个好孩子，妞妞。”

“我是个好孩子，但是我这里痛，”她把手按在心坎儿上，一面悲叹，一面反复呼唤着：“爸爸!爸爸!”

我睁开眼睛，爬起床来，在这个场面还未扩大的时候来制止它。

“对这位年轻小姐说早安，”海蕊特命令她。

她道了声“早安”，然后便跟着保姆走了出去。海蕊特在这天暂时离开，到她住在邻近的朋友们那儿去了。

我走下楼来，发现波琳娜（这孩子自己说叫波莱，不过她的全名是波琳娜·玛丽）在早餐桌旁，坐在布列顿太太身边。一大杯牛奶放在她面前，一小片面包塞在她手里，小手一动不动地搁在桌布上。她没有吃东西。

“我们怎样才能叫这个小家伙高兴呢，”布列顿太太对我说，“我不明白。她什么也不吃；看样子，她也没有睡好。”

我表示我相信时间和爱心终会发生效果。

“要是她对这屋子里的哪一个人喜欢起来，她就会立刻安心了，可是一定要到那时候才行，”布列顿太太回答说。

第二章
波琳娜

好几天过去了，看起来她不大会特别喜欢这幢房屋里的任何一个人。确切地说来，她算不上顽皮或任性，也远不是不听话；然而，要见到一个比她所表现出来的那样更不容易感到舒适，甚至更不容易安静下来的人，几乎是没有可能的。她闷闷不乐。没有一个成年人能够把这种不愉快的样子表演得更好；没有一个待在欧洲的对跖地[①]而怀念着欧洲的背井离乡的成年人那愁眉深锁的脸上曾经挂着比她那稚嫩的脸上更多明显可见的乡愁之情。她好像变得衰老了，魂不守舍了。我，露西·斯诺，对于她这样中邪，陷入一种过分热烈和零乱散漫的胡思乱想之中，自觉没有责任；然而，我每次打开房门，发现她独坐一隅，小小的手托着头，我便觉得这间房子不是住人的，而是闹鬼的。

另外，好多次月光明亮的夜晚，我醒来的时候，看见她穿着睡衣的明显的白色身影，直挺挺地跪在床上做祷告，像是某个天主教或者循道宗[②]的热心教徒那样——像一个早熟的盲信者，或者不当其时的圣徒那样——我简直不知道自己作何感想；但不管是什么，我那些想法有一种危险，那就是，几乎变得跟这个孩子心中当时必定如此的想法一样的不正常和不健康。

我难得听清她的祷告词中的一个词，因为她悄没声儿地说着。不错，有时候完全不是悄悄的，然而却是含混不清的声音。传到我耳朵里的不多几句话，至今仍然有沉沉的分量："爸爸，亲爱的爸爸呀！"我领悟到这是一种思想狭隘的性格的表现，暴露出顽固偏执的倾向，我一直认为这是最为不幸的事，无论男人或女人都会因此遭人咒骂。

这一烦恼要是不受抑制地继续下去，将会是什么结果，只能猜测。然而，突然的转折发生了。

有一天下午，布列顿太太把她从她角落里待惯的位置上哄出来，抱到窗边座位上，为了吸引她的注意力，叫她瞧着往来行人，数数看，在一定的时间里有多少女士们打街上经过。她开头无精打采地坐着，不瞧也不数，后来——我的眼睛紧盯着她的眼睛——只见她眼球虹膜和瞳孔的令人惊讶的改观。这种突然的、危险的本性——人们称之为敏感——提供了许多奇特的场面和奇异的想法给那些气质比较冷静因而并不在实际上参与其间的人。她那固定的、滞重的凝视游动起来，哆嗦起来，然后灼灼闪烁起来。她那愁云密布的小小的眉宇晴朗了；她那委琐浅薄、垂头丧气的面容亮堂了；她那不胜忧伤的脸色消失了，换上的是一种忽然出现的急切神情，一种强烈的期望面貌。

“就是这个！”她这样说。

像一只鸟，或者一支箭，或者任何其他快速的东西，她从室内转眼不见了。我不知道她是怎样把房屋的大门打开的；可能它本来就半开着；也许华润正好在那儿，服从了她的命令，这命令该是够迫不及待的。我——从窗口静静地望出去——看见她穿着黑色外衣，系着小小的镶花边的围裙（她对于围涎抱有反感），奔跑了那条街一半的路。我正要转过身来，轻声对布列顿太太报告说，孩子发狂似地奔出去了，得马上去追，这时候，我看见她被人一把抓起来，并且在我冷静的观察面前，在路人们惊讶的目光之下，被立刻抢走。一位绅士做了这件好事，这会儿，他正用自己的斗篷给她披上，走过来，打算把她送还到他刚才看见她打那儿出来的房屋里。

我断定他会把她交给一个仆人照管，然后退出去。可是他进来

---

① 对跖地，地球上处于正相对位置的地区。欧洲及英国的对跖地是新西兰及澳大利亚一带。

② 循道宗，基督教新教卫斯理宗的别称。约翰 · 卫斯理（1703—1791）创立这一宗派，提倡循规蹈矩地行事为人，故得此别称。

了；在楼下停留了一小会儿工夫，走上楼来了。

他受到接待；这一点立刻表明布列顿太太认识他。她是认出来了，正表示欢迎，然而又惶惶不安，惊诧得不知所措。她的神情和态度甚至像进忠言规劝一般。为了回答这种表情，而不是回答她的言语，他说：

"夫人，我无法可想。我发现不可能不亲眼瞧瞧她安置得怎么样便离开这个国家。"

"可是你会使她安不下心来。"

"我希望不至于此。爸爸的小波莱怎么样了啊？"

这一问题他是对波琳娜问的，他同时坐下来，把她轻轻地放在地板上。

"波莱的爸爸怎么样了啊？"这是回答，她说着偎依着他的膝盖，眼睛向上注视着他的脸。

这一场景并不是闹闹嚷嚷的，也不是喋喋不休的，对此，我很感谢。然而这一场景，感情洋溢得快要漫出来了，同时，正因为杯子里的气泡没有冒得很高，或者猛烈地泛滥出来，却更使人感到难受。在每一次热烈的情感失去控制而膨胀起来的时刻，一种不屑于此、或者对之嘲笑的感觉，都会使得厌倦的旁观者松快一阵。而我，却老是感到那种会自动屈服的感情——这种感情在理智支配之下成了一个了不起的奴仆——是极其沉重的负担。

霍姆先生是一位面貌严峻——或者不如说是面貌严厉的人。他的前额疙疙瘩瘩的，颧骨明显地高出来。他的脸很有苏格兰人的特征，不过眼睛里却含有感情，在他此刻焦虑不安的面容上露出激动的表情。他说话时的北方口音跟他的面相倒是和谐一致的。他既有一副骄傲的样子，同时又有一副亲切的样子。

他把一只手放在这孩子抬起来的头上。孩子说：

“吻吻波莱。”

他便吻了她。我希望她发出某种歇斯底里的哭叫声，这样我就可以觉得宽松自在了。可是她发出的是奇妙的极轻微的声音。她似乎已经得到她所要的东西——她所要的一切东西，而处于心满意足的恍惚之中了。不管是神态还是面貌，这个小东西都不像她的父亲，然而她却和他一脉相承。她的内心是从他灌注思想的，正好像酒杯从酒壶斟满一样。

无可争辩，霍姆先生具有男子汉的自制能力，虽然在有些事情上他也许心里有他的想法。“波莱，”他俯视着他的小姑娘说，“到厅堂里去，你会看见爸爸的大衣搁在一张椅子上。把手伸到衣袋里去，你会摸到一条手帕，把手帕拿来给我。”

她照这话去做，灵巧而又敏捷地去而复回。回来的时候，霍姆先生正在和布列顿太太谈话，她便拿着手帕等在一旁。瞧她那副样子，从某方面说，倒像是一幅画：那小小的身材，干净整洁的外表，站在他的膝盖旁。波莱看见他讲个不停，显然不知道她回来了，便抓住他的手，掰开那并不抗拒的手指，把手帕悄悄地塞进去，再一个手指一个手指地合上。他依然似乎没有看见或感到她在那儿，可是不久以后，他把她抱起，让她坐在他的膝盖上，她便偎依着。虽然在接下来的一小时里，他们谁也没有向对方瞧一眼，或者说一句话，我猜想他们俩都很满意。

用茶的时候，这个小东西的一举一动都像往常一样公然独霸全场。首先，看见华润在安排座椅，她便作指挥。

“把爸爸的椅子放在这儿，我的放在旁边，放在爸爸和布列顿太太中间：得由我来拿茶给他。”

她坐在自己的座位上，对爸爸招手。

“挨着我坐，爸爸，就像我们在家里一样。”

然后，她拦截了传递中的爸爸的杯子，正要搅动方糖，把鲜奶油加进去的时候，说道："爸爸，在家里，我一直替你做的。没有谁能做得这样好，连你自己也不行。"

整个进餐期间，她继续献着殷勤，一些动作是相当滑稽可笑的。方糖钳子对于她的一只手说来是太宽了，她不得不用两只手来对付。至于银质的鲜奶油罐、面包与黄油盘和一副杯碟的重量，可都难为了她那不能胜任的气力和动作的灵活程度。然而她却偏偏要举起这个，递去那个，幸运的是设法做完这一切倒什么也没有打碎。说老实话，我觉得她是一个爱管闲事的小家伙；但是她的爸爸就像其他做父母的一样视而不见，似乎完全满意于让她伺候，甚至还对她的照料感到说不出的心情舒展。

"她是我的安慰！"他禁不住对布列顿太太说。这位夫人有她自己的"安慰"，而且在大得多的规模上完美无比，只不过此刻不在场。因此，她同情他的怪癖。

这第二位"安慰"是在这天黄昏期间出场的。我知道这天是预定他回来的日子，也晓得布列顿太太在整个黄昏一小时一小时地盼望着。我们围着炉火而坐，这时已用过午茶，格雷厄姆来参加了我们的圈子，我倒是宁可说破坏了这个圈子——因为，当然啦，他的到来引起了一阵忙乱，而且，格雷厄姆正在守大斋[①]，要去给他弄些吃的。他和霍姆先生一见如故；对于那个小姑娘却一时未加注意。

他的饭吃完了，回答了他母亲的接二连三的问题，便从餐桌转身来到壁炉边。他坐定下来，对面坐的是霍姆先生，他的胳臂肘边上则是那个孩子。我说孩子，是一个用词不妥和描述不当的说法——这一

① 大斋，亦称"禁食"，在规定日期内，一天只有一顿饱食，其余仅食半饱。这是基督徒虔修方式之一。古代和中世纪教会所定大斋日期较多；近世以来一般只在耶稣受难节和圣诞节前一日守大斋。天主教和正教对于守大斋要求较严，新教一般无具体规定。

说法使人想起任何画面，却不会想到这位穿着连衣裙丧服和无袖白内衣的娴静的小家伙的样子，她这样子也许正适合一个相当尺寸的洋娃娃——这洋娃娃此刻被搁在一只架子旁的高椅子上，架子上放着她的白清漆漆过的玩具针线木盒。她手上拿着一块手帕的碎片，表示正打算镶边，用一根针坚持不懈地扎着眼儿，针在她的手指间看来几乎像一根串肉扦，时不时地刺伤她自己，在麻纱布上留下一行细微的红点点。这件乖张的武器——越出她的控制而突然转向——给她以比原来更深的一戳的时候，她才偶尔惊吓一下，不过仍然是那样沉静、勤勉、专心致志，像个妇人家一样。

格雷厄姆当时是一位十六岁的青年，有一副漂亮的、不老实的相貌。我说不老实的相貌，并不是因为他真的有一种极不忠诚的性情，而是因为这一表示特征的形容词使我觉得很适合于形容他那美貌的凯尔特人[①]（不是撒克逊人[②]）的特点。他那淡金棕色的鬈曲的头发，他那线条流畅的对称美，他那频频展露的微笑，既不缺少魅力，也不缺少玄妙（不是用其贬义来说）。他是那个时代宠坏了的、异乎寻常的小伙子！

“母亲，”他默默地瞧了面前那个小人儿一会儿之后，开口说——这时，霍姆先生暂时离开了房间，把他从半带着笑容的忸怩状态中（他所知道的羞怯仅至于此）解脱出来——“母亲，我在眼前的社交场合里看见一位年轻的女士，还没有人把我介绍给她呢。”

“我想你指的是霍姆先生的小姑娘吧，”他的母亲说。

“说真的，母亲，”她的儿子回答说，“我觉得你的话太不讲究礼节了。在冒昧地说到我所提起的那位高贵的女士的时候，我当然应该说

---

① 凯尔特人，西欧一民族的成员，包括古代的高卢人、布立吞人，以及现代的布列塔尼人、康沃尔人、盖尔人、爱尔兰人、曼岛人和威尔士人。

② 撒克逊人，日耳曼民族的一支。5世纪早期在德意志北部以及高卢和不列颠的海岸进行海盗活动。后来被法兰克帝国收服。

霍姆小姐。”

“听着，格雷厄姆，我可不要人家跟那个孩子开玩笑。不要自鸣得意，认为我会容忍你把她作为你开玩笑的对象。”

“霍姆小姐，”格雷厄姆没有被他母亲的告诫威慑住，继续说，“既然似乎没有别人愿意屈尊替你和我服务一下，我可以有这个荣幸来自我介绍一番吗？在下是你的仆人约翰·格雷厄姆·布列顿。”

她瞧着他站起身来颇为庄重地一鞠躬。她不慌不忙地放下顶针、剪刀和活儿，带着警惕的样子，从她那高位上降下身来，又以不可言传的严肃的神情行了一个屈膝礼，说道：“你好？”

“很荣幸，我的身体十分健康，只不过由于旅途匆匆，感到有几分劳累。女士，我希望见到你安好。”

“还—算—安好，”这是这位小妇人的气派不凡的回答。现在她试图回到原来的高座上去，可是她发现不作一些费力的攀爬就做不到这一点——这要牺牲体面，不堪设想——而由于完全不屑于当着一位陌生的年轻绅士的面要人家帮助，她放弃了高椅子，坐到一张矮凳子上去。格雷厄姆把他的椅子向矮凳子挪过去。

“女士，我希望眼下的住处：我母亲的房子，在你看来是一个合适的住所，是吗？”

“并不特—别—这—么—样。我要回家。”

“女士，这是个很自然的、值得称赞的愿望，但是尽管如此，却是我要全力反对的愿望。我指望能够从你那儿得到一点叫做娱乐的那种珍贵的东西，妈妈和斯诺夫人那儿都不能给与我。”

“我不得不过一阵就跟爸爸走。我在你母亲的家里待的时间不会很长。”

“不，不，我相信，你会跟我待在一起。我有一匹小马驹给你骑，看不完的图画书给你看。”

“你现在打算住在这儿吗？”

“是的。你觉得高兴吗？你喜欢我吗？”

“不喜欢。”

“为什么？”

“我觉得你古怪。”

“女士，是我的脸吗？”

“你的脸和你的一切。你的头发又长又红。”

“请勿见怪，这是金棕色头发。妈妈称之为金棕色，或者叫金黄色，她的朋友也全都这样说。不过即使我的‘头发又长又红’，”（他用一种洋洋得意的神情摇晃着他的长毛——他自己很清楚那是黄褐色的，对于这种狮子般的色彩他感到自豪）“我不可能比你这位小姐更古怪。”

“你说我古怪？”

“不错。”

（片刻以后）“我想我得去睡了。”

“像你这样的小家伙，在好几个小时以前就应该上床了。不过也许你迟迟不睡是为了期待看见我吧？”

“不是，真的。”

“你一定是希望享受我来做伴的乐趣。你知道我要回家，所以想等着看见我。”

“我迟睡是为了等爸爸，不是等你。”

“很好，霍姆小姐。我正在成为一个受宠爱的人，很快就会比你爸爸更受欢迎了，我想。”

她祝布列顿太太和我晚安。她似乎在犹豫，按照格雷厄姆的功过，是否有权利得到同样的关注。这时，他用一只手把她抓起来，并且就用那只手高举过头，保持平衡。她从壁炉上面的镜子里看见自己这样被人举在半空中。这一行动如此突然，如此放肆，如此无礼，真是太过分了。

“真丢人哪，格雷厄姆先生！”她怒气冲冲地大声喊着，“把我放下来！”等到重又站立着的时候，她说：“我不知道你会对我怎么想，要是我也这样对待你，用我这只手把你举起来，”（说着就去举那个庞然大物）“就像华润举那只小猫似的。”

说完她便走了。

第三章
游戏的伙伴们

霍姆先生耽搁了两天。访问期间，他不听别人劝说到外面去走走，而是整天坐在壁炉旁，有时沉默不语，有时聆听或者回答布列顿太太的闲聊漫谈。她谈的正是对一个心绪不佳的男人所应说的那一类话——不过分同情，但是也并非太不相宜和敏感；甚至还带点儿慈母的调子——她的年纪足够做他的长辈，这种调子是可以允许的。

至于波琳娜，这孩子既快乐，又缄默；既忙碌，又警觉。她的爸爸常常把她抱到膝盖上；她便坐在那儿，直到感觉或者想象他变得不耐烦了，然后，她这样说：

"爸爸，把我放下来。我的重量要教你累着了。"

于是这巨大的重荷滑到炉前地毯上来，在大地毯或者搁脚凳上占一席地位，正好在"爸爸的"脚边，白色的针线盒和鲜红色斑点的手帕便开始起作用了。这块手帕看来是打算送给爸爸作为纪念品的，必须在他离开以前完工，因而对于这位女裁缝的勤奋的要求（她在半小时之内大约完成二十针）很是紧迫。

这天晚上，由于格雷厄姆回归到母亲的屋檐下（他是在学校中度过白天的），我们被带到一个生气勃勃的状态之中——这一状态并不因为在他和波琳娜小姐之间相当肯定会扮演的景象而减弱。

他到来的第一个晚上施加给她的轻慢无礼的结果，是一种疏远和傲慢的举止。他对她说话的时候，她通常是这样回答的：

"我无法注意你的话；我有别的事情要操心。"被追问究竟有什么事情的时候，她便说，"正经事。"

格雷厄姆为了竭力吸引她的注意力，便会打开他的书桌，展现出五花八门的东西：图章、亮闪闪的封蜡条[①]、削鹅毛笔的小刀，以及纷然杂陈的版画——其中有些涂了鲜艳的颜色——这些是他时时留心积累起来的。这一强有力的引诱并非全然无效。孩子的眼睛偷偷地从她的针线活儿上抬起来，一次又一次朝那张写字台望过去，那儿散乱地放着许多图片。有一张蚀刻画，画着一个孩子正和一条布莱尼姆[②]长毛垂耳狗玩耍，碰巧飘到地板上。

“多好看的小狗！”她高兴地说。

格雷厄姆故意不加理睬。不一会儿，她悄悄地从她那个角落走近些，以便更仔细地察看这一珍宝。那条狗的大眼睛和长耳朵，那个孩子的帽子和羽毛是不可抗拒的哩。

“好画！”这是她的赞辞。

“嗯——可以送给你，”格雷厄姆说。

她似乎犹豫不决。占有的愿望是强烈的，但是接受下来就会有损尊严。不行。她放下图片，转身走开。

“波莱，这么说，你不打算要啦？”

“我还是不要的好，谢谢了。”

“要是你拒绝的话，可要我告诉你，我将怎么处理这张画吗？”

她侧过身子听着。

“我要把它剪成一条一条，用来点蜡烛。”

“不！”

“可是我要。”

“对不起——别这样。”

格雷厄姆听到这种求情的语气却变得毫不宽容，他从他母亲的针线盒里拿起一把剪刀来。

---

① 当时西欧用蜡把信件等封口。蜡制成条状，以便使用。

② 布莱尼姆，德国地名。

“瞧吧，动手了！”他说着做出一副威胁的架势。“正对着费多的头剪过去，剪开小哈瑞的鼻子。”

“不！不！不！”

“那么到我这儿来。快快来，不然就剪开了。”

她犹豫着，拖延着，但是终于照办了。

“这会儿，你可要了吧？”她站在他面前，他便问道。

“请给。”

“但是我要报酬。”

“要多少？”

“一个吻。”

“先把画儿交到我手上。”

波莱说这话的时候，也显得相当不老实。格雷厄姆给了她，她却像一个欠债的人那样潜逃，飞奔到她父亲那儿，在他的膝盖上寻求庇护。格雷厄姆假装怒气冲冲地跟过来。她便把脸藏在霍姆先生的背心里。

“爸爸——爸爸——撵他走！”

“我是撵不走的，”格雷厄姆说。

她的脸仍然对着另一边，伸出一只手去阻挡他。

“那么，我来吻吻这只手吧，”他说。然而这时候小手已经变成了一只小拳头，付给他的报酬是一个小硬币，而不是吻。

格雷厄姆——就他来说，并不亚于他的小游戏伙伴那样诡计多端——显然是土崩瓦解地撤退了，沉沉地跌在一张沙发上，头枕着靠垫，躺在那儿，好像疼痛不已。波莱发现他没有声息了，不一会儿便对他偷看一眼。他双手蒙着眼睛和脸。波莱在父亲的膝盖上转过身来，焦急地对她的敌人望了好长一会儿。格雷厄姆呻吟着。

“爸爸，那是怎么一回事？”她悄悄地问。

“你最好问他，波莱。”

“他伤了吗？”（第二声呻吟。）

“听他的声音好像是受伤了，”霍姆先生说。

“妈妈，”格雷厄姆有气无力地说，“我想你最好请个医师来。哦，我的眼睛啊！”（又沉默，只是被格雷厄姆的叹气声打破。）

“要是我的眼睛瞎掉呢——？”最后他这么说。

他的惩罚者受不了这种提示，径直来到他的身边。

“让我瞧瞧你的眼睛。我刚才并不有意要碰它，我只不过要打你的嘴巴。也没有想到打得这么厉害。”

沉默是给她的回答。她的面色不对了——“我很抱歉，我很抱歉！”

接着来的是感情激动：结结巴巴，抽抽搭搭。

“格雷厄姆，你已经把这孩子弄苦了，”布列顿太太说。

“我的宝贝，这完全是胡闹，”霍姆先生大声说。

于是格雷厄姆又一次抓住她，把她高高举起，而她再惩罚了他。她一把揪住他的狮子般的头发的时候，把他称作——“从来没有过的最最顽皮、最最野蛮、最最坏、最最不老实的人。”

霍姆先生动身的那天早晨，他和他的女儿在一个窗户凹进处有一场悄悄话要谈。我听到了一部分。

“爸爸，我不能扎好箱子和你一起走吗？”她认真地轻声说。

他摇摇头。

“我会成为你的麻烦吗？”

“是的，波莱。”

“因为我很小吗？”

“因为你很小、很嫩。只有又大又结实的人才能旅行。不过不要露出悲伤的样子，我的小姑娘；这要叫我心碎的。爸爸不久就会回到他的波莱身边来。”

“一定，一定，我决不悲伤，完全不。”

“让爸爸痛苦，波莱会难受的，是不是这样？”

“比难受还要难受。”

“那么波莱一定要高高兴兴的，分别的时候不要哭，过后也不要发愁。她一定要向前看，盼望重逢的日子，在此期间努力快活起来。她能做到这点吗？”

“她要努力做到。”

“我看她会做到。那么，再会了。到了该走的时候了。”

“现在吗？——就是现在吗？”

“就是现在。”

她仰起发抖的嘴唇。她的父亲啜泣着，不过我注意到她没有哭。他把她放下地以后，和其余在场的人一一握手，然后离去了。

沿街的门关上以后，她跪倒在一张椅子上，叫着——“爸爸啊！”

声音低而长，是一种“你为何抛弃我？”的呼声。在随后多少分钟的时间里，我发觉她忍受着极大的痛苦。在她幼小的生命的这一短暂的片刻，她经受了有些人从来没有感受过的情感。那是她的天性使然；在她以后的日子里，还会有更多这样的时刻。没有人说话。布列顿太太，因为是一位母亲，流了几滴眼泪。格雷厄姆正在写东西，抬起眼睛来盯着她瞧。我——露西·斯诺，则很平静。

这个小东西就这样没有人去打扰她，在那儿做了没有别人能够做到的事——跟那种难以忍受的感情作斗争，而且不一会儿就在某种程度上抑制住了它。这一天她都不会从任何人那儿得到安慰，第二天也不会。她后来变得更为消沉。

第三天傍晚，她安安静静、无精打采地坐在地板上，这时，格雷厄姆走了进来，轻轻地把她抱起，一言不发。她并没有反抗，倒是偎依在他的怀里，好像很疲倦。他坐下来的时候，她把头靠在他身上，只有几分钟便睡着了。他把她抱到楼上的床上去。第二天早晨，她问的第一件事就是："格雷厄姆先生在哪儿？"对此我不感到惊讶。

碰巧格雷厄姆没有到早餐桌边来，他得赶写这天上午要交的课堂作业，已经请他母亲叫人送一杯茶到书房里来。波莱自告奋勇去送：她非得为什么事情忙碌、为什么人操心不可。送这杯茶的任务交给了她，因为虽然她坐立不定，她还是仔细小心的。书房在早餐室的对过，那扇门面对过道，我的眼睛跟着她。

"你在做什么？"她停在门口，问道。

"写东西，"格雷厄姆说。

"你为什么不来跟你妈妈一起吃早饭？"

"太忙了。"

"你要吃点早饭吗？"

"那当然。"

"那么，这就是。"

她把杯子放在地毯上，好像一个监狱看守把囚犯的大水罐从牢房门洞送进去。她退去，不久又回来。

"除了喝茶，你还要什么——吃什么？"

"只要是好吃的就行。给我拿一些特别好的来，你是一位善良的小女人。"

她回到布列顿太太身边。

"夫人，请给你的孩子送些好吃的东西去。"

"波莱，你可以替他挑选。我的孩子要什么呢？"

她把桌子上凡是最好的东西都挑一份，不久，又回来用耳语要求弄一点桌子上没有的橙子皮果酱。可是格雷厄姆还是得到了橙子皮果酱（因为布列顿夫人对这一对人要什么给什么），不一会儿人们又听见他把她吹捧上天，许愿说，等到他自己有一幢房屋，一定请她做管家，而且也许——要是她显露有烹饪天才的话——请她做厨师。看到她没有回到餐桌来，我便走去找她，却发现格雷厄姆和她正在一对一地用早餐——她站在他的胳臂肘边上，分享他的食物，不过不吃橙子皮果酱，她体贴地不去碰它，我想这是免得使人看来，好像她搞来这东西一方面是为了他，一方面也是为了她自己。这孩子一直显示出这些微妙的感觉和体贴别人的本能。

如此建立起来的友谊同盟是不会匆忙解体的。相反，似乎时间和环境促使它巩固，而不是促使它松散。这两个人在年龄、性别、追求的目标等等方面都不相同，却不知怎么找到许多共同的语言。说到波琳娜，我注意到，除了和年轻的布列顿在一起的时候以外，她的小小的性格从来没有彻底地暴露出来。等到她安心住定，习惯于待在这幢屋子里以后，她充分表明对布列顿太太很顺从。不过她会整天坐在太太脚边的凳子上学做作业，或者缝纫，或者用一支画笔在石板上画人物像，但是一次也没有点燃起独创之火，或者显示她的性格的特点的一丝闪光。在如此情况之下，我不再注意她，她不使人感到兴趣。不过一旦格雷厄姆的敲门声在一个夜晚响起来，一种变化就发生了。她马上来到楼梯口，而她的欢迎通常是一种谴责，或者威胁。

“你没有把鞋子在垫子上好好擦干净。我要告诉你的妈妈。”

“爱管闲事的小人儿！你待在那儿吗？”

“不错——可是你碰不到我，我比你高。”（她从楼梯扶手的栏杆空隙处窥视，因为她不能在栏杆上面朝外看。）

“波莱！”

“我亲爱的孩子！”（这是她对他的称呼中的一种，是从他母亲那儿学来的。）

“我累得几乎要晕过去了，”格雷厄姆宣称，他靠在过道的墙上，似乎真的筋疲力尽了。“狄葛必博士”（他是校长）“交下过多的工作，可把我弄垮啦。快下来帮我把书拿上去吧。”

“啊！你在耍滑头！”

“完全不是那么回事，波莱——这完全是事实。我像灯心草一样软弱无力了。下来吧。”

“你的眼睛很安静，像猫的眼睛，不过你会跳起来。”

“跳起来？决不会这样：我可没有这力气。下来吧。”

“我也许下来——假如你答应我不要碰——不要抓起我，不要把我转圈圈。”

“我吗？我可做不了这事！”（他重重地坐到一张椅子上。）

“那么你把书放在第一级梯级上，离开三码远。”

格雷厄姆照办了以后，她小心翼翼地下楼来，眼睛一直不离开虚弱无力的格雷厄姆。当然啦，她一靠近，总是激起他一阵新的、突然发作的活跃，蹦跳欢闹的游戏是必然要做的。有时候她会发怒；有时候事情却准予顺利通过，我们便能听到她一面带他上楼，一面说：

“好吧，我亲爱的孩子，来用茶吧——我知道你一定要吃些东西了。”

瞧她坐在格雷厄姆身边的样子真够滑稽，当时格雷厄姆正在用餐。他不在的时候，她是个安静的小姑娘；可是跟他在一起，她就是个天下最好管闲事和坐立不安的小人儿了。我常常希望她会注意自己，变得沉静；可是不——她已经在他身上忘记了自己。格雷厄姆是很难伺候的，要做到周到地照顾他是很困难的；在她看来，他比土耳其皇帝还重要。她会把他面前各种各样的盘子逐渐集拢；而且，在别人认为他可能要的东西都在他手边的时候，她却发现其他什么东西。

“夫人，”她会对布列顿太太咬耳朵说，“你的儿子也许会喜欢吃点蛋糕——甜蛋糕，你知道的——那儿有一些。”（她用手指指餐具柜和食橱。）布列顿太太通常不赞成喝茶的时候吃甜蛋糕，可是这一请求又被催促着，“一小块嘛——只给他吃——因为他要到学校去。女孩子呢，例如我和斯诺小姐，不需要款待，不过他会喜欢吃的。”

格雷厄姆的确非常喜欢吃蛋糕，而且几乎一直吃得到。说句公道话，他会和她分享多亏她弄来的奖品的，不过这一点从来都办不到。要是他坚持这样做，那就惹得她整个晚上不高兴了。站在他的膝旁，独占他的谈话和注意，才是她所要的报酬——不是分享蛋糕。

她确实以一种难以理解的敏捷使自己适应使他发生兴趣的计划。别人会觉得这孩子没有自己的思想和生命，而必须在另一个人里面活着、活动，才有她的存在。现在她的父亲离开了她，她便偎依格雷厄姆了，似乎靠他的感觉来感觉，以他的生存来生存。她一转眼就记住他所有的同学的名字，背下从他嘴里说出来的他们的特征。对一个人只要一句描述似乎就足够了。她从来不忘记、或者弄错每个人的特性，会整个晚上同他谈论她从来没有见过的人，并且看来完全了解他们的外表、态度和性情。她还学着模仿某人的样子。有一位副院长，似乎有一些怪癖，少年布列顿对之颇为反感，她偶然间听到格雷厄姆的描写，便表演来让他开心。不过，布列顿太太对此不赞成，不允许。

这两个人很少吵嘴；然而有一天却发生了不和，使她的感情受到一次严重的打击。

有一天，正是格雷厄姆的生日，一些朋友来吃饭，他们都是像他自己那么大的小伙子。波琳娜对于这些朋友的来临感到很大兴趣。她曾经一再听到他们的事；格雷厄姆常常谈到的人当中就有他们。晚餐以后，只剩年轻的先生们待在餐厅里了，他们马上变得兴高采烈，喧闹非常。我偶然经过大厅，发现波琳娜一个人坐在楼梯的最低一级，眼睛一动不动地望着餐厅里油光水亮的镶板，那里面反映出来的大厅的灯闪闪发光。她的小眉毛深锁紧皱，在忧心忡忡地苦思冥想。

“你在想着些什么啊，波莱？”

“没想什么。我只不过希望那扇门是明净的玻璃门——好让我看到里面。那些男孩子好像非常快活，我要到他们那儿去；我要跟格雷厄姆在一起，瞧着他的那些朋友。”

“什么东西不让你去呢？”

“我感到害怕。不过你认为我可以试试吗？我可以敲敲门，要他们让我进去吗？”

我想他们也许不会反对接纳她作为一个游戏的伙伴，因此鼓励她这样做。

她敲门，开始轻得听不见，不过第二次尝试使门打开了；格雷厄姆的头探出来，他看来情绪高涨，然而很不耐烦。

“你要什么，你这个小猴子？”

“跟你在一起。”

“你是说真的吗？好像我愿意你来找麻烦似的！到妈妈和斯诺教师那儿去，叫她们把你弄上床睡觉去。”那颗金棕色的头和那张光彩奕奕、面颊绯红的脸都不见了——那扇门专横傲慢地碰上了。她不知所措地呆立在那儿。

“他为什么那样说话？他以前从来没有那样说话呀，”她惊魂不定地说。“我做了什么错事啦？”

“没有，波莱；不过格雷厄姆正忙着招待他的同学。”

“这么说，他喜欢他们胜过我！现在有他们在这儿就把我撵走！”

我想安慰她几句，想用一些哲学的格言来谆谆教诲，以改善这种局面。关于格言，我一直有相当的贮存，随时可以应用。然而，她阻止了我，我刚说出一两个字，她就双手蒙住耳朵，接着躺倒在垫子上，把脸贴着石铺地板。不论是华润还是厨师都无法把她从那种姿势中撬起来，所以就让她躺着，直到她自己愿意爬起来。

格雷厄姆当天晚上就忘记自己的不耐烦之举了。他的朋友们走了之后，他打算像平常那样走上前去跟她讲话，但是她从他手里挣脱出来，眼睛狠狠地闪着光，不肯跟他道声晚安，不肯对他的脸瞧一眼。第二天，他冷淡地对待她，她就变得像一块大理石。第三天，他逗弄她，想让她说出究竟是怎么一回事，她还是紧闭双唇。在他这一方面，当然不能感觉到真正的恼怒；这一对人在各方面都太不相称了。他试图抚慰和哄骗她。“她为什么那样生气啊？他做了什么错事啦？”不久以后，哄出了眼泪；他便亲热她，两人又成为朋友了。不过她是对这类事情不会忘怀的那种人，我注意到经过这番挫折以后，她决不去找他，或者跟着他，或者以任何方式招引他的注意。我有一次叫她把一本书或者其他什么东西拿给格雷厄姆，当时他正把自己关在书房里。

“我等到他出来再给，”她带着傲气说。“我不打算给他麻烦让他起身来开门。”

少年布列顿有一匹心爱的小马，他常常骑着外出，波莱总是待在窗前瞧着他离去和归来。她怀着奢望能被允许骑着这匹小马在院子里兜一圈，但是她决不会要求这样一种恩典。有一天，她走下楼到院子里来看他下马；她靠在大门上的时候，获得骑马乐趣的渴望在她的眼睛里闪闪发光。

“来呀，波莱，你要骑马慢跑一下吗？”格雷厄姆问，有一半漫不经心的样子。我猜想她觉得他太漫不经心了。

“不，谢谢你，”她说着以最冷漠的表情转过脸去。

“你还是骑上好，”他继续说。“你会喜欢的，我能肯定。”

“别以为我会有一点点兴趣。”这是她的回答。

“这不是真话。你对露西·斯诺说过你渴望骑一会儿马。”

“露西·斯诺是一个‘碎纸盒’[①]，”我听见她这样说（她的不完美的发音是她身上所表现出来的早熟程度最少的东西），一边走进房屋。

格雷厄姆不久也走进来，对他的母亲说道：

“妈妈，我相信这个小东西一定是个‘换来儿’[②]；是个十分怪僻的百宝箱。不过没有她我一定会觉得无聊，她使我感到很大的乐趣，胜过你，或者露西·斯诺。”

“斯诺小姐，”波琳娜对我说（夜里，只有我们两人待在我们的房间里的时候，现在她养成了时不时地同我聊几句的习惯），“你可知道，一星期里哪一天我最喜欢格雷厄姆？”

“我怎么可能知道这样奇怪的事情呢？难道说，七天里边有一天他是跟另外六天两样吗？”

“当然啦！你看不出来？你不知道？我发现他在星期日最了不起，于是我们这一整天都和他在一起；他心平气和，而且，到了晚上，那么和蔼可亲。”

这个意见并不是完全没有根据的。星期日，要去教堂等等事情使格雷厄姆保持沉默，晚上，他则通常用来在会客室的壁炉旁作一种文静的、虽然是相当慵懒的享乐。他会躺在那张睡椅上，然后叫波莱来。

格雷厄姆这孩子并不很像别的孩子那样；他所有的乐趣并不在于活动；他有时会在间歇时间作一些沉思冥想，也会在读书中尝到滋味，而选择的书不是完全不分好歹的，在这选择中间，有具有特性的偏好，甚至是出于本能的口味。确实如此，他很少谈论他所看的东

---

① “碎纸盒”原文为tatter-box，可能本来应该是chatter-box（饶舌者），作者为了表明孩子发音不准而写成上述一词。

② 换来儿，原文为changeling，或译“丑婴儿”。据欧洲民间传说，仙女或精灵生的孩子都长得又丑又笨，她们便用自己的婴儿偷换别人的婴儿。

西，然而我看见过他坐在那儿凝思。

波莱挨近他，便跪在一个小垫子上，或者小地毯上，一场谈话就喃喃地开始了，虽然压低了声音，但不是听不见的。我时不时地听到他们谈话的大意。的确，比每天的影响更好、更细致的影响，在这种时候抚慰着格雷厄姆，似乎使他的心情变得无一丝不温柔。

“这一个星期里，你学过什么赞美诗了吗，波莱？”

“我学了一首极好的，有四节长。要我念吗？”

“那么念得好听些。不要急急忙忙。”

于是小小的吟唱声音背诵了、或者不如说半是唱出了这首赞美诗，这时候格雷厄姆就会对这种风格表示异议，进而给她上一堂背诵课。她学东西很快，善于模仿，还有，她以使格雷厄姆高兴为乐；她证明自己是一个敏捷的学者。背完赞美诗之后，接着会读些什么——也许是《圣经》中的一章。其中很少需要纠正，因为这孩子能够非常出色地阅读任何简单地叙述的章节，而且，在主题是她所能了解、并感到兴趣的时候，她的表情和强调语气都是十分恰当的。约瑟被丢在坑里①，对撒母耳的呼唤②，但以理被扔在狮子坑中③——这些是大家

① 据《圣经》故事，雅各（又名以色列）有子十二人，他最宠爱约瑟。兄长们乘在野外放羊之机，图谋杀害约瑟，将他丢在一个坑里。后来又把他从坑里拉上来，卖给前往埃及的过路商人。若干年后，约瑟做了埃及的宰相。在饥荒的年代里，约瑟救了父亲和兄弟们的性命。见《圣经·旧约全书·创世记》第37至45章。

② 据《圣经》故事，“以利的两个儿子是恶人，不认识耶和华”。他的第三个儿子撒母耳在一天夜里三次听见耶和华的呼唤。第四次，耶和华对撒母耳说：“我曾告诉他（以利）必永远降罚与他的家，因他知道儿子作孽，自招咒诅，却不禁止他们。”见《旧约全书·撒母耳记（上）》第3章。

③ 据《圣经》故事，大利乌取得迦勒底国以后，立但以理为三总长之一。其他官吏嫉恨但以理，怂恿国王立禁令，凡敬神者必扔在狮子坑中。但以理坚信上帝，因而被罚。但是靠上帝护佑，狮子不伤害但以理。国王最后下令，“人就把那些控告但以理的人，连他们的妻子儿女都带来，扔在狮子坑中。他们还没有到坑底，狮子就抓住他们，咬碎他们的骨头。”见《旧约全书·但以理书》第6章。

都喜爱的章节；特别是第一个故事，她似乎完全感受得到其中的悲怆情调。

“可怜的雅各啊！”她有时候会嘴唇抖动着这样说。“他多么爱他的儿子约瑟啊！就像，”有一次她还加上一句——“格雷厄姆，就像我爱你一样。如果你死了的话，”（她重新打开书来，找到那首诗，读着）“我一定‘不肯受安慰，必悲哀着下阴间到你那里。’”①

她一边说这些话，一边把格雷厄姆搂在怀抱里，还把他长着一绺绺长发的头扳到她这边来。我记得，这一举动使我感到异常轻率，刺激我的感觉，就像一个人看见一头生性危险的野兽，还没有完全被人工驯养便太不留神地被爱抚起来的时候所经验的那样。我并不害怕格雷厄姆会伤害她，或者非常粗暴地制止她；然而我觉得她冒险招致如此漫不经心的、很不耐烦的拒绝，对她来说，几乎会比挨一下揍更坏。可是，她这些表演大体上是被动地受到容忍，有时候，对于她的诚挚的偏心，甚至于会有一种洋洋得意的惊异的神情闪现在他的微笑的、并非不和善的眼睛里。有一次，他说道：

“你喜欢我几乎就像你是我的小妹妹一样，波莱。”

“哦！我是喜欢你，”她说，“我是非常喜欢你。”

我被允许作这种性格研究的乐事的时间并不长。她在布列顿刚刚两个月，霍姆先生就来了信，表示他现在已经在欧洲大陆上他的母系亲戚中间安顿下来；还表示，因为英国对他说来已经变得完全不合口味，他可能许多年都不想回来；并且表示，他希望他的小女孩立刻到他身边去。

“我不知道她会怎样对待这个消息？”布列顿太太看了这封信之后

① 见《圣经 · 旧约全书 · 创世记》第 37 章第 35 节，原文是：“不肯受安慰，说，我必悲哀着下阴间到我儿子那里。”

说。我也不知道，不过我承担了传达这一消息的任务。

我走到客厅里来——在这宁静的、装饰精致的房间里，她喜欢一人独处；在这里，可以绝对信任她，因为她的手指什么也不碰，或者不如说，她手指碰到的东西什么也不弄脏——我发现她像一个奴婢[①]那样坐在卧榻上，旁边窗户上垂下的帷幔半遮着她。她看来很高兴，作为消遣的一切用具都在四周：白色的木针线箱、一两片破布条、一两段缎带头，为了改制成洋娃娃女帽而收集起来。那只洋娃娃戴着睡帽，穿着睡衣，躺在摇篮里，她正摇它睡觉哩，那副样子是完完全全地相信洋娃娃具有感觉和知道困倦的官能，她的眼睛同时全神贯注地看着一本摊开在她膝上的图画书。

"斯诺小姐，"她悄声说道，"这是一本奇妙的书。干大基[②]，"（这是格雷厄姆给洋娃娃取的名字，因为它弄得很脏的面容，的确显示出很像埃塞俄比亚人的样子）"干大基现在已经睡着了，我可以跟你讲讲这本书。我们俩必须轻声说话，只能这样，否则她就会惊醒的。这本书是格雷厄姆送给我的，讲的是一些遥远的国家，离英国很远很远，旅行的人不在海上航行成千上万英里，谁也到不了那里。斯诺小姐，那些国家里住着野人，穿的衣服和我们不一样。说真的，他们有些人几乎根本不穿衣服，这是为了可以凉快，你知道，因为他们那儿天气非常热。这张图画上有许多许多人聚集在一个荒凉的地方——一片沙石的平原——围着一个穿黑衣服的人，一个很好、很好的英国人，一个传教士；他正在一棵棕榈树下对他们讲道。"（她给我看具有这种意思的一张彩色小插图。）"还有这些图画，"（她继续说）"更甚奇

① 奴婢，原文为 Odalisque，指伊斯兰教国家的后宫里的奴婢。

② 干大基，古代埃塞俄比亚女王的名字。见《圣经 · 新约全书 · 使徒行传》第 8 章第 27 节："……有一个埃提阿伯〔即埃塞俄比亚〕人，是个有大权的太监，在埃提阿伯女王干大基的手下总管银库……"

怪，”（偶尔忘记了文法）[1]“比这个。这是奇妙的中国长城；这是一个中国女士，脚比我的更小。这是一匹鞑靼野马；这里啊，最最奇怪，是冰和雪的土地，没有绿色的田野、树林，或者花园。在这块土地上，他们找到一些猛犸象的骨头；现在可没有猛犸象了。你不知道它是什么，不过我能告诉你，因为格雷厄姆跟我说过。这是一个巨大的妖魔鬼怪，像这间屋子一样高，像那个大厅一样长；不过格雷厄姆认为它并不是一个凶猛的吃肉的东西。他相信，要是我在森林里碰到一个，它不会咬死我，除非我走到太妨碍它的地方；那时候它就要在灌木丛里把我踩烂，就像我会在打草场上不知不觉踩死一只蚱蜢一样。”

她就这样喋喋不休地说着。

“波莱，”我打断她的话，“你喜欢旅行吗？”

“眼下还不喜欢，”这是她审慎的回答，“不过也许在二十年以后，我长成一个大人，像布列顿太太一样高，我会和格雷厄姆一起去旅行。我们打算到瑞士去，攀登勃朗峰[2]；将来有一天，我们还会漂洋过海到南美洲去，走到钦姆钦姆—博腊索[3]的绝顶上去。”

“不过，要是你的爸爸跟你一起去，你现在可喜欢旅行呢？”

她的回答——停了片刻才作出的——显示出她所特有的料想不到的脾性变化的一种：

“说这种傻里傻气的话有什么好？”她说。“你为什么提到爸爸？爸爸跟你有什么相干？我刚才正开始在开心起来，不那么想到他了；这一切都要从头来一遍了！”

---

① “更甚奇怪”，原文是 more stranger，不合英文文法。

② 勃朗峰，法语意为“白峰”，是阿尔卑斯山脉的最高峰（4807 米）。阿尔卑斯山西起法国东南部，经瑞士和西德南部、意大利北部，东到奥地利的维也纳。但是勃朗峰在法国和意大利的边界。

③ 原文为 Kimkim-borazo，当为钦博腊索（Kimborazo）山，在厄瓜多尔中部，海拔 6272 米，是厄瓜多尔的最高峰。

她的嘴唇抖动着。我急忙揭露已经收到一封信的事实，并且提出信上指示她和海蕊特必须马上和这位亲爱的爸爸重逢。“那么，波莱，你难道不高兴吗？”我加了这个问句。

她不回答，放下了书本，停止了摇晃洋娃娃，眼睛严肃而又认真地盯着我瞧。

“你不喜欢到爸爸那儿去吗？”

“当然喜欢，”她终于说，用的是她常常用来对我说话的那种尖锐的口气，这跟对布列顿太太的很不相同，跟专门用来对格雷厄姆的又不相同。我但愿把她的想法弄得更清楚些，可是不行，她不肯再谈下去了。她急忙跑到布列顿太太那儿去问她，而我的消息得到了证实。这一信息的分量和重要性使她一整天都严肃得不得了。到了傍晚，一听见格雷厄姆在下面走进大门的声音，我便发现她已经挨在我身边。她开始摆弄我挂在脖子上的小金盒的缎带，把我头发上的梳子取下来又放上去。她正忙着这样做的时候，格雷厄姆进来了。

“待一会儿告诉他，”她悄悄地说，“告诉他我要走了。”

在吃茶点的过程中，我作了她所希望的传达。格雷厄姆碰巧这时候为了他正在和别人竞争的某项奖学金弄得魂不守舍，这一消息必须在讲了两遍以后，才引起他应有的注意，而且即使这样，他也只是关心了片刻工夫。

“波莱要走了吗？多么可惜！亲爱的小老鼠，失去她我可要难过呢。妈妈，她一定得再到我们这儿来。”

他草草吞咽了他的茶点以后，便拿了一支蜡烛，独自拥有一张小桌子，以及一些书本，马上便埋头于学习之中。

“小老鼠”悄悄地来到他身边，躺在他脚旁的小地毯上，把脸贴在地板上，不声不响，一动不动，一直占着那个地方，保持那种姿势，到上床的时候才止。有一次，我看见格雷厄姆——全然不知她就在边上——用他那常常在动的脚碰了她一下，她退缩了一两英寸。一分钟以后，一只原来捂住脸腮的小手，从下面偷偷抽出来，轻轻地抚摸着那只不在意的脚。她的保姆来叫她的时候，她爬起身来，向我们大家低声道了晚安，便非常乖地走了。

我不想说一小时以后我害怕去睡觉，然而我的确带着一种不安的心情，预料会发现那孩子睡不安稳。我的直觉的预先警告真是应验了，我发现她十分冷淡，极其警觉，像一只白色的鸟那样栖息在床沿上。我简直不知道如何去跟她搭话，她不像别的孩子那样可以对付得了的。可是，她却和我搭话了。我关上房门，把灯放在梳妆桌上的时候，她转过头来，这样说道：

"我不能——不能睡觉。这么一来，我不能——不能活了！"

我问她哪儿不舒服。

"痛—苦—得—很—啊！"她用可怜的、口齿不清的声音说。

"我去请布列顿太太来，好吗？"

"这是彻头彻尾的傻事，"她不耐烦地回答。的确不错，我很知道，要是她听见布列顿太太的脚步声一路响过来，她一定会像一只老鼠那样安安静静地畏缩在被子下面。在我面前，她往往不顾一切地大发怪脾气——对于我，她从来不表示出假装的感情——然而却从来不对我的教母显露出一点儿她的内心世界。在她看来，她不过是一个驯服听话的、又有些离奇有趣的小闺女。我仔细打量她：脸腮深红；瞪大的眼睛既困扰，又兴奋，同时又闪动不停叫人难受。很明显，在这种情况之下，必须有人陪伴到明日天亮。我猜出来这究竟是怎么回事了。

"你要再和格雷厄姆说一声晚安吗？"我问。"他还没有回到他的房间里去。"

她立刻伸直双臂让我抱。我用一条围巾把她包起来，抱着她回到客厅里，格雷厄姆正从里面出来。

“她睡不着觉，除非看见你，再跟你说会儿话才行，”我说。“她想到离开你就不高兴。”

“我惯坏了她，”他说，高高兴兴地从我手里把她接过去，吻着她发热的小脸和发烫的嘴唇。“波莱，你对我比对你爸爸更关心，这会儿——”

“我是关心你，可是你一点也不关心我，”她轻轻地说。

她得到保证说，事实上正相反，又被吻了一下，交还给我，我便把她抱走。可是，天哪！她并没有镇定下来。

在我觉得她听得进我的话的时候，我说道：

“波琳娜，你不应该为格雷厄姆不像你关心他那样关心你而伤心。必须如此才是。”

她抬起的那双疑惑的眼睛问着为什么。

“因为他是一个男孩子，而你是一个女孩子。他十六岁，而你只有六岁。他的性格坚强而开朗，而你不是这样的。”

“可是我是那么爱他；他应该爱我一点儿。”

“他正是如此。他喜欢你。你是他的宝贝。”

“我是格雷厄姆的宝贝吗？”

“是的，比我所知道的任何小孩子更宝贝。”

这一保证使她镇定下来，她在十分痛苦中带着微笑。

“不过，”我继续说，“不要急躁不安，不要对他抱过多的期望，否则他会觉得你讨厌，那就一切都完了。”

“一切都完了！”她轻声重复着说，“那么我就乖乖的。我要努力做得乖乖的，露西 · 斯诺。”

我照顾她上床睡觉。

“他会原谅我这一次吗？”我脱衣服的时候，她问。我肯定地说他会的；还对她说，到目前为止，他一点也没有疏远她；说她只要将来多加注意就行了。

“没有将来了，”她说。“我就要走了。我离开英国以后，我还能——还能——再看见他吗？”

我作了一个带鼓励的回答。蜡烛熄灭了，静静地过了半个小时，我正在想，她已经睡着了吧，可是那小小的白色人影又一次在有围栏的儿童床上坐起来，小小的声音发问了：“你喜欢格雷厄姆吗，斯诺小姐？”

“喜欢他！不错，有一点儿。”

“只有一点儿！你可像我一样喜欢他呢？”

“我想不像。不，不像你那样。”

“你很喜欢他吗？”

“我跟你说过我有一点儿喜欢他。那样关心他有什么意思：他有许多缺点。”

“是吗？”

“所有的男孩子都这样。”

“比女孩子多吗？”

“很可能。聪明人说，认为任何人十全十美是蠢事；至于好恶爱憎问题，我们应该对所有的人友好，而对谁也不崇拜。”

“你是一个聪明人吗？”

“我打算努力做个聪明人。睡吧。”

“我睡不着。你这里不痛吗？”（她把小精灵一样的手放在小精灵一样的胸口上）“在你想到必须离开格雷厄姆的时候，你这里不痛吗？因为你的家可不在这儿呀！”

“当然痛，波莱，”我说，“不过，你马上就要和你爸爸在一起了，就不应该觉得那么痛。你忘记爸爸了吗？你不再希望成为他的小伴侣了吗？”

我问过这个问题以后，接下去的是死一般的沉默。

“孩子，躺下去睡吧，”我催促她。

“我的床冷，”她说。“我无法叫它暖和起来。”

我看见这小东西在发抖。“到我这儿来吧，”我说，心里但愿她会听从，可是简直不存希望，因为她是一个最奇怪、最任性的小家伙，在我面前尤其反复无常。不过，她却立刻来了，像一个小鬼魂一样溜过地毯。我把她抱进被子，她身上冰凉，我用胸怀暖着她。她神经紧张地颤抖着，我抚慰着她。如此这般地受到镇定和爱护的对待，她终于睡着了。

“真是天下少有的孩子，”我想，同时审视着忽明忽暗的月光照耀下的她的睡眠中的面容，用我的手帕小心翼翼地轻轻擦着她闪动的睫毛，以及泪水潸潸的脸腮。“她今后怎么应付得了这个世界，或者怎么同生活作斗争啊？她今后怎么经受得了打击和挫折、屈辱和孤独啊？而这些东西，书本和我自己的理智都告诉我，芸芸众生都会遇到的。”

她在第二天走了；离别的时候，像一片叶子那样哆哆嗦嗦，但是她努力克制着自己。

第四章
马趣门特小姐

波琳娜走掉以后，过了几个星期，我也告别了布列顿镇——当时很少想到自己永远不会再来访问了，永远不会再踏上镇里那一条条宁静而古老的街道了——径自回到已离开六个月的家。人们会猜想，我当然喜欢回到亲人的怀抱里。好啊！亲切的猜想没有坏处，因此可以安全地不受反驳。真的，我不但不会说不，而且允许读者把我描绘一下，在以后的八个年头里，我像一条帆船，静静地停在波平如镜的港湾里，在风和日丽的气候中——舵手伸手伸脚地躺在小甲板上，仰面朝天，闭目凝神，沉埋(如果你愿意这样说)在长时间的祈祷之中。许许多多妇女和姑娘被认为这样打发日子，我和其余的人为什么不这样呢?

那么，请把我描绘成慵懒的、沐着阳光的体态丰满、生活幸福的人吧，她伸手伸脚地躺在搁着软垫的甲板上，在恒定的阳光里感到温暖，在软绵绵的阵阵微风中摇晃。然而，不能掩盖的事情是，如果是那样，我一定会不知怎么一来便掉到水里去了，或者终于船沉人淹。我很清楚地记得那一次的——那很长的一次的——寒冷、危险和斗争。此刻，在我受着梦魇困扰的时候，重新又感觉到海水向我喉咙里一阵阵冲击和它的咸味，以及我的肺部受到波涛的冰冷的重压。我甚至知道有过一场暴风雨，下了不止一小时，也不止一天。因为有好多个日日夜夜都看不见太阳或星星；我们用自己的双手把索具抛到船外去；狂风暴雨袭击我们；我们会得救的一切希望都成泡影。到最后，船只沉没了，船员淹死了。

就我记忆所及，我没有对任何人抱怨过这些烦恼。真的，我能对谁去抱怨呢?说到布列顿太太，我已经很久没有和她见面了。别人竖起的障碍物，几年以前就已经阻挡了、并且中断了我们之间的交往。此外，时间也已经给她带来了变化。那笔可观的财产，曾经交给她替她的儿子保管，并且主要投资在某个合股企业里，听说已经销蚀到其原来总数的一小部分了。我偶尔听到传言，说格雷厄姆已经选定了一个职业，他和他的母亲两人已经离开了布列顿镇，据知，现在住在伦敦。这样说来，我就不再存在投靠别人的可能性，只能依赖我自己了。我不认为自己具有一种自力更生或者主动活跃的性格；可是环境逼迫我去自力更生和努力奋斗，就像逼迫千万个其他的人一样。所以，在那位邻居老闺女马趣门特小姐派人来找我时，我服从了她的命令，希望她或许能够向我提供我胜任得了的什么工作。

马趣门特小姐是一位女财主，住在一幢漂亮的住宅里；可是她却因风湿病而致残，手脚都不灵便，已有二十年之久。她一直在楼上坐着，客厅和卧室相连。我常常听到人家说起马趣门特小姐，以及她的怪癖(她的脾气非常古怪)，不过直到现在我才看见她。我发现她满脸皱纹、满头白发，因孤独寂寞而阴沉严肃，因长期病痛而粗暴苛刻，而且急躁易怒，也许还疙瘩挑剔。看来似乎是因为一位女仆，或者说是一位陪伴更好，伺候她好多年之后，这时准备去结婚了，而她听说过我的孤女的命运，便派人来找我，认为我可以填补这个人的位置。午茶过后，只有她和我两人坐在壁炉旁的时候，她对我提出这个建议。

“日子不会过得很舒服，”她坦率地说，“因为我需要许多许多的照顾，你便常常离不开；不过，跟你近来所过的生活相对照，也许看来还受得了。”

我琢磨着，当然，应该看来还受得了，我心中自言自语；可是，不知道为什么，由于莫名其妙的命运，又会不是这样。住在这里，这间与外界隔绝的房间里，做这个病人的看守者——有时候也许是坏脾气的靶子——度过我的青春时代整个未来的日子，而整个已经逝去的日子至少可以说是不幸福的！我的心冷了片刻，然后又振奋起来，因为，虽然我强迫自己去领悟种种不幸的事，但是，我觉得，我太没有诗意，不能想象出不幸的事，不会把它们加以夸张。

“我的疑虑是不知自己是否有承担这份工作的体力，”我说。

“这正是我的顾虑，”她说。“你的样子像一个筋疲力尽的可怜虫！”

我的确是这样，我曾经在镜子里看见自己穿着一身丧服，一副面容憔悴、眼睛眍瞜的形影。然而我对于这一苍白无力的样子不以为意。我相信这种枯萎病主要是表面的，我仍然感觉到从生命的源泉涌出的生命力。

“你还想到别的什么事情吗——任何事情？”

“现在还没有清楚地想到什么，不过我或许会发现的。”

“你这样想吧：也许你是对的。那么，按照你自己的方式试试；要是不成功，试试我的方式。我提供给你的机会可以给你保留三个月。”

这是出于好意，我对她说了，并且表示了我的谢意。正在说话的时候，她一阵病痛突然发作，我便服侍了她，按照她的指示给予必要的帮助，等到她痛苦消失以后，一种亲切感已经在我们之间形成。在我这方面，从她忍受这阵袭击的态度，我看出她是一位坚定的、能忍耐的女人（是对于肉体上的痛苦能忍耐，虽然有时候也许对于长期精神上的烦恼容易激动）。在她那方面，从我救援她的好意，她发现自己能够影响我的同情心（尽管这没有什么稀奇）。第二天，她又派人来找我；接连五六天她都要求我去陪伴。较为接近的相识固然使缺点和怪癖逐渐显露出来，与此同时，也揭示了一种我所尊敬的性格的图像。她有时候是粗暴苛刻的，甚至很乖僻，但是我能够伺候她，能够平静地坐在她身边。在我们心中明白我们的态度、陪伴和接触使我们服务的对象高兴和安慰的时候，这种平静总是使我们觉得愉快的。甚至在她责骂我的时候——她不时责骂，骂得很凶——也都是那种样子：它不使人觉得屈辱，感到刺痛。它更像一位性情暴躁的母亲申斥她的女儿，而不大像一位严厉的女主人教训她的仆从。教训，说真的，她可不会，虽然她偶然会大发脾气。此外，她的激情里始终贯穿着一种讲理的气质，即使在狂热的时候，她也是合乎逻辑的。不久，一种逐渐增长的好感，使我对留下作她的伴侣这件事有了完全新的想法。又过了一个星期，我便同意留下来。

于是，两间又热又闭塞的房间变成了我的世界，而一位身患残疾的老女人则是我的女主人，我的朋友，我的一切。为她服务是我的责任——她的痛苦是我的磨难——她的缓解是我的希望——她的怒气是对我的惩罚——她的关心是对我的奖赏。我忘掉了在这间病房的被水蒸气弄得模糊的格子窗外还有田野、森林、河流、海洋和变化无穷的天空；我几乎满足于遗忘这些了。我内心的一切思想都变得狭小到纳入我的命运之中。我由于习惯而变得驯服和安静，由于天命而变得守纪律，我不要求在新鲜空气中散步，我的胃口所需要的无过于供给病人吃的那一点点饭菜。除此以外，她还将她的性格的本来面目供我研究；还有，我得加上，她始终如一的美德和她激情的力量让我羡慕；还有她的感情的真实让我信赖。这一切东西她都有，也是因为这些东西，我才牢牢地守着她。

因为这些东西，我原来会跟着她慢吞吞地挨过二十年的，假如她的生命的耐久性再延续二十年的话。可是另一种天命已经注定了。看起来，我必须被刺激得行动起来。我必须被刺痛、针砭、强迫得振奋起来。我的那么一点儿人类的爱心——我把它当做一颗质地纯粹的珍珠那样珍视——却必须像一粒融化的冰雹那样在我的手指间消融，并且从那儿溜掉。我所选定的小小的工作必须被人从我的容易满足的良心里夺走。我曾经想要和命运妥协，用屈从于整个一生的穷困潦倒和小痛苦的办法去逃避有时发生的巨大苦难。命运不会就这样被平息下来的；天意也不会赞许这种畏缩不前的懈怠和胆怯懦弱的懒惰。

2月里的一天夜晚——我记得很清楚——在马趣门特小姐住宅附近传来一阵声音，同屋子里的每一个人都听见了，但是或许只有一个人知道这是怎么一回事。过了一个平静的冬天以后，暴风雨正在为春天领路。我已经把马趣门特小姐安顿到床上，自己正坐在壁炉旁缝衣服。风在窗外呜咽着，已经哀诉了一整天了，然而，随着夜色转浓，风换了一种新的调子——尖锐刺耳，几乎可以听出它在说什么。这种悲叹在每一阵风里震颤着，使人抑郁沮丧。

“哦，别响！别响！”我在被搅乱的心中说，同时放下了针线活儿，尽力使耳朵不去听那种难以捉摸的尖叫声，可是办不到。在这之前，我也听到过这种声音，我不能不进行观察，对于它预兆什么不得不作出一种猜测。在我生活的道路上，曾经有三次，不测之事教导我，在暴风雨中的这些奇异的声调——这无休无止的绝望的呼叫声——意味着生活中不祥的运气将要来临的兆头。我相信，流行传染病的先驱常常是一阵气喘吁吁的、抽抽搭搭的、搅扰不堪的、长叹不已的东风。①我推测是这个缘故产生了报丧女妖的传说。②我还认为，我注意到——不过还不能像个哲学家那样明了，在各种情况之间是否有任何联系——我们常常同时听见在世界遥远的地方响起的火山爆发似的骚扰动乱，听见河流猛然涌起，越过河岸；以及听见异常的高潮巨浪汹涌澎湃地流入低洼的海滨。“我们的地球，”我曾经对自己说，“看来在这些时期被撕碎和搅乱；我们中间软弱的人在它的失调的、从

① 英国在春天送暖的风是西风。刮东风时却气候寒冷。

② 报丧女妖，英国古代民间传说中的精灵。据说是爱尔兰或高地苏格兰某些家庭中的家神，颇关心自己的兴旺，遇到它所在的家庭中有人死亡，便哀哀哭泣。

热气腾腾的火山口冒出来的气息之中凋残枯萎。”

我谛听着，颤抖着。马趣门特小姐正在睡梦之中。

大约在午夜，闹了半小时的暴风雨转入死一般的沉静。壁炉中的火曾经奄奄一息，现在又生气勃勃地燃烧起来。我感觉到空气改变了，变得寒冷刺骨。我拉起百叶窗和窗帘望出去，只见凛冽的霜冻在星光之下闪射着耀眼的光芒。

转过身来，我的眼睛见到的物体是醒来的马趣门特小姐，正从枕头上抬起头来，用不同寻常的诚挚的态度注视着我。

“这是一个美好的夜晚吗？”她问。

我作了肯定的答复。

“我想是这样，”她说。“因为我感到如此强健，如此舒服。帮我坐起来。今夜我觉得年轻了，”她继续说。“又年轻，又心情舒畅，又快乐。要是我的病痛将要来个转变，而我命里注定还要享受健康之乐，那会是怎么样啊？那可是个奇迹！”

“可是现在不是显奇迹的时候，”我自己心里想着，听到她这样说心里感到奇怪。她继续把谈话引向往昔，并且似乎特别清晰地回忆起往昔细小的事件、场景和人物。

“今夜我爱回忆，”她说。“我珍视她，好像是我最好的朋友一样。她现在正在给我以极大的快乐。她正在把现实的东西带回到我的心中，它们温暖而有美丽的生命——并不仅仅是空空的想象，而是曾经有一度是现实，这些，我早就以为已经凋谢了，溶解了，混合到墓地的泥土之中了。我现在正在拥有着我的青春时期的时间、思想和希望。我重新拥有了我的生命的爱——我的生命的唯一的爱——这几乎是它的唯一的真情；因为我不是一个特别好的女人，我不是和蔼可亲的。然而我曾经有过自己的感情，强烈而又专注；这种感情又是有对象的；这个独一的对象，是我的心中之宝，正如对于大多数男男女女来说，则是他们把心思浪掷其中的数不清的目标。在我爱的时候，在我被人爱的时候，我享受到怎样的生活乐趣啊！我能想得起来的那年是多么辉煌啊——它回到我眼前来是多么灿烂啊！多么生机勃勃的春天——多么温暖、欢快的夏天——多么温柔的月夜，把秋天的夜晚照得银光闪闪——那一年的冬天，在冰冻的河水和白雪皑皑的田野下面，蕴藏着怎样的希望的力量啊！那一年，从头到尾，我和弗兰克心心相印。哦，我的高尚的弗兰克——我的忠诚的弗兰克——我的好弗兰克啊！他比我好得多——在一切事物上，他的水准都高得多！下面这一点我现在能够看见并且说出来：如果很少几个女人曾经忍受到像我失去他的痛苦，那么也是很少几个女人曾经享受到我所享受到的他的爱情的快乐。那是比一般的爱情好得多的爱情，我不怀疑这点，也不怀疑他。他给予他所爱的女人的爱情是这样的一种，这种爱情使她快乐，也使她荣幸，受到保护，精神振奋。让我现在，就在此刻，我的心智如此奇异地清醒的时候，问一问——让我仔细想一想，为什么爱情离我而去了？我究竟犯了什么罪过，要在幸福地过了十二个月之后，非得受苦三十年不可啊？”

“我不明白，”她停了一停，继续说，“我弄不懂——弄不懂这个道理啊。然而在这一时刻，我能够诚心诚意地说我以前从来没有想过要说的话——不可思议的上帝啊，愿你的旨意成全！此刻，我相信死神将要把我归还给弗兰克。直到现在我才相信这件事。”

“这么说来，他已经死了吗？”我低声问道。

“我亲爱的姑娘，”她说，“有一年，在快乐的圣诞节前夜，我穿着打扮了一番，等待着我的情人，他不久就要成为我的丈夫了，他那天晚上要来看我的。我坐在那儿等候。我又一次看见了那一刻——我看见白雪映出的微光悄悄地透过窗户射进来，我故意没有放下窗帘，因为打算瞧见他打那条白色的小路骑马过来。我看见并且感觉到那柔和的炉火温暖着我，在我的丝绸衣服上闪动着，同时把镜子里我自己的苗条的身躯忽明忽灭地显示给我看。我看见那宁静的冬夜里的月亮，又圆，又明亮，又寒冷，飘浮在漆黑一团的灌木丛和我的庭院那银色草皮的上空。我等待着，脉搏里带着几分不耐烦的跳动，但是我心里并没有疑问。壁炉里的火焰已经没有了，不过里边仍然是红红的一团。月亮正在爬上中天，然而从格子窗前仍然看得见。时钟快指着十时了，他很少延迟到这个钟点以后，不过有一两次他曾经耽误到这么久。

“他会对我失信一次吗？不——连一次也不会。这会儿他来了——飞快地来了——以补偿失去的时间。‘弗兰克！你这位猛跑的骑手，’我暗自说，满心欢喜，但是焦急地倾听着他策马奔来的声音，‘你可要为此受到谴责。我要告诉你，你是在拿*我*的脖子冒风险，因为凡是任何属于你的东西，在更为甜蜜和亲切的意义上说，就是我的。’他终于来了，我看见了他，但是我想我已经热泪盈眶，视线模糊了。我看见了那匹马，听见马蹄声——我至少看见了一团东西，听见了一阵扰攘声。那是一匹马吗？还是什么沉重的、拖着什么物体的东西呢？它特别黑，正在越过那片草地而来。我怎么称呼眼前这个月光映照下的东西呢？或者，我怎么表达出在我心灵中生出的感情呢？

“我只能奔出去。那是一头大动物——果真是弗兰克的黑马——站在门前颤抖、喘气、打响鼻。有一个人拽着它，正如我所料，是弗兰克。

“‘怎么回事？’我问。我自己的仆人汤玛斯提高嗓音紧迫地回答：‘到屋里去，太太。’接着叫唤另一个仆人，她急急忙忙从厨房里跑出来，就像是被什么本能召唤来似的。‘鲁思，马上把太太送到屋里去。’但是我那时正跪在雪地里，旁边有一个什么东西躺在那儿——我刚才看见被马在地上拖过来的——我把那个东西扶起来挨近我，它叹着气，在我胸前呻吟着。他没有死，没有完全失去知觉。我让人把他抬进来，拒绝仆人们的劝告，拒绝离开他。我已经相当镇定，不仅是我自己的女主人，而且是其余的人的女主人。他们已经开始试着把我当一个孩子那样对待，他们总是这样对待遭受上帝的手打击的人。但是我对谁也不让开我的地方，除了那位外科医师。等到他做完了他所能做的一切，我便抓住了我的奄奄一息的弗兰克。他还有力气把我抱在怀里，还有力气叫我的名字；在我用极轻柔的声音在他的上方祈祷的时候，他倾听着；在我温情地、疼爱地安慰他的时候，他抚摸着我。

"'玛丽亚，'他说，'我这是在天堂里死去。'他对我说了这些表示信赖的话，咽下了最后一口气。圣诞节这天的黎明时分，我的弗兰克和上帝在一起了。

"这件事，"她继续说，"是在三十年之前发生的。打那以后，我就一直忍受痛苦。我怀疑自己是否曾经最好地利用了我所有的不幸。不幸会把温柔与和蔼可亲的性格变得更圣洁；不幸会把强硬的邪恶的灵魂变成魔鬼；至于我，我只不过是一个受苦受难而又自私自利的女人。"

"你做过许多好事，"我说，因为她是以慷慨大方的施舍而著名。

"你是说，在可以减轻别人痛苦的地方，我没有吝啬金钱，这又怎么样呢？拿出钱来，我并没有费劲或者感到心痛。不过我觉得从今天开始，我差不多已经有了一种比较好的心情，去为自己准备和弗兰克重逢。你瞧，我仍然想着弗兰克比想着上帝多；而且除非人家认为我如此爱着一个人，这样深，这样久，又这样专一，是一点也没有亵渎造物主，那么我的灵魂得救的机会就极少。露西，对于这些事情，你是怎么想的呢？你就算是我的教士，对我说吧。"

这个问题我无法回答，无言以对。看来她却似乎认为我已经作了回答。

“很好，我的孩子。我们必须承认上帝是仁慈的，但是并非我们一直能理解的。我们必须接受我们自己的命运，不管那是怎样的命运，并且试着使得别人的命运幸福。难道不应该这样吗？好，明天我就要开始试着使你幸福。露西，我将要努力为你做些什么：做些在我死后能对你有益处的事情。我讲了太多的话，现在头痛起来了；不过我还是觉得幸福。去睡吧。钟已打了两下。你坐得这么晚了；或者不如说，我这样自私自利，叫你坐得这么晚了。不过现在去睡吧；不要再为我忧虑了；我觉得自己会好好安息的。”

她使自己镇定下来，好像睡着了。我也退回在她这间房间里的一个内室的我的小住处。夜晚静悄悄地过去。她的大限一定终于已经来到了：平静地、没有痛苦地来到了。到了早晨，她被发现已经咽气，差不多冰冷，然而完全是安宁的，没有挣扎。她先前精神亢奋，情绪变化是发病的前奏；这样长时间受痛苦损害的生命之线，一下打击就足以把它弄断。

第五章
翻开新的一页

我的女主人死了以后，我便又一次孤孤单单，必须寻找一个新的去处。大约在这时候，我的神经可能有一点——很轻微的一点——震动。应该承认我看起来算不上健康，正相反，我是形容枯槁，眼睛都眍瞜进去了，就像一个夜里给人照看孩子的人，又像一个工作过度的仆人，或者一个欠债的没有固定职位的人。不过，我并没有欠债；也不算很穷；因为虽然马趣门特小姐没有来得及加惠于我，如她昨夜所说打算做的那样，然而，在葬礼举行以后，我的工资由她的远房表弟如数支付给我了。他是她的继承人，是一个一看就知道很贪心的男人，鼻子尖而薄，颞颥狭窄，确实，好久以后，我听说他终于变成一个十足的守财奴，跟他大方的女亲戚形成鲜明的对照，是对她的回忆的反衬，那些穷苦的人至今都赞美地回忆她呢。于是，我这个持有十五英镑的人，持有虽然损耗却没有垮下来的健康的人，持有与上述情况相同的精神状态的人，比起许多人来，可能仍然会被认为具有一种值得羡慕的处境。然而，这同时是一种令人为难的处境，因为我在某一天强烈地感觉到在下个星期的那一天我得从现在的住处离开，而另一个住处我还没有找到。

在这一困境之中，作为最后的和唯一的办法，我去看望我们家的一个老用人，跟她商量。她曾经是我的保姆，现在在离马趣门特小姐家不远的一幢大宅第里当女管家。我同她在一起待了几小时，她安慰我，但是不知道如何给我忠告。仍然带着内心的一片漆黑，我大约在黄昏时分离开了她。面前伸展着两英里的路程。这是一个晴朗的严寒之夜。不顾自己的孤独、自己的穷困、自己的窘境，我这一颗受到一个还未到二十三岁的青年的活力所滋养和激励的心，轻轻地但不是柔弱地跳动着。不是柔弱地，我肯定，否则我准会对那条冷冷清清的路害怕得发抖。那条路穿过静寂的田野，既不经过村庄，也不经过农庄住宅，也不经过村舍。我准会因为没有月光而畏缩不前，因为我仅仅是依靠星光的指引而顺着模模糊糊的小径走去的。对于今夜在北边照耀的那种异常的精灵，一种流动的神秘事物——北极光①，我准会更要畏缩不前。不过这一庄严的怪物并非使我恐惧而影响我。它似乎带来了某种新的力量。我从在它的道路上吹过来的又凛冽又低下的风中吸入了精力。一个大胆的想法钻进了我的头脑，我的头脑变得坚强起来，接受了这个想法。

“离开这个荒野，”它对我说，“到别处去。”

“到哪儿去呢？”这是疑问。

我不必看得很远；在这英格兰的平展而富饶的中部，从这个乡村教区望出去——我在想象中看见了先前我从未用肉眼看见的地方近在咫尺。我看见了伦敦。

第二天，我回到那幢大宅邸，再次要求见女管家，我把我的计划告诉了她。

巴锐特太太是一个严肃而有见识的女人，虽然她对于世事的了解跟我差不多。然而，她虽然严肃而有见识，却并不责备我失去了理智；确实，我具有我独特的固定的习性，直到现在为止，这习性就像黑白毛交织的手织粗呢的斗篷和兜帽那样对我很合适；因为在它的福佑之下，我曾经有可能做到一些事情而不受惩罚，甚至于得到称赞，这些事情如果以一种激动的和变动不定的态度去做，在某些人心里就会认为我是一个梦想家和狂热者。

那位女管家一面在弄橙子皮准备做果酱，一面慢慢地提出一些异

---

① 北极光，极光是常常出现于纬度靠近地磁极地区上空大气中的色彩瑰丽的发光现象。在南半球出现的称为南极光；在北半球出现的称为北极光。

议，这时候，一个小孩子从窗前奔过，跳进屋子里来。一个清秀的孩子，他笑着，舞着，向我跑来——因为我们并不陌生（说真的，他的妈妈和我也不陌生——他的妈妈是这家人家的已婚的女儿）——我便把他抱上我的膝盖。这个孩子的妈妈和我曾经是同学，当时我是个十岁的女孩子，她是个十六岁的年轻小姐，而现在我们的社会地位不一样了。我还记得她——长得漂亮，但是不聪明——比我的班次低。

我正在赞赏这男孩子的美丽的黑眼睛的时候，他的妈妈年轻的利伊太太进来了。那个好脾气、好相貌、但是智力不高的姑娘变成了一个多么姣美、多么和颜悦色的少妇了啊！妻子身份和母亲胸怀曾经如此改变了她，就像从那时以来，我见到这些东西改变了比她更没有出息的人那样。她已经忘记了我。我也改变了，虽然我怕是没有向较好的方向改变。我没有尽力使她回忆起我；何必呢？她是来找她的儿子陪她散步的，她后面还跟着一位抱着婴儿的保姆。我提到这件小事，只是因为利伊太太用法语同保姆谈话（顺便说说，是很差的法语，而且带着难以纠正的很差的腔调，更加强有力地使我回想起我们的学生时代），我因此发现这个女人是个外国人。那小男孩也流畅地用法语喋喋不休地说话。他们全部离开以后，巴锐特太太说，那位年轻的主妇是在两年前从欧洲大陆旅游回来的时候把那个外国保姆带回家来的；又说，对待她，差不多像对待家庭女教师一样，她不干什么，只不过抱抱婴儿外出散步，以及和查尔斯少爷说说法语；"而且，"巴锐特太太补充说，"她说在外国家庭里有许多英国女人起着像她一样的作用。"

我把这一则偶然听到的消息贮藏起来，就像细心的女管家们把一些看起来毫无价值的破布碎片贮藏起来一样，她们有先见之明，心中预知有一天可能要用上这些东西。我的老朋友给了我城里一家有名望的老派小旅馆的地址，说我的几位叔叔过去常常在那儿歇脚，这以后，我便离开了她。

前往伦敦，我所冒的风险和表明的胆识要比读者可能想到的要少。事实上，距离只有五十英里。我的钱财足够既供我到那儿去待几天，也供我回来，如果我发现没有什么能诱使我待下去的话。我把这看做对厌倦于工作的肌体准予一次短期的休假，而不是看做一次生死攸关的历险。把你所做的一切都作一个适中的估计，没有什么比这更好的了：这使得心身都镇静自若；而夸张的想法则容易驱使心身进入狂热的状态。

当时，五十英里是一天的行程(因为我说的是过去的时代；而我的头发，直到近期，都经受住了时间的风霜，现在终于洁白地披散在一顶洁白的帽子下面，好像白雪被压在白雪之下)。在2月份一个阴雨绵绵的夜里大约九点钟，我来到了伦敦。

我知道我的读者不会感谢我精雕细琢地把诗意的最初印象描写出来；这可正好，因为我既没有时间也没有心情来构思这种东西。在一个黑暗、阴冷的雨夜，这样晚的时候，我到达了一个巴比伦①，到达了一个荒野，这荒野的空旷和陌生竭尽全力地折磨清醒的头脑和稳定沉着性格的全部能力，而这些特性，老天爷可能赐予了我，如果说它没有给我更多杰出的才能的话。

我下了公共马车的时候，车夫和等候在周围的其他众人的陌生语言，在我听来就像是外国话一样。我先前从来没有听见过英语像这样子被人切割。不过，我终于设法听懂，并且让别人听懂我的话，以致使我自己和行李箱安全送到那家开了多年的小旅馆，我有那家小旅馆的地址。我的出逃看来是多么困难，多么苦恼，多么迷惘啊！第一次到伦敦；第一次住小旅馆；旅途劳顿；黑暗扰人；手冻足僵；既无经

① 巴比伦，古代巴比伦王国首都，国王宫殿中曾建有世界七大奇迹之一的“空中花园”。城址在今伊拉克巴格达市之南。公元2世纪时已成废墟。后来用“巴比伦”泛指奢华淫靡的大都市。伦敦便有现代巴比伦之称。

验可以依靠，又无人来忠告我如何行动是好，然而——却不得不有所行动。

我把事情托付到常识的手中。然而，常识正像我拥有的其他一切才能一样，是僵冷的，混乱的，只有在一种回避不了的需要的刺激之下，它才忽然发作似地履行它的职责。受到如此推动，它便付了脚夫的钱；考虑到情况紧急，我没有十分责怪它被人大大敲了竹杠；它还向侍者要了房间；它还畏畏缩缩地叫来女侍者；尤有甚者，在那位年轻女士应声而来的时候，它竟然经受住了她那种趾高气扬、目空一切的态度，而没有完全被她压倒。

我想到，就是这位女侍者，曾经是市镇上俊俏漂亮的典范。她的腰身、帽子、梳妆打扮是如此整洁——我真不知道这整个儿是怎样配制而成的。她的语言里有一种音调，其中那种装腔作势、伶牙俐齿似乎在居高临下地训斥我所说的语言。她的衣冠楚楚的装束飘然招展，在嘲笑我这身朴素的农村衣着。

“好吧，无法可想了，”我心中思索，“场景是新的了，环境也是新的。我要使情况好起来。”

我对这位傲慢的小女侍者保持着一种非常镇静的态度，随后又对那位牧师模样的、穿白衬衫黑外套的男侍者保持同样的态度，不久我就得到他们有礼貌的对待了。我相信他们起初以为我是一个仆人；但是很快他们就改变了想法，徘徊于屈尊俯就的架势和彬彬有礼的神态之间。

我很好地坚持着，直到吃了一些东西，在壁炉旁暖和一下身子，并且完全把自己关在房间里为止。然而，我一在床边坐下来，把头和双臂搁在枕头上的时候，可怕的忧郁感压上了我的心头。我的处境一下子像个魔鬼一样出现在我的面前。它立在那儿，奇形怪状，孤独无援，几乎完全没有希望。在这广大的伦敦，我赤手空拳在这里做什么好呢？明天我将怎么办呢？我在世界上有什么前途呢？我在这人间有什么朋友呢？我从哪里来？我到哪里去？我将怎么办呢？

我的泪水潸潸涌流，弄湿了枕头、双臂和头发。这阵宣泄之后，跟着来的是一阵最苦涩的感觉的黑暗时刻；但是我不后悔我采取了的步骤，也不希望缩回去。一个强烈的、模糊的信念在说前进比后退好，在说我能够前进——在说一条道路不论如何狭窄和艰难，总会及时展现出来——这一信念胜过了其他的感情；它的作用使其他的感情沉寂到那种程度，以致我终于变成安静得足以做祷告和就寝了。我刚刚熄灭了蜡烛，躺下来，便听见夜空里传来一声低沉洪亮的声响，起初，我不知道那是什么，但是它却响了十二下，在第十二下的巨大的轰鸣声和颤抖的钟声响着的时候，我说道："我睡在圣保罗大教堂①的阴影中了。"

① 圣保罗大教堂，英国圣公会伦敦主教座堂，在伦敦中区，卢盖山顶上。教堂高达365英尺。

第六章
伦　敦

第二天是 3 月 1 日，我睁开眼睛，起身拉开窗帘的时候，只见升起的太阳挣扎着穿过迷雾。在我头顶上方，在屋顶的上面，几乎高入云端，我看见一大团庄严的圆球，颜色深蓝，模模糊糊——大教堂的圆顶。我瞧着，内心一阵激动：我的心灵把它一直束缚着的翅膀抖开了一半；我突然感觉到，我似乎从来没有真正生活过，现在终于快要尝到人生的滋味了。这天早晨，我的灵魂像约拿的蓖麻[①]那样快地生长。

“我来得好，”我说，一面着手又快又小心地穿衣梳头。“我喜欢我感觉到在我周围的这个伟大的伦敦的精神。除了懦夫，还有谁愿意在小村庄里度过一生，让自己的才能在默默无闻之中腐蚀锈烂呢？”

梳理完毕，我便走下楼去。并没有风尘仆仆、筋疲力尽的样子，而是外表整洁、神清气爽。侍者把我的早餐端进来的时候，我设法镇静而愉快地和他搭话；我们谈了十分钟，在这段时间里，我们变得很有益处地互相了解。

他是一位白头发的上了年纪的人，看来在现在这地方已经生活了二十年。在确定了这一点以后，我相信他一定记得我的两个叔叔查尔斯和威尔莫特，在十五年以前，他们是常常到这儿来的客人。我一提出他们的名字，他完全记起来了，还怀着敬意。在表明了我的关系之后，在他的眼里看来，我的情况就清楚了，并且有了一个恰当的地位。他说我像我的叔叔查尔斯，我想他说得很对，因为巴锐特太太也常常这么说。一种乐于出现的谦和的礼貌现在代替了他原先令人不舒服的怀疑的态度；今后我不必在面对一个敏感的问题时不知道该用什么彬彬有礼的回答去对待了。

从我小小的起居室的窗户望出去的那条街道很窄，十分安静，但是并不肮脏；几个行人正如在乡下镇上看见的一个样；这里并没有什么难对付的东西；我觉得自己确实可以独个儿冒险闯过去。

用了早饭，我便外出。我的心中得意洋洋，其乐陶陶：独个儿行走在伦敦市里这事情本身看来就是一种冒险。不一会儿我发现自己来到派特诺斯特街上了——这是一个历史悠久的地段。我走进一家书店，是一个叫做琼斯的人开的，买了一本小书——这是一项我花费不起的挥霍；但是我想哪一天可以把书送给或者托人带给巴锐特太太。琼斯先生是一位干巴巴的生意人，站在办公桌后面，他像是最伟大的人物中的一个，而我却是最幸福的人当中的一员。

这天上午，我过的生活真是丰富多彩。我发现自己站在圣保罗大教堂前面了，便走了进去，攀登到大圆顶上：从那儿看见了伦敦，它的河，它的一座座桥梁，一座座教堂。我看见了古色古香的威斯敏斯特教堂，以及那翠绿的法律学会公园，被阳光照射着，上面是一片早春的明媚的蓝天；在公园和蓝天之间，则是一团并不太浓的雾霭。

下来以后，我随兴之所至，东游西荡地走着，仍然怀着自由和兴味盎然的喜悦，并且走进了——我不知道怎么会的——走进了城市生活的心脏。我终于看见和感觉到伦敦了。我走进了河滨马路；在康赫尔大街上一路走去；我同身边的生活混合在一起了；我敢于冒穿过马路的危险。敢于去做，并且完全单枪匹马地去做，给了我也许是不合理的、然而却是真正的快乐。自从那几天以来，我已经看过了伦敦西区，一些公园和漂亮的广场，但是我爱市中心区远远胜过爱其他地

---

① 约拿的蓖麻，典出《圣经 · 旧约全书 · 约拿书》第 4 章第 6—11 节。耶和华嘱约拿前往尼尼微，宣告该城的倾覆。尼尼微人表示改恶从善，耶和华便不降灾祸。这使约拿不悦，便坐在城外一座棚里。耶和华使蓖麻迅速生长，遮蔽约拿；第二天又使它枯死。约拿更不悦。耶和华对他说："这蓖麻……一夜发生，一夜干死，你尚且爱惜，何况这尼尼微大城……有十二万多人……我岂能不爱惜呢。"

方。市中心区似乎认真得多：它的业务、它的匆忙、它的吆喝，都是如此严肃的事情、景观和声响。市中心区在谋生——西区却在享乐。你在西区也许觉得有趣，但是在市中心区你是深深地感到激动。

到最后，我人软力乏，饥肠辘辘（我已经有好几年没有感觉到如此旺盛的饥饿了），便在大约两点钟的时候，回到我那黑暗、破旧和安静的小旅馆。我吃了两盆菜的餐食——一盆普通带骨的腿肉，一盆蔬菜，看来都非常精美。比起马趣门特小姐的厨娘老是送来给我那位死去的仁慈的女主人和我的少而精致的食品来，这要好多少啊！我们品尝那些食品的时候简直不能引起一半的胃口来。欣欣然之中我疲倦了，便在三张椅子上躺了一个小时（这间屋子里没有沙发可以夸耀）。我睡着了，然后醒来，想了两个小时。

我的心境，以及周围的全部环境，如今都好像极为支持我采取一个新的、大胆而果断的——也许是孤注一掷的——行动方针。我没有什么东西怕丢掉。难以言宣的对过去孤独凄凉的生活的憎恨不允许我走回头路。如果我现在计划从事的方针失败了，除了我自已，有谁会遭受痛苦呢？如果我客死他乡，远远地离开——家，我要说，然而我没有家——离开英格兰，那时，又有谁会哭泣呢？

我可能遭受痛苦；我是习惯于忍受痛苦的。我想，死神本身对于那些娇生惯养地长大的人所具有的恐怖，对于我可没有。在这之前，我曾经冷眼观察着关于死亡的思想。于是，准备面对任何结果，我构思出一个方案来。

同一天夜晚，我从我的朋友，即侍者，那儿得到消息，是关于轮船开往某一大陆港口布-玛琳纳[①]的事。我发现必须抓紧时间，当天夜里我必须弄个铺位。不错，我可能要等到明天早晨才能登船，但是可

① 布-玛琳纳，原文法语，意为“海泥”，作者杜撰的地名，实指比利时西佛兰德省北部海港奥斯坦德。

不能冒险错过时间。

“小姐，你最好立刻弄个铺位，”侍者劝告说。我同意他的话，便结清了账款，以一笔我现在知道是很慷慨的代价酬谢我的朋友的服务，这笔钱在他的眼里看来想必似乎是荒谬的——的确，他把钱放进衣袋里的时候，微微一笑，这一笑表明了他对于捐赠者的处世的手腕[①]的评价——然后，他着手去叫一辆轿式马车。他还把我托付给这位马车夫，同时发出指令，我想是叫他送我到码头上，而不要让我落到船夫们手中。对此指令，这位工作人员答应遵办，可是却自食其言；相反，他把我像祭品那样奉献上去，把我像油汁淋漓的烤肉那样端出来，让我在一群船夫们的中间下了马车。

这是一场令人不安的危难。这是一个没有星月的黑夜。马车夫一拿到车费便立刻赶车走了；船夫们开始争先恐后地争夺我和我的大衣箱。就在此刻，我还能听到他们的咒骂声，这种咒骂动摇了我的哲学，胜过这黑夜，或者这孤立无援，或者这生疏的场景所施加的影响。一个船夫抓住我的大衣箱，我一旁看着，不声不响地等待；但是另一个人抓住我的时候，我提高嗓子说话，甩开他的手，马上登上一条小船，严厉地要求大衣箱非得放在我的身边不可——“就放在这儿，”——这一点立刻就照办了，因为我挑选的这条小船的主人现在成为同盟者了。我被划走了。

河上黑得像一股墨水的急流，从周围一幢幢大楼射来的光线闪现在河水上，大船在它的胸怀上摇动着。他们把我划到几条大船边，我凭着提灯的光看见船名用白色的大字漆在深暗的底色上。“大洋”、“凤凰”、“伙伴”、“海豚”，依次过去；然而“朝气”才是我要乘的轮船，它似乎停在更远的那边。

我们顺着黑黝黝的水流轻轻驶去；我想到围绕地狱的冥河，想到

---

① 原文为法语，以仿宋表示，下同。

卡戎把某个孤魂渡到阴曹地府。[1]一阵阴冷的风迎面扑来；午夜的乌云在我的头上降下雨来；和两个粗鲁的划手在一起，他们疯狂的咒骂声仍然折磨着我的耳朵：在这一奇异的情景之中，我问自己是否感到沮丧，或者感到恐怖。两者都不。在我的一生之中，处在比较安全的情况之下的时候，我倒常常有厉害得多的沮丧和恐怖之感。“怎么会这样的呢？”我说。“我想，我是生气勃勃、十分警觉，而不是垂头丧气和忧心忡忡的吧？”我不知道怎么会这样的。

“朝气”号终于从漆黑的夜里跳出来了，白得显眼。“你到了！”船夫说，立刻要我付六先令。

“你要得太多了，”我说。他便划离轮船，发誓说除非我照付，否则他决不让我上大船。一个年轻人，我后来知道是服务员，正在轮船边往外看，他露齿而笑，预料将要发生争执。为了使他失望，我付了钱。这天下午，有三次应该付先令的时候，我付了克朗[2]；但是我用这一想法来安慰我自己：“这是取得经验的代价。”

“他们敲了你竹杠！”我登上轮船以后，服务员喜溢言表地说。我不露声色地回答一句：“我知道。”便走到下面去了。

在女宾船舱里有一个外表温雅、服饰艳丽的健壮的女人。我请她指出我的铺位在哪儿；她严厉地看着我，嘴里咕哝着说，在这个时候乘客上船来是少有的，好像倾向于不大礼貌。瞧她那张脸蛋儿——那么俏丽——那么傲慢，又那么自私！

“现在我既然上了船，我当然得歇在这儿。”这是我的回答。“我要麻烦你指出我的铺位在哪儿。”

她遵从了，可是面色好难看。我脱下软帽，整理什物，躺了下来。

---

① 希腊神话中说，人世和地狱之间有一条冥河，河上有一个驾独木舟的艄公卡戎，在渡口接引由赫耳墨斯送来的死者，摆渡运至冥国的门口，并且收取死者口中的一枚钱，作为摆渡费。

② 克朗，英国旧硬币，上印王冠，一枚值五先令。

一些困难已经克服了；某种胜利已经赢得了：我这无家可归、飘泊无系、又无依无靠的心已经又安闲自在，可以小休了。直到“朝气”号抵达港口，没有什么再需要我采取行动的了；然而，那以后呢……哦！我不能够向前看。我心怀忧虑，筋疲力尽，半昏半睡地躺着。

那个女服务员整夜闲聊；不是同我说话，而是同那个年轻的男服务员，他是她的儿子，一个模子里倒出来的。他在船舱里一直进进出出。一夜之间，他们辩论着、争吵着，又重新言归于好，共有二十次。她承认正在写一封家信——她说是给她父亲的。她高声念了几段，把我当做只不过一根木头——也许她认为我睡着了。有几段好像包含着家庭秘密，其中特别提到一个叫做“夏洛特”的妹妹，从信中的内容听来，她似乎就要结婚，而那是一桩浪漫的、轻率的婚事。这位姐姐反对这件讨人厌的结合的声明是毫不含糊的。这位必恭必敬的儿子却嘲笑母亲的书信。她为此辩护，对他直嚷嚷。他们真是奇怪的娘儿俩。她可能三十九或四十岁，生得丰满、年轻，像个二十岁的姑娘。她苛刻、喧闹、空虚、庸俗，心身两方面都似乎是坚如黄铜①，不可磨灭。我想，打从儿童时代起，她就准是在公共场所中生活；到了青春时期很可能当过酒吧女郎。

天快亮的时候，她的谈话围绕一个新的主题继续下去，那是“沃森一家”，看来是她所认识和正在盼望的一家子乘客；她对他们很尊敬，因为从他们给的小账里可以得到可观的好处。她说：“每次碰到这家人，她总是像发一笔小财一样。”

黎明时分，所有的人都起床了；太阳升起的时候，旅客们登上船来。那位女服务员对“沃森一家”说的欢迎的话，吵吵嚷嚷的；为了这些大客人而弄得忙忙碌碌的样子，也真够瞧的。他们一共四个人，两男两女。除了他们以外，只还有一个乘客——一个年轻的女人，由

---

① 原文为 brazen，又作厚颜无耻解。

一个绅士模样的、虽然看来无精打采的男人陪同。这两组人形成鲜明的对照。沃森一家无疑是富有的，因为他们的举止中带有自觉有财产的那种信心。两个女的——都很年轻，其中之一就人体美所能达到的限度来说是十全十美的——她们的穿戴鲜艳华丽，在这样的环境里显得可笑地不相称。她们的软帽上插着鲜艳的花朵，丝绒斗篷和丝绸外衣似乎更适合穿了逛公园或在大街上散步，而不大适合登上一艘潮湿的定期班轮。两个男人生得矮胖、粗俗，不好看。那个年纪最大、相貌最一般、外表最油腻、举止最粗俗的人，我不久就发现他是那个美丽的姑娘的丈夫——我猜想还是个新郎，因为那姑娘很年轻。这一发现使我深感惊奇，而更感惊奇的是我看出她对于如此的婚配不但不极为懊丧，反而高兴得甚至浮躁轻佻。“她的欢笑，”我沉思着，“必定仅仅是失望后的狂乱。”然而，正当我站在那儿，静静地、孤单地倚着船舷，心中闪过这一思想的时候，她脚步轻快地向我这个完全陌生的人走来，手里拿着一张折凳，微微一笑，这微笑的轻浮使我迷惑和惊讶，虽然因此露出了一列完美的牙齿。她提供我使用这一器具的方便，我当然谢绝了，把我所有能表现出来的礼貌都表现在我的态度上；她不在意，轻飘飘地蹦跳着走开。她一定是个好性子的人；但是什么促使她嫁给那么一个家伙的呢？如果说他有一个人的样子，那么至少也可以说他像一只大油桶。

另外一个由绅士陪伴的女乘客完全是个年轻姑娘，漂亮、白净、潇洒地穿着朴素的印花外衣，头戴未加装饰的草帽，文雅地披着一方大披肩，形成十足的教友派[1]装束，然而对于她来说十分相称。在那个绅士离开她之前，我看见他对所有的乘客仔细地瞟了一周，仿佛要弄清楚这么一来他的职责将会留给怎样的一帮人。他的眼睛中带着极不以为然的神色，从那两个佩戴着艳丽的鲜花的女人身上转开；他瞧着

① 教友派，又称贵格会或公谊会，是基督教新教的一派。

我了，于是对他的女儿，或者侄女，或者不论是他什么人说话。她便也朝我这边打量着，微微地噘噘她那薄而美丽的嘴唇。可能是因为我本人，也可能是我的简朴的晨服，引起了这种轻视的表情；更可能是两种原因都有。铃响了；她的父亲（我后来知道是她的父亲）吻吻她，便回到岸上去了。轮船启航了。

外国人说，只有英国姑娘才能如此得到信任可以单独旅行，外国人还对英国人的父母亲和监护人的大胆放心深感不解。至于"年轻小姐"，她们的刚毅无畏被某些人断定为有男子气概和"不合习俗"；另外一些人则认为她们是一种教育和神学制度的消极的牺牲品，这种制度荒唐地废除了应有的"监管"。眼下这位姑娘是否属于可以最放心地不需照管的一类，我不知道；或者应该说那时不知道；然而不久就看出来，孤芳自赏不是她的风格。她在甲板上来来回回踱了一两次；带着一点儿鄙视的憎厌的神色瞧瞧招摇的丝绸和丝绒服装，以及对之大献殷勤的两个粗鲁的男人，最后走来同我说话。

"你喜欢海上旅行吗？"她这样问。

我作了说明，对于海上旅行是不是喜欢，我还得经受经验的考核呢；我从来没有过这一经验。

"哦，那多好啊！"她大声说。"我很羡慕你这份新鲜感。你知道，初次印象有多么愉快。而我已经有过许多次，把初次经验忘得一干二净了。对于大海和有关的一切，我完全是'玩厌了'。"

我不禁微微一笑。

"你为什么笑我？"她问，带着一种坦率的暴躁口吻，比起她其他的话语来，这更使我喜欢。

"因为要说对任何事情'玩厌了'，你还显得太年轻。"

"我十七了。"（有一点生气的样子。）

"你看来简直不到十六呢。你喜欢一个人旅行吗？"

"呸！我一点也不喜欢。我一个人横渡英吉利海峡已经有十次了。不过我留心着，决不要一个人太久。我总是交朋友。"

"我想，这次旅行你决不能交到很多朋友。"（我对沃森那一伙人瞟了一眼，他们这时正在高声笑着，在甲板上闹得一片喧哗。）

"不会跟那些讨厌的男女交朋友，"她说。"这类人一定是三等舱的乘客。你是到学校去吗？"

"不。"

"你去哪儿呢？"

"我还没有一点儿主意——至少不知道到了布-玛琳纳海港以后该怎么办。"

她睁大着眼睛，然后漫不经心地侃侃而谈：

"我是到学校去。哦，我总是这所或者那所外国学校的学生！然而我差不多是个没有知识的人。我什么也不知道——真的什么也不知道——我不骗你；除了会玩，舞跳得好——还有法文和德文我当然懂，会说，但是却不能熟练地看书或写东西。你可知道，有一天，他们要我把一本容易的德文书中的一页译成英文，我却译不出来。爸爸真叫人怄气，他说，看来似乎德·巴桑皮尔先生——我的教父，他为我支付学校的一切费用——把钱都白扔了。因此，在学识方面——在历史、地理、算术等等方面，我简直跟婴儿一样；英文写作也很差——如此这般的拼写和文法呀，他们对我说。此外，我差不多已经忘了我的宗教信仰；你看，他们说我是新教徒，但是我确实不能肯定自己是不是。我不清楚罗马天主教和新教之间的区别。不管怎样，我对这事一点儿也不放在心上。我过去在波恩的时候是路德派[①]教徒——可爱的波恩！迷人的波恩！——那儿有许多漂亮的学

① 路德派，遵奉宗教改革家马丁·路德（1483—1546）宗教思想的基督教新教教派。

生。我们学校里的每一个美丽姑娘都有一个追求者，他们知道我们出外散步的时间，几乎总是在散步场所碰上我们，经常听见他们说‘Schönes Mädchen’[①]。在波恩的时候我开心得不得了！”

“你现在去哪儿呢？”我问。

“哦！正在——随便哪儿，”她说。

现在，姑妮芙拉·樊箫小姐（这是这位年轻人的名字）只是用“随便哪儿”这几个字来代替，把真的地名暂时忘却。她有这个习惯：在她谈话的每一个关键之处“随便哪儿”都会出现——她偶然在说任何语言的时候，对于任何略去的单词，这都是一个方便的代用词。法国姑娘常常这样做；她是从她们那儿学来这一习惯的。不管怎样，在这种情况下，我发现“随便哪儿”可以代替维莱特[②]——伟大的拉巴色库尔[③]王国的伟大首都。

“你喜欢维莱特吗？”我问。

“很喜欢。你知道，当地的人都是极其愚蠢、庸俗的；但是那儿有一些高尚的英国家庭。”

“你是在一所学校里读书吗？”

“是的。”

“很好的学校吗？”

“哦，不是！可怕的学校。但是我每个星期日都跑出去，一点也不把女教师，或男教师，或学生放在心上，并且把功课送去见鬼；（人们不敢用英语说这话，你知道，但是用法语听来就没什么不对。）我便如此顺顺当当地过来了……你又在笑我了？”

---

① 德语：美丽的姑娘。

② 维莱特，原文为 Villette，法语中是“小城”的意思。英国曾流行用这个字来指称比利时首都布鲁塞尔。本书书名亦来源于此字。

③ 拉巴色库尔，原文为 Labassecour，“农家场地”或“晒谷场”的意思，作者以此指比利时王国，可能暗示其疆域之小。

“没有——我只不过对自己心中的想法发笑。”

“你想些什么呢？”（没等我回答）——“好吧，你来告诉我你上哪儿去吧。”

“上命运带我去的地方去。我要做的是到一个我能谋生的地方去谋生。”

“谋生！”（大吃一惊）“那么，你很穷吗？”

“像约伯[①]一样穷。”

（她停了一会之后）“呸！多么不中听啊！不过我明白贫穷是怎么一回事：他们在家里是够穷的——爸爸、妈妈，以及他们大家。人家称爸爸为樊箫上尉，他是个领半薪的军官，但是出身很好，我们有些亲友是相当有地位的。然而我住在法国的叔叔兼教父德·巴桑皮尔是唯一帮助我们的人：他使我们女孩子受教育。我有五个姐妹，三个兄弟。不久以后，我们都将结婚——跟上了年纪的有钱的绅士，我想是；爸爸和妈妈筹划这种事。我的姐姐奥古斯塔现在嫁给一个看上去比我爸爸大得多的男人。奥古斯塔很漂亮——不是我这种模样的——不过皮肤黑；她的丈夫戴维斯先生在印度得了黄热病，他现在的肤色还像畿尼[②]的颜色。然而他很富有，奥古斯塔因而有自备马车和产业，我们大家都觉得她过得再美满也没有了。嗯，正如你说的那样，这可比‘自食其力’来得好。顺便问一下，你聪明吗？”

“不——一点也不。”

“你会玩儿、唱歌、说三四种语言吗？”

“完全不会。”

---

① 约伯，《圣经》中的人物。他原来非常富有。为了考验他对上帝的虔诚，魔鬼撒旦降祸于他，使他一贫如洗，并且浑身生疮，流血化脓。他经受住了种种艰难困苦的考验，仍然坚守他的信仰。最后，上帝赐福给他，使他比过去加倍富有，身体康健，又活了140岁。见《圣经·旧约全书·约伯记》。

② 畿尼，英国旧金币，1畿尼值21先令。

"我仍然觉得你聪明。"（一阵沉默，一个呵欠。）"你晕船吗？"

"你呢？"

"哦，厉害得不得了！只要我一看见大海，说真的，我就已经开始感觉到了。我要到下面去；我难道不愿意把那个讨厌的胖女服务员差来差去吗？*幸亏我懂得如何差遣人。*"她走到下面去了。

不久，其他的旅客们也跟着下去了。整个下午，我独自一人留在甲板上。每一次，我回想自己消磨那几个钟点，怀着那种恬静的、甚至是幸福的心情的时候，同时也回忆起自己被置于那种处境，回忆其冒险的——有人会说是毫无希望的——特点的时候，我觉得，就像：

> *石头墙壁并不都构成监狱，*
> *铁栅栏也不都一定是——牢笼。*[①]

危险、孤独、一个不肯定的未来，也不是令人压抑的不幸，只要身躯健朗，能力还能发挥，特别是只要"自由"把她的翅膀借给我们，"希望"用她的星星指引我们。

直到我们经过马盖特[②]好久以后我才呕吐；海风吹拂，我深深地陶醉在喜悦之中。我从汹涌的海峡的浪涛，从栖息在山脊上的海鸟，从昏暗的远处的白帆，从笼罩万物的寂静然而朦胧的天穹，汲取到神圣的快乐。我在幻想中自以为看见了遥远的欧洲大陆，像一个梦乡一样。阳光照在那儿，使得长长的海岸成为一条金色的线。挤在一起的城镇和白雪覆盖、闪闪发光的塔楼，大量密集的森林，参差不齐的山丘，平整的牧场和脉管般的河流，这些组成最细小的网眼工艺，像浮

---

① 引自英国诗人勒夫莱斯（1618—1658）所写《狱中致艾尔西娅》一诗的最后一段。

② 马盖特，英格兰肯特郡萨尼特区一城镇，在泰晤士河口湾南面。18 世纪时已成为著名的海滨浴场。

雕一样装饰闪着金属光亮的景色。作为背景，扩展着一片肃穆的、深蓝色的天空，同时，从北到南，横跨着一弯上帝拗成的彩虹，那是希望的拱门[①]——带有庄严许诺的伟大，又带有令人销魂的色彩的柔和。

读者啊，对不起，请把这整个情景都抹掉吧——或者更确切地说，让它留在那儿吧，并且因此引用一句佳言隽语——一句押头韵[②]的粗体字的诗句：

空做白日梦是魔鬼的空想空欢喜而已。

我晕船变得十分厉害起来，便踉踉跄跄地走进船舱里。

樊箫小姐的铺位碰巧紧邻着我的；我很抱歉地说，在我们遭遇共同的烦恼的整个时间里，她都用一种毫不客气的自私来折磨我。她的性急和烦躁不安达到了极点。沃森一家也晕船晕得很厉害，那个女服务员怀着不知羞耻的偏心服侍他们，可是他们比起樊箫小姐来简直就是禁欲主义者了。此后我留意过许多次，发现姞妮芙拉·樊箫有轻浮草率的气质，有鲜艳娇弱的美，却完全吃不起苦。她这样的人好像雷雨天气时的淡啤酒一样，似乎在逆境中就发酸变坏了。一个男人娶了这样的女人为妻，就必须准备保证她一生一世都阳光灿烂才行。对于她的戏弄人的别扭劲，我终于感到愤慨，便不客气地要求她"不要乱嚼舌"。这一斥责对她很管用，而且看得出她喜欢我的程度并没有因此而减少一些。

接近黑夜的时候，大海变得汹涌澎湃了。较大的浪涛强劲地摇撼

① 典出《圣经·旧约全书·创世记》第9章第13—15节："神说……我把虹放在云彩中，这就可作我与地立约的记号了。……水就不再泛滥毁坏一切有血肉的物了。"

② 押头韵，英诗的一种押韵方法。例如这句诗的原文：Day-dreams are delusions of the demon，其中重复用几个"d"开头的词押韵。

着船舷。细想那茫茫黑夜和一片汪洋包围着我们，感觉着海轮不顾喧嚣的声音、汹涌的浪涛和增长的暴风在没有道路的航线上勇往直前，真有一种奇异之感。各种用具开始翻倒，各处都是，必须捆绑在原地才行。旅客们变得比任何时候都更不舒服；樊箫小姐唉声叹气地说，她快要死了。

“现在可不会，漂亮的姑娘，”那个女服务员说。“我们刚刚进海港了。”因此，一刻钟以后，我们大家全都安静了下来；大约午夜时分，航行结束了。

我心中不好受，是的，很不好受。我的休闲时间过去了；我的困难——我的紧迫的困难——重新开始了。我走上甲板的时候，冷风和夜晚的黑色的怒容似乎因为我放肆地来到我所在的地方而指责我。异国的海港城市的灯光在异国的港湾周围闪烁着，好像无数只恐吓的眼睛盯视着我。朋友们登轮欢迎沃森一家人；一大群亲朋好友簇拥着樊箫小姐，把她抢走；而我——然而我片刻也不敢细细琢磨，比较这不同的处境。

可是我上哪儿去呢？我一定得到什么地方去呀。穷了不能挑精拣肥。我把小账付给了女服务员——她拿到这枚硬币似乎感到惊讶，这枚硬币从这样的手里得来，其价值超过了她粗略的预计所料想到的。这时候，我说：

“劳您驾，请指点我一个安静的、体面的小旅馆，好让我去住一宿。”

她不但按照我的要求给我指出方向，而且叫来一位门警，嘱咐他照管我，——而不是我的行李箱，因为那件东西已经送到海关去了。

我跟着这个人沿着一条铺得很差的街道走去，这时，忽明忽暗的月光照着这条街道。他把我带到小旅馆。我给了他六便士，他拒不接受；我以为他嫌少，便改为给一先令，然而他也谢绝，用一种我听不懂的语言相当激烈地说着话。一位侍者走到小旅馆的走廊上灯光照亮的圈子里来，用拙劣的英语提醒我说，我的钱是外国钱，不是这里通用的货币。我又换了一个金镑[①]给他。这件小事办妥以后，我要求开一间卧室；我不能吃晚饭，因为仍然有晕船的感觉，心力交瘁，全身打颤。当一间非常小的房间的门终于把我和我的疲惫关在里边的时候，我是多么高兴啊。我又可以休息了；虽然，在明天，疑虑的阴云将会像往常一样深浓；尽心竭力的必要性更为紧迫，（贫穷的）危险更为接近，（为生存的）斗争更为严酷。

① 金镑，英国旧金币，1 金镑值 20 先令。

第七章
维 莱 特

第二天早晨，我醒来时勇气恢复了，精神又振奋起来；体力上的虚弱不再削弱我的判断力；我感到自己心中灵敏而又清晰。

我刚刚穿戴完毕，就听见响起了轻轻的敲门声。我说：“进来，”心中以为是女侍者，却不料走进一个粗鲁的男人，说道：

“小姐，把你的钥匙给我。”

“为什么？”我问。

“给我！”他不耐烦地说。他半带抢夺地从我手中拿去钥匙的时候，添一句说：“好啦！你马上就能拿到你的行李箱。”

幸运的是结果完全弄清楚了：这人是从海关来的。我不知道该到哪里去吃些早点；不过我还是犹豫不决地走下楼去。

我现在发现昨天夜晚我极端困倦的时候所没有注意到的东西，那就是说，这家小旅馆实际上是一家大宾馆。我一面慢慢地从宽阔的楼梯上走下来，每一级都停一停（因为我奇怪地不急于下楼），一面瞧着头顶上高高的天花板，瞧着四周油漆的墙壁，瞧着使这屋子充满光线的大窗子，瞧着我脚下的有纹路的大理石（因为梯级都是用大理石铺的，虽然没有加地毯，也不十分清洁），并且把这一切和指派给我作为卧室的小房间的面积相对照，和小房间的极其简朴的设备相对照，我陷入一种冷眼旁观的心情之中。

男女侍者们在分配给旅客以相称的住宿条件所表现出来的精明，使我大为惊讶。各处小旅馆的仆人们和轮船上的女服务员们怎么能够一眼就看出，比如说，我是一个没有社会地位的人，并且钱囊不丰呢？他们显然的确明白这一点。我很清楚地看出他们全都在片刻的衡量之后，便估算出我同样很少价值。这一事实在我看来是奇妙的和富于想象力的。我不打算欺骗我自己说不知道这一现象表明什么，然而设法在那种压力之下很好地振作精神。

我终于下楼来到那巨大的大厅，那儿充满透过天窗射来的耀眼的光线，我走向一间后来弄明白是咖啡室的房间。不能否认，我进了咖啡室就有点儿颤抖，感到拿不定主意，孤孤单单，可怜巴巴，极其希望知道自己所作所为是对是错，深深感觉到这是错的，然而又无法可想。我本着宿命论者的精神，并且怀着那种平静的心情，在一张小桌旁坐了下来，一个侍者立刻送来一些早餐，我带着一种不是很考虑到照顾消化系统的心情尝了一点。咖啡室里其他餐桌旁有许多人在用早餐。要是在所有那些人之中能看见任何妇女的话，我准会觉得高兴得多；然而一个也没有——所有在场的都是男人。不过似乎没有谁觉得我在做什么特别的事；有一两位绅士偶尔朝我望一眼，不过他们谁也不莽撞冒失地瞪着眼睛；我猜想，目前情况中如果有任何异常之处的话，他们会用这个词来说明问题："英国人！"

早餐用过，我必须再出发——朝哪个方向呢？"到维莱特去，"我心中的声音这样响着；这声音无疑是被对这一轻微的句子的回忆激发出来的。樊箫小姐在和我道别的时候，曾经无意中随便说了这么一句：

"我希望你到贝克夫人的家里去；她养了些土拨鼠，你也许愿意照看。她需要一位英国家庭女教师，也许是两个月以前正需要一位。"

谁是贝克夫人？她住在哪儿？我不知道。我曾经问过，但是这个问题没有被听见。樊箫小姐当时被她的朋友们催促着走开，没有回答我的问话。我推测维莱特是她居住的地方——我要到维莱特去。距离是四十英里。我知道自己不过抓着些稻草[①]；然而我发现自己身陷茫茫的翻腾的深渊之中，我是连蜘蛛网都会抓的。我在打听了关于去维莱

① 英文成语中 catch at a straw（抓住稻草）是比喻落水的人抓住靠不住的东西。

特的交通工具，并且在四轮公共马车上弄到一个座位以后，便离开此地，倚仗的是这样的粗略设想——是这么一个计划之幻影。读者啊，在你断定这一行为的鲁莽以前，请你先回过头去看看我从那里出发的地点吧；想想我已经离开的那片荒漠吧，注意我冒的危险是多么小：我的这种游戏其游戏者不可能输，却可能赢。

我否认自己有艺术家的气质；然而我必定具有艺术家的某种充分利用眼前的愉快的本领；就是说，在那种愉快是适合我的口味的时候。我欣赏那一天，尽管我们的车子走得慢，尽管天气寒冷，尽管还下着雨。沿着我们的旅程，一路上呈现的是多少有些光秃秃、平展展的不见树木的景象。路旁，一条条浑浊的沟渠蜿蜒着，好像半冬眠的绿色的蛇；外形整齐的截去树梢的一棵棵柳树为一马平川的田野镶边，田野翻耕得好像菜园的苗圃。天空也是十分单调的灰色；空气污浊，潮湿；然而在这一切令人窒息的影响之中，我的幻想却含苞欲放，我的心却阳光明媚。不过，这些感情被一种秘密的、没有停止过的意识很好地控制着，这是一种埋伏着等待愉快之事的焦急的意识，就像猛虎蜷伏在密林之中那样。这头食肉兽的呼吸一直在我耳边响；它的凶猛的心脏紧靠着我的跳动着；它在自己的兽穴里一动也不动，然而我感觉到它：我知道它就只等待日落，好从埋伏处贪婪地纵跳出来。

我本来希望在夜晚来到之前我们能够到达维莱特，这样我就可以逃脱更深的困扰——朦胧的景色似乎把这种困扰设置在刚刚到达一个未知境界的客人的周围。可是，由于我们缓慢的进程和长时间的停留，由于浓雾和绵绵细雨，在我们来到郊区的时候，那几乎可以触摸到的黑暗已经降临这座城市了。

据我就着灯光所能见到的，我知道我们穿过了一座城门，那儿有军队驻扎。然后，把满是污泥的车行道撇在后面以后，我们的车子在一条表面特别粗糙的、坚硬的铺石路上辚辚地碾过。四轮公共马车在一个机关门前停下来，旅客们都下了车。我第一件事便是去拿我的大衣箱；这件事微不足道，可是对我至关重要。我懂得，最好不要缠扰不休地，或者迫不及待地去要行李，而应该等待，不声不响地瞧着其他箱子分发出来，直到看见我自己的，随后立刻说明，并且取到手，因此我便站立一旁。我先前曾看见我那小小的手提包安全地堆放在马车上，便用眼睛紧紧盯着车子的那个部位，现在那儿又堆上了别的旅行袋和箱子。我看着一件件被搬开、放下来、提走。我确信这时候我的东西应该出现了，可是没有。我曾经用一根绿色的缎带扎上了寄发地址卡片，这样我一眼就能认出来。可是没有一丝或者一片绿色的东西可以看见。每一个包裹都搬开了；每一个铁皮箱子和牛皮纸包都拿开了；覆盖的油布已经掀掉；我清清楚楚地看到那儿并没有伞、斗篷、手杖、帽盒或圆筒形纸板盒。

我的手提包里装着几件衣服，一个皮夹子，我的十五英镑用剩下来的钱放在这皮夹子里，这些都到哪儿去啦？

我现在问这个问题，但是当时却无法问。那时候我什么都说不来，因为一个用于交谈的法文短语都没有掌握，而当时在我周围，整个世界似乎在喋喋不休地说的都是法语，而且只有法语。我能做什么呢？我向马车管理人走去，抓住他的手臂，指着一只大衣箱，然后指指那辆四轮公共马车车顶，试着用眼色表达我的问题。他却误会了，抓住那只大衣箱，准备提到马车那儿去。

“别碰它——行吗？”一个人用纯正的英语说。然后又改口说：“你在干什么？那箱子是我的。”

不过，我已经听见了祖国的口音，这使我心中高兴，便转身向他：——

“先生，”我说，在困顿之中也顾不上看看这陌生人的样子，便向他求援，“我不会说法语。我可以恳请你问问这个人把我的箱子弄到哪儿去了吗？”

一时间，我没有辨认出自己抬起眼睛并且紧紧盯着瞧的是怎样一张脸，但是我感觉到那脸上表现出对我的请求半带惊讶，对这样的打扰是否明智半带疑问。

“请你问问他；换个位置，我也会替你这样做的，”我说。

我不知道他笑了，还是没有笑，但是他用绅士气派的声调说，这就是说，既不严厉也不咄咄逼人——

“你的大衣箱是什么样子的？”

我形容了一番，连那根绿色的缎带也讲了。他立刻把马车管理人置于掌握之下，在接下来刮起的一阵法语暴风雨之中，我感觉到他把他从头到尾猛扫了一通。不久，他走回到我这儿来。

“这个人断言车子装载过重，他承认，在你看见你的大衣箱装上去以后，他又把它搬了下来，和其他的包裹一起留在布-玛琳纳了。不过，他答应明天送到；因此，后天你会看见它好好地搁在这间马车管理所里。”

“谢谢你，”我说，但是我心头一沉。

这其间我该做什么好呢？也许这位英国绅士从我脸上看出勇气顿消的样子，他好心地问道：

“在这城市里你有朋友吗？”

“没有，而且我不知道上哪儿去好。”

对话停顿了片刻，这时候，由于他更多地朝他头上的灯光转过去，我看见他是一位气度不凡的漂亮的青年，据我所知，他可能是一位勋爵，我觉得上天使他高贵得足够做一个王子。他的脸非常可爱，气宇轩昂而不傲慢自大；丈夫气概而不架子十足。我准备转身走开了，心中深知从一位像他这样的人要求得到更多的帮助是完全没有理由的。

“你的钱全部都在大衣箱里吗？”他叫住我，问道。

能够用真话回答他我是多么感到欣慰啊——

“不。我的钱包里有足够的钱”（因为我有差不多二十个法郎）“可以维持我住在一个普通的小旅馆里，直住到后天。不过我对维莱特是相当陌生的，街道和小旅馆全都不认识。”

“我能提供你所要找的小旅馆的地址，”他说，“那儿离此处不远；按照我告诉你的去找，你会很容易找到的。”

他从笔记簿上撕下一页来，写了几个字，交给了我。我的确觉得他心地好；要是不相信他，或者他的忠告，或者他的地址，那我就几乎会不相信《圣经》了。他容貌中表现出善良，他明亮的眼睛里表现出正直。

“你的最近的路该是沿着林荫大道走去，穿过公园，”他继续说。“不过时间太晚，天太黑了，一位女士单身穿过公园不方便，我愿意陪你走到那一头。”

他朝前走去，我跟着，穿过黑夜和密密的小雨。林荫大道上阒无一人，人行道上泥泞不堪，从一棵棵树上雨水直往下淌，公园像午夜一样黑暗。树和雾的双重幽暗使我看不见我的向导，只能跟着他的脚步声。我一点都不害怕。我相信我能够跟着这个坦诚的脚步声穿过持久的黑夜，直到世界的尽头。

“现在，”走过公园以后，他说，“你可以沿着这条大街走到有台阶的地方，那儿有两盏灯会替你指示位置，你可以走下台阶，下面是一条较窄的街，顺着那条街走到底，就能找到你的小旅馆了。他们那儿说英语，因此，你的困难现在完全不存在了。再见。”

“再见，先生，”我说；“请接受我的最诚挚的谢意。”我们就此分别了。

我确信，他的容貌上闪射着对于一个没有朋友的人来说是十分亲切的光——在我的耳朵里响着他的声音，这声音表明一种性格，不但对年轻貌美的人，而且对贫穷软弱的人也有骑士风度——回想这些，在好久以后，对于我都是一种赏心乐事。他是一位真正的英国年轻绅士。

我往前走，匆匆忙忙穿过华丽的街道和广场，那儿四周都是豪华的房屋，房屋之中矗立起一个个高傲而巨大的轮廓，可能是宫殿，可能是教堂——我不得而知。我刚刚经过一个门廊，便有两个胡子拉碴的人忽然从圆柱后面窜出来。他们抽着雪茄烟，衣着打扮含有假冒绅士身份的意图，然而，可怜虫啊！他们的灵魂却非常鄙俗。他们说话傲慢无礼，虽然我走得很快，他们还是亦步亦趋，走了好长一段路。最后，我遇到可说是巡逻的人，于是我的可怕的狩猎者们转身走开，停止追猎了。然而他们已经把我赶过了我原来估计的地方，等到我能够镇定下来的时候，我已经不知道身在何处，那一段梯级我一定早已走过去了。我感到迷惑，而且气喘吁吁，全身血脉由于不可避免的激动而悸跳着，不知道回到哪儿去好。想起再会碰到那两个胡子拉碴的冷笑的笨蛋，心里害怕，然而必须在这街道上往回走，那段台阶必须找到。

我终于来到一段破旧的楼梯前，认为这当然就是那位绅士所指的台阶，便走了下去。下面那条街果然很狭窄，可是却没有小旅馆。我往前走。在一条非常安静的、比较干净的、路铺得平整的街道上，我看见一扇门上透出灯光，那幢房屋相当大，上面一层楼使它比周围的房屋显得高。到头来这也许就是那小旅馆了。我急忙赶过去，膝盖这时颤抖起来，我快要筋疲力尽了。

这儿可不是小旅馆。有一块铜牌装饰着那座巨大的能通过马车的大门，铜牌上镌刻着：“女子寄宿学校”，下面刻着一个名字：“贝克夫人”。

我吓了一跳。片刻间大约有一百个想法闪过我的头脑。然而我什么打算也没有，什么考虑也没有：我没有时间。天意在说：“在这儿止步；这就是你的小旅馆。”命运把我掌握在它的强有力的手中，主宰着我的志愿，指导着我的行动：我便拉响了门铃。

在等待的时候，我不愿多想。我凝视着街上的铺石，门口的灯照在那上面；我数着铺石的数目，瞧着它们的形状，以及棱角上雨水的闪光。我又拉了门铃。大门终于开了。一个戴着漂亮帽子的女仆站在我面前。

“我可以见贝克夫人吗？”我问。

我相信，假如我说的是法语，她就不会允许我进去了。不过，由于我说英语，她推测我是个外国教师，是为了住宿学校的事情来的，因此即使时间这么晚了，还是让我进了门，一句不情愿的话都没有，也无片刻迟疑。

接下来我便坐在一间寒冷而光彩夺目的沙龙客厅[①]里，瓷砖贴面的壁炉里没有生火，有一些镀金的小摆饰，地板擦得很亮。壁炉架上搁着一只有钟摆的时钟，敲着九点。

一刻钟过去了。我躯体里的每一根脉搏都跳得多么快啊！我身上是怎样一会儿冷，一会儿热啊！我坐在那儿，眼睛紧盯着那扇门——一扇巨大的白色的折门，镶着镀金的花边。我注意看着那扇门将移动和打开。可是一切都寂静无声，连一只老鼠都没有动静，那白色的折门关得紧腾腾的，没有动静。

“你系英格人？”[②]就在我的手肘边响起了这一声响。我几乎要跳

---

① 沙龙客厅，原文为 salon，这样翻译为了区别于书中的 parlour（会客室）和 drawingroom（客厅）。

② 原文为：“you ayre Engliss？”表明读音不准。

起来，因为这声音如此出乎意料之外；我刚才是如此肯定只有我一个人在这里。

没有鬼魂站在我身边，也没有任何具有妖魔鬼怪样子的东西出现，只有一位慈祥的、身材矮胖的女士，围着一块大披肩，穿着一件大罩衫，戴着一顶干净整洁的睡帽。

我说我是英国人，然后没有更多的开场白，我们便立刻进入最为奇妙的会话。贝克夫人(她正好是贝克夫人——她是从我背后的一扇小门进来的，穿着没有声响的鞋子，所以我没有听见她进门，也没有听见她走近我)——贝克夫人说“你系英格人”的时候，已经用完了她运用岛国语言的能力，于是开始滔滔不绝地用她自己的语言继续说话。我则用我的话回答。我的话她懂得一部分，但是因为我完全听不懂她的话，虽然我们两人闹闹嚷嚷(像夫人的那种善于言辞我那时候还从来没有领教过，或者想到过)，我们仍然无法相互沟通。不久，她打铃求援，于是来了一位“女教师”模样的人，她曾经在一所爱尔兰女修道院里受过不完全的教育，被认为是精通英语的行家。这位女教师是直率的、小模小样的人——从头到脚都像个拉巴色库尔女人。她是如何宰割英格兰的语言哟！不过，我还是跟她讲了简单的事实，她翻译出来。我告诉她，我如何离开了自己的国家，打算增长知识，赚取面包；我如何随时准备试着做做任何有用的事，只要不是坏事，或者可耻的事；我如何愿意做个孩子的保姆，或者做个侍女，也不拒绝甚至做力所能及的家务活。夫人听着这些话，我研究着她的表情，几乎以为这席话她听得入耳。

“只有英国女人才会做这种事，”她说。“这些女人有多大的勇气！”

她问了我的名字和年龄，坐在那儿审视我——并不是怜惜地，也不是饶有兴趣地。在会见过程中，没有丝毫同情的闪光或者怜悯的影子掠过她的面容。我感到她不是那种会被自己的感情移动一英寸的人。她直愣愣地望着，表情严肃，心里在盘算，在斟酌自己的判断，在研究我的叙述。这时铃响了。

“这就是晚祷的钟声！”她说着站起身来。她的翻译告诉我她希望我现在回去，明天早晨再来；可是这对我不合适，回到危险的黑暗之中，回到街道上，我受不了。我用力地、然而以自我克制的态度对她本人而不是那位女教师说道：

“夫人，我保证，你要是立刻就让我工作，我一定会好好为你服务，维护你的利益，而决不会损害你的利益。你会发现我愿意在工作中贡献出完全符合工资所得的劳动。如果你雇用了我，最好让我今夜就待在这儿，我在维莱特举目无亲，也不懂这个国家的语言，怎么能找到一个住处呢？”

“这是真的，”她说，“不过你至少能够拿出一份介绍信吧？”

“没有。”

她问起我的行李，我告诉她行李何时可到。她思忖着。这时，门厅里响起了一个男人的脚步匆匆向外面那扇门走去的声音。（我将采用仿佛我听懂、理解当时发生的所有事情那样的方法继续写我的故事的这一部分，因为虽然当时我简直听不懂，但是后来有人翻译给我听了。）

“现在这时候谁出去啦？”贝克夫人听着脚步声问道。

“是保罗先生，”那位女教师回答。“他是今天傍晚来的，指导一年级阅读。”

“此刻我最最希望看见的正是这样的人。请他来。”

那位女教师向大客厅的门跑去，叫住了保罗先生。他进来了，一个皮肤黑黑的瘦小的男人，戴一副眼镜。

“我的表弟，”夫人开口道，“我要听听你的意见。我们知道你会看相，现在用用这个本事。看看这个相貌。”

这个瘦小的男人的眼睛盯住我瞧。他的嘴唇坚定地紧闭着，眉毛深锁，似乎是在说他打算把我看透，一层面纱对他来说是遮盖不住的。

“我看过相了，”他宣称。

“你怎么说呢？”

“啊，很多问题。”便是他神谕似的回答。

“是好是坏？”

“毫无疑问，好坏都有，”那位占卜者继续说。

“别人能相信她的话吗？”

“你们是在商谈一件重要的事情吗？”

“她希望我雇用她做保姆，或者家庭女教师；她讲了一个很完整的故事，可是拿不出介绍信。”

“她是个异乡人吗？”

“你看得出的，一个英国女人。”

“她会说法国话吗？”

“一句也不会。”

“她懂法文吗？”

“不懂。”

“那么可以在她面前坦率直言了？”

“毫无疑问。”

他凝视着。“你是不是需要她的服务呢？”

“我可以要啊。你知道我讨厌斯未尼夫人。”

他仍然在打量着。判断终于作出来了，却像刚才的判断一样模棱两可。

“雇用她。如果善良在那个性格上占优势，此举就会带来它自己的报酬；而如果邪恶——啊！我的表姐，那样我们还是做了一件好事。”他鞠了个躬，说了声，“晚安。”我的命运的这位模糊不清的仲裁人便不见了。那位夫人于是就在这天晚上雇用了我——上帝保佑，使我免于不得不再往前走去，走到那孤寂的、无趣味的、具有敌意的街道上去。

第八章
贝克夫人

我被交给那位女教师安排以后，便由她带领穿过一条长长的窄过道，走进一间非常清洁又非常特别的外国式厨房里。这里似乎不具备烹调用具——既没有壁炉，也没有炉灶；我当时不知道那占满一个角落的黑色大炉子是这些东西的很有效的代替物。确实，自尊并没有已经开始在我的心中低语；然而，在我并没有像自己先前有点儿预料的那样被留在厨房里，却是被带领到前面一间叫做“小房间”的小内室去，这时候，我不免有一种欣慰之感。一位女厨师穿着短上衣和短裙，脚上一双木鞋[①]，给我送来了晚餐：这就是说——一些不知道是什么东西的肉，加了一种特别的、但是可口的酸调味汁，一些土豆块，用我不知道的什么东西，大概是糖醋拌的，味道不错，一块 tartine，或者叫一块抹黄油的面包，以及一个烤过的梨。我饿得慌，便感恩戴德地吃了。

“晚间祈祷”以后，夫人亲自前来，要再打量我一下。她希望我跟她上楼去。穿过一系列再奇怪也没有的小寝室——我后来听说那些曾经是修女们的小室，因为房屋建筑多少有些是属于旧时代的——再穿过祈祷室——一间长长的又低又暗的房间，靠墙挂着一个惨白的十字架，一对发着黯淡的光的细小蜡烛在守夜——夫人带我来到一间屋子，屋子里有三个小孩睡在三张小床上。一只暖烘烘的火炉使得这房间里空气闷热；而为了使情况有所改善，有一股与其说优雅的不如说强烈的气味散发出来。确实，在这个环境里，这股芳香完全是令人惊讶和出人意外的，因为这像是烟味和某种酒精味的混合——长话短说，这是威士忌酒的气味。

一张桌子上一支残烛的微光摇曳，在烛台的窝眼里正流淌着最后的烛泪。桌旁的椅子上酣睡着一位粗鲁的妇女，穿着一件宽条纹的耀眼的绸连衣裙，外加一条呢料围裙，显得很杂乱。为了把这幅图画描摹完整，并且使得关于事情的状况不留下疑点，要说明的是，在这位睡美人的手肘旁还搁着一只酒瓶和一只空酒杯。

夫人非常平静地注视这一动人的场面，既不笑，也不皱眉；没有恼怒、厌恶，或者惊讶的表情干扰她那严肃安详的神色。她甚至不去唤醒那位妇女。她静静地指着第四张床，表明那是给我睡的；然后她灭掉那支蜡烛，用一盏夜明灯来替代，便悄悄地穿过她刚才半开着的内室的门——进入她自己的套间。那是一间布置得很好的大房间；从半开的门望过去可以看得出来。

我在那夜的祈祷全部是感恩。从早晨起我就被奇怪地一路引导——又意想不到地被供给了食宿。我很难相信自从我离开伦敦到现在还不到四十八小时，这期间我除了像人家保护过路的飞鸟那样，没有别的保护，也看不到前途，只看见含糊不清的希望之浮云窗花格[②]。

我睡觉很容易惊醒；三更半夜时，我突然醒过来。一切都是静悄悄的，却见一个白色的人影站在房间里——是穿着睡衣的夫人。她毫无声息地走着，查看三张床上的三个小孩。她走近我，我假装睡着，她长时间地看着我。一场小小的哑剧接着发生，真是怪事。也许她在我的床沿上坐了一刻钟之久，直望着我的脸。然后她挨得更近一些，俯身紧对着我，轻轻地把我的睡帽往上挪，把花边翻转过来，好露出我的头发。她瞧瞧我搁在盖被上的一只手。做了这些以后，她转身走到床脚边的椅子那儿，我的衣服正放在那张椅子上。听见她摸着并且提起我的衣服，我便警惕地睁开眼睛，因为我承认，我当时觉得奇

① 木鞋，法国、比利时等国家农民穿的木制的鞋。

② 窗花格，哥特式建筑中用各种图案组成以装饰窗子的棂条。棂条中间常嵌以彩色玻璃，形象繁复，光耀夺目。

怪，想看看她调查研究的爱好究竟会使她走多远。倒是使她走得好远呢：她把每一件物品都检查了一遍。我凭直觉推测到这一行为的动机，那便是：打算从这些衣着形成对于其穿着者的一个判断，她的地位、资产、整洁与否，等等。其目的并不坏，然而手段却很难说是光明正大的和无可訾议的。我的连衣裙里边有个口袋；她把口袋兜底翻了过来；她数着我的钱包里的钱；她打开一本记事簿，不动声色地仔细察看内容，还拈起夹在书页之中的一小绺编成辫子的马趣门特小姐的灰白头发。我那三把一串的钥匙是开大衣箱、写字台和针线箱的，她给予特别的注意；说真的，她竟然拿着我的钥匙退回到她自己的房间里待了一会儿。我在床上轻轻地抬起身子，用眼睛跟踪着她。我的读者啊，这几把钥匙直到在隔壁房间里的梳妆台上的石蜡上留下了钥匙的齿印以后，才拿回来给我。这一切做得如此顺顺当当、有条有理以后，我的财产便被物归原位了，我的衣服便被小心地重新折叠好了。从这次仔细检查之中会推断出什么样的结论来呢？结论是良好的还是不好的？白费心思的问题啊。夫人的石雕般的脸（因为此刻在夜里看来像是石雕的；那张脸曾经是有人情味的，并且正如我在上面说过，在沙龙客厅里是慈母似的），没有透露出答案。

她的任务完成了——我觉得，在她看来这件事情是一桩任务——她站直身子，像影子一样无声无息，向她自己的套间走去。走到门口，却转过身来，眼睛紧盯着那位酒瓶女英雄，她仍然睡着，鼾声震耳。斯未尼太太（我推测这位就是斯未尼太太，英语或爱尔兰语则读做斯微内）——斯微内[①]太太的命运是在贝克夫人的眼睛里了——那双眼睛说出了一种不可改变的决心。夫人对于玩忽职守的制裁或许迟缓，然而却是必定无疑的。这一切都完全不是英国的样子：的确是这样，我正待在异国他乡嘛。

① “斯未尼”原文为 Svini；“斯微内”原文为 Sweeny。

第二天我进一步了解了斯微内太太。她似乎曾经对她现在的东家自我介绍说是一个家道中落的英国贵妇——说真的，她是米德尔塞克斯①人，却自称是用最纯粹的伦敦音说英语。夫人——她相信自己具有万无一失的及时发现事情真相的本事——具有一种临时雇用服务人员的非凡的果断(正像在雇用我这件事情上的确好像充分证明了那样)。她接受了斯微内太太做她的三个孩子的保姆兼家庭教师。我几乎不必向我的读者解释，这位贵妇实际上是爱尔兰人；我不能妄自确定她的身份；她公然宣称，她曾经“受到侯爵的子女所受到的教养”。我自己心中想，她很可能曾经是某个爱尔兰家庭里的食客、保姆、收养者，或者洗衣妇；她说话的口音闷声闷气，却奇怪地加上一层装模作样的伦敦腔的转调。她想方设法取得了、现在是占有了来路相当可疑的一批华丽的服装——价格十分昂贵的绸料长外衣，对她不大合身，显然是为另一种身材而不是它们现在所装饰的身材缝制的；还有一些用真正的丝带滚边的帽子，以及——一块真正的印度披肩——这一清单之中的主要项目，是她用来在整个家庭里引起相当敬畏的符咒，又镇住另外一些嗤之以鼻的家庭教师和仆人们，并且只要她的宽宽的肩膀披上这一气派豪华的折叠起来的绸缎，甚至对于夫人本人都起作用哩——“一块货真价实的克什米尔”，②正如贝克夫人带着纯粹的崇敬和惊异的神色这样说。我很明确地感觉到，要是没有这块“克什米尔”，她就不会在这所寄宿学校里落脚两天：正是靠这块东西的力量，也仅仅靠这块东西，她站稳脚跟达一个月之久。

不过，现在斯微内太太知道我是来接替她的位子了；在这时候，她来显示自己的力量了——在这时候，她用全部力量反抗贝克夫

① 米德尔塞克斯，英格兰一旧郡。1965 年大部分划入大伦敦。曾有许多伦敦富商在此筑乡间别墅。

② 指“克什米尔披肩”，是克什米尔地区生产的著名的羊毛披肩。后来有英、法的仿制品。

人——在这时候，用她聚集起来的力量向我袭击过来。夫人是如此妥善、如此克制地忍受了这一意料不到的祸事，使我非常惭愧，我除了沉着冷静以外，没有别的举动予以支持。贝克夫人离开这间屋子短短一会儿；十分钟以后，一位警察站在我们中间。接着斯微内太太和她的财产都被搬走了。在这场闹剧的过程中，夫人的眉毛没有皱一皱；她的嘴里没有吐出一个尖声叫喊的字。

早餐以前，这场小小的轻松的解雇事件便全部解决了：前进的命令已发出，警察已请来过，暴动者已被驱逐，“儿童室”已熏蒸消毒，打扫干净，窗户都打开来，这位有教养的斯微内太太的每一点痕迹——那幽雅的香气和超凡脱俗的芬芳，是她亵渎冒犯的主要部分如此微妙又如此不祥的象征，即使是这种气息——也都从福色特街上清除掉了。嘀，这一切都是从贝克夫人在套间里安安静静地坐下来倒第一杯咖啡，到她像曙光女神那样从套间里出来之间这段时间里完成的。

大约中午时分，我被召去为夫人梳妆打扮。（看来我的地位是在家庭女教师和侍女之间的一个混合体。）整个上午，她穿着大罩衫，披着披肩，拖着没有声响的拖鞋，在巡视整幢房屋。一个英国学校的女校长怎么可能赞成这样的习惯呢？

为她的头发梳理使我为难；她的头发浓密——红褐色，不杂白发——虽然她已经有四十岁了。她看到我觉得尴尬，便说：“你在你自己的国家里没有当过侍女吗？”于是她从我的手中拿过毛刷，把我搁置一旁，不慌不忙、不失礼仪地自己梳理起来。在履行打扮的其他任务的时候，她半是指导我，半是帮助我，丝毫没有表现出发脾气或不耐烦的样子。注意——这是我第一次和最后一次被唤去替她梳妆打扮。从此以后，这一职务移交给了女杂务工罗芯妮。

打扮好了以后，贝克夫人看来是一个身材有些矮胖的人，不过仍然具有其独特的优美；这是说，从身体各部分的匀称得出来的优美。她的气色清新红润，但是并不红得过分；眼睛是蓝色的，清澈明亮；黑色的绸连衣裙很合身，那好像是只有法国女裁缝才能够缝制的合身衣服；她看来很不错，不过有一点中产阶级的样子；说到中产阶级，不错，她是的。我不知道遍布她整个身上的是什么样的一种和谐；然而她的脸呈现出一种对照：她的五官决不是平常人们所看见的跟如此柔和、清新、恬静的肤色联系在一起的那种，而是轮廓严峻的。她的前额生得高，但是窄；这表明有能力，并且有一定程度的仁慈心，但是却不开阔。[①]她那双温和然而警觉的眼睛也与心中燃烧的火或者从那儿流出来的柔情毫不相干。她的嘴样子强硬，可能有一点严酷，嘴唇很薄。由于她的敏感和才干，尽管也带有这些物质的温柔和轻率，我不知道为什么总觉得夫人真是一位穿裙子的弥诺斯[②]。

结果我发现她也是穿裙子的别的什么。她的名字是摩德斯特·玛丽亚·贝克，娘家的姓是金特，这名字本来应该是依格纳西娅。她是一位讲仁爱的女人，做过许多好事。从来没有哪一位主妇的统治是比她更宽厚的。我听见人家说，尽管难以容忍斯微内太太喝酒喝得醉醺醺、杂乱无章、老是粗心大意，她却一次也没有规劝过她；然而斯微内太太在她的离去变得合宜的时候便必须离去。我还听见人家说，在那所学校里，无论是男教师们还是女教师们都没有被找过碴儿，可是男教师们和女教师们却常常更换：他们不见了，另外一些人来取代他们的位置，谁也不能很好地解释究竟是怎么回事。

这所学校既是寄宿学校，又是走读学校。那些走读生，或者说日

---

① 当时西欧流行颅相学，作者夏洛蒂很相信，这在她的其他作品中也有表现。狄更斯的小说中同样写到过。颅相学从人的头骨的外形判断人的性格。

② 弥诺斯，希腊神话中克里特国王。一般传说他是英明公正的君主，然而在雅典的传说里，他却是本土希腊的敌人。他曾因其子被雅典人杀死而要求雅典人每年进贡七对童男童女给半人半牛的怪物吞食。后来，他在西西里洗澡时，被西西里国王的女儿用开水烫死，死后成为阴间判官之一。

间学生，人数超过一百，寄宿生则大约有二十人。夫人一定具有高超的行政管理能力：她治理着这里的一切事务，包括四位女教师、八位男教师、七个仆人和三个孩子，同时设法完善与学生们的双亲和朋友们的关系，而且没有明显的费劲的样子，没有手忙脚乱、疲劳不堪、兴奋激昂，或者任何过分激动的征兆。她总是有事在干——而忙忙碌碌却很少见。的确不错，夫人有她自己一套管理和控制这个大机器的制度；而且是非常巧妙的制度，我的读者在她把我的衣袋兜底翻过来，还偷看我的私人记录这件小事中已经看到其实例了。“监视”，“侦察”——这些便是她的口令。

但是夫人知道什么是诚实，并且喜欢诚实——这是说，在诚实没有用它笨拙的重重顾虑来妨碍她的意志和利益的时候。她尊重“英国”，至于“英国人”嘛，要是她有别的办法的话，她就会不要其他国家的女人照看她自己的孩子们。

晚上，她常常在整天策划和拟订对策、搞密探活动和听取密探们的报告以后，来到我的房间——她的前额上有着真正疲倦的痕迹——她会坐下来，在孩子们用英语对我说着短短的祈祷词的时候静听着。那是主祷文，其赞美诗的开头是“仁慈的主耶稣”，这几位小天主教徒被允许在我的膝盖旁跟着说。等到我把他们弄上床，她会跟我谈天（我不久就学会了足够的法语，能够听懂，甚至回答她的话），谈谈英国、英国妇女，以及为什么她很愿意把她们的一些品质称之为卓越才智和比较真实可靠的正直。她常常显露出非常明智的判断力；她常常提出非常正确的意见；她似乎懂得：把姑娘们限制在不信任的束缚之中，在盲目无知之中，在使她们没有时间、没有地方隐蔽的监视之下，都不是使她们成长为诚实和谦虚的女人的最好的方法；可是她又断定说，如果用任何别的办法施加于欧洲大陆上的孩子们，那么毁灭性的后果就会跟着发生。她们是那么习惯于束缚，以至于不论怎样谨慎小心，松弛都会被误解，并且被严重地误用。她会声称，她厌恶自己不得不采用的手段，然而却必须采用；她的说教常常是端庄优雅的，对我说教以后，便会靸着她那双“软拖鞋”走开，像鬼魂一样在整幢屋子里悄悄飘过，这里张张，那里望望，透过每一个钥匙孔窥探一下，藏在每一扇门背后偷听一会。

归根结底，夫人的制度并不坏——让我为她说句公道话。对于她的学生们的身体上的益处说来，没有什么能比她的整个儿的安排更好的了。没有谁要过分使用脑力；功课分配得很好，并且编排得对于学习者是再容易也没有的了；有娱乐活动的自由，有使得姑娘们保持健康的锻炼设备；伙食又多又好：在福色特街的任何地方既看不见苍白的脸，也看不见瘦小的脸。她从来不吝惜放假；允许有许多时间给人睡觉、穿着打扮、洗衣和吃东西；她对待这一切事情的方法是温厚的、大方的、有益的和合乎情理的：许多严厉的英国女校长要是仿效她，就会大有成就——而且我相信，要是严格的英国家长们让她们这样做的话，她们当中的许多人会乐于去做的。

由于贝克夫人靠谍报来治理，她当然有她的谍报人员。她完全了解她所利用的那些工具的性质，毫不犹豫地在肮脏的场合处理掉最肮脏的东西的同时——把这类东西像榨干汁的橘子皮那样扔掉——我也知道，她在为干净的用途寻找纯粹的金属这一点上是很挑剔的；一旦发现了一件没有血迹和锈斑的工具的时候，她就会小心爱护这好东西，用丝绸和棉布把它包裹起来。然而，不论是谁，要是倚赖她的程度，超过她可以让别人倚赖的利益一英寸，那就让他或她遭殃吧。利益是开启夫人的本性的万能钥匙——是她的动机的主发条——是她的生命的全部。我曾经看见人家求助于她的感情，我也曾经半带怜悯、半带藐视地对着那些人微笑。从来没有人通过那种渠道得以使她倾听意见，或者用那种手段动摇过她的决心。相反，谁要是企图打动她的心，必然会引起她的反感，使她成为一个潜在的敌人。事实证明，她没有一颗能被打动的心：这使她知道她在哪一方面是无能为力，形同槁木死灰。仁爱和怜悯之间的区别，再也没有比在她身上体现得更好的范例了。在欠缺同情心的同时，她有着足够多的合乎情理的慈爱：她会不假思索地施舍从未见过面的人——不过，与其说是给个人，不如说是给某些阶层的人。“为了贫穷的人们，”她慷慨解囊——而对于穷汉，她则照例紧闭钱袋。为了全社会打算而筹划的慈善方案，她爽快地参加一份；没有个人的悲哀使她感动过，没有任何一颗心中的力量或集中在一起的受苦受难的重压能穿透她的心。客西马尼园①的痛苦，髑髅地②的死亡，都不能从她的眼睛里挤出一滴眼泪。

我再说一遍，夫人是一位非常伟大和非常有本事的女人。这所学校为她的能力提供的用武之地是太有限了；她理应统治一个国家：她应该是一个骚乱的下议院的领袖。没有谁能够把她吓唬住；也没有谁激怒过她的神经，耗尽过她的耐心，或者超越过她的机敏。她能够把首相和警察长的职务集于一身。聪明、坚定、不讲信义；秘密行事、手腕灵活、冷酷无情；时刻警惕、莫测高深；精明能干、麻木不仁——而且极其谦恭有礼——还能有什么缺点呢？

聪明的读者将不会以为我是在一个月之内，或者半年之内，得知这一切情况，然后为他浓缩在这里的。不是！我首先看见的，是一个兴旺的巨大教育机构的繁荣的外观。这里是一幢大房子，里面到处是健康活泼的姑娘们，全都衣着讲究，许多人都长得漂亮，从了不起的

---

① 客西马尼园，原意为“榨油池”或“榨油房”。据《圣经》记载，是位于耶路撒冷附近橄榄山下的栽满橄榄树的一座花园。耶稣常和使徒们在园中祈祷。犹大在那里以接吻为号，出卖耶稣给搜捕者。见《圣经 · 新约全书 · 马太福音》第26章第32至50节。

② 髑髅地，又据音译为“各各他”（gulgulta），传说为古代犹太人的刑场，位于耶路撒冷西北处一座小山上。据《圣经》记载，耶稣在该地被钉上十字架，受苦而死。见《圣经 · 新约全书 · 马太福音》第27章第33至50节。

平易的方法学到知识，不必苦苦用功，或者无谓地浪费精力；也许没有在哪一方面得到很快的进步；是轻松自如，然而仍然总是在专心致志，而且从来也不感到压抑。这里有一套女教师和男教师班子，他们更为紧迫地工作着，因为一切真正用头脑的活计都由他们担当，以便节省学生们的精力，不过他们的职责是这样安排的：在工作极其繁重的时候，他们互相调剂，迅速接替。总而言之，这里是一所外国学校，其生活、动态和变化，对于许多同样性质的英国学校说来，形成一个完全的、最为有趣的对照。

在房子的后面有一个大花园，到了夏天，学生们几乎生活在户外的玫瑰花丛和果树林里。许多个夏日午后，夫人会坐在葡萄藤蔓披盖起来的宽敞的绿廊之下，轮流招来各班级学生坐在她周围，做针线活和读书。这期间，男教师们来来去去，作一些简短和生动的讲话，却不是授课，学生们便把他们的教诲记下来，或者不记下来——高兴怎么做就怎么做。如果一时疏忽了，为了再得到，她们便会从同伴那儿抄记录。除了这项定期举行的每月外出以外，天主教的节日一年到头还带来一个又一个的假期。有时候，在一个晴朗的夏日早晨，或者温和的夏日黄昏，寄宿生们被带出去，长途步行到乡村，美美地享用华夫和白葡萄酒，或者新鲜牛奶和黑面包，或者面包卷和咖啡。这一切看来非常令人愉快，夫人显得是善良的化身；女教师们也不那么坏，然而实际上她们可能坏得多；至于学生们，也许有一点吵吵闹闹、疯疯傻傻，然而她们是健康和快乐的象征。

那个场景，我是通过距离起了作用看见的，就如此这般地显现出来。可是跟着来了距离在我眼前消失的时候——我被人召唤，便从育儿室里我的“瞭望楼”上走下来——直到这时候为止，我就是从这里作观察的——被迫和福色特街上的这个小世界作更密切的交往。

有一天，我像往常那样坐在楼上，听着孩子们念英语课文，同时为夫人翻改一件绸连衣裙，这时候，她慢慢地踱进房间，带着她有时带着的那种专心致志的神情和蹙眉苦思的样子，这使她的形象如此欠缺亲切感。她沉沉地坐在我对面的座位上，有好几分钟沉默不语。那位年纪最大的姑娘迪西蕾正在读巴鲍德夫人[①]的一篇短文给我听，她一边读，我一边让她当场从英文翻译成法文，以便确定她是否理解她所读的内容。夫人在一旁听着。

不久，她既无开场白，也无序言，便几乎用指责的语调说："小姐，你在英国是一个家庭女教师。"

"不，夫人，"我微笑着说，"你弄错了。"

"这是你初次尝试教学吗——这次教我的孩子们？"

我告诉她确实这是第一次。她于是又沉默不语，然而在我从针插上拿一根针，抬眼一望的时候，我发现自己是一个正被研究的对象。她把我置于她的观察之下，似乎在脑子里把我翻来覆去地打量——打量我是否适合一个用途，掂量我对于一项计划的价值。在这以前，夫人曾经仔细检查过我所有的一切，我相信，她认为自己知道关于我的全部情况。不过，从那天起，在大约两个星期的时间里，她用了一些新的测试方法来检验我。我关上育儿室的门和孩子们在一起的时候，她在门外偷听；我和孩子们外出散步的时候，她小心地保持一段距离，跟在我后面，凡是公园里或林荫大道上的树丛能够提供足够好的屏障的时候，她便在听力所及的地方偷听。在如此奉行了一个严格的初步程序以后，她便采取了进一步的行动。

一天早晨，她突然光临，一副匆忙的样子，说她发现自己的处境有一点尴尬。那位教英语的男教师威尔逊先生没有及时到来，她只怕他是病了。学生们正等在教室里，没有人去上课，我是否不反对去上

---

① 巴鲍德夫人(1743—1825)，娘家姓艾金，英国诗人兼散文作家，以赞美诗《生命！我不知道你是什么》闻名。编辑《英国小说家》50卷。

一堂短短的听写练习，就这一回？这样，学生们就不会说她们少上了一堂英语课了。

“在教室里上课吗，夫人？”我问。

“是的，在教室里，在第二班。”

“那儿有六十个学生，”我说，因为我知道这个数目，而由于我的一贯胆小怕事的恶劣习惯，我退缩到我的慵懒里，就像蜗牛退缩到硬壳里一样。我声称自己没有能力，无法照办，以此作为规避执行的托词。如果由我自主，我一准会听任这个机会失之交臂。我不敢冒险，不受跃跃欲试的雄心的搅扰，却能够安坐二十年，教幼儿角帖书[①]，翻改绸连衣裙，给孩子们缝衣服。并不是真正的心满意足使我这糊里糊涂的辞谢高就变得崇高；我眼前的工作既没有合我口味的诱惑力，也没有吸引住我的兴趣。不过它对于我似乎是一件至关重要的事物，可以使我免受忧心忡忡之苦，可以免除内心深处的磨难：剧烈的痛苦的不存在，便是通往我希望体味到的幸福的最便捷的门径。除此以外，我似乎还过着双重生活——思想中的生活和现实中的生活。只要前者用充分的、奇异的、妖术般的幻想乐趣来滋养，那么后者的特权也许依然局限于每天的面包、每小时的工作，以及一席栖身之地。

“来吧，”夫人说，这时我正弯着身子，比任何时候都更忙碌地剪裁一件孩子的围裙，“把那活儿放下来。”

“可是菲菲妮需要哪，夫人。”

“那么，菲菲妮必定是需要的了，因为我需要你。”

由于贝克夫人确实需要我，决心要我去——由于她久已不满意那位英语男教师，觉得他在严格遵守时间方面有缺点，而且在教学方法上马马虎虎——还由于不论我是不是缺少决心和实际行动，她可并不

---

① 角帖书，一种儿童识字板，把印有字母或数字的纸页裱在有柄的木板上，覆以透明的角片，作为保护。

缺少这两种东西——她不再多费口舌，便使我放下了顶针和缝针，抓住我的手，把我带到楼下来。我们走到方形平台这介于住宅和校舍之间的一个方形大厅的时候，她停住了，放下我的手，面对着我仔细打量。我涨红了脸，从头到脚颤抖不已。不要在迦特讲这件事，但是我相信当时自己要哭出来了。①事实上，我面前的困难远远不是完全想象出来的，其中一些困难是够实在的。其中并非最不紧要的困难，在于我不精通教学所必须使用的语言。不错，我自从到了维莱特以后，曾经抓紧读法语：白天学习实际应用；晚上一有余暇便学习文法，直到按照这屋子通常所允许的点蜡烛的时间为止。然而我还远远不能相信自己有正确的口头表达能力。

“那么，”夫人严厉地说，“你是不是说你真的觉得太虚弱了？”

我本来应该说“是的”，然后回到育儿室的阴暗中去，也许在那儿消磨我的余生。可是，抬头看看夫人，我在她的脸上看见一种使我三思而行的东西。在这一刻，她的容貌不像是女人的，反而像是男人的。一种特别的力量在她整个模样之中强烈地显示出来，而那种力量可不是我的那种力量：它唤醒的情感既非同情心，也非融洽无间之感，更非乐意顺从之情。我站着——没有得到安慰，也没有被说服，更没有被压倒。看来像是两种相对立的天性之间的一场力量的挑战在展开，我突然感到自己的腼腆很不光彩——对自己的不求上进感到有点儿害怕。

“你准备向后退呢，还是向前走？”她说，先用手指着那扇和住宅相联系的小门，然后指着那通往班级或教室的高大的双扇正门。

“前进，”我说。

“可是，”她继续说，在我变得激奋起来的时候，她却冷静了，还

---

① 迦特，中东古代城市名。《圣经 · 旧约全书 · 弥迦书》第 1 章第 10 节有这样一句话：“不要在迦特报告这事，总不要哭泣。”

继续那种严厉的神色，正是从对于这种神色的反感中我得到了力量和决心，“你能面对那些班级吗？或者你是不是过分激动了？”

说这句话的时候，她微微冷笑：神经质的兴奋可不大合乎夫人的口味。

“我跟这块石头一样地不激动，”我用脚尖敲着铺路石板说；“也跟你一样不激动，”我加了一句，回敬了她的眼色。

“好！不过我要告诉你，你去面对的可不是文静娴淑的英国姑娘。这些是粗鲁、直爽、迟钝而且有点儿顽固的拉巴色库尔人。”

我说：“我知道；而且知道虽然自从我来到这儿以后用功读法文，然而我还是说得太不流畅——太不精确，难以赢得她们的尊敬。我将会弄出许多错处，使我遭受最无知的人嘲笑。可是我仍然打算去上课。”

“她们一直拒绝胆怯的教师，”她说。

“这我也知道，夫人；我听说过她们如何对透纳尔小姐造反，给她出难题。”——一位可怜的、无依无靠的英国女教师，贝克夫人聘请了她，又轻易地解雇了她。她的可悲的经历我并不陌生。

“这是真的，”她冷冷地说。“透纳尔小姐没有管住她们，正像厨房的仆人管不住她们一样。她生性软弱，犹豫不决，既不老练，也不明智、果断，也不威严。对于这些姑娘，透纳尔小姐是完全不行的。”

我不予回答，却向那扇关着的教室门走去。

“你别打算从我，或者从任何人那儿得到帮助，”夫人说。“那会立刻把你看做力不胜任的。”

我打开房门，有礼貌地让她先进去，自己跟着。那里边有三间教室，都很大。派给我将要在那儿出头露面的第二班的一间，在相当程度上是最大的一间，比其余两间，适合于容纳更多的、更骚乱的人，其更加无法管理的程度简直难以形容。后来，在我较为清楚地了解了情况以后，我有时候常常想到(如果这种比较可以允许的话)，把那文静的、优美的、温顺的第一班和粗野的、吵闹的、感情外露的第二班相比，等于把英国上议院和下议院相比。

第一眼就告诉我学生之中有许多人已经不像是姑娘了——可以说是少妇了。我知道她们有些人出身于名门贵族(就拉巴色库尔的名门贵族而言)，而且我深信她们之中没有谁不知道我在夫人的家庭中的地位。我登上讲台(那是一座低矮的台，比地面高出一级)，那里搁着教师的桌椅，这时候，我看到面对我的是预兆着狂风暴雨、恶劣气候的一排眼睛和前额——眼睛中充满傲慢的光，前额则像大理石一样严峻和不会因害臊而发红。欧洲大陆的“女性”和同样岁数及等级的岛国的“女性”相比，是完全不同的人：我在英国从来没有看见过这样的眼睛和前额。贝克夫人用冷淡的措辞为我作了介绍，便款步走出房间，让我独自留在我的春风得意时刻里。

我将永远不会忘记这第一堂课，也将永远不会忘记展现在我眼前的生活和人性的潜流。那时，我第一次开始正确地看见小说家和诗人理想中的“年轻姑娘”和上述真正的“年轻姑娘”之间的巨大区别。

坐在第一排的三位有贵族头衔的美女似乎已经预先决定，一个带小孩的保姆决不能给她们上英语课。她们知道，在这以前，她们曾经成功地驱逐了几位可恶的教师。她们知道，夫人会在任何时候把一个变得不受学校欢迎的男教师或者女教师抛弃掉——知道她决不扶助一个不胜任的职员保持他的位子——知道如果他没有力量斗争，或者没有本事打开一条道路，那就请便吧。她们瞧着“斯诺小姐”，心中指望会获得轻而易举的胜利。

白兰抒、弗吉妮和安琪丽克三位小姐用一连串的吃吃傻笑和窃窃私语打响了这一战役。她们不久便把声音提高为嘟嘟哝哝，嘿嘿浅笑，坐得较远的学生听见了，便更响亮地回应。这种越来越强烈的六十对一的反叛，立刻变得令人十分难堪：我对法语的掌握是那么有限，又是在如此严酷的紧张状态之下使用。

要是我能够用本国语言说话，我觉得仿佛就能获得别人聆听的机会。这是因为，首先，虽然我知道自己看似一个弱小的人物，在许多方面也确实如此，然而上天却给了我一副嗓子，如果因激动而升高，或者因感动而深沉，它是能够教人听听它的意见的。其次，在平常环境里，我固然言语不流畅，只会结结巴巴、断断续续地说话，然而——一旦受到刺激，比如现在反叛的群众给予我的大量的刺激——我就能用英语立刻滔滔不绝地说话，抹黑她们的行为，正像这样的行为所应该被抹黑的那样。然后，对带头的几个予以讽刺挖苦，还加上些恶意的轻蔑；对那些较为软弱、但较少恶行的跟随者们，则说些温和的玩笑话，使她们放心。在我看来，这样至少有可能控制住这群野马，使它们驯服。但是，眼前我所能做到的，只是走向白兰抒——即德·梅尔西小姐，一位年轻的女男爵[①]——她在班里最大、最高、最漂亮，也最恶劣——我站到她的课桌前面，夺过压在她手下的练习簿，再登上讲台，从容不迫地朗读那篇作文，我发现她写得很无聊，然后，当着全体学生的面，同样从容不迫地把那张胡涂乱写的东西撕成两半。

这一行动有助于吸引注意力，制止喧闹声。只有一个多少处于幕后的姑娘用没有减退的能量坚持骚乱。我紧紧地盯着她瞧。她脸色苍白，头发像黑夜，眉毛又粗又浓，脸形轮廓分明，眼睛乌黑，透出桀骜不驯的阴险的神色。我注意到她的座位紧靠一扇小门，我很清楚这扇门里边是一间藏书的小房间。她正要站起来，为了更方便地使用能量来肆意吵闹。我打量她的身材，估算她的气力。她看来既瘦而高，

① 男爵是欧洲一种贵族称号，地位在伯爵或子爵之下。此处原文为 baronne，是指拥有男爵称号的女子。

又结实有力。不过，只要冲突是短暂的，袭击是出其不意的，我想我可以对付她。

我向房间那边推进，尽可能装得冷静和不在意的样子，总之是好像什么事情都没有的样子；我轻轻推那扇门，发现是虚掩着的。一转眼工夫，我猛孤丁地向她发起进攻；再转眼工夫，她就在那间小房间里了，门被我关上了，钥匙在我口袋里。

恰好这个名叫多萝蕾丝的加泰罗尼亚[①]种族的姑娘，是所有的伙伴都又怕又恨的一个角色；上述即决裁判的行动证明是大受欢迎的；看到这一壮举，在场的人没有谁不在心里暗暗高兴。教室里先是静默了片刻，然后一阵微笑——不是大笑——从一张课桌传到另一张课桌。然后——在我庄重地、镇静地回到讲台上的时候，我客气地要求安静，开始口授听写，仿佛什么也没有发生过似的——一支支钢笔在纸上平静地滑动着，余下的功课在情况正常、勤勉努力之中完毕。

"这很好，"贝克夫人在我又热又有些筋疲力尽地从班级里出来的时候说，"这样就行。"

她刚才透过窥视孔从头到尾偷听并偷看了。

从那天起，我不再做保姆兼家庭女教师了，我成为一名英语教师。夫人给我加了薪水；但是比起她所要求于威尔逊先生的，她要我做三倍的工作，而只花一半的代价。

① 加泰罗尼亚，西班牙东北角的一个三角形地带，与法国南部有较密切的联系，历史上曾被法国征服。

第九章
伊西多尔

我的时间现在是很充实，很有价值了。一方面要教别人，一方面自己又要抓紧学习，我简直没有片刻的空闲。这是令人愉快的。我觉得自己正在发展；没有躺下来呆呆地成为霉菌和铁锈的牺牲品，却磨砺了我的才能，由于不断的使用，把这种才能磨得刀刃锋利。某种经历展现在我的前面，规模并不狭小。维莱特是一个国际都市，这所学校里的姑娘们几乎每个欧洲国家的人都有，同样，在生活上有各种各样的等级。平等在拉巴色库尔实行得很不错；虽然没有采取共和主义的方式，然而在实质上已近乎此，因而在贝克夫人的学校的课桌旁，年轻的女伯爵和年轻的资产者肩并肩地坐在一起。你也不能老是凭外部的迹象来决定什么是高贵的，什么是平民的；除了——说真的——后者常常具有更为坦诚、更有礼貌的态度，而前者则由于把傲慢和诡诈巧妙而平衡地混合起来而出人头地。前者的身体里常常有活泼的法国血液，混杂着沼泽黏液[①]。我很遗憾地说，这种有活力的体液的效应，主要表现为更为油滑的伶牙俐齿，以此，奉承讨好和胡编虚构的话便从舌尖流出来，而神态则更为轻松，更为活跃，但是相当冷酷无情，缺乏真诚。

对任何人都要公正评价，诚实的土生土长的拉巴色库尔女人也有她们自己的伪善；不过那属于粗劣的级别，几乎骗不了人。每当她们需要说谎，她们就用完全没有受到良心谴责的轻松自若的气派说出来。在贝克夫人的整幢房子里，从厨房下手直到这位女指导者本人，没有一个是以说谎为耻的，他们觉得这是无所谓的事：虚构捏造严格说来也许不是美德，然而却是最可原谅的过失。“我说过好几次谎”形成了每一位姑娘和妇女的每月忏悔的项目，神父听了并不感到震惊，赦免也并不出于勉强。假如她们错过了去做弥撒，或者看了小说的某一章，便是另一回事了，这些事可就是罪恶，对于这种罪恶的谴责和悔恨是必不可免的。

在我对这一情况还半知半觉，对其结果还不明不白的时候，我在我的新天地里一帆风顺地过着日子。上最初几堂课是困难的，身处危境，站在精神的火山口的边缘，火山在我的脚下隆隆做声，把火星和热气直往我眼睛里灌，几课以后，就我个人来说，那种喷发的精神似乎已经平息。我的心十分向往成功：我不能容忍在我刚刚试图脱颖而出的时候，没有教养的不满情绪和肆无忌惮的不听教导就把我挫败了，一念及此，我便忍受不了。夜里，许多个小时，我常常睁眼躺着，思忖采取什么方法最好，对这些叛逆者加以可靠的控制，把这犟头倔脑的一帮子置于永久的影响之下。首先，我清楚地看到，无论如何不能指望从夫人那儿得到援助，她的理所当然的计划是对学生们保持一种完好无损的声望，不惜以任何公正或教师们的心情舒畅为代价。对于一位教师来说，在任何不服从管教的危机中寻求她的支持，那就无异于促成自己的解职。在夫人和她的学生们交往之中，她自己只喜欢那些愉快的、亲切的和博得好感的事；而对于每一个棘手的危机，如果采取恰当的果断行动会不得人心，她便声色俱厉地考验她的副官们的能力。如此，我只能依靠我自己了。

首先——像白昼一样清楚，这一大群蠢猪似的人是不能用蛮力驱使的。对她们得因势利导，非常耐心地容忍她们。一种虽然平静但是有礼的态度会使她们印象深刻；一句难得露一手的挖苦话也很管用。严格的或者连续不断的刻苦用功，她们不能、或者不愿忍受；对于记

---

① 沼泽黏液，原文为 marsh-phlegm。传自阿拉伯的欧洲中世纪医学和生理学称人体内有一种“体液”（humour），根据不同的体液可以把人分为多血质、黏液质、胆汁质和忧郁质四种。属于黏液质的人性格冷淡、迟钝，不易动感情。至于“沼泽黏液”，可能指住在低温地区的人的特性。

忆、推理、注意力的不轻松的要求，她们便直截了当地回绝。要是一位英国姑娘，她的能力和温顺程度不超过一般水平，却能心平气和地接受一个题目，努力去完成理解和精通它的任务的话，一位拉巴色库尔姑娘却会当面嘲笑你，把任务掷还给你，嘴里说着——“天哪，这多么难！我不想做。这太令人厌烦了。”

一位懂行的教师遇到这种情况会立刻把它收回，不加犹豫，不作争论，也不给忠告——却着手用更为逾常的小心去撸平每一点困难之处，把它降低到她们的理解力的水平，如此修改以后，再把任务还给她们，并且毫不留情地加以讽刺。她们会觉得刺痛，也许因而有一点退缩；不过她们对于这种攻击并不怀恨在心，只要嘲笑并不是刻薄的，而是好心的，是用清晰的精巧的黑体字写上她们的无能、无知和懒惰，对着她们高高举起，让她们随跑随读[①]。上课要是多上三行，她们就会起哄，然而我从来没有听说过她们为了自己的自尊心受到伤害而造反；她们所具有的那么一点儿自尊心，受着被压碎的训练，它喜欢的是坚定的脚后跟的压力，而不是其他的压力。

渐渐地，在我学会流畅自如地运用她们的语言，能够把这种语言的更为简练刚劲的成语运用得竟然切合她们的具体情况以后，那些年纪较大的、比较聪明的姑娘开始按照她们的方式有些喜欢我了。我注意到，一旦一个学生的心灵被唤醒去体会有价值的竞争带来的激动或者真诚的羞耻心的刺激，从这一天起，她就被争取过来了。假如我能够有一次使她们的（通常是大大的）耳朵在油光水滑的浓发下发烧，一切就都比较好了。不久以后，一束束鲜花开始在早晨放在我的讲台上；作为感谢这一小小的外国敬意，我在消遣的时候，往往挑选几个人一起去散步。在谈话之中，有那么一两次，我临时起意，打算矫正

---

① 引自《圣经·旧约全书·哈巴谷书》第2章第2节：“他对我说，将这默示明明的写在板上，使读的人容易读（或作随跑随读）。”

她们对某些原则性问题的异常歪曲的想法，特别是我表达了自己的观念，认为说谎是邪恶的和卑劣的。一不留神，我脱口而出，在两种过错之中，我觉得撒谎比偶尔不去教堂更糟糕。那些可怜的姑娘们都受过训练，不论信奉新教的女教师讲过些什么话都要汇报到“天主的耳朵”里去。于是训导的结果跟着发生了。有什么东西——一件看不见、说不准、讲不清的东西——悄悄地来到我自己和我这些最好的学生们之间。花束继续送来，不过交谈从此变得难以进行了。我在庭院小径上踱步，或者坐在绿廊里的时候，只要有一个姑娘来到我的右边，同时就有一位女教师仿佛变魔术一样出现在我的左边。而且，说来也怪，夫人的静寂无声的鞋频繁地把她带到我的背后，那么迅速，那么悄没声儿，出人意料，就像游荡的微风一般。

关于我的宗教信仰的前景，我的天主教朋友有一次多少有些天真地对我表白了她的意见。有一天，一位我曾经为她做过一点小事的寄宿生，坐在我的身边，大声说道：——

“小姐，多么可惜，你是一位新教徒！”

“为什么，伊莎贝尔？”

“因为，你死的时候，马上就在地狱里燃烧。”

“你相信吗？”

“我当然相信：谁都知道这事；而且神父也这样说。”

伊莎贝尔是一位直来直去的小怪物。她压低了嗓子又说：

“为了你在天上得救，他们在地上把你燃烧就好了。”

我笑出声来，因为，说真的，不可能不那样做。

我的读者可曾忘记姞妮芙拉·樊箫小姐了？如果忘记的话，必须允许我把这位小姐作为贝克夫人学校里的颇有成绩的学生再介绍一遍；因为她正是这样。在我突然地安顿在福色特街两三天以后，她也到了这里，碰到我的时候，几乎一点儿也不感到惊讶。她的血管里一定流着名门望族的血，因为从来没有一位女公爵比她更完全地、彻底地、真正地漫不经心；她所懂得的对于奇事的激情，不过是短暂的微微一惊而已。她的其余的官能，多半似乎也处于同样薄弱的情况之中：她的喜好和厌恶、爱和恨，都仅仅是蜘蛛网和游丝而已；然而她身上有一种东西似乎足够坚固和持久，那就是——她的自私。

她并不傲慢，而且——虽然我是一个孩子的保姆——她会愿意立刻把我当成朋友和知己一类的人。她缠着我诉苦，说了千百件索然寡味的学校里的吵架和家庭里的经济问题，还说烹调不合她的口味；她周围的那些人，包括教师和学生，她认为都是卑鄙的，因为她们是外国人。我耐心听她咒骂星期五的腌鱼和白熟蛋[①]——听她指责那种汤、面包、咖啡——耐心听了一段时间；不过到最后，这种反复唠叨使我厌倦，我便变得强硬起来，使她情绪恢复正常；其实我一开始就应该这么做，因为有益的责骂对她一直是相宜的。

在要求我为她做种种事情方面，我忍受的时间更长久得多。她的全部服装，就其外表穿着的品种来说，是既好又雅的；不过其他一些服饰则置备得不是那么周全；她那些东西经常需要修补。她本人厌恶针线活儿的苦差事，便会把成堆的长统袜子等等塞给我来补。我顺从地做了几个星期，眼见要导致成为一种固定的难以忍受的麻烦了——我终于跟她讲清楚，她必须下决心自己缝补自己的衣服。她得到这一通知的时候哭起来，责怪我中断了和她的交情，但是我坚持我的决定，听任那种歇斯底里发一阵子过去以后平静下来。

虽然有这种种瑕疵，还有种种无需谈起的其他情况——不过无论如何不属于高尚的或崇高的性质——她仍然是多么美丽！在一个阳光灿烂的星期日早晨，她走下楼来，衣冠楚楚，兴致勃勃，穿着淡紫丁

① 天主教徒在每星期五奉守斋戒，不进肉类食物。

香色的绸衣，金色的长波浪鬈发披在白皙的双肩上，那模样又是多么迷人！星期日是她常常跟住在市中心的朋友们一起度假的日子。在这些朋友当中，她迫不及待地要我了解的，是一位愿意使关系变得更深一层的人。从她对我使的眼神、给的暗示，从她神情举止的整个儿的飘飘欲仙的神态看来，很快便证明，她享有那种热烈的仰慕——也许是真正的爱情。她把她的追求者叫做“伊西多尔[①]”；不过，她说这不是他的真名，而是她喜欢加给他的一个名字——她暗示说，那人自己的名字是不“怎么好听”的。有一次，她在夸耀“伊西多尔”迷恋她的热烈程度的时候，我问她是否也那样猛烈地爱他。

“就是那么回事，”她说。“他长得漂亮，他又爱我爱得发狂，因此我感到很高兴。这就够了。”

由于她的口味非常多变，我发现她对此事并没有像我所预料的那样持续很久，有一天，我毅然决然严肃地问她，那位先生是不是她的双亲、特别是她的姨父——她看来正依靠他——很有可能会赞成的那种人。她承认这是很有疑问的事，因为她不相信“伊西多尔”有许多钱。

“你鼓励他吗？”我问道。

“有时候是强烈地，”她说。

“在没有肯定你会被准许跟他结婚的情况下？”

“哦，你真有点背时！我不想结婚。我还很年轻呢。”

“不过假如他真像你说的那样爱你，然而结果却是一场空，那他一定会给弄得很悲惨。”

① 历史上曾有一位基督教神学家、大主教叫做伊西多尔（约560—636），他还是一位著名学者，百科全书编纂者。这里的“伊西多尔”在后面几章中可知是指约翰医师。

“当然他会心碎的。要是他不这样，我倒要吃惊和失望了。”

“我怀疑这位伊西多尔先生是不是个傻子，”我说。

“牵涉到我的事，他是个傻子；不过对于别的事情他很有头脑，人家都这么说。肖尔蒙德莱太太认为他绝顶聪明，说他一定会靠他的天分闯出一条道路来，亨通无阻。而我所知道的只不过是，在我的面前，他除了唉声叹气以外，就没什么了，还知道我能随心所欲地摆布他。”

这位因爱情而神魂颠倒的伊西多尔先生的处境，在我看来一点也不安全，关于他我希望有一个更明确的印象，我请这位小姐把他的模样描述一下。可是她不能描述：她既没有那么多单词，也没有能力把单词组织起来变成形象生动的片语。她甚至于似乎没有好好地打量过他：他的外表，他的面貌上的变化，都一点也没有触动过她的芳心，或者长留在她的记忆里——那句他是“好看，不过与其说是漂亮，还不如说是好人”，便是她所能肯定的一切。要不是某一件事，听她讲话我的耐心常常会消失，我的兴趣会减弱。在我想来，她无心讲出的所有的线索，她提供的所有的细节，全都不知不觉地证明伊西多尔先生的温顺臣服是极为审慎、极为尊敬地奉献的。我简单明了地告诉她，我相信对她说来，他是太好了，又用同样简单明了的话表明我的印象，说她不过是一个爱虚荣的卖俏姑娘。她大声笑着，从眼睛前甩开鬟发，一蹦一跳地跑开，仿佛我对她说的是恭维话。

姞妮芙拉小姐的学业聊胜于无。只有三件事她是认认真真地干的，那就是音乐、唱歌和跳舞，此外还有在精制的麻纱手帕上绣花，她买不起现成的绣花手帕，至于像历史、地理、文法和算术方面的功课这类琐事，她置之不顾，或者叫别人代做。她的许多时间都花费在串门子上。夫人心里明白现在她待在学校里已为时有限，不论她有没有长进，这一期限都不会延长，因此对她特别宽容。肖尔蒙德莱太太——她的年长女伴[1]——是一位服饰漂亮的时髦女士，每次家里有朋友的时候都邀请她来，有时候还带她到朋友们的家里去参加晚会。婧妮芙拉十分赞赏这一行事的模式；它只有一桩麻烦事，即她非得穿戴得漂漂亮亮的不可，却又没有钱去置办各式各样的衣服。她的思想全部都转向这个困难问题；她的灵魂整个儿都被采取什么措施解决这一难题的想法所占领。目睹她在其他状态下慵懒的心智在这一点上却十分活跃，瞧着她被需要的感觉和炫耀的欲望刺激得敢作敢为、刚毅勇猛的样子，真是妙事。

她不客气地乞求肖尔蒙德莱太太——我说不客气，指的是她不用一种不情愿有的难为情态度说话，而是用这种口气说：

“我的亲爱的肖尔蒙德莱太太，我没有一件合适的衣服能穿了去参加你下星期的宴会；你必须给我一件书本麦斯林纱[2]做的连衣裙，还有一根天蓝色腰带。给吧——你是个天使！给吗？”

那位“亲爱的肖尔蒙德莱太太”起初是答应的，然而后来发现这种请求在给予满足的时候就又增加了，她不久便不得不像樊箫小姐所有的朋友一样，对侵占行为产生对抗阻力。过不多时，我就不再听到肖尔蒙德莱太太给她送礼物的事情，不过到处访问的活动仍在进行，绝对需要的服饰继续得到供应，还有许多昂贵的“等等”小东西——手套啦，花束啦，甚至戒指之类的小饰物。同她的习惯甚至性格相反——因为她不是一个深藏不露的人——这些东西有一个时候被她百般小心周到地藏在别人看不到的地方。但是有一天晚上，她准备去参加一个大型宴会，需要特别注意服装的适度和高雅，这时候，她情不自禁地来到我的房间，展示最最灿烂辉煌的自己。

她的模样真美：那么年轻，那么鲜艳，而且皮肤细嫩，体态柔

① 年长女伴，过去西方国家在交际场合陪伴并监护少女的妇人。
② 书本麦斯林纱，一种精致的纱布，裁成衣料出售时折叠成书本状，故名。

韧，完全是英国人的样子，这在欧洲大陆的女性的魅力项目中可找不到。她的新衣服价值昂贵，完美无缺。我一眼就看出，这身打扮不缺少任何至善至美的细节，这种细节是那么重要，又在整体效果方面渲染了如此一种高品位的完美气派。

我把她从头到脚打量了一番。她风度翩翩地转动身子，好让我从各个侧面仔细观察。她知道自己的魅力，兴致好到了极点，她那双有些偏小的蓝眼睛兴高采烈地闪着光。她打算赏我一个吻，用她那女学生的方式来表示她的欣喜之情，但是我说道："镇定！让我们保持镇定，并且了解我们在干什么，明白我们的庄重华贵有些什么意义。"如此我就伸直手臂，推开了她，要她接受比较冷静一些的审查。

"我能行吗？"她问道。

"行？"我说。"'行'有种种不同的方式；我说，我不懂你的方式是什么。"

"我是说我看来怎么样？"

"你看来衣着漂亮。"

她觉得这一赞美不够热烈，便把我的注意力引向她的装束上各种各样的装饰细目上来。"瞧这一副首饰，"她说。"这枚饰针、这对耳环、这对手镯。学校里没有一个人有如此一套东西——连夫人本人也没有。"

"我全都瞧见了。"（暂停片刻。）"这些珠宝是德·巴桑皮尔先生送给你的吗？"

"我的姨父与此毫无关系。"

"这些可是肖尔蒙德莱太太送的礼物呢？"

"不是，确实不是。肖尔蒙德莱太太是一个卑鄙的吝啬鬼，她现在什么东西也不给我了。"

我不想再问下去，便突然转身走开。

“喂，老顽固——老第欧根尼[①]，”（这些是在我们发生龃龉时，她的亲密的术语），“你这是怎么啦？”

“你请便吧。我没有兴趣观赏你或者你的那副首饰。”

片刻间，她似乎猛孤丁地吓了一跳。

“究竟怎么啦，智慧老太太？我得到这东西并没有负债——我是说没有为珠宝，也没有为手套，也没有为花束负债。我的衣服当然是不花钱的，不过德·巴桑皮尔姨父会付账款的，他从来也不注意细目，只不过看一看付款总数，而且他那么富有，不在乎多或者少几个畿尼。”

“你走不走？我要关门了……姞妮芙拉，人们会对你说，你穿了这身跳舞服装非常漂亮，可是，在我的眼睛里，你永远也不会像我初次见到你的时候那么美丽，那次你穿着方格花布长外衣，戴一顶朴素的草帽。”

“别人并没有你这样的清教徒爱好，”她气愤地回答。“此外，我看不出你有权利对我说教。”

“当然啦！我没有什么权利；而你呢，也许更没有权利跑进来，在我的房间里舞衫弄裳，摇头摆尾——只不过是一只鲣鸟身上插着借来的羽毛罢了。樊箫小姐，我一点也不敬仰你的羽毛，特别是你把孔雀的翎斑叫做一副首饰。这些是很漂亮的东西，假如你是用自己的钱，并且是富余的钱买来的话；可是在现在的情况之下，那就完全不漂亮了。”

“有人找樊箫小姐！”女杂务工这样通知，于是她轻快地跑走了。

这半带神秘的一副首饰，直到两三天以后，才解开疑团，这时她

---

① 第欧根尼·拉尔修（约公元前400—前325），古希腊犬儒学派的主要代表。他生活简朴，以折磨自己的肉体来锻炼自己的意志。曾栖身于大桶内，叫站在他面前的亚历山大大帝不要遮住他的阳光。他的见解对于后来的斯多葛学派有相当影响。

走来自愿向我坦白。

“你不必对我不高兴，”她这样开始说，“认为我正在使什么人，例如爸爸或者德·巴桑皮尔先生，债台高筑。我决不瞎说，除了我最近得到的几件衣服之外，没有什么还欠着；其余全部都付清了。”

“这里，”我心中琢磨，“有神秘之处。试想：那些衣服不是肖尔蒙德莱太太送给你的，而你自己的收入又被限定为几个先令，我知道你对这项收入是极其看重的。”

“听着！”她继续说，身子挨近我，用她最最体己的温和声调；因为我的“不高兴”对她不方便，她愿意我带有一种既能谈又能听的心情，即使我谈的时候会大声呵斥，听的时候会悻悻咒骂也罢。“亲爱的爱发牢骚的人！让我把情况一五一十地讲给你听，那么你就会看出这整个事情不但是多么正当，而且处理得是多么聪明。首先，我必须到外面去。爸爸亲口说，他希望我去见见世面。他特别对肖尔蒙德莱太太说，虽然我是够可爱的人儿，可是我具有相当多的孩子气和女学生气。这种东西，他特别希望我在被介绍到这里的社交界的时候能够去掉，然后在英国正式进入社交界。那么，好，如果我到外面去，我就必须打扮。肖尔蒙德莱太太已经变得很吝啬，不会再给我什么东西了；要是叫姨父为我所需要的一切东西付款，那又太难为他。这一点你不能否定——这一点正符合你自己的说教。好，可是有那么一位听见我(很偶然，我决不瞎说)对肖尔蒙德莱太太抱怨我的苦恼的处境，以及为了一两件装饰品，我是陷入怎样的窘境——那么一位送人礼物远远不是勉强，而是想到人家允许他奉献某种小东西而高兴非凡。你要是看见他第一次开口提出来的时候那副生手的样子，该有多好。他是多么犹豫不决，涨红了脸，生怕遭到拒绝而确实颤抖不已。”

“这就够了，樊箫小姐。我想我该明白伊西多尔先生就是那位施主；你是从他那儿接受一副贵重的首饰；也是他供给你花束和手套的，是吗？”

“你的话说得那么不中听，”她说，“别人简直不知道如何回答是好。我所要说明的是，我不过是偶尔允许伊西多尔有此愉快和荣幸，让他奉献一件小东西来表达他的敬意。”

“结果是一回事……瞧，姞妮芙拉，说句实实在在的话，我不很了解这类事情，但是我相信你这么做是非常错误的——是严重的错误。不过，也许你现在确实觉得自己可能会跟伊西多尔先生结婚；你的双亲和姨父已经同意，再说，在你这方面，你是全心全意地爱着他，是吗？”

“一点也不！”（她准备说些特别没有心肝的乖张的话的时候，常常求助于法语。）“我是他的王后，他可不是我的王。”

“请原谅，我必须认为这句话不过是胡说八道，卖弄风情。你没有什么伟大之处，然而你不止是在利用一个男人的好脾气和钱包，这个男人你觉得对他毫无兴趣。你爱伊西多尔先生比你感觉到的、或者愿意承认的深得多。”

“不。几天前的一个晚上，我还跟一个年轻的军官跳舞呢，我爱他胜过爱伊西多尔一千倍。我常常不明白，自己为什么对伊西多尔的感情是那么冷得要命，因为大家都说他长得英俊，别的女郎都爱慕他，可是，不知道什么缘故，他叫我厌烦。让我此刻想想是怎么回事吧……”

于是她似乎在努力回想。对此，我鼓励她。“对啦！”我说，“试着把你的心情理出个清楚的头绪来。我看那似乎是一大团乱糟糟的东西——像一个装破布的袋子那样乱七八糟。”

“事情是这个样子的，”不久，她便高声说道：“这个人太多情，又太痴情，他希望我具有超过我觉得对自己相宜的东西。他认为我十全十美，具备所有种种高贵的品质和完全的美德，而这一类东西我从来也没有，也不打算有。瞧，人家在他面前无法不相当艰苦地证实他的良好的评价果然不错，而假装正经、言必及义可真叫人受不了——他还真的认为我很明智呢。跟你在一起，我是轻松自在得多，我的老妇人——你啊，你这个亲爱的脾气古怪的人——在我最差的方面衡量我，并且知道我爱卖弄风情，还有愚昧无知，还有轻浮挑逗，还有反复无常，还有傻头傻脑，还有自私自利，以及其他一切你我都同意是我的性格的一部分的可爱的作风。”

“你说的一切都很好，”我说。她的别出心裁的坦率直言使我的庄重严肃有动摇的危险，我竭力保持着。“可是这并不改变关于礼物的肮脏交易。把东西包扎起来，姑妮芙拉，像个诚实的好姑娘那样，把东西送回去吧。”

“说真的，我不干，”她一口回绝。

“那么，你是在欺骗伊西多尔先生。合情合理的情况是：你接受他的礼物，是让他理解为：他将来有一天会收到你同等的回报……”

“不过他不会收到的，”她打断我的话。“他现在已经得到了同等的回报：看见我佩戴他的礼物，他感到高兴——对于他来说，这就很足够了。他不过是个中产阶级市民罢了。”

这句用愚蠢的傲慢口气说的话，相当多地治愈了我一时的柔弱状态，这种状态刚才曾使我的语气和神情和缓下来。她喋喋不休地继续说下去：——

“我现在的工作就是享受青春，而不考虑因海誓山盟而被这个或那个男人束缚住。我初次看见伊西多尔的时候，便相信他能够帮助我享受青春。我相信他会感到满足，我既然是个漂亮的姑娘，我们便会像两只蝴蝶那样相遇，分离，飞到东，飞到西，其乐融融。哦，瞧啊！我后来发现他时不时地像个法官那样严肃，并且深情不露，思虑万千。呸！严肃、热烈而热情的人不合我的口味。阿尔弗莱德·德·阿麦尔上校对我合适得多。给我漂亮的花花公子和好看的流氓！欢乐与享受万岁！让严肃的调情和严格的礼节见鬼去吧！”

对此长篇大论，她期待一个响应。我却不动声色。

“我喜欢英俊的上校，”她继续说。“我一点儿也不喜欢他的对手。我绝不会当一个中产阶级市民的妻子，决不！”

我此刻表示我的房间迫切需要解除她翩然惠临的荣幸；她哈哈笑着走了出去。

第十章
约翰医师

贝克夫人是一位最实实在在的人，她能容忍全世界，却对世界上什么东西都没有柔情。她自己的孩子们无法使她偏离她那种克己无欲的平静而稳定的生活进程。她心中记挂着家人，对各人的物质利益和身体安康无时或忘；然而她似乎从来也不感觉到有一种欲望，要把她的孩子们抱在膝上，吻吻他们玫瑰红的嘴唇，把他们亲切地拥抱在一起，把慈祥的爱抚和慈爱的话语温柔地洒落在他们身上。

我看见她有时候坐在花园里，远远地瞧着小家伙们跟着保姆忒芮奈特在远处的庭院小径上散步，神色中流露出关心和顾虑重重的样子。我知道她常常焦急地思考她所谓的“他们的将来”；但是，假如那个体质柔弱、但是很可爱的最小的孩子碰巧看见了她，从保姆身边跑开，摇摇晃晃地沿着走道急急忙忙地、又笑又喘地跑来，抓住她的膝盖，夫人便会只是温和地伸出一只手，以便阻止由于这孩子突然攻击所引起的惹麻烦的震动。“小心，我的孩子！”她会这样不动声色地说，耐心地允许孩子挨近她站几分钟，然后，既不笑，也不吻，也不说动听的只言片语，便站起身来，把孩子领回到忒芮奈特那儿。

她对长女的态度则是同样有个性的另外一种表现。长女是个脾气恶劣的孩子。“这个迪西蕾多么讨厌！这孩子简直是个小魔鬼！”这是对她的评语，不论在厨房里还是在教室里夫人都这样说。这孩子的种种天赋之中，在招惹是非的艺术方面，她自负技能精湛，有时候能把保姆和仆人们弄得几乎发疯。她会偷偷地溜到顶楼上，打开她们的抽屉和箱子，胡作非为地扯坏她们最好的帽子，弄脏她们最好的披肩。她会伺机爬上餐厅里的餐具架，砸碎瓷器或玻璃杯——或者到贮藏室的食橱那儿偷吃蜜饯食品，喝甜酒，摔瓶子，甩罐子，而且想尽办法把受怀疑的包袱栽在厨师和帮厨女仆身上。贝克夫人看见这一切的时候，以及她得到关于这一切的报告的时候，她用无比宁静的口气说出的唯一的评语就是：——

“迪西蕾需要特别的看管。”于是，她把很多这种有希望的橄榄枝①保留在迪西蕾这一边。我相信，她从来没有一次切实地指出她的缺点，讲明如此恶习的坏处，表明因此必然要引出的结果。严加管束应该起到整个治疗的效果。可是当然失败了。迪西蕾被管住和仆人们疏远一些，然而她却来纠缠和掠夺她的妈妈。放在夫人的工作台上或者梳妆台上不管什么东西，凡是她拿得到的，她都要偷去藏起来。夫人眼见到这一切，可是仍然熟视无睹，她不具有正直的心灵去面对这孩子的缺德行为。一样东西丢失了，假如其价值表明有追回它的必要，这时候，她会声言，想来是迪西蕾拿去玩了，便求她归还。迪西蕾不是那么容易受哄骗的，她已经懂得用撒谎来补救偷窃，她会否认曾经碰过饰针、戒指，或者剪刀。做母亲的为了继续推行这套空洞的方法，会平静地装出一副信任的样子，然后不断地监视和尾随这孩子，直到跟踪到她的窝藏地点——花园围墙的某个洞里——屋顶层或者外屋的某个裂口或者隙缝之中。做到这一点以后，夫人会叫迪西蕾跟她保姆出外去散散步，利用她不在的时候去盗劫那个盗劫者。迪西蕾发现东西不见了以后，决不允许自己无论是面容还是举止流露出一丝受到屈辱的样子，她以此证明自己确实是她的精明的母亲的女儿。

第二个女儿叫菲菲妮，据说长得像去世的父亲。果不其然，虽则母亲把她健康的体格、蓝蓝的眼睛和红红的脸腮给了她，但是她的精

① 据《圣经》记载，耶和华“后悔造人在地上”，“要把他们和地一并毁灭”，便使洪水泛滥；但命挪亚一家及各种生物乘方舟避难。他们在水上漂泊一百多天以后，挪亚放出鸽子试探落脚之地。鸽子叼回新摘下来的橄榄叶，因知洪水退落，登陆有望。见《圣经 · 旧约全书 · 创世记》第 6 至 8 章。“有希望的橄榄枝”当出于这一典故。又《诗篇》第 128 篇第 3 节：“你妻子在你的内室，好像多结果子的葡萄树。你儿女围绕你的桌子，好像橄榄栽子。”

神气质却不是得之于母亲。菲菲妮是一个诚恳的令人愉快的小人儿，同时是一个热情奔放、容易兴奋、忙忙碌碌的小东西，并且很可能常常无意间闯入危险和困难之中的那种人。有一天，她忽然让自己从一段陡峭的石头台阶的顶上跌到底，夫人听见了从餐厅里传来的声响（她总是能听见每一种声响），跑去把她搀扶起来，并且平静地说：——

“这孩子的骨头断了。”

起初，我们希望情况不是这样。然而，不幸这是事实，一只胖胖的小手臂无力地垂下来。

“让小姐”（指我）“照看她，”夫人说；“叫人马上去喊一辆马车。”

她乘上一辆法国出租小马车，即刻——不过沉着冷静得令人称羡——去请一位外科医师。

看来，她在那位外科医师家里没有找到他；不过这不要紧，她东寻西找，直到抓住一位她中意的替身，把他带回来。与此同时，我已经把这孩子的衣袖从那只手臂上剪掉，替她脱了衣服，安顿她上床睡觉。

我想我们之中没有一个（这里的我们我是指保姆、厨师、女杂务工和我自己，这些人此刻全都聚集在这生了炉子的小套间里），在这位新大夫走进来的时候，非常仔细地打量他。至少我是在承担尽力抚慰菲菲妮的事，她的哭喊声（因为她的声音响亮）听来吓人。这位生客走近她的卧床的时候，哭喊声加倍激烈起来；当他抱起她的时候，“放开我！”她用拙劣的英语尽情叫喊（因为她像其他的孩子们一样说英语）。“我不要你，我要皮吕尔医师！”

“皮吕尔医师和我是非常好的朋友，”他用纯正的英语回答。“他正在三里格[①]外的一个地方忙着，我是代他来的。好吧，我们现在平静一点了，必须开始工作，我们马上就会把这条不幸的小胳臂用绷带绷

---

① 里格，长度名，一里格约为 3 英里或 3 海里。

好，使它恢复正常。”

于是他要了一杯糖水，喂了她几茶匙（菲菲妮是一个毫不隐讳的美食家，任何人都可以通过她的嗜好赢得她的心），答应她等手术结束以后再喂她吃，便立刻干起来。需要助手，他要求那位身强力壮胳臂粗的女厨师担任。可是她，还有女杂务工和保姆都一下子逃掉了。我不喜欢去碰那条痛苦的小手臂，然而想到别无他法，我的手已经伸出来去做需要做的事了。有人抢在我的前头：贝克夫人已经伸出自己的手，那只手坚定不移，而我的手颤抖不已。

“这个更好，”医师说着从我这儿转向她。

他的选择显示了他有头脑。我的手将会是假装的坚忍不拔，勉强的刚毅坚定。她的手则既非勉强，也不假装。

“谢谢，夫人；干得好，非常好！”施手术者做完手术以后说道。“这是及时的镇定，值得一千次误用的情感的冲动。”

对于她的坚定，他很高兴；对于他的恭维，她亦如此。也有可能是他整个儿的总体外貌，他的声音、风度和行为举止造成了对他有利的印象。的确如此，在你仔细瞧着他的时候，在一盏灯拿进来的时候——因为此刻已是傍晚时分，暮色渐浓——你便看出这一点来，除非贝克夫人缺少女性特点，否则便决不可能是另外一种情况。这位年轻的医师（他是年轻的）仪表非凡。在这个小套间里，在这一群荷兰体格的妇女们中间，他的形象看来高大而雄伟；他的侧影清秀而富于表情。也许他的眼睛，从这个人的脸看到那个人的脸，看得太活泼、太快，也太多了一点，然而那双眼睛有着最令人愉快的特点，他的嘴也是如此。他的下巴生得丰润，有一条中缝，希腊式的，很完美。至于他的微笑，一个人不能立即下决心作出它应得的形容词定语。这微笑里有某种令人高兴的东西，不过又有某种东西令人想到一个人所有的性格上的缺点和弱点，这种种缺点和弱点可以使一个人遭受嘲笑。然而菲菲妮喜欢他这种含义不明确的微笑，并且觉得这微笑者亲切和气，尽管他刚才弄痛了她，她还是伸出手来，向他友好地道晚安。他体贴地拍拍那只小手，然后和夫人一同走下楼去。她的情绪高涨到了顶点，口若悬河地谈起来，他则带着一种温顺和蔼、善解人意的神态聆听着，这神态里混杂着一种无意中流露的、我觉得难以描摹的调皮捣蛋心理。

我发现，虽然他法语说得很好，英语却说得更好。他还有英国人的肤色、眼睛和外貌。我发现更多的情况。在他离开房间，走过我身边的时候，他朝我这边把脸转过来一会儿——并非对我寒暄，而是对夫人说话，不过他那样站着，我几乎不得不对他瞧——自从我头一瞬间听到他的声音那时起，我头脑中曾经努力要形成的回忆忽然完整地跳出来了。他就是那位曾经在那个马车管理所里同我说话的绅士；是他帮助我解决大衣箱的事；是他带我穿过那座黑暗的雨中的公园。他现在沿着长长的门厅走去，走到街上的时候，我听着，辨别出了这正是他的脚步声，我在滴着雨水的大树下面跟着走的，就是这同样坚定均匀的迈着大步的声音。

按说，这位年轻的外科医师的第一次访问福色特街就该是最后一次。那位可尊敬的皮吕尔医师既然被人预料第二天就能回家，看起来便没有理由解释为什么他这位临时的替身还必须再代表他。但是命运三女神[①]却写下了相反的判决书。

皮吕尔医师被人请去看一位年老而富有的忧郁症患者，病人住在布坎—摩瓦西的古老的大学城里，并且，根据皮吕尔的嘱咐要易地疗养，旅行治病，他就被留住陪伴这位胆小的病人去作几个星期的旅

---

① 命运三女神，希腊神话中，宙斯和忒弥斯所生之女：克洛托、拉刻西斯和阿特罗波斯。人们想象中的形象为三个有些跛足的老妇，以示命运变化之慢。

游。因此，这倒是留住了这位新医师继续到福色特街来。

他来的时候，我常常看见他，因为夫人不放心让忒芮奈特照看那位小病号，便要求我花许多时间待在育儿室里。我觉得他心灵手巧。菲菲妮在他的治疗下迅速恢复了健康，不过即使孩子的康复也没有加速他的被解雇。命运和贝克夫人似乎结成联盟，双方决定他必须从容不迫地熟悉福色特街上的那个门厅、那道专用的楼梯，以及楼上那几间套间。

菲菲妮刚刚从他的双手摆脱出来，迪西蕾就宣称自己病了。这位魔鬼附身的孩子具有装病的天才，又被病房里那种备受关切和纵容娇惯的情形所迷惑，她便得出结论，认为生一场病会完全适合她的口味，因而赖在自己的床上了。她装得很像，她的母亲则更胜一筹，因为尽管对这整个情况贝克夫人洞若观火，她还是用一种令人惊讶的郑重其事和完全相信的态度来对待。

叫我吃惊的是，这位约翰医师(这位年轻的英国人教菲菲妮如此称呼他，我们也都跟着菲菲妮的叫法用这个名字称呼他，直到后来习惯成自然，他在福色特街没有别的称呼了)——这位约翰医师心照不宣地同意采用夫人的策略，并且赞成她的部署。确实，他有时泄漏了滑稽的怀疑表情，把目光从那孩子到那母亲迅速地投射一两下，沉浸在暗自思量的间歇之中，不过最后他还是使自己欣然服从于在这场笑剧里扮演自己的角色。迪西蕾像一只大渡鸦那样会吃，没日没夜地在床上欢蹦乱跳，用床单和毛毯搭起帐篷来，像一个土耳其人那样懒洋洋地躺在枕头和软垫中间，把自己的鞋子扔向保姆，对两个妹妹做鬼脸，以此自娱——总之，浑身充满了不配有的健康和邪恶的兴致；只有在她的妈妈和那位医师每天来看她的那时候，她才神疲意苶。我知道贝克夫人愿意不惜任何代价让她的女儿待在床上，以免她调皮捣蛋；可是我奇怪约翰医师对于这事竟然会乐此不疲。

每一天，他都利用这个不过是出于某一个动机的借口，准时前来护理。夫人总是用同样的热诚来接待他；给他的是同样的风和日丽，给她的孩子是同样的令人赞叹的虚情假意的关心。约翰医师替病人开了服之无害的处方，用机灵的闪亮的眼睛瞟着她的母亲。夫人接受他投过来的嘲笑的眼神，不以为忤——对此，她有着极为明智的判断。这位年轻的医师尽管似乎是唯唯诺诺的样子，人们却不能轻视他——他选定这一软绵绵的角色显然不是企图讨好他的雇主。虽则他喜欢自己在这寄宿学校的职务，并且不可思议地在福色特街各处流连忘返，他却是独立的，几乎不把自己在那儿的风度放在心上。然而，他也常常现出若有所思的样子。

也许我没有理由去观察他的一举一动，或者探索其奥秘、根源，或者目的，可是，我既然身处此地，便无法不这样做。他把自己暴露在我的观察之下，对于我在屋子里的存在，他所给予的注意在程度上正与我这种外表的人在一般情况下会得到的一样。这就是说，大概等于人家对待不显眼的家具、拙劣的细木工制作的椅子，以及花样不精彩的地毯那样。他在等待夫人到来的时候，常常会像一个人以为自己孤身独处那样沉思、微笑、守望，或者倾听。此时此刻，我便自由自在地努力思索着他的容貌和态度，猜想在这种特别的兴趣和依恋之中可能有什么含意——他这种兴趣和依恋是和疑问及新奇感混合在一起，并且被某种统辖一切的魔力莫名其妙地统治着——这使他和这所半似女修道院的学校难解难分，这所学校在首都的建筑群的中心闹中取静。我相信，他从来没有想到我的脑袋上长着眼睛，更想不到我的眼睛后面长着脑子。

他本来也许决不会发现此事，可是有一天，他正坐在阳光里，而我正在观察他的头发、络腮胡子和皮肤的色泽——他整个形状是这样一种基调：就像有一束强烈的光带着有点儿可怕的力量把它映射出来(的确，我回想当时自己硬要在思想中把他的光彩四溢的头跟尼布甲尼撒王[1]曾经树立起来的“金像”相比较)——这时候，突然一个新的惊人的想法以一种压倒的力量和诱人的魅力使我集中了注意。直到今天，我也不知道自己是怎样看他的；惊讶，以及确信无疑的力量当时使我忘记了自己，而我恢复平常的意识的时候，只是在我看见他的注意力被吸引住了，并且那面安在窗凹边的椭圆形小明镜反映出他已经注意到我的行动的时候——夫人就是常常靠这面镜子的映照暗中监视在下面花园中走动的人们的。约翰医师的性格虽然是那么欢快和乐观，却并不是不具有一定程度的神经质的敏感，这使他在这种直接的、探查的凝视下感到不自在。他这样当场逮住了我，便转过头来开口说话，声调虽然亲切有礼，但是其中却含有正足以表达些许烦恼同时又给他的话语加上非难性质的干巴巴的嗓音：

“小姐没有放过我。我并不愚蠢得竟然以为，是自己的优点吸引了她的注意；那么，必定是什么缺点吧。我能大胆地问一声吗——是什么呢？”

正像读者猜想得到的那样，我狼狈不堪，不过倒并没有惊慌失措得不可收拾，这是因为我意识到，自己招致这一责备，并非由于轻率的羡慕的激情，也不是带着一种不能为之辩护的寻根究底的神气。我本来可以当场洗清自己，但是我不愿意这样做。我不吭声。我不习惯同他说话。于是，我听任他不论怎么想，高兴怎么谴责我都行，便自顾自继续做我刚才放下的活儿，在他待在那儿的其余时间里一直埋下

① 指尼布甲尼撒二世(约公元前630—前562)，新巴比伦王国国王，曾攻陷并彻底破坏耶路撒冷，消灭犹太王国，俘虏犹太国王；将大批犹太人囚禁在巴比伦，这些被囚禁者史称“巴比伦囚虏”。又曾远征埃及，建“空中花园”，完成七层大寺塔(可能即《圣经 · 旧约全书 · 创世记》中所述的通天塔或巴别塔)的建造。这一大塔的顶上修有四角镀金的小庙，庙里供有马都克神的金像。

头来干着。有一种逆反心理，被误解所激起的反倒是平静多于愤怒；在我们决不能被人正确理解的地方，我想我们乐意被人完完全全地忽视。一个诚实正直的人被人随便怀疑为破门而入的抢劫犯，对此误会，他怎么会不觉得好笑多于恼怒呢？

第十一章
女杂务工的小房间

这是个非常炎热的夏天。贝克夫人的最小的孩子娇姑特生病发热。这时，迪西蕾的小病忽然治好了，和菲菲妮一起被打发到住在乡下的保姆那儿去，以防传染。现在真正需要医师的帮助，尽管皮吕尔医师已经回到家里一个星期，夫人仍然祈求他的英国竞争对手继续来出诊。寄宿生们当中有一两个人自诉头痛，同时在另一些方面似乎有点儿感染了娇姑特的病。“好了，到头来，”我想，“皮吕尔医师一定要请回来了，这位谨小慎微的女指导者决不会冒险允许如此年轻的人来照料学生们的。”

这位女指导者是非常谨慎的，然而她也能勇猛地冒险。她竟然把约翰医师介绍给院内的学校部门，并且安置他照料那位骄傲而漂亮的白兰抒·德·梅尔西和她的朋友，那位爱虚荣的轻佻的安琪丽克。我觉得，约翰医师对这一信任的迹象表示相当的满足，而且，如果行为举止的老成持重能够证明夫人所采取的步骤是正确的话，那么，约翰医师该是充分地证明了此举的正确。不过，在这个女修道院和告解室[①]的土地上，像他这样的风度翩翩，是不会被相安无事地容忍于“少女们的寄宿学校”之中的。学校里咭咭呱呱，厨房里叽叽喳喳，城里传开了流言蜚语，做父母的写信和来访，表示抗议。如果夫人是软弱的，这时就会不知如何是好，有一打竞争的教育机构随时准备利用这使她一败涂地的走错的一步——假如这确实是走错的一步的话。可是夫人不是弱者，虽然她可能是个小阴谋家，然而这一次我瞧着她能干的举止、精明的处理手段、中庸适度和坚定不移的态度，我不禁在心中为之鼓掌，在心中喊道：“好啊！”

她以一种客客气气、从容不迫的风度对待那些惊慌失措的父亲母亲们，因为在我不知道是否可以说具有或者装做某种“一个好而简朴的妇女的毫不拘束的自由自在”方面，没有人能和她较量。这种风度在各种各样的场合能够达到既定的目标，获得立竿见影的完全成功，而严肃庄重的态度，一本正经的条分缕析，却有可能遭致失败。

“这可怜的约翰大夫！”她会格格笑着，高高兴兴地搓着她那双白白胖胖的小手说。“这可爱的年轻人！世界上最好的人！”并且接着解释她如何碰巧雇请他照料自己的孩子，她们那么喜欢他，一想到别的医师就会拼命地尖声喊叫；还说，她既然为自己的事信任他，便觉得当然能为别人的事信任他，此外，这只不过是天下最最临时的应急措施：白兰抒和安琪丽克患了周期性偏头痛症；约翰医师已经开了处方，就是这么回事！

那些做父母的嘴巴都被堵住了。白兰抒和安琪丽克高声吟唱着赞美她们的医师的二重唱，以此解除了夫人其余所有的麻烦事。别的学生们随声附和，众口一词地宣称，她们生病的时候，只要约翰医师，不要别人。于是，夫人笑呵呵，做父母的也笑呵呵。拉巴色库尔人一定有一个爱子女的大器官，至少对子女的娇生惯养已经被他们推行到过分的程度，孩子们的意志就是大多数家庭的法规。夫人现在由于这一次曾经以一种慈母般的偏爱精神行事而出了名，结果她大获全胜，人们比以往任何时候都更喜欢作为女指导者的她。

直到今天，我也不完全清楚，她为什么要为约翰医师如此以她的利益冒风险。人们曾经说些什么，我当然很明白，整个屋子里的人——包括学生们、教师们、工友们在内——都肯定说她打算同他结婚。他们就是如此解答问题的，而年龄上的相差在他们眼睛里似乎并不成为障碍：事情应该这样。

必须承认的是，表面迹象并不完全不支持这一想法：夫人看来是

---

① 告解室，天主教神父聆听教徒忏悔告罪的房间。

如此决心要保留约翰医师的工作，如此彻底地忘记了她从前的被保护人皮吕尔。而且，她还如此重视，对他的出诊都亲自接待，对他的态度始终如一是那么兴致勃勃、其乐融融和情意绵绵。尤有甚者，大约就在这时，她明显地注意起衣着打扮来，早晨穿戴的家便服、睡帽和披肩都被弃之不顾，约翰医师每天早早地来出诊时，经常发现她红褐色的发辫漂亮地梳理盘绕起来，绸连衣裙整洁合身，精致的系带子的半截女靴代替了拖鞋。总之，这整个化妆，完美无缺得犹如一位时装模特儿，又鲜艳得犹如一朵鲜花。不过，我简直想不出，她这样做，除了仅仅对一位非常漂亮的男人显示一下自己不像是个难看的女人以外，还有什么其他目的。她确实并不难看。虽然相貌不美，身段不优雅，然而她讨人喜欢。她不年轻，没有青春的活泼轻松的风度，然而她高高兴兴。别人决不会厌倦于看见她，她决不是单调的，或者乏味的，或者没有色彩的，或者平淡无奇的。她那没有变白的头发，那双闪射柔和蓝光的眼睛，以及那水果似的健康红润的面颊——这些东西令人感到的喜欢并不非常强烈，但又是恒久不变的。

她果真抱有飘浮不定的幻想，要选择约翰医师做她的丈夫，把他引入她那陈设考究的家中，把自己的据说有相当数量的积蓄奉送给他，让他舒舒服服地度过下半辈子吗？约翰医师可曾怀疑到她有这样的幻想呢？我碰到过他和她见面以后出来，嘴角上挂着顽皮的若有若无的微笑，眼神中仿佛闪射着喜滋滋、乐陶陶的男人的虚荣心。尽管他相貌好，性格好，他却完全不是十全十美的。假如他滑头地鼓励自己认为根本不可能成功的目标的话，那他必定是个非常不完美的人了。然而，他难道不想那个目标成功吗？人们说他没有钱，完全靠本事吃饭。夫人——虽然也许比他年长十四岁——却是那种永远不会变老、永远不会枯萎、永远不会衰弱的女人。他们当然关系很好。他也许并不在恋爱，可是这个世界上究竟有多少人是在恋爱，或者至少为恋爱而结婚的呢？我们等待着结果。

他在等待着什么我可不知道，也不知道他在注视着什么，然而他的行为举止的异常之处，他的期望的、警戒的、全神贯注的、一心向往的神色，却永不减弱，反而增强了。他从来也不曾真正落在我的洞察力的范围之内，我倒是觉得他身处于这个范围之外的远而又远的地方。

有一天早晨，小娇姑特发热发得更厉害了，因此脾气也更暴躁，她哭闹着，哄也哄不停。我认为，给她服用的个别药物对她不合适，怀疑是否应该继续服用。我焦急地等待医师的到来，以便同他商量。

门铃响了，他被请了进来，我心中肯定这一点，因为我听见他跟女杂务工说话的声音。他习惯于径直登楼到育儿室来，大约一步跨三级梯磴，像一次令人愉快的偷袭那样扑向我们。五分钟过去了——十分钟过去了——可是关于他，我什么也没有看见和听见。他可能在做什么呢？也许在下面走廊里等着吧。小娇姑特依然尖声奏响她的哀鸣，用她的亲密的字眼向我呼吁："明妮[①]，明妮，我身上很不舒服！"直叫得我心痛。我走下楼去查明他为什么没有上来。走廊里空无人影。他到哪儿去了呢？他是跟夫人一起在餐厅里吗？不可能，我离开夫人到现在不过很短的时间，她在自己的套间里梳妆打扮呢。我倾听着。三个学生当时正在三间邻近的房间里的三架钢琴上努力作着练习——那是饭厅、大客厅和小客厅，在这些房间和走廊之间只有女杂务工的小房间，这间跟沙龙客厅相通，原来打算做闺房用的。再过去一些，在祈祷室里的第四件乐器那儿，全班十二三个人正在上歌咏课，当时正在合唱《威尼斯船夫曲》[②]（我想她们是这样称谓的），关于那首歌我现在还记得这些字眼："清新的微风"和"威尼斯的"。在这

① 明妮，女子名玛丽的昵称。
② 意大利威尼斯平底船船工唱的歌曲。

种情况之下，我能够听见什么呢？确实，能够听见很多；只要那是切合实际需要的。

不错，我听见一阵轻浮的最高音部的笑声从上述小房间里传出来，我正站在它的门口——那扇房门半掩着。一个男人的声音用温和的、深沉的、祈求的语调说着什么，对此，我只听到一声带起誓的命令："看在上帝的分上！"于是，在停息了一秒钟以后，约翰医师走出来了。他的眼睛光彩四射，然而既不流露高兴，也不带有得胜的神色；他的白皙的英国人的面颊红到耳根；他的眉宇间表示出一种困惑、痛苦、焦虑而又温柔的心意。

打开的房门成为我的屏风；不过如果我面对面遇见他，我相信他也会正眼不瞧地走过去。某种屈辱、某种强烈的苦恼占有了他的心灵；或者更确切地说，现在按照我当初得到的印象写下来，我应该说，那是某种令人伤心的事，某种遭受了不公正对待的感觉。我并不怎么认为他的自尊心受到的损害像他的感情受到的伤害那么多——我觉得他的感情严重地受到了伤害。不过谁是折磨他的人呢？这幢房屋里有什么女人能够这样随意支配他呢？我相信夫人是在自己的套间里，而约翰医师从那里走出来的小房间是给那个女杂务工独用的。她叫萝芯妮·玛脱，是个虽然生得漂亮却不讲节操的法国小女工，生性轻浮，反复无常，好打扮，爱虚荣，贪小利——那么，约翰医师似乎已经受到的磨难，肯定不是她的手掌所施展的吧？

然而在我沉思默想的时候，她的虽然有些尖锐刺耳的清脆的嗓子，忽然唱起一支轻松的法国歌曲，颤动的歌声从依旧半掩着的门内飞旋出来，我朝里边一瞧，不禁怀疑起自己的知觉来。她坐在桌旁，穿着一套漂亮的"玫瑰红薄棉布"的连衣裙，戴着一顶金色的小帽，这间屋子里，说真的，除了玻璃缸里几条金鱼、花盆里几株鲜花，以及一道明晃晃的7月阳光以外，除了她自己，就没有活的生命了。

这里有问题，但是我必须赶上楼去，问明那个药物的事。

约翰医师坐在娇姞特床旁的椅子上，夫人站在他面前，已经检查过，安抚过那位小病人了，现在小病人正安静地躺在她的有围栏的童床上。我进去的时候，贝克夫人正在谈论那位医师自己的健康情况，指出他的气色里某种真实的或者想象中的变化，责怪他工作过度，劝告他注意休息，换个地方疗养。他静静地听着，心平气和，但是笑嘻嘻的，不以为然，并且告诉她说，她“太仁慈了”；还说觉得自己身体好得不得了。夫人向我求助——约翰医师跟随她的动作，慢慢地望我一眼，眼光中似乎表示出无精打采的惊讶神色，觉得夫人对如此无足轻重的事竟然还要咨询别人。

“露西小姐，你觉得怎么样？”夫人问道。“他不是脸色差一些、人瘦一些了吗？”

在约翰医师面前，我很少有几次说出比单音节的词更多的话。他是那种人，跟他在一起，我很有可能永远保持他认为的那种模棱两可、消极被动的东西。不过，现在我可以放肆地用言语来回答，并且故意把话说得意味深长。

“他此刻看来有病容，不过也许这是由于某种暂时的原因。约翰医师想必为什么事烦恼不安，或者困扰不宁了。”我不知道他对这句话感受怎样，因为我从来不从他脸上来寻找信息。娇姞特这时开始用拙劣的英语问我，她是否可以喝一杯糖水。我用英语回答。我想这是他第一次注意到我说他的语言；迄今为止，他一直把我当做外国人，称呼我为“小姐”，并且用法语作出关于儿童治疗的必要的指示。他似乎就要说出一番话来，但是转念一想，把话咽了下去。

夫人重新开始劝告他，他摇摇头，笑笑，站起身来向她道别，谦恭有礼，然而依旧带着那种心不在焉的神态，就像一个人在被太多的过分关注所娇纵和宠坏的那样。

他走了以后，夫人沉沉地坐在他刚刚坐过的椅子上，手托着下巴。一切有生气的、和蔼可亲的表情都从她的脸上消失了，她看来冷酷而严峻，几乎是心情抑郁、闷闷不乐的样子。她叹气，叹了一声，然而是深深的一口气。晨课的钟声响亮地敲起来。她站起身来，在走过有镜子的梳妆台的时候，顾影自怜一番。她编成辫子的栗褐色头发里有一根白发，她惊骇得颤抖起来，把它拔掉。在这夏季的光天化日之下，她脸色虽然依旧红润，可是却能明显地看出，已经失去了青春的气质；那么，青春的轮廓又在哪儿呢？啊，夫人！你虽然聪明，可是连你也懂得什么是弱点了。我过去从来没有怜悯过夫人，然而她从镜子跟前黯然神伤地转过身子的时候，我为她而心软鼻酸。灾难已经降临到她的头上，那个叫做“失望”的女妖正在用一声可怕的“万福”来向她致意，而她的内心却拒绝这种亲热劲。

可是那萝芯妮！关于她我的迷惑非言语所能形容。那天，我五次抓住机会走过她的小房间，目的在于仔细观察她的魅力，从而发现其发生影响的秘密。她生得俊俏，年纪轻，穿一套做工精湛的衣服。这一切都是非常不错的特点，我想，完全足以向任何一个有头脑的人说明，一位像约翰医师那样的男青年任何程度的痛苦和神魂颠倒是什么缘故引起的。不过，我还是无法不寻找出半个希望，但愿这位医师是我的弟弟，或者至少他有一位姐姐或母亲，能够好心地开导他。我是说半个希望；在它变成一个希望之前，我打碎了它，抛弃了它，因为及时发现其愚不可及。“也许，”我向自己争辩，“有人也对夫人开导关于她的年轻医师的事；这有什么好处呢？”

我相信夫人开导了她自己。她的举止没有显得软弱，没有弄得自己现出任何荒谬可笑的样子。确实，她既没有必须克制的强烈的感情，也没有会使自己痛苦不堪的娇嫩的感情。同样确实的是，她有着一项重要的职务，一桩占满她的时间、转移她的思想、分化她的兴趣的真正的事业。尤其确实的是，她拥有一种纯粹的健全的理智，这不是苍天赋予所有的男男女女的东西；凭借这些配合协同的优点之力，她举止聪明——她举止得当。贝克夫人，再一次向你喝彩，好啊！我看出你在和一种偏心的亚玻伦[①]相抗衡；你英勇善战，你胜利了！

① 亚玻伦，据《圣经 · 新约全书 · 启示录》第9章第1至11节："第五位天使……开了无底坑，便有烟从坑里往上冒……有蝗虫从烟中出来……蝗虫的形状，好像预备出战的马一样，头上戴的好像金冠冕，脸面好像男人的脸面，头发像女人的头发，牙齿像狮子的牙齿。胸前有甲，好像铁甲。他们翅膀的声音，好像许多车马奔跑上阵的声音。有尾巴像蝎子，尾巴上的毒钩能伤人五个月。有无底坑的使者作他们的王。按着希伯来话，名叫亚巴顿，希利尼话，名叫亚玻伦。"亚玻伦即《圣经》中无底坑或地狱中的使者、撒旦、恶魔的名字。

第十二章
小盒子

在这幢房屋后面的福色特街上有一座花园——就其地处城市中心来说算是大的，并且我今天回忆起来，也似乎是景色喜人的。时间就像距离一样，给某些场景施加了如此温柔的影响；在这四周都是石头、没有门窗的墙壁和发烫的铺石路的地方，一丛灌木林显得多么可贵，一圈围起来的栽花植草的土地又是多么可爱！

有一个说法流传，说贝克夫人的房子从前曾经是一座女修道院。传说在过去的年代——多久的过去我不知道，但是我想是几个世纪前吧——在城市扩展到这一地区以前，这里还是耕种的土地和林荫路，如此绿叶幽深的僻静，理应环抱一所宗教的建筑，传说就在这个场所发生过某件事，令人毛骨悚然，引起恐惧不安，这里便成为鬼怪故事的渊薮。有一个关于“黑与白修女”的模糊的故事流传着，说往往在一年的某个夜里或许多个夜里，人们看见她在附近出没。这个鬼怪想必是在许多年前被编造出来的，因为现在四周都是房屋了。不过相当多的女修道院的遗迹，以巨大的果树的形状表现出来，依旧使这片土地显得神圣；其中一棵——一棵梨树的玛土撒拉[1]，已经死了，只有几根粗枝还活着，在春天，仍然忠实地重新开放它们的芬芳的白雪，在秋天，则挂下它们的甜蜜的耳环——在这棵树底下，刮去在半裸露的树根之间长着青苔的泥土之后，你会看见稍稍露出的光滑而坚硬的黑色石板。传说流传着，既没有人证实，也没有人信以为真，可是仍然在传播，说这是一个地下墓穴的入口，在花花草草的表面之下，泥土深处，禁锢着一位姑娘的骸骨，那是可怕的中世纪的一个修道院秘密会议作出的决定，认为她违背了誓言，犯了罪，把她活埋在这里的。她可怜的躯体化为尘土以后的漫长的年代中，颤抖不已的人们所害怕的，就是这位姑娘的阴魂；在畏畏葸葸的眼睛看来，她的黑长袍和白面纱，在穿过花园灌木丛吹过来的夜风中起伏飘荡的时候，月光和树荫也跟着模仿。

不过，排除这种浪漫的荒谬，这座古老的花园也自有其魅力。夏天的许多个早晨，我常常很早起身，独自欣赏美景；夏天的傍晚，则孤单地流连徘徊，遵守和上升的明月的约会，或者尝试一下傍晚的微风的轻吻，或者，与其说感觉倒不如说想象露水降落时的清新味。草地一片青翠，碎石铺成的小路一条条白道，光辉灿烂的一簇簇旱金莲在老朽的巨大果树的根部四周开着美丽的花。那里有一座大绿廊，笼罩在一棵金合欢树的浓荫之中；还有一座小一些的、更为隐蔽些的凉亭，偎缩在葡萄藤之中，葡萄藤沿着一道灰色的高墙一路攀援过来，卷须卷拢成好看的结，一大串一大串逗人喜爱的葡萄在这洞天福地各处挂下来，四周的茉莉花和常春藤跟它们相会，难解难分。

毫无疑问，到了正午时分，这普通而又平凡的一天的半中央，贝克夫人的巨大的学校这时候欢蹦乱跳地倾巢而出，走读生和寄宿生们四处散开，用嗓子和四肢作着肆无忌惮的公演，同近在咫尺的男子专科学校里的人们相竞争——毫无疑问，这时候，完全可以把这座花园称为用旧了的、踩坏了的地方。不过在太阳落山，或者在敬礼仪式的时刻，走读生都已回家去了，寄宿生都在静静地做功课；此时，沿着和平宁静的庭院小径漫步，听着圣徒施洗约翰[②]教堂的钟乐传来悦耳、柔和、庄严的声音，真令人精神愉快。

---

① 玛土撒拉，《圣经》中的长寿者。见《圣经 · 旧约全书 · 创世记》第 5 章第 25 至 27 节："玛土撒拉活到一百八十七岁，生了拉麦。玛土撒拉生拉麦之后，又活了七百八十二年，并且生儿养女。玛土撒拉共活了九百六十九岁就死了。"这里指梨树，形容它是一株古木。

② 圣徒施洗约翰，《圣经》中的人物，犹太人先知，曾在约旦河畔劝人悔罪，为人施浸水洗礼。耶稣也接受他的洗礼。犹太王希律 · 安提帕娶其弟妇希罗底为妻，他往谏，却被捕入狱后遭斩首。见《圣经 · 新约全书 · 路加福音》。

有一天傍晚，我在这样散步，那越来越深沉的宁静，那沁人心脾的凉爽，那阳光得不到而现在经露水的哄劝却散发出来的花朵的芬芳气息，使我在黄昏的境界内比平时勾留得时间更长一些，比平时走得更远一些。凭借祈祷室窗内的光线，我看见天主教家庭这时聚集在一起做晚祷——我作为一个新教徒，不时避免参加这一仪式。

“再多待一会儿吧，”孤独和夏天的月亮轻声耳语，“同我们一起逗留吧。此时一切都是真正地安静了；再多待一刻钟，别人是不会发现你不见了的。白天的炎热和忙碌使你疲倦了；享受这宝贵的十几分钟吧。”

建造在这座花园里的一幢幢房屋，背面都没有窗户，特别是某一边的整个地方，由一长排房子的后面部分隔成一个分界线——那是紧邻的高等学院的寄宿生宿舍。不过，这后面部分也都是没有门窗的石壁，只有顶楼高处有某些透光孔，那是在女仆们睡觉的房间里开的孔，还有在较低一层的地方，有一扇竖铰链窗，据说那扇窗里是一位男教师的套间或者书房。然而，纵然如此安全，有一条与花园这一边非常高的墙平行的庭院小径还是禁止女学生们行走。这条小径的确是所谓的“禁止行走的小径”，任何姑娘涉足其地，就会使她自己受到贝克夫人的学校宽容的校规所允许的严厉惩罚。女教师们确实可以到那儿去而不受处分；不过，由于这条走道很窄，两旁无人照看的灌木丛又长得非常浓密，而头顶上枝杈和树叶交织成的拱顶，只准许阳光稀少地、斑斑点点地穿透进来，因此，即使在白天，也很少有人行走，黄昏降临以后，人们更是小心避开。

从一开始，我就被诱惑着要去打破这个回避的规则：那条走道的僻静幽秘和昏暗朦胧吸引着我。有好长时间，对于似乎异常的事物的恐惧总要把我吓跑；但是后来人们渐渐熟悉了我和我的习惯，知道这种怪癖仿佛已经深深糅合在我的性格之中了——这种怪癖，确实不足以引起人们的兴趣，或许也不是突出得足以使人去冒犯，然而，它生来就在我心中，在我身上，并不比我的本性更容易与我分离——逐渐，逐渐，我变成了这条又直又窄的小径的常客。我使自己成为一名园丁，护养生长在小径旁密密排列的灌木丛中的那些没有色彩的花朵；清扫层层叠叠地积压在小径尽头那张粗木椅上的过去许多个秋天的遗物。我从女厨师高滕处弄来一桶水，借来一把板刷，洗干净了这粗木椅。夫人看见我在洗刷，微笑着表示嘉许。是否真诚，我可不知道；不过她似乎是真诚的。

“瞧啊！”她大声说，“这位露西小姐不是多么整洁吗？那么，小姐，你喜欢这条小径吗？”

“是的，”我说，“这儿清静，荫凉。”

“这很对，”她带着一种仁慈的样子嚷道，并且好心地劝我在这儿爱待多久便待多久，说，因为我没有被委以监视的责任，所以我不必费心和女学生们一起散步；还说，不过我该允许她的孩子们到这儿来，跟我学说英语。

在上述的那天夜里，我正坐在那张隐蔽的清除了真菌和霉菌的椅子上，倾听着似乎是从远处传来的城市的声音。要说远处，事实上可不是这样，因为这所学校处在城市的中心。因此，从那儿去公园不过五分钟的路，去琼楼玉宇的建筑群几乎不到十分钟。近在咫尺的，是一条条宽阔的街道，灯火辉煌，此刻正充满着生气：马车在街上来来往往，奔向舞会，奔向歌剧院。在我们的女修道院敲响了晚钟声，熄灭了每一盏灯，每一张卧榻周围放下了帐子的这同一个时间里，我们身边这个欢欢喜喜的城市也敲响了召唤人们去寻欢作乐的钟声。不过，我没有想到这两种情形的对照：我的性格里几乎没有欢欢喜喜的天赋；我从来也没有参加过舞会，也没有听过歌剧；虽然我常常听到别人所作的描述，甚至希望开一开眼界，然而这种愿望却不是那种只要能够参加就想分享一份乐趣的愿望，不是那种只要觉得自己宜于在某个光辉的遥远的领域里大放异彩就想去排除困难达到目标的愿望。我的希望不是热衷于得到，不是饥不择食，而只不过是想冷眼旁观新事物的一种平静的愿望而已。

月亮挂在空中，不是一轮圆月，而是一弯上弦月。透过我头顶上的那些树枝之间的一块空间，我看见了月亮，以及月亮旁边依稀可见的星星，在其他一切都很陌生的地方，月亮和星星却不是陌生的东西：我在童年时代就认识了它们。在过去很久的岁月里，在古老的英格兰，在一块古老的田野的最高处的古老的荆棘丛边，我曾经看见那金黄色的形迹，新月的曲线里是一个暗黑色的圆球，依托着那一片碧空，正像它现在在这个欧洲大陆的首都，在一座宏伟的尖塔旁依托着碧空一样。

哦，我的童年时代啊！我具有感受能力：虽然我活得消极被动，沉默寡言，貌似冷漠，但是我一想到过去的日子，我是能够感受的。至于现在呢，还是苦乐无动于衷为好；至于将来呢——我的那种将来——还是死灰槁木为好。可是这时，在僵直麻木和一种死一般的恍惚状态之中，我却努力保持住我的性格中的敏感。

那时候，不论什么能够使我激动的事物我都记得真切——例如天气的某些突变，几乎使我害怕，因为突变唤醒了我一直使它昏昏欲睡的心灵，惊动了我无法使其满足的渴望的呼唤。有一天夜里，猛然间雷雨大作，可以说是飓风震撼着睡在床上的我们，信天主教的人都惊恐万状地爬起来，向她们的圣徒们作祷告。至于我呢，暴风雨蛮横暴虐地控制住了我，我被粗鲁地弄醒，又不得不活下去。我起床，穿衣，从近在我的床边的竖铰链窗爬出去，坐在外面窗台上，双脚搁在毗连的低一些的房屋的屋顶上。外面是湿天湿地、狂风暴雨、漆黑一团。在集体寝室里，她们惊慌失措地围聚在夜明灯周围，高声祈祷着。我不能到这寝室里去，因为同这种狂野荒唐的时刻待在一起的乐趣太教我无法抗拒了：黑暗中雷声隆隆，不停地鸣响出如此伟大的颂歌，语言从来也没有对人类这样表达过——一道道令人头晕目眩的白色闪电劈开和刺穿块块乌云，这景象是太可怖，太辉煌了。

当时和以后的二十四小时里，我的确曾经悲痛地渴望有什么东西能够带我离开我现在的生存状态，带领我直上青冥和一往无前。对于这种渴望以及一切跟它相类似的东西，是需要迎头痛击的。我象征性地这样做了，仿效雅亿对付西西拉[①]的样子，把钉子打穿它们的鬓角。不过不像西西拉，它们没有死，只不过一时晕厥过去，每隔一段时候，就会用反叛的扳手对抗那根钉子，这时，鬓角就真的流血，头脑从深处战栗不已。

今天夜里，我既不那么杀气腾腾，也不那么忧心忡忡。我的西西拉静静地躺在帐篷里，睡意正浓；如果他在睡梦中还感到痛苦，就会有一个像天使的东西——空想的事物——跪在跟前，把香油滴在疼痛缓和了的鬓角上，拿着一面魔镜放在闭拢的眼睛前面，魔镜中甜蜜而又庄严的景象在梦中被重复映现，并且从它的月光的双翅和长袍上把反射光投射到那个被钉穿的沉睡者身上，投射到帐篷的入口，投射到展现在外面的全部风景上。那位严酷的妇女雅亿坐在一旁，对她的俘虏多少起了怜悯之心；不过更倾向于专心忠诚地盼望希百回家来。我用这些话旨在说明：这夜晚的阴凉的宁静和露水淋淋的甜蜜，使我充满了一种希望的心情；并不是对于任何明确的目标的希望，而是一种受到鼓舞和心情舒畅的笼统的感觉。

---

① 雅亿和西西拉均为《圣经》中人物。西西拉是迦南王耶宾手下的将军，与以色列人巴拉交战，全军覆灭，只身逃匿于“基尼人希百之妻雅亿的帐棚。……西西拉疲乏沉睡，希百之妻雅亿取了帐棚的橛子，手里拿着锤子，轻悄悄的到他旁边，将橛子从他鬓边钉进去，钉入地里，西西拉就死了。”事见《圣经 · 旧约全书 · 士师记》第 4 章。

难道如此甜蜜、如此宁静、如此难得的心情竟然不是好事的先驱吗？唉，它却没有带来好事！立刻，粗鲁的“现实”就莽撞地闯了进来——正像“现实”十分常见的那样，是完全邪恶的、卑躬屈节的、令人反感的。

从极为宁静地俯视着这条走道、树木、高墙的那一堆石头建筑之中，我听见一个声响：那是一扇竖铰链窗（这里的窗子都是这种安在铰链上开动的窗子[①]）在吱呀吱呀响。我还来不及抬头看看究竟是哪儿、在哪一层楼，或者是谁打开的时候，我头顶上的树枝晃动起来，仿佛被一个发射物击中了似的；有一样什么东西掉落在我的脚边。

圣徒施洗约翰教堂的钟正在打九下；白天正在消逝，然而天还不黑：弯弯的月亮几乎没有什么光亮，不过太阳最后的余晖在天空那边映出的深色的金光，以及头顶上辽阔的空间的水晶般的清澈，维持着夏日的暮色；即使在我这儿黑暗的走道上，凭着走近一处开阔的地方，我也能设法阅读小字体的印刷文字。因此很容易看出那个发射物原来是一个盒子，一个用白色和涂了色彩的象牙制成的小盒子。我拿在手上打开松动的盒盖，里边放着几朵紫罗兰，紫罗兰下严实地压着一张折叠得仔仔细细的粉红色的纸，那是一张字条，上面写着：“给灰色的连衣裙。”我的确是穿着一袭浅色的连衣裙。

很好。这是一封情书吗？我曾经听到过这种东西，不过迄今为止，还没有看到过或处理过这种东西的荣幸。此刻，我手指间捏住的就是这类东西吗？

不至于；我从来没有梦想过。我的思想中从来没有想到过追求者

① 这句原文为 all the windows here are casements。查“window”是采光和通气的一般窗子的统称，其窗扉有的可以向上、向下、向左、向右推动。“casement”则特指装有窗框，并在竖窗框边安上铰链，装上可以向内或向外拉推闭开的窗扉的窗子。本书中译者将“casement”译为竖铰链窗，以便与“window”有所区别。

或者爱慕者。所有的女教师都梦想有一位情人；其中有一位（不过她生来是一位容易受骗的人）总相信会有一个未来的丈夫。所有十四岁以上的女学生都结识了一位未来的新郎；有两三位已经由她们的双亲为她们订婚了，是从童年时代就订的。但是我的沉思默想一次也没有得到许可去闯入这样的前景所打开的感情和希望的境界，而我的假设和推测更没有闯入。如果其他女教师到市中心去，或者在林荫大道上散散步，或者只不过去望弥撒，她们肯定（依据带回来的故事）要去会晤某一位"异性"，这个人的销魂摄魄、真心诚意的凝视，向她们保证她们具有打动人和吸引人的力量。我不能说自己在这方面的经历是和她们一模一样的。我去教堂，我也散步，然而我深深知道没有人注意我。在这条福色特街上，没有一位少女，或妇人，不能证明，或没有证明曾经在这一次，或那一次，受到过我们那位年轻的医师的蓝眼睛投来的爱慕的目光。我却不得不把自己除外，不管这听来多么寒碜。就我个人来说，这双蓝眼睛是无恶意的，宁静得像天空一样，颜色似乎也相像。事情就是这样发生的：我听着别人的谈话，常常惊讶于她们的愉快的神情、安全感和自鸣得意的样子，但是我自己，却没有费神去沿着她们似乎那么肯定要走的道路查看和凝望。那么，这不是情书了；于是我带着定下心来确信这是相反的事物的心情，安静地打开了它。纸上这样写着——我翻译如下：——

我的梦中的天使啊！千恩万谢，遵守了诺言。我几乎不敢希望这会被遵守的。的确，我过去认为你是半开玩笑；而且当时你看来觉得那个计划是被那么大的危险所缠绕——在如此不适当的时间，如此全然与世隔绝的庭院小径——你说那条龙[1]，那个英国女教师常常在那儿出没——une véritable bégueule Britannique à ce que vous dites——espèce de monstre, brusque et rude comme un vieux caporal de grenadiers, et

① 龙在英语里又有"凶暴的人"和"年轻女子的监护人"（多指老太婆）的意思。

revêche comme une religieuse.[1]（我的读者会原谅我谦虚地允许让这一段对于和蔼可亲的我本人所作的奉承讨好的描写保留原文的轻飘的面纱。）那珍贵的真情流露继续说：你知道小古斯塔夫因为生病已经给搬到一位男教师的套间里去了——那间受到优待的套间的格子窗俯视着你们的监狱般的场地。我，世界上最好的一位叔叔，被容许到那里去看望他。我是怎样浑身颤抖着走到窗前，看一眼你们的伊甸园啊——是我的伊甸园，虽然是你们的沙漠！——我多么害怕看到空无一人，或者上述的那条龙！在我透过忌妒的树枝的缝隙，立刻看见你的雅致的草帽的闪光，以及你的灰色连衣裙的飘拂的时候，我高兴得心脏跳得多么厉害啊！——那件连衣裙我就是在一千件之中也能够辨认出来。可是，我的天使，你为什么不抬头看看呢？真残酷，连那双可敬慕的眼睛的一线光亮也不肯投给我！——那目光的一瞥就如何能够使我精神振奋啊！我是在火烧火燎中匆匆写此。在医师替古斯塔夫诊治的时候，我抓住机会把纸装在一只小盒子里，加上一束鲜花，是开放的鲜花中最可爱的——然而比不上你那么可爱，我的仙女[2]——我的非常娇媚的人儿啊！永远是你的——你很知道是谁！

“我希望我真知道是谁，”这是我的评语。这一希望倒是更多地关系到这一精妙的文件是写给谁的，胜过关系到其作者究竟是谁。也许是一位订婚的女学生的未婚夫写来的，假若是那样的话，就没有干出或企图干出什么大坏事了——只不过一项小小的越轨行为而已。姑娘们有几个，确实说是大部分，有兄弟或者堂兄弟、表兄弟在紧邻的专科学校里念书。可是，“灰色连衣裙，草帽，”这里必定是一个线索——一个非常混乱的线索。草帽是普通常见的遮头的东西，除了我

---

① 法语：从你说的看来，确实是个英国伪君子，一种怪物，既粗暴又严厉，像掷弹兵的老下士，又像一个修道女那样乖戾。

② 原文为Peri（佩里），波斯神话中堕落天使的后代，须先赎罪方可进天堂。

本人以外，有二十来个人都戴的。至于灰色连衣裙，也差不多没有提供更为明确的指示。现在，贝克夫人本人通常就穿着一件灰色连衣裙；另外一位女教师和三位寄宿生曾经买过灰色连衣裙，深浅和质地都跟我的连衣裙一样，这是一种日常穿的衣服，碰巧在那时候变得时髦起来。

在我仔细琢磨的时候，我知道自己必须进屋去了。在集体寝室里移动着的烛光说明祈祷已经结束，学生们正要上床睡觉。再过半个钟头，所有的门都要锁上——所有的灯光都要熄灭了。前门这时还开着，以便让夏夜的凉意进入炎热的屋子里。附近女杂务工的小房间里亮着一盏灯，照出长长的门厅，门厅一侧的二折的客厅门，以及遮断景物的通往街道的大门。

忽然之间，门铃声急促地响了——急促，但是并不响亮——一种小心翼翼的丁零声——一种告警的金属的喃喃声。萝芯妮从小房间里箭一般地窜出来，奔过去打开大门。她让进来的那个人跟她站在那儿会谈了两分钟：看来有某种意见不一致，有某种拖延。萝芯妮走到花园门口，手里拿着灯。她站在台阶上，举起灯来，出神地东张西望。

"怪事！"她撒娇地笑着喊道。"那儿没有人来过。"

"让我过去，"我耳熟的声音这样恳求。"我只要五分钟。"于是一个熟悉的身影，高大而雄伟(一如福色特街上的我们都认为的那样)，穿过屋子走出来，在花坛和走道之间大步走着。这是亵渎神圣的——此时此地，一个男人竟然闯进来。不过他知道自己是被赋予特权的，而且也许他信赖这个友好的黑夜可以依靠。他沿着庭院小径走去，这边瞧瞧，那边看看——他消失在灌木丛中，边搜寻边践踏着走去，弄断了树枝——最后他钻到这条"禁止行走的小径"上来。我就在这儿遇见了他，我想是像遇见个什么幽灵一样。

"约翰医师！那东西找到了。"

他没有问是谁找到了，因为他的敏锐的目光已经发觉我手里正拿着它。

“不要出卖她，”他说，同时那样瞧着我，仿佛我真是一条龙似的。

“如果我确实那么喜欢背信弃义，我也不能出卖我所不知道的东西啊，”这是我的回答。“念念这张字条吧，你就会知道它泄露的东西多么少。”

“也许你已经念过了，”我心里这样想；然而又不能相信这是他写的。这不像是他的作风，而且，我太傻了，竟然认为他对我如此污蔑，其中还会有某种程度的难言之隐。他自己的表情为他作了辩护：他念的时候激动起来，脸色绯红。

“这真是太过分了；残酷，丢脸，”他嘴里说出这些字眼来。看见他如此动容的时候，我觉得这是*残酷的*。不论他是否应该对此负责，在我看来，必定有一个人更应该对此负责。

“这件事你打算怎么办呢？”他问我。“你要告诉贝克夫人，你找到了什么，然后引起一阵骚动——一桩丑闻吗？”

我想我应该告诉，并把这想法说了出来，接着说，我不相信会引起骚动或者丑闻。夫人非常小心谨慎，决不会把那种关系到她的学校声誉的事情声张开来。

他站在那儿，眼睛朝下看，心中琢磨着。他的自豪感和荣誉心都强烈得使他不愿意恳求我在责任心显然命令我传达的时候保守秘密。我希望做得正确，然而厌恶使他难过，使他受伤害。恰好这时候萝芯妮从打开的门望出来。她看不见我们，虽然在树丛之间我可以清楚地看见她，她的连衣裙是灰色的，像我的一样。这种情况和先前的种种交易联系起来，使我想到，这件事不管怎样可叹，也许是一件无论如何我也没有责任去管的事。因此，我说道：

“如果你能向我保证，贝克夫人的学生里没有一位跟此事有牵连，我就非常愿意置身事外，毫不干涉。把这个小盒子、这束花和这张便条拿去吧，对于我来说，我乐于忘掉这整个事情。”

“瞧那边！”他的手拿住我给他的东西的时候，他忽然轻声这样说，同时在树枝间指着。

我瞧过去，看见了贝克夫人，她围着披肩，穿着大罩衫，靸着拖鞋，轻轻地走下台阶，像一只猫儿那样偷偷地绕着花园溜过来，两分钟之内，她就会逼近约翰医师了。不过，如果说她像一只猫，那么他就像是一头豹：只要他想那么做，就没有什么能比他的脚步更轻的了。他盯着瞧，在她转过一个拐角的时候，他蹦了两蹦就隐没在花园里。她重新出现了，他却已经溜掉了。萝芯妮帮了他的忙，立即在他和他的猎手之间掩上了大门。我本来也可以跑掉，但是我宁愿堂堂正正地去和夫人见面。

虽然在花园里消磨黄昏是我时常的、众所周知的习惯，然而直到今天以前，我从来也没有稽留到这么晚。十分肯定的是，夫人刚才找不到我——肯定她是来寻找我，而现在正计划出其不意地扑向缺席者。我料想会有一顿严厉的申斥。却没有。夫人太好了。她甚至连一句规劝的话也没有；也没有表示一点惊讶的样子。她那种炉火纯青的老练，我相信，从来没有人在这方面胜过她；她就以这老练的神态，甚至声言，她只不过是出外来享受一下“夜晚的微风”。

“多美的夜晚！”她大声说，抬头仰望星星——月亮这时已经落在圣徒施洗约翰教堂的宽阔的塔楼后面了。“天气多么好！空气多么新鲜！”

同时，她不送我进去，却留住我跟她沿着那条主要的庭院小径转了几圈。我们两人最后再回进来的时候，她和蔼可亲地靠在我的肩膀上，作为登上前门的台阶的支撑。分别的时候，她把面腮贴到我的嘴唇上，“晚安，我的好朋友；睡个好觉！”便是她这个夜晚的亲切的告别辞。

我眼睁睁地躺在床上胡思乱想的时候，发觉自己笑了起来——笑贝克夫人。她的举止中的那种柔情蜜意，那种谦恭温和，对于一个了解她的人提供了一个确切的征兆，说明某种怀疑正在她的头脑中忙个不亦乐乎。她从某个观察孔，或者观察高处，透过分叉的树枝，或者打开的窗户，无疑，她刚才或远或近，不很可靠或很有启发地，瞥见了那些黑夜中的交易。对于监视的艺术，她是那么娴熟精通，在发生了那个小盒子扔进花园里，或者一个闯入者越过她的走道去寻找小盒子这样的事情之后，她几乎一定会根据那摇动的树枝、那一晃而过的阴影、那异常的脚步声，或者那寂静中的悄悄声（虽然约翰医师对我说话只低低地说了几句，可是他那男人的哼哼声我觉得传遍了整个女修道院的场地），我是说，她一定会觉察发生在她的深宅大院内的那些异乎寻常的事情。究竟是什么事情，她也许丝毫没有看见，或者在那时候不可能发现；但是，一个绝妙的错综复杂的小阴谋在那儿引诱她去解开疑团；而在这中间，她被一圈又一圈地包围在蜘蛛网之中，难道她会不把笨拙地卷进去、像一只愚蠢的苍蝇那样的“露西小姐”牢牢抓住吗？

第十三章
不合时宜的喷嚏

在上一章描摹的小小的场景之后的二十四小时之内，我又有机会笑——不，该说嘲笑夫人了。

维莱特的气候变化无常，虽然不像任何英国城市那样潮气重。在那个阴郁的日落以后，接着是强风劲吹之夜，第二天一整天则是干燥的大风暴——阴暗的彤云密布，然而没有雨——街道都被从林荫大道上卷过来的沙尘弄得朦朦胧胧。我想，即使是好天气，也不会引诱我到昨天我曾经消磨过应该用于读书和娱乐的傍晚时间的地方再去消磨。我的庭院小径，以及说真的，花园中所有的走道和灌木丛已经具有一种新的、但是并不令人愉快的趣味。它们的隐秘现在已经变得惊险莫测；它们的宁静——已很不安全。像雨似的落下一封封短简的那扇竖铰链窗，使得它所俯瞰的一度令人觉得可爱的角落，变得庸俗粗鄙了；同时在另一处，花朵的眼睛已经能瞧见东西，树干里的节疤则像秘密的耳朵那样窃听着。说真的，那儿有些植物，在约翰医师搜寻和匆匆忙忙、漫不经心的走动中被他踩倒了，我希望把那些植物支撑起来，浇浇水，使之复苏。他还在花坛上留下了一些脚印，不过，在这天一清早，我不顾强劲的大风，抢在一般人的眼睛发现之前，抽一点时间去把这些脚印抹掉了。带着一种思虑万千的满足，我在书桌前坐下来，学习我的德语，这时候，女学生们安静下来上晚课，其他的女教师们则拿起针线活儿来。

食堂经常是“晚课”的场所，那是比三个班级或者教室中的任何一个都小得多的房间；因为这里除了寄宿生之外，谁也不让进来，而寄宿生的人数只有二十位。两盏灯从天花板上吊下来，照着两张桌子。灯是在黄昏时刻点亮的，点亮就是一个信号，表明学校课本该放在一边了，要摆出一副庄严的样子，强迫大家肃静无哗，然后便开始“精神的读物”。我不久就发现，上述“精神的读物”设想出来，主要是作为“才智”的一种有益的禁欲，“理性”的一种有用的屈辱；并且作为“常识”的如此一服药物：让它在闲暇时可以消化，并借以使自己尽最大可能不断丰富起来。

拿出来的书(从来也不更换，不过在念完了以后重新开始)是历史悠久的书，像山脉一样古老——像市政府一样灰白。

我愿意出两个法郎以得到机会用手捧一次那本书，翻翻那神圣的、发黄的纸，查明其书名，亲眼仔细察看一下那些庞大的虚构的事物，而我作为一个不足取的异教徒，却只允许我用迷惑不解的耳朵来尽情领略这些事物。这本书包含圣徒们的传奇。好上帝啊!（我是虔敬地这样说的，)那些传奇可妙了。圣徒们如果首先夸耀这些功绩，或者捏造这些奇迹，他们必定是多么爱吹牛的无赖。不过，这些传奇只不过是僧侣一般的夸夸其谈，对此，人们暗自窃笑；除此以外，还有教士的事情，这本书中所写的教士权术比其中关于僧侣生涯的坏得多。我无法避免地听到的时候，直听得两耳发烫。我听到的是：罗马教廷实施的精神殉教的故事；忏悔者们令人不寒而栗的自我吹嘘，他们自夸曾经邪恶地滥用他们的职权，糟蹋出身高贵的仕女，使她们深深堕落，把一些女伯爵和贵族夫人弄成天底下最受痛苦折磨的奴隶。这些故事就像康拉德和匈牙利的伊丽莎白①的故事一样，尽管罪恶得可怕，残暴得使人恶心，不虔诚得昏天黑地，还是一再翻来覆去地发生。这些故事都是使人感到压抑、困顿和烦闷的梦魇而已。

① 即匈牙利的圣伊丽莎白(1207—1231)，匈牙利公主，图林根领主路易四世之妻。路易参加十字军东征死于瘟疫后，伊丽莎白成立济贫院，终身为贫民和病人服务。关于她的传说甚多。据说她在行善途中与亡夫之灵相遇，她所带的面包变成蔷薇花。英国诗人兼小说家金斯利(1819—1875)曾据以写过诗剧《圣徒的悲剧》。康拉德是诗剧中的一个修道士，伊丽莎白的宗教导师。

有一些夜里，我在上这“精神的读物”的时候，在一旁尽最大努力坐到结束，并且尽可能地保持安静。只有一次，我把我的剪刀尖弄断了，那是我无意之中把剪刀尖戳进我面前的被虫子蛀坏的桌板里。不过，到头来我无法再坐下去了，因为这“晚课”使我热不可耐，五内如焚，而我的太阳穴、我的心脏和我的手腕这儿，脉搏都跳得极快，以致后来我睡眠时兴奋得不断醒来。从此以后，“精明练达”劝告我，一到那本罪行累累的书拿出来的时候，我这个人就该迅速撤离现场。媚丝·赫德里格在她作不利于博斯韦尔中士①的证言的时候，感到的必要性也比不上我感到的那么强烈——我感到非常必要对于这种罗马天主教教皇制度的“精神的读物”坦率地说出我的看法。不过，我不知怎么还是设法勒紧马缰绳，尽力控制了。而且，虽然在萝芯妮刚刚进来把一盏盏灯点亮的时候，我总是立刻就飞也似地逃离房间，我也还是无声无息地这样做。我总是抓住那死一般的静默到来之前的小小的骚动的有利时机，在寄宿生把她们的书本收起来的片刻，消失得无影无踪。

我消失了——消失在黑暗之中；蜡烛是不许带着到处走动的，撤离饭厅的女教师，这时候只有以不点灯的大厅、教室，或者寝室作为避难所。在冬天，我专找长长的几间教室，在教室里快步走，好使得身子暖和——如果月亮照着，如果只有星星，而能立刻适应它们暗淡的微光，或者甚至适应它们完全被遮蔽的情况，这是幸运的。在夏天，天色从来也不十分黑暗，于是我便上楼，到长长的集体寝室里找自己的住处，打开我自己的竖铰链窗（这间屋子有五扇像巨大的门一样大的竖铰链窗透进光来），凭窗眺望花园外面的城市，聆听从公园或者

① 英国作家司各特（1771—1832）的小说《修墓老人》中的两个人物。博斯韦尔中士要求貌似虔诚的长老会教友媚丝·赫德里格宣布与教友间盟约脱离关系；媚丝却觉得非要作证反对他不可，因而慷慨陈词，斥责他不忠于信仰的行为。

宫殿广场那儿飘来的乐队演奏的音乐，同时，在我自己的静静的幽暗的世界里，想着我自己的心事，过着我自己的生活。

这天傍晚，在罗马教皇和他的作品面前，我像往常一样逃亡，登楼，向集体寝室走去，静悄悄地打开那扇总是小心关严的门，那扇门像这幢房子里所有其他的门那样，在铰链上上足了油，因而毫无声息地旋转开来。我还没有看见什么东西之前，我就感觉到这通常是空空的大房间里有个有生命之物存在。既不是有什么动静或者呼息，也不是有什么窸窸窣窣的声音，而是“真空”不足，“寂静”不在家。所有的白色的床铺——它们被诗意地称为“天使床”①——那儿一眼就能看出，没有一个人睡在床上。一个非常小心地拉开抽屉的声音传入我的耳朵。我向一侧挪动一点，我的目光四处搜寻，并没有被下垂的帐子阻碍。这时，我望着自己的床铺，以及我自己的梳妆台，那上面有一个上了锁的针线箱，那下面则有几个上了锁的抽屉。

好得很。一个矮小肥胖的慈母般的人影，披着相当好的披肩，戴着干净得不能再干净的睡帽，站在那张梳妆台前，辛辛苦苦地干活，显然是在给我帮忙，“收拾收拾”那个“有抽屉的柜子”。针线箱的盖子打开着，最上面的那个抽屉打开着。下面挨个儿每一个抽屉也同样被打开着，抽屉里的东西没有一件不被拿起来，翻开来，没有一张纸不被过目一阅，也没有一个小盒子不被揭开盒盖。其熟练灵巧真是漂亮，其完成搜查的小心谨慎真是堪称典范。夫人像一颗真正的星星那样行事，“不慌不忙，又无休无止。”②我不否认自己在盯着她瞧的时候，心中暗暗欣喜。假若我是一位绅士，我相信夫人会得到我的欢心，她所做的一切事情都是那么手脚麻利、干净，有些人的动作松松垮垮，笨手笨脚，叫人恼火，而她的动作呢——漂亮简练，叫人舒

① 天使床，即一种帆布床。
② 引自德国诗人歌德(1749—1832)的诗句：“像一颗星星，不慌不忙，无休无止。”

心。总而言之，我着魔似地站在那儿。不过，作出努力来祛除这一魔力是需要的；我必须撤退。那位搜查者有可能转过身来看见我；要是这样，唯一的结果就是一个尴尬场面。她和我就不得不突然相撞，彼此刨根问底，种种常规礼数都得破产，种种伪装都得一扫而光，我会盯着她的眼睛瞧，她也反过来盯着我的——我们将会明白，不再能合作共事，今生今世得从此永别。

惹出这样一场大祸有什么必要呢？我当时并不感到愤怒，也一点儿都不打算离开她。我不大可能找到另外一个雇主其马车的轭是如此轻省，如此宽松；[①]而且，说真的，不论我对她的原则可能有什么想法，这位夫人的第一流的头脑使我喜欢她。至于她的行事方法嘛，这无害于我，她尽可以心满意足地按照她那种方法对付我，那种行动不会有什么收获。我既没有情人，也不期待爱情，我的内心的贫穷使我不怕暗探，正像囊空如洗的乞丐不怕窃贼一样[②]。于是我转身溜走，用迅捷无声的步履走下楼梯，正像在此同一时刻沿着楼梯扶手奔下去的一只蜘蛛一样。

来到教室里以后，瞧我是怎么笑的吧。我恍然大悟，她一定曾经看见约翰医师在花园里了；我知道她想些什么了。一种多疑的性格产生的景象竟然被它自己的虚构引入歧途到如此地步，真使我忍俊不禁。不过，笑过以后，一种激怒之情油然而生，接着是一阵苦味，犹如“击打磐石”以后米利巴的水在流出来[③]。我从来没有像那天晚上那样，在一个小时里感到如此奇特和矛盾的内心骚动。痛楚和大笑，热

① 语出《圣经·新约全书·马太福音》第11章第29至30节：“我心里柔和谦卑，你们当负我的轭，学我的样式，这样，你们心里就必得享安息。因为我的轭是容易的，我的担子是轻省的。”

② 出自英国谚语：The beggar may sing before the thief.（乞丐能在窃贼面前唱得欢。）

③ 据《圣经》记载，摩西率领六十万以色列人离开埃及，行至叫做“汛”的沙漠，干渴无水，众人争闹。耶和华乃命摩西用杖击打何烈的磐石，便有泉水从磐石中流出，供众人饮用。摩西给该处起名为玛撒，意为“试探”；又叫米利巴，意为“争闹”。见《圣经·旧约全书·出埃及记》第17章第1至7节。

情和悲伤，同时占据了我的心。我热泪盈眶，并非因为夫人猜疑我的缘故——她的猜疑我丝毫不放在心上——而是因为别的理由。复杂的、难以平静的思绪破坏了我的天性的整个的安宁。不过，这场波动还是平息了下来，第二天，我又是露西 · 斯诺了。

我重新去开我的抽屉的时候，发现全都锁得好好的，随后作了最仔细的检查，也未能发现有一件东西在原来的地方变了样子，或者明显地给弄乱了。我的几件连衣裙折叠得跟我放在那儿的时候一个样；有那么一小束白色紫罗兰是一位陌生人有一次一言不发地送给我的（对我来说，是个陌生人，因为我们从来没有交谈过），我把它晒干了，夹在我折叠起来的最好的连衣裙里，以保存香气，那束花依然在那里，没有动过；我的黑色的丝披肩、花边胸衣和衣领也没有弄皱。假如她弄皱过哪一件东西，我承认，要原谅她，我一定会觉得困难得多。可是，既然发觉一切都井然有序，我便说："让过去的事情过去吧。我既然没有受到损害，又何必记恨呢？"

有一件事情使我迷惑不解，于是，头脑中寻找一把解答这一哑谜的钥匙，我苦苦思索，差不多就像夫人在我的梳妆台抽屉里寻找一个有用的消息的线索。如果约翰医师不是把那只小盒子扔到花园里去的从犯，他怎么会知道那个东西扔下去了呢？他又怎么那么快出现在那里去寻找呢？我要想弄清楚这一问题的愿望是那么强烈，以致我开始考虑这一大胆的建议：

"如果我得到机会的话，为什么我不可以请约翰医师本人解释这件巧合的事呢？"

只要约翰医师不在眼前，我就真的相信自己会有勇气提出这样的问题来考查他。

小娇姑特现在已经复元，因此她的医师很少前来诊视。确实，他本来可以一次也不来，只不过夫人坚持请他偶尔来出诊，直到这孩子彻底痊愈。

有一天晚上，我刚刚在育儿室里听过娇姞特咿咿呀呀、断断续续的祷告以后，夫人进来了，把娇姞特弄上床。她捏着这小家伙的一只手，说道：——

“这孩子总是有点发烧。”一会儿以后，对我瞧了一眼，目光比她平常那副沉着的眼睛要敏锐：“最近约翰医师来看她没有？”

当然，比起这幢屋子里的任何人来，她对此知道得更清楚。“好吧，”她继续说，“我正要出去，坐马车去办些事情。我将去访问约翰医师，叫他来看看这孩子。我要他今儿晚上就来看她。她的双颊绯红，脉搏跳得快。你得接待他——至于我呢，我将不在家。”

这孩子现在是够健康的，她身上热，只不过由于7月的天气热罢了。这不需要找一位医师来开处方，几乎就像不需要找一位神父来施行临终涂油礼一样。夫人也很少像她自己说的那样，在晚上“赶路”。此外，偏偏挑约翰医师来出诊的时候，自己却不在场，这还是第一次。整个安排显露出有一种计谋；我看出这一点，不过我丝毫也不焦急。“哈！哈！夫人啊，”“无忧无虑的乞丐”心里大笑着说，“你的神机妙算可出错儿了。”

她走了，打扮得非常漂亮，披着一条价格昂贵的披肩，戴着某种葱绿色的帽子——至于它的颜色，对于任何肤色不如她那么洁白的人来说都是刺目的，但是对于她本人却不见得不相配。我不知道她打算干什么：她是否真的要派人去请约翰医师来；而医师是否真的会来。他可能另外有事呢。

夫人刚才吩咐我不要让娇姞特睡觉，要等医师来了再睡。因此我得为她讲讲童话故事，胡诌些小孩子的语言，有够我忙的事情。我喜欢娇姞特，她是一个伶俐的可爱的孩子，把她放在我的膝盖上，或者抱在怀里，对于我来说都是一件乐事。今天夜里，她要我把头枕在她的小床的枕头上，甚至用两只小手臂抱住我的脖子。她的拥抱，以及把小脸贴在我的脸上这小鸟依人的举动，使我几乎怀着一种温柔的痛苦哭出来。无以名之的感觉充斥在这幢屋子里：从清纯的源泉里沁出的这颗颗清纯的小水滴，真是太甜美了；它深深地渗透，征服了我的心，使热泪涌上了我的眼眶。

半个小时，或者是一个小时过去了。娇姞特用轻柔的儿语喃喃地说她要睡了。“你该睡了，”我想，“尽管是夫人和医生……，假如他们过十分钟还不来，你就睡吧。”

听！门铃响了，再是脚步声，迅速地拾级而上，震响着楼梯。萝芯妮领着约翰医师进来，她带着一种随便的态度待在那儿，这种态度并不完全是她特有的，而是一般维莱特的用人都有的特性；她要听医师要说的话。夫人在场的话，她会吓得回到她那门厅和小房间的领域里——至于我在场，或者任何其他女教师，或者学生在场，她是毫不在乎的。她站在那儿，一副漂亮、整洁、时髦的样子，双手各插进她那花哨的女工围裙的一只口袋里，瞟着约翰医师，就像他是一幅画，而不是一位活生生的绅士那样，既不害怕，也不害臊。

“这淘气鬼没有什么毛病，不是吗？”她用下巴指指娇姞特说。

“没有什么，”则是回答，这时，这位医师正在用铅笔匆匆忙忙、龙飞凤舞地开着某种吃不坏的处方。

“呃！”萝芯妮继续说，径直走到他跟前，他正在放好铅笔。“至于那只盒子——你拿到了吗？那天夜里，先生走掉，就像一阵风，我来不及问。”

“是的，我找到它了。”

“那么，是谁扔的呢？”萝芯妮继续问。我是那么想说，却没有本事或勇气说出口的话，她竟然自由自在地说了出来。有些人走那么短的路便能达到目的地，对于另一些人说来，却似乎是难以达到的！

“那也许是我的秘密，”约翰医师简短地回答，不过并不带有傲慢的神态。他似乎很了解萝芯妮或者女工的这种性格。

“可是，”她继续说，一点也不难为情，“既然先生走来寻找它，那当然是知道它给扔下来了——是怎么知道的呢？”

“我在邻近的学院里看一个小病人的时候，”他说，“看见那东西从他的套间的窗户里抛出来，因此走过来拾的。”

这整个解释是多么简单啊！那张便笺上曾经提到一位医师当时正在给“古斯塔夫”作体格检查。

“啊！”萝芯妮又说，“那么这后面没有什么，没有秘密，比方说，没有爱情的事？”

“不比我的手掌有更多的东西，”医师摊开手掌回答说。

“多么可惜！”女工回答道：“而我却开始想着许多想法。”

“的确，你费尽苦心，”则是医师的冷冷的答辩。

她噘起嘴巴。医师瞧着她做出的“噘嘴”的样子忍不住笑出声来。他笑的时候，容貌中有一种特别温厚和蔼的神情。我看见他想要把手伸进衣袋里去。

“上个月里你为我开门共有多少次？”他问。

“先生想必数过了，”萝芯妮脱口而出地说。

“仿佛我就没有更好的事情可干似的！”他答辩说。可是我看见他给了她一块金币，她毫无顾忌地拿了，接着听到门铃响，她跳跳蹦蹦地跑去应门，这时门铃每隔五分钟便响一次，因为各方仆人来接搭伙走读生[①]。

我的读者决不要把萝芯妮想得很坏。整个说来，她并不是那种坏人，也没有一种概念认为捞取自己能够捞到的东西会有什么难为情，或者像一只喜鹊那样喋喋不休地对基督教徒之中最好的绅士说话会有

① 搭伙走读生，指搭伙食而不寄宿的学生。

什么厚颜无耻之处。

除了关于那只象牙盒子以外，从上述的情景中，我还知悉了一些事情。那就是说，使约翰医师心碎这一罪责，不能推在穿粉红色或灰色轧光棉布[1]长袍的人身上，也不能推在穿有衣袋的花边围裙的人身上。这些打扮的细节，正像娇姑特的小小的蓝色罩衫一样，显然是无辜的。如此就更好。不过，这样说来，谁是嫌疑犯呢？理由是什么？——起因是什么？——这整个事情的完完全全的解释又是什么？有些问题已经弄清楚了，可是还有多少仍然像黑夜一样模糊不清啊！

"不管怎样，"我对自己说，"这究竟不是你的事。"于是我转过头，不去瞧那张我刚才不知不觉中带着满腹疑团的神色盯着瞧的脸，却透过窗户，俯瞰那座花园。这时候，约翰医师正站在床边，慢慢地戴上手套，眼睛瞧着他的小病人。小病人已闭上双目，张着红红的嘴唇，正要入睡。我等着，直到他会像往常那样告辞：迅速地一鞠躬，含糊不清地道一声"晚安"。就在他拿起帽子的时候，我正凝望着形成这座花园的界限的那几座高楼，我的眼睛忽然看见那扇已经使人永志不忘的格子窗小心翼翼地打开来，从里边伸出一只手，挥舞着一块白手绢。我不知道这个信号是否得到从我们的住处望不见的一隅的响应，但是不久以后，格子窗里就飘下了一件东西，白色的，分量轻轻的——当然啦，是第二张短简。

"瞧那儿！"我不由自主地脱口喊叫。

"哪儿？"约翰医师神情振奋地问，径直向窗口走去。"那是什么？"

"他们不见了，可又做了那件事，"我回答说。"一块手绢挥舞着，一件东西扔了下来。"我指着那扇此刻已经关上，假装一副漠然不动声色的样子的格子窗。

"马上去把它拾起来给我，"他立即发出指令；又加上一句说："没

---

① 原文为法文 jaconas，即英文 jaconet，一种原产于印度的平纹浅漂轧光棉布。

有人会注意到你：而我则一定会被人看见的。”

我立刻跑下去。找了不多一会，就找到一张折起来的纸，那是掉在灌木丛的一处较矮的树枝上的。我拿了它直奔约翰医师。我相信这一次连萝芯妮也没有看见我。

他把这张短简撕成碎片，连看都没有看。

“你必须记住，这一点儿也不是她的错，”他瞧着我说。

“谁的错？”我问。“那是谁？”

“这么说，你还不知道哇？”

“一点儿都不知道。”

“你没有猜测过吗？”

“没有。”

“要是我对你有较多的了解，我也许会冒风险吐露一些秘密，那样你就会成为一个最天真和杰出，但是多少有些涉世不深的人的监护人。”

“做一个女陪伴[①]吗？”

“是的，”他心不在焉地说。“她的四周是怎样的陷阱啊！”他若有所思地加上一句。这时候，他想必是头一次审视我的脸，无疑是急于看看我的脸上是否有一点忠厚的表情，能够使他据以把某个轻灵微妙的人物委托给我来照看和娇惯，而这个人物正在遭受黑暗势力的暗算。我觉得自己并没有特殊才能来承担监护轻灵微妙的人物的工作。但是回想到过去在马车管理所的情景，我似乎欠了他的情。如果我能够，我就会帮助他，不过这不能由我来决定怎样帮助。于是我尽可能做到不勉强地表明：“我很愿意尽力照看他可能有兴趣的任何人。”

“我跟一个旁观者一样不感兴趣，”他说，带着一种我觉得看起来很美妙的谦虚的态度。“我碰巧认识那个相当无聊的人，此人现在已经

① 女陪伴，西班牙或葡萄牙家庭中或社交场合中照看和陪伴少女的年长妇女。

两次从对面屋子里侵犯这个圣洁的地方了。我也在社交场合里遇到过被这些下流的企图作为目标的那个人。她的优美卓越的神态和生来高尚的品质，人们会觉得，理应吓退她根本想不到的那种鲁莽的言行。可是事实不是那么回事；因此，像她那样从不猜疑别人的单纯的人，我愿意尽可能保护她，不受邪恶侵犯。可是，我本人不能做任何事，因为我无法接近她。”说到这儿他停住不说了。

“嗯，我很愿意帮助你，”我说，“就请你告诉我，该怎么办吧。”同时，我在自己的心里急急忙忙地翻找我们同屋子里的人的名单，寻觅这位尽善尽美的人物，这位无价之宝，这位无瑕之玉。“这是夫人，”我下了结论。“在我们所有的人当中，只有她才有这种装出一副出类拔萃的样子的高明手段。不过说到不猜疑别人、涉世不深等等，约翰医师对此不必考虑太多。不管怎样，这只是他的奇思怪想而已，但是我也不愿意反驳他。对他该顺着点儿，他的安琪儿应该是个安琪儿。”

“就请你告诉我，我该朝哪儿倾注我的关心，”我正正经经地继续说；不过心里想到要奉派去监护贝克夫人，或者她的任何一位学生，不免暗自窃笑。

不料约翰医师却有着敏感的神经系统，他立刻本能地感觉到较为粗心大意的人所不能发觉的事，那就是我有一点觉得他好笑。他涨红着脸，勉强笑笑，转身去拿帽子——他要走了。我的心责备着我。

“我愿意——我愿意帮助你啊，”我急忙说道。“我愿意做你希望我做的事。我愿意护卫你的安琪儿，我愿意照顾她，就请你告诉我她是谁吧。”

“不过你必定知道，”于是他认真地说，然而声音很轻。“如此纯洁无瑕，如此心地善良，如此难以言宣地美丽！一幢屋子里不可能藏有两个像她那样的人。当然啦，我指的是——”

这时候，贝克夫人的套间的门（通到这间育儿室来的），那扇门上的插销忽然克嗒一响，仿佛握住它的那只手微微痉挛了一下；那里突然响起了一声控制不住的压低了的喷嚏。这类小小的偶然事件我们大多数人都会发生的。夫人——这位杰出的女人！这时正在值勤哪。她刚才静悄悄地回到家里，踮着脚尖，偷偷地走上楼来，此刻是在她的套间里。要是她没有打喷嚏，就会听到所有的话了，我也可以听到了。可是那个倒霉的喷嚏击溃了约翰医师。在他吓得呆若木鸡地站在那儿的时候，她却机警地、若无其事地朝前面走来，神采奕奕，而又极其镇静。每一个对她的习惯陌生的人，都会以为她不过刚刚进屋，都会认为她曾经把耳朵贴在钥匙孔上至少有十分钟的这一说法是荒唐可笑的。她假装又打喷嚏，宣称自己“伤风”了，然后开始口若悬河、一五一十地谈她的“坐出租小马车去的地方”。祈祷的钟声响起来的时候，我便和医师一起离开了她。

第十四章
圣名瞻礼日[①]

娇姑特身体刚刚恢复健康，夫人就把她送到乡下去了。我感到遗憾。我爱那个孩子，她不在跟前，使我比过去处境更差。不过我决不该抱怨。我生活在一幢充满勃勃生机的房屋里；我可以找到朋友，然而我却选择了孤独。女教师们大家轮流向我提出建立特别亲密的关系的建议；我接触了每一位。有一位我觉得她诚实、正派，然而她却是个心胸狭窄、感觉粗鄙、自私自利的人。第二位是个巴黎女士，外表温文尔雅——内心却道德败坏——没有虔诚，没有原则，没有爱心；你要是透过这个人物的端庄的外壳看去，就会发现那下面是一汪泥潭。她对于礼物具有异常的热情；在这一点上，那第三位女教师和她非常相似——而在其他方面，则是个没有个性的猥琐卑微的人。最后提到的这一位还有另一种突出的特性——那就是贪婪。为金钱本身而对金钱的热爱统治着她。只要一看见金子，她的眼睛里就会闪出发绿的光，这真是罕见的事。有一次，仿佛是给我一种高级礼遇，她带我上楼，打开一扇秘密的门，给我看一个宝库——一堆外形粗糙的大硬币——大约值十五块畿尼的五法郎一枚的金币有许多。她爱此宝库犹如鸟儿爱其生的蛋一样。这些是她的积蓄。她会跑来跟我谈论这些钱，带着一种又糊涂又固执的过度偏爱的样子，看见这种样子出现在一个还不到二十五岁的人身上，叫人好生奇怪。

另一方面，那位巴黎女士则奢侈浪费，放荡恣肆(这是说在性情上；至于行为我却不了解)。她的行为只有一次对我展示了它的蛇头，它非常小心地探出头来。从我投去的一瞥判断起来，它像是一种稀奇古怪的爬行动物。它的新奇的样子刺激了我的好奇心。如果它是大模大样地出现的，我也许就通达明智地固守我的阵地，冷眼旁观那条长长的东西，从它叉状的舌头直看到鳞状的尖尾巴。可是它仅仅在一部拙劣的小说的书页中沙沙作响，一遇到一阵急急忙忙、莽莽撞撞的愤怒的示威，便发出嘶嘶的声音，退缩回去，消失得无影无踪。她从那天起就憎恨我。

这位巴黎女士老是欠债；她预支薪水，不但花在衣着上，而且花在买香水、化妆品、糖果点心和调味品上。对于所有的事情，她是一个多么冷酷无情的享乐主义者啊！我现在还能看见她出现在我的眼前。她的脸和身材都是瘦瘦的，面色灰黄，面貌端正，牙齿整齐洁白，嘴唇犹如一条线，下巴大而突出，大大的眼睛，但是冷冰冰的眼神，闪着既渴求什么又忘恩负义的光。她对工作恨得要命，对她所谓的享受则爱得非常，真是一位索然寡味、无情无义、没有头脑的游手好闲的人。

贝克夫人对这位女士的性格非常了解。她有一次和我谈论到她，语气中奇妙地混合着不屑、冷漠和反感的味道。我问她为什么把她留在学校里。她坦率地回答说："因为这样做符合我的利益。"她还指出我已经注意到的事实，那就是圣彼埃尔小姐在一种几乎是独一无二的程度上具有一种力量，能够在她的学生们自由散漫的队伍之中维持秩序。有那么一种使人乖乖就范的影响力跟随和围绕着她。不用热情、吵闹，或者强制手段，她便能制止她们，就像无风的严寒空气可以使哗哗响的河流静下来一样。至于就传授知识而言，她却没有多大用处，但是对于严格管制和维护守则来说，她倒是个无价之宝。"我知道她没有原则，或许也没有道德。"夫人坦白地承认，但是又贤明理智地加上一句："她在学校里的行为总是恰当的，甚至充满了一定的尊严，总是恰到好处。学生们和家长们都很满意，因此我也满意。"

---

① 圣名瞻礼日，天主教的圣徒纪念日，以这一圣徒的名字为自己命名的天主教徒把它视为自己的第二生日。又意为"喜庆日"或"节日"。

这所学校是一个奇特的嘻嘻哈哈、吵吵闹闹的小世界。人们费尽心机用鲜花掩盖镣铐；天主教的一种难以捉摸的精髓渗透到每一项事务之中。作为对于要求人们在精神上绝对忠实这一点的补偿，大量的感官上的放纵（不妨这样说）是允许的。每一个心灵都在奴役之中培养起来。但是为了防止人们细细思量这一事实，每一项起调节身体作用的借口都被紧紧抓住，并且被尽量利用。在那儿，就像在别处一样，教会努力把它的孩子们教养成躯体健壮、灵魂柔弱、脑满肠肥、红光满面、精神抖擞、喜气洋洋、愚昧无知、没有思想、不会提问的人。“吃吧，喝吧，活得痛快！”它说。“照顾好你们的躯体；你们的灵魂则交给我。我来使灵魂得救——引导它们的进程。我保证它们最后的命运。”这是做交易，每一位真正的天主教徒都以为自己是这项交易的得益者。魔鬼提出的正是同样的条件：“这一切权柄荣华，我都要给你。因为这原是交付我的，我愿意给谁就给谁。你若在我面前下拜，这都要归你。”①

大约在这个时候——在赤日炎炎的盛夏——贝克夫人的这幢屋子变得非常热闹，一所学校这样的场所可能出现的热闹情况充其量不过如此了。那许多宽阔的双扇门和双扇竖铰链窗都整天大开着。稳定不变的阳光仿佛和空气融为一体了。白云在远处，正飘浮到大海的那边，毫无疑问，是要去栖息在那亲爱的云雾缥缈的土地——例如英格兰那样的海岛的周围，完全撤离了这片比较干燥的欧洲大陆。我们生活在屋子里的时间少，生活在花园里的时间多得多。我们在“大绿廊”里上课和吃饭。此外，学校里还洋溢着一种准备度假期的气氛，几乎使得自由变成了放纵。只不过还有两个月就要放暑假②了。但是在

① 引文见《圣经 · 新约全书 · 路加福音》第4章第6至7节。当时耶稣在旷野里受魔鬼试探四十天。四十天中耶稣没有吃什么。魔鬼领他上了高山，把天下万国指给他看，说了上述那些话。

② 原文是：the autumnal long vacation（秋季长假），比利时天主教学校中，暑假从8月15日到秋季10月2日。第十五章《暑假》原文为Long Vocation。

这之前，一个重要的日子——一个重要的典礼——那就是夫人的圣名瞻礼日——等待着举行庆祝。

筹备这次圣名瞻礼日活动主要归圣彼埃尔小姐负责。夫人自己由于应该回避，所以超然事外，对于为了向她祝贺可能在进行的什么事，都毫不知情。特别是，她决不知道，连一点儿都没有想到过，每一年都要向全校人员集款，大家凑份子去买精致的礼物。至于在夫人自己的套间里进行的、关于此事的一段简短的秘密协商，我的读者懂礼貌，识大体，一定会欣然同意作为例外处理。

“你今年要什么呢？”她的巴黎副官问她。

“哦，没关系！别管它。让那些穷孩子们留着法郎自己花吧。”夫人现出一脸宽厚仁慈、端庄优雅的样子。

这时候，圣彼埃尔就会扬起下巴来。她非常了解夫人。她一直把她的“仁慈”的架势称之为“怪模样”。她甚至连假装尊敬这种架势都不肯，片刻都不肯。

“快！”她会冷冷地说。“讲出你要的东西吧。是珠宝呢，还是瓷器，是缝纫用品呢，还是银器？”

“啊，好吧！两、三把银调羹和叉子吧。”

结果是一只美观大方的盒子，里边装着价值三百法郎的餐具。

圣名瞻礼日活动的节目包括：赠送餐具、校园茶话会、戏剧演出（由学生们和教师们担任演员）、舞会、晚餐。就我牢牢记得的说来，我觉得整个效果似乎非常精彩。翟丽·圣彼埃尔对这些事情很在行，办理得有条不紊。

戏剧演出是主要节目。一个月以前就需要排练了。挑选演员也需要懂行和费心。然后是教舞台发声法和演技课，然后是令人困乏的无数次的排演。对于这一切，正像人们料想的那样，圣彼埃尔是不能胜任的。这里就必须有别人的安排，必须有别人的才能了。能够满足这些要求的，便是一位叫做保罗·伊曼纽埃尔先生的人，他是教文学的教授①。我从来没有运气去旁听他给演员上的课，但是常常看见他穿过carré（一间在宿舍和校舍之间的方形大厅）。我还听见他在暖和的傍晚，开着教室门讲课。他的名字和他的轶事从各个方面传到人们的耳朵里。特别是我们过去的朋友姞妮芙拉·樊箫小姐，她被挑选在这出戏里担任一个重要的角色——她把她大部分闲暇时间都赏给我，老是频频提及伊曼纽埃尔的言谈举止来点缀自己的高论。她认为他难看得吓人，惯于自称一听见他的脚步声或说话声便吓得几乎发狂。他确实是一位皮肤黑黑的小个子男人，性情泼辣和严肃。即使在我看来，他也像是一个严厉的幽灵：那黑发剪得短短的头、那宽阔的灰黄色的前额、那瘦削的双颊、那微微翕动的大鼻孔、那一眼望到底的目光，以及那急急忙忙的举止。他容易激动；在他激烈地发出呼唤，要那“一小帮笨蛋”听命于他的时候，就可以听出来。有时候，他会对这些不熟练的业余女演员们失去耐心，情绪激动地大喊起来，指责她们领会错误，缺乏情感，拙于表达。他会喊道：“听着！”于是他的声音像喇叭一样穿过整个建筑物。然后传来跟着模仿的姞妮芙拉、玛苔尔德、或者白兰抒的小笛子的声音，这时候，人们就会明了，为什么对于这种有气无力的回声的反应，是一声表示轻蔑的低沉的哼声，或者是一声表示愤怒的强烈的嘘声。

“你们都是娃娃吗？”我听见他雷声隆隆地吼叫。“你们没有热情，没有感觉吗？你们的肉变成雪，你们的血变成冰了吗？我要看到有火焰，有生命，有灵魂！”

白费心思的决心啊！他最后终于发现这的确是白费心思的时候，他便突然中断了这整个计划。到这时为止，他一直在教她们排演一出大悲剧；他便把这出悲剧撕成碎片，第二天带来一场结构紧凑的喜剧

① 在比利时，“教授”称谓不限于指大学教授；中学中有资历的教师也称教授。

小玩意儿。她们对此接受得比较好一些；于是，没有多久他便把这出戏全部灌输到她们那又圆又柔嫩的脑袋里去了。

圣彼埃尔小姐一直出席伊曼纽埃尔先生的课，我听说她优美的风度、她表面看起来的专心听讲、她斯文得体的举止，都给这位绅士留下了非常好的印象。确实，在一定的时间之内，她具有一种使她愿意讨好的人喜欢的艺术；然而这种感情不能持久，一小时以后，它就会像露水那样干掉，像游丝那样消失。

夫人的圣名瞻礼日的前一天，像圣名瞻礼日当天那样，也是一个假日。这一天被用来清空三间教室，打扫干净，布置装饰一番。整个屋子里都是欢快至极的忙乱喧闹，一个性格沉静、孤僻的人，不管在楼上还是楼下，都不能为自己找到一个落脚之地[1]；因此，就我来说，我把花园作为避难所。我整天独个儿在那儿徘徊或小坐，在阳光里暖和一下，又在树荫里待一会儿，还在自己的思想里找到了伙伴。我记得很清楚，那一天，我跟别人只交换过两句话。我并不感到孤单；我喜欢安静。作为一个旁观者，只要这样就足够了：在那几间房间里穿过一两次，看看有了哪些变化；一间演员休息室[2]和一间化妆室是如何设计的；一座带布景的小舞台是如何搭起来的；保罗·伊曼纽埃尔先生如何与圣彼埃尔小姐共同指挥一切事宜，而在他的支配之下，那伙热情洋溢的女学生，其中有姞妮芙拉·樊箫，如何兴致勃勃地干活。

那伟大的一天来到了。火辣辣的太阳升起，万里无云，而且一直到傍晚都是火辣辣的，万里无云的。所有的门窗都大开着，给人一种夏日的自由开放的愉快景象——而最完全的自由开放，似乎确实是这天的秩序了。女教师和女学生们穿着晨衣，卷着卷发纸走下楼来用早

---

① 语出《圣经·旧约全书·创世记》第8章第9节："但遍地上都是水，鸽子找不着落脚之地，……"

② 原文为green room(绿室)，由于欧美早期剧场演员休息室用绿色装饰，故名。

餐；她们“高兴地”期待着傍晚时分的化妆，似乎在这天上午就在不修边幅的放浪形骸之中享受着乐趣；仿佛高级市政官员们准备赴宴之前先斋戒一下似的。大约在上午九点钟，一位重要的工作人员：理发师驾到了。说来是亵渎神圣的，他竟然把他的大本营设在祈祷室里，在这儿，在圣水盆、蜡烛和十字架面前，他的奥妙的手艺变得庄严起来。所有的姑娘都挨次被唤来经过他那双手摆弄，然后就出现平滑得像贝壳一样的头，由一丝不乱的白线在横向里缠着，由希腊式的、光亮得仿佛涂了清漆似的发辫盘绕。我和其余的人也挨个儿理发，过后我拿起镜子欲知究竟的时候，我简直不能相信镜子传来的消息。编成绦辫的褐色头发那样豪华地装饰起来，真使我吃惊——我怕这不完全是我自己的，等到拉扯了几下才相信它完全是我自己的。我这时终于承认这位理发师是一位第一流的艺术家——这个人确实把普普通通的东西摆弄出了最新奇的花样。

祈祷室的门关了，集体寝室变成了精雕细作地沐洗、打扮和花里胡哨地装饰的场地。她们怎么竟然花了那么多时间做那么少的事情，对于我来说曾经是、也将永远是一个谜。其操作过程似乎很仔细、很复杂、拖得很长，其结果却很简单。一袭洁白的麦斯林纱的连衣裙，一条蓝色的饰带(一尘不染的颜色)，一副白色或者稻草色的小山羊皮手套——如此这般就是盛装制服了，为了这种设想便要这满屋子的女教师和女学生们花费烦死人的三个钟点。不过虽然简单，却必须承认那种穿着打扮是十全十美的——在式样时兴、剪裁合身和颜色鲜艳方面十全十美。每一个人的头也都非常精致地用一种紧密严整的形式梳理起来——正适合拉巴色库尔人的外形丰满、端正的清秀风貌，虽然相对于任何比较流动飘逸、富有弹性的美的风格来说，这是太刻板了一些——不过就整体来看，总效果是值得称赞的。

瞧着这打扮得精致，总体看去是一片白色的人群，我清楚地记得，我觉得自己只是一片亮光的海洋中的一个小黑点。我没有穿上一件透明洁白的连衣裙的勇气，然而我必须穿一件薄衫——天气热，房间里热，穿质地厚实的衣料做的衣服叫人受不了，所以我曾经在十几家店铺里找遍了，最后偶尔找到一件紫灰色的绉绸似的衣料——这种颜色，总之像开花的荒原上笼罩的暗褐色的雾。我的裁缝曾经好心地尽力缝制好这件衣服，因为她很有见识地看出它是“那么阴沉——那么不鲜艳”，便更为迫切需要注意式样了。她对此事这样看待好得很，因为我没有鲜花，也没有珠宝来补救；尤有甚者，我脸上没有天然红润的血色。

在每天忙忙碌碌、周而复始的常规事务中，我们对这些缺陷变得熟视无睹，但是在美必将大放光芒的那些华丽的场合，缺陷就要强迫我们正视其令人不愉快的破绽。

不过，我穿着上述这件黯然无光的长外衣，还是觉得无拘无束，自由自在；如果穿上任何比较耀眼夺目的衣服，我就不会有这么舒服了。贝克夫人也给我保留面子，她的连衣裙差不多像我的一样素净，只不过她戴了一只手镯，别了一枚大饰针，金晃晃的、精致的宝石闪闪发光。我们在楼梯上相遇，她对我点点头，表示嘉许地微微一笑。并不是她觉得我看起来漂亮——这一点不见得能引起她的兴趣——不过她认为我打扮得“恰当”，“合适”，这两者是夫人所崇拜的两尊沉静的神。她甚至停下来，把戴着手套的手搁在我的肩膀上，手上拿着一方洒过香水的绣花手帕，嘴对着我的耳朵，吐露一句挖苦其他女教师的话（她刚才还在她们面前说恭维话呢）。“没有什么比这更荒唐的了，”她说，“成年妇人竟然‘把自己打扮得像十五岁的姑娘’——至于圣彼埃尔，她的样子像一个卖弄风情的老妇人装成一个单纯的少女。”

由于比任何人都至少早两小时打扮完毕，我觉得很愿意前往——

不是到花园里去，仆人们正在那儿忙于支撑起一张张长桌，安排座位，铺桌布，为茶话会做准备——是前往教室，那儿现在一间间都空着，安静、凉爽、干净。墙壁是新刷上颜色的，木质地板是新冲洗过的，还没有干透；鲜花是新采摘的，插在花瓶里，装饰着一个个壁凹；帷幔也是新挂上去的，美化着那些大窗户。

我退避到第一班的教室，这个房间比其他房间小，比其他房间整洁，我有那个玻璃书橱的钥匙，便取出一本照书名看来是有些使人感兴趣的书，坐下来阅读。这间教室，或者叫做讲堂的玻璃门通往一个大绿廊，金合欢树的粗枝抚摩着它的窗格玻璃，又一直伸展过去，和在对面的门楣旁盛开的玫瑰花丛相会；花丛中，蜜蜂们忙碌而快乐地嗡嗡唱。我开始看书。就在这时候，这静悄悄的嗡嗡声、这树叶遮蔽的荫蔽处、我这个藏身之地的温暖而又孤独的宁静，开始把字句的意思从书本上悄悄带走了，把形象从我的眼睛前面悄悄带走了，并且引诱我沿着梦幻的轨道进入梦乡那幽深的山谷之中——就在这时候，沿街大门的最刺耳的铃声一下子使我惊醒过来；那个经受过许多考验的“乐器”从来也没有这样战栗过。

喏，这个门铃曾经响了一上午，因为那些工作人员，或者仆人，或者理发师，或者裁缝来来往往，干这干那。而且，由于大约有一百位走读生要乘四轮马车或者出租小马车来，预料整个下午铃声不断也是有充分理由的。即使在傍晚的时候，也不能指望铃声停下来，那时家长们和朋友们会蜂拥云集来看戏。在这些情况之下，一阵铃声——即使是刺耳的铃声——是一种理所当然的事。不过这一阵特别的响声有着它自己的特点，它驱散了我的好梦，惊吓得我把书从膝盖上掉了下来。

我正要弯身去拾书的时候——坚定、迅速、直接——正在穿过前厅——沿着走廊，走过方形大厅，穿过第一班、第二班、大厅——响起了大步流星的脚步声，又快，又有规则，又有目的。这第一班的教室里——我的庇护所——关着的门并没有成为屏障。它被猛然打开了，一袭宽松外衣和一顶希腊式无边圆帽填满了门框；还有两只眼睛，开头是没有表情地望着、然后是饿狼似的直盯着我瞧。

“是的！”一个声音说道。“我认识她；是那个英国女人。更糟糕。可是英国人，所以尽管她装作正经，她得救我脱离困境，否则我要知道为什么。”

于是，他带着一种冷冰冰的有礼貌的样子(我猜想他以为我没有听明白他刚才粗鲁的咕哝声的大意)，用一种前所未闻的最令人讨厌的行话说：“——小姐，你必须去演，我栽在那儿了。”

“你要我做什么事，保罗·伊曼纽埃尔先生？”我问。他正是保罗·伊曼纽埃尔先生，正处于相当激动的状态。

“你必须去演。我决不让你退缩，或者皱眉，或者假装正经。你来的那天夜里我就观察过你的颅骨，我看出你的才干；你能演，你必须去演。”

“不过怎么演呢，保罗先生？你的意思是什么呢？”

“不能再浪费时间了，”他继续说，这时是用法语说的。“让我们把所有的不情愿、所有的借口、所有的傻笑都逼入墙角吧。你必须担任一个角色。”

“是在那轻松歌舞剧里吗？”

“是在那轻松歌舞剧里。你说得对。”

我透不过气来，吓得发抖。这矮小的男人究竟在说什么？

“听着！”他说。“事情会说清楚的，那时你就要回答我‘是’或‘否’，然后根据你的回答，我将作出今后对你的评价。”

他那最容易激动的天性的难以抑制的冲动，使他的面颊绯红，使他两眼闪射着锐利的光芒；这种天性——这种欠考虑的、讨人嫌的、迟疑不决的、愁眉苦脸的、装模作样的、尤其是不屈不挠的天性，可以迅速地转变成狂暴的难以和解的脾气。沉默和加以注意乃是对症下药的最好的镇痛剂，我于是倾听着。

“整个事情要垮台了，”他开始说。“露易丝·凡德克考夫生了病——至少她的可笑的妈妈硬是这么说的。在我看来，我觉得只要她愿意她就肯定能演。这里只是缺少善意罢了。她担任一个角色，这你知道，或者不知道——反正都一样，而没有这个角色，这出戏就演不成了。现在只有几个钟点来熟悉它；这所学校里却没有一个姑娘懂道理，来接受这个任务。当然啰，这不是一个有趣的、不是一个可爱的任务。她们那讨厌的自高自大——这种卑劣的品质妇女身上真多啊——会对此发生反感。英国妇女在女性之中不是最好的就是最坏的。上帝知道我通常憎恶她们像憎恶瘟疫那样。”（这句话从他那泄露秘密的牙齿缝中吐了出来。）“我请求一位英国女士救助我。她的回答是什么——是‘是’还是‘否’？”

千百种反对的理由涌上我的心头。比如外语呀，时间有限呀，大庭广众前露面呀……“爱好”退缩了，“能力”摇晃不稳了，“自尊心”（这“可恶的品质”）颤抖了。所有这些东西说道：“不行，不行，不行！”但是我抬眼看着保罗先生，在他那双苦恼的、火烧火燎的、到处搜寻似的眼睛里，看见在充满威胁的背后，有一种恳求的神色，于是我的嘴唇吐出一个字：“是。”他的严峻的面容立刻松弛下来，满意地抖动了一下。不过，他又迅速地皱起眉头，继续说——

“快去工作！剧本在这里；这是你的角色；念吧。”于是我念着。他没有称赞一声；念到某些段落，却又瞪眼，又跺脚。他教训了我，我勤勤恳恳地模仿他。我承担的是一个令人讨厌的角色——演一个男人——一个没有头脑的纨袴子弟。我无法把整个心灵投入其中。我憎恶这个角色。这出戏——只不过是个无聊的东西——主要是写一对情敌费尽心机去赢得一位漂亮的卖弄风情的女郎以身相许。一位情人叫做“乌尔斯[①]”，是一位侠义心肠、但是粗鲁无文的好人，像一颗未加工的钻石。另一位情人则是一只花蝴蝶，一个碎嘴子、一个薄情郎。我便要扮演那只花蝴蝶、碎嘴子和薄情郎。

我尽力而为——我知道自己念得不好，使保罗先生恼怒。他发了火。我竭尽全力做出我最好的水平。我推测他相信我主观上是想做好的。他承认了部分满意。“这还可以！”他喊道。这时从花园里开始传来说话声，几件洁白的连衣裙在树丛间飘拂，他接着说：“你必须撤退，你必须独自一个人练习这个戏。跟我来。”

不允许有时间或力量考虑，我便发现自己在此同时被护送着，仿佛卷在一种旋风之中，沿着楼梯飞上了两段梯级，不，实际上是三段（因为这位火暴性子的矮小的男人似乎在任何地方都本能地熟悉路径）。我被带到了这间孤僻的顶楼高处，送了进去，上了锁。钥匙是插在门上的，他取下了那把钥匙带在身边，便不知去向了。

顶楼不是一个舒服的地方；我相信他并不知道这儿是多么叫人不舒服，否则他决不会如此不客气地把我锁在里边。在这夏天里，这儿热得像非洲一样；到了冬天，这儿又经常冷得像格陵兰[②]。顶楼里塞满了箱子和破破烂烂的东西。旧衣烂衫挂在没有刷上颜色的墙上——蜘蛛网张在没有打扫过的天花板上。这儿是出名的老鼠、蜚蠊、蟑螂居住的地方——不仅如此，传闻还肯定地说那个幽灵般的花园修女有一次让人看见在这里出现。黑暗使顶楼的一头看不清楚，再望过去，仿佛是更为深沉的神秘，一幅铁锈色的旧帷幔张挂着，用以遮蔽一排色调阴森的冬装斗篷，每一件斗篷都垂吊在一根钉子上——好像一个坏人吊在绞架上一样。这个修女据说就是从这些斗篷之间，在这幅帷幔

① 原文为法语 ours，意为熊，孤僻、粗野的人。
② 格陵兰，世界最大岛屿，全岛三分之二在北极圈以北，气候严寒。

的后面出现的。我不信此说，因此也不担惊受怕。不过我倒是看见了一只非常大的黑老鼠，长着一条长尾巴，从那个肮脏的壁橱里溜出来。除此以外，我的眼睛还看见地板上斑斑点点的许多蜚蠊。也许，这样说是通情达理的，即比起破破烂烂的东西和这里的闷热，以及灰尘来，这些蜚蠊更使我不安。要不是我想方设法打开了天窗，把天窗撑了起来，放进一些新鲜空气的话，闷热立刻就会变得无法忍受了。我把一只大空柜子推到天窗下面，柜子上搁了一只小一些的箱子，抹掉这两件东西上的灰尘，我便提起我的连衣裙（读者想必记得这是我最好的衣服，因此是理所当然得小心对待的东西），非常仔细地提拢在身上，登上这样一个临时王位，坐上以后，便开始执行任务。我一面练习，一面没有忘记十分警惕地监视着那些蜚蠊和蟑螂，我相信，比起老鼠来，这些虫子甚至更使我如坐针毡，怕得要命。

最初，我的印象是自己承担了确实不可能完成的任务，而我只不过决心尽最大努力，然后听任以失败告终。但是，我不久便发现，在这样短的作品中的一个角色，只不过是花几个小时的功夫记忆就能够掌握的东西。我一遍又一遍地念着，开头悄没声儿地念，然后大声念。知道完全不会被人类观众看到，我便在这类“顶楼害虫”面前扮演起我的角色来。我带着一种由藐视和不耐烦的心情激起的精神进入了这个角色的空虚、轻浮和虚伪之中，用尽可能把他演得愚蠢可笑的办法，来报复这个“蠢驴”①。

下午就在这样的练习中过去了，白天渐渐转变成黄昏。我吃过早饭以后，什么也没有吃，觉得饿得发慌。这时，我想起那个茶话会，毫无疑问，她们此时正在下面花园里的远处狼吞虎咽地吃着。（我刚才在门厅里看见满满一篮子的奶油小馅饼，在我看来，在烹调术的整个领域内，再也没有什么比这更好的了。）一块馅饼，或者一块方蛋糕，

---

① 原文为 fat，英语“肥肉”、法语“自命不凡的傻瓜”之意。可能语意双关。

在我看来会来得正是时候。由于我对这些美味的食欲在增长，而我却必须斋戒和监禁来度我的假日，事情开始显得有些苛刻了。顶楼虽然远离沿街大门和门厅，然而这里还是隐约可闻一直在玎玲作响的铃声，还有在备受折磨的铺石路上不停地碾过去的车轮声。我知道这幢房子和花园里挤满了人，下面到处洋溢着欢乐愉快。而这里却开始昏暗下来，蜚蠊渐渐从我眼前消失了。我颤抖着，只怕它们偷袭我，在我看不见的时候爬上我的王位，并且在我没想到的时候侵犯我的裙子。我焦躁不安，忧心忡忡，开始仅仅为了消磨时间而排练我的角色。刚好在我快要结束的时候，延迟了很久的钥匙开锁的咔嗒声传到我的耳朵里——这可不是不受欢迎的声音。保罗先生（我还能在昏暗中看出那是保罗先生，因为光线还稽留着足以映照出他的头发剪得很短的头颅的天鹅绒般的黑影，以及他那带灰黄色的象牙色的前额）往里边探望。

“好哇！”他嚷道，把门推开，握住把手，站立在门口。“我都听见了。够好了。再来一遍！”

我一时间迟疑不决。

“再来一遍！”他严厉地说。“再不要做怪脸！不要怕难为情！”

我便又扮演了一遍那个角色，但是没有我独自一人时念得那么好，一半也没有。

“她终于明白了，”他有些不满意地说，“不过在这种情况下，人们不能过分挑剔或者过分要求。”然后他接着说：“你还有二十分钟好准备，再见！”他打算走了。

“先生，”我鼓起勇气大声喊道。

“啊，什么事情，小姐？”

“我饿得发慌。”

“怎么，你饿了！茶话会怎么啦？”

“我对此一无所知。我给关在这里，没有看见。”

“啊，真的，”他嚷道。

一转眼工夫，我离开了我的王位，顶楼空了出来，刚才促使我来到顶楼的那股子劲，现在反过来立即促使我往下——往下——往下直奔到厨房里。我觉得我真会直奔到地下室里去呢。厨师被紧急命令弄吃的东西，而我同样被紧急命令去吃。我十分高兴的是这份食物只有咖啡和蛋糕，我本来怕是我不喜欢的葡萄酒和甜点心。他怎么猜到我会喜欢一客奶油小馅饼，我不明白，然而他却走出去从什么地方弄来给我。我相当津津有味地又吃又喝，把这份小馅饼当作最好的一块留到最后吃。保罗先生监督我的饮食，几乎强迫我咽下超过我的饭量的东西。

“这就对了，”他嚷道，这时我表示自己真的不能再多吃了；我举起双手，恳求免去再吃一个他刚才在上面抹了黄油的面包卷。“你会把我看成一种暴君和蓝胡子[①]，把妇女关在顶楼上挨饿。其实，我到底不是那种家伙。好吧，小姐，你可觉得有勇气和力气出场呢？”

我说我觉得如此，虽然，说真的，我心慌意乱之极，简直弄不清楚自己是什么感觉。可是这位矮小的男人是那样一类人：你无法反对他，除非你具有一种占压倒优势的力量能立刻把他摧毁。

“那么来吧，”他伸出手来说。

我把手让他握着，他便迅速地迈开步子走去，我则不得不在他旁边跑着跟上他的脚步。来到方形大厅里的时候，他停了片刻。这里亮着巨大的灯盏；一间间教室的宽大的门开着；一扇扇同样宽大的通往花园的门也开着；一些橘子树栽在木桶里，高高的花枝插在花瓶里，

---

① 蓝胡子，法国诗人兼童话作家佩罗（1628—1703）所著童话故事《蓝胡子》中的人物。这一人物生性残暴，杀死过几个妻子。最后一个妻子法蒂玛无意中发现蓝胡子的罪行，也被蓝胡子威胁处死，但终于得救，而蓝胡子被人杀死，得到应有的下场。

装饰着这些入口的两边；一群群女士们和先生们穿着晚礼服，在鲜花之间或站立或行走。在里边，一间间教室的长长的远景呈现出一片人头济济、起伏波动、喃喃低语、花枝招展、川流不息的人群，全都穿着玫瑰红、天光蓝和半透明的雪一样白的衣衫。头顶之上，玻璃架枝形吊灯光辉灿烂；在那边远处搭了一个舞台，拉上庄严的绿色帷幕，亮着一排脚灯的光。

"这难道不美吗？"我的朋友问道。

我应该说一声这是美的，可是我的心跳到喉咙口了。保罗先生发现了这个情况，对于我的痛苦他却报以斜眼鄙视，微微摇头。

"我会尽力去做，但是我希望事情已经过去，"我说。然后又问道，"我们要穿过那一群人走过去吗？"

"决不。我把事情安排得比这好。我们从花园里穿过去——来吧。"

一会儿工夫，我们就来到门外。凉爽、安宁的夜晚使我多少恢复了精神。抬头不见月亮，但是从许多灯火辉煌的窗户中照射出来的光把庭院照得一片明亮，连那一条条庭院小径也依稀可见。天上万里无云，它的那些颤抖着的活跃的星星点点使它显得庄严伟大。欧洲大陆之夜是多么温柔啊！是多么醇美、芬芳、安全啊！没有海上的迷雾；没有阴冷的潮湿；像中午一样没有烟雾蒙蒙，又像早晨一样清新爽朗。

我们穿过庭院和花园，来到第一班教室的玻璃门前。门开直着，正像这天夜晚所有其他的房门一样。我们走进去，然后我被领到一间小房间里，这个小房间把第一班教室和大厅分隔开来。里边满室灯光，使我目眩；里边人声嘈杂，简直震耳欲聋；又热又闷，拥挤不堪，使我呼吸不畅。

"秩序！肃静！"保罗先生喊道。"这是个混乱世界吗？"他问道；

于是大家静了下来。他说了十几句话，做了同样多的手势，撵走了在场的一半的人，迫使余下的人排起队来。这些留下来的人全都穿着戏装，她们都是参加演出者，这里便是演员休息室。保罗先生把我向大家作了介绍。她们全都睁大眼睛看着我，有些人还吃吃地笑。这是出人意外的事，她们没有想到一个英国女人竟然会在一出轻松喜剧里演出。姞妮芙拉·樊箫为她担任的角色打扮得花枝招展，模样儿漂亮得叫人心旌摇荡，她转过那一双圆睁着像珠子似的眼睛直对我瞧。我情绪好到极点，没有因为害怕或者害羞而慌乱，想到将要在几百个人面前露上一手我确实高兴——我在她兴高采烈之际走进屋子，看来用令人惊讶之举把她吓呆了。她本来会惊叫一声的，但是保罗先生制止了她和所有其余的人。

他对全班人马审视和鉴定了一番，然后转向我。

"你也必须去为你担任的角色装扮一下。"

"装扮——装扮得像一个男人！"翟丽·圣彼埃尔冲向前来高声嚷道，又大献殷勤地加上一句，"我自己来替她装扮。"

装扮得像一个男人并不使我高兴，也不适合我。我刚才同意过用一个男人的名字，同意过担任这个男人的角色；至于男人的衣着装扮——决不干！不。我情愿保留我自己的服装，不管可能会发生什么事。保罗先生可能会暴跳如雷，可能会怒气冲天，但是我情愿保留我自己的服装。我就这样说了，声音很低，却主意坚决，不过也许在语调上不坚定。

他没有像我十拿九稳地料想的那样马上暴跳如雷或怒气冲天，却是一声不吭地站在那儿不动。翟丽又插进来。

"她会把一个花花公子演得惟妙惟肖。这里是服装，完全——完全齐备；稍许大了一些，不过我会把这些都处理好。来吧，亲爱的朋友——美丽的英国人！"

于是她讥诮地笑笑，因为我并不“belle”。她抓住我的手，要把我带走。保罗先生不可逾越地站在那儿——态度不明确。

“你决不要拒绝，”圣彼埃尔继续说——因为我是在拒绝。“你会把一切都弄糟的——毁坏这出戏的欢快气氛，毁坏朋友们的欣赏乐趣，使一切都成为你的自尊心的牺牲品。这就会太坏了——先生是决不会允许的吧？”

圣彼埃尔盯着他的眼睛瞧。我同样密切注视着他将投向我怎样的一瞥。他对她望了一眼，接着对我望了一眼。“住手！”他慢慢地说，阻止仍然企图把我拉走的圣彼埃尔。大家都在等待着他的决定。他并没有生气，也没有显得不耐烦；我看出了这一点，于是鼓起勇气来。

“你不喜欢这些衣服吗？”他指着一些男式服装问道。

“我不反对其中几件，但是我不愿意全套都穿上。”

“那么，该怎么办呢？接受了演一个男角色，怎么能穿着女人的衣服出现在舞台上呢？不错，这是一场业余演出——一场寄宿学校的演出；某些更改我可以批准，然而你必须穿些什么来显示你属于一个较高贵的性别。”

“我会的，先生；不过这必须按照我自己的方式来处理。谁也不得干涉，这些事情一定不能强加于我。只要让我自己来装扮就行。”

这位先生不再言语，便从圣彼埃尔手上拿过衣服，交给了我，允许我走过去进入化妆室。等到我孤身独处的时候，我逐渐安静下来，集中精神去工作。我保留了我的女式服装，一点也没有脱掉什么，只不过另外穿上一件小上衣，戴上一个硬领，打上一条领带，外加一件小茄克。这全套东西都是一个学生的弟弟的衣服。我把编成辫子的头发松散开来，把后面的长发弄得很短，把前刘海刷到一边，然后把帽子和手套拿在手上，走了出来。保罗先生和其他的人都在等着。他瞧着我，发表意见说：“在一所寄宿学校里，这样可以过得去了。”接着又不是不怀好意地加上一句："勇气，我的朋友！更镇定些——要沉着，露西恩先生，一切会好的。"

圣彼埃尔以她那种冷酷的蛇一样的神态又冷冷一笑。

由于兴奋，容易激动，我不禁冲着她说，假如她不是一位女士而我真是一位绅士，我就想要向她挑战了。

"演完戏再说，演完戏再说，"保罗先生说。"到那时我一定会把我那一对手枪分给你们两位，咱们一定会按照正式规则来解决纠纷：这将不过是法国和英国早就有的争吵而已。"

不过现在已经快到演出开始的时候了。保罗先生把我们叫到他的面前，简短地训示一番，就好像一位将军对将要出击的士兵们发表演说一样。除了忠告每个人都要深深记住她本身是无关紧要的这一点之外，我不知道他还说了些什么。上帝知道我认为这一忠告对于我们当中某些人来说是多余的。铃声玎玲玲响了。我和另外两个人被领到舞台上来。铃声又玎玲玲响了。我必须说开头的几句台词。

"不要看观众，也不要想到他们，"保罗先生轻声对着我的耳朵说。"想象你自己是在顶楼上，对着老鼠演戏。"

他走掉了。幕布拉了上去——缩拢到天花板上。那明亮的灯光，长长的房间，花团锦簇的人群，都突然出现在我们眼前。我想着那些蜚蠊、那些破旧的箱子、那些虫蛀的办公桌。我拙劣地说了我该说的话；但是总算说了。这开头的台词是不容易说的；它向我表明了这样的事实，即我害怕观众并不像我害怕自己的声音那样厉害。外国人和陌生人这样的观众对我说来不算什么。我也没有想到他们。一旦我的舌头无拘无束，我的声音达到正确的音高标准，找到了自然的声调，我便只想到我所扮演的人物——还有保罗先生，他正在舞台的边景旁听着，瞅着，为我们提词。

不一会儿，我感到真正的力量来了——泉水的内部要求奔涌升腾——我变得泰然自若，注意起我的同台演员们来。她们之中有些人演得非常好，特别是姞妮芙拉·樊箫，她必须在两个追求者之间打情骂俏，她处理得恰到好处。事实上这对于她是如鱼得水。我观察到她有一两次把某种明显的宠爱和显然的偏心表现在她的神态里，传递给我这个纨袴子弟。她恩赐给我的是如此鲜明和生动，她射向下面倾听着、鼓掌欣赏着的观众的是如此的目光，对我说来——我深知其人——这很快变得十分显然，她正是在向某个人做姿态。我跟随着她的眼睛、她的微笑、她的举止望去，不久便发现她为她的箭镞至少选中了一位漂亮出众的靶子。阻挡在一支支羽箭经过的道路的中央站着一位比其他观众高大因而更有把握要中箭的人，态度沉静，聚精会神，一个熟知的形体——那就是约翰医师。

此情此景不知怎么似乎颇有意思。约翰医师的眼神中含有语言，虽然我说不出他说的是什么。他的眼神鼓舞了我。我从其中引出一段往事；我把脑子里所想的灌注于我正在扮演的角色之中；我把它表现在我对姞妮芙拉的求爱里。在“乌尔斯”或者说忠诚的情人的身上，我看见了约翰医师。我像往昔那样可怜他吗？不，我硬起心肠，和他竞争并且战胜他。我知道自己不过是个纨袴子弟，可是凡是他被驱逐的地方，我就感到快活。这时，我知道自己表演得似乎渴望并且决心赢得胜利、征服别人。姞妮芙拉支持着我，在我们之间，我们相当多地改变了角色的性格。把它从头到脚镀了一层金。在间幕，保罗先生对我们说，他不明白我们被什么鬼迷住了，他半带劝导地说：“这也许比你原先该表演的更好，”又说：“但它不是你的角色。”我也不知道究竟是什么鬼迷住了我，可是我的渴望不知怎么就是要盖过那个“乌尔斯”，即约翰医师。姞妮芙拉是柔弱稚嫩的，我除了像骑士般豪侠英武以外还能是别的什么样子吗？我保留了台词，却毫无顾忌地篡改了角色的精神。要是没有这么一颗心，没有这么一种兴趣，我完全不能扮演这个角色。它必须这样扮演——加进这种渴望的调味品——如此调味，我便演得津津有味。

那天夜里我所感受到的和我所做过的事情，我可不想再去感受，再去做了，正像我不想在迷迷糊糊的状态中被提升到七重天[①]上去一样。我冷淡、勉强、提心吊胆地答应扮演一个角色来使别人高兴，不一会儿，我却热情洋溢，变得兴致勃勃，精神抖擞，扮演这个角色来使自己高兴。然而到了第二天，我把这事重新想了一遍的时候，我却很不赞成这种业余演出。虽然我为自己答应了保罗先生的请求以及试过了一次我自己的力量而感到高兴，可是我下定决心，再也不让别人拖到这一类事情里去了。我的性格中有着对于戏剧表现的强烈兴趣，这一点已经显露出来。培育并锻炼这一新发现的才能也许会给我带来许多许多乐趣，然而，对于一个仅仅是生活的旁观者来说，这是没有益处的。这股子劲和这种渴望必须搁在一边；我把它们搁在一边了，而且用一把决心的锁把它们锁起来，无论是“时间”或者是“诱惑”从此都没有撬开过这把锁。

这出戏一结束，并且成功地结束的时候，那位性格急躁、独断独行的保罗先生便立刻经历了一次变形。他作为管理人应该负责任的时刻已经过去，他便立刻把他的管理人的严肃抛在一边。不一会儿，他就站在我们之间，生气勃勃，亲切友好，善于交际，同我们全体逐一握手，一个一个道谢，还宣布他的决定，要我们每个人在将开始的舞会上挨个儿做他的舞伴。他要求我同意的时候，我告诉他我不会跳舞。“这一次我一定要你跳，”这是他的答复。要不是我溜到一旁，不让他看到，他一定会强迫我演这第二出戏了。可是这一个晚上我表演得已经够了，现在是我退隐到我自己和我的日常生活中去的时候了。我的暗褐色的连衣裙外面罩上一件茄克，出现在舞台上曾经是相当不

① 七重天，中世纪中东奥秘教义术士认为上帝和最高级别的天使待在七重天上。

错的，可是穿来跳华尔兹或者四对舞就不合适了。我退缩到一个静静的角落里，我可以从这个不被注意的地方留心观察那场舞会；它的灿烂辉煌，它的兴高采烈，像一个奇景那样在我眼前晃过。

姞妮芙拉·樊箫又一次成了群芳之首，场上最美丽和最活跃的人。她被挑选来开始舞会，她的外貌非常可爱，舞姿非常优美，笑容非常欢快。这样的场景简直是她的凯旋式——她是喜乐的宠儿。工作或者苦难使她心疲神苶和垂头丧气，四肢无力和叫苦不迭；热闹欢乐则把她的蝴蝶翅膀展开，照亮翅膀上的金粉和明亮的小圆点，使她像一颗珠宝那样闪光，像一朵鲜花那样开放。她看到一切家常食物和普通饮料会噘起嘴来，但吃起奶油和冰淇淋来，就像蜂鸟吃蜜糖似的。甜葡萄酒是她的基本要素，甜蛋糕是她的每日面包。姞妮芙拉在舞厅里过着她丰富多彩的生活；在别的地方她就蔫然无生气了。

我的读者，请不要以为她如此鲜花般盛开和火花般闪光仅仅是为了她的舞伴保罗先生之故；也不要以为她在那天夜晚大肆展露她的最佳风姿只不过是为了开导她的同伴们，或者是为了启发布满方形大厅和围着舞厅一个挨一个的父母亲们和祖父母们；在这样乏味的和有限的环境之下，姞妮芙拉决不会怀着这样没有生气和趣味的动机，降低身份去走那么一场四对舞，厌倦和烦恼本来会代替生气勃勃和兴味盎然，不过她了解是什么发酵剂催使所有与会者在这本来应是庄重的节日弥撒时春风满面。她尝到了给舞会添加风味的佐料；她看出来她有理由展示自己最出众的魅力。

的确，在舞厅里，人们看到男性旁观者没有一个不是已婚的、做了父亲的——除了保罗先生——这位绅士也是男性之中仅有的一位被允许领着一位女学生跳舞。他被破例准许担任这个角色，一部分是由于陈规旧习（因为他是贝克夫人的亲戚，并且受到她高度信任）；一部分是因为他很随心所欲，想干什么就要做什么；还有一部分则是因为——尽管他可能固执、急躁、偏心——他却是个心灵高尚的人，可以把一大群最美丽、最纯洁的姑娘信托给他，一百个放心，在他的领导之下她们决不会受伤害。有许多姑娘——也许可以附带说一下——完全不是良心纯洁的人，实在是另外一种样子，但是她们都不敢在保罗先生面前暴露出天性中卑劣的一面，正像不敢故意揭他的疮疤，不敢在他大喊大叫的时候冲着他笑，不敢在一张有智力的猛虎的面具罩在他脸上、他随时会大发雷霆的紧要关头高声说话。所以，保罗先生可以同他挑中的人跳舞——而打乱他的舞步的障碍物，一定要倒霉！

其余的人被允许在那儿旁观——带着（只是表面上）不情愿的样子，那是通过请求，依靠关系，受到限制，仰仗特别地和困难地运用了贝克夫人的宽厚善良的天性而被允许的。这整个夜晚，贝克夫人——由她亲自监视——使他们远远地待在那间方形大厅的最远、最无趣、最冷、最阴暗的一边——他们是小小的一帮被遗弃的“年轻人”，都出身于名门世家，是到场的母亲们的长大成人了的儿子们，他们的姐姐或妹妹则是这所学校里的学生。这整个夜晚，夫人都在这些“年轻人”身边值班——像一位妈妈那样留心他们，却又像一个凶狠的监护人那样严厉。有一条警戒线那样的东西划在他们前面，他们刺刺不休地恳求她让他们越过，为了活动活动自己，跟那位“金发美女”、或者那位“美丽的浅黑型女子”、或者“头发乌黑的动人的小姑娘”跳一次舞。

“别吵！”夫人会这样威风凛凛、铁面无私地回答。“除非跨过我的尸首，你别想过去，你别想跳舞，除非是跟花园里的修道女跳。”（暗指那个传说故事）。于是她高视阔步地沿着他们那条闷闷不乐的、心急火燎的界线，来来回回地走动，就像一个穿着一身鼠灰色绸长袍的矮小的拿破仑·波拿巴一样。

夫人对于世情是有所了解的；夫人对于人性是知之甚多的。我想维莱特的别的女指导者决不敢允许一个“年轻绅士”进入她的校园之内；但是夫人知道，由于在像现在这样的场合，给予了如此的入场许可，一个大胆的想法也许能成功，并且一个重大的目的也许能达到。

首先，那些做父母的人们已经被弄得成为这一事实的帮凶了，因为只有让他们介入这件事才能做成。第二，允许这些如此迷人、如此危险的响尾蛇入场，起到了按照夫人最强的性格把她自己描绘出来的作用——那是头等的监督人的性格。第三，他们的到场给这次招待会提供了最使人兴奋的滋味。那些女学生们知道这一点，看到这一点，而这样的一些金苹果[1]在远处闪闪发光，使她们生气勃勃，精神振奋，这可不是其他场合所能激发出来的。孩子们愉悦之情扩散到做父母的人的身上；生气和欢乐迅速地在舞厅四处播散。那些“年轻人”自己虽然受到限制，却也都兴味盎然；因为夫人决不允许他们感到索然寡味——如此，贝克夫人的圣名瞻礼日每年都能保证获得成功，这是国内任何其他女指导者的圣名瞻礼日都未曾有过的。

我注意到约翰医师首先被允许随随便便地穿过一间间教室；他身上有一种男子气概的、一本正经的样子，这种样子弥补了他的青春年少，抵偿了他的漂亮英俊。不过跳舞一开始的时候，夫人就跑到他跟前来。

“来吧，野狼；来吧，”她一面笑一面说。“你披着羊皮，但是尽管如此，你还是必须离开羊群。来吧，我在这方形大厅里有一座可容纳二十位的挺不错的动物园，让我把你安置在我的收藏物之中吧。”

---

① 金苹果，典出希腊神话。提坦神阿特拉斯的果园中有一棵金苹果树。大力神赫拉克勒斯为完成交给他的艰巨任务，杀死看守金苹果的毒龙拉冬，得到三只金苹果。另一神话说，不和女神厄里斯因为在色萨利国王珀琉斯与海上女神忒提斯结婚时未被邀请赴宴，便把一只刻有“给最美丽者”字样的金苹果抛入宴席。天后赫拉、爱神阿佛洛狄忒和智慧女神雅典娜都认为自己最美，争夺这只金苹果。最后金苹果判给了阿佛洛狄忒，引起另外两位女神的深刻不满，从而导致特洛伊战争。

“不过你先要容忍我和我选中的一位女学生跳一次舞。”

“你竟然有脸要求这样的事情？这是发疯；这是离经叛道。出去，出去，而且要快些。”

她把他往前赶，不久便把他关在警戒线之外。

姞妮芙拉走出来在我退避的地方来找我，我想她是跳舞跳累了。她一下子在长凳上我的旁边坐下来，并且（没有这种热烈行动我倒是很自在）用双臂抱着我的脖子。

“露西·斯诺！露西·斯诺！”她用有几分抽泣的声音、差不多是歇斯底里的样子喊道。

“这究竟是怎么一回事？”我冷冷淡淡地问。

“我的外表怎么样——我今天夜里看来怎么样？”她问道。

“跟平常一样，”我说，“不合情理地虚有其表。”

“刻薄的东西！你从来没有说过我一句好话；可是不管你以及所有其他的嫉妒的诬蔑者怎么说，我知道自己漂亮。我感觉到这一点，看到这一点——因为化妆室里有一面大的穿衣镜，我可以从头到脚看见自己的模样。你现在愿意跟我去，让我们两人站在镜子面前照照吗？”

“我愿意，樊箫小姐；你会被惯得叫你无法无天了[①]。”

化妆室离得很近，我们走了进去。她挽着我的手臂，把我带到镜子跟前。我既不抗拒，也不规劝，更不发表意见，只站在那儿，让她顾影自怜，感到心满意足，得意洋洋；我真想看看这种自我欣赏能够吞咽下多少东西——看看把这种自我欣赏喂得饱饱的是否有可能——看看顾念他人的悄悄声息是否能够有一点儿沁透到她的心里，使它的虚荣的得意忘形减少一些。

① 这句原文 humoured to the top of your bent，源自莎士比亚的《哈姆莱特》第 3 幕第 2 场末的一句话：They fool me to the top of my bent（他们愚弄我，叫我忍无可忍了）。

完全不能。她把我和她自己转过身来，把我们两个从各个侧面打量一番。她粲然一笑，她甩甩鬈发，她重整一下她的饰带，她展开她的连衣裙，最后，她放开我的手臂，用一种模拟的尊敬的样子行了一个屈膝礼，说道：——

“给我一个王国我也不愿意变成你。”

这句话太天真幼稚，我一点儿也不觉得愤怒；我只说了一句：——

“很好。”

“那么你愿意拿什么来变成我呢？”她问道。

“一个六便士的臭钱都不愿意——这话听起来也许让你觉得奇怪，”我回答说。“你不过是一个可怜的东西。”

“你心里可不是这样想。”

“不错：因为在我心里你根本没有地位。我只不过偶尔想到你。”

“嗯，不过，”她用一种告诫的语调说，“听我说一说我们两人之间处境如何不同吧，然后看看我是多么幸福，而你是多么可怜。”

“往下说，我听着。”

“首先，我是一位名门世家的绅士的女儿，虽然我的父亲并不富有，但是我有继承一位叔父很多遗产的希望。其次，我刚到十八岁，这是可能有的最美好的年华。我已经受过欧洲大陆的教育，虽然我不会拼写，但是我有许多才能。我确实长得漂亮，你可无法否认；我要有多少爱慕者就有多少。就在今天夜晚，我已经使两位绅士心碎了，刚才他们中的一个还对我投来渴望的目光，这使我高兴非凡。我是那么喜欢看见他们脸上红一阵白一阵的，彼此怒目相向，投射冒火的视线，而对我则投来含情脉脉的目光。这就是我——幸福的我；至于你啊，可怜的人儿！

“我猜想你是个没有地位的人的女儿，因为你当初到维莱特来的时候，是照看小孩的。你没有亲戚；你二十三岁的年纪，不能还说自己年轻；你没有能够吸引人的才能——没有美丽的容貌。至于说到爱慕者，你简直不知道什么是爱慕者；你甚至无法谈论这个话题：在别的女教师列举她们所征服的男人时，你哑巴似的坐在一边。我相信你从来也没有恋爱过，将来也决不会；你不知道那种感情，不过这样更好，因为虽然你也许让你自己的心被弄得破碎了，你却永远不会使一个活生生的男人的心破碎。这难道不是千真万确的吗？”

“你说的这些话有许多就像基督福音一样正确，而且还很尖刻。姞妮芙拉，你如此诚恳地说出来，心地必定是善良的。那条蛇翟丽·圣彼埃尔就说不出你刚才说的话。不过，樊箫小姐，尽管照你所揭示的那样，我很倒霉，我仍然不愿意花六个便士来买你的躯体带灵魂。”

“就因为我不聪明，而聪明却是你考虑的一切。世界上只有你看重聪明。”

“正好相反，我认为你是聪明的，以你那种方式——的确非常机灵。不过你刚才谈到心碎的事——这种使人受到教育和启发的娱乐，我可没有领略过它的美妙之处；请教在今天夜晚，你的虚荣心指引你觉得已经在谁的身上实行了这件事？”

她把嘴唇凑到我耳朵边——“伊西多尔和阿尔弗莱德·德·阿麦尔两位都在这儿，”她悄悄地说。

“哦！他们都在？我倒想见见他们。”

“到底是个可爱的东西！你的好奇心终于被激发起来了。跟我来，我把他们指给你看。”

她满怀骄傲地带路——“不过你从教室里看他们看不清楚，”她转过身来说，“夫人把他们挡得太远了。让我们穿过花园，从走廊那儿进去，打后面接近他们。要是我们被发现，我们会挨骂的，不过没关系。”

这一次，我什么也没有放在心上。虽然我们穿过花园走去——从一个幽静的隐蔽的入口走进走廊，接近方形大厅，然后待在走廊的阴影中，从一个近距离观察那帮“年轻人”。

即使无人指点，我相信我也能认出那位无往不胜的德·阿麦尔。他生得鼻如悬胆，五官十分端正，是个小纨袴子弟。我说小纨袴子弟，是因为，虽然他的身材并不低于中等标准。但是他的整个轮廓是小的，手和脚也是小的。他长相漂亮，皮肤光滑，像一个洋娃娃那样整洁。衣服穿得那样精致，头发卷得也那样精致，那样穿着靴子，戴着手套，打着领带——他的确有魅力，我要说。“多么可爱的人儿！”我喊道，并且热情地称赞姞妮芙拉的眼力。我还问她，刚才她弄碎了德·阿麦尔的心，那么她认为德·阿麦尔可能怎样处理了那些宝贵的碎片呢——是不是放在一个小玻璃香水瓶里，浸在玫瑰香精之中了？我还带着嘉许的非常喜悦的心情说，那位中校的双手并不比樊箫小姐的双手大多少，并且指出这种情况也许有方便之处，因为他在紧迫的时候能够戴上她的手套。关于他的可爱的鬈发，我对她说我很偏爱；对于他那希腊式的低眉，以及那优雅的古典式的帽子，我承认它们十全十美，我无法用语言恰当地给予描述。

“假如他是你的意中人呢？”极度耀武扬威的姞妮芙拉提出来。

“哦！天哪，这真是太福气了！”我说。“不过樊箫小姐，请不要太残忍。把这种想法塞进我的头脑，就像叫那位可怜的被驱逐的该隐①看一眼遥远的天堂一样。”

“那么，你喜欢他吗？”

“就像我喜欢糖果、果酱、蜜饯和温室里的鲜花一样。”

---

① 该隐，《圣经》中记载的人类始祖亚当和夏娃所生的长子。该隐是种地的，他拿地里的产物供奉给上帝，上帝看不中，却看中了他的牧羊的弟弟亚伯所供奉的羊。该隐因而怒杀了亚伯。上帝将该隐从原地逐出，要他“流离飘荡在地上”。见《圣经·旧约全书·创世记》第4章。

姞妮芙拉欣赏我的口味，因为这些东西全都是她所喜欢的，她于是立刻相信这些也都是我所喜欢的东西。

“现在谈谈伊西多尔，”我继续说。我承认自己有一种想看见他的好奇心，比想看见他的情敌更强烈；但是姞妮芙拉却全神贯注在后者身上。

“阿尔弗莱德今天夜晚能到这儿来，”她说，“是通过他的姨母男爵夫人德·多罗多特的关系。现在，你已经看见他了，难道你还不明白这整个晚上我为什么如此兴致勃勃，表演得这么好，如此精神抖擞地跳舞，现在又为什么像一位王后那样快乐吗？上帝啊！上帝啊！先看他一眼，然后再看另一个一眼，叫他们两个都发疯，这是多么有趣的事啊。”

“可是那另一个——他在哪儿？把伊西多尔指给我看。”

“我不愿意。”

“为什么？”

“我替他感到难为情。”

“为了什么原因呢？”

“因为——因为”（悄悄地）“他有着如此——如此一部络腮胡子，橘黄色的——红色的——就在那儿！”

“真相大白啦，”我接上去说。“不要紧，还是指给我看看吧。我保证不会晕倒。”

她四面看看。就在这时候，一个说英国话的声音在她和我的背后响起来。

“你们两位站在风口上了；你们必须离开这走廊。”

“这儿没有风，约翰医师，”我转过身去说。

“她很容易着凉，”他极其慈心善意地望着姞妮芙拉，继续说。“她弱不禁风，必须得到照顾；给她拿一条披肩来吧。”

“请允许我为自己拿主意，”樊箫小姐傲慢地说。“我不需要披肩。”

“你的衣服单薄，你刚才跳了舞才觉着热。”

“老是说教，”她没好气地说；“老是要我当心这个当心那个，婆婆妈妈的。”

约翰医师本来应该作出的回答并没有说出来；他心上受了伤，这一点在他的眼神里变得明显了。他神情阴郁，愁眉苦脸，向一边转过去一点儿，不过还耐着性子。我知道近在咫尺就有许多披肩，便跑过去拿了一条来。

“如果我是有力量叫她听话的，那么她应该披上这条披肩，”我一面这么说，一面把披肩平整地围在她的细布连衣裙上，小心地披盖着她的脖子和双臂。“那位就是伊西多尔吗？”我悄悄问道，语气稍稍有点儿激烈。

她翘起嘴唇，微笑着点点头。

“那位就是伊西多尔吗？”我重复问道，摇撼着她；我简直要摇她十几下。

“这就是他，”她说。“和那位中校-伯爵比较起来，他显得多么粗鲁！而且——哦，天哪！——那部络腮胡子！”

约翰医师这时走了过去。

“那位中校-伯爵！”我重复她的话说。“那可怜的低等的东西——洋娃娃——玩偶——木头模特儿罢了！只配做约翰医师的仆从：做他的男用人，做他的小听差！这位优雅、大方的绅士——漂亮得像个女人——把他那体面的手和勇敢的心奉献给你，许诺在人生战斗的风雨中保护你娇弱的身躯和并不卑劣的心——而你却踌躇不前——你嘲笑他，刺激他，折磨他，这难道是可以的吗！你难道有权利这样做吗？谁给了你这个权利的？这个权利在哪儿？它倚仗的是你的美丽——你的又红又白的脸蛋儿，你的黄头发吗？是这个把他的灵魂绑在你的脚上[①]，把他的脖子压在你的轭下吗？是这个替你买到了他的感情，他的温柔，他的思想，他的希望，他的兴趣，他的高尚而诚挚的爱情——而你却不想要吗？你嘲笑这份爱情？你只不过是在装模作样：你的态度不认真；你爱他；你恋着他；但是你玩弄他的心，以此来更加牢靠地把他抓在手里，是不是？”

“呸！瞧你说个不停！你的话我根本听不懂。”

在这以前，我已经把她带到了花园里。此刻，我把她按在一张凳子上坐好，跟她说不许动，要她承认她究竟打算要谁——是人还是猴子。

“你把他叫做人的，”她说，“是资产阶级的、沙色头发的、名叫约翰的人吗？——这就够了，我不要他。德·阿麦尔中校则是一位有许多了不起的朋友、举止极文雅、外表很可爱的绅士，他的面貌苍白而有趣、头发和眼睛像意大利人的。再说，他还是可能有的最令人愉快的伙伴——一位和我很合得来的人。他不像另一个那么敏感和严肃，而是一位我能够立于平等地位与之交谈的人——他不用那种我不感兴趣的莫测高深的事情，以及激情、天才之类的东西来折磨我、麻烦我、骚扰我。行了，行了。别把我抓得这么紧。”

我松了手，她飞快地走开。我无意去追她。

不知何故，我控制不住自己，要再一次回到走廊那儿去，去对约翰医师再看一眼。不过我碰见他站在花园的台阶上，从一扇窗扉射出来的光，把那儿照得很亮。他那长得很匀称的身材是不会被看错的，我不信在那儿集会的人之中还有一个和他长相一样的人。他手上拿着

① 原文为 bind his soul at your feet，语出《圣经·旧约全书·民数记》第 30 章第 2 节，原文是：to bind his soul with a bond.（“要约束自己。”）这一句下面：“压在你的轭下”，也出自《圣经》。

帽子，他的头、脸和轮廓优美的前额都是最漂亮、最英俊的。他的面貌不像女人家的那么纤丽，那么娇小，而且也不冷酷、轻佻和柔弱。五官虽然端正，却不那么斧凿留痕以至失去了从刻板的匀称之中得来的力量和意义。许多感情时时在面部表露出来，更多的感情在他的眼睛里默默蕴藉。至少我是如此想象他的；对我说来，他似乎完全是这样。我对这个人瞧着的时候，一种难以言喻的奇怪的感觉占据了我，我暗想，他是不能被轻视的。

我并不打算在花园里接近他，或者跟他寒暄，我们之间的交情并不认可这样一步。我刚才只准备在人群里观察他——而我自己不被他瞧见。现在如此单身一人地碰到了他，我便往后退缩。可是他却正在等待着我，或者不如说等待着刚才和我在一起的她。因此，他走下台阶，跟随我沿着庭院小径走去。

“你认识樊箫小姐吧？我时常希望问问你是否认识她，”他说。

“不错，我认识她。”

“很亲密吗？”

“正如我所愿意的那样亲密。”

“你刚才对她干了些什么？”

“我岂是看守她的人么？[①]”我觉得自己想这样问，但是我只回答说：“我刚才着实把她摇过了，本来会把她摇得更彻底些，可是她逃脱了我的手掌，跑掉了。”

“能劳你驾吗？”他问，“请你今天照看她一个晚上，注意她不要做出什么粗心大意的事情来——比如说，在跳舞以后，不要立即跑到户外夜里的冷空气里去。”

“既然你要我做，也许我可以稍稍照顾她一点。不过她太喜欢自行其是，不会毫不犹豫地俯首听命。”

---

① 语出《圣经 · 旧约全书 · 创世记》第 4 章第 9 节：“我岂是看守我兄弟的么。”

“她是那么年轻，那么毫不矫饰，”他说。

“对我说来，她是一个谜，”我回答说。

“是吗？”他问道——非常感兴趣。“怎么回事呢？”

“要说怎么回事会是困难的——至少跟你说怎么回事是困难的。”

“为什么对我是困难的呢？”

“你是她这么好的朋友，我奇怪为什么她并不因此而感到更加高兴。”

“不过她一点也没有想过我这个朋友对她有多么好。这恰恰是我无法使她明白的要点。我可不可以问一问，她曾经对你说起过我吗？”

“她常常谈到你，把你的名字叫做‘伊西多尔’。不过我必须加上一句，只不过是在十分钟之前我才发现你和‘伊西多尔’原来是同一个人。约翰医师，只是在这么短的时间之前，我刚刚知道，在这所学校里，姞妮芙拉是你好久以来便感到兴趣的人——知道她是把你吸引到福色特街来的磁铁，知道你是为了她的缘故，冒险溜进了这座花园，寻找情敌扔下来的匣子。”

“你全都知道了吗？”

“我就知道这些。”

“我在社交场合见到她已经不止一年了。她的朋友肖尔蒙德莱太太是我的一位熟人；因此我每个星期日都见到她。不过你说她常常假借‘伊西多尔’的名字说起我，我可不可以——并不请求你泄露秘密——问一问，她是以什么语调、什么感情说到我的吗？我有点儿急于想知道，因为我拿不准她对我的看法，我觉得有点儿苦恼。”

“哦，她变化多端，像风那样一时东，一时西。”

“不过，你还是能够归纳出某种总的看法吧？”

“我能够，”我心中想道，“可是把这总的看法传递给你，不解决问题。此外，假如我说她不爱你，我知道你是不会相信我的。”

“你不说话，”他继续说。“我猜想你没有好消息惠告。不要紧。如果她对我感到绝对冷淡和嫌恶，这就是我不值得她垂青的征兆。”

“你怀疑你自己吗？你想你自己比德·阿麦尔中校差吗？”

“我爱樊箫小姐远远胜过德·阿麦尔爱任何世人，而且会比他更好地照顾她和保护她。关于德·阿麦尔，我怕她是被幻想迷住了。这个人的特性我是了解的，了解他的全部经历，他的全部困境。他不值得你那位年轻美丽的朋友爱慕。”

“我的‘年轻美丽的朋友’应该知道这一点，并且知道或者感觉到谁值得她爱慕，”我说。“如果她的美貌或者她的头脑不能使她明白这些，那么她便活该受到深刻的经验教训。”

“你难道不是太严厉一点儿了吗？”

“我是极其严厉的——比我让你看到的更为严厉。你倒是应该听听我惠赠给我的那位‘年轻美丽的朋友’的谴责，只不过对待她那种娇滴滴的性格，我缺乏温柔体贴，会使你感到说不出的震惊。”

“她是那么可爱，人们只能对她怀着爱心。而你——每一位年纪比她大的女人，都一定会以一种慈母般的，或者姐姐般的喜爱来体谅这样一位单纯的、天真的、小姑娘似的仙女。超凡脱俗的小天使啊！在她对着你的耳朵倾诉她那些纯洁的、孩子般的推心置腹的话的时候，你的心难道不对她眷恋不已吗？你得到多么大的特别优待啊！”他唏嘘叹息。

“我时常多少有些粗暴地打断这些推心置腹的话，”我说。“不过原谅我，约翰医师，我可以把话题暂时转换一下吗？那位德·阿麦尔是多么貌如天神啊！他的脸上长着怎样的鼻子——十全十美！你可以用油灰或者泥土照样捏一个，可无法做得更好、更直，或者更端正。再说，如此古典式的嘴唇和下巴颏儿——以及他的一举一动——是多么庄重。”

“德·阿麦尔除了是一个非常胆小的英雄以外，还是一个难以言喻的自负的青年。”

“约翰医师，你，以及每一个不如他那么神态优雅的人，一定对他抱有一种羡慕的感情，正像战神玛尔斯[①]和比较粗鄙的那些神灵可能会对那位年轻优雅的阿波罗[②]抱有这样一种感情。”

“一个没有原则的、投机冒险的、自高自大的小子！”约翰医师直截了当地说，“只要我高兴，不管哪一天，我都能用一只手抓住他的裤腰带把他拎起来，把他摔倒在街旁的沟渠里。”

“可爱的撒拉弗[③]啊！”我说。“这是多么残酷的念头哪！约翰医师，你难道不太严厉一点儿了吗？”

此刻我停住不说了。这天夜里，这是我第二次有失常态了——冒昧地超越了我看作自己的天生习惯——用一种没有预先考虑过的、一时冲动的语气讲话，在我收住并回想一下的时候，我自己都奇怪地感到吃惊。我在那天早晨起床的时候，可曾预料到，那天黄昏，自己竟然会在一出轻松喜剧里扮演一个轻佻的情人的角色，而在一小时以后，又坦率地跟约翰医师谈论他的不幸的求爱问题，还嘲笑他那些幻想呢？我未曾预见到如此的丰功伟绩，正像我未曾期望乘氢气球升空，或者航海到合恩角[④]一样。

这位医师和我沿着小道踱着步以后，现在正往回走。从窗户里反

---

① 玛尔斯，罗马神话中的战神，相当于希腊神话中的阿瑞斯。据说，阿瑞斯最喜欢的事就是争吵和打仗，是凶残和好战的化身。

② 阿波罗，希腊神话中最重要的神祇之一，为太阳、音乐、诗歌、健康等的守护神。它的形象是个端庄、匀称、长发、无须的少年。英语中可作“美男子”的代称。

③ 撒拉弗，《圣经》中的六翼天使，是最高位的天使。《圣经·旧约全书·以赛亚书》第6章第2节中描绘众撒拉弗：“各有六个翅膀，用两个翅膀遮脸，两个翅膀遮脚，两个翅膀飞翔。”

④ 合恩角，南美洲最南端合恩岛上陡峭的南角，属智利，是大西洋和太平洋的交汇处。

射出来的灯光又一次照亮了他的脸：他微笑着，但是他的眼睛是忧郁的。我多么希望他内心能轻松自在啊！他痛苦不堪，而痛苦是那种原因引起的，我感到多么难过啊！他，具有极大的优点，却偏偏在恋爱上空梦一场！我当时还不明了，挫败后的沉思苦想对于某些心灵来说是最好的状态；也没有想到某些药草："完整时虽无香气，研碎时却芬芳四溢。"

"不要闷闷不乐，不要难过，"我打破沉默说。"假如姞妮芙拉身上有一点点值得你爱慕之处，她就会——她一定会产生一种热诚来回报。高兴起来吧，抱着希望吧，约翰医师。如果不是你，还有谁应该怀有希望呢？"

对于这句话的回报，我得到的——对此，我必须设想自己是应该得到的——是一副惊讶的样子。我还想到某种不赞成的样子。我们分手了，我走进了那幢屋子，感到非常寒冷。一个个时钟都敲响了，教堂钟声敲报半夜时分。人们正在快快离开，这个圣名瞻礼日过完了，灯火正在暗下来。一个钟头以后，所有的住宅和整个儿寄宿学校都一片漆黑，无声无息。我也上了床，但是还未入睡。对我来说，在过了如此精神兴奋的一天以后，是不容易睡着的。

第十五章
暑 假

贝克夫人的圣名瞻礼日之前的三个星期放松了一阵子，在当天短暂的十二个小时里大家放浪形骸地狂欢个痛快，第二天又不免软瘫瘫、懒洋洋，在这之后便是恢复和加强秩序的时期。那是两个月的实实在在的用功，是紧张而刻苦的学习。由于这两个月正是“学年”的最后阶段，所以确实是这一年之中仅有的真正工作的月份。为奖学金分配之前的考试做准备的主要工作量——男教师、女教师和学生们在这段时间里集中精力工作——都被拖延到这两个月里来完成。奖学金的候选者们此刻必须认认真真地读书了。男女教师们必须勤奋工作，在背后鞭策鼓励，积极地帮助并训练那些较有希望的学生。一种自我炫耀的论证——一种说明问题的展示——必须准备好给大家看看，而为了达到这一目的，任何手段都是正当的。

我几乎没有注意到其他女教师们是如何工作的，我有自己的工作要关心呢。我的任务繁重得很，因为我得在大约九十副头脑里印上关于英语这一门她们觉得是最复杂最困难的学科的恰当概念；还要训练九十根舌头，教她们对于她们说来差不多是不可能的发音——英伦三岛的齿间擦音和齿龈擦音。

考试的日子到了。可怕的日子啊！带着焦虑不安的心情为之做好准备，以沉默的、迅速的动作为之草草打扮——现在可没有什么云绕雾罩或者飘飘欲仙的感觉了——没有白色的薄纱或者天蓝色的飘带了；严肃、保守、简洁是这一天的服装的要求。照我看来，我在这一天特别倒霉——在所有的女教师之中，主要的重担和考验偏偏只落在我身上。其他的人都没有被要求主持她们所教的学科的考试；文学教授保罗先生自己承担了这个责任。他，这所学校里的专制君主，把各种各样的控制权统统集中到他一个人的手掌心里。他不愿意接受任何帮助，火冒三丈地拒绝任何一位同事。夫人自己显然很想负责地理课的考试——地理是她喜爱的学科，她教得很好——却被迫屈服，顺从了她的专横跋扈的男亲属的指示。保罗先生把全体男女教员都撇在一边，独自站在主考者的讲台上。使他恼恨的是，他不得不允许有一个例外。他不能对付英语，因而不得不把这一学科的教学工作让给教英语的教师；他这样做的时候心里不免产生过一刹那天真的忌妒。

坚持不懈地肃清除了他自己以外的每个人的“自尊心”，是这位能干的、然而性格火暴、紧抓不放的矮个子的怪癖。他具有一种以他本人代表公众的强烈爱好，但是却极其厌恶任何别人有相似的表现。要是他能够做到，他便镇定下来，克制自己；要是他做不到，他便像一阵郁闷已久的暴风雨那样发作。

在考试日的前一天晚上，跟别的教师们和寄宿生们一样，我正在花园里散步。伊曼纽埃尔先生在“禁止行走的小径”上和我走在一起，他嘴里咬着雪茄烟；他的宽松外套——那件样子毫不特别却最具有个性的外套——黑黢黢的，形象可怕地披挂在身上，那顶希腊式无边圆帽的流苏威严地遮住他左边太阳穴。他的黑络腮胡子像发怒的猫的胡子那样翘着；他的蓝眼睛的闪光之中有一片云翳。

“啊，”他猛然面对着我，挡住我的路，说，“你会像女王一样登上宝座——明天在我旁边登基？毫无疑问，你预先尝到权力的美好滋味。你有说不出的容光焕发，你这个小野心家！”

可是事实却是他碰巧完全弄错了。我并不——也无法——像他那样估计明天的观众赞赏什么或者对什么有好评。要是那些观众中我个人的朋友和熟人数目有他的一样多，我可不知道那会是什么样子。我现在谈的是实际情况。教学方面的成功只在我身上照上一道冷冷的光泽。我曾经疑惑——现在还疑惑——怎么教学方面的成功，对他似乎就像壁炉里的温暖和壁炉里的火光那样照射着。他也许对此过分关心，而我，可能过分不关心了。不过，我像他那样，也有我自己的爱好。比方说，我喜欢看见伊曼纽埃尔先生吃醋，这照亮了他的天性，唤醒了他的精神，把种种奇妙莫测的光和影投射到他那阴沉沉的脸上，投射到他那双紫里透青色的眼睛之中（他常常说他的黑头发和蓝眼睛是“他的美貌之一”）。他的怒气之中有一种味道，那是没有矫饰的、真诚的、相当没有道理的，然而却决不是虚伪的。他说我骄傲自满，那时我没有说一句话加以否认；我只不过问他，英语考试是在什么时候——是在一天开头还是一天结束的时候？

“我还拿不定主意，”他说，“那究竟该在一开始，许多人到来之前，不让你的雄心勃勃的天性由于有许多观众而感到满足的时候呢，或者该在快要结束，大家都很疲乏，只有一种腻烦和倦怠的注意力供你差遣的时候。”

“你是多么苛刻呀！”我佯装垂头丧气地说。

“人们应该对你‘苛刻’。你是属于那种必须被压服的人。我了解你！我了解你！这幢房子里其他的人看见你走过去，觉得那是一个没有色彩的影子晃过去了。至于我呢，我曾经仔细看过你的脸，只要这样仔细看一次就够了。”

“你了解我，你感到满意吗？”

他不直接回答，却继续说：“你在那出轻松喜剧里得到成功的时候，你不感到高兴吗？我注意过你，在你的面相里看出一种由于得胜而兴奋不已。目光里注入了怎样的火哪！不仅仅是光，而且是火焰：我认为这是警告。”

“先生，我在那时候所怀有的感觉——原谅我，假如我说你把这事的性质和分量两者都大大夸张了——是相当抽象的。我不曾对那出轻松喜剧感兴趣。我讨厌你要我扮演的角色。我对台下的观众连一点同情心也没有。毫无疑问，他们都是好人，可是我认识他们吗？他们对于我有任何关系吗？我能愿意明天再被人带到大庭广众之前吗？难道考试对我说来不是一项任务——一项我希望快快结束的任务吗？”

“我能把这件事从你手里接过去吗？”

“衷心欢迎；只要你不怕失败就行。”

“不过我一定会失败。我只知道三个英文短语和几个单词：譬如，太阳，月亮，星星——说得对吗？我的看法是，最好完全放弃这件事情，根本没有英语考试，你说呢？”

“假如夫人赞成的话，我也赞成。”

“打心底里吗？”

“完全打心底里。”

他沉默不语地吸着雪茄烟。他忽然转过身来。

“把手伸出来给我，”他说，怨恨和妒忌的神色从他的脸上化掉了，转而闪射出一种宽厚的善意。

“行了，我们将不是敌对者，我们将会是朋友，”他继续说。“考试必将举行，我会选择一个好时机。我不会再像十分钟以前那样感到很恼怒，感到想设置障碍——我有着打孩提时代起就一直有的坏脾气——我将会诚恳地助你一臂之力。说到底，你孤独无助，人地生疏，你得走出一条路来，找到谋生之道。你要是出名，那会是件好事。我们将成为朋友，你同意吗？”

“真心实意地同意，先生。我喜欢成为别人的朋友。比起喜欢得胜来，我更喜欢成为别人的朋友。”

“可怜的姑娘！”他说着便转过身去，从庭院小径上走开。

考试顺利地结束了；保罗先生信守诺言，尽最大努力减轻我的负担。第二天举行发奖仪式，这也过去了。于是学校放假；学生们回家，现在便开始了漫长的暑假。

那回的暑假啊！我难道会忘记吗？我想不会。假期的第一天，贝克夫人到海滨去跟她的孩子们待在一起。三位教师大家都有双亲或者好友可以投奔。每一位教授则都离开了这座城市，或去巴黎，或去布—玛琳纳。保罗先生则出发去罗马朝圣。这幢屋子走得空空如也，只剩下我、一个仆人、一个可怜的畸形的低能学生，她是一种呆小病患者①，她的住在远处一个省里的继母不许她回家。

我的心几乎像槁木死灰，痛苦的渴望抽紧了心弦。9月份的这些日子多么漫长啊！多么寂静，又多么没有生气！这些无人的房屋多么大，又多么空！弃置一边的花园多么凄凉——现在是因为一座城市的人去避暑而扬起的灰尘把它弄成灰色的了。在这八个星期的开头展望将来，我简直不知道如何过到底。我的精神本来早已逐渐消沉，现在，专心工作的支柱被抽掉了，我的精神迅速一落千丈。即使向前看也不是去希望什么：那哑然无声的未来没有预言佳境，没有提供希望，也没有引导人去信赖未来的善而忍受目前的恶。一种悲凉的对于生存索然寡味的心情，常常压迫着我——那是一种绝望的听天由命的心情，但愿早日走到这尘世的一切事物的尽头。啊！在我有充分的闲暇来观察生活，就像生活必定会被像我这样的人观察的时候，我发现，生活只不过是一片没有生命的荒漠：漫漫黄沙，不见绿色的田野，不见棕榈，不见泉水。青年人所珍视的希望，支持并且引导着青年人前进的希望，我不了解，也不敢了解。假如那些希望有时候叩击我的心扉，那么一根不好客的把门的闩必然会在里面闩上。在希望被如此拒绝而转身走开的时候，伤心的眼泪有时夺眶而出；然而这无法

① 呆小病是一种甲状腺功能减退症，始于胎儿期或出生不久的婴儿。患者智力低下，生长迟缓，身材矮小，面容呆板。

可想，我不敢招待这样的客人住宿。对于专横无理这样的罪过和弱点我害怕得要命。

笃信宗教的读者啊，关于我刚才写的那些东西，你会长篇大论地对我谆谆劝诫一番吧；道德家，你也会这样；还有你，严格的贤人；还有你，禁欲主义者①，会颦眉蹙额；还有你，玩世不恭者，会冷嘲热讽；还有你，享乐主义者，会笑不可抑。嗯，你们这些人，随你们的便吧，我接受你们的讲道、不满、冷笑和笑声。也许你们是对的；也许，处在我的境况，你们就会像我一样错。确确实实，这头一个月对于我是一个漫长、黑暗、沉重的一个月。

那个呆小病患者看来并非不愉快。我尽力使她吃得好，穿得暖，她也只要求食物和阳光，没有阳光的时候，则要求炉火。她的弱智赞成迟钝怠惰，因而她的头脑、眼睛、耳朵、心脏就都怡然自得地沉沉入睡。它们不能醒来工作，所以嗜眠症就是它们的天堂。

那个暑假的头三个星期，天气晴热干燥，不过第四个和第五个星期却是狂风暴雨，天气阴湿。我不知道为什么大气中的这种变化使我产生一种令人痛苦的印象，为什么这猛烈的暴风和狂打的雨点用一种更为要命的瘫痪症状压倒了我，这比我在天空晴朗的时候所经受到的厉害。可是事实如此，而我的神经系统简直难以承受曾经在许多个日日夜夜在那幢空空荡荡的大房子里经历过的种种事情。我是如何常常祈祷上苍给我安慰和支持的啊！我被多么可怕的力量紧紧抓住，不得不相信，“命运”是我的永恒的敌人，决不会与我和解。我在心底里并没有为此责难上帝的慈悲或公正。我断定这是上帝的伟大的计划的一部分，即某些人活在世上必须深受痛苦，我不寒而栗，认定在这些人

---

① 禁欲主义者，原文为 stoic，源出 stoics（斯多葛学派）。这一学派约在公元前 300 年由古希腊哲学家基底恩的芝诺创立于雅典的斯多葛画廊，故名。主张人应该克己制欲，顺从命运，与自然一致地生活，健康或疾病，富贵或贫贱皆可漠然置之度外。

之中，我就是一个。

那个呆小病患者的姨妈是一个善良的老妇人，有一天，她来把我的患病的朋友接了去，这时候我感到轻松了一些。这不幸的人儿曾经时常是个沉重的负担。我不能把她带到花园之外去，我也不能离开她一分钟，因为她的可怜的心正像她的可怜的身体一样，是扭曲的，具有作恶的癖好。一种木然的调皮捣蛋的倾向，一种漫无目的的恶作剧，使得常备不懈的警戒成为不可缺少的事。由于她很少开口说话，却一连几个小时坐在那儿扮怪相，装鬼脸，挤眉弄眼的，做出一副无法形容的丑模样，我觉得与其说自己是和一个人待在一起，倒不如说是和什么奇怪的、难以驯养的野兽关在一起。我还必须对她进行个别的精心照顾，而这是对医院护士的心智所提出的要求。我的毅力受到考验，有时陷入极端的厌烦之中。这个任务本来不应该落在我身上，一个仆人离开了，直到现在还没有回来，而暑假开始后人们在匆忙之中离开学校，没有指定谁来代替这仆人履行职务。这个重担和磨难决非我生平受到的最小的一种。尤有甚者，这些事情可说是卑下的、乏味的，然而我在精神上受到的痛苦则更使我深深感到损耗和困乏。服侍这位呆小病患者常常使我失去狼吞虎咽地吃饭的能力和欲望，使我在去呼吸新鲜空气或者到庭院中的井边或喷泉边去的时候都无精打采。不过这一任务决没有使我心痛如绞，或者热泪盈眶，或者以热得像铁水一样的泪珠炙伤自己的脸腮。

呆小病患者既然走了，我便可以自由外出了。开始时，我缺少勇气远离福色特街去探奇，但是逐渐逐渐我摸到了城门，走到城外，然后沿着车行道一路漫游到远处，穿过田野，越过天主教徒和新教徒的公墓，越过农场，走到小路上，小树林里，走到不知是哪儿。一种刺激驱使我前进，一阵狂热禁止我休息，一种找伙伴的渴望一直存在于我心灵之中，好比饥饿至极的人渴望食物。我常常整天步行，从赤日炎炎的中午，到干旱逼人的下午，到暮色苍茫的傍晚，再踏着月光回家。

我形单影只地漫游的时候，有时会在心中想象别人——我所认识的人目前可能会处于什么情况。我仿佛看见贝克夫人在景色宜人的海水浴场，身边是她的孩子们、她的母亲，还有一大群寻求同样的休养场所的朋友们。翟丽·圣彼埃尔则在巴黎，和她的亲戚们待在一起。别的教师们各在自己的家里。姞妮芙拉·樊箫呢，她的某个亲戚带她到南方去作愉快的旅游了。在我看来，姞妮芙拉是最快活的人。她正在风景优美的旅途上，9月的阳光为了她照耀在肥沃的平原上，柔美的光照下，谷物和葡萄都成熟了。在远山的轮廓起伏形成的蓝色的地平线之上，金色的、水晶般的月亮冉冉升起，映照着她的身影。

不过这一切都没有什么；我同样也感觉到秋日的阳光，也看见秋分前后的满月，我几乎希望自己被深深地掩埋在大地和草皮里，不受日月的影响，因为我不能在它们的光辉之中生活，也不能使它们成为我的伙伴，也不能对它们产生感情。可是姞妮芙拉身上却有一种精神，使她能给人以恒久的力量和安慰，使白昼欢乐，使黑暗芬芳①。护佑人类的好神灵之中最好的神灵用翅膀为她遮挡，用弯下的身躯庇护着她的头。姞妮芙拉被“真正的爱情”跟踪追逐，她永远无法孤独。她对这一客观存在是毫不知情的吗？在我看来这是不可能的，我无法理解如此麻木不仁。我想象她心中暗暗欢喜，此刻正在有保留地爱着；但是打算有一天让人知道她体验过多少爱情。我在心中描摹她的忠诚的英雄若明若暗地意识到樊箫小姐对他那种腼腆的喜欢，并且因为这样的意识而感到欣慰：我想象他俩之间有一根能引起共鸣的带电

① 原文为embalm darkness，出自英国诗人济慈（1795—1821）的《夜莺颂》中的embalmed darkness（芬芳的黑暗）。

的心弦，有一根互相理解的细链条，横贯一百里格的间隔，维系着交往——用祈祷和祝愿越过丘陵和山谷传递着信息。姞妮芙拉对于我渐渐变成了像是一个女英雄了。有一天，我发觉自己这一日见增长的幻想，便说："我确实知道自己的神经正在变得过分紧张了。我的心受苦受得太多一点儿了。心上正在长着一种疾病——我该怎么办呢？我如何才能保持良好的状态呢？"

在这种情况之下，确实没有办法保持良好的状态。终于，一天一夜的特别苦恼的抑郁烦闷之后，接着是生理上的疾病，我不得不卧床休息。大约此时，晚秋的晴暖天气①已过，二分点风暴②开始；我卧躺了九天，都是阴沉沉的霪雨连绵的日子，这些日子里，时序女神们③以一副十足的骚动不安、两耳失聪、披头散发的样子往前直闯——被呼号咆哮的飓风弄得晕头转向——我躺在那儿，神经和血液奇怪地发热，睡神远走高飞。我常常在夜里爬起来，四处寻找她，诚心诚意地恳求她归来。回答我的只有窗子的咔嗒声和强风的呼啸声——睡神永远不来临！

我错了。她来过一次，不过是怒冲冲地来的。她对我的纠缠不休失去了耐心，便带着一个报复的梦来。圣徒施洗约翰教堂的钟声告诉我，这场梦延续还不到十五分钟——一段短暂的时间，可是已经足够以不可名状的痛苦折磨我整个身躯，足够给予我难以形容的体验，这种体验具有永恒的天谴那种色彩、模样、恐怖，以及丝毫没有异样的调子。那天夜里十二点钟和一点钟之间，有一只杯子硬塞到我嘴唇

---

① 原文为Indian summer，有译作"印第安夏"或"小阳春"者。英国、美国中部和东部，以及欧洲部分地区在10月末或11月中有时出现的干燥和温暖气候的时期，往往持续一周以上。欧洲当地称为"万圣夏"或"老婆子夏"。

② 二分点风暴，英国和北美洲地区常在春分和秋分时节出现的风暴。

③ 时序女神，又译荷赖。希腊、罗马神话中司自然次序的诸女神。古希腊将一年分为两季，荷赖也有两个：塔罗和卡耳波（春花和夏果）。赫西俄德则说荷赖有三个，是主神宙斯和忒弥斯的女儿，名为欧诺弥亚（法规）、狄刻（正义）和伊瑞涅（和平）。以后的作家把荷赖增至四个。

边，黑色的、浓重的、怪味的，不是从井里舀上来的，而是从深无底、广无垠的大海翻腾着灌注进去的。忍受那种在世俗的或者能够计算的量器里酿成、为凡人的嘴唇调制的药剂的苦味，决没有像尝这种苦味那么难受。我喝下去，醒了过来，只觉得一切都完了，死亡来了又走了。我惊恐地战栗着——这时恢复了知觉——想呼喊什么人来救助我，只是心中知道没有人在附近能够听到我的疯狂的召唤——高滕在远处她的顶楼上，听不见的——我坐起来跪在床上。使我惊恐的几个钟头捱过去了，我心中感到无法形容的撕痛、绞痛和压痛。在这场噩梦的恐怖之中，我觉得最坏的一点就在这里。我觉得亲爱的人死了，他生前曾经深爱我，梦中却和我在别处相会，显得疏远。使我苦恼不堪的是我内心深处带有一种前途无望的不可言宣的感觉。我为什么竟然还要努力恢复健康，或者祈愿活下去呢？这样的动力已经没有了啊。然而很难忍受的是那种无情而傲慢的声音，死神用这样的声音向我挑战，要我接受其别人所不知道的恐怖。我试作祈祷的时候，只能说出这样的话：

“打我少年时代起，我便怀着苦恼的心情忍受着您的恐怖。[①]”

这是千真万确的事。

第二天早晨，高滕替我送早点来的时候，敦促我请一位医师来。我不要，我觉得没有一位医师能治愈我的病。

有一天晚上——这时我并未谵妄不清，却是神志清醒，我起床——穿着和梳理一番，疲软无力，摇摇晃晃。那长长的集体寝室的孤寂和沉静叫人无法再忍受了。那一张张鬼一般的白色的床铺都变成了幽灵——每一张床上的花冠饰物都变成了一个死者的头颅，好大，被太阳晒得好白——它们大大地张开的眼窝里冻结着一个较老的世界

① 语出《圣经 · 旧约全书 · 诗篇》第 88 篇第 15 节：“我自幼受苦，几乎死亡。我受你的惊恐，甚至慌张。”

和较强的种族的死去的梦。这天晚上，我的心灵里比任何时候都更坚定地确立了信念，认为“命运”是石头做成的，“希望”则是一尊虚假的偶像——是瞎眼的、没有血液的内心是花岗石的。我还感觉到，上帝曾经派定给我的磨难正在达到高潮，现在必须用我自己一双可以说是软弱无力、颤抖不已的有热情的手把它扭转过来。外面还在下雨，风也不停，不过，我觉得比起整天的狂风暴雨来说，已经缓和多了。黄昏正在降临，然而我相信它的影响可怜。从格子窗望出去，我看见夜晚的云彩飘来，低低地拖曳着，好像旌旗那样垂落。在我看来，此时此刻，苍天在上，正为下界尘世间遭受的一切痛苦怀着悲悯之情。我的噩梦的重量减轻了；那种难以忍受的不再有人爱我的想法，那种不再有所归属的想法，有一半让位给相反的希望了；我肯定这个希望会更清楚地闪光，只要我从这幢房子的正在像墓板那样粉碎的屋顶下走出来，走到这座城市之外，走到很远很远的原野中某一座静静的小山上。于是，我披上了一件斗篷(我不可能是谵妄的，因为我还有理智和记忆来披上一件暖和的衣服)，就出发了。走过一座教堂的时候，钟声吸引了我的注意力，钟声似乎召唤我进去参加圣体降福仪式，我便进去了。任何庄严的仪式，任何诚心诚意的礼拜的壮观场面，任何祈求上帝的良机，这时对于我就像面包对于极端穷困的人那样受欢迎。我跟别人一起跪在铺石板上。那是一座古老的、庄严的教堂，透过晦暗的玻璃射进来的光线，把四处弥漫的朦胧不是照得金光灿烂，而是染成紫气迷蒙。

聚集的礼拜者很少，而且仪式一过，半数都走了。我不久就发现那些留下来的人是留下来作忏悔。我没有动。教堂的每一扇门都小心地关上了，一阵神圣的寂静落下来，一片庄严的阴影笼罩在我们四周。过了一会儿，一位在祷告中凝神屏息、耗尽精力的忏悔者走到告解室跟前。我注视着。她喃喃地说着供认的话，她的忏悔被对方喃喃地回答，她得到了安慰，转身走了。另一位走过去，接着又是一位。一位跪在我近边的面色苍白的妇女用低低的、亲切的声音说：

“你先去吧，我还没有准备好。”

我机械地服从，起身走过去。我明白自己在干什么，我心里已经闪电般迅速地审查了自己的意图。采取这一步不可能使自己比过去更不幸；也许还会抚慰我的心。

待在告解室里的神父连瞧都不瞧我一眼，他只是静静地把耳朵对着我的嘴唇。他也许是一位好人，可是他的职务对于他已经变成了一种形式，他带着习惯形成的冷淡履行职责。我迟疑不决，忏悔的程式我一无所知，我没有用惯用的开场白开始，却说道：——

“我的神父，我是新教徒。”

他猛然转过头来。他不是生在本地的神父，那种类型的人的面相特征，几乎一成不变的是奴颜婢膝的样子。我从他的侧面和前额看出他是法国人，虽然头发花白，已属老年，但是我觉得他并不缺少热情或智慧。他并非不友善地问我，既然是一位新教徒，为什么要来找他呢?

我说我没命地渴望得到一声劝告或者一点安慰。我十分孤独地生活了几个星期了。我病过一阵。我心里感受到一种痛苦的压力，精神上再也承受不住这个重量了。

“那是一种罪恶，一件犯罪的事吗?”他有些吃惊地问道。

对于这一点，我使他放心，并且就我所能地让他了解我的经历的最简略的轮廓。

他现出若有所思的、惊讶的和迷惑的样子。“你给我出了一个意想不到的题目，”他说。“我过去没有遇到过像你这种情况。一般地说，我们熟悉我们的常规事务，心中有数，可是这一次告解的通常程序被大大地打破了。我简直提不出适合这种情况的忠告。”

当然，我并不曾料想他会提得出来，不过，只要能把心里的想法向人诉说对我就是一种宽慰，只要能把心里想说的话传送到一个有同情心的人神圣的耳朵里去——只要能把长期郁积、长期抑制的痛苦的一部分倾吐到一个容器[①]里，而不再扩散开去——这就已经使我舒服了。我已经得到了安慰。

“我必须走了吗，神父？”看到他一声不响地坐着，我问他。

“我的女儿，”他仁慈地说——我肯定他是一位忠厚长者，他的眼睛是富于同情心的样子——“暂时你最好走，不过我向你保证，你的话打动了我。告解像别的事情一样，容易因为习惯而流于形式，变得琐碎。你来了，把你心里的话掏出来了，这是少见的事。我很愿意把你的情况好好想一想，并且把它带到我的祈祷室去。要是你和我们的信仰一致，我就会知道说些什么——如此烦恼不安的心只能在静修默想当中、在虔诚的严守时刻的仪式之中找到平静。众所周知，这个世界没有为哪一个类型的性格准备的苦行赎罪[②]。虔诚的信徒们曾经嘱咐像你这样的忏悔者们用苦行、自我牺牲和艰难的善行来促进他们向上的道路。这里，给了他们眼泪充当吃的和喝的——痛苦的面包，痛苦的水，[③]他们在来世就会得到回报。我个人确信，你为之感到苦恼的这些印象，都是上帝派来的使者，要把你带回到真正的教会里来。你生来应该信仰我们的信仰；包管没错，只有我们的信仰能够治疗和帮助你——对你来说，新教完全是太枯燥、冷酷和乏味了。我越是进一步观察这件事，我越是清楚地看出这全然是异乎寻常的事情。我决不能不再看见你。暂且去吧，我的女儿；但是你要再回来看我。”

---

① 容器，基督教中喻人是接受某种精神或影响的容器。

② 苦行赎罪，基督教中耶稣基督的替世人赎罪。

③ 语出《圣经 · 旧约全书 · 以赛亚书》第 30 章第 20 节：“主虽然以艰难给你当饼，以困苦给你当水，你的教师却不再隐藏，你眼必看见你的教师。”

我站起身来向他道谢。我正要走开的时候，他招手让我回去。

“你决不要到这座教堂里来，”他说。“我看出你是病了，这座教堂太冷。你必须到我家里来，我住在——”（他给了我他的地址）。“明天上午十时到那儿去。”

我只是用鞠躬来回答这个约会。我拉下面纱，包紧斗篷，静悄悄地走了。

读者啊，你猜想，我可曾打算冒险再到那位可尊敬的神父那儿去呢？要是那样的话，我倒不如考虑走入巴比伦的烈火的窑[①]里去。这位神父有着能够影响我的怀抱，他天性仁慈，具有一种充满柔情的法国人的善心，对于他的好言好语我知道自己不会是完全无动于衷的。要是不尊敬某些种类的感情，那么在所有各种感情中就简直没有任何一种在现实中有根底的是我可以完全依靠自己的力量来抵挡了。假如我到他那儿去了，他会以诚恳的那种教皇制度的迷信观念来向我指出一切慈悲的、安慰的和亲切的事物。然后，他会试图点燃、吹起和拨旺我心中的做好事的热情。我不知道这一切会怎样结束。我们大家都认为自己在某些方面是坚强的；我们大家都明白自己在许多方面是软弱的。可能的结果是，假如我在约定的日子和钟点到占星术士街十号去拜访，那么此时此刻我便可能不是在写这本异教徒的故事，而是在维莱特的克莱西林荫大道上的某座加尔默罗会修女[②]的修道院的修道室里数我的念珠了。这位宽厚的老神父有点儿像费奈隆[③]的样子；不管他大部分的教友怎样，也不管我可能怎样看待他的教会和教

① 巴比伦的烈火的窑，典出《圣经 · 旧约全书 · 但以理书》第 3 章。巴比伦王尼布甲尼撒造了一个他自己的金像，立在杜拉平原。为金像行开光礼这天，聚集了许多高官和“各方、各国、各族的人民”。传令者大声传令说：“你们一听见角、笛、琵琶、琴、瑟、笙和各样乐器的声音，就当俯伏敬拜尼布甲尼撒王所立的金像。凡不俯伏敬拜的，必立时扔在烈火的窑中。”

② 加尔默罗会修女，天主教于 12 世纪在叙利亚加尔默罗山上建立的加尔默罗会的修女。

③ 费奈隆（1651—1715），法国天主教大主教，文学家。

义（这两者我都不喜欢），对于他本人，我必须一直保留一种愉快的回忆。正当我需要仁慈的时候，他是仁慈的；他很好地对待了我。愿上苍保佑他！

在我从那座阴森森的教堂里走出来以前，黄昏已经过渡到黑夜，街上的路灯已经点亮了。对于我，现在回去变得可能了；要想跑到远处没有城墙的小山上①去呼吸这10月的风的狂野的渴望，已经不再是一种迫切的冲动，而是软化成一种“理性”能够对付得了的愿望了。“理性”把它镇压住了，于是我一边脑子里这样想，一边转身向福色特街走去。可是我已经在这座城市的陌生的地区变得晕头转向了。这是在旧城区，到处是小街小巷，两旁一幢幢富于诗情画意的古老颓败的房屋林立。我太虚弱无力，不能非常泰然自若；我又依然太粗心大意，不去留心自己的利益和安全。我渐渐变得惶惑不安；我被纠缠在不知名的回环转折的网络之中。我迷失了方向，却下不了向哪一位过路行人问路的决心。

假如说暴风雨在日落时曾经缓和了一下，那么现在它可弥补了失去的时间。大股的风从西北到东南猛烈地、雷鸣般地横扫着，带来的雨像水花似的，有时候又像冰雹一般锐利地打来，这股风使我觉得刺骨的寒冷。我低下头来顶风前进，可是它把我直往后吹。在这场冲突之中，我心里一点也不害怕，只是但愿自己生出一对翅膀，能够飞在大风之上，张开我的羽翼，凭借它的力量，不用费力地翱翔，一路向前猛冲，向前掠过。②就在我这样祈愿的时候，我忽然觉得原来感到冷的地方更冷、原来感到乏力的地方更软弱无力了。我试图走到近处一

---

① 原文为：little hill far without the city-walls，语出亚历山大（Cecil Frances Alexander）的《儿童赞美诗》中的一句：There is agreen hill far away，／Without a city wall.（远处有一座青山，／那儿没有城墙。）

② 原文为：repose my pinions on its strength，出自英国诗人拜伦（1788—1824）的长诗《恰尔德·哈洛尔德游记》第3章第73节。

幢大建筑物的门廊那儿，但是房屋正面的一大片，以及那巨大的尖塔变黑了，从我眼前消失了。我没有像我打算的那样跌在台阶上，却似乎一头栽倒在深渊里，便不省人事。

第 一 卷 完

第二卷

第十六章
往日的时光

我不知道自己晕过去的时候灵魂飘往何处去了。在那个奇异的夜里，不论灵魂看见了什么，或者在她恍惚之中不论她漫游到了什么地方，她都严守着秘密，决不悄悄地对“记忆”透露一个字，而是用一种不会溶解的沉默使人无法想象。她也许曾经升往高处，望见了她的永恒的居处，而此刻正在希望远走高飞，得到休息，正在认为自己那种与物质的痛苦的结合终于解体。就在她这样想的时候，一位天使也许曾经警告她离开天堂的门槛，并且领着她哭泣着落下来，又一次把颤抖不已的、十分不愿意的她捆绑到我这个又冷又瘦的可怜的躯壳里，而对于这个躯壳的伙伴关系，她已经变得不止是疲惫不堪了。

我知道她是带着痛苦、带着无可奈何之情、带着一声悲叹和一阵长时间的颤抖重新进入她的樊笼之中的。“精神”和“物质”这对离了婚的配偶难以重新结合了；他们不是用拥抱，而是用斗争这种折磨人的方法彼此问候。视力复苏的知觉忽然来到我身上，红彤彤的，好像这知觉是浮游在鲜血之中；暂时中止的听觉雷声隆隆似的冲撞回来；意识在恐怖之中再生了；我惊骇万状地坐起来，不知道自己正在醒过来进入什么区域，身处在什么陌生的生物之中。开头，我认不出自己看见的东西：墙壁不是墙壁——灯不是灯。我本来会像知道最普通的东西一样，知道我们叫做鬼的东西：这是表明我的眼睛所看到的一切东西都觉得仿佛是鬼的另一种说法。不过官能不久便各就各位了，生命机器立刻恢复它的习以为常的和有规则的运转。

然而我还是不知道自己在哪儿，只不过经过一段时间以后，我看出自己已经被人从我跌倒的地方搬开，我不是躺在门廊的台阶上，黑夜和暴风雨已经被墙壁、窗子和天花板排除在外面。我已经被抬到某所房屋里——可是这是什么房屋呢?

我只能设想这是福色特街上的寄宿学校。我仍然在似梦非梦的状态之中，艰难地试图发现他们把我弄到哪间房间里，是较大的集体寝室还是小寝室中的一间。我迷惑起来，因为我无法把隐隐约约地见到的家具和我对这些房间中任何一间的印象协调一致。一张张雪白的无人的床铺看不到了，还有那长长的一溜大窗户也是。“没错，”我这样想，“他们没有把我抬到贝克夫人自己的套间里！”于是，我的目光落在一张铺着蓝色锦缎的安乐椅上。别的配着软垫的座椅都逐渐使我明白了，最后我完全接受了这是一间令人愉快的会客室的事实。明净闪亮的壁炉中烧着一堆柴火，一块地毯上的鲜蓝色的蔓藤花纹映衬着暗暗的黄褐的底色。灰白色的四墙上，细微的、但是没完没了的天蓝色勿忘我[1]花环，在不计其数的金叶瓣和卷须之间迷惑困顿地、不知所措地蔓延开去。用蓝锦缎窗帘宽松地遮住的两扇窗户之间，有一面镀金边的大镜子填满了空处。我从这面镜子里看见自己躺的不是床，而是一张沙发。我的样子像个鬼，和我的瘦削的、灰色的面庞对照起来，我的眼睛显得更大，更眍䁖，头发比生来的更黑。显然，不但从家具来看，而且从窗户、门和壁炉的位置来看，这是一幢我不知道的房屋中的我不知道的一个房间。

差不多同样清楚的是，我的头脑还没有镇定下来，因为在我盯着那张蓝色的圈手椅瞧的时候，它似乎变得熟悉起来；某一张涡卷形的卧榻也是这样，还有放在中间的那张圆桌同样如此，那张圆桌上铺着用秋天霜叶花纹滚边的蓝色桌布。尤其是那两张罩着绣花套子的小脚凳，以及一把黑檀木框架的小椅子，那把椅子的座处和靠背处也在暗底色上绣着一簇簇色彩鲜明的花朵。

我认出了这些东西以后，作了进一步的探测。说来奇怪，故人旧

---

① 勿忘我，紫草科勿忘草属植物，花白、粉红或蓝色。

交全都在我的周围，“往日的时光”从四面八方冲我微笑。壁炉台上有两帧椭圆形的小画像，我非常熟悉那两个做得高高的、搽了发粉的“发式[①]”上挂的珍珠；熟悉那环绕在白色脖子上的天鹅绒、那蓬松的纯正平纹细布头巾、那有花边的衣袖皱纹的图样。壁炉架子上搁着两只瓷花瓶，一些像瓷漆一样光滑、像鸡蛋壳一样薄的微型茶具的残片，以及一个放在中间的白色摆设，那是用玻璃罩保护起来的一座雪花石膏的大艺术家群像。对于这一切东西，我都能够说出其特色，历数其瑕疵或裂隙，就像任何一位视力超人的人一样。特别是，那儿有一对团扇扇面，用铅笔工笔绘制，精巧得就像线雕铜版画[②]一样。我重新看到这些东西，回想到我的眼睛曾经耗费许多时间，跟随自己那握着一支使人倦怠的、软弱无力的、过于讲究的女学生的铅笔的、现在这样像枯骨一般的手指，一画又一画，一笔又一笔地刻画着，我的眼睛痛起来了。[③]

我在哪儿呢？要问的不仅仅是指在这世界上的哪一个地方，而且是指在我主耶稣的哪一年呢？因为这一切事物都属于往日，属于一个遥远的国家。十年以前，我向它们道别的，自从我十四岁起，它们和我就从来没有相逢过。我喘息着出声地说：“我在哪儿呢？”

我到此刻为止没有注意到的一个身影忽然动起来，站起来，走向前来了。这个身影跟周围环境不协调，只能使得难解的谜更为复杂。这不过是一种当地的女仆的样子，头戴一顶平常的女仆帽，穿一身印花连衣裙。她说的既非法语，也非英语，从她那里我无法得到消息，

---

① 发式，原文为heads，即head-dresses，指妇女花哨的搽了发粉和润发脂的头发式样。

② 线雕铜版画，铜版画是15、16世纪起流行于欧洲的用刀或针在铜版上制作的画。一般先在铜版上涂防腐蜡，画雕成后用腐蚀液腐蚀，雕刻处即成凹线。线雕铜版画则只用雕刀刻版，不用腐蚀液。

③ 作者夏洛蒂曾经打算从事艺术工作，画过微型画，因而损伤了视力。

听不懂她说的土话。可是她用一些香气扑鼻的凉水润湿我的太阳穴和前额，然后把我倚靠的软垫抬高，做手势叫我不要说话，便回到沙发那一头的她的位子上。

她正忙着编结活儿，这使她眼睛不朝我看，而我能不受干扰地盯着她瞧。我极其诧异她究竟怎么到这儿来的，或者她在这场景之中能够做些什么，或者对于我的少女时代发生了什么影响。我更为惊奇的是，那些场景和时日对于我现在能够发生什么影响。

我软弱无力得不能周密地细察这一神秘的事，便试图把它说成那是一场误会，一个幻梦，一阵发高烧，以此自解；然而我知道这不可能是误会，我并没有睡觉，而且我相信自己是神志清楚的。我希望这个房间不是这样灯火通明才好，这样我才不至于如此清晰地看见了这些小绘画、摆设、扇面、雕花的椅子。这一切东西，以及用蓝锦缎铺罩的家具，事实上在每一个最微小的细节上都跟我如此记得牢的那些东西一模一样，而我在布列顿我的教母家中的时候，跟客厅里的那些东西是如此亲密。据我看来，只不过房间换过了，因为比例和面积都不同。

我想到了白莱定·哈桑，他在睡梦中被妖怪从开罗送到大马士革的城门外。[①]是不是像这篇东方故事里所说的，有一个妖怪展开他的黑暗的翅膀，飞扑我被其压倒的暴风雨，把我从教堂的台阶上抱起来，“高高地升到空中”？是不是他把我带过大地和海洋，静悄悄地把我放在古老的英格兰的一个壁炉边？然而不对，我知道那个壁炉里的火在它的拉瑞斯[②]面前已经不再燃烧了——它早已熄灭了，家庭守护神已经

---

① 典出《天方夜谭》（即《一千零一夜》）中的一篇故事：《开罗的诺莱定·阿里和他的儿子白莱定·哈桑》。埃及苏丹欲娶某大臣之女，大臣以女业已许人，不允。苏丹怒，命其将女嫁给驼背马夫。结婚之夜，妖怪将马夫倒立门外；将新娘的情人白莱定·哈桑送来完婚。黎明前，妖怪又把睡梦中的白莱定·哈桑送往大马士革城门外。

② 拉瑞斯，古罗马人的家神，极受崇敬，认为他不仅保护家宅，而且在旅途、农事、战争中都保护户主。古罗马人每餐都用小盘盛食物供奉拉瑞斯神像。

被转移到别处去了。

那位女仆又转过头来打量我，看见我睁大眼睛，认为(我想是)我眼睛神色慌张和激动，便放下了编结活儿。我瞧着她在一张小桌子跟前忙碌片刻，倒了一些水，从药瓶里量好药水滴进去，她拿着玻璃杯向我走来。她现在给我服用的深色的药水会是什么东西呢？是什么妖怪的长生不老药，或者麻葛[①]的仙水吗？

去问她为时已晚——我已经被动地一口气咽了下去。现在一阵平静的思潮和缓地涌来抚摸我的头脑，潮水越来越温柔地升上来，伴随着比香膏更平滑的懒洋洋的起伏波动。软弱无力的痛苦离开了我的四肢，我的肌肉都麻痹了。我失去了动弹的力量，不过，由于同时失去了希望，这就并不难受了。那位好心的女仆搬来一扇屏风为我遮住灯光。我看见她起身去做这件事，但是不记得是否看见她回到她的位子上去。在这两个动作的间隙，我“就睡了”[②]。

哟！醒来的时候，一切又都改变了。假日的光线笼罩着我；说真的，那不是暖热的夏天的光线，而是寒飕飕的、狂风呼啸的秋天的铅灰色的光线。我现在感到自己肯定是在寄宿学校里——根据雨打玻璃窗而肯定；根据树林中狂风的“呜呜”声表明室外是一座花园而肯定；根据我躺在其中的寒冷、白色一片和孤独而肯定。我说白色一片——这是因为在一张法国式的床前挂下来的凸纹条格细棉布帐幔限制了我的视线。

我掀开帐幔向外望。我的眼睛期望看见一间长长的刷石灰水的大

① 麻葛(Magi)，或译“穆护”，古波斯祭司阶层的称号。古波斯定琐罗亚斯德教(祆教)为国教后，逐渐形成麻葛教阶制度，由各级祭司负责祭祀等宗教活动。后来Magi一词指来自巴比伦王国的术士和占卜者。

② 语出《圣经 · 新约全书 · 使徒行传》第13章第36节：“大卫在世的时候，遵行神的旨意，就睡了。”

房间，这时候迷惑地眨巴着，因为看到的是面积有限的小房间——四墙是海水绿的小房间。还有，我看到的不是五扇没有窗帘的宽阔的窗子，而是一扇高格子窗，用麦斯林纱做的有穗边的窗帘遮住。我看到的不是二十四个油漆小木桌，每一个上面都搁着一只盥洗盆和一只大口水壶，而是一张梳妆台，打扮得像一位穿着白色长袍、粉红裙子的要去参加舞会的贵妇人；梳妆台上端是一面精光锃亮的大镜子，一个美丽的有丝带褶边的针插作装饰。这张梳妆台加上一把罩以绿白相间的磨擦轧光印花棉布[①]的矮小的圈手椅、一张大理石面的配以淡绿色器皿的脸盆架，就满满地装备了这小小的房间。

读者啊，我感到惊慌不已！你会问：为什么呢？这朴素的、多少有些漂亮的小卧室里究竟有什么东西吓坏了最胆小的人呢？仅仅是因为这一点——这一件件家具不可能是真的：实实在在的圈手椅啊、镜子啊、脸盆架啊——这些必定是这一件件家具的鬼魂。而如果这一想法被认为是太荒唐的假设而排斥掉——尽管我惊慌失措，我确实认为这是荒唐的假设——那么只剩下一种结论了，那就是我自己刚才陷入了一种不正常的精神状态。总之，我是病得很重，精神错乱了。不过，即使是那样，我所见到的虚幻景象是精神错乱症所曾加害于一个牺牲者的最奇怪的一种。

我认识——我怎能不认识——那小圈手椅的绿色磨擦轧光印花棉布、那把舒服的小椅子本身、那面镜子的雕成叶片形的黑框架。那小桌子上的光溜溜的乳白翠绿色的瓷器，还有那张小桌子本身，它的灰大理石面断裂了一角——这一切迫使我去认出来，去打招呼，就像昨天夜里我必然要认出并招呼那间会客室里的黄檀木、锦缎和瓷器一样。

---

① 磨擦轧光印花棉布，又称印度印花布，一种轧光平纹棉织物，通常在浅底色上加印各种颜色。

布列顿！布列顿！那面镜子里反映出十年以前的景象。为什么布列顿和我的十四岁时的年月要如此纠缠着我呢？如果它们竟然来了，那么为什么不完完全全地回来呢？为什么在我的不正常的视觉前晃动的仅仅是家具，而一个个房间和环境却都不见了呢？至于那个大红缎子做成、用金珠装饰、用麻纱带子做褶边的针插，我同样有权利知道它，正像我有权利知道那对团扇一样——那是我亲手做的。我从床上跳起来，拿起那个针插仔细瞧着。那上面有用金珠组合成的姓名首字母"L.L.B."，围以一个用白丝线绣成的椭圆形的花环。那是我的教母的名字的大写首字母——路易莎·露西·布列顿[①]。

我是在英国吗？我是在布列顿吗？我咕哝着说，同时急忙把遮住格子窗的百叶窗往上拉起，向外看去，想要弄明白自己究竟在哪里；有一半心理准备指望看到的是那些宁静的古老而美丽的建筑，以及圣安妮街上洁净的灰色铺石路，还想看到街尽头的那座大教堂的一座座楼塔。如果看不到这些，我便充分期望看见某一片城镇景物，看见维莱特城的一条路，假如不是古老而令人愉快的英国城市中的一条街的话。

可是相反，我透过围绕在高格子窗四周的叶簇的框框望出去，望到一片绿油油的草坪似的平地，那是一块草坪台地，树木从更远处较低的土地上露出头来——那些是高大的森林树木，是一种我许多时日都没有看见的那种。这时，树木在10月的大风中呻吟着，我遥望并追寻树干之间一条林荫路的痕迹，路上枯叶成堆，是堆积而成，风吹而成的，也有个别被西风扫荡得旋舞着。不论在更远处会是什么样的风景，都必定是平川旷野，但是被这些高大的山毛榉遮挡住了。这里看来是与世隔绝的，对我很陌生，我完全不认识。

我再一次躺下来。我的床是放在一个小墙凹处的，我把脸转向墙

---

① 这一姓名的原文是：Louisa Lucy Bretton。

壁的时候，这个房间，以及它的令人迷惑的附属物，就变得是外在之物了。外在之物吗？不！因为我怀着这一希望调整我的姿势的时候，瞧吧，在往两边分开、用绳圈吊起的帷幔之间的绿色空间，挂着一个镀金大画框，画框里是一幅肖像画。画得很好，虽然不过是一幅速写——那是用水彩画的头像，一个男孩子的头像，色彩鲜嫩，栩栩如生，表情丰富，呼之欲出。他像是个十六岁的少年，肤色白皙，面颊红扑扑的，透出健康的样子。长头发不是黑色的，却有一层太阳的光泽。聪明的眼睛，弯弯的嘴巴，欢悦的微笑。总之，那张脸叫人看来是最愉快不过的，特别是那些有权利得到那位少年的感情的人——比如双亲、或者姐妹。任何多情的小女学生都可能爱上画框里的人。那双眼睛看来仿佛他年纪再大一点的话就会闪射出回应爱情的光芒。我不知道这双眼睛是否贮藏着忠实而稳定的光。因为尽管在外形上感情太容易和他联系在一起，他那两片嘴唇却美丽地、但是确定无疑地昭示着任性和轻视。

我努力对每一种新发现尽可能保持平静，悄没声儿地对自己说——

“啊！那幅肖像过去是挂在早餐室里壁炉台之上的，在我看来太高了一点。我清楚地记得自己如何老是要爬到一个钢琴凳子上，想把它从画钩上取下来，拿在手里，向那双眼睛的美丽的水井深处探望；在那淡褐色的睫毛下，那目光像是用铅笔画出来的笑容。而且我很喜欢注视那面颊上的红晕和嘴巴上的表情。”我简直不相信想象力还能把那个嘴巴的曲线增添一分，那个下巴也是如此。即使以我的无知，也知道这两处都很美，并且迷惑不解地反复思考这个疑问：“如此迷人的东西，怎么能够同时又是如此使人心痛不已的东西呢？”有一次，为了测验一下，我拉住小妞妞霍姆，把她抱在怀里，叫她看看这幅画。

“你喜欢这幅画吗，波莱？”我问道。她一声不吭，但是久久地凝视着，最后，她的敏感的眼睛里颤颤抖抖地掠过一阵阴云，同时说道：“放我下来。”我便把她放下来，我对自己说：“这孩子也感到这一点了。”

此刻，我思索着这一切的时候，加了一句：“他有他的缺点，但是很少有比他更好的性格了：大方、温和、多情善感。”我的沉思在出声地叫出一个名字后结束：“格雷厄姆！”

“格雷厄姆！”床边突然跟着响起一个声音。“你要格雷厄姆吗？”

我瞧着。情节实在是变得复杂起来，不可思议的事实现在是达到极点了。假如说看见墙上那幅记得真切的画出来的形象是件奇怪的事，那么，更奇怪的是，我转过脸来，在对面看见了同样记得真切的那个活生生的人——那是个女的，一位夫人，再真实、再实在也没有，高个子，衣着考究，穿的是寡妇黑绸，戴的是那样一顶帽子，看上去最适合她的主妇和母亲的发辫式样。她的脸也很姣好，也许现在就美丽而言，嫌太露；但是就感觉和品格来说，却不是这样。她没有什么改变；只是显得较为严厉一些，较为健壮一些——然而她正是我的教母：依然是布列顿夫人的清清楚楚的形象。

我保持沉默，可是在心里，我却是非常激动。我的脉搏剧烈地跳动，我的脸颊没有血色，变得冷冷的。

“夫人，我在哪儿呀？”我问道。

“在一个非常安全的避难所里，眼下得到很好的保护。你安下心来吧，等到你觉得好一点儿再说。今儿早上你看来是病了。”

“我真给弄得完全糊涂了，一点都不知道自己是否还能相信自己的知觉，或者，是否知觉正在每一个细节上都使我弄错了。但是你说英语，是吗，夫人？”

“我应该想到你可能听得懂英语。用法语作长篇大论的讲话会使我说不清楚。”

“你不是从英国来的吧？”

“我是最近从那儿来的。你在这个国家里待的时间长吗？你好像认识我的儿子吧？”

“我认识吗，夫人？也许我认识。你的儿子——那边那幅画像画的是他吗？”

“那是他少年时的肖像。你刚才瞧着，叫出了他的名字。”

“是格雷厄姆·布列顿吗？”

她点点头。

“你是布列顿太太，原本在某某郡的布列顿城的那位吗？”

“完全正确。你呢，我听说是这里一所外国学校里的英语教师。我的儿子认出你，这样说的。”

“夫人，我是怎样被人发现的呢？是谁发现的呢？”

“待一会儿我的儿子会告诉你的，”她说。“不过眼下你心里很乱，人很疲软，不宜交谈。试着吃点早饭，然后睡一觉吧。”

虽然我经受了这一切——体力上疲乏不堪，精神上焦虑不安，还遭受了风吹雨打——可是我仍然似乎好了一些。发热，这曾经折磨我的躯体的真正的疾病，正在减轻，因为，在过去九天里，我没有吃过固体食物，而且连续忍受口渴之苦，可是这天早晨，早餐送来的时候，我有了渴求营养的感觉。那是一种内在的昏眩，促使我急急忙忙去喝这位夫人递给我的茶，去吃她允许我就着茶吃的一块烤面包片。只有那么一口，但是这就足够维持我的力气，直到大约两三个钟头以后，那位女仆端给我一小杯肉汤和一块饼干。

黄昏的天开始暗下来，不肯停歇的大风依然狂吹，冷气袭人，大雨滂沱，倾盆而泻，这时候，我觉得厌倦起来——非常厌倦我的床。这个房间虽然漂亮，却很小，我觉得很局促，渴望改变一下。那渐渐增强的寒冷和越来越浓的暮色也使我感到压抑。我想要看见——想要感觉壁炉的火光。此外，我老是想着那位高大的主妇的儿子。我什么时候能看见他呢？当然啰，只有离开我这个房间才行。

那位女仆终于来为我铺床睡觉了。她打算用一块毛毯把我包起来，放在那把摩擦轧光印花棉布的小椅子上。但是我谢绝了这番厚意，开始穿起衣服。这件事刚刚做完，我正要坐下来喘一口气的时候，布列顿太太又一次出现了。

“穿起衣服来！”她直嚷嚷，脸上现出我是那么熟悉的微笑——虽然不是柔和的，然而却是令人愉快的微笑——“那么你是好得多啦？相当有力气啦——呃？”

就像她过去经常那样说话的口气，她对我说着，使我差不多以为她开始在认出我了。在她的声音和态度里，有着同样的一种保护人的气派，在我还是个小女孩的时候，我就一直从她那儿感受到——一种我服从的、甚至于喜欢的保护人气派。那不是建立在优越的财富和地位这种习以为常的基础之上（在地位这方面，从来没有任何差异之处，她的等级就是我的等级），而是建立在天然形成的实实在在的优势之上：那就像大树给予小草以庇护一样。我没有再讲究什么礼节，提出了一个要求。

“让我到楼下去吧，夫人。我在这里感到这么冷，这么乏味。”

“要是你有力气能够受得了换个地方，那是我再高兴不过的事了，”她这样回答。“那么，来吧，挽住我的胳臂。”她把胳臂伸出来给我挽住，我们走下一段铺着地毯的梯级，走到一个楼梯平台，那儿一扇高大的门开着，让我们走进一个用蓝色缎子装饰起来的房间。处在这洋溢着尽善尽美的家庭安乐的氛围之中，是多么令人愉快啊！在这琥珀色的灯光和朱红色的炉火辉耀之中，又是多么叫人感到温暖啊！为了使这一幅图画十全十美，茶点已经摆在桌子上了——那是英国式的茶点，那全部精光锃亮的茶具，从古老式样的纯银大暖壶[①]、纯

① 大暖壶，原文为urn，是一种煮茶或咖啡，或使这类饮料保温的金属大壶。为了与一般的壶（pot）有所区别，这里译做大暖壶。

银大茶壶，直到薄胎瓷茶杯(这些茶杯因为是紫色的，还上了金色釉彩而色暗)，都亲昵地瞧着我。我熟悉这种芷茴香饼[①]，那是用特殊的模子焙制出来的特殊外形的饼，在布列顿家里茶桌上一直占有一席地位。格雷厄姆喜欢吃，那里就像往昔那样——放在格雷厄姆的餐盘前面，餐盘边上则放着银刀银叉。这样看来格雷厄姆是要来吃茶点的。格雷厄姆现在也许正在这幢屋子里，要不了多少时候我便可以看见他了。

“坐下吧——坐下吧，”在我有点儿摇摇晃晃地走到壁炉那儿的时候，我的女指导说。她让我坐在沙发上，但是我不久便走到沙发背后，说炉火太热了。在它的遮蔽处，我找到另一个较为适合我的座位。布列顿太太从来不习惯对任何人或任何东西作不必要的忙乱，她不来劝阻，而是容忍我自行其是。她弄好茶水，便拿起报纸。我喜欢注视我的教母的一举一动，她的动作全部都显得那么年轻。她现在想必已经五十岁左右，然而不论她的体力还是精神似乎都还没有被年龄所锈蚀。她虽然胖，却很灵活；虽然性情沉静，有时候却容易激动——身体健康、性情极好使她保持青春，就像她年轻的时候一样。

她一面看报，我发觉她一面侧耳倾听——倾听她的儿子来了没有。她决不是那种会承认自己心中忧虑不安的女人，可是外面暴风雨还没有暂停，假如格雷厄姆在那种刺耳的狂风中滞留在外的话——狂风依然不满地吼叫着——我很清楚他母亲的心一定会在外面跟他在一起。

“他迟到十分钟了，”她看看表，说道。然后，过了一分钟，她从报纸上抬起眼睛，头微微侧向门口，表明她听见了什么声音。她立刻舒展愁眉。接着，即使我的耳朵比较不熟悉，也听见了关上大门的铁器碰撞声、沙砾上的脚步声、最后是门铃声。他已经来了。她的母亲

① 芷茴香饼，含有或撒有芳香种子(芷茴香、芝麻等)的糕饼。

从大暖壶里把茶倒在茶壶里，把用填料塞得鼓鼓的、用椅垫垫得软软的蓝色的椅子拉近壁炉——那当然是她自己的椅子，但是我看出有那么一个人会泰然自若地篡夺了去的。那个人走上楼梯——我想，风雨之夜使他必须先着意梳洗一下，然后上楼，并且大步流星一直走进来，这时候——

"是你吗，格雷厄姆？"他的母亲掩饰着欢喜的微笑，用简简单单的话问道。

"妈妈，还会是谁呢？"这位不准时者毫不客气地窃据了退出的王位，问道。

"你既然来晚了，难道不该喝冷茶吗？"

"我不会得到我该得的惩罚，因为这只大暖壶嘘嘘地唱得欢呢。"

"懒孩子，把你自己移到桌子边上来。除了我的座位，再也没有适合于你的了。你要是懂得一点儿规矩，你就会一直把那把椅子留给老妈妈。"

"我会这么做的，只不过亲爱的老妈妈一定要把它留给我。妈妈，你的病人怎么样了？"

"她可以走过来自己谈谈吗？"布列顿太太转过头来冲着我这一角落说，我便应邀走过去。格雷厄姆礼貌周到地站起来向我致意。他站在壁炉旁，身材高大，那样的体形，真是怪不得他的母亲为之流露出不加掩饰的骄傲。

"你果然下楼来了，"他说。"那么你一定好些了——好得多了。我的确没有想到我们竟会这样、或者在这里遇见。昨天夜里我惊讶不小，假如我不是非得赶去抢救一位垂死的病人不可，我肯定不会离开你的。不过我的母亲本人就有些像位女医师，玛莎则是一位极好的护士。我看出你的病情是一种昏厥，不见得有危险。是什么引起的，我还要诊断一下，还要了解所有详情；在这同时，我相信你的确已经觉得好些了。”

“好得多了，”我平静地说。“好得多了，我谢谢你，约翰医师。”

因为，读者啊，这位高个子青年——这位可爱的儿子——这位我的主人——这位格雷厄姆·布列顿，正是约翰医师，是他，而不是别人。而且，我弄清楚这是同一个人的时候，简直不感到惊奇。而且，在我听见楼梯上格雷厄姆的脚步声的时候，我就知道进来的会是什么样子的身影，我的眼睛准备看见的是谁的容貌。这不是今天的发现，它的萌芽早就渗入我的感觉之中了。我当然清楚地记得年轻的布列顿；而且虽然十年（从十六岁到二十六岁）也许大大地改变了这孩子，使他变为成人，然而十年却不能带来如此截然的不同，以至于完全足够蒙住我的眼睛，或者迷惑我的记忆。约翰·格雷厄姆·布列顿医师依然保留着十六岁的少年的吸引力。他有着他的眼睛，他有着他的一些面貌特征，那就是说面庞下半部的所有极好的轮廓。我立刻认出他来。我在几章以前写过，我第一次认出他来是在那个时候，当时我的未加掩护的凝视曾经给自己招来一种含蓄的指责，使我受到一种屈辱。我接下来的观察在每一点上都进一步证实了这初步的猜测。我在他的成人的姿势、态度和习惯里追踪他孩子时的一切可能发展的样子。我在他现在的低沉的声调里聆听那往日的口音。某些用语的说法是他过去特有的，这时依然是他特有的。同样如此的是那双眼睛和两片嘴唇的许多把戏、许多微笑，以及在他很有特性的前额之下从虹膜里射出的许多突然的光彩。

对这一话题说任何话，对我的发现暗示一下，都不合我的思想习惯，也不与我的情感系统相一致。相反，我倒是宁愿把这件事放在心里。他正站在我面前，一股特殊的照明光线照着他，光线在他的头上的所有部位亮着，在他的双脚周围颤抖着，而且局限于这个范围。这时候，我真想进入他本人没有看穿的云障雾罩中的他的精神灵气之中。

要是我向前走去，声称：“我就是露西·斯诺！”我很清楚，这不会使情况有什么两样。因此，我继续待在我的教师的地位上，而且因为他一直没有问我的名字，我也一直没有告诉他。他听见我被称为“小姐”和“露西小姐”，他一直没有听见我的姓“斯诺”。至于自己忽然认出来——虽然我也许变化比他更小——这种想法既然从来没有进入他的头脑，我又为什么要提醒一声呢？

用茶点的时候，约翰医师很客气，这是他天性使然。吃完点心，撤掉餐盘以后，他把软垫在沙发的一角弄得妥妥帖帖，硬要我躺在其中。他和他的母亲也挨近炉火坐下，我们坐了还不到十分钟，我看见他的母亲的眼睛直愣愣地盯着我瞧。女人家肯定在某些方面比男人敏感。

“喔，”她立刻喊了起来；“我很少看见模样更相像的了！格雷厄姆，你注意到了吗？”

“注意到什么？什么事情现在叫老妈妈不好过了？你瞧你的眼睛瞪的，妈妈！人家会以为你得了什么千里眼的病呢。”

“格雷厄姆，你倒说说看，这位年轻小姐使你想起谁来着？”她指着我。

“妈妈，你叫她很尴尬了。我常常跟你说叫人猝不及防是你的缺点。真的，你要记住，她是你的生客，不了解你的脾气。”

“喏，她往下看的时候；喏，她侧过脸来的时候，她像谁呢，格雷厄姆？”

“说真的，妈妈，你既然提出了这个谜语，我觉得应该由你来解答！”

“你说，你已经认识她有一段时间了——打从你刚刚开始在福色特街上的学校上学的时候起——可是你一直没有对我提起过如此少有的相似！”

“我不能提起自己从来没有想到过的事情，也不能提起自己现在也没有认识到的事情。你究竟在说些什么呢？”

“傻孩子！你瞧瞧她。”

格雷厄姆果然瞧着我，可是这叫人受不了，我看出结果一定会是怎么样的，因此我想最好是抢先一步。

我说：“约翰医师要做和要想的事情太多了。自从他和我上次在圣安妮街上握手告别以来，那就是说，几个月以前，我很容易地认出了格雷厄姆·布列顿先生，我却从来没有想过他会认出露西·斯诺来。”

“露西·斯诺！我刚才就是这么想的！我知道是的！”布列顿太太喊道。她立刻从壁炉前走过来吻我。有些女士们遇到如此大发现的时候也许会闹闹嚷嚷，但在实际上却并不特别感到高兴，而闹闹嚷嚷不是我的教母的习惯，她宁愿做出那种浅浮雕的样子来表达感情。所以她和我只用几句话和吻一吻脸便结束了惊讶的表情。不过我相信她满心欢喜，我知道自己也是这样。在我们重叙旧情的时候，格雷厄姆坐在对面，静静地消解掉他突然发作的惊奇心情。

“妈妈把我叫做傻孩子，我觉得自己是这样，”他终于说。“因为，我以名誉担保，虽然我曾经常常看见你，我却决没有一次猜疑到这个事实。然而现在我完全明白了。露西·斯诺吗？没错！我完全想起她来，而她正坐在那儿，决无疑问。但是，”他又说，“你肯定始终不知道我是一个老朋友，也从来没有提起过这件事。”

“我是知道的，”这是我的回答。

约翰医师对此不加评论。我猜想他认为我知道这件事而不提它是反常的，但是他避免指责别人，总是采取宽容态度。我还认为，他会觉得，详细地盘根究底，问我缄默不语的原因是鲁莽无礼的。而且，虽然他也许觉得有一点好奇，但是这件事情的重要性决没有大到足以诱惑好奇心去侵犯谨言慎行。

至于我这方面，我只冒昧地问了他一句是否记得我有一次目不转睛地盯着他瞧的情形；他当时流露出来的轻微的受搅扰的表情，依然是留在我心中的疙瘩。

“我想我记得！”他说。“我想我甚至曾对你不高兴了。”

“你那时也许认为我有一点鲁莽吧？”我问道。

“完全不是。我仅仅觉得，你们一般的风度是害羞和退缩的，我的身上或脸上究竟有什么大罪，对于你通常是回避的眼睛具有如此大的吸引力。”

“你现在懂了那是怎么回事了吧？”

“完全懂了。”

说到这里，布列顿太太插进来，问了关于过去的许多许多问题。为了满足她，我不得不叙述一番过去的艰难困苦，解释一下外表上的离群独处的原因，略表一些赤手空拳地与生、与死、与不幸相争战的事。约翰医师倾听着，很少说话。接着他和布列顿太太告诉我他们所经历的变化。即使他们也不是一切都顺利的，命运之神曾经削减了她一度厚施的礼物。不过一位如此英勇的母亲，有她的儿子这样的维护者，是很能胜任同这个世界狠狠地打一场战斗，而且最终取得胜利的。约翰医师本人就是生来便肯定有吉星高照的那种人。厄运也许会把她最严酷的正面对着他，而他却是那种带着微笑把她打倒的男人。又强壮，又愉快，又坚定，又彬彬有礼；并不轻率，却很勇敢；他是那种追求者，他向命运女神本身求爱，从她那石雕的眼珠里赢得爱的光波。

他在所选择的职业上的成功十分明显。在过去的三个月内，他买下了这幢房屋（他们对我说是一幢小别墅，大约在克莱西门之外半里格），这一乡村地点是为了他的母亲的健康而选择的，城市里的空气现在对她不相宜。他邀请了他母亲来住，他母亲离开英国的时候，把她原来住的圣安妮街上的宅第里的家具，凡是她认为不应当卖掉的所有保留下来的东西，全都带来了。因此才有我的对于那些椅子的幽灵、那些镜子、大暖壶和茶杯的阴魂的困惑不解。

钟敲十一下的时候，约翰医师打断他母亲的说话。

“斯诺小姐现在必须就寝了，”他说。“她的脸色正逐渐变得很苍白。明天我将斗胆问一些关于她健康不佳的原因的问题。今年 7 月，我看见她劲头十足地扮演一个妙不可言的绅士，打那时起，她的确改变很多。至于昨夜那场变故，我肯定其中必有原因，不过咱们今儿晚上别再问了。晚安，露西小姐。”

于是他好心地把我带到门边，手里拿着一支蜡烛，为我照亮走上一段楼梯。

我做完祷告、脱掉衣服躺下来的时候，我感到自己仍然拥有朋友。这些朋友并不表现出热情洋溢的依恋的样子，并不给人以良缘佳偶和至爱亲朋般的温柔的慰藉；因此，在他们身上只能要求有节制的感情，对于他们只能形成有节制的期望。然而，对于他们，我的心本能地柔软温和起来，并且怀着一种一再涌现、纠缠不休的感激之情思慕着，这种感激之情我只有恳求“理智”来及时控制住。

“不要让我想他们想得太多，太频繁，太天真，”我哀求说。“让我满足于在这条生活之河流中的不过分的一饮一啄吧。让我不要变得口渴难忍，从而热情奔放地请求得到河流中的可以随意饮用的水吧。不要让我幻想能在这水里尝到比地球上的泉水所能有的更甜美的滋味吧。哦！但愿仰仗上帝，我或许有可能得到充分的感受，这种感受是由一种偶然的、亲切的交往所维持的，这种交往不多，又短暂，并不迷人，平静无波，非常的平静无波！”

我重复着这句话，侧身拥枕而卧；我一而再、再而三地重复这句话，泪水湿透了这个枕头。

第十七章
台地别墅

这些向天生的性格和心灵的强烈的天然倾向所作的斗争看来也许是没有用处，毫无结果的，不过到头来却有好处。这种斗争有助于(不论力量是多么微弱)给行为举止以一种特色，这种特色为“理智”所赞成，而也许太经常地为“情感”所反对；这种斗争肯定给一个生命的总趋向造成了一点变化，使这个生命有可能被调整得比较好，比较均衡，在表面上更为恬静；一般人的目光将仅仅落在这个表面上。至于潜沉在表面之下的东西，就都托付给上帝了。人啊，像你一样软弱，而且不宜于作为你的审判者的一个同类，可以因此被排除在外，把此事交给你的造物主吧——把造物主所赐予的精神的秘密袒露给造物主——问问他，你将如何忍受他派定给你的痛苦——跪在他的面前，虔诚地祈祷在黑暗中出现光明，祈祷可怜的软弱里产生力量，祈祷在极端的穷困中能够忍耐。可以肯定，在某一时刻，虽然或许不是你的时刻，那等待着的水将会激荡起来；以某种形式，虽然或许不是你所梦想的、你所心爱的、你的心为之流血的形式，那位救治创伤的使者将会降临，跛子、盲人、哑巴和魔鬼附身的人将会被带去沐浴。①使者啊，快来吧！千万个人躺在那水池四周哭泣，绝望地看到池水经过缓慢的年月还是停滞不动。苍天的“时间”是漫长的，安琪儿使者们的运行轨道对于凡人的视觉来说似乎是辽阔的，这些运行轨道可能长年循环不息，一次往而复回的周期可能长到数不清的世代。尘土燃烧起来，那生命是短暂而受苦受难的生命，然后经过痛苦再复归为尘土，这时候可能已经一而再、再而三地泯灭于记忆之外了。对于几多千百万残废者和哀伤的人的第一位和唯一的一位下凡的神仙使者，东方人称他为“阿兹拉伊来”②。

第二天早晨我尽力爬起来，一面穿衣，一面一次又一次地从脸盆架上的玻璃水瓶里倒冷水喝，企图打起精神，驱散那使我抖抖索索、使我穿衣如此困难的软弱无力。就在这时候，布列顿太太进来了。

“这真是瞎胡闹！”她早晨打招呼用这句话。“不行啊，”她加上一句，立刻用她自己的粗暴有力的方式处置我——这种方式我过去常常欣喜地看见她运用在她的儿子身上，而她的儿子则强劲地反抗——她在两分钟之内把我作为俘虏押送到那张法国式的床上。

“你在这儿睡到下午，”她说。“我的孩子在出门以前留下命令，因此必须照办，而且我可以肯定地对你说，我的儿子是主人，非得服从他不可。你马上就得吃早饭了。”

她马上端来了食物——用她那双能干的手亲自端来——没有让仆人们来为我服务。我吃的时候，她坐在床上。现在，并不是每一个人，即使是在我们所尊敬的朋友和重视的熟人之中的什么人，我们都喜欢他来接近我们，喜欢他来守护我们，伺候我们，以一位护士接近病人的态度来接近我们。并不是每一位朋友的眼睛都像是病房里的一盏明灯，他的到来都是那里的安慰，然而，对于我来说，布列顿太太就是所有这一切，而且从来就是。饮食从来没有像经过她亲手给我的那样合我口味。我不记得有哪一次她走进房间里来的时候，没有使那个房间比原来愉快。我们的性格具有同样奇怪的偏爱和憎恶感。对于某些人我们暗暗退缩，我们本身会避之唯恐不及，虽然理智承认他们是好人。对于另外一些人，他们很明显地有着脾气等等方面的缺点，我们在他们旁边却过得怡然自得，仿佛他们周围的空气对我们有益。

---

① 典出《圣经 · 新约全书 · 约翰福音》第 5 章第 2 至 9 节：“在耶路撒冷，靠近羊门有一个池子，……旁边有五个廊子。里面躺着瞎眼的、瘸腿的、血气枯干的，许多病人。在那里有一个人病了三十八年。耶稣……就问他说，你要痊愈么。病人回答说，先生，水动的时候，没有人把我放在池子里……耶稣对他说，起来……那人立刻痊愈……”

② 阿兹拉伊来，伊斯兰教的四大天使之一，专司死亡事宜，人死时由其取命。

我的教母的灵活的黑眼睛和光洁的浅黑色的双颊，她的温暖、敏捷的手，她的自己靠自己的心情，她的干脆利落的举止，全都对我有益，就像某种有益于健康的气候下的空气一样。她的儿子习惯于称她为“老妈妈”，我怀着惊喜的心情注意到，二十五岁时的那种利索和力量仍然在她身上散发着，围绕着。

“我真会把我的活儿拿到这儿来，”她把我的空茶杯拿走的时候说，“整天陪你坐着，要不是那位架子十足的约翰·格雷厄姆否决了这样的做法的话。他临走的时候说：‘那么，妈妈，留神别用唠唠叨叨的话把你的教女折腾得疲惫不堪。’他还特别要求我好好地待在自己的地方，别来做你的好伙伴。露西，他说他从你的脸色判断，认为你曾经生了一场神经方面引起的热病——是不是这样呢？”

我回答说我不大清楚自己曾经生了什么病，不过我肯定病得很厉害，特别在精神上。此外，关于这个问题，我觉得仔细研究是不可取的，因为我曾经遭受的事情的细节，是属于我的生活的一部分，这一部分我从来没有期望我的教母来参预。如此的内心秘密将会把那位精神矍铄的、一帆风顺的人带到什么样的新的领域里来啊！形容她和我之间的不同，或许可以这样相比：一方面是一艘堂皇华贵的大船在风平浪静的大海上航行，船上载着足额的全体船员，一位船长既快乐又英勇，既敢作敢为又深谋远虑。另一方面则是一条救生艇，一年之中大部分时日都枯干地、孤单地躺在一个破旧的、黑暗的船库里，而投放到海中，只是在狂风暴雨大作使波涛冲天的时候，是在乌云压迫海水的时候，是在危险和死亡两者瓜分那伟大的深渊的统治权的时候。不，那艘路易莎·布列顿号在那样的夜里，那样的场面中是决不会开出海港的，它的全体船员无法理解此事；因此，那条半沉半浮的救生艇上的人不暴露自己的意图，也不编造海外奇谈了。

她离开了我，我怡然自得地躺在床上。格雷厄姆在出门以前念叨着我，这很好。

白天我过得孤孤单单，但是即将到来的美好黄昏使白天变短，变得愉快。再说，我还感到疲软无力，休息看来是好事。上午的几个小时过去了——这几个小时，即使对于当然的无所事事者来说，也总是带来一种有事要办、有任务等待完成的景象，带来一种必须做完某种工作的模糊印象——在这个忙忙碌碌的时间过去以后，下午降临的寂静使女仆蹑手蹑脚地走在楼梯上，走在房间里，这时候，我便进入并非不愉快的梦幻般的心情之中。

我的安静的小房间不知怎么看来像是大海里的一个洞穴。它没有什么颜色，除了那白色和淡绿色，使人联想到泡沫和深深的海水。发白的上楣用贝壳状的装饰品装饰着，天花板的角落里画着好像海豚的白色花边。即使那只红缎子的针插上的可以看见的一点颜色，也带着近似珊瑚的颜色；即使那面颜色深暗的闪光的镜子也可能映照出一条美人鱼来。我闭上眼睛的时候，只听见一阵风势终于已经减退的大风，撞击着房屋正面，就像一阵平静下来的巨浪撞击着礁石一样。我听见大风刮过来，又往远处、更远处刮回去，就像潮水从天上世界的海滩上退落下来一样——那个世界在上面是那么高，以至于它的最大的波涛的冲击，它的最凶猛的浪花的冲撞，传到这海底下的家中，听来只能像是阵阵低声细语和一首催眠曲。

黄昏在这种种梦境之中来临了，于是玛莎拿来一盏灯。在她的帮助下，我很快地穿好衣服，现在比早上身体强壮些，便不靠人扶持，自己下楼走到蓝色沙龙客厅里去。

约翰医师似乎已经比平时早地结束了他各处走一圈的出诊任务。我踏进客厅的时候，第一眼看见的就是他的身影。他站在门对面的窗口凹进处，正在阅报，就着那将逝的白天还能供给的微弱光线看排得密密麻麻的小字。壁炉里的火光明亮，但是桌子上的灯没有点燃，茶点还没有送来。

说到我的好动的教母布列顿太太——后来我发现她整天待在室外——这会儿半躺在她的深深的铺软垫的椅子里，竟然瞌睡得不知不觉。她的儿子看见了我，便走过来。我注意到他步步小心地走着，不要惊醒那位睡眠者。说话也压低声音，他的圆润的嗓音里一点也没有严厉的语调；调节成目前这样，是为了要安抚睡眠，而不是惊扰睡眠。

“这是一幢安静的小别墅，”他请我坐在一扇竖铰链窗跟前，讲述道，“我不知道你散步的时候是否注意到这幢房子。不过，说真的，从chaussée 上是看不到的。离克莱西门一英里之外，你转身沿着一条小路走，那条小路不多远就变成一条林荫路，引导你穿过一片草地和树荫，一直到这幢房屋的门口。这不是一个时髦的地方，而是多少有些按照下城区的老式风格建造的。说它是一幢别墅，倒不如说是一座乡间别墅。他们把它叫做‘台地’，因为它的正面高耸在一片广阔的铺草皮的步道之上，从步道那儿有石级往下通过一个芳草萋萋的斜坡，直到那条林荫路。你看那边啊！月亮升起来了，她从树干之间露出来，很好看。”

说真的，月亮在哪儿露出来会不好看呢？不论是局促的还是开阔的风景，如果她的圆脸不使之神圣，那还成为什么风景？是玫瑰红，或者是火红，她这会儿爬到了不远处的一道堤岸之上；就在我们凝视着她脸色绯红地升腾的当口，她忽然变成清澈的金黄色，在非常短暂的时间里，便明净无瑕地飘浮在静谧的天空之中了。月光是不是叫布列顿医师心肠变软，心情悲伤了呢？月光是不是用浪漫的情调打动他了呢？我想是的。纵然他并没有要叹息的情绪，他望着月光却叹息起来，静悄悄地自思自叹。不需要深究这叹息的原因和过程，我知道它是被美唤醒的，我知道它追踪的是姞妮芙拉。知道了这一点，一个想法压到我心上，那就是我负有某种责任把他在沉思默想的名字说出来。当然，他对于这个话题是有准备的，我从他的脸上看出一种极为丰富的说明、疑问和关心的神情，那是一种语言和情感的压缩，只是因为，我觉得，不知如何开口是好才被压制着。使他免于这种窘迫是我最好的、实在也是唯一的用处。我只要讲出那位偶像的名字，爱情的温柔的祷文就会绵绵不断地流淌出来。我找到了适当的措辞："你知道樊箫小姐已经跟肖尔蒙德莱一家人一起旅行去了。"我正要张口这样说出来的时候，他却开始了另外一个话题，打乱了我的计划。

"我今天早晨的第一件事，"他把感情包藏起来，掉头不望月亮，坐下来说。"便是走到福色特街，告诉那位女厨师说你平安无事并且受到很好的照料。你可知道，我竟然发现她甚至还没有觉察到你不在那幢屋子里，她以为你是安然待在那个大集体寝室里呐。想必人家曾经以什么样的漫不经心来伺候你！"

"哦！这一切都是非常可以理解的，"我说。"高滕不能为我做什么事，只能给我送来大麦茶和一份干面包片，上个星期我经常拒绝这两样东西，以至于那位好女人厌倦于从住宅的厨房到学校的宿舍之间的无用的往返奔波了，她只在每天中午来一次，给我铺铺床。不过，请相信，她是一位性格温厚的人，要是我有胃口的话，她会乐意给我烧羊排的。"

"贝克夫人为什么要把你一个人留下来呢？"

"贝克夫人不会预见到我生病的。"

"你的神经系统也遭受很多折磨了吧？"

"我不大清楚我的神经系统怎么样了，但是我感到精神委靡得很。"

"这就使我无法用药片或者药剂来帮助你了。医药不能给任何人带来好的精神。我的医道在疑病症[1]的门槛前止步不前了，它只对里面张望，并且看见一个受苦受难的房间，但是既不能说什么，也不能做什

① 疑病症，神经疾病的一种，患者经常自疑身体某处或某几处疼痛不适，疾患严重，实际上却并无器质性病变。

么。高高兴兴的社交会是有用的；你必须尽可能少地孤身独处，你必须多做健身运动。”

这一席话之后，跟着来的是默许和休止。我觉得这些话说得很对，带有习惯的力量，以及应用得陈腐了的印记。

“斯诺小姐，”约翰医师重新开始说——包括我的神经系统在内的我的健康状况，使我多少有些宽慰的是，现在已经讨论完毕——“可以允许我问一声你的宗教信仰是什么吗？你可是一位天主教徒？”

我有些惊讶地抬起眼睛望着——“天主教徒？不是！你为什么提出这样的想法呢？”

“昨天夜里别人把你交托给我的样子，使我怀疑这一点。”

“我被交托给你了？不过，确实，我倒是忘了。我还没有问问我是怎么落到你的手上的。”

“怎么，那是在使我迷惑不解的情况下发生的。昨日一整天我在照料一个特别使人感兴趣的症状危急的病例。那种病是罕见的，治疗的方法是否有效还说不准。我曾经在巴黎一家医院里看见过相似的但是更典型的病例。不过你不会对此感兴趣。最后，那位病人的最紧急的症状减轻了（剧烈的疼痛是这种病症的伴随症状之一），使我得以脱身，我就打点着回家去。我的最近的捷径是穿过下城区，同时因为那天夜里雨暴风狂，天昏地暗得不行，我便走了这条路。我骑马经过一座属于贝居安修女[①]社团的古老的教堂，凭借教堂入口处的门廊或者深拱门上亮着的灯光，我看见一位神父举着双臂捧着什么东西。灯光亮得足够清楚地照出这位神父的脸，我认出了他。这个人我原先常常在病床边遇见他，富人和穷人的病床边都有他在，主要是穷人的。我想他是一位善良的老人，比这个国家里他那个阶层中的大多数人好得

① 贝居安修女，12 至 16 世纪流行于荷兰和比利时等国的天主教女修道会的成员。其修女不发终身大愿，可随时还俗。

多，的确，在每一方面都出类拔萃，更有学问，而且更忠于职守。我们两人的目光相遇，他叫我停下来，他捧抱着的是一个女人，是昏过去的或者生命垂危的女人。我便下了马。

“‘这个人是你的女同胞，’他说，‘要是她没有死，救救她吧。’

“检查之下，发现我的女同胞原来是贝克夫人的寄宿学校的英语教师。她已经完全不省人事，完全没有血色，接近冰凉。

“‘这是怎么一回事呢？’我查问道。

“他告诉了我一个奇特的故事，说你那天傍晚曾经到他那儿的告解室里去过，谈到你那精疲力竭、备尝艰辛的面容，联系到你所说的一些事情——”

“我所说的事情？我倒想知道是些什么事情！”

“毫无疑问是可怕的罪孽，不过他没有告诉我是些什么。喏，你知道的，告解室的封条制止了他的饶舌和我的好奇心。不管怎么说，你吐露的心曲并没有使那位好神父敌视你。他看来被深深打动了，还对你竟然在那样的夜里独自外出感到十分抱歉，因此，在你离开教堂以后，他觉得作为一个基督徒，有责任去看看你，并且设法不要失去你的行踪，直到你肯定走到家门口。也许那位可尊敬的人有一半不自觉地在这一行为中掺进了他那个阶层的人的一点点心机奥妙；有可能他决意要知道你的家在哪儿——你在忏悔的时候讲了吗？”

“没有。正相反，我小心翼翼地避免任何一点点在这方面的提示。至于说到我的忏悔，约翰医师，我猜想你会认为我采取这样的步骤是疯了，然而我无法不这样做；我猜想这完全是你所谓的我的‘神经系统’的过错。我无法用言语说明这一情况，可是我的日日夜夜变得越来越受不了。残酷的凄凉孤独之感刺痛着我的心。有一种感觉企图打开一条路，喷涌而出，或者要我的命——就像（这一点你会理解的，约翰医师）流过心脏的血，如果动脉瘤或者任何其他致病原因阻碍了它的自然的通道，它就要寻找反常的出口。我需要同伴，我需要友谊，我需要忠告。在小房间里或者套间里这些东西我一点也找不到，因此，我走出去，在教堂里、在告解室里寻找。至于说我说了些什么，那没有秘密，没有情由。我没有做一点错事，我的生命未曾活跃到足够会发生任何坏事，不管是浪漫的还是现实的。我所倾吐的一切都是一种悲哀的、悲观失望的诉苦。”

“露西，你应该去作六个月左右的旅行。你看，你的冷静的性格已经越来越容易激动了！那个可恶的贝克夫人！难道那个体态丰满的小寡妇没有心肝，竟然判定她的最好的教师关单独禁闭吗？”

“那不是贝克夫人的错，”我说。“这决不是哪个活着的人的错，我不愿意听见任何人受到责备。”

“那么是谁的错呢，露西？”

“是我——约翰医师——是我；以及一位伟大的‘抽象’，我希望在它那宽大的肩膀上放上山一样多的责备，这两个肩膀雕刻出来就是为了承受。是我和命运。”

“这个‘我’今后必须得到更好的照料，”约翰医师笑着说。我想他是笑我的差劲的语法。[1]

“换换空气——换换环境：这些就是我的处方，”这位讲求实际的年轻医师继续说。“不过言归正传吧，露西。迄今为止，尽管希拉斯神父做事练达得体（他们说他是一位耶稣会会士[2]），但是他并不比你想象的更聪明。因为，你没有回到福色特街去，你发着烧漫无目的地走——当时你必定发了高烧的——”

“不对，约翰医师，发烧是在那天夜里开始的——这会儿，你可别

① 这一段和上一段的几个“我”字原文用的都是宾格 me，不合语法。

② 耶稣会会士，耶稣会的成员。耶稣会一名“耶稣连队”，天主教修会之一，16 世纪时成立，是欧洲反对宗教改革运动的主要集团。会士绝对效忠教皇，无条件执行教皇一切命令。

理解为我当时神经错乱了，因为我知道不是这么一回事。”

“没错！你当时思想集中就像我本人此刻一样，毫无疑问！你漫无目的地走，已经朝着与寄宿学校相反的方向走去了。接近贝居安修女教堂处，在雨骤风狂的困顿颠沛中，漆黑一团的迷茫困惑里，你昏厥过去，跌了下来。神父跑来救援你，接着是医师，正如我们看到的那样，跟着来了。由我们两人通力合作，叫了一辆出租小马车把你带到这里来了。希拉斯神父尽管年迈，他原来要把你抱上楼，亲手把你放在那张卧榻上。他确实会留下来陪你，直到你假死状态消失，元气恢复过来。我也是这样。可是就在这当口，一个送信的人匆匆忙忙地从我刚离开不久的垂危病人那儿赶来——要求尽最后的责任了——医师的最后出诊，神父的最后仪式。终敷[①]是不能延缓的。希拉斯神父和我一起离开了，我的母亲那天傍晚正在旁处消磨时光，我们便把你交给玛莎看护，吩咐了注意事项，这些看来她执行得很成功。我问你一声，你是位天主教徒吗？”

“现在还不是，”我微笑着说。“千万不要让希拉斯神父知道我住在哪儿，否则他会设法使我改信天主教。不过请你看见他的时候，带给他我的最好的和最诚挚的谢意，要是哪一天我富有了，我一定会送钱捐助他的慈善事业。你瞧，约翰医师，你的母亲醒来了，你应该打铃叫茶点了。”

他打了铃；布列顿太太坐了起来——对自己屈服于沉睡感到惊讶和恼恨不已，同时做好充分准备，要否认自己竟然睡着过——她的儿子高高兴兴地走来冒犯她了：——

“乖乖地睡吧，妈妈！再睡一觉。你熟睡的时候看来是一幅天真烂漫的画。”

---

① 终敷，天主教和东正教“圣事”的一种。在教徒病危时由神父用橄榄油敷抹病人的耳、目、口、鼻、手和足，以减轻其痛苦，赦免其罪过。

“我熟睡的时候？约翰·格雷厄姆！你在说些什么呀？你知道我在白天从来不睡觉，那只可能是稍微打了个盹儿。”

“完全正确！那是撒拉弗的小小的失误——一场仙女的梦。妈妈，在这种情况之下，你常常叫我想起提泰妮娅①。”

“那是因为你，你本人是那么像波顿②。”

“斯诺小姐——你可有哪一回听到过像我妈妈这样机智风趣的话？她是在像她那样的身材和年龄的女人之中最最轻松活泼的女人。”

“你还是把这些恭维话自己收起来吧，先生，而且不要忽略了你自己的身材，在我看来，它在大大地增长呢。露西，他不是很有些初期约翰牛③的气派吗？他本来一直像一条鳝鱼那样苗条，可现在我相信他身上有一种变成巨龙的倾向——一种酒囊饭袋④的趋势。格雷厄姆，可要小心啦！要是你长胖了，我就要声明和你脱离母子关系。”

“仿佛你无法更快摆脱你自己似的！露西，对于这位老妈妈的幸福来说，我是不可或缺的。假如她没有我这个罪过的六英尺之躯供她责骂，她就会在发青和发黄的忧郁之中憔悴下去。⑤责骂使她保持生气勃勃——责骂维持了她的精神中有益于健康的发酵剂。”

这两个人现在正各在壁炉的一边面对面站着，他们的言词并不很亲切，但是他们相互的表情却补偿了话语上的不足之处。至少，布列顿太太的生命中最宝贵的东西，无疑珍藏在她的儿子的胸膛里，她的

---

①② 提泰妮娅，莎士比亚戏剧《仲夏夜之梦》中的仙后的名字。她在睡梦中被仙王奥布朗派来的大臣迫克在眼睑上滴下“爱汁”，醒来时便爱上了第一眼见到的套上驴头的织工波顿。波顿是在睡觉的时候被奥布朗套上了一个驴头。

③ 约翰牛，又译约翰·布尔，英国或英国人的绰号。源出英国数学家兼物理学家约翰·阿巴斯诺特（1667—1735）在他的作品《约翰·布尔的历史》中创造的人物形象。后来漫画家把这一人物定型为头戴大礼帽、足蹬长统靴的矮胖愚蠢的绅士。

④ 原文为 beef-eater，照字面意思是“吃牛肉者”，喻饱食终日无所事事者。

⑤ 语出莎士比亚剧本《第十二夜》第 2 幕第 4 场：“他因相思而憔悴，疾病和忧愁折磨着她。”（据朱生豪译文）

最亲爱的脉搏在他的心脏里跳动。对于他来说，当然有另外一种爱情同他的亲子之爱分享着他的感情，而且毫无疑问，由于这种新的爱情是最近发生的，因此，他把自己的情感中的便雅悯[①]份额分配给这种爱情。姞妮芙拉！姞妮芙拉！布列顿太太现在已经知道她自己的年轻的宝贝儿拜倒在谁的脚下了吗？她会赞成这一选择吗？我不知道。不过我可以有把握地猜想到，如果她知道樊箫小姐对待格雷厄姆的行为——一会儿冷若冰霜，一会儿挑逗撩拨，一会儿拒人千里，一会儿引诱媚惑；如果她竟然能够感觉到樊箫小姐曾经使格雷厄姆遭受的痛苦；如果她能够像我所看见的那样看见格雷厄姆的美好的精神遭到挫伤、受到折磨，看见比他低下的人更讨她喜欢，看见他的下级成为使他蒙受屈辱的工具——那么，布列顿太太就会宣称姞妮芙拉是个低能的人，或者反常的人，或者两者都是。是啊——我也这样想。

第二天傍晚就像第一天傍晚那样令人愉快地过去了——说实在的是更愉快。我们享受着更为无拘无束的思想交流的乐趣；旧有的苦恼不再被提及了，友谊更增强加固了。我感到更为幸福，更为自在，更像在家中一样。那天夜里——我没有再哭着睡去——而是沿着一条由轻松愉快的心情拓宽的小径一路走进梦乡。

① 便雅悯，《圣经》中的人物，雅各与四个妻、妾所生的十二个儿子中的最小的一个。与便雅悯同母所生的约瑟被其他兄弟陷害，卖到埃及。若干年后，约瑟竟被法老赏识，做了大官，治理埃及全地。饥荒年代，雅各遣众子到埃及求助粮食。约瑟给了他们钱粮，并设宴款待。“约瑟把他面前的食物分出来，送给他们。但便雅悯所得的，比别人多五倍。”见《圣经 · 旧约全书 · 创世记》第 35 章至第 43 章。

第十八章
我们的口角

我待在那幢台地别墅里的最初的日子里，格雷厄姆从来不坐在靠近我的位子上，也不在进行频繁的室中踱步的时候走近我端坐的一隅，也不露出若有所思的样子，也不比平常更为严肃庄重，但是我却想到樊箫小姐，并且等待她的名字从他的嘴里蹦出来。我把自己的耳朵和心保持在常备不懈的状态，准备应付这一敏感的题目。我的耐心接到命令要长期备战，我的同情心被要求把它的聚宝角①重新斟满，并且准备随时倾倒出来。最后，有一天，我看到他经过一点儿内心斗争之后（我尊重他这种内心斗争），闯入了这个话题。那是巧妙地、事实上是不指名道姓地提出来的。

"我听说，你的朋友正在旅行，度她的假期，是吗？""朋友，说得倒好！"我心中暗自思忖；不过否认这一点却不行；他是一定要照他的想法说话的；我必须承认这一温和的指控②，朋友就朋友吧。为了证实一下，我还是禁不住问道，他说的是谁呀？

他已经在我的裁缝台旁坐了下来，这时正拨弄一个线团，满不在乎地动手把绕得好好的线抽开来。

"姞妮芙拉——那位樊箫小姐，陪伴肖尔蒙德莱一家去作穿越法国南部的旅游去了，是吗？"

"是的。"

"你和她通信吗？"

"你要是知道我从来没有想到去要求这份殊荣，一定会感到惊讶。"

"你看见过她写的信吗？"

"看见过；那是几封写给她姨父的信。"

“那些信不会缺少机智和纯朴吧？她的心灵里有那么多的火花，那么少的技巧。”

“她写给德·巴桑皮尔先生的信，都是写得够概括的；他跑着都能读得懂[3]。”（事实上，姞妮芙拉写给她的有钱的亲戚的书信，一般都是商业文件而已，毫不含糊地索取现金。）

“那么她的书法呢？一定是漂亮、纤细、如贵妇人的笔迹，我想定然如此吧？”

他说是这样的，我也这样认为。

“我真心地相信凡是她做的什么都非常出色，”约翰说。他看到我对于这个评价并没有急于唱和的意思，便又说：“你了解她的，你能举出她哪一点有缺陷吗？”

“她在某几方面很出色。”（“尤其是打情骂俏，”我在心里添上这句话。）

“你看她什么时候能回到城里来？”他立刻问道。

“请原谅，约翰医师，我必须解释一下。承蒙你如此看得起，把我归于跟樊箫小姐亲密无间的等级，对此我却无福消受。我从来都不是她的计划和机密的保管员。你将会在我以外的别的范围里找到她的特别好的朋友，比如说，在肖尔蒙德莱一家人当中。”

他竟然认为我像他本人一样，受到忌妒的痛苦的蜇伤！“原谅她吧，”他说，“宽厚地评价她吧。时髦社交界的闪闪亮光引导她误入歧途，但是她不久就会发现这些人是华而不实的，不久就会带着增多的依恋和增强的信任回到你身边。对于肖尔蒙德莱一家人我略有所知，

---

① 聚宝角，希腊神话中的一只山羊角，这只山羊角的持有者可以要什么有什么。这头山羊名叫阿玛尔忒亚，曾为婴儿时的宙斯哺乳。宙斯成为第三代神王以后，把阿玛尔忒亚化为星宿。

② 语出英国戏剧家谢里丹（1751—1816）的剧本《情敌》第5幕第3场中的一句：“我承认这一温和的指控。”

③ 原文为成语：he who runs may read，通俗易懂的意思。

他们是浅薄的、好炫耀的、自私自利的人。相信我的话，姞妮芙拉内心里尊重你，胜过许多他们那样的人。”

“谢谢你的好意，”我简短地说，舌尖却燃烧着一股火焰，要想否认加在我身上的这种柔情话，但是我熄灭了它。我屈从于被看做光芒四射的樊箫小姐的一个受屈辱的、被丢弃的、如今正在衰弱的知心女友。但是，读者啊，这却是难以忍受的屈从呢。

“然而，你瞧，”格雷厄姆继续说，“我在安慰你的时候，却不能同样安慰我自己。我无法指望她会公平地对待我。德·阿麦尔是个最没有价值的人，然而我怕他讨得了她的喜欢。可悲的幻觉啊！”

我的耐心真的垮下来了，连一点预兆也没有，突然崩溃。我想大概是病体虚弱使我的耐心损耗掉了，并且变得一碰就碎。

“布列顿医师，”我脱口而出，“并没有像你自己所说的那种幻觉。除了一件事以外，你在一切方面都是一位男子汉，坦率、健壮、见解精确、目光清晰。可是在这件例外的事情上，你却不过是个奴隶。我断言，只要是和樊箫小姐有关，你的言行都不值得受到别人尊敬；也得不到我的尊敬。”

我站起身来，非常激动地离开了这个房间。

这场小小的闹剧是在早上发生的；到了傍晚我必须再次见到他，这时我看出自己伤了他的感情。他不是用普通的泥土捏成的，也不是用低劣的材料凑合起来的；他的性格的基本轮廓倒是由宽宏大量和富有魄力的气质形成的，然而其细部却包含着几乎是女性的纤巧的工艺：比你预想会见到的更细致，更细致很多；比你即使认识他多年以后相信他天性中所具有的更细致，更细致得多。确实，除非某种与他的神经过于尖锐的接触产生效果，泄露了他的神经的敏锐的感受性，这种精细的结构必定会被人忽略。特别是由于他的交感神经官能不显著，情形就更是如此。去感受，和去迅速地捕捉住别人的感情，是两种不同的特性。少数构造兼有这两种，而有些构造则两者全无。约翰医师具有其中之一，而且十分精致完美；而由于我刚才认定了他在另一种特性上并没有同等程度的天赋，所以我的读者将会考虑周到地不让自己走到一个极端，宣称他是一个没有同情心的、冷漠无情的人。正好相反，他既善良，又慷慨大方。你要是有所需求，他随时会助人一臂之力。你要是有苦欲诉，他不会充耳不闻。你能期望得到由理解产生的美妙，由直觉感知的奇迹，并且理解失望是怎么回事。这天夜晚，约翰医师进入房间，晚上的灯光照到他的时候，我一眼就清楚地看出他整个心理状态。

对于一个曾经说他是“奴隶”，而且在所有各方面都禁止他受尊敬的人，他此刻必定是怀着特殊的感情的。那称号也许是得当的，那禁止也许是合理的；他没有表现出要否认这是事实的样子，他心中甚至坦白地盘算着这种令人沮丧的情况变成现实的可能性。他在这项指责里寻找自己失败的原因，这个失败对他心灵的平静造成的伤痛是巨大的。由于沉陷在一种自我谴责的独白的苦恼之中，他对待我和他的母亲两人的态度似乎很严肃，也许很冷淡。然而他脸上的表情却没有闷闷不乐、没有耿耿于怀、没有忿忿不已、没有猥猥琐琐的样子。即使显得消沉，也因为具有最美的男子汉的面貌而看来很美。我抢先于仆人，急急忙忙地把他的椅子放在桌子边，又颤颤巍巍、小心谨慎地把他的茶递给他，这时候，他开口说：——

“谢谢你，露西，”还是我一直乐于听到的那种充满愉快的嗓音发出的和蔼可亲的声调。

对于我来说，只能采取一个方针：那就是必须因这种该受责备的过分热情而谴责自己，否则我这天必然夜不成寐。这可完全不行，我受不了：我认为自己没有资格在这个立足点上作战。学校里的孤独、女修道院似的寂静无声和死水一潭——这一切看来都胜过同约翰医师别别扭扭地相处。至于说到姞妮芙拉，她尽可以插上一只鸽子或者其他飞禽的镀白银的翅膀飞起来，[1]直上九天，翱翔于最高处的星辰之间，她的情人的想象力所能达到的最高境界便是要把她的魅力的星座固定在那里；阻止这种安排决不再是我的事了。我试图引起他的注意已有多时，他的目光一次又一次遇到我的目光；但是，他无话可说，目光缩了回去，使我受窘。茶点过后，他忧伤地静坐着看书。我真希望自己能够有勇气走去坐在他近旁，可是看来如果我冒险走出这一步，他必定会表现出敌意和愤慨。我十分想说出来，但不敢低声吐露。他的母亲离开了房间，于是我在一种难以忍受的后悔心情推动下，就那么喃喃地吐出几个字来："布列顿医师。"

他从书本上移开视线，仰望着我，目光既不冷淡，也不带恶意，嘴部也没有冷嘲热讽的表情。他准备、并且愿意聆听我可能要说的话。他的心情就像陈年佳酿那样，又醇又酞，不会在一声晴天霹雳之中变得酸溜溜的。

"布列顿医师，原谅我一时冲动的话，请，请原谅我的话。"

我这样说的时候，他微笑着。"也许你说得对，露西。要是你不尊敬我，我确信这是因为我不值得受尊敬。只怕我是个笨头笨脑的傻瓜，一定在某些方面处置失当，因为我原想使人高兴的事情，似乎并没有使人高兴。"

"对此，你可不能肯定；即使情况是这样的，那么这是你的性格上的缺点呢，还是另一个人的感觉上的问题呢？不过，现在让我收回我发火时说过的话吧。在某一方面，也在无论哪一方面，我都深深地尊敬你。假如你想到自己不够一点，想到别人又太多一些，那么，这除了是优点以外，还能是什么呢？"

---

① 语出《圣经·旧约全书·诗篇》第 68 篇第 13 节："你们安卧在羊圈的时候，好像鸽子的翅膀镀白银，翎毛镀黄金一般。"

“太多地想到姞妮芙拉，这是我能做到的吗？”

“我相信你可能如此，而你则相信你不可能。让我们同意各持己见吧。让我得到谅解吧，我所祈求的便是这件事。”

“难道你认为我会对一个热诚的字眼抱有敌意吗？”

“我知道你不会、也不能如此。但是请就这样说一声：‘露西，我原谅你！’说这句话，就能缓解我心里的难受。”

“抛开你的难受，正像我抛开我的难受那样。因为你有一点使我受伤了，露西。此刻，在伤痛已经过去之际，我不止是原谅；我还觉得很感激呢，就像对一位真诚的表示良好祝愿的人那样。”

“我的确是你的真诚的表示良好祝愿的人；你说得不错。”

我们的口角就这样结束了。

读者啊，如果你在这部作品之中发现，我对于约翰医师的看法经历着一种变化，请原谅这表面上的不一贯。我当时怎样感觉，我就照样倾注怎样的感情；我描写人物性格的面貌，是按照性格表露出来的时候的样子照实描写的。

在这场误会之后，他比过去待我更为亲切，这显示了他的本性的精粹之处。而且，唔，这场照我的看法必定在某种程度上使我和他疏远的小纠纷，却确实改变了一些我们之间的关系，不过并不是像我所痛苦地预料的那样改变的。曾经有过一种看不见但冷冰冰的东西，非常单薄、非常透明，但是非常寒冷——一种冰的薄层，到目前为止，在我们两个人的全部生活当中，蒙在我们借以彼此交往的媒介上。那几句热烈的话，尽管只不过是怒气冲冲的热烈，却在这弱不禁风的造成隔阂的冰霜制品上哈了一口气。大概就在这时候，出现了融化的迹象。我觉得是从这天开始，在我们继续我们的友谊的日子里，他就再也没有在和我谈话中拘泥于礼仪性的话题。他似乎知道，他只要谈论他自己，谈论他最感兴趣的事，那么我所期待的东西便得到了，我的愿望便永远满足。于是，自然而然地，我继续听到了许多“姞妮芙拉”。

“姞妮芙拉！”他觉得她是那么美丽，那么善良；谈起她的风韵，她的甜蜜，她的天真无邪，他是那么情意绵绵，以致尽管我对于真实情况具有朴素的了解，一种光圈也已经开始笼罩在我关于她的概念上了。而且，读者啊，我此刻可以没有顾虑地表白，他常常谈些荒谬的话；然而我却努力怀着无穷无尽的耐心聆听着。我已经得到了经验教训，明白了这一点：使他遭受挫折，使他伤心，或者使他失望，对于我来说，是多么严重的痛苦。在一种奇怪的和新的意义上，我变得极为自私，并且没有力量来阻止自己从迁就他的脾气和曲意奉承他的意志之中得到乐趣。他顽固不化地疑神疑鬼的时候，心灰意冷于最终自己是否有能力赢得樊箫小姐的芳心的时候，我仍然觉得他是很傻的。一种想法比任何时候都更固执地在我自己的心里变得根深蒂固，即认为她搔首弄姿只不过是为了挑逗他，认为她在心里渴望得到他的每一句话，每一个眼神。有时候，尽管我决心耐着性子听他说话，他还是给了我很大的折磨。往往在如此耐心聆听时产生的无法形容的带有苦味的愉快中间，他在我坚硬的打火石上猛然敲击，以致一再地敲出了火星。有一天，为了平定他的焦躁情绪，我肯定地说，我觉得有把握，樊箫小姐到最后一定会倾心相许。

“有把握！谈何容易，可是我有什么依据能相信如此自信的话呢？”“有最好的依据。”

“那么，露西，请说出来吧！”

“对此你像我一样清楚。而且，约翰医师，既然清楚，你竟然还不能完全坦诚地信任她的忠诚，真叫我吃惊。在这种情况之下，怀疑已经近乎侮辱了。”

“你现在开始话急气短了。请说得再快一点，气再急一点，直到你作出解释为止——作出一个圆满的解释，我一定要知道。”

“你会知道的，约翰医师。有时候，你是一位过分慷慨大方的人；你是一位随时准备奉献供品的崇拜者。要是希拉斯神父曾经使你改教，你一定会给他大量施舍去救济他的穷苦人；你一定会向他的祭坛提供蜡烛，而你所宠爱的圣徒的神龛，你一定会尽心尽力地去装饰。那是姞妮芙拉，约翰医师——”

“嘘！”他说，“不要说下去了。”

“嘘，我可不愿意；我可要说下去。姞妮芙拉的双手曾经从你的双手中得到满满的东西，次数比我数得出的更多。你曾经为她搜求最昂贵的鲜花；你曾经殚精竭虑要设计出最精致的礼物，人们会觉得如此精致只有女人才会想象得出来。除此以外，樊箫小姐拥有一副装饰品，买这副东西，你的慷慨大方一定曾经濒临奢侈浪费的边缘了。”

那位端庄优雅的姞妮芙拉本人从来没有在这件事情上表示出什么，此刻却在她的爱慕者的脸上完全泛滥出来了。

“荒谬！”他说，同时拿起我的剪刀，破坏性地把一绺丝线剪断。“我送那些东西是为了使自己高兴；她接受那些东西使我觉得荣幸。”

“约翰医师，她所做的比荣幸更多：她是用了她的名誉作抵押，保证她会给你一些报答。假如她不能用爱情来偿付你，那么她就应该拿出一种实实在在的等价物来，给你若干卷[1]金币。”

“可是你不了解她。她对我的礼物太不感兴趣，不放在心上；思想又太单纯，对这些礼物的价值一无所知。”

我笑出声来，我亲耳听见过她给每一件珠宝评估一个价钱；而且我很清楚，虽然她还年轻，金钱的拮据、金钱的筹划、金钱的价值，以及尽力设法保证物质供应，多年来却已经为她的脑筋提供了最频繁的、也是她所喜好的刺激因素。

---

① 卷，原文为 rouleau，此处指包着一些硬币的纸卷。

他继续说下去："我每次把小东西放在她的裙兜上的时候，你真该看见她的样子，那么冷淡，那么不为所动。她没有兴致去拿，甚至不高兴看一眼。只是出于好心，不情愿使我伤心，她才允许把花束放在她身旁，也许答应收下来。或者，假如我成功地在她那象牙般的手臂上套上一只手镯，不管这件小装饰品可能是多么漂亮(我总是仔细挑选我觉得漂亮的东西，当然那也不是不值钱的东西)，可是那闪闪的亮光从来也没有眩惑过她那双明亮的眼睛。她会正眼也不瞧一下我的礼物。"

"这么说来，她既然不看重，当然就会打开礼物，把它还给你啰。"

"不；她天性善良，不会采取这样的拒绝手段。她会做出好像忘记我做了什么事情的样子，并且以大家闺秀的缄默和不着痕迹的健忘态度留下那件奉献给她的东西。在这种情况之下，一个男子汉怎么能依据他的礼品被接受了就认为那是一种受宠的征兆呢？就我而言，如果我把自己所有的一切都奉献给她，她也接受了，那是她不被肮脏不洁的关心所左右的一种表现，因而我不敢相信这笔交易使我前进了一步。"

"约翰医师，"我开始说，"爱情是盲目的。"可是就在这时候，从约翰医师的眼睛里斜射出一道忧郁的、难以捉摸的光。这使我想起了过去的日子，这使我想起了他的画像。这相当多地使我猜想，至少他声称的信念中的一部分，即樊箫小姐是天真无邪的那一部分，是假装的。这使我犹豫不决地推测，尽管他为她的美丽所倾倒，也许他对她的性格上的弱点的实际评价，比起他的一般语言所给人的印象，可能较少错误，而较多英明正确。不过，这毕竟有可能只不过是偶然投射的目光呢，或者最多不过是暂时的印象的表露而已。不论是偶然还是故意，真相还是想象，总之，它结束了这场谈话。

第十九章
克娄巴特拉[①]

我在台地别墅里的耽搁延长了两个星期，超过学校假期结束的日子。布列顿太太亲切周到的安排使我这次能够延长休息。她的儿子有一天发表诊断意见，说："露西的身体还没有恢复健康，还不能回到一所寄宿学校那种窝里去。"于是布列顿太太立即坐车到福色特街，会见了那位女主管，借口延长休息和改换环境对于完全康复很有必要，从而获得了这一恩准。于是，跟着来的是我本来不会得到的关照，那就是——贝克夫人的殷勤有礼的探望。

那位女士——那是个晴朗的日子——竟然乘了一辆出租小马车一直来到这座别墅。我猜想她是决定要来看看约翰医师居住的地方是什么样子。显然，这令人赏心悦目的地点和干净整洁的内部超出了她的预料。她称赞她所见到的一切，把那间蓝色的沙龙客厅称做"一间华丽的房间，"毫不吝惜地祝贺我得到一些好朋友，"如此神气、亲切和体面，"也说了一句讨好我的得体的恭维话，在约翰医师走进来的时候，她用轻快活泼到极点的步伐直奔过去，同时口中喷出如此快速的语言之火，火星四溅，闪亮着她关于他这座别墅的祝贺的言语和言之凿凿的论断——"他的母亲，神气的女主人"，还有关于他的脸色的一些话；他的脸色的确非常红润，而且此刻又被一种温厚而带着兴趣的微笑增添了光彩；他聆听着贝克夫人的流畅而又花哨的法语时脸上总是带着这种微笑。总之，这一天，贝克夫人亮出了她的最好的侧面，她走进走出，活像一个凯瑟琳车轮[②]，对人赞美不绝，叫人高兴，叫人觉得和蔼可亲。我跟她走到马车那儿，一半是特意送行，一半是为了问一些关于学校事务的问题，在她落座并关上车门以后，我朝里边望望。就在这样短短的片刻时间里，发生了怎样的变化！一刹那之前，火星四溅，笑话连篇，而现在她却以那副样子坐在那儿，比法官更严厉，比圣人更庄重。多么奇怪的小女人哪！

我走回去，跟约翰医师逗趣说，贝克夫人多么喜欢他。瞧他乐得合不拢嘴！他回想起她的一些称赞的话，模仿她那滔滔不绝的唇舌，学着说出来的时候，他的眼睛里如何闪闪发光，一副兴味盎然的样子啊！他有着敏锐的幽默感，是天下最好的陪伴者——这是指在他能够忘掉樊箫小姐的时候。

据说，“坐在静谧舒适的阳光里”[③]对于体弱的人们是非常好的事，这给他们带来生命力。在小娇姞特·贝克病体逐渐恢复健康的时候，我常常抱着她，并且和她一起一个钟点又一个钟点地在花园里散步，在攀满被南方的阳光催熟的葡萄的那堵墙下散步。阳光抚育着她那苍白的小身子，正像阳光使那一簇簇果实成熟和长大起来一样，很有效果。

有一种人性情温和、热心、亲切友好，在其影响范围之中，对于生性懦弱的人面对生活有好处，正像身体虚弱的人沐浴在正午的阳光中有好处一样。在具有这些优良性格的一类人之中，当然要算上布列顿医师和他的母亲两位。他们乐于给别人以幸福，就像有些人喜欢使别人遭苦受难一样。他们这样做乃出于本能，总是不声不响，显然很少自觉，而给人愉快的办法自然而然地在他们的心里产生出来。我跟他们待在一起的时候，他们每一天都提出某种结果有益身心、使人愉快的小计划。约翰医师的工作时间虽然排得满满的，他还是设法利用

---

① 克娄巴特拉（公元前68—前30），埃及著名美艳女王。曾勾引罗马皇帝恺撒。后又与罗马将军安东尼结婚。安东尼死后，她再试图降服罗马将军渥大维而未成，害怕被押去游街，自杀身死。

② 凯瑟琳车轮，圣凯瑟琳是被罗马皇帝马克西米安（？—310）用棘轮车酷刑碾死的殉教基督徒。后来这种轮圈外缘装有倒钩的东西便被称做凯瑟琳车轮。这里所指的是由此衍化来的一种用手转动的像车轮一样旋转的焰火。

③ 这句引自爱尔兰诗人托马斯·莫尔（1779—1852）的长篇故事诗《拉拉·洛克》中“拜火者们”一篇里的一句。

每一个短暂的间隙顺道来陪伴我们。我真弄不懂他是怎么安排他的预约的；预约多得不得了，然而凭借办事有规律的力量，他把事情处理得井井有条，这使他每天都给自己保留了一段自由的时间。我常常看见他工作辛苦，可是很少劳累过度，更从来没有焦躁不安、手忙脚乱，或者愁眉苦脸。他所做的事，都是怀着十分饱满的精力，从容不迫、优雅得当地完成的；是怀着高昂和毫不松懈的干劲，慷慨大度、兴致勃勃地完成的。在那愉快的两个星期里，在他的引导之下，比起我先前整整八个月住在维莱特，我看到更多关于这座城市的情形：它的环境，以及它的居民。他带我到城里有趣的各处去看看，这些地方的名字我以前连听都没有听到过。他兴高采烈地说给我听许多值得一听的事情。他一点都不像是觉得跟我谈话是件麻烦事，而我也肯定一点都不认为听他谈话是个任务。他不是那种冷冰冰地、含含糊糊地谈话的人；他很少泛泛而言，从来不平淡无味。他似乎喜欢有趣的细节，差不多就像我自己喜欢的一样。他似乎对个性有敏锐的观察力，而且不是表面的观察。这些特点使他的谈话含有趣味盎然的品质。他的谈话是从他自己的聪明才智来的，不是从书本上借来或偷来的——不是这里一句干巴巴的事实，那里一句陈词滥调，再是哪里一句听腻了的见解——这一情况保证了它的新鲜感，由于其稀罕而很受欢迎。同时，在我的眼前，他的安排似乎还展示了另外一种景象；开始新的一天也就是在一个新的和更为壮丽的黎明中奋发向上。

他的母亲具有一种很发达的仁慈外相①，然而他本人所有的则更好，也更大。在陪伴他到下城区——这座城市里的贫穷拥挤的地区——去的时候，我发现他在那里的使命，既是一位医师的、又是一位慈善家的使命。我不久就了解——他本人高高兴兴、习以为常、专心致志，并没有意识到使自己的作为引人注目的任何特殊功绩——他

① 这是作者用颅相学的观点所作的描述。

正在那些非常不幸的居民中间积极主动地做出许多许多好事。下层阶级的人都很喜欢他；躺在那些医院里的他的贫穷的病人可以说是热情洋溢地欢迎他。

不过且慢——我一定不能从一个实事求是的叙述者堕落成为一个偏心袒护的颂诗作者。我清楚地、十分清楚地知道约翰医师不是一个完美无缺的人，正像我自己不是一个完美无缺的人一样。人类易犯错误这一特点也影响了他；我跟他在一起度过的时间里，他没有一个钟点、几乎没有片刻，在言谈举止或神色面貌上，不流露出某种凡人的弱点。一个神不可能有约翰医师那种极度的虚荣心，也不可能有他那种有时冒出的轻率。没有一位不朽的神会像他那样偶然地忘却一切，只知道当前——像他那样对于当前具有一时的热情。他的热情并不因专注在物质享乐上而显得粗俗，却由于他从这一时的热情中汲取凡是能产生对他男性的自负提供营养的任何东西而显得自私。他的快乐在于满足那种贪婪的柔情，而不考虑饲料的价钱，也不在乎使它一直毛色光润和养尊处优所费几何。

我请求读者注意我曾加在格雷厄姆·布列顿身上的两种好像互相矛盾的观点——公开的和私下的——露天的和室内的观点。第一种，在公开场合，他表现出忘我无私，正像他的能力在使用时十分认真那样，他的能力在展露时也十分谦虚。第二种，好比壁炉边的画面，他明显地表示出他意识到他拥有什么和他是何等人物，对于敬意便感到欣喜，激动起来便轻举妄动，得到虚荣便有些飘飘然。这两种肖像画都正确无误。

要想悄悄地、秘密地施惠于约翰医师，那简直是不可能的。在你自以为某种专为他使用的小东西已经成功地、不被人注意地制成，而他像别的男人们那样，在随手拿起使用并且一点都不问它是从哪儿来的时候，他却含笑吐露一两句评语，证明他的眼睛曾经自始至终注意到那件作品，证明他曾经注意其设计，跟踪其进展，眼见其大功告成，这真叫你吃惊。对于别人这样为他效劳，他是高兴的，他让他的喜悦之情闪射在眼睛里，飘舞在嘴角周围。

假如他不是这样任性地对待别人如此厚道和不引人注目的施惠以偿付他所谓的欠账，那本来是非常好的事。他的母亲为他干活的时候，他用比他悦乐的、嘲弄的、打逗的、多情的习惯在内容上更为丰富的充沛的精神活跃在他母亲周围，作为酬劳。如果他发现露西·斯诺着手干这类活儿，他便策划某种令人愉快的娱乐，作为回报。

他关于维莱特城的知识常常使我感到惊讶。他所知道的，不只限于维莱特的各条街道，而是深入到它所有的画廊、大厅和密室。对于每一扇关住一件值得一看的事物的门、对于每一家博物馆、对于每一座供献给艺术或者科学的会场，他似乎都掌握“芝麻，开门！”[①]我从来没有一个科学的头脑，只有一种愚蠢的、盲目的、不现实的本能使我倾向于艺术。我喜欢去画廊，我特别喜欢单身一人逗留在那里。要是有人做伴，我的怪脾气便会阻碍我看得很多，或者有任何感受。要是有不熟悉的人做伴，又必须把关于眼前事物的滔滔不绝的话题维持下去，那么肉体上的疲倦和精神上的完全瘫痪这种混合压力，半个小时就会把我弄垮的。受过良好教养的孩子，更不用说受过教育的成年人，碰到社交中健谈者关于绘画、历史名胜、著名建筑物或者任何大众感兴趣的“狮子”[②]的考问的折磨，在举止中却能持续地表现出聪明才智，对于这样的人，我还从来没有看见他能够不使我感到羞愧。布列顿医师是位深得我心的cicerone[③]。他会在画廊还很空的时候，早早

---

① “芝麻，开门！”，是《一千零一夜》中《阿里巴巴和四十大盗》故事里的一句咒语。阿里巴巴口念这一咒语，一个暗藏珍宝的石窟的门便打开了。

② 原文为lions，旧时伦敦人常陪同乡下来客参观关在伦敦塔中的狮子，于是“狮子”便成为“名胜”的代词，see the lions便是“游览名胜”之意。

③ 意大利文，导游者。此字源于古罗马政治家兼演说家西塞罗（公元前106—前43）的名字，指导游者具有他那样的古文化知识和口才。

把我带去，让我独自待上两三个小时，等到他把自己的预约都处理好以后，再来接我。这时候，我感到欣喜，并不总是因为赞赏而欣喜，而是因为观察、探究，以及得出种种结论而欣喜。在这类参观的开头，有一些误解和因之而起的斗争产生在“意志”和“能力”之间。“意志”官能硬要我对那些被认为理所当然该赞赏的作品给予嘉奖；而“能力”官能则叫苦连天，它全然没有本领支付这个税款。于是，它受到了自己的嘲笑，被激励起来，要去提高自己的审美力，增强自己的艺术趣味。然而，它越是被呵叱，它越是不肯唱赞歌。我逐渐发现，从这种真心实意的努力之中，产生了一种奇怪的疲劳之感，便开始思索自己是否可以不要费这样大的精力，到头来得出结论是行的，所以便在百分之九十九的展出的画框面前眼望四天地陷入一种心平气和的乐趣之中。

在我看来，一幅有独创性的好画，正像一本有独创性的好书那样稀少；终于，站在某些具有伟大姓名的杰作面前，我也不曾战战兢兢地对我自己说：“这些作品丝毫不像大自然。大自然的日光从来也没有那种色彩，从来也没有给弄得这样浑浊不清，不管是给暴风雨还是乌云弄的。而那幅画中就是在湛蓝的天空下展开这片景色。那种湛蓝却不是苍天，而厚厚地涂抹其上的色彩暗淡的杂草也不是树林。”有几个描绘得很好，神采怡然自得的胖乎乎的妇女使我觉得决不是她们看起来认为自己应该是那种样子的女神。有许多许多制作得极为完美的佛兰德斯[①]小绘画，还有许多许多素描，要是用在时装录上，展示最漂亮的衣料制成的各种服装倒是好得很。它们使人看到了那种值得称道的、别出心裁地运用了的辛勤劳动。然而，此处彼处都可见到一些真实性的吉光片

① 佛兰德斯，指佛兰德斯美术。这是从16世纪至19世纪尼德兰南部（现在的比利时和法国一小部分）美术的通称。原为尼德兰美术的一个组成部分，1579年荷兰独立后，即称佛兰德斯美术。这派美术作品以生气蓬勃的写实主义和高超的艺术技巧著称。

羽，使人心智上感到满足；还有一些才艺的闪光，使人视觉上觉得欣悦。大自然的神力在这儿的高山暴风雪中爆发出来；她的光辉又在那儿的南方艳阳天里展现眼前。这幅肖像画的表情说明了对人物性格的清晰的洞察力；而那幅历史题材的油画中的一张脸，其栩栩如生，酷肖其父母，使你惊讶地想起使它得以诞生的天才来。我爱这些特殊例子的作品：它们像朋友一样渐渐变得亲切可爱。

有一天，在很早的宁静的时刻，我发现自己几乎是孤身一人待在某个画廊里，那儿有一幅大得惊人的油画，放置在光线最好的地方，前面有一道保护线拦着，不远不近处安置着一条有软垫的长凳，以供仰慕的鉴赏家们坐观，他们目不转睛地站着看得两腿发麻之后，可能会欣然乐意坐下来完成这项工作。照我看来，这幅画似乎自以为是这里的收藏品之冠。

画上画的是一个女人，我觉得比真人要大得多。我估量，这位贵妇人要是放在一个能容纳庞然大物的巨型磅秤上，重量准保会在十四英石①到十六英石之间。她吃的东西确实是好到极点了：许多鲜肉——更不必说面包、蔬菜、流质食品——她一定是大吃大喝了才达到这样的宽度和高度，这样的肌肉发达，这样的肉体丰腴。她半倚半靠在一张长沙发上，为什么如此则很难说。她的周围闪亮着大天白日的光，身体看来十分强壮健康，足以担当起两个普通的厨师的工作。她不能辩解说脊椎骨直不起来，照理应该站起来，或者至少是直挺挺地坐着才是。她没有理由在一张沙发上懒洋洋地躺着，混过中午。而且她还应该穿上得体的衣服，一袭合身的长外衣，但是情况却不是这样。用了大量的衣料——我看足有二十七码长的绸缎——她却设法制成了不得体的衣服。此外，她周围那种乱七八糟的情况，也没有什么理由可说。一些坛坛罐罐什么的——或许我应该说花瓶和酒杯——在画的前

① 英石，英制重量名，称人的体重时，1 英石等于 14 磅或 6.35 千克。

景里东倒一个，西歪一个，纯属废物的鲜花则混杂其间；一大堆胡闹的凌乱的帷幕装饰品闷住了那张长沙发，妨碍了在地板上的行走。我翻阅目录以后，发现这件令人注目的作品的题目是：《克娄巴特拉》。

嗯，我坐着，对那幅画左思右想（既然长凳搁在那儿，我想我何不利用它的方便），同时琢磨着画上某些细部描绘——比如玫瑰花、金酒杯、珠宝等等，画得都很漂亮，而从整体看来，这是一幅哗众取宠的庞然大物。这时候，本来差不多是空荡荡的展览厅，不知不觉已经开始人头济济了。我几乎没有注意到周围环境（因为这确实和我无关紧要），仍然占有着座位，与其说为了从这里好欣赏这位庞大的、皮肤黝黑的埃及女王，倒不如说为了休息休息。对于这位女王，说真的，我不久便已厌倦，转而凝视一些十分精美的静物小画来恢复精神，看看那些野花、野果、青苔覆盖的木制鸟窝、装在盒子里的蛋，那些蛋就像透过清澈的绿色海水看到的珍珠一般。这些画全都谦让地悬挂在那幅粗俗而不合理的油画的下面。

忽然之间，我的肩膀上被人轻轻敲了一下。我吓了一跳，转过头来便看见低下来对着我的一张脸，这是一张皱着眉头的差不多是神色惊慌的脸。

“你在这里干什么？”一个声音问。

“嗯，先生，我在看着玩。”

“你在看着玩！请问，你在看什么？不过，首先，请你为我站起身来，挽上我的胳臂，让我们走到另一边去。”

我不折不扣地按照吩咐去做。保罗·伊曼纽埃尔先生（正是他）从罗马回来，他现在是个见过世面的人了，然而比起给他头上加封这一荣誉称号之前的情况来，他现在对于倔头倔脑的行为的容忍，不像是较少一些。

“请允许我把你带到你的同伴那儿去，”我们穿过展览厅的时候，他说。

“我没有同伴。”

“你不是一个人在这儿的吧？”

“我是一个人，先生。”

“难道没有人陪你来吗？”

“不是，先生。布列顿医师送我来的。”

“想必是布列顿医师跟他的母亲布列顿夫人吧？”

“不是，布列顿医师一个人。”

“那么是他叫你看那幅油画的吗？”

“完全不是，是我自己看到那幅画的。”

保罗先生的头发剪得像大渡鸦的绒羽那样短，否则我想准会在头上直竖起来。此刻，我开始察觉到他的意向了，我存心以不动声色来刺激他，不免暗自感到几分高兴。

“使人震惊的岛国居民的胆大妄为！”这位教授叫喊起来。“这些英国女人真古怪！”

“怎么一回事啊，先生？”

“怎么一回事！你年纪轻轻的，怎么竟然敢带着一个男孩子的泰然自若的神情，如此冷静地坐下来，观赏那样一幅画啊？”

“那是一幅很难看的画，但是我完全不能明白我为什么不可以观赏。”

“好了！好了！别再说它了。不过你不应该一个人待在这儿。”

“可是，如果我不善交际——没有同伴，像你所说的那样，怎么办呢？而且，不论我是单身一个人，或者是有人陪伴，那又有什么关系呢？并没有人干涉我啊。”

“别说了，请坐下！”他把一张椅子重重地放在一个特别阴暗的角落里，那儿挂着一系列非常非常枯燥乏味的“画框”。

“不过，先生。”

“不过，小姐，请坐，别动，听见了吗？直到有人来找你，或者得到我的同意。”

“多讨厌的角落！”我提高嗓音说，“多难看的图画！”

确确实实，那些画真是“难看”。一组有四幅，在目录上题目为“一个女人的一生”，是用一种相当引人注意的风格画的——平淡、死板、苍白、循规蹈矩。第一幅描绘的是一位“年轻的姑娘”，她正从一座教堂的大门口走出来，手上拿了一本弥撒书，衣着十分正经、整洁，眼睛向下垂视，嘴巴往上撅起——一个拙劣至极的早熟的女性小伪善者的形象。第二幅是一位“新娘”，她披着一条长长的白面纱，在她的闺房里跪在一个祷告台前，双手合十，以一种最为激怒的样子露出眼白。第三幅是一位“年轻的母亲”，她神情忧伤地俯身望着一个黏土似的胖婴孩，婴孩的脸像一轮委靡不振的满月。第四幅则是一幅“老妇”，画着一个全身着黑丧服的妇女，手搀一个穿黑衣服的小女孩，两人专心致志地打量着竖立在某个 Père la Chaise① 一角里一座典雅的法国式墓碑。这四位“天使”全部都像夜盗贼那样狰狞和幽暗，像鬼魂那样阴冷和生气全无。要人家容忍什么样的女人啊！矫揉造作、怒形于色、愚钝笨拙的一无是处的人！她们所具有的糟糕劲，正像那位懒散的吉卜赛女巨人克娄巴特拉所具有的糟糕劲。

把一个人的注意力长期集中在这些杰作上是不可能的，因此，我渐渐改变了兴趣，观察这个画廊。

这时候，挤得密密层层的参观者已经聚集在那头“母狮”的周围，我刚才正是从那里的邻近地区被放逐的。几乎有一半的围观者是女士们，但是保罗先生后来对我说，她们是“夫人”，而她们很适合仔

① 法语：拉雪兹神父墓地。按：拉雪兹神父（1624—1709）曾任法国国王路易十四的听忏悔神父30多年，死后其墓地为巴黎一名胜地。

细观赏任何“小姐”都不应瞟上一眼的这幅画。我直截了当地坚持说，我不能苟同这一教条，也看不出其理由何在。于是，他以那一贯的专制主义态度只要求我保持沉默，同时也指责我的鲁莽加无知。占据教师交椅的人，从来还没有哪一个比得上这个矮小的保罗先生这样专横了。说来有趣，我注意到他自己倒是在心安理得地欣赏那幅画，而且看了很长的时间。不过，他可没有忘记时不时地对我这边瞟一眼，我想是为了肯定我是不是在服从命令，没有越过雷池一步。不久以后，他再次过来跟我说话。

“我没有生过病吧？”他想证实一下：“他知道我病过。”①

“病过，不过我现在很好了。”

“我在哪儿度假的呢？”

“主要在福色特街。部分时间跟布列顿夫人待在一起。”

“他听说我被人孤孤单单地留在福色特街；是不是这样的呢？”

“不完全孤单；玛丽·勃洛克”（那位呆小病患者）“跟我在一起。”

他耸耸肩膀，脸上飞快地变换着各种各样互相矛盾的表情。保罗先生很了解玛丽·勃洛克。他从来没有给第三班讲过课（第三班容纳成绩最差的学生），因此她也没有机会给他造成彼此尖锐对立、互相矛盾的印象。她的个人的外表、她的令人厌恶的行为举止，以及她的常常难以应付的性格，使他情绪激动，使他发生强烈的反感。一旦他的口味给弄得不对劲，或者他的意志被拂逆，他很容易产生这样的感情来。在另一方面，玛丽的不幸却构成了一种强烈的要求他忍耐和同情的权利——这种要求，实际上是他的天性所不能拒绝的。其结果，此

① 这句原文为：“Had I not been ill? ... he understood I had.”这里“I”实为“you”、“he”实为“I”的意思。下文同此。后面伊曼纽埃尔或约翰与露西对话时，多处出现这一表达方式，可能是为了表示亲密。

后差不多每天都以不耐烦和厌恶为一方，以怜悯和正义感为另一方，在两者之间引起战争。在这种战争之中，应该说他是值得赞扬的，不耐烦和厌恶的感情很少占过上风。不过，万一这两种感情占了上风，保罗先生便露出他性格上具有的令人恐怖的一面。他的激情是强烈的，他的嫌恶感和恋慕之情同样泾渭分明。控制这两者时他所使用的力量，丝毫没有使一个旁观者减轻对于这两者激烈程度的感觉。由于他这样的性情，料想他常常在一般人的心中激起惧怕和反感便不足为怪了。然而惧怕他乃是个错误。再也没有什么像提心吊胆和疑虑重重的心灵的战栗会驱使他近乎疯狂的了；再也没有什么像掺和着脉脉温情的推心置腹会使他欣慰安静了。然而，要引出这样的柔情便需要透彻地了解他的性格；可是他的性格却是一种难以被人了解的东西。

“你和玛丽 · 勃洛克两人合得来吗？”沉默了几分钟以后，他问道。

“先生，我尽力而为了；不过跟她单独在一起真可怕啊！”

“那么，你生性太软弱了！你缺乏勇气，还可能缺乏仁爱心肠。你可不具备那种可以成为一位慈善姐妹会①成员的品质。”

[他是一位按照他的方式行事的笃信宗教的小个子。天主教的克己和自我牺牲那部分精神支配着他的灵魂的忠诚。]

“我不知道，真的。我曾经尽自己最大努力来好好照顾她。不过，她的姨妈来把她带走以后，叫我大大松了一口气。”

“啊！你可是个利己主义者。有许多妇女曾经护理过医院里住得满满的类似的不幸者呢。你却办不到吗？”

“先生自己办得到吗？”

“当得起妇女这个称号的人，在执行这样的任务的能力方面，都应

① 慈善姐妹会，1827 年创建于爱尔兰首都都柏林的一个教育慈善组织。也泛指一般护士组织。

该无限地超过我们这样粗心、易错、而又任性的男人。”

“我替她洗身子，我总是使她干干净净的，我喂她吃饭，我想方设法叫她高兴。可是她不开口，却对我龇牙咧嘴的。”

“你以为自己做的事情很伟大吗？”

“不。不过是尽我力所能及的那么大。”

“那么你的能力很有限了，因为单是照料一个傻子你就病倒了。”

“先生，并非因此之故。我那时生的是神经系统的病，我是精神上病了。”

“真的！你真没用。”你可不是从一个英雄的模子里浇铸出来的。你的勇气不足以支持你处在孤独的环境之中，它只不过给了你轻率劲儿，使你冷静沉着地眼睛盯着看《克娄巴特拉》那类画而已。

面对这个矮个子男人冷嘲热讽、咄咄逼人的声调，本来会使人怒气一触即发的。然而，我到此时为止还从来没有对他发过脾气，这时也不打算开个头。

“克娄巴特拉！”我冷静地重复这个名字。“先生刚才也在看着克娄巴特拉；敢问你对她是怎么想的呢？”

“这毫无价值，”他回答道。“一个漂亮的女人——女皇的身材，朱诺[①]的体形，可是我希望妻子、女儿、姐妹都不要成为这样的人。你也不要再朝那个方向看一眼了。”

“不过先生正在说话的时候，我已经对她看了许多许多次啦。从这个角落我看她能看得很清楚。”

“把脸对着墙壁，研究研究你这四幅女人的一生的画吧。”

“请原谅，保罗先生。这些画太糟糕了。不过假如你欣赏的话，请允许我让出座位，让你来仔细观赏吧。”

“小姐，”他说，一面颦眉蹙额，半笑不笑，或者他本来打算笑，

① 朱诺是罗马神话中的天后，也借指气派高贵的美人。

然而这笑容只难看地一晃而过。“你们这些新教喂养大的宠儿们真叫我吃惊。你们这些不谨慎的英国女人们泰然自若地行走在炽热的犁铧之间，①而又能避免给烧着。我相信，要是你们中间哪些人给扔进尼布甲尼撒烧得最旺的窑②里，你们也不会沾上一点烟火气味，而且会安然出险。”

“请问先生能好心地往一边移动一步吗？”

“怎么啦！你现在在瞧什么了？在那一群年轻的男子当中，你没有认出什么熟人吧？”

“我想我认出了——不错，我看见那边一个认识的人了。”

我实际上是瞧见一眼一个人的头，这个漂亮的头不可能属于别人，而只能是那位令人望而生畏的德·阿麦尔中校的。那是一颗多么一丝不乱、油光水亮的小脑袋啊！那个身段又是多么干净整洁、衣冠楚楚啊！那双脚，那双手，又是多么像女人的啊！他把单片眼镜举到他一只眸子上的时候又是多么优雅大方啊！而盯着那幅《克娄巴特拉》瞧看的时候又是带着多么赞赏的神情啊！接着，他对身边的一位朋友吃吃暗笑、窃窃私语的时候，又是多么神采迷人啊！哦，那位精明练达的人啊！哦，那位品味高超、老练异常的高雅的绅士啊！我对他打量了约莫有十分钟，察觉到他已经被那位黝黑肥胖的“尼罗河的维纳斯”吸引得失魂落魄了。对他的举止我是如此感到兴趣，从他的外貌和动作来探测他的性格我又是如此专心致志，一时间我竟然忘记了保罗先生。在此期间，有一群人来到了这位先生和我当中；或者，可能是由于我此刻看得出神的样子使他的疑虑受到另一次的而且是更坏的震动，因而他自动撤离了。不管怎么说，我再次回头一望的时

① 语出英国诗人骚塞（1774—1843）长诗《圣女贞德》第 3 章中的一句：“在炽热的犁铧之上使我高兴地蹦跳。”

② 尼布甲尼撒烧得最旺的窑，见第 123 页注①及第 208 页注①。

候，只见他已经走了。

我的眼睛跟踪搜索，没有找到他，却看到了另一个不同的身影，在人群之中很容易看见，因为那身高和风度一样，两者都说明了它的特征。约翰医师朝这边走来了，其容貌、其外形、其色调都不像那位黧黑的、粗暴的、刻薄的、矮小的教授，正如赫斯珀里得斯[1]的果实想必不像野丛林里的黑刺李的果实一样；正如勇猛无畏但又驯服听话的阿拉伯马不像粗野而又桀骜不驯的设德兰[2]矮种马一样。约翰医师正在找我，但是还没有来探索那位男教员刚才把我送来的这个角落。我保持沉默，我还要再观望一下。

他朝德·阿麦尔走去，在他跟前停步。我想他有兴趣看看他的头。布列顿医师也盯着《克娄巴特拉》瞧了。我怀疑那幅画是否合他的口味。他不像那位小伯爵那样假笑；他嘴上的表情看来是挑剔的，目光冷淡，不作任何表示便站到一边，让出地方给别人走上来。我这时看出他正在等我，我便站起身来，走到他那儿。

我们沿着画廊转了一圈，跟格雷厄姆一起转这样一圈是很愉快的事。不论是关于绘画还是书籍，凡是他说的话，我都一直非常喜欢听。这是因为他并不以鉴赏家自居，他总是讲出他的想法，这肯定是不落俗套的，而且多半也是公正和简洁的。跟他谈一些他所不知道的事情同样是愉快的事——他那么诚恳、那么虚心领教地听着，并没有一本正经，没有顾虑他这样低下光洁漂亮的头，聆听一个女人颇为含混的结结巴巴的言语会危害他的男子汉的尊严。等到他回过来对我谈论见解的时候，那确是真知灼见，清楚明白，能把他的每一个字清晰地铭刻在别人的记忆之中。他给予的每一种解释，他叙述的每一件事

① 赫斯珀里得斯，原意为“赫斯珀里得斯的女儿们”，她们是希腊神话中看守金苹果树的三(一说为四)仙女。此字又转义为“金苹果园”。

② 设德兰群岛，在不列颠群岛最北部，由一百多个岩岛组成，大部分岛屿无人居住。首府勒威克产名马。

情，我全都永记不忘。

我们离开画廊的时候，我问他对那幅《克娄巴特拉》有什么看法（在此以前，我曾告诉他，伊曼纽埃尔教授如何把我撵走，并且带他去看伊曼纽埃尔劝告我注意的那一组可爱的画，引起他一阵大笑）。

“啐！”他说，“我的母亲比她更漂亮。我刚才听见那边几个法国纨袴子弟把她称做‘性感型’；假如是这样的话，我只能说‘性感’简直不合我的口味。把那位黑白混血儿跟姑妮芙拉比一比吧！”

第二十章
音 乐 会

有一天早晨，布列顿太太一阵风似的走进我的房间，要我打开橱柜，把我的衣服拿给她看。我一声不响地照办了。

“好了，”她翻看了那些衣服以后，说道。“你必须添一件新衣服。”

她走了出去；不久便带了一位裁缝回来。她让我量了尺寸。“对于这件小事情，”她说，“我要按照我自己的喜好，根据我自己的设想来做。”

两天以后送到家的是——一件粉红色的连衣裙！

“这可不该是给我穿的，”我急急忙忙地说，心里感到自己几乎还不如穿上一件中国高贵仕女穿的衣服为好。

“我们会考虑这件衣服是否该给你穿，”我的教母答复说，还以她那种不容抗拒的决断的口吻加了一句：“注意我的话。就在今天晚上你必须穿上它。”

我认为自己一定不能穿；我认为没有哪个人能够有力量迫使我穿上它。一件粉红色的连衣裙哪！我不认识它。它也不认识我。我不要穿它。

我的教母继续颁布命令说，今晚我得跟她和格雷厄姆一起去出席一场音乐会。她说明这是很隆重、很盛大的音乐会，在最主要的音乐团体的巨大的大厅或者说大厅堂里举行，由音乐学院出类拔萃的高才生演出；接下来还有“慈善”有奖抽彩；更了不起的是：拉巴色库尔的国王、王后和王子都将出席。格雷厄姆在送入场券来的时候，曾经叮嘱注意服装，这是为了恰当地对王室表示尊敬。他还告诫说，要在准七点以前一切准备就绪。

大约六点钟的时候，我被带到楼上去。我发现自己在完全没有任何逼迫的情况下，被另一个人的意志引导着，影响着，没有商量过，没有说服过，就那样静静地被制服了。总之，粉红色的连衣裙穿上身了，一种黑花边的打褶的装饰织物使它颜色柔和一些。我被告知这是重要场合，要我照照镜子。我怀着某种恐惧和震颤照办；怀着更多的恐惧和震颤我转身走开。钟敲七下，布列顿医师已经来了，我的教母和我走下楼去。她穿的是褐色丝绒衣服；在她的身影下亦步亦趋的时候，我是多么羡慕她那些表现庄重、暗黑的威严的起伏皱褶啊！格雷厄姆已经站在会客室的门口。

“我真的希望他不会认为是我自己打扮起来去惹人注意的，”我惴惴不安，热切地希望着。

“露西，拿着这些鲜花，”他说着递给我一束。他对我的衣服除了给以亲切的微笑和满意的颔首以外，没有给予更多的注意。他的微笑和颔首立即使我腼腆的感觉和受嘲笑的惧怕平静下来。至于其他方面，这件连衣裙做得再朴素也没有，既无荷叶边，亦无花哨的装饰，使我惊吓的只是它的质地轻薄和颜色鲜艳而已。既然格雷厄姆不觉得它有哪一点可笑之处，我自己的眼睛也就立刻同意变得瞧着舒服了。

夜夜出入公共娱乐场所的人们，我想是很难体会到那些难得欣赏一次歌剧或者一次音乐会的人们所怀有的那种新鲜的节庆般的感觉吧。我现在不能肯定当时我是否预期从音乐会得到非常大的愉快，因为我对音乐会的性质只有一点模糊的印象，但是我确实喜欢坐上马车到那儿去。在一个虽然晴好但是寒冷的夜晚坐在那关得严严的马车里所得到的安稳和舒适，跟那么兴致勃勃、和蔼友好的同伴们一起外出的愉快，我们沿着林荫路驱车向前的时候星星穿过树荫闪闪烁烁的景象，然后在我们来到空旷的车行道上的时候那豁然见到的较为开阔的夜空，那穿过城门的通道，那点燃着的灯火，在那儿布岗的警卫，那要求我们服从又叫我们感到十分有趣的一本正经的检查——这种种小事，以其新奇感，全都曾对我产生一种特殊的使我兴奋不已的魅力。这究竟有多少是因为散布在我周围的友好气氛所造成的，我不清楚；约翰医师和他的母亲两人都情绪极佳，一路上彼此唇枪舌剑地争论个没完，同时把我当做他们的亲属那样真诚而又亲切地对待我。

我们的路途要穿过维莱特的一些最漂亮的街道，街上灯火通明，此时比正午时分有生气得多。店铺看来多么明亮辉煌！沿着宽阔的人行道川流不息的生命潮流又是多么欢畅、快乐和丰富！我一面观看，一面想起福色特街来——那围以高墙的花园和校舍，那一间间黑暗的巨大“课堂”，我习惯于每天在此时此刻到那里去漫步，完全是孤身一人，透过那些没有窗帘的高窗凝望着繁星，倾听着从食堂里传来的祈祷书朗诵者遥远的声音，他在单调刻板地奉行那“虔诚地读经”。不久以后，我必须重新这样倾听和漫步，于是，这种未来的阴影带着及时的清醒悄无声息地掠过这光彩夺目的现实。

这时候，我们已经驶入一股全都朝着一个方向奔去的马车的潮流，不一会儿，一座宏伟的灯火辉煌的建筑的正面便光芒四射地出现在我们面前。我将会在这座建筑物内部看见些什么呢？正如我以前表白过的，我只有不完全的概念，因为我还从来没有过跨进一个公共娱乐场所的幸运。

我们在有圆柱的门廊下下了车，那里人声鼎沸，拥挤不堪，不过我已经记不清楚更多的细节，直到我发现自己正在登上一道气派非凡的楼梯，拾级而上，只见又宽又平缓，铺着厚厚的、软软的猩红色的地毯，通到上面一扇庄严肃穆地紧闭着的非常高大的门前，门的镶板上也蒙着猩红色的织物。

我简直没有看清楚这门是用什么魔法开启的——约翰医师设法使门轴转动；门总之是开启了，展现出里边一个大厅堂——宏伟、宽广、高大，其向两边延伸的环形墙壁，以及拱形天花板，在我看来全都像是冷冰冰的黄金（黄金是如此被精美的艺术弄得黯然失色了），衬托着上楣柱、凹槽装饰和花环状装饰，或者像金子被抛光过那样发亮，或者像雪花石膏那样雪白，或者白色和金色错杂在镀金的叶片和洁白无瑕的百合花组成的花圈装饰之中。凡是挂着帷幔的地方，凡是铺着地毯的地方，或者放着靠垫的地方，所用的唯一的颜色都是深重的猩红色。从圆屋顶上吊下来的吊灯闪耀着一大团火光，使我眼花缭乱——我想，那是一大团水晶，有许多小平面在闪闪发光，有许多水珠在流泻出来，有许多星星在灼灼燃烧，而且有着融化了的珠宝的露滴一般、或者闪烁不定的彩虹碎屑那样的斑斓色彩。读者啊，它不过是枝形吊灯而已，然而对我来说，它仿佛是东方魔怪的作品了。我当时的神态几乎是在注意地看着是否会有一只黑暗的、云遮雾绕的大手——那位“神灯的奴隶①”的大手——翱翔在这个圆顶下的流光溢彩的和馥郁芬芳的空气中，护卫它的奇珍异宝。

我们向前挪动——我全然不知道去哪儿——但是在一个拐角处，我们忽然碰见另外几个人从对面走来。有那么一会儿工夫，他们在我眼前闪现。一位是穿着深色丝绒的漂亮的中年妇女；一位可能是她的儿子——我觉得那是我所见过的最英俊的脸蛋儿，最美妙的体形；第三位则穿着粉红色的连衣裙和黑花边的披风。

我注意着他们全体——注意那另外两位，也注意那第三位——在一个瞬间，认为这些人我都不认识，于是对他们的外表接受一种不带偏见的印象。但是，在我有一点儿感觉到并且固定这一印象之前，我忽然意识到自己正面对着占有两根柱子之间的空间的一面巨大的镜子，这一意识便驱散了上述印象。那几个人原来就是我们自己。这是

① 神灯的奴隶，典出《一千零一夜》中《神灯》故事：阿拉丁得到一盏神灯，在灯上一擦，便出现自称为“神灯的奴隶”的魔怪。

我一生中的第一次、也许是唯一的一次，能享有这种“本领[①]”，竟然像别人观看我那样观看自己。不必细谈其效果如何。它带来了不调和的刺激，后悔的痛苦。这不是一种使我高兴的效果，然而，我毕竟应该感谢：它本来可能更糟糕呢。

我们终于坐了下来，座位居高临下，可以一览无余地眺望那个巨大而又光彩夺目、温暖而又喜气洋洋的大厅堂。那儿已经坐满了，坐满了一群光彩照人的观众。我并没有看出那些女士们个个都很美丽，然而她们的衣着都无懈可击。那些外国人即使在私宅暗室里不那么风度翩翩，却似乎具有在大庭广众之中表现得温文尔雅的技巧。她们在家中披着梳妆披布，头上满是卷发垫纸，每天操持那些家务，不管是多么粗鲁愚钝和闹闹嚷嚷，却总是很好地保存着头部和双臂的滑动、弯曲和某种姿态，以及一种嘴唇和眼睛的表情，留作欢庆盛会之用——总是以盛装浓抹的模样出现，并且及时地戴上“一副首饰”。

有一些美人儿分散在各处，她们是有特殊风格的美的典型，那种风格我想在英国是绝对见不到的：一种结实的、形状坚固的、雕塑一般的风格。这些形态都没有棱角，是一种几乎像是容易弯曲的大理石女像柱[②]一般；是一尊某类恬静和端庄的不能更完美的菲迪亚斯[③]的女神像。她们的容貌就像荷兰画家们画的那些圣母马利亚的容貌：那是低地国[④]的古典的容貌，匀称，但是圆润；端正，但是呆板。至于她们

---

① “本领”原文为“giftie”，苏格兰语。这一句源出苏格兰诗人彭斯(1759—1796)《致虱子》中的一句诗：“但愿神明赐我们本领/看见自己像别人看见我们！”(袁可嘉译文)

② 女像柱，一种既是支柱，又是女性雕像艺术品的建筑支撑物。最早于公元前550年至前530年出现于希腊特尔斐的建筑中。

③ 菲迪亚斯(Phidias)，古希腊雅典雕刻家，活动时期约在公元前490年至前430年。著名的巴底农神庙建筑工程艺术指导，塑造了庙中最重要的神像。历史上雅典卫城的三座雅典娜雕像也是他的作品。

④ 低地国，此处指荷兰。荷兰国土大部分为平原，百分之二十四的面积低于海平面，三分之一的面积高出海平面只有一米。此外，比利时和卢森堡也是低地国。

那种毫无表情的娴静和毫无热情的安详的奥妙，便只有北极的白雪茫茫的大地能够提供一种范本。属于这一等级的女人们是不需要装饰品的，她们也很少佩戴。那光滑的头发紧紧地编成辫子，与更为光滑的面颊和前额作出充分的对照。衣裳则越简朴越好。浑圆的手臂和完美无缺的脖子既不必戴上手镯，也不必挂上项链。

我曾经荣幸而惊喜地跟这些美人儿当中的一位极为熟悉。她表现出来的那种一往情深的爱情的惯性力量是很奇妙的。只有她那突出的对于任何其他活生生的人都漠不关心的样子，才超过她这种表现。她的冷冰冰的静脉不能让血液流通；平静的淋巴充满了、并且几乎阻塞了她的动脉。①

如我所述的这样一位朱诺②正坐在那儿，我们看得清清楚楚——那是一种众所瞩目的对象，她对此也很了然于心，但是对于那样地盯着瞧或者瞧一眼的磁性影响力却又能毫无感应，无动于衷。她冷漠、丰满、金发碧眼白皮肤，美丽动人，就像竖立在她身边的柱头镀金的白色圆柱那样。

我看出约翰医师的注意力大部分被吸引到她那边，便压低着嗓音请求他说："看在老天的分上，请把他的心好好保护起来吧。你不必爱上那位女士，"我说，"因为我预先跟你说，你会死在她的脚下，而她不会再爱你。"

"很好，"他说，"可是你怎么知道，她那种颇为壮观的冷漠无情的样子，对于我不会是想去致敬的最强烈的刺激呢？我觉得，绝望的痛苦对于我的感情是一种奇妙的刺激剂。不过，"（他耸耸双肩）"这类事情你一无所知，我要自己去跟我母亲讲。妈妈，我现在处境危险了。"

---

① 当时西欧人认为过多的淋巴是一个人思想和行动迟缓的部分原因。

② 朱诺，罗马神话中的女神，相等于希腊神话中的赫拉，最高天神朱庇特（相等于希腊神话中的宙斯）的第七个妻子，是妇女的保护神，生性善妒。

“我对这个才不感兴趣呢！”布列顿太太说。

“啊！我的命好苦啊！”她的儿子回答道。“从来没有谁的母亲比我的母亲更麻木不仁的了。她好像从来也不想到这样的灾难有朝一日会降临到作为儿媳妇的她身上。”

“要是我没有想到的话，决不是因为缺少这样的‘灾难’悬在我的头上。过去十年来，你老是以此威胁我。在你还没有怎么脱去茄克衫之前，你就嚷嚷开了：‘妈妈，我马上就要结婚了！’”

“不过，母亲，不久的将来这就会成为现实了。在你正在认为自己再安全也没有的时候，突然之间，我就会像雅各或者以扫①，或者任何别的族长那样出发，去讨个老婆来，也许讨个农家的女儿来。②”

“你自己承担风险，约翰·格雷厄姆！就是这么回事。”

“我的这位母亲决心要我做一个老单身汉了。这是一位多么善妒的老妇人哪！可是这会儿你就看看那位光芒四射的人儿吧，她穿着一身淡蓝色的缎子连衣裙，头发的褐色更是很淡，闪着‘缎子般的反光’，跟她的罩袍一样。妈妈，假如有一天我把那位女神带回家来，把她介绍给你，说这位是小布列顿太太，难道你会不感到自豪吗？”

“你不得把一个女神带到台地别墅来，那个小别墅不能容纳两位主妇，特别是如果那第二位在身高、体型和腰围方面像是一个用木头、石蜡、小山羊皮和绸缎做成的巨大的洋娃娃的话。”

“妈妈，她坐在你那张蓝色的椅子上将会多么讨人喜欢！”

“坐在我的椅子上吗？我反对这个外国篡位者！她应该坐的是糟糕

---

① 雅各，以扫，《圣经》中的人物。他们是孪生兄弟，一个抓住另一个的脚跟先后出世。以扫是兄，雅各是弟。及长，雅各骗得父亲的宠爱，受到祝福，以扫欲杀之。父亲乃命雅各远赴他乡舅父家娶妻。雅各娶两个表妹为妻，又两个使女为妾，生了众多子女。见《圣经·旧约全书·创世记》第25章至第30章。

② 语出《圣经·旧约全书·创世记》第27章第46节：“利百加对以撒说，我因这赫人的女子，连性命都厌烦了。倘若雅各也娶赫人的女子为妻，像这些一样，我活着还有什么益处呢。”

的椅子。不过，别做声了，约翰·格雷厄姆！管住你的舌头，睁大你的眼睛吧。”

在上述小冲突进行当中，我刚才在入口处觉得似乎已经客满的大厅堂，继续让一批又一批的人进来，直到舞台前面的半圆形剧场里出现密密麻麻的人头，从地板斜着排到天花板。舞台上，或者不如说那个比任何舞台都大的宽广的临时平台上，半小时以来都空空的，现在也生气勃勃。一大群音乐学院的学生，穿着洁白的衣裳，已经寂静无哗地鱼贯而入，围绕着两架差不多放在舞台中央的平台式钢琴。正当格雷厄姆和他的母亲忙于讨论那位蓝缎衣美女的时候，我已经注意到她们在舞台上集合，并且饶有兴味地瞧着她们排列和整顿的过程。有两位绅士在统率着这支娘子军。这两位我都认识。第一位外表是艺术家的样子，留着胡子，蓄着长发，他是维莱特的著名钢琴家，也是第一流的音乐教师，每星期两次来贝克夫人的寄宿学校，教几个学生，这几个学生的家长很富有，能够让女儿得到跟他学习的享受。他的名字是约瑟夫·伊曼纽埃尔先生，乃是保罗先生的异母兄弟，保罗先生的强有力的个性这时可以看见正体现在那第二位绅士身上。

保罗先生使我觉得有趣。瞧着他，我不免暗暗好笑。他完全一副得其所哉的样子——令人注目地站在大庭广众之前，安排着、管束着、威慑着大约一百名姑娘。而且他又是那么一丝不苟——那么精力充沛，那么全神贯注，尤其是那么专断独行。可是，他到那儿去干什么呢？他跟音乐或者音乐学院有什么相干呢？他是简直分辨不清这个音符、那个音符的。我心里明白他到那儿去，是因为爱表现，爱权力——这种爱不叫人讨厌，仅仅因为那是如此天真无邪。不久，情形就变得很明显，他的弟弟约瑟夫先生和那些姑娘一样处在他的控制之下了。从未见过如同保罗先生这样一位像一只小鹰的人！不一会儿，几位著名的歌唱家和音乐家出现在平台上。由于这些明星的升起，那位彗星般的教授便落下去了。所有臭名远扬或者大名鼎鼎的人物对他来说都是难以容忍的，在他不能胜人一筹的地方，他就溜掉了。

现在一切准备就绪了，但是大厅堂里的一个包厢还在等待来客——这间包厢就像豪华的楼梯和门一样，也是用猩红色铺起来的，还设置了塞满填料、放上软垫的长凳，搁在两张王室座椅的两边，那两张座椅威严地放在一个华盖之下。

信号发出了，门打开了，观众全体起立，管弦乐队鼓乐齐鸣，在合唱队高唱欢迎曲声中，迈入了国王、王后，以及拉巴色库尔宫廷随从一行。

直到那时以前，我还从来没有亲眼见过活灵活现的国王或者王后。因此可以想象我是如何尽量使用我的眼力来一睹这些欧洲王室的标本。无论是谁，凡是第一次看见陛下，都一直会经验到一种模糊的近乎失望的惊奇之感，觉得眼前的这个人并不会永久地坐在王位上，头戴王冠，手上拿着一根权杖。我望眼欲穿，想看看一位国王和王后，不料看到的却只不过是一位中年士兵和一位相当年轻的女士而已，我不免产生半是受骗、半是兴味盎然之感。

我此刻还能清楚地回想起那位国王——五十岁的人[①]，背有一点佝偻，头发有一点灰白。在全体观众之中，没有一张脸像他的脸。关于他的性格或习惯，我从来没有读到过、也从来没有听人谈起过一点。开头，在他的额角上、眼角周围、嘴角旁边，那些仿佛用铁的小剑刻出来的象形文字般深深的纹路，使人本能地感到迷惑不解。不过，不久之后，如果说我还是不了解，我至少是感觉到那些不是用手写出来的文字了。坐在那儿的原来是一位默默无言的受难者——一位神经紧张、意气消沉的人。那双眼睛曾经看到过某一个鬼魂的造访——曾经

① 作者夏洛蒂于 1843 年 12 月在布鲁塞尔参加过音乐会，当时比利时国王利奥波德一世(1790—1865)52 岁。

长久等待那个最不可思议的幽灵“疑病症”的忽隐忽现。也许他这时就看见那个幽灵出现在舞台上，面对着他，待在那一大群花团锦簇的人们中间。“疑病症”具有那种习惯，它在千万人中间产生——像“噩运”那样黑暗，像“疾病”那样苍白，又几乎像“死亡”那样强烈。它的伙伴兼受害者在一时间觉得快乐逍遥——“并不是那样，”它却说，“我来了。”它便把他心里的血冻结起来，把他眼睛里的光遮暗。

有些人可能会说，国王的额角上有那些特别的、痛苦的皱纹，是因为那顶外国王冠沉沉下压所致。还有些人可能会说，那是他早年丧失亲人的结果。[①]更有可能是两种原因都有，而这两种原因所造成的后果又被人性的最阴暗的仇敌——生来固有的忧郁症所加重。他的妻子即那位王后对此了然于心；在我看来，她的丈夫的痛苦以一种减弱了的暗影的形式反映在她自己的仁慈的脸上。那位公主看来则是一位温和的、善于体谅人的、文雅端庄的女人；不算漂亮，一点也不像在一两页之前描写的那位具有严肃的魅力和大理石般感情的女人。她的身段还算是苗条的；她的面貌虽然是够引人注目的，但是却太使人想到占统治地位的朝代和王室家系，而不能给人以绝对的愉快。蒙在那张侧面像上的表情，在此时此刻是可人的；然而你却不可避免地把它跟记忆中的模拟像联系起来，相似的线条出现在卑贱状态的那些模拟像上；或柔软，或肉感，或狡猾，皆视情况而定。不过，这位王后的眼睛却有其自己的特色；怜悯、善良、温柔的同情心更使那双眼睛闪着最神圣的光辉。她的举止不是君王气派的，而是一位贵妇人的——和蔼、慈爱、雍容华贵。她的小儿子拉巴色库尔王子，这位年幼的丁都诺[②]公爵，陪伴着她，倚靠在母亲的膝盖上。那天的整个晚上，我都看

① 当时的比利时国王利奥波德一世的第一个妻子是英国女王储夏洛特，他们结婚不到一年，夏洛特便于1817年死于生育。1832年，国王又与一位法国公主结婚。

② 丁都诺，原文为Dindonneau，“小火鸡”之意。现实中的比利时国王的长子是勃拉班公爵(1835—1909)，于1865年继承王位，成为利奥波德二世。

见她在时时观察她身边的那位君主，觉察到他愁云缭绕，心不在焉，总是想把他的注意力引到儿子身上，使他摆脱忧烦，振作精神。她常常低下头来倾听那个孩子说的话，然后带着微笑对陛下重复说一遍。那位闷闷不乐的国王猛然一惊，侧耳倾听，盈盈含笑，但是他的善良的天使一停止言语，他便毫厘不爽地故态复萌。此情此景真是使人伤心欲绝，耐人寻味不已！这一点，并不因为拉巴色库尔的贵族阶层和正派的中产阶级双方都似乎完全没有见到而程度减轻。全场的人之中，我不能发现有哪一位是被触动了，或者感动了。

跟随国王和王后进来的是他们的宫廷人员，包括二三名外国使节；跟随他们进来的则是当时住在维莱特的外国知名人士。这些人待在猩红色的长凳那儿，女士们都坐下，大多数男的都站着，他们那一排黑貂皮的行列，形成了背景，看来仿佛一种深色的衬托物，衬托陈列在前面的那一片花团锦簇。这一片花团锦簇也并不是没有千变万化的光彩、暗影和层次。中距离处满是身穿丝绒和缎子衣服、佩戴羽毛和宝石的名门命妇。前景中，王后右首的长凳看来清一色招待了年轻小姐——维莱特的贵族阶层之花——或者，我不如说是蓓蕾。这里没有珠宝，没有头饰，没有丝绒的软毛，或者丝绸的光泽；统治这处女地带的是贞洁、单纯和飘飘欲仙的优美。年轻的脑袋上都简单地扎着辫子，有着美丽的身段——我本来打算写“气精①”般的身段，不过这会是相当不真实的；这一群“小姐们”之中的几位，不过十六七岁的样子，对于自己外形结实粗壮得像个胖墩墩的二十五岁的英国妇女而洋洋得意——那些美丽的身段都外裹着白色、淡玫瑰红或雅静的蓝色衣裙，使人想到天堂和天使们。在这些“白皙而红润的”人类样品之

① “气精”，一种据说生存在空气里的没有灵魂、但有生死的精灵。此说为 15 至 16 世纪德国著名医师帕拉切尔苏斯（1493—1541）所倡。此字又转义为“身材苗条的妇女”。

中，我至少认识两位。那是贝克夫人的一对过去的学生——玛苔尔德和安琪丽克小姐。这两位学生最后一年在学校里的时候，应该在第一班级，可是她们的脑袋瓜子却从来也没有使她们超越过第二班。我曾经亲自教她们英语课，让她们合乎情理地翻译一页《威克菲尔德的牧师》[①]都是一件难事。在三个月期间内，我还跟她们当中的一位面对面就餐，她在“第二餐”[②]时习以为常地一扫而光的家常面包、黄油和火煨水果的分量真是个世界奇迹——超过这一奇迹的只有她竟然还把吃不下的几片食物装入口袋里这件事。这是实情，而且是有益于身体健康的实情哪。

这些撒拉弗[③]之中我还认识另外一位——最美丽的，或者不管怎么说是这一帮人之中最不庄重的、一副虚伪模样的人。她坐在一位英国贵族的女儿旁边，这位姑娘虽然神色傲慢，但看来倒也很善良。她们两人是跟英国使节的随员一起进来的。她(即我认识的那位)体态有一点柔软，完全不像那些外国闺女的身段。她的头发也没有编成紧紧的辫子，却像一只贝壳，或者一顶缎子便帽。它看来像头发，在头上波动着，又长又鬈曲，飘垂荡漾。她滔滔不绝地说个不停，看来完全是那种对自己和其地位心满意足的轻浮的人。我没有对布列顿医师瞧，但是我知道他也看见了姞妮芙拉·樊箫。他已经变得那么沉默了，回答他母亲的问话是那么简短了，他强忍住的叹息是那么频繁了。他为什么要叹息呢？他曾经承认有兴趣在困难的环境下追求爱情，这里完全可以满足这种兴趣啊。他的情人从高出于他的某个天地朝他微笑：他无法走近她；他不能肯定自己能够赢得她美目一盼。我注意观察，看她是否会对他有所表示。我们的座位离猩红色的长凳不远，像樊箫

① 《威克菲尔德的牧师》，英国作家哥尔德斯密斯(1730—1774)的一本出版于1766年的著名小说。常作为外国人学习英语的教材。

② “第二餐”原文为“second déjeuner”，指午餐。

③ 撒拉弗，六翼天使，见第193页注③。

小姐的眼睛那么尖，又波流光转的，我们必定是不可避免地被她从那里瞧见。果然很快她那双明眸就瞧着我们；至少是瞧着布列顿医师和她的母亲。我不愿意被人立刻认出来，一直待在比较阴暗的、别人看不见的地方。她直直地盯着约翰医师看，然后举起望远镜打量他的母亲。一两分钟以后，她笑着跟她旁边的人咬耳朵。正当演出开始，她的分散的注意力便被吸引到平台上去了。

至于音乐演奏我就不必详述了。读者不会想知道我关于那档子事的印象如何的，而且，也的确不值得记下来，因为那些不过是一种愚昧无知的印象而已。音乐学院的姑娘们由于非常怯场；在两架平台式钢琴上作了很是哆哆嗦嗦的表演。在她们弹琴的时候，约瑟夫·伊曼纽埃尔站在她们旁边，可是他不具有他的亲戚那样的机敏或影响力。他那位亲戚在类似的情况之下，一定会强迫他的学生以英雄主义的和沉着冷静的神态来行事的。保罗先生会把这些歇斯底里的初出茅庐者置于两把火之间——惧怕观众和惧怕他本人之间——并且会使她们惧怕他本人变得比惧怕观众厉害得无可比拟，以此来激发她们背水一战的勇气。约瑟夫先生就办不到这一点。

在身穿白色麦斯林纱裙的两位女钢琴家之后上来的，是一位风度优雅、完全成熟、神情严肃的穿白缎衣裳的女士。她表演唱歌，歌声恰像一位魔术师的戏法那样影响我。我不明白她怎么会做到这一点——她怎么能使她的声音高上去，低下来，并且如此美妙地欢蹦弹跳。不过一个粗鲁的街头音乐家演奏的一曲纯朴无华的苏格兰音乐，常常更为深刻地感动我。

然后是一位绅士走出来，他朝着国王和王后的方向深深鞠躬，并且频频把他戴白手套的手按在心脏部位，对着某一位“负心的伊莎贝尔”喷发出一阵痛苦的呼唤。我觉得他似乎特别要祈求王后的同情心，可是，除非我大错特错，否则王后陛下如此注意聆听与其说带着浓厚的兴趣，倒不如说实在是出于冷静的礼貌。这位绅士的心态非常悲惨可怜，他终于结束他那同样悲惨可怜的音乐展览的时候，我感到高兴。

一些激动人心的合唱我认为是这次晚会中最精彩的节目。到场的有从所有省份里最好的合唱社团来的代表。他们是真正的圆桶体形的土生土长的拉巴色库尔人。这些杰出的人物唱起来毫不装腔作势，他们的精神饱满的努力至少具有这一良好的结果——耳朵因此领略到一种令人满意的力量。

贯穿整个演出过程——胆小羞怯的器乐二重奏、华而不实的声乐独唱、洪亮的合唱——我的注意力只把一只眼睛和一只耳朵给予舞台，另外一只眼睛和一只耳朵则经久不变地保留着为布列顿医师服务。我忘不了他，也止不住地问他觉得怎样，想些什么，是兴味盎然呢，还是相反。他终于开口了。

“这一切你觉得怎样，露西？你非常沉默啊，”他用他那种愉快的声调说。

“我沉默，”我说，“是因为我非常、非常感到兴趣。不仅是对这音乐，而且是对周围的每一件事物都感到兴趣。”

于是他继续往下讲一些话，说得那么冷静沉着、泰然自若，使我开始认为他真的没有看见我所看见的人，因此我低声说：

“樊箫小姐在场，你注意到了吗？”

“哦，看到了！我发现你也注意她。”

“她是跟肖尔蒙德莱太太一起来的，你说是吗？”

“肖尔蒙德莱太太跟一大帮人在那儿。不错，姞妮芙拉是在她的随从人员里边，而肖尔蒙德莱太太又是在某某夫人的随从人员里边，而这位夫人又是王后的随从人员。假如这不是结构紧密的欧洲小小朝廷之一——这些朝廷的繁文缛节并不比随便的言行一本正经些，其节庆般的豪华壮观只不过是有如星期日的装扮的家庭常事——那么，就会令人觉得简直太好了。”

“我想，姞妮芙拉看见你了吧？”

“我也这样想。你把目光收回去以后，我曾经对她看了几次。我还荣幸地目睹你所没有注意到的小小的场面。”

我没有问那是什么，等待他自愿交代，他接着就说了。

“樊箫小姐，”他说，“跟她一位朋友在一起——一位名门闺秀。我碰巧曾经见过莎若小姐，她的贵族母亲叫我去看过病。她是一位骄傲的姑娘，不过一点也不蛮横无理，我怀疑姞妮芙拉想通过嘲弄她的相距不远的人们来获得莎若小姐的尊敬是不会有效果的。”

“什么相距不远的人们？”

“只不过是指我自己和我的母亲。对我来说，这完全是非常自然的。我想，我这个年轻的中产阶级医师是最好的猎物；然而我的母亲可不是这样啊！我以前从来没有看见她被人嘲笑过。君知否，那撅起的嘴巴，那如此对着我们瞧的具有讥讽意味地平举着的望远镜，引起我一种最奇怪的感觉。”

“别把它放在心上，约翰医师，那不值得。如果姞妮芙拉正像她今天夜里突出地表现出来的那样情绪浮躁轻率，那么她也会毫不犹豫地嘲笑那位娴静的、沉思的王后，或者那位郁郁寡欢的国王。她并不是受到坏心肠的驱使，而是由于纯粹无心的放荡使然。对一个头脑轻率的女学生来说，没有什么东西是不可侵犯的。”

“可是你忘了，我还未曾习惯于把樊箫小姐看作一个头脑轻率的女学生。她难道不是我的神灵——我的生活道路上的天使吗？”

“吓！你可弄错了。”

“说老实话，不带任何虚假的夸张，或者装出来的浪漫，在六个月以前，的确有那么一个时候，我把她视若神明。你可还记得我们之间关于那些礼物的谈话？当时讨论那个题目，我对你没有完全开诚布公，你谈此话题时的热情使我感到有趣。为了使你的光芒得到充分的发挥，我当时允许你认为我比我实际上更不了解情况。是那些礼物的考验首次证明姑妮芙拉是个凡人。不过她的美貌仍然保有着迷人的魅力，三天——三小时以前，我还完全是她的奴隶。今天夜晚她昂首挺胸、美丽动人地走过我身旁的时候，我的感情对她表示了臣服之意；要不是那一场不幸的鄙视，我一定至今还是她的仆人之中最谦恭的一个。她也许嘲弄了我，同时，她虽则损伤了我，却还不会马上疏远我；她通过我的母亲在一分钟之内所做到的事情，通过我本人，她用十年时间也做不到。”

他沉默了一会儿。我过去从来没有看见约翰医师那双蓝色的眼睛里像现在这样闪射出如此多的火光，如此少的阳光。

“露西，”他重新开始说，“好好儿看看我的母亲，不要怕也不要捧地说，在你看来，她现在是什么模样的人。”

“就像她从来都是的那样——一位中产阶级的英国有身份的女士。嗯，虽然在穿着上庄重严肃，但是习惯于不受装模作样的支配，本质上从容不迫，兴致勃勃。”

“我也是这样看待她——上帝保佑她！快活的人会跟妈妈一齐欢笑，只有愚钝的人才对她嘲笑。她决不该被人嘲笑，至少是我决不同意；而嘲笑她，也决不会不受到我的——我的藐视——我的憎恶——我的……”

他不再说下去；而这正是时候——因为他越来越激动，激动得似乎有点儿过分。我那时并不知道他已经亲眼看见对樊箫小姐不满的双重原因。他脸上涨得通红，鼻孔张大，鄙视的心情使他秀丽的下嘴唇作出显眼的弧线形，这些表示他正处在一种引人注目的新状态之中。然而生来是温和沉静的人的这种罕见的激动，可不是一种令人愉快的景况，而且我也不喜欢看见通过他年轻健壮的身躯的那种带报复性的战栗。

“我叫你害怕吗，露西？”他问。

“我不明白你为什么气得这么厉害。”

“原因在这里，”他在我耳边咕哝着说。“姞妮芙拉既不是一个纯洁的天使，也不是一个心灵纯洁的女人。”

“胡说八道！你过分夸张了。她不是个工于心计的坏人。”

“对我来说已经够受的了。我能看见你所视而不见的地方。现在不谈这个题目了。让我来和妈妈开玩笑以自得其乐吧。我敢说她正在精神不振。妈妈，请你自己打起精神来。”

“约翰，要是你不表现得好一点，我肯定要把你赶出去。你跟露西能安静下来，让我听唱歌吗？”

这时她们正在高声合唱，如雷贯耳，刚才所有的对话都是在这合唱声响掩护之下进行的。

“你竟然听着演唱，妈妈！好吧，我要用我这副真饰纽[①]来和你的假胸针打赌——”

“我的假胸针吗，格雷厄姆？好不恭敬的孩子！你明白这是昂贵的宝石。”

“哦！这可是你的迷信之一。你过去在这桩交易中受骗上当了。”

“我受骗上当的事情可比你想象的要少。约翰，你怎么有机会认识宫廷里的年轻闺秀的？我刚才注意到有两个人在过去半小时之内对你的兴趣可不小。”

“我但愿你没有注意她们。”

“为什么不注意？难道因为其中一个带讽刺意味地对准我举起望远镜吗？她是一位漂亮的傻乎乎的姑娘。不过你可理解，她的吃吃傻笑

---

① 饰纽，过去西装衬衫的袖口等处用的一种装饰纽扣，贵重者用金子做成。

会使我这个老妇人感到狼狈吗？”

“敏感而又可敬的老妇人啊！母亲，对于我来说，你比十个老婆都好。”

“不要那么感情冲动，约翰，不然我要晕倒了，那你就得把我抬出去。要是这个包袱真的加在你身上，你就会完全改变你最后一句话，叫喊说：‘母亲，对于我来说，十个老婆都不大会比你更糟糕！’”

音乐会结束了，接下来是“为了穷人的利益”的抽奖。两场的间隙时间，是一次遍及全场的解放，以及尽想象所能的最令人愉快的骚乱和动荡。那一群白衣裙已经从平台上消失了，代之而拥挤在平台上的是一大帮忙忙碌碌的先生们，安排抽彩的事。这些人中间重又出现了——最忙碌的一位——某个人们熟知的身影，个儿不高，但是活力满身，生气勃勃，精力和行动抵得上三个高大的男人。保罗先生是如何在工作的啊！他是如何发出指示，同时自己也拼命推动促进啊！有六个助手听从他的指挥在搬动大钢琴等等东西。没关系，他一定会把自己的力气添加给他们。他的机敏灵活的过剩能量，一半使人着恼，一半使人好笑。我心里则对这种忙乱劲儿的大部分并不赞赏，在暗自嘲笑。不过，在成见和感到烦扰当中，我眼睛里瞧着，却又不可避免地在他所做所说的一切里面，察觉到某种并不令人讨厌的天真质朴。我也不能对他的面相上某种虎虎有生气的特征视而不见。在那一大片比较温顺的脸对比之下，他的面相此刻显得令人注目。他那双眼睛里有着深沉的、专心致志的激情；他的苍白的宽阔而又饱满的前额表明能力——他那张再柔韧不过的嘴表明灵活。他缺少力量的沉着冷静，然而他大大地发挥力量所产生的动作和火一般的热情。

在此期间，整个厅堂里是一片骚动，大部分人都为了调剂一下，从座位上起身，并且就站在那儿。有些人则走来走去，大家都在说呀笑的。那边猩红色的包厢里出现一种特别活跃的景象。一长排云集的绅士，分散成东一堆，西一块，跟命妇闺秀们的彩虹线混合在一起。两三位长官模样的人走到国王面前谈些什么。王后离开椅子，沿着一排年轻的女士们轻步走过去，她经过的时候，少女们全体起立。作为回礼，我看见王后对每一位都赐与某种亲善的表示——一句谦和的话、一个青睐，或者一个微笑。对那两位漂亮的英国女郎莎若小姐和姞妮芙拉·樊箫，她说了好几句话。她离开以后，两位小姐，特别是后者，看来激动不已，喜不自胜。过后，几位女士凑上去跟她们搭话，又有一小圈绅士们聚拢在她们周围。其中——最靠近姞妮芙拉的——站着那位德·阿麦尔伯爵。

“这间屋子又闷又热，”布列顿医师说，忽然不耐烦地站起身来。“露西——母亲——你们可愿意来呼吸一下新鲜空气？”

“露西，跟他去，”布列顿太太说。“我宁可坐在这儿。”

我也情愿坐在自己的座位上，然而格雷厄姆的愿望必须优先于我自己的愿望，便陪他去了。

我们发现那天夜里寒风凛冽，或者至少我个人这样感觉，他似乎并无同感。不过周围十分静谧，星星密布的夜空万里无云。我裹着一条毛皮围巾。我们在铺石路上走了几个来回；在一盏灯下经过的时候，格雷厄姆的目光偶然和我的相遇。

“露西，你好像有心事；是为了我的缘故吗？”

“我只是在忧虑你被伤了心。”

“完全没有。所以还是高兴起来吧——像我一样。露西，不管我什么时候死掉，我认为自己决不会死于心中创伤。我也许会被刺痛，我也许会有一个时候看来委靡不振，可是迄今为止，还没有情感上的痛苦或者疾病曾经侵害过我的全身。你不是一直看见我在家里快快活活的吗？”

“通常如此。”

“她嘲笑了我的母亲，我感到高兴。用一打美人儿换这位老夫人我都不肯。那种鄙视给了我天下最大的好处。谢谢你了，樊箫小姐啊！”他举起帽子，露出波浪形的鬈发，做了一个开玩笑性质的致敬的动作。

“不错，”他说。“我感谢她。她已经使我感觉到我的内心的十分之九都一直极为健康，十分之一则仅仅由于刺伤而出血，这种针扎转瞬之间就会痊愈的。”

“你正在怒火冲天，愤愤不平。明天你就会有不同的想法和感觉的。”

“我怒火冲天，愤愤不平吗！那你就不了解我了。正好相反，我的火气已经没了，现在就像这个夜晚一样清凉——说起来，这个夜晚对你也许太清凉了。我们回去吧。”

“约翰医师，这个变化很突然。”

“不是这样。或者如果是这样的话，那么对此是有很好的理由的——有两个很好的理由，我已经告诉过你一个。不过现在让我们再进去吧。”

我们要回到原来的位子上却不容易。抽彩已经开始了，全场都兴奋激动，乱成一团。人群阻塞了那样一种我们不得不经过的“走廊”，因此必须稍停片刻。我偶尔朝四面一望——我的确有些觉得听见有人唤我的名字——我看见了不远处那位无处不在的、那位让人无法逃避的保罗先生。他正在严肃地凝视着我。凝视着我，或者不如说凝视着我的粉红色的连衣裙——他的眼睛里闪射着对这件衣裳的冷嘲热讽的评论的神色。说起来，这是他的习惯，老是爱对贝克夫人学校里不论是女教师还是女学生的衣着严厉批评——这种习惯至少使女教师们认为是无礼的冒犯，不过我至今还没有感受到这一苦恼——我平日的装束颜色深暗，从不适合于成为引人注意的东西。今天夜里我可不想招来任何新的侵犯，因此与其承受他的取笑，倒不如当作没有看见他为好，我便一直把脸转向约翰医师的上衣袖子看着，觉得在这个黑色的衣袖上找到一片景色，比那位黝黑的矮小教授的不可爱的面貌所给予人的更为温馨愉快，欣慰安适，更为和煦宜人，亲切友好。约翰医师低下头来看着我，用温和的声音对我说话，仿佛在不知不觉中批准了我的这种选择。

“行，紧靠在我的身边吧，露西。这些挤挤碰碰的市民们对谁都是这样。”

可是，我却不能忠实于自己。我屈从于某种催眠术一般的、或者某种别的影响力——某种讨厌的、恼人的、但是很有效力的影响力——便又转过头来看看保罗先生是否已经走了。没有，他还是站在原来的地方，看来不动声色，但是眼色变了。他已经看透了我的想法，明白我希望避开他。他那嘲笑的、但是并非不高兴的凝视，转变成了一种颦眉蹙额，而我抱着和解的意图鞠了一躬的时候，我得到的回报只不过是最僵硬、最粗暴的几下点头礼。

“你刚才把谁惹恼了，露西？”布列顿医师微笑着悄声说。“你的那位一脸野蛮相的朋友是谁？”

“是贝克夫人的学校里的一位教授，一位脾气非常不好的矮个子男人。”

“他刚才看来发了很大的脾气，你什么地方得罪他了？这一切是怎么回事啊？啊，露西，露西！告诉我这是什么道理吧。”

“没有什么秘密，我向你保证。伊曼纽埃尔先生是非常苛求的，因为我瞧着你的上衣袖子，而没有对他屈一屈膝和稍蹲一蹲，[1]他认为我没有对他表示敬意。”

“那位矮个子——”约翰医师开始说。我不知道他还会说些什么，

---

① 语出拜伦长诗《别波》第65段：“她对有些人屈一屈膝，对有些人稍蹲一蹲。”

因为就在这时候，我几乎被人推得跌倒在人群的脚下了。保罗先生鲁莽地推挤着走过去，用胳臂肘儿开路，如此丝毫不顾四周人群的便利和安全，结果便造成了这一非常不舒适的推挤。

“我想他就是那种他自己会叫做‘讨厌’的人，”布列顿医师说。我也是这样想。

我们沿着过道慢慢地、艰难地挤过去，终于回到原来的座位上。有奖抽彩的抽签活动持续了差不多一个小时，这是一个热热闹闹的有趣的场面。由于我们每个人都持有彩票，轮盘每转一次，我们便随之分享着时而希望有得，时而害怕有失的情绪。有两位五六岁的小姑娘抽取号码，平台上便及时公布中奖号码。得奖机会很多，虽然奖品价值很小。结果是约翰医师和我每人各得一件。我的是一个雪茄烟盒，他的是一个妇女用的头饰——一顶飘逸至极的蓝色和银白色相间的头巾式女帽，在一边有一根羽毛飘饰，像一朵雪白的云。他迫不及待地要来个交换，可是他却无法使我服从他的道理，因此直到今天我还保留着我这个雪茄烟盒，瞧着它的时候，可以使我想起过去的时光，以及一个快乐的夜晚。

至于约翰医师呢，他用两根手指头捏着他那顶头巾式女帽，伸直手臂瞧着，脸上一副又崇敬又窘迫的表情，引人真要笑出声来。他仔细打量过以后，打算安安静静地把这件精致的织物放在他的两只脚之间的地上。他似乎一点主意也没有，不知道如何妥善处理或收藏这件东西，假如他的母亲没有来营救的话，我想他最后会把它夹在夹肢窝下压扁，像一顶夜礼帽[①]似的。他的母亲把它重新放在那个硬纸盒里，它就是从那里面取出来的。

格雷厄姆在整个夜晚都是兴高采烈的，他那副高兴劲儿看来是自然的，而不是勉强的。他的举动，他的样子，都难以描摹，其中总有

① 夜礼帽，一种可折扁的黑绸男用高礼帽。

些特别之处，同时就其本身特点来说，还是古怪的。我从那儿看到的不是一般的感情控制，那充沛的深刻而健康的力量，没有费一点大力气，便压倒了“失望”，并且拔去了它的利齿。他这时的态度使我想起我曾经注意到的他的品质，那是他在下城区里，在穷人、罪犯和受苦的人之间行医出诊的时候，他的样子既坚决果断，又坚持不懈，而且心地温和。有谁能够不喜欢他呢？他没有暴露出弱点来，这种弱点会使你寝食不安，老是想到它很不可靠，多么需要支撑。他没有爆发出急躁脾气来，这种脾气会惊扰宁静，熄灭欢乐。他的嘴唇里没有漏出过锋利刺骨的刻薄话。他的眼睛里没有射出过闷闷不乐的箭，这些箭是冰冷的、生锈的、有毒的，飞来刺穿你的心脏。在他身旁的是憩息和隐蔽——在他周围的是抚育万物的阳光。

然而，他既没有原谅，也没有忘记樊箫小姐。我怀疑，假如布列顿医师一旦发怒了，会不会马上和解下来——一旦与人疏远了，是否还会回心转意。他不止一次地对她看着，并不是偷瞧，或谦卑地瞧，而是大胆而又公开地观察。德·阿麦尔现在是她旁边的一件固定附着物了。肖尔蒙德莱太太坐在近旁，他俩和她都全神贯注在交谈、欢快和激动之中，这样一来，这些猩红色的座位上就像这个大厅堂里的任何平民坐区一样闹哄哄的了。在某种显然很热烈的讨论过程中，姞妮芙拉又一两次举起手臂来，只见一副漂亮的手镯在手臂上闪光。我看见那东西的闪光在约翰医师的眼睛里闪烁着——把其中那种嘲弄的和忿怒的火花扇旺了。他笑出声来。

“我想，”他说，“我要把这顶头巾式女帽供奉在我惯于去供奉祭品的圣坛上了。在那儿，不管怎样它必定会得到垂青的。可没有哪一位女店员具有更为容易接纳祭品的本能了。多么奇怪啊！因为，说到底，我知道她还是位名门闺秀呢。”

“不过，约翰医师，你不了解她所受的教育，”我说。“她长到这么大，一直都在从这所外国学校转到那所外国学校，颠来倒去的，她有理由以缺乏教育的托词来减轻她的大部分过错。此外，听她所说，我相信她的父母所受的教育差不多跟她所受的教育一样。”

“我一直知道她没有财产继承，我过去想到这点还曾经觉得欣慰。”

“她对我说，”我回答，“他们家里很穷。对于这类问题，她谈起来一直很坦率。你从来不会发现她说谎，而这些外国人常常说谎。她的父母生了很多子女。他们处于如此的地位，又有着如此的社会关系，照他们看来，是需要夸耀自己的。环境造成的迫切要求与素质上生来固有的轻率粗心结合起来，便产生了为获得能维持体面外表的资财的那种鲁莽轻率、肆无忌惮的作风。这就是事情的真相，也是她从童年时代起所一直看到的唯一的事情的真相。”

“我相信这一点——我曾经想把她铸造成更好一些的人。可是，露西，实实在在地说，今天夜里我看见她和德·阿麦尔以后，就已经感到有新的情况。在注意到针对我母亲的无礼行为以前，就感到了这一点。我看见他们两人进场以后，彼此立即交换了一个眼色，这在我的心灵上投下了最不愉快的闪光。”

“这话怎讲？难道你早就发觉他们维持着这种眉来眼去的关系吗？”

“哎，眉来眼去！那可能是一种天真无邪的女孩子气的诱惑真心的情人的诡计。不过我所指的不是眉来眼去。我指的是一种表示双方有着共同秘密的默契的眼色——既非女孩子气的，也非天真无邪的。没有一个女人，即使她像阿佛洛狄忒[1]一样美丽，她要是能够做出或者接受这样的一瞥，那么我就决不会向她求婚。我宁可跟一位穿短衬裙、戴高帽子的农妇结婚——如果确信她是贞洁的。”

我忍不住笑了，确实感觉到他此刻是夸大其词了。我敢肯定姞妮

① 阿佛洛狄忒，希腊神话中的女神，即罗马神话中的维纳斯，爱神，以“美貌女神”、“爱情之母”等等著称。但对丈夫不忠，声名狼藉。

芙拉是够贞洁的，不管怎么轻浮。我对他这样说了，他却摇摇头，说他不是能把自己的荣誉信托给她的那种男人。

“这倒是你唯一可以放心地信托给她的东西，”我说。“她可能会肆无忌惮地毁坏丈夫的钱包和财产，鲁莽轻率地考验他的耐心和脾气，但是我不认为她可能会损害，或者让第三者来损害他的荣誉。”

“你倒是变成她的辩护律师了，”他说。“你希望我把断掉的链条再接起来吗？”

“不。我很高兴看到你自由了，并且确信你将会长期保持自由。然而，与此同时，要公正。”

“我正是这样，露西，公正得像剌达曼托斯①一样。我一旦被完全疏远了，就无法不苛刻起来。你看哪！国王和王后站起来了。我喜欢那位王后，她的容貌很美。妈妈也累得不得了啦，要是我们再待一会儿，就怎么也不能把这位老太太送回家去啦。”

“我累了吗，约翰？”布列顿太太大声说，她看起来至少像她的儿子一样精神抖擞，清醒得很。“我就是现在还可以保证能比你坐更长的时间。让我们两人在这里待到明天早晨，到日出时分我们一定能知道究竟是谁露出最无精打采的样子来。”

“我决不愿意进行这一试验，因为说实话，妈妈，你是常绿树里边最不会凋零的常绿树，你是老妇人当中最娇嫩的老妇人。因此，我提出正式请求，让咱们快些休会，那必定是以你的儿子神经太脆弱、体质太虚弱为借口。”

“懒散惯了的年轻人！毫无疑问，你最好躺在床上；我想不能不顺着你了。这儿还有露西呢，她看来也已经筋疲力尽了。露西，多难为

---

① 剌达曼托斯，希腊神话中宙斯和欧罗巴之子，弥诺斯之兄弟。他因惧怕弥诺斯，逃至俄卡勒亚，成了著名的公正的法官。死后，宙斯使他与埃阿科斯和弥诺斯成为阴间三判官。

情啊！我在你那样的年纪，做一个星期的夜游神我的脸色也不会苍白一点儿。走吧，你们两个。你们可以尽情笑话我这个老婆婆，但是就我来说，我却要掌管这个硬纸盒和里面的头巾式女帽。”

她就按照她所说的做了。我提出替她拿着，但是被她以亲切的藐视态度推开，我这位教母认为我照顾自己就已经够费劲的了。于是便不拘礼仪，夹在轻松欢快的“紊乱上加紊乱”[①]之中，跟在国王和王后的退场之后，布列顿太太走在前面，迅速为我们在人群中间打开一条通道。格雷厄姆跟在后面，发出呼语，称他的母亲是他从未有幸见到过的保管一个硬纸盒的精神最饱满的女工。他还希望我注意他母亲对那顶天蓝色头巾式女帽的喜爱之情，声言他深信她有意在将来某一天戴上那顶帽子。

夜现在已经非常寒冷，非常黑暗了，不过只耽搁了一会儿，我们便找到了那辆马车。我们很快便挤坐在车厢里，就像在壁炉边一样温暖舒适，我觉得坐车回家比坐车出席音乐会是更为愉快的事。的确是愉快的事，即使那位马车夫——我们听音乐的时候，他在一个“卖酒的商人”的店里消磨了一段时间——沿着那条冷僻而又黑暗的 chaussée 为我们赶车，已远远离开了通往台地别墅的拐角。我们只顾说呀笑的，没有留意到这误入歧路的情况，直到布列顿太太终于宣布说，虽然她过去一直觉得那座别墅是个僻远幽静的场所，但是她不认为那是处在世界的尽头，她声称现在似乎情况大不一样，因为她相信，我们在路上已经走了一个半小时，可是到此刻还没有拐过通往那条林荫路的转角。

于是格雷厄姆对车外望着，只看见模模糊糊伸展开去的田野，以及一行行不知名的截去了树梢的树和椴树，那些树沿着一块块田野的

① 引自英国诗人弥尔顿（1608—1674）的长诗《失乐园》第 2 卷第 996 行。

隐篱[1]排列着，要不是有那些树，隐篱就看不见。他开始推测究竟是怎么一回事，然后叫马车停下来，他下了车，爬上驭者座，亲自手执缰绳驾车。多亏他，我们在延误大约一个半小时以后，总算安全抵达家屋。

玛莎没有忘记我们。令人愉快的炉火在燃烧着，餐室里摆开了清爽可口的宵夜。对这两件事我们很高兴。在我们回到自己的房间里之前，冬日的黎明竟然正在降临。我脱掉粉红色的连衣裙和黑花边的披风，心情比我穿上这些东西的时候所体验到的更为快乐。也许，并不是所有在那场音乐会里打扮得花枝招展的光芒四射的人都能够这样说，因为并不是所有的人都对友谊感到满足——对友谊的宁静舒适和包含有节制的希望而感到心满意足。

---

① 隐篱，造在界沟中不阻断视线的篱笆或暗墙。

第二十一章
反 应

还有三天，过后我就得回到寄宿学校去。我几乎望着时钟计算这些日子的分分秒秒。我多么希望时间过得慢些；可是我守着它的时候，它却滑过去了；我还在害怕它的流逝的时候，光阴已经过去了。

“露西今天不会离开我们，”在吃早点的时候，布列顿太太哄着说。“她知道我们能获得第二次延期。”

“即使我开口就能得到，我也不愿意开这个口，”我说。“我渴望说声再见，回到福色特街去安定下来。今儿早上我就得走，我马上得走。我的箱子已经收拾好，而且捆扎起来了。”

然而我的离开似乎要取决于格雷厄姆。他说过他会陪我去，但是他当天正好要忙一整天，直到傍晚才回家。继之就是一场辩论。布列顿太太和她的儿子都要留我再过一夜。我差不多要哭出来了，因为我很急躁不安，并且迫切要走。我渴望离开他们，就像犯人在断头台上渴望斧头快点落下来一样。也就是说，我要痛苦快点结束。他们不懂我是多么希望这样，而在这些问题上，我的心情他们是没有经历过的。

约翰医师把我从停在贝克夫人门前的自备马车上扶下来的时候，天色已经黑了。安在门上面的灯已经点亮。毛毛雨下了一整天，正像11月的雨那样。灯光在潮湿的铺石路上闪耀着。我在不到一年前第一次来到这个门口的时候，也是这样的夜晚，也是这样的情景。我记得当时我意兴阑珊地望着铺路石的各种形状，怀着剧烈跳动的心，站在那儿等待着面前的门打开——那时我是一个孤独的求助的人。也是在那天夜晚，我匆匆一瞥，遇到现在正站在我身边的这个人，我有没有提醒他那次遭遇，或者向他解释呢？没有，也一点不想这样做。这是一个在我自己心里的令人愉快的回忆，最好是保存在那儿。

格雷厄姆揿了门铃。门马上打开了，因为走读生正是在晚上这个时候回家去——所以萝芯妮很警惕。

“别进来，”我对他说；但他还是走进了灯光明亮的门厅，在那儿站了一会儿。我不要他看到我“热泪盈眶”[①]，因为他的性格是太仁慈，没有必要让他见到这种痛苦的迹象。他总是要医治——要减轻痛苦——然而，尽管他是医师，他也许没有力量治愈或者缓解这种痛苦。

“别泄气，露西。想想我的母亲和我都是你真正的朋友。我们不会忘记你。”

“我也不会忘记你们，约翰医师。”

我的箱子被拿了进来。我们已经握了手，他已经转身要走了，可是他不满意：他还没有做够或者说够，以满足他的宽宏的气度。

“露西，”——他朝我走过来——“你在这儿会觉得很孤独吗？”

“开头我会。”

“那么，我母亲不久会来看你；在这期间，我告诉你我将做些什么。我将写信——写任何我想起来的令人高兴的无聊的东西——你要我写吗？”

“好得很，侠义心肠！”我心里这样想，但是却摇摇头，笑着说，“决不要这么想，别把这种任务强加在你自己身上。你给我写信吗！——你不会有时间的。”

“哦！我会找出或者挤出时间。再见！”

他走了。沉重的门砰的一响：斧头落下来了——我体验到痛苦。

我不让自己有时间去想或者感觉——只是吞下泪水，好像那是酒

① 原文为：“the water stood in my eyes”（水留在我的眼睛里），是英国16世纪时常见的说法。

似的——走向贝克夫人的起坐间，去做一次必要的礼节性的问候。她用表露得极为完美的热诚接待我——这种热诚甚至让你觉得是她的感情外露，虽然她的欢迎是短促的。十分钟以后，她把我遣走。我从公共餐厅走到食堂，学生们同教师们都在那儿上晚自习。我又受到一次欢迎，这次我想不是空洞的。这事结束以后，我就轻松地回到集体寝室里去了。

“格雷厄姆真的会写信来吗？”我一面心里自问，一面因为疲倦，而沉沉地坐到床沿上。

理智悄悄地通过那又长又暗的房间的一片朦胧来到我身旁，在我耳边安静地低语着——

“他会来一次信。他的性格是那么仁慈，会促使他作一次努力。但是不可能继续下去——不可能重复。如果把希望建筑在这种诺言上，那就太傻了——要是错认那暂时积蓄雨水的潭，把只含浅浅的一汪水，看作终年四季汩汩流淌的泉水，那就是轻信到疯狂的程度了。”

我低下头来，坐着又默想一个钟头。理智仍然向我低语，把干枯的手放在我肩膀上，用老年的冷得发紫的嘴唇贴在我的耳朵上，冰凉刺骨。

“假若，”理智咕哝着，“假若他竟然写来，那又怎么样呢？你期望在写回信中获得愉快吗？啊，傻瓜！我警告你！回信要简短。别盼望有什么快乐——心里也不会舒服：不会开心的——没有一个官能能够舒畅：甭想有友谊的交流，甭想促进思想感情的交流……”

“可是我和格雷厄姆谈过，你没有责备我，”我辩解着。

“没有，”她说，“我不需要责备你。谈话对你来说是很好的训练。你的会话很不完善。你说话时，总忘不了自卑感——你不能鼓励自己去幻想。你的话语中免不了有痛苦、艰难和贫穷的印记……”

“可是，”我又抢着说，“纵然互相见面是软弱的，互相说话也是卑微的，然而用文字作为表达工具，以便比嗫嚅木讷的嘴唇把事情办得好些，这难道有错吗？”

理智只是回答说：“你抱着这种想法，或者让它的影响激励你写的所有的东西，你自己去承担风险吧！”

“但是如果我有感觉，我绝对不应该表达吗？”

“绝对不！”理智宣告。

在她那使人寒心的疾言厉色下我哀吟着。绝对不——绝对不——哦，严峻的字眼啊！理智这个女巫不让我抬起眼睛，或者微笑，或者希望。除非我被完全压碎、吓坏、屈服和打垮，她不会停止工作。根据她的看法，我生下来只不过为了赚取一片面包，为了等待死亡的痛苦，为了一辈子持续不断地经受失望之苦。理智也许是对的；难怪我们时常乐于反抗她，从她的棍棒下拔脚奔逃，逃脱一个钟点，把它献给“想象”——她的这位温柔和光明的敌人，我们的可爱的帮手，我们的神圣的希望。我们会而且必须不时冲破界限，尽管等待我们的是可怕的报复。理智就像魔鬼那样爱报复：对我来说，她总是像个继母那样恶毒。假定我曾经服从她，那主要是由于害怕，而不是出于爱。要不是为了那位我暗地里发誓对之忠诚的仁慈的上帝，我早就因为她的虐待而死去了：她的吝啬、她的冷漠、她的光溜溜的铺板、她的冷冰冰的床、她的野蛮和不断的打击。理智常常使我在仲冬的半夜里，在雪地上，为了生活而扑向一根狗啃过以后扔下的骨头。她严峻地宣布她的仓库里再也没有更多的东西给我了——她粗暴地拒绝我要求较好的东西的权利……然后我抬起头来，看到天空中一个头像被众星围绕着，在最当中也是最亮的一颗星闪射出同情和关心的光芒。一位比人类的理智更温柔、更好的精灵静静地从天而降，落到这荒凉之地，带来了从永恒的夏天那儿借到的一大团空气；带来了不会凋谢的花的香气，那是会结出生命之果的树木的芬芳；带来了纯净的微风，那是从一个白天不需要太阳去照亮的世界里带来的微风。这位好天使用食物来满足我的饥饿，这种又甜又奇怪的食物由天使们拾起来，在极好的天气的一天凌晨收集她们白如露水的收成①；她温柔地平息了那耗费生命本身的难以忍受的泪水——仁慈地给极度的疲倦以休息——慷慨地给瘫痪的绝望以希望和动力。神圣的、富于同情心的、乐于救助的力量啊！除了上帝以外，我只愿跪在你的洁白的长着翅膀的脚边，你的脚在山上和平原上何等佳美②。人们为太阳建造了庙宇，为月亮修筑了祭坛。哦，更大的荣耀啊！却没有手为你建造什么，也没有嘴尊崇你。然而人们的心啊，都世世代代忠诚地崇拜你。你有个住处，大得没有墙壁能围住，高得没有圆顶能盖住——你的庙宇的地板就是空间——你的礼仪的种种神秘在众多星球的和谐面前受到激发而透露出来！

十全十美的君主啊！就忍耐来说，你有一大群殉难者；就成就来说，你有一批杰出的人物。毫无疑问的神明啊，你的精华挫败腐朽！

这位天堂的女儿今天晚上记起了我；她看见我流泪，便跑来安慰我。“睡吧，”她说，“甜甜地睡吧——我把你的梦涂成金光灿灿的！”

她遵守了诺言，整夜守着我的睡眠。可是一到黎明，理智就解除了守卫。我惊醒过来；雨点打在玻璃窗上，风一阵阵发出焦躁不安的吼叫声。亮在宿舍正中间的黑色圆灯座上的夜明灯行将熄灭。天已破晓。我多么可怜那些人。他们的精神痛苦使他们不知所措，而不是精神紧张！这天清早，醒来时的剧痛像一只巨人的手那样把我抓下床来。我多么迅速地在黎明的寒冷中穿上衣服！我多么痛快地喝了玻璃

---

① 指《圣经》中所说神赐的食物“吗哪”。见《圣经·旧约全书·出埃及记》第16章第13至14节：“早晨在营四围的地上有露水，露水上升之后，不料，野地上有如白霜的小圆物。”第31节：“这食物，以色列家叫吗哪。”

② 语出《圣经·旧约全书·以赛亚书》第52章第7节：“那报佳音、传平安、报好信、传救恩的，对锡安说：你的神作王了。这人的脚登山何等佳美。”

水瓶里冰冷的水！这一直是我的兴奋剂；像其他爱浅斟慢酌的人在这种情况下会喝酒一样，我在因懊丧而心神不定的时候，总要这样喝水。

不一会儿，起床的铃声响彻整个学校。我已经穿好衣服，便独自下楼到公共食堂去，那儿炉子已经点燃，空气温暖；这所房子的其他部分都是冷飕飕的，因为欧洲大陆的冬天寒冷刺骨，尽管现在只不过是11月初，北风这么早就把冬天的阴冷天气带到欧洲来了。我记得初来的时候对于那种黑火炉不大满意，可是现在我开始把它们和一种舒服感联系起来，而且喜欢它们，就像我们在英国喜欢壁炉那样。

我在这黑色的安慰者面前坐下来，一会儿就深深陷入跟自己的辩论之中，谈的是生活和生活中的机遇，以及命运和她的判决。现在我的头脑和昨天夜晚相比，已经平静一些，坚强一些了，它对自己订出了迫切的规则，不准对已往的幸福作任何懦弱的回顾，否则处以重罚。同时命令自己耐心地走过目前的荒野，责成自己依赖信仰——眼望着那些云柱[①]，它们既带路又使我驯服；既照亮，又使我害怕——使自己对于一直喜爱的偶像崇拜冲动平息下来，制止自己对遥远的希望之地的渴想，那儿的河流也许除了在垂死的梦境中，是永远达不到的，那儿可爱的草地只能在荒凉的坟墓似的尼波山顶上才看得见。[②]

于是，一种力量与痛苦交织的混合感觉，渐渐缠绕着我的心，支撑住或者至少抑制了它的跳动，使我能够做当天的工作。我抬起头来。

---

① 典出《圣经 · 旧约全书 · 出埃及记》第13章第21至22节："日间耶和华在云柱中领他们的路，夜间在火柱中光照他们，使他们日夜都可以行走。"

② 典出《圣经 · 旧约全书 · 申命记》第34章第1至4节："摩西从摩押平原登尼波山，上了那与耶利哥相对的毗斯迦山顶。耶和华把基列全地直到但、拿弗他利全地、以法莲、玛拿西的地、犹大全地直到西海、南地，和棕树城耶利哥的平原，直到琐珥，都指给他看。耶和华对他说，这就是我向亚伯拉罕、以撒、雅各起誓应许之地，说，我必将这地赐给你的后裔。现在我使你眼睛看见了，你却不得过到那里去。"

就像我前面说过的，我靠近火炉坐着，火炉嵌在公共食堂和方形大厅之间的墙下半边，所以能够使两间都暖和。就在火炉近旁的墙上有一扇窗，可以看见方形大厅；我一抬头就看见一顶带穗的帽子、一方前额和两只眼睛填满了玻璃窗的一格方框。那两只眼睛一动不动的视线正好接着我的目光，是正在观察我呢。直到这时，我才知道自己已经泪流满腮，我现在才感觉到了。

这幢房子很奇怪，那儿没有一个角落可以不受别人打扰，也没有什么地方可以流泪或者沉思而不被附近一个暗探注意和猜测。这个新出现的、隔墙窥视的、男性的密探，究竟为了什么事情要在这不平常的时间到这间屋子里来呢？他有什么权利来打扰我呢？除了他，没有哪一个教授胆敢在上课铃响之前跨越过方形大厅的。伊曼纽埃尔先生却不管什么钟点、什么权利。他要去第一班的图书室去找一本他正需要查考的工具书；这样他就经过公共食堂，他的眼睛非常习惯于前顾后盼，东张西望，[1]便透过这扇小玻璃窗看见了我——他这会儿打开了公共食堂的门，站在那儿。

“小姐，你很悲哀。”

“先生，我完全有这个权利。”

“你闷闷不乐，人不舒服，”他继续说，“你一面心酸欲绝，一面心怀不满。我看见你脸上挂着两滴泪珠，我知道那是像两颗火星那么滚烫，又像两个海水的结晶那么咸。我说话的时候，你奇怪地看着我。要不要我告诉你，在我瞧着你的时候，我想起了什么呢？”

“先生，我马上就要被叫去做祷告了；我在这个钟点里，谈话的时间非常少，非常短暂，——请原谅——”

“我原谅一切，”他打断我的话。“我现在很心平气和，不论是冲撞

---

① 语出《圣经 · 新约全书 · 启示录》第 4 章第 6 节：“宝座中和宝座周围有四个活物，前后遍体都长满了眼睛。”

也好，或者，也许是侮辱也好，都不会激怒我。你当时使我想起一只幼小的野生雌性动物，刚被人抓住，还未被驯服，带着怒火与恐惧瞧着驯兽者第一次闯进来。”

这样唐突地来跟我说话是多么不应该！——如果对一个学生这样讲话，那是既鲁莽又粗野；要是对一个教师这样子，那更是不能接受的。他以为会引出我一句激烈的答复；在这之前，我看见过他使易于激动的人火冒三丈。可是在我身上，他的恶意得不到满足；我坐着，一声不吭。

“你看上去，”他说，“就像一个人宁愿一把抢去一服甜蜜的毒药，却厌恶地拒绝有益于健康的苦啤酒。”

“我的确从来不喜欢喝苦啤酒；我也不相信那是有益于健康的。不论什么甜的东西，毒药也罢，食物也罢，你至少不能否认它固有的好吃的特性——甜美。比起长久地拖延味同嚼蜡的一生来，也许还是愉快的早死来得好。”

“然而，”他说，“要是我有力量执行的话，就要让你每天按时吃苦药。至于那可爱的毒药，我也许会砸烂装它的杯子。”

我迅速转过头去，朝别处看，一半因为他在我面前，全然使我不快，一半因为我要逃避他的问话：惟恐在我目前的心情中，努力回答他的问题，会使我失去自制力。

“喂，”他更温柔地说，“告诉我真话——你是因为和朋友们分别而感到悲伤——不是这样吗？”

这种讨好的温柔并不比那种审问似的好奇更容易使人接受。我保持沉默。他走进房间里来，在离我约两码远的一张长凳上坐下，长时间地，并且对他来说，耐心地坚持着，设法引我谈话——他的企图理所当然是无效的，因为我实在无法和人交谈。最后，我请求他走开。我请求的时候，声音颤抖，我的头垂到搁在桌上的双臂上。我痛苦地流泪，尽管是不出声的。他继续坐了一会儿。我既不抬头，也不说话，直到关门的声响和他走远的脚步声告诉我他已经走了。这些泪水使我轻松了一些。

在早饭前，我还有时间去洗洗眼睛，我想，就餐时我显得跟其他的人一样安详，不过，没能像坐在我对面的那位小姐那样欢乐。她高兴地用一对有些小而闪亮的眼睛盯着我瞧，并且真诚地隔着桌子伸长一只雪白的手来跟我握手。樊箫小姐的旅游、寻欢作乐和调情逗趣对她非常合适；她变得丰满，面颊看起来圆圆的，像苹果。上次我看到她穿着漂亮的晚礼服。她现在穿着校服，我觉得也同样迷人，校服是一种深蓝色料子做的宽松便服，用黑色的方格呢做披肩，显得暗淡和郁闷。我甚至认为这种微黑的轻便晨衣更加增添了她的妩媚，因为这和她的白皙的皮肤、青春的活力以及美丽的金黄色头发形成对照，相得益彰。

“我很高兴看见你回来了，泰门，[①]”她说。泰门是她给我取的一打名字当中的一个。“你不知道，在这个沉闷的洞窟里，有多少时候我需要你。”

“哦，真的吗？那么，你如果需要我，想必是有事情给我干，也许是补袜子吧。”我从来不认为姞妮芙拉有丝毫无私的动机。

“你总是这样脾气乖张，说话刻薄！”她说。“我也料到了；要是你不奚落人，那就不是你了。可是，喂，老祖母，我希望你跟以往一样，爱喝咖啡，而不爱吃奶油小面包；你想同我交换一下吗？”

“就按你的办法做吧。”

她习惯于利用我来给她方便，这个办法便是由此而来的。她不喜

---

① 泰门，莎士比亚所著剧本《雅典的泰门》中的人物。泰门是一个挥金如土、慷慨大方的雅典贵族。后来遭到不幸，他受到朋友冷眼相待，性格变得愤世嫉俗。泰门原是实有其人，为公元前5世纪雅典著名的厌恶人类者。

欢早餐的那杯咖啡；学校里煮的咖啡不够浓也不够甜，不合她的口味。可是她的胃口好得很，像任何健康的女学生，因为早上的奶油小面包或面包卷都是刚出炉的，非常好，每人只有一份。我可吃不下那一份，就分一半给姞妮芙拉。我总是优先给她，尽管许多其他的人垂涎我多余的部分。作为交换，有时候她就将她那份咖啡给我。今天早上，我很欢迎这份饮料，我一点儿也不饿，倒是口渴得很。我不明白自己为什么宁愿把面包给姞妮芙拉，而不给别人。我也不明白，要是像有时候那样，两人合用一只杯子喝饮料——譬如，我们到乡下去远足，在农场歇下来进茶点的时候——我为什么总是设法跟她搭档，而且宁愿让她多吃一些，不管是白啤酒、甜酒或者新鲜牛奶。然而，事情就是这样的，而且她也知道这一点。所以尽管我们天天闹别扭，却从来不疏远。

早餐以后，我通常来到第一班级的教室里，单独在那儿坐着看书，或者思考（多数时间是思考），直到九点钟的铃声一响，所有的门都被猛然打开，一大批走读生和搭伙走读生蜂拥而入，这铃声就是开始忙碌和喧闹的信号，直到下午五点钟才平息和安静下来。

我今天早晨刚刚坐下，就听到轻轻的敲门声。

“对不起，小姐，”一个寄宿生轻轻走进来，说道。她从自己的桌子里取出所需要的书本和纸张以后，就踮着脚尖退了出去，经过我身边的时候，低声喃喃地说道：“您多么忙啊！”

忙，的确是这样！我面前摊放着一堆勤勉用功的工具，可是我什么也没有做。原来就没有做，也不打算做。世界就是这样为了我们所没有的功绩而奖给我们荣誉。贝克夫人本人认为我是一个名符其实的女学者，常常严肃地警告我别太用功，“以免血液都流到我的头脑里。”确实，福色特街所有的人都盲目相信“露西小姐”是个有学问的人。只有伊曼纽埃尔先生是明显的例外，他通过自己独特的方法，一种我猜不出的方法，对于我真正的资格得到一个并非不准确的印象。他常常暗地里瞅准机会，带着不怀好意的欣喜的口气，对着我的耳朵吃吃暗笑他们的评估失误。就我这方面来说，我从来都不因为这种失误而烦恼。我十分爱好琢磨自己的一些想法；我从看一些书——不是很多的书——之中得到莫大的乐趣。我总是爱看那些其风格或者情感里明显地印上了作者的独特个性的书，而对于没有特征的书，不管写得多么聪明，多么值得称赞，我都不可避免地感到兴味索然。我看得很清楚，就我的头脑而言，上帝限制了它的智力和活动——我相信，我感谢上苍赐给我的才能，但是我对于更高的天赋并没有奢望，也不寝食不安地渴求更高的文化。

那个彬彬有礼的学生刚刚走开，就来了一个不讲礼貌的、门也不敲的第二个入侵者。我即使是个瞎子，也知道这是谁。我天生的不苟言笑的态度，对于我的同在一所学校里的人的态度，到这时已经起了一种有益的、对我来说是方便的作用。现在我已经难得受到别人粗鲁的、或者横加侵犯的对待。我初来的时候，时不时有个直率的德国人在我肩膀上拍一下，问我要不要参加赛跑；或者一个胡闹的拉巴色库尔人抓住我的手臂，把我向运动场上拖去；还有人迫切地建议我去荡“回旋塔[1]”，或者去参加一种欢闹的捉迷藏的游戏，叫做“一、二、三”。这种事在过去是经常发生的；不过这种小殷勤在前一段时间里已经停止——而且是不需要我费劲去直截了当地打断的时候就已经停止。我现在不必害怕或者忍受任何放肆的表示，除了从一个方面；由于那是来自一个英国人的放肆，所以我还能忍受。有时候，我走过方形大厅，姞妮芙拉·樊箫会毫无顾忌地抓住我，强迫我跟她转圈儿，跳一个华尔兹舞，并且打心眼里高兴她的办法引起了我精神上和肉体

---

① 回旋塔，即英语中的 giant stride，一种体操器械，可以握住吊绳绕杆柱旋转。亦称旋转秋千。

上如此狼狈不堪。眼前，正是这个姞妮芙拉闯入了我的“博学的悠闲”[1]。她胳膊下夹着一大厚本音乐书。

“你去练习你的音乐吧，”我立即对她说。“快到小沙龙客厅里去！”

“要等我同你说完话才走，*亲爱的朋友*。我知道你在哪儿度过假期，也知道你开始向美惠三女神[2]献祭，而且像其他美人儿一样享受人生。那天晚上我在音乐会上看见了你，实际上，你打扮得跟任何人一样。谁是你的*女裁缝*？”

“真荒谬，多么好的开头！我的*女裁缝*！胡说八道！喂，去你的吧，姞妮芙拉。我真的不要你做伴。”

“可是我非常需要同你在一起，*孤僻的天使*，那么你这小小的不情愿能说明什么问题？*感谢上帝*！我们知道如何对付我们的天才同胞——博学的‘*英国熊*’。那么，熊崽子，你认识伊西多尔吗？”

“我认识约翰·布列顿。”

“哦，别做声！”（她用手指塞住耳朵）“你的粗鲁的英国式语言把我的耳膜都震破了。不过，我们那位受人热爱的约翰怎么样？你一定要把他的事说给我听听。这可怜的人儿一定很伤心吧。他对我那晚上的举止说了些什么吗？我不是很残酷吗？”

“你以为我注意你了吗？”

“那是一个叫人很开心的晚上啊。哦，那个多么神气的德·阿麦尔！再看看远处其他紧绷着脸的死气沉沉的人，还有那位老太太——我将来的婆婆！不过，我恐怕我和莎若小姐拿着单片眼镜窥探她，有点儿鲁莽吧。”

“莎若小姐根本没有拿着单片眼镜窥探她。至于你所做的，一点不

---

① 原文为：“learned leisure”，可能戏仿弥尔顿《沉思的人》一诗中的“retired leisure”（退休的悠闲）一词。

② 美惠三女神，即卡里忒斯，希腊神话中三位名叫阿格拉亚、欧佛洛绪涅和塔利亚的女神。年轻貌美而且谦逊，是优雅的化身。

要因此而不安：尽管受到你的嘲弄，布列顿太太还是会活得好好的。”

“她可能会这样：老太太们都很健壮；可是她那个可怜的儿子呀！你务必告诉我，他说了些什么？我看出他非常不高兴。”

“他说，你的样子就好像内心里已经是德·阿麦尔夫人了。”

“真的吗？”她高兴得叫起来。“他注意到这一点了吗？多么可爱啊！我料想他会嫉妒得发疯的！”

“姞妮芙拉，你真的跟布列顿医师一刀两断了吗？你要他放弃你吗？”

“哦！你知道他不能那么做：不过他不是气疯了吗？”

“相当疯，”我赞同她的话；“就像3月里的野兔那样疯。”

“嗨，你到底怎样把他送回家的？”

“到底怎样，真的！你难道对他的母亲和我没有恻隐之心吗？想想看，我们在马车里把他使劲按住，而他坐在我们两人之间胡言乱语，够叫所有的人都发狂了。甚至于不知怎的那个马车夫都把车子赶错了地方，叫我们迷了路。”

“不至于吧？你在取笑我。唉，露西·斯诺……”

“我保证这是事实——布列顿医师不肯待在马车里，这也是事实。他挣脱我们，宁愿坐在车厢外面。”

“后来呢？”

“后来吗——他回到家的时候——那情景可无法形容了。”

“哦，但是你还是形容一下吧——你知道这该多么有趣！”

“对你有趣吗，樊箫小姐？可是，”（我非常严肃地说）“你知道这句成语：‘对一个人是玩笑，对另一个人可能是死亡。’①”

“说下去，好泰门。”

---

① 引申自拜伦长诗《唐璜》第5章第52节：Death to his publisher， to him'tis sport.（这在他很开心，却愁死了出版家）（据查良铮译文）。

“凭良心说，我不能，除非你向我保证你有心肝。”

“我有——你不知道，我的心肝有多好！”

“好啊！既然这样，你可以想象格雷厄姆·布列顿医师最初拒绝吃晚饭——仔鸡啊，小牛胰脏啊，为他准备的，放在桌子上，他却碰都不碰。然后——不过，多谈这些折磨人的细节，没有什么意思。只要说一下，在他还是个婴孩，在吵闹得最厉害的时刻，他的母亲都没有像那晚那样，替他把被子四面掖好。”

“他不肯安静地躺下来吗？”

“他不肯安静地躺下来，就是这么回事。被子是掖好了，问题是必须不停地往里掖。”

“他说了些什么呢？”

“说了些什么！难道你不能想象吗？他要他的神仙姞妮芙拉，他诅咒那个魔鬼德·阿麦尔——胡言乱语什么金头发、蓝眼睛、白胳臂，以及金光闪闪的手镯。”

“真是这样吗？他看到了手镯？”

“看到了手镯？是的，就像我一样看得那么清楚；而且，也许他还第一次看到那手镯压出的印子，那在你的胳臂上留下圆圆的一圈。姞妮芙拉，”（我站起身来，改变了声调）“唉，让我们结束这场谈话吧。你去练习音乐去。”我把门打开。

“可是你没有把全部情况都告诉我。”

“你还是别等我竟然把全部情况都告诉你为好。这种额外的通报不会使你愉快。开步走！”

“难对付的家伙！”她说；可是她服从了。没错，一班的教室是我的领土呢，她没有理由拒绝我发出的了结此案的通知。

然而，说真的，我对她从来没有比那时候更感到不满意了。想起真实情况和我的描述之间的差别，我很高兴——我想起约翰医师当时高高兴兴地坐车回家，晚饭吃得很香，而且带着基督徒的恬静安宁去睡觉。只有在我看见他真正不快活的时候，我才对引起他受苦的那个美丽、脆弱的根源真正感到恼火。

两个星期过去了；我再次逐渐习惯于学校的束缚，从生活变化造成的使我动情的痛苦转而陷入常规旧套的麻木状态之中。有一天下午，我走过方形大厅，准备到一班的教室里去担任“风格与文学”这一课的助教，这时候，我看见女杂务工萝芯妮站在一扇又长又大的窗户附近。她的态度同往常一样，是若无其事的样子。她总是“悠闲地站着”；一只手放在围裙口袋里，另一只手此时拿着一封信凑近眼睛。这位小姐在冷静地端详信上的地址，并且仔细地研究火漆封印。

一封信！在过去七天里，类似这封信的形状老是在我的思想深处徘徊不去。昨天夜里我就梦见一封信。现在，那强有力的磁力把我向这封信吸引过去。然而，我不知道自己该不该冒昧要求萝芯妮让我瞧瞧那正中有红封蜡的白信封。不，我想我会偷偷地走过去，唯恐遭到“失望”的打击。这时我的心怦怦直跳，好像已经听到了她走来的脚步声。神经质的错误！那是文学教师的敏捷的步履在走廊中响动。不等他走到，我先逃走了。只要我能在他来到之前静静地坐在我的课桌旁，叫班级里的学生们有纪律地准备好，也许他不会注意到我。但是，如果我给他瞧见我逗留在方形大厅里，我肯定会受到他一顿训斥。在伊曼纽埃尔先生猛烈地震动插销和门板闯进来，过度地深深一鞠躬，预示怒气冲天之前，我有时间就座，强迫全班肃静无哗，把我的教材取出来，在训练有素的毫无声响的寂静中开始工作。

同往常一样，他雷鸣般地闯了进来。不过，他并不闪电般地从门口直驱讲台，而是半路上停在我的课桌边。他面对着我和窗户，背向着同学们和教室，他看了我一眼——那副样子好像授权给我可以挺身站起来，责问他是什么意思——那一种怒目相向的不信任感。

“瞧！给你的，”他说，随手从背心里掏出一封信，放在我的课桌上——就是我刚才看见萝芯妮手里拿的那封信——那封信的表面是瓷釉般雪白，加上库克罗普斯[①]的朱红色的独眼，那么清晰而完美地印在我内在感觉的视网膜上。我认得它，我觉得那正是我寄予希望的信，正是我的愿望的果实，我的疑虑的解脱，我的恐惧的赎金。保罗先生以他那种不可原谅的干预习惯，从女杂务工那儿把这封信拿了来，现在亲自交给了我。

我本来也许会发怒，然而连一秒钟的时间也没有了。嗳，我手中拿的不是一张简单的便条，而是肯定至少装有一张信纸的信封。感觉上不是轻飘飘的，而是硬硬的、厚厚的，令人满意。信封上的笔迹干净利落，匀称而又刚劲，写着：“露西 · 斯诺小姐”。再就是用坚定的手指灵巧地盖上的又圆又丰满的火漆封印，清晰地印着首字母“J.G.B.”。我体验到一种幸福的感觉——一种欢乐的情绪温暖了我的心，并且活跃地流遍我的四肢百脉。这一次，我的希望实现了。我手中握着真正的、实实在在的一小份欢乐，不是一个梦，不是脑子里的一个印象，不是想象所勾画出的那种模糊的机会，那种使人类渴望而不能靠它生存的可能有的东西。也不是我刚才沉闷地颂扬过的一顿吗哪[②]——它开头的确是以一种说不出的不可思议的甜蜜融化在嘴唇上，可是到头来我们的灵魂完全肯定会厌恶它，而发狂地渴望天然的从土里生长的食物，狂热地祈祷天上的精灵收回他们自己的甘露和精

---

① 库克罗普斯，希腊神话中的独眼巨人族，独眼长在前额正中，在有的艺术品里，除额上独眼以外，还有双眼。此处喻红封蜡。

② 吗哪，源于希伯来文，“这是什么？”的意思。据《圣经 · 旧约全书 · 出埃及记》第16章载，摩西率领以色列人出埃及时，在旷野绝粮，耶和华使鹌鹑飞来降下白色细粒，形如芫荽子的东西。以色列人不识，互相问道：“吗哪？”后来便以此指神赐的食物。

华——尽管这是天赐的食物，然而对于人类却是致命的。我偶尔碰到的既不是甘美的冰雹，也不是微小的芫荽子——既不是松脆的薄饼，也不是香甜的蜂蜜，而是猎人的一顿可口的野味，这种肉食富于营养，有益健康，是在森林中喂养的，在沙漠里长大的，很新鲜，能增强体质，能维持生命。那是垂死的年老的族长向他儿子以扫要的东西，答应在临终时给他祝福作为报答。①那是天赐的；我从内心里感谢把它赐给我的上帝。表面上，我只谢谢人，高声说道："谢谢你，谢谢你，先生！"

这位先生歪歪嘴唇，凶恶地瞧我一眼，便大步走到他的讲台上去了。保罗先生完全不是一个善良的小个子男人，尽管他有他的优点。

我有没有当时当地就看了那封信呢？我有没有迫不及待地吃我的野味，好像以扫的箭每天都飞出去一样呢？

我知道该怎么做。带有地址的信封——火漆印上有三个清晰的字母——此刻对于我就是丰富的恩惠。我偷偷走出房间，拿到白天总是锁着的那间大集体寝室的钥匙。我匆匆走到我的写字台前，带着一种急急忙忙、战战兢兢的样子，唯恐贝克夫人蹑手蹑脚地走上楼来，暗中监视我。我拉开一只抽屉，用钥匙打开一个小箱子，再取出一只盒子——又一次对那信封愉快地看了一眼，并且羞怯地带着敬畏和喜悦的心情吻了那火漆印——我把这尚未尝过的、仍然完美无损的珍品用精致的白色薄纸包了起来，放到盒子里，关上小箱子和抽屉，再关上集体寝室的门，上了锁，然后回到班级里来，心中感到仿佛神话故事是真有其事的，神仙的礼物也不是梦幻。多么奇特、多么美妙的蠢事啊！而这封信，我的欢乐的源泉，我还没有看过，还不知道信上有几行字呢。

---

① 见《圣经·旧约全书·创世记》第 27 章记载：以撒年老，嘱长子以扫用弓箭去猎取野味给他吃，他便在未死之前，为他祝福。以撒的妻子利百加偏袒以扫的孪生弟弟雅各，用肥山羊制成美味，嘱雅各抢先送给父亲，骗得了祝福。

我又走进教室的时候，看见保罗先生正在像洪水猛兽那样气势汹汹！有一个学生刚才说话的声音太轻，或者是不够清楚，不适合他的耳朵和他的要求，现在，她和其他的学生都在哭，他却在讲台上大发雷霆，几乎脸色发青。说也奇怪，我一到来，他却向我发作了。

“难道我是这些姑娘的女教师吗？难道我宣布过要教她们适合小姐身份的行为举止吗？——难道我允许过，而且，他[①]毫不怀疑实际上如此，鼓励她们把本国语言在她们的喉咙里闷死，再用牙齿咬碎、嚼烂，仿佛她们有什么不体面的原因，对自己的语言感到羞耻吗？难道这就是端庄娴淑吗？他知道是怎么回事。这是一种恶劣的矫揉造作——是邪恶的产物或先驱。他宁可把她们作为一批无法忍受的小女主人丢在一边，宁可限定自己只教第三班的娃娃们 ABC，而不愿屈服于这种对高贵的语言胡搅蛮缠，装腔作势，弄得怪模怪样，也不愿屈服于这第一班学生们的这种普遍的做作和讨厌的固执。”

对于这一切，我能说什么呢？真是无话可说。我希望他允许我保持沉默。风暴又开始了。

“对他的提问拒绝作任何回答吗？在那个地方似乎是这样考虑的——在一个第一班的自命不凡的闺房里，有着一些自以为了不起的书橱，一张张绿色桌面呢的课桌，一些无聊的花盆架，一批放在框框里的图画和地图就像垃圾，以及一个外国女学监，当然啦！——在那个地方似乎流行一种想法，认为文学教授的问题不值得回答！这是新观念啊，他毫不怀疑这是从‘大不列颠’直接进口的哪，具有岛国的傲慢自大的味道哪。”

第二度暂停——对任何其他老师的训斥从未流过泪的姑娘们，如今在伊曼纽埃尔先生的烈焰怒火面前，却像雪人那样完全融化了。不过我还没有被撼动，我坐下来，大胆地继续我的工作。

---

① 此处原文为 he（他），实际上是指本人“我”。下同。

不知是什么——或者是因为我一直保持沉默，或者是因为我的手在做缝纫动作——使伊曼纽埃尔先生终于忍耐不住了；他竟然从讲台上跳下来，袭击靠近我的课桌的火炉。那扇小铁炉门几乎被碰得脱离铰链而掉下来，燃料被弄得飞出炉外。

“你是否有意要侮辱我？”他用低沉而狂怒的声音对我说，一面假装拨弄火炉以掩盖他的怒气。

有可能的话，现在到了该使他平静一点的时候了。

“不过，先生，”我说，“我无论如何也不想侮辱你。我记得很清楚，你曾经说过，我们应该做朋友。”

我并不愿意自己的声音变得结结巴巴的，但是事实上却正是这样。我想，这多半是由于刚才的高兴而引起的激动，却不是因为当前的恐惧而发生的痉挛。不过保罗先生的愤怒里面肯定有什么东西——一种激情的冲动——这特别会催人泪下。我不是不快活，也并不很害怕，可是我哭了。

“得啦，得啦！”他立刻说，并且环顾四周，只见一片汪洋，洪水成灾。“我肯定是个怪物，又是个暴徒。我只有一块手绢，”他接下去说，“假使我有二十块，我会给你们每人一块。你们的女教师做你们的代表吧。给，露西小姐。”

他取出一块干净的丝手帕递给我。要是有一个人对保罗先生不了解，对他以及他的冲动不习惯，那么当然会使这个奉献大煞风景——会拒绝他的手帕——等等。可是我十分明白这样做绝对不行：丝毫的犹豫就会破坏刚生效的和平协定。我站起来，走向前去，得体地接过手绢，擦擦眼睛，又回去坐下，手里拿着这一面停战旗放在膝盖上。在这一课的其余时间里，我特别小心翼翼，既不碰引线针，也不碰顶针箍；既不碰剪刀，也不碰平纹细布。保罗先生一次又一次地用妒忌的眼光看看这些家常用具；他对这些东西恨得要命，认为缝纫是涣散对他应有的注意力的源泉。他这一课讲得滔滔不绝，精彩纷呈，而且一直到结束都很和善和友好。课还没有上完，乌云已经散了，阳光又灿烂地照耀着——眼泪已经变成微笑。

他离开教室的时候，在我的课桌前再一次停住脚步。

“你的信呢？”他问道，这一次不怎么凶狠了。

“我还没有看过，先生。”

“啊！马上就看太可惜了。所以你把它存放了起来，就像我在孩提时，常常舍不得吃看来鲜艳欲滴的桃子那样吗？”

他的猜测很接近真实，我不禁由于他如此泄漏了天机而脸上突然涌上一股热潮。

“你要给自己留下一个愉快的时刻去看这封信，”他说，“你要等你独个儿的时候把它打开——对吗？啊！微笑作了答复。嗨，嗨！一个人不能太苛刻；‘青春不再来。’”

“先生，先生！”他转身要走的时候，我大声地，或者，不如说是轻轻地对他说，“别带着误会走开。这只是一封朋友的信。我不看也能保证。”

“我明白，我明白：‘朋友’意味着什么。再见，小姐。”

“不过，先生，这是你的手帕。”

“拿着，拿着，等你看完信以后再还给我。我将从你的眼睛里看出这封短信的主要意思。”

他走了以后，学生们也已经从课室里蜂拥而出，到绿廊去，再从那儿走到花园里和庭院里，利用下午五点钟吃晚饭之前的时间，去作她们惯常的消遣，我却站着默想片刻，心不在焉地把那块手帕绕在胳臂上。不知道是什么原因——我想是童年时代的金黄色的闪光突然回到心中使我兴高采烈，是童年时代无忧无虑的活泼心情的一种罕见的复活使我精神振奋，以及下课后的自由自在使我轻松愉快，尤其是心里明白楼上抽屉里小箱子的盒子里藏着那件珍宝使我感到乐滋滋的，不胜安慰。所以我把那块手帕当做一个皮球那样玩弄起来，把它抛到空中，等它落下来时又一把抓住。这个游戏不是由我的手，而是由别人的手使它停止的——这只手从一件宽松外套的袖子里伸出来，越过我的肩膀，接住了那件临时的玩具，并且把它拿走，同时说了这样闷闷不乐的话：

“我看得很清楚，你瞧不起我，以及我的东西。”

这个小个子男人实在可怕；他纯粹是个反复无常和无所不在的鬼魂；别人永远无法知道他的怪念头，也无法知道他的踪迹。

第二十二章
一 封 信

这整座房子完全安静下来了；晚饭已经用过，喧闹的娱乐时间已经结束；天黑了下来，公共食堂里供学习用的柔和幽静的灯已经点亮了；走读生们都回家去了，这个晚上不会再有门的碰撞声和铃的吵闹声了；贝克夫人和她的母亲以及一些朋友安适地坐在餐厅里了；这时候，我悄悄地走到厨房里，由于一件特殊的事情，去商借一支蜡烛，使用半小时。我的朋友高滕答应了我的要求，亲手拿给了我，说道："当然啰，亲爱的，你愿意的话，可以拿两支。"于是，我手里拿着蜡烛，无声无息地登楼来到集体寝室。

发现这大房间里有个学生因不舒服正躺在一张床上，我的懊丧真不小——我从用麦斯林纱镶了一圈边的睡帽之中认出姞妮芙拉·樊箫小姐的"愁眉苦脸"，这时候，我的懊丧就更大了。不错，这时她的确是仰卧着——可是她肯定会醒来，并且喋喋不休地跟我说话，使我受不了，在这种时候来打扰我，是最不能接受的。说真的，在我注意观察她的时候，看见她的眼睑微微闪动，这警告我，她目前表面上的安眠可能是个诡计，为了掩盖她对"泰门"的行动的偷偷的监视。我不能相信她。我本来非常希望只有我独自一个人，好安安静静地看那封宝贵的信。

好了，我必须到教室里去。我在小匣子里找到了我的珍贵的东西以后，便走下楼去。可是不巧的事却紧跟着我。按照每周一次的习惯，教室里正在点着蜡烛进行大扫除。长凳都堆放在课桌上，空气里弥漫着灰尘，潮湿的咖啡渣子(拉巴色库尔的女仆们把它作为茶叶的代用品)弄得地板上黑黑的：一切都是乱七八糟的。我感到不顺利，但是并不垂头丧气，我退了出来，从来没有下这么大的决心要在哪个地方找一个僻静的所在。

我拿了一把我知道那是贮藏间的钥匙，一连登上三段楼梯，来到一个又暗又窄的寂静的楼梯平台上，推开一扇虫蛀的门，一头没入那个又黑又冷的深深的顶楼里。没有人会跟踪我到这儿来，没有人会打扰我——连贝克夫人也不会。我关上顶楼的门，把蜡烛放在一个摇摇晃晃、龌龊霉烂的五斗橱上。因为空气冰冷刺骨，我披上披肩，取出我的那封信，心里乐滋滋的，又是迫不及待的，禁不住浑身颤抖起来。我拆掉了信上的火漆印。

“信会是很长的吗？——或者是很短的吗？”我心里想，一面用手拂去眼前白蒙蒙的雾气，这是和煦的南风带来的阵雨所引起的。

是一封长信。

“信会是冷淡的吗？——或者会是亲切的吗？”

是亲切的。

对于我这样有控制、有约束和有戒心的期待来说，这封信看来是非常亲切的。对于我的渴望和殷切的盼望来说，这封信看来也许比实际上还要亲切。

我希望的并不多，而我却害怕得很，所以我现在尝到了果实的甜美而满腔喜悦——这种喜悦很多人可能一生都没有经历过。我这个可怜的英国女教师，待在冰冷的顶楼里，借着在寒风中摇曳的暗淡的烛光，看一封只是客气的信——没别的，只是客气而已，然而那种客气这时对于我便如同上帝般的了——只觉得比大多数王宫中的王后还要幸福。

当然啰，从这种肤浅的来源得到的幸福只能是短暂的；可是，在它持续的时间里，它确是纯真的，而且是高雅的。一个泡影——然而是一个甜蜜的泡影——是真正的甜汁蜜露制成的。约翰医师终于给我写信了；他是怀着愉快的心情给我写的；是带着一种亲切温和的心情写的，心中亮堂而又满意地娓娓细谈曾经在他和我的眼前掠过的那一幕幕景色——我们一同去过的地方——我们彼此谈过的话题——一句话，过去几个星期的美好时光里所有细枝末节的事情。不过，他那欢乐而又亲切的字里行间充分透露出一种使我坚信的消息，便是这欢欣的真诚的核心，乃是倾吐出来并非仅仅为了使我高兴——而是为了使他自己满足。这种满足，他可能永远不再期望，也永远不再寻找——这是一个从无论哪一方面看来都是接近事实的假设；不过，那是将来的事情了。就目前来说，没有痛苦，没有瑕疵，也没有匮乏；而是充实、纯洁、圆满，这使我深深地感到幸福。一个路过的六翼天使似乎停歇在我的身旁，向我的心靠过来，把它那柔软的、清凉的、能治疗创伤的、圣洁的翅膀轻轻地覆盖在我的悸动的心上。约翰医师啊，你后来给了我痛苦；所有的打击都可以原谅——无偿地原谅——就为了那一次珍贵的记忆！

是否有邪恶的没有人性的东西妒忌人类的幸福呢？是否有恶的势力出没于空中，给人类带来毒素呢？在我近旁的是个什么东西呢？……

在这间偏僻的很大的顶楼里，有某个东西发出奇怪的响声。十分清楚，十分肯定，我听见了，仿佛是在地板上悄悄走动的脚步声。是一种从黑暗深处轻轻溜出来的脚步声，那黑暗深处正是那些穿斗篷的坏蛋经常出没的地方。我转过身去，烛光暗淡，房间又长——可是，千真万确！我看见在这阴森森的房间中央，有一个人影，全黑或者是全白的颜色。裙子是笔直的、窄窄的、黑色的；头上用布裹着，罩着面纱，是白色的。

读者啊，你爱怎么说都行——说我是神经过敏或发疯也好；肯定我是由于那封信而兴奋得心神不定也好；宣称我是在做梦也好。但是我发誓——那天晚上——在那个房间里——我看到一个形象，像是——一个修女。

我大声喊起来，我浑身难受。如果那个形象向我走来，我很可能晕倒。可是它向后退。我赶快向门口走去，连自己也不知道究竟怎样奔下那一道道楼梯的。我本能地避开公共食堂，选定方向，直奔贝克夫人的起居室而来。我闯了进去，说道：

“顶楼上有个什么东西。我刚才在那儿，我看见有个东西。快去看看吧，你们都去看一下！”

我说“你们都去”，是因为我觉得房间里坐满了人，而实际上只有四个：贝克夫人、她的母亲金特夫人（她身体不好，当时来看她的女儿，住在那里）、她的弟弟维克多·金特先生，另外还有一位绅士，我进屋的时候，这位绅士正背朝着门，跟老太太谈话。

我极端的恐惧和虚弱必定使我的脸色非常苍白了。我冷得直哆嗦。他们全都惊愕得站起来，围住我。我催促他们赶快到顶楼去。看到这两个男人使我心宽，给了我勇气。好像身边有了男人就有了帮助和希望。我转身走向房门，招手要他们跟我去。他们要阻止我，可是我说他们一定得去。他们必须看看我所看到的东西——顶楼中央站着的怪物。现在这时候，我想起了我的那封信，跟蜡烛火一起留在五斗橱上了。那封宝贵的信啊！为了它，不论是肉体还是精神都必须不顾了。我飞奔上楼梯，由于知道他们跟在后面，他们非来不可，我奔跑得更快。

瞧！我来到顶楼门口的时候，里面像深渊一样漆黑；蜡烛火已经熄灭了。幸亏有个人——我想是贝克夫人，她经常都是冷静而有理智的——从房间里带来了一盏灯。因此，他们一上来，灯光很快就透过那浓厚的黑暗。熄灭的蜡烛仍然在五斗橱上，可是信到哪儿去了呢？我现在要找的是那个东西，而不是那个修女了。

“我的信！我的信！”我气喘吁吁地抱怨着说，几乎要发狂了。我在地板上摸索，又疯了一般使劲地绞扭双手。多么残酷的厄运啊！在我还未尝到我的那一点安慰的滋味时，它就被不可思议地夺走了！

我不知道其他的人在干什么；我无法注意他们。他们问我话，我也不回答；他们找遍了每个角落，同时对于那些斗篷这里或那里被弄得乱糟糟的、天窗那儿有了一道缝或者裂口，以及我所不知道的其他什么情况空发了一阵议论。他们很有把握地说："不知是什么人或者什么东西进来过。"

"哦！他们把我的信拿走了！"到处趴着、到处摸索着的偏执狂患者喊着说。

"什么信，露西？我亲爱的姑娘，什么信？"一个我熟悉的声音在我的耳朵里响。我能相信自己的耳朵吗？不；我把头抬起来看。我能相信自己的眼睛吗？我分辨得出那个声调吗？我现在正朝着就是写那封信的人的脸上看吗？在这个阴暗的顶楼里，站在我旁边的绅士难道就是约翰·格雷厄姆——布列顿医师本人吗？

不错，正是他。那天晚上，老金特夫人的什么病发作了，约翰医师被请来开个药方。我闯进餐厅里去的时候，他就是待在那儿的另外一个绅士。

"是我的那封信吗，露西？"

"是的，是你写给我的那封信——我把它带到这儿想安静地念一念。我找不到另外一处可能让我单独待着的所在。我一整天都没有拆开——直到晚上才把它拆开来，只粗略地看了一下。要是丢了，我受不了。哦，我的信！"

"嘘！别喊叫，也别为这事过分痛苦。这封信有什么价值呢？嘘！走出这间冷冰冰的房间吧。他们已经去叫警察来作进一步的调查了。我们不必留在这儿——来吧，我们下去吧。"

一只温暖的手握着我冰冷的手指，带领我到那生着炉火的房间里去。约翰医师和我坐在火炉前。他跟我谈话，并且用难以言传的善意来安慰我，答应再写二十封信来弥补那丢失的一封。如果世上有话语和冤屈像刀子一样，它所造成的深深的伤口永远也无法愈合，它切割出的伤痕和侮辱带有一种锯齿形的滴着毒素的边缘，那么，世上也有一种实在太优美的安慰人的语调，使人听了不能不喜欢并且永远记住它的回声。抚慰人的仁慈——这些仁慈的言行被人珍惜，在整个一生之中都存留心间，被人回忆时，它们的温柔也不减弱，并且带着从预示死神来临的乌云中射出来的毫不减弱的光辉回应别人的呼唤。后来，我听人说，布列顿医师远不像我以为的那么完美，他真实的性格缺乏深度、高度、广度和耐力，而这些在我的看法中却是他的特征。我真不懂，他对我的好处就像一口井对于一个渴得要命的赶路人——就像太阳对于一个冻得直打哆嗦的囚犯。在我的记忆之中，他是一个英雄。就在这一刻我也还是认为他是一个英雄。

他微笑着问我，为什么这样喜欢那封信。我心里想，但是没有说出口，我珍视这封信就如珍视我的血管里的血一样。我只回答说，我的来信是那么少，所以很珍惜。

“我肯定你没有看那封信，”他说，“不然的话，你就不会把它当回事！”

“我看过那封信，不过只看了一遍。我要再看一遍。把它丢了我感到非常遗憾。”我忍不住又哭起来。

“露西，露西，我的可怜的小教姐[①]（要是有这种关系的话），这里——这里是你的信，拿去吧。可惜它没有那么好，不值得你那样流泪，不值得你那么温情地、过分地信任它！”

奇怪而独特的计谋呀！他的敏锐的眼睛早就看到我在地板上寻找的信了。他的手则敏捷地把它拾起来，藏在背心口袋里。要是我的烦恼减少一丝丝紧张状态和真实性，我怀疑他是否会承认，或者把信再

① 原文为 god-sister。书中约翰医师的母亲是露西的教母，故有此称呼。

还给我。我流淌的眼泪的温度要是稍低一度，就只会使约翰医师觉得这事情好笑而已。

重新拿到这封信的欢乐使我忘了应该责备他开的玩笑给我带来了痛苦。我是太高兴了，完全不能把它掩盖起来；然而我想我的脸色比话语更多地暴露出这一点。我说得很少。

“你现在满意了吗？”约翰医师问。

我回答说我——感到满意和幸福。

“那么，”他接着说，“你的身体怎么样？觉得平静些了吗？不很像，因为你仍然像一片叶子那样颤抖哩。”

可是，我觉得自己是够平静的了。至少我不再感到害怕了。我表示自己很镇静。

“那么你应该能够告诉我，你刚才瞧见了什么？你讲得很模糊，你知道吗？那时你的脸色跟纸一样白。你只是说有‘某种东西’，却没说明白到底是什么东西。那是一个人吗？那是一只野兽吗？到底是什么东西呢？”

“我怎么也说不清楚自己看到了什么，”我说，“除非有另一个人也亲眼看到，那样我就能加以确证；不然的话，人家不会相信我，并且指责我说我在做梦。”

“告诉我吧，”布列顿医师说；“我会以医师的身份来聆听。我现在正从职业的观点来看待你。也许我能看出你要掩盖的一切——从你的眼睛里能看出，那双眼睛是出奇的活跃和不安；也可以从你那没有血色的面颊上看出来；还可以从你那无法镇定的手看出来。咳，露西，对我说吧。”

“你会笑——？”

“你要是不告诉我，你就不会再收到我的信了。”

“你现在已经在笑了。”

“我会重新把那仅有的一封信拿走。既然是我写的，我认为我有权利收回。”

我感觉到他话里的玩笑。这使我严肃起来，默不出声，但是我把信折好，藏起来，不让他看见。

“你可以把信藏起来，然而我随时都可以把它弄到手。你不知道我的手法多么高明。我愿意的话，就可以像一个魔术师那样玩花样。母亲有时也说我的舌头和眼睛是我的协调一致的资产。不过你从来没有看到我身上这一点——是吗，露西？”

“说真的——说真的——你只是个孩子的时候，我曾经看到你的舌头和眼睛有很好的协调，比现在强得多——因为你现在很强壮，而力量就不需要精巧。不过，约翰医师，你还是有这个国家里人们叫做‘*顽皮的样子*’的东西，这谁都看得出来。贝克夫人也看得出来，而且——”

“而且喜欢，”他笑着说，“因为她自己也有这种东西。不过，露西，把信给我——你并不是真的喜欢它。”

我没有答复这挑逗性的话。不能太迁就格雷厄姆高兴时的心境。就在这时刻，他的嘴唇上浮现出一种与原来不同的微笑——非常甜蜜，可是不知怎的却使我痛苦——他的眼睛里也闪射着一种与原来不同的光彩。不是敌对的，可是也不能使人放心。我站起来要走——我有点伤心地向他告别。

他的敏感——他那不同一般的聪明的、善于察言观色的本领——马上意识到我没有说出口的埋怨——那种几乎没经过思考的指责。他小心翼翼地问我有没有生气。我摇摇头，表示没有。

“那么，请允许我在你走之前，稍微认真一点地跟你谈谈。你是在高度紧张的状态之中。不管你控制得多么好，从你明显的外表和态度看来，我觉得可以肯定，你今儿晚上单独在那间又凄凉又寒冷的坟墓般的顶楼里——那个你永远不该闯进去的铅皮屋顶下的土牢，那儿充满潮湿、发霉的气味，充满肺结核和黏膜炎的毒菌——你瞧见了，或者自以为瞧见了一个幽灵，它故意要出现，好印在你的想象之中。我知道你不、从来也不害怕实质上的恐怖，如怕强盗等等——我却不敢说，鬼怪这类东西的出现不会动摇你的心灵。现在冷静下来吧。我懂得，这完全是神经上的问题；不过，你就具体说说看到些什么吧。”

“你不会告诉别人吗？”

“不会——绝对不会。你可以无保留地相信我，就像相信希拉斯神父那样。的确，两者之间，也许还是向医师坦白更稳妥一些，尽管他头发还没有白。”

“你不会笑我吗？”

“也许我会，为你好，而不是奚落你。露西，我觉得对你是友好的，虽然你的羞怯的性格使你不容易相信别人。”

他现在看来是友好的。那无法形容的微笑和光彩已经消失了；那令人望而生畏的弯弯的嘴唇、鼻孔和眉毛都沉下去了。沉静表现在他的态度之中——注意力凝固了他的外表。他既然赢得了我的信任，我便如实地告诉他我所见到的一切。在这之前，我曾经告诉他关于这座房子的传说——那是在10月里一个温暖的下午，我跟他一起骑马穿过池边森林，为了消磨一个钟点的时间而对他说的。

他坐着沉思起来，正在他沉思的时候，我们听到他们都走下楼来的声音。

“他们会来打扰吗？”他说，一面带着厌恶的表情看看房门。

“他们不会到这儿来，”我回答说。因为我们是在夫人晚上从来不去的小沙龙客厅里，十分凑巧，那儿的炉火还余热未尽。他们在门外经过，向餐厅走去了。

“现在，”他接着说，“他们会议论到小偷、窃贼等等。让他们去谈吧——可你要记住什么都不要说，决心不对任何人描述你的那位修女。也许她还会对你出现；可别害怕啊。”

“那么，”我说，心中暗暗恐惧着，“你认为她是从我的脑子里跑出来的，现在又回到我的脑子里去了，将来在想不到的日子，不知道的时辰，[①]趁我没有注意的时候，她还会溜出来，是不是呢？”

“我认为这是一种鬼怪幻觉的病例——恐怕是长期连续不断的内心冲突之后的结果。”

“哦，约翰医师——一想到我竟然有产生这种幻觉的倾向，我简直发抖了！看来果真是那么回事。难道没法医治了吗？——没法预防了吗？”

“幸福就是特效药——乐观的心理就是预防。你要培养这两种东西。”

在我听起来，世界上没有比叫我培养幸福更为空洞无谓的玩笑了。这种劝告有什么意义呢？幸福可不是土豆，能够种在松软的泥土里，再加上肥料和耕作。幸福是从遥远的天堂里射下来照着我们的荣耀。它是神赐的甘露，灵魂在某一个夏天早晨发现这甘露从乐园里的不凋花和金色的果实上滴落下来，滋润着它。

“培养幸福！”我简短地对这位医师说，“你培养幸福吗？请问你怎么培养？”

“我天生是个乐观派；同时‘不幸’从来没有紧紧盯住我不放。‘灾难’从我和母亲旁边吼叫一声，擦身而过，可是我们蔑视它，或者不如说对它笑笑，它就走开了。”

“这里面完全没有什么培养。”

“我可不让自己意志消沉。”

---

① 引自《圣经 · 新约全书 · 马太福音》第 24 章第 50 节：“在想不到的日子，不知道的时辰，那仆人的主人要来……”

“消沉过；我曾经看见你被忧郁的感情压倒。”

“那是关于姞妮芙拉·樊箫的事——是吗？”

“难道她不是有时候使你苦恼吗？”

“呸！废话！胡说！你瞧我现在好多啦。”

如果一双闪射着活泼亮光的含笑的眼睛、一张容光焕发的脸，以及健康的活力能够证明他是好多了的话，那么他确实是好多了。

“你看起来是没有什么不顺当，身体也没有什么大问题，”我承认。

“唉，露西，你就不能像我这样表现和感觉吗——活泼开朗、敢作敢为，能够向基督教世界所有的修女和卖俏者挑战。如果能够看到你满不在乎地打榧子，我愿意立刻拿出黄金来。试试这个伎俩吧。”

“假如我这会儿把樊箫小姐带到你跟前来，你会怎么样呢？”

“我发誓，露西，她不会感动我；或者，她只会在一件事情上感动我——那就是，对了，真实而热烈的爱。我在那样大的代价面前才会原谅她。”

“真的吗！可是不久以前，她的一个微笑对你来说就是一大笔财富呀。”

“情况改变了，露西，情况改变了！你要记得，你曾经把我叫做奴隶！然而我现在是个自由人了！”

他站起来，他的头的姿势，他整个身子的仪表，以及他的发亮的眼睛和面容，都显示出一种比泰然自若更胜一筹的自由的神态——一种对他过去的束缚加以蔑视的心情。

“樊箫小姐带领我走过的感情的一个阶段已经结束，”他接着说。“我已经进入了另外一种状态之中。我现在已经倾向于十分精确地以爱情换取爱情——以热情换取热情——而且差一点都不行。”

“啊，医师！医师！你说过，你的天性是要在艰难险阻的情况下追求爱情——宁愿被骄傲的麻木不仁蛊惑住。”

他笑了，回答道：“我的天性变化不定。有时候，前一小时的情绪，在下一小时看来就成为可笑的事。唉，露西，”他戴上手套，“你看那位修女今儿晚上还会来吗？”

“我想不会。”

“万一来的话，请代我向她致意——约翰医师向她致意——并且请求她恩准，等待他来求见。露西，她是个漂亮的修女吗？脸蛋儿讨人喜欢吗？关于这一点，你还没有告诉过我，而这一点却是真正重要的事。”

“她的脸用一块白布遮住了，”我说，“不过她的眼睛闪闪发光。”

“让她的妖怪的服饰见鬼去吧！”他毫不恭敬地说。“不过她至少有一双漂亮的眼睛——又明亮，又柔和。”

“又冷酷，又凝滞，”我回答说。

“不，不，咱们别管她那一套。她决不会缠住你的，露西。要是她再来的话，就跟她握握手。你想，她受得了那个吗？”

我想，对于一个鬼魂来说，那是太仁爱，太亲切了，她受不了；而伴随约翰医师那一声“晚安”的，正是那样仁爱和亲切的微笑。

那间顶楼里到底有什么东西呢？他们发现了什么呢？我相信，在仔细检查以后，他们找不到什么东西。最初，他们说到斗篷给人动过了，可是贝克夫人后来告诉我说，她觉得那些斗篷原来就是那样挂着。至于天窗上的碎玻璃，她很肯定，那个窗孔难得有一两块玻璃不碎或者没有裂缝。再说，前几天还下过一场大冰雹。夫人非常仔细地询问我看到了什么，我只说见到一个穿一身黑的模糊的人影。我谨慎小心地不提起“修女”这两个字，因为我肯定这个字眼马上会使她想到什么浪漫故事和胡思乱想。她吩咐我对所有的仆人、学生或者教师别提起这件事，并且高度赞扬我的谨慎，来到她私人的餐厅，而不把这个吓人的故事带到学校里的公共食堂去传播。这桩事就这样搁置下来了。我只好暗自在心里苦苦地思索，这件怪事到底是人世间的呢，还是阴曹地府的呢，或者是否真的不过是一种疾病的产物，而我正是这种疾病的患者。

第二十三章
瓦 实 提[1]

我不是说过苦苦地思索吗？不；有一股新的力量开始影响我的生活，把苦恼推拒在相当远的距离。想象一个小山谷，隐秘地深陷在森林之中；周围是朦胧的雾霭，草地是阴湿的，草本植物都是蔫蔫的、湿淋淋的。不知是风暴还是斧头在橡树林里劈开了一个大缺口，一股微风吹拂进来，太阳也照射进来，那忧郁而又寒冷的小山谷变成了一个盛满光泽的深深的大杯子。炎夏从美丽的天空中把蓝色的荣耀和金色的光辉倾泻下来，这饥饿的凹地迄今为止还从来没有见过这些东西。

我有着新的信念——对幸福有了信心。

顶楼上的奇遇已经过去了三个星期，我在楼上的抽屉里的小箱子里的匣子里，除了第一封信以外，还藏有四封信，信上用同样坚挺的笔法写的字，用同样清晰的印章加的封，也同样充满给我以生命力的安慰。当时，对我来说是给我以生命力的安慰。许多年以后，我又看了这些信，觉得写得是够亲切的——是一些使人愉快的信，因为那是由一个心情很愉快的人写的。在最后两封信的最后三、四行里，洋溢着半是欢乐、半是温柔的“被感动的而不是被征服的感情”。亲爱的读者啊，时间已经使它们变成性质温和的软饮料了。可是，在我第一次品尝到从那么尊贵的山泉里涌流出来的清新的甘露的时候，它似乎就是天上酿制的玉液琼浆，一种女神赫柏[2]斟的、也是诸神都赞许的酒。

还记得前几页里说的事情的读者，也许会问我怎么答复这些信的。是在干巴巴的理智处处掣肘的控制之下写的呢，还是跟随感情的自由而充沛的冲动写的？

说实话，我采取的是折衷的办法。我侍候两个主人；我在临门庙[3]

中屈身，同时却把心献给另一个祭坛。我对这些来信写了两封信——一封是为了宣泄自己的感情写的，另一封则是写给格雷厄姆看的。

开头，感情和我把理智逐出门外，加上门闩插好插销。然后我们坐下来，把纸摊开，迫不及待地把笔蘸饱墨水，不胜欣喜地把我们心里真诚的话语尽情倾诉出来。我们写完以后——两大张纸上密密麻麻地落满了一个追随者的强烈情感的语言，这时候，油然而生一种根深蒂固而又生动活跃的感激之情——（我在这儿仅此一次爽爽快快地插一句话：对于任何人暗暗猜疑存在所谓"更热烈的感情"，我满怀极其藐视的心情予以否认。女人们都不怀有这种所谓的"更热烈的感情"，因为在交一个朋友从开始直到最后的整个过程中，她们决不会被骗掉这样一种信念，即：谁要是怀着"更热烈的感情"，那便是干了荒谬绝伦的事；一个人除非已经看见或者梦见在爱情的波涛汹涌的海洋中升起了希望之星，否则，他决不会贸然下水，投身爱海的）——言归正传吧，那时，我表达了紧紧依恋而深深尊敬的情感——这种情感要把对方的命运中所有的痛苦都吸引过来，作为自己的命运。要是有可能的话，它甚至会将所有的风暴和闪电吸收并且引导它们离开对方那用渴望的激情看待的生活——那时，恰恰在那一刻，我的心的门扉竟会摇撼起来，插销和门闩竟会打开来，理智竟会生龙活虎地跳进来报仇雪

---

① 瓦实提，《圣经》中亚哈随鲁王的后。一次亚哈随鲁王宴请波斯和玛代的权贵，嘱美貌的瓦实提赴宴。瓦实提不肯遵命，王怒而废除她的后位，改立以斯帖为后。见《圣经·旧约全书·以斯帖记》第1、2章。

② 赫柏，希腊神话中的青春女神，在奥林匹斯山上为众神端送神食琼浆。她的形象是头戴花冠、手持金碗的少女。

③ 临门庙，见《圣经·旧约全书·列王纪下》第5章第18节。临门是巴比伦的主管暴风雨的神。亚兰王的元帅乃缦患大麻风，被神人以利沙治好，从此愿不信其他神祇，只信耶和华。但是他要求："唯有一件事，愿耶和华饶恕你仆人。我主人（即亚兰王）进临门庙叩拜的时候，我用手搀他在临门庙，我也屈身。我在临门庙屈身的这事，愿耶和华饶恕我。"

恨，抢去写得满满的信纸，念信，冷笑，删改，撕碎，重写，折起来，用火漆封好，把地址写好，最后是送去了草草写成的只有一张信纸的短笺。它做得对。

我并不是仅仅靠信件过日子，我还有客人来访，还有人照顾我。每星期都有人把我接到“台地别墅”去一次，大家对我总是很殷勤。布列顿医师没有忘记告诉我他为什么那么仁慈，“离那个修女远远的。”他说，“他[①]决心和她争夺她的牺牲品。他非常讨厌她，”他宣称，“主要因为她脸上遮了那块白布，以及她那双阴冷的灰色的眼睛。他一听到这些讨厌的情况，”他肯定地说，“一种极端厌恶的感情便驱使他反对她。他决心跟那个修女比一比高低，但愿他在场的时候，她会再一次出现在我[②]的面前，可是她再也没有出现。”总之，他用科学的眼光把我看作一个病人，并且通过一个热心而又关心的疗程，在发挥他的职业技巧的同时，还满足了他自己的天生的善心。

12 月 1 日的晚上，我独自在方形大厅里踱步。当时是六点钟，教室的门都关上了，可是这是傍晚活动时间，学生们在里面欢蹦乱跳，正在模拟一场小规模的混乱。方形大厅里是漆黑的，只有炉子的下面和四周发出红红的亮光。宽阔的玻璃门和长长的窗玻璃上都结了冰，亮晶晶的星光在这块白茫茫的冬天的薄幕上斑斑点点地遍撒着，并且用散漫的光点刺破那层灰白色的装饰物，用这些来证明这是一个清澈的夜晚，尽管没有月亮。我竟然敢于在黑暗中单独留下来，说明我的神经已经恢复到健康状态。我想起了那个修女，可是几乎并不怕她，虽然那道楼梯就在我的背后，它穿过黑魆魆的不辨东西的夜晚，从一个楼梯平台到另一个楼梯平台，一直通到那间闹鬼的顶楼。但是我承认，在我突然听见呼吸声、衣服的窸窣声，一个转身，便在阶梯的投

① 原文为 he，实际上指“我”。下同。
② 原文为 me，实际上指“你”。

影中看到了一个更为阴暗的影子——一个在移动、在走下楼来的人形，这时候，我的心脏颤动不已，我的脉搏怦怦直跳。人形在教室门前停了一会儿，然后从我面前滑过去。与此同时，远处响起门铃的叮当声。这栩栩如生的声音替我带回来了栩栩如生的感觉，我觉得这个人形太圆又太矮了点，不像我那个瘦削的修女。那只不过是贝克夫人在巡夜呢。

"露西小姐！"萝芯妮手里拿着灯，忽然从走廊那儿闯进来叫我，"有人在沙龙客厅里等你。"

夫人瞧见了我，我也瞧见了夫人，萝芯妮则瞧见了我们两个人；我们彼此之间都没有打招呼。我直奔沙龙客厅去，我承认自己期望见到谁，在那儿我果然见到了——布列顿医师，不过他穿了一套夜礼服。

"马车等在门口，"他说。"我的母亲派车来请你到剧院去。她原先打算自己去，可是来了客人去不成了。她不假思索地说：'让露西代替我。'你去吗？"

"马上就去吗？我没有穿戴整齐哩，"我大声说，沮丧地对自己的黑羊毛衫瞥了一眼。

"你可以花半小时去换衣服。我应该早些通知你，但是我在五点钟的时候才决定去的，因为听说有一位出名的女演员露面，会真正叫人大饱眼福。"

他提起一个使我激动的名字[①]——在当时能够使整个欧洲都激动的名字。可是现在人们不再提起了，它昔日无休无止的回声现在完全平

---

① 此处实指拉歇尔夫人(1820—1858)，原名爱丽莎·费立克丝，当时最著名的法国女演员，父母是德国犹太人，家境贫寒。她曾在法国大城市街头卖唱，后来天才被人发现，在大歌剧院中演出。这一章《瓦实提》主要是对拉歇尔夫人的描写。作者夏洛蒂曾于 1851 年 6 月在伦敦应出版商史密斯先生邀请两次观看她的演出。书中不少情节当可视作夏洛蒂与史密斯母子实际情况的反映。

静下来了。多年以前，她和她的盛名已经进了坟墓，黑暗和忘却早就把她吞噬了；可是，那时候正是她的日子——天狼星[①]当头的日子——达到其高度、亮度和温度的顶点。

“我去，只要十分钟就准备好，”我保证，说着即刻就飞快地走开，一点都没有考虑一下，读者啊，也许这会儿会使你考虑的问题，那就是：没有布列顿太太在场，跟随格雷厄姆去任何地方都是不妥当的。我当时无法在头脑里产生这种思想，更不要说向格雷厄姆吐露这种思想——这种顾虑——而不冒引起暴虐的自我轻贱、点燃起内心的羞惭之火的危险，而这种羞惭之火是那么无法扑灭，那么具有燎原之势，以至我想会很快把我血管里的生命烧干。此外，我的教母，由于了解她儿子，也了解我，比起担心地注意着我们同进同出的接触来，更愿意把我们视作哥哥和妹妹相伴随。

目前不是摆阔的场合；我那件暗褐色的薄绉绸衣就能对付过去，于是我就在那挂着不下四十件衣服的集体寝室里的橡木大衣柜里翻找这件衣服。可是情况有了变化和改良：不知是哪位革新家把这放得满满的衣柜整理了一番，把若干件服饰搬到顶楼上去了——我的那件绉绸衣也在其中。我非得去找它不可。我拿了钥匙，毫无畏惧地、几乎是毫不思索地走了上去。我打开门锁，一头闯了进去。读者啊，信不信由你，我突然走进去的时候，那间顶楼并不是本来应有的那么漆黑一团。从一个地方射出一线阴森森的亮光，就像一颗星星似的，不过比星光明亮些。它是那么清楚，以至于那块遮住深深的壁龛的色泽晦暗的大红帷幕的一部分都能看见。可是那道光在我眼前即刻又无声无息地消失了，帷幕和壁龛也看不见了，顶楼的那一端全部都变得像深夜那样黑了。我不敢去探究，既没有时间，也没有这个愿望。我抓住

---

① 天狼星，夜空中最亮的恒星。古罗马人认为，一年中最热的季节同天狼星的偕日升落相联系。

所要的衣服，它幸亏在靠近门口的墙上挂着。我奔了出去，抖抖索索、慌慌张张地锁上房门，箭也似的飞身下楼，溜进集体寝室里。

可是我浑身颤抖得无法穿好衣服，也无法梳理头发，或者用颤抖的手指把搭钩扣在钩眼里，因此我喊来萝芯妮，贿赂她帮我一把。她喜欢受贿，所以尽量把我的头发梳得油光水滑，扎成发辫，一点也不比理发师做的差，还把花边衣领弄成像数学那样有条有理，又把颈子上的缎带结得一丝不苟——总之，只要她愿意，她就能像心灵手巧的费利斯[①]一样干活。她给了我手绢和手套以后，拿着蜡烛替我走下楼照亮。我还是把披肩给忘了。她跑回去取，我和约翰医师站在门厅里等着。

“怎么回事，露西？”他眼睛朝下仔细打量我说。“又发生了那件刺激你的事情了。哈！修女又出现了吗？”

可是我完全否认这种责问；他怀疑我第二次头脑中产生幻觉，我为此感到烦恼。他一直不相信。

“她肯定来过了，就像我活着一样，”他说。“她的身影从你的眼前掠过，在你的眼睛里留下了特别的闪光和表情，这绝对错不了。”

“她没有来过，”我坚持说，因为我的确能够老老实实地说她刚才并没有显现过。

“老症状都明摆着，”他肯定地说。“你脸上有那种特殊的苍白，苏格兰人叫做‘起毛’的样子[②]。”

他是那么固执，我觉得，还是把我真的曾经看到了什么东西告诉他为好。当然啰，在他看来，那是同一种原因的另一种结果：全然是

---

① 费利斯，希腊神话中色雷斯国王吕库尔戈斯之女。她爱上希腊英雄忒修斯之子得摩丰，并和他结婚。后来她被得摩丰遗弃，投海自尽。弥尔顿的叙事诗《欢乐的人》第2章中写了心灵手巧的费利斯。

② 原文为“raised” look，出自司各特的小说《帕思丽人》第36章：“他的面貌粗野，形容憔悴，高度兴奋，正如苏格兰语所说的那样，‘起毛’得很。”

光幻视——一种神经方面的疾病，等等。我一点也不相信他的诊断；可是我不敢反驳，医师们都是固执己见的，都对于自己那种干巴巴的唯物的观点毫不动摇。

萝芯妮拿来了那块披肩，我便被塞进了马车。

戏院里坐满了人——满得一直达到屋顶。王室和贵族都在座，王宫和旅馆里住的人都倾巢而出，来到这一排排的座位上，如此密集，又如此肃静无哗。我深感荣幸，自己能得到在戏台前占一席之地的待遇。我引颈盼望看到那个人物出场，她的才能我久已耳闻，因而我怀有特殊的期望。我不知道她是否名实相符，我带着不平常的好奇心，带着庄重严肃的神情，然而又是带着全神贯注的兴趣等待着。她是我的眼睛迄今尚未遇见过的那么一种性质的研究对象：她是一颗伟大的新行星；可是究竟属于什么类型的呢？我等待她升上天际。

她在那年12月的晚上九点钟升起来了。我看见她来到地平线之上。如今她还能带着苍白的荣华和稳健的力量放射光芒，可是这颗星已经到了末日的边缘。从近处看——是一团混沌景象——空洞、消磨殆半：一个消灭了的或者正在消灭的天体——一半是熔岩，一半在发出红红的光焰。

我听人说这位女士“容貌平凡”，我预料会看到瘦骨嶙峋得刺目和严峻的形象——棱角分明、肤色灰黄的可说是大高个子的人。然而我看到的却是一位王族的瓦实提的影子：一位王后，曾经像白天那样美丽，如今却变得像黄昏那样暗淡，像蜡在火焰中融化。

有一会儿——长时间的一会儿——我觉得她只不过是一个女人，尽管是一个独一无二的女人，在大庭广众前颇具魅力而又仪态万方地走动。渐渐，我认识到自己的错误了。瞧啊！在她身上，我发现了一种既不属于男人也不属于女人的东西：她的两只眼睛里都各坐着一个魔鬼。这种邪恶的力量在整个悲剧中支持着她，使她维持住她那微弱的气力——因为她只不过是个柔弱的人物而已。在剧情发展到高潮、更深入地激动人心的时候，那些邪恶的力量用它们那地狱里的激情在多么疯狂地震撼她啊！它们在她的端正而傲慢的前额上写下“地狱”两个字。它们使她的声音带着痛苦的调子。它们把她庄严的脸扭曲成恶魔的假面具。她站在那儿，完全是一个仇恨、暗杀和疯狂的化身。

那是一个了不起的情景：一个非凡的启示。

那是一个低级的、可怕的、不道德的场面。

武士们用剑互相刺杀，死在竞技场的黄沙上，倒在血泊之中。一些公牛用牛角把一些马牴伤，弄得肠子都露了出来，这给观众却是一个较为温和的情景了——比起瓦实提被七个恶鬼撕碎[①]，对于人们的味觉说来，这只是一个比较温和的调味品了。折磨瓦实提的那些魔鬼大声喊叫，把它们作恶的对象撕碎，可是它们仍然拒绝被驱逐出去。

痛苦已经袭击到那个舞台皇后的身上来了；她在观众面前对痛苦不让步，不忍受，也不在有限的范围之内表示怨恨。她站在那儿，跟痛苦作难解难分的斗争，不屈不挠的抵抗。她站着，不是穿戴整齐，而是用古色古香的浅色布在身上披几层，又长，又有规则，就像是雕刻品。背景、周围环境，以及地上，都是深红色的，把她突出地衬托出来，而她像雪花石膏一样白——像银子，或者，不如说，像死亡。

创造克娄巴特拉的艺术家在哪儿呢？让他到这儿来坐下，研究研究这个迥然不同的景象。让他在这儿寻找他所崇拜的强健的膂力、肌肉、充足的血气以及饱满的肉体吧。让所有实利主义者走到跟前来看看吧。

---

① 典出《圣经 · 新约全书 · 路加福音》第 8 章第 1 至 2 节：“耶稣周游各城各乡传道，……和他同去的有十二个门徒，还有被恶鬼所附、被疾病所累、已经治好的几个妇女，内中有称为抹大拉的马利亚，曾有七个鬼从他〔她〕身上赶出来。”

我说过她不怨恨痛苦。不；这个字软弱无力，会使这句话变得不真实。对她来说，凡是加给她的伤害马上会被她兼并掉；她把它看作是一种可以被打击、被吞下肚去、被撕成碎片的事物。她自己几乎没有实体，却与那些抽象的事物扭打在一起。在灾难面前，她是一头母老虎，她撕毁她的苦恼，用强有力的憎恨使忧愁发抖。在她看来，痛苦没有好的结果；眼泪不能浇灌出智慧的果实。她用反抗者的眼光去看待疾病，甚至看待死亡。她也许是邪恶的，但她又是坚强的。她的坚强战胜了美丽，制伏了典雅，并且把这两者系在她的身旁，作为完美无瑕的俘虏，既美而又温驯。即使处在精力的极端昂奋状态之中，其每一个酒神女祭司[①]般的动作仍然维持着庄严、堂皇、昂视阔步的神态。她的头发蓬松地飞动着，就像在狂欢或战争中似的，仍然是天使的头发，并且在一圈光环下熠熠生辉。尽管沦落、起义、流放，她仍然记得她所反叛的天堂。天堂上的光亮在她流亡的时候照耀着她，照穿了她流亡的疆界，揭示出那疆界的孤寂凄凉和辽远。

现在把克娄巴特拉或者任何其他动作缓慢的东西放在她面前，作为障碍吧，我们就会看到，像撒拉丁[②]的短弯刀劈开绒毛软垫那样，她把那一团肉糊糊的东西斩断。让保罗·彼得·鲁本斯[③]从死者中复活，让他去掉寿衣爬起来，把他画的那一大群胖女人带到这儿来吧。魔术

① 酒神女祭司，希腊神话中酒神的女信徒，又称巴科斯的狂女，或酒神的伴侣。常举行疯狂的宗教仪式。在英文中转义为异常激动的女人，或疯狂的女人。

② 撒拉丁（1138—1193），中世纪埃及、叙利亚、也门和巴勒斯坦的苏丹，阿尤布王朝的开国君主，最著名的穆斯林英雄，库尔德人。曾率军攻进耶路撒冷，数次打败十字军的进攻。司各特的历史小说《护身符》（一译《十字军英雄记》）第27章描写撒拉丁在理查王面前用弯刀轻轻一割便割开一个软垫，以显示自己的刀法。

③ 保罗·彼得·鲁本斯，原文有误，应为彼得·保罗·鲁本斯（1577—1640），比利时人，佛兰德斯画家，作品有《智者朝圣图》、《农民的舞蹈》等，对欧洲绘画发展有重大影响。

的力量，或者先知的德行，赋予摩西[①]的小杖以功能，只要一挥，就能使被咒语分开的海水解除魔法而重新汇合，并且用溃决海塘的倾泻而下、排山倒海的“墙垣”[②]来淹没那一支大军。

人家告诉我，瓦实提并不好，我刚才说过她看上去也不好。她虽然是个幽灵，然而却是个从托非特[③]里出来的幽灵。那么，既然由下面能升起如此之多的邪恶的力量，那么，难道有一天不会从上面降下来一种从神圣的本质里涌流出来的东西吗?

格雷厄姆医师对这个人有什么看法呢?

在很长的时间里，我忘了看看他在做什么，或者问问他有什么想法。天才的强大的魅力把我的心从惯常的轨道上吸引出来。向日葵从南方转向一道强烈的光源，那不是太阳的光——而是一团火红的、奔驰着的、彗星似的光——在视觉和感觉上都是火辣辣的。我以前看过演出，可是从来也没有看到过像这样的演出。从来也没有什么东西像这样使“希望”震惊，使“欲望”沉默；使“冲动”被超过，使“概念”苍白无力。这“概念”并没有用它可能做到的想法来纯粹是刺激一下想象力，同时因为它没有做到而使人的神经兴奋得发烧，它却是揭示出一股力量，像上涨的深深的冬天的河流，如同瀑布那样雷声隆隆地咆哮，载着灵魂，像载着一片叶子似的，以雷霆万钧之势飞流直下。

---

① 摩西，《圣经》故事中犹太人的古代领袖，他曾经率领数十万以色列人逃离埃及，避免奴役和杀戮。过红海时，上帝使他用木杖把海水分开。待以色列人从当中走过去以后，又用木杖叫海水合拢，把埃及追兵全部淹死。见《圣经 · 旧约全书 · 出埃及记》第 7 章至第 14 章。

② 典出《圣经 · 旧约全书 · 出埃及记》第 14 章：摩西带领以色列人逃离埃及，行至海边，“水在他们左右作了墙垣。”埃及军兵追到，“叫水仍合在埃及人并他们的车辆、马兵身上。”

③ 托非特，原指耶路撒冷以南希伦谷中的神坑。希伦谷又称火焚谷及凶杀谷。古希伯来人在此虐杀儿童以祭摩洛神。后为垃圾焚化场，火焰不绝，遂喻之为地狱，或称“地狱之门”，传说它的下面即“深不可测，燃烧着永火的七层地狱”。

樊箫小姐运用她平常那种成熟的判断力，宣称布列顿医师是个严肃的充满热情的男人，只是太正经了、太多情易感了。我可从来也不这样看待他；我可不能指责他有这种缺点。他天生的习性不是爱好沉思的，他天生的情怀也不是多愁善感。他就像起涟漪的水那样容易感受，可是也几乎跟水一样不容易打动。微风、太阳能够感动他——而金属的东西却不能镌刻他，火也不能给他打上烙印。

约翰医师能够思考，并且很会思考，可是他是一个着重于行动的人，而不是一个偏注于思想的人。他能够感觉，而且以他的方式来强烈地感觉，可是他的心上却没有一根热情的弦。面对欢快的、柔和的、甜蜜的影响，他的眼睛和嘴唇会流露出欢快的、柔和的、甜蜜的欢迎神情，看上去美丽得就像玫瑰红与银白、珍珠白与绛紫的染料浸润在夏天的云彩之中。因为凡是属于狂风暴雨的东西，凡是属于疯狂的和剧烈的东西，危险、突然，以及火烧火燎，他都不同情，对之都没有感情上的交流。在我慢慢想起来，重新打算看他一眼的时候，发现他眼睁睁地瞧着那个阴险的王后瓦实提，不是带着惊叹的眼光，也不是带着崇拜的或者惊愕的眼光，而只不过单纯怀着强烈的好奇心，这使我感到有趣，并且心中忽然明白过来。瓦实提的痛苦没有使他难受，她的狂野的呻吟——比尖叫还吓人——也不怎么感动他。她的暴怒使他有点儿讨厌，却谈不上感到恐怖。这位冷静的年轻的布列顿啊！他的英格兰的灰白色悬崖峭壁俯瞰着海峡里的潮汐，那样子也比不上那天晚上他眼睁睁地瞧着那个皮提亚①的灵感时那么冷静。

看着他的脸，我非常想知道他确切的意见，我终于向他提问以便引他发表他的看法。他听到我的声音的时候，好像如梦初醒；因为他一直以他自己的方式在思考，在聚精会神地思考他自己脑子里的问

① 皮提亚，希腊神话中特尔斐城的阿波罗神庙中宣示阿波罗神谕的女祭司。她坐在三脚架上，精神迷醉地回答男预言者提出的问题。

题。“他到底喜欢瓦实提吗？”我希望知道。

“唔——唔，”是他第一次声音勉强清晰的、然而是有表情的回答。然后，在他的嘴唇周围漾起了一种不可思议的微笑，那么带批判意味的微笑，那么差不多是无情的微笑！我想，对待那种性格的人，他的心确实是无情的。他用几句简短的词句告诉我他对于那位女演员的看法和感觉。他不把她看作一位艺术家，而是看作一个女人，这是一种别具一格的判断。

那天晚上，在我的生命册中，已经不是用白颜色的、而是深红色的十字记了下来。[①]可是这还没有结束，其他的备忘录还会注定用抹不掉颜色的字写下来。

接近午夜的时候，悲剧深入发展到死亡的阴暗的场面，所有的人都屏息凝神，甚至格雷厄姆也咬住了他的下嘴唇，颦眉蹙额，愣愣地静坐不动——整个戏院鸦雀无声，所有的眼睛的视线都集中在一点上，所有的耳朵都倾听那一个地方——什么也看不见，只见到一个穿白衣的人颓然坐在椅子上，在同她那最后的、最憎恨的、但是显然比她强大的死敌作斗争而颤抖不已——什么也听不见，只听见她垂死挣扎的声音，她的喘息声，她那仍然反叛的、依旧对抗的急促的呼吸声。看来仿佛有一个极为强烈的意志在一个行将灭亡的躯壳之中抽动不已，硬要使它跟命运和死亡进行决战，正在寸土必争地搏斗，耗尽每一滴血，反抗到最后一刻，动员每一个官能的力量。这意志要看见，要听见，要呼吸，要在一定的范围之内活下去，直到十分接近于超过死神对所有的知觉和所有的存在物说出这样一句话的时刻：

“到此为止，不能再远！”

就在这个时候，舞台场景的幕后忽然窸窸窣窣地响起了一阵混乱

---

① 典出《圣经·新约全书·启示录》第3章第5节：“凡得胜的，必这样穿白衣，我也必不从生命册上涂抹他的名。”

声，充满了不祥的预兆——能听到脚步奔跑声和叽叽喳喳的说话声。这是怎么啦？整个戏院在询问。一道火光、一阵浓烟的气味作了回答。

“失火了！”顶层楼座喊声大作。“失火了！”重复喊着，回响着。然后，说时迟，那时快，发生了惊慌万状的你推我挤、争先恐后的场面——既盲目，又自私，又残酷的大混乱。

至于约翰医师呢？读者，我到现在还能瞧见，他的样子是恰如其分地英勇无畏，并且是发自内心地沉着冷静。

“我知道，露西会安静地坐着的，”他说，同时眼睛朝下对我望了一眼。我过去在他的母亲的壁炉前那安全、和平的气氛里坐在他身旁的时候，他的眼睛里那种平静安详的善意和泰然自若的坚定神态，现在又出现在他的眼睛里。是的，被这样一恳求，我想我会在摇摇晃晃的巉崖之下稳坐不动的。不过，说真的，在当时的情况之下静静地坐着正是我的本能，并且，即使以我的生命作代价，我也不愿意因为移动而给他添麻烦，违背他的意志，或者要求他来照顾我。我们是坐在楼下正厅前座里，有几分钟，我们周围发生过非常可怕的、毫不留情的挤压。

“这些妇女真是被吓破了胆！”他说，“不过，要是这些男人不也同样被吓坏了的话，秩序本来还可以维持的。这是一幅叫人难受的情景。此刻我看见五十个自私自利的畜生，若是我在近处，我会有意识地把他们一个一个击倒。我看有些妇女比有些男人还勇敢些。那边有一个——天啊！”

格雷厄姆说话时，在我们前面的一个姑娘，本来平静安稳地靠在一个绅士身上，却忽然被一个高大的、屠夫般残忍的家伙撞倒，使她从保护人的胳臂中一下子跌在人群的脚下。她不见了还不到两秒钟，格雷厄姆便奔了过去；他和那个头发灰白却有气力的绅士协力把人群推开。她的头和长发从绅士的肩膀上垂下来，看上去已经失去了知觉。

“把她交给我吧，我是个医师，”约翰医师说。

“要是你没有跟哪位女士一起来，就这样吧，”绅士回答。“抱住她，我会挤出一条路来。我们必须把她带到空气新鲜的地方去。”

“我跟一位女士来的，”格雷厄姆说。“不过她不碍事，也不是累赘。”

他用眼睛向我招呼；我们离开一段路。由于决心要跟上他，我穿过人墙，在不能挤过去或者越过去的地方，我就蹲下来钻过去。

“把我牢牢抓住，别松手，”他说，我服从了他的话。

我们的先锋证明是强壮而又灵敏的。他像一个楔子似的把密密层层的人群分开。他用耐心和努力终于凿通血肉组成的岩石——那么坚固，那么热而令人窒息——把我们带到那空气新鲜、冰冷刺骨的夜空下。

“你是英国人吗？”我们走到街上的时候，他忽然转过头来问布列顿医师。

“我是英国人。我是在跟一位同胞说话吗？”他这样回答。

“对。麻烦你在这儿待两分钟，等我去找我的马车。”

“爸爸，我没有受伤，”一个女孩子的声音说。“我是不是跟爸爸在一起？”

“你是跟一个朋友在一起，你父亲就在旁边。”

“告诉他我没什么，只是肩膀受了伤。哦，我的肩膀！他们踩了我肩膀这儿。”

“也许是脱臼了！”医师咕哝着说。“希望没有更糟糕的伤。露西，请你这会儿助我一臂。”

我前去帮忙，让他把衣服和姿势调整一下，好使她舒服一些地承当他那受罪的负担。她抑低呻吟声，安静而有耐心地躺在他的双臂上。

“她非常轻，”格雷厄姆说，“像个孩子呢！”他又对着我的耳朵问道：“她是个孩子吗，露西？你刚才注意到她的年龄吗？”

“我不是个孩子——我已经是个十七岁的人了，”病人正经而严肃地回答。接着马上又说：

“叫爸爸来；我不放心。”

马车驶来了，她的父亲接替了格雷厄姆。可是在从一个人换到另一个人的手臂上的时候，弄痛了她受伤的地方，于是又一声声呻吟起来。

“我的宝贝！”她的父亲温柔地叫她；然后朝着格雷厄姆说：“先生，你刚才说你是位医师，是吗？”

“是的，我是台地别墅的布列顿医师。”

“好啊。请坐上我的马车，好吗？”

“我自己的马车就停在那儿。我去找来，跟你一起走。”

“那么，请跟随我们。”他说出他的地址：“克莱西街的克莱西公馆。”

我们跟着走，马车赶得很快，我和格雷厄姆都陷入沉默。这似乎像是一次奇遇。

我们寻找自己的马车和车夫的时候，费了一些功夫，也许比这两位陌生人晚了十分钟左右到达公馆。那是一家外国人所说的公馆[①]：是一组连在一起的住宅，而不是一家客栈——那是巨大的、高耸的一堆，朝街的是一个大拱门，通向一条覆盖着拱形天棚的路，直到一个四周都是建筑物的广场。

我们走下马车，登上一座又宽阔又漂亮的公用楼梯，走到第二层

① 公馆原文为hotel，英语中是“旅馆”的意思；法语中可作“公馆”解。

楼梯平台，在二号房间前停步。格雷厄姆告诉我，二楼上有我不知道的某个“俄国亲王”的住处。我们在第二扇巨大的门外拉了铃，就被引进一套非常漂亮的公寓房间。一个穿制服的仆人向主人通报了以后，我们就走进了客厅，那儿的壁炉是英国式的，正熊熊燃烧着，四周墙壁上镶着外国的镜子，闪闪发光。靠近壁炉，只见围着一堆人：一个娇小的身子陷入一把大扶手椅中，一两个妇人正在为她忙着，那个铁灰色头发的绅士正焦急地在一旁望着。

“海蕊特在哪儿？我希望海蕊特到我身边来，”女孩子用有气无力的声音说。

“赫斯特太太在哪儿呢？”那位绅士不耐烦地、几乎有些严厉地问引我们进来的那个男仆。

“先生，很遗憾，她已经离开这个城镇了。我的年轻的小姐答应她请假，明天才回来。”

“是的——我让她去的——我让她去的。她要去看她的妹妹，我同意她去，我现在记起来了，”年轻的小姐插话说。“不过我很遗憾，因为我的话曼侬和路易苏一句也听不懂，她们把我弄痛了，尽管不是有意。”

约翰医师和那位绅士这时互相寒暄几句。他们用几分钟时间谈论病状的时候，我走到扶手椅跟前，察看那位瘫软无力的姑娘需要什么帮助，我就帮她一帮。

我还在忙着服侍她的时候，格雷厄姆走来。他的外科不比内科差，在检查了病人以后，他认为对于这个病例自己可以处理，不需要再请教别的大夫了。他吩咐把病人抬到她的房间里去，一面轻声对我说：

“露西，跟那两位妇女一起来；她们看来很迟钝。你至少可以指导她们如何动作，使病人少受点痛苦。必须很轻很轻地碰她才行。”

房间里挂着浅蓝色的帐幔，显得幽暗，又拉上了平纹细布的窗帘和帷幕，望去雾气濛濛的。那张床在我看来就像雪堆和迷雾一般——一尘不染，又软又轻如薄纱。我叫两位妇女站开一点，动手把她们的小姐的衣服脱下来，不要她们好意的，但是笨手笨脚的帮助。我这时候心情还不够完全镇定，无法以分散的清晰感觉去注意我脱下来的服装的每一个细部，但是我却得到一个精致、文雅和完美的个人修养的总印象。事后回想起来，这些品质，跟我对姞妮芙拉·樊箫小姐的陈设所保留的记忆，恰恰是个鲜明的对照。

这个姑娘本人是个苗条而又娇嫩的人儿，可是长得像个模特儿。我把她那一头浓密而细软、光泽如此好、护理得如此精心的秀发往后拢去时，眼下只见一个年轻、苍白、疲倦、可是有教养的脸蛋。额头饱满而明朗；眉毛清秀而柔和，在鬓角边逐渐变成细得只是一道痕迹；一双眼睛是天赐的宝贵的礼物——秀美而又圆润，又大又深沉，似乎对于较为微小的从属的五官来说，居于支配地位——在另一个时间里，在其他的情况下，比在此时此地，可能会有很大的重要性，而目前却是无精打采，痛苦难耐。她的皮肤十分白净，脖子和手的纹理细得就像花瓣一般。这个娇嫩的外表却被涂上一层傲慢的薄冰，她的嘴唇弯弯的——我不怀疑那是生来的，不是有意识的，但是，如果我第一次见到这种情况，是在她健康和正常的状态之下，那么我会认为那是没有道理的，只是说明小姑娘的人生观以及她对自己的重要性有很不正确的看法。

在接受医师治疗时，她最初的举止引人发笑。那不是孩子气的样子——总的说来，而是忍耐和坚定的——不过，有一两次她突然直截了当地对他说，他把她弄痛了，必须设法减轻她的痛苦。我还瞧见她那双大眼睛睖睁睁地望着他的脸，就像一个心中疑惑的美丽可爱的孩子的那双严肃的眼睛。我不知道格雷厄姆有没有感觉到这种审问的目光，要是他已经感觉到的话，那么他是在特别小心，不要用报复性的目光去遏制，使她不安。我认为他是以极度的细心和温柔在工作，尽量使她少受痛苦。他治疗完毕的时候，她用这些话，表示了感激之情：

“医师，谢谢你，晚安。”这是真心说出的感谢的话。不过，在她说出口的时候，重又带着那种我认为含有特别庄重认真和聚精会神意义的严肃和直接的凝视。

伤处看上去不严重，她父亲听到这个保证笑逐颜开，既高兴又感激，几乎把说这话的人当作朋友。他现在用适合于一个英国人对待一个为他服务，然而仍旧陌生的人的真诚，向格雷厄姆道谢；同时，还请他第二天再来。

“爸爸，”一个声音从罩了帐子的卧榻那儿发出，“也谢谢那位小姐。她在这儿吗？”

我微笑着揭开帘幕，看着她。现在她比较舒服地躺着，尽管苍白，但模样美丽。她的面庞是精雕细琢的样子，如果说初看起来很傲慢，我相信，看惯了会觉得它是温和的。

“我真诚地感谢这位小姐，”她父亲说。“我认为她对我的孩子非常好。我觉得我们简直不敢告诉赫斯特太太，谁替代了她的工作；她知道的话，既会觉得难为情，又感到妒忌的。”

我们就这样在最友好的气氛中彼此说了告别的话。他们很客气地端来了点心，不过我们由于时间已晚，就婉言谢绝，并且离开了克莱西公馆。

我们在回去的路上又经过了那家戏院。那儿已经寂静无声，黑暗无光。那喧闹着东冲西撞的人群完全不见踪影——灯光以及不久前未酿成灾害的火已经熄灭了、被人遗忘了。第二天早晨的报纸上作了说明，讲那只不过是火星落到没有完全挂牢而垂下的帷幕上，烧了起来，但是很快就被扑灭了。

第二十四章
德·巴桑皮尔先生

那些退休的人们，生活在与世隔绝的学校里或者其他四周围墙、警卫森严的住所里，他们的朋友们，这是说比较自由的世界里的居民们，很容易忽然地、并且长时间地把他们抛在脑后。这也许无法解释：紧接着特别频繁地交往了一段时间——这种交往是在有点儿使人兴奋的情况下的聚会，其自然而然的后果本来似乎应该是加速而不是中止来往——却忽然降临了寂静的暂停、一阵沉默不语、一段长期遗忘的空白。这段空白往往是不间断的，既完整，又不可理喻。曾经频繁的函简完全停止了；以前是间歇的访问，已经不复重现；书籍、纸条或者其他能表明想念的象征，也一概无影无踪。

一个隐士其实应该知道，这种种间断总是有很好的理由可以说明的。尽管他在他的静修室里足不出户，然而在外界的他的那些社会关系却在生活的旋涡中旋转不已。对他来说，那段空白的间歇是过得那么慢，好像连时钟都停了摆，而没有了翅膀的时间[①]就像疲倦的流浪者老是要在每个里程碑前歇一歇脚那样蹒跚着——那同一段间歇，也许对于他的朋友来说，却是充满了各种事件，忙忙碌碌，气喘吁吁。

隐士——如果他是一位明智的隐士——就会把自己的想法束之高阁，在内心的冬天的这许多个星期里，把自己的感情锁起来。他会知道命运派定他有时候要模仿榛睡鼠[②]，他就会适应这个角色，把自己卷成一个圆圆的球，爬进生活的大墙的一个洞孔里，毫无怨言地容忍雪花吹进来，不久便把他堵在里面，再把他保存在冰块里，度过寒冬季节。

他应该说："这是对的；应该这样，因为事情就是这样。"也许有一天，他那座冰雪的坟墓会打开，春天的柔情会回来，阳光和南风会找到他；树篱的发芽、鸟儿的鸣啭声，解冻的溪流的潺潺声会仁爱地呼唤他复活。也许事情会是这样，也许不是。冰霜可能深入到他的心里，再也不融化了。春天来临的时候，一只乌鸦或者一只喜鹊可能从那个墙洞里只是衔出他那榛睡鼠的骨头来。那么，即使是这样的话，一切也都会是对的。因为他应该一开始就知道，自己是会死的，有一天一定会走世人必走的路，[3]“迟早都一样”[4]。

在那戏院的多事的晚上以后，我过了七个星期空白得像七张白纸那样的日子。每张纸上都一个字也没有：没有一个人来访，也没有一点征兆。

这段时间过了差不多一半，我就胡思乱想，在台地别墅的我的朋友们大概发生了什么事情了。在一个孤独的人看来，这空白的中间一段总是云雾缭绕的疑点。他的神经因长期盼望而紧张，而痛楚。在这之前被赶走的怀疑，现在聚集成一大堆——因积累而增强了——以带有报复意味的力量向他反扑回来。夜晚也变成了可怕的时间，睡眠和他的心灵不相协调，莫明其妙的惊醒和挣扎使他的卧榻都成了折腾烦扰之处。一连串不祥的噩梦；带着大难临头的恐怖，而首先感受的是一种被完全抛弃的令人揪心的惧怕，这些，都结成联盟，同他作对。可怜的人哪！他尽最大努力去忍受，不过尽管如此，他还是个可怜巴巴的、苍白无力的、虚弱消瘦的不幸的人。

快到这漫长的七个星期的尽头的时候，我承认了六个星期以来自己一直小心翼翼地排斥的信念——那就是这些空白是不可避免的；那

---

① 原文为 wingless hours，语出英国诗人雪莱（1792—1822）的长诗《解放了的普罗米修斯》第 1 章：“他们的没有翅膀、慢慢爬行的时序女神。”

② 榛睡鼠，形同松鼠，然而夜出活动。以嗜睡闻名。在秋天，榛睡鼠体内储存大量脂肪，冬天大部分时间睡眠，可睡半年之久，只偶尔醒来吃些储备的食物。

③ 原文：go the way of all flesh 为英文成语，意为“死亡”。源出《圣经 · 旧约全书 · 约书亚记》第 23 章第 14 节：“我现在要走世人必走的路……”

④ 语出司各特的小说《罗伯 · 罗伊》第 18 章。

是环境的产物，命运的法令，我一生的运气的一部分，而且还是——尤其是——绝对不能去追究其原因的一件事，对它所带来的痛苦的后果也决不能口吐怨言。当然，我并不因为受罪而责难自己；感谢上帝，我具有高于此的真正的正义感，而不去愚蠢地过分自我谴责。至于说到责怪别人的沉默呢，我的理智使我很清楚，他们是没有过错的，而我的心也承认这一点。然而我跋涉的道路是坎坷不平的、艰难曲折的，我渴望较好的日子来临。

我想尽种种办法来支撑和充实我的生活。我开始编织一块精心细作的网眼针织物，非常用功地学习德文，并且着手安排一段时间经常阅读图书馆里的最枯燥的最厚的书籍。在所有的努力之中，我都按照自己所知道的正统做法去做。这样做是不是有什么错误呢？很可能有。我只知道这结果就仿佛啃锉刀以充饥，或者饮盐水以止渴一般。①

邮递员来的时间就是我痛苦的时间。不幸的是我太熟悉这个时间了；我试图欺骗自己说不知道，尽管费尽心机，却徒劳无功。我心里害怕盼望所带来的痛苦和失望所带来的精神崩溃，这两种情况每天在那十分耳熟的铃声之前和之后都会出现。

我猜想，那些关在笼子里的动物，由于喂得不够，总是处在饥饿的边缘，它们等待食物，就像我等待来信一样吧。哦！——如果说实话，如果抛开那种要长期维持而使人忍受不了的假装镇静的调子——在那七个星期里，我经受了难挨的惧怕和痛苦、奇特的内心考验、可悲的失去希望，以及难以忍受的绝望对我的侵犯。最后一种感觉有时候来得那么近，它的气息都能穿透我的身体。我以前曾经感觉到，它像是有害的气息或者叹息，渗透得很深，能使我的心脏停止跳动，或

① 夏洛蒂于1845年11月18日给埃热先生的信上说：“我什么办法都尝试过：我找事情做；禁止自己享受谈到你的快乐……”与这一段参照，可知这一段及前后其他段落实是作者心灵的自白。

者只不过是在难以言宣的压制之下跳动。信啊——我的心爱的信——不会来了，而它却是我生活中所盼望的唯一的乐趣啊。

在极端的困苦之中，我不得不一再乞灵于那个盒子里的一小扎东西——那五封信。那个月份的天空曾经看见升起了这五颗星星，那是多么灿烂辉煌的月份啊！我总是在晚上去找它们，由于不敢每晚都到厨房里去要一支蜡烛，我就买了一根小蜡烛和火柴来点燃。在自习的时间里，我偷偷溜到集体寝室里去，用巴尔米赛德①的面包皮来充饥。这可不能使我得到营养，却使我变得憔悴，瘦得像个幽灵；除此以外，我没有什么病。

有一个夜晚，我看信看得很迟，感觉到自己渐渐失去阅读的能力了——因为由于不断细读，信已经失去全部新鲜汁味和深长意味了。在我眼前，我的金银财宝萎缩成了枯枝败叶了，我正在因幻想的破灭而感到悲伤的时候——突然听到有人奔上楼来的那种轻快的脚步声。我知道这是姞妮芙拉·樊箫的脚步声。她那天下午在镇上吃饭，现在已经回来，要到这儿来把披肩等等放到衣橱里去。

她果然进来了，穿着鲜艳的丝绸衣服，披肩从两肩垂下来，鬈发由于夜间的潮气而半带松散，随便地、沉沉地垂到脖子上。我几乎来不及把我的珍藏品放回到盒子里锁起来，她已经来到了我的身边。她似乎不太高兴。

“今儿个晚上真没意思。他们都是蠢货，”她开始说。

“谁？肖尔蒙德莱太太吗？我以为你总是觉得她的家很可爱，不是吗？”

---

① 巴尔米赛德，《一千零一夜·裁缝的故事·理发匠第六个兄弟的故事》中的一个富翁的名字。此人爱开玩笑，常以并不存在的盛宴美酒待客。理发匠的第六个兄弟沙卡巴克在向他乞讨时，也受到这样的对待。但是沙卡巴克假装吃得津津有味，并假装喝得酩酊大醉，乘势掴了富翁一巴掌。富翁却原谅了他，真的拿出美味佳肴款待他，并且让他当了侍从。

“我没有到肖尔蒙德莱太太的家里去。”

“真的！你结交了新朋友了吗？”

“我的姨父德·巴桑皮尔来了。”

“你的姨父德·巴桑皮尔！难道你不高兴吗？——我还以为他是你所喜欢的人呢。”

“你想错了。这人够讨厌的，我恨他。”

“这是因为他是一个外国人吗？或者是其他同样重要的原因？”

“他不是一个外国人。天晓得，他是个地道的英国人。三四年前，他用的一直是英国的姓；不过他的母亲是个外国人，一个德·巴桑皮尔家的人。她的家族里有几个人死了，把财产、爵位、还有这个姓留给了他，现在他可是个相当了不起的人了。”

“那么你是不是为了这个缘故恨他呢？”

“难道我不知道妈妈怎么说他的吗？他不是我父系的 uncle[①]，而是他跟妈妈的妹妹结了婚。妈妈痛恨他，说他待姞妮芙拉姨母不好，把她折磨死了。他看上去像一只熊[②]。这么一个阴郁的夜晚！”她继续说。“我决不再到他的大公馆去了。你想想看，我独自一人走进一个房间，一个五十岁的大个子男人朝我走来，谈了几分钟的话以后，竟然转身把背朝着我，接着就突然走出了房间。你看怪不怪！我想是他的良心责备他了，因为家里所有的人都说我长得非常像姞妮芙拉姨母。妈妈常常说我们相似得简直可笑。”

“你是唯一的客人吗？”

“唯一的客人？对啦。还有我的表妹妞妞，这位娇生惯养的被宠坏了的小东西。”

---

① 此处原文为：He is not my own uncle，意思是“他不是我的叔父（而是姨父）”。英文中叔父和姨父都用 uncle 一字，句中难以区分，故作如此处理。

② 熊，原文为 bear，在英文里还有“鲁莽粗暴的人”之意。

“巴桑皮尔先生有个女儿吗？”

“不错，不错。别拿问题来逗弄我。哦，天哪！我累死了。”

她打了个呵欠，毫不客气地倒在我的床上，又添一句说：“看起来，几星期以前剧院里发生的那场骚动，把那位小姐几乎压成了肉饼。”

“啊！确实如此。他们是住在克莱西街上一家大公馆里吧？”

“正是这样。你怎么知道的？”

“我到过那儿。”

“哦，你去过？真的吗？你这一阵子到处跑。我想是布列顿老太太带你去的吧。她和埃斯枯拉皮俄斯[①]有资格进出德·巴桑皮尔的公寓。看来，‘我的儿子约翰’在妞妞发生事故的时候照料了她——事故吗？呸！完全是做作！她那副高傲的样子，我认为她该受人家挤压，还远远没有受够呢。现在他们之间可亲热呢，我听到一些关于‘往日的时光[②]’，以及诸如此类的话。哦，他们所有的人都多么愚蠢呀！”

“所有的人！你刚才说你是唯一的客人。”

“我说过吗？哎，你瞧，我忘了提起一个老妇人和她的孩子了。”

“今天晚上，那位医师和布列顿太太也在德·巴桑皮尔先生的家里吗？”

“在，在！千真万确；妞妞当女主人。多么自高自大的一个娃娃呀！”

樊箫小姐闷闷不乐，无精打采，开始解释自己感到沮丧的原因。刚才，他们对她烧的香削减了，敬意和注意都转移了，或者干脆完全没有了，她卖弄风情也不起作用，虚荣心不免受到打击。她躺在那

---

① 埃斯枯拉皮俄斯，罗马神话中的医药之神。希腊神话中写作 Asclepius。

② 往日的时光，原文为苏格兰语：auld lang syne（=old long since），有“经久的友谊”之意。苏格兰诗人彭斯（R. Burns，1759—1796）曾以此为题写了一首著名诗篇，并被谱为歌曲，流行至今。本书第 16 章章名也源出于此。

儿，气呼呼的，一脸阴云。

“德·巴桑皮尔小姐现在很好了吗？”我问。

“毫无疑问，跟你、我一样好。不过她是个很会做作的小东西，为了吸引大夫的注意，她假装有病的样子。看到那位老年贵妇人叫她躺在卧榻上，以及‘我的儿子约翰’叫她不要激动等等——呸！那种样子真叫人恶心。”

“要是受照顾的对象换了，是你，而不是德·巴桑皮尔小姐的话，那你就不会恶心了吧。”

“不见得！我恨透了‘我的儿子约翰！’”

“‘我的儿子约翰！’——这称呼你指的是谁？布列顿医师的母亲从来不这样称呼他。”

“那么她就应该这样称呼。约翰是个小丑一样的人，熊一样的人。”

“你这样说是侮辱了真实；我心里现在已经忍无可忍了，因此我断然要求你从床上爬起来，给我走出这个房间。”

“热情洋溢的东西呀！你的脸色是虞美人花[1]的颜色。我不知道为什么一提起大个子约翰你就要如此恼火。约翰·安徒生，我的情人，约翰！’[2]哦，了不起的名字啊！”

我愤怒得直发抖，但是如果爆发出来，那就是彻底的愚蠢——因为同那个没有实体的轻飘飘的羽毛、那只翅膀上有细粉的飞蛾争辩是没有什么意义的——于是我把那根小蜡烛吹灭，锁上我的写字台，离开她，因为她不肯离开我。尽管她是个微不足道的东西，却变成尖酸刻薄得使人受不了。

第二天是星期四，放半天假。吃完早饭，我退出来，走进第一教

---

① 虞美人花，即红罂粟花。

② 引自彭斯一首诗的篇名：《约翰·安徒生，我的情人》。

室。那可怕的时间，邮递员到来的时间快到了，我坐等着，好像一个装神弄鬼者等待幽灵出现一样。来信的可能性极少，不过我仍然坚持，我不能使自己忘记那是可能的。时间快过去了，比一般更厉害的烦躁和恐惧袭击了我。那一天刮的是冬天的东风①，我现在已经有一段时间跟风向及其变化发生闷闷不乐的伙伴关系，健康的人是很少知道、也不能懂得这些的。北风和东风具有可怕的影响，会使种种病痛更剧烈，会使种种忧伤更可悲。南风能使人安静，西风有时会鼓舞人心，可不是吗，除非它们的翅膀上沉重地承载着带有雷电的云，在这种雷云的重量和温度之下，所有的精力都消失干净。

我记得，尽管这一个正月里的一天又寒冷，又阴暗，我离开了教室，头上没戴软帽，跑到那座长长的花园的尽头，然后，在光秃秃的矮树丛中徘徊，妄想在邮递员的铃声或许响起来的时候，我已经在这个听不见铃声的地方，这样，我就可以避免一阵战栗，我的某一根或者某一些神经，被一个固定的想法的牙齿不断地咬啮，快要咬断了，已经变得完全无法支持这种战栗。在我仍然不害怕自己的失踪会引起别人注意的时候，我尽量延长闲荡的时间。我把围裙蒙住头，掩住耳朵，生怕听到折磨人的铃声，以确保这样一来，紧接着的一段时间对于我将是一片寂静，是一种荒芜的真空。最后，我鼓起勇气，重又走进第一教室，由于还不到九点钟，还没有让一个学生进来。我一眼就看到我的黑色的书桌上放了一个白色的东西，那是一个白色的扁平的东西。邮件果然送来了，我却没有听见。萝芯妮曾经到我这个小地方来过，并且就像哪位天使一样留下了鲜明的痕迹。在书桌上的那个发亮的东西果然是一封信，一封真正的信。在离开九英尺远的地方，我就看到了，并且由于世界上只有一个人跟我通信，必定是那个人的来信无疑了。他还记得我呢。多么深沉的感激的脉搏啊！它输送新的生

① 英国和欧洲一些部分在冬天常刮东风或北风。

命流过我的心脏。

我走近一些，弯下腰去看这封信，身子颤抖着，但是心里几乎可以肯定会看到熟悉的笔迹，可是，相反，命运却让我发现了自己一时认不出来的笔迹——一个妇人的无力而潦草的手书，不是一个男人的坚挺有力的字体。当时我觉得命运对我太刻薄了，我不禁出声地说：“这多么残酷。”

不过我还是克服了这阵痛苦。尽管生活中有痛苦，生活仍然是生活。尽管赏心悦目的景色完全被夺走了，尽管宜情悦耳的声音被弄得悄无声息了，我们的眼睛和耳朵以及它们的功能依旧存在。

我打开那封短信，这时，我认出了我完全熟悉的笔迹。信上的地址是“台地别墅”，内容如下：

亲爱的露西，我忽然想要问问你最近一两个月都干了些什么？我想你对于叙述自己的活动不会有丝毫困难。你大概跟我们自己在台地别墅一样忙碌，一样愉快吧。至于格雷厄姆，他的业务上的关系每天都在扩展，有那么多的人要找他，有那么多的预约，我对他说，他会变得骄傲自满的。我就像个地道的好母亲一样，尽最大努力不让他自高自大，我从来不恭维他，这你是知道的。不过，露西，他是个好小伙子，他的母亲一见到他就心花怒放。在整天到处忙碌之后，并且经过了五十种情绪的考验，还要和一百种任性作斗争，有时目睹残酷的苦难——就像我对他说的那样，也许自己偶尔还给别人带来苦难——可是他晚上回家来到我身边的时候，还是带着那样安详、愉快的心情，以至于我似乎生活在一种精神上的对跖地上，在正月里的这些个夜晚，当人家的黑夜开始时，我却正好是曙光初现。

他仍然需要别人督促、矫正和约束，而我正对他做这些好事。可是这孩子是那么开朗，简直没有办法彻底使他恼火。在我以为我终于把他搞得闷闷不乐的时候，他却用笑话来报复我。不过你了解他以及他的种种不义行为，而我只是个上了年纪的傻瓜才把他作为这封信的题材。

至于我，我已经把我的老布列顿产业的代理人请到这儿来暂住，因此从头到脚陷入业务之中，忙得不可开交。我十分希望至少替格雷厄姆取回他父亲留给他的一部分。他却哈哈大笑，觉得我不该对此事着急，叫我看他怎样养活他自己和我两个人，并且问道，一个老太婆还可能需要什么她还没有的东西呢，还暗示那些天蓝色的头巾式女帽，并且责备我有野心，要佩戴金刚钻首饰，雇用穿制服的仆人，住高楼大厦，在维莱特的英国人小集团中开风气之先。

说到天蓝色头巾式女帽，我但愿你那天晚上同我们在一起就好了。他来时累得要命，我把茶拿给他喝了以后，他带着他那习以为常的毫不客气的态度坐到我的椅子上。使我十分高兴的是，他一下子睡着了。（你知道他怎样挖苦我打瞌睡：我从来也不在大白天闭上一只眼睛。）他睡觉时，我觉得他看起来非常可爱，露西。我真是个傻瓜，总为他感到自豪，但是谁能不这样呢？找一个能够跟他相比的人给我看看吧。不管我到哪里找，在维莱特就是看不见一个像他那样的人。嗯，我心血来潮，想同他开一个玩笑，于是取出那顶天蓝色的头巾式女帽，小心翼翼地、战战兢兢地拿着，把这个华贵的装饰品安在他的额头上。我敢担保，这件东西丝毫没有不适合他的地方；他看上去很像东方人，只是肤色太白了。不管怎样，现在可没有人能指责他长了一头红头发了——那是真正的栗色——一种有光泽的深栗色。我把我那块开司米大围巾替他围上，这样一来，就即席装扮成了一个就像你想看到的那样一位年轻、漂亮的土耳其大人、代，[①]或者帕夏[②]。

那是很好的消遣，只是没有完全被人享受，因为当时只有我一个人，你要是也在就好了。

到一定的时候，这位老爷醒来了。放在壁炉架上的镜子立刻就把他的狼狈相告诉了他。你可以想象，我现在生活在他要报复的威胁和恐惧之下。

不过，谈谈我写这封信的主要目的吧。我知道星期四福色特街那儿放半天假，那天下午五点你要做好准备，我会打发马车去接你到台地别墅来。一定要来啊，你会碰到一些旧相识的。再见，我的聪明的、亲爱的、严肃的小教女。你的忠实的

路易莎·布列顿

啊，像这样一封信把我的情绪扭转过来了！看了这封信以后，也许我仍然感到悲伤，可是我却比较镇静了。也许说不上高兴，然而心中觉得安慰。至少我的朋友们都健康和愉快。格雷厄姆没有发生什么意外，他的母亲也没有生病——在我的梦里和思想中这些灾难已经有好长时间了。他们对我的感情也是——像过去一样，没有改变。可是，想起布列顿太太的七个星期跟我的七个星期，对照起来，是多么奇怪啊！同时，人们处在特殊的地位而不吭声，又不鲁莽地声明那种地位使他们多么苦恼，这是多么明智啊！所有的人都理解因为没有食物而饿死的过程；也许很少人能够体会或者懂得由于单独禁闭而发疯的过程。他们看到埋了很久的犯人从土里挖出来，那是一个疯子，或者一个傻瓜！——至于他怎样失去知觉——他的神经开头怎样发炎，

---

① 原文为“bey，dey”，是旧时土耳其、埃及、突尼斯、阿尔及尔等地对高位者或统治者的尊称。

② 帕夏，原为土耳其语，“首脑”的意思。转指伊斯兰教国家的高级官衔。

经受不可名状的痛苦，然后成为瘫痪——则是一个复杂得难以检查、抽象得一般人难以理解的课题。你说说看吧！那就差不多等于站在欧洲的商业中心地，用那位傲慢的疑病症患者尼布甲尼撒向他的困惑的迦勒底人谈心时的语言和语气，发表那些高深莫测的言论。[①]对这些主题不觉得神秘——而且对它们的意义还感到共鸣的人——很久、很久以来就不多了，能遇上他们，那就更稀罕了。长期以来，一般都认为，只有肉体上的困苦值得同情，其余则不过是一种虚构！世界比目前更年轻、更强壮的时候，精神上的考验仍然是更深奥的神秘。也许在以色列的整个土地上，只有一个扫罗——肯定只有一个大卫[②]去安慰他，或者理解他。

早晨那刺骨而稳定的寒气，到后来却变成从俄国荒野上刮来的像刀割一样的冷风。寒带的风呜咽呼啸着掠过温带，很快使温带结冰上冻。一片沉沉欲坠的苍穹，阴郁幽暗，雪意正浓，从北方飘浮而来，笼罩在期待着的欧洲上空。近下午时分，雪就开始降落了。我只怕不会有马车来接，因为暴风夹着白皑皑的雪片，下得那么厚，刮得那么狂野。不过，要相信我的教母啊！她一旦发出邀请，一定会把客人接去的。大约六点钟的时候，我被从马车上抱起来，走过那所大别墅前面的那道已经积雪难行的石级，在台地别墅的大门口，再被放下来。

① 据《圣经》记载，巴比伦王尼布甲尼撒做了一个怪梦，醒来后却又忘得一干二净。他召了迦勒底术士来圆梦，术士们无法解答，尼布甲尼撒便要把巴比伦所有的哲士都杀死。后来但以理从上帝的启示中知道他做的是什么梦，并为之圆梦，使哲士们免于一死。见《圣经 · 旧约全书 · 但以理书》第 4 章。

② 扫罗和大卫，都是《圣经》中的人物。扫罗相传为古以色列人的第一位王。后因妄自尊大，立他为王的撒母耳另许大卫继任扫罗王位。扫罗曾宠幸战功赫赫的将领大卫，以女米甲妻之。大卫并善于弹琴，使扫罗心情舒畅爽快，恶魔离去。后来大卫声誉日隆，人心归附，扫罗妒而企图杀害他，但未得逞。扫罗死后，大卫成为古希伯来统一王国的第一任国王。见《圣经 · 旧约全书 · 撒母耳记上》第 16 章。

我跑着穿过门厅，跑到楼上的会客室里，在那儿看到了布列顿太太——她本人就像夏天的日子，即使我比目前再感到多一倍的寒冷，她那慈祥的吻和热诚的握手也会使我温暖起来。长期以来，我已经习惯于待在那些只有光光的木板、黑颜色的长凳、书桌和火炉的房间里，这个蓝色的沙龙客厅在我看来很豪华。但见沙龙客厅里那个燃烧得像圣诞节似的壁炉正闪射着一种清晰明丽的绯红的光彩，使我的眼睛睁都睁不开。

我的教母有一会儿抓住我的手不放，跟我聊天，看见我比上次见面时瘦些而责备我，她说我的头发被风雪弄得乱七八糟，叫我到楼上去整理一下，并把我的披肩取了下来。

我走到自己的海水绿的小房间里，发现里面也生了很旺的火，还点了几支蜡烛。一面大镜子的两旁也各点燃了一支长长的蜡烛，可是在两根蜡烛中间的镜子面前，却似乎有什么东西在梳妆打扮——一个虚无飘渺的小仙女似的东西——又白又瘦小——一个冬天的精灵。

怪了，有一会儿我想到格雷厄姆，以及他说的关于鬼怪幻觉的话。我带着怀疑的眼光注视这新景象的细节。它穿白衣，稍微带点猩红色的斑点。它的腰带是红的，头发里有一件像叶子似的、然而发亮的东西——那是一只用常绿叶子做装饰的小花环。不管它是不是鬼怪，的确一点也不可怕，于是我向前走去。

这个入侵者一下子朝我转过身来，长睫毛下面的大眼睛滴溜溜地望着我。那睫毛不但长，而且黑，两道细线使它们所保护的眼珠子显得温柔。

“啊，你来了！”她用温柔和恬静的声音说，一面微微一笑，目不转睛地凝视着我。

现在我认出她来了。我只要见过一次这种五官是那么姣美和细巧的脸，我不可能不认出她来。

“德 · 巴桑皮尔小姐，”我喊出声来。

“不，”她这样回答，“对你来说，不是德 · 巴桑皮尔小姐。”于是我没有再问她是谁，而等她作自我介绍。

“你变了，不过你还是原来的模样，”她说，一面走近我。“我记得很清楚——你的相貌、头发的颜色，以及脸的轮廓。”

我走到壁炉边，她站在对面，直瞧着我；这样盯着我瞧的时候，她脸上渐渐变得越来越若有所思和感情丰富，直到后来一片模糊遮断了她的清晰的视线。

“去回顾那么远的往事，几乎使我哭出来，”她说。“可是，别以为我是因为难过，或者感伤。正相反，我很高兴和欢快。”

我产生了兴趣，可是完全不知所措，不知道说什么是好。我终于结结巴巴地说道：“我想我在几个星期以前，你受了伤的那个晚上，才见**过**你，过去从来不认识吧……？”

她微笑着说：“我曾经坐在你的膝盖上，你把我抱在怀里，我甚至于还跟你同眠共枕，你忘记了吗？那天晚上，我像个淘气的小孩，实际上也正是那样，哭着来到你的床边，你把我抱上床，你也不再记得起来吗？你用安慰和保护来减轻我剧烈的痛苦，这你一点都不记得了吗？回想布列顿镇吧。回忆霍姆先生吧。”

我终于想起了一切。“那么你是小波莱吗？”

“我是波琳娜 · 玛丽 · 霍姆 · 德 · 巴桑皮尔。”

时间能把人变得多厉害！在小波莱那苍白而小巧的五官、那玲珑可爱的匀称体形，以及那变化多端的表情之中，带着一种有趣的和雅致的发展前景。可是波琳娜 · 玛丽却变成了美女——不是像一朵玫瑰那样令人眼睛为之一亮的美丽——而是圆圆的、红红的、饱满的。也不像她的那位金发碧眼的表姐姞妮芙拉那样丰腴，带着粉红色的皮肤和浅黄色的头发，但是她的十七岁的年华给她带来了一种并不包含在肤色之中的文雅而温柔的魅力，尽管她的肤色是白净柔嫩的。而且也并不包含在她的轮廓之中，尽管她的面貌生得很甜蜜，她的四肢长得很完美。我倒是认为她的魅力却在于从她的灵魂发出的一种柔和的光辉。它不是一只不透明的不管是多么贵重的材料的花瓶，而是一盏纯洁得透明的灯，它保护着生命的和处女的火焰，使之不至熄灭，然而也不去避免人们对它的敬慕。说到她的吸引力，我不会用夸张的语言来形容；不过，说真的，在我看来，这吸引力是非常真实而又迷人。尽管一切都是小规模的，那又有什么关系呢，是芳香使这朵洁白的紫罗兰出类拔萃，使它超过最大的山茶花——超过世上开得最丰满的大丽花。

“啊！你记得在布列顿镇的那些日子吗？”

“也许比你记得更清楚，”她说。“所有的细节我都记得很清楚。不仅是记得什么时候，就连哪一天和哪一个钟点都记得。”

“有些事情你肯定忘记了吧？”

“我想，很少。”

“那时候你是个敏感的小孩子；十年前印在你脑海里的那些欢乐和悲伤、热情和哀恸的印象，想必早已随你年龄的增长而无影无踪了吧？”

“你以为我已经忘掉了我所喜欢的人，忘掉了我在孩提时代喜欢他们到了那种程度的人了吗？”

“肯定没有当时那么鲜明了——那要点，那深深打动人的地方——那深刻的印象肯定要模糊一些，甚至于被抹掉了吧？”

“对于那些日子，我的记忆力很好。”

她看上去好像是这样。她的眼睛是个能记忆的眼睛；她是个童年不像梦幻那样消失隐去、青春也不像阳光那样化为乌有的人。她对待生活不是杂乱无章的，零零碎碎的，在进入生活的另一个阶段的时候，便让前一个阶段溜走；她会把它留住并且增加；常常从头开始，回顾一遍，以至随着她的年龄的增长，她的一生也变得协调一致。不过我仍然不能完全相信，她能够清晰地看到目前涌现在我的脑海里的所有的图像。她那小鸟依人的样子，她那和一个钟爱的玩耍同伴所作的游戏和竞争、她那孩子心灵里的忍耐和忠诚不渝、她的恐惧、她那微妙的含蓄、她那小小的苦难，以及分别时最后的痛彻肺腑的痛苦……我回顾这些事情，我摇头表示不相信她能记得这一切。可是她坚持她能。“一个七岁的孩子仍然活在一个十七岁的姑娘的身体里面，”她说。

“你曾经过分喜爱布列顿太太，”我说，目的是要试验她一下。她即刻纠正了我。

“不是过分喜爱，”她说；“而是喜欢她。我尊重她，就像我现在应该尊重她那样；在我看来，她很少改变。”

“她变得不多，”我同意。

有几分钟我们都不吭声。她对屋子里环顾一下，说道：

“这儿有几件东西过去都一直放在布列顿镇。我记得那个针插和那面镜子。”

显然，她对自己的记忆的估计还不错；至少到目前为止。

“那么，你认为你会认得布列顿太太吗？”我继续说。

“我完全记得她；她那五官的样子，她那茶青色的肤色和黑色的头发，她的身材、走路的姿势和说话的声音。”

“布列顿医师当然是不包括在内的吧，”我接着说。“的确，因为我看到你第一次和他见面的情况，我觉得，对你来说，他是个陌生人。”

“那第一个晚上，我给弄糊涂了，”她回答说。

“他和你父亲是怎么认识的呢？”

“他们交换了名片。格雷厄姆·布列顿和霍姆·德·巴桑皮尔两人的名字引起了问题和解释。那是在第二天，可是在那之前，我已经开始有些明白起来。”

“怎么样——有些明白起来呢？”

“啊，”她说，“多么奇怪，大多数人感觉到真相似乎那么缓慢——不是说看到，而是说感觉到！布列顿医师来访问过我几次，并且坐在近旁跟我谈话。我看到他眼睛的神气，他嘴角边的表情，他下巴颏的模样，他的头的姿势，以及凡是接近我们的人，我们必然要在他们身上观察到的一切——这时候，我怎么能不联想到格雷厄姆·布列顿呢？格雷厄姆过去比他瘦些，长得也没有那么高，有一张更光滑的脸，更长、颜色也更浅的头发，说起话来——声音不深沉——更像个姑娘。可是他呀正是格雷厄姆，正像我是小波莱，或者你是露西·斯诺一样。”

我也是这样想，不过我觉得奇怪，我的想法竟然跟她的一样。有些事情，我们与那些和我们极相似的人非常难得意见一致；而一旦这种机会发生，便似乎是个奇迹。

“你和格雷厄姆曾经是玩耍同伴。”

“你记得这个吗？”轮到她问了。

“毫无疑问，他也会记得的，”我说。

“我没有问过他；要是他记得，很少事情会比这更使我惊奇。我想他的性格依然是欢欢喜喜、无忧无虑的吧？”

“他过去也是这样吗？当时你就感觉到吗？你是这样记得他的吗？”

“我几乎记不起他另外什么样子。他有时候很用功；有时候兴高采烈。然而，不管他是忙于书本，或者乐意玩耍，他当时想到的主要就是书本或者游戏，不太注意他看书或者自娱时和他在一起的人。”

“可是他对你特别有好感。”

“对我特别有好感吗？啊，不！他还有其他的玩耍同伴——他的同学们。除非在星期天，我在他眼里算不了什么。不错，在星期天，他对我很亲切。我记得跟他手搀手走到圣玛丽教堂去，他在我的祈祷书里找到该念的地方。在星期天晚上，他又是多么友善和多么沉静啊！作为一个自豪、活泼的男孩，他这时候是那么温和。对于我读书中所有的错误，他是那么有耐心。而且他是再可靠也没有，因为那些晚上，他从不离家到外面去玩。我经常害怕他会接受什么邀请而抛弃我们；可是他从来不，似乎也从来不想那么做。当然啰，不可能永远这样。我想现在的星期天是布列顿医师在外面进餐的日子吧……？”

“孩子们，下楼来！”这会儿，布列顿太太在下面喊。波琳娜还想逗留一些时间，可是我要下楼去，于是我们就下去了。

第二十五章
年幼的女伯爵

尽管我的教母天生性格开朗，并且为了我们她特地殷勤款待，但是，在冬夜狂风的吼声送来家人归来的声音之前，那天晚上我们在台地别墅过得并不很愉快。在妇女们和姑娘们舒适地坐在温暖的壁炉边的时候，她们的心和想象力注定要离开围绕着她们的安逸，被黑夜迫使在黑暗的道路上徘徊，去迎战恶劣的气候，去跟一阵阵大风雪作斗争，在狂风暴雨中，在冷冷清清的大门口，在木栅门前等待着、注意着、倾听着，用眼睛和耳朵获得父亲、儿子、大夫回家来的信息；这是经常发生的事。

父亲和儿子终于来到这座大别墅了，因为那天晚上德·巴桑皮尔陪伴着布列顿医师。我不知道我们三个人之中，究竟是谁先听到马蹄的声音。那两位骑马的人进来的时候，气候的严酷无情和暴虐凶恶使我们有理由跑到厅堂里去迎接并问候他们；可是他们警告我们不要走近：两人都是雪白的——就像两座雪山。布列顿太太看到他们的样子，甚至叫他们马上到厨房里去，禁止他们冒险去涉足铺了地毯的楼梯，直到他们各人把此刻伪装的显现节[①]假面具去掉。不管怎么样，我们不得不跟他们走进厨房；那是一间老派荷兰式的大厨房，美观别致，怡人耳目。那位白皮肤的年幼的女伯爵围着她的同样是雪白的父亲跳了一圈舞，一面拍手喊着说：

“爸爸，爸爸，你就像一头巨大的北极熊。”

这头熊摇动着身子，小捣蛋鬼逃得远远的，躲避那一阵冰冷的雪花雨。然而她又走回来，笑着，热情洋溢地要帮他去掉那件北冰洋的伪装。伯爵终于从厚呢大衣里出现，威胁着要用它来像雪崩一般把她淹没。

“那么，你来吧，”她说，弯下腰来做出迎接大雪临头的样子，可是在她的父亲佯装往她头上倒雪的时候，她又像小羚羊那样跳开。

她的动作轻巧柔韧，软绵绵的，仪态万方，像个小猫咪。她的笑声比敲击银子和水晶的声音更清晰。她捧起父亲冷冰冰的双手，磨擦着，又踮起脚尖，好让他的嘴吻得到她，这时候，她的周围似乎闪耀着一轮亲热而喜悦的光环。那位威严的、德高望重的大人先生②俯视着她，就如人们凑着掌上明珠那样瞧着。

“布列顿太太，”他说，“我对我这个女儿或者小千金该怎么办？她既不长智慧，也不长身量。③你是不是觉得她跟十年前几乎没有什么两样呢？”

“她不会比我的这个大孩子更孩子气，”布列顿太太说；这时候她正跟她的儿子对于换衣服有不同的意见：她认为该换，却被他拒绝。他正站在那儿，靠着荷兰式的食具柜，一边笑着，跟她保持着一臂之遥的距离。

“暖，妈妈，”他说，“为了和解，并且为了使我们获得身心两方面的温暖，让我们有个圣诞节祝酒的杯子，在这里的壁炉边为古老的英国干杯。”

因此，伯爵站在壁炉边，波琳娜仍然在来来回回地跳舞——厨房像个大厅一样宽敞，她感到自由自在，心花怒放——布列顿太太本人则吩咐玛莎在酒里加香料，把酒钵加热，然后把酒倒入一种布列顿酒壶，再用一只小银杯盛着热气腾腾的酒，给大家传着喝，我认得那是格雷厄姆受洗礼时用的杯子。

---

① 显现节，原文为 Old Christmas，字面意思为“古圣诞节”，是基督教纪念耶稣向世人显现的节日。天主教及新教在 1 月 6 日，东正教在 1 月 18 日或 19 日。

② 语出莎士比亚戏剧《奥赛罗》第 1 幕第 3 场：“威严无比、德高望重的各位大人。”（据朱生豪译本）

③ 语出《圣经 · 新约全书 · 路加福音》第 2 章第 52 节：“耶稣的智慧和身量，并神和人喜爱他的心，都一齐增长。”

“为‘往日的时光’干一杯！”伯爵说；把临时找到的杯子举得高高的。接着，他瞧着布列顿太太，唱道：

从朝阳初升一直到中午
　我们俩漫步溪上；
呼啸的重洋把我们相隔
　自从那往日的时光。

忠实的朋友，这是我的手；
　请给我你那只手掌；
我们干一杯友谊之酒，
　为了那往日的时光。①

“苏格兰语！苏格兰语！”波琳娜喊道，“爸爸在说苏格兰语；他有几分苏格兰血统。我们是霍姆和德·巴桑皮尔，是苏格兰人和高卢人。”

“你跳的不正是苏格兰的双人对舞吗，你这个苏格兰高地的小妖精？”她的父亲问。“布列顿太太，你的厨房中央不久就会长出一个绿色的圆圈来。②我不能保证她会变得相当好对付的：她是个奇怪的小家伙。”

“爸爸，叫露西跟我一起跳舞，露西·斯诺在那儿。”

霍姆先生（他身上有着同样多的质朴的霍姆先生和自豪的德·巴桑

① 这是苏格兰诗人罗伯特·彭斯所著《往日的时光》一诗中的最后两段。原文为苏格兰文，译文引自袁可嘉译《彭斯诗抄》。

② 欧洲民间相信，神仙跳过舞的地方会出现一圈深绿色的草。参见莎士比亚戏剧《暴风雨》第5幕第1场。“你们山河林沼的小妖们……在月下的草地上留下了环舞的圈迹。”（据朱生豪译本）

皮尔伯爵的气味）把手伸向我，亲切地说："他完全记得我；即使他的记忆不怎么靠得住，我的名字也常常挂在他的女儿的嘴唇边，关于我的长篇故事他听了那么多，对他来说，我应该是个老相识了。"

除了波琳娜以外，所有的人都尝到了杯里的酒。没有人想要她喝这不圣洁的酒去打扰她那怪诞的仙女般的舞蹈。可是她不让自己被忽略，或者她的重要利益受到损害。

"让我尝尝，"她对格雷厄姆说，格雷厄姆正在把酒杯放在她的手够不到的食具柜的搁架上。

布列顿太太和霍姆先生这时在谈话。约翰医师不是没有注意到小妖精的舞蹈，他瞧着，而且很喜欢。且不说他那双爱优美的眼睛，对于那柔软和漂亮的舞姿，显然露出喜色，而且他母亲家里那种安逸的气氛也迷住了他，因为它能使他感到安逸。此外，对他来说，她似乎还是个孩子——同时，差不多又是他的游伴。我不知道他会怎样跟她说话，我还没有见到他对她说话呢。他的头几句话证明，这天晚上孩子似的轻松愉快使他记起了往日的"小波莱"。

"小姐是不是要大酒杯呢？"

"我想我是这样说过的。我想我是这样明白表示过的。"

"无论如何也不能同意走到这样一步。对不起，不过没有办法。"

"为什么？我现在很好。它不会再折断我的锁骨，或者使我肩膀脱臼。这是酒吗？"

"不是；不过也不是露水。"

"我不要露水；我不喜欢露水；不过这到底是什么呀？"

"麦芽酒——麦芽烈酒——'老十月'①酒，也许是在我出生的时候酿造的。"

"一定很稀罕；好不好喝呢？"

①"老十月"，一种在10月份酿造的烈性最大的最好的麦芽酒。

“好得不得了。”

他取下酒来，自己第二次喝下了这种烈性的酒，然后用调皮的眼色来表达他对这种东西的极端满意，然后郑重其事地把杯子放回搁架。

“我想喝一点，”波琳娜说，眼睛朝上看。“我从来没有喝过一点‘老十月’；它的味道是甜的吗？”

“甜得可怕，”格雷厄姆说。

她继续对上面看，脸上的表情正如一个孩子渴望什么禁止食用的美味似的。医师终于发慈悲了，取下酒来，让她从他手上品尝，自己感到十分满足。他的眼睛对于流露愉快的感觉总是很有表情，用闪光和微笑来说明那确实是令他十分满足的事。他控制着酒杯的倾斜度，使得每次只能有一滴流到那两片碰到杯沿的红润的、啜饮着的嘴唇里，这样，他就延长他的快乐。

“多给点——多给点，”她说，不耐烦地用食指去碰他的手，要他更慷慨些，更顺从些，把杯子拿得更斜一点。“它闻起来有香料和糖的气味，可是我尝不出来。你的手腕那么僵硬，你是那么吝啬。”

他纵容她，不过严肃地低声说道：“别告诉我的母亲，也别告诉露西；她们不会赞成的。”

“我也不赞成，”她说，可是在尝了一大口酒以后，却立刻改变成另一种声调和态度，仿佛这是一种什么清醒剂，对她发生了作用，解除了一个男巫的法术似的。“我觉得它一点也不甜，而是又苦又辣，使我气都喘不过来。你的‘老十月’只是在不准喝的时候叫人向往。谢谢你，不再要了。”

她稍微弯一弯腰——轻松自如，就像她的舞姿那样优美——她从他那儿溜走，去跟她父亲待在一起。

我认为她说的是真话：一个七岁的姑娘活在一个十七岁的姑娘的

身上。

格雷厄姆瞧着她的背影，感到有点儿迷惑不解。那天晚上的其余的时间里，他常常望着她，可是她似乎没有注意他。

我们走到楼上的客厅去用茶点的时候，她挽着她父亲的胳臂。她的自然形成的位置好像总是在他的身边，她的眼睛和耳朵都是奉献给他的。他和布列顿太太是我们一小群人之中的主要谈话者，波琳娜则是他们最好的聆听者，专心致志地倾听着所谈的一切，老是要人家反复说明这一个特点或者那一件奇遇。

“爸爸，这时候你在哪儿？那么你说了些什么？讲给布列顿太太听，那一次发生了什么事。”她就这样把他的话引出来。

她不再让自己兴高采烈了。当晚，她那孩子气的熠熠光彩都散发掉了，她变得温柔、沉思和听话。她道晚安的样子让人看了觉得喜欢；她对待格雷厄姆的态度颇为端庄：这位女伯爵带着非常轻微的微笑和文静的弯腰来说话，于是格雷厄姆不得不显得严肃，也就鞠躬答礼。我看得出他在思想中不知道怎样把一个跳舞的仙女和一个优雅的淑女统一起来。

第二天，我们大家都围坐在早餐桌边的时候，布列顿太太刚洗过清晨的冷水澡，身上发抖，但是气色很好，她宣布一个命令，说除非要事所迫一定得去，所有的人当天都不许离开她这座房子。

的确，出去看起来简直是不可能的，积雪已经把竖铰链窗下面部分的玻璃都堵暗了，朝外一看，只见天空中乱云涌动，昏昏沉沉，风怒雪猛。现在并不是在下雪，而是短促而尖叫的阵阵大风把地面上的雪刮起来，吹得旋转不已，然后又撒成千奇百怪的形状。

那位女伯爵也支持布列顿太太。

“爸爸不要出去，”她说，在她的父亲的扶手椅旁边给自己放了一个座位。“我会服侍你。你不会进城去的，对吗，爸爸？”

"对，又不对，"这是他的回答。"波莱，如果你和布列顿太太对我非常好，你知道我的意思——很友好、很殷勤；如果你用非常好的方式宠爱我，悉心照顾我，我可能会被吸引在早餐以后等待一个小时，看看像刀锋一样的风是不是会停下来。可是，你瞧，你不给我吃早饭；什么也不给我，叫我饿肚子。"

"快！布列顿太太，请把咖啡倒出来，"波琳娜恳求说。"在其他方面我来照顾德·巴桑皮尔伯爵：既然他已经成为一个伯爵，他就需要这么多的关心。"

她掰开一个面包卷，准备着。

"喂，爸爸——你的'小手枪'是不是上了子弹[①]？"她说。"那儿有橘子皮果酱——跟我们以前在布列顿吃的橘子皮果酱一模一样，你说过那就像在苏格兰制作的一样好——"

"你这位小姐小时候曾经把那种东西讨来给我的孩子——你记得这件事吗？"布列顿太太插进来说。"你可记得，你走到我的胳臂肘这儿，碰碰我的衣袖，轻声说道：'太太，请拿点好吃的给格雷厄姆——给一点橘子皮果酱，或者蜂蜜，或者别的果酱，好吗？'"

"不对，妈妈，"约翰医师插话说，他笑着，同时脸红起来。"肯定不是这样。我不会喜欢这些东西的。"

"他到底喜欢不喜欢，波琳娜？"

"他喜欢，"波琳娜断然说。

"甭害臊，约翰，"霍姆先生替他鼓劲说。"我到现在还爱吃这些东西呢，过去也一向如此。波莱当时为一个朋友提供物质上的慰问品，说明她懂得事理。是我教她这样懂得规矩的——我也不让她忘掉这些规矩。波莱，给我一小片牛舌头。"

"给你，爸爸；不过你要记住，我这样殷勤服侍你是有条件的，那

---

① 意思是：你的面包卷是不是夹了果酱。

就是你能够接受别人的意见，今天要甘心情愿待在这台地别墅里。”

“布列顿太太，”伯爵说道，“我要把我的女儿打发走——送她去学校。你可知道什么好学校吗？”

“露西那儿不错——贝克夫人的学校。”

“斯诺小姐是在学校里吗？”

“我是个教师，”我说，很高兴有机会说这句话。因为有一阵子，我觉得好像我的地位被误解了。布列顿太太和她儿子知道我的情况，但是伯爵和他女儿可不知道。他们一旦知道我在社会上的地位，也许会改变一些到目前为止他们对我的热情的态度。我当时是爽爽快快地说出口的，但是一大堆我没有预料到的、主观上也没有想要引起的想法随着我的话语而纷至沓来，使我情不自禁地叹息一声。约有两分钟光景，霍姆先生的眼睛一直盯着他的早餐的盆子瞧，不说一句话。也许他没有听清楚我的话——也许他认为，对于我这种性质的自白，礼貌不允许作出评论。英格兰人的自尊心是众所周知的；尽管霍姆先生的相貌平常，习惯和趣味都很朴素，我却始终认为他并非不具有一份他那个民族的气质。表现在他身上的是否属于一种假高傲呢？是不是真的尊严庄重呢？对于这个问题，在广义上我不作出决定。我只能回答同我个人有关的情况：当时，他表现出自己是一位诚实的绅士，而且他一直是这样。

他生来是一位感觉者和思想者；在他的情感和沉思冥想之上，弥漫着一种柔和的忧郁；还不止是柔和，在烦恼和悲伤之中，它变成一阵云雾。他对露西·斯诺知道得不多；他所知道的，他也不能正确地理解。真的，他对我的性格的错误的看法，常常使我觉得好笑。不过他看出我的人生的道路多少是位于山的背阴的一面。对于我努力走一条诚实、正直的道路，他加以赞许，他要是做得到的话，他会给我帮助的。尽管没有帮助的机会，他仍然希望我好。他瞧着我的时候，他的眼色是仁慈的；他对我说话的时候，他的声音也是慈祥的。

“你的职业是艰苦的，”他说。“我祝你健康和坚强，在工作上取得胜利——成功。”

他的漂亮的小女儿听进这句话时情绪并不那么镇静。她睁大一双眼睛，好奇地盯着我看——几乎带着一种惊愕的样子。

“你是一位教师吗？”她嚷道。接着，这个令人不快的想法使她停顿一下，然后说，“哦，我从来不知道你做什么工作，也从来不想问。对于我来说，你永远是露西·斯诺。”

“那么我现在是什么呢？”我忍不住要问。

“当然啰，你就是你自己。不过，你真的是在这里，在维莱特教书吗？”

“真的。”

“你喜欢教书吗？”

“不是一直喜欢。”

“那么你为什么继续干下去呢？”

她父亲朝她看看，我怕他是要阻止她，可是他只说：“继续讲下去，波莱，用那种盘问法继续讲下去——以证明你自己是个小小的自作聪明的人。要是斯诺小姐涨红了脸，显得慌乱，我就必须叫你闭嘴，你和我就得有些不体面地吃完这顿饭。可是她只不过笑笑，所以你就紧紧逼迫她，加倍盘问吧。说真的，斯诺小姐，你为什么继续干下去呢？”

“我想，主要是为了挣钱吧。”

“那么就不是出于纯粹的慈善的动机啦？波莱和我却咬定这种假设，把这种动机作为解释你的古怪行径的最宽厚的说法。”

“不——不，先生。不如说是为了一个栖身之地，头上有了能够遮蔽风雨的屋顶，又有了使我心情舒展的场所，好让我想到能够自食其力了，不再有因为成为别人的负担而感到的痛苦了。”

“爸爸，不管你怎么说，我同情露西。”

“你去同情吧，德·巴桑皮尔小姐。你去用双手捧起同情，就像你会捧起一只羽毛未生、擅自摇摇摆摆地蹚水越界的小鹅那样吧；把它放回心中的温暖的窝儿里，它就是从那儿溜出来的，你的耳朵就会听到这样的耳语：要是我的波莱有一天能够从经验中懂得这个世界上的好事的变化不定的性质，我将喜欢她像露西那样做人——自食其力，而不成为任何亲戚或朋友的负担。”

“是的，爸爸，”她沉思而温顺地说。“可是，可怜的露西！我以为她是个有钱的女士，她的朋友都很富有呢。”

“你的想法就跟小傻瓜想的一样。我就从不这样想。我不大多想，不过在我有时间考虑到露西的态度和外表的时候，我看出来，她是个必须去保护别人而不是被别人保护的人，是个身体力行而不是被人服侍的人。我料想，这种命运帮她取得经验，如果她活到能够认识它的全部好处的话，她还会为这种经验感谢上帝。不过这所学校，”他继续说，他的声调从严肃变得轻快，“贝克夫人会接纳我的波莱吗？你想会吗，露西小姐？”

我说，那只有去问问她；很快就可以知道：她喜欢英国学生。我加一句说：“先生，要是你就在今天下午用马车把德·巴桑皮尔小姐送去，我想我可以担保那位女杂务工萝芯妮听到铃声以后，会很快给你们开门的。我还可以肯定，夫人会戴上一副最好的手套，到沙龙客厅里来接待你们。”

“既然这样，”霍姆先生回答说，“我认为没有必要拖延时间。赫斯特太太可以把她称为年轻小姐的‘东西’随后送去的。波莱在就寝以前，能够安下心来看她的角帖书。露西小姐，我相信，你不会不屑于偶尔照看她一眼，并且常常告诉我她日子过得怎样。我希望你同意我这样安排，怎么样，德·巴桑皮尔女伯爵？”

女伯爵哼了一声，犹豫不决。“我觉得，”她说，“我觉得自己已经结束了我的受教育——”

“那只说明我们的想法有时会犯多大的错误。我的意见完全不同，今天早上听到你所发表的关于生活的渊博知识的大多数人都会有不同的看法。啊，我的小姑娘，你需要学习的东西多着呢，爸爸得比以往更多地教导你。来吧，除了问问贝克夫人以外，别无他法。天气好像稳定下来了，我的早餐也吃完了——”

“可是，爸爸！”

“怎么啦？”

“我看到一个障碍。”

“我一点也看不到。”

“很大的障碍呀，爸爸；怎么也无法克服。就像你穿着大衣，上面又堆着白雪那样大。”

“也像那堆白雪一样是能够融化的吧？”

“不行！那是太——太坚实的肉体。[①]那正是你自己。露西小姐，请对贝克夫人说，千万别去听从关于接纳我的任何建议，因为这样一来，她最终也要接纳爸爸。他既然爱戏弄别人，我就说说关于他的故事。布列顿太太以及你们所有的人都听着。大约五年以前，我十二岁的时候，他心血来潮，认为他要把我宠坏了，以为我正在变得不能适应这个世界，以及其他令我莫名其妙的事，以致非得把我送到学校里去，才能合他的心，满他的意。我哭了，还有其他等等。可是德·巴桑皮尔先生却硬是表明自己是铁石心肠，坚定不移，冷酷无情，所以我只得上学去了。结果怎么样呢？爸爸以最令人钦佩的方式也来到学

---

① 语出莎士比亚剧本《哈姆莱特》第 1 幕第 2 场：“但愿这一个太坚实的肉体会融解、消散，化成一堆露水！”（据朱生豪译本）

校；他每隔一天来看我一次。艾格蕾朵[1]夫人有了怨言，可是这没有用。到头来爸爸和我两人可以说是被开除了。露西正可以把这小小的特点告诉贝克夫人，让她知道她必须准备看到什么情况，这才公平。

布列顿太太问霍姆先生，对于上述种种有什么话必须表白。他却不为自己辩护，于是裁定他败诉，而波琳娜得胜。

可是她除了调皮和天真以外，还有别种性情呢。用完早餐以后，两位老者离座——我猜想完全是去商量那孩子留下给布列顿太太的某些事务——在一个短暂的时间里，只有这位女伯爵、布列顿医师和我三个人在一起。跟我们两个在年龄上更接近她的伴侣在一起，她所有的孩子气都不见了，即刻变得像一位小贵妇人。她的脸好像变了；她同她父亲说话时那种面部表情，那种坦率的样子，使她的脸变得圆圆的、酒窝深深的；现在，那副尊容却变成若有所思的样子，脸上纹路更清晰，却不那么灵活了。

毫无疑问，格雷厄姆同我一样注意到这种变化。他有几分钟站在窗前，望着外面的雪。然后他走近壁炉，参加我们聊天，不过没有他惯常那样自由自在。他说的话题好像都不适当，他对于话题过分挑剔，瞻前顾后，因而也就弄得不恰当了。他模糊地谈到维莱特——那儿的居民，那儿著名的景色和建筑物。德·巴桑皮尔小姐用一种颇合女子身份的口吻应答他。说得明智得体；神态上还真是不完全没有个人特色。这里来一种声调，那里使一个眼色，摆一种姿态，与其说是谨慎而端庄，倒不如说是生气蓬勃，机敏伶俐，仍然使人回想起小波莱。不过她的一举一动都是那么文雅、稳重而有教养，那么沉着、有礼而优美大方，把她的那些特点镀金饰银，烘云托月，以至于一个不如格雷厄姆那么敏感的人，就不会敢于抓住这些特点，作为对己有利

---

① 原文为 Aigredoux，又苦又甜之意。

的条件，来向更为明显的亲密关系发展。

不过，在布列顿医师继续被征服，在对于他来说是继续保持沉着冷静的时候，他仍然有敏锐的观察力。没有哪一次那种小小的冲动，或者自然的停顿，能够逃过他的眼睛。他没有漏掉一个特殊的动作、说话时的一次犹豫或者口齿不清。波琳娜说话说得很快的时候，仍然时时要咬舌儿，不过每次发生这种失误，她都会脸红，然后辛辛苦苦、认认真真地更清楚地把那个字再说一遍，那样子就像刚才小小的失误一样有趣。

她这样子每做一次，布列顿医师都微微一笑。他们谈着，彼此之间的拘束渐渐消除。我相信，要是谈话延长，必定会很快变得亲切愉快。波琳娜那种微波荡漾、酒窝时现的微笑[①]已经回到她的嘴唇边、面颊上了。有一次，她咬字不清，可是忘了纠正自己。我不知道约翰医师他怎么变了，可是他确实变了。他不是变得更开心——没有说善意嘲笑的话，脸上也没有闪过轻浮的神色——可是，他现在的情况好像变成对他来说更为愉快一些，他用更为对答如流的话语来表达他的增大了的欣慰感，声调也更为温柔悦耳。十年前，这一对人之间有说不完的话语；这相隔在中间的十年也并没有使他们任何一个的经验变得狭小或者智力变得贫乏；再说，有些人的性格会互相影响，以至于他们的话越是说得多，便越是说不完。对于这些人来说，会从交往产生追随，再从追随产生难解难分。

不过，格雷厄姆不得不离开了。他的职业是那种对于别人的请求既不能忽视也不能推迟的职业。他走出那个房间，可是在能够走出这幢屋子之前，却又走了回来。我肯定他回来的目的——不是为了他书桌上的报纸或者卡片，那是表面上的原因——而是为了再瞧她一眼，好让自己弄清楚波琳娜的面貌真正像他的记忆此刻将带走的那样，弄

① 引用弥尔顿的《欢乐之歌》第 2 章中的诗句。

清楚他刚才瞧着她的时候并没有不知怎么带着一种偏爱的、不自然的眼光，造成一种自己喜欢的错觉。不！他发现自己的印象是正确的——的确可以说，他走回来是有所得而不是有所失。他带走了一种告别的神态——腼腆，然而非常温柔——既美丽又天真，就像一头小鹿从隐蔽的蕨类植物丛中探身出来，或者一只小羔羊从它的青草地的床铺上爬起身来那样。

屋里只剩波琳娜和我两个人的时候，我们有一会儿都不吭声。两人都拿出针线活儿来，静静地、勤奋地干着。从前那个白木头的针线盒儿，这时换了一个里面镶嵌了珍贵的拼花物品、配有金制附件的盒子。她以前那细小的、发抖的、几乎不会用针的手指，现在尽管仍然很小，却又快又巧。她的眉头还是常常皱起来，还是有着同样的优雅的习气，还是有着同样的敏捷的转身和别的一些动作——一会儿把一束披散的头发撸回原处，一会儿把想象中的灰尘或者是什么粘着的线头从绸裙子上掸掉。

那天早上我不爱说话；冬日的严峻的暴风雪对于我有一种使我敬畏和沉默的作用。1 月的狂暴激情，那白茫茫的一片，毫无血色的样子，还没有耗尽；风暴已经吼叫得声音嘶哑了，可是离开精疲力竭还远着呢。要是姞妮芙拉·樊箫现在是我在这间晨室①里的伴侣，她决不会容忍我这样不受干扰地沉思和倾听。刚才离开我们的人会成为她的话题；她在一个题目上翻来覆去地扯淡是多么拿手啊！她会怎样刨根究底地提出问题和推测来纠缠我啊——怎样用评论和推心置腹的话来烦扰我啊，而我却不想听这些，只渴望远远避开。

波琳娜·玛丽用她那双暗黑的大眼睛对我沉静地、但是透彻地望了一两下。她的嘴唇半开着，好像是话到嘴边就要说出来似的。可是她看出我不想说话，并且体贴地尊重我的心意。

---

① 晨室，大宅第中用作上午起居室，以享受阳光的房间。

“这样不会很久的，”我心里想，因为我不习惯于发现妇女或者姑娘们有自我克制的能力或自我牺牲的力量。据我对她们的了解而言，能够有机会闲聊胡扯她们那些一般是琐琐碎碎的秘闻隐事、她们那些常常是水分过多的不值一提的感情，是一种不能随便放弃的享受。

幼小的女伯爵可是个例外：她一直缝到厌倦了，然后去找来一本书。

说也真巧，她到布列顿医师自己的放书橱的小间里去找书。那是一本布列顿家的旧藏书——插图本的博物学著作。我过去常常见到她站在格雷厄姆的身边，把书放在他的膝盖上，按照他所教的念出声来。课上完了，她要求他，作为特殊照顾，把插图上的所有事物解释给她听。我眼睛直盯着观察她；现在是个真正考验她所曾经夸耀过的记忆力的时候了。她的回忆可靠吗?

可靠吗?这没有怀疑的余地。她把书一张张翻过去，脸上的表情有如一道道闪光，其中最不是那么理解力很高的闪光是对过去的深深的怀念。然后她翻到扉页，瞧着那用小学男生的手写的名字。有好长一段时间，她瞧着那名字，她不满足于仅仅瞧着，还用手指尖轻轻地触摸那名字呢，与此同时还伴以不知不觉的、然而是温柔的微笑，这把她的触摸变成了抚爱。波琳娜热爱那个过去，不过这个小小的场景的特点是她一句话也不说；她能够感觉而不用滔滔不绝的话语来吐露真情。

她现在忙于在书橱里找书，忙了近一个小时，把书一本本拿下来，重新熟悉每一本书的内容。这以后，她坐到一个矮凳上，用一只手托着腮帮子，思考着，仍然不言不语。

楼下传来前门打开的声音，一阵冷风吹了进来，还有她父亲在大厅里同布列顿太太说话的声音，这些，终于使她惊醒过来，她一下子跳起来，不用一秒钟，已经到了楼下。

“爸爸！爸爸！你难道要出去吗？”

“我的宝贝；我得到城里去。”

“可是天气太——太冷了，爸爸。”

接着我听见德·巴桑皮尔先生叫她瞧一瞧，自己对于天气已经有了很好的装备；并且说他是坐马车去，因此会有很舒适的遮挡；总之，保证她不必为了他的安逸而担心。

“不过，你答应我，今晚天黑之前回来——你和布列顿医师两个，坐马车来，行吗？这天气不适合骑马。”

“好吧，要是我见到那位医师，我会告诉他，一位女士命令他注意他宝贵的健康，并且在我的陪同下早些回来。”

“对，你必须说‘一位女士’；他就会想到那是他的母亲，那样他就会听话。爸爸，要早些回来啊，因为我一定守候着，倾听着。”

门关上了，马车在雪地里轻轻地驶去，那位女伯爵则忧郁而焦虑地走回来。

天色渐黑的时候，她确实倾听着，守候着；不过完全是无声无息的。她用悄没声息的脚步在客厅里走动。她时不时地停止她那软如丝绒的脚步，歪着头倾听夜晚的声音，我应该说夜晚的寂静，因为现在风力终于减弱了。天停止了下雪，变成赤裸裸的一片苍白。透过林荫路上那些光秃秃的树枝，我们能把天空看得很清楚，也注意到新年的月亮的极地的光辉——那个月亮白得就像冰雪结成的世界。在我们看到马车回来的时候，还不算很晚。

这天晚上，波琳娜没有跳舞去欢迎。她的父亲走进房间里来的时候，她以一种严肃的态度，立即支配了他。她马上使他成为她的全部财产，把他领到她替他选择的座位上，像下阵雨似的，柔声柔气地用一大堆甜言蜜语来表扬他多么好，这么快就回家来，这时候，你会觉得那完全是她那双小手的力量，把他放到椅子上，安顿好，处理好。

因为那位强壮的男人似乎很乐意使自己完全受她的摆布——只有爱才有这样的力量。

伯爵进来以后过了好几分钟格雷厄姆才出现。波琳娜听到他的脚步声的时候，身子没有完全转过去。两人之间只说了一两句话，彼此的手指碰了一下，很明显是轻微的接触。波琳娜留在父亲身边；格雷厄姆坐到房间另一边的位子上去。

幸好布列顿太太和霍姆先生两人有那么多的话要谈——对旧日的回忆几乎说也说不完；否则，我想，那天晚上我们这批人就成了静物画了。

喝完茶以后，波琳娜的快速的针和漂亮的金顶针箍在灯光下忙碌地来回着，可是她缄默不语，她的眼睛好像不愿意常常抬起那么平滑、睫毛那么浓密细长的眼帘。格雷厄姆在一天劳顿之后，一定也很累了。他顺从地听着前辈和比他年长者谈话，自己很少发言，眼睛跟着波琳娜的顶针箍的金颜色的亮光转，好像那是什么鲜艳的飞蛾在飞，或者是什么黄色的小蛇，那金黄色的头在往前一伸一伸。

第二十六章
葬　礼

从那一天起，我的生活变得丰富多彩了。我取得贝克夫人的完全同意之后，常常出去，她完全赞赏跟我交往的人的等级。这位可尊敬的女主管从一开始对我就没有什么不尊重的，在她发现我有可能常常收到从某个别墅和某个大公馆寄来的请柬之后，尊重便进一步变成了特别垂青。

她在这方面的表现并不是虚伪的；夫人在一切为人处世的事情上，一点也不软弱。即使在她最热烈地追求个人利益的时候，也掌握分寸，不失理智；即使在她把所得抓得最紧最紧的时候，也是不动声色和体谅别人的。因此，她不使自己处于那种让我瞧不起的趋炎附势和谄媚奉承的人的地位，而是得体地注意到，自己很喜欢那些跟她的学校有关系的人员，能够常常和那些必须培养和提高的人们交往，而不是和那些可能会堕落和消沉的人交往。她从来不表扬我，或者我的朋友；只有那一次，她坐在花园里晒太阳，手边放着一杯咖啡，手里拿着一份《公报》，看上去一副怡然自得的样子。我走过去请一个晚上的假，她用这样宽厚谦和的口气说道：

“行，行，我的好朋友，我全心全意地准你的假。自从你来到这地方，你一直工作得很好，既热情又谨慎，你有权利享受一下。你随时都可以出去。我很高兴你对朋友的选择，既恰当、相称，又值得称赞。”

她闭上了嘴，继续看那份《公报》。

请读者别太重视这么一个小事件：大约在这个时候，那包了三道的五封信暂时从我的写字台里不见了。当初发现这一情况，我的第一个感觉当然是心中茫然，不胜沮丧；不过，一会儿之后，我的心便靠恩得坚固了。[1]

“要有耐心！”我轻声地对自己说。“让我什么也不讲，只安静地等待。那些信会回来的。”

它们真的回来了。它们只在夫人的套间里待了一个短暂的时间，在受到检查并通过以后，及时地、真正地回来了。第二天，我发现它们在原处无误。

我不知道她对我的信有什么看法。她对于约翰·布列顿医师尺牍功力有怎样的估计呢？她怎样看待他那种毫不矫揉造作，而是轻松流畅、生动活泼的文体中的常常透露出来的非常精辟的思想，以及通常是正确的、有时候是别出心裁的见解呢？她会不会喜欢那种使我非常愉快的亲切而半带幽默的风格呢？她对东一句西一句出现的几个亲切的词句有什么看法呢？那些词句并不是像撒在辛巴德[2]的山谷里的钻石那样到处都是，而是稀稀落落的，像是静卧在并非寓言故事中的河床上的宝石。哦，贝克夫人啊！你对这些事情究竟是怎样看待的呢？

我想贝克夫人对这五封信有一定的好感。有一天，在她把这些信从我这儿借去之后（对于她这样一个文雅的小妇人，只能用文雅的字眼），我发现她目不转睛地用一种思索的眼光注视着我，有点儿迷惑不解，但完全不是恶意的。在课间短短的休息时间里，学生都蜂拥到院子里去做十五分钟自由活动，这时候，只有我跟她在第一班教室里。我偶然瞧着她的眼睛，这时，她的某些想法不禁脱口而出。

她说，“英国人的性格里有什么东西很奇特。”

---

① 语出《圣经·新约全书·希伯来书》第 13 章第 9 节：“……因为人心靠恩得坚固才是好的。”

② 辛巴德，《一千零一夜》故事中的人物。他曾经七次航海经商。第二次航海时，掉到一个四面高山的深谷之中，发现遍地都是钻石，原来是“钻石谷”。他拾了许多钻石，放入包内，然后在身上绑了一大块鲜肉。老鹰飞来啄食这块鲜肉的时候，便把辛巴德带出了深谷。

“怎样呢，夫人？”

她轻轻一笑，用英语重复了一声“怎样”。

“我没法说‘怎样’，不过，总之，英国人对友谊、爱情，以及其他的一切，都有他们自己的看法。可是他们不需要人家的监督。”她添了一句，一面站起来，像一匹结实的小马似的快步走开。

“那么我希望，”我暗自咕哝着说，“你今后该懂得礼貌，别再拿我的信。”

哎呀！我忽然想起，以后再也不会有像她看到的那种来信了，这时，不禁热泪涌了上来，使我的眼睛完全模糊了，教室、花园，以及灿烂冬天的太阳都看不见了。那些是我最后看到的信了。那条可爱的河流正在转弯，向另一条河道流去。过去，我曾经在它的岸边逗留，它那使人振奋的浪花有几滴曾经溅到我的嘴唇边。它正在使我的小茅屋和田地变得孤独凄凉，干涸成沙漠，却把它的洪流倾注到远处。这变化是恰当的、公平的、自然的；我无话可说。可是我爱我的莱茵河，我的尼罗河；我几乎崇拜我的恒河，我悲伤，因为那伟大的潮水竟然流开了，竟然像海市蜃楼一般消失不见了。尽管我是个克己制欲的人，但是我还不完全信奉斯多葛学派①。泪水涟涟，不断滴落到我的两只手上，我的书桌上；我泪如雨下，激动地大哭了一场，雨水倾盆，不过很快就停止了。

然而，不久以后，我就对自己说：“我为之悲叹的希望被处了死刑，使我十分难受。它是在经历了长时间的痛苦挣扎，到了最后时刻才死去的，死亡应该受到欢迎。”

我尽量使它受到欢迎。的确，长期痛苦使耐心成为习惯。最后，我把我的亡故者的眼睛合上了，把它的脸蒙上了，完全无动于衷地把

① 斯多葛学派，古希腊、罗马时期的一个哲学学派。该学派的伦理学部分，认为人是自然的一部分，也受天命支配，因此人应该克己制欲，顺从天命。

它的四肢放平。

不过，那些信必须拿开，放到人家瞧不见的地方。经受过丧失亲人的痛苦的人，总是小心翼翼地把容易引起回忆的东西集中在一块儿，锁起来；每时每刻被复活过来的悔恨的尖刀猛扎心脏，是叫人受不了的。

有一天，在一个清闲的假日（星期四）下午，我去找我的珍藏，为的是考虑如何把它们处理掉，我发觉——这一次我不禁感到强烈的不快——东西又被人翻动过了。那个纸包确实还在那儿，可是捆扎的缎带却被解开过，然后又捆扎起来。再从其他的迹象看来，我知道我的抽屉被人动过了。

这就有点过分了。贝克夫人本来除了具有人的头脑里所能具有的灵敏的智力和清醒的判断力以外，还是个凡事考虑周到的典型。她一定知道我那个小匣子里的内容使我不愉快，可是还受得了。尽管她是个狡猾的小小的女审问官，她还是能够用正确的眼光看事物，用合乎情理的态度去理解它们。可是，一想到她竟然敢把她这样得到的信息传递给别人；一想到她也许曾经跟一个伙伴拿我认为最神圣的文件开玩笑，这却使我震惊不已。然而，现在我有理由感到害怕的就是这种情况；我甚至能猜出谁是她的知己。她的亲戚保罗·伊曼纽埃尔先生昨天晚上同她在一起；她很习惯于同他商量，和他讨论她跟任何别人都不讲的事情。就在那天早上上课的时候，那位先生曾经惠我以青睐，那神情好像是从女演员瓦实提那里借来的。当时我不理解他那愤怒的眼睛里闪出的蓝色的、可怕的光，可是现在我懂得它的含义了。关于我的事情，我相信，他不容易用公正的眼光来看待，或者用一种宽恕的、坦率的态度来判断。我一直发现他既严厉、又多疑。一想起那些信件，尽管仅仅是友谊的通信，曾经落到、将来还会落到他的手里，我的灵魂都震荡起来了。

我怎样才能防止这一情形呢？在这陌生的房子的哪一个角落里有找到安全和机密的可能呢？在哪儿，一把钥匙就能够是一个防护设施、或者一把挂锁就能够是一个屏障呢？

顶楼上行吗？不，我不喜欢顶楼。而且，那里大多数的箱子和抽屉都是腐朽的，没有锁可以用。老鼠也把烂木头啃穿了；小老鼠在里面的废物中做窝。我的心爱的信件（仍然是最心爱的，虽然信的纸包上都写了"以迦博"[①]字样）很可能被害虫蛀光的。可以肯定的是，潮湿不久就会使字迹抹去的。不；顶楼可不行——那么放在哪儿好呢？

我坐在集体寝室的窗下座位上，考虑这个问题。那天下午，天气晴好而严寒，已经西下的冬天的阳光在校园里"禁止行走的小径"旁的灌木顶上暗淡地闪射着。一棵高大的老梨树——那位修女种的梨树——矗立在那儿，就像高高的树仙[②]的一副骷髅骨架。灰蒙蒙、干巴巴、光秃秃。我心中忽然闪过一个想法来——这一类稀奇古怪的思想，有时会忽然来到一个孤独的人的头脑里的。我戴上软帽，穿上外套，围好围脖，套上毛皮手套，出门到城里去。

我转向城里有历史意义的地区，我情绪不好的时候，总是本能地到那儿去找古老的黯然失色的场所。我从一条街闲荡到另一条街，穿过一个相当荒废的"地方"或者说广场，发现自己来到了一爿像是旧货店的面前。这是一个古老的地方，到处都是古老的东西。

我需要的是一个可以焊合起来的金属盒子，或者一个可以塞紧的或者密封的厚玻璃罐子或者瓶子也好。在一堆五花八门的什物里，我

---

① 以迦博，男子名，意思是不光彩。典出《圣经 · 旧约全书 · 撒母耳记上》第5章第21节："他〔非尼哈的妻〕给孩子起名叫以迦博，说，荣耀离开以色列了。这是因为神的约柜被掳去，又因他〔她〕公公和丈夫都死了。"

② 树仙，原文为dryad，源于希腊神话中的Dryades（德律阿得斯），这是林木女神的统称，她们住在树上，与各自的树木同生死。据说，凡是爱护树木的人，都受到她们的保佑。此处形容那棵梨树。

找到并且买下了后一类东西。

我于是把我的那些信件卷起来，用油绸[①]包好，再用麻线捆住，放进瓶子里，让那位旧货商老犹太把它塞紧，封口，并且使它密不透气。他一面按照我的指示办理，一面却用眼睛时不时透过雪白的眼睫毛怀疑地打量我。我相信他以为我在干什么坏事。在这一过程中我产生一种阴郁的感觉——不是愉快——而是一种悲哀的、寂寞的满足感。促使我行动的冲动，以及控制着我的那种情绪，正像那天引导我去告解室去的冲动和情绪一样。我加速步伐，在天刚刚黑下来的时候回到寄宿学校，并且及时赶上用晚餐。

七点钟的时候，月亮升起来了。学生们和老师们都在做功课，贝克夫人同她的母亲及孩子们待在饭厅里，在搭伙走读生们都回家去的时候，萝芯妮已经离开了门厅，四周万籁俱寂——我披上披肩，带着密封的罐子，[②]偷偷穿过第一班教室的门走到绿廊，再从那里走到"禁止行走的小径"去。

那棵梨树，玛土撒拉[③]矗立在小径的那一头，靠近我的座位。它模模糊糊、灰蒙蒙的，在周围较矮的灌木中鹤立鸡群。玛土撒拉尽管已经活得很久很久了，现在仍然是很好的木材。只不过靠近根部的地方有一个窟窿，或者不如说是一个深洞。我本来知道有这样一个洞，部分给四周长得厚厚的常春藤和匍匐植物遮盖了；我考虑把我的珍贵的东西在那儿藏起来。可是我不但要藏掉珍宝——我还决定把痛苦也埋葬起来。那个痛苦，在我最近把它包在它的包尸布里的时候，我还为它哭泣，一定要把它埋葬掉。

好吧，我拨开常春藤，找到那个洞，它足够容纳那个罐子，于是

---

① 油绸，一种防水的丝绸织物。

② 上文说把信放进瓶子(bottle)，这里说带着罐子(jar)，可能是作者笔误。

③ 玛土撒拉，见第 134 页注①。

我把它塞进深处。在花园尽头，有一间工具棚屋，最近雇来修理部分房屋的石匠们在那儿留下一些用剩的建筑材料。我便从那儿取来一块石板瓦和一些灰泥，用石板瓦盖住洞口，拿水泥封住，再用黑土把这整个封口涂没掉，最后，再把常春藤放回原处。干完了这件事以后，我就倚着梨树休息一阵；然后像任何一个送葬者那样，在新落葬的坟墓边流连忘返。

夜晚的空气非常宁静，可是由于一种特殊的雾霭而显得模糊不清，这雾霭把月光变成发亮的朦胧一片。这空气或者雾霭里，有着某种有特质的东西——也许是电——它对我有一种奇怪的作用。我当时感觉到的就像一年前在英国感觉到的那样——那天夜里，北极光倾泻下来，弥漫整个天空，这时候，我孤身一人，还在荒僻的田野里赶着夜路，我曾经停下脚步，仰望那旌旗招展的大军在集合——仰望密集的长矛在颤动——仰望那些使者从北极星下面迅速飞升起来，直达天堂的苍穹那黑暗的高高的拱顶石。我感到的不是幸福，远远不是，而是感到增加了力量以后的坚强。

如果生活就是战争，我的命运似乎就是单独应战。我现在考虑的是如何拆除我这冬天的营地——离开这没有食物和饲料接济的野营地。也许，为了实现这种变化，还必须同命运再作一次对阵战。果真这样的话，我有心去和它兵戎相见。由于太贫穷，不能输，上帝可能注定我要赢。可是，哪条路是通行无阻的呢？——哪一个计划是可行的呢？

我仍然停留在这个问题上的时候，迄今还是模糊的月亮照出来的光好像比较明亮一些了。有一道白光甚至在我面前闪亮，一个影子变得清晰而明显。我更仔细地瞧着，要弄清楚在这条黑暗的小径上怎么会有那么点儿突然地出现这种明显的对照。我眼前的白变得更白一些，黑则更黑一些。在一眨眼的转变之中它有了形状。离我站立的地方大约三码远，有一个穿黑貂皮袍、罩着雪白的面纱的高个子女人。

五分钟过去了。我既不逃跑也不高声尖叫。她仍然待在那儿。我说话了。

“你是谁？为什么来找我？”

她站在那儿并不吭声。她没有脸蛋——没有五官：额头以下全部用一块白布遮了起来；可是她有眼睛，眼睛打量着我。

我感觉到一种如果不是勇敢精神的话，至少是有一点拼死拼活的冲动。而拼死拼活往往足够填补勇气的职位，并且去做勇气所做的工作。我向前走了一步，伸长手臂，因为我有意去触摸她。她好像向后退缩，我便走得很近，她仍然默不出声，向后退得更迅速。在我以及我跟踪的她之间，隔着一大片灌木丛、绿叶繁茂的常绿植物、月桂树和枝叶浓密的紫杉。我穿过这些障碍，仔细一看，却什么都没有了。我等待着。我说：“如果你有话对我说，[①]那么回来说个明白吧。”她没有回话，也不再出现了。

这一次，我没有约翰医师可以依靠；没有谁我敢于低声吐露这些话：“我又见到了那个修女。”

波琳娜·玛丽请求我常常到克莱西街去。在过去的布列顿的日子里，尽管她从来没有表示过她喜欢我，但是同我交往曾经很快就成为她的一种不自觉的需要。我曾经注意到，要是我回到自己的房间里去，她会很快就一路小跑地跟着我来，打开房门，伸进头来窥视，用她那有点命令式的口吻说：

“下楼来。你干吗独个儿坐在那儿呀！你必须到会客室里来。”

现在，她用同样的口气催促我：

“离开福色特街吧，”她说，“搬到这儿来跟我们同住。爸爸给你的

---

① 语出《圣经·旧约全书·列王纪下》第9章第5节：“将军哪，我有话对你说。”

会比贝克夫人给你的多得多。”

霍姆先生本人愿意给我一笔可观的报酬——比我目前的薪水多两倍——若是我肯接受当他女儿的伴侣的工作。我拒绝了。我觉得，即使比目前更穷，更没有储蓄，前途更没有指望，我也应该拒绝。我没有那种才能，我能够教书，能够上课，可是对我来说，当一个家庭女教师或者一个伴侣是不合乎自然的。与其在一个大公馆里当女教师，我宁可心甘情愿地去当个女仆，买一副牢固的手套，心安理得，自食其力，去打扫卧室和楼梯，擦净炉灶和铁锁。与其当一个陪伴，我情愿去做衬衫，去挨饿受穷。

我可不是一位光彩照人的小姐的影子——不是德·巴桑皮尔小姐的影子。我的性格常常是够愁肠百结的；我习惯于克己隐忍。不过，这种阴郁和消沉都必须是自觉自愿的——正如在贝克夫人第一班级的那些我现在已经很习惯了的学生们当中我坐在书桌旁那样温顺；或者在她的集体寝室里，我独个儿待在我的床边那样温顺；或者在她的花园里的小径上，以及所谓我的座位上那样温顺，这都是自觉自愿的。我本身具有的条件既不可能转换成别的，也缺乏适应性，不能成为任何宝石的衬底，不能成为任何美的事物的附件，也不能成为基督教世界里任何伟大事物的附属物。贝克夫人和我没有互相融合之处，却互相很了解。我不是她的伴侣，也不是她的孩子们的家庭教师；她让我完全自由，她不把我跟任何东西拴在一起——不跟她自己拴在一起——甚至不跟她的利益拴在一起。有一次，她的一位近亲生病，她被叫去，离开家里两个星期，等到她回来，怀着对她学校充满焦虑和关怀之情，怕她不在的时候发生了什么不测之事——后来她发现一切照常进行，没有明显的疏忽迹象——这时她给每个教师送一件礼物，以感谢教师们的可靠。半夜十二点钟的时候，她来到我的床前，对我说没有带礼物给我。“我必须使忠诚对圣彼埃尔有利，”她说。“要是我试图使忠诚对你有利，那么我们之间就会产生误解——也许是分离。不过，有一件事我能够使你高兴——不干涉你的自由，我会这样做。”

她遵守了诺言。打那以后，她不声不响地撤销了所有她曾经加给我的轻微的束缚。我就这样愉快地、自觉自愿地遵守她的规则；对她交给我负责的学生，我很高兴地花上加倍的时间，用出加倍的精力。

至于玛丽·德·巴桑皮尔，尽管我不愿意和她同住，我还是非常愿意去看望她。我的访问很快告诉我，即使我这种偶然的、自觉自愿的交往，对她来说，却不大像是长期必不可少的。在德·巴桑皮尔先生这方面，他对于这种猜测似乎不予理会，对于这可能性盲然不察。就像一个孩子那样对于一桩事情的迹象、可能性、以及那捉摸不定的开始状态都无知无觉一样，事情临到结尾，他却可能不赞成了。

我曾经思考，他会不会衷心地赞成呢？这很难说。他主要兴趣放在科学事业方面。凡是有关他所钟爱的工作的事情，他总是热心、专注，并且有点追根究底、吹毛求疵，可是对于生活上的一般事情却从不猜疑，十分信任。我从各方面观察下来，他把他的“小千金”似乎仍然看作不过是个小孩子，他大概还没有接受这么一种概念，即，别人对她会有不同的看法。他会说：“波莱”长大成人以后该怎么怎么办。站在他椅子旁边的这个“波莱”，有时候会微微一笑，用一双小手捧着他那尊贵的脑袋，吻吻他那花白的头发；有时候，她又会噘起嘴巴，把她的鬈发一甩。不过，她从来不说：“爸爸，我已经长大了。”

对于不同的人她有不同的态度。对于她父亲，她的确仍然是个孩子，或者孩子般天真、亲热、快快活活、蹦蹦跳跳。对于我，她则一本正经尽她的思想和感情所能做到的那样像个成年妇女。对于布列顿太太，她就变得百依百顺、小鸟依人，然而并不是无拘无束。对于格雷厄姆，她却是腼腆的，目前非常腼腆。有时候，她试图现出冷淡的样子；偶然有几次，她努力躲开他。他的脚步声使她心惊；他走进来，她就沉默起来；他一说话，她的回答就不那么流畅；他离开时，她就跟自己生气，变得心烦意乱。连他的父亲也注意到她这样的态度。

“我的小波莱，”有一回，他说，“你和别人交往太少了。要是你带着这种羞怯的态度长大成人，你将很难适应社交活动。你真的把布列顿医师当作陌生人了，怎么会这样子呢？难道你不记得你小时候一直很喜欢他吗？”

“确实是那样，爸爸，”她附和说，声调有点干巴巴的，然而温和而天真。

“那么你现在不喜欢他了吗？他有什么不对吗？”

“没什么不对。是——是——的，我有点儿喜欢他；可是我们彼此变得陌生了。”

“那么，把它磨掉吧，波莱，把铁锈和陌生磨掉吧。他到这儿来的时候，跟他多聊聊天，打发时间，可别怕他呀！”

“可是他不大说话。你想他怕我吗，爸爸？”

“哦，当然啰，哪一个男人不怕像你这样一个小小的沉默寡言的小姐？”

“那么，哪一天请告诉他，别在乎我的沉默寡言。就说这是我的习惯，我并没有不友好的意思。”

“你的习惯，你这个小唠叨？跟你的习惯差得太远了，那只不过是你忽发奇想罢了！”

“哦，爸爸，我会改进的。”

第二天，她设法遵守诺言而表现出来的优美态度很讨人喜欢。我看见她努力和蔼地跟约翰医师谈论一般性的话题。她的关心使客人喜形于色，满面红光。他小心地应付她，用最温柔的语调回答她的话，好像空气里悬挂着游丝般的幸福，他害怕吸一大口气就会惊扰它。的确，在她羞怯地、然而真诚地向友谊进展的过程中，她无可否认有最精致的和最优美的魅力。

医师离开以后，她走到她父亲的椅子跟前。

“我有没有遵守诺言，爸爸？我表现得好些了吗？”

“我的波莱的举止像个皇后。如果这种进步继续下去，我会变得为她感到相当自豪。我们将渐渐看到她用十分镇静和大方的态度接待我们的客人们。露西小姐和我将不得不四下里好好瞧瞧，把我们的装腔作势改善一下，免得相形见绌。不过，波莱，你还有点儿焦急不安，时不时有点结结巴巴的样子，甚至就像你六岁的时候那样咬舌儿。”

“不，爸爸，”她愤慨地打断他的话，说道，“这不会是真的。”

“我请露西小姐公断。她在回答布列顿医师关于她有没有见过池边森林王子的宫殿时，有没有说‘细的[①]’，她去过‘好机次’[②]？”

“爸爸，你讽刺我，你真坏！字母表上所有的字母我都能念得跟你一样清楚。不过告诉我：你特别要我对布列顿医师客气，那么你自己是不是喜欢他？”

“当然啰；为了老相识的缘故，我喜欢他。再说，他对他母亲非常好；他既是个好心肠的人，在业务上又很出色。对啦，这位少年有出息。”

“少年！啊，苏格兰人！爸爸，你说的是爱丁堡口音，还是阿伯丁口音？”

“都有，我的宝贝，两种都有。毫无疑问，还加上格拉斯哥[③]的口音。正因为这样，所以我能说很好的法语。凡是苏格兰话说得好的人，那法语总是能说得好。”

---

①② 应为“是的”和“好几次”，现在的译法是表明书中人物咬字不准。

③ 爱丁堡、阿伯丁和格拉斯哥，均为英国苏格兰地区的地名。爱丁堡是苏格兰首府。

“那法语！又是苏格兰话：不可救药的爸爸。你也需要受教育。”

“啊，波莱，你得劝斯诺小姐把咱俩都收下；使你变得稳重和温柔体贴；使我变得优雅和文质彬彬。”

德·巴桑皮尔先生那种明显的用来看待“斯诺小姐”的眼光，曾经使我在内心里产生很多启发性的思想。根据我们被怎样看待，我们有时候发现人家给我们的性格安上多么矛盾的特征啊！贝克夫人认为我是有学问的、性情忧郁的；樊箫小姐把我看成是刻薄的、爱讽刺人的、玩世不恭的；霍姆先生却觉得我是一个模范教师，是安详、谨慎的典型：有点因循守旧，也许太严格拘谨、范围狭窄、步步为营，不过仍然是女教师的正统的化身和模范；而另外一位，即那位保罗·伊曼纽埃尔教授，从来也不失掉一个机会来表明，他认为我的脾性是相当火爆和轻率的——桀骜不驯，胆大妄为，我对这些意见只是笑笑。要是有谁真正了解我，那就是波琳娜·玛丽了。

尽管我发现同波琳娜交往很温暖，很融洽，但是我不愿意当她的名义上的和雇用的陪伴，因此，她劝我跟她一起学习某些东西，作为维持来往的一种定期的、稳固的办法。她建议学德语，因为跟我一样，她发现德语很难掌握。我们决定一同到克莱西街上一位女教师那儿上课；这样的安排使我们每星期有几个钟头在一起。德·巴桑皮尔先生好像很高兴，他完全赞成弥涅耳瓦·格莱未泰女士[①]竟然肯拿一部分空闲时间来跟他那位美丽而可爱的孩子交往。

那位自封为我的审判官的福色特街的教授，通过某种鬼鬼祟祟的侦察手段，发现我不再像以往那样静止不动，而是有规则地在某天某时外出，他就擅自对我监视起来。人们说伊曼纽埃尔先生是在耶稣会

---

① 原文为：Madame Minerva Gravity。Minerva（弥涅耳瓦）是罗马神话中的智慧女神，司智慧、学问、战争等。等于希腊神话中的雅典娜。Gravity 是认真、严肃、庄重的意思。这里的含意是用“有学问的、庄重的女士”来称呼斯诺小姐。

教徒当中培养长大的。要是他的花招掩饰得更好些，我会更容易相信这种传说。既然情况如上所述，我就产生了怀疑。从来没有一个比他更加毫不掩饰的策划者，没有一个比他更坦率、更粗疏的阴谋家了。他会剖析自己的阴谋诡计：先精心设计种种策略，随后立刻得意洋洋地炫耀自己计谋的巧妙。有一天，我不知道自己是觉得有趣多于气恼还是相反；那天早上，他走上前来一本正经地低声对我说，他“监视”着我，他至少还会尽一个朋友的责任，而不是完全听任我自行其是。目前我的举动看来很不稳定，他不知道该如何理解我的这些举动，他认为贝克夫人该受到谴责，怎么竟然容忍她的屋子里的一位女教师有这样一种东游西荡的与过去不协调的行为。一个献身于像教育这种严肃的事业的人，同什么伯爵和女伯爵，以及什么公馆和别墅之类有什么相干？在他看来，我似乎完全是“异想天开”。他深信不疑，我七天之中，有六天往外跑。

我说：“先生，你言过其实了。最近我的确体会到稍微改变一下生活的好处，不过，是在有这个必要之后才这样做的，而且我完全没有过分行使这种权利。”

“必要！怎么会有这种必要？你的身体很好了吗？有必要改变一下生活了吗？我想介绍你去向天主教修女们学习她们的生活，她们可不要求改变生活。”

他这样说的时候，我不能判断自己脸上的表情，不过这是一种惹他恼火的表情。他谴责我做事轻举妄动，庸俗世故，贪图享乐，野心勃勃地梦想伟大，如饥似渴地追求生活上的虚荣和浮华。我的性格里似乎没有“献身精神”，也没有“专注意志”；而且没有感恩、信仰、牺牲和自卑精神。我觉得去回答这些指控毫无意义，就闷声不响，继续批改那一堆英语作业。

他说他看不到我心里有任何属于基督教的东西。就像许多其他新教徒一样，我非常喜爱异教徒的骄傲和任性。

我稍微转过身去，背向他，在静默的羽翼下蜷缩得更紧些。

他从牙齿缝里发出模糊的咕哝声，那肯定不是一声“诅咒”，因为他很虔诚，不会做那种事，不过我肯定听到了“该死的”这个字。说起来使我伤心，大约两小时以后，我在过道里同他擦身而过，准备到克莱西街去上德语课的时候，他又重复那个字，并且毫不含糊地加上许许多多什么的。在某些方面，没有人比这小个子保罗先生更好；而在其他某些方面，却也没有任何人比他这个小暴君更刻毒了。

我们的德语女教师安娜·布劳恩小姐约摸四十五岁，是一位可尊敬的、热情爽朗的人。也许她应该生活在伊丽莎白女王时代，因为她经常在第一次和第二次早餐时喝啤酒，吃牛肉，并且，在她称之为我们英国人的克制面前，她那直截了当、彻头彻尾的德国人的性格，似乎痛苦地感到了残酷的约束。尽管我自认为对她很热诚，可是我们并不拍她的肩膀；要是我们同意去吻她的面颊的话，那么就会是文静地一吻，而不会弄出劈啪的咂嘴声来。这些简略的做法使她相当扫兴；不过，总的说来，我们相处得很好。她习惯于教外国女孩子，这些女孩子几乎从来也不自己动脑筋，自己学习——她们根本没有跟困难作斗争以及通过思考和实践的努力去克服困难的观念——因此，我们两人的确实是从容不迫的进步，似乎使她惊讶不已。在她的眼睛里，我们是一对冷若冰霜的奇才，冷淡、傲慢、异乎寻常。

那位年轻的女伯爵是有点儿傲慢，有点儿爱挑剔。也许，由于她天生娇嫩和美丽，她有权利这样傲慢和爱挑剔；可是，我认为把这些缺点归罪于我，则是大错特错了。我从来也不逃避早上的问候，而波琳娜总是能滑就滑过去；在我的防御军械库里，也没有冷漠的蔑视这么一种武器；而波琳娜总是把这种武器保持完好，擦得干干净净，锃亮锃亮，而任何粗鲁的德语俏皮话马上就会使它们闪出钢铁般的亮光。

在某种程度上，老实的安娜·布劳恩感觉到这种不同：她对波琳娜半是害怕，半是崇拜，把她当作一位优美的山林水泽仙女①——一位水精②——与此同时，她却把我看成是一个彻头彻尾的凡人，而且性情较为平和，可以寻求我的庇护。

我们很喜欢念诵和翻译的书是席勒的民谣体的诗歌集。波琳娜很快就念得很好；德国小姐会高兴地听着，笑得合不拢嘴，说她的声音像音乐般动听。她还把诗歌翻译出来，语言轻快流畅，笔调与原著相似，带着诗的激情。她念下去的时候，她的两颊会泛起红晕，嘴唇会颤动着微笑，美丽的眼睛会发亮，或者濡湿起来。最好的诗句她能背出来，只有我们两人在一起的时候，她常常朗诵。她非常喜欢的一首是《少女的悲叹》③，这就是说，她喜欢得要重复这些字句，她在诗句的声调里找到了悲哀的旋律，然而她会批评其意义。有一天傍晚，我们在炉边坐着的时候，她低声念道：

> 您，神圣的，把您的孩子叫回去，
> 尘世的幸福我享够了，
> 我活过了，也爱过了！

“活过了，也爱过了！”她说，“难道那就是世间幸福的顶峰，生活的目的吗——如此就是爱吗？我想不是。那也许是人间痛苦的极点，也许是时间的白白浪费，情感的无结果的折磨。要是席勒说的是被爱

---

① 山林水泽仙女，希腊、罗马神话中居于河海山林水泽中的数目众多的仙女。

② 水精，神话中的水中女神，相传与凡人结婚生子后能获得灵魂，而这个凡人却要死去。德国作家弗里德里希（1777—1843）著有《水精》一书。

③《少女的悲叹》，德国诗人兼剧作家席勒的一首诗。

的话，那么他可能更接近真理。露西，被爱难道不是另一回事吗？”

“我想也许是；不过你为什么考虑这个问题？对于你来说，爱情是什么呢？关于爱情，你了解多少？”

她脸红了，一半是恼火，一半是害臊。

“啊，露西，”她说，“你可不能对我说这种话。爸爸很可以把我看作一个孩子，我宁可他这样看待我；可是你知道并且应该习惯于承认我都快要十九岁了。”

“即使你快要二十九岁也没有用。我们不通过讨论和交谈来预料感情问题；我们不谈论爱情问题。”

“可不是嘛，可不是嘛！”她说——急急忙忙，情绪激动得很——“你尽管认为自己可以随意控制和限制我吧，可是我曾经谈论过爱情，也听到过人家谈论爱情，而且谈论得很多，而且就是最近，而且说的都是不愉快的、有损害的，而且你多少是不会赞成的。”

这位既恼火又得意洋洋的、秀丽的而又顽皮的小姑娘笑出声来。我不明白她的意思，又不愿意问她；我不知所措。不过，由于看到她脸上现出极其天真的样子——还掺杂着某种一闪而过的故意闹别扭、使性子的神情，我终于说道：

“这类不愉快的和有损害的话是谁对你说的？能够接近你的人里面，是谁敢于这样做？”

“露西，”她较为温柔地回答说，“是一个有时候使我悲伤的人；但愿她离开我——我不需要她。”

“可是，那是谁呢，波琳娜？你使我迷惑得很。”

“是——是我的表姐姞妮芙拉。她每次请假去看望肖尔蒙德莱太太的时候，都到这儿来，只要她看见我是单独一个人，她就谈她的追求者。爱情，说真的！你该听听她忍不住要说的关于爱情的一切。”

“哦，我听到过，”我相当冷静地说。“总的说来，或许你同样也听到过。用不到后悔，没有错。不过，姞妮芙拉的思想肯定不会影响你的思想。在理智和感情两方面你都胜过她。”

“她对我很有影响。她有扰乱我的幸福和动摇我的见解的本领。她通过伤害我最珍爱的情感和人物来中伤我。”

“波琳娜，她究竟说了些什么？让我有个概念。也许对她造成的损害能有个抵消的办法。”

“我一向最敬重的人被她贬低了。她没有放过布列顿太太——也没放过……格雷厄姆。”

“没有，我敢说没有。不过她怎么把这些事情跟她的感情，以及她的……爱情混在一起的呢？我想，她是把它们混在一起的吧？”

“露西，她蛮横无理！我相信，也是虚伪不实的。你是了解布列顿医师的。咱们俩都了解他。他可能粗心、骄傲，可是他什么时候卑鄙下贱或者卑躬屈膝过？她天天对我说他如何跪倒在她的脚下，像影子似的追随着她。而她呢——用侮辱的话拒绝他，他则执迷不悟，向她苦苦哀求。露西，这是真的吗？有一点点真实性吗？”

“他曾经认为她生得漂亮，这可能是真实的。她仍然宣布他是她的追求者吗？”

“她说她随时都可能跟他结婚；他只等待她的同意。”

“是不是这些流言蜚语引起你对格雷厄姆抱着冷淡的态度呢？你的父亲注意到了你这种转变。”

“那些话当然使我相当怀疑他的人格。从姞妮芙拉口中那样说出来的时候，那些事情听上去不像是一点儿都不掺假。我相信她是在夸大其辞——也许是在编造——不过我想要知道不真实到什么程度。”

“假定我们让樊箫小姐来检验一下怎么样？给她一个机会，让她显示一下她自诩拥有的那种力量怎么样？”

“明天我就能这样做。爸爸请了几位绅士来吃晚饭，他们都是学者。爸爸开始发现格雷厄姆也是一位学者——人们说，他不仅仅精于一门科学呢——他也在被邀之列。在这种宴会上，如果餐桌上没有人支持我，我必定很苦恼。我无法跟那些巴黎的院士[①] A 先生和 Z 先生谈话。我新近得到的有礼貌的声誉就会岌岌可危。你和布列顿太太一定要来帮我一把。姞妮芙拉一得到通知就会来的。”

“对；那么我就捎个信去请她，她就有机会来证明她的为人是否诚实。”

① 指法兰西学院的院士。这一学院于 1635 年由法王路易十三的国务秘书黎塞留（1585—1642）枢机主教创建。

第二十七章
克莱西公馆

第二天，结果比我们——或者至少比我——所预料的更为活跃，更为忙碌。那天好像是拉巴色库尔的一位年轻王子的生日——我想是那位长子，丁都诺公爵，因此，为了对他表示敬意，给所有的学校，尤其是那所特出的“Athénée”①也就是专科学校，放假一天。那所专科学校的青年也作了策划，并且准备呈献一篇表示忠诚的演说。为了这一目的，他们被集中在一所每年举行考试和发奖的公共建筑物里。表示忠诚仪式以后，接着就是由一位教师发表演说，或者“讲话”。

德·巴桑皮尔先生的几位朋友——那些学者——由于多少都和这所学院有些关系，可望来参加这个盛会，同时还有代表维莱特市政府的可敬的市长斯它斯骑士先生，以及全体学生的家长和亲戚。德·巴桑皮尔先生的朋友们要他陪伴他们；他那漂亮的女儿当然也在内。她写了一张小纸条给姞妮芙拉和我，请我们早一点去跟她在一起。

樊箫小姐和我在福色特街的集体寝室里穿衣打扮的时候，她(这位樊箫小姐)突然大笑起来。

“怎么啦？”我问；因为她一下子停止了整理盛装的工作，转而凝视着我。

“看来很奇怪，”她带着通常那种半诚实、半无礼的坦率态度回答说，“你和我现在对于很多事情竟然是在同一个水平，现在和我在同一个圈子里活动，有着同样的社会关系。”

“呃，对的，”我说；“我不大瞧得起不久前你交往的主要对象。肖尔蒙德莱太太和那帮人，跟我怎么也合不来。”

“你是什么人啊，斯诺小姐？”她用那么毫无掩饰的、天真无邪的惊奇口吻问，使我不禁笑出声来。

“你过去自称为保育员。你才来的时候，确实曾把这所学校里的孩子们照管好：我曾经看到你怀里抱着小娇姑特，像个保姆似的——很少女教师肯这样屈尊——而现在贝克夫人待你比待那个巴黎人圣彼埃尔更有礼貌。还有那个傲慢的毛头姑娘——我的表妹——竟然把你当作她的知心朋友！”

“好得很！”我同意说，对她的迷惑感到有趣。“我到底是什么人呢？也许是个伪装的大人物吧。可惜我不像。”

“我感到奇怪，你并不因为这一切而感到高兴，”她接着说。“你用特别的沉着冷静的态度来对待。如果你真是我曾经认为的微不足道的人，那么你一定是一个大胆而厚脸皮的人了。”

“你曾经认为我是个微不足道的人！”我重复一遍，我的脸上有点儿发烫，可是我不发怒。一个女学生粗鲁地使用“微不足道的人”和“有相当身份的人”这种说法算得了什么？因此，我只说我刚才受到的不过是有礼貌的对待，并且问她，在与人谈话时把对方“弄得不知所措，十分狼狈，能说这是有礼貌的吗？”

“一个人对于某些事无法不感到奇怪，”她坚持说。

“该说对于你自己的虚构捏造无法不感到奇怪。你算准备好了吗？”

“对；让我挽住你的胳膊。”

她挽住我的胳臂的时候，总是把她全部重量靠在我身上，我既不是个男人，又不是她的情人，所以我不喜欢那样。

“喏，又来啦！”她喊道。“我觉得我挽住你的胳臂，是为了表明嘉许你的服装和整个外表；我把这作为敬意。”

“真的吗？简单地说来，你的意思是想表示一下，你并不因为在街

---

① Athénée 一字在比利时和瑞士是指公立中等学校，通常接受 11—19 岁之间的学生。同时也指 college(学院或专科学校)。

上被别人看见同我在一起而觉得可耻，是吗？要是肖尔蒙德莱太太正在哪个窗口抚摸她的叭儿狗，或者德·阿麦尔上校正在哪个阳台上剔牙齿，刚好瞧见我们，你不会因为你的伴侣而感到很脸红，是吗？”

“是的，”她直截了当地说，那是她的最大优点——在她说这样的话的时候，这优点给她那些谎言加上一种诚实的坦率——简言之，那是她性格里的盐，是唯一能起防腐作用的成分，而这一性格在其他状态之下是不会形成和保存的。

我把评论她这声“是的”的麻烦托付给我的脸部表情了。或者不如说，我的下嘴唇自动地抢先于我的舌头的动作。当然啰，表现在我投射给她的目光中的感情，绝不是尊敬和庄严的感情。

“你这个好挖苦、爱嘲笑人的家伙！”她接着说下去，这时我们正穿过一片大广场，进入那座恬静的悦人耳目的公园，那是我们去克莱西街的最近的路。“世界上还从来没有谁像你这个淘气鬼这样对待我！”

“是你给自己找的。别管我；放聪明些，安静下来；我也会不管你的事情。”

“你这话就好像在你是那么特别、那么神秘的时候人家真的能够不管你似的！”

“神秘和特别完全是你自己脑子里的想法——想入非非——不多不少，正是那么回事，还是请你把它们藏起来，我不想知道。”

“可是，你是个什么人物呢？”她咬住不放地说，置我的反对于不顾，硬把手插到我的胳臂下面，她的胳臂毫不客气地紧紧顶住我的腰部，为了不让别人可以挤入。

“不错，”我说，“我是个步步高升的人物：曾经是一位老太太的陪伴，然后是个保育员，现在则是一个学校的教师。”

“务必——务必告诉我你是什么人！我不会说出去的，”她催促着说，荒谬可笑地坚持她自作聪明的想法，即她逮住了一个微服隐名的人。这会儿她正紧紧抓住这个已经被她完全占有了的人的胳臂，又是哄骗，又是恳求，弄得我不得不在公园里停住脚步，哈哈大笑。在我们并肩行走的时候，她从头到尾一直对这个话题提出千奇百怪的想法。以她那种顽固不化的轻信或不轻信来证明，她无法想象，一个没有高贵出身或者万贯钱财垫底的人，一个对于显赫名声或者社会关系没有什么意识的人，怎么竟然能够保持一种相当正直的态度。至于我，在我被人知道这一点具有重要意义的地方人家都知道我，这就足够使我心安理得了，其他的我都淡然处之。门第、社会地位和深奥学识的获取，在我的兴趣和思想之中，占有的差不多是同等的空间和地位；它们算是我的三等房客——只能分派给它们一间小起居室和后面的小卧室。即使餐厅和会客室都空着，我也决不向它们提供，因为我认为较差的居住条件对它们的情况更为合适。我不久就认识到，世人对此具有不同的评价，我毫不怀疑，世人的看法非常正确，然而我也相信，自己的看法并不怎么错。

有些人，低微的地位会使他们心理上觉得卑贱，对他们来说，失去了社会关系就等于失去了自尊心。这些人，把最高的价值放置在地位和社会关系上，这种地位和关系是避免他们的身份被贬低的保护物，这难道没有道理吗？假定有一个人，他觉得要是大家都知道他的祖先出身低微，不属于上流阶层，贫穷而不富有，是工人而不是资本家，他在自己的眼里就会成为可鄙的，那么，严厉责备他回避这些要命的事实——责备他在有暴露这些事实的危险的时刻表现出吃惊、发抖、沮丧，难道是对的吗？我们活得越长久，我们的经验越是丰富，我们就越不那么随便去判断我们邻居的行为，去怀疑世间的智慧。不管在哪儿，只要垒起了一堆小小的防御工事，不管这工事是围绕着一个假正经的女人的德行，还是围绕着一个具有世界声望的男人，都肯定需要这世间的智慧。

我们来到了克莱西公馆。波琳娜已经准备好了；布列顿太太跟她在一起；在她和德·巴桑皮尔先生的陪同下，我们马上被领到开会场所，坐在离讲坛适当距离的好位子上。那所专科学校的年轻人在我们面前列队，市政府官员和市长都坐在荣誉席位上，几位年轻的王子和他们的教师则占有显眼的位置，建筑物的大部分都挤满了这座城市里的贵族和头面人物。

至于哪一位教师去发表讲话，我直到此刻既不关心，也不过问。我模模糊糊地认为会有一位学者站起来发表一篇正式的演说，一半是对学生们的教条主义说教，一半是对王子们的奉承。

我们进去的时候，讲坛还是空的，可是十分钟以后已经站满了人。突然间，在一秒钟里，深红色的桌子之上出现了一个人的头，胸部和胳臂。我认识这个头，樊箫小姐和我两人都很熟悉它的颜色、样子、姿态和表情。那长着浓密的头发的脑壳，那饱满而苍白的前额，以及那炯炯有神的蓝眼睛，在我们的记忆里已经是如此习惯了的细节，并且和许多奇妙怪异的联想交织在一起，因此，它们的骤然出现，就把想象逗弄得忍不住发笑。说真的，我承认，就我来说，我笑得脸上发热，不过，我当时便低下头去，把手帕和垂下来的面纱作为我的欢乐的仅有的知情密友。

我觉得见到保罗先生时我是高兴的。看到他待在那儿，摆出一副凶狠而直率、阴沉而无偏见、暴躁而无所畏惧的样子，就像他君临教室讲台那样，我觉得这时候我的心情是愉快的而不是别的。他的在场是件十分出乎意料的事；尽管我知道他担任学校里的文学教授一职，却一点也没有想到他会来。有他在那个讲坛上，我敢肯定，不论形式主义，还是谄媚奉承，都不会是我们注定要得到的。可是他所赐给我们的东西，他所突然地、迅速地、继续不断地倾注到我们脑子里的东西——我得承认自己毫无准备。

他用他经常对福色特街的三个班级所作长篇大论的演说的那种同样的轻松和几乎同样的尖锐、容易激怒的热情，来对王子们、官员们和市民们讲话。他对那些专科学校的毕业生讲话，不是把他们当作学生，而是当作将来的市民和尚处在萌芽状态的爱国者来看待。自从那时以后降临到欧洲的那个时代[①]还没有被人预言过，而伊曼纽埃尔的精神对我来说是新颖的。谁能想到拉巴色库尔的平坦和肥沃的土地会产生如此被强烈地表达出来的政见和爱国心呢？这里不需要我特别指出他的见解的倾向；不过，也许能允许我说，我相信这位小个子所说的话其正确性不亚于其真挚认真。尽管他热情似火，然而他严厉而有理智。他把乌托邦的空想理论踩在脚底下，他轻蔑地拒绝荒唐的梦想——可是，在他面对着专制政治的时候——哦，他那双眼睛里就射出值得一看的光芒。在论及不公平的时候，他便发出一点也不含糊的声音，很能使我想起在天色朦胧的时候，从公园里传来的阵阵小号的吹奏声。

我想他的听众一般不那么容易感受到他那样纯粹洁净的激情；不过，有些青年学生，在他雄辩地对他们说，在他们的祖国和欧洲的前途中，他们应该走什么道路，作出怎样的努力，他们也热情高涨。他演讲结束的时候，他们报以长时间的响彻全场的欢呼声。尽管他那么火爆凶猛，却仍然是他们最喜爱的教师。

我们这群人离开大厅时，他站在门口；他瞧见并且认出了我，便举一举帽子致意，我走过他身边，他跟我握手，开口说道："你觉得怎样？"——一个彰明较著地具有个性的问话，即使在他这个凯旋得胜的时刻，都使我回想起他那老爱刨根问底的踧踖不安的样子，以及缺

① 指 1848 年至 1851 年的法国二月革命及其后革命风暴席卷整个欧洲大陆的时代。法国二月革命是推翻七月王朝建立第二共和国的革命。

少那种我认为一个人应该具有的自我克制，这些都是他的缺点的一部分。当时他应该不在乎问我怎么想，或者其他人怎么想；可是他却那么在乎，而且天真未凿得不能隐藏自己的愿望，感情冲动得不能抑制自己的愿望。啊！如果我责备他过分心急，我却喜欢他的质朴无邪。我本来要赞扬他，我心里有许多赞扬的话，可是，天哪！却讷讷地说不出口。谁能在该说话的时候有话好说呢？我结结巴巴地说了一些废话；不过，在别人争先恐后地走来向他表示祝贺，以他们的过剩来掩盖我的不足的时候，我真心感到高兴。

一位绅士把他介绍给德·巴桑皮尔先生；这位伯爵同样感到非常满意，邀请他加入他的朋友们（大部分是跟伊曼纽埃尔一样的人），一起到克莱西公馆吃饭。他谢绝了宴请，因为他对有钱人的友好表示总是怀有一点儿戒心。在他的肌肉组织里有一种坚强的独立不倚的力量——这并不突出，但是当你对他的性格有进一步的了解时，会愉快地发现的。不过，他答应在那天晚上同他的朋友A先生，一位法兰西学院院士一起来。

在那天的晚宴上，姞妮芙拉和波琳娜看上去都很美丽，各有自己的特色；前者也许可以夸耀她体形魅力的优点，后者则具有更微妙的精神方面的突出吸引力，这表现在她那双眼睛的波光盈盈，含情脉脉，表现在风度翩翩，表现在表情讨人喜爱，富于变化。姞妮芙拉的深红色的服装很好地衬托出她那金黄色的鬈发，同她那玫瑰般的青春也和谐一致。波琳娜的服装——时新的紧身式样，整洁素雅，一无缺点，质地细净雪白——使人看了舒心悦目，因为它与她的肤色的娇嫩的生气、她脸上的柔和的生机、她的眼睛的深不可测的温柔，以及她的头发浓浓的褐色和潇洒的飘逸相般配——她的头发的颜色比她的撒克逊表姐的头发的颜色还要深些，她的眉毛、眼睫毛、眼珠上那丰满的虹膜和又大又灵活的瞳孔也都让人看了心里高兴。在樊篇小姐身上，大自然轻描淡写地随便把这些细节勾勒出来；而在德·巴桑皮尔小姐身上则把它们造成高超和精致的完美形象。

波琳娜被那些学者们吓住了，不过还没有到哑口无言的程度，她谦虚而胆怯地应对着；并非毫不费劲，然而却是带着真正的妩媚和一种良好而透彻的见识，以致她的父亲不止一次地中断自己的谈话去听她讲，并且以充满自豪的喜悦的目光注视着她。使她加入谈话里来的，是一位彬彬有礼的法国人，Z 先生；他是一位饱学之士，但是相当优雅殷勤。她的法语把我迷住了，毫无缺点——结构正确、成语得当、口音纯正。尽管姞妮芙拉半辈子都在大陆上生活，却远不及她。这位樊篨小姐说话从来没有什么困难，可是她不具有真正的准确性和纯洁性。再住多少年也不会有。在这一点上，德·巴桑皮尔先生也感到满意，因为在语言方面，他很挑剔。

还有另外一位聆听者和观察者；职业上的紧急事务使他不能脱身，因而来晚了。布列顿医师在餐桌旁坐下来的时候，就对两位小姐静静地细看了一番，而这种小心的观察重复了不止一次。他的来到使至今似乎无精打采的樊篨小姐振作起来；这会儿只见她又是微笑，又是昂首挺胸，谈论着——尽管她说的话难得说到点子上——或者不如说，她说的“点子”是使人难堪的，在那个场合是不够格的。也许她的轻松而不连贯的空谈曾经一度使格雷厄姆感到满意过，也许现在仍然使他高兴；也许只不过是爱好使他有以下的想法，即，虽然他的眼睛看到，耳朵听到，可是他的鉴别力、他的激烈的热情、他的活跃的智力却并没有引起相应的考虑和喜悦。可以肯定的是，尽管对他注意力的需求似乎是那么频繁，那么严格，然而他只是有礼貌地屈从一切请求他做的事。他的态度既不显得不高兴，也不显得冷冰冰。用餐的时候，姞妮芙拉坐在他身边，他的注意力几乎全部集中在她身上。她一脸心满意足的样子，走到会客室去的时候，情绪非常好。

可是我们一走到我们的藏身之地，她就马上又无精打采起来。她重重地倒在卧榻上，斥责那场“讲话”和那顿晚餐是两件糟糕的事，并且问她的表妹，怎么受得了聆听她的父亲邀请来聚会的这一批令人兴味索然的“要人们”的言语。一听到这些先生们的走动声音，她的抱怨就停止了。她突然站起身来，飞跑到钢琴那儿，精神抖擞地弹奏起来。布列顿医师和第一批人一起进来，走到她身旁站着。我想他不会在那儿站多久，因为我认为壁炉边有一个位置会吸引他去，然而他只用眼睛扫视了一下那个位置；就在他瞧看的时候，其他人都进来了。波琳娜的文雅和智力迷住了这些富有思考力的法国人；她的美貌的精微细致之处、她的神态中温柔有礼的风度，以及那不成熟的然而是真正天生的机智，很配他们民族的口胃。他们围住她，不是为了跟她谈科学，那样会使她哑然无言，而是跟她谈及文学、艺术和生活上的许多问题。在这些方面，她很快就表现出是既广泛阅读，又经过思考的。我在一旁听着；我可以肯定，尽管格雷厄姆孤零零地站在那儿，他也在听。他的听觉和视觉都是很精细、灵敏和辨别力很强的。我知道他把谈话都听进去了；我感觉继续那种谈话的方式太适合他了——使他高兴到了极点。

无论在感情方面或者在性格方面，波琳娜身上都有比多数人以为的更多的力量——比格雷厄姆自己设想的更多，比她会显示给那些不愿意看到它的人的更多。说真的，读者啊，如果没有同样卓越、同样完满、同样可靠的力量，就不会有卓越的美、完善的优雅和实实在在的高尚。你要是在一个懦弱而散漫的性格里去找持久的魅力，就无异于在无根和枯萎的树上去找甜美的果实和芳香的花朵。在软弱的周围，与美丽相仿的东西会昙花一现，可是它经不起一阵疾风的摧残；即使在最灿烂的阳光下，它也很快就会凋谢。若是有什么善于暗示的精灵对格雷厄姆低声耳语，说到支撑那个娇嫩的性格的体力和毅力，他会感到吃惊；可是我在她孩提时代就了解她，知道或者猜测到她的风度是多么优良而牢固地扎根在现实的坚固的土壤上。

布列顿医师在聆听，在等待这个魔术圈子出现一个缺口，同时他的眼光一次又一次地忙着扫视这个房间，碰巧瞧见了我，我正坐在一个静悄悄的角落里，离我的教母和德·巴桑皮尔先生不远。他像往常一样，正在忙于霍姆先生称作“两人玩的嚼舌”[①]的事，也就是伯爵会翻译为“促膝谈心”[②]的事。格雷厄姆用微笑跟我打招呼，并且走了过来，向我问候，说我脸色苍白。我脑子里产生自己的想法时，我的微笑也有我自己的意思：自从上次约翰医生对我说话，到现在已经有三个月了——他甚至于没有意识到光阴的流逝呢。他坐下来，变得沉默不语。他心中想的是旁观，而不是谈话。姞妮芙拉和波琳娜这时都正在他的对面：他可以看得心满意足；他打量她们的身材——细看她们的脸。

晚餐开始以后，便有好几位新来的客人，绅士淑女都有，进入了会客室，他们顺便作晚间的闲谈。我附带提一提，在这几位先生们之中，我瞧了几眼，已经注意到一个神态严肃、肤色深暗、教授模样的轮廓，在里面一间沙龙客厅里独自徘徊着，这只不过是从远距离看到的景象。伊曼纽埃尔先生认得许多在场的先生们，可是我想，除了我以外，对于大多数的女士们他是陌生的。他朝壁炉这边望的时候，必然要瞧见我，于是自然而然地打算向我走来。不过，他也看见了布列顿医师，就改变了主意，缩了回去。如果只是如此而已，就不会有吵架的理由；可是他对于缩了回去一事很不高兴，不禁皱起双眉，噘起嘴唇，样子那么难看，以致我把目光移开，不去看那副使人不快的尊容。约瑟夫·伊曼纽埃尔先生像他那位严肃的兄弟一样，也已经来

---

① 原文为“a two-handed crack”。“crack”，英格兰语“闲聊”的意思。

② 原文为 tête-a-tête，法语：面对面，相对密谈。

了，就在这一时刻，他继姑妮芙拉之后，在弹钢琴。多么精彩娴熟的演奏接替了他的女学生水平的叮叮咚咚之声啊！这架钢琴是用怎样辉煌的、感激的音调来答谢这位真正的艺术家啊！

“露西，”布列顿医师打破沉默笑着说，这时姑妮芙拉在他面前悄悄地走过去，同时用眼睛扫视一下，“樊箫小姐肯定是个好姑娘。”

我当然表示同意。

“那么，”他继续问，“房间里还有另一位同样可爱的吗？”

“我看再没有哪一个跟她一样漂亮的了。”

“我同意你的看法，露西。我想，在趣味方面，或者至少在判断方面，你同我常常意见一致。”

“是吗？”我有点怀疑地说。

“我想，露西，要是你是个男孩而不是个姑娘——是我母亲的教子而不是教女，那么我们会是很好的朋友。我们的见解会互相融合起来。”

他摆出一副开玩笑的样子，眼睛斜视着，闪出半是哄骗、半是嘲笑的光。啊，格雷厄姆！我孤身独处的时候，不止一次地考虑和推测你对露西·斯诺的评价：这一评价可会总是友善的或者公正的呢？如果露西本身一无改变，但是却拥有了外加的钱财和地位的有利因素，那时，你对她的态度，你对她作出的估价，会完全是实际上应有的那样的吗？然而，我对这些问题并非当真包含责怪的意思。不是的；你也许有时候会使我伤心或者烦恼；不过我的性格本来就容易消沉，容易狂乱不宁——如果一朵乌云遮住太阳，性情就会变得抑郁。也许在极其公正的眼光面前，我比你缺点更多。

这时，我努力抑制着使我的心颤抖不已的没有道理的痛苦，种种情况使我感觉到格雷厄姆可以对别人奉献最严肃、最真诚和最有男子气概的关心，而对往日的朋友露西却只报以轻松的讥笑而已。于是，我不动声色地问道：

“我们在哪些问题上那么合拍？”

“我们彼此都具有敏锐的观察能力。也许你认为我不具有；然而我是有的。”

“可是你刚才是说爱好：我们可以看到同样的东西，而对它们的估计却可以不一样，是吗？”

“让我们试验一下吧。当然，你不能不尊敬樊箫小姐的优点。现在，你对房间里其他的人怎样看法？——譬如，我的母亲，或者那边的两位名流，A 先生和 Z 先生，或者，就说那个脸色苍白的德·巴桑皮尔小姐，如何？”

“你知道我对你母亲怎样看法。我没有想过 A 先生和 Z 先生。”

“还有另一个人，你怎么看待？”

“我想她就像你所说的，是个脸色苍白的小贵妇人——这会儿当然很苍白，因为她由于过分紧张而累坏了。”

“你不记得她当孩子的时候了吗？”

“有时候，我倒怀疑你是否还记得。”

“我曾经把她忘了；然而值得注意的是，曾经从你的记忆里溜掉的那些环境、人物，甚至言语和模样，在某种条件之下，在某种你自己的或者另外一个人的思想的影响之下，可能会复活起来。”

“那是很可能的。”

“不过，”他继续说，“这种复活是不完全的——它需要证实，它具有梦幻那种模模糊糊的特征，或者幻想那种缥缈的性质，因此，一个证人出来作证，对于证实此事就变成必需的了。十年以前，霍姆先生把他的小姑娘，我们当时叫做‘小波莱’的，带来跟妈妈一起住的时候，你不是在布列顿做客吗？”

“她来的那天晚上，以及离开的那天早上，我都在那儿。”

“她是个很特别的女孩子，对吗？我不记得我怎样对待她了。那时候，我喜欢小孩子吗？尽管我那时候是个十足粗心大意的中学生——我身上有没有一点儿文雅和友爱呢？不过，你当然不记得我了吧？”

“你曾经看见你自己的在台地别墅的画像。它跟你一模一样。你今天的样子和昨天的几乎没有什么两样。”

“可是，露西，怎么会呢？这种说法确实激起我的好奇心了。今天的我怎么样？十年前的昨天的我又是怎样的呢？”

“对于使你高兴的一切你很宽厚——对于任何什么你都不残酷或者刻薄。”

“这你就错了；譬如说，我觉得我对你就几乎是一个残酷的人。”

“一个残酷的人！不，格雷厄姆，我决不会耐心地忍受残酷对待。”

“不过，这一点我确实记得：安静的露西·斯诺丝毫没有尝到过我的温文尔雅的对待。”

“也同样没有尝到过你的残酷。”

“嗨，纵使我是尼禄[1]，我也不能折磨一个不伤害别人的像影子一样的人。”

我微笑了，可是同时我也咽下了一声呻吟。哦！——但愿他让我安静一些——停止提到我。我不要这些表述词语[2]——不要这些成为特征的东西。他的“安静的露西·斯诺”，他的“不伤害别人的影子”，我扔还给他，并不是带着蔑视，而是带着极端的疲倦。那些话像铅一样冰冷和沉重。别让他用这样的重量来压倒我。幸运得很，他很快就

① 尼禄(37—68)，古罗马皇帝，登位时年仅 16 岁。掌权初期尚能施行仁政。及长，以放荡、昏暴出名。与母争权而弑母。又杀妻子和老师塞涅卡。并有纵火焚毁罗马城市之嫌。终遭人民及元老唾弃。一说他以短剑自刎而死；一说他被判处在十字架上受鞭刑而死。

② 表述词语，表述人或事物性质、特征的词语。

换了话题。

“‘小波莱’和我的关系怎样？除非我记错了，我们还不是冤家……”

“你讲得很含糊。你认为小波莱的记忆也不会更明确吗？”

“哦！我们现在说的可不是‘小波莱’啦。请叫她德·巴桑皮尔小姐吧。这样高贵的人物当然不会记得布列顿的任何事情了。瞧她那双大眼睛吧，露西，它们能看懂记忆的书页里的字吗？它们就是我以前指引着去读儿童识字课本的那双眼睛吗？她并不知道我教她读过一些书。”

“在星期天晚上念《圣经》的时候吗？”

“她现在有个恬静的、精致的、很漂亮的轮廓，而过去那曾经是个多么烦躁不宁的娇小的面貌啊！一个孩子的偏爱是什么样的东西啊——是多么像个泡影啊！这位小姐曾经喜欢过我呢！你相信吗？”

“我觉得她曾经有几分喜欢你。”我说得比较有节制。

“那么你是不记得了吧？我也曾经忘记过，可是现在我记起来了。在布列顿镇的所有人中间，她当时最喜欢我。”

“你当时是这样想的？”

“我完全记得。我希望自己能把我所有记起来的事情都告诉她，或者不如说，我希望有个人，譬如说你，去了解一下，在她耳朵边悄悄地告诉她一切，而我能够有这种愉快——像我现在这样坐在这儿——观察她听到这些信息以后的脸色。露西，你想想看，你能办到这件事，因而使我永远感激你吗？”

“我能够设法使你永远感激吗？”我说。“不，我不能。”我感觉到我的手指在抽搐，双手十指交叉扣了起来；同时也感觉到身上一股热烘烘的、反抗的勇气。在这件事情上，我不打算满足约翰医师，一点也不。现在带着这种令人高兴的力量，我认识到他完全误解了我的特点和性格。他总是要给我一个不属于我的角色。我的本性反对他。他完全猜不出我的感受，没有从我的眼睛、脸和姿态中看出什么来，尽管我不怀疑它们都有表情。他哄孩子似地朝我凑过身子来，轻轻地说道：“求你满足我吧，露西。”

我本来打算满足他的要求，或者至少使他清楚地明白，好好地叫他懂得，下次可决不要再想让我在一出爱情的戏剧里扮演一个爱管闲事的轻佻侍女[1]的角色。就在这时候，随着他那温柔而又热切的喃喃低语声，几乎跟他那声哀求的、柔和的话同时——“求你满足我吧，露西！”响起了一阵尖声嘶叫的说话声，从另外一边直刺入我的耳朵。

“小猫儿，你这迷人的卖俏者！”那条突然出现的大蟒蛇用咝咝的声音说道。“你的样子又悲痛、又柔顺、又忧郁；我可以告诉你这可不是你真正的性格，你这残酷成性的人！你心里燃烧着火焰，眼睛里隐藏着闪电。”

“我有燃烧着的心脏，一点不错！”我转身反驳说，理直气壮地生气了；可是伊曼纽埃尔教授已经用咝咝的声音发了一通侮辱性的话之后离开了。

糟糕的是，我已经说过，布列顿医师的耳朵很灵敏，他听见了这个插曲的每一句话；他用一块手帕蒙住脸，笑得身上直抖。

“你做得对，露西，”他喊道；“好极了！小猫儿，小卖俏者！哦，我得告诉我母亲！是真的吗？还是半真半假？我相信是真的：你的脸红得同樊箫小姐的罩袍一个颜色。真的，我现在仔细观察他，我可以保证，他就是那天在演奏会上对你那么粗暴的同一个小个子；就是那同一个人，而在他的灵魂里他这会儿正激动得发狂，因为他看见我在大笑哪。哦！我一定要戏弄他一番。”

格雷厄姆兴致勃勃，对恶作剧的爱好一发而不可收，他又是大笑

---

① 指戏剧或歌剧中风流机灵的侍女。

又是说俏皮话，还不断低声耳语，真使我受不了，弄得我热泪盈眶了。

突然，他安静下来：靠近德·巴桑皮尔小姐的地方出现了一个缺口，围住她的人群好像要散开了。这个动向格雷厄姆马上看到眼里——他即使在大笑的时候也总是警觉着。他站起身来，鼓起勇气，走到房间那头，去利用这个好机会。贯穿约翰医师的整个一生，他都是一个幸运的人——一个成功的人。原因何在呢？就因为他有能够看到他的机会的眼睛，有能够果断地采取及时行动的心，还有去完成一件十全十美的工作的精力。没有蛮不讲理的激情把他往后拖；没有热爱的事物、也没有性格上的弱点使他的道路受到阻碍。此时此刻他看起来有多神气啊！他走到波琳娜身边，她抬起头来望着他的时候，她的目光立刻遇到一个生气勃勃而又谦逊温和的目光。他对她说话的时候脸色变得通红，半是害羞，半是兴奋。他站在她面前，勇敢而又难为情；驯服而又不冒昧，可是目的性很强，热烈的感情很专注。这些我一眼就看出来了。我并没有继续观察——即使想这样做，也没有时间：现在已经很晚，姞妮芙拉和我应该已经在福色特街了。我站起身来，向我的教母和德·巴桑皮尔先生告辞。

我不知道伊曼纽埃尔教授有没有注意到我很勉强地接受布列顿医师开的玩笑，也不知道他有没有觉察到我的痛苦，以及，总的说来，那天对于朝三暮四、贪图享乐的露西小姐，可并不是一连串令人兴高采烈的享受。不过在我正要离开房间的时候他走了过来，问我有没有人陪送我回到福色特街去。教授现在说话可客气了，甚至很恭敬呐。他现出一副感到抱歉和懊悔的样子，但我不能立即赏识他的彬彬有礼，也不能用粗糙的和时机不成熟的忘却来对待他的后悔。迄今为止，我从来都没有对于他的粗暴无礼认真地感觉到发自内心的憎恶，或者在他的凶猛刚烈的样子面前感到心寒。不过，今天晚上他所说的话，我认为是毫无根据的，对于刚才发生的种种，我极端不赞成，这种表情即使很轻微，也一定看得出来。我只说：

“我有人陪。”

这也是实话，因为安排了用自备马车送姞妮芙拉和我回去。我走过他身边的时候，微微行了一下屈膝礼。他在上课时，学生们走过他的讲台，通常就是这样向他行礼的。

我找到自己的披巾以后，就回到门厅。伊曼纽埃尔先生正站在那儿，仿佛在等人。他说，晚上天气很好。

“是吗？”我说，对于自己的声调和态度，其炉火纯青的谨慎小心和冷若冰霜之状，我不能不暗自赞赏。我在痛苦或者伤心的时候，很少很少能够把自己要保持沉默和冷淡的决心装得很像样，因此对于这一次成功的努力，几乎感到很骄傲。那一声“是吗？”听起来就像是别人说话的态度。我曾经听见过几万次这种吞吞吐吐的、藏头藏尾的、干巴巴的细言碎语，从一二十位怡然自得、高傲自满的小姐们和闺秀们的噘起的嫣红的嘴唇里吐露出来。我知道，这位保罗先生不会忍受把这种对话拖延下去的，不过他确实应该尝尝这种粗率无礼、索然寡味。我相信他自己也这么想，因为他不声不响地服下了这杯苦药。他瞧着我的披巾，说它太薄，觉得不行。我斩钉截铁地对他说，它的厚薄正合我的心意。我退避开去，离他远远地站着，靠在楼梯的扶手上，把披巾往身上围拢，眼睛注视着墙上那幅油画，那是沉闷阴郁的宗教画，使墙壁都黯然失色。

姞妮芙拉姗姗来迟，她的磨磨蹭蹭简直使人厌烦。保罗先生还待在那儿，我的耳朵准备听到从他嘴里发出愤怒的声调。他向我走近些。“现在要听到嗞嗞声了！”我想。我本来可以用手指塞住耳朵，以躲避这令人毛骨悚然的恐怖，只是这个动作太不礼貌了。结果什么都没有像我预期的那样发生：你想听到软语绵绵或者细语喃喃，到头来你却听到折磨或者痛苦的喊叫。你在等待刺耳的尖叫声、愤怒的威胁声，结果却高兴地听到友好的招呼声，一种和善的低声耳语。保罗先生温柔地说话了。

“朋友们，”他说，“不要为了一句话而争吵吧。告诉我，是我，还是这个自高自大的英国人”（他亵渎地指着布列顿医师），“使你的眼睛甚至现在还这么湿，面颊还这么热？”

“先生，我并没有感到你或者任何别人刚才激起了你所说的这种情绪。”这是我的回答。我这样答复，又一次超过了我平常的为人，而且说了一个灵巧而又冷冰冰的谎话。

“可是，我说过什么话呢？”他接着说，“告诉我吧；我当时很生气，我已经不记得自己的话了；我到底说了什么话呀？”

“说的是最好忘掉的那种话！”我说，仍然相当平静、泰然和冷淡。

“这么说来，可见是我的话伤了你的心啰？就当我没有说吧，请允许我收回，并且原谅我。”

“先生，我并不生气。”

“那么你比生气更糟——伤心。原谅我，露西小姐。”

“伊曼纽埃尔先生，我原谅你。”

“让我听到你用你自然的声音，而不是用这种陌生的声调说：‘我的朋友，我原谅你。’”

他使我笑了起来。面对他那渴望的样子，他那单纯的神色，他那诚恳的表情，谁能忍住不笑呢？

“好啊！”他喊道，“瞧，太阳露出了光彩！说吧，我的朋友。”

“保罗先生，我原谅你。”

“我不要听‘先生’，用另一种称呼吧，要不然，我就不相信你的诚意。再作一次努力——*mon ami*，或者用英语说——‘我的朋友’！”

啊，“我的朋友”比起“*mon ami*”有另外一种声调和意义。它没有那种一家人和亲密无间的感情的味道。我不能对保罗先生说“*mon ami*”；却能够毫不困难地说“我的朋友”。不过，对他来说，这两者没有区别，因而他对这句英国话很满意。他微笑了。读者啊，你真该看到他那样的微笑；你真该看出他现在的面容和半小时以前他所露出的那副面容之间的不同之处。我不能肯定我过去曾经在保罗先生的嘴唇上或者眼睛里见到过这种高兴的、满足的或者友好的微笑。在他所谓的微笑里，我曾经千百次地见到他所表达的是冷嘲热讽、是轻蔑，以及热情洋溢的眉飞色舞之状，而任何比较温柔或者比较温暖的感觉的鲜明象征，我觉得在他的脸上完全是新的东西。它仿佛把一个面具变成了一张脸。他的五官上的深深的皱纹也消失了；肤色也似乎比较清晰、比较鲜明了一些。他那表明西班牙血统的黝黑的、灰黄色的南方人的肤色，被一种比较浅的肤色所取代。我可以说从来都未见过任何别人的脸上由于类似的原因而发生同样的变形。他现在领我上了自备马车；就在这时，德·巴桑皮尔先生和他的侄女儿一同走了出来。

樊箫小姐的情绪很不好，她觉得那天晚上是个很大的失败。她的心情完全不对头，我们一坐上自备马车，车门一关上，她就大发脾气。她对布列顿医师大加诽谤，有些话是相当恶毒的。既然没有本领迷住他或者刺痛他，那么仇恨他便是她唯一的办法了。这种仇恨她用如此没有分寸的言语，而且如此荒谬的是非观念来表达，以致我在用装出来的不以为意的样子听了一会儿以后，我的受伤害的正义感终于突然地冒火了。继之而来的是爆炸；因为我也能够激情勃发，特别是跟我眼下这位漂亮的、有错误的和有缺点的伙伴在一起的时候，这个伙伴从来都不放弃把我心中最坏的沉渣搅动起来的机会。幸亏自备马车的轮子在这坚硬的维莱特的铺石路上发出震耳欲聋的格嗒格嗒声，因为我可以向读者保证，在车厢里既不是死一般的沉寂，也不是心平气和的相互讨论。我半真半假，自命有责任把姞妮芙拉骂得体无完肤。从克莱西街出来的时候，她暴戾乖张，在我们到达福色特街之前有必要使她驯服下来。为了达到这个目的，揭示她的货真价实的可贵之处，以及很大的优点便必不可少，而这样做就要用一种语言，其忠实和朴素方面能够媲美约翰·诺克斯[1]对玛丽·斯图亚特[2]的称赞所表现的。对于姞妮芙拉来说，这是一种正确的训导方法，对她很适合。由于经受过一次见解正确的伦理上的连连敲打，我十分肯定，那天夜里她上床的时候，在思想和情绪上反而更好一些，并且睡得更为香甜。

第 二 卷 完

① 约翰·诺克斯(约 1514—1572)，苏格兰宗教改革家。

② 玛丽·斯图亚特(1542—1587)，苏格兰女王(1542—1567)。出生后六天父死即位。1558 年与法国王子结婚。1560 年夫死后返苏格兰亲政。曾企图依靠法、英及西班牙天主教徒推翻英女王伊丽莎白一世以兼并英格兰，未成。1567 年被废黜后逃入英国，被伊丽莎白囚禁。西班牙国王图谋以玛丽取代伊丽莎白，事情败露，玛丽被伊丽莎白处死。

第三卷

第二十八章
挂表链

保罗·伊曼纽埃尔先生在上课的时候，对于不论出于什么原因而造成的中断这一麻烦非常敏感。在这种情况下走过教室，被学校的老师们和同学们，不论是个别还是集体，都认为对于一个女人或姑娘是性命攸关的事。

贝克夫人自己，要是被迫去冒这个险，便会收紧裙子，“哧溜”一下窜过去，而且就像一条船害怕在礁石上溅散的浪花那样，小心翼翼地沿着可怕的讲台走。至于女杂务工萝芯妮——她的可怕的职责是每隔半小时从这个或那个班级的中心区域把学生们喊出来，到祈祷室、大沙龙客厅或小沙龙客厅、餐厅或其他有钢琴的所在去上音乐课——在她第二次或第三次尝试中，她常常会由于过度惊恐而几乎张口结舌——透过一副飞快地转过来的眼镜射向她的那种无法形容的目光引起她产生这一感觉。

有一天早上，我正坐在方形大厅里，做一块刺绣手工，这是一个学生开了头却没有完成的东西，我的手指在框架上忙着，耳朵却很受用地听着隔壁教室里逐渐升高和抑扬顿挫的长篇大论的演讲声音，那调子瞬息之间变得更加吵闹，更加不祥地变化多端。在我与即将爆发的暴风雨之间有一堵坚固的墙壁，万一暴风雨向这边扫过来，还有一条便捷的路径：可以从玻璃门逃到院子里去。因此，我从这些越来越强烈的征兆中得到的乐趣恐怕比惊吓要多。可怜的萝芯妮却不安全，她在这倒霉的早上已经四次走过那段危险的通道，而现在，第五次，她的危险任务可以说是从火中抽出来的一根柴①——从保罗先生的鼻子底下抽出来的一个学生。

“我的上帝！我的上帝！”她大声嚷道。“我要变成什么了？我可以肯定，先生会把我杀了；因为他非常恼火。”

她受到从穷途末路中产生的勇气的鼓舞，毅然把门打开。

“拉·玛尔小姐去弹钢琴！”这是她的叫喊。她还没有完全退出去，门也没有完全关好，下面的声音就发出来了：

“从这一刻起，这间教室不准进出。第一个开门或者通过这个班级的人将被吊死——即使是贝克夫人自己。”

这项法令颁布后还不到十分钟，就又听见萝芯妮的法国拖鞋的窸窸窣窣的声音沿着走廊传来。

“小姐，”她说，“即使你给我一个五法郎的硬币，我此刻也不再踏进那间教室了。那位先生的眼镜真是太可怕了；可是有个穿制服的听差从那所专科学校带信来。我已经告诉贝克夫人，我不敢传这个口信，她说让我叫你办这件事。”

“叫我？不，那太糟了！这不属于我的职责范围。好啦，好啦，萝芯妮！你自己的担子自己挑吧。勇敢些——再打一次冲锋吧！”

“我吗，小姐？——不可能！今天我走过他面前已经有五次了。夫人真的应当雇一个宪兵来办这种事。哦，我已经精疲力竭了！”

“呸！你只是个胆小鬼。到底是什么口信？”

“恰恰是那位先生最不愿意别人麻烦他的那种：叫他马上直接到专科学校去，因为来了一位官员——视察人员——我不知道什么人，一定要先生见他不可。你知道他多么憎恨非做不可的事情。”

不错，我知道得很清楚。这位不肯安静的小个子厌恶踢马刺和勒马绳。他反对任何紧急的或者强制性的事情，因此他肯定要反抗。不过，我接受了这一使命——当然不是毫不惧怕，然而却是惧怕之中混

① 从火中抽出来的一根柴，见《圣经·旧约全书·阿摩司书》第4章第11节：“我倾覆你们中间的城邑，如同我从前倾覆所多玛、蛾摩拉一样。使你们好像从火中抽出来的一根柴。”这是先知阿摩司传达上帝的话，嘱以色列人悔过自新。“从火中抽出来的一根柴”，或“火里抽薪”，比喻劫后余生。

杂了其他的感觉，其中也有好奇心。我开了门，走了进去，尽我这只战战兢兢的手所能做到的那样又快又静悄悄地把门关上。这是因为，如果行动缓慢或者忙乱，使门闩发出声音或者把门开得大大的，便是罪上加罪，其结果往往会比主要的罪过本身所带来的灾难更大。当时，我站在这儿，他坐在那儿。很明显，他的情绪不好——几乎坏到极点。他刚刚上完一堂算术课——因为他爱讲什么课就讲什么课——而算术是一门枯燥的功课，始终不合他的脾胃，他讲到数字的时候，没有一个学生不胆战心惊。他坐着，俯向书桌，这一时刻，他听到声音，但是还不能抬头看看是谁进来，看看发生直截了当地违犯他的意志和法律的事件。这样倒是好得很：好让我得到时间走完这间长长的教室了。按照我的个性，比起忍受像他那样的远距离的脾气爆炸的威胁来，还是遭受他的近距离的脾气爆炸好得多。

就在他的讲台面前我停住了脚步。我当然不值得他马上给予注意，他继续讲课。他不屑于理睬我是不行的：他非听我说不可，而且必须对我的口信给予答复。

由于我不够高，头还伸不到搁在讲台上的他的书桌上面，既然我在目前的处境中如此受到埋没，我便冒险向周围偷看，当初的目的只是想把他的脸看得清楚一些，因为我进来的时候，我一眼瞧见他的脸惟妙惟肖地、形象生动地像一只黑黄色相间的老虎的脸。有两次我泰然自若地从侧面欣赏他的脸，他却没有瞧见我前进或后退。可是，在我第三次眼睛刚刚从书桌的幽暗中露出端倪的时候，就被逮住了，并且被一直穿透了瞳孔——那是被一副眼镜穿透的。萝芯妮说得对，这个用具里包含一种白茫茫的一成不变的恐怖，而这是戴这副眼镜的人那双没有光泽的眼睛里一触即发的怒火以外的东西。

我现在发现跟他接近的好处了。他的近视眼镜对于察看他鼻子底下的一个罪犯毫无用处；因此，他把它取了下来，这样一来，我和他就处于比较平等的地位了。

我很高兴我并不是真的很害怕他——因此，他近在咫尺，我确实没有感到一点恐怖。因为尽管他最近宣布要求用粗绳索和绞刑架来执行判决，我却能够提供他一次所用的绣花线，态度是那么一团和气，礼貌周到，必然至少能减轻他过剩的愤怒的一部分。当然啰，我不在大家面前献这个殷勤，而只是把这根线绕过书桌的一只角递过去，并且打了一个圈套，把它套在这位教授的椅子背后的木条上。

“你要我怎么样？”他咆哮着说，可是那声音完全控制在胸腔和喉咙里，因为他咬紧牙关，并且好像在内心里暗自发誓，无论如何不能使自己脸上露出笑容。我毫不妥协地开始回答说：

“先生，”我说，“我要的是没有听见过的特别的东西。”我想最好还是不要吞吞吐吐地说，而是坚决果断地给他来个“泼冷水。”于是，我低声，但是说得很快地把那所专科学校的口信传达给他，故意用花言巧语来夸张其迫切性。

他当然根本不理睬。“他不会去的，他不会离开他眼下这个班级，即使维莱特所有的官员都派人来召唤他。即使国王、内阁以及上下两院合起来叫他去。他也不会在他的地方移开一英寸。”

不过，我可知道他必须去。尽管他嘴里说大话，他的责任和利益却命令他即刻而且毫不含糊地服从这一召唤。因此，我站在那儿静静地等待着，好像他没有说过话似的。他问我还要什么。

“只不过等先生给那个送信的听差的一句回话。”

他不耐烦地摇摇手。

我冒险伸手想去碰一碰吓人地蹲在窗槛上的那顶希腊式无边圆帽。他的眼睛瞟着这一大胆的动作，对于这种放肆无礼，他无疑又是感到惊讶，又是感到怜悯。

“啊！”他嘟哝着说，“既然事情弄到这个地步——既然露西小姐插手于他的希腊式无边圆帽了——那么她就干脆把它戴在她自己的头上吧，趁此机会变成个小伙子，并且大发慈悲，代替他到专科学校去。”

我恭恭敬敬地把帽子放到书桌上，帽子上的流苏好像对我一躬到地。

“我来写个便条道歉一下——这样就行了！”他说；还是一心一意想逃避。

我很明白这样是不行的，便轻轻地把帽子推到他手边。这样一推，帽子在没有铺桌面呢而上了清漆的书桌的光滑斜坡上滑了下去，顺带着把前面那副轻质的钢架的眼镜也带了下去。说来可怕，眼镜一下子落到讲台上。在这之前，我曾经许多次看见它掉到地上而没有损坏——可是这一次，真该我露西·斯诺倒霉，跌得两块透明的水晶玻璃片都变做四分五裂不成样子的小星星。

现在，我的确震惊得失魂落魄，又懊丧不已。我知道这副眼镜的价值。保罗先生的视力很特别，不容易配眼镜，而这一副却对他很适合。我曾经听见他把它称做他的宝贝呢。我把它拾起来的时候，已经碎成无用之物，我的手不禁颤抖着。看到自己闯下的大祸，我全身的神经都紧张起来，不过我想我是难过多于害怕。有几秒钟，我不敢正视这位遭殃受损的教授的脸。还是他先说话。

“嗨！”他说：“我的眼镜完蛋啦！我想露西小姐现在会承认，她完全赢得了绳子和绞刑架啦。她预见到自己的末日来临而浑身颤抖啦。啊，女叛徒！女叛徒！你决心要我在你手中完全瞎掉，无能为力！”

我抬眼一看：他的脸不但没有怒气冲冲、脸色阴沉、眉头紧皱，反而是笑容可掬，还带着当晚在克莱西公馆里我见到过的那样红光焕发。他没有生气——甚至没有感到心痛。他对于自己这个真正的损失，表现得比较宽宏大量；在这个真正的刺激面前，他却像个圣徒那样耐心。这件似乎很不顺利的事情——我原以为会立刻葬送我对他劝告成功的机会——结果证明倒是帮了我一个大忙。只要我对他没有损害，他便很难应付，可是在我成为一名自觉有罪而幡然悔悟的冒犯者站在他面前的时候，他却立刻变得这样谦和潇洒，通情达理。

他仍然温文尔雅地咒骂我说：“一个坚强的女人——一个可怕的英国妇人——一个小泼妇。”——他宣称，自己不敢不服从一个用实例如此表现了其危险的才能的女人。说此举完完全全像那个“砸碎花瓶以引起别人惊骇的伟大的皇帝”。[①]于是，他终于戴上他那顶希腊式无边圆帽，从我手中接过他那副摔坏的眼镜，还握一握手，以表示慈祥的宽恕和勉励，然后鞠了一躬，带着好得无以复加的心情和精神，离开教室，到那所专科学校去。

在这种亲切友好的交往以后，读者如果听到当天晚上我又一次同保罗先生争吵起来，想必会为我感到难过。可是这件事就是发生了，而我无法避免。

他有时有这种习惯——而且还是一种非常值得称赞的、令人高兴的习惯——他经常突如其来，不打招呼，在某个黄昏光临了，在人家安静的学习时间里闯了进来，对我们和我们所做的事情突然实行专政，叫我们把书都抛开，把针线袋都拿出来，他自己则拿出一本厚厚的书，或者一堆小册子，来代替一个昏昏欲睡的学生拖长嗓音念诵的令人糊里糊涂的“虔诚的读物”。保罗拿出来的或者是一本悲剧，由于朗诵得壮丽而变得壮丽，由于火热的动作而变得热情——或者一本什么戏剧，对于它的内在价值，我难得去探讨。这是因为伊曼纽埃尔先生用它作为发泄感情的工具，用他天生的活力和热情倾注其中，就像

① 指法国与奥地利在1797年10月谈判坎波-福尔米奥条约期间，法国皇帝拿破仑曾打碎一件瓷器，以威胁奥地利帝国：如果不接受他的条件奥国将如此被粉碎。这一条约是第一次意大利战役法国战胜奥国以后签订的。事见司各特著《拿破仑传》第3章。

把能维持生命的饮料倾注到杯子里一般。不这样的话，他就会用一个更为光明的世界的映像的闪光，照亮我们习以为常的黑暗：给我们看一眼当时流行的文学，从某一个迷人的故事中念几段给我们听听，或者念在巴黎的一些文艺沙龙里引起哄堂笑声的最近的诙谐幽默的副刊小品。不论是悲剧、情节剧、故事或者随笔，他总是小心地从其中删去他认为对于以“年轻的姑娘”为听众的不适合片段、短语或字眼，我不止一次地注意到，在删节掉的部分，如果没有文字替代便会留下没有意义的空白，或者使作品变得索然无味，他就能够、而且的确做到临时创作出整个段落来，既充满活力又无懈可击。他所添上去的对话——描述——往往比他略去的好得多。

嗯，就在上述那天晚上，我们像修女在“静修”那样安静地坐着，学生们在学习，教师们在工作。我记得我的工作，那是我喜欢的小事情，它使我很感兴趣；这件事是有个目的的，我并不仅仅借它来消磨时间。我想我做好以后作为一件礼物送人，由于送礼的时候快到了，所以得赶快做出来，我的手指在忙碌着。

我们听到了一阵响亮的熟悉的铃声，然后是听惯了的快速的脚步声。大家嘴里刚刚众口一词地吐出“先生来了！”几个字，那两扇相对的门就裂开了（因为他走进来，门总是裂开——说打开就慢了，不足以形容他的动作），他已经站在我们中间。

那儿有两张做功课的桌子，都是长长的，两边放着长条凳；两张桌子的上空各有一盏灯挂在中央，灯下面，桌子的两边各坐着一位教师；女孩子们就坐在老师的左右手；年纪最大的、并且最用功的最接近灯盏，或者说最接近回归线①，懒惰的和年幼的就挨个儿朝南北两极坐过去。那位先生的习惯是有礼貌地端一把椅子给一位教师，多数给

① 回归线，指太阳在地球上的直射点在一年内可能到达的最北点和最南点所在的纬线。分南、北回归线。这里是借喻。

那位年长的女教师翟丽·圣彼埃尔，然后坐到她空出来的位子上去；这样，他就可以处在巨蟹座[①]或摩羯座[②]的全部光照之下了，他有此需要，因为他的眼睛近视。

像通常那样，翟丽迅速站起身来，笑逐颜开，嘴巴张得大大的，充分展露出上下两排牙齿——这种特别的笑容从一只耳朵延长到另一只耳朵，只有一条又深又细的曲线把它表现出来，却并不扩展到整个面部，既不使双颊出现酒窝，也不使眼睛发亮。我猜想那位先生并没有看见她，或者是一时的兴致，有意不去注意她，因为他反复无常，就像人们所说的女人家的反复无常一样。再说，他的眼镜(他已经有了另外一副)可以作为种种小小的疏忽和缺点的借口。不管出于什么理由吧，他走过翟丽身边，到桌子的那一头去，我还来不及站起来让路，他就悄声说道："别动，"并站在我和樊箫小姐之间，而樊箫小姐一直是我的邻居，老是把手肘挨在我的腰际，不管我如何常常对她声明：

"姞妮芙拉，我但愿你待在耶利哥[③]才好。"

"别动。"说说容易；可是我怎么能够不动呢？我必须给他让出地方来，我还必须叫学生们往后退，这样我才能往后退，对于姞妮芙拉说来，这样做当然好得很：照她的说法，她为了"暖和暖和身子"，所以在冬天的晚上跟我如胶似漆地粘在一起。她的烦躁不安和戳戳碰碰，使我心烦意乱，因此，说真的，迫使我有时候不得不在我的腰带上特为别上一枚别针，作为防护物，以对付她的胳膊肘儿。可是我料想伊曼纽埃尔先生不会愿意遭受同样的对待。因此我把做针线活儿的什物都推到一边，清出地方来给他放书，我自己也让在一边，挪出地

---

① 巨蟹座，星座，肉眼能见的恒星有六十颗，串连起来，形象如螃蟹。

② 摩羯座，又称山羊座，星座，肉眼能见的恒星有五十颗，串连起来，形象是长了鱼尾的山羊。此处两个星座喻指两盏灯。

③ 耶利哥，古地名，约旦河西的重要城市。据《圣经》记载，以色列人曾用呼号声震塌城墙，占领此城。后来英语口语中作为"遥远的地方"之义。

方给他坐。不过我让出的空间不超过一码，只是任何通情达理的人都会认为这是长凳上留出的合适的一段距离。可是伊曼纽埃尔从来都不是通情达理的人，他是打火石和火绒啊！他撞击了一下，马上就冒火了。

“你不要我当邻居，”他咆哮着：“你把自己装得大模大样，对待我像个贱民，”他瞪着眼睛说。“好吧，我来解决这件事！”他就着手干起来了。

“小姐们全都站起来！”他喊道。

女孩子们都站了起来。他叫她们全体排队，走到另一张桌子那儿去。他把我安排在长板凳的一端，稳妥并小心地把我的针线篮、绸子、剪刀等所有这些工具都搬了过来，然后自己坐到另一端。

对于这种安排，尽管异常荒谬，房间里却没有一个人胆敢笑出声来。

要是谁格格地笑，这个格格笑的人就要倒霉。至于我呢，我却完全无动于衷地对待这件事。我坐在那儿，孤立无依，断绝了跟任何人往来。然而我坐着，专心于我的女红，心平气和，一点也没有感到不快。

“这样的距离够远了吗？”他问。

“先生，你该对此负责，”我说。

“你知道不是这样。是你造成这么大的空间。这件事跟我不相干。”

这样断定之后，他就开始朗诵。

他不幸找到一本他说是“一个莎士比亚剧本。”还进一步声称：“异教徒酒鬼，英国人的假上帝”的法文译本。要是他没有心情不愉快的话，他会怎样用另一种形象来表现自己的性格，那简直不需要我说了。

因为那是个法文译本，当然非常不能传神；我也不特别费尽心机地去掩盖我的蔑视，书里一些可怜的失误必然会引起我这种感情。并不是说我有义务或者适宜说些什么，可是一个人有时候能用眼睛表达禁止用语言使之具体的意见。这位先生的眼镜警惕不懈，他查明了所有迷惑的表情，我想没有漏掉一个。结果，他的眼睛不久便去掉了那层玻璃屏幕，这样，其中的火焰就能无拘无束地闪耀，而他在那自己把自己放逐前去的北极地区比他如果在巨蟹座直射下来的光线下所可能会感觉到的更热，这是参照房间里的一般温度来说的。

朗诵之后，他究竟会忍着怒气离去呢，还是会爆发出来，这看来是难以逆料的事。隐忍抑制可不怎么是他的习惯，可是，刚才所加之于他的种种情况，不是肯定足够向他提供公开责备的缘由吗？我一声不响，只允许自己的眼睛和嘴巴周围的肌肉比平常稍微多一些自由活动，总不能因此而被公正地认为应该受到呵斥或者处罚吧。

由面包和用温水冲淡的牛奶组成的晚餐被端进来了。考虑到教授在场，要表示尊敬，面包卷和玻璃杯就放在桌子上，而没有马上传递给每个人。

“进餐吧，姑娘们，”他说，似乎正从事于对他的“Williams Shackspire”[①]做旁注。她们便拿了餐食。我也收到一个面包卷和一杯牛奶，不过由于我现在对于手上的活儿比任何时候都更感兴趣，所以我坐定在受处分的位子上，一面继续工作，一面用力咀嚼面包，啜饮饮料，总的来说，我是怀着从容不迫的沉着冷静，怀着泰然自若的轻松舒服感，说真的，这几乎不是我的习惯，而是一种令我愉快的新鲜感受。这一切，看来仿佛一旦有个像保罗先生那样不安宁的、急躁不安的、棘手多刺的性格的人在场，便像一块磁石那样，将狂热的、不

---

① 这是英国戏剧家名威廉·莎士比亚（1564—1616）的法文拼法。英文原名是 William Shakespeare。

安定的因素都吸了过去，而留给我的只是和平宁静、和谐融洽的影响。

他站起身来。他会不会就此一言不发，离开这里呢？不错，他转身朝房门走去。

不然。他的脚步又转回来了；不过，也许只是去拿他遗忘在桌子上的铅笔盒子吧。

他拿起铅笔盒子——把铅笔放进去，又打开盖子取出来，铅笔尖碰在木头上，折断了，重新削好，放在口袋里，然后……猛然快步朝我走来。

女学生们和教师们都围绕着另一张桌子，正在随心所欲地闲谈，她们吃饭的时候总爱聊天。由于在这时候养成的一直是讲得又快又响的习惯，现在她们的声音也压低不多。

保罗先生来到我的背后，站住了。他问我在干什么，我回答说在做一根表链。

他问道："给谁做的？"我回答说："给一位绅士——我的一位朋友。"

保罗先生弯下腰来，并且开始——就像小说家们说的那样，对他来说，也完全确实是这样——对着我的耳朵"窃窃私语"，说了一些尖酸刻薄的话。

他说，在他所认识的妇人之中，我是能够使我自己令人不快到极点的人；说我是一个最不可能与之有友好关系的女人。说我有"顽固的性格"，并且反常得出奇。说我怎样对付这种性格，或者什么东西迷住了我，就他而言，可不得而知了；可是，不管谁怀着多么和平友好的意图来招呼我——呸！我却把和谐变成了不协调，把善意变成了敌对。他确信，他——保罗先生——希望我好；他从来也没有做过任何他意识到的有损于我的事；他想，他至少可以有权利被看成一个不好不坏的朋友，完全没有敌对的感情。可是，我却怎样对待他啊！我怀着怎样一种刺激人的轻松愉快——怎样一种反抗的力量——怎样一种不公正的“狂暴”啊！

这时候，我不免睁大眼睛，甚至插进一句略带感叹的意见：

“轻松愉快吗？力量吗？狂暴吗？我不曾知道……”

“马上住嘴！哎呀！我可惹事儿啦——像火药一点就炸！他很难过——非常难过：为了我的缘故，他对我不幸的异常之处觉得苦恼。这个‘脾气’——这个‘热性子’——也许宽宏大量，可是太过分——他怕会给我带来损害。很可惜；他从心底里相信——我不是完全没有优良的品质；只要我肯听道理，变得更稳重、更冷静，而少一些‘轻浮’、少一些‘卖弄风情’、少一些爱好炫耀、少一些老是给华而不实的东西以不适当的评价——非常重视那些出众的人们的注意，主要是因为他们有那么多英尺的高度、‘洋娃娃的脸色’，‘一个多少是长得像样的鼻子’，以及不计其数的自以为是的愚蠢——我可能以后成为一个有用的人，或许是一个模范人物。可是，实际上呢——”说到这儿，这位小个子的嗓子憋了一分钟说不出话来。

我原来会抬起头来看他，或者伸出手去，或者说句安慰的话；可是我害怕，如果我一动，我就会笑起来，或者哭出来。奇怪的是，这里面混合着感伤和荒唐。

我以为他就要结束了，然而不是，他坐了下来，这样可以更自在地继续说下去。

“在他——保罗先生——谈这些痛苦的话题时，为了我的好处，他会冒惹我生气的危险，会敢于提起他注意到我换了服装。他毫无顾虑地坦白，自己初次认得我的时候——或者不如说，在养成时不时顺便看我一眼这种习惯的时候——我的服饰使他满意。在这方面，我是明显的严肃、稳重而简朴，使他对我的最大的利益抱有最高的希望。究竟是什么不幸的影响驱使我近来在我的软帽边沿的下面加几朵鲜花，还要穿上‘绣花领子’，甚至有一次穿了一身鲜红的长袍出现在大庭广众之间——他确实可以猜测猜测，不过，目前暂不公开宣告。”

我又一次打断他的话，这一次稍带着一点儿既愤慨又惊吓的口气。

“鲜红的吗，保罗先生？不是鲜红的！是粉红的，而且是浅粉红的：并且还用黑色的花边调和了一下。”

“粉红色或者鲜红色，黄色或者深红色，嫩绿色或者天蓝色；都是一码事。这些都是招摇夸示、令人眼花缭乱的颜色。至于我所说的花边，那个东西只是个‘多余的装饰品’而已。”他对我的堕落叹了一口气。他很遗憾地说，他在这个话题上不能像他所愿意的那样细致，因为他对这些“小玩意儿”的正确名称不熟悉，他在用字方面可能小有错误，这不免会使他暴露在我的讽刺面前，并且引起我不适当地产生突然的和激昂的心情，用一般性的措词说来——这些一般性的措词他知道自己没有用错——他只不过要说我的服装最近显得有些像“华丽的时装”，因此他看了很伤心。

我承认自己怎么也猜不出他在我目前穿的冬季的美利奴呢衣和朴素的白领子上究竟发现了什么“华丽的时装”。我这样问他的时候，他说，这身服装的裁制太着重外观——此外，“你脖子上不是还有一个用丝带打的蝴蝶结吗？”

“你如果谴责一个妇女系蝴蝶结，那么你一定不主张一位先生用这一类东西了？”——我举起手里那根漂亮的用丝绸和金线编制的小链条。他的唯一答复是一声呻吟——我想是针对我的轻率。

他静坐了几分钟，我这时比任何时候都更勤快地编制那根链条，他注视着工作的进展，然后，他问道：

“我刚才说的话会不会使你恨透了我？”

我几乎不记得自己怎样回答他，或者事态又发生怎样的转变。我想我什么也没有说，不过我知道我们告别时，关系还是友好的。甚至在保罗先生走到门口以后，他还转过身来，仅仅为了解释：希望不要以为他完全谴责鲜红色的服装（“粉红的！粉红的！”我插嘴说）；还说，他无意否认它有好看的优点（事实上，伊曼纽埃尔先生明显地倾向于爱好鲜艳颜色的），他只是要劝告我，不论什么时候我穿上这身服装，穿的时候，都要把它的料子当做是“粗哔叽”的，把它的颜色当做是“土灰色的”。

“那么我的软帽下面的鲜花呢，请教先生？”我问。“那些花都是非常小的吗？”

“就让它们是很小的吧，”他说。“别让它们开足。”

“还有这个蝴蝶结呢，请教先生——是一小根缎带吗？”

“蝴蝶结我们就让它去！”这是他网开一面的回答。

我们就这样解决了。

“你做得挺不错，露西·斯诺！”我对自己喊道。“你得到了一次很好的教训——你给自己招来了‘粗糙的肥皂’，而这一切都是由于你邪恶地喜爱世俗的虚荣啊！谁会想得到啊！你认为自己是个够郁郁寡欢的、严肃庄重的人了！那位樊箫小姐更把你看做第二个第欧根尼。那一天，话题谈到那位女演员瓦实提的才能的时候，德·巴桑皮尔先生有礼貌地改换了话题，据他好心地说，这是因为‘斯诺小姐看上去不自在。’约翰·布列顿医师只知道你是个‘安静的露西’——‘一个像影子一样无害的人’；他曾经说过，你也亲耳听见他这样说过：‘露西的缺点是来源于爱好和态度的过于严肃——在性格和服装上都缺少色彩。’这些正是你自己的印象和朋友们的印象。可是瞧哇！突然蹦出一位小个子男人，他同这些意见截然相反，竟然毫不容情地指责你太轻浮飘逸和活泼好动——太反复无常和三心二意——太花里胡哨和色彩艳丽，这个苛刻严厉的小个子啊——这位冷酷无情的检查员啊——他收集了你的一切可怜的虚荣的零零碎碎的罪过、你的不幸的玫瑰色的薄绸衣裳、你的花环的小流苏、你的一小段丝带、你的没意思的一点儿花边，就为这一切，以及每一项，跟你清算。你已经非常习惯于像‘生活’的阳光里的一个影子而被忽视；现在，看到有人因为你用耀眼灼人的光线去戏弄他而心情烦躁地抬起手来蒙住自己眼睛，这可是件新鲜事儿了。”

第二十九章

先生的圣名瞻礼日

第二天，我在天亮之前一小时就起床，在集体宿舍里放在中央的小桌子旁边的地板上跪下来，利用那盏夜明灯在它最后的守望中所提供的奄奄一息、昏黄幽暗的光线，做完了我的表链。

我的所有的材料——我准备好的所有的珠子和绸子——全部都用光了，可是这根表链还没有达到我所预料的长度和富丽的外观。我把它做成双条链，因为我知道，根据相对规律来说，要迎合并考虑去满足一种爱挑剔的口味，夺目耀眼的外表是必不可少的。作为这件装饰品的最后加工，还需要一个小小的金搭扣，幸运的是，我唯一的项链上就安了一个。我稳稳当当地把它拆下来，安上去，然后把整个表链紧密地盘起来，装进一只盒子里，这只盒子我是看中它的鲜艳夺目而买下来的，那是用一些叫做“胭脂红”的颜色的热带产的贝壳做成的，上面用一些闪闪发光的小蓝宝石花冠作为装饰。我在盒子盖的里面用剪刀尖小心翼翼地刻上某个姓名中的大写首字母。

读者也许还记得我对贝克夫人圣名瞻礼日那天的描写；读者也不会忘记每年在这个日子里，学校师生都出钱送她一件漂亮的礼物。每年遵守这个日子，是独一无二地只给予夫人的特殊礼遇，而对于她的亲戚和顾问伊曼纽埃尔先生的圣名瞻礼日，形式上就降低了规格。伊曼纽埃尔先生的圣名瞻礼日的时候，荣誉是自发给予的，事先并没有策划和设计。给他的荣誉是许多证明中的又一个证明——尽管他有偏心、偏见和急躁易怒的脾气——证明学生们对这位文学教授的尊敬。并没有送给他值钱的东西；他曾明确地让大家知道，他既不接受金银奖杯；也不接受珍珠宝贝。然而他喜欢小小的礼品，价格、金钱上的价值他都无所谓。大模大样地送给他一只钻石戒指、一只金的鼻烟盒，还不如简单而诚恳地给他一朵花、或者一张画，这更使他高兴。他的性格就是这样。他在他那一代“今世之子”里不是一个聪明的人，①然而他有资格自称与“高天的清晨的日光”②有一种子女般的感应。

保罗先生的圣名瞻礼日在3月1日，星期四。那天阳光灿烂而且也是通常去做弥撒的早上，另一方面又是不同于平常日子的半天假日，特别允许师生们下午出去买东西或者访问亲友。综合这种种情况，促使人们都要考虑穿着打扮得漂亮和新颖。当时流行整洁的领子；平常上课穿的暗黑色的呢衣衫都换成了比较轻便和清爽的服装。翟丽·圣彼埃尔小姐在这个非同一般的星期四甚至穿上了一件“绸袍子”，在崇尚节俭的拉巴色库尔，这被认为是危险的豪华和奢侈的衣着。不仅如此，人家说，那天早上她还请了一位“理发师”来给她做头发。还有些学生真够敏感，发现她的手帕和双手都洒上了一种新出的时髦的香水。可怜的翟丽啊！她已经非常习惯于在这种时候宣称，茕茕孑立、劳劳碌碌的生活她已经厌倦得要死了，她渴望有钱财、有闲暇到哪儿去休养休养，能有个什么人为她工作——有个愿意替她还债的丈夫（她债台高筑，难以自拔），负责她衣橱常满，并且要像她所说的那样让她可以自由“享受乐趣”。早就有谣言说，她看上了伊曼纽埃尔先生。而伊曼纽埃尔先生的眼睛的确是常常望着她。他会坐在那儿目不转睛地瞧着她，一连几分钟。我曾经看见他凝视她有一刻钟之久，在此期间，全班都在静静地做作文，而他则端坐在讲台上，什么

① 语出《圣经·新约全书·路加福音》第16章第8节：“因为今世之子，在世事之上，较比光明之子更加聪明。”

② “高天的清晨的日光”，源自《圣经·新约全书·路加福音》第1章第78至79节：“因我们上帝怜悯的心肠，叫清晨的日光从高天临到我们，要照亮坐在黑暗中死荫里的人，把我们的脚引到平安的路上。”

事都不干。她经常感觉到这种蛇怪[1]似的注视，在这种目光之下，她会扭来扭去，半是得意洋洋，半是迷惑不解；先生则会留意着她的感觉，有时候看起来敏锐得惊人；因为在某些情况之下，他具有一种可怕的准确无误的直觉的透视力，能够洞察在人心里的隐藏之处潜伏得最深的思想，并且在花里胡哨的帷幕下面看出心灵的空虚荒芜、寸草不生之地，对啦，还有它反常的倾向，以及它的隐蔽的虚假的曲线——男男女女都不会知道的一切——那些人生来就有的不正直的脊梁骨，畸形的四肢，以及更糟得多的是，人们也许已经给自己沾上的污点，或者造成的丑相。只要对方坦白承认，任何可诅咒的坏事都会得到伊曼纽埃尔先生的怜悯和宽恕；不过，要是他的怀疑的眼睛遇到了不老实的否认——他的无情的追究发现欺骗性的隐瞒——那么，哦，他会变得残酷——我认为是凶恶！他会兴高采烈地把掩蔽物从那些可怜巴巴、畏畏缩缩的人们的身上拉下来，情绪激昂地把他们急急赶到暴露的巅峰，让他们在那儿赤裸裸地原形毕露，完全虚假——那些可怜的、鲜灵活跳的谎言——那个可怕的“真实”的产物，这种“真实”是不能被揭去遮盖让人正眼一瞧的东西。他认为自己这样做很公道；至于我呢，我却怀疑一个人有没有权利对另一个人这样做公道的事。在他的这些制裁之中，作为他的受害者，我不止一次地禁不住泪水盈眶，而对于他本人，则没少怒火填膺，并给以尖锐的谴责。这是他该受的；不过，要动摇他的坚定的信念——他认为自己所作所为是正确的、必需的——那就困难了。

早餐结束，弥撒做完以后，学校的钟声响了，各个房间里到处是人；教室呈现一派十分可观的场面。学生们和老师们一排一排整整齐

---

① 蛇怪，外国古代和中世纪传说中的怪物，说是由蛇孵的公鸡蛋中产出，状如蜥蜴，一双红眼睛，状甚可怖，人触其目光或气息即毙命，其天敌是黄鼠狼及公鸡，一闻鸡啼，蛇即死去。旅行者因而带一只公鸡通过这种蛇怪出没之地。

齐地坐着，秩序井然，静静等待，每人手里都捧着一束表示祝贺的东西——娇艳至极的春天的花朵，十分新鲜，使空气充满了香味；只有我没有捧花束。我喜欢欣赏生长在枝头的花朵，一旦被摘下来，它们就不讨人喜爱了。我把这些花看做无根之物，容易凋败。它们貌似有生命的样子使我不胜悲哀。我从来不送鲜花给我所爱的人们，我也从来不愿从厚爱于我的人们的手里接受鲜花。圣彼埃尔小姐注意到我手里空空的——她无法相信我会这样粗心大意，她的眼睛贪婪地在我全身上下四周转来转去。她认为我肯定在什么地方放着什么单个儿的作为象征性的鲜花，比如一小把紫罗兰这类东西，以便能够为我自己赢得格调高雅的赞美和独出心裁的称道。可是事实证明，缺乏想象力的“英国女人”比巴黎女人所担心的来得好：她坐在那儿，确确实实什么都没有带，就像一棵冬天的树那样，既没有花朵，也没有种子。翟丽发现了这一情况之后，笑逐颜开，非常高兴。

“你省了钱，多么聪明啊，露西小姐，”她说。“我为了买一束暖房里的鲜花，扔掉了两个法郎，真够傻的！”

她扬扬得意地给我看她那一束光彩照人、芳香扑鼻的鲜花。

可是，别做声！有脚步声，是那种脚步声，它像往常一样来得迅速果断，而这种迅速果断，我们倾向于认为，并不纯粹是由于神经的紧张和愿望的强烈，而是由于其他感情引起的。我们觉得，今天早晨我们的教授的“步履声”里(说得浪漫一些)带有一种友好的允诺；事实上也确实如此。

他走进来的时候，他的心情使他像是一道新的阳光射进已经照得很亮的第一教室。早晨的阳光在我们的花木之间闪耀，使我们的墙壁分外灿烂，更由于保罗先生的一团和气的招呼而增添了光辉。他像个地道的法国人(尽管我不知道自己为什么要这样说，因为他既不是法国血统，又不是拉巴色库尔人)，为了“地位关系”和特殊场合而穿上了礼服。他本人的轮廓不明显，并不是因为他那身漆黑的外套褶缝不挺括、看来不吉祥、穿着像阴谋家似的，相反，他的身材（我不夸口，尽管说不上有多好）却被一件雅致大方的上衣和一件缎子背心衬托得看来相当漂亮。那顶不调和的异教徒的希腊式无边圆帽已经不见了，他光着头走向我们，那戴上手套的手里却拿着一顶基督教徒戴的帽子。这位小个子外表看上去不错，挺不错；他的蓝色的眼睛里闪出和睦友好的清澈的目光，他的深颜色的面容亮着善意，因而完全可以当作美丽英俊。谁都不去注意他那大而没有样子的鼻子、他的瘦削的面颊、他的突出的方前额，以及他的决不像玫瑰蓓朵儿的嘴巴。大家都认可了他生成的样子，并且觉得他的风貌同意气消沉、低三下四的精神正相反。

他一路走到他的书桌跟前来，把帽子和手套放在书桌上。“早安，朋友们，”他说，那声调使我们中间有些人觉得，他过去许多次严厉的申斥和野蛮的咆哮似乎得到了补偿。那不是什么欢乐的、和蔼可亲的声调，更不是那种油嘴滑舌的传道士般的口音，而是他自己特有的声音——就是他的心把语言发送到嘴唇上的时候所用的声音。就是这同样一颗心，有时候的确说起话来。这颗心尽管是急躁易怒的，然而却不是一个僵化如铁石的器官；在它的核心，有个地方比任何人的温柔都更温柔；这个地方使他甘为孺子牛，使他与姑娘们和妇女们联系起来，尽管他会同她们作对，却不能不承认跟她们有缘分，也不能否认，总的来说，他同女人们在一起比同男人们在一起更合适。

“我们都向先生问好，并且在他这个圣名瞻礼日的纪念日子里，向他表达我们的祝贺之意，”翟丽小姐说，她把自己封为这次集会的发言人，并且装模作样地扭动着身子向前走去，这种扭动不多不少正好是完成某种动作所必不可少的，她把她那束所费不赀的鲜花搁在他面前。他在花束之上鞠了一躬。

一长队送礼的人跟着走来了。所有的学生以外国人惯常运用的滑行步子飞飘而过，同时留下她们的礼物。每位姑娘都那么灵巧地把自己的礼物放得恰到好处，使得最后那把花束放到书桌上的时候，形成了一座花团锦簇的金字塔的绝顶——这座金字塔，开着花，向四面伸展，向高处矗立，是那么兴盛繁茂，其结果，是使它后面的英雄被遮蔽得黯然无光了。这个礼仪完毕以后，大家重新就座，我们没有一丝声响地静坐在那儿，等待一场演说。

我估计大约过了五分钟了，可是静默仍然没有被打破。十分钟了——还是没有一点声音。

毫无疑问，许多在场的人开始琢磨，先生究竟在等待什么呢？她们大可以这样想的。他仍然在那一堆鲜花的后面守着他的位置，一声不响，一眼不瞧，一动不动，一言不发。

最后，终于从那儿传出了声音，相当深沉，好像是从一个洞穴里传出来的说话声。

“全在这里了吗？”

翟丽小姐向四面张望。

“你们的花束都献上来了吗？”她问学生们。

不错，从年龄最大的到最小的，从个子最高的到最矮的，她们都把手上的花束献上来了。那位年长的女教师作了这样的表示。

“全在这里了吗？”他重复这句话，刚才声调是深沉的，现在则降低了几个音。

“先生，”圣彼埃尔小姐站起来说，而这一次是带着她特有的甜蜜的微笑说的，“我十分荣幸地告诉你，除了一个例外，班级里所有的人都献上了花束。对于露西小姐，先生会好心谅解的。她是一个外国人，可能不知道我们的风俗习惯，或者不懂得这一风俗习惯的意义。露西小姐曾经认为这个礼仪太琐碎，不值得她给予荣幸，加以遵守。”

“了不起！”我咬着牙低声咕哝着说。“翟丽啊，你一开口就是个不坏的演说家。”

从讲台上来的给予圣彼埃尔小姐的回答，是从那座金字塔后面伸出来的一只手所做的手势。这个动作好像是不赞成说话，而命令大家肃静。

不久，跟着这只手，出现了一个人。先生从遮蔽之中冒了出来。他站到讲台前来，目不转睛地凝视对面覆盖着整个墙壁的那幅巨大的“世界地图”，同时作第三次发问，现在是用真正悲伤的声调说话了：

“全在这里了吗？”

如果我站出来，把当时紧紧地捏在手里的那个红颜色的小贝壳盒子塞到他的手里，我还可能会把事情弄得很妥善。我本来完全打算这样做；但是，首先，先生行为举止的滑稽可笑的一面促使我耽搁了一下，而现在，圣彼埃尔小姐的装模作样的干扰又激恼了我，使我偏要顽抗。读者迄今为止没有任何理由认为斯诺小姐的性格之中有那么一丝一毫的自以为完美无缺，便不会惊讶于知道斯诺小姐觉得：这个巴黎女人可能会用含沙射影的手法说出任何诽谤，弄得她必须为自己辩护，这是太使她反感的事。此外，保罗先生又是那么带悲剧性，他把我的背叛看得太认真了，活该让他烦恼。于是，我既把我的盒子抓住不放，又叫我的脸做到面不改色，并且像一块石头那样，无知无觉地坐在那儿。

“倒是好哇！”保罗先生的嘴里终于不经意地说出这句话来；说完了之后，某种突然大发作的阴影——一阵来势汹汹的愤怒、嘲笑、决心——在他的前额掠过，牵动他的嘴唇，使他的双颊出现一道道皱纹。他把打算进一步评论的话咽了下去，开始进行他按照惯例要做的“演讲”。

我完全不记得这篇“演讲”说些什么了。我当时没有去听；他那吞咽进一步评论的前后过程，他那突然打消他的屈辱感或烦恼情绪的样子，给了我一种感觉，这种感觉把他反复说“全在这里了吗？”的滑稽可笑的效果抵消了一半。

演说快要结束的时候，发生了一件有趣的事情。我的注意力又一次被兴味盎然地吸引过去。

由于无意之间做出的小动作——我觉得我的一个顶针掉到了地板上，便弯下腰去拾起来，我的头顶却在自己的书桌的尖尖的角上碰了一下。这件事（如果说要使谁气恼的话，那当然是我）自然引起了轻微的忙乱——保罗先生却被激怒了，把自己强作镇静的神态一扫而光，把个人尊严和自我克制抛到九霄云外去，他是从来不想让这种自我克制把自己拖累得太久的，可是，他开始用能够使他最感舒适的口吻说话了。

我弄不明白，在他那“演讲”的进程之中，他用什么办法横渡了英吉利海峡，在英国的土地上登陆；可是我开始倾听的时候，我发现他竟然在那儿了。

他用愤世嫉俗的目光对房间四周迅速扫视了一遍——这目光接触到我的时候，那是咄咄逼人的，或者是有意要咄咄逼人的——他痛骂起“英国女人”来。

我从来没有听见过有谁对待英国妇女像那天早晨保罗先生那样对待她们。他什么都不放过——不论是她们的智力、道德、礼貌，还是外表。我特别记得他辱骂她们高身材、长脖子、瘦胳臂，说她们穿得邋遢，她们受的是学究式的教育，她们的邪恶的怀疑宗教（！），她们那使人受不了的傲慢不逊，她们那矫揉造作的德行；他对这种矫揉造作的德行切齿痛恨，那副样子就好像他要是敢的话，他会说出语惊四座的话来。哦！他耿耿于怀、怨恨难解、野蛮凶猛，其自然而然的结果，便是丑恶得讨人嫌。

“邪恶的、刻毒的小个子男人啊！”我想，“我是不是要由于怕得罪你或者怕伤害你的感情而折磨我自己呢？肯定不会；对于我来说你是无所谓的，就像你的那座金字塔上一束最萎蔫的鲜花一样。”

说起来很苦恼，我不能完全实行我的这一决定。有一段时间，他辱骂英国和英国人使我处于呆头呆脑状态。大约有十五分钟，我真够坚韧克己地忍受着。可是这条嘶嘶做声的蛇怪却一定要咬人，而且他最后还说出这种话来——不仅咬住我们妇女不放，还咬住我们最伟大的知名人士和最好的男人；玷污不列颠的盾牌，用污泥弄脏英国国旗——这可咬痛了我。他带着恶毒的乐趣谈论最下流的流行于欧洲大陆的关于历史的谎言——简直想象不出还有什么比这些更令人不快的了。翟丽和整个班级全体一致地怀着报仇雪恨的快意露齿而笑；因为，发现这些拉巴色库尔小丑暗地里多么痛恨英国，真是很奇妙的事。我终于用力拍了一下我的书桌，张开嘴喊出这句话来：

“英国、历史和英雄们万岁！打倒法国、捏造和欺骗！”

整个班级震动得慌作一团。我想她们认为我疯了。那位教授拿起他的手帕，蒙住嘴巴，恶魔似的暗笑。凶恶的小妖怪呀！他现在以为自己胜利了，因为他使我发怒了。一秒钟之内，他又变得心情愉快了。他心平气和地重新开始谈他那些鲜花，诗意地和象征性地谈它们的可爱、芬芳、纯洁等等；在“女孩”和他面前的美丽花朵之间做法国式的比较；把圣彼埃尔小姐的花束的优点恭维到天上去了；最后宣告，在春天的头一个真正晴朗的风和日丽的早晨，他打算带领整个班级到乡下去吃早餐。他着重地加了一句说：“至少，班级里那些我认为可以算是我的朋友的人。”

“那我就不在内，”我情不自禁地申明说。

“就这样吧！”他这样回答，然后用双臂抱起他的花束，闪电般奔出教室。这时候我把针线活儿、剪刀、顶针箍，以及那个被冷淡的小盒子放到我的书桌上，迅速跑上楼去。我不知道他是不是怒火中烧，可我毫无顾虑地承认我正是这样。

不过，我的愤怒是奇怪的，一发便消的。我坐在自己的床沿上，一再回忆他的样子、态度、话语，不到一个小时，我便对这整个场景哑然失笑。我没有把那只盒子送出去，这使我觉得有点遗憾和痛苦。我原来打算让他满意的，但是命运不让事情这样实现。

那天下午，我想起来，教室里的书桌决不是不可侵犯的贮藏所，我想还是把那只盒子取来为好，因为盒盖上有P. C. D. E.几个大写的首字母，代表保罗·卡尔（或卡洛斯）·大卫·伊曼纽埃尔[1]——这是他的名字的全称——这些外国人总是必须有一大串洗礼名——我便下楼到教室里去。

由于放假，那只盒子安安稳稳地躺在那儿。走读学生们都回家去了，住宿生们都到外面去走动走动，教师们，除了在那个星期值班的学监以外，也到城里访问或者买东西去了。那几间教室的侧厅也空着；大厅也空着，只有那只严肃庄重的球形大灯罩吊在中间，还有一对有着许多分叉的枝形烛架，以及那架平台式大钢琴，钢琴关着，无声无息，在享受这一周的中间的安息日。我发现第一教室的门半开着，觉得很奇怪；这间房间空的时候通常上锁，而且除了贝克夫人和我自己以外，没有谁能进去，我有一把备用钥匙。更使我奇怪的是，我走近的时候，还听到好像是什么有生命的东西在行动的模糊不清的声音——脚步声，椅子的移动声。以及仿佛打开书桌的声音。

“这只不过是贝克夫人在执行检查职务罢了，”我想了一会，得到这样的结论。那扇半开的门使我有机会来证实这一点。我往里一看，哎呀！见到的不是贝克夫人在检查时所穿的服装——一条披肩和一顶干干净净的帽子——而是那件上衣和一个男人的浅黑色头发剪得短短

① 原文是：Paul Carl David Emanuel。

的头。这个人坐在我的椅子上；他的橄榄色的手打开并支撑着我的书桌盖板，他的鼻子淹没在我的文件之中。他的背朝着我，可是他是谁却不可能有一点疑问。他为圣名瞻礼日的礼仪穿的衣服已经脱掉了，重新换上了他爱穿的墨渍斑斑的宽松外套；那顶怪模怪样的希腊式无边圆帽落在地板上，好像是因为忙于做坏事而刚从手里掉下来的。

现在我知道，其实我早就知道，伊曼纽埃尔先生的那只手和我书桌有着最亲密的关系。那只手抬起和放下那块书桌盖板，乱翻又整理里面的东西，几乎就像我自己的手那么熟悉。这个事实不容置疑，他也不曾想隐瞒这件事，他每次来搜索，都留下显而易见的和不会弄错的迹象。可是，迄今为止，我从来没有当场抓住他。尽管我总是留神在意，我却无法侦查出他究竟几时几刻“临到”。[①]我曾经看见棕仙[②]在学生们的习题上做的好事，那些习题前一晚留在那儿还是错误百出，可是第二天早晨一看，却都被细细地改正了；我还得益于他的花样百出的善意，把非常受欢迎的和令人耳目一新的东西借给我；在一本灰黄的字典和翻旧了的文法课本之间，会魔术般地多出一本新鲜有趣的新作品来，或者出现一本已达成熟年代的醇厚、甘芳的古典作品；在我的针线篮里会令人高兴地钻出一本传奇故事，在它下面又会偷偷潜伏着一本小册子或者一本杂志，前一晚上的朗诵就是从那儿摘出来的。这些珍贵东西的来源是用不着怀疑的：如果说没有其他任何迹象，那么，这些东西有一个共同的、使它们可以被定罪的、使它们露出破绽的特点，一下子解决了问题——它们都有雪茄烟的气味。当然啦，这是非常叫人受不了的。我原先这样认为，而且总是急急忙忙把窗户打开，让我的书桌通通风，还嫌恶地用两只手指尖拈起这本会

① 语出《圣经·新约全书·启示录》第3章第3节：“我必临到你那里如同贼一样。我几时临到，你也决不能知道。”

② 棕仙，苏格兰民间传说中勤劳而又顽皮的小精灵。夜间常为人家打扫、做家务。有时也恶作剧，将房间弄乱。这里指的是伊曼纽埃尔。

致病的小册子去让能起净化作用的微风吹拂。我这样的做法被突然地纠正过来了。这位先生有一天逮住了我这个做法，懂得其中含义，便马上把我手上的东西夺了过去，并且立刻打算把它扔进烈火熊熊的炉子里去。碰巧那是一本我决心要精研细读的书，所以这一次我证明是同他一样果断，而且比他更迅速；我把被掠夺的东西又抢了回来，以后——既然抢救了这一本——我便不再拿第二本去冒险了。尽管有过这样的过程，我却从来没有能够在他一次次来搜查的时候，当场逮住这个难以捉摸的、友好的、爱吸雪茄烟的幽灵。

但是现在我终于逮住了他。他就在那儿——一个棕仙。他的印第安宠物产生的一缕淡青色的轻烟，从他的两片嘴唇中袅袅飘升。他正朝着我的书桌里面吸烟，这很可能使他暴露。这情况叫我恼火，不过我又高兴去吓唬他一下——那是像一个家庭主妇终于发现她的陌生的小精灵助手在牛奶棚里，在不适当的时间忙着用搅乳桶提制奶油，[①]不免又惊又喜的那种高兴——我轻轻地、偷偷地走过去，站在他背后，小心翼翼地从他的肩膀上躬身看着。

看到实际情形，我的心软下来了——在那天早晨的敌对状态以后，在我表面上似乎怠慢疏忽以后，在他感情上经受到扎伤以后，在他的脾气经受了怒潮翻滚的波动之后，他却十分愿意忘记和原谅，给我带来了两本漂亮的书，书名和作者足以保证其饶有兴趣。此刻，他坐在那儿，低头面对书桌，翻动书桌里的东西，不过那只手动作是轻巧而又小心的。不错，他把东西弄乱了，但是没有弄坏什么。我弯着身子瞧着他的时候，他一无所知地坐在那儿，尽可能做着对我有好处的事情，并且我看大概对我并非没有好感，我早晨的怒气全消了，我

---

① 典出莎士比亚剧本《仲夏夜之梦》第 2 幕第 1 场："你大概便是……淘气的精灵了。你就是惯爱吓唬乡村的女郎，在人家的牛乳上撇去了乳脂，使那气喘吁吁的主妇整天也搅不出奶油来……"（据朱生豪译本）。

的心软下来了。我也并不是不喜欢伊曼纽埃尔教授。

我觉得他听见了我的呼吸声，便突然回过头来。他的性格是神经质的，不过他从来也不惊慌失措，脸上难得变色，他身上有一种刚毅之气。

“我以为你和其他教师们一起进城去了，”他说，咬紧牙关，强作镇静，却没有完全做到——“你没有去也好。你以为我在乎给人逮住吗？我才不在乎呢。我常来看看你的书桌。”

“先生，这事我知道。”

“你时不时发现一本小册子或者一本书，可是你不愿意看，因为它们有这个气味是吗？”——他碰碰他的雪茄烟。

“是有那种气味，这对于阅读没有好处；不过，我还是阅读了的。”

“不感兴趣吗？”

“人们是不能与先生相反对的。”

“你喜欢那些书，或者喜欢其中任何一本吗？——它们是令人满意的吗？”

“先生曾经瞧见我看这些书不知多少次了，并且知道我没有其他许多娱乐会使我低估他提供的这些书籍的价值。”

“我完全是好意；你如果看出来我是好意，而且从我的尽心尽力之中得到一些乐趣，那么我们为什么不能友好呢？”

“一个宿命论者会说——我们不能。”

“今天早晨，”他接着说，“我带着轻松愉快的心情醒来，来到教室里的时候也高高兴兴的，你却把我的一天弄糟了。”

“不对，先生，只是一天中的一两个小时而已，而且不是故意的。”

“不是故意的！不。今天是我的圣名瞻礼日；除了你，所有的人都祝我幸福。第三班级的小孩子们每个人都送了我一束紫罗兰，每个人都口齿不清地向我祝贺。而你呢——什么都没有。没有一个蓓朵儿、一片叶子、一句悄声细语——连瞧也不瞧我一眼。这难道不是故意的吗？”

“我并没有恶意。”

“那么你真的不知道我们的风俗习惯啰？你是没有做好准备啰？你要是知道我在盼望的话，你就会乐意扔掉几个生丁[①]去买一朵花来让我高兴啰？你就这样说吧，那么一切我就忘掉了，痛苦也就减轻了。”

“我是知道别人在盼望；我也有所准备；但是我不把生丁扔在鲜花上。”

“这很好——你说老实话，做得很对。你如果说了恭维的话，说了谎话，那么我几乎要恨透你。与其微笑来表示关心，装出亲热的样子，心里却毫无诚意，冷若冰霜，那倒不如立刻这样宣告——‘保罗·卡尔·伊曼纽埃尔——我讨厌你，我的小伙子！’我想你并不虚伪，也不冷淡；不过，我相信，你在生活中犯了一个大错误；我认为你的判断力是乖张的——在你应该感激的事情上，你却漠不关心——在你应该像你的姓氏那样冷冰冰的时候[②]，你却也许一往情深，执迷不悟。别以为我希望你对我有些热情，小姐；愿上帝保佑你吧！你为什么吓了一跳呢？是因为我说了热情话吗？好吧，我再说一遍。是有这样一个词儿，是有这么一回事儿——虽然不在这四壁之内，谢天谢地！你不是一个孩子，人家不该谈及实际上存在的事情。不过，我只说了这个词儿——我向你保证，这么一回事跟我整个的一生和我的见解是格格不入的。它已经在从前死去了——而现在，它已经被埋葬了——它的坟墓是挖掘得很深的，覆盖得很厚的，寒来暑往经过了许

① 生丁，法国、比利时、瑞士等国的货币单位，一法郎值一百生丁。
② 书中人物露西姓“斯诺”，原文 Snowe，即 snow（雪），故云。

多年份了。我相信，将来它会复活，来抚慰我的灵魂。不过，到了那时候，一切都会改变——形态和感觉；而凡人将得到永生——不是为了这个世界，而是为了天国而升起。[①]露西·斯诺小姐，我要对你说的仅仅是——你应该合情合理地对待保罗·伊曼纽埃尔教授。”

我无法、也没有反对这样一种柔情。

“你的圣名瞻礼日来到的时候，”他接着说，“请告诉我，我不会舍不得花几个生丁买一点小礼物送给你的。”

“你将会跟我一样，先生：这件东西不止值几个生丁，我并不曾舍不得这个代价。”

我从打开的书桌里拿出那只小盒子，放到他的手掌里。

“今天早上我就把它放在裙兜上了，”我继续说，“若是先生当时更有耐心一些，同时圣彼埃尔小姐的干预少一些——也许我还应该说，若是我更心平气和、更头脑清醒一些——那时候我就会把它交了出来。”

他望着那只盒子；我看出它的明净的暖色和那个光亮的天蓝色的环形装饰使他眉开眼笑。我请他把它打开。

“我的姓名的首字母啊！”他说，指着盖子上的几个字母。“谁告诉你我的名字是卡尔·大卫？”

“是一只小鸟，[②]先生。”

“那只鸟是从我这儿飞到你那儿去的吗？那么，需要的话，可以在它的翅膀底下系一封信捎去了。”

---

① 这一段大意，见《圣经·新约全书·柯林多前书》第15章第45至54节：“‘首先的人亚当，成了有灵的活人。’末后的亚当，成了叫人活的灵。……我们既有属土的形状，将来也必有属天的形状。……我们也要改变……这必朽坏的既变成不朽坏的；这必死的，既变成不死的，那时经上所记，死被得胜吞灭的话就应验了。”

② 引自《圣经·旧约全书·传道书》第10章第20节：“你不可诅咒君王，也不可心怀此念，在你卧房也不可诅咒富户，因为空中的鸟必传扬这声音，有翅膀的，也必述说这事。”

他取出那根表链——价值确实不大，可是缎带油光水滑，珠子玓瓅闪亮。他也喜欢得很——像一个孩子那样天真地赞赏着。

“是给我的吗？”

“对，是给你的。”

“你昨天晚上在做的东西，就是这个吗？”

“正是这个。”

“你今天早晨才做完吗？”

“是的。”

“你一开始就打算为我做的吗？”

“毫无疑问。”

“并且在我的喜庆日这天送给我，是吗？”

“是的。”

“你在编制的时候一直是这样想的吗？”

我再次表示同意。

“那么，我就不需要除掉任何一部分了——一边除掉一边说道，这一部分不是我的，因为她在编制的时候是在想着另一个人，并且是为了另一个人的装饰之用的，是不是？”

“完全不需要。那么做既不需要，也不公平。”

“那么这件东西完全是我的啦。”

“这件东西完全是你的。”

先生马上敞开他那件宽松外套，把表链金光闪闪地在胸前横挂着，尽可能多地露出来，尽可能少地遮住，因为他一点都不想藏掉他所喜欢的、并觉得可作装饰的东西。至于那只盒子呢，他断定那是个好到极点的漂亮的糖果盒——顺便提一下，他爱吃糖果——而且由于他总是喜欢跟别人分享他自己所喜爱的东西，他会像他豪爽大方地把书借给别人那样，把他的“糖衣果仁”分给别人。那个仁慈的棕仙在我的书桌里留下的礼物之中，我忘了列举还有许多纸包的巧克力糖衣果仁呢。他在这方面的口味是南方人的口味，是我们认为的那种孩子气的。他的简单的午餐吃的常常是一个奶油鸡蛋卷，而且往往和第三班级的某个孩子分着吃。

“这是一件十分完美的礼物，”他说，一面把他的宽松外套整了一整，于是，在这件事情上，我们就再也没什么话好说的了。他浏览了一下他带来的那两本书，用削铅笔的小刀把一些书页裁下来(他通常在书籍出借之前先删除掉一些地方，特别那是小说书的话，有时候我对他那严格的审查制度有一点恼怒，因为这种删节使文章断断续续)，然后他站起身来，彬彬有礼地碰一下他的希腊式无边圆帽，客客气气地向我告辞。

“我们现在是友好了，”我想，“说不定下一次还要吵架。”

就在那天晚上，我们本来又会吵架的，可是，说来好奇怪啊！这一次我们竟然没有充分利用这个机会。

完全与大家预料的相反，保罗先生在自修的时间里来了。早上我们见到他的时间那么多，没有想到他晚上还会来。然而，我们刚一坐下自习功课，他就出现了。我承认自己见到他很高兴，高兴得禁不住用微笑来向他打招呼。他向先前曾经引起那么严重的误会的这个座位走来的时候，我谨慎小心地不再给他留出太多的地方了。他用一种满腹狐疑的目光斜瞟着，看看我是不是要缩到一边去，可是尽管这条长凳有点挤，我却没有挪动。我原先要从保罗先生身边退缩的冲动，正在渐渐消失。已经习惯于那件宽松外套和那顶希腊式无边圆帽了，贴近这身穿戴似乎已经不再是不舒服的、或者非常可怕的事情了。我现在坐在他身边，并不感到压抑，也不(像他曾经说过的那样)感到“窒息”。我想动一下就动一下，需要咳一声就咳一声，甚至在我疲倦的时候就打一个呵欠——总而言之，我高兴做什么就做什么，盲目地信赖他会纵容我。至少在这天晚上我的轻率没有遇到也许是应得的惩罚，他又宽宏大量又脾气特好，眼睛里没有透出一点不快的目光，嘴里也没有发出一句急躁的话语。直到黄昏时分结束，他的确什么话都没有对我说，可是我觉得，不知怎么，他心中充满了友善之情。静默有各种各样的，低声细语也有不同意义；却没有什么话语比保罗先生的无言的风貌能够唤起一种更为令人愉快的满足。在托盘端进来、晚餐的忙碌开始的时候，他起身离开，只说了一句：他祝我晚安，做个好梦；而我晚上真的过得很好，睡下去美梦绵绵。

第三十章
保罗先生

可是请读者决不要急于做出仁慈的结论，或者带着过于匆忙的宽宏大量，以为从那天起，保罗先生就变了一个人——跟人容易相处，在他周围不再那么一下子就会碰到危险，感到不自在。

不；他当然是个喜怒无常、情绪多变的小个子。他常常过分劳累，这时候，就变得极为烦躁不安；同时，他的血脉就像青黑色的颠茄[①]那样幽暗，那是妒忌的本色。我不是仅仅指心中的那种温柔的妒忌，而且指根源于头脑中的那种较为严峻、较为狭隘的感情。

保罗先生面对我的某件作业皱着眉头、噘起嘴唇，因为其中没有他所期望的那么多错误（他喜欢我犯错误，对他来说，一堆错误就像一把坚果果仁那么有滋味），在这样的时候，我常常坐在那儿，瞧着他，心中觉得他有些地方像拿破仑·波拿巴。我现在仍然这样想。

在不顾羞耻，对于别人的宽宏大量嗤之以鼻这方面，他活像那位伟大的皇帝[②]。保罗先生会同二十个有学问的女士口角，会一点也不脸红地同整个首都的各个同人俱乐部进行一系列的小吵小闹和反唇相讥，而从来也不担心自己有失尊严或有损尊严。他会放逐五十个斯塔尔夫人[③]，要是她们惹他生气，得罪他，在竞争中胜过他，或者反对他。

我很清楚地记得，他跟一位叫做巴那协夫人的一次激烈争吵的插曲——那位夫人是贝克夫人临时请来教历史的。她很聪明——这就是说，她知识丰富，并且对于自己所知道的东西，完全掌握了充分发挥的艺术；她能够毫无困难地运用语言和博得人家的信任。她的外表远不是没有优点的，我相信很多人会称她是个“漂亮的女人”。可是，在她那强壮和丰满的动人之处，以及在她那急急忙忙感情冲动的神态之中，有些地方却似乎叫保罗先生那挑三拣四的和反复无常的口味受不了。她说话的声音穿过方形大厅会使他奇怪地心烦意乱；她那迈得很开的洒脱不拘的步子——几乎是大踏步——沿着走廊走过来，常常会使他抓起他的文件，仓皇撤退。

有一天，他不怀好意地想起闯入她的班上去。他像闪电一样迅速，收集了她的教学方法，那是不同于他自己所钟爱的教案的。他既不讲礼节，更不顾礼貌，就指出他所认为的她的错误。我不知道他是否期待别人服从和注意他，然而，对于他这肯定不能认为是合理的干预，他遇到的是辛辣的对抗，伴随的是直言不讳的谴责。

他本来还可以尊严地撤退，但是他不这样做，却扔下了挑战的长手套④。巴那协夫人则像一个彭忒西勒亚⑤一样好战，马上把它拾起来。她对那位好管闲事者的脸打了个响指，滔滔不绝地冲着他骂。伊曼纽埃尔先生是能说会道的，然而巴那协夫人更是口若悬河。继之而来的则是强烈的敌对情绪，保罗先生没有暗暗窃笑他的美丽的敌人受了伤的自尊心和大声喧哗地坚持己见，却是非常认真地痛恨她。他用热切的狂怒来回敬她。他怀着不可饶恕的深仇大恨盯着她不放，不肯心平气和地躺在床上安息，不肯从餐食中摄取应有的滋补，甚至不肯悠然自得地享受一下雪茄烟的味道，直到她从这个机构里被完全连根拔掉为止。教授胜利了，可是我不能说他的胜利的桂冠给他的太阳穴

---

① 颠茄，灌木状草本植物，一般高约一米五。原产于欧亚大陆中部和南部。叶暗绿色，花紫堇色，浆果樱桃般大小，色黑而亮。

② 指法兰西第一帝国皇帝拿破仑 · 波拿巴。

③ 斯塔尔夫人(1766—1817)，法国女作家。著有《论文学》、《论德国》及小说《黛尔菲娜》等。法国大革命时，她逃往日内瓦。拿破仑执政时因她撰文抨击拿破仑的统治，而被逐出巴黎，直到复辟王朝时，才回来，重建文学沙龙。

④ 欧洲中世纪习俗，武士扔下长手套，表示挑战。拾起对方扔下的长手套，则表示应战。

⑤ 彭忒西勒亚，希腊神话中阿玛宗女人国的女王，曾助特洛亚人作战，阿喀琉斯在愤怒中将她杀死。在解下她的铠甲时，发现她十分美丽，为之悲叹不已。

掩映上了优雅的色彩。有一次，我冒险向他作了这样的暗示，使我惊奇的是，他竟然同意，说我也许是对的，不过他断言，跟那些品性粗鄙、自我陶醉的人，不论是男人或女人打交道的时候——巴那协夫人就是个例子——他就不能控制自己的怒火；一种不可言传的但是十分活跃的反感迫使他进行一场歼灭战。

三个月以后，他听说被他击败的敌人遇到了倒霉事，并且可能因为失业而真正陷入困境，他便忘却了心中的敌意，并且他为善为恶都同样积极，上天入地地想方设法，直到给她找到了一个位置。当她来弥补过去的分歧，并且为他近来的仁爱举动向他道谢时，他那原来的声音——有一点儿响亮——他那原来的态度——有一点儿唐突——对他还是那么有作用，以致在十分钟之内，他便猛然站起身来，对她鞠个躬，或者不如说，怀着一阵神经质的兴奋喜悦之情，对自己鞠个躬，走出了房间。

为了追求一件多少有些大胆的类似事情，在崇尚权力方面，在热衷于攫取无上权威方面，伊曼纽埃尔先生就像波拿巴一样。他是一个你不能总是向他俯首屈从的人，有时候还需要反抗他。这样做是正确的：你站稳脚跟，正视着他的眼睛，告诉他说，他的要求是不合理的——他的专制主义已经到了残暴的边缘。

在他的范围之内，在他的管辖之下，如果出现了特殊才能的初步发展，那种萌芽会奇怪地使他兴奋，甚至使他觉得受到了骚扰。他皱着眉头看它挣扎成长，并不伸出援助之手——也许还会说：“要是你有力量，就来吧，”然而却不帮助它的诞生。

在最初的斗争的痛苦和危险已经过去的时候，在它开始了生命的呼吸的时候，在他看到肺部扩张和收缩的时候，在他感到心脏怦怦跳动、并且发现那双眼睛里有了生命的时候，他仍然不愿意去抚养它。

“在我抚育你之前，你得证明自己是真实的，”这是他的法令，而要符合他要求的证明却是多么困难啊！他散布在不习惯于走崎岖道路的人们的小径上，有多少荆棘刺丛，多少坚石硬块啊！他眼中无泪地观看着——他所要求的严峻考验是一定要经过的——而且要毫不惧怕地经过。他跟踪着那一个个脚印，脚印快接近目的地那儿，有时候是血迹斑斑的——他冷酷无情地跟踪着它们，用最严厉的警察的监视注意着那个遭受疼痛煎熬的朝圣者。当他终于允许别人休息一下的时候，在睡眠将会使人眼睑闭上的时候，他毫不留情地用食指和拇指把那个眼睑掰开，透过瞳孔和虹膜，深深地凝视到头脑之中，凝视到心灵之中，去探查是否能发现生存的最深的隐蔽之处有虚荣、傲慢或者欺骗以其最狡猾的形式伪装着。如果他最终让这个新来者入睡的话，那也只不过给他一会儿工夫而已；他会突然把他弄醒，以便对他进行新的考验。在后者还疲惫不堪、步履蹒跚的时候，他却又派他去办恼人的苦差事。他考验他的脾气、理智和体力；只有在最严厉的考验都使用过而且被经受过了，在最有腐蚀性的硝酸都使用过而未能使矿石黯然失色了，他才承认它的货真价实，然后，仍然带着莫测高深的沉默不语的态度，打下标志他认可的深深的烙印。

我说这些话，并不是不知道这些恶行。

直到最后一章结束的那一天，保罗先生都不曾是我的老师——他没有给我上过课，不过大约就在这个时候，有一天，他碰巧听见我承认说，对于某一门学科很无知(我想是算术吧)，这一点，正像他很正确地指出的那样，是连一所慈善学校的男孩子都会感到丢脸的，他便负责指导我，先是对我测验了一下，不用说，发现我非常不行，因此给了我一些书，指定我做些作业。

开头他很高兴这样做，的确带着不加掩饰的扬扬得意的样子，用屈尊俯就的态度说，他相信我是“bonne et pas trop faible”(即：相当聪明，也不是完全没有才华的)，不过，他猜想是由于恶劣的环境，所以“至今还处于可怜的不完善的智力发展的状态之中”。

对于我来说，所有的努力的开端确实都表明我异常愚笨。即使在和别人建立泛泛之交的关系方面，我也从来不能肯定或者证明自己具有一般水平的机敏。在我一生之中，每翻过新的一页，都先经历过一个抑郁苦闷和艰难困顿的阶段。

只要这个阶段延续不完，保罗先生就非常仁慈，非常善良，非常宽容。他看出我自己的无能感觉所引起的锥心的痛苦，并且感觉到那种感觉所加给我的十分沉重的屈辱的压力。简直没有什么语言能够确切地形容他的温柔体贴和竭力相助。在羞耻和奋力拼搏的眼泪使我的眼睛模糊一片的时候，他的眼睛也会泪汪汪的。尽管他工作的担子那么沉重，他还会从他的短暂的自由活动的时间里偷出一半来给我。

可是，这是多么奇怪的伤心事啊！在阴云压顶的黎明终于开始让位于白天的时候，在我觉得自己为了讨好他而自愿加倍、三倍、四倍地完成他布置我的作业的时候，他的仁慈却变成了苛刻；他的眼睛里的亮光从一束柔光变成了一星火花。他蛮横霸道地烦扰我，反对我，约束我；我越是干得多，越是工作努力，他似乎越是不满意。那些严厉得使我惊奇和迷惑不解的冷嘲热讽折磨着我的耳朵；跟着而来的是一连串反对那种“智力的骄傲”的最辛辣的指桑骂槐。万一我越过适合于我们女性的范围，而对不适合于女性的知识具有违禁的胃口，我便模模糊糊地受到我所不知道那是什么样的灾难的威胁。天晓得！我并没有那种胃口。凡是我喜欢的，我很乐意通过任何努力得到满足。不过，对于抽象的知识的高尚的饥渴——对于新发现的神一般庄严的渴求——这种感觉在我只是昙花一现罢了。

然而，在保罗先生用冷言冷语嘲笑我的时候，我就要更充分地占有这种感觉。他的不公正激起我野心勃勃的愿望——它给了我强烈的刺激——它给凌云壮志插上了翅膀。

开头，在我还未看透他的动机之前，他那莫名其妙的嘲笑使我心痛，可是到后来它渐渐使我血管里的血发热，使我的脉搏加快跳动。无论我有什么能力——妇人的或者相反——都是上帝赐给的，对于上帝所赋予的才能，我坚定不移地不感到羞愧。

有一个时期斗争是很激烈的。我好像失去了保罗先生的喜爱；他对待我很特别。在他最不公正的时候，而我似乎是他所谓的“faible”——也就是无能的时候，他会暗示说，我欺骗了他；他说我是假装无能。还有他会突然转过身来，指责我作了最牵强附会的模仿和不堪忍受的抄袭，断言我是从一些书本里摘录了精髓，其实那些书我连听都没有听见过——他说如果研读那些书，我靠得住会睡得像犹推石[①]那么熟。

有一次，他提出这样的指责的时候，我同他翻了脸——我起来反抗他。我从书桌里把他的书取出一抱，放在围裙里，拿去倒到讲台上，在他的脚边堆成一堆。

“把它们拿走，保罗先生，”我说，“不要再教我什么了，我从来没有要求变得有学问，你强迫我深深感到学问不是幸福。”

我回到我的书桌旁，把头枕在胳臂上，在以后的两天里都不愿意同他说话。他使我痛苦，感到委屈。他对我的感情本来是很甜蜜和可贵的——是一种新而无与伦比的愉快；可是现在这种感情似乎消失了，我对他讲的课不感兴趣。

然而，那些书没有被拿走，又全部被小心翼翼的手放回了原处，他还和往常一样来教我。他设法和我言归于好了——也许是太容易

---

① 犹推石，《圣经》中的人物。《圣经·新约全书·使徒行传》第20章第9节：“有一个少年，名叫犹推石，坐在窗台上，困倦沉睡。保罗讲了多时，少年人睡熟了，就从三层楼上掉下去。”

了；我应该再坚持一段时间，可是当他显得仁慈和善良，和睦友好地伸出手来的时候，记忆便拒绝有力地重现他那暴虐蛮横的时刻。再说，和解总是甜蜜的！

某一天早上，我的教母捎信来，邀请我到前面曾经交代过的那个公共场所去听某位著名人士的演讲。是约翰医师亲自带来这个信息的，他口头转告给萝芯妮，萝芯妮便无所顾忌地跟在伊曼纽埃尔先生的后面走，一直走进第一教室，并且当着他的面，“毫不客气地”站在我的书桌前面，手插在围裙口袋里，重复了口信，冒冒失失，高声喧哗，并用以下的话做结语——

“小姐，他的确是那么漂亮，那个年轻的医师！怎样的眼睛——怎样的神态啊！看！我的心给它感动了！”

她走了以后，我的教师盯着我问，为什么忍受“那个厚颜无耻的女子，那个不要脸的东西，”他就用这样的字眼跟我说话。

我没有什么安慰的话好回答。那些字眼正好是萝芯妮经常惯用的——她是个脑壳里尊敬和谨慎的器官不大发达①的姑娘。况且，她所说的关于那位年轻的医师的话是够真实的。格雷厄姆确实是漂亮；他有美丽的眼睛和使人激动的目光。她那样的观察竟然在我的嘴里形成了声音，表示了类似的意思。

“她说的只不过是实话罢了，”我说。

“哦！你这样认为吗？”

“嗨，当然啰！”

那一天我们不得不听的课，是那种在结束的时候使我们非常高兴的课。一下课，解放了的学生们就蜂拥而出，又是战栗不已，又是兴高采烈。我也跟着走出去，可是一声留下来的命令拘留了我。我嘟哝着说我非常需要呼吸新鲜的空气——炉子烧得很旺，教室里太热了。

① 这也是“颅相学”的观点。

一个不容分辨的声音只是忠告我别出声为好，而这条火蛇①——没有什么房间他会嫌太热——正坐在我的书桌和炉子之间——这个位子本来应该使他感到烤得发烫，然而他不觉得——却开始引用一句希腊成语——来对付我！

在伊曼纽埃尔先生的灵魂里长期闷闷不乐地积压着一种猜疑，觉得我既懂希腊语，又识拉丁文。据说猴子都具有说话的能力，只要它们使用这种能力；又据说它们掩盖这一才能，为的是害怕这会转而对它们有害。因此，我也是这样被人认为具有渊博的知识，却罪恶地和狡猾地隐瞒起来。有人暗示，说我曾经享受过“古典式教育”的特权；说我曾经在伊米托斯山②的花丛里饱餐过；说我的记忆中储备着黄金般的存货，现在正不声不响地为我的努力提供后援，偷偷摸摸地给我的才智提供营养。

保罗先生千方百计地用种种手法对我的秘密作突然袭击——用甜言蜜语的哄骗，疾言厉色的威胁，或者乘人不备的惊吓，来使我的天机泄漏。有时候他拿希腊文和拉丁文书籍来，放在我边上，然后注意观察我，就像看守贞德③的狱卒那样，用战士的配备来引诱她，同时在一旁偷看其结果一样。他还引用了一些我不知道什么作家的什么段落，滔滔不绝地朗诵他们那些动人的、铿锵的诗句(古典的声调像音乐一般从他口中发出来——因为他有一副好嗓子——音域宽广，抑扬有致，表情丰富得无与伦比)，他一面朗诵，一面会用一种警醒的、直透

① 火蛇，又称火蜥蜴、火精、火怪，西方古代神话传说中的怪物，状似蜥蜴，居于火中，因其体寒能防火。亦喻称不畏热的人。

② 伊米托斯，希腊雅典附近的山。山中曾竖立宙斯神像。古罗马诗人奥维德曾描绘山上花草茂盛，馥郁芬芳。养蜂业自古不衰，所产蜂蜜闻名于世。见弥尔顿的《复乐园》第4章。

③ 贞德(1412—1431)，一译冉·达克或圣女贞德。英法百年战争时期的法国民族英雄。曾率法军在奥尔良击败围城的英军，被称颂为“奥尔良姑娘”。后被俘，俘获者要她重新穿上男人服装。最后，英军将她交给教会法庭审判，以异端和女巫罪把她烧死在火刑柱上，当时只19岁。

内心的和常常是不怀好意的目光来盯住我瞧。很明显，有时候他期待我大大表演一番；可是他的如意算盘全落空了。他当然弄不懂啦，我既不会被迷住，也不会被惹恼。

他迷惑不解——几乎怒气冲冲——可是仍然坚持自己的顽固的想法，宣称我的感受性就像大理石一样——我的脸则是个假面具。看样子好像他无法接受朴素的事实，按照我本来的面目对待我。不论男人和女人，想必都怀有某种妄想；如果手边没有现成的，他们就会为自己发明创造出浮夸的东西来。

有时候，我倒是但愿他的怀疑有一些事实根据。有几次，我都情愿拿我的右手去换取他说是我所拥有的珍藏，他由于自己性急烦躁的奇思怪想理该受到罪有应得的惩罚。我本来可以得意扬扬地使他相信，他寝食不安、怀疑不解的事令人惊奇地成为事实了。我本来可以兴高采烈地用学识的耀眼光辉来猛然照射他的视线，来对付并且混淆他的眼睛。哦！为什么正当我年轻能学的大好时光里，没有人承担使我聪明的任务呢，如果这样的话，我就可以通过一次辉煌的、突然的、非常人的显示——一次冷酷无情的、所向披靡的胜利——来永远粉碎保罗·卡尔·大卫·伊曼纽埃尔的嘲笑的神气了！

啊！我可没有这个本领呀。今天跟往常一样，他的引用语一点也不起作用。他不久就改变了主意。

“才智出众的妇女”是下一个主题。对于这一问题他很在行。一个“才智出众的妇女”似乎是一种lusus naturæ[①]，一个不幸的偶发事件，一件天地万物之中既没有地位，也没有用处的东西，在作为妻子或者工作者的时候都不需要。在第一种职务里，漂亮是优先于才智的。他在心底里相信，可爱、文静和驯服的女性的平庸，才是男子汉的思想和感觉能为其疼痛的太阳穴找到可以休息的唯一的枕头。至于工作

① 拉丁语：天然的畸形。

嘛，只要是男子的脑袋就能够工作得达到任何良好的实际效果了——嗯？

这一声“嗯？”是旨在从我这边引出反驳或者反对的提示。可是，我只不过说了一句：

“这与我无关；我对此不感兴趣；”马上又加了一句——“我可以走了吗，先生？他们已经打了铃，招呼用第二次‘déjeuner’（即午餐）了。”

“那有什么关系？你不是饿了吧？”

“我的确饿了，”我说。“七点用早餐以后我没有吃过东西，要是这会儿打铃不去，要等到下午五点才吃晚餐呢。”

“嗨，他也处在同样的困境之中，不过，我可以同他分享。①”

他就把原来打算作为自己点心的奶油鸡蛋卷一分两半，给了我一半。说真的，他这人叫得凶，咬得轻，可是真正可怕的袭击还在后面呢。我一面吃着他的蛋卷，一面忍不住表达出心中秘藏的希望，即希望自己真能懂得他所指控我的一切。

“我是不是真诚地感到自己是个毫无知识的人呢？”他用一种变得柔和的声调问。

要是我温顺地给他一个无条件肯定的回答，我相信他会伸出手来，而我们就马上成为朋友，可是，我却回答说：

“不完全这样。先生，对于你所说我拥有的知识，我是无知的，但是有时候，而不是经常，我觉得我有自己的知识。”

“我这是什么意思？”他毫不客气地追问。

对于这个问题我一下子回答不出来，便换了一个话题来逃避。他此刻已经吃完了他那一半奶油鸡蛋卷，就像我确实没有满足我的食欲一样，他肯定要觉得那一点点东西不能满足他的胃口。我闻到了公共

---

① 此句中“他”实为“我”；“我”实为“你”。下同。

食堂里远远飘来的烤苹果的香味，随口问他是否也闻到了这股诱人的气味。他承认闻到了。我说，要是他让我从花园的门出去，允许我跑过庭院，我会给他端来满满一盘子；还添了一句说，我相信烤苹果味道极好，因为高滕的烤水果，或者不如说用文火煨炖水果，放一点儿香料、糖和一两杯白葡萄酒，手艺非常高明——我可以去吗？

“小美食家啊！”他微笑着说，“我没有忘记有一次我请你吃奶油馅饼，你是多么喜欢，而此时此刻，你很明白，去替我取苹果，也等于给你自己拿。那么，去吧，不过要快快回来啊！”

他终于凭我的宣誓才让我自由了。我心中的计划是遵守信用，快去快回，把盘子放在门口，然后立即溜之大吉，让后果留到将来去解决。

他那敏锐得使人受不了的本能好像预感到我的计谋，他站在门槛上迎我，急忙把我带进房间，立刻使我安坐在原来的位子上。他从我手中接过那盘水果，把他自己要吃的部分分开，叫我吃我的那部分。我很不情愿地照办了；我想，大概由于我勉勉强强的态度，他给惹怒了，揭开了一座伪装的、危险的炮台。迄今为止，我只能把他所说的一切算作不过是声响和怒火而已，并没有什么实际意义；[①]眼下的攻击可就不同了。

这攻击便是他以前向我提出过的一个使我受不了的建议，那就是说，在下一次大学考试的日子里——尽管我是外国人——我应该保证参加到第一班学生的一年级中去，同她们在一起，不用文法书或者字典的帮助，按照任何旁观者可能口授的任何题目，即席写出一篇法文作文来。

我知道这样一次测验会产生什么效果。我是一个上天不肯赋予

① 语出莎士比亚剧本《麦克白斯》第5幕第5场：“它是一个愚人所讲的故事，充满着喧哗和骚动，却找不到一点意义。”（据朱生豪译本）

即席之才的人，在公共场合，我天生是个无用的人；即使在独自一人的时候，我的思维活动的时间也不是在正午的太阳底下进行的。我需要早晨的新鲜的宁静，或者晚上的寂寞的平安，来从创造的冲动之中赢得一个本人的存在的证明，一个本人的力量的证据。对我来说，这种冲动是最难对付的、最反复无常的、最使人发狂的一个支配者（在我面前他总是例外）——他是一位神明，有时候，在显然诸事如意的情况下，问他，他不答，求他，他不听，找他，他不见踪影，却站在那儿，冷冰冰、硬邦邦，完完全全像一块花岗石，正是一尊黑黢黢的巴力，①两瓣嘴唇是石雕的，两个眼球是茫茫然的，胸膛则像一座石墓的石头表面。另外，突然之间，如果有某种变化，某种声音，某种风的长时间的颤抖的啜泣，某种看不见的电流的一闪而过，这个毫无理性的恶魔便会主动醒来，会不可思议地活过来，动起来，像一尊被惊动的大衮②从它的基座上冲下来，号召它的皈依者不管在什么时间里都要去做牺牲——号召它的牺牲者不管在什么情况下、什么场景下都要献出一些鲜血或者一些生命来——它还唤起它的祭司，奸诈地发布许诺的预言，也许用天启神谕的怪异的哼哼声充满它的神殿，可是肯定把一半的意义归于与命运有关的风，而不愿给极其渴望着的听者，甚至可怜的一点残余都不给——只是非常吝啬地让出一点来，好像每一个字都曾经是它自己黑黑的血管里的一滴不死的灵液③。这个暴君我可要强使它就范，叫它在学校的讲台上，在一位贝克夫人的眼皮底下，在一位玛苔尔德和一位柯

---

① 巴力，古代中东许多民族崇奉的神祇。在闪族语中，原意为“主”，是司生生化育的众神之神，与司死亡和不育之神莫特（Mot）为死敌。见《圣经·旧约全书·列王纪上》第18章第17至40节有关于巴力的记载。

② 大衮，古代非利士人的国神。其偶像上身为人形，头、臂俱全，下身缩成鱼尾状。见《圣经·旧约全书·士师记》第16章第23节有关大衮的记载。

③ 灵液，希腊神话中传说在神的脉络中流动的液体。

拉莉之间，为了一个拉巴色库尔的中产阶级市民的乐趣，为了他灵机一动，而去叫它即席演讲一个题目！

在这个问题上，保罗先生和我战斗过不止一次——是激烈的战斗：一方要求，另一方拒绝；一方非要不可，另一方坚拒顽敌，弄成一片混乱嘈杂的声音。

在这特殊的战斗日子里，我被责骂得好凶狠。“整个女性的顽固”似乎都集中在我的身上了。说我有一种“魔鬼般的骄傲”。说我害怕失败，没错！我失败与否有什么关系？我是什么人，竟然像我的上司一样不能失败吗？失败对我有好处。他要亲眼看见我一败涂地（我知道他要）；他停了一会儿，喘了一口气。

“我[1]现在会说了吧，变得听话了吧？”

“在这件事情上，我永远不会听话。法律本身也决不能强迫我。我宁可罚款、坐牢，也不愿意呆呆地待在讲台上，按照别人的意思抛头露面地写给人家看。”

“能不能有较为温柔一些的动机影响我呢？我会为了友谊而让步吗？”

“一点也不，一丁点都不。天下没有任何友谊有权利强求这种让步。真正的友谊决不会这样折磨我。”

于是他猜想，脸上露出冷冷一笑——保罗先生能够冷笑得十分精彩，他撅起嘴唇，张开鼻孔，缩紧眼睑——他以为只有某种请求的方式我会聆听，而他则不是肯利用这种方式的人。

“从某个方面，在某个人的说服之下，我从这儿看见你，”他说，“热切地同意去作牺牲，还为了这一努力而热情地武装自己。”

“努力在一百五十个维莱特的‘爸爸们和妈妈们’面前把自己弄成一个傻瓜，一个警钟，一个例子。”

---

[1] 原文为I，实际上是you（你）的意思。下同。见前注。

说到这儿，我失去了耐心，重新喊叫我要得到解放——我要到室外去——我几乎热得发烧了。

“咄！”这个不容抗拒的人说，“这只是要想溜之大吉的借口罢了。火炉紧挨他的背后，他却不觉得热嘛；而我有他这个人作屏风，怎么会受不了呢？”

“我不明白他的体质。关于那些火蛇的博物学知识我一点都不懂。至于我呢，我是个感觉迟钝的岛民，坐在与我水火不相容的烘箱里。至少，能不能让我走到井边去，喝上一杯水呢——甜苹果使我口渴了呀。”

“仅仅为了这个的话，他会替我去当差的。”

他去拿水了。我后面有一扇只上了闩的门，我当然没有放弃机会。在他回来之前，他那被折磨得很可以的掠夺品已经逃之夭夭了。

第三十一章
树　仙

春意渐浓，天气突然变得暖和起来。气温的变化给我，也许同样给其他许多人，带来暂时的慵困无力的感觉。这时候，稍微用点力气，就觉得非常疲倦——一些不眠之夜带来的是无精打采的白天。

有一个星期天下午，我走了一英里半之遥，到新教[①]徒的教堂去做礼拜，回来时就感到全身瘫软、筋疲力尽。我便退避到我那间孤寂落寞的圣所[②]，即第一班教室里去，不胜欣慰地坐了下来，用书桌作为枕头，我搁上双臂，再搁上我的头。

有一会儿，我聆听着蜜蜂在绿廊里嗡嗡地哼着催眠曲，透过玻璃门和柔嫩的、稀稀拉拉的春天的簇叶，瞧着贝克夫人和一群快乐的朋友在这个开花的季节里，在淡妆浓抹的果园树枝的笼罩下，漫步在中央小径上，身上泛出的光彩就像山上的积雪在朝霞的映照下那样洁净，那样温暖。那些朋友是在当天早晨的弥撒以后，贝克夫人请来吃午饭的。

我记得，这一批客人当中，对我最具有吸引力的，是一个身影——那是一位年轻漂亮的姑娘的身影，她作为贝克夫人的客人，我曾经见到过，并且似乎听说，她是伊曼纽埃尔先生的“filleule”，或者说教女，而且听说，在教授和她的母亲，或者姑妈，或者她的其他什么女性亲戚之间——早就存在一种特殊的友谊。保罗先生不在今天这一批节日客人之内，不过，在这之前我曾经看见过这位年轻姑娘和他待在一起，而且，就远距离的观察所能作出的判断来看，我看出她似乎像一个被监护人跟一个放任的、给予无拘无束的自由的保护人在一起那样，喜欢他的陪伴。我看见她向他跑过去，挽着他的胳臂，偎依着他。有一次，她这样做的时候，一种奇怪的感觉流过我的全身——

一种不愉快的预感——我想是一系列有联系的预感之一——不过我拒绝去分析或者细细琢磨。我瞧着这位姑娘，她的名字是苏蒋儿小姐，我的眼睛跟随着她那颜色鲜艳的绸长袍的闪光（她总是穿得很富丽，因为人家说她有钱），穿过花丛和娇嫩的绿宝玉石的一亮一亮的叶子，我的眼睛发花了——于是闭上了。我的疲乏，加上这暖洋洋的天气，以及蜜蜂嗡嗡哼和鸟儿唧唧叫的鸣唱声，这一切都催我入睡，终于睡着了。

我不知不觉睡了两个小时。在我醒来之前，太阳已经落到那些高高的房屋后面不见了踪影，那座花园和那个房间已经一片灰蒙蒙的。蜂儿已经回家了，花儿正在缩拢起来。那些客人也都不见了；每一条小径都空荡荡的。

醒来时，我感到舒服得多——不感到寒冷，按理说，在那样稳坐不动至少两个小时以后本来应该觉得寒冷的；我的面腮和双臂也不因压在这张坚硬的桌子上而麻木不仁。这并不奇怪。因为我的双臂不是搁在光光的木头上，我发现有一条厚披肩，细心地折起来，给我做了垫子，另外一条披肩（这两条都是从过道里挂这种东西的地方取下来的）则裹在我身上，很暖和。

这是谁做的好事啊？谁是我的好朋友啊？是哪一位教师呢？是哪一位学生吗？除了圣彼埃尔以外，没有人对我抱有敌意；可是，她们之中究竟是谁具有这样的艺术、这样的思想、这样的习惯，来如此温柔地加惠于人呢？她们之中究竟是谁有着这么十分悄无声息的脚步声、这么十分轻巧的手呢？否则的话，在我昼寝的时候，她走近我，

---

① 新教，基督教中的一派，与天主教、正教并称为基督教三大派别。这个派别不承认罗马主教的教皇地位，对罗马公教（即天主教）持抗议态度。又称“抗议宗”。我国常以“基督教”一词单指新教。

② 圣所，古代以色列人向上帝祭献的场所，设在圣殿内部，分内外两层。外层为一般圣所；内层为至圣所，与外界隔离。基督教教堂的最里面部分亦有此称。

或者碰到我，我一定会听见，或者感觉到的。

至于姞妮芙拉·樊箫呢，那个快快活活的年轻家伙一点儿也不文雅，如果她曾经与此事有关的话，那么肯定会把我从我的椅子上拖起来的。因此，我终于说："这是贝克夫人做的事；她刚才走了进来，看见我睡着了，怕我会着凉。她认为我是一架有用的机器，非常符合当初雇用它的目的，所以不要让我受到不必要的损害。"现在，我心想，"我要去散散步；晚上的空气很新鲜，气候也不怎么冷。"

因此我打开玻璃门，走到绿廊里去。

我走到我自己的那条小径上；要是天黑或者甚至是黄昏时刻，我就不敢冒险走到那儿去，因为我仍然没有忘记几个月以前在那个地方看见那个奇怪的幻象的经历（如果那是幻象的话）。可是一抹落日的余晖照亮了圣徒施洗约翰教堂的灰色的圆顶。花园里的小鸟也都还没有消失在密密的灌木丛中和浓浓的墙上常春藤里它们的窝里去。我来回踱步，心中所想跟那天晚上埋藏我的玻璃罐的时候几乎是同样的思想——在生活里，我该怎样取得一些进展，朝独立的地位再迈进一步；因为这一系列的想法，虽然近来没有多加琢磨，但是从来也没有被我完全放弃；每当有什么人避而不正眼瞧我，有什么人带着非善意的和非公正的神态变得阴沉下来，这时候，我的思路马上就转到那个方向；因此，渐渐地，我设想出一个不成熟的计划。

"待在这个讲究经济的维莱特城里，"我对自己这样说，"生活费用很省，这里的人们比我所了解的可爱而古老的英国那儿的人们更为明智——他们丝毫不在乎外表，不讲究排场——在这儿，没有人会因朴实和节约而有一点点感到丢脸，因为他认为那样是合适的。只要慎重地选择了地点，房租不需要高昂的。等我一旦积蓄了一千个法郎，我就租一个大间和两三个小一点的房间，大间里放几张板凳和课桌，一块黑板和一个给我自己用的讲台，那上面放一张椅子和一张桌子，以及海绵和一些白粉笔。开始的时候收走读生，这样一面工作，一面使自己的事业发展起来。贝克夫人的开头——就如我常常听到她所说的那样——也是从低起点出发的，而现在她达到了什么样的地位啦？这些房屋和这座花园都是她的，是她用自己的钱买的。她已经有了相当多的资产，可以安度晚年，同时有了一所兴旺发达的学校在她的指导之下，并且还将为她的孩子们提供一条平坦的道路。

“鼓起勇气，露西·斯诺！目前刻苦自励、勤俭节约，加上将来坚定不移地努力奋斗，人生的目标是决不会不实现的。不要冒昧地去抱怨这样一种目标太自私、太狭隘，缺少兴味。且安心为独立而勤奋工作吧，直到你通过赢得这一奖赏来证明你有权利向更高处仰望。可是，在这以后，生活对于我难道就没有更多的东西了吗？——没有真正的归宿——没有东西比我自己更贵重，并且会以其至高无上的珍贵来从我的身上吸引出更好的东西胜过我仅仅愿意为我自己所培养的那些，是吗？也没有什么东西能够使我心甘情愿在它的面前放下凡人的利己主义的全部重担，并且荣耀地承担起为了别人的生活和工作的较为崇高的职责，是吗？露西·斯诺，我想，你的人生轨道不会是圆满无缺的；对你来说，新月形相位[①]就必须满足了。完全不错。我看见一大群一大群和我同属人类的人身处不比你好的环境之中。我看见许许多多男人和更多的女人都是在自我克制和贫困艰难的条件下度过一生。我找不出理由来说明为什么我非要成为少数得天独厚的人不可。我相信希望和阳光的交融使得最坏的命运变得有甜味。我相信此生并不等于一切；它既不是开头，也不是结束。我一面相信，一面战惊[②]；一面信赖，一面流泪。”

---

① 相位，天文学名词，指月球圆缺的某种形状。

② 语出《圣经·新约全书·雅各书》第2章第19节：“你信神只有一位，你信的不错。鬼魔也信，却是战惊。”

所以这个问题算是解决了。我们应该时常勇敢地正视我们的人生的账目，老老实实地结算清楚。要是一个人在算账的时候，把苦难算在幸福的一栏的名下，他就是一个对自己说谎的可怜的自我欺骗者。把苦恼叫做——苦恼，把绝望叫做——绝望；把这两者都用决心之笔写成粗黑的字体，那么你就会更好地在最后审判日[1]偿还你的债务。如果在你该写上“处分”的地方都写上“权利”；就看看你那非凡的债权人会不会让你的欺骗过关，或者会不会接受你那枚用来诈骗他的钱币吧。奉献给那个最强大的——如果他是上帝的天兵天将中最邪恶的天使——是水，而他要的却是血——难道他会接受吗？全部苍白的海中的水不能替代一滴血啊。

于是我清理了另外一笔账。

我在玛土撒拉[2]——花园里的那棵巨人和族长——面前停住脚步，我的前额靠在它多节的树干上，我的脚放在它的根部那块封住小坟茔的石头上。我回忆起埋在里面的情感的详细情节；我回忆起约翰医师，以及我对他的热情、对他的美德的信心、对他的优雅风度的欣赏。那种奇特的单方面的友好表示，那半是大理石，半是生命的东西，结果怎么样了呢？只不过一方面是真实的，而另一方面也许是个笑话吧？

这种情感已经死去了吗？我不知道，不过它已经被埋葬了。有时候，我感觉到这个坟茔不太平，奇怪地梦见泥土被人翻动过了，梦见一蓬仍然是金黄色的、有生命力的头发从棺材的裂缝里钻出来。

我是不是太性急了呢？我曾经这样问自己。这个问题，在一次短时间的偶然和约翰医师会谈之后，又痛苦而尖锐地发生出来。他看来

① 最后审判日，基督教认为现世将有最后的终结，所有世人将接受上帝的审判，称为最后的审判，蒙拯救者得升天堂；受惩罚者判下地狱。这个日子叫做最后审判日。

② 玛土撒拉，此处指一棵古梨树，见第134页注①。

仍然那么仁慈，手仍然那么温暖。叫起我的名字来，他的声音仍然那么讨人喜欢。我从来没有在他唤“露西”这两个字的时候那么喜欢这个名字。可是我及时明白，这种温和、这份亲切、这声好听的声音跟我毫不相干。这是他的一部分，是他的性情的蜜糖，是他的柔美温存的情绪的香油。他把它分给别人，就像成熟的果实带着香甜的滋味酬劳忙着掠夺的蜜蜂一样。他把它在他四周散发，就像芬芳的植物散发香气一样。难道油桃给蜜蜂或者小鸟吃花蜜是因为爱上了它们吗？难道多花蔷薇是对空气倾心迷恋吗？

“晚安，约翰；你真好，你真漂亮，然而你不是我的。晚安，上帝祝福你！”

我就这样结束了我的沉思。“晚安，”从我嘴里发出了声音。我听见自己说出这两个字，接着我竟然听见了回声——在相当近的地方。

“晚安，小姐，或者不如说，傍晚好——因为太阳还没有下山；我希望你睡得很好吧？”

我吃了一惊，不过只有片刻心神不宁。我熟悉这个声音和这位说话的人。

“睡嘛，先生！是什么时候？在什么地方？”

“亏你问得出是什么时候——在什么地方。你好像把日夜颠倒了，把桌子当枕头。是相当坚硬的住宿处吧？”

“我睡着以后，它就为我变得软绵绵的了，先生。那个出没于我的书桌的看不见的、送礼物来的东西记着我。不管我怎么样睡着，我一觉醒来，总是发现有枕头枕着，有衣物盖着。”

“那些披肩够使你暖和吗？”

“非常暖和。你要为此讨几声谢谢吗？”

“不。在你熟睡的时候，脸色显得苍白。你患了想家病了吗？”

“一个人必须有一个家才能患想家病，可是我没有家。”

"那么你就更需要有一个细心的朋友了。露西小姐，我简直不知道有任何人比你更绝对地需要一个朋友。你存在的那些缺点迫切需要一个朋友。你缺少那么多的核查、管理和控制。"

这一"控制"的想法从来没有离开过保罗先生的头脑，而就我的情况来说，最为习惯性的臣服都不能使他解除控制。不要紧；这有什么关系呢？我听他的，但并不勉强自己太顺从他；如果我未曾落下什么东西好让他"控制"的话，那么他的事业就已经完了。[①]

"你需要监视，以及监护，"他接着说；"我看出这一点，并且尽力负起这两重责任，对你很有好处。我监视着你和别的一些人，是相当严密、相当经常的，比你和他们所认为的更为贴近，更为经常。你可看见那扇亮着灯光的窗子？"

他指着那所专科学校的一幢寄宿舍的一扇格子窗。

"那是我租住的一间房间，"他说，"名义上是作为一间书房——实际上则是一个观察哨所。我坐在那里看书，一坐就是几个小时。这是我的习惯——我的爱好。我的书就是这座花园；它的内容就是人性——妇女的人性。我记住了你们所有的人。啊！我对你们了解得很——圣彼埃尔，那个巴黎人——以及那个能干的有魄力的女人，我的表亲贝克夫人本人。"

"这样做不对，先生。"

"怎么啦？这样做不对吗？根据谁的信条呢？难道是加尔文[②]或者路德[③]的教条谴责这样做吗？那跟我有什么相干？我可不是新教徒。我的父亲是富有的(因为，尽管我一直受穷，曾经一度在罗马的一间顶楼

---

① 语出莎士比亚戏剧《奥瑟罗》第3幕第3场："永别了，奥瑟罗的事业已经完了。"

② 加尔文(1509—1564)，欧洲宗教改革家，法国人，曾著书否认罗马教会的权威。加尔文派是基督教新教主要宗派之一。

③ 马丁·路德(1483—1546)，欧洲宗教改革运动的发难者，德国人。路德派为基督教新教主要宗派之一。

上挨饿挨了一年——饿得好惨，常常一天只吃一顿饭，有时候连一顿也没有——然而我是生于富裕之家的）——我的父亲是富有的，是个很好的天主教徒；他曾经请了一位神父，是一位耶稣会会士，做我的家庭教师。我至今都记住他的教诲；最高的上帝呀！这是怎样的发现，那些教诲对我竟然没有帮助！”

“在我看来，靠鬼鬼祟祟得来的发现是不光彩的发现。”

“清教徒！我不怀疑你这句话。你该看看我的耶稣会会士的方式是怎样的。你认得那个圣彼埃尔吗？”

“某些方面。”

他笑出声来。“你说得对——‘某些方面’；而我可是彻头彻尾地了解她；这就不一样了。她在我面前扮演成亲切可爱的样子；向我伸出把利爪收拢的脚；拥抱我，用甜言蜜语奉承我。现在，我是很容易受一个女人的奉承的影响的——容易违背我的理智。我初次认识她的时候——尽管她一点都不好看——可是年轻，或者说知道怎样使自己显得年轻。像她所有的女同胞那样，她很会打扮——她有一种冷静的、无拘无束的社交自信心，这使我能够避免受窘迫的痛苦。”

“先生，那肯定没有必要。我这辈子从来没有见过你受窘。”

“小姐，你太不了解我了；我能够像一个小小的寄宿生那样受窘呢；我的性格里有的是谦卑和缺乏自信的感觉。”

“先生，我可从来没有见到过呀。”

“小姐，就在那儿。你应该见到过。”

“先生，我曾经观察过你在公共场合的样子——在讲台上，在论坛上，在贵族面前，在国王和王后面前——你就像在三班一样泰然自若。”

“小姐，不论贵族还是国王和王后都不能引起我的谦卑；我在公共场所真是如鱼得水。我很喜欢大庭广众的公开性，在这种地方我十分自由地呼吸。不过——不过——简单地说，在这一时刻，是感情起了作用；可是我不屑于被它击败。小姐，如果我是个打算结婚的人（我却不是；你可能因此而考虑嘲笑我，请你不必费这个精力吧），并且觉得需要问一位小姐，她是否能把我看作未来的丈夫，那样就能证明我是我所说的那样——谦卑。”

现在我完全相信他；在相信中，我用诚恳的尊敬来尊重他，这种尊敬却使我心痛。

“至于那个圣彼埃尔，”他恢复了原来的神态，接着说，因为他刚才的声音有点两样，“她曾经有意要做伊曼纽埃尔夫人。要不是那边亮着灯光的格子窗，我真不知道自己会被带到哪儿去了。啊，魔术般的格子窗啊！你带来了怎样的奇迹般的发现啊！一点不错，”他继续说，“我看到了她的积怨，她的虚荣，她的轻浮——不但在这儿，而且在其他的地方。我亲眼看见的事物可以使我防御她所有的诡计，我已经没有落入可怜的翟丽·圣彼埃尔之手的危险了。”

“至于我的那些学生，”他不久又开始说，“那些金发姑娘们——那么柔和温顺的——我却看到了最矜持的姑娘像男孩子那样欢蹦乱跳；最娴静的姑娘把葡萄从墙上拽下来，把梨子从树上摇下来。这位英语教师来的时候，我也看见她，注意到她很早就对那条花园小径有兴趣，观察到她喜欢独处，早在她和我成为泛泛之交以前，我就已经长期地、仔细地监视她了。你可记得，我们还很陌生的时候，我有一次曾经默不作声地前来献给你一小束白色的紫罗兰？”

“我记得。我把紫罗兰花晒干了，保存起来，直到现在还在那儿呢。”

“我当时很高兴，因为你马上安静地接了过去，一点都没有假正经的样子——我向来怕引起这种情绪。这种样子在眼睛或者姿态上显露出来的时候，我简直深恶痛绝。回到原话上来吧。不仅仅是我在监视你，而且常常——特别在黄昏时分——有另外一位守护天使也无声无息地在附近徘徊。夜复一夜，我的表姐贝克从那儿的台阶上偷偷地走下来，在你见不到她的时候，飘然滑行，跟随着你的行动。”

“可是，先生，你不能在晚上，从那么远的窗户，看到这座花园里发生的事情吧？”

“在月光下，用望远镜，我有可能看到——我用一只望远镜——不过花园对我是开放的。在花园尽头的那所小棚屋里有一扇门，通到一个庭院里，那儿和那所专科学校相通。我有那扇门的钥匙，所以能随意进出。今天下午我就是穿过那扇门走来，发现你在教室里睡着了；今儿晚上，我又一次利用了那个入口。”

我不得不说：“假如你是个诡计多端的坏人，这一切会是多么可怕啊！”

对于问题的这种看法似乎不能左右他的注意。他点燃一支雪茄，倚靠着一棵树，吐着烟，用他在情绪平静时所特有的冷静和感到饶有兴趣的神情瞧着我，这时候，我觉得正该继续向他作一番说教。他常常整个小时不停地教训我——我看不出自己为什么就不能把我的看法坦率地说一次。因此，我便对他说了我对他的耶稣会会士的方式的印象。

“你为它给你带来的知识所花的代价太大了，先生；这样鬼鬼祟祟地来来去去有损你的尊严。”

“我的尊严！”他笑着喊道；“你什么时候见过我为自己的尊严伤脑筋？你，露西小姐，才是‘配得上的’。在你的高尚的岛国性格面前，我曾经多么频繁地乐意践踏你所喜欢称之为我的尊严的东西。我把它撕得粉碎，让它在风中播散，我在这疯狂的魂不守舍的状态中的时候，你却那么傲慢地瞧着。我知道你觉得我那样子是像一个伦敦的第三流演员的胡言乱语。”

"先生，我告诉你，你从那扇格子窗往外瞧的每一眼，对于你自己的性格中好的一面来说，都是一种错误的行为。如此研究人的内心，等于是偷偷摸摸地和亵渎神圣地大吃夏娃的苹果一样。[①]我但愿你是个新教徒才好呢。"

他对于我的愿望不感兴趣，只是继续吸着烟。有一段时间，他微笑不语，若有所思，然后他相当突然地说：

"我还看见了其他一些事情。"

"一些什么事情呢？"

他把嘴里的雪茄烟拿开，把烟灰扔到灌木丛里，昏暗的夜色中，烟灰的余烬还在那儿亮了片刻。

"瞧那个东西，"他说，"那颗火星不正像是监视着你和我的眼睛吗？"

他沿着步道蹓跶了一段路；一会儿又走了回来，继续说道：

"露西小姐，我曾经看到一些对我来说是无法解释的事情，而为了得到一个答案，这就使我整夜监视着，可是我至今尚未找到解答。"

他的声调很特别；我的血管都震颤起来；他瞧见我正在抖抖索索。

"你害怕了吗？到底是害怕我的言语，还是害怕那个刚刚自己眨了几下便熄灭掉的疑神疑鬼的红眼睛呢？"

"我觉得冷；夜晚已经很黑、很迟了，空气也变了；该是进屋去的时候了。"

"现在八点钟才过一点，不过你可以很快就进屋去。只要你回答我这个问题。"

---

① 夏娃，据《圣经·旧约全书·创世记》载，亚当和夏娃是人类始祖。夏娃在乐园中受蛇的引诱而偷吃了上帝禁止采食的果子，并给亚当吃，两人便有了智慧。这里借指用违禁的手段去侦知别人的情况。

可是他停了一会儿才提出来。花园里确实变得黑沉沉的；阴云带来了阴暗，雨点开始穿过树枝滴滴答答地淋下来。我希望他会感觉到这雨点，可是，此时此刻，他好像那样全神贯注、已经感觉不到天气的变化了。

“小姐，你们新教徒可相信超自然现象呢！”

“在新教徒之间，就像在其他教派的信徒们之间一样，对于这个问题存在不同的理论和信仰，”我回答说。“先生，你为什么问这样一个问题？”

“你为什么畏畏缩缩的，而且有气无力地说话呢？难道你迷信什么吗？”

“我天生是神经质的。我不喜欢讨论这样的话题。我尤其不喜欢它，因为——”

“你相信？”

“不是。不过我曾经碰巧亲身感受到一些印象——”

“是自从你来这儿以后吗？”

“是的；在不多几个月以前。”

“是在这儿吗？——在这所房屋里吗？”

“对。”

“好哇！我听到这话很高兴。不知怎么回事，在你告诉我以前，我就知道了这一点。我意识到在你与我之间有精神感应。你是有耐心的，我则是性情急躁；你是安静而苍白的，我则是晒黑的脸，火暴的心；你是个严格的新教徒，我则是属于一般信徒的耶稣会会士。可是我们很相像——在我们之间有一种姻亲关系。小姐，你照镜子的时候，看到这一点了吗？你可曾注意到，你的前额的形状和我的一样——你的眼睛的样子也像我的眼睛？你可听出来，你的声音里有一些我的声调？你可知道，你有很多我的外表？我察觉到这一切，相信你是在我的星宿下诞生的[1]？不错，你是在我的星宿下诞生的！颤抖吧！因为凡是涉及世人的事情，他们的命运的线索是难解难分的；这里发生的结和牵挂的问题——突然地断线则使那张网络受到损害。不过，说到这些‘印象’，就像你带着英国人的小心谨慎所说的，我也有过我的‘印象’。”

“先生，把你的印象告诉我吧。”

“我再愿意不过了，我正要这样做。你已经知道关于这幢房屋和这座花园的传说了吧？”

“我知道。是的。他们说，几百年前，有一位修女就在这棵树下，在我们现在脚踩的地底下，被人活埋了。”

“还说有一位修女的幽灵过去经常在这儿出没。”

“先生，要是它现在仍然在这儿出没会怎么样呢？”

“是有什么东西还在这儿出没；有个人影常常在夜里到这幢房子里来，它跟光天化日之下显露出来的任何形象都不一样。我无可置疑地不止一次地看见过一个什么东西。对我来说，它的修女的丧服是个奇观，对于任何其他活着的东西来说，再也没有比这身丧服更能说明问题的了。那是一位修女！”

“先生，我也见到过它。”

“我预料到这一点。不管这位修女是血肉之躯，或者是血已干、肉已腐的什么残骸，她大概跟你有事，就像跟我有事一样。嗯，我打算把这件事弄清楚；到目前为止，它一直使我迷惑不解，不过，我打算把这件神秘的事情弄个水落石出。我打算——”

他没有说出他打算干什么，却突然抬起头来。我在这同一瞬间做了同样的动作。我们两人都对一个焦点望去——那棵大树，它遮蔽了宽大的绿廊，它的一些粗枝横架在第一班级的屋顶上。刚才正是从那

[1] 西方古代星相家认为，星宿影响人的生活和命运。这里说两人命运相似。

一隅传来了奇怪的、无以名状的声音，就好像那棵树的枝干自动地摇晃起来，使它的簇叶的重量冲撞和打击着那根粗大的主干。是的；当时几乎一丝风都没有，但是那棵笨重的树却震撼不已，同时，那些羽毛般轻软的灌木则纹丝不动。有几分钟时间，在树林和簇叶之中继续响着一阵撕裂什么和抬起什么的声音。尽管天黑了，在我看来，好像有什么比夜的暗影或者树枝的暗影更实在的东西，黑魆魆的，透过树干钻了出来。最后那种挣扎停止了。继这种阵痛之后生下什么东西来了呢？这生产的痛苦中诞生了什么树仙了呢？我们目不转睛地注视着。屋子里却突然响起了铃声——是祷告的铃声。霎时间从绿廊里冒出了一个幽灵，全身黑白相间，进入我们这花园小径里来。带着一种怒气，匆忙走来——近了，很近地在我们的面前经过——迅速地掠过的就是那位修女本人。我从来没有如此清晰地看见她。她个子显得很高，姿态则很凶猛。她走过去的时候，风呜咽地吹起来，冷雨狂暴地倾泻下来，整个黑夜似乎都感受到她的到来。

第三十二章
第一封信

波琳娜·玛丽在哪儿呢？现在到了该问一声的时候了。我和克莱西公馆的交往又有什么进展呢？那交往由于他们的离开而中断了一个时期。巴桑皮尔先生和小姐外出旅行去了，他们把几个星期分别用在法国各省和首都。他们刚回来不久，就碰巧有人告知我这个消息。

一个温和的下午，我在寂静的林荫大道上散步，慢慢地闲逛，享受着暖洋洋的四月温暖的太阳，以及一些并非不愉快的想法。就在这时候，我看到前面有一群骑马的人，他们停在宽阔、平坦、路边种着菩提树的小径的中央，仿佛刚刚相遇，彼此寒暄。他们一边是一位中年绅士和一位年轻小姐，另一边是一位漂亮的青年男子。小姐的风度十分优雅，骑马的全副装备都很考究，整个模样既文质彬彬，又雍容华贵。我瞧着他们的时候，老是觉得面熟，再走近一点看去，他们每一个人我都完全熟悉。原来是霍姆·德·巴桑皮尔伯爵、他的女儿和格雷厄姆·布列顿医师。

格雷厄姆的脸是多么神采奕奕！脸上所表现的欢乐是多么真实、多么热烈、然而又是畏畏缩缩！这就是当时的事态。这一细节的组合状况，在吸引约翰医师的同时又束缚着他，在征服约翰医师的同时，又刺激着他。他所艳羡的珍珠本身是价值连城的，是纯而又纯一无瑕疵的，可是，他不是那种在欣赏宝石的时候能够忘记镶嵌宝石的框子的人。要是他看到波琳娜同样是如此年轻貌美，文雅大方，然而却是茕茕孑立、无人护卫，而且穿着朴素，是一个靠别人生活的人，一个女工，一个小女店员，那么他会觉得她是个可爱的小人儿，并且会爱慕地注视她的举止和风度，可是必须有比这些更多的东西才能征服他，才能够像现在这样把他顺服地置于支配之下，同时无损于、甚至有益于他那大丈夫的荣誉——人们看得出他是被征服的。在约翰医师周围的是世界上各色各样的人；单单满足他自己还不够；还需要社会的认可——必须世人都赞美他的所作所为，否则他就会认为自己的做法是错误的或者是无益的。在他的女征服者的身上，他要求所有已具备的优点都让世人看见——比如有高度教养的特征，细心和可靠的保护人的心血，"时下名流"所颁布的、"财富"所能买到的、以及"鉴赏口味"所调准了的那些附加物。在他的心灵屈服以前，是坚持以这些为条件的：在这儿，这些条件得到了最大限度的满足；因此他现在既感到自豪，又充满热情，然而同时也觉得害怕，于是他把波琳娜当作他的君主来尊敬。至于她，与其说那是她意识到了自己的力量，还不如说那是她的感情的微笑，脉脉蕴含在她的美目里。

他们道别了。他飞快地从我身旁驰过，几乎没有感觉到他所飞掠而过的土地，也看不见两旁的任何东西。他看上去非常英俊，那种气概和意志已经在他的心里被充分地激发起来了。

"爸爸，露西在那儿！"一个动听的、友好的声音在响。"露西，亲爱的露西——快些过来呀！"

我赶忙走到她面前。她把面纱向后面一撩，从马鞍上弯下腰来吻我。

"我原来打算明天去看你，"她说。"不过，如今请你明天来看我吧。"

她说定时间，我答应依从她的话。

第二天晚上，我便和她待在一起了——她和我两人关在她自己的房间里。记得那次他们拿她和姞妮芙拉·樊箫的条件互相对比，而她明显地占有优势，自此以后，我就一直没有再看见她。她在这期间出外旅行，现在正有很多见闻要告诉我。在促膝谈心的对话之中，她是个精力最旺盛、口才最敏捷的演说者，一个语言最生动的叙述者。然而听着她那一种朴实无华的措词以及清晰柔和的声音，决不会觉得她说得太快，或者太多。我想我的注意力不会马上减退，然而，不久之后，她自己却好像需要换个话题，忽然草草收场，不再讲下去了。可是她为什么简略地终止一个故事梗概的原因，却没有立刻显露出来。随之而来的是沉默——令人烦躁不安的沉默，不无神不守舍的征兆。然后，她转过头来，用一种缺乏自信的、半带恳求的声音对我说：

"露西——"

"嗯，我正在听着哪。"

"我的表姐姞妮芙拉还在贝克夫人的学校里吗？"

"你的表姐还在那儿。你一定非常想看见她吧。"

"不——不很想。"

"你要再邀请她来度过一个夜晚吗？"

"不……我猜想她还是在谈论要结婚的事吧？"

"不是跟你所喜欢的任何人结婚。"

"不过她当然仍在想念布列顿医师啰？在这一点上，她不会改变主意的，因为两个月之前，事情已经是那么确定了的。"

"啊，你知道，那不要紧。你早就看出他们之间是什么关系了。"

"当然啦，那天晚上确实有点小误会。她现在看来还不高兴吗？"

"她不会这样。换一个话题吧。在你们离开以后那段时间里，就从来没有看到格雷厄姆，听到关于他的事，或者从他那儿得到什么消息吗？"

"有一两次爸爸收到他的信，我想是有关事务方面的。我们离开期间，他接手管理一些需要照料的事情。布列顿医师好像很尊重爸爸，乐意为他效劳。"

"对，昨天你在林荫大道上遇到他；你可以从他的外表来判断，他的朋友们不需要为他的健康过分担心吧？"

“爸爸好像跟你有同样的想法。我禁不住要笑。你知道，他的观察力并不特别敏锐，因为他常常在想别人的一些事情，忽视那些打他眼前经过的事情。不过，在布列顿医师骑马离开的时候，他说：‘真的，看到那个孩子有如此的精神和体力，真叫人高兴。’他管布列顿医师叫孩子；我相信他几乎认为他真是个孩子，就像他认为我是个小姑娘一样。他当时不是在对我说话，而是随便地对自己说出来的。露西……”

她又用那种恳求的口音说话，而与此同时，离开了她的椅子坐到我脚边的小凳子上来。

我喜欢她。在这本书的写作过程中，我并不常常对我所认识的人发表这样的声明，请读者容忍这一次。密切的交往，仔细的观察，只能发现波琳娜的文雅、聪明和诚恳，因此我对她深怀敬意。一种比较肤浅的爱慕可能会感情比较外露；而我的爱慕是平静无波的。

“你要露西做什么事呢？”我问；“勇敢地说出来吧。”

可是她的眼色缺乏勇气，一碰上我的视线，她就低下了眼睛，腮帮子上显得不冷静——并不是一瞬间泛起一阵红晕，而是内心的激动集聚起来，把它的颜色和温度涌上了她的脸。

“露西，我真想知道你对布列顿医师的看法。请你务必把你对他的声誉——他的性情的真正的看法告诉我。”

“他的声誉很高，理所当然是高的。”

“还有他的性情呢？告诉我他的性情怎么样，”她催促说；“你对他很了解。”

“我对他相当了解。”

“你还知道他家庭方面的情况。你曾经看见他跟他的母亲在一起；谈谈他作为一个儿子的情况吧。”

“他是个好心肠的儿子；是他母亲的安慰和希望，是他母亲的骄傲和喜悦。”

她用两只手夹着我的一只手，我每说一个赞美的字眼，她就把我的手轻轻抚摸一下。

“他还好在哪些方面呢，露西？”

“布列顿医师是慈善为怀的——他对所有的人都一视同仁。布列顿医师连对最低微粗野的人，或者最坏的罪犯都心地宽厚。”

“我听见有些绅士，我父亲的朋友们谈到他的时候，也这样说他。他们说医院里许多可怜的病人，在那些无情而自私的外科医师面前胆战心惊，却欢迎他。”

“他们很对；我亲眼见到同样的情况。有一次，他带我参观一所医院，我看见他是怎样被人接待的。你的父亲的朋友们说得对。”

她把眼睛抬起一会儿，最温柔的感激之情使那双眼睛熠熠生辉。她还有更多的话要说，不过似乎对于这样的时间和地点感到犹豫不决。黄昏开始笼罩一切，她的起居室里的炉火已经与红彤彤的暮色一起发出红色的光亮。不过我认为她希望这房间更昏暗一些，时间更晚一些。

“我们感觉到这里是多么安静和隐蔽呀，”我说，为了使她放心。

“是吗？对，这是个寂静的夜晚，我不会被叫下去喝茶；爸爸要出去吃晚饭。”

她仍然握着我的手，无意识地玩弄我的手指，一会儿把她自己的戒指戴到我的手指上，一会儿又把她那美丽的头发绕我的手指。她用我的手掌在自己发热的面颊上轻轻拍着，最后她清了清嗓子，用百灵鸟一样流转自然、柔和清脆的声音说——“你一定认为我很奇怪，竟然谈起这么多关于布列顿医师的事情，提出这么多问题来，有这么浓厚的兴趣，可是——”

“一点儿也不奇怪；完完全全自然；你喜欢他嘛。”

“假定我喜欢他，”她说得有点快，“那便是我为什么要谈他的理由吗？我想你觉得我懦弱，像我的表姐姞妮芙拉一样吧？”

“要是我觉得你有一丁点儿像姞妮芙拉小姐的话，我就不会坐在这儿，等待你传给我信息了，我会站起身来，自由自在地在房间里走动，抢先用毫不客气的一顿训话来对待你必然要说的一切。你讲下去吧。”

“我是要讲下去，”她回嘴说，“你以为我打算做别的什么事情吗？”她——这位布列顿镇的小波莱——看起来以及说起话来都是爱使性子、感觉灵敏。“假定，”她加重语气说，“假定我喜欢约翰医师，喜欢到可以因此去死的地步，单单这样并不能放任我变成哑巴以外的东西——而要像坟墓那样哑然无声——像你露西·斯诺那样哑然无声——你明白这一点——你明白如果我控制不了自己，并且哭鼻子诉说完全是一厢情愿的站不住脚的单相思，你就会看不起我。”

“的确如此，对那些妇女或者姑娘，她们喋喋不休，不是夸耀胜利，就是悲叹感情上的创伤，我很少敬意。不过，对于你呐，波琳娜，说吧，因为我诚心诚意地愿意听。把所有一说便能使你愉快或者如释重负的话都告诉我吧：我只要求这一点。”

“你喜欢我吗，露西？”

“喜欢，我喜欢你，波琳娜。”

“我爱你。我还是个讨厌的、不听话的小姑娘的时候，就同你在一起了，我感到一种奇怪的满足。那时候我把顽皮和怪念头一股脑儿都加到你身上，使我高兴极了。现在你是很合我心意的，我喜欢跟你谈谈，并且信任你。因此，听吧，露西。”

于是，她使自己安顿下来，倚靠着我的胳臂——轻轻地倚靠着，而不像那位坦率的樊箫小姐那样把疲倦的身体自顾自地压着我。

“几分钟之前，你问我在我们外出期间，我们有没有收到格雷厄姆的信，我说收到他两封给爸爸的有关业务的信。这是确实的，不过我没有把全部情况都告诉你。”

“你避开不谈了吗？”

“你知道，我是含含糊糊、躲躲闪闪地说的。可是，我现在要说明真实情况了。天色变得更黑，可以敞开胸怀来谈。爸爸常常让我去打开信袋，把里面的信件拿给他。大约三个星期以前的一天早上，你不知道我是多么惊奇地发现，在给德·巴桑皮尔先生的一打信件之中，有一封是写给德·巴桑皮尔小姐的。在其他所有信件中间我一眼就看出来了，上面的字迹可不是陌生的，它即刻吸引了我的注意。我原打算说：‘爸爸，这儿有布列顿医师另外一封来信’，可是‘小姐’两个字打动了我，使我沉默下来。实际上，我过去从来没有收到一封绅士写来的信。我是不是该拿去给爸爸看，让他打开来先看看呢？我说什么也不能那样做，露西。我非常知道爸爸对我的看法：他忘记了我的年龄，觉得我只不过是个女学生，没有意识到人家看到我已经长大，身高已经到了我该有的限度了。因此，带着一种奇怪的混合的感情，一方面是自我责备，一方面是无法描述的那么惶惶不安和强烈坚定，我给了爸爸他的十二封信——他所拥有的羊群——而留下了我自己的那封，那是我的小母羊羔。[①]在吃早餐那段时间里，它躺在我的膝头上，用一种无法说明的意义仰面对我望着，使我感到自己是一种双重存在的事物——对亲爱的爸爸来说，我是个孩子，但是对我自己来说则不再是个孩子了。早餐以后，我把信带到楼上去，把钥匙一转，锁上了房门，自己感到安全了，才开始仔细研究我的珍宝的外层；我看着信封上的姓名住址，拆着封蜡，要花好几分钟才能处理完毕。正如打围攻仗者所说的那样，人们不是用速战速决的猛攻办法来占领这类

① 典出《圣经·旧约全书·撒母耳记下》第12章第1至4节：“在一座城里有两个人，一个是富户，一个是穷人。富户有许多牛群羊群，穷人除了所买来养活的一只小母羊羔之外，别无所有。……有一客人来到这富户家里，富户舍不得从自己的牛群羊群中取一只预备给客人吃，却取了那穷人的羊羔，预备给客人吃。”

坚固据点的——人们先要有会儿功夫安营扎寨才去围攻它。露西，格雷厄姆的手迹就像他本人，他的封蜡也是这样——完全是清清楚楚、遒劲有力、圆润丰满的——封蜡也不是邋邋遢遢的一摊——而是完整、实在、牢固的一滴——加上很清晰的压印。字写得没有尖硬的转角叫你的视神经刺激难受，而是干干净净、圆熟浑成、赏心悦目，使你看的时候觉得很舒服。这就像他的脸——就像他的五官，轮廓那么清晰。你熟悉他亲笔写的字吗？”

“我看见过，说下去呀！”

“那个封蜡太美了，我舍不得把它弄碎，因此用剪刀沿着四周剪了下来。在我终于打算看那信的当口，我又一次自动退缩了。把这酒一饮而尽尚非其时——杯子里泛起的气泡是多美呀——我还要再瞧一分钟。这时候，我忽然想起来，那天早晨我没有做祷告。我听见爸爸比平常早一些下楼去吃早饭，怕他等我，于是刚梳洗完毕就匆匆忙忙赶到他那儿去，心想把祈祷推迟到以后再做也无妨。有的人会说我应该先侍奉上帝，再侍奉人；不过，我觉得上天不会因为我为爸爸做什么事而妒忌的。我相信我是迷信的。这时候，好像有一个声音在说，孝顺之心以外，还有另一种感觉尚待考虑——它催促我，在我胆敢去看我那么渴望去看的东西之前，先去做祷告——要自我克制一会儿，首先记住一项重大的功课。自从我能记事起，我就有着这种感情冲动。我放下信来，做了祷告，在祷告词的末尾还加了一句，衷心恳求，不论发生什么事，我都不会受到引诱，或者结果导致爸爸受到任何痛苦，并且永远不会因为关心别人而忽视了他。一想到有这种可能性，我的心就针刺般疼痛，我不禁哭了起来。不过，露西，我觉得到时候应该让爸爸知道真相，设法、并且劝说，使他顺应事理。

“我看了那封信。露西，据说生活中充满失望。我可不失望。在看那封信之前，在我看那封信的当时，我的心不止是怦怦跳动——它简直是快速地抖着——每一下震颤就像一头口渴的野兽匍匐在一处泉水边喝水时那样气喘心跳。事实说明泉水是满满的，清澈见底，凭它本身的喷涌力慷慨地升上来。露西，我透过喷涌而出的水看见了阳光，在这经过再三过滤的金黄色的汩汩泉流之中没有一点尘埃，也没有青苔，没有虫豸，没有微粒。”

“生活，”她接着说，“据说对某些人是充满痛苦的。我曾经读过一些传记，书里面的旅途跋涉者好像是从一个苦难走向另一个苦难，而‘希望’却在他面前迅速飞掉，从来都不那么近地降落下来，或者那么久地徘徊不去，好让他能够有机会实现一次用手抓住‘希望’。我曾经读到书上记载那些人流着眼泪播种，而他们的收获却远远不是在欢乐中刈割的，[①]而是被来得太早的寒冷天气摧毁殆尽了，或者被突然刮起来的旋风卷走了。唉！他们有些人谷仓里空空的来迎接冬天，在一年之中最黑暗、最寒冷的时候，因极端贫困而死去。”

“波琳娜，你所说的这样地死去的人们，是不是由于他们自己的过错呢？”

“并不总是他们的过错。有些是真正努力的人。我并不努力，也不主动地成为优秀，可是上帝却让我成长在阳光下，适当的湿度中，同时受到亲爱的父亲的安全的保护、庇佑、培育和教养。可是现在——现在——来了另外一个人。格雷厄姆爱我。”

在这个高潮上，咱们俩都停顿了几分钟。

“你的父亲知道吗？”我压低声音问道。

“格雷厄姆十分恭敬地谈到爸爸，不过暗示说他目前还不敢接近那个方面；他首先必须证明他的价值。他又说，关于这件事情，在敢于冒险采取别的步骤之前，他必须先对我本人以及我的感情有所了解。”

---

① 语出《圣经·旧约全书·诗篇》第 126 篇第 5 节：“流泪撒种的，必欢呼收割。”

“你是怎么回答的呢？”

“我作了简单的答复，可是并没有回绝他。不过，我差不多全身颤抖，只怕自己的回答太亲热了：格雷厄姆的品味要求是十分讲究的。我写了三遍——每次重写，都把字句反复推敲，降低调子；最后，直到在我看来已经把它炮制成像是一小块加过真正一点点水果和蔗糖味道的冰，我才敢把它封上蜡，寄了出去。”

“妙极了，波琳娜！你的直觉了不起；你真了解布列顿医师。”

“可是我怎样应付爸爸才行呢？在这方面我至今还是感到痛苦。”

“完全不必应付。现在且等着吧。只不过在你的父亲知道一切情况、并且给予认可之前，不要再通信联系。”

“他会赞成吗？”

“时间会说明的。等着吧。”

“布列顿医师又曾写来过一封信，对我冷静而简洁的短信表示深深的感谢。可是我在你的劝告之前就已经回信了，说尽管我的感情依然如旧，我却不能在父亲还不知道的情况下再给他写信。”

“你做了你该做的事；布列顿医师会感到这一点；这会增加他因你引起的自豪感，以及对你倾注的爱意，如果这两者还有可能增加的话。波琳娜，你那四周环绕如此纯洁和美丽的火焰的色彩柔和的白霜，是性格方面金钱所买不到的特权。”

“你看出我感觉到格雷厄姆的性情了，”她说。“我感觉到对他来说，无论怎么样的审慎周到都不会是过于细腻的。”

“你了解他，这一点已经完全得到了证明，那么——不管布列顿医师的性情怎样，如果他这个人期待有更进一步的接触——你仍然要诚实地、坦率地、温柔地对待你的父亲。”

“露西，我相信我将永远这样对待他。哦，要是把爸爸从他的美梦中唤醒，告诉他我不再是个小姑娘，那将是痛苦的事情啊！”

“别急于这样做，波琳娜。让时间和你的慈祥的命运来揭露此事吧。我也注意到命运对你的温柔的眷顾，不要怀疑，它会仁慈地安排好种种情况，并恰到好处地定出时间。是的，我曾经仔细思考过你的一生，就像你自己曾经仔细思考过一样，我曾经作过像你所提到的那些比较。我们不知道将来，可是过去是吉祥如意的。

“你小的时候，我很替你担心：没有什么有生命的东西比你幼年时期的性格更敏感的了：要是处于恶劣的或者受疏忽的情况下，无论你的外在的或者内在的本质都不会成熟到像你现在这样子。很多的痛苦，很多的恐惧，很多的斗争会搅扰你的面貌上的纹路，打破它们的规律，会折磨你的神经，使你经常处于极度烦躁之中。你会失去健康和欢乐，文雅和温柔。然而上天保护和培养了你，不仅是为了你自己的缘故，而且我相信也是为了格雷厄姆的缘故。他的星宿也是幸运的；他性格的最好的方面得到了充分的发展，正需要像你这样一位伴侣：你们是天生的一对。你们必须结合起来。我头一天在台地别墅看见你们俩在一起的时候，我就知道了这一点。关于你和格雷厄姆互相之间的事情，据我看来完全只是许诺、计划、协调一致。我不认为两人当中任何一方的阳光灿烂的青春会结果证明那是狂风暴雨的年代的前奏。我认为你们能够和平幸福地生活是件好事——不是像天使那样，而是像凡人之中极少数幸福的人那样。有些人是这样受到祝福的，这是上帝的旨意：这是伊甸乐园的证实的痕迹和延续下来的见证。其他的人们从一开始就走上了另一条道路。其他的旅行者们遇上的天气是反复无常的、大风阵阵的、雨骤风狂的、变化多端的——他们迎着逆风，被天很早就黑下来的冬夜笼罩，还在赶夜路。若不是上帝许可，这也是不可能发生的；我知道，上帝在他的无穷无尽的工作之中的什么地方，存放着这一最后的命运审判的秘密。我知道，上帝的宝藏里包含着证明许诺这一审判的仁慈的证据。”

第三十三章
保罗先生遵守诺言

5 月 1 日，我们全体——也就是二十位寄宿生和四位教师——接到通知，要在早晨五点钟起床，穿戴停当，六点钟完全准备好，以便让伊曼纽埃尔教授先生率领我们从维莱特出发去郊外，因为他提出过要在这一天履行他的诺言，带我们在乡村用早餐。读者也许会记得，这个短途旅行计划第一次提出来的时候我并没有享受接受邀请的荣幸——倒不如说是相反。可是当我现在提起这一事实并且希望弄明白到底是怎么一回事的时候，我的耳朵被人扯了一下，我便不敢制造更多的困难来引起耳朵再被人扯一次了。

“我劝你不要让人一请再请，”伊曼纽埃尔先生说，他威严地威胁着我的另一只耳朵。那一句拿破仑式的恭维[①]已经够意思了，因此我决定参加这次聚会。

那天早晨像夏天一样晴朗无风，鸟儿在花园里歌唱，薄薄的露水形成的雾气说明天气要变热。我们大家都说会暖和起来，大家都把厚衣服折起来放在一边，穿上适合在阳光烂漫的季节穿的服装，感到很高兴。干净的崭新的印花连衣裙和轻便草帽就像唯有法国的女工能够缝制和装饰的，为的是把彻底的不装模作样同完完全全的恰如其分结合起来，乃是这个场合人们当然会穿的服装。没有人穿了褪色的丝绸的衣服来招摇；也没有人穿了二手货的最漂亮的衣服。

六点钟，铃声令人愉快地响了，我们蜂拥着跑下楼来，穿过方形大厅，沿着走廊，来到门厅里。我们的教授正站在那儿，穿的并不是他那件看来落拓不羁的宽松外套，戴的也不是那顶严肃的希腊式无边圆帽，而是一件青年式样的腰间束带的工作衣和一顶讨人喜欢的草帽。他用最亲切的口气向我们全体道了早安，我们大多数也报以感谢的微笑。他使我们排列整齐，然后立刻出发。

街道上依然寂静无声，一条条林荫大道就像田野上那样空气清新、平和安宁。我相信我们一路走来心情是十分快乐的。我们的首领在他高兴做的时候，具有一种能促进快乐的秘诀，就像他在相反的情绪支配下，能够使人害怕得毛骨悚然一样。

他既不率领我们，也不跟在我们的后面，而在队伍的旁边走，对每个人都有话说，对自己喜欢的人说得多，对他即使不喜欢的人也不完全忽略。出于某种理由，我倒是宁愿离他稍微远些，不使人注意。我和姞妮芙拉·樊箫两人一对并排走，这个天使的并非柔若无骨的胳臂的可观的重量压在我的胳臂上——（她的健康状况一直很好，我可以向读者保证，要承受她那可爱的身体的重量，可不是一件小事情。在那暖和的一天里，我有许多次真心诚意地希望少来点这种迷人的货色）——不过，正如我说过的那样，既然有了她，我就尽量利用她，一直把她置于我自己和保罗先生之间。随着听见他是从右边走来，还是从左边走来而更换我的位置。我这种策略的私下的动机，可以追溯到我因为那件印花连衣裙是粉红色的而特意穿上的那个情况——这个事实，在我们目前的结伴行走的情况下，使我产生一种有点儿像我曾经有过的那种感觉：有一次我披着一条镶红边的披肩，必须走过一片有一头公牛在吃草的草地。

我这种更换位置的办法，加上理一理我的黑绸围巾使它端正一些的做法，暂时可以达到我的目的。可是，渐渐他就察觉到这一点：不管他走到这边来或者走到那边去，樊箫小姐总是与他为邻。在姞妮芙拉和他之间的交往过程，从来都不是融洽平静的，以至于每当他听到她说的英国话，他的心情总要经受一个起疙瘩的时刻。他们两人的性

① 拿破仑式的恭维，据拿破仑传记作品中说，拿破仑有时用拍拍下属的面颊或拉拉他们的耳朵的方式来表达对他们的感情。

格没有一点合得来的地方；他们一接触就要发生龃龉，他把她看成是没有头脑的、矫揉造作的；她则认为他是粗鲁笨拙的、爱管闲事的、令人讨厌的。

最后，在他换到大约第六个位置的时候，发现他的尝试的结果依然是同样的不称心——他便向前伸出了头，眼睛对我瞧着，不耐烦地责问道：

“怎么回事？你在捉弄我？”

不过，他的话还没有讲完，他就像习惯的那样迅速，抓住了这一过程的根源。我把围巾的长长的流苏抖落开来，使围巾宽的一头展开，可是徒劳无功。“啊—哈—哈！那是一件玫瑰红色的衣服！”他脱口而出，使我感到非常像那一头草地上的大王突然发出的激怒的哞哞叫声。

“这只不过是棉布做的，”我赶忙声明，“也比较便宜，而且比其他任何颜色都经洗。”

“露西小姐有十个巴黎女人那样多的卖弄风情，”他回答说。“谁看见这样一个英国女人？只要看她的帽子、手套和靴子！”这些服饰正像我的同伴们穿戴的一样，肯定一丁点儿也不更为漂亮——也许比大多数的还朴素一些呢！——可是这位先生现在抓住这个题目大做文章，我在这预料之中的训导之下开始感到恼火。不过，训导不一会儿就温和地过去了，就像夏天有时候来了又去的暴风雨的威胁那样。我只得到片状闪电的一下闪光，那是从他的眼睛里发出来的以仅有的一次开玩笑的微笑为形状的；然后，他说道：

“鼓起勇气来！——实际上我不懊恼，也许还由于你为了这小小游乐而打扮得漂亮而高兴。”

“可是，我的衣服不漂亮，先生——它只是整齐。”

“我喜欢整齐，”他说。总之，他没有感到不满意，在这吉祥如意的早晨，情绪甚佳的太阳胜利了。它在飞驰的乌云还没有玷污它的光轮之前就把它们消灭了。

我们现在已经在乡村里了，处于他们称之为“树林和小径”之中。一个月以后，这些树林和小径只能提供尘土飞扬的、不太好的隐秘之所；然而，现在，它们在5月的一片青翠和早晨的宁静之中，使人觉得非常赏心悦目。

我们走到一个泉水边，泉水周围，按照拉巴色库尔人的情趣，有规则地种了一圈欧椴树：到了这儿必须止步了。那位先生命令我们在围绕这个泉水的隆起来的绿茵地上坐下来，他自己则坐在我们中间，并且允许我们大家在他四周收拢成一小圈。那些喜欢他胜过怕他的人挨近他，而这些人主要是年纪小的。那些怕他胜过喜欢他的人则多少离得远些；还有那些人，在她们身上的许多感情，即使是剩下的害怕，都已经转化为愉快的热情了，她们则坐在最远处观看。

他开始给我们讲故事。他能够讲得十分生动，遣词用语是孩子们爱听的，也是有学问的人要仿效的。这种遣词用语，其力量在于它的单纯，其纯真则在于它的有力。在那篇小故事里有着美丽的格调。感情的甜蜜闪现和描述的缤纷色彩，我在聆听的时候就深深沉入我的心中，而且从那以后永远没有淡褪。他把光影朦胧的景物着色上彩——我现在记忆犹新——这种图画我还从来没有看见从艺术家的画笔里画出来过。

至于我自己，我曾经说过，不具有即席讲话的本领，也许就因为这方面的欠缺才更使我对一位完美地具有这项本领的人感到惊叹。伊曼纽埃尔先生不是个著书立说的人；可是我听到过他带着那种随口而出、若不经意的才情豪气，滔滔不绝地挥洒出如此出色的精神财富，这在一些书本上都是少有的。他的头脑确实是我的图书馆，它不论什么时候向我敞开，我就进入无比幸福之境。尽管我在智力方面很不完善，我却不能多看书。很少有几本装订成册、印出文字的卷帙不使我厌倦——或者仔细研读它不会使我感到疲劳和眼睛发花——然而，他的思想的声调是精神的眼睛和洗眼液；越过它们所包含的内容去看，内心的视野就变得清晰和实在。我曾经这样想：对一个爱他胜过他爱他自己的人来说，如果能够把他如此毫不在乎地向高空大风抛去的一把把金粉收集和储存起来，该是多么令人高兴的事呀！

他讲完了故事，走近我和姞妮芙拉分开坐的小土丘。他用他通常征求意见的方式（他不会默默等待别人自动把意见告诉他）问道：

“你感兴趣吗？”

我按照自己通常不动声色的样子，简单地回答说：

“不错。”

“讲得好吗？”

“非常好。”

“可是我不能把它写下来，”他说。

“为什么不，先生？”

“我不喜欢机械性的劳作。我不喜欢弯腰伏案静坐不动。但是，我能够高高兴兴地把故事口述给一个合我心意的听写员听。要是我请露西小姐担任此事，她会愿意吗？”

“先生会讲得太快，他会催促我，要是我的笔跟不上他的嘴唇的速度，他会发怒的。”

“哪一天试试看吧。让我们看看，在那种情况下，我会把自己变成怎样的一个怪物。不过，眼下听写是不可能的事。我打算在另一项职务上使用你。你看见那边那所农庄住宅吗？”

“绿树围绕中的那所吗？看见。”

“我们要上那儿去吃早点；在那位好心的农庄女主人用一口大锅给我们烧加牛奶的咖啡的时候，你，以及我将挑选的另外五个人去在五十只面包卷上抹黄油。”

他把他这支队伍再次排列好，便带领我们直向那个农庄逼进，这农庄一见到我们这么多人，就无条件投降了。

干净的刀和盘子，以及新鲜的黄油端了出来，我们的教授挑选了我们半打人，在他的指导之下，开始准备一大篮子的面包卷当作早点，那是在我们到来之前，事先吩咐面包师供应给农庄的。咖啡和巧克力都已经烧热了；外加奶油和新鲜鸡蛋款待我们。伊曼纽埃尔先生总是很大方，本来除这些以外还要订购大量“火腿”和“果酱”的，可是我们之中有些人也许是注意我们的影响，坚持说，那将是太暴殄天物，浪费食品了。我们辛辛苦苦，反倒遭他责骂，把我们叫做“吝啬的家庭妇女们”。但是我们让他去说，依然按照我们自己的办法把这顿膳食尽量弄得经济一些。

他是带着多么心满意足的神情站在这农庄厨房炉灶边观看啊！他是个看到人家高兴他也高兴的人；他喜欢他的周围有动作，有生气，有富足，有欢乐。我们问他愿意坐在哪儿。他说我们很清楚他是我们的奴隶，而我们是他的暴君；说不得我们允许，他连选择一张椅子的胆量都没有。于是我们把他安顿在那张长桌子的一头，叫他坐在农庄主人的大椅子上。

尽管他有时会勃然大怒，风暴骤起，但是有时能像现在这样宽厚和温驯，所以我们还是非常喜欢他。说真的，在最坏的情况下，他也不过是神经容易激动，而不是脾气真正恶劣。哄着他，理解他，安慰他，他就是一头小羊羔子，连一只苍蝇都不会伤害。只不过对于非常愚蠢、反常或者无恻隐之心的人，他才有那么一点危险。

他总是不忘他的宗教，这时候，他叫我们中间最年轻的一个在开始用早餐之前做一次简短的祈祷，他自己则像一个女人那样虔诚地在胸前画十字。我以前从来没有看见过他做祷告，或者做那种虔诚的手势。他那么简单地带着孩子般的信仰做了，我眼睁睁地瞧着的时候，禁不住开心地笑起来；他的眼睛瞄见了我的微笑，他便伸出手来说：

“把你的手给我！我知道我们崇拜同一位上帝，虽然礼仪不同，精神还是一样的。”

伊曼纽埃尔先生的许多教授同行之中，大多数是不为习俗约束的自由思想家、不信宗教者、无神论者，他们之中有许多人的生活是经不起仔细检查的。伊曼纽埃尔先生倒像是一个旧时代的骑士，有他自己的信仰，而且享有白璧无瑕的声誉。天真的少年儿童和美丽的青春年华在他身边都是安全的。他有鲜明的热情、敏锐的感觉，然而他那纯洁的荣誉感和毫不做作的虔诚心，则是能叫狮子们昂首蹲伏下来的强大的魅力。

这次早餐是一顿欢乐的聚餐，而这种欢乐并不仅仅是喋喋不休的空谈：保罗先生发起、领导、控制并且提高了它。他那爱交际的活泼的性格得到了无拘无束、无遮无盖的发挥。周围就只有妇女和儿童，没有什么会来拂逆和挫败他的心意，他尽可以按他自己的想法行事，而那确实是令人愉快的想法。

吃完早饭，我们这些人就自由自在地在草地上玩耍。有几个人留下来帮农庄主的妻子收拾碗盏。保罗先生把我从这几个人之中唤了出去，叫我靠近他坐在一棵树下——他从那儿能够看到大伙儿在一片广阔的草地上嬉戏玩乐——他吸着雪茄烟，让我念书给他听。我念的时候，他坐在一张粗木长凳上，我坐在一个树根上。那是一本袖珍本古典作品——高乃依[1]的著作——我不喜欢这部作品，可是他却在其中发现了我从来都领会不到的美，觉得很喜欢，他带着一种安详宁静的其乐融融的神色聆听着，由于他总体上是个性格火爆的人，这种神色就

① 高乃依(1606—1684)，法国剧作家，写有诗剧《熙德》等四大悲剧。作品体现古典主义文学特征，主题多表现忠君爱国思想。

更令人感动。深不可测的幸福感充满了他的蓝色的眼睛，使他那宽大的前额变得平滑。我也感到快乐——这光明灿烂的日子使我快乐，有他在场使我更加快乐；他的慈祥和蔼使我无比快乐。

不久以后，他问我，比起坐在这儿，是否更愿意跑到我的同伴那儿去？我说不；跟他在一起我觉得很满意。他问道，如果我是他的妹妹，跟他这样一个哥哥待在一起，我是否一直感到满意。我说相信自己会这样，也感觉到是这样。他又问我，如果他离开维莱特，到遥远的地方去，我会不会感到难过。我放下高乃依的作品，没有回答。

“小妹妹，”他说，“要是我们分离了，你会记住我多长时间？”

“先生，这一点我完全说不上来，因为我不知道需要多长的时间才能把所有的世俗的事情都忘掉。”

“万一我到海外去两年——三年——五年，在我回来的时候，你还会欢迎我吗？”

“先生，在此期间，我怎么能过日子？”

“可是我对你很严厉，很苛求。”

我用书遮住自己的脸，因为我已经泪流满腮了。我问他为什么这样讲，他说以后不再这样讲了，并且用最亲切的话鼓励我，使我高兴。那一天的其余时间里，他用以对待我的和颜悦色，不知怎么更是深深打动了我的心。那简直太温柔了。它使我感到辛酸凄楚。我倒情愿他像他习惯的那样态度生硬、举止异常、脾气暴躁。

到了炎热的中午时分——因为那天果然像我们预料的那样，像6月里的天气那么暖烘烘的——我们的牧羊人把他的绵羊都从草地上赶到一起，准备带领我们乖乖地回家去。可是我们得整整步行三英里路，我们在那儿用早餐的农庄离维莱特就是这么远。特别是孩子们玩耍得已经很累了；她们大多数人眼看要在这个中午走过尘土飞扬的、坚硬而耀眼的车行道，大伙儿都无精打采。这种情况是早已预见到的，而且有所准备。就在这个农庄的地界那一边，我们看见有两辆车体宽敞的车辆来接我们——就是那种专门为了学校师生们的方便而出租的交通工具。这里，由于安排得好，车子容纳了所有的人，一小时以后，保罗先生便把他负责的一批人安全地运交到福色特街。那一天过得很愉快；要是没有那么一点令人感伤的事使得阳光暂时黯淡下来的话，本来会是十分完美的。

那种黯然失色的情况当天晚上却又重复出现了。

就在夕阳西下的当口，我瞧见伊曼纽埃尔先生由贝克夫人陪伴从前门走了出来。他们在庭院的中央小径上慢慢踱了将近一个小时，认真地交谈着。他——看上去神情严肃，然而很不安静；她——一副惊讶、规劝、告诫的样子。

我不知道他们在讨论什么；因为天色已晚，贝克夫人回到屋子去的时候，她的亲戚保罗依然留在花园里徘徊，我暗自思量：

“今儿早上他叫我‘妹妹’。如果他真是我的哥哥，我现在会多么愿意来到他跟前，问问他怀着什么心事。瞧他怎样倚靠着那棵树，抱着双臂，低着头。我知道，他需要安慰。夫人没有安慰他，只不过给予忠告。现在该怎么办？”

保罗先生由静止状态忽然行动起来，他挺直身子，迈开大步，迅速走到花园这头。通往方形大厅的门还开着。我以为他大概是要按照他有时候的习惯那样，来给一些栽在木桶里的柑橘树浇浇水；可是他一走到院子里，却来一个急转弯，向绿廊和第一班教室的玻璃门走去。我就待在这第一班教室里面，从那里望着他直到现在，但是我没有勇气等着他走来。他刚才转身转得那么突然，大步流星地走得那么快，样子是那么奇怪；我心中的胆怯鬼变得脸色苍白，退缩不前了，于是——也不等一等听听他的理由，却一听到他向前走来时灌木丛的折裂声，以及铺路石子的喀嚓喀嚓声——她就惊慌失措，展翅飞逃掉了。

我一直逃到现在已空无一人的祈祷室，得到庇护，才停住了脚步。我的脉搏跳得厉害，心中怀着一种无法解释的、难以言宣的恐惧感，倾听着，只听见他一路穿过所有的教室，不耐烦地把一扇扇门碰得乒乒乓乓响。我听见他闯进了那间公共食堂，那里，现在正在被视为神圣的束缚中举行“虔诚的朗读”。我听见他说的话：

“露西小姐在哪里？”

正在我鼓起勇气，准备走过去，做我毕竟是最最愿意做的事情——那就是去会见他的时候——却听见圣彼埃尔的又尖又硬的声音口齿流利地、虚应故事地回答说：“她去睡了。”于是他迈开烦躁不安的脚步走到走廊里去了。在那儿，贝克夫人遇上他，逮住他，责备他，把他护送到那扇沿街的门，终于打发他走了。

沿街的门关上以后，对于我自己这种反常做法的一种突然产生的惊异感，像猛然一拳打在我身上。我发觉从一开始他需要的就是我——他刚才在寻找的就是我——而我难道不也需要他吗？那么，究竟是什么冲昏了我的头脑啦？究竟是什么勾去了我的魂使他找不到我呢？他有事情要说呀；他正打算把那件事情告诉我。我的耳朵绷紧了神经去探听，而我却使得这种推心置腹成为不可能。在我觉得成为倾听者和安慰者都是没有希望的事情的时候，我渴望着去倾听和安慰什么人——可是一到机会突然地、完全称心地来临，我却会像躲避死神瞄准着我的箭那样躲开了。

好吧，我这精神错乱的自相矛盾的行为已经有了报应。我没有赢得心境舒坦这种我本来可以得到的某种满足——只要我能把惊慌硬压下去，稳稳地站立两分钟就行——现在得到的却是死一样的空空荡荡、黑暗幽深的怀疑和令人忧郁的悬念不安。

我把我的报应交给了我的枕头，心中念叨着过了一整夜。

第三十四章
玛勒伏拉[1]

贝克夫人在星期四下午来找我，问我手上是不是有事情，能否替她进城去，到店铺子去买些小东西。

我正好有空，愿意为她效劳，她就立刻给了我一张购物单，上面写着绒线、绣花线等等，是给学生们干活用的。由于天色看上去阴云密布，又很闷热，我带好了与此相适应的装备。我正在拉开沿街那扇门的弹簧插销，打算走出去的时候，贝克夫人的声音又一次召唤我到餐厅里去。

“对不起，露西小姐！”她好像临时想起了什么，急忙喊道，“我刚才想起，要请你再办一件差事，也许你的好脾气不会认为这是负担过重吧？”

当然，我“不胜惶恐”，怎能有断然反对的表示呢。“岂敢造次”地断然拒绝呢；于是夫人就跑到那间小沙龙客厅里，拎出一只可爱的篮子，里面装满了温室里生长的水果佳品，那么红润熟透，那么撩人垂涎，衬以深绿色的、蜡质一样的叶子以及一种淡黄色的星形植物，我不知道那是什么外来品种。

“喏，”她说，“这不重，也不会像是用人干的家庭琐事那样，使你穿着这身漂漂亮亮的服装觉得难堪。劳您驾，请把这小篮子送到沃尔拉文斯太太家，并且祝贺她的圣名瞻礼日。她住在老城里，占星术士街，三号。我恐怕你会觉得这次路程相当长，不过你有整整一下午的时间可以利用，不必匆忙的。要是你来不及回来吃晚饭的话，我会吩咐替你留一客饭菜，要不然，那个很喜欢你的高滕，她会高兴地特别照顾你，为你临时弄点屈莱弗甜食[2]。不会把你给忘掉的，我的好小姐，哦，等一等！”（又把我叫回去）“你怎么样也一定要见到沃尔拉文斯太太本人，把篮子交到她本人手里，这样就不会弄错了，因为她是一位相当拘泥于细节的人。再见！回头见！”

于是我终于出发了。买东西的任务得花一些时间去完成，那种为绒线和丝线挑挑拣拣、配配颜色的事从来都是令人厌烦的，可是我终于把购物单上的东西都办到了。拖鞋上的花样，拉钟用的绳子、草包都挑好了——钱包上用的搭扣和流苏也都选好了——总而言之，整个“乱七八糟的事”都已经不摆在我心上了，剩下的就只是送水果和祝贺的事还得去做。

我喜欢走那么长的路程，深入到那个古老、阴森的下城区里，而当笼罩这城市的黄昏的天空逐渐形成一大块蓝墨色的铸铁熔液，四边热气腾腾，再慢慢燃烧成红彤彤的颜色的时候，我也同样喜欢走这段路。

我怕大风，因为风暴需要用尽力气和采取行动、而我总是只能痛苦地放弃努力。可是阴沉郁闷的大阵雨、铺天盖地的飞雪或者天昏地暗的倾盆大雨，却只需要听天由命便行——不声不响地听凭衣服和身体给淋个湿透。换来的是，它把你的前面打扫得一干二净；它为你清出了一条宁静的道路去穿过宽阔的、堂皇的街道；它仿佛用东方的妖术使一座生气勃勃的城市变成了化石；它把一座维莱特变成了一座塔德木尔[3]。那么，让雨水淋下来吧，让洪水冲下来吧[4]——只是我首先

---

① 玛勒伏拉，原文为 Malevola，按照拉丁文的字面含意是“诅咒者”（evilwisher）。此处作专有名词。

② 屈莱弗甜食，一种以果酱松蛋糕浸酒，上敷奶油等的布丁食品。

③ 塔德木尔，又名巴尔米拉，叙利亚中部城市，位于沙漠绿洲之中。据《圣经》记载为所罗门所建(译为“达莫”)。公元前一世纪曾为贸易中心。公元前 3 世纪曾为一王国首都。现存有巴力神庙等著名古迹。

④ 语出《圣经 · 新约全书 · 马太福音》第 7 章第 24 至 27 节：“……好比一个聪明人，把房子盖在磐石上。雨淋，水冲，风吹，撞着那房子，房子总不倒塌……好比一个无知的人，把房子盖在沙土上。雨淋，水冲，风吹，撞着那房子，房子就倒塌了……”

得打发掉这一篮水果。

我到达贝克夫人给我的地址上的那条街和那所房屋的时候，从一个不知名的钟楼里的不知名的钟传来打五点三刻的钟声(施洗约翰教堂的钟声现在已经远得听不见了)。那地方根本不是一条街，倒像是一个广场的一部分。那儿很安静，青草从一大块、一大块灰色的石板缝里长了出来，一幢幢房屋都很高大，样子很古老——房屋后面露出树梢来，说明屋后有着花园。古老的气息笼罩着这一地区，因而商业买卖就给排除在外了。富有者们曾经一度占有这个地方，“豪华”曾经一度坐守此地。那所教堂，它的晦暗的、半坍毁的一些塔楼矗立在广场上空，是占星术士们的令人肃然起敬的、昔日曾经是富丽堂皇的神殿。可是财富和伟大早就展开镀金的翅膀，一去不复返了，只留下了它们的老巢，也许让“贫穷”栖身一个时期，也许就冷冰冰地空关着，在许多年里都无人居住，一任其朽坏霉烂。

我穿过这片荒凉的“场地”的时候，有五法郎货币那样大小的雨点正打下来，这时已经把铺石路慢慢都弄湿了。在这整个地方，我都看不见一点生活的象征，或者痕迹，除了在一位老态龙钟的神父身上才看到一点。他走过去，弯着腰，拄着一根拐杖——一种古代式样的破旧不堪的拐杖。

他刚才是从我正好要找的那所房屋里走出来的。我站在他走出来以后关上的门前，拉了一下门铃，他回过头来看着我。他并不马上移开他的视线，也许是他看到我提着一篮子夏天的水果，缺少年龄所带来的尊严，觉得在这种场景之中是个很不协调的人物。如果是一个脸色红扑扑的年轻女仆开门让我进去，我知道，自己一定会认为这样一个人跟她的房子是很不相配的。可是，我发现站在我面前的是一个很老的妇女，穿着一件很古老的农家服装，戴了一顶一方面很难看一方面又很值钱的帽子，帽子上用当地的花边做长长的飘带，还穿着一条布裙子和一件布短上衣，脚上是一双更像小船而不像鞋子的木鞋，这看起来就很对头了，在性质上使人感到恰到好处。

她脸上的表情可没有她服装的裁剪那么恰到好处；我难得见到任何比她更专爱唱反调的更坏脾气的人了，我向她打听沃尔拉文斯太太，她简直懒得回答一声。要不是那位老神父蹒跚地走过来制止她，并且自己侧耳倾听别人要我带来的口信的话，我相信她已经从我手里一把抢走了那一篮水果。

老神父明显的耳聋产生了一点儿困难：他不能完全懂得我必须亲眼见到沃尔拉文斯太太，把水果交到她本人手里。不过，他终于明白这是别人如此吩咐我的，这项任务要求不折不扣地完成。他对那个上了年纪的女用人说话不用法语，而用拉巴色库尔土语，他终于说服她让我跨过这个不好客的门槛，并且亲自护送我上楼，把我引进一个像沙龙客厅的房间，让我待在那里。

房间很大，有着漂亮的老式天花板，以及几乎像教堂里的那种彩色花玻璃窗。然而房间里景象凄凉，在即将来临的暴风雨的阴影中，看上去特别阴森沉闷，里面有一间小一些的房间，不过，那里唯一的一扇窗户的百叶窗关着，透过这片深浓的朦胧几乎看不出里面的陈设的细部。我迷惑不解因而饶有兴味地要去弄明白这些细部是些什么，特别是墙上的那幅画的轮廓吸引着我。

这幅画却似乎在渐渐往后退。使我惊讶不已的是，它在摇晃，它在下沉，它退却到无影无踪了。它的隐没所剩下的是一个敞开的拱形的东西，通向一个拱形的出入口，里面有着一道神秘的、曲折的楼梯；这出入口和楼梯都是冷冰冰石头砌成的，既没有铺地毯，也没有油漆。从这道城堡主塔的楼梯上像是一根手杖点地的嗒、嗒声传了下来；不久，石阶蒙上了一个影子，直到最后，我意识到那儿有一个实体。

然而，这个向我迎面而来的幻象是不是真的实体呢？这个把拱形出入口遮暗了一部分的障碍物呀？

它走近了，我看得很清楚了。我开始明白我处在什么场所。把这个古老的广场叫做占星术士的地段是有道理的——矗立在这个广场上的那三座塔楼用身怀已经失传的莫明其妙的巫术的神秘圣贤们的名字来命名，一些教父承认这是有道理的。[①]一种发霉的魔法弥漫在这里，一种符咒向我打开精灵的世界——那个牢房似的房间、那幅消失了的画、那个拱门和出入口，以及石砌的楼梯，都是神话故事中的东西。比这些背景的细节甚至更为清晰的是那儿站着的主要人物——女巫居内贡德[②]——妖怪玛勒伏拉。她怎么样啦？

她可能有三英尺高，可是她没有个样子。那双皮包骨的手上下重叠，搁在一根魔杖似的象牙拐杖的金圆头上。她的脸很大，不长在肩膀上，而突在胸前；她看上去没有脖子；我应该说，她的面貌是饱经了一百年的风霜，也许她的眼睛显得更是这样——她那双眼睛充满恶意，很不友好，那上面的灰白色的眉毛长得浓浓的，四周则是一圈青灰色。那双眼睛带着一种阴沉呆滞的不高兴的神色瞅着我。

这个物体穿着一件织锦缎的袍子，染成鲜蓝色，完全像是无茎龙胆[③]花的颜色，上面缀满大花样的缎纹簇叶。袍子外面又罩上一条很值钱的披肩，镶有华丽的花边。她披上这条披肩显得太大了，以致那五颜六色的流苏在地板上拖着。不过，她主要的特点是她的那些珠宝。她戴着长长的、亮晶晶的耳环，闪耀出来的光芒不可能是模仿的或者

---

① 据《圣经 · 旧约全书 · 马太福音》，耶稣诞生时，东方有三博士由巨星引路到伯利恒去敬拜。三博士即三占星术士。此处所言当与此记载有关。

② 居内贡德，法国作家伏尔泰（1694—1778）的哲学讽刺故事《天真汉》中的女主人公。

③ 无茎龙胆，又译假龙胆，是有一千多种龙胆科的植物中的一种。花美丽，蓝色，偶有黄、白、红或紫色。生长于阴湿草甸，尤见于山区。

虚假的。那双枯骨般的手上戴着许多戒指，厚重的金箍上，镶嵌着宝石——紫色的、绿色的和红色的。腰弯背驼、又矮又小、老迈昏愦，她那样打扮，活像个野蛮部落的王后。

“你找我干什么？”她说，声音沙哑，与其说是老太婆的，倒更像是老头子的。说真的，她的下巴颏上还有一根银白色的胡子呢。

我交出了篮子，传述了口信。

“就是这些吗？”她问。

“就是这些，”我说。

“一点不错，这么做是很值得的，”她回答说。“回去告诉贝克夫人，我要水果的时候自己会买，至于她的祝贺，我一笑置之！”这个有礼貌的老妇人回头就走。

就在她一转身的时候，一阵隆隆的雷声忽然响起来，①同时一下耀眼的闪电照彻沙龙客厅和闺房。这个不可思议的魔法故事似乎与相应的自然威力配合着进行。被诱骗而误入这座妖魔蛊惑的城堡里去的迷途者，这时听见外面用符咒唤来的暴风骤雨越来越猛烈。

发生了这一切，我对贝克夫人产生了什么看法呢？她有多么奇怪的朋友啊。她把口信和礼物送到一个多么奇特的神殿里来。她所崇拜的那粗野的东西的举止似乎是不吉祥的。那个阴阳怪气的西多妮②正在踉踉跄跄、颤颤巍巍地走去，像是瘫痪的化身，一面用她那根象牙手杖喀嗒喀嗒地敲击着马赛克镶木地板，在她从我视野里消失时，嘴里恶毒地咕哝着什么。

大雨倾盆而下，天空低低地压下来，刚才还红彤彤的云朵，这会

① 上文“一根魔杖似的象牙拐杖”，此处“雷声”，以及本章一些其他细节描写源于英国诗人济慈的长诗《圣阿格妮丝之夜》。

② 西多妮，德国作家迈因霍尔德(J.W.Meinhold，1797—1851)的《女巫西多妮》(1847)中的人物，这一人物年轻时美貌动人，年老时是个跛脚丑陋的巫婆，并且因施巫术犯罪而被处死。

儿透过它们的一片黑暗，变得死灰般的惨白，仿佛大惊失色似的。尽管我不久之前自夸过不怕阵雨，我却不愿意顶着这阵哗哗直泻的暴雨跑到外面去。这时，闪电的强光非常耀眼，炸雷般的轰鸣非常接近。这场暴风雨直接聚集在维莱特的上空，它似乎在天顶上爆发开来，俯冲而下。那一道道分叉的斜刺下来的电光横穿过垂直倾泻的急流；那一道道颜色发红的锯齿与变得苍白失色像白色金属的从天而降的雨水交织在一起，而这一切都是从那个由于其饱胀丰沛的积累而变得黑沉沉的天空逃出来的。

我离开沃尔拉文斯太太的不好客的沙龙客厅，向她那冷冰冰的楼梯走去，在楼梯平台上有个座位——我就坐在那儿等着。就在我的上面，有个人沿着走廊悄没声儿地走来，原来是那位老神父。

“小姐真不该坐在这儿，”他说。“要是我们的恩人知道一个陌生人在这屋子里受到这样的待遇，他会不高兴的。”

他是那么诚恳地请求我回到沙龙客厅里去，因此我不得不从命，以免失礼。那间小一些的房间比那间大的陈设要好些，也更适合于起居，他带领我走了进去。他打开一部分百叶窗，亮出的那个地方与其说是闺房，倒更像是间祈祷室，是一间非常庄重肃穆的小套间，看来与其说是为了眼前使用和舒服而设计的，倒更像是为了供奉遗物和纪念物之用。

那位好心的神父坐了下来，似乎为了陪陪我；可是他不但不说话，还拿出一本书，把眼睛盯在书本上，嘴里轻声念着，听来像是在念一篇祈祷文或者连祷文。天空中射下来的一道黄色的电光把他的光秃秃的头顶镀上一层金黄色；他的身子仍然那副样子——深沉的，紫红色的，像一尊雕像那样坐着，纹丝不动。他好像专心祈祷而忘记了我这个人。只是来了一下更猛烈的闪电或者更刺耳更近的格格响声，说明危险来临的时候，他才抬起头来看看。即使这时他抬起眼睛来，眼中也无惊恐之色，而是带着一种好像很敬畏的表情。我也感到畏惧；不过，由于我心中不怀有那种奴性的恐怖感的压力，我的思想和观察力是自由自在的。

说实话，我开始想象这位老神父很像那位希拉斯神父，我曾经在贝居安女修会[1]的教堂里，跪在他的面前。这个印象很模糊，因为我只是在昏暗之中看见我的听忏悔的神父的侧影，不过我还是似乎看得出相似之处；而且我觉得辨别得出声音来。在我仔细观察他的时候，他一抬头，便暴露出他感觉到我在仔细打量。我转过头去端详这个房间，它倒也有半带神秘的趣味。

房间里有一只十字架，用象牙雕刻得形象古怪，因时间久而发黄，它成斜坡状地放置在一张暗红色的祈祷桌的上面，适当地配置着气派豪华的弥撒书和黑檀木念珠，在十字架旁边，挂着那幅其模糊的轮廓刚才曾引起我注意的画像——那幅画曾经同墙壁一起移动起来，消失不见，让幽灵显现出来。由于看不清楚，我曾经以为是一幅圣母画像；在比较明亮的光线下，让人看出它原来是一个穿了修女服装的女人的肖像画。她的脸虽然不美，却很讨人喜欢；苍白、年轻，由于痛苦或者患病而蒙上沮丧的阴影。我现在再说一遍，那张脸并不美，甚至并不聪明；它的那种和蔼可亲是一种体形虚弱、情感不热、惯于默许顺从的和蔼可亲。然而，我还是久久地瞧着这幅画像，而且也只能这样瞧着。

我原先以为耳朵很聋、体质很差的这位老神父，他的生理官能想必保养得还很不错。尽管他似乎专心致志地沉浸在书本之中，一次也不抬头，或者据我所知，眼睛也不转动一下，可是他却觉察到我的注意力被吸引到哪一点，于是用缓慢而清晰的声音无意中漏出以下四句有关这幅肖像的话来。

---

① 贝居安女修会，参见第 237 页注①。

“她非常受人喜爱。

“她把自己献给了上帝。

“她年轻早逝。

“她仍然被人记住，使人流泪。”

“是不是那位老妇人沃尔拉文斯太太仍然记着她，仍然为她流泪？”我问他，认为自己发现，那个老妇人的极端恶劣的脾气，关键原因在于丧失亲人的无法治愈的创伤。

神父摇摇头，似笑不笑。

“不，不，”他说，“一位祖母对她的孩子们的孩子们的爱心也许是伟大的，失去他们的痛苦也许是强烈的；但是，只有一位订了婚的情人，在‘命运’、‘信仰’和‘死亡’三者都拒不让他享受与心上人结合这一幸福的时候，才会为他所失去的哀悼得像纡丝蒂纳·玛丽现在仍然被哀悼那样。”

我想神父很希望我向他提问题，因此我就问他，是谁失去了亲人，是谁还在哀悼“纡丝蒂纳·玛丽”。我得到的回答是带有相当多浪漫色彩的故事，伴随着现在正在平静下来的暴风雨，他讲得使人听了印象颇深。我必须说，如果讲故事的人少用些法语，少带些卢梭①式的感伤情调，减少些冗长琐细，多一些合理的不讲究效果，那么这个故事或许会给人以真正深刻得多的印象。然而这位可尊敬的神父显然是在法国生、法国长的人（我越来越觉得他就像我那位听忏悔的神父）——他是一位忠实的天主教徒；他抬起眼睛从眼角里瞟着我的时候，带着那种难以捉摸的微妙的表情，人们会觉得想不到一个经历过七十年的风霜雨露的人，眼睛里竟然还会存在这么多、这么敏锐的表情。不过，我相信，他是个好老头儿。

---

① 卢梭（1712—1778）：法国思想家、文学家，著有《民约论》、《爱弥儿》、《忏悔录》等作品。

他的故事中的男主角是他过去的某个学生，现在他却把他称做恩人。这个人似乎曾经爱过这位脸色苍白的纡丝蒂纳·玛丽；这位少女的父母很富有，而他自己当时各方面前景都不错，有理由找一个嫁妆丰厚的妻子。这个学生的父亲——曾经一度是个富有的银行家——已经潦倒了，死了，遗留给他的只不过是一批债务和一贫如洗。于是这个做儿子的被禁止去想玛丽了；特别是我刚才看见的那位老巫婆似的祖母沃尔拉文斯太太，她反对这门亲事，简直是怒火万丈，暴跳如雷，由于身体畸形，那种发火的脾气有时就像恶魔一般。那位温柔的玛丽对她的情人既没有背信弃义而变得不忠诚，也没有那种力量来表现得十分坚定不移。她放弃了这第一个求婚者，然而又拒不接受钱包比较充实的那第二个，便退避到一所女修道院里去，而在见习期间就在那儿去世了。

持久的痛苦似乎曾经占据了那颗崇拜她的忠诚的心，同时这种爱情和痛苦的真相在一定程度上被描摹了出来，连我听了都深受感动。

纡丝蒂纳·玛丽死后，过了几年，她的家庭也破落了。她的父亲名义上是个珠宝商，可是也在证券交易所里做大宗证券买卖，曾经与某些金融交易有牵连，而这些交易后来被人揭露，处以毁灭性的罚款。经济损失带来的痛苦，加上身败名裂的耻辱，使他送了命。他没有给他的驼背的老母亲和他的遗孀留下分文；她们本来很可能因贫困而死；但是，曾经被她们瞧不起的、已故玛丽的真心实意的追求者，听到这两位女士的情况之后，怀着少见的痴情前来援助。他用最纯洁的宽宏大量来报答她们过去蛮横无理的傲慢——给她们房子住，有人照顾，亲切对待，做到比自己的儿子来得更温柔，更好。那位做母亲的——总的说来，是位好女人——死的时候还祝福他。那个奇怪的、不虔诚的、没有爱心的、厌世的祖母仍然活着，完全由这个自我牺牲的男人供养。她曾经是他一生中的灾星，摧毁了他的希望，奖给他的不是爱和家庭幸福，而是长期的哀悼和郁郁寡欢的孤独；对她这样一个女人，他却像一个孝顺的儿子尊敬一位仁慈的母亲那样对待她。是他把她送到这所房子里来的，“而且，”神父继续说，这时，真诚的泪水涌上他的眼眶，“他也让我、作为他的家庭老教师，还有他父亲家里一个因老弱而被辞退的女用人阿格妮丝在这里栖身。我知道他用收入的四分之三来维持我们的生活和用于其他善行，只花四分之一来为自己买面包和支付最简单的膳宿费。这样安排之下，他自己就一直不可能结婚。他把自己献给了上帝和他的‘天使新娘’，就仿佛他像我一样是一个神父。”

在说出最后这句话之前，这位神父已经擦掉了眼泪，在讲述这段情节的时候，在一个很短暂的时间里，他抬起眼瞧了我一下。尽管他的目光是隐蔽的，我可瞧见了；这一刹那闪烁的微光中的含意使我吃惊。

这些天主教徒都是奇特的人物。其中这一位——就像你不认识的秘鲁的最后一个印加帝国①国王，或者中国的第一个皇帝——却了解你和你的一切事情；你天真地认为他的话起于一时冲动脱口而出，然而他对你说这样那样的话却是有道理在。他计划好设法使你在这样一天、在如此这般的情况之下，到这样一个地方来，而你用淳朴的理解去看，这整个安排似乎是机会注定的事，或者是什么急事的后果。贝克夫人忽然想起来的信和礼物、我到占星术士场所来的自然而然的差使、这位老神父碰巧走下石阶并且穿过广场、他为了我阻止了那个本来会把我打发掉的女仆、他在楼梯间重新出现、我被领进这个房间、那幅肖像画、那么殷勤自愿地向我讲述的故事——这一切细枝末节的事情在一件一件地发生的时候，看来似乎前后各不相关，就像一把散

① 印加帝国，南美洲西南部的古国，其君主称“印加”，国民称印加人。16 世纪时国力最盛，疆域广袤；1533 年被西班牙殖民者所灭。

开的珠子。可是，如果通过那位耶稣会会士的眼睛一瞬间的诡诈的目光把它们串连起来，它们就会像祈祷椅上的那挂念珠，一长串地垂挂下来。这连接的环节究竟在哪里，这副修道士的项圈的小钩子究竟在哪里呢？我看到或者感觉到有联系，可是一时又找不到具体的地方，或者指出其联系的方法来。

也许我这时所陷入的一种沉思状态，那样神情恍惚，显得有点可疑，他便用轻声细语打断了我的冥想：

"小姐，"他说，"你走过这些满是积水的街道，我希望用不着走很远的路吧？"

"要走一英里半多些。"

"你住在——"

"福色特街。"

"你不是，"（他颇为兴奋）"你不是住在贝克夫人的寄宿学校里吧？"

"正是住在那儿。"

"那么，"（他轻轻拍着手）"那么，你应该认得我的尊贵的学生，我的保罗吧？"

"那位文学教授保罗·伊曼纽埃尔先生吗？"

"正是他，没别人。"

接下来是一阵短暂的沉默。连接的弹簧似乎一下子变得触摸得到了；我感觉到它在经受压力。

"你刚才在谈的就是保罗先生的事吗？"我立刻问道。"而他既是你的学生，又是沃尔拉文斯太太的恩人吗？"

"对了，也是那老用人阿格妮丝的恩人；不仅如此，"（他用一种强调语气）"他曾经是、现在仍然是天上那位圣徒——纡丝蒂纳·玛丽的情人，忠贞不渝、永不变心。"

“那么，神父，你是谁？”我继续说，尽管我加重声音提出这个问题，其实这句话可以说是多余的；在这之前，我对果然如此的回答已经做了充分的准备。

“好姑娘，我就是希拉斯神父；我就是神圣的教会里那个微不足道的儿子，你曾经给了我荣幸，把高尚而又动人的秘密向我吐露，给我看到一颗心的核心和一个精神世界的内心神殿，严格地、实实在在地，为了唯一的真正的信仰，我非常渴求这样一种思想倾向。我没有一天忘掉你，也没有一个小时不对你怀着根深蒂固的兴趣。我是经过在天主教会的教规的训诫的，受过它高度训练的铸造，又被灌输了它的有益的教条，得到只有它能激起的热情的鼓舞——我理解那时你的超凡脱俗的品格和你的实际价值可能是什么；我妒忌异教[1]所拥有的战利品。”

这使我觉得情况很特殊——我依稀意识到自己也处在这种情况之中。经过教规的训诫、铸造、训练、灌输等等。“不是这样的，”我想，但是我抑制住了这个反对意见，颇为安静地坐着。

“我想保罗先生不在这儿住吧？”我继续说，提出一个我觉得比任何叛教的胡思乱想更为剀切中肯的话题。

“不；他只是偶然到这里来，崇拜他所爱的圣徒，来向我忏悔，以及向他称做他的母亲的她请安。他自己的住处只有两间，不用仆人，可是他不答应沃尔拉文斯太太卖掉你看见她戴在身上的那些流光溢彩的珠宝，她把这些珠宝看作她年轻时的首饰而怀有一种孩子气的自豪感，因为那是她青年时期的装饰品，并且是她的做珠宝商的儿子的财富的最后的遗物。”

“在我看来，”我对自己喃喃地说，“这个人，这位伊曼纽埃尔先生似乎常常对小事情缺乏雅量，而在大事情上又是多么伟大！”

---

① 异教，此处指非天主教。

我承认，在他的伟大行为的证据之中，我不把他作忏悔之举算在内，而且也不把他崇拜圣徒之举计算在内。

“那位小姐已经死了多久？”我问，望着纡丝蒂纳·玛丽的肖像。

“二十年。她比伊曼纽埃尔先生年长几岁。当时他很年轻，因为他现在也不过四十岁多一点。”

“他还哭她吗？”

“他的心将会永远为她流泪：伊曼纽埃尔先生的本性是——坚贞不渝。”

这句话他是用明显的强调语气说的。

这时候，破云而出的太阳苍白而没有血色，显得湿漉漉的。雨还在下，然而暴风雨已不再肆虐：那热气腾腾的苍穹已经裂开过，并且倾泻过它的一道道电光。再耽搁下去，我回去的时候天就不大亮了，所以我站起身来，向神父道谢他的好客和他的故事，他仁慈宽厚地答以“pax vobiscum”①，对此我表示衷心欢迎，因为这句话看来是带着真正的仁爱之心说出来的；不过我比较不喜欢他接下来说的神秘的短句：

“姑娘，你将成为你将成为的！”这个预言使我一走出门口就耸耸肩膀。我们很少有人知道我们将来肯定会怎么样，但是根据迄今为止所发生的一切，我很有希望作为一个头脑清醒的新教徒而活着，而死去：“神圣教会”有着一种内在的空虚和外在的兴旺景象，对我仅仅稍微有一点引诱力。我边走路边思索许多问题。不管天主教怎么样，总是有着好的天主教徒；伊曼纽埃尔这个人看来就属于最好的之中的一个。他有点儿迷信，又受了神职人员权术的影响，然而他在对自己钟爱的信仰、虔诚的献身、自我牺牲和宽大无比的博爱众生这些方面是了不起的。就看天主教通过它的代理人如何对待这些品质了：是为了

① 拉丁文：祝你们平安。

他们自身和上帝的缘故而珍惜这些品质，还是把这些品质拿出去谋取利益，并且赚得利息的好处。

我回到家的时候，太阳已经落下去了。高膝好心地给我留下一客饭菜，那的确是我的需要。她叫我到一个小房间里去进餐，不久，贝克太太就进来了，还带来一杯葡萄酒。

“啊，”她格格地笑着，开始说，“沃尔拉文斯太太用什么样的方式接待了你啦？她很滑稽，对吗？”

我把发生过的事情都告诉了她，并且一点儿也不走样地转达了我所承担了要转达的那个礼貌的口信。

“哦，那个古怪的小驼背！”她笑着说。“你想想，她因为以为我爱上我的表哥保罗，恨透了我！此外……”（她继续说）“即使他这么想要结婚——是我也好，是别人也好——他也办不到，他的背上已经有一个太大的家庭了——沃尔拉文斯妈妈、希拉斯神父、阿格妮丝老妇人和一大帮无名无姓的穷人。从来没有一个人像他那样把超过自己力所能及的负担拉到身上来，自愿招徕不必要的责任。此外，他还对那么一位脸色苍白的纾丝蒂纳·玛丽怀着一种罗曼蒂克的想法——她是个在我看来够愚蠢的人。”（贝克夫人大不恭敬的原话就是这样的）“这二十年来，她已经是天堂里的或者其他地方的一位天使了，而他却打算超脱尘世的一切牵挂到她那儿去，根据他的说法，像百合花那样纯洁。哦，你只要知道伊曼纽埃尔先生的异想天开的念头和希奇古怪的脾气的一半，你就会大笑不止！不过，我耽搁你吃饭了，我的好小姐，你一定需要吃了。你用晚餐吧，你喝酒吧，忘掉天使，驼背，尤其是那些教授——晚安！”

第三十五章
博　爱

“忘掉那些教授。”贝克夫人这么说。贝克夫人是个聪明的女人，但是她不应该说这样的话；这样做是错误的。那天晚上她留给我的本来应该是平静——而不是激动，不是无动于衷——不是孤立地只想到对我自己的评价和对别人的评价，只对此感到兴趣——也不是，即使在思想上，跟这个我该忘掉的第二个人发生联系。

忘掉他？啊！他们想出一个高明的计划使我忘掉他——这些自以为无所不知的人啊！他们先是给我看他是多么好；他们把我亲爱的小个儿说成是个白璧无瑕的小英雄。然后他们唠唠叨叨地谈论他的恋爱方式。在这一天之前，我有什么办法可以确定他究竟是能恋爱的呢，还是不能恋爱？

我过去知道他好妒忌，爱猜疑；我曾经看见他具有某种柔情蜜意，某种忽冷忽热的态度——那是一种来时像暖空气一样的温情，去时又像在他的急躁的怒火中烧干的朝露一样的同情心：这些就是我曾经见到的一切了。希拉斯神父和摩德斯特·玛丽亚·贝克他们两人（我无法不相信这两位是一拉一唱配合着干的）打开了他的心灵的内殿——给我看到了一个伟大的爱，看到了这位南方大自然的赤子，他生来就是这么强壮和完美，以至于曾经嘲笑过死神这东西，蔑视过死神对于物质的卑鄙的掠夺，始终对不朽的精神抱有希望，并且，带着胜利感和信心，在一座坟墓旁守望了二十年之久。

他做了这样的事——不是随随便便的：这并非仅仅是情感的假仁假义的放纵而已；他把他最好的精力献祭给一个无私的目的，以此来证明他的忠诚，并且用无限度的自我牺牲来表明这一点。对于她曾经念念不忘的人，他也十分珍视——他已经放下了仇恨，背起了十字架。

至于那位纡丝蒂纳·玛丽，我对她的了解就像是见过她一样清楚。我知道她算得上是个不错的人。贝克夫人的学校里有不少姑娘像她那样——冷漠而不动感情——脸色苍白，动作缓慢，泥塑木雕似的，可是秉性善良，既说不上坏，也不特别显著地好。

如果她长了天使的翅膀，我知道会是谁的诗人的想象力把翅膀安在她身上的。要是她的前额由于光环的反射而发亮，我也知道那是在谁的眼睛虹膜的火光里产生了这个神圣火焰的小圆圈。

那么难道我被纡丝蒂纳·玛丽吓住了吗？难道一幅苍白的已故的修女的画像会活起来，成为一个永恒的障碍吗？耗费掉他的尘世财物的乐善好施的行为又怎样呢？他发誓终身童贞的那颗心又怎样呢？

贝克夫人——希拉斯神父——你们可不该暗示地提出这些问题。它们既是最深奥的难题，同时又是最坚强的阻碍，也是我所曾经感觉到的最尖锐的刺激。整整七天七夜我都是昏昏沉沉的——对于这两个问题，我梦中也想，醒来也想。找遍全世界也找不到答案，除非是在那小个子身上，他站着、坐下、散步、讲课，头上戴着一顶恶棍似的希腊式无边圆帽，身上穿着一袭破旧的宽松外套，上面沾着斑斑点点的墨水渍和不少的灰尘。

在访问了占星术士街以后，我的确想再见到他。我觉得，似乎——据我现在所知——他的面貌会提供比过去任何时候都更为清晰、更为有趣的一页。我觉得，自己渴望在那里面寻找出那种原始的一往情深的印痕，以及那种半是骑士式半是圣徒式的侠义精神的迹象，这些品质，在神父的叙述里，都被归之于他的性格。他已经变成了我的基督徒英雄[1]了：我要把他看做这样一个人物。

---

① 基督徒英雄，可能典出英国散文兼戏剧作家斯梯尔（1672—1729）的一篇论文：《基督徒英雄：论证唯有宗教原则方能造就伟人》（1701），论文称赞对待女士们的骑士般的态度。

好机会来得倒也不慢。我的新的印象在第二天就经受了考验。不错，我被允许跟我的“基督徒英雄”会面——并不是怎样的英雄的、感伤的或者恪守《圣经》精义的会面，然而它本身自有生动活泼之处。

大约下午三点钟，在第一班教室里，那似乎是在贝克夫人不动声色的操纵之下才安全可靠地巩固下来的和平安宁中——她正在 propria persona[①] 讲授她的一堂有条有理并且有用的课程——这一和平安宁，我得说，却由于一件横冲直撞地闯进来的宽松外套而突然遭到了破坏。

在那个时刻里，没有人比我自己更镇定自如的了。贝克夫人的在场减轻了我的责任，那整齐划一的声调给了我安慰，她把正在阐释的主题讲解得清清楚楚，使我心悦，并深受启迪(因为她讲得很好)，我坐在我的课桌边，低着头画画——这是说，在描摹一张精心制作的线雕铜版画，枯燥无味地临摹原作，直到描完为止，因为这就是我对艺术的实践观念。说来好怪，这一苦工我倒是极其喜欢，我甚至能够制作钢版的或者网纹版的细节讲究得出奇的中国摹写本——这些事情差不多像在精纺毛纱活儿上干出多少成绩就有多少价值一样，不过，在那些日子里，我对这种事情却是乐此不疲的。

这是怎么一回事啊？我的画、我的铅笔、我的珍贵的摹写本，被人一把抓在一起，从我眼前消失了。我本人也仿佛从我的椅子上被摇出来，或者倒出来，就像孤单一个干瘪的肉豆蔻[②]被一个激动的厨师从香料盒里倒出来一样。这个狂暴的宽松外套，一只袖子抓住我的椅子，另一只袖子抓住我的课桌，搬到远处去了。我立刻跟着这两件教

---

① 拉丁文：亲自。

② 肉豆蔻，热带常绿乔木，其种子多用于食品调料。干肉豆蔻灰棕色、卵形，表面有皱纹。

室用具走。两分钟以后，它们和我都被安顿在宽敞的大厅的中央——那是除了上跳舞和合唱课以外很少使用的在隔壁的大房间——显著地安顿在中央，似乎要打消我和教室用具最渺茫的希望，我们是不会被允许在那儿再动一下了。

我受到惊吓的理智部分地恢复过来以后，我发现自己面前站着两个男子，也许我应该说两位绅士——一位黑色头发，一位浅色头发——其中一位具有直挺挺的、半似军人的气派，穿着一件镶边的紧身长外衣；另外一位，在服装和举止方面，更具有学生或者艺术家一类人的随随便便的样子。两人都留着浓密的唇髭、连鬓胡子和帝髯[①]，一副仪表堂堂的样子。伊曼纽埃尔先生站得离他们远些；他的面容和眼睛露出怒气冲冲的神色；他带着在讲坛上的那种姿势伸出手来。

“小姐，”他说，“你有责任向这两位先生证明我不是说谎者。你要尽最大能力回答他们将要提出的那些问题。你还要写出他们将要选择的题目的答案。在他们的眼睛里，我的地位仿佛是个无原则的骗子。说我写了多少文章；而且有意弄虚作假，在文章上写上我的学生们的名字，作为她们的作品来吹嘘。你要对这一指责给以反证。”

天啊！这是摆样子公审[②]，逃避了好久，现在却像一下晴天霹雳似的向我打来。这两位时髦的、穿镶边服装的、满脸胡髭的、嗤笑不已的人物，无非是学院里的花花公子般的教授而已——不洼湿客和落石莫得[③]先生——一对冷血的纨袴子弟和好卖弄学问的人、怀疑论者和爱嘲弄人的人。事情似乎是保罗先生曾经鲁莽地向他们展示过我写的什么东西——他从来没有称赞过、或者我甚至没有听见他提起过、而且

---

① 帝髯，下唇下边的一小绺胡须，因拿破仑三世蓄过而得名。

② 摆样子公审，原意指为宣传目的而举行的对政治反对派等的公审。

③ 原文为法语：Boissec 和 Rochemorte，意为干木头和死石块。当系作者调侃之笔。

我认为已经忘了的什么文章。这篇文章写得一点也不出色，只是同其他外国女学生的一般水平的作品比较起来，它似乎出色。在一所英国学校里，它几乎会自生自灭，没人注意。不洼湿客先生和落石莫得先生却觉得应该追问真相，并且暗示其中有诈。现在就是要我来证明实际情况，经受他们考试的折磨。

接下来的就是一个难以忘怀的场面。

他们开始考我古典作品。我一无所知。继而问我法国历史。我几乎分辨不清墨洛维和法拉蒙[①]这两个人。他们又考问我关于各种学科的问题，依然只得到我摇头作答，以及一成不变的“我一点儿也不知道。”

在一阵富有意味的停顿以后，他们就开始问一般的知识，提出一两个我颇为熟悉的也是我常常思考的问题来讨论。至今站在一旁观看的伊曼纽埃尔先生，那张像冬至时刻一样阴暗的脸上多少露出了亮色，他觉得我现在把自己表现得至少不是个傻瓜了。

他结果发现了自己的错误。尽管对于问题的答案像泉水那样喷涌而上，一下子充满了我的头脑，各种想法都有了，可是我却找不到表达的语言。我不是无法说出来，就是不愿意说出来——自己肯定不了究竟是哪一样。我想，部分原因是我的神经不对头，部分原因是我的情绪给破坏了。

我听见我的主考人——穿镶边紧身长外衣的那一位——对他的教授同事轻声耳语：“那么她是个白痴吗？”

“不错，”我心中想，“对于你们这类人，她是个白痴，而且将永远是这样。”

不过我忍受着痛苦——痛苦得简直受不了。我看见保罗先生的前

① 墨洛维，古代撒利克法兰克人的国王（448—457），墨洛温王朝的祖先。法拉蒙，传说中的人物，墨洛维的一个先辈。

额上沁出了汗珠，他的眼睛在说一种满含激情然而又伤心可怜的指责我的话。他不相信我竟然完全缺乏一般人的聪明才智；他认为要是我愿意的话，就能够立即作出反应的。

最后，为了给他、给那两位教授和我自己松一口气，我结结巴巴地说：

“先生们，你们还是让我走的好；你们从我这儿得不到什么好处；就像你们说的，我是个白痴。”

我多么希望我说的时候是冷静的和庄严的，要么，我真希望自己的理智有足够的能力管住我的舌头；那背叛我的舌头说不出话来，支支吾吾的。我看见那两位审判官用扬扬得意的鄙夷的眼光打量着伊曼纽埃尔先生，又听到我自己的声音在不胜苦恼地震颤着，不禁一下子抽抽搭搭地涌出一阵眼泪来。这种情绪之中是愤怒多于忧伤；如果我是个男人并且身强力壮的话，我就会当场要求跟那一对决斗——不过那只是情绪而已，我宁可受到鞭笞，而不愿暴露出来。

两位无用之徒啊！在他们称之为弄虚作假的那篇作品当中，他们难道不能一眼看出一个初学者的粗疏的手笔吗？题目是古典的。在保罗口述决定我那篇文章的这个题目的特点的时候，我才初次听到这个题目；内容对我是陌生的，我没有材料来处理它。不过我搞到了一些书籍，便用功研读，弄清事实，费了九牛二虎之力把真情实况的枯骨残骸拼凑成一副骷髅骨架，然后给它穿上衣服，并且试着吹一口气，叫它活起来，最后这个企图使我兴趣盎然。对我来说，在把事实弄清楚、经过筛选和恰到好处地连接起来之前，日子是很不好过的，心里焦急不安。在我觉得骨骼拼得正确，感到满意之前也不能放弃研究和努力。对于谬误或者虚妄的观念，我内心深处的反感的力量非常强烈，有时候，这使我避免了令人咋舌的大错误；可是我的头脑里就是没有透彻了解的、深思熟虑过的知识。它并不是在春天播种、夏天生长、秋天收割、又贮藏过一冬的东西。不论我需要什么，我必须走出去采集新鲜的。掇拾满满一裙兜野生的药草，趁其碧绿青翠之际，切成碎条，投入锅里。不洼湿客先生和落石莫得先生却觉察不到这一点。他们误将我的文章看作一位成熟的学者的文章了。

他们仍然不肯放过我，我必须当着他们的面坐在那儿。我用颤抖的手拿起笔来蘸墨水，我热泪盈眶，眼前一片模糊，朝着那张白纸望去，这时候，我的审判官之一装模作样地开口为自己引起的痛苦表示歉意。

“我们是为了真理才这样做。我们并不想使你痛苦，”他说。

藐视给了我胆量。我只回答一声：

“说吧，先生。”

落石莫得提出了这样一个题目：《人类的正义》[①]。

人类的正义！我对此有什么好说的呢？空空洞洞，冷冷冰冰的抽象对我一点都引不起神思飞动的意念来。伊曼纽埃尔先生侍立在那儿，像扫罗那么悲哀，像约押[②]那么严峻，而他的控告者们却洋洋得意。

我瞧着他们两人。我正在聚集起我的勇气来，准备告诉他们，我既不打算写，也不打算再说一个字来教他们满意，准备对他们说，他们的题目不适合我，他们两人的在场也不会使我有灵感，还想说，不管怎么样，谁要是在伊曼纽埃尔先生的名誉上投下怀疑的阴影，谁就亵渎了真理，而他们自称是真理的捍卫者。我正打算把这些话全部说出来，这时候，却突然在记忆中闪现了一道亮光。

---

① 作者夏洛蒂就读于布鲁塞尔埃热夫人寄宿学校时，曾于 1842 年用法文写过一篇《人类的正义》论文。

② 约押，大卫手下将领，曾击败扫罗之子的军队。后被提拔为元帅。大卫之子押沙龙反叛时，又率兵反击，杀死叛逆者。最后出于嫉妒杀死将领亚玛撒，而被护卫长比拿雅杀死于旷野之中。见《圣经 · 旧约全书 · 列王纪上》。

这两张尊容从长头发、八字须和络腮胡子的森林之中露出来——这两副冷漠无情而又鲁莽放肆的、不可信任而又自以为是的面容——正是我孤单凄凉地到达维莱特的那天夜晚在光亮的煤气灯的照耀下，从门廊的圆柱后面伸出来把我吓得半死的两张脸，就是那两张脸。我觉得确确实实可以肯定，就是这两条好汉，曾经把一个举目无亲的外国女人弄得晕头转向，弄得精疲力竭，叫她上气不接下气地在这座城市的四分之一的面积里东奔西走。

“两位虚伪的导师[①]啊！”我心里想。“青年人的纯洁的向导啊！如果‘人类的正义’真的像她所应有的样子的话，你们两个就很难保住你们现在的位置，也不能享有你们现在的声望了。”

一旦抓住这个概念，我就开始工作起来。“人类的正义”换上新的装束打扮在我面前匆匆而过，那是一个双手叉腰、涨红了脸的朝三暮四的丑老太婆。我在她的家里见到她，那是一个乱七八糟的窝儿：仆人们请求她发号施令或者给予帮助，她却置之不理。叫化子们站在她家门口等待着，饥肠辘辘，却不被注意。一大群病病歪歪、吵吵闹闹的孩子绕着她的脚爬来爬去，对着她的耳朵大声呼叫，吁请给予关心、同情、医治、挽救。这位有声誉的女人对这些呼声却一点都不关心。她在壁炉边有一个属于她自己的温暖舒适的座位；她在她那一只黑色的短烟斗之中，以及一瓶斯微内太太的镇静糖浆之中有属于她自己的安慰；她抽一口烟，呷一口糖浆，在她的天堂里好不逍遥自在，而无论何时，她周围的受苦受难的人们的一声呼叫太尖锐地刺激了她的耳朵——我的这位生来乐呵呵的老太婆便一把抓起拨火棍或者壁炉刷子。要是冒犯者是个体弱多病、饱

① 导师，原文为mentors，源于希腊神话中的Mentor（门托尔）。他是奥德修斯的挚友，又为其子的导师。

受冤屈的人，她就有效地使他规规矩矩；万一他是个身强力壮、神定气足、性格狂暴的人，她就只不过威吓一下，然后把手伸进她的深深的钱袋里，掏出一大把小糖果[①]，慷慨大方地抛撒出去。

这就是关于“人类的正义”的速写，我匆匆急就地写在纸上，奉呈给不洼湿客先生和落石莫得先生，听凭发落，伊曼纽埃尔先生从我的肩膀后面读过一遍。我不等他们评论，就向他们三人弯了弯身子告退了。

那天放学以后，我又遇见了保罗先生。当然，这次会面开头的时候并不风平浪静；我可有疙瘩要同他理论理论[②]；那种强加于人的考试我一下子无法咽下去。于是展开了一场磕磕碰碰的对话，最后以我被称为“一个瞧不起人的没有心肝的人”同时这位先生暂时走开而告终。

我并不希望他就这样走开，我只希望他能够感觉到，像他那天那样毫无控制地感情冲动，是不能被纵容而完全不受惩罚的。因而，过了不久，他在绿廊里栽培植物，我看见他的时候，并不感到不高兴。他走到玻璃门边，我也走近那儿。我们谈论绿廊周围生长的鲜花。过了一会儿，他放下手中的铁铲，又过了一会儿，他重新开始了会谈，转到其他的话题，最后接触到令人感兴趣的一点上来。

保罗先生意识到自己那天的做法特别容易招惹过分越轨的指责，因而他一半表示歉意，同时也一半感到懊悔，懊悔自己的情绪不稳定，总是一阵阵发作，不过，他暗示应该对他有所谅解。“但是，”他说，“露西小姐，我几乎不能希望从你那儿得到谅解；你既不了解我，也不知道我的处境，更不知道我的历史。”

他的历史。我马上接过这个词儿来，心中继续琢磨着这个概念。

---

① 小糖果原文为 sugar-plums，又有贿赂、甜头的意思。

② 原文为：there was a crow to pluck with him，是一句英国成语。

“不，先生，”我反驳说。“当然，像你所说的，我既不知道你的历史，也不知道你的处境、你的牺牲，更不知道你的悲苦、或者磨难、或者感情、或者忠诚。哦，不！我对你的事情一点都不了解；对我来说，你完全是个陌生人。”

“嗯？”他咕哝着说，两道眉毛由于惊讶而拱了起来。

“你知道，先生，我只在上课的时候见到你——严峻、武断、急急忙忙、飞扬跋扈。我在市镇里只听说你活跃而又固执、敏于创新、急于带头，可是缓于听劝、难于低头。一个像你这样的男人，如果无拘无束，就会无情无义；如果无牵无挂，就会无责无心。我们所有跟你有接触的人，全都是机器而已，你把这些机器摆在这儿，放在那儿，从不考虑它们的感情。你在傍晚的枝形吊灯的亮光下、在大庭广众前寻欢作乐：这所学校和那边的专科学校是你的两个车间，在车间里你制作被称为学生的物品。连你住在哪儿我都不知道；你认为没有家，也不需要一个家，是很自然的事，理所当然的事。”

“你在审判我，”他说。“你对我的看法正是我自己认为的那样。对你来说，我既不是一个男子汉，也不是一个基督徒。你觉得我没有感情，也没有宗教；朋友或者家庭都与我无关，原则或者信仰都不是我的指导。这样很好，小姐，这就是生活给予我们的报酬。”

“你是个哲学家，先生；一个玩世不恭的哲学家，”（我瞧着他的宽松外套，他马上用手掸一掸那颜色晦暗的袖子。）“瞧不起人性的弱点——超越于人性所要求的享受——无求于人性所要求的安慰。”

“你，小姐，你很整洁、雅致，而且心肠硬得可怕。”

“可是总而言之，先生，现在我想到，你总得住在什么地方吧？请告诉我是在哪儿；你拥有怎样一个包括仆从在内的家庭？”

他的下嘴唇可怕地撅出来，暗示其中含有一股最明确的轻蔑的冲力，他脱口而出：

“我住在洞穴里！小姐，我住在一个小窝儿里——一个洞穴，你绝不会把你优雅的鼻子伸进去。有一次，我曾经由于不好意思说出全部真情，就说是专科学校里我的一间‘书房’。现在让你明白这间‘书房’就是我整个住处；那儿既是我的卧室，又是我的起居室。至于我的包括仆从在内的家庭么，”（他模仿我的声音）“一共有十个仆从；就是这些。”

他冷酷无情地把十个指头直伸到我的眼睛前面。

“我自己用黑鞋油擦靴子，”他粗暴地说下去。“我自己刷我的宽松外套。”

“不，先生，这衣服太不显眼了；你从来也不刷的，”我插嘴说。

“我自己收拾床铺，做家务；我在一家餐馆里吃中饭；我的晚餐则随便对付。我白天过得辛苦劳累，没有爱情；夜晚是长夜漫漫，孤孤单单。我是令人望而生畏的，我还留着胡须，又像个苦行僧。现在活在这个世界上的任何东西都不爱我，除了像我一样心力交瘁的一些老年人，还有几个穷困潦倒、受苦受难、囊中无钱、精神空虚的人，这个世界上的王国都不要他们，可是不容争论的遗嘱和证书却已经把天国遗留给了他们[①]。”

“啊，先生；可是我知道！”

“你知道什么呢？我的确相信，你知道许多事情；然而你不了解我，露西！”

“我知道你在下城区的一个可爱的古老的广场那儿拥有一幢可爱的古老的房屋——你为什么不到那儿去住呢？”

“Hein？”他又咕哝着说。

“我很喜欢那幢房屋，先生；有一级级石阶通到大门口，前面铺着

---

① 语出《圣经·新约全书·马太福音》第5章第3节：“虚心的人有福了，因为天国是他们的。”

灰色的石板，屋后是摇曳生姿的树木——真正的树木，而不是灌木丛——是黑魆魆的高大古老的植物。还有那间闺房里的祈祷室——你应该把那个房间改成你的书房；那儿是那么安静和庄严。”

他仔细打量着我，半带微笑，半是涨红了脸。“你从哪儿听到这一切的？是谁告诉你的？”他问道。

“没有人告诉我。你可认为我是梦见的呢，先生？”

“我难道能够进入你的梦幻吗？我难道能够猜出一个女人清醒时的思想吗？更甭提她睡着时的幻梦了。”

“要说我是梦见的话，我在梦里不止一次看见了一幢房屋，我还看见了人物呢。我看见了一个老教士，头发灰白，弯腰曲背，以及一个家仆——也很老，而且很有特点；还有一个夫人，珠光宝气的，但是希奇古怪，她的头几乎还不到我的胳臂肘儿——她的豪华富丽可以把一个公爵赎回来。她穿的袍子像杂青金石[①]那样光彩熠熠——一条披肩值一千法郎。她用那么光辉耀眼的装饰品打扮起来，我从来没有见过谁佩戴过那么美丽的、闪光的玩意儿。可是她的身材看上去好像一断为二，折叠在一起似的。她似乎已经比一般人的寿命活得更长，并且已经达到只感觉劳苦愁烦的年龄[②]。她已经变得性情孤僻——几乎心怀恶意；不过，好像有那么一个人在照顾年老体弱的她——有那么一个人原谅她的罪过，也希望他自己的罪过被人原谅。他们三人住在一起——女主人、教士和仆人——都是年老的、都是弱不禁风的、都是托庇于同一个仁慈的翅膀之下的。”

他用一只手蒙住了脸的上半部，没有遮住他的嘴，我瞧见他挂在嘴边的我所喜欢的那种表情。

---

① 杂青金石，一种装饰物质，由青金石染色的岩石，色彩深蓝，有光泽。

② 语出《圣经 · 旧约全书 · 诗篇》第 90 篇第 10 首：“我们一生的年日是七十岁，若是强壮可到八十岁，但其中所矜夸的，不过是劳苦愁烦。转眼成空，我们便如飞而去。”

“我看出你已经探察到我的秘密之中去了，”他说，“不过，你是怎么知道的？”

于是我就告诉他是怎么一回事——我被差遣去办的事情，使我耽搁在那儿的暴风雨、那个妇人的唐突无礼、那位神父的好意。“我坐在那儿等待雨停下来的时候，希拉斯神父讲一个故事给我听，以消磨时间，”我说。

“讲一个故事！什么故事啊？希拉斯神父可不是一个传奇作家。”

“要不要我把那个故事讲给你听呢？”

“好吧，从头开始。让我听听露西小姐讲的一些法语吧——她最好的或者最坏的方面——我不在乎是哪一种。就让我们好好听一下若干用词不当的法语和慷慨流露的不列颠岛国的口音。”

“先生是不会满足于听一个关于野心勃勃的计划的故事，以及叙述者在故事中频频出现的场面。不过，我可以把那个故事的题目告诉他——《神父的学生》。”

“哼！”他嚷道，那股黑黝黝的红潮又一次给他那黑不溜秋的面颊染上颜色。“那位好心的老神父选择这个对象真是糟糕透顶了；这是他的失策之处。可是‘神父的学生’怎么样呢？”

“哦！有许多事情好说。”

“你不妨讲清楚有哪些事情。我很想知道。”

“比如关于那个学生的青年时代、那个学生长大成人以后——他的贪得无厌、他的忘恩负义、他的铁石心肠、他的变化无常。先生啊——一个如此恶劣的学生——如此不知感恩、冷酷无情、不讲义气、不肯饶恕人！”

“后来呢？”他说，一面拿出一支雪茄烟来。

“后来，”我继续说，“他经受了许多谁也不怜悯的灾难——以谁也不羡慕的那种精神忍受了那些灾难——忍受了谁也不同情的委屈；最后他采用了不合基督教教义的报复方法：把炭火堆在敌手的头上。[1]”

“你还没有把全部故事都告诉我，”他说。

“我想几乎是全部了。我已经把希拉斯神父叙述的章节的主要部分都指出来了。”

“你忘记了一点——没有谈到那个学生缺乏感情的方面——没有谈到他的冷酷无情的修道士的心肠这一方面。”

“的确；我现在记起来了。希拉斯神父是说过，他的职业几乎就是一个教士的职业——认为他是奉献了他的一生。”

“那是由于什么契约或者义务呢？”

“由于过去的牵挂和现在的乐善好施。”

“那么你知道了整个情况啰？”

“我现在已经把别人对我讲的一切都奉告先生了。”

有几分钟时间大家在沉思中过去。

“现在，露西小姐，瞧着我，并且用我相信你从不会去违背的真理回答我一个问题。把眼睛向上看，正对着我眼睛瞧；不要犹豫不决；放心大胆信任我——我是一个可以信赖的男子汉。”

我把眼睛朝上看着。

“现在，你既然已经彻底了解了我——我所有的经历，我所有的责任——你既然早就了解了我的缺点，我们仍然能够成为朋友吗？”

“如果先生需要我作为一个朋友，我也愿意把他当作一个朋友。”

“可是，我的意思是指一个亲密的朋友——真心的知己——除了血缘以外，一切都同心同德同宗同族，怎么样？露西小姐愿意做一个非常贫穷的有束缚、有负担、有累赘的人的妹妹吗？”

---

① 典出《圣经》：“把炭火堆在头上”（heap coals of fire on somebody's head）。见《圣经·旧约全书·箴言》第25章第21至22节：“你的仇敌，若饿了就给他饭吃，若渴了就给他水喝，因为你这样行，就是把炭火堆在他的头上。”后来这句话被用来喻指以德报怨，使对方羞愧和后悔，以达到以善胜恶的目的。

我不能用话语回答他，不过，我想我还是回答了他了。他握住我的手，在他的手心的庇护里，我的手感到舒适。他的友谊决不是令人疑窦丛生的、摇摆不定的恩典——一种冷漠的、疏远的希望——一种连一个指头的压力都经不起的那么脆弱的感情。我马上感觉到（或者自以为感觉到）它就像磐石那样支持着我。

“我说到友谊的时候，我指的是真实的友谊，”他加强语气重复地说；我几乎不能相信那么诚挚的话语竟然有幸灌入我的耳朵里来。我几乎不能相信他流露的那么亲切而又急切的神情的真实性。要是他真的希望取得我的信任和关心，真的会把他的信任和关心给我——哎呀，在我看来，生活不可能提供比这更多和更好的东西了。那样的话，我就会变得更坚强、更富有；只一转眼工夫就使我得到实实在在的幸福了。为了弄清事实真相，把它固定下来，打上印章，我问道：

“阁下是十分认真的吗？他真的认为他需要我，而且能够有兴趣把我当作一个妹妹来对待吗？”

“一定的，一定的，”他说，“像我这样孤独的人，没有姐妹，要是在一个女人的心中找到一个姐妹的纯洁的感情，那必定只能是叫人高兴的。”

“我敢于信赖阁下的关怀吗？在我十分想向他讲的时候，我敢于向他讲吗？”

“我的小妹妹得自己去试验，”他说，“我不预先许下诺言。她必须逗弄和折磨他的刚愎自用的兄长，才能把他训练成她所希望的模样。在某些人的手中，他到底不是桀骜不驯的材料。”

他说话的时候，那声音的调子，以及此刻充满深情的眼光，给了我过去肯定没有感觉过的快乐。我没有羡慕过任何一个姑娘的情人、任何一个新娘的新郎、任何一个妻子的丈夫；我对于我的这位自愿的、自动奉献的朋友感到心满意足。只要他证明是可以信赖的，看起来也是可以信赖的，那么，除了他的友谊之外，我究竟还能贪求些什么呢？可是，如果这一切都像梦一样消失得无影无踪，就像过去曾经发生过的那样……？

“怎么一回事？”他说，由于这一思想沉甸甸地压在我的心上，它的阴影便投射在我的脸上。我告诉了他；停了一会儿，他带着沉思的表情微微一笑，然后告诉我说，同样的恐惧——唯恐我对他这样一个脾气如此执拗和多变的人感到厌倦——也曾经不止一天、不止一个月地缠绕心间。

听了这句话以后，一种平静沉着的勇气使我感到精神振奋。我大胆地说出一个使他恢复信心的字。这个字他不仅加以容忍，而且还殷勤地要求我重复一遍。我变得十分幸福——奇怪的幸福——因为我使他放心、满足、宁静。昨天，我还不能相信这个地球或者生活会提供像我现在正在经历的几个片刻。有无数次，我的命运曾经是眼睁睁地瞧着令人忐忑不安的痛苦阴森森地逼近；可是，忽然看到出乎意料的幸福随着分分秒秒的飞逝而成形、而就位，并且变得更为真实，倒的确是一个新鲜的体验。

“露西，”保罗先生仍然握着我的手低声说道，“你有没有看到老房子里的那间闺房中挂着的一幅画？”

“我看到的；一张画在镶板上的画。”

“是一个修女的肖像。”

“是的。”

“你听说过她的历史吗？”

“听说过。”

“你记得那天晚上，在绿廊里，我们见到的东西吗？”

“我决不会忘记。”

“你没有把这两件事情联系起来想，那该是很迟钝的吧？”

“我看见那幅肖像画的时候，是想起那个幽灵的，”我说；情况确实如此。

“你没有想到，也不会去想到，”他继续说，“一个天上的圣者，她会为了世上的情敌而自寻烦恼吧？新教徒很少迷信；这一类病态的幻想不会使你困扰吧？”

“对于这件事我不知道该怎样想才好。不过，我相信总有一天会水落石出、自然而然地解开这个表面上看来神秘的谜团。”

“毫无疑问，毫无疑问。况且，没有一位活着的善良的女人——更不用说一位纯洁的、无忧无虑的幽灵——会扰乱像我们这样亲密无间的关系——难道这不是真的吗？”

我还没有来得及回答，菲菲妮·贝克突然闯了进来，她涨红了脸，急急忙忙，高声喊着要找我。她的母亲要到城里去探望一个英国人的家庭，他们提出要一份学校简介小册子，因此需要我当差去做翻译人员。这样来打断倒并非不合理：这一天老是碰到坏事，已经够受的了；这一小时里，这一天中的好事也足够受用。不过，我倒是想问问保罗先生，他刚才提醒我要警惕的“病态的幻想”有没有在他的脑海里作祟。

第三十六章
不和的金苹果①

在那友谊的盟约能够被别人认可之前，除了菲菲妮·贝克的母亲之外，还有一股力量对保罗先生和我有话要说呢。我们处于那种从不休眠的眼睛的监视之下：天主教会正嫉妒地注视着她的儿子，她是透过那扇神秘的格子窗望着的，我曾经有一次在那儿下跪过，而伊曼纽埃尔先生则月复一月接近它——那告解室的滑动窗格。

“你为什么这么喜欢与保罗先生友好呢？”读者会这样问。“他岂不早已是你的朋友了吗？他岂不一再证明过他对你怀有某种特别深厚的感情吗？”

是的，他是这样；但是我还是喜欢听他认真地对我这么说——说他是我的亲密的真心的朋友。我喜欢他那种谦虚的疑虑不安，以及温柔的恭顺服从——那种渴望寻找寄托之所、并且一旦被人指点如何做到便深深感激的信赖。他曾经称我为“妹妹”，这很好。是的；只要他对我推心置腹，无论他高兴怎样称呼我都行。我准备心甘情愿地做他的妹妹，条件是他不诱使我把这种关系转变成为他的什么未来的妻子；既然他在心中暗暗发誓要抱独身主义，这么一种会使我进退两难的困境看来是很少有出现的危险。

随后，在那天夜里，我几乎一宿没睡，尽思量着傍晚的那次会见。我眼巴巴地盼望着天亮，然后又侧耳等着打铃声。起床和穿衣梳理以后，我觉得祈祷和早餐的时间过得太慢，而且每时每刻都拖得老长，然后才终于到来上文学课的时候。我所希望的是更清楚地理解一下这种手足之情的结盟是怎么一回事；我要注意一下，我们再次见面的时候，他会表现出多少像个兄长的样子；也要验证一下我自己的感情有多少像个做妹妹的人；还要展示一下我是否能够鼓起作为一个妹妹的勇气，而他是否能够拿出一个兄长的坦率真诚来。

他来了。生活是那样构成的：事情并非、或者无法、或者不会按照人们预期的那样发生。那天的一整天他始终没有走近我，同我聊一聊。他授课比平时冷静、温和，同时也比平时严肃。他对待学生们像一位父亲，可是对待我却并不像一位兄长。在他离开教室之前，我以为他如果不同我讲一句话的话，至少会对我笑一笑的；结果两者都没有。我所得到的只是点一点头——匆促而又腼腆的。

我把这种疏远辩解为事出偶然——那不是有意的。忍耐一下吧，它会消失的。可是它没有消失；一连几天依然如故，而且更疏远了。我强忍住心头惊讶的感觉，把开始冒出来的其他所有的感情都吞咽了下去。

在他奉献手足情谊的那时候，我很可以问一问——“我能放胆信赖你吗？”他无疑有自知之明，因此很可能不作任何保证。不错，他曾经嘱咐我去做我自己的实验——逗弄和考验他。不切实际的训谕啊！这不过是有名无实的、不生效用的特权罢了。有些女人可能会利用它！可是在我的力量和天性里，却决没有什么东西会使我置身于这个勇敢的团伙之中。我被孤单单地撇在一边，便意气消沉了；我碰了壁，便退缩不前了；我被人遗忘了——我的嘴不会声张出来，我的眼睛也不会投射出提醒别人的目光。看来我的打算在什么地方出了差错，我等待时间来揭露吧。

不过，这一天是在他通常给我上课的时候来到的。好久以来，每隔七天他慷慨地为我花一个夜晚，专门用来检查我过去一周里在各门学科中所做过的工作，以及我为下一周所做的准备工作。在这种时候，任何场所都可以充当我的课堂，只要碰巧那儿有一些学生和别的教师，或者在靠近他们的地方；那常常是在宽敞的第二班级里。熙熙攘攘的走读生已经离校，而只有不多的寄宿生三五成群地聚集在监督

① 不和的金苹果，喻为引起争端、仇恨、动乱的起因。参见第182页注①。

者的讲台附近的时候，容易在那里找到一个安静的角落。

在习以为常的傍晚，一听到那习以为常的按时敲响的钟声，我便收拾起我的书本和纸张、钢笔和墨水，朝那间宽敞的班级教室走去。

这时教室里空无一人，完全沉浸在清凉的浓浓的阴影之中。不过从那打开的双扇门望过去，可以望见那间方形大厅，那里有许多学生，有明亮的光线。西下的夕阳在大厅和人影的上端抹上一层绯红的色彩。颜色是红得那么鲜明和艳丽，使得墙壁的颜色和那些连衣裙的缤纷斑驳的色泽仿佛全都融化在一团热烘烘的霞光之中。姑娘们坐成一圈，有的在做女红，有的在念书。在她们的中央，站着伊曼纽埃尔先生，他正在心情愉快地对一位教师说话。他那深色的宽松外套和乌黑发亮的头发，渲染着一束束、一丝丝深红色的反光。他那像西班牙人的面庞在转过来的一瞬间，用欢畅的微笑回答夕阳的欢畅喜悦的亲吻。我在一张课桌旁坐了下来。

一些柑橘树和几棵其他植物鲜花盛开，娇艳夺目，同样沐浴在慷慨的夕阳的笑容之中。它们享受阳光已经有一整天了，这会儿正吁求清水。伊曼纽埃尔先生爱好园艺，喜欢照料和栽培花木。我一向认为，拿着一把铁铲，或者提着一把洒水壶，在灌木丛中操劳能够使他的神经放松一下，他常常借助于此来调剂精神。这会儿他在侍弄柑橘树、天竺葵和绚丽的仙人掌，用它们解渴所亟需的饮料使它们全体复苏过来。在此期间他的嘴里一直咬着他当做宝贝的雪茄烟，那是(对他来说)生活的第一需要和头等重要的奢侈品。那一阵阵蓝色的烟圈在花丛中、在暮色里相当优美地袅袅上升。他不再对学生们和女教师们说话，却对一只小小的雌猎犬[①]说着许多亲热的话(如果谁能杜撰言语的话)。那只小犬在名义上属于这所学校，但是实际上它却认他为主人，因为它喜欢他胜过喜欢学校里的任何人。它是一只娇滴滴、毛茸茸、

① 猎，一种长毛垂耳短足小犬，又称西班牙猎狗。

对人亲热、讨人喜欢的小小犬儿，在他身旁蹦蹦跳跳，用富于表情的眼睛，摇尾乞怜地望着他的脸。有时，他拿着他的希腊式无边圆帽或者手帕逗着它玩儿，每一次一失手掉下来，它都跑去蹲在那东西旁边，神态活像一头具体而微的狮子，守卫着一面王国的国旗。

那儿有许多花花草草，所有的花木都是这位业余园艺家自己用灵巧的双手从庭院中那口井里汲水浇灌的，因此，他这项活儿拖了相当长的时间。学校的大时钟滴答滴答不断地响着。又一个钟点敲响了。落日造成的幻象从方形大厅里，以及那一群年轻人身上消失了。白昼眼看就要过去。我看出我今晚的功课必定为时很短；不过，这时候，一株株柑橘树、仙人掌、山茶花全部都侍候过了，是该轮到我了吧?

天哪！花园里还有树木需要照料——他所特别喜爱的蔷薇树和某些名贵的花卉。小西尔维的高兴的吠叫声和呜呜哀诉声跟随着远去的宽松外套在庭院的小径上一路响过去。我把几本书收了起来，我将不会都用上了。我坐在那儿沉思着，等待着，不由自主地反对那悄没声息地偷袭而来的暝暝暮色。

欢蹦乱跳的西尔维又出现在前面了，这预示着宽松外套的归来。洒水壶被搁在井旁，它已经完成了它的任务；我多么高兴啊！那位先生在一只小石钵里洗洗手。现在已经不再有时间上一课了；要不了多久，晚祷的钟声必定会敲响的；不过，我们仍然应该见见面；他会愿意谈谈的。这会提供一个机会，让我在他的眼睛里读解出他为什么那么腼腆之谜。洗手礼结束了，他站在那儿，慢条斯理地重新把袖口整理停当，仰望着那一弯月牙儿，在乳白色的天空中，它显得黯然失色，在施洗约翰教堂的凸肚窗上闪烁着微弱的光。西尔维若有所思地注视着这种气氛；这种寂静使它厌烦；它呜呜哀诉着，跳起来打破这种气氛。那位先生低下头来看着它。

“你这个苛求的小东西！”他说，“你似乎一刻也不能容忍被人忘记。”

他弯下腰去把它提起来抱在怀里，漫步穿过庭院，离开那一排窗子不及一码远，我正在其中一扇窗子近旁坐着。他流连忘返地漫步，抚摸着怀中那头小猎犬，用温柔的声音呼唤着它的温柔的名字。他走到前门的台阶上，转过身来，又一次望望月亮，望望那座灰色的大教堂，望到更远处，一直越过那些渐渐消失在夜雾的蓝色海洋之中的尖塔和屋顶。他闻闻在幽暗中散发的芬芳的气息，注意地看看花园中闭合起来的花朵。他忽然掉头回顾，眼睛里那道锐利的光芒掠过一间间教室的白色的正面，扫过那一长排框格窗[①]。我觉得他鞠了一躬，如果他的确如此，我却来不及回礼。他一转眼工夫便不见了。在紧闭了的正门前面，被月光照亮的门槛横在那儿，颜色惨白，光洁无阴影。

我把摊放在我面前课桌上所有的东西都抱在怀里，把这一大堆没有用上的东西拿回到第一教室里它们原来的地方。晚祷的钟声响了，我服从了这一传唤声。

第二天他得把整天的时间花在他的专科学校里，因此不会回到福色特街来。我教完了我的课，度过了中间的一段时间，眼见傍晚临近了，便把自己武装起来，去打发那沉重的百无聊赖之感。是跟同住在宿舍里的人待在一起更难受呢，还是独个儿坐着更无聊，我没有加以考虑。却自然而然地作出后一种抉择。要说有得到那么片刻的慰藉的希望的话，在这所学校里却没有谁的心肠或者头脑能够给予这一希望。那种慰藉只有在我的课桌盖板下面才可能找到，它夹在哪本书的书页之间舒舒服服地蜷缩着，把一支铅笔头、一个钢笔尖镀上金光，或者给一只墨水玻璃瓶里的黑色的液体染上色彩。我心情沉重地打开我的课桌盖板，用疲乏无力的手把里面的东西翻看了一遍。

---

① 框格窗，一种上下拉动的窗子。

这些朝夕相处的书籍，这些用平常的封面装订起来的卷册我一本又一本地拿了出来，然后失望地一本又一本地放了回去。它们毫无可爱之处，不能给我慰藉。这一本淡紫色的小册子是不是什么新的东西呢？我以前没有看见过这本小册子，再说，我就在今天重新整理过我的课桌的——就在今天下午。这个小本子一定是在过去一小时之内放进来的，那时我们大家都在吃晚饭。

我打开那本东西。那是什么呀？它会对我说什么呢？

它既不是一本故事书，也不是一本诗集；既不是一本小品文集，也不是一本历史书；它既不唱，也不讲，又不辩论什么。它是一本神学作品，书中循循布道，劝人信奉。

我十分愿意聆听它讲的道理，因为尽管它篇幅短小，却具有它自己的魔力，马上把我吸引住了。它布讲天主教教义，劝人皈依天主教。这本娓娓狡辩的小书的声调是一种甜言蜜语的声调；它的口音里全都敷过圣油，抹过香膏。这里没有天主教会发出的隆隆雷声，没有她表示不满时所喷射的那种雷霆万钧的气息。新教徒所以要改宗为天主教徒，与其说是因为害怕异教徒的地狱，不如说是为了可以享受神圣教会所提供的舒适、沉迷和温情：恐吓或者胁迫离她十万八千里，她的愿望是引导和赢得人心。她搞宗教迫害吗？哎呀，不！不管怎样都不！

这本软语温存娓娓道来的书并非专为铁石心肠和世俗之辈写的；它甚至不是给硬邦邦的人吃的硬邦邦的干粮[①]；它是婴儿吃的奶；是一位母亲对她最娇嫩、最幼小的孩子灌注的一股爱的冲淡的流质；它完全而且仅仅打算为了那些通过他的心能够达到他的头脑的人写的。它

① 语出《圣经 · 新约全书 · 希伯来书》第 5 章第 12 至 14 节："……并且成了那必须吃奶，不能吃干粮的人。凡只能吃奶的，都不熟练仁义的道理，因为他是婴孩。惟独长大成人的，才能吃干粮，他们的心窍习练得通达，就能分辨好歹了。"

的呼吁并不是针对智力的；它寻求通过他的感情来赢得深情，通过他的同情心来赢得同情：圣味增爵·德·保罗[①]把孤儿们收容在自己周围的时候，也从来没有像这本书说得如此悦耳动听。

我记得，诱使人叛教的最大理由，体现在这样一个事实之中：死亡使他失去好友的天主教徒可以通过向上帝祈祷，让上帝准许他的好友们脱离炼狱，来感受无以言喻的安慰。小册子的作者没有触及那些信仰可以完全把炼狱排除在外的人们的较为坚定的平静心情；可是我却想到了这一点，而且，大体上说来，我觉得还是比较赞成后面一种教义，认为它能够使人得到最大的安慰。

这本小书使我颇感兴趣，而没有叫我心烦，使我不快。它是一本貌似虔诚的矫揉造作的、浮浅平庸的小书，然而它里面却含有什么东西使我从忧郁之中兴奋起来，还微微一笑了。见到这只未经舐过的狼崽子身披羊毛，模仿一只老实巴交的羊羔咩咩直叫、欢蹦乱跳，我觉得很有趣。其中有一部分内容使我想起自己幼时读过的某些卫斯理循道宗[②]的一些宣传品；它们都给加了差不多是同样的能使人激动以至狂热的味道的佐料。编写文章的人并非坏人，尽管我不断地把其中训练有素的花言巧语泄露出来——叫他那一套体系露出马脚——然而真要指责他本人不诚恳，我就要犹豫不决了。可是不管怎样说，他的判断需要外科手术的支撑，那是患了佝偻病的判断。

于是，我对来自“罗马七丘”上那位红光满面的老妇人[③]的一服母亲般的柔情药剂微笑，也嘲笑我自己不那么情愿、更不用说无力去接触这些温柔的恩宠。我朝标题页望了一眼，发现印有“希拉斯神父”

① 圣味增爵·德·保罗(1576—1660)，法国天主教辣匝禄会(遣使会)和仁爱社团创建者，曾设立多所育婴堂和医院。

② 卫斯理循道宗，基督教新教主要宗派之一卫斯理宗的别称。

③ 罗马七丘，原文为Seven Hills，指Seven Hills of Rome。罗马七座小丘，古罗马原建于其上，故有七山之城之称。此处指天主教会，“老妇人”当指圣母马利亚。

的名字。扉页上则有纤小但是清晰并且很眼熟的铅笔字写着“给 L-y，P. C. D. E.赠。[1]我一看见这一行字便哈哈一笑，但是我的心情跟先前不一样了。我的精神为之一振。

一件极大的迷惑不解的事突然从我的头脑和想象中消失了。斯芬克斯[2]谜语已经得到解答了。希拉斯神父和保罗·伊曼纽埃尔两个名字同在一本书上提供了解答一切的钥匙。悔罪者已经跟他指导神父谈过了，不允许隐瞒任何事情，不能容忍他保留他那颗奉献给上帝和他自己的那颗心的任何一个角落；他把我们最近一次会面的情况源源本本地交代了出来；他坦率地承认了那种兄妹盟约并且也说出了关于他的结拜妹妹的事。如此盟约，如此结拜关系教会怎么可能准许呢？居然同一个异教徒搞什么兄妹情谊的感情交流！我仿佛听见希拉斯神父在宣告这一亵渎的契约无效，对他的赎罪者警告其危险性，又恳求又责成他要严肃对待。不仅如此，而且凭着他的职务的权威，同时以伊曼纽埃尔先生的名义，凭着伊曼纽埃尔先生视为最珍贵、最神圣的记录来下命令，要强制执行那一项冷若冰霜、寒气直透我的骨髓的新的人际关系。

这些假设可能并不令人感到愉快；然而，比较起来还是受欢迎的。比起害怕保罗先生身上自然而然发生的那种变化来，那个在背景中徘徊不去的幽灵般的烦人的幻象，便算不上什么了。

由于事情至今已经隔了这么长一段时间，我无法肯定上述推测究竟有多少是自我暗示而生成的；或者换句话说，究竟有多少是从对方

---

① P .C. D. E.是伊曼纽埃尔原文姓名的首字母缩写。L-y 是露西(Lucy)的缩略形式。

② 斯芬克斯，希腊语意为“女扼杀者”。源自埃及希腊神话中的怪物。上半身为女人，下半身是狮子，蛇尾、鹰翅，蹲坐于忒拜城外的巉崖上，向过路人提出谜语，猜不出者都被她吃掉。俄狄浦斯路过时，解答出她的谜语“早晨四脚走路，中午两脚走路，晚上三脚走路”为“人”，她便跳崖自尽。斯芬克斯谜语，喻难解之谜或难题。

得来并且为其所证实的。然而这并不需要弄清楚。

这一天的傍晚，夕阳并不光辉灿烂。自西徂东一片云翳。不见那蓝蓝的、然而染成玫瑰色的夏夜的薄雾使远景变得那么温柔，却有着从那些沼泽地飘来的冷森森、黏糊糊的灰色的浓雾在维莱特到处蠕动。今夜，洒水壶可以闲置在水井旁的壁龛里了吧；小雨曾经淅淅沥沥下了一下午，此刻仍然酣畅地、静静地下着。这样的天气可不是在滴滴答答的树荫下漫步于湿漉漉的庭院小径上的时候，然而我惊讶地听见西尔维在花园里突然发出的吠叫声——那是它欢迎的吠叫声。不错，并没有人跟它在一起，可是，除非对一个人的到来表示敬意，它是从来不像这样高兴而又急速地吠叫的。

透过玻璃门和拱形的绿廊我可以统览那条禁止行走的小路的深深的远景。西尔维直向那里奔去，像一束白色的欧洲荚蒾[①]一闪一闪地在朦胧的夜色中穿过。它奔过来又奔过去，呜呜哀诉，蹦蹦跳跳，把矮树丛中的小鸟骚扰得不得安宁。我注视了五分钟，却不见跟随这预兆的应验出现。于是我继续看我的书；西尔维的尖锐的吠叫声却突然停住了。我再抬头望望，看见它正站在没有几码远的地方，正使足了劲，用最快的速度摆动着它那条绒毛般的白尾巴，目不转睛地注视着一双坚持不懈的手在急速地用力挥动一把铁铲的动作。原来伊曼纽埃尔在那儿，正弯腰掘土，他站在雨水淋湿又往下滴水的灌木丛中的烂泥地上掘着，干得十分辛苦，仿佛他一天的微薄收入确实要靠额上的汗水来赚取似的。

在这一迹象之中，我觉察到一种烦躁的心情。在内心受到痛苦情感的冲击时，不论那是神经上激动，还是良心责备引起的思想负担，他就会在这个最寒冷的冬日里在冰冻的积雪中这样掘土。他会一小时一小时地掘下去，皱着眉头，咬紧牙关，头也不抬，口也不开。

---

① 欧洲荚蒾，一种开一束束如雪球一般白花的植物。

西尔维一直瞧着，瞧到厌倦为止，便又迂回曲折地乱奔乱跑起来，一下子跳到这边，一下子又冲到那边，这里闻闻，那里嗅嗅，最后，它发现我待在教室里。它立即扑向玻璃窗格，汪汪吠叫起来，好像在催促我去与它同乐或者与它的主人一同苦干似的。它有时曾经看见我和保罗先生在那条庭院小径上散步，因此我不怀疑，它认为我现在同样有责任去和他做伴，尽管这是个雨天。

它那么闹闹嚷嚷，忙个不休，终于使保罗先生抬头一看，自然就发现它为什么并且是对谁吠叫。他吹起口哨叫它走开，它却吠叫得更响了。它似乎一定要别人把玻璃门打开。我想他是被它的胡搅蛮缠弄得不耐烦了，便扔下铁铲，走了过来，把门推开一点儿。西尔维猛孤丁地一下子冲进来，跳上了我的衣兜，把脚爪搭在我的脖子上，它的小鼻子和小舌头则忙着在我的脸上、嘴上、眼睛上乱嗅乱舔，简直叫人受不了；那条毛茸茸的尾巴在课桌上掸来掸去，把那些书本和纸张拨弄得四处飞散。

伊曼纽埃尔先生走上前来，制止了这阵喧闹，并且把乱糟糟的东西整理好。他理齐了书本之后，便一把抓住西尔维，把它藏在他的宽松外套里面，它在那儿舒舒服服地偎依着，安静得像一只耗子，只探出一个脑袋来。它娇小玲珑，那张天真无邪的脸是世上最漂亮的，那对长耳朵是世上最像丝绸一样光洁柔软的，那双黑眼睛则是世上最好看的。我看见它的时候，没有一次不想到波琳娜·德·巴桑皮尔。读者，请原谅我作此联想，这个联想自会发生的。

保罗先生轻轻抚摸着它，又轻轻拍着它；它如此得宠是并不奇怪的；它的美丽和它的灵动活泼的生气真惹人喜爱。

他一边爱抚着这条小猎犬，一边打量着刚才放回原处的那些纸张和书本；他的目光停留在那本宗教小册子上。他的嘴唇翕动着，欲言又止，控制住说话的冲动。怎么回事！难道他已经答应决不再和我说话了吗？果真如此的话，那么他的更好的天性在发出这样的誓言："遵守这习惯不如违犯更光彩。"[①]因为，他又作了第二次努力，说道：

"想来你还没有看过这本小册子吧？它不够吸引人，是吗？"

我回答说我已经看过了。

他等着，似乎希望我不待询问而自愿地发表一通对那本小册子的意见。然而，既然没有人询问，我也就没有心情去做或者讲什么了。如果必须做出任何让步——如果需要任何和好的表示——那可是这位希拉斯神父的驯服的门生的事，而不是我的事。他的眼睛温柔地望着我，他那蓝色的目光此刻显得很温和——蕴含着关怀——带有一点伤感情绪。这里有着混合而成、又彼此形成对照的含义——责备别人化成为自我责备了。此刻，他可能会乐于看出我的内心里有着什么动了感情的东西。我可不能暴露出来啊。然而，在下一分钟里，要不是我自己想起从我的课桌里拿出几支鹅毛笔来，从容不迫地动手把笔头削尖的话，我的慌乱心情一定会暴露无遗的。

我知道我的这个动作会使他的心情起一种变化。他从来都不喜欢看见我削鹅毛笔尖；我的刀刃总是钝的——我的手也不灵巧。我乱劈乱削。这一次，我把自己的手指割破了——有一半是故意的。我要使他恢复他的自然状态，使他感到无拘无束，使他大声呵斥。

"笨手笨脚！"他终于喊叫了起来，"她简直会把自己的手切成肉糜的。"

他把西尔维放下，让它安静地躺在他那顶希腊式无边圆帽旁，一把夺走我手里的鹅毛笔和削笔刀，开始削呀削的，把笔尖削得尖尖的，干得像一台机器那样精确和敏捷。

"我[②]可喜欢那本小书呢？"他现在这样问我。

---

① 引自莎士比亚戏剧《哈姆雷特》第1幕第4场，但原文与莎剧稍有出入。译文根据林同济译本《丹麦王子哈姆雷特的悲剧》（中国戏剧出版社，1982年版）。

② 原文是I和me，实际上是"你"的意思。下同。

我忍住一个呵欠，回答说自己几乎说不上来是否喜欢。

“那本书感动我①了吗？”

“我觉得它曾经使我有点儿昏昏欲睡。”

（他停顿了片刻以后）“那么，我们走吧！用这种口气同他②说话是没用的。尽管我这个人坏——要是必须一口气历数我的全部缺点的话，他一定会感到内疚——然而上帝和自然给了我‘丰富的情感和同情心’，对于那么感人肺腑的呼吁不会不深深感动。”

“真的！”我立刻激动起来，回答说，“我根本没有受感动——一点也不。”

为了提出证明，我从口袋里取出一块完全干的手帕，还是干干净净的，折得好好的。

于是我成为一连串苛责的对象，那些责难的话是尖刻的，而不是有礼貌的。我饶有兴趣地聆听着。在这两天反常的沉默之后，听见保罗先生完全像他的老样子那样高谈阔论起来，真是比音乐更悦耳。我聆听着，与此同时，用糖果盒里边的东西来安慰自己和西尔维。伊曼纽埃尔先生总是使糖果盒里一直有巧克力糖果充分供应。他亲手干的即使是一件小事，只要见到有人恰如其分地欣赏，他便很高兴。我和小猎犬在分享着这件掠夺物的时候，他望着我们；他收起了他的小折刀，用刚削好的一把鹅毛笔触一下我的手，说道：

“那么告诉我，小妹妹——老老实实地说——最近两天里你对我有什么想法？”

除了这个问题，其他我是一点也不加以注意的。这句问话的含义顿时使我热泪盈眶。我把西尔维抚摸个不停。保罗先生把身子探过课

① 原文是I和me，实际上是“你”的意思。下同。

② 原文是him，实际上是“我”的意思。下同。直接引语中人称代词的这种特别用法在本书中多处出现。

桌，朝我弯下腰来。

“我把自己称作你的哥哥，”他说。“我几乎不知道自己是什么——哥哥——朋友——我弄不清楚。我知道自己想着你——我感到自己在内心里祝愿你好——可是我必须控制住自己；我对你感到害怕。我的一些最好的朋友向我指出这种危险，私下告诫我要小心。”

“你听从你的朋友们的话是对的。一定得小心。”

“是你的宗教——你的那种奇怪的、相信依靠自己的、无懈可击的宗教信条，它的影响似乎使你穿戴了我不知道那是怎样一种不幸的全副盔甲。你很善良，希拉斯神父说你很善良，而且爱你——可是你那可怕的、妄自尊大的、有决心的新教教义——却是危险所在。它有时候在你的眼睛里流露出来；它又使你具有某种语气，某种手势，叫我毛骨悚然。你不是感情外露的。可是，刚才——你那样对待那本小册子的时候——我的上帝啊！我觉得魔鬼在笑了。”

“我当然是不尊敬那本小册子的——那又怎样呢？”

“不尊敬那本小册子吗？然而它是信仰、爱和宽容的纯粹的精髓啊！我原以为它会感动你的；以它那循循善诱的笔调，我本来深信它不可能失败。我心中祈祷以后，才把它放在你的课桌里的。我一定确实是个罪人。上帝不听发自我心底的最强烈的祈求。你藐视我的小小的奉献。哦，这使我好痛心啊！”

“先生，我并没有藐视它——至少，由于是你赠送的，我没有藐视它。先生，请你坐下来，听我说。我不是一个异教徒，不是铁石心肠的人，我不是不信仰基督的，我并不危险，像他们对你说的那样。我不会扰乱你的信仰。你相信上帝、基督和《圣经》，我也相信。”

“可是你真的相信《圣经》吗？你承认《启示录》上的话吗？你的国家和教派那种狂热的轻率的大胆行径有什么限制呢？希拉斯神父曾经透露出了模模糊糊的暗示。”

在我的劝说之下，他半清不楚地解释了这些暗示；它们无非是机巧的耶稣会会士的诽谤而已。那天晚上，保罗先生与我作了认真而亲密的谈话。他又是恳求又是争辩。我不会争辩——这是幸运的无能；因为仅仅需要理直气壮的、合乎逻辑的反对意见，就能够完全起到指导神父所希望起到的影响。不过我可以用我自己的方式谈话——那是保罗先生所习惯的方式——他听得懂我那种委婉曲折的语言，并且为我补上脱节疏漏之处，还会原谅他已经见怪不怪的我那种奇怪的口吃病。与他无拘无束地待在一块儿，我可以用我自己的口吻来为我的信条和信仰作辩护。或多或少，我能够缓和一些他的偏见。他离开的时候，不感到满意，几乎也没有息怒；不过我已经使他彻底地感觉到新教徒未必像他的指导神父曾经含沙射影地说的是不虔诚的异教徒。我使他领悟了一些他们尊敬“光”、“生命”和“道”①的做法；使他部分地理解；尽管他们对于可崇敬的事物的崇敬，并不十分像他的教会所培养出来的那样，然而却具有它自身的、也许是更深沉的力量——它自身的更为严肃的敬畏感。

我发现希拉斯神父（我必须重复说，虽然他是一项坏事业的拥护者，他本人却不是坏人）用奇怪的名称暗中污辱了一般的新教徒，对我则是凭推论，曾经把种种“主义”加到我们头上。伊曼纽埃尔先生以他的坦率作风泄露了这一切，这种作风是不懂得遮遮掩掩的手法的。他在说话的时候，带着一种友爱而又真正害怕的眼光望着我，他几乎发抖了，唯恐别人对他的指责实有其事。看来希拉斯神父曾经严密地观察过我，已经查明我不加区别地轮流去过维莱特的三个新教小教堂——法国的、德国的和英国的——也就是长老会的、路德会的和主

① “光”、“生命”和“道”，原文为the Light， the Life，the Word，在基督教中都用来指上帝。见《圣经·新约全书·约翰福音》第1章第1至5节：“太初有道，道与上帝同在，道就是上帝。这道太初与上帝同在。万物是借着他造的；凡被造的，没有一样不是借着他造的。生命在他里头，这生命就是人的光，光照在黑暗里，黑暗却不接受光。”

教制教会的。神父把这种心胸宽大的行动看作是深沉的满不在乎——他的道理是：凡容忍一切者便不能有所归属。而我呢，常常暗自对这三个教派之间的差异在性质上是那么细小和不重要这一点感到惊讶——对它们在至关重要的教义上的整体性和一致性感到惊讶：尽管我觉得它们在形式上、在磕磕绊绊和琐琐碎碎的事情上都存在着各自的缺点，然而我看不出有什么会阻碍它们有一天融合为一个规模宏大的"神圣联盟"，而且我对它们全都尊重。我把自己的想法源源本本地告诉了伊曼纽埃尔先生，并向他阐明：我自己最终向之吁请的、我所仰望的领路人，以及我所承认的导师，必须永远是《圣经》本身，而不是任何名称的或者任何国家的教派。

他离开我的时候，我的心中很平静，然而充满着忧虑之情，口中轻声地许了一个愿，如祈祷一般强烈，我说，倘若我错了，仰望上帝引领我到正确的道路上来。我听见直冲到门口来的几声对"马利亚天后"发出的热情的喃喃低语，是深沉的愿望，说他的希望迟早也会成为我的希望。

好奇怪啊！我可并没有那种要把他从他的祖先们的信仰转变过来的热切愿望。我认为天主教教义是错误的，是一尊黄金和泥土混合的巨大偶像而已；不过我觉得，这一位天主教徒似乎在上帝必定垂爱的他的清白心灵中保持着他的宗教信条里比较纯洁的成分。

上面这段谈话是于晚上八到九点钟之间、在寂静的福色特街上一间教室里进行的，那间教室通往一座与外界隔绝的花园。次日傍晚，在可能与此相同或者稍晚一些的时间里，出于神圣的驯服精神，这一番话被集中起来，在占星术士街的那所古老教堂中的一间告解室的镶板前回响着，逐字逐句地轻声送入一只聚精会神地聆听着的耳朵。①结

① 语出《圣经·旧约全书·历代志下》第 7 章第 15 节："我必睁眼看，侧耳听在此处所献的祷告。"

果是希拉斯神父访问了贝克夫人，并且受到我不知道是什么复杂的动机的驱使，说服贝克夫人给他一段时间承担对这位离经叛道的英国女士作宗教指导的任务。

于是给我安排了一项阅读课程——那就是说，我仅仅把借给我看的一本本书浏览了一遍，它们跟我毫不相干，没有必要细细研读、做记号、精通，或者了然于心。①再说，我自己有一本书在楼上，放在我的枕头下面，里面有好几章能够满足我在有关宗教知识的文章方面的需要，为我的内心深处提供了我确信不可能再好的规矩和榜样。

接着，希拉斯神父给我看天主教会的美好的一面，她的卓越的工作，还吩咐我要凭一棵树的果实来判断一棵树。②

我回答说，我觉得，同时我断言，这些工作并非天主教的果实，而只不过是她的繁盛的花朵，只不过是她向世界显示的美好的许诺而已。那种花朵结成果实的时候，并不含有仁爱的滋味；长得十分圆熟的苹果则是无知、卑微和盲从。从人们的苦恼和情感里锻造出来的是他们的奴役的铆钉。“贫穷潦倒”得到了吃、穿、住，这样它就被对“教会”的感恩束缚了手脚。“孤哀幼子”得到了养育和教育的帮助，这样就可以要它在“教会”的怀抱之中长大成人；“病痛疾患”受到护理，为的是使之可以按照“教会”的常规和宗教仪式去死；男人们都操劳过度地工作，过分劳累，女人们作出最要命的牺牲；所有的人都要放弃上帝为他的创造物的利益而造的愉快世界，去扛起沉重得擦破皮肉的巨大十字架，为的是可以要他们为天主教服役，证明她的圣洁，肯定她的权力，以及扩张她那专横的“教会”的统治领域。

---

① “研读、做记号、精通，或者了然于心”一句出自英国国教《祈祷书》中的《基督复临安息日特用短祷文》。

② 语出《圣经·新约全书·马太福音》第7章第17至20节：“凡好树都结好果子，唯独坏树结坏果子……所以凭着他们的果子就可以认出他们来。”

她为人类造福的事做得很少；为上帝的荣耀所做的则更少。成千条道路是用痛苦、用血汗、用浪费生命开辟的。群山被齐胸劈掉，岩石被一斩到底，这一切是为的什么呢？为的是好让神职人员可以通行无阻，直上青云，达到支配一切的显赫地位，由此，他们终于可以伸长他们那根摩洛[1]“教会”的节杖。

这可不行，上帝并不与天主教同在；只要人类仍然为救世主感到悲伤，那么救世主难道不会为天主教的残酷和野心而感到痛心，就像救世主曾经为遭厄运的耶路撒冷的罪恶和灾难而感到痛心一样吗？[2]

哦，热衷于权力的人们啊！哦，戴着主教冠的渴望拥有这个世界的众多王国的人们啊！即使对于你们，有一个时刻终会来到，那时候，对于你们的心会是有益的——你们的心随着每一次中断的跳动都会暂时衰竭一下——它们会明白：存在着一种胜过人类的同情心的慈悲；存在着一种比强大的死亡更强大的爱，这强大的死亡连你们也必须面对，而且在它面前倒下去；存在着一种比任何罪恶、即使是你们的罪恶更有影响力的仁爱；还存在着一种救赎世人的怜悯[3]——不，它会赦免教士们的罪孽。

我受到的第三个诱惑是来自天主教的盛大壮观的场面——它的王国的光荣。我是在庄严隆重的时刻被带到一些教堂里去的——那是在圣徒纪念日和国家庆典的日子里。他们让我参观教堂的宗教仪式和典礼。我就去看了一下。

---

① 摩洛，古代腓尼基宗教对重要男性大神的称谓。旧时解释其原意为“王”；近世有考证家认为，原为当时的宗教术语，专指以焚烧婴儿为祭品献祭的仪式。摩洛又是民间崇拜的太阳神巴力的别名。《圣经》中《利未记》和《列王纪》等处提到摩洛。

② 见《圣经 · 新约全书 · 路加福音》第 19 章第 41 至 44 节：“耶稣快到耶路撒冷看见城，就为他哀哭……因为日子将到，你的仇敌必将……四面困住你，并要扫灭你……”。耶路撒冷城曾于公元 70 年被罗马人毁灭。

③ 见《圣经 · 旧约全书 · 以赛亚书》第 63 章第 9 节：“他以慈爱和怜悯救赎他们。”

许多人——有男有女——在许多许多方面无疑都胜过我，他们对这种炫耀留下了深刻的印象，宣称虽然他们的“理智”提出异议，但是他们的“想象”却被征服了。我则无法苟同。全部的列队行进仪式也好，非常正式的望弥撒也好，密密麻麻的细枝小蜡烛也好，荡来荡去的小香炉也好，修女戴的帽子也好，人间少有的奇珍异宝也好，全都不能触动一点我的想象力。我所看到的种种给我的印象是花里胡哨，并不宏伟壮丽；是粗俗的物质，而不是富于诗意的精神。

我没有把这种想法告诉希拉斯神父，他已经上了年纪，道貌岸然；他在每一次没有结果的试验之后，在每一次又感到失望之余，个人待我仍然很友善，因此我生怕伤了他的感情。不过，有一天晚上，他们带我到一幢高大的房屋的阳台上，观看由全体教徒会和军队混合组成的一个庞大的列队行进的行列——教士们捧着圣物，军人们扛着武器，一位过分肥胖的年老的大主教，身穿披着网眼织物的麻纱修道服，看上去出奇地像一只披着极乐鸟羽毛的灰色的寒鸦，还有一群年轻姑娘们，奇形怪状地穿着长袍、戴着花环——直到这时候，我才把我的想法告诉保罗先生。

“我不喜欢这个场面，”我对他说。“我对这种典礼没有敬意，我但愿不再看到。”

既然用这一宣言透露了我的真心话，我就能够继续说下去，而且说得比我平常习惯的更流利和清楚，让他明白，我执意要遵守我的宗教改革派的信念。我对天主教越是看得多，就越是对新教教义依附得紧。毫无疑问，每个教会都有其错误之处，可是我现在发觉，我自己的宗教是多么严格，多么纯洁啊。你们从天主教涂脂抹粉的、华而不实的脸上揭去了面纱让我赞美，我却作了对比，得出这样的结论。我告诉他我们如何在自己和上帝之间举行较少的形式；实际上，也许只保留了在望弥撒的时候人类的本性认为必须遵循的形式。我告诉他，在如此的时刻，如此的环境之下，我必须专心致志地抬起奥秘的视觉仰望上帝，他的家就是无限，他的本质则是——永恒；在这样的时候，我无法怔怔地瞧着那些鲜花和金箔银箔，瞧着那些蜡烛和绣制品。我还告诉他，我一想到罪恶和不幸，想到人间的败坏、世人的堕落和沉重的世间悲哀，我就无法对那些唱赞美诗的教士们或者哑口无言的官员们感兴趣。我还说，在生存的痛苦和寿终的恐怖紧紧逼近我的时候——在对于未来的极大希望和无限怀疑在眼前升起的时候——在这种时候，即使是经过科学训练的素质，或者用有学问的死的语言所作的祈祷，都会因为制造了障碍而不断侵扰一颗渴望呼喊的心，它仅仅渴望呼喊一声：

“上帝啊，开恩可怜我这个罪人！[①]”

我如此这般说完了这番话，如此这般宣布了我的信仰，如此这般把我自己同听我说话的他远远地断开——这时候，终于传来了一个和谐一致的音调，一个响应的回声，一个在两个互相冲突的心灵之间的融洽协调的和音。

“不管教士们或者能言善辩者们说些什么，”伊曼纽埃尔先生软语轻声地说，“上帝是善良的，并且爱所有真诚的人。所以你能相信什么就相信什么吧；你能相信到什么地步就相信到什么地步吧。至少，我们有一句共同的祈祷词；我也这样呼喊——‘哦，愿上帝宽恕这个罪人！’”

他把身子靠在我的椅背上。沉思了一会儿以后，他又说道：

“上帝创造了全部苍穹，从他的鼻孔里所产生的生命，无论是在这里或者是在那边闪闪发光的星辰上，在他的眼睛里是怎么看的呢？——对于人与人之间的差异，他是怎么看的呢？不过，正像‘时’和‘空’不能对上帝来说一样，所以‘衡量’和‘比较’也不能对上帝来说。我

① 引自《圣经 · 新约全书 · 路加福音》第 18 章第 13 节。

们因我们的微不足道使我们自己谦卑，这样做是对的。然而，也有可能，一颗心的坚贞不移，以及遵照上帝所指示的圣灵的亮光而行动的一种精神的正直和忠诚，以一种只有上帝能感受得到的奇异的精神力量，对于上帝具有意义，就像卫星围绕行星、行星围绕恒星、恒星环绕那不可思议又无法达到的中心所做的正规运行具有意义一样。

“上帝引导我们所有的人吧！上帝保佑你吧，露西！”

第三十七章
阳　光

波琳娜只是在得到她的父亲同意她和格雷厄姆交往之后，才和他继续通信，这是很正确的。但是布列顿医师的住处离克莱西公馆近在咫尺，叫他如何不想方设法常常去拜访呢。我相信，在开头的时候，这对情人双方都有意彼此疏远，他们只限于尽力保持着表露互相爱慕这种意图，可是在感情上，他们却很快就难舍难分了。

格雷厄姆的本性中最好的品质全都向波琳娜献殷勤；他内心里所有高尚的东西都觉醒过来，而且在她面前不断增长。过去他对于樊箫小姐的爱慕之情，我想与他的智力没有什么关联，而如今，他的全部智力，以及他最高度的审美力都发挥作用了。这些，一如他的全部官能一样，都变得很活跃，渴望得到促进生长的东西，而一旦得到便会很快地觉得心满意足。

我不能说波琳娜故意引他谈论书本方面的事，或者有那么一会儿工夫正式地给自己提出任务，要赢得他去考虑，或者打算去改善他的心灵，或者认为他的心灵在任何一个方面还可能改善。因为她觉得他是十全十美的。那是格雷厄姆自己，开始时全属偶然，提起自己曾经看过一本书，她的回话之中听来有欣然赞同的和声，使他打心底里欣喜不已，于是他便谈开了，谈得更多，更精彩，也许超过他过去任何时候谈这个话题的情况。她兴味盎然地听着，兴致勃勃地应答。在每一句应对的答话之中，格雷厄姆都听见使他感觉到越来越优美的音乐；在每一句之中，他还发现一种使人产生联想的、有说服力的、有魔力的音调，在他心里打开一个鲜为人知的宝库，使他意识到自己脑子里有着未被料想到的力量，而且更可贵的是，他有着潜在的善心。他们彼此都着迷地欣赏对方语言风趣的韵味，彼此都能出奇迅速地理解对方话中的意思，他们的思想常常像经过仔细挑选的珍珠那样互相般配。格雷厄姆有着天赋的高高兴兴的好性子；波琳娜则并不拥有这种内在的活泼的气质——她不易激动，却喜欢沉思默想——不过，她现在显得像一只云雀一样欢乐，在她的情人跟前，舒适自在，她的眼睛里有一种柔和的令人欣喜的光。她沉浸在幸福之中的时候变得多么美丽，我简直无法描述，但是我见了惊讶不已。至于她那种温柔的冰块——她曾经依恃的那种矜持态度，如今到哪儿去了呢？啊！对此，格雷厄姆是受不了的；他身上具有的豁达大度的影响，不久便使那腼腆的、自己强加给自己的约束冰雪消融了。

此刻，他们正在寻根究底地谈论他们在布列顿镇的早年时代；开头可能是断断续续地谈，带着微笑，犹犹豫豫；然后，便开诚布公，并且谈得越来越知心了。格雷厄姆为自己创造了机会，比他希望我提供的机会更好。他已经获得独立行事的能力，不依赖于袖手旁观的露西所拒绝给予的从旁帮助了。他对“小波莱”的所有的回忆，都用他自己那张令人愉悦的、长得好看的嘴，在他自己的悦耳的音调之中，找到了恰当的表达方式；这比起如果由我来表达那不知要好多少倍。

我和波琳娜单独相处的时候，她曾经不止一次地告诉我说，她发现他对这件事的回忆是那样完整和准确，她感到多么奇妙和希罕；他望着她的时候，往事又怎样仿佛突然在他的脑海中活跃起来。他提醒她说，她曾经有一次把他的头抱在怀里，抚摸他那狮子般蓬松的美发，大声喊道：“格雷厄姆，我真喜欢你！”他还告诉她说，她从前怎样端来一张脚凳，放在他身旁，从这张凳子爬到他的膝盖上。他说，至今还能记得她那双小手抚摸他的面颊、伸进他那一头浓密的长发中的感觉。他还记得她那根小小的食指在他脸上划着，半是抖抖索索，半是心中好奇，把食指伸进他的下巴颏的肉缝里；也记得她口齿不清的话语，她那种神情，把肉缝称做“好看的酒窝”，还把眼睛盯着他的眼睛瞧，问为什么他的目光如此锐利，还对他说他有一张“漂亮而又奇怪的脸，比他的妈妈或者露西·斯诺的脸都漂亮得多，奇怪得多。”

“虽然当时我是个孩子，”波琳娜说，“我不懂自己怎么敢那么冒失行事。我现在觉得他看来神圣得很，他的头发是不可触摸的，而且，露西，望着他那结实的下巴颏儿，望着他那端正的希腊人的脸型，我觉得有点儿害怕。露西，对于女人，是用美丽这个词儿来形容的；可是他不像一个女人，因此我想他不是美丽的，可是该用什么词儿来形容他呢？别人是不是用我的眼光来看待他呢？你爱慕他吗？”

“让我告诉你我是怎么办的，波琳娜，”有一次，我对她的许多问话如此作答。“我从来都不真正地看见他。约摸一年以前，我瞧过他两三次，后来他认出了我，我以后就闭上了眼睛。如果每天在日落和日出之间，他打我的眼球前经过十二次，除非事后回忆，我必然简直不知道从我眼前经过的，究竟是什么样的形象。”

“露西，你这话是什么意思？”她压低着嗓音问道。

“我的意思是我对视觉很看重，深恐给弄得完全瞎掉。”最好是立刻给她一个强烈的答复，从而永远制止这些温柔的、热情的知心话，这些话在她的嘴唇上留下了甜甜的蜜，而有时候落入我的耳朵里——却是熔化了的铅水。她果然不再在我面前评论她的情人的英俊了。

不过，她仍然要谈到他。有时候，她羞羞答答地低声吐露片言只字；有时候，她用抑扬顿挫的娇柔声调，以及嗓音天然优美的曲调般的话语；可是，这时不时地使我烦躁得好苦；于是，我知道，我声色俱厉地对待了她，可是那万里无云的幸福使她那天生清晰的眼睛昏花了，使她只觉得露西这人——反复无常。

“斯巴达[①]式的姑娘啊！骄傲的露西啊！”她笑着对我这么说。“格

① 斯巴达，古希腊的重要城邦，建于公元前9世纪。统治者推行严格的军事教育，成年男子皆成战士。简朴、刻苦、坚忍和黩武精神是这个城邦的特点。

雷厄姆说你是他所认识的最特别的、变化多端的小妇人；然而你是很杰出的；我们俩都如此认为。”

“你们俩都根本就不知道自己认为什么，”我说。“请你们行行好，尽量别把我作为你们俩的谈话资料和考虑的题目吧。我有我的生活，跟你们的那种生活不相干。”

“不过，露西，我们的生活是美好的生活，或者将会如此；而你将与我们分享。”

“像你所理解的那种分享，我是不会去分享这个世界上哪个男人或女人的生活的。我想我拥有一位自己的朋友，不过这还不能肯定。在这一点确定之前，我将独个儿生活。”

“但是孤独是可悲的。”

“不错，是可悲的。然而，生活中有比孤独更糟糕的事。埋得比忧郁更深的是令人心碎的事。”

“露西，我不知道会不会有什么人能够完全了解你。”

在恋爱的人身上都有某种自私自利的痴迷不悟；他们总要有一个对于他们的幸福的见证人，不管要为那种见证付出多大的代价。波琳娜曾经禁止过书信来往，可是布列顿医师却写了信。她曾经打定主意反对通信，可是却回了信，尽管写信只不过是责备对方。她让我看那些信，带着几分给宠坏了的孩子的任性和女继承人的专横跋扈的态度要我非看不可。我看了格雷厄姆的信，便对她死活要我看几乎不感到诧异，对于她的得意也有所理解了。那些信确实写得很出色——既有男子气概又充满柔情，既谦恭文雅又殷勤体贴。她的信在他眼中也一定是优美的。她写那些信并非在于炫耀自己的才能，我觉得更非在于表白自己的爱情。正好相反，她似乎对自己提出任务，要掩饰那份感情，并且约束她的情人的激情。可是这样的信怎么能达到这种目的呢？格雷厄姆已经变得像她自己的生命一样可贵了。他像一块强有力的磁铁一般吸引着她。凡是他说的、写的、想的或者看上去的一切，对她都有着无法形容的影响。她的信有着这种没有供认出来的供状，因而显得光彩照人。这种供状使她的信激情迸发，从起首问候到末尾告别都是火热火热的。

“我希望爸爸知道；我巴不得爸爸知道！”她这会儿开始焦急不安地低声说道。“我希望，但是我又害怕。我几乎无法拦住格雷厄姆去告诉他。我最渴望的事莫过于把这件事情安排定当——去大胆地直言相告，可是我又害怕这个关键时刻。我知道，我肯定，开头爸爸会发怒的；我担心，他差不多要讨厌我的。他会觉得这似乎是一件不幸的事情；他会感到意外，感到震惊。我简直无法预见这件事对他的全部影响将会怎样。”

事实是——她的父亲长期以来心情一直是平静的，如今有点儿波动起来。长期以来，对于一件事视而不见，如今一直搅扰不休的亮光开始弄得他的眼睛难受了。

她的父亲对她什么也没有说；可是当她不朝她的父亲看，或者可能并不想着他的时候，我瞧见他怔怔地盯着她看，并且为她陷入沉思。

有一天晚上——波琳娜在她的梳妆室里写信，我相信是写给格雷厄姆的。她撇下了我，让我独个儿待在书房里看书——这时候，德·巴桑皮尔先生走进书房。他坐了下来，我正打算退出去，他却要求我待在那儿——态度温文尔雅，可是显出希望别人遵从的样子。他是坐在靠近窗户的位子上，离我有一段距离。他打开书桌的抽屉，从里面取出一个像是备忘录的本子。他把这个本子里的某一项记载细细看了好几分钟。

“斯诺小姐，”他把本子放下，说道，“你知道我的小姑娘有多大了吗？”

“大约十八岁，不是吗，先生？”

"看来是这样。我从这个旧笔记本里看到她生于一八××年 5 月 5 日，也就是十八年以前。真是怪事，我竟然未能正确估计她的年龄，还以为她才十二岁——十四岁——把日子记得模糊不清。不过她看上去像个孩子啊。"

"她差不多十八岁了，"我重又说道。"她已经长大了；不会再长高了。"

"我的小宝贝！"德·巴桑皮尔先生说话的口音有些像他女儿的口音那样尖利。

他坐在那儿深深地沉思着。

"先生，别伤心，"我说，因为我了解他的感触，尽管他一点儿都没有说出来。

"她是我仅有的一颗明珠，"他说。"现在人们会发现她纯洁无瑕，是无价之宝，他们对她会垂涎欲滴。"

我没有回答他。这天晚上格雷厄姆·布列顿曾经跟我们一起吃了晚饭，在谈吐和容貌两方面都光彩熠熠。我不明白是什么样的青春自豪感装饰了他的外表，炼成了他的人际交往的本事。在一个强烈的希望刺激之下，他的整个态度之中展露出了某种东西，使人不得不加以注意。我觉得他有意要在这一天表明他这番苦心的起因和他一心追求的目标。德·巴桑皮尔先生发现自己在某种意义上被迫去辨认方向，去弄明白他的敬意的性质。他尽管作出结论来是迟缓的，在推理方面却有逻辑头脑。一旦让他抓住线索，这线索就引导他穿过长长的迷宫。①

---

① 典出希腊神话。克里特岛国王弥诺斯之子被雅典人杀害，国王要求雅典人每年进贡七对童男童女给住在迷宫里的人身牛首的弥诺陶洛斯（弥诺斯的妻子和海牛所生的怪物）食用。雅典城邦的英雄忒修斯前去除怪，进入迷宫遇险。弥诺斯的女儿阿里阿德涅爱上忒修斯，给了他一个线团，因而得救。忒修斯又靠了这个一端拴在迷宫门口的线团才走出迷宫。

“她在哪儿？”德·巴桑皮尔先生问道。

“在楼上，”我说。

“她在做什么？”

“在写信。”

“她写信，是吗？那么她收到什么信了吗？”

“除了她可以给我看的信之外，没有其他的信。而且——先生——她——他们早就要跟你商量了。”

“啐！他们可没有想到我——这个年迈的父亲！我碍事呢。”

“啊，德·巴桑皮尔先生——不是这样的——不可能是这样的！不过波琳娜必须为自己表白一下；而布列顿医师也必须成为他自己的辩护者。”

“有点儿迟啦。看来事情已经进展到一定的程度了。”

“先生，在没得到你的许可之前，什么事都还没有个准儿呢——他们只不过彼此相爱着。”

“只不过是！”他也跟着说。

既然命运安排我充当人家的知己和调解人，我不得不继续说下去：

“先生，布列顿医师曾经千百次差点儿开口向你恳求，可是，尽管他这个人具有超凡的勇气，却怕你怕得要命。”

“他倒是完全有可能——完全有可能怕我的。他已经碰到了我的心肝宝贝了嘛。要是他没有去打扰她，在几年之内，她会仍然是个孩子。就是这样！他们订婚了没有？”

“没有得到你的许可，他们不可能订婚的。”

“斯诺小姐，你完全可以说得这样得体，想得如此周到，这一直符合你的性格。可是这件事对我来说，实在令人伤心。我的小姑娘是我的一切。我没有别的女儿，也没有儿子。布列顿满可以到别处去物色；又富有又漂亮的女人有的是，我敢说她们不会不喜欢他的。他品貌双全，又有地位。难道除了我的波莱以外，就什么也不能使他满足吗？”

“要是他从来没有见到你的‘波莱’，别人可能会使他中意——譬如说吧，你的外甥女樊箫小姐。”

“啊！我打心底里愿意把姞妮芙拉给他；可是，说到波莱！——我可不能让他得到她。不——我不能。他配不上她，”他斩钉截铁、相当粗暴地说。“在哪一点上他跟她般配呢？人们尽谈财产！我不是一个贪得无厌的人，或者一个带有偏见的人，可是世人就是考虑这些事情——而且波莱将会富有。”

“是的，这一点大家都知道，”我说。“整个维莱特都知道她是一个女继承人。”

“他们用这种眼光来谈论我的小姑娘吗？”

“他们正是这样，先生。”

他深深地陷入了沉思。于是我放胆问道：

“先生，你是否认为有谁配得上波琳娜呢？在你的心目中是不是有个胜过布列顿医师的人选呢？你是否认为更高的地位和更多的财富会使你在感情上对未来的女婿大有不同呢？”

“你这话触痛了我，”他说。

“就看看维莱特的贵族们吧——先生，你是不会喜欢他们的吧？”

“我决不会喜欢——这整个儿公爵、男爵或者子爵什么的，我一个都不喜欢。”

“先生，我听人家说他们之中有许多人爱慕她，”我发现他没有表示反感，而是留心地听我说话，便有了勇气继续往下说。“因此，如果布列顿医师被拒绝了，其他的求婚者会接踵而来的。我觉得，不论你们走到哪儿，追求者都不会缺少。据我看来，波琳娜使见到她的大多数人着迷，这与她的女继承人的地位无关。”

“她是这样的吗？怎么会呢？我的小姑娘不是被别人看做一个美人儿了吧？”

“先生，德·巴桑皮尔小姐长得非常美。”

“胡说！——对不起，斯诺小姐，不过我认为你太偏袒她了。我是喜欢波莱，我喜欢她的一举一动，她的整个外表——可是话说回来，我是她的父亲；即使是我都从来没有觉得她美不美。对我说来，她带来欢乐，像个小仙女，十分有趣。你认为她漂亮吗？你肯定错了吧？”

“她很吸引人，先生。没有你的财富和地位这些有利条件，她会照样吸引人。”

“我的财富和地位！难道这些东西对于格雷厄姆是诱饵吗？要是我这样想的话——”

“德·巴桑皮尔先生，你可以肯定布列顿医师完全知道这些情况，并且会像任何绅士一样重视它们——正像你自己在同样的情况下也会重视的那样——不过，它们对他并不是诱饵。他深深地爱着你的女儿，感觉到她的最美好的品质，这些品质给了他可贵的影响。”

“什么！我的小宝贝儿有‘最美好的品质’吗？”

“啊，先生！那天晚上，有许多地位显赫、学问渊博的人士在这儿进晚餐的时候，你有没有注意她？”

“那天我见到她有那样的风度，确实使我觉得印象深刻，感到很惊讶。那种女人家的气派使我颔首微笑。”

“你有没有瞧见她在客厅里被那些多才多艺的法国先生们围在中间？”

“我瞧见了；不过我以为那是为了放松一下——就像一个人会去逗弄一个活泼美丽的婴孩玩儿似的。”

“先生，她表现得卓尔不群，我听见那些法国绅士们说她是‘才智与优美的混合’。布列顿医师也这样认为。”

“她是个可爱的好孩子，这是肯定的；而且我确实相信她具有某些好品格。我现在回想这方面，想起有一次我病了，波莱护理我。他们都以为我好不了啦，我记得在我病情加重的时候，她却立即变得更为坚强，更为体贴。我的身体复元以后，她多么像我的病房里的一道阳光啊！是的，她就像光那样在我的椅子周围无声无息地、令人愉快地闪来闪去。而如今，人家要向她求婚了！我可不让她离开我，”他说，不禁呜呜地呻吟起来。

“你认识布列顿医师和布列顿太太已经很久了，”我提醒他说，“把她嫁给他比嫁给别人，像是别离的程度会少一些。”

他有点儿神色沮丧，心中思考着。

“这倒是真的。我认识路易莎·布列顿已经很久了，”他喃喃地说。“她和我确实是很老很老的朋友。她年轻的时候是个又可爱又和蔼的姑娘。斯诺小姐，你谈到美！要谈漂亮的话，她才美呢——高高的个子，苗条的身材，充满青春活力——并不像我的心目中的波莱那样，仅仅是个孩子，或者是个小精灵。路易莎十八岁的时候，那种仪态万方的样子简直适合做个公主。如今她是一位秀丽的、一位好心的妇人。那个小伙子正像她，我向来这么认为，并且喜爱他，祝愿他顺心如意。而现在倒好，他用这种强盗行径来报答我！我的小宝贝儿过去一直亲密地、忠实地爱着她的老爸爸。毫无疑问，现在全完了——我是个累赘了。”

房门被打开——他的“小宝贝儿”走了进来。看她一身打扮，可以这样说，是夜晚的美人儿。有时候在昼夜交替时会出现的兴奋情绪使她的眼睛和面颊都变得火热。一抹夏日的绯红色彩更加深了她的面色。她的鬈发完全松开，长长地披在她的百合花般的脖子上。她的白色的连衣裙对于 6 月的炎热是很合适的。她原以为我只是一个人待着，手里拿着一封她刚写好的信——信折了起来，但是没有封住，是准备让我看的。一看到她的父亲也在那儿，她的轻快的脚步缩回了一下，站住了一会儿——她的面颊上的红晕泛起，把整个脸蛋儿都染成了玫瑰红。

“波莱，”德·巴桑皮尔先生面带严肃的微笑，放低声音说道，“你是看见爸爸而脸红的吗？这可是件新鲜事儿。”

“我没有脸红——我从来不脸红的，”她这样断言，可是同时心中的另一阵旋涡把它的红潮又升了上来。“不过我以为你在餐厅里呐。我要找的是露西。”

“我猜想，你原以为我是跟约翰·格雷厄姆·布列顿在一起，是吗？不过他刚刚被人叫出去了，一会儿就会来的，波莱。他可以替你寄信，这样便可以像他所说的那样，好省掉玛太‘跑一趟’。”

“我不是要寄信，”她有点儿生气地说道。

“那么你写了那些信干吗？——走过来，告诉我。”

她的内心和姿态似乎都踌躇了一会儿——然后说：“我得走过来吗？”——可是她还是走了过去。

“波莱，你变成一位书信作家有多久了？那仿佛只不过是昨天的事，你两只手抓住一支笔，用尽吃奶的力气写出歪歪扭扭的字来。”

“爸爸，我写的可不是要放到你的信袋里送出去邮寄的信；我写的只不过是一些短笺，我偶尔写了亲手交给一个人，就是为了让人满意。”

“一个人！我想你指的是斯诺小姐吧？”

“不是，爸爸——不是露西。”

“那么是谁呢？也许是布列顿太太吧？”

“不是，爸爸——不是布列顿太太。”

“那么，是谁呢，我的小女儿？把实情告诉爸爸。”

“哦，爸爸！”她真心实意地叫喊道，“我会的——我会把实情告诉你的——全部实情。我现在就乐意告诉你——乐意，虽然我哆嗦了。”

她果真在哆嗦着。那在增长的兴奋、在燃烧的感情，还有那在鼓起的勇气，都使她激动不已。

“爸爸，我不愿意对你隐瞒我的行为。除了上帝，我怕你和爱你超过任何事物。请看这封信吧，看那上面的地址。”

她把信搁在他的膝盖上。他拿起来从头看到尾，其间手一直在颤颤发抖，眼睛在闪闪发光。

他把信重新折好，带着惊奇、温柔和悲悲切切的愕然的神色，打量着这位写信者。

“她能够这么写吗？——这个不过是昨天还绕膝偎傍我的小东西呀？她能有这样的感觉吗？”

“爸爸，这事做错了吗？这事使你痛苦吗？”

“这件事情没有错，我的天真烂漫的小玛丽；可是它使我痛苦。”

“可是，爸爸，你听我说！你决不会因我而痛苦的。我会放弃一切的——几乎是”（她纠正了自己的话。）“我宁可死，也不愿使你不快活；因为那样做太没良心了！”

她说着打了个寒战。

“这封信教你不高兴吗？这封信必须不发出去吗？必须把它撕掉吗？我会为了你这么做的，只要你吩咐。”

“我什么也不吩咐。”

“爸爸，吩咐我做什么吧；把你的希望说出来。只是不要伤害格雷厄姆，不要使他伤心。我不能，不能忍心。爸爸，我爱你；但是我也爱格雷厄姆，因为——因为——要我不爱他是不可能的。”

“波莱，这个了不起的格雷厄姆是个剪径强盗——这是我目前对他的看法。你听了这句话会感到大吃一惊，而在我这方面来说，我是一点儿也不爱他。啊！多年以前，我在这个小伙子的眼睛里看到了一种我怎么也无法探测其底蕴的东西——那是他的母亲所没有的——一种深度，它告诫别人要是在那条河流中涉足，可不要蹚水蹚得太远。如今，我突然发现自己已经灭顶了。”

“爸爸，你并没有——你还未曾跌进去呢。你平平安安地待在河岸上呢。你尽可以按照你的心意去做，你有的是暴君的权力，要是你喜欢这么残酷的话，明天就可以把我关进女修道院，把格雷厄姆弄得魂飞心碎。喂，独裁者，喂，沙皇，你要这么干吗？”

“让他滚到西伯利亚去，那红色的髭须等等统统都滚。波莱，我说我不喜欢他，我不懂你为什么偏偏会喜欢他。”

“爸爸，”她说，“你可知道你是非常会瞎胡闹的吗？我过去从来没有见过你这么讨厌，这么不公正，这么差不多是怀恨在心的样子。你脸上的表情不像是属于你的。”

“滚他的蛋！”霍姆先生继续大声说，看上去他确实非常生气和恼怒——甚至带点儿仇恨。“可是，我想，如果他走了，波莱是会打点行装去追随他的。她的心已经完全被逮走了——逮走了，并且跟她的老爸爸断绝了。”

“爸爸，我说这样讲话是瞎胡闹，明摆着是错的。我并没有跟你断绝，而且没有一个人、也没有任何世间的力量能够使我断绝。”

“你结婚去吧，波莱！嫁给那个红胡子。不再做一个女儿，去做一个妻子吧！”

“红胡子！我不知道你这话是什么意思，爸爸。你得注意不要抱有偏见。你有时候对我说你所有的苏格兰同胞是偏见的牺牲品。现在我觉得你这句话得到证明了，因为你把红色和深棕色混为一谈。”

“离开我这个抱有偏见的苏格兰老头儿，走吧。”

她站在那儿盯着他瞧了一会儿。她要显示出她的坚定沉着，超然于这些挖苦讥刺的话之上。她曾经料到现在正在发生的这样一幕，因为她了解她父亲的脾气，猜到他近来的一些小毛病。她并不感到大吃一惊，只希望尊严地让事情过去，这一点要依靠如何作出反应。可是她的尊严对她没有用处。突然之间，她的心灵在她的眼睛里融化了，她一下子抱住他的脖子，喊道：

“爸爸，我不离开你；我永远也不离开你。我不想使你痛苦！我永远不想使你痛苦！”

“我的小羔羊！我的好宝贝！”这位虽然严峻然而慈爱的父亲轻声叫唤道。此时此刻，他不再说话了；说真的，刚才那两句词儿他吐音是沙哑的。

这会儿，房间里在暗下来。我听得有动静，屋外有脚步声。我想可能是有个仆人送蜡烛来，为了防止他的闯入，我把门轻轻打开。连接正厅的前厅里并没有仆人，却见一个高身材的绅士正站在那儿，把帽子放在桌子上，慢条斯理地脱去手套——我觉得他是故意延长时间，在等待着。他招呼我既不是用手势，也不是开口，然而他的眼睛在说话：

“露西，到这儿来。”我就走了过去。

他朝下望着我的时候，面露笑容。只有他那种性格脾气会用一个微笑来表达那种此时此刻在使他火烧火燎似的焦虑不安了。

“德·巴桑皮尔先生在这儿——不是吗？”他指着图书室，问道。

“是的。”

“吃晚饭的时候他注意到我了吧？他了解我了吧？”

“是的，格雷厄姆。”

“那么我被提出来审查了，她也被审查了吧？”

“那位霍姆先生（我们现在称呼他霍姆先生，有时也一直继续这样称呼他）正在和他的女儿谈话。”

“哈！露西，这可是个严峻的时刻哪！”

他心里七上八下的，那双年轻人的手哆嗦着；一种生命所系的（我刚想写上要命的，可是这一类词儿用在像他这样生龙活虎的人身上，显得不够恰当）——一种生命所系的悬念一会儿使他屏住呼吸，一会儿又使他气喘吁吁。在这种种的折磨之中，他的笑容始终都没有收敛。

"他非常生气吗，露西？"

"她非常忠诚，格雷厄姆。"

"我会受到怎样的对待呢？"

"格雷厄姆，你必定会吉星高照的。"

"必定会这样吗？仁慈的预言家！我受到如此鼓舞，如果还畏畏缩缩，那么我真是个懦夫了。我想我发现所有的女人都是忠诚的，露西。我应当爱她们，而且我是爱她们的。我的妈妈是善良的——她是神圣的；而你像钢铁一般坚实可靠，不是吗？"

"是的，格雷厄姆。"

"那么把你的手给我吧，我的小教妹。对我说来，这是一只友好的小手，而且一直都是这样。现在在助我干伟大的冒险，愿上帝与正义同在。露西，说声'阿门！'①"

他转过身来静候我说"阿门！"——为了使他高兴，我就说了。我按他所吩咐的做了之后，先前的魔力又回来了。我祝他成功，我也知道他会成功的。他生来就是个胜利者，正如有些人生来就是被征服者一样。"跟我来！"他说；于是我便跟着他走进去，来到霍姆先生的面前。

"先生，"他问道，"给我的判决是什么？"

那位做父亲的望着他；那位做女儿的一直蒙住自己的脸。

"咳，布列顿，"霍姆先生说，"你对于我的殷勤好客给了通常惯见的报答。我款待了你，你却已经拿去了我最最好的东西。我过去见到

① 阿门，基督教徒祈祷时的结束语，意为：诚心所愿。原为希伯来语。

你总是很高兴；你则是见到我所拥有的一件宝贝而很高兴。你对我说话的态度彬彬有礼；与此同时，我就不说你掠夺了我，可是我蒙受了失女之痛；而且看来，我之所失，正是你之所得。”

“先生，对此我不感到后悔。”

“后悔！要后悔的可不是你！毫无疑问，你胜利了。约翰·格雷厄姆，你有一部分是继承了一位苏格兰高地人并且是一位首领的血统，在你的全部外貌、言语和思想之中，都有着凯尔特人[①]的痕迹。你既有这一人种的机灵精巧，又有其迷人魅力。那红色的——（好吧，波莱，那金色的）头发，那花言巧语的舌头，那诡计多端的头脑，全都是遗传得来的。”

“先生，我觉得自己是够正直的，”格雷厄姆说，一阵真正英国人的红晕漫布于他整个脸蛋儿，为他的真诚笃实提供了热烘烘的证据。“然而，”他补充说道，“我不否认在有些方面你对我的指责是公正的。在你面前，我一直有一个不敢向你公开的想法。这个世界为我而诞生的那件最珍贵的宝贝，我的确认为你是其所有者。我希望得到它；我努力争取得到它。先生，我现在向你请求。”

“约翰，你的请求太过分了。”

“非常过分，先生。必须出于你的宽宏大量，作为礼物给我才行；必须出于你的公正，作为奖赏给我才行。单靠我自己是怎么也得不到的。”

“哎！听听这种苏格兰高地的巧言利口啊？”霍姆先生说。“波莱，抬起眼睛来看看！回答这位‘好得邪行的[②]求爱者’吧，把他撵走。”

她抬起眼睛来，羞答答地看一眼她的那位渴望着的漂亮的求婚者，然后又温柔地凝视着她的那位满脸皱纹的父亲。

---

① 凯尔特人，其人种以体格高大、皮肤白皙、身强力壮，爱好冒险为特征。

② 原文为braw，是苏格兰语“极好的”之意。

“爸爸，你们俩我都爱，”她说，“你们俩我都能照料。我无须把格雷厄姆撵走——他可以住在这儿；他不会引起什么不方便，”她十分肯定地说，用的是有时往往叫她的父亲和格雷厄姆两人不禁哑然失笑的那种纯朴坦率的措词。这会儿他们又笑了起来。

“他会对我极其不方便，”霍姆先生仍然坚持说。“波莱，我不要他，他个子长得太高，他挡着我的道儿。叫他开步走吧。”

“爸爸，你会对他慢慢习惯的。开头我也觉得他个子高得吓人——我抬头朝他望去的时候，他像是一座塔楼，可是，总的说来，我宁可他不是另外的模样。”

“波莱，我彻头彻尾地反对他；我没有女婿也过得挺好。我怎么也不会要求国内哪个最好的男子同我建立起这种亲属关系来。把这位绅士打发走吧。”

“可是他认识你已经这么久了，爸爸，而且跟你这么合得来。”

“跟我合得来，千真万确！不错，他假装我的见解和爱好就是他的见解和爱好。他如此迎合我当然大有道理啰，波莱，我觉得你和我都应该向他道一声再见。”

“只不过是明天再见。爸爸，跟格雷厄姆握手吧。”

“不，我不想这样做，我跟他可不是朋友。你们俩别想合计着哄我。”

“真的，真的，你们是朋友——格雷厄姆，伸出你的右手。爸爸，伸出你的右手。好啦，让两只手接触吧。爸爸别这样僵硬，把手指握拢来；柔顺些——对啦！可是这不是握手啊——这是抓手！爸爸，你像一把老虎钳一样抓住不放。你把格雷厄姆的手捏得骨头都要碎了；你伤了他了！”

他想必已经伤了他，因为他戴着一只粗大的戒指，上面镶着一圈多面形钻石，那些尖利的刻面扎进格雷厄姆的肉里，扎出血来了。可是疼痛却仅仅使约翰医师大声笑起来，正如刚才焦虑不安曾经使他微微一笑一样。

“跟我到我的书房里来吧，”霍姆先生终于对这位医师说。他们便去了。他们的会谈时间不长，但是我猜想那是有决定意义的。那位求婚者不得不经受对许多事情的讯问和详细审查。不管布列顿医师是否有时在神态和言谈之中显得狡猾，他在根底上却有着坚实的基础。我事后得知他的答话表明了既有智慧又很诚恳。他把自己的事情处理得很好。他从难以脱身的纠缠之中挣扎出来了，他的运气正在恢复途中；他证明自己有条件结婚。

那位父亲和那位情人又一次出现在图书室里了。德·巴桑皮尔先生把门关上，朝他的女儿指着。

“娶她吧，”他说。“娶她吧，约翰·布列顿；愿上帝对待你就像你对待她那样吧！”

不久以后，也许是两个星期，我瞧见德·巴桑皮尔伯爵、他的女儿和格雷厄姆·布列顿医师，他们三个人在池边森林那座宫殿的庭院里，坐在一棵枝叶低垂、浓荫铺展的树下的一张凳子上。他们来此消磨夏日的黄昏；气派宏伟的大门外，停着等待送他们回家的自备马车；一大片、一大片绿油油的草皮在他们周围延伸开去，安安静静，朦朦胧胧；那座宫殿在远处矗立着，像彭特利库斯山①的巉崖一样雪白；那颗金星在宫殿的上空闪烁着；一片花团锦簇的灌木丛林使这一地带的空气里都弥漫着芬芳；这个时辰是静悄悄的、甜蜜蜜的；这个场景，要是没有这三个人，是冷清落寞的。

波琳娜坐在两位绅士中间。他们两人交谈的时候，那双小手在忙

① 彭特利库斯山，希腊雅典东北部的一座山，高 1109 米，产白色大理石；著名的雅典娜女神殿堂建于此山顶上。

着干什么活儿。开头我还以为她在扎一束鲜花。不是；只见一把小剪刀在她的裙兜上闪闪发光，原来她刚才从每一位男士的头上都剪下一绺珍藏品，这时候正忙于把一绺白发和一绺金色的鬈发编在一起。辫子编成了——手边却没有丝线把它扎起来——她自己的一绺头发便弄下来移作此用。她把它扎得像一个花结，然后搁在一只纪念品盒[1]里，合上，贴着她的心放着。

“好啦，”她说，“一个护身符已经做成了，它具有使你们俩永远友好的功效。只要我佩戴着这个护身符，你们俩就决不能吵嘴了。”

一个护身符果真做成了，它形成一个符咒，使得敌意不可能发生。她变成了他们两人的一根纽带，一种能左右他们两人的影响力，一项共同的协约。她从他们获得自己的幸福，她所借来的东西，她都连本带利地给予偿还。

在世间真有这样的幸福吗？我注视着如今结合在一起的那位父亲、那位女儿和那位未来的丈夫的时候，如此问着——他们全都蒙受福佑，并且感恩不已。

是的；是这样的。没有加以任何浪漫色彩的渲染，也没有任何幻想的夸张的手法，事情就是这样的。某些现实生活中的人——在某些日子里，或者年份里——的确在实际上先于别人得到天堂里的幸福；而且，我相信，一旦让善良的人们感受到这种完善的幸福(它永远不会降临到邪恶的人身上的)，它那甘美的作用便决不会完全消失。不管随之而来的考验，不管是什么样的疾病的痛苦或者死亡的阴影，那先前的光轮依然射穿那苦难而大放光芒，使剧烈的痛苦得到安慰，给厚厚的云层染上色彩。

我还要进一步谈谈。我确实相信人类中有些人从柔软的摇篮到宁

---

① 纪念品盒，用以珍藏亲人头发或小照片等物的金或银制成的盒子，通常悬挂在项链上。

静的、人生终期的坟墓，如此诞生，如此受培养抚育，如此被引领指导，以致始终没有极度的苦难来侵入他们的命运，也没有狂风暴雨的沉沉黑暗来笼罩他们的旅途。这些人，往往倒并不是娇生惯养的、自私自利的，而是上天所挑选的人，他们随和融洽、宽厚仁慈；这些男男女女有仁爱之心因而性情温和，是上帝的善良特性的善良的代理人。

让我不要耽搁了这件喜事的真情实况吧。格雷厄姆·布列顿同波琳娜·德·巴桑皮尔结了婚，布列顿医师确实证明了自己是这样一位代理人。他并不因天长日久而蜕化变质；他的缺点渐趋衰退；他的优点日益成熟。他在理智的通晓练达方面成长起来；他在道德的利益方面所得匪浅。渣滓全部滤尽了，清澈的酒被净化得又明亮又沉静。他的可爱的妻子的命运同样是明亮的。她保持着丈夫的爱情，她帮助丈夫的事业发展——她是他的幸福的基石。

这一对夫妇确实受到上帝的保佑，因为年复一年给他们带来了极大的兴旺昌盛，也带来了极大的善良德性；他们慷慨大方地、然而是明智地给人以关怀。不用说，他们也经历了种种磨难、失意和困顿，不过这一切他们都承受过来。而且，不止一次，他们必须仰望着那芸芸众生几乎不能在活着的时候看见他的脸的上帝。他们还不得不向惊吓的王[①]进贡。在注定的年月，德·巴桑皮尔先生被带走了；路易莎·布列顿则在高龄的时候老成凋谢。有一次，甚至在他们的厅堂里响起了哭声，一如拉结为她的孩子哭泣[②]那样。布列顿医师在一个儿子的身上看见自己又重新开始生活，这个儿子酷肖他的外貌和气质。他还有

---

① 惊吓的王，即“死神”。见《圣经·旧约全书·约伯记》第 18 章第 14 节：“他要从所倚靠的帐棚被拔出来，被带到惊吓的王那里。”

② 拉结，《圣经》中的人物；雅各之妻，约瑟和便雅悯之母。据《圣经·旧约全书·耶利米书》第 31 章第 15 节记载：“耶和华如此说，在拉玛听见号咷痛哭的声音，是拉结哭他儿女不肯受安慰；因为他们都不在了。”

几位像他自己一样稳重端庄的女儿。他温文尔雅、却又严格要求地栽培他们；他们按照遗传和环境因素成长起来。

总而言之，格雷厄姆和波琳娜这两位的生活幸福美满，就像雅各①所喜欢的儿子那样，有“天上所有的福，地里所藏的福”，我这样说的时候，不过是说出了真情实况而已。事情正是如此，因为上帝认为这样好。

① 雅各，见第33页注①。雅各与妻妾四人生十二子和一女；他最宠爱的儿子是约瑟。《圣经·旧约全书·创世记》第49章第25节，雅各对约瑟说：“你父亲的神必帮助你，那全能者必将天上所有的福、地里所藏的福，以及生产乳养的福，都赐给你。”

第三十八章
阴　云

可是并非所有的人都是这样的。那么又怎样呢？神的意旨必得成全，无论我们是否谦卑恭谨地顺从，也确实无疑，必得成全。创世的冲力推动它向前；肉眼看得见的或看不见的神威的力量主管着它的完全实现。对于来世必须有一个证明。只要有需要，哪怕是有血有火[1]，也必须把这个证明写下来。哪怕是有血有火，我们都要寻遍整个大自然，去追索证明。它确实是有血有火，与我们自己的经验相违背。受苦受难的人啊，决不要眼见这烈火熊熊的见证而恐怖，以致昏厥吧。困乏的徒步旅行者啊，束好你的腰带[2]，准备行动吧，仰望苍天，迈步向前。朝圣者们和公开忏悔的教友们，友爱地结伴前进吧。贯穿着这个世界的旷野[3]上的一片混沌伸展在我们大多数人的道路上，让我们的步伐平稳而坚定；让我们把我们的十字架作为我们的旗帜。我们有神的允许作为拐杖，他的“话是净炼的，他的道是完全的”；[4]我们目前的盼望是天意，“你把你的救恩给我作盾牌，你的温和使我为大。”[5]我们最后的家是他的怀抱，他“住在高天”[6]，至高无上的奖赏是极大而永恒的荣耀。让我们向前奔去，才可以获得；让我们像好兵丁一样含辛茹苦；让我们走完我们的道路，保持信仰，在结局时，我们将不只是征服者而已：“耶和华我的神，我的圣者啊，你不是从亘古而有么？我们必不致死！”[7]

在一个星期四的早上，我们都聚集在班级里，等待上文学课。时间到了，我们期待教师的到来。

第一班级的学生们十分安静地坐着；上次课堂上布置的作文已经字迹工整地写成，用缎带整齐地扎好，放在各自面前，等待那位教授快步沿着各张课桌走一圈的时候亲手收去。现在是 7 月，这天早上天气晴朗，那扇玻璃门半开着，打那儿吹进来一阵清新的微风；养在门框过梁上的花草摇曳着，飘垂下来，向教室里窥探，仿佛在窃窃私语，传布消息。

伊曼纽埃尔先生并不总是很准时的，因此对于他迟到一会儿我们并不感到诧异，然而门终于打开的时候，我们看到进来的并不是那位行动敏捷、风风火火的伊曼纽埃尔先生，却是那位谨慎小心的贝克夫人，她不声不响地出现在面前，我们不禁感到意外。

她朝保罗先生的课桌走去，在那儿站住，把那条披在肩膀上的轻薄的披肩裹得紧一些，开始说话，声调是低沉的，然而坚定有力；她目不转睛，直直地朝前看。

“今天上午不上文学课了。”

过了约摸两分钟的停顿之后，她才接着讲第二段话。

“可能这门功课要暂停一个星期。我需要这么一段时间去找一位能胜任的人来代替伊曼纽埃尔先生。在这期间，我们研究一下怎样好好利用这一段空白。

“小姐们，”她继续说，“你们的教授说，有可能的话，到时候他要

---

① 语出《圣经·新约全书·使徒行传》第2章第19节：“在天上我要显出奇事，在地下我要显出神迹，有血、有火、有烟雾。”

② 源出《圣经》成语：gird up the loins。见《圣经·新约全书·彼得前书》第1章第13节：“所以要约束你们的心，谨慎自守，专心盼望，耶稣基督显现的时候所带来给你们的恩。”后来这一成语用作“准备旅行”或“准备行动”之意。

③ “这个世界的旷野”引自英国作家班扬（1628—1688）寓言式作品《天路历程》的第一句。

④ 源出《圣经·旧约全书·撒母耳记下》第22章第31节，以及《圣经·旧约全书·诗篇》第18篇第30节，原句是：“至于上帝，他的道是完全的。耶和华的话是净炼的。”

⑤ 源出《圣经·旧约全书·撒母耳记下》第22章第36节：“你把你的救恩给我作盾牌。你的温暖使我为大。”

⑥ 源出《圣经·旧约全书·约伯记》第22章第12节，原句是：“上帝岂不在高天么。你看星宿何其高呢。”

⑦ 全句引自《圣经·旧约全书·哈巴谷书》第1章第12节。

来向你们告别。目前他没时间顾及这一礼节。他正在为出远门做准备。一项非常突然的紧急任务的召唤，要求他到十分遥远的地方去。他已经决定无限期地离开欧洲。也许他会亲自告诉你们更多的情况。小姐们，今天早上不再上伊曼纽埃尔先生通常教的课了，而是由露西小姐来教你们英语。”

她谦恭有礼地点一点头，把披肩往身上拉得更紧一些，便离开这个班级，走了出去。

整个教室陷入了一片深深的寂静，接着四下里响起了喃喃低语声。我觉得有些学生在暗暗地流泪。

一些时间又过去了。嘈杂声、低语声和偶然发出的嘤嘤啜泣声增长起来。我意识到纪律松懈了，可以说秩序越来越乱了，似乎我的女学生们觉得警戒已经被解除，监管实际上在这个班级里已经不存在。习惯和责任感使我能够很快地精神振作，使我像平时那样站起来，使我用平时的语调说话，使我责令并且终于使学生们安静下来。我安排了长篇的时间紧凑的英语阅读，使她们整个上午都得花在这上面。我记得自己对那些呜咽抽噎的学生产生一种不耐烦的情绪。说实在的，她们的感情冲动没有多大价值；那只不过是一种歇斯底里的激动而已。我毫不客气地对她们讲出来，半是嘲笑她们。我的态度很严厉。事实是，我无法忍受她们的眼泪，以及那种抽抽搭搭的哭泣声；我实在受不了。在别人都止住不哭的时候，有一个智力相当低下、精神相当委靡的学生却依旧哭个不停。横下心来，非这样不可的想法迫使我、并且帮助我向她走过去，使她不敢继续流露这种情感，使她强行克制自己的浑身抽动。

那个姑娘原该可以恨我的，不过，在放学以后，她的同学们陆续走掉的时候，我吩咐她留下来，等到她们都走光了，我做了一件过去对她们中间任何一个从来都没有做过的事——我把她紧紧抱在怀里，吻了她的面腮。在屈从了自己这一冲动之后，我急急忙忙把她从教室里推出去，因为经过这样剧烈的感情激变，她哭得比以前更伤心了。

那一天，我无时无刻不忙着工作，而且如果能够一直点燃蜡烛的话，我是会愿意通宵熬夜的。可是事实证实那一夜是难受的一夜，留下了不好的影响，使我难以泰然对待第二天的那些教人受不了的流言蜚语的折磨。这一消息理所当然地引起人们议论纷纷。随着开头的惊讶而来的是暂时的矜持，但是不久便渐渐松弛下来，每一张嘴都张开了，每一根舌头都动起来了；老师们，学生们，就连仆人们嘴上都挂着“伊曼纽埃尔”的名字。从学校创办时候起，他便与它一直有着关系，竟然这么突然离去！大家都觉得很奇怪。

他们的谈论如此之多，如此之久，又如此之频繁，因此，从他们不计其数的言语和谣传之中，终于冒出了一些信息。大概在第三天，我听说，一星期之后他就要乘船启程；接着是——他要驶往西印度群岛[1]。我朝贝克夫人的脸瞅着，紧盯住她的眼睛；想要得到关于这一传闻的反驳或者证实。为了得到消息，我把她从头到脚整个儿打量了又打量，可是她身上任何一处流露的都仅仅是镇定自若和平淡无奇的神态而已。

“他这一走，对我来说是莫大的损失，”她声称。“我真不知道如何填补这一空缺。我与这位亲属彼此相处得那么熟悉，他已经成了我的左右手了。没有了他，我可怎么办啊？我反对过他走这样一步，但是保罗先生说服了我，说那是他的责任。”

这些话，她当着大伙儿说，在班级里说，在餐桌上说，清晰可闻地对翟丽·圣彼埃尔也这么说。

“为什么这是他的责任呢？”我原本可以这么问她。她在班级里不

---

① 西印度群岛在墨西哥湾、加勒比海与大西洋之间，由一万二千个岛屿组成，距离欧洲遥远。当时蛮荒未开，为欧洲多国殖民及流放之地。

动声色地走过我的身边的时候，我一次次情不自禁地要猛然抓住她，要伸出手去，把她紧紧抓住，说道："站住。让我听听这整个事情的结论。究竟为什么让他去流放是他的责任？"可是贝克夫人每次总是对其他教师说话，连看都没有朝我看一眼，似乎联想到我可能关心这个问题都没有。

一个星期的时光在消逝。伊曼纽埃尔先生要来向我们告别的事不见再提起，没有什么人似乎渴望他的到来；没有什么人在问他会不会来；也没有什么人因为他不再见面、不告而别而流露出痛苦的样子；他们是在不断地谈论，可是在所有的谈论中一点都不触及这个极其重要的一点。至于那位夫人嘛，不用说，只要她高兴，随时都可以见到他，同他谈话。她又何必关心他在不在教室里露面呢？

一个星期过完了。我们听说他将在某日启程，并且说他的目的地是"瓜德罗普岛[①]的巴斯特尔城"，要他到国外去是有关一位朋友的利益的事务，而不是为了他自己。我原来就这么猜想的。

"瓜德罗普岛的巴斯特尔城。"这一阵子我难得入睡，而如果真的睡着了，我便一定会猛然惊醒，同时"巴斯特尔"，"瓜德罗普"这两个地名的声音在我的枕头上响起来，或者在我的四周或者面前现出一个个红色或紫罗兰色亮光的锯齿形字母，横贯过漆黑的深夜。

我产生什么样的感觉是由不得自己的，我怎么能不让自己去感觉呢？伊曼纽埃尔先生近来待我非常和善；他对我的好感与和善是与时俱增的。自从我们解决在神学方面的分歧意见以来，现在已经有一个月了，在这整整一个月里，没有发生过争吵。这种和平宁静也不是分离的冷漠的产物；我们并没有互不相关地过日子。他来得勤快起来，

① 瓜德罗普岛，加勒比海东部小安的列斯群岛中的岛，包括巴斯特尔和格朗德特尔两个较大的岛。17 世纪初，法国人在此建立殖民地，后被英国占领。19 世纪初，法国收回。后建为法国的海外省。首府为巴斯特尔城。

跟我交谈比以前更多。他一连几个小时地和我待在一起，心平气和，眼睛里带着心满意足的神情，态度上亲如家人，温柔体贴。我们之间交谈的话题变得亲密了。他已经问到我的生活的计划了，我便把我的打算告诉了他；他赞赏那项办学方案。他虽然把它称为阿勒阿沙[①]的梦想，却要我不止一次地详谈。磕磕碰碰的矛盾已经过去了。相互之间的了解正在确定和稳固起来。融洽一致和怀抱希望的感情自然而然地深入心中。爱慕之心、深深的尊敬之情，以及开始萌生的信任之感，已经加固了各自的绳结。

那一阵子我的每堂课都是多么安静啊！不再有人奚落我的“才智”，不再有令人气恼的当众出丑的威胁！多么舒心啊，因为妒忌的冷嘲热讽，以及妒忌多于真心诚意的颂扬已经被取代，现在是一种默默无言的、百依百顺的帮助、一种满心欢喜的引导，以及一种充分谅解而决不赞美的温柔体贴的宽容。有些时候，他会坐在那儿好一阵子，一句话都不说；等到天黑下来，或者他有事不得不离去的时候，他便起身离别，说一句这样的话：“宁静是多么甜蜜！寂静的幸福是多么可贵啊！”

不到短短的十天的一个傍晚，我正在我的那条庭院小径上散步的时候，他走来同我做伴。他握住我的手；我抬头望着他的脸。我觉得他特意要吸引住我的注意力。

“我的好小朋友！”他温柔地说；“甜蜜的给人安慰的人儿！”可是，经由他的接触，听到他的话语，一种前所未有的感觉和一种新奇的想法不禁油然而生。是不是有可能他正在变得比朋友或者哥哥更进一步了呢？难道他的神色表达出一种超过手足情谊或者友好关系的爱

---

① 阿勒阿沙，《一千零一夜·理发匠第五个兄弟的故事》中的人物。他是个被人割掉耳朵的乞丐。后来继承遗产，得到一百个银币，便用这些钱购买玻璃器皿，放在篮子里贩卖。他梦想靠此发财，娶大臣的女儿为妻，他沉浸在自己的白日梦中，趾高气扬，脚踢新娘，不料把一篮子的玻璃器皿踢翻，摔成碎片。

情了吗?

他那充满表情的神色说明还有更多的话要讲，他的手把我向他拉过去，他的吐露心曲的嘴唇在翕动着。不行；这会儿不行。因为有什么障碍物闯进了薄暮中这条昏暗的庭院小径。来的是一个双重的阴森森的预兆：我们正面对着两个不祥的黑影——一个是女人的，一个是神父的——原来是贝克夫人和希拉斯神父。

希拉斯神父当时的脸色我将一辈子都不会忘记。在最初的一阵冲动之中，那脸色现出让·雅克[①]的敏感，而这是由刚才使人感到意外的那种亲热的迹象所引起的；然后，那种出于传教士的妒忌心的猜疑顿时在脸上笼罩了一片阴霾。他对我以宗教的热忱说话；对他的学生则目光似剑地瞧着。至于贝克夫人嘛，当然啰，她是什么也没有看见——一点儿也没有，虽然她的亲属当着她的面仍然握着这只异教徒的手，不但不让它抽回去，反而握得更紧，更用力。

发生了这些事情以后，跟着突然宣布他离职的消息，开头曾经使我觉得难以置信。说真的，那只是一而再、再而三地听到谈论此事，以及被我周围的一百五十个头脑所证实，才迫使我完全接受这一事实。至于那令人悬念的一个星期，那一片空白的、然而是火烧火燎的一段日子，始终没有得到他一个字的解释——我是记得的，可是却无法描摹其细节。

最后一天来临了。这下子该是他来看我们了。这下子他该会来告别了，不然的话，他就会默默无言地消失不见，我们要永远看不到他了。

可是这两种可能的情况，在这所学校里似乎没有一个人放在心上。所有的人全都按照平时的钟点起身；全都像平时一样用早餐；全都不提、也看不出她们这时候是想到了她们原来的那位教授，却带着

① 让·雅克，即让·雅克·卢梭，见第 513 页注①。他的名字往往使人与敏感联系起来。

习以为常的那种木然无情的态度去干各自的分内事。

这整个学校里的人是那么健忘，它的日常事务进行得那么服服帖帖，那么训练有素，它的外貌是那么一无所求——我简直不知道在如此呆滞、如此窒息的气氛之中怎样呼吸。难道没有人愿意对我讲一点什么吗？难道没有人有一个祝愿，没有人有一个字，没有人有一声祈祷，让我能够对它说一声——阿门吗？

我曾经见到过她们为了一点鸡毛蒜皮的小事而全体一致地提出要求——比如一场招待啦、一次休假啦、少上一堂课啦。而现在呢，她们却不能，她们也不想纠集成一伙去围攻贝克夫人，坚决要求去最后见一面那位她们确实曾经爱过的、至少是有些人曾经爱过的老师——像她们所能够爱的那样爱他——可是，哦！芸芸众生的爱究竟是什么东西呢？

我知道他住在哪儿；我知道在哪儿可以听到他的消息，或者同他联系。那地方距此尚不到一箭之遥。可是即使是在隔壁房间里——没有被邀请，我也不能利用我了解的情况。至于去跟踪，去钻头觅缝，去提醒提醒、去唤起回忆——我可没有本事干这些事情。

伊曼纽埃尔先生也许会在我伸手可及的近处走过去，倘若他不言不语、不理不睬地走过去，那么我也会不言不语、不惊不扰地让他走过去。

上午过去了，下午来到了；我想一切都完了。我的心在我的胸腔里颤抖，血液循环也乱了规律。我觉得自己病得不轻，几乎不知道如何守住自己的岗位或者进行工作。然而在我四周的这个小小的世界却无动于衷，依然步履沉重地前进。大伙儿似乎都那么乐呵呵的，无忧无虑，无畏无惧，什么心事都没有。就是那些女学生，七天以前听到这一惊人消息的时候还歇斯底里地嘤嘤啜泣，如今看来已经忘记了这一消息，它的重要性，以及她们自己的感情冲动。

散学是在五点钟，快到这一时刻，贝克夫人差人来叫我到她的单人套间去，为她通读一遍一封她收到的英文信，要我从头到尾读一遍、翻译出来，还要为她写一封回信。在安顿下来做这一项工作之前，她轻手轻脚地把她的套间的两扇房门关上，甚至把那扇竖铰链窗也关上并且闩上，尽管那天很热，而且她平时总是认为让空气自由流通是必不可少的。那么为什么这次如此小心戒备呢？一种强烈的怀疑，一种几乎是极端的不信任，使人与这样的问题联想起来。她莫非要隔绝外面的声音吗？那么，是什么声音呢？

我侧耳倾听着，过去从来都没有这样倾听过。就像严冬傍晚时分的狼那般倾听，在雪地上嗅着，搜寻猎物的踪迹，同时要听着远处旅行者的重重步伐。然而我是能够同时用耳听用手写的。信写到差不多一半的时候，我听见——使我停下了笔的声音——门厅里响起的脚步声。门铃没有响，萝芯妮——她无疑遵照吩咐行事——在这样的起床号响起之前便开了门。夫人看见我停笔凝神，便咳嗽一声，手忙脚乱了一阵，还提高嗓音说话。脚步声已经一路响着，直向教室而去。

“继续进行，”夫人说，可是我的手好像被捆住了，我的耳朵被拽住了，我的思想活动失魂落魄似的被带走了。

教室都集中在另外一幢建筑物里，那间大厅把它们与住宅隔开来。尽管有一大段距离，还有隔墙阻挡，我还是听见突然之间人群骚动、整个班级同时起立的声音。

“他们下课了，”夫人说道。

确实是下课的时间了，可是为什么又突然鸦雀无声了呢——那一阵喧闹声为什么顷刻之间就压下去了呢？

“等一等，夫人——我要去看看是怎么一回事。”

我便放下了笔，离她而去。离开她了吗？没有：她不让我离开她。既然无法留住我，她便站起身来跟随我，跟得犹如我的影子一般紧。我踏在楼梯的最后一级的时候，回过头来——

“你也去吗？”我问。

“是的，”她答道，投过对望的眼光，脸色好奇怪——满面阴云，然而又义无反顾的样子。于是我们继续向前走，不是一起走而是她亦步亦趋地跟着我。

他果然来了。我走进第一班教室便瞧见了他。在那儿，再次出现了那个最熟悉的人影。我想，他们一定曾经想尽办法不让他来，可是他还是来了。

姑娘们站成半个圆圈；他正在她们面前挨次走过去，说着告别的话，握着每个人的手，轻轻吻过每一张面颊。这最后一种仪式，按照外国人的风俗习惯，在这样的别离情况下是被允许的——如此庄严，一别如此之久啊。

贝克夫人竟然这样缠着我不放，紧紧尾随，严密监视，真叫我受不了。她呼出的气息使我的脖子和肩膀热得缩起来，我芒刺在背，难受极了。

他正在走近我；那半个圆圈他几乎都走遍了；他走到最后一个学生跟前，他转过身来了。可是贝克夫人却挡在我前面，她是出其不意地站出来的。她似乎放大了她的身体的比例，也放大了她的衣裙。她遮蔽了我，我被藏了起来。她很了解我的弱点；她能够估算出精神瘫痪症——那种自我肯定意识的彻底欠缺——的程度，由此而来，在一件重大事件上，我就能够承受打击。于是，她赶快抢到她的亲戚跟前，口若悬河地同他拉呱起来，控制住他的注意力，把他弄得匆匆忙忙朝门口走去——朝那扇通向花园的玻璃门走去。我觉得他四下里张望着，只要我当时引起了他的注意，我想，勇气就会喷涌而来，支援感情，我就会猛扑过去，而事情也许就可以挽回了。可是那时候教室里混乱不堪了，那半个圆圈散成了三五成群，我的身体被湮没在三十个更为显眼的人之中。夫人如愿以偿了；是啊，她把他带走了，他没有瞧见我，他以为我没有来。钟敲五点了，散学的铃声大作，全体学生四散而去，教室里空荡荡的。

我回想起来，当时我孤单单地度过的分分秒秒，似乎眼前是一片漆黑，心中是一团乱麻——对于一种无法忍受的损失的一种无以言喻的悲痛。我该怎么办呢？啊！我该怎么办呢？现在我整个一生的希望就这样从我这颗被撕裂、受伤害的心中连根拔去了！

我真不知道当时我究竟会怎么办了，要不是来了一个小孩子——全校最小的孩子——她单纯无知，浑然无觉，突然闯进了我这内心冲突的怒涛翻腾然而表面平静的中央。

"小姐，"她那童音尖嗓子口齿不清地说道，"我来把这个交给你的。保罗先生嘱咐我要找遍这整幢房子，从顶楼找到地窖，一找到你，就把这个交给你。"

这孩子交给我一纸短笺；那只小鸽子把它用嘴采摘下来的橄榄叶抛在我的膝盖上了[①]。我发现信上既没有地址，也没有姓名，只有这样一些话：

> 我并没有打算在向其他人告别的时候，也向你告别，但是我心中希望在教室里同你见面。结果我大失所望。这次会见被推迟了。准备好同我见面吧。开船之前，我一定要用充分的时间见见你，跟你详详细细地谈谈。准备好，我的时间很有限，而且眼下全部排满了。此外，我手头还有一件私事，这事我不愿对任何人说，也不能转告——即使是对你。
>
> 保罗

① 典出《圣经》，见第117页注①。

"准备好！"那么一定是说今天晚上了。他是明天就要动身了吗？是的，对于这一点，我可以肯定。我曾经看见他那艘船只的启程日期公布出来了。哦！我会准备好的，那个渴望中的会面真的能够实现吗？时间如此紧迫，诡计多端的人们似乎又如此警戒，如此活跃，如此怀有敌意。我们两人接近的道路看来窄得像一条沟渠，深得像一座峡谷——亚玻伦[①]口吐火舌，叉开双腿站立其上。我的大无畏[②]能战胜么？我的领路人能与我接触上么？

谁会知道呢？然而我开始鼓起一些勇气，使我心中舒坦一些。我似乎感觉到他的心脏的搏动与我整个心脏的搏动更为合拍了。

我等待着我的武士。亚玻伦身后拖带着他的地狱正在走来呢。我认为假如"永生"中也含有痛苦，那么其形式将不会是烈火的煎熬，其性质也不是叫人绝望的。我认为，在将来既无日出又无日落的那些日子里，总有那么一天，会有一位天使来到阴间——站在那儿，金光四射，笑容可掬，宣布一项有条件的赦免的预言，点燃起天堂之福乐终将降临的难以置信的希望。并不是现在就降临，而是在没有人知道的那日子、那时辰，[③]在他自己的荣光和辉煌之中，揭示他这一诺言有多么崇高，多么深广。说了这些——于是翱翔直上九霄云外，变成一颗星星，然后消失在他自己的天国之中。他的遗产是令人苦苦盼望——这是比绝望更糟糕的恩赐。

那天，整个晚上我都在等着，深信那片由鸽子送来的橄榄叶，然而在这深信之中却又夹着极度的担心害怕。这担心害怕之感沉重地压在我的心头，又冷又特别，我明白这是很少落空的不祥预感的伴随

---

① 亚玻伦，恶魔之名，为凶猛的蝗虫之王。见第 132 页注①。此处亚玻伦站立的形象源自班扬的《天路历程》。

② 大无畏，《天路历程》中的勇士。参见第 4 页注①。

③ 语出《圣经 · 新约全书 · 马太福音》第 24 章第 36 节："但那日子、那时辰，没有人知道，连天上的使者也不知道，人子也不知道，唯独父知道。"

者。开头几个小时似乎很长，过得极慢。我在精神上紧紧抓住前一小时的飞逝而去的衣裙不放。它们像流云一样匆匆掠过——像飞云团一样被暴风刮得急急奔逃。[①]

它们流逝过去了。这漫长的、炎热的夏天的整个白昼像一大根圣诞节原木[②]一样焚烧净尽了；深红的落日余晖已经消失了；我被抛弃在黑夜的惨白和铁灰色的微光之上，清凉的青灰的阴影之中，我低下头来。

祈祷时间已经过了；现在正是就寝时间；我的同寝室里的人都睡了。我仍然留在这黑沉沉的第一班教室里，忘记、或者至少是不顾校规，过去我从来也没有忘记或者不遵守校规的。

我不知道自己在那个教室里踱步踱了多久；我走来走去一定已有好几个小时了。我刚才机械地把课桌和长凳都往旁边挪开，为自己腾出从这头到那头的一条通道来。我在那儿走着，我在那儿确信整幢房子里的人都已上床，完全听不见声响了——我终于在那儿哭了起来。依赖这个黑夜，信托这个孤寂，我因而不再控制我的眼泪，不再止住我的呜咽了。它们使我的心里翻江倒海；它们一泻无余地夺路而去。在这幢房子里，有什么悲痛能够做到神圣庄重而不逾矩呢？

十一点钟过后不久——对于福色特街来说，这是很晚的时间——门被打开了——静悄悄的，但不是偷偷摸摸的。一盏灯的光线侵入了月光，贝克夫人进来了，依然带着她那副不动声色的形态，仿佛在一个平平常常的时候参加一个平平常常的聚会似的。她并没有马上对我说话，却走到她的课桌前，取出她的钥匙，似乎寻找什么东西。她这种装模作样的寻寻觅觅，消磨的时间很长，简直太长了。她沉着冷静，简直太沉着冷静了。我此刻的心境难以承受这般矫揉造作。由于

① 语出英国诗人柯尔律治(1772—1834)的《小淘气之歌》中的诗句。

② 圣诞节原木，西方人在圣诞节前夜放入壁炉中燃烧的一根大原木。

被挤逼到一般的范围之外了，两个小时以来，我已经把习以为常的尊敬和畏惧之心全都抛诸脑后。在平常的情况之下只要碰一碰我就可以指挥我，只要一句话就可以支配我，现在，可什么牛轭都不能加在我头上，什么马勒也无法叫我顺从了。

“就寝时间已经超过了，”夫人说，“违反校规的时间太长了。”

夫人没有得到答复，我没有停止踱步。她走过来挡住我的路，我把她赶开。

“让我劝你平静下来吧，小姐；让我领你到你的套间里去吧，”她尽量用和蔼的语气说。

“不！”我说；“不论是你，还是其他任何人都别想劝我，或者领我。”

“你的床一定会被熨得暖暖的。高滕还没有睡呢。她会把你侍候得舒舒服服的，一定会给你一剂镇静药。”

“夫人，”我突然大声叫嚷，“你是个纵欲主义者。在你种种温文尔雅、种种和平宁静、种种端庄稳重的外表之下，骨子里你是一个否定不了的纵欲主义者。把你自己的床弄得暖和和的、软绵绵的吧；去吃镇静药，去吃肉去吧，去喝又香又甜的酒去吧，放开肚子去吃，去喝。你如果有什么伤心或者什么失意的事儿——你也许有——不，我知道你有——在你自己选择的应付办法当中去寻找你自己的姑息剂[①]去吧。不管怎样，别碰我，我告诉你，别碰我！”

“我一定得派个人来照看你，小姐；我一定得叫高滕来。”

“我不准你这么做。让我一个人待着。你的手别来碰我，别来碰我的生活，我的烦恼。哦，夫人！你的手既寒气逼人，又捏着毒药。你毒害别人，使人瘫痪。”

“我做了些什么啦，小姐？你决不可以跟保罗结婚。他不能

---

① 姑息剂，医学中姑息治疗时所用的药物。

结婚。”

“霸占食槽的狗！”[1]我说，因为我知道她心中暗暗需要他，曾经一直需要他。她把他叫做“受不了的人”，还责骂他是个“偏执的人”。她并不是出于爱，但是她需要和他结婚，这样，她就可以把他跟她自己的利益绑在一起。我已经深入到夫人的一些秘密之中了——我不知道自己怎么会这样的。是凭一种直觉或者凭一种心血来潮的灵感吧——我不知道是从哪儿来的。还有，同她一起生活的这些日子里，我已经慢慢地了解到，她除非跟一个不如她的人在一起，否则非得总是跟别人作对不可。她是我的对头，一心一意要与我作对，尽管是暗暗进行的，表面上风度优雅，十二分的大方，除了她和我自己之外，任何人都丝毫觉察不到。

足足有两分钟，我定睛注视着夫人，感到这个女人已经整个儿在我的控制之中了，因为，处于某种精神状态之中，比如眼下的——以及处于某种感觉受到刺激的情况之下，像此刻这样——她所习惯的伪装，她的假面具，以及她的化装舞会的打扮，[2]在我看来仅仅是百孔千疮的网眼织物而已。我看见那下面掩盖的是一个没有心肝的、放纵自己的、卑鄙可耻的东西。她静悄悄地从我跟前往后退，虽然显得很不自在，然而却是温良恭顺和沉着镇静的。她说道：如果我不愿听从劝告去休息的话，她必须无可奈何地离开我了。她真的那么仓促地走了，也许比起我叫她狼狈地离开，她更高兴自己走开。

这是我和贝克夫人两人之间发生的唯一的一次突然闪现、逼出真情的冲突；这出夜里的短暂的一幕后来从未重演。这事丝毫没有改变她对我的态度。我并不知道她对我进行了报复。我并不知道她由于我

① 源出《伊索寓言》：一只狗躺在食槽里，不让牛去吃干草。牛说：“这只狗很自私，自己不吃干草，也不让别人吃。”

② 指化装舞会上穿的连帽斗篷，以及黑色的半截面具。

那番令人心惊肉跳的直言无讳而对我更加怀恨于心。我想她是靠她那顽强的心灵中的秘密的哲学来防卫自己，并且下决心去忘掉使她想起来就感到恼火的事。我知道，直到我们在一起生活的最后的日子，不会重复发生、也不会重新提起这场激烈的交火。

那天的黑夜过去了。所有的黑夜——甚至那寂灭之前的星宿无光的黑夜[①]——都一定要消失的。大约六点钟，在唤醒全体师生员工的时候，我走出屋子，到庭院中去，用阴凉清净的井水洗了脸。我经由方形大厅走进屋子，那儿镶在栎木陈列柜上的一面镜子映照出我的影像。它说明我的模样已经变了，我的双颊和嘴唇白得毫无血色，我的目光呆滞失神，我的眼睑浮肿、发紫。

我重新回到我的同伴们当中去的时候，我知道她们个个都望着我——我的心似乎被她们看穿了。我相信这是我自我暴露了。看来是令人惊骇不已地肯定了：连学校里最最年幼的学生都必定猜出了我为什么、并且为什么人而如此绝望。

有一次我曾经护理过她的病的那个孩子伊莎贝儿走到我的身边来。难道她也要嘲笑我不成?

“你的脸多么苍白啊！你一定病得不轻了，小姐！”她说着把一只手指头伸进嘴里，愁眉苦脸，呆若木鸡地睁大眼睛瞧着我，此时此刻，那种样子我觉得比最灵敏的聪明才智还要美丽。

伊莎贝儿独个儿处在这种毫不知情的优越地位上并不很久。那天还未完全过去，我便已经获得了应该对整个被蒙在鼓里的师生们表示感激之情的理由了。广大群众要做的事多着呢，不光是揣摩别人的心事和解释别人的含义不明的话语。谁要决意把自己的意图藏而不露都可以做到——成为自己的秘密的主宰。在这一天之中，一个证据又一

① 语出《圣经·旧约全书·约珥书》第2章第10节：“他们（蝗虫）一来，地震天动，日月昏暗，星宿无光。”

个证据告诉我，不仅我目前的悲痛的原因没有人猜测，就是过去六个月以来的全部内心经历也都仍然只属于我自己。没有人知晓——没有被人注意过——我把它视作所有的生命之中特别珍视的一个生命。流言蜚语曾经打我身边飘过去；好奇心曾经把我察看；而这两种微妙的影响力一直在上空盘旋飞翔，却从来没有把注意力真正集中到我身上。一个特定的有机体可以生活在住满热病病人的医院里而免于染上斑疹伤寒。伊曼纽埃尔先生来了又去了。我曾经受他指教，被他追寻。他不管什么时候都召唤我，我则唯命是从。“保罗先生需要露西小姐”——“露西小姐跟保罗先生在一起”——这曾经是永恒的公报，对此，没有人加以评论，更没有人加以谴责。没有人暗示过，也没有人打趣过。贝克夫人却猜出了这个谜语，还没有别人解答出来呢。我现在所忍受的痛苦被说成是疾病——头痛。我接受了这一命名。

可是有什么肉体上的疾病像这种痛苦一样难受呢？这样明白无误地知道他没有说一句告别的话就已经走了——这样残酷无情地被命运和紧紧追赶的复仇之神——一个女人的妒忌和一个神父的偏见——所制定，将要使我遭受再也见不到他的痛苦；肉体的病痛像这样吗？因此，我在第二天晚上像头一天晚上一样——难以自持，苦恼不堪，怀着凄凉孤寂而又坚定不移的深情，在这间冷落僻静的房间里，又一次踱来踱去，这有什么奇怪呢？

那天晚上，贝克夫人并没有亲自唤我去睡觉——她没有来到我的跟前，而是派姞妮芙拉·樊箫来的——她无法雇到一个更有能力的代理人来做这件事情。她的第一句话——“你今晚头痛得厉害吗？”（因为姞妮芙拉像其他人一样，以为我犯了头痛病——头痛得受不了，弄得我脸色苍白得怕人，双脚像疯子似的停不下来）——我说，她的第一句话激起我一阵冲动，想立刻逃跑，到任何地方去，只要没有人能碰到我就行。过了一会儿，接着发生的事情——她叫苦说自己也头痛——便结束了这件事情。

我走到楼上去了；不一会儿工夫就上了床——我的令人愁苦的床——被刷刷抽打的蝎尾鞭[①]弄得扰攘不安。我躺下来还不到五分钟，另一个使者便到来了，那是高滕，她给我送饮料来。我正渴得要命——一口气喝了下去。饮料是甜的，不过我尝了觉得像是药水。

“夫人说，你喝了就睡得着，宝贝儿，”高滕收回空杯子的时候说。

啊！给我服了镇静药了。事实上，她们拿给我的是一服浓烈的鸦片酊剂。我要被麻醉得整夜安静了。

全校人都已上床睡觉，夜明灯点亮了，集体宿舍内一片寂静。睡眠不久便成了主宰；在那些枕头上，睡眠轻而易举地赢得了霸主地位，成为那些不痛的头和心的心满意足的统治者——它放过了不平静的心。

药起作用了。我不知道夫人给的分量是过多还是不足：后果却有违她的本意。因为发生在我身上的不是不省人事，而是兴奋异常。我变得头脑里充满了新奇的念头——充满了色彩希奇古怪的幻想。召集的号令传遍全校各部门，他们的军号吹响了，他们的喇叭奏起了不是时候的召唤令。正在休息的想象被唤醒了，它急躁地、大胆地冲上前来，用蔑视的目光瞪着它那叫做“实体”的同伴。

“起来！”它嚷道，“懒骨头！今晚我将要达到我的目的；连你也拗不过我。”

“向前看，瞧瞧今晚的夜色！”它高声喊道；我把近在咫尺的厚厚的遮帘从竖铰链窗上提起来的时候——它以其特有的君王似的手势向我指着一轮照耀在一片深邃而光辉灿烂的自然环境之中的至高无上的

① 蝎尾鞭，《圣经》中作“蝎子鞭”。见《旧约全书·列王纪上》第12章。罗波安在其父所罗门去世后即位。百姓向他要求减轻负担，他却回答说：“我的小拇指头比我父亲的腰还粗。我父亲叫你们负重轭，我必使你们负更重的轭；我父亲用鞭子责打你们，我要用蝎子鞭责打你们。”

明月。

它使得这微光闪烁的昏暗、这狭窄的空间、这集体寝室里的闷热叫人受不了，真使我在感觉上透不过气来。它引诱我离开这个牢笼，跟随它向前进发，走到露水、清凉和永恒境界里去。

它给我带来午夜的维莱特的奇妙的景象。它特地展现了那座公园，那座夏季的公园，公园里面长长的庭院小径，静寂无声，阒无人影，安全保险。在这一条条小径之中有一只巨大的石头的水池——我熟悉这水池，我曾经常常站在它旁边——它是深深地隐藏在树木的浓荫之中，清澈的凉水漫到池边，池底则一片青绿，铺满落叶，长满灯心草。看到这一切又怎么样呢？公园的大门关着，上了锁，还有人站岗放哨：这地方进不去。

真的进不去吗？一个值得考虑的问题。我一边反复思考，一边机械地穿好衣服。既然压根儿没法入睡，也没法安静地躺着——从头到脚异常兴奋——那么除了穿衣服，我还有什么更好的事情可做呢？

大门上了锁，有几名士兵在门前站岗，这样说来，那么，就没有办法进公园了吗？

几天以前，我走过那儿，当时并没有特别注意周围环境，只瞅见桩篱上有一个豁口——有一根篱笆桩倒了下来。现在，我在回忆中又看见了那个豁口——看得清清楚楚——那插得整整齐齐像一排柱廊似的椴树干之间，可以看见有一个不规则的缺口。一个男人无法从这个缺口钻进去，壮实的女人也不行，贝克夫人多半是不行的。不过我想我可能做到。我设想自己要去试一试，一旦钻了进去，在这个时刻，整个公园就会是我的了——这个月色溶溶的半夜三更的公园！

集体寝室里的人们睡得多么香甜啊！呼吸是多么均匀！这整幢大房子是多么寂静无声！现在几点钟了？我感到坐立不安，急于知道。楼下教室里放着一个钟。有什么东西会阻碍我冒险下楼去看看钟！在这样的月光中，它那么大的白色的脸和乌黑的数目字必定是明明白白，清清楚楚的。

并没有像铰链的吱吱嘎嘎声和门闩的咔嗒咔嗒声之类的事来阻碍我采取这一步骤。在7月份的日子里，这些炎热的夜晚，闷热的气候是叫人受不了的，因此，套房的门大开着。这集体寝室的地板能够承受得了我的脚步而不暴露我吗？是的，因为哪一块木板松动我都清楚，可以绕着避开。我走下楼的时候，栎木楼梯有点儿嘎吱嘎吱响，不过响声不大——我现在是在方形大厅里了。

大教室的一扇扇的门都关得严严的，也都闩上了。另一方面，通向走廊的出入口倒是打开着的。在我感觉里，那一间间教室仿佛是一间间阴森凄惨的大囚室，湮没在远离通衢大道之外的地方，而且对我说来，充满着鬼影憧憧的、难以忍受的许多记忆，它们被悲惨地放置在它们的稻草之中，戴着脚镣手铐。那条走廊则勾勒出一幅令人愉快的远景图像，通往一个高高的门厅，从那儿出去便直通街道。

嘘！——时钟敲响了。只不过十一点钟，这所女修道院就已经安静得如此死气沉沉的了。我的耳朵正在静默之中倾听着最后一下钟声的渐渐轻下去的嗡嗡声的时候，我隐隐听得从楼宇密集、建筑成群的首都传来的一阵像是钟声又像是一支管乐队的奏乐声——一种其中包含甜蜜，包含胜利，又包含哀痛的混合的声音。哦，同这音乐声离得近一些吧，到那个长满灯心草的水池旁边去独个儿聆听吧！让我去吧——哦，让我去吧！什么东西在作梗呢？什么东西不肯帮助自由呢？

走廊那儿挂着我的园艺工作服、一顶大遮阳帽和一条披肩。那扇又大又重的能通过马车的大门没有上锁，因此没有钥匙要找。门是由一种弹簧闩闩着的，从外边无法打开，不过可以从里边毫无声响地拉开来。我能把它拉开来吗？它服从了我的手，顺顺当当、灵巧轻易地服从了。在这扇门看来几乎是自动地打开的时候，我感到迷惑不解——越过门槛，踏上铺筑平整的街道的时候，我感到迷惑不解，对于这所监狱竟然这样出奇地轻松就被冲破，我感到迷惑不解。看来，似乎有一个无形的力量在为我开路，似乎有一种能溶解一切的力量在我的前面推进，因为我本人几乎不费吹灰之力。

安静的福色特街啊！我在这儿的人行道上发现了我在所想着的、漫游者们所追求的夏夜，我看见夏夜的明月当空，我感觉到夏夜的空气中的露水。可是我不能在这里逗留，我离开自己原来的老住处仍然太近了，在土牢的下面近得我都能听见囚犯们的悲叹声。这种阴沉的平静可不是我所要寻求的，这可不是我受得了的。在我看来，那一片天空的面貌带着一个世界之死的神色。公园里也会是静谧的——我知道，世间的宁静安详笼罩着每一个角落——然而还是让我去探索那座公园吧。

我挑了一条熟悉的路，向巍峨壮观、气派堂皇的高级住宅区走去，我刚才听见的音乐声肯定是从那里飘拂过来的。音乐现在停下来了，不过可能还会再响起来。我继续向前走去，没有管乐队的音乐，也没有钟乐的乐声迎着我飘来；只有另一种声响，像是一阵大潮水汹涌澎湃；我越继续往前走，声音越变得低沉。突然一片亮光，活动逐渐增多起来，教堂钟乐声阵阵敲响——我正在来到什么地方啦？我进入一个广场的平坦的地方，发现自己突然中了魔法一般，卷入了一群彩衣翩翩、生气勃勃、喜笑颜开的人群之中。

维莱特是一团火焰，是一大片灿烂的光辉，整个世界似乎都在外面，月光和天空被驱逐出境。这个城市凭借她自己的无数火炬瞧见她自己的壮观奇景——灯火辉煌的大街小巷挤满了五彩斑斓的服饰、豪华高大的香车宝马，以及英武豪侠的骑手们。我甚至还看见许许多多假面具。这是一幕奇异的景象，比梦境还要奇异。可是那座公园在哪儿呢？——我应当离它很近才是。那座公园坐落在这个炫目的亮光之中，必定是浓荫覆盖，安详宁静——至少在那儿既没有火炬、灯盏，也没有拥挤的人群吧？

我正在问这个问题的时候，一辆敞篷自备马车在我身旁驶过，车上坐满了我很面熟的人们。要穿过密密麻麻的人群，马车只能缓缓而行，那几匹精神抖擞的马由于激情受制于马勒而显得很烦躁不安。马车里的人我看得很清楚，而他们却看不见我，或者，至少是认不出我，因为我用大披肩裹得紧紧的，大草帽又遮住了我的脸（在这个色彩斑驳的人群之中、没有什么衣着是奇特得引人注意的）。我看见了德·巴桑皮尔伯爵，看见了我的教母，她穿戴得漂漂亮亮，端庄秀丽，神态愉快；我还看见了波琳娜·玛丽，她的头上环绕着她的美丽、她的青春和她的幸福所形成的三道光轮。瞧着她那乐滋滋的面容和闪着喜气洋洋的光彩的眼睛，教人几乎想不到去注意她那身雅致的节日盛装。我只晓得她周身飘拂的织品是一片雪白的、轻柔的新娘穿的薄纱。我还看见格雷厄姆·布列顿坐在她对面。在她抬起眼睛来看他的时候，脸上亮起了熠熠的光辉——那是先从他的眼睛里闪出来的光由她的眼睛反射着。

这样不见形迹地跟随这些朋友使我感到一种奇特的乐趣，而且我想我确实跟随他们到公园来了。我望着他们下了马车（马车是禁止进入公园的）站在新的、料想不到的灿烂景象之中。看哪！那铁门框两边各有一座石柱，正面横架着一个用密集在一起的星星构成的光芒四射的拱顶；在那道拱顶下面小心翼翼地跟随着他们，他们是在哪儿，我又是在哪儿呢？

是在一个令人着迷的境地里：是在一座无比华丽的花园里；是在一个五颜六色的流星闪闪烁烁亮着的平原上；是在一座簇叶上镶满了闪出紫、红、金三色光芒的宝石的森林里；是在一个不属于树木和阴影，而是有着最奇异的建筑上的财富的区域——有着圣坛、神殿、金字塔、方尖碑，以及狮身人面像的区域。说来令人难以置信，埃及的奇观和象征大量存在，遍布这座维莱特的公园。

尽管在五分钟以后，我便发现了那个秘密——找到了解答奥秘的钥匙，揭开了它的幻象——尽管我很快就识破了庄严肃穆的零星片断的材料是些什么——木材、油漆和硬纸板而已——然而这些不可避免的发现，并不能完全破坏那天夜晚的魅力，或者逐渐冲淡那天夜晚的不可思议的奇事。尽管我现在已经明白了关于这整个盛大的喜庆节日的由来——这条修道院似的福色特街并没有亲历这一节日盛会，虽然这个节日盛会在拂晓时分就开始，直到近午夜时分还是热闹非凡。

根据历史记载，过去，拉巴色库尔的命运曾经出现过严重的危机，牵涉到其国内勇敢的公民们的利益和自由所面临的某种我不知道的危险。如果并没有真正发生战争的话，那么确实有过关于“打仗的风声”[①]。在街头巷尾进行过一种斗争——一种纷乱，人们奔过来，跑过去，垒起了一些障碍物，发生了一些市民暴乱，召来了一些军队，有许多用碎石破砖投掷的情况，甚至还有几起枪击事件。传闻说是爱国者们当时失败了。在老下城区可以看到一块围起来的场地，那是后来庄严地建造在下城区内的，并且与别处隔开，据说那儿埋葬着那些烈士的神圣骸骨。这样做了还不够，另外又把每年的某一天定为节日，以纪念上述那些爱国者和烈士，他们存在于真实性多少有些可疑的记忆之中——那天的上午安排人们在圣徒施洗约翰教堂唱庄严的感恩赞[②]；晚上则专门用于盛大的场面，张灯结彩，火树银花，正如我刚

① 语出《圣经·新约全书·马太福音》第24章第6节：“你们也要听见打仗和打仗的风声，总不要惊慌，因为这些事是必须有的，只是末期还没有到。”文中所指的“危机”是1830年8月25日布鲁塞尔街头发生反抗荷兰统治者的暴乱，当时比利时附属于荷兰王国。1831年，比利时终于脱离荷兰统治而独立。

② 感恩赞，原文为拉丁文，开始句为，“赞美你，主啊”，基督教赞美颂歌。

才看见的这些盛况。

就在我抬头仰望固定在一根石柱上的一只白鹮塑像的时候——就在我目测一条林荫路上纵深的、点燃着火把的在其尽头蹲着一尊狮身人面像的透视效果的时候——我找不到自己从大广场中央便开始跟随的那几位人影了——或者不如说他们是像一群幽灵一般消失了。在这整个景象上烙上了一种梦幻似的性质；每个形象都是晃晃荡荡的，每一个动作都飘浮不定，每一个声音都像是回声——半带嘲弄味儿，半带犹豫。波琳娜和她的朋友们既然不见了，我就几乎不能断言自己刚才真的见到过他们；对于没有他们领路带我穿过这一片混乱，我也并不感到嗒然若失；对于没有他们在深更半夜保护我，我更不感到遗憾。

那个节日的夜晚，即使对于一个孩子来说都会是安全的。住在远离维莱特中心的周围地区的农民有一半都蜂拥而来，体面的城市居民则万人空巷到处涌动，全都穿上最漂亮的服装。我的大草帽在那些便帽、短上衣、短裙子和白棉布的长披风之中穿过，而也许没有引起一点注意。我只是为了小心起见，才另外用了一根缎带，按照吉卜赛人的方式，把宽宽的帽边往下压着绑起来——这一来我就觉得好像戴上了面具一样安全。

我平安无事地走过一条条林荫路——平安无事地混迹在最稠密的人群之中。想停下来，却由不得我，要想安安静静地观察一番，也做不到。我陶醉在这个狂欢的场景里；我畅饮这个膨胀开来的夜晚的空气中——那高涨的音响，那变幻莫测的、忽明忽暗的亮光。至于“幸福”和“希望”，它们俩已经同我握了手，单单就目前来说——我藐视“失望”。

我一路走着的时候，我的模模糊糊的目的是要去寻找那个用石头造的水池，它那清澈的池水，它那碧绿的衬底。我带着不自觉的狂热，热切的渴望，想象着它是如何清凉，如何青翠。虽然周围亮光耀眼，游客熙熙攘攘，人声嘈杂，我心中却仍然暗暗地、主要地渴望到那一面水晶似的圆镜那儿，去把在其中映照一轮珍珠般的面庞的月亮吓得一跳。

我知道这条路该怎么走，然而我似乎被什么东西阻碍着不能径直前往。一会儿有什么景物、一会儿有什么声音把我引开，诱使我顺着这条小径或那条小径走去。就在我已经看见我那片密林围绕的这一面水波颤颤、涟漪荡漾的圆镜的时候，却听见从右边一片林中空地那儿突然传来唱诗班的合唱声，这样一种声音使我觉得只有天堂的门打开的时候才能听得见——当年，在那个带来大喜的信息的夜晚，人们听见伯利恒平原上空传来的声音，[①]也许就是这样一种声音吧。

这歌声，这美妙的音乐声，在远处升起，但是展开一下子就坚硬起来的翅膀疾速向前冲去——这股如此猛烈的和谐的暴风从那些树荫中间飞掠而过，要是近旁没有这棵树让我倚靠的话，我想我一定已经跌倒了。我觉得似乎有无数的人放声高唱；乐器也各种各样，数不胜数——我听出有军号、羊角号和小号。这音响的效果犹如大海倾其全部波涛于歌声之中。

时起时落的潮水朝这边冲刷过来，接着又退了回去，我也随着退去。它把我引向一座拜占庭建筑[②]——那是一座凉亭似的建筑，位于近公园中心的地方。几千个人挤在一起，站在它的四周，为了参加这次盛大的露天音乐会。我想自己刚才听见的是一首狂热的《猎人合唱曲》[③]；这个黑夜、这个空间、这个场景，以及我自己的心情，只是加

① 典出《圣经》，见《新约全书 · 路加福音》第 2 章第 8 至 13 节："在伯利恒之野地里有牧羊的人，夜间按着更次看守羊群……那天使说……我报给你们大喜的信息，是关乎万民的，因今天在大卫的城里为你们生了救主，就是主基督……忽然有一大队天兵同那天使赞美神……"

② 拜占庭，罗马帝国在中世纪史上别称拜占庭帝国。拜占庭艺术风格的特点是突出正规的宗教象征，色彩华丽耀眼。这一特点也反映在其建筑艺术上。

③《猎人合唱曲》，在欧洲民间传说中原指由亡灵组成的猎人在夜间打猎时的喧闹，此处借以形容音乐会的气氛。

强了乐声的嘹亮和印象。

女士们聚集在一起，在这样的光线之下她们显得美极了。她们的连衣裙有的是薄纱如云雾，有的是锦缎闪光泽。在那支天使军一般的合唱队用它全力迸发出来的声音冲破头上的天空的时候，女士们的花朵和淡黄色的绸带抖动着，面纱在精心装饰过的软帽四周飘动着。这些女士们大多数坐在轻巧的公园小椅子上，她们背后或者身边侍立着护卫的绅士们。人群的外面一圈则是由庶民百姓和治安警察组成。

我就是待在这外面一圈的人群之中。我更喜欢看到自己是个沉默无言、不为人知、从而可以与那些穿短裙和木底鞋的人为邻而不交谈，只是远远地凝视着那些丝绸长袍、天鹅绒斗篷和用羽毛装饰的帽子。尽管周围是如此活跃和欢乐，我还是喜欢孤单一个人待着——非常孤单啊。我既不想、也没有力量硬是穿过如此密不通风的人群朝前挤，因而我的立足点就只好在最外面的边缘，在那儿，我的确可以听见，却简直看不见什么。

“小姐这位置可不好啊，”紧挨在我身旁的一个人说。谁胆敢跟我搭话？我这会儿可没有什么心思跟别人交际。我转过头去，与其说要回答，不如说要回绝。那个男人——是个一般市民——我打量了一眼，觉得他完全陌生，但是再一瞧，却认出他是某个商人——一个书商，他的店铺为福色特提供书籍和文具。他在我们寄宿学校里声名狼藉，因为他的脾气一触即发，态度上经常没个好嘴脸，即使对待我们这些老主顾也是如此。不过，唯独我一个人对他倒是一直倾向于怀有好感，并且经常受到他礼貌对待，有时还是好心对待。有一次，他曾经出过力为我解决兑换一小笔外国货币的困难。他是个聪明的人；在表面粗暴的态度下，他的心肠却是好的。有时候我乍然生起一种想法，觉得他的一部分性格近似伊曼纽埃尔先生的一部分性格（他们俩很熟悉，我常常看见伊曼纽埃尔先生坐在宓雷书店的柜台上，翻阅当月的出版物）；正是在这种近似之处里，我找到自己为什么对他本能地产生那种调和之感的原因。

说来也怪，尽管我戴着草帽，又紧裹着披肩，这个人还是认出了我；而且，尽管我不赞成他为我出力，他仍然坚持为我在人群中开出一条路来，给我找了一个较好的位置。还更进一步地发挥他那无私的修养，不知从哪儿给我弄来了一把椅子。我一再发现，脾气最执拗倔强的人决不是人类中最坏的人；地位最卑微的人也不是感情上最不完美的人。这个人在殷勤对待我的时候，似乎并不觉得我独自一人待在这里有什么奇怪，只反而成了他尽其所能地向我提供一种怯生生的、然而有效率的照顾的理由。他给我找到了地方和座位之后，便走掉了，没有提出一个问题，没有妄加评论，也没有多说一句不必要的话。难怪伊曼纽埃尔教授喜欢在宓雷先生的书店抽抽雪茄烟，懒散地泡着，阅读报刊上他所爱看的通俗文艺作品——他们俩一定很合得来。

我坐下还不到五分钟，便发觉机遇和我那位可敬的市民朋友又一次把我带到了可以看见我所熟悉的那一大家人的地方。在我右前方坐着的是布列顿家的人和德·巴桑皮尔家的人。在我伸手可及的地方——如果我愿意伸出手去的话——坐着一个像仙后一般的身影。她的盛装似乎给人以百合花和百合花的叶子这样的印象。除了这一尘不染的洁白的颜色以外，四周全都是森林的黑绿色了。我的教母也坐在很近的地方，我只要向前倾一些，我的呼吸就会吹动她的软帽上的缎带。她们离我太近了，我刚刚被一个比较陌生的人认出来，现在同亲近的人挨得这么近，使我感到很不自在。

这时候，布列顿太太转过头来出于一种好心的情不自禁的回忆对霍姆先生说的话使我相当吃惊，她说：

“如果我的那位稳重的小露西在这儿，我不知道她对这一切会说些什么呢？我们要是把她带来了，那该多好啊，她会非常欣赏的。”

“她会这样，她会这样，她会带着她那又严肃又敏感的神态欣赏。多可惜我们没有约她来，”那位和蔼的绅士回答说，紧接着又添了一句，“我很喜欢看见她如此文静地喜悦的神情；如此很少动感情，然而又如此心满意足。”

他们两人待我都很亲切；直到今天，回想起他们的善意厚爱，我感到他们对我还是那么亲切。可是他们并不知道那种撕心裂肺的痛苦把露西逼得几乎生病发烧，还把她逼出校门，无人指引，横冲直撞，由于被迫喝了镇静药而弄到了发狂的边缘。我有点儿想挨近这两位长辈的肩膀，用感激的目光来表达我对他们的善良的谢意。德·巴桑皮尔先生并不很了解我，但是我很了解他，并且尊敬和钦佩他的性格直率真诚，热情洋溢，以及完全自然的热心待人。我本来可能要开口说话的，可是正在此时，格雷厄姆转过身来。他以他常有的那种庄严的、强有力的姿势转过身来，这同一个脾气暴躁、身材矮小的人的姿势如此不同。在他后面，人群多达一百层，有几千人会碰上他的视线，分散他的注意力——那么，他的目光为什么完全集中在我的身上呢——为什么用那双圆圆的、蓝蓝的、直愣愣的眼珠的全部力量咄咄逼人呢？要是他要看，为什么看一眼不够呢？为什么要在椅子上转过身来，把胳臂肘搁在椅背上，好整以暇地观察我呢？他看不见我的脸，因为我低着头。他确实无法认出我来，我弯下腰，我转过身，我不愿意被认出来。他站起来了，想方设法要走近我，再过两分钟，他就会识破我的秘密了，我本人就要落在他那双决不是暴君似的残暴、却总是强而有力的双手里了。要避开他，或者制止他只有一个办法了。我摆出一副祈求的姿势，暗示我在祷告，不得打搅。要是他坚持的话，祷告之下，他可能会见到露西激怒的景象。并不是他身上所有崇高的、或者善良的、或者仁爱的东西(对此，露西深有感受)必定会使她总是百依百顺，或者绝对不敢冒犯，如影随形似的。他在望着，但是断了走近之想。他摇摇他那个漂亮的脑袋，然而默不作声。他重新坐下，既不再转身，也不再瞥我一眼来打扰我，只确实有过那么一瞬间，与其说是出于好奇心，不如说是由于不放心，朝我的方向偷看了一眼——表达出一种有点儿像要使我的心静下来的情感，就像“南风使地寂静”[①]一般。在格雷厄姆的思想里，对于我毕竟并不是完全冷若冰霜、漠不关心的。我相信，在那幢精美的大厦里，即他那颗心里，他保留了天窗底下的一席之地，假如露西决定去拜访的话，便可以在那儿受到款待。那一席之地不如他留他的男朋友们住宿的套间那么漂亮；既不像他容纳他的慈善事业的大厅，也不像他珍藏他的知识的图书室，更不像富丽豪华地摆着他的结婚喜宴的馆阁。然而，经过长期的友爱对待，他渐渐向我证明他保留着一间小小的密室，门楣之上写着“露西的房间”。我为他保留着一个位置——那块地方我从未用尺或者圆规丈量过。我想它像贝莉-巴奴[②]的帐篷。我一辈子都把它折叠着握在手掌心里——然而，一旦从这种掌握和压缩之中释放出来，我知道它固有的张大开来的能力肯定会把它放大得变成足以容纳许多人的临时居所。

尽管今天晚上他克制着自己，我也不能在这附近再待下去。这个危险的地方和座位都得放弃。我等候着机会，站了起来，悄悄地溜走了。他可能会想，甚至可能相信，露西是包裹在那块披肩里面，遮蔽在那顶草帽下边；但是他怎么也无法肯定，因为他没有瞧见我的脸。

---

① 语出《圣经·旧约全书·约伯记》第37章第17节：“南风使地寂静，你的衣服就如火热，你知道么。”

② 贝莉-巴奴，《一千零一夜·王子阿迈德和仙女贝莉-巴奴》故事中的仙女。阿迈德是印度苏丹的第三个儿子。他在与两个哥哥争娶某公主的竞赛中失败后出走，却遇到仙女贝莉-巴奴，并和她结婚。苏丹猜忌阿迈德，给他出了难题，要他弄来一顶帐篷，小可以捏在掌心中，大可以容纳千军万马。仙女贝莉-巴奴便从库房里取出这样一顶帐篷。

想必那忐忑不安的精神状态到这时候总该平静下来了吧？我不是已经有了足够的冒险经历了吗？我不是已经开始萎下来，战战兢兢，渴望安全地待在一个屋顶下面吗？并非如此。对于学校的集体寝室里我的那张床，我仍然厌恶得无法用言语来表达。只要能分散我的心思的想法，我都紧紧抓住。不知怎么，我总觉得，那场夜晚的戏剧只不过刚刚开始，开场白还没有说出来呢。在这个树木葱茏、绿草如茵的剧场中，到处受着一种神秘的阴影的支配；意想不到的演员们和插曲在后台等待上演。我想是如此，预兆也这样向我显示。

我漫无目的地东游西荡，每一次偶然相碰的胳臂肘推我往哪儿我便往哪儿，我被推到一个地方，那儿树木栽种成一簇簇的，也有一株一株独自孑然高耸，这样，就把密密层层的人群后面的那些人多少有些拆开，使之形成一种比较分散的特点。这一区域离音乐声很远，甚至离开那些灯盏也稍远，不过仍有足够的音响飘来慰藉，还有那皓月高挂天空，灯盏也就不怎么需要了。待在这儿的，主要是一个个的家庭以及市民的家长们。尽管夜已深，一些家长的身边还围绕着子女们，他们认为不宜冒险把孩子们带进更拥挤的人群。

有三棵挺拔高大的树彼此离得很近，这根树干几乎和那根树干交相缠绕起来，它们在一个绿草芊绵的土墩上空张开了一顶树荫的厚密的华盖。土墩顶上有一个座位——原可供数人落座，却似乎任由一个人坐在那儿，其余占有这个场地的幸运者们却毕恭毕敬地站在周围；然而在这一圈可尊敬的人士中间，有一位妇女搀着一个小女孩。

我一眼瞧见这个小女孩的时候，她正在一会儿用脚后跟站着打转转，一会儿悬挂在她那位女指挥的手上荡来荡去，一会儿又忽左忽右地摇摆着、淘气而怪模怪样地旋着圈圈。这些别扭的动作引起我的注意，使我想起一个极其熟悉的人的动作。细细察看之下，这个孩子的装备也同样显得非常熟悉。那件淡雪青色的毛皮领绸大衣、小小的天鹅羽绒长围巾和白色的软帽——总而言之，那全部的节日打扮是一个非常熟悉的小天使的、也就是那个法国小伢儿迪西蕾·贝克的节日盛装——她正是迪西蕾·贝克——就是她，要不然就是酷似她的一个小怪物。

我本来要把这一发现形容为一个晴天霹雳，但是只怕这一夸张还不够成熟。任何发现，在达到它的最高潮之前，必然要经过不止一次的逐步增长。

如果那不是迪西蕾的妈妈的手套、胳臂和连衣裙，那么这可爱的迪西蕾能够抓着谁的手如此自私自利地荡来荡去呢？能够把谁的手套如此漫不经心地拉扯呢？能够把谁的胳臂如此使劲地拉扯而不受惩罚呢？又能够把谁的连衣裙的绲边如此蛮横无理地乱翻乱踩呢？而在那儿，有一个人围着一条印度披肩，戴着一顶浅绿色绉布软帽——在那儿，精神饱满、躯体庞大、漠不关心、怡然自得——站在那儿的正是贝克夫人。

真是怪事！我本来想当然地认为，在这个幸福的时刻，夫人正安睡在她的床上，迪西蕾正安睡在她那有围栏的童床上，两人在福色特街上那神圣的四墙之内，十分幽静的环境之中，享受着理应享受的美梦。可以十拿九稳地肯定的是，她们也不会想到“露西小姐”同样没有睡觉。原来我们三个都在半夜三更，在这儿灯火辉煌的节日游园会里“玩耍”呢！

实际上，夫人只是按照她无可非议的惯常做法行事罢了。此刻，我想起，我听见教师们中间有过议论——尽管当时我并没有注意那些流言蜚语——说是在我们以为夫人待在自己的套间里睡觉的时候，她却已经穿着晚礼服到外面去了，在歌剧院、戏院或者盛大的舞会上寻欢作乐。夫人对于隐居般的生活根本不喜欢，却总是留意——主要地、虽然是谨慎小心地留意——用一些尘世的美味佳肴来增添她的生活的滋味。

她的朋友中的五六个绅士站在她的周围，其中，有两三个我不难认出来。有她的哥哥维克托·金特先生；另外一个人蓄着八字须，长头发——一个不动声色、寡言少语的人，但是他的性格具有一种特征以及与什么人相似之处，使我见了不由得产生感情。在那矜持拘谨和冷淡迟钝的神情之中，在他的性格与面部表情所形成的对照之中，依然有着什么东西使我联想起一张脸——富于表情、炽热如火、十分敏感——那张脸变化多端，一会儿阴云密布，一会儿光彩熠熠——那张脸，已从我的世界里给带走了，从我的眼前消失了，但是在那张脸上，我一生中最美好的青春时光时而阴影重重、时而红光灿灿地显现出来；在那张脸上，我曾经常常看见那么接近于天才迹象的活动，使我怎么也想不明白，为什么那一蓬毋庸置疑的火、那特征本身、那样的心灵，以及那个奥秘本身却为什么没有充分地发出光辉来。是的，这位约瑟夫·伊曼纽埃尔——这位平静安宁的人——使我想起了他的那位热情洋溢的哥哥来。

在这群人中，除了维克托先生和约瑟夫先生之外，我还认得另外一个人。这第三个人站在后面的树荫下，他的身躯也是弯腰曲背的，然而他的衣着和秃顶白发的头使他成为这一群人之中最引人注目的。他是一位神职人员，他是希拉斯神父。读者啊，不要认为神父光临这个节日盛会这件事有任何不协调之处。人们并不把这个盛会看做一场“名利场”①的游乐活动，而是看做一个追念为国牺牲者的纪念会。教会赞助这个盛会，甚至还炫耀地公开表示。那天晚上，公园里有着一批又一批的神父。

希拉斯神父弯着身子，朝着前面只坐着一个人的座位，就是那条土里土气的长凳和坐在上面的东西。那是一堆奇形怪状的包袱——说不出是什么形状，却显得富贵华丽。说真的，你瞧见了一张脸和五官

① 名利场，源自班扬的《天路历程》，由鬼王别西卜和亚玻伦开设的市场。

的轮廓，可是这些东西是如此形同死尸，又安放得如此特里特别，你几乎可以想象那是一颗身首异处的人头，被人随手扔在一堆贵重的商品之上。远处的灯光照在明晃晃的首饰上，照在粗大的戒指上，一亮一亮的。不管是皎洁的月光还是远处的火炬，都不能使那些纺织品的绚烂多彩的颜色黯然失色。好啊！沃尔拉文斯夫人！我觉得你比过去任何时候更像女巫了。而这位好太太立刻就证明确实不是尸体，也不是鬼魂，而是一个严酷无情而又敢作敢为的老妇人；因为在迪西蕾·贝克吵吵闹闹，越吵越凶，要求她的母亲到茶亭去买糖果吃的时候，这个驼背老媪忽然抡起手中那根金圆头的手杖，狠狠地向她打去。

那么，那里有着沃尔拉文斯夫人、贝克夫人、希拉斯神父——那全部的魔法，那秘密的阴谋集团了。见到他们如此纠集在一起的情况，对我倒是有好处。在他们面前，我不能说自己感到软弱无力，或者感到难以为情，或者感到沮丧失望。在数量上我寡不敌众，我被击败了，被他们踩在脚下；然而，到目前为止，我还没有死。

第三十九章
旧雨新知

我仿佛被一只三头蛇怪摄住了魂魄，竟然无法动弹，离不开这个小集团；他们近旁的地面似乎拽住了我的双足。由那几棵互相缠绕的树组成的华盖投下阴影，黑夜悄悄地发誓要保护我，一盏过分殷勤的灯只闪亮了一下，让我瞧见一眼朦胧处一个安全的座位，便马上消失了。让我此刻简单地跟读者谈谈吧，在过去那黑暗的两个星期里，我曾经默默地从流言蜚语中搜集有关伊曼纽埃尔先生离去的起因与目的的说法。说来话并不长，也并不新鲜，故事的开宗明义是“玛门”①，而最后结尾又是“利益”。

如果说沃尔拉文斯夫人像一尊印度教的偶像那样可怕的话，看起来她在她的这些崇拜者的心目中还占有着一尊偶像的重要性。事实是，她曾经是富有的——非常富有；而且，虽然眼前她不能动用她的钱，有一天还是很可能再富有起来。她在瓜德罗普的巴斯特尔岛上拥有一座大庄园，那是在六十年前她结婚时新郎送给她的财礼，后来丈夫破产而被扣押。但是现在人们猜想，在清偿债务以后，如果由一个能胜任的廉正诚实的代理人好好照料，那么，不消几年工夫，人们认为就有可能把那儿变得丰饶多产。

希拉斯神父对于这一盼望中的改进颇感兴趣，也是为了宗教和教会的缘故，而玛格萝娃尔·沃尔拉文斯正是其虔诚的女圣徒。贝克夫人是这个驼背的远亲，知道她没有亲生子女，因而早就以一个慈母般的深谋远虑盘算着将来可能发生的事，所以尽管沃尔拉文斯夫人对待她总是粗声恶气的，但是看在这项利益的份上，她从来都没有停止去巴结她。贝克夫人和神父两人都这样为了金钱的理由，同等地、衷心地对这块在西印度的庄园的照管问题感到兴趣。

可是那地方很远[2]，而且气候恶劣，因此所需要的一位既能胜任又很正直的代理人，必须是有献身精神的人。正好有这么一个人由沃尔拉文斯夫人一直保持着为她服务达二十年之久，像一株多年的真菌那样摧残着他的生命，然后又靠他过活。这样一个人也正是希拉斯神父所训练和教导出来，并且用感激之情、习惯之力和信仰之心的绳结同他捆绑在一起。这样一个人正是贝克夫人所了解并且在一定程度上可以施加影响的。"如果我的学生，"希拉斯神父说，"他继续待在欧洲的话，就有叛教的危险，因为他已经变得跟一个异教徒纠缠不清了。"贝克夫人也发表了她的个人意见，不过她更愿意把希望他流放国外的诡秘的原因深藏在自己的心里。她自己得不到的东西，她不愿意落到别人手里；她宁可把它毁掉也不愿意。至于沃尔拉文斯夫人呢，她正需要自己的金钱，自己的土地，她很了解保罗，只要保罗高兴去做，就会成为"那忠心有见识的管家"[3]。因此，这三个追求私利的人联合起来，围攻这个无私的人。他们向他解释，向他求助，向他哀求；他们把自己交托给他的善心，他们深信不疑地把自己的利益交托在他的手掌之中。他们只不过要求他为此献身两三年罢了——那段时间以后，他就可以为自己安排生活了。也许，他们三人之中的一个巴不得他在那段时间里死去拉倒。

对于任何人谦卑地把自己的利益放在伊曼纽埃尔先生的脚下，或者深信不疑地交托在他的手掌里，他从来都不轻蔑地拒绝这种信任，或者断然回绝这种寄托。至于他私下里会多么痛苦，或者内心里多么不愿意离开欧洲——对于自己的未来又有什么打算——则无人过问，

---

① 玛门，《圣经》词汇，意为"金钱财利"。见《圣经 · 新约全书 · 马太福音》第6章第24节："你们不能又侍奉上帝又侍奉玛门。"西方文学中借用为利欲和贪婪的代称。

② 指瓜德罗普，在南美加勒比海，距西欧6 000多公里。

③ 语出《圣经 · 新约全书 · 路加福音》第12章第42节："主说，谁是那忠心有见识的管家，主人派他管理家里的人，按时分粮给他们呢。"

无人了解，也无人报告。对于我来说，这一切都是一片空白。他跟他的告解神父之间如何商谈我可能猜得出来；在他们的劝说开导之中让责任和宗教所扮演的角色，我也可能揣摩出来。总之，他已经走了，而且什么表示也没有。我所知道的不过到此为止。

我坐在密集的树干和枝桠纷披的灌木丛之中，低着头，双手捧着前额。只要我想听，就能听见附近的人们讲些什么话，我同他们挨得很近。可是有一段时间，我简直没有心思去注意。他们闲谈衣着、音乐、灯彩和这耿耿良宵。我倾听着，希望听到他们说："对于他的远航，这真是好天气；安提瓜[①]号（他所乘的船）的航行会是很顺利的。"但是并没有听到这类的话；既没有提到那艘安提瓜号，也没谈起它的航线和乘客。

可能那位老沃尔拉文斯夫人对于那种闲言碎语的聊天比我更不感兴趣。她显得坐立不安了，把头一会儿转到这边，一会儿转到那边，从树与树之间望过去，在人群中搜寻着什么，似乎在期待什么人，并且因为迟迟不见人来而感到不耐烦。"他们在哪儿呀？他们为什么还不来？"我听见她不止一次地咕哝着；最后，她仿佛拿定了主意，非要人回答她的问题不可——这个问题到目前为止似乎没人关心，于是她大声说出这么一句话——这句话是够短的，够简单的，可是却使我从头到脚寒毛直竖。

"先生们，女士们，"她说，"那么纡丝蒂纳·玛丽在哪儿呢？"

"纡丝蒂纳·玛丽！"这是什么名字呀？纡丝蒂纳·玛丽——那个死去的修女——她在哪儿？怎么，她在坟墓里呀，沃尔拉文斯夫人——你能有什么事要找她呢？你将来会上她那儿去的，可是她不会上你这儿来。

---

① 安提瓜，拉丁美洲岛国安提瓜和巴布达的主岛。这里用作船名。

要是该由我来回答她的话，我是会这么回答的，但是似乎没有人想法同我一样，似乎没有人感到意外，或者大吃一惊，或者不知所措。忽然传来一声最冷静的平淡无奇的话答复了这个驼背的、奇怪的、惊扰死者的隐多珥女巫[1]的询问。

“纡丝蒂纳·玛丽，”有一个人说道，“她就要来了。她这会儿在茶亭里，马上就要到这儿来了。”

这个一问一答使他们的闲聊骤然起了变化——闲聊仍然进行着——随随便便的、漫无条理的、熟不拘礼的饶舌。暗示、影射和评论在人群里传开了，不过全都讲得那么断断续续的，又那么有赖于对于没有提出名字的人物和没有清楚说明的环境的了解，以至于即使我愿意专心致志地聆听——我现在确实怀着一种命中注定的兴趣聆听着——我也仅仅能够听懂某项计划正在实行之中，这项计划是与这位鬼影幽灵纡丝蒂纳·玛丽——不论是死是活——有关。这个家庭阴谋集团似乎正在为了什么原因要紧紧抓住她。似乎是一桩婚姻问题，一笔财产问题，而为了什么人，我则无法弄得很清楚——也许是为了维克托·金特，也许是为了约瑟夫·伊曼纽埃尔——他们两个都是单身汉。有一次，我觉得他们那些暗示和玩笑是冲着这群人之中一个金头发的外国小伙子来的，他们唤他海因里希·米勒尔。在大家开着玩笑彼此逗趣声中，沃尔拉文斯夫人仍然时不时地说些嘶哑的、执拗逆耳的话，硬是插进来打岔。她的急躁脾气只有在毫不留情地监视迪西蕾的时候才有所转移，迪西蕾只要一动，那个老太婆就用她的手杖威吓她。

“她来了！”其中一位绅士突然喊道，“纡丝蒂纳·玛丽来了！”

这一时刻对我来说是很奇怪的。这使我回想起那幅挂在镶板上的

① 隐多珥女巫，隐多珥是《圣经》中一城镇名，据记载，以色列第一位国王扫罗曾微服私访隐多珥的一个女巫，要她招来撒母耳之魂，以询问战事。撒母耳现形，指责扫罗违背上帝旨意，明日必战死沙场。预言后来果然应验。事见《圣经·旧约全书·撒母耳记上》第28章。

画中的修女。呈现在我心中的是那则悲哀的爱情故事；我看见脑海里出现的那个顶楼的幻象，那条庭院小径上的鬼影和那个绿廊的奇怪的出现。我经受了即将有所发现的不祥的预感，深信不久就会真相大白。啊！我们的想象力一旦如脱缰的野马，则将伊于胡底？冬季的什么树是这么光秃秃的，不存枝桠？在路边津津有味地咀嚼着树篱的，那是一头什么牲口呢？它这么谦卑，使得“幻想”、那朵正在掠过的云，以及那道挣扎欲出的月光，不给它披上灵性的外衣，而把它处理成一个幽灵。

我感到心头有一种庄严肃穆的沉重感，盼望弄明白的秘密就要揭晓了。迄今为止，我只对着一面镜子模模糊糊地看到这个鬼怪；现在我要面对面地注视它了。[①]我朝前面探着身子，望着。

“她来了！”约瑟夫·伊曼纽埃尔大声喊道。

那一圈人走开了，仿佛为一个他们所欢迎的新成员打开一个口子。就在此刻，刚巧有人擎着一个火炬走过，熊熊的火焰帮助惨白的月光使这个重大关头原样显露，把这个步步进逼的结局照得纤毫不爽。当然，我身边的那些人必定也感到了几分我所感到的焦虑不安，只不过在程度上大相径庭。在这群人当中，最冷静的人“也屏住呼吸，有那么一个时刻！[②]”而我呢，我的生命都停了摆。

事情结束了。那个时刻和那位修女都已经来过。那个重大关头和那幕真相揭示都已经过去了。

一个公园看守人高举着火炬，火光仍然照亮一码以内的地方；它那窜来窜去的长长的火舌几乎舔到那个“众人期待者”的身上——就在那儿——她就站在那儿，从头到脚都在我眼前！她是什么模样呢？

---

① 语出《圣经·新约全书·哥林多前书》第13章第12节：“我们如今仿佛对着镜子观看，模糊不清。到那时，就要面对面了。”

② 语出英国诗人汤玛斯·坎姆贝儿（1777—1844）的《波罗的海之战》中的诗句：“死一般的静寂笼罩四周，／最勇敢的人也屏住呼吸／有那么一个时候。”

她穿什么衣服呢？她的面貌如何？她是谁啊？

今晚公园是有许多人带着假面具，由于夜已深，一种多么奇怪的狂欢和神秘的气氛开始向四处弥漫，因此，如果我说，她很像那个顶楼上的修女，说她穿着黑裙子，包着白色包头布，说她看上去像肉体的死而复生，说她是一个爬起来的鬼魂，我的读者，想必你不大会怀疑我吧。

全都是谎言——全都是向壁虚构的事！我们可不参与这档子事情。让我们老老实实，正如直到此时为止，从平淡无奇的真相之网络中取材吧。

然而，平淡无奇是用词不当。因为我所见到的并非实实在在的平淡无奇。站在那儿的是一位维莱特的姑娘——刚从她的寄宿学校出来的姑娘。她长得很漂亮，具有当地姑娘的美貌。她看来得到很好的营养，雪白的皮肤、胖胖的身体，圆圆的面腮，秀美的双目，浓密的金发。她打扮得漂漂亮亮的。她并不是独自一人来的，有三个人陪伴——有个年龄较大，她称呼“我的舅舅”，“我的姑妈”。她有说有笑，心情欢快，健美而又活泼，充满青春活力，从一切方面来看，她都是位资产阶级的美人儿。

关于“纡丝蒂纳·玛丽”就到此为止了；关于鬼魂和神秘之事也就到此为止。这并不是说这个神秘之事已经得到解决——这位姑娘肯定不是我所说的那位修女。我在顶楼上和花园里见到的人，个子肯定要高出一个头。

我们已经把那个城市美人儿打量了一番，我们已经对可尊敬的老舅舅和老姑姑草草地扫了一眼。那么我们的目光是否远离此处，而对这一伙人之中的第三个成员瞧上一眼呢？难道我们能够不对他注意那么一会儿工夫吗？读者啊，我们应该尊敬他到这个程度。他现在正要求我们如此；我们此刻不是第一次遇见他。我把双手握得紧紧的，深深吸一口气。我强忍住哭泣，把要冲口而出的叫喊声吞咽下去，我不让自己惊跳起来，我让自己像一块石头一样不说话，不动弹。不过我明白自己在看着什么。我哭了许多个夜晚，眼睛变得模糊了，透过这片模糊我还认得他。他们说他要乘安提瓜号远航。是贝克夫人这么说的。她在说谎，要不然，她原先说的是事实，后来情况变得不正确的时候，她没有纠正过来。安提瓜号已经开走了，而保罗·伊曼纽埃尔却站在那儿。

我喜出望外吗？我心中掉下了一块沉重的石头。这是一个有理由让我感到快乐的事实吗？我不知道。我先得问问究竟是什么情况跟这痛苦的暂时缓解联系在一起？这一行期延迟跟我有多大关系？难道此事不可能跟其他的人们有着更密切的关系吗？

说到底，这位年轻的姑娘，这位纡丝蒂纳·玛丽，究竟是谁呢？我的读者，她可不是一个陌生的人，对我来说，她是个面熟的人；她来福色特街做客，常常参加贝克夫人举办的星期日社交聚会。她跟贝克一家和沃尔拉文斯一家都有亲戚关系。她受浸礼后的名字是得自那位已进了天国的修女，修女要是活着的话，可能是她的姨妈。她的父系的姓是苏弗尔。她父母双亡，是个女继承人，伊曼纽埃尔先生是她的监护人，有人说是她的教父。这个家族集团希望这个女继承人嫁给他们自己圈子里的人——那人是谁呢？至关重要的问题——那人是谁呢？

我现在感到非常高兴，给我服用的那一剂调在甜水里的药，曾经在我身体里注入了魔力，使得床铺和卧室成为不可容忍的东西。我整个一生，从来都喜欢深透地认识到事物的真相。我喜欢到女神的神殿里去寻找女神，触摸那个面纱，[1]敢于直视那种可怕的眼色。哦，众巨

---

[1] 语出德国诗人兼剧作家席勒（1759—1805）的《赛伊斯的蒙着面纱的神像》中的诗句。这首诗写一青年为求一见“真理”，在埃及一神庙中撩开一座巨大塑像的面纱，竟惊惧而死。

神之中的女提坦[①]啊！你那掩盖起来的面貌的轮廓，常常因为模糊不清而使人觉得厌烦。不过只要向我们显示一点点，让我们瞅见一丝轮廓，清清楚楚，真真切切，那么我们就可能吓得无法形容，吓得透不过气来，不过在透不过气来的同时，我们也还深深吸入了一股你的神灵之气。我们的心抖动起来，心潮像被震动激起的河水那样动荡，但是我们已经吞下了力量。看见并且了解最坏的事情就意味着从“惧怕”之中吸取它的主要的好处。

沃尔拉文斯家族的一群人，队伍扩大了，现在变得热闹非凡。绅士们从茶亭里拿来了茶点，全体都坐在树荫下的草皮上，互相为健康和其他情义举杯；他们纵声大笑，他们讲着俏皮话。伊曼纽埃尔先生遭到了一些逗弄，半是友好的玩笑，半是我认为出于恶意，特别是贝克夫人的所作所为。不久我便得到消息说，他曾经暂时推迟了行期，这出于他的自愿，并没有得到他的朋友们的赞同，甚至还违反了他们的劝告。他曾经不顾安提瓜号开走，买了保尔和薇吉妮[②]号船的舱位，定于两星期之后起航。他们戏弄他，要他讲出来的，就是他作出这项决定的原因，而他只愿含糊其辞地说，为的是“有一桩他下决心要解决的小事”。这究竟是什么事情呢？没有人知道。对了，有一个人似乎至少部分地参与了他的机密；因为他和纾丝蒂纳·玛丽两人彼此传递了意味深长的眼色。“小姑娘会来帮我的，不是吗？”他说道。天晓得，回答是多么干脆！

“啊，会的，我会全心全意地帮助你。你要我怎样我就怎样，我的

---

① 女提坦，希腊神话中的女神。提坦诸神是天神乌拉诺斯和地神盖亚所生子女的总称。提坦生六男六女。六女神名忒提斯、提亚、欧律比亚、福柏、瑞亚和忒弥斯，分别象征大海、太阳、记忆、月亮、收获和行星。

② 法国作家贝尔纳丹·德·圣皮埃尔（1737—1814）的代表作《保尔和薇吉妮》曾产生巨大影响。写的是一对青年男女的恋爱故事。结局是薇吉妮从海外回来时，忽遇狂风暴雨，船沉人亡，保尔哀伤过度，一病不起。夏洛蒂似有意用此书名作为船名，以暗示本书的结局。

教父。”

这位亲爱的“教父”握住她的手举起来，感激地吻了一下。我看出那个浅肤色的条顿人[1]海因里希·米勒尔对于这种感情的表露变得心情不安，好像不喜欢这种做法。他甚至还咕哝了几句，对此，伊曼纽埃尔先生竟然当面嘲笑他，而且还把他的受监护人拉得更靠近自己，摆出胜券在握的征服者那种无情的得意神态。

伊曼纽埃尔先生那天夜晚确实十分高兴。他似乎并没有因为情景的改变和正在逼近的行动而自我克制一丝一毫。他是这个聚会的真正的生命力；也许有点儿专制，他决意像在工作中一样，要在欢乐中也以他为主，然而他一次又一次无可置疑地证明自己有权当领导。他的话最诙谐，他谈的轶事最有趣，他笑得最坦诚。他一刻不停地以他的方式殷勤招待大家；可是，哦！我看见哪一个是他最喜爱的人了。我看见他在草皮上躺在谁的脚边，我看见他小心翼翼地帮谁把衣服裹紧在身上，以免夜晚寒气的侵袭，我看见他怎样体贴、照料那个人，像爱护自己的眼珠一般爱护那个人。

暗示和逗弄仍然频繁地进行着，我则依然收集着信息。得知为那些人工作的保罗先生必须离开这里的时候，那些人并非不领情，他们将会替他保护他留在欧洲的宝贝的。如果他给他们带来一笔西印度群岛的财产，他们就会送他一位新娘和一大笔遗产作为报答。至于圣徒似的奉献和坚贞不渝的誓言，都已忘得一干二净了：繁花似锦的迷人的“现在”战胜了“过去”；而且，他的那位修女最后确实被埋葬了。

事实想必就是如此。真相的揭示确实已经降临了。不祥的预感在其冲动之中并没有弄错；世上有一种不祥的预感从来就是没有弄错的；反而是我自己曾经一时估计错误了；我没有弄清楚神谕的真正意义，我曾经以为她喃喃而语，说的是幻象，殊不知事实上她的预言触

① 条顿人，相传为日耳曼人的一支，泛指日耳曼人及其后裔。

及的是现实。

对于我亲眼所见的事情，我本来可以多停留片刻；在我作结论之前，我本来可以仔细考虑一下。也许有些人会认为这些前提未必可信，这些证据尚嫌不足。有些迟于决断的怀疑论者先要满心疑惑地调查一下，然后才能最终相信一个不谋私利的四十岁穷男人同他所监护的十八岁的富有的姑娘两人结婚的这一计划。但是我不要这样的权宜之计和缓和办法，不要这样在确凿的事实面前暂时回避，这样怯懦地逃避这可怕的、长着飞毛腿似的、能追上一切的“事实”，我不要这样软弱无能、犹豫不决，不肯对事实这位唯一的君王屈服，不要这样对“权力”作结结巴巴、闪烁其词的抗辩，“权力”的使命就是要为了克敌制胜而进军：就是要去克敌制胜；我不要这样做叛徒，不要背叛真理。

决不。我急忙接受了那整个计划。我伸长了手去抓，把它全部接受下来。我怀着一种心急火燎的激情把它搜集起来，包裹我的全身，就像战场上的士兵把他的军旗绕在自己的前胸后背那样。尽管我拥抱了“确实无疑”，却不憎恶它，然而我还是祈求“深信”把“确实无疑”钉在我的身上，祈求“深信”用尽全力，以最猛烈的击打，用最坚硬的大钉子钉牢它，等到那根铁链深深扎进我的心灵的时候，[①]我便和我自己所想的那样，精神为之一振地站立起来。

我在迷离惝恍的状态之中说道：“‘事实’啊，你是你忠实仆从的好女主人！在一个谎言压着我的时候，我是多么痛苦啊！即使在‘虚妄’仍然甜蜜，仍然使幻想喜不自胜，使感觉温暖兴奋的时候，它却时时刻刻折磨着我，使我筋疲力尽。那种已经赢得别人对自己的爱慕的信念并不能摆脱担忧，只怕命运之轮再一次转动，就可能得而复

① 语出《圣经·旧约全书·诗篇》第105篇第18节：“人用脚镣伤他的脚，他被铁链捆拘。”

失。‘事实’剥去了‘虚妄’、‘谄媚’和‘期待’的伪装了，于是我便站在这儿了——自由地站在这儿！”

现在没什么事了，剩下要干的就是把我的这份自由带回我的套间去，带到我的床上去，看看我有了这样的自由能干些什么。那出戏确实还没有全部演完。[①]我本来可以多待一会儿，多瞧一眼那一幕树荫下的爱情，那一场田园求爱。如果在那种表演之中并没有什么关于爱情的东西，凭我此刻这么丰富、这么具有创造性的幻想，也能为那种表演塑造出最显著的轮廓特征，赋予它最深厚的生命，以及色彩最强烈的热情。可是当时我不愿意看；我曾经打定主意，但是又不愿意违背自己的天性。再者——我的披肩下面，有什么东西那样残酷地撕扯着我，有什么东西那样深地捅进我的肋部，就像是一只兀鹫用那样尖利的喙和爪在袭击，而我必须孤立无援地同它搏斗。我想我直到现在为止从来也没有尝到过妒忌的滋味。这次可不像容忍约翰医师和波琳娜之间的缱绻缠绵，尽管我对之闭起我的眼睛，蒙住我的耳朵，尽管我吩咐自己不去想他们的事，然而我的平静和谐的意识仍然承认其中有一种令人陶醉之处。这次可是一种凌辱感情的事了。那种从美貌中产生的爱情不属于我；我与之毫无共同之处；我不可能胆敢掺和到那里边去。但是，另外一种爱情：它在双方相识很久之后，胆怯地冒险闯进了生活中来，经过痛苦的熔炉的冶炼[②]，打上了坚贞的烙印，用感情的纯粹而耐久的合金加固，由理智对它加以检验，到最后，按照爱情自己的制作方法，逐步精心制作出它自己的毫无瑕疵的完美的东西来。这种爱情嘲笑激情，嘲笑激情的那种一哄而起的疯狂，以及激情的那种热火冲天，然后一下子灰飞烟灭。就是在这种爱情之中，我有

① 语出英国作家萨克雷（1811—1863）的小说《名利场》的最后一句：“戏已经演完了。”

② 语出《圣经·旧约全书·诗篇》第12篇第6节：“耶和华的言语，是纯净的言语，如同银子在泥炉中炼过七次。”

着既得利益。对于无论是培育它还是破坏它的倾向，我都不能无动于衷地袖手旁观。

我转身离开那一片树林和树荫下的“*欢乐的一群人*”[①]。午夜早已过去；音乐会也已结束；人群渐渐稀疏。我跟随离去的人们走着，离开了那座光辉灿烂的公园和灯火通明的高级住宅区（这会儿那儿仍然灯火通明，这使它看来像是维莱特的“*白夜*”）[②]，往那昏暗的较低级住宅区走去。

我不该说这里是昏暗的，因为美丽的月光——尽管在公园里被人遗忘了——在这里却使人感觉到它再一次流泻清辉。明月高悬天空，平静而又皎洁地照耀着。在过去的一小时里，这场喜庆节日的音乐声和欢笑声、那熊熊的火光和那些灯盏发射出来的光明的色彩，曾经比月亮照得更亮，可是现在，月亮的光辉和沉默又一次占了上风。那些与她争辉的灯盏正在渐渐熄灭；月亮却像一位白色的命运女神那样坚定地沿着自己的路线前进。鼓、喇叭和小号在发出铿锵哐啷的响声之后，已经被人遗忘了。月光在天空中和大地上写下了永久保存的档案记录。她和那些星星，在我看来，既是统领万物的真理的象征，又是它的见证。夜空照亮了她的领域：好像它的缓缓向前的进程一样，推进着她的胜利——那向前行进的运动曾经是、现在是、将来也是从永恒通向永恒。[③]

这一条条油光闪闪的街道十分静寂；我喜欢它们的平凡和安宁。不时有回家去的市民打我身边走过；不过这些同伴都是步行的，无声无息，而且转眼便不见了。我极其喜爱维莱特眼前的这种景象，很不愿意进屋去，可是我存心要使自己这场奇异的冒险经历有个圆满的结

---

① 欢乐的一群。这是出自英国诗人乔叟（约 1340—1400）著《坎特伯雷故事》的《总引》中的一句。

② 白夜，夏季在高纬度地区所见的一种自然景象。

③ 语出英国国教《祈祷书 · 晨祷》。

局，并且要在贝克夫人返回学校之前悄悄地回到那间大集体寝室里自己的床上去。

在我和福色特街之间，现在只剩下一条街了。在我走上这条街道的时候，第一次听到一辆马车声划破了这个地区的沉静和安宁。马车朝我这个方向驶来——飞速地驶来了。它在铺石路上碾过去，发出多么响的声音啊！街道很窄，我小心翼翼地走在石子铺筑的人行道上。马车轰隆隆地开过我身边，可是在它一掠而过的时候，我瞧见了，或者自以为瞧见了什么啦？确实有个什么白色的东西从马车的窗口伸出来舞动着——确实是一只手挥舞着一方手帕。那是向我示意吗？那个人认识我吗？谁可能认得出我呀？那不是德·巴桑皮尔先生的马车，也不是布列顿太太的马车；再说，克莱西公馆和台地别墅两处都不在马车前往的方向。算了，我可没时间去推测，我必须赶快回去。

我走到了福色特街，来到了寄宿学校，那儿一切都是静悄悄的。载着夫人和迪西蕾的出租马车还没有到达。我离校的时候，是让大门半开着的，现在会不会仍然如此？也许会有风或者其他想不到的事把大门推回去，其力量足以把锁簧闩碰上吧？要是那样的话，我就进不了门了，我的冒险行径势必引起一场灾难了。我轻轻地推动沉重的门扇，能推得开吗？

推开了。毫无声响、毫无阻力地开了，仿佛里面的门厅里有一位吉祥的神魔在等待着一声芝麻开门的咒语似的。我屏息、走了进去，蹑手蹑脚地快步走着，脱了鞋子走上楼梯，往集体寝室走去，来到了我的床边。

是啊！我来到了我的床边，我又一次深深地吸了一口气。可是，紧接着我几乎尖声大叫起来——是几乎，可是并没有，谢天谢地！

这时候，整个集体寝室里，整幢房子里，是一片死一般的静寂。

所有的人都入睡了，而且似乎没有人在这种静寂之中做梦。摊手摊脚地躺在十九张床上的是十九个人形的东西，都是直挺挺地躺着，一动也不动。在我的床上——那第二十张床上——原不该有什么人躺着的，我离开的时候，那儿空着，我此刻就该看到那儿是空着的。那么，在两块没有完全拉拢的帷幔中间，我瞧见了什么啦？那个黑色的、侵占了这张床的长长的奇怪的人形，仰面躺着，究竟是什么呀？是不是从开着的沿街大门溜进来的一个盗贼，在那儿躺下等着呢？它看上去非常黑，我觉得它看上去——不像一个人。会不会是一条野狗，从街上钻了进来，爬上床来舒舒服服地安卧了呢？如果我走近它，它会不会惊跳起来、蹦下床去呢？可是我必须走近它。鼓起勇气！跨出一步！

我顿时感到一阵眩晕，因为凭借夜明灯的微光，我看见躺在我床上的是那个老幽灵——那个修女。

要是在此刻叫喊起来，那我就完蛋了。不论见到的是什么东西，我可决不能惊恐万状，厉声尖叫，或者晕厥过去。再说，我并没有被吓倒。经过最近一些事件的锻炼，我的神经蔑视歇斯底里。刚才的灯彩、音乐和数达成千上万的人群使我此刻仍感兴奋，而且又受到一个新的苦难的鞭笞，因此我也敢于和幻象相对抗。在一眨眼的工夫里，我没有喊叫，便猛然冲到这张闹鬼的床上去，却没有什么东西跳出来，或者往上蹦，或者扭动。所有的动作都是我的动作，而活力、现实、物质、力量这一切也完全只是我的，正像我的直觉所感觉到的那样。我把她撕成碎片——把那个梦淫妖①！我把她高高举起来——那个女妖魔！我把她抖落松散开来——这个不可思议的东西！于是她便落

① 梦淫妖，欧洲古代传说中的妖魔有男女之分，趁人熟睡时与人交合。女人与这种男妖交合，会生女巫、妖精或丑人。

下来了——落在我的四周围——落成碎布条，落成小布块——于是我把她踩在脚底下。

又出现了——瞧那棵没有枝桠的树，那匹颤颤巍巍的罗西南特[①]；那一片流云，那闪闪烁烁的月光。那个长长的修女原来竟然是一个长长的枕头，外面套着一件长长的黑色长袍，还巧妙地罩上一块白色的面纱。尽管这事显得很奇怪，可是那些服装实实在在是真的修女服装，而且为了要造成假象，由什么人故意作了如此安排。这些法衣是从哪儿来的呢？是谁策划了这个诡计的呢？这些问题仍然存在。在那根束发带上，别着一张纸条，上面有用铅笔写的这样一些嘲弄人的话：

> 顶楼上的修女把她的全套服装遗赠给露西·斯诺。她将从此再也不在福色特街出现。

那个曾经纠缠我的她，究竟是什么东西，是什么人呢？我实际上曾经看见过三次的她是谁呢？我所认识的女人之中，没有一个有跟那个鬼魂一样的身材。她的身材不像是女性的。一时间，我无法把这个阴谋诡计归之于我所认识的哪一个男人。

我虽然仍旧感到困惑得无法用言语形容，但是我豁然开朗地、彻底地从一切鬼怪和可怖的感觉之中解脱了出来；对于这种无法解释然而又微不足道的谜，我认为不值得为之苦恼，为之伤脑筋，于是我只把长袍、面纱和带子统统捆扎在一起，往枕头底下一塞，便躺了下来，侧耳倾听着，直到听见夫人的出租马车辘辘地返回学校，然后我转过身去，由于许多天来夜不成寐而疲乏不堪，或许也由于镇静药此时正在起作用，我一下子便呼呼入睡了。

---

① 罗西南特，西班牙作家塞万提斯（1547—1616）所著小说《堂吉诃德》中主人公的瘦马的名字。

第四十章
幸福的一对

紧接着这个奇异的仲夏夜之后的一天是很不平常的一天。我并不是说在这一天天空中出现了什么迹象，或者地面上有什么不祥之兆；我也并非指气象学方面的现象，并非指风暴、洪水，或者旋风。正相反，太阳带着7月的面庞乐呵呵地升起。早晨用红宝石装饰自己的美貌，在她的裙兜里放满了那么多的玫瑰花，以至于花朵像阵雨一般掉落下来，使她的道路一片绯红。“时序女神”①醒来了，像山林水泽仙女一样清新；她们把盛在小瓶里的露水全部倒在清早的小山上，她们从被驱散的云雾中走出来；她们没有影子，一片蔚蓝，灿烂辉煌，率领着太阳的骏马奔驰在一条万丈火焰、万里无云的道路上。

总之，这一天是最美好的夏季所能夸耀的美好的一天，不过我想，在福色特街上恐怕只有我一个居民关心或记得去注意这一令人愉快的事实。另外一个想法占据了所有其他的人的头脑，也确实在我的沉思中占有一席之地。但这一主要的考虑，对于我来说，并不像大部分也在想着此事的人们那样，感到完全是那么新奇、那么因为突然而令人不知所措，尤其是那么神秘得难以理解，这就多少使我比别人易于作一些冷眼旁观，获得一些印象。

我在校园里散步，感受到阳光的温暖，注意到那些茁壮生长的繁花似锦的草木，这时候，我默思着整个学校议论纷纷的同一话题。

什么话题呢？

只是这么一回事。在作晨祷的时候，在寄宿生们座位的头一排有一个座位空在那儿。摆出早饭的时候，在一张床铺上发现了一个长枕头，笔直地放在中间，还给戴着一顶便帽，穿着一件晨衣；在姞妮芙拉·樊箫的音乐女教师像平常那样一早就来上晨课的时候，她的学生，那个有才能、有前途的年轻姑娘，始终没有出现。

楼上楼下，大家到处寻找樊箫小姐；东西南北，整幢房子都寻遍了，一无所获，毫无踪迹，也没有任何迹象，就连一小张便条那样的东西也没有让人找到。这位仙女失踪了，在头一天晚上被吞没了，就像一颗流星那样被黑暗吞没了。

那些监管的教师对此惊愕至极，那位疏忽大意的女主管更是惊恐万状。我从来没有见过贝克夫人这么脸色苍白，这么魂不附体。这是对她的痛处、她的弱点的一个打击，也是对她的利益的损害。再说，这件倒霉的事究竟是怎么发生的呢？这次逃亡是通过什么途径实现的呢？经查没有一扇竖铰链窗不是闩住的，也没有一块窗玻璃是给打碎的；所有的门都闩得牢牢的。直到今天为止，贝克夫人对这个问题从来都没有得到过圆满的解答，而除了一个人即露西·斯诺以外，也确实没有其他任何人关心这一点。我倒是真的不能忘记为了便于去做那么一桩冒险的事，确实有那么一扇大门曾经被轻轻地向过梁拉开，然后再关上，但是既没有闩上，也没有关紧。此刻，我同样想起了我半路碰见的那辆雷鸣般驶过的双马车，还想起那个令人费解的信号：那块挥动的手帕。

从这些除了我没有别人知道的前提，以及其他一两点，我只能得出一个结论：这是一件私奔案。由于对此深信不疑，并且看见贝克夫人那副十分尴尬的样子，我终于把我的想法告诉了她。我提及德·阿麦尔先生的求婚，发觉正如我所预料的那样，贝克夫人对于此事完全了解。她早就跟肖尔蒙德莱太太讨论过这件事了，并把她自己对这件事的责任推在那位太太的身上。她现在已经向肖尔蒙德莱太太和德·巴桑皮尔先生求助了。

---

① 时序女神，见第203页注③。荷马史诗上说她们是宙斯的女仆，负责启闭天门，并清除门口的云雾。

我们发现克莱西公馆已经觉察到发生的事情了。姞妮芙拉曾经写信给她的表妹波琳娜，含糊其辞地表示结婚的意愿。德·阿麦尔家的人也曾经来过信。德·巴桑皮尔先生追踪那两个逃亡者，可是已经太晚，追不上了。

在这个星期里，邮递员给我送来了一封短信。我不妨把它照抄如下，信中包含有对于不止一个方面的解释：

亲爱的老泰姆(这是泰门[①]的简称)：

我走了，你瞧——飞快地走了。阿尔弗莱德和我开头就打算用这种方式结婚；我们从来都不打算按照别人那种单调乏味的方式结合在一起。阿尔弗雷德这个人生龙活虎的，受不了那种婚礼，我也是这样——感谢上帝！你可知道，过去管你叫做“龙[②]”的阿尔弗莱德，在近几个月里与你有了不少接触以后，开始对你感到很友好了。他现在已经走了，他希望你不要再惦记他；他请你原谅他可能给你造成的任何麻烦。他恐怕有一次太打扰你了，当时他偶然来到顶楼里，正好看见你在读一封似乎极感兴趣的信。但是，他看见你对写信的人显得那么着迷的样子，他忍不住要吓你一跳的冲动。他还说，作为回报你有一次也吓了他一下，那次他正在等我，擦了一根火柴，打算静静地吸一口雪茄烟，你却冲进屋来，取一件连衣裙，或者一条披肩，或者其他雪纺绸衣物。

现在，你是否开始明白了？德·阿麦尔伯爵先生就是顶楼的那个修女，他是来看望你的谦卑的仆人的。我来告诉你，他是怎样设法办到这样的事情的。你知道他有权可以进入那所专科学

① 泰姆，原文为 Tim；泰门，原文为 Timon。见第 303 页注①。
② 见第 140 页注①。

校，因为他的两三个外甥，也就是他的大姐德·梅尔希夫人的儿子，是那儿的学生。你也知道，那所学校的院子就在沿着你散步的小路即那条 allée défendue 而筑起的高墙的另一边。而阿尔弗莱德攀登的本领就像他跳舞或者击剑的本领一样好。他喜欢攀登我们的宿舍，首先爬上那堵高墙，然后——借助那棵大树，它覆盖住高大的绿廊，有几根粗枝长在我们的校舍中那些较矮的建筑的屋顶上——他设法攀登上第一班教室和大厅。顺便说一句，有一天夜里，他从这棵树上摔了下来，折断了一些枝桠，差点儿折断脖子，最后，在逃跑的时候，吓了一大跳，险些被两个在小径上散步的人逮住，他觉得那两个人大概是贝克夫人和伊曼纽埃尔先生。从大厅那儿往上爬，便不难登上建筑物中最高的一组，最终爬到那个大顶楼上。你知道，为了通气，那扇天窗无论日夜都是半开着的，他便从那扇天窗爬进顶楼里来。将近一年以前，我偶然把我们的修女传奇讲给他听过，这使他产生了装神弄鬼的浪漫想法，对此，我想你一定认为他表演得非常聪明伶俐吧。

要是没有那个修女的黑长袍和白面纱，想必他会一次又一次地被你和那位凶猛如虎的耶稣会会士保罗先生逮住的。他认为你们俩是了不起的鬼怪观察家，并且非常勇敢。我所惊服的，与其说是你的胆量，还不如说是你竟然那样守口如瓶。你怎么会几次三番地忍受那个高大的幽灵的出现而不大声喊叫，而不逢人便说，并且惊动整个学校和四邻呢？

哦，和那个修女抵足而眠，你觉得如何？是我给她打扮起来的，难道我的手艺不好吗？你见到她的时候，尖声叫喊了没有？换作我的话，一定会吓疯的；不过你就是具有那样的胆量——是真正的铁块，是最好的皮革！我相信你必然是无动于衷。像我这样素质的人所具有的神经过敏你是没有的。在我看来，你似乎对痛苦、恐惧和悲伤都不敏感。你是一位真正的老第欧根尼①。

可是，亲爱的老奶奶啊！你不是对于我的月夜逃离和私奔婚配非常生气吗？我向你保证这件事情是再有趣也没有的，而且我这么做的部分原因是为了气气那个轻佻的少女波琳娜和那头粗鲁的熊约翰医师，让他们明白，尽管他们架子十足，我也能与他们一样风光地结婚。德·巴桑皮尔先生开头对阿尔弗莱德异乎寻常地发怒。他威胁说要告发他"诱拐幼女"，以及我不知道的其他什么罪名。他是认真得令人讨厌，我发现自己不得不做一下传奇剧的表演——双膝下跪，又是哭，又是喊，泪水湿透了三条手帕。当然啦，"我的姨父"不久便让步了。真是小题大做，有什么好处呢？我已经结婚了，就是这么一回事而已。他仍然说我们的结婚不合法，因为我还不到结婚年龄，这倒是真的呢！好像这有什么关系似的！我就像是一个百岁老人那样结婚了哩。不过，我们还要再一次结婚，我得要有一份嫁妆，而肖尔蒙德莱太太正在监督这件事；还存有希望，德·巴桑皮尔先生将会给我一笔可观的财产，这可是来得正好，因为亲爱的阿尔弗莱德除了他生来的和遗传的高尚品质，以及他的薪水之外，就什么也没有了。我只希望姨父不附加任何条件，而以一种宽宏大量的绅士风度处理事情。可是他给我的嫁妆费是那么不爽快，竟然先要阿尔弗莱德立下字据，保证自那笔嫁妆费交付的一天起，永远不碰纸牌和骰子。他们指责我的小天使有嗜赌的倾向。对此，我一无所知，但是我确实知道他是个叫人喜、令人爱的人。

对于德·阿麦尔安排我们逃跑的本领，我怎么赞美也嫌不够。他多么聪明呀，选择了那个喜庆节日的夜晚，当时，像他所说的那

① 见第111页注①。

样，夫人（因为他了解她的习惯）肯定会离校去参加公园里的音乐会的。我猜想你一定同她一起去的吧。我注意到你在约摸十一点钟的时候离开了集体寝室。至于你怎么独个儿回来，而且是走回来的，我则百思不得其解。在那条狭窄、古老的圣约翰街上，我们碰到的肯定是你吧？你可曾瞧见我从马车窗口向外挥动手帕呀？

再见啦！为我的好运气而高兴吧；为我的至高无上的幸福而祝贺我吧，而且请相信我，亲爱的愤世嫉俗者，厌恶人类者。你的身体极佳的、心情极好的

姞妮芙拉·劳拉·德·阿麦尔

娘家姓：樊箫

再者——请记住，如今我是一位伯爵夫人了。爸爸、妈妈和家里的女孩们知道了会高兴的。"我的女儿是一位伯爵夫人！我的姐姐是一位伯爵夫人！"妙啊！这可要比约翰·布列顿太太好听一些吧？

在结束樊箫女士的回忆录的时候，读者无疑会希望听到说，由于她年轻时的轻率，最终受到痛苦的报应。当然啰，是有大量的磨难等在那儿让她将来去经受呢。

再说几句话就可以具体说明我所知道的关于她后来的一些情况。

我在她快度完蜜月的时候见到她的。她来拜访贝克夫人，叫人来请我到沙龙客厅里去。她大声笑着扑到我的怀中。她看上去青春焕发、十分美丽。她的鬈发比先前长了些，双颊比任何时候都更红润了；她戴着白色软帽和佛兰德面纱，佩着白色香橙花，[1]穿着新娘的盛装，这些把她衬托得分外美丽。

---

① 白色香橙花，在欧美习俗中常由新娘佩戴，或扎为花束捧在手中。

“我已经得到我的嫁妆费了！”她马上喊了起来，（姑妮芙拉总是牢牢钉住物质的东西；我一向觉得在她的品质里有着一种善于经商的元素，尽管她很瞧不起“中产阶级的女人”。）“巴桑皮尔姨父已经和我们言归于好了。我不在乎他把阿尔弗莱德叫做‘笨蛋’——那只不过是出于他的粗鲁的苏格兰教养罢了。我相信波琳娜羡慕我，约翰医师则妒忌得要发疯了——几乎要使他的脑袋炸开花啦——我真得意啊！我真的觉得自己几乎什么都不要了——除了想要一辆自备马车和一座公馆以外。哦！我一定得介绍你认识认识‘我的丈夫’——阿尔弗莱德，到这儿来！”

于是阿尔弗莱德从里面的沙龙客厅走出来，他刚才在那儿跟贝克夫人谈话，接受那位女士的羼和在一起的祝贺与训斥。我是被她用我的各种各样的名字介绍的：什么“龙”啊，“第欧根尼”啊，“泰门”啊。那位年轻的上校彬彬有礼，对于那些鬼魂出现等等的事向我道歉，说得委婉动听，用词干净利落，结束的时候，说道：“对于自己一切的恶劣行为的最好的辩解就在那儿！”他指着他的新娘。

接着那位新娘叫他回到贝克夫人那儿去，由她独占了我，用她那不加约束的情绪、她那女孩子家的轻率任性的胡言乱语，继续十十足足地把我弄得透不过气来。她眉飞色舞地给我看她的戒指；她自己称自己德·阿麦尔伯爵夫人，并且向我问了二十次这个称呼听来怎么样。我很少说话，只把我的性格的外壳和表面姿态给了她。这不要紧，因为她所寄希望于我的也不过如此而已——她太了解我了，并不期待会得到我的恭维——我的干巴巴的冷嘲热讽的话够使她高兴了，我的态度越是无动于衷和淡而无味，她越是开怀大笑。

德·阿麦尔先生结婚不久以后便经别人劝说，脱离了军队，这是作为使他断绝与某些无益的同僚的交往和除去某些恶习的最稳妥的办法。别人替他谋得了一个使馆武官的职位，于是他和他的年轻妻子便到国外去了。我以为这一来她会把我忘掉的，可是没有。以后许多年里，她同我维持着一种心血来潮的、时断时续的通信关系。开头一两年，她在信中只是谈谈她自己和阿尔弗莱德的事；接着，阿尔弗莱德退到背景中去了；她自己和某一位新来者则居于主要地位。一位阿尔弗莱德·樊箫·德·巴桑皮尔·阿麦尔开始替代他的父亲而占了统治地位。她大夸特夸这位大人物，竭力夸耀他聪慧早熟的种种奇迹，信中还夹杂着破口痛骂我对这些了不起的事所持的冷淡无情的怀疑态度。她说我不了解“当母亲是怎么一回事”；说我是个“没有感情的东西”，“一个母亲心中的感受”对我来说就像是“对牛弹琴[①]”，如此等等。在正常的自然生长的进程中，这位幼年绅士在各个阶段长了牙、得了麻疹、患了百日咳。那一阵子真叫我受不了——那位妈妈的来信成了不折不扣的诉苦的哀号。从来没有一个女人像她那样成为灾难的牺牲品；从来没有一个人处在这样需要同情的境地。开头我被吓坏了，怜悯地写了回信，但是不久便发现，在这类事情上她实在是虚张声势，言过其实，于是我故态复萌，恢复我那残酷的麻木不仁的本来面目。至于那个年幼的受苦者呢，他像英雄一般战胜了每一次的暴风雨。那个小家伙五度面临“articulo mortis[②]”，又五度奇迹般地活了过来。

在那几年期间，响起了一阵阵不满于阿尔弗莱德一世的不祥的窃窃私议声，于是不得不向德·巴桑皮尔先生求援，债务不得不偿还，其中一部分属于不体面的一类，被人称作“信用债务”[③]。不光彩的控诉和困难变得频繁起来了。一有阴云遮来，不管那是属于什么性质

① 原文为“...were Greek and Hebrew to me”，照字面意思是：“对我来说，乃希腊语和希伯来语。”这两种语言，在英语中又有“全然不解”（be Greek to）和“晦涩难懂”之意。

② 拉丁文：死亡的关头。

③ 指赌债。

的，姞妮芙拉都一如既往，精力充沛地拼命呼吁同情和援助。她一点都不打算凭一己的力量去对付任何不幸的事。她总是相当有把握地以某种形式，从某个方面，得到她所想得到的东西，她就如此生活下去——让别人为她进行人生的战斗，而且，总的说来，她所受的苦，跟我所认识的任何人一样少。

第四十一章
克罗提尔德郊区

在我搁笔之前，我是否必须把自己在那个节日之夜所赢得的“自由”和“重新振作”的情况叙述一下呢？我是否必须提一下自己，以及我从灯火辉煌的公园里带回学校来的这两位健壮的同伴，如何经受了亲密朋友的考验呢？

就在第二天我便考验了它们。在它们把我从爱情和爱情的束缚之中解脱出来的时候，曾对自己的力量大肆吹嘘，可是在我向它们要求实际行动，而不是空话，要求一些更好的安慰的证据，要求一些苦尽甘来的人生经验的时候——“自由”却寻找借口，说它目前一贫如洗，无力相助，至于“重新振作”则始终一言不发，它在昨夜已经猝然身亡了。

于是，我对此没什么好干，唯有暗地里相信，“猜测”可能已经把我推逼太快又太远，以至于回想起扭曲变形的和淡退变色的妒忌的魔术时，承受不了那使我感到压抑的时刻。经过一番短暂的、枉费心机的内心斗争之后，我发现自己又被抓了回去，成为过去的悬念的拉肢刑架[1]上的俘虏，给捆绑起来，重新绷得紧紧的。

在他动身之前，我还要去见见他吗？他还会把我放在心上吗？他会不会打算来看我呢？他会在今天——在下一小时里到来吗？或者，我是不是必须再试试长时间期待的一点一点地受折磨那种痛苦——那种和友好关系最终决裂的剧痛，那种默默无声的、难受得要死的绞痛呢？这种绞痛把希望和怀疑一起连根拔掉的时候，动摇着生命。而那只横施暴虐的手无法被人抚摩，使之手下留情，因为互不见面已经设置了障碍。

这天是圣母升天节[2]，学校里不上课。早上望过弥撒之后，寄宿生们和教师们都到乡下去远足，要在某个农庄住宅里用午茶，或者叫下午餐。我没有随同前往，因为离保尔和薇吉妮号必定要启航的日子只剩下两天了，我正要紧紧抓住我的最后的机会，犹如一艘沉船上一息尚存的漂流者紧紧抓住他的最后的一块木筏或者缆索似的。

在第一班教室里放着一些细木工待做的活儿，有些长凳和课桌要修理。一些假日往往被利用来做这些事情，因为教室里都是学生的时候是无法办到的。我独个儿坐着，心里打算换个地方，到校园里去，以便为那里排除障碍，可是我又那么无精打采，懒得照自己的意思去做，这时，我听见工人们来了。

外国的手艺人和仆人们不论做什么事都是成双成对的。我相信，如果要拉巴色库尔的木匠来钉一根钉子，他们也得两个人一起动手。直到这时，我的无所事事的手一直拎着我的软帽上的缎带，正当我戴上帽子，系好缎带的时候，我模模糊糊地、短暂地纳闷自己怎么只听见一个“工人”的脚步声我还注意到——就像一个被关在地牢里的人，有时候在百无聊赖的闲暇中会侧耳倾听到最细小的琐事一样——这人穿的是鞋子，而不是木底鞋。于是我便断定来者一定是位木匠师傅，在派他的学徒工来干活之前，先自行查看一下。我把围巾随手朝身上一裹。那人走来了，打开了门。我是背朝着门的，只觉得身上有一点儿震颤——是一阵奇怪的感觉，只一会儿，转瞬即逝，因而就无从分析。我转过身来，站在我所猜想的这位有手艺的师傅面前，朝门口望去，只见有一个人影嵌在门框里，而我的眼睛在我的脑海里印上了保罗先生的肖像。

---

① 拉肢刑架，欧洲古代一种刑具，受刑者双手双脚被缚在装有滚轮的木架上，行刑时转动滚轮，受刑者四肢关节可被拉脱臼。

② 圣母升天节，天主教和东正教相信耶稣的母亲马利亚死后灵体被上帝接进天堂。天主教定每年 8 月 15 日、东正教为 8 月 27 或 28 日为纪念“圣母荣召升天”的纪念节日。

我们使上帝听得厌烦了的千百次的祈祷，并没有给恳求者带来实现的满足。在一生当中，却会偶然有一次一件金制的礼品直落到你的衣兜里——一件丰满圆润、光彩照人的恩赐，一件从“果实”的制造所里出来的至善至美的产品。

伊曼纽埃尔先生穿着一件他大概准备远行时候穿的衣服——一件用丝绒镶边的紧身长外衣。我想他是做好了马上就出发的准备，然而，据我所知，还得过两天才开船。他看上去又健康又愉快；他看上去又亲切又宽厚，急切热情地走了进来，只一转眼工夫就近在我眼前，态度和蔼可亲至极。可能是他的将成为新郎的心情使他如此喜形于色吧。不管是什么原因，我可不能用一阵阴云来迎接他的一派阳光啊。如果这是我和他相会的最后时刻，我可不愿意在勉强的、不自然的冷淡气氛中浪费这一时刻。我很爱他——爱得甚至如果“嫉妒”小姐大驾亲临来阻挡一次亲切的告别的话，我要扇她一巴掌，并打开我的道路。从他的嘴里吐出的一个热情友好的字，或者从他的眼睛射出的一道温柔体贴的目光，都会在我今后的余生里一直使我不胜欣喜，都会在最后的一段孤独难熬的日子里成为安慰。我要得到这个安慰——我要喝下这剂灵丹妙药，自尊心可不要把杯子里的药水泼掉啊。

当然，这将是一次短暂的会见，他将要对我说的话，只不过是他曾经对集合起来的所有的学生所说过的话而已。他会把我的手拿起来握两分钟。他会第一次、最后一次、唯一的一次用嘴唇轻轻碰一下我的面颊——然后——再也不碰了。然后，当然是最后的离别，然后，是那距离遥远的阔别，那我无法跨过去寻找他的巨大的鸿沟——而他又不会从鸿沟那边偶然对这边望一眼，回想起我来。

他的一只手握住了我的一只手；他的另一只手把我的软帽往后推去，细细端详我的脸，他的光彩熠熠的微笑消失了；他的嘴唇表达着某种语言，几乎像一位母亲发现她的孩子被疾病击垮，或者被贫困磨损而发生巨大和意外的变化时嗫嚅着无词的语言一样。正在此时，这些都突然被制止了。

“保罗，保罗！”从后面传来一个女人的仓促的声音，“保罗，到沙龙客厅里来，我还有许多话要跟你说——要有一整天的话要谈呢——维克托也有话要说；而且约瑟夫也在这儿。来啊，保罗，到你的这些朋友们这儿来。”

也许是由于时刻警惕着，也许是由于一种不可思议的本能，贝克夫人来到此地，逼得很近，几乎把自己插在我和伊曼纽埃尔先生之间。“来啊，保罗！”她反复说着，紧盯着我的目光像一把钢的管心针。她推搡着他的亲戚。我觉得他朝后退去；我觉得他就要走了。管心针刺得我超过了可以忍受的限度，使我产生一种反抗压迫的感觉，我大声喊叫起来：

“我的心要碎了！”

我所感觉到的似乎是我的心真的碎了；不过，在这极度紧张的状态下，另一个喷泉的封口溃决了。传来保罗先生的声息，悄悄的一声低语：“相信我吧！”这卸掉了我的重负，打开了一个出口。我抽抽搭搭地哭个不停，震颤不已，四肢冰凉地哆嗦，再猛烈地浑身发抖，然而最后松了一口气——我哭了。

“把她交给我；这是精神崩溃；我让她喝一点有兴奋作用的饮料，这就会好的，”这位沉着冷静的贝克夫人说。

在我看来，把我交给她和她的兴奋剂，那就像是把我交给下毒者和她的大酒杯了。这时，保罗先生深沉地、严厉地、生硬简短地回答了。

“别管我！”在那令人生畏的声调里，我感觉到一阵奇怪的、强烈的、但是能使人恢复生气的音乐。

“别管我！”他重复了一次，说话的时候鼻孔翕张，整个脸上的肌肉都颤动起来。

“可是这绝对不行，”贝克夫人厉声说。她的亲戚却用更严厉的声音反驳她：

“离开这里！”

“我要请希拉斯神父来；马上去请他来，”她执拗地威胁道。

“女人！”这位教授喝道！这会儿他的嗓音不再是深沉的；他是在用他最高的、最激动的调门嘶喊，“女人！马上离开这里！”

他被惹火了，我怀着以前从未有过的激情爱他勃然大怒的样子。

“你这么干是错的，”夫人继续说道；“这是一种像你这样具有靠不住的、富于想象力的性格的男人所特有的行为；一种出自一时冲动的、很欠考虑的、前后不一贯的步骤——在性格较为稳健、较为果断的人们看来，这是一种叫人心烦的、不能令人尊重的做法。”

“你不知道我身上具有怎样稳健和果断的品性，”他说，“不过你会明白的；事实会教育你。摩德斯特，”他接着说，口气不那么凶猛了，“要温柔些，要怜悯人，要有一副女人心肠。看看这张可怜的脸蛋儿，宽容吧。你知道我是你的朋友，也是你朋友们的朋友：尽管你说这些奚落的话，你还是十分清楚地知道我这个人是可以信赖的。说到牺牲我自己，我没有什么困难；但是我眼睛瞧见的情景使我心如刀绞。我的心必须得到并且付出安慰。离开我吧！”

这一次，“离开我吧”这句话的语调是那么痛苦和没有商量余地，我想即使贝克夫人本人听了恐怕也要毫不迟疑地服从的吧。可是她却一动也不动地站在那儿，毫无惧色地盯着他瞧。他的双眼僵如顽石；她迎着他那令人望而生畏的目光。她张开嘴巴，打算反驳，我却看见保罗先生整个脸上突然升起的亮光和怒火。我简直不知道他怎么掌握好这一举动的。那样子看上去并不激烈，还保持着一种谦恭有礼的形式，他还向她伸出手去，我觉得那只手几乎没有碰到她，她拔腿就跑，一阵风似的溜出了房间；只一秒钟时间，她不见了，门也关上了。

这一阵感情激动的火光很快就消失得无影无踪了。他微笑着叫我把眼泪擦干，心平气和地等待我镇静下来，不时说一两句使我平静、让我宽慰话。没过多久，我便坐在他身边，情绪已经恢复了——重新有了自信心，不再绝望，不再感到孤独；不再觉得没有朋友，没有希望，不再厌倦人生，寻求死亡了。

“那么，失去了朋友你感到非常伤心吗？”他问道。

“先生，我被人遗忘了，真让我难过极了，”我说。“在这些令人心烦意乱的日子里，你音讯杳然，我反复琢磨你可能会连一句再见都不说便悄然离去，后来觉得你肯定会如此，这叫我的心都碎了。”

“难道我必须把我对摩德斯特·贝克说的话也对你说——说你并不了解我吗？难道我必须向你揭示并且教会你认识我的性格吗？你一定要得到我能够成为一个坚定不移的朋友的证据吗？如果没有清清楚楚的证据，你这只手就不肯安安稳稳地搁在我的手上，也不相信我的肩膀是个可靠的支柱吗？好吧。这个证据已经准备好了。我来为自己作证吧。”

“先生，不论你要说什么，要教我什么，要证明什么，我现在能够听信了。”

“那么，首先，你必须跟我一同出去，到城里很远的一个地方去。我是特地来接你的。”

我没有查问他的意图，没有试探他的计划，也没有假意提出反对的意见，便又把软帽的带子系好。我已经准备好了。

他选择了沿着一条条林荫大道走去的路线，有好几次，他让我坐在欧椴树下设置的座位上歇歇脚；他并不问我是否觉得累了，只是先对我瞧瞧，然后自己作出结论。

“在这些令人心烦意乱的日子里，”他重复了我的话，而且是温柔而和蔼地模仿我的声音和外国口音。他这样说话并不是新鲜事，而且他如此逗乐从来都不伤人，甚至在这样逗乐的时候他还常常断言，不管我能够把法语写得怎样，但是我过去说得不好，说得不流畅，将来也将这样，即使在这种时候他的话也不伤人。“‘在这些令人心烦意乱的日子里’，我一小时也没有忘记你。忠心耿耿的女人们在这方面犯了错误，她们以为自己是上帝的创造物之中惟一忠心耿耿的人。以前我不管从哪个角度都不敢这样想，直到最近，我才敢依赖一种对自己的非常热烈而生气勃勃的忠诚；可是——你对我看看吧。”

我抬起我的幸福的眼睛。它们现在确实是幸福的，否则它们便不是我的心灵的窗户了。

“唔，”他仔仔细细地瞅了我几秒钟，然后说道，“那个签名是不能否定的：是‘永不变心’亲笔签署的；她的笔力刚劲似铁。这记载是不是痛苦的呢？”

“痛苦到极点，”我老老实实地说。“先生，把她的手拿开吧，我不能再忍受那只手的千钧笔力了。”

“她的脸色很苍白，”他自言自语地说；“这脸色使我看了心疼。”

“啊！我的脸不好看吧——？”

我禁不住要这么说；这句话是脱口而出的。我不记得有什么时候自己不是忐忑不安地担心自己外貌上的缺陷究竟达到什么程度，这种担心在这种时刻以特殊的力量逼迫着我。

一阵深深的柔情蜜意在他的脸上掠过。他那双紫罗兰色的眼睛，在浓浓的西班牙人的睫毛下热泪盈眶，波光闪闪。他猛然站起身来，说道：“让我们继续走吧。”

“我使你的眼睛看了非常不愉快吗？”我鼓起勇气追问道。这一点对于我来说是至关重要的。

他停住脚步，给了我一个简短有力的回答——一个使我沉默和克制，然而又非常满意的回答。从此以后，我知道了自己在他的心目中是怎样一个人；于是在世上其余的人们的心目中我可能是怎样一个人，我便不再苦苦地惴惴不安了。如此看重别人对于自己外表的评价，是不是太软弱了呢？我怕可能是这样——我怕的确是这样；如果是这样，我必须坦率承认自己身上的弱点不算轻微。我必须承认自己怀有一种惟恐不被别人喜欢的深深的惧怕——怀有强烈的让保罗先生感到高兴的愿望。

我们漫步走到哪儿去，我简直一无所知。我们走了漫长的道路，但是似乎很短；路上景物宜人，天气风和日丽。伊曼纽埃尔先生谈着他的航行的事——他打算在外边待三年。他喜滋滋地盼望，在从瓜德罗普岛回来以后，卸掉责任，一身轻松，了无挂碍地再奔向前程。那么在他不在这里的这段时期里，我打算做些什么呢？他问我。他提醒我说，我有一次曾经谈到过想自力更生，要自己办一个小学校；现在有没有放弃这个想法呢？

"当然啦，我没有放弃过。我正在尽量省吃俭用，以便有朝一日能够实现自己的愿望。"

他不愿意把我一个人丢在福色特街；他担心我待在那儿会十分思念他吧——我会感到寂寞吧——我会越来越悲伤吧？

这是肯定的；不过我答应他我要尽力忍受。

"可是，"他小声说，"你目前居住的地方还有另一个缺点。我将来希望有时候能给你写写信，要是对信件的传递是否安全可靠没有把握，这可不好；而在福色特街——简而言之，我们的天主教的教规在某些事情上——尽管是无可非议的，有必要的——可是在某些特殊情况之下却有可能被误用——也许被滥用。"

“但是如果你写的话，”我说，“我一定要得到你的信，而且我一定会得到你的信。哪怕有十个男校长，二十个女校长，都不能扣留你给我的信。我是个新教徒；我不容忍那一类的教规，先生，我决不。”

“小点声——小点声，”他回答说；“让我们来想个对策。我们有我们的应付办法；别急。”

这么说了以后，他暂时停住了。

我们现在正要从漫长的散步往回走。我们已经走到一个清洁的市郊的中心地带来，那儿的房屋都很矮小，但是小巧玲珑。保罗先生是在一个十分干净的住所门口的白色台阶前站住的。

“我来这儿拜访，”他说。

他并不敲门，而是从口袋里取出一把钥匙，打开了门，马上走了进去。他把我引进屋里，便把门关上。没有见到仆人。门厅像房子一样，也是小小的，然而油漆一新，色调高雅，门厅的远景终止于一扇落地长窗，修整过的葡萄藤攀爬在窗格上，卷须和绿油油的叶子轻轻地吻着窗玻璃。整个住宅一片寂静。

保罗先生打开屋内的一扇门，出现了一间会客室，或者叫沙龙客厅——非常小，可是我认为非常漂亮。精致的四壁给淡淡地抹上颜色，仿佛是羞得脸绯红似的；地板上打了蜡；一块方形的华丽夺目的地毯；一张小圆桌，光亮得就像壁炉上方的那面镜子一样；还有一张小卧榻和一口小五斗柜——它那用深红色绸子蒙在外面的柜门半开着，可以瞧见里面的搁板上搁着的瓷器；还有一只法国式的时钟和一盏灯；一些淡褐色的陶瓷装饰品；屋子里那个唯一宽敞的窗户的凹进去的地方嵌入一张绿色的小架子，上面搁着三只绿色的花盆，各栽着一株美丽的植物，盛开鲜花；一个墙角里，有一张独脚小圆桌，桌面是大理石的，桌上放着一个针线盒和一只盛着水、插着紫罗兰的玻璃器皿。这间屋子的格子窗是开着的；室外清新的空气徐徐吹入，紫罗兰则散发着芬芳。

“多么漂亮啊，多么漂亮的地方啊！”我说。保罗先生看见我这么高兴，不禁微笑起来。

“我们得在这儿坐下来等吗？”这一片深沉的寂静使我有点儿肃然起敬，悄声问道。

“我们首先要窥探一下这个螺蛳壳里的其他一两个角落，”他回答。

“你竟然敢擅自走遍这整幢房子吗？”我问。

“是的，我敢，”他若无其事地说。

他走在前面带路，让我看了一间小小的厨房，里面有一个小小的炉灶和烤炉，黄铜器皿虽然不多，却都擦得锃亮，还有两把椅子和一张桌子。一只小碗柜里放着一套虽属小型但使用方便的陶器。

“在沙龙客厅里有一套吃咖啡用的瓷器，”保罗先生说，这时我在看那六只绿白相间的正餐盘子、四只碟子，以及与之相配的杯子和壶。

接着他领我走上虽然狭窄却很干净的楼梯，允许我瞧一眼那作为卧室的两间漂亮的小房间。最后，我再一次被带到楼下来，于是，我们以某种讲究礼节的神态站在比我们已经打开过的门更大的一扇门前。

伊曼纽埃尔先生掏出了第二把钥匙，对准了这扇门的锁，把门打了开来，让我比他先走进去。

“这就是了！”他大声嚷道。

我发现自己待在一个相当大的房间里，这儿干净得一尘不染，虽然与我到现在为止所看见的那些房间比较起来显得朴实无华。擦洗得十分彻底的地板上没有铺地毯。房间里放了两排绿色的长凳和课桌，当中留着一条通道直达一个讲台，一把教师的椅子和一张桌子；后面放着一块黑板。两边墙上各挂着一张地图；每个窗口都有几株盛开花朵的耐寒植物。总而言之，这里是一间小型的教室——设备一应俱全、整齐清洁、叫人赏心悦目。

“那么，这是一所学校啰？”我说。“谁办的？我从未听说在这个市郊有一所学校呢。”

“你能好心为我的一位朋友接受几份供分发的学校简介吗？”他一面问，一面从他的紧身长外衣的口袋里拿出几叠这样的文件来，放在我的手上。我看了看，嘴里念着——是用漂亮的字体印刷的：

“女子走读学校。克罗提尔德郊区，7 号。女校长：露西·斯诺。”

我对保罗·伊曼纽埃尔先生说了些什么呢？

在我们一生之中，某些关键时刻必定总是难以使人回忆起来。某些转折点、某些危急关头、某些情感——或喜、或悲、或惊讶不已——我们加以回顾的时候，必定会使我们觉得那些都是令人困惑不解、头晕目眩的事情，就像一个飞速旋转的轮子那样模糊不清。

我现在已经想不起来在发现那件事情十分钟之后，自己是怎样讲的，正如我无法追溯我生命最初一年的经历一样。然而，我很清楚的头一件事是，我知道自己当时说话说得又急又快，一遍又一遍地重复着：

“保罗先生，这件事是你做的吗？这幢房子是你的吗？是你置办这些家具的吗？是你叫人印刷这些文件的吗？你指的是我吗？我是那个女校长吗？是不是另外还有一位露西·斯诺呢？告诉我吧；你说话呀。”

可是他一言不发。他那得意洋洋的沉默，他那满面笑容的俯视，这一切如今都历历在目。

“这是怎么一回事啊？我得全部弄明白——全部，”我大声嚷着。

那一叠纸掉在地板上了。他当时伸出手去，而我当时立即把他的手按住，其他任什么都不在意了。

“啊！你说在这些令人心烦意乱的日子里，我曾经把你忘了，”他说。“可怜的老伊曼纽埃尔呀！对于那没完没了差不多三个星期的苦挨苦磨——从找房屋油漆匠到室内装潢商，从找细木工人到女清洁工——这些就是他所得到的感谢了。在他的脑子里想的只是露西和露西的小屋啊！”

我真不知道该怎么办了。我先是抚摩他袖口上的丝绒，然后抚摩由丝绒围起来的手。是他的深谋远虑、他的善良——他那沉默的、强有力的、有效果的善良，用它们所证实了的现实，使我感动得不能自已。他对我确实是每时每刻地关注着，这一信念像是一束从天而降的光芒，使我顿时眼明心亮；是他的（我将敢于这么说）他的深情的、温柔的神色这会儿难以形容地使我颤抖起来。在所有这些感受当中，我迫使自己朝实际问题看看。

“多么麻烦啊！”我大声嚷道，“多少费用啊！你有钱吗，保罗先生？”

“有许多钱！”他亲切地说。“我妥善利用了自己广泛的教学关系使我拥有一笔相当可观的款子。我决定用其中一部分给我自己以空前绝后的最大享受。我喜欢这么做。最近，我日日夜夜都盼望着这个时刻的到来。我不想走近你，是因为我不想事情没办成就夭折了。沉默寡言既不是我的美德，也不是我的恶习。不过，如果我当时把自己交在你的控制之下，而你那时的眼神和嘴唇都开始发出疑问来——保罗先生，你这一向都到哪儿去啦？你在干些什么呀？你有什么事这么神秘啊！——那么，我从头到尾独自保守的秘密，就会马上在你的眼皮底下露馅了。好啦，”他继续说，“你得在这儿住下来，办一所学校；在我离去的这段时间里，你得忙于工作；你得有时候想念想念我；你得为了我的缘故自己保重身体，过得快快活活，等到我回来的时候……”

说到这里，他留下了空白。

我答应要按照他的吩咐完全做到，答应他要勤奋努力并且高高兴兴地去做。“我要成为你的忠实的管家，”我说。“我相信，你回来的时候，账目随时可以请你过目。[①]先生，先生，你太好啦！”

我的感情竭力要在这么不充分的语言之中表达出来，可就是表达不出来。我说出来的话是干巴巴的，直愣愣的，冷得像冰块一样，在我的艰苦努力之中融化开来，或者颤抖不已。他默默地注视着我，缓缓地举起手来抚摩我的头发。他的手掠过的时候碰着我的嘴唇，我把它紧紧地按在我的嘴唇上，我向它奉献敬意。他是我的国王。那只手曾经做过的慷慨大方之举对我来说就是君王般的高贵，向它表示崇敬之意既是一件乐事又是一项责任。

下午的几个小时过完了，傍晚更为寂静的时间笼罩着这个静悄悄的市郊。保罗先生提出要我好好款待他。从一早起，他忙这忙那，又走了不少路，正需要吃些东西了。他说我应当用我那套金色和白色相间的漂亮瓷器弄些巧克力饮料[②]给他喝。他走了出去从餐馆里叫来需要的食品，然后把那张小 guéridon 和两把椅子搬到落地窗外的阳台上，搁在葡萄藤叶的遮蔽下。我怀着多么难为情的满心欢喜接受了充当女主人的角色，把托盘准备好，端上食物给这位施惠予人的客人。

这个阳台在房子的后部，郊区一些园圃围绕在我们四周，再过去是一片田野伸展到远处。空气恬静、温馨、清新。在白杨树、月桂树、柏树和玫瑰的上空，一轮明月显得那么可爱，那么祥和美好，在

---

① 典出《圣经 · 新约全书 · 路加福音》第 12 章第 41 至 48 节和第 12 章，耶稣对门徒讲忠心的管家和不忠心的管家的故事。一个管家把账目交代清楚，受到主人夸奖。

② 巧克力饮料，用热牛奶或水加糖冲成的饮料。与现在的不同。

她的笑容下面，她那颗心震颤着；一颗星星犹如她的臣民似的，在她身旁照耀着，发出纯洁爱情的与世无争的光芒。在离我们很近的一座大园圃里，在一口井里竖起一个喷嘴，一尊灰白色的雕像欠着身子，面对那四处喷洒的水花。

保罗先生对我说着话。他的嗓音变得那么委婉动听，那是与银铃般的低语、滔滔不绝的热情话，以及音调悦耳的叹息声和谐地混合起来的嗓音，其中，有着那轻柔的微风、那汩汩的泉水和那沙沙的簇叶吟咏它们那催人入睡的晚祷曲的声音。

幸福的时刻啊——停留一会儿吧！低垂那些色彩斑斓的羽毛吧，让翅膀休息休息；愿上帝的前额垂顾我的前额吧！纯洁的天使啊！让你的光辉稽留不去，把它的反光留在随后飘来的乌云上吧；把它的欢愉遗留给那段时光吧，它需要一道光芒来进行回顾！

我们的饭食很简单。巧克力饮料、面包卷、一盘新鲜的夏季水果、用绿叶垫底的樱桃和草莓，这些就是一顿饭的全部了；可是我们两人喜欢这顿饭胜过一次盛筵，而且伺候保罗先生使我高兴得无以言喻。我问他，他的朋友希拉斯神父和贝克夫人是不是知道他所做的事——他们是不是见过我的房子了？

“我的朋友，”他说，“没有一个人知道我所做的事，这事只有你和我知道。这份神圣的快乐是奉献给我们两人的，没有人分享，没有人亵渎。说实话，在这件事情里边，我曾经享有一种十分雅致的乐趣，我可不愿意由于传了出去而变得庸俗。此外，”（他微微一笑）“我还曾想要向露西小姐证明，我这个人能够保守秘密。她曾经如何常常奚落我缺乏矜持的神态和必要的谨慎小心啊！有过多少次她没规没矩地旁敲侧击，说我的所作所为都是巨力乞奈尔[①]的秘密！”

---

① 巨力乞奈尔，法国早期木偶戏中的滑稽木偶名，常在戏台上向观众悄声吐露秘密，因而“巨力乞奈尔”的秘密便是公开的秘密。

他可真没说错；在这个问题上，我可没少说过他，也许在其他任何可以攻击的问题上我都没有放过。胸襟宽广、光明磊落、亲爱的、有缺点的矮个子男子汉啊！你应该得到善意的对待，而且一直都从我这儿得到。

我继续提出我的疑问，探询这所房子是属于谁的，房东是谁，我该付多少房租。他立即交给我一张纸，上面写着有关这些事情的细节；他曾经预料到这一切，做好了准备。

这所房屋不是保罗先生的——我猜到了这一点，他可不像是会成为业主的那种人呢。我不止是怀疑他可悲地缺乏存钱的本事；他能赚钱，但是留不住钱；他缺少一个保管钱财的人。话说回来；保罗先生说，这幢住宅是属于下城区里的一个居民——一个有资产的人。他接着又说了一句话，却叫我十分惊讶："露西小姐，他是你的一位朋友，一位非常敬重你的人。"于是我惊喜地发现，我的房东不是别人，却是那位急性子、好心肠的书商宓雷先生，那个多事的夜晚在公园里替我找一个座位的就是他。看来宓雷先生所处的地位既富有又十分受人尊敬，而且在市郊拥有几所房屋。那租金是适中的，几乎不到一所同样大小、离维莱特市中心较近的一些房屋的租金的一半。

"再说，"保罗先生说道，"虽然我想命运之神会特别眷顾你，尽管万一她不这样的话，我想到你是被托付在一个好人的手里，我也是深感满意的。宓雷先生是不会过分索取的。头一年的房租在你的存款里已经有了；这以后的事，露西小姐必须信赖上帝和她自己了。然而眼下呢，你打算为学生们做些什么？"

"我必须去分发我的学校简介。"

"对啦！为了抓紧时间，昨天我给了宓雷先生一份。你不会反对由三位小资产阶级女士，三位宓雷小姐开个头吗？她们听从你的吩咐。"

"先生，你想得周到极了；你真了不起。反对吗？大概我真的该反对呢！我想在我这小小的走读学校开张的时候我是不指望会收到贵族学生的；如果根本没有这样的学生来，我并不在意。我将为接纳宓雷先生的三位千金而感到自豪。”

“除了这几位，”他接着说，“还有一个学生想来，她打算每天来上英语课；由于她很富有，她会支付很大一笔学费。我说的是我的教女和受监护人纡丝蒂纳·玛丽·苏弗尔。”

名字又有什么关系？[1]——连名带姓这三个组合又有什么关系？直到此刻之前，我一直欢欣鼓舞、兴致勃勃地听着——一直高高兴兴地随问随答。可是这个名字倒是把我冰冻了起来；那三个组合使我哑口无言。这种结果是隐瞒不起来的，而且我确实也并不想隐瞒。

“你怎么啦？”保罗先生问道。

“没什么。”

“没什么！你脸上的神色变了；你的脸色苍白，眼睛都失神了，还说没什么！你一定是病了；你有什么心事折磨你了；告诉我是什么事啊？”

我没什么好说的。

他把自己坐的椅子拉近我。尽管我仍然默不作声、冷若冰霜，他却并不恼火。他尽力逗我说话，他锲而不舍地恳求，极有耐心地等待。

“纡丝蒂纳·玛丽是个好姑娘，”他说，“性情温和可爱，头脑并不很灵敏——不过你会喜欢她的。”

“我不这么想。我觉得她一定不要到这儿来才好，”我说。

“你存心要把我搞糊涂吗？你认识她吗？不过，事实上确实有什么问题。你又变得像那尊雕像一样苍白了。信赖保罗·卡洛斯吧，把你的悲痛跟他讲吧。”

---

① 引自莎士比亚戏剧《罗密欧与朱丽叶》第2幕第2场第43行。

他的椅子碰到了我的椅子；他的手缓缓地伸过来，使我的身子朝向他转过去。“你认识纡丝蒂纳·玛丽吗？”他又问。

从他的嘴里重又发出的这个名字的声音莫名其妙地压倒了我。它并没有使我趴下来——没有，它反而使我激动起来；它带着热量在我的四肢百脉里急急地奔流着——使我回想起那一个小时的切肤之痛，那许许多多日日夜夜的心情沮丧。尽管此刻他坐在靠我这么近的地方，尽管他早已把自己的生命同我的生命这么牢固、这么紧密地缠绕在一起——尽管我们两人的心灵和感情的交融已经进展到这么深的程度，已经如此接近完成——但是外来的干扰和心灵隔阂的迹象还是能从一种热血沸腾的激动、一种猛烈的剧痛、一种带蔑视的决心、一种激怒和一种反抗之中听得出来；对于所有这种种激情，没有哪个人的眼睛或者面颊能够掩饰其火焰，也没有哪个习惯于说实话的舌头能够抑止其呼喊。

“我要把一些情况告诉你，”我说；“我要把全部情况告诉你。”

“说吧，露西；靠近我；说吧。如果我不如此珍视你，那还有谁呢？如果伊曼纽埃尔不是你的朋友，那么谁才是呢？说吧！”

我说了。所有的事情都从我的嘴巴里冒了出来，我现在不缺言词；我飞快地讲述着，流畅地说出我的故事，它滔滔不绝地流淌到我的舌尖上来。我追溯到在公园里的那个夜晚。我提到那加了药的水——为什么会拿来给我喝——药水的刺激作用——它怎样使我寝不安席，怎样把我从我的卧榻上撵下来，用一种活龙活现然而又庄重严肃的幻象引诱我，把我带出了学校——那是一个夏天的夜晚，我孤单单地待在草地上，待在树下，靠近一个水深而凉爽宜人的小湖边。我绘声绘色地谈了那个场景：人群啊，假面舞会啊，音乐啊，彩灯啊，辉煌的场面啊，远处的炮声轰鸣啊，以及响彻云霄的钟声啊，等等。凡是我那天碰到的，凡是我那天认出来的人，以及我耳朵听见、眼睛看见的，我都一一详告。我怎样看见了他，注视着他；我怎样留意听着，听到了许多话，作了什么样的猜测；简言之，把他作为知心人那样吐露了全部经过情况，向他老老实实、原原本本、热情而又辛酸地尽情倾诉衷肠。

在我叙述的时候，他仍然并不制止，而是怂恿我继续往下说；他用手势、用微笑、用只言片语激励我。在我还没有说到一半的时候，他握住我的双手，用一种最尖锐的目光审视我的眼睛。他的脸上有着一种表情，既不像有意使我平静下来，也不像打算叫我戛然而止；他忘却了自己的清规戒律，在我进行最猛烈的挑战要他运用自己的压抑制度的时候，他竟然抛弃了它。我觉得自己应该受到严厉的责备；但是我们什么时候受到过我们应该受到的东西呢？我应该得到严格对待的时候，他却显得宽宏大量。我觉得自己飞扬跋扈、蛮不讲理，因为我不许纡丝蒂纳·玛丽上门，在这种时候他却微笑，流露出喜悦的心情。直到现在，我才知道自己的性格中竟然存在着容易激动、有妒忌心、傲慢不逊这一类情绪。他使我跟他的心贴近了。我这个人充满缺点，他却对这些缺点连同我全都充分理解。对于那个最为大逆不道的叛变的时刻，他保持着一段时间的深沉的平静。我听到耳边响起了这些温存的话：

"露西，接受我的爱吧。将来同我生活在一起。做我最心爱的人吧，首先在人世间。"

我们向福色特街走回去，明月高照——就像当年照耀着伊甸园的月亮一样——她穿过那座大花园的树荫泻下清辉，有时把一条小径渲染得荧光四射，为的是那神圣的一步，为的是一位没有名字的"神灵"。有些男男女女，在他们一生之中，会有那么一次回到我们的男女始祖的最初那些清新的日子里——品尝那无比甘美的晨露——沐浴在黎明的阳光之中。

保罗先生边走边告诉我，他始终是以一般的父女之情对待纡丝蒂纳·玛丽·苏弗尔的——而且在他的同意之下，她已经在好几个月以前与一位德国年轻的富商海因里希·米勒尔订了婚，而且在一年之内就要结婚。伊曼纽埃尔先生的某些亲友似乎确实高兴他跟她结婚，目的是这样可以得到她家的财产。可是他本人对此计谋非常反感，觉得这个主意完全不能接受。

我们走到了贝克夫人的学校的门前。施洗约翰教堂的钟在敲九点钟。十八个月以前，就在这个钟点，就在这幢房子里，就是这个男人曾经在我身边，弯下身来，盯着我的脸和眼睛瞧，并且裁决了我的命运。就在今天晚上，他又弯下腰来凝视着我，作出了决定。那样子是多么不同——命运的改变是多么巨大啊！

他认为我生来就处于他的命运星之下：他似乎把他的光芒像一面旗子似的覆盖着我。有一度——我还不了解他，也不爱他，认为他严酷无情，性格古怪；他那矮小的个子，瘦而肌肉结实的体形，棱角突出，肤色黝黑，以及那种神态，我都不喜欢。现在呢，我已经深受他的影响，靠他的爱情生活，凭我的理智认识了他的价值，凭我的心灵感觉到他的善良——我在所有的人之中选择了他。

我们分手了：他给了我山盟海誓，然后他向我说声再见。我们分手了；第二天——他乘船走了。

第四十二章
尾　声

人不能作预言。爱情决不是神谕[1]。担惊受怕的心有时候会谋算虚妄的事。[2]这些年的杳无踪影啊！这些年的期待使我多么厌倦啊！这些年必然会带来的痛苦似乎肯定会像死亡一样。我了解这些岁月的进程的特性：我从来都没有怀疑过在它们碾过的时候会如何折磨人。那位世界主宰[3]高高矗立在他的大车上，显示那阴森可怖的形象。眼见他渐渐驶近了，宽阔的车轮沉重地压着泥土，深陷了下去——我，这个五体投地的崇拜者——已经预先感觉到车轮碾过身上发出的使人绝灭的嘎吱嘎吱的声音。

说来奇怪——虽然奇怪，然而却是事实，而且由于自己拥有许多在人生历程中遇到的类似的事情——那个预先感觉到的辗压证实了所有的——不错——几乎是所有的痛苦折磨都是如此。那尊伟大的世界主宰矗立在他的伟大的庄严堂皇的彩车上，崇高伟岸、怒容满面，轰轰隆隆地一路驶来。然后他却无声无息地驶过去了，就像一个黑影在中午时分掠过天空。除了一阵令人不寒而栗的朦胧以外，什么也看不见，什么也感觉不到。我抬眼望去，那辆彩车和乘在彩车上的魔怪都已经消失了；而崇拜者仍然活着。

伊曼纽埃尔先生离开已经有三年了。读者啊，这三年是我一生当中最快活的日子。你不相信这个看似自相矛盾的说法吗？那么请听。

我把我的学校办起来。我开始工作——努力工作。我把自己看做他的财产的管理员，并且如果上帝允许的话，我决意将来要拿出一个好的交代来。学生们陆续来了——最初是中产阶级市民——不久之后就来了高阶层的人。约摸在第二年的年中，一个意想不到的机会把一笔额外的一百英镑扔到我手里来。那是有一天，我收到一封从英国寄来的内含这笔款子的信。那是马趣门特先生寄来的，他是我的亲爱的已故女主人的表弟兼继承人，他生了一场很危险的病，刚刚复元，支付这笔钱是为了求得良心上的平安。原来他的这位女亲戚去世以后，他发现了我说不清楚是什么书信文件或备忘便条——上面指定或者举出了露西·斯诺的名字——这件事使他感到内疚。巴锐特太太曾经把我的地址给了他。他的良心究竟受到多么深重的责备，我一点都没有查究过，什么问题都没有提出来，只不过收下钱款，用在当用的地方。

用这一百英镑，我大胆地买下了在我隔壁的一幢房屋。我不愿意离开保罗先生所选择的、从这里离别的、并期望在这里和我重逢的这所房屋。于是我的走读学校变成了寄宿学校，而且这所学校也办得很成功。

我获得成功的秘密并不在于我本人：并不在于我的任何资金，或者任何能力，而是在于身处一个崭新的环境之中，生活上发生了美妙的变化，心情宽松舒畅。使我的活力充分发挥出来的源泉远在重洋之外，是在一个西印度的小岛上。在分手的时候，他给我留下了这笔财产；这使我对于现在有着种种想法，对于将来抱着种种希望，如此这般的希望，对于一件必须坚持不懈、辛勤努力、勇于进取、具有耐心、富于胆略的事业得到了如此这般的动力——所以我是不能委靡不振的。如今，没有什么能够使我动摇；没有什么重要得足以触怒我、吓退我，或者压垮我的东西了。大多数的事情是赏心悦目的——连微

---

① 神谕，古希腊巫师在神示所中回答求问吉凶者时所说的“神旨”，类似占卜师所作的宣示。神谕一般是由祭司记录下来的含混的诗句，有时可解，有时无法解释。

② 语出《圣经·新约全书·使徒行传》第4章第25节：“外邦为什么争斗，万民为什么谋算虚妄的事。”

③ 世界主宰，一译“世界之主”，印度婆罗门教和印度教三大神之一毗湿奴的称号之一。相传每年例节用巨车载其皮肤深蓝、有四只各持一法宝的手的神像游行时，往往有善男信女甘愿投身轮下被车碾死，相信如此可以升天。

不足道的琐碎小事都有其迷人之处了。

不要以为这种令人快慰的火焰是自燃不息的，也不要以为它完全是靠一个留下来的希望、或者一句临别时的诺言维持着的。那实在是一位慷慨大方的供应者提供了十分充足的燃料。这使我不受任何寒冷和任何必须节衣缩食之苦；这使我免遭害怕穷愁潦倒的折磨；这使我避去焦虑不安的考验。每条船都带来他写的信；他写信正如他送礼，正如他恋爱一样，掏心掏肺，满捧满怀。他所以要写是因为他喜欢写；他没有省略什么话是因为他不想省略什么。他坐下来，拿出笔和纸，是因为他爱露西，有许许多多话要对她说，是因为他对她是忠实的，是体贴入微的，是因为他温柔多情，一片真心。他的身上没有虚伪，没有欺骗，没有花言巧语、虚情假意。他的嘴唇从来不让油滑的认错讨饶溜出来——他的笔也从来不让怯懦的做作和一文不值的虚无缥缈的道歉流露出来。他既不会给人以石头，[1]也不向人表歉意——既不给人以蝎尾鞭，也不使人失望；他的一封封来信是真正的营养滋补的食物，是使人提神醒脑的活水。[2]

那么我感激他吗？上帝知道的！我相信，凡是有生命的人，如此被别人记住，如此受别人支持，又得到别人如此一种忠贞不渝的、尊敬如贵人的对待，可以说几乎没有一个能够不感激得要命。

尽管他笃信他自己的宗教(他身上没有泰然自若的叛教者的那种素质)，却丝毫不干涉我的纯正的信仰。他不取笑我，也不诱惑我。他说：

“继续当一个新教徒吧。我的英国的小清教徒，我爱你身上的新教教义。我承认它有极大的魅力。在它的仪式中，有着一种我自己无法

① 语出《圣经·新约全书·马太福音》第7章第9至10节：“你们中间，谁有儿子求饼，反给他石头呢；求鱼，反给他蛇呢。”

② 语出《圣经·新约全书·约翰福音》第4章第1至14节：“……你必早求他，他也必早给了你活水。……我所赐的水，要在他里头成为泉源，直涌到永生。”

接受的东西，然而它却是露西的唯一的宗教信条啊！”

即使是整个天主教会都无法使他盲从；即使是天主教传信部[①]本身也不能使他成为一名真正的耶稣会会士。他生来是一个诚实的人，不会虚假——不会矫揉造作，不会狡猾诡诈——他是一个自由民，不是一个奴隶。他的柔情曾经使自己变得软软的捏在一个神父的手里，他的感情、他的献身精神、他的真诚的虔敬的热忱有时候会使他的仁慈的眼睛分辨不清，使他放弃公正地对待自己而去干耍手腕的事情，去为自私自利的目的而效忠尽力；不过这些是很难得发生的毛病，对于纵容自己去犯这些毛病的人来说，代价又是如此之大，以至于我们简直不知道，将来某一天它们会不会被人算作珍珠宝贝。

现在，三年已经过去了，伊曼纽埃尔的归期已定。此时正是秋季；在11月的雾霭笼罩之前他就要与我相聚了。我把我的学校办得很兴旺，我的房屋已经准备就绪：给他布置了一间小小的图书室，书架上摆满了他当时留交给我照管的书籍。出于对他的爱，我栽培了他特别喜欢的植物（我自己生来不是一个花卉栽培家），其中有些这时还在开花呢。他离开的时候，我觉得自己很爱他，如今我爱他达到了另外一种深度：他更是我自己的人了。

太阳已经移过了二分点；白昼短了，草木的叶子渐渐枯萎了；不过——他就要来了。

晚上出现了寒霜，11月提早送来了它的迷雾，寒风呜咽着它的秋之呻吟；不过——他就要来了。

整个天空黑压压地低垂着——一大块飞云团从西方飘来，那些碎云朵把自己塑造成种种奇形怪状——许多拱门，许多宽阔的辐射带。

---

① 传信部，一译传道总部。1622年由教皇格里高里十五世创建的由红衣主教对外传教的机构。

光辉灿烂的黎明一个接一个地在天边升起——气象万千，庄严高贵，紫色映空[①]，就像最高统治者在他的领土上一样。苍穹是一片火光，那么狂暴粗野，可以比得上最激烈的战争——那么鲜血淋漓，可以让“胜利”在她骄傲的时候感到羞愧。对于天气的征兆我知道一些；我打小时候起就开始注意了。上帝啊，留心那艘航船吧！哦！保护它吧！

风向转了，从西面刮来。安静下来吧，安静下来吧，报丧女妖[②]——在每一扇窗前发出“恸哭哀号声”的报丧女妖！这哭声将要升高——它将要增强——它发出了长长尖利的声音：今晚，尽管我在整幢房子里走来走去，我无法使这阵狂风平息下来。时间越是过去，风越是刮得猛烈，到半夜时分，所有熬夜守候着的人们都听到了，都害怕一阵从西南方刮来的大风暴。

那场大风暴发狂似的吼叫了七天七夜。直到大西洋的洋面上漂散着许多沉船的漂浮物才停息下来，直到大海洋狼吞虎咽地吞饱了食物才平静下来。掌管暴风雨的毁灭天使非到彻底完成他的工作，是不肯合拢他的翅膀的，那些翅膀一扇动就是雷鸣——那些羽毛一抖动就是大风暴。

住了吧，静了吧！[③]哦！千百位哀哭的人们，在期待的海岸边心痛如绞地祷告着，留心地倾听着那个声音，可是那个声音没有发出来——没有发出来，直到死寂来临，有些人已经不能感觉它的时候；直到太阳重又出来，而它的光对于有些人来说只是黑夜的时候！

就此搁笔吧，立刻搁笔。说得够多了。不要打扰安宁的、仁慈的

---

① 欧洲帝王、主教等人身穿紫红袍，以示显贵，一如我国古代以“紫袍玉带”喻高官显贵。此处当是喻指上帝。

② 见第46页注②。

③ 语出《圣经 · 新约全书 · 马可福音》第4章第39节：“耶稣醒了，斥责风，向海说，住了罢，静了罢。”

心吧；且给充满阳光的想象力留下希望。让它怀着希望去设想喜不自胜的愉快吧，这种愉快是刚从极大的恐惧之中摆脱出来而重新诞生的；让它怀着希望去设想从危险中获救的狂喜吧，去设想在担惊受怕之后得到的了不起的暂时解救吧，去设想归来终于实现吧。让它去描摹终成眷属和随后的幸福生活的景象吧。

贝克夫人整个一生都吉星高照；希拉斯神父也是如此；沃尔拉文斯夫人活到九十岁才去世。再见了。

全 书 终

附录

夏洛蒂·勃朗特生平大事记

1816.4.21. 夏洛蒂·勃朗特诞生于英国约克郡布拉德福市桑顿村。父亲巴特里克·勃朗特，1777年3月17日生于爱尔兰一个贫困农民家庭，他刻苦求学，29岁时毕业于剑桥大学，任副牧师。出版过诗集及散文小册子。时年39岁。母亲玛丽亚·勃兰威尔，英格兰西南部康威尔郡彭赞斯人。时年33岁。夏洛蒂是勃朗特家第三个女儿。大姐玛丽亚生于1814年4月23日。二姐伊丽莎白生于1815年2月8日。

1817.6.26. 弟弟巴特里克·勃兰威尔·勃朗特生。中名勃兰威尔是母亲的姓氏。

1818.7.30. 妹妹艾米莉·简·勃朗特生。

1820.1.17. 最小的妹妹安妮·勃朗特生。

4.20. 举家迁居约克郡基思利市附近的霍沃思村由教会提供的牧师寓所。此后一直居于此处。父亲巴特里克任霍沃思教区牧师，年薪200英镑。

1821.9.15. 母亲患癌症去世，终年38岁。

1823. 父亲拟续弦，写信给过去恋人玛丽·伯德小姐，被拒绝。此后终身鳏居。

1823. 姨母伊丽莎白·勃兰威尔来霍沃思照料家务。

1824.7.1. 11岁的玛丽亚、9岁的伊丽莎白被送往兰开夏郡柯文桥入教士女儿学校。

8.10. 8岁的夏洛蒂也被送入此校。

11.15. 6岁的艾米莉也被送来。四姐妹同校住读。

1825.5.6. 玛丽亚因患结核病于 2 月 14 日被从学校接回家后只两个月便病逝。

6.1. 夏洛蒂与艾米莉退学回霍沃思。

6.15. 伊丽莎白因患结核病于 5 月 31 日被接回家后终于不治而夭折。

1826. 夏洛蒂及弟、妹四人开始练习写作，并自编自演小戏剧。

1831.1.17. 可能由菲尔斯小姐资助，夏洛蒂去离家约二十英里的罗海德进入伍勒小姐的学校就读。当时英国这类私人学校规模很小，学生不到十名。在学校里结识埃伦·纳西和玛丽·泰勒。后来她们成为夏洛蒂的终生挚友。

1832.6. 夏洛蒂离别罗海德。

1835.7.29. 重返罗海德，在伍勒小姐的学校中任教师。艾米莉同去，求学，费用在夏洛蒂工资中扣除。不久艾米莉因不胜思家之苦被送回，由安妮来校接替。

1837.5. 伍勒小姐的学校迁至丢斯伯里荒原，夏洛蒂随往。

1838.6. 弟弟勃兰威尔在布拉德福当肖像画家，惜未取得成就。

1838.12. 夏洛蒂离开丢斯伯里荒原伍勒小姐的学校。

1839.3.5. 夏洛蒂拒绝埃伦·纳西之兄亨利·纳西牧师的求婚。

5. 在罗塞斯岱尔的斯基普顿附近的斯通盖普的西奇威克夫人家当家庭教师。

7.19. 离开斯通盖普。

7. 拒绝爱尔兰教士詹姆斯·普赖斯副牧师的求婚。

8.—9. 与埃伦·纳西在伊斯赖和布赖林顿的伊斯顿农庄度假。

1840. 夏洛蒂与艾米莉待在霍沃思家中。勃兰威尔在布劳顿—因—弗内斯当家庭教师。9 月份起至 1841 年在利兹—曼彻斯特铁路上索维比桥担任管理员。

5—1845.6. 安妮在梭普格林府的罗宾森家当家庭教师。

1841.3.2. 夏洛蒂在布拉德福市附近罗登城的厄珀伍德府怀特先生家当两个孩子的家庭教师，兼做针线活，年薪 20 英镑。

7. 勃兰威尔在拉登登福特车站当售票员。

12.24. 姨母勃兰威尔小姐同意借钱给夏洛蒂和艾米莉去比利时布鲁塞尔求学，夏洛蒂离开厄珀伍德府。

1842.2.24. 父亲陪送夏洛蒂与艾米莉去布鲁塞尔埃热夫人寄宿学校，数日后，父亲返回。夏洛蒂在校中主要学法、德语言及文学课；后来同时担任英语教师，年薪 16 英镑。课余给康斯坦丁·埃热先生和他的妻弟上英语课。

埃热先生(1809—1896)的第一个妻子死于 1833 年；1836 年与克莱尔·卓埃·巴朗女士(1804—1890)结婚，她便是埃热夫人寄宿学校校长。

4. 勃兰威尔因玩忽职守被拉登登福特车站辞退，回到霍沃思。

10.29. 姨母勃兰威尔小姐在霍沃思病逝。夏洛蒂与艾米莉应父亲召于 11 月 28 日回霍沃思。姨母遗赠三外甥女每人约值 300 英镑的财产。三人用此钱款托伍勒小姐购铁路股票。

1843.1.28. 应埃热先生函请，夏洛蒂只身返布鲁塞尔；艾米莉留在家中陪伴父亲。

安妮回家奔姨母丧后，与勃兰威尔同去罗宾森先生家当家庭教师。

1844.1.1. 因父亲眼疾加重，夏洛蒂辞别埃热夫妇，返回家乡。在布鲁塞尔两年中，她开阔了眼界，丰富了阅历，增进了语言和文学修养，对后来的创作大有裨益。

与艾米莉在这一年中积极筹备在霍沃思家中办寄宿学校，发出简章，招收少儿学童，但是由于地点偏僻，无人报名，终未成功。

1844.—1845. 夏洛蒂写了多封热情书信给埃热先生。后来只有四封留存下来，使后世得以窥知两人之间的一段隐情。

1845. 父亲新任命的副牧师亚瑟·贝尔·尼科尔斯先生到霍沃思。

6. 安妮离开梭普格林府回霍沃思。

7.24. 弟弟勃兰威尔因迷恋罗宾森夫人，言行有失检点，被辞退，回霍沃思。从此酗酒、服鸦片酊，精神一蹶不振。

1846.5. 夏洛蒂、艾米莉、安妮三人用笔名出版《柯勒、埃利斯、阿克顿·贝尔诗集》，自费30畿尼(即30多英镑)。每册4先令，一年内只售出两册。

1846.6. 夏洛蒂第一部小说《教师》脱稿。后来与出版商联系多年，前后九次，均遭拒绝，生前未能问世。

7. 艾米莉完成《呼啸山庄》；安妮完成《艾格妮丝·格雷》。

8. 夏洛蒂陪同父亲前往曼彻斯特手术治疗白内障时开始写作《简·爱》。

1847.10.19. 《简·爱》由伦敦史密斯—埃尔德公司出版，距交稿仅六星期。仍署笔名柯勒·贝尔。稿酬500英镑。

12. 艾米莉的《呼啸山庄》和安妮的《艾格妮丝·格雷》由伦敦纽比公司以作者负担部分出版费用为条件出版。

《简·爱》大获成功，再版。

夏洛蒂开始写作《谢利》。

1848.6. 安妮著《怀尔德菲尔府的房客》（一译《女房客》）由纽比公司出版。

7. 一美国出版公司与纽比公司及史密斯—埃尔德公司两方面洽谈出版柯勒·贝尔的作品美国版。为澄清关于作者身份的猜测，夏洛蒂与安妮初访伦敦，受到史密斯—埃尔德公司业主乔治·史密斯先生盛情款待。

9.24. 弟弟勃兰威尔因肺结核病不治去世。

10. 史密斯—埃尔德公司自纽比公司处购得勃朗特三姐妹诗集版权，再版。

12.19. 艾米莉因肺结核病不治去世。

1849.5.28. 安妮因肺结核病恶化去海滨城市斯卡博罗疗养时去世，葬于该地。

10.26. 《谢利》由史密斯—埃尔德公司出版，仍署笔名柯勒·贝尔。稿酬500英镑。

11.—12. 夏洛蒂去伦敦求医，住在史密斯先生家中数星期。与作家萨克雷和玛蒂诺等人会面。

1850.5.6. 三去伦敦。史密斯先生请画家乔治·里奇蒙为夏洛蒂绘出炭笔肖像画，后世常见之夏洛蒂肖像即由此帧摄制。

6.3. 与史密斯兄妹去苏格兰爱丁堡作三日游。

8. 应医师詹姆斯·凯·沙特沃思爵士邀请去温德密尔湖区别墅，得见另一客人盖斯凯尔夫人。

9.—11. 为《呼啸山庄》和《艾格妮丝·格雷》合集再版作编订工作，写序言及两位妹妹的生平事略。

1851.4. 拒绝史密斯—埃尔德公司合伙人詹姆斯·泰勒先生的求婚。泰勒已追求五年，在公司派往印度建立分公司之前，再度提婚。

5.—6.　应史密斯先生邀请四去伦敦参观第一届国际工业博览会。出席萨克雷演讲会；与诗人罗杰斯会见。与史密斯访晤一颅相学家。返霍沃思途中在曼彻斯特盖斯凯尔夫人家中小住。

6.　开始写作《维莱特》。

1852.11.　《维莱特》脱稿。

12.　拒绝父亲的副牧师尼科尔斯的求婚。

1853.1.　应史密斯邀请，最后一次去伦敦。阅《维莱特》校样。史密斯已与一位女士订婚。夏洛蒂一人去监狱、医院等处参观。

1.28.　《维莱特》出版，仍署柯勒·贝尔笔名，稿酬500英镑。返霍沃思。

4.　又去曼彻斯特访问盖斯凯尔夫人。

5.　尼科尔斯辞职离开霍沃思，拟去澳大利亚，未果。

9.　盖斯凯尔夫人来霍沃思回访。

1854.4.　父亲改变反对态度，夏洛蒂本人也在长期犹豫以后下定决心，与尼科尔斯订婚。

6.29.　夏洛蒂与尼科尔斯举行婚礼。数日后双双去爱尔兰尼科尔斯家乡度蜜月。

1855.2.　84岁的女仆塔比去世。她从1825年起在勃朗特家工作三十多年。

3.31.　夏洛蒂患感冒卧床多日，终因妊娠败血症（据朱虹、文美惠主编《外国妇女文学词典》）不治在霍沃思去世。享年仅39岁！

6.　父亲勃朗特先生向盖斯凯尔夫人建议为夏洛蒂作传。

1857.3.　盖斯凯尔夫人著《夏洛蒂·勃朗特传》出版。

6.6. 《教师》由史密斯—埃尔德出版。尼科尔斯先生作序。

1860. 夏洛蒂未完成作品《爱玛》出版。

1861.6.7. 父亲勃朗特牧师去世，终年 84 岁。尼科尔斯先生离霍沃思去爱尔兰。

1893.12.6. 英国勃朗特学会成立。

1895.5.18. 勃朗特纪念馆在霍沃思开馆。

1899—1900 玛丽 · 沃德等编辑《勃朗特姐妹生平与作品》七卷本文集出版。

1906.12.2. 尼科尔斯先生逝于爱尔兰，享年 88 岁。

1913. 埃热先生的子女将夏洛蒂生前致埃热先生的四封法文信捐赠不列颠博物馆。7 月 29 日《泰晤士报》全文发表，并附英译文。

（吴钧陶编写）

· 勃朗特三姐妹文集 ·

Emily Brontë

呼啸山庄
Wuthering Heights

〔英〕艾米莉·勃朗特 著

方平 译

上海译文出版社

Emily Brontë

呼啸山庄

Wuthering Heights

〔英〕艾米莉·勃朗特 著

方平 译

上海译文出版社

目　次

希望在人间
论《呼啸山庄》

1847年，勃朗特姐妹：夏洛蒂（1816—1855）和艾米莉（1818—1848）化名出版了两部不同寻常的小说《简·爱》和《呼啸山庄》，当时谁也没有想到这是出于两个没有见过多大世面的青年妇女的手笔（她们采用两个男性化的名字：Currer Bell， Ellis Bell 做笔名）。亲姐妹的两部杰作问世之后，命运大不相同。《简·爱》立即受到热情的欢呼，使作者一夜之间成了名。可是《呼啸山庄》一开始就遭到评论界猛烈谴责，其中有一些说得非常刻薄：“是哪一个人写出这样一部作品来，他怎么写了十来章居然没有自杀？”（1848）有人又这样嘲弄：这部“恐怖的、可怕的、令人作呕的小说，应该改名为《枯萎山庄》（Withering Heights）才对。”（1848）①

将近半个世纪，《呼啸山庄》一直不为世人所理解，除了个别有见地的评家外，都认为这部小说的作者比她的姐姐差远了。就连她的姐姐对于艾米莉的非凡天才也不能说已有充分的理解。1850年，她妹妹去世之后的第二年，她为《呼啸山庄》第二版写序，为妹妹辩护，可是语气之中带着歉意：这是一部粗糙的不太成熟的作品，要是天假以年，作者是能写出更好更成熟的作品来的：

> 假使她活着，她的思想自会像一株壮实的树木一样成长起来，长得更高更挺拔，更加枝繁叶茂，结出成熟了的更香甜、更红润的果实。②

在当时的文艺领域中，艾米莉远远地走在人们的前面。直到将近半个世纪以后，才有人认为："在十九世纪，《呼啸山庄》是一位女作家所能写出的最好的散文诗。"（1891）在二十世纪初，有人开始提出：艾米莉的天才比夏洛蒂更高（1903），艾米莉·勃朗特"是三姐妹中最伟大的天才"（1904）。

进入二十世纪（尤其在三十年代以后），艾米莉的声誉蒸蒸日上，评论文章大量涌现，而夏洛蒂的光彩却相对地显得有些暗淡了。研究勃朗特姐妹的学者克伦泼在他的专著中这样提出："目前占主导的（虽然不是一致的）意见，认为艾米莉·勃朗特比夏洛蒂·勃朗特是一位更伟大的女作家，《呼啸山庄》比《简·爱》是一部更伟大的小说。"（1982）③

我个人认为，《呼啸山庄》的确是一部天才之作，足以和莎士比亚的伟大的戏剧前后辉映。不过目前的问题不在于争论艾米莉在英国文学史上该占怎样一个地位，而是究竟该怎样去认识她的这一作品：这是说，问题不在于给予多高的评价，更重要的是怎样去深入理解。

就像逗留在"蒙娜·丽莎"嘴角边的神秘的微笑，《呼啸山庄》也显示了一种永久的艺术魅力，紧紧包藏在书中的是怎么一个信息呢？这似乎也是一个猜不透的（至少是不那么容易猜透的）谜啊，因此赢得了不少的西方学者去琢磨它、解释它；无论小说的结构、人物形象、叙述技巧，小说和女作家的诗歌的血缘关系，和德国浪漫主义文学的渊源关系，以及作品的主题、风格、意象、梦幻的运用、象征主义，等等，一一都成为西方学者钻研的对象。真是众说纷纭，层出不穷，形成了"艾米莉热"。这里想提出我个人对这部杰作的理解。

---

① 以上引文见 R. Crump："Charlotte and Emily Brontë：1846—1915"（1982）p.12：E31，p.7：E3。

② 出处同上：p.86，p.137：E19，p.138：E5。

③ 同上，"导言"第10页。

艺术结构和主题思想

研究《呼啸山庄》，好比啃一个硬果，首先碰到的是它表层的硬壳：那复杂的艺术结构；让我们试一下，是否可以剥开它，通过作品的表层，深入到作品的核心。

过去许多评论家都不能理解这部杰作的艺术价值，说是“充满着缺点的结构”（1900）。[①]英国著名小说家毛姆推崇《呼啸山庄》，把它列为世界十大小说之一，可是连他也这么认为：“《呼啸山庄》的结构臃肿笨拙，……她要讲的是一个牵涉到两代人的复杂的故事。这是一桩很困难的事，……艾米莉做得不成功。”他还说：“讲《呼啸山庄》这个故事，一个有经验的小说家可能会找到一个更好的方法。”（1954）[②]

在这一点（以及其他一些论述）上，我很怕毛姆并不是艾米莉的真正的知音。

艺术结构对于一本小说，首先就是故事的叙事方式。

女作家放弃了那种从头说起、原原本本、平铺直叙的传统的叙事手法。十九世纪的女作家，像她的姐姐写《简·爱》（1847），奥斯丁写《傲慢与偏见》（1813），盖斯凯尔夫人写《玛丽·巴登》（1848），采用的都是这一种叙述手法。

《呼啸山庄》也并不是那种倒叙：故事在回忆中展开，回忆完了，故事也就结束了。这两种叙述方法：顺叙和倒叙，它们的起点都是固定的，就像“上行车”和“下行车”那样，不是从起点站出发，就是把终点站作为出发点。

艾米莉与众不同，别出心裁地采用了当时少见的“戏剧性结构”。

---

① 同前，p.125。

② 见《勃朗特姐妹研究》，杨静远编（1983），第400，401页。

故事的叙述从中间开始，因此故事的出发点有很大的选择余地，整个故事的时间跨度越大，从哪里开始进入故事，就越需要艺术上的胸有成竹。

欧洲剧作家在组织他们的戏剧情节时，最善于从故事的半中间说起，公元前五世纪的索福克勒斯的《俄狄浦斯王》是这样，十九世纪的易卜生的《玩偶之家》也是这样。我国戏剧家曹禺的成名作《雷雨》借鉴欧洲戏剧的创作经验，也是这样处理，剧本刚开始，就已经接近整个故事的终点了：剧中的主要人物都是带着自己的历史上场的，在冥冥之中把他们的命运千丝万缕地纠结在一起的那张罗网，在戏剧开始之前就已经撒下了。因此戏剧情节是向两个方向进行的：顺叙和倒叙。在向未来推进的过程中（顺叙），同时展现了过去（倒叙）。临到结尾，整个故事才以它完整的面貌显示在观众眼前：原来苦难的人间有这么一段辛酸事！悬念刚结束，震撼人心的高潮就接着来到了，因此戏剧气氛始终是紧张的，扣住了观众的心弦。

《呼啸山庄》要交代的是两户人家的两代家史，时间跨度长达几十年，应该从哪里开始进入故事，女作家在下笔之前，一定作了苦心推敲：怎样才能取得最好的艺术效果。全书的最初三章，不仅是叙述故事的起点，应该也是我们研究《呼啸山庄》的一个起点。对于我们探索全书的主题思想，了解女作家的非凡的艺术才华，这最初三章可说具有关键性意义。

整个小说的时间跨度前前后后三十一年——从1771年（孤儿希克厉被从利物浦带到呼啸山庄来）到1802年秋（小卡瑟琳和哈里顿成为一对情侣），女作家把叙述的起点安排在1801年的冬天：

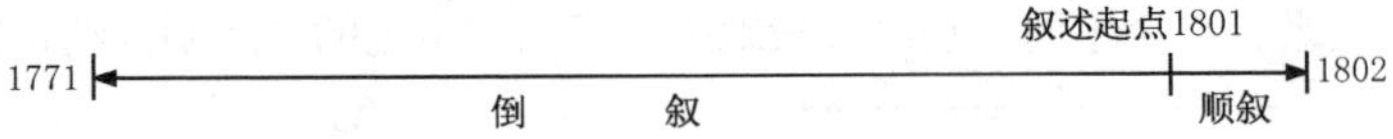

因此和《雷雨》的戏剧结构很有相像之处。小说的开头和小说的结尾

（也就是说悬念的终止和高潮的来到）在时间表上是非常接近的，故事的情节同样向两个方向发展：顺叙和倒叙。第三十一章可以作为一条大致上的分界线：这以前，是倒叙；从第三十一章开始的最后四章是顺叙。

这样一种非传统的“戏剧性结构”本来就很复杂了，女作家还引进了故事以外的，或是故事边缘的两个人物：房客洛克乌和女管家纳莉来担任故事的叙述者。故事的顺叙部分（那是很小的一部分）由洛克乌承担；纳莉则是过去的历史的见证人。就是说，纳莉为了给病中的洛克乌解闷，把山庄和田庄这两家人的家史一段又一段说给洛克乌听，再由洛克乌以第一人称的语气向读者转达。这样，这部小说采用了双重框架结构。

有时候，在情节线中断的地方，或是在故事跳跃过去，需要补叙的部分，作者又这样安排：由伊莎蓓拉把她私奔后的伤心遭遇用书信方式向纳莉吐露，或者由山庄的女仆把她在这户人家中的所见所闻，以及她的感想，说给纳莉听，等等。这时候，伊莎蓓拉等人是故事的叙述者，纳莉成了传达者，而洛克乌则成了“二传手”。洛克乌这个局外人是始终存在的。因此有些场合，女作家甚至采取了三重框架的叙事结构。

这真是一个复杂的叙事系统，在当时的英国小说创作中，可说是大胆的创新，难怪这部不合常规的小说在1847年发表后，有些评论家给搞糊涂了，指责这部作品“乱七八糟、拼拼凑凑，不成个体统”（1848）。①

这样复杂的叙事系统要处处运转、衔接得非常轻松妥帖，已经不容易了，女作家有时候环绕着一段有意义的插曲，还采取了前后呼应、多层次、多视角的叙述法（像两个孩子夜闯画眉田庄那段情

① “Charlotte and Emily Brontë”， p.12。

节，先后由卡瑟琳、纳莉、希克厉三人叙述)，那周密的构思，真令人赞叹！

苦心设计这双重的、三重的，以至多层次的叙事系统，我想，一个原因是女作家为了要把她本人隐蔽起来。在当时有许多英国作家(像萨克雷、狄更斯等)在小说情节进展的过程中，喜欢用插话的方式，随时以作家的身份出面和读者进行对话，发表议论，而故事中的人物被挤到后面去了。在《呼啸山庄》中，自始至终没有作者自己的一句话，女作家隐藏到人物后面去了。我们知道，艾米莉的性格十分内向，她在这作品中倾吐的却是从来没有向人倾吐过的，也很少有人这样倾吐过的狂风暴雨般的激情；她需要把自己很好地隐蔽起来。这双重和三重的以至多层次的叙事方式，给了她一种安全感。

这里有一个很重要、但是常被忽视的问题：女作家在组织她的复杂的叙事系统时，为什么选择一个不相干的外地人闯到山庄来作客，作为进入故事的起点？我们说过，故事的叙述的起点也就是我们对这部小说的理解的起点。

洛克乌第一次来到山庄作客，是1801年的11月。在这之前，山庄和田庄两户人家已经一一经历了许多重大的事故，好几个主要人物(包括女主人公在内)都已经死亡了，从小说情节而言，故事的起点落在相对“平静”的日子里。从第一到第三章，故事的情节并没有进展，它停滞不前，无论洛克乌去不去山庄作客，对于小说中的人物的命运都没有丝毫影响；那么这开头三章岂不成了可有可无吗?

可是我可以说，这一故事起点的选择是经过深思熟虑的。尽管它在故事情节上徘徊不前，在艺术效果上却引出了一个巨大的悬念；更重要的是，它为读者提供了一把钥匙。贯穿全书的主题思想本来很复杂，不太容易把握，现在有了这样一把钥匙，就比较容易地看清它的脉络了。这该是女作家的用心所在。这三章是出于天才手笔的三章，用闲笔写来，却又构思严密，文笔精练，不乏风趣。我个人认为，这样设想巧妙、富于艺术特色的三章，在英国古典小说中是不多见的。

我们要看到，洛克乌这个站在故事情节以外的人物，决不是作品中一个多余的人。他在这个作品中起了别人不能代替的重要作用：即通过闯进呼啸山庄的这一个陌生人的眼睛，看到了在希克厉统治之下，那里成了怎么样一个冷酷的世界。洛克乌曾经用善意的眼光去看待希克厉（尽管那位业主显得那样傲慢，不可亲近），谁知一踏进那户人家，尤其第二次访问，他这客人所得到的只是粗鲁无礼的对待。他看到在那里人和人之间没有一句亲切的、投机的话，没有会心的微笑，没有感情的交流，只有彼此的仇恨，人和人之间的感情降落到了冰点。这一家四口（不算女仆）一个个都像数学上的疙瘩：解不开的无理数。

这是个让人片刻也待不住的家，没想到却住着一位像仙女般美丽的姑娘，谁知她也是那么冷漠，傲慢得不近人情。她毫不掩饰她憎恨周围的一切人。

不仅主人、仆人都冷漠无情，就连这户人家养的狗也全是一群恶狗，对生人抱着敌视的态度，随时等待机会发泄它们凶猛的兽性。洛克乌来山庄作客，没想到一下子成了它们袭击和围攻的目标——“六七个大大小小、老老少少的四脚魔鬼，一窝蜂地从隐蔽的洞窟里直冲出来，向共同的目标集中。”

不管洛克乌怎样自夸为“厌世者”，一旦他闯进了希克厉所统治的那个世界，连他都感到不寒而栗。人和人之间的感情降到了冻结的冰点。就像降落在山庄的那一场铺天盖地的大雪，人类的一切美好的感情都被深深地淹没在人和人之间的不正常的憎恶、仇恨下面了。

全书开头，有一段对于呼啸山庄的自然环境的描绘，很有意思。

"呼啸"（wuthering）是当地的方言，指暴风席卷而来的时候，大自然发出的那一片咆哮声。那猛烈的风暴是经常光临这座山庄的：

> 只消看一看宅子尽头的那几株萎靡不振、倾斜得厉害的枞树，那一排瘦削的都向一边倒的荆棘（它们好像伸出手来，乞求阳光的布施），也许你就能捉摸出从山边沿刮来的那一股北风的猛劲儿了。①

这一段带有人情味的诗意的描述，具有高度的象征意义。终年不断的猛烈的北风，不容许山庄的树木向天穹挺伸，强迫它们都得向一边倒去。那萎靡不振的树木失去了原来的那种发育良好的优美的体形。"树性"被狂暴的猛风扭曲了。

在这部作品里，树性就是人性的象征。人性同样终年不断地在承受强暴的压力。就像那萎靡不振、倾斜得厉害的树木，人性同样被残酷地扭曲、摧残了。

当外地的客人从山庄跨进宅子的门槛，他就是从户外的严酷无情的自然环境，闯进了户内的严酷无情的人为环境。洛克乌惊惶失措，坐立不安，通过他那惶惑的眼睛，我们看到了人类世界将会变得多么凄厉、痛苦、不能容忍——当人一旦丧失了他那美好的人性。

当初，我们人类经历了漫长的演化，才从原始世界的野性的兽类中分化出来，又在初具文明的原始社会，和以后的阶级社会的集体生活里接受几千几万年的熏陶，人才逐步获得了可贵的人性，成为万物之灵。现在，可悲哀的是，在山庄这一户孤独的人家，"人性"已堕落到它的最低点，再往下沉沦，万物之灵的人将和这户人家中那一群露着白亮的尖牙，只想扑过来咬你一口的狰狞的恶狗没有多大区

---

① 见第1章。

别了。

婚丧嫁娶，本是人生大事，也是小说所首先关注的情节。《呼啸山庄》中的人们自然也有他们生老病死的人生历程，然而故事的叙述重点转移了，不再是这些人事变迁了。艾米莉用一个艺术家的锐利、敏感的目光，超越曲折复杂的故事情节，也超乎一般的世俗观念，去探索她所最关心的“人性”。可以说，人性的探索是贯串全书的一条主线。

在叙述呼啸山庄和画眉田庄两户人家前后三十年的恩仇、纠葛时，女作家把这些人事沧桑一分为二，她选择了“陌生人的来访”这样一个偶然的（或者不如说，节外生枝的）事件作为划分故事情节的一条界线。

从时间表上看，这样的划分很不规则，似乎是任意的，前面部分历时三十年，后面那部分却一年都不满。但是作者自有她的用心所在。在第三章里，那个不受欢迎的客人做了一个荒诞、可怕的噩梦；就连这个游离于故事情节之外，莫明其妙的噩梦也创造一种气氛，取得了一种象征的色彩。因为实际上，小说开头的那三章，写的就是人类的一场荒诞、可怕的噩梦啊——人性的冻结。

这三章展现了一个少见的荒诞的世界，这就是全书的序幕，假使给它一个标题，可以称之为：“一个噩梦：人性的冻结”。

故事情节是从第四章开始的，那就是以往三十年旧事的倒叙。这是小说的主体部分，从主题思想着眼，它也可以有一个标题：“扭曲的树木：人性的堕落”。

全书的最后四章，基本上是顺叙，故事发展到第三十二章出现了转机，这是小说的尾声，它的标题不妨叫做：“希望在人间：人性的复苏”。

整个小说的结构可以用下面一个马蹄形的图形表示出来：

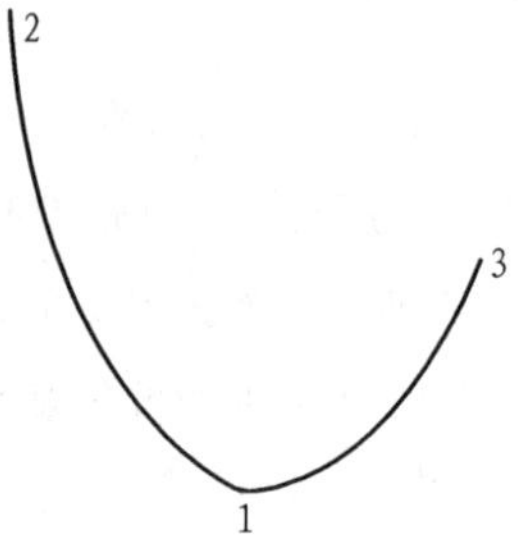

1. 序幕 人性的冻结(1—3章)
2. 主体 人性的堕落(4—31章)
3. 尾声 人性的复苏(32—34章)

这一马蹄图形向我们显示：在这条人性的曲线上，女作家选择了它的最低点作为进入故事的起点。

从第二代情人看主题思想

《呼啸山庄》的研究者一般都把目光集中在卡瑟琳和希克厉这第一代情人的身上。英国文艺评论家凯特尔这样说："小说的核心和精髓是卡瑟琳和希克厉的故事。"①E.M.福斯特也说："虽说是一部伟大的小说，可是你读了之后，却什么都想不起，只记得希克厉和第一代卡瑟琳。"②

的确，无论哪一个读者读了这部小说，都很难忘得了他们俩的狂风暴雨般的感情。在这一对不同寻常的情人身上体现了女作家的不同寻常的气质，以及对于人生的梦想和追求。

但如果我们把这对情人的富于戏剧性的生死恋爱暂时搁在一边，首先讨论故事中的第二代情人卡茜和哈里顿(他们也的确是最先介绍给读者)，那么我们就能更好地掌握贯串在整个作品中的主题思想了。

哈里顿一生下来就是个胖娃娃，"从没看见过这样逗人爱的小家伙！"他出生不久，母亲就死了，是女管家纳莉把他抚养大的。他五岁

① 见《勃朗特姐妹研究》，第377页。
② "Wuthering Heights：A Casebook"(1983)，p.133.

那年，姑妈卡瑟琳出嫁，纳莉陪着新娘去到林敦家做女管家，和孩子分别的时候，“他是我世上的一切，而我也同样是他世上的一切！”①

哈里顿虽然没有得到父爱（爱妻去世后，亨德莱成了酒鬼），但还是从好心的保姆那里得到了一个孩子所需要的爱，他也用一个孩子的忠诚的感情回报爱他的人。可是自从纳莉一走，再也没有人照管他、爱他了。

不消一年，他已经完全变成个野孩子，几乎叫纳莉认不出他来了。纳莉想去拥抱他，说：“哈里顿，纳莉来啦！是纳莉，你的保姆。”这野孩子不是迎上前去，却倒退一步，捡起一块石头，摆开架式要扔她，从他还不怎么会说话的小嘴里，结结巴巴地滚出了一连串咒骂来。才只六岁的小孩子就显示出一副蛮横的、敌对的态度了。他还咒骂自己的爸爸。纳莉用橘子把他的话哄出来：

——是魔鬼教你咒骂爹爹的吗？

——希克厉。②

亨德莱的全部家产都被希克厉用欺骗的手段夺去了，最后，连自己的一条命也送在对方手里。他的宅子，连同他的无依无靠的孤儿，全部落进了仇人的手里。

小哈里顿以后只能听凭希克厉的摆布了。希克厉立刻有了一个新的复仇计划，他举起孩子，把他往桌子上一放，说出了自己内心深处的打算：

好一个孩子，现在，你是属于我的啦！咱们倒要瞧瞧，这一

---

① 见第9章。

② 见第11章。

株树是不是也会长得弯弯曲曲，跟另一株树一个模样——假使它也长在风口里，让猛风来扭它的树枝树干！①

可怜那不懂事的孩子，听了这话还挺高兴呢。

终年不断的呼啸的猛风，无情地把树木的躯干和枝条扭曲得歪歪斜斜；现在性格正在发展中的哈里顿，也就是一株幼小的树苗，而为这株幼苗准备好的只是长年累月的精神上的无情摧残：让它“长在风口里，让猛风来扭它的树枝树干！”

希克厉的这段内心独白是和小说开头对山庄周围的描述相呼应的。“树的扭曲”和“人性的扭曲”相对应，产生了电影手法中叠影的效果。发育不良、枝干被扭曲的树成为贯串全书的富于象征性的一个意象。

卡茜提到小林敦时，也使用了“扭曲”这个词儿：“我的确很难过，林敦的天性给扭曲成这个样子。”②在这个作品里，“扭曲”（twist，distorted），是个具有深刻内涵的词儿，它意味着人性在强大的压力下得不到正常的发展。

值得称道的是，女作家从来没有把“人性”当作抽象的存在，它总是和人的生活环境、人的社会地位紧密地结合在一起的。

统治着呼啸山庄的希克厉，赤裸裸地表现出他是一个虐待狂，无论对于新婚的妻子，对于他情人的女儿都毫不留情。他毒打人、踢人、扯妇女的头发，然而我们可以注意到，这个暴君从没有表示过这种野蛮的行为给了他多少乐趣。“我看到她就讨厌，远过于从折磨她所得到的满足。”③

---

① 见第 17 章。
② 见第 24 章。
③ 她，指新娘伊莎蓓拉；见第 14 章。

对于他，更大的乐趣在于精神上折磨人。当他为了仇恨，让小哈里顿的心灵永远陷于愚昧和黑暗中，把一个很有天赋的孩子彻底毁了，这个阴险的人毫不忌讳地说出了他心里的高兴：

> 我从他那儿得到一种乐趣，……如果他是个天生的傻子，我就连一半的乐趣也没有啦。……我能确切地知道，他目前感受着什么痛苦。以后还有得他痛苦呢，这不过是刚开个头罢了。他永远也别想从他那粗野、愚昧的泥沟里爬上来了。我把他抓在手里，……我教导他：凡是兽性以外的东西全都是傻的、不中用的，都应该瞧不起。①

果然，在他的手里，小哈里顿成了一个浑浑噩噩、粗暴无礼、满口脏话的小蛮子。从他五岁，一个刚开始懂事的天真的小孩子，到他二十四岁，爱情来叩开他的心扉，是他的天性受压抑、受摧残、被扭曲的一个痛苦的历程。

小卡茜的遭遇甚至具有更大的悲剧性，在她身上不仅是人性的被扭曲，而几乎是人性的被折裂、被毁灭。

比起她的表哥哈里顿来，卡茜幸福得多。在慈父和纳莉的爱护下，她就像一粒种子在肥沃的土壤中得到阳光和雨露的抚育滋润，欣欣向荣，她的肉体和心灵都健康地成长着，她长成为一个秀丽、活泼而又温柔多情的好姑娘。

女作家并没有多费笔墨形容她那可爱的性格，只通过一段小插曲，让人感到洋溢在她心头的是一片纯洁的爱。

纳莉得了病，卡茜在病床边百般体贴地照顾她，这位老保姆很感动地说：

---

① 见第21章。

她的心一定是颗火热的心——她这样深深地爱她的父亲，却还能献给我那么多的情意！①

然而她不知道，等她睡熟后，她的卡茜还要私下骑着马奔到山庄去安慰她那十分难侍候的表弟呢，她把一颗心分给了三个人，对每个人都是那样体贴，献出了一个女孩子的温柔的爱。

她曾经为了不许她再去呼啸山庄，晚上跪在床边哭了，纳莉责备她浪费眼泪，她却说：

我不是在为自己哭啊……我是在为他哭啊。他一心希望明天能再看到我，他可要失望啦；他会等啊等啊，却始终不能把我等来。②

多么丰富的少女的感情啊，在卡茜火热的心里只知道一个爱，她不仅舍不得她的表弟因为等她不来而失望，她还把一个少女的一往情深的感情投射在她表弟身上，可悲地以为对方真是那样热情地盼望着她，也是在一心一意地想念着她，却不知道那位表弟只是一个自私自利、毫无心肝的可怜虫！

可是一年后，当洛克乌闯进呼啸山庄，看到一位名叫卡瑟琳的青年妇女，虽然还保留着使单身汉怦然心动的体态容貌，而原来跳动在她胸腔中、像在欢乐地歌唱似的心儿几乎被窒息了；洋溢在她心头的爱干涸了，冻结了。

阴险的希克厉拿她的表弟作诱饵，把她骗进了他的魔窟，于是她立刻失去了一切自由，她遭到了生平从未遭受过的拳打脚踢。希克厉

① 见第23章。
② 见第21章。

狂热地爱恋她的妈妈，对女儿却加倍残酷地进行着从肉体到精神上的一连串折磨。

亲爱的爸爸快死了，卡茜心急如焚，却被囚禁在山庄，不能去安慰他，在最后的时刻尽女儿的一点心，却反而被强迫着去和那卑鄙的小林敦结婚。接着，她那从来没爱过她的丈夫也死了。她陷于一个充满着敌意的孤立无援的环境中。

希克厉在通过非法的手段，剥夺了她的全部财产的同时，又剥夺她的一切精神财富，把一个感情丰富的少女扔进一片精神沙漠中。她一下子失去了亲人，同时也失却了像老朋友似的书本。有一个细节可以说明她在精神上忍受的虐待。

洛克乌第三次去呼啸山庄作客，充当了一名联络员，趁人不注意的当儿，把纳莉的一张条子递给卡茜，还一片好心地问她有没有回信。对于失去一切自由的卡茜，这该是求之不得的机会吧？谁知她并没有作出热烈的反应，却只是淡淡而又凄凉地回答道：

> 我想回她信，可是叫我用什么东西写信呀——连一本书都没有，否则我还可以从书上撕下一页当信纸。①

这使人想起她母亲还是小姑娘的时候，在《圣经》之类的宗教书上翻到一张空白页，如获至宝，好把她心里想说的话全写上去。这已经够可怜了：她只有可憎可厌的宗教书，却没有一张白纸作为儿童驰骋自己的思想感情的天地！

可是她的女儿甚至更惨，连一本书、一张空白页都没有，全被剥夺了。这精神上的空白简直使人透不过气来！

小林敦快要断气了，只有她在整日整夜伺候那最难伺候的病人。

---

① 见第31章。

在她最苦恼、最需要同情和帮助的时刻，却听不到一句亲切的话，看不到一个善意的眼色，没有谁向她伸过来一只同情的手。这是一个充满着敌意的世界。一个一切美好的感情都被窒灭，叫人绝望的世界。她承受不住那一连串无情的打击，承受不住那样可怕的精神折磨，她的性格终于被扭曲得认不出原来的样子了，当初那个洋溢着欢笑、充满着爱的姑娘几乎被毁灭了，她变成了我们在小说开头看到的那样一位冷漠傲慢、不近人情的少妇了。

齐拉(一个心地不算坏的女仆)这样批评她道："在我们中间没有一个爱她或是喜欢她，她也不配；只要谁对她说半句话，她就转过脸去，一点都不客气。"

本来是一位爱人、也被人爱的好姑娘，现在竟变成了恨人、也被人恨——这不是人性的堕落，人性的悲剧吗?

如果《呼啸山庄》写到第三十一章，女作家就此搁笔了，那么我们就很难理解这部小说，也很难猜透她为什么要写这么一部把人压抑得透不过气来的小说了。

山穷水尽的时候

全书的最后三章可说是："山穷水尽疑无路，柳暗花明又一村。"在那个仇恨统治着的世界里，"爱"的萌芽在极端艰苦的情况下，终于破土而出了，"爱"终于又回到鸟语花香的人间。人性复苏了。

不过也要看到，这个像用清脆的银笛吹奏出来的主题：对于爱的信念，并不是仅仅表现在小说的尾声部分。就在那个天寒地冻、大雪把整个山庄都埋没的时候，人性仍然在黑夜中闪光，虽然很微弱，一闪而过。"人性"经历了最严酷的考验，却并没有被窒灭。

山庄上的那一排瘦削的、歪歪斜斜的树木就是一个证明。猛烈的北风把它们摧残得直不起腰来，但是，"它们好像伸出手来，乞求阳光的布施”。

咆哮的猛风可以把树的形体扭曲，不许它发育成长。但是树还是有树木的本性，猛风怎么摧残它，也不能把它的树性全剥夺了。树性喜欢阳光，所以这向一边倾斜的荆棘，在人的眼里还是要伸出手来，“乞求阳光的布施”。

在人类社会的集体生活中，不能想象没有人和人之间的爱。爱的需要是人的本性。爱人和被人所爱，这是人生的幸福，也是人生的基本权利，谁都不能任意把它剥夺，用仇恨去代替。有人性的地方就有爱。我们如果细心阅读，就可以看到在呼啸山庄这个为“恨”所统治着的，近乎疯狂的世界里，仍然有人性的微光在闪亮，这里是个细节：

洛克乌来山庄作客，受到了侮辱，一怒之下，准备独自摸黑回去，他很可能在大雪之后的一片白茫茫荒原中迷了路、送了命。正在这时候，只听得哈里顿主动说：“我陪他走到林苑那儿就打住。”可是却给希克厉喝住了：“你还是陪他到地狱里去吧！——叫谁来看管那些马儿呢，呃？”

“一条人命总比一夜没有人看管马儿要紧得多吧，”卡茜反驳他道。[①]

见死不救，这人就完全丧失了人性。哈里顿愿意伸出援助的手；卡茜认为人的生命应该比马更重要，都说明尽管他们的性格遭到严重的扭曲，可是天良还在，并没被仇恨所吞没。

有一段动人的插曲更有力地表明了“恨”不可能消灭人间的“爱”。只有一位天才作家才能写出强弱悬殊的“爱”和“恨”的这一场激烈的冲突。

希克厉为了霸占画眉田庄，强迫落在他手中的卡茜和那奄奄一息的小林敦结婚。他知道卡茜的爸爸病势垂危，女儿又失踪了，这重大

---

① 见第2章。

的刺激必然会送了他的命。这一家之主一死，田庄的全部财产将都归给了卡茜的“丈夫”。他儿子是活不长了，儿子一死，财产就全归他了。他的阴谋果然一步步都实现了。我们记得，全书开头，希克厉出场的第一句话就是：“画眉田庄是我的产业。”

落进了魔掌的卡茜并没想到自己，更没有想到她的财产，而是一心想念着慈父，她只有一个念头：赶紧回家去尽女儿的最后的责任。她恳求她那白痴一般的“丈夫”，只要他肯放她出去，她情愿把她家中最好的书，她的漂亮的鸟儿，还有她的小马敏妮都送给他。谁知那个小坏蛋冲着她说：“爸爸说的，你的每一样东西都是我的，你拿不出什么东西给人啦！”

林敦还没死，不见女儿回来，他是不能瞑目的，可是那个被人操纵的小坏蛋已经以田庄的新主人自居了。

非法的婚姻把卡茜的财产一下子全剥夺了，她变得一无所有了。于是她只得拿出了在这世上惟一属于她的东西——挂在她脖子上的一个金鸡心，里边装着爸爸和她从没见过的妈妈的肖像。她从脖子上摘下她从不离身的纪念物，去向她名义上的丈夫交换她的自由——一把房门的钥匙。谁知那个没心肝的东西就像主子对待女奴那样，在剥夺她的人身自由的同时，剥夺了她一切财产所有权，竟说连挂在她胸口的金鸡心也是属于他的，伸手就去抢夺。

为了能和父亲见最后一面，卡茜才舍得交出那金鸡心，但她决不容许一只肮脏、可耻的手任意掠夺自己心中最神圣的东西。她把小林敦推开了。这小懦夫抢不过，就大声喊叫父亲。卡茜害怕了，赶紧掰断了铰链，把镶嵌着她母亲画像的那一扇，塞给了小林敦，把另一扇藏了起来。在万分惊恐中，这一刹那的动作，说明了她爱爸爸超过了一切的一切，爸爸是世上最亲爱的人。

希克厉来了，他命令卡茜把另一扇交出来，给她丈夫。她在暴力面前拒绝了，却给一巴掌打得跌倒在地，那暴君从项链上硬是把那一扇画像扯了下来，扔在地上，把它践踏个粉碎。

等暴君走了之后，卡茜把小林敦叫到窗前，让他看，她满口鲜血，然后跪在地上，把肖像的碎片一一收集起来，走到一边，面壁而坐，就此再也不理这个没心肝的小东西了。①

卡茜跪在地上，把被践踏成碎片的肖像一一捡起来(也许以后还要一一拼凑起来)，这个细节是最富于象征意义的：表达了全书的一个主题思想："恨"消灭不了"爱"，"爱"比"恨"更有力量。尽管挂在胸口的画像可以被一种残暴的力量踏个粉碎，但是父亲留在女儿心头的慈爱的形象，是夺不走的，永远是完整无损的。

后来卡茜终于在深更半夜从山庄逃了出来，和弥留之际的父亲见了最后一面。她父亲刚落葬，希克厉马上赶来把她抓回去。卡茜向他这样说：

> 在这世上，林敦是我惟一亲爱的人了，尽管你一心一意要让我觉得他可恨，要让他觉得我可恨，可你就是没法叫我们两个互相仇恨。有我在他身旁的时候，我不怕你要伤害他，我也不怕你来吓唬我！②

这一段话无异在宣告：爱，是人生的基本权利，也是人生的基本需要。在没有人可以爱的时候，她愿意作为一个妻子把她的爱给予她那名义上的丈夫，——因为不管他是一个多么不可爱的人，他跟她两个都是在暴力的压迫底下过日子。

这里是两种对立的感情再一次的冲突，"爱"再一次表示它并没有

---

① 见第28章。
② 见第29章。

被“恨”所吞没。

希望在人间

全书将结束的两章(第32、33章)是属于卡茜和哈里顿的。

这一对表兄妹的关系一开始就不正常。他们俩在教养、性格等各方面的差距太大了。卡茜聪明活泼，受过很好的教育；哈里顿却是愚昧无知、粗鲁、傲慢，连自己的名字都认不得。卡茜有意考问他：宅子的正门上面镂刻些什么字；他却张口结舌，只会像傻瓜似的抓抓头皮，不知道那就是他祖先的姓氏：“哈里顿·欧肖”。

可是这个小乡巴佬却在暗暗地用爱慕的目光注视着像天仙般美丽、也像天仙般不可亲近的卡茜。这位仙女出现在哈里顿的粗俗的世界里，把他从一片浑浑噩噩的愚昧、昏沉的状态中唤醒了。他第一次意识到自己身上存在着那么多的缺陷，他第一次为自己不认得字而感到痛苦，他第一次开始有了上进的要求(偷偷地学文化)，他第一次为自己的粗野的行为感到羞愧，甚至红着脸来到卡茜跟前，低声下气地向她认错。

可惜他这种努力向上的良好的开端，并没有得到卡茜的赏识。她看到的只是一个肮脏、粗野、有许多坏习惯的乡巴佬。甚至当他守候在路边，想请求她原谅的时候，骑在马上的卡茜却怀着成见，还道是要来谋害她，一鞭子抽在他身上，就催促马儿奔驰而去了(第24章)。

哈里顿并没就此灰心，私下仍然在努力学着认字，他的雄心壮志是卡茜读过的书，有朝一日他也能读，——这是说，他渴望有朝一日能够悄悄地挨近卡茜的精神世界，因此卡茜的书竟被他一本本都偷了来。

可悲的是他的起点太低了。从他原来的愚昧无知，每跨出一步，不知要付出多少痛苦的代价，而这种坚毅的进取心却不能为卡茜所理解。她当面嘲弄他，故意模仿他念书时的那种怪腔调来羞辱他。哈里顿忍无可忍了！

一开始，因为愚昧无知而遭到嘲笑，现在又因为要努力摆脱这种愚昧无知，而遭受到更尖刻的嘲弄。到了这个地步，他完全绝望了。他气愤得把苦心捡来的、寄托着多少期望的书本全都投进了火焰，甚至还给了卡茜一个清脆的嘴巴子。他们之间不断的摩擦终于爆发为一场激烈的冲突。

从此在哈里顿的心目中，不再有卡茜的人影儿了——不管她长得多秀丽！也永远不跟那些倒霉的书打交道了！雄心壮志一笔勾销，从此他甘心堕落，又一头扎进原来的愚昧无知的状态中去了。他还是那个不学好、不想上进的野小子。

一位娇生惯养、有教养的小姐，带着偏见，看不起一个肮脏、粗野、不懂体面的乡巴佬；而处处显得笨拙可笑的小伙子，自尊心却特别强烈，不容许别人的嘲弄。他用偏激的、傲慢的态度来保护一个男子汉应有的自尊心。

这表兄妹二人一开始就相处不好，彼此不断地发生摩擦、冲突、争吵(第18—31章)，而这“傲慢与偏见”的不正常的关系，应该由希克厉负责。

首先，小哈里顿被剥夺了受教育的机会。希克厉挟着仇恨，这样说：“我把他抓在手里，比他那坏蛋老子掐住我还紧些，而且把他压得更低，你瞧，他为自己的野蛮劲儿而得意呢。”①

他要叫哈里顿永世不得翻身，在别人的眼里永远是一个叫人瞧不入眼的蠢东西；而且永远不会知道他是在受精神上的虐待，却对他的压迫者反而产生一种狗对主人般的依恋之情。

其次，他绝不容许在表兄妹间有机会发展正常的友谊。

卡茜日日夜夜侍候垂死的病人(她名义上的丈夫)，快支撑不住

① 见第21章。

了；哈里顿不止一次表示愿意替代卡茜熬夜；可是每一次都被希克厉拦住了。卡茜并不知情（当然更不用说领情了），只道她周围的人，包括哈里顿在内，都是些见死不救、没有心肝的家伙。因此，小林敦死后，她带着布满血丝的眼睛和一颗凄凉空虚的心下楼来，在客厅露面时，哈里顿几次主动接近她，向她表示好感，每一次都给她用冷言冷语，加上冰霜般的脸色，打了回去。

幸亏卡茜的亲爱的保姆这时来到山庄做女管家，私下给她带来了她心爱的书本，她那枯寂的心田得到了滋润，产生一种精神上的渴求，她开始对从小没人爱怜的哈里顿产生了同情，愿意帮助他，和他共同享受读书的乐趣。可是没有那么容易！当她回过头来主动向哈里顿表示好感时，那个自尊心受了严重损害的小伙子已经发誓不再和这个鬼丫头打交道了。姑娘几次三番想表白自己的诚意，小伙子却认定这又是在玩弄什么取笑他的鬼花招。

但是爱，广义的爱，在人们正常的感情生活中，是最正常的需要。特别是感情丰富的年青人更需要爱——爱人和被人所爱——来充实自己的生命。爱情对于他们，就是人生最高的幸福。

小卡茜和哈里顿最后和解了。有意义的是帮助他们俩终于解开疙瘩的，是作为礼物、用缎带扎起来的一本美丽的书——一本象征友谊、象征知识的书。他们俩终于冲破了“仇恨”所设下的重重障碍，克服了各自的成见，学会了相互尊重——“一个是爱着，只想学会尊重对方；另一个是爱着，只想能获得对方的尊重——他们俩都努力要最后达到一个目标。”①

这在冰霜冻土中十分艰苦地萌发的爱情，一旦扎了根，谁也不能再从这一对年青人的心灵中夺走他们日夜守护着的宝藏了。希克厉这

① 这是纳莉的一段话，见第32章。

个暴君想破坏那一对受尽他压迫的年青人的爱情，他们俩共同起来反抗他了。

那第二代的爱情，展现了十分动人的情景。

卡茜真心诚意地帮助哈里顿，使他封闭的心灵重新打开，产生了一种精神上的渴求。一旦被一种真挚的情意感化了，哈里顿这个天性淳朴的孩子证明自己是一个勤奋用功的好学生，他的启蒙老师又是一位热情而又严格的好导师，难怪他的学业进步得很快。他最渴望的是每次做好作业，能从老师那儿讨得他应有的鼓励：一个以至一连串甜蜜的亲吻。

现在，哈里顿和卡茜，他们俩是表兄妹，也是导师和学生，又是一对幸福的情侣。

女作家把纯洁的爱情和人类最美好的感情联系起来，把爱情看做是一种鼓舞的动力，促使人们产生努力上进的要求。更难得的是，她把“爱”和“恨”这两个对立面作为一个整体来考虑。作品的尾声无异在向人们诉述这样一个信念：

“爱”属于人性的最美好的部分；“恨”是人性的被扭曲，是人性的堕落。“恨”想在人间建立绝对统治，尽管它似乎多么强大，但是办不到。冲破了仇恨，终于建立起来的爱情，就是冻僵的、麻木的人性复苏了，受压抑、被扭曲的人性终于得到解放了。人类是永远有希望的。

爱情的两种模式

为纪念《呼啸山庄》出版一百周年，英国学者特拉维西写了一篇论文，第一句话就是：“在所有被公认为十九世纪英国古典小说中，也许哪一部也比不上《呼啸山庄》那样引起这么分歧的意见吧。”①

① D. Traversi：“‘Wuthering Heights’ After a Hundred Years”（1949），见“Casebook”，p.157。

在此之前，早就有人把本书的作者称作“我们现代文学中的斯芬克斯”；[1]直到进入八十年代，英国杰克（Ian Jack）教授为本书写序（牛津版，1981），开头第一句话还是：“《呼啸山庄》是最让人猜不透的英国小说之一。”

这部奇书最使人惶惑不解的地方，也许在于女作家既鲜明地表现了“爱”和“恨”的紧张的对立，又暗示了“爱”和“恨”的暧昧的转化和统一。对于人间的爱憎恩仇，她既和我们心心相通，同此感受，却又保持了自己非常独特的、超乎常情常理之外的见解。因此我认为：作品的主题实际上是双重性的，人物形象也是双重性的。我们根据小说的整体结构，梳理出了一条贯穿全书的情节线索，发掘了其中的深意。当我们试图进一步对另一条交叉的情节线、另一个主题进行研究时，就的确意识到了困难，仿佛为攀登险峰而踏上了一条崎岖小路。这将近一个半世纪以前的古典小说，有时就像现代派音乐那样闪烁、多变，它不断地在转换调性。

自从现代文明的曙光照亮了人类历史的进程，人们在自己的感情世界里发现了鲜艳的爱情之花，就不惜用生命和鲜血去栽培它、热烈地歌颂它。爱情，幸福的爱情，从此成为文学作品中一个“永恒的主题”了。这一文学主题同样在《呼啸山庄》中得到了共鸣。多情的卡茜和淳厚的哈里顿的那种纯洁的爱情，就是最幸福、最圆满的爱情了。老保姆纳莉说：“我所有的愿望中最高的愿望，就是看到这一对年轻人的结合。在他们举行婚礼的那一天，我谁也不羡慕了。那时候，在英国再找不出第二个像我那样快乐的女人了。”[2]在这一段充满着幸福感的话里，我相信也有女作家在深情地为这对年轻人默默地

① 引自 C. Shorter 的论文（1896）；同上，p.12。
② 见第 32 章。

祝福。

爱情，幸福的爱情——可是女作家本人，一个喜爱孤独地徘徊在北方原野上的单身姑娘，从没有得到过爱情的祝福啊。长在清寒人家，容貌并不特别引人注目，她又那么怕羞，不容易亲近，在人前总是落落寡合；然而一旦从现实世界进入她的梦幻世界，爱情就降临了。她的心灵也全部打开了。这是怎样一种爱情啊！它不是玫瑰色的，它不是甜蜜的，而且是没有祝福的。它白亮得不可逼视，像一团火似的要把人烧起来……这就是她的神秘的爱情，对于她，却就像日常生活一样地真实。

女作家既生活在现实世界里，又出入在她的梦幻世界里，她可说过着双重生活，对于爱情的观念，在她那里，也是双重的，或者二元的。她自然喜欢她笔下的卡茜；然而她又并不把那个可爱的好姑娘所真心诚意地给予的、而又加倍地得到回报的爱情，看做爱情的惟一的模式。另外还有一种爱情，那就是孕育在她幻想中的神奇的爱情。在第九章里，她提出了这两种不同模式的爱情。

卡瑟琳接受了林敦的求婚，也向纳莉承认了她是爱他的；她爱林敦，因为他年青，长得俊俏，满脸春风，爱慕她，富有，会让她成为当地最尊贵的女人，等等；如果再补充“品德高尚”这一条，那么林敦完全可以作为一个男主人公进入英国十九世纪的任何一个文学作品中，而得到任何一位女主人公的垂青了。在《傲慢与偏见》中的丽萃终于以感激的心情接受了达西的求婚，不正是因为他气度优雅，人品高尚，爱她，而且有一万镑年收入和一座大庄园吗?

谁知卡瑟琳却用手拍着自己的额头和胸房，偏说是：“在我的灵魂、在我的心坎里，我清楚地知道我是做错了。”因为如果她在天堂里，她会痛苦得要命！“我嫁给埃德加·林敦，就像我在天堂里那么不相称。”

天堂本是最高幸福的象征，卡瑟琳却说她在那里会痛苦得要命。她以整个灵魂爱着低贱的希克厉，“我爱他可不是因为他长得俊俏”，当然更不会为了温存的性格，为了财富。她爱希克厉是因为：“他比我更是我自个儿。不管咱们的灵魂，是用什么料子做成的，他和我是同一个料子。”她甚至不可思议地嚷道：“我就是希克厉！”

什么是爱情？爱情不再是人生幸福的追求了，卡瑟琳就是这样说的：希克厉时时刻刻在她心头，“并不是作为一种欢乐……因为他就是我自身的存在。”①

两千年来，基督教会宣扬的是：上帝首先创造了亚当，然后为他添造了一个附属于他的夏娃。卡瑟琳却另有她的信仰。照她看来，上帝特地为了夏娃创造一个亚当——至少也是用同一个料子、同一个模子，同时铸造了亚当和夏娃这一双。卡瑟琳的亚当自然就是希克厉。他，就是她的另一个“我”；而她的合法丈夫反而成了不相干的人。这样，爱情的价值观念转移了，它取得了一种完全不同的意义。爱情，从幸福的追求，转变成了自我的追求。爱情和人生的幸福没有必然的联系了。爱情，首先是冲破宗教、法律、道德等一切传统观念的自我追求，自我完成。

在我之外另有一个我，在两个心心相印的情人之间，有时会达到这种恍如一体的感觉。这在古典文学名著中找得出例子。年青的罗密欧在皎洁的月光底下，听到远远地传来了他情人在阳台上的一声呼唤：“罗密欧！”他惊叹道：

> 这是我的灵魂在呼唤我啊！②

① 以上三段引文见第 9 章。
② 见莎士比亚悲剧《罗密欧与朱丽叶》II.ii.164。

陶醉在初恋中的罗密欧，在这柔情如水的当儿，已经分辨不出何者为罗密欧、何者为朱丽叶，他的朱丽叶已经成为他的灵魂了。不过这一对情人追求的还是人生的幸福；“我的灵魂在呼唤我”也可说是诗意地表达了爱情的幸福感。

可是对于卡瑟琳，我之外应该还有一个我，已不是一种朦胧恍惚的感受，一个令人陶醉的梦境，而是一种清醒的信念；——“天把我造了出来干什么呢，假使我这人是尽在我这一身了？”

她那第二个“我”，异性的“我”，就是她全部人格的反射——就像希腊神话中顾影自怜的奈惜西斯（Narcissus）整天和清溪中的倒影相对，这倒影就是他俊秀的容颜的反映，而卡瑟琳在希克厉的火热的灵魂里看到了自己的倒影。

在心理上有着奈惜西斯的影子的“自我追求”，就是卡瑟琳的强烈爱情，也就是在“人间的爱”之外的“超人间的爱”。

林敦领着卡瑟琳到教堂去举行婚礼的那天，“他只觉得自己是天下最幸福的人了。”这就是大家都津津乐道的人间的爱情；女作家却毫不留恋地就用这么一句话带过了。作品用浓墨渲染的是另一种狂风暴雨般猛烈、叫林敦的幸福黯然失色的超人间的爱情。那仿佛充斥在天地间，像原始生命力那样不可摧毁、超乎生死的爱情力量，曾经给读者的心灵以多么猛烈的冲击啊。

两种模式的爱情给了卡瑟琳双重的身份。林敦和她结为夫妇，从她那儿得到了人间的爱。他感到心满意足；然而那和顺宁静的家庭生活并不能掩盖她内心的呼声，她往往流露出若有所失的神情，于是希克厉闯了进来，她恍如大梦初醒。她发觉自己只是“一个陌生人的妻子”，画眉田庄，她温暖的家，一下子变成了她的流放的异乡。她扑进了希克厉的怀抱，再也不愿放走他了。超人间的爱不可抗拒地在召唤她。她像下凡的仙女，和林敦在人世的缘分，到了尽头——只除了在临终的时刻，还要尽她做妻子的最后责任：给丈夫留下一个可爱的娃娃。

十八年后，朝思暮想的希克厉也去世了，他和卡瑟琳两个成为一对游魂情侣，出没在山庄附近的荒野上。希克厉得到了她死后的超人间的爱情。

像卡瑟琳一样，具有浪漫气质的女作家本人也为那种奇妙的“超人间的爱”紧紧地吸引住了。她笔下的女主人公在感情奔放时，像喷射的火山，高嚷道：

我就是希克厉！

此时此际，女作家自己的血液也在周身燃烧吧，她的想象力也已升华到了白热化的程度吧——她已完全进入角色，也可以这样大声高嚷：

我就是卡瑟琳！

诗人的激情鼓动艾米莉掀起了一阵阵笔底波涛，然而另一方面，她又显示了一位小说家难能可贵的气质：并没有因为亢奋的创作情绪而失去了清醒的现实感。写出像纳莉那样一个扎根在现实生活中的人物，让她不时用一些冷言冷语打断卡瑟琳的狂热的倾吐就是一个证明。①

女作家的感情沉浸在卡瑟琳—希克厉的那种生死恋之中，却又并

① 纳莉使我们想起了李尔王身边的傻子。暴风雨中的李尔王在自己的内心世界也经历着一场暴风雨，而傻子用冷峻的、富于现实感的插话，一次次提醒他，点破他的痴愚。

不妨碍她在理性上跳出她用浓墨渲染的爱情之外，认识到这是幻想的产物，只存在于自己白热化的想象中。人海茫茫，在现实世界中的夏娃（当时被束缚在狭隘的家庭圈子里的妇女）哪儿去找到她孪生兄弟般的亚当呢？全书结束，留给读者生动鲜明的印象的是人间的爱；而那虚无缥缈、不可穷究的“天作之合”只剩下袅袅余音罢了。

卡茜和哈里顿成为一对相亲相爱的情侣。要看到，这第二代的结合是第一代“林敦—卡瑟琳”这一爱情模式的重复。在重复和延续中体现了这一模式的普遍性。

发着高烧，讲着呓语的卡瑟琳，打开卧室的窗子，在刺骨的寒风中翘首凝望她的老家呼啸山庄。呼啸山庄对于她，就是那“超人间的爱”的象征。

她的女儿呢，在举行婚礼后，将和新郎从山庄搬回到她的老家田庄过日子，在那儿，她的父亲曾经享受过一年的人间爱情。卡茜并不是她母亲的翻版（作品中一再说到她的容貌不太像母亲，却跟父亲像极了），她是能够一心一意地爱她丈夫的，画眉田庄将成为爱情的窠巢，成为美满的“人间的爱”的象征。

有一个似乎是随手写来的细节该是有特殊意义的。希克厉和他情人的遗体告别时，把挂在她脖子上的小金匣打开，扔掉了嵌在里面的一束淡黄鬈发，私下把自己的一束黑发装了进去。事后，纳莉却从地上捡起了林敦的鬈发，把两束头发：淡黄的和黑色的，绞在一起，装进了小金匣。①

这意味着，尽管妻子为了情人曾经否定了丈夫对她的柔情，这以情人和以丈夫为代表的两种模式的爱情都应该在女主人公的心房中占一个地位。

全书用低调结束。从一个陌生人（洛克乌）的眼里看到，原野的斜

① 见第 16 章。

坡上竖立着三块墓碑：林敦的墓碑，希克厉的墓碑，在它们中间，既做妻子又是情人的卡瑟琳的墓碑。细心的读者可以看出，这漫不经心的叙述，和两束绞在一起的头发装在一个金匣里的细节是遥相呼应的。也许女作家是用最轻淡的笔触在悄悄地向读者透露一个信息吧：——无论冷酷的“恨”也好，“超人间的爱”也好，都不能排斥、否定“人间的爱”。在这现实世界中，天长地久的毕竟是“人间的爱”。

冷酷无情的希克厉真是个大祸根，他不仅给小说中的两户人家带来了深重的灾难，而且在半个世纪内，还给作品本身带来了一场灾难。《呼啸山庄》长期招致评论家们厌恶，多一半就为了他们不能宽恕作家竟创造了这么个可恨可恶的怪物。请看当时的一段评论吧：

> 主人公是一个恶棍，十恶不赦，一无是处。奉劝诸君，阅读《简·爱》吧，可是把《呼啸山庄》烧了吧。(1848 年 6 月)①

就连夏洛蒂给她妹妹的遗作写序，也这么说：“只有希克厉才真正是百罪莫赎，在他那直奔地狱的道路上从没有一次偏离过方向。”(1850)

一位美国评论者认为作者把豺狼虎豹的兽性凑合起来，创造了这么个半是畜生半是魔鬼的主人公；这部恶劣的小说成了群魔乱舞、豺狼嗥叫的噩梦。(1848 年 10 月)

因此看来很合乎逻辑的是，《呼啸山庄》的文学价值，一旦被发现了，评论家就不可避免地面临这样一个任务：怎样令人信服地论证希克厉的人格价值？或者，怎样从另一个角度去重新认识他，把他从恶魔的形象中挽救过来？

---

① 出处同第 2 页注(第 11 页)。

塞西尔提出：女作家的观点“不是不道德的，而是有道德的。它关心的不是道德标准。”[①]摆脱了是非善恶的伦理准则，我们就可以用超出于常情常理之外的更有利的角度去评价希克厉了。

凯特尔承认希克厉干下的事“残忍而缺乏人性到了常人所不能想象的地步”，但接着说：“我们仍然同情他……以一种朦胧的方式和希克厉站在一边去反对其他人物。”他提出的辩护是带有阶级斗争的色彩的：希克厉的行为是“毫不留情地用他的敌人的武器来对付他的敌人们……他用来对付欧肖家和林敦家的武器，正是他们自己的武器：金钱和门当户对的婚姻。”这是一种“粗犷的精神上的正义。虽然他是残酷无情的，我们可以理解他为什么会残酷无情。”[②]

残暴被看做了服从斗争的需要——“资产阶级的假面具被掀掉了，他们暴露了真面目。”其实我们在小说中看到的只是个人复仇，甚至连复仇也算不上，只是赤裸裸的虐待狂的表现罢了。

所谓正义的复仇是很难自圆其说的。它的破绽在于小说中的第二代。哈里顿的处境和当年的希克厉完全相同，甚至被糟蹋得更厉害；他应该同样站起来反抗他的压迫者；然而他并不，反而对压迫者怀着一种依恋之情；正像希克厉所说的，“最妙的是，哈里顿死命地喜欢我！”把他看成“世界上的惟一的朋友”。[③]

如果当年的希克厉是好样的，那么二十多年后的哈里顿岂非很懦怯，不比小林敦强多少吗？而女作家却是喜欢这个小伙子的，写他在粗鲁中不失其淳朴，值得一位好姑娘的钟爱。怎样看待希克厉和怎样看待同样被压迫的哈里顿，岂非得用两套标准吗？这里就产生了一条理论上的裂痕。

---

① 见《勃朗特姐妹研究》，第 334 页。
② 见《勃朗特姐妹研究》，第 386，387 页；下节所引，见第 390 页。
③ 见第 21 章。

在小说中，洛克乌，伊莎蓓拉，纳莉，都曾先后对希克厉产生过幻想。外地的来客把他看成是由于“厌恶别人的卖弄感情”才装出一副矜持的模样。年青的姑娘爱上他，还道他是“一个含着珍珠的牡蛎”——严峻的外表底下埋藏着柔情，有“一个真诚的灵魂”。纳莉怜悯他受不住痛苦的打击（卡瑟琳的死亡），认为“可怜虫！原来你跟你周围的人一个模样，并不是什么铁打心肠！你干吗在人前把你那颗心包得那么紧呀？”[①]但是在残酷无情的希克厉本人面前，他们的幻想都一一破灭了。

现在轮到凯特尔给读者介绍一个具有“粗犷的精神上的正义”的希克厉了，恐怕这算不得评论家的卓见，而只能是一种善意的幻想吧。

我们可以注意到，在这个作品中，除了约瑟夫这个无可救药的老头儿外，几个主要人物的形象总是处在不断的转化中。譬如说，我们最初是通过希克厉的嘲弄的眼光看到了少年时代的林敦：一个娇生惯养、感情脆弱的富家子弟，只配给人当笑料。但是随着情节的发展，出现在我们眼前的林敦成了一位温柔的丈夫，慈祥的父亲，“仁厚的东家”，纳莉承认她的心始终偏向东家，因为他“和善、正派、信任别人”。[②]女作家安排他在临终之前和爱女见了最后一面，然后怀着对亡妻的思念，幸福地死去。

童年时代的希克厉是一个受欺侮的孤儿，他那愤世嫉俗的不平之气是被压迫者的骨气和叛逆精神的表现。我们同情他。但是几年后，凭着他一步步实现的阴谋，他由被压迫者变成了残酷无情的压迫者。他那受尽折磨的新娘写信问纳莉道：“希克厉先生他可是个人？如果是

① 以上四处引文见第 1 章，第 10 章，第 16 章。
② 见第 10 章。

人，他可是疯了？如果不是，他可是个魔鬼？……我究竟嫁给了什么东西？”①

这是一个不能被误解的信号，我们不能用停留在过去的眼光看待摇身一变的希克厉了。其实谴责转变了地位的希克厉，并不妨碍我们对作品本身的肯定。《呼啸山庄》的伟大的文学价值并不体现在暴君所并没有的正面的人格价值中。

从思想内容上对作品的肯定，和从道义上对主人公的否定，把两者区分开来之所以成为可能，是因为作品先后叙述两代人的故事，本身的主题有两重性：既写超人世的爱，又写人世间“爱”和“恨”的冲突。说这部作品超乎了善恶是非的伦理观，不是没有见地，但只能指其中的一个主题而言；对另一个主题就不能那么说了。还得看到：希克厉凭着他那烈火般的情感，对林敦所能奉献给爱妻的柔情表示极端的藐视，仿佛只有他的爱情，才算得上爱，那是充斥在宇宙天地间，何等伟大：

> 凭他那瘦小可怜的身子，即使拚命地爱，爱上八十年，也抵不上我一天的爱！②

其实这自我炫耀的“爱”，只容纳得下一个卡瑟琳，而希克厉的仇恨却是以一个人之外的整个人类为对象的。他那专注的爱如果和他那无所不包的恨相比，显得多么渺小啊！

卡茜面对她的压迫者无所畏惧地指出道：

> 你真苦恼呀，不是吗？孤零零的，像个鬼似的……谁也不爱

---

① 见第13章。
② 见第14章。

你——你死了，谁也不会来哭你。[1]

“爱”虽然弱小，却具有不可征服的力量；敢于面对着“恨”宣布自己的信念：“恨”虽然强大，却是孤独的、虚弱的、渺小的。女作家熟知莎士比亚，[2]很可能她在这里想到了历史剧《理查三世》，理查三世这个双手沾满鲜血的阴谋家、暴君，自知末日来临，从噩梦中惊醒过来，一身冷汗，嚷道：

我只能绝望了，没有一个人会爱我，
我死了，谁也不会来可怜我！[3]

两两相比，除了人称不同，这从心底发出的哀鸣和卡茜代替希克厉说出的话是多么相似呀。希克厉这个暴君式的巨人并不比另一个巨人般的暴君更心慈手软些，更值得我们同情。

在一群次要的角色中，除了约瑟夫，小林敦就是作者最鄙夷的人物了。我们一定要看到他和他父亲在精神上存在着的联系。父子俩都是极端自私，都有强烈的虐待狂，只是那儿子是个具体而微的小暴君罢了：

林敦做起一个小暴君来也真够瞧的。他会有滋有味地把一只只猫都折磨死——只要你先替他把猫的牙齿拔掉了，爪子剪掉了。[4]

---

① 见第 29 章。
② 艾米莉在作品中提到了莎士比亚的作品，见第 2 章：“那股黑森森的怨气，不禁叫人想起李尔王来”。
③ 见 v.iii.200，201。
④ 这是希克厉的一段话，见第 27 章，下节引文出处同。

纳莉冲着希克厉，说得很对："把他(小林敦)的性格摊开来，让人看看他有几分倒是像你。"

超人般的暴君和超人般的暴力，有时像一道炫目的光柱，使我们睁不开眼来，失去了现实感；如果把那一道强光收缩成一个黯淡的光斑，它那卑鄙的面目就可以被看清楚了。

就像使万物成长的太阳既可以造福人间，也可以施展淫威，把大地变成千里荒旱的焦土；在女作家的心目中，对立着的爱和恨似乎也可以相互转化。希克厉对整个人类的憎恨来自他的受挫折的爱。在这里，"恨"是"爱"的异化。当他预感到他快要回到卡瑟琳(游魂)的身边时，这虚无缥缈的爱的召唤使他一下子丧失了作恶的力量。这不是放弃了恨，更不是道德意义上的觉悟了，弃邪归正了，[①]而是他那股汹涌的感情的激流如今找到另一个(或者原来的)出口了；这样，"爱"就是"恨"的复归。因此，爱和恨既是彼此对立的，又是相互统一的。

这爱和恨，人类感情的两极，在小说中被表现为生命的强烈的需要，在它们的面前，人世的善和恶失去了原来的价值和意义。"爱"是纯净美丽的蓝色火焰，"恨"是冒着黑烟的红色火焰。这两股极端的感情都是同一生命在燃烧，因此又存在着可以相互转化的统一性，——这可说是全书最富于神秘色彩、也是最难让人透彻理解的部分了。

也许临到小说的结尾，女作家在引导、在疏通读者的宽厚的情绪，让那失去了作恶力量、也失去了生存欲望的希克厉终于得到了读者的原谅。他是为追求超人世的爱而自绝于人世的。也许有一个不可解释的独特的思想盘绕在女作家的头脑里：恨其实不是恨(因此说不上是恶)，恨只是爱的异化罢了。"爱"统治着一切，正是受挫折的"爱"驱使着希克厉干下一个接一个暴行。他是不由自主的，就像一个失去控制的疯子不能为他自己的行为负责。

---

① 他临死前对纳莉说："我并没做过不公正的事，我什么也不忏悔。"见第34章。

不过我并不以为暴君希克厉值得像艾米莉那样一位天才作家花费那么多笔墨，为他安排一个体面的下场（像高僧圆寂）。我所钦佩、称颂的《呼啸山庄》止于第三十三章。再往下，就读而不知其味了。对于我（不知道其他读者怎么样），那最后一章（除了结尾部分：洛克乌的富于风趣的叙述）顿时失去了那强烈的艺术魅力。我没法接受一个净化了的暴君的形象。

浓缩的小天地

“世界真小！”欧美社交界在意外地碰见了久违的熟人时，往往会发出这样的惊呼声，现在读了《呼啸山庄》，我们不免同样有“世界真小！”的感受。我们都能看出，呼啸山庄，连同它邻近的画眉田庄，构成了一个封闭性的社会。这个小天地的极限就是吉牟屯——一个常常在书中提到、却从没带读者去过的英国北方小市镇，天气晴朗的时候，从田庄的楼窗边，可以一眼望得见；离田庄只消半小时的马车路程。①

希克厉这野孩子是从利物浦捡回来的，他成人后出走三年，又到哪里去混日子？伊莎蓓拉受不住丈夫的虐待，逃离夫家在伦敦定居——这些都一笔带过；对于外面的大千世界，女作家从没有正面描述过。

最能表明作品中的人物生活在一个封闭性的环境里，是书中的几个主要人物的名字：第二代的名字全都是第一代名字的重复，像小“卡瑟琳”、小“林敦”。哈里顿的父亲叫“亨德莱”，似乎是例外，但是我们记得，小说一开头就交代了山庄的正门上面刻着还可辨认的字迹：“哈里顿·欧肖”，原来这孩子的名字是他祖辈的名字的重复。更有意思的是，小卡瑟琳和哈里顿举行婚礼以后，她的全名将是“卡瑟琳·欧肖”，而这恰恰是她母亲未出嫁时的闺名，这岂不给人一个暗

① 星期天上午，纳莉从楼窗口望见有人影儿从吉牟屯的教堂里散出来，她就警告和情人难舍难分的希克厉：做完礼拜的主人再过半点钟就要回来啦。见第15章。

示，好像生命是一个周而复始、循环不已的过程；而这部小说只是从永恒的生命的链条中截取的一个环节？

女作家笔下的那个封闭性的社会，是一个浓缩了的人类社会。浓缩，在艺术上，就是高度的凝练。以小见大，取得一种不必局限于一时一地的象征意义。《呼啸山庄》中的人事沧桑，发生在那遥远、偏僻的一角地区，而在读者的心目中，却可以把它扩大为人类社会在某一阶段的一个缩影。

人性本是一个复杂的有机体，所谓七情六欲。个人不能脱离群体而单独生存，人是社会关系的总和；既然这样，那么人性理应通过复杂的社会关系显示出来。可是，女作家所创造的那一个小天地里，人和人之间的关系比当时的现实生活（到了十九世纪中叶，英国已进入了成熟的资本主义社会）中的人和人之间的关系单纯得多；那复杂、丰富的人性也仿佛被浓缩了，只剩下两个极端，不是强烈的爱，就是强烈的恨。在女作家的人性的调色板上差不多只有黑白两色。她果断地压缩她的画面，毫不可惜地舍弃许多细节，目的也许正是为了追求那木刻般黑白强烈对比的艺术效果。而在风格粗犷，刀法熟练的木刻家手里，单纯的黑白两色也能让人似乎看到了丰富的色调。

这正是艾米莉这位自觉的艺术家最可注意的成就。她要写出最强烈的爱，最强烈的恨，仿佛只有单纯得像不含杂质的结晶体，才算得上真正的爱，真正的恨。可喜的是，她并没有让人物的激情从现实生活中游离出来，成为一成不变的抽象的概念。在她之前，也许很少有哪位作家像她那样关心地注视着人的思想感情和他的生活环境的密切关系——个人的遭遇和主宰人的感情生活的爱和恨，息息相关，密切地结合在一起。在这部作品中，天性的发展和被压抑，人性的堕落和复苏，始终是和不断地在变化着的人和人之间的关系呼应的、同步的。

纳莉的这段话说得多好，多有见地啊！——她不许卡茜嘲笑哈里顿的无知无识：

> 要是你在他那个环境中长大，难道你就会比他粗鲁得好一些吗？他原来是一个跟你一样伶俐、聪明的孩子，现在他却让人瞧不起，这使我很难受——那都是因为那个卑鄙的希克厉存心作践他呀。①

高度的凝练和集中，尽可能少的人物，活动在尽可能狭小的天地中，然而以一当十，用深度去补偿广度的不足，可说是这作品的最突出的艺术手法。女作家的强烈的艺术个性，鲜明的艺术风格，是和她所构思的那个封闭性的小天地分不开的。

当然，我们得承认，这么个小天地究竟是存在着局限性的，有些情节经不起推敲。例如小卡茜第一次去看望小林敦，女作家不费多少笔墨，就把一个自私任性、可恨可恶的小东西刻画出来了，可是卡茜却向他吐露："除了爸爸和爱伦以外，我爱你超过世上任何的人。"

我们不禁要问了，难道世上再找不出一个更值得爱的人了吗？但是在《呼啸山庄》的那个小天地里，卡茜却没有选择的余地。要是她不喜欢粗野的哈里顿，那就只能爱这个可怜巴巴、让人瞧不入眼的小东西！

再说她的伊莎蓓拉姑妈吧，这么一位既漂亮又有钱的小姐，可惜凭她的美貌，加上她的财富，竟不能吸引一群门当户对的公子哥儿上门来求爱，希克厉毫不费力地把她弄到了手，因为在他面前并没有一位竞争的对手啊！②

---

① 见第24章。

② 林敦的娶卡瑟琳也是这样。在读者印象中似乎他是选中了当地最美丽的一位姑娘；实际情况是，除了那位新娘，他别无可选择。

我们要看到，原来呼啸山庄那个小天地是女作家的巧妙的艺术构思，并不是她从现实生活中完整地截取的一角。我们不能(也不必)处处用现实主义文学的标准去要求这部小说。艾米莉的确显示了现实主义大师的深厚功力：每一个戏剧性场面都是使人如闻其声，如见其人；但她又并不以镜子般客观地反映现实为满足。她的创作激情并不来自要显示这个我们都能看得到的现实世界，而是为了要发掘人的隐蔽的、最深层的内心世界。

这样，不妨说，呼啸山庄的那个小天地是由两重世界组成的，是双层次结构。你说天地真小，太局促了，那是指的小说中的现实世界；可是它又高高地托起了另一个和雷电风雨相呼应的内心世界呢。

这样，挺立在风暴中的呼啸山庄，既是山庄，又不是山庄，它取得了一种象征性意义，像诗篇一般在你心中唤起了纷至沓来的意象。女作家在某些地方放弃了细节的真实性，并非功力不够，露出了破绽，而是在艺术上另有所追求。

我们现在越来越能看到，反映我们这个客观世界，现实主义并不是惟一的创作方法。十八世纪的斯威夫特在他心目中也许想讽刺当时的英国政治界，而他写下的却是假想中的小人国。打上了强烈个性的印记的现当代作品，越来越偏重于情节的假定性、象征性，以至荒谬性。它让你在某种幻光的折射下，似乎看到了真实，而不要求你相信这就是真实——例如卡夫卡的《变形记》就是这样。

现实世界是一个极其广大的世界，我们有时却会发出惊呼：“世界真小！”而大师们所创造的艺术天地，即使是个极有限的小天地吧，却处处可以触景生情，使你应接不暇，不由得发出惊叹：这世界可真不小啊！

方　平

一张年表

小说情节纪要

1757　夏　亨德莱·欧肖诞生。
　　　　　奶妈随带其乳婴纳莉来呼啸山庄。
1762　　　埃德加·林敦诞生。
1764　　　希克厉诞生，不知其父母。
1765　夏　卡瑟琳·欧肖诞生。
　　　冬　伊莎蓓拉·林敦诞生。

1801 年 11 月中旬，房客洛克乌初访呼啸山庄。
纳莉为病中的洛克乌讲述两家家史。
小说从以下开始。

1771　夏　欧肖从利物浦带回弃儿希克厉。（第 4 章）
1773　春　欧肖夫人去世。
1774　　　亨德莱离乡求学。（第 5 章）
1777　10　欧肖去世。
　　　　　亨德莱偕新妇法兰茜斯奔丧。（第 6 章）
　　　11 月底　星期日晚上，卡瑟琳和希克厉闯入画眉田庄。
　　　　　卡瑟琳为家犬所咬，留画眉田庄养伤。
1778　6　哈里顿·欧肖诞生。（第 8 章）
　　　　　其母法兰茜斯不久去世。
1780　夏　卡瑟琳接受林敦的求婚。（第 9 章）
　　　　　希克厉失去情人，愤而出走。

卡瑟琳患重病。林敦的父母去世。

1783 4 林敦迎娶卡瑟琳。

纳莉陪同去画眉田庄，做女管家。

9 希克厉从外地回来，访问旧日情人。（第 10 章）

1784 1 林敦夫妇因希克厉而失和。（第 11 章）

卡瑟琳第二次受精神刺激而病倒。

伊莎蓓拉私奔，随希克厉去呼啸山庄。（第 12 章）

3.20 希克厉闯进田庄，和情人见最后一面。（第 15 章）

小卡瑟琳（卡茜）于深夜诞生。（第 16 章）

两小时后其母去世。

3.25 卡瑟琳下葬。（第 17 章）

3.26 被虐待的伊莎蓓拉逃离山庄，在伦敦附近定居。

9 林敦 · 希克厉诞生。

亨德莱去世，他的财产连同孤儿全都落入希克厉手中。

1797 6 伊莎蓓拉去世，把十三岁的儿子托付给哥哥。（第 18 章）

卡茜骑马出游，碰见表兄哈里顿，还道他是个仆役。

林敦把外甥从伦敦带回田庄，希克厉立即把儿子要回。（第 19 章）

1800.3.20 卡茜遇见希克厉，被带到山庄，以后私下和小林敦书信往来。（第 21 章）

10 小林敦病势逐渐沉重。（第 23 章）

卡茜去山庄看望小林敦，以后三星期，每晚私下去山庄看望表弟。

1801 8 卡茜由纳莉陪同，与小林敦约在野外见面，被希克厉骗进山庄，立即遭到软禁，第二天被强迫和小林敦结婚。（第 27 章）

9 卡茜半夜逃回田庄。（第 28 章）

弥留之际的林敦见到了女儿后逝世，和卡瑟琳合葬。

希克厉强迫卡茜回山庄。（第 29 章）

10 小林敦去世。田庄和山庄，两家产业全都落入希克厉手中。（第 30 章）

1802 2 纳莉回呼啸山庄做女管家。（第 32 章）

卡茜和哈里顿前嫌尽释，成为好友。

5 希克厉精神恍惚，不食而死。（第 34 章）

9 于年初返回伦敦的洛克乌顺道访问山庄。

卡茜和哈里顿成为一对亲密的情侣。

两人将于第二年元旦举行婚礼，定居画眉田庄。（第 32 章）

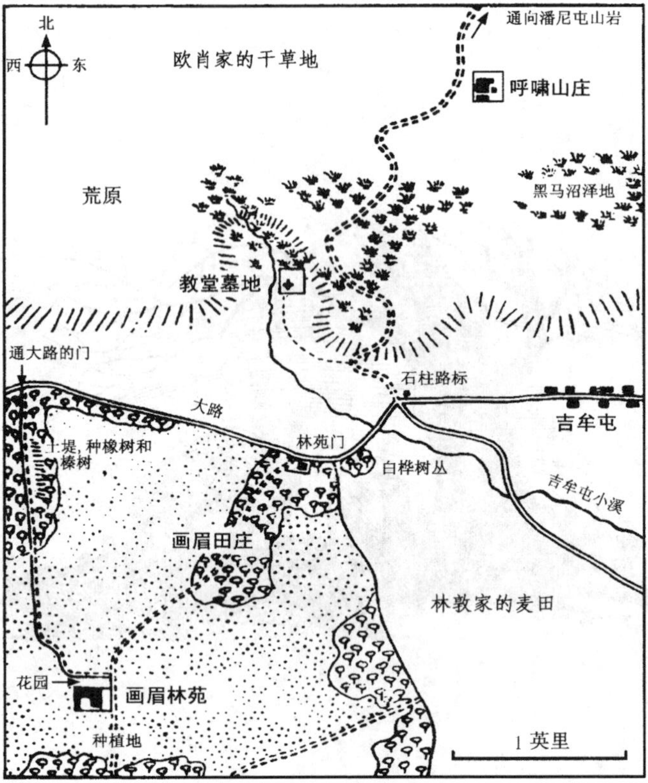
北
西
东
欧肖家的干草地
通向潘尼屯山岩
呼啸山庄
荒原
黑马沼泽地
教堂墓地
通大路的门
石柱路标
大路
吉牟屯
土堤，种橡树和
榛树
林苑门
白桦树丛
吉牟屯小溪
画眉田庄
林敦家的麦田
花园
画眉林苑
种植地
1 英里

《呼啸山庄》环境示意图

第一章

一八〇一年——

我刚从我的业主那儿作客回来。这一位孤零零的邻居，今后我和他可有一番交道好打啦。这还算不得一个美丽的山乡吗！[1]我不信在整个英国境内我还能挑中一个地方，像这儿那样完全跟熙熙攘攘的社会隔绝开来。好一个厌世者的天堂哪！希克厉先生跟我俩，正好是相称的一对儿，平分这一片凄凉景色。少见难得的汉子哪！他哪儿想到我心里对他涌起的热乎乎的感情——当我骑马上前，看到他眉毛底下，那双乌黑的眼珠只是猜忌地往里缩；等到我给自己通姓报名时，他的手指更是打定了不跟人打交道的主意，越发往背心袋里插得紧。

“希克厉先生？”我问道。

点一下头，就算回答你啦。

“我是洛克乌——你的新租户，先生。我一到此地之后，就赶紧抽工夫来拜访您，为的是想表达我的心意：我这样再三告求，一定要把画眉田庄租下来，不至于叫你有什么不方便吧。昨天我听说你打算——”

“画眉田庄是我的产业，先生，”他慌忙打断了我的话，说道。“只要我办得到，我决不容许别人来不方便我。进来！”

这一声“进来！”是咬牙切齿、带着“去你妈的！”这一种口气说出来的。就是他所挨着的那个栅栏，也并没对他这句话作出什么响应和动静。我只怕正是这种光景叫我决定接受这个邀请。这样一个人物引起了我的兴趣，——看来他比我都格外矜持得厉害呢。

等到他看见我的马儿的胸膛快撞到了栅栏，倒也伸出手去打开链子，很不乐意地把我领上铺道。我们一走进院子，他就喊道：

“约瑟夫，来把洛克乌先生的马儿拉去，再拿些酒来！”

“这一家的大小仆役只怕尽在于此了吧，”我听了这双管齐下的命令，暗中想道。“难怪石板缝里长了青草，树篱只有靠牛羊来‘修剪’了。”

约瑟夫是一个上了年纪的人——不，是个老头儿了，也许已经很老了吧，虽然还是很健壮结实。他从我手里接过马儿的时候，自个儿在喉咙里恨声怨气地咕噜着：“老天爷照应吧！”说着，还那么气鼓鼓地盯了我一眼，叫我好心地猜想：他该是需要老天爷来帮助他消化消化他肚子里那一顿中饭吧，这声虔敬的呼吁跟我这个不速之客因此是没有多大关系的。

“呼啸山庄”就是希克厉先生的住宅名称。“呼啸”在当地是个有特殊意义的词儿，形容在大自然逞威的日子里，这座山庄所承受的风啸雨吼。可不是，住在这儿，一年到头，清新凉爽的气流该是不愁的

---

① 译者按：原文“This is certainly a beautiful country！”语调重点应在第三字上。说是“certainly”（当然），其实只是 assumedly（想当然）。说话人根据自己的癖好，故意把“荒凉”说成“美丽”，译作“这还算不得一个美丽的山乡吗！”读者比较易于体会语气中的别扭劲儿。

了吧。只消看一看宅子尽头的那几株萎靡不振、倾斜得厉害的枞树，那一排瘦削的都向一边倒的荆棘（它们好像伸出手来，乞求阳光的布施），也许你就能捉摸出从山边沿刮来的那一股北风的猛劲儿了。多亏当初造屋的时候，建筑师有先见之明，把它盖得特别结实——狭窄的窗子深深嵌在墙壁内，两边墙角用凸出的大石块保护着。

在跨进门槛之前，我停步瞻仰一下布满在住宅正面、尤其在大门周围的那许多古里古怪的石刻。在大门上首，那密密麻麻、剥落碎裂了的三不像怪兽和不害臊的小孩子们[①]中间，我辨认出了“一五〇〇”这一个年份，和“哈里顿·欧肖”这一个姓名。我本打算发表几句感想，还想向这位板着脸儿的业主请教一下住宅的简史，可是看他站在门口的那种架式，却分明要我马上进去，要不，就干脆回头走；我可不打算还没登堂入室，先就把主人给惹恼了，叫他越发不耐烦起来。

一跨步，就把我们带进了起居室，根本不必经过什么外间或是穿堂。这里的人多半把这间屋子称做“正屋”，它通常连厨房带客堂都包括在内。不过我相信在呼啸山庄，那厨房必定是被挤到另一个区域去了——至少，我听出来尽里边有说话的声音，有瓶罐相碰的声音；而在大壁炉四周，我看不出有什么烤炙、烩炖，或是烘烤的迹象，也看不见墙上有什么铜锅和锡滤器在闪闪生光。光彩、热量，倒是从屋子的另一边反射过来，十分热闹；原来那儿有一口橡木大碗橱，陈列着一排又一排无其数的白镴盆子，中间还杂放着银壶、银杯，一直堆叠到屋顶。这口橱从来不曾欠敞开过，它全部的结构（只除了一个搁着麦饼和牛腿、羊肉、火腿的木架子把它遮蔽了一部分外）总是让人一览无遗。在壁炉上面，是几支蹩脚的旧枪和一对马枪，还有三个油漆鲜艳的茶叶罐，一齐溜放在壁架上，算是装饰品。地板是光滑的白石铺砌的，椅子涂了绿漆，是那种简陋的高背椅；有一两只笨重的黑椅子躲

① 当指赤身露体的小天使而言。

在阴暗里。在碗橱底下的圆拱里，躺着一只巨大的酱色的母猎狗，一窝尖叫的狗崽子围绕在它身边；此外，还有别的狗另找别的地方做安身之处。

像这样的屋子和陈设原是一点也没有特别的地方——假使主人是一个普通的北方庄稼汉，长着一张倔强的脸儿、一双粗壮的腿(如果穿着短裤和绑腿，那双腿才出色呢)。只要你拣的是正好吃过了饭的那一段时间，那么在这山区周围五六英里内，随处都可以看到这样一类人物，坐好在交椅里，一大杯浮着泡沫的麦酒放在他面前的圆桌上。

可是希克厉先生跟他的居处和生活方式，形成了一个奇怪的对比。从模样来说，他是一个皮肤黝黑的吉卜赛人；从服装、举止来说，又像一位绅士——那是说，就像乡间那许多地主那样的绅士，也许很可以说是衣冠不整，但并不见得就叫人看不入眼，因为他的身材挺直、很有样儿。他那张脸是够阴沉的；难免有人会猜想，他多少带点儿教养不够的傲慢。

我可懂得他，跟他有一种感情上的共鸣，认为完全不是这回事。我凭着本能，知道他这种矜持，是出于厌恶别人的卖弄感情，厌恶人们彼此之间表示的那种亲热劲儿。他爱，他恨，全都搁在他的心里；而且认为假使再要让人家爱他、恨他，那就分明是一件很不体面的事儿。

不，我扯得太远啦——我是一味拿自己的性格往他身上堆。可能希克厉先生就有他自个儿完全不同的理由，才碰到有谁也许想跟他交个朋友时，尽把手指儿往里缩；而这跟我要那么做的理由可全不相干。我倒是希望我这种脾气好算得罕见少有啦。我那亲爱的母亲老是说，我永远也别想有一个温暖的家庭了；果然，就是在去年夏天，我证实了我根本不配有。

那时候我正在海滨享受着一整个月的好天气，谁想碰上了一个最迷人的姑娘——在我的眼里，真正是一位天仙——在她没有理会我之前，我始终是这样看待她的。我从没有把自个儿的爱情说出口，可是如果眉目也能传情，那么一个白痴也能看出，我已经沉溺在爱河里，没了顶了。最后，她懂得了我的情意，回报了我一个秋波——啊，也不提多甜蜜，你尽管自个儿去想象吧！可是我怎么办呢？说来丢脸，我就像一只蜗牛似的，冷冰冰地缩回去了；对方每向我瞅一眼，我就变得越冷淡、越往里缩得紧。可怜这个天真的姑娘，到最后怀疑起自己的感觉来，以为自己闹了个大笑话，窘得什么似的，硬是要她的妈妈依着她，一溜了事。

就因为有这种怪脾气，我得了冷酷无情的名声。多么冤枉，只有我自己心里明白。

我在壁炉边的一把椅子上坐了下来，我的主人走向对面的那一把。大家一时没有话说，我就伸手想去抚摸那条母狗。那条母狗已经离开了它那一窝小宝贝，狼一般地偷偷来到我的小腿后面，噘起嘴唇，白牙齿上淌着口水，只想咬人一口。

我抚摸了它一下，惹起它从喉头发出一长串的嗥声。

“你还是别理这条狗的好，”希克厉先生趁着狗叫，也一起咆哮道；同时他又把脚一顿，把底下那一片更凶猛的闹声煞住了。“它还没有给宠坏——我又不是养的猫儿。”

于是他大步跨到边门，又嚷道：“约瑟夫！”

约瑟夫在地下室深处，咕噜了几句什么话，可是并没有爬上来的动静；于是主人就自己钻下去找他，丢下我跟那条母夜叉似的母狗面对面地厮守着。它，加上两只恶狗（蓬毛的守羊狗）一起眼睁睁地监视着我的一举一动。

我并不急于想跟它们的牙齿打交道，只得安分地坐在那儿。可是真倒霉，我还道暗中的嘲弄它们是不懂得的，竟向这三个畜生挤眼弄眉，做起鬼脸来。不料有一个脸相竟惹恼了狗太太，它顿时暴跳起来，直扑我的膝盖；我把它摔了回去，慌忙把一张桌子拉过来挡在中间。

这一下，可激起全体狗仔的公愤了。六七个大大小小、老老少少的四脚魔鬼一窝蜂地从隐蔽的洞窟里直冲出来，向共同的目标集中。我感觉到我的脚后跟和上衣的边缘成了突出的进攻对象；我一边挥动一根拨火棒，使劲击退那几个大喽啰，一边迫于情势，不得不大声告急，叫这家人快来收拾局面。

气人的是希克厉先生和他那个仆人，还是不慌不忙地爬着地下室的梯阶。尽管壁炉那边又是嚎，又是咬，闹得天翻地覆，可是我并不觉得这两位的步子就比平常加紧了一丁点儿。

多亏得这时候从厨房里赶来了一个人——一个健壮的女人，两颊火红、袍子束起、光着两臂，挥舞着一只煎锅，冲到了我们中间来。她就凭这个做武器，再加上使用她的舌头，立了奇功：一霎时，那场惊天动地的暴风雨给镇压下去了。等她的主人上场的时候，就只剩她一个儿还留在那儿，气喘得像狂风卷过的海洋那样大起大落。

“活见鬼，到底在闹什么呀？”他问道，向我瞪了一眼。我受了这样欠礼的招待，还要看这种眼色，可有些受不了啦。

“不错，真是见鬼！”我咕噜着说。“就算一群邪魔附身的猪[①]发作起来，再厉害些也不过像你家里这一伙畜生那样罢了，先生。你倒不如把一个生客丢给一群猛虎呢。”

“只要别人不去碰什么，它们是不惹事的，”他表示意见说，把酒瓶放到我面前来，把桌子搬回原处。“狗看家，原是它的本分嘛。喝杯酒吧？”

---

① 邪魔附身的猪：事见《圣经 · 新约 · 路加福音》Ⅷ.31—33。

洛克乌遭恶犬围攻

“不，谢谢你。”

“没有给咬着吧？”

“要是我给咬着了，我可要给那咬人的东西留下个磨灭不了的印记呢。”

希克厉咧着嘴，绷紧的脸上透出一些笑意来。

“得啦，得啦，”他说，“你是受惊了，洛克乌先生。来，喝一点儿酒吧。此地真难得有客人光临，所以我和我那些狗——我不怕照实讲——简直不懂得该怎样招待才好。祝你健康，先生！”

我鞠了一躬，举起酒杯，回敬一句祝辞。这时候，我也想通了，为了那一伙狗仔的失礼而憋着一肚子气，坐在那里，可真是傻。再说，我不愿一直让这个家伙看着我好笑——眼前，我就给他当作了笑料。

他呢，也许出于清醒的考虑，觉得把一个好租户给得罪了是划不来的，态度也稍稍放缓和些，说话不再那样简慢——把代名词啊，副词啊都砍去了；而且还提出了一个他认为会叫我感到兴趣的话题——谈论我日前隐居的场所的种种好处和短处。

我听了他那一番话，发觉他在这方面是个很有见识的人。临到告别的时候，我对这次做客，满意极了，主动地表示明天要再来拜访。

他分明不愿意我再闯进他家里来了。可是我才不管，我还是要去。奇怪，跟他一比，我没想到自己竟变得那么爱交朋友了。

第二章

昨天下午起了雾，又是那么阴冷，我倒是很想躲在书房的壁炉边度过这半天工夫，不打算踩着荒原上的泥路，赶到呼啸山庄去了。

可是，吃过中饭，（声明一下：我在十二点到一点之间吃饭；这里的女管家——一位稳重的太太——总不能［也许是不肯］理会我的要求，在五点钟开饭。[①]她是在我租屋的时候，跟宅子一起接收过来的。）存心不出门了，我登上楼梯，走进书房，却看见一个女仆跪在那里，身边横一把扫帚，竖一只煤斗，正在把一堆堆灰烬压在火焰上，闹得满屋子都是灰尘。这乌烟瘴气的景象立刻叫我回头走。我戴上帽子，赶了四英里路，来到希克厉家的花园门口时，天空中开始飘起鹅毛般的雪片来了。我刚好逃过一场大雪。

这荒凉的山头，盖着黑霜的泥土已冻结成一层硬壳；凛冽的寒气叫我的四肢都打抖。我打不开栅栏上的锁链，就跳了进去，奔过两边乱长着醋栗树的石板道，敲起门来。谁知尽敲也没有人答应，倒把我的手节骨都敲痛了；那一大群狗也嚎叫了起来。

“倒霉的人家！”我心里在嚷道，“你们可缺德哪，这样怠慢人，活该人类永远跟你们断绝往来！我至少还不至于白天也把大门闩得紧紧的。我才不管呢——怎么样我也得进去！”

打定主意，我就握住门钮，使劲摇撼起来。约瑟夫从谷仓的圆窗洞里探出一张好像跟谁赌气的脸来。

“你干吗呀？”他嚷道。“东家在羊圈里，你要找他，打谷仓那边绕过去。”

“难道里边没人开门吗？”我回叫过去。

“一个人也没有，只有堂客在家里。哪怕你拚命敲门，闹到半夜，她也不给你开门！”

“为什么呀？你不能告诉她我是谁吗，呃，约瑟夫？”

“不，我才不呢！这干我什么事！”咕噜了这么两句，那个脑袋又缩进去了。

雪下大了。我抓住门钮，再试一下；这时候，后面院子里来了一个扛着叉耙、没穿上衣的小伙子。他招呼我跟他走。经过洗衣房、铺石子的场地（空地上有一间堆煤的披屋，有抽水机和鸽子棚），我们终于走进那间温暖、舒适的大屋子里——就是昨天招待我的地方。

壁炉里的煤块、泥炭、木柴，烧着好旺的火，照耀出明亮、愉快的红光来。桌子早已铺好，只等丰盛的晚饭端上来。很荣幸，我在桌子边见到了那位“堂客”，我真想不到他家还有这么一位人物呢。

我上前鞠了一躬，等待着，以为她会请我坐下来。谁知她望着我，往后面的椅背上一靠，就纹丝不动，保持那个姿态，而且一言不发。

---

① 这里的“开饭”、“吃饭”都指主餐而言。洛克乌来自城里，喜欢把一天的主餐安排在晚上；而纳莉（女管家）却总是根据当地的习惯，把中饭作为主餐。

"好大的风雪哪！"我开口说。"我怕是，希克厉太太，你家的仆人很会偷闲，可叫门儿受了累。我好容易才叫他们听到我在打门！"

她始终不吭一声。我瞪大了眼，——她也直瞪着两眼；至少，她把眼光停留在我身上，神情中有一股咄咄逼人的寒气，叫人局促不安。

"坐下来吧，"那小伙子粗声粗气地说。"他就来了。"

我依了他的话，干咳了一声，叫那只恶狗做"朱诺"。[①]轮到第二次见面，承蒙它把尾巴的尖端儿晃了那么一晃，算是表示我俩已认识了。

"好一条漂亮的狗哪！"我又开了一个头。"将来那些小狗你不打算留下来吗，太太？"

"它们不是我的，"可爱的女主人说。她的回话比希克厉更来得峻峭。

"啊，让你疼爱的一定在这一堆里了！"我把话接下去说，转身望着放在暗处的一个坐垫，那儿好像全是些猫。

"疼爱这些东西才真是怪事呢！"她轻蔑地说。

真倒霉，原来那是一堆死兔子。我又干咳了一下，身子向壁炉靠近了一些，又一次把今晚天气多么糟糕的话搬了出来。

"你本来就不该走出来，"她说着，站了起来，想伸手去拿壁炉架上的两个漆着彩色的茶叶罐。

她本来坐在光线被挡住的地方，这会儿，我可把她整个儿身材和容貌都看清楚了。她长得很苗条，分明还只是个姑娘呢；身段极好，那么一张秀丽的小脸，我真是生平难得有福看到；细巧的脸蛋儿，白皙的皮肤，淡黄色的鬈发——也许不如说金黄色来得恰当——松松地披垂在她那细嫩的脖子上；那一双媚眼，要是在含着笑意的时候，你

---

① 朱诺是希腊罗马神话中天后的名字。

就消受不了。也算我那颗容易动情的心儿运气好，现在那对眼睛流露出来的只是游移在轻蔑和近乎绝望之间的神色，叫人感到非常的不调和。

那两个茶叶罐她伸手还够不到呢；我就站起来帮她一下。谁想她转过身来对着我，那副紧张的神色，就像是一个守财奴看到有人要来帮他计数他的金子那样。

“我用不到你帮忙，”她断然地拒绝我，“我自个儿能拿得到。”

“请你原谅，”我连忙回答。

“是请你来喝茶的吗？”她问，把一条围裙束在她光洁的黑袍子上，站在那儿，拿着一满匙茶叶，却不就往壶里倒。

“喝一杯热茶那真是太好了，”我回答。

“是请你来的吗？”她再问一遍。

“不，”我带着一丝儿笑容说，“你不就是挺合适的请我的人吗？”

她把茶叶倒回去，连茶匙一起摔掉，使着性子，坐到她的位子上去。她的眉心紧皱，朱红的下唇噘了起来，好像一个孩子快要哭出来的样子。

这当儿，那个小伙子往自己身上披了一件无论怎么说都是褴褛的上衣，站定在壁炉前面烤火；看他从眼角里瞅我的那种神气，你一定还道我跟他俩，有着还未了结的不共戴天之仇呢。我开始揣摩他究竟是不是这一家的仆人。他的服装、他的谈吐，都很粗陋，一点没有在希克厉先生跟他的太太身上所能看到的那种优越的气派。他那一头稠密的棕色鬈发像一团乱麻；他的胡子蛮横地侵占了他的两腮；他的那一双手，像普通做工的一双手一样，晒得发了黑。可是另一方面，他的举止很随便，几乎有点儿旁若无人，对于我们的主妇，他一点也没有显出做仆人的应有的殷勤来。

既然对他的地位难以断定，我认为最好还是不要去理会他那奇怪的行径。过了五分钟，总算希克厉进来了，多少让我在这尴尬的场面中松一口气。

“你看，先生，我答应来，当真来了！”我装得高高兴兴地嚷道；“我怕要被这场大雪给困住半个钟点了——要是你容许我在这里躲避一下的话。”

“半个钟点？”他说，一边把衣服上的雪片抖落下来。“我不懂你为什么偏拣着大风雪下得最紧的当儿，闯出去溜达。你不懂得你有掉在沼泽里的危险？熟悉这一带荒原的人，逢到这样的夜晚也会迷了路。我还可以对你说，眼前你别盼望这天气会好转。”

“也许我能在你的小厮中间找一位向导吧，他就在我那边过夜，第二天早晨再回来——你能让我借用你的小厮吗？”

“不，我不能。”

“噢，真是的！那也好，那我只好靠自己的机警了。”

“嘿！”

“你要沏茶了吗？”那个穿褴褛上衣的小伙子问，把他凶猛的眼光从我的身上移到了那位年青的主妇身上。

“他也有一份儿吗？”她向希克厉请示。

“快把茶端上来，好不好？”这回答来得那么蛮横，把我吓了一跳。说这句话的声气显示出不折不扣的坏性子。我再不打算把希克厉叫做少见难得的汉子了。

等茶准备好之后，他算是来请我了——“好吧，先生，把你的椅子移过来。”

于是我们这几个，包括那个野小子，一起围着桌子坐下来，在用茶点的时候，席面上是一片肃静。

我觉得，要是这朵乌云是由我招来的，那我就有责任想法把它驱散。他们总不能每天这样沉着脸、一声不吭，坐在那里吧；不管他们的脾气有多么坏，这会儿又一个个皱眉蹙额，但这决不会是他们成天到晚的表情吧。

“这可是奇怪，”我喝完一杯又接受第二杯茶的当儿，开始说道——“这可是奇怪，习惯对我们有多么大潜移默化的力量；一定有许多人没法儿想象，希克厉先生，像你这样过着与世隔绝的生活，有什么乐趣可言；可是我敢说一句，住在这样一个家庭里，有你那位可爱的主妇像女神般守护着你的家和心房——”

“我那位可爱的主妇！”他打断了我的话，脸上浮起了几乎是狰狞的讥笑。“她在哪儿——我那位可爱的主妇？”

“希克厉夫人，你的太太——我的意思是说。”

“哦，不错——噢！你是在说，尽管她的肉体不在了，她的灵魂却充当了保护的天使，在保佑着呼啸山庄的命运。是不是这意思呢？”

我自知失言，便想要补救过来。我应当看出双方的年龄相差太大，不见得会是一对夫妻。一个是四十岁模样，正是理智最成熟的时期，男子到了那个阶段，很少会抱着幻想，以为女孩子是为了爱情才嫁给他的——那一种好梦是留给我们在暮年聊以自慰的。那另一个看来还不满十七岁呢。

于是我灵机一动，想道——“那个在我胳膊肘旁边正捧着盆子喝茶、手没有洗就抓面包来吃的大老粗，不会就是她的丈夫吧——那不用说，他当然是小希克厉了。嫁到这里来真好比活埋。她这样轻易把一朵鲜花插在牛粪里，只因为不知道天下还有好得多的人儿呢！真是太可惜了啊！我得留神些儿，别让她对自己的婚姻生起悔心才好呢。”

这最后的思想活动未免有点儿抬高自己。其实并不。坐在我身旁的那一位，叫我一看到就觉得简直“面目可憎”；而我根据经验，知道自己是相当讨人喜欢的。

“希克厉太太是我的儿媳妇，”希克厉说，正好证实了我的猜想。

他这么说着，掉过头来，向她看了一眼——不是平常那种看人，而是带着一种憎恨的眼色——除非他生就那一副横肉脸，不能像旁人那样，拿他的表情当作发自他心坎里的言语。

“啊，还用说，这一下我明白了。你好福气，原来这位仁爱的天仙是属于你的，”我转过来对我身边那一位说。

这可比方才更糟了：这小伙子飞红了脸，紧握着拳头，摆明着他是想动手打人。可是他似乎随即控制住自己，把一阵怒火压制下来，只是让喉头滚出了一句粗野的咒骂，那是对我而发的，不过我只当作没有听见。

“可惜你这儿猜都猜错了，先生！”我的主人说；“我们两个都没有福气占有你这位好仙女。她的丈夫死啦。我说她是我的儿媳妇，所以她当然是嫁给我的儿子了。”

“那么这位年青人是——”

“当然不是我的儿子。”

希克厉又笑了，好像要他来做这头笨熊的父亲，那玩笑未免开得太荒唐了。

“我的名字是哈里顿·欧肖，”那一个咆哮道，“我劝你还是对它敬重些好！”

“我并不曾表示不敬重呀，”我回答道，心里却在好笑他给自己通姓报名的时候那种了不起的神气。

他一双眼睛只管盯着我，我可没法老这样回瞪他——只怕我不是忍耐不住，赏他一个耳刮子，就是给他逗得失声笑了出来。我这才一点不含糊地感觉到，处在这一个可爱的家庭里，有些坐立不安了。这一股精神上的压力不但抵消了，而且是压倒了包围着我的温暖的物质享受。我决定知趣些，别第三次再在这一家人面前找钉子碰了。

吃茶点这回事结束了，谁都不曾讲一句和气的话。我走近窗口，去望望天气。看到的是一片凄凉景色——还没到时候，黑夜就已经降临；烈风和猛雪卷起可怕的旋涡，把天空和山冈全都搅混了。

“没有谁给我领路，我怕这会儿我是回不了家啦，”我不禁嚷道。“道路该早就给封没了吧，就算还露在外面，一步之外，我也没法辨认了。”

“哈里顿，把那十来头绵羊赶到谷仓的门廊里去，要是放它们在羊圈里过夜，就得给它们盖点东西，前面也得挡块木板。”希克厉说。

“我该怎么办呢？”我接下去说，越发焦急了。

谁也不来答理我。我回过头来，只看见约瑟夫给那些狗提了一桶粥来；希克厉太太把身子凑向火边，在燃烧着一束火柴玩儿，那是她方才把茶叶罐放回到壁炉架时碰落下来的。

约瑟夫把粥桶放下之后，带着挑剔的神气把屋子打量了一圈，于是扯开他那破嗓子嚷道：

“我不懂，偏你有这么些闲工夫呆在那里无聊！更糟的是，这会儿别人都出去干活了！不过我看你就是没出息，跟你说也是白说——你的毛病是永远改不好的了；你是一心要赶到魔鬼那儿去，就跟走在你前头的娘那样！”

起初，我还道这一番话是针对我而发的，我可按捺不住了，直向这个老浑蛋走去，准备一脚把他踢到门外去。可是希克厉太太的回话把我拦住了。

“你这个嚼舌根、假正经的老东西！”她反驳道。“你这么提到魔鬼，难道不怕一张口就给魔鬼活活捉去吗？我有言在先，你趁早别来招惹我，否则看我不请求魔鬼行个方便，把你抓了去。慢着！瞧这儿，约瑟夫，”她说下去道，从书架上拿下一部黑色的大书来；“我要叫你瞧瞧，我的‘魔法’已经精通到什么地步了。我本领可大啦，眼看就可以把这里的一切来个一扫光！那头红母牛可不是死得无缘无故的，你那风湿痛也总不能算作是上帝在那里显灵吧！”

“噢，恶毒哪，恶毒哪！”那老头儿喘着气说，“但愿上帝把我们从魔鬼手里救出来吧！”

“不，该受天罚的，上帝早把你抛弃了——滚出去，要不然，我就叫你好好的吃些苦！我要把你们一个个用蜡用泥捏成了小人儿[①]，谁第一个超过了我定下的范围，我就——我暂且不说他会遭受怎样的报应——可是，瞧着吧！快走，我正在对着你瞧哪！”[②]

那个小女巫只管瞪着她那双美丽的眼睛，做出一副恶狠狠的神气来；约瑟夫可当真吓得要命，直发抖，一边还祷告着，还喊着：“恶毒哪！”逃了出去。

我认为她这行动是为了闷得发慌，闹着玩罢了；如今屋子里剩下我们两个，我想拿我当前的困难对她说一说。

“希克厉太太，”我恳切地说，“你得原谅我打扰你。我相信，凭你这样一副容貌，不用说，你的心肠怎么会不好呢？请你给我指点几个路标吧，我好找路回家。回去该怎么走，我心里一点谱子也没有，就像你不知道上伦敦去的路径一样。”

“打你来的路上走回去，”她回答，稳稳地坐在自己的椅子里，她面前点着一支蜡烛，那本大书摊开着。“这句话很简短，但也是我能给你出的最妥当的主意了。”

“那么，要是你以后听得我给人发现冻死在盖满着积雪的泥潭里，或者是坑里，那时候你的良心会不会低声指责你：这里也有你的一份过错吗？”

“怎么会呢？我又不能够一路送你。他们不容许我走到花园护墙的

---

① 指当时女巫所信奉的一种邪术：把所要加害的人物，塑成蜡像，放在火里熔化，以为可致对方死命。

② 巫士对人作祟时，先用眼神摄住对方，使其无法挣脱魔法的摆布。

尽头。”

“你！在这样一个夜晚，我如果为了贪图自己的方便，要求你跨出门槛一步，那我心里真是太难受了，”我嚷道。“我只是求你指点我一条路，决不是要你领路；不然呢，向希克厉先生讨个情，给我派一个向导吧。”

“派谁呢？他本人就在那儿，加上欧肖、齐拉、约瑟夫和我。你要哪一个？”

“难道农场上没有孩子吗？”

“没有，就这几个人。”

“那么这样看来，我只得在这里过夜了。”

“那你自个儿去跟主人商量吧，我管不着。”

“我希望这是一个教训，叫你以后少在这些山头里乱跑，”只听得希克厉的严厉的声音从厨房的门口传过来。“说到在这里过夜，我可并没有为来客预备什么床铺，你要留在这里，你只能跟哈里顿或是约瑟夫合一张床铺。”

“我可以睡在这间屋子的椅子里，”我回答。

“不，不行！不管有钱还是没钱，陌生人总是陌生人，我不容许随便哪个在我防范不到的时候，待在这地方，这可不合我的口味！”那个没有礼貌的无赖说。

受了这个侮辱，我的忍耐到头了。我恨恨地回了他一句，从他面前冲过，直奔院子；我又气又急，竟撞到了欧肖的身上去。天已经断黑，连该往哪儿出去都看不清了，正在摸索的时候，我听到了他们的说话声，而这又是他们彼此间多么有礼貌的一个例子。起先，那个小伙子倒是似乎有些同情我的。

“我陪他走到林苑那儿就打住，”他说。

“你还是陪他到地狱里去吧！”他的东家（或是不管他的什么人）喊

道，“再说，叫谁来看管那些马儿呢，呃？”

“一条人命总比一夜没有人看管马儿要紧得多吧，总得有人陪他走一遭。”希克厉太太喃喃地说道。我没有指望她的心地那么好。

“用不到你来指派我！”哈里顿顶回去道。“要是你放心不下他，顶好别吭声。”

“那么我但愿他的鬼魂会来缠住你！我还巴望直到田庄倒塌了，希克厉先生也找不到第二个租户！”

“你们听听，你们听听，她在咒人哪！”约瑟夫咕噜着，这当儿，我正向他奔去。

他坐得不远——说话听得到的地方——借着一盏灯光，正在挤牛奶；我不打一个招呼，就把他的灯笼夺了过来，嘴里嚷着明天派人送回，脚步儿已向最近的一个边门冲去了。

“东家，东家，他把灯笼抢走啦！”老头儿一边嚷，一边追。“嗨，‘牙血’！嗨，看家狗！嗨，‘虎狼’！别放过他，别放过他！”

刚推开小门，两只毛蓬蓬的怪物就直扑到我的喉头，我站脚不住，跌倒了，灯火也灭了；耳边只听得希克厉和哈里顿两个哈哈大笑，叫我的愤怒和羞辱到达了顶点。

幸亏那两个畜生仿佛只想张牙舞爪，摇尾扬威，并不当真要把我连血带肉吞下去；可是它们也决不容许你站起来重新做人。我被迫躺在地上，听候它们的恶主人发落。到后来，我头上帽子也掉了，浑身气得发抖，我命令这些恶棍立即放我出去，要是胆敢耽搁一分钟，管叫他们后悔莫及——我还口口声声嚷着此仇必报，吐出一串不连贯的威胁性的话来，那股黑森森的怨气，不禁叫人想起李尔王①来。

我怒火直冒，鼻血流个不停；可是希克厉还是在大笑，我还是在

① 李尔王，古代苏格兰国王，曾在黑夜的暴风雨中，光头散发，呼天抢地，诅咒他的两个忤逆的女儿。

骂。我真不知道这情景该怎样收场，要不是这时来了另外一个人，头脑比我清醒，心地比我的主人仁厚。这个人就是齐拉。这位壮健的管家妇听得外面的闹声越来越大，终于赶出来瞧瞧是怎么一回事。她只道有谁对我下了毒手，可又不敢得罪东家，就转身过去，扯开嗓门，对准那个小流氓开火了——

“好哇，欧肖先生，”她嚷道，“我可不知道下一次你会干出什么好事来啦！难道咱们要在咱们家大门口闹谋杀案吗？我看这一家我是待不下去啦。——看这苦恼的小伙子，他气都喘不过来了！得啦，得啦！你快别这样。进来吧，我来给你医一下。就这样，你别动。”

说完了这几句话，她就突然把半桶冰冷的水泼在我的脖子上，接着把我拖进了厨房。希克厉先生跟了进来，他难得流露的高兴很快又消失在终年的阴郁中了。

我不好受得厉害，头晕目眩，不得不勉强在他家里借宿一夜；他关照齐拉给我一杯白兰地酒，随即就回到内室去了。齐拉看我的光景着实可怜，劝慰了几句，照她主人的话，让我喝了酒，我多少振作一些之后，就领我上床去睡了。

第三章

在领我上楼的当儿，她叮嘱我不要让烛光透露出来，别发出声响，因为她领我去安息的那间卧房，对于东家是有一种禁忌的，从没看见他容许随便哪个到里面去住宿过。

我问她是什么道理。她也说不上来；她说她来到这里也不过一两年，这一家的古怪事又多，她也就不以为意了。

我自个儿也是昏昏沉沉，顾不到这些了。我拴上了门，往四下里张望，看床在哪儿。全部的家具只是一把椅子、一个衣柜、一个极大的橡木箱子，靠近箱顶，开了几个方洞，有些像驿车上的窗子。

我走近“窗”边，向里一望，原来这是一张别出心裁的老式床，设想得极其周到，这样，这一家人便没有每人独占一间屋子的必要了。实际上，它就是一间小小的密室。里边还有窗台，正好当一张桌子用呢。

我把嵌板的门往两旁推开，拿着烛火跨了进去，又把门两边拉拢；我觉得自己安全了，再不怕希克厉或是什么人把我找出来了。

我把烛火放在窗台上，看见窗台一角堆着几本发了霉的书，油漆过的窗台上划满了各种字样，而那许多大大小小的字样，翻来覆去无非是一个名字罢了——“卡瑟琳·欧肖”，有些地方变成了“卡瑟琳·希克厉”，后来又变为“卡瑟琳·林敦”了。

我没精打采，把头搁在窗子上，还在不断地念着那几个名字：卡瑟琳·欧肖——希克厉——林敦，直到我的眼皮合拢了；可是眼睛还不曾闭上五分钟，忽然，就像幽魂显灵似的，在黑暗中跳出了一个个亮晃晃的白色字母来[①]——一霎时空气里纠集了一大批的“卡瑟琳”。我惊跳起来，正想去赶散那些纠缠不清的名字时，我发觉蜡烛的芯子斜靠在一本旧书上了，叫书脊发出一股烤牛皮的气味来。

我剪了烛芯，加上头昏脑涨（我受了寒），老是想呕吐，就索性坐了起来，把那部烤坏了的书拖到膝盖上，打了开来。原来是一部瘦体字的《圣经》，发出一股好浓的霉味，扉页上有一行签署——“卡瑟琳·欧肖，她的书”，还有一个日期，那已是二三十年前的了。

我把书合上了，又拿起一本，再拿一本来，直到把书本都翻遍了。卡瑟琳的藏书是经过挑选的，[②]看那些书本儿磨损的情况，叫人想见当初是经常使用的了——虽然未必都是派的正用。几乎没有一章逃得了墨水笔所写的批语——至少，你还道它是批语呢——只要手民在书页上留下一块空白，那里就是墨水笔的用武之地。有些都是孤立的句子；另外一些却可以算得上一篇正式的日记呢——那些歪歪斜斜、还未成体的字迹分明出于一只小手。

在一张衬页上端（当初发现这张空白页时，恐怕真是如获至宝吧），有一个很出色的讽刺肖像，真叫我看得高兴——原来画的正是咱

---

① 西洋迷信观念，说鬼魂是白色的。

② 指全都是些宣传基督教教义的“善书”。

们的朋友约瑟夫呢，虽说粗糙，可是很有魄力。这一下叫我立刻对于那位素昧平生的卡瑟琳发生了兴趣，我就开始辨认她那很难认的褪了色的字迹。画底下的一段文字这样开始道：

有这样倒霉的礼拜天！

我但愿我那爸爸还会回来。谁要亨德莱做我们的家长！——他对待希克厉可凶哪——希和我就要反抗了——今天晚上我们俩跨出了开头的一步。

整天都是下着哗啦啦的大雨，我们不能上礼拜堂，所以约瑟夫就得在阁楼上召集会众。亨德莱和他的老婆在楼下烤火，好不舒服——他们说什么也不会去读一行《圣经》的，这个我敢担保——而希克厉，我，还有那个可怜的干农活的孩子，都得听他的吩咐，捧着祈祷书，给赶上了阁楼。我们坐在一袋粮食上，排成一排，又哼哼唧唧，又哆嗦，巴不得约瑟夫也打抖，那么他替自个儿着想，也会少给我们传一些道吧。完全是痴心妄想！礼拜足足做了三个钟头，可是哥哥一看见我们下楼来，居然还有脸嚷道：

"怎么，这么快就完啦？"

礼拜天的夜晚向来是允许我们玩儿的，只要我们不大吵大闹；现在，只要噗嗤笑一下，就可以把你送到壁角去受罚！

"你们忘了你们还有个家长呢，"那暴君说道，"谁第一个惹我发脾气，他就是活得不耐烦，不想活啦。我绝对不允许有一声吵闹，有一点儿不安分。嘿，孩子！是你吗？法兰茜丝，心肝儿，你走过来的时候给我扯他的头发，我听见他用指头打响榧子。"

法兰茜丝很卖力地扯了他的头发，于是走去坐在她丈夫身上。这两个倒像是一对吃奶的娃娃，整个钟点都只管在那里亲嘴、叽咕着——全是些愚蠢的废话，连我们都不好意思出口呢。

我们只好挤在伙食台的圆拱底下，自己想办法弄得舒服些。我才把我们的围涎系结在一起，挂起来当作一个帷幕，谁想约瑟夫有事，从马房里走进来，他随手把我的手工艺品扯下了，给了我一个巴掌，扯开他那乌鸦般的嗓子骂道：

"东家才只落葬，安息日还没过完呢，讲道的经文还在你们的耳朵里响着呢，你们居然敢玩起来了！不要脸的东西！给我坐下来，坏孩子！好书有的是，只怕你们不肯读！给我坐下来，想想你们自个儿的灵魂吧！"

这么说了，他强迫我们端端正正地坐好，好借着遥远的炉火照过来的一线微光，读他塞进我们手里的那本废书。

我可受不了这玩意儿。我拿起这本脏书的书面子，将它一下子扔到狗窝里去了，发誓说我最恨善书。

希克厉也把给他的那一本一脚踢到同样的地方去。这一下非同小可了！

"亨德莱东家！"咱们那位牧师嚷道。"东家，快来呀！卡茜小姐把《救世之盔》的书脊撕去了，希克厉用脚踢开了《毁灭之大路》的第一卷！你放纵他们，这样下去可不得了哪！唉！如果老东家还在着，他准要好好地给他们一顿打——可是他不在人间啦！"

亨德莱赶忙从火炉边的天堂冲过来，把我们俩，一个抓起衣领、一个捉住胳膊，一起扔进了后厨房。约瑟夫还口口声声说，"老魔鬼"准会在那里把我们活捉去，逃也逃不了。听了这一番安慰的好话，我们各自找一个角落躲起来，恭候"老魔鬼"大驾光临。

我踮起脚尖，从书架上拿到了这本书和一瓶墨水，又把通正屋的门推开一些儿，好漏进几丝亮光，于是坐下来写了二十分钟字。可是我的同伴不耐烦了，他出了个主意：我们何不把挤牛奶女人的那件外衣借来一用，把它遮盖在头上，到荒原上去奔跑一阵。真是一个好主意！——要是那个可恶的老头儿跑进来，他还道他的预言应验了呢——即使在雨里淋着，我们也不会比在这里更冷更湿的了。

我想卡瑟琳该是实现了她的计划的吧，因为接下去写的又是一回事了。她变得爱哭了。她写道：

万想不到亨德莱能叫我哭成这个样儿！头好疼哪，疼得我没法把头放到枕头上；即使这样，我心里还是撇不下。可怜的希克厉，亨德莱骂他是个流氓，以后不许他跟我们在一起坐，在一起吃饭；他还说，再不许他跟我在一块儿玩儿。要是我们违背他这个命令，他就要把他赶出去。

他老是怪爸爸，（他竟敢怪起爸爸来！）说他太纵容希了；发誓说他可要叫希认清自己是什么东西——

读着这模糊不清的字迹，我开始打盹了——我的目光从手迹滑到印刷的文字上去了。我看到一个有花饰的红字标题——《七十再乘七，七十一中数第一：牧师杰伯·勃兰德罕在吉牟屯·苏的礼拜堂里宣讲的一篇传道经文》。

我还在迷迷糊糊地苦苦推敲着杰伯·勃兰德罕将怎样发挥他这个题目时，我已倒在床上睡着了。

哎哟，喝了坏茶，发了坏脾气，这会儿就吃苦头啦！否则我怎么会经历这么可怕的一夜呢？自从我能够吃苦受难以来，我简直回想不起有哪一夜能够和这一夜相比拟的。

我开始做起梦来——几乎在我不知置身何地之前梦就已经开始了。我仿佛觉得天已经亮了。我正一路赶回家去，约瑟夫做我的向导。路上的雪有三英尺深，我们蹒跚走去，我的同伴只管唠唠叨叨地埋怨我连一根朝圣用的拐杖都没有带，而没有这根拐杖，我就休想进得了那座房子；说着，他还神气活现地挥舞着他手里的那一根重头的木棍儿——我只知道它叫做木棍而已。

开头，我觉得这也未免太好笑了，干吗我非要拿了这么一件防身武器才能进得去自己的宅子呢？可是接着有一个新的念头在我的心里一闪：我不是在往老家走呀。我们是一路赶去听那大名鼎鼎的杰伯·勃兰德罕宣讲那《七十再乘七》的经文呀。也不知道是约瑟夫呢，是讲道的牧师呢，还是我，犯了那“七十一中数第一”的罪恶，将要给当众揭发，逐出教门。

我们来到了礼拜堂。说真的，我平时散步，打它那儿经过两三回了。它筑在两座小山的峡谷里(那峡谷已经填高了)，靠近沼泽，从沼泽发出的阴湿的泥炭气，据说正好保护着停放在此地的几具尸体，一点不让它们腐烂。屋顶至今还完整地保存着。可是做牧师的俸禄只有那么一些儿：二十镑一年，只有一所两间屋子的房子(就连两间屋子怕也保不住，眼看要变做一间了)，所以没有哪一个教士肯来这里担任牧师的职位；尤其听得大家都在传说，他的“子民”宁可看他饿死也不肯从腰包里多掏出一便士来增加他的俸禄。

不过在梦里，我看见杰伯面前聚集着满堂会众，全神贯注地听着他。而他正在讲道——好上帝哪！有这样冗长的经文，一共分成七七四百九十节，每一节都足足相当于通常在讲坛上的一篇讲道，每一节单独讨论一种罪恶！他从哪儿搜集来那么多罪恶，我说不上来。他对于一字一句都有个人的独到之见，看来仿佛人世弟兄们犯罪，必须每一次犯的都是不同的罪名。它们全是些叫人奇怪的名堂，我以前想都不曾想到过的奇怪的罪过。

唉，我真厌倦呀！我怎样地在扭动身子、在打呵欠、在打瞌睡又振作起来呀！我怎样地在掐自己、拧自己、揉眼皮儿，站起又坐下，又用臂肘推推身旁的约瑟夫，要他告诉我，假如牧师终于把经文讲完了。

我要受的罪就是罚我听完全部讲道。最后，他讲到“七十一中数第一”了。在这紧要关头，突然有一个灵感在我脑里闪过，我不由得霍地站了起来，当众谴责杰伯·勃兰德罕，这个罪徒所犯的罪，凡是基督徒都用不到加以宽容的。

“先生，”我大声喊道，“坐在这儿四堵墙壁之内，我已经一口气耐着心听了、宽恕了你这篇经文的七七四百九十条条目。七七四百九十次我拿起帽子要走了，七七四百九十次你荒乎其唐地强迫我重又坐下来。现在这第四百九十一条条目是忍无可忍的了。受难的同伴们，别放过他呀！把他拖下来，捣个稀烂，这么着，这个他目前立脚的地方，从此再没有他这个人啦！”

“罪徒就是你！”在一阵肃静之后，杰伯嚷道，他双手撑着垫子[1]，把身子向前探过来。“七七四百九十次你伸腰打呵欠，皱眉蹙额——七七四百九十次我跟我的灵魂商议——瞧吧，这是人类的弱点，这也还是可以赦免的！‘七十一中数第一’来到啦！弟兄们，按照书上记录着的判决来处分他吧。每个圣徒都有这光荣！”

他话音刚落，全体会众都高举起朝拜的节杖，一窝蜂向我涌来了。可我是一双空手，没有自卫的武器，于是就到我的最贴近、又最凶猛的攻击者约瑟夫手里去抢夺。这么一大堆人挤拢来，也有棍子跟棍子轧住了，也有照准我打下来的当头棍却落到旁人的天灵盖上了。霎时里，一座礼拜堂闹成乱哄哄的一片，只见你打来我打去，每个人

① 当时教堂的讲坛上，放一个大垫子。

都在跟他身边的人混战。勃兰德罕也不甘心闲在那儿，把满腔热情都发泄在拚命敲打讲坛，叫讲坛板发出一阵骤雨般的应天响声；闹到最后，终算让我大大地松了一口气：我醒了。

到底是什么声响叫我当作一场闹得不可开交的混战呀？夹在这一片骚扰中的杰伯的闹声，又是怎么一回事呀？原来只是呜呜的狂风刮过，枞树的杈枝碰到了格子窗，它那坚硬的球果嗒嗒嗒地打在玻璃窗上！

我将信将疑地听了一阵，找到了乱梦的根源，便翻一个身，又瞌睡了，又做起梦来了——可能的话，这一回甚至比前一回更糟。

这一回，我记得我是躺在橡木柜子里，我还清晰地听得那怒号的狂风和在半空中翻腾的大雪。我也听得枞树的杈枝老是发出恼人的声响，而不致引起什么误会。可是这阵阵吵闹真叫人心烦，假如做得到，我一定要叫它安静下来。于是我想必爬了起来，去打开窗户。那钩子可是给焊在铁环里——我在清醒的当儿原也注意到过，只是现在又忘了。

“可是我不管，我就是不许它闹！”我咕噜着说，就用指节骨敲破了窗玻璃，伸出一只手臂去抓住那捣乱的树枝。

谁想树枝倒没有抓到，我的手指握住了一只冰冷的小手的手指头！那梦魇般的强烈的恐惧压倒了我。我想缩回手臂，可是那只小手却紧抓不放。一个顶凄惨的声音在呜咽着：

“放我进来——放我进来吧！”

“你是谁呀？”我问，一边拚命想把我的手挣脱出来。

“卡瑟琳·林敦，”那窗外回答的声音直发抖。（我为什么想到“林敦”呢？有二十来次我把“林敦”读做了“欧肖”。）“我回来了，我在原野上迷了路啦！”

洛克乌的噩梦

那声音在倾诉的当儿，我模模糊糊地辨认出了一张孩子的脸儿在向窗里探望。恐怖使我发了狠，我眼看怎么摔也摆不脱这个小东西，就把她的手腕向碎玻璃上拉，来回地摩擦，直到淌下来的血水浸透了被褥。

可是那声音还是在窗外哭叫着："放我进来吧！"那小手还是紧握不放，简直把我吓疯了。

"我怎么能够呢？"我终于说了。"你先放松我呀，假使你要我放你进来！"

那小手指果然放松了，我赶忙把手从碎洞里抽回来，急忙堆起一大叠书本，抵住窗子，还把两只耳朵捂住了，不敢听那哀求苦饶的声音。

我仿佛把耳朵捂了一刻多钟，可是两手一放，再听一下，那凄厉的呼声又来了！

"滚开！"我叫嚷道，"我永远不会放你进来——哪怕你苦求二十年也没用！"

"已经有二十年啦，"那声音凄楚地呻吟道，"二十年啦，我流落在外面二十年啦！"

接着，外面就起了细微的抓挠的声音，那一叠书动摇起来了，像有谁在把它往里推。

我想要跳起来，可是四肢不能动弹，我感到一阵疯狂的恐怖，竟放声大叫起来了。

真叫我心慌意乱，我发觉那一阵子大喊大叫并非是虚幻的。急促的脚步声逼近了我的房门；有人用力把房门推开了，接着，有几丝光线从床顶的方孔里漏进来。我还坐在那里发抖，抹着挂在额头上的冷汗。

那闯进来的人好像踌躇了一下，在喃喃自语。最后，他用一种近乎耳语的口气说道："这里有人吗？"

显然，他并不指望得到回答。我想我还是说出我在这里的好，因为我听出来，那是希克厉的口音，如果我不吭一声，怕他会来搜查。打定主意，我就翻身拉开床门。我很难轻易忘掉我这个举动所产生的后果。

希克厉站在门口，只穿着衬衫和长裤，拿一支蜡烛，由着烛油滴在他的手指上，他那张脸，就像他身后的墙壁一样白。这橡木柜的一声吱咯，叫他像触电般直跳起来——手里的蜡烛直跳到几英尺之外。他震动得多厉害，几乎没法把蜡烛拾起来了。

"不过是你的客人罢了，先生，"我叫了出来，免得他再惊惶失措，露出胆小的狼狈相来。"真倒霉，我做了一个噩梦，在梦里喊了起来。对不起，我惊吵你了。"

"啊，老天来收拾你，洛克乌先生！我但愿你下××去，[①]"我的主人开始说，把蜡烛放在椅子上，因为他再没法稳稳地拿着这支蜡烛了。

"是谁把你领到房里来的？"他说下去道，把指甲掐进了手心里，同时磨着牙齿，好抑制上颚骨的痉挛。"是哪一个？我恨不得这一刻里把他们撵出大门去！"

"是你家的女仆齐拉，"我回答说，一边从床上跳下地来，匆忙地披上衣服。"要是你这么办，我才不管呢，希克厉先生；这么办对她也不算过分。我看她是在拿我作牺牲，好再一次证明这个房间闹鬼。嘿，是的，是闹鬼——挤满了大小鬼怪！我可以说，你有理由把它空关起来。谁也不会感谢你，为了在这个洞窟里打了个盹！"

"你在说什么呀？"希克厉问，"你又正在干什么？给我躺下去，睡

---

① 当为"下地狱去"。当时书本上遇到过于露骨的渎神或粗野的词，常故意删去，以适应上流社会的语言习惯。

完这一夜——既然你已经在这里了。可是，看老天面上，不要再闹出这种怪声来了。除非有一把刀子正架在你的脖子上，再闹是决不会原谅你的！”

“要是让这个小妖精从窗子里钻进来，说不定她会把我掐死呢！”我回答道。“我可不能再忍受你那殷勤好客的祖先来折磨我了。那位杰伯·勃兰德罕牧师可是你母亲方面的亲戚？还有那个小妖精卡瑟琳·林敦，或者是欧肖，或者管她叫什么名字——她一定是个给换过的孩子①——坏透的小东西！她告诉我她在原野上流浪了这么二十年了——这正好是她造孽深重、罪有应得的报应，那是毫无疑问的了！”

这几句话刚出口，我就想起了在那本书里，希克厉跟卡瑟琳这两个名字的关系来。方才我竟完全忘了，直到这会儿才记起来。我不由得为自己这么鲁莽而脸红起来；可是我只装作不知道有什么失言的地方，急急说下去道，“那真情实况是，上半夜我还没入睡的时候——”

说到这里我又打住了。我原是想说，“我翻读了那几本旧书，”但这样岂非露了口风，书里的字迹和正文我都看过了吗？于是我就当即改口道：“我看见窗台上画着几个名字，就反复地念来念去，想借这单调的玩意儿给自己催眠，就像计算数目一样，或者呢，——”

“你跟我讲这些话是什么意思呀？”希克厉发作了性子，怒吼道。“你，你怎么敢！在我的家里？——天！他讲这话真是发疯啦！”说着，他还气得拚命敲自己的额头。

听他说出这种话来，我不知道该生气好呢，还是作进一步解释好。但看他的样子激动得厉害，我动了怜悯，便继续跟他说明我作了怎样一场噩梦，还声明“卡瑟琳·林敦”这个名字我过去从没听说过，只因为多念了几遍，印进了脑子，在我一阵子胡思乱想的当儿，

① 指又丑又笨的孩子。英国迷信的说法，仙人要偷窃人间聪明俊秀的婴儿，用又丑又笨的婴儿和他“调包”。

它竟变成一个人了。

我这么说的时候，希克厉一步一步地往床那头退缩，最后，坐了下来，几乎躲在床后面了。但听他急促不匀、时时停顿的呼吸，我猜想他一定在拚命想把汹涌起伏的情绪压制下去。

我不打算让他知道我听出了这种内心的挣扎，便故意在穿着的时候发出很大的声响，看看我的表，自言自语地说道，这一夜怎么过得这样长，“还不到三点钟呢！我简直可以赌咒，这会儿已经六点钟了。时间在这儿停顿下来了。我们准是在八点钟就回房安息了！”

“在冬天总是九点钟睡觉，四点钟起身，”我的主人说，抑制住了一声呻吟。看到他的胳膊动作的影子，我想象他正在挥掉他眼角里的一滴泪水。“洛克乌先生，”他接着说，“你到我房里去吧，你这么早下楼去，只是给别人添麻烦罢了。你那胡闹的哭喊，把我的睡梦赶得连鬼影儿也没有啦。”

“我也没法再睡啦，”我回答说。“我到院子里去散散步，等到天亮我就走。你也不用担心我以后会再来打扰你了。我那喜欢和朋友交往，觉得是种乐趣的毛病——不管是在乡村还是在城里——已经给治好啦。一个有见识的人有他本人给自个儿作伴，应该感到满足啦。”

“愉快的伴侣！”希克厉咕噜着说。“把烛火拿去，随你喜欢到什么地方去。我马上来找你。你可不能到院子里去，那几只狗都没拴住；还有是正屋里——朱诺在那里放哨。还有是——不，你只能在楼梯和穿道那儿走走。可是你去吧！我过两分钟就来！”

我听从他的话，走出去了；可是走出卧房，我不知道那条狭窄的走道通向哪里，又站住了。不想却在无意之中给我瞧见了我那房东做了一件迷信的事儿；他干出这么不相称的事来，枉算得一个有见识的人。他登上了床，猛力扭开格子窗，一面推开窗子，一面迸出不可抑制的热泪。

“进来吧！进来吧！”他哽咽道。“卡茜，快来吧。啊，你再来这一回吧！啊！我的好心肝儿！这一回你就听了我吧！卡瑟琳，至少听我一回吧！”

谁知那幽灵却本来是飘忽无常的，它怎么也不肯露一露脸；只有一阵阵大风雪呼啦啦的卷进屋子来，甚至直扑到我站着的地方，把烛火都吹灭了。

那一堆疯话里头，挟着那么一股强烈的痛苦、辛酸，使我只感到同情，再不觉得这疯疯癫癫有多么可笑。于是我走开了，很有点生自己的气，我根本就不该听他这番独白的；还埋怨自己干吗要讲那么荒唐无稽的梦魇，凭空招来了那许多痛苦——虽然为什么会这样，我却全说不上来。

我小心地下了楼，来到后厨房，看见那儿还留着几星火苗，耙成一堆，正好让我把蜡烛重又点燃了。屋里没有一点儿动静，只有一条花狸猫从灰堆里爬出来，怒气冲冲地向我招呼了一声。

炉子前面放着两条圆弧形的长椅，差不多把炉子围绕起来了，我在一条长椅上躺了下来，老狸猫跳上了另一条。我们两个，在有谁闯进来之前，各自在打瞌睡。于是约瑟夫从天花板的活门里放下一个木梯子来，那上面该是约瑟夫的阁楼吧，我猜想。

他向我拨弄过的炉栅里的火苗阴森森地望了一眼，把狸猫从它那高高的位置上一下子给扫了下去，于是自己填补了空缺，于是开始把烟草装在三英寸长的烟斗里。很明显，我擅自闯进了他的圣地，乃是一件极可耻的行为，是根本不必理睬的。他一声不吭地把烟斗塞进嘴里，两臂交叉，喷起烟来。我让他自得其乐，不去打扰。

他抽完了最后一口烟，叹了一口大气，便站起身来，走了，就像他来时一般地大模大样。

接着来了一阵有弹性的脚步声。这一次，我张开嘴来准备道一声

"早安"了，可是白费劲，我只得重又闭嘴，把这声"早安"咽了下去；你只道哈里顿·欧肖正在小声小气地念他的晨祷呢——他碰到什么东西就一叠连声地咒骂什么，原来他正在屋角找一把铁铲或是一把铁锹去铲除门外的积雪。他从长椅的背后望了一眼，张大鼻孔，简直没意思要跟我招呼一下，就像不想跟我的伙伴那条狸猫讲什么礼节应酬一样。

看他所做的准备工作，我以为现在要走该是许可的了，便离了我的硬席，想跟着他走。他看出了我的心思，便用铲尖向一扇里门撞了一下，发出了含混不清的一声，算是通知我，要走只能往那儿走，假如我要挪动位置的话。

打开里门就通向正屋，那一家的女人已经起来活动了。齐拉鼓动着一只大风箱，把火焰扇上烟囱。希克厉太太跪在壁炉边，借着火光读一本书。她伸出一只手遮着眼睛，挡住了火光的热气，似乎全神贯注在书本上；只有在火星落得她一身，她责备那女仆的当儿，或者有一条狗过于把鼻子挨到她脸上，她不止一次地把它推开的当儿，这才分一下神。

我很吃惊地看到希克厉也已经在那里了。他站在炉火边，背朝着我，刚好倾盆大雨似的把那可怜的齐拉训了一顿；她在干活的当儿不时地停下来撩起了裙角，还气呼呼地叹了一口大气。

"还有你，你这个没出息的——"我跨进屋子的时候，他正转过去找他的儿媳妇开腔，还使用了鸭子呀、绵羊呀等等无伤大雅的称号，不过也往往临时缩住，用一个无声的短横(——)来代替。

"瞧你，又在那里玩你的鬼把戏！别人个个都在挣自己的面包，你却靠着我的施舍过日子！把你那废物扔掉、找些事情做做吧。算我晦气，让你永远出现在我眼前，这笔账我迟早要跟你算的。听见了吗，你这该死的贱货！"

“我就把我那废物扔掉——我不扔也得扔，你不会放过我的，”少妇回答道，把书合上了，丢在旁边的椅子上。“可是我偏什么都不干，哪怕你咒烂了舌根也没用，除非出于我的自愿！”

希克厉扬了扬他的手，对方连忙跳开去，保持一段安全的距离，显然很熟悉那只手掌的分量。

我可没有意思要看猫犬打架的场面，便只管快步上前，仿佛急于要到炉边来烤火，并不知道打扰了他们俩的吵架似的。

总算这两个人还能给自己留些体面，没有再吵下去。希克厉把两只拳头插进了口袋里，免得再发痒；希克厉太太噘起一张嘴，走到好远的一个座位边，而且果然遵守她的诺言，在我逗留的那一段时间内，始终坐着不动，成了一尊塑像。

我并没有多逗留。我谢绝了和他们一起吃早饭，等东方才有些发白，就借个机会逃到户外。外面的空气现在变得清新、沉静，而且凛冽，像一块无形的冰。

我还没走到花园尽头，房东把我喊住了，说是愿意陪我穿过旷野。多亏他的照应，因为整个山头只见一片白浪滔滔，那波涛的起伏可不就是底下地面的高低——至少有好多凹坑被填平了；昨天我打这儿走过，在心里描下了一幅地图，现在整个山冈的脉络，石坑的残迹，全都给从这幅地图上抹掉了。

我曾经注意到在路的一边，每隔六七码，竖着一块石碑，连续不断地一直贯穿整个荒野。石碑还涂了石灰，好当作黑夜行路的指导，或是逢到一场像现在那样的大风大雪，两边的沼地与坚实的路径不可分辨的时候就可以作一个标志。可是这会儿除了这里那里露出几个黑点子外，这些石碑全都连影踪都不见了。我的同伴不得不随时指点我向左或是向右走，而我还道自己正没有差错地沿着弯曲的路径前进呢。

一路上，两个人很少交谈，等来到画眉林苑的界限时[1]，他便停住脚步，说是到了这里我不会再迷路了。我们的告别只限于匆匆的一鞠躬而已。于是我凭着自己的能耐，继续向前赶路，因为那看守林苑的门房，到现在还没有人住。

从林苑的门房到田庄还有两英里路，可是我相信却给我走成了四英里，有时是在林子里迷了路，有时因为整个身子陷入深洼，积雪一直埋到脖子——这种种苦处只有身历其境的人才能领会。总算，不管怎样打转，在钟鸣十二下的时候，我踏进了自己的宅子；照平时从呼啸山庄到这里的路径，算起来，就足足是一个钟点走一英里路。

我那位接收过来的管家妇和她的下手们冲出来迎接我，七嘴八舌地嚷着他们对于我已经完全不存希望了，每个人都猜想我准是倒毙在昨夜的大风雪里了，大家正不知该怎么样出发去搜寻我的尸体。我叫他们别闹了，现在不是眼看我回家来了吗？

我是连心脏都冻僵了。我拖着步子，爬上了楼，换过干衣服，在室内来回走了三四十分钟，好恢复体温。我给移到了书房，人软弱得像头小猫，简直连一点精神也没有了——连仆人为我生起来的融融炉火和他们给我端上来提神的热气腾腾的咖啡，我都没法享受了。

---

① 英国大地主的林苑，有大片草坪、牧场、森林等，地主的宅子建筑在林苑中间，林苑入口处有门房看守。

第四章

我们人类真是多么容易转变的风信鸡呀！我原是说决心要摈绝一切世俗的往来，还感谢自己运气不坏，终于给我找到了这么一个差些儿就是与世隔绝的场所。唉，我，一个懦弱的可怜虫，起先还跟孤寂、无聊的心情挣扎一阵子，后来支持到暮色降临的时分，就撑不住了，只得认输了。当丁恩太太端晚饭来的时候，我只说想多了解些这宅子的有关情况，要她在我吃饭的当儿坐下来谈谈，全心全意地希望她地地道道是个健谈的老婆子，她的话头不是激发起我的兴趣，便是把我催入沉沉的睡乡。

“你在此地住了很久了吧，”我开始道，“你不是说住了十六年？”

“十八年了，先生；我是小姐出嫁的那年，跟来伺候她的，她死了以后，东家留下我替他管家。”

“是吗？”

接着便没话了。我怕她可不是个絮聒的老婆子，除非是谈到她自己的事儿，那可不会叫我感到兴趣的。

不过，在她沉思了一阵之后——两个拳头放在两膝上，一层冥想的阴云笼罩在她红润的脸上——她叹息道：

“唉，这十多年变化得多么厉害呀！”

“是啊，”我说道，“你阅历过不少的人事变迁吧，我猜想？”

“见过不少变迁了，还见过不少伤心的事儿呢，”她说道。

“啊，我要把话头转到我的房东那一家去！”我心里想道，“这倒是做开场白的好题目——还有那位漂亮的小寡妇，我很想知道她的身世——她究竟是本地人呢，或者更可能的，是一个外乡人？——孤零零的受着当地不近人情的人们的歧视。”

这样想过之后，我就问丁恩太太为什么希克厉会把画眉田庄租出去，自己宁可住在那地点、宅子都差得多的山庄上。

“难道他没钱好好整顿这份产业吗？”我问道。

“可有钱哪，先生！”她回答道，“他的钱谁也闹不清有多少，而且还在年年增加呢。不错，不错，他这许多钱尽可以让他住一座比这更好的宅子。可是他是很小气的——手里很紧；就算他有意思想搬到画眉田庄来住吧，只要他听得有一个好租户，他就怎么也不肯失去这多进账几百镑的机会。真不明白，一个人会这样爱钱，他又没有一个亲人在世上啊！”

“好像他有个儿子吧？”

“是的，他有过一个儿子——已经死了。”

“那么那位少奶奶，希克厉太太呢，是他遗下的寡妇吧？”

“是的。”

“她娘家在什么地方呢？”

“嗳，先生，她是我过去的东家的女儿呀。卡瑟琳·林敦就是她的闺名。是我带大她的，可怜的东西！我真希望希克厉会住到这里来，那我们两个又可以在一块儿了。”

“什么！卡瑟琳·林敦？”我吃惊地喊道。可是再一想，我就肯定这并不是我那个化作幽灵的卡瑟琳。我接着说道：“那么这宅子的前主是林敦了。”

“是的。”

“那么欧肖又是谁呢——哈里顿·欧肖，住在希克厉先生家里的？他们可是亲戚吗？”

“不，他是故世了的林敦太太的侄儿。”

“那么是这位少奶奶的表兄弟了？”

“是的，她的丈夫也是她的表兄弟；一个是她妈妈方面的亲戚，一个是她爸爸方面的亲戚——希克厉娶了林敦先生的妹妹。”

“我在呼啸山庄看见大门前刻着‘欧肖’的字样，他们可是古老的家族吗？”

“非常古老，先生；哈里顿就是这一族的最后一代，就像我们的卡茜小姐是这里的最后一代——我说的是林敦这一族。你到呼啸山庄去过了吗？请原谅我这样问，可是我真想听到她近来怎么样。”

“希克厉太太吗？她面色很好，很美；可是我看她并不十分快活。”

“嗳呀，我才不奇怪！你觉得主人怎么样？”

“一个很粗暴的家伙，丁恩太太，这不是他的性格吗？”

“就像锯齿那么粗暴，砂岩那么坚硬！你越少跟他打交道越好。”

“他一定在人生中打过几个滚，脾气才会变得那么坏。你可知道一些他的历史吗？”

“那是一只杜鹃的历史[1]，先生，——从头到尾我全知道，只除了

① 杜鹃在这里暗喻弃婴（据说杜鹃不会孵卵育雏，因此把卵下在别的鸟类的窠巢里）。

他出生在什么地方、他的爹娘是谁；当初他怎样发的财。还有，哈里顿像一头羽毛未丰的小鸟似的给赶了出来！可怜的孩子，在这个教区里只有他一个人不知道他一直在受别人的欺骗。”

“嗳，丁恩太太，你做一件好事，把我邻居家的事给我说一说吧。我觉得自己就是上床去也睡不着，所以求求你，坐下来闲谈一个钟点吧。”

“啊，当然可以，先生！我这就去拿一点针线活来，然后你要我坐多久都行。可是你受寒了，我方才看见你在打寒噤，你得吃一点薄粥散发一下。”

这位大娘赶去拿她的针线活了，我蜷着身子更凑近一些炉火。我的头在发烧，而周身却在发冷；再加上我的神经太兴奋，几乎达到糊涂的程度。这倒并不使我感到不舒服，而是叫我着实害怕（现在还是这样）昨晚和今晨的遭遇会引起严重的后果。

不多一会，她回来了，带来了一盆热气腾腾的薄粥和一个针线篮；她把粥放在炉边之后，拉近了她的椅子，看到我这么容易亲近，显然是很高兴的，而且不用我再一次请求，就开始讲她的故事了。

我住到这里来以前，几乎老是在呼啸山庄；因为亨德莱·欧肖（就是哈里顿的爸爸）从小是我母亲照料的。我时常和孩子们一起玩儿，还做点小差使，帮着弄干草，整天在农场上转着，等待有什么人打发我做些什么事儿。

有一个晴朗的夏天的早晨——我记得正好是要割麦子的季节——欧肖先生，那位老东家，走下楼来，穿着好了准备出门。他关照过了约瑟夫这天里该干些什么活之后，便转过来对着亨德莱、卡茜和我（我正和他们一起坐着吃粥），他对他儿子说：“呃，我的好小子，今天我要上利物浦去，要我给你带些什么东西来吗？你拣你喜欢的说吧，只是要小一些的东西。因为我是走着来回的，单程就有六十英里——这可是很远的路哪！”

亨德莱要了个四弦琴，于是他又问卡茜小姐。那时她才只六岁，可是马房里的马儿没有哪匹她骑不上去，她便提出要一根马鞭子。他并没有把我忘掉，他的心地是很好的，虽然有时候他也很严厉。他答应给我带一满袋苹果和梨儿来；于是他吻了他的两个孩子，道了再会，便上路了。

我们只觉得时光过得好长——他出门去后的那三天，小卡茜常常要问起爸爸什么时候才回家来。到第三天晚上，欧肖夫人盼望他在吃晚饭的时候到家，所以把晚饭一小时又一小时的往后推延，可是始终看不见有一点出门人归家的动静。

到后来，孩子们等得腻烦了，不再一次又一次奔到楼下大门口去张望了。天黑下来了，母亲要孩子们上床睡觉去，可是他们苦苦哀求，让他们守候着。大约十一点钟左右，门儿给轻轻地推开，东家走了进来。他一屁股坐倒在椅子里，又是大笑，又是呻吟，还叫他们都别走近来，他差不多要累死了。哪怕把英伦三岛送给他，他都不愿意再走这一程路了。

“到临了，还要拚命地跑，累死了！”他说着，把原来裹成一团、抱在手里的大衣打了开来。“来看呀，老伴！我一生中还没碰到什么东西把我弄得这样狼狈的；可是你还得认作是老天的赏赐来接受，虽说这小东西黑黝黝的，就像是从地狱里出来的。”

大家都围聚拢来，我从卡茜小姐的头上望过去，看见一个孩子，又肮脏，又破破烂烂，长着一头黑发；已经很大，该是会说会走了。可不是，他那张脸看来比卡瑟琳还老气些呢。谁知把他放到地上后，他只是瞪着眼向四周张望，嘴里只管叽叽咕咕地反复说着几句没人能懂的话。

我害怕极了。欧肖夫人恨不得把他踢出门外去，她当真跳了起来，责问他怎么会想到把这个婊子养的野小鬼带到家里来，自己不是已经有两个孩子要扶养吗？他打算把这个小鬼头怎么办？他是不是发疯了？东家想解释这回事情，可是他实在累得半死了。

在她的一片责骂声中，我只听出了这样一个故事：他在利物浦的街头，看见这个无家可归的孩子，饿得半死，差不多等于一个哑巴。他就牵着孩子打听他的亲属，可是谁也不知道这孩子是哪家的。他时间既局促，身边钱又不多，因此觉得与其待在这里一无结果的乱花钱，还不如马上把他带回家去，因为他打定主意怎么也不能眼看他流落在街头而掉头不顾。

好吧，收场结局是东家娘咕噜了一阵也就不作声了；欧肖先生叫我给他洗一个澡，换身干净衣裳，让他跟孩子们一起睡。

亨德莱和卡茜两个起初只是在一旁看着、听着，倒没什么，等到两个大人讲和了，就涌上去搜索他们父亲的口袋，找他答应给他们的礼物。那哥哥是十四岁的男孩子了，当他从大衣袋里掏出那只早已压得粉碎的四弦琴时，他放声大哭了；卡茜得知她爸爸因为照顾那个陌生孩子，把她的马鞭子给丢失了，她这股怒气就发泄在那个蠢小子的头上，对着他咬牙齿，唾他；可是她只讨来了她爸爸的狠狠的一个耳刮子，给她一个教训，以后行为应该规矩些。

两个孩子绝对不让他上床来跟他们一起睡觉，甚至在他们房里睡觉也不行。我也懂不了多少事，便把他放在楼梯平台上，心里巴望他明天不知去向了。也不知是碰巧，还是听见了声音，这小家伙爬到了欧肖先生的房门口，他走出来时就看到了，便追问他怎么会到这儿来的。我只得承认是我做的事，为了我这懦怯和不近人情的行为，我给赶了出去。

这就是希克厉最初来到这一家的经过。隔了几天，我又回去的时候（因为我并不认为我是受到终身放逐的判决），我才知道他们已给他取了个名字，叫做“希克厉”。这原是他们的一个死在襁褓中的儿子的名字；从此这既作为他的名字、也成了他的姓。

卡茜小姐和他现在可很要好了；可是亨德莱却恨他。老实说，我抱有同感，也恨他。我们两个便可耻地折磨他，存心跟他过不去。我本不大懂得道理，不觉得我做的事不公平，而东家娘眼看他受欺侮，又从不替他说一句话。

他像是个憋着一肚子气、耐着性子的孩子，很吃硬，受些虐待，也许不当一回事呢。他能挨着亨德莱一下一下的拳头，不眨一眨眼，也不掉一滴泪；我一把一把拧他，也只能叫他倒吸一口气，睁着眼，好像是他自己不小心撞痛了，怨不得别人似的。

这份逆来顺受可害得老欧肖气坏了，因为他发觉他儿子在迫害那个他所谓失了父亲、孤苦伶仃的孩子。也不知为的什么，他跟希克厉可真有点缘分，凡是这孩子说的话，他全都信（讲到这一点，他难得开口，而且通常说的总是实话），喜欢他远过于卡茜——她可是太淘气、太任性了，真不配做一个宠儿。

所以从一开始，他就在这一家播种下了不和睦的种子。

不到三年，欧肖夫人死了，小东家早已把他的父亲看成一个压迫者，而不当作自己的朋友，把希克厉看成了篡夺他父亲的爱心，侵占他的特权的人。他念念不忘自己所受的损害，性子变得刻薄了。

有一阵子我是同情他的；后来孩子们都得了麻疹，我得看护他们，立即尽起做女人的责任来，这时候我的想法转变过来了。希克厉的病势很凶，在他病得最厉害的当儿，他一直要我在他的枕边伴着，我想他还道我为他出了不少力呢，却不明白其实我是没有法子才去照应他的。不过，我应该说，哪一个护士也不曾照料过这么安静的孩子。他跟还有两个孩子可不一样，叫我不得不减少了自己的偏心。卡茜和她的哥哥把我麻烦得要死；他呢，可是像一头羔羊般不懂得诉苦——虽说那是倔强、并不是温柔——因此很少给人添麻烦。

他的病好了，大夫说是多一半亏得有我，称赞我照看得好。我听了他这表扬很得意，对于让我得到赞美的人儿因此也就软了心。这样，亨德莱失却了他的最后一个同盟者。

可是我还是没法喜欢希克厉，我时常感到奇怪，东家在这个绷紧着脸儿的孩子身上，究竟发现了什么，竟是越看越好。在我的回想中，这孩子从来不曾对于那位老人家的溺爱有什么感激的表示，这倒并不是他对于他的恩人太傲慢，而仅仅是他不加理会而已，虽然他明知道已经抓住了那老人的心，只消他一开口，不怕这一家人不低头依顺。

举一件事来说吧，我记得有一次欧肖先生在市场上买了一对小马回来，给孩子一人一头。希克厉拿了那最漂亮的一头，可是不多久，它就跌跛了，当他发觉之后，便这么向亨德莱说道：

“你得把你的马儿换给我，我不要我自己那一匹了；要是你不肯的话，我就去告诉你爸爸，这星期来你揍了我三次，让他看看，我的手臂一直到肩头都是乌青。”

亨德莱吐出他的舌头，又打了他一个耳刮子。

“你还是马上换给我的好，”他一点不改口，一边逃到了门廊下(他们正在马房里)，“你非换给我不可，假使我声张出来，你打了我几拳，那么你就得还我几拳，还得加上利息。”

“滚开，狗！”亨德莱嚷道，拿起一个称马铃薯和干草的铁秤砣来威吓他。

“你扔吧，”他纹丝不动地站在那里回答道，“我还要告发你夸口说是等他一死之后，你就要把我赶出大门，我倒想瞧瞧他会不会先把你当场赶了出去。”

希克厉和亨德莱

亨德莱把铁秤砣扔了过去，正中他的胸口，他一头倒了下去，可是立即摇摇晃晃地站了起来，面无血色，气都喘不过来。要不是我在旁边劝拦，他真会当场去找东家，痛快地报了他的仇——只消让他身上所受的伤害来替他申诉，并且说出这是谁的暴行。

“把我这小马拿去吧，野小鬼，得了！”小欧肖嚷道，“我但愿它摔断你的脖子。骑了它到地狱去吧。你这个讨饭的恶霸，把我父亲的东西全都一一骗了去。只是到那时候你可得把面目露给他看看，你这恶魔的小鬼。请你尝一下！[①]我恨不得它踢破了你的脑壳才好呢！”

希克厉走过去松了牲口，把它牵到自己的栏里。他正从马儿后面走过，不料亨德莱送来一个冷拳，把他打倒在马腿底下，算是结束那一场咒骂。亨德莱于是拔脚便跑，一步也不停下来看看他的愿望是否实现了。

真叫我看了吃惊，这孩子竟是若无其事地振作起来，只管继续办他的事，换马鞍等等，然后才在一捆干草上坐下来，等眼前的一阵黑过去之后(他挨的这一拳可不轻哪)，于是就进了宅子。

我不费什么劲叫他听从我的话，让我把他身上的乌青归罪于小马。他全不在乎编的什么故事，只消他已经到手了他想要的东西就是了。说实话，闹了这样一场，他都是难得哭诉的，我只道他并非那种有仇必报的人。我可是大大地上了当了，你听下去就知道了。

---

① 亨德莱说这句话时，就“送来一个冷拳”。

第五章

时光不断过去，欧肖先生开始支撑不住了。他一向健壮、活跃，谁知一下子体力就不济了。到了他瘫在壁炉的一角的时候，脾气变得那样暴躁，可真叫人受不了。他会毫没来由地着恼；一旦疑心他做家长的权威给蔑视了，那更是暴跳如雷。

逢到有谁想要欺侮或是压制他的得宠人儿时，这情况尤其可以看出来。他煞费心思地提防着，惟恐有人说一句不利于这孩子的话。看来他头脑里似乎形成了这样一个见解，只因为他爱希克厉，所以大家才恨他，才一心想害他。

这对于那孩子可没有好处。我们之中比较能体贴的都不愿惹老人家生气，所以也就顺着他的偏心；可是我们这种迁就对于那孩子的骄傲和坏脾气正好是丰富的营养剂。然而不这样还不行。有两三回，亨德莱不管他父亲就在跟前，流露出轻蔑的神色，这可叫那位老人家气坏了，拿起手杖要打他儿子，可是又打不着，恨得瑟瑟发抖。

最后，我们的副牧师（那时候我们有一个副牧师，他教林敦家和欧肖家的孩子们念书，再自己种一点田，加上那一点俸禄，也就把日子对付过去了。）劝告欧肖先生该把那青年人送到学院去；欧肖先生同意了，虽然心里很不痛快，他说道："亨德莱这小子算什么东西，任凭他到哪里都不会好的。"

我满心希望从此我们有了太平。想到东家因为做了好事反而弄得父子伤了感情，真叫人难受。我还道他年老多病，百事看不入眼，起因于家庭间的龃龉；他本人也但愿当真是这么一回事。其实呢，你知道，都坏在老年人的糊涂劲儿。

不过，不管怎样，我们本来还是可以好好地过日子的，要不是为了两个人：卡茜和约瑟夫，那个仆人。我敢说，你在那边已经看到他了吧。他是——十之八九眼前还是——一个最叫人头疼的自以为是的"法利赛人"①，他把一部《圣经》横翻竖看，只为了好把无穷希望往自己身上堆，把所有诅咒都扔给邻居们。凭着他论道讲经、上帝长上帝短那一套，居然叫欧肖先生十二分信任他。老东家越来越懵懂，他就越来越把老东家拿在手心里。

他毫不放松地叫那老人整天为自己的灵魂惴惴不安，不断提醒他要狠狠管教自己的子女。他火上加油，叫老人把亨德莱看成一个败家子。一夜接一夜，他从不忘记咕噜一长串关于希克厉和卡瑟琳的坏话，总是有意迎合欧肖的弱点，把最重的罪名堆在卡瑟琳的头上。

说真的，我也从没看见过像她这样任性的姑娘。她一天里也不止五十次地把我们一个个招惹得按捺不住。从她起身下楼，直到上床睡觉，我们没有一分钟拿得稳她不会淘气捣蛋。她的精神总是像潮水那样高涨，一张嘴永远停不下来——唱着、笑着，谁不陪着她唱、笑，

① 法利赛人，古犹太的一族，在《圣经·旧约》中，被谴责为满口仁义道德的伪君子。

就跟谁纠缠。她是个又野又坏的小东西；可是她又有一双最动人的媚眼，有最甜蜜的笑容和最轻灵的脚步，在全教区中再找不出第二个能跟她相比的。再说，我相信她的心眼儿到底是不坏的；她一旦把你当真弄得哭出来，她很少不陪你一起哭闹的，让你不得不止住了哭反而去安慰她。

她跟希克厉好得不得了，我们给她想出了一个最重的惩罚，就是不许她跟他在一块儿。可是为了他，她比我们哪一个都受到更多的责骂。

在一起玩儿的时候，她最得意的是扮小主妇，差遣她的同伴，打起人来，出手可快呢。她对我也来这一套，我可不愿挨她的打，听她的使唤；我叫她放明白些。

再说，老欧肖先生不理解孩子们的那许多玩笑。他对待子女一向总是很严峻古板的；而卡瑟琳呢，一点不明白干吗年老多病的爸爸要比年富力强时来得不耐烦、容易生气。他的暴躁的责骂反而激起她调皮捣蛋的兴趣，故意去惹恼他。

她最快乐不过的时候就是我们一齐赶去骂她，让她摆出一副满不在乎的神气，用一张难不倒的利嘴来跟我们周旋应付——把约瑟夫的虔敬的咒天骂地变成荒唐可笑的废话，把我逼得走投无路，还偏刺向她父亲最不能碰的地方——说是她的傲慢(其实是假装的，而她父亲却信以为真)对于希克厉可比他的慈爱更有威力：这孩子对于她的话是惟命是从，而对于他的命令却只是听得进才听。

她这么尽量胡闹了一整天之后，到晚上却又往往撒痴撒娇地来求和了。

“不行，卡茜，”那老头儿会这么说，“我可没法爱你，你比你那哥哥都坏。去，做晚祷去，孩子，求上帝的饶恕吧。我只怕你那母亲和我一定都后悔养育了你！”

这番话可真把她弄哭了，但那是在最初；后来一再遭到奚落，她也倔强了，要是我教她去认个错、道声歉，去请求原谅，她倒反而笑了。

谁知那结束欧肖先生尘世烦恼的时刻终于来到了。在一个十月的晚上，他正烤着炉火，就悄悄地在椅子里死了。野风绕着宅子咆哮，在烟囱里怒吼，那声势就像一场暴风雨卷来一般，可是天并不冷。我们全都在室内——我坐得离壁炉稍稍远一些，只管忙着打毛线，约瑟夫靠近桌子坐着，在读他的《圣经》（那时候，仆人们一天工作完毕，往往坐到正屋里来）。卡茜小姐病着，这可叫她安静下来。她偎在她父亲的膝前，希克厉横躺在地板上，把头枕在她的膝上。

我还记得东家在瞌睡前抚摩着她那美丽的鬈发——看到她居然这么文文静静的，他非常高兴，说道：

"卡茜，你为什么不能永远做一个好姑娘呀？"

她就把头抬起来直看着他，一边笑，一边回答：

"爸爸，那你为什么不能永远做一个好男人呀？"

可是等她一看见他又恼了，她就亲了一下他的手，说是愿意给他唱歌，唱到他入睡。她开始低低地唱起歌来，唱着唱着，他的手指从她手里滑落下来了，他的头沉到他胸前来了。我便叫她住声、别动，怕惊醒了老人。

足有半个钟点，我们全都像小耗子般不吱一声，这个情景本来也许还会保持下去，要不是约瑟夫念完了一章《圣经》，站起身来，说是他得叫醒东家，催他做了晚祷回房睡觉去。

他走上前去，呼喊他的名字，碰碰他的肩膀，谁知对方依旧不动，他就拿过烛火来照他。

等他把烛火放下的时候，我感觉到出了什么事了，就一手抓住一个孩子，悄悄地叫他们："上楼去吧，不要出声；今晚就自己念晚祷好了——他有点儿事情要做呢。”

“我要先向父亲道个晚安，”卡瑟琳说道。我们想拉住她也来不及了，她的双臂已经搂住他的脖子了，这可怜的小东西立即发觉她失去了亲人了。她发出了一声尖叫：

“噢，他死了，希克厉——他死了！”

他们两个一齐放声大哭起来，叫人听得心酸。

我也跟着两个孩子一起哭了起来，哭得又响又苦；可是约瑟夫责问道：“我们冲着一个上了天堂的圣者，这么大吵大闹究竟算什么意思呢？”

他叫我快披上大衣、奔到吉牟屯去请大夫和牧师来。我可猜不透眼前把这二位请了来有什么用处，不过我还是冒着风雨去了。

我把大夫请了回来，还有一位却说是明天早晨来。我由着约瑟夫去交代经过的情形，自己奔到孩子们的房中去。房门半开着，我看见他们却始终没睡，虽说已是过了半夜。不过他们已经安静了些，用不着我去安慰他们了。那两个小东西在相互安慰着，他们说出来的那些话比我所能想到的还要好。世上再没哪个牧师能像他们的天真烂漫的谈话那样把天堂描绘得那么美了。

我一边儿呜咽着、倾听着，一边儿又禁不住但愿我们大家都能平安到达那里。

第六章

亨德莱先生赶回来发丧，可是有一件事儿叫我们吃了一惊，叫左右的邻居们窃窃私议——他带回来了一位太太。

她是谁，她出身在什么地方，他从没有对我们说过。恐怕她既没钱也没有家世可以夸耀吧，否则他怎么也不会把这段婚姻瞒着不告诉他父亲的。

她并不是那种为了她的缘故把全家闹得六神无主的人。一踏进门来，什么东西让她看着都是好的，发生在她周围的每一件事儿都让她感到高兴——只有在准备中的丧礼和送丧者的来到除外。

我看她在办丧事中间的行动，认为她有些半痴半癫。她奔进了自己的房间里，要我也跟着她去，虽然这当儿我应该给孩子们把丧服穿着起来。她坐在那里发抖，紧握着两手，一遍又一遍地问："现在他们走了没有？"

接着，她带着一种歇斯底里的情绪，说她一看见黑颜色心里有多么不舒服[①]；她又是心惊肉跳，又是发抖，最后索性哭起来了。我就问她这是怎么一回事呀？她说她自己也不知道，只感觉到她是那么的害怕死。当时我以为她就跟我一样地死不了呢。

她很瘦，可是年轻，脸色红润，她两颗眼珠就像钻石那样闪射着光彩。当然，我也注意到她上了楼梯后就气急吁吁的，一点儿意外的声响都叫她抖作一团，有时候她还咳嗽得很厉害；可是我一点都不懂得这些症候是什么预兆，也并没有怜惜她的意思。通常说来，我们是不跟外地人亲近的，洛克乌先生，除非是他们先亲近上来。

三年不见，小欧肖的外形大大地变了。他瘦了些，脸上失去了血色，说话、穿着，也都很不相同了。他第一天回来就吩咐约瑟夫和我今后到后厨房去待着，正屋留给他。可不是，他本来还打算收拾一个多余的房间，铺上地毯、糊了墙纸，作为小客厅；可是他的太太看到那白坯的地板，看到那烧得通旺的壁炉，那白镴盘、那彩瓷的缸，还有那狗窝，看到他们常坐的所在那一片宽大的可以活动的地方，都表示非常开心；所以他认为用不到为了她的舒适，另外布置起居室了，因此就打消了原来的念头。

她在新认识的人中，找到了一个小姑，这也是使她非常开心的事儿。她叽叽咕咕地跟卡瑟琳扯淡，吻她，跟她到处跑，还送她好多礼物。这是最初的事；可是不多久她的热情就衰退了。

她的脾气慢慢变坏的时候，亨德莱也变得专横了。只消她说一两句话、表示不喜欢希克厉，就足以把他对于这孩子的宿怨完全激发起来。他把希克厉从他们身边赶到了下人那儿去，不许他再去听副牧师的讲课，而非要叫他到户外去劳动不可，逼迫他像农庄上的其他的小伙子那样地干重活。

希克厉就这样给打了下去，起初他倒还很忍得住气，因为卡茜把

---

① 黑色是西洋人的丧服的颜色。

她读的都教给他，还陪他在田里一块儿干活、玩儿。看来他们两个将来长大了都大有希望变得像野人一般粗野。他们的举止行动小东家一概不管，而他们也根本不去理会他。甚至连礼拜天他们二人上不上教堂都不当一回事；倒是约瑟夫和副牧师看到他们不上教堂，责怪他不该那么放松。这才提醒他吩咐给希克厉一顿鞭打，给卡瑟琳饿一顿中饭或是晚饭。

可是他们最大的乐趣就是两人一块儿一清早就奔到荒原上去玩一整天，至于事后的惩罚变得无非是让他们好笑的事儿罢了。副牧师尽可以任意规定卡瑟琳必须背诵多少章《圣经》，约瑟夫尽可以把希克厉抽打到自己的胳膊都酸痛了；可是只消两个人聚到了一块儿，他们便立刻把什么都忘了——至少当他们想出了一个什么调皮捣蛋的报复的计划时，就什么都记不得了。

看到他们两个闹得一天比一天放肆，又不敢去劝他们一言半语，只怕说得不好，会失去了我在那一对没人爱怜的孩子身上还保留着的一点小小的影响，我不止一次只好在暗里哭泣。

有一个礼拜天晚上，他们闹了点声响，或是为了这一类轻微的过失，他们给从起居室里赶了出去；①等我去叫他们吃晚饭的时候，到处找也找不到他们。

我们把宅子的上上下下，连院子、马房都搜寻到了，哪儿有他们半点影踪。到最后，亨德莱动了火，吩咐我们闩上大门，赌咒这一夜谁也不许放他们进来。

一家人都去睡了，我可是心里说不出的焦急，怎么也躺不下来，便打开格子窗，探头出去留心倾听——虽然外面正在下雨——暗中打定主意，要是他俩回来的话，不管东家下了禁令，我要去放他们

① 这里所说的和卡瑟琳的日记相呼应：“……把我们俩，一个抓起衣领、一个捉住胳膊，一起扔进了后厨房。”

进来。

不多一会，我听得大路上有脚步声走近来，一盏灯笼光透进了栅栏。我在头上兜了一件肩巾便奔下去，免得他们打门闹醒了欧肖先生。不想只有希克厉在那儿，我看见只他一个人，吓了一大跳。

“卡瑟琳小姐呢？”我急忙问道，“没出什么事吧，我希望？”

“她在画眉田庄，”他回答道；“本来我也想留在那儿，可是他们不懂礼貌，没有留我。”

“好呀，你要挨一顿臭骂啦！”我说道，“不等到把你叫了去，问你做的好事，你是不会安心的。究竟为的什么，你们要闯到画眉田庄去？”

“让我把湿衣服脱了下来，从头讲给你听吧，纳莉，”他回答道。

我叫他小心别闹醒了东家。在他脱衣服，我等着吹灭烛火的当儿，他说下去道：

“卡茜和我从洗衣房里逃了出去，想痛痛快快地去溜达一番，后来望见了田庄的一闪灯火，我们想何不到那里去看看林敦家里礼拜天晚上是怎么过的——他们家的孩子可也是站在壁角里尽发抖，而他们的爸爸妈妈只管吃呀、喝呀、唱呀、笑呀，在壁炉前烤火烤得连眼珠都快要着火了？你可以为他们是这样的吗？还是在读着讲道录，在给他们家的男仆人考问教义，要是回答得不对，就罚你背诵长长一大串《圣经》里的名字？”

“那恐怕不会吧，”我回答说，“不用问，他们都是好孩子，哪里用得到像你那样，为了做坏事而受罚呢。”

“废话！别板着脸教训人啦，纳莉，”他说，“我们从山庄的高顶往下冲，一口气奔到他们家的林苑；这一场赛跑，卡瑟琳可完全比输了，因为她是光着两只脚呢。明天你得到沼地去替她找鞋子。我们从一个破篱笆里钻了进去，沿着园径一路摸索，来到宅子外面，在客室的窗子下一个石花盆上站定了。灯光就是从那里透射出来的。

“他们没有把百叶窗关上，窗帘也只是半掩着。我们两个站在垫脚的石盆上，手扒着窗台，都能够直望进室内；而我们看见的是——啊，真是美哪！——出色的房间，铺着大红的地毯，椅子、桌子覆着大红的绣布；纯白的天花板，围着金边，玻璃吊灯上的玻璃坠子像下雨般从中央的银链子上挂下来，闪烁着一支支柔软的小蜡烛。

“林敦老夫妇都不在那儿；整个儿房间都是埃德加和他妹妹两人的。他们还不该快活吗？我们会以为是在天堂里了！好吧，现在请你猜猜，你的‘好孩子’们在干什么？伊莎蓓拉——我相信她是十一岁，比卡茜小一岁——躺在客室的那一头，高声尖叫，好像有许多巫婆手拿着烧得通红的针正在刺她。埃德加呢，立在壁炉边默默地哭。桌子中央坐着一头小狗，摇着脚爪在汪汪地叫。听着他们你编派我、我编派你，我们才知道这头小狗几乎让他们对拉成两半。这两个白痴！那就是他们的乐趣！争吵着谁来抱这一团暖烘烘的狗毛；临到末了，两个都哭啦，为的是你争我夺一番之后，大家都不要这头狗啦。

“我们当场笑了出来——这么一对宝贝儿，我们就是瞧不起他们！你什么时候抓住我想要跟卡瑟琳争夺她所要的东西？或者看到我们只管哭喊着，抽泣着，在地上打滚，两人中间隔着一整个房间——把这些当作我们的乐趣？哪怕给我一千条生命，我都不愿意跟埃德加·林敦在画眉田庄的境况交换一下——哪怕允许我把约瑟夫从高高的屋顶尖上摔下来，把亨德莱的血涂满在大门外，我都不干！”

“嘘，嘘！”我打断他道。“希克厉，可是你还是没有告诉我卡瑟琳怎么会给丢下的呀？”

“刚才我告诉你我们笑了出来，”他回答道。“林敦兄妹两个听到外面一阵笑声，不约而同地像箭一般奔到了门口。起初没有声响，接着就是一阵子喊闹：‘啊，妈妈，妈妈呀！啊，爸爸呀！啊，妈妈，快来呀！啊，爸爸，啊！'他们当真这么干嚎了一阵子。我们故意做出怪声来，更把他们吓得要命。于是我们从窗台上松了手，因为有人在开门闩，我们想还是拔腿逃吧。我拉着卡茜的手，正催她走，忽然她一下子跌倒了。

"'快跑，希克厉，快跑！'她悄悄地说道，'他们把恶狗放出来了，我给它绊住了！'

"这只畜生已经咬住了她的脚脖子，纳莉；我听得它那可恶的鼻息声。她没有喊叫——不，她就是给疯母牛的尖角挑了起来，她也绝不肯喊一声的。可是我大喊大叫了！我迸出一连串的毒咒，足以把基督教王国里的哪一个魔鬼都咒死了。我拿起一块石头塞进了它的狗嘴里，还用尽我生平之力往它的喉咙里塞。最后，有一个狗奴才提着一盏灯笼，奔过来嚷道：

"'咬住，偷袭手，别放！'

"不过等他看见了偷袭手咬住的是什么猎物，他的声调转变了。那只狗被拖开了，它的紫红色的大舌头挂在嘴外半尺光景，那下垂的嘴唇直淌着和血的唾沫。

"那个人把卡茜抱了起来，她是昏迷了——并不是给吓坏了，那是我敢肯定的——是痛得撑不住了。他把她抱了进去。我跟在后面，一路咕噜着诅咒和报仇的话。

"'打到了什么鸟儿呀，罗伯特？'林敦在门口大声问。

"'偷袭手捉住了一个小姑娘，先生，'他回答，'这儿还有一个男孩子，'他添上一句，一把抓住了我，'他倒像是个内行呢。很可能的，强盗等我们都睡熟之后，就打发这两个从窗子里爬进去，好给他们开门，让他们轻轻松松地来谋杀我们。闭嘴，你这嘴巴不干净的贼骨头，你！你干的好事，要叫你上绞刑架呢。林敦先生，你先别把枪支收起来呀。'

卡瑟琳和希克厉的夜游

“‘才不呢，罗伯特，’这老浑蛋说道，‘这班流氓知道昨天是我的收租日子，他们可精明哪，就跟我来这一手。进来吧，我要好好地招待他们呢。来，江恩，把链条扣上了。给偷袭手喝些水，珍妮。胆敢闯到一个知事的大本营来啦，而且还拣的是安息日！他们这种无法无天还有个底吗？——噢，曼丽，我亲爱的，过来看哪！不要怕，只是一个男孩子罢了——可是这小流氓明摆出一副皱眉蹙额的样子；难道这不算给乡里做了一件好事吗？——假如趁他的贼性只是流露在脸上，还没有在行动上表现出来，先就把他绞死了。’

“他把我拉到了烛台底下来；林敦夫人把眼镜架在鼻梁上，举起双手，表示震惊。那两个不中用的孩子也慢慢爬近来了，伊莎蓓拉刁着嘴嚷道：‘好可怕的东西！快把他放进地窖去，爸爸。他活像是算命人的儿子[①]——那个偷我的乖乖的山鸡的算命人的儿子。可不是吗，埃德加？’

“在他们打量我的当儿，卡茜苏醒过来了。她听到了最后一句话，笑了。埃德加·林敦瞪着眼，投射出好奇的眼光，总算还有一点儿神魂，认出了她。你知道，他们在教堂里看见过我们，虽然在别的地方彼此很少碰在一起。

“‘那是欧肖小姐啊！’他悄悄地跟母亲说；‘看偷袭手把她咬成这个样子——她脚上直淌着血哪！’

“‘欧肖小姐？别胡说！’那位太太嚷道，‘欧肖小姐跟着一个野小鬼在乡野乱跑！可是，我亲爱的，这孩子还穿着孝服呢——果然是的——说不定她要终身残疾了。’

“‘竟有她哥哥这样糊涂不管事的！’林敦先生嚷道，从我那儿转向了卡瑟琳，‘我从希尔德那儿听说，（希尔德就是那个副牧师，先

① 意即在伊莎蓓拉眼里，希克厉像一个小吉卜赛人。吉卜赛人常以算命为业。

生，）[①]他就是听任她在压根儿不知道上帝的异教中长大起来。可是这个人又是谁？她从哪里找来的这个同伴？噢，嘿！我知道了，他就是我们故世的老邻居从利物浦带回来的怪物——一个东印度水手的小子，或者是什么美国人、西班牙人的弃儿。'

"'不管怎么说，是一个坏孩子，'这位老太太表示意见道，'完全不配到有体面的人家的家里来！你注意他嘴里说的什么话没有，林敦？要是让我那两个孩子都听见了，那真叫我吓坏了！'

"我又诅天咒地地骂起来——别生气，纳莉，——他们就叫罗伯特把我带出去。没有卡茜我不走。他把我硬拖到了花园里，塞给我一盏灯，还说一定要把我的行为报告欧肖先生，挥手叫我马上开步走，于是大门就闩上了。

"那窗帘却仍旧挂在一角，我重又站到窗外向里张望，打定主意，只要卡瑟琳希望回家，我就把这些大玻璃打个粉碎，他们不把她放出来就不跟他们了事。

"她正安静地坐在沙发上。林敦夫人给她脱去了那件我们溜出去时向挤牛奶的女人借来一用的灰色罩衣，还摇摇头，我猜是在劝告她吧。她是一位小姐，所以他们对待她就跟对待我不一样了。接着一个女仆端来一盆热水，替她洗了脚；林敦调了一杯甜酒；伊莎蓓拉把一满盆饼干都倒在她膝上；埃德加远远站在一边，张开了嘴呆看着。再后来，他们把她那美丽的头发擦干了，替她梳头，又给她拿来一双大得要命的拖鞋，把她推到了炉火边，于是我就舍下她在那里——她快活极了，把她手里的好吃东西分给一只小狗和偷袭手，她吃的时候，还捏捏偷袭手的鼻子。她叫林敦一家人的失神的蓝眼睛里亮出了一星光彩来——那只是她那张媚人的脸儿的一个黯淡的反照罢了。我看见

① 这是女管家的插入语，"先生"是对洛克乌的称呼。

他们个个充满了愚蠢的惊羡；她可比他们不知胜过了多少——也远胜过世上随便哪一个，可不是吗，纳莉？”

“事情可不像你所想的那么容易对付过去吧，”我回答道，替他盖上了被子、灭了灯。“你是没救啦，希克厉；亨德莱会拿出狠办法来——你看他会不会！”

果然，没想到我说得这么准。这次闯的祸把欧肖气坏了。再加上第二天，林敦先生为了这件事，亲自来拜访我们一次，把小东家教训了一番，说他可得好好想想他的治家之道。这番话打动了他的心，他果然凡事认真起来，不肯马虎了。

这一回，希克厉不曾挨鞭子，可是得到警告，以后他如果再跟卡茜说一句话，就要把他赶出去；另一方面，等她回来之后，就由欧肖太太来管束小姑，不硬压，而是采用软哄。想硬压她，那你瞧吧，是绝对办不到的。

第七章

卡茜在画眉田庄一住五个礼拜，直到圣诞节。这时候她的脚脖子完全好了，举止也文雅多了。在这段时期里，女主人经常去探望她，而且着手实现改造她的计划，那就是用漂亮的衣裳和殷勤的奉承来抬高她的自尊心；她果然乖乖地接受了。所以她回家那天，并不是一个粗野的披头散发的小蛮子一下子跳进宅子，冲过来把我们紧紧地拥抱得透不过气来；却只见从一头漂亮的小黑马上跳下来一位好大气派的贵人儿，头戴一顶插羽毛的海狸皮帽，棕色的鬈发儿从帽檐下挂下来，穿的是一身长长的布骑服，她的双手提起了衣裙，才一步三摇地走进来。

亨德莱把她从马背上扶下来的时候，高兴得喊了起来："嗨，卡茜，你可真是个美人儿！我差点儿认不得你了。瞧你，这才是位千金小姐啦。伊莎蓓拉·林敦哪儿能跟她比呢，可不是吗，法兰西丝？"

"伊莎蓓拉可比不上她长得那么俊俏，"做妻子的回答道，"可是她得记住，不能回到家里又变野了——爱伦，帮卡瑟琳小姐把衣帽脱下来——别走动，心肝儿，你会把鬈发儿碰坏了——让我来给你解开帽子的带儿吧。”

我替她把骑服脱去之后，眼前顿时一亮，在一身出色的方格丝袍底下，闪现出白裤子和发亮的皮鞋。她一双眸子闪烁着快乐的光芒。这时候家里的狗扑过来欢迎她了，她简直不敢去碰它们，怕它们会跳到身上来弄脏她那簇新的好衣裳。

她轻轻地吻我一下；我正在做圣诞节的蛋糕，一身都是面粉，假如跟我来个拥抱，会成个什么样儿呢？接着她把头转来转去，要找希克厉。欧肖先生和他的太太很焦急地在一边注视着，因为从这两人见面的情形，他们认为大致可以看出他们想拆开这一对朋友究竟有多大把握了。

一下子还真难找到希克厉。

如果说，卡瑟琳还没住到林敦家去之前，他不成个体统，也没人照顾；那么这以后，更是十倍地糟糕。除了我，再没人理睬他，甚至在一个礼拜中，没人肯行个好，骂他一声脏孩子，叫他去洗洗干净。像他这样大的孩子，对于肥皂和清水原本不会有多大好感的；所以也不提他的衣服——那是上身了三个月、泥里滚过、灰里钻过，也不提那长年不梳、一头浓密的乱发，就是他那蒙上一层乌光的脸儿和手儿，也够瞧了。

算他做得有道理；他一看见宅子里进来了这么一位娇艳优雅的闺秀，而不是他期望中的蓬首垢面、可以跟他配对的同伴，就躲到长靠背椅子后面去了。

“希克厉不在这里吗？”她问道，把手套脱了下来，露出来好白好白的手指儿，那是因为成天待在室内，又不干活的缘故。

“希克厉，你走过来好了，”亨德莱嚷道，瞧着他那种狼狈的样子，心里好不得意，他就是要叫他硬着头皮走出来现眼——原来他是这么一个叫人作呕的小下流胚。

“你可以过来向卡瑟琳小姐表示欢迎，跟别的仆人一样。”

卡茜一眼瞅见她的朋友躲在什么地方，便飞快地奔去跟他拥抱，一口气在他脸上连亲了七八个吻，这才停下来，倒退一步，迸出了笑声，嚷道：

“哎呀，瞧你，多黑，多别扭呀，还多么——多么好笑，脸子绷得多紧呀！不过那是因为我看惯了埃德加，伊莎蓓拉·林敦。得啦，希克厉，你可把我忘了吗？”

她这话问得不是没理由的，原来羞惭和自尊心在他脸上笼罩了双重阴云，叫他纹丝不动。

“握握手吧，希克厉，”欧肖装得宽大为怀地说道，“偶尔一次是允许的。”

“我才不呢，”那孩子总算开了口，说了话，“我不能让人当作笑话。我受不了这个！”

他当真要从一圈人中间直冲出去，但是卡茜又把他捉住了。

“我并没意思想笑你呀，”她说道，“我是不由自主地笑了起来呀。希克厉，至少也得握一握手！你恼的是什么呢？那只是你看起来有点怪罢了。只要你洗个脸、梳梳头，那就完全可以了；可是你真脏！”

她很关心地瞧着握在她手里的那几只黑手指儿，还看了看自己的那身衣服，担心他的手指儿会给它添上什么并不美观的花纹。

“你不用来碰我！”他跟着她的眼光看，回答道，又一下子把手抽了回来。“我爱多脏就多脏，我高兴脏，我就是要脏！”

这么表白之后，他就把头一低，直向室外冲去，真让东家和东家娘心花怒放，可叫卡瑟琳心慌意乱，不知该怎样才好。她想不通为什么她这句话会惹得他发那么大的脾气。

我伺候过了这位新到的贵人儿，又把蛋糕放进了烘炉，生起了熊熊的炉火，给正屋和厨房增添生气，显出一派圣诞节前夕的光景；这之后，我就准备坐下，独个儿唱几支圣歌，让自己高兴高兴，不管约瑟夫认定，我选的那几支欢乐的圣歌简直地就是小曲儿了。①

他已回到自己房中独个儿做祷告去了；而欧肖夫妇正逗着卡茜看各种各样漂亮的小玩意儿，那是替她买来准备送给林敦家的两个孩子，算是表示一点谢意。他们还约了小兄妹两个明天到呼啸山庄来玩，这邀请他们接受了，不过有一个条件：林敦太太拜托欧肖家费心，别让她的一对宝贝接触到那个“赌神罚咒的坏孩子”。

大家都忙自己的事，于是就只剩我一个人在那儿。我闻到烧热了的香料发出一股浓郁的香味，一边儿欣赏那些擦得亮光光的厨房里的器皿，那用冬青装饰、上了蜡的钟，那些摆好在盘子里的银杯子、只等吃晚饭时拿来盛加香料的麦酒；尤其让我得意的是那一片无可挑剔的干干净净——我特别出力洗刷、打扫过的地板。

我为每样东西在暗地里喝一声好，于是我记起在从前，一切都收拾整齐之后，老欧肖总会走进来夸我是个好姑娘，拿一个先令塞进我手里，算是圣诞节的礼。从这个我又想到他对希克厉的宠爱来，想到他老是担心，只怕他死了之后再没人照顾那孩子了；这样我自然又不免想到那可怜的孩子眼前的处境了。我本来在唱歌，唱着唱着，我忽然要哭起来了。不过我随即想到，为他洒泪，还不如想办法帮他减轻些他所受的委屈来得有意义呢。

我就站起身来，到院子里去找他。果然，他就在不多远的地方。我看见他正在马房里给一头新来的小马刷平它那身光洁的毛头，又在

---

① 欧洲封建教会，为了实行精神上的专制统治，宣扬禁欲主义，仇视为人民所喜闻乐见的各种文学艺术。所以在老顽固约瑟夫的心中，民间歌曲是败坏人心的东西。参阅后文，他把民歌称做“魔鬼的赞美诗”。

喂别的牲口，这原是他的日常工作。

“快些儿，希克厉！”我说道；“厨房里可舒服呢，约瑟夫又正在楼上。快些儿，趁卡茜小姐出来之前，让我替你打扮得整整齐齐，你们两个可以坐在一块儿，整个炉火归你们俩受用，你们畅畅快快地谈心，直到上床睡觉的时候。”

他只管干他的活儿，连头都不朝我转一下。

“来吧！——你来不来呀？”我把话说下去道。“我给你们每人留着一小块蛋糕，差不多够吃了；你总得要半小时的打扮呢。”

我等了他五分钟也没得到他的回话，就舍下他走了。

卡瑟琳跟她的哥哥嫂嫂一起吃晚饭。约瑟夫跟我一起吃了一顿不愉快的饭，点缀着他那方面的训斥和我这方面的毫不相让。他的一份糕饼和干酪都留在桌子上，让半夜里仙人来享受。他这摸摸那摸摸地干到九点钟，于是一言不发、板着脸儿、迈着大步回房去了。

卡茜睡得很迟，为了招待她的新朋友，她有数不清的事儿要吩咐呢。她到厨房里来了一次，找她的老朋友谈天；可是他已经走了，她只问了一声他到底怎么啦，便又回到客室里去了。

第二天早晨，他一早就起身；这一天是节日，他却带着一肚子坏脾气独个儿到原野去；直到一家人都上教堂里去了，他才回来。空空的肚子，沉甸甸的心事，似乎叫他的火气退了些。他在我跟前转了一阵之后，突然鼓足勇气，这样宣布道：

“纳莉，把我收拾得像样些，我要学好了。”

“正是时候了，希克厉，”我说道；“你呀，已经伤了卡瑟琳的心啦。她真后悔她回家来，我敢这么说！看样子你像是在妒忌她，只因为人家理会她，就不理会你。”

“妒忌”卡瑟琳，这观念他可没法理解，但是什么叫伤了她的心，这回事他是很明白的。

“她说过她伤了心吗？”他盘问道，很认真的样子。

“她哭了，当我告诉她，今天早晨你又不知到哪儿去了。”

“好吧，我是昨晚上哭的，”他回答道，“而我比她更有哭的理由呢。”

“不错，你有理由带着你那颗骄傲的心和一个空肚子上床睡觉去，”我说道，“骄傲的人替自己带来烦恼和痛苦。你昨天无缘无故地闹别扭，假使你自己也觉得不好意思的话，那听着，等她回来的时候，你得向她赔个不是。你得上前去跟她亲个吻，就这么说——该怎么说你一定最清楚不过，只是要说得亲亲热热的；不要看到她穿上了漂亮的衣裳，就当作她已变成了个陌生人。这会儿我要做饭去了，不过我还是可以抽工夫来替你收拾，包管叫埃德加·林敦跟你一比，成了个洋娃娃——其实他也真像。你年纪比他小，可是我敢担保，你长得比他高，有他两个肩膀阔。你一眨眼就能把他打倒了。你觉得你有这本领吗？”

希克厉的脸儿亮了一下，可是随即又笼罩上一层乌云，他叹了口气。

“可是，纳莉，就算我打倒他二十次也没用呀，他不会变得难看，我也不会变得好看起来呀。我恨不得也有淡淡的头发、白白的皮肤，穿着好衣裳，又懂那一套礼节，而且就像他那样，将来会有很多的钱。”

“还要碰一碰就直叫妈妈，”我接过来说道，“只要村里的孩子向你扬一扬拳头，就吓得直发抖；老天下一阵骤雨就在家里待一整天。噢，希克厉，你这话真泄气！来照照镜子，我要叫你看到你应该希望的是什么。你看到了吗，那横在鼻梁上面的两道皱纹？还有，那两条浓浓的眉毛？——人家是往上拱起的，你可是在中间往下陷；还有，那一对深深地嵌在里面的黑小鬼——从不曾看到它们痛痛快快地把

‘窗子’打开过，却总是悄悄地在里面一闪一闪地溜来溜去，像是魔鬼的探子。你希望把这些阴沉沉的皱纹除掉吧，学会坦率地抬起你的眼皮吧；让一对小魔鬼变成信任的、纯洁的小天使吧，一点也不懂得疑神疑鬼；如果不能断定对方是仇敌，就把他看成朋友吧。别学恶狗的那种神气，明知道它挨这几下踢一点都不冤枉，可是因为自己吃了亏，不但恨那踢它的人，而且对整个世界都怀恨在心了。”

“换句话说，我得希望能长着埃德加·林敦的那双蓝蓝的大眼睛和他的光滑的额头，”他回答道，“我是希望的，可是有什么用呢？”

“只要心地好，相貌自然会变得好，我的孩子，”我接下去说，“哪怕你是个道道地地的黑鬼。心地不好，就算你长着最漂亮的面孔，也会变得比丑还要糟！得啦，现在脸也洗了，头也梳了，脾气也发过了——告诉我，你可觉得自个儿很漂亮吗？对你说吧，我就这么想呢。说你是一个身份不明的王子也并不过分，谁知道你的爸爸不是中国的皇帝，你的妈妈不是印度的女王呢？他们每个人一星期的收入，就可以把呼啸山庄连同画眉田庄一起买下来啊。你是给坏心眼儿的水手拐到英国来的呀。要是换了我，我可要把自己的出身往高处想；我想到了我本是谁的时候，我还怕没有勇气和尊严来对付那个小小的庄稼汉的压迫吗？”

我就这么唠叨个没完，希克厉的眉心慢慢儿解开了，神情变得很高兴了。正在这个时候，只听得辚辚的车声从路那边传过来，进入了院子。那一阵车声把我们的谈话打断了。他奔到了窗边，我赶到门口，正好看见林敦兄妹俩从家庭马车里跨下来，都是大衣皮袄裹得紧紧的；欧肖一家人从马背上跳下来——冬天里，他们多半骑着马儿上礼拜堂。卡瑟琳一手拉一个孩子，把他们带进宅子，安排他们坐在壁炉前。一会儿，那两张白白的脸儿泛起了红意。

我怂恿我的伙伴赶快出去，让大家瞧瞧他开眼开眉的样子，他高高兴兴地听从了我的话。

谁知偏有这样倒霉的事，他刚好打开厨房这一边的门，那一边亨德莱也开门进来了。两人撞见了。东家看见他收拾得干干净净，又高高兴兴的，反而生起气来——也许呢，他是一心要做到他答应了林敦夫人的话——他伸手就是一推，把他猛地推了回去，还怒气冲冲地吩咐约瑟夫道：

“不许这家伙闯进房间来——把他送到阁楼去，等吃过了晚饭，再放他下来。他会伸手去乱抓糕饼，还要偷水果吃，只要有一会儿旁边没有人看住他。”

“不会的，先生，”我忍不住替他说话，“他什么都不会碰的——他不会的呀；我想他也跟咱们一样，该有他自己的一份糕点吧。”

“请他吃我一个巴掌吧，要是天还没黑，让我在楼下又撞见了他，”亨德莱嚷道。“滚开，你这个流氓！怎么！你想打扮成公子哥儿啦，不是吗？等着吧，等我一把抓住了你那好文雅的鬈发儿，看我不把它拉得长长的！”

“不拉也够长啦，”小少爷林敦从门口往里张望说，“我倒不懂，这一头头发没叫他害头疼。就像小马的马鬃那样披在他的眼睛上！”

他巴巴儿地插进这句话来，本没有侮辱的意思；可是希克厉的火爆的性子却容不得旁人有半点取笑他，何况即使在当时，他已经差不多把对方当作情敌一般仇恨了。他拿起一盆热热的苹果酱汁（他顺手抓到的第一件东西），对准对方的脸上、脖子上泼去。那孩子顿时哇的一声哭了起来，闹得伊莎蓓拉和卡瑟琳急忙赶了来。

欧肖先生当场抓住凶犯，把他押到他自己房中去；不用问，到了那里，施出强硬的手段来镇压他那股蛮横劲儿，因为他回来的时候，脸色通红，气都喘不过来。

我拿起一块擦碟子的布，没好气地给埃德加擦鼻子、擦嘴巴，明白跟他说，活该这样，谁叫他多嘴。他的妹妹哭着要回去了。卡茜站在一旁，不知该怎样才好，这一切叫她脸红。

“你就不该跟他说话！”她埋怨小少爷林敦道。“正好碰在他脾气不好的当儿；这一下，你这次作客可扫兴啦。他又得挨鞭子啦，我最恨他给拖去挨鞭子！我吃不下饭了。你干吗要跟他说话呀，埃德加？”

“我不曾呀，”那小伙子抽抽噎噎地说，从我的手里逃了出来，掏出白麻手绢，把还没擦到的地方自己擦干净了。“我答应妈妈不跟他说一句话，我就不曾跟他说话。”

“得啦，别哭啦，”卡瑟琳轻蔑地回答道，“你又没给人杀死。别再招惹麻烦了。我哥哥来了，安静些吧！——别开口，伊莎蓓拉！有什么人碰了你没有？”

“好啦，好啦，孩子们；到你们的座位上去吧！”亨德莱急匆匆地走进来嚷道。“那个小畜生叫我的手脚暖和了许多。下一次，埃德加少爷，你用自己的拳头来执行王法好了——这会让你开胃的！”

香味扑鼻的筵席一摆出来，这小小宴会中的几个人儿把气恼全忘了。他们从礼拜堂骑马乘车赶来，肚子都饿了，因此吃起来格外香，何况他们又并没有真发生什么了不起的事儿。

欧肖先生在席上割鸡分肉，替每个人装了满满一盘；女主人谈笑风生，逗得大家非常高兴。我在她的椅子后面侍候着，看见卡瑟琳眼膛干干的，满不在乎地开始切她面前的鹅翅膀，我感到痛心。

“好一个没有情义的孩子呀，”我私下想道；“她的老朋友正在吃苦头，她却已经一下子想不起来啦。我真想不到她会那么自私。”

她把满满一叉举到了嘴边，可是又放了下来；她的脸蛋儿红了，有两颗泪珠从眼眶里滚了下来。她失手把叉掉到了地板上，便急忙钻到台布底下隐藏她内心的感情。我也并没有一直把她称做没有情义的，因为不久我就看出，她一整天都在活受罪，苦苦地想找一个脱身的机会，独个儿待着，或是去探望一下希克厉——他给主人锁在房里，这是后来我在想法送些东西给他吃的时候发觉的。

到晚上，我们举行了一个舞会。卡茜为他求情：把他放出来吧，因为伊莎蓓拉没有舞伴儿；可是没有得到允许。东家指派我顶这个缺。

在兴奋地跳啊蹦啊的当儿，大家把一切烦恼全都抛了。等到吉牟屯的乐队来到时，我们的劲头更高了。那个乐队拥有十五人之多——一个小喇叭，一个长号，高音和低音单簧管、大管、圆号，一个低音大提琴，还加上一组歌手。凡是体面的人家，他们都去巡回演奏过，每逢圣诞节便收受一些捐款；我们认为能够听他们的演奏真是了不起的享受呢。在照例演唱了几曲圣诞欢颂之后，我们便要他们演唱民歌和无伴奏重唱曲。欧肖太太很爱音乐，所以他们为我们演唱了一个又一个节目。

卡瑟琳也是喜欢音乐的，可是她说，如果在楼梯顶端听来，那才美到极点呢；所以她就在黑暗中上了楼。我跟在后面。他们在底下把大厅的门儿关了，根本不曾理会到溜走了两个人——那里挤满了这么多人。

她到了楼梯头并不停步，却只顾往上爬，直爬到希克厉被禁闭着的阁楼上。她在门外叫他，起先他硬是不答理；她只管一声声叫，最后终于叫他回心转意，隔着板壁跟她说话。

我由着这两个可怜的小东西谈心，不去打扰他们。直到我认为歌唱快要停止，歌手们要吃茶点了，这才爬上楼梯去催促她。

可是不见了她这人，只听得她的声音从房里传出来。这小猴子先从一个阁楼的天窗爬到了屋顶上，再从另一个天窗爬进那一个阁楼去了。

我好容易才算把她哄了出来。她走出来，希克厉也跟着出来了。

她逼着我一定要把他领到厨房里去。好在我那位“同事”已到邻居家去了——说是可以让耳根清静些，免得听我们那种“魔鬼的赞美诗”（他就是这么说的）[①]；我就跟他们说，我怎么也不能帮着他们要花巧；只是那小囚犯自从昨天中饭以后，还不曾吃过一点儿东西，这一回他背着亨德莱先生的行动，我就只当不看见吧。

他走下楼来，我给他在炉火边安放了个凳子，拿了许多好东西给他吃；可是他病了，吃得极其少，我想款待他的一番热心算是白费。他把双肘支撑在膝盖上，两手托着下巴，半天不吭一声，想他的心事。我不禁问他，呆呆的在想些什么，谁知他一本正经地回答道：

“我在打算，怎样才能找亨德莱算账。要等到哪一天我都不在乎，只要终于给我报了仇就行。但愿他不要在我报仇还没报成之前先死去！”

“亏你说得出口，希克厉！”我说道。“坏人是由上帝来惩罚的，我们应当学着宽恕人。”

“不，上帝也不能剥夺我的满足，”他回答道。“我只想知道有什么最好的办法。别来打扰我吧，我会捉摸出一个主意来，在我捉摸的当儿，我就不觉得痛苦了。”

“可是，洛克乌先生，我忘了这些故事不能给你解闷儿。真可恼，想不到我会这么一股劲儿地只顾唠唠叨叨；你的粥也冷了，你在打瞌睡啦！你要听的就是希克厉的身世，我本来三言两语就可以交代了。”

那位女管家就这样打断了自己的话头，站了起来，打算把她手里的针线活儿放下了。可是我觉得自己离不开壁炉，再说，我一点儿也没有瞌睡的意思。

---

① 约瑟夫自命为虔诚的清教徒，仇视一切文娱生活，认为世俗的歌曲是在歌颂上帝的敌人——魔鬼。

“坐着别动，丁恩太太，”我嚷道，“请再坐半个钟点吧！你这样慢悠悠地把故事讲下去，再好没有。这正对我的劲儿。你一定要照这个样儿讲到底。你所讲到的每一个人物都让我感到兴趣——或多或少。”

“钟打十一下了，先生。”

“没关系——我是向来不过半夜十二点不睡觉的。一个人睡到十点钟才起身，那么到一两点钟睡觉已经够早啦。”

“你可不要睡到十点钟才起身啊，到了十点钟，一清早的大好光阴早已错过了。一个人要是到十点钟还没干好一天的一半活儿，说不定连还有一半儿也干不成啦。”

“不过，丁恩太太，还是再坐下来吧。因为我打算这一觉睡到明天下午呢。我有个预感，明天我少说要得一场重伤风。”

“我希望不致如此吧，先生。好吧，你得容许我把时间跳过约莫三年光景。在那几年里，欧肖太太——”

“不，不，我不容许有这一类事情！你可曾体会到那样一种心情——假使你独个儿坐在那里，有一只母猫在你面前的地毯上舐它的小猫，你只顾盯着它看，出了神，到后来老猫漏舐了小猫的一只耳朵，也会叫你老大的不舒服。”

“我得说那可是懒散得要命的心情哪。”

“恰好相反，是一种活跃得叫人厌倦的心情；我眼前就是这样。所以你原原本本地讲下去吧。我觉得这一带的人比起城里人来，自有一种好处——就像是地窖里的蜘蛛比起茅屋里的蜘蛛那样。可是那深深吸引人的地方，并不是因为你处在旁观者的地位上。他们确实是生活得更认真、更执著于自己，而不在乎浮面的东西，不在乎翻花样和那身外的琐屑的事物。我可以想象，在这儿，终生信守不渝的爱情几乎是可能的了——而我向来怎么也信不过有哪一种爱情能够维持一年的。这情况就有些像你在一个饿肚子的人面前放一盘子菜，那他的食欲就全都集中在这一盘子菜上，吃得津津有味；另一种情况就像你给那饿肚子的人安排了一席法国厨子烹调的菜肴，也许他能从整桌酒席上得到同样多的享受，可是每一道菜只占有他当时的注意和日后的回忆的一小部分罢了。”

“噢，在这点上我们跟别地方的人并没两样，以后你跟我们熟识了，就知道了，”丁恩太太说道，我这番话有点儿把她弄迷糊了。

“请原谅，”我回答道。“你，我的好朋友呀，就是你那段话的一个很明显的反证。你除了稍微带一点儿无关紧要的乡土习气外，我一向认为那些属于你那一阶级的特征，并没有在你的举止上留下痕迹。我敢说，你想得要比一般仆人多得多。你不得不培养自己的思考能力，因为你没有机会把生命浪费在那些无聊琐碎的事儿上呀。”

丁恩太太笑了起来。

“的确，我把自己看作一个稳重懂事的人，”她说，“这可不一定因为住在山乡，一年到头只看到那几张面孔，那老一套的行动；我是受过严格管教的，这教给了我智慧。再说，洛克乌先生，你也许想不到我读了不少书吧。在这儿书房里，随你打开哪一本书来，我无有不翻读过，并且从其中学到些东西的——除非那是希腊文、拉丁文，还有是法文的书籍——我只认得它们是什么文。对于一个穷人家的女儿，你所能要求的最多也不过这样罢了。

“不过，假如真要用谈家常的方式把我的故事讲下去，那我还是继续往下讲吧；也不要一跳就是三年，我把故事放到第二年夏天就行了——那也就是一七七八年的夏天，离开现在差不多有二十三年了。”

第八章

一个晴朗的六月早晨，我第一个喂养的乖宝贝——欧肖这古老家族的最后一代——出世了。

我们正在远远的一块田里忙着割草，只见一向给我们送早饭的那个女孩子比平时早一个钟点就赶来了，她穿过牧场，奔到小路上，一边跑一边喊我。

“哎哟，好一个胖娃娃哪！”她喘着气说。“从没看见过这样逗人爱的小家伙！可是大夫说，东家娘是保不住了。他说她这几年来就一直害着痨病。我听到他这么对亨德莱先生说的；现在，没有什么可以留得住她的了，挨不到今年冬天，她就要死了。你还不马上赶回去！娃娃要交给你带呢，纳莉——用糖和牛奶来喂他，日夜照看他。我真巴不得是你啊，因为等到没有了东家娘之后，娃娃完全归你一个儿了！”

“她可是病得很厉害吗？”我问道，一边丢下了手里的耙子，把软帽系上。

“我猜是病得很厉害，可她还是精神抖擞的样子，”那女孩子回答道，“你听她说话，就像她打算活到看着他长大成人呢。她是欢喜得迷了心窍啦——都怪这小东西，长得这么漂亮！我要是她，怎么也死不了的；只要瞅他一眼，病就会好了——偏跟坎纳斯大夫过不去！我真把他恨死了。阿吉大娘把小天使抱下楼来给正屋里的东家看，他一高兴，正笑容满面呢，谁知偏是那个嘴里没好话说的老家伙，跑上前来插嘴道：‘欧肖，也算你运气好，你的太太总算支撑着给你留下这个儿子。她才来的时候，我就看出，我们要留她是留不长的；到了这会儿，我只能告诉你了，恐怕她挨不过冬天了。你也不必太伤心，不要为这个太烦恼。那是没有办法的事儿。再说，你本来应当懂事些，就不该娶了这么一个不中用的姑娘。’”

“那么东家怎么回答呢？”我问道。

“我记得他咒骂了一声吧；可是我没有理会他，那时候我只顾得盯住那个娃娃啊。”于是她又眉飞色舞地描摹了一番。我呢，也像她一样心里热乎乎的，三步并作两步，赶回家去，急着要亲眼瞧瞧他的俊模样儿——虽然想到了亨德莱，我心中也很为他难过。在他心眼儿中就只容得下两个偶像——他的太太和他自个儿。他两个都宠爱，而且崇拜其中的一个。我真不能设想，一旦失去了那一位之后，叫他怎么过日子。

我们奔到呼啸山庄的时候，他正在大门口站着，我从他身边走进去时，问道：“娃娃好吗？”

“都快要到处乱跑啦，纳莉！”他回答道，做出一个愉快的笑容来。

“东家娘呢？”我鼓起勇气问道，“大夫说她是——”

“去他妈的大夫！”他打断了我的话，脸红了起来。“法兰茜丝一点都没什么，到下礼拜这个时候，她就完全好了。你是上楼去吗？请你告诉她，我就要上去看她，只要她肯答应不讲话。我离开了她，为的是她那张嘴停不下来；可她得停下来才好。你跟她说：是坎纳斯先生关照的，要她安静些。”

我把这口信带给了欧肖夫人。她好像高兴得轻飘飘的样子，笑嘻嘻地回答说：

“我差不多一声口都没有开呀，纳莉，倒是他走出去了两次，还哭呢。好吧，你就说我答应不讲话就是了，可是不能因之就笑都不许我对他笑呀！”

可怜的人儿！直到她临死的一礼拜内，她那轻快的心情始终没有离开过她。还有她的丈夫，怎么也不肯服气——不，简直跟人拚命似的，一口咬定，她的健康状况是一天比一天有起色了。坎纳斯大夫跟他明白地说，病到了这个地步，投下去的药是不中用了，他也不必为她看病，多费金钱了。他马上顶回去道：

“我知道你不用来了——她是好啦——她再不用请你来给她看病了！她根本就没害过痨病。她这是发烧，现在烧也退了；这会儿她的脉息就跟我一样平缓，她的脸就跟我一样的凉。”

他跟他太太讲的也是这一套话，她好像很相信他。可是有一夜，她偎依在丈夫肩头，正想说她觉得她明天可以起床了，谁知话还没完，咳呛起来了——一阵很轻微的咳嗽——他把她抱了起来，她用双手搂住他的脖子，脸色变了——她死了。

不出那个女孩子所料，她撇下的婴儿哈里顿果然完全交托在我手里。欧肖先生呢，只要看见他身体健壮，从不听得他的哭声，那就没他的事儿了——至少关于婴儿这方面，没他的事儿了。至于他自己，闹得越来越凶了。他心里的悲痛是哭不出来的那种悲痛。他既不淌泪、也不祷告；他咒骂，他怨气冲天——他痛恨上帝，也痛恨人类。他尽干荒唐的事儿，放纵自己，无所不为。

仆人们可看不惯他这种不像话的行为，也受不了他那种盛气凌人的态度，不久都走了。愿意留下来的就只约瑟夫和我两个。我是舍不得离开交托给我的娃娃；再说，你也知道，我跟他是吮一个奶头的姐弟，所以也就比旁人能多担待他几分。约瑟夫留下来，为了好欺压佃户和雇工；也因为板起脸儿训人，本是他的正经事业，越是堕落的地方，越有得他说，就越合他的口味。

东家的那种荒唐的生活，和他那些荒唐的朋友，真给了卡瑟琳和希克厉太好的榜样！他对待希克厉的那一手，足以使一个圣徒变成了恶魔。说真话，在那一段时期，那个孩子真像有魔鬼附身似的。他眼见亨德莱堕落到无法自拔的地步，分明一天比一天的蛮横、阴沉、凶狠，心里在暗自高兴。

我们这家人家弄得怎样的乌七八糟，我连一半都描摹不出来。到最后，牧师不肯上门来了，没有一个体面的人肯来同我们接近了；只有埃德加·林敦来看卡茜小姐，算是例外。

到了十五岁，她就是这山村一带独一无二的女王了，谁也不能跟她比；而她也的确变成一个高傲的、任性的小东西！我承认，自从她长大成姑娘以后，我就不喜欢她了。我老是想压她的骄气，因此老是惹恼她；可是她却从没在心里记过我的恨。她对于旧交的那种一往情深是少见的——即使希克厉，在她心坎中的地位，也一点没动摇。尽管年青的林敦在各方面条件都比他优越，想要在她心中留下一个同样深刻的印象，却不是那么容易的。

他就是我那去世了的东家，壁炉架上挂着的就是他的肖像。本来总是他的像挂在这一边，他太太的像挂在那一边；可惜现在她的像已给拿走了，否则你可以看一看她从前的模样儿。你看得清那幅肖像吗?

丁恩太太举起蜡烛，我认出是一张轮廓柔和的脸儿，跟山庄那边的年轻夫人像极了，只是容颜和悦多了，还带着一种若有所思的神情。这是一幅很可爱的画像。那浅色的长发在鬓脚边微微卷曲，一对眼睛大而清明，那身材几乎是太秀雅了。我并不奇怪卡瑟琳·欧肖怎么会为了这样一个人而忘了她第一个朋友。我倒是很奇怪，如果他的内心和外貌相称，他怎么会也怀着我对于卡瑟琳·欧肖的那种情不自禁的看法呢。

“一幅很叫人喜欢的画像，”我跟女管家说。“像不像本人呢？”

“像的，”她回答道，“不过逢到他精神饱满的时候，还要来得好看些。这是他平日的神情。平时他总是缺少一些神气。”

卡瑟琳自从在林敦家住了五个礼拜之后，她就一直和他们来往着。跟他们在一起的时候，她没有机会把她野性的一面暴露出来；同时，眼看人家始终对她这样殷勤，她也觉得不好意思变做一头野猫了。这样，凭着她那伶俐乖巧的亲热劲儿，她无意之中把一对老夫妇哄上了，还赢得了伊莎蓓拉的赞美和她哥哥的倾心爱慕。这都是她一开头就感到很得意的收获，原来她这姑娘是很有些野心呢。这样，她不知不觉变成了两重性格，尽管她并没明确的要欺骗谁的想法。

在她听到人家把希克厉叫做一个“下贱的小流氓”，和“比畜生都不如”的地方，她留神着别做出像他那样的举动来。可是回到家里，她才不高兴讲究什么礼貌呢；因为讲礼貌只落得旁人的讥笑；她也不肯收敛自己的不受管教的本性了，因为那样做并不会给她带来什么称赞和声誉。

埃德加先生难得鼓足勇气公然来拜访呼啸山庄。欧肖的名声叫他感到畏缩，不敢跟他接近。不过每逢他来的时候，我们总是小心招待，惟恐有失礼的地方。就是东家他自己也避免得罪客人，因为很明白他来为的什么；要是他做不到和颜悦色，他就索性躲开。依我看有他在场，反而让卡瑟琳不称心。她不是一个使心计的姑娘，从不懂得卖情弄俏，显然是怎么说也不愿意让她的两个朋友碰在一起。逢到希克厉当着林敦的面，表示看不起他的场合，她可不能像背着他的时候那样附和几句；而当林敦向希克厉流露出厌恶和敌对的情绪的时候，她也不敢不以为然，好像人家看轻她的游伴，跟她根本不相干似的。

我时常要笑她夹在中间不知怎样才好和她有口难言的烦恼。她怕我嘲弄，处处想瞒着我，可是又瞒不过。说起来不应该取笑人，可是她也太骄傲了，你实在无从同情她的苦处；总得她先告饶才行。最后，她终于把心事一齐向我倾吐了。这里除了我，她又能向谁去求教呢。

有一天下午，亨德莱先生外出了，希克厉就此给自己放一天假。我想他那时候已经十六岁了吧，相貌并不丑、智力又不低，可是他自有办法叫人们对于他从里到外，只有一个厌恶的印象(现在你从他身上可看不出这种痕迹了)。首先是，早年的教育给他的那一点良好的影响，到了这时候，已经完全消失了。终年到头的苦役，早起晚歇，窒息了他也曾有过的对于书本和学习的那点儿爱好，以及追求知识的欲望。他童年时期受到老欧肖的溺爱而培养起来的优越感，现在也已经逐渐消退了。

有好长一阵子，他挣扎着要跟上卡瑟琳读书的进度，不肯落在后面。但是最后他只得断绝了这个念头，虽然他口里不说，心里却十分沉痛。他是无可挽回地断绝了这念头，你再不用想劝他为了上进，再往前走一步，因为他看出，他非得跌到从前的水准以下不可。接着，他的外表和举止就向他内心的堕落看齐。他走路变得吊儿郎当了，看起人来，一副不正派的样子；他天生孤僻的性子，越发变成几乎不知好歹、不近人情、谁都不理睬的坏脾气了。他才不希罕他的少数几个熟人看重他，他故意要惹他们的恼恨，这才感到一种恶意的高兴。

在他干活间歇的当儿，卡瑟琳还是经常跟他做伴，可是他再没有一言半句向她表示亲热了；她不避嫌疑、孩子气地跟他要好，他却憋着气恼，满腹猜忌，不肯让她挨近来；仿佛感觉到跟他亲热，把那么些柔情蜜意往他身上堆，有什么好呢？

那一天，他走进正屋来，宣布他什么活也不准备干的时候，我正在伺候卡茜小姐穿衣裳。她没有料到他会忽然想到要享一天清福，所以还道这间屋子可以完全归她一个人支配，而且已经想法通知埃德加：她的哥哥今天不在家，这会儿她打扮起来，就是在准备接待他。

“卡茜，今天下午你有事吗？”希克厉问道，“你要到什么地方去吗？”

“不，在下雨呢，”她回答道。

“那么你穿了这绸袍子干什么呢？”他问。“没有谁来吧，我希望？”

“叫我怎么知道呢？”小姐有些结结巴巴地说；“可是你现在该下田去了，希克厉。吃好中饭已经一个钟点啦。我以为你早走了呢。”

“难得有几次，亨德莱这个晦气星不在我们眼前晃着，”那孩子说道。“今天我不去干活啦，我要跟你待在一起。”

“啊，不过约瑟夫会去告发呢，”她提醒他说。“你还是去吧！”

“约瑟夫正在潘尼屯山岩的那一边装运石灰呢，他总要忙到天黑才得完，他是怎么也不会知道的。”

这么说着，他踱到了火炉边，坐了下来。卡瑟琳皱着眉心想了一阵，她觉得总得先透露些口风给他才好。在沉默了一分钟之后，她就说道：

“伊莎蓓拉和埃德加 · 林敦说起过今天下午要来作客，不过天下雨了，我看他们不见得来了；不过也许他们会来呢，要是来了，那你难保不挨一顿骂，这有什么好呢？”

“吩咐爱伦去回绝他们，说你没空，卡茜，”他坚持着说。“不要为了那两个可怜巴巴的蠢朋友——就把我赶出去！有时候我真气苦，忍不住想说，他们简直——可是我不说吧……”

“他们简直什么呀？”卡瑟琳嚷道，带着不安的神色望着他。“噢，纳莉！”她怒冲冲地加了一句，把她的头从我手里一下子挣脱了，“你把我的鬈发都梳乱了！够了；别管我吧。——你忍不住想要诉什么苦呀，希克厉？”

“没什么——你只消看看墙上的月历吧。”他指着挂在窗口的一张配框子的纸片说下去道，“那打叉的就是你跟林敦一起消磨的夜晚，那画点子的就是跟我在一块儿的夜晚。你看见没有？我每天都打一个记号的。”

“看见了——真无聊，好像我会留神这个似的！”卡瑟琳使性子说道。“这又有什么意思呢？”

“好让你看到，我可是留神着呢。”希克厉说。

“那我应该老是陪你坐着吗？”她反问道，火气越来越大了。“对我有什么好处呢？你跟我谈了些什么呢？你不如索性做一个哑巴，或是一个娃娃吧——你跟我说过一句有说有笑的话没有？做过什么讨人喜欢的事没有？”

“以前你从没嫌我话讲得太少，或是你不喜欢我跟你做伴呀，卡茜！”希克厉十分激动地嚷道。

“根本谈不上做伴——谁看见跟人做伴，却什么都不懂，一声都不吭呢，”她咕噜着说。

她的伴侣站了起来，可是来不及发泄他的感情了，因为已经听得见外面石板道上有马蹄声了。接着，轻轻地敲了门之后，小林敦进来了。他想不到会接到召唤，所以满脸喜气洋洋的。

不用说，卡瑟琳一眼看出了她这两个朋友间的差别，当一个从这边进来，另一个从那边出去的时候。那鲜明的对比就像是一个触目凄凉、荒山起伏的产煤区，一霎时换成了一片青翠、肥沃的山谷；他的声音和问候的语调，就跟他的容貌一样，也是截然不同。他说起话来，自有一种和润、低沉的音调，讲的口音就跟你差不多——比我们这儿的乡音来得柔和，没有那么生硬。

“我来得并不太早吧，是吗？”他说道，向我看了一眼，我已经在那儿开始揩盆子，整理柜橱尽头的几个抽斗。

“不，”卡瑟琳回答道。“你在那里干什么呀，纳莉？”

“干我的活儿，小姐，”我回答道。（亨德莱先生曾经关照我，如果林敦一个儿来看卡茜的时候，我要留在那里。）

她来到我背后，在我耳边没好声气地说道：“给我拿了拂帚到外面去。有客人在屋子里的时候，仆人可不许当着客人面打扫起房间来！”

“趁东家不在，这会儿正好是个机会，”我大声回答道。“他顶恨我在他面前收拾这些东西。我相信埃德加先生是不会见怪的。”

“我可顶恨在我面前收拾东西，”那位年轻的小姐专横地说道，不让她的客人有开口的机会。她跟希克厉吵了小小的一架之后，这口气还不曾平下来呢。

“那真是对不起了，卡瑟琳小姐，”我回答了她这句话之后，只管一股劲地干我的活儿。

她只道埃德加是不会看见的，从我的手里把抹布夺了去，在我手臂上恶狠狠地拧了一把，还只管扭住不放。我原说过我不爱她，时常想要压一压她的骄气；再说，她真把我拧得痛极了；我本是跪在地上的，便直跳起来，尖声喊道：

“哎哟，小姐，你这一手太缺德了呀！你没有权利来拧我，我可不受你这个！”

“谁碰了你啦？你倒会乱咬人哪！”她嚷道，她的手指痒痒的恨不得再拧我一把，心里又气又急，连耳根子都涨红了。她从没有控制自己不动声色的功夫，一恼火，脸就涨得通红。

“那么这又是什么呢？”我顶回去道，指着臂上赫然一块紫青作为驳斥她的铁证。

她跺跺脚，一时失了主意，可是她坏脾气一发作，哪里还肯罢休，伸手就给我一个耳刮子，打得我火辣辣的，眼眶里饱含着泪水。

“卡瑟琳，亲爱的！卡瑟琳！”林敦插进来解劝道，眼看他崇拜的偶像又撒谎，又打人，犯了双重的过失，他不禁大吃一惊。

“给我走出这屋子，爱伦！”她又说一遍，浑身都在发抖。

小哈里顿是到处跟随着我的，正挨着我坐在地板上，看到我在淌泪，他也哇的哭起来了，一边哭一边咕噜着“坏姑姑卡茜！”这一下可糟了，把她的一肚子怒火引到他头上来了。她抓住他的双肩，狠命地摇撼他，直摇得那可怜的孩子面色都发白了。埃德加想要搭救那个孩子，不假思索地就去抓住她的双手；不料一刹那间，一只手挣脱出来了，那年青人只觉得自己的脸上也挨了一下子，凭这一下的分量怎么也没法错当作那是在闹着玩。他倒退一步，竟吓呆了。

我把哈里顿抱了起来就往厨房走，故意把门开着，我一心想看看他们中间这一场纠纷怎么样解决。

那受了侮辱的来客走向他放帽子的地方，脸色发白，嘴唇发抖。

“这才对了！”我跟自己说道。“这就是给你的一个警告，快快走吧！让你看一眼她的本性，这真得谢天谢地呢！”

“你到哪里去？”卡瑟琳问道，直向门口走去。

他让到一边，还是想走过去。

“你可不能走！”她一字一顿地嚷道。

“我要走，我就走！”他压低着声音回答道。

“不行，”她坚持着，紧握住门钮；“这会儿不能走，埃德加·林敦。坐下来。你不能气呼呼地丢下了我走。那我会整夜都难受极了，可是我不愿意为你而难受！”

“你打了我，我还能呆在这里吗？”林敦问道。

卡瑟琳没有话说了。

“你叫我看到你害怕，为你感到羞惭，”他说下去道，“从此我再也不来啦！”

她的眼睛在闪亮了，眼皮儿在眨动了。

“你还存心撒谎！”他说道。

“我没有！”她嚷道，终于又能开口了。“我哪件事也不是存心做的。好吧，你要走，请便吧——快给我走吧！我这会儿要哭出来啦——我要哭个半死啦！”

她在一张椅子边跪了下来，果然好伤心地哭起来了。

埃德加的这股决心一直保持到院子那儿，于是他的步子跨不开了。我决计要他争口气。

“没看见像小姐这样任性任意的！先生，”我嚷道。“放纵坏了的孩子就是这么糟。你还是骑马回家吧。不然的话，她会哭呀笑呀来折腾我们的。”

这不中用的软东西从窗口往里瞟了一眼。他下得了决心，走得了，那等于说一只猫儿舍得下一只咬得半死的小耗子或是一只吃掉了一半的鸟儿。

我在想：唉，他是没救了；他是劫数难逃了；他要往命中注定的圈子里钻去了！

果然是这样。他突然转回身来，又赶着往屋子里跑，随手把门关住了。

过了一会儿，我进去告诉他们欧肖喝得醉醺醺的回来了，看那样子，准备把房屋都要捣毁呢（他一喝醉了酒，往往变得极其暴躁）。这时候，我看见那一场风波只有叫他们间的关系更亲密了——那年青人的害羞，这一道障碍给打破了，所谓“友谊”这件外衣给抛去了，他们两个亲亲热热地做起情人来了。

一听说亨德莱先生回家了，林敦慌忙跳上了马背，卡瑟琳逃进了她的闺房。我把小哈里顿藏了起来，还把东家的猎枪里的弹药拿了出来。他在发酒疯的当儿就喜欢舞弄这家伙，谁要是惹恼了他——甚至只要过分引起他的注意，谁就有送命的危险；所以我想到了这个主意，先把弹药拿了出来，万一他果真闹到开起枪来，也不致闯下大祸。

第九章

他走了进来，一路上赌神罚咒，叫人听着寒心；我正要把哈里顿往碗橱里塞，就在这当儿，给他撞见了。哈里顿一听说爸爸来了，就吓得没命；这不怪他胆小，因为他爸爸不是像一头野兽般狠命地疼他，就是像一个疯子般狠命折磨他；在疼他的当儿很可能会被挤得半死，被吻得回不过气来；碰上另一种情况，又大有可能给扔进火炉里，给撞在墙壁上。所以不管我把他藏在什么地方，这可怜的小东西都不敢动弹一下。

“好，这一回总算给我捉住啦！”亨德莱嚷道，一把抓住了我脖子上的皮肤，就像抓住一条狗似的往后一拉。“凭着天堂和地狱起誓，你们已经私下赌咒要谋杀这个孩子！现在我才明白是怎么一回事了——这孩子为什么老是不在我跟前。可是凭着魔鬼帮忙，我要叫你吞下这把切肉刀，纳莉！你不用笑，我刚才把坎纳斯两脚朝天倒栽在黑马沼里呢。杀两条命跟杀一条命还不是一回事儿——我就要把你们这批人宰了几个才好，要不，我心里就不好过！”

“可是我不喜欢这把切肉刀，亨德莱先生，”我回答道，“这刀子已经切过熏青鱼了。我宁愿给一枪打死，要是你没有意见的话。”

“你宁愿给打进地狱！”他说道；“谅你也逃不了。英国的法律总不能不许一个人把他的家治理得像个样儿，我的家可是闹得乌烟瘴气。把嘴张开来。”

他手握着刀子，把刀尖插进我的牙缝。可是我从来不怎么怕他的胡闹。我吐出一口唾沫，说是这味道太不好受了；我无论如何也不愿把它吞下去。

“啊，”他说道，放松了我，“我看出来了，这个短命的死小鬼原来不是哈里顿。我请你原谅，纳莉。如果是他的话，那就该活活的剥他的皮——为什么他不奔出来迎接我，还要尖声直叫，倒好像我是个妖怪？没良心的小畜生，过来！我要教训教训你，怎敢欺瞒一个好心肠的、受蒙蔽的老子！喂，你看，要是把这孩子的耳朵尖剪了，他会不会好看些？一只狗剪了耳朵尖就凶得多，而我就喜欢凶狠的东西——给我弄一把剪刀来——那又凶狠、又光洁的东西！再说，他妈的这也真是太够呛了，偏偏把一对耳朵当作什么似的，真是见他妈的鬼——咱们就是不长耳朵也尽够做一头驴子了。嘘，孩子，嘘，别做声！得啦，这是我的乖心肝儿呀！别闹了，擦干你的眼睛吧——这才乖呢；亲个嘴。什么！宝宝不肯吗？亲个嘴，哈里顿！你这不得好死的，亲个嘴！天哪，倒像我愿意养育这个野小鬼似的！我不把这个婊子养的脖子折断了，我就不做人！”

可怜的哈里顿在他父亲的怀里没命的乱叫乱踢，后来他老子把他抱上楼去、把他高高举在栏杆外边，这时候，他叫得加倍的急了。我一边叫喊他要把孩子吓疯了，一边奔上去救他。

等我奔到那儿时，亨德莱却从栏杆边探身出来倾听楼下的什么声响，他手里还托着什么东西，他差不多已忘了。

“是谁？”他问，听得了有人走近楼梯脚边。

我也探身出来，好打个手势，招呼希克厉（我听出是他的脚步声）不要走过来。我的眼睛才只离开哈里顿，那孩子猛的一纵身，就从那心不在焉的掌握中挣脱出来，跌下楼去了。

几乎连一阵恐怖的感觉还来不及涌上心头，我们已看到这小东西得救了。就在这千钧一发的当儿，希克厉来到了楼梯下，出于本能的冲动，他伸手去接住了那掉下来的孩子，把他放到地上站好，于是抬起头来看是谁闹出这样的事。

一个守财奴把一张中奖的彩票让给人家，得了五个先令，到第二天发觉这一下无异送掉五千个金镑，也不能比那会儿希克厉的那张脸表现出更加发呆的神气了，因为他抬头一看，上面站的正是欧肖。那一副表情比说话都更清楚地显示出内心最强烈的痛苦——他竟给仇人做了工具来破坏自己的复仇。要是天黑的话，我敢说，为了挽救自己的大错，他会把哈里顿的脑壳在梯阶上敲个粉碎。可是我们都当场看到孩子得救了。

紧接着，我冲到楼下，把我那宝贝孩子紧抱在胸口。亨德莱却从容得多地走下楼来。他酒醒了，心里也感到内疚。

“这是你的错，爱伦，”他说，“你该把他藏起来，不让我看到。你该把他从我这里抱开去！他有什么地方受伤了吗？”

“受伤！”我忿怒地嚷道。“他即使没摔死，也会变作个白痴！唉，他的妈妈怎么不从坟墓里升起来，看看你是怎样对待这孩子的呀！你比邪教徒还不如——用这种手段对待自己的亲骨肉！”

他想去抚摸那孩子；孩子伏在我怀里还在抽抽噎噎地哭着，差不多把他所受的惊吓忘却了，谁知他爸爸的手指一触到他，他又哇的哭起来，叫得比方才更厉害了，同时拚命挣扎，好像要惊风的样子。

喝醉的父亲

“你别管他吧！”我接着说道。“他恨你——他们全都恨你——那可是一点儿不假的事！你的家庭多么美满哪，你做人做得真好哪！”

“往后还有得好呢，纳莉，”那堕落的人笑了起来，心肠又硬起来了。“眼前，你且抱着他走吧。还有你，听着，希克厉；你也给我走开，别让我看到听到……今晚我不来要你的命；除非也许我一把火烧了这宅子——不过这还得看我高兴不高兴呢。”

说着，他从橱柜里拿出一小瓶白兰地，倒了些在酒杯里。

“不，你不能再喝了！”我恳求道。“亨德莱先生，你听听人家的警告吧。你也顾怜顾怜这个不幸的孩子吧，就算你一点不爱惜你自己！”

“随便哪一个来看顾这孩子，都比我强，”他回答道。

“顾怜顾怜你自个儿的灵魂吧！”我说，想把酒杯从他手里夺下来。

“我才不呢！恰恰相反，我再高兴不过的就是把灵魂送到地狱去，也算是给造物主的惩罚，”这个亵渎神明的人嚷道。“为灵魂甘心给打入地狱干杯！”

他喝干了烈酒，不耐烦地挥手叫我们走；命令的结尾是一连串可怕的诅咒，我都不愿意再把它讲一遍、再记得它。

“可惜，尽喝酒也送不了他自己的命，”希克厉说。门关上之后，像回响似地他咕噜了一串诅咒，算是回敬。“他是在拚命拆自己的台，可是他的体格却硬是顶住了。坎纳斯先生说，他愿意拿他的母马打赌，在这吉牟屯一带，他的寿命比谁都长，等他跨进坟墓，一定是个白发苍苍的老罪徒了——除非他碰巧遭到了什么意外的事。”

我走进厨房，坐下来，低低哼着，哄我的小羔羊儿入睡。希克厉呢，我还道他到谷仓那边去了；到后来才发觉原来他只是走到高背椅后面便打住，倒在靠墙的一条长椅上，避开了火光，不吭一声。

我把哈里顿放在膝上摇着，哼着一支歌儿，是这样开头的：

夜深了呀，娃娃们哭哀哀呀，
坟里的亲妈妈听得了呀——①

正在这时候，卡茜小姐把头探进来了。方才她躲在自个儿的房里留神听着外面的闹声，这会儿悄悄问道：

“只你一个人吗，纳莉？”

“只我一个人，小姐，”我回答。

她走了进来，向火炉边靠近。我还以为她有什么话要说，便抬头望着；只见她脸上的神色好像很焦虑不安似的。她的嘴唇半张着，像是有话要说的样子，她还吸了一口气呢；可是却化作一声叹息溜了出来，并没半句话。

我把歌儿哼下去，她下午的行为我还没忘了呢。

“希克厉在哪儿？”她打断了我的歌儿问道。

“在马房里干他的活儿，”我回答。

他并不纠正我，也许他已经瞌睡了吧。

接着又沉默了好一阵子。我看见有一两滴泪珠从卡瑟琳的脸蛋上滚到石板上。

她可是为了自己那种可耻的行为而感到惭愧了吗？我这样问自己道。那倒是一件新鲜事儿呢。不过只要她高兴，那也未始做不到呀；只是我不想给她什么帮助。不，任凭什么事儿，只要跟她自己无关，难得会教她烦心的。

“唉，好人儿！”她终于嚷道。“我好难过呀！”

① 这是丹麦民谣《鬼魂的警告》中的两行，司各特曾译成苏格兰语，纳莉所哼，与译诗稍有出入。

“真可惜，”我说。“要讨你欢喜可不容易哪。有这么多朋友，很少烦心的事儿，还不满足！”

“纳莉，你能给我保守一个秘密吗？”她说下去道，在我身边跪了下来，抬起她那双娇媚的眼睛望着我，那副动人的神态，就算有着满肚子的气恼，并且有天大的理由，也会全给她打消了。

“那可是什么值得保守秘密的事儿吗？”我问道，不那么绷着脸儿了。

“是的，它弄得我坐立不安，我一定得说出来！我要知道我该怎么办。今天，埃德加·林敦来向我求婚，我已经让他得到了我的答复。现在先不告诉你，我是答应了还是拒绝了他，你说，我应当怎么办？”

“说实话，卡瑟琳小姐，叫我怎么能知道呢？”我回她道。“照你今天下午在他面前发作的那一阵脾气来说，那不用说，我看你还是拒绝他来得聪明；因为他在你闹了那一场之后，还要向你求婚，那他不是一个没出息的蠢货，便是一个顾前不顾后的笨蛋。”

“要是你说这等话，那我不跟你多说了，”她噘着嘴儿回答说，站了起来。“我答应他了，纳莉，快说，我是不是答应错了！”

“你答应他了？那么还用讨论什么呢？你的话既然出了口，就不能收回了。”

“可是你说我是不是该这么办——你说呀！”她急躁地嚷道，搓着双手，皱着眉心。

“要好好回答这个问题，先得考虑许多事情呢，”我大有讲究地说道。“首先第一条：你爱不爱埃德加先生？”

“谁能够不爱他呢？我当然爱他的呀，”她回答道。

接着，我叫她回答以下一系列考问，一个二十二岁的女孩子能提出这些问题，不算想得不周到了。

“你为什么爱他呢，卡茜小姐？”

“废话，我爱他——那就够了。”

“不够，不够；你一定要说为的什么。”

“好吧，为的是他长得俊俏，跟他在一起很开心。”

“糟！”这是我的评语。

“为的是他年青，满面春风。”

“还是糟。”

“为的是他爱我。”

“不相干——讲到这一层。”

“他将来会有很多钱，我会成为这儿一带最尊贵的女人，嫁给这样一个丈夫，我会感到得意的。”

“这可是最糟糕了。现在你说说，你怎么样爱他？”

“还不是跟别人一样地爱着？——你问得真好笑，纳莉。”

“一点不好笑——回答我。”

“我爱他脚下的土地，他头上的空气，我爱他所接触过的一切东西，他所说的每一句话，我爱他的每一个表情，他的一举一动，他的整个的一切。这可好了吧？”

“那又为什么呢？”

“不行，你是趁此机会来跟我开玩笑。你这人坏透了。这对我可不是玩笑的事儿哪！”那位小姐皱紧着眉心说道，把脸儿转向了炉火。

“我才不跟你开玩笑呢，卡瑟琳小姐，”我回答道。“你爱埃德加先生，因为他年青，长得俊俏，满脸春风，而且爱你。那最后一点，等于没有讲——就是他不爱你，说不定你一样会爱他；而他爱你，如果没有前面的四个吸引人的条件，你也不见得会爱他吧。”

“不，当然不会；那我只有可怜他罢了——说不定还恨他呢，要是他是个大老粗，是个丑八怪。”

“可是天下有钱的美少年还有着呢，也许比他更有钱、更俊俏，那么你怎么不去爱他们呢？”

“如果有这样的人，我也碰不到他们呀。在我眼中看到的，再没哪个能比得上埃德加了。”

“将来你总会碰到几个的；而他也不能永远年青、俊俏的呀，也许不能永远有钱呢。”

“现在他总是的呀；我只管目前。我希望你说话懂事些才好。”

“好吧，那就没话说了。要是你只管目前，那么嫁给林敦先生好啦。”

“我并不要得到你的允许——我就是要嫁给他；可是你还不曾告诉我，我做得对不对。”

“十分对，要是一个人结婚只图眼前是对的话。现在让我们听听你不乐意在什么地方。你的哥哥一定会很高兴的……老先生、老太太我想是不会反对的；你可以脱离一个乌七八糟、没有乐趣的家，来到一个富裕体面的家庭里；你爱埃德加，埃德加也爱你。一切似乎都很美满称心呀，阻碍又在哪里呢？”

“在这儿，还有这儿！”卡瑟琳回答道，一只手拍着自己的额头，一只手拍着胸房；“总之，在那灵魂居住的地方。在我的灵魂、在我的心坎里，我清楚地知道我是做错了。”

“这可怪了！我搞不懂是怎么回事。”

“这是我的秘密。要是你不取笑我，我就讲给你听。这事儿我讲不清，可是我能叫你感觉到我是怎样感觉的。”

她又在我的身旁坐了下来；她的脸色变得忧郁、沉重起来了，两只紧握着的手在颤动。

“纳莉，你可是从没做过稀奇古怪的梦吗？”她在思忖了几分钟之后忽然问道。

“是啊，有时候也做到过，”我回答。

“我也是这样。在我一生中曾经做过一些梦，从此之后，这些梦啊，就永远缠着我了，还把我的想法都改变了。这些梦直往我心里钻，就像酒掺和在水里，把我的心灵的色彩都改变了。有这么一个梦。我就要讲给你听——不过你得留神，不管听到哪儿，你都不能笑的啊。”

“哎哟！别讲吧，卡瑟琳小姐！”我嚷道。“就是不把这些鬼怪和噩梦请来缠绕我们，我们也已经够凄凉了。得啦，得啦，高高兴兴的，像你本来的样儿吧！瞧小哈里顿！这会儿他的梦里可没一丝阴影。他在睡梦中笑得多甜！”

“对啊，他的爸爸在孤独无聊的时候又诅咒得多甜哪！我敢说你还记得他吧——那时候他就像那个胖乎乎的小东西，差不多也是这么大年纪，这么天真烂漫。可是，纳莉，我一定要你听我讲，话并不长。今夜我再也提不起高兴的劲儿来了。”

“我不要听，我不要听！”我急忙重复说。

那时候我对于梦是很迷信的，现在还是这样。那天晚上卡瑟琳的脸上笼罩着一重平时少见的阴郁的气色，我害怕她梦里出现什么征兆，叫我产生一种预感，预见到将来会闹出什么可怕的乱子。

她恼了，可是没有讲下去。她分明又想到别地方去了，过了一会她又开口说道：

“要是我在天堂里，纳莉，那我会痛苦得要命！”

“那是因为你不配到天堂里去，”我回答道。“一切有罪的人在天堂里都会感到痛苦。”

“不，不是为了这么一回事。有一次我梦见我在天堂里。”

“我对你说过，我不想听你的梦，卡瑟琳小姐！我要睡觉去了，”我又打断了她。

她笑了起来，把我按住了，因为我正要起身离开座位。

“这没有什么，”她嚷道，“我只是想说，天堂不像是我的家，我哭碎了心，闹着要回到人世来，惹得天使们大怒，把我摔了下来，直掉在荒原中心、呼啸山庄的高顶上，我就在那儿快乐得哭醒了。……不说别的，这就足以解释我的心事了。我嫁给埃德加·林敦，就像我在天堂里那么不相称。要是我家那个坏人不曾把希克厉作践得那么卑贱，我决不会想到嫁给他的。现在我嫁给希克厉，那可辱没了自己；因此他永远也不会知道我是怎样的爱他；而我爱他可不是因为他长得俊俏，纳莉，而是因为他比我更是我自个儿。不管咱们的灵魂是用什么料子做成的，他和我是同一个料子；而林敦呢，却就像月光和闪电光、冰霜和火焰那样和我们截然不同。”

她这话还没说完，我就意识到希克厉是在屋子内了。我眼角里感觉到有个人影儿一晃，我转回头去，正好看见他从长椅上站起来，蹑着脚步悄悄地溜了出去。

原来他一直在听着呢，等卡瑟琳说到要是嫁给他可把她辱没了，他再也不留在那儿听下去了。

我的伴侣坐在地上，给高高的椅背挡住了，不曾看到他在那儿，也没看到他往外走；可是我吓了一跳，叫她别做声。

“为什么呀？”她问道，不安地向四周张望。

“约瑟夫来了，”我回答道，刚好这时候我听见了他的车子一路推过来的声响，“希克厉也要跟他一起进来了。这会儿他就在门口也难说呢。”

“噢，他在门口是听不到我说什么的！”她说道，“把哈里顿交给我，你去准备晚饭，等开饭的时候，招呼我跟你一起吃。我要欺骗我自己的不安的良心，叫自己相信希克厉对这类事儿一些也不懂得。他不懂得吧，是吗？他不知道恋爱是什么滋味吧？”

“我可看不出有什么理由只你懂得爱，他就不懂得，”我回答道；

“要是他看中的是你，他可是天下最最不幸的人儿了！你一旦成为林敦夫人，他就失去了朋友，失去了爱，以及一切！你可曾想到，你跟他两个分开之后，对你，是怎样的感受，对他，这世上再没一个亲人了，心里又是怎样一种滋味？因为，卡瑟琳小姐——”

“再没一个亲人！我跟他两个分开！”她嚷道，带着气呼呼的声气。“是谁来拆散我们，请教？他们会遭到米罗的命运！[①]只要我活着一天，就不会有这样的事儿，爱伦——世上再没有哪个人能代替得了他。人世间有多少林敦，一个个都化为乌有，我也不答应抛掉希克厉。啊，那不是我原来的打算——那不是我原来的意思！如果要付出这么一个代价，我就不会去做林敦夫人了！他将永远在我心上，就像当初我们在一块儿的时候一样。埃德加必须摆脱对于他的仇视，至少要容忍他。他会做到的，当他知道了我对他的真实的感情。纳莉，这会儿我明白了，你当我是一个只想到自己的可怜虫；可是难道你就从没想到，要是我跟希克厉做了夫妻，我们两个只好去讨饭吗？要是我嫁给了林敦，那我就可以帮助希克厉抬起头来，安排他从此再不受我哥哥的欺压。”

“用你丈夫的钱吗，卡瑟琳小姐？”我问她道，“那你会发觉他并不像你想的那么容易打发。虽说我不便下什么判断，我可是认为，你说了好些原因为什么愿意做小林敦的太太，这一个却是最糟的动机了。”

“没有这话！”她反驳我道，“这一个是最好的动机！其余的都是为了满足我一时的高兴，也是为了埃德加，满足他的心愿。这一个可是为了另一个人，在他心里包含了我对埃德加，我对我自己的感情。我没法儿跟你说清楚，可是你，每一个人，总有这么一个观念吧：在你自个儿之外，你还有一个你——应该还有一个你。天把我造了出来干

① 米罗，古希腊摔跤家，力大无比，曾六次在奥林匹克竞技大会上获胜；传说他要把大树撕裂两半，双手被夹在树缝中，挣脱不出，结果为野狼咬死。

什么呢，假使我这人是尽在我这一身了？我在这世上的最大的苦恼，就是希克厉的苦恼；他的每一个苦恼，从刚开头，我就觉察到、切身感受着了。我生命中最大的思念就是他。即使其他一切都毁灭了，独有他留下来，我依然还是我。假使其他一切都留下来，独有他给毁灭了，那整个宇宙就变成了一个巨大的陌生人，我再不像是它的一部分了。

“我对林敦的爱，就像挂在林子里的一簇簇树叶，时光会改变它，我很知道，到了冬天，树叶片儿就要凋落了。我对希克厉的爱，好比是脚下的永恒的岩石，从那里流出很少的、看得见的快乐的泉源，可是却必不可少。纳莉，我就是希克厉！他时时刻刻在我的心头——并不是作为一种欢乐，就像我不能老是我自个儿的欢乐一般，而是因为他就是我自身的存在。所以不用再提我们两个会分开吧。这是办不到的事。再说——”

她说不下去了，把她的脸儿埋在我裙子的皱褶里，可是我猛地一缩，闪开了她的脸儿，我再也受不住她那些痴话了！

“要是我从你这胡扯里听出什么名堂来，小姐，”我说，“那只是叫我相信，你对于嫁到人家做媳妇的责任还一点不懂得呢；否则的话，你就是一个坏心眼儿、不懂规矩的姑娘。可是你别拿你的心事来跟我缠吧，我不能答应替你保守什么秘密。”

“那些话你不会讲出去吧，”她焦切地问道。

“不，我不能答应你，”我再说一遍道。

她还要勉强我，正在这时候，约瑟夫走进来了，我们两个的谈话就此结束了。卡瑟琳把她的椅子移到了角落里去，她看护哈里顿，我去准备晚饭。

饭菜做好之后，我跟我那位下房里的伙伴争吵起来：亨德莱先生的晚饭该谁送去；直吵到饭菜差不多全冷了，还不曾得到解决。最后两人才商定，他要吃饭，让他自个儿来要，因为只要他独个儿关在房中好一阵之后，我们就都怕到他跟前去。

“到这时候，那个没出息的东西怎么还不从田里回来？他在干什么？谁看见过这样会偷懒的！”那个老家伙问道，东张西望地找希克厉。

“我去叫他，”我回答道。“他准在谷仓里，那还用说。”

我走去叫他，可是没有人回答。回来之后，我悄悄告诉卡瑟琳，她说的那些话，我敢说，他大半都听去了；还说正在她埋怨她哥哥待他刻薄的当儿，我看见他溜出了厨房。

她大吃一惊，直跳起来，把哈里顿往高背椅上一摔，便自个儿奔去找她的朋友了，连想都来不及想，她为什么要这么慌张，或是听到了她那番话，他会有什么反应。

她一去就不回来了。约瑟夫主张不用再等了。[①]照他精明的料想是，他们两个一定有意呆在外面，好逃避听他长篇的福音。他认定他们“坏得什么坏行为都干得出来”。所以那天晚上，他按照老规矩，做完了一刻钟的饭前祈祷之后，又为了他们的缘故，另外再加一篇特别的祷告；他并且在饭后的感恩词后面还准备再添上一段同类的祷告，要不是我们家的小姐冲进屋来，急迫地命令他赶快奔到大路尽头去找希克厉，不管他在什么地方逛，也要把他找到，拖他立刻回来！

“我有话跟他说，我上楼之前非得跟他谈一下不可，”她说道。“园门是开着，他是在听不到叫喊的什么地方。我站在羊圈的高端、拉直了嗓子尽喊，也不听见他回答的声音。”

起先，约瑟夫不肯当这个差。可是她说到一定要做到，不肯罢休；到后来他只得戴上帽子咕噜着走了出去。卡瑟琳呢，只是在房内转来转去，她嚷道：

---

① 约瑟夫想管自先吃起晚饭来。

“怪了，他到底在哪儿呀？——我就想不出他到底能在哪儿呀？我说过些什么呀？纳莉？我自己都已经忘了。今天下午我脾气不好，可是叫他恼了？亲人！告诉我，我说了什么叫他伤心的话了？我真巴望他回来，我真巴望他会回来啊！”

“你也真会大惊小怪！”我嚷道，其实我自个儿心中也很不落实。“你焦急得好没来由！要是希克厉高兴趁着月光，在荒原上游荡一番，或者他就是不乐意理睬我们，只管躺在干草堆里，那又有什么大不了好担心的呢？我敢打赌，他一定在那里躲着呢。你看我不把他搜出来！”

我于是出去重新找他。结果却是失望。约瑟夫找了一番，结果也是一样。

“这个小子，越来越糟了！”他回来说道。“他痛痛快快地把园门打开了；小姐的小马儿踏倒了两垄小麦，在泥地里乱踢乱转，一路闯到了牧场上！不过瞧着吧，明儿东家可要双脚直跳呢——还跳得真高哪。对于这个魂灵儿不在身上的闯祸胚，亏他怎么忍得住——他的耐性可真好哪！不过他不会老是这样有耐性的——你们瞧着吧，你们大家瞧吧！谁触犯了他的神经不会有便宜的！”

“你找到了希克厉没有，你这头蠢驴？”卡瑟琳打断他问道。“你可是按照我吩咐的，一直在找他吗？”

“我宁可去找回一匹马儿，那倒还有些意思呢，”他回答道。“可是碰上这么一个夜晚，乌黑一团，倒像钻进了烟囱一般，叫我到哪儿去找什么马儿、人儿呀。希克厉又不是一听到我的口哨就钻出来的人；没准你喊他，他还听得见呢！”

这样一个夜晚，在夏天，好算得是很黑的了，乌云密布，快要打雷的样子；我就说，咱们不如都坐下来吧，那风雨欲来的光景准会把他赶回家来的，也不用我们操心了。

等 待

谁知怎么劝，卡瑟琳也不肯安静下来。她只管从大门到园门，来回地转着，焦灼得坐立不安。到最后，她在靠近大路的墙边，像生根似地站定了。不管我怎么劝，不管雷声隆隆地响着，大点子的雨滴在她周围啪啦啪啦地溅着，她只是鹄立在那儿，呼召一会，倾听一会，于是放声大哭起来；还闹得真凶，就是哈里顿，或者随便哪一个孩子，都比不上她。

大约到了半夜，我们都还守着没睡，像千军万马般的狂风暴雨降落到山庄上来了。只听得又是风吼，又是雷轰，接着一声巨响，宅子一角的一株大树倒下来了——也不知是给狂风吹折的，还是遭了雷劈；那粗大的树枝压在屋顶上，把东边的烟囱打开了一个大缺口，砖石、煤灰，哗啦啦地落到了厨房间的炉灶里。

我们还道有一个霹雳击落到我们中间来啦！约瑟夫摇摇晃晃地跪倒在地上，祈求上帝不要忘了挪亚族长和罗得族长①呀，求他就跟当初创世纪时一样，放过了正人君子，只惩罚那班不敬神明的人吧。

我呢，只觉得这就是降落到我们头上来的末日审判了。在我的心目中，那约拿②就是欧肖先生。我走去摇动他房门上的把手，看看他这会儿是不是还活着。他在房里回答的那种声气，叫约瑟夫唤天呼地地嚷嚷得更热闹了，好表明像他那样的圣徒，跟像东家那样的罪人之间，横隔着一条不容混淆的界线。

可是二十分钟过后，那一场暴风雨过去了，我们一个个都平安无恙——只除了卡茜。她浑身上下都湿透了，因为说什么也没用，她硬是不肯进来躲雨。没戴帽子，也不披肩巾，她只是站在那儿，听凭雨

---

① 上帝惩罚罪恶的人间，降下洪水，独有敬神行善的挪亚，因事先得到上帝的启示，躲进方舟，得免于难。约旦河谷地有一罪恶的城市，名所多玛，上帝降天火烧毁该城，唯独敬神的罗得，得上帝指示，逃出城去。

② 约拿，古希伯来族的预言者，因违抗上帝，逃往海中，所乘船只覆没于暴风雨中。

水全都倾泻在她的头发上、衣服上。

她走进来，倒在长靠背椅上，这光景就像从水里捞起来似的；她把头扭过去，对着椅背，双手掩住了脸。

“看你哪，小姐！”我摸着她的肩头嚷道；“你不是存心要给自己找死，是吗？你可知道多晚了？十二点半啦！得啦，睡觉去吧！不用再等那个蠢孩子啦。他是到吉牟屯去了，这会儿他就留在那边了。他想不到我们深更半夜的还在等候他呢——无论如何，他还道只有亨德莱先生一个儿还没睡；他怎么愿意撞在东家手里，叫他来给自己开门呢。”

“不，不；他怎么会在吉牟屯！”约瑟夫嚷道。“他不埋进在泥塘里才怪呢。方才上帝显灵可不跟你开玩笑哪！小姐，我劝你留些儿神吧；下一遭该轮到你啦。一切都要感谢上帝！一切都为了把恩惠赐给从肮脏世界里挑出来、提拔出来的大好人！你们知道《圣经》上是怎么说的——”接着他就引了几段经文，又指点我们去查哪几章、哪几节诗。

我用好话叫这个倔强的姑娘站起来，把湿衣服换去了，可是怎么求她也不中用；我就由着她瑟瑟发抖，由着约瑟夫讲他的经文，只顾抱着小哈里顿去睡了。他睡得那么甜，好像他周围的人个个都睡熟了似的。

我听得约瑟夫继续念了一阵子经文，接着听得他迟缓的步子在爬楼梯，于是我也入睡了。

第二天，我下楼来时，比往常迟了些；借着从百叶窗缝里漏进来的阳光，我看见卡瑟琳小姐还是坐在壁炉边。正屋的门儿也还是半开着，亮光从没有关上的窗子里透进来。亨德莱已经走出房来，踱到了厨房炉边，憔悴无神，还没睡醒的样子。

“你有什么不好过，卡茜？”我走进厨房时，他正在跟她说话；“看你那失神的样子，简直像从水里捞起来的小狗。你怎么脸色这样灰白，身上这样潮湿呀，孩子？”

“我淋湿了！”她勉强回答道，“我冷，就是这么回事。”

“哎哟，她又在淘气了！”我嚷道，看出东家这时候还算清醒。“昨天晚上下着倾盆大雨，她尽在雨里淋着，后来她又在这里坐了一夜，我没法儿劝她动一下。”

欧肖先生吃惊地瞪着眼望我们。“坐了一夜！”他跟着说道。“她不去睡干什么呀？不是怕雷声吧，是吗？几个钟点前就不打雷了。”

只要能隐瞒得过，我们两个谁都不愿提到希克厉出走的事，所以我回答说，我也不知道她打的什么主意，竟坐了一夜；而她听我这么说，也没有什么表示。

早晨的空气清新又凉快，我把格子窗打开了，屋子里立刻涌来了一股花园里的香气。可是卡瑟琳没好声气地叫我道：“爱伦，把窗子关上。我快饿死啦！”她的牙齿在打战，一面蜷缩着身子，向快要熄灭的火炉靠拢些。

“她有病啦，”亨德莱拿起她的手腕说道；“我看这就是她不肯去睡觉的缘故了。他妈的！我不愿意这个宅子里再有人生病来烦我的心了。你干吗要赶到雨里去呀？”

“还不是老脾气，去追那些小伙子！”约瑟夫像老鸦般刺耳地叫道，他趁我们不知该怎么说才好的当儿，抓住机会把他的毒舌头插了进来。

“如果我是你，东家，我就干脆照准他们的脸，把大门碰上了，一个不放进来，管他有身份没身份！你哪一天出去，不是林敦那只公猫就偷偷摸摸地溜了来？还有纳莉小姐——她也是个了不起的丫头哪！——她会坐在厨房里望风，提防你回来；你才打这边儿门进来，他早就打那边儿门溜走了；接下来，咱家那位千金小姐自个儿赶到外边去谈情说爱啦！好正经的行为哪，半夜十二点以后，还钻在田野里，跟那个不学好的下流东西、野种希克厉搞在一起！她们只道我是瞎子，我才没有瞎眼呢——一点儿也不瞎！我看见小林敦进来，看见他出去。

“我还看见你，”（把话锋转向我）“你这个没出息的懒婆娘，你一听到大路上有得得得的马蹄声，知道主人来了，就立刻跳起来，冲到正屋里去。”

“住口，你这个爱偷听的坏人！”卡瑟琳嚷道；“不许你胡说八道，当着我的面！埃德加·林敦是昨天碰巧来的，亨德莱，而且是我叫他走的，因为我知道你一向不愿意跟他见面。”

“卡茜，你在撒谎，还用说，”她的哥哥回答道，“你是一个十足的大傻瓜！可是眼前且不去管林敦；你告诉我——昨天晚上你是不是跟希克厉在一起？要说老实话，现在。你不用怕会对他有什么不利。虽说我还是像平常一样地恨他，没有多久之前他为我做了一件好事，我也就不忍心去折断他的脖子。为了免得闹出这样的事来，我今天早晨就打发他走，叫他自寻生路；等他走了之后，我劝你们都留点儿神吧，我不会有好脸色给你们看的。”

“昨天晚上我根本没看见希克厉，”卡瑟琳回答道，一边抽抽噎噎地哭起来了，哭得好苦；“要是你当真把他赶出门外，那我就跟着他走。可是只怕你再也办不到了，只怕他早已走啦！”

说到这里，她再也忍不住，竟放声大哭起来，她底下还说些什么话，没人能听懂了。

亨德莱破口大骂，难听的话倾盆大雨般降落到她头上来；他还命令她立即滚回到自个儿房里去，否则，决不会让她白哭这一场的！我逼着她快听话上楼去。啊，我永远也忘不了我们两个进了她的房，她那一场发作的情景——我吓坏了。我只道她是疯了，我求约瑟夫快奔去请大夫。

果然是神经错乱才开始的情况，坎纳斯大夫一瞧见她，就说她病势很凶险。她发高烧。他给她放了血，叫我只给她吃奶浆和薄粥，还得小心防着她跳楼，或是跳窗。然后他就走了——在这教区里尽够他忙的了，从这一家茅屋走到那一家茅屋，两三英里路可不算一回事呢。

虽然我不能说是一个体贴的看护，约瑟夫和东家也好不到哪里去；加上我们那位病人真难伺候。不肯听话，不在哪一个病人之下；但她还是终于渐渐有了起色。

林敦老太太来探望了几次，那是不用说的；并且安排一切，把我们一个个都骂到了，支配到了。在卡瑟琳病后将养的时期，她一定要把她接到画眉田庄去住，我们真是如释重负，心中着实感谢。只是可怜这位老人家，她有理由懊悔她这一番慈爱。她和她的丈夫两个都传染了热病，没有几天工夫，两个老人相继去世了。

我们这位小姐回家来了，比从前更加碰不起，脾气更大，性子更急躁了。希克厉自从雷雨的那一夜以后，从此消息全无。有一天，活该倒霉，她惹得我发急了，我就把他失踪的责任怪在她头上——说实话，不怪她又怪哪一个呢？这一点她自个儿也很明白。

从此以后，接连有几个月，她一直不理睬我，就是跟我说话，也只是主人跟仆人说话的声气。约瑟夫也同样遭受了“逐出教门”[①]的处分；尽管这样，他可还是要发牢骚，一本正经地训她，仿佛她还是个小女孩似的。

---

① 逐出教门，意即断绝往来。基督教会对于被认为犯有严重不敬神行为的教徒的最严厉的处罚，凡是基督教徒都不准和被逐出教门者有任何联系。

她可是把自己看做成年的妇女了，是我们的主妇；而且认为她最近生的那一场大病，给了她一种特权：人家都应该格外的迁就她。偏又是那个大夫关照过，不能太跟她顶牛——一切只能顺着她的心意；而在她的眼里，假使有哪一个胆敢站起来跟她说个不，那无异就在谋害她的性命了。

欧肖先生和他那一帮朋友们，她是避得远远的。她哥哥听了坎纳斯的告诫，十分害怕她脾气一发作就有昏倒的危险，因此逢到她开口有什么要求，总是答应了事；平常也总是十分小心，避免惹起她的火性子。他是反而太纵容她了，对她简直百依百顺。不过这不是出于什么兄妹之爱，而是由于虚荣心。他一心巴望妹子嫁到林敦家去，好给娘家增添光彩。只要她不去腻烦他，那么听凭她把我们像奴隶般作践，他才不管呢！

埃德加·林敦，就像他以前和以后的无数的人们一样，给爱情迷住了。在他父亲过世三年之后，他领着她到吉牟屯的教堂去，那一天，他只觉得自己是天下最幸福的人儿了。

我听从了他们的话，却是完全违背自己的意愿，离开呼啸山庄，陪着她来到了这里。小哈里顿差不多快五岁了，我已经开始教他认字母。我们俩的分别是很伤心的，可是卡瑟琳的泪水比我们的哭哭啼啼还要有力量。起先我不肯跟她走，她看见她的央求没法打动我，就到她丈夫和哥哥跟前去哭诉。那做丈夫的答应给我特别优厚的工资；那做哥哥的叫我卷起铺盖上路，说是现在家里已没有女主人，他再用不到女仆人了；至于哈里顿呢，将来牧师自会来照管他的。

这样我只剩下一条路可走了——听候他们的吩咐。我对东家说，他把正派的人都撵走了，只是为了这个家败起来可以更快些。

我吻了哈里顿，跟他说了再会，从此以后，他和我如同不相干的陌路人了。想到这里真觉得奇怪。可是不用说，他早已把爱伦·丁恩忘记得一干二净了，忘了曾经有一个时候，他是我世上的一切，而我也同样是他世上的一切！

故事讲到这里，那女管家偶然向壁炉架上的时辰钟瞥了一眼，不由得吃了一惊，原来这时候时针已指在一点半上了。她顿时站了起来，恳求她多留一秒钟也不行。说实话，我自个儿也宁可她把下面的故事留在以后讲下去。

现在她走开去安息了，我沉思了一两个小时，不管我的头脑和四肢又痛又乏，不想动弹，也要鼓起勇气回房去睡了。

第十章

这也算是隐居生活一开始就尝到的甜头了！四个星期困在病床上辗转呻吟！唉，多凄凉的寒风，多阴暗的北国的天空，多难走的道路，还有，这班乡村大夫的性子多慢呀！唉，简直看不到一张人脸儿！最糟糕的是，坎纳斯大夫告诉我，不到春天，我不用想出门了，真是可怕的消息！

希克厉先生才来看过我。大约七天前吧，他还送了我一对山鸡——这是这一季节中最后捉到的了。这坏蛋！我生这一场病，他可不是没有一点干系的；我真想当面向他指明这一点。可是，哎哟！我怎么能得罪这么一个人：承他的好心，在我的床边足足坐了一个钟点，还谈了一些药丸、药水、药膏、水蛭以外的话头呢。①

眼前正是一段舒适的时期。我还太软弱，不能看书；可是我仿佛觉得我能享受一点什么有趣的东西了。那为什么不叫丁恩太太上来，把她的故事讲完呢？她已经讲到的主要情节我都还能记得。可不是，我记得她说到那男主人公已经出走，三年没有信息了；女主人公已经出嫁了。我这就要打铃。她看到我居然能够很有兴致地聊天了，一定会很高兴的。

丁恩太太来啦。

“还要过二十分钟才吃药呢，先生，”她说道。

“去它的，我才不要吃药呢！”我回答道。“我是想要——”

“大夫说，那药粉你是吃不得了。”

“谢天谢地！你别打断我的话。你坐过来。你的手指儿不要去碰一下那一排排的苦药瓶子了。把你织的毛线从口袋里抽出来——好了——现在你把故事说下去吧，上次你说到希克厉先生，在哪儿打住，就从哪儿说到眼前为止吧。他可是到欧洲大陆去受完了他的教育，回来变做了一位绅士？还是他在大学里考得了免费生的名额，还是逃到了美洲，在他的第二故乡，靠着吸取那儿的脂膏而有了体面的呢？还是干脆在英国的官路上发了横财呢？”②

“也许这许多行当他都干过一阵子，洛克乌先生，可是究竟怎么一回事，我没法儿讲。我早就说过，我不知道他是怎样弄来的钱，他的心灵本来已经陷于蒙昧无知，后来他怎么会从这种状况中摆脱出来，我也一点儿不知道；不过要是你同意的话，我就照着我自个儿的方式把故事讲下去——只要你听了觉得可以解闷，不感到厌烦。今天早晨你觉得好些了吗？”

“好多了。”

“真是好消息。”

---

① 这是说，希克厉不像来看病的大夫，用那些药丸、药水等话来腻烦他。水蛭当时用来为病人吸血、降低血压。

② 暗指拦路打劫。

我随同卡瑟琳小姐来到了画眉田庄。叫我又失望又高兴的是，她的行动举止比我所敢于预料的强得不知多少。看她是把林敦先生爱得几乎过了分，就是对于她的小姑，她也是显得亲亲热热的。当然，那兄妹两个对待她，更是无微不至地体贴。不是荆棘偎依着忍冬，而是忍冬拥抱住荆棘。并没有相互迁就这回事儿——一个站得挺直，其余全都顺着她，那谁还能够使性子、发脾气呢？——既然没有人违抗她，也没有哪个冷淡她。

我看出，埃德加先生在他内心深处惟恐会有什么地方把她惹恼了。他在她跟前隐瞒了这种害怕的心理；可是只要他听到我冲口顶撞了她那盛气凌人的命令时，或是看到别的仆人对那种气势脸上有不服气的表示时，他便要不自如了，要皱一下眉心了；而他从来也不曾为了他本人的事儿把脸色沉下来过。他几次三番用严厉的口气关照我，不许那么没规矩，说是即使拿小刀子刺他，也不能比看见他太太烦恼，叫他感到更心疼了。为了免得伤一个仁厚的东家的心，我慢慢学会了按捺自己的性子。

有半年光景，那火药就像静静躺着的沙子一般没事儿，因为没有火种凑近来点燃它。每隔一段时候，卡瑟琳会陷入了沉闷和静默，而她的丈夫总是以一种尊重她的态度，陪着她一起沉默。他认为这是她得了那场重病后所招来的体质上的起伏的变化，在那以前，她的精神可从来不曾陷于委顿的状态过。等阳光重新展露的时候，他也就用从心里发出的阳光去欢迎她。我相信在那段时间，他们的确享受着深沉的日益滋长的幸福。

可是幸福有个尽头。本来嘛，到头来我们总得替自己打算；那性格温和、慷慨的，比起那些作威作福的人，只是不那么一味自私罢了。一旦发生什么事情，彼此明白了原来我在你心中并不是占着最重要的位置，那幸福便终止了。

在一个和醇的九月黄昏，我从花园里采摘了沉甸甸的一满篮苹果回来。天色已薄暝了，月亮从院子的高墙外照下来，只见宅子的许多突出部分的角落里潜伏着模糊的阴影。我把篮子放在后门的石阶上，停下步子，歇一歇力，再吸几口柔和甘美的空气，我背向着门，仰望月亮，正这时候，忽然听得背后有一个声音——

“纳莉，是你吗？”

这是一个低沉的声音，带着外乡的口音；可是喊叫我名字的那种声气，听来好耳熟啊。我转过身去张望谁在那里说话，心里很有点儿发慌，因为门是关着的，方才我走近石阶时，并不曾看见有人在那里啊。

门廊里有什么东西在活动，我走近几步，看出有一个高大的男子，穿一身深色衣服，黑脸黑头发，靠着墙。他把手指搁在门闩上，好像准备自己开门进去似的。

“他是谁呀？”我心里在想。“欧肖先生吗？啊，不！这声音不像他。”

“我在这儿等候了一个钟点啦，”他接着说，这会儿，我还是一股劲儿地瞅着他。“这么长一段时间里，四周围就像死一样寂静。我不敢闯进去。你不认得我了吗？瞧吧，我并不是陌生人啊。”

一缕月光照下来，落在那张脸上；只见两腮焦黄，给黑胡子遮满了一半，两道眉毛压得低低的，双眼陷得深深的，跟别人很不一样。我记起了那对眼睛。

“什么！”我嚷道，拿不准该把他当作是人还是什么；我心里一惊，连双手都举了起来。“什么！你回来啦？可真是你吗？是吗？”

“对了，希克厉，”他回答道，把眼光从我的身上移到了头上的窗子上。那一排玻璃窗上反映出许多闪烁的月亮，可是里面并没有灯光透射出来。

“他们在家吗？她在哪儿？纳莉，你并不高兴呀！你用不到慌张得那个样儿啊。她可在里边？说话呀！我要跟她——你的女主人——说一句话。去呀，说有个人从吉牟屯来，要看她。”

“听到这消息，她会受得了吗？”我嚷道。“她将怎么办呀？这突如其来的事，真叫我不知如何是好——这一下要把她弄得晕头转向了！你果真是希克厉吗？可是人变了！不，真叫人猜不透。你可是当兵去了吗？”

“快进去给我传句话，”他焦灼地打断我道。“你不去传话，我就像在地狱里受罪！”

他拨开门闩，我走进去了。但是走到客厅时（林敦夫妇正在里面），我的两条腿跨不开了。后来我想出个主意，只说是问问他们要不要上灯，于是我推开了门。

他们俩正并肩坐在格子窗下，窗子朝里贴墙打开着，从窗里望出去，可以看见花园里的树木，那青翠广阔的林苑，那吉牟屯山谷，一道长长的白雾几乎旋绕到了山顶（你一走过礼拜堂，也许你会注意到，从洼地淌出来的淙淙细流，正好接上随着山谷弯曲的小溪）。呼啸山庄耸立在这银白色的迷雾上，不过我们的老家却看不见；它降落在山冈的那一边。

这间房屋，房屋里的两个人，和他们俩所眺望的景色，都显得异常的宁静。一想到我担任的差使，我不由得往后退缩了，而且在问过要不要上灯之后，果真一字不提地走开了；可是又感到下不了场，我只得转过身来，喃喃地说道：

“有个人从吉牟屯来，要见你，太太。”

“他有什么事？”林敦夫人问道。

“我没问他，”我回答道。

“好吧，把窗帘拉上，纳莉，”她说，“把茶送来。我一会儿就回来。”

她离开了客厅。埃德加先生随便问我那人是谁。

“是太太想不到的人，”我回答道。“就是那个希克厉——你还记得他吧，先生，他从前住在欧肖家里。”

“什么！这个吉卜赛人，这个小庄稼汉？”他嚷道。“为什么不早对卡瑟琳说了呢？”

“嘘！你可不能拿这些名字来称呼他呀，东家，”我说道。“让她听到了可要老大不高兴的。他出走了之后，她几乎心都快碎了。我猜他这次回来，会叫她高兴得就像碰上了大喜事呢。”

林敦先生走到了屋子那一边的窗口，望下去就是院子。他打开窗子，探身出去。我猜想他们两个就在窗子底下，因为他立即叫喊道：

“别站在那里，亲爱的！如果是什么有关系的人，带他进来吧。”

接着我就听到弹开门闩的一声响，卡瑟琳飞似地奔上了楼，气都喘不过来，兴奋得发了狂，连快乐都没法表示了——可不，看她脸上那副神情，你还道是有什么天大的灾祸临头了呢。

“噢，埃德加，埃德加呀！”她气喘吁吁地说道，张开双臂扑在他的脖子上。“噢，埃德加呀，亲爱的！希克厉回来啦——他回来啦！”说着，她越发搂得紧，像是在狠命地挤了。

“得啦，得啦，”她的丈夫赌气说道，“可别为了这么回事把我勒死吧！我从没想到他是这么一个了不起的活宝。也用不到兴奋得发了狂呀！”

“我知道你不喜欢他，”她回答道，把她那强烈的欢乐稍稍压下一些。“可是，为了我的缘故，你们俩现在得做个朋友。我叫他上来好不好？”

“这儿？”他说道，“到客厅里来吗？”

“不是这儿又是哪儿呢？”她问。

看得出，他有点儿气恼了，他接口说：厨房是更相宜的接待他的地方。

林敦太太看了他一眼，那表情真好玩儿——是又气又好笑，为了他自有那一套讲究。

“不，”她停了一下说道；“我不能在厨房里坐。爱伦，这里放两张桌子吧，一张给你的东家和伊莎蓓拉小姐坐，他们是上等人；另一张是希克厉和我坐的，这两人比上等人低了一等。这样你该满意了吧，亲爱的？还是我必须另找个地方生起火来？如果是这样，请吩咐吧。我要奔下去拉住我的客人啦。我只怕这样叫人开心的事儿不是真的！”

她又要一阵风地奔出去，可是埃德加把她抓住了。

“你去叫他上来，”他跟我说道；“卡瑟琳，你呢，尽管高兴，可不要给人笑话。这一家大小不一定要看到你把一个逃跑的仆人当作兄弟般欢迎。”

我走下楼去，看见希克厉在门廊下面等候着，他分明已预料到要把他请进去，所以也不多费一句话，跟了我就走。我把他领到了主人和主妇跟前。只见他们夫妇俩涨红了脸儿，分明已经争论过一场了。但是当客人出现在门口时，那主妇脸上的红光又透露出另一种情绪。她跳向前去，把他的双手都握住了，引着他来到林敦跟前，于是不管林敦愿意不愿意，把他的双手抓过来，硬是塞进了对方手里。

这会儿，有炉火和烛光照耀得通亮，叫我比先前更惊奇了，我看清楚希克厉已经变了一个人样儿啦。他已长成个男子汉，又高大又结实，一副好骨架；在他的身旁，我的东家就显得很纤巧年轻了。他站得笔挺，那种气概叫人想到他当过兵。他脸上的表情和那种坚定的神气，也比林敦先生老练得多。那是一张有才智的脸，从前那种浑浑噩噩，现在一点痕迹都看不出来了。在那深深笼罩着的眉毛和充满着黑色火焰的眼睛里，还依旧有半开化的蛮性潜伏着，不过已经给抑制了。他那摆脱了粗野的举止甚至很有气派，虽然太严峻，说不上优美。

东家的惊讶跟我一样，也许超过了我，一时里他不知道该怎样招呼他所谓的“小庄稼汉”才好。希克厉放下了他那纤小的手，站在那里冷冷地看着他，等他开口说话。

“坐下吧，先生，”他终于说了。“林敦夫人回想起从前的时光，要我热诚地招待你；当然，有什么讨她喜欢的事儿，总是叫我很乐意的。”

“我也是这样，”希克厉回答，“尤其是假如我也能尽一份力。我很乐意在这儿逗留一两个钟点。”

他在卡瑟琳对面的位子上坐下了；她呢，尽盯着他瞧，好像生怕她把眼光挪动一下，他就会不见似的。他却不大抬起眼睛来望她，只消偶尔很快地对她瞥一两眼就够了。可是每一回他把眼光收回的时候，就从她的眸子里汲取了毫不掩饰的喜悦，而且一回比一回更有信心。他们两个完全沉醉在共同的快乐中，再感不到什么窘迫了。

埃德加先生可不同了，看他好不气恼，脸色发了白；等到他的太太站起来，走过地毯，重又抓住了希克厉的双手，笑得忘了形，这时候，他那种情绪就达到了顶点。

“到明天，我会当作是做了一场梦呢，”她嚷道。“我将会不相信我又一次看到了你，接触到了你，又一次跟你谈过话。可是，狠心的希克厉！你就不配受到这番欢迎。一去就是三年，杳无音信，从来不想到我！”

“比你想到我，还稍许好些吧，”他咕噜着说道。“我听到你出嫁，卡茜，还是不久的事。方才我在楼下院子里等待的时候，我盘算着这么一个主意——只跟你见一见面，看你瞪着眼，吃了一惊，也许还有装模作样的喜欢。第二步，我就去找亨德莱算旧账；于是不等法律来问罪，我就对自己下了手。[1]你的欢迎把我的念头打消了；可是留神，下次看到我别又是一个样儿！不，你不会再把我赶跑了。你当真为我难受吗，是不是？好吧，这不是没有道理的。自从我最后一次听见你的声音以来，我已在人海里苦苦地搏斗了一场啦；你一定得原谅我，因为我奋斗只是为了你！”

“卡瑟琳，如果我们不想等茶冷了再喝，那么请到桌子边来吧，”林敦打断了他们的话说道，极力想保持平时说话的声调和相当的礼貌。“不管希克厉先生今天在哪里过夜，他得走一段远路呢；再说，我渴了。”

她坐上了茶壶前面的座位；伊莎蓓拉小姐听到打铃，也来了；我替他们把椅子搬近之后就退出房去。十分钟都没满，这顿茶点就吃好了。卡瑟琳的杯子里根本没斟过茶。她吃不进也喝不下。埃德加泼了不少茶在他的茶托里，差不多一口都没咽下过。

那个黄昏，他们的客人逗留不到一个钟头。在他临走的当儿，我问他是不是到吉牟屯去。

“不是，到呼啸山庄去，”他回答道。“今天早晨我去拜访的时候，欧肖先生请我住到他那里去。”

欧肖先生请他去住！他拜访欧肖先生！等他走了之后，我把这两句话苦苦地想了又想。难道他变得有点儿虚伪了吗？他来到这山村可是要在暗中捣乱吗？我揣摸着。在我心底里，我有一个预感：最好他不曾来。

约莫在半夜里，我正在睡第一觉，有人把我弄醒了。是林敦太太溜进我的卧房，坐在床边，扯我的头发叫我。

“我的心静不下来，爱伦，”她说道，算是表示歉意。“我需要有个

---

① 希克厉意谓他原来打算先杀死亨德莱，报了宿仇，然后自杀。

活人陪伴我，我是那样的快乐！埃德加在闹情绪，因为他不感兴趣的事儿我偏那么兴高采烈。他不肯开口，要说也只是些赌气的蠢话；他还硬说我狠心，自私，不管他身子不舒服，多么想睡，我还偏要找他说话。他总是这样，只要有一点儿不称心，就要装病了！我替希克厉说了几句好话，也不知道他是害头疼病还是在吃醋，竟哭起来了。这样我就起了床，撇下他走出来了。”

“你对他称赞希克厉有什么好处呢？”我回答道。“他们俩从小就是冤家，要是让希克厉听到你称赞他，他也同样要恼恨的；这是人情之常呀。别在林敦先生跟前提到他吧，除非你喜欢他们两个公开吵一架。”

“可是那岂不表示很大的缺点吗？”她说下去道。“我是不会吃醋的。伊莎蓓拉披着一头亮光光的黄头发，雪白的皮肤，又是那样娇甜优雅，一家大小个个都疼爱她，我可从来不曾因为这些心里感到不好受。就是你吧，纳莉，逢到我们有时候争论起来，你总是立刻帮着伊莎蓓拉说话；而我总是像一个痴心的妈妈，认了输。我叫她心肝儿，哄得她又高兴起来。她的哥哥看见我们两个亲亲热热，心里就乐意，而我也就更乐意。可是兄妹两个不差多少。他们都是惯坏了的孩子，只道这个世界原是为他们的方便创造的。虽然我总是顺从他们俩，我认为痛痛快快地惩罚他们一下，同样可以叫他们改变过来。”

“你搞错了，林敦太太，”我说。“是他们在顺从你。要不然的话，我想象得出家里会弄成怎样一个局面。只消他们对你千依百顺，要怎样就怎样，那么在无关紧要的场合，你也能给他们凑个趣。可是总有一天双方会碰在一件互不相让的事儿上，那时候你们便要吵翻了；而被你称为软弱的，能够跟你一样倔强呢。”

“那时候我们大家就要拚命了，是不是，纳莉？”她笑着回答道。“不！我告诉你，我对于林敦的爱情就有这样的信心，我相信即使我杀了他，他也不会想报复的。”

我劝她，为了他这一份爱情就应该格外尊重他。

“我并没有不尊重他呀，”她回答道。“可是他也用不到为一丁点小事儿就呜哩呜哩地哭呀。这太孩子气了；我说了：现在的希克厉谁都会看得起，哪怕第一等的乡绅跟他交朋友，也会引以为荣的，他就哭成一团；其实他不但不该这样，还应该替我说这些话，而且因为和我心贴着心，他也感到快乐才是。他一定得看得惯他，即使他喜欢他，又有什么不可以呢。你想想，希克厉多有理由反对他，而我敢说，他的态度就非常大方。”

“他到呼啸山庄去，你怎么看呢？”我问道。“他分明是彻头彻尾地改过来了——是一个很像样的基督徒了——向他周围的敌人一个个伸出了他的友谊的右手！”

“他解释了，”她回答道。“我跟你一样地感到奇怪。他说是他到那里去走了一遭，为的是想向你打听我的消息，还道你仍旧住在那里呢。约瑟夫替他通报了，亨德莱走了出来，在门外盘问他这一阵子干些什么，日子过得怎样，最后就叫他走进去。屋子里有几个人坐在一桌，在赌牌。希克厉也加入了。我的哥哥输了一些钱给他；又看见他身边钱多得很，便请他晚上再去，他答应了。亨德莱就这样胡来，哪里顾得结交朋友也要看什么人。他懒得想一想，从前受他虐待过的人，他是否应当留神提防些。不过希克厉声明，他跟当初害苦他的人重又打交道，主要无非为了好安顿在离画眉田庄不远，可以徒步往返的一个地方，以及对于我们一起生活过的宅子自有一种依恋的感情；同时也为了怀着这样一个希望，住在那边，我去看他，机会多一些，如果他住在吉牟屯，对我就不那样方便了。他打算拿出一笔很可观的租金，让他在山庄住下来。不用说，我那哥哥见钱眼开，一定会接受下来的。我哥哥一向贪钱，虽然他一手抓来的钱，另一只手马上挥霍掉了。”

“这可真是一个青年人住进去的好地方！”我说道。“难道你不担心将来会闹出什么事来吗？林敦太太？”

“我一点儿也不为我的朋友担心，”她回答道。“他那坚强的头脑自会叫他避免危险的。倒是亨德莱有点儿让人忧虑。不过他也不会比现在道德上更堕落了吧，何况又有我在那里给他挡着，不让他受到皮肉上的损伤。

“今天晚上的事儿，叫我跟上帝和人类言归于好了。我曾经怨气冲天，要向老天造反。唉，我熬受了多么、多么痛苦的折磨啊，纳莉！要是让那个人知道了我受的罪，他会感到羞惭，不该临到我从此摆脱苦恼的一天，偏要发那么一股无名之火来煞我的风景。我是出于对他一片好心，才独个儿在那儿熬受着。要是我把朝朝暮暮藏在心头的痛苦吐露出来，他就会懂得也该像我一样，恨不得能减轻些苦痛才好。不过，现在这回事已经过去啦，我已不想跟他的愚蠢算账。从此什么苦我都能忍受了。要是天底下最下贱的东西打了我一个耳刮子，我不但要转过脸去，把另一面凑给他，而且还要向他赔不是，说是我惹恼了他。作为一个证明，我这会儿马上就去跟埃德加言归于好。晚安！我成了一个天使啦！”

她就怀着这样的信心，喜洋洋地走了。

到第二天，一望而知她圆满地实现了她的决心。林敦先生的一肚子气恼已经完全消散了（虽然看来他的精神还是给卡瑟琳的洋溢的喜气压制着），不但这样，下午她说要带伊莎蓓拉到呼啸山庄，他也不敢说个不字。她呢，就用那么浓厚、甜蜜的爱情来回报他，接连好几天全家竟变成快乐的天堂一般，东家也好，仆人也好，都沐浴在她那无穷尽的和煦的阳光里。

希克厉——往后我得称呼希克厉先生了——起初很谨慎，不随便到画眉田庄来做客访问，他似乎在试探主人对于他闯进来究竟能容忍到什么程度。卡瑟琳也认为在接待他的时候不要把心里的喜悦一齐显露出来，这样稳妥一些。他就这样逐步地建立起了来这里做客的权利。

他从小就沉默寡言，这种突出的性格现在仍然没有改变多少，因此也就看不到他有什么哭啊笑啊的种种表现。东家的不安总算暂时平息下来，而事情的发展又把他的不安在一个时期里引导到另一方面去了。

原来那意想不到的新的烦恼来自伊莎蓓拉·林敦。那时候，她已是十八岁的姑娘了，出落得十分漂亮，一举一动还不脱稚气，然而头脑非常敏锐，感情强烈，逢到恼怒时脾气也强烈。不幸的是，她对于那个被容忍的客人突然感到了不可抑制的爱慕。

她的哥哥本是十分疼爱她的，发现她竟然荒唐到看中了这么个人物，不由得吓坏了。不说跟一个没名没姓的人配亲眷，辱没了门楣；也不说万一他日后没有男嗣继承人，他这份财产便有可能落进这样一个人的手里；他还识透希克厉生就怎么一种脾气，懂得他虽然外表上看来改变了，他的本性却并没有变，也改变不了。他就是害怕这种性子。这一种性子叫他怎么也受不了。一想到让伊莎蓓拉在他手下去过日子，他不由得打了个寒噤。

要是让他知道了她这一番钟情原是一厢情愿，她看上的对象并没有拿同样的情意来回报她，那他更要坐立不安了。他不知道底细，所以一发现有这回事，便怪在希克厉头上，以为是他有意勾引。

在那段时期里，我们都看出林敦小姐有点心神不定，若有所思似的。她变得脾气暴躁，叫人头疼；只管盯住着卡瑟琳，跟她纠缠，吵嘴，也不顾她嫂嫂原只有那么一点儿耐性，会给她闹得发作起来。我们都原谅她几分，只道是她身体不好。我们眼看她一天天的瘦损憔悴。

有一天，她格外来得任性，就是不肯吃早饭，还抱怨仆人们不听她的吩咐啊，她的嫂嫂做一个当家人，眼看她受人怠慢，却不当一回事啊，她的哥哥也不理会她了啊；为什么让门儿敞开着，累她着了凉啊，又说是我们故意让客厅里炉火熄了，好把气恼给她受啊，等等，怨这怨那，无理取闹了半天。林敦夫人用严厉的口气叫她立即上床睡去，痛快地把她训了一顿，还吓唬她要去请大夫来了。

一听到提起坎纳斯，她就赶紧大声申辩，说是她身子好好的，什么病都没有，完全是卡瑟琳对她太凶，才使她不乐意罢了。

“我对你太凶！这话从哪儿说起，你这个淘气的宝贝儿？”主妇嚷道，对这没来由的指责表示吃惊。“你真正是好坏都不懂啦！我几时对你太凶了？你倒是说呀。”

“昨天，”伊莎蓓拉抽抽噎噎地说，“还有现在！”

“昨天！”她的嫂嫂嚷道。“在什么场合？”

“昨天我们沿着原野散步的时候，你打发我爱往哪儿就往哪儿去，你自个儿却跟希克厉先生两个只管东荡西逛的！”

“所以你就认为我对你太凶了吗？”卡瑟琳说道，笑了起来。“这并不是在多嫌你呀。你跟我们在一块儿也好，不在一块儿也好，我们并不在意呀。我只不过认为希克厉的谈话让你听来不会有什么趣味罢了。”

“噢，不，”那位小姐哭着说；“你打发我走，因为你知道我是喜欢留在那儿！”

“她可是疯了？”林敦夫人无可奈何地向我求救道。“我可以把我们谈过的话一句一句地重新说给你听，伊莎蓓拉，请你指出来，有什么地方你觉得是有趣的。”

“我不在乎你们谈些什么，”她回答道。“我是要跟——”

“嗯？”卡瑟琳看出她有点儿不好意思说下去。

“要跟他在一块儿；我不愿老是给人打发走！”她说下去道，情绪激动起来。“你就是那牛槽里的狗[①]，卡茜，除了你自个儿，再不愿意还有哪一个被人爱上了！”

“你这个不知好歹的小猴子！”林敦夫人大吃一惊地嚷道。“可是我不信有这样的痴心妄想！哪儿能有这样的事，你想要得到希克厉的爱慕——你居然会把他看做一个可爱的人！我希望我是误会你的意思了，是吗，伊莎蓓拉？”

“不，你没有误会，”那个迷了心窍的姑娘回答道。“我爱他胜过你爱埃德加；他也许会爱我的，假使你肯放手的话！”

“这么说，就算你是皇后娘娘，我也不愿意做你啦！”卡瑟琳用强烈的语气表示她的意见；看样子，她说的是真心话。“纳莉，你帮我让她明白过来，她是疯了。告诉她希克厉是怎么样一个人——一个野性不改的蛮子，没有教养，也不曾开化，简直是一片不毛的荒野，只有荆棘和砂石。看那儿笼子里的小金丝雀，我还狠不了心把它放到冬天的林子里去，我能劝你把你那颗心去交托给他吗？可惜你太不了解他的性格了，孩子，就因为这个道理，才叫你的头脑产生那种幻梦。千万别以为在他那严峻的外表底下深深埋藏着仁爱、埋藏着柔情！他并不是一颗未经琢磨的金刚钻，一个含着珍珠的牡蛎——不是这样一个粗夫。

“不，他是一个狼一般凶狠无情的人。我从来不跟他这么说：‘放过这个或是那个仇人吧，因为你害苦他们你就是气量小，就是狠心

---

① (伊索寓言)有一条狗，舒服地睡在牛槽里的草料上，牛来吃草，就狂吠一阵，不许它走近来；最后牛抗议道：你自个不吃草，又不让人家吃，这算怎么一回事呀！

肠。’我说是：‘放过他们吧，因为，我可不答应有谁来伤害他们。’

“他会把你毁了，就像压碎一只麻雀蛋，伊莎蓓拉，要是他觉得你是个太麻烦的负担。我知道他决不会爱林敦家的哪一个人的；可是他完全能做这样的事：跟你的钱、跟你的继承财产的希望结婚。贪财的念头在他的心里头成长，变成了摆不脱的罪恶。这就是我给他画的一幅像，而我还是他的朋友呢——正为了这缘故，假使他当真一心想要把你弄到手的话，也许我会闭紧嘴巴，看着你掉进他的圈套去呢。”

林敦小姐气呼呼地瞪着眼睛看她的嫂嫂。

“亏你说这些话！亏你说这些话！”她只管恼怒地嚷。“你比二十个敌人还要坏，你这个恶毒的朋友！”

“啊，这么说，你不相信我？”卡瑟琳说道。“你打量我这番话是从坏透了的、自私自利的心眼儿里说出来的吧？”

“正是这样，我看得很明白，”伊莎蓓拉不甘示弱地说；“你叫我害怕得发抖！”

“好哇！”对方叫起来。“你自个儿去试试吧，如果你满脑子都是这种想法。我没有什么好说的了，不跟你这个不知好歹、不讲道理的人多费唇舌了。”

“为了她那股自私劲儿，我就得吃苦头！”林敦夫人走出房间以后，她呜哩呜哩地哭诉道。“一切，这一切，都在反对我。她毁了我的惟一的安慰。可是她讲的是谎话，是不是呢？希克厉先生不是一个恶魔。他有一个值得尊敬的灵魂，而且是一个真诚的灵魂，要不然，他怎么还能记得她呢？”

“快把他从你的心里头赶走吧，小姐，”我说道。“他是一头不祥的恶鸟——不配做你的伴侣。林敦夫人把话讲绝了，可是我没法反驳她。她比我、比哪一个人，都更清楚地了解他的心地；而她决不会把他描摹得比他本人更糟的。问心无愧的人是用不到隐瞒他们的所作所为的。他那一阵是怎样过活的？他是怎样发财的？干吗他要在呼啸山庄住下来——住在他所痛恨的那个人的家里？听他们说，自从他来到之后，欧肖先生越发堕落了。他们两个经常整夜的喝酒、赌博；亨德莱为了借钱用，已经把他的田地抵押出去，他什么事都不管，只知道赌钱、喝酒。才只一礼拜前我听得说起——是约瑟夫告诉我的，我在吉牟屯碰见他；他说：

"'纳莉，咱们这个老家，差点儿够得上请验尸官来验尸啦。他们中间有一个险险乎给砍掉了手指儿，为了挡住另一个把自己当作小牛崽似地一刀子扎下去。我说的是东家——你知道吧，他大大地够得上去受末日审判啦。审判席上的法官，他谁都不怕，管什么保罗，还是彼得，约翰，马太啊[①]——随便哪一个，他全不在乎！他就喜欢——他偏还拿他那厚脸皮摆在他们面前呢！

"'还有那个好小子希克厉，你得留神，真了不起哪！哪怕十足是魔鬼在开玩笑，他也照样能咧开了嘴发笑，不输于随便哪一个人。他到田庄去的当儿，从来不曾提起他在我们中间干的什么正经事吗？就是这么个样儿——太阳落山时起床，掷骰子，喝白兰地酒，关上百叶窗，点上蜡烛，一直点到第二天的正午；这两个荒唐的赌棍这才咒天骂地、满嘴呓语，摸回他们自己的卧房去，叫懂得羞耻的正派人来不及把手指塞住自己的耳朵。

"'这个坏蛋呢，嘿，他会计数他手里的钱，吃饱了饭，睡好了觉，跑到邻舍去找人家的老婆搭讪。当然啰，他会告诉卡瑟琳大娘她老子的金子银子怎么样都滚进他的口袋里去了；她老子的儿子大踏步地往堕落的道路上跑，他怎样赶在前头把一路上的栅栏一齐打开！'

---

① 保罗，彼得，约翰，马太，都是耶稣的使徒。

“嗳，林敦小姐，约瑟夫是个老浑蛋，但不是一个说谎的人；如果他所讲到的希克厉的种种行为是当真不假的，那你怎么也不会想要这样一个丈夫吧，你决不会的吧。”

“你跟其余那些人是一气串通的，爱伦！”她回答道。“我才不听你这些造谣中伤的话呢。你们安的是什么坏心眼儿，一劲儿要叫我相信这个世界上再没有幸福了！”

如果由着她一个儿，她究竟会从痴心妄想中清醒过来呢，还是始终执迷不悟，我可不能说了。她很少有好好想一下的时间。第二天，邻镇有一堂会审，东家是必须参加的。希克厉得知他有事外出，便登门作客，比平常早得多。

卡瑟琳和伊莎蓓拉两个正坐在书房里，赌着气，可是并没出声。那小姑想到她近来的行动太冒失了，昨日又在性子发作的当儿把自己内心的秘密泄露出来了，不免有点儿惊慌。那嫂子呢，已把这回事前后思量了一番，对她的小姑当真生了气，暗中打定主意，下次要取笑取笑小姑多么唐突，偏要叫她感到这不是什么好笑的事儿。

当她看见希克厉从窗边经过时，她的确笑了。我正在打扫炉子，我看见她嘴边挂着一个不怀好意的微笑。也不知伊莎蓓拉正在专心看书，还是想得出了神，一直到门儿推开，她都坐着没动，这一下，她想躲避也来不及了，否则的话，她还会不逃吗?

“进来，来得正好！”主妇喜洋洋地嚷道，拖了一只椅子到火炉边。“这儿两个人正苦着没有第三者来把她们中间的冰山给融解了；而你正是我们两个都选得中的人。希克厉，我好不得意哪，因为我终于能够对你说出一个人来，她比我都更爱慕你。我希望你感到荣幸才好。——不，这个人不是纳莉，不要望着她！我那小妹子，怪可怜的，只是在暗地里想念你那形体的美、精神的美，想得连心儿都碎了呢。做不做埃德加的妹夫完全看你啦！不，不，伊莎蓓拉，你跑不了！”她接着说，只装作是闹玩笑，一把拉住了那个狼狈不堪的姑娘——她刚从座位上忿怒地站了起来。

“都为了你，希克厉，我们两个像两只猫似地斗了起来，各人争着夸耀自己的爱恋和忠诚，可是我完全给比下去了。此外，对方还通知我，只要我能够识趣些，站过一旁，那我的情敌——她自命为我的情敌——就会一箭射中你，从此永远占据你的心灵，把我的形象永生永世驱逐得无影无踪了。”

“卡瑟琳！”伊莎蓓拉嚷道，恢复了自己的尊严，不肯拉拉扯扯，硬是从紧紧的掌握里挣脱出来。“我多谢你啦，说老实话吧，不要造我的谣，哪怕是闹着玩！——希克厉先生，请你吩咐你这个朋友放我走吧。她忘了我跟你并不熟识；对于她是挺好玩儿的事，对于我可有着说不出的痛苦！”

谁知那位客人却并不理睬，只管在自己的位子上坐了下来，她对于他怀着一片什么样情感，看来他压根儿不理会；于是她只好转过来向她的迫害者小声小气地苦求放了她吧。

“没有那么容易！”林敦夫人嚷着回答道。“我可不愿意下次再给人家叫做‘牛槽里的恶狗’了。你给我留在这儿。——这就对啦！嗳，希克厉，听得我这好消息，你为什么不表示得意呀？伊莎蓓拉发誓说，埃德加那样爱我，可是跟她对你的一片柔情一比，就算不得什么啦。我记得她确实说过这一类话——她说过没有，爱伦？而从前天散步回来，她就一直不曾吃过东西，又恨又伤心，只为了我把她从你身边打发走了，我还道跟你在一起会叫她受不了。”

“我以为你在取笑她，”希克厉说道，把椅子转过来面对着她们。“至少目前她就不愿意跟我在一起！”

说着，他就紧紧盯着这个谈话的对象，那神情好比人们在打量一种罕见的、惹人反感的动物——譬如说吧，一条印度的蜈蚣，尽管它讨人厌恶，可是出于好奇心，人们还是要细细观察它。

这可怜的小东西忍受不住了。只见她脸上白一阵红一阵、接连地变着颜色，眼泪像明珠般挂在睫毛上。她纤细的手指竭力想掰开卡瑟琳的紧紧的掌握；可是她才从自己手臂上掰开一只手指儿，另一只手指儿又压下来了，再没法把五个手指儿一齐掰掉；看到这样，她就使用起手指甲来了。那尖尖的指甲顿时在那紧抓着的手指儿上画出几条鲜红的新月形来。

“好一只母老虎！”林敦夫人嚷道，把她放走了，疼得直挥手。“滚开吧，看老天面上，快把你这张泼妇的脸儿藏起来吧！就这么愚蠢，当着他的面，把你的爪子露了出来！难道不想想他会产生什么感想吗？瞧，希克厉！这就是她用来抓人的家伙——你可得留神你的眼睛哪！”

“看我不把她的指甲从她手指上撕下来，要是她胆敢对我张牙舞爪；”他野蛮地回答道。这时候她已跑了出去，门也关上了。“可是卡茜，你这是什么意思，把那个小东西这么取笑一通？你说的不是实话吧，是吗？”

“我向你保证，我说的是实话，”她回答道。“这几个星期来，她想你想得都没命啦。今天早晨[①]，她又为你大闹了一场，把我骂个狗血喷头，只为了我把你的短处照直说了，好叫她冷了这一片痴心。可是你也不必再理会这事啦。我无非想惩罚她的凶劲罢了。我的好希克厉，我太喜欢她了，哪儿舍得让她给你抓去一口吞掉呢。”

“我呢，太不喜欢她了，哪儿会去打她的主意呢，”他说，“除非我不怕倒胃口。要是让我跟这张讨人厌的蜡脸儿[②]住在一起，那你有不少新鲜的事儿好听到啦；每隔一两天就叫她那白皮肤上现出彩虹般的五

---

① 原文如此，疑为“昨天早晨”。

② 蜡脸儿，应指蜡制的洋娃娃的漂亮脸儿。

颜六色来，叫那双蓝眼睛变成了乌青，还是稀松平常，不算一回事呢。太可恶了，那双眼睛跟林敦的一模一样！”

“太可爱了！”卡瑟琳说道，“那一双是鸽子的眼睛——天使的眼睛！”

“她是她哥哥的继承人，是不是？”他沉默了一会儿之后问道。

“如果让我说是的，那我心里就会难受了，”[①]他的同伴回答道。“会有五六个侄子来取消她的继承权呢，只要老天喜欢！把你的心思抛开吧，别再想到眼前这事上去啦。你太贪图邻居的财产啦。记住，这一家邻居的财产是属于我的。”

“要是这份财产归了我，那还不是这回事吗？”希克厉说道；“可是伊莎蓓拉虽然没有头脑，却一点儿不疯；总之，听你的话，我们不提这回事吧。”

在口头上，他们果然不提这回事了；也许卡瑟琳在心里也不想起了。可是另一位，我确实感觉到，在那天晚上，却不止一次想起这回事来。每当林敦夫人有事离房的时候，我看见他就独自在发笑——还不如说是狞笑——就阴森森地沉思起来了。

我打定主意要留意他的行动。我的心始终偏向东家这一边，而不是偏向卡瑟琳那一边。我自以为是有理由的，因为他和善，正派，信任别人；而她呢——虽然不能说截然相反，可是她的行动未免太随心所欲，叫我难以相信她立身处世有什么准则，更难于对她的一喜一怒产生同感。

我巴不得会发生一件什么事情，暗中替呼啸山庄和画眉田庄的人们摆脱了希克厉先生，让我们重又像他没有来到之前那样过日子。他

① 卡瑟琳意谓：“如果有一天伊莎蓓拉当真做她哥哥的继承人，那全因为我没有能为林敦生下个男孩子，我将为此而感到难受。”（当初遗嘱规定，在林敦没有男嗣的情况下，他的财产将由其妹妹继承。）下文“五六个侄子”，卡瑟琳自言希望能生下五六个男孩子。

上门来作客，对于我是没完没了的梦魇，我怕对于我那东家也是这样吧。他在呼啸山庄住下来，给人一种说不出来的压迫感。我觉得上帝已丢下了那迷途的羔羊，[①]由它去彷徨，一只恶兽来到它和羊栏中间巡行着，看准机会就要扑过来吃掉小羊儿了。

① 迷途的羔羊，指伊莎蓓拉。

第十一章

有时候，我独自一人默想着这些事情，往往会突然感到一阵害怕，跳起来，戴上帽子，要赶到山庄去看看到底成了什么个局面。我良心上觉得我有这责任去警告他[①]大家在怎样议论他的行为；随即我又想到他这恶习惯是根深蒂固、无可救药的了，因此脚步就又缩住了，不敢重新踏进这败落的宅子，怀疑我说的话人家能否听得进去。

有一次，大概就在我的故事讲到的那段时期吧，我有事到吉牟屯去，却绕着路走，经过那古旧的门房。这是一个晴朗的、有霜冻的下午，地面上寸草不留，道路又硬又干。

我来到那块界石边，从这儿，大路在你的左手岔出一条小路，通向原野。所谓界石，就是竖立在那里的一个粗糙的砂石柱，在北面一边刻着“呼 · 山”，东面一边刻着一个“吉”字，西南一边刻着“画 · 田”。这就算是到田庄、到山庄、到镇上去的路标了。

阳光照射在那柱子的灰色顶上，黄澄澄的，叫我想起夏天的光景来。我也说不上为什么，只觉得猛然间，有一股童年时代的感觉涌上了我的心头。二十年以前，亨德莱和我两个就把这里看做最好玩儿的去处。

有好一阵子我只管对着那风雨剥蚀的岩石看。后来我弯下身去，看见靠近石脚，有一个洞眼，里面还是满放着蜗牛壳和小卵石；当初我们就最喜欢把这些玩意儿和其他一些不能那么长久保存的东西贮放在那里。这样回想着，我眼前仿佛活龙活现地出现了我那童年的游伴：坐在枯黄的草泥地上，把他那黑黑的方头额向前探着，他的小手正用一块石板在地上扒泥土。

“可怜的亨德莱啊！”我不由自主地喊了起来。

我吓了一大跳。有那么一会儿工夫，我那受骗的肉眼当真以为看见那孩子抬起脸来直望着我！一眨眼它就隐去了；可是我立刻感到一种不可抑制的渴望，要到山庄去走一遭。迷信的观念怂恿我依从这个冲动。也许他已经死了呢！我想，或者他快要死了呢！——这不会是一个死亡的征兆吧！

我越是走近那老家，心里越是在翻腾；等望得见宅子的时候，我四肢都发抖了。那幽灵却比我先到了。它站在那儿，从栅栏里边张望着。这是我第一眼看见一个乱头发、黄褐眼珠的男孩子，把他喷红的脸儿靠在栅栏横木上时的念头。再一想，我就记起了哈里顿——一定是我的哈里顿，自从我离开他这十个月，他外形上还不曾大大地改变。

“上帝保佑你，心肝儿！”我嚷道，顿时忘掉了我的无谓的恐惧。“哈里顿，纳莉来啦！是纳莉呀，你的保姆。”

他不让人抱他，却向后倒退，还拣起一块大石头。

“我来看你的爸爸，哈里顿，”我接着说道，从他的举动我可以猜

---

① 指亨德莱而言。

想到，即使纳莉还活在他的记忆里，他也认不得我就是纳莉了。

他举起石头要扔。我赶快跟他说好话，可是没法叫他住手不扔。石头打中了我的帽子；接着，从这小家伙的嘴唇里结结巴巴滚出了一连串的咒骂来，也不知他懂不懂这些骂人的话，可是他念得有腔有调的，十分熟练，还把他那张稚气的小脸扭曲成一副恶狠狠的可怕的凶相。

你该信得过，我看到这情景，只有心疼，没有恼怒。我都几乎要哭了。我从口袋里掏出一只橘子送到他跟前，表示跟他讲和。

起先，他拿不准主意，然后一下子从我手里抢过去，仿佛他认为我是存心戏弄他，叫他上个大当。

我又掏出一只橘子来给他瞧，可是这一回不让他的手够得到。

“谁教你这些好听的话的，我的孩子？”我问道。“是牧师吗？”

“去他妈的牧师，还有你！把那个给我，”他回答道。

“先告诉我，你在哪儿念书，这只橘子就给你，”我说。“谁做你的老师？”

“老不死的爹爹，”他回答道。

“你在爹爹那里学些什么呢？”我问下去道。

他跳起来抢橘子，我把手举得更高些。“他教你些什么呢？”我问道。

“什么也不教，”他说道，“只是叫我离开他远些。爹爹受不了我，因为我要咒骂他。”

“啊！那么是魔鬼教你咒骂爹爹的吗？”我问道。

“对——不，”他慢吞吞地说道。

“那么谁呢？”

“希克厉。”

我问他喜欢不喜欢希克厉先生。

“对！”他又回答道。

我很想知道他为什么喜欢希克厉，可是只能问出这样几句话来——“我不知道。爹爹怎样对付我，他就怎样对付爹爹——爹爹咒骂我，他就咒骂爹爹。他还说我可以高兴怎么干就怎么干。”

“那么牧师没有教你读书写字吗？”我问下去道。

“不，我听说，要是牧师敢跨进这大门，管叫他的——门牙给打落到他的——嗓子眼里，——希克厉就是这样说的！”

我把橘子放进他手里，要他进去跟爸爸说，有一个叫做纳莉·丁恩的女人在园门边等着，要跟他说话。

他走上了铺路，进了宅子。可是过了一会儿，出现在宅门前铺石上的并不是亨德莱，而是希克厉。我立刻转回身，使尽生平的气力，顺着大路逃去，一步不停地直跑到指路标那儿——害怕得就像是招来了一个妖魔似的。

这跟伊莎蓓拉小姐的那回事儿并没多大关系，只除了从此我更加下决心要严密留意，尽我的力不许那恶势力侵入到画眉田庄来，哪怕我因此会开罪林敦太太，惹起一场家庭的风波。

希克厉下次又来的时候，我家小姐正巧在院子里喂鸽子。三天来她不曾跟嫂子交谈过一句话；不过总算她不再怨这怨那地闹情绪了，真叫我们宽心不少。我知道，希克厉对于林敦小姐本来并没有浪费半点不必要的礼貌的习惯。可是现在，他一眼看到她，第一个动作是先迅速向宅子正面打量一下，看有没有人。我正站在厨房的窗子边，不过我躲开了他的目光。

他于是走过铺石道，走到她跟前，说了一些什么话。她好像窘了，想要脱身走开；可是给他阻挡住了——他抓住了她的胳臂。她把脸儿扭转过去。分明是他问了她什么话，而她却不想回答他。接着他又向宅子打量一下，只道没人看见，那个恶棍居然好大胆子，把她搂在怀里。

“犹大！[1]奸细！”我嚷道。“原来你还是一个伪君子，是不是？一个存心不良的骗子！”

“你在说谁呀，纳莉？”卡瑟琳的声音在我身边说道。我全神贯注地望着窗外那一对，因此连她几时进来都不曾觉察。

“你那个不得人心的朋友！”我激动地回答道——“就是那个偷偷摸摸溜到人家家里来的流氓。啊，他一眼瞧见我们啦——他进来啦！我倒要看看他还有什么脸儿找好听的话来替自己开脱——他对你说是恨小姐，而背地里却在向她求爱！”

林敦夫人看见伊莎蓓拉挣脱出来奔到花园里去了。

不多一会儿，希克厉推开了大门。我一肚子怒火怎么也忍不住不发泄一下，可是卡瑟琳却很生气，坚决要我住口，还警告我说，要是我再敢插嘴，胡言乱语，她就要命令我离开厨房了。

“听你的口气，人家还道你是一家的主妇呢！”她嚷道。“你要给我明白你的本分！——希克厉，你这是干什么，闹出这样的事来？我说过不许你去招惹伊莎蓓拉！——我求你别走这一步吧，除非你来这儿做客做得不耐烦了，希望林敦给你吃闭门羹！”

“他想试试吗？上帝可不容许呢！”这阴险的坏蛋回答道。这会儿我就是恨他。“上帝叫他老实些、乖些儿吧！我一天天越来越疯狂，恨不得送他上天去！”

“嘘！”卡瑟琳说，把里面的门关了。“不要来气我。为什么你不理会我的请求呢？她可是存心撞到你跟前来的吗？”

“这跟你有什么相干？”他咆哮说。“我有权利跟她亲嘴，只消她情愿；你可没有权利反对。我又不是你的丈夫，你用不到跟我吃醋。”

---

① 犹大，耶稣的门徒，因贪图金钱而出卖耶稣。

“我不是跟你吃醋，”主妇回答道；“我是替你吃醋。把你的脸色放开朗些，你用不到对我皱眉头！要是你喜欢伊莎蓓拉，就让她嫁给你好了。可是你喜欢不喜欢她呢？要讲实话，希克厉！看哪，你不回答了。我拿得准你并不喜欢她。”

“再说，林敦先生会同意他妹妹嫁给那个人吗？”我问道。

“林敦先生会同意的，”我家太太断然回答道。

“他可以不必操这个心了，”希克厉说；“用不到他赞成，我同样办得到。至于你呢，卡瑟琳，既然我们说到这里，我倒有几句话想跟你谈一谈。我要你明白，我是心中有数的，你对待我真是狠心——真是狠心！你听清了没有？要是你哄骗自个儿，以为我心中并不明白，那你真是一个傻子；要是你只道说几句好听的话，就可以让我心平气和了，你就是个白痴；要是你当作我吃了苦头不想报仇，那我要叫你相信，完全不是这回事，也不消你等待多少时候！同时，我还得谢谢你，把你小姑的心事告诉了我。我赌咒要大大地派它的用处呢。你给我站开些吧！”

“这又是他性格上的什么新花样呀？”林敦太太吃惊地叫了起来。“我对待你‘真是狠心’——所以你要来‘报仇’！你准备怎样报仇呢，你这忘恩负义的畜生？我怎样狠心对待你了？”

“我不是找你报仇，”希克厉回答道，凶猛的气焰低下了一些。“我的计划不是这样。暴君把他的奴仆折磨得好苦，他们并不站起来反抗，却把怨毒发泄在比他们更下贱的奴隶身上。我心甘情愿地听凭你把我作践到死，只要你觉得好玩；只是也容许我用同样的手段给自己找一点儿乐趣，同时还求你千万不要侮辱我吧。既然你把我的皇宫铲成了平地，不要搭一间茅草棚，赏给我算是家，还得意地夸耀自己良心真好。要是我以为你是真心希望我娶伊莎蓓拉，我宁可把自己的脖子抹了！”

“啊，坏就坏在我没有吃醋，对吗？”卡瑟琳嚷道。“好吧，我下次决不再给你说亲了，这就跟送一个堕落的灵魂给撒旦那样糟糕。你的幸福，就跟撒旦一样，是叫人受苦受难。[①]你自个儿证实了这个。你刚上门来时，埃德加闹了一通脾气，后来他的情绪平下来了，我也就安了心，获得了宁静；而你呢，知道我们相安无事，日子就不好过了，看来你是打定主意要惹起一场风波。你去跟埃德加大吵大闹一场吧，要是你高兴的话，希克厉，还可以把他的妹妹拐去。真亏你想出这么一个最好没有的办法，来收拾我，给自己报仇。”

他们没有再谈下去。林敦夫人在炉火边坐了下来，两腮绯红，心情沉重。供她役使的“精灵”变得不听使唤了；她没法镇压它，也控制不了它。他双手交叉，站在炉子跟前，肚子里尽是恶念头在打转。

我就在这情景下离了他们去找东家，东家正在纳闷，什么事儿叫卡瑟琳在楼下耽搁了老半天。

“爱伦，”我一进去他就问道，“你看见太太吗？”

“看见，她在厨房里，先生，”我回答道。“她为了希克厉先生的那种行径，很不痛快呢——呃，可不，照我看，现在该是时候，对于他的上门作客该另作一番安排了。太客气了反而不好，结果闹出这样的事来——”

于是我把发生在院子里的那一幕情景讲了出来，还大着胆子，把接着发生的那一场争吵也如实说了。我认为我这番话对于林敦太太并不见得是太不利的，除非她以后对她的客人采取袒护的态度，那又是另一回事了。

---

① 按照《圣经·旧约·创世记》，撒旦是给上帝逐出天堂、落进地狱的魔鬼，他发誓报仇，化身为蛇，引诱夏娃、亚当（人类的祖先）触犯上帝的禁律，二人因而被谪落人间，受苦受难。

埃德加·林敦好不容易才听完了我的话。他开头几句话显示出他并不想替他的太太撇清罪名。

“真把人气坏了！”他嚷道。“真是太不顾体面啦，她竟会把他认做一个朋友，还要勉强我去跟他敷衍！到下房去给我叫两个人来，爱伦。不许卡瑟琳尽跟这个下贱的坏蛋多费口舌了——我对她已经够迁就了。”

他走下楼来，吩咐两个仆人在走道上等着，自己向厨房走去，我在后面跟着。

厨房里，那两个人重又火辣辣地开腔了，至少是林敦夫人又抖起精神正在厉声责骂。希克厉已走到窗边，低下了头，分明受不住她那一场痛骂，有些气馁了。他第一个瞧见东家，就急忙做一个手势，叫她别闹下去了；她一看出他做这暗示的缘故，当真立即住了嘴。

“这是怎么一回事？”林敦问她道。“你倒是真讲究你的体面哪——那个流氓当着你的面说出那种话来，你还留在这里！我看，这本是他平常的谈吐，所以你也不以为意了。他的下流的品性你已经看惯了，也许只道我也能看得惯的吧。”

“你可是在门背后偷听来着，埃德加？”那位主妇问道，故意使出一种特别能激怒她丈夫的口气，表示根本不在乎，也不屑理睬他冒火不冒火。

在东家说话的当儿，希克厉把眼睛抬了起来，现在听得卡瑟琳说了那句话，便跟着发出一声冷笑，——这一笑好像是故意的，好把林敦先生的注意力吸引到他身上来。

他果然成功了；可是埃德加并不打算跟他暴跳如雷地热闹一通。

“直到目前，我对你始终很克制，先生，”他平静地说道，“并非我还不知道你那卑鄙下流的品性，只因为我觉得那不能完全归罪于你；卡瑟琳又希望跟你保持来往，所以我就默许了——一件失策的事。你给大家带来了道德上的毒素，要叫最清白的人也给污染了。为了这缘故，为了防止发生更糟糕的后果，今后我不准你再上我的门，我现在通知你，立刻给我走出去。如果过了三分钟还不动身，那就别怪我不客气了。”

希克厉把说话的人周身上下打量了一通，眼睛里充满了嘲弄的神气。

“卡茜，你那头羔羊儿倒会像公牛那样吓唬人呢！”他说道。“只怕它的头颅撞在我的老拳上，要碰个粉碎了。——老天，林敦先生，真要命，我真下不了手，你还不配给我一拳打倒呢！”

东家向走道瞥了一眼，又跟我做了个手势，去把人喊来。他可并没有一个对一个相拼的意思。

我听从了他的指使；可是林敦太太起了疑心，跟着出来了；我正要招呼那两个人时，就给她拖了进来，还把门碰上、锁上了。

“好哇，倒是正大光明哪！”她就拿这话来回答她丈夫的气愤吃惊的脸色。“要是你没有勇气扑过去跟他斗，那就向他道歉，[①]或者准备挨揍；也好叫你以后别再硬充什么好汉。——不，我宁可把钥匙吞下去，也不会让你拿到手！我一片好心对待你们两个，这就是我得到的好报应！一个是孱头，另一个是蛮子，两方面我都一味纵容，结果却讨来了两种不识好歹的怨恨，愚蠢得简直可笑！埃德加，方才我正在卫护你和你的家呀；我巴不得希克厉死劲儿把你抽一顿，你胆敢存着坏心眼儿来看待我！”

根本用不到这一顿抽打，东家已经瘫痪下来了。他想要从卡瑟琳手中夺过钥匙，她为了万无一失，把钥匙一下子扔进了炉火的最炽热的中心。

---

① 卡瑟琳在这里根据封建骑士的传统，讥笑她丈夫没有遵守一个对一个的决斗方式来解决个人的纷争。

这一下，埃德加先生身子禁不住一阵发抖，脸色变成死白。他怎么咬紧牙关也没法掩盖他的激动的情绪；痛苦夹杂着羞辱，完全把他压倒了。他靠在椅背上，两手掩了脸。

“哎哟，天哪！在从前的日子里，这还可以给你博取一个骑士的封号呢！”林敦太太嚷道。“我们给他制服啦！我们给他制服啦！希克厉如果会向你伸出一个手指头，那无异一个国王会率领了大队人马去攻打一窝小耗子。放心吧！谁也不会来碰你的！你算不得一只羔羊，简直是一只吃奶的小兔子！”

“我但愿你喜欢这个没有血气的懦夫，卡茜！”她的朋友说道。“我佩服你有眼光。你就是看中这么一个淌着口水、抖作一团的东西，把我丢下了！我不想请他尝我的拳头，可是踢他几脚倒是非常配我的胃口呢。他是在哭泣，还是吓得要昏过去了？”

这家伙走过去，把林敦坐着的椅子推了这么一推。他还不如站远一些好。我的东家直挺挺地跳了起来，照准他的喉头就是狠命一拳；如果他瘦小一些，早就给打倒在地了。

有一两分钟光景，他喘不过气来；趁这会儿，东家打从后门走到院子里，又从院子走进了前面的正门。

“好！从此你别想再到这儿来啦，”卡瑟琳嚷道。“现在快走吧。他会带着一对手枪、五六个帮手回来的。如果我们的谈话他当真背地里听到了，他当然再也不会饶恕你了。你做出了对我不起的事，希克厉。可是走吧——赶快呀！我宁可眼看埃德加走投无路，也不愿你落在这种处境里。”

“你难道以为我挨了这一拳，喉头还在火辣辣地发烧，我就这样走了吗？”他怒吼道。“我指着地狱赌咒，不！我跨出这门槛之前，先要把他的一根根肋骨捣得像个烂榛子的核！要是我眼前不摆平他，总有一天我会结果他的性命。所以，你舍不得他这一条命，就得让我抓到他！”

“他不来啦，”我插嘴道，编了个小小的谎。“那儿来了一个马车夫，两个园丁。你该不会等他们来把你推到大路上去吧！每人手里拿着一根棍子；并且很可能的，东家正从客厅的窗子里看着他们执行他的命令呢。”

园丁和车夫确是在那里，可是林敦也跟他们在一起。他们已经进了院子。希克厉再一转念，决计不跟三个底下人搏斗，就抓了一把火钳，把里门的锁敲落，等他们大踏步进来的当儿，他就逃出去了。

林敦夫人精神上受的刺激很大，叫我陪她上楼。她不知道这一场纠纷也有我一份干系在内，我自然竭力不让她知道。

“我快要神经错乱啦，纳莉！”她嚷道，把身子倒在沙发上。“我的脑子里有一千个大铁锤在乱敲！叫伊莎蓓拉躲着我些；这场争吵全是为她闹起来的；眼前如果她，或者不管哪一个，再到我火头上来加油，我就要发狂啦。还有，纳莉，跟埃德加说——要是今夜你再看到他，——只怕我要害一场大病啦。我但愿果真如此。他今天害得我好苦，想不到他突然来这一手！我也要吓唬他一下。再说，要不然，他也许会赶来只顾唠唠叨叨，埋怨啊，谩骂啊。我知道我一定会回敬他的，那只有上帝知道我们俩将要闹到什么地步为止！

“你愿意去跟他说吗，我的好纳莉？你是清楚的，这件事儿里我没有一点不是的地方，他见神见鬼的来偷听什么呀？你走开之后，希克厉说的尽是不知轻重的话，但是我很快就可以叫他把对于伊莎蓓拉的心思丢开，那其他就无关紧要了。现在却弄得一团糟——只因为这个傻瓜鬼迷心窍，偏要来偷听对自己不利的话。要是埃德加不曾把我们的话听了去，他决不会因之吃什么亏的。说真的，当他毫没来由、没好声气地向我开腔时——也不问我正为着他在痛骂希克厉，直骂得我嗓子都沙哑了——我就把心横了下来，再不管他们两个怎样扭在一块儿了；尤其因为我觉得，不管这场戏怎样收场，我们都要给活活拆散了，谁也不知道这一分手要多久！好吧，假使我不能留着希克厉做我的朋友，——假使埃德加一味地小气、吃醋，我就要揉碎自己的心，好把他们的心揉个粉碎！

"要是把我推到无路可走，这就是解决一切的最直捷痛快的办法！不过这一着呀，要留到再没有挽回的时候才使出来；我不会事前一点警告都不给林敦的。本来，他一向都是小心翼翼的，惟恐把我惹恼了。你得叫他多想想，如果不照向来那一套办事，会招来什么样的危险；提醒他，我的性子多么火爆，一旦发作起来，差不多就是发疯。——看你那张脸，一副呆木的神情，我希望你快别这样，为了我，也拿些焦急的神气出来吧！"

她那么郑重其事地跟我说了这许多话，而我听着她的嘱咐，却若无其事似的，这不用说，是有些恼人的。可是我认为，一个人发疯发狂、若是事先便有他的打算，那么他即使在盛怒之下，也能凭着自己的意志力，有办法控制自己的。再说，我可不愿像她所说的，去"吓一下"她的丈夫，为了达到她自私自利的目的而叫他在烦恼上再添烦恼。

所以当我碰见东家向客厅走来时，我一句话都没有说，反而转过身来，私下在门背后偷听，看他们会不会重新争吵起来。

是他先开口。

"你不要动，卡瑟琳，"他说这话的声气没有一点怒意，可是充满了辛酸的哀伤。"我不会在这儿多逗留的。我不准备来跟你拌嘴，也不是来跟你讲和；我只想知道，今天晚上闹了这一场，你是不是还想把那种亲密的关系保持下去，跟你那个——"

"啊，放慈悲些吧，"东家娘没等他说完，就顿着脚嚷了起来，"放慈悲些吧，咱们眼前别拉扯这个吧！你的冷血是激发不起来的。你的血管里流的全是冰水；可是我的血液在沸滚，一看到那种冰冷的样子，我的热血奔腾得更厉害了！”

“要打发我走，先得回答我的问题，”林敦不放松地说道。“你一定要给一个回答；大吵大闹并不能吓倒我。我发觉原来你能够跟旁人一样的无动于衷，只要你高兴的话。你是从此以后放弃希克厉，还是跟我断绝？又要做我的朋友，又要跟他做朋友，这是办不到的；我绝对要求知道，你到底挑选哪一个？”

“我要求你们都躲开我！”卡瑟琳狂暴地嚷道。“我坚决要求，你不看见我站都站不住吗？埃德加，你——你离开我！”

她拚命打铃，直到哨的一声响铃都破了。我不慌不忙地走了进去。即使是圣人也要给她折腾得受不住了——这种毫无道理的、穷凶极恶的撒野！她躺在那里，把自己的头向着沙发的把手乱撞，同时还磨着牙齿，你还道她恨不得要把牙齿磨个粉碎呢！

林敦先生站在那里望着她，突然心酸起来，害怕起来。他叫我去拿些水来。她气喘得话都说不成了。

我端来了一满杯水，可是她不肯喝，我就把水洒在她的脸上。一霎时，只见她挺直了身子眼珠翻了上去，脸色又白又青，带着死容。林敦吓坏了。

“一丁点事儿都没有，”我悄悄地说道。我不愿他就此屈服，虽然我自己心里头也不由得感到有些害怕。

“她嘴唇上有血哪！”他一边说，一边在颤抖。

“别去理她！”我尖刻地回答道。接着我告诉他，在他进来之前她已准备好要发一场疯给人瞧了。

我未免过于大意，说话的声气高了些儿，叫她听了去。她顿时跳了起来，头发披散在肩头、眼睛里闪射着火光，她脖子和手臂上的肌肉异乎寻常地鼓了出来。我横着心，准备这一回至少要折断几根骨头了；谁知她只是眼睁睁地向四周瞪一会儿，便冲出屋子去了。

东家叫我跟住她。我一直追到楼上她卧房门口。她一进房就把我关在门外。

第二天早晨，她压根儿不下来吃早饭，我就去问，要不要把早饭端上来。“不要！”她一口回绝了。

在开中饭、用茶点的时候，又用同样的话去问她，得到了同样的答复；直到第三天也还是这个答复。

林敦先生那方面呢，整天躲在书房里，并不问起他的太太在干些什么。伊莎蓓拉跟他两个谈了一个钟点的话；他原想从她嘴里引出一些话来：对于希克厉的追求表示应有的恐惧。她的回答却是躲躲闪闪的，竟捉摸不出个名堂来，于是只好无可奈何地结束了这一次的问话，不过末了他郑重地警告她：要是她竟然失却了理智，对那样一个瞧不入眼的求婚者表示有意思，那么兄妹二人间的一切关系也就此一笔勾销了。

第十二章

林敦小姐只管在林苑里、花园里痴痴呆呆地转来转去，从不开一声口，几乎老是含着泪珠。她的哥哥呢，关紧了房门，独个儿躲在书堆里，可又从不曾打开过一本书——我猜想他脑海中只是焦灼不安、翻来覆去地出现一个模模糊糊的期望：卡瑟琳会痛悔前非，自动来到他跟前认错认罪，恳求言归于好。而她呢，粒米不进，绝食到底，也许一心以为埃德加一日三餐，每次看到她的空座位，他就咽不下饭了，只因为面子上下不去，所以才没有奔上楼来、扑倒在她的脚下。

我呢，料理着日常家务，认定画眉田庄的宅子里，只有一个清醒的头脑，而那个头脑是长在我的身上。我并不曾枉费心力去安慰小姐，或是去规劝那家的主妇；便是对于东家的一声声叹息，我也不大理会；他听不到他太太的声音，巴不得能听见有人提起她的名字。我打定主意让他们自个儿把事情转过弯来，虽然那过程是缓慢得叫人心焦。后来我终于高兴地看到现出一线曙光来了——当初我是那样想的。

到了第三天，林敦太太拔开了门栓，原来她把壶里、瓶子里的水都喝完了，她要我把水添满，还要一盆子粥，因为她认为她是快要死了。这番话，我认为其实是说给埃德加听的。我才不相信有这一回事儿呢，所以我只是把它放在自己的肚子里。我给她端来了热茶和干烤面包。

她一大口一大口地吃着、喝着，吃好之后，重又倒在枕头上，握紧着拳头，嘴里呻吟起来。

“哎哟，让我早些死吧，”她嚷道，“有哪一个把我放在心尖儿上呀。我倒不如不吃东西的好。”

过了好大半天，我又听得她咕噜着：“不行，我不死——他才高兴呢——他根本就不爱我——他很快就会把我忘了的！”

“你还要什么吗，太太？”我问道，依旧保持着外表的冷静，尽管她那张脸白得怕人，她的举止邪火气得厉害。

“那个没心肝的东西在干什么？”她问道，伸手把密密的纠结的鬈发从她那憔悴的脸上撩开来。“他可是得了昏睡病，还是他死了？”

“都不曾，”我回她道，“如果你说的是林敦先生。依我看，他还是好好儿的，虽说他逗留在书房里的时间未免太长了些。现在又没哪个来跟他作伴，他一股劲儿地躲到了书本堆里啦。”

要是让我知道了她究竟是怎么个情况，我就不会说这些话了，可是我就是摆不开这么一个想法：她这病一半是装出来的。

“在书本堆里！”她嚷道，像受了极大打击似的。“而我快要死了——我就在坟墓的边缘！我的老天哪！他知道不知道我变成什么样儿了？”

对面墙上挂着一面镜子，她瞪眼望着自己的人影儿，这么接着说下去。

“那个人就是卡瑟琳·林敦吗？说不定他还道我是在撒娇——在闹着好玩呢。难道你不能说给他听：这可不是儿戏，是性命出入的事儿吗？纳莉，只要不是太晚了，让我知道他心里在怎么想，我就马上能决定两桩事情中要做哪一桩——或者立刻绝食——其实这也算不得是惩罚，除非他还有一颗良心；要不就恢复健康，离开这里乡间。现在，你说到他的可是真情实话？留神些儿哪。他对于我的生命可真的完全不当作一回事儿吗？”

“嗳，太太，”我回答道，“东家不晓得你会气疯了呀；自然，他更不曾担心你会叫自己饿死的。”

“你认为不会的吗？难道你不能跟他说我横了心了吗？”她回答道。“去劝他！只算是你自个儿说的话；告诉他，你认定我已横了心了！”

“不，你忘记了，林敦太太，”我提醒她道，“今天晚上，你吃过一些东西了，胃口很好呢，明天早晨你就会晓得，有东西吃下去到底是好的。”

“只要我拿得准能叫他活不成，”她打断我的话道，“那我就马上自杀！这接连三个夜晚好苦哪，我不曾合一合眼皮过——哎哟，我是在熬受苦刑哪！我是给鬼怪缠住了哪，纳莉！可是现在我有些觉得你并不疼我。

“多么奇怪啊！我本来以为，尽管每个人你看不得我，我看不得你，彼此不把对方放在眼里，却谁都没法不爱我。谁知不消几个钟头，他们全都变成冤家啦，这个我没有疑问——我说的是这一家人。你临死的当儿，包围在那几张冷冰冰的脸儿中间，够多么凄凉啊！伊莎蓓拉吓坏了，恶心死了，生怕再踏进这间屋子了——看着卡瑟琳回老家去，好不怕煞人！埃德加呢，一本正经地守候在旁边，等事情一完，就谢天谢地，从此他家里又天下太平了，于是他又好回到他那书堆里去啦。我临终的当儿，他倒捧着书本儿，请教凡是有点心肝的人，这是干什么呀？”

她怎么也受不了我塞到她头脑的一个印象：林敦先生的听天由命的哲学家的风度。她在床上打着滚，本来是神志不清的高烧，现在变为癫狂了。她用牙齿撕扯她的枕头，接着又浑身滚烫地撑了起来，要我去把窗子打开。

这时候正当寒冬，呼呼的东北风刮得好猛，我不肯开窗。

一个接一个表情在她脸上掠过，她的心境一阵阵在变换，不由得叫我大吃一惊，叫我想起了她上次那一场大病，大夫曾嘱咐过，不能跟她顶撞。一分钟以前，她还是大吵大闹的，现在支撑起一只胳膊，也不再理会我没有听从她的话，却像小孩子一般，从她刚才扯碎的枕头的裂缝里，拉出羽毛来，觉得十分好玩似的。她把一片片羽毛按照不同的品种，排列在被单上。她的神思早已给牵引到别的地方去了。

“那是火鸡的鸡毛，”她自个儿咕噜着，“这是野鸭的，这又是鸽子的。啊，原来他们把鸽子的绒毛放进枕头里啦——怪不得我死不了！① 我可得记住，等我躺下去的时候，要把这根毛扔到地板上。这里还有一片赤松鸡的鸡毛呢；还有这一片——就是有一千片羽毛，我也会把它认出来——这是田凫的羽毛呀。多漂亮的鸟儿，在原野中间，只管在我们头上盘旋。它要回到窠里去；云脚已经压到山头上，它预感到雨要来了。这片羽毛是从荒原上拾来的，并没有谁打鸟儿。我们在冬天看到过它的窠巢，里面全剩了些小骨骼。希克厉在鸟窠上装了一个捕鸟笼，那老鸟儿就不敢飞进来了。我叫他答应，从此再也不打田凫，后来他果然没有打过。瞧，这里还有呢！他可曾打死了我的田凫吗，纳莉？这些羽毛是不是红的？其中有没有红的？让我瞧瞧。”

---

① 英国习俗，病人垂死，在他身下放一袋鸽子羽毛，他的灵魂就不会离开躯体；等亲人赶到，见了最后一面，然后拿去羽毛，让他安然死去。

“丢下你那孩子气的玩意儿吧！”我不理会她的话，把那枕头拖开，翻过个儿，把破洞顶着褥子，因为她正一大把一大把地把羽毛往外掏。“躺下去，闭上眼睛吧；你在讲胡话啦。看这儿弄成一团糟！绒毛满房间在飞，像飘雪花儿啦。”

我转来转去，这儿那儿的捡羽毛。

“纳莉，我只见你，”她像讲梦话般的说下去道，“变做了一个老婆子。你的头发也花白了，背也弯曲了。这张床本是潘尼屯山岩[①]山脚下面的妖精洞，你其实是在采集妖精用的石箭头，好伤害我们的小牝牛，只因为有我在跟前，才装作是在捡羊毛呀。再过五十年，你就会变成这个光景啦。我知道现在你还不是这样子。我并没在讲胡话；你弄错啦；要不然，我会当真把你看成是那个干瘪的老妖婆，我会当真以为我是在潘尼屯山岩山脚下啦。我心里还很明白，这会儿是在夜里，台上有两支蜡烛，照得那黑壁橱像乌玉一般发亮。”

“黑壁橱？在哪儿呀？”我问道。“你这是在说梦话哪！”

“壁橱靠着墙壁，在原来的老地方，”她回答道。“可不，真有点儿怪——我看见里面有一张脸儿！”

“屋子里哪来的壁橱，也从来没有过壁橱呀，”我说道，又重新坐了下来，把床帐钩起来，好仔细看住她。

“你看见了那张脸儿吗？”她问道，急巴巴地望着那面镜子。

不管我怎么说，也没法叫她明白，那就是她自己的脸儿；我只得站起来，用一块围巾把镜子遮住了。

“那张脸儿还是在背后！”她焦急地说道。“它而且在动呢。它是谁呀？我希望等你一走开，它不要出来才好！哎哟！纳莉，这房里闹鬼啦！我害怕一个人在这儿！”

---

① 潘尼屯山岩，应是在呼啸山庄附近。参阅第八章：“约瑟夫正在潘尼屯山岩的那一边运石灰呢”。

我把她的手拿在我手里，叫她镇静些儿，因为她全身一阵一阵的在打战，还老是睁大着眼睛，直望着那镜子。

“镜子里没有人呀！”我再三地说。“那就是你本人呀，林敦太太。方才你不是还明白的吗？”

“是我本人！”她喘着气说，“听，钟在敲，十二下！那么这是真的了；好不可怕啊！”

她的手指一把抓住衣服，拉起来蒙住了自己的眼睛。我想溜到门外去叫她的丈夫来；可是给一声尖叫喊回来了——镜框上的围巾掉下来了。

“嗳，怎么一回事儿呀？”我嚷道。“现在，哪一个是胆小鬼呀？醒来吧！那是镜子——照人的镜子，林敦太太；所以你看见里边有你；还有我，就在你身边。”

她又哆嗦、又惊惶，紧紧拉着我；总算她脸上恐惧的神色渐渐消失了。两腮上本来只见一片死白，现在因为羞惭，涨得通红。

“哎哟，我的妈！我还道我是在老家呢，”她叹息道。“我还道我是在呼啸山庄，正躺在我自己的房中呢。我的身子虚弱极了，神志不清楚了，自己也不知道，怎么会叫了起来。你不要说什么，只是陪着我。我不敢睡觉。我做的尽是噩梦。”

“好好睡一觉，会使你精神好起来的，太太，”我回答道；“我希望你这一次吃了苦头之后，下次再也不想饿肚子了。”

“啊，我但愿我正躺在老家的自己的床上！”她苦恼地说下去，只管扭自己的双手。“但愿这呼呼的风是从格子窗边的枞树林里刮来的！让我在风里感受一会儿吧，这是直接从原野里刮来的风啊——让我在风里透一口气吧！”

为了好让她安静下来，我把窗子打开一些儿，才只几秒钟工夫，一阵冷风已经冲了进来。我关上了窗，回到原来守护她的地方。

现在，只见她静静地躺在那里，泪流满面。她身子虚弱极了，她的精神完全垮了。咱们的火性子的卡瑟琳并不比一个哭哭啼啼的小娃娃来得强些儿。

“我已经把自己关在这儿几天了？”她又抖擞起精神来问道。

“那是星期一晚上的事，”我回她道，“现在呢，是星期四晚上，或者不如说，是星期五早晨了。”

“什么！还是这一个星期？”她嚷道。“只不过短短几天吗？”

“什么都不吃，只靠喝冷水和发坏脾气过日子，日子也过得够长啦。”

“好吧，我只觉得仿佛挨过好长一串日子了，”她怀疑地咕噜着。“应该不止这么几天吧。我记得在他们吵翻之后，我是在客厅里，埃德加还狠心地用话来刺我，我不顾死活地奔到这间屋子里来。我才闩上门，只觉得眼前一阵昏黑，我就跌倒在地板上了。我可没法跟埃德加说个明白，假使他只管缠住我不放，我准知道我的旧病要发作了，或者要乱蹦乱跳地发狂了！我的舌头已经不听话了，脑子转不过来了，恐怕他想都没有想到吧——我受那么大痛苦。我差不多连逃避他、躲开他声音的意志力都没有了。等我苏醒过来，又能够看见、听见的时候，天已经发白了。纳莉，让我告诉你，那时候我怎么想，有什么样一个念头只是翻来覆去地在我脑海里打转，直到后来我害怕自己快要发疯啦。

“我躺在那儿，头靠着那个台脚，眼睛迷迷糊糊地辨认出那灰蒙蒙的一方块窗子，我仿佛觉得我正睡在老家那张关上了的橡木柜的床上。我那颗压着沉沉忧伤的心儿还是在痛着，可是刚苏醒，我一点都记不起来为的什么。我沉思着，苦苦追想着，究竟是怎么一回事。好不奇怪，我过去整整七年的生活变成了一片空白！在我的脑子里连一点儿影子都想不起来。我还是一个小女孩，我的爸爸才落葬；我的苦恼都是为了亨德莱再也不许希克厉跟我待在一块儿。我给独个儿扔在那儿，——这还是第一次呢；哭了一夜之后，我迷懵地睡着了，又从凄凉的瞌睡中惊醒过来，我伸手想去推开那床前的嵌板，谁知碰到了一张桌面！我的手顺着桌毯掠过去，于是回忆一下子涌上了我的心头。我新近的创痛就失没在那一股绝望的洪流里了。

“我说不出来，为什么我只觉得那样无边无际的苦恼。这一定是一时的精神错乱，因为并没有什么原因呀。可是，假如你这么设想，在十二岁那年，我给人硬是拖了走，撇下了山庄，断绝了我童年时代所有的联系，尤其是我那时候的一切的一切——希克厉，而一下子忽然变做了林敦太太、画眉田庄的主妇、一个陌生人的妻子，从此我就成了我当初小天地里的流亡者、门外汉——那么你也许可以隐约想见我在里面颠扑、打滚的那个深渊了！

“你只管摇你的头吧，纳莉，你也出了一份力，把我连根拔出来！你应该去跟埃德加说——可不，你应该去跟他说——千万叫他别来跟我缠！哎哟，我像在火里烧呀！我但愿我是在户外，我但愿我又变成了一个小女孩，又泼辣，又顶得住，又无拘无束，心灵受了创伤还只顾发笑，而不是发疯！为什么我变得这么厉害呀？为什么经不起几句话，我的血液就往上直冲、一发不可收拾呀？我准知道只要让我重又回到那边长满石楠的小山头上，那我就会恢复我本来的样子。再把窗子打得开开的，把开着的窗子钩上了！快呀！你为什么不动呀？”

“因为我不愿眼看你冻死，”我回答道。

“你的意思是不愿给我一个活下去的机会，”她气呼呼地说道。“不过我还不曾到奄奄一息的地步；我自个儿来开窗。”

我还没来得及拦住她，她早已从床上滑落下来，在屋子里摇摇晃晃地走过去，把窗子一下子推开，还把身子探出去，也不顾那凛冽的寒风像利刀般刺在她的肩膀上。

我求她也没用，后来只好动手想把她拖回去。谁想到她在精神错乱中迸发出来的那一股劲儿比我的气力大得多——从她以后一连串的胡话和行动看来，我相信她是精神错乱了。

天上没有月亮，地面上一切都笼罩在朦胧的黑暗里。远远近近，没有哪家窗子里透露出一点灯火来——这会儿人们早已熄灯入睡了；至于呼啸山庄的灯光就根本望不见，可是她却口口声声说是给她望见了。

“瞧！”她急切地嚷道；“那就是我的房间呀，里面有一个烛火，树枝儿在窗前摇摆着呢，那另一个烛火是在约瑟夫的阁楼里。约瑟夫这么晚还不睡，可不是吗？他是在守我回家来呀，他好把栅栏上了锁。好吧，那他还得再等待一会儿呢。这段路真不好走哪，走在路上心里真不是滋味，而且要走那段路，我们还必须打从吉牟屯教堂经过！[①]可是我们两个才不把那儿的鬼魂放在心上呢，我们时常比胆量：敢不敢站到坟堆里叫鬼魂快出来。可是，希克厉，假如我现在向你挑战，你还敢来一下吗？要是你还有这胆量，我就奉陪。我不愿一个儿躺在那里。他们会把我埋葬的，在十二英尺深的地底下，还把一座教堂压在我身上；可是假如你不在我身边，我怎么也得不到安息。我永远也不会！”

她停住了，接着，带着一个奇怪的笑容，说下去道：

“他是正在盘算——他倒是要我去找他呢！那么找一条路——不要穿过那片教堂的坟地。你太慢了！满足些吧，你一直跟着我呀！”

看出跟她争辩也是没用，她已经丧失理智了，我便打量要怎样才能抓些什么东西来给她裹一裹，而另一只手又不放松她——因为我不敢由着她一个儿探身在那敞开的格子窗边。

正这么思量的当儿，突然门钮儿嗒的一声响，林敦先生走了进

---

① 教堂旁边有收容当地已故教民的坟地。

来，真把我慌得不知怎样才好。原来他到这时候才从书房出来，走过甬道，听得里边我们说话的声音，引起了他的好奇，或者叫他感到担心，便走进来看看，这么深更半夜的，到底是怎么一回事儿。

“哎哟，先生！”我抢在前头嚷道，拦住了已经冲到他嘴边的一声惊喊——他一进房来，就遭受一股寒流的袭击，就看见了室内紊乱的景象。“可怜我家太太，她生病啦，她的一股气力把我制服了。我拗她不过，一点儿也拿她没有办法。请你快来劝劝她，叫她上床去睡觉吧。你别再把气恼放在心上啦，别人说的话她半句不听，她爱怎样就得怎样。”

“卡瑟琳生病啦？”他说着，急忙赶过来。“关了窗子，爱伦！——卡瑟琳！怎么——”

他说不下去了，林敦太太的憔悴的病模样，像给了他当头一棒，叫他顿时说不出话来，他只能带着惊惶的神色把眼光从她身上移到我这边来。

“她一直在这儿使性子，”我接着说，“差不多一丁点儿东西都没有进口，可又咬紧牙关，不叫一声苦；她把自己关紧在房内，不放我们哪一个进去，还是到今天晚上才开的门，所以我们没法向你报告她的情况，因为连我们自己也不知道呀；不过这病是不要紧的。”

我觉得我解释得很拙劣。东家皱紧了眉心。“这病是不要紧的，可是吗，爱伦·丁恩？”他严厉地说道。“这样的事你却不让我知道，这，你以后还得给我解释清楚！”于是他把妻子抱在怀里，痛苦地望着她。

起初，她的两眼并没流露出认识他的表示；在她茫茫然的目光中并没有他这个人形儿。不过她的神经错乱并不是固定的；本来她只顾眼睁睁地瞅着远处的一片黑暗，现在她的眼光收缩回来，逐渐逐渐地把注意力聚集在他身上，认出了把她抱在怀里的人是谁。

病中幻影

“啊！你来了，是吗，埃德加·林敦？”她气呼呼地说道。“你就是那一类东西，用不到的时候，偏是凑在手边，到需要的时候，却休想找得到！只怕眼前我们有一阵子悲痛了——我看我们免不了；可是他们却拦不住我回到我那狭小的家里去——我的归宿的地方；挨不到过完春天我便要去了！就在那边儿，别弄错了，并非是在礼拜堂的屋顶下，在林敦一族人中间；而是在旷野里，只竖着一块墓碑。你愿意到他们那儿去、或是到我这边来，都随你的便！”

“卡瑟琳，你干了什么啦？”东家开口道。“难道我在你眼里一点无所谓了吗？你是爱着那个坏蛋希——”

“住口！”林敦夫人嚷道。“马上给我住口！你提一提那个名字我就立刻结束一切，从窗口跳出去！眼前你能碰着的，就算是属于你的；可是不等你再把我的身子抱住，我的灵魂早飞到那个山头上去了。我不要你，埃德加。我要你的想头已经过去了。回到你的书本子里去吧。我很高兴你还有这一个安慰，我和你的恩情已经了结了。”

“她的神志错乱了，先生，”我插嘴道。“一整个晚上，她说的都是胡话；让她静养一下，好好看护她，那她就会好起来的。以后我们可得小心些儿，不能再惹恼她了。”

“用不到你再来给我出什么主意了，”林敦先生回答道。“你知道你家太太是怎样的性子，你却偏怂恿我别去理睬她。这三天里她是怎样的情景，你在我面前一点儿口风都不漏，真是太没有心肝啦！生了几个月大病也不致变得这样厉害呀！”

我开始替自己辩护；别人撒野、使性子，却怪到我头上，这口气可真不好受。“我知道林敦太太的性子泼辣、专横，”我嚷道，“可是我不知道你存心要培养她这火爆的脾气呀。我不知道为了迁就她，就得对希克厉先生半眼睁半眼闭呀。我向你报告是尽我做一个忠心的仆人的责任，现在我得到了做一个忠心的仆人的报酬啦！好吧，这是给我的教训，下次应当注意些。下次你想知道什么事儿，请你自个儿打听吧！”

“下次你再到我面前来搬弄是非，你就不必再留在我家了，爱伦·丁恩，”他回答道。

“那么，我怕你是宁可什么都不知道吧，林敦先生？”我说。“希克厉先生是得到了你的允许来向小姐求婚的吧，并且趁你每次不在家的当儿就溜了来，存心要教太太跟你翻了脸？”

卡瑟琳尽管神志错乱，可是我们在谈些什么，她却留心听着。

“啊！纳莉做了奸细啦！”她恨恨地嚷道。“纳莉是躲在我背后的敌人。你这个臭妖婆！原来你在暗地里阴损我们！放开我，我要叫她后悔！我要叫她高声直嚷，说自己说的话不算数！”

疯狂的怒火从她的两道眉毛底下迸射出来。她拚命挣扎，要摆脱林敦的两条胳臂。我没有意思把这局面拖下去，便打定主意，由我自个儿负责，去请个大夫来瞧瞧。我离了房间。

穿过花园，赶往大路，我来到墙上钉着一个马缰钩的地方，忽然看见有个什么白的东西在乱晃乱动，显然并不是给风吹动的。尽管我那样急急匆匆，还是立停了看个究竟，免得将来在我的脑海里牢牢留下这么一个印象，以为那是幽灵出现呢。

谁知我伸手一摸，真是大吃一惊，还把我弄得稀里糊涂——原来那是（与其说我是看到的，还不如说是摸到的）伊莎蓓拉小姐的小狗芬妮，给一块手绢儿吊了起来，就剩最后一口气了。

我赶忙给它松了绑，托着它把它放进花园里。我看见它在晚上跟了它的女主人上楼去，怎么忽然落到这里来了，又是哪一个不干好事的人把它这样吊了起来——我实在想不明白。在我把结子从钩子上解松的当儿，我仿佛一再听到远处有奔驰的马蹄声传来；可是我的脑海里有那么一大堆的事情在打转，我再也顾不到这一情况了——虽然在清晨两点钟、在那样的地点，这声响来得好不奇怪。

真是巧事，我赶到街上，正碰上坎纳斯先生从他家里出来，去看村子里的一个病人。我把卡瑟琳·林敦的病状说了一番，他马上就陪我往回走了。他本是那种有话当面说的人，因此毫无顾忌地表示，她这一回旧病复发，只怕保不住了，除非她能够好好听从他的指示，不再像上回那样。

“纳莉·丁恩，”他说道，“我总觉得这里还有别的缘故。这一阵田庄出了什么事啦？我们这儿听到了好些闲话。像卡瑟琳那样一个健壮活泼的姑娘，不会为一些小事儿就病倒的；再说，那样一类人根本就不该生病。要把他们从热病和这一类病中拖出来，真不是一件容易的事儿呀。这回事情是怎样起头的？”

“东家会告诉你的，”我回答道；“欧肖这一家人的火性子你也是知道的，而林敦太太又比别人更加突出。我可以说的是：这回事儿从一场口角开的头。她先是大发雷霆，忽然就像中了风似的昏过去——至少她自个儿是这样说的；因为她在怒火直冒的当儿冲了出去，把自己锁在房里。这以后她就不肯吃东西；现在她一会儿说胡话，一会儿像掉在迷梦里，在她身边的人是谁，她还知道，可是心里充满了各种各样奇奇怪怪的念头和幻想。”

“林敦先生会很难过吧？”坎纳斯探问道。

“难过？要是有什么三长两短，他心都要碎啦！”我回答道。“病情能说得轻些就轻些，可别把他吓坏了。”

“唉，我早就跟他说过，要提防着些，”我的同伴说；“他不把我的劝告放在心上，现在只好自食其果了。近来他跟希克厉先生很接近吗？”

“希克厉三天两遭到田庄来，”我回答说，“不过那无非因为东家娘从小就跟他熟识；倒不是东家这方面欢迎他。眼前，可不用劳驾他上门来了，因为他居然对林敦小姐表示了痴心妄想。我看今后再不会请他来了吧。”

“林敦小姐可是掉过脸来给他个不理睬吗？”大夫接着问道。

“她是不跟我谈她的心事的，”我回他道，不愿意多谈这一回事儿。

“对，她可是个狡猾的小东西呢，”他摇摇头说道，“把事儿瞒得好紧！可是她是个道道地地的小傻瓜。我从很可靠的方面听说，昨天夜里(好出色的一夜)她跟希克厉两个在你们宅子后面的农场里一块儿散步了不止两个钟点；他逼着她不要再回到宅子里去了，干脆跳上他的马儿跟他走！人家还告诉我说，她拗他不过，只得郑重答应，等她收拾好了，下次再见面时就依他好了，这才打发了他。不过究竟约在哪一天，他没有听见。可是你要提醒林敦先生，叫他多留神些儿。”

这个消息叫我充满了新的恐惧。我撇下了坎纳斯，一路上差不多都是奔回去的。

小狗儿还在花园里狂吠，我稍为停留一下，给它打开栅栏，可是它不往宅子的大门跑，却只管在草地上嗅来嗅去，要不是我把它抓住，带进宅子，它准会逃到大路上去了。

奔上楼梯，来到伊莎蓓拉房里一看，果然，我的疑虑证实了。只剩下一个空房间。要是我早来几个钟点，林敦太太的病情也许会阻止她采取这个鲁莽的行动。但是现在还有什么办法呢？哪怕马上去追赶，也很少有追上的希望了。

总之，我可没法去追他们；又不敢惊动这一家人，把整个宅子弄得乱糟糟的闹成一片——更不敢把这回事儿去向东家报告。眼前的灾祸已够他受的了，哪里还分得出心绪来担当第二个打击呢；我看除了一声不吭、听其自然之外，没有其他办法好想。

坎纳斯已经来到了，我只得勉强镇定下来，进去给他通报。

卡瑟琳已经躺下睡熟了，还在辗转呻吟着。她的丈夫总算把她过度亢奋的情绪稳住了。这会儿他正守在她的枕边，弯下身子用心看着她那满是痛苦表情的脸上的每一个微细的变化。

大夫检查了病人之后，对他表示乐观：病情有好转的希望，只要我们在她周围保持着经常的、绝对的安宁。他又对我说：病症的危险倒不在于死亡，怕的是病人将从此丧失了理智。

那一夜我没有合眼，林敦先生也没有——可不是，我们就没有上过床。仆人们起身也全都比平时早得多，踮着脚尖在宅子里走动，彼此在做事的时候碰在一起，也都是压低了嗓子说话，人人都忙着，惟独不看见伊莎蓓拉小姐；大家不免奇怪她怎么这样好睡。她哥哥也问起她起床没有，仿佛等得她不耐烦了，在恼她对于嫂嫂一点关心的表示都没有。

我心里直发抖，只怕他差我去叫她。这第一个去报告她已出奔的痛苦的差使，我总算逃过了。有一个女仆——一个没头脑的姑娘——一大早为了一件差使到吉牟屯去，喘着气，张大了嘴，直冲进房来，大声嚷道：

"噢，老天，老天哪！往后咱们还要闹出什么玩意儿来呀？东家，东家哪，咱们家的小姐——"

"闹什么！"我赶忙喝住道，看她这样大叫大闹的，不由得叫我火冒起来。

"轻一些儿说吧，玛丽——是怎么一回事儿？"林敦先生问道。"小姐怎么啦？"

"她跑啦，她跑啦！那个希克厉把她带走啦！"那女孩子气急败坏地说。

"哪儿有这回事！"林敦嚷道，气得猛地站了起来。"这不可能。你怎么会想得出来的？爱伦·丁恩，你去找她来。我才不信呢。不会有这样的事！"

他这么说的当儿，把那个女仆领到房门口，重新盘问她这话是从哪儿来的。

“呃，我在路上碰到了一个到这儿来拿牛奶的孩子，”她结结巴巴地说，“他问我田庄可曾出了什么事。我还道他讲的是太太生病，所以我回答说，是呀。他又说了：‘有人去追他们了吧？我猜。’我弄得莫明其妙。他看出我一点摸不着头脑，就告诉我，有一位先生和一位堂客，深更半夜，路过吉牟屯两英里以外的一家铁匠店，停下来要钉马蹄铁。那打铁匠有个女孩儿，爬起来张望是谁。这两个人她一下子都认出了。那男的付账的时候，掏出了一个金镑放进她爸爸手里，她注意了，拿准他就是希克厉——再说，谁会错认他呢。那女的用斗篷遮着脸儿，不过她要喝水，在喝水的当儿斗篷滑落下来，她就把那女的看得清清楚楚。他们再骑马赶路的时候，希克厉拉住了两匹马的缰绳，他们把脸儿转过去，背着村子那一面，在那高低不平的路上尽快地奔。那女孩儿什么都不跟她父亲说，今天一早她却把这回事儿传遍了整个吉牟屯。”

我装个样儿，跑去往伊莎蓓拉的房里一望，便回来证实那女仆所说的那些话。林敦先生又靠近床边坐了下来；我第二次走进房中的时候，他抬起眼来，从我那不知如何是好的神色中领会得怎么一回事，便又把眼睛低下来，没有吩咐什么，也没说一句话。

“我们可打算想什么办法把她追回来吗？”我问道，“我们该怎么办呢？”

“她是自个儿愿意走的，”东家回答道；“假使她要走，她自有这个权利。不要把她的事儿来烦我。从此她只是在名义上是我的妹妹——并非我不认她妹妹，是因为她不要我这哥哥了。”

他对于这回事儿就只说了这么几句话。他再也不去打听一下，压根儿不提起她，只除了吩咐我，等我知道了她的下落，不论她在哪儿，把她名下的一份财产，从家里送到她的新居。

第十三章

有两个月那两个离乡出走者没有露面。在那两个月中，林敦太太经历过来了、克服了一场所谓脑膜炎的最凶险的重病。哪怕慈母看顾她的独生子，也不能比埃德加看护她更专心致志了。日以继夜，他守护在病床边，不管病人怎样无理可喻，怎样暴躁，怎样胡闹，他都耐心地忍受下来——尽管坎纳斯说过，现在他从坟墓里把人抢救出来，往后得到的报答只是一连串的烦恼而已。事实上，为了保全那一个人的躯壳，他已牺牲了自己的健康和精力。

当他听到卡瑟琳的生命已经脱离险境，他那感激和喜悦的心情简直无穷无尽。他坐在她身边，一坐就是几个钟点，用心察看健康一点儿一点儿恢复的迹象；他并且抱着过于乐观的幻想，一心希望她的神志也会清明起来，不消多久，她就会恢复到跟先前一个模样了。

她第一次走出卧房是在三月初梢。一个早晨，林敦先生捧了一束金黄色的番红花放在她枕边。她的眼睛好久没有透露出喜悦的光辉了，现在她醒来，一眼看到了，便急切地把花儿聚拢来，那会儿，她眼睛里忽然有了笑意。

“这是山庄上开得最早的花儿，”她嚷道。“这些花儿叫我想起了解冻的和风，温暖的阳光和快要消融的残雪。埃德加，外边有没有南风？雪是不是都快融化了？”

“这儿的雪差不多全融化了，心肝儿，”她的丈夫回答道，“在整片原野上我只望见两个白点子。天空是蔚蓝的，百灵鸟在唱歌儿，小河和山溪都涨满了水。卡瑟琳，去年春天这时候，我一心巴望把你迎进我家来。可是这会儿我但愿你是在那一两英里外的小山上，风吹得那么柔和，我觉得这会让你的病好起来。”

“我是到不了那边了，除了再去一次，”病人说道；“那时候你就得撇下我，让我永远留下来。到明年春天，你又会一心巴望能把我迎进你的家，你回想起来，就觉得你今天是快乐的了。”

林敦搂住了她，只顾向她表示最温柔的恩爱，还说了许多亲亲热热的话想让她高兴起来；可是她凄迷地望着花朵，泪珠敛聚在她的睫毛上，又顺着她的脸蛋淌下来，她都不理会。

我们知道她真是好起来了，所以认为多一半是长期禁闭在一个地方，才引起那样的抑郁，如果转换一个场所，也许多少会好一些吧。东家叫我把那空关了好些个星期的会客室生起火来，再在靠窗口阳光下放一只安乐椅；随后他就把她抱下来。她坐了好一会儿，感到暖烘烘的很舒服，并且果然像我们所预料的，变得高兴了些儿——这是因为周围的东西虽说都是熟悉的，但是究竟免除了她所厌恶的病房里的那种痛苦的联想。

到黄昏，看她已是十二分疲乏了，可就是没法劝她再回卧室去；我只得把会客室中的长沙发临时铺起来当作她的床，等以后替她另外布置了一间卧室再说。为了免得上楼下楼劳顿，我们安排了正是这会儿你躺着的这一间，跟会客室在同一层。

不久，她渐渐有了一些体力，可以扶着埃德加的胳臂，从这间走到那间了。好啊，我自个儿想道，像她那样地受到看顾，她是会复元的吧。这个愿望自有双重的原因呢：在大人身上还寄托着另一个小生命。我们希望不要多久，林敦先生就会心花怒放，而他的产业，因为后继有人，就得到保全，不致落到外人手里去了。

我应当提一提，伊莎蓓拉在出走后约莫六个星期，寄了一封短信给她哥哥，声明她已跟希克厉结了婚。语气是干巴巴的，很冷淡；可是在信笺下端却用铅笔潦潦草草地加了几行，透露出抱歉的意思：要是她的行动得罪了他，请看在手足的情分，原谅她吧；又说当时她自己也作不得主，如今既走下这一步，要回头也办不到了。我信得过林敦并没有回复她。又隔了半个多月，我收到了她的一封长信，这会出于一个刚度完蜜月的新娘的手笔，我觉得很怪。

现在我来念一遍吧，因为这封信我还保存着呢。死者的遗物总是珍贵的，如果他们生前就受到看重的话。信上这么说：

亲爱的爱伦：

昨晚我来到呼啸山庄，这才第一次听说卡瑟琳害了一场大病，到现在还没好。我想我是不能写信给她了；而我的哥哥，他不是恼我，便是自己也心烦意乱，我上次写去的信他就没有回复。可是我总得有个人可以通个信呀，想来想去只有你。

请告诉埃德加，为了再见他一面，我甘愿把世上的一切都抛弃。告诉他，在我出走二十四小时后，我的心就回到画眉田庄来了——这会儿我的心就在那儿，对他和卡瑟琳充满了热烈的感情。可是我的身子却没法追随我的心（这几个字是加密点的）；他们用不着盼望我。他们爱怎么判断我，都可以；可是，你听着，却怎么也不能怪我意志脆弱或是冷漠无情呀。

以下的信都是给你一个人的。我有两个问题要问你。第一个是：当初你住在这儿的时候，你是用了什么办法保持着人跟人间正常的感情上的交流的？我没法在我周围的人中间找出跟我有一丝相呼应的感情。

第二个问题是我最关心的，就是：希克厉先生他可是个人？如果是人，他可是疯了？如果不是，他可是个魔鬼？我不告诉你，我为什么要这样问的理由；可是我求你，如果你知道的话，给我讲个明白，我究竟嫁给了什么东西——那是说，你来看我的时候，你说给我听。你要及早来看我呀，爱伦。不用写信，只要来就是了，同时给我捎带来埃德加的片言只语。

现在你可以听听，我在我那新的家里受到怎样的接待——我想山庄该是我的新家吧。为了替自己解闷，我才想起了这儿一点物质舒适都没有；其实除了在感到极不方便的时刻，这方面我从来也没考虑过。假使我一旦发现，原来我全部痛苦尽在于没有舒服的享受，此外全是一场噩梦，那我真要高兴得发笑、要手舞足蹈了。

我们转身往原野赶路时，太阳已落在田庄后面了，看天色，该是六点钟了吧；而我那位伴侣偏又逗留了半个钟点，把林苑、花园，恐怕连庄园的住宅，都一点不马虎地察看了一遍；等到我们终于在那山庄的石板院子里跳下马来的时候，天已经断黑了。

你的老同事约瑟夫拿着一支牛油蜡烛出来迎接我们。他那种有礼貌的欢迎真替他挣面子！他第一个动作是把手里的烛火直举到齐我的脸儿那么高，斜着眼，恶狠狠地瞅了我一眼，把下嘴唇撇了一撇，这才转过身去。于是他接过了两匹马，牵到马房去，过会儿又出来把外边的栅栏门上了锁，好像我们是住在古代的城堡里那样。

希克厉留在外面跟他说话，我走进了厨房，——一个肮脏的、乱糟糟的洞穴罢了。我敢说你再也认不出这就是本来的厨房了，跟当初有你在收拾的时候面目全非了。炉火边正站着一个小流氓般的孩子，粗手大脚，衣裳一层油黑。他的眼睛和一张嘴都跟卡瑟琳有些像。

“这孩子就是埃德加的内侄吧，”我心中想道，“那也可以说是我的侄子了；我得跟他握握手，还有——对了——我还得跟他亲一下。一见面就取得好感，这样来得好些。”

我走过去，想去握他那肥圆的小拳头，说道：

“你好，我亲爱的？”

他回答我一句打切口的话，我听不懂是什么意思。

“我们来交一个朋友，好不好，哈里顿？”这是我第二次跟他攀谈的尝试。

回报我的诚意的是一句咒骂、一个威胁，如果我不“挂开”些儿，就要放扑咽狗出来咬我了。

“嗨，扑咽狗，好小子！”这小坏蛋轻声呼唤道，把一只杂种的大猎狗从壁角的狗窝里叫了出来。“现在，你走不走？”他盛气凌人地问道。

爱惜自己的生命，只好听他的话；我退到门槛外边，等待有什么人进来。希克厉先生是什么地方都不见他的影踪；我只得跟着约瑟夫到马房里去，请他陪我进宅子。他瞪了我一眼，跟自己咕噜了一通之后，皱紧了鼻子回答道：

“命！命！命！从来有哪个基督徒可曾听到过像这样子说话吗？吱吱喳喳，咿咿呀呀的！叫我怎么知道你在说些啥？”

“我说，我想要你陪我进这宅子！”我嚷道，还道他是个聋子呢，可是对他那种粗鲁心中十二分的厌恶。

“我管不着！手头还有别的活儿要干呢，”他回答道，只管继续忙他的正经，一边摇晃着他那瘦长的灯笼下巴，还明摆出一副看不起人到极点的神气，打量着我的服装和容貌——我身上穿的衣服是太华丽了，可我脸上透露的神色，我知道，却是太凄凉了——就像他希望看到的那样凄凉。

我绕过院子，穿过一个小门，来到另外一个门儿前，我大胆敲了门，希望会有个懂些礼貌的仆人出来答应。

等待了一会儿，门儿打开了；来开门的是一个高大瘦削的男子。他没打领巾，一身穿着也是乌七八糟的，一团团倒挂下来、披散在他肩头的乱发把他的脸都遮住了；那一对眼睛也跟卡瑟琳有些儿像，只是变得那么阴森可怕，原先的秀美连影子都没有了。

“你来这儿干什么？”他冷冷地问道，“你是谁？”

“我原来的名字是伊莎蓓拉·林敦，”我回答道。“你从前看见过我的，先生。我新近嫁给了希克厉先生，他把我领到这儿来了——想必是得到了你的同意的吧。”

“那么说，他可是回来啦？”这位隐士问道，他两眼闪光，像一头饿狼。

“对啦，我们刚才来到，”我说道；“可是他把我留在厨房门口，我想走进去，不料你的小孩子在那儿做哨兵，他叫出一只大猎狗来把我吓跑了。”

“这不得好死的小贼还记得自己说过的话，倒还不错！”我那未来的房东咆哮道，一对眼睛往我身后的一片黑暗里张望，一心想要发现希克厉；接着他只管自言自语地咒骂了一阵，口口声声说是如果那个“恶魔”欺骗了他，就要怎样怎样对付他。

我后悔真不该第二次又闯进了这宅子；不等他咒骂停当，我几乎便想溜走了。不过我还没来得及行动，他把我叫了进去，关上门、落了闩。

屋子里炉火烧得好旺，但是除了炉火，这么大一个房间，再没有一点火光了。地板积起了灰蒙蒙的一层；我还记得在我小时候，那锃亮的白镴盆子发出的光彩常把我的眼光吸引了去，现在同样蒙上了油渍和尘垢，早已黯然失色了。

我问他我能不能叫唤一个女仆，让她领我到卧室里去。欧肖先生却并不理睬我。他两手插在口袋里，只顾在室内踱来踱去，分明早把我这个人忘掉了；看他是那样出神，又是从头到脚，那样一副拒人于千里之外的气概，我就吓得没有敢再去打扰他。

爱伦，那你也不用吃惊了，在这个当儿我怀着怎样一种心境——我灰心丧气地枯坐在那淡漠无情的炉火边，这凄凉的味儿比孤独还难堪哪；我不禁想念到四英里以外便是我那甜蜜的老家，家里有我在这世上惟一亲爱的人儿；可是这四英里路就好比横隔一个大西洋，我再也跨不回去了！

我问我自个儿道——我能到哪里去寻求安慰呢？你千万别告诉埃德加或是卡瑟琳，我这一个愁苦压倒了其他的一切愁苦——我真伤心，竟找不到哪一个可以，或是愿意站在我这边来对付希克厉！我差不多是高高兴兴地赶到呼啸山庄来找个栖身之所，这样，我就不必跟他单独住在一起啦；可是他很知道来到这儿，跟我们在一起的都是些什么样的人，他不怕他们会来管他的事儿。

我坐着，默想着，痛苦地把时间挨过去。钟打了八下，打了九下，我那位同伴还是只管在房内踱来踱去，把头垂到了胸前，一声不吭，除非偶尔气呼呼的忍不住吐出一声叹气，或是迸发出一声喊叫。

我留心细听宅子里有没有妇女的声音，真是悔恨万分，越想越绝望，到最后，怎么也压抑不住，我唉声叹气，哭了。我并不理会到我是正在别人面前哭泣哪，直到后来，踱着方步的欧肖在我对面站住了，瞪眼向我望着，流露出一种如梦初醒的惊讶。趁他恢复了注意力的当儿，我嚷道：

“我赶路累了，我要睡觉去！女仆在哪儿呀？她不肯来见我，你就领我去找她吧！”

“咱们家没有女仆，”他回答道。“你自个儿伺候自个儿吧！”

“那么我该睡到哪儿去呢？”我哭了起来。我也顾不得体面了——疲倦和狼狈把我压倒了。

“约瑟夫会把你领到希克厉的房中，”他说道。“打开这扇门——他就在那儿。”

我正想照他的话做去，但是他忽然又把我喊住了，用最奇怪的腔调说道：

“请你把门锁上、闩上了——别疏忽啊！”

“好吧！”我说道。“但这是为的什么呢，欧肖先生？”我并不怎么喜爱特地把自己跟希克厉紧关在一起。

“你看清楚了！”他回答道，从他的背心里拔出一把构造很奇特的手枪，枪铳上装着一把双刃的弹簧刀。“对于横了心的人，这是一个大大的诱惑，是不是？每天夜里，我总是熬不住要带着这家伙上楼去试试他的门。如果万一给我发现门是开的，那他就算完蛋了！我没有错过哪一夜，即使在一分钟之前我还想出一百个理由要自己相信这事儿干不得。我心里有魔鬼在怂恿我推翻自己的计划去杀死他。你如果高兴，尽可以跟那个魔鬼作斗争；等有朝一日时机来到，天上所有的天使也救不了他！”

我的好奇的眼光只是在那凶器上转。有一个可怕的念头钻进了我的心头。一旦让我掌握着这家伙，那我会变得多么强大啊！我从他手里把枪拿过来，摸了一下刀锋。他看到我在这一刹那间脸上流露出来的表情，吃了一惊——我脸上没有恐惧，而是眼红。他把手枪夺了回去，满带着醋意，把尖刀折拢了，放回原来藏着的地方。

“我并不在乎你去告诉他，”他说。“叫他提防着些吧，替他守望着吧。你知道我们两个间的交情——我看出来了，他的生命危险并没有吓坏你。”

“希克厉做了什么碍着你的事情呀？”我问道。“他有什么地方对你不住，叫你这样恨如切骨？干脆叫他离开这宅子岂不更好吗？”

“不行！”欧肖发出了雷一般的吼声。“要是他说一声想走，他别想再活命！你劝他打这个主意，那你就是个女谋杀犯。难道我输光了一切，不给我一个翻本的机会吗？难道让哈里顿做一个小叫花吗？噢，天打雷劈哪！我一定要翻本，我先要他的金子，再要他的鲜血，然后再让地狱向他要灵魂吧！地狱里来了这位客人，从此地狱比以前更黑暗十倍啦！”

爱伦，你曾经把你老东家的那一套行径告诉过我。他分明是逼近疯狂的边缘了。至少昨天晚上他是这个样儿。和他在一起，我心里就发抖，觉得跟他一比，仆人的那种粗鲁的傲慢劲儿还算是讨人喜欢呢。

现在他又开始阴沉沉地踱步了；我呢，拔开门闩，逃进了厨房里。

约瑟夫正在火炉前探着身子，向架在炉火上面的一只大锅子里张望；一木盆麦片放在旁边的高背椅上。锅子里的东西开始沸滚了，他转过身来向木盆里伸手。我猜想他这是在准备我们的晚饭吧。

我肚子饿了，认为应该烧得可口些才好；我便提高了嗓门喊道："我来烧粥吧！"我把木盆移了过来，不让他拿得到，于是便动手脱下帽子和骑服。"欧肖先生，"我接着说道，"叫我自个儿伺候自个儿。我就这么办。我才不打算到你们这儿来做什么少奶奶呢，免得活活饿死！"

"老天爷！"他坐了下来咕噜着说道，一边从膝盖到脚脖子，抚摸着他那双有棱的袜子。"怎么，又有一套新的吩咐下来吗？我弄不惯两个东家，好容易有点儿惯了，忽然我头上又要来个少奶奶，那我看日子快要过完啦。我从没想到有朝一日我要离开这个老窝，可是只怕那一天已经不远啦！"

他发他的牢骚，我只管一股劲儿干我的正经。想起如果在从前，自己动手烧饭，我会当作是一件挺好玩的事儿呢。我不禁叹了一口气。可是我得赶快把回忆抛掉，一回想到过去的欢乐，就会使我心痛；而过去种种欢乐的情景越是有浮到我眼前来的危险，我手里的棒搅动得越急，一大把一大把麦片往水里下得越快。

我这种烧饭的方式叫约瑟夫越看越冒火了。

"瞧！"他叫了起来。"哈里顿，今儿晚上你别想吃得成麦片糊啦；烧出来的只是一团团像我拳头般大小的面疙瘩罢了。瞧，又是一大把扔下去！要是我换了你，早把碗什么的一起摔进去啦！瞧，刮下一层皮来，你就算完事啦。砰，砰。谢天谢地，总算锅底还没给敲掉！"

等麦糊倒进盆里，分作四份的时候，我承认，的确是烧得一团糟。有人从牛奶棚里送来了一加仑壶新鲜牛奶，哈里顿抢过去就大口大口地喝，牛奶从他那张大的嘴角直淌下来。我劝告他，应该把牛奶倒在自己的杯子中再喝才对，还声明在先，别人这么吃过的牛奶我是不想尝一尝的。

我这么讲究干净偏又叫那个什么都看不入眼的老头儿跳了起来，他一遍接一遍向我指出：那小把戏没有哪一处不跟我一样干净；他弄不懂我居然会这样目中无人！

这时候，那个小流氓只管咂吧咂吧喝他的牛奶，还抬起了头，向我狠狠地瞪着眼，有意吐一口口水到壶里，看我敢把他怎样。

“我要到另外一个房间去吃饭，”我说道。“你们没有叫做‘会客室’的地方吗？”

“会客室！”他学着我的声气嘲弄地说，“会客室！不，咱们可没有会客室。如果你不喜欢跟咱们待在一块儿，反正东家在那儿；如果你不喜欢跟东家在一块儿，那还有咱们哪。”

“那我上楼去！”我回答道。“领我到卧室去。”

我把盆子放进盘子里，自个儿走去倒了些牛奶。

那老家伙叽咕了一大通，这才站起身来，领我上楼去。我们登上了阁楼。我们一路走过时，他不时推开这扇那扇房门，向里面张望一下。

“就这一间吧，”他终于打开了一块装着铰链、歪七扭八的木板说道。“喝几口麦糊，这一间也将就得过了。墙壁角里有一袋谷子，就在那儿，是干干净净的，如果你怕会弄脏了你那阔气的缎子衣裳，铺块手绢儿在上面。”

他说的“这一间”是个堆东西的破屋子，一股冲鼻的麦芽和谷子的气味——这些东西一袋袋的堆叠在四周，中间留出一大块空无所有的地方。

“怎么，你这个人！”我气呼呼地对着他嚷道，“这是让人睡觉的地方吗？我要到我的卧室去。”

受冷遇的新娘

“窝室！”他嘲弄地学着我的声气说。“这儿的‘窝室’你都看到了呀。那边一间是我的。”

他伸手指着第二间阁楼，跟第一间没有什么不同，只是墙脚边没有堆着那么多东西而已，另外多了一只矮脚的、不挂帐的大床，一端放着一床靛青色的被单。

“我要你的卧室干什么？”我顶了他一句。“我想希克厉先生不至于睡到楼顶上来吧，可是吗？”

“噢，原来你要的是希克厉先生的房间！”他嚷道，好像这是新发现似的。“你为什么不早说呀？那么也不用这许多麻烦。我就可以跟你说了，偏是这一间房间你别想看到——他老是把屋子锁起来，除了他自个儿，再没第二个人进去吃过饭。”

“你们这个家可真够瞧啦，约瑟夫，”我忍不住说了一句；“这一家子人也真好哇！我只怕我把自己的命运和这些人连结在一起的那一天，全世界的疯狂的怪念头，都结了晶，钻进我的头脑里来啦！算了吧，这些都是跟眼前无关紧要的话。——还有别的房间呢。看在老天面上，快些儿吧，让我安顿在一个什么地方吧！”

他对于我这个请求并不答理，只是硬绷绷地拖着步子走下木楼梯，在楼下一个房间前站住了，从他的停住了脚步，和房间里考究的家具看来，我猜想这该是全宅最好的房间了。

房里铺着地毯，很好的质地，但是积满了灰尘，简直看不出花纹儿来了；壁炉上面裱糊着拷花的墙纸，已碎成了纸片儿，一条条挂了下来。一只很漂亮的橡木大床，张挂着阔幅的深红色的床帐，料子很贵重，式样也是新的，但分明使用得很粗暴——床帐硬是给拉脱了环，垂了下来，像是一圈圈花彩。挂帐子的铁杆，一端已弯曲，成了弧形，帐子拖到了地上。椅子也都损坏了，有好几只还损坏得很厉害。墙壁上的嵌板，划满了深深的伤痕，弄得不像个样儿。

我正要拿定主意走进去把这间屋子占用了，谁知我那个傻瓜向导却向我宣布道："这儿就是东家的房间。"

这时候，我的晚饭早已冷了，我的胃口也已经倒了，我的耐性也已折磨光了。我一定要他立即给我找一个可以安身的地方，还要有可以休息的设备。

"什么见鬼的地方——"那个虔诚的老头儿开言道；"上帝保佑我们吧！上帝饶恕我们吧！你究竟要到什么该死的鬼地方去呀，你这个添麻烦、讨人厌的晦气星！除了哈里顿的一小间外，你全都看过了。这宅子里再没有另外一个洞好钻啦！"

那会儿我真气得要命，把手里的盘子，连带盘子里的东西，一古脑儿都摔在地上，自己一屁股坐在楼梯头上，双手捧着脸儿，哇的哭起来了。

"哎唷！哎唷！"约瑟夫嚷道。"摔得好哇，卡茜小姐！摔得好哇，卡茜小姐！①不过等东家一脚踏着碎碗儿、碎罐儿，一跤跌下去，那咱们有好戏看啦，咱们等着瞧就是了。你这个不长进的疯婆娘！就应当罚你从现在起给我一直饿到圣诞节——为了你这造孽，使着性子把上帝的赏赐扔在脚底下！如果能让你一直发这么大脾气，那就算我是个老糊涂吧。希克厉会受得住这种好腔调吗，照你看会吗？我只巴望让他当场看到你这会儿的撒野。我就是巴望让他当场看到！"

他就这么一路骂着，钻到楼底下他自个儿的窠巢里去了，把蜡烛也带走了，把我撇在黑暗里。

我干下了这鲁莽的事儿，过后又左思右想起来，盘算了一

---

① 卡瑟琳过去在山庄时常使性子，现在约瑟夫把伊莎蓓拉看成第二个"卡茜小姐"。

番，觉得只好忍气吞声，于是只得动手把碎片儿打扫干净。

不多一会儿，想不到忽然来了一个帮手，那就是扑咽狗。现在我认出它原来是我们家老偷袭手的儿子，它小时候是在田庄养大的，后来我爸爸把它送给了亨德莱先生。我觉得它仿佛还认识我，它把鼻子凑到我的鼻子上来，算是致意，于是赶忙去吞吃泼翻的麦片糊；而我呢，在楼梯上一级一级摸索着，收拾那些碎片儿，还掏出手绢儿把溅在栏杆上的牛奶抹干净了。

我们的活儿刚刚干完，就听得走道上有欧肖的脚步声，我的帮手夹紧了尾巴，缩在墙脚边。我溜进了最靠近的一个门口。那只狗想躲过他，却没有躲成功，我这么猜想，因为只听得有一阵往楼下奔逃的声音和拖得长长的凄惨的哀叫声。总算我的运气好一些！他走了过去，进了自己的卧室，把房门关上了。

紧接着，约瑟夫上楼来了，他带着哈里顿，把他送上床去睡觉。原来我是躲在哈里顿的房内；这个老头儿，看见了我，说道：

"现在，我看'老家'①总该装得下你和你的派头儿了吧。这会儿这间房间空了，可以由你一个独用了，——不过逢到这样的坏东西，总还有第三者——魔鬼来作个伴！"

他这么一说，我马上乐意地依了他的话。我刚刚倒在壁炉边的一只椅子上，就点头晃脑地瞌睡起来，就这么睡着了。

我睡得好熟好香，可惜没有睡得长。希克厉先生把我弄醒了。他才进来，用他那种可爱的态度，问我呆在这儿干吗。我告诉他我为什么挨到这么晚还不去睡——因为我们房间的钥匙搁在他的口袋里了。

这"我们的"三个字可大大地冒犯了他。他赌咒说这个房间

---

① 指楼下的起居室，见本书第 4—5 页。

不是我的，也休想有一天会属于我；而他要——可是我不打算把他说的话再说一遍，或是把他那一套惯常的行为写下来。他是用尽心计、一刻不松地只想博取我的厌恶！

我实在弄他不懂，到了极点，有时候反而麻木了我对于他的恐惧。可是，我跟你说，哪怕一头猛虎、一条毒蛇，也不能像他那样叫我害怕得厉害。他告诉我卡瑟琳病倒了，指责我哥哥，说都是给他逼出来的；还说在他还没能收拾埃德加之前，我就得代替我哥哥来吃他的苦头。

我真恨他！——我好苦啊！——我是个不睁眼睛的人！千万别把信里谈的透露给田庄上随便哪一个人。我天天都在盼望你——别叫我失望吧！

伊莎蓓拉

第十四章

我一读完这封信，立刻就去见东家，报告他他的妹妹已经到了山庄，有一封信给我，对林敦太太的病况表示关怀，她朝夜盼望着能见他一面，只希望他会及早地由我转达一点儿宽恕的表示。

“宽恕！”林敦说道。“我没有什么好宽恕她的，爱伦。你今天下午就可以到呼啸山庄去探望她，要是你愿意的话；就说我并不生她的气，只是她的出走使我感到难过——尤其因为我怎么也不能相信她会得到幸福。不过要我去看她，那是不必谈了——我跟她已经永远分手啦。假使她真希望跟我好，那么就让她劝劝她嫁的那个坏蛋快离开这块地方吧。”

“你就不给她写一张便条吗，先生？”我用恳求的声气问道。

“不，”他回答道。“用不着了。我跟希克厉一家的来往，就像他跟我一家的来往一样，越少越好。根本不容许有来往！”

埃德加先生好不冷淡，使我的情绪变得灰溜溜的。我离开田庄，一路走，一路上脑子只是在打转，该怎样把他的那些话说得更有情谊些；他连写几行便条安慰伊莎蓓拉都不肯，我又该怎样把这回事讲得婉转些呢。

我敢说，从早晨起她就守望着我了。我走上花园砌道时，看到她正从格子窗里张望着呢。我对她点点头，但是她却缩了回去，好像害怕给人看到似的。

我没有敲门就进去了。本来是窗明几净的一户人家，现在却触目凄凉。我得说实话，如果我处在这位年青的太太的位置上，那我至少也要把壁炉打扫打扫，要用拂帚把几张桌子抹一下。可是她已经沾染上了弥漫在她四周的那种什么都不在乎的脾气了。她那张美丽的脸蛋儿憔悴苍白，她的头发没有梳卷过，有几绺松松地披散下来，还有一些成了一蓬乱头发缠在她头上。也许从昨晚起，她就没有碰过一下她的衣裳吧。

亨德莱不在那儿。希克厉先生坐在一张桌子边，正翻弄着他笔记本里的几张纸片儿；可是一看见我进来，就站了起来，问我近来怎样，态度很友好，还请我坐下。在那个宅子里，只有他看来还像个样儿；我觉得他今天特别有气派。环境把他们两个的地位改变过来了：他的外表会叫陌生人还道他是个道道地地的乡绅，而他那位妻子倒十足像个小邋遢女人！

她迫不及待走过来招呼我，还伸出手来，讨她所盼望的信。我摇摇头，她不想懂得我的暗示，只管跟着我走到碗橱边（我是去放下我的帽子），还低声催促我快把我捎带来的东西交给她。希克厉料到了她这些行动是怎么一回事，说道：

“你如果有什么东西给伊莎蓓拉带了来——你一定有的，纳莉——那就交给她吧。你用不着瞒什么人。我们两个中间没有什么秘密。”

“啊，我没有带什么来，”我回答道，认为还是一开头就把真情实况说出来的好。“我的东家要我对他的妹妹说，目前不必希望他会写信给她，或是会去看她。太太，他向你问好，祝你幸福，你叫他感到难受，他也原谅了；不过他认为从此以后，两家最好不要来往了，因为保持来往，不会有什么好结果的。”

希克厉太太的嘴唇儿微微颤动了一下，她回到了她窗口的坐位上。她的丈夫站到壁炉前，靠近着我，开始向我询问卡瑟琳的情况。我把我认为可以讲得的关于她的病情尽量告诉了他。他一再盘问我，从我嘴里逼出了有关她得病的原因的大部分情况。我责怪她不是（可并没有错怪她啊），说她自作自受；说到临了，我希望他照林敦的榜样行事，以后不管是好是歹，别再去打扰他一家了吧。

“林敦太太现在才好起来，”我说。“她再也不会像她从前那个模样儿了，不过她的生命总算保住了。如果你当真关心她，那你就该避免再闯进她的天地里去——不，你会根本抛开这个地方，安顿到别处去了。为了免得你有什么舍不得，我这会儿就告诉你，卡瑟琳·林敦跟你那个老朋友卡瑟琳·欧肖成了两个人啦——就像这位年青的太太跟我是两个不同的人一样。她的人样儿大大地变啦，她的性格变得更厉害。不得不跟她做伴儿、也不能不跟她做伴儿的人，以后只能凭着回想过去的她和凭着慈悲心和责任感，来支持他的爱怜啦！”

“这是很可能的事，”希克厉强自镇定，表示意见道——“很有可能你的东家除了慈悲心和责任心之外，再没什么可以支撑他了。可是照你想，我会把卡瑟琳交托给他的责任心和慈悲心吗？你能把我对卡瑟琳的感情跟他的感情相提并论吗？在你离开这个宅子前，我一定非要你先答应设法让我和她见一次面不可。你答应也好，不答应也好，我就是要见到她！你怎样说呀？”

“我说，希克厉先生，”我回答道，“你可不能。你永远也别想我会帮你忙来达到你的目的。你跟东家再一次碰在一起，那马上就要断送了她。”

“有了你的帮助就有办法避免了，”他说下去道；“万一会有什么三长两短的危险——如果他叫她的生命更增添一分苦恼——哼，那我认为我完全有理由可以采取极端的手段了。我希望你老老实实跟我说，一旦没有了他，卡瑟琳会不会难过到极点。我就是担心这一点才不曾下手。在这点上你就可以看出我们两个感情有什么不同了——要是我换了他，他换了我，哪怕我恨他，恨得咬牙切齿，心都碎了，我却决不会碰他一根毫毛。你尽管做出表示不相信的神气吧。只要她要他留在身边做个伴，我就决不会把他赶了跑。一旦她不理睬他了，那时候我就要剖他的心、喝他的血！但是不到那个时候——假如你不相信我，那就是你不了解我——不到那个时候，即使死亡一步一步向我逼近，我也决不会伤他一根毫发的。”

“可是，”我插嘴道，“你这是毫无顾忌地把她好好复元起来的希望给完全毁啦——现在，正当她差不多把你忘了的时候，你偏又要硬闯进她的记忆里，又要把她重新拖进一场烦恼、痛苦的煎熬里。”

“你以为她差不多把我忘了吗？”他说。“啊，纳莉，你明知道她并没有呀！你就跟我一样明白，每当她有一回想念到林敦，她就千百回想念到我！在我生命最苦恼的时期，我有过这么一种念头。去年夏天我回到这儿附近的时候，我就是摆不脱这个念头；可是除非她亲口对我说了，我不会让这个可怕的主意再浮上我的心头。到那时候，林敦又算得什么，也不必提亨德莱，不必提我过去梦想过的那一切梦境了。两个词儿就可以包括我的未来——死亡和地狱。生命，失去了她以后，就是地狱。

“可是如果我以为她会把埃德加·林敦的爱情看得比我的爱情还重——只消那么想一下，那我就是个傻瓜。凭他那瘦小可怜的身子，即使拚命地爱，爱上八十年，也抵不上我一天的爱！再说，卡瑟琳有一颗和我一样深沉的心；假使她全部的爱情能够让他包得下来，那么在一个马槽里很可以装进汪洋大海了。呸！他在她心坎里，并不比她的一只狗、一匹马更亲爱些。他有些什么好爱的呢，能跟我比吗？叫她怎么能爱他所没有的东西呢？”

“卡瑟琳和埃德加两个相亲相爱，不差于哪一对夫妻，”伊莎蓓拉突然振作起来，嚷道。“谁也没有权利讲这些话，我不能听着人家糟蹋我哥哥，我却一声不吭！”

“你那哥哥也是把你喜欢得了不得，是不是？”希克厉用轻蔑的口气说道。“他一下子就不认你了，由你流落在外面，这转变的劲儿可真叫人吃惊哪！”

“他并不知道我受的什么罪呀，”她回答道。“我没有告诉他这个。”

“那么你告诉他一些什么了。你写信去了，是不是？”

“我是写了，只说我已经结婚了；那封信你也看到过。”

“以后就没有写过？”

“没有。”

“可怜我家小姐，自从换了个环境，脸色变得很憔悴啊，”我表示意见道。“看她的情景，分明是缺少了谁的疼爱。究竟是谁的，我可以猜一猜，但也许不便说出来。”

“我猜是缺少了她对自个儿的疼爱吧，”希克厉说道。“她堕落成为一个邋遢婆娘了。也真是少见，她这样早就不高兴讨我的喜欢了。说来你也不信，我们新婚才第二天，她就哭着要回娘家了。不过她不要那些臭讲究，跟这一座宅子倒只有更称配些。我得留神些，别让她在外面闲荡，失了我的体面。”

“啊，先生，”我回答道，“我希望你考虑到，希克厉太太是一向有人照顾惯、伺候惯的，她从小就像独生女儿那样长大的，一家人个个都依顺她。你总得让她身边有一个女仆替她收拾收拾东西；你也得待她好些儿。不管你对埃德加先生有什么想法，你总不能否认她是有热烈的感情的，否则的话，她也不会抛弃了富贵和享受，以及她娘家的亲人，心甘情愿地跟着你住到像这儿的这么一个破败的场所来了。”

“她是在一种错觉的支配下抛弃了这些东西的，”他回答道，“她把我想象成一个富于浪漫气息的英雄人物，希望我怀着那种骑士式的忠诚，千依百顺地宠爱她。我简直难以把她当作一个有理性的动物看待。她就是那么死劲儿地把我的性格想得天花乱坠，还按照着她自个儿的错觉行事。不过我想她终于有点儿对我明白过来了。

“开头，我并没有把她的傻笑、做鬼脸放在心上——那种模样儿只有使我讨厌；也没有去理会她那种冥顽不灵：我正正经经告诉她我是怎样看待她的痴心和她本人的。谁知这蠢货却硬是当作假的。真是好不容易她居然开了窍、想通了，发现原来我并不爱她。有一段时候，我还以为再也没法儿开导她，叫她懂得这一点了呢。不过也只是懂得很可怜，今天早晨她当作一件什么了不起的事儿，向我宣布道：我当真已经做到叫她恨我了！——那可真是道道地地要花九牛二虎之力的事儿啊，我跟你说了吧！假使做到了这点，那我真有理由要表示感谢呢。

“我能把你说过的话当真吗，伊莎蓓拉？你拿得准你是恨我吗？要是我把你 一个儿撇下半天，你会不会再找到我跟前来，又是叹气又是奉承讨好吗？——我敢说，她宁可我当着你的面装得百般温柔体贴的样子，把真情实况揭开来会伤害她的虚荣心。不过我才不在乎让别人知道，这段热情完全是单方面的事儿；而我从来没有在这方面说过一句欺骗她的话。她可不能控诉我说我曾经对她卖弄过半点儿虚情假意。

“一走出田庄，她看见我干的第一件事儿就是把她的小狗吊起来；

她替它讨情的时候，我开口第一句话，就是我恨不得把她一家大小，除了一个人之外，统统都吊死。也许她还道这例外的一个就是她自己呢。可是，怎么野蛮的手段也没法讨她的厌。我看她对于野蛮的手段自有一种天生的爱好，——只要碰不到她这个宝货就是了。你说，这不是荒唐透顶、不是道地的白痴？——那么一个可怜巴巴的奴隶胚子、卑鄙的狗东西，居然梦想我会爱她！

“告诉你家主人，纳莉，我这一辈子还没碰到像她这么一个贱东西呢。她甚至玷辱了林敦这个姓。有时候我也手软了，就因为拿她没有办法；我要看看她究竟受得了多少折磨，谁知每次她总是羞答答的、摇尾乞怜地爬了回来。不过你还得告诉他，叫他这位做兄长和官长[①]的放心吧，我严格遵守法律的范围。直到目前为止，我避免给她一点最轻微的要求离异的理由；不仅这样，她用不着感谢什么人来分离我们。假使她想要走，她走好了；我看到她就讨厌，远过于从折磨她所得到的满足。”

“希克厉先生，”我说道，“这可真是疯子说的话！很可能你的太太认定你是疯了，而且就为了这个缘故，她容忍你到今天。不过现在你说过她要走可以走；既然有了你这允许，不用问得，她不会错过这机会的——小姐，你不至于一味地迷恋，蒙住了心窍，甘心情愿留在这儿陪着他吧，是不是？”

“当心哪，爱伦！”伊莎蓓拉回答道，眼睛里闪着怒火。看她那种神气，一点也错不了，她的伴侣存心想叫她恨他，而这一点他已经完全做到了。“他说的话一个字也信不得。他是个说谎的恶魔——是个妖怪，他不是人！他早就跟我说过，我要走可以走，而我也打算走过，可是我不敢再试一次了。只是你要答应我，爱伦，他的那些下流话，

① 参阅第十章：“第二天，邻镇有一堂会审，东家是必须参加的。”林敦该是一个由民间推选的地方推事。

在我哥哥或是卡瑟琳跟前半个字也别提起。他拿出那一套来，全都是一心要叫埃德加气得跳起来。他说过，他把我娶来为的是好摆布他。我偏叫他办不到。我宁可自己先死！我但愿——我祷告——他一时性起，忘了他那阴险的心计，把我杀了！我能想象的惟一的乐事，就是死，或者是看他死！”

“嘿——眼前有这句话就够啦！”希克厉说。“假使法庭上把你叫去，你要记得她说过什么话呀，纳莉！你再好好瞧瞧那张脸儿吧，即使目前还不配我胃口，也不差多少了。——不；你是不适合做你自个儿的保护人的，伊莎蓓拉，现在，我既然算是你合法的保护人，就得叫你由我看管着，不管这个责任是多么不配我的胃口。上楼去吧；我还有几句话要私下跟爱伦·丁恩说呢。不是往那儿走。上楼去，听见了没有！喂，这儿就是上楼去的路，孩子！”

他抓住了她，把她推出房门外。他转身回来时咕噜着说道：

“我不懂得怜悯！我不懂得怜悯！虫子越是扭动，我越是恨不得挤出它们的肠子来！这就好比是一次出牙，我精神上越是感到痛，我越是使劲地磨。”

“你懂不懂什么叫做‘怜悯’？”我说，赶忙把帽子重新戴上了。“你这一生中可曾有一次感到过一丝半毫的怜悯吗？”

“把帽子放下！”他打断我道，看出了我要走的意思。“你还不能走。好，你过来，纳莉。我不是说服你，就是强迫你帮助我实现我的一个决心：我要去看看卡瑟琳，而且马上要办到。我发誓我没有安什么坏心。我并不想闹什么事，也不想招惹或是侮辱林敦先生。我只希望听她亲口说一说，她怎么样了，她怎么得的病，问问她我能替她做些什么事儿。

“昨天晚上，我在田庄的花园里逗留了六个小时，今晚还要去。每夜我都要在这老地方转，白天也要天天去，直到我找到一个闯进去的机会才罢休。如果埃德加·林敦来跟我照面，那我毫不迟疑地把他一拳打倒，给他一顿好揍，叫他懂得有我来这儿的时候，就得识相些。假使他的仆人来阻拦我，我就拔出这一对手枪把他们吓跑。不过假如我能避免跟他们或是他们的东家打交道，那不是更好吗？这一点你是很容易办到的。我来到之后会给你打一个招呼。一等到她独自一个儿的时候，你就可以悄悄地把我放进来，你给我望风，直到我离开。你是心安理得的，你这样做防止了一场大闹。”

他的话叫我大为反对，我不能在东家的宅子里干那种奸细的勾当；不但这样，我还极力跟他说了，他为了满足自己的愿望，不惜破坏林敦太太的宁静，那是十分残酷自私的。

“一点儿顶稀松平常的事儿都把她吓得心惊胆战的，”我说。“她整天儿神魂恍惚，再经不起忽然来什么意外的事儿，那我是可以肯定的。别死劲儿扭住不放，先生，逼得我只好去向我的东家报告你有什么打算，他就会采取手段，保住他的宅子，他家里的人，不让不速之客闯进来！”

“这么说，我就得先采取手段‘保住’你，娘儿们！”希克厉嚷道；“在明天早晨之前，你别想离开呼啸山庄。完全是一派胡言——说什么卡瑟琳看见我受不了；至于说她经不起意外的事儿，我并不要叫她来个冷不防。你得先让她有个准备，问问她要不要我来。你说她从没提到过我的名字，也从没人在她跟前提到过我。她能跟谁谈起我呢——假如我在这个人家是一个被禁止的话题？她认为你们全都是她丈夫的耳目。

“唉，我毫没疑问，她跟你们合在一块儿简直是活受罪！她不说话，我也能猜出来，——就跟她说了话一样——她心里是什么滋味儿。你说她老是坐立不安，流露出焦躁的样子，难道这算是她心境平静的证明吗？你说她心神不定，真见他妈的鬼，你还能叫她怎么办？——她孤独得可怕！还有那个干巴巴的不起眼的家伙，凭着他的责任心和慈悲心，他的怜悯和恩典来照顾她！他还不如把一株橡树栽在一个花盆里，巴望它茁壮成长吧！——可别想凭他的看护，叫她在那么薄薄一层沙土中恢复她的元气！

"我们一言为定吧。你可是愿意留在这儿，让我从林敦和他的手下人中打出一条路来去见卡瑟琳？还是像你一向那样，愿意做我的朋友，依着我的要求做去？快决定吧。如果你还是坚持你这牛性子，那么我何必再多耽搁一分钟哪！"

唉，洛克乌先生，我跟他顶，我埋怨，我一口回绝他，回绝了五十次，但到头来还是拗不过他；他逼得我答应了他。我必须给他捎一封信给我的女主人。如果她让他来的话，那我要让他知道，下一次林敦几时出门，他就好赶来，乘机溜进宅子。我要回避他，宅子里的其余的仆役也同样要给他走开。

我这么做，是对了还是错了？我只怕是错了，虽说那是权宜之计。我当时认为我依顺他，避免了爆发另一场冲突；我还认为，对于卡瑟琳的精神上的疾病也许会产生良好的转机。接着，我又记起了林敦先生的严厉的斥责，不许我以后再搬嘴舌；为了要把内心的不安消除得干干净净，我再三跟自己声明，这背信弃义的勾当(如果可以毫不客气的称之为背信弃义的话)就只此一遭，下不为例。

尽管想是这么想，一路上我走回家去的时候，还是比原先一路上我赶来的当儿，心境要沉重得多。在我还没能拿定主意把那封信交在林敦夫人手里之前，我脑海里浮现出种种不安的念头。

不过坎纳斯大夫已经来啦。我下楼去告诉他你已经好多啦。我讲的故事，正像我们这儿的人所说的，是很"厌气"的，这故事还可以再消磨一个早晨呢。

“厌气”，乏味！那位好女人下楼去招呼大夫的当儿，我这样想；要是由我挑选的话，我才不会特地挑这一类故事给自己解闷呢。可是别管它吧！我还是可以从丁恩太太的苦草中提炼出一剂良药来的。首先，让我留点儿神吧，卡瑟琳·希克厉的那双亮晶晶的媚眼里，潜伏着一股迷人的力量呢。我可要陷入好奇怪的烦恼中了——要是我把我的心儿献给了那位少妇，而那做女儿的，原来却是她妈妈的复本！

第十五章

又一个星期过去了，在这么多天里我又向健康和春天挨近了一些儿。我那位女管家，只要放得下她手头的正经事，就抽工夫到我床边来坐坐；她来陪伴过我几次，现在我把我那位邻居的故事从头到尾听完了。我就用她亲口讲的话把故事继续下去，只是稍微压缩些。大致说来，她是一位讲故事的能手，自有她的风格，我并不认为我能够给她把这种风格再改进一些儿。

那天晚上——我到山庄去探望过的那天晚上，我知道——就像我看到了似的——希克厉先生正在我们这儿附近。我有意不走出去，因为我的口袋里依然藏着他那封信，而我可不想再受人家的威逼，或是让人来厮缠我。我打定主意等我的东家出门去后再把信交出去，因为我捉摸不透卡瑟琳读了这封信到底会有怎样的反应。结果三天过去了，信还没有到她手里。

第四天是礼拜天，这一家人上礼拜堂去之后，我把信带进了她的房间。家里留下一个男仆和我看家；我们一向的做法，总是在做礼拜的那几个钟头里，把前后门锁了起来；不过这一天，天气那么暖和可爱，我把门都敞开了，为了履行已经答应人家的话（因为我知道谁要来了），我对我的同伴说，太太一心想吃橘子，他快跑到村子里去买一些来，第二天再付钱。他出发了，我上楼去。

林敦夫人穿着一件宽松的白袍子，披一条轻薄的肩巾，像往常一般，独坐在向外伸出的开着的窗子边。她那一头浓密的长发，在她刚生病的时期，有一部分盘到后头去了，现在她顺着那发丝的天然鬈曲，随随便便编成了两条辫子，从她的鬓脚边挂到了脖子上。她的人样儿已改变了，这是我已对希克厉讲过了的，但是在她平静的当儿，只见她的改变显出一种不是人间所有的美。

她那对本来炯炯闪亮的眸子，现在蒙上了一层迷梦般凄楚的温柔，你只觉得她不再在注视她身边的事物，而似乎老是在凝视着远方，那遥遥的远方——你也许可以说，她那视线落到了人世之外呢。她那苍白的脸色、憔悴的模样儿已经消失了，她的肌肤现在逐渐在丰腴了。她的心境让她流露出一种异常的神态，叫人看了不由得痛心地想起她得这场病的缘故，同时又格外地惹人怜惜，因为照我（或者是随便哪个见到过她的人）看来，尽管眼前她正在逐渐复元，她那种茫茫然的神态，却已打上了命运的烙印，终究难免要香消玉殒了。

她面前的窗台上有一本书打开着，偶尔吹来一阵几乎感觉不到的微风把书页翻动着。

我相信那是林敦搁在那儿的，因为她从来不想翻一下书，或是找一些旁的事儿给自己消遣消遣。他看到这种情景，知道她一向喜爱的是什么，总是花不少时间去引起她对这方面重新感到一点儿兴趣。

她也明白他的用心，在她心境好的当儿，耐烦地听任他来跟她厮缠，只是有时候压抑不住地发出一声疲乏的叹息，表示他的心思是白费了；到最后，终于用最凄凉的苦笑和亲吻打断了他。在另外一些场合，她却使气地把身子扭了过去，把脸儿掩在她的手心里，甚至暴躁地把他推开去；那时候他明知自己无能为力了，只得撇下她一个儿，悄悄地退了出去。

吉牟屯礼拜堂的钟声还在敲着；那涨了水的小溪舒畅地流过山谷，传来了悦耳的淙淙声。那可以算得一种过渡性的可爱的音乐，因为一到夏天，树叶浓密，发出一片低语般的沙沙声，便要淹没田庄附近的溪流声了。在呼啸山庄，在解冻或是久雨之后，逢到无风的日子，就总能听到那淙淙的流水声。

这会儿，卡瑟琳在倾听着，心里想的正是呼啸山庄——那是说，假使她是说得上在听，或是在想的话。可是她的双眼只管茫然地向远方望着（方才我已讲过了），看来她分明没有意识到存在于世上的任何物质性的东西，不管是凭她的耳朵还是凭她的眼睛。

“有你的一封信，林敦太太，”我说道，把信轻轻地塞进她那搁在膝上的一只手里。“你得马上就读，因为在等回音呢。我要不要打开封印？”

“好吧，”她回答道，她的眼光并没有挪动一下。

我拆开了信，信很短；我接着说道：“现在，你读吧。”

她把手抽回去，信掉下来了，她也不管。我把信捡起来，重又放在她膝上，站在那儿等候她低垂下眼光来看一看，但是好久不见她有一点动静，我终于又开口了：

“得我来念吗，太太？是希克厉先生写来的信呀。”

她吃了一惊，有一丝困惑的回忆闪过她的脸上，还透露出一种神情：竭力想把自己的意识理出个头绪来。她拿起信纸，好像在念信；等她看到署名时，她叹了一口气。可是我发觉她还是没有领会信里的意思。我向她讨一个回音，她却只是指着署名，急切地望着我，带着一种哀怨而焦急的询问的神气。

“嗳，他想见见你呀，”我说，猜出她需要有人给她解释一下。“这时候他正在花园里，急于想知道我会给他带去一个什么样回音呢。”

正这么说着，我瞧见底下照耀着阳光的草坪上，躺着一条大狗，它竖起了两耳，像是要吠叫的样子，接着却又把耳朵贴伏下去，摇一摇尾巴，算是宣告有什么人走近来了，而那个人它并不认为是陌生人。

林敦夫人向前探身，屏住气息，用心倾听。一会儿只听得有脚步声穿过走道。看到大门洞开着，那种诱惑力对于希克厉是太大了，他怎么也没法不跨进宅子来。多半是他还道我有意要逃避实践我的诺言，因此决定仗着自己的胆子闯一下。

卡瑟琳焦灼不安地只是望着房门口。他并没有一下子就撞着她的卧房。她向我做手势，要我去接他进来；可是我还没走到房门口，他已经找到了。他迈开一两个大步，就来到她的身边，紧紧地把她搂在怀里了。

约莫有五分钟光景，他一句话也没有说，只是紧紧搂住她不放。在那一段时间里，我敢说，他接连吻她的次数，比他过去一生中所吻过的次数还要多。不过呢，还是我家女主人第一个先吻他。我看得很清楚，他心痛得简直没法正对着她的脸儿瞧。

他一眼看到她，就像我一样，千真万确地知道，她这病是好不了啦，没有指望了，她是难逃一死了。

“哎哟，卡茜哪！哎哟，我的生命哪！叫我怎么受得了哟！”他一开口就嚷出了这一串话，那种呼嚷的声气一点不想隐瞒他内心的绝望。现在他又直瞪瞪地对着她瞧，那股一眼不眨的猛劲儿我还道会叫他的眼睛流出泪水；谁知他的两眼燃烧着痛苦的火焰，却并不溶解。

最后的见面

“现在又怎么啦？”卡瑟琳说，向后靠去，顿时眉心紧皱，来回报他的盯视。她的脾气就是跟着她那喜怒无常的性子转的风标罢了。“你和埃德加两个把我的心都揉碎了，希克厉！而你们两个又都为了这事儿到我跟前来啼啼哭哭，好像该得到怜悯的人倒是你们！我可不怜悯你，我才不呢。你害死了我——日子可就好过了，我想。你是多么坚强呀！我死了之后你准备再活多少年哪？”

希克厉跪下一条腿，搂着她。他想站起身来，可是她扯住了他的头发，不让他起立。

“我但愿我能一直揪住你，”她辛酸地接着说，“直到我们两个都死了为止！我可不管你受着什么样的罪。我才不管你受的罪呢。为什么你就不该受罪呢。我是在受罪呀！你会把我忘掉吗？将来我埋在泥土里之后，你还会快乐吗？二十年之后，你会这么说吗？——‘那就是卡瑟琳·欧肖的坟墓啊。从前我爱过她，我失去了她心都碎了。但这都是过去的事啦。这以后我又爱过不少人。如今我的孩子，比从前的她，对于我更亲呢。有一天我也死了，我不会感到高兴：因为好去跟她会面了；我只会因为不得不把孩子们丢下了而感到难过。’——你会说这些话吗，希克厉？”

“不要把我折磨得像你一样疯吧！”他嚷道，把他的头挣脱出来，紧咬着牙关。

这两人，在冷眼旁观的人看来，构成了奇怪又可怕的景象。卡瑟琳大可以把天堂看做对于她是一块流放的异域，除非她丢下她在尘世的肉体时，也抛弃了她那在尘世的性格。只见她这时容色惨白，嘴唇没有一丝血色，两眼闪闪发光，露出一副狂野的、要报仇雪恨的神气。她那攥得紧紧的拳头里依然握着一撮给她拉下来的头发。

她的伴侣呢，他一只手支撑着自己站起来，另一只手握住她的臂膀。她病成这个样子，他可一点不懂得应该格外温柔些才好，他松手的时候，只见在她那没有血色的皮肤上留下了四个紫青的印痕。

“难道你有恶魔附在身上吗？”他蛮横地说下去道，“在你临死之前还说这些话？你不想一想，你这些话句句都要像烙印般印在我的记忆里，一旦你抛下我之后，这几句话在我的脑子里会咬得更深，直到永恒。你说我把你害死了，你知道那是在说瞎话。卡瑟琳呀，你明白，若是我忘得了你，那等于我也忘得了我自个儿的存在！这还不够满足你的狠毒的自私吗？——当你安息的时候，我却在受着地狱般的折磨，痛苦得直打滚！”

“我是再不会得到安息了，”卡瑟琳呻吟着说，这时她只觉得一阵子难过；情绪上的剧烈冲动，使她的心怦怦乱跳得厉害，胸脯起伏不停。她不再把话说下去，等到这一阵发作过了之后，才接着说道，语气已缓和了些：

“我并不要你忍受比我还大的痛苦，希克厉。我只愿我们俩永不分离；若是我有什么话使你往后感到痛心，要知道我在地下也感到同样的痛苦呢；那你就为了我的缘故，原谅我吧！你过来，再跪下。你一生中从没伤害过我。不行，要是你把一股怒气憋在心里，那日后回忆起来，比我那尖刻的话可还糟哪。你肯过来吗？来吧！”

希克厉走到她的椅子背后，俯下身去，但并不太低，不让她看到他的脸儿——他的脸色这时激动得发青。她回过头来瞧他。他可不肯让她瞧见。他一下子转过身去，走向壁炉，站在那儿，背对着我们，一言不发。

林敦夫人猜疑地用眼光跟着他。每一个动作在她心里都唤醒一股新的情绪。停了一阵，她盯着他看了半天之后，她又开口了，带着气苦、失望的口气，跟我说道：

“哎哟，你瞧，纳莉，他不肯软一下心肠，为了好把我在坟墓外边多留住一会儿。人家就是这样爱我的！好吧，没关系。那可不是我的希克厉呀。我仍然爱着我那一个，还要把他一起带着走；他就在我的灵魂里呀。再说呢，”她沉思着说下去道，“让我最讨厌的东西，说到底，就是这一个支离破碎的牢笼。我给关禁在这儿已经关腻啦。我盼望得不耐烦了，要逃到那极乐世界去，从此就永远留在那儿了——不是泪眼模糊地张望一眼，也不是隔着我那颗疼痛的心窝的高墙向往而已；而是的的确确到得那儿，待在那儿。纳莉，你自以为你比我强，比我幸福，身强力壮。你替我难过——很快这情形就要转变过来了。是我将要替你难受。是我将要高高在上，你们哪一个都没法跟我比。我不懂，是不是他不肯到我跟前来啦！”她跟自个儿说下去道。“我看他是存心那样的。好希克厉，你现在不该再生气啦。快到我这儿来吧，希克厉。”

她迫不及待地竟站了起来，撑在椅子的扶手上。听到她这迫切的恳求，他转过身来朝着她，完全是一副绝望的神情。他睁大着一双湿漉漉的眼睛，终于把目光狠狠地向她闪射过去，只见他的胸膛痉挛地起伏着。

起先，他们两个分开着站了一会儿，接着怎样合在一处的，我没能看得清。只见卡瑟琳向前扑出去一步，于是他把她捉住了，他们两个就紧紧拥抱在一起；我只怕等到把我的女主人从这一阵子拥抱中放开时，她早已活不成了——真的，照我看来，她似乎当场就昏了过去。

他倒入了最靠近的一个座位上。我急忙赶去看看她究竟昏迷了没有；谁知他竟像一头疯狗似的，对我咬牙切齿，喷着口水，还带着贪婪的妒忌，把她搂得更紧了。我只觉得我并不是跟我同样的人待在一起，即使我跟他说话，看来他也不会懂得，所以我只好站开去，不作一声，不知道该怎么办才好。

一会儿，卡瑟琳动弹了一下，多少叫我松了一口气。只见她抬起一只手臂，钩住他的脖子，让他托住着身子，把她的脸颊紧贴在他的脸上；而他呢，没性没命地爱抚她，算是回报，狂野地说道：

“你现在才叫我明白，你本来是多么残酷呀——又残酷又不真心！为什么你从前要看不起我？为什么你要欺骗你自己的良心，卡茜？我一句安慰的话也不给你。这也是你活该。你自己害死了你自己。可不，你尽可以一边吻我，一边哭，逼出了我的吻和眼泪；可我的接吻、眼泪只能害苦你——只能诅咒你。你曾经爱过我；那你有什么权利丢开我呀？你有什么权利——回答我吧——可怜巴巴地看中了林敦呢？贫贱，耻辱，死亡——不管上帝还是恶魔能够怎样折磨人，可别想把我们俩拆开！而你，你却甘心做下这种事来。我并没有弄碎你的心——是你自个儿把心揉碎了：揉碎了你的心，把我的心也给揉碎了。我是强者，因此格外地苦！我想活下去吗？这叫什么生活呢，当你——啊，天哪！——难道你愿意活着吗，当你的灵魂已进了坟墓？”

“别来逼我吧！别来逼我吧！”卡瑟琳抽泣着说道。“要是我做下了错事，那我为此而付出了生命。这就够啦！你也曾把我抛开过；可是我并不想怪你。我宽恕你，你也宽恕我吧！”

“瞧着那一双眼睛，摸着这一双消瘦的手，要宽恕你，真难啊，”他回答道。“再吻我吧，别让我瞧见你那眼睛。你对我的所作所为我就宽恕了。我爱我的谋杀者——可是害死你的那个人！怎么能叫我爱他呢？”

他们沉默了——他们的脸儿紧贴着，他们的泪水彼此冲洗着对方的脸儿。至少，我想两人一起在哭泣；逢到这么令人肠断魂销的当儿，看来希克厉也不免要掉泪了。

当时我非常不安；再说，下午的时间过得好快，我打发去买橘子的人已回来了，在山谷那边，西照的夕阳中，我能望见吉牟屯教堂的门廊里涌出了越来越密的人群。

“礼拜做完了，”我报告道。“再过半个钟点，东家要回来了。”

希克厉哼出了一声咒骂，把卡瑟琳挟得更紧些。她没有动弹一下。

不多一会儿，只见大路上有一群仆人走来，往厨房那一侧走去。林敦先生就在后面不多远。他给自个儿开了大门，很悠闲从容地走近来，也许他是在享受那个风和日暖，像夏天般可爱的下午吧。

“现在他回来啦，”我嚷道。“看老天面上，赶紧下去吧！打前面的楼梯下去，你不会碰到人的。赶快些吧，先在林子里待一下，等到他走进了宅子你再出来。”

“我一定要走啦，卡茜，”希克厉说，想要从他的伴侣的怀抱中摆脱出来。“只要我还活着，我要在你睡熟之前再来看你一次。我不从你的窗口走开五码。”

“就是不许你走！”她回答道，用尽她那点儿气力，把他紧紧抱住。“我不放你走，我跟你说。”

“走开一个钟点，”他迫切地恳求道。

“一分钟也不成，”她回答道。

“我非走不可啦——林敦马上要上楼来啦！”这个惊慌的闯入者坚持着。

他想站起身来，好摆脱她握紧的手指——她搂得更紧了，喘着气，她的脸上透露出一股疯狂的决心。

“不行！”她尖叫道。“哎哟！别，别走呀。这是最后一次啦！埃德加不会伤害我们，希克厉，我要死啦！我要死啦！”

“该死的蠢货！他来啦！”希克厉嚷道，又倒进了他的座位。“别闹，我的心肝儿！嘘，嘘，卡瑟琳！我不走了。如果他开枪打我，那让我嘴唇上带着一个祝福死去吧。”

他们两个又紧紧搂在一起了。

我听到东家上楼来了。我的脑门上冷汗直冒；我吓坏了。

“你就听她的胡话吗？”我发狠地说道。“她自己也不知道在说些什么呀。她已经糊涂啦，不识得利害好歹啦，你因此要把她毁了吗？站起来吧！你一下子就可以挣脱出来啦。你干出了最可恶最可恨的勾当。我们全都完蛋啦——东家，主妇和女仆。”

我急得直绞着手，大声叫嚷；林敦听得房内有闹声，加快了步子。正当我惊慌失措的时候，我看到卡瑟琳的手忽然无力地滑落下来，她的头也垂倒了，我衷心感到高兴。

“她晕过去了，要不，死啦，”我想道；“这也好。与其这么拖延着，成了她周围的人一个负担，给大家增添苦恼，倒还不如死了强得多。”

埃德加直向那个擅自闯入的来客扑去，心里又惊慌又气愤，脸色都发了白。他打算拿希克厉怎么办，我可说不准。不料对方把一个没有一点生气的躯体往他怀里一送，一下子就制住了一场大吵大闹。

“瞧吧！”他说。“除非你是一个恶魔，要不然，先救她要紧，然后你再跟我说话！”

他踱进客厅，坐了下来。林敦先生把我叫过去；我们费了好大的劲，用尽了种种办法，才算使她醒过来。可是她神志完全不清楚了，只是一声声地叹气呻吟，却不认得人。

埃德加看到她那个光景，急得什么似的，早把她那个可恨的朋友忘了。我可没有忘掉。我一找到机会就走过去叫他快离开，告诉他卡瑟琳已经好些了，明天早晨他再听我的消息：这一夜她过得怎么样。

“我并不拒绝走出这个门，”他回答道，“可是我要守在花园里。纳莉，记住，你说的话明天要做到呀。我在落叶松底下等候你。记住！要不然的话，我才不管林敦在不在家，又要闯进来啦。”

内室的门半开着，他匆忙地往里瞥了一眼，看到我跟他说的显然是实话，这个倒楣的人这才算离开了宅子。

第十六章

那天晚上，约莫十二点钟光景，小卡瑟琳(就是你在呼啸山庄看到的那个姑娘)出世了——一个七个月的可怜巴巴的小东西。又过了两个钟点，那母亲死了，神志始终没有怎么清醒过，既不知道希克厉已不在她身边了，也认不得埃德加。

埃德加所经受的丧妻之痛，说来实在太令人心酸，也不必细说了，从日后所显示的影响，可以想知，当时他的心已经碎了。

此外，在我心目里，更有一件叫人难受的事儿，就是卡瑟琳没有给他留下男嗣。我一面打量着这个孱弱的孤女，为这事而悲叹，一面在心里埋怨老林敦，为什么会有这么多偏心，规定只许把画眉田庄这份产业传给他自己的女儿，不传给他儿子的女儿。

真是一个不受欢迎的婴儿，这可怜的小东西！它来到世上的头几个钟点里，如果一口气哭死了，那也罢了，谁都不会理会一丁点儿的。后来我们算是把那种冷淡弥补过来了，可是她的出世却是多么孤苦伶仃啊——只怕跟她将来的结局差不多呢。

第二天早晨，户外是一片明朗的景象，阳光悄悄地从百叶窗里漏进了肃然无声的房内，把恬静温柔的一层红光笼罩在床铺上和躺在那床上的人儿身上。

埃德加·林敦把头靠在枕上，眼睛闭着，他那年青清秀的脸容几乎就跟躺在他身边的那个人儿的容色一样地死白，几乎一样地纹丝不动。不过停留在他脸上的是痛苦到精疲力竭的那种昏昏沉沉，而从她脸上透露出来的是一片宁静。只见她额头平滑，双眼闭着，嘴唇含着笑意——天堂里的哪一位天使也不能比她这会儿的神态更美了。

永恒的宁静守护着她的安睡，也感触了我的心弦。当我凝视着那神圣的安息者的无牵无挂的形象时，我的心境再没有这样的虔诚了，我本能地在心里呼应着她在几小时前所说过的话："望尘莫及啊，高高地在我们所有的人之上！无论还在人间，或是已在天上，她的灵魂如今已在上帝跟前找到归宿了！"

我不知道这是不是好算我的与众不同之处，我在守灵时，很少有不快乐的时候——只要没有人在一旁大哭大喊，不是悲痛绝望的人和我一起分担那守灵的任务。

我眼前看到的是无论人间或地狱都不能惊动的安眠，我心里觉得很坦然，那无边无际、照彻光明的境界一定会在身后来到——他们进入了"永恒"——在那儿，生命之火永不熄灭，爱的应和无休无止，到处充满了欢乐；在那样的时刻里，我感觉到就连林敦先生的爱情中也不免夹杂着很大的自私，他是那样痛心卡瑟琳的幸福的超脱！

当然，你可以怀疑，她过了那么任性、急躁的一生，到末了，配不配享受那港湾里的风平浪静。[1]你在冷静思考的当儿，自然难免会产

① 港湾里的风平浪静，借喻升天的灵魂得到安宁的归宿。

生这样的疑团；可是眼前面对着她的遗体，什么疑问都没有了，它显示了一片宁静。那就像是给予了它原来的“居户”[①]一种同样安宁的保证。

你可相信这样的人在另一个世界里会快乐吗，先生？我多想知道啊。

我不想回答丁恩太太的问话，我觉得她问得有些出格。她接下去说：

回顾卡瑟琳·林敦的一生，我怕我们没有权利相信她是快乐的；不过我们还是听凭上帝怎样来安排她吧。

主人看上去像是睡熟了，太阳升起之后，我就顾不得许多，溜出了卧室，来到了外面清新的空气里。仆人们还道我熬了一夜，昏昏欲睡，想到外面去振作一下精神。其实呢，我主要的目的是想去看看希克厉先生。如果他整夜都守在那一丛落叶松里，那他就一点不会听到宅子里的骚动——至多他也许会听到信差直奔吉牟屯的马蹄声。假使他曾经走近些，看到灯光移来移去，大门一忽儿开一忽儿关，也许会觉察到宅子里出了什么事儿啦。

我想找他，但又怕找到他。我觉得这可怕的消息非跟他说不可，我只巴望把这回事早早对付过去，但是究竟怎么样跟他开口，我可不知道。

他果然在那儿——在至少再深入林苑几码的地方——靠着一株老梣树，光着头，头发完全给露水打湿了；凝聚在抽芽的树枝上的露珠正扑簌簌地滚落在他周围。他保持着这个姿势，一动不动地站着，有好长一阵子了，因为我看到有一对鸫鸟在离他不到三尺的地方来回穿过，忙着营造它们的窝巢，把近旁的他只当做一块木头罢了。等我一走近，它们就飞走了。

---

① 居户，指灵魂，我们也有“魂不守舍”的说法。

他抬起眼睛来说道：

“她死啦！不等你来就知道啦。把你的手绢儿收起来吧——别在我的眼前抽鼻子啦。你们全给我滚到地狱去吧！她才不希罕你们的眼泪呢！”

我在哭她，其实也是在为他而哭。有时候我们不免会可怜那样的人——他们不论是对自己，还是对别人，都没有一点儿感情。我望着他的脸，一眼就看出他已经得知发生了叫人心碎的事；同时我还产生一个蠢念头，以为他的心灵在颤动，他是在念祷告，因为他嘴唇在颤动，两眼直看地面。

“是啊，她死了！”我回答道，压抑住抽泣，擦干了我的脸颊。“上天堂去了，我希望。我们每个人，假使能及时回头，弃邪归正，都能到她那儿去！”

“那么她有没有及时回头呢？”希克厉问道，一副似笑非笑的讥嘲的神气。“她可是像个圣徒似地死去吗？来吧，给我讲一讲这回事的真实情况吧，究竟——”

他想要念出那一个名字来，可是办不到。他闭紧嘴唇，跟内心的痛苦作一场不出声的斗争，一边不眨一下地、凶狠狠地直瞪着两眼，抗拒我的同情。

“究竟她怎样死的？”他终于又开了口——尽管他的心肠这么狠，这时也希望后面有什么东西支撑他一下。原来这一番挣扎使他不由自主地全身上下、四肢百节都在打颤。

“可怜虫！”我心里想道，“原来你跟你周围的人一个模样，并不是什么铁打心肠！你干吗在人前把你那颗心包得那么紧呀？你硬充好汉，可瞒不过上帝，是你自己找上去讨上帝来折磨你那颗心，直到你发出了讨饶的哀声。”

“像绵羊那样安静！”我出声回答道。“她叹了口气，伸直了身子，像一个小孩子刚醒过来又睡熟了；五分钟之后，我在她的心口感到微微一下跳动，就此再不跳了。”

“嗯——她可曾提起过我来？”他问道，口气十分犹豫，似乎惟恐他这一问，引出的回答，会让他听到那些叫他受不了的情节。

“她再也没有恢复知觉。自从你离开她之后，她就谁也不认得了，”我说道。“她躺在那儿，脸上带着甜蜜的笑容，她的心迷迷惘惘地回到了愉快的童年时代，她的生命结束在一个温柔的迷梦里。但愿她在另一个世界醒来的时候，也是那样亲切！”

“但愿她在痛苦中醒来！”他嚷道，那股猛劲儿真叫人害怕，在一阵突然发作、控制不住的激情中，他跺着脚，发出呻吟来。“嘿，她直到最后还是个说谎者。她在哪儿？——不是在那儿——不在那儿天堂里——也没有毁灭——在哪儿呢？噢！你说你对我受的苦才一点儿不在乎呢。我只有一个祷告——我要反复地祷告，直到这条舌头都硬了——卡瑟琳·欧肖，只要我活着，你永远得不到安宁！你说是我害死你的——那你的阴魂缠住我不放吧！被谋害的人，他的阴魂总是缠住那凶手的，我相信——我知道一向有鬼魂在地面上游荡。揪住我吧！——不管显什么形——把我逼疯吧！——只是别把我撇在这深渊里，叫我找不到你！上帝啊！这可是说都说不清呀！我不能丢了我的生命而活着呀！我不能丢了我的灵魂而活着呀！”

他把头往多节的树干上撞去，抬起眼来，干号着——不像一个人，而像一头快要给刀子和枪尖捅死的野兽。

我看到了树皮上有几摊血，他的手上、额头上都沾染着血污。也许我眼前看到的这一幕，已在晚上演出过了，现在只是再来一番罢了。这并不能打动我的心——只是叫我胆战心惊；但我还是不忍心就这么扔下了他。可是他一旦恢复神志，发觉我在看着他，他大吼大叫地要我走，我听从了，我可没有那本领能叫他安静下来，或是让他得到一些安慰！

林敦夫人的落葬日子定在她故世之后的第一个星期五，在那天来到之前，她的棺木安放在大客厅里，不合上棺盖，撒满了鲜花和香叶。不分白天和黑夜，林敦都待在大客厅里——一个彻夜不眠的守灵者。希克厉呢，夜夜（至少是夜夜，如果不是天天）守在外边，同样和睡眠无缘——这回事，除了我之外，谁都不知道。我不去找他；但我还是意识到他在盘算着怎样闯进来。

星期二，天断黑之后不多一会儿，我那东家实在累得支撑不住了，不得不回房去休息两三个钟头。我就去打开一扇窗子，——我是被他的百折不回所感动了，给他一个机会向他的偶像的凋谢了的容颜最后告别。

他没有放过这一机会，敏捷地、小心翼翼地——小心到连一点声响都不发出来，因此谁都不曾发觉他闯进来过，说实话，就是我也不会发现他来过这儿，要不是铺在死者头部四周的呢绒有些弄乱了，以及在地面上发现了一束用银线系着的淡黄鬈发。

我拣起来仔细一看，断定这是从挂在卡瑟琳的脖子上的小金匣中拿出来的。希克厉把那个小金匣打开来，扔掉了嵌在里面的头发，把自己的一束黑头发装了进去。我把那两束头发绞在一起，装进小金匣里，然后把它关上。

当然去请了欧肖先生来给他妹妹的遗体送葬。他并没有一句推托的话，但是他根本没有来过。所以那天落葬，在场的除了丈夫之外，全是佃户和佣人。没有去请伊莎蓓拉。

林敦家在小教堂里有一个墓穴，竖立起雕饰的墓碑，使村民们吃惊的是，卡瑟琳的遗体并没安葬在祖茔，也并没安葬在教堂外边她娘家的祖茔，而是在那教会的坟地一角，那青绿的斜坡上掘个坟坑，落了葬。那儿的围墙很低，荒野上的荆棘、覆盆子都爬过墙来，泥煤几乎要把墙埋没了。

她的丈夫如今也躺在那儿了。他们两个坟上都立了一块简单的墓碑，在他们的脚边又都有一块灰色的石头给坟墓做标志。

第十七章

星期五落葬那天，是这一个月来最后一个晴朗的日子。到了晚上，天气突然变了：南风转成了东北风，先是来了一场雨，跟着是冰雹、是大雪。第二天早晨，简直叫人难以相信：这儿刚度过了三个星期夏季；樱草花啊，番红花啊，都被冬雪压下去了，百灵鸟哑然无声了，幼树的嫩叶被风雪打得发黑了。那天早晨，就这么凄凉、阴寒、黯惨地慢慢挨过去！

东家待在房里不出来；我一个人占据了冷冷清清的客厅，把它当做了一个育儿房。我就坐在那儿，膝上放一个洋娃娃似的婴儿，她在啼哭，我把她轻轻地来回摇着，一边注视着漫天飞舞的雪片在那不挂窗帘的窗口越积越厚。这时候，门打开了，有人进来，只听得又是喘气，又是在笑！

我气愤极了（在那一瞬间，顾不得吃惊），我还以为进来的是一个女仆呢。我嚷道：

“别闹！到这儿来，你怎么敢这样轻狂！给林敦先生听到了，他会怎么说？”

“别生我的气吧！”一个熟悉的声音回答道；“可是我知道埃德加躺在床上；我笑，是忍不住呀。”

这么说着，那个人儿已走近了壁炉边，一边喘着气，把一只手撑在腰里。

“我从呼啸山庄一路奔了来！”停了一会，她接下去说道。“除了有时候我像在飞似的。我说不清一路上摔了多少跤。哎哟，我浑身都在疼！别这么吃惊啊！等我缓过一口气来，我就跟你说个清楚；只是目前请你行个方便，走出房外去吩咐套车，送我到吉牟屯去，再叫一个女仆在我的衣橱里找一两件衣裳出来。”

原来闯进来的那人是希克厉夫人。看她那光景，分明没有什么好叫人开心的。她的一头鬈发都披散在肩上了，雪水一滴一滴从她头发梢上淌下来；她穿着一身她过去常穿的女孩子的服装，现在再穿，对她的年龄倒还可以，可是对她的身份却不相称了。那是一件短袖露胸的上衣，头上和脖子上一无佩戴。那件薄绸上衣已经淋湿，紧贴在她身上，她的脚上也只穿着一双单薄的拖鞋。这样一身穿着，再加上一只耳朵下面裂开一条深深的伤痕，只因为在严寒的天气才不曾鲜血淋漓；一张抓破了的、打青了的白白的脸，一个累得要垮下来的身子……那你可以想象，我乍一眼看到她的时候那一吓，并没因为这会儿有工夫上下打量她而得到多大的减轻。

“我的好小姐呀，”我嚷道，“我哪儿也不去，什么话也不听，等到你把全身衣服换下来了，穿上干的，那时再说。今天晚上你怎么也不能到吉牟屯去，所以也不用去吩咐套车啦。”

“我就是要去，”她说道，“不管是走去，还是乘车去；不过要我穿得整齐些，我并不反对。还有——哎哟，瞧，这会儿血顺着我的脖子直淌下来了！一烤火，伤口又疼起来了。”

她一定要我照着她的吩咐办了，才肯让我碰到她。直到我关照了马车夫准备套车，女仆开始收拾几件必需的衣服，她这才允许我替她包扎伤口，帮她把衣服换了。

“好啦，爱伦，”她说道，这时候我已伺候完毕，她在壁炉前的一只安乐椅上坐了下来，在她面前放着一杯热茶。“你坐在我对面，把可怜的卡瑟琳的那个娃娃搁一搁，我不喜欢看见她。你千万别以为我对卡瑟琳没一点情分，为了我刚才一进来太不像话。[①]我也哭过一场了，还哭得好苦呢——可不，我比谁都更有理由哭一场。我们两个是吵翻了分手的，你还记得吧，我不能原谅我自己呀。可是，尽管这样，我决不会同情他——那个野蛮的畜生！噢，把火棒递给我！这是他的最后一件东西在我身上了。”

她把一只金戒指从她的中指捋下来，随手扔在地板上。

“我要捣碎它！”她接着说，带着孩子气的泄愤，猛打猛砸，“我还要烧掉它！”于是她拣起戒指，把这个不派正用的东西往炉子里一扔。

“去它的吧！让他再去买一只吧，假如他把我再弄回去的话。他会赶来找我，来纠缠埃德加。我不敢在这里住下来，只怕他那坏心眼儿会打这个主意！再说，埃德加并没有什么情分，不是吗？我不想来求他帮助，也不愿意给他再添上麻烦了。但是我出于无奈，只好到这儿来躲一躲。要不是我知道他不在这儿，那我会待在厨房里，洗个脸，烤烤火，要你去把我要的一切东西拿来，然后又上我的路——到什么地方去都行，只要能逃出那个该诅咒的——那个魔鬼的掌握！哎哟！他暴跳如雷——万一让他把我抓住了呀！真可惜，论蛮力，欧肖不是他的对手。本来，我恨不得亲眼看到他彻底完蛋，不到那一天，叫我逃，我还不逃呢——只是亨德莱不争气，他做不到这一点！”

---

① 指方才她笑着闯进来。

“嗳，别一口气说得那么快呀，小姐！”我打断她说道，“你会把我给你扎在脸上的手绢儿弄乱，那创口又要出血了。喝口茶，缓口气吧；别再笑啦，笑，在这个宅子里，凭你这个光景，是太不像话啦！”

“这倒是没法否认的真话，”她回答道，“听，那个娃娃！她一股劲儿地直号。把她抱开去，在一个钟头里别让我听到她的哭声吧。过了一个钟头，我就走啦。”

我打了铃，把娃娃交托给了女仆，于是我就问她，出了什么事，叫她从呼啸山庄逃出来，落得这么狼狈；她既然不愿住在我们这儿，她又打算往哪儿去呢。

“我原是应该——我也希望能留下来，”她回答道，“好安慰埃德加，好照顾娃娃，做这两件事；再说，田庄才是我的家呀。可是我告诉你，他是不肯让我住在这里的呀！你想，他看到我心宽体胖，他能受得了吗？想到我们正平平安安过日子，他能受得了吗？他肯不横着心来破坏我们的安乐吗？现在，使我满意的倒是这一点，我满有把握地说，他恨我恨到这么一个程度，只要他的眼里一出现我的影子，或是他的耳里一听到我的声音，就叫他烦恼得要命。我注意到，我一来到他跟前，他脸上的肌肉就不由自主地扭曲起来，变成一副憎恨的表情——一半是由于他知道我有充分的理由恨他，一半是由于他天生就恨人。他恨我恨透了，我能够断定：只要我能够逃个无影无踪，他是不会踏遍全英国来把我抓回去的，所以我必须走得远些。

“我已打消了我最初第一个念头：让他把我杀死了吧；现在，我宁可让他杀死他自己吧！他真有办法，把我的爱情完全窒灭了，所以我心里倒是很踏实。可是我还能回想得起来，我曾经怎样爱过他，还能够迷迷糊糊地梦想我还能爱他，如果——不，不！就算他喜欢我，他那魔鬼般的脾气还是要暴露出来的。卡瑟琳的口味也真是与众不同，把他看得这样透，还对他爱得这么深。怪物！但愿从人间，从我的记忆里，把他一笔勾销！”

“嘘，嘘！他还是个人呀，”我说，“你宽大些吧，还有人比现在这个样子的他更糟呢。”

“他不是人，”她反驳道，“他没有权利问我要宽大。我把我的心儿给了他，他拿去把它掐死了，再扔回给我。我们有了心儿才有感情，爱伦。他既然把我的心儿毁了，我对他再不可能有同情心了，我也不愿意同情他——哪怕他从此时此刻直到他死亡的那天，都在为卡瑟琳呻吟着，哭着，哭出了血来！对啦，一点不假，我就是不愿意！”

说到这里，伊莎蓓拉哭起来了，可是又马上一下子把泪水从她的睫毛上抹掉，说下去道：

“你问我是什么事终于逼得我逃跑的？我不逃跑不行呀，我做到了叫他不能再拿平时的那股狠毒来对待我，我叫他气得直跳起来。用烧红的火钳把神经抽出来，可比劈头盖脑地打下去需要更多的冷静啊。他被弄得已经丢下了他自夸的那种魔鬼般的谨慎，准备采用残暴的凶杀手段了。我一想到能够刺激他，就感到一阵得意，这得意的感觉唤起了我的保存自我的天性，所以我顺利地溜走了。如果我再一次落进他的掌握，那么这狠狠报复的机会他是求之不得的呀。

“昨天的葬礼，你知道，欧肖先生本该是到场的。他为了这个原因，不让自己喝酒——不让自己多喝酒——不是像往常到了六点钟发着酒疯，才上床睡去，到十二点钟起床还是醉醺醺的。因此他站起身来，像一个要自杀的人那样精神低落，上教堂还是去跳舞，对他都无所谓；结果，他哪儿也没去，却在壁炉边坐下来，大杯大杯地灌杜松子酒和白兰地了。

“希克厉——一提到这个名字，我心里就打寒战！从上星期直到今天，他的人影儿还没在宅子里出现过。不知道是天使，还是地下的祖宗的亡灵喂饱了他，我说不上来；不过差不多有一个星期，他没有跟我们在一起吃一顿饭。他是天亮才回家的，一回家就上楼钻进他的卧房，随手把门锁上了——好像有谁梦想跟他做伴似的！他在房里像个卫理公会教徒，不停地祷告着——不过他所祈祷的神明是无知无觉的尘土[①]罢了；他跟上帝说话时，非常奇怪，他的上帝跟他的黑爸爸搞在一起了！等他那非同小可的祷告做完之后——往往直到他的嗓子都发毛了，哑得都发不出声来了，才算罢休——于是他又走了，往往头也不回地直冲到田庄！我奇怪，埃德加为什么不去叫一个巡警来，把他关起来。我呢，尽管我为卡瑟琳难过极了，却没法不把这个从含羞忍辱的被压迫中挣脱出来的时刻看做是一个节日。

“我的精神多少振作了一些，听到了约瑟夫的无休无止的讲道，我没有哭泣，在宅子里走来走去，不像原先那样，一个战战兢兢的小偷似的，连脚步都不敢放重。你不会以为我不管听到约瑟夫讲些什么就哭起来吧；可是他和哈里顿是叫人讨厌的伴侣。我宁可跟亨德莱坐在一起，听着他那可怕的谈话，也总比跟他那个‘小东家’和他的固执的支持者——那个糟老头儿——在一起好！

“希克厉一回家之后，我往往只好躲到厨房去跟他们做伴，要不然，就去到那没人住的阴湿的房里挨饿。当他不在家的时候，就像这个星期那样，我就在靠壁炉的一角放一张桌子和椅子，随欧肖先生怎么样照顾他自己吧，我才不管呢，而他也不来干涉我这样安排。他现在比起往常来安静些了——只要没有人去惹他。只是他更加阴沉、更加垂头丧气了，不那么暴跳如雷了。约瑟夫一口断定他已经洗心革面了，老天爷已经感动他那颗心了，他可说是被‘地狱之火’救回来了。这可把我弄糊涂了，我一点也看不出那改过自新的迹象呀。不过这不管我的事。

“昨天晚上，我坐在我那个角落里，看几本旧书，直看到快近十二

---

① 指已故的卡瑟琳。

点钟了。外面飘着漫天大雪，我的脑海里尽想教会的坟地和新做的坟。上楼去真不是味儿！我的两眼简直不敢离开书页往上看，因为马上就有一幅凄凉的画面塞到我眼前来。

“亨德莱坐在我的对面，他的头靠在手上，也许他想的也是那一回事吧。他现在喝酒不再喝到神志模糊的地步了。在这两三个钟头里，他一动也不动，一声也不吭。

“整个宅子里没有一点儿声响，只听得那悲号的寒风不时在摇撼窗子，煤火在发出轻微的毕卜声，每隔一段时间，我剪那长长的烛芯时，那铗子发出了短促的金属声。哈里顿和约瑟夫两个大概都上了床，睡熟了。真是凄凉极了。我一边看书，一边在叹气，仿佛这个世界上的欢乐都已消失了，一去不复返了。

“凄凉的死寂终于被厨房的门闩拨动的声响打破。希克厉守夜回来了，比平时提早些。我想也许由于暴风雪突然来临吧。

“厨房的门闩拴住了，我们听见他转过去想进另一扇门。我站起身来，脸上流露出一副不可抑制的表情（我从自己的嘴唇的动作感觉到这一点）。我的同伴两眼一直盯着那扇门，我一站起来，就引得他转过头来向我看。

“‘我要叫他在门外多待五分钟，’他嚷道，‘你不反对吧？’

“‘不，你可以给我把他整夜关在门外，’我回答，‘把他关在门外吧！把钥匙插进匙洞里，把门闩拉上。’

“希克厉转到正门来之前，他的房东正好把门锁上、闩上了。亨德莱于是走回来，把他的椅子放在我的桌子的另一边，他隔着一张桌子，眼里闪射着憎恨的火焰，探过身来，盯着我的眼睛看，要在那儿寻求同情。这时候，他那个样儿活像是个要杀人的凶手，他心里也只想杀人，所以他没有能找到正是他需要的那种同情；但是他在我眼里看出了一点什么，怂恿他把话说出来。

“‘你和我，’他说了，‘都跟门外那个人有一大笔账要算！如果我们两个都不是胆小鬼，我们可以联合起来了清这笔账。你可像你那个哥哥那样软弱？你可愿意一直到最后都忍受着，一次都不想回报一下？’

“‘现在，我不想再忍受下去了，’我回答道，‘如果能报了仇，而又不自讨苦吃，那我才高兴呢；可是“奸诈”和“残暴”是两头尖的枪刺，使用这枪刺去刺仇敌的人，受的伤比仇敌更惨。’

“‘对奸诈和残暴还它一个奸诈和残暴，是天公地道的！’亨德莱嚷道。‘希克厉太太，我只要求你给我安安静静坐在那儿，什么也不干，一声口也别开。你这会儿跟我说：你能做到吗？我可以肯定说，眼看那个魔鬼恶贯满盈，你该是像我一样高兴吧。如果你不先下手为强，他就要叫你死，也要把我全毁了。让那个穷凶极恶的坏蛋见鬼去吧！你听听他敲门的那股劲儿，就像他已经是这儿的主人了！答应我别吭声，在钟打点之前——只差三分钟就要打一点了——你就是个自由的女人啦！’

“他从胸口掏出了凶器——那件凶器我在给你的信中已谈到过了——想把烛火灭了。可是我把蜡烛夺了过来，我抓住了他的胳膊。

“‘我不能不吭声，’我说，‘你千万别碰他，就让门关着吧，但是别闹事！’

“‘不！我已横下心来啦，老天在上，我一定要做到！’那个不顾死活的人嚷道。‘不管你愿意不愿意，我要给你做一件好事，给哈里顿出口气！你用不到费神来护住我。卡瑟琳已经故世了，再没一个活着的人会为我叹一口气，或是为我而感到羞惭，哪怕我这会儿就抹了自己的脖子。是到了该结束一切的时候啦！’

“我跟他斗还不如跟一头熊斗，跟他讲理还不如跟一个疯子讲理。在无可奈何的时候，我采取了惟一的办法——奔到格子窗那儿警告那个他蓄意要谋害的人：他大祸临头啦！

“‘今晚上你到别处去安身吧！’我嚷道，声调中很带一点洋洋得意的味儿。‘欧肖先生要开枪打你呢，如果你一定要闯进来的话。’

“‘你还是给我把门打开吧，你这个——’他回答道，他称呼我的名字可真好听，我才不想再重复一遍呢。

“‘我决不卷在这件事情内，’我顶回去道。‘你要给人一枪打死，你就进来吧！我已经尽了我的责任啦。’

“说完这话，我把窗子一关，回到我炉边的位置上去了。我不会来半点装腔作势——为他面临的危险而做出一副焦急的样子来。

“亨德莱破口大骂我，咬定我还爱着那个坏蛋，为了我没有一点骨气，他各种难听的话都骂出来了。而我呢，在我的内心深处，却毫无内疚地想道：如果希克厉把他的苦恼解除了，对于他说来，该是多大的幸福啊；如果他把希克厉送回老家去，那对于我来说，该是多大的幸福啊！

“我正坐在那儿出神想着的时候，只听得嘭的一声响，我后面的窗子掉落在地上了，原来希克厉把它一拳打下来了。他那张黑沉沉的脸阴森森地往里张望。窗上的铁条太密了，他的肩挤不进来，我笑了，为了我幻想的安全而高兴得了不得。他的头发和衣服，积了雪，变成白白的一片，他那要咬人的尖利的牙齿，由于寒冷和恼怒，龇露着，在黑暗中闪亮。

“‘伊莎蓓拉，放我进来吧，否则你别后悔！’他冷笑着说。

“‘我可不能犯谋杀罪，’我回他道，‘亨德莱先生手拿装着刀子和装好弹药的枪，正在那儿放哨呢。’

“‘放我从厨房的门进来吧，’他说道。

“‘亨德莱会赶在我前头，先到那儿，’我回答道。‘怎么，一场大雪也熬不过吗？那你的爱情也太可怜啦。夏天晚上月光照着的时候，你由着我们在床上安安稳稳地睡大觉，可是冬天的暴风雪一刮起来，你就奔回来躲风躲雪了！希克厉，我要是你，那我要直挺挺地躺在她的坟头，像一只忠诚的狗那样死去。当然，现在活在这个世界上已没有意思啦，是不是？你给我一个很鲜明的印象：卡瑟琳是你生命中的全部欢乐；我没法想象你失去了她，怎么还想活下去呢？'

"'他在那儿，是吗？'我的伴侣嚷道，冲到了缺口那儿。'要是我把我的武器拿出来，我就能开枪打他啦！'

"爱伦，我怕你会把我看成是一个十足的坏女人；可是你不了解全部情况，所以你不要下判断吧。即使有人存心要谋害他的性命，我既不去煽动，也无论如何不去劝阻。我巴望他死，我怎么能不巴望呢？所以我竟为自己那番刻薄的话的后果，感到痛心的失望，也吓呆了——我眼看他扑向欧肖，从他的手里夺过去他的枪。

"弹药爆炸了，钢刀弹跳回来，正好切进了那枪主的手腕。希克厉凭着蛮力，硬是把刀子从肉里拔出来，有一片肉跟着撕了下来。希克厉把那血淋淋的刀子塞进了口袋里，于是他捡起一块石头，把两扇窗子中间的档子敲掉了，跳了进来。他的对手由于痛到极点，流血过多（血从大动脉或是大静脉涌出来），已倒在地上，昏过去了。

"那个坏蛋又是踢他，又是踩他，把他的头接连往石板地上磕，同时一只手抓住了我，不让我去喊约瑟夫来。

"他真是使出了超人的自制力，才算没有当场结果对方的性命；他自己也喘不上气来了，终于罢了手，把那个分明是没有了生命的躯体拖到了高背长椅那儿。拖到那儿后，他把欧肖的外衣的袖子撕下来，带着野蛮的粗暴，给他包扎伤口，一边狠狠地吐口水、狠狠地咒骂，跟他方才狠命地踢几乎没有两样。

"这时候他把我甩开了，我趁机立即去找那个老仆人；我心急慌忙地讲了那回事，他终于一点点地听懂了——出了什么事啦，就两级一跨地喘着气赶下楼去。

“‘这可怎么得了呢？这可怎么得了呢？’

“‘有什么了不得，’希克厉吼道，‘你的东家疯啦，如果他的疯劲儿再发一个月，那我就把他送到疯人院去。见你妈的鬼，你怎么把我闩在门外？你这个掉了牙的老狗！别只管站在这儿叽里咕噜了。来吧，我才不去照顾他呢。把那摊东西洗掉，小心你那蜡烛的火星——这东西一大半是白兰地！’①

“‘这么说，你把他谋害啦！’约瑟夫大声嚷道，惊惶万分地举起双手，两眼往上一翻。‘这样的惨，我还从没看见过！但愿上帝——’

“希克厉把他一推，叫他不由得跪跌在血摊里，又扔给他一条毛巾；可是他并不动手抹掉血迹，却反而双手合十，满嘴胡话地祷告起来啦。这可惹得我笑了出来。到了那会儿，什么都不能叫我感到震动，说实话，我就像在绞刑架下的死囚所表现出来的那样，对什么都不在乎了。

“‘嘿，我把你忘啦，’那暴君说道，‘这事你来做，跪下去！你跟他串通起来对付我，是吗，你这条毒蛇？干吧，干这活你最合适了！’

“他狠狠地摇晃我，晃得我牙齿都格格对打起来，于是把我扔到了约瑟夫身边。约瑟夫不慌不忙地结束了他的祷告，站了起来，发誓说，他马上要赶到田庄去，林敦先生是个知事，哪怕他死了五十个老婆，他也得问一问这件事儿。

“他已打定主意，谁也别想把他扭过来；希克厉认为最好还是逼我把当时的情况讲出来。他站到我面前，居高临下，一肚子要发作的怒火，向我盘问；我勉勉强强地讲了当时的经过情况。要那个老头儿相信并不是希克厉先下的手，可真费了好大的劲儿，尤其因为我的一句

① 东西，指血。亨德莱最后成了个不能自拔的酒鬼，希克厉在这里讽刺地说，从他血管里流出来的是酒多于血。

句话都是给硬逼出来的。

“不过，不多一会儿，欧肖让他相信他还活着呢。约瑟夫马上给他灌了一杯烈酒，借了这点酒力，他的东家又很快能够动弹、恢复知觉了。

“希克厉料定他的对头在昏过去的当儿并不知道挨过拳打脚踢，说他方才大发酒疯，声明本人不再跟他计较那要行凶杀人的行为，劝他快上床去睡吧。希克厉说过这么一番有见识的话之后，丢下我们走了，真叫我高兴。亨德莱挺身躺在壁炉前的石板上，我也回到自己的房里去了，不敢相信自己的侥幸：那么便宜就脱身了。

“今天早晨，大约还有半个钟点就到中午，我下楼来，看到欧肖先生坐在壁炉边，病得厉害。他的对头克星呢，差不多跟他一样憔悴，一样面无血色，身子靠着烟囱。谁都不想吃东西，放在桌上的饭菜都冷了。

“我可不能再等他们了，就一个儿吃起饭来，而且吃得很香——我才不管这些事儿呢。吃饭的当儿，我不时向我那两个默不作声的同伴溜上几眼，心中感到一种得意，一种优越感，感到问心无愧的舒坦的心情。

“吃完饭之后，我也不顾向来的规矩，[①]硬是往壁炉边走去，绕过欧肖的椅子，在他旁边的一角跪了下来。

“希克厉并不往我这边望，我抬眼看去，从容不迫地打量他那张脸，就像他已经变成一块石头似的。他那前额，我本来以为具有丈夫的气概，而现在看来像凶神恶煞般可怕，这会儿正阴云密布，一片昏沉。他那双毒蛇般的眼睛，由于彻夜不眠，也许还由于哭泣(因为眼睫毛还是湿的)，差不多完全失去了神采。他的嘴唇也失去了向来的狞笑，显现出说不出的悲哀的表情；如果这是另一个人，看到他难过成那种样子，我真要掩住自己的脸了。但现在是他，我可乐了。侮辱一

① 英国上层阶级的社交习惯：妇女们在饭后上楼去休息，男人们留在餐厅里喝酒聊天。

个倒下去的敌人，那是很不光彩的事，可是我舍不得不趁机放一支冷箭。我惟一能尝到以牙还牙的甜头的时候，就是他软弱的时候。”

“一片胡扯，我的小姐！”我打断她的话。“听你的话，人家还以为你一辈子从没打开过《圣经》呢。要是上帝惩罚你的仇敌，你就该满足了，这才是道理。在他的痛苦上再添加你的折磨，那可是又卑鄙又狂妄了。”

“照通常的道理说，我承认你说得不错，爱伦，”她说下去道，“可是，不管希克厉受多大的折磨，要是没有我叫他吃的一份苦在内，那么怎么能叫我心满意足呢？我倒是情愿他少吃些苦——只要我能叫他吃些儿苦，而他也知道这是我叫他吃的苦。唉，我欠他的可太多啦。只有一个情况，我才能希望自己饶恕他。那就是，如果我能以眼还眼、以牙还牙。他扭痛我多少回，我同样扭他多少回。让他也受受我受过的罪。既然是他首先伤害人，就该让他首先讨饶。——呃，那时候呀，爱伦，我也许可以让你看一看我的宽宏大量了。可是我根本别想有报仇雪恨的一天，所以我也不会有一天饶恕他。亨德莱讨点水喝，我递给他一杯水，问他怎么样了。

“‘索性完全病倒了，倒也罢了，’他回答道。‘可是除了我的一条胳膊，我浑身上下好酸疼啊，就像我跟一大群小妖精打了一架似的！①’

“‘对啦，也没有什么奇怪，’我接着说道。‘卡瑟琳生前总是自称有她在护着你，不让你的皮肉吃苦。她这话里的意思是说，有些人为了怕惹她不高兴，才不敢伤害你。幸亏人死了，不会当真又从坟里爬起来，要不然，昨天晚上她可有一场叫人作呕的好戏看啦。你的胸口、两肩给打伤了吗，给扎了口子吗？’

“‘我没法说，’他回答道；‘可是你这话是什么意思？我倒下去之后，他竟敢动手打我吗？’

---

① 英国传说，小妖精喜欢扭人、掐人。

“‘他踩你，踢你，把你往地上撞，’我悄声地说。‘他口水直流，恨不得用牙齿咬你几口呢，因为他只剩了一半是人——连一半也不到呢——其余全是魔鬼。’

“欧肖先生也像我那样，抬起头来，往我们共同的敌人的那张脸上望去；他呢，失没在自己的痛苦里，仿佛对周围的一切一无感觉。他越站得久，越让人透过他那张脸，看清楚了他心中的一团黑气。

“‘噢，在我一生最后的痛苦中，只要上帝给我一股劲，把他活活掐死了，那就是叫我下地狱去也是高高兴兴的！’那个按捺不住自己的人哼哼唧唧地说道，扭动着身子，想要站起来，却又一下子倒回椅子中，完全绝了望；这时他才明白，想跟人家拚是拚不过的了。

“‘不，他害死了你们家的一个人已经够了，’我把心里的话说出来道。‘在田庄，谁都知道，你的妹妹本来可以好好地活着的，她的命还不是送在希克厉手里！说到底，让他爱你还不如让他恨你。我一想起我们当初日子过得多么快乐，卡瑟琳又是多么快乐，可是他闯进来了——我真要诅咒那一天！’

“大概希克厉有些理会到这话说得有道理，而并不怎么理会说话的人口气怎么样。我看见他的注意力被激发了，因为眼泪顺着他的睫毛直淌，他发出一声声哽咽般的叹息，差不多连气都透不过来。

“我盯着他、正对着他看，发出轻蔑的笑声来。他那两扇阴云密布的地狱之‘窗’①，冲我闪了一下；那魔鬼通常总是留神注视着，现在却是眼神黯淡、神色迷惘，我也不怕他了，竟敢于又发出一声嘲笑。

“‘站起来，快走，别在我眼前，’那个感伤的人说道。

“我是猜想他说的这几句话——至少是这一类话吧，因为他说得太含糊不清了。

“‘请你别见怪，’我回答道。‘可是我也是爱卡瑟琳的呀；她的哥

① 在英国古典文学中，常以窗子比喻眼睛。

哥需要人照应，我看在她的份上，就该照应他。现在她死了，我看见亨德莱就像看见了她。亨德莱的一双眼睛跟她长得一模一样，你却是想把这双眼睛挖出来，把他的眼窝打得青一块红一块；还有她的——’

“‘站起来，可恨的白痴，别等我来一脚踩死你！’他叫着，一边做了一个动作，使我跟着也做了一个动作。

“‘可是，再说，’我说下去道，一方面准备好拔脚就逃，‘如果可怜的卡瑟琳当真信任你，接受了“希克厉夫人”这个可笑的、可耻的、叫人脸上无光的称号，要不了多久，她也会落到这么一个地步。她才不会默默地忍受你这种可恶的行为呢。她的憎恨和厌恶也许会发泄出来呢。’

“我和他中间，挡着高背长椅的椅背，挡着欧肖的身子，所以他也不想扑到我身上来，却从桌子上抓起一把餐刀照准我的头上扔过来。刀子刚好落在我耳朵的下面，把我正在说的一句话顿时打断了。可是，我拔出了刀子，跳到了门口，又添上了一句话；这句话我希望比他的飞刀还刺得深些。

“我最后一眼看到的是他猛扑过来，却被他的房东拦腰一抱，两人紧紧扭住了，一起倒在壁炉边。

“我一路逃过厨房时，叫约瑟夫赶快到他主人那儿去。我把哈里顿撞倒了，他正在门口的一把椅子背后把一窝狗崽子吊了起来……

“就像那有福的灵魂从‘炼狱’[①]逃出来似的，我又是跑、又是跳，只管顺着那条陡路飞也似地奔去；接着是那曲曲折折的弯路，我顾不得左拐右弯，就直穿荒野，连跌带滚，翻过堤岸，又一步一跨地涉过沼泽；事实上，我把田庄的灯火看做了指路明灯，不顾一切，向着它直冲而去。我宁可被打入地狱，永世不见天日，也决不愿再呆在呼啸山庄的屋顶底下——连一夜都不愿意！”

---

① 按照基督教的教义，人故世后，先在炼狱洗涤生前罪孽，然后才能升入天堂。

伊莎蓓拉说到这里，停住了，她喝了一口茶，于是站起身来，叫我替她戴上帽子，围上我给她拿来的一条大披巾。我求她别忙着走，再待一个小时，可是她哪儿肯听；她踏上一张椅子，亲了亲埃德加和卡瑟琳的肖像，又跟我亲了一下，就下楼来，上了马车。

她把芬妮带在身边，这狗终于又找到了女主人，高兴得没命地乱叫。马车载着她走了，从此她再没有到这儿周围来过。

不过后来事情有了些头绪后，她和我的东家就开始有书信往返。我相信她的新居在南方，靠近伦敦。就在那儿她生了一个儿子，取名“林敦”——这是她出走后不多几个月的事。她来信说，这孩子一生下来，就是一个多病多灾、任性任意的小东西。

有一天，希克厉在村子里遇到我，就盘问我她住在哪儿。我不肯告诉他。他说，那也没有多大关系，不过她得明白，别上她哥哥的门。她不该跟埃德加在一起，假使她是要靠她丈夫来养活的话。

尽管我不肯透露一点口风，他还是从别的仆人口中打听到了她的住处，还知道她已有了个孩子，不过他并没有去打扰她。照我看，她很可以感谢他对她是那样的厌恶，才会对她是那样的克制。他碰到我的时候，常常问起婴儿；听到了小东西取的名字，狞笑了一下，说道：

“他们希望我同样恨这孩子吧，是不是？”

“我看，关于孩子的一切，他们根本不希望你知道，”我回答道。

“可是有一天，”他说，“我说一声要孩子，就要把这孩子拿过来。叫他们听着，别说我没有把话讲在头里。”

幸亏在他说到做到之前，孩子的妈妈已经死了——那是在卡瑟琳去世大约十三年后的事，那时小林敦已经十二三岁了。

在伊莎蓓拉突然来访的第二天，我没有机会跟我的东家说起。他怕跟人说话，有事要商量，他也没有情绪来听你的。后来我总算能跟他说几句话了，我看出，他听说他妹妹已离开她丈夫了，这事使他高兴。他恨这个人恨到了极点，那股强烈的情绪真不像是他这样一个温文和善的人所有的。这出自内心深处的反感使他变得非常敏感，凡是可以碰得到、或听得到希克厉的地方他都裹足不去。

悲痛，又加上那种心情，竟使他变成了一个道地的隐士。他把他的地方官的职务推开了，连教堂也不去了，不问什么情况，反正他不愿到村子里去就是了。他困守在自己的林苑和地产内，过的是一种完全与世隔绝的生活。他生活中偶尔有一点变化，那是他独自到荒野去散散步，或者去看看他妻子的坟墓，这多半是黄昏，或者一清早还没有游人的时候。

可是他这人太善良了，不会一直闷闷不乐的。他可并没有祈祷卡瑟琳的灵魂来跟他纠缠。逝去的时间带来了听天由命的心情，使他的忧郁比众生的欢乐更可爱。他怀着柔情、怀着热爱思念着她；在这悼亡的时候，他一心期待着有一天能进入一个更美满的世界——毫无疑问，她是早已在那儿了。

再说，他也自有他在尘世的乐趣和寄托。我说过，在开头几天，他对亡妻留下的一株嫩弱的幼苗好像根本没有放在心上；不过这种冷淡就像四月里的雪那样融化得快。这小东西在还没开始牙牙学语，或者还没能摇摇晃晃地跨出一步之前，已经盘踞在他的心里，成为他的专横的暴君了。

小东西取名叫卡瑟琳，可是他从来不叫她全名，正像他从来不用小名称呼那原来第一个卡瑟琳——这也许因为希克厉向来叫她小名的缘故吧。他总是把小东西叫做“卡茜”，这样称呼，他觉得既跟她的妈妈有个区别，却又保持着关系。他把这孩子看做心肝一般，倒不是因为她是他的亲骨肉，而多半为了她是卡瑟琳的亲生女儿。

我总是拿他来和亨德莱 · 欧肖相比较，他们两个处境相似，可是行为却截然相反，这是什么缘故呢？我想来想去也没法作出一个叫自己满意的解答来。他们两个都是热爱妻子的丈夫，又都是疼爱孩子的父亲，按理说，这两人应该不管好歹，走同一条路才对。可是照我的看法，亨德莱原来分明是个更有毅力的男人，现在却表现得很不像样，成了一个更软弱、更灰心丧气的男人。当他那条船触礁时，船长就放弃了他的职守，全体船员再也无心救船，只顾仓皇奔走，乱成一团，这条不幸的船是再没有什么希望了。

林敦就不同了，他拿出了真正的勇气来，不愧是一个诚心诚意的人。他信赖上帝，上帝就给予他安慰。这一个看到了希望，那一个却在绝望。两人各自选择了自己的命运，理应各自还各自的账。——可是你不会要听我说教吧，洛克乌先生？对这一切你自会作出判断——不比我差。至少，你会认为你做得到这一点，那还不是一样。

欧肖的一生走到了尽头，这本是料得到的事。他妹妹故世之后，他也紧跟着而去了，这中间相隔不到六个月。欧肖临死前的情况怎么样，我们住在田庄这边的人始终没有听到什么很确切的话；我所知道的一切都是我后来去帮着料理丧事时听说的。

是坎纳斯先生来我家向东家报的讯。

“我说，纳莉，”有一天早晨他骑着马儿直奔进院子，跟我说道。他来得太早了，不免叫我吃了一惊，立刻有一种不祥之感。“这会儿轮到你和我去参加葬礼了。你猜，这一回是谁不告而别啦？”

“是谁？”我心慌意乱地问道。

“呃，猜呀！”他回了我这一句，一边下了马，把马缰吊在门边的钩子上。“把你的围裙角撩起来吧，包管你用得到。”

“该不会是希克厉先生吧？”我叫了出来。

“什么！难道你准备为他掉泪吗？”大夫说。“不是，希克厉可是个结实的小伙子呢；今天他气色好得很哪。刚才我还碰见他。自从他失去了他那位夫人之后，他又很快地胖起来了。”

“那么是谁呢，坎纳斯先生？”我又问了一句，十分焦急。

“亨德莱·欧肖！——你的老朋友亨德莱，”他回答道，“也是我那自甘堕落的老交，虽说好长一阵子以来，我是眼看着他没法收拾了。瞧你的！我不是说过咱们会掉几滴泪水的吗。可是别难过了。他死得不愧他这个人的本色——喝得酩酊大醉，像个王爷一样。[①]可怜的小伙子！我也是心中感到难过的。失去了一个多年的老伙伴，总不免叫人心里感到空空的——尽管他尽使出一些别人想不大出的卑鄙手段来，就拿对我来说，有好多回他那种态度真不像是个上等人。算来他才只二十七岁吧，跟你是同年。谁会想得到你们两个是一年生的呢。”

我承认，这一耗闻对我是个打击，比林敦夫人的死亡给我的震动还大。往日的种种回忆萦回在我的心头。我在门廊里坐了下来，哭了起来，就像哭自己的亲人，要坎纳斯先生另找一个仆人给他向主人通报。我禁不住要苦苦地想一个问题：“人家是正大光明地对待他的吗？”不管我干什么事，这个念头总是在我的心里翻腾，而且苦苦地纠缠住我不放，最后我决定请个假，到呼啸山庄去走一次，去帮助料理后事。

林敦先生老大不愿意放我走，可我把求情的话说得很动听，可怜可怜死者吧，他落到了无亲无友的地步；我还提到我的旧东家又是一起吃奶的兄弟，他有权要求我给他办事，就像我是他的亲人那样不含糊。此外，我还提醒林敦先生，那个孩子哈里顿是他妻子的内侄，已没有更亲的人了，他应该做这孩子的保护人；他应该，而且必须去过问一下遗产的情况，去看看他大舅子有些什么意愿。

在当时，他自然没有心思去亲自料理这些事，但是他吩咐我跟他的律师说去，最后终于应许我去走一遭了。

---

① 英国有谚语：“喝醉得像王爷一般”，意即酩酊大醉。

他的律师也是欧肖的律师。我到村子里去看他，请他陪我一起去。他摇摇头，劝我别去惹希克厉，还很有把握地说：要是把真情实况摊开来，那就会发现，哈里顿不名一文，跟一个乞丐也不差多少了。

“他父亲死的时候欠了一身债，”他说道，“他把全部财产都抵押出去了，替直系亲属继承人着想，惟一的办法就是让他有机会赢得债权人的好感，那样的话，处理他的问题时，债权人也许会手下留情些吧。”

我来到了山庄，我说明我是来看看大小事情是不是都办得还像个样子。约瑟夫出场的时候，本来是满脸愁容，看到我来了表示满意。希克厉先生却说，他看不出这里有什么事需要我；不过如果高兴的话，也可以留下来，安排落葬的事宜。

“按理说，”他开口道，“那个傻瓜的尸体应该埋在十字路口才对，什么仪式也用不着。[①]昨天下午，我刚好离开他十分钟，就在那一会儿，他把‘正屋’的两扇大门关上了，不让我进去，于是他整夜喝酒，存心要把自己淹死在酒里！今天早晨，我们听到他在房里像马儿一般喷鼻息，就撞开了门闯进去；只见他躺倒在高背椅子上，你即使揭他的皮，剥下他的头皮也弄不醒他了。我派人去请坎纳斯，他来了，可是那时候那个畜生早已变成一具尸体了，他是死了，他是又冷又僵了；所以你总得承认，哪怕你为他闹得天翻地覆，也是没救的了。”

老仆人证实了他这番话，可是还咕哝着说道：

“我倒是宁可他自个儿去请大夫，留下我照顾东家总比留下他好些吧；我走的时候，他还没死——还谈不到死呢。”

---

① 希克厉意谓亨德莱系自杀身亡。教会拒绝为违背基督教义的自杀者举行安葬仪式，也不准埋在教堂墓地。又，当时在押死囚自杀者埋在十字路口。

亨德莱的出殡

丧礼，我坚持要办得像样些。希克厉先生说，好吧，这也由我做主去办吧；只是他要我记住，办丧事的钱全都是从他口袋里掏出来的。

他始终摆出一副硬心肠的、无所谓的样子来，既看不出他表示高兴，也看不到他悲伤的神情；要是他流露出什么来的话，那是一种冷酷的满意，因为他大功告成了。

有一次，我果然注意到，他流露出一种洋洋得意的神态来，那是正当人们把灵柩从屋里往外抬的时候。他居然有这份虚伪劲儿，和大家一起送丧去；在跟着哈里顿走出去之前，他把这不幸的孤儿举起，放在桌子上，带着一种少见的兴致，咕哝道：

"好一个孩子，现在，你是属于我的啦！咱们倒要瞧瞧，这一株树是不是也会长得弯弯曲曲，跟另一株树一个模样——假使它也长在风口里，让猛风来扭它的树枝树干！"

可怜这小东西，他懂得什么呢，听了这话，还挺高兴呢。他玩弄着希克厉的胡子，摸摸他那张脸。

可是希克厉说这话的用意，我却是捉摸得到的，因此我就说了，口气很生硬：

"那孩子一定得跟我回画眉田庄去，先生。哪怕你把全世界都算作是你的，这孩子也不能属于你啊。"

"这话是林敦说的吗？"他问道。

"当然啰，是他叫我来领他的，"我说道。

"好吧，"那个坏蛋说道，"眼前我们不争论这回事吧；可是我很有意思自己动手来带一个孩子，所以你去转告你的东家，如果他想要把这孩子接收过去，那么我就得要我自己的孩子来补这个缺。我才不会乖乖地放哈里顿走呢，除非我确切知道有另一个来跟他交换！"

他这番话可把我们的手脚捆住了。我回家之后，把希克厉的意思转达了。埃德加·林敦本来就没多大兴趣，就此再也不提要干预这回事了。就算他真想要跟希克厉去争孩子，我恐怕那也不过是劳而无功罢了。

本来是客人，如今却成为呼啸山庄的主人了。他把所有权牢牢地掌握在手里，而且向他的法律代理人证明他这所有权是不可动摇的；那代理人呢又转过来向林敦先生证明：欧肖把他名下的地产一尺不留地全都抵押出去了，为了好借得钱来满足他的赌博狂；而他希克厉是接受抵押的人。

就这样，哈里顿本该是附近一带的首屈一指的绅士，现在却只落得在他父亲的冤家对头手下讨日子过了，他在自己的家宅里反而充当了一名仆役，连工资都没有；他也再没有出头的指望了，因为他举目无亲，何况他根本不知道他受了人家的欺侮。

第十八章

过了那一段叫人心酸的日子，接下来的十二年（丁恩太太接着说下去），是我一生中最快乐的时期了。在那些年月里，最让我烦心的事也无非是我家小姐得了一些小病小灾罢了——那是她和所有的婴儿，不管穷和富，都免不了的。而在那些无病无痛的日子里，在她出生六个月之后，她就像一株落叶松似地成长起来；她能够走路了，她会说话了——走路、说话，都有她自个儿的方式——而那是在荒原的野花还没在林敦夫人的坟前第二度开放之前。

这小东西，真逗人喜爱！她把阳光带进了一座凄凉的宅子里，看她那张脸蛋儿，真是个大美人，长着欧肖家的漂亮的黑眼睛，却又有林敦一家人的细白的皮肤，秀气的容貌和金黄色的鬈发。她总是笑呀闹呀的，但并不粗野，再加上她那颗心又是敏感、活跃到了极点。她跟你好起来就好得不得了，使我想起了她的母亲来。可是她又并不像她母亲，因为她能够像鸽子那样温柔和顺，她的声音又是那样柔和，她的表情带一种沉静的气氛。她生气的时候从来不曾暴跳如雷；她的爱也从来不是猛烈的。她爱得深沉、温柔。

不过呢，话也得说回来，她身上也有缺点，抵消了她的好处。往往没有规矩，就是她的一个缺点；还有是任性任意，被娇宠的孩子免不了都是这样的，不管他们脾气好还是坏。要是有哪个仆人碰巧惹她生了气，她总是来这样一句话："我要告诉爸爸去！"如果她爸爸责备了她，哪怕只是用眼睛瞅她一下吧，你会以为她受到的打击把她的心都撕碎了。我可不相信他曾经对她说过一句重话。

他担当起教育她的全部责任，这是他的一种乐趣。幸而她十分好学，接受能力又强，使她成为一个好学生。她学习得又快又用功，替他的教学添了光彩。

她长到十三岁，还不曾独自走出过一次林苑。难得有一两次，林敦先生带着她到外面走一两英里路。托付给别人他是不放心的。吉牟屯，在她耳朵里听来，只是个虚无缥缈的名字罢了；除了她自己的老家，她惟一走近过、或是走进去过的建筑物就是乡村小教堂了。呼啸山庄，希克厉先生——对她说来，都是不存在的。她过着地地道道的隐居者的生活，看来这样的生活也使她很称心。有时候，从她那育儿室的窗口向外眺望乡村的时候，她的确会这样问道：

"爱伦，我还要待多久，才能爬上那些小山头呢？不知道山那边是些什么——是一片海洋吗？"

"不，卡茜小姐，"我就这样回答说，"山那边还是山，就跟这些山一个样。"

"那黄澄澄的岩石会是什么样子的呢——当你站到那些岩石底下的时候？"

"潘尼屯山岩"的陡峭的小山峰特别吸引她的注意，尤其当这小山峰和一些小山头，承受着落日的光辉，而其余的景色都隐没在阴影中的时候。我跟她解释道，那儿只是一大堆光秃秃的石头罢了，石头缝里的那点泥土就连一株矮小的树都养不活的。

“为什么这儿已是黄昏了，而且已过了很久了，这小山峰还是亮光光的呢？”

“那是因为小山峰那儿比我们这儿高多了，”我回答道。“你可没法爬得上去——山峰太高太陡了。到了冬天，总是山那儿比我们这儿先有霜；在大伏天，我还在山头的东北角的那个‘黑洞’底下看到过残雪呢。”

“啊，你到山头上去过啦！”她高兴得嚷了起来。“那么我也可以去啦——等我将来长成一个大姑娘之后。爸爸去过吗，爱伦？”

“爸爸会跟你说，小姐，”我赶紧回答道，“山头上没有什么好玩，不值得去。你跟着爸爸去散心的原野，比那儿强多啦；画眉林苑是世界上最好的地方啦。”

“可是林苑我是知道的，而那些山头我还不知道啊，”她自言自语地低声说道。“我要是能从山头的顶点向四周望一望，那才高兴呢。总有一天我的小马敏妮会驮着我上那儿去的。”

有一个女仆说起了仙人洞，这可叫她着了迷，一心一意想要实现她这个心愿。她缠住林敦先生，她爸爸答应她，等她再长大些就让她到那儿去玩一次。谁知卡瑟琳小姐却是以一个月又一个月来计算她的年纪的，“我现在已经长大了吗？可不可以到潘尼屯山岩去了呢？”这就是经常挂在她嘴边的问题。

到那儿去的路要绕过呼啸山庄，靠得很近，埃德加怕从那儿经过，所以她经常得到的回答是：“还不行，心肝，还不行。”

我说过，希克厉夫人离开她丈夫以后，还活了十二年多些时间。她一家人都是体质娇弱。她和埃德加不像你在这儿一带常见到的人们那样，缺乏红润的气色。她最后得的是什么病，我不清楚。猜想起来，兄妹俩是在同样情况下死去的——得了一种热病，刚开始时，病情发展还缓慢，可已是不治之症了，到了后期，病人的生命力很快就被耗尽了。

她写信告诉哥哥，这四个月来，她一直身子不好，只怕凶多吉少；她恳求哥哥尽可能去看看她，因为她有许多事情要料理，希望能和他最后告别，并且想稳稳妥妥地把小林敦交托给他。她的愿望是，小林敦归舅父领养，就像当初兄妹两个生活在一起一样。孩子的亲生爸爸，照她看来，可一点不想负担起抚养他、教育他的责任来。

我的东家依了她，毫没犹豫。为了一般的事情，叫他出一次门可难哪，这一回他飞快地去了。他把卡瑟琳交托给我，在他出门的这一段日子里，要我倍加小心地看管她；而且反复叮嘱，即使有我陪着，也不能让她到林苑外面去玩。至于她没人照顾，会独个儿走了出去，那是他始终没有想到过的事。

他出门了三个星期。开头一两天，我那小东西坐在图书室的一个角落里，既不看书，也不玩儿，她心里太难过了。她安安静静的，没有给我添什么麻烦。接着是一阵烦躁和不耐烦，我事情忙，人又老了，没法不停地跑上跑下逗着她玩；于是我想出一个办法让她自个儿玩去。

我总是让她去“旅行”一番，有时步行，有时骑匹小马；等她回来之后，就由着她讲她的“历险记”，不管是真实的也罢，她想象出来的也罢；我总是做她的有耐性的听众。

正是草木繁茂的盛夏季节，她就喜欢独个儿在林苑里游荡，常常从吃了早饭直到吃茶点的这段时间，在家里看不到她；到了晚上，就听她讲充满了幻想的故事。我并不担心她会越出林苑的边界，因为苑门总是上锁的，我还以为即使苑门敞开着，她也不会大着胆子独个儿出去的。真糟糕，我对她太放心了。

有一天，早晨八点钟的时候卡瑟琳来到我跟前，说是那天里她是一个阿拉伯客商，要带着一队人马穿过沙漠，我必须供给她充足的干粮，为了她和她的牲口——就是一匹马和三匹骆驼（那三匹骆驼是由一只大猎狗和一对短毛猎狗来代表的）。我给她弄来好多好吃的东西，都塞到挂在马鞍一边的一只筐子里。她快活得像个小仙女似的跳了起来。一顶宽边帽挂着一块面纱，给她遮住七月的阳光，于是她在好一阵欢笑声中，骑着马儿跑去了；我叮嘱她要小心，不要骑得飞快，要早些回来，却遭到了她的嘲笑。

这淘气的小东西到了吃茶点的时候还没露面，在这一队人马中，只有那大猎狗因为年纪老了，贪图舒服先回来了，可是不论是卡茜，还是小马，还是那两头短毛猎狗，你往哪个方向望，也看不到他们一点影踪。我赶紧打发人顺着这条路、沿着那条道去找，最后我亲自到处去找她。

在林苑边界上有一个劳工在围着一块林地筑篱笆。我向他打听，看到我家小姐没有？

"我在早晨看到她的，"他回答道。"她要我给她砍一根榛树枝条做鞭子，于是她拍着她的加洛韦马跳过了那边最矮的树篱，跑得没影踪了。"

听到这个消息我心中的慌乱是可想而知的。我立即想到，她一定是奔向潘尼屯山岩去了。"她会不会出事呢？"我出声喊了起来，那人正在修补一个缺口，我就从这隙缝中挤了过去，一到外面，向大路直奔而去。

我好像跟人打过赌似地走了一英里又一英里，直走到大路拐弯的地方，我望见了那山庄。可是远远近近，我都看不见卡瑟琳在哪儿。

那山岩离希克厉先生的住处一英里半，离我们田庄却有四英里路，我只怕还没赶到那儿，天已断黑了；我开始发愁了。

"万一她在爬山的时候，一个失足，那怎么办呢？"我在想着，"万一跌死了呢？或者跌断了骨头呢？"我真是千思万想，越想越害怕。当我急急忙忙奔跑过呼啸山庄的大宅时，一眼看到我家最凶猛的猎犬查理正躺在窗子下面，它的头肿了起来，耳朵流着血，起初我倒是大大松了一口气。

我推开矮门，奔到房子前，拚命打门，叫人快快开门。一个妇女前来应门——她原来住在吉牟屯，我认得她；自从欧肖先生死后，她就是那儿的女仆。

"啊，"她说，"你是来找你家小姐的吧！别焦急。她好好地在这儿；我倒是很高兴并不是主人回来了。"

"那么说，他不在家，是不是？"我喘着气说，一路上我担惊受怕的，走得又快，这会儿已是上气不接下气了。

"他不在，他不在，"她回答道，"他和约瑟夫两个都出去啦，我看在一两个钟头之内他们是不会回来的。进来歇一会儿吧。"

我走了进去，看见我那迷途的羔羊正靠着炉边，坐在一把小椅子上摇来摇去——这把椅子当初就是给她妈妈小时候坐的。她的草帽挂在墙上，她在那儿显得十分自在，她有说有笑，兴致别提有多么好！——原来她正在跟哈里顿聊天呢。哈里顿现在已经是身强力壮的十八岁的小伙子了，他睁大着眼睛、带着极其好奇又十分惊讶的神情瞅着她；她呢，滔滔不绝地又是议论又是提问，一张小嘴巴竟没有停过；谁知他所能领会的，却是可怜得很，少得不能再少。

"好得很呀，小姐！"我叫道，心里是高兴的，脸上却故意装出一副恼怒的神气，"在你爸爸回家之前，你可别再想骑马出去啦。我再也不会相信你，放你跨出门槛一步了，你这个淘气的、淘气的姑娘！"

"啊哈，爱伦！"她高高兴兴地叫道，一跳而起，奔到我跟前。"今儿晚上，我可有个好听的故事跟你讲呢。你到底把我找到啦。你这辈子可曾到这里来过吗？”

“给我把那顶帽子戴上，快回家去，”我说道。“你真叫我气坏了，卡茜小姐；你干的好事！噘嘴，哭鼻子，都不顶用，难道可以补报我为你费的心力吗？——为了找你，我跑遍了这个乡间。你想想，林敦先生是怎样嘱咐我不让你出去，可你就偏偏溜了出去！这表明你是一头狡猾的小狐狸，从此没有人再会相信你啦！”

“我干了什么事啦？”她呜哩呜哩地哭了起来，马上又忍住了。“爸爸并没嘱咐我什么。他不会骂我的，爱伦；他从来不像你那样对我发脾气。”

“得啦，得啦！”我又说了一遍。“我来系好帽带。喏，我们别再使性子了，好吗？噢，别不害臊了。你都十三岁啦，还是这么个娃娃！”

原来她把要给她戴上的帽子推开了，又缩到了壁炉一角，不让我抓到她，我这才说了她几句。

“别这样，”那女仆说道，“别对那标致的妞儿太严厉，丁恩太太。是我们叫她停下来的。她本是一心想骑着马儿往前跑，只怕会让你担心。哈里顿说是愿意陪她走一遭，我想他是应该的。到山上去的路很不好走。”

两个大人谈话的时候，哈里顿干巴巴地站在一旁，双手插在口袋里，开一声口都不会，虽说看样子他并不喜欢我突然插进来。

“我还得等多久呀？”我说下去道，不去理会那女仆的劝解。“再过十分钟天就要黑了。小马呢，卡茜小姐？阿凤呢？你再不赶紧些，我要丢下你走啦；你请便吧。”

“小马在院子里，”她回答道，“阿凤关在那边，它被咬了——查理也是。我本来要把这回事全都告诉你的；可是你发那么大脾气，我才不讲给你听呢。”

我拿起她的帽子，走近几步，想再给她戴上；可是她看出来，这屋子里的人都护着她，就开始绕着屋子乱纵乱跳起来；我一追她，她更是像个小耗子似的在家具上面跑过，在家具下面钻过，在家具后面绕过，我去捉她反而显得十分好笑。

哈里顿笑了出来，那个女仆笑了出来，她也跟着他们一起笑，变得更没有礼貌了，真把我气得要命，最后我嚷道：

“好吧，卡茜小姐，要是让你知道了这是谁家的房子，那你就会巴不得快快离开这儿啦。”

“那是你父亲的房子，是吗？”她转过去问哈里顿道。

“不是，”他回答道，把眼睛低了下去，脸红起来，他在害臊呢。

他受不住她那两道朝着他仔细看的目光，虽说她那双眼睛生得活像他自己的那一双。

“那么房子是谁的呢？——是你东家的吗？”她问道。

他的脸涨得更红了，这一回却是怀着另一种情绪；他含糊不清地咒骂了一句，便转过身去了。

“他的东家是谁呢？”这讨人厌的姑娘接着问，是在向我请教。“他口口声声说‘咱们家的房子’，‘咱们家的人’。我还以为他是这家主人的儿子呢。他又从不称呼我一声‘小姐’——如果他是个仆人，他是应该这样称呼我的，是吗？”

哈里顿听了她这一番孩子气的话，脸发了黑，像是哪儿飘来了一堆要打雷的乌云。我悄悄地摇摇向我盘问的女孩子，最后，总算给她穿戴齐全，可以走了。

“喂，给我把马牵来吧，”她不知道自己正在跟表哥说话，却就像在吩咐她家马房里的一名小伙子似的。“你可以跟我一起去。我要看看小妖精猎人是在沼泽的哪儿出现的，还要听听你所说的‘仙人的故事’。可要快些！怎么啦？给我把马牵来，我说。”

“我给你家做当差？让我先看你他妈的下地狱去！”那个小伙子咆

哮道。

“你要先看我什么来着？”[①]卡瑟琳大吃一惊地问道。

“他妈的下地狱去，你这个目中无人的小妖婆！”他回答道。

“得啦，卡茜小姐！你瞧，你交上了一个多好的朋友啦！”我插嘴道。“对一位小姐，讲这样不干不净的话！求求你啦，别去跟他吵嘴吧。来吧，咱们自个儿去找敏妮，骑了马走吧。”

“可是，爱伦，”她嚷道，呆呆地睁大着眼睛，满脸吃惊的神气。“他怎么敢这样跟我说话呢？我叫他做什么，难道他不该就做什么吗？你这个坏东西，我要告诉爸爸去，你说了些什么话。好，得啦！”

对于她的恫吓，哈里顿却似乎偏不在乎，这可把她气得泪水涌上了她的眼眶。“你去把马牵来，”她转过身去向那个女仆嚷道，“马上就把我的狗放出来！”

“说话轻些，”女仆回答道，“你跟人客气些，是不会损失什么的。虽说那位哈里顿先生并不是东家的儿子，他可是你的表兄弟啊；而我呢，又不是雇来伺候你的。”

“他，我的表兄弟！”卡茜嚷道，瞧不起地笑了出来。

“可不，当真是，”那个批评她的女仆说道。

“啊，爱伦！别让他们说这些话，”她心慌意乱起来，说道，“爸爸到伦敦接我的表兄弟去了。我的表兄弟是上等人的儿子。想想看，我的——”

她说不下去了，放声大哭起来，她一想到和这样一个乡下佬攀亲眷，可急坏了。

“别闹，别闹啦！”我轻轻说道，“谁家不是有七个八个表兄弟呀，

---

① 卡瑟琳从来没有听到过“damned”（打入地狱的）这类话。英国上流社会不容许讲这类亵渎神明的话，在妇女面前更是如此；译文为了显示其粗野，加上“他妈的”三字。

而且形形色色的表兄弟都有，这有什么大不了，卡茜小姐；如果他们人品不好，叫人讨厌，那就不理睬他们就是了。”

“他不是——他不是我的表哥，爱伦！”她说下去道，一想到有这回事，又悲从中来，就投进了我的怀抱，想躲掉那个想法。

我非常恼火，因为她和那个女仆都把不该说的事捅了出来。林敦就要回来，卡茜一说，这消息肯定会报告给希克厉先生；同时也不用说，等林敦先生回来之后，卡瑟琳的第一个念头就是盘问她爸爸，那个女仆说她有一个粗野的亲戚，这是怎么一回事。

哈里顿被卡茜当作仆人看待，本来很有反感，这会儿却不大计较了，倒是看她这样伤心，可怜她起来，就去把小马从后面牵到了门前，为了表示和好，他从狗窠里拿出一只弯腿的幼小的猎狗，塞进她手里，叫她别哭，他其实并没有什么跟她过不去。她停止了哭泣，用又是敬畏又是恐慌的眼光看了他一眼，于是又哇的一声哭了起来。

看到她跟这个可怜的小伙子竟是这样合不来，我简直忍不住要笑了。这小伙子其实体格壮健，身材匀称，魁梧，容貌也端正；只是穿了这么一身衣裳，只配每天干庄稼活儿，在原野里游荡，追赶兔子什么的。可是我看他的相貌，觉得他的心地要比他父亲好得多。好苗子湮没在荒野的乱草堆里了；茂盛的野草长得比无人照看的树苗还高。不过尽管这样，你可以看得出，这儿的一块土壤是肥沃的，只要换一种情况，在良好的条件下，是可以结出丰硕的成果的。

我相信，希克厉先生倒并没在肉体上怎么虐待过他。说来还亏得这孩子有一股狠劲儿，决不会招惹人家来欺侮他。在希克厉的心目中，这可是个天不怕地不怕的孩子，谁还高兴去碰他、折磨他呢。看来不怀好心的希克厉一心一意要叫他沦为一头畜生。从来不曾教过他读书、写字，从来不曾斥责过他的各种各样的坏习惯，只要不妨碍他的养主就行，从来不曾引领他往正路上跨出一步，也从来不曾教给他一条道德训诫，好抵挡那“邪恶”的腐蚀。

我还听到一些情况，看来孩子的变坏，约瑟夫也出过不少力呢。这老家伙出于他那心地狭隘的偏爱，对孩子从小就宠他、捧他，因为他是一支古老的家族的家长。过去，卡瑟琳·欧肖和希克厉还是在小时候，约瑟夫一向总是在东家跟前说他们的坏话，把他们说成“了不得地坏”，叫东家失去了耐性，只得借喝酒来解脱烦恼；现在呢，他又把哈里顿所犯的种种错误的责任完全放在那个霸占欧肖家产业的人的头上。

这孩子咒天骂地，他不去纠正他；孩子的行为不管叫人多么生气，他也很看得入眼。很显然，眼看着孩子坏到了不能再坏的地步，约瑟夫感到心满意足。他承认，这孩子是毁了，他的灵魂是没救了，可是他又想到，这笔账都该算在希克厉头上。哈里顿需要有血气，那就得靠他来指点了；这么一想，他就得到极大的安慰了。

约瑟夫不断给这孩子灌输了对于自己的姓氏、家世的那种自豪感。他恨不得挑拨这孩子去憎恨山庄的目前的主人，可惜他还没有这胆量；他对于新东家害怕得要命，已近于迷信了，就是心里对他有怨气，也只敢低低地诅咒一两声，背着人绕着弯子地骂几句罢了。

那些日子里，呼啸山庄的日常生活是怎么一个格局，我可不能说我知道得一清二楚；我讲的这些都是听说的，亲眼看到的却很少。村子里的人都口口声声说，希克厉先生很“小气”，对于他的佃户们，是一个没有情面、很难对付的地主；不过宅子里边，添了一个女仆照料家务，倒恢复了从前那种舒舒服服的情景，当年亨德莱当家的时候那种闹得鸡犬不宁的景象一去不返了。这位东家终年板着脸，从不跟人来往——不管好人也罢、坏人也罢，他都不来往；直到现在，他还是这样。

我把话扯开去了。卡茜小姐拒绝了对方的求和，不要那条小猎狗，讨回了自己的狗：查理和阿凤。它们垂头丧气、一瘸一拐地来了。我们就出发回家，一个个都是没精打采的。

我怎么问也不能从我那小姐嘴里盘问出这一天她是怎么过来的，我只能猜想，她这次出游，目标是潘尼屯山岩，她一路平安地来到了农场的栅栏门边，这时，忽然哈里顿出现了，身后还跟着几头大狗，他的跟班就向她的随从扑了过去。在两方面的领队各自把队伍拉开之前，已经狠狠地打了一架。就这样，他俩算是认识了。

卡瑟琳告诉了哈里顿她是谁，她要到哪儿去，请他给她指一指路，后来她又哄他陪她一起去。他呢，把仙人洞的神秘，以及其他二十处奇奇怪怪的地方的神秘都在她眼前揭开了。

可是我已经失去她的欢心，她才不肯把她看到的种种有趣的景象向我描述一番呢。不过从一鳞半爪中我可以推想得出，她那个向导一直是个讨她喜欢的人物，直到她把他当作仆人呼唤着，这可伤了他的感情；而希克厉的女管家又伤了她的感情，因为把他说成是她的表兄。

接着，他扔给她的那些语言刺痛了她的心——在田庄，谁不是叫她“宝贝”啊，“心肝儿”啊，也有叫她“女王”，叫她“天使”的；今天，却遭到一个陌生人的侮辱，这还能受得了吗！她怎么也不能理解这回事。

我费了好大口舌，她才算答应不告到她爸爸那儿去。我开导说，她爸爸对山庄那边的一家是多么反感，要是他得知了她已去过那里，他心里将会多么难过。不过我再三强调的还是这样一个情况：如果她把这回事泄露了，让她爸爸知道，我没有把他的告诫时刻放在心上，他也许会生那么大的气，把我打发走了；卡茜可无论如何舍不得我走。她为了我的缘故，保证不说出去，而这点她是做到了的。

她到底是一个招人疼爱的小姑娘啊。

第十九章

一封镶着黑边的家信通知我们东家有了归期。伊莎蓓拉过世了；在信中，他要我给他的女儿准备丧服，还要腾出一个房间，并且准备好其他的东西，他的小外甥要来了。

卡瑟琳一想到就要欢迎她爸爸回来了，欢蹦乱跳，高兴得要命；而且认定她那位“真正的”表兄弟具有说不尽的许多优点，叫她越想越得意。预期他们来到的那个晚上终于盼来了。

一清早她就忙个不停，按照她的小主意叫人替她准备这准备那；这会儿她穿上了一身新的黑衣裳——可怜的小东西！她死了姑妈，却心里并不感到怎样的悲伤。她缠住了我，硬是要我陪着她穿过林苑去迎接他们。

“林敦比我才小六个月，”她叽叽咕咕地说道，我们正在树荫底下，沿着那高低起伏、覆满了苔藓的泥草地慢慢地一路走去。“有他作个伴，一起玩儿，那多美啊！伊莎蓓拉姑姑把他的一束好看的鬈发寄给爸爸，比我的头发黄得淡一些——更接近亚麻黄，发丝也是细细的。我已经小心地把它保藏在一个小玻璃匣子里了；我常常在想，要是能看到长着这一头头发的本人，那该是多叫人高兴的事啊！啊，我真快乐！——爸爸，我那亲亲热热的爸爸！来吧，爱伦，我们跑吧！来呀，快跑！”

她奔了一阵，又转回来，又奔走了，我那稳重的脚步还没走到林苑的门口，她已经奔跑过好几次了。于是她在小路旁边的青草坡上坐了下来，打算耐着性子等待着；但那是做不到的事。她连一分钟也不能安定下来。

“他们可真是长性子啊！”她感叹道。“啊，我看到了，大路上有点尘土啦；他们是来了吧？不是！他们什么时候才到这儿来呀？我们不可以稍许往前走一点路吗？——半英里，爱伦，就这么半英里。你就说一声‘行’吧，就走到拐弯地方那丛白桦树那儿。”

我不答应，口气很硬。最后，她那颗七上八下的心终于落实了。已经望得见那辆长途马车滚滚而来了。卡茜小姐一看见她爸爸的脸从车窗里向外探望，就尖叫一声，把双臂伸过去。他下了车，差不多就跟她一样迫不及待。好长一会儿过去了，这父女俩还只顾得他们自己，却不理会旁边还有别人。

在父女拥抱的当儿，我悄悄地往车里看了小林敦一眼。

他靠在车厢一角，睡熟了，身上裹着一件暖和的、毛皮镶边的披风，好像是过冬似的。一个苍白的、细巧的、柔弱的男孩子，你简直可以错把他当作是东家的小弟弟呢，两人的容貌就这么相像；可是他的神气之间有一种病态的乖戾，那却是埃德加·林敦所从来没有的。

东家看见我正在往车里望着，握过了手之后，就叫我还是把车门关了吧，不要去惊扰他，因为一路颠簸已使他很疲乏了。卡茜巴不得也看他一眼，可是她的爸爸叫她走过来，两人就一起步行着穿过林苑；我呢，赶紧走在前头，去关照仆人们准备起来。

“现在，心肝儿，”林敦停下步子，嘱咐他的女儿道，这时他们已来到正门口的台阶前面，“你那个表弟可不像你那样身子结实，也不像你那样嘻嘻哈哈的，再说，你别忘了，他不久前刚失去了他的妈妈；所以你别指望他马上就会跟你一起玩啊跑啊的。还有，别尽跟他说话、让他受不了。至少，今天晚上让他安静一下，行吗？”

“好，好的，爸爸，”卡瑟琳回答道，“可是我要看看他，他还没向窗外望过一眼呢。”

马车停了下来，睡着的人被弄醒了，他的舅舅把他抱出了车外。

“这就是你的表姐卡茜，林敦，”他说道，同时把他们的两只小手放在一起。“她已经很喜欢你了；记住，今天晚上可不能哭，你哭了就要叫她伤心啊。现在，快高兴起来吧；这次旅行已经结束啦，用不着你做什么事，你只消休息休息，怎么样让你高兴，你就怎么样好了。”

“那就让我上床睡觉吧，”那个男孩子回答道，避开了卡瑟琳的招呼，往后缩，又把几个手指伸到眼窝去抹掉快要掉下的泪水。

“得啦，得啦，真是个乖孩子，”我低声说道，把他带了进去。“你要叫她也哭起来啦。瞧，她就为了你多么难受呀！”

不知道是不是正在为她的表弟难受，卡茜也哭丧着脸，跟他一个样，回到了她父亲身边。三个人都进了宅子，上楼到书房里。

茶已经摆好在那里了。我于是替小林敦脱了帽子和披风，把他安顿在桌子旁的椅子里。谁知他刚坐下又哭起来了。东家问他是怎么一回事。

“我才不高兴坐椅子呢，”孩子呜咽着说。

“那么到沙发上去吧，爱伦会给你端茶来的，”他的舅舅很有耐性地跟他说道。

我可以信得过，一路上，东家要照顾这个多病多灾的、什么都不称心的孩子，一定够受的了。小林敦拖着脚步慢慢地走过去，躺了下来。卡茜搬来了一只搁脚凳，连同她的茶杯，放在他身边。

起初，她默默地坐在那儿，可就是没法一直是这个样儿。她已经决定要把她的小表弟当作自己的宠儿，她也巴望他会成为这么一个宠儿；于是她开始抚摸起他的鬈发来，又亲他的脸颊，又端上她的茶碟给他喝茶，把他当作一个婴儿似的。这倒使他高兴了些，他原是比婴儿好不了多少啊。他擦干了自己的眼睛，还流露出淡淡的一笑。

"啊，他会生活得很好的，"东家留心看了他们两个一会之后跟我说道。"会很好的，只要我们能留得住他，爱伦。有个跟他年龄相仿的孩子作伴，很快就会让他感染一种新的生气。他会希望自己身强力壮，那时他就会有一种生气了。"

"只要我们能留得住他！"我心中在思量，感到一阵心痛，只怕这希望太渺茫了。接着我又想到，这个虚弱的小东西将来却要住到呼啸山庄去，跟他的爸爸和哈里顿一起过日子。这两个人，一个做他的导师，另一个给他当游伴，可真好呀！

我们的疑虑很快就见分晓了——甚至比我预料的还来得早些呢。

喝完了茶，刚把两个孩子带上楼去，看着小林敦睡着了——他不让我走，要我一直陪到他睡着了——我正站在门厅的桌子边，点上一支蜡烛，准备送到埃德加的卧室里去，这时候，一个女仆从厨房里走出来，告诉我希克厉先生的仆人约瑟夫在门口，要见东家。

"我先去问问他有什么事要办，"我忐忑不安地说道。"真不像话，这么晚了还要打扰人家，而且是在人家刚赶远路回来的时刻。我看主人是不会见他的。"

我正这么说的时候，约瑟夫已经穿过厨房，出现在门厅里了。他穿上了他做礼拜时穿的好衣服。绷着他那张虚伪到极点、阴沉到极点的脸；一只手里拿一顶帽子，另一只手拿一根手杖，他的两脚在草垫上擦了擦鞋。

“晚上好，约瑟夫，”我冷冷地说道。“今晚上你赶到这儿来有什么正经事吗？”

“我是来见林敦先生的，我一定要跟他说话，”他回答道，很看不起地挥一下手，打发了我。

“林敦先生要睡了；除非你有什么特殊的事，否则我拿准他这会儿是不会见你的，”我接着说道。“你还是给我在那边坐下来，先把你要带的口信对我说了吧。”

“哪一间是他的屋子？”老家伙不放松地说道，一边在打量着一排关紧的房门。

我看得出，他打定主意不让我插手进来，我只得无可奈何地走进书房去，替这个不速之客通报了，还劝东家叫他走，明天再说。

林敦先生还没来得及吩咐我这么办，约瑟夫紧跟在我后面，闯进了书房，在桌子的那一边站定了脚跟，两只拳头抵住了手杖的头子，开始提高了嗓门发言了，好像他是准备遭到驳斥的：——

“希克厉派我来要他的孩子，我一定要带着他回去。”

埃德加·林敦沉默了一会儿，显得满脸愁容。他只替孩子着想，也会觉得他真可怜；何况他又想起了伊莎蓓拉的希望和恐惧，她为了她儿子的那些焦虑和心愿，以及她怎样把孩子托付给他照管。可是现在竟眼看要把这孩子交出去，他心痛极了。能不能救这孩子一救呢？他想尽办法，却无计可施。你流露出一点意思想要保住这孩子，只有叫对方讨得更凶。真是万般无奈，只能放弃这孩子。不过他绝不打算把孩子从睡梦中叫醒。

“去转告希克厉先生，”他平静地答复道，“他的儿子，明天就送到呼啸山庄去。他已上床睡了，他太累了，这会儿再走不动这么多路了。你还可以转告他，小林敦的妈妈希望由我来负责教养他。他目前的健康状况是很令人担心的。”

“不行！”约瑟夫嚷道，把他那根手杖在地板上砰地一击，装出一副全权代表的神气。“不行！还不是废话！希克厉才不管那个做娘的，也不管你，他就是要他的孩子，我就是要带他走。现在你听明白了吧！”

“今天晚上你办不到！”林敦断然地回答他道。“给我马上下楼去吧，把我说过的话去跟你的东家说一遍。——爱伦，带他下楼去。——快走吧！”

他抓住了这怒气冲冲的老头儿的膀子，往上一提，算是帮忙，叫他快快动身，等他一走出屋子，随手就把房门关上了。

“很好哇！”约瑟夫拖长着声调叫道，一边慢慢地走出去。“明天，他亲自上门来啦，再把他推出去呀——看你敢不敢！”

第二十章

约瑟夫临走扬言，他东家要亲自上门，为了免得当真会发生那样的事，林敦先生托我一早就送这孩子回家，让他骑着卡瑟琳的小马去。他说道：——

“今后这孩子的前途，无论是凶是吉，我们都无能为力了，所以你千万别告诉我的女儿他到哪儿去了。从此以后她跟这孩子是没有来往了，还是别让她知道他就在邻近来得好，不然她再不会安下心来，而一心只想去呼啸山庄作客了。你只消跟她说，他的爸爸忽然派人来接他，所以他只好离开我们走了。”

早晨五点钟，我好不容易把小林敦从床上叫起来，他听说还得准备再赶一段路，吃了一惊，不过我说得很缓和，他得跟他的爸爸希克厉先生去住一阵再说，他爸爸可真想跟他见面呢，连让他恢复旅途的疲劳都等不及了，只盼望父子早日团圆。

“我的爸爸！”他嚷道，感到莫名其妙。“妈妈从来没有跟我说过我有一个爸爸。他住在哪儿呀？我情愿跟舅舅住在一起。”

“他住在离田庄不远的地方，”我回答道，“就在那些小山的那一边——并不怎么远，以后你精神好了，你可以散步到这儿来。你应该高高兴兴地回家去看他。你一定得尽力爱他，就像你爱你妈妈那样，那么他也就会爱你了。”

“可是为什么以前我就没听说过他呢？”小林敦问道。“为什么妈妈不跟他一起住，像人家那样呢？”

“他在北方有事情，走不开，”我回答说，“而你妈妈的身子又不好，需要住到南方去。”

“可为什么妈妈从没跟我提起他来呢？”孩子不放松地问道。“她经常提到舅舅，我早就懂得我是应该爱舅舅的。叫我怎么样去爱爸爸呢？我还不认得他呀。”

“啊，孩子们全都爱他们的爸爸妈妈，”我说。“也许呢，你妈妈只怕经常跟你谈起你爸爸，你会想要住到他那儿去了。我们赶紧些吧。这样美好的早晨，赶个早，骑马出去，比躺在床上多睡一个钟头要好得多呢。”

“她呢，她跟我们一起去吗，——昨天我看见的那个小姑娘？”他问道。

“这一回不去，”我回答道。

“舅舅呢？”他又问。

“不去，我送你到那儿去，”我说道。

小林敦又一头倒在他的枕头上，想他的心事。

“没有舅舅我就不去，”他想了半天嚷道。“我闹不清你究竟打算把我带到哪儿去。”

我要他明白过来，推三阻四地不肯去看自己的爸爸，那可不是个好孩子。他可还是倔强到底，怎么也不让我替他穿衣裳，我只好请东家来帮忙，哄他起床。这可怜的小东西，听我向他作了几次说得很好听的保证，什么他只是暂时离开，去得不会太久的呀，什么埃德加先生和卡茜会去看他的呀，以及其他的许愿等等，终于出发了。一路上，我不断地向他重复这些保证、许愿，却都是口说无凭，随口编造的。

在路上走了一会儿，那清新的、飘着石楠香味的空气，那灿烂的日光，以及敏妮的轻缓的小步，使他不那么灰心丧气了。他开始问起他的新家了，问起家里都住些什么人了，他对这些感到了兴趣，他的劲头也来了。

“呼啸山庄是跟画眉田庄一样好玩的地方吗？”他问道，一边转过头去向山谷最后望了一眼，有一片轻雾正从山谷里升起，在蔚蓝的天幕的边缘，形成了一朵轻飘飘的白云。

“山庄不像这儿那样，躲在树木深处，”我回答道，“也没这么大，但是你可以看到四周全都是美丽的山乡景色，那里的空气对你的健康更适宜——因为更新鲜、更干燥。一开头，也许你会觉得那座宅子旧了些，灰暗了些——虽说这也是挺神气的住宅，在附近这一带也是数一数二的了。以后你在荒原上溜达，那才真够味儿呢。哈里顿·欧肖——那是卡茜小姐的表哥，因此也好算得是你的表哥了——他会把那儿的好地方一一都带你去走走；逢到天气好的时候，你还可以带本书去，把那青翠的山谷当作了你的书房；你舅舅有时也会来跟你一起散步。他是经常出来到山上去散步的。”

“我父亲是什么样子的？”他问道。“他跟舅舅一样的年青漂亮吗？”

“他也一样年青，”我说，“不过他的头发、眼睛都是黑的，看上去严厉一些，他个子高一些又大一些。一开始，你也许会觉得他不怎么温文、和气；可是你得记住，要对他真诚亲热；那样的话，他自然会喜欢你，比起哪一个舅舅来都更喜欢你，因为你是他的骨肉啊。”

“黑头发、黑眼睛！”小林敦在想他的心事。“我可想象不出来。那么说，我长得不像他，是吗？”

“不太像，”我回答道，影踪儿都没有，我暗自想道，一边打量我那个小同伴，只见他皮肤白皙、骨骼纤小，一双眼睛，又大而无神，真叫人遗憾；那双眼睛是他妈妈的眼睛，却一点没有她那种灼灼有神的光彩，只有在使性子、耍脾气的时候，才闪出一丝光芒来。

“多么奇怪，他从来也没去看妈妈和我！”他咕噜着说。“他有没有看见过我？要是他看见过我，我那时候一定还是个婴儿。关于他，我一点也想不起来了。”

“呃，林敦少爷，”我说，“三百英里是很远的路程啊；而论起十年时间的长短来，对于你是一个样儿，而对于成年人却完全是另一个样儿了。说不定希克厉先生年年夏天都在打算去看你们呢，可是总找不到凑巧的机会；谁知现在又太晚了。这方面的事，你就别多问他吧，免得打扰他，使他心烦，这没有好处。”

这接下来的一段路程，那孩子只管在马上想他的心事，直到我们来到住宅的花园门前，停了步。我留意看他脸上：他对这里的印象如何。

他打量着那有雕刻的房屋正面，那盖得低低的格子窗，那到处乱生的醋栗丛和弯腰曲背的枞树；他全神贯注地打量了一番，然后摇摇头。在他的内心里，他一点也看不中他那新居的这一副外貌。不过他还算懂事，没有立即就发牢骚。宅子里边也许还好，可以弥补一下呢。

他还没下马来，我先走去开门。那时正是六点半，一家人刚吃过早饭。仆人正在收拾盆碟和抹桌子。约瑟夫站在他东家的椅子旁边，正在讲着关于一匹跛马的故事；哈里顿正在准备到干草地里去干活。

“喂，纳莉！”希克厉先生一眼看见我叫道。“本来，我还只怕我得亲自下山坡去把我的‘附属品’接收过来呢。你把我名下的东西送来啦，是吗？我倒要看看我们能把它改造成什么样子。”

他站起身来，大步走到门口。哈里顿和约瑟夫跟在后面，个个张开着嘴，想看个究竟。可怜巴巴的小林敦，对三张脸溜了一眼，害怕得要命。

“还用说，”约瑟夫打量了半天，说道，“他已经跟你调包啦，东家，这一个是他家的妞儿呀！”

希克厉先是盯着他儿子直瞧，把他瞧得浑身打颤，无处可躲；于是发出一阵瞧不起人的讥笑声。

“我的天哪！好一个美人儿！一个多可爱、多讨人喜欢的娃娃！”他嚷道。“他们可是用蜗牛①、用酸牛奶把他养大的吗，纳莉？算我该死吧！可是我从没想到会糟到这个地步！魔鬼也知道，我可不是那种盲目乐观的人呀！”

我招呼那个发抖的、不知怎么才好的孩子下马来，走进屋去。他还不怎么懂得他父亲的话里的意思，也弄不明白是不是在说他——说实话，连这个样子很凶、冷嘲热讽的陌生人究竟是不是他的爸爸，他还捉摸不准呢。他紧贴着我，心惊肉跳，越来越哆嗦；希克厉先生坐了下来，向他一声喊叫：“过来！”他索性把脸儿伏在我肩膀上，哭起来了。

“得了，得了！”希克厉说着，伸手过来，粗暴地把他一把拉进自己的两膝中间，于是托住他的下巴颏儿，把他的脸儿往上抬。“别来这一套把戏！咱们又不会吃掉你，林敦——这是不是你的名字？你可真是你母亲的孩子，地地道道的！我名下的一份呢，你搁到哪儿去了呀？②——你这个呜哩呜哩哭的小鸡！”

---

① 欧洲人把蜗牛作为精美的食品。

② 我名下的一份：希克厉在责问小林敦怎么没哪一处长得有些儿跟他相像。

父与子

他摘下了孩子的帽子，把他那一头浓密的、淡黄色的鬈发往后一推，摸摸他细细的手臂，又摸摸他小小的手指；在被这样上下打量的当儿，小林敦止住了哭泣，抬起他的一双蓝色的大眼睛，人家仔细看他，他也把人家看个仔细。

“你认得我吗？”希克厉问道，这时他已把孩子看个够，发现他一双小脚就像他一双小手那样又嫩又脆弱。

“不，”小林敦说，他的眼神里流露出茫茫然的恐惧。

“你总听说过我吧，我敢说？”

“没有，”他再一次回答。

“没有！你那个老娘太不像话了，她也不提醒提醒你，儿子对老子应该有点儿孝心！那么让我告诉你吧，你是我的儿子。我还要跟你说，你那个娘是个坏心眼儿的臭货，竟不让你知道你有个什么样的父亲。嘿，你不要受不了，尽往后缩，不要把脸涨得红红的！不过这倒也好，可见得你的血还不是白色的。做个好孩子，我就不会亏待你。纳莉，如果你累了，你可以坐下来歇歇；如果不累，那就回去吧。我料想你会把你听到的、看到的，全去报告给田庄那个窝囊废听的；再说，有你赖在此地不走，这小东西也不会定心的。”

“好吧，”我回答道，“我希望你对待这个孩子好一些，希克厉先生，否则他不会一直是你家里的人；在这广大的世界上，他是你这一辈子惟一的亲骨肉了——记着点吧。”

“我会待他非常的好，你放心吧，”他说道，笑了起来。“可就是不许别人待他好，我要他一心只向着我，谁也不能插到我们中间来。而且我这会儿就开始待他好；约瑟夫，给这孩子拿点早饭来。哈里顿，你这该死的蠢猪，快给我干活去。”

“可不是，纳莉，”等他们都走了之后他接着说，“我的儿子大有希望做你们家的主人，我怎么会巴望他早早死掉呢？——总得先让我十足有把握做他的继承人之后再说呀。再说，他是我的骨肉，我要得意洋洋地看到我的小辈名正言顺地做他们偌大产业的主人——我家的孩子花几个钱雇他们家的孩子耕种他们祖祖辈辈的土地。也只有想到了这一点，才能叫我容忍这个狗崽子。单就他本人而言，我就是看不起他；我还恨他，因为他叫我想起了过去的事。不过看在这一层份上，旁的也就不计较了。

“他跟我在一起，同样是安安稳稳的，而且同样照顾得十分周到，就像你家东家照顾他自己的孩子。我已在楼上布置了一间很漂亮的屋子。我还给他请了个教师，一星期三次，从二十英里以外赶来，他想学什么，就教他什么。我还关照哈里顿要听他的吩咐。事实上，我一切都作了安排，只想扶着他做他的绅士，自有他那种气派，在他那个天地里高人一等。可是我很遗憾，他不值得人家这样为他操心。如果在这世上我还有什么幸福的话，那就是让我看到他值得人家为他而骄傲；而这个脸色苍白、哭丧着脸的鬼东西，真叫我倒抽一口冷气！”

他这么说的时候，约瑟夫端着一盆牛奶粥回来了，他把牛奶粥放在小林敦的面前。这孩子把这粗点心搅了一搅，根本看不上眼，声明他没法吃这种东西。我看那个老仆人跟他的东家是一条心，也看不起这孩子；只是他不得不把他的厌恶压下去，因为希克厉明明白白地表示，他的下人们必须尊敬这孩子。

“没法吃吗？”约瑟夫学着小林敦说道，一边瞅着他的脸，又压低了声气，咕噜着，怕人家听见。“可是哈里顿少爷还是小哥儿的时候，吃的就是这个，再没别的了。他吃得，你也吃得吧，我这么想。”

“我不要吃这个！”小林敦顶回去道。“把这个拿走。”

约瑟夫气呼呼地拿起盆子就走，把它端到我们面前来。

“这吃的有什么不好？”他问道，把盆子直送到希克厉的鼻子底下。

“这盆粥有什么不好？”希克厉说道。

“就是！”约瑟夫回答道，“那个娇生惯养的孩子却说他没法吃这个。可是我看没什么不好！他的老娘也就是这个派头儿，我们种下麦子，替她做面包，她还嫌我们一身脏呢。”

“别跟我提起他的娘来，”东家很生气地说。“给他去拿点什么他能吃的东西来，这就是了。他平常吃些什么，纳莉？”

我出主意说，给他弄杯热牛奶或是热茶吧；那个老管家于是得到吩咐，准备去了。好吧，我私下想道，他老子的那种自私倒让他可以日子过得好一些。他看出孩子的体质太娇弱，只能依着他些。我要告诉林敦先生，希克厉对那个孩子又是怎么一个情况，让他感到一些安慰。

我已经没有理由多逗留了，就悄悄溜了出去；这时候，有一只看羊狗跑上前去想和小林敦表示友好，他却胆怯地正在推开它。可是他十分警觉，休想瞒得过他。我一关上门，就听见一声叫喊，拼命地反复着这句话：——

“别丢下我！我不要呆在这儿！我不要呆在这儿！”

接着，门闩给抬起又落下了。他们不让他冲出来。我骑上敏妮，催它快快跑；于是我这短暂的保护人的职责就此告一段落。

第二十一章

那天里小卡茜可真叫我们伤透了脑筋。她兴高采烈地起了床，一心只想去跟她的表弟一起玩。谁知她的表弟早已走掉了，一听到这消息，她又是大哭，又是哀号，埃德加只好亲自安慰她，跟她说明白了，要不了多久，小林敦就会回来；不过他后面又拖了一句话："要是我能够把他弄回来"，而这可是没有希望的事啊。

这个允诺可没法叫卡茜不再悲伤；但是"时间"却更有能耐。尽管过了一阵她就要问问她爸爸小林敦什么时候来，表弟的容貌在她的记忆里却逐渐模糊了，后来她真的重又跟他见了面，她却不认得他了。

每逢我有事去吉牟屯，偶然碰到呼啸山庄的女管家时，我总要问起小东家好吗，因为很少有人看到这位哥儿，他几乎就跟卡瑟琳一样地足不出户。我从女管家那儿得知，他还是多灾多病的，很难伺候。她说，希克厉先生比以前更加把他看不顺眼了，虽说他还是克制着不把内心的厌恶放到脸上来。他一听到这哥儿的声音就起反感，跟他在一个屋子里一起多坐几分钟他就受不了。两个人很少讲得上三四句话。小林敦在一间他们叫做客厅的小屋子里做功课、消磨一个晚上；或者呢，整天躺在床上，因为他经常不断地闹病，咳嗽啊，感冒啊，这儿那儿疼痛啊，等等。

“我还从没看见过这么一个感情脆弱的人，”那女人又说道，“也没看到这么一个会‘保养’自己的人。到了晚上，只要一过时候，我还让窗子开着，他就唠叨个没了：哎哟，这可是要命的事呀，怎么能吸一口夜晚的空气呀！仲夏的天气，他还一定要生个火。约瑟夫的板烟斗，那可是毒药哟！他老是要有糖果吃，要有好东西吃，老是要有牛奶喝——一开口就是牛奶；我们这些人冬天吃得多苦，他才不管呢。他就坐在那儿，裹着一身皮斗篷，坐在壁炉边他那张椅子里，铁架子上放着烤面包、放着水，还放着让他一口口喝的流质食物。

“有时候，哈里顿看他可怜，来陪他玩——哈里顿虽然粗野些，心地可并不坏——结果准是不欢而散：一个破口大骂，另一个放声大哭。如果他不是东家的儿子，我相信东家一定会眼看欧肖把他打个稀烂而只有感到痛快呢。我还敢说，要是让东家知道了他是怎样地会享福——哪怕只知道一半，他也准会把他赶出门外去。不过呢，这种情不自禁的危险东家是不会有的。他从来不踏进客厅，碰上小林敦在他跟前露脸的时候，不管在家里的什么地方，东家马上叫他上楼去。”

听了这番话，可想而知，小希克厉完全得不到别人的同情，这叫他变得又自私又讨人厌，即使他本来并不是那样一个人。我对他的关心因此也冷淡下来了，虽说我还是为他的遭遇而感到一丝悲哀，但愿他留在我们这儿就好了。

埃德加先生鼓励我去打听情况。我看他是很想念他的，即使冒些风险也想去看看他。有一次他还叫我去问问那个女管家，他到过这儿村子来没有。她说他只来过两次，是骑着马，陪着他父亲一起来的，每次过后，总有三四天光景，只见他装出一副精疲力竭的可怜样子。要是我记得没有错，那个女管家在他去到那儿两年之后就走了，来接替她的人我不认识，她到现在还在他们家里。

时光如流，田庄上的人们把日子一天天打发过去，十分自在，像往常一样；一转眼，卡茜小姐已经十六岁了。每逢她生日那天，我们从来没有什么欢庆的活动，因为这一天也就是我家女主人故世的忌日。她爸爸在那天里总是整天独自一人待在书房里，到了傍晚，出外散步，总要一直走到吉牟屯教堂墓地，在那儿徘徊不去，过了半夜才想起回家。所以卡瑟琳要玩也只好跟她自个儿玩。

这一年的三月二十日，风和日暖，春光明媚，等她爸爸回到房里之后，我家小姐穿戴好了，下得楼来，准备出去，说是她已经跟爸爸说过，想到荒原边上去走走，由我陪着她。林敦先生答应了她，只要我们两个走得不太远，在一个钟点内就回家来。

“那么赶紧些吧，爱伦！”她嚷道。“我知道我要去哪儿——到有一大群红松鸟落户的地方去。我要看看它们把窝做好了没有。”

“那一定得走好长一段的路吧，”我回答道。“它们不会在荒原边上下蛋的。”

“不，并不怎么远，”她说道。“我曾经跟着爸爸去过，很近呢。”

我戴上帽子，出发了，并不把这回事多放在心上。她在我面前跳跳纵纵地走着，一会儿回到我身边来，一会儿又跳走了，活像一只小赛跑狗。起初，我一路上都感到挺有劲：听远远近近的百灵鸟唱歌儿，享受那美好的、暖烘烘的阳光，瞧着她，我的宝贝，我的喜悦，披着一头金黄的鬈发，她那光彩照人的脸蛋像盛开的野玫瑰那样柔和、纯洁，一双发亮的眼睛闪耀出无忧无虑的欢乐。在那些日子里，她是一个快乐的小东西，是一个天使。可惜她并不感到满足。

“嗳，”我说，“你的红松鸟在哪儿呢，卡茜小姐？我们应该看到它们了呀。田庄的林苑篱笆现在已经远远地在后面了呀。”

“啊，再往前走一点吧——只再往前走一点点，爱伦，”她不断地这样回答着。“爬上那座小山，绕过那个斜坡，一到了山那边，我就给你把鸟儿从窝里赶出来。”

谁知偏有那么多小山要爬，那么多斜坡要绕过去，到后来，我开始感到累了，我就对她说，到此为止，我们往回走吧。我向她大声喊话，因为她远远地走到前面去了。也许她没听见，也许就是不理你吧，她只顾跳跳纵纵地往前走，我只好在后面跟着她。

最后，她钻进了一个山谷，等到我再看见她的时候，她早已离呼啸山庄比离她自己的家还近那么二英里路呢。我望见有两个人把她抓住了，其中的一个我深信不疑，就是希克厉先生本人。

卡茜被人抓住，是为了偷猎，或者至少是为了搜寻松鸡的窝。山庄是希克厉的土地，他正在斥责那个偷盗者。

“我根本什么也没拿过，什么也没找到，”她说道，一面摊开双手，证明自己的话没错，这时我正费劲地向他赶去。“我并不打算来捡什么；只是爸爸跟我说过，那儿的鸟蛋可多哪，我只是想来看看罢了。”

希克厉脸上浮起一个不怀好意的微笑，向我望了一眼，表示他已认出了对方是谁，因此也就是表明了他对于她起了坏主意。他追究她的“爸爸”是谁。

“画眉田庄的林敦先生，”她回答道。“我看你不认识我吧，否则你也不会这样对我说话了。”

“那么你以为你爸爸是非常受人抬举、非常受人尊重的吗？”他语中带刺地问道。

“你是什么人呀？”卡瑟琳盯着那个说话人看，十分好奇，问道。“我以前看见过那个男人；他是你的儿子吗？”

她指着那另外一个人：哈里顿。他只是身材比从前高了，气力比从前大了，此外什么也没有长进，白白大了两岁而已；看来他的笨拙和粗鲁劲儿跟以前一模一样。

“卡茜小姐，”我打断了他们的话头，“我们本来说是出去一个钟头，现在都快要三个钟头啦。我们真的得回去啦。”

“不，那个人不是我的儿子，”希克厉回答道，把我推开了。“可是我有一个儿子，以前你还跟他见过面；虽说你的保姆急着要回去，我看你们两个还是稍许休息一会儿的好。只要转过这个长着石楠的小山头，就来到我家了，你愿不愿意去呢？休息一下再上路，就可以更早些回到家里。再说，你们将会得到一次好心的款待。”

我凑在卡瑟琳的耳边跟她说，无论如何不能接受这个邀请；那是根本不必考虑的事。

“为什么呀？”她大声问道。“我已经跑累啦，地上又有露水。我没法坐在这儿呀。咱们去吧，爱伦。再说，他说我跟他的儿子见过面。我想他搞错了。可是我能猜出他住在哪里——在那个农庄里，那次我从潘尼屯山岩回来时，曾经进去过。你不是也进去的吗？”

“对啦。——来吧，纳莉，闭上你的嘴吧；上咱们家来看看咱们，对于她会是一次高高兴兴的事。——哈里顿，陪这位姑娘往前走吧。——你呢，纳莉，跟我一起走。”

“不，这一类地方她不能去，”我嚷道，挣扎着想摆脱那只被他抓住的手臂；可是她差不多已经来到大门前的石阶了。她跳跳纵纵地绕过陡坡，步子才叫快呢。被指定给她做伴侣的那个小伙子，才不高兴护送她，他来到路边就溜掉了，连人影儿也不见了。

“希克厉先生，这太不应该了，”我接着说道。“你自个儿明白你是不怀好意。她到了那儿就会碰见林敦；等我们俩一回家，事情马上原原本本都说出来，我就得挨主人的责备了。”

“我就是要让她去看林敦，”他回答。“这几天他的气色还好一点。一年里头他可以见得人的日子并不多。等会儿我们可以跟她讲定，不要把这一次串门子讲出来。那有什么要不得呢？”

“最要不得的是，要是让她的爸爸知道了我竟让她踏进你家的门，他就会恨我了。我相信你怂恿她上你的门，不存着什么好心，”我回答道。

“我的存心是正大光明的。我可以摊开来跟你谈，”他说道。“让这表兄妹两个互相爱上了，结成为夫妻。我这样安排对你家主人是宽厚的。他那个小丫头又没有什么家产好指望，只要她肯凑合我的心意，她就马上有了依靠，我让她跟林敦做共同继承人。”

“如果林敦死了——谁知道他还有多少时候好活，”我回答道，“那么卡瑟琳就是继承人了。”

“没有的事，她当不了继承人，”他说。“遗嘱里并没有这一条款可以给她做保证。他的财产就要归给我。但是为了避免日后的争执，我有心要把他们俩结合在一起，而且下定决心要达到这个目的。”

“我呢，下定决心以后再不会陪着她到你家门口来了，”我回敬他道，这时我们已走近到栅栏门前了，卡茜小姐正在那儿等我们走来。

希克厉关照我别开口，他走在我们面前领路，赶着去开大门。我家小姐接连看了他几眼，好像拿不准究竟该怎样看待他这个人。可是只见他脸带笑容，当他的目光和她相对时，跟她说话的时候也是低声柔气的。我真是糊涂，以为一想起她的妈妈，他就是有害她之心也会化为乌有了。

小林敦正站在壁炉边。他才出去到田野散步，他的帽子还戴着呢。他正在叫约瑟夫给他拿一双干鞋子来。他还差几个月才满十六岁，以年龄来说，个子算是高了。他的容貌很秀气，他的眼神和面色要比我从前看到的有光彩些，其实那是从清新的空气、和煦的阳光暂时借来的光彩罢了。

“看，他是谁？”希克厉先生转身问卡茜道，“你能说得出来吗？”

“你的儿子？”她疑惑地先把这一个、再把那一个打量了一下，然后说道。

“是啊，是啊，”他回答道。“不过，这难道是你第一次见到他吗？想一想！唉，你的记性不行呀。——林敦，你记不起你的表姐啦？你不是老是缠着我们要去看她吗？”

“什么，林敦！”卡茜叫起来，一听见这名字，她真是又惊又喜。“那就是小林敦吗？他长得比我还高啦！——你就是林敦吗？”

那个青年向前跨出一步，承认他就是。她一股劲地只管吻他。两人你看我，我看你，几年不见，模样儿都变了，他们心中好不奇怪。

卡瑟琳已经长得高高的，像个大人了，她的体形又丰满又苗条，像钢丝那样有弹性，她身体好，精神抖擞，容光焕发。林敦呢，神情、举止都是懒洋洋的，外形也非常瘦弱；不过他自有一种文雅的风度，多少弥补了那些缺点，使他还让人看得过去。

他的表姐接二连三地跟他交换了表示亲热的动作后，走到希克厉先生跟前——他正逗留在门口，把他的注意力一半放在屋子里，一半放在屋子外——说穿了，他是假装在注意外面的事，而其实只是留心里面发生的事。

“这么说，你是我的姑夫啦，”她嚷道，走到他跟前行了个礼。“我本来就觉得你不错，虽说你一开始态度有些生硬。你干吗不带林敦到田庄来作客呢？做了这么些年贴紧的邻居，却从不来看看我们，可真有些怪。你干吗要这样呢？”

“在你出世之前，我去过一两次，一两次已经嫌多了啊，”他回答道。“好啦——见鬼！你要是有多余的吻，都送给林敦吧——给我可是白糟蹋。”

“淘气的爱伦！”卡瑟琳嚷道，一边向我扑过来，把她那不懂得节制的亲热劲儿滥用在我身上——我成为她接下来进攻的目标啦。“坏良心爱伦！想不让我进来。可是将来我要天天早晨散步到这儿来呢——我可以吗，姑夫？——有时候还带爸爸来。你看见我们来高兴吗？”

“那还用说！”那个姑夫回答道，一边却忍不住做了一个苦脸，因为他对这两位说是要上门来的客人心里深恶痛绝。“可是慢着，”他转身过来又对小姐说道。“我想了一想，我想还是告诉你的好。林敦先生对我有偏见。有一次，我们两个吵了一架，吵得可真凶，真不像话；要是你跟他说起你到过这儿，他就会从此不许你再来作客了。因此这事你无论如何不能提，除非你今后不想再来看你的表弟了。你想来就来好了，可是无论如何不能说出来。”

“你们干吗要吵架呢？”卡瑟琳问道，顿时垂头丧气。

“他认为我这个穷人不配娶他的妹妹，”希克厉回答道。“我把她带走了，叫他心里很难受。他的自尊心被刺伤了，他永远也不会原谅这回事。”

“那是不应该的！”小姐说道。“我有一天会跟他说：他不应该。可是你们吵架，林敦和我并没有干系呀。那么我就不来了；他去田庄好啦。”

“好远的路啊，”她那位表弟咕噜着，“要我走四英里路，可不要送了我的命吗。不，你来吧，卡瑟琳小姐，来了这次，下次再来——不要天天早晨都来，一星期来一两次好啦。”

做父亲的向他儿子看了一眼，带着极端瞧不起的神情。

“纳莉，我怕我这番心血要白费了，”他咕噜着跟我说。“卡瑟琳小姐(这小傻瓜就是这样称呼她的)会发现他一文不值，叫他见鬼去吧。

呃，要是换了哈里顿就好啦！别看哈里顿糟蹋成那副样子，你知道吗，我一天倒有二十回瞧着他眼红呢。这小家伙如果是另外一个人，我是会喜欢他的。不过这点倒不用担心：他不会被她看中的。我要借他来刺激那个窝囊废，叫他振作起来。我们估计他恐怕活不到十八岁。唉，这该死的叫人瞧不入眼的东西！他只顾得弄干他的两脚，连看都不看她一眼。——林敦！"

"呃，爸爸，"那孩子答应道。

"在这儿附近你没有什么地方可以带你表姐去瞧瞧吗？——连个兔子窝或者鼬鼠窝也没有吗？你慢些儿换鞋子，先带她到花园里去玩，再到马房去看看你的马。"

"你不觉得还是坐在这儿好吗？"林敦问卡茜道，那种声气分明表示他是懒得再动一动了。

"我说不上来，"她回答道，带着渴望的神情向门口瞧了一眼，显然巴不得想活动活动。

他安坐不动，而且蜷缩着身子，向炉火挨得更近些。希克厉站起身来，走到厨房去，又从厨房走到院子去大声叫哈里顿。哈里顿答应了。一会儿，两个人又进来了。那个小伙子刚洗了身子，这可以从他那满脸红光和湿漉漉的头发看得出来。

"啊，我要问你啦，姑夫，"卡茜小姐嚷道，记起了管家的那番话。"那不是我的表哥吧，他是吗？"

"他是的，"他回话道，"是你母亲的侄儿。你不喜欢他吗？"

卡瑟琳的神情很奇怪。

"他不是一个漂亮的小伙子吗？"他又问道。

那个没教养的小东西踮起了脚尖，凑在希克厉的耳边说了一句什么话。他大笑起来。哈里顿的脸色阴沉下来。我看出他很敏感，惟恐人家有一丁点儿取笑他；而且显然模模糊糊地意识到自己的低微的地位。但是他的主人（或是保护人）大声说了一番话，把他的怒气赶跑了。

“你要成为我们中间的一个宝贝儿啦，哈里顿！她说你是一个——是什么呀？好吧，反正是听了很受用的话。听着！你陪她到农场去走一圈。记住，一举一动要像个上等人！肮脏的话一句也不能说。不要趁这位小姐不看你的时候死盯着她看，等她一回过头来时，又慌得不知把自己的脸往哪儿藏好。开口说话的时候要慢一些；别把你的两手插在口袋里。走吧，尽你的力好好招待她吧。”

他眼看着这一对儿从窗前经过。小欧肖拿定了主意，转过脸去，不看他的女伴一眼。他好像是个陌生人，是位艺术家，把他眼前熟悉的景色看得出神了。

卡瑟琳偷偷地瞟了他一眼，并没有流露出一点爱慕之情。于是她只顾去寻找使自己感到兴趣的东西了，她步子轻松地往前走着，既然两个人没有话说，她就唱起轻快的小曲子来。

“我把他的舌头打了个结了，”希克厉看着这情景说。“他会始终不敢开口说一个字！纳莉，你还记得我在他那年纪的模样吧？——不，还比他小些。我可曾露出这样一副蠢相吗——就像约瑟夫所说的。”

“更糟，”我回他道，“因为除了蠢，还加上绷着一张脸呢。”

“我从他那儿得到一种乐趣，”他把心里想的接着说出来。“他满足了我对他的期望。如果他是个天生的傻子，我就连一半的乐趣也没有啦。可是他不是个傻子；我跟他有同感，因为他的种种切身感受我自己都体会过。譬如说，我能确切地知道，他目前感受着什么痛苦。以后还有得他痛苦呢，这不过是刚开个头罢了。他永远也别想从他那粗野、愚昧的泥沟里爬上来了。我把他抓在手里，比他那坏蛋老子掐住我还紧些，而且把他压得更低，你瞧，他为自己的野蛮劲儿而得意呢。我教导他：凡是兽性以外的东西全都是傻的、不中用的，都应该瞧不起。

“你可认为假如亨德莱还活着，看见他儿子成了那个样儿，他会感到自豪吗？——只怕就像我为我那个儿子那样感到‘自豪’吧？可是有这么一个区别：一个是金子，却当作铺地的石块用了，另一个是锡器，却给擦亮了冒充一件银器。我这个儿子一无价值，可是亏得有我在推动，叫这个草包不走也得往前走几步。他那个儿子有头等的天赋，却荒废了，变得比被埋没了还糟。我没有什么好痛心的；应该痛心的是他，而且除了我，谁也不会知道他这痛苦是多么深。最妙的是，哈里顿死命地喜欢我！你总得承认，这一着我比亨德莱高明得多吧。如果这个死了的坏蛋能够从坟墓里爬出来，破口大骂我亏待了他的后代，那才有趣呢，我会看到那个‘后代’会气呼呼地把他打回去，因为他胆敢侮辱他在这世界上的惟一的朋友！”

一想到这里，希克厉暗自发出一阵魔鬼般的笑声。

我没有答理他，因为他分明并不期待谁来回答他。

这时候，我们那位年青朋友(他坐得远，并没听到我们在说些什么)开始显示出坐立不安的征候来——也许在后悔不该为了怕受点累，叫自己失去了陪卡瑟琳一起玩的乐趣吧。他的父亲注意到他那不安的眼光总往窗口瞟，他的手犹豫不决地向他的帽子那儿伸。

“站起来吧，你这个懒孩子！”他装出一副热心的样子叫道。“快去追他们呀！他们才走到拐角上，在蜂房的架子那儿。”

林敦振作起精神，离开了炉火。格子窗正开着，在他跨出门去的当儿，我听到卡茜正在问她那个不友好的随从，门框上边刻的是什么字。哈里顿瞪着两眼往上瞅，还抓着头皮，活像个小丑。

“是些活见鬼的字，”他回答道。“我念不出来。”

“念不出来？”卡瑟琳嚷道。“我能念这些字；是英文。可是我想知道干吗刻在门上边？”

林敦在旁边咯咯地笑了——这是他第一回表示出开心的神气。

“他不认识字，”他跟他的表姐说。“你能相信天下会有这样一个大笨蛋吗？”

“他没有什么不对头吧？”卡茜小姐正正经经地问道，“还是他头脑简单——不正常吗？我问了他两次话，每一次他都做出一副蠢样子，我还以为他听不懂我的话呢。我说得准，我也不大能够懂得他。”

林敦又一次大笑了，还带着取笑的神情向哈里顿看了一眼，在那一会儿，哈里顿肯定还没弄明白这是怎么一回事。

“并没有什么毛病，只是懒惰罢了——是吗，欧肖？”他说。“我的表姐以为你是白痴呢。这一下你可自食其果了——你去嘲笑你所谓的‘啃书本’吧。你注意到吗，卡瑟琳，他那一口可怕的约克郡土音？”

“哼，这有个屁用！”哈里顿咆哮着说，对他天天见面的同伴顶嘴，可一点也不迟钝。他还想再说下去，可是那两个年青人却一起哈哈大笑起来，我家那位轻浮的小姐兴高采烈，因为她发现原来她可以把他那古怪的谈吐当作笑料看待。

“你那句话里的‘屁’又有个什么用呢？”林敦讪笑着说。“爸爸关照你别说肮脏话，你呢，一开口，肮脏话就滚出来了。要做个像模像样的上等人——现在就给我做起来吧！”

“幸亏你像个姑娘，算不得一条汉子，要不然，我这会儿早就一拳把你打倒啦，那还用说，你这个可怜的小妞儿哟！”这个怒气冲冲的乡下佬回敬道，一边走开去了；他又是冒火，又是气苦，把个脸涨得通红，因为他意识到人家丢了他的脸，可是又说不出哪儿得罪了他，心里又窘又急。

希克厉跟我一样，也清清楚楚地听见了这番对话，脸上露出一丝笑，看着哈里顿走开去；可是紧接着又用极端厌恶的眼光向那轻浮的一对儿看了一眼，他们只顾在门口扯淡着。

这个少年一谈到哈里顿的种种过失，缺点，一讲起他所作所为的种种笑话，劲头就来了；那个姑娘呢，津津有味地听着林敦那些尖酸刻薄的话，并没想到像这样一些话决不会出于一个厚道的人之口。我原来倒还同情林敦，此刻变得不喜欢他了，他的父亲看不起他，我现在也觉得情有可原了。

我们一直待到下午——我怎么也不能把卡茜小姐早点拉走；幸亏东家没有走出过他的房门，一直不知道我们久出不归。在一路回家的时候，我很想开导我带领的人一番，让她也好明白我们刚才离开的都是些什么人；谁知她反倒认为我对他们有偏见。

“啊哈！”她嚷道，“你站在爸爸那一边，爱伦。你有偏心，我知道，否则你就不会这么多年来一直哄骗我，说林敦住得离这儿很远很远。我真正是十二分生气了，可我又是那么高兴，要发脾气也发不出来。但是你给我闭口，不许你说我的姑夫什么。他是我的姑夫，记住，我还要责怪爸爸呢，不该和他吵架。”

她就这样说个不停，到后来我只好放弃了本来的打算：要她明白，她看错人了。当天晚上，她没有说起这次访问，因为她没有见到林敦先生。第二天就全都说出来了，真使我灰心丧气。不过这样也好。我以为做父亲的比我更能担负起指导和告诫的责任来。谁知他却缺乏勇气，没法给一个令人满意的理由：为什么她该避免跟山庄那边的人家往来；而宠惯了的卡瑟琳呢，爱怎样就得怎样，非要有充分的理由才肯听从约束。

“爸爸！”她在请过早安之后嚷道，“猜猜我昨天在原野上散步碰见了谁啦。啊，爸爸，你大吃一惊了吧！这可是你的不是啊，是吧，嗳？我看见了——可是听着，我要让你听听，我是怎样识破你的，还有爱伦，她跟你是串通好了的，却装出一副可怜我的样子，难怪我一直巴望林敦回来，结果却总是失望。”

她把上一天的出游和遭遇一五一十都说了；东家呢，虽然不止一次地向我投来谴责的眼光，却一语不发，让她把话说完。于是他把女儿拉到身边，问她知道不知道为什么他把小林敦住在邻近的事一直瞒着她。难道她以为这是存心不让她享受那有益无害的乐趣吗？

“那是因为你不喜欢希克厉先生，”她回答道。

“难道你以为我会把我的感情放在你的感情上面吗，卡茜？”他说道，“不，这不是因为我不喜欢希克厉先生，而是因为希克厉先生不喜欢我；因为他是个没有一点人性的恶人，他就喜欢把他所憎恨的人坑了、毁了——只要给他抓住一点点机会他就下手。我知道，如果你和表弟保持来往，你就不能不和他接触；我知道，他为了我的缘故就会恨你；所以这是为了你好，不是别的原因，我才留神不让你再跟林敦见面。我本来打算等你长大了再跟你说明这回事，现在我觉得不该把这事拖延下去了。”

“可是希克厉先生挺热情呢，爸爸，”卡瑟琳说，并没有把他的话听进去；“而且他并不反对我们俩见面。他说我随时都可以到他家去玩，只是不让我告诉你，因为你跟他争吵过，你不能宽恕他娶了伊莎蓓拉姑妈。你就是不肯。要怪只能怪你不是呀。他至少是愿意让我们两个做朋友的——林敦和我——而你就不愿意。”

东家看到她不相信他方才所说的关于她姑夫的那一番话，就把希克厉对待伊莎蓓拉的行为，以及呼啸山庄怎样落进他手里，成了他的产业，三言两语地说了个大概。这些事要他原原本本地说个明白，他可受不了啊。

尽管他绝口不提，可自从林敦夫人过世之后，对于当年的仇人的那种惊恐和愤恨之感，时时盘踞在他的心头，尽管他目前绝口不提，他还是感受到一阵心头的创痛。“要不是他闯进来，也许她到今天还在人间呢！”这是他经常有的痛苦的想法；在他的心目中，希克厉简直就是个凶手。

卡茜小姐呢，对于世上的阴险一无所知，她所知道的就只是自己所犯下的小过失——由于性子急躁、无思无虑而引起的不听话，错怪人，发脾气，而且这些小过失她当天犯下，当天就知过认错；因此听说有人竟这样黑心黑肺，这么多年来一直盘算着、隐藏着报复的打算，不动声色地执行着他的计划，从没有感到手软心酸的时候，这叫卡茜吃了一惊。这种对人性的新看法，给她留下很深的印象，叫她大为震动——过去她想都没想到过呢，也从来不曾了解过啊。埃德加先生因此认为不必再往下说了。他只是又补了这么几句：

“今后你会明白，心肝儿，为什么我希望你躲开他的宅子和家庭。现在你去干你往常的正经，照旧去玩儿吧，别再想这些了。”

卡瑟琳吻了她的父亲，安静地坐下来，做她的功课，像往常一样，做了两小时；然后陪着她父亲到庭园里走走。一整天像平常一样过去了。但是到了晚上，她回房安处，我去帮她脱衣服时，却发现她跪在床边哭泣着。

“哎哟，真有你的，傻孩子！”我嚷道，“要是你真有什么伤心事，你就会感到，为了这点小小的不顺心，白白浪费了眼泪，那是多么丢人呀！货真价实的悲哀，你连半个影儿都从没照过面呢，卡瑟琳小姐。譬如说吧，东家和我一下子都死了，就剩下你一个人在这世上，那时你心里的感受怎么样？把你目前的景况和这么一种痛苦比一比吧，你就应该感谢你已经有了几个朋友，而不至于贪心不足了。”

“我不是在为自己哭啊，爱伦，”她回答道，“我是在为他哭啊。他一心希望明天能再看到我，他可要失望啦；他会等啊等啊，却始终不能把我等来。”

“废话！”我说道。“你以为他在想着你就像你一心想着他吗？他不是有哈里顿作伴吗？一百个人里头也不会有一个掉泪的——为着失去了才只在两个下午见过两次面的亲戚。小林敦会料到这是怎么回事，而再也不把你放在心上了。”

“不过我能不能写个便条给他呢？——告诉他我为什么不能去了，”她站起身来问道。“就把我答应借给他的那些书托人送去？他的书不及我的好；我告诉他我那些书是多么有趣，他非常想看呢。行吗，爱伦？”

“不行，说什么也不行！”我断然地回答道。“那样一来，他就会写信给你，那就永远没完没了啦。不行，卡瑟琳小姐，必须完全断绝往来；爸爸这么希望，我就得照这么办。”

“不过一张小纸条有什么——”她又开口了，做出一副恳求的神情。

“给我闭嘴吧！”我打断她。“我们可不打算跟你那张小纸条讨价还价。上床去睡吧。”

她瞪了我一眼，一副赌气的样子，完全不像一个乖孩子，我起初都不愿意吻她祝晚安了。我很生气，替她把被子盖好，就关门走了。

不过走到半路上，我后悔了，就轻轻地走回去；可是瞧吧！这位大小姐正站在桌子边，她面前放着一张白纸，手里拿一支铅笔；一看见我进房来，她就偷偷地把笔藏起来。

“就算你写了信，你也找不到人给你送去了，卡瑟琳，”我说道，“现在我可要把蜡烛火熄了。”

我把熄烛罩往火焰上盖的时候，手背上被啪地打了一下，还听到了气呼呼的一声“坏东西！”我就这样离开了她。房门随即被她闩上了，这当儿她的脾气坏透了，一点也不受管教了。

信还是写了，是由村里来的一个送牛奶的给送去的；但这是我后来才知道的事了。

几个星期过去了，卡茜也不闹情绪了，不过她特别喜欢一个人躲在角落里，如果我突然走近去，正在看书的她就会吓了一跳，而且往往会凑倒在书本上，显然不想让人看到她正在读些什么，而我却一眼看出在书页中间有散张的纸边露出来。她还给自己立了一个新的规矩：每天一清早就下楼，待在厨房里不肯走开，好像在等待什么东西来到似的。在图书室的一个柜子中，她有一个小抽斗，她常翻弄好半天，走开的时候，总是小心翼翼地把抽斗的钥匙带着。

有一天，她正在翻弄这个抽斗，本来这抽斗里放的无非是些玩具和小玩意儿，现在我注意到这些东西变成一叠叠折好的纸片了。我生了好奇心，也起了疑心。我决定要看看她那神秘的宝藏。

到了夜晚，等她和东家上了楼、归了房，我拿出自己的一串管家的钥匙，找来找去，找出了一把可以开那抽斗的钥匙。一拉开抽斗，我就把里面的东西都倒进了我的围裙里，带到我自己的房里好从容检查。

虽说我早就不放心了，我可仍然大吃一惊：发现有这么一大堆信件！想必是每天一信吧——都是林敦·希克厉写来的回信，回复她写去的信。开头几封信写得很短很拘谨；可是渐渐地发展成为一封封写不完的情书了。写得很幼稚——像他这样的年龄还能写出什么来呢？可是在行文中间，前前后后也会冒出一些文句，照我看，他写不出来、是抄来的。有几封信，热情奔放跟淡而无味搅拌在一起，简直成了古怪的混合体，一开头，感情是那样强烈，到了结尾时，却只剩下矫揉造作、堆砌起来的文笔了——一个中学生给他幻想中的虚无缥缈的情人写情书时，用的就是这种笔调。这些情书能否让卡茜满意，我不知道，可是照我看，不过是一堆一无价值的废物罢了。

我这样一封又一封信翻阅着，到后来认为不必再看下去了，就把这些信件用手绢包扎起来，放过一边，把空了的抽斗重新锁上。

我家小姐按照她的老规矩，一早就下楼、一下楼就到厨房去了。

我冷眼看着，有一个小男孩来到的时候，她走到门口守着，趁挤奶的女工给他的罐子灌满牛奶时，就把什么东西塞进他背心的口袋里，又从里面扯出什么东西来。我绕过花园，守候着那个传信的人；他奋勇保卫他的委托物，两人在争夺的时候把牛奶都泼翻了；不过我终于把那封信抢到了手，还告诫他要是不赶紧给我回家去，那就有得他苦了。我就留在围墙脚下，阅读卡茜小姐的情书。那是比她表弟的信写得朴实、流畅多了——写得很美，也很傻。我摇着头，满腹心事，走进了宅子。

那一天很潮湿，她没法到林苑里溜达散心，因此早课结束后就去向抽斗找安慰了。她父亲正坐在桌子边看书，我呢，一边故意找点零活做，窗帘上有几条穗子还连结在一起需要剪断一下，一边用眼睛盯着她，看好她的一举一动。

一只母鸟留下一窠啾啾欢鸣的幼雏，等到飞回来时，发现窠巢已被洗劫一空，那时它会扑击着翅膀，发出哀鸣；可是它的悲痛还不及目前卡茜发出的那一声"哎哟！"她方才那副喜气洋洋的脸色整个儿都变过来了。林敦先生抬头望望。

"怎么啦，心肝儿？你不留神碰痛啦？"他问道。

他那声调，他那神情，叫她拿得准发现那一批宝藏的决不是他。

"没有，爸爸，"她喘着气说，"爱伦！爱伦！上楼来！我不舒服！"

我听从她的吩咐，陪着她出去了。

"噢，爱伦，你把抽斗中的东西都拿走啦！"我们一进房，关上了门，只剩两人的时候，她马上开口道，还向我双膝下跪。"把那些东西还给我吧！以后我再也不干了，不干了！不要去告诉爸爸。你没有去告诉爸爸吧，爱伦，说你没有去告诉吧！我真是太淘气啦，可是以后我再也不这样干啦！"

我板着脸叫她站起来。

“好呀，卡瑟琳小姐，”我嚷道，“看来你倒是很有办法呀！你还懂不懂得害羞？你一空下来就念的都是些什么东西——一大堆破烂货，那还用说！嗨，写得多美呀，可以送去出版啦。要是我把这些信都放到东家面前，你说他心里会有些什么想法？我还没拿去给他看，可是你别指望我会替你保守这愚蠢的秘密。真不害臊！一定是你带头写这些荒唐的东西。他是不会想出这个主意的，我可以肯定地说。”

“我没有带头写，我没有，”卡茜抽泣着说，心都快碎了。“我从没想到过要爱他，直到那次——”

“爱！”我嚷道，带着十二分讥嘲的口气吐出了这个字。“爱！谁听到过这样的胡扯？那我也尽可以跟一年来一次、收买咱们家谷子的磨坊主谈什么爱不爱啦。好一个爱呀，真有你的！前后两次加起来，你这辈子和林敦见面还不满四个钟头！瞧，这儿是小娃娃的胡说八道，我要拿到图书室去，咱们听听你爸爸对于这种‘爱’有什么好说的！”

她扑过来就抢她那些宝贝信，可是我把信高举过我的头，于是她倾吐出一连串狂热的恳求，求我把信烧了吧——随便怎样处置都行，就是不能拿去给别人看。我真是又好笑又想骂她——因为我捉摸这无非是女孩子的虚荣心——后来我终于有些心软了，便问道：

“如果我同意把信烧掉，你能不能保证以后再也不书信往来？——也不再寄书去(我看得出你是寄过书给他了)，也不送一束鬈发，一只戒指或是什么玩具去。”

“我们从来不送什么玩具！”卡瑟琳嚷道，她的自尊心把她的羞耻心压了下去。

“那么什么都不送，是不是，小姐？”我说，“除非你有这个决心，否则我就走啦。”

“我答应好了，爱伦！”她拉住我的衣裳嚷道。“噢，把信扔进火里吧！——扔吧，扔吧！”

我用火钳拨开一块地方。这牺牲可是太痛苦了，太受不了啦；她苦苦地哀求我给她留下一两封信吧。

“一封或者两封，爱伦，让我保留着，作为对林敦的纪念吧！”

我解开手绢，开始把信札从手绢角往炉子里倒，火舌卷起来，直冲烟囱。

“我要留一封，你这个狠心的坏女人呀！”她高声尖叫道，也不顾烧痛手指，把手伸进火里，抢出了烧剩一半的纸片。

“好得很呀，我也要留一些给你爸爸去欣赏欣赏！”我回她道，把手中剩下的信件晃了几晃，放回到手绢包中，重又转身向门口走去。

她放开手掌，让那些烧焦了的纸片又掉进了火里，向我做了个手势，求我完成这火的葬礼。

信都烧完了。我搅了一下灰烬，抄起满满一铲子煤，盖了上去。她一句话也没有，怀着十二分委屈的心情，回到她自己的房中去了。

我下楼去告诉东家，小姐的一阵子不舒服已经过去了，不过我认为最好让她躺一会儿。她不肯吃中饭。不过下午吃茶时，她下楼来了，只见她脸容苍白、眼圈红红的，却不动声色，表现了惊人的自制力。

第二天早晨，我用一张纸条回复了那天的来信，纸条上写道：“请希克厉先生以后不再给林敦小姐写信，她不会收受你的来信了。”

从此以后，那男孩每天早晨来到时，口袋里没有夹带了。

第二十二章

夏天结束了，早秋也跟着消逝了，时令已经过了米迦勒节①。不过那一年收割得晚，我们还有几块田没有开镰收割。林敦先生和他的女儿常到收割的庄稼人中间走走。在搬运最后几捆麦子时，他们俩直逗留到黄昏，正碰上那天晚上空气阴寒潮湿，东家得了重感冒，那次感冒着实厉害，盘踞在他肺里推都推不动；一整个冬天他都深居在家，几乎没有出过一次门。

可怜的卡茜，她那小小的罗曼史叫她受了一场惊恐，自从结束了这段插曲后，她就一直没精打采、闷闷不乐。她的父亲再三要她少读些书，多活动活动。她爸爸可不能陪伴她了，我认为我有责任来补这个缺，尽可能跟她作个伴，可惜并不是一个很够格的替身，因为我每天忙着处理种种家务，只能挤出两三个小时陪她走走；再说，我这个伴侣比起他来，可要差一大截了。

十月的一个下午，也许是十一月初吧，那是个清新的、雨意迷蒙的下午，草皮上、小径上散落着潮湿的、枯萎的叶子，发出沙沙的声响，寒冷的蓝天有一半被云块遮住了；一条深灰色的光带从西天迅速地升起，预报着大雨即将来临——我劝小姐今天别出去散步吧，因为肯定会下阵雨。可是她不听我的话，我只得披上一件斗篷，拿了一把雨伞，陪她散步到林苑尽头——碰上她情绪低落的时候，她总是选中这一条路；而每逢埃德加先生的病情比前一阵更严重些，她的情绪就必然低落下去，虽说他从来也不承认自己病得很厉害，可是小姐和我从他的越来越沉默、从他那忧郁的神色上，都能看出他的病势不轻。

她忧郁地往前走着。现在她也不跑、也不跳跳蹦蹦了，虽说一阵冷风吹来原可以激发她奔跑的兴头。我还常常可以从眼角看到她悄悄用手在脸蛋上擦掉什么。我向四下张望，要想个办法岔开她的愁思。

路的一边，升起一条崎岖不平的高坡，那儿的榛树和矮小的橡树半露着根须，像暂时寄居的租户。那儿的泥土对于橡树是太松了，阵阵的猛风把有几株橡树刮得几乎树身贴着地面了。在夏天，卡瑟琳小姐喜欢爬上这些树干，坐在树杈枝上，一摇一晃的，离地有二十英尺高。看到她那样矫健轻捷，年青的心灵又是那样轻快，我真是满心欢喜；然而我每一次看到她爬得这么高时，总不免要骂她几句，觉得理该如此，但也不过装个样儿罢了，她很明白其实没有下来的必要。从吃中饭到吃茶的那段时间里，她就躺在那被微风摇晃的"摇篮"里，什么事也不干，只唱着一支支古老的歌曲给自己听——都是些当初我给她唱的儿歌；或者呢，看着和她一同栖在枝头的鸟儿喂它们的小鸟，引诱小鸟学飞；有时又闭上眼睛，舒舒服服地靠着，蜷成一团，一半儿在想，一半儿在做梦，那种快乐真是无法形容。

"瞧，小姐！"我嚷道，在一株扭曲的树的树根下面有一个凹角，我指给她看，"冬天还没有来。那边长着一朵小花——在七月里，草泥

---

① 纪念圣米迦勒的节日，在9月29日，是英国四大结账日之一。

的台阶上布满了密密的风铃草，远远望去，只见一片朦胧的淡紫色，现在只剩下这最后一株幼芽啦。你要不要爬上去，把它摘下来给爸爸看？”

卡茜对着这朵躲在土凹角里颤瑟着的孤寂的小花看了半天，最后这样回答道：——

“不，我不想去碰它。不过它看来很忧郁呢，是吗，爱伦？”

“是呀，”我说，“又瘦弱又没精神，就跟你一个样。你的脸上没有一点血色。让我们手拉着手跑一阵吧。你这样没精打采，我敢说你跑得多快我也能跑得多快。”

“我不跑，”她又摇头说，继续向前漫步，偶尔停下来出神地望着一丛青苔，一簇变白了的草，或是一朵蕈，在棕黄色的落叶堆中间张开了它那鲜明的橘黄色的圆身子；她又不时地把手举到她那扭转过去的脸上。

“卡瑟琳，你干吗哭呀，宝贝儿？”我问道，走上前去，搂着她的肩膀。“别为了爸爸有些伤风就哭起来。你真该安慰自己：幸亏不是得了什么重病。”

这会儿她不再抑制自己的眼泪，抽泣起来了，哭得连气都透不过来。

“唉，慢慢儿就是得了重病啦！”她说道，“叫我怎么办？——等爸爸和你都丢下了我，只剩我一个儿的时候。我忘不了你的话，爱伦；这些话总是在我的耳朵边响着。等到爸爸和你都过世了，生活就会有多么大的改变，这个世界将要变得多么凄凉呀！”

“谁也说不准你一定会死在我们之后，”我回答她道。“盼望着坏事来到，这可不好呀。我们只希望还要过好多好多年才轮得到我们中哪一个先动身。东家还年轻，我身子很结实，还不到四十五岁。我母亲活到八十岁呢，到死还是手脚轻健的老太太。假定说吧，老天容许林敦先生活到六十岁，你倒是扳着指头数数，你活了几年，爸爸还有多少年好活，爸爸往后的年龄不是比你现在的年龄还大吗，小姐？灾祸还没有降临，却先提前二十年就哀悼起来了，这不是很蠢吗？”

“可是伊莎蓓拉姑妈的年纪比爸爸轻呀，”她表示意见道，抬眼凝望着我，胆怯地希望能得到更动听的安慰。

“伊莎蓓拉姑妈的身边并没有你和我在照顾着呀，”我回答道。“她没有东家那样幸福；她也不像东家那样有自己的亲人给予他生命的意义。你只消好好服侍你父亲，让他看见你高高兴兴的，那他也就会高兴起来了。要注意，不能让他为了什么事而发愁。记住，卡茜。我不跟你说好听的话，你会把他气死的，如果你任性任意，不前后思量，对一个只巴望他早进坟墓的人的儿子，竟产生了愚蠢的、轻浮的感情；你爸爸认为应该跟对方断绝来往，而却让他发现你在为这事而气苦！”

“除了爸爸的病，世上什么事也不会使我气苦，”我的伴侣回答道。“跟爸爸比起来，我再没有什么关心的事。我永远——永远——永远也不会啊，在我还有知觉的时候，做一件事或是说一句话惹他的烦恼。我爱爸爸胜过爱我自己，爱伦；凭这个我就可以知道这一点：每天晚上我都作祷告，祈求让我给他送终，因为宁可我来忍受这痛苦，也不愿把痛苦留给他。这就证明我爱爸爸胜过爱我自个儿。”

“说得好，”我回答道。“可还得用行动来证实。等他病好了之后，要记住你在担惊受怕的时刻所立下的决心，不要忘了啊。”

我们正这样谈着心，不觉走近了一个通向大路的门；我家小姐因为又走进阳光而轻松起来，爬上围墙，高坐在墙头上。沿墙有几株野蔷薇树，荫遮着大路，树顶上结着猩红的蔷薇果，那长在低枝上的果实已经看不见了；那高枝上的果实只有鸟儿才能碰到，除非像卡茜那样坐在墙头上才能试试。现在卡茜仰着身子，伸手想去采摘。不料她的帽子掉下来了。门是锁住的，她打算爬下去拾。我叫她当心别摔跤，她一翻身就不见了。可是重新爬上来却没有那么容易了。石墙砌得很平滑，而那蔷薇丛、黑莓的蔓枝又不能在攀登时借一点力。我像个傻瓜似的，直到听见她的笑声和叫声，这才明白过来——

“爱伦，你得去拿钥匙啦，否则我就得绕过去跑到林苑的门房那儿啦。我没法从围墙外面爬上来。”

“你就在那儿待着，”我回答道。“我口袋里带着我那串钥匙。也许我有办法把锁打开；要是开不了，我就去拿。”

卡瑟琳在门外跳来跳去自个儿玩，我呢，把大钥匙一个又一个地试着，试到最后一个也还是没用。于是我又一次嘱咐她待在那儿别走开，正想尽快赶回家的时候，忽然听得远处有谁走近来的声音，我停住了步子。那是一阵马蹄声。卡茜的跳舞也停下来了。

“来的是谁？”我轻声问。

“爱伦，我希望你能打开这个门，”我的游伴焦急地轻声回答我。

“喂，林敦小姐！”有一个深沉的嗓门（那骑马人的声音）在说话了，“碰到你很高兴。别急着想进去，有一件事我要问问你，请你解释一下。”

“我不跟你说话，希克厉先生，”卡瑟琳回答道。“爸爸说你是一个坏人，你恨他，也恨我；爱伦也是这样说的。”

“那可是题外的话呀，”希克厉（原来是他）说道。“我不恨我的儿子吧，我想；我要你好好听我说的是有关他的事。可不是，你真该脸红呀。两三个月以前，你不是给林敦写信写得很起劲吗——玩弄爱情，呃？你，你们两个，都该挨一顿鞭子——你尤其该打，两人中是你年纪大，结果却是你最薄情。你那些信在我手里，你如果跟我耍态度，我就把你的信送到你父亲手里。我看你是闹着玩的，玩腻了就丢开，是不是呢？你好，你把林敦，连同这套玩意儿一起丢进‘绝望的泥坑'中去啦。他可是真心诚意的，在谈爱情呀，可不。这会儿我正活着，这是千真万确的；他为了你都快死啦，也是半点不假呀。你有始无终，叫他心都碎啦——是真的碎了，不是打比方说碎了。尽管哈里顿六个星期来天天取笑他，我又采取了比较严肃的手段，想吓唬他一下，把他的痴情吓走，他还是一天比一天糟，到不了夏天，他就要入土啦——除非你能救他一救！"

我从墙里面喊道："你怎么能对这可怜的孩子明目张胆地撒谎呀？请骑着马走吧！你怎么能存心编造出这么无聊的谎话来呀？卡茜小姐，我用石头把锁敲下来。你才不会相信那一套卑鄙的胡话呢。你自己也能辨别得出：为爱上一个陌生人而活不成——没有的事！"

"想不到还有人在偷听呢，"那个被识破的坏蛋咕噜着，接着又大声说道："好丁恩太太，我喜欢你，可是我不喜欢你这当着人一套、背着人一套。你呢，你怎么能明目张胆地撒谎，咬定我憎恨这个'可怜的孩子'呢？怎么能编造出妖魔鬼怪般的故事，把她吓唬得不敢踏上我家门口的石级呢？卡瑟琳·林敦(就连这个名字也使我心里暖呼呼的)，我的好姑娘，这一整个星期我都不在家，去瞧瞧我是不是说的真话吧；去一次吧——那才是我的乖宝贝！只要想想假如你的父亲处在我的地位上，而林敦变成了你；再想想你的父亲亲自前去求他，而他却不肯移动一步来安慰你，那你对这个没良心的情人会怎样看待呢？不要糊涂透顶，做出这种错事来吧。凭着我希望灵魂得救，我起誓：他眼看要进坟墓了，除了你，再没有人能救得了他了！"

锁打开了，我冲了出去。

"我发誓，林敦快死啦，"希克厉又说了一遍，一边狠狠地瞪着我。"伤心和失望逼得他活不成了。纳莉，要是你不让她去，那你自己可以走去看看。我可要到下星期的这个时候才回家；我想你家主人他也不见得会不让你家小姐去看看她的表弟吧。"

"进来吧，"我说着就拉住卡茜的手臂，半挽半拉地要她进来，她却还不肯就进来，用疑惑不决的眼光打量着希克厉的脸，那是张绷得紧紧的脸，就是心怀奸诈也没法看得出来。

他把他骑着的马催进一步，弯下身来，说道：

"卡瑟琳小姐，我得向你承认，我对于林敦已经失去耐心啦；哈里顿和约瑟夫对他就更不耐烦了。我承认，他是跟一群硬心肠的人在一起。他巴盼着有人体贴他，渴望着爱情，从你嘴里说出一句亲切的话，对他就是一帖最好的药。别去听丁恩太太的狠心肠的告诫，心地放宽厚些吧，想法去看看他吧。他日日夜夜在梦着你；他总以为你恨他，跟他解释也没有用，因为你既没有信去，又不去看他。"

我把门关上了；门锁已经松开，我推过一块圆石头把门顶住。我撑开雨伞，把我的保护人拉在伞底下，这时候，雨点穿过那发出呻吟的树枝，催促我们快快走吧。

我们一路上急急匆匆地往家赶去时，顾不得谈论方才碰见希克厉的事，可是我本能地看透卡瑟琳的那一颗心布满了双重的阴云。她满脸悲哀，几乎不像她的脸儿了。她分明把方才听到的话，字字句句都当作是真的了。

我们赶回家来时，东家已经回房休息了。卡茜轻手轻脚地走进他房里去问个好，他已经睡着了。她折回来，要我陪她在书房里坐着。

我们一起吃了茶点，这以后她躺在地毯上，要我别说话，因为她累了。我拿了一本书，假装在看。她以为我是在专心看书了，就不出声地哭泣起来；悄悄哭泣一阵，这也是她当时消除苦闷的一个方法，她喜欢这样。我让她哭一会儿，心里可以好受些；然后我就开导她，着实把希克厉所说的关于他儿子的话取笑了一番，好像我说这太可笑了，她一定也会觉得可笑。唉！他说了那一番话，我却没有本领去驱散那一番话所起的影响；那正是他的打算啊。

“你也许对，爱伦，”她回答道，“可是我的心怎么也不能安静下来啊，我要知道真相。我一定要跟林敦说明，不写信不是我的错，还要让他相信，我是不会变心的。”

她痴心，她轻信，我怒气冲冲地跟她争论，可有什么用呢？那天晚上我们不欢而散。可是第二天，我却走在去呼啸山庄的大路上了，我的身旁是一匹小马，我家任性任意的小姐骑着它。我不忍心看着她难受，看着她那张苍白、忧伤的脸，她那双下垂的眼帘；我拗不过她，只能怀着一丁点儿希望：林敦在接待我们的时候，他那种态度证明希克厉只是讲了一个毫无根据的故事罢了。

第二十三章

一夜的雨迎来了一个雾蒙蒙的早晨，结着些霜花，飘着些雨花，在我们的小路上，平添了不少溪流——从高地上潺潺流下，横插在我们的路途中间。我的双脚全湿了；我心里有气，情绪低落，再碰上这些不痛快的事，心里就更不自在了。

我们从厨房的过道进入农庄的宅子，想探明一下，希克厉先生可是真的不在家；他自己说是要出门去，我可信不过他。

约瑟夫似乎正独个儿泡在他那人间天堂里——坐在熊熊燃烧的炉火边，一大杯麦酒放在他身旁的桌子上，大块大块的烤麦饼矗竖在酒面上，一支黑黑的短烟斗衔在他的嘴里。卡瑟琳跑到炉边取暖。我就问主人在家吗。

好大一阵子我的问话得不到回答，我还道这个老头儿有点儿聋了，又提高了嗓门问一遍。

“不——在！”他龇牙咧嘴地咆哮道，但他的叫声更像是从鼻孔中冲出来的。“不——在！你打哪儿来，给我回哪儿去吧！”

“约瑟夫！”从里屋传来了和我同时发出的一声喊，声气里夹着一股怨气：“我要叫你几次呀？这会儿只剩几点红光——几点灰烬啦。约瑟夫！马上来呀！”

他只顾一股劲地喷烟，只顾瞪着眼往炉栅里望，明摆着他根本没把那一片告急声听进去。女管家和哈里顿都不见人影儿——大概一个有差使出去了，另一个在干他的活吧。我们听出那是小林敦的声气，就进去了。

“哼，我巴不得你死在阁楼上，活活地饿死你！”那孩子骂道，他听到我们走进来，还以为是怠慢了他的听差来了。

他一看出他弄错人了，就住了嘴。他的表姐向他直奔过去。

“是你，林敦小姐？”他本来半躺在大椅子里，头靠着把手，现在他抬起头来问道。“不行，别亲我；别叫我喘不过气来。真是的！爸爸说过你会来的呢，”卡瑟琳拥抱了他，他稍稍缓过气之后，这样说下去道；她呢，站在一旁，带着一脸惭愧的神色。“请你把门关上吧，可以吗？你把门开着啦；那一些——那些混账东西不肯给壁炉添煤。天这么冷！”

我拨弄了一下灰烬，自己去弄来一煤斗煤。

病人抱怨说是把他弄得一身都是煤灰啦；我看他咳嗽得厉害，又像在发烧、害了病，所以也就不跟他的坏性子多计较。

“好吧，林敦，”卡瑟琳等到他皱紧的眉头渐渐松开时低声说道。“我来，你高兴吗？我能让你感到好受一些吗？”

“你为什么以前不来呀？”他问道。“你应该自己来，不是写信来。写这些长信啊，真叫我够受的。跟你谈谈倒还差不离。可现在我连谈话也受不了啦——什么都受不了啦。齐拉上哪儿去了呀！你能不能”（他望了我一眼）“到厨房去看一下？”

我方才替他做了事，却没有听到他谢一声，也就不高兴受他的差遣跑进跑出啦，我回他道：

“除了约瑟夫，外边没有人。”

“我要喝水，”他气呼呼地叫道，把头转了过去。“自从爸爸一出门，齐拉老是游荡到吉牟屯去。真是活受罪啊！我不得不下楼到这儿来待着——我在楼上怎么叫也没用，他们横下了心，只做不听见。”

“你父亲照顾你吗，希克厉少爷？”我问道，看出卡瑟琳要去跟他亲近一番，无非给他顶回来罢了。

“照顾？他至少叫他们懂得稍许照顾我一些，”他嚷道。“那些坏东西！你知道吗，林敦小姐？那个哈里顿畜生还当面笑我呢！我恨他！可不，我恨他们，一个个都恨！他们全是些讨厌的家伙。”

卡茜去找水了；她在食具柜里找到了一瓶水，就倒满了一大杯，拿过来。他叫她给他加上一满匙酒，酒瓶就在桌子上；他喝下了小半杯之后，肚子里的气就渐渐消了，这才说她心地真好。

“我来你高兴吗？”她把方才问过的话又问了一遍，看到对方的脸上露出一点似笑非笑的神气，她已经很高兴了。

“是啊，我高兴。听到你的嗓音，我倒是感到有些新鲜！”他回答道。“可是那一阵你不肯来，我心里真气苦呢。爸爸赌咒说这都得怪我。他骂我是可怜巴巴的、拉拉扯扯的窝囊废一个；他还说你瞧不起我；还说如果他换了我，他这会儿早就是田庄的主人了——比你的爸爸更算得上是个主人。可是你并没有瞧不起我吧，是吗，小姐？”

“我倒是愿意你叫我卡瑟琳，或是卡茜，”我家小姐打断他的话，说道。“瞧不起你？没有的事！除了爸爸和爱伦以外，我爱你超过世上任何的人。不过，我不爱希克厉先生，等他回来后，我就不敢来了。他要出门好多天吗？”

“几天罢了，”林敦回答道；“不过打猎季节开始以后，他经常出门到荒野去。他不在家的时候，你可以来陪我一两个钟头。答应吧：你一定来。我想我是不会跟你使性子的。你是不会惹我生气的，你总是愿意照顾我的，对吗？”

“对，”卡瑟琳说道，抚摸着他的柔软的长发。“只要我能得到爸爸的允许，那我就分出一半时间来陪你。多秀气的林敦！我但愿你是我的兄弟。”

“那你就会像喜欢你爸爸那样喜欢我了吧？”他说道，比方才起劲了些。“可是爸爸说，如果让你做了我的妻子，你就会爱我胜过爱你爸爸、或是全世界的人；所以我倒是愿意你来做我的妻子。”

“不行，我怎么也不会爱另外一个人胜过爱爸爸，”她认真地回答道。“有时候，也有人会恨他的妻子，可是不会恨他的姐妹兄弟；如果你和我是姐弟两个，那你就和我们是一家人，爸爸会像喜欢我一样地喜欢你。”

林敦不承认世上会有恨他妻子的人；可是卡茜肯定说有这种人，而且凭她所懂得的那点世故人情，举出了他自己的父亲做例子，他父亲就是把她的姑妈当冤家看待。我本想拦住她那条没有约束的舌头，可哪儿能够，她把她所知道的全倒出来了。希克厉少爷一听，气得不得了，一口咬定她所说的种种全都是谎言。

“爸爸告诉我的，爸爸从来不说谎，”她尖刻地回答道。

“我的爸爸就是看不起你的爸爸！”小林敦嚷道。“他骂他是个鬼鬼祟祟的傻瓜。”

“你那个爸爸是个坏蛋，”卡瑟琳顶回去道，“你这个坏透了的孩子，他说什么，你竟敢跟在他后面说什么。他一定良心很坏，才会使得伊莎蓓拉姑妈离开了他。”

“她并没有离开他，”那男孩子说道，“不许你跟我反驳。”

“她后来出走了，”我家小姐嚷道。

“好吧，我也说点给你听听吧，”林敦说道，“你的母亲恨你的父亲。怎么样？”

“啊！”卡瑟琳叫了起来，气恼得说不下去了。

“而且她爱我的父亲呢，”他又补了一句。

“你这个撒谎的小家伙！我现在恨你啦！”她气喘吁吁地嚷道，把一张脸气得通红。

“她爱我的父亲！她爱我的父亲！”小林敦有腔有调地唱道，一边把身子倒进椅子里头，把头往后一靠，好欣赏和他辩论的对方那一种激动的神气——她正站在他的身后。

“住口，希克厉少爷！”我说道。“我看那也是你父亲编造出来的呀！”

“不是的，你给我住口！”他回答道。“她爱我父亲，爱我父亲，卡瑟琳！她爱我父亲！爱我父亲！”

卡茜气疯了，把那椅子猛的一推，林敦立即跌下来倒在一个把手上。马上来了一阵咳嗽，咳得他气都缓不过来，他方才的胜利就此完蛋。

这一阵接连不断的咳嗽，把我也给吓住了。至于他那表姐呢，放声大哭，被她自己闯的祸吓坏了，虽然她不说一句话。我扶着他，直到他这一阵发作已声嘶力竭，再也咳不动了。于是他把我推开，默默地垂下了头。卡瑟琳也止住了哭泣，在对面的椅子上坐下来，神情严肃地注视着炉火。

“你现在觉得怎么样啦，希克厉少爷？”我等待了他十分钟后问道。

“我但愿她也来受一下我受的罪，”他回答道，“恶毒的、狠心的东西！哈里顿从来不碰一碰我；他这辈子从没打过我。今天我才好一些，可偏偏——”他的声音消失在一阵呜咽中了。

“我可没有打你呀！”卡茜咕噜着说，咬住她的嘴唇，不许自己再一次感情冲动。

他哼哼唧唧，唉声叹气，就像一个人正在吃极大的苦头。他足足闹了一刻钟，分明是有意要折磨他的表姐，因为他每一次听到她发出一声压抑不住的抽泣，他就在他那抑扬顿挫的哼哼声中，重新添加些痛楚和悲苦。

最后，她被折磨得再也受不住了，终于开口说道：“我很抱歉，我伤了你，林敦。可是那么轻轻一推，我是不会受伤的，我也没想到这么一推能把你怎么样。你痛得不厉害吧，是吗，林敦？别叫我回家去还想着我伤害了你。回答呀！跟我说句话呀！”

“我怎么能跟你说话呀，”他咕噜着说。“你对我下那么重的毒手！今晚这一整夜我别想睡得着觉了——这一阵阵咳呛会咳得我喘不过气来！要是这病让你得了，你就会懂得这是什么滋味儿啦；可是你呀，只顾舒舒服服地睡你的好觉，我呢，那时候正在活受罪，身边一个人没有。我倒是在想，你喜欢不喜欢去挨过这一个又一个可怕的长夜！”

说到这里，他越想自己越可怜，放声大哭起来了。

“既然你本来就在过着一个又一个可怕的长夜，”我说道，“那就不能怪小姐破坏了你的安宁；就是她不来，你也无非这样罢了。好在以后她也不会再来打扰你了；也许我们离开了你，你就可以安静下来了。”

“我一定得走吗？”卡瑟琳心里很难受，凑下身子向他问道。“你要我走吗，林敦？”

“你想补救你造下的孽，已经来不及了，”他气呼呼地说道，躲着她，“你越补救越糟——只是来跟我胡缠，惹得我发烧。”

“那么说，我一定得走了？”她又问了一次。

“别的不说，你就别管我吧，”他说道，“听到你说话我就受不了。”

卡茜和小林敦

她迈不开脚步，我劝她快走吧，她就是不听，两人蘑菇了一阵子。可是他也不抬头看一眼，也不说一句话，后来她只好向门口走去，我跟着她走。

谁知我们被一声尖叫喊回来了。只见林敦从椅子中滑落下来，横躺在壁炉前的石板上，扭来扭去打滚，十足是蛮不讲理的孩子在耍无赖，存心要闹得你头痛、叫饶。我一眼就看透了他的那一套做法，你要去迁就他，那才傻呢。

可我那位同伴却是另外一种想法。她吓坏了，急忙奔回来，跪了下来，又哭叫着，又哀求着，只是要给他消气。后来他总算慢慢安静下来，这倒不是因为看到她那样痛苦而于心不忍，不过是因为他已经没有气力大叫大喊了。

“我来把他抱到高背长靠椅上，”我说道，“他爱怎么滚就怎么滚吧。我们可不能站住了守着他。卡茜小姐，你该满意了吧，我希望，原来你并不是能够给他带来好处的人；他的健康状况也不因为对你依恋而有所起色。这一下好了，让他躺在那儿吧！走吧。等他明白过来，并没有人在理睬他的胡闹，他就会安安静静地躺着了。”

她把一个垫子塞在他的头下，给他端了一杯水来。他拒绝喝她端的水，他那搁在垫子上的头只是翻来覆去地转动，好像那垫子是块石头，是块木头。她想替他把垫子放得更舒服些。

“这个垫子要不得，”他说道，“不够高。”

卡瑟琳又拿来一个垫子加在上面。

“太高啦！”这个惹人厌的东西咕噜着。

“那叫我怎么办呢？”她绝望地问道。

他扭动着身子向她靠去，她正半跪在长椅边，就把她的肩膀当作他的枕头了。

“不，那不成，”我说道。“你有垫子靠着，够舒服了，希克厉少爷。小姐已经在你身上浪费太多时间啦。我们连五分钟也不能多耽搁了。”

“不，不，我们多待一会好了！”卡茜接嘴道。“这会儿他好了，不吵闹了。他已经想明白了：如果我认为我来看他，反而使他的病加重了，那么今天晚上我肯定要比他难受得多，我以后还敢再来吗？——说一句实话吧，林敦；如果我弄伤了你，那我怎么也不能再来啦。”

“你一定要来，来护理我，”他回答道。“你应该来，因为你伤害了我；你知道你伤害得我很厉害。你进房来的时候，我不像这会儿病得那样重——不是吗？”

“可是你哭呀，发脾气呀，把自己弄出病来的。”①

“我根本没有伤害你，”他的表姐说道。“不过，我们现在该做朋友了。你也需要我——你希望以后还能见到我，是吗？”

“我跟你说过我愿意你来看我，”他不耐烦地回答道。“坐在这长椅上吧，让我靠着你的膝盖。妈妈总是让我靠在她的膝盖上，一整个下午都是那么着。静静地坐着，别说话；不过你可以唱个歌——要是你能唱歌的话；或者你也可以给我念一首长长的、好听的、有意思的叙事歌谣——那是你答应教我的；再不然，讲个故事吧。不过我更喜欢听歌谣。开始吧。”

卡瑟琳背诵了她记得的一首最长的歌谣。他们俩一个念、一个听，都非常得劲。林敦听了一个还要来一个，接着还要来一个，尽管我再三阻拦也没用。他们就这样一直消遣到钟打了十二下，于是我们听到院子里有哈里顿的声音，他回来吃中饭了。

“明天，卡瑟琳——明天你来吗？”小希克厉拉住了她的上衣问道，她呢，正勉勉强强地站了起来。

“不行，”我回答道，“后天也不行。”

---

① 这应是爱伦的插话。

她却显然给了一个不同的答复，因为在她俯身凑着他耳边说悄悄话时，他的前额豁然开朗了。

“明天你可不能去，记住，小姐！”我们走出了宅子后我说道。“你没有做梦也想去吧，是吗？”

她笑了笑。

“啊，我可要好好地留些神，”我接着说道。“我要叫人把锁修好，看你还有什么办法溜出去。”

“我能翻过墙去，”她笑着说。“田庄不是一座牢狱，爱伦，你也不是我的看守。再说，我快满十七岁啦，我是一个大人啦。我可以说得准，林敦要是有我去照顾他，他的身子就会很快地好起来。我年纪比他大些，你知道，也比他懂事些——不那么孩子气了，不是吗？稍许用好话哄他一下，他就会乖乖地听我的了。他不胡闹的时候，可是个漂亮的小东西呢。如果他是我的亲人，我可要把他变成一个那么惹人爱的小东西。我们永远不吵嘴——等我们彼此熟悉了，我们还会吵嘴吗？你喜欢他吗，爱伦？”

“喜欢他！”我嚷道。“从来没看见过这样一个脾气坏透了的不起眼的小东西——一个面黄肌瘦、勉强活到了十几岁的细长条儿！幸亏他别想活到二十岁了——希克厉先生就这样预料他。他能不能看见来年开春，我都怀疑呢，真的。随他什么时候横倒下去，对他的家庭都算不得是个损失。总算运气好，他父亲把他从我们这儿带走了。你越是好心待他，他越是找麻烦，越是自私。我高兴的是，你没有机会让他做你的丈夫，卡瑟琳小姐。”

听我这么一说，我的同伴的神情变得严肃起来。这样满不在乎地说到他的死，可伤了她的感情。

“他比我年纪小，”她在沉思了好大一会儿之后说道，“他就应该活得最长。他会——他应该活得和我一样长。他这会儿身子并不比到北方来时差，那是我可以肯定的。他只是受了一点风寒——就跟爸爸一样。你说爸爸会好起来，那他为什么不能呢？”

“得啦，得啦，”我嚷道，“反正我们用不着给自己找麻烦；听着，小姐——记住，我是说到做到的：如果你打算再去呼啸山庄，有我陪着也好，没有我陪着也罢，我就要去告诉林敦先生；除非得到他的同意，你跟你表弟的那种亲密关系就不许再恢复啦。”

“反正又走动啦，”卡茜不服气地咕噜着。

“那就不许继续来往，”我说道。

“咱们走着瞧吧，”这就是她的回答。说罢，她就一阵风地骑着马直奔而去，丢下我跟在后面，一路赶得好苦。

在午饭之前，我们两个都到了家。东家还以为我们是在林苑里漫步，因此并没问我们这许多时候到哪儿去了。我一回到房里，赶紧换掉我那湿透的鞋袜，可是在山庄坐得时间太久了，招来了严重的后果。

第二天早晨，我躺倒了。接连三个星期，我没法料理家务，尽我的责任。在这以前，我还从没遭受过病魔这样的折磨，在这以后，谢天谢地，我也再没遭受过。

我的小女主人表现得像天使一般，来照顾我，来安慰我，使我不感到寂寞。辗转在病床上，使我的情绪极度低落——对于一个整天忙碌不肯安闲的人，真感到无聊得难受啊；可是我这个病人有什么理由可以抱怨呢。卡瑟琳一离开林敦先生的房间，就出现在我的床边。她一天的时间全分给我们两个了，没有娱乐来侵占她一分钟。她茶饭无心，想不到读书，忘了玩儿，几曾看见过像她这样一个百般体贴的护士啊。

她的心一定是颗火热的心——她这样深深地爱她的父亲，却还能献给我那么多的情意！

我说过，她一天的时间全分给我们两个了；但是东家安息得早，我通常在六点钟以后再不需要什么照料了，因此，到了晚上就是她的时间了。

可怜的东西！我从没想到过，吃过了茶点之后，她独个儿在干些什么。当她探身进来向我道一声“晚安”时，我往往看到她脸蛋上升起两朵红云，她那纤细的十指也是红通通的，我怎么也没有想到那是由于冒着夜寒，骑马驰过原野，却还道是书房里的熊熊炉火把她烤暖烤红了呢。

第二十四章

到三个礼拜快要完了的时候，我已经能够走出房门，在宅子里走动了。那是我第一个晚上没有很早就上床去睡觉，我要卡瑟琳念些什么给我听，因为我的眼神还不行。我们是在书房里，东家已睡觉去了。她答应了我，可是我觉得很勉强；我还以为我看的这些书不对她的劲，我叫她随她的心意挑一本来念。她挑了一本她所喜欢的书，很顺当地大约念了一个钟头，于是她就一次又一次问我了：

“爱伦，你不累吗？——你还是上床去睡吧，好吗？——这么晚还不去睡，你要累坏的呀，爱伦。”

“不，不，亲爱的，我不累，”我一次又一次回答她。

看到我只是坐定了不动，她又换了一个花招试试，做出对她正在干的事儿已没有劲了，到后来索性打哈欠了，伸懒腰了，还加上——

“爱伦，我累了。”

“那么别念啦，聊一会儿吧，”我回答道。

那可更糟了。她又是焦躁，又唉声叹气，又看她的怀表，一直到八点钟，最后她回房去了，看她不停地揉着眼睛，和她那不乐意的、沉闷的脸色，想必是她瞌睡极了。

第二天晚上她仿佛更不耐烦了；第三晚，她本该来陪伴我，却说是她头痛，就离开我走了。

我觉得她的神态有些不对头，我独个儿待了好一会儿之后，决定去看看她是不是好些了，想要她下来躺在沙发上，别待在楼上一片黑暗里。

楼上哪儿能看到卡瑟琳的影踪！楼下也看不到她。仆人们都一口说是没有看见她。我站在林敦先生的门前听听，里面静悄悄的。我回到了她的房里，吹熄了蜡烛，坐在窗前。

天上照耀着一轮明月；一层轻雪铺覆在地面上，我还以为她偶尔想要到花园去散散步，让头脑清醒一下。我果然发现有一个人影在沿着林苑的篱笆内侧爬行着，但此人不是我的小女主人。当那个人影儿走进亮处时，我认出那是我家的一个马夫。

他站在那儿好一阵子，穿过园林望着那马车道，然后迈着快步走去，好像他发现了什么似的，立刻又出现了，牵着小姐的小马。这不就是她吗？才跳下马，走在马的一边。那个马夫牵着马鬼鬼祟祟地穿过草坪，向马房走去。

卡茜从客厅的落地长窗中走了进来，轻手轻脚地上了楼，溜到了我正等着她的地方。

她轻轻地关上了门，脱下了她那双沾着雪的鞋子，解开她的帽子，却不知道我正暗中看着她的一举一动；她正要脱下斗篷，我一下子站了起来，出现在她面前，她惊惶失措，呆住了。她发出了一声含糊的叫喊，就站在那里不动了。

“我的好卡瑟琳小姐，”我开始说话了——我忘不了她最近待我是那样好，因此即使想骂她一顿也硬不起这心肠来。“在这么个时候，你骑马到哪儿去啦？你干吗要撒谎哄骗我呢？你去哪儿啦？说呀！”

“到林苑的尽头去了，”她结结巴巴地说。“我没有扯谎。”

“没有去别处吗？”我盘问道。

“没有，”那回答只是在喉咙里打了个滚。

“唉，卡瑟琳呀！”我难受地嚷道。“你知道你干了错事啦，要不，你也不会硬着头皮跟我说假话啦。这使我很伤心。我宁可害三个月病，也不愿听你存心编一套瞎话。”

她向我扑过来，搂住了我的脖子，失声哭了起来。

“噢，爱伦，我真怕你生我的气呀，”她说道。“答应我，别生我的气，我就把真情实况都告诉你。我不愿意瞒着你呀。”

我们在窗台上坐了下来，我叫她放心，不管她的秘密是什么，我也不骂她——其实，不用说，我也猜到几分了；于是她这样开始道：

“我是到呼啸山庄去了，爱伦，自从你病倒以后，我没有一天不去，只有三次，在你能出房门以前没去，以后有两次没去。我把一些书和图画送给迈克尔，叫他每天晚上给我把敏妮准备好，以后再把它牵回到马房去。你千万记住，不能责备他呀。

“在六点半时，我就到山庄了，通常待到八点半，然后骑马赶奔回家。我去那儿不是为了好玩；我总是感到很苦恼。我也有难得快乐的时候——也许一个星期有那么一回吧。起初，我料想要说服你允许我对林敦守信用——我们离开他的时候，我约好了第二天再去看他——那可得费好大一番口舌呢。可是第二天你躺倒了，再不能下楼了，我就逃过了那场麻烦。

“那天下午，迈克尔给林苑的门重新上锁，我弄到了钥匙，我又跟他说了，我的表弟盼望着我去看他，因为他病了，没法到田庄来看我，而爸爸又不会让我去那儿；接着我就提起小马，跟他商量。他喜欢看书，他又打算成家，不久就要离开这里了；所以他就提出条件，如果我肯从书房里拿出书来借给他，他就照我的意思办；可是我宁愿把我自己的书送给他，他自然更满意了。

“我第二次去看林敦时，他看来挺有精神，齐拉（那是他们的管家）为我们把房间收拾得干干净净，还生了一炉旺火，跟我们说，约瑟夫参加一个祷告会去了，哈里顿·欧肖带着他那几只狗出去了——后来我听说是到我们林子中去偷猎野鸡——因此我们尽可以称心地玩。

“她给我端来了一点温和的酒和姜饼，对我们非常和气。林敦坐在安乐椅中，我坐在壁炉边的小摇椅上，我们说啊，笑啊，真高兴，我们自有那谈不尽的话。我们打算着到了夏天，要到哪儿去啊，要干些什么啊。这里我就不必一一再说了，反正让你说来，是多么可笑。

“可是有一次，我们几乎吵起来。照他说，消磨七月里的一个热天，最愉快不过的办法是，来到原野中央，在石楠丛生的高坡上一躺，从早到晚就躺在那儿不动，蜜蜂在四周的花丛里梦幻似地嗡嗡地哼着，头上，高高的，百灵鸟正在唱歌，还有那蓝蓝的天空，灿烂的阳光，没有一片云彩遮挡着不眨一眼的太阳……这一些，就算是他的十全十美的、天堂般的幸福了。

“我呢，最快乐的是坐在一株沙沙作响的绿树上摇荡着，西风在吹，明亮的白云在头上飞快地飘浮着，不止有百灵鸟，还有那画眉啊，黑山鸟儿啊，红雀啊，布谷鸟啊，从四面八方送来了歌声，那起伏的原野，远远望去，分散成一个个冷清清的峡谷；在近处，那长长的青草随着微风，大摇大摆，还有那森林，那淙淙的流水——整个世界都苏醒过来了，陶醉在疯狂的欢乐中。

“他要一切都沉浸在一种恬静的喜悦中；而我呢，要一切都在欢乐的旋涡中闪耀着、舞蹈着。

“我说他的天堂是半睡半醒的，他说我的天堂是喝醉了。我说我在他的天堂里一定会昏昏欲睡，他却说在我的天堂里，他会喘不过气来——于是他变得非常不痛快。最后，我们俩讲和了，等到气候回暖之后，两种天堂都试一试；于是我们互相亲吻，又是好朋友了。

“安稳地坐了一个钟点之后，我望着那间不铺地毯、地面光滑的大房间，有了个主意：要是把桌子挪开，就可以游戏了，那有多好啊。我要林敦叫齐拉来帮个忙，我们一起来玩捉迷藏。她来捉我们；你是常常来捉人的，你知道，爱伦。他却不肯来，说是这可没劲。不过他同意和我玩球。

“我们在一个碗橱里的一大堆旧玩具：陀螺、铁圈、羽毛球和球板中间找到了两个球。有一个球写着‘C’，另一个写着‘H’。我想要有‘C’的球，因为那是代表‘卡瑟琳’，‘H’大概是代表他的姓‘希克厉’吧。可是有‘H’的球里的糠都漏出来了，林敦不喜欢那个球。我一次又一次地打败了他。他心里又不痛快了，咳呛起来了，回到他的椅子上去了。

“不过，那天晚上，他倒是很快就心情舒畅了。他听了两三支动听的歌曲——你的歌曲，爱伦——听得入迷了；当我非走不可的时候，他请我、求我第二天晚上再去，我就答应了。敏妮和我飞奔回家，轻快得像一阵风；我梦见呼啸山庄和我那亲亲热热的好表弟，一直到大天亮。

“第二天，我很难过，一半是为了你有病，一半是我但愿父亲知道、而且赞成我一次次出外作客。不过用过茶点后，只见一片皎洁的月光，我骑马赶路的时候，心情就开朗起来了。我想：我又可以度过一个愉快的晚上了；使我更乐意的是，我想到了我那清秀的林敦也将度过一个愉快的夜晚。

“我一路赶奔到他家花园，正要绕到宅子后面去的时候，欧肖那个小家伙看见我了，接过了我手里的缰绳，叫我从前门进去。他拍拍敏妮的马脖子，夸它是头好牲口，看来他好像要引我跟他说句话似的。我只是跟他说，别碰我的马，它要踢人的。

“他用乡下口音回答道：‘就是踢了，也伤不了人啊，’还打量了小马的腿，笑了一笑。

“我很有意思让我的马儿踢一脚试试；不过他倒是走开去给我开门了。当他拔起门闩时，抬头望着那门上刻着的字，露出一副蠢样子，又窘又得意，说道：

“‘卡瑟琳小姐，我现在能念啦。’

“‘了不起！’我嚷道。‘让我们听听你念吧——你变得聪明起来啦。’

“他念得真吃力，拖长着声调，一个音节、一个音节地念出了那名字：‘哈里顿·欧肖’。

“‘还有那数目字呢？’我用鼓励的口气嚷道，看出他已经顿住，再不开口了。

“‘我还念不出来，’他回答道。

“‘哎哟，你这个大笨蛋呀！’我嚷道，看到他出了丑，我开心地笑起来。

“那傻瓜瞪着眼睛发愣，嘴角上还挂着个傻笑，眉头正在皱拢来，好像他拿不准该不该跟我一块儿笑——不知道我这笑究竟是表示亲热呢，还是当真表示瞧不起。

“我替他解决了这个难题：我一下子拿出我的气派来，叫他给我走开，我是来看林敦的，不是看他来的。

“他的脸红了起来——我借着月光看见的——他的手从门闩上掉下来，悄悄地溜走了，活活是一副虚荣心受到了挫折的光景。他还以为自己跟林敦一样有学问呢，我猜想，因为他能很不容易地念出自己的名字来了；而我却并不这样认为，这可叫他不知如何是好，狼狈极了。”

“别说啦！卡瑟琳小姐，亲爱的，”我打断她道。“我不骂你，可是我不喜欢你那种行为。如果你还记得哈里顿是你的表哥，论起亲戚关系来，并不比希克厉少爷疏远，那你就要感到你那种举止是多么不恰当啊。他希望和林敦一样有学问，这至少是值得称道的志气；也许呢，他肯学习并不光是为了想卖弄。毫无疑问，以前，你叫他感到羞耻，为了他无知无识；他要努力提高自己，来讨你的欢心。他的愿望还没有能完全实现，你却去嘲笑他，那是太缺乏修养了。要是你在他那个环境中长大，难道你就会比他粗鲁得好一些吗？他原来是一个跟你一样伶俐、聪明的孩子，现在他却让人瞧不起，这使我很难受——那都是因为那个卑鄙的希克厉存心作践他呀。”

“得啦，爱伦，你不会为这事哭一场吧，会吗？”她嚷道，有些吃惊，想不到我会那样认真。“慢着，你再听听，就知道他识得了 ABC，是不是为了讨得我的喜欢，对这样一个蛮子客气，是不是值得。我走了进去。林敦正躺在高背长椅上，他欠身欢迎我。

“‘今晚我病了，卡瑟琳，亲爱的，’他说道，‘只好让你一个人说话了，让我听你说。来，坐在我身边。我准知道你是不会失约的，我还要你答应再来看我才放你走。’

“我知道今晚我再不能去逗弄他，因为他病了；我说话轻声轻气的，也不问长问短，处处小心，不要惹恼他。我给他带来了我的几本最好看的书，他要我拿一本念几段，我正要念的时候，不料欧肖把门冲开了。他是越想越气，横下心来了。他径直来到我们面前，一把抓住林敦的胳臂，一个摇晃，把他从椅子中拉了下来。

“‘到你自个儿的屋子里去吧！’只见他满脸怒火，涨得通红，说话的声音激动得快听不清了。‘如果她是来看你的，把她也带去吧。我就是要待在这儿，你来赶我走吧！你们两个都给我滚吧！’

“他咒骂着我们，不容林敦回一句话，几乎把他摔到了厨房里。我也跟着去，他握紧了拳头，那种气势就像要把我一拳打倒似的。我害怕起来，一本书从手里掉了下来，他在后面把书向我一脚踢去，随即把我们关在门外。

“我听到从炉火边传来了一阵像爆裂开来似的狞笑声，转过身来，又看到面前正站着那个讨厌的约瑟夫，搓着他那双皮包骨头的手，还颤抖着。

“‘我准知道他叫你们知道了他的厉害，这是活该！他是个好小子！他就是有骨气！他心里明白，跟我一样明白，这儿的主人是谁！呃，呃，呃！他叫你们乖乖地起身走吧？呃，呃，呃！’

“‘我们该到哪儿去呢？’我问我的表弟，不去理睬那个老东西的讥嘲。

“林敦脸色苍白，还在颤抖。那会儿，他可不清秀啦，爱伦——唉，一点也不啦！看他那神气，好不可怕，他瘦瘦的脸、大大的眼睛，都表现出一种发狂似的、却又是疲惫无力的愤怒。他抓住了门柄，只顾摇；里面却把门闩上了。

“‘你不让我进去，我就杀了你！——你不让我进去，我就杀了你！’他不是在说话，是在尖叫。‘魔鬼！魔鬼！我要杀了你！我要杀了你呀！’

“约瑟夫又在那里粗声粗气地笑了。

“‘对啦，活像他的老子！’他嚷道。‘活像他的老子！咱们都不是一个成色的，是爷娘各半。别理他，哈里顿，小伙子——怕什么！——他碰不到你！’

“我拿住林敦的手，想把他拉开，可是他一声声尖叫，真吓人，我又不敢当真去拉他。到后来，一阵可怕的咳呛把他噎住了，再也喊不出来了。鲜血从他嘴里涌出来，他就倒在地上了。

“我奔到院子里，吓坏了，拚命大声喊叫齐拉。她马上听见了叫声。她正在谷仓后面的一个棚里挤牛奶，连忙丢下活儿，赶来问我叫她为什么。我气急败坏，话都说不出了，拖住她就往宅子里走。我四面张望，却不见了林敦。原来欧肖已经从起居室走了出来，看看他闯了多大的祸，正抱起那个可怜的东西往楼上去。

“齐拉和我跟着他上了楼，可是来到楼梯头上，他却把我挡住了，说是不能让我进去——叫我快回家去吧。

“我大声嚷道，是他杀害了林敦，我怎么也得进去。谁知约瑟夫把房门锁上了，宣布我休想‘干这蠢事’了。

“我站在楼梯头直哭，后来那女管家又从房里出来，向我很肯定地说，他马上就会好起来的，可是像那样叫呀闹呀，他怎么受得了呢；她拉着我，差不多可说是抱着我进入了楼下的屋子。

“爱伦，我恨不得把自己的头发都扯下来！我哭得好苦，把眼睛都要哭瞎了。你那么同情的那个坏蛋，站定在我的面前，居然每隔一会儿，有脸关照我‘嘘嘘’①吧，而且还一口抵赖，说这不是他的错；后来，听说我要去告诉爸爸，他要被关进监牢，还要被吊死，他这才慌了，他也呜哩呜哩地哭起来了，就急忙逃了出去，免得这种娘儿们腔的感情在别人面前丢尽了脸。

“可是我仍然没有能摆脱他。后来他们硬是要我回家去吧，我走出宅子，才骑马走了几百码，他忽然从大路边的黑影里钻出来，拦住了敏妮，拉住了我。

“‘卡瑟琳小姐，我难受得要命，’他开口说了，‘可那真是太糟了呀——’

“我使劲抽了他一鞭子，只怕他要下手谋杀我呢。他松手了，吼出了他那种可怕的一声咒骂，我朝着家飞奔，一路上吓得差点儿连魂都

① “wisht”的音译，这是土话，意即“别闹”。

掉了。

“那天晚上我没给你道晚安；第二天我也没有去呼啸山庄。我想去得了不得，可是我又感到一种莫名的激动，有时候怕听到林敦死了，有时候一想到会碰见哈里顿又不由得要发抖。

“第三天，我鼓起勇气——至少，我再也受不住这种惴惴不安了，我又偷偷地溜出去了。我是五点钟出发的，是走去的，心里打量着我也许能设法爬进宅子里去，悄悄上楼，来到林敦的房间里，不让一个人看到。

“没想到我还没走近宅子，那几只狗子就叫起来了。齐拉把我接了进去，一边说道：‘这孩子好多了。’她把我带进了一个收拾得干干净净、铺着地毯的小房间；使我感到说不出来的高兴是，我看到林敦躺在一只小沙发上，正在读我的一本书。谁知足足有一个钟头，他连一句话都不跟我说，也不看我一眼，爱伦。他这种脾气真不好受。好不容易等到他开口了，他却胡说八道，冤枉我惹起了这场冲突，不怪哈里顿！我真是哭笑不得！

“我不知道回他什么话好，要开口，决不会说出什么好话来的。我站起身来，走出房间。他没有料想到我就是这样回报他，在我后面送来了一声微弱的‘卡瑟琳！’可我不愿意回过头去。

“第二天是我待在家里的又一天，差不多拿定主意以后再不去看他了。

“可是就这么上床、这么起身，永远听不到一点他的消息，是多么难受啊，因此在我还没横下心来之前，这个决心就烟消云散了。以前，去那儿看他好像是不对的，现在不去看他却好像是不对了。迈克尔来问我，要不要给敏妮上鞍，我说‘要’。当敏妮驮着我越过小山时，我认为在尽自己的一份责任呢。

“我不得不打从正屋前面的窗子经过，进入院子；你不用想走进去而不让人知道。

“‘小少爷在屋子里，’齐拉看见我向客厅走去，说道。我走了进去，欧肖也在那儿，不过他看见我来，就走了。林敦坐在那张大交椅里，半睡半醒。我走到炉火边，用很认真的语气开始说道，我想说的，多一半是真心话：

“‘林敦，既然你不喜欢我，既然你以为我来看你是来存心伤害你，而且无中生有地认为我每一次来都是存的这个心，那么这就是我们最后一次见面了。让我们说一声再见吧；再告诉希克厉先生，你不想看到我，以后他不必再编造这方面的谎言了。’

“‘坐下来，把你的帽子摘掉吧，卡瑟琳，’他回答道。‘你比我快乐多了，你应该比我强。爸爸尽说我的缺点，那满脸瞧不起我的神气，尽够瞧的了，那也难怪我对自己都怀疑起来了。他老是骂我没出息，我不由得怀疑自己真的这样一无出息；这样，我心里就憋着气，就有火气，我恨每一个人！我一无出息，我脾气坏，精神不振，差不多总是这样。你看你自己吧，要是不愿意，你可以说声再见，这样你就摆脱一个麻烦了。只是，卡瑟琳，你也要平心静气给我想一想，要是我也能像你那样：可爱、和气、善良，那么请相信好了，我是愿意做这样一个人的——这意愿甚至超过了我想做一个像你那样幸福、健康的人。你也要相信，你的仁慈使我爱你比你爱我还要深一些——如果我配承受你的爱的话；可是不论以前，还是眼前，我又没法不向你暴露我的本性，我真恨啊，真懊悔啊，而且要恨到死，懊悔到死！’

“我觉得他说的是真话，觉得我应该宽恕他；即使接下来他又跟我吵了，我还得再一次宽恕他。我们言归于好了，可是我们两个都哭了，直到我要走了还在哭呢——不完全是为了心里苦才哭；不过我的确很难过，林敦的天性给扭曲成这个样子，他永远不会让他的朋友过一天安逸日子，他自己也永远不会让自己过一天安逸日子。

“自从那一个夜晚之后，我就总是到他那个小客厅去，因为第二天他的父亲回来了。

“大概有三次吧，我想，我们过得很快乐，很乐观，就像我们的第一个夜晚那样。其余的夜晚，我去看他，都是过得很乏味，很烦恼——有时候由于他的自私和怨恨，有时候由于他身心所受的病痛；好在我已学会了容忍，对于他的自私就像对于他的病痛那样，已没有多大反感了。

“希克厉先生故意避开我；我几乎没跟他照过面。上星期日，我去得比平常早一些，可不，我听见他在狠狠痛骂可怜的林敦，为了他头一天晚上的那种行为。我不知道他怎么会知道的，除非他在偷听。上一晚，林敦的确太惹人生气了。不过这回事，除了我之外，跟别人有什么相干呢，我就闯了进去，打断了希克厉先生的训斥，把我的意见告诉了他。他哈哈大笑起来，走开了，说是我有这样的看法，他很高兴。闹了这回事后，我叮嘱林敦，他心里有什么气话要说，只能小声些。

“现在，爱伦，一切全对你说了。我不能不去呼啸山庄，要阻拦我，那只不过使两个人受苦受难罢了。只要你不去告诉爸爸，那么我上那儿去，并不妨碍别人安安静静地过日子。你不会去告诉的吧，你会吗？如果你去告诉的话，那你的心也太狠了呀。”

“要不要告诉，我明天自会决定，卡瑟琳小姐，”我回答道，“这还得考虑考虑；你休息吧，我得走了，我要去好好地想一想。”

我走出她的房间，径直来到东家的房里，把我心里所想的，在他面前都一一说了出来；又把那一段事迹前前后后说了一遍，只除了她跟她表弟两人中所说的那些话没有提，也一句不曾提到哈里顿。

林敦先生在我面前并没有多说什么，但心里却十分焦急，十分痛苦。第二天早晨，卡瑟琳知道我已辜负了她的信任，把她出卖了，也得知了她私下的会见从此告终了。

她哭呀闹呀，反对那道禁令，求她的父亲可怜可怜林敦吧；可是没有用，她父亲所能给她的安慰只是答应她，他会写信通知林敦，允许他在高兴的时候，可以来田庄作客，并特地说明，以后他不必再希望在呼啸山庄能和卡瑟琳见面了。要是让东家知道了他外甥的那种性子和健康情况，只怕连那一点小小的安慰他也不肯通融呢。

第二十五章

“这些都是去年冬天的事情，先生，”丁恩夫人说，“也不过隔了一年光景罢了。在去年冬天，我哪儿想得到，过了十二个月以后，我会把这些事情讲给一位跟这家不相干的陌生人听，替他解闷呢！可是谁又说得准你做一位不相干的陌生人能做多久呢？你年纪还轻得很，不会老是心满意足地过下去的——孤零零一个人。我不免有一种想法，不论是谁，看到了卡瑟琳·林敦，不会不爱上她的。你笑啦。可是我一谈到她，你干吗就劲头来了，听得这样有味儿呢？你为什么要我把她的画像挂在你房中的壁炉架上面呢，又为什么——”

“别说啦，我的好朋友，”我嚷道。“这倒不是没有可能的：我会爱上她，可是她会爱我吗？我太不放心了，不敢冒这个风险，让我迷恋上了，扰乱了自己的平静的心境。再说，我的家也不是在这里。我是那个忙忙碌碌的世界中的人，我得回到风尘中去。说下去吧。卡瑟琳听从她父亲的命令吗？”

"她听话的，"女管家说下去道。

她对父亲的爱仍然是在她心灵中占第一位的感情。他跟她说话，并不带一点火气，而是充满着一片深沉的柔情，就像一个人眼看他留下的宠儿将要陷入危险、落进敌人手中，而他所能给予她的帮助和指点、就是他这最后的、铭刻在她心里的嘱咐了。隔了几天，他对我说：

"我希望我的外甥写信来，或是上门来，爱伦。对我说真心话，你看他怎么样？他是不是变好了，或者，他快长大成人了，看光景，会不会变得好起来？"

"他弱不禁风，先生，"我回答道，"只怕盼不到长大成人的一天吧。有一点我是可以说得定的：他不像他的父亲。如果卡瑟琳不幸嫁给了他，她是能管得住他的，除非她百般纵容他，到了愚蠢的地步。可是，东家，你还有很多时间和他熟识起来，看看他是不是和她相配。还要四年多他才成年呢。"

埃德加叹了一口气，走近窗口，向外望着吉牟屯教堂。那是一个雾蒙蒙的下午，二月的阳光还在淡淡地照射着；我们只能隐约分辨出墓地里的两株枞树和那些稀稀落落的墓碑。

"我常常在祷告，"他一半是自言自语地说，"因为将要降临的事已经近在眼前了；可是现在我却害怕起来了，在向后畏缩了。我曾经这样认为，回忆起来，那一天我打扮成新郎走下山谷迎亲的光景，何等亲切；可是这回忆还不及我盼望着要不了多少时候——几个月、可能只是几个星期——让人抬起来，放进那凄凉的土坑，来得更加亲切呢。爱伦，自从我有了小卡茜，我感到太幸福了。不论是冬天的晚上，还是夏天的白昼，她都是我身边的、心头的希望。不过我也曾感到同样的快乐：——在那些墓碑中间，在古老的教堂下面，独自冥想着，在那漫长的六月的夜晚，整夜整夜地躺在她母亲的青冢上，期待着、渴望着有一天我能躺在这青冢底下。

“我能为卡茜做什么呢？我该怎样尽我对她的最后责任呢？我一点也不计较林敦是希克厉的儿子，也不计较他要从我身边把她带走——只要他能安慰她，别为了失去我而难过。我并不计较希克厉达到了他的目的，因为夺去了我最后的幸福而洋洋得意。但是如果林敦没出息——只是他父亲手中的一个软弱的工具——我就不能眼看她落进他手里。尽管要扑灭她的满腔热情那是太狠心了，我却拿定主意，宁可我活着的时候，由着她去难过；我死了之后，由着她挨受孤独。宝贝儿！我宁可把她交给上帝，宁可在我入土之前，把她埋进黄土中。”

“就听凭上帝来为她安排吧，”我回答道；“万一我们竟失去了你——但愿老天保佑，没有这事——那么凭着天意，在我的有生之年，我要做她身边的朋友，做她的顾问。卡瑟琳小姐是一个好姑娘，我并不担心她会存心干出错事来；再说，好人总是有好报的。”

春意浓了，可是我家主人却并没有恢复体力，虽然由女儿陪着，他又到庭院里去走走了。她年轻经验少，以为能出去散散步，就是身体复元的象征了。加上他脸上常常升火，他的两眼常常发亮，她更以为父亲的身体在好起来了。

在她十七岁生日那天，他没有到墓地去。天在下雨，我就说：“今天晚上想必你不出去了吧，先生？”

他回答道：“不出去了，今年我要推迟一下了。”

他又再次给林敦去信，表示十分希望和他见见面。如果病床上的那个小伙子能见得人的话，我毫无疑问，他父亲一定会允许他来的。事实是，那小伙子在他父亲授意下，回了一信，却说是希克厉先生不同意他来田庄作客；不过承蒙舅父好意想到他，他是很高兴的，他希望哪一天在散步的时候能碰见舅父，好当面提出请求，不要让他的表姐和他两个，这样长期断绝往来。

信的这一部分写得很简单，可能是他自己写的吧。希克厉知道，他为了要卡瑟琳跟他作伴，自会说出很动听的、求情的话来。他写道：

> 我并不要求她到我家来作客，但是难道我从此就见不到她了吗？——只因为我父亲不许我去她家，而你又不许她来我家。有便的时候，请带着她一起到山庄来吧，让我们俩当着你的面交换几句话吧。我们并没干了什么要不得的事该招来这种隔绝呀。你也并没生我的气吧——你没有理由厌恶我，这你自己也是认可的。亲爱的舅舅！明天给我一封亲切的信吧，同意我在对你方便的地点见你们——什么地方都行，只要不是画眉田庄。我相信，见面谈一次会使你相信：我父亲的性格并不是我的性格。他口口声声说，我不是他的儿子，我是你的外甥。虽说我有缺点，配不上卡瑟琳，可是她原谅了这些缺点，为了她的缘故，你也该原谅了吧。你问起我的健康情况；我的身子已好多了。可是如果我始终被断绝了一切希望，命中注定生活在孤独中，或者只能跟那些从来也不曾、永远也不会喜欢我的人过日子，我怎么能精神振作、身子好起来呢？

埃德加虽然同情那孩子，却没法答应他的恳求，因为他不能陪卡瑟琳去。他说，到了夏天，也许他们可以见面了；在这段时间里，希望他能经常来信。东家还尽他力之所及，在信上给了那孩子一些劝告和安慰，因为很明白他在他家中的处境。

小林敦顺从了；如果没有人管住他，很可能他会在一些信中大发牢骚，叹苦诉怨，把一切都弄糟了。不过他的父亲眼睁睁地看住他，东家写去的信，当然一字一句非要让他过目不可。因此，尽管他心里时时刻刻想到的，只是他个人的病痛啊，苦闷啊，信上却一字未提，倒是用动听的语句，诉述硬把他和他的朋友、他心爱的人拆开，这条禁令是多么狠心啊；而且还用婉转的语气向林敦先生暗示，他必须早些允许双方见一次面，否则他难免要担心，人家是存心用空话来哄骗他罢了。

在家里，卡茜是一个得力的同盟者，他们两个内外夹攻，终于说动了东家，同意约莫一星期一次，在我的监护下，他们俩可以在最靠近田庄的荒原上一起散步或是骑马——原来即使到了六月里，他的身子还是在一天天衰弱下去。

东家每年都从自己的收入中提出一笔钱来放在女儿名下，作为她的财产。他自然也希望她能够保有她祖先的宅子——至少要不了多少时候就能回去住；要实现这个心愿，他认为惟一的指望就在于她和他的继承人结合。可他一点也不知道，他那个继承人就跟他一样，身子正在迅速地垮下去。就是别人也都不知道，我相信。并没有大夫到山庄去出诊过，也并没有谁见到了希克厉家的少爷，到我们这儿来报道他的情况。

就我来说，我还道我过去的担心是没有根据的呢，他大约当真在一天天好起来吧——因为他在信中提到了到原野去骑马啊，散步啊，语气又是那样迫切，好像这可是他真心实意的盼望。

我哪儿能想象到，做父亲的对待自己的快将死去的孩子，竟能这样地专横、这样地狠毒——我后来才知道，希克厉就是这样对付小林敦的；那种表面上的迫切的心愿完全是被硬逼出来的啊。他眼看儿子的一条命就要保不住了，他那贪婪无情的计谋也将随之而垮台了，他因而加紧了他的控制活动。

第二十六章

已经过了盛夏，埃德加才勉强答应了两个年轻人的恳求，于是卡瑟琳和我第一回骑马出发，去和她的表弟碰头。那天是一个闷热的日子，没有阳光，不过天上薄云轻雾，还不是阴沉沉的一片，不像要下雨的样子。我们约定在十字路口的指路碑那儿碰头。来到那儿，却只看见一个牧童，他给我们带来一个口讯：

“林敦少爷就在山庄这边，如果你们肯再往前走一点路，那他是太感激了。”

“这么说，林敦少爷已经把他舅舅的第一道指令忘啦，”我表示意见道。“东家吩咐我们不要走出田庄的界限，而现在我们眼看就要出界了。”

“这样吧，我们到得他那儿就掉转马头，”我的同伴回答道，“那时我们就踏上回家的路程。”

谁想我们到得他那里时，已经离他家门口不到四分之一英里了。

我们发现他并没有带马，我们只好下马，放马去吃草。他躺在荒原上，等着我们走近来，直到我们离他只有几码时，他才算站起身来；可是看他的脚步是那样软弱，脸色是那么苍白，我立即嚷了起来：

“哎呀，希克厉少爷，今天早晨你怎么能出来散步呀，瞧你的气色多难看呀！”

卡瑟琳看看他，又是难过，又是吃惊。她那到了嘴边的欢呼这时变成了一声惊叫；他们久别重逢，理该庆贺，现在却只落得一句焦急的问话：他的病情是不是更重了？

“不——好一点了——好一点了！”他喘着气说，哆嗦着，握住她的手不放，那样子像是需要她的扶持似的；他的眼光羞怯地在她身上打转，那一双大蓝眼睛已深深地陷了进去，他本来那种没精打采的神情，现在只剩下憔悴和凄凉了。

“可是你的病重一些了，”他的表姐不肯改变她的看法，“比我上一次看见你的时候又重些了。你瘦了，而且——”

“我累啦，”他急忙打断她说。“天气太热，没法散步；我们就在这儿歇歇吧。我在早晨总是不舒服——爸爸说我长得很快呢。”

卡茜无可奈何地坐了下来，他半躺在她身边。

“这倒有些像你的天堂了，”她说道，竭力想做出高高兴兴的样子来。“你还记得吗？——咱们曾经讲好了，要按照你和我各自认为最愉快的地点、最愉快的生活方式，消磨两天。这里很接近你的理想了，不过天上有云；不过你看那云是多么轻松柔和啊，比阳光还好呢。下星期，要是你行的话，我们就骑马到田庄的林苑里来试试我的生活理想吧。”

她所说起的，看样子林敦不像是记得了；无论谈什么话，要他接下去谈，那是显然十二分吃力的事。他对于她方才提到的什么理想，一点都不感兴趣，要他说些什么有趣的事给她听吧，他又无能为力，这都是明摆着的，她再也没法掩盖自己的失望了。

他已经几乎变了一个人样子，一举一动也变了。本来他爱使小性子，还可以哄得他转怒为喜，现在却只剩下心如枯木般的冷漠无情了；小孩子为了要人家来慰抚他，故意耍脾气，胡缠一气，这对他已说不上了，倒更像是一个满面病容的病人，心情恶劣，只想到自己，不听别人的好言安慰，把别人兴高采烈的欢快，看成了对他的一种侮辱。

跟我一样，卡瑟琳也看出来了，我们陪伴在他身边，被他看成是对于他的一种磨难，而不是一种喜悦；因此她毫不犹豫地提出双方不如马上分手。

没想到那个建议却把林敦从他那种麻木不仁中唤醒过来了，他呈现出一种奇怪的激动的状态。他惊恐不安地向山庄瞥了一眼，求她怎么也得再逗留半个钟点。

“可是我想，”卡茜说，“你待在家里要比坐在这儿舒服多了；我看得出，今天我是没法逗你高兴了——我讲故事，唱歌儿，陪你聊天，都不行了。在这六个月内，你变得比我聪明多啦。我那些消遣时光的小玩意儿你已经一点不感到兴趣啦——要不，只要我能逗你高兴，我是愿意待下来的。”

“你别走，歇一下吧，”他回答道。“卡瑟琳，你别以为我身体太不好了，别这么说。是这又闷又热的天气，使我没有劲儿。在你没来之前，东走西走的，对我说来，走得太久了。告诉舅舅，我健康情况很不差，行吗？”

“我会告诉爸爸是你这么说的，林敦。说你身体健康，这话我可开不出口呀，”我家小姐表示意见道，她感到奇怪，身子不行，怎么硬要说行呢，这明明是假话呀。

“下星期四再到这儿来吧，”他说下去道，一边避开了她那疑惑的眼光。“替我谢谢他允许你来——我再三谢谢他，卡瑟琳。还有——还有，万一你碰到了我父亲，他问起我来时，别让他以为我一句话都没有，一副蠢样子。别垂头丧气，露出一张愁脸——像你现在这样——他会生气的。”

“他生气关我什么事，”卡茜想到他竟然生她的气，嚷道。

“可是跟我相干的呀，”她的表弟哆嗦着说。“别惹得他生我的气，卡瑟琳，他严厉得很呀。”

“他待你很凶吗，希克厉少爷？”我问道。“他已经不高兴再一味纵容你了吗？他本来放在心里的厌恶已变成明显的憎恨了吗？”

小林敦望着我，却没有回答。卡茜在他身边又坐了十分钟，这时候，他的头昏昏沉沉地垂倒在胸前，什么话也没说，只是发出那压抑不住的累得不行的喘气声，痛苦的呻吟声。卡茜为了解闷，开始寻找越桔花了，她把采集来的花分一些给我，却并没有送给他，因为她看得出，再去理睬他，反而惹他烦恼，叫他更不耐烦了。

“现在有半个钟头了吧，爱伦？”到后来她凑在我耳边悄声说。“我可说不出干吗我们还得待在这里。他睡着了，爸爸在盼望我们回去了。”

“呃，我们不能丢下他睡着就走呀，”我回答道。“等他醒过来吧，耐心些儿。在出发之前，你是迫不及待，可是现在，你想和可怜的林敦见面的那份热心已经烟消云散啦。”

“他为什么想要跟我见面呢？”卡瑟琳接过话题说。“他从前那种脾气再别扭些，我倒还能喜欢他，他眼前那种叫人莫名其妙的心情我可是不喜欢呀。他真像是被迫来完成一个任务似的——这次会见——为了怕挨他父亲的骂。可是我来这儿才不是为了要去讨好希克厉先生呢，不管他有什么理由命令林敦来受这个罪。虽然他的身子好些了，我很高兴；可是他变得那样叫人扫兴，对我一点也不亲热，真叫我难受。”

“这么说，你倒是认为他身子好些了吗？”我问。

“是呀，”她回答道，“你知道，他总是有三分病痛要说成十分的。他的身子并不是‘很不差’，像他要我对爸爸说的那样；不过很可能他是好起来了。”

“在这点上你跟我看法不同了，卡茜小姐，”我说道，“照我看，他的病势越来越重了。”

这时，林敦忽然从昏昏沉沉中惊醒过来，带着一种惶惶然的恐怖神色，问我们有没有谁喊过他的名字。

“没有，”卡瑟琳说道，“除非你是在做梦。我真难以想象，怎么在户外，而且在早晨，你也能打起瞌睡来。”

“我以为我听见了爸爸的叫声，”他喘着气说，还抬眼望了一下我们头上的那狰狞的山顶。“你能说得准方才没有谁叫我吗？”

“怎么说不准？”他的表姐回答道。“只有爱伦和我两个在争论你的身子好不好。自从冬天我们分手以来，你的身子真的扎实些了吗，林敦？如果真是那样的话，有一点我可以肯定说并没有扎实起来——那就是你对我的心意。说吧！你是不是这样？”

眼泪从小林敦的眼眶里簌簌地滚下来，他这么回答：“是的，是的，我是扎实些了！”那幻觉中的叫声仍然纠缠着他不放，他的目光东张西望地只是在寻找那喊他的人。

卡茜站了起来。

“今天我们该分手了，”她说道。“我不想瞒你，我们这次见面真叫我非常失望！不过我跟谁也不会去说的，只除了对你——那可不是因为我见了希克厉先生害怕啊！”

“别闹！”林敦咕哝道，“看在上帝的份上，别闹！他来啦。”他一把抓住卡瑟琳的膀子，拚命想留住她；可是她一听说他父亲要来了，急忙挣脱出身来，向敏妮发出一声呼哨，那匹小马应声而来，像狗那样听话。

“下星期四我再到这儿来，”她嚷道，跳上了马鞍。“再见。——快些儿，爱伦！”

于是我们就离开了他。可他简直没有注意到我们已走了呢，原来这时候他只知道他父亲要来了，其他的事情再也顾不上了。

我们还没赶到家，卡瑟琳心里的那一团不高兴就渐渐消散了，她的心软下来了，升起了一种又怜悯又惆怅的捉摸不透的感情；她还隐约感到一种不安的疑虑：小林敦的身子究竟怎么样？他目前的处境又怎么样？我也有这一种疑虑，不过我给她出了个主意，回去不必多讲什么，等到第二次见面后，我们就可以下个判断了。

东家要我们把这天出去的情况谈一下。卡茜小姐转达了他外甥的感谢，把其他的事轻描淡写地带过了。东家还问了一些情况，我也没详细跟他谈，因为我简直不知道什么是该说出来的，什么是不必说出来的。

第二十七章

七天一溜烟过去了。埃德加的健康情况每一天都在发生急剧的变化。过去几个月已使他到了衰弱不堪的地步，现在他的病势更是一小时一小时地在恶化。我们还想瞒着卡瑟琳，可是她那份机灵却不肯瞒着她自己。她心里很明白，在暗暗揣度那种可怕的可能性——而那种可能性，随着时机的成熟，已渐渐变为必然性了。

又来到了星期四，可她再没有勇气提起骑马去看表弟的事，我代她提出了，得到了允许，要她到外边去走一次。原来他的卧室和书房现在已经成为她整个儿的天地了（他每天只能去书房坐一会儿，多坐已不行了）。她不是俯身凑在他身边，就是守在他旁边坐着，一分钟都舍不得离开父亲。

她心里悲哀，连日守护，脸色变得苍白了。东家巴不得有机会叫她到外边走走，去换一下环境，换一个人在一起，还道这样会使她心里高兴起来；将来他死后，她也不至于孤苦伶仃了——他用这样的希望来安慰自己。

东家有一个固定的想法；从他几次谈话中透露的口气，我猜想他以为：他的外甥既然长得像他，他的心地一定也像他，这是因为从小林敦的来信上，很难或是根本看不到他性格上有什么缺点。而我呢，由于可以谅解的弱点，不忍心去纠正这一错误的想法，我问我自己，在他生命的最后时刻去惊动他有什么好呢？——让他知道了真情实况，他也是无能为力，已经晚了呀。

我们把出门延迟到下午。那是八月里的一个金黄色的下午，从小山上飘来的每一阵风，都洋溢着生气，仿佛无论是谁，哪怕是奄奄一息的人，吸进了这股新鲜空气，也会重新获得了生命。卡瑟琳的那张脸儿，就像眼前的风景一样，阴影掠过，阳光掠过，在迅速地变换着；不过阴影停留的时间长一些，阳光的照临比较短暂；她那颗可怜的小心儿还因为有那么一会儿忘记了忧愁而责备自己呢。

我们望见了小林敦仍然在上次他选定的地方守着。我家小姐下了马，说是她决定只待一会儿工夫，因此要我继续待在马背上，拉着马缰；可是我不听她的。我不能冒这个险：有一分钟看不见委托我保护的人儿。因此我们俩一起爬上了那荒原的斜坡。

这一次，希克厉少爷接待我们激动得多了——不过不是那种兴高采烈的激动，那种欢乐的激动，而是由于心里害怕而激动。

“时间已不早了，”他说道，说得很短、很吃力。“你的父亲不是病得很重吧？我以为你不来了呢。”

“你干吗不有话直说呢？”卡瑟琳嚷道，把到了嘴边的问好的话又吞了下去。“为什么你不能开门见山地说：你不需要我？我真不懂，林敦，你存心要我第二次到这儿来，却分明不为了什么，只为了叫我们两个一起受罪。”

小林敦一阵子哆嗦，向她看了一眼，半是求情，半是羞愧；可是他的表姐却没有那么大的耐心，能够受得了这种莫测高深的态度。

“我的父亲确是病得很重，”她说道；“干吗要把我从他的床边叫出来呢？你心里巴不得我最好失约不来，那么干吗不派人送个信来叫我免了算啦。来吧！我要求有一个解释。玩儿啊，胡闹啊，来这一套，我已经完全没有这心思了；我也再不能跟着你装腔作势，团团打转来伺候你啦！”

“我装腔作势！”他咕噜着说；“装什么腔呢？看在老天面上，卡瑟琳，别生那么大气！你瞧不起我，就尽管瞧不起吧。我是一个没出息的、没骨气的可怜虫——怎么嘲笑我也不会过分的；可是像我这么个不中用的人太不值得你生气啦。恨我的父亲吧；别恨我，就瞧不起我，你就是饶了我啦。”

“无聊！”卡瑟琳嚷道，她光火了。“愚蠢的傻瓜！瞧呀！他在哆嗦，好像我真要伸手去碰他一下似的！你用不到说什么瞧不起瞧得起，林敦；每个人都会给你这个面子：从心底里瞧不起你！滚开！我要回家了。真是一件蠢事，把你从壁炉边硬拖出来，假装是——我们假装什么呀？放开我的衣裳！如果我看你哭鼻子、吓成这个样子，觉得可怜，那你也该拒绝这种怜悯呀。爱伦，你去跟他说，他这种行为是多么不光彩！站起来吧，别叫自己堕落成一条叫人恶心的爬虫吧——别做这种事吧！”

小林敦泪流满面，带着痛苦的神色，把他那软弱无力的身子扑倒在地上。他好像吓得要命，身子不住地在痉挛着。

“唉！”他抽泣着，“我受不了啦！卡瑟琳，卡瑟琳呀，我还是一个奸贼，这个我不敢告诉你！你只要一离开我，我就别想活下去了！好卡瑟琳呀，我的生命全在你手里，你说过你是爱我的，要是当初你爱过我，那也不会对你不利的。那么你不走了吧，好心的、亲爱的好卡瑟琳？也许你会答应的——这样，他就会让我在死的时候跟你在一起了。”

我家小姐眼看他痛苦到极点，弯下身去扶他起来。她往日那种宽容的温柔打消了眼前的气恼，她那颗心不由得软下来了，而且感到惊慌不安。

“答应你什么呀？”她问道。“答应你留下来吗？告诉我，你这一番奇怪的话是什么意思？我就留下来。你前面说过的话跟后面的话碰不到一起，你把我的心神也搞乱了。你安静下来，有什么说什么，把压在你心头的事一下子都对我说了吧。你不会害我的，林敦，你会吗？你不会让坏人来伤害我的——只要你能阻止得了，是吗？我相信你的没骨气只是你不争气罢了，你不至于没骨气到这个地步，连自己最好的朋友都能出卖吧？”

“可是我的父亲吓唬我，”那孩子喘着气说，把他那十个细瘦的指头握得紧紧的。“我怕他呀——我怕他！我不敢说呀！”

“啊，好吧，”卡瑟琳说道，在怜悯中夹着轻蔑，“守住你的秘密吧。我可不是那没骨气的人。你救你自己的命吧。我可没什么要怕的。”

听到她说出那样宽宏大量的话来，他的泪珠不由得连连地掉下来。他没命地哭了起来，吻她那扶着他的手，却还是鼓不起勇气把话说出来。

我正在思考着这里究竟有什么秘密；我决定凭着我对卡瑟琳的爱护，决不能让她为了他或是别人的缘故而自己受罪。正在这时，我听得石楠林中有一阵簌簌的响声，我抬头一望，只见希克厉先生正走下山庄，快要走近我们了。对于我正陪伴着的两个人，他看都不看一眼，虽说离得那么近，已经可以听得到小林敦的哭泣声了；他却用一种别人难得听到的友好的声调招呼了我，不过这里边究竟有多少诚意我是怀疑的。他说道：——

“看到你离我家这么近，倒是很叫人高兴，纳莉。你们在田庄日子过得好吗？说出来大家听听吧。外面在谣传——”他压低嗓音补了一句，“说是埃德加·林敦的这场病没救了，也许他们把他的病势说得太重了些吧。”

“是这么回事。东家快要死了，”我回答道；“这是一点不假的。我们大家心里都感到难过，对于他本人，倒是脱离了苦海。”

“他还能拖多久呢，照你看？”他问道。

“我不知道，”我说道。

“因为，”他说下去道，望着那两个年青人，他们在他的眼皮子底下不知如何是好——小林敦似乎吓得不敢动弹一下，不敢抬一抬头，卡瑟琳呢，看到他吓成这样，她也呆住了——“因为那边那个小子好像下定决心要跟我捣蛋，他的舅舅能够快一些，走在他的前头，那我才要谢谢他呢。喂！这小畜生一直在玩这套把戏吗？一把鼻涕，一把眼泪，为了他这把戏，我已经给过他一点教训了。他跟林敦小姐在一起的时候，通常还算起劲吧？”

“起劲？没有的事，只看到他满脸的痛苦，”我回答道。“我得说，看着他陪他的情人在山地里闲荡吗？这可不好呀，应该让他躺在床上，由大夫来照顾他。”

“过一两天，他就要躺倒了，”希克厉咕噜道。“可是第一步——站起来，林敦！站起来！”他吆喝道。“别在那边地上趴着。起来，马上起来！”

谁想小林敦给他的父亲瞟了一眼，吓得魂不附体，不由得又趴倒在地上了。这是我的揣想，因为再没有其他原因能叫他做出这种丢脸的事来。他竭力想服从，试了几次，可是这会儿他吓得一点儿气力也没有了，他呻吟了一声，又倒下去了。希克厉先生走上前去，把他提了起来，让他靠在草泥地的一条沟脊上。

“这会儿，”他压制着他那凶狠的劲儿说道，“我要发火啦，如果你不能振作起你那点可怜巴巴的精神来——你给我见鬼去吧！给我马上站起来！”

“我就站起来，爸爸！”他喘着气说。“只是别逼我，我快要晕倒啦。我已经照你的话做了，这是真的。卡瑟琳会告诉你，说我——说我——一直是高高兴兴的。——啊！在我这儿待着，卡瑟琳。把你的手给我。”

“拉住我的手，”他父亲说。“站起来，脚下用点力——好了。她会把她的胳膊伸给你。那就对啦；看着她呀。林敦小姐，你以为我就是魔鬼的化身吧，把他吓成这个样子。请你行个好，陪他走回家吧，可以吗？我一碰他，他就发抖。”

“林敦，亲爱的！”卡瑟琳轻声地说，“我不能到呼啸山庄去……爸爸不许我去……他不会伤害你的。你干吗吓成这个样儿？”

“我永远不能再进那个宅子啦，”他回答道。“没有你陪着，我是再也不进去啦！”

“住口！”他父亲喝道。“卡瑟琳出于孝心，有点儿顾虑，这我们应当尊重。——纳莉，你带他进去吧，我呢，听你的话，马上就去请大夫。”

“你这是做对了，”我回答他。“可是我必须跟我的小姐在一起；照顾你的儿子不是我的事。”

“我知道，你这人一点也不通融，”希克厉说道，“可你这是在逼着我去掐痛这个娃娃呀，让他尖声直叫起来，叫得你终于动了怜悯之心。——得啦，我的英雄，由我来护送，你可愿意回家去吗？”

他再一次走过去，那种架势像是要一把抓住那个脆弱的小东西。小林敦吓得直往后退缩，紧紧吊住他的表姐不放，那股疯狂似的、死乞白赖的劲儿，简直不容人摆脱掉他。

不管我多么不赞成，我没法阻拦她。可不，叫她又怎么能拒绝他呢？究竟怎么一回事，把他吓成了一团，我们说不清楚；可是你看看他吧，像被大铁钳挟住了一般动弹不得，只怕再稍微施加一些压力，就要把他吓成白痴了。

我们来到大门口。卡瑟琳走了进去，我站在那儿，等着她把病人扶到椅子上，以为她很快就会出来；这时候，希克厉先生把我往里一推，嚷道：

“我家没有遭到瘟疫呀，纳莉，今天，我做主人的，有心要好好招待一番呢。坐下来吧，容许我去把门关了。”

他关上了门，又把门锁上了。我吓了一跳。

“你们先吃些茶点，再回家去，”他又说。“家里只有我一个人。哈里顿到里斯河边放牛去了——齐拉和约瑟夫赶到什么地方去玩了；虽说独自一个人，我已经习惯了，我倒是愿意有几个有趣的同伴在一起——要是我能找得到的话。——林敦小姐，在他旁边坐下吧。我把我所有的给你啦，这份礼物叫人很难接受，可是除此之外，我拿不出别的来啦。我指的是林敦。瞧，她把眼睛瞪成这个样儿！真怪，凡是怕我的，我就会对他生出一种野蛮的感情。如果让我生长在法律没有那么严格，习尚没有那么娇气的地方，我一定要把这两个拿来不急不忙地做个活体解剖，作为一个晚上的消遣。”

他倒抽一口气，捶着桌子，自个儿在诅咒道：“对着地狱罚咒：我恨他们！”

“我不怕你！”卡瑟琳大声嚷道，她没有能听到他所说的后半句。她走上前去，黑眼睛里闪射出一股怒火和决心。

“把钥匙给我。我要！”她说道。“就是饿死在这儿，我也不会吃一口东西、喝一滴水！”

希克厉把放在桌子上的钥匙拿进手里。他抬头看看，她那股勇气使他吃了一惊，也许她那声气、她那目光，使他想起了她活像生她下来的母亲吧。

她伸手去夺那钥匙，几乎把钥匙从他那松开的手指中夺过来了。不过她这一举动使他惊醒过来——他立即回到了现实中。

“听着，卡瑟琳·林敦，”他说道，“站开，不然我就把你一拳打倒，那会叫丁恩太太发疯啦。”

她偏不理会这一警告，又抓住了他那握紧的手，要把他手里的钥匙夺过来。

“我们一定要走！”她一声声地喊道，还用尽气力要叫这铁一般的肌肉松开；她发现用指甲没有效果，就用起她那尖利的牙齿来了。

希克厉向我瞥了一眼，使我呆了一下，来不及马上去阻拦他。卡瑟琳呢，又一心只在他的手指头上，没有去看他的脸色。

他突然把手一摊，听凭对方来拿她正在跟他争夺的东西。可是她还没有完全拿到手，他那只放开了的手就一把抓住了她，把她拉过来按在自己的膝头上，举起另一只手朝着她头上两边一阵暴雨似的狠狠打下来，要不是她被紧紧按住的话，每一下都能把她打得跌倒在地，实现了他的威胁。

我看到这凶神恶煞在下这样的毒手，就向他扑过去，要跟他拚命。

“你这个恶棍！”我叫了起来，“你这个恶棍！”

他随手向我胸口捅了一下，顿时叫我住了口。我很胖，一下子气都喘不过来了；挨了这么一下，心头怒火直冒，我晕头转向，踉跄倒退，只觉得快要闷死了，我的血管要爆裂了。

两分钟后这一场大喊大闹过去了。卡瑟琳从希克厉手里放了出来，用双手捧住了自己的太阳穴，那神情好像她不清楚她的耳朵还在不在。她像一根芦苇似的哆嗦着，可怜的东西，惊惶失措，伏在桌面上。

“你瞧，我懂得怎么惩罚孩子们，”那个坏蛋凶恶地说道，一边弯下身去把掉在地上的钥匙重又拿在手里。“现在，你听着，到林敦那儿去，哭个痛快吧。明天，我就是你的父亲了——在一两天内，你就只有我这一个父亲啦——以后苦头有得你吃呢。你倒是能受得住。你不是一个脓包。如果让我再看到你的眼睛里露出这种该死的脾气，那你就每天在我手里尝尝滋味吧！”

卡茜不是走到林敦那边去，而是扑到我跟前，跪了下来，把她那滚烫的脸蛋偎在我膝头上，痛哭起来。她那个表弟缩在长背靠椅的一角，像一头小耗子般不出一声，我敢说，他是在暗自庆幸，这一回是别人挨了打，那巴掌不是落在他身上。

希克厉先生看见我们都给吓住了，就站起身来，马上动手给自己泡起茶来。茶杯和茶托早已在桌子上摆好了。他倒了茶，递给我一杯。

“把你一肚子怒火浇了下去吧，”他说道。“给你那个淘气宝贝和我那个倒杯茶吧。茶里没放毒药，虽说茶是我沏的。我要出去找你们的马去。”

他一走，我们第一个念头就是要想法打通一条出路。我们试试厨房门，厨房门在外面闩上了。我们看看窗子，窗子太窄了，连卡茜那样苗条的身子也钻不过。

“林敦少爷，”我嚷道，眼看我们是道道地地被囚禁起来了，“你知道你那个凶神恶煞般的父亲想要干什么，你快跟我们说，你不说我就给你吃耳刮子，就像他刮你表姐一样。”

“对，林敦，你要讲出来，”卡瑟琳说。“我是为了你才来的，如果你不肯说，那你忘恩负义，太可恶啦！”

“给我来点茶——我口渴啦——我再告诉你，”他回答道。“丁恩太太，你走开。我不喜欢你站在我跟前。——瞧，卡瑟琳，你让你的眼泪掉进我的茶杯里啦！我不喝那杯，再给我倒一杯。”

卡瑟琳把另一杯推给了他，擦一擦她的脸。

这个小坏蛋的那种若无其事的样子把我气坏了，他已经不再替自己害怕了。他在原野上表现出来的那种痛苦，自从一踏进呼啸山庄，就立刻消失了。我猜想他父亲一定跟他有话在先，如果他不能够把我们哄骗进山庄，那一顿毒打是不会饶过他的；现在既然把我们两个骗来了，眼前他就没什么要害怕的了。

“爸爸要咱们俩成亲，”他呷了一口茶，说下去道。“他知道你的爸爸不会准许我们现在就结婚的，可是他又怕我就要死了，等不及了。所以我们明天早晨就结婚，今天这一夜你就得在这里过啦；如果你一切都依他的，你就可以回家了，把我也带了去。”

“把你带到她家去，你这个可怜巴巴的白痴哟！”我叫起来道。“你，结婚？嘿，这个人真是疯啦！要不，他把我们个个都看成傻子啦！难道你以为，那样一位漂亮的小姐，那样一个健康的、活泼的姑娘会把自己拴在像你这样一个快要死了的小猴子身边吗？你是在痴心妄想！天下有哪一个姑娘——也别说卡瑟琳·林敦小姐了——会要你做丈夫吗？真该抽你一顿鞭子——哭哭啼啼地耍你那不要脸的鬼花招；而且——这会儿别做出一脸蠢相吧！我恨不得狠狠地摇你几下：你竟敢存这样卑鄙的害人的念头，还像白痴般做你的好梦！”

我当真轻轻地摇了他一下，他马上就咳呛起来，拿出他的老一套来，又是呻吟，又是哭泣；卡瑟琳怪我不该这样对待他。

“整夜都在这儿过？不，”她说道，慢慢地向周围看了一圈。“爱伦，我要烧掉那个门，反正我要出去！”

她真会说到做到，可是林敦为了他自己的性命要紧，又吓坏了。他伸出他那一双瘦弱的手臂，一把抱住了她，呜哩呜哩地哭起来：——

“你不要我了吗？不救我了吗？——不要我到田庄去吗？亲亲热热的卡瑟琳呀，你千万走不得，你不能到最后还是把我扔了！你一定要听我爸爸的话呀——你非听不可！”

“我得听我自己的爸爸的话，”她回他道，“免得他为我担惊受怕。一整夜！他心里会怎么想？他已经要焦急死了。我不是要劈开一条路，就是要烧出一条路，好冲出这宅子。别闹！你并没有危险。可要是你拖住我的手脚——林敦，我爱爸爸，胜过爱你！”

这个小子对他爸爸的怒火怕得要命，这极度的害怕，使他为了保全自己，又能说会道起来了，把卡瑟琳缠得不知如何是好，但她仍然坚持一定要回家去。这一回是轮到她去求他、劝他了，要他别那么自私，只想到自己的痛苦。

这两人正在纠缠的当儿，那个把我们禁闭起来的人又进来了。

“你们的马都跑掉啦，”他说道，“还有——嗨，林敦！又哭鼻子啦？她对你怎么样啦？得啦，得啦——哭够啦，上床去吧。再过一两个月，我的孩子，你有了一条结实的胳膊，就可以回报她目前对你的欺侮了。你是得了相思病才瘦成这样的吧，是吗？——病根子就在这里，再没有别的原因了；她不要你也得要你！好啦，上床去吧！今儿晚上齐拉不会在这儿，你只好自己脱衣服了。嘘！你这鼻子别出声啦！你一踏进自己的屋子，我就不会到你的跟前来啦。你还怕什么呢？也是机缘，这回事你办得不错。其余的事都由我来照料好啦。”

说了这些话，他就打开了门，握住门柄，让他的儿子过去；那个儿子走出房门时，活像一只叭儿狗，惟恐那侍候它出去的人存心恶作剧，突然把门一关，夹住了它的尾巴。

门又锁上了。希克厉走到了壁炉边，我和我家小姐都站在那儿，不出一声。卡瑟琳抬头看他，不由自主地举起手来护着自己的脸颊。

他一走近来，她的一阵痛楚的感觉又来了。换了别人，看到这孩子气的举动，再也硬不起心肠来了，可偏是他，瞪眼皱眉的对她咕噜道：

“好！你看见我不怕吗？你装出一副勇敢的样子，装得很像！我看你是害怕得要命呢！”

“现在我是怕了，”她回答道，“因为，要是我待在这儿，爸爸会急得不得了的；我怎么能忍心叫他着急呢，何况正当他又——他又——希克厉先生，放我回家吧！我答应嫁给林敦；爸爸会一口答应的，而且我又是爱他的。是我心甘情愿做的事，你为什么要强迫我呢？”

“看他敢强迫你！”我嚷道。“这儿是有法律的地方呀——感谢上帝，有的是法律！——哪怕我们是在一个偏僻的地方。哪怕是我自己的儿子，我也要告发他。这是罪大恶极，别想得到教会的恕赦！”

“住口！”那坏蛋喝道。“你嚷嚷什么，见鬼去吧！我并不要你开一声口。——林敦小姐，一想到你父亲会急得不得了，我心里就舒服极了，得意极了，要睡不着觉了。你告诉我会有这么一回事，最好没有，我更加要把你留下来，在我宅子里再待上二十四个小时。至于你答应嫁给林敦，那你放心好了，我自然会叫你说到做到的——你不做到这一点，就休想离开此地！”

“那么打发爱伦去吧，好让爸爸知道，我没有出事！”卡瑟琳一边哭得好苦，一边嚷道。“否则现在就把我嫁了吧。可怜的爸爸！——爱伦，他还道我们失踪了。我们该怎么办呀？”

“他才不会呢！他会以为你侍候他腻烦了，跑开去玩一下啦，”希克厉回答道。“你没法否认：你是自愿踏进我的家门的，这样你先就违背了他的告诫：不许你上我家来。这也是人之常情：像你这样的年纪，好玩儿，看护病人，感到腻烦——何况那个病人不过是你的父亲罢了。卡瑟琳，当你一出世，开始了你的生命，他最幸福的日子就告终啦。他诅咒你，我敢说，为了你来到这个世上（至少，我诅咒）。如果他在离开这个世界时，他也诅咒你，那也说得过去呀。我给他帮腔，一起诅咒。我不爱你！我怎么能呢？去哭吧！照我看来，从今以后，哭哭啼啼就是你惟一的赏心乐事啦，除非林敦能给你补偿你的不幸。你那位处处为你着想的父亲看来倒是在做梦，以为他能补偿你的不幸呢。他那些信里的劝告和安慰，真让我读了好不开心。在他最后一封信里，他要我的宝贝常常把他的宝贝放在心头，将来他得到她之后，要待她体贴些。又是关怀，又是体贴——多么慈爱的父亲！可是，林敦却只知道把他那点儿关怀和体贴全都用在他自己身上呢。林敦做起一个小暴君来也真够瞧的。他会有滋有味地把一只只猫都折磨死——只要你先替他把猫的牙齿拔掉了，爪子剪掉了。跟你说了吧，等你回家之后，你会着实有许多关于他的‘温柔体贴’的动听的故事讲给他的舅舅听呢。”

“给你说对了！”我嚷道，“把他的性格摊开来，让人看看他有几分倒是像你；那么，我希望，卡茜小姐会好好地想一想，再接受这条毒蛇！”

“现在，我才不高兴谈什么他的可爱的品德呢，”他回答道，“因为她如果不接受他，就得给禁闭在这里——连你也一起禁闭，直到你的东家死去。我把你们两个关在这里，没有一个人会知道。如果你不相信，你倒叫她收回她的话试试看。”

“我不收回我的话，”卡瑟琳说道，“我嫁给他好了，就在这个钟头之内，只要过后我就能回到画眉田庄去。希克厉先生，你是一个残酷的人，可你不是一个恶魔；你不会只是为了存心坑害我，把我一生的幸福都无可挽回地毁了吧？如果爸爸以为我是把他抛开了，如果我赶回家里他已经死了，我怎么活得下去呢？我已经哭不出来了，可我要跪在这儿，跪在你跟前，我一直不起来，我的眼睛要一直看着你的脸，直到你终于回看我一眼！

“不，别转过脸去——看我一眼吧！你不会看到什么惹你生气的。我并不恨你。你打了我，我并没有生你的气。你这一辈子从来没有爱过什么人吗，姑父？从来没有过吗？啊！你一定要看我一眼呀！我是那么苦恼，你不会不在心里感到过不去，不会不可怜我的啊！”

“拿开你那水蜥般的手指，走开些，不然我要踢你了！”希克厉嚷道，野蛮地推开她。“我宁可让一条蛇来绕住我。见鬼，你怎么会梦想跟我来摇尾乞怜的一套？我讨厌你！”

他耸耸肩膀，摇了摇身子——可不，就像他的皮肤上有一条虫在爬，又把他的座椅往后推移。这时，我站起身来，正要开口说话，把他好好臭骂一顿，可是第一句话才说到一半，就被他一下子堵住了，他威胁说，如果我敢再多吐出一个字，就立刻把我一个人关到另一间屋子里去。

天渐渐黑了。我们听得花园的栅门那儿有人声传来。这一家的主人赶忙往外跑。他的头脑还是很清楚，我们却不知道怎样才好了。他在外边谈了两三分钟话，又一个人回来了。

“我想是你的表哥哈里顿来了，”我跟卡瑟琳说。“我希望是他来。他也许会帮我们说话，谁知道呢？”

“是从田庄派出的三个仆人找你们来的，”希克厉说道，原来我的话已给他听见了。“你本来应该打开一扇格子窗，朝外面高声大喊的；不过我可以发誓，那个丫头心里倒是挺高兴，亏得你没有喊。她巴不得让人把她留下来呢，那还用说！”

一听到我们失去这么个机会，我们难过得再也忍受不住，一齐放声大哭起来。他由着我们哭下去，一直哭到九点钟。于是他叫我们上楼去，穿过厨房，到齐拉的房里去。我悄悄劝我的难友服从他。也许我们可以从那个房间的窗子里设法爬出去，或者呢，登上阁楼，从天窗里爬出去。

谁知楼上的窗子跟楼下的一样窄，到阁楼上去的打算也落了空——像方才一样，我们被锁在里面。

我们两个谁都没有躺下来。卡瑟琳站定在格子窗前，焦急地盼望着早晨来到。我一再劝她休息一会儿吧，可是我所能得到的回答只是她的一声深沉的长叹。

我在一张椅子中坐了下来，一摇一摆的，心中在狠狠地责备我自己一次又一次的失职，当时我只觉得我的东家、我的小女主人，他们的不幸全都要怪我不好。现在我明白，其实并不是那么一回事，但是在那个悲惨的夜晚，我越想越恨我自己，只觉得就是希克厉，他的罪过还比我轻一些呢。

早晨七点钟，他来了，问林敦小姐起来没有。

她马上奔到门口，回答道："起来了。"

"那么好，来吧，"他说道，打开了门，把她一把拉了出去。

我站起来要跟出去，可是他又把门锁上了。我要他快放我出来。

"耐心些吧，"他回答道，"我一会就给你把早餐送来。"

我拚命捶打门板，把门闩摇得格格响，我愤怒极了。

门外，卡瑟琳在问：干吗还要把我关起来？他回说是，我还得再忍耐一个钟点；于是他们走了。

我挨过了两三个小时。最后，我总算听到了脚步声——不是希克厉的步子。

"我给你送吃的来了，"一个声音说。"开门！"

我赶忙打开门来，原来是哈里顿来了，他托在手里的食品够我一整天吃的。

"拿去，"他加了一句，把盘子塞到我手里。

"再待一会儿吧，"我说话了。

“不行，”他嚷了一声就走了，我怎么用好话求他也没用。

我就在那间房里关了一整天，又一整夜，又一天，又一夜。我一共给关禁了五个黑夜、四个白天，除了每天早晨，看到哈里顿一次，什么人也见不到；而哈里顿又俨然是一个模范的狱卒——绷紧着脸，不吭一声，对于想打动他的正义感、同情心的话，一句也听不进去。

第二十八章

第五天早晨，或者不如说第五天下午，我听见一个不同的脚步声在走来——步子比较轻、比较小，这一回，这个人走进房间来了。原来是齐拉，披着一条鲜红的围巾，头上戴一顶黑绸帽，胳臂上挎个一摇一晃的柳条篮。

“哎哟，丁恩太太呀！”她嚷道。“唉，吉牟屯在流传着你的消息呢。我还以为你陷进黑马沼泽地里了呢，你家小姐跟你一起掉了进去；直到后来，东家告诉我：把你找到了，他让你住在我们这儿！怎么！你一定爬上一个小岛了吧，那还用说。你在洞里待了多久呀？是东家救了你吗，丁恩太太？不过你并不怎么瘦啊——你没有怎么吃苦头吧，是这样吗？”

“你家东家是个十足的大坏蛋！”我回答道。“可是不会饶过他的。他编的那套瞎话白费了心，我要把真相全都摊开来！”

“你说什么呀？”齐拉问道。“那不是他编出来的呀，村里的人都那么说，说你们迷失在沼泽地里了。我进了家门就向欧肖嚷道：

“‘呃，自从我走开后，出了想不到的事啦，哈里顿先生。那个漂漂亮亮的姑娘真是怪可惜的——还有那个能干的纳莉·丁恩。’

“他向我瞪着眼睛。我还以为他什么也没有听说呢，我就把我听来的流言告诉他。

“东家听着，跟自个儿笑了一笑，说道：‘你说她们掉进沼泽里，现在她们可是出来啦，齐拉。眼前这会儿，纳莉·丁恩就待在你房间里。你上楼去后，叫她快溜走吧；钥匙在这里。那泥浆水钻进了她的头脑，她会疯疯癫癫地奔回家中，因此我把她留下来，等她头脑正常了再说。你叫她马上回田庄去吧——如果她能走的话，还叫她给我捎个信去，她家小姐会跟着来的，刚好赶到给那位乡绅送葬。’”

“埃德加先生没有死吧？”我喘息着说，“啊，齐拉，齐拉！”

“没有，没有。你坐下吧，我的好太太，”她回答道；“我看你有病呢。他没死。坎纳斯大夫认为他还可以支撑一天。我在路上碰见他时问了他。”

我才坐不下来呢，我抓起我出外穿戴的衣帽，赶忙下楼——我面前放开一条路了啊。

一走到正房，我四下张望，想找个人打听打听卡瑟琳的消息。

屋子里照满了阳光，房门大开着，可是眼前就是看不见一个人。

我正在踌躇，不知道该马上奔回去呢，还是回转去找我家小姐，这时候忽然轻轻一声咳嗽把我的注意力吸引到壁炉边。

林敦正躺在高背长椅上，就他一个人，吮着一根棒糖，他那双冷漠的眼睛在看着我的动作。

“卡瑟琳小姐在哪儿？”我板着脸问道。正好撞着他一个人在那儿，我想跟他凶一些，也许可以从他嘴里逼出些情况来。

他只顾吮他的糖，像个不懂事的娃娃。

“她走了吗？”我问。

“没有，”他回答道；“她在楼上，她走不了；我们不放她走呀。”

“你不放她走，小白痴！”我嚷道。“马上跟我说，她的屋子在哪儿，要不，我可要叫你拉直了嗓子叫一阵呢。”

“爸爸要叫你拉开嗓子叫一阵呢——要是你胆敢去找她的话，”他回答道。“他说，我对卡瑟琳不能心软。她是我的妻子，她真不要脸，想离开我。他说她恨我，巴不得我死，她就好得到我的钱。可是她休想！她回不了家——这辈子她休想！让她去哭吧，生病吧，随她的便！”

他又吮着他那棒糖了，把眼睛一闭，好像他要瞌睡了。

“希克厉少爷，”我又说了，“你把去年冬天卡瑟琳待你的好处全忘了吗？当时你明明说是你爱她，那些天她给你带书来，给你唱歌，她有多少次冒着风雪来看你？有一个晚上她不能来，她就哭了，怕你会失望；当时你觉得她比你好一百倍，现在，你却相信起你父亲跟你说的那些谎话来了，尽管你明知道他恨你们两个。你跟着他去欺侮她。这可真是有良心呀，是不是？”

林敦的嘴角撇下来了，他把含在嘴里的棒糖抽了出来。

“她到呼啸山庄来是因为她恨你吗？”我接着说，“你自己想想吧！至于说到你的钱，她连你将来有钱没钱还不知道呢。你说她病了，可你却把她一个人丢下在一个陌生的宅子里——你，你也尝过这种被人丢在一边是什么滋味呀！你受了苦，你可怜你自己，她也可怜你在受苦；现在她在受苦，你却不可怜她！我眼泪都掉下来了，希克厉少爷，你瞧——我这个上了年纪的女人，还只是一个仆人呢。而你呢，嘴上讲得这么好听，就说你有理由崇拜她也不过分，你却不肯为她洒一滴眼泪，躺在这里好不舒服！哼，你这个没良心的、自私的孩子！”

“我没法跟她待在一起，”他气呼呼地回答。“我本不想一个人待着，可她哭得叫我受不了。她哭个不停，我说我要叫父亲来了也没用。有一次我当真把他叫来了，他威胁她说，她敢再哭闹，就要掐死她；可是他一走出房间，她又哭了，一整夜都是啼啼哭哭，把我烦得要死，尽管我尖声大叫：叫我怎么睡得着觉呀，也没有用。”

“希克厉先生出去了吗？”我问道，看出这个没心肝的东西竟是一点都不能够同情他表姐所忍受的精神上的折磨。

“他在院子里，”他回答道，“正在跟坎纳斯大夫说话，大夫说，舅舅快死了——他到底要死了，逃不过了。我可高兴呢，因为我要接替他做田庄的主人啦。卡瑟琳一提起那儿，总说是她的家。那不是她的。那是我的宅子。爸爸说，她所有的东西件件都是我的啦。她那许多好书都是我的啦。她求我，只要我肯把房门的钥匙给她，放她出去，她情愿把她那许多好书、她那些美丽的小鸟，还有她的小马敏妮都送给我；可是我告诉她：她什么东西都没有了，还送什么人！——那些东西全都是我的啦，全都是！

“我这一说，她又哭啦，接着她又从她脖子上拿下一幅小小的肖像，说是她可以把这个送给我——两幅肖像嵌在一个金框子里，一面是她母亲的像，另一面是舅舅的像，都是他们年轻时画的。那是昨天发生的事。

“我说那两个人像也是我的，要从她手里夺过来。那个坏透了的东西却不肯给我；她推开了我，把我弄痛了。我就大叫起来；这一下她害怕了。她听得爸爸来了，她裂断了铰链，把金框子掰成两扇，把她母亲的画像给了我。另一扇她打算藏起来。

“可是爸爸一来就问：出了什么事。我就说出来了。他把我手里的画像拿了去，又吆喝她把另一扇交出来给我。她不肯交。他就——他就一个巴掌把她打得跌倒下去，把那一扇画像硬是从项链上扯了下来，把它一脚在地上踏个粉碎。”

“你眼看她挨揍，心里高兴吗？”我问道，有意要把他的话套出来。

“我眨巴着眼睛，”他回答道。“我看到父亲打狗、打马，就不由得眨巴着眼睛。他下手真狠。不过开头我倒是心里高兴的。谁叫她推我的，活该她挨打。可是等到爸爸走了之后，她叫我来到窗子面前，给我看她嘴唇里边给牙齿撞破了，她满口是血。接着，她把肖像的碎片一一拣起来，于是走开去，把脸儿对着墙坐了下来；从此以后，她再也不跟我说话啦。有时候我以为她是痛得不能开口了。我不喜欢这样想，可她真是个坏东西，哭个不停！再说，她那张脸儿是那样苍白，神色惶恐，我简直怕看到她啦。”

“你能把钥匙拿到手的吧——只要你肯的话？”我问他道。

“对啦，只要我在楼上。”他回答。“可是现在上楼去，我走不动啦。”

“钥匙在哪一间屋子里呢？”我问道。

“噢，”他嚷道，“钥匙在哪儿，我才不告诉你呢！那是咱们的秘密。谁也不让知道，哈里顿也好，齐拉也好，都不让知道。得啦！你把我累坏了。快走开，走开吧！”

他把脸转过去，搁在他的胳臂上，又闭上了眼睛。

我暗自想道，还是别让希克厉先生看到我就走吧；再从田庄带人来救我家小姐。

一回到家，我的伙伴们看到了我，那种又是吃惊、又是高兴，真是没法形容。他们一听到我说我家小姐平安无事，有两三个人已经要赶到东家的房门口去大声报讯了。不过后来还是由我去报了讯。

才只几天工夫，他变得多么厉害呀！只见他躺在那儿，满脸悲哀，一副听天由命的神气，在等待死亡来临。他显得很年轻，其实他已经三十九岁了，让人看来，却至少要年轻十岁。他在思念着卡瑟琳，因为他喃喃地叫着她的名字。我碰一碰他的手，说道：

“卡瑟琳就来啦，好东家！”我凑近他耳边说。“她活着，她没事，就要回来了，我希望，在今天晚上。”

这个喜讯当场引起的反应把我感动得哆嗦起来。他撑起半个身子，急切地向房内张望了一圈，跟着就晕倒过去了。

等他醒过来后，我就把我和小姐怎样被骗进山庄、怎样被关禁起来都说了。我说希克厉强迫我进去，那不完全是真情实况。我尽可能少说林敦不好的话，我也并没把他老子的种种毒辣的手段都描述一番——我心中有自己的想法：我家东家的那杯苦酒已经满到快溢出来了，我可不能再替他苦上添苦啊！

他料想他的仇人的目的之一，就是要谋取他个人的财产，田地房产也要，好归他的儿子所有，或者不如说，好落进他手中。不过为什么对方不等到他过世后再下手呢，这一点东家可想不明白了；他不知道，他那个外甥快要和他一起离开这个世界了。

不管怎么说，东家觉得他的遗嘱最好改动一下。原来是将来传给卡瑟琳的财产由她自己支配，现在他决定把这份家产交到受委托人手里，供她生前使用，如果她有孩子，在她身后归她孩子使用。这样改动之后，他过世以后，这份家产就不会落进希克厉先生手里了。

我按照他的吩咐，派了一个人去请律师，又派了四个人，各自带着称手的武器，去把我家小姐从她的狱卒那儿要回来。两路人都耽搁得很晚才回来。

那单个儿出发的仆人先回来。他说当他赶到律师格林家的时候，格林先生不在家，他等候了两个钟头律师才回来，可是律师又说，他在村里有点小事得办一下；不过他答应明天一大早，就赶到画眉田庄。

那四个人也没陪着小姐回来。他们捎回口讯说，卡瑟琳病了——

病得很重，不能出房，希克厉又不让他们进去看她。我把这几个蠢货骂了一顿，怎么能听信那一套瞎话，我也不把这瞎话传给东家，心里决定，天一亮就带一大群人上山庄去，如果对方不乖乖地把囚徒交出来，那就不客气，闹它个天翻地覆。

一定要让他们父女见面，我立下这心愿，又发了这誓，那个魔鬼胆敢阻拦的话，就把他杀死在他自己家门口的石阶上，那也不算什么！

谢天谢地，总算我不必走这一遭了，省了不少事。

三点钟，我下楼去拿一罐水，正提着水罐走过门厅时，忽然听得有人在敲大门，那清脆急促的一声把我吓了一跳。

"啊！格林来啦，"我说道，让自己定一定神——"不是格林，还有谁呢？"我仍然向前走，打算叫别人来开门；可是门又一次敲响了，声音不大，但仍然敲得很急促。

我把水壶放在栏杆上，自己赶去开门让他进来。

门外，秋天的满月洒落下一片皎洁的清辉。来的人并非律师。我那亲爱的小主妇扑到了我的脖子上，抽泣着说：

"爱伦！爱伦！爸爸还活着吧？"

"是呀！"我嚷道，"我的天使，他还活着！感谢上帝，你平安无事，又跟我们在一起啦！"

她想直奔到楼上林敦先生的房里去，尽管她一路奔来，已经喘不过气了。我硬是叫她在一张椅子上坐下来，让她喝口水，洗洗她那张苍白的脸儿，还用我的围裙把她的脸儿擦得微微泛红。然后我说得让我先去给她通报一声，又恳求她在东家跟前，只说她和小希克厉在一起，会很幸福。她听了一愣，可是马上明白过来，我为什么要叮嘱她说假话；她要我放心，她不会在爸爸面前哭诉。

他们父女会面，我不忍心在一旁看着。我退到卧房门外站了一刻钟，那会儿，简直不敢走近床前去。

没想到一切都是安安宁宁。卡瑟琳的悲苦，就像她爸爸的喜悦，是默不出声的。只见她镇静地扶着他，他呢，抬起他那睁得大大的眼睛，盯着他女儿的脸儿瞧，心里涌起了一阵狂喜。

他临终的时候，心头充满了幸福；他，洛克乌先生，就这样去世了。他亲着女儿的脸蛋，喃喃地说道：

“我要到她那儿去了；你呢，宝贝孩子，将来也要到我们这儿来呀！”

说过了这话，他再也没动一下，没开一声口，只是一股劲儿地瞧着她，眼睛里闪亮着喜悦的光芒，直到他的脉搏不知不觉地停了下来。他的灵魂离开人世了。谁也说不出来他是在哪一个时刻死去的，他的死没有留下一点挣扎的痕迹。

不知道卡瑟琳已把泪哭尽了呢，还是眼前的悲哀压得太重，她哭不出来了，她就这么眼中无泪地坐在那儿，直坐到太阳升起，又坐到了中午；她还会待在那儿，对着灵床只是发呆，要不是我硬是把她拖走，叫她休息一下。

我把她拖开得很及时，午饭的时候，律师来啦，他已经去呼啸山庄请示过了。他已经把自己出卖给希克厉先生了；这就是为什么我家主人请他，而他却迟迟不来的缘故。幸而女儿回到他身边后，东家再没烦神操心，转念到那世俗的事务上去过。

格林先生自作主张，来这儿发号施令，大小事情、上下人等，一切都要听他的。他把所有的仆人，只除了我，都辞退了。他行使他的委托权到了这样的地步，甚至坚持埃德加·林敦的遗体不能跟他的妻子合葬在一起，却要把他葬到教堂里他的祖坟那儿。幸亏还有遗嘱，并非单凭那律师说了就算；我又大声抗议，遗嘱上写得明明白白，反对有任何违反遗嘱的做法。

丧事匆匆忙忙地办完了。卡瑟琳——如今得称呼她林敦·希克厉夫人了——被准许暂时住在田庄，直到她父亲的遗体落了葬。

她告诉我，她忍受的痛苦终于激发了林敦的天良，大着胆子放走了她。她听见了我派去的那几个人在门口争论，希克厉的回答让她半猜半详地听出了其中的意思。这一下逼得她横了心，不顾死活了。

自从我走后，林敦被安顿到楼上小客厅里，他给吓坏了，趁他父亲下楼去一会儿，拿到了钥匙。亏他想出那么个主意来：开了门上的锁，又上了锁，可没把门关严；等到他该上床的时候，他要求跟哈里顿睡，这一回他的请求算是被批准了。

在天亮之前，卡瑟琳偷偷溜了出去，她不敢从门里出去，怕那些狗要叫起来，惊动了宅子里的人。她闯进一间间空房，仔细看了一扇扇窗子，幸而后来她来到了她母亲当初的房间，很容易地从格子窗里爬了出去，又借助窗口的一株枞树，降落到地面上。

为了这次脱逃，她那个同谋犯，尽管要了胆小鬼的那些花招，还是没逃过他应得的一份惩罚。

第二十九章

办了丧事的那天晚上，我家小姐和我坐在书房里，一会儿沉痛地想着我们失去了一个亲人（我们中的一个真是柔肠寸断），一会儿又胆战心惊地揣摸着，暗惨的未来将会是怎么个样子。

我们两个都以为，卡瑟琳所能期望的最好的光景，就是容许她在田庄继续住下去——至少在林敦活着的时候，也准许他来和她在一起住，而我仍旧给他们做管家。那真是想得太美了，这样的好事简直叫人不敢希望；可我还是抱着一线希望，而且面对着这样的前景不禁渐渐地高兴起来：我可以保留我的家、我的职位，还有，比一切更重要的是，我那亲爱的小主妇可以和我在一起……

正这么想着，忽然一个仆人——已被遣散却还没离去的一个——急急忙忙地冲了进来，说是“那个魔鬼希克厉”正穿过院子在走来，他要不要让他吃一个闭门羹？

即使我们不顾一切，吩咐他闩门，那也来不及了。他全不用敲门或者通报这一套礼节。他是主子，就摆出了做主子的威风，横冲直撞地走了进来，一句话也不多说。

那向我们来报告的仆人的声音，把他引到了书房来。他走了进来，挥一挥手，叫那个仆人退出去，把门关上了。

这就是十八年前，把他作为客人引进来的那个房间。从窗外照进来的还是那一轮明月，外面还是那一片秋景。我们还没有点蜡烛，不过整个房间都是雪亮，就连挂在墙上的那两幅肖像——林敦夫人的娇艳的头像和她丈夫的清秀的头像——也可以看得清清楚楚。

希克厉朝前直走到壁炉边。时间也没有把这个人改变了多少。还是这个人：也许他那张黑黑的脸稍微焦黄了些，态度更加从容些，他的身子重了那么二三十磅，再没有其他什么不同了。

卡瑟琳一看见他来，就跳起身来想冲出去。

"站住！"他说道，一把抓住她的胳膊。"不要再逃跑啦！你要去哪儿？我是来把你带回家去的，我希望你做一个孝顺的儿媳妇，不要怂恿我的儿子再不听话了。我发现在这件事里有他的份，真不知道该怎样惩罚他才好——我给难住了。他是经不起一戳就要破碎的蜘蛛网——可是你去瞧瞧他那个神气，就会知道并没有便宜了他。有一天晚上，就在前天，我把他带下楼来，叫他给我在一张椅子里坐好，这以后再也没有碰他一碰。我把哈里顿打发走，屋子里就只有我和他两个。过了两个钟头，我叫约瑟夫再把他抱上楼去；从此以后，他一看见我，就像看见鬼怪出现那样害怕；哪怕我不在他身边，我猜想我的影子也会常常出现在他眼前。哈里顿说，他在夜里一连几个钟头醒着，尖声直叫，要你去保护他，因为他害怕我。不管你喜欢不喜欢你那个宝贝伴侣，你一定得去。现在他要你来操心了；他的事我不管了，你接过去吧。"

"为什么不让卡瑟琳留在这儿呢？"我恳求道，"把林敦少爷送到她这儿来好了。反正你恨他们两个，他们不在，你不会少了什么似的。他们俩在你眼前，只会每天引起你这个铁心肠的人不痛快罢了。”

“我要给田庄找一个房客，”他回答道，“还有，我要我的孩子们在我跟前，那还用说。再说，那个丫头吃我的面包，就得给我做事。我可不打算在林敦死去了之后供养她，让她吃喝玩乐，一事不干。现在，赶紧些，收拾一下吧，不要叫我非逼着你不可。”

“我走，”卡瑟琳说。“在这世上，林敦是我惟一亲爱的人了，尽管你一心一意要让我觉得他可恨，要让他觉得我可恨，可你就是没法叫我们两个互相仇恨。有我在他身旁的时候，我不怕你要伤害他，我也不怕你来吓唬我！”

“你倒是一个会夸口的女英雄呢，”希克厉回答道，“可我还不至于把你喜欢得要去伤害他吧；只要他一天活着，你情愿受多大多久的折磨、尽管你去享受吧。并不是我要让你觉得他可恨——都是他自己的那种可爱的性格呀。你丢下了他，结果他吃了苦头，他是把你恨透啦。别期望这忠诚的情意会得到感激吧。我听到他跟齐拉说，他要是跟我一样有那么大力气，他就要怎么怎么办——说得可有声有色呢。他存着这种心思，却力不从心，就只好用尽心计来发泄了。”

“我知道他性子不好，”卡瑟琳说，“他是你的儿子嘛。不过我高兴的是，我的性子还算好，能够宽恕坏性子；我知道他爱我，就凭这我也爱他。希克厉先生，你可是没有一个人爱你呀。你无论把我们搞得多么惨，一想到你的心这么狠毒，是因为你受的罪加倍地深，我们也就出了这口气。你真苦恼呀，不是吗？孤零零的，像个鬼似的，而且也像魔鬼那样妒忌别人。谁也不爱你——你死了，谁也不会来哭你。我可不愿意做你呀。”

卡瑟琳说这些话时，带着一种凄凉的悲壮。她好像已经下了决心，要跨进她未来的家庭的那种精神世界，从她的敌人的痛苦中汲取她的安慰。

“要是你在那儿多站一分钟，管叫你懊悔来不及！”她的公公说道，“滚吧，妖精，快去收拾你的东西！”

卡瑟琳转身走出房间，没有把他看在眼里。

她走了之后，我就求他，让我顶替齐拉做山庄的管家，我情愿把我在这里的位置让给她。谁知他一口拒绝了。他不许我再开口。这时他才算有心思东张西望地把房间打量了一下，他看到了那两幅肖像。他把林敦夫人的肖像看了半天，说道：——

“我要把那幅像带回家去——不是因为我要它有什么用，可是——”

说到这里，他一下子向着壁炉转身过去，脸上带着一种——一种什么呢？我实在说不上来，只好算它是一种微笑吧，接下去说道：

“我告诉你，我昨天干些什么来着。我找到了那个给林敦掘坟的教堂司事，叫他把她的棺盖上的泥土挖开，我打开了那棺木，我又看到了她那张脸啦——还看得出来，是她的脸——那时我就像生了根似的再也走不开了，那司事费了好大的劲儿才把我叫醒过来。可是他说，如果透了风，它[①]就会起变化的。因此我就把棺木的一边敲松，又盖上了泥土——不是靠林敦的那一边，死不得超生的林敦！我恨不得把他用铅封住。我买通了那个司事，将来把他的棺木拖开，好把我埋葬下去，也给我留条缝，好让我悄悄溜出去。我要关照把它做成这样。等到林敦到我们这儿来时，他已分不清我们俩哪个是哪个啦！”

“你这个人良心真坏，希克厉先生！”我嚷道。“你去惊动死者，难道不害臊吗？”

“我并没惊动什么人，纳莉，”他回答道，“我让自己得到一点安宁

① 它，指尸体。

罢了。如今我好大大地松一口气了，等我入土之后，你也可以不用担心我会破土而出了。惊动她！不，是她，日日夜夜，十八年来，从没间断过，毫不留情地在惊扰我——一直到昨天晚上；昨晚，我平静下来了。我梦见我靠着那个长眠者，睡我最后的一觉，我的心停止了跳动，我的冰冷的脸贴着她的脸。”

“要是她已经化为尘土，或者连尘土都不如，那么你又会做什么梦呢？”我问道。

“那就梦见我和她一起化掉吧，那只有更加幸福啦！”他回答道。“你以为我会害怕这样一类变化吗？我掀起棺盖时，就准备看到这一变化了，不过我很高兴，它还没起变化，要等到我和它在一起了，那时再变。再说，我非要在脑海里深深地印入了她那冷若冰霜的容貌之后，我才能摆脱那种奇怪的感觉。

“你知道，她死了之后，我发狂了，一个清晨接着一个清晨，我永远在祈求她的灵魂回到我的身边来。我深深地相信有鬼魂；鬼魂能够存在在我们中间，也确实存在着，这是我深信不疑的。

“她落葬的那天，下了一场雪。到了晚上，我来到了教堂坟地。刮着冬天的阴风，四周是一片凄凉。我并不怕她那个混蛋丈夫会这么晚游荡到这个鬼地方来，也不会有什么人到这儿来干什么事。就只我孤单单的一个人，我意识到就只两码松松的泥土横隔在我们中间，我跟自己说道：

“‘我要把她再搂在我的怀抱里！如果她身上冰冷，我会想，是北风把我刮得冰冷；如果她纹丝不动，那她是睡熟了。’

“我从工具房里弄到一把铲子，就拚命地掘土。铲子擦着了棺木。于是我用双手来挖。棺木在钉上螺旋钉的地方开始发出坼裂声，我眼看就要达到我的目的了，正在这时候，我忽然听到上面有人发出一声叹息，就挨着坟边，而且俯下了身子。

“‘只要我掀开这个盖子，’我咕噜着，‘但愿他们用泥土把我们两个都盖起来吧！’我就更加拚命地用力挖。

“我耳边又传来了一声叹息。我仿佛感觉到有一阵呼吸的暖气代替了原来那夹着雨雪的冷风。

“我明白周围并没有血肉之躯的有生之物；可是正像你在黑暗中分明感觉到有什么人在走近来，虽然你分辨不出他的形体；我也分明感觉到卡茜在那儿——不是在泥土底下，而是在地面上。

“突然有一阵轻松的感觉从我的心里涌起，流经四肢百节。我丢下了我那痛苦的劳动，一下子获得了安慰——难以言说的安慰。她和我同在；我重又填平墓穴时，她还是和我同在，她把我领回了家中。你要笑尽管笑吧，可是我却相信我到了家中会看到她。我相信她是和我同在，我不禁和她谈起话来。

“一到山庄，我急不可待地冲到门前。门闩上了，我记得，那个该死的欧肖和我的妻子不让我进去。我还记得我停下来，把他踢得喘不过气来，然后急忙上楼，赶到我的屋子和她的屋子里。我迫不及待地向四周张望——我感觉到她在我身边——我几乎看到了她，可是我终于没法看到她！我痛苦地渴求着，我狂热地祈求着只要能看她一眼，我汗水直冒——其实应该急得血水直冒才对，连一眼也没能看到。她在生前，往往是我的克星，现在她死了，还是这样！而且从此以后，我一直被这种难熬的折磨玩弄着，只不过有时厉害些，有时缓和些罢了。真是见鬼呀！——始终把我的神经拉得紧紧的，要不是我的神经像是用羊肠线做的，那我这神经早就松弛下来，不中用了，像林敦那样。

“当我和哈里顿坐在屋里的时候，仿佛我一走出去就能和她见面；当我在原野散步的时候，又仿佛我一回去就能遇见她。我才从家里出来，又急急忙忙赶回家去。她一定在山庄的什么地方，那还用说！我睡在她的卧房里，我给赶了出来。我躺不住呀——只消我一闭上眼，她就在窗子外，要不，她就溜回到镶板后面，要不，她就走进房来，甚至把她那可爱的头靠在当年她还是个小女孩时睡过的枕头上——而我非睁开眼来看个明白不可。因此一个夜里，我睁眼闭眼一百次——永远是失望！这是在活活折磨我呀！我常常大声呻吟，叫约瑟夫那个老流氓毫无疑问地认为：我的良心在我的身体里边扮演魔鬼的角色呢。

“现在，我看见她了，我的心情平静了——平静了一点儿。那可是一种稀奇的讨命呀——不是一寸一寸地要你的命，而是比头发还细的一丝一丝地把你置于死地——十八年来，就用这幽灵般缥缈的希望来玩弄我！”

说到这里，希克厉停住了，擦擦他的额头。他的头发粘在额头上，全被汗水浸湿了。他的两眼直瞪瞪地望着壁炉里的红红的余烬，那两条眉毛并没收拢，而是抬得高高的，挨近了太阳穴，这减少了几分他那阴沉沉的神色，但是另有一种心神不安的样子和被一件甩不开的事情吸引住时的那种内心焦急的痛苦神情。他只是一半在对我说话，我不曾开一声口。我不喜欢听他说话。

过了片刻，他又出神地看着那幅肖像，把它拿了下来，搁在沙发上，好看起来更方便些；他正这么专心注视的时候，卡瑟琳进来了，说是她已准备好了，就等她的小马装鞍了。

“明天叫人把那个送来，”希克厉跟我说，然后转身向她，接着说道：“你用不着骑你的小马。今晚天气很好，你在呼啸山庄不需要什么小马，不论你要出门到哪儿去，用你自己的一双脚吧。跟我来吧。”

“再见，爱伦！”我亲爱的小主妇低声说。当她亲我时，她的嘴唇是冰冷的。“你要来看我呀，爱伦，别忘了。”

希克厉掘坟

“你留神些，别做那样的事，丁恩太太！”她的新父亲说道。“我有话要跟你说时，我自会到这儿来。我才不要你到我家来东张西望呢。”

他做了个手势，叫她走在前面，又回头向我看了一眼，就像在我心上砍了一刀。她服从了他的命令。

我在窗前望着他们顺着花园走去。希克厉把卡瑟琳的手臂挟在他的胳膊底下，尽管开头她显然不肯让他这样做；他跨开大步，急匆匆地把她拖到了花园的小路上，于是那里的树木把他们遮没了。

第三十章

我去过山庄一次，但是自从卡瑟琳和我分别以后，我再没有见到过她。约瑟夫用手把着门，我说我特地来问候她，他却不许我进去。他说林敦夫人正忙着呢。主人不在家。还是齐拉跟我谈了一些那一家的情况，否则我连谁死了，谁活着都不知道呢。

她认为卡瑟琳很高傲，她也不喜欢卡瑟琳。从她的话里我也能猜想到是怎么一回事。我家小姐刚到他们家时，曾经要求齐拉帮助她做些什么，可是希克厉却关照齐拉只管她自己的事，让他的儿媳妇自己照顾自己；齐拉就乐得省事了——她本来是个没见识的、自私的女人。卡瑟琳受了怠慢，不免要孩子气，露出一副瞧不起她的样子来，就这样，她把那个向我提供情况的女人归入了她的敌人那一边，一直都没能消气，仿佛齐拉当真做了什么对不起她的事。

大约在六个星期之前，你来前不久，有一天我和齐拉在原野上碰见了，两个人就谈开了，以下就是她告诉我的一些情况：

“林敦夫人来到山庄，第一件做的事就是奔上楼去，对我和约瑟夫也不说一声晚上好，连理都不理；她把自己关在林敦的房里，一直待到早晨。第二天，东家和欧肖正在吃早饭，她走进正屋来，全身都在打哆嗦，说道：她的表弟病得厉害，可不可以请个大夫来。

“‘知道了，’希克厉回答道；‘可是他这条命一文不值，我可不愿意在他身上多花一文钱。’

“‘可叫我怎么办呀，’她说道，‘要是没有人来帮助我，他就要死了！’

“‘给我走出这屋子吧，’东家嚷道，‘他的事，我一个字也不要听！这里，谁都不在乎他怎么样了。你关心他，就去做他的护士吧；要是你不关心他，就把他锁在房里，离开他吧。’

“于是她来缠住我了，我说这个讨厌的东西已经叫我受够了他的罪了。我们各人有各人的事，侍候林敦就是她的事；是希克厉先生叫我把那份差使扔给她的。

“他们两个怎样对付过来，我说不上来。我猜想他老是使性子，发脾气，整天整夜地哼哼唧唧，看她那张灰白的脸，沉重的眼皮，就可以想得到她难得有片刻的休息。有时候她走到厨房来，只见她失魂落魄似的，又像是想求人帮忙。可我不想违背东家的意思——我从来不敢违背他，丁恩太太。尽管我也认为不去请坎纳斯大夫是不应该的，但这不关我的事，用不到我去出主意或是埋怨哪一个；我是一向不愿多管闲事的呀。

“有过一两次，我们都上床睡了，我碰巧又开了一下门，只见她正坐在楼梯顶上哭泣呢，我马上把门关上了，为的是怕我心肠一软，会卷进她的事情中去。当时我的确可怜她，这是一点不假的；可你知道，我不愿意丢掉我这个差使呀！

“最后，有一天晚上，她终于闯进了我的屋子，她说的话把我吓坏了：

“‘去告诉希克厉先生，他的儿子快死了。我说得准这一回他活不成了。你马上起床去告诉他。’

“她说了这话，又走了。我在床上躺了一刻钟，一边在听，一边不住地发抖。没有一点动静——整个宅子静悄悄的。

“‘她搞错了，’我自言自语地说，‘他这一阵对付过去啦。我用不到去打扰他们了。’我就瞌睡起来。可是一阵尖锐的铃声把我的睡眠第二次打破了——我们家只有这么一个铃，那是特地为林敦装上的。

“东家叫我了，要我去看看出了什么事，还要关照他们，不许再打铃了。

“我转告了卡瑟琳的话。他自言自语地咒骂着，一会儿，他拿着一支点亮的蜡烛走了出来，上楼到他们的屋子去。我在后面跟着。

“林敦夫人正坐在床边，双手抱着膝头。她的公公走上前去，用烛光照了一下林敦的脸，看了他一眼，摸了他一下。然后他转过身来对她说道：

“‘卡瑟琳，这会儿你觉得怎么样？’

“她一句话也没有，像个哑巴。

“‘你觉得怎么样，卡瑟琳？’他又问了一遍。

“‘他是平安无事了，我是自由了，’她回答道。‘我应该觉得还好——可是，’她说下去道，带着一种她无法掩盖的悲痛，‘你丢下我一个人跟死亡挣扎了这么久，我感觉到的、我看到的只是死亡。我觉得就像死了一般！’

“她看上去也真像死了一般。我给她喝了一点酒。哈里顿和约瑟夫被铃声和脚步声吵醒了，在外面听到我们在说话，这会儿进来了。这个孩子去世了，我相信约瑟夫是只有高兴的；哈里顿似乎心里有点儿乱，不过他只顾盯着卡瑟琳瞧，也来不及多想念林敦了。东家叫他快快再睡觉去，我们并不需要他帮忙。他接着叫约瑟夫把尸体移到他的房间去，也叫我回房去，留下林敦夫人一个人。

“早晨他要我去叫她下楼来吃早饭，一定要她来。她已经脱了衣服，像要上床睡觉去的样子；她说她不舒服。她病了，我一点也不奇怪。我向希克厉先生回报了，他说道：

“‘好吧，由她去吧，到落葬后再说。你每隔一阵去看看她，她要什么就给她拿去；等到她看来好一些了，来告诉我。’”

照齐拉说，卡茜在楼上待了两个星期。齐拉一天去看她两次，本想待她好一些，可是她这一番好意却碰上了对方冷冰冰的态度，别想能亲近得上。

希克厉上楼去过一次，给她看林敦的遗嘱。他把他所有的、连同原来属于她的动产，全都遗赠给他的父亲。这个可怜的东西是在他舅舅故世之后，卡瑟琳离开山庄的一个星期里，在威逼之下，或是受了哄骗，写下那份遗嘱的。至于田地，由于他还未成年，无权过问。不过希克厉根据他妻子的权利和他自己的权利，声称这份田产是属于他的，也把它拿过来了——我想他是有法律根据的。反正横说竖说，卡瑟琳既没有钱，又没朋友，财产全都落进希克厉手里，她可不能动他的一分一毫。

“谁也不曾走近过她的房门，”齐拉说道，“除了我和希克厉先生那一次之外；谁也不曾问一下她怎么样了。她第一次下楼到正屋来，是在一个星期日的下午。

“那天我给她把中饭送上去，她嚷道，让她再待在这冷地方可受不了啦；我就告诉她，东家要到画眉田庄去了，她要下楼来，哈里顿和我是不会碍事的。这样，她一听得希克厉骑着马奔驰而去，她就出现在楼下了——只见她穿着一身黑衣裳，她的黄鬈发梳在耳后，朴素得就像个教友派教徒。她没法把头发梳通。

“逢到星期日，约瑟夫和我经常到礼拜堂去，”（你知道，现在那小教堂已没有牧师了，丁恩太太向我解释道，他们管吉牟屯的美以美会或是浸礼会的会所叫做“礼拜堂”。）“约瑟夫已经走了，”她说下去道，“不过我想我还是留在家里好，年青人有个上年纪的照管，要好得多；哈里顿，尽管他怕羞，却并不是循规蹈矩的榜样。我让他明白，他的表妹大概要来和我们坐在一起，她向来总是守着安息日的礼节的，所以当她待在这儿，他最好还是别摆弄他的枪，也别干什么屋子里的零碎活儿。

“他听得这消息就脸红了，他的眼光落到了自己的一双手上和他那衣服上。鲸油和弹药一下子都不见了，给塞到什么地方去了。我看他有意要陪她，凭他那种手忙脚乱的样子，我猜想他是要把自己打扮得体面些；我不由得笑了出来——东家在旁边的时候我是不敢笑的，我说：我来帮你的忙吧，要呢不要？我敢笑他怎么心里乱糟糟的。他的脸色不好看了，又咒骂起来了。

“现在，丁恩太太，”齐拉接着说，她看出我并不喜欢她那种态度，“也许你认为你家小姐太高雅了，哈里顿配不上，也许你是对的吧，可是我承认，我就是巴不得把她那种傲气压一下。眼前这会儿，她的学问、她的文雅，这一切对她又有什么用呢？她就跟你、或者跟我一样穷——比我们更穷呢。这话不是在胡扯。你是在攒钱，我呢，也在顺着这条路慢慢往前挪。”

哈里顿容许齐拉帮他忙，她把他奉承得可高兴呢。等到卡瑟琳进来的时候，他差不多已忘了从前她对他的侮辱，他只想使自己能够讨得对方的喜欢。那女管家是这样叙述这回事的：

“夫人走进来了，冷冰冰的，就像一根冰柱，又像一位公主般高傲。我站起身来，把我坐的交椅让给她。不，只见她翘起鼻子，对我的这番殷勤理也不理。欧肖也站起身来了，请她到高背长椅上来坐，好靠拢些炉火；他知道她一定饿坏了。

“‘我已经挨饿了一个多月啦，’她回答道，她把那个词[①]拖得特别长，语气要有多轻蔑就多轻蔑。

“她给自己搬了一把椅子，放到和我们两个都保持一段距离的地方。她坐在那儿，直到身子暖和了，于是开始向四周张望，发现柜子上有好几本书。她马上站起身来，伸长了手想去拿，可是书放得太高了，她够不到。她的表哥看到她想拿书，看了一会儿，就鼓起勇气去帮助她。她兜起了上衣，他拿到一本书就往她的兜里送。

“对于那个小伙子，可说跨出了一大步。她没有谢他，可他还是感到心满意足，因为她接受了他的帮助。他还大着胆子站在她后面看她翻书，有时甚至弯下身子指指点点书中几幅引起他兴趣的古老的插图。她往往就把书页啪的一下翻了过去，不让他的手指碰到，一副瞧不起人的样子；就连这也没有把他吓倒。他只是平心静气地往后退一两步，也不去看书了，只是朝着她看。

“她只顾看书，或是在找些什么东西可以一读的。他的注意力渐渐地集中在专心研究她那一头又密又亮的鬈发上了。他看不见她的脸儿，她也看不见他。也许他自己也不清楚他在干些什么，而只是像小孩子被烛光吸引住了似的，他终于从两眼盯着看到动手去摸了。他伸出一只手，去轻轻地抚摸一卷金发，就像那是一只小鸟儿似的。这一抚摸，就跟用一把刀子捅进了她的脖子似的，叫她猛地转过身来。

“‘马上给我滚开！你怎么敢碰我？你待在这儿干吗？’她气呼呼地嚷道。‘我受不了你！你再走近我，我就回到楼上去了。’

“哈里顿缩了回去，那样儿要多蠢就有多蠢。他不作一声地在高背长椅上坐了下来，她只管继续翻看她手中的书，这样又过了半个钟点。最后，哈里顿走到我这边来，跟我悄悄地说道：

---

① 那个词，可能指“挨饿”（starved）一词。

“‘你请她念给我们听听，好吗，齐拉？我什么也不干，闷得发慌；我很想——我想我会喜欢听她念的。别说我要她念，就说是你请她念的。’

“‘哈里顿先生想让你给我们念些什么，太太，’我马上就说了，‘他会很领情的——他会很感谢你的。’

“她皱皱眉头，把头一抬，回答说：

“‘哈里顿先生，还有你们这一帮子人，请放明白些，你们假情假意想来讨好我，我可一概拒绝接受！我瞧不起你们，我没有话要跟你们中哪一个说！当初我情愿捧出自己的生命，只希望能听到一句和气的话，甚至只希望能看到你们中的一张脸，你们却偏偏都躲开了。可是我才不会向你们诉苦呢。我是冷得没法想，被逼得下楼来的，并不是来给你们解闷，或是来跟你们作伴的。’

“‘我做了什么错事呀？’哈里顿开口道，‘怎么能怪起我来呢？’

“‘噢，我没把你算在内，’林敦夫人回他道，‘我从来也没在乎你关心不关心我！’

“‘可是我不止一次提出过，也请求过，’他说道，对方把话说得那么刺心，他也有些冒火了，‘我请求过希克厉先生让我代你守夜——’

“‘住嘴！我宁可走到门外去，走到随便什么地方去，也总比耳边听到你这讨厌的声音好一些，’我家夫人说道。

“哈里顿咕噜着说，她下地狱去也不关他的事！他从墙上拿下挂着的枪支，也不再管住自己不在礼拜天干他要干的活儿了。现在他随便说话了。

“她立即看出，最好还是孤单单的回到自己的房中去；可是已经下霜了，她怎么傲慢，也不得不将就着和我们做个伴，而且越来越走不开。我可是留神着，我性子虽好，也不愿让她来奚落我。自从那天以后，我和她一样板着脸，在我们中间没有一个人爱她或是喜欢她，她也不配；只要谁对她说半句话，她就转过脸去，一点都不客气。她连东家也要顶撞，分明在讨他的打；而且她越是吃苦头，越是变得凶狠。”

我从齐拉嘴里听到了这一番话，起初我决定辞掉我的职位，租一间茅屋，接卡瑟琳跟我一块来住；可是要想希克厉先生肯放她出来，就像要他让哈里顿自立门户那样办不到；眼前我看不出有什么办法可想，除非她能再嫁，可是安排这样一件大事我又无能为力啊。

丁恩太太的故事就讲到这里为止。

虽说大夫把病情说得很严重，我还是很快地恢复了体力；现在还只是正月的第二个星期，可是我打算一两天内骑马出去，到呼啸山庄去通知我的房东，上半年我准备住到伦敦去，如果他高兴的话，他可以另找房客，过了十月以后搬进去住。反正我是不会在这儿再过一个冬天了。

第三十一章

昨天天气晴朗，恬静，有霜冻。我说过要去山庄，今天就去了。我的女管家求我给她捎个短信给她的小姐，我没有拒绝，因为这位好女人并不觉得她这请求有什么要不得。

前门开着，可是那外面的栅门却惟恐有外人闯进来，紧紧地拴着，跟我上次来访时一个样儿。我敲了门，把欧肖从花园的苗圃中召唤出来。他打开了门锁，我走了进去。这家伙长得还像个样子——一个乡下佬最多也不过这样罢了。这一回我特意多看他几眼，可偏是他，惟恐给人留下什么好印象，分明在尽力把自己糟蹋个不像样子。

我问希克厉先生是否在家。他回答说，不在，不过在吃中饭的时候，他会在家的。当时是十一点钟了，我表明了我的打算：进去等待他。他一听这话，立刻扔下了手里的工具，陪我进去，并不是代表主人，而是在执行看家狗的职司。

我们两个一起走了进去。卡瑟琳正在那儿，在帮做家务呢：准备午饭时吃的蔬菜。她比我第一次见到她时更郁郁寡欢、更没精打采了。她几乎没有抬眼看我一下，只顾做她的家务，像上回一样，就是不跟你讲什么一般见面时的礼貌；我一鞠躬，向她问候早安，谁知她始终不曾稍微点一下头来答理我。

“她看来并不那么可爱呀，”我心中想道，“并不像丁恩太太把她说得那样，我还相信了她呢。不错，她是个美人儿，可不是个天使。”

欧肖粗鲁地叫她把她手头的东西全拿到厨房去。

“你自己拿去吧，”她回他道，她刚把蔬菜准备停当，就从她身边推开去，站起身来退到窗前的一张凳子边，坐在那儿用她怀中的一些萝卜皮，雕刻出一些鸟儿和野兽的花样来。

我向她走近去，只装作想看看花园中的景色，而且很机灵地(我这样认为)把丁恩太太的信笺掉在她的膝盖上，没有让哈里顿注意到；可是她却大声问道：

“那是什么东西？”并且一挥手把它扔掉了。

“你的老朋友，田庄的女管家写给你的信，”我回答道，心里有些气恼，我好意替她传信，她却声张开来，我很怕因之被误会作我扔给了她一封我的私信呢。

她听我这么一说，就想把那封信捡起来，可是哈里顿却抢在她的前头，把信夺了过去，塞进了他的背心口袋里，说是先得让希克厉先生看一下。

这么一来，卡瑟琳默默地转过脸去，而且暗暗地掏出她的手帕，擦着她的眼睛，她那表哥心有些软下来了，在内心挣扎了一番之后，又把信抽出来，随手往她身边的地板上一扔，那种不礼貌的态度可说到了极点。

卡瑟琳赶紧捡起信来，急切地看了一遍，接着她问起我来，她老家里的人怎么样，有的问得很合情理，有的却问得前言不对后语，她问了不多几句，就凝望着远方的小山，喃喃自语起来：——

“我多想骑着敏妮到那儿去啊！我多想爬上那边山头啊。唉，我是厌倦了呀——我是给关禁在笼子里呀，哈里顿！”

她把她那美丽的头仰靠在窗台上，又像打哈欠，又像叹息似的发出了一声，于是她陷入了沉思，脸上流露出一种茫茫然的悲哀。我们在旁边看着她，她既不在乎，似乎也并不觉得。

“希克厉夫人，”我默坐了一会之后说道，“你还不知道我是你的一个熟人吧？——我已把你看成了亲人呢，而你却不肯过来跟我说句话，我真有些不明白。我的女管家谈起你来，赞美起你来，那话就说不完了，我如果没有能带回去你的一点情况，或是你的信息，只说你已经收到了她的信，却一句话都没有，那她该多失望呀！”

她听了这话好像很惊讶，问道：

“爱伦喜欢你吗？”

“是啊，很喜欢我，”我很爽利地①回答道。

“你一定要告诉她，”她接着说，“我想回她信，可是叫我用什么东西写信呀——连一本书都没有，否则我还可以从书上撕下一页当信纸。”

“一本书都没有！”我嚷道。“没有书本，那你住在这儿，日子怎么还能过得下去呀？——要是我可以冒昧这样问的话。我住在田庄，尽管那儿有一个很大的图书室，还不免时常感到无聊呢；把我的书都拿走，那我就要绝望啦。”

“我一向都是爱看书的，”卡瑟琳说，“希克厉先生却从来不看书，所以他起了那么个念头，把我的书毁掉了。好几个星期来，我连一本书的影子都没看见过。只有那么一次，我去把约瑟夫收集的神学书都

① 很爽利地（unhesitatingly），据“企鹅版”；较旧的版本此字作“hesitatingly”（犹犹豫豫地）。

翻遍了，想能找些什么出来，惹得他老大的不高兴。

“还有一次，哈里顿，我在你的房里发现了一堆秘密的藏书——有的是拉丁文、希腊文，有的是故事和诗歌，全是老朋友。诗集是我带来的，你把它们一本本收集去，像喜鹊收集银匙似的，只是为了喜欢偷东西罢了[1]——这些书对你没有用；再不然，你就是恶意把书藏起来，你自个儿没法从书本中得到乐趣，就不许别人看书。也许是你出于妒忌，给希克厉先生出主意把我珍爱的那些书抢去的吧？可是大多的书都写在我的脑子里，印在我的心里，这些，你可没法从我这儿夺走！”

哈里顿听到他表妹揭露他私下在收集文艺书时，把脸涨得通红，结结巴巴地、气呼呼地否认有这么一回事。

“哈里顿先生是一心想要增长他的知识呀，”我说道，给他救急。“他并不是妒忌你，而是羡慕你，想追上来呀。不消几年，他就是个聪明的学者啦。”

“可是他却要我在这段时间里堕落为一个笨蛋，”卡瑟琳回答道。“对啦，我听见他一个儿在学着拼音、念书，可是错误百出！——我倒是希望你再像昨天那样念一遍‘Chevy Chase’那是太可笑了呀，我听见你在念，还听得你在翻查词典，查那难懂的词，接着又咒骂起来，因为你怎么也读不懂那些解释呀。”

那个小伙子分明觉得他太倒楣了，先是因无知无识而给人笑话，后来又为了想要不再无知无识而给人笑话；我也有同感。我记起丁恩太太跟我说过的故事：他最初曾经怎样打算从黑暗的愚昧中解放出来，因为他从小不曾得到教养，我就说了。——

“可是，希克厉太太，我们人人都有一个开头呀，每个人都曾经在门槛上摔倒过，跌跌冲冲过。要是我们的老师只会嘲笑我们，却不懂

① 欧洲民间传说，喜鹊喜欢偷银匙。参阅赫尔岑小说《偷东西的喜鹊》。

得帮助我们，那只怕我们至今还要摔跤、跌跌冲冲呢。”

“噢！”她回答道，“我才不想阻拦他的上进呢。可是，他也没有权利把我的东西占为己有呀，而且还要叫我只觉得太可笑了：尽读别字，错误百出。那些书本，不论是诗还是散文，都寄托着我的特殊的感情，对我是神圣的；我恨透了的是，这些书，给他那张嘴巴一念，就被亵渎了，就一落千丈了。再说，在所有那些书中，他偏偏选上了我最心爱、最喜欢反复读的那几篇，真像存心跟我作对似的！”

在这一会儿里，只见哈里顿的胸膛在大起大伏，却不吭一声。他是在跟深深的屈辱、猛烈的怒火挣扎着，要把那汹涌的感情压制下去可真不容易啊。

我站起身来，出于一种绅士风度，免得他在人前狼狈不堪，就站到了门口去，一心只是观看外面的景色。

他跟随我的榜样，也离开了屋子，可是没有多久，他又出现了，手中捧着五六本书，全都扔到卡瑟琳的膝头上，嚷道：

“拿去吧！从此我再也不要听、不要念、不要想到这些书啦！”

“现在我不要这些书啦，”她回答道，“我看见这些书，就要想到你，我就讨厌这些书！”

她打开了一本显然常常给翻弄着的书，学着那才识几个字的人那种样子，拖长着声调，念了一段，接着大笑起来，把书扔掉了。

“听着，”她还要逗弄他，接着说道，于是又用同样的腔调开始念起一首民谣来。

可是对方那自尊心不容许他再把这种折磨忍受下去了。我听得了一个声响——一种用动手的办法（我并非完全不赞成）来制住她那傲慢无礼的舌头。那个坏丫头用尽心计只想伤害她那敏感的、虽然未经陶冶的表哥的感情。要回敬一下那欺人太甚的人，跟她算清这笔账，他能采取的惟一的手段就是用巴掌来说话。

接着，他把那些书收拾起来，全扔进炉火里。我从他脸上的表情看得出，向一阵怒火献上这些祭品，他内心是多么痛苦啊。当书本在烈火中焚化时，我猜想他不由得回想起当初从书中所获得的乐趣，而且盼望着将来能获得更多的乐趣，因而产生一种洋洋得意之感；我以为我还能猜得到是怎样一股动力促使他这么私下苦读。他本是一向满足于每天的劳役和那粗野的牲口般的吃喝睡觉，直到有一天在他的生活的道路上碰见了卡瑟琳。她的讥嘲所给他的耻辱，以及要博得她赞赏的希望，这就是他力求上进的动机；可是哪儿想到，他的努力既不能使他避免羞辱，也不曾给他带来赞赏，只是带来了相反的结果罢了。

“对啦，像你这样的畜生，除此之外，还能从书本里得到什么好处呢？”卡瑟琳嚷道，咬着她那吃了亏的下嘴唇，瞪着一双怒眼，看一场熊熊的怒火在对方的心里燃烧着。

“这会儿你快给我住嘴吧！”哈里顿凶狠地回答道。

他这时激动得再也说不下去了，就一头冲向了大门口，我急忙给他让路。不料他还没迈过门前的石阶，希克厉先生从砌道上走来了，正好碰见他，就一把抓住他的肩膀，问道：

“这会儿干吗呀，我的小伙子？”

“没什么，没什么，”他说完就挣脱身子，好去找一个孤独的场所，品味他那悲哀和愤怒了。

希克厉打量着他的背影，叹了口气。

“要是我败在自己的手里，那才怪呢，”他咕噜着说，并不知道我在他的背后。“我只想从他的脸上看到他父亲，哪知道一天天过去，我越来越看到了她！见鬼，他怎么会像起她来了？我一看到他就简直受不了！”

他两眼看着地面，垂头丧气地走进了屋内。他脸上流露出一种不安的、焦虑的表情，这是我过去从未看到的。看他本人也像是消瘦了些。

他的儿媳妇，从窗子里一望见他，马上就逃到厨房去了，所以室内只剩下我一个人。

“我很高兴看到你又能出门了，洛克乌先生，”他回答我的招呼说，“一部分是出于自私自利的动机。在这块荒凉的地方，一旦失去了你，那我恐怕很难马上就能找到谁来补这个缺。我常常感到奇怪，你怎么会到这儿来的？”

“我怕是忽发奇想吧，先生，”我回答道，“要不然，就是我的怪念头叫我在家里待不住。下星期我要到伦敦去了，我必须预先通知你，在我租借画眉田庄十二个月满期之后，我不再续租了。我想我不会再在那儿住下去了。”

“噢，是吗？你逃避在尘世之外，已感到厌倦了，是吗？”他说道。“可是如果你因为不再住在这个地方，而来请求停付房租，那你是白白地跑这一次了。应该付给我的一文都不能短少，我讨账是向来不讲情面的。”

“我并不是为了想少付什么房租而来的，”我嚷道，心中很不愉快，“如果你愿意的话，我现在就可以跟你把账算清。”说着，我从口袋里掏出了笔记本。

“不用，不用，”他冷淡地回答道。“如果你回不来了，你会留下足够的财产来抵偿你的欠租。我并不等着钱用。坐下来，跟我们一起吃午饭吧。一位决不会第二次上门来的客人，是经常会受到欢迎的。卡瑟琳，把餐具拿来吧。你在哪儿呀？”

卡瑟琳又出现了，端着一盘刀叉。

“你可以跟约瑟夫一块儿吃饭，”希克厉咕噜着说，“就待在厨房里，等他走了再出来。”

她完全遵照他的指示；也许她并不曾动一下心，因而不想做出违抗的行为。整天跟那些乡下佬、厌世者生活在一起，即使碰到了上流社会里的人士，她大概也没法欣赏了吧。

在我的一边，坐的是希克厉先生，冷峻而阴郁，另一边是哈里顿，死不开口，我可说是吃了一顿不愉快的饭；吃完饭，我很早就告别了。我很想从后门走，好最后再看卡瑟琳一眼，还可以气气那个老头儿约瑟夫；可是哈里顿奉命牵了我的马来，而我的主人又亲自送我到门口，因此我的希望落了空。

“这一家人生活得多么沉闷啊！”我骑着马顺着大路走的时候想道。“要是林敦·希克厉夫人跟我两个爱上了，就像她那个好保姆所希望的，而且双双搬到城里那热闹的环境中去住，那对于她，将是实现了比神话还要富于浪漫气息的梦幻啊。”

第三十二章

一八〇二年——今年九月，北方的一个朋友请我去原野打猎，在我去他的居住地的旅途中，没想到行经一处，离吉牟屯不到十五英里。路旁一家客栈的仆役正提着一桶水给我的马儿解渴，正在这时候，有一辆大车，装着刚收割的碧绿的燕麦，从前面经过，那仆役就说：

“你是从吉牟屯来吧，嘿！他们总是落在后头，人家收割了三个礼拜，他们才动手。”

“吉牟屯！”我跟着说了一声。我在那儿住过一段时期，但是在记忆中已变得模糊了，像梦一般了。“啊！我知道这个地方。离这儿多远？”

“翻过山，也许有十四英里吧，路不好走，”他回答道。

一种突然的冲动促使我想去看看画眉田庄。那时还不到中午，我想：在客栈里都可以过个夜，为什么反而不可以在自己的宅子的屋顶底下过夜呢？再说，我可以很方便地腾出一天跟我的房东安排事务，这样也好免得以后再闯到附近这一带来了。休息了一会之后，我叫我的仆人询问到村子里去的路，于是经过了三个小时的路途（真累坏了我们的牲口），我们到达了那边。

我把仆人留了下来，独自从山谷下去。那灰色的教堂显得更灰暗了，那凄凉的教堂坟地更凄凉了。我望见有一只沼泽地的绵羊在吃坟上的短草。那正是可爱的、暖洋洋的天气——出门旅行，这种天气是太暖和了，但并没有热得使我没法享受眼前高高低低的一片美景。如果我是在刚过八月的日子里看到这片美景，我准受不住这诱惑，要在那寂静的环境中消磨一个月。在冬季，再没有这么满目荒凉，在夏季再没有这么美妙神奇——那些群山环绕的溪谷，和那高高低低、大起大落的草原。

在太阳落山之前我赶到了田庄，敲了门，等候人来开门。从厨房的烟囱里冒出一圈圈蓝色的淡烟，我猜想家里的人都到后屋去了，所以他们没有听见我。

我骑马进了院子。只见走廊底下坐着一个九、十岁的女孩子，在编结东西，一个老妇人靠在门阶上，悠闲地抽着烟斗。

“丁恩太太在家吗？”我问那老妇人。

“丁恩太太吗？不在！”她回答道，“她不住在这儿；她住到山庄去啦。”

“那么，你是女管家吧？”我接着问。

“可不，是我在管这个家呀，”她回答道。

“好吧，我是洛克乌先生，这宅子的主人。不知道有没有房间好让我住进去吗？我想住一夜。”

“东家来了！”她吃惊得叫了起来。“怎么！谁想得到你会来呀？你该捎句话来啊。这儿还没有收拾过，没有一块干干净净的地方。真不像个样子呀！”

她丢下烟斗，慌忙朝里走，那女孩子在后面跟着，我走了进去。我立即看出，她说的是真情实况；还有，我这不受欢迎的突然出现，几乎把她急得不知怎样才好。我叫她别慌张。我出去散一会步，她有时间替我把起坐室整理出一个角落，让我吃晚饭，再把卧房整理好，我好过夜。不用扫地、掸灰，只要生起一炉旺火，铺一床干被单就行了。

她倒是很肯卖力，虽说她把炉帚当作了火钳，还使用错了她的其他几种工具。反正我走开了，相信等我回来的时候，凭她的干劲，已经为我准备好一个休息的地方了。

呼啸山庄是我准备出去兜一圈的目的地。我刚走出院子，忽然想起了一件事，就又走了回来。

“山庄那边的人都好吧？”我问那妇人。

“都好，没听说哪个不好，”她回答道，端着一平锅热炭渣匆匆忙忙地走开了。

我原想问问为什么丁恩太太会丢下田庄走了，但是正当她紧张得要命，怎么还能去跟她打岔呢，所以我也就转身走了，一路上悠闲地信步走去，我的身后是一片红霞夕照，我的前面，一轮吐着清辉的明月正在升起——一个渐渐暗淡，另一个渐渐亮起来——这时我走出了林苑，攀登上了一条石子路，那条支路通向希克厉的宅子。

在我还没能望得见山庄的宅子之前，西天只剩下一片朦胧的琥珀色的光彩了，但是借着皎洁的月光，我还可以看清楚小路上的每一颗石子和每一片草叶。

我不必从栅门上爬过去，也不必敲门，栅门顺手一推就开了，这倒是一个改善，我心中在想。这时我的鼻孔又帮助我发现了此外还有别的改善呢——从那亲切的果树丛中，飘来了一股紫罗兰和黄墙花的芬芳。

门窗都开着，不过正像通常在产煤地区那样，红红的旺火照亮了壁炉的烟囱。一眼望去使人产生一种舒适感，也就不那么计较过多的热量了。好在呼啸山庄的正屋是这么大，有的是空地方，室内的人尽可以躲开那炉火的热量，因此他们一个个各自安顿在离窗口不远的地方，我还没进门，就看到了他们、听到了他们在谈天；因此我就望着、听着——好奇心和妒忌心驱使着我这么做，而当我立定在那儿，这种混合的感情在逐渐滋长着。

“Con—trary！（相反）”一个像银铃般清脆的嗓音说道，“这是第三遍教你了，你这个蠢货！我可不会再教你了。给我记住，要不然，我要扯你的头发了。”

“好吧，Contrary，”另一个回答道，是深沉而又柔和的声调。“现在，亲我一下吧，我学得那么用心。”

“不行，先把这一句准确地念一遍，不许有一个错。”

那说话的男人开始念了。他是一个小伙子，穿着得很体面，坐在一张桌子边，面前放着一本书。他那俊秀的面貌因为满心喜欢而容光焕发，他的目光总是不安分地从书页上溜到搁在他肩头的一只白白的小手上，而每当他被发觉这么不专心时，这只小手就很干脆地叫他的脸颊挨一下。

小手的主人站在他的背后，当她俯身辅导他的功课时，她那轻柔发亮的鬈发有时就跟他那棕色的头发混合在一起了。而她那张脸——亏得他看不见她的脸，否则他决不会这样安得下心来了——我却看得见呢。我咬着自己的嘴唇，为了丢掉一个机会而在悔恨——我本来也许大有可为呢，而现在只落得对着那使人倾倒的美人干瞪着眼。

课上完了——并没有少犯错误，可是那做学生的却要求奖励，获得了至少五个吻，而他又慷慨地回敬了。于是他们来到了门口。从他们的谈话中，我听出他们将要出去，在原野上散散步。我猜想如果这时候我这个没福气的人出现在他身边，那么哈里顿·欧肖就算嘴里不说，心里也要诅咒我下到地狱的最底层去！我心里有一种自卑感，一肚子不痛快，我悄悄地绕着圈子，到厨房去找个安身之所了。

在宅子后边也并没有向来客闭关设防，门口坐着我的老朋友纳莉·丁恩，一边做针线，一边在唱着一支歌儿，可是常常被从里面传来的粗暴的讥嘲声、怨恨声所打断，这些声响可一点也不合音乐的节奏。

“我宁可从早到晚，耳朵根里只听得赌神罚咒，也不要听你这哼哼唧唧——一半也不要听，不管你哼的是什么！”躲在厨房里的那个人嚷道，他算是在回答纳莉(她说了一句什么话，我听不清楚)。“真是伤风败俗哪！我几时才可以打开我那《圣经》宝书，耳边不用听到你把荣耀归于魔鬼撒旦，归于这尘世所产生的一切罪孽深重的邪恶啊！唉！你真正是一个一文不值的女人哟！——她是另一个一文不值的女人；可怜那个小伙子，落在你们两个女人手里，没救啦。可怜的小伙子呀！”他又唉声叹息地添上了一句。“他是被邪魔迷住了呀，我就是这句话！老天爷啊，审判她们吧！我们人世的这些统治者是既没有王法、又没有正义呀！”

“才不呢，否则只怕我们得绑在干柴堆上，给活活烧死呢，”那位女歌手反驳道。“得了吧，老头儿，念你的《圣经》去，像一个基督徒吧，你就不用管我了。我唱的是《安妮仙子的婚礼》——一支好听的歌曲，配合着跳舞唱的。”

丁恩太太刚要开口再唱，我走上前去，她立刻就认出我来，她跳起身来嚷道：

“哎哟，祝福你，洛克乌先生！你怎么会一转念就这么回来啦？画眉田庄那儿一切东西都收拾起来了。你应该先给我们一个通知呀。”

“我在那边安排好了，会得到照应的，只要我高兴住下去，”我回答道。“明天我又要动身了。你怎么会搬到这儿来住了，丁恩太太？告诉我吧。”

“你去伦敦不久之后，齐拉不干了，希克厉先生要我来这儿住，等你回来后再说。可是，请进来吧。你可是今天晚上从吉牟屯走来的吗？”

“从田庄走来的，”我回答道。“趁他们替我收拾卧室的当儿，我要找你的东家，跟他把我的事务了结了，我想以后在百忙之中不见得另外再有机会了。”

“什么事务呀，先生？”纳莉问，把我引进了正屋。“目前他出去了，一时还不会回来呢。”

“关于租约的事，”我回答道。

“噢！那你得去跟希克厉太太谈妥当呀，”她表示意见道，“或者不如跟我谈吧。她眼前还没学会怎样处理她的事务呢，由我来代表她；再没有别人了呀。”

我露出一副吃惊的样子。

“啊！我明白了，你还没听说希克厉已经去世了呢，”她接着说道。

“希克厉死啦！”我大吃一惊，嚷道。“多久了？”

“三个月了。可是坐下来吧，把帽子给我，我自会把一切全都告诉你。等一下，你还没吃过东西吧，吃了没有？”

“我一点不想吃，我已经关照家里准备晚饭了。你也坐下来吧。我做梦也没想到他会死去。说给我听是怎么回事吧。你说他们一时回不来——是说他们年轻人吗？”

“可不。我每天晚上都不得不责备他们，不该深更半夜还在野外闲逛。可是他们才不理我呢。至少你得喝一口我们家的陈酒吧；这酒会给你提神的——你看来有点儿累了。”

她说罢就赶紧拿酒去了，我就是想拒绝也来不及；我听得约瑟夫在责问：“像她这样一把年纪的女佣人，还要招引男人到厨房来追求她，真丢脸哪，真丑死啦！是不是呀？这不算，还要从东家的地窖里拿出那些酒壶来！他[1]坐在那儿眼看有这样的事，真替那女人脸红呀！”

她并没有停下来回敬他，而是马上进来了，端上来一银壶酒。我连声称赞说好酒。喝过了酒以后，于是她就把希克厉后来的事讲给我听；按照她的说法，他的结局可真稀奇啊。

你离开我们以后，不到两个星期，我就被召唤到呼啸山庄来了，我想念着卡瑟琳，不用说，我满心喜欢地服从了这命令。

我第一次和她见面，叫我又伤心又震惊——自从我们分手之后，她变得这么厉害。希克厉先生并没有说明他为什么改变主意要我到这儿来，他只说是他要我来，他不想再看见卡瑟琳了。我得把小客厅当作我的起坐室，把她带在我的身边。如果他每天不得不看见她一两次，那也就够了。

对于这样的安排，卡瑟琳似乎很高兴。我一点一点地偷运来一大批书，还有其他的一些东西，那是她在田庄时作为消遣的。我想得倒好，以为我们往后的日子会好过些了。可惜这个幻想并没有维持多久。

开头，卡瑟琳倒是满足了，可是没有多久，她变得焦躁不安起来。首先是不准她走出花园一步，春天快要来了，却把她关禁在那么狭小的一个天地里，这使她很怨恨；其次是，我要料理家务，就不得

---

① 这里的“他”似乎是约瑟夫指自己而言。这个老头儿故意使用疏远的第三人称，不说：“像你这样一把年纪……”，偏说：“像她这样”，“那女人”。

不常常离开她，她说她寂寞。她宁可到厨房去跟约瑟夫吵架，也不愿独个儿安安静静地坐着。

他们你一句来我一句去，我倒并不在乎，可是当主人要一个人独用正屋的时候，哈里顿也往往不得不躲到厨房去。一开头，她一看到他来，就离开了厨房，要不然，就是默默地帮我做家务，跟他一句话也不说，也一句话都不提起他。他呢，也总是绷紧着脸，不吭一声，那副架势真够瞧的。

尽管这样，没有多久，她的态度渐渐转变了，再也做不到眼里没有他这个人了。她议论起他来了，批评起他来了：愚蠢啊，懒惰啊；他过的这种日子他怎么能安心过得下去呢？他怎么能一整个晚上都坐在那儿，只管瞧着炉火，只管瞌睡呢？——她表示她想不明白。

“他就像条狗，不是吗？爱伦？”有一次她这么说，“还是他像一匹套车的马？他干他的活，吃他的饭，睡他的大觉，永远是这样！他的头脑一定是多么空洞、灰暗啊！——你从来没有做过梦吗，哈里顿？要是做过梦，你做了些什么梦呢？可是你是没法跟我说话的！”

说到这里，她直瞧着他，可是他既不开口，也不再望她一眼。

“也许他这会儿正在做梦呢，”她接着说道。“他扭动他的肩膀，就像是朱诺[1]在扭动她的肩膀呢。你去问他，爱伦。”

“要是你不多懂得些规矩，哈里顿先生要请东家打发你上楼去了，”我说道。

他不只是扭动他的肩膀，他还握紧了拳头呢，很想要试试它的威力似的。

“我明白了，为什么我在厨房的时候，哈里顿老是不开口，”又一次，她这样嚷道。“他是怕我笑他呀。爱伦，你看呢？有一次，他自己教他自己念书，因为我取笑了他，他就把书都烧了，从此不念书了，

---

① “朱诺”是他们家的一条母狗，见本书第二章。

丢开了。他不是个傻瓜吗？”

“那你是不是淘气呢？”我问。“回答我吧。”

“也许我是吧，”她说下去道，“可是我没想到他会这样蠢呀。——哈里顿，如果我给你一本书，你现在肯要吗？我来试一下吧。”

她把她正在阅读的一本书放在他的手上，却给他一下子扔开去了，他嘴里还咕噜着，如果她还纠缠个没完，他就要扭断她的脖子。

“好吧，我就把书放在这儿，”她说，“放在桌子的抽斗里；我要上床睡觉了。”

然后她悄悄地叫我看好，他碰不碰书，于是她走开了。

可是他不肯走近来拿书。第二天早晨我告诉了她，使她大为失望。我看出她心里是很难过的，因为他就是死抱住他的气苦和懒散不放。她的良心责备她不该把他吓退了，不想上进了。这事她做得太绝了。

多亏她的灵敏自会想方设法去弥补那心灵的创伤。在我熨衣服的时候，或是在干其他不便在客厅里做的固定的活儿时，她就带来一些有趣的书，朗读给我听。逢到哈里顿在场的时候，她往往念到紧要的关头就打住了，把摊开的书搁在那儿，走开了——她一次又一次地要出这一招。

谁知他却顽固得像头驴子，偏不肯上她的钩；不但这样，逢到雨天，他还去跟约瑟夫搞在一起，学抽起烟来。他们两个，坐在火炉的两边，倒像是什么机器人；上了年纪的那一位说是幸亏他耳朵聋了，不用去听她那邪恶的嚼舌根了；年轻的那一位呢，神气十足地装得他才不想听她的呢。晚上天气好，他就出外打猎去。

卡瑟琳又打呵欠，又唉声叹气，缠住我快跟她说说话呀，可是我才开口，她又跑到院子或是花园中去了，她无计可施了，在失望中，放声哭了起来，嚷道，她活腻了——她这条命活着还有什么用呀！

希克厉先生变得越来越不喜欢跟人来往了，差不多不许哈里顿再闯进他的房间里来。在三月初头，这小伙子遭到了意外的事故，有几天不得不待在厨房里，成了那儿的一件附属品。他独个儿在小山上的时候，他的枪走了火，碎片伤了他的胳臂，鲜血流个不停，等到他终于回到家中，已出了不少血了。结果是，他被迫在炉火边静养，直到恢复为止。

有他在厨房里，卡瑟琳倒觉得挺对劲。不管怎么说吧，她因之更不喜欢她楼上的那间卧室了；她老是逼着我在楼下找活儿干，她好跟我作伴。

复活节到了，星期一那天，约瑟夫赶着几头牛到吉牟屯市场去了；下午我在厨房里忙着熨被单。哈里顿坐在壁炉的一角，像往常一样的阴沉，我的小女主人很无聊地消磨去一个小时：在玻璃窗上画图形，有时变换个花样，忽然闷声闷气地哼起歌来，有时又轻轻地叫喊了那么一两声，有时又朝她那个表哥的方向投送去烦恼和不耐烦的眼光——他呢，一个劲地抽他的烟，只顾望着炉栅子。

我跟她说，她把我的光线全挡住了，真叫我受不了；给我这么一说，她就挪到壁炉边去了。我也没大理会她在干些什么，可是不一会，我听得她开口说话了：——

“我发觉，哈里顿，原来我要——我很乐意——我现在很喜欢你做我的表哥了，要是你对我不是变得这么任性，这么粗暴。”

哈里顿没答理她。

“哈里顿，哈里顿，哈里顿！你听见了吗？”她接着说。

“去你的吧！”他咆哮道，他硬到底，一点也不肯迁就。

“让我拿开那烟斗吧，”她说道，小心地把手伸过去，把烟斗从他的嘴里抽了出来。

他想把烟斗夺回来，谁知它已经折断了，而且掉在火里了。他咒骂了她一句，又抓来了另一只烟斗。

“停一下吧，”她嚷道；“你先得听我说句话，让这些烟雾在我眼前飘，我没法说话呀。”

“你给我见鬼去吧！”他凶狠地嚷道，“别理我！”

“不，”她不放松，“我偏不。我真不知道该怎么办才能叫你跟我说话，而你又发誓不肯理解我的意思。我说过你笨，可我并没有什么用意呀。我并没有瞧不起你的意思。来吧，你应该心目中有我这个人呀，哈里顿。你是我的表哥，你也得承认我呀。”

“我跟你没什么好说的！——你，还有你那臭架子，还有你那套学嘴学舌的鬼花招！”他回答道。“我宁可下地狱去——肉体，灵魂都下去，也不愿在眼角里再看你一眼！给我滚远些吧，滚，马上就滚！”

卡瑟琳皱紧了眉头，退回到靠窗的座位上，咬着她的嘴唇，还硬是要哼歌儿，怪腔怪调的，想不让人知道，她是越来越忍不住要哭一场呀。

“你应该跟你的表妹言归于好，哈里顿先生，”我插嘴说，“既然她已经后悔了，不该冒犯你。言归于好会给你带来很多好处；你让她跟你作个伴，会使你变成另一个人。”

“跟她作个伴！”他嚷道。“这行吗？——她恨我，她认为我还不配给她擦皮鞋呢！不！就算让我当上国王，我也再不愿为了讨她的好而受到取笑了。”

“不是我恨你，是你恨我呀！”卡茜哭着说，再也不掩饰她心头的苦恼了。“你恨我，不比希克厉先生差——恨得还厉害些呢。”

“你是个该死的撒谎者，”哈里顿开口说。“照你这么说，那么我干吗要惹他生气呢？一百次都有了——都是为了向着你！还有，你取笑我，你看不起我，那时候我——你只管叫我倒楣吧，我要到那边去了，我要说：是你把我从厨房里赶出来的！”

“我并不知道你向着我呀，”她回答道，一边擦干了眼睛，“那时我难过极了，对每一个人都一肚子气；可是我现在向你道歉，请求你宽恕我。你再要我怎么样呢？”

她回到了壁炉边，很坦率地把她的手伸过去。他呢，一张脸阴沉沉的，怒气冲天，就像带雷电的乌云，两个拳头死命地握得紧紧的，两只眼睛只管盯住着地面。

卡瑟琳凭着她的天性，看出了这其实是顽固的倔强，并不是真的讨厌她，才叫他这样难于讨好；因此，她犹豫不决了一会儿之后，就凑下来，在他脸颊上轻轻地吻了一下。

这小淘气还道我没有看见她，抽回身子，回到了她原来窗前的座位上，真是文文静静。我不以为然地摇摇头，于是她脸红了，悄悄地说：

“嗳，叫我怎么办呢，爱伦？他不肯握手，他也不肯瞧我；我总得用什么法子向他表示我喜欢他——我愿意和他交朋友呀。”

这一吻是不是叫哈里顿看到了她的真心，我说不准。有那么几分钟，他小心不让人家看到他的脸，等到他把脸儿抬起来时，他心慌意乱，不知道把自己的目光往哪儿瞧才好。

卡瑟琳一心一意地把一本漂亮的书用一张白纸整整齐齐地包起来，再用一条缎带扎起来，于是写上了“哈里顿·欧肖收”，她要我担任她的特使，把这份礼物递交给指定的接受者。

“告诉他，要是他接受了，我就来教他好好地念，”她说道；“如果他拒绝了，我就上楼去，从此再也不找他麻烦了。”

我把书送过去，我传达了口讯；我的委托人这当儿焦急地注视着我。哈里顿偏不肯张开他的手指，我就把书搁在他的膝头上。他也并没把书啪地摔掉。我又回去干我的活。

卡瑟琳把头和手臂都偎依在桌子上，后来她果然听到了那轻轻的拆开包书纸的窸窣声；于是她蹑着步子走了过去，悄悄地在她的表哥身旁坐了下来。他直哆嗦，脸儿涨得通红；他的粗鲁，他的凶狠、刚强，这时候都不知道到哪儿去了。最初，他都鼓不起勇气来开一声口，来回答她那询问的目光和她那柔声柔气的求情：

“你说你宽恕了我吧，哈里顿，说吧。你只要说短短一句话，就会让我高兴起来。”

他咕噜了不知一句什么话，没人能听得清楚。

“那么你愿意跟我做朋友了？”卡瑟琳又探问了一句。

“不，你会因为我而以后一辈子都天天感到羞耻的，”他回答道，“你越了解我，就越觉得可耻；这个我受不了。”

“那么你不愿跟我做朋友吗？”她问道，笑了一笑，甜得像蜜，又向他挨近些。

以下再谈些什么，我就听不清了；不过我再回头一看，只见两张容光焕发的脸儿凑下来，在读那已被接受了的书本呢；毫无疑问，双方已经签订了和约，两个冤家对头从此以后成为亲善的盟邦了。

他们俩阅读的那本书里，多的是一幅幅考究的插图，他们看得可出神啦，他们挨在一起坐，舒服极啦，直到约瑟夫赶集回来，这两个人没有挪动过一下。

可怜这个老家伙，一眼看到卡瑟琳竟跟哈里顿·欧肖坐在一条长椅上，还把她的手搭在他的肩膀上，不由得大惊失色。他简直搞不懂这是怎么一回事，他那个宠儿竟然会容忍她去挨近他！这当头一棒对他是太沉重了，那天晚上，他对于这回事竟一句话都说不出来。他一肚子气愤只能借一串长长的叹气声发泄出来，当时他正一本正经地在桌子上打开了他那部大《圣经》，又从他的袖珍本子里拿出了白天交易所得的肮脏的钞票，都摊放在《圣经》上。最后，他终于把哈里顿从他的椅子上叫过来。

"把这些给东家送去，孩子，"他说道，"就待在那儿。我要上楼到我自己屋里去。这屋子我们是待不下去了，太不像话啦。我们还是趁早走吧，另找个安顿的地方吧。"

"来吧，卡瑟琳，"我说道，"我们也得'趁早走'呢。我把衣服熨完了。你准备走了吗？"

"还不到八点钟呢，"她回答道，很不乐意地站起身来。"哈里顿，我把这本书放在壁炉架上，明天我再拿些书来。"

"管你留下些什么书，我都要拿到正屋去，"约瑟夫说，"要是再让你找到了，那才是奇迹呢——好，随你的便吧。"

卡茜当即声明，如果他胆敢动她的书，那么她也决不会对他的那些书留情的；她从哈里顿身边走过时笑了一笑；唱着歌儿上楼去了。我敢说，自从她踏进这家的门，心情从来没有这样轻快过——也许除了她最初来看林敦的那几次之外。

就这样，表兄妹俩一经和好，那亲密的关系就迅速地在发展着，虽然有时也不免遭到小小的挫折。并不是光凭愿望就能叫欧肖马上得到教养的，而我家小姐也并非哲学家，在涵养方面也并不是堪称典范；但是那两颗心都一齐向着一个目标——一个是爱着，只想学会尊重对方；另一个是爱着，只想能获得对方的尊重——他们俩都努力要最后达到一个目标。

你瞧，洛克乌先生，要赢得希克厉夫人的心是很容易的呀。不过现在我很高兴你并没有试一下。我所有的愿望中最高的愿望，就是看到这一对年轻人的结合。在他们举行婚礼的那一天，我谁也不羡慕了。那时候，在英国再找不出第二个像我那样快乐的女人了。

第三十三章

星期一早晨，欧肖还是没法干他的日常活儿，因此留在家里。我很快发觉，我还要像以前那样，把由我照管的卡茜再留在我身边是办不到了。

她比我先下楼，来到了花园里，因为她已看到她的表哥在那儿干些轻便活儿。后来我去叫他们吃早饭的时候，我看到她让他听了她的主意，在红醋栗和醋栗的矮树丛中清出一大片空地来，他们这会儿正一起忙着在商量怎样从田庄移植一些花木来。

我吓坏了，在短短半个小时里，竟完成了这样大的破坏。那些黑醋栗树可是约瑟夫眼里的宝贝呀，她却恰好选中了在这些树丛中间建立她的花圃。

“好呀！只要一让他发觉，马上就要领东家来看看闹出什么事来啦，”我嚷道。“你们在花园里这样自作主张，有什么理由可以交代呢？为了这事，我们可有一番热闹了，瞧着吧，没有才怪呢。哈里顿先生，我不懂，你怎么会昏头昏脑，竟听了她的话，把事情搞得这么糟！”

“我忘了这是约瑟夫种的树，”欧肖回答道，不知怎样是好，“不过我会告诉他这是我干的事。”

我们总是跟希克厉先生一桌子吃饭。我坐在主妇的席位上，由我倒茶、切肉，所以在饭桌上是缺不了我的。卡瑟琳平时总是坐在我的旁边，可是今天她却悄悄地向哈里顿挨近些，我立刻看出，她如今跟他交上了朋友，并不比当初跟他做冤家对头时，更慎重些，更懂得克制些。

“现在，你得留神，别跟你的表哥多说话，也别老是瞅着他，”我们进屋时，我这样悄悄地叮嘱她。“那一定会把希克厉先生惹恼了，他准要跟你们大发脾气了。”

“我才不会呢，”她回答道。

可是才过了一分钟，她就侧着身子挨近他了，还把几朵樱草花插在他的粥盆里。

他不敢在饭桌上跟她说话——他简直不敢向她看一眼；可她还是逗他，有两次，他差点儿被逗得笑了起来。

我皱皱眉，于是她向东家溜了一眼。东家正在想他的心事，没有留意在座的旁人，这从他的神色可以看出来。有一会儿，她变得规规矩矩，认真地打量着他。过后，她转过脸来，又胡闹起来。

哈里顿终于忍不住，低低地发出了一声笑。

希克厉先生吃了一惊，他的目光很快地掠过了我们每个人的脸。卡瑟琳的目光碰上了他的目光，那是一种既紧张又显示出反抗的目光，而他恨的恰恰是这个。

“算你运气，我够不到你，”他嚷道。“你中了什么邪魔？——我看看你，你就用你那双见鬼的眼睛死死地回瞪我！低下你的眼睛！别提醒我还有你这个人存在。我还以为我已经治好了你的笑呢。”

“那是我，”哈里顿咕噜着说。

“你说什么？”东家追问。

哈里顿看着他的盘子，没有重复他的招供。

希克厉先生看了他一下，然后沉默地继续吃他的早饭，又陷入了被打断的沉思中。

我们都快吃好了，这两个年轻人也谨慎地彼此挪开一些。我料想今天这一顿早饭不会再有什么风波了吧；谁想这时候约瑟夫闯进门来了，他那哆嗦的嘴唇、冒火的眼睛，分明在告诉人他已经发现他那了不起的矮树丛遭到破坏了。

他准是先看到卡茜和她的表哥到那儿去过，然后再去检查那地方的；你瞧，他的下巴磨得起劲，像母牛在反刍一样，连他说些什么都听不大懂了。他开口说道：

“给我工钱，我还能不走吗！本来，我在这儿干了六十年，我是打算死在这儿的；我心想，我把我的书，还有零零碎碎东西都塞到阁楼上去啦，就把厨房让给他们吧，也是图个清静。把向来是我的壁炉边的位置让给人家可真舍不得啊，可我想我能狠得起这个心来！谁想到，不行！她，把我的花园也给拿去啦，连带我在壁炉边的位置！东家，我可受不了啦！你受得下这口气，你就受下去吧——我可受不惯呢，老头儿是没法一下子对付这新花样的——我呀，宁可拿个锄头到大路边去挣口饭吃！”

“得了，得了，老糊涂，”希克厉打断他说，“说干脆些！你有什么不痛快？你跟纳莉吵架，不关我的事。她尽可以把你丢进了煤洞里，我才不管呢。”

“不是为了纳莉！”约瑟夫回答道。“我不会为了纳莉，就待不下去了——尽管她是个一文不值的女人，又臭又坏。谢天谢地！她还不能够把别人的灵魂勾了去！她从来也没怎么漂亮过，男人看到她用不着眨巴眼睛。是那边这个可怕的、难看死了的臭丫头，是她把咱们的小伙子迷住啦，凭她那一双放肆的眼睛和做出种种不害臊的样儿来——到后来——说它干吗！我心痛哪，都快碎啦！我帮过他多少回忙，是我一手培养他的，他全都忘干净啦！如今他却动手把花园里一整排最出色的红醋栗树都掘掉啦！”

说到这里，他当场号啕大哭起来，一丁点儿男子汉的气味也没有了，却只觉得人家十二万分地亏待他，欧肖这小子太忘恩负义了，也不想想，他眼前这光景有多危险哪！

“这个傻瓜喝醉了吗？”希克厉先生问道。“哈里顿，他是不是在找你的岔子？”

“我拔掉了两三株矮树，”小伙子回答道，“可是我打算把几株树重栽起来。”

“你干吗要把矮树拔掉呢？”东家问道。

卡瑟琳很机灵地插了嘴。

“我们想在那儿种些花，”她嚷道。“这事不怪别人，都怪我不好，是我要他把树拔掉的。”

“见鬼，谁准许你在花园里动一根树枝儿的？”她的公公责问道，他感到了震惊。“又是谁命令你去听从她的？”他转身对哈里顿补了一句。

那小伙子说不出话来。他的表妹回答道：

“不过几码土地，我要种些花，你都舍不得吗？——你把我所有的土地全拿过去啦！”

“你的土地？不懂一点规矩的死丫头！你几时有什么土地过？”希克厉嚷道。

“还拿走了我的钱！”她接着说；他睁着一双冒火的眼睛瞪着她，

她也回瞪他，嘴里咬着一片吃剩的面包皮。

“住口！”他嚷道，“快吃完了就滚出去！”

“还有哈里顿的土地，还有他的钱，也是你拿去啦！”那个不顾死活的小东西不放松地说下去道。“哈里顿和我两个，现在是朋友啦，我要把你的事全都告诉他！”

东家气得话都说不出来了，脸色顿时变白，他霍地站起身来，两眼死盯着她，显示出不共戴天的仇恨来。

“如果你打了我，哈里顿就揍你！”她说道，“你还是给我坐下来的好。”

“如果哈里顿不把你撵出这间屋子，我就把他一拳打到地狱去！”希克厉打雷般怒吼道。“他妈的你这妖精！你竟敢妄想挑拨他来反抗我？——跟她一刀两断！你听到了吗？把她扔到厨房去！——我要宰了她，爱伦·丁恩，要是你让她再出现在我的眼前！”

哈里顿大气不透地想劝她走开。

“快把她拖走！”他杀气腾腾地吼道。“你还想赖在这儿谈下去吗？”只见他走近来准备亲自动手了。

“他不听你的话了，狠毒的人，再也不听你的了！”卡瑟琳说道，“他就要跟我一样地痛恨你啦！”

“嘘！嘘！”那小伙子咕噜着，带点儿埋怨的口气。“我不愿意听见你这样跟他说话。算了吧。”

“可你不会眼看着他打我吧？”她嚷道。

“那么，得啦，”他迫切地低声说道。

可是太晚了。希克厉已经把她抓住了。

“现在，你走开！”他跟哈里顿说。“该死的妖精！这一回她把我惹得受不了啦，我要叫她后悔一辈子！”

他一把抓住了她的头发，哈里顿想把那鬈发解救出来，求他这一回放过了她吧。希克厉的那双黑眼睛射出了凶光——他仿佛恨不得把卡瑟琳撕个粉碎。

我鼓起勇气，不顾一切，要冲上去救她，不料他的手指忽然松开了；他那一把紧握着的手，从她的头上移到了她的胳臂上，一眼不眨地凝视着她的脸儿。接着，他用手捂住自己的眼睛，有那么一会儿，站住了不动，分明是要镇定一下，然后又转过来，装得若无其事似地对卡瑟琳说道：

“你以后要留神些，别把我惹火了，否则我总有一天会当真把你杀死了！跟丁恩太太去吧，跟住她吧，把你那些放肆的话去说给她听吧。至于哈里顿·欧肖，如果我看出来他听你的话，我就打发他走，由他到外边去挣面包吃。你的爱情会叫他变成个流浪汉，变成个叫花。——纳莉，把她带走吧；你们都走开吧！——我要一个人待在这儿！”

我把我家小姐带了出去；她居然能安然脱身，心里太高兴了，也就乖乖地跟着我走。另一个也跟了出来。直到吃午饭的时候，希克厉先生一个人待在屋子里。

我劝卡瑟琳在楼上吃饭吧，没想到希克厉看到她的位置空着，就叫我去叫她。他没跟我们中哪一个说过一句话，吃得也很少，一吃好饭，他就出去了，声言他要到晚上才回来。

在他不在的当儿，这两个新朋友就占用了那间正屋。我听得哈里顿坚决不许他的表妹向他揭开过去的老账：当初希克厉怎样对待他父亲的。他说他不愿意有人在他面前说希克厉一句坏话。就算他是魔鬼吧，那也无所谓——他还是跟他站在一起；哈里顿宁可她像过去那样，把他辱骂一番，也不愿她触犯到希克厉头上去。

听了这话，卡瑟琳不免心里有气，可是他问她道，要是他说她的父亲怎么不好，她听了高兴不高兴呢？这一问使她无话可说。于是她懂了，哈里顿把他东家的名誉紧紧地跟自己结合在一起了，把他束缚在希克厉身上的那根锁链是年深日久的习惯铸成的，不是理智所能打碎的，硬是要拆开它，未免太狠心了。

从此以后，她显示出她的善良的心地，不再用怨恨的口气，或者仇恨的口气提到希克厉了，也在我跟前承认她心里很难过，不该想去挑起哈里顿和他之间的恶感。我的确相信，后来她在哈里顿跟前，从没吐过一言半语，反对她的欺压者。

这场小小的不愉快过去之后，他们俩又是好朋友了；一个当学生，一个当老师，自有许多的正经，够他们忙的了。我干完了活儿后，进去和他们一起坐着，眼看他们那种情景，真是满心喜欢，感到安慰，连时间已经不早也不觉得啦。

你知道，说起来，他们两个都好像是我的孩子。其中的一个一向是我的宠儿，现在我能说得准，另一个也会使我同样的满意。他那诚恳的、热情的、聪明的天性很快地从原先那黑暗的愚昧和粗野中摆脱出来——他所以会堕落到那个地步，是因为从小得不到教养。卡瑟琳的真心诚意的赞扬，对于他的勤奋又成为一种鼓舞。他的心开窍了，他的外貌也跟着光彩焕发了，增添了一种昂扬、高贵的气质。回想起有一次我家幼小的小姐，出游“山岩”，我追寻她到了呼啸山庄，那天我所碰见的那个野小子竟然就是他，真叫我难以想象！

我正在羡慕他们，他们正在用功的当儿，天色渐渐暗下来了，在这黄昏时分东家也回家来了。他忽然出现在我们跟前，我们一点都没想到，原来他是从前门进来的，我们还没来得及抬头望他，他已经把我们三个完全看在眼里了。好吧，照我看，呈现在他眼前的是再没有那么愉快、那么无邪的一幅景象，如果要对他们叱斥，那真是奇耻大辱了。

熊熊的炉火把红光映照在他们俩漂亮的头上，显示出两张生气蓬勃的脸儿，充满了孩子气的热衷的兴趣。虽说他二十三岁、她十八岁了，但各自都有那么多新鲜事儿要感受、要学习呢，因此都体会不到、也表现不出那种冷静的、清醒的、成熟了的感情。

他们一齐抬起眼来，望望希克厉。也许你从来没有注意过，他们俩的眼睛长得一模一样，都是卡瑟琳·欧肖的那双眼睛。眼前的这个卡瑟琳别的地方都不大像她母亲，只有宽广的额头是相像的，还有那有点拱起的翘鼻子，这使她显得很高傲，不管她本意怎么样。至于哈里顿，那相像的程度就更进了一步，这是一向很显眼的，而这一会儿，更其突出了——因为他眼亮耳明，他的智力觉醒了，那种内心的活跃是少见的。

我揣摩正是这长得相像，使得希克厉先生软下了心肠。他直走到壁炉边，心情显然很激动，但是在他瞧着这年青人时，激动很快平了下来——我得说，也许是改变性质了，因为激动并没消失。

他从哈里顿的手里拿过书来，向那打开的书页看了一眼，于是没说一句话把书还给了他，只做了个手势叫卡瑟琳走开。她走了以后，她的伴侣也并没有待多久；我正也要走时，他却叫我坐着别动。

“这是个很可怜的结局，是不是？”他目睹了方才那一个场面，沉思了一阵之后，表示意见道。“我穷凶极恶，却落到这样一个结果，不是太荒唐了吗？我手里有撬杆、有鹤嘴锄，要把这两个人家都摧毁了，我把自己磨炼出一股狠劲儿，拚了命干，像赫克勒斯[①]。谁知等到一切都布置好了，都逃不出我的手掌心了，我却发觉我的意志力消失了，连掀起两座宅子的一片瓦都办不成了！我几十年的冤家对头并没有把我打败呀。眼前正是时机，向他们的后代报仇解恨。我做得到，谁也别想阻拦我。可是有什么用呢？我不想举手打人了。——我连抬起手来都嫌麻烦！这听来倒像是这许多年来我费尽心机，只是为了有

① 赫克勒斯，希腊神话中的英雄，力大无穷，创造许多业绩。

朝一日，好显得我宽宏大量，天良未泯。完全不是这么回事。我已经失去了兴高采烈地看着他们毁灭的机能了；而我又懒得去干那无缘无故的破坏。

“纳莉，有一个奇怪的变化正在来到；目前我笼罩在它的阴影里。日常生活已不在我心上，连吃喝都想不起来了。方才走出屋子的那两个，惟有他们，还能在我的心头留下一个清晰的实体的形象；那形象使我感到疼痛，到了痛苦的地步！

“关于她，我不想说什么，也不愿意多想，我一心一意但愿看不见她这个人才好。她在我眼前，把我刺激得快要疯了似的。他呢，也触动我的心境，可不一样；可是只要我能做得到，不让人觉得我疯了，我宁可永远不再看到他！

“你也许会认为我这个人不是疯了，也是精神不正常了吧，”他补了一句，勉强笑了一下，“要是我想把他在我心中唤起的，或是他所体现的千百种过去的联想和观念都说给你听——我跟你说的你不要说出去，我内心的思想从来都是紧紧地关闭着的，到最后终于忍不住要向另一个人吐出来。

“五分钟以前，哈里顿似乎不是一个小伙子，而是我的青春的化身。他叫我涌起了各种各样的感受，我简直不可能头脑清醒地跟他说一句话。

“首先，他像卡瑟琳，像得叫人吓一跳，这样他就紧紧揪住不放地和她联结在一起了。也许你以为这一点最能吸引住我的想象力吧，其实却是最不足道的。对我说来，还有什么是不跟她联系在一起的呢？有什么不叫我想起她来的呢？我低头看着这屋内的石板地，她的面容就出现在石板上面。在每一朵云里，在每一株树上——充满在夜晚的空气里，在白天，我的眼光无论落在什么东西上，总看得见她——她的形象总是围绕着我。普普通通的男人和女人的脸——连我自己的这张脸——都在嘲弄我，说是跟她多么相像呀。整个世界成了一个可怕的纪念馆，处处提醒我她存在过，而我却失去了她！

“嘿，哈里顿的模样是我那不朽的爱情的一个幻影——是我不顾一切地想要保持我的权利的一个幻影——是我的堕落、我的骄傲、我的幸福、我的痛苦的一个幻影——

“可我是疯了，把我心里所想的反复地跟你说；我无非要让你知道，我永远这样孤独，是十分无奈的事，为什么有他作伴，却又对我一无好处，反而加重了我不断忍受的折磨；一部分是为了这个原因，使我再不理会他和他的表妹相处得怎样。我没法再把心思用在他们身上了。”

“可是你所说的‘变化’是什么呀，希克厉先生？”我问，他那种神气把我吓坏了，虽说他不像有神经错乱、或是死去的危险。凭我的判断，他没病没痛，健壮得很；说到他的理智，他从童年起就喜欢想到那阴森森的事儿上去，脑子里尽盘旋着些稀奇古怪的幻想。他对于他死去的偶像也许产生了一种偏执狂，可是在其他方面，他的头脑跟我一样地健全。

“在变化来到之前，我也不会知道，”他说道，“目前，我只是隐约地意识到罢了。”

“你没有得病的感觉吧，是吗？”我问道。

“不，纳莉，我没有病，”他回答道。

“那么你不是怕死吧？”我接着问。

“怕死？没有的事！”他回答道。“我对死，既不害怕，也没有预感，也并不巴望着死。我干吗要这样呢？我身体结实，生活有节制，也不去干那出生入死的事儿，我应该，也可能是这样，活在世上直到我头上找不出一根黑发来。可我没法让这种情况再继续下去了。我得提醒自己：你要呼吸——几乎得提醒我的心脏：要跳动。这就像硬是把一根硬弹簧弯过来似的。哪怕一举手一投足的小动作，如果没有我的那一个思想在带动，都是勉强做出来的；不论什么有生命的、还是无生命的东西，只要和那一个充斥天地的意念联系不起来，那我也只是勉强才注意到它们的存在。我只有一个愿望，我整个生命、我所有的机能都在渴望着如愿以偿的那一天。渴望了这么久，又无时无刻不在渴望，因此我深信，这一天终于会来到的——而且不消多久了——因为这一个愿望已经吞灭了我的存在啦。我已经失没在我的朝思夜想里啦——一心盼望那一天来到。

“我这一番自白并没能使我轻松，不过这些话也许可以表白为什么我会无缘无故表现出这种那种的情绪来。唉，上帝呀！这是一场好长的搏斗啊，我只希望快快结束吧！”

他在房间里踱起步来，嘴里在跟自己咕噜着，尽是些可怕的话，到后来我不由得相信起来（他说约瑟夫这样相信），天良把他的那颗心变成了人世的地狱。我真不知道这会怎么样一个了局呢。

虽说以前他很少吐露过自己的心境，连一个神色也没有流露出来，但这就是他平时的心情吧，这一点我是没有疑问的。现在他亲口这么讲了，但是从他平时的举止看，谁会想得到有这么一回事呢。洛克乌先生，你初次见到他时，你也没想到吧。就在我说起的那一段时期，他也和以往并没有两样啊，只是更喜欢离群独居罢了，还有，也许在人前更不喜欢说话了。

第三十四章

在那一晚之后的几天里，希克厉先生在吃饭的时候避免跟我们照面，但是他又不愿说破：不要哈里顿和卡茜两个一起来吃饭。他不容许自己完全听凭感情行事，因此宁可吃饭的时候不来。一天二十四小时只吃一顿饭，在他似乎是足够了。

有一天晚上，一家人都入睡了，我听得他走下楼来，走出了大门。我没有听得他再回来。到了早晨，我发现他还是没有回来。

那时正是四月季节，天气暖和宜人，一场雨水和一片阳光把青草打扮得要多绿就有多绿。靠南墙的那两株矮苹果树开了满树的花。

吃好早饭，卡瑟琳一定要我端一张椅子，带着我的活计，坐在宅子尽头的枞树底下。那次枪子走火、哈里顿受的伤，现在完全好了，这会儿听了卡瑟琳的怂恿，在翻掘泥土，给她布置一个小花园，只是因为约瑟夫到东家面前去告了状，这小花园移到一个角落去了。

我只是舒畅地在美丽柔和的蓝天底下，享受着周围的春天的芬芳的气息。我家小姐奔到栅门边去采集带根须的樱草花，预备种在花床的边圈，可是她只采到一半就赶回来了，告诉我们说，希克厉先生来了，“他还跟我说话来着，”她添上一句，带着一种惶惑的神情。

“他说了什么呢？”哈里顿问道。

“他对我说：你给我快快走开吧，”她回答道。“可是他那脸色变得跟平时完全不一样了，我奔了几步又不由得停下来，眼睁睁地看了他一会。”

“怎么不一样？”他问道。

“呃，几乎是兴高采烈。不，几乎没什么可——兴奋极了，高兴得手舞足蹈呢！”她回答道。

“那是夜里的散步叫他高兴吧，”我装得毫不在意地说——其实内心和她一样地吃惊，而且急于想证实一下，到底有没有像她所说的那一回事，因为并不是每天都能看到东家的高高兴兴的神色呀。我找了一个借口，走进宅子去了。

希克厉站在打开的门口。他脸色苍白，身子哆嗦，可是在他那双眼里，当真有一种奇怪的、欢乐的光彩在闪烁着，使他整个儿面容都变了样。

“你可要吃些早饭吗？”我问道。“你在外面游荡了一夜，一定饿了吧。”我很想知道他到哪里去了，不过我不愿意当面问他。

“不，我不饿，”他回答道，掉过头去，声气里很带点鄙夷，好像他已猜到我想要捉摸他为的什么这么高兴。

我感到不知该怎样才好。我说不准目前是不是一个合适的机会向他提出一些劝告。

“该上床睡觉的时候，却到外边去游荡，我觉得这可不太好，”我表示意见道。“无论怎么说，在这个潮湿的季节，总是不聪明的。我敢说，你会着凉的，也许会发烧呢。你眼前就有那么一点不对头了。”

“没什么，我受得了，”他回答道，“而且还是高高兴兴地过了这一夜晚呢——只要你别来打扰我就行了。进屋去吧，别让我讨厌你。”

我服从了，在走过他身边时，我留心听到他呼吸急促，像一头猫。

“好呀，”我心中想道，“咱们眼看就要来一场大病啦。谁知道他一夜不睡，在干些什么玩意儿呀。”

当天中午，他坐下来跟我们一起吃饭，还从我手里接过去一个堆得满满的盘子，好像他先前不吃不喝，这一下都要补偿过来。

“我没着凉，也没发烧，纳莉，”他说了，指我在早晨说的话而言，“你给我这些吃的，我一口不吃，那太可惜了呀。”

他拿起刀叉，正要动手吃了，忽然胃口又一下子消失了。他又放下了刀叉，急切地望着窗外，接着站起身来，走出去了。

我们快要把饭吃完的时候，只见他在花园里走来走去，欧肖说，他要出去问问，他为什么不想吃饭；这小伙子还道我们在什么地方冒犯了他。

“怎么样，他来吗？”卡瑟琳看到她表哥回来时嚷道。

“不来，”他回答道；“可是他并没生气。说实话，难得看到他这么高兴的；倒是我跟他说了两遍，叫他不耐烦了，他叫我快走开，到你那儿去吧。他不能理解，我怎么还要找旁人作伴呢。”

我把他的盘子放在炉栅上炖着，过了一两个钟头，屋子里没有人了，他又进来了，却一点也没有安静些——在那一副浓黑的眉毛底下的，仍然是那不正常的(的确不正常)欢乐的表情，仍然脸无血色，他的牙齿不时地露了出来，算是在微笑呢；他浑身哆嗦——不是那种冷得打哆嗦，或是由于支持不住了，而是像一根绷紧了的弦线在颤动——是一阵强烈的震抖，而不是颤抖。

我心里想，我一定要问问是怎么回事，否则该谁来问呢？我于是嚷道：

“你听得什么好消息了吗，希克厉先生？瞧你的神气非常兴奋呢。”

“哪儿来的什么好消息呀？”他说道。“我是饿得安静不下来呀，可我又好像一口饭都吃不下。”

“你的中饭就在这儿，”我回答道，“你为什么不拿去吃呢？”

“我这会儿不想吃饭，”他赶紧咕噜着说。“我要等到吃晚饭的时候再说。纳莉，跟你最后说一遍，我求你啦，关照哈里顿，还有那一个，都避开我。我希望谁都别来打扰我。我要一个人待在这儿。”

“你这样把自己隔离开来，有什么新的理由吗？跟我说说，你为什么这样古怪呀，希克厉先生？昨天晚上你到哪里去啦？我问这句话并非出于无聊的好奇心，可是——”

“你问这句话，就是出于无聊的好奇心，”他打断我说，还笑了一声。“可是，我来回答你吧。昨天晚上，我是在地狱的门槛边。今天，我望得见我的天堂啦。给我亲眼看到啦——离开我还不到三尺呢。现在你还是走开吧。如果你能管制些自己，别来探听别人的私事，那你就不至于看到什么、听到什么，叫你心惊胆怕了。”

扫过壁炉，抹过桌子后，我走出房门，心里比以前更不塌实了。

那天下午，他没有再出去，也没有人去打扰他，他就独个儿待在房里，直到晚上八点钟。虽然没有得到他的呼唤，我还是认为应该给他送去一支蜡烛、一盘晚饭。

他正靠在窗台上，格子窗打开着，但他并没有向外张望；他的脸儿朝里，房内已是一片昏暗了。炉火已烧剩点点灰烬了。房间里充满了一股潮湿、温和、那阴天晚上的空气。一片寂静，不只是听得清吉牟屯那边淙淙的流水声，就连小溪刷过卵石、穿过矗出水面的大岩石时的潺潺声、汩汩声，也能听得出来。

我一看到奄奄一息的炉子，就不由得发出表示不满的一声叫喊，一边动手把窗子一扇扇关起来，最后来到了他靠着的那扇窗子跟前。

"要不要关上这扇窗子？"我问道——我看到他站在那儿不挪动一下，有意想撩起他的注意。

我说话时，烛光闪耀在他脸上。哎哟，洛克乌先生，真把我吓了一大跳呢，该怎么说呀！——当时只见他一对黑眼睛深深地陷了进去，那种面无人色的死白，还有那种微笑！我只觉得那不是希克厉先生，那是一个鬼怪。我吓坏了，手里的蜡烛歪倒了，碰到墙上去了。我顿时包围在一片黑暗中。

"好，把窗关上了吧，"他回答道，是我听熟了的那种声调。"嘿，这不是地道的愚蠢还是什么！你怎么把蜡烛横着拿的呢？快快再去拿支蜡烛来吧。"

我吓呆了，傻乎乎地赶忙走出去，跟约瑟夫说道：

"东家要你送支蜡烛去，替他把炉子再生个火。"那一会儿我害怕得厉害，自已再不敢进去了。

约瑟夫格啦啦地在煤斗里装了些烧旺的煤，进去了；可是一会儿他又拿着煤斗回来了，另一只手还托着一盘晚餐，说是希克厉先生要回房睡觉了，今晚上他什么都不想吃，到明天早晨再说。

我们听得他径直上楼去。他并没有到他平时睡的那间卧室去，却绕到有嵌板床的那一间。那间房里的窗子，我以前说起过，很宽阔，随便什么人都可以爬得过；我忽然想到，他是打算再来一次夜半出游，而不让我们知道一点动静。

"他是个食尸鬼吗？还是个吸血鬼呢？"我暗自想道。我在书中读到过，有那种狰狞可怕、变作人身的魔鬼。然后我又细细回想，他从小就是我照顾的，又看着他长大成人，他这一辈子我几乎都跟过来了，而我现在却对他产生了恐惧，吓成那个样子，岂不太荒唐可笑了吗?

“可是他从哪儿来的呢?——这个小不点儿的黑东西，让一个好人来收留它，而它却给好人带来灾星!”我迷迷糊糊地瞌睡了。是我的迷信意识在咕哝着……

我半梦半醒地想开去了，左思右想，好累啊，我在想象他的生身父母亲该是怎么样的人物呀；把我醒着的时候所想过的重温了一遍；在我的迷梦中又扭七扭八地把他的一生追溯了一遍；最后，又想到了他的死亡和葬礼上去，可是我所能记得的，却只是我苦恼得要命，因为要给他立一块墓碑，碑上要刻些什么字，这作出决定的任务落到了我头上来，我只得去和教堂司事商量。他连一个姓都没有，我们又说不出他究竟活了几岁，最后只好光光地刻上一个名字就算了事：“希克厉”。

这个梦应验了，我们当真只能这样，就算了事。要是你走进教会坟地，你在他的墓碑上就只能读到一个名字，和他去世的一个日期。

黎明降临，我头脑清醒了许多。我站起身来，刚瞧得清眼前的东西，就走到花园去，想看看在他窗下究竟有没有脚印。我没有看到脚印。

“他在家里没出来吧，”我想道，“今天他不会有什么事了。”

我替一家人准备早饭，这是我的日常工作；我要哈里顿和卡瑟琳先吃，不必等东家下楼来再吃，因为他要多睡一会儿。他们喜欢在户外树底下吃早饭，我就给他们放了一张小桌子在那儿。

我回身走进宅子时，看见希克厉先生已经下楼来了。他跟约瑟夫两个在谈庄稼的事。他一一给了指示，清楚周到；不过他说得很急，老是把头转过去，脸上还是那种神色，甚至比昨天更紧张些。

约瑟夫走了之后，他坐在他平时坐惯的地方，我把一盆咖啡端到他面前。他把咖啡盆拿近些，然后把胳膊搁在桌子上，向对面墙上直望着。我猜想他是在把墙壁从上到下，一块一块地打量过来，你瞧他那双眼睛，闪烁不安，急不可待的样子，有那么半分钟，连气息都透不过来。

“得啦，”我嚷道，把面包塞到他手里，“趁热吃、趁热喝吧；面包和咖啡搁在你面前都快一个钟头了。”

他没有理睬我，可是他笑了一笑。我宁可看见他咬牙切齿，也不愿意看他这种样子的笑。

“希克厉先生！东家！”我嚷道，“别这样，看在老天分上，别瞪着两眼，活像有什么精灵鬼怪出现在你面前似的！”

“别这样，看在老天分上，别大声嚷嚷，”他回答道。转个身，“你倒是跟我说——这儿只有咱们两个吗？”

“当然啰，”这是我的回答——“当然只有咱们两个！”

可是我还是不由自主地服从了他，好像我也闹不清楚似的。他用手在桌上一扫，把吃早饭用的碗杯推到一旁，在他面前腾出了一块空地，好更方便地把身子向前扑出去张望着。

现在我明白了，原来他并不是在望着墙壁。我独个儿仔细看他，他好像在凝视着两码之内的一个什么东西，正是这样。不管那是什么东西，分明给予了他不可言说的极顶的欢乐和极顶的痛苦——至少他脸上那种既是痛苦，又是狂喜的表情叫人这样想。那幻想中的东西也不是固定的；他的眼睛一刻不放松地跟踪着它，即使在跟我说话的时候，也舍不得离开它。

我提醒他，他有好长一段时间没有碰吃的东西了；可是等于白说。即使他听了我的劝说，动弹了一下，碰了什么东西一下，即使他伸出手去拿一块面包，他的手指还没碰到面包，已经紧紧地蜷曲在一起了，而且就此搁在桌子上，把拿面包的事完全忘了。

我在那儿，可算得有耐性的模范。看他那全神贯注地冥思默想，我只想把他从那紧张的注意力中吸引过来；到后来，他烦躁了，站起身来，问我为什么偏不让他高兴什么时候就什么时候吃饭，还说以后用不到我伺候，我只消把盘子等东西放下就走。

说了这一番话，他就离开宅子，顺着花园的小径，缓步走去，穿过栅门，终于消失了。

时间在焦虑不安中慢慢挨过去，又是一个晚上来了。我直到很晚才回房睡觉，可是上了床我也睡不着觉。过了半夜，他回来了，可并没有上楼去睡，却把自己关在楼下的屋子里。我留心倾听，在床上翻来覆去，终于穿上衣服，又下楼去了。躺在床上，让各种各样的无聊的忧虑在脑海里翻腾起伏着，真是太苦啦。

我听出了希克厉先生的脚步声——他在石砖地上焦躁不安地踱着步，他又不时地深深地叹出一口气，像是一声呻吟，打破了四周的寂静。他还断断续续地咕噜着一些什么话，我只听出了一个名字："卡瑟琳"，伴随着几声叫得十分亲热的、或是十分痛苦的狂呼。他说话的声气就像有个人在他面前似的——说得又低又迫切，是从他心灵深处挤出来的。

我没有勇气闯进他的房间，可是我又想把他从他的梦幻中岔开，所以我就像使性子似地摆弄起厨房里的炉火来，只管拨弄它，刮起灰烬来。没想到果真把他引了出来。他立即打开了门，说道：

"纳莉，到这儿来。是早晨了吗？你拿着蜡烛进来吧。"

"钟打四点了，"我回答道。"你需要带支蜡烛上楼去呢。你不妨在这儿炉火上点一支吧。"

"不，我不想上楼去，"他说道。"进来吧，给我生个火，把房间收拾一下吧。"

"我先得把这些煤块扇红了，才能把煤送去，"我回答道，搬了一把椅子和一个风箱来。

他只顾来回地走着，他那种神气快要接近精神错乱了。他一声又一声、接连不断地、重重地叹气，仿佛连平常的呼吸都顾不得了。

“等天亮了，我要派人请格林来，”他说道。“我想向他询问关于法律上的一些事情。——趁我现在还能考虑这些事务，还能冷静地办理这事。我还没有写下我的遗嘱，我的财产该怎样处理，我没法决定。但愿我能把这些财产从地面上毁灭掉。”

“我不愿这么说，希克厉先生，”我插嘴道。“先把你的遗嘱搁一搁吧；你做下许许多多不公道的事，你要忏悔，放到以后忏悔吧。我从没想到你的精神会发生错乱。瞧你这会儿，错乱得真叫人稀奇，不过这完全是你自作自受呀。最近这三天你是怎么样过来的？哪怕是泰坦[①]也要垮了的呀。吃点儿东西，睡一会儿吧。你只消在镜子里瞧瞧自个儿的模样儿，就该知道你多么需要有吃有睡了。你的两颊陷下去了，你的双眼布满了血丝，像一个人饿得要死，几夜不睡，眼睛都快瞎了。”

“我没法吃，没法睡，这不能怪我，”他回答道。“我明白地跟你说，我并不是存心跟自己过不去呀。只要我做得到，我就马上又吃又睡。有人在水里挣扎，伸出手臂，已经够得到陆岸了，你能叫他在这个时刻休息一会儿吗？我必须先爬上了陆岸，然后我才能休息。好吧，别管什么格林先生了。说到忏悔我做下了不公正的事——我并没做过不公正的事，我什么也不忏悔。我太幸福了；可是我又不够幸福。我的灵魂杀害了我的肉体，可是灵魂自身并没有得到满足。”

“幸福，东家？”我嚷道。“多奇怪的幸福呀！如果容我说句话，你听了不生气，那么也许我能给你一些劝告，使你更加幸福些。”

“劝告什么呢？”他问道。“说吧。”

“你是明白的，希克厉先生，”我说道，“从你十三岁起，你就过着

① 泰坦，希腊神话中的巨人。

一种自私自利的、非基督徒的生活，大概从那以后，你手里没有拿过一本《圣经》。你一定早把《圣经》的教训全忘了，现在你可能已没有时间去翻查《圣经》了。要是去请位牧师来(不管是哪个教会的牧师都没关系)，给你讲解讲解《圣经》，为你指出：你背离了训诫，在歧途上走了多远啦，你是多么不配进入天堂，除非在你死去之前能够洗心革面——这样做难道有什么不好吗？”

“说我生你的气，倒不如说我感激你，纳莉，”他说道，“因为你提醒了我：我希望将来怎么样一个葬法。要在晚上抬到教堂坟地上去。你和哈里顿，如果你们高兴的话，可以伴着我去。要紧的是，留意那个教堂司事，要他遵照我关于那两口棺木怎样安处的指示。用不到牧师来。也不需要为躺下的我念什么经文。我跟你说，我快要到达我的天堂了，别人的天堂，在我眼里一无价值，我一点儿也不希罕。”

“你任着性子，硬是绝食下去，假如就此死了，而他们却拒绝把你埋葬在教堂的墓地内呢？”我说道，在他心目中竟连上帝都没有了，真叫我大吃一惊。“那你乐意不乐意呢？”

“他们不会这么干的，”他回答道。“如果他们把我拒绝了，你一定得打发人手悄悄地把我搬去。要是你不管这事，那将会由你证明——亲眼目睹——死者并没完全消亡！”

一听得家里的其他成员在走动了，他就立即躲回到他的房里去，我也终于松了一口气。

到了下午，约瑟夫和哈里顿正在干活，他又来到了厨房里，只见他神色狂野，要我到正屋去坐着；他要有个人陪他。

我不去，我跟他摆明了讲：我看见他怕——谁叫他说话行事这么稀奇古怪；我没有那份胆量，也没有这心意来独个儿跟他作伴。

“我相信你是把我看成魔鬼了吧，”他说道，苦笑了一下，“是一个不知什么的可怕的东西，不配住在一个体面的人家！”

说了这话，他转身对卡瑟琳（她刚好进来，看到他向她走来，连忙躲在我的身后），半带着讥嘲，补上一句：

“你倒是过来呀，好吗，小宝贝儿？我不会伤害你的。决不会！过去对待你，我这人变得比魔鬼还坏。好吧，有那么一个人，不怕跟我作伴。天哪，她真是狠心呀！唉，天诛地灭的！血肉之躯怎么受得了呀——甚至我都受不了啦！”

他再也不求哪个来陪他了。黄昏时分，他到自己的卧室去了。一整夜，直到天大亮了，我们都听得他在呻吟，在喃喃自语。哈里顿急于想进去看他，但是我叫他去请坎纳斯大夫，过后再进去看他。

后来大夫来了，我叩了门，想把门推开，发现门上了锁；希克厉在房内叫我们滚到地狱去。他好些了，不要别人来打扰他。这样，大夫又走了。

当晚下起雨来——可不，是倾盆大雨，一直下到天亮。早晨我照例绕着屋子散一会儿步，我看到东家的窗子开着，摆来晃去的，雨点直打进去。他不会在床上吧，我想；这场大雨要把他淋湿了。他不是起身了，就是出去了。不过我也不必费神去揣摩了；我不如大着胆子进去瞧瞧吧。

我找来另一把钥匙，终于把门打开了，一看室内没有人影，就奔去把壁板推开。壁板很快就打开了，我往里张望，原来希克厉先生在里边，正仰躺着。他的眼光对上了我的，是那样锐利、那样凶猛，把我吓了一跳；跟着他又仿佛笑了一笑。

我不能说他已经死了；可是他的脸、喉头，都淋了雨，床单也在滴水，而他却纹丝不动。那格子窗晃来晃去地碰撞着，把搁在窗台上的一只手擦破了。皮肤破碎的地方没有血流出来，我伸手去一摸，我再没有怀疑了——他死啦，而且僵啦！

我扣上了窗子。我给他把披散在前额上的长长的黑发梳起来。我想给他阖上眼睑——想要熄灭那可怕的、活人似的、狂喜的凝视，再不让第二个人瞧见，如果我做得到的话。

可是那双眼睛不肯合拢来——好像在嘲笑我白费气力。还有他那张开的嘴唇、那尖利白亮的牙齿也在嘲笑人！我不由得又害怕起来，就大叫约瑟夫快来。

约瑟夫拖着步子走上楼来，嚷了一声，却一口拒绝：他才不管那死人的事呢。

“魔鬼把他的灵魂抓去啦，”他嚷道，“让魔鬼把他这臭尸体也一起拿了去吧，我一点也不在乎！呸！看他这种模样，多邪恶，临死还要龇牙咧嘴地笑！”说到这里，这个老罪徒[①]也学着样儿，龇牙咧嘴了一下。

我还以为他打算绕床一圈、手舞足蹈一番呢；可是他忽然又平静下来，双膝下跪，双手高举，口口声声感谢上天，使合法的主人和古老的世家恢复了他们的权利。

这样可怕的事情使我目瞪口呆，我不禁怀着一种压抑的悲哀回想到往日的情景。可是可怜的哈里顿，尽管他受的委屈最深，却是惟一真正感到难过的人。他整夜守在尸体旁边，哭得好苦。他按住死者的手，去亲了那张谁都不敢多看一眼的、讥嘲的、凶狠的脸。他深切哀悼死者，那种强烈的情绪出于一颗宽宏大量的心，一方面那颗心又像纯钢那样坚韧。

坎纳斯大夫伤透脑筋，不知道该宣布东家死于什么病才好。我隐瞒了一个事实：他四天没有吃东西，生怕会招来什么麻烦；不过话得说回来，我认定他并不是故意绝食——那是他得了那种奇怪的病的结果，并非得病的原因啊。

---

① 按基督教的教义，人生而有罪，因此人人都是罪徒，这里称约瑟夫为“老罪徒”，语带讥刺。

我们按照他所愿望的那样，把他埋葬了，惹得远近乡邻议论纷纷。欧肖和我，教堂司事，和另外六个抬棺木的人，组成了整个送殡的行列。

那六个人把棺木放进坟穴中后就走了。我们留下来看着把棺木掩盖好。哈里顿挂着泪珠，亲手掘起青草皮，铺覆在那棕褐色的坟堆上。目前，它和周围的坟堆一样地齐整青绿了，我但愿栖居在坟里的人睡得同样安稳踏实。

可是如果你去问问这一带的乡亲们，他们会手按着《圣经》起誓说，他走出来了。有些人说是碰见过他——在教堂附近，在原野上，甚至说是在这座宅子里。你会说，这都是无稽之谈，我也这样说呢。可是在厨房里烤火的那个老头儿一口咬定，自从东家过世后，每逢下雨的晚上，从他卧室的窗子里向外望出去，就看到他们两个。

大约一个月之前，我也碰到了一件怪事儿。有一天晚上，我正赶到田庄去——那是一个昏黑的夜晚，隐隐地传来了打雷声；刚走到山庄拐弯的地方，我碰见一个小男孩，他面前有一头绵羊和两头羔羊。他正哭得好苦。我还道是羔羊受了惊怕，不听他的指挥。

“是怎么回事啊，我的小人儿？”我问道。

“希克厉和一个女人在那边，在山脚下，”他哭哭啼啼地说，“我不敢走过去呀。”

我什么也没看见；可是那孩子和他的羊都不肯往前走；因此我教他从底下的一条路绕过去。也许这孩子独个儿穿过原野，想起他从他父母那儿、同伴那儿听来的无稽之谈，就幻想出那幽灵来了吧。

尽管这么说，现在我也不愿天黑了之后出去了，我也不喜欢独个儿留在这阴惨惨的宅子里，这可没有办法，我没法勉强自己。等到那一天他们离开这儿，住到田庄去，我才高兴呢。

一个牧童看见的幻影

“这么说，他们要搬到田庄去住啦？”我问道。

“是呀，”丁恩夫人回答道，“他们一结了婚就住过去，日子也定了，是元旦。”

“那么谁住在这里呢？”

“呃，约瑟夫照管这宅子，也许还有个小伙子跟他作个伴。他们住在厨房里，其余的房间都关起来。”

“这样，幽灵想要住进来也就方便了，”我表示意见道。

“不，洛克乌先生，”纳莉摇着头说道，“我相信死者已经得到了安宁；还有，随随便便地提到死者也是不对的呀。”

说到这里，花园的栅门推开了，那一对游伴回家来了。

“他们什么都不怕呢，”我叽咕着说，从窗口望着他们走过来。“这两个儿在一起，连撒旦和他率领的魔鬼大军也敢于冲撞吧。”

他们俩踏上了门阶，停下步来，对月亮最后看了一眼——或者不如说得更确切些，借着月光，彼此对看了一下。他们一来，我又不由自主地觉得非逃不可了。

我把一点“纪念品”硬塞进丁恩太太的手里，也不顾她的抗议和我的不礼貌，就在他们打开房门时，我从厨房门溜掉了；约瑟夫本来就相信，现在更加认定他的下房里的同事在干那不正经的轻薄勾当；幸亏这时候他听到了清清脆脆“当”的一声响——有一枚金币落到了他脚下，[①]他这才认出原来我是一位有体面的正派人士呢。

我步行回家时，绕道经过教堂，因此路程拉长了。不过隔了七个月时间，我发觉这座建筑已显示出在衰败下去的痕迹。好几扇窗子，碎掉了玻璃，露出黑洞洞的缺口来。屋顶上，只见处处有石板歪离了原来的窝儿，突了出来，等到秋天的几场暴风雨一来，就要渐渐地掉

① 这枚价值一镑的金币（sovereign）是洛克乌匆忙离开厨房，打他身边经过时丢给他作为赏金的。

光了。

我在靠近原野的斜坡上寻找那三块墓碑，不一会就给我找到了——那中间的一块是灰色的，一半埋在石楠树丛里；埃德加·林敦的墓碑脚下已爬上了草皮和苔藓，总算和周围的景色已有些协调；只有希克厉的墓碑还是光秃秃的。

在那温和的露天，我在那三块墓碑前留连徘徊，望着飞蛾在石楠丛中和钓钟柳中闪扑着翼翅，倾听着柔风在草上飘过的呼吸声，不禁感到奇怪，怎么会有人能想象，在这么一片安静的土地下面，那长眠者竟会不得安睡呢。

1984年12月1日夜译毕

译后记

隔了将近四十年流逝的时光，我还能记得当初阅读《呼啸山庄》时年轻的心灵所感受到的那一股直扑而来的冲击力量：放不下手中的书，却又不得不时时停顿下来，透一口气，好舒缓一下过于激动的心情。有一些文学名著，我特别喜爱，读过三遍四遍；但是这一部我最喜爱的杰作，却从没有读过第二遍——不敢去惊动保存在心坎里的最初的印象。当然，后来我咀嚼它、研究它，又翻译它，但那是伏在案头的工作，不是在享受读书的乐趣了。

介绍这部杰作一直是我的心愿。为了做好准备，我收集了包括“牛津版”，“现代丛书”插图本在内的四五种本子，前后试译过几次。在十年动乱中，书籍最容易和人一起遭到劫难，我收藏的这些原著只幸存一种：苏联版的英文本。这自然不是个理想的版本，但我依靠它开始认真翻译起来：修改旧译，续译了近二十章。在当时恶劣的环境中不敢奢望在有生之年能看到译文公开发表的一天，我最大的梦想也只是让自己的心血有一个小小的成果：装订成一册整整齐齐的手抄本。为了便于保藏，便于在爱好文艺的朋友们中间私下流传，双面誊写的手抄本字迹十分紧密。

当初勃朗特三姐妹在她们寂寞的童年时代，为了满足精神生活的需要，不让人知道，办起“地下刊物”来，在两英寸的小本子上拥挤着密密麻麻的小字。我看着自己的难见天日的手抄本，很惭愧，很感慨，哪儿想到，在将近一个半世纪以后，我，一个五十岁边缘的中年人了，没有一点孩子气了，却为了寻求精神上的寄托，做的事竟跟那三位早熟的英国女孩子差不多。

人在他的青少年时期总是对未来抱着形形色色的幻想，但不一定都能一一实现。现实往往是无情的。现在，经历了几番大起大落的人事沧桑，当初四十年前萌发的一个卑微的心愿，竟然有幸得到实现了，我感谢命运，给苦涩的回忆添上了几丝自我安慰的甜味儿。

需要交代一下原书的版本问题。

《呼啸山庄》的初版本(1847)是一个排印得很糟糕的本子，1850年再版，艾米莉·勃朗特已故世，姐姐夏洛蒂花了不少心血，为之写序，写作者简介，并作了仔细的校订，在标点、段落上也有很大更动。长期以来，这个校订本被看作定本，《呼啸山庄》的各种版本(包括我过去收集的几种本子)都以它为底本。

但是从本世纪五十年代以后，当初根据艾米莉手稿排印的初版本得到重视，编家开始改用初版本作为底本(当然参照再版本改正误植)，现在我手头所有的三种现代版本："矮脚鸡版"(Bantam，1981)，"企鹅版"(1984)，"牛津版"(1985)，全都以初版本作为底本了。"企鹅版"的编者这样说："我们要的是艾米莉的标点和段落，不是夏洛蒂的标点和段落——当然，我们并不要排印得十分马虎的初版本上的那许多误植。"这几句话也许相当普遍地表达了当代编家们的意见。

为什么"要的是艾米莉的标点和段落"呢？可以从第一章中举个例子：洛克乌到呼啸山庄作客，受到冷遇，只有几条恶狗跟他作伴——恶狗开始向他进攻，先是一条，接着是一群向他扑去——被围攻的洛克乌大声告急——主人和仆人却若无其事，依然不慌不忙，在爬地下室的梯子——幸亏这时候冲来了一个健壮的厨娘把恶狗打退了。(见第8页)

如果把这充满了动作的小插曲，改编成电影剧本，可以分切成好几个不同角度的镜头；艾米莉也的确把叙述分为四段(等于电影中运用四个分镜头来表述)，但是夏洛蒂在校订过程中却把它们合并成两大段，她没有意识到这样一改动，紧张的节奏感就松弛下来了。

又如第九章结尾，说到林敦在父亲去世三年之后，领着新娘到教堂结婚；而上文说的是卡瑟琳的兄长一心巴望妹子嫁到林敦家去，好替娘家增添光彩。上下两段之间有一个很大的时间上的跳跃，交代的又是两户人家的事；可是再版本中却把这两段文字合并在一起了，这不是胡子眉毛一把抓吗?

这类例子是大量的。我们长期受到电影艺术熏陶的现代读者可以肯定地这样说：在情节向前推进的过程中，原作者表现的节奏意识比修订者强多了。现代版本恢复初版本的面貌是有充分理由的。

在我国半个世纪以来的几种中译本中，拙译由于晚出，有机会利用当代英国学者们版本研究的新成果，可说第一次在艺术形式上反映了原作的明快的面貌。

在英国古典文学中，《呼啸山庄》一向被认为是最难理解的作品之一，有人把艾米莉·勃朗特称作“我们现代文学中的斯芬克斯”，这是说，她是个猜不透的谜。英国评论家塞西尔在论述本书时提出了很精辟的见解，但他向我们描绘的女作家是个离得我们很远、不食人间烟火食的“神秘主义者”。

严肃的学者像凯特尔以他所信奉的阶级斗争的学说去阐述作品的主题思想。他的论点在我国有较大的影响。女作家的创作意图是什么？凯特尔并没给予很多考虑；我觉得他不是帮助读者去理解、接近作者，而似乎是帮助作者披上现代化的服装来取悦读者。

在西方很时髦的性心理学也应用到研究《呼啸山庄》上来了。英国小说家毛姆介绍给我们的艾米莉竟是一个由于遭到拒绝而有着精神创伤的同性恋者！真是众说纷纭，五花八门。

我根据自己的理解，在序文中要向读者介绍的是一个和我们在一起、和我们心心相通的艾米莉·勃朗特。希望读者会喜爱她和她的作品。译者立志要提供一个新译本、又为它写了长序，有一个心愿：就是要和读者一起分享从原作中得到的喜悦啊。

最后，简单地介绍一下作者的生平。

艾米莉·勃朗特(Emily Brontë)在英国北部约克郡的一个偏僻地区度过了孤独、短暂的一生。1818年7月30日，她生于一个清贫的牧师家庭，三岁丧母，六岁那年随三个姐姐上慈善学校读书，这寄宿学校教规严厉，生活条件恶劣，大姐二姐因此得了肺病，第二年相继死去，夏洛蒂和她停学回家。

在寂寞的童年她就开始把兴趣寄托在用诗或散文编写富于浪漫色彩的传奇故事；又喜爱在附近的荒原上独自徘徊。十七岁时，曾在姐姐充当青年教师的学校就读四个月，因苦思家乡，随即离校。十八岁时(?)曾担任教师半年。二十四岁时，随姐姐去比利时布鲁塞尔学习法语和德语，只读了九个月即回家乡。

大约在二十七岁时，开始写作《呼啸山庄》。1846年，她，夏洛蒂，安，姐妹三人化名自费出版了一本薄薄的诗歌合集，未受注意。

1847年，《简·爱》，《呼啸山庄》，《艾格妮丝·格莱》(安·勃朗特著)先后出版。她的杰作受到浅见的攻击。

1848年，她亲爱的哥哥自甘堕落，悲惨地了结一生，这对她是个刺激；不久，她也于同年12月19日郁郁以终，年仅三十。

为纪念勃朗特三姐妹的文学成就，1893年英国成立“勃朗特学会”。1928年，哈渥斯(Haworth)牧师区(她们的老家)成立勃朗特纪念馆。在1968年，将近十万人从世界各地前来纪念馆瞻仰。目前，在十九世纪的文学作品中，《简·爱》和《呼啸山庄》可说受到读者最大的欢迎，不下于狄更斯的那些名著。

这个译本附木刻插图14幅，艾辛贝(Fritz Eichenberg)作，采自兰登书店版本(1943)。[1]

“一张年表——小说情节纪要”系参照桑格:《〈呼啸山庄〉的结构》(C.P.Sanger. “The Structure of Wuthering Heighs”, 1926)一文所附年表编写。

方　平

这个译本,因多次重印,纸型损坏;这次利用重排的机会,通读全书,在文字上作了一些修订。

方　平

1991.10.9

① 此次新版,又为每章增加了一幅小型木刻题图,亦为艾辛贝所作。——编者

· 勃朗特三姐妹文集 ·

Charlotte Brontë

教师
The Professor

〔英〕夏洛蒂·勃朗特 著

刘云波 译

上海译文出版社

目 次

译本序

一

19世纪中叶，英国文坛上升起了三颗灿烂的明星。约克郡一个偏僻小村里的三姐妹，夏洛蒂·勃朗特、艾米莉·勃朗特和安妮·勃朗特分别化名为柯勒·贝尔、埃利斯·贝尔和阿克顿·贝尔，几乎是同时发表了三部小说，即《简·爱》《呼啸山庄》和《艾格妮丝·格雷》，一下子引起了世人的瞩目，尤其是当人们了解到，三位才华横溢的作者原是三位纤弱女郎时，更使英伦三岛为之震惊，并从此在英国文学史乃至世界文学史上传为佳话。然而，也许真是因为“才大寿短”，勃朗特三姐妹刚刚脱颖而出，随即便一个接一个地离开了人世，犹如三颗耀眼的彗星瞬息即逝，恰似三朵艳丽的奇葩乍放即殒，给世人留下了无限的惋惜，铸成了英国文学史上的一大不幸。

勃朗特三姐妹中，寿命最长、成就最大的，当推姐姐夏洛蒂·勃朗特。她活了三十九岁，一生共写过五部小说：《教师》《简·爱》《谢利》《维莱特》及《艾玛》。除最后一部《艾玛》因作者早逝而未能完成，只发表了部分章节外，《简·爱》《谢利》和《维莱特》已为我国广大读者所熟知并受到了广泛的喜爱，唯独夏洛蒂的处女作《教师》，因目前国内尚无译本，所以迄今我国读者只知有其书，但对其内容却不甚了了。这对广大外国文学爱好者及教学、研究人员来说，的确是一件憾事。译者不揣冒昧，以拙笨之笔，将《教师》一书译出。但愿此书同夏洛蒂·勃朗特的其他作品一样，深受我国读者欢迎。

小说《教师》写于1846年，同年，勃朗特三姐妹合编的诗集自费在伦敦出版，但并未引起世人的关注，可怜的诗集只售出了两本。这一沉重的打击并没有使三姐妹退缩，她们不相信文学只是男人的事，正如夏洛蒂所说："女人跟男人有着同样的感情，她们像自己的兄弟一样，也需要运用她们的才华，需要有一个发挥自己才智的场所。"从此，她们开始了更加勤奋的文学创作。就在这一年的夏季，安妮和艾米莉将上一年完成的小说《艾格妮丝·格雷》和《呼啸山庄》连同夏洛蒂刚写成的《教师》一并寄给了出版商，然而，出版商只接受了前两部，夏洛蒂的《教师》却被退了回来，理由是"读者不会喜欢这样的作品"。就这样，这部小说被打入了冷宫，夏洛蒂生前终未能看到她的处女作问世。直到她去世两年之后，即1857年，经她的丈夫尼克尔斯四处奔走，《教师》一书才得以与读者见面，尼克尔斯为该书写了前言。

出版商拒绝了夏洛蒂的小说《教师》，究竟是因为"读者不会喜欢"，还是因为出版商另有苦衷？相信读者读完这部小说之后，不难找到问题的答案。

二

主人公威廉·克利姆斯沃思的母亲原是一位贵族小姐，因下嫁了一位商人而得罪了两位哥哥。丈夫死后，威廉的母亲贫病交加，在死亡线上苦苦挣扎，而两位身为贵族的哥哥却袖手旁观，见死不救，眼睁睁地看着妹妹留下两个孤儿，带着满腹怨恨离开了人世。后来，两位舅父迫不得已，同意为威廉支付教育费用。威廉在由舅父抚养的十年期间，寄人篱下，接受嗟来之食，遭尽了白眼，受尽了欺辱，最后毅然与舅父决裂，选择了从商的道路，到X镇去投靠已发迹成为工厂主的亲哥哥爱德华·克利姆斯沃思。

然而，正如马克思和恩格斯所指出的："凡是资产阶级已经取得统治的地方，就把所有封建的、宗法的和纯朴的关系统统破坏了。……

它使人和人之间除了赤裸裸的利害关系即冷酷无情的‘现金交易’之外，再也找不到任何别的联系了。”（《马克思恩格斯全集》第四卷，第四六八页。）金钱与地位既然能使兄妹反目，自然也能使兄弟陌路。作为新兴资产阶级代表的爱德华，对自己的亲兄弟毫不念手足之情，一见面就搬出“一人不事二主”的格言，直言不讳地将自己和弟弟分别摆在主仆的位置上。他不允许弟弟住在他的公馆里，说是那样做对两人“都不方便”，他不允许弟弟坐他的马车上下班，说是要把马车上的空位子留给前来同他洽谈生意的商人朋友，他甚至不允许弟弟向任何人透露他们之间的真正关系。他以最苛刻的条件雇用他，给他以最低的报酬，甚至公开宣称：“我的钱不能白给，你得给我付出实足的代价。”弟弟的博学、聪明使他嫉恨，弟弟的勤勉、守时令他恼火；他生怕威廉有朝一日会成为一个成功的商人，在事业上压过他，于是，他千方百计地对弟弟寻衅找事，甚至派心腹对他跟踪盯梢，明查暗访：以收集弟弟的“差错”，一旦不能得逞，便恼羞成怒地用鞭子抽打他。是的，在资产阶级眼里，世界上一切东西的价值都是以金钱来衡量的，而一母同胞的手足之情，其价值尚不足一个便士。

威廉不堪忍受哥哥的虐待，忿然辞职而去，在亨斯登的帮助下，来到比利时首都布鲁塞尔，在一所私立学校当上了英文教员。在布鲁塞尔，威廉结识了两位女性，一位是女子寄宿学校的女校长佐蕾德小姐，另一位是该校的手工课教员弗朗西丝。佐蕾德对这位风度翩翩、才华横溢的英国青年着了迷；但在资本主义的英国，连爱情也是等价交换的筹码。原先，她想以自己的金钱与地位换取威廉的年轻与才华；然而，当她发现嫁给另一所学校的男校长佩利特更有利可图时，便舍弃了威廉，像市场上做买卖一样，经过一番讨价还价，便拍板成交，嫁给了佩利特先生。

弗朗西丝·亨利是本书的女主人公。她是一位英瑞混血的日内瓦姑娘，父母双亡，随姑妈来到布鲁塞尔，先是以修补花边为生，后来在佐蕾德的女子寄宿学校里当了一名手工课教员。她没有地位、没有金钱、没有学历，又是异教徒，所以，女校长鄙夷她，学生们欺负她。但她聪明好学，善良而又倔强，深受在该校兼课的威廉·克利姆斯沃思的爱慕。弗朗西丝也发现，这位博学多才、正直诚实的英国教师，正是值得自己尊敬与爱戴的男子。就这样，相同的命运、相同的地位、相同的性格、相同的情趣，使两颗心发生了撞击，迸发出爱情的火花。妒心如火的佐蕾德居心叵测地将弗朗西丝解雇，威廉一气之下辞去了在该校的工作。后来，经过几个月的苦苦寻觅，威廉才于一个风雨欲来的下午在郊外的坟场里找到了已失去姑妈、无依无靠的弗朗西丝，有情人终成眷属，两人结成了美满的伴侣。

《教师》虽是夏洛蒂的处女作，但一开始就充分显示出了作者独特的艺术特点。归纳起来，大概有以下几点：

一、它几乎可以说是一部自传体小说。如果说《简·爱》和《谢利》都包含着一定的自传成分的话，《教师》一书尤为如此。这部小说中的主要情节，大部分源于作者的亲身经历。比起《简·爱》中的简·爱和《谢利》中的谢利·基达尔来，《教师》中的女主人公弗朗西丝·亨利更像是作者夏洛蒂的化身；弗朗西丝的父亲是一位穷牧师，夏洛蒂的父亲也是一位穷牧师；弗朗西丝在父母双亡后由姑妈抚养，夏洛蒂在母亲去世后曾跟姨妈一起生活过；弗朗西丝做过女子寄宿学校的教师，夏洛蒂也做过慈善学校的教师；弗朗西丝在布鲁塞尔一边教手工课，一边学习英语和英国文学，夏洛蒂曾两度赴布鲁塞尔学习法语和法国文学；弗朗西丝爱上了她的英国老师威廉·克利姆斯沃思，夏洛蒂也曾于二十六岁上情窦初开，爱上了她的法国老师埃热。埃热先生热情正直，才华出众，他敢于蔑视世俗偏见，对勤奋好学、聪明善良的女子真诚相待。他给了夏洛蒂知识、欢乐、力量与希望，夏洛蒂则把他视为最可敬与最爱戴的人，只是因为埃热先生已是有妇之夫，夏洛蒂才不得不忍痛斩断情丝，毅然离他而去。那位埃热先生无疑就是威廉·克利姆斯沃思的模特儿，夏洛蒂自己未能实现的愿望终于靠弗朗西丝与威廉的幸福结合而如愿以偿了。就连弗朗西丝后来与丈夫开办寄宿学校一事，也是夏洛蒂早年的心愿。一八四四年年初，她曾同妹妹在家乡创办了一所“勃朗特姐妹学校”，结果以失败而告终。这一夙愿，也终于在小说《教师》里依靠弗朗西丝之手变成了现实。

二、 它是一部具有代表性的批判现实主义文学作品。十九世纪中叶，正值新兴的资产阶级文艺思潮——批判现实主义——席卷欧洲文艺界时期。以狄更斯、萨克雷为代表的英国小说家，努力反映现实，抨击时弊，深刻地揭露和批判资本主义社会的罪恶，通过作品中的典型人物，形象地描写贵族阶级的腐败没落和资产阶级的贪得无厌，生动地揭示出资本主义社会里错综复杂的社会矛盾，对处于社会下层的小人物的命运给予了深切的同情。在这方面，小说《教师》堪称是一部优秀的代表作品。夏洛蒂的笔犹如一把犀利的匕首，将封建贵族的罪恶本质刻画得入木三分，揭露得体无完肤；“只要你一有田产、宅第，再有一个花园、一个爵位，你就会变得孤高傲慢，你就会竭力维护本阶级的权利，你就会训练你的佃户对贵族俯首帖耳，你就会步步反对日益壮大的人民的力量，维护你们那腐朽的制度，并准备让下等人血流成河。”

十九世纪的英国，正是科学技术飞速进步的时代，先进的机器生产取代了工人的劳动，为工厂主和资本家换得了最大的利润，同时也加深了劳动人民的苦难；欣欣向荣、蓬勃发展的外表，掩盖着凄惨的社会现实：“到英国去看看吧！到伯明翰，到曼彻斯特，到伦敦的圣贾尔斯区，实地考察一番我们的制度是如何工作的吧，研究一番我们威严的贵族老爷们的脚印，看看他们是如何践踏百姓们的心灵、在血泊中漫步的吧；到穷人的茅屋里去走一遭，看一看麻木不仁地蹲伏在黑黑的炉边的饥民，看一看赤身裸体、无遮无盖地躺在光板床上的病人；看一看淫荡的‘无耻’是如何戏弄‘无知’的吧……”这如血如泪的语言，无疑是对贵族阶级和资本主义制度的有力控诉。

小说《教师》的第三个特点，是其生动的语言和细腻的描写。夏洛蒂擅长描写景物，擅长刻画人物肖像和心理活动。在这一点上，她一开始便出手不凡，除了以浪漫主义的笔触、抒情诗般的语言，为读者展示了一幕幕色彩斑斓的景物之外，她还以女性特有的敏锐细腻的观察力和火一样炽热的语言，为我们描绘了一大批栩栩如生的人物形象：博学正直，富于反抗精神的威廉；聪慧善良，温顺而又倔强的弗朗西丝；凶狠残忍，不信上帝只信财神的工厂主爱德华；见义勇为，疾恶如仇的怪人亨斯登；虚伪庸俗的佩利特；狡猾自私的佐蕾德……在这部仅仅二十万字的小说中，作者着意刻画的人物形象竟达二十人之多，而且一个个有血有肉，呼之欲出。

夏洛蒂写景写人总是互相结合，互相衬托，情景交融，相映成趣。尽管作者在小说的第一章里便开宗明义，宣称“我要讲的故事并不怎么激动人心，更谈不上奇妙惊人”，但仅凭她那散文诗般的语言，就足以令读者开卷难释了。

当然，小说《教师》毕竟是夏洛蒂·勃朗特的试笔之作，与《简·爱》相比，不足之处也是十分明显的。比如故事情节颇显简单，艺术表现手法也不够成熟；由于刻画的人物较多，无形中冲淡了两个主人公的形象；有些地方议论过多，因而文字显得铺张，而有些地方又过分地惜字如金。此外，如果说《简·爱》的结尾有点画蛇添足的话，《教师》一书则给人一种匆匆收场、虎头蛇尾之感。尽管如此，《教师》一书仍不失为一部优秀的文学作品，它对于读者了解当时的英国社会，对于研究夏洛蒂的文学生涯，对于探索其艺术风格的产生、发展过程，无疑都是必不可少的。

刘云波

1987 年 8 月于郑州

前 言[①]

这本小说的写作时间比《简·爱》和《谢利》都早，但仍不能借口这是第一次试笔而迁就它。它当然不是第一次试笔。多年的写作练习早已使写作它的那支笔磨损了许多。在开始写《教师》以前，我从未发表过任何作品。多少部粗劣的作品几乎都是刚一完成就被毁掉了[②]。如果说在此之前我曾经醉心于华丽冗长的作品，到写作《教师》时我早已扬弃了那种嗜好，转而追求简单明了、朴实无华的文风了。与此同时，对于事件等等的描写我还采取了一套在理论上大体会得到认可的原则。然而一旦运用到写作实践中，那些原则所产生的效果给作者带来的常常是惊讶而不是喜悦。我对自己说，我的主人公应当像我在现实生活中所看到的人那样辛劳终生——不挣钱连一个子儿也得不到——没有任何突然的转机能使他暴富和一步登天；再少的钱也应当是他用额头上的汗珠换来的；他至少要登到“困难山”[③]的半山腰才能找到一座凉亭歇歇脚；他甚至不应当娶一位漂亮的姑娘或名门闺秀为妻；作为亚当的子孙，他应当分担亚当的厄运，含辛茹苦，终生饮用一小杯苦乐参半的酒浆。

然而，后来我发现，多数出版商都不欣赏这样的题材。他们喜欢更富想象、更有诗意的东西——高度精美的幻景与悲怆情调以及更温柔、更高尚，超凡脱俗的情感，更加和谐的东西。事实上，除非作者试写过此类稿件，否则他永远也不会知道他的胸膛里究竟蕴藏有多少浪漫故事和灵感；他也不会觉察到自己的胸膛里居然会装着那么多财宝。人们通常认为，商人更喜欢现实的东西，其实，这种看法常常是荒谬的。他们强烈地爱好野性的、绝妙的、激动人心的东西——即奇特的、恐怖的、折磨人的东西——能把表面平静而清醒的灵魂搅得惶惶不安的东西。

鉴于上述情况，读者也许能够想象得出，这个简短的故事今天能以书的形式呈现在他的面前，肯定经历了种种磨难。事实也正是如此。然而，最痛苦的磨难、最严峻的考验毕竟还在后头。但它也会赢得慰藉，消除恐惧，带来小小的期盼。它会抬头望着公众的眼睛轻声说道：

矮子无须害怕摔跤。④

柯勒·贝尔

以上前言是我的夫人在《谢利》问世后不久为《教师》的出版而写的。在出版商的劝说下，作者放弃了原来的打算，将本书中的一些素材用到了后来的一部作品《维莱特》。然而我认为，由于这两部小说在绝大多数方面都大相径庭，我想我不该不让公众看到《教师》一书。因而，对于它的出版我颇感欣慰。

A.B.尼克尔斯

1856年9月22日于哈沃斯牧师寓所

---

① 这篇前言是在《谢利》问世以后，由夏洛蒂·勃朗特起草，后由其丈夫亚瑟·贝尔·尼克尔斯誊写，作为该小说第一版的前言发表的。在此之前，很可能是在《简·爱》出版以后，夏洛蒂·勃朗特曾着手写过一篇与之不同的前言，但后来放弃了。

② 夏洛蒂·勃朗特从十几岁开始直到动手写作《教师》之前，几乎是在不间断地写作。她的许多作品绝非全都是“刚一完成就毁掉了”。事实上，其中有许多一直流传至今。

③ 小说《天路历程》第一部中所描写的基督徒攀登的山。半山腰有一座山主修建的凉亭可供疲惫的攀登者临时休息。

④ 引自小说《天路历程》第二部“耻辱谷”里牧羊娃的歌。

第一章
开 场 白

有一天，我翻阅书信文件时，在写字台里发现了一封信的抄件。那封信是我一年前写给一位旧日同窗的，全文如下：

亲爱的查尔斯，依我看，你我二人共在伊顿读书时，都算不上是受欢迎的人物。那时候，你是一个语言尖刻、目光敏锐、头脑机灵的冷血动物；至于我，我不想为自己画像，但也想不起来那时的我有什么明显的招人喜欢之处——你说呢？究竟是动物之间的什么吸引力将阁下和我这样两个人吸引到了一块？这一点我迄今仍不明白。当然，对于你，我从未产生过像皮拉得斯①和俄瑞斯忒斯之间那样的深情厚谊；而你呢，我有理由相信，你也同样没有对我表示过丝毫罗曼蒂克式的关切。尽管如此，课余时间我们还是经常在一起散步、交谈。谈起同学和老师来，我们俩总能相互理解。每当我把话题扯到感情上，扯到对某种绝妙或美丽事物的朦胧的爱意上时，无论这种爱的对象是有生命的还是无生命的，你都会板起面孔冷嘲热讽地奚落我一番，但这并未能使我动摇。我当时就觉得，你的那番说教不会对我产生任何影响，现在仍然这样认为。

很久不曾给你写信了，自分别算起，时间就更长了。日前顺手翻阅贵郡的报纸，一下子看到了你的名字，遂勾起我的怀旧之情。自上次一别后，我经历了许多世事沧桑，这些事此刻历历在目，涌上心头，我便坐下来动笔给你写这封信。这些年来你做何营生，我毫不知晓，不过，倘若你有闲情，愿意听我絮叨的话，我倒乐于向你诉说一番人世对我来说是何等艰辛。

首先，离开伊顿之后，我与泰尼德尔勋爵和约翰·西科姆先生两位舅父会过一面。他们问我是否愿意进教会从事圣职，泰尼德尔舅父提出，可以利用他的职权为我提供在西科姆的一切生活费用。接着，我的另一位舅父西科姆先生还暗示说，等我当上西科姆–卡姆–斯凯夫教区的教区长以后，也许可以从他的女儿，我的六个表姐妹中任选一位做我的妻子和教区的女主人。可那六位小姐我都十分讨厌。

我既拒绝进教会供职，又谢绝了舅父许婚的"美意"。能做一位称职的牧师固然是件好事，但我肯定成不了好牧师的。至于说妻子——哦，一想到要终生和一位表姐妹厮守在一起，我就觉得那简直是一场噩梦。诚然，她们都很有才艺，也都很漂亮。然而，她们的任何才艺，任何魅力，都丝毫不能拨动我的心弦。要我和六位表姐妹之一——譬如说和人高马大、塑像般的萨拉——单独待在西科姆教区长住宅的客厅火炉边熬过漫长的冬夜，那简直不堪设想。不，在那种情况下，我既当不了好牧师，也做不了好丈夫。

在我谢绝了舅父们的建议之后，他们问我："那你打算干什么呢？"我说我得考虑考虑。他们又提醒我，说我既没有财产，又没有任何遗产可以指望。在沉默了好一阵之后，泰尼德尔勋爵板着面孔问我"是否想步父亲的后尘去经商"，当时我根本没有那种打算。至今我仍然认为，我脑袋瓜不够灵活，不具备做一个好商人的条件。再说，我的兴趣，我的志向也不在于此。然而，泰尼德尔勋爵说到"经商"二字时那种轻蔑、鄙夷的表情，那种挖苦、嘲弄的语调，实在叫人忍无可忍，竟促使我当时就横下心来。父

---

① 皮拉得斯，希腊神话中阿伽门农之子俄瑞斯忒斯生死不渝的挚友，后娶俄瑞斯忒斯之姊俄勒克特拉为妻。

亲对于我不过是徒有其名。但即便是如此，我也不愿听到别人当着我的面嘲笑他。于是，我急促而又激动地回答说："看来我只能步父亲的后尘了。是的，我要做商人。"两位舅父没有再发表异议，我们就这样彼此怀着厌恶的心情分手了。事后回顾起来，我觉得当时那样处理是相当明智的。我终于摆脱了泰尼德尔的监护，心里有一种如释重负的快感。然而，我真是糊涂，刚刚扔掉了一个包袱，竟又在肩膀上压上了另一副重担——当然是一副以前从未挑过的，可能更加令人难以承受的重担。

我立即给爱德华写了一封信——你认识爱德华——他是我唯一的哥哥，比我大十岁，娶了一位富有的磨坊主的女儿。哥哥现在经营着一家工厂。家父破产前，那工厂原是家父的生意。你知道，家父也曾经是一位腰缠万贯的大富翁，辞世前不久破了产。父亲去世后，母亲贫病交加，苦熬了六个来月。而她的两个兄弟身为贵族，却见死不救。原来，母亲因为执意下嫁某郡的制造商克利姆斯沃思而使他们恼羞成怒。到了第六个月月底，母亲把我带到了这个世界上，接着，她自己却离开了人间。我认为，母亲死时并未感到太多的遗憾，因为这个世界没有给她带来多少希望和安慰。

父亲的亲属收养了爱德华和我，一直把我养到九岁。在此期间，碰巧我们郡的一个重要选区议员代表名额出现了空缺，西科姆先生就当上了候选人。于是，我的叔父克利姆斯沃思——一位精明的商人——乘机给这位候选人写了一封措辞激烈的信，信里扬言：如果西科姆和泰尼德尔勋爵不答应为抚养他们妹妹留下的孤儿出一把力，他就要向外界披露他们对同胞妹妹的无情与狠毒，并将竭尽全力破坏西科姆先生的竞选。西科姆先生与泰尼德尔勋爵深知，克利姆斯沃思家族的人素来毫无顾忌，说得出就办得到；他们也清楚这个家族在X选区里的影响。于是，本来是出于无奈，他们却假装出于好心，同意为我支付教育费用。就这样，我被送到了伊顿，在那里一待就是十年。这期间，我和爱德华从未见过面。他成人之后，步入商界，以其勤勉和能力从事着自己的事业。他成功了，三十岁那年他已在迅速发家。这一切，我都是从他每年偶尔寄给我的三四封短信中得知的。他在每一封信里总要表示一番与西科姆家势不两立的决心，总要斥责我不该寄人篱下，照他的话说，不该靠那家的恩赐过日子。起先，我还处在童年时代，我弄不明白，既然父母不在了，由泰尼德尔和西科姆两位舅父为我出学费又有何不可呢？但随着年龄的增长，我逐渐了解到了他们对我父亲根深蒂固的敌意和至死难消的仇恨，了解到了母亲生前经历的种种磨难，总之，了解到了我们家种种不公正的遭遇。直到那时，我才真正感觉到了寄人篱下的耻辱。我下定决心，决不再从当年曾拒绝救助我那奄奄一息母亲的那一双双手里接受嗟来之食。正是受到这种感情的影响，我才拒绝了西科姆教区区长的职位，拒绝与贵族家庭联姻，娶表姐妹为妻。

这样，我和舅父之间的决裂已不可挽回。我给爱德华写了一封信，告诉他所发生的一切，以及我要以他为榜样，涉足商界的打算。此外，我还询问他能否雇用我。他在回信中对我的做法并未表示满意。不过他告诉我说，假如我愿意的话，可以到XX郡来，他将“试试看能否设法给我找到一份工作”。我强忍了信中所说的一切——甚至强忍下了他对我的智力的贬低——便匆匆收拾好箱子和手提包，动身直奔北方。

经过两天的跋涉（当时还没有铁路），我于10月里一个细雨霏霏的下午到达了X镇。我一直以为爱德华就住在那个镇子上，可一打听才知道，只有克利姆斯沃思先生的工厂和货栈坐落在那儿的烟雾弥漫的比格本大院，他的寓所还远在四英里以外的乡间。

等我按照别人的指引来到哥哥府第的大门口时，已是黄昏时分了。透过夕阳的余晖和沉沉暮霭，我看到哥哥的房屋高大，庭院宽敞。房前有一块草坪。我背靠草坪中央的一棵大树停了一会，挺有兴味地欣赏起这座克利姆斯沃思公馆的外貌来。

“爱德华很有钱呢，”我心里暗自思忖。“我过去就相信他混得一定不错，可不知道他有个如此壮观的府第。”我顾不上惊奇，顾不上猜测和推断，便径直走近正门，按响了门铃。一位男仆开了门，我自报了身份，他帮我脱下湿漉漉的斗篷，接过手提包，把我引进了一个书房似的房间里。室内炉火熊熊，桌上烛光明亮。那位仆人告诉我说，主人去X镇市场尚未回来。不过他说，半个钟头之内主人准会回来的。

房间里只剩下我一人。我坐在炉火旁边一张软软的、包着山羊皮面的安乐椅上，眼望着火炉。只见炉膛里的煤块熊熊燃烧，射出一簇簇箭一样的火苗，不时有灰烬飘落到炉边。而此刻，我的脑子却在紧张地思索，对这次即将到来的会面做着种种揣测。在诸多的揣测中，只有一点似乎可以肯定——我绝不会大失所望。我本来就不抱什么奢望，只要有这一点心里就踏实了。我并未指望能领受到至深的手足之情，爱德华的信早已打消了我诸如此类的幻想。尽管如此，我坐在那里等待他归来时，心情还是急切的——非常急切——我也说不清是为什么。我从未跟这位同胞兄长握过手。此刻，我紧攥着拳头，以抑制内心的激动与不安。否则，我的手非发抖不可。

我想到了舅父。爱德华会不会也像他们一样冷落我呢？我正这样左思右想，听到林荫甬道的门开了，接着便是一阵由远而近的车轮声。克利姆斯沃思先生回府了。几分钟之后，大厅里传来了他跟仆人简短的说话声。接着，他的脚步声来到了这间书房的门口——单凭那脚步声就可以知道，他是这座房子的主人。

我还模模糊糊记得爱德华十年前的样子——那时候，他是一个瘦高、结实、皮肤粗糙的年轻人。而如今，当我起身朝门口走去时，看到的却是一位英俊潇洒、充满力量的汉子。他皮肤白皙，体格健壮，有着运动员般的身材。一眼就可以看出，他具有敏锐严厉的气质。这一点，也表现在他的行动举止、眼神和面部表情上。他简单地同我寒暄了几句，握手的时候，又从头到脚仔细打量我一番。他在那张羊皮面安乐椅上坐下，要我坐在另一个座位上。

他说："我原以为你会到大院的办公室找我呢。"我注意到，他说话时腔调粗鲁无礼，这也许是他的习惯吧。他还是一口北方腔，喉音很重，叫我这个听惯了清脆的南方话的人听起来十分刺耳。

"我搭乘的那辆马车停在了一家客店门口。是客店老板指点我到这儿来的。"我回答说，"我没想到你有这么漂亮的住宅，所以起先我还怀疑他指错了路呢。"

"啊，算了！"他说，"害得我因为等你晚回来半个钟头——不提它了！我原想你肯定会搭八点钟的马车来呢。"

我向他表示了歉意。他没有回答，倒拨弄起炉膛里的火来，似乎是要掩饰一时的不耐烦。接着，他又对我打量了一番。

我内心感到很满意，因为在这初次会面的头几分钟里，我没有流露出任何过分的亲切和热情。我跟这个人寒暄时，也是平静而镇定的。

"这么说，你跟泰尼德尔和西科姆彻底闹翻了？"他急不可耐地问我。

“我想我决不会再跟他们来往了。既然我拒绝了他们的建议，以后就不可能再有什么交往了。”

“啊，”他说，“我索性一开始就把话说明白，‘一人不事二主’。你要是跟泰尼德尔勋爵来往，就别指望得到我的帮助。”他说完这番话后，用一种毫无来由的威胁的目光看着我。

我不想回答他的话，只是在暗暗揣摩人的大脑结构的差别。不知道克利姆斯沃思先生从我的沉默中推断出了什么——也许他认为那是我倔强不服的征兆，也许他以为我被他那专横跋扈的举动吓住了。他又盯着我看了好一会之后，急促地从椅子上站起来。

“明天，”他说道，“我还有几点需要提醒你注意。不过现在该吃晚饭了。也许克利姆斯沃思太太正等着呢，走吧！”

他大步跨出了房门，我在后边跟着。穿过大厅时，我心里猜测着克利姆斯沃思太太会是什么样子。我在想：“莫非她也像泰尼德尔、西科姆以及西科姆家的几位千金——或者像大步流星走在我前面的这位亲哥哥一样，和我格格不入？也许会比他们好一点？我能够跟她无拘无束，畅所欲言吗？或许——”我还没来得及多想，餐厅已经到了。

毛玻璃罩内点燃着一盏油灯，灯光下，只见房间四壁镶着橡木护壁板，煞是漂亮。晚饭已在餐桌上摆好。壁炉边站着一位年轻太太，似乎是在等待我们到来。她身材修长，体态匀称，衣着漂亮入时。至于其他方面，只凭一眼是看不真切的。她和克利姆斯沃思先生愉快地互相问候了一番。她半是玩笑、半是愠怒地责备他不该来晚。她的声音(我总爱以声音判断一个人的性格)轻快活泼，我认为这表明她是一个生气勃勃的女人。克利姆斯沃思先生立即给了她一个亲吻，制止了她那甜蜜的责备——那亲吻依然充满着新郎的柔情(他们结婚还不到一年呢！)。她兴致勃勃地在餐桌边坐下。这时，她才发现了我的存在。她说她刚才没有注意到我，请我原谅，并同我握手。那情景就如同一般女人一样，在她们情绪好的时候，对谁都会热乎起来，甚至对她们平时最不喜欢的人，也会一反常态地表示一番亲近。直到这时，我才看清楚：她面颊红润，五官轮廓分明，搭配得恰到好处；她的头发是红的——很红很红。她不住嘴地跟爱德华谈着话，总在那里开玩笑似的争论着；她显得很生气，也许是故作姿态，因为那天他们乘双轮马车出去兜风时，他故意套了一匹烈马，他还笑她是胆小鬼。有时，她也向我诉说一两句：

“喏，威廉先生，你听听爱德华说这话荒唐不荒唐？他说他非套杰克不可，决不套别的马。可那畜生已经摔过他两回了。”

她说话有点口齿不清，但听起来并不刺耳，只是有点孩子气。很快我又发现，她不仅说话有点孩子气——表情里也还多少带点稚气，但这决不是因为她五官娇小。我毫不怀疑，她的舌音，她的表情，在爱德华眼里肯定都是一种魅力，或许在大多数男人眼里也是如此，但我却不以为然。我细心观察她的眼神，竭力想从中探索出未能从她脸上和谈话中发现的智力来。她眼睛不大，却放射着愉快的光芒，时而活泼，时而空虚，时而秋波融融。但我毕竟没有东方人的眼力，无法窥见她的灵魂。她颈项白皙，唇若涂朱，双颊绯红，簇簇秀发拳曲，光彩照人。然而，在我看来，仅有这些还是不够的。她的青春毕竟不像普罗米修斯的神火，在玫瑰花与百合花凋谢之后，仍然能够熊熊燃烧；而她是不能青春永驻的。她那过分修饰的头发终究会变成花白。是的，在阳光下，在盛开的季节，花是很美的。可人生中有多少阴雨天气啊！譬如灾难的11月间，火炉不暖，室内冰冷，就不会有一丝美好愉快的感觉。

在仔细端详了克利姆斯沃思太太的容貌之后，我无意间发出一声失望的叹息。不料，她把我的叹息错当成对她的美貌的仰慕了。对自己的富有及娇妻的年轻美丽显然十分得意的爱德华，此刻向我瞥了一眼。那眼神半是嘲弄，半是恼怒。

我赶紧把目光从他们两人身上移开，无精打采地望望四周，橡木护壁板上挂着两幅画——壁炉台两边一边一幅，我无心参与克利姆斯沃思夫妇没完没了的调笑式的谈话，便全神贯注地欣赏起那两幅画来。那是两幅肖像——一位夫人，一位绅士，都是二十年前的装束。那绅士的画像被挡在阴影里，看不清楚；而那位夫人的画像则正好暴露在柔和的灯光下，所以我立刻便认出来了，我小时候见过这幅画像，这是我的母亲。这两幅画都是变卖父亲家产时留下的唯一的传家之宝。

记得在孩提时代，我就非常喜欢画面上的那副面容。可那时候我还弄不懂为什么喜欢。现在我才知道，这样的面容在人世间是何等少见啊！我非常欣赏它那沉思而又慈祥的表情。面部的线条将人物内心最真挚、最深切的感情表现得淋漓尽致，栩栩如生。画像上那双庄重的灰眼睛在我看来也同样具有巨大的魅力。真可惜，它只是一幅不会说话的肖像。

不一会，我便离开了克利姆斯沃思夫妇。仆人把我领到卧室。我关上房门，同时将所有闯入我脑海中的人物，有其他人，也有你，查尔斯，统统关在了门外。就此住笔，暂别了。

威廉·克利姆斯沃思

这封信寄出去之后，我没有收到回信。我的老朋友在尚未收到信之前，就已经接受了政府的任命走马上任，到一个殖民地任职去了。

从那以后他的情况如何，我就不得而知了。

原先，我只打算利用可以由我支配的空余时间，为他个人提供一点消愁解闷的材料。现在我决定把这些时间奉献给广大读者。我要讲的故事并不怎么激动人心，更谈不上奇妙惊人。不过，它也许能使一些人产生兴趣。那些同我一样辛辛苦苦埋头于事业的读者，将会时时从我的经历中联想起自己的身世。上面这封信就权作本书的开场白吧。现在我就言归正传。

第二章

我初到克利姆斯沃思公馆的那个雾气蒙蒙的夜晚过去后，第二天迎来的是10月一个晴朗的早晨。我一大早起床，漫步于宅子四周花园般的草坪上。秋天的太阳在XX郡山上冉冉升起，眼前呈现出一派令人赏心悦目的田原景色。色调柔和的金黄色的小树林点缀着刚刚收获过庄稼的田野。一条小河从林间流过。10月的阳光与天空映照在河面上，泛起微微寒光。河两岸断断续续耸立着高高的圆柱形烟囱，宛如一座座纤细的宝塔，标志着掩隐于林间的一家家工厂。山腰间，类似克利姆斯沃思公馆那样的幢幢楼房星罗棋布，各得其所。总的看来这一带乡间显得美丽富饶，生机盎然，令人心旷神怡。航运、贸易与机械行业的兴起，早已将这里与世隔绝的浪漫色彩一扫而光。五英里以外，低矮的山峦之间，一条峡谷环抱着X镇，那里烟雾霭霭，终年不散。那就是爱德华“商行”的所在地。

我竭力将目光集中在眼前的景致上，竭力想把思绪暂时寄托于此。然而，我发现，眼前的一切竟没有在我心中荡起任何快意——一个人在开始新的生活时，心里本该对前程充满希望，但这种希望我却一点也没有感到——我喃喃自语道：“威廉啊，你是一个不合时势的人，一个大傻瓜，连自己需要什么都不知道。你选择了经商，那你就要成为一个商人了。瞧！”我内心思忖，“瞧那空中充满煤灰的浓烟吧，要知道，那里就是你的岗位！在那里你不能幻想，不能思考，也不能讲什么大道理，而只能干活。”

一番自省之后，我又回到了屋子里。哥哥正在早餐室里。见到他时我很镇定——要我见到他时很高兴我可做不到。他背对着火炉站在地毯上。就在我走上前去向他道早安，两人目光相遇的那一瞬间，我从他的眼神里看到了多少东西啊！我们俩的天性是何等不同！他只是简单地点点头，回了声“早安”，便顺手从桌子上抓起——而不是拿起——一张报纸，神气十足地看了起来，仿佛是一位主人终于找到了避免同一位讨厌的下属谈话的办法。好在我已下定决心要忍耐片刻，否则，他的这种态度肯定会使我竭力抑制的厌恶迸发出来。我打量着他。他身材魁梧，匀称有力。我从壁炉台上方的镜子里看到了自己的影子，便饶有兴致地比较起这两个形象来。尽管我没有他那么英俊，五官没有他的那么端正，但眼睛比他的黑，眉毛比他的粗，脸庞与他极为相似。然而，要论身材，那我可就相形见绌了。我又瘦又单薄，也没有他高，作为动物，爱德华绝对高我一等。假如他能证明自己无论在体格上还是在智能上都胜我一筹的话，那我肯定只能做他的奴隶了——因为一头雄狮对待弱者是决不会宽宏大量的，我决不能指望从他那里得到那种宽容。他那冷漠、贪婪的目光，苛刻、严峻的态度告诉我，他是不会宽容任何人的。那么，我有足够的智力与他周旋吗？我不知道，也从来没有尝试过。

克利姆斯沃思太太走了进来，把我的思绪打断了片刻。她显得很健康，红颜白衣交相辉映，像新娘子一样青春焕发。我从容自然地同她打招呼，这本来同她昨晚那无拘无束的欢快态度是很相称的，谁知道她的回答却冷淡而又拘谨，因为她的丈夫曾警告过她，不许她和他的职员过分随便。

早饭一过，克利姆斯沃思先生就通知我说仆人们正在大门口套车，希望我在五分钟内做好准备，跟他一起到 X 镇去。我没有让他等我。不久，我们的马车便飞快地行驶在路上，他所套的正是头天晚上克利姆斯沃思太太一提起来就心有余悸的那匹烈马。有一两回，杰克似乎想调皮捣蛋，于是，主人手里那果断而无情的鞭子便拼命地抽打它，很快就把它降伏了。爱德华那张大的鼻孔表明，他是这场斗争的胜利者。一路上，他很少跟我说话，只不时地张口骂几句牲口。

我们驶入X镇时，看到到处是一派热气腾腾的繁荣景象。马车穿过几条住宅、商店、教堂与公共建筑林立的干净街道，拐进一个工厂与库房区，又通过两道厚实的大门，进入一个地面铺设整齐的大院子，这就是比格本大院。爱德华的工厂展现在我们面前，煤烟从高高的烟囱里喷射出来，抖动着穿过装有许多铁管的厚厚的砖壁。工人们来来往往地忙碌着；一辆马车正在装货。克利姆斯沃思先生左右张望，似乎要对眼前的一切一目了然。他跳下马车，一个人匆匆跑过来从他手里接过缰绳。他把车和马交给那人后，便叫我跟他到账房去。我们走进了账房。这是一个与克利姆斯沃思先生的客厅迥然不同的房间——一个办公场所。光秃秃的木地板上放着一个保险柜，两张高桌，几只高凳和几把椅子。其中一张桌子边坐着一个人。当克利姆斯沃思进来时，那人脱下头上的方帽致意，接着又立即埋头工作起来，不知道是在写什么还是在算什么。

克利姆斯沃思先生脱下雨衣，在火炉边坐下。我仍站在炉子边没动。过了一会，他对那人说道：

"斯泰格顿，你可以出去了。我要跟这位先生谈点事情。等听到铃声你再进来。"

桌子边的那个人起身走了出去，并随手带上了门。克利姆斯沃思先生拨弄了一下炉火，然后抱起双臂，坐在那里想了一会儿。他双唇紧闭，眉头紧锁。我无事可做，只是注视着他——好一副漂亮的相貌！好一个英俊的男子！那么，在他那狭窄而又严峻的前额上，在他的整个面部，哪来的那种盛气凌人的气质呢？

他突然转过脸来问我：

"你来XX郡就是为了学做商人吗？"

"正是。"

"你下定决心了没有？你要立刻告诉我这一点。"

“下定了。”

“好吧。我并不是非得帮助你不可。不过，假如你合格的话，我这里倒有一个空缺。我得先试试你的本事。你会干什么？除了在大学里学的希腊语、拉丁语等等那一大堆无用的东西外，你还会什么？”

“我学过数学。”

“废话！我知道你学过。”

“我会法文和德文。”

“嗯！”他想了一会，打开身边一个写字台的抽屉，拿出一封信来递给我。“你能看懂吗？”他问道。

那是一封德文商业函件。我把信的内容译了出来。我看不出他是否满意——因为他的面孔一直是紧绷着的。

过了一会儿，他说：“不错，你总算还会一点有用的东西，这可以帮助你挣点食宿费。既然你懂法文和德文，我就让你做我的二等秘书，负责处理与国外的来往信件。我将付给你可观的报酬——年薪九十英镑——而现在，”他提高了嗓门接着说，“你听着，我得把我们之间的关系彻底说清楚，免得你以后打着我的旗号招摇撞骗。在这个问题上我决不含糊，因为那不符合我的性格。如果我发现你愚蠢、粗心、酗酒、懒散，或者干了任何有损于我的利益的错事，我决不会因为你是我的亲弟弟就饶恕你，我会像解雇其他职员一样解雇你的。一年九十英镑的薪水相当可观了，可我的钱不能白给，你得给我付出实足的代价。你要记住，在我的企业里，一切都讲究脚踏实地——我最喜欢商业式的习惯、商业式的感情、商业式的头脑。明白吗？”

“明白些了。”我回答说，“我想，你的意思是说要我干活挣钱，不能指望得到你的照顾，除工钱之外，也不能指望得到你的任何资助。这正合我的心意。我接受这些条件，愿意做你的职员。”

我转过身，走到窗前；这次我没有仔细端详他的脸，探究他的想法，他怎么想，我不知道，也不在乎。沉默了几分钟后，他重又开口说道：

“也许你想住在我的公馆里，每天跟我一道乘马车上下班。可我希望你能明白，那样安排对我来说很不方便。我要把马车里的空位留给和我洽谈生意，并在我的公馆住一两个晚上的商人先生。所以你必须在X镇找个住处。”

我从窗口走回炉子边，答道：

“我当然要在X镇找住处。住在克利姆斯沃思公馆对我来说也不合适。”

我的语调很平静。其实我说话一向如此。然而，克利姆斯沃思先生的蓝眼睛却顿时燃起了怒火。他的报复方式也很奇特。他转过脸来，直截了当地说：

“我想你也够穷的了。在领到季薪之前，你打算怎么生活？”

我回答说：“我能过得去。”

“你打算怎么过？”他提高嗓门，又问了一遍。

“尽我所能吧，克利姆斯沃思先生。”

“担风险去借债，如此而已。”他说道，“也许你还有挥霍浪费的贵族习气。要是真有，丢掉它吧！我这里决不能容忍这种毛病。即使你债台高筑，我也决不会多给你一先令的——请记住。”

“是的，克利姆斯沃思先生。你会发现我的记忆力相当好。”

我没有再说什么。我认为没有必要再占用更多的时间和他谈判了。我有一种本能的感觉：如果常常跟爱德华这号人动肝火，那将是愚蠢的。我暗暗对自己说：“我的忍耐力就像一只杯子，上面不断往里滴水，它却纹丝不动。滴满了，水就会自己溢出来——而此刻需要的则是忍耐。有两点可以肯定：一是我有能力做好克利姆斯沃思先生交给我的工作，二是我可以凭良心拿工资。这些钱足够我维持生计。至于哥哥对我摆出的那副盛气凌人、傲慢苛刻的主人架子，那是他的过错，责任不在我。难道他对我的不公与厌恶就能立刻改变我所选定的道路吗？不！至少在我改变主意之前，我会全力向着既定的目标前进的。如今我才刚刚挤进这个门里——这个十分狭窄的入口，它应该有一个令人满意的终点。”我正这样暗自推测，克利姆斯沃思先生按了按铃，他的一等秘书，由于我们谈话刚才被赶出去的那个人，又走了进来。

“斯泰格顿先生，”克利姆斯沃思先生吩咐道，“把沃斯兄弟公司的来信拿给威廉先生，把英文复信也给他，由他翻译出来。”

斯泰格顿先生大约三十五岁，有一张狡猾而又阴沉的脸。他赶紧执行命令，把信放在写字台上。我立即坐下来，动手将那些英文回信译成德文。伴随着这第一次为谋生所作的尝试，一种十分愉快的感觉油然而生——这种快意并未因为主人在场而受到影响或稍有减弱。我翻译的时候，他在旁边站着看了一会儿。我想，他一定是在试图揣度我的性格。而我却感到，自己就像戴着一顶放下了面甲的头盔一样，对他的注视一点也不担心——更确切地说，即使我信心十足地让他把我的面容看个够，那也无异于让一个不学无术的人看一封希腊文信件。他只能看到一行行的文字、一排排的字母，却什么意思也看不懂。我的性格并非他的性格，我的面部表情对他来说就像是一种神秘的语言。不多一会儿，想必是遇到了不解之谜，他突然转身走出了账房。整整一天，他只回来过两次，每次回来，总要喝一杯掺水白兰地（酒和水就放在壁炉旁边的一个小柜橱里），然后扫一眼我的译文——他既懂法文又懂德文——便又一声不响地走了出去。

第三章

我作为爱德华的二等秘书，忠诚、守时、兢兢业业。对于交给我的工作，我有能力有决心去做好。克利姆斯沃思先生虽然百般挑剔，却也从没有找出过我的差错。他还派他的心腹首席秘书蒂莫西·斯泰格顿暗地里监视我；但蒂姆[1]也无能为力，因为我和他同样严谨，而且比他更机灵。克利姆斯沃思先生问我是怎么生活的，是否负了债——没有的事——我与房东太太的账目总是一清二楚。我租了一套很小的住室，我在伊顿时曾积攒下一点儿零用钱，现在，我就动用了这份不多的积蓄中的一些钱，尽力把房租对付过去。由于我生性讨厌别人资助，所以很早就养成了在经济上自我克制的习惯，每月的开支总是精打细算，能省就省。这样，到了紧要关头，就用不着求助于人了。记得当时许多人叫我吝啬鬼。对这种责骂，我则聊以自慰——与其日后招人厌恶，还不如现在被人误解的好。今天，我总算有了收入。其实过去也曾经有过，在我同两位被激怒的舅父分手时，其中一位将一张五英镑的纸币扔在了桌子上，说是给我的路费。我就是靠了那五英镑才得以离开那里的。克利姆斯沃思先生还吩咐蒂姆去向我的房东太太打听对我的品行有什么意见，房东太太却说她相信我是一个虔诚的教徒。她甚至还反问他是否认为我有朝一日会有进教会供职的打算；因为她说她那里曾住过一位年轻的副牧师，那位副牧师远不如我文静、持重。事实上，蒂姆本人就是一个“教徒”，一个“卫理公会的教徒”，但那并未妨碍他（随你怎么理解）同时又是一个不可救药的恶棍。他从房东太太那里打听到的都是我的虔诚行为，这使他大为困惑不解。他把这一切报告给了克利姆斯沃思先生。而那位自己从不进教堂，不信上帝，只信财神的先生，竟把这一切当作对付我文静性格的武器，一而再、再而三地不怀好意地嘲笑我。起初我并没有觉察出来，直到有一天房东太太偶然提到她和斯泰格顿先生的那次谈话，这才使我恍然大悟。从那以后，我每次到账房去之前，都预先做好了思想准备，无论那工厂主怎样对我进行侮辱性的讥讽嘲弄，我都泰然处之，置之不理。老是像这样把弹药浪费在一个木头人身上，久而久之，他也就厌倦了。不过，他可没有将这些利箭丢掉——而只是悄悄地藏在了箭袋里，以备后用。

在我任秘书期间，曾应邀去过克利姆斯沃思公馆一次，那是去参加为庆贺主人生日而举办的一次大型聚会。往年每逢这样的庆祝会，都要邀请职员们去参加，这一次自然也不好不请我。不管怎么说，我的公开身份也是他的职员。那天，克利姆斯沃思太太身穿考究的花边缎子衣服，显得青春焕发，神采奕奕。她没有怎么注意我，只是远远地打了个招呼。当然，克利姆斯沃思压根就没有理我。一排青年女子身裹白云似的薄纱，坐在一间又长又大的房间的另一边，正好在我的对面。没有人向我介绍任何一位女士。实际上，这时我非常孤单，只能远远注视那一个个珠光宝气的女子。我厌倦了这令人眼花缭乱的场面，便低下头来仔细研究起地毯的图案来。此刻，克利姆斯沃思先生正站在地毯上，胳膊肘支在大理石壁炉台上，周围众星捧月似的簇拥着一群十分漂亮的姑娘。他和姑娘们愉快地交谈着。这时，克利姆斯沃思得意洋洋地瞟了我一眼，见我萎靡不振、百无聊赖地干坐在那里，活像个被人冷落的家庭教师，他满意了。

舞会开始了。我多么希望有人把我介绍给一位聪明伶俐、招人喜爱的姑娘啊！多么希望能有机会自由地向人们表明，我也有感情，也能领略社会交际的乐趣——简言之，我不是一根木头、一件家具，而是一个会活动、会思维、有血有肉的人啊！一张张迷人的笑脸、一个个窈窕的身影，从我的眼前飘然而过。然而，这笑脸是慷慨地奉献给

---

① 蒂莫西的昵称。

别人的，这身影是由别人的手牵着的，而我却无此艳福。我怀着一种被人戏弄的心情转身离开了那一对对舞伴，漫步来到装有橡木护壁板的餐厅。这公馆里的一切生物对我都没有一丝的同情。于是，我找到母亲的那幅画像，从烛台上拿起一支蜡烛，举起来，久久地、虔诚地凝视着它，心里不觉浮想联翩。我发现，母亲的相貌和面容——她的前额与眼睛的样子、她的肤色——大都遗传给了我。对于自负的人来说，看到任何端庄的美人儿，都没有比看到自己的形象被润色、被美化更使他们惬意。正是由于这种原因，父辈们看到儿女们的相貌比自己的色调更柔和、轮廓更优美时，常常会自鸣得意。我在想，这幅令我如此感兴趣的肖像，多么能打动一个公正观众的心啊！就在这时，忽听背后有人说道：

“嗯，这张脸上很有点名堂。”

我回头一看，只见身边站着一位高个男子。虽说可能比我大五六岁，但他显得很年轻，外貌也颇不寻常。尽管我还没有详细描述他的相貌，但读者对我刚刚勾勒的剪影肯定已经相当满意了。关于他，我本人眼下看到的也就这么些。我还没有观察他的眉毛和眼睛是什么颜色，只看到了他的身材和体形轮廓。我还看到了他那爱挑剔的翘鼻子。寥寥几笔，倒也概括地反映了他的性格(即使最后一点除外)，也足以能够帮助我认识此人了。

我一边向他点头致意，一边低声说：“晚上好，亨斯登先生。”说完，便像一个害羞的傻瓜似的开始往外走。为什么呢？很简单，因为亨斯登先生是一位制造商兼磨坊主，而我不过是一个小职员。我的天性促使我避开这个比我地位优越的人。我在比格本大院常见到亨斯登先生。他几乎每一周都要去那里同克利姆斯沃思先生洽谈生意。可我从来没跟他说过话，他也从没有理过我。我下意识地对他产生了一种仇视心理，因为他曾不止一次作为旁观者目睹过爱德华对我的侮辱而一言不发。我确信，他肯定只把我看作是一个可怜巴巴的奴隶。我之所以要走开，避免同他交谈，原因就在于此。

“你要到哪里去？”当我慢步走到一边时，他叫住了我。我已经注意到，亨斯登先生说话喜欢突如其来。我有些反常地自言自语道：

“他以为他高兴了就可以随便找个小职员来聊聊。可我的禀性也许并不像他想象的那么驯服。再说，他那种粗俗的直率一点也没有引起我的好感。”

我低声敷衍了几句，与其说是谦恭，不如说是冷淡，然后又继续朝前走。他冷漠地挡住了我的去路。

“在这待一会儿吧，”他对我说，“舞厅里太热了。再说，你又不跳舞，今晚你没有舞伴。”

他说得不错。他说话时的表情、语调和态度都没有引起我的反感。这使我的自尊心得到了安慰。他跟我说话时，毫无屈尊纡贵之态，而仅仅是因为想在这凉爽的餐厅里清醒一下头脑。他现在需要有个人陪他说说话，暂时消遣消遣。我讨厌别人以恩赐的态度对待我，但也很愿意满足别人的要求。于是，我留了下来。

他又重新提起那幅画像来，说道：“这像画得挺好。”

“你认为那张脸漂亮吗？”我问道。

“漂亮？不！眼窝深陷、双颊凹陷，哪里谈得上漂亮？但是不俗气，像是在沉思。她要是活着，简直可以跟她谈心，谈服装、社交应接和敷衍恭维以外的高雅话题。”

我很赞成他的看法，但没有作声。他接着又说：

“我并不欣赏这样一幅头像。它缺乏个性，缺乏力量；那张嘴也显得太仁——慈——了（他把仁慈二字拖得很长）。再说，那眉宇间还带着贵族气质。我讨厌那样的贵族派头。”

“这么说，亨斯登先生，你认为具有贵族血统的人体形和相貌有什么与众不同的地方吗？”

“让贵族血统见鬼去吧！我们XX郡的商人有我们自己‘与众不同的体形和相貌’；而那些小贵族也许有他们‘与众不同的体形和相貌’。不过，到底哪一种好呢？肯定不是他们的好。至于说那些贵族女人，那就另当别论了。她们从小就开始修饰打扮，可以由别人照顾或通过训练而打扮得相当漂亮，就像东方国家后宫里的妃妾一样。但这种优越条件也未必都能奏效。拿镜框里的这幅肖像跟克利姆斯沃思太太比比看——你说哪一个更漂亮些？”

我平静地回答说：“亨斯登先生，还是拿你自己跟克利姆斯沃思先生作一番比较吧。”

“噢，我知道，克利姆斯沃思先生比我魁梧。还有，他直直的鼻子，弯弯的眉毛，还有其他一切都比我强。但是，他的所有这些优点——如果说算是优点的话——都不是从他的贵族母亲，而是从他父亲老克利姆斯沃思那里继承下来的。听我父亲说，老克利姆斯沃思是XX郡名副其实的出类拔萃人物，同时又是三个行政区里最漂亮的美男子。只有你，威廉，才是你们家具有贵族气质的人。要说英俊，你比你那粗俗的哥哥差着一大截呢。”

亨斯登先生的话很有道理。我对他那直截了当的谈话非但没有生气，反而感到很惬意。因为他的谈话方式使我挺自在，我又继续饶有兴趣地跟他攀谈起来。

“你是怎么知道我是克利姆斯沃思先生的弟弟的？我以为你也和其他所有人一样，仅仅把我当作一个小小的穷职员呢。”

“不错，我们是这样看的。难道你不就是一个穷职员吗？你为克利姆斯沃思干活，他给你工钱——而且是少得可怜的工钱。”

我哑口无言。此刻，亨斯登先生的话似乎颇不礼貌，但他的谈话方式仍丝毫没有引起我的反感——而只是激起了我的好奇心。我希望他能接着说下去。过了一会，他又说：

“这个世界是个荒唐的世界。”

“此话怎讲，亨斯登先生？”

“我知道你会这样问的。你本人就是我所说的那种荒唐的极好佐证。”

我料定，不用催问，他也会自动作解释的。于是我又沉默不语。

“做商人是你的志愿吗？”

“这是我三个月前经过认真考虑的。”

“哈！你想做商人？开玩笑。瞧你的脸哪像个商人的样子！”

“上帝给我塑造了这么一张脸，有什么办法呢，亨斯登先生。”

“上帝塑造你这副面孔，这个脑袋，可不是要你待在X镇的。在这里，你那富于想象和善于比较的才能、你的自尊、诚挚，能给你带来什么好处？不过，你要是喜欢比格本大院，那就待在那儿好了。这是你自己的事，与我无关。”

“也许我没有选择的余地。”

“那我就管不着了，你何去何从，对我来说没什么两样。我现在不热了，要回去跳舞了。我看见一位好漂亮的姑娘正跟她妈妈坐在沙发角落里。瞧着吧，一眨眼工夫她就会成为我的舞伴。哟！沃迪——萨姆·沃迪朝她走去了！难道我就赶不到他前头？”

亨斯登先生大步流星地走开了。我透过敞开着的折门注视着他。只见他抢在沃迪前头邀请那位美丽的姑娘跳舞，接着便得意洋洋地把那姑娘从座位上拉起来。那是一位身材修长，体态丰满匀称，衣着漂亮入时的妙龄女郎，风度颇似爱德华·克利姆斯沃思太太。亨斯登先生带着她踏着华尔兹舞曲的节奏尽情地旋转着。整整一个晚上，他一直在她身边。从姑娘脸上那春意盎然、心满意足的表情看，亨斯登先生成功地博得了姑娘的欢心。同样，姑娘的母亲(一位裹着头巾的矮胖女人，名叫勒普顿太太。)看上去也很高兴。展望女儿的前程，她打心眼里感到满意。亨斯登家族是个古老的家族。尽管约克(这就是我刚刚与之谈过话的那个人的名字)不屑于公开炫耀自己的优越出身，但他内心却十分清楚，也非常欣赏祖上的盛名。若不是有显赫的门第，在X镇这样蓬勃发展的地方，一千个居民中也难得有一个了解自己的祖父。再说，曾一度十分富有的亨斯登家，如今仍是小康人家。有人断言说，由于生意上的成功，约克有可能重振家业，恢复原先丧失的财产。考虑到这些情况，当勒普顿太太看到亨斯登·伍德的继承人正全力以赴向自己的宝贝女儿萨拉·马撒献殷勤时，大脸盘儿上露出满意的微笑也就是理所当然的了。然而，我对亨斯登先生又进行的平心静气的观察似乎就更为准确了。我很快发现，说他对于母系血统自鸣得意，理由的确是不充分的。在我看来，那位先生一心只想使自己在别人心目中留下印象，而不大愿意让别人在他心目中留下印象。我说不清亨斯登先生身上有一种什么样的气质；在我观察他的时候(除此以外，我没有更好的办法去了解他)，脑子里竟不时闪现出他是个外国人的念头。从体形与相貌看，他应该是个英国人，尽管某些地方有点像高卢人，但他却没有英国人的羞怯。不知他在何处学会了这样的本事：他能在任何场合保持落落大方的态度，决不让狭隘的羞怯干扰自己的自由与欢乐。他不故作文雅，但也绝对说不上粗俗。他既不奇特，也不古怪——但又不同于迄今我所见到的其他任何人。总的看来，他的举止表明他对自己完全满意，但时时又有一道难以言状的阴影像月食一样从他脸上掠过。在我看来，那就像是一种信号，表明一时间他内心突然对自己的言谈与举止产生了强烈的怀疑——对他的生活或社会地位，对他的前程或智力产生了强烈的不满。究竟是哪一种，我也说不清楚。也许这一切只不过是他肝火太旺、反复无常的表现吧。

第四章

世上没有人乐于承认自己在选择职业方面犯了错误。每一个人，每一个名副其实的人，在海上遇难时，总要搏风斗浪长时间地拼命向前划行，而决不肯轻易喊一声“我不行了”便听天由命地随波逐流，听任潮水把自己冲回岸边。打从在X镇安顿下来的第一周起，我就觉得自己的职业令人讨厌。光是工作本身——抄写和翻译公函——就已经够枯燥无味了，但如果仅仅是枯燥无味，我还是能够长期耐心忍受的。我并不是那种没有耐心的人，加之受两种愿望的驱使：一是为了谋生，二是向人们表明我欲做商人的决心，我是能够默默忍痛，听任自己的才智被埋没、被束缚的；尽管内心渴望自由，我还是能够不动声色的；尽管我本可斗胆以叹息表达在比格本大院沉闷闭塞、烟雾弥漫、索然无趣和一片混乱气氛下的内心痛苦，以及对自由新鲜环境的强烈向往，但我还是能够忍气吞声的，还是能够在我寄居的金太太公寓的小宿舍里，把责任之神与毅力之神作为我的家神供奉起来，从而使我内心的欲望、使我内心秘密珍爱着的脆弱的或强大的幻想都望而却步，无论施展软硬手段都不能接近我，动摇我。但情况并非如此。我同雇主之间所产生的互相憎恶，已深深地扎下了根，并且日益枝繁叶茂，如华盖罩顶，使我难以见到一丝生活的阳光。我开始感到，自己活像一株生长在阴暗潮湿的黏滑井壁上的植物。

“憎恶”是唯一能够表达爱德华·克利姆斯沃思对我感情的字眼。他的那种感情多半是下意识的。我的每个最细小的举动、一个投目、一句话语都会激起他的憎恶。我的南方口音使他不快；我言谈话语里所显示出的文化素养惹他恼火；我的守时、勤勉、精细招他厌恶，致使他对我恨上加恨，妒火中烧，生怕有朝一日我也会成为成功的商人。倘若我在随便哪个方面不如他，他对我也不致怨恨至此。然而，他所知道的一切我都知道，更为糟糕的是，他怀疑我以沉默之锁将我的精神财富紧锁起来，而使他无缘分享。假如他能把我弄到荒唐可笑或忍辱负重的地步，他或许会大大宽恕我的。然而，我却时时以三大本能保护着自己——谨慎、机智和观察。尽管爱德华居心不良地对我暗察暗访，却根本逃不脱我锐利的目光——我的天然哨兵。他心怀叵测地日复一日监视着我的“机警”，希望有朝一日它会懈怠，好乘机像毒蛇一样向我扑来；但真正的机警是永远也不会睡大觉的。

我第一次领到季薪之后，向寓所走去，心里感到十分痛快；因为那位吝啬的主人总算把我应得的那点来之不易的微薄报酬如数付给了我，（我已不再把克利姆斯沃思看作自己的哥哥了，他是一位冷酷苛刻的主人，想要当刚愎自用的暴君，如此而已。）此刻，简单而又强烈的思绪占据了我的头脑，两种声音在我内心响起。它们一遍又一遍地重复着单调而相同的话语。一个声音说：“威廉，你的生活是无法忍受的。”另一个声音说：“你有何办法改变一下呢？”这是一月里一个霜冻的寒夜，我走得很快。快到寓所时，我的思绪从对自己处境的一般性考虑，转到了对具体细节的推测上：譬如说，我的炉子是不是灭了；我朝起居室的窗户望去看不到有红彤彤的火光。

“那个懒婆子仆人又像往常一样忘记烧火了，”我自言自语地说，进得屋去，我只能看见苍白的火灰。难得今夜星光灿烂，何不多走几步呢。

这是一个晴朗的夜晚，街道很干燥；对于X镇来说，甚至可以说是很干净了。教堂塔楼旁边的天际，挂着一钩弯月，天空繁星密布，亮光闪烁。

我下意识地信步朝乡间走去，来到格罗夫大街，看到远郊那片环抱着楼房的绰绰树影，不觉心生快意。这条大街上一排整洁的宅院对面，有几座小花园。我正要大步走过去，在其中一座花园的铁栅门上倚着的一个人突然同我搭起话来。

“那究竟是何人，如此匆匆忙忙？当年罗得想到熊熊燃烧的黄铜色的云会降大火焚毁所多玛城而匆匆逃离时，肯定就是这个样子。”①

我收住脚步，朝说话人望去。我先是闻到一股香味，接着看到了香烟的红光，同时也看到一个男子模糊的身影正面朝我伏在小铁栅门上。

“你瞧，黄昏时我还在野外冥思苦想呢，”那个身影又继续说，“上帝知道这是多么枯燥的事啊！再说，这可不像丽贝卡②戴着手镯鼻环，骑在骆驼背上那么神气。命运只把我安排为一个以灰粗花呢遮体的账房先生。”

这声音很耳熟——他的第二句话使我明白了说话人是谁。

“晚上好，亨斯登先生！”

“晚上好！啊，要不是我这样客客气气地先同你搭话，也许你就认不出我来而走过去了。”

“我不知道是你。”

“多精彩的借口！你本该认出我来的。我可认出了你，尽管你像一台蒸汽机一样只顾埋头朝前冲。后面有警察跟踪你怎么的？”

“我可不值得他们跟踪。我并非什么显赫人物，不足以引起他们的注意。”

“唉，可怜的牧羊人！呜呼！你的话说得多么令人寒心啊！而且，从你说话的声音判断，你肯定有着满腹的怨气。不过，既然你不是在逃避警察，那又是在逃避谁呢？逃避魔鬼吗？”

“恰恰相反，我是在追捕魔鬼。”

“那好，算你走运，现在是星期二晚上，今晚有许多赶集的马车要

---

① 据《圣经 · 旧约 · 创世记》载，所多玛城原为死海南岸一古城。上帝因其居民罪恶深重而放火将全城焚毁。

② 丽贝卡，《创世记》中希伯来族长以撒之妻。

返回迪尼福特，每辆车上准坐有魔鬼或他手下的小鬼。你不妨到我的单身汉宿舍坐上半个钟头，这样，等魔鬼经过这儿时，就可以不费吹灰之力将他拿住。依我看，今夜你还是放过他吧，他还有大批主顾需要光顾。星期二可是他在 X 镇——还有迪尼福特——很繁忙的日子。不管怎么说，还是进来吧。”

说着，他打开了门。

“你真想让我进去吗？”

“随你的便——我是孤单一人，要是你能陪我一两个钟头，我将十分高兴；要是你不肯赏光，我也不勉强。我不喜欢讨人嫌。”

亨斯登发出这样的邀请很合他的意，接受这一邀请也很合我的意。于是，我跨进院子，随他来到房子前门。他将门打开，我们又穿过一道走廊，进入他的客厅。他掩上门，指着火炉边的一张安乐椅让我坐下。我坐了下来，用眼睛打量着四周。

那房间很舒适，同时也很整洁，美观；炉膛内熊熊燃烧着名副其实的 XX 郡炉火，火苗通红明亮，燃料充足，不像吝啬的英国南方人烧火，烧过的余烬还要堆积在炉角里。桌子上，一盏罩灯放射着柔和均匀的光；家具中有一张长沙发和一对十分舒适的椅子，这对于一个年轻的单身汉来说，简直算得上是豪华的了；书架占满了壁炉台两边的壁龛，架子上各种书刊琳琅满目，井然有序。房间的整洁很合我的爱好，我讨厌杂乱无章、懒散邋遢的习惯。就眼前所见，我可以断言：在这方面，亨斯登和我是一致的。就在他将一些小册子和期刊从中间的桌子上挪到餐具柜上的当儿，我浏览了离我最近的一些书架。架子上大多是法文和德文书。法文的有法国古代戏剧家的作品，也有现代作家如梯也尔、维尔曼、保尔·德考克、乔治·桑、欧仁·苏等人的著作；德文的有歌德、席勒、季科克、让·保尔·李希特的作品；英文的则多是政治经济学方面的书籍。由于亨斯登先生唤我，当时我只看到了这些。

“你该喝点什么才是，”他说，“因为没有人知道在这个加拿大式的夜晚你究竟走了多远，你该乐意提提神了，可给你喝的既不是加水白兰地，也不是波特酒或雪莉酒，这些毒药我这儿可没有。我自己要喝莱茵白葡萄酒，而你可以在它和咖啡之间任选一种。”

这一回，亨斯登又投了我的心思。如果说有一种习惯人们普遍都能接受，而我却对它比任何人都要深恶痛绝的话，那就是饮烈性酒成瘾。但我对他的那种酸味德国酒也毫无兴趣，我喜欢咖啡，于是我回答说：

“给我来点咖啡吧，亨斯登先生。”

我发觉，我的回答很使他高兴。毫无疑问，他原以为他坚定地宣布既不让我喝甜酒，又不让我喝烈性酒，我的反应一定很冷淡的。于是，他向我投来审视的一瞥，想从我的面部表情上弄清楚，我这样热诚地要咖啡，究竟是出于真心，还是仅仅出于礼貌。我笑了，因为我很理解他的心思。我赞赏他的认真与坚定，但又对他的多疑感到好笑。看来他很满意，便按铃为我要咖啡。咖啡很快便送来了。他自己则要了一串葡萄和半品托酸味的饮料。咖啡的味道好极了，我把这告诉了他，并且对他说，我对他的隐士般的饮食习惯深表同情。他没有回答，我甚至认为他根本就没有明白我的意思。我先前曾提及过的那种短暂的沮丧表情此刻又出现在他的脸上，笑容消失了，取而代之的是一种难以捉摸的、冷漠的表情和一种他惯有的狡黠、嘲弄的眼神。我趁此片刻的沉默，迅速地审视着他的相貌。过去我还没有仔细观察过他，再加上我的视力不好，所以只对他的外貌有个模糊的、粗略的概念。现在我才惊奇地发现，他的面部是那么狭小，简直有点女人的样子。他身材高大，头发又长又黑；他的声音举止和神态以前给我一种坚定有力的印象，其实不然，与他相比，我的外表倒显得更粗犷、更结实。据我看，内在的他与外表的他成了鲜明的对照，而且也充满着矛盾；因为据我猜测，他的肉体虽然瘦弱无力，但灵魂深处却踌躇满志。也许他的那种时隐时现的忧郁的秘密，就寓于这“肉体”与“精神”的不协调之中，心有余而力不足，强健而活跃的大脑对其虚弱的伙伴——体格——瞋目而视，嗤之以鼻。至于说到他的美貌，我倒愿意听听女人们的看法。依我看，他的容貌对一位女子产生的效果，很可能同一位虽谈不上美丽，倒也十分活泼风趣的女子的容貌对男人产生的效果一样。我刚才提到过他那深色的头发——那头发在他白皙的、相当宽阔的前额上向两边分开，他的面颊像肺病患者的面颊一样潮红，他的五官画下来可能是一幅相当出色的油画，若要用大理石雕塑，必定要逊色得多；他的五官是富于表现力的，耳目口鼻无不显示出他的性格，面部表情可以随心所欲地将它们重新组合，塑造得奇形怪状，一会儿像是一头脾气暴躁的公牛，一会儿又像是一个顽皮的小姑娘；更多的时候，则是以上两种形象的结合，一种古里古怪的混合表情。

在沉默了一阵之后，亨斯登又开口道：

“威廉，你真是个傻瓜！干吗住在金太太那沉闷的公寓里？你本该到格罗夫大街来住，像我一样有个小花园！”

“那我离工厂就太远了。”

“那又怎么样？一天跑个两三趟对你会有好处的。再说，难道你是一块顽石，就不想看看红花绿叶什么的？”

“我根本不是顽石。”

“那你是什么？你坐在克利姆斯沃思的账房里，日复一日，周复一周，用笔尖沙沙沙地擦着纸，活像一部自动机器。你从不起身，从不叫累，从不要求休假，从不肯调节调节生活，放松放松神经，从不肯放纵一个晚上，从不交放荡的朋友，也从不酗酒作乐。”

“你不是也一样吗，亨斯登先生？”

“别想用这种唐突的问题难为我。你的情况跟我的情况全然不同，想要在咱们俩中间画等号那是荒唐的。叫我说，一个人耐心忍受不应当忍受的东西，那他就是一块顽石。”

“你何以知道我有耐性？”

“嘀！伙计，你还以为你是什么神秘人物？那天夜里我道破了你的身世，看来你就大吃一惊；现在我说你有耐性，你又感到惊讶。我长眼睛和耳朵是干什么用的？我不止一次在你的账房里看到克利姆斯沃思像对待一条狗一样地对待你。譬如说，他要某一本书，你给错了，或者他认为你给错了，他就一把扔过去，几乎摔到你脸上；他一会儿叫你关门，一会儿叫你开门，好像你是他的仆人；至于一个月前你在他的生日舞会上的处境，那就更不用提了，那天你既没有位子，又没有舞伴，就像一个寒酸的穷食客四处徘徊。就在那种情况下，你还是表现得多有耐性啊！”

“得了，亨斯登先生，那又会怎么样呢？”

“会怎么样我可说不好。根据你的性格，这个问题要看指导你行动的究竟是什么动机才能回答。假如你忍耐，是因为尽管克利姆期沃思十分暴虐，你还是想最终从他那里捞到什么好处，或者想利用他的暴虐捞到什么好处的话，那你就是世人所说的自私自利之徒，不过也许是个精明的家伙；假如你忍耐，是因为你觉得对他的蔑视逆来顺受是你的本分，那你就是一个十足的蠢材，依我看根本不配称作人；假如你忍耐，是因为你天性迟钝，缺乏生气、不易激动、不会奋起反抗，那么，你命中注定要受欺压，那你就躺下来，平稳地躺着，任凭讫哩什那的神车从你身上碾过去吧。”①

① 据印度神话传说，讫哩什那为印度教三大主神之一毗湿奴的第八个化身。每年例节用车载神像游行。迷信者相信，若能被此车碾死即可升天，故每年甘愿被神车碾死的善男信女极多。

你将会发现，亨斯登先生的话并非油腔滑调。我对他的话并不满意。我似乎看出他是这样一个人： 他自己十分敏感，而对别人的情绪却丝毫不肯照顾。再说，虽然他既不像克利姆斯沃思，又不像泰尼德尔勋爵那么坏，但他语言尖刻，而且我猜想，他也很傲慢；在他急切地唆使被压迫者反抗压迫者时所使用的那些斥责的话语里，有一种专横的语气。我更加聚精会神地打量着他。从他的目光和神态里，我看到了一种贪得无厌地为自己争取自由，却常常置侵犯他人的自由而不顾的决心。我匆匆想了一遍，对人类这种自相矛盾心理模糊不清的表露颇有感触，竟不禁低声笑了起来。在我刚才默默思索的当儿，亨斯登还以为我会不动声色地接受他那荒唐无礼的推测和辛辣的嘲笑呢，听到我近乎耳语的笑声，他一下子火了。

他浓眉倒竖，小鼻孔也张大了。

“不错，”他开口说道，“我跟你说过，你是贵族中的一员。除了贵族，谁会有这样的笑声？这样的目光？这是冷酷、嘲弄的笑声；这是怠惰地反叛的目光；这是绅士式的讽刺、贵族式的憎恶。威廉·克利姆斯沃思，你本该成为一个多么崇高的贵族啊！你天生就是贵族的坯子。只可惜你命途多舛！瞧你的五官、身材，一直到你的手—— 一色的高贵相——令人讨厌的高贵相！只要你一有田产、宅第，再有一个花园、一个爵位，你就会变得孤高傲慢，你就会竭力维护本阶级的权利，你就会训练你的佃户对贵族俯首帖耳，你就会步步反对日益壮大的人民的力量，维护你们那腐朽的制度，并准备让下等人血流成河。而事实上，你现在却没有力量，什么也做不到；你遭了难，被搁浅在商业的沙滩上；你被迫与实业界的人冲突，那些人你是对付不了的，因为你永远也成不了商人。”

亨斯登所讲的前一部分，根本就没有打动我的心。如果说对我还有一点触动的话，那也只不过是为他对我的误解感到惊讶，因为他的偏见扭曲了他对我性格的判断；然而，他的那句结论不仅打动了我，而且使我大为震惊。那句话对我是个沉重的打击，因为真理是有力的武器。假如我现在还要笑，那就只能是对自己的蔑视了。

亨斯登一看自己占了上风，马上又乘胜追击。

“靠经商你什么也得不到，”他继续说道，“除了现在你赖以生存的干面包皮和不足的淡水之外，你什么也得不到。你发财的唯一机会是娶一位有钱的寡妇，或与一位女继承人私奔。”

我起身说道：“还是把这些办法留给想出这些鬼点子的人吧。”

“就连这种机会你也是无望的。”他又冷冷地说道，“哪个寡妇肯嫁你？哪个女继承人肯要你？对于前者来说，你胆子又小，又不肯冒险；对于后者来说，你既不漂亮，又不潇洒。也许你自以为聪明文雅。把你的聪明文雅拿到市场上去，偷偷写信告诉我能值几个钱。”

亨斯登的语调里已有了倦意，说话语无伦次，也不再谈其他方面的事了。我有足够的理由天天同他争论不休，可我不想那么干。最后，我认为还是以沉默与孤独结束这场不愉快的谈话为好。于是，我向他道了晚安。

“怎么，你要走吗，小伙子？好吧，晚安！不送了。”在我离开他的房间，离开他的房子时，他坐在壁炉前边一动没动。在回寓所的路上，过了很长时间我才发现，自己走得很快，呼吸急促。我紧攥着拳头，指甲都快要扎进手掌里去了，牙关也咬得紧紧的。意识到这些，我才放慢了脚步，松开了拳头，松弛了嘴巴，但迅速涌上心头的懊悔之情一时却难以平静下来。我为什么要做商人呢？今晚我干吗要踏进亨斯登的门槛呢？明天早上我非得去克利姆斯沃思的工厂里上班不可吗？那天夜里，我辗转反侧思考着这些问题，强烈要求灵魂作出回答。我一夜没合眼，只觉得脑袋在燃烧，双脚麻木。工厂上班的钟声终于响了。我同其他奴隶一样，又一骨碌从床上爬了起来。

第五章

凡事都有一个极限，从每一种生活地位，到每一种感情状态，无一例外。在1月里这个霜冻的早晨，我从金太太的公寓出来，匆匆跑下斜坡和冰封的街道，向比格本大院赶去；一路上，我反复思考着这一尽人皆知的真理。工人们几乎比我早一个钟头就上班了。我到工厂时，厂里已灯火通明，生产已全面展开。我像往常一样朝账房的工作岗位走去。账房里的火炉刚刚生着，此刻仍只是冒烟。斯泰格顿还没有到。我关上门，在办公桌边坐下。刚刚用冰碴子水洗过的双手现在仍是麻木的，在恢复知觉以前是无法写字的，于是，我又继续思考起来。思考的主题仍是那个“极限”问题。自我不满情绪严重地扰乱了我的思绪。

“算了吧，威廉·克利姆斯沃思，”我的良心，也就是内心里常常责备我的那种东西说道，“你到底想要什么，不想要什么，要有一个明确的概念。你谈到极限，请问，你的忍耐达到极限了吗？你来这里还不到四个月。你对泰尼德尔说你要步父亲的后尘，那时节你自以为是一个多么果敢的小伙子啊！而且你很可能由此走上一条康庄大道。你多么喜欢X镇；就是此刻；它的街道、店铺、货栈、工厂会引起你多么美好的联想！眼前的景象又是多么令人鼓舞啊！而你却终日抄写信件，从早晨抄到中午，独自在寓所吃午饭，又从中午抄到晚上，然后闭门索居；因为无论是同布朗，还是同史密斯、尼科尔、埃克尔在一起，你都感觉不到有什么乐趣，至于亨斯登，你觉得不同他在一起反倒快活些——他呀！他那个人哟！你昨天夜晚领教过了，你觉得他味道怎么样？很香吗？他可是个很有才干，很有主见的人，可连他也不喜欢你；你的自尊心又不允许你喜欢他。他总是瞧不起你。你们俩的地位不同，即便是地位相同，在这棵浑身是刺的植物身上，你也决不会，也决不能指望采集到友谊的花蜜。喂，克利姆斯沃思！你的思想跑到哪儿去了？就像蜜蜂忘掉石头、鸟儿忘掉沙漠一样，你赶快把亨斯登忘掉吧；你的希望已经展开了急切的翅膀，飞向一片梦幻的乐土了。此刻，在天色渐渐明亮的X镇，居然白日做梦，幻想你与他人情投意合、互相信赖、融洽相处起来！那三种东西在这个世界上你永远也找不到，因为它们是天使，正直完美的人的灵魂也许会在天国里偶尔碰见它们，可你的灵魂永远也不会完美。时钟打八点了！你的手也暖过来了，开始工作吧！”

“工作？我为什么要工作？”我生气地说道，“即使我像奴隶一样苦干，也不会有人喜欢我的。”“工作吧，工作吧！”我心灵深处的那个声音又反复地劝我。“我可以工作，可那没有任何好处。”我咆哮道。但我还是抽出一包信函，开始了我的工作——一种出力不讨好的工作，就像《圣经》故事里所讲的那位以色列人，在被太阳烤得火辣辣的埃及田野里爬着寻找干草和庄稼残梗，以完成其徒劳无益的烧砖任务，我做的就是这样一种苦不堪言的工作。

大约十点钟，我听见克利姆斯沃思先生的马车驶进了院子。一两分钟后，他便来到了账房。按照往日的习惯，他进门后总是先扫一眼斯泰格顿和我，挂起雨衣，背对火炉站上一会，然后走出去。今天仍是老习惯，唯一不同的是，他在看我时，那脸色非同寻常，不仅是阴沉的，而且是粗暴的；他的目光不仅是冷漠的，而且是凶狠的。他比往常多端详我一两分钟，然后便默默地走了出去。

到了十二点钟，响起了下班的铃声。工人们都去吃午饭了，斯泰格顿也已下班，临走时交代我把账房的门锁好，把钥匙带上。我把信件捆成捆，放回原处，正准备合上办公桌抽屉，克利姆斯沃思突然出现在门口。他走进账房，随手关上了门。

“你稍等一会儿，”他用一种低沉、粗野的声音说道。与此同时，只见他的鼻孔在扇动，眼睛里放射出阴险的寒光。

单独和爱德华在一起，使我想起了我们的关系，从而忘记了我们之间地位的差别。我没有对他表示出特别的尊重，也没有谨慎择言，只简单地回答了他。

“该回家了。”我一边说，一边转动着抽屉锁上的钥匙。

“你等一等，”他又重复道，“放开手里的钥匙！把它留在锁孔里！”

“为什么？”我问道，“你有什么理由要改变我的习惯？”

“照我的命令做，”他答道，“不必多问！你是我的仆人，就得服从我！你都干了些什么——”他正要一口气说下去，却突然停住了。这表明，此刻他已找到了更好的发泄暴怒的办法。

“你要想知道，自己可以看，”我回答说，“抽屉开着，文件在里边。”

“放肆！你都干了些什么？”

“干了你交给我的工作，而且干得很好。”

“好一个伪君子！废话篓子！巴结脸儿！假装可怜的滑油角！”（我相信，这最后一个词是纯粹的X郡方言，系指盛着黑糊糊的腥臭鲸鱼油的牛角，常被挂在马车的车轮上，用以给车轴润滑。）

“好了，爱德华·克利姆斯沃思，到此为止吧。我们俩从此一刀两断；我接受了你三个月的试用，我发现这里是天底下最令人作呕的奴隶制。你另请高明吧，我不干了。”

“什么？你竟敢向我辞职？我起码得扣发你的工资。”说着，他摘下了挂在雨衣旁边的那根重重的马鞭。

我毫不示弱、毫不掩饰地轻蔑地笑了笑。这下子他更是火冒三丈了，但还没敢贸然举起鞭子。他一连对我进行了六七句粗俗恶毒的诅咒之后，又继续说道：

“我算认识你了，把你看透了。你这个下贱的、嘀嘀咕咕的马屁精！你在X镇都说了我些什么？你回答！”

“你？我可没有闲情逸致去谈论你。”

“撒谎！你一贯说我的坏话；你不断对别人抱怨，说我虐待你；你到处散布说我给你的工钱少，说我对你像对狗一样粗暴。我真希望你是条狗！我这就动手，我非用这根鞭子把你的皮肉一条一条从骨头上抽下来不可。”

“把鞭子放下！”我说道，“你想要怎么样，此刻就直说吧。”

“小子！你在对谁说话？”

“对你。我想，这儿没有别的人。你说我一直诽谤你——抱怨你给我的工钱少、虐待我，你拿出证据来。”

克利姆斯沃思竟不知天下有尊严二字。当我强烈要求他作出解释时，他竟用斥骂的腔调大喊大叫道：

“证据？我会拿给你看的。你把脸转过去，对着亮光。这样，当你听到我证明你是个骗子、是个伪君子时，也好让我看看你脸红不脸红。昨天在市政厅的民众会议上，我有幸听到发言人在谈到所讨论的问题时，不指名地污辱了我，谈到了我的私事，胡说什么我是没有人性的恶魔呀，家庭的魔鬼呀等等诸如此类的混账话。我站起来反驳时，一群卑鄙的家伙冲我大喊大叫。人群中提到了你的名字，我这才想起要立即查明事情的原委，看看这场卑鄙的攻击究竟从何而起。我环顾四周，看出那个背信弃义的恶棍亨斯登正是这场闹剧的策划者。现已查明，一个月前，你曾跟亨斯登在我家密谈过；我还知道，昨天夜里你去了亨斯登家，你敢否认吗？”

“啊，我不否认！如果亨斯登唆使人起哄跟你作对，那他做得对。你活该遭万人唾骂，因为世上再难找到比你更坏的人、更残酷的雇主、更蛮横的哥哥了。”

“好小子！好小子！”克利姆斯沃思重复着喊道。他“啪”的一鞭径直朝我头上打来，以此代替了他后面省略的话。

只一分钟，我便从他手里夺过了鞭子，折成两截，扔到炉子下边。他猛地一头朝我撞来，我急忙闪开，说道：

“你敢碰我，我就拉你就近去见地方法官。”

像克利姆斯沃思这号人，只要遇上坚定沉着的反抗，马上就会气焰大消；他不想使自己被拉去见官，而且据我猜想，他知道我这个人是说话算话的。他用奇异的目光瞪了我好一会之后，立即变得像公牛一样惊愕不已。他似乎想到，自己毕竟在金钱方面压倒了我这样一个乞丐，再说，他自己手里还握着一张报复我的王牌，这张王牌要比多少带有冒险性的人身打骂更稳妥、更体面。

“拿上你的帽子，”他说，“拿上属于你的东西，从那个门出去，滚回你的教区去，你这个穷光蛋！去讨饭，去偷窃，去挨饿，去流放，想干什么就干什么去；不过千万可别让我再看见你！我要是听说你敢闯进我的地盘一寸，我就雇人用棍子揍你。”

“你不可能有这样的机会的，一旦离开你的天下，你以为还有什么能把我再吸引回来吗？我离开的是一座监狱、一个暴君、一个坏得不能再坏的东西，所以，用不着担心我会回来。”

“滚！不然我要赶你走了！”克利姆斯沃思嚎叫道。

我不慌不忙地走回办公桌，从抽屉里取出我的东西装进口袋里，锁上抽屉锁，将钥匙放在桌子上。

“你从抽屉里偷什么？”那工厂主问道，“都放回原处，不然我要派人叫警察来搜你了！”

“那你可得快点。”说着，我摘下帽子，戴上手套，从容不迫地走出了账房——就此一去，永不复返了。

我记得，在工厂的午饭铃声响起、克利姆斯沃思先生走进账房，即上述事件发生之前，我饿得很厉害，一直急不可待地等着吃饭的信号。而此刻，我却忘记了饥饿，土豆和烤羊肉的诱惑力，早已被刚才那半个钟头的骚动和吵闹冲淡了。我一心只想着走路，考虑怎样才能使肌肉的动作与神经的活动协调起来。我只顾埋头朝前走去，走得很快，走得很远。不然，我又该怎么样呢？一块巨石从心头搬开了，我感到轻松，得到了解脱。我毫不犹豫地离开了比格本大院，自尊心也毫无被伤害之感。我脱离了那种被压抑的环境，获得了自由。生活又向我敞开了大门；生活的地平线再也不受克利姆斯沃思工厂四周那黑色高墙的局限了。足足走了两个钟头，我内心的激动才平静下来，使我得以静下心来考虑，我离开那个煤烟弥漫的小天地，换来的是多么广阔而清晰的视野。我抬头一看，嗨！格罗夫镇就在正前方。那是一个离X镇大约五英里的别墅村庄。从那沉沉西坠的落日我觉察到，短促的冬日已近黄昏。一团寒冷的霜雾正从X镇旁的河面升起，沿着河岸便是我所走过的小路；雾霭使大地变得一片朦胧，但却无法遮掩一月里那冰冷而湛蓝的天空。四周万籁俱寂，由于工厂尚未到下班时间，人们都在室内干活，所以此刻的野外显得格外宁静，只有哗哗的流水声震耳欲聋，因为最近的一场大雪融化后，河水猛涨，又满又深。我倚墙驻步，俯视脚下的流水，观看它那汹涌澎湃的波涛，想要将这景观永远清晰地印在脑海里珍藏起来。格罗夫镇教堂里的钟声正敲四点。我举目观看那如血的残阳，只见它像一团火球闪着红光，射过教堂四周那古橡树的光秃秃的树枝——那浅色的教堂别具特色，煞是好看。我收回目光，稍停片刻，直到那缓慢而甜蜜的钟声完全消失。至此，我的耳朵、眼睛、感情，全都得到了满足。我离开墙壁，再次将脸转向了X镇。

第六章

我饿着肚子又回到镇上，刚才被忘记了的午餐又带着极大的诱惑力闯进了我的脑海。我三步并作两步，饥肠辘辘地沿着通往寓所的那条狭窄的上坡街道向上攀登。等我推开前门，走进房子时，天已经大黑了。我惦记着火炉；一想到那个全是废煤渣、没有一个火星的壁炉，心里真是不寒而栗。然而，一走进起居室，我惊喜地发现室内炉火正熊熊烧着，炉台洁净。我还没弄明白是怎么回事，又发现另一件怪事：壁炉边我常坐的那把椅子已经被人占据了。只见一个人坐在那里，两手抱在胸前；两腿伸在地毯上。由于我眼睛近视，所以起先我怀疑是闪烁的火光，仔细看了一会，才认出原来是我的老相识亨斯登先生。想起前一天夜晚我同他不欢而散的情景，此刻见到他我当然不会很高兴。我走近壁炉，拨弄了一下炉火，冷冷地说了声“晚上好”。同我的感觉一样，我的态度也是缺乏热情的。我心里在暗自纳闷：是哪阵风把他给刮来了？他如此卖力地在我和爱德华中间搅和，究竟动机何在？这次我有幸被解雇，似乎应当归功于他。可我不能问，不能让他看出我急切的好奇心。假如他愿意的话，他尽可以解释，但必须是他本人完全自愿。我认为他马上就会谈到这个问题的。

他的第一句话是：“你得感谢我！”

“是吗？”我答道。“但愿你的这份情谊不要太重，因为我太穷了，偿还不起任何种类的重大债务。”

“那你就立即宣布破产吧，因为我对你的这份情谊起码有一吨重。我进来时，发现你的炉子灭了，是我又把它生着了，并让那个绷着脸的邋遢女仆用风箱吹得旺旺的。好了，说一声‘谢谢’吧。”

“等我吃了东西再说，我饿着肚子的时候，是不会感谢任何人的。”

我按铃要茶和冷肉。

仆人一关上门，亨斯登便喊道："冷肉！伙计，你的嘴可真馋哟！又是肉又是茶的，当心吃得太多了撑死。"

"不，亨斯登先生，不会的。"我觉得有必要故意和他作对；我饿得冒火，在这里看见他很不顺眼，他那一如既往的粗鲁举止更使我愤怒。

"你脾气这么坏，都是因为吃得太多了，"他说道。

"你怎么知道？你这种人就喜欢不了解情况就乱管闲事，乱下结论，实际上我根本就没吃中午饭。"

我的话说得够粗暴、够尖刻了，而亨斯登却只是望着我的脸一笑置之。

停了一会，他哀叹道："好一个可怜的东西，他还没有吃饭，是吗？噢！我猜想，那一定是主人不让他回家。威廉，莫非克利姆斯沃思为惩罚你而命令你禁食？"

"不，亨斯登先生。"幸好，在这个节骨眼上，茶点送来了。于是，我便狼吞虎咽地吃起奶油面包和冷牛肉来。扫荡了一大盘之后，我内心深处对亨斯登才有了点人情味。"你用不着坐在那儿瞪眼看着。你要是愿意，可以过来跟我一道吃。"

"可我一点也不想吃，"他说。接着，他按铃叫来仆人，说是想要一杯泡过烤面包片的水。然后他又补充说："再拿些煤来，我在这儿的时候，克利姆斯沃思先生得把火烧得旺旺的。"

仆人转身执行命令去了。他把椅子拉到桌子边，坐在我的对面。

"啊！我想，你失业了吧？"他开口问道。

"不错，"我回答说。我不愿意让他看出我在这一点上的满意心情。我突然灵机一动，接着话茬说道："不错，谢谢你，我是失业了。我一提出辞职，克利姆斯沃思便把我解雇了。我明白，这一切都是因为你在民众会议上捣乱所造成的。”我这样说，是想给他一种印象，即我认为所发生的事对我有百害而无一利。

“啊！怎么？他提起那件事了？他看出来是我在暗地里指挥那些小伙子们干的，是不是？关于他的朋友亨斯登他说了些什么——有什么好话吗？”

“他骂你是个背信弃义的恶棍。”

“噢！他还不了解我。我是个腼腆人，不愿一下子抛头露面。他才刚刚认识我，以后定会发现我有很多好品质——绝好的品质。要论跟踪坏蛋的本事，我们亨斯登家的人是首屈一指的。十足的、无耻的坏蛋就是我们的天然猎物，只要一碰上，就决不会放过他。刚才你使用了‘爱管闲事’一词，那可是我们家族的特点，世代相传，直至今日。我们的嗅觉特别灵，能闻出谁在骂人，能闻出一英里之外的恶棍。我们是天生的改革者，激进的改革者；要我跟克利姆斯沃思同住在一个镇子上，每星期与他打交道，目睹他对你的暴虐行为（对于你个人我倒不关切，我不能容忍的是，他的蛮横不公的虐待践踏了你要求平等的天性）而不闻不问是不可能的，我是说，要我这样泰然处之，置我家族的传统于脑后是不可能的。于是，我服从了本能，反抗了暴君，打碎了枷锁。”

他的话引起了我极大的兴趣，因为这些话揭示了亨斯登的性格，也解释了他的动机。我对他的话太感兴趣了，竟忘记了回答，坐在那里沉默不语，暗自思索着他的话里所包括的诸多含义。

“你是不是得感激我？”过了一会儿，他问道。

事实上，我是感激他的，或者说，几乎是感激他的。尽管他附带声明他那样做并非出于对我的同情，可我相信此刻我有点喜欢他了。然而，人的本性是倔强的。既然不可能肯定地回答他的这一率直的问题，我索性放弃了一切感激他的意向。我劝告他说，如果他想要领取奖赏的话，还是到一个更好的世界找去吧，在这里他是不可能找到的。他答话时，说我是个“铁石心肠的贵族式的坏蛋”。于是，我再次指责起他来，说他踢了我的饭碗，抠去了我到嘴的面包。

“你那面包是脏的，伙计！”亨斯登叫道，“肮脏而又腐败！那是暴君的手给你的。我告诉你，克利姆斯沃思是个暴君——他是工人的暴君、职员的暴君，有朝一日还会成为他老婆的暴君。”

“胡扯！面包是面包，工资是工资。我丢掉了工资，都是因为你。”

“这话还多少有点道理，”亨斯登接着说。“我必须说，听到你终于说了这么一句大实话，我真是惊喜非常。我从以往对你性格的观察可以想见，新近重获自由给你带来的欢乐情绪，起码会在一个短时期内使你缺乏远见，忘乎所以。依我之见，你最好切实考虑一下自己所必需的东西。”

“得切实考虑必需的东西！不然我还有什么法子呢？我必须活下去，要活，就得有你所说的‘必需的东西’，而那只有靠工作去换。我再说一遍：是你把我的工作给弄丢了。”

“你打算干什么？”亨斯登穷追不舍，冷冷地说。“你有几位很有势力的亲戚。我想，他们很快就会再给你找个差事的。”

“很有势力的亲戚？谁？我倒想知道他们姓甚名谁！”

“西科姆家。”

“废话！我早已和他们一刀两断了。”

亨斯登疑惑不解地望着我。

“这是真的，”我说，“千真万确。”

“威廉，你的意思肯定是说他们不要你了。”

“随你怎么说吧。他们提出资助我，条件是要我进教会供职。我既拒绝了他们的条件，又拒绝了他们的恩赐。我离开了冷酷的舅父，心甘情愿地投入了哥哥的怀抱。简单地说，都是因为你这个局外人无情的干涉，才使我失去了哥哥的疼爱。”

我说这话时，竟忍俊不禁，笑了起来。与此同时，亨斯登的嘴唇上也露出了相似的似笑非笑的表情。

“啊！明白了！”他盯着我的眼睛说道。很显然，他的确摸透了我的心思。他手托下巴坐在那里，又继续仔细地观察我的面部表情。过了一两分钟，他又说道：

“说实话，你真的对西科姆家一无所求了吗？”

“真的。即使他们给，我也坚决拒绝。你干吗又问一遍呢？我这双被账房的墨水玷污，被羊毛仓库里的油脂弄脏了的手，怎么还会被允许接触贵族的手掌呢？”

“这无疑是个难题，可你无论从外貌、五官、语言，甚至举止各个方面看，都是地地道道的西科姆家的人，他们居然不承认你，真叫人难以理解。”

“他们已经和我脱离了关系，所以此事就不要再提了。”

“你感到遗憾吗，威廉？”

“不。”

“为什么不呢，年轻人？”

“因为我同他们那些人毫无共同之处。”

“我是说你是他们中间的一员。”

“那只能证明你对此根本一无所知。我是母亲的儿子，但不是舅父的外甥。”

“不过，你的一位舅父虽说不算显赫，不太富有，但他毕竟是位勋爵；你的另一位舅父也是贵族。你应当从名利的角度加以考虑。”

“废话，亨斯登先生。你知道，或许知道，即使我想顺从舅父，我也决不可能欣然折腰，以换取他们的垂怜。那样做，只会使我失去精神安慰，绝对换不来他们的监护。”

“很有可能，所以你认为最明智的办法还是立即按自己的主意行事？”

“太对了。我必须按自己的主意行事，一直到死。因为我既不能理解，又不能接受或揣测别人的意图。”

亨斯登打了个哈欠，说道：“好吧，从这一切中，我只看清了一点，那就是：整个事件与我无关。”他伸了伸懒腰，又打了个哈欠。“现在几点了？七点钟我还有个约会。”

“我的表是六点三刻。”

“那么好吧，我要走了。”他站起身来，胳膊肘支在炉台上，问道，“你再不打算涉足商界了？”

“是的，我想不会了。”

“你要真那样做才是傻瓜呢！也许，我看，你还是再认真考虑一下你舅父的建议，进教会吧。”

“要那样做，我必须从内到外来一个脱胎换骨的更新，因为一位好牧师应该是最大的好人。”

“千真万确。你真是这样认为的吗？”亨斯登嘲弄地打断了我的话。

“一点不错，我是这样认为的。可我并不具备做一位好牧师的特质。与其接受一个无力胜任的职位，倒不如去忍受极度贫困的折磨。”

“你真是个难打发的主顾。你不愿做商人，不愿做牧师，可又当不成律师，也当不成医生，更当不成绅士，因为你没有钱，如此，我倒建议你去旅行。”

“什么？身无分文，还要我去旅行？”

“你必须通过旅行去寻找钱，伙计。你会讲法语——无疑带有难听的英国腔——但你毕竟还是会讲的。到大陆去吧，看看那里有什么机会能使你时来运转。”

“天晓得我真愿意去呢！”我感叹道。一种油然而生的热情溢于言表。

“去吧！究竟还有什么绊腿的呢？要是你知道节约开支的话，到布鲁塞尔有五六英镑也就够了。”

“就算我不知道，贫穷也会教会我的。”

“那就去吧。到那里用你的智慧开辟一条生路。我对布鲁塞尔像对X镇一样了如指掌。我确信，对你这样的人，去那里要比去伦敦合适。”

“可我要的是工作，亨斯登先生！我要去的地方必须有事可做。在布鲁塞尔会有谁来推荐、介绍、雇用我呢？”

“这话算说出你小心谨慎的老根儿了。前面的路有一寸看不清楚，你是不肯迈步的。有纸、笔和墨水没有？”

“但愿有吧。”我愉快地拿出笔墨纸张，因为我已猜到他要干什么。他坐下来，匆匆写了几行字，叠起来，装进信封里封好，写上地址，然后交给了我。

“喏，精明鬼，这里有一位开路先锋，它会为你铲除前进道路上的第一批障碍的。我非常清楚，小伙子，你不是那种只顾眼前不顾后果的人。我最讨厌那种鲁莽的家伙，我无论如何也决不会去管那种人的事。一般地说，那些对自己都顾头不顾尾的人，对朋友更会十倍的满不在乎。”

“我想，这是一封介绍信吧？”我拿起那封信问道。

“是的。你把它揣在口袋里，当你穷得走投无路的时候，它会帮你逢凶化吉。我知道，你会把这封信看作是一件不光彩的东西——要那么说，我也应当这样看了。我介绍你去找的那个人只要肯推荐，通常会有两三个体面的差事可供选择的。”

“那正合我意，”我说道。

“唉，你的感谢呢？”亨斯登先生问道，“难道你就不会说声‘谢谢’吗？”

“我手头有十五英镑，还有我从未见过面的教母十八年前送给我的一块表，”我答非所问地说。我更坦白地承认，自己是一个幸福的人，并公开声明，整个基督世界没有一个人值得我羡慕。

“你的感谢呢？”

“我立即就动身，亨斯登先生，如果一切顺利的话，明天就走。X镇我一天也不想多待了。”

“很好——不过，现在对你所得到的帮助表示适当的感谢还来得及，快点吧，马上就七点了，我正等着你感谢呢。”

“亨斯登先生，让开一点，好不好？我要拿放在壁炉台角上的钥匙。睡觉之前，我得先把皮箱装好。”

室内的挂钟敲了七下。

“真是个无礼的小子。”说完，亨斯登从餐具柜上抓起帽子，对自己笑着，径直走出了房间。我真有点想去送送他，因为我确实打算第二天就离开 X 镇，当然也就没有时间向他道别了。前门砰的一声关上了。

“走就让他走吧，”我自言自语地说，“后会有期。”

第七章

读者，也许你从未到过比利时，或许你对该国的情况不甚了了，而脑海里对它尚无一个同我脑海里一样清晰的轮廓。

我的小房间的四壁，一溜挂着三幅，不，是四幅图画。这些画记录了我过去的人生历程。第一幅画是伊顿，整个画面是缩小了的透视远景，有点模糊不清，但色彩鲜艳，一片青绿，新鲜如露。春天的晴空里堆砌着几片闪闪发光的彩云，颇有山雨欲来的情趣；因为我的童年并非都是阳光明媚的日子——而是有阴天，有严寒，也有暴风骤雨。第二幅画是X镇，画幅很大、色调昏暗，画布破损而灰黑；画面是苍黄的天幕，浓烟缭绕，没有太阳，没有碧空，郊外的草木被污染而枯萎——满目凄凉景象。

第三幅画是比利时，我想在这幅风景画前停留片刻。至于第四幅，它被一幅帘子遮盖着。今后我可以把帘子取下，也可以不取，这要看对我是否方便、是否能够接受而定。无论如何，眼下我是不能动它的。比利时！这个名字既不浪漫，又没有诗意；然而每逢提起这个名字，我的耳际便会响起一种声音，心灵里便会产生共鸣。这种声音是其他无论多么甜蜜、多么优美的音节结合都无法产生的。比利时！时近午夜，独自闷坐，我重复着这个名字。就像掘墓者听到了召唤一样，那声音搅动了我过去的世界：刹那间墓穴被打开，死者复活；只见原先沉睡着的思想、感情、记忆，统统自肉体中升起——巨大的光环将肉体环绕大半——然而，当我凝视这些烟雾般的形象，欲要确切地弄清楚它们的轮廓时，原先惊醒它们的那个声音消失了，只见它们又一个个地沉泯下去，犹如一团团轻轻的雾霭，被泥土吸收，被召回坟墓，被重新密封于墓碑下。再见吧，清晰的幻影。

亲爱的读者，这就是比利时。您瞧！休说这幅画平淡单调，我第一眼看到它时，就觉得既不平淡，又不单调。当我于 2 月里一个温暖的早晨离开奥斯坦德，行进在通向布鲁塞尔的路上时，对沿途的一切都感到新奇。我那未曾用过的欢乐意识的刀刃，已被磨得极为锋利。我年轻，健康，从未领受过欢乐的滋味，所以我天性里的任何官能都不曾因恣纵行乐而受到削弱和破坏。自由第一次将我拥抱到怀里。她的微笑与拥抱，像太阳和西风一样复苏了我的生机。是的，在那个崭新的时期，我感到自己就像是一位起早登山的旅游者，坚信在山的顶峰必能看到壮丽的日出。山路笔直也好，陡峭也好，多石也好，他全然看不见，两眼直盯着顶峰；他已累得满脸通红，汗流浃背，但是一旦登上山巅；他必能将周围的景色尽收眼底。他知道，太阳将会出现在他面前；他知道，他的凯旋车甚至已驶出了东方的地平线；他知道，那拂面的报捷之风正在柔如珠、暖如焰的云层中间开辟一条清晰而宽阔的蔚蓝色的路，以迎接上帝驾临。我命中注定要受苦受累，但有活力的支撑，有渺茫而又光明的希望的曳引，我不认为这有什么苦。我正从山的背阴面向上攀登，乱石满地，道路崎岖，荆棘丛生，但我的两眼紧盯着上边那绯红的顶峰。我的想象力被引向了那遥远的，光辉灿烂的太空，全然没把脚下滚动的乱石与刺人的荆棘放在心上。

我不时地，而且总是满怀喜悦地，从驿车的窗户向外张望（但愿你还记得，那时还没有火车和铁路），啊！我看到了什么呢？我这就如实地告诉你。我看到了芦苇丛生的碧绿沼泽，我看到了整治得像一块块放大了的菜园似的一马平川的沃野，一条条伐过的林带像修剪过的柳树那样整齐，给地平线镶上了一道花边；一条条小溪从路边缓缓流过；我还看到了油漆得花花绿绿的佛兰芒农舍，一些十分肮脏的茅屋，灰蒙蒙冷清清的天空，潮湿的道路，潮湿的田野，潮湿的屋顶。我一路上所看到的，没有一样堪称美丽，更少有如诗如画般的东西。

但对我来说，这一切都是美好的；这一切都比画还漂亮。虽然前些天的阴雨已浸透了全国，但白天总是晴朗的；然而，随着夜幕降临，天又开始下起雨来。我的眼睛就是透过雾气腾腾、不见星辰的黑暗看到了布鲁塞尔的第一束灯光的；那天夜里，我只领教了它那辉煌的灯光，却没有看到城市的面目。我下得车来，一辆小型马车把我送到了XX旅馆；是一位旅伴建议我到那儿投宿的。匆匆吃过晚饭，我便上床就寝，甜甜蜜蜜地睡了一觉。

那天夜里，我睡得很久很香。第二天早上，我从酣睡中醒来，似乎觉得仍在X镇，想着自己睡过了头儿，天已大亮才起床，去账房上班非迟到不可。一时间，一种痛苦的被约束感涌上了心头。直到我拉开白色的床帏，看到眼前是一套宽敞的高高的卧室，渐渐意识到我已恢复了自由时，那种痛苦的感觉才消失。因为等行李，我曾在伦敦一家高雅的旅馆里住过一两夜。我当时住的那套房间虽不能说不舒适，但却狭小、昏暗，与眼前这套房间相比，真是相形失色了。我绝对无意诋毁那套狭小昏暗的房间，它在我心里也同样留下了亲切的回忆，因为就在那里，我静卧于恬谧与黑暗之中，第一次听到了圣保罗教堂那午夜的钟声；我清楚地记得，那深沉、从容的钟声充满了异常的冷漠和巨大的力量。透过房间那狭小的窗户，我第一次看见了那个在伦敦雾霭中若隐若现的穹隆。我猜想，第一次听到的钟声，第一次看到的景象所激荡起的感情，也许我今生只能感受到一次。记忆啊！快把它们珍藏起来，密封在坛子里，存放在一个安全的去处吧！好了，我起了床。旅游者常说外国旅馆的房间陈设简陋，很不舒适；而我觉得我住的房间看起来倒很堂皇、惬意。房间的窗户那么大——十字形窗户一打开简直像一扇门；门窗上的玻璃那么宽，那么亮；梳妆台上的镜子那么大——炉台上方还有一面那么漂亮的镜子在闪闪发亮——地板油漆得那么干净、那么光滑；在我穿好衣服下楼时，那宽阔的大理石台阶吓了我一跳；台阶通向的那个巍峨的大厅也是如此。在第一个楼梯平台上，我遇上了一位佛兰芒女仆。她足登木屐，身穿红色短裙和一件印花棉睡衣。她大脸盘，样子有点呆傻。我用法语和她说话，她用佛兰芒语回答我，那神气很不礼貌，可我仍然觉得她很迷人，我认为，如果说她不算漂亮，又不懂礼貌的话，起码她很雅致，她使我想起了早年在西科姆大厅里见到的某些荷兰名画上的女人画像。

我走进公共休息室。那休息室也是一样的又高又大，室内生着炉子，所以十分暖和。地板是黑色的、炉子是黑色的、大部分家具也是黑色的。当我点过早点，在一张好长好长的黑色桌子边坐下(尽管那桌子的一部分被白色的台布覆盖着)，开始从一个黑色的小咖啡壶里往外倒咖啡的时候，感受到了从未有过的兴奋。在一些人看来，那炉子也许颇为扫兴，但我却不那样认为，它确实很暖和。有两位绅士正坐在炉子边用法语交谈，尽管我无法听清他们那很快的对话，也无法理解他们谈话的大概内容，但那法语，从法国人或比利时人(当时我还感觉不出比利时人那可怕的口音)嘴里讲出的法语，对我来说简直就像音乐一样动听。其中一位绅士立刻看出我是英国人——无疑是从我跟一位侍者谈话的方式辨别出来的，尽管那人听得懂英语，我还是坚持用我那可恶的英国南方口音同他讲法语。那位绅士朝我看了一两次之后，彬彬有礼地用非常地道的英语同我搭话。记得我当时曾暗暗向上帝祈祷，但愿我的法语能同他的英语讲得一样漂亮；他那流利而正确的发音，使我第一次产生了这样的印象：我目前所在的这个首都是一座世界性的城市，这也是我第一次开眼，见识了运用活的语言的技巧。后来我发现，这在布鲁塞尔是屡见不鲜的。

我尽量拖长用早点的时间。桌上摆着早餐，那位陌生人继续同我交谈。在那个时候，我是一个多么自由自在的旅客呀！但餐桌上的东西终于被清理走了，那两位绅士也离开了房间。突然间，幻觉停止，我又回到了现实之中。我这个刚刚挣脱了枷锁的奴隶，在被束缚了二十一年之后，才过上一个星期的自由生活，便又不得不重新戴上受制于人的镣铐。我刚刚尝到没有主人的欢乐，责任心便又对我发出了严厉的命令：“向前走，另找个差事去！”对于痛苦但必要的工作，我从不拖延，也从不把娱乐放在工作之上，那不符合我的天性。尽管我发现那天上午天色很美，但在交出亨斯登先生的介绍信，重新找到一个正当的出路之前，我是没有心思在大街上悠闲散步的。我从自由与欢乐的幻觉中收回心来，抓起帽子，强拖着身子离开了XX旅馆，走进了另一条大街。

那日风和日丽，但我无意欣赏那蔚蓝的天空以及周围富丽堂皇的建筑。我只有一个心思：找到“国王大街XX号布朗先生”，因为信封上是那样写的。经过打听，总算找到了。我终于来到了要找的门前，叩开了门，求见布朗先生，接着便被让了进去。

我被领进一个早餐室，发现面前坐着一位年迈的绅士，十分庄重，神态专注认真，显得可亲可敬。我呈上亨斯登先生的信，他客客气气地接待了我。在闲聊了几句之后，他问我是不是有用得着他出主意想办法的事。我说：“是的。”接着，我便对他说，我并不是一位游览散心的富有绅士，而是一位离职的账房职员，想找点事做，而且想马上找到。他回答说，作为亨斯登先生的朋友，他愿鼎力相助。考虑了一会之后，他提出了两个地方供我选择，一个是列日市的一家商行，另一个是卢汶市的一家书店。

“职员和店员！”我自言自语地说。“不行。”我摇了摇头。我坐过那种高凳子，我恨透了它。我相信会有更适合我的职业，再说，我也不想离开布鲁塞尔。

“我可不晓得布鲁塞尔哪里用人，”布朗先生回答说，“除非你确实乐于教书。我认识一所学校的校长，他那里需要一位教英语和拉丁语的 professor[①]。”

我考虑了两分钟，然后急切地抓住了这个机会。

“这工作对我正合适，先生！”我说道。

“不过，”他问我，“你的法语水平如何？教比利时学生不成问题吧？”

“很幸运，我能够肯定地回答这个问题，因为我跟一位法国人学过法语，我的法语讲得虽不算流利，但能够让人听懂。我读得很好，写得也可以。”

“既然如此，”布朗先生说，“我想我能够答应你这个职位，因为我所推荐的 professor，佩利特先生是不会拒绝的；今天下午五点钟你再来一趟，我把你介绍给他。”

然而，“professor”一词使我担忧。我说：“可我不是教授。”

“噢，”布朗先生说，“在比利时，professor 的意思是教师。”

我这才放下心来。我谢过了布朗先生，便暂时告辞了。我几步跨到街上，心里如一块石头落了地。当天我为自己规定的任务已大功告成，现在可以休息几个小时了。我自由自在地抬头望去，第一次注意到了那清新的空气、湛蓝的天空，还有那白色或彩色楼房华丽整洁的外观，我发现国王大街十分漂亮。我悠然漫步于它那宽阔的人行道上，看到了大街两旁一家家富丽堂皇的旅馆；紧接着，眼前又出现了公园的栅栏、大门、树木。于是，我的注意力被吸引了过去。记得在走进公园之前，我曾驻步瞻仰了一会贝利亚德将军[②]的塑像，然后信步登上远处一个巨大阶梯的顶端，鸟瞰一条狭窄的小街，后来我听说，

---

① “professor”在英语里是“教授”的意思，而在法语里则是“教师”之意，一语双关，故此处无法译出。

② 奥古斯丁 · 丹尼尔 · 贝利亚德(1769—1832)，法国将军，外交家。

那条街叫迪萨贝尔街。我清楚地记得，当时我的目光停留在对面一所偌大房子的绿门上，门口的一块铜牌上刻着“女子寄宿学校”[①]几个大字。寄宿学校！这个名字引起了我内心的不安，就像有人向我提到“约束”二字一样。一些女学生，无疑是走读生，此刻正从大门里拥出来，我想从她们中间找出一副俊俏的脸庞，可惜那一顶顶系得紧紧的法国小软帽把她们的脸遮得严严的。转眼之间，她们便四散而去。

我在布鲁塞尔跑了许多地方，才挨到下午五点钟。五点整，我再次来到国王大街，又被让进布朗先生的早餐室。同上次一样，我看见他坐在桌边。这次可不是他一个人，壁炉旁还站着一位绅士。通过三言两语的介绍，我便得知，他就是我未来的主人。“这位是佩利特先生，克利姆斯沃思先生；这位是克利姆斯沃思先生，佩利特先生。”我们互相点头致意，就算是认识了。不知道我鞠躬时是个什么样子，我想，也许是很平常的一躬，因为我当时的心境平静如常，完全没有第一次见到爱德华·克利姆斯沃思时的那种局促不安。佩利特先生的一躬则是彬彬有礼的，但不是矫揉造作，也说不上是法国式的。接着，我们俩相对而坐。佩利特先生说话的声音很动听，很低沉；考虑到我是个外国人，话说得清楚、审慎。他说，他刚刚听了可敬的布朗先生介绍我的造诣和性格，从而打消了他的一切顾虑，确信聘用我到他的学校做英语和拉丁语教师是合适的。但为了走走形式，他要问我几个问题，以测验一下我的能力。于是，他开始提问，并用一种奉承的口气表示对我的回答非常满意。接着谈到薪水，双方商定，除食宿外每年一千法郎。“此外，”佩利特先生又向我建议说，“在我校工作期间，你每天还有几个钟头的空余时间可以自由支配。将来你可以利用空余时间到别的学校兼兼职，多赚点钱。”

我认为，佩利特先生的建议是出于一片好心。后来我的确发现，

---

①“女子寄宿学校”原文为法语，用仿宋体表示，下同。

他雇用我的条件即使对比利时人来说也是够宽厚的；因为当时教师过剩，所以工资极低。我们又进一步商定，我第二天就去上班。嗣后，我和佩利特先生便分了手。

他长得什么样呢？我对他的印象如何呢？他大约四十岁，中等身材，相当瘦弱，面色苍白，双颊干瘪、眼窝深陷，但五官端正、十分好看，一副法国人的模样（因为佩利特先生不是佛兰芒人；无论从出身或血统上说，他都是法国人）；虽然脸上仍带着高卢人固有的严厉，但其程度已被他那双温和的蓝眼睛以及他那忧郁的、几乎是痛苦的面部表情大大软化了。他的相貌“漂亮而又精神”；这里我用了两个法文词，是因为这两个词比任何英文词更能表现他眉宇间所流露出的那种智慧。总的说来，他是一个有趣而又富于魅力的人。只有一点使我感到惊异：他完全缺乏一切应有的职业特征；我甚至担心，他能不能成为一位严厉而果断的校长。至少从外表上看，佩利特先生与我的前主人爱德华·克利姆斯沃思成了鲜明的对照。

第二天，我到了新雇主那里。我第一次看到了自己未来的工作环境——宽敞漂亮、光线充足的教室。我看到许多学生，当然是男孩子，集合在一起；他们的集体表现证明，这是一个满员、兴旺、纪律严明的学校。鉴于佩利特先生的温文尔雅已给我留下了深刻的印象，所以今天见此情景，得知他治校如此有方，真使我大为震惊。佩利特先生陪我到各个班级走了一遭，所到之处十片肃静。如果哪个教室里偶尔有人在下边窃窃私语，那和蔼的教师沉思的目光只需一瞥，便可使教室里立即安静下来。我想，如此温和的一瞥竟会有这么大的效力，真叫人惊叹不已。我在这些班级前后左右巡视了一遍之后，佩利特先生转过身来对我说：

“就把这班学生接受下来，测验一下他们的英语水平，您不反对吧？”

这个建议真是出人意料。我原以为起码会给我一天准备时间的。但无论做什么事，一开始就犹豫不决总不是好兆头。于是，我径直朝身边的讲桌走去，面对着我的学生们。我定了定神，同时在构思着我的法语开场白。我尽量简短地说：

“先生们，拿出你们的阅读课本。”

“先生，英语的还是法语的？”一个身穿宽大罩衫、敦实、圆脸的佛兰芒小伙子问道。这个问题幸好很容易回答。

“英语的。”

我拿定主意，这节课要尽量少自找麻烦。用法语授课我还从没有实践过，上来就讲解课文是行不通的，那样，我的口音和方言就会一下子暴露无遗，招致面前这些年轻绅士们的指责。我预感到，对于他们我必须立即占上风，所以我打算采取一些相应的措施。

等他们都把课本拿出来之后，我喊道：“开始读！”那个圆脸小伙子（后来我才知道，他的名字叫朱尔斯·范德凯科夫）首先读第一段。那阅读课本名叫《威克菲尔德牧师》，外国学校多用它作教材，因为据说它包含了英语会话的基本句型。不过，正如朱尔斯所说，也许它原是用北欧古文字写成的一部卷轴书，因为书中的用词与大不列颠人之间通用的语言并不一致。天哪！听他是怎么读的啊！齉着鼻子哼哼，上气不接下气，声音全都憋在喉管和鼻腔里了。这也难怪，因为佛兰芒人说话就是这个样子。不过，我还是耐着性子听他把那一段读完，连一个词也没有纠正他。而他反倒神气活现，洋洋自得起来；无疑，他一下子确信自己像是一个土生土长、地地道道的“英国人”了。我就这样不动声色地听十二个人轮流读。当第十二个人口沫四溅、嘶嘶啦啦、咕咕哝哝地读完之后，我表情严肃地放下书本。

我喊了声“停”。刹那间，教室里鸦雀无声。我以沉着而严厉的目光盯着他们。即便是一条狗，被这样长时间死死地盯着，也会显得窘迫的；我的比利时学生也像被示众的狗一样，终于露出了局促不安的神色。我看到面前的一副副面孔，有的开始闷闷不乐，有的已带羞愧之色。我慢慢将两手握在一起，用低沉的声音突然喊道：

“太可怕了！”

学生们面面相觑，噘着嘴，红着脸，还摇晃着脚后跟。我知道他们不高兴，但他们被制服了，流露出了我所期待的表情。就这样煞了他们自负的威风之后，下一次就该提高我在他们中间的威信了。由于我怕暴露自己的弱点，在他们面前简直连话都不敢说，所以要想提高威信，谈何容易。

“听着，先生们！”我说道。我尽量在语调里加进一些胜利者的口气。这位胜利者对学生们不堪造就的英语水平感到震惊。起先，这激起了他对他们的蔑视，最后又促使他屈高就下地给予帮助。于是，我便从头开始读起《威克菲尔德牧师》来。我读得缓慢而清晰，足足读了二十来页。其间，他们一直坐在那里鸦雀无声、聚精会神地听着。待我读完时，差不多一个钟头过去了。接着，我起身说道：

“先生们，今天到此为止；明天你们重读，我希望大家都能读好。”

说完这句神谕般的话，我鞠了个躬，便由佩利特先生陪同离开了教室。

“很好，太好了！”我们一走进他的客厅，我的校长就这样说。“我看得出，先生头脑很灵活，这使我很高兴；因为在教育工作中，灵活与学问同等重要。”

从客厅出来，佩利特先生把我领到了我的住室，那位先生用一种洋洋自得的口吻称之为我的“卧室”。房间很小，床也小得可怜。但佩利特先生则要竭力使我明白：能够单独住上一间，也就是极大的安慰了。房间的面积虽十分有限，但却有两个窗户。在比利时，光线是无须上税的，所以人们总是慷慨地让光线进入他们的房屋。但这一结论在此处却不甚恰当，因为两个窗户中有一个已用木板钉死了。开着的窗户对着男孩子们的运动场；我向那个被封死的窗户瞥了一眼，不知道如果把木板去掉，会看到一种什么景象。我猜想，佩利特先生一定是从我的眼神里看出了我的心思，只听他解释说：

“那个封死的窗户朝着一所女子寄宿学校的学生宿舍院子，那些严格的礼教——总之，你是了解的——不是吗，先生？”

“是的，是的，”我回答道。当然，我还得做出对他的解释十分满意的样子。然而，在佩利特先生走出房间并随手关上门之后，我所做的第一件事，便是察看被钉死的木板，希望能找到一个裂口或缝隙，再加以扩大，好窥视一下窗外的圣地。然而却是白费心思，因为木板扣得严密无缝，钉得结结实实。真奇怪，我当时竟会感到那么失望。我曾想，要是能够看到外面那长满树木花草的花园该是多么惬意；要是能够看到少女们嬉戏玩耍该是多么有趣啊！那样，我就可以躲在薄棉布帘后面，仔细研究不同年龄的女孩子们的性格了。毫无疑问，都是因为女校长手下某个老保姆荒唐地担心有人偷看而钉死了窗户，才害得我如今只能看到一个铺着碎石的光秃秃的院子，中间有一条宽阔的甬道，以及一所男校单调的围墙和窗户。不仅是当时，就是在那之后，特别是当我感到厌烦和情绪低落的时候，我曾多次以不满的目光盯着那块木板干着急，我真想把它掀掉，一睹窗外我想象中的绿色天地。我知道紧挨窗户长着一棵树，因为尽管现在连沙沙的树叶声也听不到，夜间却常常听到树枝拍打窗玻璃的响声。白天要是注意听，即使隔着木板，还能听见少女们娱乐时的各种声响。老实说，那种不像是银器，但常常像是铜器发出的声音，有时真有点搅乱了我的方寸。那声音从窗外看不见的乐园里飞出，喧闹着闯入我的孤寂之中。坦白地说，鲁特小姐的女学生和佩利特先生的男学生，究竟谁的肺活量更大，看来我的确说不清楚；要是论尖声喊叫，姑娘们无疑是远远胜过男孩子们的。啊！我忘记交代了，顺便说一下，鲁特就是用木板把我的窗户封死的那位老太太的名字。我说她老，当然是根据她那老保姆一样小心翼翼的举动判断的，再则，我也从没听说过她年轻。记得我第一次听到她的教名时，感到非常有趣；那名字叫佐蕾德——佐蕾德·鲁特小姐。不过，大陆国家的人的确是可以随心所欲地给自己取名字的，我们严肃的英国人决不会这么做。我认为，我们选择名字的范围的确也太狭窄了。

在这一时期，我面前的道路逐渐变得平坦了。几个星期之内，我便克服了每种职业刚开始时几乎都无法避免的难以克服的困难。没用多久，我便大大提高了自己的法语口语熟练程度，从而使我得以与学生们从容交谈。由于我在对付学生方面一开始就选对了立足点，嗣后又顽强地保持着既得的优势，所以他们从来不敢和我作对。所有那些不同程度地了解比利时学校的情况的人，那些对学校里师生之间的冲突司空见惯的人，都将会把我的情况看作是重要而又非同一般的先例。在结束这一章之前，我想简单提一下我在我的班级里所推行的一套办法。我的经验对于其他人或许是有益的。

要摸清布拉邦特[①]青年的性格，无需多么敏锐的观察力，但却需要一定程度的因材施教的才能。一般地说，他们智力低下，且禀性粗野，故而天性里既无能力，又无活力；他们呆头呆脑，却又异常固执，像铅一样重得难以移动。在这种情况下，想要强迫他们多动脑筋，那可真是无稽之谈了。由于他们记忆力不佳、智力愚钝、反应迟缓，所以，一遇到任何需要认真研究、深入思考的问题，他们便厌恶、便退缩。假如教师不明智地以武断的办法逼迫他们努力，他们就会厌烦、就会像猪一样嗷嗷嚎叫，不顾一切地顽强反抗。虽说他们单个并不勇敢，起哄起来却是不屈不挠的。我知道，在我来佩利特先生

① 比利时的一个省，常被用作比利时的代称。

的学校之前，由于学生们联合反对，已导致不止一位英语教师被解雇。其实，当时的教师只需要求那些最无天赋的学生略微用用脑子就行了——要用各种切实可行的办法帮助启迪他们迟钝而有限的理解力——要和颜悦色、体贴入微，在某些方面甚至需要违心地作出一些不合理的让步；然而，当学生们放纵到极点时，你又必须站稳脚跟，寸土不让——要像圣加杜尔教堂的塔楼一样毫不动摇。因为再向前走一步——甚至半步——你就会一头扎进愚蠢的深渊。那样，那些佛兰芒人立即便会以阵雨般的唾沫对你表示佛兰芒式的感谢；那些布拉邦特人立即便会用这个低地国家横飞的乌泥慷慨地款待你。你应当最大限度地去铲平学生们求知的道路，替他们搬走每一块绊脚石，但到最后，你又必须坚定不移地坚持要学生们扶着你的手臂，在你的引导下，沿着你所铺平的道路稳步前进。当我为适应那些最呆笨的学生的接受能力而不得不把授课难度降低到最低限度时——当我已经表现得最为温和、最有耐心时——学生们每一句粗鲁的言语，每一个不驯服的举动，便会立即使我换上一副暴君的面孔。我只给他们一种选择——如不低头认错，只能被不光彩地开除。这种办法收到了效果。我的威信逐渐在牢固的基础上树立起来了。俗话说："三岁看到老。"每当我看着我的学生们，回想起他们祖先的政治经历时，总想起这句话来。佩利特的学校仅仅是比利时民族的一个缩影。

第八章

那么，佩利特先生本人呢？我仍然喜欢他吗？噢，非常喜欢！再没有什么人比他对我的态度更和蔼，更有礼貌，甚至更友好的了。我既没有遭受过他的冷遇和可恼的干涉，也没有见他摆过居高临下的傲慢架子。然而，恐怕学校里那两位整天忙得团团转的比利时穷助理教员，对他就不是这种看法了。在他们面前，校长的态度总是那样严峻、冷淡、不苟言笑。我对他对待那两个人和对我态度的迥然不同颇有点吃惊。我相信，有一两次他肯定是看出来了，便带着平静而嘲弄的微笑说：

“不过是两个佛兰芒人——没关系。”

说完，他慢慢拿掉嘴上的香烟，丢在油漆地板上。不错，他们是佛兰芒人，因为这两个人都带有真正的佛兰芒人的特征。谁都能看得出，他们智力低下；尽管如此，他们毕竟是人，更重要的是，他们是老实人；我不明白，为什么就因为他们是那块贫瘠萧条土地上的土著，就应当受到人们苛刻、轻蔑的对待呢？这种愤愤不平的想法，使我对佩利特先生的温和友好、和蔼可亲的态度所产生的好感被冲淡了许多。在一天的工作结束之后，能够以这样聪明而又令人愉快的雇主为伴，当然是一件惬意的事；然而，假如他一会儿显得有点儿爱挖苦人，一会儿又显得过分的奉承人；假如我的确发现，他的温和与其说是出于真心，不如说是虚伪的表演，假如我的确时常怀疑，在他那温柔的外表下隐藏的竟是一副铁石心肠呢？不过，金无足赤，人无完人。再说，由于长期生活在 X 镇那残暴、野蛮的气氛里，身心被弄得疲惫不堪，现在好容易把锚抛进了平静的港湾，眼下我也就无意立即着手去探究他那谨慎隐藏、小心掩盖着生怕我看见的缺点了。但愿佩利特是表里如一的，我宁愿相信他是一个仁慈、友善的人，除非有什么不幸的事实证明他不是那样。他还没有结婚，但我很快就发现，他对于婚姻和女人的看法，完全是法国人、巴黎人的观点。我怀疑他在道德规范方面有某种程度的放纵，因为每当他提到“美丽的女性”时，总是用一种十分冷漠和厌倦的语气。但他十分讲究礼貌，凡不是我主动引起的话题，他从来不提及半句。因为他的确很聪明，而且的确喜欢明智的话题，所以，我们俩总有说不完的话，决不会出现冷场或没话找话的局面。我讨厌一提到爱情时他那种说话的神态；我从内心里痛恨放荡不羁。他也察觉到我们两个看法不同，双方都尽量避开有争议的话题。

佩利特的家务和厨房，全由他的母亲——一位真正的法国老太太操持和管理。她年轻时曾是个漂亮的女人——起码她本人是这么对我说的，我也竭力相信她的话。如今她变得丑陋了——丑陋到只有大陆上的老妪才能达到的程度。也许是因为她的衣着式样，才使她显得更加难看。她在室内不戴帽子，花白的头发随便地披散着；在家里时，她很少穿长袍，只穿一件破旧的棉布宽外套；她也很少穿鞋，而是趿拉着一双后跟已经踩烂了的宽大拖鞋。相反，每当她心情愉快，出去溜达时，比如星期天和节日，她就会穿上色彩非常艳丽、料子通常都很薄的衣裳，头戴一顶装饰着花环的丝绸软帽，披一条十分华美的披肩。大抵说来，她不是那种坏脾气的老妇人，而是一个说话随随便便的絮叨嘴。她主要是在厨房里转来转去，看来总是想尽量避开她那威严的儿子；对儿子，她显然有点儿敬畏。佩利特斥责起母亲来，言辞激烈，毫不留情。不过，他也很少给自己找这种麻烦。

佩利特夫人有她自己的交际范围，有她自己选择客人的小圈子。她的那些客人我却很少见到过，因为她多半是在那个被她称之为“私室”的房间里款待他们的。那是一个连着厨房，下一两个台阶才能进去的肮脏的小房间。顺便提一下，平时，我常看见佩利特夫人坐在台阶上，膝上放着个木托盘，一边狼吞虎咽地吃饭，一边同她喜欢的仆人——一个女用人——聊天，偶尔还责骂几句她的死对头——厨师。她从来没有跟儿子一起用过正餐，就连早点也很少在一起吃。至于说在学生们的餐桌上露面，那就更谈不上了。这些小事，英国人听起来会觉得奇怪，但比利时不是英国，比利时人的习俗也和我们的习俗不同。

说到佩利特夫人的生活习惯，有一件事我非常惊讶，一个星期四的晚上(星期四是半天假)，我正独自一人坐在住室，批改着一大摞英文和拉丁文练习，听到有个仆人敲门。门开开后，那个仆人向我转达了佩利特夫人的问候，并且说，如果我能到餐厅同夫人一起用“goûter”（相当于英国的“茶点”），夫人将非常高兴。

“你说什么？”我问道，我想我肯定是听错了，因为这口信，这邀请太不寻常了。那仆人又重复了一遍。当然，我接受了邀请。下楼的时候，我一直在纳闷，不知这老太太脑子里出了什么怪念头。她儿子走了——到大阿默尼音乐厅或别的某一个他所参加的俱乐部消遣去了。就在我的手刚抓住餐厅的门把手的当儿，脑海里突然掠过一个奇怪的念头。

“她该不是要向我求爱吧？”我心里说。“我曾听说过法国老太婆干那种荒唐的事；而那个‘goûter’又是怎么回事呢？我相信，这种荒唐的求爱一般都是由请吃喝开始的。”

这种异常活跃的想象，不禁使我惊慌起来。如果时间允许我仔细考虑的话，我无疑会就此止步，跑回我的住室，把自己反闩在屋里的。然而，每当一种危险或恐怖被疑团笼罩时，心里的主要愿望应该是首先弄清事实真相。这样，一旦可怕的预料成为现实，便可以胸有成竹地采取适当对策。于是，我扭动了门把手，匆匆跨过那要命的门槛，随手带上门，站在了佩利特夫人面前。

我的天哪！看到她的第一眼，似乎就证实了我最担心的情况。只见她坐在那里，身穿一件淡绿色薄纱长袍，头戴一顶花边便帽，帽子的皱褶里还插着一朵盛开的红玫瑰。食品已被精心地摆到餐桌上，有水果、蛋糕、咖啡，还有一瓶我叫不上名字的东西。我的额头上已渗出了冷汗，我又回头瞟了一眼身后关着的门。当我那飘忽不定的目光扫视到炉子的方向时，突然发现炉边的一张大安乐椅上还坐着一个人，这对我简直是个说不出的安慰。那个人也是女的，而且也是位老妇人。她脸色红润、雍容富态，相形之下，佩利特夫人则显得又黄又瘦；她的服饰同样也很美，春天里五颜六色的鲜花，把她的紫色天鹅绒帽装饰成了一个绚丽多彩的花冠。

我刚刚这么大略地观察了一番，佩利特夫人便迈着力求优雅、轻盈的步子走上前来招呼我了：

“先生能应我这样一个小人物之邀，抛开您的书本，抛开您的研究到这里来，可真是太赏光了——请先生再给个面子，允许我向您介绍一下，这位是我亲爱的朋友鲁特夫人，她就住在我家隔壁——女子学校。”

“啊！”我心里想，“我就知道她上了岁数。”我向她鞠躬致意后，便坐了下来。鲁特夫人也面向我坐在桌子对面。

“您喜欢比利时吗，先生？”她操着十足的布鲁塞尔腔问我。如今，我已能够清楚地区分出优雅、纯正的巴黎人的发音——比如佩利特先生的发音，以及喉音很重的佛兰芒人的发音了。我礼貌地回答了她的问话，心里却在纳闷，主持那所享有盛誉的女子学校的，怎么竟会是眼前这个如此粗俗笨拙的老妪呢？这里面的确有些奥妙。鲁特夫人看起来不像一位沉着、持重、严厉的寄宿学校女校长，倒更像是一位乐观开朗，爱吃喝玩乐的佛兰芒老农妇，甚至像一位小客栈的老板娘。一般说来，大陆上的老妇人，至少是比利时的老妇人，无论举止、言谈、神态，都不拘小节，随随便便，这正像我们英国的老太婆一样，年事一高，也就丝毫不顾及什么体面了。从鲁特夫人那张快活的面孔可以看出，她同别的比利时老妪毫无两样。她看人时，左眼总是眨巴几下，斜瞟过去；右眼则习惯地半睁半合，这使我感到十分奇怪。我几次试图弄清楚这两位滑稽的老人邀请我和她们一起用茶点的动机，都未能成功。最后只好知趣地放弃了这种尝试，听任它作为一个不解之谜继续存在下去。我坐在那里，一会儿看看这个，一会儿又瞧瞧那个，同时尽情享用着她们给我提供的充足的蜜饯、蛋糕和咖啡。她们建议我来一“小杯酒”，我谢绝了。佩利特夫人和鲁特夫人可毫不客气，各自调了一大杯潘趣酒顺手放在火炉旁的一个台子上，然后又往台子边拉拉椅子，并请我也把椅子拉过去，我照办了。我正好坐在她们两人中间。就这样，两个人轮番同我说起话来，先是佩利特夫人，后来又是鲁特夫人。

“咱们现在谈正经事吧，”佩利特夫人说。接着，她便发表了一通精心构思的演说，大意是，那天晚上她之所以荣幸地请我来，目的是为了给她的朋友鲁特夫人一个机会，使她能够提出一项会给我带来很大好处的建议。然而，她的讲演还是被鲁特夫人打断了：

“如果你知道这事儿对你有多好，”她说道。“说真的，看你倒像是个明白人，喝一点潘趣酒吧。（她把‘潘趣’的音发成‘潘奇’。）吃饱了肚子，喝点这玩艺儿很爽口，也是一种健身饮料。”

我躬身致谢，但还是拒绝了。她又接着说道：

“我觉着，”她郑重地呷了一口酒，“我觉着，我的爱女相信我，她托付我办的这件事是顶顶重要的。因为你知道，先生，掌管着隔壁这所学校的是我女儿。”

“啊！我还以为是您掌管着呢，夫人。”我嘴里虽这么说，但当时我已经记起来了，那个学校叫鲁特小姐寄宿学校，而不是叫鲁特夫人寄宿学校。

“我？啊，不是！我只管收拾屋子，看管仆人，就像我的朋友佩利特夫人替她儿子照管家一样，别的什么都不会干了。啊！你还以为我会教书呢，是吗？”

她大笑不止，就好像我的这个想法令人惊异地激起了她的联想似的。

“夫人不该笑，”我说，“如果您没有教课，我敢肯定，那并不是因为您教不了。”我迅速抽出一方白手帕，把它抖开，以法国式的优雅风度轻轻地擦擦鼻子，同时欠身施了个礼。

“多可爱的年轻人啊！”佩利特夫人低声赞叹道。鲁特夫人可没那么易动感情，因为她是佛兰芒人，而不是法国人，所以只是又笑笑而已。

“恐怕你是个危险人物，”鲁特夫人说道，“你要是会那样假恭维人，佐蕾德很可能会害怕你的；你要是个好人，我会替你保守秘密，不告诉她你多么会奉承人。现在听听她给你提了什么好建议吧。她听说你是个非常好的教师，而她想为她的学校找到最好的老师，因为佐蕾德是个出类拔萃的人，是个称职的女校长。所以，今天下午她托我过来一下，向佩利特夫人打听打听有没有可能请到你。佐蕾德可是一位谨慎的将军，没有把握她是决不肯贸然行事的。我想，要是她知道我已经把她的意图透露给你了，她准会不高兴的；她没让我说那么多。不过我认为，向你露露底儿也没啥坏处，佩利特夫人也这么认为。但不管怎么说，你还是要小心点，我是说，你可千万别把我们俩出卖给佐蕾德——我的女儿。她做事十分小心谨慎，根本不懂得人还能从闲聊中找到乐趣。”

“她跟我儿子完全一样！”佩利特夫人大声说道。

“打我们做姑娘时起到现在，这个世道全变了！”另一个又插嘴说，“现在的年轻人竟然是些老脑筋。不过，咱们还是言归正传吧，先生。佩利特夫人会把你到我女儿学校教课的事告诉她儿子，他会找你谈的。那么，明天你就到我家去，求见我女儿，你提出这件事时，就当首先是从佩利特先生那儿听说的，千万别提我的名字，我可不想惹佐蕾德生气。”

“好的，好的！”我打断她的话——这些啰啰嗦嗦的话真叫我烦透了。“我要跟佩利特先生商量商量，这事会像你们所希望的那样解决的。晚安，夫人们——我十分感谢二位。”

“怎么！您要走吗？”佩利特夫人惊叫道。

“再吃点什么吧，先生；来一个烤苹果，吃点饼干，再喝一杯咖啡怎么样？”

“谢谢，谢谢，夫人——再见。”我终于退出了那个房间。

一回到自己的住室，我就把当天晚上的事在心里又翻腾了一遍。看来这件事真有点蹊跷，这样的安排也很古怪。两位老太太把事情搅得一团糟。但我心里最主要的感觉是：这仍不失为一件令人满意的事。首先，到另一所学校兼课，对我来说将是一个变化；其次，去教那些年轻小姐们将是很有意思的——堂堂正正地被请到小姐们的寄宿学校里教书，这将是我生活中的一件新鲜事；再说，当我一眼看到那被木板封死的窗户时，我想，“我至少就要看见那个神秘的花园；就要有幸看到那一群天使以及她们的伊甸园了。”

第九章

佩利特先生当然无法反对鲁特小姐提出的这一建议；如有机会，将允许我接受额外的工作，这在他雇用我的合同里就有明文规定。于是，第二天此事便安排妥当，每周我可以自由地到鲁特小姐的学校里兼四个下午的课。

夜幕降临了。我准备过去同小姐本人商谈一下这件事。在此之前，由于我一天到晚泡在教室里，忙得不可开交，所以一直没有时间去拜访她。至今我还清楚地记得，那天在我离开住室之前，为了究竟该不该把我平时穿的衣服换成更漂亮些的装束，我曾进行过简短的思想斗争。最后我得出的结论是，那种做法纯粹徒劳无益。我当时想，毋庸置疑，她肯定是一位呆板的老处女，因为虽说她是鲁特夫人的女儿，但可能也已经四十出头了；再说，即便不是那样，即便她是又年轻又漂亮，而我本人却其貌不扬，再打扮也无济于事。所以，还是穿随身衣服的好。我就这样出发了。走过带镜子的梳妆台时，我好奇地扭头往镜子里瞟了一眼。我看到一张瘦长的脸，宽大的额头下有一双深陷的黑眼睛，面容里缺乏勃勃的朝气和诱人的魅力；虽然年轻，却没有青春的活力。因此，毫无赢得女人爱慕的资本，也断难成为爱神丘比特的箭靶子。

我很快便来到了那所寄宿学校的门口，按响了门铃。不一会儿，门开了，眼前便出现了一条黑白大理石相间铺成的甬道，墙壁也刷成了大理石花纹图案；甬道的尽头是一道玻璃门。通过玻璃门我看见灌木丛和一块草坪，在春天和煦的夕阳照耀下令人赏心悦目——因为现在已经是四月中旬了。

这便是我所看到的那个花园的第一眼景致。我还没有来得及多看几眼，女门房便肯定地回答我说，女主人在家。她推开左边一个房间的双扇门，引我进去，又重新把门关上。我发现自己置身于一个客厅里。地板油漆考究，光亮照人；椅子和沙发上都铺着白色罩布；室内有一个绿瓷火炉；墙上挂着绘画，画框全是烫金的；壁炉台上放着一台镀金座钟和其他装饰品；天花板的正中央挂着一个巨大的分枝吊灯。除此以外，室内还有镜子、装饰支架、薄纱帘布，客厅中央摆着一张漂亮的桌子。所有这一切，都是那么整洁，那么华丽夺目，但总体效果却给人一种冰冷的感觉。好在通过一道敞开的双扇门，可以看到另一个较小些的客厅，那客厅里铺着地毯，有一架钢琴，一张长沙发椅，一个小五斗柜——最重要的是，客厅里有一个挂着绯红色窗帘的大窗户，窗帘没有拉上，所以透过被常春藤叶片和葡萄藤卷须包围的明亮的大玻璃，可以窥见一个花园。

“您是克利姆斯沃思先生，对吗？”突然，身后传来了问话声。我不由自主地转过身来。由于刚才在全神贯注地欣赏那个美丽的小客厅，竟没有注意到有人进了这个大客厅。显然，跟我说话的就是鲁特小姐，她就站在我身边。我立即镇定下来，向她鞠躬致意——因为我是不会轻易露出窘相的——接着，便以她的那个小客厅的可爱之处为话题，开始同她攀谈起来。我说她比佩利特先生多了一个花园，真是得天独厚。

“是的，”她说，“我也常这么想。”她又补充说：“正是因为这个小花园，先生，我才一直没有搬家。否则的话，也许我早就搬到更大更宽敞的地方去了。可你知道，花园我是没法带走的。再说，镇上也很难再找到这么大、这么可爱的花园了。”

我表示同意她的看法。

“可你还没看清我的花园呢，”她起身说道，“到窗户这儿来，好看得清楚些。”我随她走到窗前。她推开窗户，我探身朝外望去，这一大片园子对我来说，一直是个未知的王国，此刻竟一下子尽收眼底。这是一块狭长的耕地，一条小径从中间穿过，两边是巨大的老果树；园中有一块草地、一个玫瑰花坛、几个狭长的花床：远处是一片茂密的紫丁香、金链花和金合欢小丛林，一眼望去，美不胜收，对我来说更觉心旷神怡，因为我已经很久没有见过花园了。但我的目光并未仅仅停留在鲁特小姐的花园里。在浏览过那修剪整齐的花圃和正在抽芽的小丛林之后，我把目光转到了小姐身上，仔细打量起她来。

我原以为会看到一个身材颀长、面黄肌瘦的修女形象，身着黑袍、头戴紧边白帽，帽带子像修女的头饰一样勒过下巴；哪曾想站在我身边的竟是一位个头不高、体态丰腴的女人。也许她确实比我年龄大些，但仍然是那么年轻，我想，她至多不过二十六七岁；她的皮肤像英国女人一样白皙；她没有戴帽子，栗红色的长发盘在头上；她的相貌既不算非常娇嫩柔美，也不算十分端庄秀丽，但也绝对不能算难看。而且，我有理由认为，她的五官很富于表情。她的相貌的主要特征是什么呢？是聪慧？是理智？是的，我是这样想的，但尚不能肯定。而且，我发现，她的眼神里具有某种娴静，面容里具有某种生气，看了叫人特别喜欢。她面颊红润，红得就像熟透了的苹果。

鲁特小姐开始和我谈起兼课的事。她说她对将要采取的步骤是否明智，还不敢绝对肯定，因为我太年轻了，学生家长们有可能反对像我这样年轻的教师去教他们的女儿。“但是，只要是自己认准的事，就不要怕别人说三道四，”她说。“与其让学生家长牵着鼻子走，倒不如牵着他们的鼻子走。一个教师是否称职，不取决于年龄；通过我的了解和亲眼观察，我对你的信任会大大超过对音乐教师莱德鲁先生的信任，他是一位年近半百的已婚男子。”

我表示说，我希望她会发现，我是无愧于她的褒奖的。我有自知之明，我不会辜负她对我的信任。“尽管如此，”她说，“我还是会对你严格监督的。”她接着谈到薪金问题。她很谨慎，也很警觉。她没有一味地讨价还价，而是小心翼翼地试探我的要求；但我始终不肯说出一个数目。于是她便不厌其烦，且又很委婉地反复诱导我。直到最后，她才提出每年五百法郎，让我明确表态——这数目不算大，但我同意了。谈判尚未结束时，天色已近黄昏。可我不急不躁，因为我很喜欢坐在那儿听她谈话。她所显露出来的那种业务才干令我倾倒。爱德华只会比她粗暴、急躁，而却不会表现得更现实一点。接着，她又说了那么多理由，做了那么多解释，竟成功地使我相信了她是一个相当公平甚至慷慨的人。她终于不再讲了，也没什么可讲的了，因为我已默认了一切，她也就无须再多费口舌了。我不得不起身告辞，其实我倒很乐意再多坐一会儿；回到我那空荡荡的小房间里去干什么呢？再说，我很想再多看鲁特小姐一眼，特别是现在，暮色使她的面容柔和了许多。在这若明若暗的暮霭中，我可以想象出她的眉头已高兴得舒展开来；她那带着理智线条的嘴角上挂着甜蜜的微笑。我起身要走时，故意伸出手去，虽然我知道这有悖于外国人的习惯。她笑了，接着说道：

“嗬！这倒真像英国人了。”但她还是十分友好地把手伸了过来。

“这是我们英国的特权，小姐，”我说。“请您记住，我以后还会这么做的。”

她微微一笑，笑得十分和善，而且带着那种一举一动明显表露出来的娴静——唯独那种娴静才能给我以安慰，给我以满足，起码当天晚上我是这么想的。在我又一次来到大街上时，布鲁塞尔似乎一下子成了我非常喜欢的地方。就在那个柔和宁静的四月之夜，我的眼前好像突然出现了一条令人鼓舞的、至关重要的阳关大道。人是多么敏感的生灵啊！至少在那些日子里我就是这样。

第十章

第二天上午，在佩利特先生家，时间好像过得特别慢。我盼望着下午快点到来，好再到隔壁的寄宿学校去，在那个令人愉快的环境里给学生们上第一次课，因为那地方对我来说简直太美了。中午的休息时间到了；我们一点钟准时吃午饭。圣加杜尔教堂那低沉的钟声终于缓缓地敲了两点，这表明，我翘首以待的时刻到来了。

我从房间下来，在狭窄的后楼梯脚下，遇到了佩利特先生。

“你今天可真是容光焕发呀！”他说，“我可从来没见你这么高兴过。到底有什么喜事？”

“明摆着的，我很喜欢这种变化。”我回答说。

“啊！我明白了，原来是这么回事，但愿你明智一些。你很年轻，对于你要扮演的角色来说，你太年轻了，你要提防着点，懂吗？”

“可是，有什么危险呢？”

“我也不知道，不过，不要给人留下深刻的印象——就这些。”

我笑了，一想到我有可能会创造“深刻的印象”，一种异常喜悦的感情不觉涌上心头。正是那日复一日，单调沉闷的生活一直在毁灭着我；男子中学里那些穿着短外套的孩子们除了偶尔会惹我发火，从不曾在我内心里激起过“深刻印象”。我离开了佩利特先生，大步流星地沿着甬道走去。这时候，身后传来了他的笑声——一种十足法国式的、得意而嘲弄的笑声。

我再次站到隔壁的门前，很快便又被引上了那个墙壁刷成鸽灰色仿大理石图案、令人赏心悦目的甬道。我随着女仆下了个台阶，转了个弯，来到一条走廊上。旁边的一个门打开，鲁特小姐那矮小而丰满的优美身姿出现在眼前。在充足的光线里，我可以清楚地看见她的装束：一件整洁素雅的薄毛料长袍十分得体，与她那结实丰满的身姿配合得恰到好处——那精美、小巧的领子，那镶着花边的袖口，那整洁的巴黎式短统靴，将她的脖颈、手腕、双脚衬托得十分完美和谐；然而，当她突然来到我跟前时，我看到，她的脸色是多么严肃啊！眼神里充满了焦虑与不安——这种神情也表露在她的额头上。她的面容几乎可以说是严厉的。她的那句“早安，先生”是彬彬有礼的，但却是那样的一本正经，那样子平平淡淡，在我的“深刻印象”上一下子泼了一瓢冷水。主人出来后，女仆便走开了。我和鲁特小姐并肩在走廊上缓缓而行。

“先生今天到一班去上课，”她说。“一开始，听写或阅读也许是最好的办法，因为这在外语教学中是最简单的方式；当然，作为教师，初次登台自然会感到有点紧张的。”

根据我的经验，我觉得她的话很对，我只能默然应允。我们俩无声地走着。走廊的尽头是一个宽敞、高大的方形大厅，透过一边的玻璃门，可以看见一个狭长的餐厅。餐厅内放着桌子，一个橱柜，还有两盏灯。大厅里空空如也，正面几扇宽大的玻璃门开向运动场和花园；对面一条宽宽的楼梯盘旋而上。大厅一边有两个巨大的折门，此刻都关闭着。毫无疑问，那一对折门是通向教室的。

鲁特小姐斜看了我一眼，可能是想知道，在进入她的至圣的殿堂之前，我是否沉着镇定。我猜想，大概她以为我的态度还算是泰然自若的。因为这时她已推开了教室的门，我便随着走了进去。一阵起立的沙沙响声迎接我们的到来。我目不斜视，径直沿着两排桌凳之间的过道向前走去，坐在了讲台上那张孤零零的讲桌边的空椅子上。那讲台有一步高，教师坐在上边，可以监视教室的一部分；而另一部分则处于一位女教师的监视之下，她也坐在一个类似的台子边。讲台的后边有一块活动隔板，把这个教室与另一个教室隔开；隔板上挂着一块油漆得乌黑发亮的木制大黑板；讲桌上放着一支粗粉笔，以便教师把课文中出现的语法或文字难点写在黑板上加以讲解；粉笔旁边有一块湿海绵，可以用来擦去黑板上讲过的字句。

在仔细而慎重地观察了这一切之后，我扫了一眼下面的学生，然后。拿起粉笔，回头看了看黑板，又用手指按了按那块海绵，试试它的湿度是否适中。这时，我发现自己十分镇定，这才平静地抬起头来，审慎地朝四周观望。

首先，我发现鲁特小姐不知什么时候已经悄悄走开了，因为教室里已看不到她的身影，只有一位女管事，兴许是教师，坐在一个和我的讲台相对应的高台上，单枪匹马地留下来监视着我。她坐的地方光线较暗，加上我眼睛近视，所以只能看到她身材瘦小，脸色苍白，而她的态度呢？她坐在那里，完全是一副无精打采、装模作样的神情。明亮的光线通过宽大的玻璃窗射进了教室，所以相比之下，我看得更清楚的，还是坐在我面前凳子上的学生们。学生中有些是十四五岁、十五六岁的小姑娘，有些是十八（据我所看）到二十岁的少女。全是最朴素的衣着，最简单的发型：但一个个容貌姣好，面色红润，眼睛大而明亮，体态丰满健美，宛如一朵朵盛开的鲜花。我好像是个禁欲主义者，实在受不了眼前这种景象的刺激，只觉一阵眼花缭乱。我垂下眼帘，用极低的声音说道：

“请拿出你们的听写本来。”

我在佩利特先生的学校里吩咐学生们拿阅读课本时，可不是这种腔调。听吧，接着便是一片瑟瑟的响声和一阵开课桌的声音。一时间，掀起的课桌盖遮住了—颗颗埋下去寻找练习本的脑袋。就从这掀起的课桌盖后边，传出了一阵笑声和低语声。

“尤拉莉，我都快笑晕了。”一个学生说。

“你瞧他讲话时脸红得多厉害哟！”

“可不，这可真是个初出茅庐的年轻人。”

“快别说了，霍顿丝，他听见了。”

此刻，撇起的课桌盖子重新合上，一颗颗脑袋又重新出现了。我注意到了那三个窃窃私语的学生；就在她们的面孔片刻消失又重新出现的时候，我毫无顾忌地注视着她们。叫我吃惊的是，她们那几句尖刻的私语，竟给我带来了莫大的镇定和勇气。眼前的这些像修女一样穿着黑长袍，梳着蓬松发辫的年轻姑娘们还真有几分可爱。这种想法令我惊叹。那低声的窃笑，那轻佻的私语，多少使我的神经从那美好而又压抑的想象中得到点解脱。我所提到的那三个学生就坐在我的眼前，离讲台不到半码远，在全班学生中，她们属于最具有女性美的几位之列。她们的名字我是后来才知道的，现在不妨告诉您。她们是尤拉莉、霍顿丝和卡罗琳。尤拉莉身材颀长，体态十分优美；她皮肤白皙，容貌犹如这个低地国家的圣母马利亚。我见到过许多荷兰画家笔下的“少女肖像”，那些肖像与尤拉莉的面容极为相似；从她的身姿、她的面庞上，看不到一个棱角。全是由优美的曲线和圆弧构成——无论蹙眉冥思也罢，凄楚忧伤也罢，桃腮带愠也罢，她的肤色总是那样白皙，那样晶莹。她太美了！美得宛如一尊巨大的娴雅端庄的蜡像。她那丰满的胸脯和着均匀的呼吸有节奏地起伏着，她的眸子顾盼流连。只是凭着这些我才意识到，那不是蜡像，而是活生生的真人。霍顿丝呢？她中等身材，体格健壮，虽说体形并不优美，但脸蛋还是迷人的，比尤拉莉更富有朝气和智慧。她的头发是深褐色，面部表情极为丰富，眼睛里流露着嬉戏调皮的神情。也许她的性格中还有着某种顽强与良知，但这些品质一点也没有在她的相貌上表现出来。

卡罗琳身材纤小，然而可以明显地看出她已发育成熟了。瞧她那乌黑的头发，黑宝石般的眸子，那异常端庄的神情；她那白皙的橄榄色皮肤，从面颊到颈项都一样的洁净如玉。所有这一切组合在一起，使许多人都认为，构成了一个完美无瑕的美人形象。她那白皙的皮肤和那一本正经的外表何以会给人一种肉欲的挑逗，那我就不得而知了。我认为，这种挑逗来自她的嘴唇，她的眼睛。那神奇的魅力，凡见过她的人都是确信无疑的。现在就这样富于性感，十年之后，定会变得粗俗淫荡——从脸上看，将来她准少不了干荒唐事。

如果说我看这些姑娘们时是无拘无束的，那么，她们看我时更是肆无忌惮的。尤拉莉死死地盯住我的眼睛，似乎是不动声色，但信心十足地期待着我会顷刻对她那高贵的魅力赞叹不已。霍顿丝大胆地注视着我，同时，冲我咯咯直笑。她满不在乎地对我说：

“先生，开头我们听写点比较容易的吧！”

卡罗琳甩了甩遮在脸上的蓬松浓密而又略显粗硬的鬈发，现出了那双秋波融融的黑眸子；她张开嘴巴，张得如同一个鲁莽的逃亡黑奴后代的嘴巴一样大，露出两排整齐、洁白的牙齿，同时对我嫣然一笑。此刻，她像波琳·波吉斯①一样美丽，却一点也不比卢克勒丝·德波吉亚②纯洁。卡罗琳出身贵族家庭。后来听说了她的贵族夫人妈妈的性格之后，对于她女儿卡罗琳的早熟也就见怪不怪了。我一眼就看得出来，这三位小姐自以为她们是学校的皇后，她们的光彩能够使其余所有学生黯然失色。就这样，在不到五分钟的时间里，她们一个个向我暴露了各自的性格；在不到五分钟的时间里，我已横下心来，准备以强硬的手段对付她们。

“拿起笔来开始写，”我以一种冷漠而平淡的声音说道，就像我在跟朱尔斯·范德凯科夫那伙人说话时一样。

听写开始了。这三位美人不断以一些愚蠢的问题和废话来打扰我。对于有些问题，我根本不予理睬，对另一些问题，也只是平静地

① 波琳·波吉斯(1780—1825)，拿破仑一世之妹，以其美貌闻名于世，后与意大利贵族世家波吉斯家族的卢多维科结婚。

② 卢克勒丝·德波吉亚(1480—1519)，意大利贵族女子，教皇亚历山大六世的私生女，一生曾结过三次婚。

简单应付两句。

“先生，一个句号加一个逗号英语叫什么！”

“分号，小姐。”

“风号？啊！太可笑了。”（咯咯的笑声。）

“我的笔太糟糕了——简直没法写字。”

“哎，先生——我跟不上——你念得太快了。”

“我可一点也听不懂！”

接着，教室里响起一阵低语声。这时，一直坐在教室后边的那位女教师第一次开口说话，她突然喊道：

“肃静，小姐们！”

然而，学生们并没有肃静——相反，前面的三位小姐说话的声音更大了。

“英语真难学！”

“我讨厌听写！”

“写这些听不懂的东西，真烦人！”

后边的一些学生也笑了起来。于是，整个教室开始骚动。现在有必要采取断然措施了。

“把你的练习本给我！”我以严厉的口气突然对尤拉莉说道。她还没有来得及递给我，我已弯腰把她的本子抓了过来。

“还有你，小姐——把你的也交给我，”接着，我又用一种较温和的口气对坐在另一部分第一排的一位脸色苍白、其貌不扬的姑娘说。我立即就注意到，她是班上长得最丑，但听课最专心的一个。她起身来到我面前，把练习本递给我，又规规矩矩、恭恭敬敬地行了个屈膝礼。我匆匆看一遍两个人的听写。尤拉莉写得模糊不清，墨渍斑斑，满是不该出现的错误；而西尔薇（就是那个丑姑娘的名字）则写得清清楚楚，没有一点不近情理的错误，仅有几处拼写不够正确。我冷静地向全班读了这两份听写，指出了其中的错误，末了，我冲着尤拉莉说：

“可耻！”接着，便故意将她的听写一撕四片，将碎纸片扔给了她。我笑着把西尔薇的本子还给她，并对她说：

“写得很好，我为你感到高兴。”

西尔薇表面不动声色，心里却乐滋滋的。而尤拉莉呢？却像一只被激怒的火鸡，肺都要气炸了。骚乱平息了。第一排学生刚才那种自负的媚态，那种轻佻的卖弄，一下子烟消云散；代之而来的是沉默不语，闷闷不乐。这对于我大有好处，剩下的课顺利地上完了，再没有人敢捣乱。

校院里响起了清脆的铃声，放学的时间到了；同时，我也听到了我们自己学校的铃声；接着，某一所公立大学的铃声也响了起来。教室里的秩序立刻大乱，学生们都站了起来。我匆匆抓起帽子，向那位女教师点了点头，抢在里边一班学生蜂拥而出的高潮前，离开了教室。我知道，那里还囚禁着近一百名学生，我已经听到了她们起立时的喧闹声。

我刚刚穿过大厅，来到走廊上，鲁特小姐便向我走来。

“进来坐会儿吧，”她对我说。她拉开走廊一侧的一扇房门，刚才她就是从那里出来迎接我的。这是一个餐厅，从那个餐具柜和装有玻璃的碗橱可以看出来，因为柜子里摆满了杯子和瓷器；那是餐厅里家具的一部分。我们俩进去后，刚关上门，走读生们便挤满了走廊，她们从木制衣架上取下挂在那里的斗篷、帽子和手提包。每隔一会儿，便会听见一位女教师的喝斥声，她竭力想维持一下秩序，但是没有用；叫我说也没有用，因为在这帮粗野的学生中，根本没有纪律可言。可该校居然还被认为是布鲁塞尔管理得最好的学校之一呢。

“好了，你的第一节课上完了。”鲁特小姐用一种最镇定、最平静的语调对我说。虽然只有一墙之隔，她好像对那边的混乱场面一无所知似的。

“你对学生们满意吗？或者说，她们的行为有没有使你不痛快的地方？请你完全相信我，丝毫也不必隐瞒。”

值得庆幸的是，我感到，无须任何人的帮助，我完全有能力管好学生。起初，女子寄宿学校那令人销魂的魅力，那一层金色的薄雾，曾使我茫茫然如坠五里雾中；如今这种魅力，这层雾霭已经消散了许多。我不能够说，我对女子寄宿学校的现实与我原先那模糊的想象之间的差别感到烦闷或沮丧，而是因为对它有了初步了解感到高兴。所以，我觉得没有任何理由对鲁特小姐抱怨，我笑着感激她对我的体贴与信赖。

“十分感谢，小姐，一切都已顺利过去了。”

她露出了一种十分怀疑的表情。

“第一排的那三个女孩子呢？”她问道。

“啊！会好起来的！”我回答说。鲁特小姐不再问了，但她的眼睛——她那不大、不亮、不温柔、不愠怒，却狡黠、敏锐、实用的眼睛，表明她对我是耿耿于怀的。她的眼里所闪出的瞬间光芒显然是在说：“随你怎么守口如瓶吧。我并不指望你的坦白；你想要隐瞒的事，我早就知道了。”

经过一番如此平静而又几乎是难以察觉的过渡之后，女校长的态度来了个大转弯，刚才那种关切的认真表情从她脸上消失了。她开始一会儿天气，一会儿小镇，天南地北地扯了起来，并礼貌地询问佩利特先生和佩利特夫人可好。对于她提出的小问题，我都一一作了回答。她一直谈了很长时间，我也只好随声附和；她坐了很久很久，说了许多许多，并随时变换着话题。不难看出，她似这般地纠缠着我，是别有一番用意的。单凭她的谈话是看不出她的目的的，但她的表情帮助我找到了线索。她的话不过是些老生常谈，可与此同时，眼睛却不时地瞧瞧我的脸。她对我不是正眼相看，是斜目而视；从她眼角里流露出来的目光是那样的娴静，那样的诡秘。但每次都未能瞒过我的眼睛；她急切地观察着我，我对她也毫不放松。很快我便发觉，她是在探索我的真实性格，在寻找我性格中的强弱点和怪僻之处。她一会儿用这种方法测试我，一会儿又用那种方法测试我，希望最终能够找到一条裂缝，一个漏洞，好乘机插足，将她有力的小脚踏在我的脖子上，成为主宰我天性的女主人——请读者不要误解我的意思，她并不是想在爱情方面对我取得优势——在当时，她想得到的只是她梦寐以求的政治家的力量。如今，我被安排在她的学校里做教师，她想了解她的智力哪些方面在我之上，她要用什么感情、什么方法才能领导我。

我很喜欢这种心理交锋，并不急于结束这种游戏。有时，我想给她一点胜利的希望，说话时便故意嘴软一些。在这样引诱她一会儿之后，等到她自以为占了上风，那敏锐的目光变得明亮起来时，我便沾沾自喜地突然改变语气，用精明、有力的语言结束一局对话。这时，她的脸色便又会阴沉下来。直到最后，一位仆人进来通知用餐，这场心理战才不得不结束。分手时，彼此谁也没有取得优势；鲁特小姐甚至没有给我以任何用感情向她进攻的机会，而我则挫败了她一个个的小阴谋诡计。这是一场势均力敌的战斗。离开房间时，我再次伸出手来，她也把手给了我。这是一只纤小、白净的手，可它又是多么冰凉啊！我拿眼睛正视着她——她也不得不正视着我。在这最后一次交锋中我失利了：她的目光还像原来那样温和，那样不卑不亢，那样平静，这使我大失所望。

“我越来越聪明了，”我往佩利特先生家走的时候，心里这样暗自思忖。“瞧这个小女人，她像不像小说家和浪漫作家笔下塑造出来的妇女形象？在读到诗歌和小说中的女性形象时，人们总认为，无论是好的还是坏的，那都是用感情塑造出来的产物——这儿又是一个样品，也是一个最有理智，最可尊敬的样品，其主要成分就是抽象的理性。人都说塔列兰[1]是不动感情的，但比起佐蕾德·鲁特来，那可真是小巫见大巫了！我当时就是这样认为的。我后来发现，迟钝的情感与强烈的习性是非常一致的。”

① 塔列兰(1754—1838)，法国外交大臣，以权变多诈闻名，为19世纪初资产阶级外交家的代表人物。

第十一章

我的确同那个狡猾的小政治家谈得太久了。当我回到住处时，发现晚饭时间已过了一半。吃饭时迟到是违犯该校的老规矩的。假如一名佛兰芒仆人像我这样，在汤已撤走、第一道菜上来之后才进来，佩利特先生很可能会当众训斥他一顿，而且肯定会扣去他的汤和鱼，以示警戒。尽管我也迟到了，但那位礼貌而偏向的绅士却只是摇摇头而已。当我在餐桌边坐下，抖开餐巾，默默做着感恩祈祷的时候，他仁慈地打发仆人到厨房给我端来一盘“胡萝卜菜羹”（因为今天是斋戒日），在第一道菜撤走之前，又把那道菜里的鳕鱼干给我留下一份。晚餐后，男孩子们都跑出去玩耍了，当然，金特和范达姆（两个助理教员）也随他们去了。可怜的人啊！如果他们看起来不是那么笨拙，不是那么无精打采，对天上地下的万事万物不是那么漠不关心，那么，看到他们整天得跟着那些粗野的孩子到处乱跑，我会非常同情他们的。尽管如此，当我起身返回宿舍时，我感到自己很想为受到的特殊的恩宠而自嘲；我断定，我的宿舍里即便没有欢乐，起码也是有自由的。然而，哪曾想，今天晚上（过去也常有这样的情况），我还会得到进一步的特殊照顾。

“喂，你这个坏蛋！”就在我的脚踏上楼梯第一个台阶的时候，身后传来了佩利特先生的声音，“你到哪里去？到餐厅来一下，我要骂你几句！”

在跟着他向他的私人起居室走去时，我说道：“请原谅，先生，我回来得太晚了，可这不能怪我呀。”

“我正要知道是什么原因，”佩利特先生一边说，一边把我让进舒适的客厅。客厅里有一个漂亮的木炭火炉——由于季节的缘故，原先的火炉已经搬走了。他按铃叫人煮两杯咖啡，我们俩随即落座，几乎像英国人一样舒适地坐在火炉的两边。我们之间有一张小圆桌，桌上放着一把咖啡壶，一个糖罐，还有两只白色的大陶瓷杯子。佩利特先生悠然自得地从烟盒里抽出一支雪茄；而此刻，我的思绪又回到了那两个被支出去的助理教员身上。我甚至还能够听到他们在操场上维持秩序时嘶哑的喊声。

“维持秩序可是个苦差事，”我说。

“你说什么？”佩利特先生问。

我解释说，我认为范达姆先生和金特先生有时也真够累的。

“两个畜生——两个畜生，”校长低声轻蔑地骂着。这时，我将一杯咖啡递给他。

“请吧，小伙子。”当我把两大块大陆糖放进他的杯子里时，他和蔼地说。“现在说吧，你干吗在鲁特小姐家呆那么长时间？我知道，她的学校和我的学校一样，都是四点钟放学，可你到五点多才回来。”

“小姐想跟我谈谈，先生。”

“是吗？如果方便的话，我想问问，你们谈的什么？”

“小姐她也没说什么，先生。”

“海阔天空喽！她是当着学生的面，在教室里跟你谈的吗？”

“不，和您一样，先生，她把我叫到了客厅里。”

“那么，鲁特夫人——那个老保姆——我妈的老朋友，当然也在场啰？”

“没有，先生。很荣幸，就我跟小姐两个。”

“太有意思了——不错，”佩利特先生笑笑，看着火炉说道。

“我可没往歪处想，”我意味深长地低声说。

“你知道，我对我那位可爱的邻居略知一二。”

“既然如此，先生当然能够帮我弄明白，小姐让我在她的沙发前坐了整整一个小时，啰啰嗦嗦、滔滔不绝地对我进行演说，谈的又都是些鸡毛蒜皮的小事儿，究竟她的目的何在呢？”

“她是在揣摩你的性格。”

“我也是这么认为的，先生。”

“她发现你的弱点了吗？”

“什么是我的弱点？”

“就是你的多情呀！任何一个女人，只要她把箭插到足够的深度，最终就一定会触到你胸中深不可测的感情之源，克利姆斯沃思。”

我感到胸中的血在沸腾，脸上一阵发烧。

“有的女人也许会的，先生。”

“难道鲁特小姐不属于其中之一吗？算了，直说吧，我的孩子；她还年轻，她也许比你要大，这正好可以把她那小母亲的慈爱与忠实妻子的柔情合二为一，难道这一点不是正极其适合你吗？”

“不，先生；我娶老婆是让她做我的老婆，而不是让她做半个母亲。”

“这么说，你嫌她年龄大了点？”

“不，先生，要是其他方面都合适，就是大点也毫无关系。”

“她哪一点配不上你呢，威廉？她人很可爱，不是吗？”

“非常可爱。她的头发和面容正是我所喜欢的；她的体态虽说是比利时人的样子，但也是够优美的。”

“讲得好！那么她的脸蛋呢？她的相貌呢？你喜欢吗？”

“有一点生硬，尤其是她的嘴。”

“啊，是这样的！她的嘴么，”佩利特先生含糊地笑了笑说，“她的嘴很有特点——刚毅——不过她笑起来还是很美的，不是吗？”

“有点狡黠。”

“很对，不过那种狡黠的表情是由于眉毛的缘故，你注意到她的眉毛没有？”

我回答说："没有。"

"这么说，你没有看见过她眼睛向下瞧时的样子？"

"没有。"

"不管怎么说，欣赏她的眉毛可是一种乐趣。当她织毛线或做针线的时候，当她安静坐在那里，一边全神贯注于手里的针线和丝绸，一边听周围的人讨论着某个人的性格特征或利益攸关的事情时，她决不参与。她那谦恭的女性的心思全都用在手里的活计上，五官也一点声色都不动；既不以微笑表示赞成，也不以蹙眉表示反对；她的一双小手不停地忙着手里那不起眼的活计，只要能把钱包绣好，能把希腊小帽做成，她也就心满意足了。如果有哪位先生走近她的椅子，她脸上的表情便会更加娴静，更加谦和，将她平时的风度掩盖殆尽。这时候，你再观察她的眉毛。告诉我，是不是一条里面藏着一只猫，另一条里面藏着一只狐狸？"

"有机会我得仔细瞧瞧，"我说。

"这时候，"佩利特先生接着说，"她的眼皮一挑，淡蓝色的睫毛一眨，那从眼帘下闪现出来的蓝眼睛，便迅速而狡黠地向外搜索窥望一番，然后又迅速地收回。"

我笑了，佩利特先生也笑了。沉默了几分钟之后，我问：

"你认为她会结婚吗？"

"当然会结婚！鸟儿不是也要配对的吗？等她找到合适的对象时，她当然会结婚的，这既是她的意愿，也是她的决心。再也没有人比她更清楚她能给人留下什么样的印象了；再也没有人比她更喜欢悄悄地用姿色迷惑男人了。克利姆斯沃思，要是她不打算用她的脚偷偷摸摸地在你的心坎上留下点印迹，那可真算是我说错了。"

"她的脚印？该死的。不！我的心可不是供人在上面行走的木板。"

“不过，天鹅的爪子在上面轻轻走一遭也无妨。”

“她并没有向我伸过天鹅爪来。她在我面前是规规矩矩，小心谨慎的。”

“开头正需如此。以尊敬为根基，以感情为第一层楼，以爱情为上层结构；鲁特小姐是一位多么高明的建筑师啊！”

“还有志趣呢，佩利特先生，志趣？难道小姐就不考虑这一点？”

“当然，当然，毫无疑问她是要考虑的。因为要建筑爱情的大厦，志趣是用来黏结每块石头的水泥。现在我们讨论过了女校长，再谈谈学生吧。难道那些年轻的女孩子中间，就没有几个值得研究的对象吗？”

“研究性格的对象？有。都是些古怪的人物。至少我是这样认为的；不过，只见一面，很难说出个所以然来。”

“啊，你是故作谨慎。不过，现在我想知道，在那些如花似玉的妙龄女郎面前，你不感到有点局促不安吗？”

“开头有点，不过，我很快便镇定下来，一切都沉着地应付过去了。”

“我不相信。”

“可这是真的。开始我以为她们都是天使，但不久她们便消除了我的这种错觉；帮我纠正原先看法的，是三位年龄最大，相貌最美的学生。她们的办法如此巧妙，不到五分钟，便让我了解了她们，起码是根据她们当时的表演——那是三个丢人败兴的风流女郎。”

“我认识她们，”佩利特先生叫道，“她们无论是在教堂里，还是在公共场所，都堪称是第一流的。一位高傲的金发女郎，一位可爱的调皮鬼，一位皮肤淡褐色的美人。”

“一点不错。”

“她们都是可爱的小东西，艺术家难得的模特儿；要是把她们弄到一起来，那是多么迷人的一群儿啊！尤拉莉（我知道她们的名字）那滑柔的发辫，那娴静的、象牙般的双眉；霍顿丝那满头光亮的栗色浓发上打着五颜六色的蝴蝶结；那头发又是辫又是拧的，简直不知道该怎么摆弄好了；还有她那朱红的嘴唇，粉红的脸蛋，淘气而笑眯眯的眼睛；而卡罗琳·德布莱蒙，啊！那可真是个美人，完美无瑕的美人！深褐色的鬈发飘散在这位妖艳女人的脸旁，多像一朵朵彩云！那嘴唇多么叫人着迷！那眼睛多么叫人陶醉！就连你们的拜伦也会拜倒在她的石榴裙下的；而你——你真像个冷酷无情的孤岛居民！——在如此娇美的阿芙罗狄蒂[1]面前，你怎么能够漠然处之，麻木不仁？”

假如我相信这位校长所表露的一番热情是真心实意的，那我定然会耻笑他的。但我发现，他的语气里有一种故意做作的狂喜。我感到他那是在故作热心，好让我放松警惕，引诱我泄露心中的秘密。所以，我甚至连笑都很少笑。只听他又接着说：

“你坦白地说，威廉，佐蕾德·鲁特小姐漂亮的长相与她的学生那销魂摄魄的花容月貌比较起来，难道不显得有几分粗俗平庸吗？”

这个问题可难住了我。但我感到，很清楚，我的校长是在竭力（那原因他自己最清楚——当时，我是无法弄明白的）想在我心里煽动起与正确、高尚不相容的想法和愿望。在他又继续往下说的时候，他那心术不正的教唆对我已经完全失去了作用：

“这三位漂亮的姑娘人人都会继承一笔可观的遗产；只有像你这样不苟言笑、风度翩翩、才华横溢的年轻人，才有可能成为三位中任何一位和她的钱包的主人。”

我看了他一眼，用疑问的口气答道：“是吗，先生？”这使他大吃一惊。

他勉强地笑了笑，说他是在开玩笑，并问我是不是拿他的话当真

① 阿芙罗狄蒂，希腊神话中爱与美的女神。

了。就在这时，铃声响了；游戏时间宣告结束。这天晚上，佩利特先生照例要去给他的学生念戏剧片段及纯文学作品了。他没有等我回答，便起身离去。一边走，一边低声吟咏着贝兰热[①]那欢快的诗句。

① 贝兰热(1780—1857)，法国诗人。

第十二章

我继续在鲁特小姐的女子学校兼课。天长日久，我又发现了不少将理想与现实进行比较的机会。在来到布鲁塞尔之前，我对女子的性格了解了多少呢？实在是不甚了了；我对她们的看法是什么呢？只觉得她们朦朦胧胧，瘦小纤弱，虚无缥缈，闪烁不定。如今我与女性一接触，方才发现，女子的性格原是一种实实在在的东西，有时候也很硬，很重，内里注满了金属，而且全是铅和铁。

让那些专爱幻想尘世天使和人间鲜花的理想主义者及梦想家们到这里看看吧，我要打开文件夹，请他们看一两幅铅笔人物速写。这些速写是我在鲁特小姐的学校二班教室里完成的。那里收集了大约一百件"少女"标本，种类繁多，花色齐全，等级有别，国籍各异。我坐在讲台上，放眼朝一排排桌子望去，法国人、英国人、比利时人、奥地利人、普鲁士人，尽收眼底。其中，多数属于资产阶级，但也有不少女伯爵，还有两位将军的女儿，好几位上校上尉及政府雇员的女儿。这些高贵的小姐们，与那些命运不济，注定要做店员的青年女子，与该国一些纯种的土著佛兰芒女子，肩并肩地坐在一起。她们衣着相似，举止也相去无几，当然也有例外。但就是这多数人，使该校形成了一种粗俗的校风。这种校风的特征就是：学生与学生，学生与教师之间，全然不顾对方能不能忍受，人人都在急切地追求个人的利益与方便，根本不把他人的利益与方便放在心上。只要对自己有好处，大多数人都会毫不脸红地说谎；只要一见到有利可图，人人都会花言巧语一番；然而，只要她们一看到客气已不能给自己带来什么好处时，稍加思索，马上便会老练地换一副面孔，对他人冷若冰霜。学生中间很少发生公开的大吵大闹现象，但背后中伤，搬弄是非则是司空见惯的事。过分亲密的友谊是校规所禁止的，如果不是百无聊赖、寂寞难忍，需要有个人做做伴的时候，没有一个姑娘会想起尊重他人；可以想象得出，她们每个人打小都不知道什么是罪恶感。这种使得她们一直处于即便不是愚蠢，也是无知状态的相互戒心，可真是说不尽道不完的。在那么多年过十四的姑娘们中间，简直没有一个能够不卑不亢、落落大方地正视一个男子，这究竟是怎么一回事呢？哪怕是一个男子最普通的一瞥，她们也一准会报以一个厚颜无耻的姿态，一次轻浮的调情，或一个放荡不羁的秋波。我对罗马天主教的奥秘一无所知，也不盲目对神学抱偏见，但我猜想，信仰天主教国家的女孩子如此明显，如此普遍的早熟与不纯洁，其根源即使不能在罗马教的教义里，也肯定能在其戒律中找到。我所记录的都是我亲眼所见：这些姑娘都属于我们所说的高尚社会阶层，都得到了精心的抚育。然而，这一帮小姐的心灵却是腐败的。总体看法就讲这么多。下面是我所选择的一两件标本：

第一幅画是奥里莉亚·科斯洛的全身像。她是一位德国小姐，确切地说是一位德俄混血小姐，芳龄一十八岁，被送到布鲁塞尔来完成学业。她中等身材，体格健壮，上身长，下身短。胸脯已相当发达，但并不坚挺，腰部被一件小得不相称的紧身胸衣残忍地扎裹着；她的衣着搭配得十分精心，一对大脚被苦苦地塞进了一双小靴子里；她脑袋很小，头发被弄得十分平滑，扎着辫子，上着发油，还涂着发胶；她前额低平，一双极小的灰眼睛放射出凶光；她的相貌有几分鞑靼人的模样，鼻子扁平，颧骨突出。但总体看来，倒不显得多么丑陋，面色也还说得过去。她的相貌大致如此。至于说她的智力，愚昧无知得可怜，甚至连她的母语——德语——也写不好，讲不好，法语更是一塌糊涂；就这样她还要学英语，简直是滑稽可笑，然而她已经上了十二年学了。由于她的各种练习都是让别人代做，上课时又专门在衣兜里藏一本什么书偷着看，这就难怪她的进步像蜗牛爬行一样缓慢了。

我不知道奥里莉亚的日常生活习惯怎么样，因为我不可能时时刻刻跟着她观察；但从她的课桌、书本和作业上可以看出，她是邋遢的，甚至是肮脏的。我刚才说过，她外边的衣裳是精心搭配，十分讲究的；然而就在我从她的凳子后边走过时，我发现她的脖子由于不经常洗而成了灰黑色；她的头发呢，由于涂了树胶与发油，被弄得油光可鉴，那种样子使人们连伸手去摸一摸的欲望都引不起来，更不要说去用手指拢一拢了。奥里莉亚在班上的表现，至少我在场的时候，是非同一般的，这大概是她幼稚无知的缘故吧。就在我走进教室的时候，她用胳膊肘捣了捣邻座的同学，忍不住笑了起来。我在讲台上坐下，她又用眼睛盯着我，看来她是决心想要吸引住我，如有可能，将我的注意力全部垄断。为此，她轮番向我投来了各种各样的目光：含情脉脉的、令人恼火的、暗送秋波的、戏弄嘲笑的。后来发现这种炮火对我无效——因为人们瞧不起自己没有要求，别人便慷慨送上门的恩赐——她便不得不借助于制造噪音的手段：只听她一会儿叹息，一会儿呻吟，一会儿又发出难以用语言描述的声音。我在教室里巡视时，如果从她身边经过，她便伸出脚来碰我的脚。此刻，假如我未能识破她的计谋，靴子碰到了她的靴子，她便装出想笑而又不敢笑的样子痉挛似的抖动着身子；假如我识破了她的圈套而没有上当，她便绷着脸嘟囔，以发泄她的怨愤。这时，我便可以听到她操着难听的低地德语腔，用蹩脚的法语对我骂骂咧咧。

离科斯洛小姐不远，坐着另一位年轻女子，名字叫阿德尔·德隆撒特。她是比利时人，个子矮矮的，体态笨笨的，腰身粗粗的，脖子、四肢短短的；脸色白里透红，五官端正，眉目清秀；淡褐色的眼睛，淡褐色的头发，整洁的牙齿。虽说十五岁多不了多少，但已出落得像一位成熟健壮的二十岁英国女人。这一幅肖像画会使人想起身材有点矮胖但相貌漂亮的少女形象，不是吗？每当我抬眼向那一排年轻人望去时，目光总要在阿德尔的脸上停留下来。她那凝视的目光也总在等着我的目光，而且时常能够成功地捕捉到它。她是一个相貌奇特的小东西——那么年轻，那么生气勃勃，那么容光焕发，然而又那么像蛇发女妖[1]。她的前额上带着狐疑、恼怒、暴躁的表情，眼睛里闪烁着狠毒的光芒，嘴角上挂着妒忌的美洲豹式的狡诈。一般地说，她在课堂上坐得稳稳当当；看她那笨重的体形，腰似乎不能够很弯，她那硕大的脑袋也不能很低——下边那么宽，上边那么窄——一低头，似乎很容易从短脖子那里脱节。她只有两种表情来回变换：平时是一种冷酷、不满的蹙眉不悦之色，有时会变换为最邪恶，最奸诈的微笑。同学们都回避她，因为那些学生中尽管有许多人也很坏，但很少有人坏到她那种程度。

奥里莉亚与阿德尔都在二班的第一组；第二组的组长是一位名叫朱安娜·特里斯塔的寄宿生。这位姑娘是比利时与西班牙混血儿。她的佛兰芒母亲已经去世，她的加泰隆尼亚[2]父亲是一位商人，住在XX群岛。朱安娜就是在那儿出生的，后来又被送到欧洲来接受教育。我想，只要看一看那姑娘的脑袋和面容，谁也不会收留她的。她的脑袋与教皇亚历山大六世的完全一样；她对人特别缺乏仁爱、尊敬、良心与忠诚，而自尊心又特别强，危害性与好斗性大得出奇。她的脑袋像屋檐一样向前倾斜，到了前额又猛地向后收缩，隆起；显然她的五官都显得太大，太引人注目，但却相当好看；她的气质坚韧、易怒，脸色苍白、阴郁，头发与眼睛是黑色的；体态棱角分明，四肢僵硬，但比例倒很协调，芳龄一十五岁。

朱安娜不算太瘦，但外表却骨瘦如柴。她注视人时，目光凶狠而贪婪；额头虽然狭窄，但足可以清楚地刻下两个词：“反抗”与“仇

① 希腊神话中的女妖之一，十分可怕，人一见其貌，便会化为石头。
② 西班牙东北部的一个地区。

恨”；在面部的其他部位——我认为是眼睛——却清晰地显示着怯弱。我初次去上课时，特里斯塔小姐认为，用庸俗的家常便饭式的起哄办法给我制造麻烦比较合适，于是，她便像母马一样张着大嘴，口沫四溅、蛮不讲理地大喊大叫。在她的后面坐着一帮极其粗俗、相貌丑陋的佛兰芒姑娘，其中包括两三个畸形发育，智力低下的学生；这种奇形怪状的低能儿在低地国家如此普遍，似乎提供了一个证据，说明那里的气候可怕到何种程度，它既能导致人类智力的退化，又能造成肉体的病变。我很快就发现，这些佛兰芒学生完全受她控制：在她们的助威声中，她越发来劲地发出了一阵杀猪似的喧嚣。我忍无可忍，强令她和她的两个走卒站起来，一直让她们站了五分钟，又把她们赶出了教室，最后才算将这场骚乱镇压下去。我把两名“从犯”赶到一个与教室相连的大厅里，把“主犯”赶到一个小房间里，并锁了门，把钥匙装在了衣袋里。这一判决是我当着鲁特小姐的面进行的。她看着我采取如此果断的措施，显得十分吃惊——这是她的学校里有史以来从未采取过的严厉手段。对于她那惊惧的目光，我先是回之以沉着的一瞥，后来又以一笑报之。这一瞥一笑也许使她很满意，当然也给了她以安慰。朱安娜·特里斯塔在欧洲待这么久，竟以胡作非为、忘恩负义报答一切有恩于她的人。后来，她就到XX群岛她父亲那里去了，正如她自己所说，一想到那里有奴隶可以供她随意打骂，她自然是会十分高兴的。

这三幅写生画全都来自生活。我还有一些图画，也同样的引人注目，但也同样地令人不愉快。这里就不向读者一一展示了。

人们无疑会认为，我现在应该拿出一些迷人的东西，拿出一些罩着光环的处女形象，拿出一些天真无邪、怀里抱着和平鸽的可爱的典型让读者瞧瞧，以资对照了。不！那样的形象我一个也没有看到，当然也就不可能把它描绘下来了。这所学校里性情最开朗的学生是一位年轻的比利时姑娘，名叫路易斯·帕丝。她善良、礼貌有余，但教养与风度不足；再说，她身上也有那种虚伪的毛病。她对尊严与纪律一无所知，甚至连听都没听说过。最无可非议的学生是我曾提到过的那位可怜的小西尔薇。西尔薇举止端庄，头脑聪明，而且是真诚的，真诚到她的信仰所能允许的程度。可是，她的体质却很差。虚弱的身体阻碍着她的发育，摧残着她的精神。由于命中注定要进修道院，她的整个灵魂被扭曲成了一个修女的形象。从她举止中那种驯服的，惯于屈从的态度可以看出，她已为未来的生活道路做好了准备，那就是将自己独立思考、独立行事的权力拱手交到某一位暴虐的忏悔神父手里。她不允许自己有任何独立见解，不允许自己选择朋友或选择职业，无论干什么都是听命于人。她一天到晚有气无力地、温顺地、自动地跑来跑去，做着别人吩咐的事，而从来不是做她所喜欢的，自己打心底里深信应当做的事。这位可怜的未来的小信徒，早就受到教育，要使自己的理智与良心从属于灵性指导神父的意志。她是鲁特小姐学校的模范学生，这个苍白、枯萎的形象，生命虽在苟延残喘，灵魂却早已被天主教的魔法摄去了。

学校里还有少数英国学生。这些学生可分为两类。第一类是散居在欧洲大陆的英国学生——主要是那些债台高筑或名誉扫地，被迫离开本国的破产冒险家的女儿。这些可怜的姑娘们压根儿没有得到过固定家园的温暖，没有正派的榜样可以借鉴，没有受过正统的基督徒教育。她们的父母到处漂泊——从法国到德国，从德国到比利时——她们也只好在这个天主教会学校呆几个月，又在那个学校呆几个月。她们接受的教育不多，沾染上的坏习气却不少，她们丢掉了一切观念，甚至包括宗教与道德的最重要的内容，到头来却变成了对一切能够提高人性修养的情操都满不在乎的笨蛋。这从她们那惯有的郁郁寡欢、颓废沮丧的目光中就可以看得出来。那种目光是她们的自尊心遭到伤害，又不断受到她们那些信奉天主教的同学恫吓的结果，那些同学因为她们是英国人而痛恨她们，因为她们是异教徒而蔑视她们。

第二类是不列颠本土的英国人。这一类学生在我于该校兼课期间总共也只发现了三五个。她们的特点是：衣着清洁而随便，头发梳理不善（与头发梳理得整整齐齐的外国人相比），走路昂首挺胸，体态轻盈，两手雪白纤小，五官不如比利时姑娘端正，但却更显得聪明，面部表情庄重而淑静，态度很合当地礼仪，稳重而得体。仅凭这最后一点，我一眼便可以将不列颠人和耶稣教徒的女儿与罗马教徒即耶稣会教徒的孩子区别开来。高傲也是这些不列颠姑娘们的一个特点；一旦受到她们的大陆同胞的妒忌或嘲弄，她们立即便会严正而客气地避开这种污辱，以无言的鄙视回击她们的仇恨。她们避免结交朋友，在众多的同学们中间孑然独处。

负责管理这帮乌合之众的教师一共有三位，全都是法国人，她们是泽菲兰小姐、佩拉吉小姐和絮泽特小姐。后两位平庸无奇，普通的目光，普通的举止，普通的脾气，连她们的思想、感情、观点也都是普普通通的。关于她们，即使我专门写一章，也不可能说得更清楚了。泽菲兰在外貌与举止方面要比佩拉吉和絮泽特略胜一筹，但在性格方面，她却是一位纯粹的巴黎风骚女人，不忠不义、唯利是图、铁石心肠。我偶尔还看到第四位女教师，好像她每天来教姑娘们做针线、搞编织、缝花边或做其他诸如此类的无关紧要的手工。但对于她，只不过是当她坐在小餐厅里，四周围着框架和十几个年岁稍大点的学生时，我从旁边经过时偶尔瞥一眼而已，很难有机会研究她的个性，甚至连多看几眼的机会都没有。我只看到，她身为教师，态度却活像个小姑娘，否则，我是不会注意到她的。至于性格嘛，我认为她没什么性格，因为我看到她的学生们不断地向她的权威挑战。她不在学校住；她的名字，我记得是叫亨利小姐。

如果说这一群无足轻重、满身缺点、道德败坏、令人厌恶的（许多人都会用这最后一个形容词去描写那两三个表情呆板、沉默寡言、行为正派、衣着不整的不列颠姑娘）学生和教师像是沼泽地里若明若暗的磷火，那么，那位明达、睿智、和蔼可亲的女校长便是这沼泽地上空一颗光辉灿烂的恒星。她深知自己鹤立鸡群的优势，内心欣喜不已。这种意识给了她承受作为校长必须承受的一切烦恼和责任，也使得她一直保持着平静的心绪，舒展的眉头，安详的举止。她喜欢——谁不喜欢呢？——一走进教室，便可以立即感到，她只身一人的出现，足以能使教室里秩序井然、鸦雀无声，这常常是她的下属利用劝告，甚至命令的办法也难以做到的。她喜欢站在那里与她周围的人作一番比较，或者说对照，看看究竟谁在智力方面、人品方面占优势。她无可争议地占了上风（她的那三位女教师都是平庸之辈）。她对学生如此溺爱、迁就，动不动就奖赏，就表扬；却把责备与惩罚学生这种容易招人怨恨的任务留给下属去干。所以，学生们即使不算爱戴她，也都很尊重她。而教师们却不喜欢她，但她们都忍了，因为她们在各个方面都比不过她。凡在她的学校任过课的教师，全都以这样或那样的方式受着她的左右。她利用灵活的手腕降服一位脾气暴躁的教师；她利用置之不理的办法治服另一位任性得可爱的教师；她利用阿谀奉承驯服了第三位教师；对于第四位——一个胆小如鼠的人——她以一种严峻而果断的态度令其敬畏；对于我，她仍在观察，仍在用最巧妙的办法测试我——她前后左右地观察我，屡受挫折而毫不松懈。我相信，她肯定认为我是一堵又光又滑的峭壁，既没有突出的岩石和树根可攀，又没有草丛可抓。她一会儿巧妙圆滑地奉承我，一会儿对我说教，一会儿又在试探我是否贪财，然后，又在爱情的边缘戏弄我——因为她知道，对于有些男人，可以利用感情去征服。接着，她又对我讲了许多漂亮话，觉得别人可能会愚蠢地赞赏她的看法。我很快便发现，要使她的这一切努力化为泡影很容易，也很有意思。当她自以为得计，感到胜利在望时，我便转过脸来，对着她的眼睛露出半是蔑视的微笑，接着便会看到她几乎羞愧得无地自容，尽管只是暗自羞愧。目睹这种场面，真是太叫人开心了！可她仍然不肯罢休。她千方百计要打开我那心灵的盒子，用手指试试这里，摸摸那里。我不得不承认，最后她的手终于摸到了盒子上的秘密弹簧。停了一会儿，盒子盖“砰”的一声弹开了，她把手伸向盒内的珠宝。那珠宝究竟是被她偷去摔碎了，还是盒盖又在她手上“啪”的一声合上了？读者往下看，就会明白的。

有一天，碰巧我去上课。那天我本不想去，因为我感冒咳嗽。连续讲了两个小时的课，弄得我嗓子嘶哑，疲惫不堪。在我离开教室，经过走廊时，我碰到了鲁特小姐。她焦虑不安地对我说我脸色苍白，显得非常疲倦。“是的，”我回答说，“我累了。”她更加关心地说：“你得休息一下，恢复恢复再走。”她说服我进了客厅。我在那里休息时，她对我格外亲切，格外温存。第二天我去上课时，她对我更是体贴入微，还亲自跑到教室，交待我务必关上窗子，千万别让风吹进来。她友好而诚挚地嘱咐我别累着。我离开时，她又主动伸出手来。我尊敬地、轻轻地捏了捏她的手，以此表示她对我好，我心里明白，并且十分感激。我那谦恭的表示，在她脸上点燃了甜蜜的微笑。这时候，我简直认为她是迷人的。当天晚上剩余的时间里，我心里一直急不可待地盼望着第二天下午的到来，那时，我就又可以见到她了。

我没有失望，因为我又来上课时，她一直坐在教室里，而且经常几乎是满怀深情地看着我。四点钟，她陪我一起走出教室，先是关切地询问我的健康情况，然后又亲切地嗔斥我，说我那天讲课时声音太大了，太自找麻烦了。我站在通向花园的玻璃门前，一直听她把话说完。玻璃门是开着的。那天天气十分晴朗。我一边聆听着她那抚慰般的申斥，一边望着阳光和鲜花，自觉心里乐滋滋的。这时，走读生们开始像潮水似的从教室里涌出来，挤在甬道上。

“您是不是先到花园里待一两分钟，”她问我，“等学生走完了再走？”

我没有回答，便沿着台阶向下走去。但不时回头望望，似乎是说：

“你也跟我一块去吗？”

一分钟之后，我便同她肩并肩地漫步在果树之间的小径上。那时的果树，叶正绿，花正艳。天空一片湛蓝，空气纹丝不动。那个五月的下午充满了明媚的阳光，弥漫着芬芳的花香。从令人窒息的课堂上解脱出来，置身于红花绿叶之中，身边又有一位小鸟依人、笑容可掬、温柔可亲的女子陪伴——此情此景，我有何感触呢？啊，太叫人神往了！当这个花园还被那可恼的木板挡在我的视线之外的时候，我对它的种种罗曼蒂克式的想象，如今不仅全都变成了现实，而且比我所想象的还要美。这时，小径转了个弯，鲁特小姐家的房子看不见了：一些高高的灌木丛又遮住了佩利特先生的小楼。一时间，犹如高高的圆形剧场包围着这一小块绿地的其他所有房子也全都被掩蔽了。我把手臂伸给鲁特小姐，带她来到紫丁香花丛边的长椅子旁。她坐了下来，我坐在她的旁边。她继续无拘无束地同我谈着话；我也被这种自由自在的气氛所感染。听着听着，脑子里突然意识到：我已经滑到了情网的边缘。这时候，晚饭的铃声响了，她家的和佩利特先生家的铃都响了，我们只好分手。就在她慢慢向外轻移莲步的时候，我拦住了她。

“我想要点东西，”我说。

“要什么？”佐蕾德天真地问。

“就要一枝花。”

“要你就掐呗——只要你喜欢，两枝、二十枝也行。”

“不——一枝就够了——但我要让你给我掐。”

“真是个怪人！”她惊叫道，但还是踮起脚尖掐了一枝美丽的紫丁香，欣然送给了我。我接过去，便离开了园子。眼下是满足了，我又寄希望于未来。

五月的那个日子当然是可爱的。当天夜晚，月华如水，夏意融融，万籁俱寂。这一点我记得很清楚，因为我给学生改作业，坐得很晚。我感到疲倦，又觉得我的小屋里闷得慌，便推开了我常常提到的那个原先钉着木板的窗子。自我到女子寄宿学校做教师起，我便要求佩利特老夫人把窗子上的木板去掉了，因为从那时候起，对我来说，俯看我自己的学生在游戏场上玩耍，已不再有什么“不方便”了。我坐在窗座上，胳膊支着窗台，探出身子：只见天空晴朗无云——明亮的月光减弱了星星那怯懦的冷辉——窗下就是那个花园，银光闪闪，暗影绰绰，交替变幻，相映成趣。园中露珠点点，清新宜人，果树上合拢的花朵里散发出阵阵醉人的芳香——是夜平静无风，树木纹丝不动。我的窗下正对着鲁特小姐花园中的一条小径。那条小径叫做“禁行道”，之所以给它取了这么个名字，是因为它离男校很近，因而禁止女学生们到这里来。这里的紫丁香和金链花长得特别繁茂。这是花园中最隐蔽的去处。这里的灌木丛正好遮掩住那天下午我和年轻的女校长坐过的那张长椅。我俯身于窗格上，任凭目光在园中徘徊，我时而环顾花园的围墙和边缘，时而浏览那幢于绿叶丛中拔地而起、满是窗户的白色楼房的正面。然而，毋庸赘言，我的思绪始终离不开她。不知她的卧室是在这幢楼房的哪个部位；这时，我看见整幢楼房只有一盏灯还亮着，灯光透过一个十字窗的百叶射出，似乎想要把我引向那里。

“她熬夜熬得太久了，”我暗想，因为现在肯定快到半夜了。“她真是一位迷人的小女人，”我心里说，“她的形象能在人们的记忆里构成一幅美好的图画。我知道，她不是世人所说的那种漂亮女人——没关系，她的相貌中自有一种和谐，我喜欢那种和谐。她那褐色的秀发，那蓝色的眸子，那鲜嫩的脸蛋，那雪白的颈项，全都符合我的情趣，而且，我也敬仰她的才干。一想到自己将来娶一个漂亮的洋娃娃或傻瓜做老婆，我就感到恶心。我知道，跟一个可爱的洋娃娃、一个漂亮的小傻瓜度度蜜月倒还可以；然而，一旦激情冷却下来，发现自己胸前躺着的竟是一支蜡烛或一块木头，发现怀里搂着的竟是半个白痴，想到自己竟选择这样一个白痴作为配偶——不，作为我的心肝宝贝——要知道自己枯燥无味的余生必须跟这样一个听不懂我的语言，摸不透我的心思，不能与我的感情共鸣的小东西一起度过，那该是多么可怕啊！”我想。“佐蕾德·鲁特有智慧、有个性、有判断力、有辨别力，可她有爱心吗？她送给我那枝紫丁香的时候，嘴唇上的嫣然一笑是何等动人，何等纯洁！我曾经认为她有时候狡猾、爱掩饰、自私，这是真的；但她的行为里类似奸诈、虚伪的东西，会不会只是想以其温柔的脾气来应付种种复杂的局面呢？至于说自私，毫无疑问，她想在这个世界上获得成功，谁又能责怪她呢？即便是她在道德准则方面确有不足之处，这只能是她的不幸，难道能是她的过错吗？要知道，她自小就被培养成了一个天主教徒，假如她生来是一个英国女人，被培养成了一位新教徒，难道她就不能在她的其他所有美德上再加上诚实正直吗？假如她将来能嫁给一位英国人，一位新教徒丈夫，凭她那么理智，那么聪明，难道她就不能很快认识到正义胜于权术，真诚胜于谋略吗？我看，很值得一个男人去试一试。明天我要重新观察她。她知道我在注意她；她在我审视的目光下显得多么平静！看来她不但不生气，反而很高兴。”这时，突然有一阵美妙的乐曲潜入了我的思绪，打断了我心灵里的独白。这是一阵小号声，吹得十分出色。

我想，大概是从花园的隔壁，或者是从国王广场传来的。那曲调十分优美，在这夜深人静时分，在这静悄悄的月光之下，那号声压得很低。我停止了思索，以便能听得更专注。那音乐声似乎越来越远，越来越弱，最后终于完全消失了。我希望能再次领略那夜半的静谧。不成了。一种低低的，离得很近而且越来越近的声音破坏了我的愿望。这是什么声音呢？原来有人在说话——很显然，那说话声就在我的窗下，尽管压得很低，但仍是清晰可闻的。我又听到另一个人在回答。第一个声音是男人的，第二个声音是女人的。这时，我看见一男一女正沿着小径缓缓走来。他们的身影原先是在黑影里，我只能看到两个模糊的轮廓。然而，一束月光洒在了小径尽头的那两个人身上。等他们正好走到我的鼻子底下，暴露得清清楚楚时，我这才看出，原来是佐蕾德·鲁特小姐和我的校长、密友、参谋弗朗索瓦·佩利特先生臂挽着臂，或手拉着手（我忘记是哪种情况了）在一起走。只听佩利特先生说：

“亲爱的，我们究竟到哪一天才能结婚呢？”

鲁特小姐回答说：

“可是，弗朗索瓦，你很清楚，要我暑假前结婚是不可能的。”

“6月、7月、8月，整整一个季度！”佩利特先生叫道，“我怎么能等那么久？——我随时都会急死在你的脚下，甚至此刻就会！”

“哈！你要一死，那可就万事大吉了。什么公证呀，合同呀，一切问题都迎刃而解了。我只需定做一套丧服就可以了，那可比做一套嫁妆快多了。”

“残忍的佐蕾德！我这样死心塌地地爱着你，你倒拿人家的痛苦开玩笑，看着我受折磨你倒很开心。你肆无忌惮地用嫉妒的痛苦蹂躏我的灵魂。因为，我敢肯定，要想否认你就否认吧，你已经向那个书呆子克利姆斯沃思投去了鼓励的目光，他觉得自己已经坠入了情网。要不是你让他看到了某种希望的话，他是不敢有此奢望的。”

“你说什么，弗朗索瓦？你是说克利姆斯沃思爱上我了？”

“已不可自拔了。”

“是他告诉你的？”

“不——是我从他脸上看出来的。因为一提到你的名字他就脸红。”

鲁特小姐那喜不自胜、卖弄风情的笑声，表明她对佩利特的这一情报十分满意（其实他的这情报是一个谎言，顺便提一下，我毕竟还没到那种程度）。佩利特先生又问她对我有何打算，并相当明白，但并非很勇敢地暗示，她要想找我这样一个“黄口孺子”做丈夫，那简直是愚蠢，因为她肯定比我起码要大十岁。（这么说，她有三十二岁？我可没想到。）我听到她否认有任何那样的意图，然而，佩利特先生仍不依不饶逼她作出明确的答复。

“弗朗索瓦，”她说，“你吃醋了。”她依然在笑。接着，好像突然想起这种卖弄风情有悖于她希望表现的那种庄重、尊贵的性格，便接着用一种严肃的口气说：“不错，亲爱的弗朗索瓦，我不想否认，那位英国小伙子或许真的一直试图讨好我。可我一直在尽可能谨慎而又不失礼貌地对待他，所以根本说不上我给了他什么鼓励。既然我和你订了婚，我不会再给任何男人以虚假的希望。相信我，亲爱的朋友。”

佩利特依然在咕咕哝哝地表示不相信——起码我是根据她的回答作出这样的判断的。

“你真傻！我怎么会舍弃你而去找一个不知底细的外国人呢？再说——这可不是奉承你——克利姆斯沃思无论是论才还是论貌，都不能同你相比。他根本不是个美男子；也许有人会说他举止高雅、相貌聪颖，但在我看来——”

由于他们从原先坐着的椅子上起身走开了，所以，后面的话我一句也没有听见。我等待着他们再返回来。然而，没过多久，一阵开门、关门的声音告诉我，他们回到房子里去了。我又听了一会儿，一切都是静悄悄的。我听了一个多钟头——最后，听见佩利特上楼回自己的房间去了。

我再次扫视一番临着花园的那幢房子那长长的正面，发现那唯一的灯光终于熄灭了。一时间，我的爱情与友谊的信念也随之熄灭了。我上床就寝，然而，心中一团怒火在燃烧，使得我那天夜里辗转反侧，终难成眠。

第十三章

第二天早晨，黎明时分我便起身了。我穿好衣服，胳膊肘支在衣柜上，在那里足足站了半个钟头，考虑应当采取什么措施使因为失眠而弄得疲惫不堪的精神恢复正常——因为，我根本无意同佩利特先生大吵大闹，指责他背信弃义，向他挑战或采取其他诸如此类的恶作剧手段——最后，我突然想起，还是趁早晨凉爽，到邻近的浴场痛痛快快地洗个澡为好。这一办法果然产生了预期的效果。七点钟我回来时，情绪已经稳定，体力已经恢复。在佩利特先生进来吃早点时，我已经能够带着一如既往的表情，心平气和地同他打招呼了。就连他热情地向我伸出手来，用亲切的语调"抬举"地称呼我"我的孩子"[①]时，——他最近特别喜欢用那种语调同我说话——我的愤怒也丝毫没有表露出来。尽管我的愤愤之感有所减弱，但内心仍是耿耿于怀。我对他没有报复之心——没有。然而，就像炉火一样，尽管煤块已被闷灭，可我内心的那种被侮辱、被出卖的感情之火，仍然会一触即燃。上帝知道，我这个人天生没有复仇心理。我不会因为不能再相信、不能再喜欢某一个人就去伤害他，但无论是我的理智还是我的感情，都不是可以轻易改变的——它们不像沙子，匆匆印上一个印迹，又可以匆匆抹去。一旦我确信我的朋友的禀性与我本人的水火难容，一旦我确信他沾染上我的本性所厌恶的某些坏脾气而不可救药，我便会立即同他一刀两断。我对爱德华就是如此。至于说对佩利特，昨天夜里才刚刚有所发现，我应不应当也那样对待他呢？这是我在用半个面包卷搅拌杯子里的咖啡时（我们搅拌咖啡从不用勺子），心里一直在考虑的一个问题。这时，佩利特先生正坐在我的对面。他那苍白的脸显得和平常一样机警，但却比平常更加憔悴；他的蓝眼睛的目光飘忽不定，一会儿严厉地看看他的侍者和仆人，一会儿和蔼地看看我。

“命运在指导着我，”我暗自思忖。看到他那虚伪的目光和献媚的微笑，我内心里真是谢天谢地，幸亏昨天夜里我打开了窗户，借助一轮明月，弄清了他那心怀叵测的表情的真正含义。我感到自己倒成了他的半个主人，因为我已经了解了他的真正本性。尽管他会笑容可掬，甜言蜜语，但我已明白他笑里藏奸；我已从他的每一句圆滑的话语中听到了一种声音，这声音暴露了他的险恶居心。

那么，佐蕾德·鲁特呢？她的背叛行为当然也刺痛了我的心喽？她的这一刀肯定是刺得太深，任何冷静的安慰都无法医治我的创伤喽？绝对不是。夜里的高烧已经退去，我也在到处寻找止痛的药膏来罨敷伤口，并且找到了比基列[2]更近的家。理智就是我的医生。一开始它先向我说明，我所丢失的东西毫无价值；它承认，从肉体上讲，佐蕾德也许对我是合适的，但它断言：我们两人的灵魂并不和谐，她的思想和我的思想肯定会产生矛盾。于是，它坚持要我抑制一切抱怨情绪，并且劝告我，脱离了陷阱，应当高兴才是。它开的药方确实对我大有好处。次日，我再次遇见那位女校长时，感到那药效越来越强，对我的神经的抑制作用极好，我既没有发抖，也没有怯弱；它使我得以坚强地与她直面相对，从容不迫地从她身边走过。她向我伸出手来——我却对此不屑一顾；她以迷人的微笑同我寒暄——我却对此无动于衷。我径直朝讲台走去，她跟在我身后。她的眼睛紧盯着我的面孔，想通过我的五官弄清楚我一反常态，漫不经心的态度究竟意味着什么。“我会回答她的，”我想。我的目光与她凝视的目光相遇，捕捉到并死死地盯住了它。从我的眼睛射向她的那种目光里，没有尊敬、没有爱慕、没有深情、没有殷勤；再仔细的探察也只能发现轻蔑、刚

① 法语，亦作上级对下级、老年人对年轻人的昵称。

② 约旦河以东古代巴勒斯坦地区，先知耶利米的故乡。（参见《圣经·旧约·耶利米书》8章23节）

毅和讽刺。我要让她忍受这种目光，感觉出这种目光的含义。她的表情依旧沉着如初，但脸色却变了。她迷惑不解地向我走来，迈步走上讲台，站在我身边；她无话可说，我也决不想帮她摆脱这种窘境，便旁若无人地翻起书来。

“但愿您今天身体好多了，”后来，她低声说道。

“小姐，昨夜那么晚还在花园里散步，我也但愿您没有感冒。”

凭着敏锐的理解力，她一下子明白了我的意思，脸色也刷地变白了——只是略微苍白了一些——但她那相当分明的五官的肌肉并没有抽动。她平静地、泰然自若地走下讲台，悄悄地坐在不远的一个座位上，忙着钩起钱包来。我继续上课。那一节是“作文”，就是说，我先口述一些一般疑问句，要学生凭记忆用答案组成一篇文章，不准看书。趁着尤拉莉、霍顿丝和卡罗琳小姐等人对我所提出的那一连串费解的语法问题冥思苦想、一筹莫展的时候，我利用半个钟头的空闲时间自由自在地进一步观察起女校长来。那绿色的丝线钱包迅速地在她手里加大，她的眼睛盯着钱包；由于她坐的地方离我只有两码远，所以我看得出，她的态度平静而谨慎，全身各处都同时清楚地表现出一种警觉和安详——这二者能结合得如此巧妙，实属罕见。看着她如同往常一样，我不得不对她的良知、对她惊人的自制力肃然起敬。她已感觉出我不再尊重她了；她已从我的眼睛里看到了藐视与冷漠。对她这个一心想赢得周围所有人的赞许，渴望得到普遍好评的人来说，这种发现无疑是一种难忍的伤痛。从她面颊上的那一阵苍白，我已看到了这种伤痛的影响——她的面颊轻易不会变色的；而凭着惊人的自制力，她又多么迅速地恢复了常态啊！此刻，她几乎是坐在我的身边，靠着清晰而坚强的理智支撑，她坐在那里显得那么安静，那么威严！虽然上嘴唇微微有些颤动，但并未波及全身；紧锁的眉头上也没有任何胆怯、羞愧的影子。

“她心里真有一块金属，”我注视着她，心里想。“里边要是还有火的话，那种高温会把钢铁都烧得炽热的——那样，我可能会爱她。”

我立刻便发现，她知道我在观察她，因为她坐在那里一动不动，那狡猾的眼皮连抬也不抬。她的目光只从手里的活计上移开，朝下看看自己的小脚，同时透过紫色混纺长袍那柔软的折皱悄悄窥视一下，然后又把视线移到手上；那手如象牙一样洁白，食指上戴着一枚明晃晃的石榴红戒指，手腕上缠着一条边缘打着小褶的丝带；她以令人难似察觉的动作转过头来，那褐色的鬈发优雅地拂动着。我从这些细微的迹象看出了她内心的愿望，她打算收回自己所要弄的花招了。一个小小的事件，使她重新找到了同我说话的机会。

当教室里变得鸦雀无声时——要是没有学生们翻弄习字本的沙沙声和钢笔在本子上书写时的窸窣声，那可真是鸦雀无声——通向大厅的大双扇门开了一扇，进来了一个学生。也许是因为来得太晚了，她神色慌张地草草向我行了个礼，便坐在离门最近的一个空位子上。坐定之后，又局促不安地匆匆打开手提包往外掏书。我等着她抬起头来，好弄清楚她是谁——由于近视，她进来时我没能认出是谁——就在这时，鲁特小姐离开座位，朝我的讲台走来。

“克利姆斯沃思先生，”她低声说。当教室里一片寂静时，女校长总是这样轻轻地走动，悄悄地说话，以身作则地极力维护课堂秩序和安静。“克利姆斯沃思先生，刚刚进来的那位年轻人希望能趁机跟您学学英语。她不是这个学校的学生；事实上，就某种意义上来说，她是一位教师，因为她在这里教学生缝缝花边，做做装饰性针线活什么的。她提出想进修一下，以便能胜任更高深一点学科的教学工作。她的要求是正当的，所以她请求能准许她听您的课，好进一步提高英语水平。在英语方面，我相信她已有了一些进步。她的这种上进心是值得赞扬的，所以我想帮助她，当然，这只是我个人的愿望。那么，您也肯定会乐于帮她这个忙，允许她听课的，不是吗，先生？”说到这里，鲁特小姐抬起头来，用一种天真、亲切、恳求的目光望着我的眼睛。

我简短地，几乎是漫不经心地回答说：“当然。”

“还有，”她又温和地说，“亨利小姐没有受过正规教育，她的天赋可能也不是最高。但我可以向你保证，她的动机很好，性情也很温柔。我断定，一开始先生一定会体谅她，不要当着这些年轻姑娘的面说她不行；有些难免的不足之处能不说就不要说，因为从某种意义上讲，这些小姐们都是她的学生。克利姆斯沃思先生可否给我个面子，考虑一下我这一意见呢？”我点头表示同意。她又冷静地接着说：

“先生，请原谅我再冒昧补充一句，我刚才说过的话，对这位可怜的姑娘是至关重要的。为了赢得这些轻浮的年轻人应有的尊重，她已经吃尽了苦头。如果学生们再发现她没有能力，她遇到的困难将会更大，或许她就难以在我的学校里继续待下去了。那样，我将会十分遗憾，因为她不能失去在这里的工作。”

鲁特小姐真是聪明透顶。然而，即便是绝顶的聪明，离开了真诚的支持，有时也难以产生应有的效果。此刻正是如此，她越是这样喋喋不休地大讲照顾这位教师学生的必要性，我听得越不耐烦。我看得很清楚，她口口声声说是希望帮助这位虽然善良但反应迟钝的亨利小姐，其实，她的真正动机不过是想让我看看她自己是多么高尚，多么会体贴人。所以，为了避免听她继续唠叨下去，我又草率地点头表示赞同她的意见，接着便突然尖声要求学生们交作文。与此同时，我走下讲台，开始收本子。从那位教师学生身边经过时，我对她说：

“你今天听课来得太晚了，下次注意准时一点儿。”

我站在她的身后，没能从她脸上看出我那句不太礼貌的话所产生的效果。其实，即使我当时站在她面前，也未必有闲心去注意这个的。但我看到，她马上动手将课本装回手提包里。没过多久，当我回到讲台上，着手整理学生们的作文本时，我便听到了开关那双扇门的声音，抬头一看，她的座位已经空了。我暗自思忖：“她会认为第一次试图听英语课失败了。”不知道她是生着气离开的，还是愚蠢地拿我的话太当真了；再说，也不知道我气头上的话是否伤了她的感情。这最后一种猜测一出现便被我排除了。因为打从我来到比利时，还不曾从任何一个人脸上看到过那样敏感的表情。我早已把敏感看作是难能可贵的品质了。她的脸上是否出现了感情受到伤害的表情，我不得而知，因为她去得匆匆，使我没有时间去弄清这一点。我以前确曾有过两三次机会，匆匆看到过她(这一点，我在前面曾经提到过)，但从未驻步细细打量过她的脸庞或身段，所以，只是模模糊糊地知道她的大概样子。我刚把学生的作文卷好，四点的钟声敲响了。我对这一信号的反应一贯非常敏锐，一听到钟声，便抓起帽子离开了教室。

第十四章

如果说我离开鲁特小姐的学校是准时的，那么，我到达那里起码也是同样准时的。第二天下午两点差五分，我来到教室门口。没有开门，就听到一种急促的、咕咕哝哝的声音。这声音提醒我，“午间祈祷”尚未结束。于是我便在门外等待；在祈祷进行中，闯进去一个异教徒，那可是亵渎上帝的。听吧，人们嘴里是怎样哔哔剥剥、口沫四溅地重复着那些祈祷文啊！我过去从来没有，嗣后也再没有听到过有人似这般急促得像蒸汽机一样突突突地说话。“天上的圣父”这一句就像炮弹一样，从祈祷者嘴里射出来，接着又冲出一句，称呼马利亚为“天上的圣母，天使的母后，黄金之殿，象牙之塔！”随后，又向当代的圣人祈祷，后来，她们便坐了下来，一次庄严的(庄严吗？)仪式到此结束。我“砰”的一声将门推得大开，大步跨进了教室。这样做似乎是我的习惯；因为我发现，雄赳赳地走进教室，气昂昂地跨上讲台，能产生一种奇特的作用：可以使教室里立即安静下来。两个教室之间原先为作祈祷而打开的门立即关上了；一位女教师手里拿着针线盒坐在了自己的座位上，学生们坐得规规矩矩，面前放着钢笔和课本；我的三位小美人尤其规矩。由于我老对她们板着冰冷的面孔，此刻，她们谦恭得很，手扶着膝盖，坐得直直的。她们既不敢再互相咯咯傻笑，窃窃私语，也不敢再当着我的面放肆地胡说八道了。如今她们只是偶尔用眼睛同我说话；不过，利用眼睛这一器官，她们仍能表达一些厚颜无耻、卖弄风骚的东西。假如她们明亮的眼睛能够表现出情爱、善良、庄重和真正的天资来，我想我会情不自禁地不时以善意、鼓励，也许是热情的目光回答她们的。但尽管如此，我发现，我用禁欲主义的凝视回答她们那虚荣的目光，也是挺有意思的。虽说我的很多学生都是那样青春焕发，妩媚动人，光彩夺目，我敢说，她们在我身上除了能看到也许只有保护人才有的那种严肃的举止外，从没有看到过任何其他姿态。假如有人怀疑我这一断言的准确性，猜想我这样做不过是更为自觉地自我克制或是西庇阿[①]式的自我控制，而不肯相信我，那么，我请他们考虑如下情况，这些情况非但不会有损于我的优点，反而会证明我的诚实。

啊，不肯轻信的读者！你要知道，一位教师与一个漂亮、单纯，或许是无知的女学生之间，是一种颇不一般的关系，这种关系，既不像在舞会上抱着个姑娘翩翩起舞，也不像陪伴一位情人悠闲散步。老师见到自己的学生，既不是要看她身上穿的软缎薄纱，也不是要欣赏她那搽着香水的鬈发，她那轻薄如云的花边里似露非露的颈项，她那戴着手镯的雪白滚圆的手臂，她那专为跳舞而打扮得尖俏利索的小脚。老师可不该搂着自己的学生在华尔兹舞曲中旋转，对她甜言蜜语地恭维，喋喋不休地夸赞她的美丽，以博得她的欢心。他也不应该在平坦的林荫大道上，在绿草如茵，阳光明媚的公园里与她幽会，为着这次幽会，她会着意打扮一番：身穿合身的礼服，披巾自如地飘洒在肩上，头戴一顶小得几乎遮不住鬈发的软帽，帽檐上插着一朵红玫瑰，使她那细嫩的玫瑰花似的脸蛋更添鲜艳，面颊上、眼睛里都闪耀着微笑，虽然那微笑好像是节日的阳光一样瞬息即逝，但依然是那样光彩夺目。与一位女学生肩并肩地悠闲散步，聆听娓娓动听的谈话，为她撑着那比一片阔树叶大不了多少的小阳伞，替她牵着一只布伦亨狮子狗或意大利猎犬，那可不是做教师的本分。不，他要在教室里看到她，衣着朴素，面前放着课本。由于教养或本性，书可能是她最讨厌的东西；她不耐烦地翻开课本；而她的老师必须把书里的内容硬往她脑海里灌；她的大脑不愿接受繁杂的知识，她退缩，她反抗，难看的皱眉蹙额破坏了相貌的匀称，有时还会导致举止失去优美的姿态，

① 西庇阿，古罗马统帅。

与此同时，嘴里还要嘟嘟噜噜地发着牢骚，说着那些总也忘不掉的本国粗鲁话，从而玷污了她那甜美的嗓音。当她的情绪平静下来，理智还未苏醒时，那无法克服的迟钝便会抗拒教育；一旦狡猾劲——而不是活力——上来，她便会采用掩饰和弄虚作假的手段，玩弄数不清的阴谋诡计，以逃避勤奋学习。简言之，对于一位教师来说，女子的青春，女子的魅力，就像一幅挂毯，反面一直对着他。即使他有机会看到那光滑、整洁的正面，也很难使得他对那奇特的构图，那鲜艳的色彩赞叹不已。因为他十分清楚，在那光滑的表面后边隐藏着的是难看的疙瘩、长长的针脚和粗糙的线头。

人们的爱好是由各人的情况决定的。艺术家喜欢山区，是因为它富有诗情画意；工程师喜欢平原，是因为它适于使用机械；浪荡公子喜欢“风流女子”，那是因为他们气味相投；纨绔子弟爱慕大家闺秀，那是因为人以群分；而疲惫不堪，或许还有点儿烦躁不安的穷教员，对于美貌则几乎是视而不见的，对于姿态与风度也几乎麻木不仁，但他对某些智力特质方面的优点却会津津乐道，勤奋好学、温顺、诚实、知恩图报，才是能够引起他重视、赢得他敬重的美德。他在寻找这一切，但却难得遇到；一旦偶尔发现了，他将乐意永远铭记在心；一旦分离使他失去了心目中的这一切，他会感到就像有一只无情的手夺走了他的独生子一样难过。既然如此，而且事实也正是如此，诸位读者就会同意我的看法；我在鲁特小姐寄宿学校的正直而又适度的举动，既不算很值得称赞，也不算不可思议。

今天下午我要做的第一件事，就是宣布本月学生成绩的名次。这个名次是根据前一天作文的正确程度排列的。像往常一样，这一次又是那个相貌平平、性情娴静的小姑娘西尔薇名列榜首。我先前曾说过，她是该校最好也是最丑的学生。第二名是一位名叫利奥妮·莱德鲁的学生，她是一位身材纤小、外貌聪颖、反应灵敏、道德心薄弱、感情冷酷，肤色像羊皮纸一样苍白的姑娘，一个律师般的小东西。每谈到她，我总爱说，假如她是个男孩子，肯定是一个典型的无法无天的机灵鬼。第三名是尤拉莉，那个高傲的美人，学校里的朱诺[①]，她被迫进行了长达六年之久的简单的英语语法操练，尽管脑子反应异常迟钝，总还算机械地记住了大部分语法规则。西尔薇听到我念的第一个名字就是她时，她那修女般的、缺乏生气的脸上没有一丝笑容，没有任何高兴或满足的表情。看到那可怜的姑娘无论何时总是一副沉寂的面容，我就感到心里一阵悲怆，所以，我养成了一种习惯，尽量少看她，少跟她说话。要不是我知道她会把我对她的每一句友好的话语，每一个善意的举动都报告给她的忏悔神父，并会遭到神父的曲解和中伤的话，尽管她相貌长得丑，身材比例失调，面孔像尸体一样缺乏生气，凭着她那极端的温顺、不懈的毅力，本来是会使我对她产生热情、产生好感的；凭着她的谦虚，她的才智，本来是会使我以最友好、最亲切的感情对待她的。有一回，我把手放在她的头上以示赞许。我觉得西尔薇想要笑了，她那昏暗的眼睛几乎要燃起了亮光。可是，突然间，她避开了我的手，因为我是一个男人，而且是异教徒；而她，可怜的孩子，是一个命中注定的修女，一个虔诚的天主教徒。就这样，四重的隔阂把她的心与我的心分开了。一个无礼的傻笑，一个刺人的胜利的一瞥，这是利奥妮用以表示满足的方法。尤拉莉却显得生气和嫉妒——她原本希望得第一名的。霍顿丝和卡罗琳听到她们的名字几乎排在名单的最后，互相做了个满不在乎的怪相；在她们看来，智力低下并没有什么不光彩，她们对未来的希望仅仅建立在相貌的吸引力上。

宣布完名次之后，便开始正常上课。趁着学生们拿书的短暂间隙，我的目光随意地巡视着一行行座位。我第一次发现，最后一排通

① 朱诺，罗马神话里的女神，主神朱庇特之妻，故称天后。

常总是空着的那个最远的座位，已被我的新门徒，女校长极力夸耀着向我推荐的亨利小姐占据了。今天我戴着眼镜，一眼就看清了她的外表，用不着再为此冥思苦想了。她显得很年轻，可是，若要我说出她的确切年龄来，我还是会有点为难的。看她那瘦小的身材，可能只有十七岁；看她脸上那焦虑的、心事重重的表情，又像是到了相当成熟的年龄。她像其他所有人一样，身穿一件黑呢长袍，脖子上戴着白色的领圈；她的长相又不同于任何人，脸没有那么圆，五官非常分明，但很难说得上端正。她的头型也颇不一般，上面较大，下面较小。只看一眼，我就可以断定，她不是比利时人。她的肤色，她的面容，她的外貌，她的身材，都与比利时人不同；显然是属于另一个人种——一个消瘦、贫血的人种；一个郁郁寡欢、追求实利、不善思考的人种。我第一次将目光投向她时，她坐在那里，两眼向下瞧着，手托着下巴，直到我开始讲课，她也没有换一换姿势。在同样长的时间里，没有一个比利时姑娘会始终保持一种姿势，尤其是一种沉思的姿势。然而，在我说过她的外貌很特别，不像她的佛兰芒伙伴之后，别的也就没什么好说的了。我决不能赞颂她的美丽，因为她长得并不美；也不能哀叹她的丑陋，因为她长得并不丑。她那饱经忧患的前额以及与之相应的嘴巴，使我产生了一种类似吃惊的感觉。不过，粗心一点的观察者也许不会注意到这些特征的。

读者，你看，虽然我已经用了一页多的篇幅来描写亨利小姐，但我十分清楚，我还没有给你描写她的确切面貌。我没有描绘她的肤色，没有描绘她的眼睛、头发，甚至也没有勾勒出她的体形的大概轮廓。你当然不会知道，她的鼻子是鹰钩形的还是往上翘的，她的下颏是长的还是短的，她的脸盘是方形的还是鹅蛋形的；因为这是我第一天观察她，对这些连我自己也说不清楚。再说，我自己一点一点观察到的东西，也不想一下子全告诉你。

我让学生做一个很短的听写练习，她们都写下来了。一开始，我看到那位新生对这种新奇的形式和新奇的语言迷惑不解。有一两次，她痛苦而焦虑地望着我，因为她根本不理解我的意思；后来，又看到她不像其他人写得那么顺手，没有她们写得快；我不想照顾她，便毫不留情地继续往下读。她看着我，那眼神分明是说："我跟不上。"我对她的乞求置之不理，漫不经心地靠在椅背上，不时以若无其事的神态向窗外张望，我念得更快了。当再次朝她望去时，我看到她的脸上笼罩着困窘的乌云，但她依然在尽最大的努力写着。我暂停了几秒钟，她趁机急忙推敲前面写过的东西，脸上露出了羞愧与失望的神色。很明显，她发现自己写的简直是一塌糊涂。十多分钟之后，听写结束了。我给她们几分钟的修改时间，接着便收来了她们的练习本。亨利小姐交给我本子的时候，是很不情愿的。但等她不得已把本子交给我之后，那焦虑不安的面容反倒镇定下来了。好像此刻她已下决心豁出去了，就让别人认为她是个前所未有的大笨蛋吧。我扫一眼她的练习本，发现有好几行空着，但凡是写下来的，却很少有错误。我立即在下边批了一个"好"字，把本子还给了她。她笑了，起初是怀疑地，接着好像打消了疑虑；但她却没有抬起眼睛。看起来，她只在窘迫不堪，茫然不知所措时才会看我，而在高兴的时候是不会的。我认为这很难说是公平的。

第十五章

好几天没有给一班上课了；降灵节[1]占去了三天，第四天又轮到给第二班讲授。我从小餐厅经过时，看到一群学针线活的女孩子围坐在亨利小姐身边。虽然只有十来个人，但她们的吵闹声之大足足抵得上五十个人。看来，亨利小姐根本管不住她们。三四个人一起纠缠不休地向她问这问那。她显得很烦恼，要她们安静，但无济于事。她看到了我；我从她的眼睛里看出，让外人瞧到她的学生那么不听话，她很难受。她似乎在乞求她们遵守秩序，但学生们对她的乞求置若罔闻。这时，只见她双唇紧闭、眉头紧锁，如果我没有看错的话，她脸上的表情好像在说："我已尽了最大努力，然而我活该受指责。谁愿指责我就指责吧。"我继续朝前走去，在关教室门的时候，我听到她突然尖声地对其中年龄最大、闹得最厉害的一个学生说：

"阿梅莉·米朗贝，下一周都不要问我问题，也不要找我帮助；一周以内，我既不帮助你，也不搭理你。"

话说得很重——不仅重，而且很激烈——人群霎时安静了许多；但这种平静是否能够维持下去，我就不知道了，因为此时通向那小餐厅的两道门都关上了。

第二天，该给一班上课。我来到教室时，发现女校长像往常一样坐在两个讲台之间的一个座位上，亨利小姐站在她面前，那态度(依我看似乎是)表明，她好像不大情愿听。女校长一边织着毛线，一边同她说着什么。在乱哄哄的大教室里，对一个人耳语，只让那个人听见，是很容易的。鲁特小姐就是这样同她手下的教师谈着什么。后者的面颊略显绯红，不是不安，只是有点烦恼；究竟为什么，那我就不得而知了，因为女校长确实显得非常平静。她不可能是在用这种温和的耳语，这种平静的态度申斥她。不，我很快就发现，她的谈话是十分友好的，因为我听到了最后一句：

“就这些，我的好朋友。这会儿我不想再多说了。”

亨利小姐没有回答，转身走开了，脸上明显地带着不满的神色；她在自己的座位上坐下时，还撇着嘴唇，露出一丝细微、短暂的微笑；然而，那微笑是痛苦的，不信任的，而且我认为也是轻蔑的。那种不由自主的窃笑只持续了一秒钟，接着便是一种沮丧的神态；然而，当我要所有学生都拿出阅读课本时，这一切又立刻被一种专注的表情取而代之。一般来说，我讨厌上阅读课，听她们用笨拙的嘴糟蹋我的母语，无异于是在折磨我的耳朵。无论我花多大工夫示范、讲解，都丝毫改变不了她们那可怕的口音。今天，又同往日一样，各用各的调门，含含糊糊、结结巴巴、咕咕哝哝、唧唧喳喳地读了一遍。在大约十五个人轮番摧残过我的耳朵之后，我的听觉神经在无奈地等待着第十六个人的噪音。这时，突然有一个虽很低，却十分圆润的声音，用清晰准确的英语读道：

“在赴伯斯[②]的路上，国王遇到了一位高地女人，她自称是一位先知。她站在国王北去要乘坐的渡船边，高声叫道，‘国王陛下，假如你渡过这条河，你就永远不会活着回来了！’”——（参看《苏格兰历史》）

我惊异地抬头望去。那声音是英国口音，那腔调纯正动听，如银铃般悦耳，只是缺乏类似艾塞克斯[③]或米德尔塞克斯[④]有教养的女子所具有的那种坚定和自信。然而，发出，或者说读出这种声音的不是别人，正是亨利小姐。从她那阴沉、忧愁的脸上，看不出任何痕迹，表明她意识到自己的表现是多么不同凡响，教室里也没有任何人对她的

① 指宗教中圣灵降临日（复活节后第七个星期日）后的一周，尤指头三天。
② 苏格兰中部伯斯郡之首府。
③ 英格兰东海岸一郡。
④ 英格兰东南部一郡。

朗读表示惊讶。鲁特小姐仍在专心致志地织她的毛线。但我注意到，亨利小姐读完那一段的时候，鲁特小姐曾挑起眼帘斜看我一眼；她并不知道那位女教师读得有多么完美，但她听得出，她的腔调与别人的不同，于是，便想知道我的看法如何。我以一种无所谓的态度掩盖着惊奇的表情，要下一位姑娘继续往下读。

下课的时候，我乘放学混乱之机向亨利小姐走去。她站在窗户旁边，看见我过去她赶紧让开，以为我要从窗户往外看，可她没有想到我有话要跟她说。我从她手里要过练习本，一边翻弄着，一边问她：

“你过去学过英语？”

“没有，先生。”

“没有？你读得很好。那你在英国住过？”

“啊，没有！”她有点兴奋地答道。

“你在英国人家庭里生活过？”

回答仍然是“没有”。这时，我的眼光停留在她练习本的扉页上，只见上面写着“弗朗西丝 · 埃文斯 · 亨利”。

“这是你的名字？”我问道。

“是的，先生。”

我的问话被打断了。我听到身后有沙沙的响声，女校长就在我的背后，推说要检查一张课桌。

“小姐，”她抬起头来对女教师说，“那些年轻姑娘们穿衣服的时候，您是否到走廊里站一会儿，维持一下秩序？”

亨利小姐顺从地走了。

“多好的天气啊！”女校长一边从窗户向外眺望，一边兴致勃勃地对我说。

我赞同地答应了一句，便准备离开。“您的新学生怎么样，先生？”她一边随我往外走，一边继续说，“她的英语有可能进步吗？”

“这还很难说准。她的语音相当好。至于说她的实际英语水平如何，我还没有机会搞清楚，不便发表意见。”

“那么，她的天赋呢，先生？我对此一直很担心。您能给我一个肯定的答复，起码说她能力一般，也好让我放心？”

“要说她能力一般，我看是无可置疑的，小姐。不过，我真的几乎还算不上认识她，也没有时间研究她的能力大小。祝您下午好！”

她仍然缠住我不放。“您一定观察一下，先生，然后告诉我您的看法。我宁可听凭您的意见，而决不相信自己的看法。女人不像男人，对这些事是判断不清的。请原谅我的固执，先生，我对这位可怜的小姑娘感兴趣是自然而然的。她几乎没有任何亲戚，一切都要靠自己努力；她的技能无疑是她唯一的财产。她眼下的差事原先是我干的，或者几乎可以说是我干的；当时——这也是理所当然的——我同情她，才雇用了她。可有时候，看到她管理学生时那么困难，我心里就感到很懊丧。我不怀疑，她已经尽了自己的最大努力；她的动机是好的，可是先生，她缺乏机智和坚定。关于这一点，我也曾同她谈过，可我的口才不行，可能没说清楚，看来她根本没理解我的意思。什么时间有机会，您可否随时就这方面提醒她一两句？男人的影响力要比女人大得多——男人说话要比我们女人逻辑性强得多；特别是您，先生，能力最强，总能让学生老老实实听您的话；您能给她进上一言，对她只会有好处；即便她生气、任性(我希望她不致如此)，也断不会拒绝听您说的。就我而言，每一次听您的课，看到您管理学生那么有方，总有很大收益。我一直对其他教师感到焦虑，他们既不能赢得那些年轻姑娘们的尊重，又无力制止年轻人本能的轻浮。而对您，先生，我感到一百个放心。那么，试试看，帮助这可怜的孩子学会控制我们那些轻佻的、趾高气扬的布拉班特小姐吧。然而，先生，我还要再补充一句，不要惊动她固有的温情，注意不要在那方面伤害她。我不得不承认，她唯独在那方面该受指责——有人会嘲弄地说她——易动感情。我担心我会不经意地触到她的痛处，恐怕她受不了。”

在她发表这一通高谈阔论期间，我的手一直放在头门的锁上，现在我把它打开了。

“再见，小姐。”我扔下这么一句话便走开了。我明白，女校长的话还远远没有说完。她望着我的背影，很想同我再谈一会儿。打从我对她的态度开始生硬、冷淡以来，她对我的态度就变了，几乎一有机会就对我献媚，不断地琢磨我的脸色，用各种变幻莫测的手法过分殷勤地对我表示关切。奴性育暴政。她对我的这种奴颜婢膝的尊崇，非但不能软化我的心肠，反而助长了我的严厉、苛刻。眼下她这样像小鸟似的如醉如痴地在我周围飞舞盘旋，看来只会把我变成一根坚硬的石柱；她的阿谀奉承更刺激了我的轻蔑；她的甜言蜜语更坚定了我的严厉。有时候，我也纳闷，既然更为合适的佩利特已经成了她的网中之鱼，再说，她也知道我掌握着她的秘密，因为我已经毫无顾忌地向她透露过，而她仍似这般地自找麻烦，非要把我弄到手不可，这究竟是什么意思呢？原来是这么回事：由于她的本性怀疑现实，低估谦逊、情感、无私的价值——她把这些品质看作是性格的弱点——故而，自然也就倾向于将傲慢、冷酷、自私视为力量的象征了。她会骑在谦逊的脖子上蹂躏它，她会拜倒在轻蔑的脚下；她会暗暗鄙视温情，她会以没完没了的殷勤去讨好冷漠。她憎恶善良、忠诚、热情，却偏偏喜欢虚伪和自私——在她眼里，这些才是真正的智慧；她迁就道德与肉体的堕落、智力与素质的低下，认为它们像是一层金属箔，正好可以用来衬托她本人的才能。她屈从于强悍、不义和暴虐，因为这些都是她天然的主人；她既不会仇视，也不会抗拒它们，这些东西常常会在一些人心里激起义愤，而在她心里却不会。所有这一切，使得她视虚伪与自私为智慧，称庸俗与低级为仁慈，视傲慢与不义为亲切；至于正直与仁慈，一般来说，开始她总要极力标榜并证明自己就是这样的人；然而，不消多久，包在谎言外面的金箔即被磨掉，下面的真正材料便会暴露出来，正义与仁慈还是抛弃了她这个骗子。

第十六章

在以后的两个星期里，我经常见到弗朗西丝·埃文斯·亨利，这使得我对她的性格有了更进一步的了解。我发现，她至少有两个相当显著的优点，那就是：毅力和责任感；我发现她的确有顽强的学习精神和与困难作斗争的能力。起初，我给以她与别人相同的帮助。我一直认为这种帮助对其他学生是必不可少的。对于每一个难点，我没有对她作过高的要求。但不久我便发觉，我的新学生认为那样的帮助是对她的贬低，所以她总是以一种不屑一顾的态度避免接受。于是，我便给她指定长篇课文让她学习，并要求她自行解决可能遇到的一切问题。她以极大的热情开始攻读起来；迅速地完成一项任务之后，就迫不及待地要求新的任务。关于她的毅力，我就说这么多。至于她的责任感，这表现在她虚心好学，但不好为人师；她作为学生所取得的进步，完全依靠自己的努力。我看得出，她的自决能力很强。她作为教师所取得的成功部分地——或许是主要地——取决于别人的意志。为了同别人的意志抗争，她付出最艰苦的努力，力图使别人的意志服从于她本人的意志。一般人都认为，她会顾虑重重，不敢按自己的意愿行事。事实上，只要是自己的事，她就会坚定地、毫不犹豫地按自己的意向去做，假如心中的欲望有悖于心目中的正确信念的话，也是能够随时使欲望服从自己的意志的；然而，到了与别人的坏习惯和错误作斗争，特别是与那些道理说不通，在大多数情况下劝又劝不醒的孩子们的坏习惯与错误作斗争的时候，意志有时又会拒绝行动。这时，责任感就会过来，迫使懒洋洋的意志行动起来，结果常常是白白浪费大量精力和劳动。弗朗西丝就是这样的情况，为了学生她煞费苦心，陪着她们像做苦工一样吃力地辛劳着。可是，她的真诚努力却迟迟换不来学生们诸如驯良之类的表现，因为她们明白，她们完全有力量对付她。她们可以利用反抗这种办法，来对付她为教育、规劝、控制她们所作的种种艰苦努力——利用迫使她采取强制性措施的办法使她忍受剧烈的痛苦的折磨。人类——特别是儿童——一旦意识到自己的力量，很少会放弃使用这种力量的乐趣，即使这种力量只会给他人带来不幸也毫无顾忌。一个学生的感觉要比他的老师的感觉迟钝，而他的精力要比老师的充沛，体力或许也比老师的要大。与老师相比，他占有绝对的优势；他通常会毫不手软地利用这种优势；因为他年幼无知，身强力壮，头脑简单，既不懂得同情，又不懂得宽恕他人。我担心弗朗西丝会吃不少苦头，她的精神一直处于压抑状态。我说过，她不住在学校；那么，她到底是住在自己的住所，还是也同样带着那种惯有的全神贯注、不苟言笑、忧伤而坚定的神态栖身于鲁特小姐篱下，那我就说不清了。

有一天，我留了一道作业题，就是那个老掉牙的阿尔弗烈德[①]在牧民的茅舍里照看饼子的故事；那是一个扩写故事练习，大部分学生居然都做出来了，这可真是怪事。更为奇怪的是，她们只研究了很短时间。然而，多数人的叙述是晦涩难懂的，只有西尔薇、利奥妮·莱德鲁的叙述还多少有点道理，着点边际。这一回，尤拉莉采用的办法的确高明，既保证了答案正确，又省去了不少麻烦：她不知从哪儿弄到一本简写本英国历史，竟公然从上面将有关内容抄了下来。我在她的作业边上批了“愚蠢、欺骗”，便从中间一撕两半。

在那一摞单页作业下面，我发现有几页写得工工整整，并且缝在了一起。我认识那笔迹，几乎不用看后边的署名“弗朗西丝·埃文斯·亨利”，就可以猜出是谁写的。

我通常是在夜里批改作业，而且通常是在自己的房间里完成这项任

① 阿尔弗烈德(约848—900)，中世纪英格兰西南部韦塞克斯王国国王，871—900年间在位，人称阿尔弗烈德大王。

务——这项迄今为止最为繁重的任务。当我剪下烛花，埋头细心阅读那位穷教师的手稿时，内心感到一种从未有过的兴趣，这使我很是奇怪。

“现在该我看一眼她的真面目了，”我想，“我将会对她的天性和能力有所了解，不仅要看看她有没有很强的外语表达能力，而且还要看看她是否有头脑，这一点从她的作业里就可以反映出来。”

她的叙述从描写一个撒克逊农舍开始，说那农舍坐落在一片大森林里；时值冬日，不见树叶，只有光秃秃的枝干。那是12月的一个晚上，鹅毛大雪纷纷扬扬地下着。那位牧民预见到会有一场大风暴，便招呼妻子帮他去归拢仍流落在遥远的梭恩河畔牧场上的羊群。他提醒妻子说他们要到很晚才能回来。那善良的女人正在烤晚饭吃的饼子，本不愿意停下来，但她知道还是保护牲畜和羊群要紧，所以，她一边披羊皮斗篷，一边对一位陌生的借宿人说话——那人正半仰在壁炉旁一张铺着灯心草的床上休息——吩咐他在她回来之前留心一下正烤着的饼子。

“年轻人，”她接着又说，“我们走后你一定要闩好门，特别要记住，我们不在家时，无论谁叫门也别开，无论听到什么声音也不要动，不要向外看。天很快就黑了，这一片森林最荒凉、最偏僻，日落之后经常会听到奇奇怪怪的声音；狼群常在这空地上出没，丹麦强盗也常来这一带骚扰，听说还有更可怕的事。有时候，你兴许会听到，这么说吧，会听到有小孩儿在哭，你要是开门去救他，就会有一头大黑牛或一条模糊不清的狗怪一下子冲进屋里；要是听到好像有什么东西用翅膀扑打窗格子，接着又看见一只乌黑的或雪白的鸽子飞进来落在壁炉上，那可就更糟了，那东西是灾星，这所房子非倒楣不可。所以，记住我的话，无论如何不要打开门闩。”

丈夫喊走了她，他们两人便动身了。那陌生人单独留在农舍里。窗外风卷飞雪，呼啸而过；远处小河涨水，阵阵鸣响。他倾听了片刻，便自言自语道：

“现在是圣诞节前夜，我记得日期；此刻，我栖身于牧民的茅舍之中，孑然一身，形影相吊，坐在粗陋的灯心草床榻上。我继承了一个王国，今晚却像奴隶一样在此避难。我的王位被人篡夺，我的皇冠戴在了侵略者的头上；我没有朋友，我的军队在威尔士山区被打得四散而逃；野蛮的侵略者正蹂躏我的国家；我的臣民仰卧在敌人的脚下，残忍的丹麦人的铁蹄正在践踏他们的胸脯。命运啊！你太不公平了！如今你却手扶砍钝了的剑站在我的面前。唉！我看到你的目光正看着我的眼睛，问我为什么还活着，为什么还不死心。你这个异教魔鬼，我不相信你是全能的，所以也不会屈服于你的力量。我的上帝啊！你的儿子今夜化作人形，被迫在为人类受难、流血。住手吧，命运！没有上帝的旨意，你是打不垮我的，我的上帝是无辜的、永恒的、全能的——我信任他。尽管我被洗劫、被打败——尽管我被弄得赤身露体，孑然一身，一筹莫展，但我不绝望，我不能绝望。即使格思拉姆[①]的长矛上沾满了我的鲜血，我也不会绝望。我等待、我挣扎、我盼望、我祈祷。到时候，耶和华会帮助我的。”

我无须过多地引用了。她的通篇叙述都是这种笔调。其中有拼写错误、有外国习语、有句子结构方面的错误，还有些不规则动词被当成了规则动词来变化；正像你上面所看到的，绝大部分篇幅都是由粗糙的短句构成的。此外，通篇文字都极需润色和费力加工。尽管如此，在我做教师的这段时间里，迄今还不曾见过写得这么好的英语。可以看出，在写这篇文章时，那姑娘的脑海里正想象着那间茅舍、那两个农民、那位失去王位的国王的样子；她想象到了严冬的森林，记起了古老的撒克逊鬼魂传说；她佩服阿尔弗烈德在逆境中所表现出的

① 格思拉姆(？—890)，丹麦人入侵盎格鲁-撒克逊时英格兰的领袖，曾与阿尔弗烈德作战，后自封为东英吉利国王(880—890 在位)。

勇气，想起了他受的是基督教教育，并通过阿尔弗烈德依靠耶和华帮助与命运作斗争这一情节，使这种早期形成的根深蒂固的信仰在他身上得到了体现。她写这篇文章时，我没有给她任何提示；我只出了题目，至于如何写，我只字未提。

“我得找机会，或创造机会，跟她谈谈，”我一边卷起那份作业，一边自言自语地说，“我要弄清楚，除了‘弗朗西丝·埃文斯’这个名字之外，她跟英语到底还有什么关系。很显然，她对英语并不陌生，但她却对我说她既没有到过英国，也没有学过英语，又没有在英国人家庭里生活过。”

第二次上课时，我评讲了其他学生的练习，按照我的习惯，既没有过高赞扬，也没有过分指责，因为严厉的指责毫无作用，过高的赞扬又根本不值得。对于亨利小姐的练习，我只字未提。我戴上眼镜，竭力想从她脸上弄清楚她对此有何反应。我想看看她是否意识到了自己的才能。我暗想，“假如她自以为这一次练习做得很得意，而我却只字未提，此刻她定会显得很委屈。”然而，她的脸色却同往常一样严肃，甚至有点忧郁；眼睛死死盯着面前打开的笔记本；我觉得，她的态度中隐含着一种期待。但是，在我简单地评讲完最后一份练习，把它放下，一边搓着手，一边吩咐她们拿出语法书时，她的神态发生了某种微小的变化：原先，她似乎在期待着一个愉快而兴奋的时刻，但至此，这种模糊不清的期待已经成了泡影。她一直等待着我同她讨论某种使她颇感兴趣的东西，但这种讨论没有发生，于是，她的期望破灭了，消失了。她显得很沮丧，但注意力马上填补了她的空虚，很快调整了那瞬间流露的反常表情。可我仍然感到，而不是看到，在整整那一节课中，她始终被一种绝望的情绪纠缠着；如果说她内心的痛苦并没有流露出来，那仅仅是因为她不愿意流露而已。

四点钟，下课的铃声响了，教室里即刻人声鼎沸。我没有拿起帽子走下讲台，而是静静地坐了一会。我看看弗朗西丝，她正把书往手提包里装。扣上手提包之后，她抬起头来，正同我的目光相遇。她从容恭敬地向我施了一礼，像是在问我下午好，然后，便转身要走。

“来一下，”我对她说，同时向她招了招手。她迟疑了一下；在充斥着两个教室的一片喧嚣声中，她不可能听得见我的话。我又向她做了个手势，她走了过来，但在离讲台半码远的地方又停住了。她面露羞色，仍在怀疑是否误解了我的意思。

“上来，”我坚决地说。对付羞涩、忸怩的人，这是唯一的办法。我轻轻拉她一把，便很快使她站到了我希望她站的地方，也就是讲桌与窗户之间。那地方第二班的学生拥出教室时不会看到她，也没有人能悄悄藏在她身后偷听。

我递过一只小矮凳，对她说：“坐下吧。”她坐了下来。我知道，此刻我所做的，肯定会被人认为是一件怪事。其实，我并不在乎。这一点，弗朗西丝也很清楚。看她那激动不安的表情和微微发颤的身子，我担心她很忧虑。我从口袋里掏出那份卷着的练习。

“我想，这是你的吧？”我用英语对她说；因为我现在已可以肯定，她会讲英语。

“是的。”她清晰地回答道。我把练习展开，平铺在她面前的课桌上，用那只拿铅笔的手按着。这时我才看见她有点激动和兴奋；她那沮丧的表情像一片乌云绽开了，后面遮掩着的，可能是一轮如火的骄阳。

“这篇练习里有很多错误，”我说，“看来你得认真下几年工夫，才能完全正确地用英语写作。注意，我来给你指出一些主要缺点。”接着，我便细心地给她从头讲起，指出了每一个错误，并说明为什么错了，还告诉她某些词、某些短语应当如何写。在我严肃地给她讲解时，她平静下来了。我又对她说：“至于你的文章内容，亨利小姐，它使我感到惊讶。我饶有兴趣地细读了一遍，因为我从中看到了你的兴趣和好奇。当然，兴趣和好奇并不是人类头脑里的最高天赋。尽管你的兴趣和好奇可能尚未达到至高的程度，但就是这种程度，已是多数人所望尘莫及的了。你应当有勇气，培养磨炼上帝和天性赋予你的才能；在任何艰难困苦之中，在任何非正义的压力下，都不要害怕，要认识到你的才能的力量和珍贵，从中获得自由的、充分的安慰。”

“力量和珍贵，”我又在心里默默重复了一遍，唉！这两个词可能说到她心窝里去了，因为当我抬头看去时，我发现那太阳已经冲破了乌云，她脸上的表情变了，眼睛里闪耀着一丝微笑——一种近乎洋洋得意的微笑，那微笑似乎在说：

“很高兴你终于发现了我这么多的天性。你说话用不着这般小心择言、拐弯抹角。你认为我自己还不了解自己吗？你说我很有天资，这一点我在孩提时代就十分清楚。”

她那毫无掩饰的、闪闪发亮的眼睛，把这一层意思表现得再清楚不过了。可顷刻间，她脸上的光彩，面部的喜悦又消失了。如果说她十分了解自己的天赋，那么，她也同样十分清楚自己那令人苦恼的缺点。这种意识仅仅被忘却了一秒钟，现在又突然复活，立刻便压倒了她那过分活泼的性情——就是那种性情，使得她刚才意识到了自己的力量，并将那一意识表露无遗。她感情的变幻竟是如此迅速！我刚想斥责她，以制止她的得意忘形，但眉头还没有来得及皱一皱，她的面容已变得严肃起来，严肃到简直有点悲凄的样子。

“谢谢您，先生。”她起身说道。她的声音里、表情里，充满着感激。我们的谈话的确应该结束了，因为我向周围一看，发现所有的寄宿生(走读生已经离校了)全都聚集在离我的讲桌一两码的地方看稀罕，眼睛瞪得圆圆的，嘴巴张得大大的；三位女教师挤在教室的一个角落里窃窃私语；而女校长就在我的眼皮底下，她坐在一只矮椅子上，平静地为一个织好了的钱包修剪着缨穗。

第十七章

我如此大胆地争取到这次同亨利小姐谈话的机会，毕竟还是有收获的，但也并不圆满。我原打算问她，除了法语姓氏之外，何以还有弗朗西丝和埃文斯这两个英语洗礼名；我还想问她，她那纯正的英语语调是从哪里学来的。可惜这两个问题我都忘记问了，或者说，我们的谈话时间太短，我根本就没来得及问。此外，对于她的英语口语水平，我连一半也没能测试出来。我从她嘴里听到的英语，不是“是的”，就是“谢谢您，先生”。“没关系，”我想，“今天没有谈完的，可以改日再谈。”我给自己许下的这个诺言，后来也总算实践了。诚然，在众多的学生面前，要特别地跟一个学生谈话，哪怕是谈几句，也是困难的。但有一句古谚说得好，“有志者事竟成”。我一次又一次地设法找机会跟亨利小姐交谈几句。我每一次走近她，都全然不顾那些嫉妒的目光和诋毁的耳语。

“拿出你的作业本来。”我经常以这种方式开始这些简短的谈话，而且总是选在下课的时候，我总是示意让她站起来，我坐在她的座位上，要她恭恭敬敬地站在我旁边。因为我觉得，对她来说，严格遵守正常的师生礼仪是明智的，恰当的，更何况，我发现这样做我的态度相应会显得庄重威严些，她的态度也显得坦然镇定些——但在一般情况下，这样做的效果无疑会是相反的。奇怪吗？可事实就是如此。

“铅笔，”我伸出一只手来，看也不看地对她说。（我现在要描述一下我们第一次这样谈话时的情景。）她递给我一支铅笔。我一边划出她语法练习本上的错误，一边问她：

“你不是比利时人？”

“不是。”

“也不是法国人？”

“不是。”

“那么，你的出生地是哪儿？”

“我生在日内瓦。”

“你不会认为弗朗西丝和埃文斯是瑞士名字吧？”

“不，先生，是英国名字。”

“一点不错。日内瓦人喜欢给孩子取英国名字吗？”

“不，先生；不过——”

“请讲英语。”

“不过——”

“英语——”

“不过，”（缓慢而又局促不安地）“我的父母并不是所有两个日内瓦人。”

“不要说‘所有两个’，要说‘都’，小姐。”

“并不都是日内瓦人，我母亲是英国人。”

“啊！而且是英国血统？”

“是的——她的祖先都是英国人。”

“那你父亲呢？”

“他是瑞士人。”

“还有呢？他的职业？”

“他是教士——牧师——他有一座教堂。”

“既然你母亲是英国人，你的英语为什么讲得并不熟练呢？”

“妈妈去世了，已经十年了。”

“那你就用忘却她的语言的办法纪念她吗？在和我谈话时，请把法语忘掉——坚持讲英语。”

“这太难了，先生，当一个人对它已不习惯的时候。”

“我想，你原先该有这种习惯吧？现在用你的母语回答我。”

“是的，先生，我小时候讲英语比讲法语多。”

“现在为什么不讲了呢？”

“因为我没有英国朋友。”

“我想，你跟父亲一起生活？”

“我父亲也死了。”

“你有没有兄弟姊妹？”

“一个也没有。”

“就你一个人过？”

“不——我有个姑妈——朱利安娜姑妈。”

“你父亲的妹妹？”

“正是，先生。”

“这句话是英语吗？”

“不是——我忘记了。”

“就为这，小姐，假如你是个小孩子，我非设法惩罚惩罚你不可。到了你这年龄——我想，你肯定有二十二三岁了吧？”

“还没有，先生——再过一个月十九岁。”

“就算那样，十九岁也是一个成熟的年龄了。到了这个年龄，也应该为自己的进步操心了。逢着该讲英语的时候，用不着再要老师第二次提醒你讲英语的好处了。”

对我这番聪明的说教，她没有回答。我抬头望去，只见我的学生在暗自发笑。那笑容虽不算多么快活，却也含义深长，好像在说：“你根本不了解情况，净是瞎说。”这意思，她的微笑表现得十分明显；于是我决意要弄明白，她何以能这样肯定我不了解她。

“你对自己的进步感到关切吗？”

“相当关切。”

“何以见得，小姐？”

这真是个怪问题；问得也够直率的。她又笑了。

“怎么？先生，我不能算不用心——是不是？我的功课学得很好——”

“嗨！小孩子也能学好！你还做了些什么呢？”

“我还能做什么呢？”

“啊，当然，能做的事不多；你是学生，可又是教师，对不对？”

“对。”

“你教修补花边？”

“是的。”

“一种枯燥、乏味的工作，你喜欢？”

“不——十分讨厌。”

“为什么还在干呢？为什么不想教教历史、地理、语法，甚至算术什么的？”

“莫非先生肯定我自己对这些学科十分熟悉吗？”

“我不知道，不过按你的年龄，应当如此。”

“可我从来没进过学校门，先生。”

“真的？那你的朋友都是干什么的？——还有你姑妈？这都怪她。”

“不，先生，不——我姑妈是个好人——这不能怪她——她已经尽了最大努力，她供我住，供我吃。”（这是亨利小姐的原话，她就这样一个字一个字从法语翻译过来的。）“她并不富裕，只有一千二百法郎的养老金，要供我上学是不可能的。”

“可不是嘛，”听到这里，我心中暗想。但我又用一种武断的口气接着说：

“你长这么大，连最一般的科目都没学过，这也太可悲了。你要是懂一点历史和语法，本可以逐步摆脱修补花边的苦差事，提高一下社会地位的。”

“这正是我想做的。”

“怎么做呢？单凭懂一门英语吗？那是不够的。没有一个体面的家庭会接受一位别的知识一无所有，只会一门外语的家庭教师。”

“别的我也会一点，先生。”

“知道，知道。你会织毛线，还会绣手帕、绣衣领——可那都无济于事。”

亨利小姐张嘴想说什么，但欲言又止，像是觉得谈话时间够长了，便沉默不语起来。

“说话呀！”我不耐烦地继续说，“我最不喜欢那种心里不服，嘴里又不肯说的样子。再说，你的反驳意见就在嘴边上，何不吐出来呢。”

“先生，我已经学过不少语法、历史、地理和算术课了。每一门课都已学完了一个教程。”

“好！你是怎么学的呢？你姑妈又供不起你上学？”

“利用修补花边挣钱，就是先生最瞧不起的工作。”

“真的？小姐，现在是你练习英语的好机会，用英语告诉我，你是怎样用这种办法挣钱上学的。”

“先生，我到布鲁塞尔不久，便恳求姑妈让我学修补花边，因为我知道，这也是一种职业，一种很好学的手艺，可以很快挣些钱来。不几天工夫我就学会了，并且很快就找到了活，因为布鲁塞尔所有的阔太太们都有古花边——非常珍贵——洗一次就得修补一次。我挣了一点钱，这点钱我一部分用来支付刚才提到的那几门功课的学费，一部分用于买书，特别是英语书。等我的英语写好、讲好了，我就要试试去找个家庭教师或学校教师的工作；不过这会很困难，因为凡是知道我原来修花边的人，都会像这里的学生一样瞧不起我的。不过我也有自己的打算。”最后，她又低声补充了一句。

“什么打算？”

“我要到英国去，在那儿教法语。”

这句话说得语气很重。她说到“英国”一词时那种向往的语气，会使人联想起摩西①时代的以色列人提到迦南②时的情景。

“你渴望看到英国？”

“是的，这是我的愿望。”

这时候，有一个声音，女校长的声音，插了进来：

“亨利小姐，我看天要下雨了；你还是赶快回家的好，我的好朋友。”

亨利小姐对这种好意的提醒连一句感谢的话也没有说，便默默地收拾起书来。她先彬彬有礼地来到我面前告别，又努力驱使着自己走到她上司跟前。我认为，她的努力几乎是失败的，因为她似乎连头也不想点一下，就这样走了。

众所周知，一个人的气质里只要还有一丝固执和任性，任何鸡毛蒜皮的小事都会刺激它，而不是阻止它发挥作用。鲁特小姐原本可以省去自讨没趣地暗示亨利小姐要下雨的麻烦的（顺便说一下，事实证明她的预言是错误的——当天晚上并没有下雨）。第二天上课结束的时候，我又来到亨利小姐的课桌边。我是这样跟她搭话的：

“你对英国是怎么看的，小姐？你为什么想到那儿去？”此时的亨利小姐已经习惯了我这种蓄意的突然发问方式。这一回，她既没有感到慌乱，也没有感到吃惊；她回答的时候，只是有点迟疑；这种迟疑显然是由于她必须很困难地将脑子里的想法当场由法语翻译成英语所造成的。

---

① 据《圣经》载，摩西为以色列的先知和领袖。

② 今以色列所在地。据《圣经》载，古以色列人被埃及人掳入埃及，沦为奴隶，但他们时刻思念着故乡。

“正如我听说的和读到的那样，英国是一个独特的国家。我对英国的看法还不明确，所以我想亲自去那里看看，以使我的看法清晰、明确起来。”

“嗯！如果你到了那里，作为一名教师，你估计能了解到多少英国的情况呢？你必须对一个奇特的国家形成清晰、明确的看法！而你所能看到的大不列颠，仅仅局限于一所学校内部，充其量也不过是一两个私人家庭。”

“我就是要去看一所英国学校，就是要去看看英国家庭。”

“那是毋庸置疑的。不过那又怎么样呢？在狭窄的圈子里观察到的情况，又有什么价值呢？”

“先生，难道一个人就不能通过推论了解情况吗？一个——标本——一件——样品，常常能使人了解全貌。再说，狭窄与宽阔是相对而言的，是不是？我的一生经历在您的眼里看来也许是狭窄的——那么，一只藏在洞穴里的小动物——一只鼹鼠的一生——您又当如何看呢？”

“鼹鼠？”

“是的——一只鼹鼠，它生活在地下，即使叫我看，也是狭窄的。”

“嗯，小姐——那又怎么样？说下去。”

“不过，先生，您明白我的意思。”

“一点都不明白，请你解释清楚。”

“哎呀，先生，就是这么回事。就说在瑞士吧，我做得很少，了解得很少，看到的也少。在那里我也是生活在一个小圈子里；每天沿着同一个圆圈走来走去，不能越雷池一步。即便我留在那里——甚至一直在那儿呆到死，也决不会将那个圈子扩大，因为我穷，没有技术，又没有什么大学问；我对那个小圈子厌倦了，就央求姑妈带我到布鲁塞尔来。在这里，我的生活圈子一点也没有扩大，因为我既没有富起来，也没有变得高贵些。我仍是在一个同样狭窄的范围里活动，但地点却变了。要是我到英国去，地点还要变。过去我了解了一点日内瓦的资产阶级，今天我又了解了一点布鲁塞尔的资产阶级；如果我去伦敦，又会了解一点伦敦的资产阶级。您能明白我的意思吗，先生？或者认为我所说的含糊不清？”

“明白了，明白了——现在我们换个话题。你打算献身于教育事业，可你是一位最不成功的教师，连自己的学生都管不住。”

这话说得太尖刻了，她窘得唰地一下红了脸，把头低向桌子；但很快她又抬起头来，答道：

“先生，我不是一位很内行的教师，的确如此。不过，熟能生巧；再说，我也有我的苦衷，我在这里只教女红。做针线活什么影响力、什么优势也显示不出来——因为那只是一种次要的手工艺；况且，在这所学校里我又没个助手，一个人势单力薄。我又是异教徒，这就使我丧失了影响力。”

“到了英国你可就是外国人了，那也同样会使你丧失影响力的，而且还会使你与世隔绝；在英国，你会同在这里一样形单影只，无足轻重的。”

“可我总能学到点什么的。至于其他方面，无论我走到哪里，都可能会遇到在这里所遇到的困难。假如说我必须斗争，或者可能会被征服的话，我宁可屈服于英国人的傲慢，也不愿屈服于佛兰芒人的粗俗。再说，先生——”

她停了下来——显然不是因为苦于找不到措辞，而是因为她的谨慎在提醒她：“你说得够多了。”

“把话说完，”我催促道。

“再说，我盼望重新回到新教徒中间生活，他们比天主教徒诚实。

一所天主教学校，就是一幢由多孔的墙壁、空洞的地板、虚设的天花板构成的楼房。先生，这所房子里的每一个房间都有观察孔、窃听孔；房子如此，人也如此，他们都是些非常奸诈的东西。他们都认为说谎是合理合法的，他们都认为笑里藏刀是彬彬有礼的。”

“都认为？”我问道，“你是指那些学生——那些乳臭未干，轻佻随便，还没有学会分辨香臭的毛孩子？”

“恰恰相反，先生——孩子们是最真诚的。她们还没来得及学会奸诈；她们也说谎，但说得不老练，你一听就能听出来。可那些成年人却十分虚伪，他们欺骗外来人，也互相欺骗——”

这时候，进来一个仆人：

“亨利小姐——鲁特小姐想请您把多尔洛多家的小姑娘送回家去。她在女门房罗萨莉的房间里等您——因为她的保姆没来接她。”

“这么说，难道我是她的保姆吗——我？”亨利小姐问道。然后，她笑了笑，便带着我以前曾在她嘴唇上见过的那种辛酸、嘲弄的微笑，赶忙起身离去了。

第十八章

很显然，这位英瑞混血的年轻姑娘从学习她的母语中既找到了乐趣，又得到了收益。当然，我对她并未按一般学校里的常规施教。我教她英语，是把英语作为教她文学的渠道。我给她规定了一个阅读教程。她有一套英国古典名著选，其中有几本还是她母亲留给她的，其余是她用零花钱买的；我又借给她一些较为现代的著作。她如饥似渴地读着这些书，每读完一本，都要清清楚楚地写一篇摘要交给我。她也很喜欢作文。这种活动似乎成了她生命中不可缺少的一部分。不久，她那大有长进的练习迫使我不得不坦白地承认：原先我把她的那些品质当作是情趣和好奇，现在看来，应当说那是判断力和想象力。当我用乏味、明确的语言赞扬她的进步时，我便从她脸上寻找以往我用一句褒扬的话语就能引诱出的那充满狂喜的嫣然一笑。可这一次，我滔滔不绝地讲了半天，弗朗西丝的脸反倒红了。即便是笑，也是笑得那么含蓄、那么羞涩。她并没有以胜利者的目光抬头看我，而是把目光停留在我从她肩膀上伸过去，拿着一支铅笔在她的练习本的页边空白处写着提示的手上。

“我对你的进步很满意，你高兴吗？”

“是的，”她轻柔地低声答道；那已经消退了一半的红晕又涌上了面颊。

“不过我想，也许我说得还不够？”我又说，“我的表扬是不是太平淡了？”

她没有回答，而且我看出她显得有点伤感。我推测了她的想法；假如迎合她的思想会有什么益处的话，我是很愿意那样做的。此刻，她并没有想赢得我过高赞扬的奢望——也不急于要把我弄得茫然不知所措；只要我略微流露出一丝柔情——哪怕只有一点点——也会比全世界的颂词更使她开心。意识到这一点，我在她的身后站了许久，一直在她的练习本上的空白处写着，简直无法挪动一下位置或放下手里的铅笔，似有一种无形的力量一直强使我俯在那里。我的头和她的头离得很近，她的手也就在我的手边；可她那练习本上的空白处毕竟是有限的——那位女校长无疑也是这么想的。于是，她便伺机从我身边走过，想看看我到底要要什么把戏，就那么一点空白处我怎么会老也写不满。我不得不走了。我多么想就这样呆下去啊！可又不得不勉强离开。

尽管一直坐了这么久没动，弗朗西丝的脸上并未显示出苍白的倦容；也许是因为这种姿势传入她的大脑后产生的刺激，抵消了给身体带来的疲劳。她的确变了，明显而迅速地变了；但却是由坏变好。我初见到她时，她表情阴郁，面无血色，好像从不知道什么是欢乐，似乎这个世界的任何地方都没有她的幸福；而今，那一层阴云已从她的脸上散去，代之而来的是充满希冀与情趣的黎明；这黎明的感情就如清新的晨曦冉冉泛起，使受压抑的灵魂获得了生机，给苍白的面容涂上了一层淡淡的红晕；起初我并不知道她的眼睛是什么颜色，因为那双眼睛总是由于强忍着泪水而显得暗淡无光，总是蒙着一层愁苦的阴影。如今，那双眼睛已被一束温暖心房的阳光照亮，显露出她那淡褐色的明亮的眸子——那眸子被长长的睫毛遮掩着，显得那么大，那么饱满，瞳孔里燃烧着青春的火焰。原先，由于焦虑不安、萎靡不振，她那忧心忡忡、清瘦窄长的脸上常挂着苍白憔悴的倦容；如今，那种倦容已从她脸上消失，那白皙的双颊宛如含苞待放的桃花，那丰腴的面庞恰似雍容华贵的牡丹。这一切，大大软化了她五官上那明显的线条。她的身段也随之发生了变化，她长胖了些，虽说还不算丰满，但由于她体形完美协调，身材高矮适中，所以并不使人（起码是我）感到是什么缺憾。尽管很结实，但她的身段健美娴雅而又柔如弱柳——她的腰身、玉腕、纤手、小脚以至脚脖，转动起来是那么灵活自如，充分体现出了我心目中的匀称美；她的动作轻盈、飘逸，正符合我对优雅的见解。尽管如此，她的身量还是略显单薄了些。

亨利小姐进步了！苏醒了！她开始以崭新的姿态出现在学校里。她的智力正在逐渐而稳步地显露出来；没过多久，就连那些妒心如火的人也不得不对她刮目相看。当那些年轻健康的学生们看到她也会快乐地微笑、愉快地交谈、轻盈活泼地走动时，她们开始承认她是一位青春焕发、生气勃勃的女性，从而也开始把她当作她们的同类看待了。

说心里话，我注视着她的这些变化时，心情就像一位园丁注视着一株珍贵植物的成长一样，我为她的变化付出了心血，正像园丁为其爱物的成长付出了汗水。至于我，我当然不难发现，自己是怎样成功地培养了这位弟子，慰抚了她那衰竭的感情，并诱导她表现出那一直为干旱所笼罩、为狂飙所摧残而难以施展的内在活力的。我毫不懈怠地一直关注着她——默默地、小心翼翼地帮助她；我以严厉、粗暴的外表掩饰着一腔古道热肠，仅凭偶尔关切的一瞥或一句友善、温存的话语略表衷肠；我以傲慢掩饰着内心的关切，指挥她、督促她行动，当然也帮助她，然而那种帮助是十分小心谨慎的。以上这些就是我对她所使用的办法，因为这些办法最适宜于弗朗西丝的感情。她的性格集傲慢与羞怯于一体——既敏感而又深沉。

她作为教师的风度的改变，也充分显示了我这一套教育方法的威力。如今她上课时，总是带着斗志昂扬、坚定不移的神气在学生们中间落座，使她们一下子就明白：她要求学生们规矩听话——而且她们真的老实了。她们感到，她们失去了对她的控制力。即便真有哪个姑娘调皮捣蛋，她也不再放在心上了。她拥有一个她们无法喝干的慰抚的源泉，她拥有一根她们难以推倒的精神支柱。往日，她们欺侮她，她只会哭鼻子；而今，她会一笑置之。

我当众宣读了她的一篇习作，一下子向所有的人展示了她的天资。我还记得那篇习作的内容——一位移民写给故乡朋友们的信。文章一开头文笔就非常简练，几行自然、生动的描写，立即使我看到了一幅原始森林和新大陆大河的画面——那条大河上没有帆影，没有旗帜——看来，这封信就是在那种场面里写的。信中暗示了那位移民生活中遇到的种种艰难险阻；关于这方面，作者只是一笔带过。亨利小姐接着生动地描述了那位移民的决心、毅力与奋斗，使人读之如见其人，如闻其声。文中提到了迫使他离开祖国的那一场大灾难，以及他那纯洁的荣誉感、不屈的独立意志和坚不可摧的自尊心，还回顾了过去的岁月，提到了别离的悲伤、思念的痛苦，真挚、细腻、令人信服的感情溢于言表。信的结尾，使人感到安慰，宗教信仰完全融合在对那位移民的动人叙述中。她写得很生动。

通篇习作语言质朴而高雅，气势磅礴；风格生动活泼，优美协调。

尽管鲁特小姐本人既不会讲英语，又不会写英语，当着她的面读英语或讲英语，她还是能够听懂的。在我宣读亨利小姐的习作时，她一直安静地坐在那里，眼睛和手不是忙着织领饰，就是忙着在一方细麻布手帕四周网花边。她什么也没有说，面部与前额只是微露出一点不赞成的表情，其他什么也看不出来，既看不出明显的吃惊、高兴、嘉许之色，也看不出有任何感兴趣或羞愧、嫉妒、恼怒、厌烦的表示。如果说那种不可测度的神态在诉说着什么，那也仅仅是在说：

“用这种办法太庸俗了，它既不能唤起别人的激情，又不能换来别人的好感。”

我刚把文章读完，教室里立刻响起了一阵低低的议论声；好几位姑娘将亨利小姐围了起来，七嘴八舌地向她表示祝贺；这时，传来了女校长若无其事的声音：

“年轻姑娘们，凡带有斗篷和雨伞的，趁雨还没下大赶紧回家吧。”（当时天正下着小雨。）“余下的等你们的仆人来接你们。”这时已是四点钟，学校已经放学了。

“我有句话，先生。”鲁特小姐好像有什么要事，踏上讲台对我说；同时还做了个手势，让我等一下。这时我已拿起了皮帽子。

“谨遵吩咐，小姐。”

“先生，大张旗鼓地表扬特别勤奋的学生所取得的进步，以此鼓励年轻人努力上进，这当然是一种极好的策略。但今天的事难道你就没想想，亨利小姐是很难同其他学生相提并论的吗？她比她们中大多数人年龄都大，她具有学习英语的独特天分，这是她的优势；从另一方面说，她的社会地位比她们都低，在这种情况下，当众给予亨利小姐这样的特殊荣誉，可能会引起其他学生同她比较，并可能在学生中激起一种对她极为不利的感情，从而使她成为众矢之的。正是为亨利小姐的切身利益着想，我才不愿意让她陷入这种烦恼之中。再者，正如我先前提醒过您的，她那天性里固有的柔情在她的性格中已经较为明显地占了上风，影响了她的性格。荣誉很容易助长这种感情，而对她来说，这种感情还是压抑下去为好——她需要的是克制，而不是张扬。此外，我认为，先生——依我看，野心，尤其是在文学方面的野心，可不是女人该具有的。教育她相信她真正的才能在于默默无闻地履行社会职责，岂不比鼓励她追求赞扬和名誉更能使她安全得多，幸福得多吗？她可能永远也不会结婚，她缺乏经济来源，亲戚又出身微贱，身体也不好（因为我怀疑她有肺结核，她妈就是患那种病死的）；看来还不只是可能不结婚，而且根本无法结婚；我看不出她这一辈子还会有什么希望走这一步；但即便是过独身生活，能保持一位受人尊敬的端庄女子的性格与习惯，对她来说也是好的。”

"毋庸置疑，小姐，您的话当然是对的，"我回答说，我怕她又要喋喋不休地演说起来，便以这句热诚赞同的话为掩护，匆匆逃之夭夭了。

就在上述事件发生两星期后的一天，我从教学日志中发现，这些日子亨利小姐没有像往常一样来上课。头一两天我感到奇怪，但又不想多问，我认为我会从旁人的闲谈中得到我想了解的情况的，免得我一问起来，又要招惹那些女孩子们傻笑，窃窃私语地搬弄是非。但一个星期过去了，靠近门口的那个座位依然空着，班上也没有一个人提及过这件事——相反，我发现所有的人都有意对我缄口不语——再这样拖延下去是愚蠢的，于是，我下定决心，无论如何也要打破这一层坚冰。我选择了西尔薇作为询问对象，因为我知道，从她嘴里，我至少可以得到一个明确的答复；她不会对我支吾搪塞、窃笑，或故意装聋作哑。

有一天，我趁还给她批改过的练习本的机会问她："亨利小姐究竟在哪里？"

"她走了，先生。"

"走了？要走多久？什么时候回来？"

"她永远地离开了，先生，不会再回来了。"

"啊！"我不由自主地惊叫了一声。停了一会，我又问她：

"你能肯定吗，西尔薇？"

"没错，先生，没错，是校长小姐两三天前亲口对我们说的。"

我不能再追问下去了。时间、地点、环境都不允许我再多说一句话。我既不能对她的话作任何评论，又不能继续询问具体细节。我的确很想问一问那位女教师为什么要离开，是自愿的还是被迫的；但话到嘴边又咽了回去——因为四周的人都在听着。一个钟头之后，西尔薇在走廊上正戴帽子；我从她身边经过时，又简短地问道：

“西尔薇，你知道不知道亨利小姐的住址？我这里还有她几本练习本。”接着，我又漫不经心地加了一句，“我想给她送去。”

“不知道，先生，”西尔薇回答说，“不过，也许女门房罗萨莉能告诉您。”

罗萨莉的房间就在旁边，我便走进去问她。罗萨莉——一个漂亮的法国女工——停下手里的活，会心地抬头望望我；我一直要竭力避免看到的正是那种微笑。她的回答可以说是事先准备好的。她说她根本不知道亨利小姐的住址——从来也没听说过。我不耐烦地离开了她的房间——因为我知道她在撒谎，而且是被人收买才撒谎的。我转身出门时，差一点把一直站在我身后的一个人撞倒，那人正是女校长。我的鲁莽举动撞得她倒退了两三步。我只好向她道歉。我的道歉与其说是彬彬有礼的，不如说是敷衍塞责的。没有一个人喜欢被人盯梢，何况当时我情绪正坏，看见鲁特小姐，更是气不打一处来。这时，只见她脸色铁青，阴沉而又显得好奇。她带着几乎是渴望弄清什么的表情用眼睛盯着我，然而我还没来得及看清楚，那种神态便顷刻消失，换上了一副笑容可掬的面孔。她态度随和地接受了我草率的道歉。

“啊，没什么，先生，您的胳膊肘仅仅碰着我的头发。不要紧，只不过把我的头发给弄乱了点。”她把头发向后甩了甩，又用手指拢了拢，那蓬松的鬈发便又显出了更多流畅的波纹。接着，她又语调轻松地说：

“罗萨莉，我来是要告诉你，赶快去把客厅的窗子关上；起风了，纱窗帘上会沾上尘土的。”

罗萨莉去了。“这不行，”我想，“鲁特小姐以为随便找个借口就可以将她偷听人谈话的卑鄙行径掩饰过去，但她所说的那细纱窗帘并不能掩盖她的谎言。”一种冲动涌上心头，我真想一下子戳破她那一层薄薄的面纱，用一两句话单刀直入地大胆向她的阴谋诡计挑战。但我想，“在光滑的地面上行走，穿着带防滑蹄铁的鞋最为稳当。”于是，我便开口问道：

“亨利小姐离开了贵校——我想，她是被解雇的吧？”

“啊，我正想跟您谈谈此事，先生。”女校长神态自若，和蔼可亲地笑道。“在这儿我们是无法安静交谈的，请先生到花园里去一下如何？”于是，她便领先走出了我以前曾提到过的那个玻璃门。

当我们走到中间那条小径的正中时，她说：“到那儿去吧。”时至初夏，园中灌木正枝繁叶茂，郁郁葱葱。树叶包围了我们，挡住了房子。

尽管这块小地方正处于这座都城的中心，仍给人以世外桃源的幽静感。

“啊，一个人置身于梨树与玫瑰花丛的环抱之中，会感到悠然自得、轻松自由；我敢说，先生，您也像我一样，有时会对没完没了的生活旋涡，对一张张总包围着你的面孔，对一双双老盯着你的眼睛，对一阵阵充斥耳朵的嘈杂人声感到厌倦。说真的，我时常想到乡下自由自在地过上一个月，住在一个小农舍里，环境优美，空气清新，周围由原野或树林环抱；那种田园生活该是多么迷人啊！不是吗，先生？”

“这要看情况，小姐。”

“好凉爽的风啊！”女校长接着说。她说得不错，因为此刻正是南风习习，柔和宜人。我用手拿着帽子，微风吹过我的头发，像手掌一样轻轻抚摸着我的双鬓。然而，清风只能使体表感到凉爽，却不能穿透一个人的躯体。在同鲁特小姐并肩行走时，我心里依然是怒火中烧。我对着这熊熊燃烧的火焰深思了一会，便语气生硬地说道：

“我明白，亨利小姐已经走了，而且一去不复返了，对不对？”

“啊，不错！几天前我就想告诉你这件事，可我的时间总是被占得满满的，想做的事连一半也做不到。事情多如牛毛，只嫌一天二十四小时太短。难道您就没有这样的体会吗，先生？”

“不常有。我想，亨利小姐不是自愿离开的吧？要是自愿的，她作为我的学生，当然会告诉我一声的。”

“怎么，她没告诉您？那可就怪了。至于我，我当时根本就没想到要把这件事通知您。一个人忙得晕头转向时，是很容易忘记那些鸡毛蒜皮的小事的。”

“那么，您认为亨利小姐被解雇是一桩无关紧要的小事？”

“解雇？嗨，她可不是被解雇的；实话告诉您，先生，打从我当上这个学校的校长以来，还从没有一位教师被解雇过。”

“但有一些人离开了，不是吗，小姐？”

“很多；我发现经常换换很有必要——更换教师对维护一所学校的利益常常是有好处的。它可以使教学充满活力和变化，可以使学生感到新鲜有趣，可以使学生家长们认为这个学校在努力进步。”

“当你对一位男教师或女教师感到厌烦时，对解雇他(她)你有什么顾忌吗？”

“没有必要采取那种极端措施，请您相信。啊，教师先生——我们坐下来谈吧；我想就您的教师身份给您一点小小的忠告。”(我真希望能把她用法语对我说的话全写下来——因为一翻译成英语就会损失惨重。)这时，我们来到那张长椅旁。女校长坐了下来，并示意我坐在她旁边；但我没有坐，只用一条腿跪在椅子上，另一条腿站着，将头和胳膊靠在一株粗大的金链花伸出的枝子上。它那金黄色的花束上压着紫丁香树丛黑黝黝的绿叶，花叶参差，形成了一个阴影与阳光交织的大伞盖。鲁特小姐默不作声地坐了一会儿，脑子显然在进行着新奇的活动。这一点从她那狡黠的眉毛上就可以看出来。她正在苦心构思着某种锦囊妙计。数月的经验使我确信，她本不具备却要强装出来的美德已无法再诱使我上当了——我已经看透了她的本性，无论她做出任何姿态；我都不会相信。最后，她终于下定了决心，要用一把新钥匙试试能不能打开我心灵的大门——用一点厚颜无耻的调情、一句诚恳的话语，或真诚的一瞥。“对，我来试试。”这就是她内心的决定。于是，她闪动那蓝色的眼睛望望我——那眼睛里没有亮光——温柔的一瞥中也根本没有燃烧着的火焰。

“先生不敢坐在我身边？”她开玩笑似的问道。

“我不想篡夺佩利特的位置，”我回答说。跟她说话，我已经养成了直言不讳的习惯。这种习惯起源于愤怒，但我之所以要把它保持下去，那是因为我看到我的这种习惯非但没有使她生气，反而对她产生了极大的魔力。她垂下目光，合上眼帘，不自在地叹了口气，然后又焦虑不安地转过脸去，似乎想给我这样一种印象：一只可怜的小鸟在笼子里扑棱，渴望冲出笼子的禁锢，飞出主人的掌股，去寻觅它的伙伴及欢乐的老巢。

“哎——您的忠告呢？”我简短地问道。

“啊！”她这才如梦初醒，惊叫了一声。“您这么年轻，这么直率、无畏，这么有才干，这么容不得愚蠢，这么瞧不起粗俗，是需要听听忠告的。我想告诉您的就是：在这个世界上，需要靠灵活去做的事，要比靠力量去做的事多得多。不过，这也许您已经知道了，因为在您的性格里，既有力量，又有灵活——既有自尊，又有策略！”

“说下去。”她的这番奉承话讲得太叫人兴奋、太合情合理了，实在令我忍俊不禁。我虽然用手捂住嘴加以掩盖，她还是看到了我那强忍的微笑。她又一次腾出地方让我坐在她身边。尽管那种诱惑力此刻已经刺破了我的理智，我还是摇摇头，并再次要她说下去。

“好吧，假如有朝一日您当上了一所大学校的校长，可不要解雇任何人。说实话，先生（对您我要讲实话），我瞧不起那种总是吵吵闹闹，以大话吓人，今天指派这个向东，明天指派那个向西，无端惹是生非的人。我告诉您我最喜欢做什么，好不好，先生？”她又抬头看看我。这一次，她目光里的各种成分调配得很得当——顽皮不少，尊重更多，还掺入一点卖弄风情的作料，外加一点毫不掩饰的自负。我点了点头；她对待我就像对待莫卧儿大帝①，于是，在她眼里，我便成了莫卧儿大帝。

“先生，我喜欢手里拿着编织活，悄悄地坐在椅子上；各种各样的事件排着大队从我身边经过；我看着这一支队伍，只要它的行军路线是我所希望的，我就什么也不说，什么也不做；我既不鼓掌，又不叫好说：‘我多么幸运啊！’以此引起邻人的注意和嫉妒——我仅仅是消极地观望而已。可一旦事情出了毛病——这支队伍里出现了反叛者，我就会变得非常警觉；我仍然继续编织手里的小玩艺儿，仍然缄默无言；但时不时地，先生，我会伸出脚来——就这样——不动声色地对着反叛者悄悄蹭一脚，把它重新推到我所希望的轨道上。我毕竟还是成功的，谁也没有看见我用的什么办法。所以，当教职员工变得调皮捣蛋或显得无能时——简单地说，当继续留用他们会有损于学校的利益时——我仍然专心编织，听凭事态发展、恶化；一旦我发现有哪一位教师推也推不上正道，不得不退出守不住的阵地时，我就把绊脚石搬开了；可谁也看不见我出头露面，我没有树敌，只是去掉了一个累赘。”

片刻之前，我认为她是在诱惑我。此时，她的话说完了，我以憎恶的目光望着她。“描写得很像你。”我冷冷地说道，“你就是用这种办法赶走亨利小姐的？你想解除她的职位，于是便弄得她无法忍受，对不对？”

“根本不是，先生，我不过是为亨利小姐的健康着想。不！您辨别

① 莫卧儿大帝，又称蒙古大帝，系指16世纪征服并统治印度半岛的蒙古人首领。

是非的眼光一向很明亮、很敏锐，可这一回您可看走眼了。我关心——我一向很关心亨利小姐的切身利益。我不愿看着她无论刮风下雨都得往外跑。我认为，如能找到一个固定职业，对她会更为有利；再说，我认为她现在有能力做更多的事，不一定非要教女红。我对她讲明了道理，主意要她自己拿。她知道我是一番好意，便接受了我的建议。”

“妙极了！小姐，现在请您发发善心，把她的住址告诉我吧。”

“她的住址！”女校长的脸色立即变得阴沉、冷酷起来。“她的住址？啊！——我要是能告诉您该多好哇，先生，可我不能。我这就给您说原因：连我自己，无论啥时候问到她的住址，她总是避而不讲。我认为——也许我猜错了——不过我认为，她那样做虽说是错误的，但她的动机无疑是合情合理的。她之所以不肯讲，我猜想她的住所很可能十分贫寒。她经济状况拮据，出身微贱，毫无疑问，她肯定是住在贫民区。”

“可我不能不见我最好的学生，”我说，“哪怕她是叫花子的女儿，哪怕她在地窖里栖身。至于其他方面，关于她的出身，你再要欺骗我，那可就荒唐可笑了——我无意中了解到，她恰恰是一位瑞士牧师的女儿；至于说她贫穷，只要她的心灵富裕，钱包再瘪我也不在乎。”

“您的情操实在太高尚了，先生。”女校长说罢，装模作样地打了个哈欠。此刻，她的活泼已经消失，她一时的坦诚已经关闭；那面像海盗旗似的标志——大胆进攻的小红色三角旗在空中飘荡了一阵子之后，此刻已经卷起，一面用以欺骗的素色大旗重又低低地飘扬在城堡上空。我不喜欢她这样，于是便中断了这场话不投机的谈话，起身离去。

第十九章

小说家们决不应当厌倦对现实生活的研究。假如他们能够认真地观察生活，就不会描绘出那么多阳光与阴影交织，对比鲜明的画面；他们就很少会将笔下的男女主人公拔高到销魂的地步——更不会使他们陷入绝望的深渊；因为倘若我们很少领略到人生充满的乐趣，那我们就更难品尝到绝望痛苦的辛酸。真的，除非我们像野兽一样沉溺于声色口腹之乐，恣意挥霍、刺激、恣睢无度，并最终毁掉我们享乐的本能。到那时，我们就会真的发现自己失去了支撑、丧失了希望。我们的痛苦是巨大的。而结果又如何呢？既然我们已经斩断了力量的源泉，生命肯定只能是受苦受难了——因为它太虚弱了，虚弱到无法了解信仰的地步——死亡肯定会是一片黑暗——因为在我们崩溃的心灵中，没有上帝、精神与宗教的位置，只有可怕、肮脏的罪恶回忆徘徊其间：时间会把我们带到坟墓的边沿，再由死亡把我们投入墓穴——被疾病吞噬，被痛苦折磨，被掩埋于墓地，被绝望无情地践踏。

然而，一个生活有规律、理智清醒的人是永远也不会绝望的。他失去了财产——这当然是一个打击——他踌躇了片刻，接着，他那被痛苦激起的活力便立即开始寻找医治创伤的良药，积极的行动立刻减轻了懊丧的痛苦；疾病侵袭着他，他耐心地忍受，忍受那无法医治的病苦；剧烈的疼痛折磨着他，痉挛的四肢疼得不知放在哪里好；他把身子靠在“希望”号船的铁锚上，死亡夺走了他一个个亲人、一件件爱物，残暴地将他赖以缠绕感情的大树连根拔起——这是一个黑暗、忧郁的时刻，一种可怕的伤害，而某一个早晨，信仰之神会伴着日出来察看他那凄凉的小屋，对他说，他会在来生来世与亲人重逢。她说，那个世界是一个不曾被邪恶玷污的圣地，生命将经历一个没有痛苦折磨的阶段；她以两种思想——两种凡人无法领悟，却又愿意相信的思想——大大加强了她安慰的力量：那就是永恒与不朽。于是，哀悼者的心里充满了模糊而美好的幻想，幻想着光明与和平普照的仙山，幻想着一个灵魂长眠于极乐世界，幻想着自己的灵魂有朝一日也可以脱离肉体而自由地在那里降落，幻想着充满仁爱、不必人人自危的美好重逢。于是他鼓起勇气，挺身而出去迎战困难，履行人生之职责；尽管悲伤可能无法解除他心灵的负担，但希望却可以赋予他承受这种负担的力量。

那么，以上所说的这一切究竟暗示着什么呢？从中可以得出什么推论呢？它所暗示的，就是我的最好的学生——被人从我手里夺去、使我无处寻找的宝贝——的情况；从中可以得出的推论就是：作为一个意志坚强的人，我既不能允许愤慨、失望与悲哀趁此不幸之机在我心里萌生，长成参天大树，也不能允许它们独占我心中的空间；相反，我要把它们禁锢在一个狭窄而又秘密的角落；白天我工作时，我把它们关禁闭，只有在夜里关上房门之后，才放松一点对这些坏脾气婴儿的严厉管制，允许它们发泄一下怨言。为了报复我，它们坐在我的枕头上，在我的床上作祟捣乱，用它们那长长的夜半哀鸣弄得我辗转难眠。

一个星期过去了，我再没同鲁特小姐说过一句话。我脸上的表情十分平静，尽管仍是冷若冰霜、暗藏敌意的。我看她时，目光里总带着无言的蔑视和根深蒂固的不信任——这种目光正适用于那些把妒忌作为谋士、把奸诈当作工具的人。星期六晚上，在离开学校之前，我迈步走进了餐厅，她正一个人坐在那里，我在她的面前坐下，仍然带着像第一次提出问题时一样的平静语调和态度问道：

"小姐，能否将弗朗西丝·埃文斯·亨利的住址给我？"

她略显吃惊，但并不慌乱，笑着否认自己知道她的地址。接着又加了一句："关于这件事，以前——一个星期以前我已经给您解释过了，莫非先生忘记了？"

"小姐，"我又说，"您如能告诉我那位年轻人的住址，我将十分感激。"

她显得有点迷惑不解。最后，她以伪装得妙不可言的天真态度问道："先生以为我是在撒谎吗？"

我仍然避免直接回答她的话，便说："这么说，小姐，您不打算赏脸喽？"

"可是，先生，我不知道的事，怎么能告诉您呢？"

"很好，小姐，您的意思我全明白了。我只有两三句话要说。现在是七月份的最后一个星期，下个月暑假就要开始了。您完全可以利用假期时间——在八月底之前——再找到一位英语教师的，那就请您另请高明吧，我必须辞去在贵校的职位。"

没有等她对我的话发表评论，我便施了一礼，立即退出了。

当天晚上晚饭后不久，仆人送来了一个小包裹。上面的笔迹我很熟悉，但却没有想到这么快就又见到了它。住室里只剩下我一人时，我立即打开包裹。内有四枚五法郎的硬币和一张英文便条：

先生，昨天我到鲁特小姐学校去了。我知道当时您快下课了，便询问可否到教室里跟您说句话。鲁特小姐出来说您已经走了。当时还不到四点钟，所以我想她肯定是弄错了。不过我认为，为了同一件事再跑去一趟也不好，从某种意义上说，留一张便条也一样，现送上您的授课费二十法郎，如这不足以表达我对您的额外感激之情，不足以如我所盼望的那样使您了解我为也许永远见不到您而感到多么的遗憾，那么，就是面谈也未必能够充分表达我的心情。即便是见到您，我也许只会结结巴巴地说出一些软弱无力、言不由衷的话来——那种话非但不能表达我的感情，反而会使您误解我的意思。所以，也许正因为如此，我才没有见您。您常说，先生，我的练习里包含了太多有关坚韧不拔忍受悲伤的内容——您抱怨我不该老写这个主题。现在我才真正发现，描写一种严肃的职责，要比亲自去履行它容易得多，因为每当我注意到或承受苛刻的命运对我的谴责时，心里总有一种压抑感。您对我很好，先生——非常好。我很苦恼——同您分别使我极为伤心，因为在这个世界上，我很快就再也没有朋友了。不过，因为我而弄得您和女校长不和也没有什么益处。我有何权力要求得到您的同情呢？根本没有。就此住笔，再见，先生。

弗·埃·亨利

我把这张便条夹在小笔记本里，把那几枚五法郎硬币装进钱包里——然后，便在我狭窄的房间里踱起步来。

"鲁特小姐说她很贫穷，"我暗自思索，"她是穷，可她却付了学费，而且还多付了。我没有教够她一个季度，她却给了我一个季度的报酬。为了积攒这二十法郎，不知道她是怎样刻苦的——不知道她赖以栖身的是个什么样的地方，不知道她的姑妈是个什么样的女人，也不知道她能否找到差事以取代她所失去的工作。毫无疑问，她不得不整天东奔西跑，从一个学校到另一个学校，低三下四地寻找工作——这里被拒绝，那里碰钉子。有许多个晚上，她不得不拖着疲惫不堪的身子，垂头丧气地爬上床去。莫非是那位女校长不准她去教室同我道别？难道我就不能有这样一个机会，同她在教室里的窗口前站上几分钟，说上三五句话——问清楚她住在哪里——弄清楚事情的原委，也好有个思想准备？便条上没有地址。"想到这里，我又把那便条从笔记本里抽出来，把那两页纸翻来覆去地看。"女人终归是女人，这是当然的，做事总是女人的样子；男人们写信，总要顺手写上日期、地址的。那么，这几枚五法郎的硬币呢？”（我又把硬币从钱包里倒出来。）“假如是她亲手把这些钱交给我，而不是用绿丝带把它们扎在小人国[①]式的小袋子里，我定会不假思索地把钱放回她的小手里，再捂上她那纤细手指，让她把钱攥起来——那样做，定会使她难为情，使她自豪，使她羞涩，最终又会强扭不过，服从我的意志。可如今她在何方？我怎样才能找到她呢？”

我打开房门，来到楼下的厨房里。

“那个小包裹是谁送来的？”我问那个给我送包裹的仆人。

“是一个小信差，先生。”

“他说什么了没有？”

“什么也没说。”

我又悄悄地朝楼上走去。那人对我的问话感到惊奇。

“没关系，”我重又关上房门后，自言自语地说，“没关系——跑遍布鲁塞尔，我也要找到她。”

我真的那样做了。只要一有空闲时间，哪怕只有一小会儿，我就跑出去找她，日复一日，一直找了四个星期。每逢星期日，总是找一天。我到大街上找，到林荫小道上找，到公园里找，到圣古都尔教堂、圣雅克教堂找，到两所基督教礼拜堂找。我之所以要到那两个专供德国人、法国人和英国人做礼拜的礼拜堂去找，是因为我相信一定会在其中的一个里找到她。然而，我的一切努力都毫无结果。我确信会在那两个礼拜堂里找到她，但事实证明，这种信心也同我的其他估计一样毫无根据。每逢礼拜仪式结束，我就站在两个礼拜堂的门口，一直等到所有人都走出来；我细心地察看每一件长袍裹着的纤细身姿，窥视每一顶软帽遮着的年轻脑袋，但却是白费工夫。我看着一个

① 指英国作家斯威夫特的长篇小说《格列佛游记》里所描写的小人国。

个少女从我身边走过，将黑色的披肩拉下盖住动人的削肩，却没有一个具有亨利小姐那样的气质和仪态；我看到了一张张配着褐色秀发的苍白而又显得心事重重的面庞，但却没有发现亨利小姐那样的前额，那样的眼睛，那样的眉毛。这一副副面容似乎都是白看了，因为我的目光未能看到我一心想要看到的那些特征：那宽阔的眉心，那又黑又大、神情庄重的眼睛，以及眼睛上边那两道细长而引人注目的眉毛。

"也许她已经离开了布鲁塞尔——可能是像她说的那样到英国去了，"我心里说。第四个星期天的下午，我转身离开了被看门人刚刚关上并落了锁的皇家礼拜堂的大门，尾随着最后一批信徒。那批信徒已经或正在广场上散开。我很快便超过了那一对对英国男女。（天哪！他们干吗不穿得好一点呢？我眼前看到的，尽是镶着宽宽的荷叶边，用昂贵的绸缎做成的邋邋遢遢的衣服，尽是缀着昂贵花边的难看的大领子，尽是裁剪得肥肥胖胖、奇形怪状的裤子。每逢星期天英国人做礼拜时，皇家礼拜堂唱诗班的人，穿的全是这种衣服；祈祷结束后，这一帮人又涌上广场，与那些匆匆赶来瞻仰科伯格大教堂的外国人新颖整齐的形象比较起来，实在有失英国人的体面。）我超过了这一对对英国男女，超过了一群群天真可爱的英国儿童，超过了一个个英国男从女仆，穿过了皇室住宅区，来到了国王大街，又拐进了卢汶街——一条古老而又僻静的街道。我感到肚子有点饿，这时才向往起此刻正摆在佩利特家餐桌上的小奶油面包和水来，但我又不想回去享用我的那一份茶点——于是，我走进了一家面包店，要了一个 couc——这是一个佛兰芒词，我不知道怎么拼写，是由科林斯语加英语构成的，也就是一种内有葡萄干的圆形甜面包——和一杯咖啡；稍微提提神之后，我便朝卢汶门慢慢走去。很快我便来到了城外，我又慢慢向对着城门的小山上爬去。我不慌不忙地朝上爬，因为那天下午仍然多云，天气十分闷热，连一丝风也没有，空气像凝固了似的。布鲁塞尔居民谁也无须跑这么远来寻求寂寞。只要谁肯走出城外半里格[①]，他就会发现，他的城市默默无言地、茫然地俯视着广阔的原野；那环抱布拉邦特首府的原野虽说十分肥沃，却是那样沉闷，没有树木，没有道路。我登上山顶，久久伫立，鸟瞰那虽经耕作，但却毫无生气的田原。这时，我心里产生了一个念头：离开来时走过的公路。于是，我便踏进了耕地——脚下的田园像布罗布丁纳格[②]菜园里的菜畦一样肥沃——那田园向四周延伸，直达地平线。在遥远的地平线上，田园由深绿变成暗蓝，与暴风雨前灰色的天空融为一体。接着，我向右拐上了一条田间小道。正如我所预料的那样，没走多远，这条小道就把我带进了农田。就在我面前的农田中间，矗立着一堵白色的高墙，从上边露出的簇簇叶子可以看出，墙里边是一些种植着稠密的紫杉和柏树的苗圃，因为那些伸出墙头、搭在白色围墙上的树枝，正是这两种树木。这些小树懒洋洋地簇拥着一个巨大的十字架。那十字架无疑是竖立在中间的高地上的，它伸展出黑色的大理石石臂，凌驾于那些不幸的小树苗头上。我向院子走去，心想，这座戒备森严的园林不知究竟属于谁家。我转过墙角，猜想会看到宏伟的公馆。我来到两扇大铁门前，那里有一间小屋，几乎可以肯定是看门仆人的住室。不必用钥匙——门是开着的。我顺手推开一扇——门上的铁铰链大概是被雨水锈蚀了，铁门开启时，铰链发出了悲哀的吱呀声。树木浓郁的枝叶像屋顶一样遮掩着院子的入口。我穿过林荫道，看到左右两边的墓碑上都各自以不同的文字刻着残缺不全的句子和符号，我这才明白自己闯到了什么鬼地方。原来这是为一切活人准备好的家；那些十字架、墓碑和石刻花圈表明：这里是“卢汶门外基督徒公墓”。

这块墓地很大，不走回头路也足够你在里面转上半个钟头；而对

---

① 长度单位，一里格约合英美的三英里。

② 即斯威夫特的小说《格列佛游记》中的大人国。

那些专爱研究坟场年鉴的人来说，这里形形色色的碑文足够他花上两倍到三倍的时间去认真琢磨的。这里埋葬着不同家族、不同语言、不同国籍的人；那一块块用普通石头、大理石或青铜做成的墓碑上，分别用英文、法文、德文或拉丁文镌刻着死者的姓名、生卒年月，以及亲属献给他们的亲切而又言过其实的最后颂词。这里有一块英国男子在他的玛丽·史密斯或简·布朗的遗体上竖立的大理石墓碑，上面只刻着她的名字；那里有一个法国鳏夫在他的爱弥尔或塞勒斯丹的墓上放置的鲜艳的玫瑰花环，花环中央的纸匾上写着同样绚丽多彩的赞语，以颂扬她那数不清的美德。每一个国家、每一个部落、每一个家族，都以其独特的方式哀悼死者；然而，哀悼竟都是这样无声无息！尽管我走得很慢，小道的路面也很平坦，但我的脚步声听起来仍很惊人，因为只有它打破了坟场的沉寂。那天下午，似乎是预先商量好的，不仅是风，而且就连那十分宜人的流动的空气，也都不知躲到哪里睡大觉去了。东面一片肃穆，西面一片静寂，南面默默不语，北面鸦雀无声。天空阴云密布，纹丝不动；公墓的树荫下闷热而阴暗，令人窒息；柳枝低垂，不摇不晃；惟有柏树苗冲破了这层黑暗，无言地昂首直立；美丽的鲜花软弱无力地垂下头来，无精打采地等待着夜露或雷雨的降临；而树荫下的一座座坟墓则麻木不仁地躺在那里，听任烈日与阴暗、雨水和干旱的摧残。

我讨厌自己的脚步声，便离开了人行道，走在草地上，慢慢向小紫杉树林走去。我看见有个什么东西在林中晃动，我以为可能是一根断枝在摇摆。因为我眼睛近视，没有看清是什么形状，只感到它在动弹。那黑影在林荫道的空地上时隐时现；很快我便发现，那东西是活的，而且是个大活人。我又走近了一点，这才发觉原来是一个女人在那里踱来踱去，而且正如我一直感到很孤独一样，显然她也感到很孤独；正如我一直在冥思苦想一样，她也在冥思苦想。不一会儿，她便回到一个座位边，我猜想她刚刚才从那个座位上起身，或者说，我刚才就应该看见她坐在那儿的。这是一个隐蔽的去处，四周被稀稀疏疏的树木遮掩着。她的面前是那堵白色的高墙；靠墙竖着一块小石碑，石碑下的草地刚刚被翻起，堆成了一座新坟。我戴上眼镜，轻轻地贴近她的身后走过。我望了一眼墓碑上的碑文，只见上面刻着："朱利安娜·亨利，于布鲁塞尔逝世，享年六十岁，18XX年8月10日"。仔细看过碑文之后，我把目光转向眼前这个低头坐在那里苦苦思索的身影。对于近在咫尺的我，这个大活人，她居然毫无感觉。她身材修长，正值青春年华，穿一身最普通的黑布孝服，戴一顶简单的皂色孝帽。我一下看出了，也感觉出了她是谁。我一动不动地在那儿站了好几分钟。我确信无疑，眼前这个人就是她，心里不觉一阵喜悦。我整整找了她一个月，却没有发现一点踪迹——看来已没有任何希望、任何机会再见到她了，我已经多少有点灰心了。然而，假如半个钟头以前我放弃了希望，让绝望的思想占了上风，那么，生活的洪流、命运的激浪，就会把她永远地从我身边卷走，冲到一个再也难以寻觅的去处。没想到，就在我于绝望的重压下突然低下头来——就在我用目光追寻着坟场草地上那悲哀的脚印时——我却在这里找到了丢失的珠宝，原来她掉在了用泪水培育的坟场草地上，卡在了腐朽多苔的紫杉树树根间。

弗朗西丝一只手托着脸，胳膊肘支在膝盖上。我知道她会就这样长时间地不改变姿势，一动不动地坐在那里思索。后来，一滴泪水夺眶而出；她目光呆滞地凝视着眼前那墓碑上的名字。被死者遗弃的活人在追忆逝去的亲人时，有时内心会被压抑得苦不堪言，此刻的弗朗西丝也正忍受着这种痛苦的压抑。泪水像断了线的珍珠簌簌落下，她用手帕擦了又流，流了又擦，终于禁不住抽噎起来。一阵伤心过后，她又静静地坐在那里。我把手轻轻地放在她的肩上，无须让她作过多的思想准备，因为这时的她既不会歇斯底里发作，也不会吓得晕过去，假如我突然推她一下，的确会使她大吃一惊，然而，正如我希望的那样，我轻轻地碰了她一下，仅仅唤醒了她的注意力；尽管她还是猛地转过脸来，让人觉得——特别是某些人会觉得——那动作简直像闪电一样迅速，但我相信，早在她作出这种突然反应之前，她就已经在考虑究竟是什么东西，并且已经意识到了是谁偷偷地潜入了她的孤独之中了。这想法，这意识，掠过她的大脑，闪过她的心房。起码，在两个人同时认出对方，眼睛里闪现出最富表情的亮光以前，她甚至并没有惊奇得抬起头来睁开眼睛看我一眼；在她的整个面部清楚而热烈地显现出最明显的喜悦表情之前，她的五官几乎没有因为神经紧张而显得惊恐不安。我还没来得及观察她那憔悴、苍白的面庞，霎时间，她的面颊上便泛起了一片红霞，流露出由衷的狂喜，闪现出难得一见的光彩；没等我对此感到由衷的高兴，那红霞、那狂喜、那光彩便已在我的学生脸上扩散开来。这是在夏天的滂沱阵雨之后射出的第一束阳光。还有什么能比这种光束传播得更快呢？它简直像是一团熊熊燃烧的烈火！

我讨厌鲁莽——讨厌那种厚颜无耻的眉目传情以及缺乏理性的神经质的鲁莽举动；但我喜欢性情刚强的勇敢，喜欢那种出自慷慨血性的热诚。当弗朗西丝·埃文斯那清澈如水的淡褐色眼睛毫不避缩地望着我的眼睛时，我喜欢她眸子里闪烁的光芒，并对它怀着炽热的感情；我喜欢她叫“老师！老师！”时那迷人的语调。

我喜欢将她的小手握在我的手里；我喜欢她这个身无分文、父母双亡的孤女站在那里时亭亭玉立的姿态，因为这位在淫荡之徒眼里看来缺乏魅力的姑娘，对于我来说正是宝贝——她是最值得我同情的人。她的心息能与我的相通，她的感情能与我的共鸣，她是我可以用来储藏爱情的理想圣地；她是谨慎与远见、勤勉与毅力、无私与自制的化身；我渴望将我的礼物——我的全部感情——托付给这样一位可靠的保护人照看，她是诚实与贞节、自主与道德的典范——这些品质乃是体面生活的创造者和维护者；她不动声色，却拥有一眼深井，那井里既盛着柔情，又盛着火焰，平静而又温暖，纯洁而又不可熄灭；那井里既装着本能的情，又装着天性的爱——这些乃是组成家庭所必需的舒适与欢乐的源泉。我知道她心中的这眼井有多么平静，有多么深邃；我知道那危险的火焰在她理智的目光里燃烧得有多么安全；我曾经看到过，当火焰迅速产生的热量搅乱了生命之河水时，那光焰会突然蹿起多么高，烧得多么旺；我曾经看到过理智怎样征服反抗，将烈火化为灰烬。我信任弗朗西丝·埃文斯，我敬重她。当我挽着她的手臂，把她领出那块墓地时，我感觉到了一种异样的感情，那感情同信任一样强烈，同敬重一样坚实，而且比信任和敬重都要炽热——那就是爱情。

“这下可好了，我的学生，”当那吱呀作响的大铁门在我们身后关上时，我对她说，“这下可好了，我总算又找到你了。我苦苦找了你一个月，做梦也没想到会发现我丢失的小绵羊竟然在坟场里游荡。”

从前我同她说话，言必称“小姐”，而此刻这样同她说话，对我对她都是一种崭新的方式。她的回答表明，她对这种方式一点也不生气，一点也不反感。

“老师，”她说，“您还当真那么费心地找我？我可一点也没想到您对我的离去会那么重视。不过，被人从您身边赶走，我的确非常伤心。对那件事我非常遗憾，按说更加沉重的打击本该能使我忘掉它的，可我忘不了。”

“你姑妈去世了？”

“是的，两星期以前。她临死的时候悔恨万分，我也弄不清她悔恨什么。就在她生命的最后一个夜晚，她还一再重复着那句话，‘弗朗西丝，我去之后，你该多么孤单，多么无依无靠啊。’她还希望能把她葬到瑞士，当初是我劝她在垂暮之年离开莱芒湖[①]畔，来到这平坦的法兰德斯[②]地区的，谁想到这简直是叫她来送死。我多么想满足她最后的愿望，把她的遗体运回祖国啊！可那是不可能的，所以我只好把她安葬在这里。”

“我想，她只病了很短时间吧？”

“只三个星期。她病倒以后，我向鲁特小姐请假在家伺候她，她欣然答应了。”

“你还回那所学校吗？”我急切地问道。

“先生，我在家呆了一个礼拜之后，一天晚上鲁特小姐来了，当时我刚打发姑妈上床睡觉。她先到姑妈房里同她说了会儿话，像往常一样，她显得彬彬有礼，也很和蔼，接着又出来同我一起坐了很久。就在她起身要走的时候，她对我说：‘小姐，你教学生的确教得很好，你那高超的手工活她们都已学得很熟练了，所以没有任何必要再教她们了；尽管如此，你离开学校一走，我心里得很长时间感到惋惜。考虑到还有些学生年龄较小，我不得不找一位教师来接替你的工作。尽管她的手艺确实远不如你，可也只好让她尽力而为了。至于你，毫无疑问，现在该是另请高就的时候了。我确信，凭你的才能，随时都可以找到愿意聘用你的学校和家庭。’接着，她便交给我最后一个季度的薪金。我很直率地问她，小姐是不是企图把我赶出学校。对于我的难听话，她只付之一笑，回答说：‘咱们的主雇关系当然也就算解除了，但我仍希望继续同你保持联系，我愿意始终把你当作朋友看待。’接着，她又说了一番街上如何如何好，天气一直多么晴朗之类的闲话以后，便蛮有兴致地走了。”

---

① 即日内瓦湖。

② 比利时西部及法国北部一地区。

我心里笑了；这一切多像那位女校长啊——她的行为跟我预料和猜想的完全一样。她撒谎的证据被弗朗西丝无意之间揭露出来了，她说她的确经常询问亨利小姐的住址，“可亨利小姐一直守口如瓶”等等，等等。而且我还由此发现，她曾亲自到这个她最瞧不起的人家里去过。

我本打算对我的学生所透露的情况说些什么，却被劈劈啪啪的雨点阻止了。黄豆大的雨珠打在我们脸上，打在脚下的小道上，暴雨正自远处而来。那凝固的空气、铅灰色的天空所发出的警告，把我赶到了返回布鲁塞尔的路上。此刻，我加快了自己的、也加快了同伴的脚步。由于一路下坡，所以我们走得很快。在大雨到来前，雨滴停了一会，我们趁此机会通过卢汶门，回到了城里。

“你住在哪儿?”我问道，“我要把你平安地送到家。”

“内日河畔圣母大街，”弗朗西丝回答说。

那地方离卢汶大街不远。等我们来到她住的房子跟前，站到台阶上的时候，天上的乌云才被隆隆的霹雳划破，被耀眼的闪电撕碎；乌云抖开那铅灰色的折皱，刹那间，瀑布似的大雨便疯狂地倾泻下来。

“进来！进来！”弗朗西丝走进门去，见我停住了脚步没跟她进去，便冲着我喊起来。我这才下定了决心，迈过门槛，顺手将伴随着电闪雷鸣的、白茫茫的瓢泼似的暴雨关在门外。我跟着她上楼，来到她的房间。我们俩谁也没淋湿，门上方的一道房檐挡住了直泻而下的雨水；我们的衣服只是在刚开始那阵子淋上几滴大雨点；要是再迟一分钟，浑身就休想有一点干地方了。

踏过一小块绿色的羊毛蹭鞋垫，我进入了她的住室。房间的面积很小，油漆地板的中央铺着一方绿地毯。室内家具不多，却都擦得干净锃亮，地方虽小，却收拾得井井有条。我不由得细心观察起来。刚才我之所以在门口踌躇了一会没跟她进来，是因为我想起了鲁特小姐的话，怕一眼看出她家里一贫如洗，我担心我贸然闯进去，会使这位修补花边的小姐感到难堪。尽管这个家也许很穷，或真的很穷，但它的整洁胜过了高雅；虽说干干净净的壁炉内只有一点点明亮的火苗在闪烁，但在我看来，它比富丽堂皇的宫殿更具有吸引力。室内没有再生火，也没有放着现成的木柴；这位花边修补工没有能力那样大手大脚，尤其是眼下，刚刚死了唯一的亲人，弄得她手头很拮据，又没有任何人接济她，她不得不自食其力。弗朗西丝走进里间去脱帽子，再出来的时候，简直变成了一位朴素整洁的模特儿：一身合体的皂色衣服，准确地勾勒出她那优美起伏的胸脯，柔软苗条的腰肢，纯白的领子向外翻卷，露出她那妩媚动人的颈项，浓密的褐色头发从两鬓往后整齐地梳去，然后在脑后编成一条希腊式的大辫子；她没有任何首饰——没有胸针，没有耳环，也没有丝带。但不用这些，她依然打扮得很出色，那完美的体形、协调的身段、优雅的姿态，全部被恰到好处地体现了出来。她一回到小起居室，便立即寻找我的目光。此刻，我的目光正停留在壁炉上。看着那冷冰冰、空荡荡的炉子，我心里不禁产生一种怜悯之情；我知道她也立刻看出了我的心思。她明白得快，行动得更快。只见她立即在腰间系上围裙，走了出去，回来时提着一个篮子。那篮子是盖着的；她打开篮盖，拿出木柴和煤块，熟练而麻利地放到壁炉里。

“她就剩这么多了，为了客人，她要全用上了，”我心里想。

“你要干什么？”我问，“该不是要在这大热天的晚上生火吧？那可要把我闷死了。”

“是要生火，先生，下雨了，我感到冷丝丝的；再说，我也得烧水煮茶，因为我星期天总是喝茶；只好委屈您热一点了。”

她划了一根火柴，木柴开始燃烧起来。火光照着炉子，连炉子也变得有了生气。说真的，同室外阴沉的天空，哗哗的大雨比较起来，那静静燃烧的火焰实在令人惬意。这时，不知从什么地方传来一阵低低的哼哼声。从那愉快的声音可以听出，对这种变化感到高兴的，不只是我一个，另外还有一个动物。原来是一只在脚凳上睡觉的黑猫被火光惊醒，它跑了出来，在弗朗西丝的长袍上蹭着脑袋。此刻，弗朗西丝正跪在那里，她轻轻地抚摸着它，说那只小猫是她“可怜的姑妈朱利安娜”的心爱之物。

生着了火，扫过了炉台，弗朗西丝把一个小水壶放在红红的火焰上。那小水壶的样子很别致，记得我曾在英国一些古老的农舍里见过。弗朗西丝洗过手，又立刻解下围裙，然后打开厨柜，拿出一个茶盘，迅速地在上面摆好一套陶瓷茶具。茶具的图案、形状和大小更为奇特，她又在每个小碟里摆一支旧式的银勺，在糖罐里放一支银钳子；那钳子的样式也很古老；接着，她又从厨柜里拿出一个小得像鸡蛋壳似的奶酪罐。在进行这一系列的准备工作的同时，她还时不时地抬头看看我，好奇地打量着我的眼睛。她笑着问道：

“像不像在英国，先生？”

“像在一百年前的英国，”我回答说。

“真的？这茶盘上所摆的一切，都至少有一百年的历史了。这些杯子，这些勺子，还有这罐子，全都是我家的传家宝。我曾外祖母传给了我外祖母，外祖母传给了我母亲，母亲把它们从英国带到瑞士，又传给了我。我打做小姑娘的时候起，就想着将来再把它们带回英国，带回它们的老家去。”

她在桌上放了些奶油面包，沏上茶。她沏茶的方法是外国式的——就是说，将一茶匙茶叶分放在五六个杯子里。她给我摆好一把椅子，待我落座之后，她带着得意的神色问道：

“这会不会使您感到此刻就像在家里一样？”

“要是我在英国有家，我相信会使我想起它的，”我回答说。看着这位皮肤白皙、英国人模样的姑娘主持着英国式的茶点，讲着英国的语言，的确会使人产生这样的幻觉。

“这么说，您没有家？”她问。

“没有，从来没有过。如果说我将来会有个家，那也肯定是我一手建立的。不过，这项任务现在尚未着手。”我说这些话时，只觉得一阵剧痛穿心，这是一种我从未感受过的痛苦，一种因自己地位低下、金钱匮乏而感到耻辱的痛苦；伴随着这痛苦，也使我产生了一种强烈的欲望：多做事、多挣钱，出人头地、发财致富。随着财富的不断增多，我必然会迫切希望建立一个我从未有过的家庭，娶到我暗暗发誓要娶到手的妻子。

弗朗西丝的茶不比热水、糖水或牛奶强多少；她的面包上虽然没涂奶酪，但我吃着却比吗哪[①]还甜。

吃完茶点，弗朗西丝把珍贵的茶盘和瓷器刷洗后重新放了起来，把本来就很明亮的桌子擦得更加光亮可鉴。她先端出一盘食物，特别款待“我姑妈朱利安娜的小猫”，又扫去飘落到炉子上的炉碴与煤灰，最后终于坐了下来。接着，当她拉过一把椅子正要在我对面落座时，她退缩了，第一次退缩了，而且显得有点局促不安。这也难怪，因为我无意之中看她看得太仔细了。我过分专注地注视着她的一举一动；她那优美、敏捷的动作使我着了迷，她纤细的小手一挥一动，显得那么灵巧熟练，干净利索，简直富有艺术魅力。她终于默默地坐了下来。这时候，她脸上显示出来的才智在我看来简直太美了，于是，我又仔细地观察起来。她的脸色非但没有因沉默而镇定下来，反而显得更加兴奋了。她的眼睛始终向下瞧着，尽管我一直在等待着她抬起眼帘，好欣赏一番我所喜爱的晶莹的目光——在那种目光下，温柔能够熄灭烈火，情感能够削弱锐气，起码就在此刻，欢乐能够玩弄思

① 《圣经》中所说的古以色列人经过旷野时所获得的神赐食物。

想——但我的愿望并未能得到满足，最后我才意识到，这种失望很可能全怪我自己。要想打破眼下的僵局，使她不至于老这样一动不动地坐着，我就决不能总用眼睛盯着她瞧，我必须同她说话。于是，为了缓和一下气氛，使她重新活跃起来，我便以一种不惯于对她使用的命令式的口气和态度说道：

“拿一本英文书来，小姐，雨仍下得很大，可能我还得羁留半个钟头。”

这下子使她得到了解脱，变得自在起来。她起身去拿了一本书，又欣然地坐在我身边的椅子上，那是我专门为她放置的。她从古典名著书架上选了一本《失乐园》①，我猜想，她认为该书的宗教特色最适合于礼拜天阅读。我让她从头读起，书中有一位天神，曾在“神秘的奥勒布山或西奈山山顶”，向一位希伯来牧羊人讲述世界的概念是如何在混沌的状态中产生成熟的。当弗朗西丝读到弥尔顿向那位天神祈祷时，我正全神贯注地沉浸在三重乐趣之中：一是有她坐在我的身边，二是聆听她那甜蜜悦耳的嗓音，三是不时欣赏一下她的面容。这最后一种享受，我主要是利用纠正她语调、停顿或重读方面的错误的机会得到的。只要是在我断然坚持自己的意见时，我都可以直直地盯着她，而又不会把她羞得面红耳赤。

“好了，”在她读了五六页之后我说道，（这五六页书她读了好长时间，因为她读得很慢，甚至还得不时停下来询问和听我告诉她该怎么读。）“好了，现在雨停了，我必须赶快走。”真的，当我朝窗户望去时，我看见天空一片湛蓝，乌云已经破裂、散开，八月的夕阳透过窗格子射入一束余晖，宛如红宝石的闪光。我站起身来，戴上手套。

“鲁特小姐解雇你之后，你还没有另找到职业吧？”

“还没有，先生。我问了好多地方，可他们都要证明信。说真的，

① 英国杰出诗人约翰·弥尔顿以《圣经》为题材而写的宏伟史诗。

我不愿去求那位女校长，因为我觉得她对我采取的手段既不公平，也不光彩。她暗地里唆使学生同我作对，弄得我在她的学校里干得很不痛快，然后又以虚假和伪善的手段解雇了我，还说什么她那样做是为我好，实际上是在一个紧要关头断绝了我的主要经济来源，因为不仅我自己的生活，而且还有一个小生命的生活，都要依靠我的努力去维持。对于她，我决不会再去求情。”

“那么，你打算怎么办呢？眼下是怎么过的？”

“我还修补花边。只要仔细点，还饿不着。而且我毫不怀疑，通过努力，我是会找到好一点的差事的。我试着找工作才两个礼拜，我的勇气、我的信心都还没有枯竭。”

“就算你找到理想的工作又会怎么样呢？你的最终目的是什么呢？”

“攒够钱，然后渡海峡去英国。我始终把英国看作我的乐土。”

“好吧，好吧，不久我会再来看你的，再见吧。”就这样，我相当突然地离开了她。我费了好大气力抑制了内心的强烈欲望，那种欲望怂恿我同她告别时要再热情点，再含情脉脉点，把她紧紧地搂在怀里一会儿，在她脸蛋上或额头上亲吻一下，如果那样做不也是很自然的吗？那样也并不算过分——这正是我所向往的。那样，我就可以心满意足地走了。然而，理智连这一点也不允许我做；它命令我从弗朗西丝脸上收回目光，走出她的住所——像离开佩利特夫人那样冷淡地离开她。我服从了理智，然而又愤愤地发誓，有一天非要报复不可。在与理智的抗争中，我宁死也要赢得高兴干什么就干什么的权利。如今我眼前有了目标——要娶这位日内瓦姑娘为妻，假如她对我这个老师的关心和我对她的关心一样，或者说只要有那么一半，她就会成为我的妻子。假如她根本没把我放在心上，我教她英语的时候，她何以会那样地温顺，那样地微笑，那样地高兴？在我口授什么东西让她写下来，或为她改错的时候，她何以会带着那样平静、那样满足、那样快活的神情坐在我的身边？我前面说过，在我走进教室的时候，不管她脸色有多么忧伤、多么苦闷，只要我来到她的身边，同她说上几句话，指点她几句，或者斥责她几句，她立刻便会沉浸在幸福之中，平静而振奋地抬头望望我。对她来说，最恰当的方式莫过于斥责。每当我责备她时，她总是拿一把小刀在铅笔或别的什么笔上削着，噘着嘴巴，坐立不安，时而简短地辩解一句。当我生怕她一会削完了，从她手里把铅笔夺回来的时候，当我为了使她低沉的情绪振作起来，连简短的辩解也不允许她讲的时候，她最后总要抬起头来，用一种特别的目光瞥我一眼。老实说，那快活而甜蜜的挑战式的一瞥使我震颤，使我感到好像什么事也没有发生似的顿时火气全消，使我糊里糊涂地（谢天谢地，她不知道这一点）成了她的臣民——如果说不是奴隶的话。在这一系列的场面之后，她就会一直保持着高涨的情绪，常常能一连几个钟头地保持下去，而且如前所述，她的身体便会由此摄取营养与活力。在她的姑妈去世和她被解雇之前，这种营养和活力几乎使她变成了另一个人。

上面这最后几句话是我花了好几分钟时间才写完的，但这一切却是在我从弗朗西丝的房间里出来、下楼梯的短暂时刻所想到的。就在我开前门的时候，我突然记起那二十法郎还没有还给她，于是便停住了脚步。我不可能再把钱带回去，但要强行把它们归还原主也很困难。如今我已目睹了她简陋的住处，看到了她人穷志不短，对房间的井然有序充满了自豪，并过分讲究地保持着陈旧的传统，了解了她的小家庭生活的安排与节俭。我断定，我要免去她的债务，她会感到难受而不肯答应；我断定，她不会从任何人手里接受恩赐，特别是从我手里。然而，这四枚五法郎的硬币对我的自尊心却是一个沉重的包袱，我必须去掉这个包袱。这时，我突然心生一计——这无疑是个笨办法，但眼下也只好如此了。于是，我赶忙上楼，敲敲门，装着急匆匆的样子，重新走进她的房间。

“小姐，我少了一只手套，肯定是丢在这里了。”

她立刻动手找起来。此刻我正站在壁炉边，炉台上摆着一套瓷器装饰品，同那些茶杯一样古色古香。就在她转过身去时，我悄悄地拿起一只花瓶，把那二十法郎硬币偷偷地放在下面。然后我说：“啊，手套在这儿呢！掉在炉子围栏里了，再见，小姐。”我再一次告别而去。

这次临时决定的返回虽很短暂，却使我赢得了时间，去掉了一块心病。我看到弗朗西丝已经把仍在熊熊燃烧的小煤块从炉子里夹了出来：因为她不得不一点一点地计算着用。为了节省每一块燃料，我前脚走，她后脚就把火熄灭了；她觉得一个人烧那么大的火太浪费了，简直有点奢侈。

“幸好现在还不到冬天，”我想，“不过再有两个多月，11 月的风风雨雨就要来临了，假如我能在那之前赢得可以随意往那个炉子里一铲一铲加煤的权利，那该多好啊！”

人行道上的水已经快干了；温和而又清新的微风在被闪电净化后的天空荡漾。我背西向东走去；此时的西方天际呈现出一片五色斑斓的猫眼石色彩，蔚蓝中夹杂着绯红，灿烂的夕阳显得特别大，一直到边缘都染上了泰尔红紫色[①]，东方的天空飘浮着朵朵彩云，云朵上架着一道匀称的彩虹，那彩虹又高又宽，色泽斑斓，完美无比。我久久地对着彩虹观看，美妙的景象尽收眼底，而且我猜想，那种景象已经深深地印入了大脑里；因为当天夜里，我躺在床上，兴奋得久久不能成眠，眼望着窗外那无声的片状闪电，只见那闪电仍在逐渐散去的云层里嬉戏，把一道银色的光芒照在星斗上。最后，我终于睡着了，睡梦中又出现了那西沉的红日，那朵朵彩云以及那奇妙的彩虹。我觉得像

---

① 从海螺中浸出的紫色颜料。

是站在一个高坡上，背靠着一道护墙，下面是一道深渊，深不可测，只能听见不停的波涛撞击声，我相信那就是大海；大海一直延伸到天边，海水的颜色不停地变幻，由淡绿变为深蓝。远处的一切都是那样柔和，一切都笼罩在雾霭之中。突然间，天水相接处闪出一道金光，那金光慢慢浮起、靠近、扩大、变化，最后悬挂在半空中，悬挂在彩虹的下边，那苍茫的柔云便随之在它后边散开，像长了翅膀一样；似珍珠一样美丽、如羊毛一般柔软的闪闪发光的气流好似一件彩衣披在它的身上，淡红色的光芒在它上面勾画出面孔与四肢一样的轮廓；一颗更加明亮的大星斗在一位天使的前额上闪烁；它抬起的手臂像一道光束，指向头顶的彩虹。一个声音在我心中低语：“‘希望’在笑着对‘努力’表示赞许了！”

第二十章

丰厚的收入是我所需要的，也是我眼下的目标和决意要得到的。然而，这一目标从来也没有像现在离我这么遥远。随着八月份的到来，学年结束了。考试已经完毕，评奖已经结束，学校业已放假，所有大学及寄宿学校的大门均已关闭，一直要关到10月中旬才会重新打开。光阴荏苒，转眼就要到8月底，可我的职位怎么样呢？我要是从上个季度初就开始采取点步骤，岂不更好？恰恰相反，由于放弃了鲁特小姐学校的英语教师工作，我又丢掉了一个职位。我心甘情愿地把年收入砍掉了二十英镑，从每年六十英镑减少到四十英镑。就是这个数目，如今也是很不保险的。

我有好长时间没有提到佩利特先生了。我记得，前面谈到的有关他的最后一件事，是他和鲁特小姐的那次花前月下的幽会，那是那位绅士的一次大暴露。事实上，从那次事件以后，我们俩交往的兴趣就变得淡漠了。他的确还不知道，就在那个万籁俱寂、月光如水的深夜，一扇打开的格子窗，竟使他那自私的爱情、虚伪的友谊，在我面前暴露无遗，他还像从前那样圆滑，那样傲慢。可我却变得像豪猪一样浑身是刺，像黑刺棍棒一样不可弯曲。对于他善意的戏弄我从来不屑一笑，连片刻也不曾同他在一起呆过；他邀请我到他客厅里喝咖啡，我一概加以拒绝，而且拒绝得那么生硬、那么坚决；以前他拿女校长说些俏皮话（现在他还那样做），总是逗得我乐不可支；如今我只是厌恶地听着而无动于衷。对于我的冷淡态度，佩利特非常耐心地忍受了很长时间，甚至对我越发殷勤起来。然而，当他发现即使对我礼貌到低三下四的程度，仍不能感动我，仍不能使我的态度缓和时，他也终于一反常态，对我的态度变得冷淡了。邀请停止了，脸色也显得多疑和阴沉起来。我从他的眉宇间那困惑不解而又冥思苦想的样子看出，在不断进行调查比较的前提下，他还急切地竭力想得出解释性的结论。我认为，没过多久他便成功了，因为他并不缺乏敏锐的洞察力，再说，也许还有佐蕾德小姐的帮助，使他解开了这个难解之谜。不管怎么说，他那疑虑重重、犹豫不决的态度消失了，他索性撕破所有热情友好的伪装，换上了一副沉默寡言，一本正经的面孔，但他对我的态度仍然是小心谨慎，不失礼貌的。这正是我想达到的目的，我重又感到比较能够心安理得，无拘无束了。说真的，我不喜欢自己在他家里的地位，但既然摆脱了佩利特先生的虚伪友谊和口蜜腹剑给我带来的烦恼，我还是能够忍耐下去的，更何况校长对我的那种过分仇视与妒忌的情绪，并未烦扰我恬静的灵魂。我发觉他仅仅刺伤了我的一个敏感点，伤口很快便彻底愈合了，只对他一贯的阴险嘴脸留下了一点轻蔑感，只对那双现已查明企图暗中伤害我的手留下了永久的不信任感。

这种状况一直延续到7月中旬，接着发生了小小的变化。一天夜里，佩利特比平常晚一小时回到家里，那副样子显然是喝醉了酒。这对于他可是反常的，因为如果说他已沾染上了他的同胞们最坏的习气，那么，与此同时，他起码还保留着他们的一样美德，那就是节酒。而这一次，他却喝得酩酊大醉。他先在大厅里拼命地摇铃，一下子惊动了全校(学生们除外，因为学生宿舍在另一座楼里的教室上面，所以没有受到干扰)，接着又叫人马上把午饭送来，因为他想着当时是中午，其实，市里午夜的钟声刚刚敲过。他狂怒着申斥仆人们开饭不准时，又跑去责怪他那可怜的老妈妈；老太太劝他去睡觉，他却破口大骂起“那个该死的英国人，克利姆斯沃思”来，他那疯疯癫癫的样子十分瘆人。当时我还没睡，我弄到了几本德语书，这些天夜里总是读到很晚。我听到了楼下的喧嚣声，并听出是校长在声嘶力竭地喊叫。那叫声异乎寻常，又十分可怕。我打开一道门缝，听到他正要人把“克利姆斯沃思”给他带来，他要在大厅里的桌子上割断他的喉咙，清洗他的人格。他断言，克利姆斯沃思的人格脏透了，带着可恶的英国血统。“他不是疯了，便是醉了，”我想，“不管他是疯是醉，那位老太太和仆人们都是需要帮助的。”所以，我径直下楼来到客厅。只见他走路摇摇晃晃，眼珠子迅速而狂乱地滚动着，那副半疯半傻的模样真够漂亮的。

“得了，佩利特先生，你还是睡觉去吧，”我抓住他的胳膊说。刚才他还要给我换血，这时一看到我，一接触到我，当然就更加来劲了。他拼命挣扎，对我又踢又打。然而，一个醉鬼哪里是一个清醒人的对手；其实，即使在他正常的时候，佩利特那单薄的身体，也决不能同我抗衡。我把他扶到楼上，又费了很大气力才算把他弄到床上。在此期间，他嘴里不住地嘟哝着，虽是断断续续，却都有一定的含义，他骂我是一个不义国家的背信弃义的狗崽子，转眼又诅咒起佐蕾德·鲁特来，骂她是个“愚蠢的坏女人，水性杨花的浪货，一头扎进了一个寡廉鲜耻的冒险家的怀抱”，他所说的“冒险家”，显然是愤怒地把矛头拐弯抹角地指向了我。我把他硬按到床上，我以为他立刻便会从床上一跃而起。然而，当我走出他的房间，小心翼翼地转动钥匙把他锁在房里，回到自己的住室之后，我放心了。我确信他会在里边安安稳稳一直睡到大天亮的。这使我得以平静地从我刚刚目睹的场面中得出应有的结论。

那位女校长呢？我的冷漠令她痛苦，我的轻蔑使她困惑。她怀疑我爱上了另一个女人，这对她无疑又是一个刺激；此时此刻，她恰恰落入了自己设置的圈套——坠入了自己织成的情网，本来，她是想用那张情网缠住我的。想起发生在女校长花园里的事情，我可以从佩利特今天的表现推测出：他的女情人无意中暴露了自己感情的转移，或者应当说是感情的倾向。假如他知道她那空荡荡的心房如今全然没有他，而被他手下的一个穷教员占据着，他会觉得爱情一词太温暖、太纯洁了，他的臣民是不配得到的。当我发觉自己会有这样的看法时，心里不免吃了一惊；佩利特拥有这样一所历史悠久的学校，又是一位多么合适、多么有利可图的佳偶啊！而佐蕾德呢，又是一个那么有心计、那么自私的女人，我怀疑，仅凭个人的爱好未必就能压倒世俗的利益。但从佩利特的话可以清楚地看出，她不仅拒绝了他，甚至还无意中说出了对我的偏爱。他的醉话里有这样一句："那女人看上你年轻，你这个不开化的笨蛋！提到你那些该诅咒的英国礼节时，还说什么你风度高雅——说你确实品行端庄，说你具有卡顿那样的品德——笑话！"我认为，她的心理肯定很古怪：尽管她本能地过分看重财产和地位，而一个贫困潦倒的下属的讽刺与蔑视对她产生的作用，竟会远远超过那位前途无量的校长的谄媚与殷勤。我感到暗自好笑。说来也怪，我的爱情俘虏虽然把我本能的情爱刺激得痒痒的，却丝毫没能触动我更美好的感情。第二天，我见到了女校长，她借故同我在走廊上见了一面；她以谦卑的奴隶一样的表情和目光可怜巴巴地恳求我的爱怜。可我不能爱她，甚至也很难同情她。她十分关切地询问我的健康状况，我简单而又冷漠地敷衍了几句，便生硬地点了下头从她身边走了过去——我只能那样做。她当时的仪态和举止——在此之前的很长一段时间也常是如此——只使我产生了一种印象：它们封闭了一切美好的东西，引诱出了我本性里一切有害的东西；虽然有时能削弱我的理智，到头来又总是使我的心肠变得更硬。我清楚它们对我的损害，也为自己态度的变化进行过激烈的思想斗争。我一贯痛恨专横的统治者，可是你看，现在我也弄到了一个奴隶，我本人也快要变成一个连自己都深恶痛绝的统治者了！在接受这样一位妩媚动人、青春犹在的女崇拜者的浓郁香火时，我心里有一种低劣的满足感，可在享受这一乐趣的同时，又有一种可恶的堕落感。当她像奴隶一样蹑手蹑脚地悄悄来到我跟前时，我立刻便会像一位帕夏[①]似的产生一种下流的肉欲。对于她对我的尊崇，我有时候忍耐，有时候指责。我本想以冷漠或生硬的态度抑制内心的邪恶，可是哪曾想到，这也同样会助长它。

有一次，我无意中听见她对母亲说：“他多么高傲啊！在他高傲地微笑时，就像太阳神阿波罗一样漂亮。”

那快活的老太太哈哈大笑，说她想她的女儿大概是着了魔，因为我除了品行端正、身体没有残疾之外，毫不具备美男子的特色。“听我说，”那老太太接着说，“他戴上眼镜，活像一只猫头鹰。”

真是一位可敬的老姑娘啊！要不是她太老了点，太肥了点，脸色太红了点，我真会走过去亲亲她。与她女儿那病态的幻觉相比，她那入情入理的大实话对我实在太有好处了。大发酒疯后的第二天早晨，佩利特一觉醒来，对头天夜里发生的事竟一点也不记得，幸好他的母亲还算谨慎，没有告诉他我亲眼看见了他那丢人的表演。他没有再借酒浇愁，但即便是在清醒的状态下，他也会很快表现出，那嫉妒的烙铁已经灼伤了他的灵魂，作为一个纯粹的法国人，在构成他的性格的各种因素中，绝对少不了那残暴的佛兰西民族特点。这种特点首先是在他酒后的狂暴发作时表现出来的，当时他对我进行的那些充满仇恨的威胁，暴露了他的凶恶个性；如今，这种本性表现得较隐蔽了些：每当他的目光偶尔同我的目光相遇时，他的面部肌肉便会在一瞬间收缩，明亮的蓝眼睛里闪耀着凶狠的光芒。他绝对避免跟我说话，甚至连虚伪的礼貌也不再讲了，相互关系闹到这个份上，我心里感到十分厌烦，有时厌烦到难以抑制的程度。我实在不愿意再呆在这所房子里，实在不愿意为这样一个人卖力。可谁又能摆脱境遇的制约呢？在那种时候，我是办不到的。每天早晨起床之后，我总是急于想摆脱这种羁绊，恨不得马上夹着皮箱离开这里，即便当叫花子，也总是个自

① 帕夏原意为土耳其首领，这里泛指伊斯兰国家的高级官员。

由的人。但到了晚上，当我从那位小姐的寄宿学校回来后，耳朵里总是回荡着一个愉快的声音，眼前总是浮现出一副聪颖而又和顺，沉思而又温柔的面孔；脑海里总是萦绕着一个高傲而又柔韧、敏感而又伶俐、庄重而又热情的身影；记忆里总有一种充满感情的声音，既热烈而又羞怯、既优美而又实在、既淳朴而又有力、既使人高兴而又使人难过——我盼望建立新的关系，我盼望承担新的责任；这种幻觉驱走了我的动荡与反抗心理，使我以斯巴达式的美德容忍了我所痛恨的人。

佩利特的愤怒终于平静下来了。两个星期的时间足够它产生、发展和熄灭的。在此期间，隔壁学校里解雇了一名女校长讨厌的教师，与此同时，我也表明了决意要追踪并找到我的学生的决心。由于女校长拒绝告诉我那位女学生的住址，我已果断地辞去了自己在该校的工作。看来，我的这最后一招立即使鲁特小姐恢复了理智；她那长期以来被光怪陆离的幻觉引入歧途的洞察力和判断力，在幻觉消失之后，马上又进入了正确的轨道。我这里所说的正确轨道，指的并不是陡峭艰险的“道德准则的小道”，那样的小道她从来也没有走过，而是平坦的“常识的大道”，后来她就是由常识出发来了个一百八十度的大转弯。她在常识中仔细搜索，终于又找到并不遗余力地追求起她旧日的求婚者佩利特来，并且很快又降伏了他。她到底用什么手段安抚并迷惑了他，那我就不得而知了。不过，她既成功地给他的怒火降了温，又蒙蔽了他的眼睛，这一点，不久便为佩利特的神采与态度的变化所证实；她肯定是设法使他相信，我现在不是，过去也从来不是他的情敌，因为两周以来他对我的那种狂怒，终于心平气和、彬彬有礼地结束了，其中还不无一点沾沾自喜、自我陶醉的成分。对此我感到气恼，更感到好笑。佩利特的单身生活是以地地道道的法国方式度过的，从来无视道德的约束。我认为，他的婚姻生活必然也会是法国式的。他经常向我吹嘘，他的那些做了丈夫的老相识是多么惧怕他；我想，他们现在不难以其人之道还治其人之身了。

这一转折仍在继续。刚一放暑假我便注意到，佩利特家忙着准备起大事来。油漆匠、抛光匠、家具商忙成一团，到处都谈论着“夫人的卧室”、“夫人的客厅”之类的话题。我认为，那位老保姆不可能一下子在这个家里变得身价百倍，居然会感动得她的儿子如此孝心大发，热心地为她收拾打扮起住房来。最后我同厨师、两个女仆及在厨房里做杂活的男仆一样断定，将要有一位年轻夫人来做这些漂亮房间的主人了。

不久，这件即将来临的大事便正式宣布了：再过一星期，弗朗索瓦·佩利特校长先生与佐蕾德·鲁特校长小姐就要鸾凤呈祥，喜结良缘了。校长先生还亲自向我作了通报。接着，他又亲切地表示；希望我能一如既往地做他的最得力的助手和最可信赖的朋友，并表示要提高我的薪水，每年增加二十法郎。我表示了感谢，但并没有当场给他确定的答复。他离去之后，我甩掉罩衫，穿上上衣，转身朝弗朗德尔门外走去。我走了很远，想以此冷却我的血液、平静我的神经，将纷乱如麻的思想理出个头绪来。事实上，我刚才得到的无疑是被解雇的通知，我不能够，也不愿意对自己隐瞒这种看法。既然已经知道鲁特小姐注定要成为佩利特夫人，成为这个家的主人，对我来说，继续寄居在这所房子里显然是不合适的。眼下她对我的态度是庄重的、得体的，可我知道，她对我丝毫未改初衷。她对我的钟爱如今是被礼仪压抑着，被策略掩盖着；然而时机一到，这一切都会土崩瓦解——到那时，诱惑力便会打破束缚，一发而不可收。

我不是教皇——我不敢自吹一贯正确。简单地说，如果我继续呆下去，很可能会是这样的情况：头三个月内，佩利特毫无疑心，这个家庭事态进展的全过程将会像一部现实主义的法国现代小说。然而，法国现代小说无论从实践上还是从理论上都不合我的口味。尽管我的生活阅历有限，但我还是有幸在咫尺之内看到了一个家庭里有趣而浪漫的背信弃义的事例。这一事例的周围没有小说里所描写的金色的光环，它真切切、赤裸裸地暴露着，十分叫人恶心。我看到了一个耍尽了卑鄙的花招，惯于进行可耻的欺骗的人是多么下流，我看到了一个灵魂被邪恶污染并扩散到全身的人是何等堕落。我被迫久久地注视着这种场面，心里十分痛苦。但尽管如此。我现在并不后悔，因为对这种痛苦的追忆，乃是抵御诱惑的最有效的解毒剂。这种痛苦在我的理智上刻下了这样的信条：靠侵犯他人的权利而得来的不正当欢乐是虚幻的欢乐、有毒的欢乐——它的虚伪会令人当时失望，它的毒素会叫人日后受苦，它的恶果会使人永远堕落。

我由此得出结论：必须离开佩利特家，而且要马上离开。"可是，"谨慎告诉我说，"你既不知道到何处去，又不知道今后如何生活。"这时，真正的爱情之梦朝我走来：弗朗西丝·亨利仿佛就站在我的身边，她的杨柳细腰等待着我的手臂去拥抱；她的纤细小手乞求着我的大手去紧握，我觉得，她的手是专门为了让我握才塑造的。我既不能放弃这种权利，也不能永远使眼睛避开她的目光；我从她的眸子里看到了那么多的幸福，看到两个人是那么心心相印。我对她的表情具有如此巨大的影响力：我能够使她狂喜，使她敬畏，激起她极度的欢乐，点燃她心灵的火花，有时还能够诱起她令人愉快的恐怖。然而，成功与富有、工作与升迁的决心，却一个接一个站出来反对我。在这里，我几乎坠入了赤贫的深渊。我内心里一个声音说道："这一切都是因为你害怕一种灾祸，其实，这种灾祸也许根本就不会发生。""它会发生，你知道它会的！"良心固执地告诫我说，"做你认为正确的事吧！听我的话，即使你陷入贫困的泥潭里，我也会让你站稳脚跟的。"接着，就在我沿着这条路匆匆走去时，内心深处突然冒出一个奇怪的庞然大物来。我虽然看不见它，但它的确存在。在它仁慈的时候，只想得到我的幸福，但此刻，它却密切注视着我内心里善与恶的斗争，等待着看我是否听它的话，窃听我良心的私语，或倾听它和我的共同敌人——邪恶的幽灵——试图将我引入歧途的种种诡辩。善意的劝告给我指出的是一条崎岖陡峭的上坡小道，而下坡之路却是青苔茵茵，沿途布满着诱惑撒下的鲜花。我想，假如我鼓起勇气，勇敢地迈上险峻的上坡之路，万物之友——爱神——将会露出满意的微笑，反之，如果我迈上任何一条铺着天鹅绒似的下坡之道，都只会使天怒人怨的恶魔脸上露出胜利的光彩。想到这里，我急忙转身往回去，半个钟头之后，便又回到了佩利特家。我在书房里找到了他，一次短暂的谈判，几句简单的说明，便解决了问题，因为我的态度表明，我决心已定。也许他从心眼里赞同我的决定。二十分钟的谈话之后，我回到了自己的房间。我只简单地通知他，一个星期之后搬走，给别人腾出地方。就这样，我自己剥夺了自己的生活手段，自己宣布离开眼下的家。

第二十一章

我刚关上房门，便看到桌子上放着两封信。我首先想到的是：这大概是我的学生朋友寄来的邀请信。过去我常收到这样邀请我去做客的请柬。对我这个无亲无友的人来说，根本不会有更重要的信件。自来到布鲁塞尔之后，我对邮差的驾临素来不感兴趣。我漫不经心地把手放在信上，冷淡而呆滞地望着它们。我正要拆开信封，目光和手却突然停住了，我明白是什么东西使我突然激动起来，这就像原以为只会看到一张黑纸，没想到竟发现了一幅鲜艳的图画。一个信封上盖着英国邮戳，另一个信封上则是女子的清晰娟秀的笔迹。我首先打开了第二个信封。

先生，您来访的次日上午，我便发现了您做的手脚。您应当知道，我每天都要擦拭那些瓷器的，再说，一星期之内只有您来过我的房间，况且这种带着仙女头像的硬币目前在布鲁塞尔并不流行，所以我一下子便可以断定，是谁把钱放在壁炉架上的。我记得我弯腰在桌子底下为您寻找手套时，曾听见您动那个花瓶，当时我就很纳闷，手套怎么会掉到那么个小东西里去呢，亏您想得出来。先生，钱不是我的，我不能收，也不想把钱装到这个信封里给您寄去，那样会丢失的——再说，也太重了。我暂时替您保存着，下次见面时物归原主。届时您一定要痛痛快快地收下，因为，第一，我想先生您一定能够理解：人总是愿意还清债务的，不欠任何人的东西，心里才踏实；第二，如今我之所以要实心实意地把钱还给您，是因为我已经找到了差事，这也是我给您写信的真正原因，因为我很乐意给您报个喜信，而这些日子里，我枉为您的学生，却没有任何好消息可以奉告。先生，一个星期之前，一位名叫沃顿太太的英国夫人派人来请我。她的大女儿要出嫁，一位富亲戚送给她一块面纱和一套镶着贵重的古花边的衣服。她们说那花边简直和珠宝一样珍贵，但由于年数太久，有一点破损，所以她们请我去修一修，我只好到她家里去修；除此以外，她们又交给我一些刺绣活要我做。我几乎花了一个星期时间才算干完。我干活的时候，沃顿小姐常到房间里来跟我坐在一起，沃顿太太也是；她们要我讲英语，问我讲得那么好是怎么学的，又问我还会什么，读过什么书。不久，她们似乎对我产生了好奇心，认为我无疑是一位有学问的女性。一天下午，沃顿太太带来了一位巴黎夫人，想测试一下我的法语水平到底有多高。可能在很大程度上是因为那母女二人适逢喜事，情绪正高，乐于行善济人的缘故吧，我认为部分原因是她们天性善良。测试的结果，她们认为，我想干一点比修花边更重要的工作的愿望是十分正当的。当天，她们便用马车把我带到德太太家。德太太是布鲁塞尔第一所英语学校的校长，看来她似乎正想找一位法国女子用法语教地理、历史、语法和作文。沃顿太太从旁热情举荐。再则，因为她的两个小女儿都是该校的学生，她以该校赞助人的身份，帮助我得到了那个职位。最后商定，我一天教六个小时的课(幸好没有要求我非住在学校。若要我离开家，我会很难过的)，德太太每年付给我一千二百法郎报酬。

您看，先生，如今我富起来了，比我以往所希望的还要富有，对此我十分感激，尤其是在现在这个时候。由于长期摆弄精细的花边，我的视力已开始受到损害，再则，夜里经常得熬到很晚，我已经十分厌倦了，连一点读书学习的时间都没有。我开始担心，这样下去非病倒不可，还怎么能够挣得去英国的路费？如今，这种担忧已在很大程度上去掉了。说真的，先生，我十分感激上帝给我解除了思想负担。我感到很有必要，几乎可以这样说，向能为他人之乐而乐的好心人倾诉自己内心的喜悦。于是，我禁不住拿起笔来，我认为，写信者很高兴，读信者也未必会多么痛苦，尽管先生读起来会感到乏味。啰啰嗦嗦、语无伦次地写了这么多，望先生看后不要生气，请相信您的学生。

弗·埃·亨利

看完这封信，我对其中的内容沉思了好几分钟——心里是苦是甜，容当以后告知——然后，又拿起了第二封。信封上的笔迹我不甚熟悉。那蝇头小字写得相当工整，既不像出自男人之手，又不很像出自女人之手。封条上盖着一个盾形纹徽。我只能据此断定，那不是西科姆家的族徽，因此，这封信不可能是任何一位我几乎已经遗忘，当然也是几乎遗忘了我的贵族亲戚寄来的。那么，到底是谁寄来的呢？我拆开信封，抖开叠着的信笺，只见信是这样写的：

我毫不怀疑，你在那块肥沃的佛兰德斯土地上干得十分出色。你很可能正在那块沃土上过着奢侈的生活，就像一个黑发、黄肤、长鼻子的以色列人坐在埃及人的肉罐边，或者说就像不肖之子利未[①]坐在神殿的铜锅旁，不时地投入一个圣钩，从肉汤里钩出一个最肥的蹄髈，或一块最多肉的前肋。我之所以知道这些，是因为你从未给在英国的任何人写过信。由于我鼎力相荐，才给你弄到了今天的肥缺，而你对我却从没有一句感激的话语，甚至连一句略表谢意的话也不曾说过；好一条忘恩负义的狗啊！可我还是要去看你的。你那混乱的贵族大脑很难想象得出，我对你的行为是何等耿耿于怀。可我还是愿将这种怨愤收藏在手提箱里，

① 利未，《圣经·旧约·创世记》中雅各之第三子。

并决定一抵达布鲁塞尔便去拜访你。

此间，我对你的情况了如指掌，并刚从布朗先生最近的一封信中获悉，你交了桃花运，即将和一位富有的比利时女校长——一位名叫佐诺比或者什么的小姐——喜结伉俪。待我登门造访之际，可否容我一睹芳容？请你相信我的话：假如她正合我的胃口，或者说从金钱的角度看合算的话，我会一下子扑上去，掰开你的牙齿也要把你到嘴的肉抢去。可我不喜欢短粗的，布朗先生说她又矮又胖——那可正好适合像你那样骨瘦如柴、饿死鬼般的家伙。

留神点，因为你知道，你的——（我不想对你出言不逊，故而用了个破折号。）说不定何日何时就会去的。

你的忠实的

亨斯登·约克·亨斯登

我“哼”了一声，在把信放下之前，又看了一眼那小而工整的字体。那字体一点也不像出自一位商人之手，可的确又只有亨斯登才能写得出来。真是字如其人！从这封信又能看出笔迹与性格之间的什么共同之处呢？我回忆起了写信人那奇怪的面孔与性格特征，至于他的性格特征我只是猜测而已，并非真正了解。于是我自言自语道：“太像了！”

这么说，亨斯登就要到布鲁塞尔来了，但何时来我可不知道。他期待着能看到我正春风得意，而且即将喜结良缘，步入温暖的安乐窝，舒舒服服地躺在一位整洁肥胖的小女人身边了。

“我真希望能让他高兴地看到他所描绘的情景，”我思忖道。“然而，倘若他所看到的不是一对在玫瑰花丛下咕咕调情的斑鸠，而是一只孤苦伶仃、无遮无盖地独立于凄凉的‘贫穷’悬崖上的瘦鹈鹕，他又会作何评论呢？嗨，这个该死的混蛋！来就让他来吧，让他看看谣言与事实的鲜明对比而开心地讥笑我吧！倘若他本人就是一个魔鬼，而不是我想象中的他，我也决不会对他降尊纡贵，避而远之，也不会为逃避他的讽刺而强装笑脸，故作乐观。”

接着，我重又拿起了另一封信，它像是一根奏响的琴弦，那声音即使用指头塞住耳朵也仍能听见，因为它就在我的心灵里震颤着；它的强弱变化尽管很像是美妙的音乐，但它的音调却像是呻吟。

弗朗西丝终于摆脱了贫困的压力，摆脱了过分繁重的劳动，这使我感到由衷的高兴。她在得意之时首先想到的是让我分享她的欢乐，这使我内心的愿望得到了满足。她的来信犹如两口琼浆玉液，那样醇香，那样甘甜；然而，待我第三次将嘴唇凑到杯子上时，却发现它又像醋和胆汁一样又酸又苦。

同样的收入，在伦敦尚不足以维持一个人的体面生活，在布鲁塞尔却可以使两个要求不高的人生活得很好。这并非是因为伦敦的生活必需品价格和赋税比布鲁塞尔的高得多，而是因为英国人的愚蠢超过了人世间的所有民族。他们对习惯的屈从，对外界舆论的顾忌，对保持体面外表的渴望程度，远远超过了意大利人对牧师、俄国人对沙皇、法国人对虚荣心、德国人对黑啤酒的渴望。我认为，一个布置得朴素大方的比利时家庭，要强似一百个幽雅、奢侈、豪华、穷摆阔气穷讲究的英国宅第。在比利时，只要你能挣钱，就可以有积蓄，这在英国简直是不可能的，英国人为了铺张摆阔，一个月内就可以将一年里辛辛苦苦挣得的钱挥霍一空。更为可耻的是，在那个富有而又贫穷的国度里，各个阶级都在拼命地赶时髦。关于这方面的情况，我足可以写上一两章，但我必须克制，起码暂时还不能写。假如我能够保持住原先的六十英镑的年收入，加上弗朗西丝如今每年也有了五十英镑，今天晚上我就会径直到她那里去，将压抑在心底的、烧得我心里焦躁不安的爱情之火一古脑儿向她倾吐出来。由于在我们生活的这个国度里，人们并不把节俭与卑贱混为一谈，也不把节衣缩食、摆设简朴视为粗俗，所以，只要她会安排，我们的收入加起来，是足够维持两个人的生活的。但一个失去了工作，一筹莫展而又举目无亲的穷教书匠，是决不应当有此奢望的，他心里既不应当产生“爱”的感情，嘴里也不应当说出“结婚”二字。今天，我才第一次感受到了什么是贫穷。我做出的断绝自己生活来源的这一牺牲，此刻竟显示出了另一番模样：似乎那并不是一种正确、恰当、高尚的行为，而是一种轻率、狂热的举动。我心里感到悔恨万分，在房间里来回踱步，从墙根踱到窗口，又从窗口踱回墙根，来来回回足足走了十五分钟。每踱到窗口，心里便恍惚地产生一种自责感，每踱到墙根又会产生一种自卑感。突然，只听良心喊道：

“卧倒，你这个折磨人的蠢货！此人已尽了他的责任，你不应当再用种种假想如此折磨他。他舍弃了暂时的、偶然的好处，从而避免了一场长久的、必然的灾难。他干得好！现在让他考虑考虑下一步的打算吧。只要你收起那障目的尘土和刺耳的噪声，他是会找到一条出路的。”

我坐了下来，两手捧着头，苦苦思索了一个钟头——两个钟头，还是想不出办法来。我像是被禁闭在一个秘密地窖里，周围是一码厚的石壁，头上压着层层建筑，睁眼看去一片漆黑，却幻想着光线能够穿透石壁、穿透像石壁一样结实的水泥。不过，即便是最严密的建筑物，也是会有，或者说也可能会有缝隙的。我这个洞穴状的地下室里就有，因为我分明看到，或者说感觉到，像是有一条光束——诚然，那光束是苍白的、寒冷的、若明若暗的，但它毕竟是光束，因为它照亮了一条狭窄的小道；我的良心认定，那条小道是可行的。在经过两三个小时的冥思苦想之后，我终于从记忆中发掘出了一些残存的情况，把这些情况拼凑起来，或许有希望构成一个权宜之计，发现一个应急的办法。简单地说，情况是这样的：

大约三个月前，佩利特先生喜逢生日，兴致所至，便设宴款待他的学生。宴会是在一个人们常去郊游的地方举行的。那地方在布鲁塞尔郊外，名字如今我已记不得了，只记得附近有许多小湖泊，人们称之为池塘。其中有一个池塘比其余的都大，每逢假日，人们总喜欢在里面驾着小船荡桨取乐。学生们在饱餐了一顿烘糕和卢汶啤酒后，坐在一个小花园里乘凉，那花园是专门为像他们这样酒足饭饱的人修建的。他们恳求校长允许他们到池塘里划船。有五六个年龄最大的学生得到了首肯。佩利特先生要我陪他们一块去，监护他们。那五六个男孩子中碰巧有一个最蠢笨的佛兰芒青年，名叫吉恩·巴普蒂斯特·范登赫顿。他个头不高，但当时他虽然才十六岁，却已长得膀大腰圆，完全成了大人的模样。无巧不成书，吉恩又是第一个上船，他跌了一跤，滚在一侧，小船经不住他的体重，一下子翻了个底朝天。范登赫顿就像铅块一样，沉下去又浮上来，浮上来又沉下去。我立即脱下上衣和背心，我是在伊顿长大的，在那漫长的十年里，我划船、游泳、洗澡，练得一身好水性。对我来说，下水救人是自然而然、轻而易举的小事。小伙子们和船工们都大叫起来，他们认为，这下子可不是淹死一个，而是要淹死一双了。然而，在吉恩第三次露出水面时，我一下子抓住他的一只胳膊和衣服，只用三分多钟，我们俩便双双安全上岸了。说实在话，这样的区区小事是微不足道的，因为我没有冒任何风险，虽说湿了衣裳，但后来连一点感冒也没有得。吉恩·巴普蒂斯特是范登赫顿夫妇的独生子，他们听到了我的“英雄事迹”后，似乎认为我一定表现出了惊人的勇敢与献身精神，无论如何感谢也难以报答我的救命之恩。尤其是那位太太，她断定我一定非常喜欢他们的宝贝儿子，否则我决不会这样舍命相救。那位先生一脸老实相，虽然感情迟钝，少言寡语，却无论如何也不肯放我离开他家，后来我答应他，当我需要帮助的时候，一定来麻烦他，给他一个报答我的机会，因为他认定我对他家有救命之恩。在当时，这些话对我只是一线希望，而此刻，我却由此找到了唯一的出路。老实说，这一微弱的希望之光虽在我的眼前闪烁，但并没有使我感到喜悦，看来，那条出路也并非是我愿意走的。我没有任何权利要求范登赫顿先生帮助。我去找他也决非因为想施恩图报，不，而是出于迫不得已。我没有工作，而要找到工作的最好机会，则有赖于他的举荐。我知道，只要我提出要求，他是会举荐我的；但又一想，我不能那么做，因为向人提出要求有伤于我的自尊，有悖于我的习惯。我感到，懒惰地向人提出过高的要求，那将是违心地放纵自己。我会后悔一辈子的，我不愿意以后为此而感到内疚。

当天晚上，我来到了范登赫顿家；尽管我又是拉弓，又是瞄准，结果却是白费工夫，因为弓弦断了。我按了按大门口的门铃(这是一座位于该市富人居住区的富丽堂皇的大宅第)，一位男仆开了门。我求见范登赫顿先生，仆人说范登赫顿全家都不在，到奥斯坦德去了，也不知道何时回来。我留下一张名片，转身往回走去。

第二十二章

一个星期之后，婚期来到了。结婚仪式是在圣雅克教堂隆重举行的。于是，佐蕾德小姐摇身一变，成了佩利特夫人，鲁特氏。就在这一变化发生一小时之后，正如当地报纸所说，“那美满的一对”便踏上了赴巴黎的旅程。按照预先安排，他们要在那里度蜜月。第二天，我辞去了在佩利特学校的职务，很快便连人带家当(一些书籍和衣物)搬到了我在不远的一条街上租赁的简朴房间里。不消半个钟头，我的衣物已放进了柜子，书籍已摆上了书架，至此，“搬迁”工作已大功告成。那天我原本应该高兴的，无奈却有一种剧痛折磨着我——那就是我渴望到内日河畔的圣母大街去。我竭力地忍耐着，我暗暗下定决心，在看到光明的前途之前，决不到那条大街上去。但心里却被搅得烦躁不安。

这是9月一个甜蜜的夜晚，十分温和，十分恬静。我无事可做。我知道，弗朗西丝忙碌了一天，此刻肯定也已经下班休息了。我想，她可能正期待着她的老师到来；我知道我也盼望能见到自己的学生。于是，想象力开始以其低低的私语将愉快而温柔的故事注入我的灵魂。

“你将会看到她在读书或写字，”她说，“你可以在她身边坐下，你不必用过分的激动惊扰她平静的心绪，也不必以异乎寻常的举动或话语使她窘迫不安。你要像往常一样，看看她在写什么，听听她在读什么，要像往常一样责备她，或默默无言地表示赞许。你了解这两种办法的效力，你熟悉她高兴时的微笑，你熟悉她激动时的表情。你有自己的秘诀，知道如何在她脸上唤起你所希望的表情。你可以在她诸多的令人愉快的表情中随意选择。有你在她身边，她可以默默地一直坐下去，你愿意单独同她谈多久就谈多久，你可以有力地控制住她，尽管她很聪明，很健谈，你却可以封住她的嘴巴，使她不得不用羞怯掩饰住欢快的表情。可你也知道，她并非总是那么温柔；你也曾见过，有时她脸上会出现一种莫明其妙的快活、反抗、轻蔑、严厉、痛苦的表情；她的感情和面容顽强地表现出一种自信。你知道，很少有人能像你那样支配住她；你知道，她宁可玉碎，也决不会向暴虐与非正义低头，但理智与感情只消用一个暗示便可以使她就范。现在试试它们的威力吧！去吧——它们并不是情欲，你完全能够驾驭它们的。”

“我决不能去，”我对引诱我的这位可爱的妖妇说道，“一个人在某种限度内是自身的主人，但是超过这个限度就不行了。假如今晚我去找弗朗西丝，单独同她坐在静悄悄的房间里，仅仅用理智与感情的语言同她谈话，这能做得到吗？”

“不能！”那位曾经征服了我，如今仍在控制着我的爱神斩钉截铁地答道。

时间老人似乎停住了脚步，太阳公公也迟迟不肯下山。我的表分明在嘀嗒作响，而我却以为指针停止了走动。

“好热的天哪！”我喊了一句，随手推开了格子窗。真的，我还很少感觉到像今天晚上这么闷热。这时，我听到公用楼梯上有上楼的脚步声。我以为是另一位“房客”正要回自己的房间去。莫非他也像我一样心神不定，生活无着？或许他不愁钱花，过得平平静静、自由自在、无忧无虑？怎么？莫非他居然能听到我的心声，亲自来帮我解决这个难题了？他真的敲门了——敲了我的门，敲门声是那样有力，那样果断，没等我请，他的双脚已迈进了我的门槛，并随手关上了房门。

“你好啊！”只听一个冷漠而平静的声音用英语问道。与此同时，我的客人没有通名报姓，便不慌不忙地把帽子放在桌上，又将房间里唯一的一把安乐椅朝前拉了拉，平静地坐了下来。

“你不会说话？”停了几分钟，他又问道。他那若无其事的语调似乎在暗示，对他的问题，我回答与否都无关紧要。事实上，我发现这时我很需要我的“眼镜”朋友的帮助，不是为了要确切地看清楚我的客人是谁——因为我原本就认识他。瞧他那讨厌人的鲁莽样子！——而是为了看清他的面目，看清他的神态与面部表情。我不慌不忙地擦了擦眼镜片，不慌不忙地把眼镜戴上，又调整了一下位置，不让镜框硌着鼻梁或缠着我褐色的短发。我坐在窗座上，背对着光线，正好与他面对面；他肯定很想同我调换个位置，因为无论何时，他总是更喜欢观察别人而不被别人观察。是的，来人正是他，一点不错。此刻，他那六英尺高的身躯正坐在椅子里，身穿一件天鹅绒领子的紧身旅行外套，一条灰色的裤子，扎一条黑色的领巾。还有他那张脸，那可真是有史以来大自然所塑造出的最具特色的一张脸，他的五官没有一样说得上有什么特别或奇异之处，但总体效果却是独特的。试图描述无法言状的东西只能是徒劳无益。我并不急于同他搭话，便干瞪着眼睛安然自得地坐在那里一言不发。

“嗬！你要跟我比赛，是不是？”最后他说，“那好，咱们看看到底谁先开口。”他慢腾腾地掏出一个精致的香烟盒，抽出一支香烟放在嘴上，点着了火，又从身边的书架上拿下一本书，然后将身子往后一靠，安安静静地一边抽烟，一边看起书来，简直就像是在英国X镇格罗夫大街他自己的家里一样。我知道，一旦他产生了这样的怪念头，他会一动不动地一直坐到半夜。于是，我站起身来，夺下他手里的书，说道：

“没有征得我的同意，你不能看。”

“真是愚蠢、无聊，”他说，“这么说我并没有输。”就这样，尴尬的局面被打破了。他接着又说：“我原以为你住在佩利特家里。今天下午我去找你，准备着饿死在那所寄宿学校的客厅里，可他们告诉我你搬走了，今天上午离开的，还留下了地址。这使我感到惊奇，照我想象，你是不会留下地址的；但这毕竟是比较实际、比较理智的做法。你为什么要搬出来？”

“因为佩利特先生刚刚娶了你和布朗先生指定给我做妻子的那位女士。”

“啊，当然！”亨斯登先生嘿嘿一笑，说道，“于是，你既失去了老婆，又丢掉了工作，对不对？”

“正是如此。”

我看见他偷偷地迅速打量一番我的房间，他看到房间狭小，家具简陋，一下子便明白了我的处境——一下子赦免了我的阔气罪名。这一发现在他奇特的大脑里产生了奇妙的效果。其实，我心里很清楚，假如他看到我置身于华丽的客厅，斜卧在柔软的沙发椅上，身边伴着漂亮富有的娇妻，那他一定会恨我的，即便是出于礼貌，这次来访至多也是一次短暂、冷漠、傲慢的拜访，只要幸运之潮把我平稳地漂浮在水面上，他就决不会再接近我。然而，我房间里那油漆的家具、那空荡荡的四壁、那惨淡凄苦的景象软化了他那僵硬的自尊心。在他重新开口说话之后，我才发现，他的语调和表情全都软了下来。

“你又找到工作了？”

“没有。”

“快找到了？”

“没有。”

“糟糕。你找没找布朗先生？”

“没有，真的没有。”

“你最好去找找他，凭着他的能力，在这种事上他总能给你提供一些有用的情况的。”

“他已经帮过我一次大忙了，我没有权力，也不愿意再去麻烦人家。”

“啊！你要是拉不开脸，害怕打扰人，只需委托我就行了。今天夜里我就去见他，我可以替你说。”

“求你别去，亨斯登先生。我已经欠了你的债，在X镇时你就帮过我的忙，帮助我脱离虎口、死里逃生。那次大恩尚且无以为报；如今我决不想再债上加债。”

“如果船是弯在这里，那我就满意了。我就知道，我帮你脱离那该诅咒的账房，这一无与伦比的慷慨之举，总有一天会得到应得的感激的。《圣经》里说，把你的面包扔到水里，许多天之后，你还会找到它的。是的，此话言之有理。老朋友——可别小看我——我这个人是举世无双的。在普通老百姓中间，没有一个人像我一样。好了，闲话少说，咱们谈一会儿正经的吧。你的情况会大大好转的。再说，假如你拒绝接受任何人主动给你提供的职位，那你才是傻瓜呢。”

“很好，亨斯登先生，现在你已经把我的问题给解决了，谈点别的什么吧。X镇有什么消息？”

“你的问题我并没有解决，或者说，在我们谈到X镇之前，起码还有一个问题需要解决。那位佐诺比小姐，（我插嘴说：“佐蕾德。”）好吧，佐蕾德，她真的嫁给佩利特了吗？”

“我跟你说过了，不信你可以去问问圣雅克教堂的牧师。”

“那么，你的心碎了？”

“据我所知没有，我感觉它很好，跳得很正常。”

“这么说，你的感情并不像我想象的那么细腻。你一定是个粗俗无情的家伙，蒙受如此沉重的打击，居然没有倒下。”

“倒下？一位比利时女校长嫁给一位法国男校长，我干吗要倒下呢？他们的后代无疑将是一个奇怪的杂种，不过那是他们的事，与我无干。”

“你倒有心思开起庸俗下流的玩笑来了。那新娘子原是你的未婚妻！”

“谁说的？”

“布朗。”

“我告诉你，亨斯登，布朗是个老长舌鬼。”

“是的。不过，假如他的话毫无根据，假如你对佐蕾德小姐没有什么特别的意思，那么，年轻的教书匠，她做了佩利特夫人，你为什么要离开那里呢？”

“因为，”我感到脸有点发烧。“因为，简单地说，亨斯登先生，我拒绝再回答你任何问题。”我把两手深深地插进裤子口袋里。

亨斯登胜利了。他的眼睛，还有他的笑声里，全都充满了胜利。

“你到底笑什么，亨斯登先生？”

“我笑你真沉得住气。好了，朋友；我不讨人嫌了。我明白是怎么回事儿了，佐蕾德抛弃了你，嫁给了一个更富有的人。假如有机会，任何一个有头脑的女人都会那么做的。”

我没有搭腔，他愿意怎么想就随他想去，我不想向他解释事实真相，更不想对他编造谎言。不过，亨斯登的眼睛可不是好蒙蔽的。我的沉默不语非但没有使他确信自己说到了点子上，反倒使他对自己的观点产生了怀疑。于是，他接着说：

“我认为，大凡有理性的人们之间出现这类事情，总是这样处理。你用青春和才智——事实正是如此——换她的地位和金钱。我认为，你并不重视相貌和所谓‘爱情’，因为她比你岁数大，况且，据布朗先生说，她虽很聪明，但并不漂亮。起先，她没有讨价还价的机会，便想同你交往；可后来佩利特——一所办得十分兴旺的学校的校长——插了一杠子，他出的价钱比你的高，她接受了，他便把她弄到了手。这是一笔正确的交易，完全正确，像做生意一样，合理合法。现在我们来谈点别的吧。”

“谈吧，”我说。我很高兴能摆脱这一个话题，尤其高兴能够挡住这位穷追不舍的提问者的睿智——如果说我真的已经挡住了它的话，因为虽说他的谈话此刻已经离开了那个危险的话题，但他那专注而审视的目光似乎表明，他仍在考虑着那个老问题。

“你想听听X镇的情况？你对X镇还有什么兴趣吗？那里你没有留下一个朋友，因为你压根就没交上一个朋友。无论男人女人，没有一个人询问过你的情况。假如我在朋友们中间提到你的名字，男人们的表情就像是听我说起普勒斯特·约翰[1]一样无动于衷：女人们则更是偷偷地嗤之以鼻。我们X镇的美女们一定很讨厌你。你是怎么得罪她们的？”

“不知道。我很少同她们说过话——在我眼里，她们是无足轻重的。我认为，她们只不过是供人在远处瞥上一眼的东西。她们的衣着、脸蛋，常使我感到悦目，可我听不懂她们的谈话，甚至看不出她们的面部表情是什么意思。有时候偶尔听到她们的谈话片断，却根本听不懂多少，观察她们的嘴唇和眼神也无济于事。”

“那是你的过错，而不是她们的。X镇不乏漂亮的女人。大凡女人，总是值得任何一位男子与之交谈的；我很乐于同女人谈话。可你过去和现在都不会与人友好地交谈。你身上没有任何东西能赢得女人的温情。我曾看到过，房间里满是人，你却坐在门口，不是热衷于交谈，而是热衷于听；不是热衷于接待客人，而是潜心于观察。聚会开始时，你显得冷淡羞怯，到了中间又显得警觉不安，待到结尾时又显得厌倦无礼。你以为这样能联络感情，引起别人对你的兴趣吗？不！如果说大家都不喜欢你，那是你自找的。”

---

① 普勒斯特·约翰，传说中的一位基督徒国王，曾统治过远东或非洲的某一王国。

“我情愿！”我突然叫道。

“不，你并不情愿那样。看到美人们对你不理不睬，你感到羞辱，于是就鄙夷她们。我坚信不疑，人世间所有值得追求的东西——财富、名声与爱情——对你来说将永远是高挂于架子上的熟透了的葡萄，你抬头看看，它们引诱着你贪婪的目光，然而却是可望而不可即，你没有地方找梯子，于是便悻悻而去，嘴里还喊着‘酸的，酸的’。”

如此尖刻的语言，在某种情况下也许会刺得我的心血流不止的，可这一次却没有。我的生活已发生了变化，从离开X镇以来，我的经历也已经改变，但这一点亨斯登是无从知晓的。他只看到过作为克利姆斯沃思先生的职员的我，那时候，在富有的生人眼里，我只是一个仆人，有意板着面孔，横眉冷对他人的轻蔑，不善交际，不善抛头露面；自知不会受人垂青，也决不肯摇尾乞求；自知必会遭人鄙视与摈斥，也决不愿逢迎拍马。可他哪里晓得，在那之后，年轻漂亮的姑娘成了我日常接触的对象。我仔细地、从容地研究过她们，看到了她们那如花似玉的外表下掩盖着的平庸的本质。任凭他亨斯登目光多么敏锐，也无法穿透我的心房，摸透我的思想，看出我特有的同情与反感。他认识我的时间还太短，对我还不够了解，当然也无法觉察出，我的感情在某些人跟前是多么脆弱，而对大多数人又是多么坚强有力；在某些人的影响下，我的感情之潮水是多么激荡，奔流得多么迅速，仿佛有一种巨大的力量在冲击着我，因为这种影响只对我一个人起作用。况且，他一下子也想不到，我和鲁特小姐还有那么一段罗曼史，她的那片奇怪的痴情对于他、对于其他所有人都是一个秘密；她那甜言蜜语的引诱、她那骗人的把戏，只有我一个人看见过，只有我一个人知道。她的这一切表现使我发生了变化，因为这证明我是能够给人留下深刻印象的。我的心底还珍藏着一个更为甜美的秘密，一个既充满了力量，又充满了柔情的秘密。它拔去了亨斯登嘲弄话语里的毒刺，它使得我不向羞愧屈服，不为怒气所冲动。但对这一切，我什么也不能说——因为什么都还没有确定下来，正因为如此，我才缄口无言。我只能以沉默回答亨斯登。也就在沉默之中，我拿定了主意：眼下就由他曲解去吧。而且他真的曲解了我。大概他认为他的话说得太重，我被他的斥责压垮了，所以，为了宽慰我，他又补救说，有朝一日我会聪明起来的，说我才刚刚踏上人生的旅途，以后的路还长。好在我还不能算不通情达理，吃一堑长一智，每走错一步，都会成为有益的教训。

就在这时，我把脸稍稍朝光线转了转。由于暮色降临，加上我又是坐在窗座上，所以在刚刚过去的十分钟里，他根本无法看到我的面部表情。但就在我转脸的工夫，他看见了。他对我的表情是这样理解的：

“该死的！瞧这小子显得多么顽固、多么自以为是！我原以为他会羞死的，而他却坐在那里咧着嘴笑，似乎在说；‘别人想怎么说随他们说去，我背心口袋里装着点金石，柜子里放着长生药，吉凶祸福岂奈我何！’”

“亨斯登，刚才你提到葡萄，倒使我想起了一种果子，与你们X镇温室里的葡萄比较起来，我更喜欢它。这种果子野生野长，世间罕见，我已经做了记号，希望有朝一日摘下来尝尝。你给我苦药喝，还吓唬我不喝就会渴死，这全没用。我期待着品尝一下甜水，希望喝一口新鲜的佳酿。我拒绝喝没有味道的东西，我能忍受干渴。”

“能忍多久？”

“一直忍受到如愿以偿的时候。既然成功的奖赏将是一件最合我心意的宝贝，我就要用九牛二虎之力去奋斗。”

“厄运会像压李子一样轻而易举地把你的‘九牛二虎’压碎的。我相信，复仇女神在缠着你，你生来嘴里就衔着个木匙[①]，没错。”

“这话我信。可我想用我的木匙去做一些人的银匙做的事。只要握得牢，用得妙，木匙也同样能舀上鲜肉汤来。”

亨斯登站起身来，说道：“我明白了。我猜想你是那种没有人看守才成长得最快、没有人帮助才干得最好的人。闯出一条自己的路吧。现在我得走了。”他一句话也没再多说，便抬腿走了。到了门口，他又回头说道：

“克利姆斯沃思公馆卖掉了。”

“卖掉了？！”我应声惊叫道。

“是的。三个月前你哥哥破产了，这你当然知道啰？”

“什么？你是说爱德华·克利姆斯沃思？”

“一点不错。他的妻子回了娘家。生意上失败之后，他心里很同情她。他一贯对她很坏；我早就说过，有朝一日他对她也会像暴君一样的。至于他——”

“哎，那他呢，他怎么样了？”

“没什么特别的事，你不必惊慌。他寻求法院保护，法院在他和债权人之间进行了调解，要他一英镑债务先还十便士。六个星期后，他又重新开业，还把老婆哄骗了回来。如今又像旺盛的月桂树一样兴旺起来了。”

“那克利姆斯沃思公馆——家具也卖了吗？”

“从落地钢琴到擀面杖，卖得一干二净。”

“橡木餐厅里的东西呢——也卖了吗？”

“当然。干吗要把那里的沙发椅子看得比其他东西更神圣呢？”

“画呢？”

---

① “生来嘴里就衔着个木匙”（意即“天生的受苦命”），系作者根据英谚“生来嘴里就衔着个银匙”（意即“生于富贵人家”）演绎而成。

“什么画？据我所知，克利姆斯沃思并没有什么特别的收藏品。他也没说过自己是一位业余收藏家。”

“那里面有两幅画像，壁炉两边各一幅，你不会忘记的，亨斯登先生，你曾经看到过那幅夫人的画像。”

“啊，我知道了！是那位披着帷帐一样的披巾、面容消瘦的贵夫人，嗨，不用说，肯定是同其他东西一起被卖掉了。你要是有钱，也许会把它买下的，因为我记得你说过，那是你母亲。你明白，身无分文什么也干不成。”

这我明白。不过我心里想：“我肯定不会总这样贫困潦倒的，有朝一日我非把它赎回来不可。”于是我问他，“谁买去了，你知道吗？”

“我怎么会知道？我从不打听谁买了什么东西。你可真是个不切实际的人，居然以为你所感兴趣的东西，全世界的人也都会感兴趣！好了，晚安，明天上午我要动身去德国，六个星期后回来，到时候可能会再来拜访，届时也许你还在失业呢！”他笑了笑，像梅菲斯特①那样嘲弄地、无情地笑了笑。这样笑过之后，便突然消失了。

有的人在久别之后无论变得多么淡漠，重逢分手时总要设法给你留下一个愉快的印象。亨斯登可不是这样。跟他谈一次话就像服了金鸡纳树皮制剂一样，又苦又涩，药力特别猛。它是否也像金鸡纳树皮一样有保健作用，那我就不太清楚了。

心里烦了就难以成眠。同亨斯登会面后的当天夜里我睡得很少，直到天快亮时，才迷迷糊糊睡了一会。刚想睡着，又被起居室里的一阵响声惊醒了，我的卧室就在起居室隔壁——那是一阵脚步声和推拉家具的响声。那阵响动仅仅持续了两分钟，便随着一声关门声而停止了。我侧耳细听，连只老鼠的动静也没有了。莫非是我在做梦？莫非是哪位房客摸错了地方，闯进了我的住处？此刻才刚刚五点钟，我和

① 德国诗人歌德所著《浮士德》中的一魔鬼。

天都还没有醒过来。我翻了个身，很快便入睡了。等我起床时，已是两个钟头以后了。我忘记了黎明时发生的事情。然而，当我离开卧室时，眼前看到的第一件东西突然使我想起了当时的情况。当时我正推起居室的门，一眼看到一个木箱子竖着放在门口，箱子做得很粗糙，宽宽的、浅浅的，毫无疑问，这是搬运工人推来的，看到房间里没有人，便把它放在门口了。

"绝对不会是我的，"我这样想着，便走了过去。"肯定是寄给别人的。"我停下来，看看上面的地址：

"布鲁塞尔XX大街XX号，威廉·克利姆斯沃思先生收。"

我纳闷了。要弄清原委，最好的办法是看看里面的东西。于是我割断绳子，打开了箱子。里面的东西包着绿绒布，周围用线仔细地缝着。我用铅笔刀挑开缝线。线拆掉后，从逐渐变宽的缝隙里闪出了金的亮光。我沿着长边拆下木板，打开毛毯，从箱子里拿出一幅大画像。画像装在一个华丽的框子里。我把它靠在一张椅子上放好，让窗外射进来的光线照在画面上。我往后退了几步——这时我已戴好了眼镜。肖像画家笔下的天空（最阴沉、最可怖的苍穹）以及用传统的深色描绘的远处的树林，充分烘托出了一张苍白而忧郁的女性面孔。面庞上遮着几缕深色的柔发，那深色的头发与深色的云朵几乎融为一体；那一双庄重的大眼睛正望着我的眼睛，一只纤细的手托着消瘦的面颊；那披巾披得十分艺术，瘦小的身躯半掩半露。我默默地凝视了十分钟后，脱口叫了一声"母亲"，身边如果有人的话，他准会听到。也许我还说了些其他什么——但对我来说，这一声自言自语的"母亲"便一下子唤醒了我的意识。它提醒我，只有疯子才会自言自语。于是，我便默不作声思索起来。我想了很多很多，仔细地审视着那美丽的灰眼睛所显示出来的智慧、温柔，哦，天哪！还有哀伤。审视着她那前额蕴藏着的精神力量，以及那刚毅的嘴唇所表现出的少见的敏感。我的目光向下移去，落到一方狭窄的图章上。图章印在画像的下角，正好在画框与画面中间。这时，我才第一次产生了这样的疑问："这幅画像是谁寄来的呢？到底是谁呢？是谁还这样地想着我，从克利姆斯沃思公馆的残留物中把它拯救出来，如今又把它交付给当然的保存者照管？"我从箱子里找到一张字条，只见上面是这样写的：

> 给小孩子以糖果，给傻瓜以铃铛，给狗以骨头，这其中自有一番愚蠢的乐趣。看到那孩子抹得满脸都是糖，看到那傻瓜要起铃铛来心醉神迷，更显得傻气十足，看到那狗兽性大发，贪婪地啃着骨头，你也就算得到了回报。我把威廉·克利姆斯沃思的母亲的画像交给他，也就是同时将糖果、铃铛和骨头全给了他。遗憾的是，我不能亲眼看到我的这一举动所产生的效果。只要拍卖人答应让我领略一番那种乐趣，我愿意多出五先令。
>
> 亨·约·亨·
>
> 又及——昨天夜里你断然拒绝在欠我的账单上再加上一笔。你不认为我已为你代劳了吗？

我用原来的绿绒布将画像包好，重新放进木箱里，又连箱子一起搬进我的卧室，放在眼睛看不见的床底下。此刻，我心里的刺痛抵消了欢乐。我下定决心，不到我得以心安理得地瞻仰它的时候，决不再看它一眼。假如亨斯登当时进来，我会对他说："我什么也不欠你了，亨斯登——连一分一毫的情也不欠你了。因为你自己已经用讥笑和污辱替我还清了欠你的债。"

我心急如焚，再也无法平静下来。所以刚用过早点，我便准备再次到范登赫顿家去。我几乎并未指望能在他家里见到他，因为自我第一次造访以来，才刚过一个星期。我只是希望能讨个实信，弄清楚他究竟什么时间回来，没想到，等待着我的却是预想不到的好结果：虽说他家里的人都还在奥斯坦德，可那天范登赫顿先生碰巧回布鲁塞尔办事。他不是那种容易激动的人，但对人很真诚。他平静、友好地接待了我。我在他的办公室里没坐上五分钟，便感到在他面前十分自在，以往跟生人在一起时，我还很少有过这种感觉。我对自己的沉着颇感吃惊，因为不管怎么说，我毕竟是忍受着剧烈的痛苦来找他办事——求他帮忙的。我究竟凭何理由得以如此泰然自若呢？恐怕任何理由都是靠不住的。不一会儿，我似乎看到了某种根据，但立刻又觉得那根据是站不住脚的。我不知道它到底在哪里。

范登赫顿先生有钱有势，德高望重；而我却贫穷微贱，无权无势。我们的地位有天壤之别，站在人世间至多不过同是这个世界上的社会成员；而作为人类中的一对，我俩在其他方面的优势又恰恰相反：这位荷兰人（他不是佛兰芒人，而是纯粹的荷兰人）动作迟缓，头脑冷静，虽有准确可靠的判断力，但智力方面却颇为迟钝。而我这个英国人无论是计划还是行动，无论是构思还是认识，都要比他敏锐得多、积极得多、迅速得多；他质朴敦厚，我易动感情。简言之，我们两人的性格虽很相似，但由于我的头脑更具热情，更爱思考，便本能地保持着优势。

目的达到了，我的工作也有了指望。我向他谈自己的情况时，真算是名副其实的直言不讳。只有有把握获得成功，我才会对他这般坦率。他很高兴我来求助于他，并感谢我给了他这样一个机会，使他得以为我略尽绵薄之力。我向他解释说我并未期望他给予多大帮助，只求他把我引上自助之路。我并不想让他亲自出马——那是我自己的事——而只希望他能提供点情况或加以推荐。不久，我便起身告辞了。分别时，他向我伸出手来——外国人要比英国人更重视这一礼节。当我向他报以微笑时，我认为他那真诚的面孔上所流露出来的慈善，要远远胜过我脸上的智慧。像我这样的人，能同像维克多·范登赫顿那样胸怀坦荡的人交往，心里感到一种莫大的安慰。

接下去的两周，是一个变幻莫测的时期。我这一阶段的生活就像秋天的夜空，流星与陨星特别多。希望与担忧，期待与失望，阵雨似地闪着亮光划过天空，飞向地平线。但一切都是那样短暂，瞬息即逝。范登赫顿先生诚心诚意地帮助我，给我介绍了许多地方，他本人也极力为我担保，但他的恳求与举荐很长时间未能奏效——每当我跨进某个学校的大门时，不是吃了闭门羹，就是让别的候缺者抢了先，害得我再向前走也是枉然。我焦虑、我激动，但并没有失望。兴奋接着兴奋、失败接着失败。我改掉了爱挑剔的脾气，克服了沉默寡言的毛病，抛开了强烈的自尊。我询问、我忍耐、我争辩、我催促。就这样，我终于在防卫严密的围墙上打开了个缺口，看到命运之神正坐在里面眷顾周围的人们。我的毅力使我出了名，我的请求引起了人们的注意。人们开始打听我的情况。我原先的学生家长们根据孩子们的反映，只要一听有人说我很有才干，马上便跟着随声附和。就这样，对我的赞誉之声漫无目的地传播着，最后传到了若非因为传播得广泛，也许断难听到的人的耳朵里。于是，就在我已竭尽了最后的努力而仍然一筹莫展的关键时刻，幸运女神终于在一天上午来光顾了我。当时我正烦闷而绝望地坐在床架上，她像老相识一样亲切地向我点点头——尽管上帝作证我过去从没有见过她——将一件胜利品扔到了我的身上。

18XX 年 10 月的第二个星期，我得到了一个职位，我被聘担任布鲁塞尔 XX 学院所有班级的英语教师，年薪三千法郎。而且凭借这一职位而来的声誉和名望，外出兼课无疑可以挣更多的钱。告诉我这一消息的正式通知中还提到，正是由于商人范登赫顿先生极力举荐，他们才选中了我。

看完通知，我便匆匆赶到范登赫顿先生的办公室，一把将聘书推到他的面前。等他细读完聘书之后，我紧紧握住他的双手，乐不可支地向他表示感谢。我生动的话语和有力的手势，感染得那位以平静著称的荷兰人也异乎寻常地激动起来。他说他很愉快——很高兴能为我效劳，还说区区小事，不值得如此感谢，他连一个生丁[①]也没破费——只不过在一张纸上草草写了几句话而已。

我又对他重复道：

“您使我很高兴，这种方式也很对我的心思。从您这样善良的人手里接受恩惠我不感到厌恶，也不打算因为您给过我好处而回避您。自今日起，您必须答应我做您的亲密朋友，因为今后我会常来拜访您的。”

“如此甚好，”他回答说，脸上挂着宽厚满意的笑容。我带着那笑容留在我心里的阳光告别了他。

---

① 法国货币单位，为一法郎的百分之一。

第二十三章

我回到住处时，已是两点钟了。刚从附近一家旅馆里端来的午餐，在桌子上冒着热气。我坐下来打算用餐——即使盘子里堆着的是碎陶器片和碎玻璃碴，也决不会比眼前这些蒸牛肉和扁豆炖羊肉更使我倒胃口。我连一点食欲也没有。看着这些难以下咽的食物，心里很不耐烦，便一古脑儿将它们塞进了柜橱里。然后，我问自己：“这段时间我干点什么呢？”因为下午六点钟之前到内日河畔的圣母大街去是徒劳无益的，那里的居民(对我来说，那里的居民只有一个)还在什么地方被工作缠着身。从两点到六点，我一会儿漫步于布鲁塞尔街头，一会儿又走回自己的房间，连一次也没有坐下来。我正在卧室里踱步，忽听时钟打了六下。我匆匆洗了把脸和发烫的双手，站到了镜子前。我的面颊通红，眼睛里在燃烧，但整个面部看起来还是平静如常的。我轻快地下了楼梯，来到门外，但见暮霭低垂，令人心怡。对我来说，这暮霭宛如一面令人愉快的蔽身屏障。宜人的西北风拂面，带来阵阵晚秋的寒气。我顿觉凉爽，精神为之一振。但我发觉，这寒气对别人来说还是冷飕飕的，因为从我身边经过的女人都裹着披巾，男人都把上衣扣得紧紧的。

我们什么时候会很幸福呢？我过去幸福过吗？没有。一种强烈而又逐渐加剧的担忧折磨着我的神经，自从我听到那个喜讯起，它就一直折磨着我。弗朗西丝她好吗？自上次见到她以来，已是十个星期了；自上次收到她的信，或者说听到她的情况以来，已是六个星期了。她给我来信，我回了她一个简短的便条，便条写得友好而平淡，也没有说要继续同她联系或再去看望她。当时，我好似一叶扁舟，还在命运的浪尖上颠簸，不知道波涛会把它甩到哪一块暗礁上，所以我不愿意用哪怕是最细的线将她的命运同我的命运联系在一起。假如我命中注定要撞在礁石上，或搁浅在沙滩上，我决心不让任何别的船只陪我一起遭难。但这六个星期实在太长了，她身体还好吗？工作还顺利吗？所有圣贤不都是一致宣称幸福是没有顶点的吗？我敢不敢设想，此刻我离那只斟得满满的酒杯——据说杯子里盛的是从天上取来的圣水——只有半条街之遥呢？

我来到门口，走进那所寂静的房子。拾级而上，楼上走廊里不见人影，鸦雀无声，所有的门都关着。我寻找那块整洁的绿色踏脚垫，只见它还规规矩矩地摆在原先的位置上。

“有希望，”我这样想着，向前走去。“可我得再平静一点，我不想冒冒失失地闯进去。”于是我强行收住急切的脚步，停在那块踏脚垫上。

“我多么冒失啊！她在不在屋里呢？里面有没有人呢？”我心里问道。这时我听到叮当一响，似乎是一块炉碴从炉栅上掉了下来，还有别的动静——有人在轻轻地拨弄着炉火，发出轻微的沙沙声；接着，房间里传出平稳的脚步声，忽前忽后，忽左忽右。我被这脚步声所吸引，便站在那里仔细听起来。当一个声音传入我伸长的耳朵里时，我更是听得入了迷——那声音如此低沉，似自言自语。我毫不怀疑，屋里只有一个人。只有孤单一人置身于茫茫沙漠或被遗弃的房子的大厅里时，才会这样说话。

“那黑暗的深洞，”他说，
　　“我只去过一次，儿子，
那是在大迫害的苛政时期，
　　上帝刚刚抛弃了这块土地。
从大屠杀染红的比尤利沼泽，
　　一位旅行者来到这里；

他不时驻步回首观望，
　　阵阵夜风，时断时续。
因为切维奥特山脚下
　　骑兵队的铁蹄声依稀可闻，
从怀特洛山脉的山脊上，
　　常有死亡的子弹闪光飞驰……”

这首古老的苏格兰民谣，有一部分简直是背诵出来的。然后，那声音放低，停了下来。接着又是一节，这一次是法语，翻译出来，大意是这样的：

起初我只是密切注意，
　　接着便产生了浓厚的兴趣：
自兴趣出发又前进一步，
　　随之而来的是一腔感激。

顺从焉能立即奏效，
　　视劳动为痛苦岂不荒唐，
假如我累了，只消他一语一瞥
　　便能使我重新获得力量。

从那勤奋好学的人群中，
　　他很快便选中了我一人；
仅仅通过更苛刻的催促，
　　仅仅通过更严格的考问。

他从别人手里接过作业，
　　我的作业却遭到了拒绝，
不能容忍我丝毫的疏忽，
　　不允许我有任何欠缺。

假如我的伙伴步入歧途，
　　他很少责怪他们游游荡荡
倘若我在路上蹒跚迟疑，
　　他立刻便会怒火满腔。

我听到隔壁房间有响动，决不能让别人发现我在偷听而大吃一惊。于是我匆匆地叩门，匆匆地走了进去。弗朗西丝正好出现在我的面前。她正在房间里慢慢地踱来踱去，看见我来便停住了脚步。只见她浑身披着晚霞，像一团恬静的淡红色的火苗。在我进来之前，原来她在用诗歌同“明亮”姐姐和“黑暗”姐姐说话。第一节诗是瓦尔特·司各特爵士的声音，对她来说，那是遥远的异邦的声音，是大山的回声；那第二节，就其风格和内容来看，我认为正是她自己的心声。她面色严峻，表情专注；她以严肃的目光瞧着我——那目光刚刚从出神的游移中归来，刚刚自梦幻中清醒。她衣着朴素整齐，深色的秀发平顺光滑，宁静的小房间也收拾得井然有序。然而，瞧她那沉思的表情、庄重的自信、对思考的癖好以及那幸运的灵感——她跟爱情有什么关系呢?“根本没有，”这是她那温和而悲怆的面部表情对这一问题的回答。那表情似乎在说：“我必须培养不屈不挠的意志，执著地学习诗歌，前者是我终身的支柱，后者是我终身的安慰。对我来说，人类的情感不会开花，人类的热情也不会发光。”别的女人也有类似的想法。假若弗朗西丝果如她所想象的那么孤僻，她的处境就不会比她成千上万的同性更糟。看看那些僵硬、拘谨的老处女们吧，人人都瞧不起她们。自青春时代起，她们就遵循“顺从”、“忍耐”的准则过日子。她们当中有许多人因此而变得僵化了；自制仍是她们今天的信条，仍是她们永恒的目标，最终它会将她们本性里那点比较柔软，比较美好的品质全部吞噬掉，使她们仅仅作为稳重的典型而死去，变成一张不合时宜的皮和一把骨头。解剖学家将会告诉你，在老处女那干枯的尸体里也有一颗心——同人世间那些得宠的妻子、骄傲的母亲的心完全一样。真是这样吗？我的确不知道，但也不想怀疑它的真实性。

我向前走去，向弗朗西丝问了“晚上好”，便坐了下来。我所选择的椅子可能是她刚刚离开的那一张，放在一个小桌子旁边，那上面有她摊开的练习。我不知道一开始她是否完全认出了我，但此刻她是认出来了。她以温和而平静的声音向我报以问候；我没有任何热切的表示，她接受了我的暗示，并未显出惊奇的样子。我们像往常一样见面了，仍是老师与学生——如此而已。我开始翻开她桌上的练习，弗朗西丝一见赶紧帮忙，到里间拿来一支蜡烛，把它点上，放在我的身边，然后又拉上窗帘，在已经很旺的火炉上添了些煤块，把一把椅子往桌边拉了拉，在我的右边坐下，随后又把椅子往后挪了挪。最上边的一份练习是一位严肃的法国作家作品的英语译文，但下边的一页却是几节诗歌。我正要伸手去拿，弗朗西丝欠起身来，赶紧把它重新盖住，嘴里说，那没什么好看的，只不过是抄的诗。我不顾她的反对，坚决要看，我知道她不会坚持多久。但此刻，她用手紧紧捂住那张纸，我只得悄悄地让她松开。一碰上我的手，她把手松开，缩了回去，我真想顺势抓住她的手，但我还是暂时强忍住了这种冲动。第一页上写的是我刚才听到的那些诗句；后边的并非全是作者的亲身经历，而是根据她的经历构思的。这样既可以避自我吹嘘之嫌，又可以任想象力驰骋，同时也满足了自己的心愿。同前边一样，我把它译成了英语，我的译文几乎是逐字译的。诗中接着写道：

当我的学业一时出了毛病，
　　他更是显得格外焦急。
因为他的学生智力低下，
　　无法按照他的意愿行事。

一天我病卧在床，
　　与痛苦展开了激烈的斗争；
只见他低头望着我说：
　　“上帝啊，她一定会苏醒！”

有一会儿我感到他的手放在我的手上，
　　轻轻地把我的手儿抚摸，
想看看有没有什么反应，
　　以表明我的理智已经复活。

那时我无力说话，也无力动弹，
　　他的抚摸我只能从内心感到，
希望的信念、爱情的力量，
　　已开始对我的病痛产生奇效。

当他从我的房间退出，
　　我的心也已经随他而去；
我渴望以新的成果证明，

内心对他无言的感激。

缺课很久，我又来到教室，
重又坐上我的位子，
他的脸上露出不常有的微笑，
只停留片刻，瞬息即逝。

校园传来下课的铃声，
预示着愉快的玩耍与解脱，
他从我身边经过，留住脚步，
有句亲切的话儿要对我说。

“简，从现在起一直到明天，
你无须再为乏味的功课与规则而头痛，
今天下午我一定不会在学校里
见到你那苍白的面容。

“到花园里的荫凉中找一张椅子坐下
将操场上的喧闹远远避开，
看阳光灿烂，空气清新，
呆在那里吧，直到我喊你进来。”

整整一个漫长而愉快的下午，
我流连于花园的绿荫里，
宁静，孤单，万籁俱寂，
唯有鸟儿、蜜蜂与鲜花相伴。

突然传来了老师的嗓音，
　　一声甜蜜的“简！”飞出窗户，
听到喊声我心花怒放，
　　重又回到那幢繁忙的房屋。

他正在大厅里踱来踱去，
　　见我进来便收住了脚步，
他紧锁的眉头顿时放松，
　　抬起了那深陷的双眸。

“不那么苍白了，”他喃喃低语，
　　“简，现在你去休息片刻，”
当我朝他回眸一笑，
　　他那舒展的前额又泛起喜色。

待我身体完全康复，
　　他又恢复了往日的严苛，
认真的态度一如既往，
　　不容简有任何微小的过错。

最长的作业，最难的题目，
　　重又落到我的肩头，
我勤奋如初，苦苦奋斗，
　　要让名字在各科独占鳌头。

然而他吝啬得不肯赞扬一句，
　　他的良苦用心我已了如指掌，
我从他脸上明白了那神秘的意思，
　　那正是对我最好的奖赏。

即使他说话时脾气暴躁，
　　那语调害得我深感忧伤，
他只要用一句温暖的话语，
　　便可立即将我的悲哀一扫而光。

每当他借给我一本珍贵的书籍，
　　或送给我一枝芬芳的花朵，
我毫不畏惧他人嫉妒的目光，
　　快活地将它捧在心窝。

学校里的名次终于排定，
　　我赢得了竞争激烈的第一名，
作为奖赏的一顶桂冠，
　　戴上了我微微发颤的头顶。

我对老师深鞠一躬，
　　头上的“王冠”碰着了他的双膝；
桂冠上的绿叶在我的双鬓
　　甜蜜而又剧烈地战栗。

突然有一种强烈的欲望，

充满了我的每一根血脉；
心房里有一个秘密的伤口
同时也在悄悄地流血。

这是一个胜利的良辰，
也是一个痛苦的时刻；
有朝一日我必须渡过大洋，
再也不会归返。

此刻我坐在老师的房间，
只有我和他，别无他人；
我向他诉说这别离的痛苦
给欢乐蒙上了多么凄凉忧伤的愁云。

他沉默不语，时光催人，
船儿顷刻就要起锚远航，
老师只显得面目苍白，
而我却在伤心地啜泣，眼泪汪汪。

他们急切地催促，他命我快走，
又一把将我拉了回来，
他紧紧地抓住我，低声抱怨，
“简，他们为什么要把我们分开？

“有我照顾难道你不幸福？
莫非我未能证明自己的诚心？

像我对你爱得如此真切，如此深沉，
　　普天之下还有谁人？

“啊上帝，请你照顾好我的孩子，
　　留意她那柔软的脑袋！
当暴风骤雨席卷人世，
　　守护她身边使她免受伤害！

“他们又喊了，快快离开我的胸怀，
　　离开你那真正的避风港，简，
待到你受骗、被逐或遭人欺负，
　　——再重新回到我的身边！”

我读到这些诗行——下意识地用铅笔在边上做着记号，心里则一直想着别的事情。我想，那个“简”此刻就在我的身边，她根本不是小孩子了，而是一位十九岁的大姑娘，而且很可能是我的，我心里也是这样断定的。我从贫穷的折磨中得到了解脱，羡慕与妒忌之心也离我远远的。我们的这次平静的相逢成了不期而遇。那位老师冷若冰霜的态度可能会融化，我感到，不论我情愿与否，这种冰霜的确正在迅速地融化；我已不再需要向她投以严厉的目光，也不再需要将眉毛拧成疙瘩，现在可以将内心的激情表露出来了——可以热情地恳求、询问、引诱她回答了。与此同时，我还想到，我的感情此刻所领略到的极大幸福，远远超过哈蒙峰的青草享受黄昏甘露的幸福。弗朗西丝似乎有点忐忑不安，她站起身来，从我身旁走过去拨弄那无须拨弄的炉火，将壁炉架上的小装饰品拿起来，又放下，她的衣裙就在离我一码远的地方飘荡，最后，她轻盈地、笔直地站在壁炉边，亭亭玉立，妩媚动人。

我们俩心里都有一种冲动，我们自己能够控制这种冲动，然而也有别的东西在控制着我们，因为在我们尚未觉察之前，它们便一个虎步跳到我们跟前，成了我们的主人。虽说这种冲动并非什么坏事，也许理智早已迅速而不动声色，神不知鬼不觉地发现，那种行为是无可指责的，但她还是本能地认为并感到，当炽热的感情到了一触即发的时候，还是让它继续保持平静为好。我知道我没有考虑那么多，也没有计划或是想去考虑，就这样，我只在桌边的椅子上单独坐了片刻，便立即将弗朗西丝拉到怀里，敏捷而又坚决地把她抱在我的腿上，固执得不肯松一下手。

"先生！"弗朗西丝叫道。但她并没有试图挣脱，也没有再说一个字。开头几分钟里，她似乎被我突如其来的行动惊呆了，但这种惊慌很快便平息下来。她既没有害怕，也没有生气。要说也是，她毕竟是离我，离一个她一贯敬重信赖的人比以前更近了些。羞怯本会驱使她挣脱我，可是看到反抗也无用，自尊心又抑制住她不再反抗了。

"弗朗西丝，你对我的关心到底有多少？"我问道。她没有回答。眼下的情况对她来说太新奇、太令她吃惊了，她实在难以说出话来。考虑到这一点，尽管我心里急不可待，可还是强制着自己苦苦等待她沉默了好几秒钟。接着，我又问了一遍，这一次的语调大概很不平静，她抬头看了看我；无疑，我的脸色并不镇定，眼睛也决不是两汪平静的井水。

"说话呀，"我催促道；这时，她才用低沉、急促而又顽皮的声音说道：

"先生，您快把人家给勒死了，求您放松一点我的右手。"

真是的，这时我才意识到，我死死地抓住她的右手，实在有点太残忍了。那是因为我想抓得那么紧。我用较温和的口气又问了第三遍：

“弗朗西丝，你对我的关心到底有多少？”

“很多很多，老师。”她诚实地回答说。

“弗朗西丝，能多到足以使你做我的妻子——接受我做你的丈夫吗？”

我感觉到她的心在剧烈地跳动；我看到她的面颊、双鬓、颈项全都泛起了“爱情的红光”。我想窥探她的眼睛，可她那长长的睫毛和眼睑却把眼睛给遮住了。

“先生，”最后，她用温柔的语调对我说：“先生希望知道我是否同意——是否——就是说，我是否同意和您结婚？”

“正是。”

“先生一直是我的好老师，能不能同样也是一个好丈夫呢？”

“我将尽力而为，弗朗西丝。”

停了一会，她又说话了。这一次用的是一种清新的，更加柔和的声音，一种更加令人愉快、更加诱人的声音，伴随着声音的是一个调皮而又羞涩的微笑，那微笑与说话的语调和谐得完美无比：

“这就是说，先生将依旧是有点固执、严厉、任性——”

“我以往是那样的吗，弗朗西丝？”

“是的，这您很清楚。”

“除此以外，我对你就没有什么好处了吗？”

“有的，您一直是我最好的朋友。”

“那你对我呢，弗朗西丝？”

“我是您忠实的学生，全心全意地爱您。”

“我的学生愿意同我白头偕老吗？讲英语，弗朗西丝。”

她考虑了一会儿，然后慢慢地回答道：

“您已经使我很幸福了。我喜欢听您说话，喜欢看见您，喜欢在您身边，我相信您是个好人，很了不起，我知道您对粗心大意、游手好闲的人很严厉；但您又很善良，对那些专心致志、勤奋好学的人很善良，即使他们并不聪明。老师，我很高兴永远同您生活在一起。”她动了动身子，似乎想要贴在我身上，但很快又克制住了自己，她仅仅加重了语气诚恳地补充说，“老师，我愿意同您白头偕老。”

“太好了，弗朗西丝。”

我又把她往胸前拉了拉，我第一次亲吻了她的嘴唇。这一吻，确定了我们之间的密切关系。在这之后，我们俩谁也没说话，一直沉默了许久。这期间，弗朗西丝想了些什么，我不知道，也不想猜测。我既没有忙于观察她的面部表情，也没有去打扰她的镇静。我把平静留给了她，我希望她能感觉到这一点。不错，我的胳膊还搂着她，但我十分谨慎，搂得很轻很轻，只要她不想挣脱，我就不会抱得更紧的。我的眼光凝视着红红的火苗，心灵在仔细测试着自己的满足；它测呀，测呀，最后发现，这种满足是深不可测的。

“先生，”我平静的伙伴终于又说话了，她完全沉浸在幸福之中，在我的怀里一动不动，就像一只吓坏了的耗子。即使在说话的时候，也几乎连头都不抬。

“你要说什么，弗朗西丝？”我喜欢真诚坦率的思想交流，既不愿意以多情的甜言蜜语强加于人，也不愿意用自私的、没完没了的拥抱与亲吻使人有话也不好出口。

“先生是通情达理的，是吧？”

“是的，假如你用英语这样要求我，我更是会通情达理的。可你为什么要这样问我呢？我的举止中没有任何粗暴或强人所难的地方，难道我还不够稳重吗？”

“我不是那个意思。”弗朗西丝说。

“讲英语！”我提醒她道。

“好吧，先生，我只是想说，我当然希望保留自己的教师职位。我想，您也还是要去做教师的，对不对，先生？”

“啊，是的！那是我唯一的谋生手段。”

“Bon！我是说‘好’。那样，我俩就是同行了。我喜欢这样，这样我就可以像您一样不受约束地努力干下去了，是不是，先生？”

“你正在制定一项不依靠我的独立计划。”我说。

“是的，先生，我决不能拖累您——在任何方面都决不能成为您的包袱。”

“可是，弗朗西丝，我还没告诉你我将来的收入呢。我已经离开了佩利特的学校，苦苦寻找了近一个月，我又得到了一个职位，年薪三千法郎；我再略微外出兼点课，就可以轻而易举地把这个数目翻一番。你看，那样你就不必再辛辛苦苦地去教课了。有了六千法郎我们俩能过得去，而且能过得很好。”

弗朗西丝似乎是在考虑。男人们一想到自己将会成为心爱之物的靠山——可以供给她膳食衣物——往往会过分夸大自己的力量，与其高贵的自尊心产生共鸣，就像上帝抚养田野里的野百合花一样。于是，为了促使她下决心，我又接着说：

“这些年来你过得太苦、太难了，弗朗西丝，你需要完全休息。你那一千二百法郎我们要不要都无关大局。再说，要挣那点钱得牺牲多少安乐啊！放弃你的工作吧，你一定很疲劳了，成全我的好意，休息休息吧。”

不知道弗朗西丝对我的呼吁是否给予了应有的注意。她没有像往常那样有礼貌地立即回答我，而只是叹了口气说：“您多么富有啊，先生！”她在我的怀里不自在地动了动，又低声说道：“三千法郎！而我只能挣一千二！”她说得更快了：“然而，眼下必须这样。先生，您该不是要我放弃自己的工作吧？不！我要死死抓住它不放。”她那纤细的手指把我的手抓得更紧了。

“想想看吧，先生，要我嫁给您，让您养活！我做不到；再说，那样我的日子会是多么乏味！你从早到晚不在家，在闭塞、嘈杂的教室里上课，而我得呆在家里消磨时光，无所事事，孑然一身，那样我会变得沮丧忧郁，你也会很快对我感到厌倦的。”

“弗朗西丝，你可以看书，可以学习，你不是很喜欢这两种事吗？”

“不行，先生。我喜欢沉思的生活，但更喜欢积极的生活，我必须以某种方式做些事，和您一起做事。我已经注意到了，先生，那些仅仅把对方当作消遣对象的夫妻，决不会像那些一起工作，或者一起受苦的夫妻一样互敬互爱的。”

“你说得对极了，”最后我说，“走你自己的路吧，因为那是一条最光明的路。你看，我这样欣然同意了你的意见，犒赏犒赏，主动亲我一下吧。”

她踌躇了一会；对于她这样一个不谙亲吻之道的生手来说，这是自然而然的。最后，她努起嘴唇，羞怯地，轻轻地贴在我的前额上。我接受了她的这一小小的礼物之后，就像欠了一笔债，接着便立即以慷慨的利息偿还了她。

打从我第一次见到弗朗西丝以来，不知她是否真的改变了许多。但就我此刻的观察，我感到她的确发生了奇异的变化；在我的记忆里，她早先的那些特征：那悲凄的目光、苍白的面颊，那萎靡不振、郁郁寡欢的表情，如今均已不复存在。我眼前看到的是一张充满魅力的面庞：那甜蜜的微笑、深情的酒窝、玫瑰花似的脸色，使她的容颜完美无缺，使她的形象光彩照人。我一贯自命不凡，认为我对她的强烈的依恋，证明我天生有一种特殊的眼力。她不漂亮，不富有，甚至也算不上多才多艺，但她却是我生命中的瑰宝；如此说来，那我肯定是独具慧眼了。然而，今天晚上我才发现自己错了。我开始怀疑，也许只不过是我的审美观点独特，而不是我独具慧眼，超凡脱俗，视道德情操的高尚胜过肉体的魅力；因为我发现，弗朗西丝的肉体也是具有魅力的。在她身上，我找不到任何美中不足之处，她的眼睛、牙齿、肤色、体形，都没有任何明显的缺陷，都足以令最自负、最有才华的男子赞叹不已（而女子是可以爱上一个丑八怪男人的，只要他有才华）。倘若弗朗西丝是个“没牙老太婆，是个近视眼，是个麻子，或者是个驼子”，我对她的感情也许仍会是友善的，但决不会为她神荡魂摇，正如我对那个可怜的畸形姑娘小西尔薇怀有好感，但决不会对她产生爱情一样。不错，首先使我对弗朗西丝感兴趣的，是她的智力，而且迄今那仍是我最喜欢她的地方，但我也喜欢她的姿色。每当我看到她那清澈如水的褐色眼睛、她那洁白如玉的细腻皮肤、她那整洁如贝的牙齿、她那亭亭玉立的身段，都能获得一种快乐。这种快乐今天仍是我无法舍弃的。如此看来，我也是一个好色之徒，一个有节制的、挑剔的好色之徒。

读者啊，在前两页里，我一直在为您奉献着新鲜的花蜜；可您总不能完全靠如此甘甜的食物生活，那么，请您也尝一点苦胆汁吧，只有一滴，权当换换口味。

当夜很晚的时候，我回到住处，一时忘记了人还要为诸如吃喝之类讨厌的事情操心，便匆匆上床睡觉了。整整一天，我一直激动着、忙碌着，从早上八点钟起就没有吃一口东西。再说，过去的两个星期里，我的身体和大脑都没有得到休息。在刚刚过去的几个小时里，我又一直处于一种甜蜜的极度兴奋状态之中，至今仍未能平静下来。半夜之后很久，这种令人讨厌的狂喜仍在干扰着我急需的睡眠。后来，我终于迷迷糊糊地睡着了，但眨眼工夫便又醒来了，抬眼一看，天还黑着。我像约伯[①]一样，是被眼前晃过的幽灵惊醒的，也像约伯一样，感到“毛骨悚然”。我还可以继续同约伯相比，因为尽管我确实什么也

① 约伯，《圣经》里希伯来族之族长。

没有看见，但确有“一个东西在悄悄地朝我走来，我听见了它的响动，在万籁俱寂之中，我听到一个声音”，那声音说道：“活着即死去。”

那种声音以及随之而产生的沮丧的痛苦感，许多人认为是不可思议的，但我立即便明白，那是一种心理反应。人总是难免一死的，这正是我本性所怯弱与哀怨的。我的神经之所以会轧轧作响，发出一种虚幻的声音，那是因为近日来灵魂匆忙地向一个目标进击，弄得相对虚弱的肉体过度紧张的缘故。可怕的黑暗笼罩着我，我感到我的卧室里突然闯进来一个我先前认识，但原以为永不会再见到的人。一时间，我变成了臆想病的俘虏。

她曾是我童年时代的熟人，不，客人。我曾管了她一年吃住。在那段时间里，我秘密地同她在一起，她和我同吃、同睡，一同出外散步。她带我去看树林中的隐蔽处，看山里的洞穴。在那里，我们坐在一起；她揭掉那令人丧气的遮面布，蒙在我头上，从而将天空、太阳、青草、绿树一古脑儿全给遮住。那时候，她讲的故事多么动听！她唱的歌多么悦耳！她一把将我抱在冰冷的怀中，用全是骨头的手臂搂住我；她向我讲述她的国家——坟墓，并一再答应不久便带我去那儿。她把我引到一条缓缓流淌的黑河边，指给我看对岸与普通坟堆、纪念碑和墓碑不同的、躺在比月光还要苍白的寒光下的土堆。她总要指着那些苍白的土堆说：“那是墓地！”并且补充着：“那里有为你准备好的公馆。”

我的童年是孤苦伶仃的，没有父母的爱抚，没有兄弟姐妹之间的天伦之乐。所以，在我刚刚步入青春时，当这位女巫师发现我毫无目标却怀着诸多的情感、斑斓的希冀、昏暗的憧憬、强烈的要求、渺茫的希望在精神的荒野里徘徊时，她便在远处举起虚幻的灯火，引诱我到她那墓穴般的、令人毛骨悚然的家里去，也就不足为奇了。怪不得她的咒语当时对我具有那么大的魔力，可如今，我的道路正越走越宽广，我的前途正越来越光明，我的感情已找到了归宿，我的欲望经过疲惫的长途飞行，刚刚收起翅膀，落在收获的果实上，舒舒服服、心满意足地卧在那里接受一只手轻柔的抚摸——臆想病何以此时还来纠缠我呢?

我拒绝了她的引诱。而她就像一个姘妇，唆使一位丈夫怨恨年轻的新娘子，一次未能得逞，便一夜又一夜地怂恿我，一连闹腾了八个夜晚。后来，我的情绪开始恢复了正常，食欲也渐渐好起来，两个星期之后，我才如大病初愈。我像往常一样终日到处奔走，关于我所感受到的情况，对谁都只字未提。我很高兴，那个邪恶的幽灵终于离我而去，我又可以去找弗朗西丝，坐在她的身边了；我总算摆脱了那可怕的恶魔。

第二十四章

11月里一个晴冷的星期天，我和弗朗西丝沿林荫大道在城里漫步。我们走了很长时间，后来弗朗西丝感到有点累，我们便时不时地在路边树下的椅子上坐下来歇歇脚。弗朗西丝在给我讲瑞士的情况，一提到瑞士，她便兴奋起来。我正在想，她的眼睛简直像舌头一样，也会说话，她突然收住话题，说道：

"先生，那儿有一位先生认识您。"

我抬头一看，只见三位衣着入时的男子正打我们面前经过——他们是英国人，这一点，我从他们的相貌、神情和步态就可以看出来。我一眼就认出，三个当中最高的一位是亨斯登先生。他正举着帽子向弗朗西丝致意，然后他朝我做了个鬼脸，便扬长而去。

"他是谁？"

"我在英国的一个熟人。"

"他为什么朝我点头呢？他并不认识我呀？"

"不，他认识，这样就算认识了。"

"怎么会呢，先生？"（她依然称我"先生"，我简直没办法说服她用更亲切的词语称呼我。）

"你没看出他的眼睛在说什么？"

"他的眼睛？说什么来着？"

"对你，他的眼睛在说：'您好，威廉明娜·克利姆斯沃思？'对我，它们在说：'你终于找到了如意的配偶，那女人坐在那儿，和你正好是物以类聚、人以群分。'"

"先生，您不可能一下子看出这么多，他走得多么匆忙啊！"

"我看到的还要多些，弗朗西丝。我还看出，也许今天晚上，或不久的将来，他就会去拜访我；而且我毫不怀疑，他会坚持要我介绍他同你认识的。我把他带到你那儿去好不好？”

“要是您乐意的话，先生，我不反对。我的确也很想再就近看看他，这个人显得太奇特了。”

果然不出所料，当天晚上亨斯登先生就来了。他一进门，劈头就说：

“你先别吹牛，教师先生；我已经得知你被XX学院聘用了，而且知道得很详细，布朗先生全告诉我了。”接着，他说他刚从德国回来一两天，然后，他突然问我，他在林荫道上看到同我坐在一起的那个女人是不是佩利特——鲁特夫人。我正要极力否认，转念一想，又制止住了自己。我装出默认的样子，问他对此有何看法。

“至于她，一会儿我将直言相告。可首先我有话要对你说。我看你是个无赖，你没有权力携别人的老婆悠闲散步。我原以为你的理智很健全，不至于糊里糊涂干这种混账事。”

“可那女人……”

“对你来说，她显然太好了，你根本配不上她。她很像你，但要比你略强几分——虽说绝对算不上美人儿。在她起身时（因为我回头望去，看见你们两个正要走开），我发现她的身段和姿态都很美。可见这些外国人颇懂得风度。她怎样能这样对待佩利特呢？她和他结婚还不到三个月呢，佩利特那家伙肯定是个傻瓜。”

我不愿让误会走得太远了；我不大喜欢那样。

“佩利特！你的脑袋瓜怎么老是想着佩利特夫妇？开口闭口就是他俩，真可惜，你自己没有娶上佐蕾德小姐。”

“那位年轻女士不是佐蕾德小姐？”

“不，而且也不是佐蕾德夫人。”

“那你干吗要撒谎？”

“我并没有撒谎。可你下车伊始就哇啦哇啦地乱指责一气，根本不容我分辩。她是我的一个学生，一位瑞士姑娘。”

“你当然想和她结婚喽？别抵赖！”

“结婚？我想我会的，只要命运肯再给我们两人十周时间。那就是我的小野草莓，亨斯登。有了它的甜蜜，我对你那温室里的葡萄就不屑一顾了。”

“住嘴！别吹牛了，别咬文嚼字的。我不允许你说这些。告诉我，她是做什么的？属于什么阶级？”

我笑了笑。亨斯登无意间在“阶级”一词上加重了语气。事实上，作为一名共和党人，贵族的死对头，亨斯登同他的诺尔曼种族以及该种族征服英国时期①被授予封号的那个王国里的所有人一样，对其古老的XX郡家族、对其世世代代受人敬仰的世袭声望感到自豪。正如斯坦利人②决不会和科布顿③家族攀亲一样，亨斯登决不会考虑娶一位比他自己的阶级地位低的姑娘做妻子。我很高兴会使他大吃一惊，很高兴我的实践战胜了他的理论。我把身子靠在桌子上，抑制住内心的喜悦，慢条斯理地答道：

“她是一位修补花边的。”

亨斯登打量着我。他嘴里没说，但表情却显得很吃惊。对于何为优良种族，他有自己的独特见解。我看得出，他怀疑我打算走十分轻率的一步。但他没有直言，也没有劝阻，只是简单地说：

“你自己的事，最好由你自己决定。修补花边女工也许会像大家闺秀一样，能成为一个好妻子。不过，你当然已经仔细斟酌过了，确信尽管她没有学历、没有财产，也没有地位，仅凭你所认为的那些天生的品质，就极有可能会给你带来幸福。她有什么亲戚没有？”

---

① 系指1066年威廉公爵率诺尔曼军队征服英国时期。
② 分布于美国、新西兰及澳大利亚的一少数民族。
③ 科布顿（1804—1865），英国政治家及经济学家。

“在布鲁塞尔一个也没有。”

“那倒还好。在这种情况下，亲戚常常是真正的祸害。我只能这样认为：有一大群穷亲戚到头来只会成为你的包袱。”

又默不作声地坐了一会之后，亨斯登站起身来，平静地向我道了晚安。他向我伸出手来时（过去他从没有这样做过），那种礼貌而又体谅的态度使我确信，他认为我干了一件天大的傻事；他还认为：既然我自甘堕落，要毁掉自己，他也就无须再对我挖苦、讥讽，除了迁就与克制之外，的确再也无事可做了。

“晚安，威廉，”他用十分温和的声音说，与此同时，脸上还带着仁慈的怜悯神色。“晚安，朋友。祝你和你未来的夫人万事如意，但愿她能使你那难以取悦的心灵得到满足。”

看到他那悲天悯人而又故作严肃的神态，我竭力控制住自己才没有笑出声来。我说：

“我想，你大概想见见亨利小姐吧？”

“啊！这是她的名字？当然，如果方便的话，我想见见她，不过，”他犹豫起来。

“怎么？”

“我没有任何理由闯进她家里去。”

“那好，走吧，”我对他说。于是，我们便出发了。亨斯登无疑会把我看作是一个轻率鲁莽的人，居然如此爽快地让他到那可怜的陋室里，去看我那位可怜的小女工恋人。不过，他已打定主意要装得像一位真正的绅士；事实上，他已深得扮演那一角色的要领了，尽管表演得很粗糙，但他还是竭力做出有涵养的样子。我们沿着大街走去，一路上他说话很和蔼，甚至可以说很温柔。在我的一生中，他对我还从没有如此礼貌过。我们来到那所房子跟前，走进门去，上了楼梯，来到走廊上时，亨斯登转身还要往更窄的一道楼梯上上。我看出来，他以为弗朗西丝住在顶楼上。

“在这儿，亨斯登先生，”我轻轻地说了声，便抬手敲弗朗西丝的门。他转了过来，由于这个小小的判断错误，在他诚恳礼貌的神色之中，颇有点张皇失措的样子。他的目光又回到房间门口那块绿色踏脚垫上，却什么也没有说。

我们走进房间，弗朗西丝从桌边站起来迎接我们。她那一身孝服使她显得有点像修女，但同时又显得十分洒脱。那衣着的庄重与简朴虽未能增加她的美丽，却大大增加了她的尊严。雪白的领子、雪白的袖口把暗黑色的羊毛长袍衬托得尽善尽美，衣服上没有任何装饰物。弗朗西丝行了一个文静优雅的屈膝礼。像往常一样，当别人先同她搭话时，她更显得是一位值得尊敬的女人，而不是一位值得爱慕的女人。我向她介绍了亨斯登先生，她用法语说有幸认识他她非常高兴。那纯正而优美的语调，那低沉、甜蜜而又相当清晰的嗓音，立即产生了极好的效果。亨斯登以法语作答，过去我从未听他讲过法语，想不到他居然讲得很好。我退坐在窗座上，应女主人之邀，亨斯登在壁炉边的一张椅子上坐下，从我坐的位置，一眼就可以看到他们两人及整个房间。房间里干净明亮，简直像是一个擦得锃亮的柜橱。桌子正中央摆着一只插满鲜花的玻璃杯，炉架上的每一只陶瓷茶杯中插一枝鲜艳的玫瑰，形成一种节日的气氛。弗朗西丝表情庄重，亨斯登则显得拘谨，但两个人对对方都彬彬有礼。他们顺利地用法语交谈着，认真而礼貌地讨论了一些平常的话题；我觉得从未见过像他们两位这样恪守礼仪的模范，因为亨斯登（多亏他受着那种外语的制约）不得不谨慎地遣词造句，小心避免讲出任何古怪的句子来。最后，他们又谈到英国，弗朗西丝连珠炮似的问这问那，问个不停。随着讨论的逐渐热烈，她开始变得活泼起来，就像茫茫夜空随着太阳出山而逐渐明亮了一样。开始，她的眉头似乎舒展了些，随之，眼睛也在闪闪发光，五官放松了，面部表情丰富起来，暗淡的脸色也变得明朗红润了。过去，她只显得仪态淑雅，而此刻，在我看来她是那样妩媚娇艳。

对这位刚刚来自那个岛国的英国人，她有许多话要说。她以强烈的求知热情催促他回答。不一会，这种热情便融化了亨斯登的谨慎持重，就像火暖活了一条被冻僵的毒蛇。我的这一比喻并不算言过其实：你看，他挺直了高大的身躯，竖起脑袋，然后又微微垂首，将头发从他那撒克逊式的宽阔前额上拢到脑后，将近乎残忍的讥讽神态暴露无遗；他的对话者那急切的语调，热情的目光，足以立刻在他的灵魂里促成这种神态，足以从他眼睛里引诱出这种神态。这时候，他的形象活似一条从麻木中苏醒的毒蛇。弗朗西丝同他说话时总喜欢用法语，同样道理，他也只愿用自己的母语同她讲话。

“你懂英语？”这是他自谈话开始所提出的第一个问题。

“懂一点。”

“那么，今后你会懂很多的。首先，我看你并不比我的一些熟人多多少见识，”（他用大拇指指指我。）“不然，一提起那个叫做英格兰的肮脏小国，你决不会显得那么狂热。我看得出，你是有点狂热。我从你的眼光里看出、从你的话语里听出，你有一种恐英症。小姐，只要稍有一点理性的人，怎么可能会对英国这个名字怀有那么大的热情呢？五分钟以前，我以为你是一位修女，因而对你肃然起敬；现在我发觉你是一个瑞士女巫，保守观念和宗教观念都很强。”

“英国不是您的祖国？”弗朗西丝问道。

“是我的祖国。”

“难道您不喜欢它？”

“很遗憾，我不喜欢。那是一个腐败、贪污横行的小国，是显贵与国王的可恶的小国。它充满了可耻的傲慢（正如XX郡的人所说的），到处是无依无靠的贫民，它已被恶习所腐蚀，被偏见所蛀蚀！”

“您这话几乎对任何一个国家都适用。普天之下到处都有恶习，到处都有偏见。我原以为英国比其他国家还会少一点呢。”

“到英国去看看吧！到伯明翰，到曼彻斯特，到伦敦的圣贾尔斯区，实地考察一番我们的制度是如何工作的吧，研究一番我们威严的贵族老爷们的脚印，看看他们是如何践踏百姓们的心灵、在血泊中漫步的吧，到穷人的茅屋里去走一遭，看一看麻木不仁地蹲伏在黑黑的炉边的饥民，看一看赤身裸体无遮无盖地躺在光板床上的病人：看一看淫荡的‘无耻’是如何戏弄‘无知’的吧，尽管奢侈的生活是她最倾心的情夫，豪华的府第对她来说要比茅庵草舍更加可贵——”

“我所考虑的不是英国的不幸与罪恶，而是它好的方面——是它作为一个国家孕育了你那崇高品格的好的方面。”

“根本就没有什么好的方面——即便有，起码你是看不出来的，因为你不懂得科学的成就，你学历有限，地位低下，所以你无法理解那些美好的东西。至于说到历史的联想，诗歌的联想，我不想污辱你，小姐，我不认为你曾提到过那种骗人的东西。”

“可我提到过一点。”

亨斯登笑了——极端轻蔑地笑了。

“真的，亨斯登先生，难道您也是那种不喜欢联想的人吗？”

“联想是什么样，小姐？我可从来也没有见过。它多长？多宽？什么价？——对，什么价值？拿到市场上能卖多少钱一斤？”

“对于任何爱您的人来说，为了引起联想，您的画像是无价的。”

那位深不可测的亨斯登听到了这番话，感到有些地方颇为刺耳，因为我看到他的脸红了每当碰到软钉子上，他总要脸红的。某种烦恼一时间使他的目光暗淡下来。我相信，在此短暂的沉默之际，他已经用一种愿望医治好了对方对他心灵的刺伤，这愿望就是希望被人爱，而且也渴望真有人爱他——对于那人的爱，他会毫无保留地以爱报之。

那位女士又乘胜追击说：

“假如您的世界是一个没有联想的世界，亨斯登先生，对于您如此痛恨英国我就不会再感到奇怪了。我说不清楚何为天堂、何为天使，但我可以想象得出，天堂乃是最可称颂的圣地，天使乃是最为崇高的生灵。假如有一位天使——譬如诚实的阿布德尔①（她此刻正想着弥尔顿）突然被剥夺了联想的本能，我认为他会立即冲出‘永恒门’，离开天堂，到地狱里去寻找他所丢失的宝贝的。不错，就在那地狱里，他受到轻蔑后又返回了天堂。”

在说这番话时，弗朗西丝的语调同她的语言一样出人意料。就在“地狱”一词带着令人吃惊的强调语气从她嘴里喷射出来的时候，亨斯登居然屈尊降贵地给了她一个颇为赞赏的目光。他喜欢强有力的东西，无论是男人的还是女人的；他喜欢一切敢于冲破传统观念的东西。过去，他还从未听到过女人以如此坚定有力的语言说出“地狱”二字，这声音出自一个女人之口，使他十分高兴。他很乐意再听到弗朗西丝敲击那一根琴弦，但她决不喜欢那么做，因为这种古怪激情的流露根本不能给她带来任何乐趣。在非常情况下——一般是在痛苦的时候——这种默默燃烧于心灵深处的激情即使被迫表现出来，也只是融合在她的声音里，或从她的面部表情上一闪而过。在我们的亲切交谈中，有一两回她曾以强有力的语言对我诉说过自己的大胆想法，然而时过境迁之后，我再也无法唤起她的那种激情来，因为她的激情是自生自灭的。对于亨斯登的鼓励，她仅莞尔一笑置之，便很快又重新回到争论的话题上。她说：

“既然英国毫无可取之处，大陆民族何以会对它如此敬仰呢？”

“我本以为连小孩子也不会提出这样的问题，”亨斯登答道。每逢

① 英国诗人弥尔顿的史诗《失乐园》中的天使。

回答一个问题，他总要先奚落一番提出问题的人如何愚蠢透顶。“假如你是我的学生，假如我以为你不幸来自那个不足一百英里远的可怜的国家，我非罚你站到墙角里忏悔自己的无知不可。小姐，你怎么就看不出来？那是我们用黄金才买来了法国人的礼貌、德国人的亲善、瑞士人的卑躬屈膝，”他凶狠地挖苦道。

“瑞士人？”弗朗西丝听到“卑躬屈膝”一词，立刻反唇相讥。“你说我的同胞都是卑躬屈膝？”说到这里，她激动起来。我禁不住低声笑了。弗朗西丝的目光里充满了愤怒，摆出一副挑战的架势。“你在当着我的面辱骂瑞士，对不对，亨斯登先生？你以为我连一点联想力都没有吗？难道你以为我只会对阿尔卑斯山山村里的罪恶与堕落津津乐道，而一点也没有留心过我的同胞的友善大度、我们以鲜血换来的自由、我国河山的天然壮丽吗？你错了——你错了！”

“友善大度？随你叫它什么吧。你的同胞都很精明，他们把你所说的那些抽象概念当成商品出售。在此之后，他们已经将其友善大度连同用鲜血换来的自由，统统出卖给外国国王当奴隶了。”

“你从没有去过瑞士吧？”

“不，我去过两次。”

“你对瑞士一无所知。”

“不，我很了解。”

“你说瑞士人唯利是图，这简直就像鹦鹉说‘可怜的鹦鹉’一样，或者说，就像这儿的比利时人嘲笑英国人不勇敢，德国人责骂英国人背信弃义一样。你的话是不公正的。”

“我说的是真话。”

“我告诉你，亨斯登先生，说我是个不切实际的人，你比我更不切实际，因为你根本不了解实际存在的东西。你想消灭个人的爱国主义及一个民族的伟大，简直就像一个无神论者试图以否定上帝及他本人灵魂的存在的办法消灭它们一样。”

“你扯到哪里去了？你的话离题了——我想，我们刚才谈的是瑞士人唯利是图的本性。”

“是的，即使你明天就能向我证明瑞士人的确是唯利是图的（可惜你无法证明），我也依然爱瑞士。”

“那你就是疯了，疯狂若三月之兔，[1]居然会对数百万船黄土、木头和冰雪爱得不可自拔。”

“那也没有你疯，居然什么都不爱。”

“我疯有我自己的疯法，可你没有。”

“你的方法就是从天下万物中榨出汁来，只把残渣当作肥料，当作你所谓的有用东西。”

“你根本不会推理，”亨斯登说。“你头脑里毫无逻辑。”

“没有逻辑总比没有感情要好，”弗朗西丝反驳道。这时，她正在橱柜与桌子之间来回穿梭，如果说不是在专心致志地考虑如何热情好客，起码也是在专心致志地做着热情好客的事，因为她正在铺桌布，往桌子上摆盘子和刀叉。

“你的话是指我吗，小姐？你认为我没有感情吗？”

“我认为你时时刻刻都在跟自己，也在跟自己的感情作对，武断地将形形色色的感情统统鄙之为荒谬，然后下令将它们压抑下去，因为你认为它们都是不合逻辑的。”

“我做得对。”

弗朗西丝离开了一会儿，走进一个类似食品室的房间，很快便又回来了。

“你做得对？啃！不。要这样想，那你就大错特错了。劳驾，让我到炉边去，我要做点东西。”她沉默了一会儿，将一个焙盘放在火上，

---

① 3 月为野兔交配期，届时它们往往疯狂地奔跑。

然后，一边翻弄着盘里的东西，一边说："还说做得对！似乎践踏上帝赋予人类的一切美好感情，尤其是像爱国主义这样的感情，让人类的私心在更大范围内肆意传播也都是对的。"（她拨动了一下炉火，将菜放在炉台前。）

"你是在瑞士出生的吗？"

"我想是的，不然我何以说它是我的祖国呢？"

"你的英国式相貌、英国式身材是从哪里来的？"

"我也是英国人，我血管里的血有一半是英国人的。因为这两个高贵、自由、幸运的国度里都有我的利益，所以我有权拥有双倍的爱国主义力量。"

"你母亲是英国人？"

"是的，是的；而你，我猜想，你的母亲大概是从月球上或从乌托邦来的，因为你对欧洲任何国家都不感兴趣。"

"恰恰相反，我是一个普遍爱国主义者，如果你能正确理解的话，我的祖国就是全世界。"

"铺洒得如此广泛的同情心，肯定是很浅的。请来桌边坐好吗，先生？"（她在同我说话，此刻，我正借助月光专心地看书）"先生，晚饭已经好了。"

她说这番话时，与她同亨斯登先生口角时使用的语气截然不同，既没有那么生硬，又比那低微而柔和。

"弗朗西丝，你准备晚餐干什么？我们可没打算留下来吃饭。"

"啊，先生，可你们已经留下来了，而且晚餐也已经准备好了。你们只有一种选择，那就是吃。"

当然，晚餐是外国式的。两小碟鲜美可口的肉，制作精细，摆放考究；外加一盘色拉和一盘法国奶酪。用餐时，交战双方只得暂时停火。但晚餐刚一用过，他们便又重新开战了。这回争论的题目是关于宗教偏执精神。亨斯登强烈地断言，尽管弗朗西丝声称瑞士人崇尚自由，但瑞士就存在着这种宗教偏执。这一回合对弗朗西丝极为不利，这不仅是因为她不善辩论，而且还因为她对这一问题的看法恰恰同亨斯登的看法十分接近。她只是随便反驳了几句便认输了，承认她和亨斯登的看法相同；不过，她提醒他注意，她不认为自己是被打败的。

“那么，法国人在滑铁卢也不是被打败的喽？”亨斯登说。

“这二者怎么能相提并论呢？”弗朗西丝插嘴说，“我们打的是假仗。”

“假也罢，真也罢，反正你输了。”

“不，虽然我说话没有逻辑，语言贫乏，一旦我的看法与你的不同，纵使到了无言以对的地步，我还是会顽强坚持自己的观点的。你会被我无言的决心挫败。你说到滑铁卢，据拿破仑说，你们的威灵顿将军①本来是应该吃败仗的，可他居然违反战争规律，硬是顶住了，而且在战术对抗中取得了胜利。我也要学他。”

“但愿你能如此。可能你身上也长有同样的拗劲。”

“要没有才怪呢。它和退尔②是兄弟。要是哪位瑞士人的灵魂里没有民族英雄退尔的巨大忍耐力，不管是男人还是女人，我都会鄙视。”

“退尔要是像威灵顿一样，那他才是 ass 呢。”

“ass 不是‘驴子’的意思吗？”弗朗西丝转脸问我。

“不，不，”我回答说，“它的意思是‘顽强的精神’。”我看他们两人之间正酝酿着一场新的争斗，便接着说：“现在可真该走了。”

亨斯登站起身来。“再见，”他对弗朗西丝说，“明天我就要动身回那个‘光辉灿烂的’英国去了，也许要过十二个月或更长一些时间才

---

① 威灵顿（1769—1852），英国统帅，在反对拿破仑战争中，以指挥滑铁卢战役闻名。

② 退尔，瑞士传奇英雄。瑞士人民反抗奥国占领时，他拒绝向奥国总督的帽子鞠躬，被迫用箭射下儿子头上的苹果的故事，在全世界传为佳话。

会再到布鲁塞尔来。不管什么时候吧，只要我来，我都要找到你的。等着瞧吧，到时候我非想办法把你逗得像龙一样凶猛不可。今晚你干得相当出色，不过，下次见面你定会全力以赴向我挑战的。我想，在这期间，你注定要变成威廉·克利姆斯沃思夫人的。贫穷的年轻太太！不过，你的心灵里闪耀着火花，让它燃烧起来，让教师先生得到充分的温暖吧。”

“你结婚了吗，亨斯登先生？”弗朗西丝突然问道。

“没有。我还以为你已经从我的外表看出来我是个光棍了呢。”

“那好，无论你何时结婚，可不要娶瑞士女人做妻子，因为你要是亵渎瑞士、污辱它的任何一个州——首要的是，如果你再把 ass 和退尔相提并论（我知道，ass 是‘驴子’的意思，尽管那位先生很乐意把它翻译成‘顽强的精神’）的话，你的山姑娘就会在某一天夜里把她的英国新郎掐死，就像你们自己的莎士比亚笔下的奥赛罗掐死苔丝德蒙娜那样。”

“我接受你的警告，”亨斯登说。“你也要小心提防，朋友（他朝我点点头），我倒希望听到你模仿一下那个摩尔人[①]和他温柔的妻子，按照刚刚描绘的计划，这两个角色得颠倒个儿——而你得在第二场出场。别了，小姐！”他躬身吻了吻她的手，那情景活像查尔斯·葛兰底森爵士[②]吻哈里特·拜伦的手时一样。他还加了一句：“能吻吻这样的手死而无憾。”

“我的上帝啊！”弗朗西丝睁大眼睛，耸起弯弯的眉毛，低声说道，“你这是恭维我！我可不情愿这样。”她笑了，半是愠怒，半是高兴，还了一个外国式的屈膝礼。就这样，他们分别了。

刚一来到街上，亨斯登便一把揪住了我的衣领。

---

① 即奥赛罗。

② 英国作家塞缪尔·理查逊所著小说《查尔斯·葛兰底森爵士》中人物。

“那就是你的修补花边女工？”他说，“你以为你主动提出娶她是做了一件高尚的大好事？你，一个西科姆家的后代，竟然用与做工姑娘相好的办法证明自己蔑视门第观念！我同情你这种人，是感情把你引入了歧途。你与门第低下的人订婚，受害的正是你本人。”

“放开我的领子，亨斯登。”

他非但没有松手，反而抓住领子把我甩来甩去。于是，我便抱住了他的腰。天色很暗，又没有灯火，街上行人稀少。我们就这样扭打着，最后双双摔倒在人行道上。我们艰难地从地上爬起来之后，两人一致同意老老实实地走。

“不错，那就是我的修补花边女工，”我说，“她就要一辈子归我了，这是上帝的意愿。”

“上帝并不情愿，这一点你不会猜到。你有什么资格配讨老婆呢？再说，她对你是那么尊敬，言必称‘先生’，跟你说话时腔调都变了，真的，好像你有什么了不起似的！假如她有幸交了红运被我选中，而不是被你，我看她也未必会对我表现得更为尊重些。”

“亨斯登，你真是个自负的家伙，你仅仅看到了我的幸福的书名页，还不知道里面的故事呢。你无法想象故事情节多么曲折、多么有趣、多么令人兴奋、多么激动人心。”

亨斯登说话的声音低微而深沉，因为此刻我们已进入了闹市区。他想要我保持缄默，还威胁说，我要是再吹牛，把他惹恼了，他就要对我不客气了。我哈哈大笑起来，笑得肚子疼。我们很快便来到了他下榻的旅馆。进门之前，他又说：

“不要那么沾沾自喜，你的那位修补花边女工配你绰绰有余，配我她还远远不足。无论从相貌上说，还是从品德上说，她都算不上是我理想中的女人，根本算不上！我所幻想的女人，要远远胜过你那位脸色苍白、容易激动的瑞士小女人。（顺便说一下，她很像一位神经质的、活泼的巴黎女人，而根本不像那位粗壮的“少女”①。）你的亨利小姐与我理想中的女子相比，外貌上太不起眼，思想上还缺乏个性。这种可爱的木偶娃娃，也许你可以凑合。不过，假如我结婚，我一定要娶一位相貌更端庄、更秀丽的女人，不用说，身材也得比你那位固执的，时运不济的黄毛丫头更健美。”

“你要是愿意的话，去贿赂贿赂六翼天使，让她从天上给你取一块火炭来，”我说，“用它为鲁本斯②所画的女人中最高、最肥、身子最柔软、血液最充足的一位点燃起生命之火来——只要把那位阿尔卑斯山的小精灵留给我就行了，我不会嫉妒你的。”

我们同时转过身子，分道扬镳了，谁也没有向对方说一声“愿上帝保佑你”。然而第二天，大海的波涛就要在我们之间翻腾。

---

① 这里的“少女”一词一语双关，借用瑞士中西部的“少女峰”，比喻瑞士少女。
② 鲁本斯(1577—1640)，比利时著名画家，善画丰满肥硕的女人。

第二十五章

两个多月之后，弗朗西丝为姑妈守孝期满。元月的一个上午——那是元旦假期的第一天——我由范登赫顿先生陪同，乘出租马车来到内日河畔的圣母大街。我一个人下了车，来到楼上，发现弗朗西丝显然正在等我。她的衣着打扮与那晴冷霜冻的天气显得很不协调。迄今为止，除了黑色和其他深色之外，我还不曾见她穿过别的颜色的衣服。而此刻，她站在窗前，浑身素白，穿一种最轻薄透明的白纱缝制的衣服。不错，她的装束十分简朴，但由于清新、宽松、飘逸，看起来却是那样华贵，那样富于节日情调。一袭面纱从头顶一直垂到膝下，一个用粉红的鲜花编成的小花环将面纱与一条粗大的希腊式发辫系在一起，然后面纱分成两缕，自双鬓垂下。奇怪的是，她在哭，或者说刚才一直在哭。我问她是否准备好了，她回答说："好了，先生。"那声音很像是强忍着啜泣。当我拿起桌子上的披巾往她身上裹时，她再也忍不住了，泪水像断了线的珍珠顺着她的面颊簌簌落下，她像一株难以自立的弱柳，颤巍巍地靠在我身上。我说看到她情绪这样低沉心里很难过，问她能否告诉我是什么原因。她只是说："我怎么也止不住。"然后，她主动地——虽说是慌乱地——把她的手放在我的手里，陪我走出房间，又摇摇晃晃地匆匆地跑下楼梯，像是一个急于完成一件棘手差事的人。我把她抱上马车。范登赫顿先生接着她，扶她坐在自己身边。我们一起乘马车来到耶稣教堂，按照英国国教祈祷书的要求办完了手续，走出教堂时，我们便成了夫妻。范登赫顿先生把这位新娘交给了我。

我们没有进行蜜月旅行，由于羞怯，加上地位低下，觉着默默无闻倒也清静，这种与世隔绝的环境倒也惬意，所以没有必要多此一举。婚后我们立刻搬进了我租下的一所小房子，那所房子位于近郊，离我们俩结婚仪式结束后三四个钟头，弗朗西丝便脱下了她那雪白的结婚礼服，换上了一件色调较温和的、漂亮的淡紫色长袍，系上一条别致的黑丝绸围裙，又披上一条镶有淡紫色缎带的花边披肩，我们俩便在一间虽不算宽敞，倒也布置得整整齐齐的客厅里忙活起来。她跪在地毯上，我把桌子上的书递给她，她往小五斗柜里的架子上摆。门外正大雪纷飞，到了下午暴风雪骤起，天气突然变冷。那阴沉沉的天空中似乎有飘不完的雪片，街上的积雪已有脚脖子深。我们的炉火在熊熊燃烧；住室里显得亮亮堂堂、干干净净，俨然一派洞房的气氛。所有家具都已经归位，只剩下一些玻璃器皿、瓷器、书籍之类的什物需要摆放。弗朗西丝一直忙到该吃茶点的时候。我亲手示范教她如何煮英国茶，她看到我一下子往茶壶里放那么多茶叶，着实吓了一跳。不一会，她居然请我吃了一顿地道的英国式茶点。桌上点着蜡烛，摆着茶壶，既不缺火光，又不乏舒适。

一个星期的假期转眼过去了，我俩又重新投入了教学工作。我和妻子从一开始就干得兢兢业业，因为我们明白，我们是劳动者，命中注定得靠卖力气挣面包，况且教书又是最辛苦的差事。我们天天忙得不可开交，总是早上八点钟分手，直到下午五点钟才能再见面。然而，在繁忙劳碌的一天过去之后，我们休息得多么甜蜜啊！我们坐在小客厅里，送走了一个又一个夜晚，追忆着一幕又一幕的往事。这一个个的夜晚，犹如一长串红宝石盘绕在时间老人满是尘埃的额头上，这一颗颗琢磨过了的宝石一成不变，光辉灿烂，宛如一簇簇燃烧的火焰。

一年半过去了。一天上午（那天逢节日，归我们俩自己支配），弗朗西丝以其独特的方式同我说话。她总是那样，在对一个问题经过长时间的深思熟虑之后，突然开口。说完之后，便想在我的判断力这块试金石上检验一下她的话是否正确：

“我干得太不够了。”

“你说什么？”我从咖啡杯子上抬起头来问道。当时，我一边在不慌不忙地搅着咖啡，一边愉快地盘算着我同弗朗西丝的一次郊游。我准备向弗朗西丝建议，在一个晴朗的夏日（在六月份）同她一起散步到乡下一个农舍去，在那里用餐。从她面部那严肃而热烈的表情我立即看出，她要谈一件至关重要的事情，于是我脱口而出，问了声：“你说什么？”

“我对自己不满意，”她回答说，“您一年挣八千法郎，”（一点不错，我工作努力守时，我学生的进步给我带来了好名声，我开始引起公众的注意，这一切一直帮助我顺利前进。）“而我却还是那可怜的一千二百法郎。我能够干得更好些，而且我愿意那样。”

“你和我工作的时间同样长，同样卖力，弗朗西丝。”

“是的，先生。可我的工作方式不对，这一点我确信无疑。”

“你希望改变一下现状，你脑子里已经有了改进的打算；去戴上帽子，我们一边散步，你再一边告诉我。”

“好的，先生。”

她去了，像个有教养的孩子一样听话地走开了；她真是个驯良与倔强的结合体。我坐在那里考虑着，不知道她的计划会是个什么样子。正想着，她回来了。

“先生，我已经准了明妮（我们的女佣）的假，让她也出去走走，你看天这么好，所以，请您锁上门，带上钥匙好吗？”

“亲亲我，克利姆斯沃思夫人，”我有点答非所问地说。可她正忙着换轻薄的夏装，戴小太阳帽；她跟我说话时，同往常一样，态度是那样的真挚，那样温文尔雅，一看见她，我就感到心花怒放，要满足我心灵的请求，她的一个亲吻看来是必要的。

“好了，先生。”她亲了我一下，说道。

“你怎么老称我‘先生’呢？叫我‘威廉！’”

“我发不好你的W那个音，再说，‘先生’这一称呼是属于你的，我最喜欢。”

明妮戴着干净的帽子，披着漂亮的披巾走了之后，我们也出发了，留下了一幢孤零零、静悄悄的房子——如果不是那嘀嗒嘀嗒的钟声，那房子起码是静悄悄的。我们很快便走出了布鲁塞尔市区，来到郊外的原野上，接着又走上远离车声隆隆的大马路的乡间小道。不一会儿，我们到了一个隐蔽的去处，那里树木野草郁郁葱葱，一派与世隔绝的田园风光，要是在英国的某个畜牧省份里，这里可以作为一个放牧点。山楂树下有一个长满小草和青苔的斜坡，正好可以坐。它的引诱力太大了，我们实在不忍走下坡去，便在那里坐了下来。我们观赏了一番脚边的英国式野花之后，我提醒弗朗西丝，也提醒我自己转入我们早餐时提及的话题。

她的计划是什么呢？很自然，如果她想在事业上有所成就，下个台阶就要等待着我们，起码是她自己去攀登了。她建议创建一所学校。靠我们的收入，我们一直过得很好，只要精打细算，开始时资金也不成问题。再说，如今我们与外界的联系也已经扩大，从有利于事业的角度考虑，也已具备了办学的条件；因为虽然我们能与之来往走动的熟人仍同过去一样为数不多，但在教师中间，在学校和学生家庭这个范围里，认识我们的人却很多。弗朗西丝披露了自己的计划之后，在暗暗憧憬着美好的未来。她坚信，只要我们身体健康，事业顺利，早晚我们会办成一所独立自主的学校的，也许用不着等到年迈老朽的时候就会看到的。待到垂暮之年，我和她就可以休息了。到那时，还有什么能阻挡我们回英国欢度晚年呢？英国仍是她理想中的幸福之地！

我没有在她的道路上设置障碍，没有提出任何反对意见。我知道，她不是那种能够安于现状、苟且偷生的人，懒散与她毫无缘分。她必须时时有任务要去完成，而且是重要的任务；她必须有工作可做——而且是激动人心的、有趣的、有益的工作。她的躯体里蕴藏着强大的能力。这些能力需要充足的养料去滋养，需要得到自由的发挥。我决不能使它们挨饿，更不能用自己的手去扼杀它们。不！我很乐于给它们提供营养，给它们开辟广阔的用武之地。

“你已经拟订出了一个计划，弗朗西丝，”我说，“而且是一项很好的计划。着手去实现它吧！我完全赞同，无论何时何处需要我的帮助，我都在你的身边。”

弗朗西丝几乎流着眼泪用目光对我表示了感谢。那目光里只闪烁着一两个火花，一掠而过。她抓住我的手，用两只手紧紧地握着，握了许久，嘴里却只说了一句话：“谢谢您，先生。”

我们过了极有意思的一天，回家时天色已晚，一轮夏月当空，照亮了我们的归程。

如今，十年的岁月不住地扇动着满是尘土的翅膀向我扑来。这十年，是忙乱的十年，奋斗的十年，不懈努力的十年。十年来，我和妻子全力推行着我们的发展计划，像欧洲各国首都的发展计划一样令人眼花缭乱，几乎完全忘记了休息，忘记了娱乐，不敢有一丝一毫的懈怠。在我们肩并肩、手挽手阔步前进的过程中，我们既没有抱怨后悔过，也不曾动摇过。是希望激励着我们，是健康支撑着我们，两个人思想与行动的一致帮我们克服了重重困难，最后，还有成功不时对我们的勤勉给以鼓励的嘉奖。我们的学校成了布鲁塞尔最受人欢迎的学校之一。随着我们逐步提高学费、改进教育体制，我们对学生的挑选更加严格了。后来连比利时最有名望的家庭也把孩子送到我们学校就读。我们同英国还有一条极好的联系渠道，这条渠道首先是由亨斯登先生的主动推荐开辟的。亨斯登又来过一趟，在对我们调整学费的成功辱骂了一通之后，又回到了英国。过了不久，他便送来了XX郡的三位女继承人——他的表妹，照他的话说，“让克利姆斯沃思夫人打磨打磨。”

至于那位克利姆斯沃思夫人，从某一方面说，她已完全变成了另外一个人，尽管从另一方面说，她还是她。她在不同场合、不同情况下，简直判若两人，似乎我有着两个妻子。结婚时我已经发现的她的那些天生的才能，如今仍是那样生机勃勃，绚丽多彩，而其他方面的才能也在茁壮成长，枝繁叶茂。从外表上看，她的性格已大大改变：原先的坚定敏捷、好学上进，已为严肃的外表、诗人般的激情与热忱所掩盖。不过，这些鲜花依然生长在后来崛起的那种严厉性格的绿荫里，仍是那样一尘不染，花瓣带露。也许世界上只有我一个人知道它们的存在，对于我，它们随时都可以散发出醉人的芳香，奉献出妩媚纯洁的娇容。

白天，我们的家和学校全由女校长夫人一人照管，她威严而又文雅，那宽阔的前额上挂着诸多的思虑，庄重的神态里带着适度的尊严。我一吃过早饭，就得跟这位夫人告别，我去我的学校，她去她的学校，一天之中仅回来一个钟头，可又总见她在学校里热心地忙碌着，默默无声、孜孜不倦、一丝不苟。自己没有课的时候，她也总是在细心观察，以目光和手势对别人加以指导。那时候，她显得机智而又谨慎。在给别人作什么指示的时候，她的态度尤为热情。她似乎发现，繁忙中自有一种乐趣。她对学生说话时，语言简洁朴实，但决不陈腐枯燥；她讲话不落俗套，而是用自己的语言，边想边说，常常会讲出一些有力而又发人深思的警句来。当讲述历史或地理教科书中她最喜欢的章节时，她可真是口若悬河。她的学生，至少那些年龄较大、天资较聪明的学生，清楚地注意到了她那智慧超人的措辞，也感受到了她那高尚的情操，其中有些人还对此留下了深刻的印象。女校长并不溺爱她的学生，但她的一些学生还是渐渐地、诚心诚意地爱上了她；所有学生都很尊敬她。一般地说，她对她们的态度是严肃的，有时候，当她们的进步与礼貌使她感到高兴时，她的态度也会很和蔼，并会谨慎地对她们表现出某种程度的温情与体贴。在有些情况下，即便需要对某些学生加以训斥和处罚，她也总是竭力忍耐。然而，一旦发现有人利用她的忍耐一意孤行而不知自爱，她就会像闪电似的突然变得严厉起来，尖锐地向犯错误的学生指出其错误的严重性。当然，她的眼睛和态度里有时也会对学生流露出一丝深情，但这种情况难得见到，那只有在学生生病了，想家了，或某个失去母亲的贫穷小姑娘，因为衣着寒酸、家长地位低下而遭到那些打扮得珠光宝气的年轻女伯爵，浑身绫罗绸缎的阔小姐们讥笑的时候。遇到这些软弱的小鸟，女校长便会张开她那慈爱的翅膀加以保护。夜里，她来到她们的床边，给她们盖好被子，好让她们睡得暖暖和和。冬天，她对她们格外照顾，总是让她们舒舒服服地睡在火炉旁边，她轮流把她们叫到客厅里，给她们些蛋糕或水果，让她们坐在火炉边的脚凳上，一起享受一个晚上的家庭温暖，甚至家庭自由，她和蔼而温柔地同她们谈话，安慰她们，勉励她们，爱抚她们；到了就寝时间，又以深情的亲吻打发她们回去睡觉。至于对英国一位从男爵的女儿朱莉娅和乔治亚娜，对比利时一位伯爵的女继承人马蒂尔德·德XX小姐，以及对各种各样的贵族小姐，女校长像对其他孩子一样关怀，像对其他孩子一样渴望她们学业进步。在我看来，她对她们决没有偏爱、特别看重的痕迹。只有一个贵族姑娘她特别疼爱，那就是爱尔兰一位女男爵凯瑟琳小姐，但那是因为她心地善良、聪明伶俐，因为她的慷慨与天赋，跟爵位与等级毫无关系。

下午我也是在学校里度过的，其间，妻子要求我每天必须去她的学校一个钟头，这一点她决不肯让步。她说，我必须在她的学生中间度过那一个钟头，以便了解学生们的性格，熟悉那里所发生的一切；凡是她感兴趣的东西，她要求我也要感兴趣，以便在她征求我的意见时，我能就一些棘手的问题发表自己的见解。她经常询问我的意见，从不允许我对她的学生的兴趣淡漠下来。没有征得我的同意，她从不对我的意见作重大改变。每逢我上课时(我教学生文学课)，她总喜欢坐在我旁边，双手叠放在膝上，比任何人听得都专心。在课堂上，她很少同我讲话，即便讲话，也总是带着明显的尊敬神态。她在所有方面仍然把我当作老师，这是她的意愿，也是她的乐趣。

下午六点钟，一天的工作结束后，我才能回到家里。家就是我的天堂。那时候，只要我一走进私人起居室，女校长夫人便会从我的眼前消失，而弗朗西丝·亨利，我的小花边修补工，便又魔术般地回到了我的怀抱里。假如她的老师没有像她那样按时赴约，假如他没有对她温存的“晚上好，先生”的问候声立即报以真诚的亲吻，她就会大失所望。

她对我讲话老是用法语，因为她的任性，我多次惩罚过她。但我觉得，对她采取惩罚手段肯定是不明智的，因为这不仅没能促使她改正错误，似乎还助长了她旧病复发。晚上是属于我们自己的，那时的消遣对于我们恢复体力以应付第二天的工作是十分必要的。有时候，我们的整个晚上全是在谈话中度过。由于我年轻的日内瓦女士对她的英国老师已完全习惯，由于她全心全意地爱着他，所以对他也就不那么惧怕了。她对他寄予了无限的信赖，所以谈话的题目往往并不限于他所喜欢的，她也谈心里想要谈的。那时候，她会像同伙伴在一起的小鸟一样愉快。她会把才华横溢的天性里诸如活泼、欢乐、具有独特见解的天赋，一古脑儿向我展示出来：她还会向我暴露出她暗藏的善意嘲弄与“恶毒”。有时候，她称我的同胞为“古怪的英国人”、“任性的岛民”，从而故意激怒我、取笑我、伤害我的自尊心。她说这些话时，表情里带着野蛮、狡黠的邪恶，简直像是一个地地道道的无害的小精灵。但这种情况是很少发生的，这种恶作剧式的行径也总是很短暂的。她攻击我时常用法语，因为她的舌头能把法语的特点与优美表现得淋漓尽致。有时候，当我在与她的论战中被逼得疲于招架时，我就会以固有的果断同她翻脸，伸手抓住这个戏弄我的小妖精。然而，徒劳无益！因为我刚抓住她的手或胳膊，小妖精转眼便消失了，她那双含情脉脉的褐色眼睛里，挑逗似的微笑不见了，眼帘下立刻闪现出温柔而恭顺的光芒来。我抓住的只是一个恼人的小仙女，怀里抱着的只是一个态度谦恭、恳求饶恕的凡间小女人。那时，我便会要她拿一本书来用英语朗读，以示惩戒。我常用这种办法让她读华兹华斯的诗，华兹华斯立刻便会使她安静下来。她很难领悟华兹华斯那深奥、宁静、严肃的思想，他的语言对她来说也不好理解；于是她不得不像个孩子、像个生手似的问这问那，请求我解答，不得不承认我是她的长者和导师。凭着她的天才，她立刻便会洞察并理解那些思想较为激烈、想象力较为丰富的作家们的作品。拜伦的诗令她激动，司各特的小说令她倾倒，唯有华兹华斯的诗叫她迷惑不解、惊叹不已，不敢妄加评论。

然而，无论她是给我读书，还是同我谈话，无论她是用法语揶揄我，还是用英语恳求我，无论她是以小聪明愚弄我，还是谦恭地请教我，无论她是津津有味地向我诉说，还是全神贯注地听我讲解，无论她是讥笑我，还是赞扬我，到了九点钟，她总要把我丢下，把我抛弃。届时，她会挣脱我的怀抱，离开我的身边，提着马灯飘然而去。她的使命就在楼上。有时候，我跟踪着观察她，只见她推开宿舍的门（女生宿舍），蹑手蹑脚地从长长的两排白色床铺中间走过，逐个检查所有躺在床上的学生。假如有人没有睡着，特别是假如有人在伤心落泪，她就会走过去同她们搭话、安慰她们，在那里站上几分钟，确信所有的人都平安无事，她再调小那盏通夜燃在住室里的灯，不声不响地退出宿舍，随手关上房门，然后便又溜回我们自己的房间；我们的房间里有一个小室，她走到里面，那里也有床，但只有一张，而且很小。她一来到那张小沙发床边，脸色（那天夜里我一直跟着观察她）就变了，由严肃变得温和、热忱起来。她用一只手遮住刚才提着的那盏灯，身子俯向枕边熟睡的婴儿，那小家伙睡得又香又甜（起码是当天夜里，我相信平时也是如此。），没有泪水浸湿他那黑黑的睫毛，没有狂热染红他那圆圆的脸蛋，没有噩梦搅扰他那如蓓蕾初绽的面容。弗朗西丝仔细地端详着他，她脸上没有微笑，却荡漾着无限的欣喜，一种愉快而强烈的感情正在她那一动不动的身躯里澎湃翻腾。我的确看到，她的心房在起伏，嘴唇微启，呼吸稍稍加快。那孩子脸上笑了，后来妈妈也笑了，并低声地自言自语道："上帝保佑我的小儿子！"她又往孩子身边靠了靠，轻轻地亲吻他的额头，抚摸他的小手，最后便转身离去。我赶在她前头回到了客厅；两分钟后，她走了进来，一边放下熄灭了的马灯，一边轻声地说：

"维克托睡得很好，睡着了还笑呢，他笑得跟你一样。"

她所说的维克托当然是她的亲生儿子。他是在我们婚后第三年出世的。他的洗礼名是为了表示对范登赫顿先生的敬意而取的。范登赫顿先生始终是我们所信赖和尊重的朋友。

弗朗西丝是我心爱的好妻子，我是她的正直、忠诚的好丈夫。假如她嫁给一个残忍嫉妒、不负责任的男人，一个淫荡之徒，一个纨绔子弟，一个酒鬼或一个暴君，那就是另外一种情况了。我曾经向她提出过这个问题，她想了一会儿，答道：

"那我会耐着性子容忍那个魔鬼一段时间，教他改邪归正。假如我发现他是无法容忍，不可救药的，我就会突然悄悄地离开那个虐待狂。"

“如果法律或者权势迫使你再回到他的身边呢？”

“什么？回到一个酒鬼、一个淫荡之徒、一个自私的挥霍者、一个不公正的傻瓜身边？”

“对呀！”

“那我就再回去，再仔细弄清楚他的恶习和我的痛苦是否还能医治，如果不能，我就再离开他。”

“假如再次逼迫你回去，强制你忍受，你怎么办呢？”

“不知道，”她草率地回答说，“你干吗要问这个呢，先生？”

我一定要得到答案，因为我从她的目光里看到了一个奇怪的幽灵；我决心让那个幽灵开口。

“先生，如果一位妻子与她所嫁的男人性情不合，这种婚姻肯定是一种奴隶制度，而所有正确的思想家都是反对奴隶制的。尽管反抗换来的可能是折磨，但必须敢于向折磨挑战；尽管通向自由的唯一道路必须穿过死亡之门，但这门又一定要穿过，因为自由是必不可少的。那么，先生，我会竭尽全力进行反抗的。等我精疲力竭的时候，我想我肯定会找到避难之地的，死亡无疑既可以使我逃避坏的法律，又可以使我逃避这种坏法律所造成的恶果。”

“甘愿一死吗，弗朗西丝？”

“不，先生。我要勇敢地熬过命运强加给我的每一阵痛苦，为正义与自由斗争到底。”

“我看你根本成不了一位有耐心的老太太。倘若命运只让你做一位老处女，你又当如何？你会喜欢那种独身生活吗？”

“当然不会太喜欢。老处女的生活无疑是空虚乏味的——她的心灵是压抑和空洞的。我要是一位老处女，我会终身努力填补那种空虚，减轻那种痛苦。我很可能会失败，像其他独身女人一样，最后厌倦绝望而死，遭人鄙夷，毫无价值。可我并不是老处女，”她又匆忙加上一句，“尽管要不是遇上我的老师，我也许会是的。除了克利姆斯沃思老师，永远也不会有任何男人看上我，没有任何男人——无论是法国人、英国人或比利时人——会认为我漂亮可爱。其实，即便他们会对我表示赞许，恐怕我也不会当回事的。迄今，我已同克利姆斯沃思老师做了八年夫妻。他在我心目中是什么形象呢？诚实、可敬吗——”她停住了，她的声音戛然而止，眼睛里突然充满了晶莹的泪花。当时我们正肩并肩地站着，她突然一把将我抱住，热烈而诚挚地把我紧紧搂在胸前。她全身的活力全都在那深色的、后来睁得大大的眼睛里燃烧，映红了她那生气勃勃的面颊，她的目光和动作就像得到了神示，一个充满了如此明亮的闪光，一个充满了如此巨大的力量。半个钟头之后，待她平静下来时，我问她，刚才使她片刻之间判若两人，使她的目光那么兴奋和炽热，使她的行动那么迅速而有力的那种巨大的活力此刻到哪里去了。她低下头来，勉强而温和地笑了笑说：

“我也说不清它到哪里去了，先生。可我知道，什么时候需要它，它还会回来的。”

看看我们十年后的今天吧！我们终于实现了自主。我们之所以能够迅速地得到如此圆满的结局，原因有三：一，我们为此而拼命地工作，二，我们没有后顾之忧；三，我们一有资金要对外投资，就有两位内行的顾问，一个在比利时，一个在英国，即范登赫顿和亨斯登，就选择投资种类问题给我们提供宝贵意见。他们的建议都是明智的，而且能立竿见影，结果往往证明是有利可图的。这里我们无须告诉读者赚了多少钱，详情我只对范登赫顿和亨斯登两位先生通报，因为别人对此是不会感兴趣的。

账目结清了，我们的业务关系也已处理完毕。我们两人一致认为，财神并不是我们的主人，我们也不愿意一辈子为它拼命。我们的欲望并不高，生活习惯也俭朴，现有的钱足够活下去——足够留给我们的儿子了，此外，手头还时常有多余的钱，可以适当地接济他人，我们还可以赞助慈善事业，赈济贫民。

我们决定展翅飞回英国，而且安全地到了那里；弗朗西丝终身的梦想实现了。我们花了整整一夏一秋的时间遍游英伦诸岛，然后又在伦敦过了一个冬天。后来，我们认为该是找个地方定居下来的时候了。我心里还怀念着我的XX郡的故乡，于是我们便在那个县里住了下来。我此刻便是在自己家的书房里写作的。那个家坐落在与世隔绝的山区，距X镇三十英里。那里的青山尚未被工厂排放的浓烟所污染，那里的绿水仍是那么清澈洁净，长满蕨类植物的幽谷里隆起一块块高沼地，高沼地之间依旧保留着自然界十分原始的荒凉景象：到处覆盖着苔藓、欧洲蕨及风铃草，飘荡着芦苇与石南的芳香，吹拂着自由清新的微风。我的房子相当别致，但并不算十分宽敞，窗户又低又长，门前有一个棚架门廊，绿叶覆盖在上面。就在此刻，就在这个夏天的晚上，看起来宛如一座用玫瑰花和常春藤搭成的牌楼。花园以草坪为主，草坪是用山上的草皮铺成的，花园里生长着苔藓一样低矮柔软的植物，开满了奇特的野花，星星点点的小花点缀在如刺绣般精美的绿叶之间。斜坡花园的下端有一个便门，对着一条像草坪一样碧绿的小径。那条小径很长、很阴凉，不常有人到那里走动。到了春天，最早长出雏菊来，于是，小径的名字便由此而生——雏菊道；这名字也是这所房子的一大荣耀。

它(我指的是那条小径)一直延伸进一个长满树木的山谷。那树林——主要是橡树和山毛榉——葱茏苍郁，扩展到一幢十分古老的楼房附近。那楼房为伊丽莎白式结构，比起雏菊道的房子要古老得多，也宽大得多。这里的财产和住宅归于一位我和读者都很熟悉的人。是的，就在这亨斯登树林里——因为那些林中空地以及那一幢带有许多山墙及更多烟囱的灰色楼房也都在亨斯登树林里——居住着约克·亨斯登。他仍没有结婚，根本没有。我猜想，他还没有找到理想的女人，尽管据我所知，方圆四十英里之内至少有二十位年轻太太愿意为他牵线搭桥。

这份家业是五年前他父亲去世时留给他的。在还清了以家产作抵押的债务之后，他放弃了商业。我说他住在这里，其实我认为，一年十二个月中，他在这儿住的时间不会超过五个月。他云游四海，每年冬天还要在城里住一段时间。每逢回 XX 郡时，他总要带些客人来。那些客人通常是外国人，有时带来一位德国玄学家，有时带来一个法国仆人。有一回，他带来一位脸色阴沉、相貌野蛮的意大利人，那人既不唱，又不玩；弗朗西丝断言，那家伙完全是“一副阴谋家的神气”。

亨斯登请来的英国人全都是伯明翰人或曼彻斯特人——这些人都很严厉，似乎是由同一种思想结合在一起的。他们的谈话全是关于自由贸易方面的。那些外国客人也都是政治家。他们的谈话内容比较广泛——欧洲的进步呀，自由主义情绪在大陆的传播呀等等。在他们心里的记事板上，俄国、奥地利和教皇的名字是用红笔写的。我听到其中一些人谈起话来激昂慷慨，的确如此。我曾在亨斯登树林中那古老的、用橡木装饰的餐厅里亲耳聆听过他们用多种语言讨论问题；在谈到古代北方的专制主义和南方的迷信行为时，这些果断的人们有着非凡的见解。我还听到他们谈了许多无聊的废话，主要是用法语和德语谈的，这里就不必细说了。亨斯登本人容忍了这些胡说八道的理论家。看来，他同这些见多识广的人是携手同心的。

当亨斯登一个人待在这个林子里时(这种时候很少)，一般他每星期要到雏菊道走两三遭。夏天的晚上，他爱到我们家的门廊下抽烟，他说他这样做是为了替我们熏死玫瑰花丛中的小蜈蚣。他恐吓说，若不是他的这种熏烟杀虫法，我们非得遭蜈蚣之害不可。每逢阴天下雨，我们几乎总能见到他。照他的话说，又到了触及我的痛处使我神经错乱，或是诋毁霍弗[1]和退尔的声誉，逼克利姆斯沃思夫人暴跳如雷的时候了。

我们也常到亨斯登树林里去；我和弗朗西丝都喜欢到那里去拜访他。假如碰上那里还有其他客人，他们的性格就成了我们有趣的研究对象，他们的谈话会使我们感到兴奋和新奇；无论是主人还是他所选择的朋友，谈话内容绝不局限于本乡本土，不是谈大都市，就是谈全世界，自由自在，海阔天空，包罗万象。在自己家里，亨斯登是一个彬彬有礼的人，只要肯施展，他浑身有用不完的招待客人的本事。他的公馆也挺有意思：房间里装饰着历史传说图案，走廊里绘制着传奇故事，卧室的天花板低低的，长长一排亮晶晶的玻璃格子窗，给人一种幽古阴森、经常闹鬼的感觉。他在外旅行时，收集了一些古玩，整齐、雅致地陈列在那镶着护壁板，挂着挂毯的房间里。我在那里看见过一两幅古画和一两件塑像，那几件古董足以令许多贵族鉴赏家为之垂涎。

通常，我和弗朗西丝在亨斯登家吃过晚饭、度过一个晚上之后，亨斯登便步行送我们回家。他的树林很大，古树参天，林中小路蜿蜒曲折，一会儿穿过空地，一会儿穿过矮树丛，使得回雏菊道的路很是难走。有许多次，适逢皓月当空，天气温和，夜色宜人，夜莺歌声委婉，隐藏于桤木林中的小溪在琅琅地伴奏。此情此景，往往使树林的主人流连忘返，直到十英里外的乡村教堂传来悠扬的夜半钟声，他还不肯离开我们家的门廊。这期间，他的谈话无拘无束，比起白天或在众人面前时要文雅得多，温和得多。届时他会忘记政治，忘记议论，他会给我们详尽地谈他家的过去，谈他的家史，谈他本人及他本人的感情——无论谈什么，他总是那样兴味十足，因为那一桩桩、一件件

① 安德瑞斯·霍弗(1767—1810)，奥地利爱国者。

的事全都是那么奇特。6月里一个月光皎皎的夜晚，我故意就他虚构的所谓新娘奚落他。我问他，他的那位外国美人儿何时才能被搬进这古老的亨斯登树林里来。他突然答道：

“你说她是虚构的美人儿，可你瞧，这就是她的倩影。要知道，没有实体，是不会有影子的。”

此刻，他领我们走出“蜿蜒小径”，来到一片林间空地上。那里无枝叶之扰，举头可见星空。明月当头，给空地上洒下一片银白色的光辉。月光下，亨斯登从身上掏出一个画在象牙上的小画像。弗朗西丝急不可耐地先欣赏了一番，然后递给了我，但她的小脸儿仍然凑得近近的，想从我的眼睛里弄清我对那幅画像的看法。我认为，那是一张非常漂亮、非常富有个性的女人的脸庞。正如他曾经说过的那样，“五官端正而协调。”画像的颜色很暗，那乌黑的头发既没有遮住前额，也没有压住双鬓，似乎是被漫不经心地撩到脑后去了，仿佛如此美人儿根本用不着修饰，不，根本不屑于修饰。一双意大利式的眼睛直盯盯地望着你，那目光自由而执著，嘴唇坚毅而优美，下颌亦然。小画像的背面涂着金字“露西娅”。

“这是一幅真人的头像，”我得出结论说。

亨斯登笑了。

“是的，”他回答说，“露西娅身上的一切都是真实的。”

“她就是那位你想娶而又不能娶的女人？”

“我当然想娶她，可我没有娶她，这说明我不能娶她。”

这时，小画像又传到了弗朗西丝手里。亨斯登赶紧要了回去，又揣进怀里。

“你认为如何？”他一边系纽扣，一边问我的妻子。

“我敢肯定，露西娅曾经戴过锁链，后来又挣断了，”她这样莫名其妙地答道。“我不是说她戴过婚姻的锁链，”似乎是害怕被误解，她又赶紧补充一句，加以更正，“而是某种社会锁链。她脸上的表情说明她一直在努力挣脱无法忍受的束缚，以获得某种充满生命力的、宝贵的才能。迄今为止，她的努力是成功的，胜利的；一旦露西娅的才能获得了自由，我断定它会展开翅膀，把露西娅带上高高的天空，比——”说到这里，她迟疑了。

“比什么？”亨斯登问道。

“比你所追求的‘端庄’还要高，使你难以高攀。”

“我看你越来越不怀好意了——牛头不对马嘴。”

“露西娅登台演出过，”弗朗西丝继续说，“你从来没有认真考虑过要娶她；你只是欣赏她的超凡脱俗，欣赏她的勇敢，欣赏她身体与思想的活力，你喜欢她的才能，无论是歌唱、舞蹈，还是戏剧表演方面的才能，你都喜欢；你仰慕她的美貌，那才是你内心里所追求的东西。不过我确信，就凭她所交际的那些人，你也决不会考虑娶她做妻子的。”

“你真够机灵的，”亨斯登说。“你的话对与不对且不去管它，我倒想问问，同像露西娅这样燃烧得光辉灿烂的一片烛光摆在一起，难道你不觉得你那支小小的精神之烛光线太微弱了吗？”

“是这样的。”

“至少你还算坦白，教师先生很快就会对你发出的昏暗光线感到不满意的。”

“您会吗，先生？”

“我的视力一向很弱，受不了强光的刺激，弗朗西丝。”这时，我们已经来到了边门口。

我在前几页里曾经说过，这是一个甜蜜的夏夜。近日来，天气一直十分晴好，今天又是最宜人的一天。干草刚刚从我的田地里拉回，香味仍在空气中荡漾。一两个钟头前，弗朗西丝向我提议在外边的草坪上品茶。我见圆桌已摆在一棵山毛榉树下，桌上放着陶瓷茶具。我们正期待着亨斯登光临——不，我已经听见他来了——那就是他的声音，他正以权威的口吻就某一问题发表高见。我还听见了弗朗西丝的回话声，她当然是反对他的意见的。他们正争论着维克托的事；亨斯登断定，他的妈妈正把他培养成一个没有骨气的人。克利姆斯沃思夫人反驳道：

能成一个没有骨气的人也比亨斯登所说的“优秀少年”好一千倍。她还说，假如亨斯登不是像一颗彗星，来也匆匆，去也匆匆，谁也不知道他如何来、如何去，何时来、何时去，从何处来、往何处去，为何而来、为何而去的话，而是打算在此处定居下来，那么除非把维克托送到至少一百英里之外的地方去上学，否则她是不会放心的，因为凭亨斯登那叛逆性的准则，不切实际的信条，有二十个孩子也会被他带坏的。

在把这部手稿锁进写字台里之前，关于维克托，我有几句话要说——但必须简单扼要。因为我已经听到了院子里银器撞击瓷器的叮当响声。

正如我不是一位标致的男子，他的妈妈不是一个美丽的女人一样，维克托也不是一个漂亮的孩子。他面色苍白，身体瘦削，大大的眼睛像弗朗西丝的眼睛一样黑，像我的眼窝一样深；他身材虽很匀称，却颇显单薄，但身体还是很健康的。我从未见过有哪个孩子像他那样不苟言笑，像他那样在读一本有趣的书或者听他妈妈、亨斯登或我本人给他讲惊险或神奇的故事时，眉头皱得那么紧。但尽管如此，他并不郁郁寡欢，虽说表情严肃，但脾气并不暴躁。他很容易受别人愉快情绪的感染，激动时几乎有点过分，近于狂热的程度。他是以传统的方式，从放在妈妈膝上的拼音课本开始学认字的。后来他不靠那种办法督促也能坚持下去，因此，弗朗西丝认为没有必要再给他买象牙字母[①]了，其他任何用以引诱他学习的玩艺看来也不是必不可少的了。自他学会看书之后，他便贪婪地读起来，现在仍是如此。他的玩具很少，从来也不想多要。对已有的玩具，他似乎也并不怎么喜欢。他的感情全都集中在家里的一两只活动物身上，几乎到了酷爱的程度。

亨斯登给过他一只猛犬幼崽，维克托按赠送者的名字给它取名约克。后来，那只幼崽长成了一只威武漂亮的猛犬，但它凶猛的兽性却被小主人的友谊与爱抚大大软化了。没有约克陪伴，他哪也不去，啥也不干；他做功课，约克卧在他脚下，约克陪他在花园里玩耍，伴他到雏菊道和树林里散步。小主人吃饭时，它蹲在他的椅子边，他总要亲手喂它。早上一起床，他的第一件事就是找狗，夜晚睡觉前，他总是最后一个同它分开。有一天，约克陪亨斯登到X镇去，在街上被一条疯狗咬伤。亨斯登把它带回家后，我一知道情况，马上走到院子里，就在它卧着舔伤口的地方向它开了一枪，约克当场毙命。它没有看见我举枪瞄准，我是从它身后开枪的。我回屋里还不到十分钟，耳边便传来了阵阵悲痛的哭声。因为哭声是从院子里传来的，所以我再次走出屋子。只见维克托正跪在死去的猛犬身边，头垂得低低的，双手紧抱着它那公牛一样的粗脖子伤心地恸哭。他看见了我。

“啊，爸爸，我永远也不能原谅你！永远也不能原谅你！”他大声喊道，“你打死了约克——我从窗户里看见了。真没想到你会这么残忍，我再也不爱你了！”

我费了好大工夫，以坚定的语气向他解释，说这样做是十分必要的。他仍然极度悲哀地重复着那句话。他的语调我简直无法描述，但又使我觉得心如刀绞。

“它本来是可以治好的，你应当试一试，你可以用烙铁烧烧它的伤

① 用象牙做成的字母，供初学识字的儿童拼单词使用。

口，可以用腐蚀剂给它敷在伤口上。可你连一点时间都不肯给它，现在说什么也晚了，它死了。”

他一下扑到那毫无知觉的尸体上。我耐心地等待了许久，直到他哭得精疲力竭，才把他抱到他妈妈那里，我知道她最会安慰他。她从窗户里看到了全部场面，她之所以没有出来，是担心她的情感会给我增加困难。此刻，她欣然接过儿子，把他搂在温暖的怀抱里，让他坐在柔软的腿上。她什么也没有说，只是用她的双唇、她的眼睛、她的温柔的拥抱，安慰了他很久。等他的啜泣渐渐停止之后，她才告诉他，约克死得毫无痛苦，而如果把它留下来，让它自己慢慢死去，它的结局是十分可怕的。她还特别告诉维克托，说我并不残忍（因为那种想法似乎令可怜的维克托极为痛苦），正因为我爱维克托和它，我才那样做的，而且，看到他哭得那么伤心，我的心都要碎了。假如母亲用如此甜蜜的语调向他诉说的这一番道理——加上她那如此真切、深情的抚慰——对他毫无作用的话，维克托就不配做我真正的儿子。事实上，这一切的确产生了效果：他渐渐地平静下来，脸偎在母亲的肩膀上，一动不动地躺在她的怀里。过了一会儿，他抬起头来，让他母亲再说一遍，说约克死得毫无痛苦，说爸爸并不残忍。母亲又把这番安慰他的话重复了一遍。他再次将面颊贴在母亲胸口，重新安静下来。

几个钟头之后，他来到我的书房，想同我和解，问我是否原谅了他。我把儿子拉到身边，和他谈了许久，谈了许多。在此期间，他所流露出的许多方面的感情和想法，我都赞成。我发现，他身上的确没有多少所谓“好孩子”或“优秀孩子”的成分，也缺乏有些人那种一碰酒杯就闪现出的即兴才能，或是能重新唤醒别人绝望感情的能力。但我也在他心灵的土壤里看到了同情情感与忠诚的茁壮胚芽。我发现，在他的智力的果园里生长着丰富而有益的道德准则——怜悯、正直、见义勇为，倘若不枯萎的话，将来定能结出累累硕果。所以，我在他那宽宽的额头上，还有他那仍然挂着泪珠的苍白的脸蛋儿上自豪而满意地亲了几下，打发他痛痛快快地走了。然而，第二天，我看见他两手捂着脸，躺在约克的坟堆上。他悲伤了好几个星期，在大约一年多的时间里，对于再找一只狗的建议，他连听也不要听。

维克托学东西很快，他必须马上到伊顿上学去。我猜想，头一两年，他会过得十分可怜的：离开我，离开他妈妈，离开这个家，将会给他的心灵上造成极大的痛苦。再说，替高年级学生跑腿[①]，他也会适应不了，但学校里的竞争、对知识的渴求和成功的荣誉会慢慢激励他、奖赏他的。在此期间，我的内心非常矛盾，我想订下一个时间，把我的这棵独苗连根拔起，移栽到离我远远的地方去。当我和弗朗西丝谈到此事时，她强忍痛苦地听着，仿佛我向她提及的是一次可怕的手术，令她的天性不寒而栗，而她的忍耐力又不允许她退缩。这一步必须得走，而且立即就得走；因为虽说弗朗西丝不会将她的儿子培养成没有骨气的人，但她必须让他习惯于一种新的环境，习惯于自制，习惯于同类之间的友情。这种友情除了在学校，从其他任何人那里都是得不到的。她看到了，我也看到了，维克托的性格里蕴藏着一种东西——一种惊人的热情和力量——这种东西不时迸发出不祥的火花；亨斯登说那是他的精神，不应当加以限制，我说那是愤怒的亚当的潜在影响，并且认为，即使不从他心灵里赶出去，起码也应当正确地加以控制。否则，任何一点肉体和精神的痛苦都将会毁掉他，而恰恰只有这种痛苦才能使他学会自我控制。对儿子身上的这种东西，弗朗西丝叫不上名字；不过，当这种东西在他咬牙切齿、怒目而视中，在他的感情对失望、不幸、突然降临的悲伤、假想的非正义行为所进行的激烈反抗中出现时，她就将他抱在怀里，或独自带他到树林里散步，然后，再像哲学家一样开导他。对于道理，维克托向来是听得进去

① 在当时的英国学校里，高年级学生可以使唤低年级学生。

的；接着，她再用慈爱的目光看着他。靠慈爱是绝对能够征服维克托的。然而，将来世人也会对他的狂暴晓之以理，报之以爱吗？啊，不！凭着他黑眼睛里的怒火，凭着他漂亮的眉头上的那片阴云，凭着他雕塑般刚毅的嘴唇上那绷得紧紧的神色，有朝一日，这孩子得到的将不是甜言蜜语的恭维，而是沉重的打击，不是亲吻，而是拳脚；再说，无言的愤怒将会使他身体生病，灵魂发疯：而适当地受点痛苦的磨炼，则是有益的、必要的（我确信），那可以使他成为一个较为聪明，较为优秀的人。

此刻我看到了他，他正站在亨斯登身边：亨斯登则坐在山毛榉树下的草坪上，一只手抚摸着孩子的衣服，鬼知道他在向孩子的耳朵里灌输什么东西。维克托看起来很好，因为他正听得津津有味，脸上还挂着微笑。他再没有比微笑的时候更像他妈妈了——遗憾的是，他脸上的这一丝冲破乌云的阳光实在太难见到了！维克托对亨斯登十分偏爱，他同我一样喜欢亨斯登，但却比我对那个人的感情更为强烈，更加坚信不疑，更为不加分辨。每逢看到儿子躺在亨斯登腿上，倚在他的肩上，弗朗西丝嘴里不说什么，却同我一样感到焦虑不安。这时候，她便会不停地在周围转来转去，好像一只母鸽要保护它的雏儿不被在近处盘旋的秃鹰叼走似的。她说，亨斯登自己要有孩子就好了，那样他就会明白，鼓励孩子们的傲慢情绪，迁就他们的缺点，该有多么危险。

弗朗西丝来到我的书房窗前，拨开半掩着窗户的忍冬树枝，告诉我茶已准备好了。看到我仍在忙，她走进书房，轻轻来到我身边，把手搭在我的肩膀上。

"先生太用功了。"

"很快就完了。"

她拉过一张椅子，坐下来等我写完。有她坐在身边，我心里十分高兴，就像闻到了新鲜干草的香味，嗅到了鲜花的芬芳，沐浴到了夕阳的余晖，感受到了仲夏夜的静谧。

然而，亨斯登走过来了，我听见了他的脚步声。他那无情的大手用力将掩着窗户的忍冬树枝拨到一边，吓跑了两只蜜蜂，惊飞了一只蝴蝶。瞧！此刻他已把头伸进了格子窗里。

“克利姆斯沃思！我说克利姆斯沃思！把他手里的笔夺过来，夫人，让他抬起头来。”

“什么事，亨斯登？我听着呢——”

“昨天我到 X 镇去了。你哥哥内德①做铁路投机生意发了大财，现在变得比克里萨斯②还富。他们说，他是股票交易大厅里的十大股票投机商之一。我还听布朗先生说，范登赫顿夫妇和巴普蒂斯特说下个月要来看你们。他还提到了佩利特夫妇，他说他们的家庭并不是世界上最和睦的，但在事业上，他们干得‘不能再好了’。他说，这种情况足以弥补双方在感情方面的不幸。克利姆斯沃思，你何不邀请佩利特夫妇到 XX 郡来呢？我很想看一看你的第一个情人佐蕾德。别吃醋，夫人，他爱那位女士爱得神魂颠倒，我这话可是有根有据的。布朗先生说，她现在体重十二英石③，瞧你丢掉了多大一块肥肉，教师先生！好了，先生，夫人，你们要不来用茶，我和维克托可要先开始了。”

“爸爸，来呀！”

---

① 爱德华的昵称。
② 克里萨斯，公元前 6 世纪小亚细亚西部里底亚王国的国王，极为富有。
③ 英国重量单位，1 英石等于 14 磅，12 英石即 168 磅。

· 勃朗特三姐妹文集 ·

Charlotte Brontë

简·爱

Jane Eyre

〔英〕夏洛蒂·勃朗特 著

祝庆英 译

上海译文出版社

Charlotte Brontë, Emily Brontë, Anne Brontë
THE COMPLETE NOVELS OF THE BRONTË SISTERS

Charlotte Brontë
JANE EYRE, SHIRLEY, VILLETTE, THE PROFESSOR
Emily Brontë
WUTHERING HEIGHTS
Anne Brontë
AGNES GREY, THE TENANT OF WILDFELL HALL

《简·爱》《呼啸山庄》
插图作者:Fritz Eichenberg

图书在版编目(CIP)数据
勃朗特三姐妹文集 / (英) 夏洛蒂·勃朗特, (英) 艾米莉·勃朗特, (英) 安妮·勃朗特著 ; 祝庆英等译. 上海 : 上海译文出版社, 2025. 8. -- ISBN 978-7-5327-9729-5
Ⅰ. I561.44
中国国家版本馆 CIP 数据核字第 20253RQ544 号

勃朗特三姐妹文集
[英] 夏洛蒂·勃朗特　艾米莉·勃朗特　安妮·勃朗特　著
祝庆英　曹庸　吴钧陶　西海　刘云波　方平　裘因　莲可　译
责任编辑/管舒宁　宋玲　徐珏　装帧设计/张志全工作室

上海译文出版社有限公司出版、发行
网址: www.yiwen.com.cn
201101　上海市闵行区号景路 159 弄 B 座
苏州市越洋印刷有限公司印刷

开本 890×1240　1/32　印张 109　插页 42　字数 2,164,000
2025 年 8 月第 1 版　2025 年 8 月第 1 次印刷
印数:0,001—3,000 册

ISBN 978 - 7 - 5327 - 9729 - 5
定价: 628.00 元(全七册)

目　次

译本序

一

1847年10月，英国出版了一本署名为柯勒·贝尔写的长篇小说：《简·爱》。作品的出现引起了轰动。当时已经驰名文坛的萨克雷在写给出版这本书的出版公司编辑的信上说："《简·爱》使我非常感动，非常喜爱。请代我向作者致意和道谢，她的小说是我能花好多天来读的第一本英国小说。"《西敏寺评论》评介本书说："肯定是这一季度的最佳小说……值得仔仔细细地读第二遍。"同时也有些评论文章攻击这部作品，例如《每季评论》就说它"趣味低劣"，还指出"正是在滋养了宪章运动的那种思想情绪的推动下才写出了《简·爱》这样的书"。

但是赞叹也好，反对也好，谁也不知道这个名不见经传的柯勒·贝尔是什么人。一时议论纷纷，柯勒·贝尔是男是女？大部分评论家说，这是一部女人写的作品，因为这样的小说只有女人才写得出来。可是有人说写得太坦率，不可能出自女人的手笔。萨克雷在上面提到的那封信上说："它是一个女人写的，但是她是谁呢？"

这个谜一直到第二年夏天作者和她的妹妹安妮到了伦敦，才给解开。这位柯勒·贝尔原来是一个个儿矮小、其貌不扬的乡下姑娘。

这个乡下姑娘的真实姓名是夏洛蒂·勃朗特。

勃朗特一家出了三位女作家，夏洛蒂和她的两个妹妹艾米莉和安妮，成为英国文学史上的佳话。

夏洛蒂的父亲是英国北部约克郡哈沃斯的一个圣公会穷牧师，这位穷牧师是剑桥圣约翰学院的毕业生，学识渊博，他亲自教子女读书，给他们讲故事，指导他们看书报杂志，这些都给孩子们以很大的影响。

夏洛蒂十五岁的时候进伍勒小姐在鹿头办的学校读书，几年以后，她为了挣点钱给她的弟弟妹妹上学，又到了这个学校当教师。伍勒小姐成了夏洛蒂终生的好友。

夏洛蒂一面教书，一面仍积极地写作。1836 年 12 月，她把自己写的几首诗寄给当时著名的桂冠诗人罗伯特·骚塞，不料却碰了个大钉子。这个大诗人在给她的回信中竟说：文学不是妇女的事业；在英国没有女作家的地位，又说她没有特出的才能。他万万没有想到这个他认为没有特出才能的夏洛蒂·勃朗特十年以后会成为轰动英国文坛的作家。

夏洛蒂离开伍勒小姐的学校以后，在 1839 年和 1841 年两次到有钱人家当家庭教师。家庭教师在当时是受歧视的职业，夏洛蒂感到屈辱，孤独，曾在一封给艾米莉的信上写道："私人教师除了在她该干的劳累的活儿这一方面以外，是没有存在意义的，根本不被当作活的、有理性的人看待。"她痛恨和憎恶家庭教师这个行当，两次都只工作了几个月就离开了。但是这段经历给《简·爱》提供了极其重要的素材。

家境不好，她们又不愿离开家去谋出路，就想到自己办一所学校，这样大家就能一起生活，一起工作了。她们的母亲去世后，姨妈来她们家照料家务，她手头有一点积蓄，就帮助夏洛蒂和艾米莉到布鲁塞尔学法语，好让她们在计划中的学校里担任法语教师。

她们在布鲁塞尔进了贡斯当丹·埃热夫妇办的学校。埃热先生是一个优秀的教师。他让她们阅读了大量法国文学名著，帮助她们分析作品的优缺点，并让她们比较各个作家对同一类人物的描述。这对她们后来的写作也有很大影响。可是姨妈病危，两姐妹不得不赶回英国。后来夏洛蒂又回到这所学校做了一个时期的教师。夏洛蒂对埃热产生了微妙的感情。埃热先生聪明，富有才智，但容易激动，在《简·爱》中的罗切斯特身上可以看见他的影子。这种绝望的爱情给夏洛蒂带来很大的痛苦。以后她不但在《简·爱》中生动地反映了她的这种感情，而且在1853年出版的《维莱特》里，也描述了这段经历。

生活对于夏洛蒂一家仍旧是十分严峻的。惟一的一个弟弟由于环境的刺激，养成酗酒的恶习，失去了工作，成了家庭的负担。夏洛蒂想和妹妹们办学校，可是印了招生广告，却没有人来报名。她想到写作也许是一条出路。1845年秋季，有一天，她偶然看到艾米莉写的一本诗集，深深地受到了感动。她打算和两个妹妹合出一本诗集。她们动用了死去的姨妈给她们的遗产做印刷费用。书在1846年印出来了，用了三个假名字：柯勒·贝尔，埃利斯·贝尔，阿克顿·贝尔。尽管诗写得很美，却没有引起注意，只卖掉了两本。这时夏洛蒂已经三十岁了。

可是，这本诗集的出版却鼓舞了她们创作的情绪，书印出来了，总是一件大事。于是三姐妹都埋头写起小说来。就在那一年，安妮写成了《艾格妮丝·格雷》，艾米莉写成了《呼啸山庄》，夏洛蒂写成了《教师》。前两部都被出版商接受了，《教师》却给退回。夏洛蒂没有灰心，她开始写《简·爱》。小说中的人物和情节很多都是她早已经从生活中经历过或者是熟悉的。甚至发疯的妻子这一段故事也是她在伍勒小姐的学校里听说过的。这样，夏洛蒂花了一年时间以相当快的进度写好了《简·爱》，出版商怀着惊喜的心情接受了这部小说，审稿人通宵不眠审读稿件。两个月以后，书就出版了；而《艾格妮丝·格雷》和《呼啸山庄》直到《简·爱》出版后方才出版。

这三部小说为三姐妹带来了极大的荣誉，三姐妹几乎同时出版了三部著名的小说，这在世界文坛上也是少有的事。

事业上的成功给全家带来了欢乐，但是弟弟勃兰威尔，这个有才华的青年，由于没有固定工作，生活放荡，得了不可救药的病，1848年9月间终于去世了。三个月之后，艾米莉也因为肺结核去世。夏洛蒂担心惟一的妹妹安妮也会染上肺结核病，可是事情偏偏就是这样发生了。安妮拖延了五个月，也离开了人间。她临终时知道姐姐可能经受不住这个打击，因此最后的一句话便是："勇敢些，夏洛蒂。"

夏洛蒂如今只有全身心地投入写作，才能忘却生活的悲哀。她写了《谢利》，这是她的另一部重要作品。《谢利》于1849年8月写完，10月立即出版，获得巨大的成功。她去伦敦，遇到萨克雷。她曾把《简·爱》第二版献给她所敬爱、同时也深深关怀她的这位作家。她待在伦敦的几年中，认识了不少文学界的名流，其中有著名的盖斯凯尔夫人。后来盖斯凯尔夫人为她写了一本传记，忠实而生动地记录了夏洛蒂的一生。

夏洛蒂年轻时在爱情方面一直是不美满的，几次有人向她求婚，她都没有答应。直到1852年底，三十六岁的时候，她父亲的副牧师亚瑟·贝尔·科尔拉斯向她求婚。她渐渐发现他真正爱着她，便说服了不赞成这件婚事的老父，终于在1854年6月，两人结了婚。迟来的爱情让她享受到了生活的乐趣，婚后的日子很幸福。她在照顾丈夫和父亲之余，还写了小说《爱玛》的开头几章。可是好景不常，只过了六个月，她就生了病，在病床上痛苦了几个月，于1855年3月31日不幸离开了人间。

勃朗特一家六个姐妹兄弟没有一个活满四十岁。这是一个家庭的悲剧，也是英国文坛的巨大损失。

二

《简·爱》是夏洛蒂的代表作。

《简·爱》所以成为英国文学史上一部有显著地位的小说，成为世界闻名的一部小说，是因为它成功地塑造了一个敢于反抗、敢于争取自由和平等地位的妇女形象。

夏洛蒂写作《简·爱》的时候，英国资产阶级政府为了分裂工人运动，表面上采取了某些改革的措施。比如通过了女工实行十小时工作制的法案，但是妇女在社会上的地位并没有改善，并没有获得平等的权利；即使是经历了三次高潮的宪章运动，吸引了成百万的工人和劳动群众参加争取自身权利的斗争，也没有能提出男女平等问题，夏洛蒂通过一个孤女一生的故事，反映了当时英国妇女的悲惨处境，也反映了妇女摆脱男子的压迫和歧视的要求，这在英国文学史上是一个创举，难怪它的出现在当时的社会上引起了那样强烈的反响。

小说一开始，第一章，年幼的简·爱就和欺侮她的表哥约翰发生了冲突，骄横残暴的约翰把表妹简·爱看做丫头一样，可是简·爱不畏强暴，和他扭打起来，当然，结果是简·爱吃了亏，关进了红屋子。一个瘦弱的女孩以她的勇敢的表现立即吸引了读者。狠狠地回击，第一个对象是约翰。接下来是她的以恩人自居的冷酷无情的舅妈里德太太。在第四章里，简·爱和里德太太发生了争吵，里德太太以为凭她的地位可以吓倒这个外甥女，可是恰恰相反，简·爱一针见血地骂她："别人以为你是个好女人，可是你坏，你狠心。"里德太太居然也觉得害怕了。简·爱在舅妈家的生活在全书中只占四章，作者一生中也没有这方面直接的感受，但是她用这一段交代简·爱童年生活的情节让我们初步看到了简·爱性格中的反抗的特点，我们沿着这一个方向，可以看到作者怎样一步步地展现简·爱的精神面貌。

离开舅妈家到全书结束，简·爱的经历可以分为三个阶段：在劳渥德学校，在桑菲尔德，在圣约翰家。最主要的一段是在桑菲尔德。

劳渥德学校一段确实是全书中揭露性很强的一部分。在这个学校里孩子们受冻挨饿，还要遭到挨打、罚站、剪头发等凌辱。伙食是恶劣的，生活环境不合卫生，结果是斑疹伤寒夺去了好些孤儿的生命。作者强烈地批判了这种披着宗教外衣残害儿童的教育制度。她特别塑造了布洛克尔赫斯特这样一个道貌岸然的伪君子的形象，他满口仁义道德，实际上是杀害海伦·彭斯的凶手，他标榜惩罚肉体以拯救灵魂，实际上却克扣经费，中饱私囊。夏洛蒂满怀悲愤的心情描写了海伦·彭斯的悲惨命运，这样一个聪明可爱的女孩竟成了劳渥德学校的牺牲品。作者曾进过这类的慈善学校，可是小说显然以那个学校为原型而又添加了英国当时其他类似的学校的情况，因此它就显得更为集中，更为生动。

当然，简·爱正式登上社会这个大舞台是到了桑菲尔德以后。

桑菲尔德对简·爱是一个完全陌生的地方。她来到这个府邸做一名家庭教师，她知道这是一个处于什么地位和身份的工作。她战战兢兢，采取的是防卫的姿态。初次和罗切斯特见面，她显示了不亢不卑的态度。在对罗切斯特还不了解的时候，她保持了一贯的反抗精神。但是她渐渐地发觉罗切斯特和她思想上在许多方面有共鸣之处。虽然罗切斯特比她年纪大，人又长得不漂亮，简·爱还是深深地爱上了他。而罗切斯特，从简·爱的谈吐举止，看到这样一个身材瘦小并无动人姿色的家庭女教师具有一种不平凡的气质，他感到“知音难求”，决心娶简·爱为妻。他们两人相互试探，相互吸引。书中两人好几次的对话，有些读者可能感到海阔天空，比较玄妙，其实正是两个人心灵逐步接近的记录。

简·爱重视的是“友好坦率”，并不是万贯的家财和烜赫的门第。罗切斯特把她放在平等的地位，这符合她的反抗的性格，因此她觉得满意。当她以为罗切斯特要娶英格拉姆，而又想把她留在桑菲尔德的时候，她怒气冲冲地说：“你以为我是一架自动机器吗？一架没有感情的机器吗？……我的灵魂跟你的一样，我的心也跟你的完全一样！……我现在跟你说话，并不是通过习俗、惯例，甚至不是通过凡人的肉体——而是我的精神在同你的精神说话；就像两个都经过了坟墓，我们站在上帝脚跟前，是平等的——因为我们是平等的！”简·爱有自己的尊严，她努力维护自己的尊严，这一段话不啻是她的宣言。在爱情上简·爱的感情是炽烈的，可是却丝毫没有忘记平等的要求。罗切斯特满足了她的这种要求，所以她才同意做他的妻子。

在简·爱从桑菲尔德出走以前的十几章里，故事情节一波三折，这里不一一谈它。只是罗切斯特举行宴会一场，应该一提。这一场，既是贵族社会的太太小姐对寒酸的家庭女教师的示威，同时也是具有强烈的自尊心的家庭女教师对上流社会的挑战。阵势摆开，我们开始时可能为简·爱捏一把汗，她斗不斗得过有财有势、美貌迷人的英格拉姆小姐呢？在这里，夏洛蒂·勃朗特通过她笔下的人物发泄了自己长期以来对贵族社会的不满，并且用简·爱得到胜利这样一个结局对上流社会进行了嘲笑和报复。

如果事情一帆风顺，简·爱成了称心如意的桑菲尔德女主人，皆大欢喜，那末，她的反抗的性格恐怕要打一个很大的折扣了。夏洛蒂之所以是一个杰出的作家，就是她不以简·爱和罗切斯特在教堂的婚礼作为全书结局，而是奇峰突起，出现了梅森的干涉。尽管前面提到的疯女人的来历和行动早已成了读者心中的谜，但是我们还是很难想到梅森的阻拦会起这么大的作用。于是，幸福立时成了泡影。

简·爱毅然离开桑菲尔德。她不知道自己该去哪里，心里只有一个愿望：离开桑菲尔德，因为她在这个地方受到了欺骗和侮辱。不愁吃穿的简·爱一下子成了饥寒交迫的乞丐，凄风苦雨，茫茫荒原，弱小的简·爱受尽折磨。好心的读者也许会为简·爱惋惜，为什么她不在桑菲尔德待下去，而要一走了之，结果几乎饿死道旁。确实，简·

爱三天的流浪生活，其悲苦可能远远超过童年时在劳渥德的遭遇。可是，我们应该重视作者安排的这段情节。留在桑菲尔德，简·爱不可能依旧做她的家庭教师，势必落到罗切斯特的情妇的可卑地位。是忍辱偷生还是维护个人的尊严，这当中没有选择的余地。简·爱勇敢地跨出桑菲尔德的大门，冲破世俗的樊笼，令人敬佩。第二十八章文字不长，我们却可以把它看做对简·爱的一曲最美的赞歌！

简·爱的反抗精神至此发展到了顶点。

简·爱在和圣约翰的交往中，自然也闪现了她性格中的不平凡的光彩。可是在全书的这一部分中，她的锋芒没有以前那样突出了。圣约翰冷酷自私，他以上帝的使者自居，口口声声说去印度传教是他的天职，还以上帝的意旨为借口强迫简·爱嫁给他，和他同去印度。简·爱拒绝了他的求婚，认为这种殉道太可怕，因为她不爱他，认为他也不爱她，他要娶她，只不过因为他认为她可以成为一个合适的传教士的妻子，我们自然赞同简·爱的这一行动。然而，简·爱虽然一开始拒绝他的要求，但是却始终赞赏他献身宗教的精神，表示做妻子不行，做助手可以。后来在这个“正人君子”的宗教力量的感召下，她甚至对他说，只要能相信是上帝的意旨，就可以嫁给他。这和以前的那个向往幸福自由的简·爱的形象就出现了距离。我们心目中一个愤世嫉俗的、勇敢的妇女突然变成了忠顺驯服的女信徒。只是到最后，作者用了罗切斯特的超自然的呼唤：“简！ 简！ 简！”才促使简·爱下决心反抗圣约翰。作者也许用这个情节来再一次印证简·爱对自己性格的剖析：“在跟和我自己的性格相反的独断严酷的性格打交道的时候，在绝对服从和坚决反抗之间，我一生中从来不知道有什么折衷的办法。我总是忠实地绝对服从，一直到爆发，变为坚决反抗为止”。但是遗憾的是，作者这样的安排实在难以令人信服，而且不能不说是大大减少了简·爱作为反抗者的光辉。

三

夏洛蒂在写《简·爱》的时候，对她的两个妹妹说："我要写一个女主角给你们看，她和我是同样地貌不惊人和身材矮小，然而她却要和你们所写的任何一个女主角同样能引起读者的兴趣。"简·爱长相平常，一无所有，她之所以光彩夺目，就因为她的不同寻常的气质，她的丰富的感情世界。像简·爱这样的小资产阶级妇女的出路在哪里的问题，夏洛蒂以前的一些英国作家也曾经做过他们的小说的题材，但是他们没有写出过一个像简·爱这样的人物。简·爱是以一个新型的女性的姿态出现在读者眼前的。

自然，简·爱走的是一条个人奋斗的道路，她想到的只是自己怎样在社会上获得一个平等的地位，她并没有考虑到妇女解放这样的大事，当然她更没有做到与广大的人民群众在一起奋斗。而且我们也不必对简·爱提出这样不切实际的要求。但是如果说简·爱完全是一个只顾自己的个人主义者，也是不公正的。她不是这样说过吗："说人们应该对平静感到满足，这是徒然的；人们总得有行动；即使找不到行动，也得创造行动。千百万人被注定了要处在比我的更加死气沉沉的困境中，千百万人在默默地反抗自己的命运。谁也不知道，在充斥世界的芸芸众生中，除了政治反叛以外，还掀起了多少其他的反叛。女人一般被认为是极其安静的，可是女人也和男人有一样的感觉；她们像她们的兄弟一样，需要运用她们的才能，需要有一个努力的场地；她们受到过于严峻的束缚、过于绝对的停滞，会感到痛苦，……"夏洛蒂不会没有想到在英国还有许多妇女在受苦，处于悲惨的地位。夏洛蒂虽然住在远离伦敦的乡间，但对当时英国社会并非毫无认识。她在《简·爱》中提出了妇女地位的问题并不是偶然的，正是这点，使她成为 19 世纪英国出色的小说家。

但是，夏洛蒂没有能力来解决男女平等以及妇女解放等等问题，她能做的就是为简·爱的命运布置了一个突然的转变，用这个转变来使简·爱达到了她所苦心追求的那个目的。

作为读者，当然都希望简·爱有一个美满的结局，希望她能和罗切斯特结婚，但是读者可能都不会预料到简·爱会飞来横财，财主叔叔死了，给她留下两万镑的遗产，这不但让她还了圣约翰兄妹的人情债，而且让她在经济上扬眉吐气，成了财主小姐，于是她得意洋洋地回到桑菲尔德去。夏洛蒂嫌这样的安排还不够痛快，又造出疯女人火烧桑菲尔德，坠楼身亡，罗切斯特烧伤，双目失明，庄园毁了，罗切斯特也穷了等等情节。最后，简·爱和罗切斯特终于成了夫妇。这样，现在的简·爱不是当初凭精神力量吸引了罗切斯特，赢得了罗切斯特的爱情的那个简·爱了。只有财主小姐才能和罗切斯特结婚，偏偏这个罗切斯特也不是当年那个威风十足、家产百万的罗切斯特了。罗切斯特处于下风，反过来简·爱成了他感情上和物质上的恩人。简·爱进入了她本来敌视的贵族资产阶级的行列，和压迫她的社会秩序作了妥协。简·爱苦尽甘来，有情人终成眷属，读者心理上可能多少得到一点儿安慰，但是全书的现实主义的力量却削弱了。这个结尾不能不说是蛇足。

译　者

1980 年 1 月

谨以此书

献给

威·梅·萨克雷先生

序

《简·爱》第一版不必写序，因此我没有写；这第二版需要几句致谢的话和零碎的评论。

我应该向三方面表示感谢。

感谢读者，用宽容的耳朵倾听了一个朴实平凡的故事。

感谢报界，用真诚的赞许为一个默默无闻的进取者敞开了公正的园地。

感谢我的出版商，用他们的机智、他们的精力、他们的求实观念和坦率的慷慨为一个未经推荐的无名作者提供了帮助。

对我来说，报界和读者只是模糊的人物，我只得用模糊的话来感谢他们；可是我的几位出版商却是明确的；一些宽大的评论家也是明确的，他们鼓励我，只有宽宏大量的人们才懂得那样鼓励一个在挣扎中的陌生人。对于他们，即，对于我的出版商和卓越的评论家，我诚挚地说：先生们，我由衷地感谢你们。

在这样向帮助过我、赞成过我的人致谢以后，我要转向另一类人，就我所知，这类人人数虽少，但也不能因此就忽略过去。我是指少数畏首畏尾或者吹毛求疵的人，他们怀疑《简·爱》这类作品的倾向。在他们眼里，凡是不平常的事都是错误的；他们的耳朵在针对偏执——罪恶之母——的每一个抗议中都觉察出一种对虔信——上帝在人间的摄政王——的凌辱。我要向这些怀疑者指出一些明显的区别；我要提醒他们一些简单的真理。

习俗不等于道德。伪善不等于宗教。攻击前者不等于袭击后者。揭去法利赛人[①]脸上的假面具不等于向荆冠[②]举起不敬的手。

这些事情和行为是完全相反的；它们之间的悬殊正如善恶之间的

悬殊一般。人们过于经常地把它们混淆起来；它们不应该混淆；表面现象不能误认为真相；狭隘的世人的说教，只能使少数人自命不凡、不可一世，却不应该用来代替拯救世界的基督的教义。我再重复一遍，这之间是有不同的；在它们之间醒目而清晰地划一条分界线是一件好事而不是坏事。

世人也许不喜欢看到这些概念被分开，因为已经习惯于把它们混淆起来，觉得把外表的虚饰当作真正的价值、让刷白的墙壁证明洁净的神龛是方便的。世人也许憎恨那个敢于探究和暴露、敢于刮去镀金展现下面劣质金属、敢于进入坟墓揭示里面的尸骸的人，可是，恨尽管恨，世人还是受惠于他。

亚哈不喜欢米该雅[③]，因为米该雅对他作预言从不说吉语，单说凶言；也许他更喜欢基拿拿的爱谄媚的儿子[④]；但是亚哈如果停止听奉承而听听忠告，他倒可能逃过一场流血的惨死。

在我们自己这个时代，有这么一个人，他的话不是说出来去取悦娇嫩的耳朵；我认为他应该站在社会上的大人物之前，就像音拉的儿子应该站在犹大和以色列诸王之前一样；他说出的真理同音拉的儿子的一样深刻，他的力量同音拉的儿子的一样像先知、一样强大，他的神态同音拉的儿子的一样无畏和大胆。写《名利场》的那

---

① 法利赛人，古代犹太教一个派别的成员，《圣经》中称他们为言行不一的伪善者。

② 荆冠，据《圣经 · 新约 · 马太福音》第 27 章第 29 节，耶稣钉上十字架以前，被戴上用荆棘编的冠冕，受到戏弄。

③《旧约 · 列王纪上》第 22 章第 8 节，以色列王亚哈说："还有一个人，是音拉的儿子米该雅，我们可以托他求问耶和华，只是我恨他，因为他指着我所说的预言，不说吉语，单说凶言。"

④ 据《列王纪上》第 22 章，亚哈要去攻打基列的拉末，召集四百先知询问可否去攻打。基拿拿的儿子西底家说："可以上基列的拉末去，必然得胜，因为耶和华必将那城交在王的手中。"米该雅告诉亚哈，耶和华派西底家来引诱亚哈上基列的拉末去阵亡。后亚哈在拉末中箭流血死去。

位讽刺家[1]在崇高的地位中受到赞扬吗？我闹不清；不过，我认为，被他投射讽刺的燃烧剂、被他照射谴责的电光的那些人，如果其中有几个能及时接受他的警告，那他们和他们的子孙也许还可以逃脱致命的基列的拉末。

我为什么提到这个人呢？读者啊，我提到他是因为我在他身上看到了一个比他同代人所承认的更为深刻、更为独特的智者；因为我把他看做当代第一位社会改革家，看做要匡正时弊的工作者的首领；我认为评论他的作品的人还没有找到适合于他的比喻，没有找到恰如其分地刻画他的才能的言语。他们说他像菲尔丁[2]；他们谈论他的才智、幽默和诙谐能力。他之近似菲尔丁，犹如老鹰之近似秃鹫；菲尔丁会扑向腐尸，而萨克雷却从不如此。他的才智是杰出的，他的幽默是迷人的，但是两者与他严肃的天才之间的关系，就像在夏云边上嬉戏的片片闪电与孕育在云中可以致死的带电火花之间的关系。最后，我提到萨克雷先生，是因为我把这第二版的《简·爱》奉献给他——如果他愿意接受一个素不相识的人的献礼的话。

柯勒·贝尔[3]

1847 年 12 月 21 日

① 指英国作家萨克雷（1811—1863）。他擅长用讽刺笔法勾勒英国社会的面貌。长篇小说《名利场》是他的代表作。书中尖锐讽刺贵族资产阶级的贪婪自私和愚昧无知。

② 菲尔丁（1707—1754），英国小说家。先后写了《堂吉诃德在英国》等二十五部政治讽刺喜剧。所写长篇小说《汤姆·琼斯》等，尖刻讽刺当时的社会、政治制度。

③ 柯勒·贝尔，夏洛蒂·勃朗特发表这部作品时用的笔名。

第三版前记

我利用《简 · 爱》第三版给我提供的机会，再向读者说一句话，说明我之能称得上小说家仅仅是靠这一部作品。因此，如果把另一些小说说成出于我的手笔，那就是把一种荣誉放到了一个不应得到它的地方，从而使应该得到荣誉的地方却得不到它。

这个说明将用来纠正已造成的错误①，并且防止将来的错误。

柯勒 · 贝尔

1848 年 4 月 13 日

① 夏洛蒂 · 勃朗特 1847 年出版《简 · 爱》时用笔名柯勒 · 贝尔。读者纷纷猜测作者是谁。她的大妹妹艾米莉 1847 年出版《呼啸山庄》时用笔名埃利斯 · 贝尔，她的小妹妹安妮 1847 年出版《艾格妮丝 · 格雷》时用笔名阿克顿 · 贝尔。有人误认为柯勒、埃利斯和阿克顿是同一个人，都是《简 · 爱》的作者夏洛蒂 · 勃朗特。因此夏洛蒂在这里说要纠正已造成的错误。

Jane Eyre

by Charlotte Brontë

WITH WOOD ENGRAVINGS BY

FRITZ EICHENBERG

New York: Random House

1943

第一章

那一天不可能去散步了。不错，我们早上已经在片叶无存的灌木林中逛了一个钟头；但是，自从吃午饭的时候起（如果没有客人，里德太太是很早吃午饭的），冬日的凛冽寒风就送来了那样阴沉的云和那样透骨的雨，这就不可能再在户外活动了。

我倒是很高兴，我素来不爱远距离的散步，特别是在寒冷的下午。对我来说，在阴冷的黄昏回家实在可怕，手指和脚趾都冻僵了，还得听保姆白茜的责骂，弄得心里很不痛快，而且自己觉得体质不如伊丽莎、约翰和乔奇安娜·里德，又感到低人一等。

上面提到的伊丽莎、约翰和乔奇安娜·里德，这时候都在休憩室里，正簇拥在他们的母亲周围，她斜靠在炉边的沙发上，心爱的儿女都在身旁（这忽儿既不争吵，又不哭闹），看上去很是快活。她没让我和他们在一起；她说她很遗憾，不得不叫我离他们远一点；她真的不能把只给知足快乐的小孩的那些特权给我，除非是白茜告诉了她，而且还要她自己亲眼看到，我确实是在认认真真地努力培养一种更加天真随和的性情，一种更加活泼可爱的态度——大概是更轻快、更坦率、更自然的一种什么吧。

“白茜说我干了什么？”我问。

“简，我可不喜欢吹毛求疵或者寻根究底的人；再说，小孩儿这样打断长辈的话，实在可怕。找个地方去坐下来。不会说讨人喜欢的话，就别多嘴。”

休憩室的紧隔壁是一间小小的早餐室。我溜进了那间屋子。那儿有一个书架。不一会儿，我就拿到了一本书，我特意挑一本图画很多的。我爬上窗口，缩起脚，像土耳其人那样盘腿坐着，把波纹红呢窗帘几乎完全拉拢，我就加倍隐蔽起来，仿佛坐在神龛里似的。

层层叠叠的猩红帷幔挡住了我右边的视线，左边却是明亮的玻璃窗，它保护着我，让我受不到阴郁的11月天气的侵袭，却又不把我与外界隔绝。在翻书页的当儿，我偶尔眺望一下冬日午后的景色。远处，只见一片白茫茫的雾霭；附近，却是湿漉漉的草坪和风雨袭击下的灌木，连绵不断的雨让一阵经久不息的凄凄寒风驱赶着狂驰而过。

我重又低头看书，看的是比维克[①]的《英国禽鸟史》。一般说来，这本书的文字部分我不大爱看，但是有几页导言，我虽说是个孩子，却也不能完全当作空白翻过去。那几页导言写到海鸟常去的地方；写到只有海鸟居住的“孤寂的岩石和海岬”；写到挪威的海岸，从最南面的林讷斯内斯角[②]或者纳斯到北角[③]，沿着海岸线，点缀着许多海岛——

那里，北冰洋卷起巨大的旋涡，
围绕着世界尽头光秃凄凉的海岛咆哮，
大西洋的惊涛骇浪激荡起落，
注入风雨交加的赫布里底群岛[④]。

还有一些部分我也不能放过，那就是下面这些地方的荒凉海岸：拉普兰[⑤]，西伯利亚，斯匹次卑尔根[⑥]，新地岛，冰岛和格陵兰，还有“那辽阔的北极区域，和那些阴暗地带荒无人烟的地区；那儿是冰雪的贮藏所，经过几百个隆冬的积累，已经成了一片坚实的冰野，像阿尔卑

---

① 比维克(1753—1828)，英国画家，木刻家，博物学家。《英国禽鸟史》中木刻插图是他所作，文字部分系科茨所写。
② 林讷斯内斯角，又名纳斯，挪威南部一海角，在北海。
③ 北角，在挪威北部马格吕岛北端。
④ 赫布里底群岛，在英国大不列颠岛西北的大西洋上。
⑤ 拉普兰，北欧的一个地区。
⑥ 斯匹次卑尔根， 群岛，在挪威北部。

斯山般一峰高似一峰，冰面晶莹光滑，绕着地极，积聚了严寒的无穷威力”。对这些惨白色的区域，我形成了一个我自己的看法：朦朦胧胧，像在孩子们脑海里沉浮的似懂非懂的概念，却又出奇地生动。这几页导言里的文字都是和后面的小插图有关联的：屹立在波涛汹涌、浪花飞溅的大海中的岩石，搁浅在荒凉海岸上的破船，还有那从云缝间俯视沉舟的幽灵般的月亮，导言中的文字就使这些画面变得重要了。

我说不出，是什么感情萦绕在那沉寂凄清的墓地里？那里有刻着铭文的墓碑，有一扇大门，有两棵树，四周围着破墙，地平线很低，还有初升的月牙儿，证明已经是黄昏时刻。

两条大船停在凝滞不动的海水上，我相信那准是海上的幽灵。

魔鬼从背后按住窃贼的包裹，我赶紧翻过去。这是个可怕的景象。

那个生角的黑家伙高高地坐在岩石上，望着远处一群围着绞架的人。这也是个可怕的景象。

每一张画都画出一个故事。在我这样一个理解力还不发达、感情还不健全的孩子看来，这些故事往往是很神秘的，但也总是饶有趣味的，就跟白茜有时讲的故事一样。在冬天晚上，碰上她心绪好的时候，她把熨衣桌搬到婴儿室的火炉边上来，让我们坐在周围。她熨里德太太的挑花褶边，把睡帽的边熨出褶裥，一边熨一边讲一些爱情和冒险的片断，来满足我们这些全神贯注、急于听故事的孩子。她这些片断都来自古老的神话和更古老的歌谣；要不就是像我后来所发现的来自《帕美拉》[①]和《毛兰伯爵亨利》。

我膝盖上放着比维克的书，那忽儿真是快活；至少我有我的快活

① 《帕美拉》，英国小说家理查逊（1689—1761）所著的一本书信体小说。

之处。我什么也不怕，就怕别人来打扰，偏偏就有人过早地来打扰了我。早餐室的门给打开了。

“呸！阴郁小姐！”约翰·里德的声音在叫唤；接着他停了一会儿，他发觉屋里显然是空的。

“她在什么鬼地方？”他接着说。“丽茜[①]，乔琪[②]！（他在叫他的姐妹）琼[③]不在这儿。告诉妈妈，她跑出去淋雨去了——坏畜生！”

“幸亏我拉上了窗帘，”我想；我急切地希望他别发现我躲的地方。约翰·里德自己倒是不会发现的，他这个人眼光既不锐利，头脑也不灵敏；可是伊丽莎刚在门口探头一望，就立刻说道：

“她在窗台上呢，准没错，杰克[④]。”

我赶紧出来，因为我一想到可能被那个杰克拖出来就发抖。

“你要怎么样？”我既难堪又胆怯地问道。

“说‘你要怎么样，里德少爷’，”这就是回答。“我要你上这儿来；”他在一张扶手椅上坐下，做了个手势，表示要我过去站在他面前。

约翰·里德是个十四岁的学生，比我大四岁，我才十岁。以他的年龄来看，他可以说是长得又大又胖，皮肤黑黑的，显得不健康，脸盘很大，粗里粗气，四肢肥壮，手足都很大。他惯于在饭桌上狼吞虎咽，这叫他变得肝火很旺，眼睛蒙眬模糊，脸颊松弛。这一阵，他应该在学校里，可是他妈妈把他接回家来过一两个月，说是“因为他身体不好”。教师迈尔斯先生断定说，只要家里少给他捎些糕饼和糖食去，他准能过得很好；可是做母亲的不愿听这么刺耳的意见，宁愿抱着更温和的看法，把约翰脸色不好的原因归结为用功过度，或许还归

---

① 丽茜，伊丽莎的昵称。
② 乔琪，乔奇安娜的昵称。
③ 琼，简的异体。
④ 杰克，约翰的昵称。

结为想家。

约翰对他的母亲和姐妹没有多少感情，对我则是颇有恶感。他欺侮我，虐待我，一星期不止两三次，一天也不止一二回，而是经常这样。我的每一根神经都怕他，只要他一走近我，我骨头上的每一块肌肉都会收缩起来。有时候我都被他吓呆了，因为不管是受了他的恫吓，还是受了他的折磨，我都无处申诉。仆人可不愿帮我对付他，来得罪他们的少爷。里德太太呢，在这种事情上，总是装聋作哑；她从来看不见他打我，也从来听不见他骂我，虽然他常常当着她的面既打我又骂我。不过，他背着她打我骂我的次数更多。

我已经习惯于服从约翰，我来到他的椅子跟前。他以不伤害舌根为限度尽可能地对我伸出舌头，居然伸了有三分钟之久：我知道他快要动手打我了，我一边在担心挨打，一边在端详着这个就要打我的人的那副令人嫌恶的丑相。我不知道他是否从我脸上看出了我的这个心思；因为他二话没说，就突然使劲打我，我打了个趔趄，好不容易站稳了，连忙从他椅子那里后退了一两步。

"谁叫你刚才回答妈妈的时候那么没有礼貌，"他说，"谁叫你鬼鬼祟祟地躲在窗帘后面，谁叫你两分钟以前眼睛里露出那副鬼神气，你这耗子！"

我听惯了约翰·里德的责骂，从来不想回嘴；我盘算的只是：怎么来忍受那一定会跟着谩骂而来的殴打。

"你躲在窗帘后面干什么？"他问。

"我在看书。"

"把书拿来。"

我回到窗口，把书拿去。

"你没有权利拿我们的书。妈妈说你是个靠别人养活的人；你没有钱；你父亲没给你留下钱；你该去要饭，不该在这儿跟我们这些绅士的孩子一起过活，跟我们吃一样的东西，穿我们妈妈的钱买来的衣服。听着，你乱翻我的书架，我要教训教训你。书是我的；整个房子都是我的，或者不到几年工夫就会归我所有。站到门口去，要离开镜子和窗户。”

我照着他的话做了，起初还不明白他是什么用意；可是我一看见他举起书，拿拿稳，站起来要朝我扔过来，我就本能地惊叫一声往旁边一闪。然而，已经来不及了；书扔过来，正好打在我身上，我跌倒了，头撞在门上，磕破了。磕破的地方淌出了血，疼得厉害；我的恐惧已经超出了它的顶点；种种其他的感情都跟着来了。

“你这男孩真是又恶毒又残酷！”我说。“你像个杀人犯——你像个虐待奴隶的人——你像罗马的皇帝！”

我看过哥尔斯密[①]的《罗马史》，对尼禄[②]和卡里古拉[③]等等，已经有我自己的看法。我也默默地作过比较，却从没想到会大声地说出来。

“什么！什么！”他嚷道。“你敢对我说这样的话？伊丽莎和乔奇安娜，你们听见她的话没有？我还不告诉妈妈吗？可是我要先——”

他头向前朝我直奔过来。我觉得他揪住我的头发，抓住我的肩膀，他已经在跟一个不顾死活的家伙肉搏了。我看他真是一个暴君，一个杀人犯。我觉着有一两滴血从我头上滴下来，顺着我的脖子流下去，还觉着有点剧烈的痛楚。这种种感觉一时压倒了我的恐惧，我发疯似的和他对打。我自己也不大清楚，究竟用我的双手干了些什么，只知道他骂我：“耗子！耗子！”还大声吼叫。帮他的人就近在身边；伊丽莎和乔奇安娜已经跑去叫里德太太。她上了楼，这忽儿就赶到闹

---

① 哥尔斯密(1730 —1774)，英国作家，诗人。
② 尼禄(37—68)，古罗马皇帝，以暴虐放荡出名。
③ 卡里古拉(12—41)，古罗马皇帝。

事的地方来，白茜和她的使女阿葆特也跟着来了。我们给拉开了；我听到这样的话：

“啊呀！啊呀！多撒泼啊，居然敢打约翰少爷！”

“谁看见过这样发脾气的！”

里德太太这时候补充说：

“把她拖到红屋子里去关起来。”立刻就有四只手抓住我，把我硬拖上楼去。

第二章

我一路反抗，这在我是件新鲜的事，可这一来大大增强了白茜和阿葆特小姐对我的恶感。事实上，我有点儿失常，或者像法国人所说的，有点儿**超出**我自己的常规。我意识到，片刻的反抗已经难免会给我招来异想天开的惩罚，于是，我像任何一个反抗的奴隶一样，在绝望中下了个决心，要反抗到底。

“抓住她的胳臂，阿葆特小姐。她简直像一只疯猫。”

“真不要脸！真不要脸！”那使女说。“多吓人的举动，爱小姐，居然打起年轻的绅士，打起你恩人的儿子来了！居然打你的小主人。”

“主人，他怎么是我的主人？难道我是用人？”

“不，你还比不上用人呢，你靠人家养活，却什么事也不干。哪，坐下，好好想想你的臭脾气。”

这时候她们已经把我拖进了里德太太指定的那间屋子，把我按在一张凳子上。我一心要像个弹簧似的蹦起来。她们的两双手立即把我抓住。

“你要不乖乖地坐着，就得把你绑起来，”白茜说，“阿葆特小姐，把你的吊袜带借给我；我的那根给她一挣就会挣断的。”

阿葆特小姐着手把要用的带子从肥胖的腿上解下来。她们作的这个捆绑的准备，以及这里面包含的新添加的耻辱，使我的激愤心情稍稍平静了一些。

“别解了，”我叫道；“我不动就是了。”

我双手紧紧抓住凳子，作为保证。

“记住别动，”白茜说；她肯定我真的屈服了，才松开手，不再抓住我。于是，她和阿葆特小姐都抱着胳臂站在那儿，恶狠狠地不放心地瞧着我的脸，好像还不相信我没发疯似的。

“她以前从没这样过，”临了，白茜回过头去对使女说。

“可是她一直存着这个念头，”这是回答。“我常常跟太太说起我对这孩子的看法，太太同意我。她是个贼头贼脑的小家伙。我从没见过，像她这样年纪的小姑娘居然会这么狡猾。”

白茜没有接口；但是不久她就冲着我说道：

“你该放明白些，小姐，你受着里德太太的恩惠；是她在养活你；她要是把你撵出去，那你只好进贫民院了。”

听了这些话，我无话可说；这些话对我说来并不新鲜；我最早的生活回忆中就包含着这样的暗示。这种指责我靠人养活的话，在我耳朵里已经形成了意义含糊的陈词滥调了，叫人非常痛苦，非常难受，但又只是使人似懂非懂。阿葆特小姐也附和道：

“太太好心好意把你和两位里德小姐、里德少爷一块儿抚养长大，你可不该因此就以为自己和他们地位相等。他们将来都会有不少钱，而你连一个子儿也不会有。你就得低声下气，顺着他们。”

“我们跟你说这些话，是为你好，”白茜补了一句说，声调并不粗暴，“你该学得有用一些，学得乖巧一些，那样的话，你也许还能把这儿作为家住下去；不过，要是你再发脾气，再粗暴无礼，我敢说，太太准会把你撵出去。”

“再说，”阿葆特小姐说，“上帝会惩罚她，叫她在发脾气的时候突然死去；那时候，看她能上哪儿去？来吧，白茜，咱们走吧，别管她；我决不会得到她的好感。爱小姐，等剩下你一个人的时候，做做祷告吧。你要是不忏悔，准会有样什么邪恶的东西从烟囱里下来，把你抓走。”

她们走了，关上了门，随手上了锁。

红屋子是备用的屋子，难得有人在里边过夜；真的，我可以说从来没有人睡，除非是偶尔有大批客人拥到盖兹海德府，才有必要利用里边所有的设备。然而，它却是整所房子里最宽敞最堂皇的一间屋子，里边摆着一张有粗大的桃花心木架子的床，挂着绛红色锦缎帐子，像一个帐篷似的立在屋子中央。两扇巨大的窗户，窗帘永远垂下，也用同样料子做的花彩和窗帘半掩着。地毯是红的。床脚边的桌子上铺着一块鲜红的桌布。墙是淡淡的黄褐色，稍微带点儿粉红色。大柜、梳妆台、椅子都是乌黑油亮的老桃花心木做的。在周围这些深色的陈设中，床上的褥垫和枕头堆得高高的，蒙着马赛出品的雪白床罩，白得刺眼。同样醒目的是床头边一张铺着坐垫的大安乐椅，也是白色的，前面还放着一张脚凳，我想，它看上去就像一个苍白的宝座。

屋子里很冷，因为里边难得生火；它也很静，因为离婴儿室和厨房都很远；很庄严，因为大家知道很少有人进来。只有使女在星期六来擦擦镜子，抹抹家具，除去一星期来的积尘。里德太太自己要隔好久才来一次，查看一下大柜里某一个秘密抽屉里的东西。她在那个抽屉里收藏着各种羊皮纸契据，她的首饰盒，还有她那亡夫的一张小像。这间红屋子的秘密就在于她的亡夫身上。这秘密是一种魔力，正是它使这间屋子尽管堂皇却显得那么凄凉。

里德先生故世已经有九年了。他是在这间屋子里断气的，也是在这里入殓的；殡仪馆的人就是从这里把他的棺材抬走的。从那一天起，屋子就由一种哀伤的神圣感保护着，以至于不常有人闯进来。

白茜和恶毒的阿葆特小姐让我一动不动坐在上面的那个座位，是一张软垫矮凳，就搁在大理石壁炉架附近。床就耸立在我面前。右手边是高高的、黑糊糊的大柜，黯淡的、不完整的映像使嵌板的光泽有点儿变化。左边是遮蔽起来的窗户；两扇窗户之间，有一方大镜子，重现了大床和屋子的空虚肃穆的景象。我不很肯定，她们是不是把门锁上了；等我敢走动了，我就起来，走过去瞧瞧。天啊！真锁上了，从来没有哪个牢房比这儿关得更紧了。我走回原来的地方，不得不经过那方大镜子；我的眼光被它吸引住了，不由自主地向它显示的深处探索。在这空幻之中，一切都显得比现实更冷酷、更阴暗；里面那个瞪眼盯着我的古怪小家伙，在黑暗里显出苍白的脸庞和胳臂，在那一切都静止不动的地方转动着明亮的恐惧的双眼，看来就像一个真正的幽灵。我想，这小家伙就像那些半神半妖的小鬼中的一个，白茜在晚上讲故事的时候说过，这些小鬼会从沼地上荒草萋萋的幽谷里爬出来，在走夜路的人面前现形。我回到了我的矮凳上。

我那忽儿很迷信；但是迷信还没到它完全胜利的时刻；我的血液还很激奋；反抗的奴隶的心情还在气势汹汹地激励着我；我得先和激流般的回忆搏斗一下，才会在可怕的现实面前屈服。

约翰·里德的种种暴虐专横，他姐妹的种种骄傲冷漠，他母亲的种种憎恶，用人们的种种偏心，一股脑儿都像积聚在浑浊的井里的污泥沉渣一样，在我混乱的脑海里翻腾起来。我为什么老受折磨，老受欺侮，老挨骂，一辈子也翻不了身呢？我为什么会从来得不到别人的欢心呢？为什么我竭力讨人喜欢也没有用呢？伊丽莎又任性又自私，却受人尊敬。乔奇安娜脾气给惯坏了，凶狠毒辣，吹毛求疵，蛮横无理，大家却都纵容她。她的美丽、她的红喷喷的脸蛋和金黄色的鬈发，似乎叫看着她的人都感到愉快，都能因此而原谅她的每一个缺点。至于约翰，谁也不会去违拗他，更不会去惩罚他，虽然他扭断鸽子的脖子，弄死小孔雀，放狗去咬羊，摘掉暖房里葡萄藤上的葡萄，采下花房里最珍贵的植物的苞蕾；他还管他妈妈叫“老姑娘”；有时候还辱骂他母亲那和他一模一样的黑皮肤；对她的吩咐公然不理不睬；还时常撕破和毁坏她的绸衣服；而他却仍然是她的“心肝宝贝”。我不敢做错事，我竭力把该做的事情都做好；而从早上到中午，从中午到晚上，整天都有人骂我淘气、讨厌、阴险、鬼头鬼脑。

我被他打倒，头还在痛，血还在流；约翰粗暴地打了我，没有人责备他；而我，为了叫他以后不再干出这种荒唐的暴行，却受到了众人的许多责难。

“不公平！——不公平啊！”我的理智说。令人痛苦的刺激逼得我的理智一时早熟地发挥了威力；“决心”也同样被鼓舞起来，催促着我采取什么奇妙的方法，从这难以忍受的压迫下逃跑——譬如像出走，或者，万一走不了的话，就永远不再吃不再喝，听任自己饿死。

在那一个悲惨的下午，我的灵魂是多么惶恐不安啊！我整个脑海里是多么混乱啊，我整个的心又多么想反抗啊！然而，这一场精神上的搏斗，是在怎么样的黑暗、怎么样的愚昧中进行的啊！我无法回答内心的这个不断提出的问题：为什么我这样受苦；而如今，隔了——我不愿说隔了多少年——我却看得明明白白了。

我在盖兹海德府，是个和大伙儿合不来的人；我跟那儿的谁也不相像；我跟里德太太，或者跟她的孩子们，或者跟她宠爱的下人，都没有一点一致的地方。如果说他们不爱我，那末老实说，我也一样不爱他们。我是个异种人，在脾气、能力、爱好上，都和他们相反；我是个没用的人，不会迎合他们的趣味，或者增加他们的快乐；我是个有害的人，对他们的虐待越来越气愤，我对他们的见解越来越鄙视；对这样一个和他们之间谁也没有共同感情的人，他们没有必要怀着热爱来对待。我知道，如果我是个聪明美丽、快乐活泼、无忧无虑而又爱纠缠人的孩子——哪怕我还是一样地要靠人养活，一样地没有朋友——里德太太见了我一定会高兴一些；她的孩子们一定会像伙伴那样对我真诚一些；用人们也就不会那么动不动就叫我在婴儿室里代人受过。

阳光开始从红屋子里消逝；已经过了四点了，阴沉沉的下午渐渐转为凄凉的黄昏。我听见雨还在不断地抽打着楼梯上的窗户，风还在宅子后面的树林子里呼啸；我一点一点地变得像块石头一样冷，接着，勇气也消失了。我往常的自卑心情、自我怀疑、无可奈何的沮丧，像冰一样浇在我那行将熄灭的怒火上。人人都说我坏，也许我真的是坏；刚才我打的是什么主意啊，想把自己饿死？那一定是个罪过。我配死吗？盖兹海德教堂圣坛下的墓穴是不是个诱人的处所？我听说，里德先生就葬在这样的墓穴里；这个念头又引得我想起他来，我越想越害怕。我记不得他了；但是我知道他是我的亲舅舅——我母亲的哥哥——他把我这个父母双亡的孤儿带到家里，临终时还一定要里德太太答应，把我当做亲生女儿一样地扶养成人。里德太太也许以为自己遵守了诺言；在她的天性许可的范围内，也许她算是遵守了；可是，我毕竟不是她自己家的人，自从她丈夫去世以后，和她再也沾不上什么亲属关系，只不过是一个碍手碍脚的外来人罢了，她又怎么会真正地喜欢我呢？由一个勉强许下的诺言束缚着，不得不做一个自己无法喜爱的陌生孩子的母亲，眼看着一家人永远要受到一个合不来的陌生人的妨碍，这一定是最令人厌恶的事。

我突然有了一个奇怪的想法。我不怀疑——也从没怀疑过——如果里德先生在世，他一定会待我很好。如今，我坐在这儿，瞧着白色的床单和昏暗的墙壁——偶尔还迷恋地望一望微微发亮的镜子——我开始想起了我听到过的关于死人的传说，死人见活人违反了他们的遗嘱，在坟墓里也不会安宁，便重回人间，惩罚不遵守誓言的人，为被虐待的人报仇。我想，里德先生的灵魂，为外甥女受到的虐待所骚扰，说不定会离开它的住处——不管是在教堂的墓地里，还是在死人居住的什么不可知的冥府——而在这间屋子里，出现在我的面前。我拭去眼泪，忍住啜泣，生怕任何一种极度悲伤的表示，会引起一个超自然的声音来安慰我，或者是从黑暗中引起一张光轮围绕的脸，以怪异的怜悯俯视着我。这个想法，在理论上能给人以安慰，可是我觉得，如果真的实现了，那就未免太可怕了。我拼命打消这个想法，竭力要镇定下来。我把下垂在眼睛上的头发甩开去，抬起头，试着大胆向周围看一看这间黑暗的屋子；这时候墙上闪耀起一丝亮光。我暗自纳闷，是月光从窗帘上的哪个隙缝里透进来了吧？不像；月光不会动，而这个亮光却会动。我正瞧着，它忽然溜到了天花板上，在我头顶上跳动。要是换了现在，我一下子就能猜出，这多半是有人穿过草坪时提的灯发出的亮光；可是在当时，我脑子里只想到恐惧的事，又害怕得神经极其脆弱，还以为这一道迅速滑动的亮光是从另一个世界来的鬼魂的先驱。我的心怦怦地乱跳，我的头发烫，耳朵里充满了一种声音，我以为是翅膀扑动的声音；似乎有样什么东西在我身边，我感到压抑，感到窒息；再也忍受不住；我冲到门边，不顾死活地使劲摇锁。外边过道里有人奔跑过来；钥匙一转，白茜和阿葆特进来了。

"爱小姐，你病了吗？"白茜说。

"多可怕的声音！一直刺到了我的心里！"阿葆特嚷道。

"把我带出去！让我到婴儿室去！"我嚷道。

"干什么！你受伤了吗！你有没有看见什么？"白茜再一次问我。

"哦！我看见一个亮光，我想一定有鬼要出现了。"这时候我抓住白茜的手，她没有把手缩回去。

"她是故意叫嚷的！"阿葆特带几分嫌恶断言道。"是什么样的叫声啊！她要是疼得要命，那倒还情有可原，可是，她不过是要把我们都叫到这儿来。我看透了她那套鬼把戏。"

"这都是怎么回事？"又有一个声音严厉地问道；里德太太从过道上走来，松开的帽子在飘动，衣服沙沙地响得厉害。"阿葆特，白茜，我相信我吩咐过你们，把简·爱关在红屋子里，一直到我自己来看她。"

"简小姐叫得太响了，太太，"白茜辩白道。

“让她去，”这就是惟一的回答。“别抓住白茜的手，小东西；你放心吧，用这些方法你还是出不来的。我最恨作假，尤其是小孩子；我有责任让你知道，耍花招也没用；你现在得在这儿再待一个钟头，而且那时候，你还得完全屈服，一声不响，才会放你出来。”

“哦，舅妈，可怜可怜我！饶了我吧！我受不了——用别的方法惩罚我吧！我真要吓死了，如果——”

“闭嘴！这样穷凶极恶，真太讨厌了。”毫无疑问，她心里准是这么想的。我在她眼里，是个早熟的演员；她当真把我看成一个脾气恶毒、心灵卑鄙、狡诈阴险的混合物。

白茜和阿葆特退了出去。里德太太见我当时发疯似的沉溺在痛苦中一味啜泣，很不耐烦，不再和我继续谈判，就猛地把我推回去，锁在屋子里。我听见她急急忙忙地走开；她走后不久，我想我大概经历了一次昏厥。这一场就以失去知觉作为结束。

第三章

在我的记忆里，接下来的一件事是，我感到像做了一场恐怖的噩梦似的醒了过来，我看见面前有一片可怕的红光，里面交叉着一根根粗黑的东西。我还听见有人在说话，那声音空空洞洞，仿佛被疾风或激流掩盖住似的；激动，怀疑，还有一种压倒一切的恐怖感，弄得我神志恍惚。不久，我觉察到有人在摆弄我，把我扶起来，搂着我，让我坐着，以前从来没有人这样爱护地抱过我或者扶过我，我把头靠在枕头上，或者是靠在谁的胳臂上，觉得很舒服。

又过了五分钟，迷茫的云烟消散了；我完全肯定，我躺在自己的床上，那片红光是婴儿室里的炉火。这时候正是夜里；桌上点着支蜡烛；白茜站在床脚边，手里端着一个水盆。一位绅士坐在我枕头边的椅子上，正低着头看我。

我知道屋里有了一个陌生人，他既不是盖兹海德的人，又和里德太太没有任何关系，我感到一种说不出的宽慰和一种令人安心的信念，深信自己得到了保护，安全了。我的眼光离开白茜(虽然她在我面前，譬如说，远不如阿葆特那么讨厌)，转过去细细打量那位绅士的脸。我认识他；他就是药剂师劳埃德先生。哪个用人生了病，里德太太有时候就请他来；她自己和孩子们生了病，她却请一位医生。

“瞧，我是谁？”他问。

我说出他的名字，同时朝他伸出手去；他握住我的手，微笑着说，“咱们不久就会很好了。”随后，他扶我躺下，对白茜说，要她多加小心，夜里万万不能惊扰我。他又嘱咐了几句，并且表示明天还要来，然后就走了。这使我很难过，有他坐在我枕头旁边的椅子上，我觉得有了保障，有了朋友。他随手把门带上以后，整个屋子顿时变得黑暗下来，我的心又往下沉；一种无法描述的悲伤把它压下去了。

“你想睡吗，小姐？”白茜颇为温和地问道。

我几乎不敢回答她，生怕她的下一句话又会变得粗声粗气。“我试试看。”

“你想喝点儿什么，或者吃点儿什么吗？”

“不想，谢谢你，白茜。”

“那末，我想去睡了，现在已经十二点多了；不过，如果你夜里要什么，你可以叫我。”

真是惊人的礼貌！这使我敢于提出一个问题。

“白茜，我怎么了？病了吗？”

“我想，你在红屋子里哭得生了病；你很快就会好的，没问题。”

白茜回到就在附近的女仆房里去了。我听见她说：

“赛拉，来跟我睡到婴儿室去；我今晚再怎么也不敢跟那个可怜的孩子单独睡在一间屋子里；说不定她会死掉。她会昏过去，真是件怪事；我不知道她是不是看见了什么。太太也太狠心了。”

赛拉和她一起回来；两人都上床睡下了，还叽叽咕咕地低声谈了半个钟头才睡着。我断断续续地听到了几句，但是我已经能非常清楚地猜到了她们谈话的中心。

“有样什么东西打她身边经过，全身穿着白的，随后又不见了，”——“一条大黑狗跟在他后面，”——“房门口传来三下很响的敲门声，”——“教堂墓地里有一道亮光，就在他坟上，”——等等，等等。

最后两人都睡着了；炉火和蜡烛都熄灭了。而我却清醒地度过了这一个不眠的漫漫长夜，清醒得简直可怕；恐惧使我的耳朵、眼睛和心灵都同样地紧张；这是一种只有孩子才感觉得到的恐惧。

红屋子的这件事发生以后，并没有引起什么严重的或者长期的身体上的疾病，它只是叫我的神经受了一次震惊，我直到今天还心有余悸。是啊，里德太太，你让我的精神受到了摧残，尝到了可怕的痛楚。但是我该原谅你，因为你并不知道你做了些什么；你扯断我心弦的时候，你还以为你在根除我的坏习性。

第二天中午，我起来穿好了衣服，裹着披巾，坐在婴儿室的壁炉旁边。我感到身体虚弱，支持不住；但是，我最严重的疾病，还在于一种说不出来的心灵上的痛苦；这种痛苦不断地叫我默默流下眼泪；我刚把一滴咸咸的眼泪从我脸颊上拭掉，就又有一滴跟着落下。然而，我想，我应该快活，因为里德家的人一个也不在这里；他们跟他们的妈妈一起坐着马车出去了；阿葆特也在另一间屋子里做活计；而白茜呢，一边走来走去，忙着拾掇玩具，整理抽屉，一边时不时地对我说一两句过去少有的体贴话。我这个人过惯了永远挨骂、作苦工而得不到感谢的日子，处在眼前的这种环境里，原该感到像处身在和平的乐园里一般；可是我那受了摧残的神经现在已经到了这样的地步，没有一种宁静能安慰它们，也没有一种乐趣能合意地叫它们兴奋起来。

白茜到楼下厨房里去了一次，带回来一个馅饼，用色彩鲜艳的盘子盛着。盘子上画的是极乐鸟栖息在旋花和玫瑰花蕾的花环里，这图案常常在我心里激起最热烈的赞叹；我也曾经要求过好几次，要把盘子拿在手里仔细瞧瞧；但是在这以前，始终被认为不配有这个权利。这件珍贵的瓷器现在搁在我的膝盖上，白茜还热情地要我吃盘子里那个精美可口的小圆面饼。徒然的恩惠啊！像其他许多一再盼望却久久得不到的恩惠一样，来得太迟了！我吃不下这个馅饼。鸟儿的羽毛，花儿的色泽，似乎都奇怪地变得暗淡了。我把盘子和馅饼都放在一边。白茜问我要不要看书。书这个字像一帖暂时的兴奋剂一样奏了效，我央求她到图书室里去把《格列佛游记》[①]拿来。这本书我曾经津

① 英国作家斯威夫特（1667—1745）所著的讽刺小说。

津有味地看过一遍又一遍。我认为那上面写的都是事实，还在里面发现了一种比神话更浓厚的趣味；因为我曾经在指顶花叶和铃形花中间，在蕈子底下，在连钱草覆盖的古老墙根下，找过神话中的小精灵，但是却从来没找到过，我因此决心相信这样一个可悲的事实：准是他们都离开了英国，到哪个树林更荒芜茂密、人口更稀少的野蛮国度去了；而小人国和大人国[①]呢，我相信，都是地球表面实实在在的一部分，我毫不怀疑，早晚有一天，我出去长途旅行，会亲眼看见这一个国度的小小的田地、房屋、树木、小人、小牛、小羊和小鸟，亲眼看见那一个国度的森林般的麦田、强大的猛犬、巨兽般的猫和像塔一样高的男人和女人。然而，等我手里拿到了这本心爱的书的时候——等我一页页地翻着，在那些奇妙的图画中寻找以前从未消失过的魔力的时候——一切却都显得怪诞而乏味了。巨人都是些瘦骨嶙峋的恶魔，小人都是些恶毒可怕的小鬼，格列佛是最可怕、最危险的地方的一个最孤独的流浪者。我合上书，不敢再看，把它放到桌上那个还没尝过的馅饼旁边。

这会儿白茜已经打扫和收拾好屋子，洗过了手，她打开一个小抽屉，那里面尽是些零碎的华丽绸缎，她动手给乔奇安娜的小娃娃做一顶新帽子。一边做一边唱，她唱的歌是：

很久以前，

我们去作野餐旅行。

我以前常常听到这支歌，而且总是带着轻松愉快的心情来听的；因为白茜嗓音很甜，——至少，我是这么想的。可是现在，虽然她的

① 小人国和大人国是《格列佛游记》中假想的国家。

嗓音很甜，我却仍然在她唱的曲调里听到了一种无法形容的哀愁。有时候，她做手里的活儿做得出了神，叠句就唱得很轻、很慢：“很久以前”这几个字唱得就像唱挽歌中最忧郁的调子那样。她接着又唱了另一支歌，这一次倒真正是一支悲哀的歌。

我四肢劳累，双脚酸胀；
　　长途漫漫，群山荒芜；
没有月儿泻下清光，暮色苍茫，
　　即将笼罩可怜的孤儿的旅途。

为什么要我，影只形单，远离家乡，
　　到那沼泽连绵、灰岩垒垒的去处？
人心狠毒啊，只有天使善良，
　　关怀可怜的孤儿的脚步。

然而，夜风远远地微微吹送，
　　没有乌云，只有晶莹的繁星闪闪发光。
上帝啊，在他的仁慈之中，
　　赐给可怜的孤儿保护、安慰、希望。

哪怕我走上断桥，从桥上跌落，
　　或由错误之光引导，误入沼地泥潭，
我的天父还会带着祝福和许诺，
　　给可怜的孤儿以怀抱的温暖。

有个信念赋予我毅力，

虽然我无处栖身，无亲可投，

天堂是家，我可以在那儿安息，

上帝啊，你是可怜的孤儿的朋友。

“好啦，简小姐，别哭啦，”白茜唱完以后，说道。她还不如去对火说，“别烧啦！”可是，她又怎么能猜到我忍受的病态的痛苦呢？上午，劳埃德先生又来了。

“什么！已经起来了！”他一进婴儿室就说。“喂，保姆，她怎么样？”

白茜回答说我很好。

“那她就该显得快活些。到这儿来，简小姐；你叫简，是不是？”

“是的，先生，我叫简·爱。”

“嗯，你在哭，简·爱小姐，你能告诉我为什么哭吗？你哪儿疼吗？”

“不疼，先生。”

“哦！也许是因为不能跟太太坐马车出去，所以哭了，”白茜插嘴说。

“绝不会！她不小了，不会再这么小心眼儿。”

我也是这么想；这个没来由的猜疑，伤害了我的自尊心，我赶紧分辩，“我有生以来从来没有为这种事哭过；我最恨坐马车出去。我是因为不幸才哭的。”

“呸，小姐！”白茜说。

善良的药剂师似乎有点儿摸不着头脑。我站在他面前，他死死地盯着我。他的眼睛很小，是灰色的；不十分明亮，不过，如果是现在，我一定会认为那双眼睛很锐利；他的脸长得难看，却还和善。他从从容容地打量了我一番，说道：

“你昨天怎么病的？”

“她摔倒了，”白茜又插进来说。

“摔倒！这可就又像个娃娃了！她这么大，还不会走路？她总有八九岁了吧。”

“我是给别人打倒的，”自尊心受到屈辱带来的又一次痛苦逼得我直率地解释道；“不过我生病不是因为这个，”我补了一句；这时候，劳埃德先生吸了一撮鼻烟。

他把鼻烟壶放回到背心口袋里的时候，响起了一阵很响的铃声，那是叫仆人们去吃饭。他也知道是怎么回事。“保姆，那是叫你，”他说；“你下去吧；在你回来以前，我可以开导开导简小姐。”

白茜倒是情愿留下来，可是她又不能不去，因为准时用餐在盖兹海德府是严格执行的。

“你生病不是因为摔跤，那么是因为什么呢？”白茜走了以后，劳埃德先生继续说。

“我给关在一间闹鬼的屋子里，一直关到天黑以后。”

我看见劳埃德先生笑了笑，同时还皱了皱眉头；“闹鬼！咳，你到底还是个孩子！你怕鬼吗？”

“我怕里德先生的鬼魂；他就是在那屋里去世，也是在那屋里入殓的。不管是白茜还是其他任何人，晚上能不上那屋里去总是不去的。把我一个人关在那儿，连一支蜡烛都没有，真是残忍，——真是残忍，我想我一辈子也忘不了。”

“胡扯！是不是就因为这个，你才那么不幸吗？现在白天，你还怕不怕？”

“不怕，可是，黑夜马上就要来了；再说——我不快活，——非常不快活，为了别的事情。”

“什么别的事情？你能说点儿给我听听吗？”

我多么想详详细细地回答他这个问题啊！要回答又是多么的困难啊！孩子们能够感觉，可是不能分析他们感觉到的东西，即使在脑子里能够分析一部分，也还是不知道该怎么把分析的结果用言语表达出来。不过，这是我把自己的悲痛一吐为快的第一个也是惟一的机会，我生怕错过，所以在困惑地愣了一会儿以后，竭力作了一个贫乏无力却完全真实的回答。

“首先，我既没有父母，也没有兄弟姐妹。”

“可是你有一位仁慈的舅妈，还有表兄表姐啊！”

我又愣住了；接着，笨拙地说道：

“可是约翰·里德把我打倒，我舅妈把我关在红屋子里。”

劳埃德先生第二次把他的鼻烟壶拿出来。

“你不觉得盖兹海德府是所非常美丽的房子吗？”他问。“你有这么好的房子住，还不很高兴吗？”

“这又不是我的家，先生；阿葆特说，我比用人更没有权利住在这儿。”

“啐！你总不见得会那么傻，要想离开这么好的地方吧？”

“我要是有别的地方好去，我一定很高兴地离开这儿；可是在我成年以前，我绝离不开盖兹海德府。”

“也许离得开——谁知道呢？除了里德太太以外，你还有什么别的亲戚没有？”

“我想是没有了，先生。”

“你爸爸那方面也没有吗？”

“我不知道；有一次，我问过里德舅妈，她说我可能有一些姓爱的贫贱亲戚，不过她对他们的情形一点也不知道。”

“你要是有这样的亲戚，你可愿意上他们那儿去吗？”

我想了一下。贫穷在成年人心目中，是可怕的；在孩子们的心目中，那就更加可怕。对于辛勤劳动、受人尊敬的贫穷，他们不大能够理解；他们把贫穷这个字眼儿只跟破破烂烂的衣服、不够吃的食物、没生火的炉子、粗暴的态度和卑劣的习性联系在一块儿。在我看来，贫穷就是堕落的同义词。

“不，我不愿做穷人。”这是我的回答。

“要是他们对你仁慈，你也不愿意么？”

我摇摇头：我看不出穷人怎么会有办法对人仁慈；况且还要学得和他们一样说话，养成他们那样的态度，做个没教养的人，长大了就像那些穷苦的女人。有时候在盖兹海德村子里，我就看见过一些穷苦女人在茅屋门口奶孩子或者洗衣服。不，我可还没有那样的英雄气概，肯降低身份去换取自由。

“可是，你的亲戚真有那么穷吗？他们都是工人吗？”

“我闹不清；里德舅妈说，即使我有什么亲戚的话，那也准是些穷要饭的；我才不愿意去要饭呢。”

“你愿意上学吗？”

我又想了一下；我不大清楚学校是什么；白茜有时候倒是说起过，好像在那儿，年轻小姐们都要套着足枷、系着背板[①]坐着，举止要非常文雅、非常规矩。约翰·里德恨他的学校，骂他的老师；不过约翰·里德的好恶不足为凭。白茜到盖兹海德来以前，曾经在另一家人家待过，从那家人家的小姐那儿听到过学校里训练的情形，如果说白茜谈起的这些训练有些骇人，那末她详细列举的那几位小姐的成就，我想倒也是相当迷人的。她夸奖她们所画的优美风景和花卉；夸奖她们唱的歌和演奏的曲子；夸奖她们织的钱袋；夸奖她们翻译的法国书；我听得心都活了，巴不得也跟她们比一下高低。再说，上学校可

---

① 系在背上使背保持挺直的木板。

以彻底变换一下环境；这意味着长途旅行，和盖兹海德完全一刀两断，进入新的生活。

“我真想上学，”我思索了半晌，说出了这个结论。

“唉，唉；谁知道会发生什么？”劳埃德先生站起身来说；“这孩子该换换环境，换换空气，”他自言自语补了一句；“神经不很好。”

这时候白茜回来了；同时也可以听到，有一辆马车辚辚地沿着石子路驶近来。

“是不是你的太太，保姆？”劳埃德先生问。“我打算在走以前跟她谈谈。”

白茜请他到早餐室去，还给他带路。从以后发生的事情看，我猜那位药剂师后来和里德太太谈话的时候，一定大胆地建议把我送到学校里去；这个建议无疑是立刻就被接受了；因为有一天夜里，阿葆特和白茜坐在婴儿室里做活计，谈起了这件事。那时候，我已经上了床，她们以为我睡着了。阿葆特说，她敢肯定，太太一定高兴摆脱这样一个讨人嫌的坏孩子，说我似乎一直在监视每一个人，在偷偷地准备什么阴谋。我想，阿葆特准是把我看做一个未成年的盖伊·福克斯[①]。

就在那时候，从阿葆特小姐对白茜说的一些话中间，我第一次知道了我父亲是个穷牧师；我母亲不顾朋友们反对，和他结了婚，朋友们都认为她降低了身份；我外祖父里德见她不听话，一气之下和她断绝了关系，一个子儿也不给她。我父亲在一个大的工业城市里当牧师。我母亲跟父亲结婚一年以后，那座城市里正好斑疹伤寒流行，我父亲在访问穷人的时候染上斑疹伤寒；我母亲也从他那儿传染上这个

① 盖伊·福克斯(1570—1606)，英国天主教徒。曾试图在1605年11月5日炸毁英国议会大厦。他把炸药藏在地窖里，但事情败露。就在预定爆炸的时间前几个小时，他被抓住，议会大厦因此没被炸毁。

病，两个人都去世了，前后相差不到一个月。

白茜听了这番话，叹了口气，说道，“可怜的简小姐也真值得同情，阿葆特。”

“是啊，”阿葆特回答，“如果她是个又可爱又美丽的孩子，那倒还可能同情她的孤苦伶仃，可她偏偏是这么一个鬼丫头，实在不讨人喜欢。”

“的确不很讨人喜欢，”白茜同意她的说法；“至少，像乔奇安娜小姐那样的美人儿处在这样的境况下，一定会更叫人同情。”

“是啊，我太爱乔奇安娜小姐了！”热情的阿葆特嚷道。“小宝贝儿！——长长的鬈发，蓝蓝的眼睛，脸色那么可爱；简直像画出来似的！——白茜，我猜想晚饭吃威尔士兔子。”

“我也是这么想——还带着烤洋葱。来，咱们下去吧。”她们走了。

第四章

从我跟劳埃德先生的交谈，从前面所说的白茜和阿葆特之间的谈话中，我获得了足够的希望，让我可以巴望好起来；看来不久就会有一种变动——我默默地盼望着，等待着。然而，变动却迟迟不来；几天过去了，几个星期过去了；我恢复了健康，但是我惦念的那件事，却没有人再提起过。里德太太偶尔用冷酷的眼光打量我，却很少和我说话；自从我生了那场病以后，她在我和她孩子中间划下了一条比以前更明显的界线；指定我一个人睡在一间小屋子里，命令我一个人吃饭，整天待在婴儿室里，而我的表兄表姐们却经常待在休憩室里。她没有作出任何要送我进学校的表示；不过，我还是本能地觉得很肯定，她不会让我和她在同一所房子里久住下去；因为如今她看着我的时候，眼光里流露出一种比以前更无法克制的、更根深蒂固的嫌恶。

伊丽莎和乔奇安娜显然是按照命令行事，尽可能少跟我说话。约翰一看见我就扮鬼脸侮辱我。有一次还试图惩罚我，可是，以前曾挑起我坏脾气的那种暴怒和死命反抗的心情又激励着我，我立刻转身对付他。他想还不如住手，便逃走了，一边逃一边咒骂，发誓说我打破了他的鼻子。我倒的确是照准了他那突出的一部分，使尽我指关节的力气狠狠地打了他一拳。看到我的这个举动或者是我的神情挫了他的威风，我恨不得乘胜追击，无奈他已经到了他妈妈的身边。我听见他哭哭啼啼地诉说，“那个下流的简·爱”怎样像个疯猫似的扑到他身上；可是他却给相当粗暴地喝住了：

“别在我面前提起她，约翰。我叫你不要走近她；她不配人家关心。我不愿你或者你的姐妹跟她在一块儿。”

听到这里，我就伏在楼梯栏杆上猛地大声嚷了起来，根本没考虑自己说的什么话：

“他们不配跟我在一块儿。”

里德太太是个肥胖的女人，可是她一听到这个古怪而大胆的声明，就灵敏地奔上楼来，像一阵旋风似的把我挟到了婴儿室，按在我的小床边上，厉声威胁我，说看我在这一天余下来的时间里还敢不敢从床上起来，敢不敢再说一个字。

“要是里德舅舅还活着，他会对你说什么啊？”我几乎不是有意地这么问道。我说几乎不是有意的，是因为我觉得，我的舌头说出的话没得到我意志的同意，是不由自主地说出来的。

“什么？”里德太太小声说；她那平时冷漠宁静的灰眼睛，被一种恐惧般的神情扰乱了。她放开我的胳臂，盯着我，仿佛不知道我究竟是个孩子还是个魔鬼似的。现在我只好一不做二不休了。

“我的里德舅舅在天上，你做的一切和想的一切，他都看得见，我爸爸妈妈也都看得见；他们知道你整天把我关起来，还巴不得我死掉。”

里德太太不一会儿又神气起来，死命地摇我，打我的两边耳光，然后，一句话也不说，离开了我。白茜拿一个钟头的训诫填补了这一个间隙，证明我是人家扶养过的最邪恶、最任性的孩子，说得简直不由你不信。我也半信半疑起来；因为，我的确觉得胸中只有恶意在翻腾。

11 月、12 月和半个正月都过去了。圣诞节和新年，在盖兹海德和往年过节一样，欢欢喜喜庆祝过了；互相交换了礼物，也举行过宴会和晚会。种种欢乐，我当然都不准享受；我有的那份乐趣，就是看伊丽莎和乔奇安娜天天穿上盛装，看她们穿着薄纱衣服，束着大红的阔腰带，披着小心卷起来的鬈发，下楼到休憩室去；然后听下面弹奏钢琴和竖琴，听总管的和当差的来来去去奔走，听大伙儿喝茶时把玻璃杯和瓷器碰得叮叮当当地响，听休憩室开门和关门时传出断断续续的嗡嗡的谈话声。听厌了，我就从楼梯顶上回到冷静寂寞的婴儿室去；我在那儿觉得悲哀，却并不痛苦。说实话，我可是一点儿也不想到客人面前去，即使去了，我也很少受人注意。只要白茜肯好好陪陪我，让我跟她一块儿安安静静度过黄昏，而不必在里德太太可怕目光的监视下和一屋子的先生女士们在一起，我就觉得是件快乐的事。可是白茜呢，往往刚把她的年轻小姐们打扮好，就上厨房和管家的屋子那些热闹地方去，还总要把蜡烛也带了走。于是我只能坐着，把木娃娃抱在膝上，一直到火渐渐萎下去，偶尔向四下里望望，看是不是还有比我更坏的东西在这间昏暗的屋子里作祟。等火炭儿转成暗红色，我便赶紧脱衣服，使劲地把结和带子乱扯一通，上床躲避寒冷和黑暗。我总是抱着娃娃上床，人总得爱样什么，既然没有更值得爱的东西，我只好设法疼爱一个小叫花子似的褪色木偶，从中获得一些乐趣。现在想来可想不明白，当初我是怀着多么可笑的真情来溺爱这个小玩意儿，甚至还有点儿相信它有生命、有知觉。我不把它裹在我的睡衣里，就睡不着觉；只有让它安全地、温暖地躺在那儿，我才比较快活，相信它也一样快活。

我等着客人离去，等着听白茜上楼的脚步声，时间看来过得真慢。白茜偶尔会在这期间上楼来找她的顶针或剪刀，再不然给我带点儿什么来当晚饭——一个小面包或者一块干酪饼——我吃着，她就坐在床上，等我吃完，她给我把被子塞塞好，吻我两次，说道："晚安，简小姐。"逢到白茜这样和和气气的时候，我就觉得她是世界上最善良、最美丽、最仁慈的人；我一心一意巴望她永远这样和颜悦色，永远不要再把我推来搡去，或者咒骂一通，或者叫我做过多的活儿，过去这种情形是太多了。现在想来，白茜 · 李准是个很有天赋的人，因为她不管干什么总是干得干净利落，而且具有出众的叙事才能；至少，凭我听了她的童话故事以后留下的印象来判断，我是这么想的。

如果我没把她的脸蛋和模样记错，她还很美丽。我记得她是个苗条的年轻女人，有漆黑的头发，乌黑的眼睛，非常端正的五官，健康明净的肤色；可就是脾气暴躁，反复无常，对道义和公理都没有什么高明的观念；虽然如此，和盖兹海德府的任何别人比起来，我还是比较喜欢她。

1月15日那天，早上九点钟光景；白茜下楼去吃早饭，我那几位表兄表姐还没给叫到他们的妈妈那儿去；伊丽莎正在戴上帽子，穿上暖和的到花园里去穿的衣服，要出去喂她的鸡。这是她喜欢干的活儿，她也同样喜欢把蛋卖给管家的，把卖得的钱攒起来。她有做买卖的天才，也有攒钱的特殊嗜好；这不但表现在卖鸡蛋、卖小鸡上，也表现在斤斤计较地跟园丁讲花根、花种和花枝的价钱上。园丁从里德太太那儿得到过命令，小姐花坛上开的花，不管她要卖掉多少，他都得买下来；而伊丽莎只要有大利可图，哪怕要她卖掉头发，她也愿意。至于她的钱，她最初是用破布或旧的卷发纸包起来藏在偏僻的角落里，但是有几包让女仆发现了，伊丽莎生怕哪一天丢掉这一宗珍爱的财产，只得同意把它交给她母亲保管，她取重利——百分之五十或者六十光景；利息每季度索取一次，她急切而准确地把账记在一个小本子上。

乔奇安娜坐在一张高凳子上，对着镜子梳头发，在鬈发中插上一些假花和褪色的羽毛，她在顶楼一个抽屉里发现了不少这种玩意儿。我在铺我的床，白茜严格地吩咐我，要在她回来以前把床铺好（现在白茜常把我当作保姆的下手来支使，要我做些收拾房间、抹抹椅子之类的事）。我铺好被，叠好我的睡衣，便到窗台那儿去，把散放在那儿的一些图画书和木娃娃的家具拾掇一下；突然听到乔奇安娜命令我，不许碰她的玩具（因为那些小椅子、小镜子、小巧可爱的盘子和杯子都是她的财产），我立刻住手；接着，没有别的事可干，便对着窗上凝结的霜花哈气，哈出一块干净地方来，再从那儿望着外面的庭园，那儿的一切在严寒的威慑下，都静悄悄的，凝然不动。

从这个窗口可以瞧见看门人的小屋和行车道，我刚把蒙在玻璃窗上的银白叶簇哈化了一部分，能够瞧见外面的景物，就看见大门给打开，一辆马车驶了进来。我漠不关心地瞧着它驶上车道；常常有马车到盖兹海德来，可是从没有哪一辆马车送来过使我感兴趣的客人。马车在房子跟前停下，门铃大响，有人开门让新来的客人进来了。这一切在我都不算什么，我的茫然的注意力立刻被一样更活泼可爱的东西吸引住了。那是一只饥饿的小知更鸟，它飞过来，停在窗外紧挨着墙长的掉尽叶子的樱桃树枝上啾啾地叫着。我吃早饭剩下的面包和牛奶还搁在桌上，我咬了一口面包卷，把它弄碎，推开窗子，把面包碎屑放在外边窗台上。正在这时候，白茜奔上楼，来到婴儿室里。

“简小姐，把你的围裙脱掉；你在那儿干什么？你今儿早上脸跟手洗过没有？”我在回答以前，又把窗子推了一次，因为我要让鸟儿一定吃得到面包屑；窗子推上去，我撒了些面包屑在窗台上，也撒了些在樱桃树枝上，然后再关上窗回答：

“没有，白茜；我刚把屋子打扫好。”

“讨厌的、粗心的孩子！你现在在干什么？脸通红，像干了什么坏事；你开窗干吗？”

我懒得回答，白茜那么匆匆忙忙，看来也不见得会听我解释；她把我拖到洗脸架跟前，用肥皂、水、一块粗毛巾把我的脸和手狠狠地擦洗了一番，幸亏擦洗的时间还不长；又用毛刷给我刷了头发，给我解下围裙，然后，催我到楼梯口，叫我马上下去，早餐室里有人找我。

我倒是想问问谁找我；我也想问问里德太太是不是在那儿；可是白茜已经走了，把婴儿室的门也关上了，不让我回去。我慢慢地走下楼，差不多有三个月了，我一直没给叫到里德太太面前去过；在婴儿室禁闭久了，早餐室、饭厅、休憩室在我都成了可怕的地方，我简直怕走进去。

如今，我站在空荡荡的过道里；面前就是早餐室的门，我站住了，吓得直哆嗦。在那些日子里，不公平的惩罚引起的恐惧，把我变成多么可怜的胆小鬼啊！我怕回婴儿室，又怕进客厅；我心里十分激动，迟疑不决地在那儿站了十分钟；早餐室的铃狂暴地响了起来，这才使我下了决心；我**不能不**进去了。

"会有谁找我呢？"我一边暗自纳闷，一边用双手旋转那很紧的门把儿，转了一两秒钟还转不开。"除了里德舅妈，我还会在屋里看见谁呢？——一个男人呢还是一个女人？"门把儿一转，门开了，我走进去，低低地行了个屈膝礼，抬头一看，只见——一根黑柱子！——至少，乍一看，我觉得直挺挺地站在地毯上的那个穿黑衣服的笔直的细长个子确实像根黑柱子；顶上那张冷酷的脸，仿佛是雕出来的面具，当做柱头放在柱子上。

里德太太还是坐在炉边她常坐的那个座位上；她做了个手势要我过去；我照着做了，她说了下面这句话把我引荐给这位石像似的陌生人："我就是为这个小姑娘向你申请的。"

他（因为那根柱子是个男人）慢慢地朝我站着的地方转过头来，好奇的灰色眼睛在一对浓密的眉毛下闪闪发亮，他打量着我，用一种低音严肃地说道："她个儿矮小；有多大了？"

"十岁。"

"有那么大吗？"他怀疑地反问，说罢又打量了几分钟光景。不一会儿，他问我：

"你叫什么名字，小姑娘？"

"简·爱，先生。"

说着，我抬起头来；在我看来，他是个高大的绅士；不过，当时我也实在太矮小；他的五官都生得很大，五官和身体的轮廓都同样地严峻、古板。

“呃，简·爱，你是个好孩子吗？”

我不可能回答说“是的”，我那个小天地里的人都有着相反的意见；我沉默着。里德太太代我回答了，她意味深长地摇摇头，随后补了一句：“在这个问题上，也许越少谈越好，布洛克尔赫斯特先生。”

“听了这话很遗憾！我得跟她谈谈。”他不再直挺挺地站着，却弯下身来，在里德太太对面的一张扶手椅上坐下。“过来，”他说。

我从地毯上走过去；他让我端端正正地站在他面前。这时候，他的脸差不多正好对着我的脸，他长的是怎样的一张脸啊！多大的鼻子！怎样的嘴！多大的龅牙！

“再没有什么比看见一个淘气的孩子更叫人难受了，”他开始说道，“尤其是看见一个淘气的小姑娘。你可知道坏人死了以后上哪儿去吗？”

“他们要下地狱，”这是我随口说出的正统的回答。

“地狱是什么地方？你能告诉我吗？”

“是一个火坑。”

“你可愿意掉进那个火坑，永远被火烧着吗？”

“不愿意，先生。”

“你该做些什么来避免呢？”

我细细想了一会儿；可是，我说出来的回答却是不值一驳的：“我得保持健康，不要死掉。”

“你怎么保持健康呢？天天都有比你还小的孩子死掉。才一两天以前，我还埋掉一个五岁大的孩子，——一个很好的小孩儿，如今他的灵魂已经进了天堂。你要是去世了，我怕不能说这样的话。”

照我的处境，我没法消除他的怀疑，只得低下眼睛，看着他踩在地毯上的两只大脚，叹了口气，恨不得自己离得远一些才好。

“我希望这声叹息是打你心底里发出来的，希望你后悔不该给你那位了不起的女恩人招来烦恼。”

“恩人！恩人！”我心里在说；“他们都把里德太太叫做我的恩人；要真是恩人的话，那恩人就是个讨厌的东西。”

“你晚上和早上都祷告吗？”盘问我的那个人继续说。

“祷告的，先生。”

“你念《圣经》吗？”

“有时候念。”

“你高兴念吗？爱不爱念？”

“我喜欢《启示录》、《但以理书》、《创世记》、《撒母耳记》、《出埃及记》的一小部分，《列王纪》和《历代志》的几个部分，还有《约伯记》和《约拿书》①。”

“《诗篇》呢？我想你总喜欢吧？”

“不喜欢，先生。”

“不喜欢？啊，多惊人啊！我有个小男孩，比你还小，已经记住了六首赞美诗：你问他，宁愿要吃一块姜汁饼干呢，还是要学一首赞美诗，他说：‘哦！要学一首《诗篇》里的诗！天使们都唱赞美诗；’他说，‘我要在人间做个小天使；’他小小年纪就那么虔诚，得了两块饼干作为奖赏。”

“《诗篇》没有趣味，”我说。

“这就证明你的心坏；你得祈求上帝给你换一个；给你一个新的洁白的心；拿掉你的石头的心，给你一个肉的心。”

---

①《启示录》等都是《圣经》各卷的篇名。

我刚要提出个问题，问问这个给我换心的手术怎么个做法，可是就在这当口，里德太太插嘴了，叫我坐下；于是她自己来继续这个谈话。

“布洛克尔赫斯特先生，我相信我在三个星期以前写给你的信里已经说过，这小姑娘的性情脾气和我希望的不很一样；要是你让她进劳渥德学校，请监督和教师严厉地看管她，特别是提防她爱骗人这个最坏的缺点，那我一定很高兴。简，我当着你的面说这些话，是要你死了心，别欺骗布洛克尔赫斯特先生。”

我很可以害怕里德太太，也很可以憎恨她；因为残酷地伤害我，已经成了她的本性。我在她面前从来不会快活。不管我多么小心地服从她，不管我怎么竭力讨好她，我的种种努力还是被她拒绝了，她还是用上面这些话来报答我。这个责难在陌生人面前说了出来，真叫我心痛。我模模糊糊地感觉到，在她指定要我过的那种新生活中，她已经给我把一切希望都消除了。我没法把自己的感觉表达出来，但是感觉得到，她给我在未来的道路上播下了嫌恶和无情的种子。我看到自己已经在布洛克尔赫斯特先生的心目中变成了一个狡猾的、恶毒的孩子，我还能有什么办法来补救这个损害呢?

“没有办法，真的！”我一边思忖，一边竭力忍住一阵啜泣，赶紧把眼泪擦掉。眼泪是我的痛苦的无用的见证。

“在孩子身上，欺骗的确是个可悲的缺点，”布洛克尔赫斯特先生说；“欺骗和撒谎有关，撒谎的人个个都要到火和硫磺燃烧的湖里去受罪；不过，里德太太，我们会好好看管她；我会跟谭波尔小姐和其他教师说一说。”

“我希望用适合她前途的方式来教养她，”我的女恩人接着说；“成为一个有用的人，永远都很谦卑；至于假期嘛，如果您许可的话，请都让她在劳渥德过。”

“太太，你的决定十分英明，”布洛克尔赫斯特先生回答。“谦卑是基督徒的一种美德，对劳渥德的学生，尤其适宜；所以我才下了命令，要在学生中间特别注意培养这种美德。我已经研究过，怎么样才能最好地把学生们世俗的骄傲情绪压下去。就在前一天，我还有了个令人满意的证据，证明我成功了。我的二女儿奥古斯塔跟她妈去参观学校，回来的时候，她嚷道：‘哦，好爸爸，劳渥德所有的姑娘看上去都是多么文静、多么朴素啊！头发都梳到耳朵后面；围着长长的围裙，衣服外面还钉着荷兰麻布的小口袋——她们都跟穷人家的孩子差不多！还有，’她说，‘她们瞧着我跟妈妈的衣服，仿佛从来没见过绸衣服似的。’”

“这种情况我完全赞成，”里德太太接口说；“我哪怕跑遍整个英国，也不大可能找出哪种制度更适合简·爱这样的孩子了。坚韧，我亲爱的布洛克尔赫斯特先生；在任何事情上，我都主张坚韧。”

“太太，坚韧是基督徒的第一个义务；凡是跟劳渥德这个机构有关的一切事务，都是按这个原则处理的：简单的伙食，朴素的衣服，不讲究的设备，勤劳艰苦的习惯；这就是那儿和那儿的人们现在的风气。”

“很好，先生。这么看来，这孩子总可以在劳渥德当学生，总可以在那儿受到适应她的地位和前途的教育了吧？”

“是的，太太；她会被安置在精选植物的苗圃里——我相信，她享受了被选中的这种无价特权，准会表示感激。”

“那么，布洛克尔赫斯特先生，我一定尽可能早些把她送去；不瞒你说，我真巴不得早点摆脱这个越来越讨厌的责任。”

“当然，当然，太太，现在我要祝你早安。我再过一两个星期回布洛克尔赫斯特府；我那个好朋友副主教不放我早些走。我会寄个条子给谭波尔小姐，告诉她又有个姑娘要去，那么收留她就不会有困难了。再见。”

“再见，布洛克尔赫斯特先生；代我问候布洛克尔赫斯特太太和布洛克尔赫斯特小姐，问候奥古斯塔和西奥多尔，还有布洛顿·布洛克尔赫斯特少爷。”

“遵命，太太。小姑娘，这儿有一本叫《蒙童必读》的书；你跟祈祷文一起念，特别是写‘玛莎·奇——，一个惯于说谎和欺骗的淘气孩子的暴死经过’的那一部分。”

布洛克尔赫斯特先生说着，把一本订着封皮的薄薄的小册子塞到我手里，打了铃吩咐准备马车，然后就动身走了。

现在只剩下里德太太和我两人；在沉默中过了几分钟；她做活计，我瞧着她。那时候，里德太太约莫有三十六七岁光景；她是个身体强壮的女人，阔肩膀，四肢结实，个儿不高，胖乎乎的，但还不能算胖得不得了；脸相当大，下颚很发达，很壮实；额头很低，下巴又大又突出，嘴巴跟鼻子还算端正；淡淡的眉毛下面，一双无情的眼睛在闪亮；她的皮肤黑黑的没有光泽，头发差不多和亚麻一个颜色；她的身体结实得跟一口钟一般——疾病从不敢接近她。她是个精明而严厉的总管，她的一家大小和所有的佃户全都归她管；只有她的孩子们偶尔会反抗和嘲笑她的权威。她讲究衣饰，她还有一种指望把她的漂亮衣服衬托得更美的风度和仪态。

我坐在一张矮凳上，离开她的扶手椅有几码远，细细地打量着她的身材，端详着她的五官。我手里拿着叙述撒谎者暴死的那本小册子；这本书是指定要我注意阅读，作为给我的适当警告的。刚才发生的事情；里德太太对布洛克尔赫斯特先生讲的关于我的那些话；他们谈话的整个内容，在我脑子里都很新鲜、冷酷、刺人；每一个字我都能敏锐地感觉得到，就跟清清楚楚听到了一样，这时候一阵愤恨之情在我的心里翻腾。

里德太太抬起头来，眼光离开了活计，盯着我的眼睛，她的手指也停止了灵活的动作。

“出去，回婴儿室去，”这是她的命令。准是我的眼神或者什么别的冒犯了她，因为她说话的时候，虽然竭力克制，还是愤怒到极点。我站起身来，走到门口；可又走了回来，我从屋子这头，走到屋子那头的窗口，走到她面前。

我必须**说话**：我一直受到残酷的践踏，如今**非**反抗**不可**啦；可是怎么反抗呢？我有什么力量向我的仇人报复呢？我鼓足勇气，说出这些没头没脑的话作为报复：

“我是不骗人的；我要是骗人，我就该说我**爱你**了；可是我声明，我不爱你；除掉约翰·里德以外，世界上我最恨的人就是你；这本写撒谎者的书，你可以拿去给你的女儿乔奇安娜，撒谎的是她，不是我。”

里德太太的手还一动不动地搁在她的活计上；她那冰冷的眼睛还冷冷地盯着我。

“你还有什么话要说吗？”她问，那口气与其说是人们通常用来同孩子说话的那种，倒还不如说是人们用来同成年的仇敌说话的那种。

她那眼神、那声音，激起我莫大的反感。我激动得无法控制，从头到脚都在哆嗦，我继续说下去：

“你不是我的亲属，我很高兴。我这一辈子永远不再叫你舅妈。我长大以后也决不来看你；要是有谁问我，我怎么爱你，你又怎么待我，我就说，我一想起你就恶心，你对我残酷到了可耻的地步。”

“简·爱，你怎么敢说这样的话？”

“我怎么敢，里德太太？我怎么敢？就因为这是**事实**。你以为我没有感情，所以我没有一点爱、没有一点仁慈也能行；可是我不能这样过日子；你没有一点怜悯心。我到死也不会忘记你怎么推我——粗暴地凶狠地推我——把我推回红屋子，把我锁在里边，虽然我当时多么痛苦，虽然我难过得要死，大声叫喊，‘可怜可怜我！可怜可怜我，里德舅妈！’你要我受这个惩罚，只不过是因为你的坏儿子无缘无故地打了我，把我打倒。不管谁问我，我都要把这个千真万确的故事告诉他。别人以为你是个好女人，可是你坏，你狠心。你才会骗人呢！”

我话还没说完，我的心灵就怀着一种从未有过的最奇怪的自由感、胜利感，开始扩张、升腾，仿佛是挣脱了一道无形的束缚，终于挣扎着来到了梦想不到的自由之中。这种感觉倒不是没有原因的；里德太太看上去很害怕；活计从她的膝头上掉了下来；她举起双手，摇来晃去，愁眉苦脸，像是要哭似的。

“简，你错了；你怎么了？干吗抖得这么厉害？你想喝点儿水吗？”

“不想，里德太太。”

“你想要什么别的吗？简？我向你担保，我是想做你的朋友的。”

“你不是这样的人。你告诉布洛克尔赫斯特先生说我脾气坏，生来爱骗人；我要让劳渥德人人都知道你是什么样的人，你干下了什么好事。”

“简，这些事你不懂；孩子有错就得改正。”

“欺骗不是我的缺点！”我粗野地大声叫道。

“可是你性子暴躁，简，这一点你总得承认；现在回婴儿室去吧——亲爱的——去躺一会儿。”

“我不是你的亲爱的；我不能躺下；里德太太，早点送我进学校，我恨住在这儿。”

“我真的要早点送她进学校，”里德太太自言自语地说，sotto voce[1]，收起活儿，突然走出屋去。

---

① 意大利文，低声地。

那儿只剩下我一个人，战场上的胜利者。这是我经历过的最艰苦的一次战斗，也是我获得的第一次胜利。我在布洛克尔赫斯特先生站过的地毯上站了一会儿，享受着我那种胜利者的孤独感。起初，我暗自微笑，觉得高兴；可是就像我的加速的脉搏跳动一样，这阵猛烈的欢乐急剧地减退了。一个孩子像我那样跟长辈吵了架，像我那样让自己的愤怒毫无控制地发作一通，事后总不免要后悔，总不免会感到反作用带来的沮丧。一块石楠丛生的荒地着了火、活跃、闪亮、肆虐，正好作为我咒骂和威胁里德太太时的心情的恰当象征；而这一块荒地，在烈火熄灭以后，变成一片烧毁的焦土，这又正好恰当地象征了我事后的心境。我默默地反省了一个钟头，已经觉得自己的行为是疯狂的，觉得自己那种被人恨而又恨别人的处境是可悲的。

我头一次尝到了一点儿报复的滋味，看来就像香气袭人的美酒，上口时，又暖又醇；可是过后的滋味，却又刺激又伤人，给了我一种像中了毒似的感觉。现在我倒愿意去求里德太太原谅；可是，一半凭着我的经验，一半凭着我的本能，我知道，这么做只会使她加倍轻蔑地唾弃我，而她的唾弃会把我天性中每一种狂暴的冲动再激发起来。

我愿意施展一些比说恶毒话更高明的手腕，愿意给不像暴怒那么凶猛的感情找一些养料。我拿了一本书——几个阿拉伯故事，坐下来想看看。可是我看不出书里讲些什么。我自己的思想老是在我和以前一直迷住我的书页之间飘飘荡荡。我打开早餐室的玻璃门，灌木林静悄悄的；遍地严霜，没有一丝阳光或微风。我把外衣的裙裾翻上来，蒙着头和胳臂，走了出去，到一块极其僻静的园地里溜达；可是静静的树木、掉下来的枞果、秋天的冻结的遗物、被路过的狂风聚成一堆堆、如今又冻在一块儿的枯黄落叶……从这一切，我都找不到欢乐。我斜倚在一扇门上，眺望着空旷的田野，那儿没有羊儿在吃草，短短的草叶受到了严寒的摧残，给染成白茫茫的一片。那是一个阴沉凄凉的日子，“大雪将至”，彤云密布的天空笼罩着一切；有时飘下片片雪花，落在坚实的小道和雪白的草地上，却并不融化。我，一个够可怜的孩子，伫立在那儿，一遍又一遍地喃喃自语：“我该怎么办呢？——我该怎么办呢？”

猛然间，我听到一个清脆的声音叫道，“简小姐！你在哪儿？来吃饭吧！”

那是白茜，我完全知道；可我一动也不动；她的轻捷的脚步在小道上走过来。

“你这淘气的小家伙！”她说。“叫你，你干吗不来？”

和我刚才暗自思量的那一些念头相比，白茜的到来，似乎是件快活的事；虽然她跟往常一样，有点儿暴躁。事实上，在我跟里德太太起了冲突，获得了胜利以后，我才不把保姆一时的愤怒放在心上呢；我真想分享一点儿她那种年轻人的轻松愉快的心情。我就用两条胳臂搂着她，说道：“嗬！白茜！别骂。”

这个动作比我平时惯有的任何动作都要坦率、大胆；不知怎的，这使她很高兴。

“你真是个古怪的孩子，简小姐，”她低下头看着我，说道；“一个流浪的、孤独的小家伙；我想，你要进学校去了吧？”

我点了点头。

“你离开可怜的白茜，不难过么？”

“白茜怎么会把我放在心上？她老是骂我。”

“那是因为你是那么一个怪僻、胆小、怕羞的小家伙。你该大胆些才是。”

“什么！要多挨几次打吗？”

“废话！不过你受了些虐待，这倒是真的。我妈上个星期来看我，她说她不愿自己的孩子处在你这样的地位，——好啦，进来吧，我有些好消息要告诉你。”

“我看你不见得有，白茜。”

“孩子！你这是什么意思？你盯着我的那双眼睛多忧郁啊！好吧！太太、小姐和约翰少爷今天下午都出去吃点心，你可以跟我一块儿吃。我要叫厨子给你烤一个小蛋糕，然后你再帮我查看一下你的抽屉；不久我就要给你收拾行李了。太太要你在一两天以后就离开盖兹海德，你可以挑一下，要带哪些玩具。”

“白茜，你得答应我，在我走以前不再骂我。”

“好，我不骂你；可你也得记住，做个很乖的孩子，别再怕我。万一我说话凶一点，可别吓得跳起来；那样可真叫人冒火。”

“我想我不会再怕你，白茜，因为我对你已经习惯了；不久我又要害怕另外一些人了。”

“你怕他们，他们就不喜欢你。”

“跟你一样吗，白茜？”

“我不是不喜欢你，小姐；我相信，和任何别人比起来，我还是更爱你。”

“可是你没表示出来。”

“你这个厉害的小家伙！你说话跟以前不同了。是什么叫你变得这么大胆和勇敢？”

“怎么，我快要离开你了，再说——”我本想说一说我跟里德太太之间发生的事情；可是再一想，我认为这件事还是不说出来好。

“这么说，你很高兴离开我啰？”

“哪儿的话，白茜；说真的，现在我还有点儿难受呢。”

“现在！有点儿！我的小姐说得多么冷淡啊！要是我要你吻我一下，你也许还不愿意吧；你会说你**有点儿**不愿意。”

“我要吻你，还很愿意吻你，把头低下来。”白茜弯下腰来；我们互相拥抱，我得到了很大的安慰，跟着她进屋去了。那个下午就在宁静和谐的气氛中消逝了；晚上，白茜给我讲了她的几个最迷人的故事，给我唱了她的几支最优美的歌曲。甚至对我这样的人，人生也有阳光灿烂的时刻。

第五章

1月19日早上，钟刚敲五点，白茜就拿着蜡烛来到我的小屋子里，看见我已经起床，衣服都差不多快穿好了。她进来以前半小时，我就起来，洗好了脸。半个月亮正在沉下去，月光从我小床边的窄窗户里泻进来，我已经借着月光穿上了衣服。我要在那一天乘马车离开盖兹海德，马车将在早上六点钟经过住宅大门口。只有白茜一个人已经起身；她在婴儿室里生好了火，现在正在给我做早饭。在想到要出去旅行，心情激动的时候，很少有孩子吃得下东西；我也吃不下。白茜劝我吃几匙她给我准备的热牛奶和面包，劝也是白劝，她只得用纸包几块饼干，放在我的袋子里；随后帮我穿上大衣，戴上帽子，她自己也裹上了大披巾，同我一起离开了婴儿室。我们经过里德太太的卧室的时候，她说，"你要去跟太太告别吗？"

"不要，白茜；昨天夜里你下去吃晚饭的时候，她到我床跟前来，说我早上不必去惊吵她，也不必惊吵我的表兄表姐；她叫我记住，她一直是我最好的朋友，要我这么对人家说，还要感激她。"

"你怎么说呢，小姐？"

"什么也没说；我用被子盖着脸，转过身去朝着墙，不理她。"

"你做得不对，简小姐。"

"做得完全对，白茜；你的太太不是我的朋友：她是我的仇人。"

"哦，简小姐！别这么说！"

"再见了，盖兹海德！"我们穿过过道，从前门出去的时候，我叫道。

月亮已经落下去，天很黑；白茜提着一盏灯。雪刚融化，台阶和砾石路都是湿漉漉的，闪闪烁烁地映出了灯光。冬日的清晨，又湿又冷；我匆匆地在车道上走着，牙齿直打抖。看门人的小屋里点着灯；

我们走到那儿，看见看门人的老婆正在生火；我的箱子前一天晚上已经送下来，用绳子捆绑着放在门口。离六点钟只有几分钟了。六点敲过不久，远远地传来车轮声，通报马车来了。我走到门口，看着马车的灯在黑暗中飞快地过来。

“她一个人走吗？”看门人的老婆问。

“是的。”

“有多远？”

“五十英里。”

“多远的路啊！我奇怪，里德太太怎么敢让她一个人走这么远的路。”

马车到了；套着四匹马，车顶上坐满了旅客，停在门口；管车人和马车夫大声催促，我的箱子给托了上去；我搂着白茜的脖子连连吻她，也被人拉开了。

“千万要好好照应她啊，”管车人把我抱上车的时候，她大声叮嘱他。

“行，行！”这就是回答；车门砰的一声关上，一个声音叫了声“好啦”，我们出发了。我就从白茜那儿、从盖兹海德给带走了，就这样驶向陌生的、在我当时看来还是遥远的、神秘的地方。

一路上的情形，我只记得一点儿；我只知道那一天在我看来长得出奇，只知道我似乎赶了好几百英里路。我们穿过好几个城市，马车在一座城市，一座很大的城市里停下来；马给卸了下来，旅客们下去吃饭。我给带到一家客店里，管车人要我在那儿吃点东西；可是我不想吃，他便把我留在一间大屋子里。屋子的两头各有一个壁炉，天花板上挂下一个枝形吊灯，墙上高高钉着一个红色的小陈列架，上面摆满了乐器。我在那儿走来走去走了很久，觉得很不自在，还害怕得要命，只怕有谁进来把我拐走；我相信有拐子，白茜在炉边讲的那些故事中常常讲到他们干的坏事。管车人终于回来了；我又一次被放上马车，我的保护人爬上了他自己的座位，吹起号角，我们就在勒——城的“石子街”上辚辚驶走了。

下午潮湿，有点儿雾。天黑下来，我开始觉得我们真的离盖兹海德很远了。我们不再穿过城镇；野外的景色变了；一座座灰蒙蒙的大山突出在地平线上。暮色渐浓，我们来到一个山谷，那儿有黑压压的一片树林。黑夜挡住了周围的景色很久以后，我听到一阵狂风在树丛间狂烈地吹刮着。

这声音像催眠曲，我终于沉沉入睡了。睡了不久，车子突然停下，把我惊醒过来，车门打开，一个像仆人似的女人站在门口；我借着灯光看出她的脸和衣服。

“这儿有个叫简·爱的小姑娘吗？”她问。我应了声“有”，就给抱下马车；我的箱子也给卸了下来，马车立刻又驶走了。

坐了那么久，四肢都僵了，又给马车的声音和颠动弄得迷迷糊糊；等到恢复正常以后，我向四下里看了看。空中充满了风、雨和黑暗；然而，我隐隐约约地看出面前有一堵墙，墙上还有一扇门。我跟着我的新向导穿过这扇门；她随手把门关上，上了锁。在那儿可以看见一所房子或者说几所房子——因为建筑物一直铺展到很远——有许多窗户，有几扇窗户里有灯光。我们走上一条宽阔的石子路，溅着水往前走，从一个门里走了进去；随后，那仆人带我穿过一个过道，来到一间生着火的屋子，她就让我一个人待在那儿。

我站着，在火上烤烤我的冻麻了的手指，接着向周围看了看；没有蜡烛，但是壁炉里投出来的摇晃不定的火光，时不时地照亮了糊着纸的墙、地毯、帷幔和光亮的桃花心木家具；那是一个客厅，没有盖兹海德的休憩室那么宽敞，也没有那么华丽，不过是够舒服的了。我正困惑不解地在猜测一张画上画的什么，门开了，一个人拿着蜡烛进来；另一个人紧跟在后面。

头一个人是一个高高的女士，黑头发，黑眼睛，额头苍白宽阔；她半个身子都裹在大披巾里。她容貌严肃，举止端庄。

“这孩子太小，不该叫她一个人来，”说着她把蜡烛放在桌上。她细细看了我一两分钟，然后接着说下去：

“最好还是让她马上上床睡觉；她看上去累了。你累吗？”她把手放在我的肩头上问我。

“有点儿，小姐。”

“一定也饿了；米勒小姐，让她吃点儿晚饭再睡。你是不是第一次离开父母上学校，我的小姑娘？”

我向她解释我没有父母。她问我他们去世多久了；再问我有多大了，我叫什么名字，我识不识字，会不会写，能不能缝点儿什么；然后她用食指轻轻地摸摸我的脸蛋儿，说她希望我是个好孩子，便把我和米勒小姐一起打发走了。

我离开的那位小姐约莫有二十九岁光景；和我一起走的那位似乎要小几岁；第一位小姐的声音、神情、风度给我留下很深的印象。米勒小姐比较平凡；虽然面容显出操劳过度的样子，但是脸色还红润；步履和动作都很匆促，就像一个手头老是有很多活儿要干的人那样。她看上去像是个助理教师，后来我发现她的确是助理教师。我由她带着，在这所布局不规则的大建筑物里，走过一个个房间，穿过一个个过道；我们走过的那一部分房子静得凄凉，但是一走出那一部分，就听到嗡嗡的嘈杂的人声，我们立刻走进一间又宽又长的屋子。那里每一头都有两张大的松木桌，每张桌子上点着一对蜡烛，一群从九岁、十岁到二十岁之间各种年龄都有的姑娘，坐在桌子周围的凳子上。在朦胧的烛光下，她们的人数，在我似乎是数不清的，虽然实际上也不过八十个；她们一律都穿着式样古怪的棕色布衣服，外面罩着长长的荷兰麻布围裙。这会儿正是学习时间；她们都在用心熟读明天的功课，刚才我听到的嗡嗡声就是她们低声读书一起发出来的。

米勒小姐指点我坐在靠近门的一张凳子上，随后她走到这间长屋子的上方，叫道：

“班长们，把课本收起来放好！”

四个高高的姑娘从各张不同的桌子旁站起来，各走了一圈，把书收集起来放好。米勒小姐又发命令了：

“班长们，去把晚饭盘拿来！”

那几个高高的姑娘出去了，一会儿就回来，每人拿着一个大盘子，上面放着几份东西，我不知道是什么，每个盘子中央放着一壶水和一个杯子。一份份的东西挨个儿递过去；杯子是公用的，谁想喝水谁就喝一口。挨到我的时候，我喝了，因为我很渴，可是没碰吃的东西，激动和疲劳使我什么也吃不下；不过，我现在已经看见，那是一张薄薄的燕麦饼，给分成了好多份。

吃过晚饭，米勒小姐念了祈祷文，各个班级的姑娘两个一排地排着队上楼去了。这会儿我疲倦得支持不住，几乎没留心卧室是什么样的地方；只知道也跟教室一样，是间很长的屋子。这一夜要我和米勒小姐合睡一张床；她帮我脱衣服；躺下以后，我看看那长长的一排排的床，每张床上都很快地睡上两个人；十分钟以后，惟一的一盏灯灭了；屋子里寂静无声，漆黑一片，我睡着了。

那一夜过得很快；我太疲倦，连梦都没做；我只醒过一次，听见风一阵阵怒号，雨倾盆地下着，还知道米勒小姐已经在我身边睡下了。等我再睁开眼睛，我听见响亮的钟声；姑娘们起身在穿衣服；天还没破晓，屋里点着一两支灯草芯蜡烛。我也不大情愿地起床了；天冷得厉害，我全身哆嗦，只能尽可能地把衣服穿好，等有脸盆空了，就洗了脸。脸盆不是很快就有空的，因为六个姑娘合用一个，脸盆就搁在屋子中央的脸盆架上。钟又敲起来；大伙儿两个一排地排好队下楼，走进灯光暗淡的阴冷的教室；米勒小姐在这儿念了祈祷文，随后叫道：

“分班！”

接下来是几分钟的大混乱，米勒小姐一再喊道，“静一静！”“遵守秩序！”混乱过去以后，只见大伙儿围成四个半圆形，对着放在四张桌子那里的四张椅子；人人手里都捧着书，每张桌子上有一本像是《圣经》的大书，就放在空椅子前面。接下来停顿了几秒钟，这期间，许多人的声音形成了低微模糊的嗡嗡声；米勒小姐从这一班走到那一班，把这阵听不清楚的声音压了下去。

远处传来了当当的钟声；立刻有三位女士走进教室，每人都走到一张桌子跟前，坐上自己的座位；米勒小姐在第四张空椅子上坐下。她那张椅子离门最近，周围坐的是最小的一群孩子；我就被叫到这一个低班级去，给安置在最末尾的一个位置上。

现在这一天的功课开始了；背诵过白天的短祷文，接着背了几段经文，随后慢慢地念了《圣经》中的几个章节，这样继续了一个钟头。等到这些功课做完，天已大亮。那不知疲倦的钟声如今敲第四遍了；各个班级列队到另一间屋子里去吃早饭。看到有东西可吃，我多么高兴啊！头一天吃了那么一丁点儿的东西，这会儿我快饿坏啦。

饭厅是间大房间，天花板很低，光线很暗；两张长桌子上放着几盆热气腾腾的东西，但是叫我吃惊的是，那股味儿一点儿也引不起食欲。我看到，来吃这些东西的人，闻到了这股味道，全都表示不满意。在行列前面的第一班的高高的姑娘们嘁嘁喳喳地议论起来：

“讨厌！粥又烧糊了！”

“安静点儿！”一个声音叫道；说话的不是米勒小姐，而是一位高级教师，一个身材矮小、皮肤黝黑的人，衣服穿得很漂亮，但脸色有些阴沉。她坐在桌子的上手，坐在另一张桌子上手的是一个比较健壮的女士。我想找头天晚上看见的那位小姐，却没找到，看不见她。米勒小姐坐在我那张桌子的下手。一位看上去像个外国人的古怪的老太太坐在另一张桌子的下手，后来我才知道，她是法语教师。做了一个很长的祷告，唱了一首赞美诗；随后，一个仆人给教师们端来了茶点，早饭就开始了。

我饿极了，如今又很乏力，便把我那份粥吃了一两匙，也没去想它是什么滋味，可是最剧烈的饥饿稍微缓和一点以后，我这就看出，手里的那份东西实在令人作呕；烧糊了的粥差不多就跟烂土豆一样糟；连饥饿自己也会马上厌恶它的。汤匙慢慢地移动着；我看见每个姑娘尝尝自己的食物，竭力要咽下去；可是大多数姑娘都是马上就放弃了这个努力。早饭时间过了，可是谁也没有吃过早饭。为了这份实际上没吃的饭食，感谢了上帝。又唱了一首赞美诗，大伙儿便离开饭厅，到教室里去。我是最末一个出去，走过桌子的时候，我看见一位教师拿着一盆粥尝了尝；她向别的教师看了看；她们脸上都露出不高兴的神情，其中有一个，就是很健壮的一个，低声嘀咕道：

"讨厌的东西！多可耻啊！"

一刻钟以后才开始上课，在那一刻钟里，教室里乱哄哄的好不热闹；因为在这一段时间里，似乎是允许大声自由谈话的，大伙儿都利用了自己的这份特权。整个的谈话都集中在早饭上，人人都破口大骂。可怜的人们！这就是她们惟一的安慰。现在屋里只有米勒小姐一个教师；一群大姑娘围着她，用严肃和愤怒的姿势说着话。我听见有几个人嘴里说出了布洛克尔赫斯特先生的名字；米勒小姐听见了，不以为然地摇摇头；但是她也没有作多大努力来压制这普遍的愤怒；无疑她自己也在生气。

教室里的一只钟打了九下；米勒小姐离开她那个小圈子，站在教室中央，叫道：

“安静点儿！到你们的座位上去！”

纪律得胜了；五分钟以后，这一群乱哄哄的人变得秩序井然，相对的安静平息了七嘴八舌的喧闹。高级教师准时来到各自的座位上；不过，大伙儿似乎还在等着什么。八十个姑娘一动不动、端端正正地挨个儿坐在屋子两旁的凳子上；看上去是古里古怪的一群人，头发都平伏地往后梳着，看不到一绺鬈发；都穿着棕色衣服，领子很高，喉部围着窄窄的一圈领饰[①]，衣服前面还系着一个荷兰麻布小口袋（样子就像苏格兰人的钱袋）。这是作为放活计的口袋用的；每个人都穿着羊毛长筒袜，乡下做的有铜扣的鞋子。有二十多个穿这样衣服的人是成年的姑娘，或者不如说是年轻妇人；这衣服不适合她们穿，哪怕最美丽的姑娘穿了也会有一种怪模样。

我还瞧着她们，偶尔也细细看看那些教师——她们中间没有一个是我所真正喜爱的。健壮的那一个有点儿粗俗，黑皮肤的那一个太凶，那个外国人却又粗声粗气、怪模怪样，而米勒小姐呢，可怜的人儿！脸色发紫、饱经风霜、操劳过度——我的眼睛正从这张脸看到那张脸，这时候，整个学校的人都好像由同一根弹簧发条带动着似的，同时站了起来。

是怎么回事？我没有听见谁下过命令；我给弄糊涂啦。我还没有明白过来，各个班级的人都重又坐了下来；不过，大伙儿的眼睛都集中在一点上，我也就跟着朝大伙儿看的那个方向看过去，我看见了昨夜接待我的那个人。她站在长屋子那头的壁炉旁边，因为屋子两头都有一个壁炉；她默默地、庄严地看看那两排姑娘。米勒小姐走过去，似乎问她一个问题，得到了回答，便回到自己的位置上，大声说：

---

① 当时加在女式长衣领口部分的一种可以调换的装饰布。

“第一班班长，把地球仪拿来！”

第一班班长去执行命令的时候，米勒小姐请示的那位女士慢慢地走到屋子中央。我想我那个管崇敬的器官真是了不起，我的眼睛追随着她的脚步的时候，我油然产生的那种崇敬的心情，至今还保持着。那时候，在大白天，她看上去修长，美丽，身材匀称；棕色的眼睛，眸子里透出慈祥的神情，周围像描出来似的细细的长睫毛，把她宽阔的额头衬托得十分白净；两鬓的深棕色的头发，卷成圆圆的发卷，这是按当时的时兴式样梳成的，光滑的发辫和长长的鬈发在当时都不时兴；她的衣服也是当时风行的式样，是紫色的，镶着一种黑丝绒的西班牙式的饰边；一只金表(表在那时候还没有现在这么普遍)在她的腰带上闪闪发光。让读者自己加上秀美的容貌、略带苍白但也还明净的肤色、端庄的风度和仪态，来完成这幅肖像吧。这样他至少可以对谭波尔小姐的外貌有一个正确的概念，就像言语所能描绘的一样清楚。后来我在她让我带到教堂去的祈祷书上发现，她的全名是马利亚·谭波尔。

劳渥德的监督(这位女士就是监督)，在放在一张桌上的两个地球仪跟前坐下，把第一班的姑娘们叫到她身边，开始给她们上地理课；下面几班也给几位教师叫去；回讲历史、语法等等，这样继续了一个钟头；接下来是习字和算术，谭波尔给年纪大一些的几个姑娘上音乐课。每一堂课都是按钟点计算的，钟终于敲了十二下。监督站了起来。

“我有一句话要和同学们讲一讲，”她说。

下课时的喧闹已经开始，但是她一讲话，就立刻静了下来。她接着往下说：

“今天早上你们早饭吃不下去；现在一定都饿了；——我已经吩咐过，给大伙儿准备一顿面包和干酪的点心。”

教师们露出一种诧异的神情看着她。

“这件事由我负责，”她用向她们解释的口气补了一句，说罢就走出了教室。

面包和干酪马上给端进来分给大家，全校的人都欢天喜地，兴高采烈。“到花园里去！”的命令发出以后，每人都戴上一顶镶着色布带子的粗草帽，穿上一件灰色粗绒外衣。我也是同样打扮，随着潮水样涌出去的人群，走到露天的场所。

花园是个广大的围场，围墙很高，把外边的景色挡得一点儿也看不见；花园的一边是一个带顶的阳台，几条宽阔的通道围着中央的一块地，那儿给划分成几十个小花坛。这些花坛就是指定给学生们种花的园地，每一个花坛都有一个主人。在百花盛开的时节，无疑是很美丽的；可是现在才 1 月底，一切都呈现出枯黄凋零的冬日景象。我站在那儿，向四下里观望，冻得直打哆嗦；要做户外活动，这一天太冷；确实没在下雨，但是灰黄色的蒙蒙细雾把天遮得很暗；昨天的大水还没退尽，地上湿漉漉的。身体结实一点的姑娘们跑来跑去，在做活动力强的游戏，可是几个苍白、瘦弱的姑娘却挤在一块儿，在阳台上找遮蔽和温暖；浓重的雾气透入了她们哆嗦着的身体，我常听到她们中间有干咳声。

我还没跟谁说过话，似乎也没有任何人注意我。我一个人站着十分寂寞，不过我对那种孤独感已经习惯了，所以这并不使我太难受。我倚在阳台的一根柱子上，把灰色的外衣裹裹紧，想忘记在体外侵袭着我的寒气，忘记在体内啃啮着我的尚未消除的饥饿，而沉溺在眺望和思索中。我的沉思太捉摸不定，太支离破碎，不值得记下来；我几乎不知道我在哪儿。盖兹海德和我以往的生活似乎已经漂浮到远处，远得不可估计。现在呢，陌生而模糊；对于未来，我更无法推测。我环顾一下修道院似的花园，再抬头望望房子；一个庞大的建筑物。有一半看来灰暗而古旧，另一半却很新。新的一部分包括教室和卧室，装有直棂的格子窗，这使它看来像座教堂；门上有一块石匾，刻着这样的字：

劳渥德义塾。——这一部分重建于公元××××年，由本郡布洛克尔赫斯特府内奥米·布洛克尔赫斯特建造。

“你们的光也当这样照在人前，叫他们看见你们的好行为，便将荣耀归给你们在天上的父。”——《马太福音》第五章第十六节。

我一遍又一遍地念这些字。我觉得这些字有一个解释，但是我却没法彻底了解其中的意义。我还在推敲“义塾”的意思，想找出第一段文字和那段经文之间的联系，这时候，紧背后响起了一声咳嗽，我不由得回过头去。我看见一个姑娘坐在附近一张石凳上。她在埋头看书，似乎看得出了神。我从我站着的地方可以看见书名——那是《拉塞拉斯》①；这个名字使我觉得特别，因此也就有吸引力。她翻书页的时候，碰巧抬起头来看看，我立刻对她说：

“你的书有趣吗？”我已经打算请她哪天把书借给我。

“我很喜欢它，”她停了一两秒钟，打量了我一下，然后回答。

“书里说些什么？”我接着又问。我几乎不知道哪儿来的勇气，居然敢这样和陌生人攀谈；这种做法和我的性情和习惯相反；不过我想准是她那么出神地看书触动了我哪儿的一根共鸣之弦；因为我也爱看书，虽然看的是浅薄幼稚的书。正经的书和内容丰富的书我都消化不了，也没法理解。

---

①《拉塞拉斯》，英国作家约翰生(1709—1784)所著的小说。

“你可以看看，”那姑娘一边回答一边把书递给我。

我看了看，只匆匆一翻，就相信内容不如书名诱人。对我的浅薄的趣味来说，《拉塞拉斯》似乎是本枯燥乏味的书。我看不到什么关于仙女和妖怪的事；书页上密密麻麻地印满了字，似乎没有什么丰富多彩的东西。我把书还给她；她默默地接过去，一句话也没说，正打算再像刚才一样埋头看书，我又大胆地打扰了她：

“你能不能告诉我，门上那块石匾上写的字是什么意思？劳渥德义塾是什么？”

“就是你来住的这所房子。”

“那他们为什么把它叫做义塾呢？是不是有哪点儿和别的学校不同呢？”

“这是所带点儿慈善性质的学校。你我，和我们其他的人都是慈善学校的孩子。我看，你是个孤儿吧。是不是你爹或者你妈去世了？”

“在我懂事以前，他们就都去世了。”

“对了，这儿的姑娘都是失去爹或妈，或者父母都已经去世；这所学校就叫作义塾，是教育孤儿的。”

“我们不付钱吗？他们白白养活我们吗？”

“我们付的，或者是我们的朋友付的，每人十五镑一年。”

“那他们干吗还管我们叫做慈善学校的孩子？”

“因为十五镑作为伙食费和学费是不够的，不足的数目靠捐款来补足。”

“谁捐呢？”

“就是附近这一带和伦敦的各位好心肠的太太先生们。”

“内奥米·布洛克尔赫斯特是谁呢？”

“就像石匾上说的，是建造这部分新房子的那个女士，这儿的一切都由她儿子照料和经管。”

“为什么？”

“因为他是这个机构的会计和经理。”

“这么说，这所屋子不是那个说给我们吃面包和干酪的、带表的高个子女士的啰？”

“谭波尔小姐吗？当然不是！我倒希望是她的。可是她做的一切都要对布洛克尔赫斯特先生负责。我们所有的食物，所有的衣服都是布洛克尔赫斯特先生买的。”

“他住在这儿吗？”

“不——在两英里以外一个大宅子里。”

“他是不是个好人？”

“他是个牧师，据说做了许多好事。”

“你说那位高个子女士叫谭波尔小姐吗？”

“是啊。”

“另外几位教师叫什么？”

“红脸蛋儿的那位叫史密斯小姐；她管活计，还裁剪——因为我们的衣服，我们的外衣和外套等等样样都是自己做的；黑头发的矮个儿是史凯契尔德小姐；她教历史和语法，听二班的回讲；披着披巾、用一根黄缎带把一块手绢儿系在腰旁的那一位是马丹[①]比埃洛。她是打法国的里尔来的，在这儿教法语。”

“你喜欢这些先生吗？”

“很喜欢。”

“你可喜欢个儿小小、皮肤黑黑的那一位，还有马丹——？——我不会像你那样读出她的名字。”

“史凯契尔德小姐脾气急躁——你得留神别冒犯了她；马丹比埃洛

① 马丹，法文 Madame（夫人）的音译。

不是坏人。”

“可是，要数谭波尔小姐最好，是不是？”

“谭波尔小姐很好，很聪明；她比别人更强，因为她懂的东西比别人多得多。”

“你在这儿很久了吧？”

“两年。”

“你是个孤儿吗？”

“我妈去世了。”

“你在这儿快活吗？”

“你问的问题也未免太多了。现在我已经回答了你许多问题。这会儿可要看书啦。”

可是这时候召集吃饭的钟声响了。大伙儿回进屋去。现在弥漫在饭厅里的那股味儿，不见得比吃早饭时我们闻到的味儿更诱人。饭菜装在两个白铁大容器里，发出一股臭肥肉的浓烈的热气。我看见那堆东西里有混在一块儿煮的坏土豆和古怪的臭肉片。每个学生都分到一份，量还算丰富。我把能吃的都吃了，心里暗自纳闷，是不是每天的饭食都是这样。

午饭以后，我们马上到教室里去。再开始上课，一直上到五点钟。

下午惟一可以注意的事是：我看见跟我在阳台上谈话的那个姑娘在上历史课的时候，被史凯契尔德小姐从班上可耻地撵了出来，站在大教室的中央。我觉得受这种责罚是非常丢脸的，尤其是这么大的一位姑娘——她看上去总有十三岁了，或者还不止。我料想她总要有一些十分痛苦、十分羞耻的表示吧，可是叫我吃惊的是，她既不哭也不脸红。在众目睽睽之下站在那儿，虽说绷着脸，却显得镇静自若。“她怎么能那么安静、那么坚强地忍受下来呢？”我暗自思忖。“换了是我，看来我会巴望地上裂个口子让我钻进去。她看上去似乎在想着什么超出她的惩罚、超出她的处境的事，想着什么不是她周围、不是她眼前的事。我听说过白日梦——她现在是不是在做白日梦呢？她的眼睛盯着地板，但我肯定她视而不见——她的视线似乎是向内，向着她自己的心；我相信，她在看着记忆中的什么，而不是看着真正在眼前的事物。我不知道她是哪种姑娘——好姑娘呢还是坏姑娘。”

下午五点过后不久，我们又吃了一餐，包括一小杯咖啡和半片黑面包。我狼吞虎咽地吃下了面包，喝下了咖啡；可是如果能再来这么一份，我一定很高兴——我还饿。接下来是半个钟头娱乐，然后是学习；再后来是一杯水、一块燕麦饼、祈祷和上床。这就是我在劳渥德的第一天。

第六章

第二天和以前一样开始，借着灯草芯蜡烛的亮光起身、穿衣，可是这一天早上，我们得免去洗脸这个仪式；壶里的水都冻住了。从上一天傍晚起，天气变了，刺骨的东北风整夜呼呼地穿过我们卧室的窗缝，吹得我们在床上直打哆嗦，水罐里的水都冻成了冰。

那冗长的一个半小时的祈祷和《圣经》阅读还没结束，我已经觉得快冻死了。早餐的时间终于来到，这一天早上，粥没烧糊，论质量还可以吃，数量却很少。我那一份看上去多么少啊！我希望它加一倍。

在这一天，我被编入第四班；还给我指定了正式的功课和作业。在这以前，我一直是个旁观者，看着劳渥德进行的一切，如今却也要成为那儿的一名演员了。最初，我还不习惯于背诵，觉得课文既长又难，功课常常一样样地换，弄得我晕头转向。下午三点钟光景，史密斯小姐把两码长的布条、针和顶针等等东西塞在我手里，叫我去坐在教室的一个安静角落里给细布沿边，我很高兴。在那一个钟头里，别人大部分也跟我一样在做针线活，可是还有一班正围着史凯契尔德小姐的椅子在读书。因为周围的一切都很静，可以听见她们课文的内容，还可以听见每个姑娘怎样念她们的课文，和史凯契尔德小姐听了以后给她们的责备和夸奖。她们上的是英国史。在念书的人中间，我看见了我那位阳台上的相识；在开始上课的时候，她在这一班的头上，可是因为发音错误或者忽视了句号，突然给降到这一班的末尾去了，即使到了这种不引人注意的地位，史凯契尔德小姐还是叫她成为经常注意的对象，她常常对她说这样的话：

"彭斯，"（这似乎是她的姓；这儿的姑娘们全是用姓来称呼的，就跟别地方的男孩子一样），"彭斯，你站没站相，把鞋帮都踩在地上了，快把脚趾伸直。”“彭斯，你伸着下巴，讨嫌死了，快缩进去。”“彭斯，我一定要你把头挺直，我不许你这样站在我面前。”等等，等等。

一章书从头到底念了两遍，书合起来，姑娘们受到考问。这一课包括查理一世[1]王朝的一部分，问了各种关于船舶吨税和造舰税的问题，大多数姑娘似乎都答不上来，可是每道难题一到彭斯那里就立刻解决了。她似乎把课文的整个内容都记在脑子里了，在每个细节上她都能对答如流。我一直在指望史凯契尔德小姐称赞她用心，可是她非但不称赞，反而突然大声嚷道：

“你这个肮脏讨厌的姑娘！你今天早上就没有把你的指甲洗干净！”

彭斯没有回答；我对她的沉默感到诧异。

“她为什么不解释，”我想，“因为水冻了，她既不能洗指甲又不能洗脸。”

想到这儿，我的注意力被史密斯小姐岔开了，她要我给她绷一束线。她一边绕线，一边时不时地和我聊几句，问我以前有没有进过学校，会不会划样、缝纫、编织等等。在她放我走以前，我不能再观察史凯契尔德小姐的行动。等我回到自己的座位上，她正发出一个命令，我没听清楚那命令是什么意思；只见彭斯马上走出教室，到放书的小小的里屋去，半分钟以后又回来了，手里拿着一束小树枝，树枝的一头捆在一起。她恭恭敬敬地行了个屈膝礼，把这个不祥的刑具交给史凯契尔德小姐；随后，她不等人家命令她，就默默地解下围裙。教师立刻用那束树枝在她脖子上狠狠地打了十来下。彭斯的眼睛里没出现一滴眼泪；我在旁边看着，不由得升起一股徒劳无益的怒火，连

---

① 查理一世(1600—1649)，英国斯图亚特王朝国王(1625—1649)。即位后，对抗国会，压迫清教徒，推行打击新兴工商业的政策，引起英国资产阶级革命。1649年被国会处死。

手都发抖了，只得停下活儿，而她那张沉思的脸上，却还是以往的那副表情，没一点改变。

“犟脾气的姑娘！”史凯契尔德小姐嚷道；“什么也改不掉你那邋遢习惯；把罚帚拿走。”

彭斯服从了。她从小书房里出来的时候，我细细地瞧瞧她；她刚把手帕放回她的口袋，瘦削的脸蛋上还有一丝泪痕在闪闪发光。

傍晚的游戏时间，我认为是劳渥德一天中最愉快的时候。五点钟大口吃下的那一点儿面包和咖啡，虽不能耐饥，却能叫人再变得生气勃勃；白天受了长时间的拘束，可以松弛一下；教室也比早上温暖得多——为了多少可以代替那尚未点上的蜡烛，火允许生得旺一些；红红的黄昏，许可的喧闹，嘈杂的人声，给人一种可喜的自由自在的感觉。

在史凯契尔德小姐打她的学生彭斯的那一天傍晚，我跟平常一样，在长凳、桌子、笑闹的人群中走来走去，没有一个伙伴，却也不觉得孤独。走过窗口，时不时掀起窗帘，望望外边；大雪纷飞，下面的窗格上已经堆起了雪；把耳朵凑在窗上，我能从屋内欢乐的闹声中分辨出屋外大风的声声哀号。

要是我最近刚离开了融融乐乐的家庭和慈爱的双亲，也许这一时刻最会引起我离别的哀愁。那阵风会叫我伤心；这阵模模糊糊的喧闹会打扰我的安宁；事实上，这两者却引起了我一种奇特的激动，我不安和兴奋，只巴望风号叫得再狂暴一些，昏暗浓到变成漆黑，混乱大到变成喧闹。

我跳过长凳，钻进桌肚，来到一个壁炉跟前；我看见彭斯跪在高高的铁丝炉档旁边，凑着余火的微弱光辉看书，全神贯注，默不作声，看得出了神，忘掉了周围的一切。

“还是《拉塞拉斯》吗？”我走到她背后，问她。

“是的，”她说，“我刚看完。”

五分钟以后，她就把书合起来。我对这很高兴。

“现在，”我想，“也许我能逗她谈话了。”我紧挨着她，在地板上坐下。

“你姓彭斯，可是叫什么名字呢？”

“海伦。”

“你是从离这儿很远的地方来的吗？”

“我是从再往北一点的地方来的；差不多可以说在苏格兰边境。”

“你还要回去吗？”

“我希望能回去；可是将来的事谁也说不准。”

“你一定想离开劳渥德吧？”

“不，我为什么想离开劳渥德呢？我是给送到劳渥德来受教育的；不达到那个目的，走也没有用。”

“可是那个教师，史凯契尔德小姐，对你那么凶啊？”

“凶？一点也不凶！她严厉；她讨厌我的缺点。”

“我要是换了你，我就讨厌她；我就向她反抗；她要是用那个教鞭打我，我就把它从她手里夺过来，当着她的面把它折断。”

“你也许不会做出这样的事；不过，假使做的话，布洛克尔赫斯特先生准会把你从学校开除出去；那就会叫你的亲戚非常痛心。与其冒冒失失采取一个行动，让不良后果影响所有和你有关的人，那还不如按捺住性子，忍受一个除你而外没有别人感到的痛苦来得好；再说，《圣经》上也叫我们以德报怨。”

“可是挨打和在全是人的屋子中央罚站，多丢脸啊；你又是那么大的一个姑娘；我比你小得多，我还受不了呢。”

“可是既然躲避不了，那就不能不忍受；遇到命运注定要你忍受的事，你光说**受不了**，是软弱和愚蠢的。”

我诧异地听着她的话：这套忍受的学说，我没法理解；她对她的惩罚者表示的宽容，我更是没法懂得或者同意。我还是觉得海伦·彭斯是借着一种我的眼睛所见不到的光亮来看事物的。我疑心也许是她对，是我错；可是我又不愿深入地思考一下这个问题；像费立克斯一样，我把它留到以后有便的时候再去考虑。

“你说你有缺点，海伦；是什么缺点呢？我觉得你很好。”

“那么就跟我学学吧，别看人只看外表；我的确像史凯契尔德说的，很邋遢；我很少把东西收拾得整整齐齐，要保持整齐，那是从来没有的事；我粗心大意；我老是忘掉规则；我该做功课的时候，我却看闲书；我做事没有条理；有时候，我也跟你一样，说我**受不了**井井有条的安排。这一切都叫史凯契尔德小姐很生气，她生来就爱整洁、守时刻、一丝不苟。”

“还凶狠残酷，”我补充说；但是海伦·彭斯不同意我的补充，她保持沉默。

“谭波尔小姐是不是跟史凯契尔德小姐一样对你很凶？”

一听到谭波尔小姐的名字，一丝温柔的微笑掠过她那严肃的脸。

“谭波尔小姐十分善良，对任何人凶一点，哪怕对学校里最坏的学生凶一点，她都会感到痛苦。她看出我的缺点，只是和善地向我指出；要是我做了件什么值得称赞的事，她就大加赞扬。我的天性坏到了可悲的地步，一个有力的证明是：甚至她的那么温和、那么中肯的劝告也没能把我的缺点治好。我最珍视她的称赞，但是连她的称赞也不能鼓励我继续小心仔细、考虑周到。”

“这就怪了，”我说；“要小心仔细是多么容易啊。”

“我不怀疑，在**你**是容易的。今天早上，我看着你上课，看到你很专心；米勒小姐讲课和问你问题，你的思想似乎一点也没恍惚。而我呢，老是想到别的地方去；在我该听史凯契尔德小姐讲课，把她讲的一切用心记住的时候，我却常常会连她的声音都听不见；我像进入了一种什么梦乡似的。有时候，我以为自己在诺森伯兰[①]，我听到周围的声音，以为是我家附近那条穿过深谷的小溪的潺潺声；——所以，轮到我回答问题的时候，就得先把我叫醒；我倾听的是幻想中的小溪流，不是教师念的书，我一时就答不上来了。”

“可是今天下午你答得多好啊。”

“那是碰巧；我对我们念的东西很感兴趣。今天下午，我没有梦到深谷，我在纳闷，一个人想做好事，怎么会像查理一世有时候那样，做得那么不公平、不聪明；我认为很可惜，他为人正直、谨慎，可是除了王权以外却什么都看不见。要是他能把目光放远一些，看看人们所谓的时代精神的趋向，那该多好啊！不过，我喜欢查理——我敬重他——我同情他，可怜的被谋杀的皇帝！是啊，他的仇敌最坏；他们使他们没有权利伤害的人流了血。他们竟敢把他杀了！”

海伦现在是在自言自语；她忘了我不能很好地理解她的话，我对她所讲的事情一无所知，或者几乎是一无所知。我提醒她回到我的水平上来。

“谭波尔小姐上课的时候，你的思想是不是也恍恍惚惚？”

“当然不，不常常这样；因为谭波尔小姐一般总有些比我的思想更新鲜的东西要讲；她的语言特别叫我喜欢，她传授的知识往往正好是我希望得到的。”

“这么说，你在谭波尔小姐跟前是个好学生啰？”

“是的，那是被动的，我没有作什么努力，我只是随心所欲。这样的好可没有什么了不起。”

“很了不起；别人对你好，你也对别人好。我一向指望的就是这

① 诺森伯兰，英格兰北部的一个郡。

样。要是大伙儿对残暴的人都一味和气，一味顺从，那坏人可就要由着性儿胡作非为了；他们就永远不会有什么顾忌，他们也就永远不会改好，反而会变得越来越坏。当我们无缘无故挨打的时候，我们应该狠狠地回击；我肯定我们应该回击——狠狠地回击，教训教训打我们的那个人，叫他永远不敢再这样打人。”

“你还是个没有受过教育的小姑娘；我想，等你长大一点，你就会改变这个看法。”

“不过，我是这样觉得，海伦；有些人，不管我怎么讨他们喜欢，还是讨厌我，那我就不能不讨厌他们；有些人，给我不公平的惩罚，那我就不能不反抗。这是很自然的事，正如有些人疼爱我，我就爱他，或者是在我觉得该受罚的时候，我就心甘情愿地受罚。”

“异教徒和野蛮民族才信这样的道理；基督徒和文明民族却不承认。”

“怎么？我不懂。”

“最能克服憎恨的不是暴力——最能医治创伤的也不是复仇。”

“那么是什么呢？”

“念念《新约》吧，看看基督是怎么说的，是怎么做的；把他的话作为你的箴规，拿他的行为作为你的榜样。”

“他怎么说的？”

“你们的仇敌要爱他们；咒诅你们的要为他们祝福；恨你们、凌辱你们的要待他们好。”①

“那么我就该爱里德太太，这我可办不到；我还该给她儿子约翰祝福，这也不可能。”

这一回可轮到海伦·彭斯来叫我解释了；我就用我自己的方式滔

① 《圣经·新约·路加福音》第6章第27至28节中是：“你们的仇敌要爱他，恨你们的要待他好。咒诅你们的要为他祝福，凌辱你们的要为他祷告。”

滔不绝地讲了我受尽虐待、心里怨恨的故事。我一激动，就变得尖刻毒辣，我怎么觉得就怎么说，毫不克制，也不把话说得婉转一些。

海伦耐心地听我说完；我想她总该说句什么话吧，可是她什么也不说。

“瞧，”我不耐烦地说，“里德太太可不是个狠心的坏女人么？”

“当然，她对你不好；因为，你瞧，她不喜欢你的性格，就跟史凯契尔德小姐不喜欢我的性格一样；可是你把她对你所说所做的一切，记得多么详细啊！她的虐待似乎在你的心上烙下了多么奇特的深刻印象！虐待从来没有这样在我的感情上留下痕迹。要是你竭力把她的严厉和严厉引起的激动情绪统统忘掉，那你不就能过得更快活一些吗？在我看来，生命太短促，不能用来记仇蓄恨。在人世间，我们人人都有一身罪过，而且不可能不是这样；但是我相信，不久就会有这么一天，我们摆脱了腐朽的躯壳，也就摆脱了这些罪过，堕落和罪孽就会跟着我们的累赘的血肉之躯离开我们，只剩下精神的火花——生命和思想的无形原则，纯洁得就像当初它离开造物主来使万物具有生命的时候一样；它从哪儿来，还回到哪儿去；说不定又进入哪一种比人更高的生物——说不定按着荣耀的品位上升，从苍白的人类灵魂升华到光明的大天使！它肯定永远不会相反，从人降到魔鬼吗？不会，我相信不会；我的信条不是这样的；这个信条没有人教过我，我也很少提到；可是我喜欢这个信条，也固守这个信条，因为它把希望赋给每一个人；它使永生成为一种安息——一种宏伟的家，而不是恐惧和深渊。再说，有了这个信条，我能够清清楚楚地把犯罪者和他的罪孽区别开来，我可以在憎恨他的罪孽的同时真诚地原谅犯罪者。有了这个信条，我决不会为复仇操心，决不会因为堕落深恶痛绝，决不会因为不公平而过分沮丧；我指望着末日，平平静静地过着日子。”

海伦一直垂着头，说完最后一句话的时候，头垂得更低一点。我从她的神情上看出来，她不想再跟我多谈，而情愿跟自己的思想交谈。她能沉思的时间并不长。不一会儿，一个班长，一个粗鲁的大姑娘，走到她跟前，用很重的昆布兰[①]口音嚷道：

“海伦·彭斯，你要是不马上去把你的抽屉收拾整齐，把你的活计叠起来，我就叫史凯契尔德小姐去看看！”

海伦的遐思给驱散了，她叹了一口气，站起身来，服从了班长，没有回答，也没有耽搁。

---

① 昆布兰，英格兰北部的一个郡。

第七章

我在劳渥德的第一个季度似乎有一个时代那么长，而且还不是黄金时代；在这一个季度里，我得作种种令人生厌的斗争，来克服困难，使自己习惯于新的规则，习惯于陌生的工作。我一直担心，怕在这些方面出什么差错，这可比命中注定要我身受的艰苦，更叫我苦恼，虽说艰苦也并不是小事。

在1月、2月，还有3月的一部分，雪一直积得厚厚的，一旦融化，道路就几乎无法通行，我们除了到教堂去以外，不能到花园围墙外面去活动。可是在花园围墙里面，我们还是每天得有一个钟头待在露天里。我们的衣服太单薄，抵不住严寒；我们没有高帮靴，雪钻进了我们的鞋子，在鞋子里融化；我们没戴手套的双手冻麻了，冻疮累累，跟我们的脚一样。我现在还记得清清楚楚，就因为这个原因，每天晚上脚都发烫，难受得叫人要发狂；早上把肿胀、疼痛、僵硬的脚趾塞进鞋子，真痛苦啊。食物供应不足也令人苦恼；我们这些正在发育的孩子食欲很强，可是我们的食物几乎还不够养活一个虚弱的病人。营养不够造成不良风气，这就害苦了年纪小一点的学生；大姑娘们饿坏了，一有机会就或是哄骗或是威吓，要小姑娘们把自己的口粮分出来。有好几次，我在吃点心的时候，把那一小口珍贵的面包分给两个向我要的人；还把我那杯咖啡分一半给第三者，然后，我咽下剩下的一半，同时也咽下了饿急了而偷偷掉下的眼泪。

在那酷冷严寒的季节，星期天是个悲哀的日子。我们得走两英里路上布洛克尔桥教堂去，我们的保护人在那儿做礼拜。我们出发时就很冷，到达教堂的时候更冷；做早祷的时候，差点儿要冻僵了。路太远，不能赶回来吃午饭，在早上和下午的礼拜之间，就吃冷肉和面包，分量之少也跟我们平时的饭食一样。

下午的礼拜结束以后，我们从一条毫无遮蔽的崎岖山路回来，冬日的彻骨寒风从一排积雪的山峰向北边刮来，几乎把我们脸上的皮都刮掉了。

我还能记得，谭波尔小姐步履轻捷地走在我们这个垂头丧气的行列旁边，寒风吹动她的格子斗篷，她把斗篷紧紧裹在身上，说了些箴言，还以身作则，鼓励我们振作精神向前进，正如她所说的："像勇敢的士兵那样。"另外几个教师，可怜的家伙，一般都没精打采的，哪还顾得上鼓励别人。

我们回到学校，多么渴望熊熊炉火的光和热啊！可是，至少小姑娘们是得不到的；教室里的每个壁炉都顿时给两排大姑娘们团团围住，小一点的孩子只得在她们后面，成群地蹲着，把冻僵的胳臂裹在围裙里。

吃点心的时候，有一个小小的安慰，那就是有双份的面包，有整整的一片，而不是半片，上面还涂了薄薄的一层可口的黄油；这是我们从一个星期日巴望到另一个星期日的每周一次的享受。我一般都设法把这份丰厚的点心留一半给自己；而其余的那一半，我总是不得不分给别人。

星期日晚上用来背诵教堂的教义回答，《马太福音》的第五、第六、第七章；还要听米勒小姐念冗长的说教。她忍不住一再打呵欠，这证明她也疲倦了。在这些节目中常常出现的插曲是，五六个小姑娘扮演犹推古①的角色；她们困倦不堪，即使不是从三层楼掉下，也是从第四排凳子上掉下，扶起来的时候，已经半死。挽救的办法就是把她们推到教室中央，强迫她们一直站到听完说教为止。有时候，她们的

① 《圣经·新约·使徒行传》第20章第8至9节："我们聚会的那座楼上有好些灯烛，有一个少年人，名叫犹推古，坐在窗台上，困倦沉睡，保罗讲了多时，少年人睡熟了，就从三层楼上掉下去，扶起他来，已经死了。"

脚不听使唤，她们就瘫痪下来，在地上蜷作一团；那就不得不用班长的高凳子把她们支持住。

我还没有提到布洛克尔赫斯特先生到学校来的事。事实上，在我进学校以后的第一个月里，那位绅士有大部分时间都不在家；也许是在副主教家里多盘桓了一阵子。他不在，倒是件叫我感到欣慰的事。我不消说，我自有理由害怕他的到来。可是他终于还是来了。

有一天下午(那时候我已经在劳渥德待了三个星期了)，我手里拿着块石板坐着，苦苦思索，解一道长的除法算术题，心不在焉地抬起头望望窗子，瞥见正有一个人走过去；我几乎是凭着本能认出了那个瘦长的人影。两分钟以后，全校上下，包括教师在内，都全体[①]起立，我不抬头看也知道她们在欢迎谁。谭波尔小姐也站了起来。在盖兹海德炉边地毯上曾经不祥地对我怒目而视的那根黑柱子，在教室里迈着阔步走着，不一会儿，就已经站在谭波尔小姐身边了。这当儿，我斜眼偷看一下这块建筑物的构件。对，我没猜错；是布洛克尔赫斯特先生，他穿着大衣，纽扣都扣紧了，看上去比以前更长，更细，更严厉。

我自有理由害怕这种出现。里德太太说了那些恶意中伤我的性情等等的暗示，布洛克尔赫斯特先生答应把我的坏脾气通知谭波尔小姐和教师们，这些我都记得太清楚了。我一直在害怕他实现这个诺言，——我天天在提心吊胆地等这个“快来的人”。他报告一下我过去的生活和谈话，就可以永远把我判定为一个坏孩子。如今，他已经来了。他站在谭波尔小姐身边，正凑着她耳朵在低声说话；我不怀疑，他准是在把我的恶劣行为告诉她；我痛苦而焦急地望着她的眼睛，随时准备她的黑眸子向我投来嫌恶和轻蔑的一瞥。我也在静听；我正好

---

① 原文为法文，以仿宋体表示，下同。

坐在靠近屋子上手的地方，他说的话我能听见一大半；谈话的内容解除了我眼前的恐惧。

“谭波尔小姐，我看我在洛顿买的线可以用吧；我想这种线缝布衬衫正合适，我还挑了一些和它相配的针。你可以告诉史密斯小姐，我忘了开一张买织补针的条子，不过，下个星期可以送给她。不管怎么样，她每次至多只能给每个学生发一根针；给多了，她们容易粗心大意把针丢了。还有，小姐！我希望羊毛袜子还得注意一些！——我上次在这里，到菜园去查看一下晾在绳子上的衣服；有许多黑袜子都没有补好；从袜子上破洞的大小来看，我肯定袜子没有经常好好地补。”

他停住了。

“我们一定遵照你的指示去办，先生，”谭波尔小姐说。

“小姐，”他接着说下去，“洗衣妇告诉我，有一些姑娘一个星期换了两次干净领饰；太多啦；规章上限定只能换一次。”

“我想这件事我可以解释一下，先生。艾格妮丝和凯塞琳·约翰斯东两人，上个星期四有朋友请她们上洛顿去喝茶，我答应她们在那时候换干净的领饰。”

布洛克尔赫斯特先生点点头。

“好吧，一次还可以通融；可是，请不要让这样的事常常发生。还有件事也叫我吃惊；我跟总管算账，发现上两个星期中，居然给姑娘们吃了两次面包和干酪的点心。这是怎么回事？我查了一下规章，上面可没有提到吃点心。这是谁订的新制度？谁批准的？”

“这件事得由我负责，先生，”谭波尔小姐回答，“早饭做坏了，学生们没法吃；我不敢让她们一直饿到中午。”

“小姐，请允许我占用你一点儿时间。——你总该明白吧，我教育这些姑娘，并不是打算叫她们养成奢侈放纵的习惯，而是要她们吃苦、忍耐、克己。万一有什么不合口味的小事发生，像做坏了一顿饭啦，一道菜没烧熟或是烧过了头啦，那就不该因为失去了一点儿滋味，就代之以更精美的食物来弥补这件事，这样使身体满足了，却忽视了这个机构的宗旨。应该利用这件事，鼓励她们勇于忍受一时的艰苦，借此给学生以精神上的熏陶。在这种场合作一次简短的训话，不会是不合时宜的，一位贤明的导师会借此机会提一下原始基督徒的苦行；提一下殉道者的痛苦；提一下天上的我主的训诫，他要他的门徒们拿着十字架跟随着他；提一下他的警告：人不能只靠面包，还要靠上帝所说的每一句话生活；提一下他神圣的安慰：'假如你们为我忍渴受饥，那你们是幸福了。'啊，小姐，你让这些孩子吃面包和干酪，代替烧糊了的粥，你的确可以喂饱她们的恶浊躯壳，你却没想到你叫她们的不朽灵魂挨了饿！"

布洛克尔赫斯特先生又停住了——也许是过于激动吧。他刚开始说话的时候，谭波尔小姐一直看着下面；可是现在，她眼睛凝视着前面，她那生来就白得跟大理石一般的脸，变得跟大理石一样冷漠、一样固定；特别是她的嘴，紧紧地闭着，仿佛要用雕刻家的凿子来凿才凿得开似的，她眉宇间也渐渐露出了十分严厉的神情。

这时候，布洛克尔赫斯特先生反剪着手站在壁炉跟前，威风凛凛地察看着全校学生。突然他的眼睛眨巴了一下，仿佛看到了什么缭乱或惊扰他眸子的东西似的；他回过头去，用比以前更急促的声调说：

"谭波尔小姐，谭波尔小姐，那——那鬈头发的姑娘是**谁**？红头发，小姐，全——全都是鬈的？"他用拐杖指着那可怕的对象，他这样指着的时候，手还在打哆嗦。

"那是裘丽亚·赛弗恩，"谭波尔小姐若无其事地回答。

"裘丽亚·赛弗恩，小姐！为什么她，或者任何别人，还留着鬈发？什么，在一个福音的慈善机构里，——居然违反了这里的一切清规戒律，公然随从世俗，梳起这么一头鬈发来了？"

“裘丽亚的头发是天然鬈的，”谭波尔小姐更若无其事地回答。

“天然！对啊，可是我们不能依从天然。我希望这些姑娘都成为蒙受神恩的孩子；为什么要留那么多头发？我一再叮嘱过，要把头发梳得平伏、朴素、简单。谭波尔小姐，一定得把那姑娘的头发全都剪掉；我明天就叫个剃头的来；我看见还有些姑娘的头发太累赘——那个高个子姑娘，叫她转过身去。叫第一班的都站起来，把脸对着墙。”

谭波尔小姐用手帕捂了一下嘴唇，仿佛要把那儿情不自禁浮现的一丝微笑抹平似的；不过她还是下了命令。第一班的姑娘们听懂了该做什么事的时候，都服从了。我坐在我的凳子上，稍微往后靠一些，就可以看见她们挤眉弄眼，做出各种表情，表示她们对这个操演的不满。可惜布洛克尔赫斯特先生没能够也看见；不然他也许会觉得：不管他怎么摆弄杯盘的外面，他却远不能像他想象的那样，干涉那里面的东西。

他细细地把这些“活奖牌”的背面察看了五分钟光景，然后宣布了判决。这句话像丧钟一样响了起来：

“头顶上的那些髻都得剪掉。”

谭波尔小姐似乎在抗议。

“小姐，”他接着往下说，“我要侍候的主人，他的王国不是属于这个世界的；我的天职是压制这些姑娘肉体上的欲望，教导她们穿着朴素淡雅，不把头发编起来，不穿华丽的衣服；我们面前的这些年轻人，个个头上都编着辫子，这都是虚荣心编的玩意儿；我再说一遍，得把这些统统剪掉；想想浪费掉的时间，想想——”

布洛克尔赫斯特先生说到这儿，话给打断了；另外三个客人走进了教室，三个都是女客。她们真该再早一点儿来，那就可以听听他那篇关于服装的说教，因为她们都穿着丝绒、绸缎、皮衣，打扮得十分华丽。三位女客中年轻的两个（十六七岁的美丽姑娘）都戴着当时流行的灰色獭皮帽，上面还插着鸵毛，在这华美的帽子的帽檐下面，是卷得很精致的浓密的浅色鬈发；上了年纪的那位太太裹着一条贵重的貂皮边丝绒披巾，额前还戴着法国假鬈发。

这几位太太小姐是布洛克尔赫斯特太太和两位布洛克尔赫斯特小姐，谭波尔小姐恭恭敬敬地接待了她们，请她们坐上教室上手的上座。看来她们是跟她们那位担任圣职的家属一起坐马车来的，他和总管办交涉、查问洗衣妇、教训监督的时候，她们细细地查看了楼上的房间。现在，她们对照管被服、检查宿舍的史密斯小姐提出了一些看法和责备。可是我没有时间听他们的话；另外有一些事把我的注意力吸引住了。

在这以前，我一边听布洛克尔赫斯特先生和谭波尔小姐谈话，一边没有忘了小心注意自己的安全；我想只要我不让他看见，我是安全的。为了要达到这个目的，我坐在凳子上尽量往后靠，看上去像在忙着做算术，把石板举得高高的，遮住我的脸。我原来很可以不被他注意，可是偏偏不巧，不知怎么的，我那块捣蛋的石板竟从我手里滑下来，砰地一声掉下了地，惹得人人都马上朝我看。我知道这下子完蛋了，我弯下腰去拾那块破成两半的石板，我集中全部力量，准备迎接最坏的事。最坏的事终于发生了。

“冒失的姑娘！”布洛克尔赫斯特先生说，紧接着又说：“我看是那个新学生。”我还来不及喘一口气，他又说下去，“我不能忘了，关于她我还有一句话要说。”然后大声说：那声音在我听来有多大啊！“叫打破石板的那个孩子过来！”

我自己是动不了的，我瘫痪了；可是坐在我两边的两个大姑娘扶我站起来，推我朝那可怕的法官面前走去，接着，谭波尔小姐轻轻把我扶到他脚跟前去，我听见她在低声劝我：

“别怕，简，我看出这是无意的；你不会受罚。”

这仁慈的低语像一把匕首直刺进我的心。

“再过一分钟，她就要把我看做一个伪君子，瞧不起我了，”我想；心头一产生这个信念，就有一种反对里德-布洛克尔赫斯特合伙公司的愤怒冲动在我的脉搏里跳动起来。我可不是海伦·彭斯。

“把那张凳子拿来，”布洛克尔赫斯特先生说，指着一张很高的凳子说，一个班长刚从那张凳子上站起来；凳子给端过来了。

“把这孩子放上去。”

我给抱到凳子上，谁把我抱上去的，我也不知道。我这时候注意不到这些小事。我只知道他们把我举到像布洛克尔赫斯特先生的鼻子那么高的地方，他离我只有一码远，在我下面，橘黄和紫酱闪色缎子的饰皮外衣和银白色羽毛像一大片云雾般地舒展着、飘动着。

布洛克尔赫斯特先生清了一下嗓子。

“太太小姐们，”他转过头去对他的家属说；“谭波尔小姐、教师们和孩子们，你们都看见这个姑娘吧？”

他们当然都看见；因为我觉得她们的眼睛都像火镜似的朝我的焦灼的皮肤看着。

“你们瞧，她年纪还小；你们看到，她有孩子的一般外貌；上帝开恩把和我们大伙儿一样的模样赐给了她；没有哪一点残缺的地方表示她是个特殊的人。谁料想得到，魔鬼已经在她身上找到了一个仆人和代理人？然而，我很痛心地说，这确是事实。”

一次停顿——在这中间，我开始把我的麻痹的神经稳住了，开始觉得已经渡过了鲁比孔河①；审判已经没法躲避，只得坚强地忍受。

“我亲爱的孩子们，”这个黑色大理石教士悲痛地说，“这是个悲

---

① 鲁比孔河，意大利北部一条河。古罗马将军恺撒一边说“骰子已经掷下了，就这样吧！”一边渡过这条河。他一渡过这条河就得和掌握罗马政府大权的庞培作战。

这仁慈的低语像一把匕首直刺进我的心。

“再过一分钟，她就要把我看做一个伪君子，瞧不起我了，”我想；心头一产生这个信念，就有一种反对里德-布洛克尔赫斯特合伙公司的愤怒冲动在我的脉搏里跳动起来。我可不是海伦·彭斯。

“把那张凳子拿来，”布洛克尔赫斯特先生说，指着一张很高的凳子说，一个班长刚从那张凳子上站起来；凳子给端过来了。

“把这孩子放上去。”

我给抱到凳子上，谁把我抱上去的，我也不知道。我这时候注意不到这些小事。我只知道他们把我举到像布洛克尔赫斯特先生的鼻子那么高的地方，他离我只有一码远，在我下面，橘黄和紫酱闪色缎子的饰皮外衣和银白色羽毛像一大片云雾般地舒展着、飘动着。

布洛克尔赫斯特先生清了一下嗓子。

“太太小姐们，”他转过头去对他的家属说；“谭波尔小姐、教师们和孩子们，你们都看见这个姑娘吧？”

他们当然都看见；因为我觉得她们的眼睛都像火镜似的朝我的焦灼的皮肤看着。

“你们瞧，她年纪还小；你们看到，她有孩子的一般外貌；上帝开恩把和我们大伙儿一样的模样赐给了她；没有哪一点残缺的地方表示她是个特殊的人。谁料想得到，魔鬼已经在她身上找到了一个仆人和代理人？然而，我很痛心地说，这确是事实。”

一次停顿——在这中间，我开始把我的麻痹的神经稳住了，开始觉得已经渡过了鲁比孔河[1]；审判已经没法躲避，只得坚强地忍受。

“我亲爱的孩子们，”这个黑色大理石教士悲痛地说，“这是个悲

---

① 鲁比孔河，意大利北部一条河。古罗马将军恺撒一边说“骰子已经掷下了，就这样吧！”一边渡过这条河。他一渡过这条河就得和掌握罗马政府大权的庞培作战。

哀、忧郁的时刻；因为我有责任警告你们，这个小姑娘原可以成为上帝自己的羔羊，但是她却是个遭到上帝摒弃的孩子，不是真正羔羊中的一个，而显然是个外来的闯入者。你们都得小心防着她；你们都得避免学她的样；必要的话，还要避免和她在一起，不许她参加你们的游戏，不许她和你们说话。教师们，你们得监视她，注意她的一举一动，好好掂掂她的话的分量，仔细检查她的行为，惩罚她的肉体，以拯救她的灵魂；如果她的灵魂的确还可以拯救的话，因为（我说这话舌头都要打颤）这个姑娘，这个孩子，这个生长在基督教国家的人，比许多跪在讫哩什那神像[①]前面向梵天[②]祷告的小异教徒还要坏——这个姑娘是个——是个撒谎者！”

接下来停了十分钟：这时候我已经完全神志清醒了，只见布洛克尔赫斯特家的三个女人都拿出手帕来揉揉眼睛，上了年纪的那个摇晃着身子，两个年轻的低声说：“多可怕啊！”

布洛克尔赫斯特先生接着说下去。

“这是我从她的女恩人，从那位虔诚、慈善的太太那里听说的。她见她父母双亡，收养了她，把她当作自己亲生的女儿扶养起来。而她却那么恶劣，那么可怕，用忘恩负义来报答她的仁慈慷慨，她那位极好的女恩人终于不得不把她和自己的孩子隔开，免得她的坏榜样玷污了他们的纯洁。她把她送到这儿来治疗，就像古时候犹太人把病人送到有天使搅动池水的毕士大池[③]去。教师们和监督，我请你们不要让她周围的水停下不动。”

布洛克尔赫斯特先生说出了这个卓越的结束语，把大衣最上面一颗纽扣整一整好，对他的家属低声说了些什么。她们站起身来，向谭

① 讫哩什那，印度教三大神之一毘瑟笯的第八化身。

② 梵天，印度教中一切众生之父。

③ 据《圣经 · 新约 · 约翰福音》第5章第2节，毕士大池是耶路撒冷附近羊门之一池，有天使按时下池子搅动池水，谁先下水，无论害什么病，病就会痊愈。

波尔小姐鞠了一躬，这些伟人们就都威风凛凛地走出教室。我的法官走到门口，回过头来说：

“让她在那张凳子上再站半个钟头，在今天剩下来的时间里，不许人和她说话。”

于是，我就在那儿高高地站着；站在教室中央的地上，我曾经说过：受不了这种耻辱，如今却在众目睽睽之下站在耻辱的垫座上。我的感受怎样，这可是言语无法描述的。但正当百感交集使我呼吸阻塞、喉咙收缩的时候，一个姑娘朝我走来，从我面前走过去；经过我的时候，她抬起眼来看看。她眼睛里闪出多么古怪的光芒啊！那一线光芒使我产生了一种多么奇特的感觉啊！是怎么样一种新的感情在支持着我！仿佛是一个殉道者，一个英雄经过一个奴隶或一个牺牲者的身边，在经过的时候赐给了他力量。我控制住了正待发作的歇斯底里，昂起头，在凳子上站站稳。海伦·彭斯问了史密斯小姐一些关于活计的小问题，因为问题琐碎挨了骂，她回到自己的座位上去，再一次经过我的时候，对我笑了一笑。怎样的微笑啊！我到今天还记得，这是大智大勇的流露；它就像天使脸上的反光一样，照亮了她那特殊的轮廓、瘦削的脸蛋和凹陷的灰眼睛。然而在那时候，海伦·彭斯的胳臂上却戴着“不整洁的标志”；不到一个钟头以前，我还听见史凯契尔德小姐罚她明天中午只准吃面包和白水，因为她抄习题的时候，把练习簿弄脏了。人的天性就是这样地不能尽善尽美！哪怕在最明亮的星球上也会有这样的黑点；而史凯契尔德小姐那样的眼睛就只看见那些细小的缺点，而看不见星球的万丈光芒。

第八章

过了半个钟头不到，钟敲五点；学校散课了，大伙儿都到饭厅里去喝茶。我这才敢下来。暮色已浓；我悄悄走到一个角落，在地板上坐下。在这以前一直鼓励着我的那种魔力，开始消失，产生了反作用，不一会儿，我再也忍受不住心头的悲痛，便脸朝下扑倒在地上。现在我哭了；海伦·彭斯不在这儿；没有任何东西支持着我；我剩下一个人，再也克制不住自己，眼泪淌到了地板上。我是想做个那么好的孩子，是想在劳渥德做那么多事；是想交那么多朋友，去博得尊敬、赢得爱。我已经有了明显的进步；就在当天早上，我已经坐到了我那班学生的第一个位子上；米勒小姐热情地夸奖过我；谭波尔小姐微笑着表示赞扬；她还答应教我画画，让我学法语，只要我在接下来的两个月里还有同样的进步；而且同学们都待我很好；和我年龄相仿的同学们把我当作和他们平等的人来对待，没有人来欺侮我；而如今，我又被打倒了，又受到了践踏；我还有再爬起来的日子么？

“永远没有，”我想；我一心巴望自己死掉。我正断断续续啜泣着说出这个愿望，有一个人走近来；我跳了起来——海伦·彭斯又来到了我的身边；将熄未熄的炉火刚好还能够照出她正在这间空荡荡的长房间里走过来；她给我端来了咖啡和面包。

“来，吃点儿什么吧，”她说；可是我把两者都放在一边，只觉得在眼下这个环境里，一滴咖啡一块面包屑都似乎会把我哽住。海伦凝望着我，也许感到惊奇；我拼命努力，可是这会儿还是不能把我的激动心情平息下来；我继续放声大哭。她在我身边的地上坐下，用胳臂抱住膝头，把头搁在膝头上；她一声不响一直保持着这个姿势，像个印度人一样。我先开口：

“海伦，你干吗跟一个人人都认为是撒谎者的姑娘待在一起呢？”

“人人，简？咳，只有八十个人听见他把你叫作撒谎者，世界上有几万万人呢。”

“我跟几万万人有什么关系？我认识的八十个人都瞧不起我。”

“简，你错了；也许学校里没有一个人瞧不起你或者不喜欢你；我肯定，许多人都很同情你。”

“布洛克尔赫斯特先生说了那番话以后，他们怎么还会同情我呢？”

“布洛克尔赫斯特先生又不是上帝；他甚至不是一个受人尊敬的大人物；这儿的人不喜欢他；他也从来不采取什么步骤来使别人喜欢他。他要是待你像一个特殊的宠儿，那你倒还可能在周围发现一些明的或暗的仇敌；事实上，大部分人只要敢的话，都会向你表示同情。教师们和学生们在一两天之内也许会用冷漠的眼光看你，可是她们心里却在孕育着友情；只要你不屈不挠，仍旧好好努力，这种暂时压抑着的感情不久就会更明显地表示出来。再说，简，”——她说到这儿停了下来。

“怎么，海伦？”我说，我把手放到她的手里；她轻轻地摩擦我的手，想把它擦热，接着说下去：

“哪怕全世界的人都恨你，都相信你坏，只要你自己问心无愧，你也不会没有朋友的。”

“不，我知道我该看重自己；可是这还不够，要是别人不爱我，那我宁可死掉，也不要活着——我受不了孤独和别人的憎恨，海伦。瞧，为了博得你，或者谭波尔小姐，或者任何一个我真正爱的人的真正的爱，我会心甘情愿地让我的胳臂被折断，或者让一条牛用角把我挑起来，或者站在尥蹶子的马后面，让马蹄子踢着我的胸膛——”

“嘘，简！你把人的爱看得太重了；你太冲动，太热情；创造了你的躯壳，又赋给它生命的那只至尊的手，除了你微弱的自我，或者除了像你这样的微弱造物以外，还给你准备了别的东西。除了这个尘世，除了人类，还有一个看不见的世界，还有一个神灵的王国。这个世界就在我们周围，它无所不在；那些神灵守望着我们，因为它们有保护我们的任务；要是我们在痛苦和耻辱中死去，要是轻蔑从四面八方向我们袭来，憎恨压垮了我们，那么天使们能看见我们受苦，承认我们是无辜的，只要我们的确是无辜的。我知道，布洛克尔赫斯特先生间接从里德太太那里听到、又无力而夸大地说出来的那些罪，你并没有犯。从你的热情的眼睛和纯洁的额头上，我可以看出你的天性是真诚的。上帝只是在等灵与肉分离，来给我们充分的报酬。那么，既然生命很快就会过去，死后又一定能获得幸福、获得荣耀，我们又何必沉溺在痛苦中呢？”

我默不作声，海伦使我平静下来了；但是在她传播的这种宁静中，却掺杂着一种无法表达的忧郁。她说话的时候，我隐隐感到一种悲哀，却又说不出它从何而来；她说完以后，有点儿气喘，短短地咳了一阵嗽，我一时忘掉了自己的悲伤，对她产生了一种朦胧的关切。

我把头靠在海伦肩上，用胳臂搂着她的腰；她把我拉过去，让我偎依着她，我们在寂静中休息着。我们这样坐了不久，又进来了一个人。大风起来，卷走了天上的阴云，月亮露了出来；月光泻进附近的窗口，毫无遮拦地照耀着我们，也照耀着走近来的那个人。我们一眼就认出，来的是谭波尔小姐。

“我是来找你的，简·爱，”她说；“我要你上我屋里去。海伦·彭斯跟你在一块儿，那她也来吧。”

我们去了。由监督带领着，我们得穿过一些错综复杂的过道，爬上一道楼梯，才能到她的房间。房间里生着熊熊的火，看上去很舒适。谭波尔小姐叫海伦·彭斯坐在壁炉旁边一个低低的扶手椅上，她自己在另外一张上坐下。她把我叫到身边。

“一切都过去了吗？”她低下头来看着我的脸问。“你的悲哀都哭完了没有？”

“我怕永远也哭不完。”

“怎么呢？”

“因为我是冤枉的；现在你，小姐，还有别人，人人都要以为我是个坏孩子了。”

“孩子，你自己证明是怎么个孩子，我们就认为你是怎么个孩子。继续做个好姑娘吧，你会叫我们满意的。”

“我会吗，谭波尔小姐？”

“你会的，”她用胳臂搂着我说。“现在告诉我，布洛克尔赫斯特先生说的你那位女恩人是谁？”

“里德太太，我的舅妈。我舅舅去世了，他把我托给她扶养。”

“那末，她不是自愿收养你的？”

“不是的，小姐。她不得不收养我，还感到遗憾呢；可是我常听用人们说起，我舅舅临终的时候，叫她答应了永远扶养我。”

“好，简，你知道，或者至少我要告诉你：犯人受到了控告，他总是允许为自己辩护的。人家责备你撒谎；你在我面前，尽量为自己辩护吧。把你记得的真实情况都说出来；可是不要加点什么，也不要夸大。”

我在心底里决定，一定要说得非常有分寸，非常正确。我思考了几分钟，把我要说的东西有条有理地安排了一下。我把我忧郁的童年生活的故事一股脑儿都讲给她听。我激动得筋疲力尽，用的语言比平时发挥这个悲哀题材的时候要温和得多，而且还记得海伦的关于憎恨过度的警告，因此在讲的时候，加入的怨恨和苦恼要比平时少得多。这样压缩和简化了一下，听起来更真实可靠。我一边讲一边觉察到，谭波尔小姐完全相信我的话。

在讲故事的时候，我提到了劳埃德先生，说他在我昏厥以后来看过我，因为我永远也忘不了我认为可怕的那一幕红屋子里的插曲；在详细描述的时候，我的激动肯定在某种程度上越出了界限，因为，里德太太不顾我发疯似的求饶，把我第二次锁在那间闹鬼的黑暗屋子里的时候，紧紧揪住我心的那种剧烈痛苦，是什么也不能在我记忆中使它缓和的。

我说完以后，谭波尔小姐默默地看了我几分钟；然后说：

“我有点认识劳埃德先生；我将写封信给他；要是他的回信和你的叙述相符，那就当众给你洗雪这一切莫须有的罪名。简，在我看来，你现在已经是无罪的了。”

她吻吻我，仍然让我留在她身边（我满心喜欢地站在那儿，因为看着她的脸、她的衣服、她的一两件装饰品、她的白皙的额头、她的一簇簇光亮的鬈发和明亮的黑眼睛，我获得一种孩子的喜悦），她开始和海伦·彭斯说话。

“海伦，你今天晚上怎么样？今天咳得厉害吗？”

“我想，不怎么厉害，小姐。”

“胸口的疼痛呢？”

“也好一点儿了。”

谭波尔小姐站起来，拿起她的手，给她切脉，然后回到自己的座位上。她坐下来的时候，我听见她轻轻叹了一口气。她沉思了几分钟，然后振作精神，愉快地说：

“可是今天晚上，你们两位是我的客人；我得把你们当客人来款待。”她打了铃。

“芭芭拉，”她对应声而来的女仆说，“我还没吃过点心；把茶盘拿来，给这两位年轻小姐也搁上两个杯子。”

茶盘立刻拿来了。在我看来，那些瓷茶杯和那个亮晶晶的茶壶放在炉边的小圆桌上，有多美啊！茶的热气，烤面包的香味，有多香啊！可是，叫我失望的是(因为我已经开始觉得饿了)，我发现面包只有很小的一份。谭波尔小姐也发现了：

“芭芭拉，”她说，“你不能再给我们拿点儿面包和黄油来吗？这点儿不够三个人吃。”

芭芭拉出去了。不一会儿就回来：

“小姐，哈顿太太说，她是按照平时的分量送来的。”

得说明一下，哈顿太太是总管，她完全合布洛克尔赫斯特先生的心意，是用同样的鲸鱼骨和铁制成的。

“啊，好吧！”谭波尔小姐回答说；“我看，只好将就一下，芭芭拉。”那姑娘出去的时候，她微笑着补了一句，“幸亏这次我还能弥补这个不足。”

她邀海伦和我到桌子跟前去，在我们每人面前放一杯茶，一片可口的但是很薄的面包，她站起来，用钥匙开了一个抽屉，从里面取出一个纸包。我们马上看到里面包的是一个很大的香草子饼。

“我原来打算给你们每人带一点回去，”她说；“可是面包那么少，只好现在就吃了，”她动手把饼很慷慨地切成一片片。

那天晚上，我们像享受琼浆珍馐般地大吃了一顿；我们的女主人带着满意的微笑，看着我们用她大量提供的精美食物解饥，笑容中流露出款待客人的莫大愉快。吃完茶点，盘子给端走了，她又把我们叫到炉火跟前；我们一人一边在她身旁坐下。于是她和海伦开始交谈起来。能被允许听她们的谈话，的确可以说是一种特权。

谭波尔小姐神情中总是带点儿宁静，仪态中总是带点儿庄严，谈吐总是彬彬有礼，这些都使她不至于显得狂热、激动和急切，也使看着她和听着她的人产生一种有约束力的敬畏感，而让他们所感到的愉快纯洁化了。当时我的感觉就是这样。至于海伦·彭斯呢，她却叫我惊异得发呆了。

令人精神振奋的一餐，明亮的炉火，加上她心爱的监督的在场和好意，也许比这一切更重要的是，她自已那独特心灵中的一样什么，在她身上激起了力量。这些力量醒过来，燃烧着：首先，在她那脸蛋的嫣红中发光，而在这以前我一直只看到她的脸蛋是苍白的，毫无血色的；然后，在她双眼的水汪汪的光泽中发亮。她的双眼突然间呈现出一种比谭波尔小姐的眼睛更奇特的美。这不是那种色泽艳丽、睫毛细长或画过眉毛的美，而是一种内在含义的美，活动的美，光辉的美。接着，她的心灵就像坐在她嘴唇上似的，话语滔滔不绝地流出来；我也说不出它是从哪个源头流出来的。一个十四岁的姑娘能有那么宽广、那么生气蓬勃的心胸，来容纳这纯洁、丰富和热情的雄辩的不断膨胀的源泉么？在那个对我说来是值得怀念的晚上，海伦的谈话就有这个特点。她的心灵似乎要匆匆地在短暂的片刻时间内生活得像别人在漫长的一生中一样。

她们谈论着我从来没听见过的事物：古老的民族和古老的时代啦，遥远的国家啦，已经发现或正在猜测的大自然的奥秘啦。她们谈论书籍；她们看的书真多啊！她们的知识多么渊博啊！她们似乎非常熟悉法国人的名字和法国的作家。谭波尔小姐问海伦，她是否还能偶尔挤出一点时间来温习她父亲教给她的拉丁文，说着从架子上拿了一本书，叫她朗读而且逐字翻译一页“维吉尔”[①]，这时候我的惊奇可说是达到了顶点。海伦照着做了，我每听一行就更激起我的尊敬。她刚结束，上床钟就响了，这是不允许耽搁的。谭波尔小姐拥抱了我们两人，在把我们搂在怀里的时候说：

---

① 维吉尔（公元前70—公元前19），古罗马诗人，这里指他的作品。

“上帝保佑你们，我的孩子们！”

她拥抱海伦的时间比我长一点；她更不愿意放海伦走。她目送到门口的是海伦；也正是为了海伦，她才悲哀地第二次叹了口气；为了海伦，她从脸颊上擦去一颗泪珠。

刚走到宿舍，我们就听见史凯契尔德小姐的声音。她在检查抽屉，她刚把海伦·彭斯的抽屉抽出来。我们一进去，海伦就被狠狠地骂了一通。史凯契尔德小姐还要她第二天把六样折得乱七八糟的东西别在她的肩头上。

“我的东西的确乱得丢脸，”海伦喃喃地低声对我说，“我原来倒是想整理一下，可就是忘了。”

第二天早上，史凯契尔德小姐在一张纸板上用显眼的字体写了“邋遢”两个字，把它像辟邪符般地绑在海伦那宽阔、温和、聪明和显得厚道的额头上。她戴着它一直到傍晚，忍耐着，毫无怨恨，把它看作应得的惩罚。下午放学以后，史凯契尔德小姐一走，我就奔到海伦面前，把它扯下来，扔到火里。她所不能感到的怒火整天在我心里燃烧着，大滴的热泪一直不断地在洗着我的脸颊，看着她那悲哀的逆来顺受的样子，叫我心痛得无法忍受。

在上面讲的那件事发生以后一个星期，给劳埃德先生写了信的谭波尔小姐，收到了他的回信，看来他所说的和我叙述的相符。谭波尔小姐把全校学生都召集拢来，宣布对所谓的简·爱的罪过作了调查，说她能够宣称简·爱已经完全摆脱一切莫须有的罪名，感到非常高兴。于是老师们过来跟我握手，吻我，我的各排的同学发出了一阵欢乐的嗡嗡声。

一个令人悲痛的包袱就这样摆脱了。我从这时候就开始重新努力。我决心排除万难闯出一条路子来。我辛勤地干着，我获得的成功和我的努力成正比。我的记忆力并不是天生很强的，通过实践有了改进；做练习使我的智力变得敏锐了，几个星期以后，我升了一班，不到两个月，我就被允许开始学法语和图画。我学了动词 Etre[①] 的头上两种时态，在同一天，还画了我的第一所茅屋，顺便提一下，那所茅屋的墙在斜度上胜过了比萨斜塔[②]。那天晚上，我上床的时候，忘了在想象中准备热的烤土豆，或者白面包和新鲜牛奶。往常我总是用这种巴美赛德[③]的晚餐来满足自己内心的渴望。这一晚，我却是在黑暗中饱览了理想的图画，全都是我亲手画的，得心应手地画出来的房子和树丛，别致的岩石和废墟，一群群魁普[④]式的牲口，还有蝴蝶在含苞欲放的玫瑰花上飞舞，鸟儿啄食熟了的樱桃，藏着珍珠般的鷦鹩蛋的鷦鹩窠，周围还盘绕着常春藤的嫩枝，诸如此类的可爱的画。我脑子里还盘算着，我是否有可能把马丹比埃洛那天给我的一本小的法国故事书流畅地翻译出来。这个问题还没圆满地解决，我就已经舒服地睡着了。

所罗门说得好："吃素菜，彼此相爱，强如吃肥牛，彼此相恨。"[⑤]

现在，我可不愿意拿劳渥德和它的贫困去换盖兹海德府和它平日的奢华了。

---

① 法语，意思是"是"，"在"。

② 意大利比萨城内著名的斜塔。

③ 巴美赛德，《一千零一夜》中的一个王子，假装请乞丐赴宴，却又不给任何食物，借以愚弄穷人。

④ 魁普(1620—1691)，荷兰画家，善画牲口和风景。

⑤ 所罗门(公元前 1033—公元前 975)，古以色列王国国王，以富有智慧著称。这段话见《圣经·旧约·箴言》第 15 章第 17 节。

第九章

但是，劳渥德的贫困，或者不如说艰苦，减轻了。春天渐近，实际上已经来临，冬天的严寒已经消除，雪已融化，刺骨的寒风也缓和了。我可怜的双脚，原先被正月的冷空气冻掉了皮而且肿了起来，连走路都一瘸一拐的，如今在4月的和风下，开始痊愈和消肿。黑夜和早晨不再用加拿大式的气温来把我们血管中的血冻住；要在花园里度过的游戏时间，对我们来说已经是可以忍受得了，有时候碰到阳光灿烂的日子，甚至可以说是舒适的、令人愉快的。褐色的花坛上已长出新绿，它一天比一天新鲜，使人觉得仿佛希望之神曾经在夜里打这儿经过，在早上留下了更加明亮的足迹。花儿从叶簇中探出头来，有雪莲花，藏红花，紫色耳状报春花和长着金眼睛似的三色堇。星期四下午放半天假，我们出去散步，还可以发现路边树篱下正开着一些更加可爱的花。

我还发现，在我们花园的装有尖铁的高围墙外面，有着一种莫大的乐趣，一种只有天际才是界限的愉快：这种乐趣，包括可以看到崇山峻岭围绕着一个大山坳，里面郁郁葱葱，浓荫遍地；还包括一条清澈的山溪，里面充满了暗色的石块和闪亮的涡流。这景色和我在冬日的灰暗天空下看到的是多么不同啊！那时候，它被严寒冻僵了，覆着裹尸布般的雪，死一样冰冷的雾在东风的驱赶下沿着紫色的山峰飘荡，滚下低洼草地和河滩，直到和山溪上冰冻的雾气混合在一起！那时候，山溪本身就是一条激流，混浊，没有遮拦，它冲散树林子，发出震撼长空的狂号，往往还因为夹着暴雨和打旋的雨夹雪而声音变得更加沉闷。两岸的森林呢，那看上去只像是一排排的骷髅。

4月过去，5月来临；那是个明媚、恬静的5月。整整一个月，每天都是天空碧蓝，阳光和煦，微微吹着西风或南风。如今，植物生机勃勃地成熟了；劳渥德抖开了它的秀发，变成一片绿色，到处都是鲜花；大榆树、梣树和橡树的骷髅都活了过来，显得很威严；在隐蔽的地方，林中植物长得十分茂盛；洼地里覆满了青苔，种类多得数都数不清，许许多多的野樱草花，看上去就像满地古怪的阳光；我看见它们的淡金色在阴暗处闪闪发亮，仿佛是撒落在地上的最可爱的光辉。所有这一切，我常常尽情地欣赏着，自由自在，没有人看着我，而且几乎是独自一个人。所以会有这不平常的自由和乐趣，那是有原因的。现在我的任务就是谈谈这个原因。

我不是描写了一个可爱的住所么？我把它说成是偎依在小山和树林之中，屹立在小河边上。确实是够讨人喜欢的；但是，是否有益于健康，那却是另外一个问题了。

劳渥德所在的那个覆着森林的山谷，是雾和瘴疠的发源地；瘟疫随着加速来临的春天，加速溜进了孤儿院，把斑疹伤寒吹进了拥挤的教室和宿舍，还没到5月，就把学校变成了医院。

半饥半饱，感冒又没有及时治疗，这就注定了大部分学生要受到传染；八十个姑娘中，一下子就病倒了四十五个。课上不成了，纪律松懈了。少数几个还没生病的，几乎完全放任自流；因为医务护理人员坚持说，必须用经常锻炼来使她们保持健康。而且，不是这样的话，也没有人有空来看管或约束她们。谭波尔小姐的全部注意力都被病人占去了，她住在病房里，寸步不离，除非是在夜间去匆匆休息几个小时。有些姑娘还算幸运，有亲戚朋友能够而且愿意叫她们搬离这个传染地区。老师们整天都忙于给她们打行李，或者为她们的动身作其他必要的准备。许多人已经传染上了，回家去也只是等死；有些人死在学校里，给悄悄地马上埋掉，疾病的性质不允许耽搁。

疾病就这样成了劳渥德的居民，死亡呢，是它的常客；它的围墙内满是阴郁和恐惧；房间和过道里蒸腾着医院的气味，药和香锭徒然地挣扎着要盖住死亡的臭气，而在户外，5 月的灿烂阳光没被云朵遮蔽，照耀着陡峭的山冈和美丽的林地。它的花园，繁花似锦：蜀葵长得跟树一样高，百合花已经开了，郁金香和玫瑰都盛开着；小花坛边上点缀着粉红海石竹和紫红重瓣雏菊，十分热闹；多花蔷薇在早上和晚上都散发出香料和苹果的香味；而这些芳香的珍宝，对于劳渥德的大多数居民来说，除了偶尔可以提供一束花草放在棺材上以外，一无用处。

我和其他一些没生病的人，尽情欣赏着这景色和这季节的美。他们让我们从早到晚像吉卜赛人般地在树林子里游荡；我们爱干什么就干什么，爱上哪儿就上哪儿，我们也生活得比以前好些了。现在，布洛克尔赫斯特先生和他家的人再也不走近劳渥德；没有人来查问这儿的家务事；恶狠狠的总管走了，对传染的恐惧把她赶走了。接替她的人原先在洛顿药房当总管，还不熟悉这个新地方的规矩，伙食供应得比较宽一点。而且吃饭的人没以前多；病人吃得很少；盛在我们早餐盆里的东西也好一点了。常常会来不及准备正餐，遇到这种情况，她就给我们一大块冷的饼，或者厚厚一片面包和干酪，我们就把它带到树林子里，选个我们最喜爱的地方，大吃一顿。

我心爱的座位是一块光滑宽阔的大石头，又白又干，突出在山溪中间，只有涉水才能过去；这个绝技我是光着脚完成的。这块石头正好宽阔得够另外一个姑娘和我两人舒舒服服地坐下。那时候，我的好朋友是一个叫玛丽·安·威尔逊的姑娘。她精明，善于观察。我喜欢和她在一块，一部分是因为她聪明，主意多，一部分是因为她的举止使我不感到拘束。她比我大几岁，对世事比我懂得多，能告诉我许多我爱听的事；和她在一起，我的好奇心能够得到满足；对于我的缺点错误，她也采取宽大的放任态度，不管我说什么，她都不加阻拦或约束。她喜欢叙述，我喜欢分析；她爱讲，我爱问；所以我们俩就如鱼得水，相处得很好；通过我们的交往，即使没有多少长进吧，至少获得不少的乐趣。

这时候，海伦·彭斯在哪儿呢？我干吗不跟她一块儿度过这自由自在的可爱日子呢？我把她忘了吗？还是我卑鄙得对她那纯洁的友谊感到厌倦了呢？的确，我上面说的玛丽·安·威尔逊不如我的第一个相识，她只会给我讲一些有趣的故事，回答我喜爱的生动尖刻的闲聊。至于海伦，如果我说得不错的话，她却能够使有幸欣赏她的谈话的人，品味到高超得多的东西。

真的，读者；我知道这一点，也感觉到这一点；虽然我是个有缺点的人，有很多短处，没有什么可以弥补过错的长处，但是我从没对海伦·彭斯感到厌倦过；我对她怀有的眷恋之情也从没停止过，这种感情和曾经激励过我的心的任何一种眷恋之情相比，都是同样地强烈、温柔和充满崇敬。海伦在任何时候，任何情况下，都对我表示出一种悄悄的忠实友谊，从没因为心情不好而让它受到损害，也从没因为恼怒而让它受到干扰，既然这样，我又怎么可能不对她怀有眷恋之情呢？但是当时海伦在生病，她被搬到楼上不知哪个房间里去了，我几个星期没看见她。据说，她并没有和伤寒病人一起住在房子里辟为病室的那一部分，因为她生的是肺病，不是斑疹伤寒；由于我无知，我还以为肺病是一种轻病，只要护理得好，过一个时期肯定会好转呢。

我的这个想法由下述的事实加强了。有一两次，在阳光绚丽的温暖的下午，她从楼上下来，由谭波尔小姐陪着到花园里去；但是，在这种场合，我是不允许去和她讲话的；我只是从教室的窗户里看见她，当时又看不大清楚；她总是裹着很多衣服，远远地坐在廊檐下。

6月初的一个傍晚，我和玛丽·安在树林子里待到很晚；我们和往常一样，不跟别人在一块，而是逛到很远的地方，远得迷了路，不得不到一所孤零零的茅屋那里去问路。茅屋里住着一男一女，他们养着一群靠吃林中野果长大的半野的猪。等到我们回来，月亮已经升了起来。一匹矮马站在花园门口，我们认出那是外科医生的马。玛丽·安说，她猜想一定有人病得很重，所以才会在晚上那个时候还派人去把贝茨先生请来。她走进房子；我却在外面逗留了几分钟，把我在森林里挖出来的一把根栽在我的花园里，只怕等到早晨根会枯掉。这件事做好以后，我又耽搁了一忽儿。降露水的时候，花香是那么的甜；那是一个如此可爱的夜晚，那么宁静，那么暖和；还有点夕阳余晖的西方那么清楚地预示下一天又是个好天；月亮如此庄严地在暗黑的东面升起。我正注视着这一切，尽孩子所能地欣赏着，脑子里第一次出现这样的想法：

"现在病危躺在床上，那是多么悲哀啊！世界真可爱，被迫离开世界，不得不到那谁也不知道的地方去，将是凄惨的。"

于是我的脑子作出第一次认真的努力，要理解灌输给它的有关天堂和地狱的事；它第一次畏缩起来，感到束手无策；它第一次往后看看，往两边看看，往前看看，看到周围是一个深不可测的深渊；它只感觉得到它所在的一个点——现在；其余的一切都是混沌的云和茫茫的深渊；一想到在这一片混沌中晃动下沉，它就吓得打战。我正沉浸在这个新的想法中，却听到前门给打开了；贝茨先生走了出来，还有个护士跟他在一起。她看着他骑上马走了以后，刚要关门，我就奔到她跟前。

"海伦·彭斯怎么样？"

"很不好，"回答说。

"贝茨先生是来看她的吗？"

"是的。"

"他说她怎么样？"

“他说她在这儿不会多久了。”

这句话，要是我昨天听见，那就只会被理解为她就要被送到诺森伯兰她自己的家里去。我决不会疑心是指她快死了；但是现在我立即明白；它使我清清楚楚地理解到，海伦·彭斯在世的日子已经屈指可数了，她即将被送到天国去，如果的确有这样一个天国存在的话。我感到一阵恐怖，然后感到一阵强烈的悲痛，最后感到一个愿望——一个需要，要看看她；我问，她睡在哪个房间里。

“她在谭波尔小姐的房间里，”护士说。

“我可以上去跟她说话么？”

“啊，不，孩子！那不可能；现在是你该进来的时候了；降露水了，你还待在外边，会发烧的。”

护士关上前门，我从通教室的边门进去。我来得及时；正好九点钟，米勒小姐在叫学生们去睡觉。

可能是两小时以后，也许是将近十一点钟，我因为一直睡不着觉，而且根据宿舍的鸦雀无声来判断，认定同伴们都已熟睡，便轻轻地起来，在睡衣外面套上外衣，没穿鞋子就从房间里溜出去，去找谭波尔小姐的房间。它是在房子的那一头；可是我知道怎么走；没有被乌云遮蔽的夏夜的月亮，这儿那儿从过道的窗口泻下月光，使我能够毫无困难地找到它。我走近伤寒病人住的房间，一股樟脑和烧焦的醋的气味给了我警告。我很快地走过它的门，生怕守夜的护士听到我的声音。我怕被人发现了给送回来；因为我**必须**见到海伦，——必须在她死去以前拥抱她，——我必须给她最后的一吻，和她交换最后一句话。

我走下一道楼梯，穿过下面房子的一部分，不发出一点声响地打开和关上两道门，来到另外一道楼梯跟前；我走上楼梯，对面就是谭波尔小姐的房间。钥匙孔和门底下都有亮光露出来；附近一片寂静。

走近一看，发现门微微开着；也许是为了让这闷人的病房透点新鲜空气。我不喜欢犹豫，又充满了迫不及待的冲动——心灵和感官都由于极度悲痛而在打颤——我推开门，朝里边望望。我的眼睛在寻找海伦，生怕看到的是死亡。

紧挨着谭波尔小姐的床，而且让它的白色帐子半掩着，有一张小床。我看到被子下面一个身影的轮廓，可是脸被帐子遮住了；我在花园里跟她说话的那个护士，坐在安乐椅上睡着了；一支没有剪去烛花的蜡烛昏暗地在桌子上点燃着。没看见谭波尔小姐；我事后才知道，她被叫到伤寒病房里一个昏迷的病人那儿去了。我往前走；接着就在小床旁边停下；我的手放在帐子上，但是我宁可在把它拉开以前先说话。我畏缩了，生怕会看到一具尸体。

“海伦！”我轻轻地低声说；“你醒着吗？”

她动了一下，拉开帐子。我看见她的脸，既苍白又消瘦，但十分平静；她看上去变化很小，我的恐惧立即消失了。

“这可能是你吗，简？”她用她那温和的嗓音问。

“啊！”我想，“她不会死；他们搞错了。要是她会死的话，她不可能说话和神情都那么镇静。”

我爬上她的小床，吻了她；她的额头冰凉，脸颊又冷又瘦，手和手腕也是这样；可是她像以前一样地微笑着。

“你干吗上这儿来，简？已经十一点多了；我几分钟以前听到敲钟的。”

“我来看你的，海伦。我听说你病得很重，不跟你说话我就睡不着。”

“那末，你是来跟我告别的啰；也许你来得正是时候。”

“你要上哪儿去吗，海伦？你要回家去吗？”

“是的，回到我永久的家——我最后的家去。”

“不，不，海伦！”我停下来，悲痛极了。我竭力咽下泪水，海伦一阵咳嗽；然而，这并没有把护士吵醒。咳嗽过去，她精疲力竭地躺了几分钟；接着又低声说：

“简，你的小脚光着；躺下来，盖上我的被子。”

我照着做了；她用胳臂搂着我，我紧紧偎依着她。沉默了许久，她又开始说话；还是低语：

“我很高兴，简；当你听到我死了的时候，你千万不要悲伤；没什么可悲伤的。我们每个人都有一天要死，把我夺走的这个病并不痛苦，它来势不猛，发展也慢；我的心灵得到安息。我没留下谁为我的死感到万分悲痛。我只有一个父亲；他最近结了婚，不会想念我。这样年纪轻轻地死去，我将会避免不少大的痛苦。我没有什么品质或者才能来让我活在世上能好好做一番事业；很可能我会不断地做错事。”

“可是，你上哪儿去呢，海伦？你看得见吗？你知道吗？”

“我相信；我有信仰；我是到上帝那儿去。”

“上帝在哪儿？上帝是干什么的？”

“是我和你的创造者，他决不会毁掉他所创造的人。我绝对依赖他的力量，完全信任他的仁慈；我在计算，最后一刻还要过多久才能来临，那时刻将把我送回到他那里，让他显现在我面前。”

“那么，海伦，你是确信有这么一个叫做天堂的地方，确信我们死了以后我们的灵魂都会上那儿去啰？”

“我确信是有一个未来的国家；我相信上帝是善良的；我可以毫无恐惧地把我不朽的部分交托给他。上帝是我的父亲，是我的朋友；我爱他；我相信他也爱我。”

“我死了以后，我还会看见你吗，海伦？”

“毫无疑问，亲爱的简，你也会来到那同一个幸福的地方，由同一个万能的天父接待。”

我又问了；不过这次只是在心里问。“那地方在哪儿呢？它存在吗？”我用胳臂更紧地搂着海伦；在我看来，她比以前更亲爱了；我觉得好像不能让她走；我躺着，脸藏在她的脖子那儿。她不久用最可爱的声调说：

“我多舒服啊！那最后的一阵咳嗽叫我感到有点累；我觉得好像我可以睡觉了；可是别离开我，简；我喜欢你待在我身边。”

“我就待在你这儿，亲爱的海伦，谁也没法叫我离开你。”

“你暖和吗，亲爱的？”

“暖和的。”

“晚安，简。”

“晚安，海伦。”

她吻了我，我也吻了她；我们两人都马上就睡着了。

我醒来，已经是白天了。是一个不平常的动作把我弄醒的；我抬头看看，我在别人的怀里；护士抱着我；她抱着我穿过过道，送我回宿舍去。我没有因为离开自己的床而挨骂；人们还有别的事要考虑；我问的许多问题也没有人解答。过了一两天我才听说，谭波尔小姐在黎明时回自己的屋子，发现我躺在小床上；我的脸靠着海伦·彭斯的肩膀，我的胳臂搂着她的脖子。我睡着了，而海伦却——死了。

她的坟在布洛克尔桥墓地里。她死后的十五年中，上面只由杂草丛生的土墩覆盖着；如今，一块灰色的大理石板标志着这个地点，上面刻着她的名字和“Resurgam”[①]这个字。

① 拉丁文，复活。

第十章

到现在为止，我已经详细记载了我的微不足道的生活中的一些事件。我花了差不多十章的篇幅来写我生命中的最初十年。但是，这不是一本正规的自传；我只需要在能够引起人们某种程度兴趣的地方回忆一下就行了，所以我现在几乎沉默地跳过八年。为了保持上下环节的连贯，只要写少数几行就够了。

斑疹伤寒在劳渥德完成了毁坏的任务以后，便渐渐从那儿绝迹；不过，那是在它的毒害以及受害的人数引起公众注意这所学校以后。对这场天灾的起源作了调查，一些事实逐步暴露出来，激起了极大的公愤。这地点本身的不合卫生；儿童食物的质和量；做饭菜用的带咸味的臭水；学生的粗劣的衣服和设备；这一切都被发现了。这个发现产生的结果，对布洛克尔赫斯特先生是屈辱的，对学校却是有利的。

郡里几个富有的慈善家捐了大笔款子，为了在一个比较好的地点造一所更合宜的房子；订了新的规章制度；改善了伙食和衣服；学校的基金交托给一个委员会来管理。布洛克尔赫斯特先生，由于他的财富和家世关系，不能受到忽视，还保持着司库的职位；但是他在履行这个职务时，由几位比较心胸宽广、富有同情心的先生来协助。他的督学的职务，也是和另外一些人共同承担的，那些人知道如何把情理和严格、舒适和经济、同情和正直结合起来。学校经过这样的改进，及时地变成一个真正有用而且高贵的机构了。在这次革新以后，我在里面住了八年：六年当学生，两年当教师；在这两种地位上，我都可以证实这所学校的益处和重要性。

在这八年当中，我的生活始终如一，但不能说不幸福，因为并不死气沉沉。我有办法受到好的教育：对某些课程的爱好，要在一切方面都出人头地的愿望，再加上喜欢博得老师们，特别是我所爱的老师们的欢心，这一切都促使我前进。我充分利用给我的有利条件。最后，我升到了第一班第一名的位置；接着，我被授予教师的职位；我热心地当了两年教师；但是满两年的时候，我却有了变化。

谭波尔小姐经过了所有的变迁，在这以前一直担任着这所学校的监督；我的绝大部分学识都是她传授的；她的友谊和交往一直是我的安慰；她是我的母亲、保护人，后来又是我的伴侣。就在这个时候，她结婚了。她的丈夫是个牧师，是个非常好的人，差不多可以说配得上有这样一位妻子。他们搬到很远的一个郡去住了，因此我就失掉了她。

从她离开的那天起，我就不再是原来的那个人了；一切稳定的情绪，一切使我感到劳渥德有几分像我的家的联想，全都跟她一起消失了。我从她那儿吸收了一点她的品性和她的许多习惯；比较和谐的思想，控制得比较好的感情，已经占据了我的心灵。我忠于职责，遵守纪律；我安静；我相信我是满足的；在别人看来，常常是在我自己看来，我似乎是一个受过训练的、克己的人。

可是命运化身为讷史密斯牧师，来到我和谭波尔小姐之间。在他们举行婚礼以后不久，我看着她穿着旅行装跨进驿站马车。我看着马车爬上小山，消失在山顶的那一边。然后我回到自己的屋子里，在那儿让为了庆祝婚礼而放的半天假的绝大部分时间在孤寂中度过。

我大半时间在屋子里走来走去。我以为自己只是在惋惜我的损失，考虑怎么来弥补；可是，等我沉思结束，抬起头来一看，发现下午已经过去，夜晚早已来临，这时候，我却又有了一个新发现，那就是，在这一段时间里，我已经经历了一个变化过程；我的心已经把它从谭波尔小姐那儿借来的东西抛开——或者不如说，她已经把我在她身边所感到的宁静气氛带走了——如今，我恢复了我的本性，开始感到从前的情绪又在活跃起来。这倒不是像一根支柱被抽去了，而是像一个动机消失了；并不是我已经没有保持平静的力量，而是保持平静的理由已经不再存在。几年来，我的世界一直局限于劳渥德，我的经验一直局限于它的规章制度；这时候我才想起，真正的世界是广阔的，有一个充满希望和恐惧、感动和兴奋的天地，正在等着有勇气进去、冒着危险寻求人生真谛的人们。

我走到窗口，把窗子打开，朝外面眺望。那儿有这座建筑物的两个耳房，有花园，有劳渥德的边界，有山峦起伏的地平线。我的眼光掠过所有其他的一切，停在最远处蓝色的山峰上。我正是渴望越过这些山峰；在它们那由巉岩和荒地形成的边界以内，似乎到处都是囚禁的场所和流放的地域。我的目光追随着那条绕过一个山脚、消失在两座山之间的峡谷中的白色的路：我多么渴望再顺着它看过去！我回想起我乘着马车经过那条路的时刻；我还记得薄暮时分从那座山上下来。从我第一次来到劳渥德的那天起，似乎已经过了一个时代，而我却一直没有离开过它。我的假期都是在学校里度过的。里德太太从来没派人来把我接到盖兹海德府去；不管是她也好，或是她家里的什么人也好，都没有来看过我。我和外面的世界不通信息。学校的规章，学校的职责，学校的习惯，还有见解，声音，脸容，习语，服装，偏爱，恶感；对于生活，我就只知道这一些。现在我感到这还不够。在一个下午，我就对八年来的常规感到了厌倦。我想望自由，我渴望自由；为了自由，我做了祈祷；祈祷似乎随着微风飘散了。我放弃祈祷，想出一个再低微一点的恳求。恳求改变和刺激。那个请求似乎也被吹到茫茫的空间去了。“那末，”我半带绝望地叫道，“至少赐给我新的工作吧！”

这时候，一阵宣告吃晚饭时间到了的钟声把我叫下了楼。

在就寝以前，我没法继续我那被打断的思路，甚至到了就寝时间，和我同房间的那个教师还一直喋喋不休地跟我闲聊，使我不能回到我渴望再思考的事情上来。我多么希望睡眠能使她沉默啊！仿佛只要我再想想我站在窗前最后想的那个主意，我就能想出什么别出心裁的办法让我解脱似的。

格莱斯小姐终于打鼾了。她是个粗笨的威尔士女人，在这以前，我只把她那惯常的鼻音旋律看作一种妨害；而今晚，我一听到它最初几个深沉的音符，就满意地表示欢迎。我摆脱了干扰；我的一半已被磨灭的思想立即活跃起来。

“一种新的工作！这里面有点道理，”我自言自语(要知道，只是在心里；我没有说出声来)。“我知道是有点道理，因为它并不动听。它不是和‘自由’啊、‘兴奋’啊、‘享乐’啊这类字眼不同吗？这些字眼听起来的确很叫人愉快，可是对我来说，只不过是声音而已，而且是那么空洞、那么短暂，认真听它，简直是浪费时间。可是工作！那可是实实在在的。任何人都可以工作，我在这儿工作了八年；现在我所想的，只是到别的地方去工作。难道我连自己的这点愿望都不能实现吗？这件事不是可行的么？是可行的，是的，目的并不是那么难以达到；要是我的脑子灵活得能思索出达到目的的办法，那该多好啊。”

我在床上坐了起来，为了让上面说的那个脑子清醒一下。那是个寒冷的夜晚；我用披巾裹着肩膀，然后开始全神贯注地继续思考。

“我想望什么呢？在新的房子、新的面孔、新的环境中的一个新的职位。我想望这个，是因为想望更好一点的也没有用。人们是怎么得到新的职位的呢？我想，总是托朋友吧；我没有朋友。也有许多别人是没有朋友，而不得不自己寻找，自己帮助自己的，他们用的是什么办法呢？”

我可说不上来，没有什么能回答我。于是我命令我的脑子找出一个回答，而且要快。它想啊想的，越想越快。我感到我的头和太阳穴那里的筋脉在跳动，可是在混乱中想了将近一个小时，还是没想出个结果。这徒然的苦苦思索使我处于兴奋状态，我站起身，在屋子里走了一圈；拉开窗帘，看到一两颗星星，我冷得打颤，重又爬上床去。

准是有一个好心的仙女，乘我不在，把我所需要的建议放在我枕头上；因为我一躺下来，这个建议就悄悄地、自然而然地来到我脑海里："那些找职业的人是登广告的；你必须在《某某郡先驱报》登广告。"

"怎么登呢？对于登广告我一窍不通。"

现在回答既顺利又迅速地来到了：

"你得把广告和广告费放在信封里，信封上写明《先驱报》编辑部收；你得一有机会就把信送到洛顿邮局去。回信要写给洛顿邮局J. E. [1]。信发出以后一个星期左右，你可以去问问是否有回信来，然后再看情况办事。"

这个计划我反复想了两三遍，在心里把它细细琢磨，我已经使它具有清清楚楚、切实可行的形式；我感到满意，就睡着了。

天一亮，我就起身；在打起身钟以前，我把广告写好，装进信封，写好地址。广告是这样写的：

> 兹有年轻女士，教学经验丰富，（我不是已经当了两年教师了吗？）谋一家庭教师职位。儿童年龄不超过十四岁（我想到这一点是因为我刚满十八岁，去指导和我年龄相近的学生是不行的）。擅长教授优良英国教育中各项普通课程，以及法语、绘画、音乐。（读者，这张现在看来寥寥数项的技能表，在那时候已经被认为相当多了。）回信请寄某某郡，洛顿，邮局，J. E. 。

[1] J.E.，简·爱英文原名的缩写。

这个文件在我抽屉里锁了一整天。吃过茶点，我向新监督请了假，说是要上洛顿去给自己办点小事，还要给和我共事的一两个教师办几件事。她一口同意；我就去了。要走两英里路，傍晚很潮湿，但是那些日子里白昼还长；我去了一两家铺子，再悄悄把信送进邮局，冒着大雨回来，衣服湿淋淋的，但是心里很轻松。

接下来的一个星期显得很长，然而，像世上一切事物一样，终于过去了。在一个令人愉快的秋日傍晚，我又步行在去洛顿的路上。顺便说一下，那是条景色如画的小道，就伸展在山溪旁边，穿过最可爱的曲曲弯弯的溪谷。可是那一天，我没怎么想草地和溪水的美，我更多地想着的是信，说不定信已经在我要去的小城里等着我，也许还没有。

这一次，我表面上的任务是去量尺寸定做一双鞋，所以我先去办这件事，办完以后，就从鞋店那儿，穿过清洁、安静的小街，到对面邮局去。邮局由一位老太太管理着，她鼻子上架着角质框架的眼镜，手上戴着黑色连指手套。

“有J.E.的信吗？”我问。

她从眼镜上面凝望着我，然后打开一个抽屉，在里面的东西中间乱找了很长一段时间，长得都叫我开始不抱希望了。她把一个文件在眼镜面前放了将近五分钟以后，终于隔着柜台把它递了给我，同时用好奇的、不信任的眼光又看了我一眼——信是给J.E.的。

“只有一封吗？”我问。

“没有别的了，”她说；我把信放进口袋，转过脸回家去。我不能当场把信拆开；按规定我得在八点钟赶回学校，这时候已经七点半了。

我一回去就有几项任务在等着我。在学生的学习时间，我不得不坐着陪姑娘们；接着轮到我来读祈祷文；看她们上床；然后和其他老师一起吃晚饭。甚至到了最后就寝的时候，那个避不开的格莱斯小姐还和我在一起；我们的烛台上只有短短的一截蜡烛头了，我生怕她讲话一直讲到蜡烛点完。不过，幸好她吃的那顿量很多的晚餐起了催眠作用；我还没脱好衣服，她已经在打鼾了。还剩一英寸蜡烛，于是我把我的信拿出来；封蜡上盖的是一个首字母F.；我把信拆开，内容很简短。

> 如果上星期四《某某郡先驱报》刊广告的J.E.具有所述学识，并能提供有关品格及能力的满意证明，则可获得一个职位，学生只有一个不满十岁的小女孩，年俸三十镑。请J.E.将证明、姓名、住址和全部详细情况寄交：
>
> 某某郡米尔考特附近桑菲尔德，菲尔费克斯太太。

我久久地仔细看着信件；字迹是老式的，有点儿不稳定，像是老妇人写的。这个情况还令人满意，原来，我心里老是暗暗感到害怕，生怕我这样自作主张，擅自行事，会有自投罗网的危险；尤其是，我希望我努力的结果是可敬的，高尚的，合乎规矩的。现在我觉得，在我目前正在办的事情上，有个老妇人在里面倒也不坏。菲尔费克斯太太！我看见她穿着黑色长衣，戴着寡妇帽子，冷淡，但是并不无礼，是英国年老可敬的典型。桑菲尔德！毫无疑问，是她寓所的名称。虽然我还猜想不出房屋的准确式样，但是我肯定那准是个整洁的地方。某某郡米尔考特；我重新回忆了一下英国地图；是的，我看见它了；郡和城都看见了。某某郡比我所住的这个偏僻的郡离伦敦近七十英里；那对我来说，就是一个可取之处。我渴望到有生活有活动的地方去。米尔考特是爱——河边上的一个工业大城；毫无疑问，是个够热闹的地方，这就更好；至少是个彻底的改变。倒并不是说一想起长烟囱和烟云，我的幻想就被深深地吸引住了——“可是，”我为自己辩解说，“也许桑菲尔德离城很远呢。”

这时候，已呈窝状的蜡烛坍了下来，灯芯灭了。

第二天要采取新的步骤了，我的计划不能再藏在我自己的心里；为了成功地实现计划，就得把它公开出来。在中午休息时间，我设法和监督谈了，我告诉她说，我有希望得到一个新的职位，薪俸要比我目前领的高一倍（因为在劳渥德，我的年俸是十五镑）；而且请她把这件事透露给布洛克尔赫斯特先生或者委员会的什么人，肯定一下他们是否允许我把他们提出来作证人。她助人为乐，一口同意在这件事上当居间人。第二天，她向布洛克尔赫斯特先生提出这件事。他说得给里德太太写封信，因为她是我的合法保护人。于是我就给那位太太写了张便条。她回答说，我可以按我自己的愿望行事，她早已在我的事情上放弃一切干预了。这张条子由委员会传阅；在经过了我最讨厌的拖延以后，委员会终于正式同意我尽我可能改善自己的境况，而且还加了个保证：由于我在劳渥德当教师和当学生行为都一直很好，所以将立即给我出具一张证明我的品格和能力的证书，由学校的督学签了字。

因此，过了大约一个月，我收到了这张证明。我寄了一份给菲尔费克斯太太，并且收到了她的回信。她说她感到满意，而且约定两星期以后是我开始在她家担任家庭教师的时候。

我现在忙着各种准备工作，两星期很快就过去。我衣服不很多，不过，已经够我用的；收拾衣箱，我只要花最后一天就足够了。我的箱子就是我八年前从盖兹海德府随身带来的那一个。

箱子用绳捆好，上面钉了名片。再过半个小时，搬运夫就要来把它运到洛顿去，而我自己明天一清早也要到那儿去等马车。我已经刷好了我的黑呢旅行装，准备了我的帽子、手套和皮手筒。为了做到不丢下一点东西，我把我所有的抽屉查看一遍。现在再没什么事可干，我便坐下来，想休息一下。可是不能；虽然我整天都站着，这会儿却一刻也不能休息；我太兴奋了。我生活的一个阶段今夜要结束，一个新的阶段明天就要开始，在这期间不可能睡觉；我得热切地看着这变化逐步完成。

我像个心神不宁的人在接待室里徘徊着，一个仆人在那儿碰见我，说道："小姐，下边有个人想见你。"

"准是搬运夫，"我想，问都不问一声就奔下楼去。我刚经过半开着门的后客厅，或者叫做教师休息室，要到厨房去，就有人奔出来。

"是她，肯定是她！——不管在哪儿，我都认得出她！"这个人拦住我，抓住我的手叫道。

我看了看；我看到一个穿得像衣着讲究的仆人般的女人，像已经结过婚，但是还年轻；长得很好看，有着黑头发、黑眼睛，和红润的脸色。

"啊，是谁呀？"她用我还有一半认得出来的声音和笑容问道，"我想，你还没有完全忘记我吧，简小姐？"

一秒钟以后，我已经在狂喜地拥抱她、吻她了。"白茜！白茜！白茜！"这就是我所说的全部的话；她见我这样，不由得半笑半哭起来。我们两人走进客厅。炉火边站着一个三岁的小家伙，身上穿的是花格布外衣和长裤。

"那是我的小孩，"白茜立即说。

"这么说，你结婚了，白茜？"

"是啊；快五年了，嫁给马车夫罗伯特·利文；除了那儿的伯比以外，还有个小姑娘，我给她取的教名是简。"

"你不住在盖兹海德府了吗？"

"我住在门房里。看门的老头儿走了。"

“他们都过得怎么样？把他们的事都给我讲讲，白茜；可是先坐下来；伯比，过来，坐在我膝头上，好吗？”伯比却宁可偷偷地溜到他母亲跟前。

“你长得不很高，简小姐，也不很结实，”利文太太接着说。“也许学校里待你不太好吧。里德小姐比你高一个半头，乔奇安娜小姐比你胖一倍。”

“我想，乔奇安娜很漂亮吧，白茜？”

“很漂亮。去年冬天她跟她妈妈上伦敦去，那儿人人都崇拜她，有位年轻贵族爱上了她；可是他的亲戚都反对这门婚事；——你猜怎么着？——他和乔奇安娜小姐想了个补救办法，私奔了；但是，他们被发现了，给拦了下来。是里德小姐发现的；我相信她是妒忌；现在她跟她妹妹像猫和狗在一块儿过活似的，老是吵架。”

“约翰·里德怎么样？”

“啊，他可没有他妈妈希望的那么好。他上了大学，他——不及格，我想他们是这么说的。他的几个舅舅要他当律师，学法律，可是他是个浪荡的青年，我想他们绝不可能把他培养成什么了不起的人物。”

“他长得怎么样？”

“他个子很高。有些人说他是个俊俏的小伙子，可是他嘴唇那么厚。”

“里德太太呢？”

“太太从脸上看来是够胖够好的，不过，我想她心里不见得会畅快。约翰先生的行为并不讨她喜欢——他太会花钱了。”

“是她派你来的吗，白茜？”

“不，真的；我早就想来看你了。一听说你来了封信，知道你就要动身到别的地方去，我想你走了以后，我就没法去看你了，我还是马上出发，趁你没走，来看看你。”

“我想你对我失望了吧，白茜。”我笑着说。白茜的眼神虽然流露出关怀，但丝毫不表示赞美。

“不，简小姐，倒不完全是这样。你是够文雅的，看上去是像个大家闺秀。我原先预料的也不过是这样。你小时候可不是个美人啊。”

听了白茜的坦率的回答，我笑了。我想这话说得对，不过我承认，对这话的含义，我却不是毫不在乎的。在十八岁，大多数人都希望能讨人喜欢。相信自己的外貌不能支持心里的这个愿望，那是绝不会叫人高兴的。

“不过，你一定很聪明，”白茜说，想以此来安慰安慰我。“你会什么？你会弹钢琴么？”

“会一点儿。”

屋里有一架钢琴；白茜走过去，把它打开，然后叫我坐下来给她弹一支曲子。我弹了一两支华尔兹舞曲，她听得入了迷。

“里德小姐可弹不到这么好！”她满心喜欢地说。“我一直说，你在学问方面会超过她们的，你会画画么？”

“壁炉架上就有一幅我画的画。”那是一张水彩风景画。我把它作为礼物送给监督，感谢她好心为我去向委员会说项。她给画配上了玻璃镜框。

“啊，画得真美，简小姐！这张画比得上里德小姐的图画老师画的任何一张，更不用提那些年轻小姐画的了，她们差得远呢。你学了法语没有？”

“学了，白茜，我又能念又能讲。”

“薄纱和帆布的活儿也会做吧？”

“我会。”

“啊，你真是个大家闺秀啦，简小姐！我早就知道你会这样的。不管你的亲戚是不是注意你，你都会上进的。我有件事要问你。你有没有从你父亲方面的亲戚爱家听到过什么消息？”

“从来没有。”

“你知道，太太总是说他们穷，让人瞧不起。也许他们是穷，可是我相信，他们跟里德家的人一样是绅士；因为有一天，大概是七年以前，一位爱先生到盖兹海德来，要看看你。太太说你在五十英里以外的学校里。他看上去非常失望，因为他没法逗留，他要渡海到外国去，船一两天以后要从伦敦开出。他看上去完全是个绅士，我相信他准是你父亲的兄弟。”

“他到哪个外国去，白茜？”

“到几千英里以外的一个岛上去，那儿是酿酒的——管家的告诉过我——”

“马德拉群岛！”我提示道。

“对，就是那儿——说的正是这个名字。”

“那么他去了？”

“是的；他没在屋里待多少分钟。太太对他很傲慢；事后称他为‘鬼鬼祟祟的商贩’。我的罗伯特认定他是个酒商。”

“很可能，”我回答；“要不就是酒商的职员或代理人。”

白茜和我再谈了一个小时的往事，然后她不得不离开我了。第二天早上我在洛顿等马车，又和她会面了几分钟。最后，我们在那儿的布洛克尔赫斯特纹章门口分手；各走各的路。她出发到劳渥德山冈顶上去等车回盖兹海德；我上了车，这辆车将把我送到米尔考特那个陌生环境里去担任新的职务，过新的生活。

第十一章

一部小说中新的一章，就像一出戏中新的一场。读者啊，我这次拉起幕来的时候，你得想象你看到的是米尔考特乔治旅馆中的一个房间。那儿有的正是一般旅馆房间里的那种陈设：墙上有那种大花纹纸，有那种地毯，那种家具，壁炉架上有那种装饰品，有那种印画：其中有一张是乔治三世[①]的肖像，另一张是威尔士亲王的肖像，还有一张画的是沃尔夫之死。借着从天花板上吊下来的一盏油灯，借着熊熊的炉火，你可以看见这一切。我披着斗篷，戴着帽子坐在炉火附近。我的皮手筒和伞放在桌子上。连续十六小时暴露在10月天气的寒冷中，我人都冻得麻木了，这会儿正在使自己暖和过来。我是早上四点钟离开洛顿的，而现在，米尔考特城里的钟正在打八点。

读者啊，我看上去给招待得舒适周到，可我心里却不很安定。我原想，马车在这儿停下时，会有个人来接我。我一边走下旅馆里的杂务工为了让我走起来方便才放在那里的木梯级，一边焦急地朝四下里望望，指望能听到有人叫我的名字，能看到有辆什么马车等着送我去桑菲尔德。可是看不到这种迹象。我向一个侍者打听是否有人问起过一位爱小姐，回答是没有。我没有办法，只好请他们带我到一间僻静的房间去。我就在这儿等着，各种各样的猜疑、恐惧弄得我心烦意乱。

感到自己孤零零地在世界上，从一切联系中游离开来，不能肯定是否能到得了目的地，而许多障碍又阻止自己回到已经离开的那个地方，这对于毫无经验的年轻人来说，是个奇怪的感觉。冒险经历的魅力使这种感觉变得可爱；自尊心的火光使它变得温暖；可是接着一阵阵的恐惧使它受到骚扰；半小时过去，我还是一个人孤零零地等着，恐惧在我心里占了上风。我想起可以打铃。

"这儿附近有个叫桑菲尔德的地方吗？"我问应铃声而来的侍者。

"桑菲尔德？我不知道，小姐；我到卖酒柜台去问问。"他去了，不一会儿就回来。

"你姓爱吗，小姐？"

"是的。"

"这儿有人在等你。"

我跳起来，拿了我的皮手筒和伞，匆匆走到旅馆的过道上。一个男人站在开着的门旁边；在点着灯的街上，我朦朦胧胧地看见一辆单马马车。

"我想，这是你的行李吧？"这个男人一看见我，就指着放在过道上的我的箱子，有点突然地说。

"是的。"他把箱子提起来，放到马车上。这辆马车是一种普通的四轮马车。接着，我上了车，还没等他关门，就问他去桑菲尔德有多远。

"大约有六英里。"

"我们到那儿要多少时间？"

"一个半小时。"

他扣上了车门，爬到外面自己的车座上去，我们就出发了。车子缓缓地行驶着，我有充分的时间沉思。我很满意，我的这次旅行终于快结束了；我坐在这辆虽不精致却很舒适的马车里，往后靠在车座上，从从容容地想了很多。

"我看，"我想道，"从仆人和马车的朴素来判断，菲尔费克斯太太不是很讲究排场的人，这就更好；我只在时髦的人们中间生活过一个时期，跟他们在一起我真是受罪。我不知道，除了这个小姑娘以外，

---

① 乔治三世(1738—1820)，英国国王，1760年至1820年在位。

是否她一个人过活；如果是这样的话，只要她多少有点和蔼可亲，我就肯定能跟她过得很好；我将尽我最大努力；遗憾的是，尽自己最大努力并不总是管用的。在劳渥德，的确，我下过那个决心，实行了那个决心，做到了讨人喜欢；可是，对里德太太呢，我记得我的最大努力总是遭到唾弃。我祈求上帝，千万别让菲尔费克斯太太成为第二个里德太太；不过，即使她是的话，我也并不是非待在她那儿不可：糟就糟吧，我可以再登广告。不知道现在我们赶了多少路了？”

我把窗子拉下来，朝外面望望。米尔考特被我们抛在后面了。从灯光的数目来判断，它似乎是个相当大的地方，比洛顿大多了。就我所能看到的，我们像是在公有地上，房屋疏疏落落地布满整个区。我觉得我们是在一个和洛顿不同的地区：人口更多，但不是那么风景如画，更加热闹，但没有那么多浪漫气息。

路很难走，夜雾蒙蒙；我的领路人让马儿一路上都慢慢地走，一个半小时给拉长到——我确实相信，拉长到两个小时；最后，他在车座上回过头来说：

“你现在离桑菲尔德不很远了。”

我又朝外面望望。我们经过一所教堂，我看见天空衬托着低矮宽阔的钟楼，它的钟正打着一刻，我还看见山坡上有灯光组成的窄窄一条天河，标志着一座村庄或者村落。大约过了十分钟，赶车的从车上下来，打开两扇大门，我们从门里进去，门在我们身后砰的一声关上了。我们现在慢慢地走上车道，来到一所房子的长长的正面。有一扇挂着窗帘的凸肚窗里亮着烛光，其余的都是暗的。马车在前门停下，一个女仆来开门，我下了车，走进门去。

“小姐，请这边走，好吗？”那姑娘说。我跟着她穿过一间周围有高门的四方形大厅。她带我走进一间屋子，那里生着火又点着蜡烛，亮得叫我开始时感到眼花缭乱，因为和我的眼睛在两小时中已经习惯

了的黑暗形成鲜明的对比；不过，等到我的眼睛能看得见东西的时候，在我眼前呈现的却是一幅舒适喜人的图画。

一间舒服的小屋子；欢乐的炉火边有一张圆桌子；一张老式高背扶手椅上坐着一位再整洁也没有的小个子老妇人，她戴着寡妇帽，穿着黑绸长衣，围着雪白的薄纱围裙；正好跟我想象的菲尔费克斯太太一模一样，不过没那么庄严，看上去比较和气。她正忙于编结；一只大猫一本正经地坐在她脚边；总之，凡是能使家庭极其舒适的东西，一样都不缺。对于一个新的家庭教师来说，几乎再也想不出什么比这更令人放心的初次见面了：没有咄咄逼人的富丽堂皇，没有叫人手足无措的庄严肃穆；再说，我一进去，老妇人就站起身，好心地匆匆过来迎接我。

“你好吗，亲爱的？我怕你乘车乘得厌烦了吧。约翰赶车太慢；你一定冷了，到火跟前来。”

“我想，你是菲尔费克斯太太吧？”

“是的，你说对了。坐下吧。”

她引我到她自己的椅子跟前，接着就开始给我拿掉披巾，解开帽带。我请求她不要麻烦了。

“哦，不麻烦。你自己的手也许快冻得麻木了吧。莉亚，去准备一点热的尼格斯酒，切一两片夹肉面包。哪，贮藏室钥匙。”

她从她口袋里拿出典型的一大串管家婆钥匙，把它交给仆人。

“再往火这儿靠近一点，”她继续说。“你把行李带来了，是不是，亲爱的？”

“是的，太太。”

“我去照应他们把它送到你房里，”她说着就急急忙忙走出去。

“她待我就像待客人一般，”我想。“我没料到会有这样的接待；我原来预料的只是冷淡和傲慢。现在这情况却不像我所听说过的家庭教师的待遇。不过，我可不能高兴得太早。”

她回来了，亲手把她的编结用具和一两本书从桌子上拿开，腾出地方来放莉亚这时候端来的盘子，接着又亲自把食物递给我。我从来没有受到过这样的关怀，而且又是我的雇主和上司的关怀，我感到有点手足无措了；可是，看来她并不认为自己在做什么不合适的事，所以我也就认为我最好还是默默地接受她的款待。

“我能有幸今天晚上就见到菲尔费克斯小姐吗？”我吃了一点她递给我的东西以后，问道。

“你说什么，亲爱的？我耳朵有点儿聋，”这位善良的妇人一边说一边把耳朵凑近我的嘴。

我把问题更加清楚地重说一遍。

“菲尔费克斯小姐？哦，你是说瓦朗小姐吧！瓦朗是你未来的学生的姓。”

“真的！那么，她不是你的女儿啰？”

“不是，——我没有亲人。”

我本想接着我提出的第一个问题，问问瓦朗小姐跟她是什么关系；可是我想，问得太多不礼貌，况且，我以后总会听到的。

“我真高兴，”她一边在我对面坐下，把猫抱到膝头上，一边接着说：“你来了，我真高兴；现在跟一个伴儿一起在这儿过活，将是很愉快的。的确，任何时候都是愉快的；因为桑菲尔德是个很好的古老宅子，也许这几年没怎么收拾，不过，它还是一个可敬的地方。可是，你知道，在冬天，一个人孤零零地住在最好的房子里也会感到无聊。我说孤零零——莉亚的确是个好姑娘，约翰夫妇俩也都是很正派的；不过，你知道，他们只是仆人，不能用平等身份同他们说话，还得跟他们保持一定距离，因为怕失去自己的权威。我肯定去年冬天(要是你还记得的话，那可是个严寒的冬天，不是下雪，就是刮风下雨)，从11

月到2月，除了卖肉的和送信的，没一个人上我们这儿来。我一夜又一夜孤零零地一个人坐着，心情可真是忧郁；有时候，我让莉亚来念点儿书给我听听，可是我认为这个可怜的姑娘不喜欢这个活儿；她觉得这限制了自由。在春天和夏天，就好一点；充满阳光，白天又长，这就不同了。再后来，秋天一到，小阿德拉·瓦朗和她的保姆来了。一个孩子能叫房子一下子活跃起来。如今你来了，我很快活。"

听着她谈话，我心里对这位可敬的妇人产生了好感；我把椅子拉得离她近一点儿，并且表示衷心希望：和我做伴能像她预料的那么愉快。

"不过，今晚我不让你久坐，"她说，"现在打十二点了，你赶了一整天路，敢情是累了。要是你的脚已经暖和过来了，那我就带你上你的卧房去。我已经把我隔壁的那间屋子拾掇好了给你用。那只是一间小房间，可是我想，和前面的那些大房间比起来，你会更喜欢这一间。那些房间里，家具肯定要好一点，但是太冷清、太寂寞，我自己就从来不睡在那些房间里。"

我感谢她为我作了周到的选择；而且我由于长途跋涉，真的感到累了，便表示我准备马上休息。她拿起蜡烛，我跟着她走出房间。她先去看看大厅的门是否锁上。她把钥匙从锁上拔下来，然后带我上楼。梯级和栏杆是橡木的；楼梯窗很高，镶有木格子；楼梯和通各个卧房的长过道，都像是教堂里的，而不像是住家房子里的。一种阴森森的、地下墓穴般的气氛笼罩着楼梯和过道，使人不愉快地联想起空旷和孤寂。最后我被带到我的卧房里，看到房间开间很小，而且陈设着普通的时式家具，我觉得很高兴。

菲尔费克斯太太好心地向我道了声晚安，我闩上门，从容地向四下里看看。那宽广的大厅、那又暗又阔的梯级、那又长又冷的过道所留下的凄凉印象，多少让我小房间里比较有生气的景象抹去了一部分。我想起了，在一天身体疲劳、心里焦急之后，现在终于在安全的避难所里了。我情不自禁地一心想感恩，就在床边跪了下来，向应受感谢的地方献上我的感谢；在我站起身来以前，没有忘记再祈求一下：在未来的路上给我帮助吧。在我还不配获得的时候，就已经获得了似乎真诚地赐予我的仁慈，给我力量让我配得上这种仁慈吧。那一夜，我的床上没有荆棘；我的孤寂的房间里没有恐惧。我又是疲乏，又是满意，很快就睡熟了。等我一觉睡醒，已经是大白天了。

太阳从鲜艳的蓝色印花窗帘缝隙间照进来，照亮了糊着墙纸的四壁和铺着地毯的地板，这跟劳渥德的光秃秃的木板和沾污的灰泥墙完全不同。这个房间看上去是个如此明亮的小地方，我一看见它就精神振奋起来。外表对于青年人是有强烈的影响的。我想，对于我来说，生活中一个比较美好的时期正在开始，一个有着荆棘和劳苦，同时也有鲜花和欢乐的时期。由于场景有了变动，由于有希望出现一个新天地，我的官能被唤醒，似乎完全都活跃起来。我不能确切地说明它们在期待什么，不过那总是一种愉快的东西：也许不只是在那一天或者那一个月，而是在一个不明确的未来时期。

我起身了，细心地穿着衣服；不得不穿得朴素——因为我没有一件衣服不是做得极其简单的——可是我却天生酷爱清洁。不修边幅，不管自己给人家留下什么印象，这些都不是我的习惯；相反，我一直希望：尽可能使自己显得好看些，在缺少美貌所许可的范围内尽可能使自己讨人喜欢。我有时候惋惜自己没长得再漂亮一点；有时候希望有红喷喷的脸蛋，挺直的鼻子和樱桃般的小嘴；希望自己长得高，庄严，身材丰满；我觉得自己长得那么矮小，那么苍白，五官长得那么不端正、那么特征显著，真是一种不幸。为什么我会有这些渴望、这些惋惜呢？那是很难说的；当时我就没法对自己说清楚；不过，我是有个理由，而且是个合乎逻辑的、自然的理由。不管怎样，我还是把头发梳得很平服，穿上黑上衣——这看来虽然像贵格会教徒[①]，但至少有非常合身的好处——把干净的白色领饰整整好，我想我总可以够体面地去见菲尔费克斯太太，我的新学生至少总不会厌恶地躲开我吧。我把这卧房的窗户打开，注意让梳妆台上我所有的东西都放得整整齐齐，就鼓起勇气去了。

我穿过铺着地席的长过道，走下滑溜溜的橡木梯级，来到大厅，在那儿停了一会儿，看看墙上的几幅画（我记得有一幅画的是一个穿胸甲的严峻的男子，还有一幅画的是一位敷发粉、挂珍珠项链的贵妇人），看看天花板上挂下来的一盏青铜灯，再看看一只大钟。钟壳是用雕着古怪花纹的橡木跟因为年久和摩擦而发黑的乌木做成的。对我来说，一切都显得雄伟和庄严；可是当时，我对富丽堂皇也太不习惯了。大厅的门有一半镶着玻璃，正打开着，我跨过门槛。那是秋天的一个早晨，天气很好，朝阳宁静地照耀着已经发黄的树丛和还有一片绿色的田地。我走到草坪上，抬起头来，观察一下这个宅子的正面。它有三层高，体积虽然可观，但还算不上宏大；是绅士的住宅，而不是贵族的府第；顶上的一圈雉堞墙给它增添了画意。宅子的灰色正面明显地突出在白嘴鸦巢的背景上。白嘴鸦巢里的哇哇叫的居民这会儿正在飞翔。它们飞过草坪和庭园，要去停落在一个大牧场上。一道坍塌的篱笆把牧场和这边隔开。那边有一排高大的老荆棘，粗壮多节，大得像橡树，一下子就说明了这宅子命名的由来[②]。再过去是小山，山不像劳渥德周围的那么高，那么巉峻嶙峋，也不那么像把人世隔开的屏障；不过，这些小山也已经够幽静、够寂寞的了，它们似乎用一种隐遁气氛把桑菲尔德包围起来，在离米尔考特这个热闹地区那么近的

① 贵格会教徒，基督教的一个教派贵格会（又称公谊会，教友派）的教徒。
② 桑菲尔德原文 Thornfield，意思是“荆棘地”。

地方竟会有这种隐遁气氛存在，却是我没有料到的。一个小村落零零落落地散开在一座小山的山坡上，房顶和树夹杂在一起。区教堂就在桑菲尔德附近，钟楼的旧顶俯视着房子和大门之间的一个土墩。

我还在享受着这恬静的景色和舒适的新鲜空气，还在高兴地听着白嘴鸦的哇哇声，还在观察这所宅子的宏大的灰色正面，想着让一个像菲尔费克斯那样矮小的妇人孤零零地居住，这地方是多么大啊！这位妇人却在门口出现了。

“怎么！已经出来了？”她说。“我看你是个早起的人。”我走到她跟前，她和蔼地吻了我一下，跟我握握手。

“你觉得桑菲尔德怎么样？”她问。我告诉她说，我非常喜欢。

“是啊，”她说，“它是个美丽的地方，可是我担心它会变得乱七八糟，除非罗切斯特先生想到要来这儿久住；或者，至少要常来。大房子和好庭园都需要业主在场。”

“罗切斯特先生！”我惊叫道。“他是谁？”

“桑菲尔德的主人，”她平静地回答。“你不知道他叫罗切斯特吗？”

我当然不知道，我以前从来没听人说起过他；可是这位老妇人似乎把他的存在看作是众所周知的事实，每一个人都只要凭直觉就知道。

“我还以为，”我继续说，“桑菲尔德是你的呢。”

“是我的？天啊，孩子；多奇怪的想法啊！是我的？我不过是管家——管理人。的确，就他母亲方面来说，我跟罗切斯特家是远亲；或者，至少我丈夫跟他是远亲。我丈夫在世时是牧师，是那边山上的小村庄干草村的牧师，靠近大门的那所教堂就是他的。现在的这位罗切斯特先生的母亲姓菲尔费克斯，她的父亲和我丈夫的父亲是堂兄弟；可我从不指望这种亲戚关系——事实上，这对我来说算不了什么；我完全把自己看作一个普通的管家。我的主人总是客客气气的，我也就不再指望什么了。”

“那个小姑娘——我的学生呢？”

“她是受罗切斯特先生监护的孩子；他委托我给她找一个家庭教师。我相信，他是打算在某某郡把她扶养成人。她就上这儿来了，同来的还有她的‘保姆’，她是这样称呼她的保姆的。”当时谜就这样解开了：这个和蔼好心的矮小的寡妇不是什么了不起的贵妇人，而像我一样是个受雇用者。我并没有因此就不像以前那么喜欢她；相反，我比以前更高兴。她和我之间的平等地位是真实的，而不只是她那方面纡尊降贵的结果；这样就更好——我的地位更加自由了。

我正沉思着这个新发现，一个小姑娘由她的保姆跟随着，沿着草坪奔过来。我看看我的学生，她一开始似乎没有注意到我。她完全是个小孩，七八岁光景，身材纤细，脸色苍白，五官小巧，过长的头发卷成发卷垂到腰际。

“早安，阿德拉小姐，”菲尔费克斯太太说。“过来跟这位小姐说话，她是来教你书的，要使你有一天成为聪明的女人。”她走近来。

“这是我的家庭教师？”她指着我对她的保姆说。保姆回答道：

“是的，当然。”

“她们是外国人吗？”听到法国话，我感到吃惊，便问道。

“保姆是外国人，阿德拉生在大陆上，离开那儿还不到六个月。刚来的时候不会讲英语；现在总算能凑合着讲一点儿了。我听不懂她的话，她把英语和法语混在一起；也许你完全听得懂她的意思。”

幸亏我有个有利条件，我是跟一个法国女士学的法语；而且总是注意尽可能多和马丹比埃洛交谈，此外，在过去的七年中，每天都背诵一点法语——特别在我的腔调上下功夫，尽可能接近地模仿我教师的语音——对于法语，我在一定程度上能够脱口而出而且说得正确，在阿德拉小姐面前就不大可能不知所措。她听说我是她的家庭教师，就走过来和我握手。我把她带进去吃早饭，用她自己的语言向她说了几句话。开始时她回答得简短，可是，我们在桌边坐下，她用她那双淡褐色的大眼睛细细地看了我十分钟以后，突然开始流利地闲谈起来。

“啊！”她用法语叫道，“你用我的语言说话，说得和罗切斯特先生一样好。我可以像跟他说话一样地跟你说话，索菲也可以这样了。她一定高兴，这儿谁也听不懂她的话，菲尔费克斯太太只会说英语。索菲是我的保姆，她跟我一块儿乘一条大船从海上过来。船上有冒烟的烟囱——冒的烟真多啊！——我病了，索菲也病了，罗切斯特先生也病了。罗切斯特先生躺在叫做头等舱的漂亮房间里的一张沙发上，索菲和我在另外一个地方有小床。我差点儿从我的床上摔下来，它像一个架子。呃——小姐，你叫什么名字？”

“爱——简·爱。”

“嗳儿？咳！我不会说。我们的船在早上停的，天还没大亮呢，停在一座大城市那儿。那座城市真大，房子漆黑漆黑的，到处都是煤烟，根本不像我离开的那座漂亮干净的城。罗切斯特先生抱着我走过跳板上岸，索菲跟在后面，我们一块儿乘上马车。马车把我们送到一所叫做旅馆的美丽的大房子跟前，那所房子比这所还要大，还要好。我们在那儿待了差不多有一个星期。我和索菲每天都在一个叫做公园的地方散步；那是一个大的绿的地方，有很多树，除了我，还有许多孩子，还有一个池塘，里面有很多美丽的鸟儿，我用面包屑喂鸟。”

“她说得那么快，你听得懂吗？”菲尔费克斯太太问道。

我完全听得懂，因为我已经听惯了马丹比埃洛流利的话。

“我希望，”这位善良的妇人继续说，“你问她一两个关于她父母的问题。我不知道她是否还记得他们。”

“阿黛勒[1]，”我问道，“你在你说的那座漂亮干净的城里，跟谁住在一块儿？”

“很久以前，我跟妈妈住在一块儿；可是她到圣母马利亚那儿去了。妈妈常教我跳舞、唱歌、朗诵诗。有很多很多先生和女士们来看妈妈，我常常跳舞给他们看，或者坐在他们膝头上，给他们唱歌：我喜欢这样。现在要我唱给你们听吗？”

她已经吃完了早饭，所以我允许她显一下身手。她从椅子上下来，走到我跟前，坐在我膝头上；然后，把小手端庄地合在胸前，把鬈发甩到后面，抬起眼睛看着天花板，就开始唱歌剧里的一支歌。那是一个弃妇唱的歌，她在哀号情人的不忠以后，求助于自己的骄傲；要她的仆从用她最晶莹的宝石、最华丽的衣服把她打扮起来，决定那天晚上在舞会上和那个虚伪的人见面，用她举止的欢快向他证明：他的遗弃对她的影响是多么微不足道。

对一个儿童歌手来说，这个题材似乎选得奇怪；不过我想，他们要她表演，目的就在于听听口齿不清的童声唱出来的爱情和嫉妒的曲调；而这种目的却是低级趣味的，至少我认为是这样。

阿黛勒把这支短歌唱得够优美动听的，而且带着她那种年龄的天真无邪。唱完以后，她从我膝头上跳下来，说，“小姐，现在我来给你朗诵一点诗。”

她摆好姿势就开始，说：“拉封丹[2]的寓言《老鼠同盟》。”接着她就背诵这篇小东西，注意抑扬顿挫，声调婉转，动作合适，这在她那个年龄确实是不常见的，证明她受过细心的训练。

“这篇东西是你妈妈教你的吗？”我问。

---

① 阿德拉的法文名。

② 拉封丹(1621—1695)，法国寓言诗人。

“是的；她常常这样说：‘什么事？这些老鼠中的一只对他说；讲吧！’她叫我举起手来——为了——提醒我在朗诵到问这个问题的时候要提高嗓音。现在要我给你跳舞吗？”

“不要，够了。可是，你妈妈像你所说的到圣母马利亚那儿去了以后，你跟谁住在一块儿？”

“跟弗雷德里克太太和她丈夫住在一块儿。她照料我，可是她跟我没有亲戚关系。我认为她穷，因为她的房子没有我妈妈的那么好。我在那儿没待多久。罗切斯特先生问我是否愿意和他一块儿到英国来住，我说愿意；因为我在认识弗雷德里克太太以前，就认识罗切斯特先生，他一向对我很好，给我漂亮衣服和玩具。可是你看，他没有遵守诺言，他把我带到英国来，现在他自己却又回去了，我再也没看见他。”

吃完早饭，阿黛勒和我到图书室去；看来似乎罗切斯特先生已经吩咐过，要把它作为教室。大部分书籍都被锁在玻璃橱里了，只有一个书橱开着，里面放着初等教育中所需要的一切，还有几卷轻松的文学作品、诗歌、传记、游记和几部传奇等等。我想他认为家庭教师私人阅读所需要的，只是这一些书。的确，从目前来说，这些书使我非常满足。和我在劳渥德所能搜索到的少数几本乱七八糟的书相比，它们似乎让我获得了娱乐和知识的大丰收。在这间房间里，还有一架小巧的钢琴，是全新的，音质极好，还有一个画架和一对地球仪。

我发觉我的学生是够驯服的，不过不大肯用功，对任何一种定期的活动，她都不习惯。我觉得一开始就把她限制得很严是不聪明的；所以，我讲了许多，让她学到一点东西以后，在快到中午的时候，我就让她回到她的保姆那儿去。然后我自己计划一下，要利用吃午饭前的时间画几张小小的速写给她用。

我上楼去拿画夹和画笔，菲尔费克斯太太叫我，说：“我想，你早上的上课时间已经过了吧。”她在一个折门开着的房间里，我在她跟我说话的时候走进去。那是间富丽堂皇的大屋子，有紫色的椅子和帷幔，一条土耳其地毯，镶着胡桃木嵌板的墙，一扇装着很多彩色玻璃的大窗子，还有一个由高贵凹凸花边装饰着的高高的天花板。餐具柜上有几只精致的紫色晶石花瓶，菲尔费克斯太太正在给花瓶掸灰。

“多美的房间啊！”我向四周看看，叫了起来；因为以前我连比它差一半的华丽房间都还从来没见过。

“是啊；这是饭厅。我刚把窗户打开，让它稍微透透空气，见见太阳；难得有人住的房间里，样样东西都是那么潮湿：那边的休憩室简直就像地窖一样。”

她指着一个和窗子同样式样的大拱门，门上也和窗上一样，挂着用泰尔红紫①染的帘子，帘子由绳环系住。我跨过两个宽阔的梯级走到拱门跟前，朝里边望望，我想我真是瞥见了仙境，门里面的景物，在我初见世面的眼睛看来是那么的辉煌。然而，这不过是一间十分漂亮的休憩室而已，休憩室里面还有一间小客厅，两间屋子都铺着白地毯，地毯上似乎放着一个个色泽鲜明的花环；两间屋子的天花板都有白色葡萄和葡萄叶蔓的雪白凹凸花边，下面放着紫红的卧榻和软凳，形成强烈的对比；而放在巴黎式样的白色壁炉架上的摆设，是晶莹透亮的红宝石般的波希米亚玻璃制成的；窗子与窗子间有一面面大镜子，再现出房间各处雪火相映的景象。

“你把这些屋子收拾得多么整洁啊，菲尔费克斯太太！”我说，“没有灰尘，没有帆布罩子；要不是感到这儿空气冷的话，别人真会以为这里每天都有人住着呢。”

“咳，爱小姐，罗切斯特先生虽然不大上这儿来，但是来的时候，

① 一种从海螺中浸出的红紫色染料。

总是很突然，出人意料。我看得出来，他看到样样东西都包起来，等他来的时候才手忙脚乱地整理，他就会恼火。我想最好把房间收拾得随时可以让他来住。”

“罗切斯特先生是一个苛求的、爱挑剔的人么？”

“不完全是这样；可是他有绅士的爱好和习惯，他希望把一切都安排得符合他的爱好和习惯。”

“你喜欢他吗？一般人都喜欢他吗？”

“啊，喜欢的；这家人家在这儿是一向受到敬重的。这儿周围一带，只要你眼睛看得到的地方，差不多全部田地都是从古以来就属于他们家的。”

“哦，可是，撇开他的田地不谈，你喜欢他吗？人家喜欢他这个人吗？”

“我没有理由不喜欢他。我相信：他的佃户都认为他是个正直宽大的地主；不过他不大跟他们在一块儿生活。”

“可是，他没有怪脾气吗？总之，他的性格怎么样？”

“啊！我想，他的性格是无可指摘的。也许他是有点儿怪。我想，他到过许多地方，见过很多世面。他也许很聪明，不过我从来没有跟他谈过许多话。”

“他哪方面怪？”

“我不知道——这不容易描述——不是很显著的，不过，他跟你说话的时候，你觉得出来：你总是闹不清他究竟是开玩笑呢还是认真，究竟是高兴呢还是不高兴；总之，你不能彻底了解他——至少，我不能。不过，这没关系，他是个很好的主人。”

我从菲尔费克斯太太那儿听到的关于她和我的主人的介绍就只是这一点儿。有些人似乎完全不会概括人的性格，也不会观察或描述人或事物的特点。这位善良的太太就属于这个类型。我的问题使她迷惑，但是并没引她把心里话全都说出来。在她眼中，罗切斯特先生就是罗切斯特先生，是位绅士，是个地主——如此而已；她不再进一步询问和追究了。我想对他有一个更加明确的概念，显然使她感到吃惊。

我们走出饭厅，她提议带我去看看这所房子的其他部分。我跟着她上楼下楼，边走边赞赏；因为一切都布置得很好，而且很漂亮。我认为前面的几个大房间特别堂皇，三楼有几个房间虽然又暗又低，但是有点古色古香，十分有趣。一度放在楼下房间里的家具常常被搬到这儿来，因为流行式样改变了。从窄窄的窗子里透进来的一点儿光线，照亮了有百年历史的床架；照亮了橡木和胡桃木的柜子，上面雕着棕榈树枝和天使头像那样的古怪图案，看起来就像希伯来约柜①的模型；照亮了一排排古老的高背窄椅；照亮了更加古老的矮凳，凳垫上还有一半被磨去的绣花的痕迹，绣花的手指变成尘土已经有两代之久了。所有这些遗物叫桑菲尔德府看来像个往事之家、回忆之所。白天，我喜爱这些隐秘场所的寂静、昏暗和古怪，可是夜里，我可绝不想在这种粗重的大床上睡觉。有的床还有橡木门，睡在上面就像给关在里边似的；还有的挂着古老的英国绣花帐子。帐子上密密麻麻地绣满了花，其中有奇怪的花朵，更奇怪的鸟儿，最最奇怪的人，——所有这一切，在惨淡的月光下，看起来的确是奇怪的。

“仆人们睡在这些屋子里吗？”我问。

“不；他们住在后面的一排小屋子里；谁也没在这儿睡过。差不多可以说：如果桑菲尔德府有鬼的话，那这儿就是闹鬼的地方。”

“我也这么想。那末，你们这儿没有鬼啰？”

“我没听说过，”菲尔费克斯太太微笑着回答。

---

① 约柜，《圣经》中记载，犹太人保存两块十诫碑的柜子。

"也没有任何关于鬼的传说吗？没有传奇或者鬼故事吗？"

"我肯定没有。不过，听说罗切斯特家当时是个比较强暴的而不是比较安静的家族。也许就因为这个缘故，他们现在才平静地在他们的坟墓里安息。"

"是啊——在生活中突然发作的狂热之后，他们安息了，"我喃喃自语。"你上哪儿去，菲尔费克斯太太？"因为她正在走开。

"到铅板房顶上去；你愿意来，从那儿眺望一下风景吗？"我跟着她走上一道窄窄的楼梯到了顶楼，再从那儿爬上一部梯子，穿过一扇活门，来到房顶上。现在我和一群乌鸦在同一个平面上，我可以看看鸦巢了。我把上半身探出雉堞，远远地望着下面，俯瞰着像地图般铺展开去的地面：明亮的丝绒似的草坪紧紧地围绕着灰色的房基；牧场像个公园那样宽广，有古老的树木点缀着；树林子已经枯萎，变成焦茶色，被一条显然是杂草丛生的小径一分为二，小径上覆满青苔，比长着叶子的树还要绿；大门口的教堂、大路、静静的群山，全都在秋日的阳光下休息；有着白得像珍珠般的大理石花纹的碧蓝晴空把地平线勾勒了出来。这景色没有一点奇特之处，但是一切都叫人喜欢。当我离开这儿，重新穿过活门的时候，我几乎看不见走下梯子的路。我刚才一直仰望着蓝色的天穹，一直高兴地俯视着宅子周围沐浴着阳光的树丛、牧场和青山。和这些景色相比，顶楼看上去黑得就像地窖一般。

菲尔费克斯太太在后面停留了一会儿，去闩上活门；我摸索着找到了顶楼的出口，开始走下顶楼的窄楼梯。我在楼梯脚下的长过道里徘徊着。这个过道把三楼前后两排房间分隔开来，它又窄又低又暗，只在远远的一头有一扇小窗，两边的两排小黑门全都关着，看上去就像是蓝胡子[①]城堡里的走廊一样。

① 蓝胡子，法国民间故事中一个残酷的丈夫，曾连续杀死六个妻子，她们的尸骨被第七个妻子无意中在密室中发现。

我轻轻地向前走着，万万没有想到在这样寂静的一个地方，竟然会听到刺耳的笑声。这是一种奇怪的笑声：清楚、呆板，而且悲伤。我停下脚步。笑声也停了，但是只停了一会儿。它又开始了，而且比以前更响；因为最初虽然清楚，却还很低。它变成了很响的一阵，似乎要在每个孤寂的房间里激起回声；不过，它只是从一个房间里传出来，而且我还指得出是从哪个房间里来的。

“菲尔费克斯太太！”我叫道，因为我这时候听见她从大楼梯上下来。“你听见那大笑声吗？是谁啊？”

“很可能是哪个用人，”她回答说，“也许是格莱思·普尔。”

“你听见了吗？”我又问。

“听见了，清清楚楚。我常常听见她。她在这里的一间屋子里做针线活儿。有时候，莉亚和她在一块儿。她们在一块儿常常很吵闹。”

笑声以它低沉的、音节清晰的调子重复着，最后以古怪的嘟哝结束。

“格莱思！”菲尔费克斯太太叫道。

我实在不指望会有什么格莱思来回答；因为这是我听到过的最悲惨、最不可思议的笑声。当时正是中午，这古怪的笑声并没有鬼魂出现的气氛伴随着，情景和季节也不大会引起恐惧，要不是这样的话，我真会迷信地害怕起来。不过，事实向我证明：即使我只是感到惊奇，我也已经是个傻瓜了。

离我最近的那扇门打了开来，一个用人走出来。她是个三四十岁的女人；长得结结实实、四四方方，有一头红发，还有一张冷酷而普通的脸。几乎再也想不出什么幽灵比她更不带传奇性、更不像鬼了。

“太闹了，格莱思，”菲尔费克斯太太说。“记住吩咐！”格莱思默默地行了个屈膝礼，走进去了。

“她是我们雇来做针线活儿、帮莉亚做女仆的活儿的，”寡妇继续说；“在有些地方并不是无可指摘的，但是她干得挺好。顺便问一声，你今天早上教你的新学生教得怎么样？”

谈话就这样转到阿黛勒身上，一直继续到我们到了下面明亮和欢乐的地方。阿黛勒一边在大厅里奔过来迎接我们，一边叫道：

“女士们，午饭已经摆好了！”接着又说，“我呀，我饿坏了！”

我们发现午餐已经准备好，正在菲尔费克斯太太的房间里等着我们。

第十二章

我第一次来到桑菲尔德府，一切就很平静，这似乎保证了我会顺利地做一番事业。在进一步熟悉这个地方和它的居民以后，这个保证并没有落空。菲尔费克斯太太果真像她的外表所显示的，是个性情温和、心地善良的女人，受过足够的教育，具有一般的智力。我的学生是个活泼的孩子，娇生惯养，所以有时候任性；可是，既然她完全被托给我照管，而且也没有哪方面来乱加干涉和阻挠我对她的教育计划，她很快就忘掉她的恶作剧，变得听话和可教。她没有杰出的才智，没有显著的性格特点，没有感情上或者爱好上的特殊发展，使她比儿童时代的一般水平高出一英寸；可是，她也没有什么缺陷或恶习使她落到这个水平以下。她有了适当的进步，对我怀着一种虽不很深却还热烈的爱。她那纯朴，快活的闲聊和要讨人喜欢的努力，在我心里激起了一定程度的依恋，足以使我们两人能满意地相处。

附带说一下，有些人拥护一本正经的学说，认为儿童有天使般的天性，负责教育儿童的人应该对他们有崇拜的献身精神。在这些人看来，我前面说的那些话，将会是冷淡的语言。可是，我写作并不是为了迎合父母的自私心理，并不是为了人云亦云地作违心之论，也不是为了支持骗人的空话；我只是说实话罢了。对于阿黛勒的幸福和进步，我感到一种出于天良的关心，对于她这个小小的自我，感到一种悄悄的喜爱，正如对于菲尔费克斯太太的好心，我抱有一种感激的心情，她默默地尊重我，心地和性情又都温和，我也就相应地喜欢跟她在一块儿了。

谁爱责怪我就责怪我吧，我可要继续往下说：我常常一个人在庭园里散步，我走到大门跟前，朝门外顺着大路看望；或者趁阿黛勒跟保姆在玩，菲尔费克斯太太在贮藏室里做果冻的时候，我走上三道楼梯，推开顶楼的活门，来到铅板屋顶上，远远地眺望着僻静的田野和小山，望着朦胧的天际。这时候，我渴望有一种能超出那个极限的眼力，让我看到繁华的世界，看到我听说过、却从未见过的城镇和地区。这时候，我希望自己有比现在更多的实际经验，比现在更多地同跟我同类型的人来往，比在这儿更多地结识各种性格的人。我珍视菲尔费克斯太太的善良，珍视阿黛勒的善良；但是我相信世界上还有另外一些更有生气的善良的类型，我希望亲眼看看我所希望的东西。

谁责怪我呢？毫无疑问，一定有很多人；人家会说我不知足。我没有办法；我生来就不能安静；有时候，这使我很苦恼。这时，我惟一的宽慰就是沿着三楼的过道来回踱步，安全地处在这地方的幽静孤寂之中，听任我的心灵的眼睛注视着面前升起的任何一个光明的幻象——幻象当然是又多又亮；听任我的心随着欢乐的运动起伏，这种欢乐的运动既在烦恼中使它膨胀，又用生命力来使它扩展；最最美好的是，听任我内在的耳朵倾听一个无穷无尽的故事——这是个由我的想象不断创造和叙述出来的故事，我所祈求而在我实际生活中并不存在的插曲、生活、激情和情感，使这个故事变得生动有趣。

说人们应该对平静感到满足，这是徒然的；人们总得有行动；即使找不到行动，也得创造行动。千百万人被注定了要处在比我的更加死气沉沉的困境中，千百万人在默默地反抗自己的命运。谁也不知道，在充斥世界的芸芸众生中，除了政治反叛以外，还掀起了多少其他的反叛。女人一般被认为是极其安静的，可是女人也和男人有一样的感觉；她们像她们的兄弟一样，需要运用她们的才能，需要有一个努力的场地；她们受到过于严峻的束缚、过于绝对的停滞，会感到痛苦，正如男人感到的一样；而她们的享有较多特权的同类却说她们应该局限于做做布丁、织织袜子、弹弹钢琴、绣绣口袋，那他们也未免太心地狭窄了。如果她们超出习俗宣布女人所必需的范围，去做更多的事、学更多的东西，他们因而就谴责她们，嘲笑她们，那也未免太轻率了。

我这样一个人待着的时候，并不是不常听到格莱思·普尔的笑声：同样的一阵大笑，同样的低沉和缓慢的哈！哈！这在我第一次听到的时候，曾经使我毛骨悚然。我还听到她那古怪的嘟囔，那比她的笑声更怪。有些日子，她十分安静；可是还有些日子，我却没法解释她发出来的声音。有时候我看见她，她从她的房间里出来，手里端着脸盆、或者盆子、或者托盘，到楼下厨房里去，立即又回来，往往（啊，富于想象的读者，请原谅我告诉你实实在在的事实！）拿着一壶黑啤酒。她的外表所起的作用，就是把她的古怪声音引起的好奇心压下去。她面貌严峻，沉着，没有什么可以引起兴趣的地方。我几次试图和她攀谈，可是她似乎是个沉默寡言的人。常常是一个单音节的回答就把这种努力打断了。

这家人家的其他成员，即：约翰夫妇、女仆莉亚、法国保姆索菲，都是正派的人；但是毫不突出。我常常和索菲讲法国话，有时候我问她一些关于她祖国的问题；可是她不善于描绘或叙述，往往作出枯燥和混乱的回答，好像是阻止而不是鼓励人家发问。

10 月、11 月、12 月都过去了。1 月的一个下午，菲尔费克斯太太为阿黛勒请假，因为她感冒了。阿黛勒兴高采烈地支持这个请求，这使我回忆起，在我自己的童年时代，偶尔的假日对我是多么珍贵。我同意了，认为自己在这一点上表示通融是做得对的。那一天虽然极冷，天气却很好，没有风。整个漫长的上午在图书室里一动不动地坐着，已经使我感到疲倦，正好菲尔费克斯太太刚写完一封信要寄出，我就戴上帽子、披上斗篷，自告奋勇把信送到干草村去。两英里的路程，将是一次愉快的冬日午后的散步。看到阿黛勒在菲尔费克斯太太的客厅里的壁炉旁边，舒舒服服地坐在她的小椅子上，我把她最好的蜡娃娃给她玩（平时我用银色纸把它包好放在抽屉里）。为了让她可以变个方法消遣，还给了她一本故事书。她说："早点回来，我的好朋友，我亲爱的简妮特小姐。"[①]我吻了吻她作为回答，便出发了。

路很坚硬，空气平静，我的旅途是孤寂的。我走得很快，直到我觉得暖和为止。然后我慢慢地走着，享受和品味此时此景所赋予我的欢乐。三点了，我从钟楼下经过时，教堂的钟响了。这一时刻的美，就在于正在临近的朦胧，在于徐徐沉落、光彩渐淡的太阳。我离桑菲尔德有一英里路，在一条小径中走着。这条小径，夏天以野蔷薇著名，秋天以坚果和黑莓著名；即使现在，也还是有一些珊瑚珍宝般的蔷薇果和山楂。但是，这儿在冬天最令人赏心悦目的是完全的寂静和无叶的安宁。哪怕吹起一丝微风，这儿也不会发出一点声音；因为没有一棵冬青、没有一株常青树可以沙沙作响，光秃秃的山楂树和榛树丛静得就像铺在小路中间的碎白石一样。小路两边，极目望去，只有田地，现在也没有牛在吃草；几只褐色的小鸟，偶尔在树篱中扑动一下，看上去仿佛是一些忘了落下的单片枯叶。

这条小径顺着山势往上一直通到干草村。我已经走了一半路，便在通到田野去的阶梯上坐下。我把斗篷裹紧，把双手藏在皮手筒里，我并不觉得冷，虽然天气冷得彻骨；这可以由小路上结的一层冰来证明。现在已经又结了冰的一条山涧，在几天前迅速解冻的时候水漫到这儿来了。从我坐着的地方，我可以俯瞰桑菲尔德。这所有雉堞的灰色住宅是下面山谷里的主要景物；它的树林和黑魆魆的鸦巢突出在西边。我在这儿一直逗留到太阳沉入树丛，又红彤彤、明晃晃地在树丛后面沉落。于是我转向东方。

在我上面，初升的月亮挂在山顶上空，虽然跟云朵一样苍白，但

① 简妮特是简的昵称。

是每一刻都在变得更加明亮。它俯视着干草村。干草村半掩在树丛间，寥寥无几的烟囱里吐出一缕缕青烟。还有一英里路，可是在万籁俱寂中，我已经可以清清楚楚地听出微细的生活的嗡嗡声了。我的耳朵还感觉到流水声，从哪个溪谷、哪个深渊传来，我却说不上来；可是，干草村那一头有很多小山，毫无疑问，肯定有不少山溪穿过它们的隘口。黄昏的寂静同样还泄露出最近处溪流的淙淙声和最远处流水的潺潺声。

一种粗重的声音，遥远而清晰，打破了这委婉的汩汩声和低语般的喃喃声，一种确确实实的脚步声，一种刺耳的嘚嘚声，把轻柔的水波流动声盖住了，犹如在一张画中，大块的巉岩，或者大橡树的粗硕树干，用暗色画出来，在前景显得十分强烈，把青翠的山峦、明丽的天际和色彩互相渗透、混合而成的云朵组成的茫茫远景压倒了一样。

这响声是从小路上发出来的；一匹马正在过来；小径的弯弯曲曲还遮着它，可是它在渐渐走近。我刚要离开阶梯，但是小径很窄，我就坐着不动，让它过去。在那些日子里，我还年轻，脑子里有各种各样光明和黑暗的幻想，儿童故事和其他一些乱七八糟的东西，还留在我的记忆里，在它们重新出现的时候，正在成熟的青春给它们增添了童年不可能给予的活力和真实感。马儿走近了，我等着它在暮色中出现。这时候，我想起了白茜讲过的一个故事，说的是英国北部的一个妖精，名叫“盖特拉希”，它变成马、骡子或者大狗的模样，出没在荒僻的路上，有时候袭击天黑了还在赶路的人，就像这匹马现在向我袭来一样。

它走得很近了，但是还看不见。这时候，除了嘚嘚的马蹄声外，我还听到树篱下有匆匆前进的声音，一条大狗紧挨着榛树干溜了过来，它的黑白相间的毛色使它被树丛衬托得很明显。它完全是白茜的盖特拉希的一个变形——一个狮子模样的动物，鬣毛很长，头很大。

然而，它却十分安静地打我身旁过去。我原先还有点担心它会停下来，抬起奇怪的不像狗眼的眼睛盯住我的脸看，结果它并没有这样做。接着，马儿来了。那是匹高高的骏马，上面还坐着一个人。这个人，的的确确是个人，一下子就把恐怖气氛打消了。从来没有什么东西骑过盖特拉希，它总是孤零零的；而妖怪呢，在我看来，虽然可以借用不会讲话的野兽的尸体，却不大会想藏身于普通的人体。这可不是盖特拉希，而不过是个抄近路去米尔考特的旅客罢了。他过去了，我继续赶路；才走了几步，就回过头来：滑跤的声音、“见鬼，怎么办？”的惊呼、轰隆隆地倒下，这一切把我的注意力吸引住了。人和马都倒在地上；原来他们在覆盖路面的那层薄冰上滑了一跤。狗跳跳蹦蹦地跑回来，看见它的主人处在困境中，听到马儿在呻吟，便狂吠起来，直到暮霭笼罩的群山发出了回声。狗的个儿长得大，吠声也十分深沉。它在趴在地上的人和马周围闻闻，然后跑到我面前；这就是它所能做的一切，——附近没有别的人可以求救。我顺从了它，往下走到旅客跟前。这时候，他正从马身上挣脱出来。他使了那么大的劲，我想他不会伤得厉害。不过我还是问了他这个问题：

“你受伤了吗，先生？”

我想他是在咒骂，但是不能肯定；然而，他却是在说一些客套话，这就使他没能马上回答我。

“我能帮什么忙吗？”我再问。

“你就站在一边吧，”他一边回答一边爬起来，先是跪着，然后站起来。我照着他说的做了；这时候马开始喘息，跺脚，马蹄嘚嘚作响，狗也吠叫着，这把我有效地赶到了几码以外。不过，在我看完这件事以前，我不会被完全赶走。这件事最后还算幸运，马又站立起来，狗也被一声“下去，派洛特！”喝住，静了下来。现在旅客正弯着腰，摸脚和腿，仿佛在试试它们是否健全；显然那儿有什么地方疼

痛，因为他一瘸一拐地走到我刚离开的阶梯那儿，坐了下来。

我一心要帮点儿忙，或者我想，至少是要管点儿闲事吧，因为这时候我又走近了他。

“要是你受了伤，需要帮忙的话，先生，我可以到桑菲尔德府或者到干草村去叫个人来。”

“谢谢你；我行。我骨头没断，——只是扭伤了筋；”他又站了起来，试试他的脚，可是结果痛得他不由自主地叫了声“哦！”

还有一点儿日光残留着，月亮正在渐渐变亮，我可以清清楚楚地看见他。他身上披着皮领钢扣的骑马披风；细节看不清楚，但是我揣摩得出总的特征：中等身材，胸膛宽阔。他的脸黑黑的，五官严厉，露出愁容；这时候他的眼睛和皱着的眉毛看上去好像愠怒和受了挫折。他已经不算青年，但还没到中年，大概有三十五岁光景。我对他不感到害怕，但有点儿羞怯。要是他是个漂亮英俊的年轻绅士，我就不敢这样站着违拗他的意志问他问题，不等请求硬要帮忙。我几乎从来没看见过一个漂亮的青年，一生中也从来没同那样的人说过话。我对于美、文雅、殷勤、魅力，抱有一种理论上的崇敬；但是，如果我遇到这些在男人形体中具体化了的品质，我就会本能地知道：它们同我所有的一切都没有也不可能有一致的地方，我就会躲开它们，像人们躲开火、闪电或者任何其他亮而可怕的东西那样。

甚至于如果这个陌生人在我跟他说话的时候对我微笑或者脾气好一点，如果他欢快地用道谢来拒绝我提出的帮助，那我也就会赶我的路，而不感到有什么责任再问他一些问题了。可是这个旅客的怒容和粗暴却使我感到毫不拘束。他挥手叫我走开，我还是站在那里，而且问道：

“天那么晚了，先生，不看到你能够骑上马，我是不能让你一个人留在这荒凉的小路上的。”

我说这话的时候，他朝我看看，这以前他的眼睛几乎没有朝我这个方向看过。

“我想你自己应该待在家里，”他说，“如果你在附近有个家的话。你从哪儿来？”

“就从下面来；只要有月光，在外面待晚了我一点也不怕。如果你愿意的话，我将很高兴为你跑到干草村去；真的，我是上那儿去寄信。”

“你就住在下面——你是说有雉堞的那所房子么？”他指着桑菲尔德府。月亮把银白色的光洒在上面，使这所房子在树林的背景上变得显眼和苍白。在和西边的天空对比之下，现在树林成了一片阴影。

“是的，先生。”

“那是谁的房子？”

“罗切斯特先生的。”

“你认识罗切斯特先生么？”

“不，我从来没看见过他。”

“这么说，他不住在这儿啰？”

“不住在这儿。”

“你能告诉我他在哪儿吗？”

“不能。”

“当然，你不是那儿的女仆。你是——”他停了下来，眼睛打量着我的衣服。跟往常一样，我的衣服是很朴素的：一件黑色梅里诺呢[①]斗篷，一顶黑獭皮帽；两样东西都还没有使女穿戴的一半那么漂亮。他似乎难以断定我是什么人，我就帮他一下。

“我是家庭教师。”

---

① 用澳洲梅里诺绵羊所产的细密丝状羊毛制成的呢。

"啊，家庭教师！"他重复一遍；"要不是忘了才见鬼呢！家庭教师！"我的衣服又受到他的仔细察看。过了两分钟，他从阶梯上站起来，刚一动，脸上就露出痛苦的表情。

"我不能派你去找人帮忙，"他说，"不过，要是你愿意的话，你可以自己稍微帮助我一下。"

"行，先生。"

"你没有伞让我当手杖吗？"

"没有。"

"设法抓住我的马缰绳，把马牵到我这儿来。你不害怕吧？"

要是一个人的话，我真会不敢去碰马，可是他吩咐我这样做，我也就乐意服从。我把我的皮手筒放在阶梯上，走到高高的骏马跟前去；我试图抓住马缰绳，可是那是匹烈马，不让我走近它的头；我一次又一次地努力，不过都是白费力气；在这同时，我还非常害怕它那正在践踏的前脚。旅客等着看了一些时候，最后大笑起来。

"我看啊，"他说，"山永远也不会给带到穆罕默德那儿去，所以，你只能帮穆罕默德走到山那儿；[①]我只好请求你到这儿来了。"

我走了过去。"原谅我，"他继续说，"没办法，只好借助你了。"他把一只沉重的手放在我肩上，有点分量地靠我支持着一瘸一拐地走到他的马跟前。他一抓住缰绳，就立即把马制服了，于是跳上马鞍。跳的时候可怕地皱着眉，因为这使他扭伤的地方疼痛起来。

"现在，"他把紧紧咬住的下嘴唇松开，说道，"把我的鞭子给我吧；它就在那边树篱下面。"

我找了一下，找到了。

---

① 传说穆罕默德向阿拉伯人传教时，他们要求他显示奇迹。于是他命令萨法山来到他跟前，因为山没移动，他就说是真主仁慈，不让山到这里来把大家压死，并且说要亲自到山那边去感谢真主。这常用来比喻不能按自己心意办事的人只好在不可避免的事实面前低头。

“谢谢你；现在赶快去干草村寄信吧，尽可能早点回来。”

他的马被带马刺的鞋跟刺了一下，先是受了惊用后脚站起来，接着就奔腾而去，狗急急地跟在后面，三个都不见了，

像荒野里的石楠
让一阵狂风卷跑。

我拾起我的皮手筒，继续赶路。对我来说，这件事已经发生了，也已经过去了。在某种意义上说，这是一件无足轻重、并不奇特、毫无趣味的事；然而，它标志着单调生活中有了一个小时的变化。人家需要而且要求我帮助；我给了帮助。我很高兴我做了件事，事情虽小，而且一下子就过去，但毕竟是件主动的事，而我对于完全被动的生活已经感到厌倦。这张新的脸，仿佛是刚陈列在记忆的画廊里的一幅新的画；而且它和所有挂在那儿的其他的画都不同。首先，因为它是男的；其次，因为它又黑又强壮又严肃。我走进干草村，把信投到邮局的时候，这幅画还在我眼前；我从山上下来一路急急地走回家的时候，我还看见它。我来到阶梯跟前，停了一会儿，向四下里看看、听听，心想小路上也许会再响起马蹄声，也许会再出现一个穿披风的骑马人和一条像盖特拉希的纽芬兰狗。我在面前看到的只是树篱和剪去树梢的柳树，静止地、笔直地耸立着迎接月光。听到的只是一英里路以外，桑菲尔德周围树丛间飘忽而过的阵阵微风。我朝发出低声的方向望去，眼光掠过宅子的正面，注意到有一扇窗子里点了灯。它提醒我时间不早了，于是我急急忙忙地继续赶路。

我不喜欢再走进桑菲尔德。跨过它的门槛，就是回到停滞状态：穿过寂静的大厅，走上暗黑的楼梯，寻找我自己那孤寂的小房间，然后去会见文静的菲尔费克斯太太，跟她而且只跟她一起度过漫长的冬

天的夜晚就是要把我的散步激起的微微的兴奋完全打消，要把千篇一律、过于静止的生活，把我已经不可能欣赏其安逸特权的那种生活，再一次像盲目的枷锁般束缚住我的才能。要是我在不稳定的斗争生活的暴风雨中颠簸、在粗暴痛苦的经历中学会渴望我现在身在其中而满腹牢骚的平静，这时候会对我有多大好处啊！它的好处就像叫一个在“太舒适的安乐椅”里一动不动坐得厌倦的人起来作长时间散步一样。在我这种情况下要想活动，就像在他的情况下要想活动一样自然。

我在大门口流连，我在草坪上流连，我在铺道上来回踱步。玻璃门上的护窗板关着，我看不到里面；我的眼睛和心灵似乎都被吸引着离开那所阴暗的房屋，离开那到处是不见阳光的牢房（我认为是这样）的灰色洞穴，转向那展现在我面前的天空——一片没一丝云彩的蓝海；月亮正以庄严的步伐登上天空，它从下面很远很远的地方，经过小山后面，抬头仰望着离开山顶，渴望来到深不可测、远不可量的午夜般漆黑的天顶；而尾随着它的熠熠繁星，我望着它们就心儿颤抖，热血沸腾。一些小事就可以把我们召回大地；大厅里的钟响了，这就够了。我从月亮和星星那儿转过头来，打开边门，走了进去。

大厅不黑，还没点灯，惟一的一盏高高挂起的青铜灯还没点上。一片温暖的火光照耀着大厅和橡木楼梯的下面几级。这红红的光是从大饭厅里照过来的。大饭厅的双扇门开着，可以看到壁炉里熊熊的炉火，它照亮了大理石炉板和铜制火炉用具，又在最愉快的光辉中，显示出紫色的帷幔和上光的家具。它还显示出壁炉架附近的一群人。我刚看到这群人，刚注意到欢乐的混杂的嗓音——其中我似乎听得出有阿黛勒的声调——门就给关上了。

我匆匆地走到菲尔费克斯太太的房间里。那儿也生了火，可是没有蜡烛，菲尔费克斯太太也不在。我只看见一条像小路上碰到的盖特拉希那样的黑白相间的长毛狗。它孤零零地直坐在地毯上，严肃地盯着火看。它和盖特拉希那么相似，所以我就过去叫它：

“派洛特，”这东西跳了起来，走到我跟前，闻闻我。我抚摸它，它摇着大尾巴。可是单独跟它在一起，它看起来很可怕，而且我也说不出来它是打哪儿来的。我打了铃，因为我要蜡烛，我还要打听一下有关这个来访者的情况。莉亚进来了。

“这是哪来的狗？”

“它是跟主人来的。”

“跟谁？”

“跟主人——罗切斯特先生——他刚来。”

“真的！菲尔费克斯太太跟他在一块儿吗？”

“是的，还有阿黛勒小姐；他们在饭厅里。约翰去请外科医生了：因为主人出了事故；他的马摔倒了，他扭伤了踝骨。”

“马是在干草小径摔倒的吗？”

“是的，在下山的时候；马踩在冰上滑倒的。”

“啊！给我拿支蜡烛来，好吗，莉亚？”

莉亚把蜡烛拿来了。她走进来，后面跟着菲尔费克斯太太。菲尔费克斯太太把这消息又重复了一遍，还补充说外科医生卡特先生来了，现在跟罗切斯特先生在一起。接着她出去吩咐一下关于茶点的事，我上楼去脱去帽子和斗篷。

第十三章

那天晚上，罗切斯特先生似乎是按照外科医生的吩咐，很早就上床睡觉；第二天早上也起得不早。他下楼来，只是为了办理事务；他的代理人和他的一些佃户来了，正等着跟他说话。

阿黛勒和我现在不得不撤出图书室；这里每天都要用来接待来访者。楼上有一间房间里生了火，我把我们的书搬到那儿，把它布置成未来的教室。我在上午就已经看出，桑菲尔德府已经变了样。不再像教堂那么寂静，它每隔一两小时就响起叩门声和门铃声。还常常有脚步声穿过大厅，楼下还有新的嗓音用不同声调讲话。从外面世界来的一条小河流过这里。它有了一个主人；拿我来说，我更喜欢它了。

这一天，阿黛勒不容易教；她没法专心。她老是跑到门口去，伏在栏杆上看看是否看得见罗切斯特先生。然后又想出一些借口要到楼下去，正如我敏锐地猜到的，是要到图书室去，我知道那儿不需要她。后来我有点儿生气了，叫她安静地坐着，她却继续不断地谈论她的“朋友，爱德华·菲尔费克斯·德·罗切斯特先生”，她就是给了他这样的称号(以前我还没听到过他的教名)，她还猜测他给她带来了什么礼物：因为上一天晚上，他似乎已经暗示过，等行李从米尔考特运来，其中有一个小盒子，她会对里面的东西感兴趣。

“那就是说，”她说，“里面有一件给我的礼物，也许还有给你的，小姐。先生谈起过你，他问我我的家庭教师的名字，她是不是一个身材矮小的人，相当瘦而且面色有点儿苍白。我说是的，因为这是，真的是不是，小姐？”

我和我的学生跟往常一样，在菲尔费克斯太太的客厅里吃饭。这天下午，风很大，又下着雪，我们是在教室里度过的。天黑的时候，我允许阿黛勒收起书和作业，跑下楼去；因为，下面比较安静了，也不再有人拉门铃，根据这个，我猜想罗切斯特先生现在有空了。剩下我一个人，我走到窗口去，可是从那儿什么也看不见。暮色和雪片一起使空气变得灰蒙蒙的，把草坪上的灌木都遮住了。我放下帘子，回到炉边。

在明亮的余烬中，我正在画一幅风景画，有点儿像我记得以前看到过的一张莱茵河畔海德尔堡城堡的画，这时候菲尔费克斯太太走了进来。她的到来打乱了我正在用火炭拼凑起来的镶嵌图，也驱散了在我孤独中涌上心头的不受欢迎的忧思。

“罗切斯特先生请你和你的学生今天晚上在休憩室里和他一起用茶点，”她说，“他整天很忙，没有能早点见你。”

“他几点钟用茶点？”我问。

“哦，六点钟。他在乡下早起早睡。你最好现在换件外衣；我陪你去，帮你扣好衣服。把蜡烛拿着。”

“得换外衣吗？”

“是的，最好换一换。罗切斯特先生在这儿的时候，我晚上总要换上好衣服。”

这个附加的礼节显得有点儿庄严。然而，我还是回我的屋子，在菲尔费克斯太太的帮助下，把黑呢衣服换成黑绸衣服。除了一件浅灰的，这一件是我惟一的一件最好的衣服了。按照我在劳渥德对于服饰的看法，除非是在头等重大的场合，否则穿那件浅灰色衣服是太讲究了。

“你要别一个胸针，”菲尔费克斯太太说。我只有一件单粒小珍珠的饰物，是谭波尔小姐作为临别纪念品送给我的。我把它别好，我们就下楼。我一向不习惯于见生人，这样一本正经地被召到罗切斯特先生面前，简直是受罪。我让菲尔费克斯太太先走进饭厅，我待在她的影子里穿过那间屋子；走过现在帷幔已经放下的拱门，进入雅致幽静的套间。

桌子上放着两支点燃着的蜡烛，壁炉架上也有两支。派洛特躺在熊熊炉火的光和热中取暖，阿黛勒跪在它旁边。罗切斯特先生半靠在卧榻上，一只脚用靠垫垫着，他正看着阿黛勒和狗；炉火照亮了他的脸。两道粗粗的浓眉，方方的额头，乌黑的头发横梳着，使额头显得更方，我一看就知道是我碰到的那个旅客。我认得出他那显得坚毅的鼻子，它与其说是因为美还不如说是因为性格而引人注目；认得出他那大大的鼻孔，我想那样的鼻孔是表示他容易发怒；认得出他那严厉的嘴、下巴和下颚——对，这三样都很严厉，没错。他现在已经脱掉了披风，我觉得他的体形四四方方的和他的容貌很相称。我想这就是体育术语中说的好身材吧——宽胸细腰，虽然不高也不优美。

菲尔费克斯太太和我进去，罗切斯特先生一定已经觉察到了，可是他似乎不想注意我们；因为我们走近他的时候，他头都没有抬起来过。

“先生，爱小姐来了，”菲尔费克斯太太以她那文静的方式说。他点了点头，眼光还是没有离开狗和孩子。

“让爱小姐坐下吧，”他说。那勉强的不自然的点头和不耐烦然而正式的语调中，似乎有点什么东西要进一步表示：“见鬼，爱小姐在不在这儿，和我有什么关系？现在我可不愿招呼她。”

我毫不拘束地坐了下来。礼貌周到的招待也许会叫我手足无措：我没有办法在我这方面用相应的温文尔雅来还礼或答谢。可是粗鲁的任性就使我没有任何义务；在举止反常下合乎礼仪地保持沉默，反而对我有利。此外，这行动之古怪是有趣的；我倒很想看看他接下来会怎么样。

他继续像一座雕像那样，也就是说，他既不说话，也不动弹。菲尔费克斯太太似乎认为：总得有个什么人表示得和气些，于是她开始谈话。她像平时一样体贴地，也像平时一样，有点儿庸俗地向他表示慰问，说他整天太忙，说他伤了筋很痛，心里一定感到烦恼，接着又称颂他在这两方面表现出来的耐心和毅力。

“太太，我想喝点儿茶，”是她得到的惟一的回答。她匆匆赶去打铃。茶盘端来的时候，她尽可能快地把茶杯、茶匙等摆好。我和阿黛勒走到桌旁；可是主人并没有离开他的卧榻。

“你把罗切斯特先生的杯子给他送过去好吗？”菲尔费克斯太太对我说；“阿黛勒也许会把茶泼出来。”

我按她说的做了。他从我手里接过杯子。阿黛勒认为可以利用这个时候来为我提出一个请求，她叫道：

“先生，你小箱子里不是有件礼物要送给爱小姐吗？”

“谁说起礼物？”他粗暴地说，“你盼望过礼物吗，爱小姐？你喜欢礼物吗？”他用阴沉的、愠怒的、尖利的眼睛细细看着我。

“我不大知道，先生；我对礼物没有经验；人家一般认为礼物是可爱的东西。”

“一般认为？可是**你**认为怎么样？”

“我得花点时间，先生，才能给你一个值得你接受的回答；礼物有各个方面，是不是？总该把各个方面都考虑到了，再对它的性质发表一个意见。”

“爱小姐，你不如阿黛勒坦率：她一看见我就嚷嚷着要一件‘礼物’；你却转弯抹角。”

“因为我不像阿黛勒那样相信自己配得到礼物。从熟人这个角度，她有权提出要求；从习惯这个角度，她也有权提出要求；因为她说你常常习惯于送礼物给她。可是，如果非要我表明态度的话，我就不知该怎么办好了，因为我是陌生人，我又没有做过什么事来使我有权受到酬谢。”

“啊，别一退就退得过于谦虚了！我已经考过阿黛勒，我发现你在她身上下了很多功夫；她并不聪明，也没天才；但是在短短的时间里，她有了很大进步。”

“先生，你已经把我的‘礼物’给我了；我感谢你。称赞学生进步，是老师最渴望的报酬。”

“哼！”罗切斯特先生说，他默默地喝着茶。

“到壁炉跟前来，”主人说，这时候茶盘已经给端走了，菲尔费克斯太太在一个角落里坐下来编结，阿黛勒正拉着我的手在房间里走一圈，让我看美丽的书，看蜗形脚桌子[①]和柜子上的装饰品。听了他的话，我们服从了，仿佛有义务这样做似的。阿黛勒要坐在我膝上，可是他吩咐她去跟派洛特玩。

“你住在我家有三个月了？”

“是的，先生。”

“你是从——？”

“从某某郡劳渥德学校来的。”

“啊！一个慈善机构。——你在那儿待了多久？”

“八年。”

“八年！你的生命力一定很强。我想任何体质的人在那样的地方待一半时间就会累垮！怪不得你的样子像是从另一个世界来的。我原来就觉得奇怪，你哪儿来那么一张脸。昨晚你在干草小径碰到我，我不知怎么的竟想起一些神话来了，我还有点想问：是不是你用妖术迷住了我的马。我到现在还不能肯定。你的父母是谁？”

“已经没有父母了。”

“也从来没有父母吧，我想；你还记得他们吗？”

---

① 一种装在墙上或靠墙放的狭长的或半圆形的桌子。

“不记得。”

“我早知道你不记得。那么，你坐在阶梯上是在等你的同伙吗？”

“等谁，先生？”

“等仙人呗！那样的月夜对他们正合适。是不是我冲破了你们跳舞的圈子，你就把那该死的冰铺在小路上？”

我摇摇头。“仙人一百年以前就已经离开了英国，”我像他那样一本正经地说，“甚至不管在干草小径，还是在干草小径周围的田野里，你都找不到一点他们的痕迹。我想不管是夏天、是秋天、还是冬天，月亮都不会再照耀着他们的狂欢。”

菲尔费克斯太太放下手里的织物，抬起眉毛，似乎在纳闷，这是一种什么样的谈话。

“好吧，”罗切斯特先生再接着问，“要是你不承认有父母，那你总还有什么亲属吧，像叔叔、姨妈？”

“没有；一个也没见过。”

“你的家呢？”

“我没家。”

“那你的兄弟姊妹住在哪儿？”

“我没兄弟姊妹。”

“谁推荐你上这儿来的？”

“我登了广告，菲尔费克斯太太回答了我的广告。”

“是的，”这位善良的妇人说，她现在知道我们在谈什么了，“上帝引导我作了这个选择，我天天都在感谢。爱小姐对我来说，是个非常可贵的伴侣，对阿黛勒来说，是个既和蔼又细心的老师。”

“你不必费神给她作什么品德鉴定，”罗切斯特先生回答，“颂词是不会使我有偏见的；我要自己作判断。她一开始就叫我的马摔跤。”

“是吗？”菲尔费克斯太太说。

“我这次扭伤了筋，还得谢谢她呢。”

寡妇似乎给弄得莫名其妙了。

“爱小姐，你在城里住过吗？”

“没有，先生。”

“参加过很多社交活动吗？”

“没有，只跟劳渥德的学生和教师接触；现在跟住在桑菲尔德的人接触。”

“看过很多书吗？”

“只是有什么书就看什么书；为数既不多，又不是什么高深的学术著作。”

“你过的是修女生活；毫无疑问，你在宗教仪式方面，受过严格训练；据我所知，是布洛克尔赫斯特主持劳渥德，他是个牧师，是不是？”

“是的，先生。”

“你们这些姑娘也许都崇拜他吧，就像整个修道院的修女都崇拜她们的院长那样。”

“哦，不。”

“你真冷淡！不！什么！一个见习修女不崇拜她的牧师！听起来真是亵渎神圣。”

“我不喜欢布洛克尔赫斯特先生；有这样感情的不只是我一个人。他是个严酷的人；既自负，又爱管闲事：他剪掉我们的头发；为了省钱，给我们买坏针坏线，我们简直没法用来缝东西。”

“这样省钱很不合算，”菲尔费克斯太太说，这时候，她又抓得住谈话中心了。

“这就是他使人生气的主要原因吗？”罗切斯特先生问。

“在任命委员会以前，他在一个人管伙食部门的时候，让我们挨饿。他每星期一次给我们作长篇演讲，还要我们在晚上读他自己编的书，弄得我们厌烦透了。书里写的尽是些暴死啊、审判啊，吓得我们不敢睡觉。”

“你进劳渥德的时候几岁？”

“十岁光景。”

“你在那儿待了八年，那么，现在是十八岁？”

我承认了。

“你看，算术是管用的；不借助算术，我就几乎没法猜出你的年龄。像你那样五官和神情不一致的人，这是很难判断的。你在劳渥德学了些什么？你会弹钢琴吗？”

“会一点儿。”

“当然，都是这样回答的。到图书室去——我意思是说，要是你高兴的话。——请原谅我的命令口气；我习惯于说‘这样做’，别人就这样做了。我不能为了一个新来的人就改变我的老习惯。——那么，到图书室去吧；带支蜡烛去；让门开着；在钢琴跟前坐下，弹一支曲子。”

我服从他的命令，去了。

“够了！”几分钟以后，他叫道。“我知道了，你真是会**一点儿**，像其他任何一个英国女学生一样，也许比有一些女学生还好一点，可是弹得并不好。”

我盖上钢琴，回来了。罗切斯特先生继续说。

“阿黛勒今天早上给我看了几张速写，她说是你画的。我不知道它们是不是完全都是你画的，也许有个老师帮你画的吧？”

“没有，的确没有！”我插进去说。

“啊！这伤了自尊心了。好吧，把你的画夹给我拿来，要是你能保证里面的画都不是抄袭的话；可是，吃不准就别保证，我认得出拼凑起来的东西。”

“那么我就不说话，让你自己判断，先生。”

我从图书室里把画夹取来。

“走到桌子跟前来，”他说；我把桌子推到他卧榻那里。阿黛勒和菲尔费克斯太太走过来看画。

“别挤在一块儿，”罗切斯特先生说，“等我看完了，把画从我手里拿过去；别把你们的脸凑近我的脸。”

每一张速写和油画，他都仔仔细细地看了。有三张他放在一边，其余的他看过就推开。

“把它们拿到那另外一张桌子上去，菲尔费克斯太太，”他说，“和阿黛勒一起看；——你，”他朝我看看，“再坐到你的位子上去，回答我的问题。我看得出这些画都出于一个人的手，那只手是你的吗？”

“是的。”

“你什么时候找出时间来画的？这很费时间，还要构思。”

“是我在劳渥德的最后两个假期中画的。那时候我没别的事。”

“你的摹本是从哪儿弄来的？”

“从我自己的脑袋里。”

“就是我现在看见在你肩上的那个脑袋吗？”

“是的，先生。”

“里面还有其他类似的东西吗？”

“我想也许有，我希望——还有更好的。”

他把画铺在他面前，一张张再看看。

趁他这样忙着的时候，读者啊，我要告诉你这是些什么画：首先，我得先声明一下，这些可不是什么了不起的画。题材倒的的确确是在我脑海里生动地浮现出来的。在我用心灵的眼睛看见它们的时候，在我试图把它们表现出来以前，它们是引人注目的；可是，我的手却不支持我的想象，每一次画出来的，都只不过是我设想的东西的一个黯淡无光的写照。

这几张都是水彩画。第一张画的是：在波涛汹涌的大海上空，乌云低低地翻滚着，远处一片黑暗，前景也是这样，或者不如说最前面的巨浪也是这样，因为没有陆地①。一线亮光把半沉的桅杆衬托出来。桅杆上栖息着一只鸬鹚，又大又黑，羽翼上溅着点点浪花。它嘴里衔着一只镶宝石的金镯。这我尽可能用我调色板上最鲜明的颜色来画，而且尽我画笔可能画得闪烁而清楚。碧波中隐隐约约可以看见一具淹死的尸体正在鸟儿和桅杆下面往下沉。一条美丽的胳臂是惟一看得清楚的肢体，金镯就是从那儿给水冲走或给鸟儿啄下来的。

第二张画，前景只是一座朦胧的山峰，草和叶子倾斜着，仿佛被微风吹动似的。后面和上面都是辽阔的天空，像在黄昏时那样，是深蓝色的。一个女人的上半身朝天空升起，那是我用调得尽可能幽暗而柔和的色彩画的。暗淡的额头上像王冠似地戴着一颗星，下面的面容似乎是从迷雾中看到的；眼睛黯然而狂野地闪着光，头发像阴影，正飘动着，犹如被风暴和雷击撕下的无光的云朵。脖子上有一块月光似的淡淡的反光；朵朵薄云也有同样的淡淡的光泽，金星的幻影正是从云端里站起身并且低着头的。

第三张画，画的是一座冰山的尖顶，高耸在北极冬日的天空。一束北极光沿着地平线密集地竖起朦胧的长矛。把这些远远抛在后面的是，在前景升起的一个头——一个巨大的头，朝冰山低着，靠在冰山上面。两只瘦瘦的手结合在一起支着额头，把脸下半部前面的黑面纱拉了起来。额头没有血色，白得像骨头一样。只看得见一只凹陷的一动不动的眼睛，除了绝望的呆滞外，毫无其他表情。在两鬓上面，缠

---

① 英语中的“前景”是 foreground。fore 是“前面”的意思，ground 是“地面”，所以简说“或者不如说最前面的巨浪也是这样，因为没有陆地”。

绕着的黑布头巾的褶裥间，有一圈云雾般模糊的白色火焰在闪闪发光，上面还镶嵌着一个个更为鲜艳的火花。这个淡淡的新月是“王冠的写照”；戴王冠的是“无形的形体”。

“你画这些画的时候快活吗？”罗切斯特先生随即问道。

“我全神贯注，先生；是的，我快活。总之，画这些画就是享受我有生以来最大的乐趣。”

“那倒是讲得不太过分。据你自己说，你的乐趣是很少的；可是，你在调和和安排这些奇怪的色彩的时候，也许正处在一种艺术家的梦境之中吧。你每天坐下来画画的时间长吗？”

“我没有别的事可做，因为那时候是假期，我就坐着从早上画到中午，又从中午画到晚上，仲夏白天很长，对我要埋头工作的心情是有利的。”

“你对于你这样热情苦干的结果感到满意吧？”

“远远不感到满意。我想的跟我画出来的大不相同，我感到苦恼。每次我都想象出一些我完全没有力量实现的东西。”

“不完全是这样，你已经画出了你思想的影子；不过，也许只到这个地步罢了。你掌握的艺术家的技巧和知识还不够，没法把它充分表现出来。然而，就一个女学生来说，这些画已经算是罕见的了。至于思想，却有股妖气。金星的那双眼睛，你准是在梦里看到过。你怎么可能把它们画得那么清澈而一点也不明亮？是因为额头上的那颗星使它们黯然失色了吧。它们那么庄严深邃是什么意思？谁教你画风的？那个天空里、这个小山峰上都刮着大风。你是在哪儿看到拉特莫斯山[①]的？那就是拉特莫斯山。哪，——把画拿走！”

我刚把画夹的带子系好，他就看看表，突然说：

---

① 拉特莫斯，小亚细亚爱琴海附近的山名。

“九点了，爱小姐，你让阿黛勒坐这么久，究竟是干什么？带她去睡觉。”

阿黛勒在离开屋子之前，走过去吻吻他。他忍受了这种亲热，看上去不见得比派洛特更欣赏它，而且还不如派洛特。

“祝你们晚安，”他说，手朝门那边一挥，表示他对我们感到厌烦，要把我们打发走。菲尔费克斯太太叠起她的织物；我拿了我的画夹，我们对他行了屈膝礼。他冷冷地点一下头算是回礼。于是我们退了出来。

“你以前说过，罗切斯特先生并不怎么特别，菲尔费克斯太太，”我安排阿黛勒上了床，来到菲尔费克斯太太房里的时候说。

“哦，他特别吗？”

“我想是的。他很容易变，而且很生硬。”

“对；毫无疑问，对陌生人来说，他看上去也许是这样，可是，对于他的态度我已经完全习惯了，我从来不想到它；再说，即使他脾气特别，也应该原谅他。”

“为什么？”

“一部分因为这是他的天性——我们任何人对于天性都是没有办法的；一部分因为，他肯定有痛苦的心事在折磨他，使他的情绪不稳定。”

“什么心事？”

“首先是家庭纠纷。”

“可是他没家庭啊。”

“现在是没有，可是他以前有过——或者，至少有亲戚。他哥哥不多几年以前去世了。”

“他哥哥？”

“是啊。现在的这位罗切斯特先生拥有这个产业还不很久；大概只有九年光景。”

“九年不算短了。他真是那么爱他哥哥，一直到现在都还为失去哥哥而悲痛么？”

“啊，不——也许不。我相信他们之间有些什么误会。罗兰·罗切斯特先生对爱德华先生不很公平；也许还使他父亲对他抱有成见。这位老绅士爱钱，一心要使他家的产业保持完整。他不喜欢因为分家把产业缩小，然而，又一心要让爱德华先生也有钱，来维持他家的威望；在爱德华先生成年以后不久，就采取了不很公平的步骤，惹出许多麻烦来。为了使爱德华先生发财，老罗切斯特先生和罗兰先生联合起来，使他落到了一个他认为是痛苦的处境。这种处境究竟是什么性质，我始终不清楚，但是，在这种处境里他非受不可的痛苦却是他的精神所忍受不了的。他是不大肯原谅人的；他和他的家庭决裂了，这许多年来，他一直过着一种漂泊不定的生活。我想，自从他哥哥没留下遗嘱就去世、让他成了这产业的主人以后，他从没在桑菲尔德连续住满过两个星期；再说，的确也难怪他要躲开这所老宅子。”

“他干吗要躲开它？”

“也许他觉得它阴暗吧。”

这回答是含糊其辞的推托——我想要更清楚的回答。可是，对于罗切斯特先生痛苦的原因和性质，菲尔费克斯太太不是不可能、就是不愿意把情况给我说得更清楚一些。她断言，这些对她自己来说也是个谜，她所知道的大部分是出于猜测。事实上，她显然是希望我放下这个话题，因此我也就不再问了。

第十四章

接下来的几天里，我不大看见罗切斯特先生。上午他似乎事务很忙，下午米尔考特和附近一带的绅士们来拜访他，有时候留下来和他一起吃晚饭。等到他伤好一点能够骑马了，他就常常骑马出去；可能是去回访，因为他一般要到深夜才回来。

在这期间，就连阿黛勒都很少给叫到他跟前去。我和他见面只局限于在大厅里、在楼梯上或者在走廊里偶尔碰到罢了。在这种场合，他有时候高傲而冷淡地打我身边走过去，只是疏远地点一下头，或者冷冷地看我一眼，表示承认我在场；有时候绅士般温文尔雅地鞠躬，微笑。他情绪的变化并不惹我生气，因为我看得出来，这种变换和我没有关系；退潮和涨潮决定于完全与我无关的原因。

一天，他有人来吃饭，他派人把我的画夹拿去，毫无疑问，是为了让人家看看里面的画。绅士们很早就走了。据菲尔费克斯太太告诉我，他们是去参加在米尔考特召开的公众会议。可是那天晚上又湿又冷，罗切斯特先生没有同他们一起去。他们走了不久，他就打铃；送来口信要我和阿黛勒到楼下去。我给阿黛勒把头发刷好，还把她收拾得干干净净的，肯定我自己那身平时的贵格会教徒的打扮没有什么需要再修饰了，一切都很严谨和朴素，包括编起来的头发，不可能有什么凌乱的地方了，我们就下去。阿黛勒在纳闷：是不是小箱子终于来了呢；因为由于一个什么差错，在这以前它给耽搁着，一直没送到。她满意了，我们走进饭厅的时候，它，一个小小的硬纸盒，就放在桌上。她似乎凭着本能就认出了它。

“我的盒子！我的盒子！”她一边嚷嚷，一边朝盒子跑去。

“对，你的盒子终于来了。你这个地道的巴黎的女儿，把它拿到角落里去，取出内脏自己玩儿吧。”罗切斯特先生的深沉的、带讽刺的声音说。这声音是从壁炉旁边一张大安乐椅的深处发出来的。“记住，”他继续说，“不要拿解剖过程中的任何细节，不要用内脏状况的任何报告来打扰我。你就默默地做你的手术。你放安静点，孩子；懂吗？”

阿黛勒似乎不大需要这个警告。她已经带着她的宝贝退到沙发那儿去，正在忙着解开系住盖子的绳子。除掉这重障碍，掀去盖在上面的银色纱纸，她只是叫了起来：

“天啊！多美啊！”接着就心花怒放、全神贯注地盯着看。

“爱小姐来了吗？”这时候主人一边问一边从座位上欠起身来回头朝门口看。我还站在门口那儿。

“啊，好，过来；在这儿坐下。”他把一张椅子拉近他自己的椅子。“我不喜欢孩子们唠唠叨叨，”他继续说，“因为像我这样的老单身汉，对于他们口齿不清的谈话丝毫没有愉快的联想。和一个小家伙面对面谈话。来度过整个晚上可真叫我难以忍受。不要把椅子拉得再远了，爱小姐，就坐在我放的地方——这是说，如果你高兴的话。该死的礼貌！我老是把它们忘了。我也不太喜欢头脑简单的老太太。顺便提一下，我得把我的那一位放在心上，她可怠慢不得，她是个姓菲尔费克斯的，至少嫁过一个姓这个姓的；据说，亲人要比外人亲。”

他打铃叫人去请菲尔费克斯太太。不久，她就来了，手里拿着编织篮。

“晚上好，太太；我请你来做件好事。我禁止阿黛勒跟我谈论她的礼物，她憋了一肚子的话，行个好，去做她的听众和对话者。这将是你所做的最大的好事了。”

阿黛勒真的一看见菲尔费克斯太太，就把她叫到沙发跟前去，在那儿很快地在她裙兜里放满了她的“盒子”里的瓷的、象牙的和蜡的玩艺儿；同时还用她学会的那一点儿不连贯的英语滔滔地解释着，表达她的喜悦。

“现在，我演完了一个好主人的角色，”罗切斯特先生继续说，“使我的客人们互相取乐，我该自由自在地自己作乐了。爱小姐，把你的椅子再挪过来一点，你还是坐得太远。我得在这张舒适的椅子上改变一下我的姿势才看得到你，可是我又不想这样做。”

虽然我宁愿留在带点阴影的地方，但我还是照他的吩咐做了。罗切斯特先生用这样直截了当的方式下命令，似乎立即服从他是件理所当然的事。

像我讲过的，我们是在饭厅里。为晚餐所点的枝形挂灯使整个屋子像节日般灯火辉煌。巨大的炉火又红又明亮；高大的窗子和更高的拱门前，富丽堂皇地挂着大幅的紫色帷幔；一切都是静悄悄的，只有阿黛勒压低的谈话声(她不敢大声说话)，冬雨打在窗玻璃上的声响填补了谈话的每一个间歇。

罗切斯特先生坐在他的锦缎面椅子上，看上去和我以前看到的他不同，没那么严厉，也没那么忧郁。他嘴唇上有一丝微笑，眼睛闪闪发亮，是不是因为喝了酒，我不能肯定，但我认为很可能是的。总之，他是怀着那种晚餐后的心情，比较热情、和蔼，也比较放纵自己，不像早晨那么冷淡、生硬。不过他看上去还是非常严肃，把很大的头靠在鼓起来的椅背上，让火光照耀着他的像用花岗石凿出来似的五官和又大又黑的眼睛。他的眼睛又大又黑，而且也很好看，有时候在眼睛深处并不是没有一点变化，这种变化，即使不是温柔吧，至少也会叫你联想起那种感情。

他一直盯着火看，已经有两分钟了，而这两分钟里，我一直盯着他看。这时候，他突然转过头来，发现我盯着看他的面貌。

“你细细地看我，爱小姐，”他说，“你认为我漂亮吗？”

要是我考虑一下，我会按照惯例含糊而有礼貌地回答他的问题；可是，不知怎么的，我还没注意，回答就脱口而出：“不，先生。”

"啊！我敢肯定！你这人有点特别，"他说，"你的样子就像个小修女。你坐在那里，两只手放在前面，眼睛老是盯着地毯(顺便提一下，除了尖利地盯着我的脸，譬如说就像刚才那样)，你显得古怪、安静、庄严和单纯。人家问你一个问题，或者说句什么话，叫你非回答不可，你就冒出一句直率的回答，它即使不算生硬，至少也是唐突的。你这是什么意思？"

"先生，我说得太坦率了，请你原谅。我应该回答说关于外貌问题要作一个即兴的回答是不容易的；各人的审美力不同；美并不重要，或者诸如此类的话。"

"你不应该这样回答。美并不重要，真的！你是在缓和刚才的侮辱，抚慰我叫我平静下来，在这种假装下，狡猾地把一把刀子插进了我的耳朵！说下去。请问，你在我身上挑出了些什么毛病？我想我的四肢和五官都和任何别人一样吧？"

"罗切斯特先生，允许我取消我的第一个回答。我不是有心要巧妙地话里带刺，而只是无心中说了错话。"

"正是这样，我想是这样，你要对它负责的。批评我吧。你不喜欢我的额头吗？"

他把横梳在额头上面的黑色鬈发撩起来，露出智力器官的够完整的整体，可就是在应该有仁慈的柔和迹象的地方，却出人意料地没表示出这种迹象来。

"小姐，我是个傻瓜吗？"

"远远不是，先生。要是我反问你是不是一个慈善家，你也许会认为我粗暴吧？"

"又来啦！在她假装抚摸我的头的时候，又戳了我一刀，就因为我说我不喜欢跟孩子和老妇人在一块儿(讲得轻点！)。不，小姐，我不是个一般的慈善家；但是我有良心，"他指指据说是表示良心的那个突出部分，幸亏他那儿是够明显的，的确使他头的上半部显得特别宽阔，“再说，我的心曾经一度有过一种粗卤的温柔。像你那么大的时候，我很有同情心，我偏爱羽毛未丰、没人抚养和不幸的人。可是从那以后，命运不断地打击我，它用指关节像揉面般地把我揉过了，现在我很自豪，我已经像橡皮球一样坚韧了，虽然通过一两个裂口还可以透点儿气，而且在这一团东西的中心还有个有感情的一点。对，这还使我有点希望吗？”

“什么希望，先生？”

“希望我最后再从橡皮变为肉体？”

“一定是他酒喝得太多了，”我想，我不知道应该怎样来回答他的古怪的问题：我怎么知道他是不是还会变？

“你看上去好像完全迷惑了，爱小姐；虽然你的美丽并不胜过我的漂亮，可是，迷惑的神气却对你很合适；再说，这样也好，可以使你那双爱搜索的眼睛不再盯着看我的相貌，而忙于看地毯上的绒花。继续迷惑下去吧。小姐，今天晚上我倒有点爱热闹，爱说话。”

他一边这样宣布，一边从椅子上起来，把胳臂靠在大理石壁炉架上，就这样站着。这个姿势使他的体形和他的脸一样让人看得清清楚楚。他的胸膛异常宽阔，几乎同他的四肢的长度不相称。我肯定，大多数人会认为他是个丑陋的人。可是，他的举止是那样地在无意中流露出傲慢，态度是那样地从容，对于自己的外貌是那样地毫不在乎，又是那样自负地相信其他内在或外在特性的力量，足以弥补只是外貌上的缺少吸引力，以至于你看着他，就会不可避免地感染上这种毫不在乎的心情，甚至在一种盲目、片面的意义上，信服这种自信。

“今天晚上我有点爱热闹，爱说话，”他重复一遍；“这就是为什么我把你请来。光有炉火和烛台给我做伴还不够，派洛特也不行，这些都不会谈话。阿黛勒稍稍好一些，但还是远远不及格；菲尔费克斯太太也一样。我相信，要是你愿意的话，你可以合我的意。我请你下楼来的第一个晚上，你就使我迷惑了。从那以后，我差不多把你忘掉。一些别的思想把关于你的思想从我头脑里赶走了，可是今天晚上我决心悠闲一下，要把讨厌的东西抛开，把合意的东西叫回来。现在，引你说话，更多地了解了解你，这将会使我高兴。——所以，你说话吧。”

我没说话，只是微笑，而且那也不是非常得意或者谦恭的微笑。

“说呀，”他催促着。

“说什么呢，先生？”

“你爱说什么就说什么。选什么话题，怎么说法，都完全由你决定。”

因此我就坐着，什么也不说。“他要是指望我只是为了谈话和炫耀而谈话，那他会发现自己找错了人，”我想。

“你哑了，爱小姐。”

我还是不说话。他把头朝我微微低下来一点，用匆匆的一瞥探索我的眼睛。

“顽固？”他说，“而且生气了。啊，这是一致的。我把我的请求用荒谬的甚至无礼的形式说出来了。爱小姐，我请你原谅。事实是，就跟你说这么一次吧，我不希望把你当作低于我的人来对待；也就是说（他纠正自己），我自称的优越，只不过是在年龄上比你大了二十岁，在阅历上比你多了一个世纪罢了。这是合法的，就像阿黛勒说的，我坚持这点。正是出于这种优越，而且只是出于这种优越，我才希望你能行个好，现在跟我谈一会儿，让我散一下心。我的心思老钉在一点上，都磨坏了——跟生锈的钉子似的烂了。”

他降低身份作了个解释，几乎是个道歉。对于他的屈尊俯就，我并没有无动于衷，也不想显得无动于衷。

“只要我能够，我是愿意使你高兴的，先生，非常愿意。可是我不知道谈什么好，因为，我怎么知道你对什么感兴趣呢？问我问题吧。我将尽力回答。”

“那么，首先，你是不是同意我的看法，认为我有权摆一点主人架子、显得唐突一点，有时候也许有点苛求，就因为我刚才讲的原因？也就是说，在年龄上我已经够做你的父亲，而且通过不同经历，我已经同许多国家的许多人交过手，还漫游了半个地球，而你只是在一所房子里和一群人平静地生活。”

“你爱怎么办就怎么办吧，先生。”

“这不算回答；或者不如说，它是很惹人生气的，因为是一个逃避的回答；要回答得明确。”

“我想，先生，光凭你年龄比我大，或者见的世面比我多，你是没有权利来命令我的；你是否有权自称优越，那要看你怎样利用你的岁月和经历了。”

“哼！答得倒快。可是我不承认这一点，我看到这绝不适用于我的情况，这两个长处，我虽然说不上用得很糟，至少用得不认真，撇开优越不谈吧，你还是得同意常常接受我的命令，而不因为命令的口气感到生气或者伤心——行吗？”

我微笑了。心里想，罗切斯特先生是怪——他似乎忘记了，为了要我接受他的命令，他一年付我三十英镑。

“这一笑很好，”他立刻抓住这个一晃而过的表情说，“可是还得说话。”

“我在想，先生，做主人的很少会不厌其烦地问雇来的下属：是否因为他们的命令而感到生气和伤心。”

“雇来的下属！什么！你是我雇来的下属吗？啊，对，我把薪俸忘了！那么，就凭这雇佣关系吧，你同意让我粗暴一点吗？”

“不，先生，不是凭那个，而是凭你把它忘了这一点，凭你关心下属在下属地位中是否舒服这一点，我打心底里同意。”

“你是不是同意免去许多传统的礼节和客套，而不认为这种省略是出于无礼？”

“我肯定，先生，我决不会把不拘礼节错认为蛮横无理；前者我是相当喜欢的，后者，却是任何一个自由民都不愿忍受的，哪怕是拿了薪俸，也不愿忍受。”

“胡扯！大多数生来自由的家伙为了薪俸什么都可以忍受；所以，只谈你自己，别去冒险谈什么你全然无知的事物的普遍性吧。不过，为了你的回答，尽管回答得不对，我还是要在心里跟你握手，这不仅是为了回答的内容，同样也是为了你回答的态度，这种直率诚恳的态度是不常见的；相反，对于别人的坦白，人们倒往往是用虚伪、冷淡，再不就是愚蠢粗心的误解来报答。在三千个毫无经验的女学生担任的家庭教师中，能像你刚才那样回答我的，三个也没有。不过，我不是要奉承你。如果说你是在一个与众不同的模子里铸造出来的，那也不是你的功劳，而是大自然造成的。再说，我毕竟是过早地下了结论。就我已经知道的说，你也许并不比别人好；你也许有一些叫人无法容忍的缺点来抵消你那少数几个优点呢。”

“也许你也是这样，”我想。这个想法在我心里一闪而过的时候，我的眼光和他的眼光相遇。他好像理会了我这一瞥的意思，便作了回答，仿佛这一瞥的含义不仅是想象出来而且已经说了出来似的。

“是的，是的，你对了，”他说；“我自己就有许多缺点；我知道，我不想掩饰，我可以向你保证。上帝知道，我不必去过于严格地要求别人；我过去的生活、一系列的行为和生活的色彩，都可以让我自己在心里好好深思，这很可以把我对邻居的嘲笑和谴责拉到我自己身上来。我在二十一岁的时候，就走上，或者不如说(因为像其他有过错的人一样，我也喜欢把一半责任归在厄运和逆境上)给推上了歧途，而且从此就没有回到正道上来；不过我也很可能完全成为另外一个人；我可能像你一样善良——更聪明一点——差不多同样天真无邪。我羡慕你心境的平静、纯洁的良心和没有玷污过的记忆。小姑娘，一个没有污迹或污点的记忆一定是个美妙的宝贝——是个令人神清气爽的饮之不尽的清泉，是不是？”

“你十八岁的时候，你的记忆怎么样，先生？”

“那时候很好，清澈、健康，没有污水涌进来把它变成臭泥潭。在十八岁的时候，我同你不相上下——完全不相上下。大自然是打算让我成为一个基本上善良的人，爱小姐，一种比现在好一点的人。你看，我现在可不是这样。你也许会说你看不出来吧，至少我自以为在你的眼睛里看到了这个意思(顺便说一下，你得留意那个器官里表达什么；我是善于解释它的语言的)。相信我的话，——我不是个恶棍，你不能作这样的设想，不能把任何这一类的坏名声加在我身上。可是，像我所深信的，由于与其说是我的天性，不如说是我的环境的关系，我是一个普通而又平凡的罪人；富人和卑微的人试图加在生活上的种种卑劣无聊的闲游浪荡，我都经历过。我向你坦白承认这些，你觉得奇怪吗？你要知道，在你未来的生活中，你将会常常发现自己被不自愿地选为倾听熟人秘密的人。人们会像我一样，本能地发现，你的长处不在于谈论你自己，而在于听别人谈论他们自己。他们还会发现，你听的时候，对于他们的不检点，不是带着恶意的轻蔑，而是带着天生的同情；这种同情没有十分明显地表示出来，但还是一样地能使人感到安慰和鼓励。”

“你怎么知道呢？——你怎么会猜到这一切的，先生？”

“我知道得很清楚；所以，我才能够继续把我的思想说出来，差不多就像把它记在日记上那样地无拘无束。你会说，我应该胜过环境；我是应该这样——我是应该这样；可是你看，我却没有这样做。命运错待了我，我没有智慧来保持冷静；我变得不顾一切；接着，我就堕落了。现在，虽然任何一个堕落的笨蛋说了可鄙的下流话，都会激起我的厌恶，可是我并不能自以为比他好一点，我不得不承认他和我是在同一个水平上。我但愿我以前站稳了脚跟——上帝知道我现在是不是站稳了！在受到引诱要犯错误的时候，要害怕悔恨，爱小姐；悔恨是生活的毒药。”

“据说忏悔可以治疗它，先生。”

“忏悔不能治疗它。改过自新才能够治疗它，我能改过自新——我还有力量这么做——要是——可是，像我这样受阻碍、受重累、受诅咒的人，想这个又有什么用呢？再说，既然幸福已经从我这里被不可挽回地剥夺了，那我就有权利从生活中去寻找乐趣；我**要**得到它，不管花多大代价。”

“这样你会进一步堕落的，先生。”

“可能的。但是，如果我能得到甜蜜的、新鲜的乐趣，那我为什么要这样呢？而且我可以得到它，就像蜜蜂在沼泽地里采的野蜜那样，又甜蜜又新鲜。”

“蜜蜂会刺人——野蜜吃起来会是苦的，先生。”

“你怎么知道？——你从来没尝过。你看上去多么认真——多么严肃；而你对这种事，就跟这个浮雕宝石头像一样无知。”（他从壁炉架上拿了一个下来。）“你没有权利向我说教，你这个新入教的，你还没跨过生活的大门，对生活的谜还一点都不知道呢。”

“我只是提醒你你自己说的话，先生；你刚才说错误带来悔恨，你还说悔恨是生活的毒药。”

“现在谁谈错误来着？我可不把脑子里一闪而过的想法看作错误。

我相信，与其说它是诱惑，还不如说它是灵感；它使人感到温暖、感到安慰——这我知道。它又来了！它不是魔鬼，我向你保证；或者，要是魔鬼的话，那它也是穿上了光明的天使的衣服。我想，这样美的客人要求到我心里来，我就得让它进来。”

“不要相信它，先生；它不是真正的天使！”

“再问一次，你怎么知道？你凭着什么本能来假装区分得出深渊里的堕落的天使和永恒宝座派来的使者，区分得出引导者和诱惑者呢？”

“我是从你的脸色上判断的，先生，你说那个想法又来了的时候，你的脸色显得苦恼。我觉得我能肯定，要是你听从了它，它会叫你更加痛苦。”

“根本不会——它带来的是世界上最仁慈的信息；至于其他，你又不是管理我良心的人，所以，你不必使自己感到不安。来，进来吧，美丽的漫游者！”

他说这话，仿佛是对一个除他自己以外谁也看不见的幻象说的；接着，他把两条原来半伸开的胳臂在胸前交叉起来，就跟拥抱一个看不见的人似的。

“现在，”他又对我继续说，“我已经接受了这个香客——一个伪装的神，我真的相信是这样。它已经给我带来了好处，我的心原先像个停尸所，现在要变成神龛了。”

“说真的，先生，我根本不理解你；我没法继续这个对话，它超出了我的程度。只有一件事，我是知道的：你说你不像你希望的那么好，而且说你为自己的不够完美感到后悔，——有一件事我能明白：你表示，有一个玷污的记忆就是永久的毁灭。在我看来，只要你努力，到时候你会发现有可能变成你自己所赞成的人；只要你从今天开始就纠正你的思想和行动，那几年以后你就已经积累起许多新的、没有污点的回忆，让你可以愉快地去回想了。”

“想得不错，说得也对，爱小姐；现在，我正在拼命地给地狱铺地[①]。”

“请教？”

“我正在把良好意图铺在地上，我相信这些良好意图像燧石一样经久耐用。当然，我所来往的人，我所追求的事物，将和以前不同。”

“比以前好？”

“比以前好——就像纯洁的矿石比肮脏的浮渣好那样，要好得多。你似乎怀疑我；我可不怀疑我自己，我知道我的目的是什么，我的动机是什么。就在现在，我通过了一条法律，像米堤亚[②]人的法律和波斯人的法律一样，不可更改，这条法律就规定了目的和动机都是正当的。”

“要是它们需要用新的法令使它们合法化，先生，那它们就不可能是正当的。”

“它们是正当的，爱小姐，虽然它们绝对需要一条新的法令；没有听见过的环境结合，需要没有听见过的规则。”

“这听起来像是个危险的格言，先生，因为你一眼就可以看出这是容易滥用的。”

“爱说教的圣人！它倒是这样的；可是我凭着我的家神起誓，我不滥用它。”

“你是人，难免有过错。”

“我是人，你也是人——那又怎么样呢？”

“既然是人，而且难免有过错，那就不该冒称具有只能安全地委托

① 英语中有句成语，Hell is paved with good intentions，直译是，地狱是良好意图铺成的，意思是说，只有良好愿望而不去实现，还是没有用处。

② 伊朗高原西北部的奴隶制古国。

给神和完人的那种权力。”

“什么权力？”

“就是对于任何奇怪的、未经认可的行为说‘算它正当吧’。”

“‘算它正当吧’——正是这句话；你已经说出来了。”

“那末说，但愿它是正当的，”我一边说一边站起来。我认为继续我完全莫名其妙的谈话是没有用的；我觉得我完全没法了解我的对话者的性格，至少目前没法了解；我不仅确信自己无知，而且还感到没有把握，感到有隐隐约约的不安全的感觉。

“你上哪儿去？”

“送阿黛勒睡觉去，她上床睡觉的时间已经过了。”

“你怕我，因为我说话像斯芬克斯①。”

“你的语言像谜，先生；可是，虽然我给搞糊涂了，我可肯定不感到害怕。”

“你**是**害怕嘛——你的洁身自爱就是害怕犯错误。”

“在那个意义上，我是感到害怕——我不想胡说。”

“你要是胡说的话，那也是用一种严肃、安静的方式说的，我会误认为讲得有理。你从来不笑吗，爱小姐？你不要费神来回答——我看得出你很少笑；可是你是能很快活地笑的。真的，你不是生来就严肃，正如我不是生来就邪恶一样。劳渥德的束缚还有点在纠缠着你，控制着你的五官，压低着你的声音，限制着你的四肢。在一个男人、一个兄弟，或者父亲，或者主人，或者不管什么男人面前，你就怕笑得太快活、说话太随便、动作太迅速。可是我想，到时候你会学会很自然地对待我，因为我发觉不可能跟你讲究俗礼；那时候，你的神情和动作就会比现在敢流露出来的更有生气，更有变化。我时常通过鸟

① 斯芬克斯，希腊神话中有翅膀的狮身女面怪物，常出谜给过路行人，不能解谜的人全被她杀死。

笼的紧密栅栏，看见一种奇怪的鸟儿的眼神。一只活跃、不安、坚决的俘虏给关在笼子里；只要它一旦自由了，就会在高高的云端里飞翔。你还想走吗？”

“钟在打九点了，先生。”

“没关系——等一会儿；阿黛勒还不准备去睡觉呢。爱小姐，我背对着火，脸朝着房间，我的姿势有利于观察。我一边跟你谈话，一边偶尔看看阿黛勒（我有我自己的理由认为她是个奇怪的研究对象，这些理由我改天可以，不，改天总要告诉你）。大约十分钟以前，她从盒子里拉出一件小小的粉红绸外衣；她把它摊开的时候，喜悦照亮了她的脸；风骚就在她血液里流，和她的脑子混在一起，还进入了她的骨髓。‘我应该试试！’她嚷道，‘现在就试！’她从房间里奔出去。她现在正跟索菲在一起，在穿衣服，过几分钟就会回来。我知道我将看到什么，——塞莉纳·瓦朗的缩影，就像她以前出现在台上，当升起——不过，不去管这个。不管怎么样，我的最柔弱的感情将经受一次震惊。这就是我的预感；现在待在这儿，看看它是否会成为事实。”

不一会，就听到阿黛勒的小脚用轻快的步子穿过大厅。她走了进来，像她的保护人预言的那样，变了个样。玫瑰色的缎子衣服代替了原先穿的褐色外衣。这件衣服非常短，裙幅大得几乎束不起来了。她额头上戴着一圈玫瑰花苞的花环；脚上穿着丝袜和白缎子做的小凉鞋。

“我的衣服合身吗？”她一边跳跳蹦蹦地过来一边嚷道，“我的鞋呢？我的袜子呢？看，我想我要跳舞了！”

她拉开衣服，用滑步横过房间，到罗切斯特先生跟前，踮起脚在他面前轻盈地转了一圈，然后一膝着地，在他脚跟前蹲下，嚷道：

“先生，多谢您的好意。”接着，她站起身来，补了一句，“这就像妈妈做的那样，是不是，先生？”

“确—实—像！”他回答；“‘像那样。’，她把英国钱从我的英国裤袋里骗走了。我以前也年轻，爱小姐，——唉，太年轻了；现在使你朝气蓬勃的青春色彩，并不比一度使我朝气蓬勃的青春色彩浓。不管怎么样，我的春天已经过去了，可是，却把那朵法国小花留在我手上。按照我有些时候的心情，真想摆脱它。现在我不再珍视把它生出来的那个根，而且还发现它完全要靠金土来培育，所以我对这朵花也就不怎么喜欢了，尤其是刚才，它看上去是那么不自然。我留下它，扶养它，只是根据罗马天主教的原则，做一件好事来赎许多大大小小的罪孽了。这一切我改天解释给你听。晚安。”

第十五章

后来有一次，罗切斯特先生真的解释给我听了。

那是一天下午，他偶然在庭园里遇见我和阿黛勒。趁她在跟派洛特玩以及在玩羽毛球的时候，他邀我到一条长长的山毛榉林荫道上去来回散步。那儿离她不远，可以看得见她。

于是他说，她是一个法国歌剧舞蹈家塞莉纳·瓦朗的女儿。他一度对塞莉纳怀有他所说的“强烈的爱情”。对于他的这种爱情，塞莉纳宣称要用更高的炽热来回报。他以为自己是她崇拜的偶像，虽然长得丑，可是他相信，像他所说的，比起贝尔维德尔的阿波罗[①]的优美来，她更爱他的“运动员身材”。

“爱小姐，这位法国美女选中了英国侏儒，使我受宠若惊，我便把她安置在一家旅馆里，给她配备了一整套的仆人、马车、开司米、钻石、花边等等。总之，我就像任何别的痴情人一样，开始用大家普遍接受的那种方式毁掉我自己。看来，我并没什么独创性来开辟出一条通向耻辱和毁灭的新路，而是带着愚蠢的准确沿着别人走过的老路的中心线走去，一英寸也不偏离。我的命运就像——也应该像——所有别的痴情人一样。有一天晚上，我偶尔去看她。她没料到我去。我发现她出去了；可是那是一个温暖的夜晚，我在巴黎散步，感到累了，所以就在她房里坐下，呼吸着由于她刚才在这儿而变得神圣的空气。不，——我夸大了；我从来没有认为她有什么能使别的东西变得神圣的美德；那是她留下的一种香锭的香气；与其说是一种神圣的香气，还不如说是一种麝香和琥珀的香气。暖房的鲜花和喷洒的香水使我开始感到透不过气来，我便想到要打开落地长窗，到阳台上去。月光皎洁，还点着煤气灯，非常寂静。阳台上有一两把椅子；我就坐了下来，拿出一支雪茄——如果你原谅我的话，我现在要抽一支。”

说到这里他停了一会儿，利用这时间拿出一支雪茄来点着了，放到嘴唇间，在寒冷而没有阳光的空气中吐出一缕哈瓦那烟，他继续说下去：

“那时候，我还爱吃糖果，爱小姐，我正在一会儿出声地嚼——(别介意我的粗野)——出声地嚼巧克力，一会儿抽烟，同时望着马车沿着时髦街道朝附近的歌剧院驶去，我却在灯火辉煌的都市夜景中，清清楚楚地看见了一辆由一对漂亮的英国马拉着的精美轿式马车，我认出这正是我送给塞莉纳的‘车子’。她回来了；我的心当然是迫不及待地怦怦地撞击着我俯靠着的铁栏杆。不出所料，马车在旅馆门口停下了；我的相好(对于一个演歌剧的 inamorata②，这个词正合适)走了下来；虽然披着披风——顺便说一声，在六月那样暖和的晚上，那是个不必要的累赘——但是，当她从马车梯级上跳下来的时候，我一看见她衣裙下露出来的小脚，我就认出了她。我在阳台上俯着身子，刚要低声叫唤‘我的天使’——用只有情人才听得见的语调——却有一个人跟着她从马车里跳下来；也披着披风：可是在人行道上发出响声的却是装着马刺的后跟，从旅馆拱形能通车辆的大门下穿过的却是戴礼帽的头。

“你从来没有嫉妒过吧，是不是，爱小姐？当然没有；我不用问你；因为你从来没有恋爱过。这两种感情都还有待于你去体验，你的心灵还在沉睡，把它唤醒的那一个震动还没给你呢。你以为一切生活都会在静静的流水中消逝，就像你的青春一直到现在在那流水中悄悄溜去一样。你闭着眼睛、蒙着耳朵漂浮着，既看不见河床中不远处耸立着的一块块岩石，又听不见岩石脚旁激浪澎湃。可是我告诉你——

---

① 指1495年发现的一个古时雕刻的阿波罗神大理石雕像。陈列在梵蒂冈贝尔维德尔美术馆。

② 意大利语，情妇。

你留心听着——有一天，你将来到河道中巉岩重重的隘口，在那儿，整个生命之河将碎成旋涡、混乱、泡沫和喧闹；你不是在岩石的尖角上撞得粉碎，就是被哪个巨浪卷起来，带到比较平静的河流中去——就像我现在这样。

"我喜欢今天，我喜欢铅灰色的天空；我喜欢这严寒笼罩下的世界的严肃和静止。我喜欢桑菲尔德，它的古老，它的隐蔽，它的栖鸦的老树和荆棘，它的灰色正面外观，和那反映出金属色天空的一排排暗黑的窗户；可是，我有多长时期一想到它就感到嫌恶，而且像躲开瘟疫病房似地躲开它啊？我现在还是多么嫌恶——"

他把牙齿咬得咯咯作响，然后沉默了下来；他停住脚步，用靴子蹬蹬那坚硬的地。仿佛有一种可恨的思想控制住他，把他抓得紧紧的，使他再也不能往前走。

他这样停下来的时候，我们正在顺着林荫道往上走去，宅子就在我们前面。他抬起眼来朝它的雉堞愤怒地瞪了一眼，这眼神是我在那以前和在那以后都没看见过的。痛苦、羞耻、愤怒、烦躁、嫌恶、憎恨，似乎一下子都在他那浓眉下扩大的瞳孔里战栗地冲突起来。各种感情都争着要占上风，搏斗是狂野的；可是另外一种感情浮现出来，胜利了。那是一种冷酷而愤世嫉俗的、任性而坚决的感情。它使他的怒气平息下来，使他的脸僵化了。他继续说下去：

"在我沉默的时候，爱小姐，我是在跟我的命运争论着一点。她就站在那儿，在山毛榉树干的旁边，一个巫婆，就像在福累斯荒原里向麦克白[①]现形的三个女巫之一。'你喜欢桑菲尔德吗？'她举起手指说。接着她在空中写了一个备忘录，那一行可怕的象形文字就沿着宅

① 莎士比亚悲剧《麦克白》中的主人公。麦克白从战场胜利归来时，在福累斯荒原看见三个女巫。她们向他作了预言，其中之一是，他以后将当苏格兰王。麦克白为实现这一预言，谋杀了苏格兰王。后来麦克白要三个女巫再作预言，预言也灵验了。

子的正面写在上面一排和下面一排窗子之间。‘如果你能，就喜欢它吧！’‘如果你敢，就喜欢它吧！’

“‘我要喜欢它，’我说。‘我敢喜欢它；’而且（他郁郁不乐地补充说）我会遵守诺言，我会打破阻碍幸福和善良的障碍——是的，善良；我希望做一个比我过去、比我现在好一点的人，——就像约伯的海怪[①]折断长矛、投枪和锁子甲那样；别人认为是铁的和铜的障碍，我将只当它是干草和烂木箭。”

这时候，阿黛勒拿着羽毛球在他前面跑着。“跑开！”他粗暴地叫道；“离远一点儿，孩子；要不就进去找索菲去！”说罢又继续默默地散步；我大胆提醒他刚才他突然岔开的那一点：

“瓦朗小姐进来的时候，先生，”我问，“你离开阳台吗？”

问了这个几乎不合时宜的问题以后，我差不多料想他会拒绝回答。可是，相反，他从愁眉苦脸的出神中醒来，把眼睛转向我，额头上的阴影似乎消失了。“哦，我把塞莉纳忘了！好，接着讲。一看到迷住我的那个人由一个献殷勤的男人陪同着进来，我就好像听见嘶的一声，嫉妒的青蛇从月光照耀下的阳台盘旋上升，钻进我的背心，一路啃啮着，两分钟以后就进入了我的心底。奇怪！”他突然又离开这个话题，嚷了起来，“奇怪，我会选中你来听我倾吐我心里的这一切，年轻的小姐；更加奇怪的是，你居然安安静静地听着，就好像我这样的人对一个像你那样古怪而毫无经验的人讲述自己的演歌剧的情妇的故事，是世界上最平常的事一样！可是最后的一件怪事却解释了第一件；正如我以前有一次说过的，你庄严、体贴、谨慎，生来就是听人家倾吐秘密的。再说，我知道我选了哪一种心灵来和我的心灵交流。那是一种不容易受到传染的心灵，一种奇怪的心灵，一种独特的心

① 《圣经·旧约》中象征邪恶的海中怪兽。“他以铁为干草，以铜为烂木箭。”见《约伯记》第41章第26至27节。

灵。幸好我不想伤害它；不过，即使我想的话，它也不会从我这儿受到伤害。你跟我交谈越多越好；因为我不会损害你，你却会使我重新振作起来。”说了这些离题的话以后，他接着说：

“我留在阳台上。‘毫无疑问，他们会到她房里来的，’我想，‘让我来准备一次埋伏。’于是我把手从开着的落地长窗伸进去，把窗帘拉好，只留下一点空隙，让我可以通过它来观察；然后再关上这扇窗子，留下的一条窄缝只够让情人低声的誓言透露出来。我偷偷地回到椅子跟前，我刚坐下，这一对就走进来了。我的眼睛马上凑到空隙那儿。塞莉纳的女仆走了进来，点了盏灯，把它放在桌子上，然后走了出去。这一对就这样清清楚楚地暴露在我眼前。两个人脱去披风，瓦朗穿着缎子衣服、戴着珠宝——当然都是我的礼物——显得光彩夺目，她的伙伴却穿着军官的制服。我知道他是一个子爵的年轻的浪荡子——一个没头脑的恶少。在社交场合，碰到过他几次，我根本就瞧不起他，所以从来没想到过要恨他。一认出是他，嫉妒之蛇的毒牙就断了，因为在这同时，我对塞莉纳的爱像被水浇熄了似的。一个为了这样的情敌就出卖我的女人，是不值得去争夺的；她只配让人轻视；不过，我受了她的玩弄，更配让人轻视。

“他们开始谈话；他们的谈话使我完全安下心来：琐琐碎碎、利欲熏心、言不由衷、毫无意义，那只会叫听的人感到厌倦，而不会感到愤怒。桌子上放着一张我的名片，他们一看见它，就议论起我来了。他们两个都没有能力或智慧来狠狠地痛骂我一顿；但是他们用他们那可鄙的方式尽可能粗俗地侮辱我，特别是塞莉纳，她甚至肆意夸大我外貌上的缺点，她把这些缺点称之为残废。而以前，她却惯于热烈赞扬她所谓我的‘男性美’。这方面，她跟你截然相反。你第二次和我见面，就直截了当地对我说，你认为我不漂亮。当时我就感到了这个对比，而且——”

这时候，阿黛勒又跑过来了。

“先生，约翰刚才说，你的经纪人来了，想见见你。”

“啊！既然这样，我就得把话缩短了。我打开落地长窗，朝着他们走进去；解除塞莉纳受我保护的关系；通知她离开旅馆；给了她一袋钱供她目前急用；不去理会她的嚎叫、歇斯底里、恳求、抗议、痉挛；跟子爵约了一个时间在布洛尼树林会面。第二天早上，我有幸跟他决斗，在他的一条弱得像鸡雏翅膀似的可怜的瘦弱胳臂里留下一颗子弹，于是我认为跟这一伙人断绝了关系。可是不幸，瓦朗在六个月以前，给了我这个小姑娘阿黛勒，硬说她是我的女儿；也许她是的，不过我在她的容貌上，看不出严厉的父亲方面的证明，派洛特比她更像我。我和那母亲决裂以后几年，她遗弃了她的孩子，跟一个音乐家或者歌唱家私奔，到意大利去了。我没有承认阿黛勒方面有当然的权利来要求由我抚养；现在我也不承认她有任何这种权利，因为我不是她的父亲；可是听说她孤苦伶仃，我就把这个可怜的东西从巴黎的泥坑和泥塘里拉出来，移植到这里，让她在英国花园的沃土中干干净净地成长。菲尔费克斯太太找到你来训练她；可是现在你知道了她是一个法国歌剧女演员的私生女，你对你的职位和你的被保护人，也许会有不同的看法；也许有一天你会来通知我，说你另外找到了一个位置，说你请求我找一个新的家庭教师等等——呃？”

“不会的，阿黛勒不应该对她母亲的过错或者对你的过错负责；我是很关心她的。现在我知道了，从某种意义上来说，她没有父母——她被她母亲遗弃了，你又不肯承认她，先生——我将比以往更加疼爱她。我怎么可能不爱一个像朋友般喜爱自己的家庭教师的孤苦伶仃的孤儿，而去爱富贵人家的一个讨厌自己的家庭教师的娇生惯养的宠儿呢？”

“哦，你是从这个角度来看待这件事的！好吧，现在我该进去了；

天黑了，你也该进去了。”

但是，我跟阿黛勒和派洛特一起在外面又待了几分钟——和她作了一次赛跑，又打了一盘羽毛球。我们进去以后，我给她脱下帽子和外衣，把她抱到我膝上，让她在那儿坐了一个钟头，听凭她随心所欲地唠唠叨叨，即使有点小小的放肆和轻浮，也不加责难。在别人十分注意她的时候，她常常会这样放肆和轻浮，流露出她性格的浅薄的一面，这也许是从她母亲那儿得来的，但是在英国人看来却不很合适。然而，她也有她的优点，我想尽量地赞赏她好的一面。我在她的容貌和五官上找一些和罗切斯特先生相似之处，可是找不到；没有一点特征、没有一丝表情能表明他们的血统关系。很可惜，只要她能证明像他，他就会更多地关怀她。

直到我回自己的房间去睡觉的时候，我才定下心来，回想一下罗切斯特先生告诉我的这个故事。正像他说的，故事内容本身也许根本没什么特别的地方；一个英国富人热恋一个法国舞女，她背叛了他，这无疑是社交上够平常的事；可是，他刚在表达目前的愉快心情，表达对老宅子和周围环境重新感到的乐趣的时候，却突然迸发出一阵激动，这里面就有些东西肯定是奇怪的。我惊异地思考着这件事；但是渐渐地把它丢开了，因为我发现目前是无法解释的，我又回过来考虑我的主人对我的态度。他认为可以和我推心置腹，这对我的谨慎似乎是一种赞美；我是这样看待它，也是这样接受它的。最近几个星期，他对我的态度要比开始的时候稳定一点。我似乎没再妨碍他；他不再突然摆出冷淡的傲慢态度。他出乎意外和我相遇的时候，这相遇似乎是受他欢迎的；他总是要跟我说句话，有时候朝我微笑一下。在用正式邀请把我召到他那儿去的时候，我荣幸地受到热情接待，使我感到我真正有力量让他快活起来，而且他希望有这种傍晚的谈话，这不仅是为了他的快乐，同样也是为了我的益处。

我固然谈得比较少，可是我兴致勃勃地听他谈。他的天性就是爱谈话；他喜欢向一个没见过世面的心灵透露一点世界上的情景和风气（我不是指它的腐败情景和邪恶风气，而是指由于表现的范围广泛、由于具有新奇的特点才变得有趣的那一些）。接受他提供的新看法，想象他描绘的新图画，思想上跟随着他穿过他揭示的新领域，而丝毫没什么有害的暗示来叫我吃惊和烦恼，这使我感到一种强烈的喜悦。

他态度随便，我也就不再痛苦地觉着拘束；他用来对待我的那种既正直又热诚的友好坦率使我想接近他。有时候我觉得他仿佛是我的亲戚，而不是我的主人，可是，他有时候还是专横，不过我并不介意；我看得出，他就是这个样子。生活中平添了这种新的乐趣，我变得又高兴又满意，不再去渴望什么亲人了。我那纤弱的新月般的命运似乎扩大了；生活的空白填满了；身体的健康改进了；人长胖了，也有了力量。

在我看来，现在罗切斯特先生还丑吗？不，读者。感激的心情和许多愉快而亲切的联想，使他的脸成为我最爱看的东西；有他在房间里，比有最明亮的炉火更使人高兴。然而，我并没有忘记他的缺点；的确，我忘不掉，因为他常常让缺点暴露在我面前。对于不管哪方面低于他的人，他骄傲、爱讽刺、粗暴；在我的心灵深处，我知道他对我的深厚好意，被对许多别人的过于严厉抵消了。他还郁郁不乐，而且到了不可理解的程度；不止一次，我被叫去给他念书，发现他独自一个人坐在图书室里，头低着搁在交叉起来的胳臂上；他抬起头来看望的时候，一副悒郁的、几乎是恶意的愁容使他的面貌变得阴暗。但是我相信，他的忧郁、他的粗暴，和他以前道德上的过错（我说**以前**，是因为他现在似乎已经改正了），都来源于命运的凶残。我相信，比起环境所造就、教育所培养、命运所鼓励的人来，他生来就有着更好的志向、更高的原则、更纯洁的趣味。我认为，他身上有一些杰出的素质，只是现在有点给糟蹋了，混杂在一起了。我不能否认，我为他的悲哀而悲哀，不管那悲哀究竟是什么；我还愿意作出很多牺牲来减轻它。

虽然我现在已经灭了蜡烛，躺在床上，我却没法入睡，我一直在想着，他在林荫道上停下来，告诉我他的命运之神怎样出现在他面前说他在桑菲尔德不会幸福时的那副神情。

“为什么不会幸福呢？”我心里想。“什么东西使他远离这所房子呢？他会不会不久再离开它呢？菲尔费克斯太太说他很少在这儿一连住上两个星期以上；而他现在却已经住了八个星期了。要是他走的话，这变化将是悲哀的。假如他春天、夏天、秋天都不在这儿，那末阳光和好天气都将是多么地毫无乐趣啊！”

在这样沉思以后，我不知道自己有没有睡着过。总之，我听到一阵奇怪而悲惨的模糊的喃喃声，给惊醒了。我觉得这声音听上去就像在我头上面发出的。我真巴不得我的蜡烛还点着；夜黑得可怕；我的心情低沉。我起来，坐在床上，听着。声音静了下来。

我竭力想再睡着；可是我的心焦急地怦怦直跳；我内心的平静给打破了。远在楼下大厅里的钟敲了两下。就在这时候，我的房门似乎给碰了一下；仿佛外面黑过道里有谁在摸索着走路，手指从门上摸过去似的。我问：“谁？”没有回答。我吓得浑身发冷。

突然，我想起了那也许是派洛特。在厨房门碰巧没关上的时候，它常常会摸索着到罗切斯特先生的房门口去，有几天早上我就亲眼看见它躺在那儿。这个想法多少使我平静了一点，我又躺了下来。寂静使神经安定；现在整个房子又给笼罩在一片沉寂之中，我开始又感到想睡了。可是那一夜注定了我不能睡觉。梦刚刚临近我的耳朵，就让一件叫人冷彻骨髓的事吓得害怕地逃跑了。

这是一阵魔鬼的笑声——低沉、压抑——似乎就从我房门的钥匙孔那儿发出来的。我的床头就在门附近，我开头还以为大笑的鬼怪就站在我床边——或者不如说，蹲在我枕边；可是我起来，四下里看看，什么也看不见。我还在瞪着眼看，这不自然的声音却又响了起来，我知道它是从门后面传来的。我第一个冲动是要起身去扣上门闩；第二个是再大声问，“谁？”

有个什么东西在咕咕地响着、呻吟着。不久，有脚步沿着过道朝三楼楼梯那儿走过去。最近做了扇门把那楼梯关起来，我听到门给打开又给关上，一切又都静了下来。

“那是格莱思·普尔吗？她中了魔吗？”我想。现在再也不可能一个人待着了，我非得到菲尔费克斯太太那儿去不可。我匆匆忙忙穿上外衣，披上披巾，手哆哆嗦嗦地拉开门闩、打开门。就在门外面，有一支点燃着的蜡烛，而且就放在过道的地席上。我看到这情景吃了一惊；可是叫我更加惊慌的是，看到空气朦朦胧胧，好像烟雾弥漫；我朝右边看看，再朝左边看看，想找出这一圈圈的青烟是从哪儿来的，这时候，我进一步觉察到有浓烈的燃烧的气味。

什么东西咯吱响了一下，那是一扇微开着的门，是罗切斯特先生的门，烟就像云雾般地从那儿涌出来。我不再想菲尔费克斯太太了，也不再想格莱思·普尔或者大笑声，一眨眼工夫，我就进了那房间。火舌在床四周跳动，帐子已经着了火。在火焰和烟雾包围中，罗切斯特先生正一动不动地伸开手脚熟睡着。

“醒醒！醒醒！”我叫道——我推他，但是他只咕哝了一声，翻了个身，浓烟把他熏得麻木了。床单已经着火，一分钟都不能耽搁。我冲到他的脸盆和水罐跟前，幸而脸盆很大，水罐很深，而且都盛满了水。我举起脸盆和水罐，把里面的水倒在床上和睡在床上的人身上，又急急忙忙跑回自己的房间，把我的水罐拿来，让床再受一次洗礼。上帝保佑，吞噬着床的火焰终于给扑灭了。

被水浇灭的火焰发出的嘶嘶声，我倒完水就扔掉的水罐的破裂声，尤其是我慷慨赐予的淋浴的溅泼声，终于把罗切斯特先生吵醒了。虽然现在是一片漆黑，可是我知道他醒了，因为我听到他一发现自己躺在水里就大声发出奇怪的诅咒。

“发大水了吗？”他喊道。

“没有，先生，”我回答；“但是刚才失了火。起来吧，你身上的火已经给扑灭了。我去给你拿支蜡烛来。”

“以基督教世界所有精灵的名义，是简·爱吗？”他问道。“你把我怎么了，女巫，巫婆？除了你，屋里还有谁？你密谋把我淹死吗？”

“我去给你拿支蜡烛，先生；以老天的名义，起来吧。是有个什么人密谋干件什么事，你得赶快去看看那人是谁，那人是谁，他要干什么。”

“哪！我现在起来了；可是你还得冒险去拿支蜡烛。等两分钟，等我穿上件干衣服，要是有干衣服的话——有了，我的晨衣在这儿。好了，跑吧！”

我确实跑了，我把那支还留在过道里的蜡烛拿了来。他从我手里接过蜡烛，举了起来，察看着床，一切都烧得又焦又黑，床单湿透了，周围的地毯浸在水里。

“这是怎么回事？谁干的？”他问道。

我简要地向他叙述了发生的事：我听到的过道里的怪笑声，往三楼去的脚步声，烟——把我引到他房里去的火的气味，我看到那儿是怎样的情况，以及我怎样把凡是能拿到的水全都泼在他身上。

他十分严肃地听着；我继续往下说的时候，他脸上表现的忧虑超过了惊讶；我说完之后，他没有马上说话。

“要我去叫菲尔费克斯太太吗？”我问道。

“菲尔费克斯太太？不，有什么见鬼的事你要去叫她？她能干什么？让她安安静静地睡觉吧。”

“那末，我去把莉亚找来，再去把约翰夫妇俩叫醒。”

“根本不用，你只要安静下来。你披着披巾吗？要是你还不够暖和，可以把那边我的披风拿来，裹在身上，在扶手椅上坐下。哪——我给你披上披风。现在把脚搁在脚凳上，免得浸在水里。我要离开你几分钟。我把蜡烛拿走。你就待在这儿等我回来；要安静得像个耗子一样。我得到三楼去一下。别动，记住，也别叫任何人。”

他去了，我眼看着烛光渐渐远了。他非常轻地沿着过道走去，尽可能小声地打开楼梯门，随手把门关上，最后一线亮光消失了。我给留在一片漆黑之中。我听听有什么声音没有，可是什么也没听见。过了很长一段时间。我厌倦了；尽管裹着披风，我还是冷；再说，既然不要我去叫醒房子里其他的人，我看不出待着有什么用。我刚要冒险违反罗切斯特先生的命令惹他不高兴，就看到烛光再一次朦朦胧胧地照在过道的墙上，听见他没穿鞋的脚踩着地席过来。“我希望是他，”我想，“不要是什么更坏的东西。”

他又走了进来，脸色苍白，十分阴郁。“我完全查清楚了，”他一边说一边把蜡烛放在洗脸架上，“就跟我预料的一样。”

“怎么样，先生？”

他没回答，只是交叉着胳臂站着，眼睛看着地上。过了几分钟，他用一种有点奇怪的声调问：

“我忘了你是不是说过你打开你的房门的时候看到什么东西。”

“没有，先生，只看见地上的蜡烛。”

“可是你听到一声怪笑？你以前听到过那笑声，我想，或者像那样的笑声吧？”

“是的，先生。这儿有一个做针线活儿的女人，叫格莱思·普尔，——她是那样笑法的。她是个怪人。”

“正是这样。格莱思·普尔——你猜到了。就像你说的，她是怪，——很怪。呃，我要考虑一下这件事。在这同时，我很高兴，除了我以外，只有你一个人知道今晚这件事的确切细节。你不是爱说话的傻瓜，这件事你就别提了。这里的情况，”（指着床说）“我会解释的，现在回到你自己屋子里去吧。夜里剩下来的一点时间，我可以舒适地睡在图书室的沙发上。快四点了，再过两小时仆人们就要起来了。”

“那末，晚安，先生，”说着我就要走。

他似乎吃了一惊——这是非常矛盾的，因为他刚刚叫我走。

“什么！”他嚷道，“你已经要离开我了吗，而且是那样离开？”

“你刚才说我可以走了，先生。”

“可是不能不告别就走啊，不能不说一两句表示感谢和友好的话就走；总之，不能用这样简单、冷淡的方式走啊。嗨，你救了我的命！——把我从可怕的、痛苦的死亡中抢了出来！而你却打我身旁走过去，仿佛我们素不相识似的！至少该握握手吧。”

他伸出手来；我也朝他伸出手去，他先是用一只手握着，后来用两只手握着。

“你救了我的命，我很高兴，欠了你那么大恩情。别的我也说不出什么。要是换了什么别的有生命的东西，给了我那么大恩惠，我准会感到不可忍受；可是你，却不同；我并不感到你的恩典是个负担，简。”

他停了下来；凝望着我；几乎看得出话语在他嘴唇上抖动，——可是他的声音给抑制住了。

“再说一次，晚安，先生。这件事上，没什么欠情、恩典、负担、恩惠可言。”

“我早就知道，”他接着说，“你会用某种方式、在某个时候，对我有帮助；——我第一次看见你就从你眼睛里看出来了：它们的表情和微笑并不是”——（他又停了下来）——“并不是”（他急急忙忙接着说）“无缘无故让我心底里感到欢乐的。人们谈论天然的同情；我听说过有善良的神怪，在最荒诞的寓言中也还是有一点儿真理。我珍爱的救命恩人，晚安！”

他的声音里有着奇怪的活力，眼神里有着奇怪的激情。

“我很高兴，我碰巧醒着，”我说；说完我要走了。

“什么！你要走吗？”

“我冷，先生。”

“冷吗？对，——站在水里！那末，去吧，简；去吧！”可是他还抓住我的手不放，我又抽不回来。我想了个办法。

“我好像听见菲尔费克斯太太在走动，先生，”我说。

“好，离开我吧，”他松开手指，我就走了。

我又回到我的床上，可是一直不想睡。我在欢快但是不安的海洋上颠簸，直到早晨。在那海洋里，烦恼的巨浪在欢乐的波涛下翻滚。有时候我觉得看见汹涌澎湃的海水那边有海岸，像比拉[①]的小山一样可爱；时常有一阵由希望激起的渐渐转强的飓风，把我的心灵胜利地吹向目的地；可是我却不能到达那里，哪怕在幻想中也不能——从陆地上刮来一阵逆风，不断地把我赶回去。理智会抵抗痴迷，判断力会警告热情。我兴奋得无法入睡，所以天一亮就起身了。

① 比拉，英国作家班扬（1628—1688）所著小说《天路历程》中的一个欢乐安静的地方，香客在进入天国之前，在那儿逗留。

第十六章

在紧接着不眠之夜的那一天里，我既希望看见罗切斯特先生而又怕见到他；我想再一次听到他的声音，然而又怕接触他的眼神。清早，我时刻盼望着他来。他并不经常来教室，可是，他有时也进去待上不多几分钟。我有个印象，他那天肯定会到教室里来。

可是早晨像往常一样地过去了，没有发生什么事情使阿黛勒的安静的学习受到干扰；只不过在早餐后，我听到罗切斯特先生房间附近闹哄哄的，有菲尔费克斯太太的声音，莉亚的声音，厨子——那就是说，约翰的妻子——的声音，甚至还有约翰自己的粗重的声调。有一些叫嚷声："主人没有给烧死在床上，真是幸运！""夜里让蜡烛点着总是危险的。""他还算镇定，想到了大水壶，真是上帝保佑！""我奇怪他居然没有惊动人！""但愿他睡在图书室沙发上没有着凉。"等等。

七嘴八舌地一阵议论之后，便是擦地板和放好东西的声音。我经过这间房间准备下楼去吃饭的时候，从开着的门看到里面一切又都收拾得井井有条，只是床上的帐子给拿掉了。莉亚站在窗台上，擦着被烟熏模糊了的窗玻璃。我刚要招呼她，因为我想知道对这件事是怎么解释的，但是，我往前走过去就看到屋里还有一个人——一个女人坐在床边的椅子上，正在给新的帐子钉环，那个女人不是别人，正是格莱思·普尔。

她坐在那儿，安静而且一副沉默寡言的样子，像往常一样穿着褐色毛料衣服，格子围裙，系着白手绢，戴着帽子。她聚精会神地干活，似乎全部注意力都集中在这上面。一个女人作了杀人的尝试，而她蓄意谋杀的受害者昨天夜里又一直追到她的住处，况且（我相信）还为了她要犯的罪行训斥过她，别人总以为她的脸会显得苍白和绝望吧。可是在她那严厉的额头和普普通通的五官上，丝毫看不出这些特点。我不由得吃惊了——糊涂了。她抬起头来往上看，我仍然注视着她。她的脸上没有惊慌，没有发红或者变色来泄露她的心情，泄露犯罪的意识或者害怕被察觉的恐惧心理。“早上好，小姐，”她用照例冷淡和简短的方式对我说，然后拿起另外一个环和一段带子继续缝着。

“让我试试她，”我想，“这样莫测高深真叫人无法理解。”

“早上好，格莱思，”我说。“这儿出了什么事吗？我好像听到刚才用人们都在一起谈论。”

“没有什么，只是主人昨天夜里在床上看书，点着蜡烛睡着了，结果帐子着了火，幸亏被褥和床架还没烧着他就醒了，想办法用水罐里的水把火扑灭了。”

“怪事！”我低声说，然后目不转睛地盯住她，——“罗切斯特先生没有叫醒别人吗？没有人听到他走动吗？”

她又抬起眼睛看着我，这一次她的眼睛露出一种有意识的表情。她似乎在留心察看我，然后，她回答道：

“你知道，小姐，用人们睡得那么远，他们不可能听见。菲尔费克斯太太和你的房间离主人的最近，可是菲尔费克斯太太说，她什么也没有听见，人上了岁数，总是睡得很熟的。”她停了一下，然后装出一副毫不在意的样子，但还是用显然意味深长的语调补充说，“可是你很年轻，小姐；我想你不会睡得那么沉，你也许听到一点响声吧？”

“我听到了，”为了使还在擦玻璃窗的莉亚听不到我的话，我放低了声音说，“一开始我以为是派洛特，可是派洛特不会笑；我肯定听到一声笑，而且是一声怪笑。”

她又拿了一根线，仔细地上了蜡，手很平稳地把线穿过了针眼，然后十分镇静地说：

“我想，小姐，在这样危险的情况下，主人是不大会笑的。那时候，敢情你是在做梦吧。”

“我不是在做梦，”我有点生气地说，她的那种厚颜无耻的镇定激怒了我。她又看看我，还是用那种仔细察看而又有意识的眼神。

“你对主人说过你听到一声笑吗？”她问道。

“今天早晨我还没有机会跟他说话。”

“你没有想打开门，朝过道里瞧瞧吗？”她进一步问道。

她似乎是在盘问我，企图引我无意中说出一些情况。我突然想到，如果她发现我知道或猜疑她犯罪，她会用她那些恶毒的方法作弄我，我想最好还是防备一下。

“正相反，”我说，“我把门闩上了。”

“这么说，你每天晚上上床以前没有闩门的习惯啰？”

“魔鬼！她想知道我的习惯，以便根据它来定计划！”忿怒又战胜了谨慎，我尖刻地答道，“在这以前，我常常忘了闩门，我觉得没有必要上闩，我并没有想到在桑菲尔德府有什么叫人害怕的危险或者烦扰，但是，从今以后”（我故意加重了这几个字的语气）“在我大胆睡下以前，我可要十分小心地使一切都安全。”

“这样做是很聪明的，”她回答，“这儿附近一带和我所知道的任何地方一样平静。这所房子造好以来，我从没听说过有强盗抢劫，虽然大家都知道，光是餐具柜里的餐具就值好几百镑。你瞧，这么大的一座房子，用人却很少，因为主人不大住在这儿。他即使回来住，也不过是个单身汉，用不了几个人侍候。可是我一向认为，要做错事的话，最好还是错在过于注意安全上。门一下就能闩上，闩上门把自己和外面可能发生的任何灾难分开也是好的。小姐，不少人把一切都交托给上帝，但是我觉得上帝不会排除措施，虽然人们谨慎地采取措施的时候，上帝常常会降福。”说到这里，她结束了她的长篇议论。这篇议论对她来说已经是很长的了，而且她是带着贵格会女会友的那种假正经来发表的。

我还站在那儿，被她那种似乎完全不可思议的冷静和深不可测的伪善惊呆了。这时候，厨子走了进来。

“普尔太太，”她对格莱思说，“用人们的午餐马上要准备好了；你下来吗？”

“不，只要给我一品脱黑啤酒和一点儿布丁，放在托盘上，我会把它拿上楼的。”

“你要不要肉？”

“只要一点儿，还要一点干酪，就可以了。”

“要不要西米？”

“现在不要；在吃茶点的时间以前我会下来；我自己来做。”

厨子随后转身对我说：菲尔费克斯太太在等我；于是我就离开了。

吃饭的时候，菲尔费克斯太太谈论帐子失火的事，我几乎没有听见，我忙于苦苦思索格莱思·普尔谜一样的性格，更忙于思考她在桑菲尔德的地位问题，忙于寻思那天早晨为什么不把她关押起来，至少，也得辞退她，不许她再给主人干活。主人昨天晚上差不多已经宣布了，肯定她犯了罪。是什么神秘的原因阻止他去控告她呢？他为什么要我跟他一块儿保守秘密呢？很奇怪，一个大胆的、爱报复的、傲慢的绅士，不知怎么的，似乎受着他的最低微的仆人的摆布；那样地受她摆布，甚至在她动手谋杀他的时候，他还不敢公开以谋杀罪控告她，更不要说惩罚她了。

要是格莱思既年轻又漂亮的话，我还会猜想：也许有一种比谨慎或者害怕更加温柔的感情，在为了她的利益影响着罗切斯特先生；可是，她长得那么难看，又是一副管家婆的样子，这种想法就不大可能成立了。“不过，”我想，“她以前也年轻过，她年轻的时候主人也年轻。菲尔费克斯太太有一次告诉过我，她待在这儿已经多年了。我想，她以前也不见得会漂亮；可是，也许她性格上有独特的地方或者有力量来弥补她外貌上的不足。罗切斯特先生是爱好坚定的人和古怪的人的：格莱思至少是一个古怪的人。也许是以前的任性（像他那样突兀、刚愎自用的性格，是很可能作出任性的行为的）使他受她的摆布，而她现在对他的行动还有着秘密的影响，这是他自己不谨慎的结果，他既摆脱不了，又不能置之不理。如果是这样，那又怎么呢？”不过，猜想到这里，普尔太太那方阔、扁平的体形，丑陋、干枯甚至粗糙的脸，那样清清楚楚地在我心里浮现出来，以至于我认为，“不，不可能！我的猜想不可能正确。可是，”在我们心中和我们说话的那个秘密的声音说，“**你**也长得不美啊，而罗切斯特先生也许赞赏你；无论如何，你常常感觉到他赞赏你，就说昨天夜里吧——想想他的话，想想他的神情；想想他的声音！”

我全都清清楚楚地想得起来：言语，眼神，声调，似乎一下子都活生生地重新显现出来。现在我在教室里；阿黛勒在画画，我弯着腰把着她的铅笔。她有些吃惊地抬起头来看。

“*你怎么啦，小姐？*”她说，“*你的手指像树叶一样颤抖，你的脸蛋发红，红得像樱桃！*”

“阿黛勒，我弯腰弯得热啦！”她继续画着，我继续想着。

我急急忙忙把刚才一直在设想的关于格莱思·普尔的讨厌想法从脑子里赶走；这想法使我厌恶。我拿自己来和她比较，发觉我们是不同的。白茜·利文说过我真是个大家闺秀；她说的是真话——我是个大家闺秀。而我现在看上去比白茜看到我的时候还要好得多：面色比以前红润，人比以前胖，而且更加生气勃勃，更加活跃，因为我有了更光明的希望和更强烈的乐趣。

“黄昏来临了，”我朝窗口望了望，说，“我今天在屋子里没听到过罗切斯特先生的声音和脚步声；可是天黑以前我肯定会见到他。早上，我怕和他见面，现在我倒希望和他见面，因为盼了这么长时间都没盼到，盼得都不耐烦了。”

夜幕降落，阿黛勒离开我到婴儿室去和索菲玩，这时候我非常迫切地希望看到他。我听着下面是不是有铃声；听着莉亚是不是上楼来送口信；我有时候想象听到了罗切斯特先生自己的脚步声，便转过身去向着门，指望门会打开让他进来。门依旧关着，只有黑暗从窗口进来。时间并不算晚，他经常七八点钟派人来把我叫去，这时候还不过六点。我今晚肯定不会完全失望，我有那么多事情要说给他听！我要再提起格莱思·普尔这个话题，听听他会怎么回答；我要直截了当地问，他是否真的相信，昨天夜里那可怕的尝试，是她干的；如果是的，他干吗要为她的恶劣行径保守秘密。至于我的好奇心会不会激怒他，那倒没什么关系；我懂得一会儿惹恼他一会儿安慰他的乐趣；这是最使我高兴的，而且我总是有一种可靠的本能来阻止我做得过分；我从来没敢越过激怒的界限。在最远的边缘我很喜欢试试我的技巧。我可以既保持表示尊重的每一个细小的礼节，保持我的身份所应有的每一种礼貌，又在辩论上对付他，而不感到担心，也不感到不安的约束；这对他对我都合适。

最后，脚步声终于在楼梯上叽叽嘎嘎地响了起来。莉亚出现了；不过只是来通知我，茶点已经在菲尔费克斯太太房间里预备好了。于是我就下去。我感到高兴，至少我是到了楼下了；因为我以为这使我更靠近罗切斯特先生了。

“你准是要吃茶点了吧，”我走到这位善良的妇人那里，她说，“你午饭吃得那么少，我担心，”她继续说，“你今天不大舒服；你看上去脸色绯红，像在发烧。”

“啊，很好！我从没有感到比现在更好过。”

“那你得拿出好胃口来证明；我要把这一根针织完，你能不能把茶壶灌满？”她干完了活，站起来拉下遮帘。她原来一直让遮帘开着，我猜，是为了充分利用日光，虽然这时候暮色正在迅速地变浓，成为一片昏暗。

“今儿晚上天气好，”她透过窗玻璃朝外面望望说，“虽然没有星光；罗切斯特先生总算拣了个好天气出门。”

“出门！——罗切斯特先生上哪儿去了吗？我还不知道他出去呢。”

“哦，他吃完早饭就动身了！他到里斯去了；是埃希敦先生家，在米尔考特的那一头十英里路光景。我看，那边准是有个大宴会；英格拉姆勋爵，乔治·利恩爵士，丹特上校和其他人。”

“你估计他今天夜里会回来吗？”

“不，明天也不会回来；依我看，他很可能要待上一个星期或者更久些。这些高尚、时髦的人聚在一起，周围是一片雅致和欢乐的景象，而且可以寻欢作乐的东西样样齐全，他们不会急于分开。在这种场合，尤其需要绅士们，而罗切斯特先生天赋那么高，在社交上又是那么活跃，所以我相信他受到大家的欢迎。女士们都很喜欢他，虽然你不会认为，他的外貌能使他在她们眼中显得特别可爱，但是我想，他的学识和才干，也许他的财富和门第，就弥补得了他面貌上的任何小小的缺陷。”

“里斯那儿有女士们吗？”

“有埃希敦太太和她的三个女儿——都是文雅的小姐，还有那尊敬的布兰奇·英格拉姆和玛丽·英格拉姆，我看她俩是最美的女人了；说真的，我看见过布兰奇。那是在六七年以前，她还是个十八岁的姑娘。她来这儿参加罗切斯特先生举行的圣诞舞会和宴会。你真该瞧瞧那天的餐厅——装饰得多么豪华，多么灯火辉煌！我看，怕有五十位绅士和女士到场——都是郡里第一流的大户人家。而英格拉姆小姐，公认是那晚的美女。”

“菲尔费克斯太太，你说，你看见过她，她模样儿长得怎么样？”

“是的，我看见过她。餐厅的门敞开着；因为是圣诞节，准许用人们聚集在大厅里，听几位女士唱歌和演奏。罗切斯特先生要我进去，我就坐在一个安静的角落里望着他们。我从来没看见过比这更富丽堂皇的场面：女士们都穿得很华丽，她们中间的大多数——至少是年轻人中间的大多数——长得都很漂亮；英格拉姆小姐当然是其中的皇后。”

“她模样儿长得怎么样？”

“高个儿，胸脯丰满，肩膀坦削，脖子细长优美；脸色黝黑、明净，呈橄榄色；容貌高贵，眼睛有点像罗切斯特先生的：又大又黑，像她佩戴的珠宝一样明亮。她还有那样一头好头发，乌油油的梳得恰到好处，后脑勺上盘着粗粗的发辫，前面垂着我所见过的最长最亮的鬈发。她穿一身纯白色衣服；琥珀色围巾从肩头披到胸前，在旁边打个结，围巾的长流苏垂过了她的膝盖。她头发上还戴着一朵琥珀色的花，和她那黑玉般的鬈发正好形成美丽的对比。”

“她自然要受到人家极大的爱慕了？”

“对呀：不仅是因为她长得美，而且是因为她多才多艺。她是唱歌的几位女士中的一位：一位绅士用钢琴给她伴奏。她跟罗切斯特先生一起唱了一个二重唱。”

“罗切斯特先生？我还不知道他会唱歌呢。”

“哦！他有一副好的低音嗓子，还对音乐有很好的欣赏力。”

“那末英格拉姆小姐呢，她的嗓子怎么样？”

“她的嗓子极其圆润而且有力；她唱得动人，听着她的歌声真叫人高兴——后来她又弹琴。我不懂音乐的好坏，可罗切斯特先生懂；我听他说，她弹得非常出色。”

“这位美丽的才女还没有结婚吧！”

“好像没有；我估计她或者她妹妹都没有很多财产。老勋爵英格拉姆的绝大部分产业已经确定了继承人，他的长子继承了差不多全部的财产。”

“我觉得奇怪，难道没有一个有钱的贵族或者绅士看中她吗？譬如说，罗切斯特先生就是一个。他不是有的是钱吗？”

“哦！是的。可是你瞧，年龄相差太大：罗切斯特先生都快四十了，她才二十五岁。”

“那有什么关系？比这更不相称的婚姻每天都有呢。”

“这倒是事实：不过我想罗切斯特先生不至于会有这种想法吧。你什么都不吃：你开始喝茶以来，还没有吃过东西呢。”

“不，我渴死了，吃不下。你让我再喝一杯好吗？”

我刚要回到罗切斯特先生和美丽的布兰奇是否有结合的可能这个话题上来，阿黛勒进来了，谈话就转到另一个题目上去了。

在我再一次独自一个人待着的时候，我把听到的情况回忆了一下；我看看自己的内心世界，检查那里的思想和感情，用一只严厉的手把迷失在幻想之乡的那一些拉回到安全的常识之栏中来。

在我自己的法庭上受审，“记忆”出来作证，证实了我从昨夜以来所珍藏的希望、愿望、感情——证实了过去近两周中我所任其自流的总的思想状况；“理智”出来，以她独有的安静方式叙述一个朴实无华的故事，表示我怎样拒绝现实，而去疯狂地吞噬空想，我宣布了这样的判决：

没有一个比简·爱更大的傻瓜曾经呼吸过生命的气息；没有一个更会幻想的白痴曾经过量地贪食过甜蜜的谎言，把毒药当琼浆般吞咽。

“你，”我说，“是罗切斯特先生喜欢的人吗？你有天赋的力量讨他喜欢吗？你有哪方面对他来说是重要的吗？去你的！你的愚蠢叫我恶心。你从偶尔的喜爱表示中得到了乐趣，可那只是一个名门绅士，一个深通世故的人，向自己的下属，向初出茅庐的人作出的暧昧的表示啊。你怎么敢？可怜的愚蠢的受骗者！连自私自利都不能使你变得聪明些吗？你今天早上居然还反复地回忆昨夜那短短的一幕？——蒙起你的脸来感到害羞吧！他说了些赞美你眼睛的话，是吗？瞎了眼的自负的人！抬起你的烂眼睑，瞧瞧你自己那可诅咒的糊涂吧！在比她自己地位高的人面前受宠若惊，而他又不可能有娶她的意图，这对一个女人来说是没有好处的；让爱情之火偷偷地在心中燃烧，而这种爱情，如果得不到回报或者不被发觉，那一定会毁掉培养爱情的生命，如果被发现或者得到反应，那必然会像鬼火[1]似的引人走进泥泞的荒野，而不能自拔。这对任何一个女人来说，都是发疯。

“那么，简·爱，听着你的判决：明天，放一面镜子在你面前，用粉笔如实地画下你的尊容；一个缺陷也不能缩小；不能省略任何刺眼的纹路，不能掩饰任何讨厌的丑处；要在下面写上：‘孤苦无依、相貌平凡的家庭女教师肖像。’

“随后，拿一块光滑的象牙——你画盒里面有一块备着；拿你的调色板把你的最鲜艳的、最优良的、最纯粹的颜料调和起来；挑你最精致的驼毛画笔，仔细地画出你想象得到的最可爱的脸的轮廓；用你的最最柔和的浓淡色调和悦目色彩着色，就按照菲尔费克斯太太所描绘的布兰奇·英格拉姆的模样来画；记住乌油油的鬈发，东方人的眼睛；——怎么！你回到罗切斯特先生身上来找模型。命令你！不准哭鼻子！不准伤感！——不准懊丧！我只容许理智和决心。想想庄严而又匀称的轮廓，希腊式的脖子和胸脯，让滚圆的、炫目的胳臂可以看

① 原文为拉丁文。

得见，还有一只纤手；既不要省去钻石戒指也不要略去金手镯；如实地画出服装，薄薄的花边，闪光的缎子，雅致的围巾和金色的玫瑰花。称它为‘多才多艺的名门闺秀布兰奇’。

“将来不管什么时候，你偶然幻想罗切斯特先生对你有好感，你就把这两张肖像拿出来比较一下，说：只要罗切斯特先生愿意努力一下，他也许就可以赢得那位高贵女人的爱；你看他可不可能对一个赤贫的、无足轻重的贫民，浪费一点心思来认真考虑呢？

“我就要这样做，”我下了决心；主意已定，我心里平静下来，便睡着了。

我遵守我的诺言。用粉笔画我自己的肖像，只花一两个小时就够了；而我画一张想象中的布兰奇·英格拉姆的象牙小像，却花了将近两星期的时间才完成。那张脸看上去是够可爱的，和那用粉笔画的真实头像比起来，对比之鲜明已经达到了自我克制所能希望达到的极限。我从这件工作上得到了好处；它使我的头脑和手都忙着，它使我想不可磨灭地印在我心上的那个新的印象变得强烈而固定。

不久，为了我这样强迫自己的感情经受的有益训练，我有了向自己祝贺的理由。多亏有这种训练，我才能够以体面的镇静态度来面对后来发生的一些事情；要不是有了这样的准备，哪怕在表面上，我也许都是无法保持镇静的。

第十七章

一星期过去了，罗切斯特先生音讯全无；十天了，他还是没来。菲尔费克斯太太说，要是他从里斯直接上伦敦，再从那儿去欧洲大陆，在接下来的一年里不在桑菲尔德再次露面，她也不会感到惊奇。他像这样出人意料地突然离开，并不是不常有的事。听到这话，我心里开始奇怪地打了个寒噤，而且若有所失。我实际上是允许自己体验了一种会使人生病的失望感，可是一恢复我的理智、一想起我的原则，我就叫我的感觉恢复了正常。我是怎么克服这个一时间的过错的，——我把罗切斯特先生的行动看作我有理由十分关心的事，我又是怎么消除这个错误想法的，真是奇怪。我倒不是用奴性的自卑感来贬低自己，相反，我只是说：

“你跟桑菲尔德的主人没有任何关系，除了教他的被保护者，接受他给你的薪水，如果你尽了你的责任的话，就感谢他给了你有权指望的尊敬和仁慈的待遇。要相信，这是他所认真承认的你和他之间的惟一联系，所以，别把他作为你的柔情、你的狂喜、你的痛苦等等的对象。他和你不在同等地位上，你还是留在你的阶层吧；要自爱，不能把整个心灵、全副力量的爱情都浪费在不需要，甚至轻视这种礼物的地方。”

我继续安安静静地干我白天的工作，可是脑子里时时闪过模糊的暗示，提出一些为什么我要离开桑菲尔德的理由。我不由自主地一再考虑要登的广告，并且对新的职位作种种猜想。我觉得没有必要阻止这些思想；如果可能，它们是会发芽结果的。

罗切斯特先生离开了两个多星期，邮局给菲尔费克斯太太送来一封信。

“这是主人写来的，”她看了信上的地址说，“我看现在我们就可以知道是否要准备他回来了。”

她拆开信封，仔细地看着信，我继续喝着咖啡（我们是在吃早饭）；咖啡很烫，我把脸上突然升起的一阵火一般的发热归因于它的烫。为什么我的手会发抖，为什么我不自觉地把半杯咖啡泼在我的盘子里，我都不想去考虑。

“是的——有时候我想我们是太清静了，可是现在我们却有机会要大忙了，至少要忙一阵，”菲尔费克斯太太说，仍然把信举在她的眼镜前。

在我允许自己请她解释以前，我给阿黛勒系紧了碰巧松开的围裙带子，又给她拿了一个小面包，还给她的杯子重新倒满了牛奶，然后若无其事地说：

“我想，罗切斯特先生不会很快就回来吧？”

“他真的很快就要回来了——他说三天以后回来，那就是这个星期四，而且他也不是一个人回来。我不知道里斯有多少绅士淑女和他一起来，他吩咐把所有最好的卧室都准备好，图书室和休憩室也都要打扫干净。要我从米尔考特的乔治旅馆和我所能找的任何别的地方再找一些厨房帮工来。太太小姐们都带着自己的使女，先生们带着男仆，所以，我们房子里要住满人了。”菲尔费克斯太太狼吞虎咽地吃完早饭，便匆匆离开，去开始工作了。

这三天里，正如她所预言的，是大忙了一阵。我原先以为桑菲尔德所有的房间都收拾得整洁漂亮，可是看来我估计错了。找了三个女人来帮忙，那样的擦、刷、洗油漆面，拍地毯，把画取下又挂上，在卧室里生火，在炉边晾被单和羽毛床垫，这些我在以前和以后都没看见过。阿黛勒在这中间简直变得野了；为客人作准备，等待客人来临，似乎使她欢喜得发疯了。她叫索菲查看一下她所有的“衣服”，她是这么称呼她的外衣的；把“旧的”整新，把新的晒晒并准备好。至于她自己，却什么也不干，只顾在前面一排屋子里跳跳蹦蹦，一会儿跳上床架，一会儿再跳下来，一会儿又在烧得烟囱里轰隆隆直响的炉火跟前，躺在床垫和堆起来的枕垫和枕头上。功课不做了。菲尔费克斯太太硬要我给她帮忙。我整天待在贮藏室里，帮助（或者妨碍）她和厨子；学着做牛奶蛋糊、干酪蛋糕和法国糕点，捆扎野味[①]，装饰甜食的碟子。

预定这些客人星期四下午到达，正好赶上六点钟的晚饭。在这之间的一段时期里，我没有时间胡思乱想；我相信自己像任何人一样活跃和欢乐——除了阿黛勒。不过，我的欢乐时常会像给泼上冷水似的受到遏制；我会不由自主地给推回到怀疑、警告和阴暗的猜测的境地中去。这种感觉发生在当我碰巧看到三楼楼梯门慢慢地给打开（近来它一直是锁着的），格莱思·普尔的身影，戴着整洁的帽子，围着白围裙，系着手绢走出来的时候；当我看着她穿了布条拖鞋、轻轻的脚步不出声地悄悄走过过道的时候；当我看到她朝忙乱的卧室里看看——只说一句话，也许是告诉打杂女工该怎样擦亮炉栅，或者是怎样擦干净大理石壁炉架或者从糊着墙纸的墙上抹去污迹，然后继续往前走的时候。她就是这样每天下楼到厨房去一次，去吃饭，在炉边适量地抽一管烟，然后提着一壶黑啤酒回去，作为她自己在楼上那间黑窝里的个人安慰物。二十四小时中，只有一小时她在楼下和她的仆人伙伴待在一起；其余的时间，她都在三楼的一间天花板很低的橡木房间里度过，她在那儿坐着缝纫——也许还独自阴郁地大笑——形单影只，就像关在土牢里的囚犯。

这一切中，最奇怪的是，整个房子里，除了我没有一个人注意她的习惯，或者对她的行为感到惊异；没有一个人议论她的地位或职

---

① 指烹烤前将野味或野味的翅膀扎紧。

务；也没有一个人对她的孤独和寂寞表示同情。确实，我有一次听到莉亚和一个打杂女工的对话，话题就是格莱思。莉亚说了些什么我没听到，那个打杂女工说：

“我想她拿的工钱很大吧？”

“是啊，”莉亚说，“我希望我也拿那么大的工钱。倒不是说我拿的工钱有什么可抱怨的，——桑菲尔德并没有吝啬，可是我的工钱还赶不上普尔太太拿到的五分之一。她正在攒钱，每个季度都到米尔考特的银行去。要是她想离开，她也已经有了足够的钱，尽可以独立生活了，对于这一点我并不感到奇怪；可是我想，她在这儿习惯了，况且她还不到四十岁，又强壮，什么事都能干。对她来说，放弃工作未免太早了。”

“她大概是个好帮手吧，”打杂女工说。

“是啊！——她明白自己必须做的事——没有人比她更强了，”莉亚意味深长地回答，“而且她的工作并不是每个人都干得了的；哪怕拿她那么大工钱也不行。”

“是不行！”这是回答。“我不知道主人是不是——”

打杂女工正要往下说；可是莉亚回过头来看到了我，马上用胳臂肘轻轻地推了她的伙伴一下。

“她不知道吗？”我听到那女人小声问。

莉亚摇摇头，谈话当然就停下了。我从谈话推测到的只是：桑菲尔德有一个谜，而我被故意排斥在这个谜外边。

星期四到了。一切工作都已经在上一天晚上完成。地毯摊开了，帐子结了彩，白得发亮的床罩铺好了，梳妆台安排妥当了，家具擦过了，花瓶里插满了花；卧室和客厅，都尽人手所能，收拾得又新又亮。大厅也擦洗过了；那座雕花大钟，也像楼梯的梯级和栏杆一样，擦得像玻璃一般亮。餐厅里，餐具柜里的餐具闪出耀眼的亮光；休憩室和小客厅里，一瓶瓶外国鲜花在四周盛开着。

到了下午，菲尔费克斯太太穿上她最好的黑缎子衣服，戴上手套和金表，因为要由她来接待客人，——引太太小姐们到她们的卧室去，等等。阿黛勒也要穿戴起来，虽然我认为，至少那天她没有机会被介绍给客人。然而，为了让她高兴起见，我允许索菲给她穿上一件裙幅很大的薄纱短外衣。至于我自己，没有必要换什么衣服；不会叫我离开我作为私室的那间教室；教室现在已经成为我的私室——“在烦恼时刻的一个愉快的隐蔽处所”了。

那是一个温和宁静的春日；就是3月末4月初，作为夏季的先驱、照耀着大地的那种天气。现在白天即将过去；可是傍晚甚至还是暖和的，我敞开窗户坐在教室里工作。

“天色晚了，”菲尔费克斯太太一边走进来一边说，缎子衣服窸窣作响。“我很高兴，我吩咐的开饭时间比罗切斯特先生说的晚了一小时；现在已经过六点了。我已经打发约翰到大门口去看看，大路上是不是有什么动静；从那儿朝米尔考特方向可以看得很远。”她走到窗口。“他来了！”她说。“喂，约翰，”她探出窗外问道，“有什么消息吗？”

“他们来了，太太，”他答道。“他们十分钟就可以到这儿了。”

阿黛勒飞奔到窗口。我跟着；小心地站在一边，为了让窗帘挡着，我可以看见他们，而不让他们看见。

约翰说的十分钟似乎很长，可是车轮声终于听到了；四个骑马的人沿着车道奔驰过来，后面跟着两辆敞篷马车。马车里充满了飘拂的面纱和抖动的羽毛。骑马的人当中，有两个是看上去很时髦的年轻绅士；第三个是罗切斯特先生，骑在他的黑马美士罗上；派洛特又蹦又跳地走在他前面；他旁边是一位骑马的小姐，他们两人在这一队人的最前面。她那身紫色骑马装几乎拖到地上，她那面纱在微风中长长地飘动；乌油油的鬈发和面纱的透明的皱褶混在一起，并且透过皱褶闪闪发光。

“英格拉姆小姐！”菲尔费克斯太太嚷道，然后急忙下楼去执行她的任务了。

这队人马，顺着车道的弯势，迅速转过屋角，我就看不见他们了。阿黛勒现在恳求着要下楼去；可是我把她抱到膝头上，告诉她，除非特地派人来叫她下去，不管是现在还是其他任何时候，她都无论如何不能想去冒险让太太小姐们看见；还告诉她，罗切斯特先生会非常生气，等等。听到这话，“她流了一些自然会流下的眼泪”；但是，我脸色一变得十分严肃，她终于也就同意把眼泪擦掉了。

现在可以听见大厅里愉快的骚动声；先生们低沉的声调和太太们银铃般的音调和谐地混合在一起，在这一切之上，可以听到桑菲尔德府的主人那虽然不响但很洪亮的嗓音在欢迎他的美丽的和英俊的客人们到他家来。接着，轻盈的脚步登上了楼梯；轻快的步履穿过过道，还有温柔的欢笑声，开门和关门声，接着是一阵寂静。

“她们在换衣服了，”阿黛勒说；她仔细倾听，不放过每一个动作，然后叹了口气。

“在妈妈家里，”她说，“有客人的时候，我到处跟着她，到客厅，到她们房里，我经常看着使女们给贵妇人们梳头和穿衣。这真有趣；正是这样。”

“你不觉得饿吗，阿黛勒？”

“饿的，小姐；我们有五六个小时没吃东西了。”

“好吧，趁太太小姐们在她们房里，我冒个险下去，给你拿点儿吃的。”

我小心翼翼地从我的隐蔽处出来，从后楼梯走。那楼梯直通厨房。厨房里只有火跟混乱；汤和鱼都快做好了，厨子弯着腰在锅上忙着，心情和身体都好像有自动烧燃起来的危险。在仆人的大厅里，两个马车夫和三个绅士的侍从围着火站着或坐着；我想，使女们都在楼上，和她们的女主人在一起。从米尔考特雇来的几个新用人正在到处忙着。穿过这片混乱，我终于走到了放肉食的地方；我在那儿拿了一只冷鸡、一卷面包、几块馅饼、一两个盘子和刀叉；拿了这些战利品，便匆匆退出来。我回到过道上，刚随手关上后门，就听到一阵越来越响的嗡嗡声，这是在警告我太太小姐们就要从她们的房间里出来了。不经过她们的房间、不冒一下拿着食物被她们撞见的危险，我是没法走到教室去的；所以我就一动不动地站在这一头，这儿没有窗子，是黑的，现在已经很黑了，因为太阳已经下山，暮色正在逐渐变浓。

不一会，房间里就一个接一个地走出美丽的住客；每一个都是欢快轻松地走出来，衣服在昏暗中闪出亮光。她们在过道的那头会聚，站立了片刻，用动听的、克制的活泼调子谈话；接着她们就走下楼梯，像一团明亮的雾沿着小山滚动下去似的不发出一点声响。她们总的外貌给我留下了出身高贵的优雅的印象，这是我以前从来没见过的。

我发现阿黛勒抓住微开的教室门，从门缝里偷看。“多漂亮的女士们啊！”她用英语大声说。“啊，我希望上她们那儿去！你看，晚饭以后，罗切斯特先生会叫我们去吗？”

“不会，真的，我看不会；罗切斯特先生还有别的事情要考虑。今儿晚上别去想那些女士们了，也许明天你能见到她们。这是你的晚饭。”

她真的饿慌了，因此鸡和馅饼暂时转移了她的注意力。我拿了这点食物很好，否则的话，她跟我，还有索菲，我们会根本没有晚饭吃，我把我们的食物分了一份给索菲；楼下的人都太忙，想不到我们。甜食到九点过后才端出来；十点钟，仆人们还拿着托盘和咖啡杯来来去去地奔跑。我允许阿黛勒比平时晚得多再睡；因为她说，楼下门老是开啊关的，人们又在奔忙着，她睡不着觉。此外，她还补充说，她要是脱了衣服，也许罗切斯特先生可能带个口信来，“那多可惜啊！”

我给她讲故事，她愿听多久我就讲多久；然后，我带她到过道里去换换环境。现在大厅里点着灯，她喜欢从栏杆上看下面仆人们走来走去。夜深了，休憩室里传出音乐声，钢琴已经给移到那里。阿黛勒和我在楼梯最高一级上坐下来，听着。不久，有歌声和着悠扬的琴声响了起来，唱歌的是一位女士，音调的确很悦耳。独唱过后是二重唱，接着是无伴奏重唱；在间歇期间，是一片嗡嗡的愉快的谈话声。我听了很久，突然发现我的耳朵在全神贯注地分析那混杂的声音，想从混乱的口音中听出罗切斯特先生的口音；一会儿就听出了，于是又找到了一个工作：从由于离得远而听不清楚的语调中猜出话语来。

钟敲十一下。我看看阿黛勒，她头靠着我的肩膀；眼皮越来越沉重了，因此我把她抱在怀里，送她上床。绅士们和女士们到将近一点钟的时候才回他们的房间去。

第二天天气跟第一天一样好，这一天他们用来到附近一个什么地方去游览。他们一清早就出发，有几个人骑马，其余的坐马车；我目睹他们离开，又目睹他们回来。英格拉姆小姐，跟先前一样，是惟一的骑马的女人；而且，跟先前一样，罗切斯特先生在她身旁奔驰；这两个人骑着马，跟其余的略为分开一些。我向和我一起站在窗口的菲尔费克斯太太指出这样的情景：——

“你说他们不大可能想到结婚，”我说，“可是你瞧，拿她和其他任何一个女士比起来，罗切斯特先生明明是更喜欢她。”

“是的，也许是的；毫无疑问他是爱慕她的。”

“而她也爱慕他，”我补充说；“瞧，她那样斜着头向着他，好像在亲密地谈着话；但愿我能看清她的脸；她的脸，我还一眼都没有看见过呢。”

“今儿晚上你会看见她的，”菲尔费克斯太太回答。“我碰巧对罗切斯特先生讲起阿黛勒多么希望去见见女士们，他说：‘哦！让她在饭后上休憩室来；请爱小姐陪她来。’”

“对——他是出于礼貌才那么说的。我肯定我不必去，”我回答。

“呃——我对他说了，你不习惯于交际，我认为你不会喜欢在这样一群欢乐的人跟前露面——都是些素不相识的人；他就用他那种急躁的方式回答：‘胡扯！她要是反对的话，那就告诉她说，这是我特别希望的；要是她还拒绝，你就说拒不服从的话，我会亲自去叫她。’”

“我不愿给他添那么多麻烦，”我回答。“要是没有更好的办法，我就上那儿去；不过我并不喜欢。菲尔费克斯太太，你会去吗？”

“不；我请求不去，他同意了我的请求。我告诉你怎么样才能设法避免一本正经出场时的受窘，那是这件事中最不愉快的一部分。你一定得在女士们离开餐桌之前，在休憩室还空着的时候进去；在你喜欢的任何一个僻静的隐蔽角落里选一个座位；在先生们进来以后，你不必待多久，除非你愿意；只要让罗切斯特先生看见你在那儿，随后就溜走——没人会注意你。”

“你看这些人会久住吗？”

“也许住两三个星期吧；不会再多了。乔治·利恩爵士最近被选为米尔考特的议员，过了复活节休假，就得到城里去上任；罗切斯特先生也许会陪他去。他已经在桑菲尔德待了这么久，我感到惊奇。”

我有点害怕地看着那个时刻到来，到那时候我就得带着我照管的孩子上休憩室去。阿黛勒听说晚上要去见女士们，一整天都高兴得发疯似的；直到索菲开始给她梳妆打扮，她才安静下来。梳妆打扮的重要性很快就把她稳住了；等到把她的鬈发梳成十分光滑的垂下的一束一束，给她穿上粉红色的缎子外衣，并且系好长腰带，戴好花边无指手套的时候，她看上去就跟任何一个法官一样严肃。用不着警告她别弄乱她的衣服：她一打扮好，就摆出一副端庄的样子在她的小椅子上坐下来，事先还小心地把缎子裙撩起来，生怕坐皱了，她还向我保证，从那时候起，直到我打扮好，她都不会动。我打扮得快，我最好的衣服(银灰色的那件，是为谭波尔小姐结婚买的，后来一直没穿过)一会儿就穿上了；我的头发一会儿就梳平伏了；我的惟一的首饰，那个珍珠别针，也一会儿就别好了。于是我们就下楼去。

幸好除了穿过他们正在吃饭的餐厅以外，还有个入口通休憩室。我们发现房间里没有人；大理石壁炉里火默默地烧得很旺；在用来装饰桌子的精美鲜花中间，有几支蜡烛在明亮的孤寂中照耀着。紫红色帷幔挂在拱门前，虽然跟隔壁餐厅里的那群人只隔这么一层帷幔，可是他们谈话的音调是那么低，除了一片令人安心的嗡嗡声以外，什么也听不见。

阿黛勒似乎还让那种使人十分庄严的印象左右着，一声不响，在我指给她的脚凳上坐下。我离开她，坐到一个窗口座位上去，从附近的桌子上拿了一本书，打算阅读。阿黛勒把她的脚凳端到我脚边；不久，她碰碰我的膝头。

“什么事，阿黛勒？”

“我可不可以从这些美丽的花中间拿一朵，小姐？只是为了把我打扮得更漂亮。”

“你想你的‘toilette’想得太多了，阿黛勒；不过，你可以拿一朵花。”我从花瓶里拿了一朵玫瑰，插在她的腰带上。她发出了一声说不出多么满意的叹息，仿佛她的幸福之杯已经斟满了。我转过脸去藏起我无法抑制的微笑。这个小巴黎人迫切地、天生地热衷于服饰，这中间有一种令人痛苦的东西，也有一种可笑的东西。

现在可以听到轻轻的站起身来的声音，拱门上的帷幔给拉开了，可以看到拱门那边的餐厅。点燃的枝形灯照耀着摆满长桌的精致甜食餐具中的银器和玻璃器皿。一群女士站在门口；她们进来了，帷幔又在她们后面垂了下来。

总共才八个人；可是她们一块儿进来的时候，不知怎么的，给人的印象是，人数要多得多。她们中间有几个长得很高，许多都穿着白色衣服，每个人的衣服都有着曳地的宽大裙幅，使她们人显得大了，犹如迷雾使月亮显得大一样。我站起来向她们行屈膝礼；有一两个人点头回礼；其余的人只是凝视着我。

她们在屋子里散开，动作轻盈活泼，使我联想起一群羽毛雪白的鸟儿。她们中间有几个半靠在沙发和软榻上，有几个弯着腰在仔细看桌上的鲜花和书籍，其余的围在炉火边；全都用她们似乎已经习惯了的低而清脆的声调说话。事后我知道了她们的名字，现在不妨提一下。

首先是埃希敦太太和她的两个女儿。显然她过去是个漂亮的女人，现在还保养得很好。她的两个女儿中，大女儿艾米个儿矮小，天真，脸和举止都有点孩子气，一副淘气的样子。她的白纱衣服和蓝腰带对她很合适。二女儿路易莎身材比她高，也更优雅；脸很俊俏，就像法国人所说的“不够端正但显得可爱的脸蛋”的那种类型；两姊妹都像百合花一样白净。

利恩夫人又大又胖，四十岁光景，身体挺直，看上去很傲慢，穿着华丽的闪光缎子衣服；她那乌黑的头发由一圈宝石带箍着，在一根天蓝色羽饰的阴影中闪闪发亮。

丹特上校太太比较不显眼；可是，我认为，却更像贵妇人。她有着苗条的身材，苍白而温和的脸和金色的头发。她的黑缎子衣服，她的华丽的外国花边围巾和她的珍珠首饰，比那位有爵位的贵妇人的虹彩般的光艳更使我喜爱。

可是最突出的三位是富孀英格拉姆夫人和她的两个女儿，布兰奇和玛丽。这也许一部分是因为这一群人当中数她们最高，她们三个的身材都是女人当中最高的。富孀约莫四五十岁：她的体态仍然很美；她的头发(至少在烛光下看来依然漆黑)；她的牙齿显然还完好。大多数人会称她为她那样年纪的女人中的美人；毫无疑问，从身体上来说，她的确是这样；可是在她的举止和容貌上却有一种叫人几乎忍受不了的傲慢的神情。她有罗马人的五官，双下巴渐渐转为柱子样挺直的喉部。在我看来，她的五官由于傲慢不仅显得膨胀、阴暗，甚至还起了皱纹；而下巴呢，也由同样的本性支持着，摆出一个几乎是超自然的挺直的姿势。同样，她有着凶狠严厉的眼睛，叫我想起了里德太太的眼睛；她说起话来装腔作势，声音深沉，音调非常夸张、非常专横，总之，非常叫人受不了。一件紫红的丝绒袍、一顶印度金丝织物做的头巾帽给了她一种(我想她自以为如此)真正的皇家的尊严。

布兰奇和玛丽一样身材，——像白杨树似的又挺又高。玛丽以她的高度来说，显得太苗条了，可是布兰奇长得就像月亮女神一样。我当然以特殊的兴趣注视着她。第一，我希望看看，她的相貌是不是跟菲尔费克斯太太所形容的相符；第二，我凭着想象为她画的彩色画像，到底像不像；第三——这就会真相大白！——是不是像我设想的有可能适合罗切斯特先生的口味。

就外貌来说，她跟我画的肖像、跟菲尔费克斯太太所形容的每一点都相符。高贵的胸脯，坦削的肩膀，优美的脖子，黑黑的眼睛，乌油油的鬈发，样样都有；——可是她的脸呢？她的脸像她母亲，一模一样，只是年轻，没有皱纹；同样的低低的额头，同样的高傲的五官，同样的傲慢。不过，那傲慢没那么阴沉；她不断地笑，她的笑是讥笑，而讥笑也是她那弯弯的、高傲的嘴唇的习惯表情。

据说天才是自己意识得到的：我说不出英格拉姆小姐是不是天才，但是她是自己意识到的——确实是完全自己意识到的。她跟和善的丹特太太谈起了植物学，看上去丹特太太没有学过那门科学，虽然像她自己说的，她喜欢花，“特别是野花。”英格拉姆小姐学过植物学，她洋洋得意地列举了植物学上的词汇。我马上觉察到，她是在(像行话所说)逐猎丹特太太，换句话说，她是在戏弄丹特太太的无知，她的逐猎也许是高明的，但肯定不是善意的。她弹琴，她的演奏是出色的；她唱歌，她的嗓音很美；她单独对她妈妈讲法语，讲得很好，流利而且发音准确。

玛丽的脸比布兰奇的温和、坦率，五官也比较柔和，肤色稍微白一点(英格拉姆小姐黑得像个西班牙人)——但是玛丽缺乏生气，她脸上缺乏表情，眼睛缺乏神采，她没有什么话可说，而且一旦坐下，就会像神龛里的一座雕像似的一动不动。姊妹俩都穿着洁白的衣服。

眼下我是不是认为英格拉姆小姐就是罗切斯特先生可能要挑选的意中人呢？我自己也说不上——我并不知道他在女性美方面的趣味。假如他喜欢庄严的，那么她正是庄严的典型，而且她既有才艺又活泼。我想，大多数绅士会崇拜她，我似乎已经得到了证明，他是在崇拜她；要除去最后一片疑云，只消看他们在一块儿就行了。

读者，你不要以为阿黛勒这个时候一直坐在我脚边的凳子上一动不动，完全不是，这些贵妇人一进来，她就站起来走上前去迎接她们，她庄严地行了个礼，郑重地说道：

“太太小姐们，你们好。”

英格拉姆小姐带着嘲笑的神气向下看着她，叫道：“哦，好一个小木偶！”

利恩夫人说道：“我想这就是罗切斯特先生监护的孩子吧？——他

说起的那个法国小女孩。”

丹特太太慈爱地拿起她的小手吻了一下。艾米和路易莎·埃希敦异口同声地叫道：

“多么可爱的孩子！”

于是她们把她叫到沙发那儿。她现在就坐在她们中间，一会儿用法语，一会儿又用不连贯的英语，和她们闲谈。她不仅吸引了年轻的小姐们，而且把埃希敦太太和利恩夫人也吸引住了。她受到她们的宠爱，心满意足。

最后送来了咖啡，绅士们被请了进来。我坐在阴影里，这是说如果在这灯火辉煌的房间里还有阴影的话；窗帘半遮着我。拱门又给打开，他们走了进来。绅士们总的外表和贵妇人们一样，非常庄严：他们都穿着黑色衣服；大多数身材很高，有几个年轻的。亨利和弗雷德里克·利恩确实是十分时髦的花花公子；丹特上校是个有军人气概的美男子。地方官埃希敦，绅士模样，头发全白了，只有眉毛和颊须还是黑的，这使他有些“舞台上的尊贵长者”的神气。英格拉姆勋爵，像他的姐妹一样，长得很高，而且漂亮；但是他有玛丽的那种漠然无神的神情，他四肢的修长似乎胜过了精力的旺盛和脑子的灵活。

罗切斯特先生在哪儿呢?

他最后一个进来；我没朝拱门看，但是我看见他进来了。我竭力把注意力集中在织网的针和我正在织的钱袋的网眼上。我但愿只想手里的活儿，只看放在裙兜里的银色珠子和丝线；然而我却清清楚楚地看见他的人影，而且不可避免地回想起上次看见他的情景。那时候，我刚给了他他所谓的重要的帮助——他握住我的手，低头看着我的脸，细细地打量着我，眼神里流露出一颗激情洋溢的心；我也有着同样的心情。当时我是多么地接近他啊！从那以后，发生了什么事情，可能使他和我的地位改变呢？可是现在，我们是多么隔膜、多么疏远啊！那么的疏远，我都不指望他会过来跟我说话。他甚至看都不看我一眼，就在屋子那头的一个座位上坐了下来，开始和一些女士谈话，我并不感到奇怪。

我一看到他把注意力放到她们身上，我可以注视而不被发觉，我的眼睛就不由自主地被吸引到他脸上；我可没办法控制眼皮；眼皮硬是要抬起来，眼珠硬是要盯住他。我看了，看的时候有一种剧烈的欢乐，——一种宝贵的、然而辛辣的欢乐；像纯粹的黄金，却有着痛苦的钢的尖头；一个渴得快要死去的人明明知道自己爬近去的那口井放了毒药，却还弯下身去喝那甘泉，我感到的就是那样的欢乐。

"情人眼里出美人"，说得对极了。我的主人的苍白的、橄榄色的脸，方方的、宽大的额头，粗而浓的眉毛，深沉的眼睛，粗犷的五官，坚定、严厉的嘴，——全是活力、果断、意志，——照常规说，都不算美；可是在我看来，它们不只是美，它们还充满了一种兴趣、一种影响，把我完全制服了，把我的感情从我自己的权力下夺走，去受他的控制。我并不打算爱他；读者知道，我曾经努力从我的心灵里把在那儿发现的爱情的萌芽拔除；而现在，第一眼再看到他，这些萌芽就自发地复活过来，长得青翠、茁壮！他甚至不看我一眼，就已经让我爱上了他。

我拿他和他的客人们比较一下。和他那显示出天生精力和真正力量的容貌对照起来，利恩兄弟的风流倜傥、英格拉姆勋爵的恬淡仪表，——甚至丹特上校的英姿焕发又算得了什么呢？我对于他们的外表、对于他们的神情没有好感：然而我想象得出，大部分看见他们的人都会说他们迷人、漂亮、威严，而说罗切斯特先生相貌既难看、神情又忧郁。我看到过他们微笑、大笑——算不了什么；连烛光都有他们微笑中的那点儿热情；连铃声都有他们大笑所含的那点儿意义。我看见过罗切斯特先生微笑；——他的严峻的容貌变得温和了；他的眼

睛变得又明亮又和蔼，眼光又锐利又可爱。这会儿，他正在同路易莎和艾米·埃希敦谈话。看见她们镇静地和他的目光相遇，我觉得奇怪，这种目光对于我来说，却犹如利剑一般。我原来以为在他的注视下，她们会垂下眼睛，她们的脸上会泛起红晕，而我却发现她们完全无动于衷，这使我感到高兴。我想她们对他的印象跟我对他的不同，他并不属于她们那个类型。我相信他是属于我这一类的——我肯定他是的——我觉得我跟他很相似——我懂得他的面部表情和一举一动的意思。虽然社会地位和财富把我们远远地分开，但是在我的脑子和心灵里，在我的血液和神经中，却有一种东西使我在精神上和他相似。几天以前我不是还说过，除了从他手里接受工资以外，我和他是毫无关系的吗？我不是还命令自己，只准把他当作雇用我的主人吗？真是亵渎天性！我的一切良好、真诚而又强烈的感情都紧紧围绕着他涌现出来。我知道我必须隐藏我的感情，我必须把希望的火焰扑灭，我必须牢牢记住他不可能十分喜欢我。我说我属于他那个类型，我并不是指我有他那种影响人的力量和吸引人的魅力，我只是指在一些趣味和感觉上我们有共同之处。我必须不断地重复我们永远是分离的；——然而，只要我一息尚存，只要我还有思想，我就必然会爱他。

咖啡端给大家了。自从先生们进来以后，女士们就变得像百灵鸟般地活跃；谈话越来越轻松欢快。丹特上校和埃希敦先生在辩论政治；他们的妻子听着。两个傲慢的富孀利恩夫人和英格拉姆夫人在一块儿闲谈。乔治爵士——顺便说一下，我忘了描写他了——是一位身材魁梧，看上去精力很充沛的乡绅。他手里端着咖啡杯就站在她们俩的沙发跟前，偶尔插上一句话。弗雷德里克·利恩先生坐在玛丽·英格拉姆旁边，在给她看一本华丽的书里的版画；她看着，时时微笑着，但是显然不大说话。高高的、迟钝的英格拉姆勋爵抱着胳臂俯身靠在娇小活泼的艾米·埃希敦的椅背上；她抬头看着他，像鹪鹩似地闲聊着；拿他和罗切斯特先生相比，她更喜欢他。亨利 · 利恩坐在路易莎脚边的软榻上；阿黛勒和他合坐一张，他在试着跟她讲法语，路易莎在笑他讲错的地方。布兰奇 · 英格拉姆小姐会跟谁在一起呢？她一个人站在桌边，优雅地弯着腰在看一本画集。她似乎在等人来找她；但是她不愿久等，于是她自己去找了个伴儿。

罗切斯特先生刚离开两位埃希敦小姐，孤零零地站在壁炉边，正像她孤零零地站在桌边一样；她走到壁炉架的另一头来，面对着他站着。

“罗切斯特先生，我还以为你不喜欢小孩呢？”

“我是不喜欢。”

“那末，是什么使你领养那样一个小玩偶的呢？”（她指着阿黛勒。）“你打哪儿把她捡来的？”

“她不是我捡来的；她是落到我手里的。”

“你应当送她上学校去。”

“我可负担不起，学校太费钱了。”

“怎么，我看你为她请了一位家庭教师：方才我看见有一个人带着她——她走了吗？喔，没有！她还在那儿，躲在窗帘后面。你给她钱，当然啰；我认为这一样地费钱——钱费得更多；因为你得外加养活她们两个人。”

我害怕——或者我应该说，是希望吧？——一提到我，会使罗切斯特先生朝我看一眼；而我呢，不自觉地更退缩到阴影里面去了：可是他根本没有转一转眼。

“我没有考虑过这个问题，”他毫不在乎地说，眼睛笔直看着前面。

“对——你们男人从不考虑经济和常识。你应该听听妈妈讲家庭教师这一章。我看，玛丽和我在我们小时候至少有一打家庭教师；她们当中有一半是讨厌的，其余的都很可笑，全都是梦淫妖[1]——是不是，妈妈？”

“你讲话了吗，我的孩子？”

这位被称为“富孀的特有财产”的小姐重复讲了她的问题，还加了解释。

“我最亲爱的，别提那些家庭教师了；一提起就叫我激动。她们的无能和任性折磨得我够呛了。谢天谢地，现在我跟她们没有瓜葛了！”

这时候，丹特太太弯下身来对这个虔诚的太太凑着耳朵低声说了些什么；从引起的答话来看，那是提醒她：被咒骂的这类人当中有一个在场。

“算了！”那贵妇人说，“我但愿能对她有好处！”接着，压低了声调，但是仍旧响得让我能听见，“我看到她了；我善于看相，在她的相貌上，我看到了她那个阶层的人的所有的缺点。”

“有哪一些，夫人？”罗切斯特先生大声询问。

“我要单讲给你一个人听，”她回答，一边古怪而意味深长地把她的头巾帽摇了三摇。

“可是我的好奇心要失去食欲了，它现在渴望食物。”

“那就问布兰奇吧；她比我更靠近你。”

“啊，不要叫他问我，妈妈！我对这帮人只有一句话好说；她们都是讨厌的人。倒不是因为我从她们那里受到了许多折磨；我可是小心地反守为攻。西奥多和我常常施展怎样的诡计去捉弄威尔逊小姐，还有葛雷夫人，还有茹贝尔太太！玛丽老爱打瞌睡，没能振作起精神来参加密谋。最好的玩笑是跟茹贝尔太太开的。威尔逊小姐是一个可怜的多病的家伙，哭哭啼啼的，没精打采，总之，不值得找麻烦去制伏

[1] 传说中趁人在睡梦中与之交合的妖魔。

她。葛雷太太又粗又木；任何打击对她都毫无影响。但是可怜的茹贝尔太太！我们把茶水泼了，把面包和黄油弄碎了，把我们的书抛到天花板上，拿我们的尺啊，书桌啊，火炉围栏啊，火炉用具啊，演出一场胡闹音乐，弄得她走投无路，她那副大发雷霆的样子现在还在我眼前。西奥多，你还记得那些快乐的日子吗？”

“是，是的，我当然记得，”英格拉姆勋爵慢吞吞地说；“那个可怜的老木头常常叫道‘啊，你们这些坏孩子！’——随后我们就教训她，像她那样愚昧无知，竟然胆敢来教我们这样聪明的公子哥儿。”

“我们是教训过她，西多[1]，你知道，我帮助你控诉（或者是迫害）你的家庭教师，脸色苍白的维宁先生。我们时常管他叫病鬼牧师。他跟威尔逊小姐放肆地谈起恋爱来了——至少西多和我这样认为；我们几次撞见他们体贴地眉来眼去，长吁短叹，这些我们理解为‘*美好的爱情*’。我可以断定大家立刻从我们的新发现中得到好处，我们把它当作杠杆来把我们这两个笨重家伙撬出门外。亲爱的妈妈，她对这件事一有所闻就发觉是一个不道德的倾向。是不是，我的母亲大人？”

“当然啰，我最好的孩子。我完全正确；可以肯定：有上千个理由来说明，为什么在任何有良好规矩的人家，决不能有一刻容忍男女家庭教师之间的私通；第一——”

“啊，天哪，妈妈！别给我们一一列举吧！再说，我们全都知道：给童年的天真树立坏榜样的危险啦；互相结合、互相依赖的恋爱双方的分心和因此造成的失职啦；引起伴随着蛮横无理的反叛和脾气总爆发的自恃啦。我说得对吗，英格拉姆园的英格拉姆男爵夫人？”

“我的百合花，你说得对，你总是对的。”

“那末，不需要再谈下去了。换个话题吧。”

---

① 西多，西奥多的昵称。

艾米·埃希敦不是没听见就是不理睬这个声明，用她的柔和的孩子腔接着说："路易莎和我也常常捉弄我们的家庭教师；不过她真是个好人，她会忍受一切；没有什么事情能惹恼她。她从来不跟我们发火；是不是，路易莎？"

"是，从没有发过火：我们爱干什么就干什么，搜索她的书桌和她的针线盒，把她的抽屉倒过来；她脾气那么好，不管我们要什么她都给。"

"我看，现在，"英格拉姆小姐讽刺地翘着嘴唇说，"我们就要有一个关于全部现有家庭女教师回忆录的摘要了；为了避免它的出现，我再次提议采用新的话题。罗切斯特先生，你附和我的动议吗？"

"小姐，我支持你这个观点，就跟支持其他一切观点一样。"

"那末，提出新话题的责任在我啰。爱德华多先生[①]，今晚你嗓子好吗？"

"比央卡小姐[②]，要是你下命令，我就唱。"

"那末，Signior，我用圣旨命令你弄清你的肺和其他发音器官，因为需要它们为朕服务。"

"谁不愿意当这样一个神圣的玛丽的里丘[③]呢？"

"里丘算得了什么！"她朝钢琴走去，一边把长着一头鬈发的头猛地一晃，一边嚷道，"我的意见是，提琴家大卫[④]一定是个毫无生气的家伙；我比较喜欢黑皮肤的博斯威尔[⑤]；在我看来，一个男子汉不具有一点魔鬼气息就算不了什么；不论历史对詹姆斯·海普本如何评价，我可有我的看法，他正好是我愿意嫁的那种野蛮凶恶的绿林

①② 原文为意大利语。

③ 里丘（1553？—1566），意大利音乐家。苏格兰女王玛丽·斯图亚特（1542—1587）的宠臣。

④ 大卫，即里丘。

⑤ 博斯威尔，玛丽·斯图亚特的丈夫詹姆斯·海普本·博斯威尔（1536？—1578）。

好汉。”

“先生们，你们听！现在你们哪一位最像博斯威尔？”罗切斯特先生大声问道。

“我应该说，选择落在你身上，”丹特上校答道。

“真的，我非常感谢你，”这是回答。

英格拉姆小姐现在骄傲而文雅地坐在钢琴跟前，雪白的长袍向四面铺开，像女王的衣服一样。她开始弹奏一支杰出的序曲，一边还谈着话。她今晚看上去趾高气扬，她的言语和神气似乎不仅要博得听众的赞美，还要引起他们的惊异；显然她是一心要想让他们感到她是非常地漂亮和大胆。

“啊，我真讨厌现在的青年人！”她一边急速地弹着琴，一边大声说。“都是些可怜的、软弱的东西，根本就不配走出爸爸的花园门一步；没有妈妈的允许和带领甚至还不配走那么远！ 这些家伙只一味关心自己漂亮的脸、雪白的手和小小的脚；仿佛男人跟美有什么关系似的！好像可爱不只是女人专有的特权——她的天赋属性和遗产似的！我认为一个丑陋的**女人**是造物的美丽的脸蛋上的一个污点；至于**绅士**，让他们只去渴望具有力量和英勇吧；让他们把打猎、射击和格斗作为座右铭吧，其余的全都一文不值。我要是个男人的话，我就这么做。”

“我不管在什么时候结婚，”她停了一下，没有人打断她的停顿；她继续说：“我决定，我的丈夫必须不是我的对手，而是我的陪衬。我不能容忍我的御座旁边有任何敌手；我要的是一种专一的效忠；他对我的忠诚丝毫不能和他在镜子里看到的影子分享。罗切斯特先生，现在唱吧，我为你伴奏。”

“我完全服从，”是他的回答。

“这儿是一首海盗歌。要明白，我最爱海盗；为了这个原因，你

‘精神饱满地’[1]唱吧。”

“英格拉姆小姐嘴里发出的命令会叫一杯牛奶和水都变得精神饱满。”

“那末，你得小心；要是你不能使我满意的话，我就教训你该怎么样来干这些事情，以此来羞辱你。”

“那是对无能的奖励；现在我可要尽力失败了。”

“你得小心！要是你故意唱错，我将想出一个相称的惩罚。”

“英格拉姆小姐得发发善心，因为她有力量施加一种叫凡人忍受不了的惩罚。”

“哈！解释一下！”她命令道。

“原谅我，小姐：没有必要解释，你自己的敏感一定会告诉你，你皱一次眉就足以代替死刑。”

“唱！”她说，又一次弹奏钢琴，她用精神饱满的风格开始伴奏。

“现在是我溜走的时候了，”我想，但是划破长空的歌声叫我留下了。菲尔费克斯太太曾经说过，罗切斯特先生有一副好嗓子。他的嗓子的确很好，是圆润浑厚的男低音，再加上他自己的感情、他自己的力量，会通过人们的耳朵进入人们的心灵，神奇地在那儿唤醒人们的激情。我一直等到最后一个深沉而强烈的颤音消失，一直等到稍停了片刻的谈话浪潮又一次涌现，才离开我的掩蔽角落，从幸而就在附近的边门出去了。这儿有一条狭窄的过道通向大厅，我穿过过道的时候，看到我的鞋带松了，便停下来，跪在楼梯脚下的地席上系紧它。我听到餐厅的门开了；一个绅士走了出来；我赶快起来，我和他面对面地站着，是罗切斯特先生。

“你好？”他问道。

---

① 原文为意大利语。

“很好，先生。”

“在房间里你干吗不过来和我谈话。”

我想我倒是应该拿这个问题反问一下问这个问题的人，但是我不愿这样放肆，于是答道：

“你似乎很忙，先生，我不想来打扰你。”

“我走以后你干了些什么？”

“没干什么特别的事，像往常一样教阿黛勒功课。”

“你比以前苍白多了——我第一眼就看出来。怎么回事？”

“一点也没什么，先生。”

“你在差点淹死我的那个晚上受凉了吗？”

“丝毫没有。”

“回到休憩室去，你走得太早了。”

“我累了，先生。”

他盯住我看了一分钟。

“还有点抑郁，”他说。“怎么了？告诉我。”

“没什么——没什么，先生。我并不抑郁。”

“但是我能肯定你是的，那么抑郁，再说几句话就会把你引哭了——可不是，眼泪已经在眼眶里闪动，有一颗泪珠已经滚出睫毛，掉在石板上了。如果我有时间，并且不是害怕路过的仆人的讨厌的瞎唠叨，我一定要知道这是怎么回事。好吧，今晚我让你走，但是，你要知道，只要我的客人们待在这儿，我就希望你每天晚上都到休憩室里去；这是我的愿望，千万别忽视。现在走吧，叫索菲来领阿黛勒。晚安，我的——”他停住口，咬紧嘴唇，猝然离去。

第十八章

在桑菲尔德府，那些日子是欢乐的日子，也是忙碌的日子，和我在那儿度过的平静、单调、寂寞的头三个月是多么不同啊！所有悲哀的感觉现在似乎都给从房子里赶掉了，所有忧郁的联想都给遗忘了。到处都充满生气，整天都有着活动。过道以前是那么寂静无声，前面一排房子以前是那么空无一人，可是现在你走过那里，总会碰上一两个漂亮的使女或者穿着华丽的男仆。

厨房、配膳室、仆人的餐室、门厅也同样的热闹；只有在暖洋洋的春天，蓝天丽日把屋子里的人吸引出去了，客厅才变得空空的。甚至天气不好，接连下几天雨，阴雨也不会让他们扫兴，由于户外欢乐停止了，室内消遣反而变得更加活跃和多样。

在建议要变换娱乐的第一个晚上，我还不知道他们将怎么干；他们说要“做字谜游戏”，可是我由于无知，还不懂这个名词。仆人们给叫了进来，饭厅里的桌子都给移走，灯光另外布置了，椅子朝着拱门围成半圆形。罗切斯特先生和其他男宾们指挥着这些改变，女宾们纷纷从楼梯上跑上跑下，摇铃叫唤她们的使女。菲尔费克斯太太给叫来，要她谈谈家里有多少式样的围巾、衣服、帷幔等；三楼的有些衣柜给搜索过了，放在里面的东西，像带裙环的锦缎裙啦、缎子女式宽身长袍啦、黑色的时式服装啦、衣帽的花边垂片等等，都由使女们整抱整抱地抱下来；选出来的东西给带进休憩室里边的小客厅。

在这期间，罗切斯特先生已经再次召集女宾们围着他，在她们中间挑选他一方面的人。“英格拉姆小姐当然是我的，”他说；随后他点了两位埃希敦小姐和丹特太太。他还看看我；当时我碰巧离他很近，在给丹特太太扣紧已经松开的手镯。

“你参加吗？”他问。我摇摇头。我生怕他坚持，他倒没有，却允许我悄悄地回到我的老位子上去。

他和他的助手们现在退到幕后去了；另外一方，由丹特上校带领，在排成月牙形的椅子上坐下来。男宾中有一位埃希敦先生看见了我，好像在建议邀我参加他们一方；可是英格拉姆夫人立即否定了这个意见。

“不用了，”我听见她说，“她看来太笨，不配玩任何这类的游戏。”

不久，铃声丁铃铃地响了，幕拉了起来。在拱门里可以看到，乔治·利恩爵士的粗笨的身体裹在一条白被单里。他也是罗切斯特先生所挑选的。在他面前的桌子上，放着一本打开的大书；艾米·埃希敦站在旁边，披着罗切斯特先生的披风，手里拿着一本书。有一个看不到的人欢快地摇着铃；接着阿黛勒(她坚持要在她的保护人一方)，跳呀蹦地往前走，把她挎着的花篮里的花朵撒向周围。随后，英格拉姆小姐美丽的身影出现了。她穿着白色衣服，头上蒙着一块长长的面纱，额头上戴一圈玫瑰花环；罗切斯特先生在她身旁走着，他们一起走近桌子。他们双双跪下；丹特太太和路易莎·埃希敦也都穿着白色衣服，一起站在他们后面。接着，一声不响地举行了一种仪式，很容易看出，这是一幕婚礼的哑剧。结束的时候，丹特上校和他那一方的人低声商量了两分钟，然后上校大声嚷道：

“新娘！”罗切斯特先生鞠了一躬，幕落下了。

过了很长一会儿，幕又升起。第二幕的布景设计得比上一幕更为精巧。像我以前所说，休憩室比餐厅高出两级台阶，在第二级台阶的顶上，一到两码进深的地方，出现了一个庞大的大理石水缸。我认出这是暖房里的装饰品，平时它放在暖房里外国植物的中间，里面养着金鱼。由于它的大小和重量，它给移到这儿来是费了一番手脚的。

罗切斯特先生坐在水缸旁边的地毯上，用披巾裹着身体，头上裹着穆斯林头巾。他那黑色的眼睛，黝黑的皮肤以及穆斯林的容貌，都和他的装束十分相称。他看上去活像个东方的埃米尔①，一名出生入死的沙场勇士。不一会儿，英格拉姆小姐出现了。她也是东方装束：一条绯红的围巾像一条腰带似的系在腰间，一条绣花头巾在鬓角打了结，线条优美的胳臂裸露着，一手高高举起，扶着一个平稳而又雅致地顶在头上的大水罐。她的体形、面容、肤色和总的神态，使人联想起族长时代的以色列公主；毫无疑问，这正是她所要扮演的角色。

她走近水缸，弯下腰，好像是把水罐装满水，然后又举到头上。池边的那个人这时候似乎在招呼她，提出个请求，“她赶紧过去，把水罐放下，让他饮水。”他从长袍衣襟里摸出一个首饰匣子，把它打开，显示里面贵重的手镯和耳环；她表演出吃惊和羡慕的样子，他跪着把珍宝放在她脚下，她的眼神和姿势表现出怀疑和高兴，陌生人把手镯戴在她的胳臂上，把耳环挂在她的耳朵上。这是以利以谢和利百加②；只是缺少骆驼。

猜谜的一方又把头凑在一块儿了，显然他们对于这个场面所表现的词或音节不能取得一致的意见。他们的代言人丹特上校要求表演“完全的场面”；于是幕又落下了。

第三幕展现的只是休憩室的一部分，其余的都用屏风遮住了，挂着一种粗糙的黑色布帘。大理石水缸给移走了，那儿放了一张松木桌子和一把厨房用的椅子，蜡烛全都熄掉，只由一盏角灯发出的昏暗灯光照耀着这些东西。

---

① 穆斯林国家的酋长或王公。

② 据《圣经·旧约·创世记》第24章，亚伯拉罕要老仆以利以谢到他的本地本族去为他的儿子以撒娶个妻子。那仆人从主人那里取了十匹骆驼和各种财物去了。到了目的地，看见美貌的利百加肩头上扛着水瓶出来，到井旁打了满满一瓶水。仆人向她要水，利百加给他喝了，也给骆驼喝足，仆人就拿一个金环、两个金镯给她，并跟随她到她家里。她母亲和哥哥同意把她嫁给以撒。

在这惨淡的布景中，一个男人坐着，双手紧握着拳头放在膝上，眼睛盯着地板。我认出是罗切斯特先生，虽然那弄脏了的脸，凌乱的衣服(外衣从一条胳臂上滑落，耷拉着，仿佛在殴斗中让人从他背上撕了下来似的)，绝望而愠怒的面容，蓬乱而直立的头发很可能把他的真相伪装起来。他一走动，脚镣就当当作响，手腕上还戴着手铐。

“监狱！”丹特上校嚷了起来，谜给解开了。

过了足够的时候让演出者换上他们自己平时的衣服，他们回到餐厅来了。罗切斯特先生引着英格拉姆小姐进来；她正在夸奖他的演出。

“你可知道，”她说，“三个角色中，我最喜欢你最后演的那个？哦，要是你早生几年，你会成为多么有豪侠风度的绅士大盗啊！”

“我脸上的煤烟都洗掉了吗？”他把脸转向她，问道。

“唉！洗掉了；这就更加可惜！再没什么比那暴徒脸上的红色更适合你的容貌了。”

“这么说，你喜欢剪径大盗啰？”

“英国的剪径大盗仅次于意大利的强盗；意大利的强盗可只有利凡特[1]的海盗才能够胜过。”

“好，不管我是什么人，你要记住，你是我的妻子；我们在一个小时以前，已经当了这么多证人的面结了婚。”她格格地笑了，脸上泛起了红晕。

“丹特，”罗切斯特先生继续说，“现在轮到你们了。”另外一方退了出去，他和他那队人在空位子上坐下来。英格拉姆小姐坐在她的带头人的右边；其余的猜谜者坐在他们两旁。现在我没看演员；我不再兴致勃勃地等幕升起；观众抓住了我的注意力；我的眼睛在这以前一

---

① 利凡特，指地中海东部诸东方国家和岛屿。

直盯着拱门，这会儿却不可抗拒地被那半圈椅子吸引去了。丹特上校和他那伙人演的什么谜，他们选的什么字，又是怎样下台的，我已经不记得了，可是紧接在每一场后面的议论的样子却还在我的眼前；我看见罗切斯特先生面向英格拉姆小姐，英格拉姆小姐面向他；我看见她低头靠近他，乌黑的鬈发几乎碰到他的肩头，拂着他的面颊；我听见他们低声交谈；我回忆得起他们交换的眼色；甚至这景象引起的感情现在都有一些回到了记忆中来。

我告诉过你，读者，我已经学会了爱罗切斯特先生。现在，我仍然不能不爱他，虽然我发现他已经不再注意我，即使我在他面前待上几个小时，他也不会朝我这方向看一眼，他的注意力完全被一位高贵的小姐占据了，而这位小姐走过我身旁的时候，连衣边都不屑碰到我，如果她那黑黑的、专横的眼睛偶尔看到我，那也会马上移开，仿佛看到了一个太卑下而不值一顾的东西似的。我仍然不能不爱他，虽然我肯定他不久就要和这位小姐结婚了。我每天看到，她因为自己能左右他的心意而感到骄傲，同时，我每个小时都在他身上看到一种求爱的表示，这种求爱，虽然是那样漫不经心，那样地愿意被人追求，而不是追求别人，然而，正因为漫不经心，才使它如此迷人；正因为骄傲，才使它不可抗拒啊！

在这样的情况下，虽然有许多令人失望的东西，却没有一样东西能冷却或消除爱情。如果像我这样地位的女人会敢于嫉妒英格拉姆小姐那样地位的女人的话，读者，你也许会认为，有许多东西会引起嫉妒吧。但是，我并不嫉妒，或者说很少嫉妒；我所受的痛苦不能用这个字眼来解释。英格拉姆小姐不是一个值得嫉妒的对象，她不配使人产生那种感觉。原谅我这种看来自相矛盾的话，我是这样认为的。她很喜欢卖弄，可是她没有真才实学；她长得挺美，也有很多出色的技艺，但她的见解浅薄，她的心灵天生贫瘠，在这样的土地上是不会自动开出花朵的，没有经过强迫的天然果实是不会喜欢这种新鲜土地的。她并不善良，也没有独特的见解，她常常背诵那些书本上的夸张的词句，却从来没有讲过、也不曾有过自己的意见。她鼓吹高尚的情操，却不能理解同情与怜悯之情，而且也没有温柔和真诚。她对小阿黛勒怀着一种恶意的憎恨，在不合适地发泄出来的时候，就常常显露出那种性格。如果阿黛勒偶尔走近她，她会用恶毒的话骂她，把她推开，有时候还把她赶出房间，并且总是冷淡而狠毒地对待她。除了我以外，还有一双眼睛注视着这些性格的显露——密切、锐利、机敏地注视着。是的，未来的新郎罗切斯特先生自己也在不停地观察着他的未婚妻，正是由于他的明智，他的谨慎，正是由于他能完全和清楚地看到他那美丽的爱人的缺点，并且明显地对她缺少爱情，我才感到无穷无尽的痛苦。

我看出他是为了她的门第，也许是为了政治上的原因，才打算娶她的，因为她和他门当户对。我觉得他没有把他的爱情给她，她也不配从他那儿赢得那种珍宝。这就是要点所在，——这就是我心烦意乱的根源——这就是我无限激动的根源：她不能迷住他。

假如她立刻设法获得了胜利，他屈服了，并且真诚地把他的心奉献在她的脚下，我就会蒙上脸，转向墙(打个比喻)，对他们死心了。如果英格拉姆小姐是个善良而又高贵的女人，赋有力量、热情、仁慈、见识，我就会和两只老虎——嫉妒和失望，决一死战了。那时候，我的心被撕裂、被吞没，我也会崇拜她，——承认她的卓越，而且在沉默中打发我的余生；她越是占绝对优势，我的崇拜就越深——我也就越能真正地平静。但是按照目前状况，看到英格拉姆小姐千方百计地想迷住罗切斯特先生，看到她不断地失败，而她自己却全然不知，并且徒然地幻想她每一支箭都射中了她爱人的心，就此自我陶醉地夸耀胜利，而她的骄傲和自负却把她一心想引诱的对象推得越来越远——看到**这些**，使我马上置身在无休止的激动和令人痛苦的抑制之中。

因为，当她失败的时候，我却看到了她能获得成功的方法。不断地从罗切斯特先生的胸前闪过、落在他脚旁的那些没有射中的箭，我知道，要是由一个比较有把握的射手来发射，肯定会锐利地射中他那骄傲的心——把爱情唤入他那严厉的眼睛，让温柔爬上他那讥讽的面孔，或者，更好的是，不用武器，就默默地把他征服。

“既然她有特权和他如此接近，为什么她不能进一步影响他呢？”我不禁自问。“显然她并不是真正喜欢他，或者是没有用真正的感情去喜欢他！如果她是爱他的话，她根本用不着这样满脸堆笑，不停地滥送秋波；这样煞费苦心地故作姿态，摆出那么多斯文的样子。在我看来，她只须安安静静地坐在他的身旁，少说话，也不要左顾右盼，就能更接近他的心。我就曾经在他的脸上看到过和现在截然不同的表情。现在，当她如此活泼地引诱他的时候，他的表情使他的脸沉了下来。但是以前的那种表情却是自发的，不是用娼妓般的手段和玩弄花招引出来的，而且别人只要接受它——不作假地回答他的发问，必要时和他讲话，而不要扮鬼脸——它就会增强，就会变得更加体贴、更加真诚，犹如普育万物的阳光般地使人温暖。在他们婚后，她如何来设法使他喜欢呢？我认为她做不到这一点；然而那却是可以做到的；我确信，他的妻子将是阳光照耀下的最幸福的妇人。”

对于罗切斯特先生为了利益和姻亲关系而结婚的打算，我还没有说过任何谴责的话。我第一次发现这是他的心意的时候，感到吃惊。我原来以为在选择妻子方面，他不是一个受这么普通的动机影响的人；但是，对于他们双方的地位、教育等等考虑的时间越长，我就越是觉得不该评判和谴责他或者英格拉姆小姐，他们是遵照毫无疑问从童年时代起就灌输的那些观念和原则行事。他们那个阶级的人都持有这些原则；那末，我想，他们是有一些我所无法推测的理由来持有这些原则的。在我看来，如果我是一个像他那样的绅士，我就只愿拥抱我所爱的妻子；可是，正因为这个计划有利于丈夫本人的幸福是显而易见的，所以我相信一定有某些我所不知道的理由使它不被普遍采纳，要不然，我可以肯定，整个世界都会像我所希望的那样去做了。

但是，在其他各点上，如同在这点上一样，我越来越对我的主人宽容了。我忘记了他的一切缺点。对于这些，我曾经十分敏锐地观察过。以前我竭力想研究他的性格的所有方面，把好的和坏的放在一起，通过对两方面公平的衡量，来形成一个公正的判断。现在，我看不出他有什么坏的方面。那些曾经使我不高兴的讥讽和使我吃惊的粗暴，只是像心爱的菜肴中强烈的调味品那样，有了它们，会使人们感到辛辣，没有它们，却会使人感到比较的无味。至于那模糊的东西——它是一种不幸的表情呢还是悲哀的表情，是一种做作的表情呢还是失望的表情？——一个细心的观察者常常能在他的眼睛中看到它的流露，可是在人们能够探测这个部分展现的奇异深渊之前，它又隐匿了；它经常使我感到害怕和畏缩，仿佛我是在火山似的群山中徘徊，突然发觉大地在颤动，并且看到它裂开；我带着一颗跳动的心，而不是带着麻木的神经，间或还能看到它。我并不想避开它，而只希望能敢于面对它——能探测它。我认为英格拉姆小姐是幸福的，因为有一天她能够从容地观察这个深渊，探求它的秘密，并且分析这些秘密的性质。

在此期间，我只想着我的主人和他未来的新娘——只看见他们，只听见他们的谈话，只考虑他们重要的一举一动——，而其他人都忙于各自的兴趣和欢乐。利恩夫人和英格拉姆夫人还在一块儿一本正经地交谈着。她们互相点点戴着头巾帽的头，举起四只手，面对面地随着她们闲谈的话题做出吃惊、迷惑或恐惧的手势，就像一对放大的木偶似的。温厚的丹特太太在跟性情和善的埃希敦太太谈话；她们两位有时候跟我说一句客气话或者对我微笑。乔治·利恩爵士、丹特上校和埃希敦先生在讨论政治，或者郡里的事情，或者司法事务。英格拉姆勋爵在跟艾米·埃希敦调情；路易莎在弹琴和唱歌给一位利恩先生听，时而跟他一块儿唱；玛丽·英格拉姆却没精打采地听着另一位利恩先生献殷勤的话。有时候，所有的人，像约好了似的，一下子都停下他们的插曲，来看着和听着主要演员，因为罗切斯特先生同英格拉姆小姐（由于和他关系密切）毕竟是这群人当中的生命和灵魂。只要他离开房间一小时，就似乎有一种可以觉察得到的沉闷空气偷偷地影响着他的客人们的情绪；他一回来就肯定会使谈话再次变得活跃起来。

有一天，他有事给叫到米尔考特去，可能要到很晚才回来。大家特别感到缺少他那种可以使空气活跃起来的影响。午后下着雨，大伙原来建议散步去看看最近设在干草村那一头公有地上的吉卜赛营地，也只好推迟。有几位先生到马厩去了，年轻的跟小姐们在弹子房打弹子。两位富孀英格拉姆夫人和利恩夫人在安安静静地打纸牌解闷。丹特太太和埃希敦太太试图引布兰奇·英格拉姆谈话，她用目中无人的沉默拒绝了，接着，先是随着在钢琴上弹的几支感伤曲调低声哼了一会儿，然后又从图书室里拿来一本小说，高傲而懒散地往沙发上一躺，准备借小说的魅力打发这令人厌倦的分离的几小时。房间和整个宅子都寂静无声，只有偶尔从楼上传来打弹子的人的欢笑声。

黄昏来临。时钟已经提醒大家，换礼服准备参加晚宴的时间到了，这当儿，紧挨着我跪在休憩室窗口座位上的阿黛勒突然嚷了起来：

“瞧，罗切斯特先生回来了！”

我转过身去，英格拉姆小姐离开沙发奔了过来；其他的人也都丢下各自在干的事抬头看望；因为可以听到湿漉漉的砂砾路上车轮的嘎扎声和马蹄的溅水声。一辆驿车正在驶来。

“他怎么会这样回来呢？”英格拉姆小姐说。“他出门的时候不是骑着美士罗（那匹黑马）吗？派洛特还跟着他；——他把这两头动物怎么了？”

她说这话的时候，她那穿着宽大衣服的高高的身影走过来，走得离窗户那么近，我不得不把身体往后仰，连脊梁骨也差点儿折断了。她过于急切，一开始并没看见我，等到看见了，便翘起嘴唇，走到另一个窗子跟前去。驿车停了下来；赶车的打了门铃，一位穿着旅行装的绅士从马车上下来；不过那并不是罗切斯特先生，而是一个高个子、样子很时髦的陌生人。

“真叫人生气！”英格拉姆小姐嚷道；“你这讨厌的猴子！”（这是指阿黛勒）“谁让你待在窗口胡说八道的？”她气冲冲地瞪了我一眼，仿佛是我的过错似的。

可以听到大厅里的谈话声，不久，新来的那个人走了进来。他向英格拉姆夫人鞠了一躬，认为她是在场的人当中年纪最大的一个。

“看来我来得不是时候，太太，”他说；“我的朋友罗切斯特先生正好不在家；可是，我是长途跋涉远道来的，而且我想，作为一个亲密的老相识，我可以在这儿住到他回来。”

他的态度彬彬有礼；他说话时的口音，我觉得有点不平常——确切地说，不能算外国口音，不过，总不完全是英国口音；他的年纪可能跟罗切斯特先生相仿——三四十岁；他的脸色黄得出奇；要不是这样的话，他倒是个模样儿俊俏的男人，尤其是乍一看的时候。再仔细瞧瞧，你就会发现他脸上有一些讨厌的地方，或者不如说，不讨人喜欢的地方。他的五官长得端正，但是太松散，他的眼睛大大的，形状很好，但是流露出的是平庸空虚的生命——至少我认为是这样。

换衣服的钟一敲就把这群人驱散了。直到饭后我才再次看到他；他那会儿似乎已经非常自在了。可是我比以前更不喜欢他的相貌；我觉得它既变化无常又缺乏生气。他的眼睛游移不定，但是那样游移不定又毫无意义，这给了他一种古怪的神情，是我回忆中从未见过的。作为一个漂亮而样子并不和蔼可亲的人，他使我感到万分厌恶；他那皮肤光滑的鹅蛋形脸没有力量；那鹰钩鼻和樱桃小口没有坚毅；那低而平的额头没有思想；那漠然的褐色眼睛没有威力。

我坐在我平时坐的那个隐蔽角落里看着他。壁炉架上枝形烛架的光正好照耀着他。他坐在一张拉到炉火跟前的扶手椅上，不断蜷缩着挨近火，仿佛感到冷似的。我拿他和罗切斯特先生比较了一下。我想（就带着尊敬来说吧），肥鹅和猛鹰之间、温和的绵羊和毛皮蓬乱、目光犀利的看羊狗之间的对比也不可能比他们之间的更鲜明了。

他谈起罗切斯特先生，就像他们是老朋友一样。他们之间的友谊一定是一种奇怪的友谊，确实是谚语所谓“刚柔相济”的一个明证。

有两三位绅士坐在他附近，我从房间这头偶尔听到他们谈话的片断。起先，我听不懂他们谈的什么；因为路易莎·埃希敦和玛丽·英格拉姆坐得离我比较近，把我偶尔听到的片言只语搅混了。她们俩是在谈论这个陌生人；两人都称他为“美男子”。路易莎说他是“一个可爱的人”，她“爱慕他”；玛丽举出他的“美丽的小嘴和好看的鼻子”作为她心目中迷人的典型。

“他那额头让他显得多么温良敦厚啊！”路易莎说，“那么光滑——我最讨厌的皱眉蹙额的丑相一点都没有。那么温和的眼睛和微笑！”

接着，使我大为宽慰的是，亨利·利恩先生把她们叫到房间的另一边去，去商定有关推迟到干草公地去远足的问题。

我现在可以把注意力集中在炉边那群人身上了。我不久就知道新来的这个人叫梅森先生，随后我得悉他刚到英国，他是从一个热带国家来的，毫无疑问，这就是为什么他的脸那么黄，为什么他坐得离壁炉那么近，而且在屋里还穿着大氅。不久，牙买加、金斯敦①、西班牙城②等字眼就表示出他住在西印度群岛。使我大为诧异的是，我不一会儿就听说他是在那儿和罗切斯特先生第一次见面并且结识的。他谈起他的朋友不喜欢那个地区的灼热、飓风和雨季。我知道罗切斯特先生曾经是个旅行家；菲尔费克斯太太以前说过；可是我以为他只是在欧洲大陆上漫游；在这以前，我从没听到说起他到过更远的地方。

正当我在思考这些事情的时候，发生了一件有点出人意料的事，打断了我的沉思。在有人偶尔开门的时候，梅森先生冷得发抖，要求给壁炉加点儿煤，大堆的余烬虽然还是又红又热，但是已经发不出火焰了。送煤进来的那个仆人，出去的时候，在埃希敦先生的椅子附近停下，低声对他说了些什么，我听到的只是，"老婆子，"——"真讨厌。"

"跟她说，要是她不走开的话，就给她套上足枷手枷，"地方长官回答。

"不，慢着，"丹特上校阻止说，"不要把她赶走，埃希敦，我们可以利用一下，最好跟女士们商量商量。"他大声接着说，"女士们，你们不是说要上干草公地去看看吉卜赛人的营地吗？这儿的山姆说，现在有一个本趣妈妈③在仆人的饭厅里，硬是要人带她来见见'有身份的人'，要给他们算命。你们愿不愿意见见她？"

"上校，"英格拉姆夫人嚷道，"你肯定不会鼓励这样一个下贱的骗

① 金斯敦，牙买加首都。

② 西班牙城，牙买加的一个城市。

③ 本趣妈妈，伊丽莎白时代伦敦的一个著名的卖酒妇。后人用她的名字编了许多轶事和笑话。传说她爱讲故事，爱大笑，活了175年$2\frac{1}{4}$天零30秒。

子吧？无论如何得马上把她打发走！”

“可是，夫人，我没法把她劝走，”仆人说；“别的仆人也都没有办法：菲尔费克斯太太现在正在她那儿，要她走；她却在壁炉边的椅子上坐下来，还说除非让她上这儿来，她决不离开那张椅子。”

“她要干什么？”埃希敦太太问。

“太太，她说，‘要给先生女士们算命’；她赌咒说她一定要算，就是要算。”

“她什么模样？”两位埃希敦小姐异口同声地问。

“她是个丑得吓人的老家伙，小姐；黑得简直跟煤炭一样。”

“啊，她是个地地道道的巫婆！”弗雷德里克·利恩嚷道。“当然，让她进来。”

“对啦，”他兄弟接口说；“白白放过这个有趣的机会，那真是太可惜了。”

“我亲爱的孩子们，你们在想什么呀？”利恩太太惊叫起来。

“我决不能支持这样荒谬的做法，”富孀英格拉姆附和说。

“真的，妈妈，可是你能支持，——你会支持，”布兰奇在这以前一直一声不响地坐在琴凳上，显然是在细看几张乐谱，这会儿转过身来，用傲慢的声音说。“我很好奇，想听听人家给我算命；所以，山姆，把那个丑婆子叫来。”

“我亲爱的布兰奇！你想一想——”

“我想了——你能要我想的我都想了；我就是要照我的意思办——快，山姆！”

“对，对，对！”所有的年轻人，男的女的全都嚷道。“让她来，这个娱乐太好了！”

仆人还是迟疑不去。“她看上去那么粗鲁，”他说。

“去！”英格拉姆小姐突然叫道，那个男仆走了。

所有的人都一下子兴奋起来了；开玩笑和打趣像火一样蔓延开来，这时候山姆回来了。

“她现在不肯来，”他说。“她说，到庸俗的人们（这是她的原话）面前来，不是她的天职。她一定要我把她带到一间屋子里去让她一个人待着，然后，要找她的人一个一个地进去。”

“你瞧，我的女皇般的布兰奇，”英格拉姆夫人开始说，“她得寸进尺。听我的话，我天使般的女儿——你——”

“当然，得把她带到图书室去，”天使般的女儿插话。“当着庸俗的人们的面去听她谈，也不是我的天职；我是要她和我一个人谈。图书室里有火吗？”

“有，小姐——可她看上去完全是个流浪者。”

“住嘴，笨蛋！照我吩咐的去做。”

山姆又走了；神秘、活跃、期待再一次升到了高潮。

“现在她准备好了，”仆人在重新出现的时候说，“她要知道谁第一个去找她。”

“我看，在女士们去找她以前，最好我先进去看看。”丹特上校说。

“跟她说，山姆，一位先生要来了。”

山姆去了又回来了。

“她说，先生，她不接待先生们；他们不必劳驾走近她。”他好不容易忍住笑接着说，“也不接待太太们，只接待没出嫁的年轻小姐。”

“嗬，她还挑肥拣瘦呢！”亨利 · 利恩嚷道。

英格拉姆小姐庄严地站起身来：“我第一个去，”她说，那口气倒很适合一个身先士卒去闯难关的敢死队队长。

“哦，我的心肝！哦，我最亲爱的！站住——想想看！”她的妈妈嚷道。可是她威严地、一声不响地从她妈妈身边走过去，穿过丹特上校开着的门。我们听见她走进了图书室。

接下来稍微安静了一点儿。英格拉姆夫人认为这是个可以让她扭手[①]的“情况”，因此便扭起手来。玛丽小姐宣布，她觉得她自己就不敢去冒险。艾米和路易莎·埃希敦低声吃吃地笑着，看上去有点儿害怕。

时间很慢地一分钟一分钟过去，一共数了十五分钟，图书室的门才再一次打开。英格拉姆小姐穿过拱门回到我们这儿。

她会笑吗？她会把它作为玩笑吗？所有人的眼睛都怀着急切的好奇看着她，而她却用拒绝和冷淡的眼神回报大家。她看上去既不激动也不快活；她不自然地走到她的座位跟前，一声不响地坐了下来。

“怎么样，布兰奇？”英格拉姆勋爵说。

“她怎么说；姐姐？”玛丽问。

“你认为怎么样？你觉得怎么样？她真是个算命的吗？”两位埃希敦小姐问。

“喂，喂，善良的人们，”英格拉姆小姐答道，“别逼我。你们这些人真是太容易好奇和轻信了。你们所有的人——包括我的好妈妈——把这件事看得很重要，似乎绝对相信我们房子里来了一个和恶魔勾结的真正的巫婆。我看到了一个流浪的吉卜赛人；她用普通的方式看手相，跟我谈的就是干他们那一行的人通常谈的那一套。我一时的好奇已经满足了；现在我想，埃希敦先生明天早上很可以像他威胁的那样，给这个丑婆子套上手枷和足枷。”

英格拉姆小姐拿了一本书，在椅子上往后一靠，就此拒绝再和人谈话。我看了她将近半个小时，在这半个小时里，她一页都没翻过，脸色越来越阴沉，越来越沮丧，越来越愠怒地表示出失望。显然她没

① 一种表示苦恼、悲哀或失望的动作。

有听到任何对她有利的话；从她那长时间的忧郁和沉默来看，我觉得，尽管她嘴里说毫不在乎，心里却把刚才所听到的不管什么预言看得过于重要。

在这段时间里，玛丽·英格拉姆、艾米和路易莎·埃希敦都说不敢单独一个人去；然而，她们又都希望去。于是通过山姆这个使者的中间调解开展了一场交涉；上面说的这位山姆来来回回跑了好多次，直跑得我想小腿肚都该跑疼了，最后总算好不容易逼得这个严厉的女巫同意让她们三个人一起去见她。

她们的访问可不像英格拉姆小姐那么安静；我们听到歇斯底里的格格笑声和短短的一阵阵尖叫从图书室传来；过了大约二十分钟光景，她们猛地打开门，奔过大厅，仿佛吓得差点儿神经错乱似的。

“我肯定她有点邪魔外道！”她们全都嚷道。“她给我们讲了这样的事情！我们的事她全都知道！”她们上气不接下气地倒在先生们急急忙忙端给她们的几张椅子上。

她们被逼着进一步解释，说她给她们讲了她们小时候说过的话和做过的事；还描绘了她们家闺房里的书籍和装饰品，各个亲戚送给她们的纪念品。她们一口咬定她甚至还猜到了她们的心思，凑着每个人的耳朵低声说出世界上她最喜爱的人的名字，告诉她们各人最希望的是什么。

听到这里，先生们插嘴了，热切地请求把最后列举的两点讲得更清楚些；可她们只是用脸红、惊叫、颤抖和傻笑来回答他们的要求。这时候，太太们给她们闻嗅瓶、打扇，为了她们的警告没被及时接受，又一再表示担心；年长的绅士大笑着，年轻的忙着侍候这些激动的美人儿。

在这阵忙乱中间，我的眼睛和耳朵正完全注意着我面前的这一场景，我忽然听见胳臂肘旁边有咳嗽声，我回过头去，看见是山姆。

“对不起，小姐，那吉卜赛人说，房间里还有一位没出嫁的小姐没去找她，她赌咒说，不全都看到就不走。我想，一定是指你，没有别人了。我该怎么去回她？”

“哦，不管怎么样，我去，”我回答；有这样一个没料到的机会来满足我那被大大激发起来的好奇心，我感到高兴，便溜出房间。没人看见我，因为大伙儿正在这颤抖着的三个回来的人周围乱成一团。我悄悄地随手把门关上。

“要是你愿意的话，小姐，”山姆说，“我就在大厅里等你，要是她吓唬你，你只要叫一声，我就会进来。”

“不用，山姆，回厨房去吧，我一点也不怕。”我是不怕，但是我非常感兴趣，也非常激动。

第十九章

我进去的时候，图书室看上去十分宁静，那女巫——如果她是女巫的话——很舒适地坐在壁炉边的一张安乐椅上。她披一件红斗篷，戴一顶黑帽子，或者不如说宽边吉卜赛帽，系住帽子的那块条子手帕在颏下打个结。一支熄灭的蜡烛放在桌上；她正弯着身子凑近火，似乎在就着火光看一本小黑书，像是一本祈祷书；跟大多数老妇人那样，一边看一边低声把字念出来。我进去的时候，她没有马上停下，她好像想把它看完一段。

我站在地毯上让手烤烤火暖和过来，刚才一直远离休憩室的炉火坐着，手很冷。我现在和以往一样镇静；这个吉卜赛人的外貌的确没什么叫人不安的东西。她合上书，慢慢往上看；她的帽边遮住她一部分脸，但是，她头抬起来的时候，我可以看出那是一张奇怪的脸。整个脸看上去是一片褐色和黑色，一条白色带子从下巴底下经过，半蒙住她的面颊，或者不如说半蒙住她的上下颌；蓬乱的鬈发从带子下露出来。她的眼睛一下子就用大胆、直率的凝视盯着我。

“啊，你要算命，是吗？”她说，那声音和她的眼神一样果断，和她的面貌一样粗鲁。

“我才不在乎呢，大妈；你高兴怎么就怎么吧，不过，我得警告你，我不相信。”

“说这话倒是合乎你那鲁莽的性格，我料到你会这样；从你跨过门槛的脚步声里就听得出来。”

“是吗？你耳朵倒很灵敏。”

“我耳朵灵敏；眼睛也灵敏，脑子也灵敏。”

“干你这一行的，这些都需要。”

“是需要，特别是在跟像你这样的主顾打交道的时候。你干吗不发抖？”

“我不冷呀。”

“你干吗不脸色变白？”

“我没病呀。”

“你干吗不叫我算命？”

“我不愚蠢。”

这个干瘪老太婆从她的帽子和绷带下发出一阵大笑，接着拿出一个短短的黑色烟斗，点着了，开始吸烟。沉迷地抽了一会儿这个镇静剂以后，挺起俯下的身子，从嘴里拿下烟斗，一边目不转睛地盯着炉火，一边不慌不忙地说：

“你冷；你有病；你愚蠢。”

“那你就证明吧，”我回答。

“我会证明的；只消几句话。你冷，因为你孤独，没有和什么人接触把你内心的火激发出来。你有病，因为人所具有的最好、最崇高、最甜蜜的感情，远远地离开你。你愚蠢，因为你尽管痛苦，却不肯叫那种感情过来，也不肯朝它正在等着你的方向走近一步。”

她又把她那短短的黑色烟斗放到嘴上，又一个劲儿地抽起烟来。

“对你所知道的差不多任何一个在大户人家做事的孤独的人，你都可以说这些话。”

“我是可以对差不多任何一个都这么说，可是会不会对差不多任何一个都说对呢？”

“在我这种情形下是对的。”

“对，正是这样，在**你**这种情况下是说对了；可是，给我另外找一个跟你处境完全相同的吧。”

“给你找几千个都容易。”

“你几乎一个都找不到。要是你知道的话，你的地位是特殊的，离幸福很近；对，完全可以得到幸福。材料都准备好了；只消动一下把它们结合起来。机遇把它们稍微分开了一点儿，它们一旦接近，就可以产生幸福。”

“我听不懂隐语。我有生以来从来不会猜谜。”

“你要是希望我说得更明白些，就让我看看你的手掌。”

“我想，得在上面放银币吧？”

“当然。”

我给了她一个先令；她从衣袋里掏出一只旧袜子，把钱放进去，系好后放回原处，然后叫我伸出手去。我照着做了。她把脸凑近手掌，细细研究，但并不碰它。

“太细了，”她说，“像这样的手我什么也看不出来；几乎没有纹路；再说，手掌里有什么呢？命运又没写在那上面。”

“我相信你，”我说。

“不，”她接着说，“而写在脸上，在额头上，眼睛周围，就在眼睛里，在嘴巴的线条上。跪下来，抬起头。”

“啊！现在你才是到现实中来了，”我一边照她说的做，一边说。“我马上就要对你有点相信了。”

我在离她半码的地方跪下。她拨动了一下炉火，那块给动了一下的煤发出一道火光；然而，由于她坐着，这道光反而使她的脸处在更暗的阴影中，火光照着我的脸。

“我不知道，你今晚是怀着什么感情到我这儿来的，”她细细地看了我一会儿说。“我不知道，你在那边屋里坐着的时候，心里忙着想些什么？那些时髦的人像神灯里的幻影般，在你面前来来去去，你跟他们之间没什么感情交流，仿佛他们只是些人形的影子，而不是现实的实体似的。”

“我常常感到累，有时候感到困；但是不大感到忧郁。”

“那么，你一定有什么秘密的希望在支持你，在低声预言未来使你高兴。”

“我才不是这样呢。我最大的希望是从我的薪金里积聚足够的钱，让我有朝一日租一所小房子办个学校。”

“这点儿养料不够让人们把精神寄托在它上面，你坐在那窗口座位上——你瞧，我知道你的习惯——”

“你是从仆人那儿听来的。”

“啊！你自以为聪明。好——也许我是听来的；说实话，我认识其中一个——普尔太太——”

我一听到这个名字就站了起来。

“你认识——是吗？”我想；“这么说，这件事里毕竟是有点巫术了！”

“别惊慌，”这个奇怪的家伙继续说，“普尔太太是个可靠的人；嘴巴紧，又安静，任何人都可以信赖她。不过，像我刚才说的，你坐在那个窗口座位上，难道除了你未来的学校以外，就什么也不想吗？你对你面前那些坐在沙发上和椅子上的任何一个人都感觉不到一点现实的兴趣吗？你一张脸都不看吗？你是至少带着好奇心注意其中一个人的举动吧？”

“我喜欢观察所有的脸和所有的人。”

“你从来不从里边挑一个人——或许，挑两个人吗？”

“不，我常常这么做，当一对人的手势或神情似乎泄露出什么故事的时候，我看着他们就觉得有趣。”

“你最爱听什么故事？”

“哦，没多少可让我挑选！总离不了那个主题——求爱；结尾可能是同样的灾难——结婚。”

“你喜欢那个单调的主题吗？”

“说实话，我对这不关心，这对我来说无足轻重。”

“无足轻重？当一位小姐，年轻，富有生气，身体健康，妩媚动人，生来就既有地位又有钱，在一位绅士眼前坐着而且微笑着，而这位绅士呢，却是你——”

“我怎么样？”

“你认识——也许还对他有好感。”

“这儿的绅士我都不认识。我几乎没跟他们中间的哪一个交换过一个音节；至于说，对他们有好感，我认为有几位可敬和威严，到了中年，而另一些呢，却年轻、时髦、漂亮、活泼；可是，当然啰，他们都有自由，可以爱接受谁的微笑就接受谁的微笑，用不着我的感情来考虑一下这件事对我有什么重要。”

“这儿的绅士你都不认识？你没跟他们中间的哪一个交换过一个音节？关于这宅子的主人，你也能这么说吗？”

“他不在家。”

“深奥的回答！最巧妙的遁词！他今天早上去米尔考特，今晚或者明天就回来，凭这个情况就能把他排除在你的熟人名单之外吗？——就能似乎一笔抹煞他的存在吗？”

“不，可是我几乎看不出罗切斯特先生跟你提起的主题有什么关系。”

“我是说女士们在绅士们眼前微笑；最近有那么多微笑倾入罗切斯特先生的眼睛，使它们像两只装得过满的杯子似地都泛滥了，你从没看到吗？”

“罗切斯特先生有权利享受和宾客作伴的乐趣。”

“他的权利是没有问题的；可是，难道你从没发觉，这儿发生的所有婚姻故事中，罗切斯特先生有幸获得了那最生动、最持久的一个？”

“听话人的热切加快了说话人的舌头。”这话与其说是对吉卜赛人说的，还不如说是对我自己说的。她的奇怪的谈吐、声音、举止，这时候已经把我裹在一种梦幻里了。出乎意料的话一句接一句地从她嘴里说出来，直到我给缠在一个神秘之网当中，我感到奇怪，是哪一个隐身的精灵一连几个星期坐在我的心旁，看着它的活动，记录每一次搏动。

“听话人的热切！”她重复说，“对；罗切斯特先生一坐一个小时，他的耳朵向着那爱说话的迷人的嘴唇；对于给他的消遣，罗切斯特先生那么愿意接受，而且是那么感激，这你注意到吗？”

“感激！我记不得在他脸上察觉过感激。”

“察觉！那末，你分析过了。如果不是感激，你察觉的是什么呢？”

我没有回答。

“你看到了爱，是不是？——你往前看，看到了他结婚，看到了他的新娘幸福？”

“哼！不完全是这样。你的巫术有时候有点错。”

“那末，你看到了什么鬼东西。”

“别担心，我是来询问的，不是来坦白的。是不是大家都知道罗切斯特先生要结婚了？”

“是啊；娶美丽的英格拉姆小姐。”

“最近吗？”

“从外表看，可以得出那个结论；毫无疑问，他们将成为最最幸福的一对，虽然你带着应该用惩罚打消的大胆，似乎在怀疑它。他准是爱这样一个漂亮、高贵、机智、多才多艺的小姐；也许她也爱他，或者说，即使不爱他的人，至少也爱他的财。我知道她认为罗切斯特的产业是最中意的；不过（上帝原谅我！）大约一小时以前，我在这方面告诉了她一些事情，使她显得出奇的严肃，她的嘴角垂下了半英寸。

我想劝劝她那个黑脸的求婚者注意，要是再来一个拥有更多更大租金的求婚者，——他就完蛋了——”

“可是，大妈，我不是来算罗切斯特先生的命，我是来算我自己的命；你却还一点都没跟我算呢。”

“你的命运还有点儿可疑。我细看你的脸，一个个特征互相矛盾。‘机会’给了你一些幸福，这个我知道。我今晚走进来以前就知道。它小心地把幸福给你留在一边。我看见它这么做的。这就要靠你自己伸出手去，把幸福拿过来；不过，你是否会这么做，却是我要研究的问题。再在地毯上跪下来吧。”

“别让我久跪；炉火烤得我难受。”

我跪下了。她没有朝我俯下身来，只是靠在椅背上凝视着。她开始喃喃地说：

“火焰在眼睛里闪烁；眼睛像露珠般发亮；它看上去既温柔又富于感情；它对我的隐语微笑，它容易感动；一个接一个印象透过它晶莹的球体；微笑一停，它就露出忧伤；不知不觉的倦怠使眼皮变得沉重，意味着孤独引起的抑郁。它从我这儿转过去了；它不愿再让人细看；它似乎用嘲笑的一瞥，否认我发现的是事实，——否认敏感和懊丧；它的自尊和沉默反而更使我肯定我的看法。眼睛是讨人喜欢的。

“至于嘴巴，它有时在大笑中表示高兴；爱把脑子里想的全都倾吐出来，虽然对心里的许多想法也许保持沉默。它好动而灵活，从不想在孤寂的永久沉默中闭紧，这张嘴爱说话，常微笑，对交谈者怀着人道的感情。这一部分也长得好。

“除了额头，我看不出有什么对幸福的结局不利。那个额头似乎在说：‘如果自尊心和环境需要，我可以一个人生活。我不必出卖灵魂去换取幸福。我生来就有一个内在的宝库，让我能够活着，哪怕一切外在的乐趣会给剥夺，或者只用我出不起的代价，才能获得。’前额声称：‘理智稳坐着，握紧缰绳，决不会听任感情脱缰而跑，任其堕入荒谷。热情可以狂野地肆虐，像真正的异教徒那样，因为它们是异教徒；欲望也可以想象出种种空幻的东西；但是，判断力将在每一场争论中裁决，在每一个决议中投票。暴风、地震、大火可以过去，但是我将听从那解释良心命令的细微声音的指引。’

“说得好，前额；你的声明将得到尊重。我已经作出了我的计划——我认为是正确的计划——在这些计划中，我兼顾了良心的主张，理智的劝告。我知道，在奉献的幸福之杯中，只要察觉到一点耻辱的渣滓或一丝悔恨的苦味，青春就会立即逝去，鲜花就会立即凋谢；而我，并不要牺牲、悲哀、分离——这些不是我的爱好。我希望培育，不希望损坏——希望赢得感激，不希望挤出血泪或泪水；我的收获必须是在微笑、亲热和甜蜜之中——够了。我想我是在一种美妙的痴迷中呓语。我现在很想把这一刻延长到无限①；可是我不敢。到目前为止，我完全控制住自己。我已经按照我内心发誓的那样扮演了；再扮演下去就会让我受到无力经受的考验。起来吧，爱小姐；离开我；‘戏已经演完了。’”

我在什么地方？我是醒着还是睡着？我刚才是在做梦吗？我是不是还在做梦？这个老妇人的声音变了；她的口音、她的手势，一切对我来说都像镜子里我自己的脸，像我自己的舌头说出来的话那么熟悉。我站起身来，可是没走。我看了看；我拨动一下炉火，再看了看；可是她把她的帽子和绷带再往脸上拉近一点，又挥手叫我离开。火焰照亮了她伸出来的手。这会儿，我惊醒了，而且很警觉，想找出什么破绽，我一下子注意到那只手。它不见得比我的手更像老人的手；它又圆又软；手指光滑，匀称优美；小指上有一个宽阔的戒指在

① 原文为拉丁语。

闪闪发亮。我朝前面弯下身去看看它，竟看到了我以前看见过上百次的那颗宝石。我再看看那张脸；它不再躲开我——相反，帽子脱下了，绷带拉掉了，头朝我伸了过来。

“好，简，你认识我吗？”那熟悉的声音问道。

“只要把红斗篷脱掉，先生，那就——”

“可是带子打成结了——帮我解开。”

“拉断它，先生。”

“哪，——‘去你的吧，借来的衣服！’”于是罗切斯特先生从化装中解脱出来说。

“这，这真是异想天开，先生！”

“不过，演得可好，呃？你不觉得好吗？”

“对那些小姐，你一定可以说是干得不坏。”

“可对你就不行？”

“对我来说，你演的可不是吉卜赛人的角色。”

“我演的什么角色呢？我自己？”

“不，一个不可理解的角色。总之，我相信你一直在试图套出我的话，或者是在试图引我上你的圈套；你一直在说废话，要我也说废话。这不太公平，先生。”

“你原谅我吗，简？”

“在我好好想一想以前，我说不上来。要是细细回想以后，我发现我还不太荒唐，那我会尽可能原谅你；可是，这是不对的。”

“哦，你一直很正确，——很小心，很理智。”

我回想了一下，我认为总的说来我是这样。这是一种安慰；可是，说真的，几乎从一开始见面我就提防着。我疑心有点像化装。我知道吉卜赛人和算命的并不像这个外表上的老妇人那样表白自己；此外，我还注意到她那假装的声音，她那急于掩盖她的容貌的心情。可是我打量她的时候，我心里想的是格莱思·普尔——那个活的谜，那个神秘中的神秘。我可绝没有想到是罗切斯特先生。

“好吧，”他说，“你一声不响地在想什么？你那庄严的微笑表示什么？”

“表示奇怪和自我庆幸，先生。我想，我现在可以在你的允许下走了？”

“不，待一会儿；告诉我，那边休憩室里的那些人在干什么？”

“也许在议论吉卜赛人吧。”

“坐下！——让我听听他们是怎样谈论我的。”

“我最好还是不要久待，先生；快到十一点了吧。——哦，罗切斯特先生，自从你早晨离开以后，有一位陌生客人到达这里；你知道吗？”

“一位陌生客人！——不知道；可能是谁呢？我并不指望有什么人来；他走了吗？”

“没有；他说他早就认识你了，还说他可以冒昧地在这儿住到你回来。”

“见鬼，他真这么做了！他说出他的姓名吗？”

“他姓梅森，先生；我想他是从西印度群岛来的，从牙买加的西班牙城来的。”

罗切斯特先生正靠近我站着；他握住我的手，仿佛要引我坐到椅子上。在我说话的时候，他痉挛地紧紧握住我的手腕；他唇边的微笑冻结了；显然一阵痉挛使他透不过气来。

“梅森！——西印度群岛！”他说，那声调使人会以为是一种自动说话器在发出单词；“梅森！——西印度群岛！”他重复地说；这几个音节他重复了三次，在断断续续的说话中，面色变得惨白如灰；他简直好像不知道自己在干什么。

“你感到不舒服吗？”我询问。

“简，我受了一次打击；——我受了一次打击，简！”他身体摇摇晃晃。

“哦！——靠着我，先生。”

“简，以前你曾经让我靠着你的肩膀，现在再让我靠着。”

“行，先生，行；还有我的胳臂。”

他坐下了，让我坐在他身旁。他双手握住我的手，擦着它，同时用极其忧郁不安的神情凝视着我。

“我的小朋友！”他说，“我希望我是在一个安静的岛上，只跟你在一起，远离烦恼、危险和可怕的回忆。”

“我能帮助你吗，先生？——我愿意拿出我的生命来为你效劳。”

“简，要是需要帮助的话，我会向你求援的，这我可以向你保证。”

“谢谢你，先生。告诉我该做些什么，——至少，我会尽力而为。”

“简，到餐厅去给我拿一杯酒来：他们将在那儿进晚餐；告诉我梅森是不是和他们在一起，他在干什么？”

我去了。我发现正像罗切斯特先生所说的，大伙儿在餐厅里进晚餐；他们并没有坐在桌旁，——晚餐放在餐具柜上；各人爱吃什么就拿什么，他们这儿一伙那儿一伙地站着，手里拿着盘子和酒杯。每个人似乎都兴高采烈；到处都是活跃的笑声和交谈声。梅森先生站在炉火附近，同丹特上校夫妇俩谈着话，显得和任何一个客人一样愉快。我倒了一杯酒（我这么做的时候，看见英格拉姆小姐皱着眉注视我；也许她以为我太放肆吧），接着我回到图书室来。

罗切斯特先生的极度苍白的脸色消失了，他再一次显得坚强和严峻。他从我手里接过酒杯。

“祝你健康，助人的精灵！”他说。他一饮而尽，把杯子还给我。“他们在干什么，简？”

“笑着，谈着，先生。”

“他们像听到什么奇怪的事情那样，显得严肃和神秘吗？”

“一点也不。他们都在开玩笑，都很快乐。”

“梅森呢？”

“他也在笑着。”

“要是所有这伙人合成一体来唾弃我，你怎么办，简？”

“只要办得到，就把他们撵走，先生。”

他稍微露出点笑容了。“要是我到他们那儿去，他们只是冷冷地瞧着我，讥讽地交头接耳；随后散开，一个接一个地离开我，那该怎么样？你会跟他们一起走吗？”

“我想不会，先生；留在这儿和你在一块儿，更愉快些。”

“为了安慰我吗？”

“对，先生，为了安慰你，尽我的力量。”

“要是他们因为你依恋我就对你下禁令怎么办？”

“也许我根本就不知道他们的禁令；即使知道，我也毫不在乎。”

“那末，你能为了我的缘故面对责难啰？”

“为了值得我依恋的任何朋友，我都能面对责难；你就值得我依恋，这我可以肯定。”

“现在回到那屋里去吧；悄悄地走到梅森面前，凑着他耳朵小声告诉他说，罗切斯特先生来了，希望见见他；把他带到这儿来，随后你就离开我。”

“是，先生。”

我执行了他的命令。当我从他们中间直穿过去的时候，大伙儿全都注视着我。我找了梅森先生，捎了口信，我在前面带他走出屋子，走进图书室，于是我就上楼了。

我在床上躺了一会儿以后，在夜深的时候，听到来客们都回各自的卧室去了。我听得出罗切斯特先生的声音，还听到他说，“上这儿来，梅森，这是你的屋子。”

他是愉快地说的，高兴的声调使我放下了心。我很快入睡了。

第二十章

我忘了放下帐子，平常我总是把它放下的；也忘了拉下窗帘。结果，又圆又亮的月亮（因为那是个晴朗的夜晚），按着它的轨道来到我窗户对面的那块天空，透过没遮拦的窗玻璃俯视着我，它那光耀的凝望把我照醒了。我在夜的死寂中醒来，睁开眼睛看着它那银白晶莹的圆盘。它真美，可是太肃穆，我欠身起来，伸手把帐子放下。

天哪！什么样的叫声啊！

夜，它的沉寂，它的安静，被一个传遍桑菲尔德府的狂野、刺耳、尖锐的声音撕裂了。

我的脉搏停止了；我的心脏不跳了；我伸出去的手瘫痪了。叫声消失没再响起来。的确，不管什么东西发出那可怕的叫声，都不可能立即再叫一遍；哪怕安第斯山[①]上翅膀最大的秃鹰，都不可能在像尸布般笼罩着它的窠穴的云端，一连两次发出这样的叫声。发出这个声音的东西必须休息一阵才能重复一遍。

这叫声是从三楼发出的；因为它从头上传过去。头上——对，就在我房间天花板的上面——现在我听到一阵搏斗的声音，从声音来判断是一场你死我活的搏斗；一个一半被闷住的声音嚷道：

"救命！救命！救命！"急速地叫了三遍。

"没人来吗？"他叫道；当踉跄声和顿足声还在狂乱地继续的时候，透过地板和灰泥我听到：

"罗切斯特！罗切斯特！看在上帝分上，来啊！"

一扇房门给打开了，有人沿着过道跑过去或者冲过去。楼上多了一个顿足声，什么东西倒下了；接着就是寂静。

我尽管吓得浑身发抖，还是穿上衣服走出房间。睡着的人全给惊醒了；每个房间都响起了叫声、害怕的低语声；一扇又一扇门给打开；一个人探头朝外面看看，又一个人探头朝外面看看；过道里挤满了人。先生们、太太小姐们全都离开了床，“哦！怎么回事？”——“谁受伤了？”——“出了什么事？”——“拿个亮来！”——“失火了吗？”——“有强盗吗？”——“我们往哪儿逃呢？”四面八方乱哄哄地问道。要不是有月光，他们会处在一片漆黑之中。他们来回奔跑；他们挤在一起，有人抽泣，有人绊跤，乱成一团。

“真见鬼，罗切斯特上哪儿去了？”丹特上校嚷道。“我在他床上没找到他。”

“这儿！这儿！”他大声回答。“大家安心；我来了。”

过道尽头的门打开了，罗切斯特先生拿了支蜡烛走过来，他刚从楼上下来。有一位小姐立即朝他奔过去，抓住他的胳臂，那是英格拉姆小姐。

“出了什么可怕的事？”她说。“说！马上把最坏的情况告诉我们！”

“别把我拖倒，也别掐死我，”他回答，因为两个埃希敦小姐这会儿正缠住他；两位穿着宽大白色晨衣的富孀正在像两条满帆的船似地冲向他。

“一切都好！——一切都好！”他叫道。“只是排演《无事生非》[2]罢了。女士们，离开点；不然我就会变得危险了。”

他看上去确实是危险的；他的黑眼睛射出火花。他竭力使自己镇静下来，补充说：

“一个用人魇住了；只此而已。她是个容易激动的神经质的人；毫无疑问，她一定是把梦当作鬼怪出现或者诸如此类的东西，吓得发病了。好吧，我得看着你们回房间去；因为，只有在大家安定下来以

① 在南美洲西部。

② 英国剧作家莎士比亚写的喜剧。

后，才能去照料她。先生们，行行好，给太太小姐们作个榜样。英格拉姆小姐，我肯定，你不会克服不了无聊的恐惧吧。艾米和路易莎，像一对鸽子那样回到你们的巢里去吧，你们是鸽子。太太们，”（对两位富孀说）“你们要是再在这寒冷的过道里待下去，肯定会着凉的。”

就这样一会儿哄骗，一会儿下命令，他终于设法让他们全都再一次关在各自的卧室里了。我没等他命令我回去，就不被人注意地回去了，像不被人注意地离开房间一样。

然而，不是去睡觉；相反，我开始仔细地穿好衣服。在那声叫喊之后我听到的声音和说话，也许只有我一个人听见；因为那是从我房间上面的一个房间传来的，可是这些声音和说话让我肯定，使整个宅子感到恐怖的，并不是用人的梦魇；罗切斯特先生所作的解释，不过是凭空想出来的，好让客人们安静下来罢了。于是我穿好衣服准备应付紧急情况。衣服穿好以后，就久久地坐在窗口，俯视着外面沉静的庭园和银色的田野，等着我自己都不知道的什么事。在我看来，在奇怪的叫声、搏斗和呼喊之后，肯定会有什么事。

没有，寂静恢复了；各种低语和活动渐渐停下来，大约一小时之后，桑菲尔德府又像沙漠一样静谧了。看来，睡眠和夜重又统治了它们的帝国。这期间，月亮渐渐下沉，快要消失。我不喜欢在寒冷和黑暗中坐着，我想，尽管已经穿好了衣服，我还是要在床上躺下。我离开窗口，悄没声儿地走过地毯；我刚弯下身来要脱鞋，就有一只谨慎的手轻轻敲门。

“叫我吗？”我问。

“你起来了吗？”我期望的声音，也就是我主人的声音问道。

“是的，先生。”

“穿好衣服了吗？”

“是的。”

“那末，出来吧，别出声。”

我服从了。罗切斯特先生拿着蜡烛站在过道里。

“我需要你，”他说，“这边走，别着急，也别弄出声音。”

我的拖鞋很薄，我可以在铺着地席的地上走得跟猫一样轻。他悄悄地沿着过道走过去，再走上楼梯，在那不祥的三楼的又黑又低的过道里停下，我跟着他，在他身边停下。

“你屋里有海绵吗？”他低声问。

“有，先生。”

“你有盐——有挥发盐吗？”

“有。”

“回去把两样都拿来。”

我回去，在脸盆架上找出海绵，在我的抽屉里找出盐，再循老路走上去。他还等着，手里拿着钥匙，走近一扇扇黑色小门中间的一扇，把钥匙插进锁孔；他停了下来，再对我说：

“你看见血不会发晕吧？”

“我想不会，我还从来没试过。”

我回答的时候，感到一阵毛骨悚然，但并不感到冷，也不感到发晕。

“把手伸过来，”他说，“冒着让你晕倒的危险，可不行。”

我把手指让他的手指握着。“又暖又不发抖，”是他的评语；他转动钥匙，打开门。

我看到了一间我先前看到过的房间。菲尔费克斯太太带我看房子的那天，它挂着帷幔；可是现在帷幔有一部分给绳环系了起来，露出一扇门，上一次它却被遮住。门开着；里屋有烛光照出来。我听见那里面有嚎叫和抓扒的声音，好像狗在吵架。罗切斯特先生放下蜡烛，对我说，“等一等，”他走到里屋去。他一进去就有一阵大笑迎接他；

一开始很响，最后以格莱思·普尔妖声妖气的“哈！哈！”结束。那末，**她**是在那儿。他作了一些安排，没有说话；虽然我听到一个低低的声音在跟他说话；他走了出来，把门随手关上。

“上这儿来，简！”他说道；我绕过去，走到大床的那一边，床和放下的帐子遮掉了房间的很大一部分。床头附近放着一张安乐椅，一个男人坐在上面。他穿得整整齐齐，只是没穿外衣。他一动不动，头往后靠着，闭着眼睛。罗切斯特先生把蜡烛举起来照着他，从他那苍白和表面上看来毫无生气的脸上，我认出了那个陌生人——梅森；我还看到，他的半边衬衫和一条胳臂，几乎浸在血里了。

“拿住蜡烛，”罗切斯特先生说道，我接过蜡烛；他从脸盆架上端来一盆水，又说道：“端着这个。”我照着办了。他拿了海绵，在水里浸了浸，把那张死尸般的脸沾湿了；他又向我要了嗅盐瓶，把它放在那人的鼻孔跟前。不一会儿，梅森先生睁开眼睛，呻吟着。罗切斯特先生解开受伤者的衬衫，他的胳臂和肩膀都裹着绷带，他用海绵把迅速往下淌的血吸干。

“马上有危险吗？”梅森先生嘟哝道。

“啐！没有——只是有点擦伤罢了。不要这样气馁，男子汉，振作起来！我现在就去给你找个外科医生来，我自己去找；我希望天亮时能让你离开。简，”他继续说。

“先生？”

“我得把你留在这间屋里，陪着这位先生，一个钟点，也许两个钟点。如果血再淌出来，你就照我那样用海绵把它吸干；如果他感到发晕，你就把架子上那杯水放到他唇边，把嗅盐放到他鼻子跟前。不要用任何借口和他说话，——而且——理查——如果你和她说话，张开嘴——使你自己激动，那对你的生命是有危险的，我可不对这后果负责。”

这个可怜的人又呻吟起来，他看上去仿佛一动都不敢动，死亡或者其他什么原因引起的害怕似乎使他差点儿瘫痪了。罗切斯特先生把现在已经沾着血的海绵放在我手里，我就开始照他那样使用。他看了我一秒钟，然后说道："记住！——别谈话，"随即离开了房间。当钥匙在锁里咔嚓一响，他那渐渐远去的脚步声消失的时候，我体验到了一种奇怪的感觉。

我是在这儿三层楼上，给锁在它的一间神秘的小房间里；夜包围着我，一个苍白和血淋淋的景象在我的眼睛和双手下面；一个女凶手只和我隔开一道门，对——那真可怕——别的我倒还可以忍受，可是我一想到格莱思·普尔会冲出来扑到我身上，我就吓得发抖。

然而，我必须守住我的岗位。我必须看着这个死人般的面容——这张被禁止张开的、发青的、一动不动的嘴——这双一会儿闭、一会儿睁、一会儿向屋里四处张望、一会儿盯住我、一直被吓呆了的迟钝的眼睛。我必须把手一再浸入那盆血水，擦去迅速往下淌的血。我必须看着那没剪烛花的蜡烛越来越暗淡地照着我做这件事；阴影在我周围的古老绣花帷幔上变得更浓，在那张旧大床的帐子下变得漆黑，在对面大柜的门上方奇怪地抖动。大柜的正面分成十二块嵌板，上面有图形可怖的十二使徒的头，每一块嵌板上一个头；在它们上面的顶上，竖着一个十字架和垂死的基督。

随着晃动的黑影和时而跳到这儿、时而照到那儿的闪耀的亮光，一会儿可以看到留胡子的医生路加低着头；一会儿可以看到圣约翰的长发在飘动；接着又可以看到嵌板上长出犹大[1]的魔鬼般的脸，它仿佛活了过来，预示着最大的背叛者撒旦本人即将在他的附属的形体中出现。

---

① 路加、圣约翰、犹大均为耶稣使徒。

在这一切中间，我不仅得看还得听，听着那边洞穴里那头野兽或者恶魔的动静。可是，自从罗切斯特先生来过以后，它似乎被符咒镇住了似的；一整夜我只听到相隔时间很长的三个声音，——一个脚步声，一个短暂地重又响起的像狗在嗥叫似的声音和人发出的一声深沉的呻吟。

接着我自己的思想困扰着我。以人的形状住在这与世隔绝的房子里、主人既不能赶走又不能制服的罪恶是什么呢？——在深夜最寂静的时刻，一会儿用火、一会儿用血的形式突然出现的谜是什么呢？以普通女人的脸和体形作伪装，时而发出嘲笑的魔鬼的笑声、时而发出寻找腐肉的老鹰的叫声的那个东西是什么呢？

而我俯身看着的这个人——这个平庸安静的陌生人——他怎么会堕入这恐怖之网的呢？复仇女神为什么要袭击他呢？在他应该在床上熟睡的时刻，使他不合时宜地来到房子这一部分的是什么呢？我曾经听见罗切斯特先生指定他睡在楼下的一个房间里——是什么叫他到这儿来的呢？受到了这暴行和暗算，为什么他现在是这么驯顺呢？罗切斯特先生硬要把事实掩盖起来，他为什么这样悄悄地服从呢？罗切斯特先生又为什么要这样掩盖事实呢？他的宾客遭到了毒手，他自己的生命上一次也遭到了可怕的谋害；可是他把两次未遂行为都掩盖在秘密里，沉没在忘却中！最后，我看出，梅森先生对罗切斯特先生言听计从；后者的强烈意志完全能左右前者的软弱无能，他们之间交换的少数几句话使我相信这一点。显然在他们以前的交往中，一个人的被动性情已经习惯于接受另一个人的主动精神的影响；那末，罗切斯特先生听说梅森先生来到，为什么会感到惊慌呢？为什么几小时以前，他听到这个从不抗拒的人的名字，听到他现在只消用几句话就可以像孩子似地制服的人的名字，竟然像橡树遭到电击一般？

哦！我忘不了他对我低声说“简，我受了一次打击——我受了一次打击，简”时的那副神情和苍白的脸色。我忘不了他搁在我肩头上的胳臂是怎样地颤抖。能这样使菲尔费克斯·罗切斯特的顽强精神屈服、使他的壮健身体发抖的，决不是什么小事情。

长夜漫漫，我的流血的病人萎靡、呻吟、发晕，而白昼却迟迟不来，也没人来帮助。我心里嚷道："他什么时候来啊？他什么时候来啊？"我已经一次又一次地把水送到梅森先生的苍白的嘴唇跟前，一次又一次地把嗅盐给他闻，我的努力似乎毫无效果；身心两方面的痛苦，或者失血，或者三者一起，迅速地使他精疲力竭。他那样地呻吟，看上去那样地衰弱、焦急和绝望，我担心他马上就会死去；而我却甚至不能跟他说话！

蜡烛终于点完，灭了；它熄掉以后，我看见窗帘边上有一道道灰蒙蒙的光；黎明来临了。不一会儿，我就远远听到下面有派洛特的叫声从院子里远处的狗窝中传来。又有了希望。它并不是没有根据的，五分钟之后，钥匙喀哒一响，锁打开了，这些都预示我可以不必再守护了。总共不超过两个小时，可是看起来比几个星期都长。

罗切斯特先生走了进来，他去请的那位外科医生也来了。

"卡特，你得注意，"他对后者说，"我只给你半小时给伤口敷药，用绷带包扎起来，把病人移到楼下，一切都在内。"

"可他是不是适宜动呢，先生？"

"这没有疑问；又不是什么重伤，他容易紧张，必须让他振作起精神来。来，着手工作吧。"

罗切斯特先生把厚厚的窗帘拉开，把荷兰遮帘推上去，尽可能让日光全照进来。看到黎明早已来临，一道道玫瑰色霞光已照亮东方，我又惊又喜。于是他走近医生已在治疗的梅森。

"我的好朋友，你怎么样？"他问。

"我怕她送了我的命了。"是那微弱的回答。

“绝不会！——拿出勇气来！两个星期以后的今天，你就会完全复原了，你流了一点血；只此而已。卡特，告诉他没有危险，让他放心。”

“我可以凭着良心这么说，”卡特说，这时候，他已经解开绷带，“不过，我但愿早点来这儿，他就不会流这么多血了——可这是怎么回事？肩上的肉不但像是给割掉的，还像是给撕掉的。这伤不是刀捅出来的，而是牙咬出来的！”

“她咬我，”他喃喃地说。“罗切斯特先生从她手里夺走刀的时候，她像只雌老虎似的撕咬着我。”

“你不该让步，你应该立即就跟她搏斗，”罗切斯特先生说。

“可是在这种情况下，你能怎么办呢？”梅森回答。“哦，真可怕！”他哆嗦着补充说。“我没料到，一开始她看上去那么安静。”

“我警告过你，”他的朋友答道；“我说过——走近她的时候要小心。再说，你很可以等到明天，让我跟你在一块儿；今晚就去见面，而且是一个人去，那简直是糊涂。”

“我以为我可以做点有益的事。”

“你以为！你以为！是的，听你说话真叫我不耐烦，可是，你已经吃了苦；你不听我的劝告，多半是要吃苦的；所以，我不再说什么了。卡特——快！——快！太阳马上要升起来了，我得把他打发走。”

“马上就好，先生；肩膀刚包扎好。我得看看胳臂上的另一个伤口；我想，这儿她也咬了。”

“她吸血；她说她要把我的心里的血吸干，”梅森说。

我看见罗切斯特先生在发抖，一种奇怪的明显的嫌恶、恐怖、憎恨的表情把他容貌歪曲得几乎变了形；可是他只是说：

“好了，别说话了，理查，别去管她那莫名其妙的话了；别再重复它。”

“但愿能把它忘了，”他回答。

“你离开了这个国家就会忘掉的；等你回到了西班牙城，你就可以当她死了，埋了——或者不如说，你压根儿就不必去想她。”

“不可能忘掉这一夜了。”

“不是不可能的；振作起来，男子汉。两小时以前你以为你像鲱鱼一样死了，现在你却活着，还说着话。哪！——卡特已经给你包扎好，或者快好了；我一会儿就可以把你打扮得整整齐齐的。简，”（他回来以后第一次转向我）“把这个钥匙拿去，到楼下我的卧房，直接走进我的更衣室，打开柜子最上面的一个抽屉，拿出一件干净衬衫和领巾，拿到这儿来；动作要快。”

我去了；找了他所说的那个柜子，找到所说的东西，拿了回来。

“现在，”他说，“在我安排他的装束的时候，你到床那边去；可是别离开房间，可能还需要你。”

我遵照他的吩咐退了过去。

“简，你下去的时候，有谁在走动吗？”罗切斯特先生不久就问。

“没有；一切都很安静。”

“我们将小心地把你送走，狄克；这样对你，对那里那个可怜的家伙都比较好。长久以来，我一直避免暴露，我不愿意让它最后暴露出来。哪，卡特，帮他穿上背心。你的皮披风放在哪儿了？我知道，在这该死的严寒中，你不穿披风连旅行一英里都不行。在你屋里吗？——简，跑到楼下梅森先生的屋里，——我隔壁的那间，——把那儿你看到的一件披风拿来。”

我再一次跑去又跑来，拿来一件皮里、皮镶边的大披风。

“现在，我再给你一个差使，”我那不知疲倦的主人说；“你得再到我屋里去。老天保佑，你穿着丝绒鞋，简！——这当口叫笨手笨脚的人跑腿可不行。你得把我梳妆台中间一个抽屉打开，把里面一个小药瓶和一个小玻璃杯拿出来，——快！”

我飞奔着去又飞奔着回来，拿着他要的器皿。

“很好！医生，恕我冒昧自己来用药了；我自己负责。这兴奋剂是我在罗马从一个意大利江湖医生那儿买来的。卡特，你一定会反对那家伙的。这不是一种可以任意乱用的药，不过偶尔用用还是好的，就好像现在这样。简，要点儿水。”

他把小玻璃杯递过来，我从脸盆架上拿了水瓶，倒了半杯。

“行啦，——现在把瓶口沾沾湿。”

我这样做了，他滴了十二滴紫红色液体，递给梅森。

“喝下去，理查；它会把你缺少的勇气鼓起来，维持一两个小时。”

“可是，它对我有害吗？——会发炎吗？”

“喝！喝！喝！”

梅森先生服从了，因为很明显抗拒也没用。他现在已经穿好衣服；他看上去还很苍白，但是已经不再是血迹斑斑的了。他咽下那液体以后，罗切斯特先生让他坐了三分钟，然后扶着他的胳臂：

“我相信你现在可以站起来了，”他说；“试试看。”

病人站了起来。

“卡特，扶着他另一个腋下。拿出勇气来，理查；跨一步，——对！”

“我是觉着好点儿了，”梅森先生说。

“我相信你是好点儿了。喂，简，在我们前头走，到后楼梯去；拉开旁边过道的门闩，叫驿车的车夫准备好，告诉他我们就来。你会看到他就在院子里，——或者就在外面，因为我吩咐过他，不要在铺道上赶他那格辚辚响的马车。还有，简，要是附近有人，就到楼梯脚下来咳嗽一声。”

这时候是五点半，太阳刚要升起；但是我发现厨房里还是又黑又静。旁边过道的门闩着，我尽可能不出声地把它打开；整个院子寂静无声；可是大门敞开着，有一辆驿车停在外边，马已套上，马车夫坐在他的座位上。我朝他走过去，说先生们就来；他点点头；然后我小心地向四下里看看，听听。到处是一片凌晨的寂静。仆人卧房窗口还垂着窗帘；小鸟刚在让繁花染白了的果树中啁啾，树枝像白色花环般地低垂在院子一边的围墙上。拉马车用的马在关着的马厩里时不时地跺脚；其他一切都是静止的。

现在先生们出来了。梅森由罗切斯特先生和外科医生扶着，走得还算安稳。他们扶他上了马车；卡特跟着上去。

"照料照料他，"罗切斯特先生对后者说，"留他住在你家，直到他完全复原。我过一两天会骑马过来看看他的情况。理查，你觉得怎么样？"

"新鲜空气让我的精神恢复了，菲尔费克斯。"

"让他那边的窗子开着，卡特；没风——再见，狄克。"

"菲尔费克斯——"

"呃，怎么样？"

"让她受到照料；让她受到尽可能温和的对待；让她——"他停了下来，哭了。

"我尽力而为；过去这样，将来也这样，"他回答；随手关上马车门，马车走了。

"愿上帝让这一切结束吧！"罗切斯特先生一边关上并闩起重重的院门，一边补充说。

门闩好以后，他步履缓慢，神思恍惚地朝果园围墙上的一扇门走去。我以为他不需要我再干什么了，准备回到房子里去；然而，我又听到他叫"简！"他已经打开门，站在那儿等着我。

"到有新鲜空气的地方来待一会儿，"他说；"那房子简直是个土牢；你没这感觉吗？"

"在我看来，它是个漂亮的宅子，先生。"

"无经验的魔力蒙住了你的眼睛，"他答道，"你通过被魔力控制的媒介看它，你看不出镀金只是粘泥，丝绸帷幔只是蛛网；大理石只是肮脏的石板，上光的木器只是废木片和剥落的树皮。而**这儿**（他指指我们进入的绿叶繁茂的园子），一切都真实、甜蜜、纯洁。"

他沿着一条小径信步走去。小径的一边种着黄杨、苹果树、梨树、樱桃树，另一边是一长溜花坛，种着各式各样常见的花：紫罗兰、石竹、报春花、三色堇，夹杂着青蒿、多花蔷薇和各种香草。在接连而来的四月的阵雨和阳光以后，紧跟着又是一个可爱的春日早晨，使这些花花草草现在都显得极其新鲜。太阳刚进入霞光灿烂的东方，阳光照耀着枝叶缠绕、露珠晶莹的果树，洒落在树下静悄悄的小径上。

"简，你要一朵花吗？"

他采了一朵蓓蕾初开的玫瑰，是玫瑰丛中的第一朵，把它给我。

"谢谢你，先生。"

"你喜爱这日出吗，简？喜爱那天空和它那等天一转暖就会消失的高高的轻云吗？——喜爱那宁静怡人的气氛吗？"

"喜爱，非常喜爱。"

"你度过了一个奇怪的夜，简？"

"是的，先生。"

"它让你显得苍白——我留你和梅森单独在一块儿，你害怕吗？"

"我怕有人从里屋出来。"

"可是我把门锁上了——钥匙在我口袋里，要是我让一头羊羔——我心爱的羊羔——离狼窝那么近，而不加防范，那我就会是一个粗心的牧羊人了；你那时候是安全的。”

“还让格莱思 · 普尔住在这儿吗，先生？”

“哦，是啊！别为她费脑子了——别再想这件事了。”

“可是在我看来，她待在这儿，你的生命就不大安全。”

“别怕——我会照料自己的。”

“你昨夜担心的危险，现在过去了吗，先生？”

“在梅森离开英国以前，我不能确定；即使他离开了，也还是不能。对我来说，简，活着就是站在火山口的地壳上，它每天都可能裂开，喷出火来。”

“可是，梅森先生似乎是个容易让人牵着走的人。先生，你的影响显然能左右他；他决不会违抗你，或者存心伤害你。”

“哦，不！梅森不会违抗我；也不会明知故犯地伤害我——可是，他可能无意中说出一句不小心的话，一下子就——即使不剥夺我的生命吧，也永远剥夺了我的幸福。”

“那就叫他小心点，先生，让他知道你担心什么，告诉他怎么样来避开那危险。”

他讥嘲地笑了，匆匆抓住我的手，又同样匆匆地放开。

“傻瓜，要是我能这么做，哪儿还有危险呢？一下子就消灭了。自从我认识梅森以来，我只消对他说‘做这件事’，事情就做好了。可是在这个情况下，我不能给他下命令；我不能说‘小心别伤害我，理查’；因为我不能让他知道可能伤害我。现在你似乎迷惑不解了；我还会进一步叫你迷惑不解。你是我的小朋友，是不是？”

“我喜欢为你效劳，先生，并且在一切正当的事情上服从你。”

“确实如此，我看到了你是这样做的。当你帮助我和使我高兴的时候——当你在你特别地称之为‘一切正当的事情’上，为我工作和跟我一起工作的时候，我从你的步子、神态、眼睛和脸上看到了真正的满意。因为假如我吩咐你做你认为不正当的事情，你就不会有步态轻松的快跑，心灵手巧的敏捷，也不会有活泼的眼神和生气勃勃的脸色了。我的朋友会安静而又脸色苍白地转过身来对我说：‘不，先生；这是不可能的，我不能这样做，因为这是不正当的。’还会变得像一颗恒星那样不可动摇。是啊，你也有力量左右我，而且能伤害我；但是我不敢向你指出我什么地方容易受伤，要不然，即使你是如此的忠实和友好，你也会马上把我刺穿。”

“如果你怕梅森先生并不超过怕我，那末先生，你是安全的。”

“愿上帝俯允果真如此！简，这儿有个凉亭；坐下吧。”

凉亭是墙内的一个拱形结构，上面攀满了藤萝，里边有一个带皮树枝做的座位。罗切斯特先生坐了下来，不过空出地方来让我坐。我却还是站在他面前。

“坐下，”他说；“这张凳子够坐两个人，你对于在我身旁坐下，不会感到踌躇吧？这是不正当的吗，简？”

我用坐下作为回答；我觉得，拒绝是不明智的。

“现在，我的小朋友，太阳正在吮吸着露水——这古老花园里所有的花儿正在醒来，舒展它们的花瓣，鸟儿正从桑菲尔德为它们的孩子衔来早餐，早起的蜜蜂正忙着它们第一阵的工作——我要给你讲一件事情；你必须竭力设想这是你自己的事情，不过首先你得看着我，告诉我你很安心，并不担心我留你在这儿是不正当的，或者担心你自己留在这儿是不正当的。”

“不，先生，我很满意。”

“好吧，简，让你的想象帮助你吧；——设想你不再是一个很有教养的姑娘，而是一个从童年起就被放纵惯了的野男孩；想象你是在一个遥远的外国；想象你在那儿犯了一个大错，不管它属于什么性质，或者出于什么动机。但是，它的后果将跟随你一生，而且玷污你的生活。注意，我不是指一件罪恶；我不是说流血或者其他什么犯罪行为，那些罪可以使犯罪者受法律制裁；我说的是错误。你渐渐觉得，自己所做的事其后果完全无法忍受；你采取措施获得解脱，采取的是不寻常的措施，但既不是不合法的，也不是有罪的。可是你仍旧痛苦，因为在生活的范围内，你被希望抛弃了。你的太阳在正午时刻因为日食而变暗了，而且你感到在日落前无法摆脱它。痛苦和卑贱的联想成了你回忆的惟一粮食；你四处徘徊，在流浪中寻找安宁，在放荡的生活中寻找快乐——我指的是那种没有爱情而只有肉欲的放荡生活——它使你智力迟钝，感情枯萎。你是那样的心倦神怠，在多年的自暴自弃后，你回到家里，找到了一个新朋友——不去管是如何或是在哪儿找到的，你在这个陌生人身上找到了许多光辉的优良品质。这是你二十年来一直在寻求而未能遇到的；它们都新鲜、健康、没有被玷污或者败坏。这样的友谊使人复活和再生；你感到比较美好的日子回来了——有了比较崇高的愿望，比较纯洁的感情；你希望重新开始你的生活，希望用一种比较配得上一个不朽的灵魂的方式度过你的余生。为了达到这个目的，你是否有理由跳过习俗的障碍——一种既不被你的良心所认可，也不被你的判断所同意的传统的障碍？”

他停下来等待我的回答。我该说些什么呢？哦，愿善良的神明启示我一个明智而又满意的回答吧！多么徒然的愿望！西风在我周围的藤萝里低语，可是并没有温和的爱丽儿[①]借助它的声息来传递话语，鸟儿在树梢间唱歌；可是，它们的歌声不管多么甜蜜，却无法让人理解。

罗切斯特先生又提出问题。

“这个流浪过、犯过大错、而如今寻求安宁和忏悔的人，敢于向世

① 爱丽儿，中世纪传说中的空气精灵。

人的舆论挑战，为了让这个温柔、文雅、和蔼的陌生人永远依附他，借此取得他自己心灵的宁静和生活的更新，这样做是不是正当呢？”

“先生，”我回答，“一个流浪者的安宁或者一个犯过大错的人的悔过自新，决不应该依靠同类。男人和女人都会死去，哲学家会在智慧上动摇，基督徒会在善行中动摇。要是你认识的什么人受过苦，做过错事，那就让他到比同类更高的地方去寻求力量来补救，寻求安慰来治疗吧。”

“但是工具——工具呢！做这事情的上帝要指定工具。我自己就曾经是个世俗的、浪荡的、不安的人，我跟你说这话不是打比喻；我相信我已经找到了给我治疗的工具，在——”

他停了下来，鸟儿继续欢唱，叶子轻轻地沙沙作响。我几乎感到奇怪，它们居然没停下歌唱和低语来倾听这暂停的启示；不过它们得等好多分钟——沉默持续得那么久。最后，我抬头看看那迟缓的说话者；他正热切地看着我。

“小朋友，”他说，声调完全变了——脸也变了；失去了它的温柔和严肃，变得粗暴和讥讽——“你注意到我对英格拉姆小姐的爱恋了吧；要是我跟她结了婚，你不认为她会使我完全自新吗？”

他一下子站起来，走到小径的那一头；他走回来的时候，哼着一支曲子。

“简，简，”他在我面前停下说，“你熬夜熬得脸都苍白了；我打扰了你的休息，你不咒骂我吗？”

“咒骂你？不，先生。”

“握握手证实一下吧。多冷的手指！昨夜在那神秘的房间门口握住你的手的时候，手指比现在暖和。简，你什么时候再跟我守夜？”

“不管哪回用得着我的时候，先生。”

“比如说，我结婚的前一夜！我相信，我一定睡不着。你答应坐着陪我吗？我可以跟你谈谈我那可爱的人；因为现在你已经看见过她，而且认识她了。”

“是的，先生。”

“她是个世上少有的人，是不是，简？”

“是的，先生。”

“一个魁伟的人——一个真正魁伟的人。简，高大、褐色、健美；头发像迦太基女人们的一样。哎呀！丹特和利恩在马厩里！你沿着灌木丛、穿过小门进去吧。”

我走这条路，他走另一条，我听见他在院子里高兴地说：

“今天早上梅森比你们大家都早；太阳出来以前，他就走了；我四点钟就起身给他送行了。”

第二十一章

预感是奇怪的东西！交感也是；征兆也是；三者结合就成为一个谜，而解谜的钥匙，人类至今还没发现。我一生中从没嘲笑过预感；因为我自己就有过奇怪的预感。交感，我相信是存在的（比如，在相隔很远、长久不见、完全生疏的亲属之间；尽管他们疏远，但是各人追根到底，却断定同出一源），它的作用超出了凡人的理解。征兆，也许只是大自然和人的交感。

当我还是个小娃娃，才六岁的时候，有一天夜里，听白茜·利文对玛莎·阿葆特说，她梦见一个小孩；还说，梦见小孩表示自己或者亲属肯定有麻烦事。要不是紧接着发生了一件事，把这个说法不可磨灭地铭刻在我记忆里，它可能已经被我遗忘了。第二天白茜给叫回家去看她的临终的小妹妹。

最近我常常回想起这个说法和这一件事；因为在过去一个星期中，几乎没有一夜躺在床上不梦见一个小孩；有时候我抱着他哄他安静下来，有时候把他放在我的膝头上颠动，有时候看着他在草坪上玩雏菊，再不就是看着他用手玩流水。这一夜是个嚎啕大哭的小孩，下一夜呢，是一个哈哈大笑的小孩；一会儿他紧紧偎依着我，一会儿从我这儿跑开；可是，不管他有什么心情，有什么长相，一连七夜，我一进睡乡，他就来迎接我。

我不喜欢这种同一概念的一再重复——这种同一形象的奇怪的反复出现；随着睡觉时间的来临、随着出现幻象的时刻的临近，我就变得紧张起来。在那个月明之夜，我正是在和孩子幻象作伴的时候听见叫声惊醒的，第二天下午有人带口信来叫我下楼去，说是菲尔费克斯太太屋里有人找我。我走到那里，发现有一个男人在等我。他外表看上去像绅士的仆人，服着重丧，拿在手里的那顶帽子缠着黑纱。

“你也许不大记得我了，小姐，”我进去的时候，他一边站起来一边说；“我姓利文；八九年前你住在盖兹海德府的时候，我住在那儿，给里德太太当马车夫；现在我还住那儿。”

“哦，罗伯特！你好！我完全记得你；你有时候让我骑乔奇安娜的栗色小马。白茜好吗？你跟白茜结了婚了？”

“是的，小姐；我女人身体很壮健，谢谢你；大约两个月以前，她又给我生了个小家伙——我们有三个啦——娘和孩子都很好。”

“宅子里的人都好么，罗伯特？”

“真遗憾，我不能给你讲点好一点的消息，小姐；眼下他们很糟——遭了大麻烦啦。”

“但愿没人去世吧，”我看了一眼他的丧服说。他也看看缠在他帽子上的黑纱回答说：

“约翰先生在他伦敦的住处去世了，到昨天刚满一个星期。”

“约翰先生？”

“是啊。”

“他妈妈怎么经受的？”

“咳，你知道，爱小姐，这可不是什么一般的不幸；他生活很放荡；最后这三年实在荒唐；他的死叫人吃惊。”

“我听白茜说，他情况不好。”

“怎么会好！他的情况糟得不能再糟了；他在最坏的男人和女人中间把健康和产业都毁掉了。他欠了债，进了牢；他妈妈两次把他弄出来，可是，他一出牢就回到他的老伙伴那儿，恢复了他的老习惯。他脑子不好；和他住在一块儿的那些流氓骗了他，那样的骗法我以前从没听说过。大约三个星期以前，他来盖兹海德府，要太太把一切都给他。太太不给；她的财产早就让他挥霍掉许多；所以他又回去，接下来的一个消息就是他死了。他怎么死的，上帝知道！——听说是自杀的。”

我默不作声，这消息太可怕了。罗伯特·利文接着又说：

“太太身体不好，有一个时期了；她原先长得很胖，可是胖虽胖，却并不结实；损失了钱，怕变穷，弄得她身体完全垮了下来。约翰先生去世，消息又来得那么突然，使她中风了。她三天没说话；可是上星期二她似乎好了一点，好像要说什么，不断地向我女人打手势，嘟嘟哝哝地说话。不过，直到昨天早上，白茜才听懂，她说的是你的名字；最后她听出这些话，‘把简带来——把简·爱找来；我要跟她说话。’白茜不能肯定她是不是神志清醒，或者她说这话有什么意思；于是告诉了里德小姐和乔奇安娜小姐，劝她们派人找你。开头，两位小姐拖延着，可是她们的妈妈变得那么不安，一再说：‘简，简，’最后她们只好同意。我昨天离开盖兹海德；要是你来得及准备，小姐，我想明天一清早就送你回去。”

“行，罗伯特，我来得及准备，我看我应该去。”

“我也是这么想，小姐。白茜说她肯定你不会拒绝。不过我想，你动身前得请个假吧？”

“对，我这就去；”我带他到仆人的餐室，把他托给约翰夫妇俩照料，我就去找罗切斯特先生了。

在楼下哪一间屋子里都找不到；他不在院子里，不在马厩里，也不在庭园里。我问菲尔费克斯太太是否看见他；——她说看见的，相信他在跟英格拉姆小姐打弹子。我匆匆走到弹子室，那儿是一片球的撞击声和嗡嗡的低语声；罗切斯特先生、英格拉姆小姐、两位埃希敦小姐和她们的崇拜者都在忙着打球。要去打扰如此兴致勃勃的一伙人，得有点儿勇气；然而，我的使命却不容许我耽搁，所以我朝主人走过去。他正站在英格拉姆小姐身边。我走近的时候，她回过头来，傲慢地看看我，她的眼神似乎在问：“这个偷偷溜进来的家伙要干什么？”听到我低声叫：“罗切斯特先生，”她做了一个动作，仿佛想命令我走开。我还记得她当时的样子——非常优雅，非常引人注目；她穿一件天蓝色绉纱晨袍；蔚蓝色长纱巾缠着头发。她玩球玩得正带劲，被激发的自尊心并没减弱她那骄傲的相貌上的表情。

“那个人是找你吗？”她问罗切斯特先生；罗切斯特先生回过头来看看“那个人”是谁。他扮了个古怪的鬼脸——他的一个奇怪而暧昧的表示之一——扔下球棒，跟我走出房间。

“什么事，简？”他背靠在教室的关着的门上说。

“对不起，先生，我要请一两个星期假。”

“干什么？——上哪儿去？”

“去看一个生病的太太，她派人来叫我去。”

“什么生病的太太？——她住在哪儿？”

“在某某郡的盖兹海德。”

“某某郡？有一百英里路！她是谁，叫人那么路远迢迢地去看她？”

“她姓里德，先生——里德太太。”

“盖兹海德的里德吗？是有过一个盖兹海德的里德，一个地方长官。”

“是他的寡妇，先生。”

“你跟她有什么关系？你怎么认识她的？”

“里德先生是我的舅舅，——我妈的哥哥。”

“他是你舅舅，真见鬼！你以前从没跟我说过；你总是说你没有亲戚。”

“我没有一个肯承认我的亲戚，先生。里德先生去世了。他妻子撵走了我。”

“干吗？”

“因为我穷，是个累赘，她不喜欢我。”

“可是里德有孩子留下吧？——你总有表姐妹啰？昨天，乔治·利恩还在谈起盖兹海德的里德。他说那个里德是城里最地道的无赖；英格拉姆也谈起过那个地方的一个乔奇安娜·里德，因为长得美，前两个社交季节在伦敦很受崇拜。”

“约翰·里德也死了，先生；他毁了自己，也几乎毁了他的家庭，据猜测，是自杀的。他妈听了这个消息大为震惊，中风了。”

“你能对她有什么好处呢？糊涂，简！我绝不会想跑一百英里路去看一个老太太，也许你还没到，她就死了；再说，你说她撵走了你。”

“是的，先生，可那是很久以前的事了；她那时候的情况完全不同；而现在，我要是忽视她的愿望，我就不安心了。”

“你要待多久呢？”

“尽可能少待，先生。”

“答应我，只待一个星期——”

“我最好还是不要许下诺言；我也许不得不食言。”

“你无论如何**要**回来；你不会让任何借口说服，去和她永远住在一起吧？”

“哦，不会！要是一切都很好的话，我当然会回来。”

“谁跟你一块儿去呢？你不见得孤零零一个人旅行一百英里吧。”

“不，先生，她派她的马车夫来的。”

“是个可靠的人吗？”

“是的，先生，他在里德家住了十年了。”

罗切斯特先生考虑了一下。“你打算什么时候走？”

“明天一清早，先生。”

“好吧，你得带点钱；没钱不能旅行，也许你钱不多吧；我还没付过你薪水呢。你到底有多少钱，简？”他微笑着问。

我掏出钱袋；钱少得可怜。“五先令，先生。”他拿起钱袋，把钱倒在手心里，对着它格格地笑起来，仿佛钱少使他高兴似的。他立即拿出皮夹：“哪，”他说，给了我一张票子，是五十镑的，而他只欠我十五镑。我告诉他没有钱找。

“我不要找，你知道的。收下你的薪水吧。”

我拒绝接受超过我应该拿的钱。开始他有点不高兴，接着，仿佛想起什么似地说：

“对，对！现在还是不全部给你好；要是你有了五十镑，也许你会在那儿待上三个月的。给你十镑；不是很多了吗？”

“很多了，先生，可是现在你欠我五镑。”

“那就回来拿吧；你存四十镑在我这儿。”

“罗切斯特先生，趁我有机会，我还不如再跟你谈一件职务上的事。”

“职务上的事？我倒很想听听。”

“你事实上已经告诉了我，先生，你不久就要结婚了？”

“是啊，怎么样？”

“那样的话，先生，阿黛勒应该上学去；我相信，你会看到这样做的必要性。”

“让她离开我新娘要走的路，否则，她会重重地打她身上踩过去。这个建议无疑是有点道理。正像你说的，阿黛勒是该上学去；而你，当然就直接去——见鬼？”

“我不希望，先生；可是我得在什么地方另外找个职位。”

“在适当的时候！”他带着鼻音嚷道，又古怪又可笑地做了个怪脸。他看了我几分钟。

“我想，你会去求里德老太太和她的女儿，两位里德小姐，帮你找个职位吧？”

“不，先生；我跟我的亲戚可没处得那么好，让我可以请他们帮我什么忙——不过我将登广告。”

“你要走到埃及的金字塔上去了！”他咆哮着说。“你冒险登广告！但愿我只给了你一个英镑，而不是十英镑。还九镑给我，简；我要用。”

“我也要用啊，先生，”我一边回答，一边把手和钱袋都放到背后。“无论如何我不能没有钱。”

“小吝啬鬼！”他说，“问你要点儿钱都不肯！给我五镑，简。”

“五先令都不给，先生；五便士都不给。”

“就把钱给我看一看吧。”

“不，先生；不能相信你。”

“简！”

“怎么？”

“答应我一件事。”

“只要力所能及，先生，不管什么我都可以答应。”

“不要登广告；把找职位的事交给我吧。到时候，我会给你找个职位的。”

“我将乐于这样做，先生，只要你也答应我：在你的新娘进门以前，让我和阿黛勒都平安地离开这儿。”

“很好！很好！我发誓做到。那末，你明天就走了？”

“是的，先生；一清早。”

“晚饭后，你到休憩室来吗？”

“不来，先生，我得收拾收拾行装。”

“那末，你跟我得暂时告别了？”

“我想是的，先生。”

“人们是怎么举行告别仪式的，简？教教我；我不大会干这事。”

"他们说声'再见'；或者采用他们喜爱的任何其他形式。"

"那末就说吧。"

"再见，罗切斯特先生，暂时小别。"

"我该怎么说呢？"

"要是你愿意的话，先生，也这么说。"

"再见，爱小姐，暂时小别；就这样完了吗？"

"完了。"

"依我看，这样似乎吝啬、干巴巴、不友好。我还想要点什么别的；在仪式之外再加上一点儿。譬如说，如果握握手；不过还不够——那也不能使我满意。那末，除了说声再见以外，你不愿再干什么了吗，简？"

"够了，先生；一句打心底里说出来的话所表达的好意，可以和许多话所表达的一样多。"

"很可能；可是它既空洞又冷淡——'再见'。"

"他背靠着那扇门，打算站多久啊？"我心里想；"我得着手打行李了。"晚饭钟响了，他突然跑开，没再说一个音节；那天我没再看见他，第二天他还没有起身我就出发了。

5月1日下午五点钟光景，我到达盖兹海德的门房。我在到宅子里去以前先上那儿。它非常整洁；装饰窗上挂着小小的白窗帘；地板上没有污迹；炉栅和火炉用具擦得发亮，炉火明亮地燃烧着。白茜坐在炉边，给她最小的孩子喂奶，罗伯特和他妹妹文文静静地在一个角落里玩。

"哎呀——我知道你会来的！"我进去的时候，利文太太叫道。

"是啊，白茜，"我吻了吻她，说；"我相信来得不太晚吧。里德太太怎么样？——我希望她还活着。"

"是的，她活着；比以前神志清楚些，也安定些。医生说，她还可以拖一两个星期；可是认为她不大会恢复健康。”

“她最近提起我吗？”

“今天早上还在谈起你，希望你来；不过她现在睡着了；或者不如说，十分钟以前我在楼上的时候，她正睡着。她一般昏睡一个下午，六七点钟醒来。你在这儿休息一个小时，小姐，然后我跟你一起上去，好吗？”

这时候，罗伯特进来了，白茜把她那睡着的孩子放在摇篮里，走上前去欢迎他；随后她硬要我脱下帽子，吃点儿茶点；因为她说我看上去又苍白又疲倦。我高兴地接受她的殷勤招待；顺从地听任她给我脱去旅行服，就像小时候让她给我脱衣服一样。

她来来去去地忙着——拿出茶盘，放上她最好的瓷器，切面包和黄油，烤茶点饼，时不时地打一下、推一下罗伯特或简，像以前对我那样，我看着看着，往事迅速地涌上我的心头。白茜还保持着她那轻盈的步态、美好的容貌和暴躁的性格。

茶点准备好了，我刚要朝桌子走去，她却要我坐着不动，还是用她从前那种命令的口气。她说，得端到炉边来给我吃；她在我面前放了一张小圆茶几，上面放着我的杯子和一碟吐司，完全像她从前把偷偷拿来的精美食物搁在婴儿室的椅子上给我吃一样；我也像往日那样微笑着服从她。

她想知道我在桑菲尔德府是否快活，女主人是怎么样一个人；我告诉她只有一个男主人，她就问，他是不是一个好绅士，我是不是喜欢他。我告诉她说他长得相当丑，但完全是个绅士；还说他待我很好，我很满意。然后我继续给她描述最近来宅子住的那伙欢乐的人们；白茜兴致勃勃地听着那些细节，恰好都是她爱听的。

谈着谈着，一小时很快就过去了。白茜又给我戴上帽子，等等；我便由她陪着离开门房，到宅子里去。将近九年以前，我也正是由她陪着走下我现在沿着走上去的那条路。在1月的一个黑暗有雾的阴冷早晨，我怀着绝望、痛苦的心情，怀着被放逐被摒弃的感觉，离开了一所敌视的房子，去寻求劳渥德那寒冷的栖身之所，那既遥远又没探索过的目的地。这所敌视的房子现在再一次矗立在我面前，我的前途还渺茫；我的心还疼痛。我仍然觉着自己像是地球表面上的一个流浪者；可是，对于我自己和自己的力量我感到有了更坚定的信心，对于压迫也不再感到那么畏畏缩缩。我的冤屈的绽开的伤口，现在已经愈合；怨恨的火焰已经熄灭。

“你先上早餐室去，”白茜说，她在我前面穿过大厅；“两位小姐都在那儿。”

不一会儿，我就进了那间屋子。每件家具都在，看上去完全跟我第一次被介绍给布洛克尔赫斯特先生的那个早上一模一样；他曾经站在上面的那条地毯还铺在炉边。朝书架看一眼，我想我能认出那两本比维克的《英国禽鸟史》，还搁在第三格上的老地方；认出搁在再上面一格的《格列佛游记》和《一千零一夜》。没生命的东西都没变；可是有生命的东西却变得认不出来了。

两位年轻小姐出现在我面前；一个长得很高，和英格拉姆小姐差不多高，也很瘦，脸色发黄，神态严肃。样子有点像苦行者。她穿着裙子平直的黑呢长服，戴着浆洗过的麻布领，头发从两鬓往后平梳，还有着修女用的装饰品：一串黑檀木念珠和一个十字架。这极其朴素的打扮，更使她像个苦行者。我肯定这是伊丽莎，虽然我在那张拉长的、没血色的容貌上看不出和以前的她有什么相似之处。

另一个当然是乔奇安娜；可不是我记忆中的那个乔奇安娜——纤弱的、仙女般的十一岁的姑娘。这是一个丰满的、很胖的少女，美得跟蜡人似的；有漂亮的端正的五官，含情脉脉的蓝眼睛，黄色的鬈发。她的衣服也是黑色的；式样却和她姐姐的那么不同——要飘逸和合身得多，它看上去很时髦，正如另一个看上去很像清教徒一样。

两个姐妹各有母亲的一个特点——只有一个；瘦弱苍白的大女儿有她母亲的烟水晶[①]一般的眼睛；而那鲜花似的娇艳的小女儿却有她的下颏和下巴的轮廓，——也许稍为柔和一点，不过还是给了容貌一种无法描绘的严厉；要不是这样的话，那容貌可说是妖艳、娇媚的了。

我走上前去的时候，两位小姐都起来欢迎我，两人都称我“爱小姐”。伊丽莎的招呼是用短促而突然的声音说的，也没有带着笑容；说完她就又坐了下来，眼睛盯着火，似乎把我忘了。乔奇安娜除了说声“你好！”之外，还用拖长了的声音加了几句有关我的旅行、天气之类的寒暄；同时好几次斜着眼从头到脚打量我。她的眼光时而掠过我那淡褐色美利奴呢大衣的褶裥，时而停留在我那乡下帽子的普通饰边上。小姐们有一个奇怪的方法，不必真正把话说出来，就可以让你知道她们认为你是个“怪物”。某种神情的傲慢、态度的冷淡、语调的漠然，充分表达了她们在这方面的感情，而不必用任何言语和行动上的极端粗鲁来表达。

然而，不管是明嘲还是暗讽，现在对我来说，都已不再具有一度有过的那种力量了。我坐在表姐们中间，吃惊地发现，我虽然受到其中一个人的完全怠慢和另一个人的半带讥讽的殷勤，我还是多么地泰然自若——伊丽莎并没使我感到难堪，乔奇安娜也没使我感到生气。事实是，我有别的事要考虑；在过去几个月当中，我心里唤起的感情比她们所能引起的要强烈得多——激起的痛苦和欢乐比她们有力量施加或赐予的要厉害和剧烈得多，所以她们的神气不论好坏都引不起我的关心。

“里德太太好吗？”我马上问，镇静地看着乔奇安娜；她认为应当

---

① 烟水晶，苏格兰凯恩高姆山产的一种黄褐色石英。

对这直截了当的称呼表示愤怒，仿佛那是一种意想不到的放肆。

“里德太太？啊！你是说妈妈；她身体很不好；我看你今晚未必能去见她。”

“要是，”我说，“你只是上楼去告诉她一声，说我来了，那我就非常感激你了。”

乔奇安娜差点儿惊跳起来，她把那双蓝眼睛瞪得大大的。“我知道她特别希望看见我，”我补充说，“除非绝对必要，我不愿再推迟去听听她的愿望。”

“妈妈不喜欢人家在晚上去打扰她，”伊丽莎说。我马上站起身来，不用别人请就自己默默地脱掉帽子和手套，说要走出去找白茜——也许她在厨房里——请她问问清楚，里德太太今晚是否愿意接待我。我去了，找到了白茜，打发她去给我问问，我着手进一步采取措施。在这以前，我一直习惯于在傲慢面前退缩；要是换了一年以前，受到今天这样的接待，我会下决心第二天早上就离开盖兹海德；而现在，我却一下子就看出了，那将是个愚蠢的计划。我已经路远迢迢地赶了一百英里路来看舅妈，我就得在她这儿留下来，直到她好转——或者去世；至于她女儿的傲慢和蠢举，我得撇在一边不去管它；我自己拿主意。所以就找了管家，请她带我到一间屋子去，告诉她说我可能在这儿做客，住一两个星期，让她把我的箱子搬进屋子，我自己跟着去。在楼梯平台上，我遇到了白茜。

“太太醒着，”她说；“我告诉她说你来了；来，让我们看看她是不是认识你。”

我用不着别人带我进那间熟悉的房间，从前，我常常被叫到那儿去受罚或者挨骂。我匆匆地走在白茜前面，轻轻地打开门；桌子上放着一盏有灯罩的灯，因为现在天渐渐黑了。那儿还像以前一样，放着那张四根柱子的大床，上面挂着琥珀色帐子；还有梳妆台，扶手椅，脚凳。我曾经上百次在这张脚凳上罚跪，请求宽恕我未曾犯过的过错。我朝附近某个角落望望，有点想看到我一度害怕过的鞭子的细细的轮廓；过去它常躲在那儿，等着要像小鬼般地跳出来抽打我发抖的手掌或畏缩的脖子。我走近大床，拉开帐子，朝堆得高高的枕头弯下身去。

我清清楚楚地记得里德太太的脸，我急切地寻找那熟悉的形象。时间平息了复仇的渴望，压下了愤怒和厌恶的冲动，这是件快乐的事。我在痛苦和憎恨中离开这个女人，现在我回来时的心情，却只是同情她的极大病痛，强烈渴望忘却和原谅一切伤害——强烈渴望和好，并在亲善中握手。

那张熟悉的脸就在那儿，像以前一样严酷无情——还有那任何东西都不能软化的特别的眼睛，以及微微抬起的专横暴虐的眉毛。那张脸曾经多少次向我投来恐吓和仇恨！如今我看着它那严厉的轮廓，童年时代的恐怖和悲伤的回忆是怎样地涌上了心头啊！然而，我还是弯下身子吻了她，她看着我。

"是简·爱吗？"她问。

"是的，里德舅妈，你好吗，亲爱的舅妈？"

我曾经起誓再也不叫她舅妈，我认为现在忘记和违反这个誓言并不是罪过。我的手指紧紧地握住她那只放在被单外面的手。如果她慈爱地握住我的手，那时我会体验到一种真正的愉快。但是不易感动的本性不是那么一下子就能变得柔和的，天生的反感也不是立即能消除的。里德太太把手移开，把脸从我这儿转过去，她说夜晚是暖和的。她又一次这样冷冰冰地对待我，我马上觉察到她对我的看法——她对我的感情——并没有改变，而且是不可能改变的。她那石头般冷酷的眼睛，温柔不能使它感动，眼泪不能使它溶解。从她的眼睛中我看出她决心到最后一刻都还认定我是坏的；因为如果承认我是好的，那么给她带来的将不是宽厚的快乐，而只是一种屈辱的感觉。

我感到痛苦，接着又感到愤怒，最后我下决心要征服她——不管她的性格和意愿如何，我要控制她。像在童年时代一样，我的眼泪已经涌了上来，我命令它们回到源头。我拿了把椅子放在床头边坐下，身子俯在枕头上。

“你叫我来，”我说，“我来了，而且我想住下，看看你的病情的发展。”

“哦，当然啰！你看到我的女儿了？”

“看到了。”

“好吧，你可以告诉她们，我希望你住下，一直到我能够把心里几件事跟你好好谈一谈，今天晚上太晚了，而且我也很难想起来。不过我是有点事要说——让我想想看——”

她那游移的眼神和变了的语调说明了原来健壮的身体受到了怎样的摧残。她不安地辗转着，拉过被单把身子裹起来，我的胳臂肘正好搁在她的一个被角上，把它压住了，她马上恼怒起来。

“坐直！”她说，“不要紧紧地抓住被子来烦扰我——你是简·爱吗？”

“我是简·爱。”

“这个孩子给我添的麻烦，多得谁也不会相信。这样一个累赘留在我手里——她那性格真是莫名其妙，她常常突然发脾气，还老是鬼鬼祟祟地察看别人的行动，她每天每刻就用这一切来给我惹出许多烦恼！我肯定地说，有一次她像疯子或者像个魔鬼似地对我说话——没有一个孩子曾经像她那样说话和看人。把她撵出这所房子，我很高兴。他们在劳渥德对她怎么样？那儿发生了伤寒，许多学生死了。然而，她却没有死；但是我说她死了——我希望她死了！”

“一个奇怪的愿望，里德太太；你干吗那么恨她呢？”

“我一直不喜欢她的母亲，因为她是我丈夫惟一的妹妹，也是他很喜欢的人。她降低身份结了婚，家里不承认她，他反对家里的这个做法；她的死讯传来的时候，他哭得像个傻子似的。他硬要派人去把她的婴孩领回来，虽然我劝他宁可出钱在外面找奶妈抚养。我第一眼见到她就恨她——一个病恹恹的、哭哭啼啼的、瘦小的东西！整夜在摇篮里呜咽，不像任何别的孩子那样痛痛快快地号叫，而是呜呜咽咽、哼哼唧唧。里德可怜她，常常看护她，留意她，就跟是他自己的孩子似的。说实在的，他自己的孩子在这个年龄的时候，他还从没这么留意过。他试着要我的孩子们对这个小要饭的友好；亲爱的孩子们都受不住，他们表示不喜欢她，他就跟他们发火。他在最后一次生病期间，还不断地叫人把她抱到床边；临终前一小时，还强迫我发誓继续抚养这个东西。我倒宁可收养一个从济贫院抱来的小叫花子，但是他软弱，天生的软弱。我很高兴，约翰一点都不像他父亲；约翰像我，像我的兄弟——他是个十足的吉布森家的人。哦，但愿他别再用要钱的信来折磨我！我再也没钱给他了，我们变穷了。我得把一半用人打发走，把一部分房子空关起来或者租出去。我绝不甘心这么做——可是我们怎么生活下去呢？我的收入有三分之二都拿去付抵押利息了。约翰没命地赌博，而且老是输钱——可怜的孩子！他被骗子包围了，约翰变坏了，堕落了，——他的脸色实在可怕——我看到他的时候我都为他害臊。”

她越说越激动。“我想我现在最好还是离开她，”我对站在床另一边的白茜说。

“也许你还是离开好，小姐；但是到了晚上她经常这样说话——早晨她比较安静。”

我站起来。“站住！”里德太太叫道，“我还有件事要说。他威胁我——他老是用他的死，或者我的死来威胁我；有时候我梦见在为他大殓，他的喉部有一个很大的伤口，或者脸又肿又黑。我来到了一个奇怪的关口，我有很多麻烦。怎么办呢？怎么去弄钱呢？”

这时白茜竭力说服她服一剂镇静药；她好不容易才把她说服。不久，里德太太渐渐安静下来，最后进入昏睡状态。于是我离开了她。

十多天过去了，我没有再跟她谈过话。她不断地昏迷或是昏睡。凡是可能使她痛苦地激动起来的事，医生都禁止做。这期间，我尽量同乔奇安娜和伊丽莎和睦相处。一开始，她们的确十分冷淡。伊丽莎会坐上半天，缝纫、读书或者写字，几乎不对我或者她妹妹说一句话。乔奇安娜会一连几小时喋喋不休地对她的金丝雀说一些无聊的话，一点也不注意我。但是我下决心不显得不知干什么或者不知怎么消遣，我带着画图用具，它们既让我有事可干，又让我有了消遣。

我常常拿出一盒画笔，几张纸，离开她们，在窗子附近坐下，忙着画一些幻想的小画，表现出变幻不定的想象的万花筒中瞬间显现的景象，比如：两块岩石中海的一瞥；初升的月亮，和横在圆月上的一条船；一簇芦苇和菖蒲，一个水仙女的头，戴着荷花从里面升起；一个精灵在一圈山楂花下坐在篱雀窝里。

一天早上，我着手画一张脸；哪一种脸呢？我既不关心，也不知道。我拿了一支软铅黑铅笔，把笔尖弄得很粗，开始画了。不一会儿我就在纸上画出一个宽阔突出的额头；脸下半部画得方方的，这轮廓使我高兴；我的手指忙着在里面加上五官。在那个额头下，得画上特别显著的平平的眉毛；接下来，自然是长得很好的鼻子，鼻梁挺直，鼻孔大大的；然后是显得灵活的嘴，长得并不小；再后来是一个坚毅的下巴，中间有一个明显的凹痕；当然还需要画上黑的颊须，还有乌黑的头发，浓密地长在两鬓，在额头上鬈曲成波浪形。现在画眼睛了；我把它们留到最后，因为它们最需要画得仔细。我把它们画得大大的，形状很好；睫毛画得又长又浓；眼黑又亮又大。“好！可是不完全像，”我看看效果，想道；“还要更有力、更精神点，”我把阴影加深，好让光闪得更亮——恰到好处地润饰了一两笔就成功了。哪，朋友的脸就在我眼前；两个小姐转过身去不理睬我又有什么关系呢？我看看它；我对着这栩栩如生的肖像微笑；我看得出了神，感到心满意足。

“那是你认识的人的肖像吗？”伊丽莎问，我没有注意她已经朝我走了过来。我回答说那只是一个想象的头像，赶紧把它放到其他纸下面。当然，我是撒谎；事实上，这是罗切斯特先生的一张十分逼真的肖像。可是除了我以外，对她来说，或者对其他任何人来说，它又有什么意义呢？乔奇安娜也走上前来看看。其他的画她很喜欢，可是她把那一张称作“一个丑人”。她们似乎都对我的技巧感到惊讶。我提出要给她们画像；她们轮流坐下来让我画一个铅笔轮廓。接着，乔奇安娜把她的画集拿出来。我答应画一张水彩画让她放在里面；这一下子就使她脾气好起来。她提议到庭园里去散散步。我们出去了不到两个小时，就兴致勃勃地谈起知心话来了；承蒙她给我描述了两个季节以前她在伦敦度过的光辉灿烂的冬季，描述了她在那儿引起的爱慕和受到的注意；我甚至还听到她暗示，她赢得了有爵位的人的欢心。在下午和晚上，这些暗示逐渐扩大：报道了各种各样温柔的谈话，重演了动情的场面；总之，那一天，她为了我即兴创作了一部时髦生活的小说。这些谈话，每天重新谈一遍，老是那同一个主题——她自己，她的恋爱和悲哀。很奇怪，她一次也没提到她母亲的病，或者她哥哥的死，或者现在家庭前途的悲惨。她的心灵似乎整个被对往日欢乐的回忆和对未来的放荡生活的渴望占据了。每天她在母亲病房里只待五分钟光景，不再多了。

伊丽莎还是很少说话；显然她没时间说。她看上去很忙，我从没见过比她更忙的人；然而却又很难说出她干了些什么；或者不如说，很难看出她勤奋的任何效果。她有个闹钟把她一大早就叫起来。我不知道她早餐前忙什么；可是吃完早餐，她把时间均匀地分成几部分；每一小时都有特定的工作。她一天三次读一本小书，我看了一下，是《祈祷书》。我有一次问她那本书强大的吸引力是什么，她说是“礼拜规程”。她一天花三小时用金线缝一块方形紫红布的边。那块布大得可以作地毯。我问她这东西的用途，她告诉我说，是用来铺在盖兹海德附近新建教堂的祭坛上的。她花两小时写日记，两小时一个人在菜园里干活，一小时整理账目。她似乎不需要同伴，不需要谈话。我相信她是自得其乐的；这种例行工作对她来说已经够了；要是发生任何事情，迫使她打乱那时钟般准确的规律，那可是最叫她烦恼的了。

有一天晚上，她比平时爱谈话，她告诉我，约翰的行为和家庭面临的破产，对她来说是极度痛苦的源泉；但是她说，她现在已经安下心来，并且作了决定。她已经留心保住了她自己的财产；等到她母亲去世，——她平静地说，她母亲完全不可能复原或长久拖下去，——她就要执行一个酝酿已久的计划：找一个幽静的住处，让严守时刻的习惯永远不受干扰，还要在她自己和浮华世界之间放一些安全的屏障。我问，乔奇安娜是否将同她作伴。

她答道：当然不。乔奇安娜和她没有共同之处；她们向来没有。她无论如何不愿和她在一起，使自己受累。乔奇安娜应该走她自己的路；而她，伊丽莎，则走她自己的路。

乔奇安娜在不向我吐露心事的时候，大部分时间都躺在沙发上，抱怨家里太沉闷，一再希望她的吉布森姨妈来请帖请她进城去。“要是能躲开一两个月，”她说，“等一切都过去了，那就要好得多。”我没问她“一切都过去了”是什么意思，但是我想她指的是意料中的她母亲的死和接下来的悲惨的葬礼。伊丽莎通常不去注意她妹妹的懒散和抱怨，就像面前没有这么一个老是嘀嘀咕咕、懒洋洋地躺着的人。然而，有一天她收好账簿，摊开刺绣，突然责备起她来了。

“乔奇安娜，我肯定说，从来没有一个比你更愚蠢、更荒唐的动物被允许成为大地的寄生虫了。你没有权利被生出来；因为你浪费生命。你不像一个有理智的人应该的那样，为自己生活，在自身中生活，靠自己生活，却只想把你的微弱拴在别人的力量上；要是没有人愿意拿这样一个肥胖、懦弱、虚荣、无用的东西来使自己受累，你就嚷嚷，说你受到了亏待、忽视，说你不幸。而且，生活对你来说，必须是个不断变化、不断兴奋的场景，要不然世界就是个土牢；你必须受到爱慕，必须受到追求，必须受到奉承——你必须有音乐、跳舞、社交——否则你就憔悴，你就颓丧。难道你就没有头脑去想出一个方法来，使你不靠任何人的努力、意志，而只靠自己的么？你拿一天，把它分成几个部分；每个部分都分配有工作做；不要让一刻钟、十分钟、五分钟闲着没事干，所有的时间都要包括在内；要有条有理地、严格按照规律地依着次序去做每一件事。这样，在你几乎还没发觉一天已经开始的时候，这一天就过完了；你就不用为了帮你打发一个空闲时间而感谢任何人；也不必去求谁作伴、谈话、同情、忍耐；总之，你就会像一个独立的人应该的那样生活。接受这个劝告，我给你的第一个也是最后一个劝告；然后，不管发生什么事，你就不需要我或者任何别人了。不接受劝告——继续像以前那样渴望、哀叹、懒散——那就忍受你的极端愚蠢的后果吧，不管它是如何糟，如何无法忍受。我明明白白告诉你；听好，虽然我不会重复我现在将要说的话，我可是肯定要按自己的话去做的。妈妈去世以后，我就同你一刀两断；从她的棺材抬到盖兹海德教堂下的墓穴的那天起，你就和我分手，像从不相识一样。你不必认为，因为我们碰巧是同一对父母所生，我就将容忍你用甚至最微弱的要求来束缚我；我可以告诉你——哪怕除了我们以外，整个人类都消灭了，只剩我们两人单独站在地球上，我也会让你留在旧世界，而我自己去新世界。”

她闭上了嘴。

“你大可不必自找麻烦作这么个长篇演讲，”乔奇安娜回答说。“人人都知道，你是世界上最自私、最没良心的家伙。**我**知道，你对我有刻骨仇恨，我以前就有过一个例子，关于埃德温·维尔勋爵，你对我施了一条奸计，你不能容忍我地位比你高，有贵族头衔，在你不敢去露面的圈子里受到接待，所以你就扮演了奸细和告密者的角色，永远毁掉了我的前途。”乔奇安娜掏出手绢，擤了一小时鼻子；伊丽莎冷冷地、无动于衷地坐着，勤奋地干着活儿。

有些人不重视真挚宽厚的感情；可是这儿的两个性格就因为缺少这种感情，一个是刻薄得叫人无法忍受，另一个是乏味得叫人瞧不起。没有判断的感情的确是淡而无味的一口饮料；可是未经感情调和的判断却是太苦太粗的一口食物，让人无法下咽。

一个风雨交加的下午，乔奇安娜在沙发上看小说看得睡着了；伊丽莎上新教堂去做圣徒节礼拜——因为在宗教方面，她是严格履行仪式的；凡是她认为是虔敬义务的事，任何天气都不能阻止她按时去做；不管天好天坏，她每个星期日去教堂三次，平时一有祈祷仪式她就去。

我想我还是上楼去看看那个垂死的女人怎么样了，她躺在那儿几乎没人理睬；仆人们只是时而去照料她一下；请来的护士没人管，能什么时候溜出房间就什么时候溜出去。白茜虽然忠心耿耿，可是她也有自己的一家人要照料，只能偶尔到宅子里来。果不出所料，我发现病室里没人看护；护士不在那儿；病人一动不动地躺着，显然在昏睡；她那铅一样苍白的脸陷在枕头里；火在炉格里都快熄灭了。我加了点燃料，整理好床单，盯着她看了一忽儿，现在她不能盯着我看了。然后我走开，到窗前去。

雨狠狠地抽打着窗玻璃，风狂暴地刮着。“一个人躺在那儿，”我想，“马上就要不再受到世间的暴风雨了。那精神，现在正在竭力要挣脱它的物质的躯壳，它在终于解脱了以后，将飞到哪儿去呢？”

我思考着这个重大的谜，不由得想起了海伦·彭斯，想起了她临终时说的话——她的信仰——她的关于解脱了躯壳的灵魂都是平等的学说。我想起了她临终时平静地躺在床上，低声表示渴望回到天父的怀里。我还在思想中倾听着我牢记着的她的声调，还在描绘着她那苍白的、超越尘世的容貌，她那憔悴的面容和崇高的凝视，这时，我背后床上发出一个微弱的嘟哝声：“是谁？”

我知道里德太太已经几天没说话了；她苏醒过来了吗？我走到她跟前。

“是我，里德舅妈。”

“谁——我？”是她的回答。“你是谁？”她惊奇中带点惊恐但还不是狂野地看着我。“我完全不认识你——白茜在哪儿？”

“她在门房小屋里，舅妈。”

“舅妈，”她重复一遍。“谁叫我舅妈？你不是吉布森家的人[①]；但是我认识你——那张脸，那双眼睛和那个额头，我都很熟悉；你像是——啊，你像是简·爱！”

我没说什么；我怕一承认会引起她休克。

“但是，”她说，“我怕搞错；我的思想会欺骗我。我希望看见简·爱；在没有她的地方我会凭空想象出一个像她的人来；再说，八年中，她一定大变样了。”现在我温和地告诉她，我就是她猜想和希望的那个人，让她放心；看到她听懂了我的话，她的神志完全清醒了，我便解释白茜怎样派她丈夫去把我从桑菲尔德接来。

① 英语中 aunt 可指舅妈也可指姨妈或姑妈。

“我病得很重，我知道，”她不久就说。“几分钟以前我想翻个身，发觉连一个手脚都不能动。在我死以前，让我安下心来也好；我们在健康的时候不大去想的事，在我现在这样的时刻就沉重地压在心头。护士在吗？还是屋里只有你一个人？”

我说只有我们两人，让她放心。

“唉，我做了两次对不起你的事，我现在很后悔。一件是，没有遵守对我丈夫作的诺言，把你当我亲生孩子一样抚养大；另一件是，——”她停下了。“也许，这毕竟不是什么很重要的事，”她喃喃地自言自语，“再说，我可能会好起来；在她面前低声下气地赔不是，真是痛苦。”

她作了一次努力要改变她的姿势，可是没成功；她的脸变了；似乎经历着内心的一种什么感觉——或许是最后一阵剧痛的先兆。

“好，我得把这件事做了。长眠已经在我面前；我还是告诉她好。——到我的梳妆盒那儿去，把它打开，把你看到的里面的一封信拿出来。”

我照着她的指点去办。“读那封信，”她说。

信很短，是这么写的：

夫人：

请惠告舍侄女简·爱通讯处，并示知其近况如何；我拟即时去函嘱她来马德拉我处。蒙上天赐福，我苦心经营后，得以获致相当财产；我未婚，无嗣，望能趁我健在，收她为养女，并在我去世后将一切遗产留赠给她。

约翰·爱谨启于马德拉

日期是三年以前。

“为什么我从没听说过这件事呢？”我问。

“因为我恨你，恨定了，恨透了，不愿助你一臂之力，让你走运。我忘不了你对我的行为，简——你有一次对我发的火，你宣布在世界上最讨厌我的那种声调，你用那种不像孩子的神情和声音，说一想到我就叫你恶心，说我对你冷酷得难以忍受。我忘不了你这样跳起来，把心头毒液一股脑儿倒出来，这时候我是什么感觉：我觉得害怕，就像我打过或者推过的一头动物抬起头来，用人的眼睛看我，用人的声音骂我。——给我点水！哦！快！”

“亲爱的里德太太，”我一边把她要的水递给她，一边说，“别再去想这一切了，让它从你的心里消失吧。原谅我的气话，我那时还是个孩子；在那天以后，已经八九年过去了。”

她没听我说的话；可是，她喝了一点儿水，喘过气来，又接着说：

“我确实忘不了；我就报复了；因为你过继给你叔叔，去过优裕舒适的日子，是我受不了的。我给他写了回信，说很遗憾，让他失望，简·爱已经死了，她在劳渥德生伤寒病死的。现在按你的心愿办吧，你愿意，就马上写信去否定我的话——去揭穿我的谎话吧。我想，你生来就是折磨我的，我到临终还要回忆起这件事，心里不得安宁，如果不是因为你，我决不会动心，干出这种事来。”

“要是你接受劝告，不再去想它，舅妈，而怀着仁慈和原谅来看看我——”

“你的脾气很坏，”她说，“这种脾气我到今天都还觉得不可理解；怎么会八九年中不管人家怎样对待你，你都忍耐、沉默，而在第十年却一下子火冒三丈，我永远也不能理解。”

“我的脾气不像你想的那么坏；我容易激动，却不爱报复。小时候，有很多次，只要你容许我，我会很高兴地爱你；现在我真心诚意渴望跟你和好；吻我吧，舅妈。”

我把脸颊凑近她的嘴唇；她不愿碰。她说我在床上弯下身，使她透不过气来；她又向我要水。我把她扶起来让她靠在我胳臂上喝水，我让她躺下的时候，把手放在她那冰冷潮湿的手上；细弱的手指一接触到我的手就缩了回去——失神的眼睛躲开我的凝视。

“那么，随你爱我还是恨我，”我最后说，“你得到了我的完全的、自动的宽恕；现在请求上帝的宽恕；安心吧。”

可怜的痛苦的女人！对她来说，现在要努力改变她习惯的想法，已经是太迟了；活着的时候，她曾经恨我——临终的时候，她必须还是恨我。

这时候，护士走了进来，白茜跟在后面。我又逗留了半个小时，希望能看到一点和好的迹象；可是她没表示。她很快又陷入昏迷；没再清醒过来；就在那一夜十二点钟，她去世了。我没在场给她闭上眼睛；她的两个女儿也没在场。第二天早上别人来告诉我们一切都过去了。那时候，已经在给她大殓。伊丽莎和我过去看看她；乔奇安娜突然嚎啕大哭，说她不敢去。赛拉·里德一度健壮、灵活的身体，僵硬、静止地躺在那儿；她那无情的眼睛由冷冷的眼皮覆盖着；她那额头和强硬的特征还带着她那冷酷心灵的痕迹。在我看来，那具尸体是个奇怪和严肃的东西。我怀着忧伤和痛苦的心情凝视着它；它引不起任何温柔、甜蜜、同情、希望或克制的感情；只能引起一种为她的悲哀而不是为**我**的损失而感到的剧烈痛苦，引起一种对这样一种死的恐怖所感到的忧郁、无泪的惊愕。

伊丽莎镇静地俯视着她的母亲。沉默片刻以后，她说：

“像她那样的体质，本来应该可以活到高年；她的生命让烦恼缩短了。”接着，一阵痉挛使她的嘴收缩了一下；痉挛过去以后，她转身离开了房间，我也离开了。我们两人都没掉一滴眼泪。

第二十二章

罗切斯特先生只给了我一星期的假期，可是在我离开盖兹海德府以前，已经有一个月过去了。原来我打算葬礼一过就走，但是乔奇安娜恳求我住到她能够启程去伦敦的时候。她现在终于由她的舅舅吉布森先生邀请去那儿了。他是来主持他姐姐的葬礼和安排家庭事务的。乔奇安娜说，她害怕单独和伊丽莎留下，因为从伊丽莎那儿，在沮丧中她得不到同情，在害怕中她得不到鼓励，在整理行装方面她也得不到帮助；所以我就尽量忍受她软弱的哀号和自私的悲叹，尽力帮助她做针线，把她的衣服打好行李。确实，在我忙碌的时候，她却闲着。我心中暗想，“如果你我命中注定要永远住在一起，表姐，那我们可要换个地位来从头做起了。我不会驯服地安于做一个克制的一方，我要把属于你的那一份劳动分配给你，并且强迫你完成它，要不然就让它搁着；我还一定要你把一些慢声慢气、半真半假的抱怨藏在你自己的心里。只是因为我们的关系是十分短暂的，而且又是在这样一个特别悲哀的时候，我才同意让自己如此耐心和依从。”

最后我送走了乔奇安娜，但是这回轮到伊丽莎要求我再住一星期了。她说，她的计划需要占掉她全部的时间和注意力；她即将动身到一个不知名的地方去。她整天待在自己的房间里，在里面闩上门，装箱子，出空抽屉，烧纸，不和任何人交谈。她希望我照管房子，接见客人和答复吊唁信。

一天早晨，她告诉我说，我可以自由行动了。“而且，”她补充说，“对于你的宝贵帮助和办事周到，我十分感激！和你这样的人住在一起跟和乔奇安娜住在一起是不同的；你在生活中尽了自己的责任，并不麻烦别人。明天，”她继续说，“我要动身到欧洲大陆去了。我要到里尔[1]附近的一个修道的地方去居住，你会把它称作女修道院；在那儿我将安安静静，没人来烦扰。我要在一段时间里专心研究罗马天主教的教义，仔细研究它们那个体系的作用。如果我发现它像我一半猜想的那样，最能保证把一切事情都做得妥妥帖帖、有条有理，那我就要接受罗马的信条，也许还要当修女。”

听到这个决定我既没有表示惊讶，也没有试图劝阻她。“这个天职对你完全适合，”我想，“但愿它给你带来许多益处！”

我们分手时，她说：“再见，简·爱表妹，我祝愿你好，你是有些见识的。”

我回答道：“你也不是没有见识的，伊丽莎表姐；可是我想，再过一年你所有的见识都将在一个法国修道院里活活地给禁闭起来了。不过这不关我的事，既然这样对你合适——我也就不很关心了。”

“你说得很对，”她说。说完这些话，我们就各自上路了。因为以后我再没有机会提到伊丽莎和她的妹妹，所以我还不如在这儿提一下，乔奇安娜嫁了上流社会一个有钱但是衰老的男子，这门婚事对她有利；伊丽莎真的当了修女，如今就在她度过修女见习期的那个修道院里当院长，她的财产就赠给了这所修道院。

人们在离别之后回家，无论离别时间是长是短，他们会有什么样的感受，这我并不知道，也从来没有经历过。在我小时候，作了长时间的散步以后回到盖兹海德府——因为显得寒冷或忧郁而挨骂，那时候的感受我是知道的；后来从教堂回到劳渥德——渴望有一顿丰富的饭菜和一个温暖的炉火，结果两者都得不到，这时候的感受我也是知道的。这两种回家都不十分令人愉快或值得想望。没有磁石把我向特定的一点吸引，在我越走近的时候越加强它的吸力。至于回到桑菲尔

① 里尔，法国城市名。

德府的感受如何，那还有待于去尝试。

我的旅程似乎是令人厌倦的——十分令人厌倦；一天五十英里，在旅馆里宿一夜，第二天再走五十英里。在第一个十二小时中，我想到的是临终的里德太太，我看到她那变了形的、苍白的脸，听到她那变得出奇的声调。我回想着举行葬礼的那一天，棺木，灵车，一队穿黑衣服的佃户和仆人——亲戚很少——开着的墓穴，寂静的教堂，庄严的仪式。后来我又想到伊丽莎和乔奇安娜，我看到一个是舞厅里引人注目的中心，另一个却是女修道院小室里的居住者，我细细想着，分析着她们两个人和两种性格的特点。傍晚时到达某某大镇，这些思绪就给驱散了。夜晚把思想转到另外一个方面：我躺在供旅客用的床上，抛开回忆，想着未来。

我就要回到桑菲尔德府了，可是我在那儿又能住多久呢？不会久；这我是肯定的。我在外出期间，从菲尔费克斯太太的信中得知：那里的聚会已经散了；三个星期以前，罗切斯特先生上伦敦去了，不过那时候，他们预料他再过两星期会回来。菲尔费克斯太太猜想，他是去为他的婚事作准备，因为他说起过要买一辆新马车；她说，他打算娶英格拉姆小姐，她仍然感到奇怪；但是根据每个人谈到的，根据她自己见到的，她就不再怀疑这件事马上就要进行了。"如果你怀疑的话，那你真是多疑得出奇了，"这是我心中的评语。"对此，我可一点都不怀疑。"

接下来的问题是，"我上哪儿去呢？"我通夜梦见英格拉姆小姐，在一个清晰的晨梦中，我看到她把我关在桑菲尔德门外，指给我另一条路；罗切斯特先生双臂抱在胸前看着——好像在朝着她和我冷笑。

我没有把我回家的确切日子告诉菲尔费克斯太太，因为我不希望他们派普通的或高级的马车到米尔考特来接我。我打算一个人静悄悄地步行这段路程。我把箱子托付给旅店管马人以后，在6月的一个傍晚，大约六点左右，悄悄地从乔治旅馆出发，走上了通往桑菲尔德府的那条老路。那是条大部分穿过田野的路，现在已经很少有人走了。

那是一个夏日的傍晚，虽然天气很好也很温暖，却并不明亮，也不灿烂，沿途尽是些翻晒干草的人在干活。天空虽然远远不能说是无云，可是却预示出明天是晴朗的。它的蓝色——在看得见蓝色的地方——是柔和而清澈的，它的云层又高又薄。西边也是温暖的，没有饱含雨意的闪光使它变得寒冷——那儿好像生着一个火，正有一个圣坛在大理石般的云雾屏风后面燃烧，金红色的光辉从云层缝隙中照射出来。

路在我前面越来越短，我感到高兴，高兴得有一次停了下来，问自己这欢乐是什么意思，并且提醒我的理智，我并不是回我自己的家，不是上哪一个永久的安息处，也不是去好朋友在盼望我、在等我到达的地方。“菲尔费克斯太太肯定会朝你微笑，安静地表示欢迎，”我说；“小阿黛勒会拍着手跳跳蹦蹦地来看你；可是你明明知道你想的是另外一个人，不是她们；而他却不在想你。”

可是还有什么会像青春这样任性？还有什么会像缺乏经验这样盲目呢？这两样都断定，不管罗切斯特先生看不看我，能有特权再次看看他，就已经是够愉快的了；它们还加上说——“快！快！趁你现在还有可能，去跟他在一块儿，至多再待几天或者几个星期，你就要跟他们永别了！”于是，我扼杀了一个初生的痛苦——一个我不能说服自己去承认和抚育的丑东西——继续往前跑。

桑菲尔德牧场上也在翻晒干草；或者不如说，现在，在我到达的时候，雇工们刚下工，正扛着草耙回家。我只要穿过两块田地，然后就可以穿过大路到大门口了。树篱上开的蔷薇真多啊！可是我没时间采花，我急于要到宅子里去。一棵高大的野蔷薇把绿叶茂密、繁花点点的枝条伸到路那一边。我从它旁边走过，就看见了窄窄的石头阶梯，看见了——罗切斯特先生坐在那儿，手里拿着一本书、一支铅笔；他正在写什么。

他不是鬼；可是我每一根神经都不安起来；我一时间竟无法控制自己。这是什么意思呢？我可没想到一看见他竟会这样发抖，也没想到在他面前竟会说不出话来，没有力量动弹。只要一能走动，我就往回走吧；我没有必要让自己成为一个十足的傻瓜。我知道还有一条路可以通到宅子。哪怕我知道二十条路也没用；因为他已经看见我了。

“喂！”他嚷了起来，然后收起书和铅笔。“你来啦！请过来。”

我想我是过来了，虽然我不知道是以什么方式过来的，我几乎不知道自己的动作，一心只想显得镇静，尤其是想控制我脸上正在活动的肌肉——我感到肌肉正在蛮横无理地违反我的意志，竭力要表示我决定掩盖的东西。不过，我戴着面纱——它正好放了下来；我还可以设法体面而镇静地行动。

“这是简·爱吗？你是从米尔考特来，步行来的吗？真是——又是你的一个花招；不派人来要车子，却像个普通人沿着大街小巷噔噔噔地走来了，像个梦幻或影子似的随着暮霭偷偷来到你家附近。见鬼，你这一个月里干了些什么？”

“我跟舅妈在一块儿，先生，她去世了。”

“真是个简式的回答！愿善良的天神保护我吧！她是从另一个世界——从死人的住处来的；而且在暮色苍茫中遇见我一个人在这儿的时候，居然还这么告诉我！要是我敢的话，我可就要摸摸你，看你到底是真人还是影子，你这小鬼！——不过，我倒是宁可到沼泽地里去抓蓝色的鬼火。真是个玩忽职务的人！玩忽职务的人！”他停了一忽儿又补上说。“离开我整整一个月了；把我忘得一干二净了，一定的。”

我知道和我主人重逢会是快乐的。虽然我担心他马上就要不再是我的主人了，而且知道我在他心目中算不了什么，这些都破坏了重逢的快乐，可是罗切斯特先生（至少我认为这样）却一直有着使人快乐的巨大力量；只要尝一尝他撒给我这样一个迷途的陌生鸟儿的碎屑，就已经是快乐地享受盛宴了。他最后说的话是个安慰；意思似乎是说，我忘不忘记他，对他来说，还有点重要呢。他还把桑菲尔德说成我的家——但愿它是我的家！

他没离开阶梯，我也不大想请他让我过去。不一会，我就问，他是否去过伦敦。

“去过；我想你是靠了千里眼看到的吧。”

“菲尔费克斯太太在一封信里告诉我的。”

“她有没有告诉你我去干什么？”

“哦，告诉了，先生！人人都知道你去干什么。”

“你得看看马车，简，还得告诉我它给罗切斯特太太坐，是不是正合适；她靠在那些紫色软垫上会不会像波狄西亚女王①。简，但愿在外貌上我能再配得上她一点儿。你既然是个仙女，那你现在就告诉我吧——你不能给我一道符咒，或者一服媚药，或者诸如此类的东西，让我变成个美男子吗？”

“这是魔术的力量办不到的，先生。”我在心里接着想：“所需要的符咒只是充满爱情的眼睛；在这种眼睛看来，你已经够美了；或者不如说，你的严厉有着超出美的力量。”

以前，罗切斯特先生有时候用我无法理解的敏锐眼光看出我没有讲出来的思想；在目前这个情况下，他就不去注意我那突兀的口头回答；而是用一种他特有的微笑朝我笑着。这种微笑他只是难得用用。他似乎认为它太好了，不能为了普通的目的随便乱用。它是真正的感

① 波狄西亚女王，古代不列颠南部布立吞人的勇敢的女王，曾与罗马军作战，于公元62年自杀。

情的阳光——他现在就拿它照耀着我。

“过去吧，简妮特，”他一边说，一边空出地方来让我走过阶梯；“回家去，让你那双疲倦的漫游的小脚在朋友家停下吧。”

我现在所要作的只是默默地服从他；我没有必要再跟他谈下去。我一声不响地走过了阶梯，打算平平静静地离开他。一个冲动紧紧地控制着我，——一种力量让我回过头来。我说——或者我内心的一样什么，不顾我反对，在代替我说话：

“谢谢你的深情厚意，罗切斯特先生。回到你这儿来，我不知怎么的，特别高兴；你在哪儿，哪儿就是我的家——我惟一的家。”

我继续往前走得那么快，即使他要追我，也很难追上。小阿黛勒一看见我，就欢喜得快要发疯了。菲尔费克斯太太用她往常的质朴友情来迎接我。莉亚微笑着；甚至索菲也高兴地对我说了声“晚上好”。这真是令人愉快；为别人所爱，而且感到你的在场能使别人更加舒服，那是最大的幸福。

那天晚上，我坚决地闭上眼睛，不去看未来，我堵住耳朵，不去听一直在警告我离别已经临近、悲哀正在到来的那个声音。用完茶点，菲尔费克斯太太拿起她的编织物，我在她附近的一个低低的座位上坐下，阿黛勒跪在地毯上，紧紧地偎依着我，一种相亲相爱的感觉似乎用一圈黄金般的和平气氛围绕着我们，我默默作了祷告，希望我们不要太早分离，也不要离得太远。我们这样坐着的时候，罗切斯特先生不声不响地进来了，他看着我们，似乎对如此亲热的欢聚景象感到愉快。他说他猜想老太太现在见养女回来了，又满意了吧；还补充说，他看见阿黛勒“准备画她的英国小妈妈的速写”。这时候，我却有点敢于希望，即使在他结婚以后，他也会让我们在他的保护下的什么地方团聚在一块儿，而不把我们从他的阳光中完全驱逐出去。

我回桑菲尔德府以后，接下来的两周平静得可疑。主人的婚事，提都不提；我也没看到为这件事在作什么准备。我差不多每天都问菲尔费克斯太太，她是否听到作出什么决定；她总是回答说没有。她说，有一次她当真去问了罗切斯特先生，问他什么时候把新娘接回家来，可是他只用一个玩笑和他的一个古怪的神态来回答她，她说不出他是什么意思。

有一件事特别叫我惊奇，那就是没有来来去去的旅行，没有去英格拉姆园访问。英格拉姆园肯定是在二十英里以外，另外一个郡的边上，可是对一个热恋中的情人来说，这点儿距离又算得了什么呢？对于像罗切斯特先生这样一个熟练的、不知疲倦的骑手来说，那不过是一个上午的路程罢了。我开始抱着我没有权利想的希望：这门亲事吹了；谣传是传错了；有一方或者双方都改变心意了。我常常看看我主人的脸，看它是悲伤呢还是凶狠；可是我想不起来它什么时候曾经这样地既无愁云又无不快的心情。如果有时候我和我的学生跟他在一起，我兴致不高，而且陷入了不可避免的沮丧，他甚至会变得欢乐起来。他以前从没有这样经常叫我到他跟前去；我在他跟前时，他也从没对我这样好过——唉！我也从没这样爱过他。

第二十三章

明媚的仲夏照耀着英格兰；天空如此明净，太阳如此灿烂，在我们这波涛围绕的地方，难得有一个这样好的天气，现在却接连很多天都这样。仿佛有一群意大利天气，像欢快的过路鸟从南方飞来，栖息在阿尔比恩[1]的悬崖上。干草已收了进来；桑菲尔德周围的田地一片青翠，已经收割过了；大路让太阳晒得又白又硬；树木郁郁葱葱，十分茂盛；树篱和树林枝繁叶密，色泽浓重，和它们之间满地阳光的明亮的牧草地形成很好的对比。

在施洗约翰节[2]前夕，阿黛勒在干草小径采了半天野草莓，采累了，太阳一下去她就睡了。我看着她睡着，然后离开她，到花园里去。

那是二十四小时中最可爱的一个小时——“白天已将它炽热的火耗尽”，露水清凉地降落在喘息的平原和烤焦的山顶上。在太阳没披上华丽的云彩就朴素地沉落的地方，铺展着一片庄严的紫色，在一个小山峰上方的一点上，红宝石和炉火般的光辉正燃烧着，高高地远远地扩散开去，变得柔和再柔和，覆盖了半个天空。东方有它自己的悦目的湛蓝的美，还有它自己的谦逊的宝石，一颗徐徐升起的孤独的星；它不久就要以月亮自豪，可是现在月亮还在地平线下面。

我在铺道上散了一会儿步；可是一阵淡淡的、熟悉的香味——雪茄烟味——从一扇窗子里飘了出来。我看见图书室的窗打开了有一手宽光景；我知道可能有人从那儿窥视，所以我就走开，到果园去。庭园里再没有哪个角落比这儿更隐蔽，更像伊甸园。这儿树木葱茏，鲜花盛开，一边由一堵高墙把它和院子隔开，另一边由山毛榉林荫道像屏障似的把它和草坪分开。尽头是一道坍塌的篱笆，这是惟一把它和孤寂的田野分开的东西；一条蜿蜒的小路通向篱笆，路两边是月桂树，路的那一头是一棵大七叶树，树的根部有一圈座位。在这儿，可以漫步而不让人看见。在这样蜜露降落、这样万籁俱寂、这样暮色渐浓的时候，我觉得我仿佛可以永远在这树荫下徘徊下去；但是初升的月亮把月光倾泻在比较开阔的地方，我受了引诱，正穿过园里较高的花丛和果林的时候，我的脚步却被阻止了——不是被声音，不是被景象，而是再一次被一阵警告性的香味阻止了。

香蔷薇，青蒿，茉莉，石竹，玫瑰都早已把芳香作为晚间祭品奉献出来了；这股新的香味既不是灌木香又不是花香，而是——我很熟悉——罗切斯特先生的雪茄的香味。我回过头来听听。我看见果实正在成熟的树木。我听见夜莺在半英里以外的树林子里歌唱。看不见什么走动的人影，也听不见任何走近的脚步；可是那香味却越来越浓；我得赶紧逃走。我从通灌木丛的小门走去，却看见罗切斯特先生正在走进来。我往旁边一闪，躲到常青藤的隐蔽处，他不会待久，他会很快就回去，只要我坐着不动，他绝不会看见我。

可是不——黄昏对他来说跟对我来说一样可爱，而这个古老的花园也是一样迷人。他信步往前走去，一忽儿拉起醋栗树枝，看看大得像梅子似的累累果实；一忽儿从墙上摘下一颗熟了的樱桃；一忽儿又朝花簇弯下身去，不是去闻闻它的香味，就是去欣赏花瓣上的露珠。一只大飞蛾嗡嗡地从我身边飞过，停在罗切斯特先生脚边的植物上，他看见了它，弯下腰去仔细看看。

“现在他背朝着我，”我想，“他又专心看着；我轻轻地走，也许可以溜掉，不让他发现。”

我踩着小径边上的草丛走，免得砂砾的沙沙声坏了我的事。他就站在离我将经过的地方一两码远的花坛间；飞蛾显然把他吸引住了。

---

① 阿尔比恩，英格兰或不列颠的旧称。
② 6月24日。

“我可以很安全地走过去了，”我心里想。月亮还没有升得很高，正把他的影子长长地投在地上。我刚跨过他的影子，他就头也不回地悄悄地说：

“简，来看看这个家伙。”

我没弄出声音；他背后又不长眼睛，难道他的影子有感觉吗？我一开始吓了一跳，然后就朝他走过去。

“看看它的翅膀，”他说，“它有点叫我回想起西印度的昆虫；在英国不大看见这么大、这么鲜艳的夜游神；哪！它飞了。”

飞蛾飞走了。我也羞怯地往后退；可是罗切斯特先生跟着我，我们走到小门跟前的时候，他说：

“回来；这么可爱的夜晚，坐在屋里真太可惜了；在这种日落紧接月出的时候，肯定没有人会想去睡觉。”

这是我的一个缺点：虽然我的舌头有时候能很快答话，可是有时候它却可悲地让我找不到借口；这种失职总是发生在紧要关头，在特别需要一句脱口而出的话或者一个理由充足的借口来摆脱痛苦僵局的时候。我不想在这样一个时刻单独跟罗切斯特先生一起在幽暗的果园里散步；可是我又找不出一个理由让我提出要离开他。我拖着脚步跟在后面，苦苦思索着，要想出一个脱身的办法；但是他本人，看上去却那么泰然自若，而且还那么严肃，我反而因为自己感到慌乱而变得害羞了；如果有现存的或者未来的罪过，那罪过似乎只是在我这一边；他的心灵没有意识到，而且很平静。

“简，”我们走上月桂小径，慢慢地朝坍塌的篱笆和七叶树的方向闲荡过去，他说。“桑菲尔德在夏天是个可爱的地方，是不是？”

“是的，先生。”

“你一定相当依恋这所房子了吧！——你这个善于欣赏大自然的美、而且依恋器官特别发达的人？”

“我的确依恋它。”

“虽然我不理解是怎么回事，但是我看得出，你还对那个笨孩子阿黛勒，甚至对头脑简单的太太菲尔费克斯，都相当关心吧？”

“是的，先生；两个人我都爱；只是方式不同。”

“离开她们你会感到难受吧？”

“是的。”

“可惜！”他说，叹了口气，停了一会儿。“在尘世间，事情就是这样，”他立刻又接着说；“刚在一个可爱的休息处安定下来，就有一个声音把你叫起来，要你再往前走，因为休息的时间已经过了。”

“我得往前走吗，先生？”我问。“我得离开桑菲尔德吗？”

“我相信你得离开，简。我很抱歉，简妮特，可是我真的相信你得离开。”

这是个打击，可是我没有让它把我打垮。

“好吧，先生，往前走的命令一来，我就可以走。”

“现在已经来了——我今晚就下命令。”

“这么说你是要结婚啰，先生？”

“完—全—对——一点—也—不错；凭着你平时的敏锐，你一下子就猜中了。”

“快了吗，先生？”

“很快，我的——就是说，爱小姐；你一定记得，简，我或者谣传第一次把我的打算明白告诉你时的情况吧，当时我说我打算把我这老单身汉的脖子伸到神圣的套索中去，说我打算进入神圣的结婚阶段——把英格拉姆小姐拥抱在怀里，总之(她是很大的一抱；可这是题外话——像我的美丽的布兰奇这样的宝贝，你是不可能嫌多的)，呃，就像我刚才说的——听我说呀，简！你不是回过头去寻找更多的飞蛾吧？那只是一只瓢虫，孩子，‘正飞回家去’。我想提醒你，是你带着你那使我敬重的审慎，带着适合你那责任重大的、从属的地位的预见、细心和谦逊先对我说：如果我娶了英格拉姆小姐，那你跟小阿黛勒最好马上离开。这个建议里面包含着对我爱人性格的诽谤，这我且不谈；的确，在你远离我的时候，简妮特，我将努力把它忘掉；我将只注意其中的明智；这种明智我已经作为我的行动准则。阿黛勒必须上学校；而你，爱小姐，得找一个新的职位。”

“行，先生，我将马上登广告；在这期间，我想——”我打算说，“我想我可以待在这儿，等我给自己另外找到一个住所再走；”可是我停了下来，觉得不能冒险说一句长长的句子，因为我的声音已经不大听指挥了。

“再过一个月光景，我就要当新郎了，”罗切斯特先生继续说；“在这段时间里，我将亲自留心给你找个职位和住所。”

“谢谢你，先生；我很抱歉，给——”

“啊，不必道歉！我认为一个下属像你这样好地尽了责任，她就有一种权利要求她的雇主给予任何一点他很容易给的帮助；说真的，我已经从我未来的岳母那儿听说，有一个在我看来挺合适的位置，是在爱尔兰的考诺特的苦果山庄，教狄奥尼修斯·奥高尔[①]太太的五个女儿；我想你会喜欢爱尔兰的；听说那儿的人都很热心。”

“路很远，先生。”

“没关系——像你这样有见识的姑娘不见得会反对旅行和路远吧。”

“旅行倒没什么，就是路远；再说，还隔着海——”

“和什么隔着海，简？”

“和英格兰，和桑菲尔德，还和——”

---

① 奥高尔原文是 O'Gall。gall 在英语中可以解释为“苦的东西”。

“呃？”

“和你，先生。”

我这话几乎是不由自主地说出来的；而且，同样没经过自由意志的批准，我的眼泪也夺眶而出了。然而，我没哭得让他听见；我避免抽泣。一想到奥高尔太太和苦果山庄就叫我的心都寒了；更使我寒心的是，想到似乎注定了要把我同现在跟我一起散步的主人隔开的海水和波涛；最使我寒心的是想起更辽阔的海洋——那隔在我同我自然而然地、不可避免地爱着的人中间的财产、地位和习俗。

“路很远，”我又说。

“的确很远；你到了爱尔兰考诺特的苦果山庄，我就再也看不到你了，简；这是完全肯定的。我决不去爱尔兰，我自己不大喜欢这个国家。我们是好朋友，简，是不是？”

“是的，先生。”

“朋友们在离别的前夕，总喜欢在一起度过余下的一点儿时间。来吧——趁那边天空里的星星开始进入闪耀生活的时候，我们安安静静地谈谈旅行和离别吧，谈它半个小时左右。这儿是棵七叶树，它的老根这儿有凳子。来吧，虽然注定了我们以后再也不能一块儿坐在这儿，我们今晚就安安静静地在这儿坐坐吧。”他使我坐下，他自己也坐了下来。

“到爱尔兰去路很远，简妮特，我很抱歉叫我的小朋友去作这样令人厌倦的旅行；不过，我不能安排得更好了，那又有什么办法呢？你觉得你跟我有点相似么，简？”

这一次我没敢答话，我心里很激动。

“因为，”他说，“我有时候对你有一种奇怪的感觉——特别是，像现在这样，你靠近我的时候。我左边肋骨下的哪个地方，似乎有一根弦，和你那小身体同样地方的一根类似的弦打成了结，打得紧紧的，解都解不开。要是那波涛汹涌的海峡和两百英里左右的陆地把我们远远地隔开，我怕那根联系的弦会绷断；我有一种紧张的想法，到那时候我内心就会流血。至于你，——你会忘了我吧。”

“这我永远也不会，先生，你知道——”我说不下去了。

“简，你听到那夜莺在树林子里唱歌吗？听！”

我一边听一边抽抽搭搭地哭了起来；我再也抑制不住我忍住的感情；我不得不屈服；剧烈的痛苦使我从头到脚都在哆嗦。等我说出话来，那也只是表示一个强烈的愿望，说我但愿我从没被生出来，但愿我从没来到桑菲尔德。

“就因为你离开它觉得难受吗？”

由我心里的痛苦和爱情激起的剧烈感情，正在要求成为主宰，正在挣扎着要支配一切；主张有权占优势，要克服、生存、上升，最后统治；是的——还要说话。

“离开桑菲尔德我感到痛苦，我爱桑菲尔德；——我爱它，因为我在那里过着丰富、愉快的生活，至少过了短短的一个时期。我没有受到践踏。我没有被弄得僵化。我没有被埋在低劣的心灵中，没被排斥在同光明、活力、崇高的一切交往之外。我曾经面对面地同我所尊敬的人，同我所喜爱的人，——同一个独特、活跃、宽广的心灵交谈过。我已经认识了你，罗切斯特先生；感到自己非从你这儿被永远拉走不可，真叫我害怕和痛苦。我看到非走不可这个必要性，就像看到非死不可这个必要性一样。”

“你在哪儿看到了必要性？”他突然问。

“哪儿？先生，是你把它放在我面前的。”

“什么形状的？”

“英格拉姆小姐的形状；一个高贵和美丽的女人，——你的新娘。”

“我的新娘！什么新娘？我没有新娘啊！”

“可是你会有的。”

“对；——我会有！——我会有！”他咬紧牙齿。

“那末我得走了；——你自己亲口说的。”

“不，你得留下！我发誓——这个誓言会被遵守的。”

“真的，我得走！”我有点恼火了，反驳说。“你以为我会留下来，成为你觉得无足轻重的人吗？你以为我是一架自动机器吗？一架没有感情的机器吗？能让我的一口面包从我嘴里抢走，让我的一滴活水从我杯子里泼掉吗？你以为，因为我穷、低微、不美、矮小，我就没有灵魂没有心吗？你想错了！——我的灵魂跟你的一样，我的心也跟你的完全一样！要是上帝赐予我一点美和一点财富，我就要让你感到难以离开我，就像我现在难以离开你一样。我现在跟你说话，并不是通过习俗、惯例，甚至不是通过凡人的肉体——而是我的精神在同你的精神说话；就像两个都经过了坟墓，我们站在上帝脚跟前，是平等的——因为我们是平等的！”

“因为我们是平等的！”罗切斯特先生重复了一遍——“就这样，”他又说，一把抱住我，把我搂在怀里，把他的嘴唇贴在我的嘴唇上，“就这样，简！”

“是的，就这样，先生，”我接着说，“然而不能这样，因为你是个结了婚的人——或者说等于结了婚，娶了一个低于你的，你并不同情的，我不相信你真正爱的女人，因为我看到过和听到过你嘲笑她。我瞧不起这种结合；所以我比你好——让我走！”

“去哪儿，简？去爱尔兰吗？”

“对——去爱尔兰。我已经把我心里的话说出来了，现在上哪儿都行。”

“简，安静点，别这么挣扎，像个在绝望中撕碎自己羽毛的疯狂的野鸟似的。”

“我不是鸟；没有罗网捕捉我；我是个有独立意志的自由人；我现在就要运用我的独立意志离开你。”

我再作了一次努力就自由了，我笔直地站在他面前。

“你的意志将决定你的命运，”他说；“我把我的手、我的心和我的一切财产的分享权都奉献给你。”

“你在演一出滑稽戏，我看了只会发笑。”

“我要你一辈子都在我身边——做我的第二个自己和最好的人间伴侣。”

“对于那种命运，你已经作出了你的选择，那就得遵守。”

“简，安静一会儿；你太激动了；我也要安静一下。”

一股风顺着月桂小径吹来，哆嗦着从七叶树的树枝间穿过去，刮走了——刮到渺茫的远方——消失了。夜莺的歌是这一时刻惟一的声音；我听着听着又哭了起来。罗切斯特先生一声不响地坐着，温柔而认真地看着我。他沉默了一会儿，最后说：

“到我身边来，简，让我们作些解释，彼此谅解吧。”

“我永远也不会再到你身边去；现在我已经给拉走，不能回来了。”

“可是，简，我是把你作为我的妻子叫你过来的；我打算娶的只是你。”

我不吭声，我想他是在取笑我。

“来吧，简——过来。”

“你的新娘拦在我们中间。”

他站起来，一步就走到我面前。

“我的新娘在这儿，”他说，又把我拉向他，“因为和我平等的人，和我相似的人在这儿。简，你愿意嫁给我吗？”

我还是没有回答，还是在挣脱他，因为我还不相信。

“你怀疑我吗，简？”

“完全怀疑。”

“你不信任我？”

“一点也不信任。”

“在你的眼睛里，我是个撒谎者吗？”他热切地说。“小怀疑论者，你**会**相信的。我对英格拉姆小姐有什么爱情呢？没有，这你是知道的。她对我有什么爱情呢？没有，正如我煞费苦心证实了的。我让一个谣传传到她耳朵里，说我的财产连人家猜想的三分之一都不到，在这以后，我就去看看效果怎么样；她和她的母亲都很冷淡。我不愿——我不能——娶英格拉姆小姐。你——你这奇怪的——你这几乎不是人间的东西！——我爱你像爱自己的生命一样。你——尽管你穷、低微、矮小、不美——我还是要请求你接受我作为你的丈夫。”

“什么，我！”我禁不住叫了起来；看到他的认真——特别是他的鲁莽——我开始相信他的真诚，“在世界上除了你以外——如果你是我的朋友的话——没有一个朋友的我，除了你给我的以外没有一个先令的我？”

“你，简。我必须使你成为我自己的——完全是我自己的。你愿意成为我的吗？说愿意，快。”

“罗切斯特先生，让我看看你的脸；朝着月光。”

“干吗？”

“因为我想看看你的脸；转身！”

“哪，你会发现它不见得比一张涂满了字、揉皱了的纸更容易看懂。看吧，不过要快，因为我难受。”

他的脸非常激动也非常红，五官露出强烈的表情，眼睛里闪出奇异的光芒。

“哦，简，你在折磨我！”他嚷道。“你用那搜索的、但是忠诚而宽大的眼神在折磨我！”

“我怎么会折磨你呢？如果你是诚挚的，你的求婚是真的话，那我对你的感情只能是感激和忠诚——它们决不会折磨人。”

“感激！”他嚷了起来；然后又发疯似的补充说——“简，快答应我。说爱德华——叫我的名字‘爱德华’——我愿意嫁给你。”

“你当真吗？——你真的爱我吗？——你是真心实意地希望我做你的妻子吗？”

“是的；要是必须有一个誓言才能满足你，那我就起誓。”

“好吧，先生，我愿意嫁给你。”

“叫我爱德华——我的小妻子！”

“亲爱的爱德华！”

“上我这儿来——现在完全上我这儿来吧，”他说；于是把他的脸颊贴在我的脸颊上，在我的耳旁用他那最深沉的声调补充说：“使我幸福吧——我将使你幸福。”

“上帝饶恕我！”不一会他又接着说，“不要让别人来干涉我。我得到她了，我要守住她。”

“没有人来干涉，先生。我没有亲戚来阻挠。”

“没有——那最好了，”他说。如果我爱他不是这样深的话，我会认为他的狂喜的语调和神情是野蛮的；但是坐在他的身旁，从离别的噩梦中醒来——被唤入结合的乐园中——我想到的只是源源而来任我畅饮的幸福。他一再问我，“你快活吗，简？”我一再回答，“是的。”随后他低声说道，“是会赎罪的——这是会赎罪的。我不是发现她没有朋友，既冷清又没有安慰吗？我不是要保卫她，爱护她和安慰她吗？难道我的心里没有爱情，我的决心中没有坚贞吗？那是会在上帝的法庭上赎罪的。我知道我的创造者是同意我这样做的。至于世间的评判——我可以不管。人们的意见——我可以蔑视。”

但是那个夜晚变得怎样了呢？月亮还没有落下，我们就已经完全在阴影里了；虽然我和我的主人离得很近，我却几乎看不见他的脸。七叶树在折腾着，呻吟着，是什么使它这么痛苦呢？狂风在月桂树的小径上呼啸，急速地从我们头上吹过。

“我们该进去了，”罗切斯特先生说：“天气变了。不然，我可以和你一直坐到天亮，简。”

“我也可以和你一直坐到天亮，”我心里想，我也许会这样说出来，但是一道强烈的青色电光从我注视着的云里闪出来，接着是一阵噼啪的爆裂声和近处的一阵隆隆雷声，我只想着把我那双给照得眼花缭乱的眼睛靠在罗切斯特先生的肩头上藏起来。

大雨倾泻下来。他催我走上小径，穿过庭园，到房子里去；但是在跨过门槛以前，我们就已经淋得透湿了。罗切斯特先生在大厅里给我卸下披巾，把我松散的头发上的水抖掉。这时候，菲尔费克斯太太从她的房间里出来。开始我并没有看见她，罗切斯特先生也没有看见。灯正点着，时钟敲了十二下。

“赶快脱下你的湿衣服，”他说；“在你走以前，晚安——晚安，我亲爱的！”

他不断吻我。我离开他的怀抱，往上看的时候，看到那寡妇站着，脸色苍白，严肃而且吃惊。我只是对她笑了笑，就跑上楼去。“以后再解释吧，”我想。然而，在走到我的卧室的时候，我却想，她会暂时误解她所见到的这件事，我心头不由得感到一阵剧痛。但是，欢乐马上就抹掉了其他一切感觉。在两小时的暴风雨中，尽管风在呼啸，雷声又近又沉，电光猛烈地闪个不停，雨像瀑布般地倾注，我却并不感到害怕，也不感到恐惧。在这期间，罗切斯特先生到我门前来过三

次，问我是否平安，是否安宁；这就是安慰，这就是足以应付一切事情的力量。

早晨，在我起床以前，小阿黛勒跑来告诉我，果园尽头的那棵大七叶树在夜里让雷打了，劈去了一半。

第二十四章

我起床穿衣的时候，回想着发生的事情，心里纳闷，那会不会是一场梦呢。在我再看见罗切斯特先生，听到他继续说一些爱慕的话，许下一些诺言以前，我还不能断定它是真的。

我一边梳着头，一边瞧着镜子里自己的脸，感到它再也不是平淡无奇的了：它的容貌流露出希望，它的颜色有了生气；我的眼睛仿佛看到了丰收的源泉，而且从粼粼波光借得了光辉。过去我常常不愿看主人，因为我怕他不喜欢我的相貌；但是现在我相信，我可以朝他抬起我的脸，而我的表情不会使他的爱情冷却。我从抽屉里拿出一件朴素但是干净的浅色夏衣穿上；看上去从来没有哪件衣服像这样对我合适了；因为从来没有一件衣服我是在像这样幸福的心情中穿上的。

我飞奔下楼，进入大厅，看到在一夜的暴风雨以后，接着而来的是一个明亮的6月之晨，感到从敞开的玻璃门外吹来的是一阵清新芳香的微风，这一切并不使我惊奇。在我这样快乐的时刻，大自然也一定会感到高兴的。一个要饭的妇人和她的小男孩正沿着小径走过来，两人都脸色苍白而又衣衫褴褛。我奔过去，把钱包里所有的钱都给了他们——大约三四个先令。不管好歹，他们应该分享我的喜悦。白嘴鸦呱呱地叫着，更活泼的鸟儿在歌唱；但是没有什么东西能像我这欢乐的心儿那样轻快，那样富于音乐性了。

使我吃惊的是，菲尔费克斯太太带着忧愁的脸色从窗口往外看，并且严肃地说：“爱小姐，你来吃早饭吗？”吃早饭期间，她安静而且冷淡，可是我还不能使她明白真相。我自己还得等我的主人来解释；她也只好等了。我尽可能吃了点儿早饭，然后飞快地跑上楼去。我遇见了正从教室里出来的阿黛勒。

“你上哪儿去？是上课的时候了。”

“罗切斯特先生要我到婴儿室去。”

“他在哪儿？”

“在那儿，”她指着她刚才离开的那个房间；我走了进去，他就站在那儿。

“过来祝我早安，”他说。我高高兴兴地走上前去，现在我接受的，不再是一句冷冰冰的话，甚至也不是握一握手，而是一个拥抱和接吻。受到他这样的热恋和爱抚，似乎是自然的，舒适的。

“简，你看上去就像盛开的鲜花，笑盈盈的，很漂亮，”他说：“今天早晨你真的很漂亮。这就是我那脸色苍白的小精灵吗？这就是我的芥子吗？这个脸蛋上有笑靥、嘴唇像玫瑰、栗色头发像缎子般光滑、栗色眼睛闪闪发亮的容光焕发的少女？”（读者，我的眼睛是绿色的；但是你要原谅他的这个错觉；因为我想，他还以为我的眼睛染上了新的颜色呢。）

“这就是简·爱，先生。”

“不久就要成为简·罗切斯特了，”他补充说，“四个星期以后，简妮特；一天也不多。你听到了吗？”

我听到了，但是我不能完全理解它；它使我眩晕。这种宣布给我带来的感觉，是一种与快乐不相适应的更为有力的东西——它使人不安，使人震惊；我认为几乎是一种使人恐惧的东西。

“你的脸先前发红，现在又发白了，简：这是为什么？”

“因为你给了我一个新的名字——简·罗切斯特；听上去是那么陌生。”

“是的，罗切斯特太太，”他说；“年轻的罗切斯特太太——菲尔费克斯·罗切斯特的年轻的新娘。”

“这不可能，先生；听起来不大可能。人类在现世决不可能享受到完美的幸福。我不见得生来就和我的其余同类有着不同的命运；想象这样的命运会落到我的头上，那真是神话——真是幻想。”

“这我办得到，而且我会让它成为现实。我今天就开始。今天早上我写了封信给我在伦敦的银行家，要他把他保管的一些珍宝，桑菲尔德女主人的传家宝，给我送来。我希望再过一两天就把它们倒在你的裙兜里；如果我要娶一个贵族的女儿，我能给她的一切特权和一切关怀，我都要给你。”

“哦，先生！——别去管什么珍宝！我不喜欢听人家提到它。给简·爱珍宝，听上去不自然而且古怪，我宁可不要。”

“我要亲自把钻石项链戴上你的脖子，把环饰围上你的额头，——那将是很合适的，因为至少大自然已经在这个额头上盖下了贵族的专利证；我还要把手镯戴上这两个美丽的手腕，在这些仙女般的手指上套上戒指。”

“不，不，先生！想点别的话题，谈些别的事情，换个调子。别把我当作美人似的跟我说话；我是你的不美的、贵格会教徒似的家庭教师。”

“在我眼里，你是个美人；正好合我心意的美人，——娇小而飘逸。”

“你意思是说，弱小而微不足道吧。你是在做梦，先生——要不就是在嘲笑。看在上帝分上别挖苦人！”

“我还要让大家都承认你是个美人，”他继续说，他采用的调子真的让我感到不安起来了；因为我觉得他不是在欺骗自己，就是在欺骗我。“我要让我的简穿上缎子和花边衣服，她头发上要插上玫瑰；我要在我最心爱的头上蒙上无价的面纱。”

“那时候，你可就认不出我了，先生；我将不再是你的简·爱，而是个穿着小丑衣服的猿猴，——一个披着借来的羽毛的樫鸟了。我不愿穿上宫廷贵妇人的衣服，就像我不愿看见你罗切斯特先生用舞台上的服装打扮起来一样；而且，我不说你漂亮，先生，虽然我非常爱你；太爱你了，不能奉承你。你也别奉承我。”

然而，他没留意我的反对，还在继续就这个话题谈下去。“就在今天，我要带你乘马车去米尔考特，你得为自己挑几件衣服。我跟你说过，我们四个星期以后结婚。婚礼将在下面那边的教堂里悄悄地举行；然后，我将立即把你带到城里去。我们在那儿逗留一阵以后，我就带着我的宝贝到离太阳近一点的地方；到法国的葡萄园和意大利的平原；她将看到在古老历史和现代记载中一切著名的东西；她还将尝到城市生活的风味；她将拿自己和别人作公正的比较，学会看重自己。”

“我将旅行吗？——跟你一块旅行吗，先生？”

“你将住在巴黎、罗马和那不勒斯；住在佛罗伦萨、威尼斯和维也纳；凡是我漫游过的地方，都要让你去；凡是我的马蹄踩踏过的地方，你的精灵的脚也要踩踏。十年以前，我发疯似的跑遍欧洲，陪伴我的是厌恶、痛恨和愤怒；如今，我被治愈了，净化了，由一位真正的天使作为我的安慰者陪伴我重游旧地。”

他说这话的时候，我朝着他笑。“我可不是天使，”我说；“在我死以前我不会成为天使。我将是我自己，罗切斯特先生；你不能指望也不能要求我这儿有什么天堂里的东西——因为你得不到的，正如我从你那儿也得不到一样；我压根儿就不期望这个。”

“你从我这儿期望什么呢？”

“在一个短时期里，你也许会像你现在这样，——一个很短的短时期；然后你就会冷静下来；然后你会变得反复无常；然后你会变得严厉，我将费尽力气才能讨得你的喜欢；可是，等你对我完全习惯了，你也许会再喜欢我，——喜欢我，像我说的，不是爱我。我看，你的爱情在六个月以后，或者不到六个月，就会成为泡影。我从男人写的书里看到过，那是丈夫的热情能维持的最长的时期。不过，话说回来，作为一个朋友和伴侣，我希望永远不变得让我的主人感到十分讨厌。”

“讨厌！再喜欢你！我想我会再喜欢你，更喜欢你；我会叫你承认我不只是喜欢，而是爱你——忠实、热情、永不变心地爱你。”

“你不会反复无常吧，先生？”

“对于只是以容貌来取悦于我的女人，在我发现她们既没有灵魂又没有良心——在她们让我看到平庸、浅薄，也许还有低能、粗俗和暴躁的时候，我完全是个恶魔；可是对于明亮的眼睛，雄辩的舌头，火做的灵魂和既柔和又稳定、既驯服又坚定的能屈而不能断的性格，我却永远是温柔和忠实的。”

“你遇到过这样一个性格吗，先生？你爱过这样一个性格吗？”

“我现在正爱着。”

“可是在我以前呢，如果我真的在哪个方面达到了你那苛刻的标准？”

“我没遇到过和你相像的人。简，你能使我喜欢，你左右着我——你看上去顺从，我喜欢你给人的柔顺感；我把这绞柔软的丝线绕在手指上的时候，它引起一阵快感，通过胳臂，直到我的心里。我受到了影响——被征服了；这种影响比我所能表达的更加甜蜜；我所经历的征服有一种巫术，超出了我所能赢得的任何胜利。你干吗笑啊，简？你脸上那费解的、神秘的样子是什么意思呢？”

“我在想，先生（听了这想法，你可别见怪，那是无意中想到的），我在想海格立斯[①]和参孙[②]以及迷住他们的美女——”

① 海格立斯，希腊罗马神话中，主神宙斯之子，力大无穷，曾完成十二项英雄事迹。

② 参孙，《圣经》中的大力士，因受妇人诱骗，落入敌人手中。详见《圣经·旧约》《士师记》第13至16章。

“你这样想，你这小精灵——”

“嘘，先生！你现在这话讲得很不聪明，正如那些先生做得不聪明一样。不管怎么样，要是他们结了婚，毫无疑问，他们就会用作为丈夫的严肃来弥补作为求婚者的柔顺；我怕，你也是这样。一年以后，如果我要求你给我一个你不方便给也不高兴给的恩惠，我不知道你会怎么回答我。”

“那就现在要求吧，简——哪怕最小的恩惠；我希望听到请求——”

“真的，我会请求的，先生；我的请愿已经准备好了。”

“说吧！可是，如果你带着那样的面容抬起头来微笑，那我不等弄清楚你要的是什么，就会发誓给你。这样做会叫我成为一个傻瓜。”

“压根儿就不会，先生。我只要求这个：别叫人送珍宝来，别给我戴玫瑰；与其那样做，你还不如把你那条普普通通的手绢镶上金的花边。”

“我还不如‘给纯金镀金’。这我知道；那末，我就同意你的请求——暂时同意。我将收回我给我的银行家的命令。可是，你还没要什么；你只是请求取消一个礼物罢了；再试试。”

“那末，好吧，先生，请满足我的好奇心吧，在有一点上我的好奇心被大大地激发了。”

他看上去似乎不安起来。“什么？什么？”他连忙说。“好奇是个危险的请愿；幸亏我没发誓同意每一个请求——”

“可是依从这一个并没有什么危险啊，先生。”

“说吧，简；不过，但愿你希望的不只是打听一下——也许是打听一个秘密吧——而是希望得到我的一半田产。”

“啊，亚哈随鲁[①]王！我要你的一半田产有什么用呢？你以为我是

① 亚哈随鲁，即波斯王色尔塞克斯（公元前485—公元前465）。《圣经·旧约》《以斯帖记》和《以斯拉记》中有关于他的记载。

个放高利贷的犹太人，想在田地上找个好的投资吗？我宁可要你完全跟我推心置腹。既然你让我进入你的心，那你总不会把心里话瞒着我吧？”

“凡是值得听的心里话，都欢迎你听，简；可是，看在上帝分上，别要求无用的负担！别渴望毒药——别变成缠住我的地地道道的夏娃！”

“干吗不呢，先生？你刚才还对我说，你多么希望被征服，你感到被过分说服是多么愉快。难道你不认为，我最好利用一下这个自白，开始哄骗和请求——必要时甚至哭闹，生气——只是为了试一试我的力量？”

“我看你不见得会做任何这样的试验。侵犯，放肆，一切就都完了。”

“是吗，先生？你马上就改变主张了。你现在看上去多么严厉啊！你的眉毛都跟我的手指一样粗了，额头皱了起来，就像我有一次看到十分惊人的诗里所说的‘乌云层叠的雷霆’。我想那将是你结婚以后的神气吧！”

“要是那将是**你**结婚以后的神气，我作为一个基督徒就立即放弃娶一个十足的妖精或者火神的念头。可是你要求什么呢？小东西，——说吧！”

“哪，你现在就不讲礼貌了；和奉承相比，我可远远地更喜欢鲁莽。我宁可做**东西**，而不当天使。我得问一下的是，——你干吗费尽心机，要我相信你要娶英格拉姆小姐？”

“只是这个吗！谢天谢地，不是更糟！”现在他舒展开他那浓黑的眉毛，低下头来，朝我微笑，抚摸我的头发，仿佛看到避免了危险，感到高兴似的。“我想我可以坦白地说，”他接着说下去，“虽然我会惹得你有点生气，简——我已经看见了，你生气的时候可真像个火神。

昨天晚上，在寒冷的月光下，你反抗你的命运，提出你有权和我处在平等地位的时候，你发了火。顺便说一下，简妮特，是你向我求婚的。”

“当然，是我。可是请别扯到题外去，先生——英格拉姆小姐的事？”

“我假装向英格拉姆小姐求婚，因为我希望使你狂恋着我，正像我狂恋着你一样；我知道，为了达到那个目的，嫉妒是我能找的最好的同盟者。”

“好极了！——现在你可就渺小了——不见得比我的小手指的指尖大一点儿。那样做，真是奇耻大辱。你一点都不把英格拉姆小姐的感情放在心上，先生！”

“她的感情集中起来只有一种，那就是骄傲；它需要屈辱。你嫉妒吗，简？”

“你别管，罗切斯特先生；知道这个对你决不是什么有趣的事。再一次老老实实地回答我的问题吧。你认为英格拉姆小姐不会为了你的不忠实的调情而感到痛苦吗？她不会觉得自己被遗弃吗？”

“不可能！——我跟你说过，正好相反，是她遗弃了我；想到我的破产，一下子就使她的热情冷了下来，或者不如说熄灭了。”

“你的心真是又奇怪又狡猾，罗切斯特先生。我怕在有些地方，你的原则是古怪的。”

“我的原则从来没有受过训练，简；因为缺少关怀，它们长得有点歪了。”

“再认真地问一遍；我可以享受那答应给我的莫大幸福，而不必担心有什么人在忍受我自己刚才感到的痛苦吗？”

“你可以的，我的善良的小姑娘；世界上再没有人能对我怀有像你那样的纯洁的爱情——因为我把那舒适的油膏，对你的爱情的信任，涂在我自己的心灵上，简。”

我把嘴唇转过去吻吻那只放在我肩上的手。我深深地爱着他——比我相信自己能说的，比言语所能表达的还要深。

“再要求点什么吧，”他立即说；“能被请求，能表示同意，是我的乐趣。”

我再一次准备好了我的请求。“把你的打算告诉菲尔费克斯太太，先生；昨天晚上，看见我跟你一起在大厅里，她大吃一惊。在我再看见她以前，给她作些解释吧。被这样好的一个女人误解，使我痛苦。”

“到你的房间里去，戴上帽子，”他回答。“我要你今天早上陪我到米尔考特去；趁你为了乘马车作准备的时候，我去跟这位太太说说明白。她认为，简妮特，你为了爱情牺牲了一切，而且认为完全不值得吗？”

“我相信她准是以为我忘了我的地位和你的地位，先生。”

“地位！地位！——现在和以后，你的地位就在我心里，就在要侮辱你的那些人的头上。——去吧。”

不一会儿我就穿戴好了，一听到罗切斯特先生走出菲尔费克斯太太的起居室，我就赶紧下楼到那儿去。这位老太太原先在读她早上要读的一段经文——这一天的日课；《圣经》摊开在她面前，眼镜放在上面。她正在干的事被罗切斯特先生的宣告中断了，现在似乎已经被忘掉；她的眼睛一动不动地盯着对面没有门窗的墙，表达出一个被不平常的新闻扰乱了的平静心灵的惊异。她一看见我，就清醒过来；她作了一种想微笑一下的努力，还想了几句祝贺的话；可是微笑停止了，话也没说完就不说了。她戴上眼镜，合拢《圣经》，把她的椅子从桌子那儿推回原处。

“我感到那么吃惊，”她开始说，“我几乎不知道该对你说些什么，爱小姐。我肯定不是在做梦，是不是？有时候，我一个人坐着，会沉入半醒半睡的状态，幻想出一些从没发生过的事情。好像不止一次，在我打瞌睡的时候，我那十五年前就去世的亲爱的丈夫跑了进来，在我身边坐下；我甚至还听见他叫我的名字爱丽思，就像他过去常常叫我的那样。现在，你能不能告诉我，罗切斯特先生是不是确确实实地向你求过婚了？别朝我笑。可是我真的认为他五分钟以前跑进来过，说再过一个月你就是他的妻子了。”

“他正是这么对我说的，”我回答。

“真的！你相信他吗？你答应他了吗？”

“答应了。”她迷惑不解地看着我。

“我可从来没想过。他是个骄傲的人；罗切斯特家的人全都骄傲；至少，他的父亲爱钱。他也总是被说成是谨慎的。他决意娶你吗？”

“他是这么告诉我的。”

她把我从头到脚地打量了一下。从她的眼神里，我看得出来，她的眼睛在我身上找不出可爱的地方足以让她解开这个谜。

“这叫我不能理解！”她继续说；“可是，既然你这么说，那毫无疑问是真的了。以后怎么样，我说不出来；我真的不知道。在这种情况下，最好的是地位财产相当；再说，你们年龄又相差了二十岁。他差不多可以作你的父亲了。”

“不，真的，菲尔费克斯太太！”我给惹恼了，嚷了起来，“他一点也不像我的父亲！看见我们在一起，没有人会有一刹那这样的想法。罗切斯特先生看上去和实际上都跟有些二十五岁的男人一样年轻。”

“他真的是出于爱情才娶你吗？”她问。

她的冷淡和怀疑是这样地伤了我的心，我的泪水都涌到眼眶里来了。

“我很抱歉，让你伤心了，”寡妇接着说下去；“可是，你那么年轻，对男人那么不了解，我是希望让你警惕。古话说，‘闪光的不全是金子'；在这种情况下，我是害怕将来会出现你我所料想不到的事。"

"什么！——我是个怪物吗？"我说；"罗切斯特先生不可能对我有真诚的爱情吗？"

"不，你是很好的；近来比以前又好多了；也许，罗切斯特先生是爱你。我一直注意到，你好像是他喜爱的人。有时候，对于他那明显的偏爱，我有点为你感到不安，很希望你警惕一下；可是，甚至连犯错误的可能，我也不愿意提。我知道，这样一个想法会使你吃惊，也许会使你生气；而你又是那么地谨慎，那么地非常谦逊和明白事理，我就抱着希望，希望可以信赖你，由你自己照管自己。昨儿晚上，我跑遍宅子，到处找不到你，也找不到主人；后来在十二点钟，看见你和他一块儿进来，那时候我的痛苦，我简直没法跟你说。"

"好啦，现在别管那个啦，"我不耐烦地打断她的话；"一切都是正当的，那就够啦。"

"我希望最后一切都是正当的，"她说；"可是相信我，你怎么小心都不会过分。竭力和罗切斯特先生保持一个距离吧。不要相信你自己，就像不要相信他一样。像他那种地位的绅士通常不大会娶他们的家庭教师。"

我真的恼火了；幸亏阿黛勒跑了进来。

"让我去，——让我也到米尔考特去！"她嚷道。"罗切斯特先生不肯，虽然新马车有那么大地方。求求他让我去吧，小姐。"

"行，阿黛勒；"我匆匆忙忙带着她去了，很高兴离开了我的忧郁的告诫者。马车已经准备好；他们正在把它赶到前面来；我的主人在铺道上踱步，派洛特跟着他来来去去。

"阿黛勒可以跟我们一块儿去，是不是，先生？"

"我跟她说过不能去。我不要小孩！——我只要你。"

"请你让她去吧，罗切斯特先生；这样更好。"

“不行；她会碍事。”

他的神情和声音都十分专断。菲尔费克斯太太的警告使我寒心，她的怀疑扫了我的兴；一种有点像不现实的和不踏实的感觉困扰了我的希望。我自以为有力量控制他的那种感觉却失掉了一半。我刚打算机械地服从他，不再争辩，他却在扶我上马车的时候，看了看我的脸。

“怎么回事？”他问；“阳光全消失了。你真的希望这小妞儿去吗？要是把她留下你会不高兴吗？”

“我倒是很希望她去，先生。”

“那末，去拿你的帽子吧，像闪电一样快地回来！”他对阿黛勒叫道。

她尽快地服从了他。

“一个上午的打扰毕竟还没有什么大关系，”他说，“我打算不久就要把你——你的思想、谈话、陪伴——都终身归我所有了。”

阿黛勒一给抱上来就开始吻我，表示感谢我为她求情；她马上给放到他那一边的角落里。于是她转过头来朝我坐着的地方张望；坐在那么严厉的人旁边未免太拘束了；在他目前这容易发火的心情下，她不敢小声发表什么意见，也不敢问他什么情况。

“让她到我这边来，”我请求道；“她也许会打扰你，先生；这边地方很大。”

他把她抱过来，仿佛她是个叭儿狗似的；“我还要送她进学校，”他说，不过他现在微笑着。

阿黛勒听见了便问，是不是要进学校，“不和小姐一起了？”

“对，”他回答，“完全不和小姐一起了；因为我要带小姐到月亮上去，我将在那儿火山顶之间的白山谷里找一个山洞，小姐将和我，只和我一个人住在那儿。”

“她将没东西吃；你要饿死她了，”阿黛勒说。

“我会在早上和晚上给她收集吗哪[1]；月亮里的平原和山坡就是因为有了吗哪才变白的，阿黛勒。”

“她要暖和，那怎么生火呢？”

“月亮山上有火冒出来；她冷的时候，我会把她抱到一座山峰上，让她躺在火山口旁边。”

“她在那儿会多么糟糕——不太舒服呢！还有她的衣服，衣服会穿破的；她怎么做新衣服呢？”

罗切斯特先生假装给难住了。“嗨！”他说。“你说怎么办呢，阿黛勒？动动脑筋想个办法吧。你觉得，拿白的或者粉红的云做衣服怎么样？还可以用彩虹裁出一条够漂亮的围巾。”

“她现在这样要好得多，”阿黛勒想了一会儿，作出结论说；“再说，只跟你一个人住在月亮里，她会厌倦的。我要是小姐，我就绝不答应跟你一块儿去。”

“她已经答应了；她已经发了誓。”

“可是你没法带她去；没有路可以通到月亮上；全是空气，你跟她又都不会飞。”

“阿黛勒，看那块田地。”现在我们已经走出了桑菲尔德的大门，正顺着通米尔考特的平坦大路轻快平稳地行驶过去；刚下过雷阵雨，路上没有飞飞扬扬的尘土，路两边低低的树篱和高高的大树闪耀出一片青翠，让雨冲洗得十分清新。

“两个星期以前，有一天傍晚，就是你在果园草地里帮我翻晒干草的那个傍晚，我在那块田里散步到很晚的时候；我耙草耙得累了，就坐在阶梯上歇息；我在那儿掏出一个小本和一支铅笔，开始写下很久

---

① 吗哪，《圣经》中古以色列人经过旷野时获得的神赐食物。

以前我遭到的不幸，和对未来幸福日子的憧憬。虽然日光正从树叶上消逝，我却很快地写着。这时候有一样东西从小路上过来，在离我两码的地方停了下来。我看看它。它是一个戴着薄面纱的小东西。我招招手叫它走近我；它马上就在我膝盖跟前站住。我没有跟它讲话，它也一直没有跟我讲话；可是我看懂了它的眼神，它也看懂了我的眼神；我们的无言的交谈是这样的：

“它说，它是一个仙女，从精灵之国来的，它的使命就是使我幸福；我必须和它一块儿走出这个普通的世界，到一个清静的地方——譬如说，月亮之类——它朝着在干草冈上徐徐升起的月牙点点头；它告诉我说，我们可以住在雪花石膏山洞和银山谷里。我说我愿意去，但是我提醒它，就像你刚才提醒我那样，说我没有翅膀飞。

“‘哦，’那仙女回答说，‘那没关系！这儿有个法宝可以排除一切困难；’她拿出一只美丽的金戒指。‘把它戴上，’她说，‘戴在我左手第四个手指上，我就属于你，你就属于我了；我们就将离开地球，到那儿去创造我们自己的天堂了。’她又朝月亮点点头。阿黛勒，这个戒指就在我的裤袋里，表面上看来像个金镑；可是我打算马上再把它变成一个戒指。”

“可是小姐跟它有什么关系呢？我不在乎什么仙女；你刚才是说，你要把小姐带到月亮上去？”

“小姐是个仙女，”他神秘地低声说。这时候我叫她别去理会他的开玩笑；而她那方面，却充分表现出真正法国式的怀疑主义；把罗切斯特先生叫做“一个真正的撒谎者”，还要他相信她毫不重视他的“神仙故事”，还说“而且，没有仙女；即使有的话”，她也肯定她们决不会在他面前出现，也决不会给他戒指或者提出和他一起住在月亮上。

在米尔考特度过的那一小时，对我来说，真有点折磨人。罗切斯特先生硬要我到某一家绸缎铺去；在那儿他命令我挑选半打衣服。我讨厌这种事，我请求允许我把它推迟；不行——得现在就办好。经过我拼命地低声请求，我总算把半打减为两件；然而，他却发誓，这两件得由他来挑选。我急切地看着他的眼睛在彩色缤纷的货物上看来看去；他选定了一种最鲜艳的紫晶色的富丽堂皇的绸子和一种华丽的粉红缎子。我又用一连串低语对他说，他还不如马上给我买一件金子衣服和一顶银子帽子；我肯定决不会冒险去穿他挑选的衣服。他固执得像块石头，我费了无穷无尽的周折，才说服他换成素净的黑缎子和珠灰色绸子。“目前就这样算了，”他说；但是他“还是要看我穿得像个花坛般地光彩夺目”。

催他走出了绸缎铺，接着又催他走出了首饰铺，我很高兴。他越是给我买得多，一种烦恼和堕落的感觉越使我的双颊发热。我们又上了马车，我像发烧似的疲劳地坐下来往后靠着，这时候想起了，在一连串黑暗和光明的事情匆匆过去的时候，我完全忘掉了我的叔叔约翰·爱给里德太太的信，忘掉了他打算收我为养女，让我做他的遗产承受人。“要是我能有很小的一点儿独立财产，”我想，“那将是一种安慰；我永远也受不了让罗切斯特先生把我打扮得像个玩偶，或者像第二个达那厄[①]每天让金雨淋洒在我周围。我要一回家就写封信到马德拉去，告诉我的约翰叔叔说，我就要结婚了，以及和谁结婚；只要我想到将来有一天能让罗切斯特先生增加一笔财产，那自己现在由他供养，也会觉得好受一点。”我当天就照这个想法去做，这给了我一点安慰，我又敢和我的主人兼情人的眼睛相遇了；他的眼睛极其固执地搜索着我的眼睛，虽然我避开他的脸和凝视。他微笑了；我想他那笑容就像一个苏丹在幸福和欢喜的时刻用金子和宝石使一个奴隶变富以后

① 达那厄，希腊神话中亚耳戈斯王阿克里修斯之女。阿克里修斯听人说他的外孙将杀死他，便禁止达那厄结婚，把她囚禁在塔内。主神宙斯化作金雨，和她相会，生子帕修斯。

赐给的那种笑容；他的手一直在找我的手，我紧紧握握它，然后把它推回去，这热情的一握握得它都发红了。

“你不用摆出那样的神情，”我说；“要是你摆出那样的神情，我将永远只穿我的劳渥德的旧衣服。我将穿着这件淡紫色格子布衣服结婚——你可以用珠灰绸给自己做一件晨衣，用黑缎子做许许多多背心。”

他抿着嘴低声笑了，摩擦着手。“哦，看着她，听着她，真是有趣！”他嚷了起来。“她古怪吗？她泼辣吗？我不愿拿这个矮小的英国姑娘，去换土耳其皇帝后宫的全部嫔妃、瞪羚的眼睛、女神的形体和一切！”

这样提到东方，又刺痛了我。“把我当作那种人，我对你是一点用处也没有的。”我说；“所以别把我当作后宫的等价物；你要是在这方面有嗜好的话，先生，你还是赶快到斯坦布尔[①]的市场上去，把你在这儿不知该怎么花才好的多余现款拿去，用在大规模地购买奴隶上面吧。”

“在我讨价还价地买那么多吨肉和那么多种类黑眼睛的时候，简妮特，你将干什么呢？”

“我将收拾收拾好，出去当个传教士，向被奴役的人们——其中包括住在你那后宫里的女眷们——宣传自由。我将到你的后宫里去，煽动造反；而你呢，尽管你是个三尾帕夏[②]，你还是会一转眼工夫就给戴上手铐脚镣，落到我们手里；拿我来说，除非你签署一个宪章，一个专制君主所颁发的最宽大的宪章，否则是不会同意砍断你的镣铐的。”

“我同意等候你开恩，简。”

“罗切斯特先生，要是你用那样的眼神恳求，我是不会开恩的。从

① 斯坦布尔，即土耳其大城伊斯坦布尔。

② 帕夏，土耳其的高级官衔。用马尾饰旌旗，表示品位。

你的眼神上我可以断定，不管你被迫同意什么宪章，一旦你被释放，你的第一个行动就是破坏它的条款。”

“啊，简，你究竟要什么呢？恐怕你除了要我在圣坛前举行一次婚礼以外，还要强迫我举行一次秘密的结婚仪式吧。我看得出来，你还要规定一些特殊的条件——那倒是些什么条件呢？”

“我只要一颗舒坦的心，先生，一颗没有被大量恩惠压倒的心，还记得你所说的关于塞莉纳·瓦朗的一番话吗？——关于你给她的钻石、开司米料子的话吗？我不愿做你的英国的塞莉纳·瓦朗。我要继续做阿黛勒的家庭教师，用这个来挣得我的膳宿费和外加的一年三十镑。我要用那些钱来添置衣服，你什么也不要给我，除了——”

“除了什么？”

“你的敬爱；如果我也用敬爱回报你的话，那么这笔债就算抵偿了。”

“是的，在冷静的爱顶撞的天性和固有的纯洁的自尊心方面，你是无与伦比的，”他说。这时我们快到桑菲尔德了。“今天你高兴和我一起吃饭吗？”当我们又进入大门的时候，他问道。

“不，谢谢你，先生。”

“如果可以问的话，为什么说‘不，谢谢你’？”

“我从来没有和你一起吃过饭，先生；我看不出有什么理由现在要这样做，直到——”

“直到什么？你喜欢说半截子话。”

“直到我不得不这样做的时候。”

“难道你设想我会吃得像一个食人魔或者食尸鬼那样，所以你害怕和我一起吃饭？”

“在这个题目上，我没有那样的设想，先生；可是我希望像往常一样地再过一个月。”

“你应该马上放弃那个奴隶般的家庭教师工作。”

“说真的，请你原谅，先生，我决不放弃。我要像往常一样地继续工作。像我所习惯的那样，一整天都不见你；如果你想见我，你可以晚上派人来叫我，那时候我会来的，但是其他时间可不行。”

“在这样的情况下，我想抽支烟，简，或者吸撮鼻烟来安慰我，就像阿黛勒所说的‘让我镇定一下’，不幸的是，我既没有带雪茄烟盒，也没有带鼻烟壶。可是，听着——私底下说说——现在是你的时候，小暴君，不过我的时候马上就要到来了；一旦我完全抓住了你，为了占有和保持你，我就会——打个比方说——拿条像这样的链条拴住你，”（摸摸他的表链。）“是的，美丽的小仙女，我要把你藏在我的怀里，免得把我的宝贝丢了。”

他一边说一边扶我下车，随后又抱出阿黛勒。我趁这时候走进了屋子，像我所说的那样溜到楼上去了。

他按时在晚上叫我到他那儿去。我想好了一件事让他做，因为我决心不把时间都花在促膝谈心上。我想起了他的好嗓子，我知道他喜欢唱歌——唱得好的人一般都喜欢唱。我自己不是歌唱家，在他挑剔的评判下，我也算不上一个音乐家，可是我爱听出色的演唱。黄昏，那个传奇的时刻，刚开始把她那布满星星的蓝旗垂挂在窗格上空，我就站起来，打开琴盖，请他看在老天分上，给我唱个歌。他说我是个任性的女巫，他宁可在别的时候唱。但是我断言再没有比现在更合适了。

他问：我喜欢他的嗓子吗？

“十分喜欢。”我不愿意纵容他那种敏感的虚荣心；不过只此一次，我出于策略，甚至还奉承和激发它。

“那么，简，你得为我伴奏。”

“很好，先生，我试试。”

我确实试了，但是不久就被他从琴凳上推开，还被称作“一个小笨蛋”。我给这样毫无礼貌地推到了一旁——这正是我所希望的——他占据了我的位置，开始为自己伴奏，因为他既能唱歌也能弹琴。我赶紧走到窗子凹处，坐在那儿，望着窗外静止的树木和朦胧的草坪；他用圆润的嗓音按着优美的曲调唱出下面的歌词：

炽烈如火的心底，
　　感受到最真诚的爱情，
这爱情带着加速的欢跃，
　　给每根血管倾注如潮的生命。

每天，她的来临是我的希望，
　　她的离去是我的痛苦，
使她迟迟不来的意外
　　像冰块，把每根血管凝住。

我梦想：我爱别人，别人也爱我，
　　是难以名状的幸福，
朝着这一目标，我向前赶路，
　　急切而又盲目。

然而，像没有通道的广漠地带，
　　横亘在我们的生命之间，
又像碧波滚滚的海浪，
　　湍急而又危险。

像盗贼出没的小径，
　　越过荒原，穿过林莽，
因为我们的精神被隔开，
　　中间站着强权和公理，愤怒和忧伤。

我不畏艰险，我蔑视障碍，
　　我向凶兆挑战；
一切威吓、骚扰和警告，
　　我置之不理，毫不胆寒。

我的彩虹继续前进，像光一般迅疾，
　　我像飞翔在梦中，
因为在我的眼前，光荣地升起
　　那阵雨和光明的孩童。

温柔、庄严的欢乐依然辉煌
　　照耀着朦胧的苦难云层，
如今，我已毫不在乎，尽管那
　　临近的灾祸是何等浓重阴森。

我已经冲过重重的险阻，
　　在这甜蜜的时刻，我什么都不在乎，
哪怕险阻还会迅猛地袭来，
　　宣布要狠狠地报复。

哪怕傲慢的憎恨会把我击垮，

公理，不容我上前晋见，
暴虐的强权，怒容满面，
发誓和我不共戴天。

我心爱的人儿，怀着崇高的忠诚，
把她的小手放在我的手里，
誓让婚姻的神圣纽带，
把我们两人紧紧系在一起。

我心爱的人儿已用爱情的一吻，
誓与我同生同殁，
我终于享到难以名状的幸福；
因为我爱别人——别人也爱我！

他站起身朝我走过来，我看见他整个脸都激动得发亮，他那圆圆的鹰眼闪出光芒，脸上到处都流露出温柔和热情。我畏缩了一会儿——然后又振作起来。我不要温柔的场面，大胆的表示；而我却处在两者都有的危险之中；非得找个自卫的武器不可——于是我把我的舌头磨得更加锋利；他走到我跟前来的时候，我粗声粗气地问："你现在要跟谁结婚？"

"由我的亲爱的简提出来，这可真是个奇怪的问题。"

"真的！我还以为那是个很自然和很必要的问题呢；他谈起他的未婚妻将同他一起死。他提出这样一个异教徒的想法，是什么意思呢？我**可**不打算同他一起死——这一点，他是可以相信的。"

"哦，他所渴望的，他所祈求的，只是我可以同他一起生活！死并不是给我这样的人的。"

“其实也是给我的；等到我的时候到了，我也同样有权利去死；不过我将等到那个时候，而不是用自焚殉夫的方式匆匆地去死。”

“我要原谅他的这个自私的想法，用和好的一吻表示我的宽恕吗？”

“不，我宁可让他原谅我。”

这时候，我听见自己被称为“一个冷酷无情的小东西”；接着还听见说，“换了别的女人，听到唱出这样的诗节来赞美她，准会感动到骨髓里。”

我向他保证说，我天生冷酷无情——非常狠心，他会常常发现我这样；还说，我决定不等接下来的四个星期过去就让他看看我性格中各个粗暴的地方；趁现在还来得及取消婚约，应该让他充分明白他订的是怎么样的一门亲事。

“你愿意安静下来，合情合理地说话吗？”

“要是他喜欢的话，我愿意安静下来；至于合情合理地说话嘛，那我可以恭维自己，我现在就正在这样说着。”

他烦恼得呸啊啐的。“很好，”我想；“随你发火也好，烦躁也好；我相信，这是对付你的最好的办法。我喜欢你喜欢得言语都没法表达了，可是我却不愿陷入感情堕落的境地；我还要用这根巧辩的针阻止你走近这深渊的边缘；而且凭借它刺痛的帮助，在你我之间保持对彼此都真正有利的距离。”

我步步紧迫，逗得他十分恼火；于是，在他气冲冲地完全退到屋子那头去以后，我站起身来，像我往常那样自然地恭恭敬敬地道了声，“祝你晚安，先生，”便从边门溜出去，走了。

这样开始采用的方法，我在整个试探时期都一直采用着，而且效果极好。的确，这使他一直有点愠怒和执拗；可是总的说来，我可以看出他还是非常高兴的。我还可以看出，绵羊般的驯服，斑鸠般的敏感，一方面会更加怂恿他的专制，一方面却还不可能像现在这样迎合他的判断，满足他的理智，甚至适合他的趣味。

当着别人的面，我还跟以前一样，恭恭敬敬，文文雅雅；不需要其他任何一种行动；只是在晚上谈话的时候，我才这样阻挠和折磨他。他还是继续准时地钟一打七点就把我叫去，虽然我现在到他面前去的时候，他嘴上不再有像“爱”呀“亲”呀这类甜蜜的名词；用在我身上的最好的字眼是“惹人恼火的木偶”，“恶毒的小精灵”，“小妖精”，“小丑八怪”等等。而且，我现在得到的不是爱抚，而是鬼脸；不是紧紧地握握手，而是在胳臂上扭一下；不是在脸颊上吻一吻，而是狠狠地拉拉耳朵。这很好；目前我确实更喜欢这种猛烈的宠爱，而不喜欢更温柔的什么。我看出，菲尔费克斯太太赞成我；她为我感到的担心消失了；所以我肯定我这样做得很好。在这期间，罗切斯特先生硬说我把他折磨得只剩皮和骨头了，还威胁说，等到了即将来临的那个时期，他就要为我目前的行动狠狠地报复一下。对于他的恐吓，我暗自好笑：“我现在可以把你合情合理地约束住，”我想，“毫无疑问，我以后也可以这么做；要是一个办法失了效，那就另外再想一个办法。”

然而，我的工作毕竟是不容易的；我常常宁愿讨他喜欢而不愿逗弄他。我的未婚夫正在变成我的整个世界；还不止是整个世界；几乎成了我进天堂的希望了。他站在我和各种宗教思想之间，犹如日食把人和太阳隔开一般。在那些日子里，因为上帝创造的人，我看不到上帝；我把他作为我的偶像了。

第二十五章

求爱的一个月过去了，它最后的几个小时已经屈指可数了。接着来的那一天——结婚的日子不会推迟；为它的来到所做的一切准备都已就绪。至少**我**是没有什么别的事要做了。我的箱子已装好，锁好，并且捆扎好，沿着我小房间的墙排成一排。明天这时候，这些箱子已经在去伦敦的路上走得很远了。我也将是这样(上帝允许的话)，——或者不如说，不是我，而是一个简·罗切斯特，一个我还不认识的人。只剩下地址卡片还没有钉上；那是四个小方块，放在抽屉里。罗切斯特先生亲自在每一张上面写了地址："伦敦，某某旅馆，罗切斯特太太"。我可没法说服自己去把它们钉上去，或者让别人钉。罗切斯特太太！她不存在；她要到明天早上八点钟以后的一个什么时间才诞生；我要等到肯定她活着来到世间以后，再把那些财产全部归给她。我梳妆台对面的那个壁橱里，一些据说是属于她的衣服已经代替了我的劳渥德的黑呢衣服和草帽，这就够了。因为那套结婚服装：珍珠色长袍和从占用的旅行皮箱中垂下来的水汽般的面纱，并不是属于我的。我关上壁橱门，藏起里边幻影般的奇怪衣服；在晚上九点钟这个时候，——它肯定会在我房间的阴影里发出最像幽灵的微光。"我就让你独自在这儿吧，白色的梦，"我说。"我发烧；我听见刮风；我到外面去吹吹风吧。"

使我感到发烧的不只是忙于准备，也不只是料到会有巨大的变化——明天就将开始新的生活；毫无疑问，这两种情况是起了它们的一部分作用，形成了那种激动不安的心情，促使我在这么晚的时候还到渐渐转黑的庭园里去。可是，还有第三个原因对我的心灵起着比它们更大的影响。

我心里有一个奇怪而焦急的想法。发生了一件我没法理解的事。

除了我以外没有人知道，也没有人看见这件事。那是在前一天晚上发生的。那晚，罗切斯特先生不在家；他还没回来；他有事上三十英里以外他拥有的一块包括两三个农场的田产那儿去了，那是需要他在按预定计划离开英国之前亲自去安排妥当的。我现在正在等他回来；急于要把我心里的石头放下，要找他解开使我疑惑不解的谜。读者，请等到他回来吧；等我把我的秘密告诉他的时候，你就可以同他一起听到了。

我到果园里去，让风给赶到那儿的隐蔽处。风一整天都从南方猛烈地刮来，然而，并没有带来一滴雨。随着夜晚的来临，风非但没减弱，反而刮得更猛，咆哮得更厉害；树一个劲儿地给往一边吹倒，根本不扭过来，一个小时里几乎一次也没把树枝转回过来；这股猛劲儿持续不断，把它们多枝的头按向北方——云被从这一极吹向那一极，一大块迅速地紧接着一大块；在那 7 月的一天，连一点蓝色的天空都看不见。

我让风吹着跑，把心里的烦恼抛向空间呼啸而来的无穷无尽的暴风，心里不是没感到一种狂喜。沿着月桂小径走下去，迎面看到的是那棵七叶树的残骸；它竖在那儿，黑糊糊的，给劈开了，树干从中间裂成两半，阴森森地张着口子。劈开的两半边没有完全脱离，因为坚实的基部和粗壮的树根使下面部分没有分开，虽然共有的生命力已被摧毁——树液已不再流动，两边的树枝都已死去，到这年冬天，风暴肯定会把一边或两边的枝条都刮到地上。但是现在，它还可以被称作是一棵树——一棵死树，不过是一棵完整的死树。

“你们做得对，紧紧地守在一起，”我说，仿佛这怪物般的两半都是活的，而且听得懂我的话似的。“我想，尽管你们看上去是烧伤了，烧黑了，烧焦了，你们身体里一定还有一点生命的感觉，从那坚贞忠诚的树根的紧紧相连中产生出来；你们永远不会再有绿叶——永远不会再看见鸟儿在你们的枝头筑巢、唱歌；对你们来说，欢乐和爱情的时期已经过去，可是你们并不孤独；你们各自都有一个同伴，在自己朽烂时可以获得同情。”我抬起头来看着它们的时候，在填满裂隙的那一部分天空上，月亮出现了一会儿；她的圆盘像血一样红，一半被遮住；她似乎向我投来困惑和忧郁的一瞥，随即又埋到厚厚的云堆里去了。在桑菲尔德周围，风停了一秒钟，可是却在远处的树林和流水上空倾吐着狂野凄惨的哀号，叫人听了伤心，我又跑开了。

我在果园各处漫步，把许多散落在树根周围草地上的苹果捡起来；接着把熟的和没熟的分开，拿到宅子里去放在储藏室里。然后我到图书室去看看火是否已经生好；因为，尽管是夏天，我知道在这样一个阴郁的夜晚，罗切斯特先生进来的时候将还是会喜欢看到愉快的炉火。是的，火已经生了一些时候，烧得很旺。我把他的扶手椅放在壁炉旁边；把桌子推到炉火附近；放下窗帘，把蜡烛拿进来，准备好随时可以点。我比以前更加焦躁不安，作了这些安排以后，我简直坐都坐不住，甚至没法待在房子里了。屋里的小钟和大厅里的那只古老的钟同时打了十点。

“这么晚了！”我说；“我要跑下楼，到大门口去；时而有月亮照耀着，我可以看到大路上很远的地方。也许他现在正在回来，去接他可以省掉几分钟的牵挂。”

风高高地在遮蔽着大门的大树间咆哮。我极目远望，路的左右两边却都是静悄悄、冷清清的，只有在月亮偶尔露出来的时候，路上才有云块的影子移动过去，除此以外，路一直只是苍白的一条长线，上面没有一个活动的斑点。

我看啊看的，一滴孩子气的眼泪使我的眼睛模糊了。那是一滴失望和焦急的眼泪。我为此感到害臊，便把它擦掉了。我流连不去；月亮完全把自己关在闺房里，还拉上了密云的窗帘；夜色越来越浓，雨驾着暴风迅猛地来到。

“但愿他会来！但愿他会来！”我被忧郁症的预感控制住了，禁不住嚷了起来。吃茶点以前，我就在等着他；现在天都黑了，是什么把他留住了呢？发生了什么意外吗？我又想起了昨天夜里的那件事。我把它解释为灾祸的先兆。我担心，我的希望太光辉灿烂了，不可能实现；我最近享受到那么多幸福，我想我的运气已经超过了顶点，现在得下降了。

“反正我不能回到房子里去，”我想；“这样恶劣的天气，他在外面，我可不能在炉边坐着；与其让我心里紧张，还不如让我的四肢劳累；我要走向前去迎接他。”

我出发了，走得很快，可是没走多远；我估计走了四分之一英里不到，就听到嘚嘚的马蹄声；一个骑马的人奔驰过来；一条狗在他身边跑着。去你的，不祥的预感！正是他；他来了，骑着美士罗，派洛特在后面跟着。他看见了我，因为月亮在天空中开拓出一片蓝色的地方，挂在那儿，水汪汪的十分明亮。他脱下帽子，在头的上面挥动着。现在我跑过去迎接他。

“哪！”他一边伸出手，从马鞍上弯下身来，一边嚷道：“显然，你没有我就不行吧。踩在我的靴子尖上；两只手伸给我；上来！”

我服从了；喜悦使我变得敏捷，我跳到他前面。我得到尽情的一吻作为欢迎；他那份自鸣得意，我尽可能地吞咽下去。他在狂喜中克制了一下自己，问道：“有什么要紧的事，简妮特，让你这么晚还来迎接我，出了什么事吗？”

“没有；可是我以为你永远不会回来了。让我在屋里等你，特别是在这样风雨交加的时候，我可受不了。”

“风雨交加，真是如此！是啊，你身上滴着水，简直像条美人鱼似的；把我的披风拉过来裹着吧；不过，我觉得你在发烧，简；你的脸颊和手都烧得发烫了。我再问一遍，有什么要紧的事吗？”

“现在没什么；我既不害怕也不发愁了。”

“这么说你曾经害怕，并且发愁了？”

“有点儿；等会儿我把这一切都告诉你，先生；但是你知道了我的痛苦，也许只会笑我。”

“过了明天，我就可以痛痛快快地笑你了；在这以前我还不敢，我的战利品还没有肯定呢。你就是在上个月中像鳗鲡一样滑溜，像蔷薇一样多刺的人儿吗？我在哪儿都不能放下一个手指，除非给刺痛；可是现在，我却仿佛抱着一只迷路的羔羊；你是从羊圈里出来找你的牧人的，是吗，简？”

“我需要你，但是你不要夸口。桑菲尔德到了；现在让我下去吧。”

他把我放在铺道上。约翰牵走了他的马，于是他跟着我走进大厅，他叫我赶快换上干衣服，然后回到图书室他那儿去。我朝楼梯走去的时候，他又叫住我，硬要我答应不要耽搁太久，我并没有费很长时间，五分钟以后，我又到了他那儿，发现他在吃晚饭。

“坐下陪我一起吃饭，简；如果上帝愿意的话，除了这一顿，你再吃一顿以后，就要有很长时间不在桑菲尔德吃饭了。”

我在他旁边坐下，但是告诉他我吃不下。

“简，是因为看到要出去旅行吗？是因为想到要去伦敦，胃口就不好了吗？”

“今天晚上，我还不能够清楚地看到什么，先生；我也简直不知道脑子里在想什么。生活中的一切似乎都不是真实的。”

“除了我，我完全是实际存在的——摸摸我。”

“先生，一切事物中你最像幻影，你不过是一个梦罢了。”

他笑着伸出手来；“这是梦吗？”他把手放在我眼前说。他有着浑圆结实、肌肉发达的手和长而强壮的胳臂。

“是的，虽然摸到了它，它还是个梦。”说着，我把他举在我脸前的手放下去。“先生，晚饭吃完了吗？”

“吃完了，简。”

我打铃叫人把盘子拿走。当我们又单独在一起的时候，我拨了拨火，然后坐在我主人膝前的一张矮凳上。

“近午夜了，”我说。

“是的；可是记住，简，你答应过我，在结婚前一夜陪我守夜。”

“我答应过，我遵守诺言，至少陪一两个小时；我还不想睡觉。”

“一切都准备好了吗？”

“准备好了，先生。”

“我也准备好了，”他说；“我已经把一切都安排妥当；明天，我们从教堂回来以后，半小时内就离开桑菲尔德。”

“很好，先生。”

“简，你说这句‘很好’，带着多么不寻常的微笑啊！你的双颊上现出多么明亮的颜色！你的眼睛多么奇怪地闪闪发光！你身体好吗？”

“我相信很好。”

“相信！怎么回事？——告诉我你感觉怎么样。”

“我讲不出，先生，没有言语能表达我的感觉。我希望现在这个时刻永远不要结束，谁知道下一时刻的命运会怎样呢？”

“这是多疑症，简。你太兴奋了，要不就是太累了。”

“先生，你感到平静和快乐吗？”

“平静？——不；但是我感到快乐——一直到心坎里。”

我抬起头，从他的脸上察看这种幸福的迹象，他的脸发红，充满着热情。

“相信我吧，简；”他说，“把压在你心头的一切负担都告诉我，让你的心得到宽慰吧。你怕什么呢？——怕我将来不会是一个好丈夫吗？”

“这是离我思想最远的想法。”

“你对自己就要进入的新环境——就要去过的新生活感到害怕吗？”

“不。”

“你使我迷惑不解，简；你那悲哀而又大胆的眼神和语调使我困惑和痛苦。我需要一个解释。”

“好吧，先生，——你听着。昨夜你不在家吧？”

“是的；——这我知道；刚才你暗示过我不在家的时候发生的事情；——可能不是什么重要的事情；不过，总之它让你感到不安了。说给我听听。也许是菲尔费克斯太太说了什么？还是你听到仆人们在谈论什么了？——你那敏感的自尊心受到了伤害？”

“不，先生。”——这时候钟打了十二下——我等到小钟的清脆的钟声和大钟的粗哑的振荡声停止以后，再说下去。

“昨天一整天，我都很忙，而且在不停的忙碌中感到很快乐；因为我并不像你似乎认为的那样对新环境等等会老是感到害怕，我认为，能有希望和你在一起生活，是非常愉快的，因为我爱你。不，先生，现在不需要抚摸我——让我说下去，别打扰我。昨天，我完全信任上帝，相信事情会进行得对你我都很顺利；如果你记得的话，那是个晴朗的日子，——空气和天空的平静使人不会对你旅途的安全和舒服感到担忧。吃过茶点以后，我在铺道上散了一会儿步，想着你；在想象中我看到你离我那么近，我几乎没有感到你不在我身边。我想着在我前面展现的生活——**你的**生活，先生，这种生活比起我的生活来，要广阔和活跃得多，犹如大海的深处要比流入大海的小河的浅处广阔和活跃得多一样。我奇怪，为什么说教者把世界称作凄凉的荒原；在我看来，它却像一朵盛开的玫瑰。夕阳西下时，空气变冷了，天空布满了云，我走进屋子。索菲叫我到楼上去看看我的结婚礼服，他们才送来；在盒子里衣服底下我发现了你的礼物——一条你像王子般浪费地叫人从伦敦送来的面纱；我想，你是因为我不肯要珠宝，所以决心骗我接受同样贵重的东西。我打开它的时候笑了，思量着如何来嘲笑你的贵族趣味和企图用贵妇人的服饰来装扮你那平民新娘的努力。我想着如何把那条没有绣花的本色丝方巾拿给你看，我是准备用这条方巾覆盖我这出身卑微的头，并且要问一下，对于一个不能给丈夫带来财产、美貌和姻亲关系的女人来说，它是不是已经足够了。我清清楚楚地看到你会有什么样的神情，听到你的激烈的共和主义者的回答，还有你的高傲的否认，说你那方面没有必要靠娶一个钱袋和公主的冠状头饰来增加你的财富，或者提高你的地位。"

"你真的看到了我的心里，你这女巫！"罗切斯特先生插进来说；"可是在这面纱上，除了绣的花以外，你还发现了什么？你发现了毒药还是匕首，让你现在显得这样愁眉苦脸的？"

"没有，没有，先生；除了这织物的精致和华丽以外，我只发现菲尔费克斯·罗切斯特的骄傲；那不会让我害怕，因为我已经看惯了这魔鬼。可是，先生，天黑的时候，起风了；昨天晚上，那风不像今天这样又狂暴又猛烈，而是发出一种凄凄切切、呜呜咽咽的声音，要阴森可怕得多。我真希望你在家里。我来到这间房子里，看到空着的椅子，没生火的炉子，心里感到凄凉。我上床以后，久久不能入睡——一种焦急不安的感觉折磨着我。风越刮越猛，在我听来似乎盖住了下面另一种悲哀的声音，起先我说不出那下面的声音是从屋里发出来的，还是从外面传进来的，可是每次风一停下来，它就可疑而又可悲地重复响着，最后我终于听出，一定是哪条狗在远处吠叫。它停止了，我很高兴。睡着的时候，我还是在梦中想着狂风怒吼的沉沉黑夜。我还是希望跟你在一起，奇怪而又遗憾地感到有一个什么障碍在把我们隔开。在睡第一觉的时候，我沿着一条弯弯曲曲的陌生的路走；周围是一片漆黑；雨抽打着我；我抱着一个小孩，一个很小的家伙，他太小而又太弱，不能走路，在我冰凉的胳臂间颤抖，在我耳边可怜地号啕大哭。我以为，先生，你就在我前面的大路上，离我很远；我竭尽全力要赶上你，一次又一次地竭力叫你的名字，恳求你停下——可是我的行动被束缚住了；我的声音没发出来就消失了；而你，我觉得却走得越来越远了。”

“现在我在你身边，简，这些梦还压抑着你的精神么？神经质的小东西！把幻想的痛苦忘掉吧，只想想真正的幸福！你说你爱我，简妮特；对，——这我不会忘记；你也不能否认。那些话并没有不等发出来就在你嘴边消失。我听见它们，清晰而又温柔，也许稍微有点儿庄严，可是像音乐一样悦耳——‘我认为，能有希望和你爱德华一起生活，是非常愉快的，因为我爱你。’——你爱我吗，简妮特？再说一遍。”

“我爱的，先生。——我用我整个的心爱你。”

“咳，”他沉默了几分钟以后说，“这很奇怪；可是那句话却痛苦地直钻到我的心里。为什么呢？我想，就因为你说的时候带着那么认真、那么虔诚的劲头；就因为你抬头看我的时候，你的这种凝视达到了忠诚、真理和虔诚的顶点；那太崇高了，仿佛在我身边的是个神灵似的。显得邪恶一点吧，简，你是知道怎么显出那种神情的；露出你那狂野、羞怯、恼人的微笑吧；对我说你恨我——嘲笑我，激怒我；随你怎么办都行，可就是别感动我；我情愿给惹得发怒，也不情愿给惹得悲哀。”

“等我把我的故事讲完了，我会嘲笑你，激怒你，让你心满意足；可是先听我讲完。”

“我以为，简，你已经全部都讲给我听了。我以为我已经在梦中找到了你的忧郁的根源！”

我摇摇头。“什么？还有吗？可是我不相信还有什么重要的事。我预先警告你，我不相信。说下去。”

他神情不安，急躁的举止中有点担忧，这使我吃了一惊；可是我继续讲下去。

“我还做了个梦，先生；桑菲尔德府成了凄惨的废墟，成了蝙蝠和猫头鹰的住处。我想，宅子雄伟的正面只剩下一堵像贝壳一样薄的墙，很高，看上去很不结实。我在一个月明之夜，漫步穿过围墙里边这个遍地杂草的地方；这儿，我在大理石的壁炉上绊了一下，那儿，在掉下来的檐板断片上又绊了一下。我裹着披巾，还抱着那个陌生的小孩；我没法在什么地方把他放下，不管我的胳臂多么疲劳——不管他的重量是多么妨碍我走路，我都得抱着他。我听到大路上远远的有马儿奔跑的声音；我肯定那是你；而你却动身到遥远的国家去，而且要离开好多年。我用发疯似的危险速度爬上这堵薄墙，急于从墙顶上看你一眼；石头从我脚下滚落，我抓住的藤萝枝条松脱下来，那个孩子吓得紧紧地抱住我的脖子，差点儿把我掐死；最后我爬到了顶上。我看见你像一个斑点，在一条白色的路上，越来越小。风刮得那么猛，我连站都站不住。我在那狭窄的壁架上坐下，把那坐在我膝上的、吓坏了的孩子哄得安静下来。你在大路上拐了个弯；我俯身向前，去看最后一眼；墙坍塌了；我不由得一个晃动，孩子从我膝上滚了下去，我失去平衡，跌下去，醒了。”

“简，讲完了吗？”

“前言完了，先生；故事还在后面呢。醒来的时候，一个亮光照得我眼花缭乱；我想——哦！天亮了！可是我搞错了；那只是烛光。我以为是索菲进来了。梳妆台上放着一支蜡烛。我临睡前把我的结婚礼服和面纱挂在壁橱里。现在壁橱门打开着，我听见那儿有窸窸窣窣的声音。我问，‘索菲，你在干什么？’没人回答；可是有一个形体从壁橱里出来；它拿起蜡烛，举得高高的，看着从旅行皮箱里垂下来的衣服。‘索菲！索菲！’我再一次叫道；它还是一声不响。我已经在床上坐了起来，我俯身向前，先是感到吃惊，然后感到困惑；接着我的血液在我的血管里冰凉地流着。罗切斯特先生，它不是索菲，不是莉亚，不是菲尔费克斯太太；不是的——不是，我能肯定，我现在还能肯定——它甚至不是那个奇怪的女人，格莱思·普尔。”

“准是她们中间的一个，”我的主人插进来说。

“不，先生，我庄严地向你保证，绝对不是。站在我面前的那个形体是我以前在桑菲尔德府这个地区里从没见过的；那高度、那轮廓对我来说都是陌生的。”

“形容一下吧，简。”

“它看上去，先生，是一个女人，又高又大；又多又黑的头发长长地顺着她的背披下来。我不知道她穿着什么衣服；又白又直；可是究竟是长袍，是被单，还是裹尸布，我却说不上。”

“你看见她的脸吗？”

“开头没有。可是不久她就拿出我的面纱，把它举起来；久久地盯着它看，然后把它披到自己头上，转过身去对着镜子照照。那时候我在暗黑的长方形镜子里清清楚楚地看到了她的面容和五官的反影。”

“是什么样子的呢？”

“我觉得很可怕，像鬼一样——哦，先生，我从来没见过像那样的脸！那是张没有血色的脸——那是张野蛮的脸。我但愿能忘掉那双红眼睛的转动和那张脸上可怕的又黑又肿的样子！”

“鬼通常都是苍白的，简。”

“这一个，先生，却是紫色的；嘴唇又肿又黑；额头上有着深深的皱纹；宽阔的黑眉毛竖起在布满血丝的眼睛上。要我告诉你，她叫我想起什么吗？”

“你可以告诉我。”

“想起了丑恶的德国的鬼——吸血鬼。”

“啊！——它干了些什么呢？”

“先生，它把我的面纱从它那可怕的头上扯下来，撕成两半，扔在地上，用脚踩踏。”

“后来呢？”

“它拉开窗帘，朝外边看看；也许它看到了黎明来临，因为它拿起蜡烛退到门口去。这个身影就在我床边停了下来；火一样的眼睛瞪着我——她把蜡烛猛地伸到我面前，让我看着她把它吹熄。我感觉到她那灰黄的脸在我的脸上方闪出微光，我失去了知觉，这是我有生以来的第二次——不过，只是第二次——我吓得昏了过去。”

“你醒过来的时候，谁跟你在一起？”

“没有人，先生，只有大白天。我起了床，把头和脸浸在水里，喝了一大口水；觉得自己虽然很衰弱，可是并没生病，于是决定除了把这个景象告诉你以外，不告诉别人。现在，先生，告诉我，那个女人是谁？”

“是一个过于兴奋的脑子的产物；这是肯定的。我得小心地对待你，我的宝贝；像你这样的神经不宜粗暴对待。”

“先生，你可以相信，我的神经没有病；那个东西是真实的；那件事确实是发生了。”

“那你以前的那些梦呢；也都是真实的吗？桑菲尔德府是个废墟吗？有不可逾越的障碍把我和你隔开吗？我不掉一滴眼泪——不吻你一下——不说一句话就离开你吗？”

“现在还没有这样离开我。”

“我就要这样离开你吗？——把我们不可分开地系在一起的那个日子已经开始了；等我们一旦结合了，心里产生的这些恐怖景象就不会再出现；这我可以保证。”

“心里产生的恐怖景象，先生！但愿我能相信这些只是心里产生的。我现在比以前更加这样希望；因为连你都不能给我解释一下那个可怕的来访者的谜。”

“既然我不能解释，简，那它就一定不是真实的。”

“可是，先生，我今天早上起来，心里这样想着的时候，我朝房间四面看看，想在光天化日之下从每一件熟悉的东西的愉快景象中获得勇气和安慰的时候，我却在那儿，在地毯上，看到了一样东西，它证明了我的设想完全是错的，它就是那条从上到下撕成两半的面纱！”

我感觉到罗切斯特先生吓了一跳，在发抖；他连忙用胳臂搂住我。“谢天谢地！”他嚷道，“要是昨天夜里的确有什么邪恶的东西来到你身边，那它也只是伤害了那条面纱。哦，想想可能发生的事情！”

他呼吸急促，使劲地搂住我，我差点连气都透不过来。沉默了几分钟以后，他愉快地接下去说：

“现在，简妮特，我将把一切都给你解释清楚。那一半是梦，一半是现实；毫无疑问，是有个女人走进你的房间；那个女人是——一定是格莱思·普尔。你自己也说她是个怪人；从你所知道的一切来看，你有理由这样说她——她对我干了什么？对梅森又干了什么？在半睡半醒的状态中，你注意到她进来和她的行动；可是像你那样发烧，几乎都昏迷了，你就给了她一种和她自己的面貌不同的恶鬼似的模样；蓬乱的长发啦，又肿又黑的脸啦，扩大了的身材啦，全都是想象的虚构，是梦魇的结果；狠狠地撕破面纱倒是真的；这很像她干的事。我知道你会问我，干吗把那样一个女人留在家里；等我们结婚时间久了，我会告诉你的；可是现在不告诉你。你满意了吗，简？你接受我

对这个谜的解释吗？”

我思考了一下，事实上，在我看来，这是惟一可能的解释；我并不满意，可是为了让他高兴，我试图显得满意——我的确感到了宽慰；所以就用一个满意的微笑回答他。现在早已过了一点钟，我准备离开他。

“索菲不是和阿黛勒一起睡在婴儿室吗？”我点蜡烛的时候，他问道。

“是的，先生。”

“阿黛勒的小床上有足够的地方让你睡。今天夜里你得跟她睡在一起，简；你所叙述的事情会使你神经紧张，这是不足为奇的，我宁可要你不单独睡，答应我，到婴儿室去。”

“我很高兴到那儿去，先生。”

“从里面把门牢牢地闩住。上楼的时候把索菲叫醒，借口说请她明天准时叫醒你，因为你必须在八点以前穿好衣服，吃完早饭。现在不要再有什么忧郁的想法了；把沉闷的烦恼赶走吧，简妮特。你没听到风儿减弱成多么柔和的飒飒声？窗玻璃上不再有雨点的拍打声了；瞧，”（他撩起窗帘）——“多么可爱的夜！”

夜是可爱的。半个天空，纯洁无瑕；风向转到西边，群集的云朵让风吹着，变为一根根长长的银柱排成纵队向东方飘去。月亮宁静地照耀着。

“啊，”罗切斯特先生用询问的眼光凝视着我的眼睛，问道，“我的简妮特现在怎么样了？”

“夜是平静的，先生，我也一样。”

“今天夜里，你再不会梦见离别和悲伤，而只会梦见快乐的爱情和幸福的结合了。”

这个预言只实现了一半；我确实没有梦见悲伤，但是也没梦见欢乐；因为我根本就没有睡着。我把小阿黛勒抱在怀里，看着孩童的睡眠——那么安宁，那么恬静，那么天真——等待着即将到来的白天；我的全部活力都在心中清醒着，活动着。太阳一升起，我也就起床了。我记得在我离开阿黛勒的时候，她紧紧地抱着我，我记得在把她的小手从我的脖子上松开的时候，我吻了她，而且带着奇怪的感情对着她哭泣，为了怕抽泣声会打断她那安静的酣睡，我离开了她。她仿佛是我的过去生活的标志，而我现在要打扮好去迎接的他呢，则是我那未知的明天的象征，令人敬畏却又受到崇拜。

第二十六章

索菲七点钟来给我梳妆打扮。我想，她的确花了好长时间才干完她的活儿，长得连罗切斯特先生对我迟迟不去都不耐烦了，派人上来催问我。她正好在用一枚饰针把面纱——毕竟还是用了那块本色丝方巾——别在我的头发上，我一有可能就赶紧逃过她的手匆匆走了。

"站住！"她用法语喊道。"你看看镜子里的自己；你还没有看过一眼呢。"

因此我在门口转过身来；我看到一个穿着礼服、戴着面纱的身影，完全不像我平时的自己，看上去几乎像个陌生人似的。"简！"一个声音喊道，我急急忙忙地下去了。罗切斯特先生在楼梯脚下迎接我。

"磨磨蹭蹭的人！"他说，"我等得不耐烦，脑子都着了火了；你却耽搁这么久！"

他把我带进餐厅，用锐利的眼光把我从头到脚打量了一下，说我"美得像一朵百合花，不单是他生活的骄傲，而且也是他眼睛的想望"，随后告诉我说他只给我十分钟时间来吃一些早点。他打了铃。他最近雇来的仆人中的一个男仆，应声来了。

"约翰把马车准备好了吗？"

"准备好了，先生。"

"行李搬下去了吗？"

"他们正在往下搬，先生。"

"你上教堂去；看看伍德先生（牧师）和书记是否都到了；回来告诉我。"

正如读者所知道的，教堂就在大门外面；男仆很快就回来了。

"伍德先生在法衣室里，先生，他正在穿上白色法衣。"

“马车呢？”

“正在套马。”

“我们不想乘车上教堂，可是在我们回来的时候得准备好。所有箱笼行李都要捆绑、安放好，马车夫要在他的座位上坐好。”

“是，先生。”

“简，你准备好了吗？”

我站起身来。没有男女傧相，也没有亲戚要等候或者列队。除了罗切斯特先生和我以外，什么人也没有。我们走过大厅的时候菲尔费克斯太太正站在那儿。我巴不得跟她说话，可是我的手让一只铁一样的手给抓住；我被我几乎跟不上的大步催促着往前走，而看一看罗切斯特先生的脸就可以感到，不管怎样，一秒钟都不容耽搁。我不知道另外还有哪个新郎有过他那样的神气——那样的专心于一个目标，那样的严厉而固执；也不知道还有谁在那样刚毅的双眉下，曾经露出过那样闪烁的炯炯目光。

我弄不清天气是好是坏；在车道上往下走的时候，我既没有凝望天空也没有端详大地：我的心和我的眼睛在一起，两者都一股脑儿地钻进罗切斯特先生的心里去了。我要瞧一瞧那看不见的东西，当我们一起走着的时候，他仿佛凶狠残暴地一直盯着它。我要感觉一下那些思想，他似乎正在抗拒它们的力量。

在教堂墓地的边门口，他停了下来；他发现我已经完全上气不接下气了。“我在我的爱情中，是不是太残忍了？”他说。“停一会儿吧；靠在我身上，简。”

现在我还回想得起那时的情景：灰色的古老教堂宁静地耸立在我面前，一只白嘴鸦绕着尖顶盘旋，那一边就是给朝霞映红的天空。我还有点记得那些绿色的坟堆；我也没忘记，两个陌生人在低低的小丘之间漫步，读着零落的几块长着青苔的墓石上刻的字。我注意到他们，因为，他们一看见我们就转到教堂背后去了；毫无疑问，他们将从旁边过道的门进去看举行婚礼。罗切斯特先生没看见他们，他正热切地看着我的脸，大概我的脸一时变得苍白了；因为我感到自己的额头冒出了冷汗，我的脸颊和嘴唇都发冷了。不一会儿我就恢复过来，他便和我一起慢慢地沿着小径朝门廊走去。

我们走进肃静而简陋的教堂。牧师穿着白色法衣在低低的祭台那儿等着，书记在他旁边。一切都是静止的，只有两个影子在远远的一个角落里移动。我猜对了，陌生人在我们之前溜了进来，他们现在就站在罗切斯特家的墓穴那儿，背朝着我们，隔着栅栏在看那因为年深月久出现污迹的古老大理石坟墓。那儿有一个跪着的天使守护着戴默尔·德·罗切斯特和他的妻子伊丽莎白的遗骸。戴默尔是内战期间在马斯顿荒地①被杀死的。

我们来到了圣餐台栏杆跟前我们的位置上。我听见后面有小心翼翼的脚步声，便回过头去看了一眼；陌生人当中的一个——显然是一位绅士——正在走上圣坛。仪式开始了。婚姻的目的解释过了；接着牧师跨前一步，微微俯向罗切斯特先生，继续说：

"我要求并且责令你们两人——因为在一切心里的秘密都要宣布出来的那个可怕的审判日，你们是要答话的——如果你们中间的一个人知道有什么障碍，使你们不能合法地结为夫妇，那就现在自己坦白，因为你们要相信，凡是不经过上帝的圣言允许而结合的，都不是由上帝结合的，他们的婚姻也就不是合法的。"

他按照习惯停了一会儿。那句话以后的停顿几时曾被回答打破过呢？也许一百年当中没有一次。于是，眼睛没离开过书本、只是静默了一会儿的牧师便要接着说下去；他的手已经朝罗切斯特先生伸了过

① 内战，指英王查理一世与议会之间在1642至1649年发生的战争。马斯顿荒地是英国约克郡约克附近的一个地方。王党军队于1644年在此地被打败。

来，他刚张开口问，“你要娶这个女人作你正式的妻子么？”——这时候却有一个清晰的声音在近处说道：

“婚礼不能继续举行，我宣布存在障碍。”

牧师抬起头来看看说话的人，哑口无言地站着；书记也是这样；罗切斯特先生微微动了一下，仿佛他脚下发生了地震似的；他脚站稳以后，头也不回，眼睛也不动地说，“继续进行。”

他用深沉的语调说了那句话以后，接下来的是一片沉寂。不一会儿，伍德先生说：

“对于刚才说的事，不作一些调查，不证明它是真的或是假的，我不能继续举行。”

“仪式完全停止，”我们后面的那个声音补充说。“我可以证明我的断言：这件婚姻有不可逾越的障碍存在。”

罗切斯特先生听见他的话，可是不去理会它；他执拗地、严峻地站着，一动不动，只是握住我的手。他的手是多么热又多么有力啊！——那时候，他那苍白、坚毅、宽阔的额头，多么像采掘出来的大理石啊！他的眼睛是怎样地发光、静止、警惕，而下面却隐藏着狂野啊！

伍德先生似乎不知所措了。“是什么性质的障碍？”他问。“也许可以把它排除掉——解释清楚？”

“不大可能，”这是答话。“我说它不可逾越，是经过考虑才说的。”

说话的人走上前来，俯身靠在栏杆上。他继续说下去，每个字都说得清清楚楚，镇静，沉着，但是并不响。

“障碍只是以前结过婚。罗切斯特先生现在有一个活着的妻子。”

听到这低声说出的话，我的神经大为震动，以前听到雷声都从没有这样震动过——我的血液感觉到了这些话的微妙的狂暴力量，以前碰到严霜和烈火都从没有过这样的感觉；可是我还镇定，没有昏厥的危险。我看看罗切斯特先生；我使他也看了看我。他整个的脸就像无色的岩石；他的眼睛既像火星又像火石。他没有否认什么；他看上去似乎要向一切挑战。他不说话，不微笑，不像是承认我是一个人，而只是用一条胳臂搂住我的腰，把我紧紧地拉到他身边。

"你是谁？"他问这个闯入者。

"我姓布里格斯，是伦敦某某街的律师。"

"你要塞个妻子给我吗？"

"我要提醒你尊夫人的存在，先生；你不承认她，法律却承认。"

"那就请叙述她的情况——她的姓名，她的父母，她的住处。"

"当然。"布里格斯先生不慌不忙地从口袋里掏出一张纸，用一种官气十足、鼻音很重的声音念道：

"'我断言并能证明：在公元某某年10月20日（十五年以前），英国某某郡芬丁采邑及某某郡桑菲尔德府的爱德华·菲尔费克斯·罗切斯特，同我的姐姐，商人约纳斯·梅森及其妻克里奥耳人[①]安东瓦内达的女儿伯莎·安东瓦内达·梅森，在牙买加西班牙城某某教堂结婚。结婚记录可于该教堂的登记册中找到，——我现有抄件一份。理查·梅森签字。'"

"如果那是一份真的文件，它可以证明我已经结过婚，可是并不能证明其中称为我妻子的那个女人还活着。"

"三个月以前她还活着，"律师回答。

"你怎么知道？"

"我有证人可以证明这个事实；先生，他的作证连你都无法反驳。"

---

① 克里奥耳人，生于拉丁美洲的欧洲人后裔，或他们同黑人或印第安人所生的混血儿。

“叫他出来——不然你就去见鬼吧。”

“我叫他出来——他就在这里；梅森先生，劳驾走到前面来。”

罗切斯特先生一听到这个名字，就咬紧牙关；他还经历了一种强烈的痉挛性的颤抖；我就在他身边，感觉到了传遍他全身的愤怒和绝望的痉挛活动。第二个陌生人在这之前一直待在后面，这时候走了过来；一张苍白的脸，在律师的肩头上望着——对，是梅森本人。罗切斯特回过头去，瞪了他一眼。他的眼睛，正如我常说的，是黑的；现在却在它的蒙眬之中闪出褐色的光，不，是血红的光；他的脸发红——橄榄色的脸颊、没有颜色的额头仿佛从心里那股正在扩散上升的火里取得了一种光；他动了动，举起他强壮的胳臂——他很可以打梅森一拳，把他打倒在教堂的地上，用无情的殴打吓得他断气——可是梅森躲开了，轻轻地叫了一声，“天哪！”罗切斯特先生不由得产生了一种冷冷的轻蔑的感觉——他的怒火像害了枯萎病萎缩了似的消失了；他只是问道：“**你**有什么要说的？”

梅森先生苍白的嘴唇间溜出一个听不清楚的回答。

“真见鬼，你话都答不清楚。我再问你一声，**你**有什么要说的？”

“先生——先生——”牧师插进来说，“别忘了你们是在神圣的地方。”于是朝着梅森轻轻地问道，“先生，你可知道这位绅士的妻子是不是还活着？”

“勇敢些，”律师催促，“说啊。”

“她现在就住在桑菲尔德府，”梅森用稍微清楚一点的声调说，“我今年4月份还在那儿看见她。我是她的弟弟。”

“在桑菲尔德府！”牧师嚷道。“不可能！我是这个地区的老住户，先生，我从没听说过桑菲尔德府有位罗切斯特太太。”

我看见罗切斯特先生的嘴唇让一个狞笑扭歪了，他嘟哝道：

“对——老天作证！我留神不让人听说这件事——也不让人听说她

有那样的名义。”他沉思着——独自想了十分钟，下了个决心，把它宣布出来：

“够了——干脆把一切都说出来，就像把枪膛里的子弹打出来一样。——伍德，把你的书合起来，把你的法衣脱掉；约翰·格林(对书记说的)，离开教堂吧；今天不举行婚礼了。”那人服从了。

罗切斯特先生大胆地、不顾一切地接着说。“重婚是个丑恶的字眼！——然而，我决意要成为一个重婚者；命运用策略胜过了我；或者说，天命阻止了我——也许是后面一个。现在，我并不比魔鬼好；而且，正像那儿的牧师要对我说的，毫无疑问，应该受到上帝最严酷的审判，——甚至受到不灭的火和不死的蛆的折磨。先生们，我的计划给打破了！——这位律师和他的当事人说的是实话；我已经结过婚；而且，同我结婚的那个女人还活着！你说你从没听到那边的房子里有位罗切斯特太太，伍德；可是，也许你已经多次听到人家谈论过在那儿看管着的一个神秘的疯子吧。有人悄悄地跟你说她是我的异母私生姊妹；有人说是我遗弃的情妇；我现在告诉你，她是我十五年以前娶的妻子——名字叫伯莎·梅森；就是这位果敢人物的姐姐。他现在正在用发抖的四肢、发白的脸颊向你们表明，男子汉可以有怎么样坚强的心。振奋起来吧，狄克！——绝不要怕我！我不愿打你，差不多就跟不愿打女人一样。伯莎·梅森是个疯子；她出身于一个疯子家庭；——三代都是白痴和疯子！她的母亲，那个克里奥耳人，既是一个疯女人又是一个酒鬼！——我娶了她的女儿以后才发现；因为在这以前，他们对这个家庭秘密是闭口不谈的。伯莎像个孝顺的孩子，在这两点上都和她母亲一模一样。我有了一个可爱的伴侣——纯洁、聪明、谦逊；你们可以想象到我是一个幸福的人。——我经历过宝贵的场面！哦！我的经历好极了，但愿你们能知道！可是我不必再进一步作什么解释。布里格斯，伍德，梅森，——我邀请你们都到宅子里，去访问一下普尔太太的病人，我的妻子！——你们就可以看到，我受了骗所娶的是怎么样的一个人，就可以判断我是不是有权撕毁婚约，寻求一个至少有人性的人的同情。这个姑娘，”他看着我继续说，“对这个令人厌恶的秘密，不比你伍德知道得多一点；她以为一切都是公正的、合法的；做梦也没想到过，竟会被诱入圈套，和一个已经跟恶劣的野兽般的疯子结合的受骗的不幸者缔结欺诈的婚姻！你们全都来吧，跟我走！”

他还是紧紧地握着我的手，离开了教堂；三位绅士跟在后面。在宅子的大门口，我们看到马车。

“把它送回马车房去，约翰，”罗切斯特先生冷冷地说，“今天用不着它了。”

我们走进宅子的时候，菲尔费克斯太太、阿黛勒、索菲、莉亚走上前来向我们道喜。

“走开——统统走开！”主人喝道；“去你们的祝贺！谁要它们！——我不要！——它们晚了十五年！”

他从她们身边走过去，上了楼梯，还是握着我的手，还是在招呼绅士们跟着他；他们照着做了。我们走上第一道楼梯，沿着过道走过去，走到三层楼；罗切斯特先生用主人的钥匙打开低低的黑门，让我们走进那间挂着帷幔、放着大床和用图案装饰的大柜的房间。

“你认识这个地方，梅森，”我们的向导说；“她在这儿咬了你，用匕首刺了你。”

他从墙上撩起帷幔，露出第二道门；他把它也打开了。在一间没有窗户的屋子里，生着火，火的周围用高而结实的围栏围着，天花板上用链条挂着一盏灯。格莱思·普尔俯身在火上，显然在用平底锅烧什么吃的。屋子的那一头，有一个身影在昏暗中来回跑着。那是什么呢，是野兽呢还是人？乍一看，看不清楚；它似乎在用四肢匍匐着；

它像个什么奇怪的野兽似地抓着、嗥叫着；可是它又穿着衣服；密密层层的黑发夹杂白发，蓬乱得像马鬃似地遮住了它的头和脸。

“早安，普尔太太！”罗切斯特先生说。“你好吗？你照管的人今天怎么样？”

“我们还可以，先生，谢谢你，”她小心翼翼地把沸滚着的食物端起来放到炉边的铁架上去；“有点要咬人，可还不残暴。”

一阵凶猛的叫喊似乎拆穿了她这个有利的报告的虚假性；这个穿着衣服的鬣狗爬了起来，用后脚高高地站着。

“啊，先生，她看见你了！”格莱思嚷道；“你最好别待在这儿。”

“只待一会儿，格莱思；你得让我待一会儿。”

“那末，要小心，先生！——看在上帝分上，小心！”

疯子吼叫起来。她把浓密蓬乱的鬈发从脸上分开，狂野地瞪着她的客人。我清清楚楚地认得那张紫色的脸，——那肿起来的五官。普尔太太走上前来。

“别挡住我，”罗切斯特先生把她推到一边说；“我想，她现在没拿着刀吧？我防备着。”

“你没法知道她拿着什么，先生；她那么狡猾；人的判断力估量不出她的诡计。”

“我们最好还是离开她，”梅森先生悄悄地说。

“去见鬼吧！”他的姐夫劝他。

“小心！”格莱思喊道。三位先生同时往后退。罗切斯特先生把我推到背后；疯子跳起来，凶恶地卡住他的脖子，用牙咬他的脸颊；他们搏斗着。她是个大个子女人，身材几乎和她丈夫相仿，而且很胖；在殴斗中她显出男人的力气——尽管他体格健壮，还不止一次几乎把他掐死。他很可以选中地方一下子把她打得安静下来；可是他不愿打；他只肯搏斗。最后他抓住了她的胳臂；格莱思·普尔给了他一根绳子，他把她的胳臂反绑起来；再顺手拿根绳子把她绑在一张椅子上。捆绑是在最凶猛的嚎叫和最剧烈的冲撞中完成的。于是罗切斯特先生朝旁观者转过身来；他带着辛辣、凄凉的微笑看着他们。

“那就是我的妻子，”他说。“那就是我所知道的惟一的结婚的拥抱——那就是在空闲时间安慰我的亲热！而这一位是我希望有的，”（他把手放在我的肩头上）“这一位庄严、安静地站在地狱入口、镇静地看着魔鬼跳跃的姑娘。在那凶猛的一道浓味菜肴以后，我想由她来变换一下口味。伍德和布里格斯，看看这两者的不同吧！比较一下这双清澈的眼睛同那边的一对红球——这张脸和那个面具——这个身材同那个大个子；然后评判我吧，传播福音的牧师和维护法律的律师，记住，你们怎样裁判别人，你们也就将受到怎样的裁判！现在你们走吧。我得把我的捕获物关起来了。”

我们都退了出来。罗切斯特先生在我们后面逗留了一会儿，再嘱咐了格莱思·普尔几句。律师在下楼的时候对我说话。

“小姐，”他说，“你没有任何责任，要是梅森先生回马德拉的时候，你叔叔还活着，他听到这消息会高兴的。”

“我的叔叔！他怎么样？你认识他吗？”

“梅森先生认识的；爱先生是他在丰沙尔[1]的商号的多年老客户。梅森先生在回牙买加途中，在马德拉养病。你叔叔接到你那封信，知道你准备和罗切斯特先生结婚，当时，梅森先生正好跟他在一起。爱先生谈起这个消息；因为他知道我这儿的这位当事人认识一个姓罗切斯特的绅士。就像你猜想得到的，梅森先生又诧异又痛苦，把事实真相说了出来。你的叔叔，我很遗憾地说，现在正躺在病床上；考虑到他的病的性质——痨病——和病的阶段，他不可能再起床了。这样他

① 丰沙尔，马德拉群岛首府。

就不能亲自赶到英国来，把你从你落入的罗网中救出来，他就恳求梅森先生立即采取步骤阻止这件欺诈的婚事。他把梅森先生托给我，要我帮忙。我尽快办理；我很高兴没有太迟；毫无疑问，你一定也很高兴吧。我确实相信你叔叔在你赶到马德拉以前就会去世，要不然，我会劝你和梅森先生一起回去；可是，既然如此，我想你最好还是留在英国，等到你能从爱先生那儿再听到什么消息，或者听到什么关于他的消息再说。还有什么事要我们留在这儿吗？”他问梅森先生。

“没有，没有——我们走吧，”是他的焦急的回答。他们不等向罗切斯特先生告别，就穿过大厅的门走了。牧师留下来和他那个骄傲的教区居民交换了几句话，或者是劝告，或者是责备；尽了这个责任以后，他也走了。

我站在半开着的门口，听见他走，这时候我已经回到了我自己的房间。房子里，人都走了；我把自己关在屋里，闩上门闩，不让任何人闯进来，我开始——不是哭，也不是悲叹，我还很镇定，不会那么干，而是——机械地脱掉结婚衣服，换上我昨天以为是最后一次穿的那件呢衣服。于是我坐了下来，感到又虚弱又疲劳。我把胳臂靠在桌子上，头搁在胳臂上。现在我思考着；在这以前，我只是听、看、活动——人家把我带到或拉到哪儿，我就跟来跟去地走到哪儿——看着一件事发生了又紧接着发生一件事，一件事暴露了又紧接着暴露一件事；可是现在，我却思考着。

这个早晨是够安静的——只除了和疯子在一起的那短短的一幕；教堂里的事情并不吵闹；没有怒火的爆发，没有大声的争吵，没有辩论，没有挑衅或挑战，没有眼泪，没有抽泣；只说了几句话，平静地表示反对这件婚事；罗切斯特先生提了几个严厉的短短的问题；作了回答和解释，提了证据；我的主人坦率地承认事实；然后看了活的证据；闯入者走了，一切就都过去了。

我跟往常一样在我自己的房间里——还是我原来的自己，没有明显的改变；没有什么袭击我、损伤我、残害我。然而，昨天的简·爱在哪儿呢？——她的生活在哪儿呢？——她的前途又在哪儿呢？

简·爱，一度曾经是个热情的、满怀希望的女人——差点儿当了新娘——又成为一个冷漠的、孤苦伶仃的姑娘了；她的生活是苍白的，她的前途是惨淡的。圣诞节的严寒在仲夏来临；12月的白色暴风雪在6月里飞旋；冰给成熟的苹果上了光，积雪压坏了怒放的玫瑰；干草地和小麦田上蒙了一张冰冻的尸布，昨夜还开满红花的小径，今天已盖上未经踩踏的白雪，看不出哪儿是路了；十二个小时以前，树林还像热带丛林般绿叶婆娑，芳香扑鼻，现在却像冬天挪威的松林般地荒芜、成了白茫茫的一片。我的希望全都破灭了——一夜之间降落在埃及地所有头生子身上的那种不可思议的命运[①]袭击了我。我看看自己所抱的希望，昨天它们还在那样地开着花、发着光，现在却躺在那儿，成了直挺挺、冷冰冰、铅灰色的尸体，再也不会复活过来。我看看我的爱情，那感情是我主人的——是他所创造的；它在我心里颤抖，就像躺在冰冷的摇篮里的受苦的小孩一样；疾病和痛苦袭击着它；它不能寻求罗切斯特先生的胳臂——它不能从他的怀里获得温暖。哦，它再也不能转向他，因为忠诚已给摧残，信任已给毁灭！对我来说，罗切斯特先生已经不再是以前的他了；因为他已经不再是我想象中的他了。我不愿意把罪过归给他；我不愿说他诱骗了我；可是在他的观念中已经不再有纯洁无垢的真实这个特性；我必须离开他；这我看得很清楚。什么时候走——怎么走——走到哪儿去，我却还不清楚；可是我不怀疑，他自己也会催我离开桑菲尔德。看来，他对我

① 《圣经·旧约·出埃及记》第12章第29节：“到了半夜，耶和华把埃及地所有的长子，就是从坐宝座的法老，直到被掳囚在监里之人的长子，以及一切头生的牲畜都杀了。”

不可能有真正的感情；受到挫折的只不过是一时的热情；他不会再要我了。现在我甚至怕在他面前的路上穿过；看到我，他一定会感到可恨。哦，我真是瞎了眼睛！我的行为多么软弱！

我的眼睛蒙起来了，闭上了；旋转的黑暗似乎在我周围浮动，思绪像一股暗黑混乱的水流涌来。自暴自弃，懒散，不作任何努力，我似乎躺在一条大河的干涸的河床上；我听到远处山洪暴发，洪水在滚滚而来；起来吧，我没有意志；逃跑吧，我没有力量。我虚弱地躺着；渴望死去。在我心里，只有一个想法还像活着似的搏动着——想起了上帝；这引起我喃喃地祈祷；那些话在我暗淡无光的心灵里来来去去地徘徊着，仿佛是一种应该被低声说出，而又找不到力量来表达的东西：

“别远离我，因为苦难就在眼前；没有人帮助啊。”

苦难是在眼前，因为我没有请求上帝把它推开——因为我没有合起手，没有跪下来，也没有动我的嘴唇——它来了；那滚滚的洪流来势凶猛，一下子全倾泻到了我的头上。我意识到我的生活变得凄凉了，我的爱情失去了，我的希望破灭了，我的信仰死掉了，这整个的意识形成阴沉沉的一大堆，猛烈而强大地威胁着我。那痛苦的时刻是无法描写的；的确是：“水进入我的灵魂，我陷入深深的泥潭；我觉得没有立足之处；我进入深水之中；洪水淹没了我。”

第二十七章

在下午的一个什么时候，我抬起头，瞧瞧周围，看到西边的太阳金光灿烂地在墙上画出了日落的迹象，我问，“我该怎么办呢？”

可是我的心灵作的回答“马上离开桑菲尔德”却是那么迅速，那么可怕，我连忙掩住我的耳朵。我说我现在不能忍受这样的字眼。“我不是爱德华·罗切斯特的新娘，这是我的痛苦中最小的一部分，”我断言，“从最美好的迷梦中醒过来，发现一切都是空虚的和徒劳的，这种恐怖我能够忍受和制服；可是我必须果断地、立即地、完全地离开他，这却是无法忍受的。我办不到。”

但是在这时候，我内心的一个声音却断定说我能够办到，并且预言我将办到。我和我自己的决心搏斗着：我要成为软弱的人，这样就可以避免去走那条要我受更多苦难的可怕的路，我看到这条路就摆在面前；而“天良”却变成暴君，一把扼住“爱情”的喉咙，辱骂她说：她还只是刚刚把她美丽的脚伸进泥坑。他起誓说，他将用铁臂把她按下去，把她按到那还没有探测过的痛苦的深渊中去。

“那末，让我给拉走吧！”我叫喊道：“让别人来帮助我吧！”

“不，你要自己把自己拉走，没有人会帮助你，你要自己把你的右眼珠挖出来；你要自己把你的右手斩去；你的心将是牺牲品，而由你，牧师，来把它刺穿。”

在孤独中，如此无情的裁判者经常出现，在寂静中，又充满了如此可怕的声音。这样的孤独和寂静叫我害怕，我猛地站了起来。我站直身子的时候，我的头发晕。我觉察到，由于受了刺激，而且一直饿着，我生病了。那一天既没有饭食又没有饮料沾过唇，因为我没有吃早餐。这时候，我带着一阵奇怪的剧痛回想起，我已经那么长久地关闭在这儿，却并没有人送信来问我怎么样，或者邀请我下楼去；连小阿黛勒都没来轻轻地敲门；甚至菲尔费克斯太太都没有来找过我。“被命运所遗弃的人们，朋友们往往会把他们忘掉。”我喃喃地说着，拉开插销，走了出去。我在一个障碍物上绊了一跤：我的头还在发晕，我的视线还模糊不清，我的四肢还软弱无力。我不能马上恢复。我跌倒了，不过没有倒在地上；一条伸出来的胳臂抓住了我。我朝上看了看——原来被罗切斯特先生托住了，他坐在横放在我卧室门口的一张椅子上。

“你终于出来了，”他说。“我已经等了你好久，我一直听着；可是，既没有听到一点动静，也没听到一声抽泣。在这死一样的沉静中再过五分钟，我就会像一个窃贼那样敲开门锁了，看来，你是躲开我吧？——你把自己禁闭起来，独自一个人伤心！我倒宁愿你出来，狠狠地骂我一顿。你是个热情的人，我以为你会大闹一场；我原来有了准备，以为会有像雨水一样倾注的热泪；不过我要热泪淌在我的胸口上；而现在却由毫无知觉的地板或者你的湿透了的手帕承受了。可是我猜错了；你压根儿就没哭！我看到苍白的脸颊和失神的眼睛，可没有泪痕。我猜想，一定是你的心在泣血吧？

“唉，简！一句责难的话都没有吗？——没有刻毒的——没有辛辣的话吗？没有伤害感情、刺痛热情的话吗？你静悄悄地坐在我把你放下的地方，用一副疲乏而消沉的神情看着我。

“简，我从来没有打算这样伤害你。要是一个男人只养着一头像他女儿般亲爱的小母羊，只有这头羊吃他的面包，喝他杯子里的水，又躺在他的怀里，而他却在屠场上把她误宰了，对于铸成的这个血腥大错，他感到的后悔也不会超过我现在的后悔。你会原谅我吗？”

读者啊！——我当时当地就原谅了他。他眼睛里含着那样深刻的悔恨，他声调中含着那样真挚的怜悯，他的举止上含着那样的男子气概；再加上他的整个神态和风采里流露出那样坚定不移的爱情——我完全原谅他了；然而，并不是用言语，也不是在外表上，而只是在心底里。

“你知道我是一个无赖吗？简？”不一会他渴望地问——我猜想，他看到我一直沉默而且驯顺，感到惊异，其实那是出于软弱而不是出于意志。

“是的，先生。”

“那末，你就直率地、尖锐地这样告诉我吧——别怜惜我。”

“我不能；我累了，我病了。我要喝点水。”他一边哆嗦着长叹一声，一边把我抱在怀里，一直抱到楼下。最初，我不知道他把我抱进哪间屋子；在我的变得迟钝的目光看来，一切全是模模糊糊的。过了一会儿，我感到了使人复活的火的温暖，因为尽管是夏天，在我的寝室内，我已经像冰一样冷了。他把酒放到我唇边；我尝了尝就苏醒过来，随后，我吃了他递给我的东西，神志马上就恢复了正常。我是在图书室里——坐在他的椅子上——他就在我身旁。“要是我现在能够没有过分的剧痛就失去生命，那对我来说，该多好啊。”我想；“那样的话，我就可以不必去努力把我的心弦硬从罗切斯特的那儿拉开，把它们拉断了。看来，我非离开他不可。我不要离开他——我不能离开他。”

“你现在怎么样，简？”

“好多了，先生；我很快就会好了。”

“再尝点酒，简。”

我照办了；然后他把酒杯放在桌上，站在我面前，全神贯注地望着我。突然他转过身去，发出一声模糊不清的、充满某种激情的叫喊；他迅速地走到房间那头，又走回来；他俯下身，仿佛要吻我；可是我记住，现在爱抚已经被禁止。我转过脸去，把他推开。

“怎么！——这是怎么回事？”他匆匆地嚷道。“哦，我知道了！你不愿吻伯莎·梅森的丈夫，是吗？你认为我已经怀中有人，我的拥抱已经给了别人了？”

“至少对我来说，是既没余地又没权利了，先生。”

“为什么，简？我来省掉你多说话的麻烦；我来替你回答——你会这样说：因为我已经有了一个妻子。——我猜得对不？”

“对。”

“要是你这样想的话，你准是对我有一个奇怪的评价；你把我看作一个诡计多端的浪子——一个卑鄙下流的流氓，假装对你怀有无私的爱情，为的是引诱你落入故意布下的罗网，剥夺你的名誉和自尊。你对这要说些什么呢？我看得出，你什么也说不出；首先，你还虚弱，呼吸都还艰难；其次，你还没习惯于谴责和辱骂我；再说，泪水的闸门已经打开，要是你多说话，泪水就会涌出来；况且，你并不想教训、责备、大闹一场；你在想该怎么**行动**——你认为，**说话**是没用的。我了解你——我防备着。”

“先生，我不想采取什么行动来对付你，”我说；我的不稳定的嗓音警告我，要我把话截短。

“不按**你的**字义，而按**我的**字义来说，你是在计划毁灭我。你等于说我是个结过婚的人——我作为一个结过婚的人，你就要避开我，躲开我；刚才你就拒绝吻我。你打算让自己成为一个对我完全陌生的人；只是作为阿黛勒的家庭教师才住在这所房子里；要是我对你说一句友好的话，要是一个友好的感情使你再要接近我，你就会说：‘那个人差点儿让我成了他的情妇；我对他必须像冰块和岩石一样。’于是你就会变得像冰块和岩石一样。”

我清了清嗓子，让声音稳定些，回答道：“我周围的一切都改变了，先生；我也得改变——这是毫无疑问的；为了避免感情的波动，避免不断地同回忆和联想搏斗，只有一个方法——阿黛勒得有一个新的家庭教师，先生。”

“哦，要送阿黛勒进学校——这我已经安排好了，桑菲尔德府是个被诅咒的地方，是个亚干[①]的帐篷，是个蛮横的墓穴，它硬要把虽生犹死的恐怖奉献给晴朗天空的明媚，是个狭小的石头地狱，它里面的那个真正的魔鬼比我们想象中的一群魔鬼更加恶毒。我不打算用桑菲尔德府的可憎的联想和回忆来折磨你。简，你将不住在这儿，我也不住在这儿。像我这样明明知道桑菲尔德府闹鬼，却还把你带到这儿来，这是我的过错。在我看见你以前，我就吩咐他们，把有关这个地方的祸害的一切情况都瞒着你。那只是因为我担心，要是让人知道了跟怎么样的一个人同住一所房子，阿黛勒就不会有一个常住在这儿的家庭教师了。而我的计划却又不允许我把疯子移到别处去——虽然我还有一所古老的房子，芬丁庄园，它甚至比这一所还要偏僻和荫蔽。它坐落在森林中心，地点不卫生，我有顾虑，良心上不愿作这样的安排，要不是这样的话，我很可以十分安全地让她住在那儿。说不定那些潮湿的墙会让我很快就摆脱她这个负担。可是恶棍各有各的恶处；我的恶处并不是企图间接谋杀，哪怕是谋杀我最恨的人。

“然而，向你隐瞒有个疯女人作邻居，有点儿像用斗篷盖好一个孩子，把他放在见血封喉树[②]的旁边；那个恶魔的周围被毒害了，以前也一直是这样。可是我将把桑菲尔德府关闭起来；我将把前门钉上，给下面的窗户装上木板；我将给普尔太太两百镑一年，让她住在这里陪着我的妻子，你是这样称呼那个可怕的丑婆娘的。为了钱，格莱思会做很多事，她可以让她的儿子，那位格里姆斯比疯人院的管家，来陪

① 据《圣经·旧约·约书亚记》第7章，犹大支派中的亚干取了应当毁灭的东西，触怒了上帝，上帝向以色列人发作。约书亚便派人到亚干的帐篷里去，把亚干和他取去的东西带到上帝面前。以色列众人用石头打死亚干。

② 见血封喉树，树汁剧毒，常作箭毒用。传说此树散发出的毒气能毒死周围生物。

她，在我妻子发病的时候帮助她。我妻子在发病的时候，受到妖精的驱使要在夜里把人在床上烧死，用刀捅死，把肉从骨头上咬下来，和干其他这一类的事。”

“先生，”我打断他的话，“你对那位不幸的太太太狠心了，你谈起她的时候，怀着憎恨——怀着复仇的厌恶心理。那是残忍的——她发疯是没有办法的事。”

“简，我的小亲亲（我要这样称呼你，因为你是个小亲亲），你不知道你自己在说些什么；你又看错了我；我倒不是因为她发疯才恨她。要是你发了疯，你以为我会恨你吗？”

“我的确是这样以为的，先生。”

“那你就错了，你一点都不了解我，一点都不了解我能有的那种爱情。你的肉中的每一个原子，对我来说，都像我自己的一样亲；它即使在病痛中，仍然是亲的。你的心灵是我的宝库，哪怕它破碎了，仍然是我的宝库；要是你发了疯，约束你的将是我的胳臂而不是紧身背心——让你紧紧地抓住，甚至在你愤怒的时候，我都会感到一种魅力；要是你像今天早上那个女人那样，朝我疯狂地猛扑过来，我会用一个拥抱来迎接你，亲爱的程度至少和约束的程度相仿。我不会嫌恶地躲开你，像躲开她那样；在你安静的时候，你不会有什么看守或者看护，只有我来陪着你；我会用不倦的温存来照料你，虽然你不用微笑回报我；我会凝视你的眼睛而永远不感到厌倦，虽然它们一点也不再认识我。——可是我为什么顺着那个思路说下去呢？我刚才谈的是要让你从桑菲尔德搬走。你知道，一切都准备好了，可以马上离开。明天你就动身。我只要求你再在这个房子里忍受一夜，简；然后跟它的痛苦和恐怖永别！我有一个地方可去，那儿将是个离开可恨的回忆，离开不受欢迎的闯入——甚至离开虚伪和毁谤的安全避难所。”

“你把阿黛勒带去吧，先生，”我插嘴说；“她可以和你作伴。”

“你这是什么意思，简？我跟你说过，我要把阿黛勒送进学校；我干吗要个小孩做伴？又不是我自己的孩子，而是一个法国舞女的私生子。你干吗拿她来跟我纠缠不清？我说，你干吗指定要阿黛勒给我做伴？”

“你说要退隐，先生；退隐和孤独是沉闷的；对你来说，太沉闷了。”

“孤独！孤独！”他恼火地重复着。“我看我非作个解释不可了。我不知道你脸上露出什么谜一样的表情。要**你**跟我共享孤独。你懂吗？”

我摇摇头；就连冒险作这样默默无声的不同意的表示，都需要一定程度的勇气，因为他变得那么激动了。他一直在屋里很快地走来走去，这时候却停了下来，仿佛突然在一个地方生了根似的。他久久地、严厉地看着我；我眼睛避开他，去盯着火看，竭力摆出和保持一副安静和镇定的样子。

“现在简的性格发生了故障，”他终于说，说话时比我从他的神态中预料的要平静些。“这一卷丝本来一直转动得十分平滑；可是我一直知道，会有一个症结、一个难题来到的；它来到了。现在是苦恼、激怒和无穷无尽的麻烦！老天作证！我渴望运用一点参孙的力气，把这一团乱丝像拉绳子般地拉断！”

他重新开始走动，可是马上又停了下来，这一次就停在我面前。

“简！你愿意听我讲讲道理吗？”（他俯下身来，嘴唇凑近我的耳朵）“因为，如果你不愿听的话，我可就要使用暴力了。”他声音嘶哑；神情就像是一个要挣脱难以忍受的束缚的人，他不顾一切，像发疯般放肆。我看得出来，再过一会儿，只要再有一次疯狂的冲动，我就对他没有办法了。只有趁现在，趁这一晃而过的一秒钟，把他控制和约束住；只要有一个拒绝、逃避、害怕的动作，那就会注定我的命运——和他的命运。可是我并不害怕，一点儿也不怕。我觉得有一种内在的力量；感到有一种影响在支持着我。这个紧要关头是危险的；但并不是没有它的魅力；也许就像印第安人驾着独木舟在激流上滑行时感到的那种魅力吧。我抓住他那握紧拳头的手；扳开扭曲着的手指；安慰他说：

“坐下吧；你要我跟你谈多久，我就跟你谈多久，你要说多少话，我就听你说多少，不管是有道理的还是没道理的。”

他坐了下来；可是并没有得到允许马上就说话。刚才我一直忍住眼泪，已经有一些时候了；我知道他不愿看我哭，我作了很大的努力才把眼泪忍住。然而，现在我却认为不妨让眼泪自由地、尽情地流出来。如果泪水使他烦恼，那就更好。所以我就不再忍住，而是痛痛快快地哭了起来。

不久，我听见他真诚地恳求我安静下来。我说，看到他这样激怒，我不可能安静。

“可是我没生气啊，简；我只是太爱你了；你刚才用一副坚决的、冷冰冰的神态把你的小脸绷得紧紧的，这可让我受不了啊。好啦，别哭了，擦擦眼睛吧。”

他那变得温和的声音说明他已经给征服了；所以，我也就镇静了下来。现在他作了个努力要把头靠在我的肩上，可是我不让他靠。于是，他把我拉近他；这可不行。

“简！简！”他说——语调是那么的悲伤，叫我听了每根神经都震颤起来；“那末，你不爱我吗？你珍视的只是我的妻子的地位和身份吗？现在你认为我已经没有资格做你的丈夫，你就躲开我，不让我碰你，就像我是什么癞蛤蟆或者无尾猿似的。”

这些话伤了我的心；可是，我又能做些什么或者说些什么呢？也许我不应该做什么或者说什么吧；可是，由于这样伤害了他的感情，我所感到的后悔却如此地折磨着我，我禁不住希望在受我伤害的地方涂上止痛药。

“我真的比以前更爱你，”我说，“但是我不可以把这种感情表示出来，也不可以纵容它；这是我最后一次不得不这样表白。”

“最后一次，简！什么！你以为你可以跟我住在一起，每天看见我，然而，要是你还爱我的话，却又总是冷淡和疏远吗？”

“不，先生；那我肯定是办不到的；所以，我看只有一条路；可是，如果我说出来的话，你会发火。”

“哦，说吧！要是我大发雷霆，你却有本事哭啊。”

“罗切斯特先生，我得离开你。”

“多久，简？几分钟，去梳你那有点蓬乱的头发；去洗你那有点像发烧的脸吗？”

“我得离开阿黛勒和桑菲尔德。我得一辈子离开你；我得在陌生的脸和陌生的环境中开始一种新的生活。”

“当然；我跟你说过你应该这样。至于要离开我，我可不理睬这种疯狂的想法。你确实的意思是你必须成为我的一部分。至于新生活，那是很好的；你还要做我的妻子；我还没结婚。你将成为罗切斯特太太——实际上和名义上都成为罗切斯特太太。只要你我活着，我将只守着你一个人。你将住到我在法国南部的一幢房子里去；那是地中海岸边一幢粉刷得雪白的别墅。你将在那儿过一种受到保护的、最纯洁的幸福生活。决不要担心我会引诱你走上歧途——叫你做我的情妇。你干吗摇头啊？简，你得通情达理；否则的话，我真的又要发疯了。”

他的声音和手都发抖了；他的大大的鼻孔又扩大了；他的眼睛发出亮光；然而我还是敢讲话：

“先生，你的妻子还活着；这是你今天早上还承认的事实。要是我像你所希望的那样跟你住在一块儿，那我就成了你的情妇；不这样说就是诡辩——就是虚伪。”

“简，我可不是个性情温和的人——你忘了这一点；我是不能长久忍耐的；我并不冷静，也不是不会发火。可怜可怜我，也可怜可怜你自己啊，用你的手指切切我的脉，看它跳得多厉害，而且——小心！”

他让手腕露了出来，把它伸给我；他的脸颊和嘴唇都失去了血色，变得苍白；我在各方面都感到痛苦。用他痛恨的拒绝惹得他如此激动，是狠心的；让步呢，又不可能。我做了人们在被赶到穷途末路的时候凭着本能所做的事——向高于人类的神明求助；我不由自主地脱口说出：“上帝帮助我吧！”这句话。

“我是个傻瓜！”罗切斯特先生突然说道。“我老是对她说我没结过婚，可又不向她解释为什么。我忘了她还不知道那个女人的性格，也不知道我跟那女人的那门该死的婚事的情形。哦！我肯定，简要是知道了我所知道的一切，准会同意我的看法！就把手放在我的手里吧，简妮特——让我像看到你一样地摸到你，证实你是在我的身边——我将用几句话来把事情的真相告诉你。你能听我说吗？”

“能，先生；要是你愿意，听几个小时都行。”

“我只要求几分钟。简，你有没有听说过或者知道我不是家里的长子，我还有一个哥哥？”

“我记得有一次菲尔费克斯太太这样告诉过我。”

“你有没有听说过我父亲是个一钱如命的人？”

“我曾经领会到这个意思。”

“简，他既然是这样的人，难怪他决意要保持产业完整。把他的田产分给我相当一部分，这种想法是他不能容忍的。他决定，应该把全部财产都留给我的哥哥罗兰。不过他同样不能忍受的是：他的另一个儿子要成为穷人了。那就必须给我找一户有钱人家结亲。不久他给我找了一个伴侣。他的老朋友梅森先生是西印度群岛一个种植园主和商人。他肯定梅森先生的财产又多又可靠；他作过些调查。他发现梅森先生有一儿一女；还从梅森先生那儿探听到，他可以而且愿意给女儿三万英镑；那就够了。我一离开大学，就给送到牙买加，去娶一个已经为我求过婚的新娘。我父亲没提起她的钱；而只是告诉我，梅森小姐在西班牙城以美貌著称；这倒不假。我发现她是个美丽的女人，属于布兰奇·英格拉姆那个类型：高高的，黑黑的，十分庄严。她家希望得到我，是因为我家世好；她也这样希望。他们让我在舞会上看到她，她穿着华丽。我难得单独见到她，也很少跟她个别交谈。她奉承我，为了取悦于我，过分地卖弄她的魅力和才艺。她那个圈子里所有的男人似乎都爱慕她，嫉妒我。我受到了迷惑和刺激，我的感官兴奋起来；由于无知，不成熟，缺乏经验，我以为我爱她。社交场合里发疯似的竞争、青年人的好色、鲁莽和盲目会促使人什么糊涂的蠢事都干得出来。她的亲戚鼓励我；竞争者刺激我；她引诱我；我几乎还不知道究竟是怎么回事就已经跟她结了婚。哦，想起这个行动，我对自己就毫无敬意！——一种在心里蔑视自己的痛苦控制着我。我从没爱过她，没尊敬过她，甚至从没了解过她。我不能肯定她的天性中是否有一个美德存在；在她的心灵或举止里，我看不到谦逊，看不到仁慈，看不到坦率，也看不到文雅——而我却和她结了婚；——我真是个愚蠢的、卑下的、瞎了眼睛的傻瓜！要少作些孽，我倒还不如——不过，还是让我记住现在我是在跟谁讲话。

“我从来没有见过新娘的母亲；我以为她死了。度过蜜月以后，我才知道我猜错了；她只是发了疯，关在疯人院里。还有一个弟弟；完全是个哑巴白痴。你看见的那个弟弟也许有一天也会发疯。我厌恶她所有的亲属，可是对他，我却恨不起来，因为在他那病弱的心灵里，却有一些爱。他经常关心他的可怜的姐姐，他也一度像狗一样地依恋我，从这两方面可以看出他的爱。她家里的这些情况，我父亲和我哥哥罗兰全都知道；可是他们只想着三万英镑，而且勾结起来坑害我。

“这些是可恶的发现；但是，如果不是隐瞒真相欺骗了我，我是不会把这些作为谴责我妻子的理由的。我发觉她的性格完全和我的不同；她的趣味引起我的反感；她的心灵平庸、卑鄙、狭窄，特别地不能给引导到任何更高的高度，扩展到任何更广的境界。我发觉我不能舒服地跟她过一夜或者白天过一小时；在我们之间不可能有和和气气的谈话，因为不管我开始什么话题，都会立即从她那儿听到既粗俗又陈腐、既乖戾又低能的谈话。我看出我永远不会有一个平静安定的家庭，因为她不断蛮横无理地发脾气，或者拿一些荒谬、矛盾、苛求的命令折磨人，使仆人们没有一个忍受得了。甚至在我发现这种种情况的时候，我还是控制自己；我避免责备，少作规劝；我竭力暗自吞咽我的后悔和憎恨；我压制我感到的深深的厌恶。

“简，我不想用讨厌的琐事烦扰你；几句有力的话就可以把我要谈的意思表达出来。我跟楼上那个女人在一起生活了四年，不到四年她就已经折磨得我够苦了；她的性格用可怕的速度成熟着、发展着；她的邪恶迅猛地滋长着；它们如此强烈，只有残酷才抑制得住；而我，却不愿运用残酷。她的智力多么像侏儒——她的怪癖又多么像巨人啊！那些怪癖带给我的咒骂是多么的可怕啊！伯莎·梅森——一个声名狼藉的母亲的忠实的女儿——硬拖着我让我经历了所有可憎的、使人堕落的痛苦。一个娶了淫荡的妻子的男人一定会感到那样的痛苦。

“在这期间，我的哥哥去世了；在四年结束的时候，我父亲也去世了。现在我是够富的了——然而，却又贫苦到了可怕的地步；我所看见过的最粗野、最下流、最腐化的性格和我结合在一起，被法律、被社会称为我的一部分。我没法用任何合法的手续摆脱它；因为现在医生已经发现我的妻子发了疯——她的放纵使疯狂的胚芽过早地发展起来；——简，你不喜欢我的叙述；你看上去好像病了——要我把其余部分留着改天再讲吗？”

“不，先生，现在把它讲完吧；我可怜你——我真心实意地可怜你。”

“简，从某些人那儿来的怜悯是一种讨厌的、侮辱性的礼物，完全可以朝送来的人脸上扔回去；不过那是一种无情而又自私的心灵所固有的怜悯；那是一种听到不幸的事所感到的混杂的、自私的痛苦，夹杂着对遭受不幸的人的无知的轻蔑。可是那不是你的怜悯，简；你整个的脸目前所充分表现出来的，在你的眼睛里几乎满溢出来的，使你心潮起伏的，让你的手在我的手里发抖的，并不是那样的感情。你的怜悯，我亲爱的，是爱情的受苦的母亲；它的苦痛是神圣的热情临产时的阵痛。我接受它，简；让它的女儿自由地降临吧——我的双臂正等待着接受她。”

“先生，接着讲下去吧；你发现她发疯了，你怎么办呢？”

“简——我接近了绝望的边缘；只有自尊心的一点残余把我和那深渊隔开。在世人的眼睛里，毫无疑问，我是蒙上了肮脏的耻辱；可是我决心在我自己眼睛里要保持清白——而且永远拒绝受到她的罪过的沾染，割断和她精神上缺点的联系。然而，社会还是把我的名字、把我这个人跟她联系在一起；我还是每天看到她，听到她；她气息中的一些什么(呸！)和我呼吸的空气混在一起了；而且，我记得，我一度是她的丈夫——这个回想，在当时和现在，对我来说都是说不出来地讨厌；再说，我知道，只要她活着，我就不可能另娶一个更好的妻子；而且，她虽然比我大五岁(她家里的人和她的父亲甚至在年龄这个问题上都对我撒了谎)，她可能活得和我一样久，她身体结实的程度抵得上她脑子的虚弱。因此，我在二十六岁的时候，就已经没有希望了。

“一天夜里我让她的叫喊惊醒了——(在医生宣布她发了疯以后，她自然就给关了起来)——那是一个像火在燃烧似的西印度之夜；在那里的气候中，飓风来临之前常常有这类情况。我躺在床上睡不着觉，便起来打开窗子。空气简直像硫磺的蒸气——我到处找不到令人神清气爽的东西。蚊子营营地飞进来，在屋里四周凄惨地嗡嗡叫着；我听到远处的海发出像地震似的沉闷的轰鸣——乌云正在布满海的上空；月亮正在波涛中下沉，又大又红，像一颗滚烫的炮弹——她把她血红的最后一瞥投向那让暴风雨震撼得发抖的世界。我身体上受到气氛和景物的影响，耳朵里充满了那个疯子还在尖声叫喊的咒骂；咒骂之中她时时把我的名字同那样的恶魔般憎恨的音调、同那样的语言混在一起！——连公开的娼妓都没有什么词汇比她用的更下流；虽然隔开两间屋子，我每个词都听得见——西印度房屋薄薄的隔墙只稍微挡掉一点她那狼嗥般的叫喊。

“‘这种生活，’我最后说，‘真是地狱！这种空气，这些声音，都属于无底深渊！——如果可能的话，我是有权利摆脱它的。这种世俗状态的痛苦将同现在拖累我灵魂的笨重肉体一起离开我。对于盲信者所受的那种燃烧的永劫，我并不害怕；没有一个未来的状况会比这目前的状况更糟——让我离开，回到上帝那儿去吧！’

“说着，我在一个箱子跟前跪下，把它打开；箱子里有两把上了子弹的手枪；我打算开枪打死自己。可是我只是一时抱着这个想法；因为，我并没发疯，使我愿意和企图自杀的那种剧烈而纯粹的绝望所产生的危机，一秒钟就过去了。

“刚从欧洲来的一阵风吹过海洋，从开着的窗子外边刮进来；暴风雨突然开始，大雨滂沱，雷电交加，空气变得纯净了。于是，我形成了并且下定了一个决心。当我在我那湿漉漉的花园里滴水的橘子树下，在那湿透的石榴树和菠萝树间散步的时候——当热带的灿烂的黎明在我周围燃烧起来的时候，我这样推理，简；——现在听着；因为在那个时刻，是真正的智慧在安慰我，并且给我指出了应该走的正确道路。

“从欧洲吹来的那阵可爱的风还在变得清新的叶丛间低语，大西洋正在光荣的自由中吼叫；我那久已干枯和烤焦的心，听到了这个声音就扩展开来，热血沸腾——我的生命希望更新——我的灵魂渴望有一阵清风。我看到希望复活了——感到再生已经有了可能。我从我那花园尽头的一个繁花拱门那里，眺望着比天还蓝的海；旧世界就在海的那一边；明亮的前途就这样展开了：

“‘去吧，’希望说，‘再住到欧洲去；那里不知道你有怎样一个被玷污的名字，也不知道你身上缚有怎样一个肮脏的累赘。你可以把疯子带到英国去；用适当的照料和预防措施把她禁闭在桑菲尔德；然后你就可以到你愿意去的地方旅行，按你的心愿和别人结合。那个女人如此地滥用了你长期的痛苦，如此地玷污了你的名字，如此地蹂躏了你的名誉，如此地摧残了你的青春，她不是你的妻子，你也不是她的丈夫。只要注意让她受到她那种情况所需要的照料，你就已经做到了上帝和人类所要求你做的一切。让她的身份，她和你的关系都埋葬在忘却中吧；你不能把它们告诉任何活人。让她处在安全舒适的环境中；用保守秘密来掩盖她的堕落，然后离开她。’

“我完全按这个建议行动。我父亲和我哥哥没把我的婚姻告诉他们的熟人，因为我在把成亲的事通知他们的第一封信里，就加上了个迫切要求，要他们保守秘密。当时我已经开始体会到这门亲事的后果极其可憎；根据这一家人的性格和体质，我看到展现在我面前的是一种可怕的未来。不久，我父亲为我挑选的妻子的丢人行为，使他也羞于承认她是自己的儿媳了。他非但不愿意宣布这种关系，而且还像我一样急于隐瞒。

“于是，我把她送到英国；带着这样一个怪物乘船，我作了一次可怕的旅行。最后总算把她弄到桑菲尔德来，看到她安全地住在那间三楼的房间里，我感到高兴。她把那间秘密的内室变成野兽窝、妖怪洞，到现在已经有十年了。为了找一个人照料她，费了一些事；因为必需找一个忠实可靠的人；她的发疯不可避免地会泄露我的秘密；再说，她也有神志清醒的日子——有时候清醒几个星期——在这期间她就辱骂我。最后，我从格里姆斯比疯人院雇来了格莱思·普尔。她和外科医生卡特(梅森被刺伤和咬伤的那天夜里，是他给包扎的伤口)，只有这两个人，我允许他们知道我的秘密。菲尔费克斯太太也许真的猜疑到一些；但是她不可能确切地知道事情的真相。总的说来，格莱思证明是一个好的看守人；虽然由于她的一个似乎无法治好的而且是干她这种麻烦职业的人常有的过错，她不止一次放松和丧失警惕。疯子又狡猾又恶毒；她从来不放过利用看护人的一时疏忽；有一次她藏起一把刀子，刺伤了她弟弟，有两次她偷了小房间的钥匙，黑夜里从那儿溜出来。第一次，她作了要把我烧死在床上的尝试；第二次，她对你进行了那次可怕的访问。感谢上帝保佑了你，她只把她的怒火发泄在你的结婚服装上；也许那服装让她回想起她自己结婚的日子。但是那时候很可能发生什么事情，我甚至连想都不敢想。我一想到今天早上向我喉部扑来的那个东西用它那又黑又红的脸俯在我的鸽子的巢上，我的血就凝结起来了。——”

“先生，”他一停下来我就问，“你把她安置在这儿以后，你干了些什么呢？你上哪儿去了？”

“我干了些什么，简？我把自己变成鬼火。我上哪儿去吗？我像三月的鬼魂一样到处游荡。我到大陆去，漫无目的地走遍所有的地方。我坚定不移的愿望是，要寻找和发现一个我可以爱的善良而聪明的女人，一个和我留在桑菲尔德的那个泼妇形成对比的女人。——”

“可是你不能结婚啊，先生。”

“我已经作出决定，而且相信，我可以而且应该结婚。我的本意倒不是欺骗，像我欺骗了你那样。我打算把我的故事讲清楚，公开提出我的求婚；因为在我看来，认为我有自由可以爱别人，也可以被别人爱，是完全合理的；尽管我为祸害所累，我总会找到一个女人，她愿意而且能够理解我的情况，并且接受我，对这一点我从来没有怀疑过。”

“是吗，先生？”

“在你爱询问的时候，简，你总是使我发笑。你像一只急切的鸟儿，睁大着眼睛，不时地做出一些不安的动作；仿佛你嫌言语的回答不够快，还要读别人心里的铭文似的。不过，在我继续往下说以前，告诉我，你说‘是吗，先生？’是什么意思？这是你的口头禅，它常常引得我没完没了地说下去；我不很清楚为什么。”

“我意思是说，——后来怎么样？你怎么进行下去？这件事结果怎么样？”

“确实是这样；你现在想知道些什么呢？”

“你有没有找到什么你喜欢的人；你有没有向她求婚；她说了些什么。”

“我可以告诉你我有没有找到什么我喜欢的人，有没有向她求婚；可是，她说了些什么，却还有待于记录在命运的书上。在长长的十年中，我到处漫游，先住在一个首都，然后又住在另外一个首都；有时候住在圣彼得堡；更经常的是住在巴黎；偶尔住在罗马、那不勒斯和佛罗伦萨。有很多钱，又有旧族名的保障，我可以选择自己愿意结交的人，任何圈子都不会向我关门。我在英国女士、法国伯爵夫人、意大利夫人们①和德国夫人们②当中找我理想的女人。我找不到她。有时候，刹那间，我以为我瞥见了一个眼色，听到了一个声调，看到了一

① 原文为意大利语。

② 原文为德语。

个形体，向我宣布我的梦想要实现了；可是我立即就从幻觉中醒悟过来。你不要以为我希望心灵方面或者人品方面十全十美。我只渴望适合于我的——渴望和那个克里奥耳人完全相反的；可是我白白地渴望。在她们所有人当中，我没找出一个我愿意向她求婚的人，即使我是自由的，因为我已经受过不相称的结合的危险、恐怖和厌恶的警告了。失望使我不安。我尝试过放荡的生活——从没有尝试过淫荡的生活；淫荡是我过去和现在都痛恨的。那是我的印第安妻子的特点；对于淫荡和对于她的深恶痛绝，甚至在我寻欢作乐时都给了我很大的约束。凡是近似淫乱的任何享乐似乎都使我变得接近她和她的罪过，因此我都一概避免。

“然而，我却不能孤零零地生活；所以我试试由情妇做伴。我第一个选择的就是塞莉纳·瓦朗——又是一个叫人回忆起来就蔑视自己的步骤。你已经知道她是怎么样的一个人，我跟她私通结局又怎样。在她之后，还有两个人：一个意大利人佳辛达和一个德国人克莱拉；两个都被认为是漂亮得出奇。几个星期以后，她们的美对我又算得了什么呢？佳辛达不讲道德，而且蛮横无理；三个月之后，我就对她厌倦了。克莱拉老实而且安静；可是笨，没有脑子，感觉迟钝；一点不合我的趣味。我高兴地给了她一笔足够的款子，让她去从事好的职业，就这样体面地摆脱了她。可是，简，我从你的脸上看得出来，你现在对我正在形成一个不很有利的看法。你认为我是个没有感情的、放荡不羁的流氓吧，是不是？”

“我的确不像以前有的时候那样喜欢你，先生。你先跟一个情妇生活，后来又换一个情妇，那样生活难道你一点也不认为不对吗？你谈起来好像不过是件理所当然的事情似的。”

“以前我是这样认为的；而且我不喜欢那样的生活。那是一种卑下的生活方式；我永远也不愿意再回到那种生活中去。包下一个情妇是仅次于购买一个奴隶的最坏的坏事；情妇和奴隶的天资往往比较低，地位也总是低的；跟比自己低的人亲密地一起生活会使人堕落。我现在很不愿意回忆我同塞莉纳、佳辛达和克莱拉一起度过的时光。”

我感觉到这些话的真实性；我从这些话里推断出肯定的结论：要是我忘掉自己，忘掉曾经灌输给我的教导，用任何借口、任何辩解，受了任何诱惑，去步那几个可怜姑娘的后尘，那他总有一天会用现在亵渎对她们的回忆的那种感情来看待我。我并没有把这个信念讲出来；感觉到就够了。我把它铭刻在自己心里，让它留在那儿，作为经受考验时的帮助。

“现在，简，你干吗不说‘是吗，先生’？我还没讲完。你神情严肃。我明白了，你还是不赞成我。可是，让我们言归正传。今年一月，我摆脱了所有的情妇，带着粗暴、痛苦的心情——那是到处漫游、空虚而孤独的生活的结果——受到失望的侵蚀，愠怒地对所有的人，特别是对所有的**女人**都怀有敌意（因为我开始认为：一个聪明、忠实、深情的女人只是一个梦），由于事务的召唤，我回到英国来了。

“在一个严寒的冬日下午，我骑着马，已经看得见桑菲尔德府了。讨厌的地方！在那儿，我不指望什么安宁——也不指望什么欢乐。我看到一个安静的小人儿独自坐在干草小径的阶梯上。我毫不在意地打她身边经过，就像经过她对面那棵截去树梢的柳树一样；她对我将意味什么，我毫无预感；心里没有什么先兆让我知道，我生活的主宰——不管好坏，是我的守护神——正穿着粗陋的衣服等在那儿。我并不知道她，甚至当美士罗出了事故，她走到我面前，庄严地提出要帮助我的时候，我还不知道。孩子气的小巧的家伙！仿佛是一只红雀跳到我脚跟前，提议要用它那细小的翅膀背负我似的。我很粗暴；可是那东西就是不走；它以奇怪的坚忍不拔的态度站在我身边，用一种带权威性的神情看着，说着话。我得有人帮助，而且得由那只手帮

助；我是得到了帮助。

“我一旦按着那纤弱的肩头，就有一样新鲜的东西，一种清新的活力和感觉，溜进了我的身体。我听说这个精灵得回到我这儿来——它住在山下面我的家里——这很好，不然的话，我感到它从我手下走开，看着它从朦胧的树篱后面消失，不会不感到非常遗憾。那天晚上，我听见你回来，简；虽然你也许没注意到我在想你或者守候着你。第二天，你跟阿黛勒在过道里玩儿的时候，我看了你半个小时，而我自己不让你看见。我记得那是个下雪天，你们不能到户外去。我待在我自己屋里；门微微开着；我既听得见也看得见。有一会儿阿黛勒引起你外表上的注意；可是我想你的心思在别的地方；不过你对她还是十分有耐心，我的小简；你跟她说话并且逗她玩儿了很久。最后她离开了你，你就一下子陷入了深深的沉思，你开始在过道上慢慢地踱步。时而，在走过窗户的时候，你朝窗外看看纷纷降落的雪花；听听呜咽的风，然后又轻柔地继续踱步和沉思。我想，那些白日的梦幻并不是暗淡的；你的眼睛里偶尔会露出令人愉快的光芒，你的脸显得微微有点兴奋，它表示的并不是痛苦、易怒、多疑的沉思；你的神情流露的是青春的甜蜜的遐想，它的精神用乐意的翅膀随着希望飞翔，向上一直飞到理想的天堂。菲尔费克斯太太在大厅里跟用人说话的声音把你惊醒；你多么奇怪地对自己微笑，而且笑你自己啊，简！你的微笑，很有意思；笑得很机灵，似乎在嘲笑你自己想得出神。它仿佛在说：‘我的美好的梦都很好，可是我绝不能忘记它们是绝对虚幻的。在我的脑子里面，我有一个玫瑰色的天空和一个鲜花盛开的青翠的伊甸园；可是在外面呢，我完全清楚，在我的脚下有一片坎坷不平的土地要走，在我的周围有即将来临的黑暗的暴风雨要对付。’你跑下楼去，问菲尔费克斯太太要事情做；我想是算算一周的家用账之类的事吧。你走开了。我看不见你，对你有点恼火。

“我不耐烦地等着夜晚来临，到了晚上我就可以把你叫到我跟前。我猜想，你的性格对我来说，是一种不平常的、完全新的性格；我希望更深地探索它，更好地了解它。你带着一种既羞怯又有主见的脸色和神态走到屋里来；你穿得很古怪——就跟你现在差不多。我让你讲话；不久就发现你身上充满了奇怪的对比。你的衣着和举止让规矩约束着；你的神情往往是胆怯的，有些人天生文雅，但对社交毫不习惯，而且生怕失礼和做错事使自己不利地惹人注目，你的神情完全和那种人的一样；然而，别人对你讲话的时候，你却抬起敏锐、大胆、明亮的眼睛看着谈话的人的脸；你给人的每一瞥都有洞察力和威力；别人用紧逼的问题不停地问你的时候，你却对答如流。你对我似乎很快就习惯了；我相信，你觉得你和你的严厉、易怒的主人之间有着共鸣，简；因为令人吃惊的是，一种愉快的安闲多么迅速地使你的态度平静下来；尽管我咆哮，你对我的乖戾却不表示出惊奇、害怕、烦恼或不高兴；你看着我，有时带着我无法形容的那种单纯而又明智的大方对我微笑。我立刻就对我所看到的感到满意，受到激励；我喜欢我所看到的，而且希望多看看。但是有很长一个时期，我对你疏远，难得找你来作伴。我是一个理智的享乐主义者，希望把这个新奇而又令人兴奋的交朋友的喜悦延长；除此以外，有一阵我还经常担心，要是我任意把玩这朵花，它会凋谢——会失去可爱的新鲜的魅力。那时候我还不知道，它不是一开就谢的花，而是一朵光辉灿烂的假花，是用无法摧毁的宝石刻成的。我还希望看看，要是我避开你，你是否会找我——可是你并不找；你老是待在教室里，安静得就像你自己的书桌和画架一样；要是我偶然碰到你，你为恭敬起见，只是稍微作一点招呼的表示就立即打我身边走过去。在那些日子里，你通常的表情，简，是若有所思的样子；并不沮丧，因为你没病；但也不轻快，因为你没什么希望，又没实际的欢乐。我不知道你对我有怎么样的想法——或者是否想到过我；为了要找出答案，我又开始注意你。你谈话的时候，眼神里有一种快活的表情，举止中有一种亲切的样子；我看出，你有一颗合群的心；是那寂静的教室——是你生活的单调使得你忧伤。我允许自己享受那种对你和蔼而感到的愉快；和蔼不久就激起了感情。你脸上的表情变得温柔了，你的声调变得柔和了；我喜欢听你的嘴唇用感激的欢快的音调说出我的名字。在这时候，简，我常常享受偶然遇到你的快乐；你的举止中有一种奇怪的迟疑，你带着一种微微的困惑——一种游移不定的怀疑看我；你不知道我的反复无常究竟是什么——我到底是摆主人的严厉架子呢，还是作为朋友装和蔼呢。我这时候太爱你了，不可能起第一个念头；当我真诚地伸出手来的时候，你那年轻的、渴望的脸上流露出那样的青春、光明和幸福，我常常费了好大的劲才避免当时当地就把你拉到我的怀里。”

“别再提那些日子了，先生，”我打断他的话说，一边偷偷地从眼睛里挥去几滴眼泪；他的话使我难受；因为我知道我该做什么，而且马上就要做了；所有这些回忆，他的这些感情的表露只不过使我要做的事变得更加艰难罢了。

“不，简，”他回答；“既然现在要可靠得多——未来要光明得多，那还有什么必要老是谈过去呢？”

听了这种糊涂的断言，我发抖了。

“你现在明白目前是怎么个情况了——是不是？”他继续说。“我的青年时期和成年时期一半在难以形容的痛苦中、一半在无聊的寂寞中度过，在这以后，我第一次找到了我能真正爱的人——我找到了你。你是我的同情者——我的更好的自我——我的好天使——一种强烈的依恋把我和你系在一起。我认为你善良、有天赋、可爱；我心里产生了一种炽烈、庄严的热情；它倾向于你，把你拉到我生命的中心和源泉，让我的生命围绕着你——点燃起纯洁、强大的火焰，把你我融为一体。

“正因为我感到和知道这一点，我才决定娶你。对我说我已有了一个妻子，那只是空洞的嘲笑；你现在知道了，我只有一个可憎的恶魔。我骗了你，那是我的错；但是我害怕你性格中存在的固执。我怕过早地灌注偏见；我打算在安全地得到你以后再冒险地把秘密告诉你。这是胆小，我应该一开始就像现在这样诉诸于你的高贵和宽大——开诚布公地向你吐露我的痛苦生活——向你描述我如饥似渴地追求更崇高的更有价值的生活——向你表明，不是表明我的决心（那个词还太弱），而是表明我的不可抗拒的心意：在我能受到真诚的、深深的爱的报答的地方，我要爱得真、爱得深。随后我应该请求你接受我的忠贞的誓言，请求你把你的誓言给我；简——现在把它给我吧。”

他停顿了一下。

“你干吗不说话，简？”

我正经历着一场严峻的考验：一只火烫的铁手抓住了我要害的地方。可怕的时刻啊：充满了挣扎、黑暗和燃烧！从来没有一个人能希望比我获得更好的爱；如此爱我的他又正好是我绝对崇拜的；而我，却不得不拒绝爱和偶像。一个伤心的字包含了我的无法忍受的责任——“走！”

“简，你明白我向你要求什么吗？只要求这个诺言：‘我愿意成为你的，罗切斯特先生。’”

“罗切斯特先生，我不愿成为你的。”

又一个长时间的沉默。

“简，”他又开始说，说话时的温柔用悲伤把我压倒了，还用不祥的恐惧使我变得像石头一样冷——因为这平静的声音是正在站立起来的狮子的喘息啊——“简，你意思是说你要在这世界上走一条路，而要我走另一条路吗？”

“是的。”

“简，”（朝我俯下身来，拥抱着我）“你现在还是这个意思吗？”

“是的。”

“现在呢？”他轻轻地吻吻我的额头和脸颊。

“是的——”我迅速地完全挣脱了束缚。

“哦，简，这是痛苦的！这——这是罪过。爱我就不是罪过。”

“依从你才是罪过。”

一种狂野的神情使他竖起了眉毛，从他脸上掠过；他站了起来，但还是克制着。我把手放在椅背上支撑着；我发抖，我害怕——可是我下了决心。

“等一会儿，简。看一看你走了以后我的可怕的生活吧。一切幸福都将跟你一起被拉走了。那时候还留下什么呢？我只有楼上那个疯子作为我的妻子，你还不如叫我到那边墓地里的死人那儿去。我该怎么办呢，简？到哪儿去找伴侣，找希望呢？”

“像我一样做：信任上帝，信任自己。相信天国。希望在那儿跟你再见。”

“这么说，你不愿让步啰？”

“对。”

“那么你就是判定我活着要受罪，死后要受诅咒了？”他的嗓门提高了。

“我劝你活着不犯罪，希望你死后能安息。”

“那么你是把爱和清白无辜从我这儿夺走？你把我推回去，要我以肉欲为热情——以罪恶为职业啰？”

“罗切斯特先生，我不把这种命运强加给你，正如我不会去抓住它作为自己的命运一样。我们生来是要斗争，要受苦的——你我都一样；那就这样做吧。你会在我忘记你以前就把我忘记的。”

“你说这话是把我当作撒谎的人了；你玷污了我的名誉。我声明，我不会变心；你却当面对我说我不久就会变心。你的行动证明的是，你的判断是多么歪曲，你的想法是多么乖僻啊！把一个同类逼到绝望的境地，难道比违反只不过是人为的法律好吗？——这种违法并不伤害任何人，因为你既没亲戚又没熟人，不用你担心跟我同住会触怒他们。”

这倒是真的；他说这话的时候，我自己的良心和理智也起来反叛我，责怪我拒绝他是罪过。它们说得几乎和感情一样响；感情正在狂野地叫喊着。“哦，依从吧！”它说。“想想他的痛苦；想想他的危险——看看剩下他一个人时他的处境吧；记住他的鲁莽的性格；考虑考虑跟随绝望而来的不顾一切吧——安慰他；救救他；爱他；对他说你爱他而且将成为他的。世界上有谁关心**你**呢？你做的事又会伤害谁呢？”

仍然不可屈服的是这个回答——“我关心我自己。我越是孤独，越是没有朋友，越是没有支持，我就越尊重我自己。我将遵守上帝颁发、世人认可的法律。我将坚持我神志正常时而不是像现在这样发疯时所接受的原则。法律和原则并不是用在没有诱惑的时候，而是用在像现在这样，肉体和灵魂都反抗它们的严格的时候；既然它们严格，那就不能违反它们。要是在我自己方便的时候就可以打破它们，那它们还有什么价值呢？它们是有价值的——我一直这样相信；要是我现在不能相信，那就是因为我疯了——完全疯了；我的血管里有火在蔓延，我的心跳得我数都数不过来。预先想好的意见，以前下定的决心，是我现在要坚守的一切；我就在这儿站稳脚跟。”

我就这样做。罗切斯特先生看着我的脸色，看出我已经这样做了。他的愤怒被激发到了顶点；不管以后会发生什么，他都得暂时让它发作一下；他从房间那头走过来，抓住我的胳臂，搂住我的腰。他似乎要用他冒火的眼光把我吞下；这时刻，在身体上，我感到无力，犹如受到干旱和炉火烤灼的麦茬一般，——在精神上，我还控制着我的灵魂，并且肯定它最终会是安全的。幸亏眼睛能表达灵魂的意思，虽然常常是不自觉地表达，但是表达得还忠实。我抬起眼睛看看他的眼睛，我看着他那凶狠的脸，不由自主地叹了口气；他紧紧地抓住我，使我都感到疼痛了。我的用得过度的力气几乎耗尽了。

“从来没有，”他咬牙切齿地说，“从来没有什么东西像这样既纤弱又不屈不挠。在我手里，她好像只是一根芦苇！”（他用抓住我的手使劲地摇我。）“我用一个手指和一个拇指就可以把她捏弯；我就是把她捏弯了，把她拔起来，把她捏碎了，又有什么用呢？想想那眼睛；想想眼睛里流露出来的坚决、狂野和坦率的神情，不仅是带着勇气，还带着坚定的胜利。不管我拿它的笼子怎么办，我都抓不住它，抓不住那野蛮、美丽的东西！要是我把那脆弱的牢房拆散、捣毁，我的暴行也只会把俘虏放掉。我可以成为房子的征服者；可是在我还没能把自己称为土屋的占有者之前，它的居住者却早已飞上了天。我要的是你，心灵——连同意志、活力、美德和纯洁；而不只是你的易碎的躯壳。如果你愿意，你可以轻轻地飞过来，偎依在我的怀里；而违反你的意志抓住你，你就会像香气一样从紧握中逃脱——我还没来得及吸进你的香味，你就消失了。哦！来吧，简，来吧！”

他一边说一边松手放开我，只是朝我看着。这眼神远比那疯狂的紧抱更难以抗拒；然而，现在只有白痴才会屈服。我曾经面对过他的愤怒、并且把它挫败了；现在我必须躲避他的悲哀；我走到门口。

“你走了吗，简？”

“我走了，先生。”

“你离开我吗？”

“是的。”

“你不愿再来了？你不愿做我的安慰者，我的拯救者了？我的深深的爱情，我的狂暴的悲伤，我的发疯般的祈求，对你都不算什么吗？”

他的声音里有着多么难以形容的哀愁！要坚定地再说一遍“我走了”，是多么困难啊！

“简！”

“罗切斯特先生！”

“那么，去吧，——我同意——可是记住，你是把我留在这里受痛苦。上楼到你自己的屋里去；把我所说的话好好想一想，简，看看我受的苦——想想我。”

他转过身去；扑倒在沙发上。“哦，简！我的希望——我的爱情——我的生命！”他嘴里痛苦地说出这几句话。接着是一阵深沉、强烈的啜泣。

我已经走到门口；可是，读者，我又走了回去——像我走来时一样坚决地走回去。我在他身旁跪下；我把他的脸从靠垫上转向我；我吻吻他的脸颊；用手抚平他的头发。

“上帝保佑你，我亲爱的主人！”我说。“上帝使你免于伤害和过失——引导你，安慰你——为你过去对我的仁慈好好酬劳你。”

“小简的爱是我最好的酬劳，”他答道；“没有它，我的心就碎了。可是简会把她的爱给我的；是的——会高贵而又慷慨地给我的。”

血涌到他脸上；眼睛里闪出火光；他跳起来站得笔直，伸出双臂；可是我躲开拥抱，立刻离开了房间。

“别了！”是我离开他的时候我心里的呼喊。“绝望”又补充道：“永别了！”

* * * * *

那一夜我一直没想睡觉；可是我一躺上床，就睡着了。我在思想上又回到了童年的情景中去：我梦见我躺在盖兹海德的红屋子里；夜一片漆黑，我心里有着各种奇奇怪怪的恐惧。很久以前吓得我昏过去的那道光，在这个梦幻中回忆起来，似乎移动着要爬过墙，而且颤抖着停在昏暗的天花板中央。我抬起头来看望；屋顶化成云块，高高的，朦朦胧胧的；那光亮似乎像即将破雾而出的月儿照在雾气上的那一种。我看着它过来——带着最奇怪的期待心情看着，仿佛它的圆盘上写着注定我命运的话似的。它冲了出来，月亮从没像这样从云里出来过；一只手首先穿过黑黑的云层，把它们推开；接着在碧空中照耀着的不是一个月亮，而是一个白色的人体，辉煌的额头俯向大地。这个人体目不转睛地凝视着我，对我的心灵说话；声调远不可测，却又如此之近，就在我的心里低语：

“我的女儿，逃避诱惑吧！”

“母亲，我会逃避的。”

我从恍惚的梦境中出来以后这样回答。还在夜里，可是7月之夜是短的；午夜过后不久，黎明就来临了。“现在开始做我必须完成的事并不太早，”我想。我一起来就已经穿好了衣服，因为除了鞋子以外，我没脱掉什么。我知道到抽屉里什么地方去找几件衬衣，一个用来挂在项链上的小金盒和一个戒指。在找这些东西的时候，我碰到了罗切斯特先生几天前强迫我接受的珍珠项链的珠子。我把它留下；它不是我的；它是那已经在空气中消失的幻想的新娘的。我把其他的东西打成一个包裹；我把装着二十先令的钱袋放在口袋里，这是我的全部财产。我系上草帽，扣好披巾，拿了包裹和我那还不想穿上的便鞋从屋里溜出来。

“别了，仁慈的菲尔费克斯太太！”我悄悄走过她的房门的时候喃喃地说。“别了，我亲爱的阿黛勒！”我一边朝婴儿室看一边说。不允许有进去抱抱她的想法。我不得不瞒过那敏锐的耳朵，说不定它现在正听着。

我原可以走过罗切斯特先生的房间而不停下；可是在那门槛跟前，我的心一时停止了跳动，我的脚也被迫停下了。那里没有睡眠，住在里面的人正在不安地从这边墙踱到那边墙；在我倾听着的时候，他一遍又一遍地叹息。要是我选择的话，这间屋里就有我的一个天堂——一个暂时的天堂；我只消走进去，说：

“罗切斯特先生，我将一辈子爱你，跟你住在一起，一直到死，”一股狂喜的源泉会涌到我嘴唇上。我想到了这个。

那好心的主人，现在不能入睡，正在迫不及待地等着天亮。到早上，他会打发人来叫我；我将已经走了。他会派人来找我，可是找也是白找。他会觉得自己被遗弃了；他的爱被拒绝了；他会痛苦；也许变得绝望。我也想到了这个。我把手朝门锁伸去，但又缩了回来，继续悄悄往前走。

我伤心地转弯抹角地下了楼；我知道自己该怎么办，我机械地办了。我在厨房里找了边门的钥匙；还找了一瓶油和一根羽毛；给钥匙和锁上了油。我拿了一点儿水和一点面包；因为说不定我得走很远；我的体力最近大大减弱，千万不能垮下来。所有这一切，我都悄没声儿地办了。我打开门，走了出去，轻轻地把门关上。朦胧的黎明在院子里发出闪烁的微光。巨大的前门关着，还上了锁；可是其中一扇门上的小门却只是闩着。我从小门走出去，把小门也关了；现在我走出了桑菲尔德。

一英里以外，在田地的那一边，有一条路，朝着同米尔考特相反的方向延伸开去；这条路我从来没走过，但常常注意到，并且心中琢磨，不知道它通到哪儿去；我就朝那条路走去。现在不允许思考；也不能往后看一眼；甚至不能往前看。不能想一想过去，也不能想一想未来。过去的一页是如此地像天国般甜蜜——如此地极度悲哀——只消读其中一行就可以使我的勇气消失，使我的力量垮下来。未来却是个可怕的空白；有点儿像洪水过后的世界。

我沿着田地、树篱和小径的边缘走着，一直到日出以后。我相信那是个可爱的夏日之晨；我知道，在离开那所房子时穿上的鞋子不久就让露水沾湿了。可是我不看初升的太阳，不看笑盈盈的天空，也不看正在醒来的大自然。被押送着通过美丽的景色去断头台的人，不会注意在路边微笑的花朵，只会想着砧板和斧子的利刃；想着骨头和血管的分离；想着在终点张开着的墓穴；我想着凄惨的逃跑和无家可归的流浪——哦！我还带着痛苦想着我所留下的一切。我实在忍不住要想。我想，他现在正在屋子里看着日出，希望我会马上去对他说我愿意留下来，和他住在一起，并且属于他。我是希望属于他；我渴望回去；现在还不太迟；我还可以免掉他失去心爱的人的剧烈痛苦。我肯定，我的逃跑还没被发现。我可以回去，成为他的安慰者——他的骄傲；把他从痛苦中、也许还从毁灭中救出来。哦，我担心他自暴自弃——这比我的自暴自弃要糟得多——这种担心在怎样地驱使着我啊！它是一个射进我胸中的有倒刺的箭头；在我想把它拔出来的时候，它撕裂着我；在往事的回忆使它埋得更深的时候，它使我厌恶。鸟儿在矮树林和灌木丛里歌唱；鸟儿对自己的伙伴忠实；鸟儿是爱情的象征。我是什么呢？在我内心的痛苦中，在道义的疯狂努力中，我憎恶我自己。我不能从自满、甚至不能从自尊中得到安慰。我损害了——伤害了——离开了我的主人。我在我自己的眼睛里都是可恨的。然而，我不能回过头去，也不能往回走一步。一定是上帝在带领我继续前进。至于我自己的意志或良心，剧烈的悲伤已经践踏了其中一个，扼杀了另外一个。我一边沿着我的孤寂的路走着，一边尽情地哭着；我像个神经错乱的人那样走得很快，很快。从内心开始的一种软弱，蔓延到四肢，控制着我，我跌倒了；我在地上躺了几分钟，让脸腮压着湿漉漉的草地。我有点害怕——或者说有点希望——自己就在这儿死去。可是，我一会儿就爬了起来，用手和膝盖向前爬，接着又站了起来——像以前一样急切而坚决地朝大路走去。

到了路上，我不得不坐在树篱下休息。坐着的时候，听到车轮声，看到一辆马车正在驶过来。我站起身，举起手；马车停了下来。我问它上哪儿去；赶车的说了一个很远的地方，我肯定罗切斯特先生在那儿没有什么亲戚。我问到那儿要多少钱；他说三十先令；我回说身边只有二十先令。他说好吧，不妨将就一下，就拿二十吧。他还允许我坐到里边去，因为车子是空的。我进去了，给关在里边，车子继续前进。

好心的读者啊，但愿你永远不会感受到我当时感受到的心情！但愿你的眼睛永远不像我的眼睛这样，淌出暴雨般的、烫人的、揪心的泪水！但愿你向上帝作的祈祷永远不像我当时嘴里说出的那么绝望、那么痛苦，因为你永远不会像我这样，担心成为你全心爱着的人的堕落的根源。

第二十八章

两天过去了。那是夏天的一个傍晚；马车夫要我在一个叫惠特克劳斯的地方下车；因为我所付的车钱不够，他不能让我再乘下去，而我却连一个先令都没了。马车离我已经有一英里了，我独自一人待着。这会儿我才发现忘了把我的小包裹从马车里的口袋里取出来了，我是为了安全起见才把它放在那儿的；它就留在那儿，一定还留在那儿；如今，我是一贫如洗了。

惠特克劳斯不是个镇，甚至还不是个小村落；它只是立在十字路口的一根石柱；刷成白色，我想是为了在远处和在黑暗中容易看得见。它的顶端伸出四根指路牌；从上面的字看来，最近的一个城镇在十英里以外；最远的则超过二十英里。根据这些熟知的城镇的名字，我知道自己是在哪个郡下车的；这是北方中部一个郡，荒原幽暗，山岭崎岖，这是我所看见的。我后面和两边都是大片大片的荒原；我脚下深谷的那一边还有一重重起伏的群山。这儿一定人烟稀少，我在路上看不到赶路的人；路向东西南北伸展开去——白茫茫的、冷冷清清的宽阔的路；它们全都穿过荒原；石楠又深又杂乱地都长到路边上来了。但是可能有一个偶然的赶路人走过；而我却不愿意有谁在这时候看见我；我在路标柱这儿徘徊不去，显然漫无目标和不知所措，陌生人会觉得很奇怪，我在干什么。人家可能问我；除了作一些听起来难以相信并且会引起怀疑的回答以外，我不能回答什么。这时候，我跟人类社会没有一点联系；没有一种魅力或希望把我叫到我的同类那儿去；看到我的人没有一个会对我有什么仁慈的想法或者良好的愿望。除了万物之母大自然以外，我没有亲属；我还是到她的怀里，去得到安息吧。

我径直走进石楠丛生的荒地里；看见褐色荒原中有一条深陷的坑

道，我就沿着它走去。我在那没膝的暗黑草木丛中艰难地走过去；我随着它的转弯而转弯，在一个隐蔽的角落里发现一块让苔藓染黑了的花岗岩，我就在它下面坐下。周围是荒原的高高的陡坡；这块巉岩保护着我的头，天就在它上面。

甚至在这儿，我都是过了一些时候才感到平静下来；我隐隐约约地害怕附近会有野兽，或者打猎的人或偷猎的人发现我。要是有一阵风吹过荒野，我就会抬起头来，生怕是一头公牛冲过来；要是有一只鸻鸟尖叫，我就把它想象成一个人。然而，我发现自己的恐惧毫无根据，黄昏逝去，夜幕降落，笼罩一切的沉沉寂静使我安下心来，这时我才有了信心。在这以前我还没有思考过，我只是听着、看着、担心着；现在我又有了沉思的能力。

我该做什么呢？上哪儿去呢？哦，这是些无法忍受的问题啊！我什么也不能做，哪儿也不能去。——在我能到达人类居住的地方以前，我的发抖的劳累的双脚还得先走很长一段路；在我能得到一个住处以前，还得先恳求冷酷的慈善；在我的故事能被倾听、或者在我的需要中能有一个被满足以前，还得先强求别人表示勉强的同情，几乎还得先引起别人的嫌恶！

我摸摸石楠，它很干，夏日的炎热使它还有点温暖。我望望天空；它很纯净；一颗仁慈的星星在沟道顶上闪烁着。露水降落，可是带着慈祥的温柔；没有微风在低语。在我看来，大自然似乎亲切而宽厚；我认为尽管我无家可归，她却爱我；从人那儿只能指望怀疑、抛弃、侮辱的我，就怀着子女的爱依恋着她。至少今夜，我要成为她的客人——因为我是她的孩子；我的母亲将不要钱也不要代价，给我住宿。我还有一口面包；是中午路过一座小镇的时候，我用一便士的零钱——我最后的一个硬币买来的面包卷剩下来的。我看见成熟的越橘在石楠丛中这儿一簇，那儿一簇，像黑玉珠子般发亮。我摘了一把，和面包一起吃。我肚子原来很饿，吃了这隐士吃的一餐，即使没吃饱，却也已经不那么饿了。吃完后我作了晚祷，然后，选个地方睡觉。

在这块岩石旁边，石楠很深；我躺下来的时候，双脚就埋在里面；两边的石楠都高高竖起，只留下窄窄的一溜空间，让夜风侵入。我双折起我的披巾，把它当被子盖在身上；一个微微隆起、长满青苔的地方是我的枕头。这样宿夜，至少在夜晚开始的时候，我并不觉得冷。

我的休息原来可以十分安乐；只是一颗悲伤的心破坏了它。由于张开的伤口、内出血和绷断的弦线，心在怨诉。心为罗切斯特先生和他的命运发抖；它怀着强烈的怜悯为他悲叹；它怀着无休止的渴望要求他；尽管像折断双翼的鸟儿般无能为力，它还是抖动破残的翅膀，作徒然的尝试，去寻找他。

这种思想上的折磨叫我再也支持不住，我起身跪着。夜已经来临，星辰已经升起；一个安全、宁静的夜，太静了，使恐惧都不能来作伴。我们知道，上帝无处不在；但是，在他的作品最大规模地展现在我们面前的时候，我们肯定是最能感到他的存在；正是在那无云的夜空，在他的世界默默地转动着前进的地方，我们能最清楚地看到他的无限，他的全能，他的无所不在。我跪着为罗切斯特先生祈祷。抬着头，我泪眼模糊地看到宏伟的银河。想起了那是什么——那儿有那么多数不清的星系像一道淡淡的光痕扫过空间——我感到了上帝的伟大和力量。我肯定他有能力拯救他所创造的东西；我越来越深信：地球和它珍藏的每一个灵魂都不会毁灭。我把祈祷变为感恩；生命的源泉也就是灵魂的救星。罗切斯特先生是安全的；他属于上帝，他会被上帝所保护。我再一次偎依在小山的怀里；不一会儿就在睡眠中忘却了悲哀。

可是第二天，“贫困”苍白而光秃地来了。在小鸟离巢以后很久，在蜜蜂趁露水未干、在一天中最美好的黎明来采石楠蜜以后很久——在早晨长长的影子已经缩短、阳光已经充满大地和天空的时候——我起身，向四下里看看。

是怎样的一个完美的、安静而又炎热的白天啊！这个蔓延开去的荒原是怎样的一个黄金沙漠啊！到处都是阳光。我但愿能够生活在阳光里，并且靠阳光为生。我看见一条蜥蜴跑过那块岩石；我看见一只蜜蜂在甜的越橘中忙碌。这会儿我真愿意变成蜜蜂或者蜥蜴，让我可以在这儿找到合适的食物和永久的藏身之所。但是我是一个人，有人的需要；我不能在没有东西满足这些需要的地方久留。我站起来；回头看看我离开的床。对于未来毫无希望，我只巴望这个——我的创造者那天夜里认为应该趁我睡着，把我的灵魂从我这儿要去；我这个疲乏的身躯，由死亡解救出来，不再和命运冲突，现在就只消安静地腐烂，和平地跟这荒野的泥土混合了。然而，生命，连同它的一切需要、痛苦和责任，都还为我所有。负担还得背负下去；需要还得满足；痛苦还得忍受；责任还得完成。我出发了。

又走到惠特克劳斯，我沿着背太阳的那条路走去。太阳现在又热又高。我已经没有意志力来根据其他情况决定我的选择。我走了很久，觉得自己已经走得差不多够了，可以心安理得地向几乎把我压垮的疲劳屈服——可以放松一下这种强迫的行动，我就近在我看见的一块石头上坐下，毫不抗拒地屈服于充塞我的心灵和肢体的麻木——这时候，我听到一阵钟声——一阵教堂的钟声。

我转向声音传来的方向，在那里的富于浪漫色彩的小山之间，我看到了一座村落和一个尖顶。一个小时以前，我已经不再注意山的变化和景象了。我右边的山谷布满牧草地、麦田和树林；一条闪亮的溪流蜿蜒地穿过不同色彩的深绿浅绿、成熟的麦子、浓郁的林地、明亮和满是阳光的牧场。隆隆的车轮声把我叫回到我面前的大路上来，我看见一辆装满东西的沉重的货车吃力地爬上小山；再过去不远是两头母牛和赶牛人。人类的生活和人类的劳动就在近旁。我得挣扎着前进；努力像别人一样生活和劳动。

大约下午两点钟光景，我走进了村子。在一条街的尽头，有一家小铺子，橱窗里有几块面包。我渴望得到一块面包。有了那点食物，也许我就可以恢复一点精力；没有它，就很难再往前走。一到我的同类中间，我又希望有力量和精神。我觉得，饿得昏倒在村里的人行道上是丢脸的。我难道没有什么可以用来换一个面包卷吗？我想了一下。我脖子上系着一条小的丝方巾；我还戴着手套。我几乎说不出处在极端贫困中的人是怎么办的。我不知道这两样东西中是否有一样可以被接受；也许不会；可是我得试试。

我走进铺子；那儿有一个女人。她看见来了一个穿着体面的人，猜想是位小姐，便彬彬有礼地迎上前来。她怎样招待我呢？我突然害臊起来；我的舌头就是不肯把我准备好的请求说出来。我不敢提出把半旧的手套和弄皱的方巾给她；而且，我觉得这么做是荒谬的。我只请求她允许我坐下歇一会儿，因为我累了。她原来以为来了一位顾客，现在感到失望，便冷冷地同意我的请求。她指了一个座位，我乏力地坐了下来。我感到难受得直想哭；可是觉得这样的表示不合情理，我就忍住了。不一会儿，我问她，"村里有女服裁缝或者普通的女裁缝吗？"

"有的；有两三个。干这行的够多了。"

我想了一下。我现在被逼到正题上来。我被带到面对"贫困"的地方，落到了穷途末路的地步，没有一个朋友，没有一个铜子。我得做些什么。可是做什么呢？我得到哪儿去求个职位。可是到哪儿去求呢？

“你可知道附近什么地方要找用人么？”

“不，我不知道。”

“这地方的主要生意是什么？大多数的人都干些什么？”

“有些人种庄稼；有许多人在奥立佛先生的针厂和铸造厂里干活。”

“奥立佛先生雇用女工吗？”

“不；那是男人干的活。”

“女人干些什么呢？”

“我不知道，”她回答。“有些人干这行，有些人干那行。穷人总得尽自己的力量过下去。”

她似乎对我的问话感到厌烦了；的确，我有什么权利追问她呢？有一两个邻居走了进来；显然需要用我的椅子。我就告退了。

我沿着大街走去，一边走一边看着左右两旁一幢幢的房子；可是我没有发现什么借口，也没看见一个诱人的东西，可以让我走进任何一幢。我绕着村庄走着，有时候走得稍微远一点，然后再折回来，走了大约一个多小时。我精疲力竭，而且现在正饿得发慌，我转身走到旁边的一条小径上去，在树篱下坐下。然而，不大工夫，我又站了起来，又在寻找什么，找一个办法，或者至少找一个能指点我的人。在小径的尽头，有一座漂亮的小房子，屋前有个花园，非常干净，花儿开得五彩缤纷。我在那儿停了下来。我有什么事要去走近那白色的门，或者去碰那亮闪闪的门环呢？那座房子里的居民怎么样才会产生兴趣来帮助我呢？可是我还是走近去，敲了门。一个容貌温和、衣着整洁的年轻女人开了门。我用从绝望的心和衰竭的身体里所能发出的声音——一种低微和颤抖得可怜的声音——问，这儿是否需要用人？

“不，”她说；“我们不用用人。”

“你能告诉我，我能在哪儿找到随便什么职业吗？”我继续问。“我是个陌生人，在这儿没有熟人。我要找个工作；不管什么工作都行。”

可是她没有责任来为我考虑，为我找个职位；再说，在她眼里，我的性格、地位、叙述一定是多么可疑。她摇摇头，说：“很遗憾，没法告诉你。”那扇白门非常轻、非常有礼貌地给关上了，但是却把我关在外面了。如果她让门再开一会儿，我相信我准会向她讨一块面包；因为我现在已经落到卑下的地步了。

要回到那吝啬的村子里去，我是受不了的；况且，在那里也看不到什么希望，让我能获得帮助。我看见不远处有一座树林，它的浓荫似乎能提供诱人的藏身之所，我很可能宁愿上那儿去；可是我病得如此厉害，身体又如此衰弱，自然的渴望又如此啃啮着我，本能迫使我在有机会得到食物的住所周围徘徊不去。饥饿这只兀鹰这样把喙和爪子侵入我的躯体，孤寂也就不成其为孤寂——休息也不成其为休息了。

我走近房子；离开它们，再走回来，然后又走开去；我意识到我没有权利请求，没有权利指望人家对我孤独的命运感兴趣，这种意识老是驱使我走开。在我这样像一条丧家的饿狗似地走来走去的时候，下午渐渐逝去。在穿过一块田地的时候，我看见前面的教堂尖顶；我急急忙忙朝它走去。在教堂墓地附近，花园的中央，有一所虽然很小却造得很好的房子，我肯定那是牧师的住宅。我想起了，陌生人来到没有朋友的地方，而且要找工作的话，有时候就请求牧师介绍和帮助。牧师有责任帮助——至少用劝告来帮助——愿意自助的人。我好像还有点儿权利到这里来寻求劝告。于是我再次鼓起勇气，聚起我剩下的一点微弱的力量，继续往前走。我来到房子跟前，敲敲厨房门。一个老妇人开了门；我问这是牧师的住宅吗？

“是的。”

“牧师在家吗？”

“不在。”

“他马上就回来吗？”

“不，他出门去了。”

“到远处去了吗？”

“不远——有三英里路。他父亲突然去世，他给叫去了，现在正在泽庄，很可能还要在那儿待两个星期。”

“有女主人吗？”

“没有，除了我没别人，我是管家；”读者啊，我不能要她救济我，而没有救济，我都快倒下了；我还不能要饭；我又缓慢地走开了。

我再一次取下我的绸方巾——再一次想到小铺子里的那几块面包。哦，只要一块面包皮！只要一口来缓和一下饥饿的剧痛！我本能地再次转向村庄；我又找到了那家铺子，走了进去；虽然除了那女人，还有几个人在场，我还是大胆地提出了请求：“你愿意收下这块方巾，给我一个面包卷吗？”

她显然怀疑地看看我：“不，我从来不那样卖东西。”

我几乎绝望了，便要求半个；她又拒绝了。“我怎么知道你从哪儿弄来的方巾，”她说。

“你愿意拿我的手套吗？”

“不！我要手套有什么用？”

读者啊，详谈这些细节可不是愉快的事。有人说，回忆过去的痛苦经历是快乐的；可是现在我却不愿去重温我提到的那些时候。道德的堕落，混合着肉体的痛苦，形成一种过于悲惨的回忆，我不会乐于去详谈。我并不责怪那些拒绝我的人。我觉得那是意料之中的事，而且是无可奈何的事。一个普通的乞丐往往是怀疑的对象；一个穿着体面的乞丐不可避免地也是这样。固然，我乞求的只是职业；可是谁又有责任来为我提供职业呢？当然不是那些第一次看见我又不了解我品性的人。至于那个不愿拿面包换方巾的女人，既然她认为我的提议是个阴谋，认为这样交换不合算，那她也是对的。现在让我压缩一下。我对这个题目感到厌烦了。

天黑以前不久，我经过一家农舍，农夫坐在开着的门跟前，正吃着面包干酪的晚餐；我停了下来，说：

"你给我一片面包好吗？我很饿。"他惊异地看了我一眼；没作回答，就切了厚厚的一片面包，把它给了我。我想他并没把我当作乞丐，而是把我当作一个想吃他的黑面包的古怪的小姐。我一走到看不见他房子的地方，就坐下来吃面包。

我没有希望住在房子里，便到上面提到过的树林子里去找个住处。可是我这一夜过得真惨，我的休息给破坏了；地是湿的，空气是冷的；再加上，不止一次有人闯进来，打我附近走过，我不得不一再换地方；没有一点安全和宁静的感觉。快天亮的时候，下雨了；第二天下了整整一天的雨。读者啊，请别要我详细叙述那一天的情景吧。我像前一天那样寻找工作；像前一天那样遭到了拒绝；也像前一天那样挨了饿；不过我吃过一次东西。在一所村舍门口。我看见一个小女孩刚要把一点冷粥倒进猪槽。"你把它给我好吗？"我问。

她瞪着眼看我。"妈妈！"她嚷道；"有个女人要我把粥给她。"

"孩子，"里面的一个声音说，"要是她是个要饭的，就给她吧。猪不要吃粥。"

女孩把凝成块的粥倒在我的手里，我便狼吞虎咽地把粥吃掉了。

雨天的暮色渐渐变浓的时候，我在一条冷冷清清的马道上停了下来。我在那条马道上已经走了一个小时，或者还不止一个小时。

"我一点力气也没有了，"我自言自语地说。"我觉得再也不能往前走了。今天晚上我将再一次在外面过夜吗？雨下得这么大，难道我得把头枕在又冷又湿的地上吗！我怕我没有其他办法；因为，谁会收容我呢？可是，那将是十分可怕的，带着这饥饿、乏力、寒冷的感觉，这凄凉的感觉——这完全的绝望。不过，很可能不到早上我就死去。我干吗不能心甘情愿地接受死亡这个前途呢？我干吗要挣扎着保持毫无价值的生命呢？就因为我知道，并且相信，罗切斯特先生还活着；再说，因为贫困和寒冷而死去，这种命运是天性所不能消极地顺从的。哦，上帝啊！再支持我一会儿吧！帮助我——指引我吧！”

我的迟钝的眼睛扫视着朦胧迷茫的景色。我看出自己已经走得离村子很远；几乎看不见它了。村子周围的耕地已经消失；我通过横路和支路，已经又一次走近了那片茫茫的荒原；现在只有几块田地横在我和黑黝黝的小山之间。这几块地几乎还没有开垦过，差不多还是和原来的石楠丛生的荒地一样荒芜，一样贫瘠。

“唉，我宁可死在小山那儿，也不愿死在街上，或者来往人多的大路上，”我想。“让乌鸦和渡鸦——如果这一带有渡鸦的话——把我的肉从骨头上啄去，这要比装在济贫院的棺材里，在乞丐的义冢里腐烂好得多。”

于是，我转向小山，走到那里。现在只消找个凹处，让我可以躺下，即使不感到安全，至少感到隐蔽；可是，这个荒丘的整个表面似乎是平的。除了颜色的变化以外，没什么其他变化；在沼地上长满灯芯草和青苔的地方是绿色的；干土上只长石楠的地方是黑色的。尽管天在转黑，我还是能看见这些变化；虽然那只是明暗的变化，因为颜色已随日光消褪了。

我的眼光正从阴暗的丘地上方，顺着那消失在最荒凉的景色中的沼地边缘浏览过去，这时候远处沼泽和山脊之间的一个朦胧的地方，突然出现了一个亮光。“那是鬼火，”这是我第一个念头；我料想它马上就会熄灭。然而，它继续稳定地燃烧下去，既不后退，也不前进。

“那末，是刚燃起的篝火吗？”我问。我守候着，看它是否扩大；可是，不；它既没缩小，也没扩大。“它也许是房子里的一支蜡烛，”这时候我猜测着，“不过，如果是的话，我也绝不可能走到那儿。它太远了；即使离我不到一码，那又有什么用呢？我敲门，也只是让自己再给关在门外。”

我在我站着的地方卧倒了，把脸靠在地上藏起来。我一动不动地躺了一会儿；夜风在小山和我的上方吹过，呻吟着消失在远处；雨下得很猛，再次把我淋得透湿。只要我僵硬到像静止的冰霜，死神友好地让我变得麻木，那雨点可以继续猛打下去，我不会感觉到它；可是我那还活着的肌肤却在它冰凉的影响下颤抖。不一会儿，我就爬了起来。

亮光还在那儿；昏暗而稳定地透过雨丝照着。我再试着走路，拖着精疲力竭的双脚慢慢朝它走去。它引我斜着爬过小山，穿过广阔的沼泽。这个沼泽在冬天是根本无法通过的，甚至现在，在盛夏，都是泥浆四溅，溜滑难走。我在这儿摔倒两次，但是两次都爬了起来，振作起精神。这亮光是我微乎其微的一线希望啊，我必须到它那儿去。

穿过沼泽，我看见荒野里有一条白色的小路。我朝它走去；那是一条路或者一条小径，直通那个亮光。现在亮光在一种小山冈上的树丛中间闪耀着——根据我在黑暗中能分辨的形状和叶子来看，显然是杉树。我走近的时候，我的星却消失了；有个什么障碍物挡在我和它之间。我伸出手去摸摸面前黑糊糊的一堆东西，摸出了那是一堵矮墙的粗糙的石块——在它上面是像栅栏一样的东西，里面是高而有刺的树篱。我继续摸索着前进。又有一样白的东西在我面前闪光，那是一扇门——一扇小门；我一碰它，它就在铰链上摇动起来。门两边各有黑黑的一丛灌木——冬青或者紫杉。

走进门，穿过灌木丛，就可以看见一所房子的侧影：黑黑的，低低的，比较长；可是指引我的亮光却并不在那儿照耀着。一片漆黑。屋里的人都睡觉了吗？我担心是这么回事。为了找门，我转过一个拐角；那友好的亮光从一扇很小的格子窗的菱形玻璃里又照射出来；窗子离地一英尺，常春藤和其他爬墙植物长得使窗子更小了，房子开窗的那一部分墙上密密层层地都是一簇簇的叶子。窗口被挡着，而且狭窄，可以说不需要窗帘或者窗板了；当我弯下身来推开遮住它的一丛叶簇的时候，可以看见里面的一切。我可以清清楚楚地看见一间地板洗得干干净净的铺了沙子的房间；一个胡桃木的餐具柜，锡镴盆子排成一排排，把明亮的泥炭火的红色和火光反射出来。我可以看见一只钟，一张白松木桌子，几把椅子。曾经是我的指路明灯的那支蜡烛放在桌上燃烧；一个老妇人正就着烛光在织袜子。她看上去有点粗气，但是像她周围的一切那样，干净得一尘不染。

我只是粗粗地看了一下这些东西——没什么特别的地方。更有趣的一群出现在火炉旁边，一动不动地坐在炉边的一片玫瑰色的宁静和温暖之中。两个高雅的年轻女人——从各方面看来都是闺秀——一个坐在矮矮的摇椅上，另一个坐在更矮的凳子上；两个都穿着黑纱和邦巴辛毛葛的重丧服，黑衣服奇特地衬托出很白的脖子和脸；一条短毛大猎狗把大大的头靠在一个姑娘的膝头上，另一个姑娘的裙兜里躺着一只黑猫。

像这样的几个人待在这个简陋的厨房里，可真是奇怪！她们是谁呢？她们不可能是桌边那个老妇人的女儿；因为她看上去像个乡下人，而她们却非常文雅而有教养。我从来没在哪儿见到过像她们那样的脸；然而，我凝视着她们的时候，我似乎对她们的每一个面部特征都很熟悉。我不能说她们漂亮——她们太苍白、太严肃，不能用这个字眼；因为都在低着头看书，她们看上去在沉思，几乎到了严肃的地步。她们两人中间的一个架子上，放着另外一支蜡烛和两本大书。她们常常翻阅这两本书，似乎在把它们和她们捧在手里的较小的书作比较，就像人们在翻译的时候查词典一样。这个场面寂静无声，仿佛所有的人都是影子，生火的房间则是一幅画似的；如此之静，我听得见煤渣从炉栅里落下，钟在暗角落里嘀嗒地响着；我甚至想象我听得出老妇人的编结针卡嗒卡嗒的响声。因此，一个声音打破这奇怪的沉寂的时候，我完全听得见。

"听着，黛安娜，"一个专心的学生说；"弗朗茨和丹尼尔夜里在一起，弗朗茨刚从梦中吓醒，在讲那个梦——听！"她低声念一些什么，我一个字也听不懂；因为那是一种陌生的语言——既不是法语也不是拉丁语。是希腊语还是德语，我说不上来。

"那真有力，"她念完以后说；"我喜欢它。"另一个姑娘刚才抬着头听她妹妹说话，现在一边凝视着火，一边重复念那一行。后来我知道了这语言和这本书；所以我在这儿把这一行引出来；虽然我第一次听见的时候，对我来说，就像是敲打铜器的响声一样——毫无意义：

"'有一个人走了出来，其外貌犹如夜晚的星星。'① 好！好！"她嚷道，她那深邃的黑眼睛闪闪发亮。"你有一个隐隐约约的、伟大的天使长恰如其分地在你面前！这一行抵得上一百页浮夸的文章。'我在我愤怒的天平戥盘中，权衡这种思想，我用我激怒的砝码，权衡这个作品。'② 我欢喜它！"

两人又沉默了。

"有哪个国家的人会像这样说话吗？"老妇人从她的织物往上看，问道。

"是的，汉娜——一个比英国大得多的国家；那儿的人就这样说话。"

---

①② 原文为德语。

“哦，我实在不知道他们彼此之间怎么听得懂；要是你们有谁到那儿去，我猜想你们听得懂他们的话吧？”

“他们的话我们也许能听懂一点儿，可不是全部——因为，我们不像你想的那么聪明，汉娜。我们不会讲德语；要是没有词典帮忙，我们还看不懂呢。”

“它对你们有什么好处呢？”

“我们打算以后能教德语——或者至少像人们所说的，教初步的东西；那时候我们挣的钱就可以比现在多了。”

“很可能；可是别学了；今晚学得够多了。”

“我想是的；至少我累了。玛丽，你累吗？”

“很累；没有老师光靠一本词典辛辛苦苦地学一种外语，毕竟是吃力的工作。”

“是啊；尤其是学像德语这样难懂而又出色的一种语言。我不知道圣约翰什么时候回来。”

“现在，他肯定快回来了；刚好十点，”（看看她从腰带里掏出来的小金表。）“雨下得猛。汉娜，请你到客厅里去看看火好吗？”

那女人站起来，打开一扇门，通过门我隐隐约约地看见一个通道；不一会儿我就听见她在里面一间屋子里拨火；她马上就回来了。

“啊，孩子们！”她说，“到那边屋里去，使我很难受；那张椅子空着缩在角落里，屋子显得那么凄凉。”

她用围裙擦擦眼睛；两个姑娘，先前一直显得庄严，现在却显得悲伤了。

“不过他到了更好的地方，”汉娜继续说；“我们不该希望他再回到这儿来。再说，没有人指望能死得比他更安静了。”

“你说他没提起我们吗？”一个小姐问。

“他来不及——孩子；他一分钟就走了——你的父亲。他像上一天那样有点不舒服，可是没什么要紧；圣约翰先生问他是否要派人去把你们两人中的哪一个叫来，他只是笑他。第二天——也就是说，两个星期以前——他又开始觉得头有点重，便去睡觉，就此没再醒过来；你们的哥哥到卧房去发现他的时候，他几乎都僵硬了。啊，孩子们！他是老一派人里面的最后一个——因为你们和圣约翰先生好像跟去世的那一些不属于同一个类型；尽管你们的母亲跟你们很相像，几乎和你们一样地读了很多书。她简直就是你的画像，玛丽；黛安娜就比较像你们的父亲。”

我认为她们非常相似，我说不出这个老用人(现在我已经断定她是用人了)在哪儿看出了不同。两人都脸色白皙，身材苗条；两人都相貌非凡、一副聪明的样子。其中一个的头发确实比另一个稍深一点，梳的发式也有点不同：玛丽的淡褐色头发从中间分开，编成光滑的辫子；黛安娜的稍暗一些的头发却密密层层地鬈曲着盖住了她的脖子。钟打十点了。

“我肯定你们要吃晚饭了，”汉娜说；“圣约翰先生一进来也要吃了。”

她去着手准备晚饭。两位小姐站起身来；她们似乎要到客厅里去。在这之前，我一直那么全神贯注地看着她们，她们的外貌和谈吐引起了我强烈的兴趣，以至我自己的可怜处境都忘了一半，现在我又想起了它。对比之下，我似乎比以前更孤独，更绝望了。要使住在这所房子里的人感动得关心我；要使她们相信我的贫困和悲哀是真的——要诱使她们答应使我不再流浪，给我休息，看来是多么不可能啊！当我摸到了门，迟疑地敲门的时候，我觉得上面这种想法只是妄想。汉娜开了门。

“你有什么事？”她用惊诧的声音问，一边借着手里的蜡烛的光亮打量着我。

"我可以同你的女主人说话吗？"我问。

"你最好告诉我，你要同她们说些什么。你是从什么地方来的？"

"我是个外地人。"

"你在这个时候上这儿来干什么？"

"我要在外屋或者随便什么地方住一宿，还要一点儿面包吃。"

怀疑是我最害怕的一种感情，这时候却出现在汉娜脸上。"我可以给你一片面包，"她停了一会儿说；"可是我们不能留一个流浪人住宿。这不可能。"

"就让我同你的女主人说说话吧。"

"不；我不让。她们能为你做些什么呢？你不该在这时候到处游荡；这看上去很不好。"

"可是，你把我赶走，我上哪儿去呢？我怎么办呢？"

"哦，我保证你知道上哪儿去，也知道该怎么办。小心别干坏事，这就行了。哪，给你一个便士，现在走吧！——"

"一个便士我不能吃；而且我再也没有力气往前走了。别关门吧；——哦，看在上帝分上，别关啊！"

"我非关不可；雨打进来了——"

"告诉小姐们。——让我见见她们——"

"真的，我不会去告诉她们。你不守本分，要不，你也不会这样吵闹。走开。"

"可是，把我撵走，我一定会死掉的。"

"你才不会呢。我怕你是心怀鬼胎，所以夜里这么晚还到人家房子跟前来。要是附近什么地方还有人跟着你——强盗什么的——你可以告诉他们，房子里不只是我们这几个人，我们还有一位先生，有几条狗和几管枪。"说到这儿，这个老实的、不肯通融的用人把门砰地一声关上了，并且上了闩。

这是顶点。一阵极度痛苦的剧痛——一阵真正绝望的苦闷——撕裂着和冲击着我的心。我真正精疲力竭了，一步也不能再走了。我倒在门口湿漉漉的台阶上；在万分悲痛中，我呻吟——我扭手——我哭泣。哦，这死亡的幽灵！哦，这最后的时刻竟在如此的恐怖中来临！唉，这样孤独——这样被从我的同类那儿驱逐！不仅失去了希望之锚，而且也失去了坚忍不拔这个立足之点——至少是暂时地失去；可是，我不久就竭力去恢复这样的立足之点。

“我只有死了，”我说，“我相信上帝。让我试图默默地等候他的意旨吧。”

这些话我不仅是想，而且说了出来；我把我所有的不幸全塞回到我的心里，我作了一次努力，强迫它们留在心里——沉默而且静止。

“人总是要死的，”近旁的一个声音说道；“但并不是所有人都注定要遭到不爽快的早死，像你这样，如果你在这儿因为贫困而死去的话。”

“是谁，或者是什么，在说话？”听到这意想不到的声音，我害怕了，问道。现在不管发生什么，我都不会有希望获得帮助。近旁有一个形体——什么形体呢，漆黑的夜和我衰退的视力使我看不清楚。新来的人长时间重重地敲着门。

“是你吗，圣约翰先生？”汉娜嚷道。

“是的——是的；快开门。”

“唉，在这种刮风下雨的夜里，你准是又湿又冷了！进来吧——你的两个妹妹都在为你担心，我相信附近还有坏人。刚才有个要饭的女人——我断定她还没走！——就躺在那儿。起来！真丢脸！喂，走开！”

“别作声，汉娜！我有句话要对这个女人说。你把她赶走，已经尽了你的责任，现在让我放她进来，尽我的责任。刚才我就在旁边，听了你跟她两个人的话。我想这是个奇特的情况——我至少得查问一下。姑娘，起来吧，走在我前面，进屋去吧。”

我艰难地照办。立即就站在那干净明亮的厨房里了——就在炉火边上——哆嗦着，浑身难受；知道自己是一副最最可怕的、粗野的、饱经风霜的样子。两位小姐、她们的哥哥圣约翰先生、老用人，全都凝视着我。

“圣约翰，那是谁？”我听见一个人问道。

“我说不上来，我在门口发现她，”是回答。

“她脸色真苍白，”汉娜说。

“像泥土或死人一样苍白，”回答说。“她要倒下来了，让她坐下。”

我真的一阵头晕，倒了下来；可是一张椅子接住了我。我神志还清醒；不过这时候说不出话来。

“说不定喝点水能让她恢复过来。汉娜，去拿一点儿水来。可是她瘦得不成样子了。多瘦啊，多苍白啊！”

“简直是个幽灵！”

“她是病了呢，还只不过是饿了？”

“我想是饿了。汉娜，那是牛奶吗？拿给我，再要一点儿面包。”

黛安娜朝我俯下身来，我看见长长的鬈发垂在我和炉火之间，从这一点我认出是她。她掰了一点面包，在牛奶里蘸一下，放到我嘴边。她的脸紧挨着我的；我从她脸上看出了怜悯，从她急促的呼吸里感到了同情。在她简单的话语中，那仿佛一种止痛油膏似的感情也在说话：“试着吃吧。”

“对——试试，”玛丽温和地重复一遍；玛丽的手给我脱掉湿透了的帽子，扶起我的头。我尝了尝她们给我吃的东西，一开始软弱无力，不久就急切地吃起来。

“一开始别太多——要控制，”哥哥说；“她吃够了。”他把那杯牛奶和那碟面包拿走了。

“再给一点儿，圣约翰——瞧她眼睛里那副贪馋的样子。”

“现在不能再吃了，妹妹。试试看，她现在能不能说话——问问她的名字。”

我觉得我可以说话了，我回答说——“我的名字叫简·爱略特。”我跟以往一样急于不让人发现我的身份，早就决定用一个化名了。

“你住在哪儿？你的朋友在哪儿呢？”

我沉默着。

“我们能派人去找一个你认识的人来么？”

我摇摇头。

“你能讲一点关于你自己的事么？”

不知怎么的，我一跨过这家人家的门槛，跟它的主人们见面，就不再觉得自己是个无家可归、到处流浪、被这个广大世界遗弃的人了。我敢于抛掉行乞的举止和品格，而恢复我原来的样子。我开始又认识我自己了；圣约翰先生要我讲——我目前还衰弱得不能讲——我稍微停顿了一下就说：

“先生，我今晚没法跟你们细谈。”

“那么，”他说，“你希望我给你做些什么呢？”

“没什么，”我回答。我只有力气作那么简短的回答。黛安娜接着这话说：

“你意思是不是说，”她问，“你需要的帮助，我们现在都已经给了你了？我们可以打发你到沼泽和雨夜中去了吗？”

我看看她。我想，她的容貌非凡出众，既充满力量，又显得那么善良。我突然鼓起勇气。一边用微笑来回答她那同情的凝视，一边说：“我信任你。即使我是一条没有主人的迷路的狗，我知道你今晚也不会把我从火炉旁赶走；事实上，我真的不害怕。随你拿我怎么样，随你要我做什么吧；可是，请别要我多说话——我气急——一说话就感到一阵痉挛。”三个人都看着我，三个人都沉默着。

“汉娜，”圣约翰先生最后说，“现在让她在那儿坐着，别问她问题；再过十分钟，把剩下的牛奶和面包给她。玛丽和黛安娜，我们到客厅去，好好谈谈这件事。”

他们走了。不一会儿，一个小姐来了——我说不出是哪一个。在那温暖的炉火旁边，一种愉快的昏迷偷偷地控制住我。她小声吩咐了汉娜几句。不久，我在那用人的帮助下，设法上了楼梯；我的湿淋淋的衣服给脱掉了；马上就躺上一张温暖而干燥的床。我感谢上帝，在无法表达的精疲力竭中体会到一阵感激的喜悦，我睡着了。

第二十九章

对于接下来的三天三夜，我心里的回忆是非常模糊的。我能回想起在那期间的一些感觉；但是极少形成思想，也没有任何动作。我知道自己在一间小屋子里，躺在一张狭小的床上。我似乎长在这张床上了；一动也不动地躺在上面，像一块石头似的；要把我从那儿拉走，几乎跟要置我于死地一样。我并不注意时间的消逝——并不注意从早上到中午，从中午到夜晚的变化。任何人走进或者走出这间屋子，我都观看着：我甚至能讲出他们是谁，在说话的人靠近我的时候，我能听懂他们说了些什么；可我不能作出回答，要张开嘴，或者动动四肢，是同样地不可能。女仆汉娜是最最经常的来访者。她的来临打扰了我。我有一种感觉：她希望我离开；她不了解我，也不了解我的处境；她对我有成见。黛安娜和玛丽一天到这间屋子来一两次。她们会在我床边悄悄地说这一类的话：

“我们收留了她，这很好。”

“对；要是她整夜给关在外面的话，明天清早肯定会发现她死在门口。我不知道她经受了什么事？”

“我想是离奇的苦难吧——可怜的、消瘦苍白的流浪者！”

“根据她的出言吐语来判断，我看，她不是个没有受过教育的人，她的口音很纯，她脱下来的衣服，虽然溅污了、湿透了，但是都没大穿过，而且质地优良。”

“她脸长得特别，尽管瘦削憔悴，我倒有点喜爱它；我想象得出，在她身体健康和生气勃勃的时候，她的相貌一定很可爱。”

在她们的对话中，我从没听到过一个音节表示对殷勤招待我感到后悔，或者表示怀疑或嫌恶。我得到了安慰。

圣约翰先生只来过一次；他看看我说，我的嗜眠症是过度和长期疲劳产生反作用的结果。他断言没有必要去请医生；他肯定，最好是听其自然。他说每根神经都有点过于紧张，整个神经系统必须昏睡一阵。没有病。他猜想，我一旦恢复起来，将很快就会复原的。这些意见是他用几句话、用平静的、低低的声音说出来的。停顿了一下以后，他用不习惯于长篇大论的那种人的声调补充说："相貌有点奇特，当然并不表示庸俗和堕落。"

"一点也不，"黛安娜应和说。"说真的，圣约翰，我心里还有点儿喜爱这个可怜的小人儿呢。但愿我们能永远帮助她。"

"那不大可能，"是他的回答。"你会发现，她是个年轻小姐，跟她的朋友发生了误会，也许不聪明地离开了他们。如果她不固执，说不定我们能让她回到他们那儿去；不过，我从她脸上看出力量的痕迹，这却使我怀疑她是不是会听我们的话。"他站着端详了我几分钟，然后加上说，"她看上去聪明，但是一点也不秀丽。"

"她病得厉害，圣约翰。"

"不管生不生病，她总不能算美。美的优雅和匀称在这些五官上一点也没有。"

第三天，我好了一点；第四天，我能说话，移动，在床上起来和转身了。在我猜想是吃午饭的时间，汉娜给我端来一些稀粥和干吐司。我津津有味地吃了；食物是好的——吃起来已经不再有发烧时吃的那种味道了。在那以前，不管我吃的什么，都给那种味道破坏了。她离开我的时候，我觉得比较有力气，精神也比较好。不久，对休息感到的厌倦和想活动的愿望激励着我。我想起床；可是我能穿什么呢？只有我那满是泥污的湿衣服；我就是穿着那身衣服躺在地上，倒在沼泽里的。我不好意思穿着这样的衣服出现在我的恩人们面前。我给免去了这样的屈辱。

床边一张椅子上，放着我自己所有的东西，清洁，而且是干的。

我的黑绸外衣挂在墙上。泥塘的痕迹已经给除去；潮湿形成的皱痕平复了；它很体面了。我的鞋袜也都干干净净，可以见人了。屋里有洗脸的用具，还有一把梳子和刷子可以梳平我的头发。经历了一个累人的过程，而且每隔五分钟就休息一下，我终于穿好了衣服。我的衣服穿在身上很宽大，因为我瘦了很多，但是用披巾遮住了这个不足，我再一次变得又干净又体面——没有一点使我降低身份的污迹和我很讨厌的紊乱。我扶着栏杆慢慢走下石楼梯，来到一个狭窄低矮的过道，马上就到了厨房里。

厨房里充满着新烤好的面包的香味和旺火的温暖。汉娜正在烤面包。大家很清楚，在没有受过教育的耕耘和施肥的心田里，成见最难消除；它们在那儿生长，牢固得就像石头中间的野草一样。汉娜最初的确是又冷淡又生硬；后来稍稍和气一点：看见我干干净净，穿得整整齐齐地进去，她甚至微笑了。

“怎么，你起来了？”她说。“那末，你好一点儿了。要是你愿意的话，可以在炉边我的椅子上坐下。”

她指着那张摇椅；我坐了下来。她在四处忙着，每隔一会儿，用眼角瞟我一眼。她从炉子里拿出几块面包的时候，直截了当地问我：

“你上这儿来以前，要过饭吗？”

我一时生起气来；可是想起我决不能发火，而且，我确实也曾经像乞丐那样在她面前出现过，我便平心静气地回答；不过还不是不带一点明显的强硬态度：

“你把我当成要饭的，你弄错了。我不是要饭的，就跟你自己和你的小姐们不是要饭的一样。”

她停顿了一会儿，说：“这我不明白。我猜，你多半没房子，也没铜子儿吧？”

“没有房子或铜子儿（我想你说的铜子儿是指钱吧），这可并不叫人成为你所说的乞丐啊。”

“你读过书吗？”她立即问道。

“读过，读过很多书。”

“可是你从来没上过寄宿学校吧！”

“我在寄宿学校读了八年。”

她把眼睛睁得大大的。“那末，你怎么养不活自己呢？”

“我养活过自己；而且，我相信，还会养活自己。你要拿这些醋栗做什么？”她拿出一篮醋栗的时候，我问道。

“用来做饼。”

“拿给我，我来拣。”

“不；我什么也不要你干。”

“可是，我总得干些什么。拿给我吧。”

她同意了；她甚至给我拿了一条干净毛巾铺在我衣服上，“不这样的话，”像她所说的，“会把衣服弄脏了。”

“你没做惯用人的活儿吧，我从你的手看得出来，”她说。“你也许是个裁缝。”

“不是，你猜错了。现在，别再管我以前是干什么的，别再为我费脑筋吧；可是，告诉我，我们现在住的这所房子叫什么名字。”

“有人叫它泽庄，有人叫它沼屋。”

“住在这儿的那位先生叫圣约翰先生是吗？”

“不；他不住在这儿；他只是在这儿住一阵子。他住在自己家里的时候，是在莫尔顿，那是他自己的教区。”

“那个村子在几英里路以外吧？”

“对。”

“他是干什么的呢？”

“他是教区牧师。”

我想起了我要去见牧师的时候，牧师住宅里那个老管家的答话。“那末，这是他父亲的家了？”

“对，老里弗斯先生住在这儿，在他以前，他的父亲，祖父，陈（曾）祖父都住在这儿。”

“这么说，那位先生名字叫圣约翰·里弗斯先生啰？”

“对，圣约翰多半是他受洗的名字。”

“他的妹妹叫黛安娜·里弗斯和玛丽·里弗斯，是吗？”

“是的。”

“他们的父亲去世了？”

“三个星期以前中风去世的。”

“他们没母亲吗？”

“女主人几年前就去世了。”

“你跟这一家人一块儿住了很久了吗？”

“我在这儿住了三十年。他们三个全是我带大的。”

“这证明你一定是个忠实可靠的仆人。我要为你说这些话，尽管你毫无礼貌地把我叫做要饭的。”

她又惊异地瞪着眼看看我。“我相信，”她说，“我把你完全看错了；可是外面骗子那么多，你得原谅我啊。”

“而且，”我有点严肃地继续说，“你在连狗都不应该关在门外的夜里，却要把我从门口赶走。”

“嗯，那是狠心的；可是又能怎么办呢？我为孩子们着想比为自己着想还多；可怜的孩子们！除了我以外，他们多半没有人照料。我多半是要显得厉害些。”

我庄严地沉默了几分钟。

“你可不能把我想得太坏，”她又说。

“可是，我是把你想得很坏，”我说，“我告诉你为什么——与其说是因为你不让我住宿，或者把我看做骗子，倒还不如说是因为你刚才看我没有铜子儿，没有房子，就责备我。世界上有一些最好的人，像我一样一无所有；要是你是个基督徒的话，你就不应该认为贫穷是一个罪过。”

“我再不应该这样，”她说，“圣约翰先生也是这么对我说的；我知道我错了——可是我现在对你的看法跟以前完全不同了。你看上去是个真正体面的小人儿。”

“行了——我现在原谅你了。握握手吧。”

她把那沾着面粉、长着老茧的手放在我手里，另一个更加真诚的微笑照亮了她那粗糙的脸；从那时候起，我们就成了朋友。

汉娜显然很喜欢谈话。在我拣果子、她和面准备做饼的时候，她继续给我讲各种各样的琐事：关于她的已故的男主人和女主人的，关于“孩子们”（她这样称呼年轻人）的。

她说，老里弗斯先生是个非常朴实的人；但是，是一位绅士，出身于最古老的家族。泽庄一造好就属于里弗斯家；她断定说，“它有二百来年的历史了——尽管看上去只是一所简陋的小房子，根本不能和在下面莫尔顿谷奥立佛先生的华丽住宅相比。可是她记得，比尔·奥立佛的父亲是个针匠师傅；而里弗斯家，在从前亨利时代就已经是乡绅了，任何人看一看莫尔顿教堂法衣室里的登记簿就可以知道。”不过，她承认：“老东家跟别人一样——没什么大了不起的地方；发疯似的爱打猎，爱种种庄稼什么的。”女主人就不同了。她看很多书，非常用功；“娃娃们”就像她。在附近这一带没人像他们，以前也没有；他们喜欢读书，三个都喜欢，几乎从会说话的时候起就喜欢；他们一直是“有他们自己的性格”。圣约翰先生一成人就进了学院，当上了牧师；两个姑娘一离开学校，就去找职位当家庭教师；因为她们告诉过她，她们的父亲几年前由于信托的人破了产，损失了很多钱；他现在没钱，不能给她们财产，她们只得自己去挣钱了。长久以来，她们很少在家里，现在只是因为父亲去世才回来住几个星期；不过她们真是喜爱泽庄和莫尔顿，喜爱周围所有这些荒原和小山。她们到过伦敦和许多别的大城市；可是她们总是说没有一个地方像家里这么好；而且她们俩意气相投——从不闹翻，也不争吵。她从来不知道哪儿还有这样团结一心的人家。

我拣好醋栗，问她两位小姐和她们的哥哥在哪儿。

“上莫尔顿散步去了，不过，半小时就要回来用茶点。”

他们在汉娜给他们指定的时间之内回来了；他们从厨房门进来。圣约翰先生看见我，只是鞠一躬就打我身旁走过去了；两位小姐停了下来；玛丽用几句话和蔼而平静地表示，她看到我能下楼来感到高兴；黛安娜握住我的手，对我摇摇头。

“你该等到我同意才下来，”她说。“你看上去还很苍白——又那么瘦！可怜的孩子！——可怜的姑娘！”

黛安娜的声音，在我听来，就像鸽子的咕咕声一样悦耳。她那双眼睛的凝视叫我看了高兴。她整个的脸，在我看来似乎充满了魅力。玛丽的容貌同样聪明——她的五官同样秀丽；可是她的表情比较含蓄；她的态度虽然和气，但是却比较疏远。黛安娜的神情和说话都带有一种权威性；显然，她是有意志的。我天性喜欢屈服于她那样的权威；而且喜欢在我的良心和自尊心允许的情况下，服从积极的意志。

“你在这儿有什么事？”她接着说。“这可不是你待的地方。玛丽和我有时候坐在厨房里，那是因为在家里我喜欢自由自在，甚至放肆——可是你是个客人，就得到客厅里去。”

“我在这儿很好。”

“一点也不好——汉娜忙来忙去，弄得你满身都是面粉。”

“再说，对你说来炉火也太热了，”玛丽插了一句。

“真的，”她姐姐补充说。“来吧，你得服从。”她还握住我的手，把我拉了起来，带到里屋去。

“坐在那儿，”她使我坐在沙发上，说，“等我们去脱掉衣帽，把茶点准备好；这是我们在我们小小的沼地上的家里行使的另一个特权——在我们高兴的时候，或者在汉娜烤面包、酿酒、洗衣服或者熨烫衣服的时候，我们自己来做饭。”

她关上了门，留我单独和圣约翰先生在一起；他就坐在我对面，手里拿着一本书或者报纸。开始我仔细看看这个客厅，然后看看坐在里面的那个人。

客厅是一间比较小的房间，陈设简单，但是舒服，因为既干净又整齐。老式的椅子很亮，胡桃木的桌子像面镜子。几幅旧时代男人和女人的奇怪而古老的肖像点缀着沾污的墙壁，玻璃门的餐具柜里放着书和一套古老的瓷器。屋子里没有多余的装饰，——除了有一对针线盒和放在边桌上的青龙木女式书台以外，没有一件时式家具；每一样东西——包括地毯和窗帘——看上去既很陈旧，又保持得很好。

圣约翰先生坐着，一动也不动，就跟墙上那些发黑的画像一样；眼睛盯着面前的书，嘴唇一声不响地紧闭着。他这样很容易让人细细地看看。哪怕他是座雕像而不是个活人，他也不会更容易让人细看了。他年轻——也许在二十八岁到三十岁之间——身材修长；他的脸能引人注目，像是希腊式的脸，轮廓完美，有一个十分挺直的、古典式的鼻子，一张雅典式的嘴和下巴。的确，很少有一张英国的脸像他那样接近古时候的模型。他自己相貌如此匀称，看到我相貌不端正，是很可能感到有点吃惊的。他的眼睛又大又蓝，有着褐色的睫毛；他那跟象牙一样洁白的高高的额头，有一部分被几绺散开的金发遮盖着。

读者啊，这是一个温柔的写生，是不是？然而，它所描绘的那个人，却并不使人觉得他有温柔、和顺、敏感或者甚至恬静的性格。尽管他现在坐着一声不响，可是他的鼻孔、他的嘴、他的额头，都有一种东西，我感觉得到在表示出内心的不安、严厉和渴望的成分。在他妹妹回来以前，他不跟我说一句话，甚至也不朝我看一眼。黛安娜走进走出准备茶点，给我带来一块在炉子顶上烘的小蛋糕。

“吃吧，”她说；“你准是饿了。汉娜说，早饭以后，你除了稀粥，什么也没吃过。”

我没拒绝，因为我食欲被激发起来，而且很强烈。里弗斯先生这时候合上书，走近桌子，他一边坐下来，一边把他那双画一样的蓝眼睛一动不动地直盯住我。现在他的凝视中有一种不礼貌的直率，一种锐利的、断然的坚定，这表示出，在这以前，他并不是因为腼腆，而是故意不朝陌生人看。

“你很饿了，”他说。

“是的，先生。”我就是这样——本能地一向就是这样——以简短回答简短，以直率回答直率。

“前三天，低热强迫你不吃东西，对你有好处；一开始就满足你的食欲，是有危险的。现在你可以吃了；不过还不能没有节制。”

“我相信，我吃你的不会吃得很久，先生，”这是我的想得很笨拙的、粗鲁的回答。

“是不会，”他冷淡地说，“等你把你的朋友们的住址告诉了我们，就可以给他们写信，你就可以回家去了。”

“我得坦白告诉你，这可是我没法办到的事；因为我根本就没有家，也没有朋友。”

那三个人看着我；但并不是带着不信任的眼神；我觉得他们的眼神里并没有怀疑，却有更多的好奇。我特别是指两位年轻小姐。圣约翰的眼睛，虽然就字面的意义来说，是够明净的，可是就比喻的意义来说，却是难以探测的。他使用它们似乎是作为探索别人思想的工具，而不是作为表达自己思想的东西；它们既敏锐又含蓄，很容易使人窘迫，而不容易使人受到鼓励。

“你意思是说，”他问，“你没有任何亲戚朋友吗？”

“没有。跟任何活人都没有联系；也没有权利去住到英国的任何一所房子里。”

“像你这个年龄，这样的处境真是很特别！”

这时候，我看见他的眼神转向我那双交叉着放在我面前桌上的手。我不知道他在那儿寻求什么；他的话立刻就把它解释清楚了。

“你没结婚？你是个姑娘吧？”

黛安娜笑了。“嗐，她才不过十七八岁，圣约翰，”她说。

“我快十九啦；可是我还没结婚。没有。”

我觉得脸上一阵像火烧似的发热；因为提到结婚，勾起了痛苦和激动的回忆。他们都看出了我的窘迫和激动。黛安娜和玛丽转过眼去，不看我的发红的脸，使我感到宽慰；可是那比较冷静和严厉的哥哥却还继续盯着我，直到他激起的不安逼得我不仅脸红而且流出了眼泪。

“你来这儿以前住在哪儿呢？”他现在问。

“你太爱问了，圣约翰，”玛丽低声喃喃地说；可是他俯身靠在桌上，再一次用坚定、刺人的眼光逼我回答。

“地名和跟我同住的人的名字是我的秘密，”我简洁地回答。

“我认为，如果你愿意的话，你有权利不把它告诉圣约翰或者任何其他问你的人，”黛安娜说。

“不过，如果我对你，对你的历史一无所知，我就不能帮助你，”他说。“而你却需要帮助，是不是？”

“我需要帮助，我寻求帮助；只希望有个真正的慈善家让我能找到个我力所能及的工作，我能用他给的酬劳养活我自己，哪怕只拿最少的生活必需品也行。”

“我不知道，我是不是一个真正的慈善家；不过，你有这样正当的目的，我愿意尽我最大力量来帮助你。那末，请先告诉我，你一向是干什么的，你**能**干些什么？”

这时候我已经喝了茶，喝了这饮料，精神大为振奋，犹如一个巨人喝了酒一样；它让我那松弛的神经有了新的弹性，使我能从容地向这位目光敏锐的年轻审判官说话。

“里弗斯先生，”我一边说一边朝他转过身去，看着他，就像他看着我一样，坦率而毫不腼腆，“你和你的两位妹妹给了我很大帮助，那是人能给予自己同类的最大的帮助；你们用你们的崇高的款待把我从死亡中救了出来。你们给予的这种恩惠使你们有无限的权利来要求我的感谢，还使你们有一定程度的权利来要求我吐露秘密。在不损害我自己心灵的安宁——不损害我自己和别人的精神上、身体上的安全的情况下，我将尽我所能，把你们收留的这个流浪者的历史告诉你们。”

“我是一个孤儿，是一个牧师的女儿。我的父母在我知道他们以前就去世了。我是依靠别人把我抚养大的，在一个慈善机构里受的教育。我甚至愿意把我在那儿当了六年学生、两年教师的那个机构的名字告诉你们——某某郡的劳渥德孤儿院；你听到过它吧，里弗斯先生？——罗伯特·布洛克尔赫斯特牧师是司库。”

“我听说过布洛克尔赫斯特先生，我还看到过那所学校。”

“我离开劳渥德去当家庭教师快一年了。我找到一个好的职位，我很快活。我来到这儿的四天以前，被迫离开了那个地方。我离开的理由，我不能解释也不应该解释；解释也没用，而且是危险的、听上去难以相信。我没受到责怪；我像你们三人当中任何一个一样，没有罪过。我痛苦，而且还得痛苦一个时期；因为把我从我发现是天堂的那家人家赶出来的灾难是奇怪而悲惨的。在计划离开的时候，我只注意到两点——迅速，秘密；为了做到这两点，我不得不把我所有的一切都留下，只带一个小包裹，而这个小包裹，我在匆忙和心神不宁中，竟然忘了把它从送我到惠特克劳斯的那辆马车里拿出来。因此，我一无所有地来到这个地区。我露天睡了两夜，漂泊了两天，没走进过一家人家；在这段时间里，我只尝过两次食物。正是在我饥饿、衰弱、绝望到了几乎奄奄一息的时候，你，里弗斯先生，阻止我饿死在你的门口，把我收留到你家里。从那以后，你的两位妹妹为我做的一切，我全都知道——因为在我看上去似乎昏睡的期间，我并不是没有知觉——对于她们那自发的、真诚的、亲切的怜悯，我所欠的情，正如对于你那合乎福音的慈善所欠的情一样大。"

"现在别叫她再说下去了，圣约翰，"黛安娜趁我停下来的时候说；"她显然还不宜激动。到沙发这儿来，坐下吧，爱略特小姐。"

听到这化名，我不由自主地有点吃惊；我已经把我的新名字忘了。什么也逃不过里弗斯先生的眼睛，他马上注意到了。

"你说你的名字叫简·爱略特？"他说。

"我说过；这是我认为目前用来比较方便的名字；但是它并不是我的真名，我听到它，觉得陌生。"

"你不愿说出你的真名？"

"不愿；最主要的是怕人发现我是谁；不管什么话，只要可能使别人发现我是谁，我都避免说。"

"我相信，你做得完全对，"黛安娜说。"哥哥，现在你就让她安静一会儿吧。"

可是圣约翰沉思片刻以后，又开始像以前一样冷静、敏锐地盘问我了。

"你不喜欢长期依靠我们的款待——我看得出来，你希望尽快免除我妹妹的怜悯；尤其是免除我的慈善（我完全感觉得到你划出来的这个区别，对此我并不感到不满——它是正确的）；你希望独立生活，不依靠我们，是不是？”

“是的；我已经这么说过。指点我怎么工作，怎么去找工作吧；这就是我现在所要求的一切；然后让我走，哪怕是到最简陋的茅屋里去——不过，在那以前，让我住在这儿；我怕再去尝无家可归的贫困的恐怖。”

“真的，你一定得住在这儿，”黛安娜一边说，一边把白皙的手放在我头上。“你一定得住在这儿，”玛丽用并不外露的真诚的语调说，这种语调在她似乎是自然的。

“你知道，我的两个妹妹喜欢养活你，”圣约翰先生说，“正像她们喜欢养活和珍爱一只被冬天的风从窗外刮进来的快冻僵的小鸟一样。**我**觉得更倾向于让你能自己养活自己；而且将努力这么做；可是你看，我的天地是狭窄的。我不过是乡下穷教区里的一个教区牧师；我的帮助只能是最微不足道的。如果你不屑于干小事情过日子，那就去找个比我能给的更加有效的帮助吧。”

“她已经说过，她愿意做她**力所能及**的任何一种正当的工作，”黛安娜代我回答，“你知道，圣约翰，她找不到别的人帮助；只好忍受你这样顽固的人。”

“如果找不到更好的工作，我愿意当裁缝；我愿意当一个普通的女工；我愿意当用人，带孩子，”我回答。

“对，”圣约翰先生非常冷淡地说。“既然你有这个精神，我就答应帮助你；在我合适的时候，用我合适的方法帮助你。”

他又去看他在吃茶点以前专心看的那本书。我马上退了出来；因为我已经在我体力目前许可的范围内说了很多话，坐了很久了。

第三十章

我越熟悉住在沼屋里的人，就越喜欢他们。不多几天，我的健康就已经恢复到能够整天坐着，有时候还能够出去散散步。我能够参加黛安娜和玛丽的一切活动；和她们谈话，她们爱谈多少，就和她们谈多少，而且在她们允许的时候和地方帮助她们。交谈中，有一种令人振奋的乐趣，是我第一次尝到的，是一种来自趣味、感情、原则完全一致的乐趣。

她们爱读的，我也爱读；她们欣赏的，我也喜欢；她们赞同的，我也尊重。她们爱她们那与世隔绝的家。那所古老的灰色小房子，有着低矮的房顶，格子窗户，破败的墙壁，在山风压力下长得朝一边倾斜的古枞树形成的林荫道，紫杉、冬青长得郁郁苍苍的花园，那儿只有生命力最强的花木才会开花，在这一切中间，我也发现了一种强烈而永恒的魅力。她们依恋他们家后面和周围的紫色荒原——依恋他们大门口鹅卵石马道通向的深谷。马道蜿蜒曲折，先是从羊齿丛生的路堤间穿过，然后再穿过几块牧草地。在石楠丛边的牧草地中，或者在给沼地灰羊和它们那些脸像长满青苔的小羊羔提供食料的牧草地中，这几块牧草地是最荒芜的了。嗨，她们真是怀着纯粹的眷恋之情依恋着这一片景色啊。我可以理解这种感情，而且分享它的力量和真诚。我看到这地方的魅力。我感觉到它孤寂的神圣；我的眼睛饱览着连绵起伏的轮廓——饱览着苔藓、石楠花、撒满鲜花的草皮、鲜艳的欧洲蕨和柔和的花岗岩给山脊和山谷染上的天然色彩。这些细小的地方对于我，正如对于她们一样，是那么多纯洁甜蜜的欢乐之泉。狂飙跟和风，恶劣天气跟平静天气，日出时刻跟日落时刻，月明之夜跟阴云之夜，在这个地区，对于我，有着同对于她们一样的吸引力——把她们迷住的那种迷惑力，同样迷住了我。

在户内，我们也同样地趣味相投。她们两个都比我更加多才多艺，书也读得比我好，我顺着她们在我之前走过的知识之路，急切地追随着。我贪婪地读着她们借给我的书。在晚上和她们讨论我白天看的书又是极大的乐事。思想和思想相合，意见和意见相投，总之，我们完全一致。

如果说我们三个人当中有一个最高的和带头的，那就是黛安娜。就身体来说，她远远超过我；她五官端正，体力强健。在她那旺盛的精神中，有着丰富的生命力，而且精力充沛，这使我无法理解，也激起了我的惊奇。晚上，一开始我能谈一会儿话，可是第一阵活跃而畅快的谈话过去以后，我就愿意坐在黛安娜脚边的凳子上，把头靠在她的膝头上，轮流地听着她和玛丽说话，而她们却透彻地探讨着我刚刚接触到的题目。黛安娜提出要教我德语。我愿意跟她学；我看出教师的角色使她高兴，也对她合适；而学生的角色却同样使我高兴，对我合适。我们的性情完全相合，结果彼此产生了感情——一种最强烈的感情。她们发现我会画画；她们的画笔和颜料盒马上就给我使用。我的技艺在这一点上比她们高，使她们惊讶和喜爱。玛丽会一坐一小时地看着我画；后来她要学，变成一个驯服、聪明、用功的学生。我们这样一起娱乐，几天就像几个小时、几星期就像几天一样地过去了。

至于圣约翰先生，我跟他妹妹之间如此自然、如此迅速地结下的亲密情谊，并没有扩展到他的身上。我们之间还保持距离的原因之一是，他待在家里的时候比较少；他大部分时间似乎用来在他那个教区里分散的居民中间访问病人和穷人。

似乎没有什么天气能阻止他作这些牧师的远足；不管下雨还是天好，早晨他学习的时间一过，就拿了帽子，由他父亲的老猎犬卡洛跟随着，去履行他的爱或义务的使命了——我不知道他是从哪一个角度看待这种使命的。有时候天气很坏，他的妹妹劝阻他。这时候，他就露出庄严成分多于欢快成分的奇特的微笑说：

“如果我因为一阵风或几滴雨就不去干这些轻而易举的工作，这样懒惰，怎么能为我给自己规划的未来作准备呢？”

对这个问题，黛安娜和玛丽一般的回答是一声叹息和几分钟显然悲哀的沉思。

但是，除了他常常不在家以外，还有一个阻止和他产生友谊的障碍：他的性格似乎是沉默寡言，心不在焉，甚至喜欢沉思。他热心从事牧师的工作，生活和习惯都无可指摘，然而他却并没有享受到每一个真诚的基督徒和实际的慈善家所应有的报酬，那就是心灵上的平静和内心的满足。晚上，他常常坐在窗口的书桌前，面前摊着纸张，停止阅读和书写，手托着下巴，出神地沉浸在我不知道的思想中，但是，他的眼睛频频闪动，又这样那样地睁大着，从这一点可以看出他的思想是激动不安的。

此外，我认为，大自然对于他来说，并不像对于他妹妹那样，是一种欢乐的宝库。有一次，我听到的只有这一次，他表达了对山丘嵯峨的美的强烈感受，对他称之为家的发黑的房顶和古老墙壁的天生喜爱；可是在他表现这种感情用的声调和言语中，忧郁却比欢乐多；他似乎从来没有为那些沼泽的宜人的寂静去那儿漫游过，也从来没有去寻求或品尝过它们所能给予的无数宁静的乐趣。

由于他不爱说话，我过了一些时候才有机会探测他的心灵。我在莫尔顿他自己的教堂里听他布道的时候，第一次对他的才能有了一个概念。我但愿能描述那篇讲道；可是这超出了我的能力。我甚至不能把它在我身上起的作用忠实地表达出来。

一开始是平静的——的确，就布道的语气和声调来说，一直到结束都还是平静的；可是不久就有一种真挚地感觉到而被严格控制住的热诚在清晰的语音中流露了出来，催促着刚劲有力的语言。这发展成了经过压缩、精练和控制住的力量。布道者的力量使人们的心灵颤抖、头脑震惊；但是两者都没被感动。从头至尾有一种奇怪的悲哀；没有安慰人的温和；其中还常常严厉地提到加尔文宗[①]的教义——上帝的选拔，命中注定，上帝的遗弃；每次提到这几点，听上去都像是宣判要遭劫一样。他讲完以后，我没有感到好一点，平静一点，也没从他的讲话受到更多一点的启发，我体会到了一种无法表达的忧伤；因为在我看来——我不知道别人是否也这样看——我所听到的雄辩似乎是深渊里发出来的。在那个深渊里，有失望的污浊沉渣，有不满足的渴望和勃勃雄心的恼人的冲动在活动着。我肯定，尽管圣约翰·里弗斯先生生活纯洁、为人耿直、虔诚热情，他还是没找到无法理解的那种上帝的安宁。我想，他跟我一样地没有找到，我对于我那打碎了的偶像和失去了的天堂怀着隐藏的、折磨人的惋惜。这些惋惜，我最近避免提到，但是却主宰着我，并且无情地虐待着我。

在这期间，一个月过去了。黛安娜和玛丽不久就要离开沼屋，回到等待着她们的完全不同的生活和环境中去，到英国南方的时髦的大城市里去当家庭教师。在那儿，她们各自在一家人家任职，那些人家的富有的、骄傲的成员把她们看做卑微的下人，既不知道也不寻求她们的天生的优点，只把她们学得的才艺像欣赏厨子的手艺和侍女的情趣一样来欣赏。圣约翰先生还没有跟我谈起他答应给我找的职位；可是，我要找个什么职业，却已经变成迫不及待的事了。一天早上，有几分钟，只有我跟他两人在客厅里，我大胆地走到窗口凹处去。那儿放着他的桌子、椅子和书桌，像个书房，变得神圣不可侵犯。我还不知道该用什么话来问他——因为要打破裹在像他那样的性格外面的那层沉默的冰，在任何时候都是困难的——可是，我刚要跟他说话，他

---

① 基督教主要宗派之一，产生于16世纪欧洲宗教改革运动时期。主张由教徒推选长老治理教会。

却省掉了我这个麻烦，先开口了。

我走过去的时候，他抬起头来——“你有问题要问我吗？”他说。

“对；我想知道，你可听到有什么工作，可以让我去申请吗？”

“三个星期以前，我给你找到了，或者不如说给你想出了一个工作；可是你在这儿，看上去既有用处又很高兴——因为我的两个妹妹显然都喜欢你，跟你在一块，她们感到特别愉快——她们不久以后就要离开泽庄，你也就不得不离开这儿，我觉得在那以前，破坏你们的融乐气氛是不合适的。”

“现在她们还有三天就要走了吗？”我问。

“对；她们一走，我就要回到莫尔顿的牧师住宅去了；汉娜将跟我一起去；这所老宅子就要空关起来了。”

我等了几分钟，指望他会把刚开始的话题继续下去；可是他的思路似乎已经转到其他方面；他的神情表示出他的心已经不在我和我的事情上了。我不得不叫他回到我必然密切关心的题目上来。

“你想到的是什么职业呢，里弗斯先生？我希望，耽搁了这么久，不至于使得到这个工作增加困难吧。”

“啊，不；因为这件事只决定于由我给予，由你接受而已。”

他又停了下来；似乎有点不愿意谈下去。我变得不耐烦了；我的不安的动作，盯着他脸瞧的急切和逼迫的眼光，像话语一样有效地向他表达出了我的心情，而不像说话那么麻烦。

“你不必急于听，”他说；“让我坦白告诉你，我没有什么合适的或者有利的事可以建议。在我解释以前，请你回想一下我说得清清楚楚的那个声明：如果我帮助你，那也只能是像瞎子帮跛子那样。我穷；因为我发现，等我把我父亲的债还清以后，留给我的全部遗产将只有这所快要倒坍的田庄、它后面的一排枯萎的杉树，前面的一块沼泽地连同那紫杉和冬青。我出身卑微，里弗斯是个古老的姓氏；可是仅有的三个后裔当中，有两个在陌生人中间当下属糊口，另一个认为自己远离家乡——不仅是终身离开，而且至死都是这样。对，还认为，不得不认为，自己受到了命运的器重，只盼望着这样的一天到来；到那时候割断世俗联系的十字架将放在他肩上，那位自己也是最卑微的成员之一的教会战士的首领将会说：‘起来，跟着我！’”

圣约翰像讲道似地说出了这些话，声音平静、低沉，脸颊并不发红，眼睛闪闪发光。他又接着说下去：

“既然我自己贫穷，卑微，我就只能给你一个贫穷、卑微的工作。你也许甚至会认为它是降低身份的——因为我现在看得出，你的习惯是世人称之为文雅的那一种；你的趣味偏向于理想；你所交往的至少是受过教育的人——但是**我**认为，只要能改善我们的种族，没什么事是降低身份的。我认为一个基督教劳动者被指定耕耘的大地越贫瘠，越没有收成——他的辛勤劳动带来的报酬越少——荣誉就越高。在这种情况下，他的命运是先驱的命运；而最早的福音先驱是使徒们——他们的首领就是救世主耶稣。”

“哦？”他又停下来的时候，我说，“说下去。”

他在说下去以前，看了看我；的确，他似乎在从从容容地阅读我的脸，仿佛脸上的五官和线条是书页上的字似的。这样仔细察看得到的结果，有一部分在他接下来说的话里表达了出来。

“我相信，你会接受我提供给你的这个职位，”他说。“暂时担任一个时期；但不是永久担任，正如我不会永久保持英国乡村牧师这个狭隘的、使人思想狭隘的——平静的、隐蔽的职位一样；因为你的性情中也有跟我的性情中同样不利于静止的成分；不过是属于另一种类型。”

“解释一下吧，”他再一次停下来的时候，我催促他。

“好，你会听到我的建议是多么可怜——多么微不足道——多么束缚人。如今，我父亲已经去世，我可以自己作主了，我不会在莫尔顿待多久。也许在十二个月里我就要离开这个地方；可是，在我待在这儿的时候，我会尽我最大的努力来改善它。两年以前我来的时候，莫尔顿没有学校，穷人的孩子毫无进步的希望。我给男孩子们办了一所学校；现在我打算再给女孩子们办一所。为了这个目的，我已经租了一所房子，还有一所和它相连的两间房间的小屋，让女教师住。她的薪金将是三十镑一年；她的房子承蒙一位女士，奥立佛小姐的好意，已经布置好了，家具虽然简单，但是尽够用了。奥立佛小姐是我教区里惟一的富翁，山谷里那家针厂和铸铁厂的老板奥立佛先生的独养女儿。这位小姐还给一个从济贫院找来的孤女付学费和衣服费，条件是这个孤女要帮女教师干些家里和学校里的杂活，因为女教师忙于教书，不会有时间亲自来料理这些事。你愿意当这个教师吗？”

他有点仓促地提出这个问题。对于我的思想和感情，他猜到了一点，但是并不完全知道，他说不出我会怎样来看待这种命运，他似乎有一半猜想，这个建议会遭到愤怒的，至少是轻蔑的拒绝。这个建议确实是卑微的——不过有了一个住处，而我是需要一个安全的栖身之处；它是辛苦的——不过，同在有钱人家当家庭教师来比，它是独立的；我怕到陌生人那儿去当仆役，这种恐惧像铁一样进入我的心灵；它并不下贱——并不是不值得干——并不是在精神上使人屈辱。我作出了我的决定。

“谢谢你给了我这个建议，里弗斯先生；我真心诚意地接受这个工作。”

“可是，你明白我的意思了？”他说。“那是一所乡村学校；你的学生将只是些穷苦的女孩——村民的孩子——最好也不过是农民的女儿。编结、缝纫、阅读、书写、计算，你要教的就是这些。你拿你的才学怎么办呢？拿你大部分的心灵——感情——趣味怎么办呢？”

“留到需要的时候再用吧。它们会保留的。”

“那末，你知道你担任的工作了？”

“知道了。”

这时候，他微笑了一下，不是凄苦的、悲哀的微笑，而是非常高兴、极其满意的微笑。

“你什么时候开始执行你的职务呢？”

“我明天就到我的房子里去；如果你愿意的话，下星期开学。”

“很好，就这样吧。”

他站起身，走到房间那一头。他停了下来，再朝我看看。他摇摇头。

“你有什么不赞成的吗，里弗斯先生？”我问。

“你不会在莫尔顿待久的；不会，不会！”

“为什么！你有什么理由这样说？”

“我是从你的眼睛里看出来的；它不是表示你能在生活中保持平稳进程的那一种。”

“我可没野心。”

听到“野心”这两个字，他惊跳了一下。他重复一遍，“不。你怎么会想到野心？谁有野心？我知道我有野心；可是你怎么发现的呢？”

“我是讲我自己。”

“好，要是你没有野心，你是——”他停了下来。

“是什么？”

“我是要说充满热情；不过，你也许会误会它的意思，感到不高兴。我意思是说，人类的爱和同情最强有力地控制着你。我肯定，你不可能长久满足于在孤独中打发你的空闲时间，而且工作时间全部都用在毫无刺激的单调的劳动上。正像我一样。”他用强调的语气补充说，“我不满足于在这儿生活，埋没在沼泽里，关闭在群山中——上帝赋予我的天性给违反了，上天赐给我的才能瘫痪了——变得毫无用处。你现在听到，我是怎样地自相矛盾。我劝人家要对卑微的命运满足，我用替上帝服务为理由，甚至为砍柴的和担水的人的职业辩护——而我，上帝的任圣职的牧师，却几乎在不安中发了疯。唉，癖性跟原则必须用一些什么方法统一起来。”

他离开了房间，在这短短的一小时里，我对他的了解超过了以前整整的一个月；不过，他还是叫我迷惑不解。

黛安娜·里弗斯和玛丽·里弗斯，在离开哥哥和离开家的日子渐渐接近的时候，变得更加忧郁和沉默。她们两人都竭力要装得跟往常一样；可是她们要对抗的悲哀却是无法完全克服和隐藏的。黛安娜说，这次离别跟她们以前的任何一次都不同。就圣约翰来说，这一次也许要一别几年，也可能是永别。

“他会牺牲一切来实行他那酝酿已久的决定，”她说；“不过，天生的爱和感情还更有力。圣约翰看上去很平静，简；可是他的内心隐藏着一种狂热。你会以为他温和，然而在有些事情上，他像死神一样无情；最糟的是，我的良心几乎不允许我去说服他抛弃他的严正的决定；当然，为了这个，我一刻也不能责备他。它是正当的，崇高的，合乎基督教精神的；不过，它却使我心碎。”眼泪涌进了她美丽的眼睛。正在做活计的玛丽把头低得很低。

“我们现在没有父亲了；我们不久就要没有家，没有哥哥了。”她喃喃地说。

在这时候，又发生了一件小小的意外，看上去似乎是由命运故意安排，为了证实“祸不单行”这句谚语，为了在她们的悲痛之中再加上恼人的一种，那就是，失去了眼看要到嘴的食物。圣约翰读着一封信从窗口走过。他走了进来。

“我们的约翰舅舅死了，”他说。

两个妹妹似乎都愣住了；不是受惊，也不是害怕；这个消息在她们看来，与其说是令人悲痛的还不如说是重大的。

“死了？”黛安娜重复了一遍。

“对。”

她用搜索的眼光盯着她哥哥的脸。“那怎么样呢？”她低声问。

“那怎么样，黛？”他回答，脸一直像大理石一样一动不动。“那怎么样？嗐——什么也没有。你读吧。”

他把信扔到她裙兜里。她匆匆看了一遍，把它递给玛丽。玛丽默默地仔细看了以后，把它还给她哥哥。三个人面面相觑，三个人都微笑了。一种凄苦的、忧伤的笑。

“阿门！我们还能活下去；”黛安娜最后说。

“无论如何，这并不使我们比以前更穷，”玛丽说。

“不过，这却把原来可以出现的景况相当强烈地铭刻在人心上，”里弗斯先生说；“把它和现在的景况形成了过于鲜明的对比。”

他把信折好，锁在他的书桌里，又走了出去。

有几分钟谁也不说话。然后，黛安娜对我说了。

“简，你对我们和我们的谜会感到奇怪，”她说；“会以为我们都是狠心的人，听到像舅舅这么近的亲戚去世都没有更加悲恸；可是我们从来没见过他，也不认识他。他是我的舅舅。很久以前，我父亲跟他吵了一架。我父亲正是听了他的劝告才把大部分财产拿去冒险做投机生意，结果破了产。他们相互责备，一气之下分了手，从此没再和好过。我舅舅后来做的生意比较兴隆；他似乎有了两万英镑的财产。他没结过婚，除了我们和另一个人以外，没有什么近亲。而那个人也不见得比我们更亲。我父亲一直抱着这样的想法，以为他会把财产留给我们，来弥补他的过错。可是那封信却告诉我们，他把每一个便士都给了那另一个亲戚；只拿出三十畿尼，让圣约翰、黛安娜跟玛丽兄妹三人分，用来买三个纪念死者的戒指。当然，他有权利按他的心意干；可是，得到这样的消息，总难免会使人一时意气消沉起来。玛丽和我，一人有一千镑就会认为自己是富有的了；对圣约翰来说，这样一笔款子是可贵的，因为能让他做些好事。”

作了这番解释以后，这个话题就给放下了，里弗斯先生和他的两个妹妹都没再提起它。第二天，我离开泽庄去莫尔顿。再下一天，黛安娜和玛丽出发到遥远的勃——城去。一个星期以后，里弗斯先生和汉娜回到牧师住宅，所以这古老的田庄就没人住了。

第三十一章

我终于找到了一个家。我的家是一所小屋；一间小房间，墙粉得雪白，地板上铺了沙子，有四把上了油漆的椅子和一张桌子，一只钟，一个餐具柜，两三只盆子和碟子，一套荷兰式白釉蓝彩陶茶具。楼上是一间跟厨房同样大小的卧房，有一张松木架的床和五斗柜；五斗柜很小，但是用来放我为数不多的衣服已经是太大了，虽然承蒙我温柔慷慨的朋友们的好意，已经给了我不太多的必要的衣服，使衣服的数量增加了。

那是傍晚。我已经用一个橘子的代价把给我当女仆的那个小孤女打发走了。我一个人坐在火炉边。就在这天早上，乡村学校开学了。我有二十个学生。其中只有三个人识字；没有人会写或算。有几个会编结，少数几个稍微会缝一点儿。她们说话带着最浓重的本地口音。目前，她们和我要听懂彼此说的话都有困难。她们中间有几个人既无知，又没有礼貌，粗鲁，而且难以管教；可是其余的却还听话，想读书，显示出了我所喜欢的性情。我不能忘记，这些衣着粗陋的小农民，同最高贵的名门望族的后裔一样，是血肉组成的；她们的心中，同出身最好的人的心中一样，存在着天然的美德、优雅、聪明和仁慈感情的胚芽。我的责任是培育这些胚芽；我在履行这个职责时，肯定会发现一点乐趣。在展现在我面前的生活里，我不指望有许多享乐，但是如果我管束一下我的心，像我应该的那样运用我的力量，毫无疑问，它会给我一些东西，让我能一天天生活下去。

今天早上和下午，我在那边的简陋粗劣的教室里度过的几小时中，我非常快活、安定、满足吗？不能骗我自己，我必须回答——不：我感到有几分凄凉。我感到——对，我是个白痴——我感到降低了身份。我怀疑自己是采取了一个步骤，使我在社会生活的等级中不是上升，而是下降。我周围所见所闻都是无知、贫穷、粗俗，这使我灰心丧气到了无能为力的地步。不过，让我不要为这种感情过于痛恨和蔑视自己吧；我知道这种感情是错误的——能知道这点就已经是取得了一大进步；我将努力克服它们。我相信，明天我将部分地战胜它们；几个星期以后，也许它们会完全被消灭。再过几个月，看到我的学生进步，变好，那时候的快活将会用满意来代替嫌恶。

在这期间，让我问自己一个问题——哪一样更好呢？向诱惑屈服，听热情支配，不作痛苦的努力，不挣扎，而是落入温柔的罗网；在覆盖着罗网的鲜花上入睡，在南方的气温下，在欢乐别墅的奢侈品中醒来；现在住在法国，做罗切斯特先生的情妇，一半时间沉迷在他的爱情里——因为他会——啊，是啊，他暂时是会非常地爱我。他是爱过我——再不会有人这样爱我了。我将永远也不会再受到这种给予美丽、青春和优雅的甜蜜的尊敬了——因为决不会有任何别人会看出我有这些魅力。他喜欢我，以我为骄傲——除他以外，再不会有人这样。——可是，我想到哪儿去了呢，我在说什么呀，特别是，我怀着什么样的感情啊？我是问，究竟是在马赛一个傻瓜的天堂里当奴隶，这一刻因为骗人的幸福兴奋得发狂，下一刻让悔恨耻辱的最痛苦的眼泪窒息得难受好呢，还是在有益身心的英格兰中部，微风拂拂的隐蔽山坳里，当一名自由和正直的乡村女教师好？

是啊；我现在觉得，我遵守原则和法律，蔑视和消除了狂热时刻的疯狂冲动，我做得对。上帝指引我作出了正确的选择；感谢上帝给我的引导！

我在薄暮的遐想中想到这儿，便站起身来，走到门口，看看收获季节这一天的日落，看看我的小屋前宁静的田野；小屋和学校离村子有半英里路。鸟儿正在唱着它们最后的几节歌：

A
B
C
D
E

空气温和；露水甘芳。

我看着，以为自己是幸福的，可是不久就吃惊地发现自己在哭泣——为了什么呢？为了那把我从对我主人的依恋中强行拉走的命运；为了我再也见不到的他；为了他那绝望的悲痛和致命的狂怒——这是我出走的结果啊。这种悲痛和狂怒也许正在拖着他离开正路走得太远，使他再也没有希望最后回到正路上去。想到这儿，我转过脸来，不再看那黄昏的可爱天空和莫尔顿的荒凉山谷——我说荒凉，因为在我看得到的山谷的这个弯曲部分，除了掩映在树丛间的教堂和牧师住宅，同最远处那富有的奥立佛先生和他的女儿住的谷府的屋顶以外，看不到什么别的建筑物。我蒙住眼睛，把头靠在石头门框上；可是不久，把我的小花园和外面的牧草地隔开的那扇小门近旁，有一个细小的声音使我抬起头来。一条狗——我一眼就认出是里弗斯先生的那条猎狗老卡洛——正在用鼻子拱开门，圣约翰先生抱着双臂靠在小门上；他皱着眉头，用严肃得几乎不高兴的眼光盯着我。我请他进来。

"不，我不能停留；我只是把我妹妹留给你的一个小包裹给你送来。我想里面有画盒、画笔和纸。"

我走过去把它收下；它是件受欢迎的礼物。我想，在我走近他的时候，他在严肃地细细察看我的脸；我脸上的泪痕无疑是很明显的。

"你觉得第一天的工作比你料想的艰难么？"他问。

"哦，不！正相反，我想，我早晚会跟我的学生们处得很好的。"

"也许你的设备——你的小房子，你的家具——使你失望了吧？的确是太少了；可是——"我打断他的话：

"我的小房子干干净净，又能避风雨；我的家具也已经足够而且方便。我看到的一切都使我感激而不是使我沮丧。我决不是一个因为缺少地毯、沙发和银盆就感到懊恼的傻瓜和追求物质享受的人；再说，五个星期以前，我什么也没有——我是一个无家可归的人，一个乞丐，一个流浪者；现在我有了熟人，有了家，有了工作。我为上帝的仁慈，朋友们的慷慨，我命运的恩惠感到惊异。我并不抱怨。”

“可是你感到孤独是一种压迫吗？你背后的那所小房子又黑又空。”

“我还没时间来欣赏宁静的感觉，更没有时间在孤独的感觉下变得不耐烦。”

“很好。我希望你感觉到你所说的那种满足。无论如何，你自己的良知会告诉你，现在就像罗得①的妻子那样动摇害怕，还为时过早。在我看见你以前，你离弃了什么，这我当然不知道；可是我劝你，要坚定地抵制使你往后看的每一种诱惑；要稳步地从事你目前的职业，至少几个月。”

“我是这样打算，”我回答。圣约翰接下去说：

“要控制癖好，扭转天性，是困难的；但是根据我的经验，我知道那是可以做到的。上帝给了我们一点儿权力，让我们创造自己的命运；当我们的精力需要一种它们得不到的食物的时候——当我们的意志竭力要走上一条我们不能走的道路的时候——我们不必在食物不足中饿死，也不必在绝望中停止不前；我们只要寻找另外的精神食粮，它跟心灵渴望尝到的禁食同样浓烈，也许更加清醇；我们只要为冒险的脚开辟出一条路，它跟命运之神给我们堵住的那条路相比，虽然稍微崎岖一点，但是一样地直，一样地宽。

“一年以前，我自己就非常痛苦，因为我以为自己当牧师是个错误；它的毫无变化的职责叫我厌烦得要命。我渴望更活跃的世俗生

① 据《圣经》，上帝要毁灭所多玛城，派天使通知罗得带家属逃出城去，罗得的妻子跟在后面逃走时回头朝城一看，就变成了一根盐柱。详见《圣经·旧约·创世记》第19章第12至26节。

活——渴望文学事业的更令人兴奋的劳动——渴望艺术家、作家、演说家的命运；渴望除了牧师以外的任何一种人的命运；对，一个政治家、军人、热衷于荣誉的人、爱好名望的人、追求权力的人的心在我的牧师的法衣下跳动。我考虑了一下：我的生活真是太可怜了，它非改变不可，要不然我就得死。在黑暗和挣扎中度过了一个季度以后，光明突然出现，宽慰降临了；我的狭隘的生活一下子扩展为一片无边无际的平原——我的能力听到上帝在召唤它们起来，便鼓足全部力量，展开翅膀，飞到超出视界的地方。上帝有一个使命给我；要把它带到远处，很好地完成，那末，技巧和力量，勇气和雄辩，军人、政客、演说家所有的最好的条件全都需要；因为这一切全集中在一个好的传教士身上。

“我决定当一名传教士。从那时候起，我的精神状态就改变了；桎梏从我每一个官能上瓦解、掉落了。没留下什么束缚，只留下折磨人的痛苦——这只能由时间来医治。我父亲确实反对这个决定，可是自从他去世以后，我没有什么合法的障碍要排除了。于是我把一些事情安排了一下，给莫尔顿找了一个接替的人，冲破了或者割断了一两样感情上的纠葛——这是和人类弱点之间的最后一个冲突，我知道我会克服这个弱点，因为我已经立过誓，我要克服。在这之后，我要离开欧洲到东方去了。”

他用他那奇特的、抑制住的、然而却又强调的声音说出这些话；说完的时候，他不是看着我，而是看着夕阳。我也看着夕阳。他跟我都是背朝着从田野通到小门的那条小径。我们没听见杂草丛生的小道上的脚步声；山谷里的淙淙流水是此时此景中惟一的催眠似的声音；所以当一个银铃般悦耳的快活嗓音叫起来的时候，我们是很可以大吃一惊。

“晚上好，里弗斯先生。晚上好，老卡洛。你的狗比你更快地认出朋友，先生；我还在田的那一头的时候，它就竖起耳朵，摇着尾巴，而你现在还背朝着我。”

这倒是真的。虽然里弗斯先生一听到那音乐般的声音就吃了一惊，仿佛一阵霹雳把他头上方的云朵劈开似的，可是，在她说完这话的时候，他还保持着说话人最初使他吃惊时的姿势——他的胳臂靠在门上，脸朝着西方。他终于带着几分慎重，转过身去。在我看来，就像是一个幻象在他身边升了起来似的。在离他三英尺的地方，出现了一个穿着洁白衣服的形体——一个充满青春活力的、优雅的形体；丰满，但是线条很美；在弯下身去抚摸卡洛以后，抬起头，把长面纱甩到后面。这时候，他眼前闪出一张鲜花般美得毫无缺点的脸。美得毫无缺点是一个夸张的说法；但是我不收回，也不修正；因为英格兰气候塑造出来的最美的五官，英格兰湿润的大风和多雾的天空孕育和保养的玫瑰和百合花的纯净肤色，在这个例子上，配得上用这个说法。不缺少什么魅力，也看不出什么缺点；这个年轻姑娘的容貌长得端正而且秀丽；眼睛的形状和颜色正像我们在可爱的画里看到的，又大又黑又圆；浓浓的长睫毛以如此温柔的妩媚围住美丽的眼睛；画过的眉毛如此鲜明；洁白光滑的额头给更活泼的色彩和光泽之美增添了如此的安详；脸颊呈椭圆形，娇嫩而光滑；嘴唇也很娇嫩，红红的、很健康，形状很可爱；整齐发亮的牙齿，没有一点缺陷；下巴小小的，有着凹靥；此外，还有浓密的头发作为装饰——总之，凡是能结合起来构成美的理想的一切优点，她全都有了。我看着这个美人儿，感到惊异；我整个心都在崇拜她。大自然肯定是怀着偏爱的心情创造了她；忘了自己往常那种吝啬的后母的少量恩赐；而带着贵妇人的慷慨，把一切都给了这一个——她的宠儿。

圣约翰·里弗斯对这个人间天使，有什么看法呢？看见他朝她转过身去看着她，我心里自然而然地这样问自己；我同样自然而然地从他脸上去找答案。他的眼睛已经离开了这个仙女，正看着长在小门旁边的一丛普普通通的雏菊。

“可爱的夜晚，但是你一个人出来，太晚了，”他一边用脚踩那闭合起来的花的雪白的花头。

“哦，我今天下午刚从斯——市回来。”（她说了二十英里以外一个大城市的名字）“爸爸告诉我，你已经让你的学校开了学，新的女教师已经来了；所以我吃了茶点以后就戴上帽子，沿着山谷跑过来看她；这就是她吧？”她指着我。

“是的，”圣约翰说。

“你看你会喜欢莫尔顿吗？”她问我，声调和态度都流露出直率和天真的质朴，虽然有点孩子气，却很讨人喜欢。

“我希望我会喜欢。我有许多理由要这样做。”

“你觉得你的学生像你想象的那样专心听课吗？”

“很专心。”

“你喜欢你的房子吗？”

“很喜欢。”

“我把它布置得好吗？”

“的确很好。”

“叫爱丽思·伍德来侍候你，选得不错吧？”

“你的确选得不错。她肯学，又灵活。”（那末，我想，这就是女继承人奥立佛小姐了；看来，她在财产方面，同天赋方面一样，受到了优惠！我不知道一些星宿是怎样幸运地结合起来，照耀着她出生的？）

“有时候我会过来帮你教书，”她补充说。“时常来看看你，对我来说，是变换一下环境；我是喜欢变换环境的。里弗斯先生，我在斯——市逗留期间，是**那么**快活。昨儿晚上，还不如说今儿早上，我跳舞一直跳到两点钟。第一团从骚乱以后就一直驻扎在那儿。那些军官是世界上最可爱的人；他们使我们那些年轻的磨刀人和剪刀商全都丢了脸。”

在我看来，似乎圣约翰先生的下嘴唇向前突出、上嘴唇往上翘了一会儿。这个笑呵呵的姑娘告诉他这个消息的时候，他的嘴看来的确闭得很紧，他的脸的下半部显得特别严厉和方正。他还把他的凝视从雏菊上移到她的脸上。那是一个没有笑意的、搜索的、意味深长的凝视。她用第二阵笑回答它，笑对于她的青春，她的玫瑰般的脸，她的笑靥，她的明亮的眼睛都很合适。

他一声不吭地、严肃地站着的时候，她又弯下身去抚摸卡洛。“可怜的卡洛爱我，”她说，“它对它的朋友可不严厉，也不冷淡，要是它会说话，它一定会说的。”

当她在它那年轻而严肃的主人面前，带着天生的优雅俯下身去拍拍狗的脑袋的时候，我看出那个主人的脸上升起一阵红光。我看出他的庄严的眼睛被突如其来的火软化了，带着无法抗拒的激情闪出了光芒。这样脸发着红，眼睛发着亮，他显示出的男人的美跟她女人的美不相上下。他的胸脯起伏了一次，仿佛那颗宏大的心对于专制的管束厌烦了，不顾意志的反对，扩展了一下，并且为了获得自由而有力地跳动了一下。但是我想，他还是管住了它，就像一个果断的骑师管住一匹用后腿站立起来的骏马。对于向他所作的这种温柔的进攻，他既不用言语也不用行动作出反应。

“爸爸说，你现在一直不来看我们，”奥立佛小姐抬起头来继续说。“在谷府你都成了个陌生人了。今儿晚上他一个人在家，身体又不大好；你愿意跟我一起回去看看他么？”

“这时候去打扰奥立佛先生不合适，”圣约翰答道。

“这时候不合适！可是我说，合适。爸爸这时候正好最需要人做伴；厂关门了，他没事可干。里弗斯先生，来吧。你干吗那么拘谨，那么忧郁呢？”她用自己的回答来填补了他的沉默留下的空隙。

“我忘了！”她嚷了起来，摇着她那披着美丽鬈发的头，仿佛对自己大吃一惊似的。“我真粗心，真没头脑！请原谅我。我忘了，你有充分的理由不跟我闲聊。黛安娜和玛丽离开了你，沼屋关起来了，你是那么孤独。我肯定同情你。来看看爸爸吧。”

“今晚不去了，罗莎蒙德小姐，今晚不去了。”

圣约翰先生几乎像一架自动机似的说话；只有他自己才知道，要这样拒绝得作出怎样的努力。

“好吧，既然你那么固执，我就离开你吧；我可不敢再待下去，已经开始降露水了。晚安！”

她伸出手。他只碰了碰它。“晚安！”他重复一遍，声音又低又空洞，就像个回声似的。她转过身去；但是不一会儿又回过来。

“你身体好吗？”她问。她很可以问这个问题；他的脸跟她的衣服一样白。

“很好，”他宣称说；随后，鞠了一躬就离开了大门边。她朝一边走，他朝另一边走。她像仙女般轻快地走过田地的时候，两次回过头来看他；他迈着坚定的大步穿过去，根本没有回过一次头。

看到别人的痛苦和牺牲，使我的思想不再完全沉浸在自己的痛苦和牺牲上。黛安娜 · 里弗斯说她哥哥“像死神一样无情”。她没有夸大。

第三十二章

我尽可能积极、忠实地继续从事乡村教师的工作。一开始，那工作的确是艰难的。尽管我作了种种努力，还是过了一段时期才理解我的学生和她们的性格。她们完全没有受过教育，官能十分迟钝，在我看来笨得毫无希望；乍一看，全都一样地笨；可是，我不久就发现我错了。她们中间也像受过教育的人中间一样，是有差别的。等到我开始了解她们，她们也开始了解我的时候，这种差别很快发展起来。她们对我、对我的语言、对我的规矩和习惯感到的惊异一旦消失，我就发现，这些一脸蠢相、张口结舌的乡下孩子里有几个醒悟过来，成为极其聪明的姑娘。有许多还显得亲切可爱；我发现一些例子，说明她们中间有不少人不但能力很强，而且天生讲礼貌、有自尊心，这赢得了我的亲善和赞美。这些孩子很快就乐于做好功课，保持个人清洁，按时学习课程，养成安静和遵守纪律的习惯。她们进步之快，在一些例子中，甚至是惊人的；我从中感到一种真正的、令人欣慰的骄傲；此外，从我个人来讲，我已经开始喜欢几个最好的姑娘；她们也喜欢我。我的学生中间，有几个是农民的女儿；几乎已经长成少妇了。这些人已经能够阅读、书写和缝纫了；我教她们语法、地理、历史的基本知识和比较精细的针线活。我在她们中间发现了几个可敬的人——有求知欲和上进心的人。我在她们家里和她们一起度过许多愉快的傍晚。她们的父母（当农民的夫妻）对我关怀备至。接受他们那番朴实的好意，用体贴来报答他们，这里面有一种乐趣。那种体贴是对他们的感情的一种谨慎的尊重，他们对它也许并不是所有时候都习惯的，但是它却使他们喜欢，并且对他们也有益处；因为，它一方面使他们自己看到他们的身份提高了，另一方面也促使他们竭力做到无愧于他们受到的礼遇。

我觉得自己成了这个地区里大家喜爱的人了。我不管什么时候出去，都能从四面八方听到热诚的招呼，受到友好微笑的欢迎。生活在普遍关怀之中，虽然只是劳动人民的关怀，也好像是“坐在宁静可爱的阳光下”；恬淡闲适的心情在阳光下发芽、开花。在我一生的这一个时期，我的心因为感激而兴奋的时候比因为沮丧而下沉的时候多得多。然而读者，把一切都告诉你吧，在这种宁静和有益的生活中，为我的学生可敬地工作了一天，然后在绘画和阅读中满意地度过一个晚上以后，我常常会在夜里冲进奇异的梦境。这些梦都五彩缤纷，焦躁不安，充满了理想的、激动人心的、暴风雨般的东西——在梦里那些满是奇怪的经历、令人不安的冒险和传奇式机遇的奇特场景中，我总是在某一个令人激动的关键时刻，仍然一次又一次地遇见罗切斯特先生；感到自己在他怀里，听见他的声音，遇上他的眼光，碰到他的手和脸颊，爱他并且被他爱着——希望在他身边过一辈子，这种感觉和希望带着它们最初的力和火复活了。然后我醒来。然后我想起自己是在哪儿，我的处境怎么样。然后我在那没有帐子的床上坐起来，颤抖着，哆嗦着；然后那沉沉黑夜目睹了绝望的痉挛，听到了热情的迸发。第二天早上九点钟，我准时打开校门；平静而安定，准备着白天的例行工作。

罗莎蒙德·奥立佛遵守诺言来拜访我。她一般是早上出来骑马的时候来学校。她骑着小马慢步跑到门口，后面跟着一个骑着马、穿着制服的仆人。几乎再也想象不出什么比她的外貌更优美的东西了。她穿着紫色衣服，长长的鬈发吻着她的脸颊，飘垂到她的肩头，鬈发上优雅地戴着一顶乌绒女战士帽。她就这样走进这所简陋的房子，从一排排看得眼花缭乱的乡下孩子中间轻盈地走过来。她一般是在里弗斯先生每天上教义问答课的时候来。我担心这位女客的眼光会锐利地刺穿这个年轻牧师的心。甚至在他没看见她来的时候，似乎就有一种本能会告诉他她来了。在他没看门而看着别地方的时候，只要她一到门口，他的脸颊就会发红，他的大理石似的五官，尽管不愿意松懈，但还是难以形容地有了改变；在它们的静止之中，表达出了抑制住的热情，比活动的肌肉和闪烁的眼光能表达得更为强烈。

当然，她是知道自己的力量的；这一点，他的确没向她隐瞒，因为他不可能隐瞒。尽管他信奉基督教的禁欲主义，可是她一走到他面前，跟他说话，并且欢乐地、鼓励地、亲热地朝着他的脸微笑，他的手就会发抖，眼睛就会发光。他似乎不是用嘴唇，而是用那忧郁、坚决的神情在说："我爱你，我知道你喜欢我。我保持沉默，并不是因为我没有成功的希望。如果我奉献我的心，我相信你是会接受的。可是那颗心已经放在圣台上了；周围的火已经安排好。它不久就将只是一个焚毁的牺牲罢了。"

这时候，她就会像个失望的孩子般地噘起嘴；一阵愁云使她那喜气洋洋的活泼劲儿缓和了下来；她会匆匆地把手从他手里缩回去，一时怄气似地转过身去，不再看他那又像英雄又像殉道者的脸。在她这样离开他的时候，圣约翰无疑是愿意放弃一切去追随、叫唤和留住她的；可是他不愿放弃一个进入天国的机会；也不愿为了得到她的爱情的乐园而放弃一个进入真正的、永恒的天堂的希望。再说，他也不能把他天性中的一切——漫游者、进取者、诗人、牧师——都包括在一种热情的范围之内。他不能也不愿拿传教士的荒凉战场去换取谷府的客厅和安宁。尽管他沉默寡言，我有一次大胆地向他袭击，让他说出了心里话，我从他那儿知道了许多事情。

奥立佛小姐已经多次光临我的小屋。我知道了她的整个性格，它并不神秘，也不虚伪；她爱卖俏，可是并不薄情；苛求，并不卑鄙自私。她娇生惯养，但是并没给完全宠坏。她性子急，但是脾气好；自负（朝镜子里看的每一瞥都让她看到一阵妩媚的脸红，她不可能不自负)，但是并不做作；慷慨；不以有钱为骄傲；机灵；还算聪明；快乐，活泼，不动脑筋；总之，甚至在一个像我这样的同性的冷静观察者看来，她都是非常迷人的；可是她不能引起人家很大兴趣，也不能给人家很深印象。她的心灵，譬如说，跟圣约翰的两个妹妹的相比，是完全不同的。不过，我还是喜欢她，几乎就跟喜欢我的学生阿黛勒一样；只有一点不同：我们对于我们所管教的孩子产生的爱，要比我们能给予一个同样迷人的成年相识的爱，更加亲切一些。

她突然对我亲热起来。她说我像里弗斯先生(不过，她当然也承认，"没有他十分之一漂亮，虽然你是个惹人喜爱的、端正的小人儿，可是他却是个天使")。然而，我跟他一样，善良、聪明、镇定、坚强。她断定说，作为乡村教师，我是个天然的畸形[①]；她确信，我以前的历史，如果让人知道的话，一定可以写成一本有趣的传奇。

一天晚上，她带着她往常那种孩子气的好动，轻率而并不叫人生气的好奇，乱翻我小厨房里的餐具柜和桌子的抽屉，她先是发现了两本法语书，一本席勒[②]、一本德语语法和词典；后来又发现了我的绘画用具和几张速写，包括一张用铅笔画的美丽的小天使般的女孩，那是我的一个学生的头像，几张在莫尔顿谷或周围沼地上画的风景画。她先是惊奇得愣住了，后来又欢喜得发呆。

"这些画是你画的吗？你懂法语和德语吗？真是个可爱的人——真是个奇迹！你画得比斯——市第一流学校里我的老师都好。你愿意给我画一张速写，让我爸爸看看吗？"

"很愿意，"我回答；一想到能根据如此完美、漂亮的模特儿写生，我就感到一阵艺术家的欢乐。当时她穿着深蓝色绸衣服；胳臂和脖子裸露着；她惟一的装饰就是她那栗色头发，带着天然鬈曲的蓬乱

---

① 原文为拉丁文。
② 席勒(1759—1805)，德国诗人，剧作家。

的美，波浪似的一直垂到肩头上。我拿出一张精细的卡纸，仔细地勾了一个轮廓。我答应让自己享受一下上颜色的乐趣；因为当时已经很晚了，我对她说，她得改天再来，坐下来让我画。

她回去对她父亲说了我的情况，第二天晚上奥立佛先生亲自陪她来了。他是个身材高高的、五官大大的、头发灰白的中年人，他可爱的女儿站在他旁边，看上去就像一座灰白色塔楼旁的一朵娇艳的鲜花。他看来是个沉默寡言的、也许是个傲慢的人；可是对我很和气。罗莎蒙德肖像的底稿他非常喜欢；他说，我得把它画成一张完美的画。他还坚持要我下一天到谷府去过一个晚上。

我去了。我发现那是一所漂亮的大住宅，有许多迹象显示出主人的财富。我在那儿的时候，罗莎蒙德一直充满了欢乐和喜悦。她父亲和蔼可亲；用完茶点以后，他开始跟我交谈，他用有力的话语表示赞成我在莫尔顿学校里做的事；还说，根据他看到和听到的来判断，他只是担心，我做这工作是大材小用，怕不久就会离开，去做更合适的事。

"真的！"罗莎蒙德嚷道，"她聪明得可以到高贵人家去当家庭教师，爸爸。"

我想——我宁可在这儿，也决不愿到世界上任何一个高贵人家去。奥立佛先生用极其尊敬的口气谈起里弗斯先生——谈起里弗斯一家。他说，里弗斯是那个地区一个很古老的姓氏；这家人家的祖先很富有；有一度整个莫尔顿都属于他们；甚至现在，他都认为这家人家的代表，如果愿意的话，可以和最好的人家结亲。他认为这么好、这么有才干的青年打算出门去当传教士，真太可惜了；那简直是把一条宝贵的生命抛弃了。那末，看来她父亲不会阻拦罗莎蒙德和圣约翰结合。奥立佛先生显然认为，这个年轻教士的良好出身、古老族姓和神圣职业已经足以弥补财产的不足了。

那是11月5日，一个假日。我的小仆人帮我打扫好房子以后，已经拿了一便士的酬劳心满意足地走了。我周围的一切都是一尘不染、闪闪发光。地板冲洗过了，炉栅擦亮了，椅子擦得干干净净。我把自己也收拾得十分整洁，现在这个下午可以由我自己随意支配了。

翻译几页德语占据了一个小时。然后我拿起调色板和画笔，开始做比较容易、因而比较轻松愉快的事：完成罗莎蒙德·奥立佛的小像。头已经画好；只剩背景要上颜色，衣服要加阴影衬托；那丰润的红嘴唇上还要添一抹胭脂红——头发这儿那儿还要加一个柔软的发卷——天蓝色眼皮下睫毛的浓荫还要加深一点儿。我正全神贯注地画这些美好的细节，圣约翰·里弗斯在急急地敲了几下门以后就推开没关上的门进来了。

“我来看看你是怎么度假日的，”他说。“我希望，不在想什么吧？不在想，很好；你画画就不会觉得寂寞了。你瞧，我还不相信你，虽然你到现在为止一直很好地经受住了。我给你带来了一本书，让你晚上作为消遣，”他在桌上放了一本新出版的书——一首长诗。在从前，近代文学的黄金时代，常常有真正的作品给予幸运的公众，这是其中之一。唉！我们这个时代的读者就没有受到那样的优惠。可是，别泄气！我不会停下来指责或者抱怨。我知道诗歌没有死去，天才也没有消失；金钱并没有控制住其中任何一个，把它绑起来或者杀戮；总有一天它们两个都会再宣布它们还活着，它们就在眼前，它们自由，它们有力量。强大的天使，安全地在天堂里！当卑鄙的灵魂获得胜利、弱者为自己的毁灭哭泣的时候，它们在微笑。诗歌被摧毁了吗？天才给放逐了吗？不！平庸吗？不；别让嫉妒促使你有这个想法。不；它们不但活着，而且统治着，拯救着；没有它们遍及各处的神圣影响，你就会在地狱里——在你自己的卑鄙形成的地狱里。

当我急切地浏览着《玛米昂》[1]（因为那本书是《玛米昂》）的光辉篇页时，圣约翰弯下身来细细看我的画。他那高高的身体惊跳了一下，又直了起来；他没说什么。我抬头看看他；他躲开我的眼睛。我很了解他的想法，可以清清楚楚地猜出他的心思；这时刻，我比他镇定，比他冷静；当时我暂时地对他占有优势；我打算如果可能的话，要做点对他有益的事。

"尽管他坚定，能克制自己，"我想，"但是他过于苦了自己；他把每一种感情和痛苦全锁在心里——什么也不表达、坦白、吐露。我肯定，跟他稍微谈谈他认为他不该娶的这位可爱的罗莎蒙德，会对他有益；我要使他说话。"

我先说："请坐，里弗斯先生。"可是，他像往常一样回答说，他不能停留。"很好，"我心里回答，"你愿意站，你就站着吧；但是你现在还不能走，这我已经下了决心；孤独对你来说，至少跟对我来说一样糟。我要试试，我是否能发现你吐露心事的秘密源头，在那大理石胸脯上找到一个小孔，让我可以滴一滴同情的止痛剂进去。"

"这张画画得像吗？"我直截了当地问。

"像！像谁！我没仔细看。"

"你仔细看了，里弗斯先生。"

对于我这种突然而奇怪的粗鲁，他几乎惊讶得跳了起来；他惊异地看着我。"哦，这还算不了什么，"我心里嘀咕，"我不打算被你那点儿固执吓退；我还准备好好儿地尽尽力呢。"我继续说："你仔仔细细、清清楚楚地看过了；可是我并不反对你再看看，"我站起来，把画放在他手里。

"一张画得很好的画，"他说，"色彩非常鲜明柔和；描绘非常优雅

① 《玛米昂》，英国小说家、诗人司各特（1771—1832）所写的长诗。

准确。”

“对，对；这我全知道。可是像不像呢？像谁呢？”

他稍微克服了一下犹豫，回答道：“我想是奥立佛小姐。”

“当然是她。现在，先生，因为你猜对了，作为奖励，我答应照这张画仔细、忠实地再画一张给你，不过你得答应接受这件礼物。我不希望在一件你认为毫无价值的礼物上白白浪费时间和精力。”

他还在凝视着那张画；他越看就把它抓得越牢，他也似乎越想得到它。“是像！”他喃喃地说，“眼睛处理得好；颜色、光彩、表情，都很完美。它还在笑！”

“有像这样的一张画，会使你得到安慰呢，还是使你感到痛苦？告诉我。等你到了马达加斯加，或者好望角，或者印度，有这个纪念品，对你来说，是一个安慰呢，还是一看到它就勾起令人颓丧和痛苦的回忆呢？”

这时候，他偷偷地抬起眼睛；他迟疑、困惑地看看我，然后又去看那张画。

“我喜欢有这张画，那是肯定的；至于是不是明智或者聪明，那是另一回事。”

因为我已经肯定罗莎蒙德真的喜欢他，而她的父亲也不像会反对这门亲事，我——我的观点可不像圣约翰那么崇高——我心里已经很想要促成他们的结合。在我看来，如果他成了奥立佛先生的巨大财富的所有者，他用这笔财富所做的好事，可能和他去让他的天才在热带的太阳下枯萎、让他的精力在那儿衰退时所做的一样多。我用这样的说服来回答他：

“就我所能看到的，要是你马上把这张画的本人拿去，那就更聪明、更明智。”

这时候，他坐了下来；他已经把画放在他面前的桌子上，用双手托着额头，痴情地看着它。我看得出，他现在对于我的大胆，既不生气也不吃惊。我甚至看得出，听到这样坦率地跟他谈论一个他认为不可接触的题目，听到它被这样无拘无束地谈论，他已经开始觉得是一种新的乐趣——一种意想不到的宽慰。和谈话滔滔不绝的人相比，沉默寡言的人往往更加真正需要坦率地讨论一下自己的感情和悲哀。外表最严肃的禁欲主义者毕竟是个人；带着大胆和善意"闯"入他们灵魂的"沉默的海洋"，往往是给予他们的最好的恩惠。

"我肯定，她喜欢你，"我站在他椅子后面说，"她父亲尊重你。再说，她是个可爱的姑娘——有点儿不爱思考；可是，有你来为自己、为她思考，也已经够了。你应该娶她。"

"她**是**喜欢我吗？"他问。

"当然，喜欢你超过任何别的人。她老是谈你；她再没什么比这个更喜爱、更常谈的话题了。"

"听到这个，是很愉快的，"他说，"很愉快；再谈一刻钟吧。"他真的把他的表拿出来放在桌上，看好时间。

"说不定你在准备什么铁器，要来一下反击，或者打一条新的锁链把你的心束缚起来，"我说，"那我再谈下去又有什么用呢？"

"别想象出这些狠毒的事情。就设想我让步和软化了，像我现在这样；凡人的爱情像新开的源泉正在我心里涌上来，那甜蜜的洪水漫遍了整个心田，在那里，我曾经如此小心地苦苦耕耘，如此辛勤地撒上善意的和克己计划的种子。而现在，琼浆玉液似的大水正在那里泛滥，——幼芽给淹没了——美味的毒药毒害了它们；现在我看见自己躺在谷府客厅里的软榻上，在我的新娘罗莎蒙德·奥立佛的脚旁；她正在用她那悦耳的声音跟我说话——用你那灵巧的手画得那么逼真的眼睛俯视着我——用这珊瑚般的嘴唇朝我微笑。她是我的——我是她的——这眼前的生活，短暂的世界，在我已经足够了。嘘！别说话——我的心充满了喜悦——我的感官给迷惑住了——让我这规定的时间在安静中过去吧。”

我顺从他；表在嘀嗒嘀嗒地走着；他又急促又轻微地呼吸着；我站在那儿，一声不响。在这寂静中，一刻钟很快就过去了；他收好表，放下画，站起身，站在炉旁。

“好了，”他说，“这一小段时间是给痴迷和幻想的。我把鬓角靠在诱惑的胸脯上，把脖子自愿地伸到她用花做的轭下；我尝了她的酒。枕头在燃烧；花环里有毒蛇；酒有苦味；她的诺言是空幻的——她的建议是虚假的；我看见而且知道这一切。”

我惊异地凝视着他。

“很奇怪，”他继续说，“我这样发疯似的爱着罗莎蒙德·奥立佛——的确是带着初恋的全部的热诚，热恋的对象又是非常地美丽、优雅、迷人——然而在这同时，我却冷静而正确地意识到：她不会成为我的好妻子；她不是那种适合于我的伴侣；婚后一年我就会发现这一点；十二个月的狂喜之后，随之而来的将是终身的遗憾。这一点我知道。”

“这倒的确是奇怪的！”我禁不住嚷道。

“我心里的一样东西，”他接着说下去，“敏锐地感觉到她的魅力，而另一样东西，却对她的缺点有着深刻的印象。这些缺点是：我所追求的东西，她不会赞成——我所从事的工作，她不会合作。罗莎蒙德会成为一个吃苦的人、一个干活儿的人、一个女使徒吗？罗莎蒙德会成为一个传教士的妻子吗？不！”

“可是你不一定要当传教士啊。你可以放弃那个计划。”

“放弃！什么！我的天职？我的伟大的工作？我为了在天堂里建造大厦而放在人间的奠基石？我的被列入那个队伍的希望？那个队伍里的人把所有的志向并成一个光荣的志向，就是要改善他们的同类，要把知识传播到无知的王国，要用和平代替战争，用自由代替束缚，用宗教代替迷信，用渴望天堂来代替害怕地狱。我得把这一切都放弃吗？这比我血管里的血还宝贵。这是我所盼望的，是我生活的目的。”

在一个很长的停顿以后，我说：“那么奥立佛小姐呢？她的失望和悲哀你一点儿都不关心吗？”

“奥立佛小姐老是被求婚者和奉承者包围；不到一个月，我的形象就会从她的心里抹去。她会把我忘掉；会嫁给一个也许比我能使她幸福得多的人。”

“你说得轻描淡写，可是你却在这个矛盾中受苦。你瘦了。”

“不，如果说我是稍微瘦了一点，那是为了还没完全确定的前途、为了一再推迟的动身而担心。就在今天早上，我还得到消息，我早就在等待的那个接替我的人三个月之内还不能准备好来接替我；三个月说不定还要拖到六个月。”

“奥立佛小姐一走进教室，你就发抖，脸红。”

他脸上又一次闪现了惊诧的表情。他没想到一个女人竟敢这样对一个男人说话。至于我，我觉得这样说话很自然。在跟坚强、谨慎、高尚的心灵交流时，不管对方是男人还是女人，我要是不经过惯常的沉默的外围工事，不跨过推心置腹的门槛，不在他们的心底里赢得一个位置，我是决不会罢休的。

“你真是奇特，”他说，“也不胆小。你精神里有一种勇敢的东西，就像你眼睛里有一种锐利的东西一样；可是，允许我向你说清楚，你部分地误解了我的感情，把它们想得太深刻、太强烈。你给予我的同情超出了我应得的范围。我在奥立佛小姐面前脸红、发抖的时候，我并不可怜自己。我蔑视这种软弱。我知道那是可耻的；那只是肉体的一阵狂热；我宣布，那不是灵魂的痉挛。灵魂像磐石般一动不动，牢牢地嵌在汹涌澎湃的海洋深处。要按我的本来面目来认识我，我是个冷酷无情的人。”

我不相信地微笑着。

“你已经用突然袭击，让我说出了心里话，”他继续说；“现在就让它为你效劳吧。剥掉了基督教用来遮盖人类缺点的血衣，我，在我的原始状态中，只是个冷酷无情、野心勃勃的人罢了。在所有的感情中，只有天然的爱才对我有永久的力量。理智，而不是感情，才是我的向导；我的野心是无穷尽的；我希望往上升、希望比别人做更多事的欲望是无法满足的。我尊重忍耐、坚毅、勤劳、才干；因为只有通过这些，人们才能达到伟大的目的、升到崇高的显赫地位。我很感兴趣地观察了你的事业，这是因为我认为你是勤劳的、有条理的、精力充沛的女人的一个例子；而不是因为我同情你过去的经历和现在忍受的痛苦。”

“你会把自己完全描绘成一个异教的哲学家了。”我说。

“不。在我跟自然神论的哲学家之间有这个不同：我有信仰，我信仰福音。你没选对你的形容词。我不是异教的，而是基督教的哲学家，是耶稣这一派的信徒。作为他的门徒，我接受他的纯洁的、仁慈的、宽厚的教义。我拥护他的教义，并且立誓要把它们传播开去。青年时期就让宗教争取过去，宗教这样培养我的原始品质：把幼小的胚芽——天然的爱，发展成为浓荫匝地的大树——慈善。把人类正直的纤维质野根，培育成神圣正义的正当观念。把要为可怜的自己赢得权力和名望的野心，变为要扩大主的王国、获得十字旗帜的胜利的志向。宗教为我做了这么多事，使原始材料得到最好的利用；修剪和训练了我的天性。但是她不能消灭天性；天性不会消灭，‘直到凡人变为不朽的时候’。”

说完，他拿起放在桌上我的调色板旁边的帽子。他再一次看看那张画。

“她**是**可爱，”他嘟哝道。“她被称作世界的玫瑰，这名称确实起得好！”

“我不能给你画一张同样的画吗？”

“为什么目的呢？[①]不。”

在画画的时候，我习惯于把手搁在另一张薄纸上，免得把画纸弄脏。他把这张薄纸拉过来，盖在画上。他突然在这张白纸上看见了什么，我不可能知道；可是他眼睛被什么吸引住了。他一把把它拿起来，看了看纸边；然后看了我一眼；那眼色说不出地奇怪，而且完全无法理解；它似乎要把我的形体、脸、衣服的每一点都注意到并且记住似的，因为它像闪电般又快又敏锐地扫过一切。他张开嘴，仿佛要说话，但是不管要说的是什么，他把那句话拦住了。

“怎么回事？”我问。

“没什么，”是他的回答；他把纸又放回去，我看见他熟练地从边上撕下窄窄的一条。纸条消失在他的手套里；他匆匆点了点头，说了声“下午好”，就不见了。

“好！”我嚷了起来，用的是当地的一种说法；“可是，这真叫人莫名其妙！”

我也去仔细看看那张纸；可是除了我为了试画笔上的颜色涂在上面的几块弄脏的颜色以外，什么也没看见。对这个谜我思考了一两分钟；可是发觉无法解答；因为肯定没什么重要，我就不再去想它，不久就把它忘了。

---

① 原文为拉丁文。

第三十三章

圣约翰走的时候，天下起雪来；飞旋的暴风雪不停地下了一夜。第二天，凛冽的风又刮起了几场新的迷茫大雪；到黄昏时刻，山谷里雪堆积起来，几乎没法通行。我关上窗板，在门那儿遮一张席子，防止雪从门下面刮进来，把火拨拨旺，坐在炉边听着暴风雪的沉闷的怒号，过了将近一个小时，我点起一支蜡烛，取下那本《玛米昂》，开始阅读：

夕阳照耀着诺汉堡峭壁，
宽阔的特威德河，深邃，美丽，
　　还照着那孤寂的契维奥特山冈；
城堡的主楼，巨塔林立，
和围绕它们的墙垣一起，
　　沉浸在金黄的余晖中，闪闪发光。

在韵律中，我很快就忘掉了暴风雪。

我听见一个声音；我想，是风吹动了门吧。不；那是圣约翰先生，他拉起门闩，从严寒的飓风、呼啸的黑暗中进来，站在我面前；裹着他高高身材的披风一片雪白，像冰川一样。我几乎吓了一大跳；我没想到那天夜里还会有客从冰封的山谷里来。

“有什么坏消息吧？”我问，“出了什么事了？”

“没有。你真容易受惊！”他一边说一边脱掉披风，把它挂在门上，又不慌不忙地把进来时弄乱的草席推回到门上。他跺着脚，让靴子上的雪掉下来。

“我要弄脏你的干净的地板了，”他说，“可是你得原谅我一次。”

于是他走近炉火，“我走来可真艰难哪，真的，”他在火上暖暖手的时候说。“我半个身子陷到了一堆雪里；幸亏雪还很软。”

“可是你干吗要来呢？”我忍不住问道。

“问客人这个问题，有点不大好客；可是既然你问了，我就回答，我只是要跟你稍微聊聊；我对我的哑巴书本和空房间厌倦了。再说，自从昨天以来，我一直感到一种激动，就像一个人听了一半故事，急于要听听后一半一样。”

他坐了下来。我想起了他昨天的奇怪举动，我真的开始怕他神经出了毛病。不过，如果他发了疯，他也是个非常冷静和镇定的疯子；我从来没看见他那相貌俊俏的脸比现在更像大理石雕像，他把让雪沾湿了的头发从前额移开；让炉火充分地照耀着他苍白的额头和同样苍白的脸颊。我悲哀地看到，操劳和忧郁现在已经在那儿如此明显地刻下了凹痕。我等着，指望着他会说些什么至少让我理解的话；可是他的手现在放在下巴上，一个手指放在嘴唇上；他正在思考。我发现他的手看上去和他的脸一样瘦。我心里涌起了一阵也许是不必要的怜悯；我感动得说：

“但愿黛安娜和玛丽能来跟你一起生活；你孤零零地一个人太糟了；而你又太不顾自己的身体。”

“哪里，”他说；“必要的时候我还是会照料自己的。我现在身体很好。你看出我有什么不好？”

这些话是用一种毫不在乎、心不在焉的漠然态度说出来的，这表明我的关心，至少在他看来，是完全多余的。这使我沉默了。

他的手指还在上嘴唇上慢慢地移动，他的眼睛还出神地凝视着亮闪闪的炉栅；我觉得必须马上说些什么，就立即问他是不是感到门那儿有冷风吹来，门就在他背后。

“没有，没有！”他简短而又有点烦躁地回答。

“好吧，”我想，“你不愿谈话，你就沉默吧；我现在就不管你，我就再看我的书。”

所以我剪了烛芯，重新再看《玛米昂》。不一会，他动了一下；我的眼睛立刻给他的动作吸引过去；他只是掏出一个摩洛哥皮的皮夹，从里面拿出一封信，他默默地看了，把它折起来，放回去，又沉思起来。有这样一个不可思议的固定物在我面前，要想看书是徒然的；而且在我不耐烦的心情中，我也不同意这样沉默下去；他要是愿意的话，尽可以阻止我，我可要说说话。

“你最近收到黛安娜和玛丽的信吗？”

“只有一星期以前给你看的那封，这以后，再没收到过信。”

“你自己的安排，没作什么改变吧？不会叫你比你预料的更早离开英国吧？”

“我怕不会，真的；这种机会太好了，不会落到我头上。”到现在为止，谈话一直不顺利，我就转变了话题——我想到可以谈谈学校和我的学生。

“玛丽·加勒特的母亲，身体好了一点儿；玛丽今天早上又来上课了；下星期，我将有四个新学生，是从铸造厂区来的——要不是下雪，她们今天就来了。”

“真的！”

“奥立佛先生负担两个人的费用。”

“是吗？”

“他打算在圣诞节请全校一次客。”

“我知道。”

“是你建议的吗？”

“不是。”

“那么是谁呢？”

“我想，是他女儿吧。”

“倒像是她；她性情那么和善。”

“是啊。”

又是一个停顿的空白；钟打了八下。钟声把他惊醒了；他把架起的那条腿放下来，身子坐坐直，朝我转过来。

“把书放开一会儿，过来靠近火一点儿，”他说。

我觉得惊奇，非常惊奇，便听从了他。

“半个小时以前，”他接着说，“我说，我急于要听听后半个故事；我考虑了一下，觉得这件事还是由我来叙述、由你来听比较好。在开始以前，最好警告你一下，这个故事你听起来，也许会觉得陈旧；但是，陈旧的细节由新的嘴唇来讲述，往往会在一定程度上恢复它的新鲜。至于其他方面，不管它是陈腐还是新奇，故事并不长。

“二十年以前，一个穷苦的牧师——目前且不管他的名字——爱上了一个富翁的女儿；她也爱上他，不顾她所有的朋友的劝告，跟他结了婚，一结婚，她的朋友们就此不认她了。过了不到两年，这一对鲁莽的夫妇都去世了，安安静静地并肩合葬在一块石板下面。（我看到他们的坟，它成了大墓地里铺道的一部分。那个大墓地就在某某郡一个过分发展的工业城市里，在那所给煤烟染黑的可怕的古老大教堂周围。）他们留下一个女儿，她一出生，‘慈善’就把她收留在自己的裙兜里——冷酷得就像今晚差点儿把我冻僵了的雪堆一样。‘慈善’把这个没有朋友的家伙送到她母亲一方面的有钱的亲戚家里；由一个舅母扶养。舅母叫（我现在要提名字了）盖兹海德府的里德太太——你吓了一跳——你听到了一个声音吗？也许只是隔壁教室里椽子上有老鼠跑过；在我把它修理改成教室以前，那儿原是个谷仓，谷仓是老鼠常去的地方。——说下去吧。里德太太扶养了这个孤儿十年；至于她在她那儿是不是快活，我不知道，我从没听说过；可是满十年的时候，她把她送到一个你知道的地方——不是别处，就是劳渥德学校，你自己在那儿住过很久。看来，她在那儿的一段经历还很不错；像你一样，先是当学生，后来当上了教师——真的，我觉得她的身世和你的有一些相同的地方——她离开那儿，去当家庭教师；哪，这一点你们的命运又相像；她教一个由罗切斯特先生收养的孩子。”

“里弗斯先生！”我打断他的话。

“我猜得到你的心情，”他说，“可是克制一会儿；我快结束了；听我说完。关于罗切斯特先生的品格，我一无所知，除了一个事实，那就是，他宣称要体面地娶这位年轻姑娘为妻，而在圣台前面，她却发现他已经有了一个还活着的妻子，虽然是个疯子。他以后怎样行动和求婚，那纯粹是猜测的事；可是事情传了出来，人家必然会问那个家庭女教师怎么样了，这时候却发现她已经走了——什么时候走的，上哪儿去了，是怎么走的，谁也说不出。她已经在夜里离开了桑菲尔德府；每一次寻找她的行踪都是白费力气，乡下很远的地方都找遍了；还得不到有关她的消息的任何线索。然而，要把她找到，却已经成为万分紧迫的事；所有的报纸上都登出了广告；我自己就收到了一个律师布里格斯先生写来的信，告诉我我刚才说的详细情况。这不是个奇怪的故事吗？”

“你只要告诉我，”我说，“既然你知道得这么详细，你肯定**能**告诉我——罗切斯特先生怎么样了？他怎么了；他在干什么？他好吗？”

“有关罗切斯特先生的情况，我一点也不知道：信里没提到他，只提了我谈到的那个欺诈性的不合法的企图。你还不如问问那个家庭女教师叫什么名字——问问非要她出面不可的这件事是什么性质。”

“那末，没人去过桑菲尔德府？没人看见过罗切斯特先生？”

“我想没有。”

“可是他们写信给他吗？”

“当然。”

“他怎么说呢？谁有他的信？”

“布里格斯先生提到，回答他的请求的不是罗切斯特，而是一位太太；签名是‘爱丽思·菲尔费克斯’。”

我觉得又冷又沮丧；我当时最害怕的事也许成了事实，他完全可能离开英国，在不顾一切的绝望中跑到大陆上以前常去的地方。他在那儿为他的剧烈痛苦找到了什么样的鸦片？为他的炽烈热情找到了什么样的对象？我不敢回答这个问题。哦，我可怜的主人啊！——一度差点儿成了我的丈夫——我常常管他叫“我亲爱的爱德华”的主人啊！

“他准是个坏人，”里弗斯先生说。

“你不了解他——别对他发表意见，”我生气地说。

“很好，”他冷静地回答；“我的头脑的确在想别的，不在想他；我要把故事讲完。既然你不愿问家庭教师的名字，那我得自动把它说出来——慢着——名字在这儿——看到几个要点都白纸黑字清清楚楚地记下来，总是更能令人满意的。”

皮夹又给不慌不忙地掏了出来，打开了，找遍了；从里面的一格中拉出一张匆忙中撕下的破纸条；我从纸的质地和一块块深蓝、胭脂红和朱红的颜色上，认出了那就是从我遮画用的那张纸上撕下来的纸边。他站起身，把它送到我眼前；我读了用黑墨和用我自己的笔迹写的“简·爱”两个字，这无疑是心不在焉的时候写下的。

“布里格斯先生写信给我提起一个简·爱；”他说，“几个广告上都要找一个简·爱；我认识一个简·爱略特。——我承认我猜疑过，可是只是在昨天下午才证实猜对了。你承认这个名字，取消化名吗？”

“对——对——可是布里格斯先生在哪儿？也许他比你多知道一些关于罗切斯特先生的事。”

“布里格斯在伦敦；我看他未必会知道什么关于罗切斯特先生的事；他关心的不是罗切斯特先生。你现在只顾追问小事把要点都忘了：你没问一声，布里格斯先生干吗要找你——他找你要干什么？”

“嗯，他要干什么？”

“只是告诉你，你的叔叔，住在马德拉斯群岛的爱先生去世了；他把他所有的财产全留给你，你现在富了——只是这个——没别的。”

“我！富了？”

“对，你，富了——完全是个财产继承人了。”

接下来是沉默。

“当然，你得证明你的身份，”圣约翰不久又说，“这个步骤不会有什么困难；随后，你立即就有所有权了。你的财产投资在英国公债上了；布里格斯那儿有遗嘱和必要的文件。”

这儿又翻出了一张新的牌！读者啊，刹那间由穷变富是件好事——一件非常好的事；可并不是一件能让人一下子理解，或者因而能享受其乐趣的事。再说，人生中还有另外一些机会，远远比这个更能使人战栗，使人狂喜。现在这一件事是可靠的，是现实世界中的一件事，没有什么假想的成分；和它有关联的一切都是可靠的、现实的，它的表现也是这样。一个人听到自己获得一笔财产，并不会跳起来，蹦起来，大声欢呼！而只会开始考虑责任，考虑事务；在稳定的满意的基础上，升起了重大的心事——于是我们克制自己，严肃地皱着眉头思考我们的幸福。

况且，“遗产”，“遗赠”这些字眼，总是和“死亡”，“葬礼”等字眼连在一起的。我只听说过我的叔叔——我的惟一的亲戚死了；自从我知道有他这个人存在的时候起，我就抱着一个希望，希望有朝一日能见到他；现在，我却永远也见不到了。再说，这笔钱只是给我的；不是给我和一个欢欢喜喜的家庭，而是给孤零零的我。毫无疑问，那是一个巨大的恩惠；而且不依靠别人是光荣的事——对，这我感觉得到——**这个**想法使我心里高兴起来。

“你终于展开眉头了，”里弗斯先生说；“我还以为美杜莎①看了你，你正在变成石头呢——也许你现在要问你有多少财产了吧？”

“我有多少财产？”

“哦，数目很小！当然不值一谈——我想他们说的是两万英镑吧——可是那有什么呢？”

“两万英镑？”

这又是一件惊人的事——我估计的是四五千英镑。这个消息确实叫我一时连呼吸都停下了；圣约翰先生，我以前从来没听见他大笑过，这时候却大笑起来。

“咳，”他说，“要是你杀了一个人，我来说你的罪行败露了，看来你也不见得会更加吃惊吧。”

“这数目很大啊——你想不会搞错吗？”

“一点也没错。”

“也许你把数字看错了吧——可能是2 000！”

“它不是数目字，是大写的字，——贰万英镑。”

我又感到像是一个胃口有限的人，在摆满可供一百个人吃的食物的桌子边坐下，要一个人消受似的。这时候，里弗斯先生站起身，披上了披风。

“今晚要不是天气这么坏，”他说，“我会叫汉娜来陪你；你看上去太可怜了，不能留你一个人在这儿。可是汉娜，可怜的女人！不像我这样能在积雪中走路；她的腿没这么长；所以，我只好听任你悲哀了。晚安。”

---

① 美杜莎，希腊神话中的蛇发女怪，她目光触及谁，谁就立即化为石头。

他刚拉起门闩，我突然闪出一个念头。

“停一停！”我叫道。

“怎么？”

“我想不通，布里格斯先生干吗要写信给你谈起我；他怎么认识你的，怎么会想到，你这个住在这样偏僻角落里的人有力量帮他发现我。”

“哦！我是个牧师，”他说；“稀奇古怪的事往往是去问牧师的。”门闩又喀嚓一响。

“不，这不能使我满意！”我嚷道；在这个匆促的、没作出解释的回答中，的确有一种什么东西，它不仅没减弱而且反而比以前更加激起了我的好奇心。

“这是件很奇怪的事，”我补充说。“我得多知道一些。”

“改天吧。”

“不行；今天晚上！——今天晚上！”当他从门那儿转过身来的时候，我就站到他和门之间。他看上去有点尴尬。

“你不把一切都告诉我，你肯定就不能走！”我说。

“现在我倒不想说。”

“你要说！——你一定得说！”

“我倒宁可让黛安娜或玛丽告诉你。”

这种反对的理由自然把我的迫切心情激发到了顶点；它必须满足，而且不能耽搁；我对他这么说了。

“可是，我告诉你，我是个强硬的男人，”他说；“是难以说服的。”

“而我是个强硬的女人，——是不可能搪塞过去的。”

“而且，”他接着说，“我冷酷，没有一种热情能影响我。”

“而我却是火热的，火能叫冰融化。那儿的火就把你披风上的雪全都化了；证据是，已经淌到我的地上，使它变得像众人践踏的大街了。你把地上铺了沙子的厨房弄脏了，你，里弗斯先生，曾经表示过，希望原谅你这种深重罪孽，那你就把我想知道的事告诉我吧。”

“那末好吧，”他说，“我让步；如果不是对你的热诚，也是对你的坚持让步；就像不断滴水能把石头滴穿一样。再说，你总有一天会知道，——现在知道和以后知道也一样。你的名字是简·爱？”

“当然；这在以前就完全肯定了。”

“也许你没注意到，我跟你同名？——我受洗时取的名字是圣约翰·爱·里弗斯。”

“没注意，真的！我现在想起了，在你几次借给我的书上你名字的缩写当中有一个 E 字；可我从来没问过它代表什么。那又怎么样呢？肯定——”

我停了下来。一个想法突然在我脑子里出现，它具体化了，它刹那间就变成了一种强烈而确实的可能性。我不希望自己有这个想法，更不希望自己把它表达出来。各种情况交织在一起，配合在一起，很快地变得有条有理；那根链条，以前一直是乱七八糟的一堆链环，现在给拉直了，——每一环都完美无缺，一环环扣得很好。在圣约翰再说出一个字以前，我已经本能地知道是怎么回事了；可是我不能指望读者也有这种主动的直觉，所以我得把他的解释重复一遍。

“我母亲姓爱；她有两个弟弟；一个是牧师，他娶了盖兹海德府的简·里德小姐；另一个是约翰·爱先生，他生前在马德拉斯群岛的丰沙尔经商。布里格斯先生是爱先生的律师，今年 8 月份写信通知我们说，我们的舅舅去世了；还说他已经把他的财产留给他哥哥的孤女；他忽视我们，是因为跟我父亲吵了一架，一直没和解。几个星期以前，他又写信通知说，那个女继承人失踪了；问我们是否知道她的什么情况。一个无意中写在纸条上的名字让我发现了她。其余的你全知道了。”他又要走了，可是我把背靠在门上。

“让我说话，”我说；“让我有一会儿工夫喘口气，想一想。”我停了下来——他站在我面前，手里拿着帽子，看上去够镇静的。我接着说：

“你的母亲是我父亲的姐姐。”

“是的。”

“那么就是我的姑妈？”

他点了一下头。

“我的约翰叔叔就是你的约翰舅舅？你，黛安娜和玛丽是他姐姐的孩子；就像我是他哥哥的孩子一样？”

“无可否认。”

“那末，你们三个是我表哥、表姐；我们各有一半血液属于同一血统了？”

“我们是表兄妹；是的。”

我打量了他一下。看来我找到了一个哥哥；一个我能引为骄傲的哥哥，——我能爱的哥哥；还有两个姐姐，她们的品质，在她们还只是作为陌生人和我相识的时候，就已经引起了我由衷的爱和崇敬。我跪在湿地上，通过沼屋厨房低矮的格子窗，怀着既感到有趣又感到绝望的痛苦心情凝视着的两个姑娘，竟是我的近亲；那个发现我几乎死在他家门槛上的庄严的年轻绅士竟是我的血亲。对一个孤苦伶仃的不幸的人来说，这真是一个令人高兴的发现！这真是财富——心里的财富！——一个纯洁、亲切的爱的源泉。这是一个辉煌、生动、令人兴奋的幸福，不像沉重的黄金礼物；后者有它极其昂贵和受欢迎的地方，但是它的重量却使人变得严肃起来。我在这突如其来的喜悦中拍着手——我的脉搏蹦跳着，我的血管颤动着。

“哦，我高兴！——我高兴！”我嚷道。

圣约翰微笑了。“我不是说，你只顾追问小事，却把要点都忘了？”他说。“我告诉你说你有一笔财产的时候，你很严肃；现在为了一件不重要的事，却又兴奋起来。”

“你说这话**可能**是什么意思？它对你来说，也许是不重要；你有两个妹妹，不在乎表妹；可是我什么人也没有；现在我的世界里出现了三个成年亲戚，——或者两个，如果你不愿算在里面的话。我再说一遍，我高兴！”

我很快地在房间里走动；我停住脚步，脑子里浮现的思想快得叫我来不及接受、理解和安排，我几乎连气都透不过来；想着不久以后可能怎么样，能够怎么样，会怎么样，该怎么样。我看着空无一物的墙壁；它似乎是一角天空，布满初升的星星，——每一颗都给我照亮一个目的或者欢乐。在这以前，对于救了我命的那些人，我只能无以报答地爱着他们，现在我可以给他们一些好处了。他们的脖子上架着轭，我可以让他们自由；他们东分西散，——我可以让他们团聚——我的独立、富裕也可以为他们所有。我们不是有四个人么？两万英镑平均分，就是一人五千——够花的了；这样可以达到公正，——获得共同的幸福。现在这笔财富不再使我感到沉重；现在它不只是钱财的遗赠，——它是生活、希望、欢乐的遗产。

这些想法袭上心头的时候，我的神情怎么样，我不知道；不过，我马上看到里弗斯先生在我身后放了一张椅子，温和地试图要我坐下来。他还劝我冷静；这等于暗示说我手足无措和神经失常。我藐视这种暗示，甩开他的手，又开始走来走去。

“明天就写信给黛安娜和玛丽，”我说，“叫她们马上回家来；黛安娜说过，她们两个要是有一千镑，就都认为自己是富有的了，所以，有了五千镑，她们就很不错了。”

“告诉我，我可以到哪儿去给你倒杯水来，”圣约翰说；“你真的得竭力安定一下你的情绪。”

“废话！这个馈赠会在你身上产生什么样的影响呢？它会让你留在英国，引诱你和奥立佛小姐结婚，像一个普通的俗人一样安定下来吗？”

“你扯开去了；你头脑混乱了；我把这个消息告诉你，告诉得太突然，让你兴奋得控制不住自己了。”

“里弗斯先生！你真叫我不耐烦；我很有理性；是你误解了我；或者不如说假装误解我。”

“要是你自己解释得更充分一点，也许我能更理解一点。”

“解释。有什么可解释的？你总不见得看不出，我们讨论的这笔两万英镑的款子，在一个外甥，三个侄女、外甥女中间平均分，就是一人五千？我是要你写信给你的两个妹妹，把给她们的财产告诉她们。”

“你是说给你吧。”

“我已经把我对于这件事的观点说出来了；我不可能改变主意。我并不无情地自私自利，盲目地不讲公正，也并不恶毒地忘恩负义。再说，我已经下了决心，要有一个家和几个亲戚。我喜欢沼屋，我要住在沼屋；我喜欢黛安娜和玛丽，我要终身依恋黛安娜和玛丽。有五千英镑，我很高兴，对我也有好处；有两万英镑，我会感到痛苦，感到压力；况且，虽然法律允许，但是两万全给我一个人，那可不公正。因此，我把对我来说完全是多余的那部分放弃，给你们。别反对，也别再讨论这个问题了；让我们彼此取得一致意见，立即把这件事定了吧。”

“这样做是凭着一开始的冲动；像这样一件事，在你的话可以被认为有效以前，你得先花几天时间来考虑考虑才行。”

“哦！要是你所怀疑的只是我的诚意，那我就放心了；你看出这件事的公正了？”

“我是看出了一点公正；可是这违反一切常规。再说，整个财产是你的权利；它是我舅舅靠自己的努力得来的；他有权想给谁就给谁；他把它留给了你。公正毕竟还是允许你保留它的；你可以问心无愧地认为它完全属于你。”

“在我，”我说，“这完全是良心问题，也是感情问题；我得放纵一下我的感情；我难得有机会这样做。哪怕你辩论、反对、烦扰我一年，我也不会放弃这种美妙的乐趣。我已经瞥见了它——部分地报答深厚恩情，给自己赢得终身朋友的乐趣。”

“你现在这么想，”圣约翰答道；“是因为你不知道拥有财富是怎么回事，因此也就不知道享受财富是怎么回事；你不会知道两万英镑会使你变得怎样的重要；会让你在社会上占有怎样的地位；会给你展现怎样的前途；你不可能——”

“而你，”我插进去说，“却根本想象不到我多么渴望兄弟姊妹的爱。我从来没有家，也从来没有兄弟姊妹。我现在必须有而且希望有；你不会不愿意接纳我，承认我，是不是？”

“简，我愿意做你的哥哥——我的妹妹愿意做你的姐姐——不必拿牺牲你的正当权利作为条件。”

“哥哥？是啊；在几千英里以外！姐姐？是啊；在陌生人中间当奴仆！我，富有——让既不是我挣来又不是我应得的金子塞饱了！而你们，却一个子儿也没有！了不起的平等博爱！亲密的团聚！亲热的相爱！”

“可是，简，你所渴望的家庭联系和天伦之乐，除了用你考虑的方式以外，你还可以用其他方式获得啊；你可以结婚。”

“又是废话！结婚！我不要结婚，也永远不会结婚。”

“这话说得太绝了。这种冒险的断言就证明了你的兴奋。”

“并没有说得太绝；我知道我的心情，连结婚这个念头我都不愿去想。谁也不会为了爱来娶我；我也不愿让人只当作金钱投机来看待。我不要陌生人，不要跟我毫无共同之处、毫无共鸣的外人；我要我的亲属，和我相互充分了解的人。再说一遍，你愿意做我的哥哥；你说了这话，我就满意了，快活了；再说啊，如果你能真心实意地再说一遍。”

“我想我能。我知道，我一向爱我的两个妹妹；我也知道，我对她们的感情建筑在什么基础上。那基础就是对她们的品德的尊重，对她们的才华的敬佩。你也是有原则和才智的；你的趣味和习惯同黛安娜和玛丽的相像；和你在一起我感到愉快，和你谈话我也早已感到一种有益的安慰。我觉得我能很容易、也很自然地在我的心里给你一个地位，把你作为我最小的三妹。”

“谢谢你，今晚我满足了。现在你最好还是走吧；因为，你要是再待下去，也许又会用什么不信任的犹豫来惹我发火。”

“学校怎么办呢，爱小姐？我想，这下得关门了吧？”

“不。在你找到别人接替以前，我还要保持教师的职位。”

他用微笑表示赞同；我们握了手，他就告辞了。

后来我作了怎样的努力，用了怎样的论据让这件有关遗产的事按我的心意解决，这我不必细谈。我的任务是非常艰巨的；可是，由于我非常坚决——由于我的表哥表姐看出了我的心意是真的不可动摇地坚持要把财产平分——由于他们自己心里一定也觉得这种打算是公正的；而且一定也本能地意识到，他们要是处在我的地位也会像我这样做——他们终于让步了，同意把这件事拿出来仲裁。所选的仲裁人是奥立佛先生和一个能干的律师；两人都赞成我的意见；我达到了我的目的。转让的笔据拟定好了；圣约翰、黛安娜、玛丽和我，各人都有了一份财产。

第三十四章

等到一切都办好的时候，快到圣诞节了；这个普遍休假的季节即将来临。我现在关闭了莫尔顿学校；注意做到临别的时候，不让学生们空手回去。“幸运”奇妙地使人心胸开阔，也使人手面阔绰；把自己大量获得的东西分一些给别人，那只是让不平常的激动心情有一个出口。我早已愉快地感觉到，我的许多乡下学生喜欢我，我们离别的时候，这种感觉证实了，她们明显而强烈地表示了她们的爱。发现自己在她们朴实的心里的确占着一个地位，我深深地感到满意；我答应，以后每一个星期都要去看她们，在她们的学校里给她们上一小时课。

现在已有六十个学生，我看着她们在我前面鱼贯而出，然后锁上了门。里弗斯先生走过来的时候，我手里正拿着钥匙，跟五六个最好的学生交换几句特有的告别话；这几个学生是英国农民阶层里所能找到的最体面、最可敬、最谦逊也最有见识的姑娘。这个评价是很高的；因为就欧洲来说，英国的农民阶层毕竟是最有教养、最有礼貌、最有自尊的；在那些日子以后，我看到过 paysannes ①和 Bäuerinnen ②；她们中间最好的一些，跟我的莫尔顿姑娘比较起来，我都觉得似乎是无知的、粗俗的、愚蠢的。

“你认为，努力了一个季度，得到了报偿吗？”她们走了以后里弗斯先生问。“觉得在自己精力旺盛的时候，在自己的一代做了一些真正有益的事，不是能给人快乐吗？”

“那还用说！”

“你才辛勤劳动了几个月！如果一生都用来改善你的同类，那这一生不是过得很好吗？”

“是的，”我说；“可是我不能永远这样下去。我不但要培养别人的才能，还要享受自己的才能。我现在就得享受一下；别再把我的身心叫到学校去；我已经离开了它，打算尽情地欢度这个假期。”

他看上去神情严肃。“现在怎么了？你表示的这个突如其来的渴望是什么呢？你打算干什么？”

“活动；尽我所能地活动。首先我得请求你让汉娜自由，另外找个人来侍候你。”

“你需要她吗？”

“对，跟我一块儿去沼屋；黛安娜和玛丽一个星期以后就要回到家里了，我要把一切都收拾得整整齐齐的等她们来。”

“我懂了；我还以为你要飞到哪儿去旅行呢。还是现在这样好；汉娜就跟你去吧。”

“那末，叫她明天就准备好；哪，这是教室的钥匙；我小屋的钥匙明天早上给你。”

他接了钥匙。“你很高兴把钥匙交出来，”他说；“我不大理解你的轻松的心情；因为我不知道你要干什么工作来代替你放弃的这个工作。你现在在生活中有什么目的，什么意图，什么雄心？”

“我第一个目的是把沼屋从卧房到地窖都收拾干净，（你理解这个说法的全部意义吗？）收拾干净；我第二个目的是用蜂蜡、油和无数的布把它擦得再一次发亮；我第三个目的，是用数学的精确把每一张椅子、桌子、床、地毯全都安排好；然后，我要在每一间屋子里都把火烧得旺旺的，用的煤灰和泥炭会叫你近乎破产；最后，在你两个妹妹到达的那天的前两天，汉娜和我将用来打蛋、拣葡萄干、磨香料、做圣诞蛋糕、剁馅儿准备做肉馅饼，还要举行一些其他的烹调仪式，我用这个说法是因为一般的词只能给你这个还没入门的人一个不充分的概念。总之，我的意图是，要在下星期四以前为黛安娜和玛丽准备得

①② 分别为法语和德语，农妇。

尽善尽美；我的雄心是，在她们到来的时候，给她们一个最理想的欢迎。”

圣约翰淡淡一笑；他还是不满意。

“这在目前是很好的，”他说；“可是，说正经的，我相信，在第一阵快活过去以后，你会看得更高一些，不再局限于家庭的亲热和家庭的欢乐。”

“这两样是世界上最好的东西！”我紧接着说。

“不，简，不；这个世界并不是享受的地方；你不要把它变成这样；它也不是休息的地方；你不要变得懒惰。”

“正相反，我正是要忙碌。”

“简，目前我原谅你；我给你两个月时间，让你充分享受一下你的新地位，让你痛痛快快地沉浸在新近发现亲戚的喜悦之中；可是，**以后**，我希望你要开始看得远一点，不要只看到沼屋、莫尔顿、姊妹的团聚，以及文明的富裕生活中的自私的安逸和肉体的舒适。我希望你的活力再一次显示力量让你感到不安。”

我惊诧地朝他看看。“圣约翰，”我说，“我认为你这样说话，简直是不安好心眼。我打算要像女王一样心满意足，你却想搅得我烦躁不安！你要达到什么目的？”

“要达到的目的是，要你利用上帝交托给你的才能；这种才能他肯定有一天会要你作精确的汇报。简，我将严密地、焦急地观察你——这我预先告诉你。你要防止过分热衷于庸俗的家庭欢乐。别顽固地执著于肉体的联系；把你的毅力和热忱留给一种合适的事业吧；千万别把它们浪费在平凡而短暂的事物上。听见没有，简？”

“听见了；就像你在说希腊语似的。我想我有充分的理由[①]来感到

---

① 简·爱所说的“充分的理由”和里弗斯所说的“合适的事业”，英语中都是“adequate cause”。

快活，我要快活。再见！”

在沼屋我的确快活，我也拼命干活；汉娜也是这样；她看见我在弄得天翻地覆的房子里忙来忙去，我是怎样地快活——我能够怎样地打扫、洗刷、收拾和烹调，她看得都入迷了。经过了一两天更糟的混乱以后，从我们自己造成的杂乱中渐渐显出了秩序，这真是令人愉快。我事前已经到斯——市去跑了一次，买了一些新家具；我的表哥、表姐全权委托我，让我按自己的心意作任何改变。有一笔款子留下来专门作这个用途。普通的起居室和卧房，我还让它们大多保持原样；因为我知道，黛安娜和玛丽再一次看到这些旧的亲切的桌椅和床，要比看到最时式的新家具更加欢喜。不过，为了使她们的回家像我所希望的那样有趣，还是需要有一点儿新奇的东西。新的漂亮的深色地毯啦、帷幔啦、陈设一些精选的瓷器和铜器作为古老的装饰品啦、新的覆盖用的东西啦，还有梳妆台上的镜子和梳妆盒啦，有了这些个东西就可以达到这个目的；它们看上去新鲜，但是并不刺眼。一间备用的客厅和卧室，我用老桃花心木的家具和紫红帷幔完全重新布置过；在过道上挂了油画，楼梯上铺了地毯。等一切都结束了，我认为就内部来说，沼屋已经成了明亮而朴实的舒适的完美典范，就像它在这个季节，就外部来说，是冬日的荒芜和沙漠的凄凉的标本一样。

重要的星期四终于来临了。预料她们在天黑的时候到达；在黄昏以前，楼上楼下都生了火；厨房里非常整洁；汉娜和我穿戴好了，一切都准备就绪。

圣约翰先到。我曾经请求他在一切都安排好以前，绝对不要到家里来；实际上，一想到房子里又肮脏又琐碎的混乱，就足以吓得他不敢来。他发现我在厨房里，正在照料烘着的茶点蛋糕。他一边朝炉子走过来，一边问：“你干女仆的活儿，是否终于干得满足了？”我的回答是请他陪我一起总的检查一下我的劳动成果。我好不容易让他在房子里兜了一圈。他只是朝我打开的门往里张望；他楼上楼下地走着的时候，说我在如此短的时间里，让房子有了如此大的改变，一定是经历了许多劳累和许多麻烦；可是对于他的住所改进后的面貌，却没说一个音节来表示高兴。

这样的沉默使我扫兴。我想，也许这改变打乱了他所珍爱的一些往事的联想吧。我问是不是这个情况；无疑是用一种沮丧的口气问的。

“不是；正相反，”他说，“你小心地尊重了每一个联想；事实上，我是担心你在这件事上所花的心思比它值得花的多。譬如说，你花了多少分钟来考虑这一间房间的布置？——顺便问一声，你是否能告诉我这本书在哪儿？”

我指给他看书架上的那本书；他把它拿了下来，就退到他常待的那个窗口凹处，看起书来。

我不喜欢这样，读者。圣约翰是个善良的人；可是，他说过，他自己是个冷酷无情的人，我开始觉得他说的是实话。对他来说，生活中的人情和乐趣并没有吸引力——生活中的恬静的享受也没有魅力。从字面上讲，他活着就是为了渴望——当然是渴望善良和伟大的东西；可是他永远不会安定下来；也不赞成周围的人安定下来。看着他那静止、苍白得像白石般的高高的前额——看着他那凝神看书时的俊俏的脸——我立即明白，他不大可能成为一个好丈夫；做他的妻子将是一件令人难受的事。我仿佛受到神灵的启示似的，理解了他对奥立佛小姐的爱的性质；我同意他的意见，那只是一种感官的爱。我明白了：他怎么会为了这种爱在他身上产生的狂热影响而蔑视自己；他怎么会希望扼杀和摧毁这种爱；他怎么会不相信这种爱能永远地使他或她幸福。我看出来，大自然正是用造成他的这种材料雕刻出她的基督教和异教的英雄，她的立法家，她的政治家，她的征服者；他是可以让人寄托重大利害关系的一座稳固堡垒，可是，在炉边，却往往只是一根冰冷讨厌的柱子，阴森而放得不是地方。

“这个客厅不是他的天地，”我想；“喜马拉雅山，或者卡弗尔灌木林，甚至瘟疫成灾的几内亚海岸的沼泽地，也许对他更合适些。他完全可以躲开家庭生活的安静；这不是适合他的环境，在这种环境里，他的才能停滞不前——不能发展也不能显示出优点。只有在斗争和危险的场所——在考验勇气、使用精力、需要坚毅的地方——他才说话和行动，成为领袖和佼佼者。而在这炉边，一个快活的孩子都比他强。他选择传教士的事业，是选对了——我现在看得出来。”

“她们来了！她们来了！”汉娜推开客厅门，嚷道。在这同时，老卡洛高兴地汪汪叫着。我奔了出去。现在天已经黑了；可是能听到车轮的辚辚声。汉娜马上就把提灯点亮了。车子就停在小门跟前；马车夫打开了门，先是一个熟悉的身影下了车，接着又是一个。我的脸立即就到了她们的帽子下面，先是接触到玛丽的柔软的脸腮，然后接触到黛安娜的飘拂的鬈发。她们欢笑——吻我——然后吻汉娜，拍拍欢喜得几乎发狂的卡洛，急切地问是否一切都好；得到了肯定的回答，便匆匆走进屋去。

她们从惠特克劳斯坐车过来，长途颠簸，人都僵了，夜晚的严寒空气使她们感到寒冷；可是到了熊熊炉火跟前，她们可爱的脸就笑逐颜开了。马车夫和汉娜把箱笼拿进来的时候，她们问起圣约翰。这会儿，他才从客厅里出来。她们俩一起过去搂住他的脖子。他静静地吻了她们每人一下，低声说几句欢迎的话，立停一会儿，听她们对他说话，然后，说了一句想来她们大概很快就会到客厅里他那儿去吧，便像逃到避难所去似地退到客厅里去了。

我已经给她们点好蜡烛，让她们上楼去，可是黛安娜先要吩咐几句关于招待马车夫的话；吩咐过后，两人便跟我上楼。她们屋里的更新和装饰、新的帷幔、新的地毯、色彩鲜艳的瓷花瓶，都使她们喜欢；她们毫不吝啬地表达她们的满意。我很高兴地感觉到，我的安排正好符合她们的希望；我所做的事使她们这次欢欢喜喜地回家增添了一种生动的魅力。

那一晚真是快活啊。我的两个表姐，满心喜悦，滔滔不绝地叙述和评论着，她们的畅谈掩盖了圣约翰的沉默；他看见妹妹，打心底里感到高兴，可是，她们热情洋溢，流露出欢乐的心情，他却并没有同感。这一天的事——也就是说黛安娜和玛丽的归来——使他高兴；可是，随着这件事而来的快活的喧闹，喋喋不休的接待的欢乐，却使他厌烦；我看出了，他希望比较安静的明天到来。就在这一夜的享乐达到高潮的时刻，大约吃过茶点以后一个小时，听到了轻轻的敲门声。汉娜进来说："一个穷孩子来得真不是时候，他来请里弗斯先生去看他母亲，她快要断气了。"

"她住在哪儿，汉娜？"

"在惠特克劳斯山顶上，差不多有四英里路；一路上又都是荒原和沼泽。"

"告诉他，我去。"

"真的，先生，你最好还是别去。天黑以后，这一段最难走；泥塘上根本就没有路。再说，今晚又这么冷——风又从来没有这么大过。先生，你最好还是捎个口信去，说你明天一早到那儿。"

可是他已经到了过道里，正在披上披风；没一点反对，没一句怨言，就出发了。那时候是九点钟；他到半夜才回来。尽管他又饿又累，可是看上去却比出去的时候快活。他尽了一份责任；作了一次努力；觉得自己有力量做事和克己，对自己比以前满意。

我怕接下来的整整一个星期使他感到了不耐烦。那是圣诞节的一周；这一周，我们不做什么固定的事情，而是在一种欢快的家庭娱乐中度过。沼地的空气，家里的自由，兴旺的开始，就像延年益寿的长寿药似地在黛安娜和玛丽的精神上起着作用；她们从早上到中午，从中午到夜里都是欢天喜地的。她们能讲个不停；而她们的谈话又机智，又精辟，又有独特见解，对我有很大魅力，我宁可听她们谈，和她们一起谈，也不愿做其他任何事情。圣约翰没有指责我们的轻松愉快，可是他避开。他不大在家；他的教区范围大，居民又住得分散，他每天都有事，要到各个区里去访问贫苦和生病的人。

一天早上吃早饭的时候，黛安娜似乎沉思了片刻，然后问他，“你的计划是否还是没有改变？”

“没有改变，也不可能改变，”是他的回答。于是他告诉我们，他已经决定明年动身离开英国。

“罗莎蒙德·奥立佛呢？”玛丽提醒他，这句话好像是不由自主地从她嘴里溜了出来；因为一说出口，她就作了个手势，仿佛要把话收回去似的。圣约翰手里拿着一本书——他有这个在吃饭时看书的孤僻习惯——他把书合起来，抬起头来看。

“罗莎蒙德·奥立佛，”他说，“快要嫁给格兰比先生了。他在斯——市有最好的亲戚，本人又是最受人敬重的居民，是弗雷德里克·格兰比爵士的孙子和继承人。我是昨天从她父亲那儿得到的消息。”

她的两个妹妹互相看看，又看看我；我们三个人又都看看他；他像玻璃一样平静。

“这门亲事一定谈得很仓促，”黛安娜说，“他们不可能认识很久。”

“才两个月；他们是 10 月份在斯——市举行的郡的舞会上相遇的。可是，一门婚事，像现在这样没有障碍，而且从各方面来看，成亲都是称心如意的，那就不必耽搁。弗雷德里克爵士把斯——府给了他们，等那儿一整修好，可以让他们住了，他们就结婚。”

在这次谈话以后，我第一次发现圣约翰一个人待着的时候，我就忍不住要问问，这件事是否使他痛苦；可是，他似乎完全不需要同情，我非但不敢作进一步的表示，而且一想起我所作的冒险，就感到有点害臊。再说，我已经不习惯于跟他谈话；他的沉默又像冰一样凝结起来，连我的坦率都给冻在它里面了。他没有遵守诺言，没有做到待我像待他妹妹那样；他经常在我们中间表示出一些微细的、令人寒心的区别；这根本不能有助于发展诚挚的感情；总之，我现在被认作他的亲属，跟他住在同一所房子里，可是我却感到，我们之间的距离，比他只知道我是乡村女教师的时候还要大得多。我一想起他曾经对我谈了多少知心话，就几乎不能理解他目前的冷淡。

就因为这样，所以他从俯身面对着的书桌上突然抬起头来说出下面的话，我就不免大吃一惊了：

“你瞧，简，仗打过了，胜利也赢得了。”

听他这样对我说话，我惊跳了起来，我没马上回答；迟疑了片刻，我答道：

“你能肯定，你的处境不是像那些花了过大的代价才获得胜利的征服者么？再来这样一个胜利不就把你毁了么？”

“我想不至于；即使我的处境是这样，那也没多大关系；再也不会要我去为赢得另一个这样的胜利而斗争了。这场冲突的结局是决定性的；我的道路现在已经很清楚了；我为这个感谢上帝！”说着他又回到他的文件和沉默中去了。

当我们共同的欢乐（即黛安娜、玛丽和我的）渐渐变得稍微平静一点儿的时候，我们又恢复了往常的习惯和正规的学习。圣约翰待在家里的时间比以前多了；他跟我们坐在一间屋子里，有时候一坐几个小时。玛丽画画，黛安娜继续她已经在进行的阅读百科全书这一项课程

（这叫我敬畏而且惊异），我在苦苦学习德语，他在研究他自己的一种神秘的学问，研究一种东方语言，他认为学会这种语言对于他的计划是必不可少的。

这样研究的时候，他坐在他自己的角落里，似乎十分安静和专心；可是他的蓝眼睛却常常离开那显得离奇古怪的语法，转过来，有时候用密切注意观察的眼光盯着我们——他的同学；要是被发现了，就立即转过去；但是不久，又搜索似的回到我们桌上来。我纳闷那是什么意思；还使我纳闷的是，在一个我认为无足轻重的场合，也就是我每周一次去莫尔顿学校的时候，他总是会表示满意；更使我迷惑不解的是，如果天气不好，下雪，下雨或者刮大风，而他的妹妹劝我不要去，他就一定会不顾她们的担心，鼓励我不管天气怎样，去完成工作。

"简可不是你们要把她变成的那种弱者，"他会说；"她像我们中间的任何人一样经得起山风，阵雨，或者几片雪花。她的体质，既健康又有适应性；——比许多更强壮的人还要经受得起气候的变化。"

我回来的时候，往往很累，让风吹雨打得够呛，我从来不敢抱怨，因为我看得出来，抱怨会叫他不高兴；不管什么场合，坚忍不拔能叫他高兴；反之，就使他特别烦恼。

然而，有一天，我请了假待在家里，因为我确实感冒了。他的两个妹妹代我去莫尔顿；我坐着看席勒的作品；他在研读他的难懂的东方书卷。我做完翻译，要做练习的时候，碰巧朝他那儿看了一眼；这才发现自己处在他那一直在观察的蓝眼睛的威力之下。他仔仔细细、反反复复地打量了我多久，我不知道；那双眼睛是那么锐利，然而又是那么冷漠，我竟一时迷信起来——仿佛自己是和什么神秘的东西一起坐在屋子里似的。

"简，你在干什么？"

“学德语。”

“我要你放弃德语，学兴都斯坦语[①]。”

“你说这话不当真吧？”

“当真，我一定要你这样做；我将告诉你为什么。”

于是他接着解释说，兴都斯坦语就是他自己目前正在学的语言；等到他学得深了，很可能会忘掉开始学的东西。有了一个学生就会对他很有好处，他可以一遍又一遍地重复基础部分，这就可以把它完全记在心里了。他的选择曾经在我和他的妹妹之间游移了一个时期；他选定了我，是因为三个人当中，我能坐着干一件工作坐得最久。我能帮他这个忙吗？也许我作这个牺牲不必很久；因为现在离他动身只有三个月了。

圣约翰不是一个可以轻易拒绝的人。你感觉得到，给他留下的每一个印象，不管是痛苦还是欢乐，都铭刻得很深，而且永远不可磨灭。我同意了。等到黛安娜和玛丽回来，前者发现她的学生已经变成她哥哥的学生了；她大笑起来；她和玛丽都一致认为，圣约翰就不可能说服她们走这么一步。他平静地回答：

“我知道。”

我发现他是一个很有耐心、很有自制力、然而又是一个要求严格的老师；他希望我学很多；当我满足他希望的时候，他就以他自己的方式，充分地表示赞赏。他渐渐对我有了一种影响，使我失去了我心灵的自由；他的赞扬和关注比他的冷淡更能束缚人。他在旁边，我就不能自由自在地谈笑；因为有一种纠缠得讨厌的本能提醒着我：轻松愉快（至少我表现的）是他所不喜欢的。我完全注意到，只有严肃的心情和工作才能被接受；在他面前，要想有任何其他心情，从事任何其

① 兴都斯坦语，属印欧语系印度语族。通行于印度中部、西北部和巴基斯坦。

他工作都是徒然的；我陷到一种使人感到冰冷的魔力之下。他说“去”，我就去；他说“来”，我就来；他说“做这样”，我就做这样。可是，我不爱我的奴隶状态；有很多次，我倒希望他继续忽视我。

一天晚上，快睡觉的时候，他的两个妹妹和我站在他周围，向他道晚安，他按照他的习惯吻了她们两人；同样按照他的习惯把手伸给我。黛安娜心血来潮，想开玩笑(她可不会痛苦地受他意志的约束；因为她自己的意志就和他的一样坚强，不过方式不同)，她嚷道：

“圣约翰！你常把简叫做你的三妹，可是你却不把她当三妹对待；你应该也吻吻她。”

她把我推到他跟前。我想，黛安娜很叫人恼火，我感到不知如何是好，极不舒服。我正在这样想，正有着这样的感觉的时候，圣约翰低下了头；他的希腊型的脸低到和我的脸在同一个水平上，他的眼睛锐利地询问我的眼睛——他吻了我。天下没有大理石吻或冰吻这样的东西，否则的话，我就要说，我的教士表哥的致意就属于这一类；可是也许有实验性的吻吧，那他的就是实验性的吻。吻过以后，他看看我，想知道结果如何；结果并不惊人；我肯定没有脸红；也许我变得有点儿苍白，因为我觉得这一吻仿佛是加在我的桎梏上的封蜡。从那以后，他一直没有省略过这种仪式，我接受它的时候的那种严肃和沉默，似乎让他感到它有一种魔力。

至于我，我每天都变得更加想讨他喜欢；可是这样做的时候，每天都更加觉得，我必须抛掉我的一半天性，扼杀我的一半才能，扭转我的兴趣的原来的趋向，强迫自己从事并不是天生爱好的研究。他要训练我达到我永远也达不到的高度；为了渴望达到他提高的标准，我每个小时都在受着折磨。这件事不可能办到，正如要把我的不端正的五官塑成他那端正的古典的形状、要把他自己的眼睛的那种海蓝色和严肃的光泽赋予我的不变的绿眼睛一样。

然而，目前束缚着我的，并不只是他的支配地位。最近我很容易显得忧郁：一个毒害人的恶魔就坐在我心里，把我的幸福从源头那儿就吸干，那恶魔就是悬虑不安。

读者啊，你也许以为，在这些环境和命运的变迁中，我已经把罗切斯特先生忘了。一刻也没忘。我还是思念着他，因为这种思念毕竟不是阳光驱散得了的水汽；也不是暴风雨冲洗得掉的画在沙上的人像；它是一个刻在石板上的名字，注定了要和刻着它的大理石一样持久。我渴望知道他现在怎么样了，这种渴望到处跟随着我；在莫尔顿的时候，我每天晚上一回到我的小屋就想起它；如今在沼屋，我每天夜里一到我的卧房里去就闷闷地沉思。

为了遗嘱，我必须和布里格斯先生通信；在信函往来中我问过他，关于罗切斯特先生目前的住址和健康状况，可知道什么线索；可是，圣约翰猜得不错，他对于罗切斯特先生的事一无所知。于是，我写信给菲尔费克斯太太，请她告诉我这方面的消息。我原来满怀信心地指望，这个步骤可以达到我的目的；我觉得这样肯定能让我及早得到一个回答。使我吃惊的是，两个星期过去了，还没有回信；等到两个月过去，邮件一天天来了，却没给我带来什么，我开始被最强烈的焦虑折磨着。

我再写了封信；我的第一封信可能遗失了。新的努力带来了新的希望；它像第一次那样照耀了几个星期，然后，也像第一次那样暗淡下去，变得忽隐忽现了；连一行信、一个字也没有收到。在徒然的期待中，半年过去了，我的希望破灭了；这以后，我确实感到忧伤。

明媚的春天在我周围闪耀着，我不能欣赏它。夏季快来了；黛安娜竭力使我快活；她说我看上去像生了病，希望陪我到海滨去。圣约翰反对这种说法；他说我不需要娱乐，我需要工作；我目前的生活太漫无目的，我需要一个目标；我想，他是为了弥补这个不足，才把我的兴都斯坦语课拉得更长，而且更迫切地要我把它学好；而我，却像个傻瓜，从没想到过反抗他——我不能反抗他。

某一天，我来读书的时候，情绪比往常更低沉；这个低潮是因为过于强烈地感到失望造成的；汉娜早上告诉我说我有一封信，我下楼去取信，几乎肯定，那渴望已久的消息终于来到了，可是我发现的只是布里格斯写来的关于事务的一张无关紧要的便条。这个痛苦的挫折叫我流下了眼泪；这会儿我坐在那儿对着一个印度作家的难懂的词句和丰富的比喻，我又热泪盈眶了。

圣约翰把我叫到他身边去朗读；在试图这样做的时候，我的声音不听使唤；词句在啜泣中消失了。客厅里只有他和我两人；黛安娜在休憩室里练习音乐，玛丽在园子里栽培花木——那是一个很好的5月天气，天空晴朗，阳光灿烂，微风和煦。我的同伴对我这种情绪没表示惊异，也没问我是什么原因；他只是说：

"我们等几分钟吧，简，等你平静一点再念。"我赶紧抑制这感情的爆发，他却镇静、耐心地坐着，靠在书桌上，就像医生用科学眼光观察病人疾病中一个意料中的、完全可以理解的危险那样。我把啜泣压了下去，擦擦眼睛，喃喃地表示那天早上身体不很好；然后重新工作，终于把它完成了。圣约翰收起我的和他的书，锁上书桌，说道：

"现在，简，你去散步吧；和我一起去。"

"我去叫黛安娜和玛丽。"

"不。今天早上，我只要一个同伴，这个同伴必须是你；去穿戴好；从厨房门出去；沿着通到泽谷尽头的那条路走，我一会儿就来。"

我不知道有什么折衷的办法；在跟和我自己的性格相反的独断严酷的性格打交道的时候，在绝对服从和坚决反抗之间，我一生中从来不知道有什么折衷的办法。我总是忠实地绝对服从，一直到爆发，变为坚决反抗为止，有时还是带着火山般的猛烈爆发的。目前的情况既没有要我反抗的理由，我目前的心境也不想使我反抗，我便细心地服从了圣约翰的命令；十分钟以后，我就在幽谷的荒芜小径上，和他并肩而行了。

微风从西边吹来；它吹过小山，带着石楠和灯芯草的香味，芬芳扑鼻；天空碧蓝，没一点云彩；溪水顺着深谷流淌下去；春天的几场雨使溪水上涨，碧波盈盈而清澈，一泻而下，向太阳借来了粼粼金光，从天空吸取了蓝宝石的色泽。我们往前走着，离开了小径，踏上柔软的草地，草细得像苔藓，绿得像翡翠，草地上细致地点缀一朵小白花，还闪耀着星星点点的黄花；这时候，一座座小山已经把我们团团围住；因为幽谷已经接近尽头，蜿蜒到了群山的中心。

"我们在这儿休息一下吧，"我们一走近岩石群边上零零落落的岩石，他就说。这一大堆岩石守卫着一个隘口似的地方；在隘口的那一边，山溪哗哗地奔腾而下，形成一个瀑布；再过去一点，山已经抖掉了草地和花朵，只剩下石楠作衣服，巉岩作宝石——那儿，山把荒芜渲染成了蛮荒，把娇艳换成了严峻——那儿，山守护着孤独的残余希望和寂静的最后藏身处。

我坐了下来；圣约翰站在我附近。他朝上面看看隘口，朝下面看看山谷；他的目光随着溪流延伸过去，然后回过来浏览着给山溪染色的无云的天空；他脱下帽子，让微风吹拂着头发，吻着额头。他似乎在跟他常来的这个地方作神灵交流，用他的眼睛向什么告别。

"当我睡在恒河边上的时候，"他说，"我将在梦中再看见它；在一个更遥远的时刻——在另一次昏睡控制我的时候——在一条更阴暗的河流的岸上，再看到它。"

一种出于奇怪的爱而说的奇怪的话！一个严肃的爱国者对于祖国所怀的激情！他坐了下来；有半个小时，我们没说话；他没对我说，我也没对他说；那一段时间过去以后，他又开始说道：

“简，六个星期以后，我要走了；我已经在6月20日启航的‘东印度人号’上订了舱位。”

“上帝会保护你；因为你已经在从事他的工作了，”我答道。

“是的，”他说，“那里有我的荣耀和我的欢乐。我是给一个没有错误的主人当奴仆。我不是在人的引导下出去，受着我的软弱的同类蛆虫的片面法则和错误控制的支配；我的皇帝，我的立法人，我的领袖是尽善尽美的。我觉得奇怪，我周围的人竟然都不急于要在这一面旗帜下入伍，参加这一项事业。”

“并不是人人都有你的力量啊；弱者想去跟强者一起前进，那是愚蠢的。”

“我不是向弱者说话，也不是想着弱者；我只是向配得上干这个工作、而且有能力完成这个工作的人说话。”

“那样的人少，又难发现。”

“你说得对；可是一旦发现了，就应该激励他们——敦促和规劝他们作这一努力，应该让他们看到自己的天赋，以及为什么这些天赋要给予他们，应该把上帝的使命告诉他们，还应该直接从上帝那儿，给他一个在他的选民中的位置。”

“要是他们真的有资格做这个工作，难道他们自己的心不会首先告诉他们吗？”

我觉得仿佛有一种可怕的魔力正在我周围和上空形成和扩大；我颤抖着，担心听到说出什么致命的话来宣布而且固定这个魔力。

“**你的**心怎么说呢？”圣约翰问。

“我的心不会说话，——我的心不会说话。”我答道，我被击中了要害，感到一阵毛骨悚然。

“那末，我得代它说话，”那深沉无情的声音继续说。“简，跟我到印度去吧；作为我的伴侣和同事，去吧。”

幽谷和天空打起转来，山也起伏着！仿佛我听到了上帝的召唤——仿佛一个异象中的使者，像马其顿的使者那样，宣布说，“过来帮助我们！”可是我不是使徒——我看不见先驱——我不能接受他的召唤[①]。

“哦，圣约翰！”我嚷道，“发发慈悲吧！”

我所呼吁的那个人，在执行他认为是他的责任的时候，既不知道慈悲，也不知道同情。他继续说：

“上帝和大自然打算让你作传教士的妻子。他们给予你的，不是外貌上的、而是精神上的天赋；你是为了工作，而不是为了爱情才给造出来的。你必须成为传教士的妻子——将成为传教士的妻子。你将成为我的；我有权要求你——不是为了我的欢乐，而是为了我主的工作。”

“我对这不合适；我没有这种才能，”我说。

他料到我一开始会这样反对；他听了一点也不恼火。的确，他背靠着巉岩，双臂抱在胸前，面孔板着，我看得出来，他已经对长期顽固反对作好了准备；已经积聚了很大耐心让他可以坚持到结束——不过，他下定了决心，那个结束应该是他获得胜利。

“谦卑，简，”他说，“是基督教美德的基础；你说你对这工作不合适，说得对。谁对它合适呢？曾经受到召唤的人，有谁相信配接受召唤呢？就拿我来说，我只是灰尘罢了。和圣保罗在一起，我承认自己是最大的犯罪者；可是我不让我这种自卑感使我气馁。我知道我的主，他不仅强大，而且公正；他选中一个微弱的工具来完成一件伟大

① 《圣经·新约·使徒行传》第16章第9至10节：“在夜间有异象现与保罗，有一马其顿人，站着求他说，请你过到马其顿来帮助我们。保罗既看见这异象，我们随即想要往马其顿去，以为上帝召我们传福音给那里的人听。”保罗是基督的使徒。

的工作，他就会从他无限的宝物之中拿出一些东西，来弥补为达到这一目的所选的工具之不足。像我一样想，简——像我一样相信吧。我要你倚靠的是时代的岩石①，它能承担你人类软弱的重量。”

“我不能理解传教士的生活；我从没研究过传教士的工作。”

“我尽管卑微，在这方面，我却能把你需要的帮助给你；我可以一个小时一个小时地给你安排工作，一直待在你身边，时时刻刻帮助你。一开始我可以这样做；不久(因为我知道你的能力)，你就会和我一样坚强，一样合适，不再需要我的帮助了。”

“可是我的能力——从事这项工作的能力在哪儿呢？我感觉不到啊。你谈的时候，没有什么东西在我心里说话或者活动。我觉得没有光亮在照耀——没有生命在加速——没有声音在劝说或鼓动。哦，但愿我能让你看到，目前我的心灵多么像昏暗无光的土牢，一种畏惧给锁在心灵的深处——生怕让你说服了，去尝试我无法完成的工作！”

“我有一个回答给你——听着。自从我们第一次见面以来，我一直在观察你；我把你作为我研究的对象，已经有十个月了。在那段时间里，我给了你各种考验；我看到了什么，得出了什么结论呢？在乡村学校里，我发现，你可以准确而正直地把和你的性情习惯不合的工作干得很好。我看出，你可以从容而老练地干这个工作；既能管人又能赢得人心。你听到自己突然变富的消息，心里平静，从这平静中，我看到了一个毫无底马②的罪过的心灵；——钱财对于你没有过分的力量。你坚决自愿把你的财产分成四份，自己只留一份，为了要求抽象的正义，把三份给了别人，从这种自愿中，我看到一个以牺牲的热情

① 指基督。

② 底马，据《圣经·新约·提摩太后书》第4章第10节，底马贪爱现今的世界，离弃了基督耶稣的使徒圣保罗。

和兴奋为乐的灵魂。你驯顺地服从我的意愿，放弃学习你感兴趣的东西，而改学另一种，就因为我对它感兴趣，而且从那以后一直坚持，不知疲倦地刻苦学习，用毫不松懈的精力和毫不动摇的坚毅面对它的困难——从这种驯服、刻苦、精力和坚毅中，我承认我所寻求的品质已经齐全了。简，你温顺、勤奋、无私、忠实、坚贞、勇敢，非常文雅，又非常英勇；别再不相信自己吧——我可以毫无保留地相信你。作为印度学校里的一个女管理员，印度女人中的一个助人者，你对我的帮助将是非常宝贵的。”

我的铁的裹尸布在我周围裹紧了；说服在慢而稳地步步紧逼。尽管我闭着眼睛，他最后的几句话还是使原来似乎堵塞的道路变得比较畅通了。我的工作，原来看上去如此模糊，如此毫无希望地散乱，在他说下去的时候却变得精炼起来，在他进行塑造的手里有了明确的形式。他等着回答。我要求在我冒险作一个回答以前，给我一刻钟思考。

“很乐意，”他答道。他站起身来，沿着山路再走远一点，在荒地上一个隆起的地方躺下，就在那儿一动不动地躺着。

“他要我做的事，我**能够**做；我被迫看到和承认这一点，”我思忖着，“这是说，如果不夺去我的生命的话。但是，我觉得，我的生命可不是能在印度太阳下长久延续下去的那一种。——那怎么办呢？他对这个不会在乎；等到我死的时候，他会平静而神圣地把我交给创造出我的上帝。情况非常明白地摆在我面前。离开英国，我就离开了一个心爱的但是空虚的地方，——罗切斯特先生不在那儿了；即使他在，那对我又怎么样呢，又可能怎么样呢？我现在应该没有他而生活；我一天天挨过去，仿佛在等一个不可能出现的环境变化，让我可以再和他团聚，这是再荒谬、再软弱不过的。当然（正如圣约翰有一次说过的）我必须在生活中再找一样什么来引起我的关心，代替失去的那一个；他现在向我提议的这个工作，难道不是人所能选定的，或者上帝所能安排的最光荣的工作吗？这项工作由于他的高贵的操心和崇高的结果，不是最有可能填补被除掉的感情和破灭的希望留下的空白吗？我相信，自己必须说‘是的’——然而我却颤抖。唉！要是我和圣约翰在一起，那就是把自己抛弃了一半；要是我去印度，那就是走向夭折。从离开英国到印度，从印度到坟墓，这之间的间隙如何填满呢？哦，我很清楚！这也是我看得很明白的。为了满足圣约翰，我努力到肌肉酸痛，我是会使他满足的——使他的期望从最细微的中心点到最外面的外围都得到满足。要是我真的跟他去——要是我真的去作他竭力主张的那种牺牲，我是会完完全全地做到这一点的；我会把一切：把心，把五脏六腑，把整个的人作为牺牲，奉献到祭台上。他永远也不会爱我；但是他会赞成我；我会让他看看他还没看到过的精力，他从没猜想过的智谋。是的，我可以像他一样努力地工作，一样地毫不抱怨。

“那末，同意他的要求是可能的了；可是有一项——可怕的一项。那就是——他要我做他的妻子，而他能给我的丈夫的心，却并不比那边山峡里皱眉巨人似的岩石多。溪流正冲刷着那岩石，浪花四溅。他珍爱我，犹如一个士兵珍爱一件好武器；仅此而已。不嫁给他，就永远不会使我伤心；可是，我能让他完成他的打算，冷淡地实现他的计划，履行结婚仪式吗？我能明知道他完全心不在焉而从他那儿接受结婚戒指，忍受爱的一切形式（这我相信他是会严格遵守的）吗？明明知道他给予的每一个亲热表示都只是根据原则作出的牺牲，我容忍得了吗？不；这样一种殉道是可怕的。我永远也不愿经受。作为他的妹妹，我可以陪他去——而不是做他的妻子；我就这么对他说。”

我朝土墩那儿看看；他就躺在那儿，像根横着的柱子似地一动不动；他的脸朝着我；他的眼睛警觉而锐利地发着光。他跳了起来，走近我。

“要是我可以自由地去印度的话，我随时都可以去。”

“你的回答需要个注解，”他说，“它不清楚。”

“在这以前，你一直是我的义兄；我是你的义妹，让我们继续保持这样的关系吧；你和我最好还是不要结婚。”

他摇摇头。“在这种情况下，义兄妹还不行。如果你是我的亲妹妹，那就不同了；我会带你去，不要你作妻子。既然是目前这种情况，我们的结合要末必须用婚姻来使它神圣化和固定下来，要末就不能存在；有一些实际障碍阻止采取其他计划。你没看到吗，简？考虑一下吧——你的坚强的理智会引导你的。”

我是考虑了；不过，我的理智既然只是像目前这样，那就只能引导我看到这个事实：夫妇应该相爱，而我们却并不相爱；因此它得出的结论是，我们不应该结婚。我就这么说了。“圣约翰，”我回答，“我把你看作哥哥——你把我看作妹妹；我们就这样继续下去吧。”

“我们不能——我们不能，”他用粗暴和严厉的坚决口气答道；“这不行。你说过，你愿跟我一起去印度；记住——你说过这句话。”

“是有条件地说的。”

“好了——好了。主要的一点——同我一起离开英国，在我未来的工作中同我合作——这你并不反对。你已经差不多等于把你的手放在犁头上了；你是坚定不移的，不会把手再缩回去。你只要看着一个目标，那就是怎样才把你从事的工作做得最好。把你的复杂的兴趣、感情、思想、愿望、目的简化一下；把所有的考虑全都融合在一个目标中，那就是有效地——有力地——完成你的伟大的主的使命。要这样做，你就得有一个助手——不是一个哥哥；哥哥这种关系太疏远；而是得有一个丈夫。我也不需要一个妹妹；妹妹随时有可能被从我这儿带走。我要一个妻子——我在生活中惟一能有效地给予影响的伴侣，而且能完全保持她，直到死亡。”

他说话的时候，我颤抖着；我觉得他的影响一直渗透到我的骨髓里——他的约束一直达到了我的四肢。

“到别处去找吧，不要找我，圣约翰；去找一个对你合适的人。”

“你的意思是说找一个适合于我的目的——适合于我的职业的吧。我再跟你说一遍，我并非作为微不足道的个人——带着人的自私感的普通的人，而是作为传教士，才希望结婚的。”

“那我就把我的精力给传教士——他需要的只是这个——而不把我自己给他；那不过是在果核外面加上果皮果壳罢了。他要它们没有用处；我就留着吧。”

“你留不住——也不应该留。你以为上帝会对半个祭品感到满意吗？他会接受一个残缺不全的牺牲吗？我拥护的是上帝的事业；我是站在他的旗帜下召你入伍的。我不能代表上帝接受一种分割的忠诚；它必须是完整的。”

“哦！我愿意把我的心给上帝，”我说，“你不需要它。”

读者啊，我不想起誓说，我说这话时的语气和附带的感情中没有一点压抑住的讥讽。以前，我心里一直怕圣约翰，因为我还不了解他。他让我敬畏，因为他让我怀疑。他有几分是圣徒，有几分是凡人，在这以前我一直说不清楚；可是在这次谈话中，却有了展示；对他性格的剖析是在我眼前进行的。我看到了他的错误之处，我理解它们。我坐在石楠丛生的岸边，那个漂亮的形体就在我面前，我明白了，我是坐在一个和我一样犯错误的人脚边。面纱从他的无情和专制上落下了。一旦感觉到了他有这些特性，我就觉得他并不十全十美，我有了勇气。我是同一个和我平等的人在一起——一个我可以同他争论的人——一个，如果我认为适当的话，我可以反抗的人。

我说了最后一句话以后，他沉默了，不久我就冒险抬起眼来看看他的脸。他的眼光正对着我，既表示出严厉的惊奇又表示出锐利的询问。“她在讽刺，在讽刺**我**！”那眼光似乎在说。“这是什么意思？”

“别忘了，这是一件严肃的事，”不一会儿，他说；“这种事我们不能轻率地考虑或谈论而不犯罪。简，你说你愿意把你的心给上帝，我相信，你是认真的；我要的只是这个。你一旦把你的心从人那儿拉走，把它固定在你的创造者身上，那末，促使创造者的精神王国在世上出现，就将是你主要的乐趣和宗旨；你就会随时准备去做能达到那个目的的任何事情。你会看到，我们结婚以后身心两方面的结合将给你我的努力以怎样的推动；只有这种结合才能使人类的命运和计划具有永远一致的特性。你只要摆脱一切次要的反复无常——摆脱一切微不足道的感情上的困难和脆弱——摆脱一切有关纯粹个人爱好的程度、种类、力量和温存的顾虑——那你就会立即同意这种结合的。”

“会吗？”我简短地说；我看看他的五官，它们的匀称显得美丽，可是它们静止不动的严肃却显得出奇地可怕；看看他那威严但不舒坦的额头；看看他明亮、深邃、敏锐但不温柔的眼睛；看看他那仪表堂堂的高高的身材；我在心里想象着自己做*他的妻子*。哦！永远不可能！当他的副牧师，他的同伴，完全可以；以那样的身份，我愿意和他一起漂洋过海；以那样的职务，和他一起在东方的烈日下、亚洲的沙漠中辛勤工作；崇拜他的勇气、虔诚和精力，并且和他竞赛；默默地尊重他的主人身份；平静地对他那根深蒂固的志向微笑；把基督徒和普通人区分开来；深深地敬重前者，宽大地原谅后者。毫无疑问，如果只是以这样的身份依附于他，那我会常常感到痛苦；我的身体会受到过于严格的束缚，可是我的心灵却是自由的。我还可以向没遭摧残的自己求助；在孤独的时候，我还可以和我的自然的未被奴役的感情交谈。我的心灵里还有一些幽深处所，只属于我自己，他还从来没到这些地方来过；感情在那儿新鲜而又隐蔽地成长着，不会受到他的严厉的摧残，也不会遭到他那沉重的武士步伐的践踏；可是，作为他的妻子——就老是守在他身边，老是受到限制，老是受到阻拦——被迫经常把我天性之火压得低低的，迫使它只在心里燃烧而永远不发出一声叫喊，虽然这被监禁的火把五脏六腑一个接一个地烧毁了——这将是无法忍受的。

"圣约翰！"我沉思到这儿，嚷了起来。

"怎么样？"他冷冷地回答。

"我再说一遍；我爽爽快快地同意跟你去，那里作为你的传教士的同事，而不是作为你的妻子；我不能嫁给你，成为你的一部分。"

"你必须成为我的一部分，"他坚定地回答；"否则的话，整个事情就落空了。我，一个还不到三十岁的男人，怎么可能带一个十九岁的姑娘去印度？除非是她嫁给我。我们不结婚，怎么可能一直在一起——有时候只有我们两人，有时候在野蛮部落中？"

"很好，"我简单地回答，"在这种情况下，很可以或者把我当作你的真妹妹，或者当作像你一样的一个男人和教士。"

"人家知道你不是我的妹妹，我不能向人家介绍说你是我的妹妹。要试图这样做，那只会引起人家对我们两人的有害的猜疑。至于其他，尽管你有一个男人的刚强的头脑，你却有一颗女人的心，——这可不行。"

"行，"我带几分鄙薄地说，"完全能行。我有一颗女人的心；不过不是在与你有关的地方；对于你，我只有同伴的坚贞；如果你愿意的话，还有共事的士兵的坦率、忠实、友爱，以及新教士对他的圣师的尊敬和服从；再没别的了——别担心。"

"这就是我所需要的，"他自言自语说；"这正是我所需要的。路上有障碍；必须把障碍砍掉。简，你嫁给我，不会后悔的；这一点，你可以肯定；我们**必须**结婚。我重复一遍；没有其他办法；结婚以后，毫无疑问会有足够的爱情，甚至让你都认为结合是对的。”

“我蔑视你的爱情观念，”我忍不住说；我站起身，背靠在岩石上站在他面前。“我瞧不起你奉献的这种不真实的感情；是的，圣约翰，你把它奉献出来的时候，我蔑视你。”

他目不转睛地盯着我；一边看着，一边把形状长得很好的嘴闭得紧紧的。他是给激怒了呢，还是惊愕，还是其他什么，很难说；他完全能够控制他的脸色。

“我简直没料到你会说出这些话来，”他说；“我想，我没做出什么事或者说出什么话，应该受到你的蔑视。”

他的温和的语调使我感动，他的崇高坦然的神情使我敬畏。

“原谅我说了这话，圣约翰；不过，是你自己的过错引得我这样冒失地说话。你提出了一个我们两人的性格不可能取得一致意见的话题——一个我们永远不应该讨论的话题；爱情这个名称本身就是你我之间争夺的苹果[①]——如果需要现实的话，那我们怎么办呢？我们会感到怎么样呢？亲爱的表哥，放弃你的结婚计划吧——把它忘了吧。”

“不，”他说；“这是个酝酿已久的计划，是惟一能达到我的伟大目的的计划；不过，目前我不再劝你。明天，我动身去剑桥；那儿我有很多朋友，我想去向他们辞行。我要离开两个星期——利用这段时间考虑考虑我的建议吧；别忘了，如果你拒绝，那你拒绝的不是我，而是上帝。通过我这个途径，他给你开辟了一个崇高的事业；你只有作为我的妻子才能进入它。拒绝做我的妻子，你就是永远把自己局限于自私的安逸和无聊的隐匿这样的小道上。恐怕在那种情况下，你就要

① 希腊神话中，各女神为争夺金苹果，引起特洛伊战争。后来用以比喻争端，祸根。

被列入拒绝教义的人当中去了，而且比不信教的人更糟！”

他说完了。转过身去的时候，又说：

“看看河流，看看山！”

可是这一次，他的感情完全给关闭在心里；我不配听到它们说出来。我在他身边走回家去，我从他那铁一般的沉默中清楚地看出了他对我的一切感情：一种严肃、专制的性格感到的失望，它在盼望服从的地方遭到了反抗——一种冷静、顽固的判断表示的非难，它在别人身上看到了它不能同情的感情和观点；总之，作为一个人，他希望说服我服从；只是作为一个真诚的基督徒，他才能如此耐心地忍受我的执拗，允许如此长的时间来考虑和忏悔。

那天晚上，他吻了他的妹妹以后，认为应当连和我握手都忘掉；他默默地离开了房间。我——对他虽然没有爱，但是却怀着深厚的友情——为这个明显的忽视感到伤心；伤心得连泪水都涌到眼睛里来了。

“我看得出来，你跟圣约翰在那荒原上散步的时候吵过架了，简，”黛安娜说，“去追上他；他现在在过道上徘徊，在等你——他会同你和好的。”

在这种情况下，我没有多少自尊心；我总是宁可要快乐而不要自尊；我去追他了——他站在楼梯脚下。

“晚安，圣约翰，”我说。

“晚安，简，”他平静地回答。

“那么握握手吧，”我补充了一句。

他是多么冷淡、多么宽松地碰了一下我的手指啊！那天发生的事使他非常不高兴；真诚不能使他变得热情，眼泪也不能使他感动。从他那儿得不到快活的和解——得不到令人欢快的微笑，也得不到宽宏大量的言语；然而，那基督徒还是耐心而温和的；我问他是否原谅我，他回答说，他没有长久记住烦恼的习惯；他没有什么要原谅，因为他并没有生气。

说着他离开了我。我倒是宁可他一拳把我打倒在地上。

第三十五章

第二天，他没像他所说的那样去剑桥。他把动身推迟了整整一星期；在那期间，他让我感到，一个善良然而苛刻、耿直然而无情的人能给予冒犯了他们的人怎样严厉的惩罚。没有一个公开的敌对行动，没有一句责备的话，他竟能使我时时觉得自己被推到了他宠爱的范围之外去了。

这倒不是说圣约翰怀着一种非基督徒的复仇精神——不是说他会伤害我一根毫毛，虽然他完全有能力这么做。从天性上和原则上，他都不至于去寻求卑鄙的复仇的喜悦；我说我瞧不起他和他的爱情，他已经原谅了我，但是他忘不了那几句话；只要他和我活着，他永远也不会忘掉。他朝我转过脸来的时候，我从他的神情上看得出来，这些话就写在我和他之间的空气中；不管我说什么，在他听来，我的声音里总有那几句话在响着；而他给我的每一个回答，也总有它们的回声在定着调子。

他并没有避免和我谈话；他甚至每天早上都像往常一样叫我到他书桌那儿去；但是，我担心，他心里那个堕落的人有着一种乐趣，没让他心里那个纯洁的基督徒知道和分享，那就是显示出，他一方面在表面上完全和往常一样行动和说话，一方面却能怎样巧妙地从每一件事和每一句话中抽去关心和赞同的精神，这种精神以前曾经赋予他的言语和举止一种严肃的魅力。对我来说，他实际上已经变得不再是肉体，而是大理石；他的眼睛是冰冷晶莹的蓝宝石；他的舌头是说话的工具——如此而已。

这一切在我是一种折磨——细细的、慢慢的折磨。它保持着一种缓缓的愤怒之火，一种颤抖的忧伤之苦，使我烦恼，而且把我整个儿压垮了。我感觉到，要是我做了他的妻子，这个像不见阳光的深泉般纯洁的好人不久就会害死我。他这样做，用不着从我血管里抽一滴血，也不会让他水晶般的良心沾上最微小的犯罪污点。在我向他作出任何和解的尝试的时候，我尤其感到这一点。没有悔恨来回答我的悔恨，**他**没体验到疏远的痛苦——也没体验到寻求和解的渴望；虽然，不止一次，我簌簌滴下的泪珠使我们一起低头看着的书页现出水疱，但是它们在他身上没产生作用，仿佛他的心真是铁石做成的一样。在这同时，他对他妹妹却比往常更加亲切；好像担心，只用冷淡还不足以使我相信我已经完全被驱逐、被赶走，他还加上了对比的力量；我肯定他这么做不是出于恶意，而是出于原则。

他离家的前一天晚上，在夕阳西下的时候，我碰巧看见他一个人在花园里散步；我看着他，想起这个人尽管现在疏远了，但是毕竟曾经救过我的命，而且我们又是近亲，我感动得做了最后一次努力，要重新获得他的友谊。他俯身靠在小门上站着；我走出屋子，朝他走去；我立即直截了当地对他说：

“圣约翰，我不愉快，因为你还是跟我生气。我们做朋友吧。”

“我希望我们是朋友，”他没被感动，回答道，眼睛却还是看着冉冉升起的月亮。刚才我走过去的时候，他就一直在看月亮。

“不，圣约翰，我们现在不像以前那样友好了。这你知道。”

“现在不是了吗？错了。就我这方面来说，我不希望你坏，而希望你一切都好。”

“我相信你，圣约翰；因为我肯定你不可能希望任何人坏；可是，我是你的亲戚，我就希望你给我的感情要比你给一般陌路人的那种一般的慈善更多一点。”

“当然，”他说。“你的希望是合理的；而我远远没把你当作陌路人。”

这些话用冷淡而平静的语调说出来，是很叫人伤心而又气馁的。

我要是听从自尊心和愤怒的驱使，那就会立即离开他；可是我心里有一样什么在起着作用，它的作用比这两种感情所能起的更强。我深深地敬重我表哥的才能和原则。对我来说，他的友谊是宝贵的，失却它会使我非常难受。我不愿这么早就放弃恢复友谊的尝试。

“我们非这样分开不可吗，圣约翰？你到印度去的时候，也这样离开我吗，不说一句比你刚才说的更亲切一点的话吗？”

这会儿，他完全不看月亮，而面对着我了。

“我去印度的时候，简，会离开你吗？什么！你不去印度？”

“你说过，我不嫁给你就不能去。”

“你不愿嫁给我？你还是坚持那个决定？”

读者啊，你是否也像我一样，知道冷酷的人们能在他们冰块般的问话中放进怎样的恐怖？他们愤怒时多么像冰雪在崩塌？他们不高兴时又多么像冰海被砸碎？

“不，圣约翰，我不愿嫁给你。我坚持我的决定。”

冰雪动摇了，有点儿向前移动；但还没有崩塌下来。

“再问一遍，为什么拒绝？”他问。

“以前，”我回答说，“是因为你不爱我；现在，我回答，是因为你差不多在恨我。要是我嫁了你，你会害死我。你现在就在害死我。”

他的嘴唇和脸颊都发白了——白得厉害。

“**我会害死你——我在害死你**？你不应该说这样的话，这些话狂暴，不像女人说的，说的也不是事实。这泄露出不幸的心理状态；这应该受到严厉的谴责；这会显得不可饶恕；可是，原谅同类是人的责任，哪怕到了七十七次[1]的时候。”

现在完了。我一心想把我以前那次冒犯的痕迹从他心里抹去，然

---

① 《圣经·新约·马太福音》第18章第21至22节中说，耶稣要彼得饶恕他弟弟70个7次。

而却在那黏着力很强的表面上打下另一个深得多的痕迹，我把它烙进去了。

“这下子，你可要真的恨我了，”我说，“要跟你和解是没用的；我看得出，我成了你永久的仇人了。”

这些话又伤害了他；而且伤害得更厉害，因为说的是事实。那毫无血色的嘴唇抖动了一下，出现了暂时的痉挛。我了解我所磨快的那种钢刀似的暴怒。我心里非常难受。

“你完全误解了我的话，”我一下子抓住他的手说；“我不想使你伤心或痛苦——真的，我不想。”

他极其凄苦地微笑了一下——极其坚决地把他的手从我手里缩了回去。“现在你想想你的诺言，我看，你根本就不愿去印度吧？”他停了很久，然后说。

“不，我愿意去，作为你的助手，”我答道。

接下来是久久的沉默。这段时间中，在他心里，人性和神恩有着怎样的搏斗，我说不出来；只是他眼睛里闪烁出了奇异的光芒，脸上掠过了奇怪的阴影。他终于说话了。

“我以前向你证明过，一个像你这样年纪的未婚女人提出要陪我这样年纪的一个单身汉出国，是荒谬的。我以为我向你证明时用的措辞，会防止你再提起这个计划。而你却又提起了，我很遗憾——为你感到遗憾。”

我打断他的话。任何像是明显责备的话一下子就给了我勇气。“要通情达理，圣约翰；你简直在说胡话了。你假装听了我的话大吃一惊。你不是真的吃惊；有你那样高超的脑子，你不至于迟钝或者自负到误会我的意思。我再说一遍，我当你的副牧师，如果你愿意的话；可是永远不做你的妻子。”

他又变得像铅一样苍白；不过像以前一样，完全控制住了自己的怒火。他强调然而平静地回答：

“一个女的副牧师，而又不是我妻子，那对我永远不合适。那末，看来你不可能同我一起去了；不过，如果你是真心诚意地提出来，那我就趁待在城里的时候，去跟一个已婚传教士说说，他的妻子需要助手。你自己的财产可以让你不必依靠教会救济；这样你就可以不至于因为食言和遗弃答应加入的团体而显得不光彩。”

正如读者所知道的，我从来没有许下什么正式的诺言，也没有答应加入什么；在这种场合，说这样的话未免太严厉了，也太专断了。我答道：

“在这件事上，没有什么不光彩；没有什么食言；也没有什么遗弃。我没有丝毫义务要去印度；特别是跟陌生人同去。跟你在一起，我可以冒险做很多事；因为我崇拜你，信任你，并且像妹妹那样爱你；不过我深信，不管什么时候去，不管跟谁去，我在那种气候下都活不长。”

“啊！你是在为自己担忧，”他翘起嘴唇说。

“是啊，上帝给我生命，并不是要我抛弃它；我开始认为，按照你希望的那样做，等于自杀。再说，在我下定决心离开英国以前，我要肯定一下，是否我留在英国就不可能比离开英国有更大的用处。”

“你这是什么意思？”

“要解释也没用；但是有一件事，使我长期感到是个痛苦的疑团；在用个什么方法消除那个疑团以前，我不可能上哪儿去。”

“我知道你的心向着哪儿，依恋着什么。你所怀的兴趣是不合法、不神圣的。你早就该把它消灭了；现在你应该提起它就脸红。你在想罗切斯特先生？”

这是真的。我默认了。

“你要去找罗切斯特先生吗？”

“我得打听他现在怎么样了。”

“那末，”他说，“我只好在祷告中想起你了；真心诚意地为你祈求上帝，别让你真正变成一个堕落的人。我以为我看出你是上帝的一个选民。但是上帝和人的看法不同；要按上帝的意旨办。”

他打开门，走了出去，沿着幽谷信步走着。不一会儿就看不见了。

我回到客厅里，发现黛安娜站在窗口，似乎沉思得出了神。黛安娜比我高得多，她把手放在我肩头上，弯下身子，细细察看我的脸。

“简，”她说，“你现在老是心情激动，脸色苍白。我肯定一定有什么事。告诉我，圣约翰和你在干什么。这半个钟头里，我一直从窗口望着你们；你得原谅我当了密探，可是很久以来，我总是在想着我几乎不知道的事。圣约翰是个怪人——”

她顿了一下——我没说话；她立即又接下去说：

“我肯定，我的那个哥哥对你抱着一种奇怪的看法；他早就对你特别注意和关心了，他对任何别的人都从来不这样——为了什么目的呢？我希望他是爱你——是不是，简？”

我把她的冰凉的手放在我发烫的额头上，说：“不，黛，一点也不。”

“那他干吗老是这样用眼睛盯着你——这样常常要你单独跟他在一块儿，还让你时时待在他身边？玛丽和我都断定，他是希望你嫁给他。”

“他是这样希望——他曾经要求我做他的妻子。”

黛安娜拍起手来。“这也正是我们所希望、所想的！你会嫁给他，简，是不是？那他就可以待在英国了。”

“远远不是这样，黛安娜；他向我求婚，打的惟一的主意就是要在他的印度的辛苦工作中有一个合适的同事。”

“什么！他希望你去印度？”

“是啊。”

“发疯！”她嚷了起来。“我肯定，你在那儿活不到三个月。你决不能去；你没同意——是不是，简？”

“我拒绝嫁给他——”

“因此就使他不高兴了？”她提示说。

“很不高兴；我怕他永远也不会原谅我了；不过，我提出作为妹妹陪他去。”

“这样做，愚蠢得发疯，简。想想你要从事的工作，这种工作会给你无休止的疲劳；哪怕身强力壮的人都会累死；而你身体又是那么弱。圣约翰——你知道他——会迫使你做不可能做到的事——跟他在一起，在天最热的时间里也不准休息；而且不幸的是，我已经注意到，不管他要求什么，你都强迫自己去按他的要求做。我觉得吃惊，你居然有勇气拒绝他的求婚。那末，你不爱他吗，简？”

“不是像爱丈夫那样地爱。”

“不过，他是个漂亮的人。”

“而我，你看，黛，是这样不漂亮。我们永远不相配。”

“不漂亮！你？哪儿的话！你太善良，也太漂亮了，不能在加尔各答活活烤死。”于是她再一次诚恳地劝我打消和她哥哥出去的一切念头。

“我真的非打消不可，”我说，“因为我刚才又提出要给他当执事的时候，他表示对我的不端感到吃惊。他似乎认为，我提出不结婚陪他去，是品行不端；好像我没一开始就希望他做我的哥哥，而且一直是这样看待他似的。”

“你凭什么说他不爱你呢，简？”

“你该亲耳听听他在这件事上是怎么说的。他一遍又一遍解释说，他希望结婚，不是为了他自己，而是为了他的职务。他告诉我说，我是为了工作——而不是为了爱情才给创造出来的；毫无疑问，这是对的。可是，我的意见是，既然我不是为了爱情给创造出来的，那我也就不是为了结婚才给创造出来的。终身和一个人锁在一起，而他却把你只当做一件有用的工具，这不奇怪吗，黛？”

“简直不可忍受——不合人情——不可能！”

“再说，”我继续说下去，“虽然我现在对他只有妹妹的感情，不过，如果被迫做了他的妻子，我可以想象，有可能对他产生一种不可避免的、奇怪的、痛苦的爱；因为他是如此地有才能；而且他的神情、举止和谈吐中常常有一种英勇威严的气概。在那种情况下，我的命运会变得说不出地不幸。他不会要我爱他；如果我表示出这种感情，他就会叫我明白，那是多余的东西，他不需要，而且对我也不合适。我知道他会这样做。”

“然而，圣约翰是个善良的人，”黛安娜说。

“他是个善良的、伟大的人；不过，他在追求自己的宏大目的的时候，无情地忘掉了渺小人物的感情和要求了。所以，微不足道的人最好还是避开他；否则的话，他前进的时候，会把他们踩死的。他来了！我走了，黛安娜。”一看见他走进花园，我就匆匆上楼去。

可是，吃晚饭的时候，我不得不再次见到他。在吃晚饭时，他显得和往常一样镇静。我以为他不大会同我说话，我还肯定他已经放弃了他的结婚计划；可是接下来发生的事说明我在这两点上都估计错误。他用跟他平常完全一样的态度同我说话，或者可以说是最近常用的态度：一种过分客气的态度。毫无疑问，他已经求助于圣灵，把我在他心里引起的怒火压了下去，现在他相信自己已经再一次原谅了我。

晚祷前的读经，他选了《启示录》第二十一章。听着《圣经》的词句从他嘴里念出来，在任何时候都是愉快的；他那副好嗓子从来没像宣读上帝的神谕时那样既甜润又洪亮，——他的举止的高贵朴实也从来没那样给人留下深刻的印象；而在今天晚上，那嗓音有着更加庄严的调子——那举止有着更加使人战栗的意义——这时候，他就坐在他家里的一圈人中间(5月的月亮，从没拉上窗帘的窗子里照进来，使桌上的烛光都变得几乎没有必要了)；他坐在那儿，俯身对着那本很大的旧《圣经》，根据书页描述着新天新地的幻景——告诉大家，上帝要与人同住，上帝要擦去他们一切的眼泪，许诺不再有死亡，也不再有悲哀、哭号、疼痛，因为以前的事都过去了。

接下来的词句，在他说出来的时候，奇怪地使我战栗起来，尤其是当我从他那微小得几乎觉察不出来的声音的改变中，感觉到他一边说一边把眼光移到我身上的时候。

“得胜的，必承受这些为业；我要作他的上帝，他要作我的儿子。”他念得又慢又清楚。“惟有胆怯的、不信的、可憎的……他们的分就在烧着硫磺的火湖里；这是第二次的死。”①

从这以后，我知道了圣约翰为我担心的是什么命运。

一种平静的、抑制住的胜利，夹杂着一种渴望的热切，在他宣读那一章最后几节的时候表达了出来。读的人相信自己的名字已经写在羔羊生命册上了，他在渴望这样一个时刻到来，让他可以进入地上的君王们将自己的荣耀归与的那个城市；那个城里不用日月照亮，因为上帝的荣耀光在照着它，又有羔羊为城的灯。②

在念完这一章以后，接下来的祈祷里，他全部精力都集中起来——全部严肃的热诚都激发出来了；他极其认真地虔诚祈祷，决心要征服。他为心灵软弱的人祈求力量；为走出“羊群”迷了路的人祈

---

① 这一段引自《圣经 · 新约 · 启示录》第 21 章第 7 至 8 节。
② 这一段引自《启示录》第 21 章第 22 至 27 节。

求引导；为受到世间和肉体的引诱离开窄路的人，祈求悬崖勒马。他要求，强烈要求，坚持要求，把烙铁从火上抢走。真诚永远是极其庄严的；一开始，我听着祈祷的时候，对他的真诚感到奇怪；接着，当真诚继续下去而且变得更加强烈的时候，我被感动了，最后终于感到了敬畏。他如此真切地感到他的目的的伟大和善良；别人听着他祈求，也禁不住会有同感。

祷告完毕，我们向他告别；他第二天一早就要动身了。黛安娜和玛丽吻了他，走出了房间——我想，她们是依从他低声说出的一个暗示才走的；我向他伸出手去，祝他旅途愉快。

“谢谢你，简。我说过了，两星期以后我再从剑桥回来；所以，那段时间还可以留给你考虑。如果我听从了人的自尊心，就不会再向你提起和我结婚的事；可是我听从我的责任，眼睛一直坚定地看着我的首要目的——为了上帝的荣耀，做一切事情。我的主长期受苦；我也要这样。我不能听任你成为遭天罚的人堕入地狱；忏悔吧——下决心吧，趁现在还来得及。记住，我们受到吩咐：要在白天工作——受到警告：‘黑夜将到，就没有人能作工了。’[①]记住在现世生活中有好东西的那个财主的命运[②]，上帝给你力量选择那不可能从你那儿拿走的更好的一部分！”

他说最后一句话的时候，把手放在我头上。他说得诚挚、温和；他的眼神确实不是情人望着情人的那一种；而是牧师叫回自己的迷路羔羊——或者说得更恰当一点，是保护神看着自己所负责保护的灵魂的那一种。一切有才干的人，不管他有感情还是没感情；不管他们是狂热者，还是胸怀大志的人，还是暴君——只要他们真诚——都有他

---

① 《圣经·新约·约翰福音》第9章第4节：“趁着白日，我们必须作那差我来者的工，黑夜将到，就没有人能作工了。”

② 《新约·路加福音》第16章第19至31节中讲到一个财主，穿着紫色袍和细麻布衣服，天天奢华宴乐，死后在阴间的火焰里受苦。

们杰出的时刻；在这种时刻，他们征服，他们统治。我对圣约翰感到尊敬——如此强烈的尊敬，它的动力一下子就把我推到了我长久以来一直避开的那一点上。我被引得要停止跟他斗争——要顺着他的意志的洪流冲进他生活的深渊，在那里让我自己的意志淹没。这时候我遭到他的进攻，几乎同以前一度以另一种方式、遭到另一个人的进攻一样猛烈。两次我都是傻瓜。那一次，我如果让步，将是原则的错误；这一次，如果让步，将是判断的错误。现在，我是通过了时间这个静静的媒介回顾这个关键时刻，才这样想的，而在当时，我却还没意识到自己傻。

在我圣师的触摸下，我一动也不动地站着。我的拒绝被忘却了——我的恐惧被征服了——我的搏斗瘫痪了。不可能的事——即，我和圣约翰结婚——迅速变为可能的了。一切都突然一下子完全改变了。宗教在召唤——天使在招手——上帝在命令——生命像画卷般卷了起来——死亡的大门敞开着，显示出门那边的永生。看来，为了那儿的安全和幸福，这儿的一切都可以在刹那间牺牲。昏暗的房间里充满了幻象。

“你现在可以决定了吗？”传教士问。问话是用温柔的语调说出来的；他同样温柔地把我拉向他。哦，那样温柔啊！它比暴力要强多少啊！我可以抗拒圣约翰的愤怒；而在他的仁慈下面，却软得像根芦苇。然而，我一直很清楚，即使我现在屈服，以后还是有一天会同样要我忏悔以前的反抗。他的天性并不是用一小时庄严的祈祷所能改变得了的；它不过变得崇高一点罢了。

“我只要能肯定，我就能决定，”我答道；“我只要能相信是上帝的意旨要我嫁给你，那我就可以此时此地就立誓嫁给你——不管以后怎么样！”

“我的祈祷感应了！”圣约翰叫了起来。他把手更紧地按在我头上，仿佛认领我似的；他用胳臂搂住我，**几乎**像他爱我一样（我说**几乎**——我知道这个差别——是因为我曾经感觉过被爱是怎么回事；可是现在，我像他一样，也使爱成为不可能的事，我只想到责任）；我在跟我内心的视觉模糊搏斗，在我的视觉前还有云雾在翻滚。我真诚地、深深地、热切地渴望做正当的事；只做正当的事。“把路指给我，指给我吧！”我恳求上帝。我从来没有这样激动过；至于接下来发生的事是不是激动的结果，那得由读者来判断了。

整所房子寂静无声；我相信，除了圣约翰和我自己，所有的人都安息了。一支蜡烛正在渐渐熄灭，屋子里充满了月光。我的心急速而剧烈地跳着；我听见它的跳动。一种无法表达的感觉使心突然停下了，不仅使心整个战栗起来，而且一下子就传到了我的头和四肢。这种感觉不像电击，但是像电击一样锐利、奇怪和惊人；它在我的感官上起了作用，仿佛在这以前感官的极度活动只不过是昏睡，直到现在感官才被从昏睡中叫出来，并且强迫醒来。它们起来期望着；眼睛和耳朵等候着，而肌肉却在我的骨头上发抖。

“你听到了什么？你看到了什么？”圣约翰问。我没看见什么；但是我听到哪儿有一个声音在呼唤：

“简！简！简！”再没什么了。

“哦！上帝啊！那是什么？”我喘息着说。

我很可以说，“它在哪儿？”因为它不像在房间里——不像在房子里——也不像在花园里；它不是从空气中来——不是从地底下来——也不是从头顶上来。我是听到了它——在哪儿呢，从哪儿传来的呢，永远也不可能知道！它是人的声音，是一个熟悉的、亲爱的、印象深刻的声音，是爱德华·菲尔费克斯·罗切斯特的声音；它狂野地、凄惨地、急迫地从痛苦和悲哀中发出来。

“我来了！”我叫道。“等着我！哦，我就来了！”我奔到门口，朝过道里看看；那儿一片漆黑。我跑到花园里；那儿空无一人。

“你在哪儿？”我嚷道。

泽谷那头的群山微微地送来了回答——“你在哪儿？”我听着。风在枞树间低声叹息；只有沼泽地的荒凉和午夜的寂静。

“去你的，迷信！”当那黑魆魆的幽灵在门口旁边的紫杉边升起的时候，我评论说。“这不是你的诡计，也不是你的巫术；而是大自然的作用。大自然被唤醒了，做了——不是做了奇迹，而是做了她最好的事。”

圣约翰一直跟着我，原想拦住我，可是我挣脱了。这次轮到**我**占上风了。**我的**力量正在起作用，正在发挥威力。我叫他不要问也不要说话；我希望他离开我；我必须而且愿意一个人待着。他立即服从了。只要有力量好好下命令，总是能得到服从的。我上楼到卧室里去，把自己锁在里面，跪了下来，以我自己的方式祈祷，方式虽和圣约翰的不同，但也自有办法生效。我似乎来到一个强大的神灵跟前；我的灵魂感激地冲出来，到了上帝的脚下。我从感恩中起来，下了决心，毫不惧怕，心里亮堂地睡下了——只渴望着天亮。

第三十六章

天亮了。我在拂晓时起身。我忙了一两个小时，把房里、抽屉里和大柜里的我的东西整理一下，整理成便于我打算短期离开的时候所需要的那种样子。我整理的时候，听见圣约翰走出他的房间，在我房门口停下来；我怕他会敲门——没有，不过有一张纸条从门底下塞了进来。我捡起纸条。上面写着这样的字句：

> 昨晚你离开我太突然。如果你再多待一会儿，就可以把你的手放在基督的十字架和天使的冠冕上了。等我两周以后回来时，希望你作出明确的决定。在这期间，你要留神并且祈祷，不要陷入诱惑；我相信，灵是愿意的，可是我看出，肉是软弱的。我将时刻为你祈祷。
>
> 你的圣约翰

"我的灵，"我在心里回答，"愿意做正当的事；而我的肉，我希望在我一旦清楚地知道了上帝的意旨以后，也能坚强得可以执行上帝的意旨。无论如何，它坚强得足以在怀疑的云雾中寻找、询问和摸索出一个出口，并且发现肯定的晴空。"

那天是6月1日；然而早晨乌云密布，颇有凉意；雨急急地抽打着我的窗子。我听见前门打开，圣约翰走了出去。我望着窗外，看着他穿过花园。他从雾蒙蒙的荒原上朝惠特克劳斯方向走去——他将在那里乘车。

"再过几个小时，我就要在你之后走那条路，表哥，"我想；"我也要到惠特克劳斯去乘车。在我永远离开以前，我在英国也有人要去访问和问候。"

离早餐时间还有两个小时。在这段时间里，我轻轻地在我房间里踱步，思考着促使我采取目前这个计划的那件怪事。我想起了我内心所经历的感觉；因为我能回想起它，回想起它那说不出的奇怪。我想起了我所听到的声音；我再一次问，它是从哪儿来的，跟以前一样，问也还是白问；看来它是在**我**心里——不是在外部世界。我问，那只是一个神经质的印象——一个幻觉吗？我不能设想，也不能相信；它更像是一个启示。那种奇异的感情震动就像震撼着保罗和西拉的监牢的地基的地震一样发生了①；先是打开心灵的牢房，给它松绑——把它从睡眠中唤醒，让它哆嗦着跳出来，呆呆地倾听着；然后接连三次让一声呼喊震动我受惊的耳朵，钻进我发抖的心，传遍我整个灵魂；灵魂既不害怕，也不战栗，而且仿佛是因为摆脱了累赘的肉体，成功地作了一次有权作的努力而感到喜悦似的。

"要不了多少天，"我沉思完毕，说道，"我就可以知道一些关于他的消息了，昨晚似乎就是他的声音在呼唤我。写信已经证明没有用了——那就用亲自去打听来代替写信吧。"

吃早饭的时候，我向黛安娜和玛丽说，要出去旅行一次，至少离开四天。

"一个人去吗，简？"她们问。

"是的；我为一个朋友担心了一个时期，想去看看，打听一下消息。"

她们很可以说，她们相信我除了她们以外没有其他朋友，我肯定她们心里是这样想的；因为事实上，我也常常这么说；可是她们出于真心的天生体贴，避免评论；黛安娜只是问我，是否肯定身体很好，

① 据《圣经 · 新约 · 使徒行传》第 16 章第 24 至 26 节，保罗和西拉被关在内监里，约在半夜，他们祷告唱诗赞美上帝，忽然地大震动，甚至监牢的地基都摇动了，监门立即全开。

可以去旅行了。她说我看上去脸色很苍白。我说，除了心里焦急以外，没什么病，我希望不久就可以放下心来。

作进一步安排是很容易的；因为没有询问——没有猜测来打扰我。我一旦向她们解释说，目前还不能把我的计划向她们说清楚，她们就好心而聪明地同意了我的要求，让我保持沉默；给了我在同样情况下我也会给她们的自由行动的权利。

我在下午三点钟离开沼屋；四点刚过，就站在惠特克劳斯的路标脚下，等着把我带到遥远的桑菲尔德去的马车。在荒山僻路的寂静之中，我老远就听到它在驶过来。正好是一年前的夏日傍晚我在这个地点下车的那一辆——当时我是多么孤独、绝望、漫无目的啊！我招呼一下，马车就停下来——这次可不必把我的全部财产作为车费了。又一次到了去桑菲尔德的路上，我觉得自己就像飞回家去的信鸽。

路上走了三十六个小时。我是星期二下午从惠特克劳斯出发的，接下来的那个星期四的清晨，马车在路边一家客店跟前停下来，给马饮水。客店坐落在一片美景中，那绿色的树篱，大块的田地，牧草遍地的山丘，跟北方中部严峻的莫尔顿荒原相比，有着多么温柔的特征，多么青翠的色彩啊！这一切，在我看来，就像是一度熟悉的容貌。是啊，我认识这风景的特色；我肯定我们离我的目的地不远了。

“桑菲尔德府离这儿有多远？”我问客店里的马夫。

“正好两英里，小姐，就在田的那一边。”

“我的旅行结束了，”我心里想。我从马车上下来，把一只箱子交给马夫，让他保管着等我来取。我付了车费，使马车夫满意以后，刚要走，渐亮的日光照在客店的招牌上，让我看到了用金字写的“罗切斯特纹章”字样。我的心跳了起来；我已经到了我主人自己的土地上了。心又沉了下来；它这样想：

“你的主人本人也许在英吉利海峡的那一边；再说，即使他在你匆匆赶去的桑菲尔德府，那儿还有谁呢？他的发疯的妻子。你跟他有何相干，你不敢同他说话，又不敢去同他见面。你白费了精力——你还是别往前走的好，”我的告诫者竭力劝道。“向客店里的人打听一下消息吧；他们能把你要寻求的一切全告诉你；他们能一下子就消除你的疑团。到那个男人跟前，去问问罗切斯特是否在家。”

这个建议是切实可行的；可是我不能强迫自己去执行。我担心会得到一个使我失望得支持不住的回答。延长疑虑，也就是延长希望。我还可以在希望的星光照耀之下再一次看看桑菲尔德府。面前就是那阶梯——那田地。那天早晨，我从桑菲尔德溜了出来，复仇的怒火追逐着我，鞭策着我，我又瞎又聋又疯狂地匆匆走过的就是这些田地。我还没决定要走哪条路，就已经走到了它们中间来。我走得多快啊！有时候，我是怎样地跑着啊！我多么盼望看到第一眼的熟悉的树林啊！我是怀着怎样的感情欢迎我认识的一棵棵树和树丛间露出的一角角牧草地和小山啊！

最后，树林终于耸立在前面；白嘴鸦黑黑地簇拥在一起；一声响亮的鸦叫划破了清晨的静谧。奇怪的喜悦激励着我；我匆匆地继续往前走。又穿过了一块田地—— 一条小径蜿蜒而去——那儿就是院墙——后面的房屋；宅子本身和鸦巢都还看不见。“我应该第一眼看到宅子正面，”我下了决心，“在那儿，雉堞将一下子就出现在眼前，显出威武崇高的样子；在那儿，我可以认出我主人的窗子；也许他正站在那儿——他起身很早；也许他现在正在果园里或者在前面的铺道上散步。如果我能看到他，那有多好啊！——只要看一刹那！在那种情况下，我就肯定不会这样发疯似的朝他奔去了吗？我说不清——我没把握。即使朝他奔去，那又怎么样呢？上帝保佑他！那又怎么样呢？我再次尝味一下他的眼光能赋予我的生活，又会伤害谁呢？——我在说梦话；说不定他这会儿正在看比利牛斯山上或者南方平静海洋上的日出吧。”

我沿着果园的更低的矮墙走着——顺着它转过拐角；那儿正好有一扇门通到牧草地去。门两旁有两根石柱，上面顶着石球。我从一根柱子后面张望，可以悄悄地看见宅子的全部正面。我小心地探过头去，想看看是否有哪个卧室的遮帘拉了起来；雉堞、窗子、长长的宅子正面——我从这个隐蔽的地点全都看得见。

我观看的时候，在我头上方飞翔的乌鸦也许正在看着我吧。我不知道它们在想些什么；它们准会以为我一开始的时候非常小心和胆怯，后来渐渐地变得非常大胆和鲁莽。先是窥视一下，接着久久地瞪着眼看着；然后离开我的隐蔽处所，信步走到牧草地上；突然一下子在大宅子的正前方停下，长时间毫无顾忌地凝视着它。“一开始装得多么羞怯？”它们也许会问，“现在却又莽撞得多么愚蠢？”

听听一个比喻吧，读者。

一个情人发现他的爱人熟睡在苔藓遍地的河岸上；他想看一看她的美丽的脸，而不惊醒她。他悄悄地从草地上走过去，注意不发出一点声音；然后停下——以为她动了一动；又退回来，无论如何不让她看见。一切都静悄悄的；他又往前去，俯身看着她；她脸上蒙着一块面纱；他把面纱掀起来，头再低下去一点；这时候，他指望着看到美人，看到温暖、娇艳、可爱的、正在休息的美人。他第一眼瞧得多么匆促啊！然而却是怎样地凝滞不动啊！他怎样地惊跳了起来！又是怎样地用双臂突然而猛烈地抱住那一分钟以前还不敢用手指碰一下的形体！他这样紧抱着，哭号着，凝视着，因为他不再担心他能发出的任何声音——他能做出的任何动作会把她吵醒。他原来以为他的情人甜蜜地睡着了，然而却发现，她已经完全断了气。

我怀着羞怯的喜悦朝一所宏伟的房子望去；而我却看到了一堆焦黑的废墟。

没有必要再缩在门柱后面了，真的！——去窥视卧室的窗格，担心它后面有人在走动！没有必要去听开门声——去幻想铺道和砂石小径上的脚步声！草坪、庭园给践踏了，荒芜了；大门张着嘴，空空的。房子的正面，正如有一次我在梦中见到过的那样，只有一堵薄得像层贝壳的墙，很高，看上去很脆弱，墙上有一个个没有玻璃的窗洞；没有房顶，没有雉堞，没有烟囱——一切全都坍进去了。

它周围是死一般的寂静，是漠漠荒野的凄凉。难怪写信给这儿的人不会收到回信，就像把信寄到教堂过道中的墓穴里一样。石块上可怕的焦黑色说明了桑菲尔德府是遭到了怎样的灾难才坍塌的，它遭到了火灾；可是怎么烧起来的呢？这场灾祸有着怎样的故事呢？除了灰泥、大理石、木建部分的损失以外，接着还有什么损失呢？生命是否也像财产一样遭难呢？如果是的话，又是谁的生命呢？可怕的问题啊；这儿没有人能回答——甚至没有无声的迹象，喑哑的标志。

我绕过断垣残壁，穿过遭受浩劫的房子内部，我看到了一些痕迹，知道灾难不是最近发生的。我想冬雪曾经飘过那空空的拱门；冬雨曾经打进那空空的窗棂；因为从湿漉漉的一堆堆垃圾中，春天已经孕育出植物；蔓草这儿那儿地滋长在石块和落下的椽木之间。哦！这期间，遭难的不幸的主人在哪儿呢？在哪个国土上？在什么保护下？我的眼睛不由自主地移到大门附近的灰色教堂的塔楼上，我问，“他跟戴默尔·德·罗切斯特一起躺在他那狭窄的大理石住所里吗？”

一定得让这些问题得到回答。除了客店以外，没其他地方可以找到回答，于是我立即赶回客店去。店老板亲自给我把早饭送到客厅。我请他关上门，并且请他坐下；我有一些问题要问他。可是，等到他照办了，我却又几乎不知如何开口了；我是如此害怕那可能得到的回答。不过，我刚离开的那副荒凉景象，已经让我对于听一个不幸故事有了一定程度的准备。店老板是个样子可敬的中年人。

“你一定知道桑菲尔德府吧？”我终于设法说出了这句话。

“是的，小姐；我曾经在那儿住过。”

“是吗？”不是在我那段时间吧，我想，我不认识你。

“我是已故的罗切斯特先生的总管，”他补了一句。

已故的！我似乎让我一直在竭力躲避的那个打击狠狠地打中了。

“我是指现在的那位绅士爱德华先生的父亲，”他解释道。我又喘过气来了；我的血液也重新流动了。这些话使我完全放心了，爱德华先生——我的罗切斯特先生（愿上帝保佑他，不管他在哪儿！）至少还活着；总之，是“现在的那位绅士”。令人高兴的话啊！似乎我已经可以比较平静地听他将要说的一切——不管告诉我的是什么。既然他不在坟墓里，我想，哪怕听说他在安蒂波德斯群岛①，我都可以忍受。

“罗切斯特先生现在还住在桑菲尔德府吗？”我问，我当然知道回答是什么，但是我想推迟直接问他到底在哪儿。

“不，小姐——哦，不！那儿现在没人住。我想你在这儿是个陌生人吧，要不然，你一定已经听说过去年秋天发生的事情，——桑菲尔德府完全成了废墟了；大约在秋收的时候，它烧毁了。真是个可怕的灾难；那么多宝贵财产给毁了；几乎没有一件家具能给救下来。火是在夜里更深人静的时候烧起来的，米尔考特来的救火车还没来得及赶到，房子就成了一大团火。那景象真是可怕，我亲眼看到的。”

“在夜里更深人静的时候！”我喃喃地说。对，在桑菲尔德那一直是致命的时刻。“知道是怎么烧起来的吗？”我问。

“他们猜了，小姐；他们猜了。真的，我倒要说那是肯定的事，没什么可怀疑的。你也许不知道，”他把他的椅子再往桌子这儿稍微挪近一点，小声接着说，“有一个女士——一个——一个疯子养在宅

① 安蒂波德斯群岛，新西兰南端一群岛，孤悬南太平洋，邻近南极洲。

子里？”

“我听说过一点儿。”

“她给非常严密地禁闭起来，小姐；有好几年大家一点儿都不知道有她这么个人。没人看见过她；他们只是听到谣传，有这么个人住在桑菲尔德府里；至于她是谁，是干什么的，却很难猜测。据说，爱德华先生把她从国外带来；有人相信她是他的情妇。可是，一年以前，却发生了一件奇怪的事——一件非常奇怪的事。”

我现在担心听自己的故事。我力图使他回到正题上来。

“这个女士呢？”

“这个女士，小姐，”他回答，“原来是罗切斯特先生的妻子！这是用最奇特的方式发现的。有一个小姐，宅子里的一个家庭女教师，罗切斯特先生爱——”

“可是火灾呢？”我提醒他。

“我就要说到了，小姐——爱德华先生爱上了她。用人们说，他们从来没见过谁像他那样爱得入了迷；他不停地跟着她。他们常常观察他——用人们会这样做的，你知道，小姐——他把她看得比什么都重；尽管除了他以外，没有人认为她长得怎么端正。她真是个小不点儿，据说，小得简直像个孩子。我从没见过她；可是我听见女用人莉亚说起过她。莉亚很喜欢她。罗切斯特先生大概有四十岁光景，而这个家庭教师还不到二十；你瞧，他那样年纪的绅士爱上了小姑娘，总往往是像中了妖术似的；嗯，他要娶她。”

“这段故事，你以后再给我讲吧，”我说；“我现在有特别的理由想听听关于大火的一切。是不是怀疑这个疯子——罗切斯特太太，跟失火有关？”

“你猜对了，小姐；那是肯定的，是她放的火，没别人。有一个女人照管着她，那人叫普尔太太——就干她那一行来说，她是个能干的人，也很靠得住，只有一个毛病——她那样的护士和看守大多有这个通病——她藏了一瓶杜松子酒，时常多喝那么一口。这本是可以原谅的，因为，她干这个活儿，日子并不好过。不过这总还是危险的；因为普尔太太喝了酒和水以后，睡熟的时候，这个疯女人会狡猾得像巫婆一样，把钥匙从普尔太太口袋里掏出来，溜出房间，在宅子里到处转悠，只要想得出，什么大祸都会闯。据说，有一次她差点儿把她丈夫烧死在床上；可是，这件事我不知道。不过，这一天夜里，她先是把她隔壁那一间房间里的帐幔放火烧起来，然后跑到下面一层，走到家庭教师住过的那一间——（她恨她，就跟知道事情的真相似的）——她把那儿的床点着了；幸亏没人睡在床上。女教师两个月以前就溜走了；尽管罗切斯特先生到处找她，好像她是他在世界上最宝贵的东西似的，可是一直没有探听到一点消息；他变得狂暴了——在失望当中非常狂暴；他以前从来不是个粗野的人，可是，自从失掉了她以后，就变得危险了。他还要一个人待着。他打发管家菲尔费克斯太太到远处她的朋友家里去住；可是他办得很漂亮，给她安排了一笔终身年金；这在她是受之无愧的——她是个非常善良的女人。受他保护的阿黛勒小姐给送进了学校。他割断了跟绅士们的一切来往，把自己像个隐士似的关在宅子里。”

“什么！他没离开英国吗？”

“离开英国？天啊，不！他不愿跨出门一步，除了在夜里，像个鬼魂般地在庭园和果园里走来走去，仿佛发了疯似的——我看他真是发了疯；因为在碰到那个小不点儿教师以前，小姐，你从没见过哪个比他更勇敢、更大胆、更敏锐的绅士了。他并不像有些人那样喜爱喝酒、打牌或者赛马，他也不怎么漂亮；可是他自有一种勇气和意志，如果一个人是可能有的话。他小时候我就看到他，你瞧；拿我自己来说，我常常希望那位爱小姐在来桑菲尔德府以前就在海里淹死。”

“这么说，起火的时候，罗切斯特先生是在家里啰？”

“是的，他的确是在家里；在上上下下全烧起来的时候，他爬到顶楼上去，把用人们从床上叫起来扶他们下楼——又回上去，要把他的疯老婆从小房间里救出来。这时候，他们大声告诉他，她在房顶上；她就站在那儿，在雉堞上挥着胳臂，大叫大嚷，连一英里路以外都听得见；我亲眼看见她，还听见她叫。她是个大个子女人，头发又长又黑；她站在那儿的时候，我们可以看见她的头发在火焰跟前飘动。我亲眼目睹，还有几个人也亲眼目睹，罗切斯特先生从天窗爬上房顶；我们听见他叫了一声‘伯莎！’我们看见他朝她跑过去；然后，小姐，她大叫一声跳了下来，刹那间就躺在铺道上，摔得稀烂。”

“死了？”

“死了！对，就跟溅着她的脑浆和血的石块一样一动不动。”

“天啊！”

“你倒真是可以这么说，小姐；那实在可怕！”

他打了个寒噤。

“后来呢？”我催促他说下去。

“咳，小姐，后来房子烧成了平地；现在只剩断垣残壁了。”

“还有什么人丧命吗？”

“没有——也许有了反而好。”

“你这是什么意思？”

“可怜的爱德华先生！”他突然嚷起来。“我没想到会看到这样的事！有人说，他瞒着第一次婚姻，第一个老婆还活着，就要娶第二个，这对他是个公正的报应。可是，拿我来说，我可怜他。”

“你说他还活着？”我嚷道。

“对，对；他还活着；不过很多人都认为他还不如死了的好。”

“为什么？怎么？”我的血液又变凉了。“他在哪儿？”我问。“他在英国吗？”

“对——对——他在英国；我看，他没法离开英国——他现在固定在这儿了。”

这是怎样的痛苦啊！而这个人却似乎下定决心要拖延下去。

“他眼睛完全瞎了，”他终于说了出来。“是啊——完全瞎了——爱德华先生完全瞎了。”

我原来还担心更糟的事。我担心他疯了。我鼓起勇气问他是什么引起了这个不幸。

“那全怪他自己的勇气，从某一方面也可以说，怪他的好心，小姐；他要在别人全都离开房子以后才离开。罗切斯特太太从雉堞上跳下来以后，他终于从大楼梯上下来，就在他下楼的时候，轰隆一声——房子整个倒塌了。他从废墟下给拖出来，还活着，可是伤得厉害；一根房梁倒下来，正好保护了他一部分；可是一个眼睛给打了出来，一只手压烂了，外科医生卡特先生不得不把它马上截掉。另外一只眼睛发炎；他那只眼睛也看不见了。他现在真是毫无办法——又瞎，又断了手。”

“他在哪儿？他现在住在哪儿？”

“在芬丁，三十英里以外他农庄上的住宅里，那是个非常荒凉的地方。”

“谁跟他在一块儿呢？”

“老约翰夫妇，他不要别人。据说，他身体完全垮了。”

“你有车子吗？随便哪一种都行。”

“我们有一辆轻便马车，很漂亮的马车。”

“那就马上备好；要是你的车夫能在今天天黑前把我送到芬丁，我就给你和他比平常多一倍的钱。”

第三十七章

芬丁庄园里的住宅是个非常古老的建筑物，中等大小，没有什么建筑上可以炫耀的地方，深深地隐藏在一座森林里。我以前听说过它。罗切斯特先生常常谈起它，有时候还上那儿去。他父亲买下这个产业是为了打猎。他本想把房子出租，可是因为地点不合适，对健康不利，找不到房客。于是芬丁就一直没人住，也没陈设家具；只布置了两三个房间，供老爷在打猎季节上那儿去住。

傍晚，天空阴沉沉的，刮着寒冷的大风，又下着透骨的绵绵细雨。就在天黑以前，我朝这所房子走来。我已经像我许诺的那样，付了双倍的车钱，把车子和车夫打发走了，最后一英里路我就步行。甚至到了离住宅很近的地方，你还是一点也看不见它，它周围黑森森的树林子里林木长得那么蓊蔚苍郁。花岗岩柱子之间的铁门让我知道了该从哪儿进去。一走进门，我就发现自己立即处在笼罩着密林的朦胧暮色之中。在古老多节的树干之间，在枝丫形成的拱门下，一条蔓草丛生的小径沿着森林过道伸展着。我顺着它走去，指望一会儿就可以到达住宅跟前；可是小径一再延伸开去，而且蜿蜒曲折，延伸得越来越远；看不到一点住所或庭园的迹象。

我以为走错了方向，迷了路。夜色的昏黑、森林的幽暗越来越浓地笼罩着我。我向四下里望望，想再找一条路。没有路；只有交织在一起的枝丫，柱子似的树干，夏日的密叶——任何地方都没有通道。

我继续往前走；最后我的路终于变得开阔起来，树也稀一点了。不一会就看见一个栏杆，然后看见了房子。在这朦胧的光线中，房子几乎跟树区别不出来；它那朽败的墙是如此潮湿发绿。走过一道只上了门闩的门，我就站在一块围起来的场地中间，树木呈半圈形从这儿铺展开去。没有花，没有花坛；只有宽阔的砾石路绕过一小块草地，周围是浓密的森林。房子正面露出两个尖顶；窗子有格子，窄窄的；前门也是窄窄的，只有一级台阶。整个看来，正如“罗切斯特纹章”的店老板说的，是个“非常荒凉的地方”。静得就像平日的教堂一样；附近只听得见雨打在林中树叶上的沙沙声。

“这儿会有生命吗？”我问。

是的；是有着某一种生命；因为我听到了一点动静——那扇窄窄的前门正在打开；一个人影刚要从房子里出来。

门慢慢地打开；一个人走了出来，在暮色苍茫中站在台阶上。那是个没戴帽子的男人。他伸出手，似乎要感觉一下是不是在下雨。尽管天暗，我还是认出了他——那正是我的主人，爱德华·菲尔费克斯·罗切斯特，不是别人。

我停住了脚步，几乎还停住了呼吸，站着看他——细细地看他，而自己没被看见，唉！他看不见我啊。这是一次突然的会面，一次狂喜给痛苦完全抑制住了的会面。我不难约束我的声音，使它不叫起来，也不难约束我的脚步，使它不急于往前走。

他的身体和以前一样，有着健壮结实的轮廓；他的体态还是挺直的；他的头发还是乌黑的；他的五官没有改变，也没有凹陷；在一年的时间里，任何忧伤都没能消除他那体育家的力量，也没能摧毁他那朝气蓬勃的青春。但是，在他的脸色上，我看出了一种变化；它显得绝望而沉思——它使我想起一只受了虐待并且给束缚起来的野兽或者鸟儿，在他阴郁悲伤之际，走近他是危险的。笼中的鹰，在金环围绕的眼睛被残酷弄瞎以后，可能看上去会像那一个失明的参孙一样。

读者，你以为在他的失明后的凶暴中，我怕他吗？——如果你这样以为，那你就不了解我。在我的悲哀里混合着一种微弱的希望，希望我不久就敢去吻一下那岩石般的额头，吻一下额头下严肃地紧闭着的嘴唇；可是现在还不敢。现在我还不想招呼他。

他走下那一级台阶，慢慢摸索着往草地那儿走去。现在他那勇敢的大步哪儿去了呢？接着，他停了下来，仿佛不知要转向哪一边似的。他举起手，撑开眼皮；作了一次很大的努力，茫然地瞪着天空，瞪着半圈梯形楼座似的树林；可以看得出来，一切对他来说只是空空的漆黑一片。他伸出右手(那截去手的左臂一直藏在他怀里)；他似乎想摸出周围有些什么；他摸到的还只是沉寂的空虚；因为树离他站的地方有几码远。他放弃这个企图，抱着胳臂，在雨中安静而沉默地站着；雨点猛烈地打在他那没戴帽子的头上。这时候，约翰从哪儿走了出来，朝他走过去。

“你要扶着我的胳臂吗，先生？”他说；“就要下一阵大雨了；你上屋里去不是更好吗？”

“别管我，”是他的回答。

约翰退了回去，没看见我。罗切斯特先生现在试图走动一下；没有用，——一切都太没把握。他摸索着朝房子走回去，进了屋子，关上了门。

现在我走近去敲门；约翰的妻子来给我开门。“玛丽，”我说，“你好吗？”

她吓了一跳，就跟看见了一个鬼似的；我让她平静下来，朝她匆匆走过去。“真是你，小姐，这么晚到这个冷落的地方来？”我握住她的手作为回答，然后跟她进了厨房。约翰这时候坐在熊熊的炉火边。我用几句话向他们解释说，在我离开桑菲尔德以后发生的事，已经听说了，还说我是来看罗切斯特先生的。我请约翰到我下车的那个关卡去，把我留在那儿的箱子取来。然后，我脱下帽子和披巾，一边问玛丽，是否可以让我在庄园里过夜。我得知要办到这一点，虽然困难，

但还不是不可能，所以就告诉她说，我要住下来。就在这当口，客厅的铃响了。

“你进去的时候，”我说，“告诉你的主人，说有一个人想和他说话，不过，不要说出我的名字。”

“我想他不会愿意见你，”她答道；“他拒绝见任何人。”

她回来的时候，我问，他是怎么说的。

“要你先报一下姓名和来意，”她回答。接着她倒了一杯水，把它和几支蜡烛一起放在一个托盘上。

“他打铃就是要这个吗？”我问。

“是的；他虽然瞎了，可总是天一黑就叫把蜡烛送进去。”

“把托盘给我，我来端进去。”

我从她手里接过来；她把客厅门指给我看。我端着托盘，托盘晃动着；水从玻璃杯里泼了出来；我的心又响又急地撞着我的肋骨。玛丽给我开了门，等我走进去以后，又关上。

客厅看上去阴惨惨的；一小堆没人照料的火在炉栅里低低地燃烧着。屋子的瞎主人头靠在高高的老式壁炉架上，俯身对着火。他那条老狗派洛特躺在一边，没挡着他的路，蜷缩着，仿佛怕被意外地踩着似的。我一进去，派洛特就竖起耳朵，接着就吠叫着，呜咽着，跳起身，朝我蹦过来，差点儿把我手里的托盘都撞掉了。我把托盘放在桌上；然后拍拍派洛特，轻轻地说，“躺下！”罗切斯特先生机械地转过身，看看这阵骚乱是怎么回事；可是，他什么也没看见，于是便转过身去，叹了口气。

“把水给我吧，玛丽，”他说。

我拿了只剩半杯水的玻璃杯走近他。派洛特跟着我，还是十分兴奋。

“什么事？”他问。

“躺下，派洛特！”我又说了一遍。他还没把水拿到嘴唇边，就停了下来，似乎在听；他喝了水，放下杯子。“是你吗，玛丽，是不是？”

“玛丽在厨房里，”我回答。

他用一个很快的姿势伸出手来，可是看不见我站在哪儿，他没碰到我。“这是谁？这是谁？”他问，似乎在竭力用那双失明的眼睛看看——无效的、痛苦的尝试啊！“回答我——再说话！”他专横地大声命令道。

“你再要一点儿水吗，先生？杯子里的水让我泼掉了一半，”我说。

“是谁？是什么？谁在说话？”

“派洛特认识我，约翰和玛丽知道我在这儿。我今天晚上刚到，”我回答。

“天啊——我面前出现了什么幻觉啊？我让什么甜蜜的疯狂控制住了啊？”

“不是幻觉——不是疯狂；你的心灵很坚强，不会出现幻觉，你的身体很健康，不会发疯。”

“说话的人在哪儿呢？只有个声音吗？哦！我看不见，可是我得摸摸，不然，我的心要停止跳动，我的脑子要爆炸了。不管你是什么——不管你是谁——让我摸摸吧，不然我活不下去了！”

他摸索着；我一把抓住他那只在瞎摸的手，用双手握住它。

“正是她的手指！”他嚷了起来；“正是她那又小又细的手指！如果是的话，那就不止这一双手。”

这只男人的手挣脱了我的束缚；我的胳臂给抓住了，我的肩膀、脖子、腰，我整个儿给搂住了，靠拢他。

“是简吗？那是什么？这是她的模样——这是她的身材——”

“这是她的声音，”我加上说。“她整个儿在这儿；她的心也在这儿。上帝保佑你，先生！我真高兴，又这样靠近你了。”

“简·爱！——简·爱！”这是他所说的一切。

“我亲爱的主人，”我回答，“我是简·爱；我已经找到了你——我回到你这儿来啦。”

“真的？——活着？我的活着的简？”

“你摸到了我，先生，——你抓住了我，抓得够紧的；我可不是冷得像尸体，也不是空得像空气，是不是？”

“我的活着的亲亲！这的确是她的四肢，这的确是她的五官；可是在遭到了我那么多不幸以后，我不可能这么幸福。这是梦；是我夜里曾经做过的那种梦，我梦见过像现在这样再把她搂在怀里，像这样吻她——觉得她爱我，相信她不会离开我。”

“我永远也不愿离开你，先生，从今天起。”

“永远不，幻象是这么说的吗？可是我总是一觉醒来，发现那是个空幻的嘲笑；我孤独，被遗弃——我的生活黑暗、寂寞、毫无希望——我的灵魂干渴，却给禁止喝水——我的心饥饿，却一直得不到食物。温存柔和的梦啊，偎依在我的怀里吧，你也会飞走的，像你的那些姐姐在你以前飞走一样；可是在你离开以前，吻吻我吧——拥抱我吧，简。”

“哪，先生——哪！”

我把嘴唇放到他那一度明亮而现在无光的眼睛上——我把他额头上的头发拂开，也吻了他的额头。他突然似乎惊醒过来；他相信这一切都是真的了。

“是你——是不是，简？那末，你回到我这儿来了？”

“是的。”

“你没死在哪条溪流下的哪个沟壑里？你不是在陌生人中间的一个

憔悴的流浪者？”

“不是，先生，我现在是个独立的人了。”

“独立！你这是什么意思，简？”

“我那在马德拉斯岛的叔叔去世了，他留给我五千英镑的遗产。”

“啊，这是事实——这是真的！”他嚷道；“我做梦也决不会想到。而且，还有她那奇特的声音，既温柔，又那么令人兴奋，那么惹人生气；它让我枯萎的心高兴起来，它把生命注入了我的心。——什么，简妮特！你是个独立的人了？一个有钱的人了？”

“很有钱，先生。要是你不让我跟你住在一块儿，我可以在你家旁边造一所我自己的房子，你晚上要人陪伴的时候，可以过来坐在我的客厅里。”

“可是，你既然有钱了，简，你现在就一定会有一些朋友，他们会照料你，不会让你献身于一个像我这样瞎了眼的断肠人吧？”

“我跟你说过，先生，我不但有钱，而且还是独立的；我自己可以作主了。”

“你要跟我待在一块儿吗？”

“当然——除非你反对。我要做你的邻居，你的护士，你的管家。我发现你很孤独；我来做你的伴侣——给你念书，陪你散步，和你一起坐着，侍候你，做你的眼睛和手。别再显得那么忧郁吧，我亲爱的主人；只要我活着，我就不会让你孤零零地一个人待着。”

他没回答；他看上去严肃——心不在焉。他叹了口气，半张开嘴，仿佛要说什么，然后又把嘴闭上了。我觉得有点儿窘。也许我过于鲁莽地超越了习俗；他像圣约翰一样，在我的冒失中看出了不端庄的地方吧。我所以提出我的建议，的确是出于这样一个想法：他希望而且要求我做他的妻子。我指望他会一下子就要求我归他所有，这种指望并不因为没有表达出来就不大肯定，它支持着我。可是他没流露出一点这方面的暗示，他的脸色变得更加阴郁。我突然想起，也许我完全搞错了，说不定我正在不知不觉地扮演着傻瓜的角色。我开始慢慢地从他怀里脱身出来——可是他急忙把我搂得更紧。

"不——不——简；你万万不能走。不——我摸到了你，听到了你，觉得有你在身边很舒服——有你的安慰很愉快；我不能放弃这些欢乐。我自己心里没留下什么了——我必须有你。世人也许会嘲笑——也许会说我荒谬、自私——可是这没关系。我的心灵要求你；它必须得到满足；否则它会狠狠地向它的躯壳报复。"

"好吧，先生，我愿意和你待在一块儿；我已经说过了。"

"是的——可是，说和我待在一块儿，你是理解为一件事，而我却是理解为另一件事。你也许可以下个决心，守在我的手和椅子附近——像一个好心的小护士那样侍候我(因为你有一颗充满深情的心和一种宽宏大量的精神，促使你为你同情的人作出牺牲)，这毫无疑问会使我满意。我想，我现在对你只应该有慈父般的感情；你是不是这样想的？来——告诉我。"

"你要我怎么想，我就怎么想，先生。只做你的护士，我也已经满足了，如果你认为这样更好的话。"

"可是你总不能一直做我的护士啊，简妮特；你还年轻——你总有一天要结婚的。"

"结婚，我才不关心呢。"

"你应该关心，简妮特；如果我还是跟以前一样，我就要叫你关心——可是——一个瞎眼的木头！"

他又沉入阴郁之中。我呢，却正好相反，变得更加高兴，而且又有了勇气；最后几句话让我洞察到了困难在哪儿。由于他的困难在我并非困难，我就摆脱了以前的窘态。我又比较活泼地谈话了。

"现在是有人要重新把你变成人的时候了，"说着我把他那浓密而没理的长鬈发分开；“因为，我看，你已经给变成狮子或者这一类的东西了。你有野地里的尼布甲尼撒①的那种‘相似的模样’，这是肯定的；你的头发让我想起鹰毛；你的指甲有没有长得像鸟爪，我还没注意到。”

“在这只胳臂上，我既没手也没指甲，”说着他把那条截断的胳臂从怀里抽出来，把它伸给我看。“只剩下一个残肢了——可怕的景象！你想是吗，简？”

“看见它，真是遗憾；看见你的眼睛，看见你的额头上火伤的疤痕真是遗憾；最糟的是，尽管有这一切，人家还是有太爱你的危险，有太看重你的危险。”

“我以为，看了我的手和疤痕累累的脸，简，你会感到恶心。”

“是吗？别跟我这么说——要不然，我就要对你的判断力说一些贬低的话了。现在，让我离开你一会儿，去把炉火烧得旺一点，把炉边扫扫干净。火旺的时候，你知道吗？”

“知道；用右眼我可以看到一点亮光——朦朦胧胧的一团红光。”

“你看得见蜡烛吗？”

“非常模糊——每一支就像一朵发亮的云。”

“你看得见我吗？”

“不，我的仙女；不过，我听得到摸得到你，我这就太感激了。”

“你什么时候吃晚饭。”

“我不吃晚饭。”

“可是，你今天要吃。我饿了；你一定也饿了，你不过是忘记罢了。”

---

① 据《圣经 · 旧约 · 但以理书》第 4 章第 33 节，巴比伦王尼布甲尼撒“被赶出离开世人，吃草如牛，身被天露滴湿，头发长长，好像鹰毛，指甲长长，如同鸟爪”。

我把玛丽叫来，不久屋子就收拾得整整齐齐的，使人感到比较愉快，我还给他准备了舒舒服服的一餐。我兴致勃勃，吃晚饭的时候，和吃完饭以后很久，一直快活而从容地跟他聊天。和他在一起，没有使人烦恼的拘束，欢乐活泼也不受抑制；和他在一起，我完全自由自在，因为我知道我合他的意；我说的和做的一切似乎都能给他安慰，或者使他精神振奋。能意识到这一点，真是令人高兴啊！它使我整个的天性复活并且显露出来；在他面前，我才是真正地生活，在我面前，他也是这样。尽管眼睛瞎了，但是笑容在他脸上荡漾，欢乐在他额上发亮；他的面容变得温柔热情起来。

吃过晚饭，他开始问我许多问题，问我一直在哪儿，干了些什么，怎么找到他的；可是我只给他很不完全的回答；那天夜里，时间太晚了，不能细谈。再说，我也不希望扣动过于使人激动的心弦——在他心里开掘新的感情之井；我目前惟一的目的就是使他高兴。正像我所说的，他是高兴了；但只是一阵阵的。只要有片刻的沉默使谈话中断，他就不安起来，摸摸我，然后叫一声，“简。”

“你完全是个人吗，简？这你能肯定吗？”

“我打心底里相信是这样，罗切斯特先生。”

“可是，在这一个黑暗、阴郁的夜晚，你怎么可能如此突然地出现在我孤独的炉边呢？我伸出手去，从一个用人手里接过一杯水，而水却是由你来递给我；我问了一个问题，等待约翰的老婆回话，结果在我耳边响起的却是你的声音。”

“因为我代玛丽送托盘进来。”

“在我现在和你一块儿度过的时刻里还有着魅力。过去几个月里，我过的是什么样的黑暗、凄惨、绝望的生活啊，这有谁说得清呢？什么也不干，什么也不盼；白天黑夜都混在一起，所有的感觉只是在炉火熄灭以后感到冷，在忘记吃东西以后感到饿；接着就是无穷无尽的悲哀，有时候，是一阵痴迷，渴望再看看我的简。是啊；我渴望再得到她，远远超过了渴望恢复我失去的视力。简怎么可能和我在一块儿，说她爱我呢？她不会像来的时候一样突然地走掉吗？明天，我担心再也找不到她了。”

我相信，在他目前的心情中，给他一个和他自己的混乱想法无关的普通而实际的回答，是最好、也是最能使他安心的。我用手指抚摸着他的眉毛，说眉毛烧焦了，我要在上面敷点什么，让它们再长出来，长得跟以前一样又粗又黑。

“不管你用什么方式为我做点好事，又有什么用处呢？行善的精灵啊，到了某一个不幸的时刻，你又会丢下我——像影子似的过去；上哪儿，怎么去，我都不知道；而且以后叫我再也找不到你。”

“你身上有小梳子吗，先生？”

“干什么，简？”

“把这些蓬乱的黑鬃毛梳梳好。我凑近看看你，发现你真有点吓人；你说我是仙女；可是，我倒能肯定，你更像一个棕仙①。”

“我可怕吗，简？”

“很可怕，先生；你一向可怕，你知道。”

“嗨！不管你在哪儿待过，你的调皮劲儿还没改掉。”

“可是，我是跟好人在一起；他们比你好得多，好一百倍，有着你从来没有过的思想和见解，而且更加文雅，更加崇高。”

“见鬼，你跟谁在一起？”

“你要是那样扭动，头发都会让我拔掉了；那时候，你就会不再怀疑我的实际存在了。”

“你跟谁在一起，简？”

---

① 传说中夜间替人做家务等工作的仙童。

“你今晚打听不出来的，先生；我的故事只讲一半，你得等到明天。你知道，那就是一种保证，说明我明天一定会到你的早餐桌边来把它讲完。顺便提一下，那时候，我得记住，不是只端着水在你的炉边出现；至少还得带个鸡蛋，更不必说带煎火腿了。”

“你这个神仙所生、凡人所养、专爱嘲笑的由仙女换来的丑孩子！你让我感觉到了这十二个月来没感觉过的东西。要是扫罗有你作他的大卫，那用不着竖琴就可以把恶魔赶走①。”

“哪，先生，你这下收拾得整整齐齐、体体面面的了。现在我可要离开你。我这三天一直在赶路，我觉得自己是累了。晚安。”

“只问一句，简；你住的那所房子里只有女人吗？”

我大笑着逃走了，奔上楼梯的时候还一直在笑。“真是个好主意！”我快活地想。“我看出，我有办法在以后一段时期里叫他焦躁不安，就这样来摆脱他的忧郁。”

第二天一清早，我听见他起身走动，从一间屋子走到另一间。玛丽一下楼，我就听见他问：“爱小姐在这儿吗？”然后又问：“你让她住哪间屋子？那屋子干燥吗？她起来了吗？去问问她要什么；她什么时候下来。”

我一到快吃早饭的时候就下楼，轻手轻脚地走进屋子，在他发现我来到以前就看见他。看到那样充沛的精神屈服于肉体上的虚弱，真叫人伤心。他坐在椅子上——一动不动，但并不安心；显然在期待着；他那刚毅的五官上露出了现在已经惯有的愁痕。他的面容使人想起一盏已经熄灭、正在等人来重新点亮的灯——唉！现在能点亮这盏生动表情之灯的已经不是他自己了；他要依靠别人来做这件事！我是

① 据《圣经·旧约·撒母耳记上》第16章第14至23节，上帝的灵离开扫罗后，有恶魔从上帝那儿来到扫罗身上。扫罗听从臣仆的劝告，派人找来放羊的大卫。每当恶魔临到扫罗身上，大卫就弹琴赶走魔鬼。

打算要快快活活，无忧无虑，可是这个坚强的人丧失了力量却使我心疼；不过，我还是尽可能轻松愉快地招呼了他：

“这是个阳光明媚的早晨，先生，”我说。“雨停了，不会再下了；雨后，太阳和煦地照耀着。你一会儿就可以散步了。”

我唤醒了那光辉；他容光焕发了。

“哦，你真的在那儿，我的百灵鸟！到我这儿来。你没走；没消失？一个钟点以前，我听见你的同类在树林子上空高高的地方唱歌；可是它的歌声对我来说没有音乐，就像初升的太阳没有光芒一样。在我听来，地球上所有的美好音乐全都集中在简的舌头上(我很高兴，这个舌头不是天生沉默的)；我能感到的所有的阳光全都在她的身边。”

听他这样公开承认自己的依赖性，我不禁热泪盈眶；那正像一只高贵的鹰给锁在栖木上，不得不恳求一只麻雀去给它觅食。可是我不愿落泪，我挥去那些咸味的水滴，忙着准备早餐。

那天上午大部分时间是在露天度过的。我带他走出潮湿荒芜的树林，来到怡人的田野；我给他描述，一丘丘的田地是多么青翠明亮；花儿和树篱看上去是多么新鲜；天空又是多么蔚蓝晶莹。我在一个隐蔽而可爱的地方给他找了个位置；那是一棵树的干树桩。他坐下以后，拉我坐到他膝头上，我也没拒绝；既然他和我都感到靠近要比分离快活，那干吗要拒绝呢？派洛特躺在我们旁边。一切都是静悄悄的。他把我搂在怀里的时候，突然说道：

“狠心的、狠心的逃跑者啊！哦，简，我发现你逃出桑菲尔德，我到处找不到你，查看了你的房间，肯定你没带钱，也没带什么可以当钱用的东西，我心里是多么难受啊！我给你的一条珍珠项链还放在小盒子里没动过；你的箱子还像准备作结婚旅行那样捆扎着、锁着。我问，我的亲亲穷得一个钱也没有，能怎么办呢？她是怎么办的呢？现在让我听听吧。”

经他这样一催促，我就开始叙述我去年的经历。那流浪和挨饿的三天，我讲得十分轻描淡写，因为如果把一切都告诉他，那就会引起不必要的痛苦。我所讲的那一点儿已经刺痛了他那忠诚的心，刺得比我希望的还深。

他说，我不该这样不带盘缠就离开他；我应该把我的心意告诉他。我应该信任他；他决不会强迫我做他的情妇。他在绝望中看上去尽管粗暴，事实上，他爱我却爱得非常深，非常体贴，不可能让自己成为我的暴君。他宁可把他的财产分一半给我，而不要求一个吻作为回报，也不愿我无亲无友地闯到广漠的世界中去。他肯定，我受的苦比告诉他的还要多。

“嗐，不管我吃了什么苦，那时间是很短的，”我答道；接着我就开始告诉他，我在沼屋怎样被收留；怎样获得乡村女教师的职位，等等。得到财产，发现亲戚，也都顺序讲了。当然，圣约翰·里弗斯的名字常常在我讲故事的过程中出现。我说完以后，那个名字马上就给提了出来。

“那末，这个圣约翰是你的表哥啰？”

“是啊。”

“你常提起他，你喜欢他吗？”

“他是一个很好的人，先生；我禁不住喜欢他。”

“一个好人？那意思是不是说一个为人可敬、品行端正的五十岁的男人？还是什么意思？”

“圣约翰只有二十九岁，先生。”

“像法国人说的，‘还年轻’。他是个身材矮小、迟钝平庸的人吗？是一个优点在于没有罪过，而不在于品行出众的人吧？”

“他积极得不知疲倦。他活着就是为了要干伟大、崇高的事业。”

“可是他的脑子呢？也许比较笨吧？他有一片好意，但是听他说话，你会蔑视地耸耸肩膀吧？”

“他不大说话，先生；说的话倒一贯能切中要害。他的脑子是第一流的，我认为虽然不容易打动，可是很坚强。”

“那末，他是个能干的人啰？”

“的确能干。”

“是个很有教养的人吗？”

“圣约翰是个博学多才的学者。”

“我想，你说过，他的举止不合你的口味吧？——古板、一副牧师腔？”

“我从来没说起过他的举止；不过，要不是我的口味很糟，那他的举止是适合我口味的，文雅、平静、有绅士气派。”

“他的外貌呢，——我忘了你是怎么形容他的外貌的；——一个粗鲁的教士，几乎让白领巾勒得半死，穿着厚底高帮有襻皮靴，是不是？”

“圣约翰穿得很好。他是个漂亮的人；高高的，有一双蓝眼睛和一个希腊式侧影，很美。”

他自言自语：“他真该死！”然后问我：“你喜欢他吗，简？”

“是的，罗切斯特先生，我喜欢他；可是你已经问过我了。”

我当然看出了和我对话的人的意图。嫉妒抓住了他，刺痛了他；这种刺痛是有益的，它把他从正在啃啮着他的忧郁的毒牙中解救了出来。因此，我不愿马上就驯服这条蛇。

“也许你宁愿不再坐在我的膝头上吧，爱小姐？”这是他接下来所说的有点出乎意料的话。

“干吗不，罗切斯特先生？”

“你刚才描绘的图画让人看到一个过于强烈的对比。你的话非常美丽地勾画出一个优美的阿波罗①；他正好合乎你的理想，——高高的，蓝眼睛，有一个希腊式的侧影，很美。而你的眼睛，却看着一个伏尔甘②，——一个皮肤棕黑、肩膀宽阔的地道的铁匠，外加又是瞎眼，又是残废。”

“这我以前从没想到过；可是你确实很像火神，先生。”

“好吧，——你可以离开我了，小姐；可是在你走以前，”（他比以前更紧地抓住我。）“请你回答我一两个问题。”他顿了一下。

“什么问题，罗切斯特先生？”

接着就是盘问。

“圣约翰在知道你是他表妹以前就让你当莫尔顿的乡村女教师吗？”

“是的。”

“你常常看见他吗？他有时候来学校吗？”

“每天来。”

“他赞同你的计划吗，简？我知道这些计划会是聪明的，因为你是个有才能的家伙。”

“他赞同——是的。”

“他会在你身上发现许多他没料到的东西吧？你有一些技艺不是一般的。”

“这我倒不知道。”

“你说你在学校附近有一所小屋；他到那儿去看过你吗？”

“时常去。”

“晚上去吗？”

“去过一两次。”

---

① 阿波罗，希腊罗马神话中的太阳神。他的名字常用来指年轻的美男子。
② 伏尔甘，罗马神话中的火神和司锻冶的神。他的名字常用来指铁匠。

停了一下。

“在发现你们是表兄妹以后，你同他和他的妹妹在一起住了多久？”

“五个月。”

“里弗斯和他家的女眷待在一起的时间多吗？”

“多的；后客厅既是他的书房，也是我们的书房；他坐在窗口，我们坐在桌边。”

“他读书读得多吗？”

“很多。”

“读什么？”

“兴都斯坦语。”

“他读的时候，你干什么？”

“开始，我学德语。”

“是他教你吗？”

“他不懂德语。”

“他什么也不教你吗？”

“教一点儿兴都斯坦语。”

“里弗斯教你兴都斯坦语？”

“是的，先生。”

“还教他妹妹吗？”

“不。”

“只教你？”

“只教我。”

“是你要求学的吗？”

“不是。”

“他要教你？”

"是的。"

又停顿了一下。

"他干吗要教你？兴都斯坦语对你有什么用？"

"他要我跟他一起去印度。"

"啊！现在我找到了事情的根源。他要你嫁给他是吗？"

"他向我求过婚。"

"那是虚构——一个要惹我烦恼的大胆捏造。"

"对不起，这是确确实实的事实；他不止一次向我提出，而且像你以前一样顽固坚持自己的意见。"

"爱小姐，我再说一遍，你可以离开我了。你要我把这话说多少遍啊？我已经通知你离开，你干吗还要这样固执地坐在我的膝头上？"

"因为我坐在这儿觉得舒服。"

"不，简，你在这儿不舒服，因为你的心不跟我在一块儿；它在那位表兄——那位圣约翰那儿。哦，在这以前，我还以为我的小简完全是我的！我还相信，她甚至在离开了我以后还爱着我呢；这想法是大量痛苦中的一丝甜蜜。尽管我们分别很久，尽管我为我们的离别淌过热泪，我可绝没想到，在我为失去她而悲痛的时候，她却在爱着别人！可是伤心也没用。简，离开我；去嫁给里弗斯吧。"

"那末，先生，甩掉我吧，——把我推开吧，因为我不会自愿离开你。"

"简，我永远喜爱你的声调；它还能使希望复活，它听上去是那么地真挚。我一听到它，它就把我带到一年以前。我忘了你已经建立了一个新的约束。可是，我不是傻瓜——走——"

"我得走到哪儿去呢，先生？"

"走你自己的路——和你选择的丈夫一起。"

"那是谁呢？"

“你知道的——就是那个圣约翰·里弗斯。”

“他不是我的丈夫，也永远不会是。他不爱我，我也不爱他。他爱着一个叫罗莎蒙德的美丽的小姐（像他所能爱的那样，而不是像你那样地爱）。他要娶我只是因为他认为我可以成为一个合适的传教士的妻子，而她却不行。他善良而伟大，但是严厉；对我来说，却像冰山一样冷。他不像你，先生；在他身边，靠近他，和他待在一块儿，我都不感到快活。他对我没有宽容——没有钟爱。他看不到我有什么迷人的地方，甚至看不到青春——只看到几个有用的心灵上的特点。——那末，我必须离开你，到他那儿去吗？”

我不由自主地哆嗦起来，本能地更紧地搂住我那失明的、但是亲爱的主人。他微笑了。

“什么，简！这是真的吗？你和里弗斯之间的关系真是这样吗？”

“完全是的，先生。哦，你不必嫉妒！我是故意逗你一下，让你不那么忧伤；我认为愤怒比悲哀好。可是，如果你希望我爱你，那你只要看看我**是**多么爱你，你就会觉得骄傲和满足了。我整个的心都是你的，先生；它属于你；即使命运把我其他部分全都从你身边赶走，它还会永远留在你那儿。”

他又吻了我，痛苦的思想又使他的面容阴郁起来。

“我的烧坏的视力！我的残废的力量。”他抱憾地嘟哝道。

我用抚摸来安慰他。我知道他在想什么，想代他说出来；但是不敢。他把脸转过去一会儿，我看见紧闭的眼皮下溜出一滴眼泪，顺着那男子气概的脸颊滚下来。我心里十分难受。

“我不比桑菲尔德果园里那棵遭到雷击的老七叶树好，”不一会儿，他说。“那枯树残桩有什么权利要求刚在发芽的忍冬用新鲜去覆盖它的腐朽呢？”

“你不是枯树残桩，先生——不是遭到雷击的树；你苍翠，富有生气。不管你要不要，你的根部周围都会长出花草，因为它们喜欢你的浓荫；它们生长的时候，喜欢靠近你，围绕你，因为你的力量给了它们如此安全的支持。”

他又微笑了；我给了他安慰。

“你是说朋友们吧，简？”他问。

“是的；是说朋友们，”我有几分迟疑地答道；因为我知道我的意思不止是指朋友，但又不知道该用什么其他的字眼。他帮助了我。

“啊！简。可是我要一个妻子。”

“是吗，先生？”

“是的，你觉得那是新闻吗？”

“当然；你以前没说起过。”

“那是个不受欢迎的新闻吗？”

“那要看情况，先生——看你的选择了。”

“这选择将由你来作，简。我愿意依从你的决定。”

“那就选择，先生——*最爱你的人*。”

“我至少要选择——*我最爱的人*。简，你愿意嫁给我吗？”

“是的，先生。”

“一个到哪儿都得由你搀扶着的可怜的瞎子？”

“是的，先生。”

“一个比你大二十岁、得由你侍候的残废者？”

“是的，先生。”

“真的吗，简？”

“完全是真的，先生。”

“哦！我亲爱的！上帝保佑你，报偿你！”

“罗切斯特先生，要是我一生中做过一件好事——要是我动过一个好的念头——要是我作过一次真诚的无可指摘的祈祷——要是我有过一个正义的愿望，——那我现在就已经得到了报偿。对我来说，做你的妻子就是我在世界上最大的幸福。”

“因为你喜欢牺牲。”

“牺牲！我牺牲什么？牺牲挨饿得到食物，牺牲期待得到满足。有特权用胳臂搂抱我珍视的人——用嘴唇亲吻我心爱的人——依靠我信任的人；这是作出牺牲吗？如果是的话，那我当然是喜欢牺牲。”

“还要忍受我的病弱，简；忽视我的缺点。”

“这对我算不了什么，先生。现在我比以前更加爱你，现在我对你可以真正地有用，而以前你却处在骄傲的不依靠人的状态，除了做赏赐者和保护人以外，不屑扮演其他角色。”

“在这以前，我一直厌恶受人帮助——让人牵来牵去；我觉得，以后不会再厌恶了。我不喜欢把自己的手放在用人手里，可是，觉得它由简的小小的手指握着，那可是愉快的。以前我宁可完全孤零零地一个人，也不愿经常由用人侍候着；可是简的温柔的照料却永远是件令人高兴的事。简合我的意；我合她的意吗？”

“连我天性中最细微的纤维都感到合意，先生。”

“既然这样，我们再没什么可等待的了；我们得马上结婚。”

他望着我，和我说话，都显得急切；他以往的急躁情绪又升了上来。

“我们必须毫不耽搁地结成夫妇，简；只消拿到证书——然后我们就结婚。”

“罗切斯特先生，我现在刚发现太阳已经远远偏西，派洛特实际上已经回家吃晚饭去了。让我看看你的表。”

“把它系在你的腰带上吧，简妮特，以后就留着；我用不着它。”

“快到下午四点了，先生。你不觉得饿吗？”

“大后天该是我们结婚的日子，简。现在别去管什么漂亮的衣服和珠宝了，那些都一文不值。”

“太阳把所有的雨珠都吸干了，先生。没有一丝微风：天真热。”

“你可知道，简，现在你的小珍珠项链还戴在我的领带下古铜色的脖子上？自从我失去我惟一的宝贝的那天起，我就一直戴着它，作为对她的一种纪念。”

“我们就穿过树林回家吧，那条路最阴凉。”

他继续着自己的思想，没有注意我的话。

“简！也许你认为我只是一条毫无宗教信仰的狗吧；可是此刻，我心里对于主宰大地的仁慈的上帝却充满了感激。他看待事物，不像世人那样，而要看得清楚得多；他判断事物，也不像世人那样，而要判断得聪明得多。我以前做错了；我那样做会玷污我那无辜的花朵，把罪孽涂上它的纯洁；上帝就把它从我手里夺走了。我，出于顽固的反叛，几乎诅咒了这种神意；不但没有屈服于天命，还反抗它。神按常规作出它公正的裁判，灾难沉重地落在我身上；我被迫穿过了死荫的幽谷。①上帝的惩罚是有力的；一次责罚就使我永远抬不起头。你知道我以前一直以自己的力量为骄傲；可是现在，这力量怎么样了呢？我得把它交给别人引导，就像孩子的软弱那样。最近，简——只是——只是最近——我才看到并且承认，上帝掌握着我的命运。我开始受到良心的责备，开始忏悔；开始希望和我的创造者和解。有时候我开始祈祷，虽然是很短的祈祷，但是却很真诚。

“几天前；不，我能说出天数——四天前；是星期一夜里，一种奇怪的心情向我袭来：一种悲哀代替了疯狂、忧伤代替了愠怒的心情。很久以来我一直有这样的印象：既然到处找不到你，你一定是死了。那一夜很晚的时候——也许在十一、二点之间——在我去孤零零地休

① 源出《圣经·旧约·诗篇》第 23 篇第 4 节，“我虽然行过死荫的幽谷，也不怕遭害，因为你与我同在；你的杖，你的竿，都安慰我。”

息以前，我祈求上帝：如果他认为合适的话，马上把我从尘世带走，把我带到还有希望和简重逢的天国去。

“我是在自己的房间里，坐在敞开的窗子旁边；夜晚的香气使我感到快慰，虽然我看不见星星，而且只是凭借一片朦胧发亮的雾才感到月亮的存在。我渴望着你，简妮特！哦，我的灵魂和肉体都渴望着你！我又痛苦又谦卑地询问上帝：我经受孤独、苦难和折磨是否还不够久，还不能让我马上再尝一次幸福和安宁？我承认，我是罪有应得——但是我申辩，我几乎再也受不了了，我心中的全部希望都不由自主地用这几个字从我唇间冒出来——‘简！简！简！’”

“你是大声说出这几个字的吗？”

“是的，简。如果有人听到我的话，他会以为我疯了；我用那样疯狂的劲儿说出这几个字。”

“是星期一夜里接近午夜的时候吗？”

“是的；但是时间是无关紧要的；接着发生的才是奇怪的事情。你会认为我迷信——我的血液中是有迷信成分，一向有的；然而，这件事却是真实的——至少我是真的听到了我现在所叙述的话。

“在我喊‘简！简！简！’的时候，一个声音回答说，‘我来了；等着我。’我说不出这个声音是从哪里来的，但是我知道这是谁的声音。一会儿工夫以后，风儿送来了这样的低语——‘你在哪儿？’

“要是能够，我要告诉你这些话在我心头所展现的思想和画面；然而，我却很难把我要表达的东西表达出来。正如你看到的，芬丁深深埋在密林里，在这儿，声音变得沉闷，不发出回响就消失了。‘你在哪儿？’这句问话似乎是在群山中发出来的；因为我听到有一座小山送来的回声在重复着这句话。那时，巨风似乎更凉爽、更清新地吹拂着我的额头。我真可以认为，我是和简在一个荒凉静寂的地方相会。我相信在精神上我们一定相会过了。毫无疑问，那时候你一定在毫无知觉地熟睡着，简；也许是你的灵魂离开了躯壳来安慰我的灵魂吧；因为那是你的口音——就像我现在活着一样地肯定——那是你的口音！”

读者啊，正是在星期一夜里——接近午夜的时刻——我也听到了这个神秘的召唤：这些正是我回答它的话。我倾听着罗切斯特先生的叙述，并没泄露出什么来回答他。我觉得这种巧合太令人敬畏，太难以解释了，我简直不敢叙述和讨论这件事。如果我告诉他什么，那这个故事一定会在听的人心上留下深刻的印象；但是他的心因为受苦而变得太容易阴郁，不需要更阴暗的超自然的阴影。于是，我把这些事情藏起来，暗自在心里深思着。

“现在你不会觉得奇怪了，”我的主人继续说，“昨晚你出乎意料地在我面前出现的时候，我为什么会很难相信你不只是一个声音和幻象，不只是一个会变成静默和化为乌有的东西，就像以前那个午夜的低语和山峦的回声会消失那样。现在，我感谢上帝！我知道不是那样了。是的，我感谢上帝！”

他把我从膝上放下，站了起来，恭恭敬敬地从前额举起帽子，把他失明的眼睛俯向大地，在缄默的虔诚中站着。只有膜拜的最后几句话可以听见。

“我感谢我的创造者，他在裁判中记住了怜悯。我谦卑地请求我的救世主给我力量，让我从今以后过一种比以前纯洁的生活！”

于是他伸出手来让我给他带路。我握住那只亲爱的手，把它在我嘴唇上放了一会儿，然后让它搂着我的肩膀。我的身材比他矮得多，所以我既可以让他支撑着又可以带他走路。我们走进树林，朝着家走去。

第三十八章
结　局

读者啊，我和他结了婚。我们举行的是一个安安静静的婚礼；到场的只有他和我、牧师和书记。我们从教堂回来的时候，我走进厨房；玛丽正在那儿做饭，约翰在擦拭餐刀；我说：

“玛丽，今天早上我已经和罗切斯特先生结了婚。”管家和她的丈夫都是那种懂得礼貌、不动感情的人，任何时候你都可以安全地告诉他们一件奇特的消息，而耳朵不致有这样的危险：先是被尖叫刺痛，然后被一阵用滔滔不绝的言语表达的惊讶震聋。玛丽确实抬起头来，睁大眼睛看着我；她正在给两只烤鸡涂油，手中那把勺子确实在半空中停留了三分钟光景；在这段时间里，约翰的刀也在擦拭过程中停了下来，可是，玛丽又弯下身来烤鸡，只是说：

“是吗，小姐？嗯，当然！”

过了一会儿，她又说：“我看见你同主人出去，不过我不知道你们是上教堂去结婚；”她又继续给烤鸡涂油。我回过头去看约翰，他正咧嘴笑着。

“我对玛丽说过事情会怎么样，”他说；“我知道爱德华先生。”（约翰是个老家人，在他主人还是家里最小的孩子的时候就认识他，所以他常常用教名称呼主人）——“我知道爱德华先生会怎么做；我还肯定他不会等久；也许他是做得对的。祝你快乐，小姐！”说罢他有礼貌地拉拉额发[①]。

“谢谢你，约翰。罗切斯特先生要我把这个给你和玛丽。”我把一张五镑的钞票放在他手里。没等着听他再说什么，我就离开了厨房。后来，我打他们独用的这间屋子门外走过，听见这样的话：

“对他来说，她比哪个阔小姐都好。”又说：“虽说她不顶漂亮；她可不是个傻瓜，而且脾气挺好；在他眼里，她是个很美的美人，这点谁都看得出来。”

我立即写信去沼屋和剑桥，把我所做的事告诉他们；充分地解释我为什么这么做。黛安娜和玛丽毫无保留地赞同这个步骤。黛安娜说，她将只让我度过蜜月，蜜月一过她就要来看我。

“她最好还是别等到那个时候，简，”我把她的信读给罗切斯特先生听，他说；“要等的话，那她就太晚了；因为我们的蜜月将照耀我们一辈子；它的光辉只会在你我的坟墓上暗淡下去。”

圣约翰听了这个消息以后怎么样，我不知道；我告诉他这个消息的那封信，他一直没回；但是过了六个月，他写信给我；不过，没提罗切斯特先生的名字，也没提到我的婚姻。他那时候的信写得很平静；尽管很严肃，却还亲切。从那以后，他保持着虽不经常但还是定期的通信；他希望我幸福，并且相信我不是那种只关心世俗事情、没有上帝也可以在世上活下去的人。

你还没完全忘记小阿黛勒，是不是，读者？我没有忘记；不久我请求并且获得罗切斯特先生的同意，到他送她进的那所学校去看她。她重又看到我的时候，她的狂喜叫我非常感动。她看上去又苍白又瘦弱；她说她不快活。我发觉，对于像她这样年龄的孩子来说，校规太严，课程也太重；我就把她带回家来。我打算再当她的家庭教师；可是不久就发现这不切合实际；现在有另一个人——我的丈夫——需要我整个儿的时间和操心。所以我找了一所制度比较宽的学校；那儿较近，我可以经常去看她，而且有时候还可以把她带回家来。我注意不让她缺少任何可以使她舒适的东西；她不久就在新住处安定了下来，在那儿很快活，学习上也有很大进步。在她逐渐成长起来的时候，完

① 英国乡下人向人致意的动作。

善的英国教育把她的法国缺点大大地纠正了。等到她离开学校，我发现她是一个讨人喜欢的、彬彬有礼的伴侣；温顺、和蔼、很有原则。她出于感激，对我和我家里的人都很关心，因此，我在能力范围内曾经给予她的任何小小的仁慈，她早已很好地报答了。

我的故事快讲完了；再说一句关于我婚后经历的话，再瞥一眼这个叙述中名字最常出现的几个人的命运，我就可以结束了。

现在我已经结婚十年了。我知道同我在世界上最爱的人一起生活、并且完全为他生活是怎么回事。我认为自己极其幸福——幸福到言语都无法形容；因为我完全是我丈夫的生命，正如他完全是我的生命一样。没有一个女人比我更加同丈夫亲近，更加彻底地成为他的骨中骨，肉中肉。我跟我的爱德华在一起，从来不感到厌烦；他跟我在一起也从来不感到厌烦，就像我们各人对于各自胸膛里心脏的跳动不会感到厌烦一样；因此，我们总是守在一起。对我们来说，守在一起既像孤独时一样自由自在，又像和同伴在一起时一样欢乐愉快。我相信，我们是整天谈着话。互相交谈只不过是一种比较活跃的、一种可以听见的思考罢了。我全部的信任都寄托在他身上，他全部的信任也都献给了我；我们性格正好相合——结果就是完美的和谐。

我们结婚以后的头两年，罗切斯特先生的眼睛还一直是瞎的——也许正因为这种情况，我们才如此亲近——才如此紧密地结合在一起！因为在那个时候，我是他的视力，正像我还是他的右手一样。说实在的，我是他的瞳人，他是这么叫我的①。他通过我看见大自然——看见书；我代他凝视，用语言传达田野、树木、城镇、河流、云朵、阳光——我们面前景色和周围天气的效果；我用声音使他的耳朵得到了

① 英语中，the apple of one's eye 可作瞳人解，也可作珍爱的人解。

光线不能使他的眼睛得到的印象，对于这些我从来不会感到厌烦。我念书给他听，带他到他想去的地方，替他做他想做的事，对于这些，我也从来不感到厌烦。在我的效劳中有一种虽然悲哀却是最充分、最强烈的乐趣——因为他要求我为他做事的时候并不带着令人痛苦的害羞或者令人扫兴的屈辱。他如此真心地爱着我，他并没有感到不愿意从我的侍候中得益；他觉得我如此深情地爱着他，侍候他就是满足我自己最甜蜜的希望。

过了两年，有一天早上，我正在根据他的口授写信，他走过来，朝我俯下身子，说：

“简，你脖子上戴着亮晶晶的首饰吗？”

我戴着一根金表链；我回答说，“是的。”

“你穿着浅蓝色衣服吗？”

我是穿着。于是他告诉我，最近一个时期他好像觉得蒙住一只眼睛的那片昏暗似乎变得淡一点了；现在他对这可以肯定了。

他和我一起去伦敦。他由一位著名眼科医生诊视，终于恢复了那只眼睛的视力。他现在还不能看得十分清楚，还不能多看书，多写字；但是已经能够不用别人搀扶自己走路；对他来说，天空不再是茫然一片——大地也不再是空无所有。当他把头生子抱在怀里的时候，已经能够看出那个男孩继承了他自己的眼睛，眼睛就和他原来的一样——又大、又亮、又黑。他当即怀着激动的心情再一次承认，上帝已经用仁慈减轻了裁判。

所以，我的爱德华和我都很快活，尤其使我们快活的是，我们最爱的人同样也都快活。黛安娜·里弗斯和玛丽·里弗斯都结了婚；我们一年一次轮流：这一年她们来看我们，下一年我们去看她们。黛安娜的丈夫是一个海军上校；他是个英勇的军官，也是个善良的人。玛丽的丈夫是一个牧师，是他哥哥在大学里的朋友；从他的造诣和品行来说，是配得上这门亲事的。菲茨詹姆士上校和华顿先生都和他们的妻子相亲相爱。

至于圣约翰·里弗斯，他离开英国到印度去了。他踏上了他给自己规定的路；他还是继续在这条路上走着。他在巉岩和危险中工作，再没有比他更不屈不挠、更不知疲倦的先驱了。坚定、忠实、虔诚，充满精力、热情和真诚，他为他的同类工作。他为他们把痛苦的进步之路上的障碍除掉；他像巨人般把阻塞通道的教义和种性的偏见砍倒。他也许是严厉的，他也许是苛刻的，他也许还是野心勃勃的；可是，他的严厉是武士大心①的那种严厉，正是大心保卫着他所护送的香客不受亚玻伦②的袭击。他的苛刻是使徒的苛刻，使徒只是为了上帝才说："要跟着我的人都要抛开自己，拿起他的十字架，跟随着我。"他的野心是崇高的主的精神的那种野心，它的目的是要在那些受到拯救离开尘世的人们中间的第一排上占一个位置——他们毫无罪过地站在上帝的宝座跟前，共享着耶稣最后的伟大胜利，他们都是被召唤、被选中的人，而且也都是忠诚的人。

圣约翰没有结婚；他现在再也不会结婚了。他自己一直满足于辛勤工作；这辛勤工作即将结束；他的光辉的太阳匆匆地趋于沉落。我从他那儿收到的最后一封信使我感动得流下了世俗的眼泪，但是却使我充满了神圣的欢乐；他正等待着他那肯定能得到的酬劳，他那不朽的冠冕。我知道，下一次将由一个陌生人的手来写信给我，告诉我这个善良、忠实的仆人终于被召去享受他的主的欢乐。为什么要为这个哭泣呢？不会有怕死的念头使圣约翰临终的时刻变得阴暗；他的脑子里没有愁云，他的心灵里没有畏惧。他的希望是可靠的；他的信念是

---

① 大心，英国作家班扬所著《天路历程》中引导克里斯蒂安娜进天城的人。

② 亚玻伦，《圣经》中无底坑的使者，折磨不信上帝的人的蝗群的王。详见《圣经·新约·启示录》第9章第1至11节。

坚定的。他自己的话就保证了这一点：

“我的主已经预先警告过我，”他说。“他每天都更加明确地宣布：‘我肯定地来了，来得很快！’我每小时更加急切地回答：‘阿门；就这样来吧，主耶稣！’”

· 勃朗特三姐妹文集 ·

Anne Brontë

艾格妮丝 · 格雷
Agnes Grey

〔英〕安妮 · 勃朗特 著

裘因 译

上海译文出版社

目　次

序 言

对于勃朗特家几个孩子在母亲生命垂危日子里的举止，盖斯凯尔夫人曾有过一段堪称文学著作中最值得人们回味的描述：

> ……这六个小孩子常常手拉着手走出家门，朝着阳光明媚但又荒无人烟的原野走去，一路上年长的孩子细心地照料着蹒跚学步的弟弟妹妹；这些孩子长大以后，还十分热爱这片荒野。

盖斯凯尔夫人还说，他们“比起同龄的孩子更为严肃、安静，也许是因为家中有着垂危的病人而感到压抑的缘故吧”。一位仆人说得更加坦率，“……从来没有见过这么好的孩子。我老觉得他们精神压抑，同我见过的其他任何孩子都不一样”。

勃朗特太太 1812 年结婚，1813 年到 1820 年间共生了六个孩子，其中安妮最小。安妮出生二十个月后，母亲就因胃癌去世，当时才三十九岁。自安妮满周岁之后，勃朗特太太就卧病不起。一位知情人曾告诉盖斯凯尔夫人，勃朗特太太“不大愿意多看见自己的孩子，也许是因为明知孩子们很快就要失去母亲，看到他们会使她十分难过”。

这时，勃朗特太太的姐姐伊莉莎白·勃兰威尔从家乡康沃尔来到这里为他们料理家务。威妮弗雷德·热兰[①]是这样描写这个家庭的：

> 哈沃斯的牧师住宅是一幢乔治式的庄重大方而结构匀称的房屋，修建于十七世纪七十年代。但它只有五间卧室，其中一间就在门厅上面。这是一间狭长的房间，没有壁炉；另一间是在后间

上面，比杂物间稍为大些。勃朗特夫妇、六个孩子、勃兰威尔小姐、两个仆人和勃朗特太太的护士就挤在这五间卧室内。四个大女孩睡在卫生条件最差的一间里。晚上，她们睡在小行军床上，白天把行军床折叠起来，这个房间就变成了育儿室。就是在这间房里，那几个活下来的孩子一直住到十几岁。他们在那里玩耍、写作，享受着绝对的自由。这个房间长九英尺，宽五英尺七点五英寸。

盖斯凯尔夫人在《夏洛蒂·勃朗特传》中出色地叙述了勃兰威尔小姐对哈沃斯的感情以及孩子们对她的感情：

> 勃兰威尔小姐……有强烈的偏见，很快就对约克郡抱有厌恶的情绪……她怀念农村小镇上小范围内持续不断的愉快的社交活动；她怀念自幼熟识的朋友，他们当中有些人在成为她朋友之前曾经是她父母的朋友。她不喜欢约克郡的许多风俗，特别害怕哈沃斯牧师住宅的过道和客厅中石板地的阴冷和潮湿……孩子们很尊重她，对她抱有一种因尊敬而产生的好感。但是我认为，他们从没有真挚地爱过她。在勃兰威尔小姐这样的年纪，像这样完全改变环境和住处，确实是一种严重的考验……

她并不想留在哈沃斯充当几个外甥女的母亲的角色，但是勃朗特先生费了很多周折仍无法找到一位新妻子，她也只好留了下来。

虽然勃兰威尔小姐很喜欢安妮，但她对安妮的态度，似乎是维多利亚时代一位阅世不深的老处女突然有机会将她塑造儿童的理论付诸实施时的样子。从安妮来说，她的性格就是喜爱并依恋大人，这无疑

---

① 威妮弗雷德·热兰(1901—1981)，英国勃朗特姐妹研究专家。

也激发了她姨妈的感情。不过，勃兰威尔小姐用来培养孩子的似乎是卫理公会的那套严厉的恐吓办法。威妮弗雷德·热兰认为：“勃兰威尔小姐完全以冷漠而武断的神气来阐述关于爱的宗教的信条，似乎这首先是一种有关恐惧的宗教。”她向安妮灌输一种罪恶感，这使得她一生都处于同这种意识斗争之中。

玛丽亚是勃朗特家的长女，就是夏洛蒂在《简·爱》中曾亲切地提到的海伦·彭斯。玛丽亚对待弟妹更像一个母亲。这是伊莉莎白·勃兰威尔无论如何也赶不上的。首先，玛丽亚的智力同她弟妹相仿，而他们的姨妈显然不具备这样的条件。玛丽亚七岁就会“拿上一张报纸关在房间里阅读，等她走出来时就能把什么事情都告诉大家”。勃兰威尔小姐的文学情趣寄托在《妇女杂志》这类消遣性文学和耸人听闻的《卫理公会杂志》上，仅限于旨在迎合维多利亚时代处于更年期的未婚姨妈、未婚姑妈的病态情感的种种梦想和幻象。

安妮年纪最小，又常常因患哮喘而躺在床上，因而受姨妈的影响最为直接。这种影响本来是会无法估量地增长的，但是在勃朗特太太过世三年以后，家里就把玛丽亚、伊莉莎白和夏洛蒂送到柯文桥为牧师女儿开办的学校（《简·爱》中的劳渥德）学习。这时安妮和艾米莉就给留在家里听任自流了。她们两人开始亲密起来。但是三个月后，家人又为艾米莉打点行装，将她也送到柯文桥学校去了。在艾米莉离去时，家里又解雇了两个年轻女佣南希·加尔和萨拉·加尔姐妹。自从勃朗特一家来到哈沃斯以来，加尔姐妹一直是孩子们的保姆。八个月以后，玛丽亚和伊莉莎白相继去世，剩下的几个姐妹又在家里团聚了。

由此可见，安妮的童年充满着令人心酸的经历——死亡、离别、疾病，又没有母亲般的人时刻支持着她。她从未有过安宁的生活。就像勃朗特太太在病中不愿意见到孩子时的感情一样，帕特里克·勃朗特决定不同孩子们共进正餐。盖斯凯尔夫人机智地解释说，她“不得不”单独用餐，“是为了获得消化食物所必需的安静环境”。勃兰威尔小姐也尽量在自己房间里用托盘吃饭。因此孩子们就只能自己玩耍和相互做伴了。他们的整个世界就是牧师住宅和荒野。除了自己的家人之外，他们似乎没有多少社会交往，或者根本没有这样的交往：

> ……由于勃朗特太太在丈夫调到这个区以后不久就过世了，也由于路那么远，还要穿过那些荒凉的地区，所以这些牧师朋友的妻子并不陪同她们的丈夫一起进行访问；这几个女孩子便过着一种独特的生活，从儿童成长为少女，从来没有适合于她们年龄、性别和处境的各种社会活动。

在这种情况下，勃朗特姐妹长大以后自然就有点病态的怕羞，老是觉得自己是微不足道的，因而认为不管需要付出多大的代价，她们都必须独立生活，无论是在经济上还是感情上，都不能成为别人的负担。

那所为牧师女儿开办的学校是一个慈善机关。勃朗特几姐妹在其他方面也不得不接受人们的施舍，夏洛蒂为感谢好心的教父母赠送旧衣服所写的拘谨而简短的感谢信，读来令人痛心。她们在社交中的胆怯和怪癖已经引起人们的关注，她们的服装也与同伴们大不相同。夏洛蒂的朋友玛丽·泰勒回忆起夏洛蒂“穿着一套式样过时的衣服，乘坐带篷轻便马车……”来到罗赫德学校，“当她走进教室时，换了一套衣服，但仍然是那么旧。她看上去像个小老太婆……”埃伦·纳西说，她的头发“难看地卷在一起”。

勃朗特几姐妹，谁也没有受过任何训练，去适应学校中的社会生活。她们只有在姐妹之间才有共同语言，没有一个成年妇女能为她们树立合乎她们身份的榜样。她们家有勃兰威尔小姐，但她满脑子是令人抑郁的清规戒律，思想和习惯都接近于昔日讲究细小社交礼节的彭赞斯[①]的优雅生活；还有大家喜爱的仆人泰比，泰比也许是她们接触最多的唯一能为她们树立正常榜样的人，但她却是个老处女，又是个农妇。

她们的童年生活可以分成两部分，一部分是在荒野中绝对自由的气氛中度过，一部分在闭塞而狭小的牧师住宅中度过。她们所享有的自由由于管束不是很严格：只要把家中的杂务做完而又不打扰周围的大人，她们就可以自由自在了。夏洛蒂在给她的朋友埃伦·纳西的信中说安妮是“一个心情压抑而有耐心的异乡人”，当时，她很可能就是在吐露她自己或艾米莉在远离家乡时的心情。

安妮·勃朗特在孩提时是家中的宠儿，主要的原因是所有的孩子中只有她生来身体就很孱弱，是否能够活下来似乎经常是个未知数——哈沃斯潮湿的气候和勃兰威尔小姐对她的竭力控制所带来的令人窒息的影响，并没有为这个哮喘儿的茁壮成长创造良好的条件。这一情景在安妮的姐姐们脑海中留下了深刻的印象，她们的姨妈从《卫理公会杂志》中念给她们听的那些令人悲伤的临终场面，无疑又加深了这种印象。这一点从南希·加尔讲述的一件轶事中可以看得很清楚。当安妮还在襁褓之中时，“夏洛蒂闯进她爸爸的书房，说有一个天使站在安妮的摇篮旁。但等他们走回去时，天使又不见了。不过夏洛蒂说，她肯定见到了那个天使”。

安妮长大以后，成了勃朗特三姐妹中最漂亮的一个女孩子。她跟艾米莉一样，身材高于一般的姑娘。埃伦·纳西在《回忆录》（1871年）中曾这样描绘安妮：“她有一头漂亮的头发，浅棕色的，卷卷曲

① 彭赞斯，英国西南部的城镇，是一个疗养胜地和渔港。

曲，优美地披到肩头。她的那双眼睛呈可爱的紫蓝色，两道画得弯弯的细眉，肤色是那么白净，几乎是透明的。”埃伦非常喜欢安妮，她的眼光可能带有偏见。

夏洛蒂的出版者，史密斯—埃尔德公司的乔治·史密斯对安妮的看法更为透彻和客观：“她文雅、安静，表情有些压抑，谈不上漂亮，但很可爱……她的举止奇妙地表现出某种希望得到保护和鼓励的心情，似乎在不断地呼吁，想引起人们的同情。”威妮弗雷德·热兰还说，安妮“并不像夏洛蒂那样为自己的相貌平平而感到苦恼”。

由于维多利亚时代撰写勃朗特姐妹传记和有关论文的作家认为，文静而又能自我克制的安妮与热情奔放的夏洛蒂和令人莫测高深的神秘的艾米莉相比，显得呆板一些，因而没有提供有关她的许多材料，也不想去寻找这方面的材料。我们知道，安妮在十五岁以前一直待在家里。那一年，夏洛蒂到罗赫德学校去当教师，挣钱为安妮付学费。自 1835 年至 1837 年圣诞节，安妮在罗赫德学习。后来，安妮得了一次严重的肠胃流行病，这使夏洛蒂对她的健康很为担忧，便决定让她退学。在罗赫德生病的日子里，安妮经历了一次信仰危机。在她的请求下，人们把附近村里摩拉维亚教派的主教请来，使她得到一些精神安慰。在盖斯凯尔夫人的《夏洛蒂·勃朗特传》出版以后，拉特罗布牧师在给朋友的一封信中解释了问题的症结：“我发现她很熟悉《圣经》中拯救灵魂的主要真理，但她更多的是根据律法而不是根据福音来认识这些真理，更多的是把这些真理看成是上帝的要求，而不是上帝在他的儿子身上体现出的赐予。”这似乎是第一次公开谈到折磨了安妮一生的信仰上的困惑。这种困惑来自安妮不能接受她姨妈的加尔文派的选拔论。

简言之，安妮的困惑在于：如果她相信勃兰威尔小姐的上帝，而接受这样一种思想，即上帝挑选不上的人必然要进地狱，永世不得翻身，那她就无法像人们教她的那样去热爱上帝；如果她相信一个更近人情、慈悲为怀的上帝，她又怕这是一种自欺欺人的人为的安慰。拉特罗布说，在他的指引下，她“意识到问题不是她的行动违反了上帝的意愿，而是她不爱她的上帝”。这一点表明，文静的安妮早在十几岁时就为她的所谓罪恶（“违反上帝意愿的行动”）感到不安，而且觉得很难——如果可能的话——去热爱她姨妈对她描述的那个上帝。这种思想一再出现，在她的诗歌中也有所表现。

在很长的时期里，安妮曾是牧师住宅中唯一和勃兰威尔小姐做伴的孩子。她同姨妈一起睡在亡母的卧室里，这意味着她不能在夜晚和夏洛蒂、艾米莉一起在小卧室里演出“秘密话剧”。也就是说，她不得不承受勃兰威尔小姐的全部宗教抑郁症，而这种抑郁症对她产生了深远的影响——夏洛蒂写道，这“对她纯洁无瑕的短暂的一生投下了可悲的阴影”。

这就是《艾格妮丝·格雷》第十一章中艾格妮丝同南希·布朗之间的思想交流的基础。小说中的牧师哈特菲尔德先生同勃兰威尔姨妈的相似之处，确实不是人们凭空想象出来的。埃伦·纳西对勃兰威尔小姐的策略性的描写表明，勃兰威尔小姐对自己的容貌颇为自负——她总是穿着一身丝织衣服，围着披巾，系着饰带。她拥有一些贵重珠宝，常用“一个十分精致的金鼻烟壶”吸鼻烟——这一切根本不符合她宣传的卫理公会教义。哈特菲尔德先生的自我陶醉和他布道时吹毛求疵的偏执之间，也存在着类似的不协调。这种矛盾常常困扰和压抑着童年时代的安妮·勃朗特，就同小说中南希·布朗的心情一模一样。

盖斯凯尔夫人显然是从夏洛蒂那里得到的启示，说安妮“驯服而忧郁……总是逆来顺受而温顺的”。在安妮去世后一年，夏洛蒂本人在《呼啸山庄》和《艾格妮丝·格雷》的序言中也写道，安妮“长期受着折磨，善于自我克制，喜欢思考而且颇为聪颖，她的气质含蓄、沉默寡言，这使她总是处于不惹人注目的地位。这些特性也使她的思想，尤其是感情，似乎蒙上了一层修女的薄纱，这层薄纱很少掀开……她的性格生来就敏感、拘谨和沮丧”。但是人们不应该毫无保留地接受大姐姐对小妹妹的性格的描述。其他的证据可以改变安妮的这种形象。

我想，我们可以从艾格妮丝·格雷在小说的开始几页对自己的描述中，以安妮的眼光来看一看她同夏洛蒂和勃兰威尔姨妈的关系，这很有意思，也很恰当：

> 我比姐姐要小五六岁，家人总把我看成**小不点儿**和小宝贝儿。父亲、母亲和姐姐对我非常溺爱——他们并不是愚蠢地纵容我，让我变得桀骜不驯，而是对我百般抚爱，养成了我软弱和依赖的习性——我根本不善于应付生活中的烦恼和忙乱。

> ……虽然我认为自己已经长大成人，但在她们的眼里，我还是个小女孩。母亲同大多数善于持家的妇女一样，上帝没有让她生下十分能干的女儿。她自己又聪明，又勤快，从不想把自己分内的事情交给助手去干。相反，她却很乐意为他人和一家之长帮忙，为他们操心。不管她手中有什么活儿，她总是觉得没有什么人能干得像她那么利索。

> 当个家庭教师该多有意思！去见见世面，过一种崭新的生活，独来独往，施展一下自己没有发挥过的能力，试一试我的无人知晓的力量。挣钱养活自己，不要父亲、母亲、姐姐负担我的伙食和衣着，还能给他们带来安慰和帮助……

这几段话表明了在大多数家庭中最小的孩子不得不承受的善意的庇护。夏洛蒂在给埃伦·纳西的信中写到安妮在离开罗赫德一年以后第一次（于1839年）去当家庭教师时的情景，也表明了这一点：

> 可怜的孩子！上星期一她离开了我们。没有人去送她；这是她自己的意愿，她要我们让她单独前往，她觉得，要是完全让她独立去应付生活，她会处理得更好，会鼓起更大的勇气。她走后我们只接到过她一封信。她说，她很满意，还说××夫人非常慈祥。她只照看两个大孩子，其他几个还关在婴儿室里，她不用照看婴儿室和里面的孩子……我希望她能成功。她的这封信写得通情达理，而且行文巧妙。你读了一定会吃惊的。我只是担心她的口头表达能力。不过我的确害怕××夫人间或会认为她说话生来就有点口吃。

安妮的这种圣徒般的、谦卑而毫无生气的形象同她被解雇的情景大相径庭。当时，她所以被解雇，是因为她把两个孩子绑在桌子腿上，不让他们吵闹，而自己则继续进行工作。这种形象同维多利亚时代评论家的看法是有出入的，他们用自己的观点来解释安妮在《艾格妮丝·格雷》中对当时的教育观点进行直率的讽刺以及她对艾格妮丝所照管的孩子们的残忍和野蛮行为所进行的毫无顾忌的描写；安妮认为这种行为是“古怪而讨厌的”。这种形象同安妮在《怀尔德菲尔府的房客》（又译《女房客》）再版序言中对这些评论家进行勇敢反击的行为当然也是不相符的。夏洛蒂很可能根本不了解安妮，附带说一句，勃兰威尔小姐也是如此，她在安妮十四岁时根本没把她当回事儿，说她“微不足道，根本不算什么”。还要指出的是，安妮的小说同简·奥斯丁的小说很近似，而夏洛蒂从来就不愿意去喜欢“奥斯丁小姐的‘温柔的目光’”。有些人一直要我们相信安妮是她姐姐和哥哥的褪色的翻版，而当时的实际情况却绝非如此。不过，这是后话了。

1840 年初，安妮回到牧师住宅，想另找一份工作。夏洛蒂和艾米莉也在家里。就是在这个时候，她们产生了自己在家里开办学校的想法。夏洛蒂和艾米莉曾经尝过当家庭教师的苦楚，也体验过别人的盘剥。姐妹三人都觉得，她们只有一起待在哈沃斯，才能感到幸福。

1840 年夏天，安妮成了约克近郊桑普格林府埃德蒙·鲁宾逊家的家庭教师。《艾格妮丝·格雷》中市侩气息很重的默里一家就是以鲁宾逊一家为蓝本的。安妮在那里并不愉快。她在 1841 年的“生日记述”中写道，“我不喜欢这家人家，想换一个环境”。艾米莉在同年的“生日记述”中说，安妮“离乡背井，受尽折磨”（原文如此）[1]，夏洛蒂在给埃伦·纳西的信中（就是那封把安妮说成是“一个心情压抑而有耐心的异乡人”的信）写道，“我内心有一种隐痛……就是为安妮担心；她忍受了这么多痛苦，比我经历过的痛苦要多得多……她比我更孤独，更不善于结交朋友”。在另一封信中，她把安妮回到桑普府的行动说成是“回到埃及和遭受奴役的地方”。

安妮到鲁宾逊家后不久，写了一首题为《桑普格林纪事》的诗歌。这首诗质朴而动人地反映了她离乡背井的痛苦心情：

啊，我觉得困乏异常

　　虽然泪水已不再流淌；

我的眼睛因哭泣而疲倦，

① 这里的原文是“exiled and harrassed”，英文中没有 harrass 这个词，疑为 harass（烦扰）之误。所以作者在后面加了（原文如此）的注释。

我的心灵因悲哀而心伤

我的生活非常孤独，
每天每日都沉重而漫长……

五年中，她大部分时光是远离家乡，同鲁宾逊一家待在一起。这一段时期，夏洛蒂和艾米莉曾到布鲁塞尔去进修法语和德语，目的是为取得更令人注目的资历和丰富拟议中的学校的课程。

1843 年，安妮的胞兄勃兰威尔也到桑普格林去当家庭教师。1845 年初，安妮似乎有点察觉他同鲁宾逊太太之间的暧昧关系。这一年 6 月她辞去了职务，并在 1845 年 7 月的"生日记述"中回忆起 1841 年的那段记述：

自从写那篇日记以来，发生了多少事情呀——有些是愉快的，有些却远非如此。不过那时我是在桑普格林，现在我刚从那里逃了出来。早在四年前我就想离开那里。要是当时我知道要在那里待上四年，我会感到多么不幸。不过我在那里发现了人们身上一些令人极不愉快、以前梦想不到的品质。

艾米莉在同一天的日记里提到开办学校的计划失败的经过：

我本该提到的是，去年夏天，我们又起劲地考虑开办学校的计划——我们印了简介，给所有的熟人写信介绍我们的设想，我们竭尽微薄的力量，但是发现行不通——现在我根本不想办学校了，大家都对办学失去了兴趣。

勃兰威尔姨妈死于1842年，当时夏洛蒂和艾米莉正在布鲁塞尔。姨妈把自己的财产留给了勃朗特姐妹，因此艾米莉说，她们有“足够的钱”来满足日常开支，“还可以有些积余”。

研究勃朗特姐妹的评论家和传记作者，没有认识到安妮长期与社交如此广泛、为人如此世故的鲁宾逊一家密切接触的意义。他们只着重于研究安妮发现哥哥勃兰威尔同鲁宾逊太太的关系后给她造成的心灵创伤以及日后勃兰威尔的自我毁灭过程对她们姐妹的影响。然而，这一段经历确实对安妮小说的形成产生了影响，早就决定她要写奥斯丁式的风俗小说，而不是她两个姐姐根据各自不同的经历而写的那种充满孤寂、激情和忧虑的意识的小说。例如，盖斯凯尔夫人是这样描写夏洛蒂和艾米莉在彭纳特里格的表现的：

> 人们总是在花园里消磨他们的闲散时光。这时姐妹俩总在一起散步，往往什么话也不说。艾米莉虽然身材要高得多，却老靠在姐姐身上。夏洛蒂总是有问必答；凡是人们对她们两人谈话时，也总是夏洛蒂率先回答的。艾米莉同任何人都不大说话。

这是很典型的情景。人们有理由认为，连夏洛蒂本人都不曾完全摆脱害羞和谦卑的心理状态。在哥哥勃兰威尔被解雇以后，鲁宾逊姐妹同安妮的通信曾一度中断，以后又恢复了。在很长一段时期内几乎是一天一封信。这表明，在桑普格林的五年中，安妮同她们建立了密切的关系，她们常向安妮讨教。

安妮的这一经历是值得强调的，因为这表明了她同两个姐姐之间的差别。不管出于什么原因，她似乎比艾米莉和夏洛蒂更为坚强。在桑普格林当家庭教师的五年中，她在家待的时间比两个姐姐都少。她一直住在一个同她自己的家庭完全两样的英国家庭中。人们通常用夏洛蒂和艾米莉的小说来衡量安妮的小说，相比之下，认为安妮的小说缺乏兴味而不予重视。但是我们可以设想，如果她是简·奥斯丁的妹妹，那么对她的两部小说的估价和认识就会更接近于现实。安妮在写第一部小说时只有二十六岁，写第二部时，也才二十八岁。如果夏洛蒂只留下了一部《教师》，人们就会更公正地把她放在安妮现在所处的地位。总的来说，英国人不喜欢格调低沉的小说——巴巴拉·皮姆的经历就是个很好的明证。

这并不是说，《艾格妮丝·格雷》或《怀尔德菲尔府的房客》这两部小说写得比《简·爱》《维莱特》或《呼啸山庄》更好，不过确实有理由认为，这两部小说比《教师》和《谢利》要好。也就是说，风俗小说对安妮这位年轻而缺乏经验的作者来说是一种困难的体裁。安妮的著作更接近简·奥斯丁或盖斯凯尔夫人的作品，同她两位姐姐倒不大相同。

也许正是姐妹间的性格明显不同，而且一个家庭中两个妹妹之间的关系总是要比她们与大姐之间的关系密切这一简单事实，将安妮和艾米莉极为紧密地联系在一起。所以埃伦·纳西说，她们就像“一对双胞胎——形影不离的伴侣，相互间的感情极为深厚，从未间断”。在许多方面，她们的性格似乎是互为补充的。艾米莉有些神秘莫测，倾向于泛神论，在体格上和精神上是无畏的——在小狗咬伤她手臂时，她会用烧红的熨斗去烫自己的伤口[①]——总的来说，她古怪而孤僻，不谙世故。不管她离开哈沃斯时间长还是短，都会像移栽到温室里的野花一样凋谢。安妮是个文静、含蓄、真挚而聪明的基督徒，一直在寻找她所信奉的上帝。她身体孱弱，患有哮喘病，但具有极大的勇气和道义上的决断力，不过在艾米莉显得坚强的地方，安妮又显得很可

① 这是指艾米莉搂着小狗熨衣服，在小狗把她咬伤后，她用熨斗去烧灼伤口，以免感染。

爱。艾米莉的想象力带有异教徒的特点，富有浪漫气息，甚至有点“哥特”色彩。安妮的想象力却受到她所观察的现实和她的宗教信仰的限制。两姐妹都喜欢音乐。艾米莉身上富有强烈的阳刚之气，安妮却充满了女性的温柔。

当夏洛蒂和勃兰威尔在撰写有关安格里阿的故事时，安妮和艾米莉在一起撰写小说《岛民》。艾米莉在1845年的日记中写到她和安妮“第一次”坐火车到约克去单独“作长途旅行”的情景，当时艾米莉二十七岁，安妮二十五岁：

> ……在旅途中，我们成了罗纳德·麦卡尔平、亨利·安戈拉、朱丽叶·安格斯蒂娜、罗萨贝拉·埃斯莫尔登、埃拉·埃格里蒙特、朱利安·埃格里蒙特、凯瑟琳·纳瓦尔和利迪莉亚·菲查弗诺尔德，大家正从学校里逃出来，去参加当时被得胜的共和党人到处追捕的保皇党。岛民还是像以往一样兴旺发达。目前我正在撰写一部有关前几次战争的作品。安妮一直在写与此有关的文章和一部有关亨利·索福纳的书。只要我们对他们还感兴趣，就打算坚持描写这些捣蛋鬼。我可以高兴地说，目前他们还是很有意思的。

她们开始写作《岛民》的时候，安妮才七岁，艾米莉九岁；十八年以后，勃兰威尔和夏洛蒂早就放弃了《安格里阿的幻想》，但《岛民》还在继续写下去。事实上有某种迹象表明，安妮觉得自己已经长大，不想再写它了，艾米莉却从不如此。但是在安妮离开了桑普格林以后，哥哥勃兰威尔自暴自弃的迹象越来越明显。这时安妮似乎又想写这本书了，这种倒退似乎可以给她带来安慰。但是想想艾米莉在写《呼啸山庄》，而安妮在写《艾格妮丝·格雷》时，这两姐妹还在继续这种孩子气的（除了这一写作激发起的诗歌创作之外）文学活动，的确是令人惊奇的。

她们继续合作的理由可能是因为写作《岛民》的激情大多来自两人共享的那个全是荒野的世界，那个渺无人烟的、与世隔绝的自由世界。安妮和艾米莉对大自然的热爱异常强烈。埃伦·纳西曾追述她第一次访问哈沃斯时同勃朗特姐妹和勃兰威尔一起在荒野上散步的情景：

> 在很久以前，我们有一次在荒野里走了很远，来到艾米莉和安妮熟悉的一个地方。她们把这里叫做“溪水汇聚处”。这是一块铺满绿油油的草皮的小小绿洲，处处可见清澈的涓涓泉水，有几块大石头可供憩息；坐在这里，我们就同整个世界隔绝开来，眼前除了一望无际的石南花、湛蓝的天空和灿烂的阳光以外，什么也看不见。

荒野显然是她们精神上的家，是她们在世上可以毫无拘束地充分自由活动的唯一的去处。离开这里，哪怕是在同一个国家里，也是一种无法忍受的放逐。

在《艾格妮丝·格雷》第十二章中[①]，艾格妮丝发现了樱草花，但这只是普鲁斯特的重油松糕[②]式的更复杂情节的简单前奏。安妮从教堂出来，“迫切希望能看到某种熟悉的花朵……要想找到什么能令人想起褐色的荒野，那当然是不可能的”。结果发现在她够不着的地方有三棵长在一起的樱花草，这使她十分激动。此情节同盖斯凯尔夫人描写

① 系十三章之误。

② 普鲁斯特（1871—1922），法国小说家，著名作品为《追忆似水年华》，书中主人公回忆过去时，常想到这种重油松糕。

1848 年 12 月艾米莉逝世时的情景十分相近：

> 勃朗特小姐曾说起她在荒野的小洼地和隐蔽的裂缝中到处寻找残留的石南花——哪怕是一枝几乎完全凋谢的花朵也好——去送给艾米莉，事后她发现艾米莉那双暗淡而漠然的眼睛已经不认识这株石南花了。我记得，当勃朗特小姐回忆起当时所感受的痛苦时，浑身不禁一颤。

除了荒野，安妮最喜欢的就是她每年同鲁宾逊一家去度假的斯卡巴勒海滨。当她知道自己已经不久于人世了，就决定要到那里去，并且说服夏洛蒂和埃伦·纳西把她送去。《艾格妮丝·格雷》中的阿城就是以斯卡巴勒为蓝本的。从艾格妮丝·格雷对海边漫步的描写中我们很容易体会到这位生着哮喘病的姑娘在夏日的海滨所享有的舒适的感觉：

> 在沙滩上漫步，我容光焕发，身心愉快，精力充沛。我忘却了一切烦恼，觉得似乎双脚插上了翅膀，至少可以不知疲倦地走上四十英里。我感受到了童年以来从未有过的快活。

在这次散步中，艾格妮丝又遇到了副牧师韦斯顿先生，人们常常认为这是安妮以真人为依据的另一个人物。

威廉·韦特曼从 1839 年到 1842 年二十五岁去世为止，一直是勃朗特先生的副牧师。韦特曼是一个仁慈、亲切的青年，并不像《艾格妮丝·格雷》中的韦斯顿先生那么稳重，而且似乎很容易坠入情网。有某种迹象表明，安妮对他的感情比较微妙。夏洛蒂给埃伦·纳西的一封信（1842 年 1 月 20 日）中对此事说得最为坦率。夏洛蒂在信中写道，在教堂里，韦特曼坐在安妮对面“轻轻地叹息，用眼角瞟着安妮，想引起她的注意，而安妮却纹丝不动，眼睛一直向下垂视——真有意思”。

爱德华·奇塔姆在《安妮·勃朗特诗集》（伦敦，1979）的序言中分析了那些可以说是与安妮对韦特曼的爱情以及他逝世后的失落感有关的诗歌，但是他在最后颇有道理地说，尽管韦特曼很可能是安妮的“爱情诗”的源泉，但《艾格妮丝·格雷》中的爱德华·韦斯顿同韦特曼没有多少共同之处，只不过在关心穷人方面，两人的态度是一致的。的确，韦斯顿似乎同夏洛蒂所写的教师更为相近——严肃、孤僻、正直，有顽强的自制力。如果过分看重夏洛蒂用大姐姐的风趣口吻所说的一切，那就会产生误解，而低估安妮的想象力也是不恰当的。

1846年4月，安妮回家待了已经一年了。就在《柯勒、埃利斯和阿克顿·贝尔诗集》出版之前，夏洛蒂写信给出版商艾洛特—琼斯公司，说“柯·贝尔、埃·贝尔和阿·贝尔现在正准备出版一部小说，由三篇截然不同、毫无联系的故事组成”。这就是《教师》《呼啸山庄》和《艾格妮丝·格雷》，1847年，《呼啸山庄》和《艾格妮丝·格雷》印成一册出版。

既然这两部书是同时出版的，人们就会对它们一起进行评论。由于《呼啸山庄》的戏剧性更为强烈，因而人们倾向于把《艾格妮丝·格雷》说成是一种反省，往往只看到那些激动人心的场面同《呼啸山庄》的相似之处。《文学协会》的评论员（可能是H.F.乔利）十分反感地指出，两位贝尔“老是谈论那些进行肉体摧残的行为，我们知道，这些行为在罪恶和苦难的真实记录中确实有所记载——但是仔细观察这些事是有教养的人士所厌恶的”。

有关布卢姆菲尔德家孩子的行为，无疑是安妮第一次在布莱克府英厄姆家当家庭教师时的经历的写照。盖斯凯尔夫人记载了她同夏洛蒂的一次谈话：

> 有一次我同她谈起《艾格妮丝·格雷》——她妹妹安妮在这本小说中几乎完全是记述她当家庭教师时的经历——特别谈到在大鸟旁边用石块将小鸟砸死的那段情节。夏洛蒂说，只有当过家庭教师的人才能了解“可敬的”人性的阴暗面；人们并不怎么想犯罪，但是日复一日地放纵自私心理和坏脾气，会导致有些人对依赖于他们的人和物进行虐待，就这种行为而论，我们情愿成为受害者，而不愿加害于人。

英厄姆家的这几个孩子确实是 enfants terribles①，在安妮当了他们一个星期的家庭教师以后，夏洛蒂就写信给埃伦·纳西：

> 她的两个学生都是极端愚蠢的小笨蛋，两个人都不识字，有时甚至会承认，对字母表也一无所知。最糟糕的是大人对他们过分溺爱，安妮无权对他们进行任何惩罚。

夏洛蒂本人的经验以及她对安妮的了解都使她绝对相信安妮的描写是真实的。

《怀尔德菲尔府的房客》的再版序言表明，安妮·勃朗特宁愿把手伸到火中，也不肯说谎：“我的愿望不仅是……写出‘一本完美的艺术作品’……我觉得我的责任是说出令人不快的真话……我要说真话，哪怕这么做会损害我的名声……”安妮讽刺了批评《艾格妮丝·格雷》的人们，这些人谴责她“过分渲染那些从生活中仔细复制下来

---

① enfants terribles，法文，意为“可怕的孩子”。

的情节”。安妮还责备维多利亚时代人们的虚伪。

我们往往以为，维多利亚时代的儿童就像在婴儿室中经常看到的有教育意义的寓言中的人物。维多利亚时代的中产阶级和上流社会的父母可能也持有这种看法，因为他们见到孩子的时候都是孩子们表现得最好的时刻，通常在固定的时间，孩子由保姆陪着。可是不难想象，托马斯·休斯的弗拉什曼和狄更斯的斯蒂尔福斯所受的教育就同安妮·勃朗特在《艾格妮丝·格雷》所描写的一样。

这本小说对当时的行为还有一点有力的批判。为此，人们对安妮·勃朗特只有挖苦，而并不赞赏。汤姆·温尼弗里思在《勃朗特姐妹及其背景》（伦敦，1973）一书中提到《艾格妮丝·格雷》“有点渲染反贵族的色彩”。安妮·勃朗特在描述默里夫妇的言行时确实是猛烈地抨击了浅薄的势利行为，就像她在描述布卢姆菲尔德家的生活时猛烈抨击教育制度一样。夏洛蒂在《简·爱》中也想这样批判布兰奇·英格拉姆，只是更为强烈而已。

夏洛蒂曾告诉盖斯凯尔夫人一件轶事，它清楚地反映了这两姐妹的基本态度。有一次，主人让夏洛蒂照顾一对兄弟，一个是她的学生，约三四岁，另一个八九岁。当她跟在他们后面，要他们到离开大人不准他们去的马厩时，大孩子鼓动弟弟朝她扔石子。一颗石子刚好砸在她头上。第二天孩子的母亲问她头上怎么了。夏洛蒂搪塞地说：“偶然碰了一下，夫人。”这一举动使她赢得了孩子们的信任和好感，后来有一天那个弟弟在他母亲面前大声说，“我爱你，勃朗特小姐”，而那位母亲马上说：“爱家庭教师，天哪！”

当时人们把家庭教师仅仅看成是略胜于老鼠和小鸟的生物。我们觉得，布卢姆菲尔德太太对艾格妮丝反对汤姆的虐待狂的反应也适用于家庭教师——“你似乎忘了……一切生物都是为了我们的利益而创造的……我认为一个孩子的欢乐不能同一个没有灵魂的动物的安危相提并论。”这种看法同默里小姐责怪艾格妮丝看家信的态度也没有多大差别：“……别看这无聊而乏味的信了……你应该告诉家里人，别写这么长的信来惹你心烦……特别要告诉他们，一定要用正式信笺，不要用这种粗俗的大信纸写信。”

安妮所写的就是她亲眼看到的，这根本不是渲染。从家庭教师被遗忘的社会角度来看，年轻的贵族小姐们往往自鸣得意、浅薄、冷漠而无知，就如艾格妮丝·格雷努力描述的那样：

> ……主要是因为她们缺乏教养，对待下人的态度使我看了感到很不愉快。她们从不设身处地为他人着想，根本不照顾别人的感情，认为下人与自己截然不同。她们会当着那些正在吃饭的穷人，很不礼貌地议论他们的食物和吃相。她们讥笑他们头脑简单，语言土里土气。这样一来，有些人都不大敢说话了。她们会当面把一些庄重的老人称作老笨蛋和老糊涂。不过她们这样说，也并不是有意要伤害他们。我看得出，这种行为常常使人们感到不快和气愤……

但是后来默里小姐的态度在小说中受到了加倍的谴责。默里小姐要去讨好副牧师时，知道副牧师关心穷人，因而不得不表现出某种程度的敏感，这就使她以前的冷漠态度显得更应该受到谴责：“那位老人想知道什么时候恭候你。你知道，这些人希望在体面的人士去看望他们时把茅屋收拾得整洁一些，这一点我们可能是想象不到的。”在需要的时候，默里小姐是完全能够为穷人设身处地着想的。不过，安妮·勃朗特在这里可能不是从政治角度，而是从宗教角度提出问题。尽管她同她的姐姐和父亲一样，是个保守党人，但是她相信在上帝的眼里，人人都是平等的，那些生长在特权家庭中的人义不容辞地应该记住这一点。

出于同样的动机，安妮在主管牧师哈特菲尔德先生身上，对野心勃勃的神职人员的纨绔习气和伪善面目进行了入木三分的讽刺。南希·布朗向主管牧师倾诉了内心的苦恼，过后却听见他在副牧师面前把她称作“一个爱说废话的老傻瓜”。他从不肯降低身份同艾格妮丝讲话，他不同情教区中地位低下的居民，只想超越自己的社会阶层去高攀默里小姐，结果却出足了洋相。

安妮·勃朗特在对哈特菲尔德的描写中也加进了对男子虚荣心的讥讽，就像她描写布卢姆菲尔德家人一样。汤姆总是傲慢的，俨然像一个神气活现的沙文主义者。当他表现得不那么残忍时，他是荒谬可笑的，例如他坚持要向艾格妮丝炫耀自己的木马：“……他命令他妹妹牵着缰绳，自己跨上木马，让我在那儿站了十分钟，看他如何英勇地挥动马鞭和蹬踢马刺。”汤姆的舅舅的虚荣心表现在另一方面：

> 他体格结实强壮，可是他找到了某种办法将腰围减少到最小限度，再加上他那不自然的僵直的姿势，表明这位高傲的、富有男子气而又藐视女性的罗布森先生，还没有摆脱穿紧身衣的纨绔习气。

但是，舅舅和外甥同样残忍：“这时，罗布森舅舅背着猎枪从小路上走来，正停下来要踢他的猎狗。”哈特菲尔德先生也具有这一特点。当小狗斯纳普打搅了他向默里小姐的求爱时，他“用手杖狠命地抽打小狗的脑袋”。

艾格妮丝对动物和对村民一样仁慈，但她并不懦弱。她说，她“随时都愿意付出一金镑”，看一看哪条狗能咬罗布森先生一口；她被迫用一块沉重的石头砸死一窝小鸟，免得它们遭受汤姆的折磨，并且觉得“重重打他两记耳光”是很容易将他制服的。

从表面上看，安妮的故事，就像埃米尔·蒙泰居所指出的那样，“是在谈人们毫无怨言地承受着小小不快”。他还说，“顺从是这本小书的灵魂”。从那以后，很少有人持与他不同的看法。表面现象确实如此，但是这种顺从往往为奥斯丁式的挖苦而滑稽的旁白所冲淡。例如，当默里太太[①]介绍她孩子的情况时提到汤姆，“他对欺骗似乎是深恶痛绝的，”艾格妮丝加了一句评论，“（这倒是个好消息）”。此外，在另一处，她告诉我们，汤姆“陪着我们一直聊到八点钟”。谈到马蒂尔达·默里时，艾格妮丝说，“作为一个动物，马蒂尔达是相当不错的，她充满生机、活力和朝气”，就像马蒂尔达评论一匹马似的评论马蒂尔达。艾格妮丝让默里太太谴责默里小姐到外面去散步的行动，“好像她是一个没人侍候的穷姑娘，没有花园可供散步”，还让老布卢姆菲尔德太太用自己的嘴谴责自己。艾格妮丝说，玛丽·安·布卢姆菲尔德“有点喜欢假笑，老想引人注目”，并且用纯粹的约克郡土话说，“当她的不合理要求得不到满足时就像头牛似的吼叫”。布卢姆菲尔德先生本人可能就是作家用极为反感的笔调写出的奥斯丁作品中伍德豪斯先生[②]的翻版，只不过年轻一些罢了。

简言之，《艾格妮丝·格雷》中有许多内容不是一眼就能发现的。乔治·莫尔毕竟认为它是“英国文学中最完美的散文体小说”。问题并不在于此，但这部小说无疑具有它独特的价值和吸引力，我们应该把它看成是勃朗特姐妹的生活和创作的伟大艺术宝库中的重要部分。

安妮·史密斯

① 这里应是布卢姆菲尔德太太。
② 伍德豪斯先生为简·奥斯丁小说《爱玛》中爱玛的父亲。

第一章
牧师住宅

一切真实的故事都包含着有益的教诲，然而，在有的故事中却很难找到这样的财富，即使找到，那也是微不足道的。为了那么一颗干瘪的果仁，简直不值得花力气去砸开坚果。我的故事是否属于这一类呢，未必能作出判断。有时我觉得，它对某些人来说可能是有教益的，对另一些人来说，不过是则趣闻而已；不过，世人对此自有公论。我是一个默默无闻的人，再加上时光的流逝和人物的某些虚构，我不惜抛开顾虑，把不肯告诉最亲密朋友的内心隐秘真诚地披露给我的读者。

我父亲是英国北部的一位牧师，凡是认识他的人都很敬重他，因为他确实值得人们敬重。他年轻的时候，有两项收入：牧师的微薄薪俸和足以维持温饱的一小笔私有财产。他依靠这两项收入，过着比较舒适的生活。我母亲出生在乡绅家庭，是个很有骨气的女人。她违背了亲朋的心愿，嫁给了我父亲。家人对她说：她要是成为那个穷牧师的妻子，就得放弃马车、侍女和一切豪华奢侈的用品。当时，对她来说这一切几乎就是生活的必需。可是，家人的劝告没有产生任何作用。有马车和侍女固然方便，但是，谢天谢地，她有脚可以走路，有手可以照顾自己。漂亮的住宅和宽阔的草坪的确值得留恋，但她宁愿同理查德·格雷一起在茅屋里安家落户，也不愿同世上任何其他男人一起住进宫殿。

她父亲发现争论已无济于事，最后只好告诉这对情人，如果他们愿意，就结婚好了；但是，婚后她将丧失全部财产。他以为这会使他们的激情冷却下来，可是他错了。我父亲十分了解母亲的优良品性。他心里明白，她本人就是巨大的财富。只要她同意为他的陋室增添光彩，不管提出什么条件，他都愿意娶她为妻。我母亲也觉得，只要同心上人永不分离，她宁愿自食其力。爱人的幸福就是她的欢乐，他们彼此已经心心相印了。于是，母亲的那份财产就落到了比她聪明的姐姐的腰包里。姐姐已嫁给了一个富有的财主，而妹妹却要湮没在山区一座简朴的乡村牧师住宅里。凡是认识我母亲的人都迷惑不解，对她深表同情而又感到遗憾。然而，尽管如此，尽管我母亲生性好强，我父亲为人奇想联翩，但我相信，你们走遍英国，也找不到一对比他们更为幸福的夫妻。

在六个孩子中，只有我和姐姐玛丽是经历了多灾多难的婴儿和童年时期而活了下来。我比姐姐要小五六岁，家人总把我看成小不点儿和小宝贝儿。父亲、母亲和姐姐对我非常溺爱——他们并不是愚蠢地纵容我，让我变得桀骜不驯，而是对我百般抚爱，养成了我软弱和依赖的习性——我根本不善于应付生活中的烦恼和忙乱。

我和玛丽是在完全与世隔绝的环境中成长起来的。母亲很有修养，受过良好教育，还喜欢事事亲自操劳。她承担了对我们的全部教育，只有拉丁文是父亲负责教授的。因此，我们甚至从未进过学校。我们跟邻居也没有多少交往，同社会的接触只限于偶尔举行一两次应酬性的茶会，请请邻近几位有声望的农场主和商人——那仅仅是为了避免有人说我们骄傲得不愿与邻居接近；此外，便是一年一度对祖父的例行探望。在祖父家里，我们见到的总是祖父本人、慈祥的奶奶、一位未出嫁的姑姑和两三位年长的女士和先生。有时，母亲会讲一些她年轻时的故事和轶事来逗逗我们。这些故事使我们感到惊异而有趣，同时也常常唤起——至少在我的内心——一个秘密的愿望：想出去更多地见见世面。

我觉得母亲从前一定很快乐，但她似乎从来不为过去感到惋惜。可是父亲生来就没有那种安宁、开朗的气质，每一想到心爱的妻子为他作出的种种牺牲，就常常会莫名地感到内疚。父亲脑海中总是在反复地设想着为母亲，也为我们增加那份微薄的财产的各种方案。母亲老是徒劳地对他说，她很满足，只要他能为孩子们略微积蓄一点，那么无论在眼前还是将来，我们一家的日子都会过得很宽裕的。可是我父亲不善于积蓄。他虽然不会欠债（至少母亲煞费苦心阻止他这么做），但一有钱就要花掉。他喜欢家里陈设舒适，妻子和女儿穿着漂亮，得到很好的照料。此外，父亲禀性慈善，喜欢力所能及地布施穷人，旁人或许会觉得，他这么做实在不自量力。

不过，终于有一位好心的朋友告诉他一个办法，可以使他的财产一下子增加一倍，而且今后还会不断增加，达到数不清的地步。这位朋友是个商人，具有创业精神和真实的才干。由于缺乏资本，他的买卖做得不够兴旺。这位朋友慷慨地提出，如果我父亲能把多余的钱托付给他，他可以让我父亲分享相当部分利润。他表示可以确实保证，不管我父亲交给他多少钱，都可以得到一笔对本利。于是父亲很快就把那为数不多的家产变卖了，全部收入都交给了那位友善的商人。商人也很快装好货物，准备起航。

想到那光明的前景，我父亲就喜形于色，我们大家也无不兴高采烈。眼下，我们确实只能依靠牧师职务那点微薄薪俸维持生计。可是父亲似乎认为我们的开支不必仅仅局限于这一笔收入。于是，我们通过在杰克逊先生、史密斯和霍布森店里长期赊账的办法，把生活安排得比以前还要舒适。然而母亲觉得，我们最好还是量入为出，因为我们发财的前景终究是靠不住的。要是父亲能把一切交给她掌管，他决不会感到拮据。可是在这方面，他却积习难改。

每当我和玛丽坐在火炉边做针线活，或在石南丛生的小山上爬坡，或在枝桠低垂的白桦树（花园里唯一像样的树木）下漫步，我们总会谈论今后我们自己和父母的幸福，谈论我们将来的理想、前程和拥有的一切。那时我们是多么快乐和逍遥呀。然而这虚幻的美景并没有牢固的基础，它只不过建筑在那位可敬的商人未卜的成功可能给我们带来的财富之上。父亲的心情差不多也同我们一样糟，只是装得若无其事罢了。他总是用诙谐和打趣来表示他美好的愿望和热切的期待，我总觉得他的话特别机智和风趣。母亲见他如此充满希望，如此幸福，也高兴地笑了，但她还是担心父亲对这件事太过于一厢情愿了。有一次我听见母亲在走出房间时低声说："但愿上帝不要让他失望！要不，我不知道他怎么受得了。"

他终究还是失望了，而且是那么惨重。装载着我们财产的船只失事了，所有的货物和几个船员，连同那位不幸的商人自己，都沉入了海底。消息传来，我们一家人都感到如雷轰顶。我为父亲感到难过；也为我们空中楼阁的破灭感到伤心。但是靠着年轻人的开朗，我很快就从打击中恢复过来了。

财富虽然很有魅力，但贫困对于像我这样缺乏生活经验的姑娘来说，也并不可怕。的确，说真的，一想到陷入困境后要靠自己的力量去生活，反而产生了某种令人振奋的心情。我只希望爸爸、妈妈和玛丽都跟我有同样的想法，那么我们就不会为遭到灾难而悲伤，我们就可以和衷共济，着手补救。困难越大，眼下的穷困越是严重，我们就更应该愉快地忍受穷困，更加振作，面对困难。

玛丽并不悲伤，但她总是为这起不幸事件忧心忡忡，郁郁不乐。不管我怎么努力，都未能使她打起精神。我无法让她同我一样从光明的角度来看待这场遭遇。而我也确实害怕别人说我孩子气、糊涂、不懂事，所以小心翼翼地把许多乐观的想法和鼓舞人心的念头埋在心里，因为我知道得很清楚，没有人能理解我的心情。

母亲只是想方设法地安慰父亲、偿付债务，并尽一切可能紧缩家庭开支。父亲却完全被这场灾祸压倒了。由于这次打击，他的健康恶化，体力和精神从此一蹶不振，再也没有完全恢复。母亲想用他的虔诚、他的勇气、他对她和女儿的爱鼓励他，但一切都无济于事。正是他对我们的爱，才使他遭受这么大的折磨，因为他是为了我们才那么急切地希望增加他的财富。对我们的关切之情，曾给他的希望赋予如许的光彩，又给他目前的不幸带来了这么多苦恼。现在，他因为没有听从母亲的劝告而追悔莫及，内疚不已，否则他至少无须承受这种意外的债务负担。他徒劳地自怨自艾，责备自己不该让母亲离开过去高贵、舒适和豪华的家庭，也不该让她含辛茹苦，同他一起承受贫困带来的烦恼和艰辛。他十分痛心地看到这位曾为多少人倾慕和拜倒的卓尔不群的才女变成了一个能干而勤俭的家庭主妇。现在她手上做的，心里想的，都是家务琐事和日常开支。她心甘情愿地履行这些职责，愉快地忍受种种挫折，而且因为她心地善良，从没有对他有过任何抱怨。可是父亲却东想西想，自寻烦恼，反而把这一切变成了增加自己痛苦的根源。这样，精神折磨着他的身体，刺激着他的神经，而这一切反过来又加剧了他精神上的苦恼。由于这种连锁反应，他的健康遭到了严重的摧残。可是，我们谁也无法使他相信，我们的家境远不像他病态的想象那么阴暗，那么令人绝望。

那辆常用的小四轮马车，连同那匹喂得很壮实的矮种马，一起给卖掉了。这匹马一直是我们的宝贝。过去我们曾一致决定，让它平静地结束一生，永远不离开我们。那间小马车房和马厩也出租了；那个男仆和两名女仆中比较能干的（也是工钱较高的）一个也辞退了。我们的衣服补了又补，快上不了台面了。我们的伙食一向普普通通，现在更是空前地简化，只剩下父亲喜爱的几样小菜。一家大小煞费苦心地节省着煤和蜡烛的用量——一对蜡烛减为一根，即使这样一根蜡烛也用得非常吝惜。煤的用量尤为节省，通常炉子里只有半炉煤。在父亲到教区工作或因病躺在床上时更是如此。这时，我们就坐在火炉旁，把脚搁在火炉的围栏上，不时地将奄奄一息的余火拨在一起，偶尔往炉火上撒些煤末，添一点煤块，让火炉不致熄灭。至于我们的地毯，不久也给磨光了，织补得比我们的衣服还要寒碜。为了省下雇用园丁的费用，我和玛丽负责照料花圃。女仆无法胜任的那些烹饪和家务，就由母亲和玛丽承担，我只是偶尔帮点小忙，只不过是帮一丁点儿忙，虽然我认为自己已经长大成人，但在她们的眼里，我还是个小女孩。母亲同大多数善于持家的妇女一样，上帝没有让她生下十分能干的女儿。她自己又聪明，又勤快，从不想把自己分内的事情交给助手去干。相反，她却很乐意为他人和一家之长帮忙，为他们操心。不管她手中有什么活儿，她总是觉得没有什么人能干得像她那么利索。因此，每当我提出要帮她做点事情时，得到的回答总是："不，宝贝，你真的干不了——这里没有你能够干的事儿。去帮帮你姐姐，或者让她跟你一起去散散步吧。告诉她，她不能这样一天到晚老坐着，老待在家里，她会越来越消瘦和萎靡不振的。"

"玛丽，妈妈说要我来帮帮你，或者让你跟我去散一会儿步；她说你要是老这样坐在屋子里会变得消瘦和萎靡不振的。"

"你帮不了我的忙，艾格妮丝，我也不能跟你一起出去——我要干的事情太多了。"

"那么，让我来帮你干。"

"你不行，真的，好孩子，去练你的琴，或者跟小猫去玩吧！"

那时，明摆着有许多缝缝补补的活儿要做，但是谁也没有教我裁剪过一件衣裳。我只能干一些简单的卷边和缝线缝的活儿，即使是这些活儿，我也干不了多少。她们两人都说，她们自己做，比起为我做准备工作要简单得多。再说，她们宁愿让我去读书或者玩耍。将来，等我喜爱的那只小猫咪长成一只稳重的老猫时，我会有许多时间要像一个庄重的主妇那样，一心一意地坐着干活的。在这种情况下，尽管我的用处并不比那只小猫强多少，但我之所以游手好闲，也不是完全没有原因的。

尽管我们这么艰苦，但我只有一次听见母亲抱怨钱不够用。那时，夏天快到了，她对我和玛丽说："要是你们爸爸能在海边住上几个星期，该多好啊。我相信海边的空气和环境的改变对他会有很多好处。可是，你们知道，我们手头没有钱。"她叹了口气，又加上了这么一句。我们姐妹俩非常希望能够办成这件事，对无法办成此事，感到很伤心。"好了，好了！"母亲说，"埋怨是没有用的。再说，我们想想办法，兴许能办成。玛丽，你是一个出色的画家。你再画上几幅最得意的画，加上你已经画好的水彩画，我们把它们配上框子，设法卖给懂得这些绘画价值的开明的画商，你看怎么样？"

"妈妈，您要是认为这些画能卖出去，我太高兴了。只要有用就行。"

"不妨试一试，好孩子，你尽力画吧，我设法去找买主。"

"我想，我也能干点什么。"我说。

"你，艾格妮丝，嗯，怎么说呢？你也画得不错，如果你选择个简单的题材，我想你能画出几幅我们大家很高兴展出的作品。"

"可是，妈妈，我心里有个想法，早就有了，我只是一直不想说出来罢了。"

"真的吗！请告诉我们，你有什么打算。"

"我想去当家庭教师。"

母亲惊叫一声，笑了起来。姐姐也惊讶地丢下了手中的活儿，说道："你去当家庭教师？艾格妮丝！你在做什么梦？"

"不过，我觉得这并没有什么奇怪的。我不敢说我能教大女孩子，不过教教那些小孩子，我一定能胜任的。我非常喜欢做这件事。我非常喜欢孩子。让我去吧，妈妈！"

“可是，我的宝贝儿，你还没有学会照料你**自己**呢。管教小孩子比管教大孩子更需要判断力和经验。”

“可是，妈妈，我已经满十八岁了，完全能够照顾自己，也能照顾别人。你们根本不了解我的智慧和能力，因为你们从来没有让我干过什么事情。”

“你想想看，”玛丽说，“到一个全是陌生人的家里，没有我和妈妈为你说话、给你帮忙，你能干些什么？你除了料理自己的事情，还要照顾一群孩子，又没有人给你出主意。你甚至会不知道该穿什么衣服。”

“你们以为，我老是按照你们的吩咐行事，我自己就没有主意了！你们只要让我试一试——我只要求这一点——你们就会看到我能干些什么了。”

这时，父亲走进屋来，我们把议论的事情讲给他听。

“什么，我的小艾格妮丝要去当家庭教师！”他大声地说，尽管他心境不好，但一听说这件事，还是开怀大笑起来。

“是的，爸爸，请您不要表示任何反对。我真是想去当家庭教师。我肯定能够干好的。”

“可是，我的小宝贝，我们舍不得你呀，”他再开口说话时，泪花已在眼睛里闪烁不停，“不，不，虽说我们很艰苦，我们肯定还没有落到这一步。”

“啊，是的！”母亲说，“根本不需要走这一步。这只是她自己在异想天开。可别再说了，你这个淘气鬼。虽然你很想离开我们，不过你很清楚，我们可离不开你！”

当天我没有再说什么，后来一连几天也没有提这件事。不过我并没有完全放弃我内心的打算。玛丽拿了画具，开始认真画画。我也拿起我的画具，但我一边画画，一边想着别的事。当个家庭教师该多有意思！去见见世面，过一种崭新的生活，独来独往，施展一下自己没有发挥过的能力，试一试我的无人知晓的力量。挣钱养活自己，不要父亲、母亲、姐姐负担我的伙食和衣着，还能给他们带来安慰和帮助。让爸爸看看他的小艾格妮丝有多大的能耐！让妈妈和玛丽相信，我并不完全像她们所想象的那么无能、那么粗心！再说，担负起照顾和教育儿童的使命，该是多有趣呀！不管别人怎么说，我觉得自己完全能胜任这项工作。我童年时期的向往还历历在目，有这一切为我引路，比起最老练的顾问的指导都牢靠。只要一想起我童年的心理，我马上就知道如何去赢得他们的信任和爱慕：如何去唤起犯了错误的孩子的悔恨，如何去鼓励胆怯的孩子，如何去安慰生病的孩子，如何把美德变成行动。教育会受到欢迎，宗教也将成为亲切而又可理解的道义。

——多么有趣的工作！
让新的思想放射光芒！

培育幼苗，注视着花蕾一天天绽开怒放！

面对着这么诱人的前景，我决心要坚持自己的想法。不过，由于怕惹母亲生气和刺伤父亲的感情，我有好几天没有再提起这件事情。后来，我又一次私下对母亲提起我的心事，费了好大劲儿，她才答应尽力帮助我。接着又取得了父亲的勉强同意。这时，尽管玛丽还在叹气，表示反对，可是慈祥而善良的母亲已经开始留心为我寻找职业了。她写信给父亲的亲戚，查阅报上的广告。母亲同娘家亲戚的来往早已中断，自从结婚以后她只是偶尔礼节性地同他们通几封信。在目前这种情况下，她决不会去找他们。由于我父母与世隔绝已经这么久了，又这么彻底，所以过了好几个星期才给我找到了一份差强人意的工作。我终于高兴地得知，我要去照看一位人称布卢姆菲尔德太太的年幼的子女。我的好心但又拘谨的格雷姑姑年轻时认识她，说她是一个非常和蔼的妇人。布卢姆菲尔德太太的丈夫是个歇业商人，积攒了一笔相当可观的财产，可是怎么说也不舍得给他子女的家庭教师支付超过二十五镑的薪金。不过，我还是很高兴地接受了这个条件，不愿拒绝这个机会。而我父母却认为还是想想更好的办法。

不过还要花几个星期进行准备。这几个星期对我来说显得多么漫长而乏味呀，但基本上还是愉快的，充满着光明的希望和热切的期待。我是怀着多么异样、多么兴奋的心情同家人一起制作新衣和打点行李呀！但是在打点行李时，我的心情中也混杂着某种辛酸。等到行李打好、一切准备妥当、第二天就要上路的时候，当我离家前的最后一个夜晚到来的时候，我心中突然充满了痛苦。亲人们显得那么忧伤，说话时那么体贴入微，我真忍不住热泪盈眶，不过我还是装出很高兴的样子。我最后一次同玛丽在田野里散步，在花圃和我们家周围走了一圈。我同她一起最后喂了一次我们心爱的鸽子，我们已经把那些可爱的小鸟训练得能从手上啄食了。当它们偎在我怀里时，我抚摸着每一只鸽子柔滑的背脊，同它们告别。我轻轻地吻了一下我特别喜欢的那一对雪白的扇尾鸽。我在亲切的旧钢琴上弹奏了最后一首曲子，为爸爸唱了最后一支歌，我希望这不是最后一支，但是对我来说似乎在好长一段时间内已是最后一支歌了。而且，等我再来弹琴唱歌的时候，心情也许不一样了：时过境迁，到那时，这幢房子也许不再是我长久安居的家了；我心爱的小朋友、那只猫咪，当然也变样了，它已经长成为一只漂亮的大猫。等我回来，哪怕是匆匆地回来过圣诞节，它也可能已经忘却了我这个同伴和以往有趣的恶作剧了。我最后同它玩耍了一下。当我抚摸着它柔软、光亮的绒毛，当它呜呜地哼着在我怀里入睡的时候，我真是难以掩饰心头的悲伤。后来，睡觉的时间到了，我同玛丽回到我们那宁静而小巧的卧室，我的抽屉已经出清，我原来占用的那部分书架也已腾空。从今以后，玛丽将一人在这里睡觉，就像她说的，在这里消磨十分寂寞的时光。这时，我的内心比任何时候都更压抑。我感到，我坚持要离开她，似乎是自私和错误的行为。当我又一次跪在我们的小床旁边时，我比以往任何时候都更加虔诚地祈求上帝赐福给玛丽和我父母。为了掩饰激动的心情，我把脸埋在手中，眼泪马上浸湿了双手。等我站起来时，发现玛丽也在呜咽哭泣。可是我们都没有说话，我们默默地上床休息，想到很快就要离别，我们两人把身体贴得更紧了。

但是清晨带来了新的希望，我的心情也为之一振。我一大早就得动身，好让送我去的马车（这是从村里经营服装、杂货和茶叶的商人史密斯先生那里借来的轻便双轮马车）当天就能返回。我起床后洗好脸，穿好衣服，匆匆用过早点，同父亲、母亲和姐姐亲切地拥抱，吻了一下小猫——这可引起了使女萨莉的极大愤慨——同萨莉握了握手，就登上了双轮马车，拉下面纱把脸遮住。这时，只有到这时，我的眼泪才簌簌地流了下来。马车滚滚向前，我回头张望了一下，亲爱的母亲和姐姐还站在门口，望着我远远离去，挥手同我告别。我也向她们挥挥手，衷心祈求上帝祝福她们。马车下山了，我再也看不见她们了。

“你觉得今天早晨有点冷吧，艾格妮丝小姐，”史密斯说，“天又黑。不过我们得在大雨下来之前赶到那儿。”

“是的，希望如此。”我尽量装出心境平静的样子，回答道。

“昨晚也下了好大一阵。”

“是的。”

“不过这寒风也许会把雨云赶跑的吧。”

“或许是这样。”

我们的对话就这样结束了。我们穿过山谷，开始登上对面的山冈。当马车费劲地爬坡的时候，我又回头张望了一下。那是村里的教堂塔顶，后面就是那幢陈旧、灰暗的牧师住宅，它正沐浴在一抹初阳的光辉之中，但那只是一抹苍白的阳光，村庄和周围的山冈还掩映在昏暗的阴影里。我欢呼这一抹摇曳不定的光芒，觉得对我家来说这是个好兆头。我虔诚合掌，祈求上帝祝福我的家人，然后又匆忙转过身去，因为我看见阳光正在消逝。我小心翼翼地把目光避开，害怕看到我家和它周围的其他景物一起淹没在朦胧的阴影之中。

第二章
教师生涯开始了

马车一路驶去，我的情绪再度高涨起来。我愉快地想象着即将进入的新生活。当时虽然才过了 9 月中旬，密布的阴云和强劲的东北风，却使天气显得特别寒冷和阴沉，旅途似乎非常漫长。就像史密斯说的，路“很难走”，当然他的那匹马走得也不快。它慢吞吞地爬上山冈，然后又走下山来，只有走上平坦大道或者坡度很小的道路时它才肯屈尊抖动身子，小跑几步。可是在那些丘陵地带很少有这种道路。所以等我们到达目的地时已经快一点钟了。我们终于驶进那扇神气的大铁门，马车缓缓地沿着平坦的车道驶去，两旁是绿茵茵的草地，稀疏地点缀着一株株小树。我们驶近了韦尔伍德那幢陌生而又富丽堂皇的住宅。它耸立在一片蘑菇似的杨树林的上空。这时，我的勇气却消失了，我真希望这地方远在一二英里之外。在我的一生中，这是第一次独立生活，现在已经没有退路了。我必须走进这幢房子，在一群陌生人中进行自我介绍。可是怎么介绍呢？是呀，我快十九岁了。可是，我很清楚，由于我深居简出，再加上母亲和姐姐的保护和照顾，许多十五岁或不到十五岁的姑娘都要比我更具有成年妇女的仪表，更加大方和沉着。不过，如果布卢姆菲尔德太太是一位和蔼的、慈母般的妇人，我最终会干得相当出色的。当然，我也会很快同孩子们相处得很好。至于布卢姆菲尔德先生，我想，我不会同他打多少交道。

“要镇静，无论出什么事也要镇静。”我心中暗自思忖。的确，我这个想法实现得真好。由于一心想稳定自己的情绪和抑制急速跳动的心脏，当人们把我领进大厅去见布卢姆菲尔德太太时，我差一点都忘了回答她客气的问候。事后我才想起，我说那几句话的声调没精打采，或者有点儿迷迷糊糊。等我有时间去回忆当时的情景时，我发现这位太太的态度也比较冷淡。她是个又瘦又高、神气活现的女人，长着一头浓密乌黑的头发，眼神冷漠而灰暗，脸色蜡黄。

不过，她还是相当有礼貌地带我去看了我的卧室，让我留在那里稍事休息。我照了一下镜子，看到自己的模样，感到非常沮丧。寒风将我双手吹得又红又肿，把我的头发也吹得蓬乱不堪，脸上蒙上了一层白里透紫的颜色。更糟糕的是我的衣领皱得十分可怕，衣服上也溅上了污泥，脚上穿着一双厚厚实实的新靴子。箱子还没有拿来，一点办法都没有。所以我只好尽力把头发捋捋平，一再拉拉那倔强的衣领，然后匆匆地走下两层楼梯，边走边思索，好容易才找到布卢姆菲尔德太太在等候我的那个房间。

她把我带到餐厅，一顿便饭已经摆上餐桌。我面前放着几块牛排和半冷不热的土豆。我吃这些东西的时候，布卢姆菲尔德太太就坐在对面，瞧着我（我是这么以为的），竭力想谈点什么——主要是一本正经地拉家常。不过，这可能还是我的过错，而绝非她的不是，因为我确实不善于聊天。事实上，我的注意力几乎全部集中在吃饭上了。倒不是因为我胃口极好，而是由于牛排太老以及我双手麻木造成的麻烦，因为在寒风中吹了五个小时，我的手几乎冻僵了。我真想就把土豆吃光，把牛排留下，可是我已经叉了一大块放到盘子里，总不能那么不礼貌地把它扔下不吃。我尴尬地一再想用刀切，用叉拉，或刀叉并用，把牛排切碎，但一切都徒劳无益，一想到那位令人生畏的太太正眼睁睁地看着我，我只好不顾一切地像一个两岁的小孩一样，握紧刀叉，使尽我平生的力气去切那块牛排。可是对我的动作，总需要作出某种解释。我勉强地笑了一下说："我的手给冻僵了，用起刀叉来不大灵便！"

"我想你的确感到很冷。"她阴冷、呆板而严肃地回答道，这并不能消除我的不安。

这项仪式结束以后，她又把我带到起居室，摇摇铃，派人去把孩子们找来。

“你会发现他们没有读什么书，”她说，“因为我简直没有时间亲自关心他们的教育，先前，我一直以为他们还小，不需要请家庭教师。不过我认为，他们是些聪明的孩子，很会读书，尤其是那个男孩子。我认为，他是这群孩子中最优秀的一个，是个大方和爽直的孩子，可以引导，但不能强迫，他的优点是从不说假话。他对欺骗似乎是深恶痛绝的。”（这倒是个好消息）“他妹妹玛丽·安，需要你多加照顾，”她继续说下去，“不过总的来说，她是个很好的孩子，可是我希望她尽量不要到婴儿室去，因为现在她快六岁了，会从保姆那里沾上些坏习惯。我让他们把她的小床摆在你的房间里。如果你能照管她梳洗和穿衣，照看一下她的衣服，她就再也没有什么事要同婴儿室的仆人打交道了。”

我回答说，我很愿意这么做。这时，我的两个小学生同他们的两个妹妹一起走了进来。汤姆·布卢姆菲尔德少爷已经七岁，是个发育良好的孩子，身材瘦长而结实，淡黄色的头发，天蓝色的眼睛，小小的翘鼻子，皮肤白净。玛丽·安也是一个高个子，头发的颜色较深，像她母亲，长着一张丰满的圆脸，双颊红润。二妹妹叫范妮，一个非常漂亮的小女孩。布卢姆菲尔德太太对我断言，她是一个特别文静的孩子，需要人们多加鼓励。她还没有开始识字。不过，再过几天，她就四岁了。到时候她可以开始学习字母表，也该进教室了。剩下的那个叫哈里特，一个才两岁的圆圆、胖胖的活泼的小家伙。这些孩子中我最喜欢她——可是她不属我管教。

我同我的学生们谈话时尽量和颜悦色，竭力使自己表现得亲切一些，可是看来并不成功。因为他们的母亲在场，使我感到难堪而拘束。孩子们却毫不羞怯。看上去他们个个活泼大胆。我希望尽快同他们、尤其是同那个小男孩友好相处，因为我听他妈妈说他具有那么优良的品质。玛丽·安有点喜欢假笑，老想引人注目。我发现这一点，感到非常遗憾。可是，她的哥哥却把我的全部注意力吸引过去了。他笔直地站在我和火炉之间，背着双手，像个演说家似的滔滔不绝地谈着，当他的妹妹们吵声太大时，便停下来严厉地申斥她们。

“啊，汤姆，你真乖！”他母亲大声说，“来亲亲好妈妈，然后请你领格雷小姐去看你们的教室和你们的新书，好吗？”

“我可不想亲你，妈妈，不过我愿意带格雷小姐去看我的教室和我的新书。”

“也是我的教室和我的新书，汤姆，”玛丽·安说，“也是我的呀！”

“是我的，”他果断地说，“来吧，格雷小姐，我陪你去。”

他们让我看了教室和书本，其间兄妹两人还拌了不少嘴。对此我尽力进行调解和安抚。这时玛丽·安给我拿来了她的洋娃娃，开始喋喋不休地谈起它漂亮的衣服、小床、衣柜和其他东西。可是，汤姆要她别嚷嚷，好让格雷小姐看他的摇木马。他神气活现地忙了一阵，把木马从屋角里拖到房间中央，大声地叫我过去看看。然后，他命令他妹妹牵着缰绳，自己跨上木马，让我在那儿站了十分钟，看他如何英勇地挥动马鞭和蹬踢马刺。可是我更喜欢玛丽·安美丽的洋娃娃和它的那些衣物。不过，我夸奖了一下汤姆少爷，说他是一个顶好的骑手，但是我希望他骑上一匹真马时不要这样老挥动马鞭和使用马刺。

“啊，不，我就要这样！”他说着，更加使劲地鞭打木马，“我要使劲地抽它！啊！我向你保证，我要把它抽个痛快。”

这点实在令人惊讶，但是我希望将来能把他改变过来。

“现在你应该戴上帽子和围巾，”这个小英雄说，“我带你去看看我的花圃。”

“也是我的。”玛丽·安说。

汤姆威胁地举起了拳头，他妹妹尖叫一声，跑到我身后，对他做个鬼脸。

“汤姆，你当然不能打妹妹！我希望我永远不会看到你有这样的举动。”

“你有时会看到的：我常常得这样来教训她。”

“但是你知道，不该由你来教训她，这事儿该……”

“好了，现在去戴帽子吧！”

“我看……天那么阴沉，那么寒冷，看来要下雨了，你知道我走了那么远的路。”

“没关系，你该去看看，我不允许你有什么借口，”这位趾高气扬的小少爷回答说。由于这是我和他相识的第一天，我想我也许还是顺顺他为好。玛丽·安不敢在那么阴冷的天气到室外去，所以留下来同她妈妈待在一起。她哥哥对此感到很宽慰，他喜欢我围着他一个人转。

花圃很大，布局也很考究。除了几株鲜艳的大丽花以外，还有其他一些正在盛开的美丽的花朵。可是我的这位同伴不给我时间去观赏它们。我得跟在他后面，穿过潮湿的草地，来到一个偏僻、隐蔽的角落。这是草坪上最重要的地方，因为这是他的花圃。这里有两个圆形的花坛，上面种着各种花草。在一个花坛上种着一棵美丽的小蔷薇树。我站下来欣赏那可爱的花朵。

“喂，别看它！”他蔑视地说。“那是玛丽·安的花圃。瞧，这才是我的。”

我观赏了每一株花朵，又听取了有关每一棵植物的专题讲演之后，才获准离开。但是，在离开之前，他以一种十分得意的姿态，摘下一株水仙花，送给我，表示特别友好。我在他花圃旁的草地上发现了一些用枯枝和绳索做成的装置，问他这是些什么东西。

“抓鸟的夹子。”

“你抓鸟干什么？”

“爸爸说鸟是有害的东西。”

“那么你抓到鸟以后怎么办？”

“看情况。有时喂猫，有时用小刀把它们割得粉碎。不过下次我要活活地烤死它们。”

“你为什么要干这些可怕的事？”

“理由有两个：一是看看它能活多久，二是尝尝味道。”

“可是，你是不是知道这种行为是十分恶劣的？记住，鸟儿同你一样是有感觉的。你想一想，你自己喜欢人家这样对待你吗？”

“啊，那没有什么！我不是一只鸟儿，不管我怎么对待它们，我都不会感觉到的。”

“可是总有一天你会体验到这一点的，汤姆。你听说过邪恶的人死了以后上哪儿去吗？记住，要是你继续折磨无辜的小鸟，你也得上那儿去的，你也得忍受你曾让它们经受过的痛苦。”

“呸！我不会的。爸爸知道我是怎么折腾这些小鸟的，他可从来没有为这事骂过我。他说，他小时候也常常这么干。去年夏天，他送给我一窝小麻雀，他看着我撕掉它们的腿、它们的翅膀和脑袋，可别的什么也没说，只说这些东西很脏，不要弄脏了裤子。罗布森舅舅也在场，他笑嘻嘻地说，我是个好孩子。”

“可是你妈妈会怎么说呢？”

“啊，她无所谓！她说，把美丽的、会唱歌的小鸟弄死了很可惜，可是对那些讨厌的麻雀、小耗子和大老鼠，我爱怎么弄就可以怎么弄。所以，格雷小姐，你瞧，这并没有什么不好！”

“我还是认为这种行为很不好，汤姆。如果你爸爸妈妈仔细考虑一下，或许也会这么想的。不过，”我内心又想，“他们愿意怎么说都可以，我可是下定决心，只要我有能力制止，你就不能干这样的事情。”

然后他带我穿过草地去看他的鼹鼠夹子，又到堆满干草的院子里去看鼬鼠夹子。他很高兴，有一只里面正夹着一只死鼬鼠。然后又到马厩，不是去看那些漂亮的辕马，而是去看一匹没有驯服的小马。他告诉我，这匹马是为他喂养的，驯好以后就由他去骑。我想让这孩子高兴，尽量耐心地听他的那套无休止的饶舌。我想，他只要有一点点情感，我就要竭力动之以情。然后，随着时间的推移，我也许有可能指出他行为的错误之处。可是我想寻找他母亲提到过的他那种大方、爽直的品德，却是徒劳。不过我可以觉察到，在他高兴的时候，他的反应是敏捷的，也有一定的理解力。

等我们回到屋里，已快到吃茶点的时候了。汤姆少爷告诉我，爸爸不在家，他和我，还有玛丽·安，可以难得同妈妈一起吃点心。如果爸爸不在家，妈妈总是在午餐时间同孩子们一起进正餐，而不是在六点钟。茶点以后，玛丽·安就上床睡觉去了。汤姆却陪着我们一直聊到八点钟。他走以后，布卢姆菲尔德太太进一步向我介绍她子女的品行、才能和他们将要学习的课程，教我如何管理他们，并告诫我，除了她以外，不要把他们的缺点告诉任何人。我母亲曾警告过我，要尽量少对她说这些缺点，因为人们不喜欢别人说自己孩子的缺点。所以我决定根本不谈这些事情。九点半左右，布卢姆菲尔德太太请我吃了一顿简便的晚餐，只有熟肉和面包。晚饭后，她拿起卧室的烛台，休息去了。我对此感到高兴，因为我虽然希望能同她友好相处，可是只要她待在我旁边，我就感到十分别扭。我总是感到她冷酷、阴沉和令人厌恶——同我在想象中勾画出的那位和蔼、热心的主妇截然相反。

第三章
又教了几堂课

尽管我已经感到失望，但第二天清晨起床时我还是兴冲冲的，而且抱有某种希望。不过，我发现，给玛丽·安梳洗并不是一件轻松的事情，要为她浓密的头发抹上发蜡，编成三根长辫，扎上蝴蝶结。我那笨拙的手指做起这些事情来相当困难。玛丽·安对我说，她的保姆只花一半时间就能干完。由于她老是烦躁不安，反而拖延了时间。我帮她穿戴完毕，就来到教室。在那里见到了另一个学生，同他们两人一直谈到该下去吃早饭的时候。吃完早饭，同布卢姆菲尔德太太应酬了几句，我们又回到教室，开始了一天的功课。我发现我的学生确实很差劲。不过，汤姆虽然一点也不肯用脑子，但还是有能力的。玛丽·安几乎一字不识，而且心不在焉，一点不注意听课，弄得我对她简直束手无策。然而，凭借我的努力和耐心，总算让他们在上午做了一些功课。然后我又陪着这两个孩子到花圃和旁边的草坪上去，让他们在饭前散散心。在那里我们相处得还不错，只是我觉察到，他们不知道要跟着我；而是不管他们愿意上哪儿去，我都得跟着他们。我奔跑，漫步或站立，完全要投他们所好。我觉得这简直是本末倒置。他们似乎喜欢到最脏的地方去，做些最糟糕的事情。这一点我特别不喜欢。这一次是这样，后来的事态也是如此。可是，这种状况已无法更改，要么我跟着他们，要么我就完全不同他们待在一起。这么一来，就会显得玩忽职守。今天，他们对草地尽头的一口井表现出极大的兴趣。他们不断把枯枝和卵石扔入井水中，足足玩了半个多小时。我一直在担心他们的母亲会从窗户里看到他们，会怪我不教他们锻炼身体，而允许他们这样弄脏衣服和弄湿手脚。可是，无论是争辩、命令还是祈求，都无法把他们赶开。他们的母亲没有看到，却给另外一人看到了。一位绅士骑着马进了大门，沿着马车道走过来，在离开我们几步路远的地方停了下来，对孩子们愤怒地尖声吆喝，叫他们从井旁走开。“格雷小姐，”他说，“（我想，你是格雷小姐吧！）我很奇怪，你怎么能允许他们把衣服弄得这么脏！难道你没有看见，布卢姆菲尔德小姐已把衣服弄脏了，布卢姆菲尔德少爷的袜子全湿透了？他们两人都没戴手套，天哪！我请求你今后至少要让他们保持体面！”说完，他就转过身，继续骑马朝正屋走去。这位就是布卢姆菲尔德先生。我很奇怪，他竟然把子女称为布卢姆菲尔德少爷和布卢姆菲尔德小姐。更令人惊讶的是，他对我这个从未见过面的家庭教师说话，居然这么不客气。不久，铃声召唤我们进屋去了。我和孩子们是一点钟吃饭，布卢姆菲尔德先生和太太在同一餐桌上吃午饭。布卢姆菲尔德先生在餐桌上的行为并没有怎么增加我对他的尊敬。他身材一般，个儿不高，而是偏矮；体型不胖，而是偏瘦；年龄大约三四十岁。他嘴巴很大，脸色苍白而枯槁，眼睛淡蓝，头发的颜色像麻绳一样。他面前放着一只烤羊腿，他给太太、子女和我拣了几块，并示意我帮孩子们把肉块切碎。接着他把那只烤羊腿翻来翻去，从不同角度打量了一阵，然后宣布这羊肉已不能食用，叫人再上些冷牛肉来。

“这羊肉怎么了，亲爱的？”他太太问。

“烤过头了，布卢姆菲尔德太太，所有的滋味全给烤没了，你难道尝不出来吗？你难道没看见那鲜美的肉汁全烤干了吗？”

“好吧，我想牛肉会合你的口味的。”

这时，一盘牛肉放到了他面前。他开始切肉，但神情非常懊丧而且不满。

“牛肉又怎么啦，布卢姆菲尔德先生？我敢肯定，上次的牛肉，味道是不错的。”

“上次味道是不错的。那块腿肉确实是再好也没有了。可是现在全给糟蹋了，”他不愉快地回答。

“怎么会呢？”

“怎么会！我说，你没发现这块肉是怎么切的吗？天晓得！太不像话！”

“那么一定是厨房里给切错了，我可以肯定，昨天我切得挺好的。”

“毫无疑问，是厨房里切错了——这些大老粗！天晓得，有谁见过好端端的一块牛肉就给切得这么不成样了？不过，记住，今后要是把一盘好菜从桌上拿下去，厨房里的人就不准沾手。请记住这一点，布卢姆菲尔德太太！”

尽管这盘牛肉的样子很不好看，这位老爷还是薄薄地切了几片，不声不响地吃了几口。待他再开口说话时，声调和气多了，还问起晚饭吃什么。

“火鸡和松鸡，”夫人简短地回答。

“还有什么？”

“鱼。”

“什么鱼？”

“我不知道。”

“你不知道？”他大声说，目光离开了盘子，眼睛神气活现地往上一翻，惊讶地放下了刀叉。

“是的，我叫厨师去弄点鱼来，但没有特别说明要什么鱼。”

“嗨！这真奇怪！一位太太自称主持家政，连晚饭吃什么鱼都弄不清楚！说是定了一道鱼，可是又没说明是什么鱼！”

“布卢姆菲尔德先生，今后也许还是你自己去定菜吧！”

这番对话没有再继续下去。我非常庆幸能带着学生离开这个房间，我一生中从来没有因为别人的过错而感到这么羞耻和不安。

下午我们又上课，接着又去屋外走走，然后回教室吃茶点。以后，我为玛丽·安换衣服，让她去吃甜食。在她和她哥哥下楼去餐厅后，我便抓紧时间给我亲爱的家人写信。可是我刚写了一半，孩子们就上楼来了。七点钟我得安排玛丽·安上床，以后又同汤姆玩到八点，后来他也走了。我把信写完，才打开行李，拿出衣服。在这之前我一直没有机会整理自己的衣物。最后我也上床睡觉了。

不过，这一天的历程还算顺利。

在我同孩子们相互熟悉一些以后，我的教育和管理任务不是轻松了，而是随着他们性格的展开，显得日益艰巨。不久我便发现，家庭教师这个称呼，用在我身上简直是个讽刺。我的两个学生像未驯服的野马驹，一点也没有服从的意愿。要是布卢姆菲尔德先生在场，他们由于一向害怕父亲的怪脾气，怕他一生气会惩罚他们，所以一般没有什么越轨行为。几个女孩子也有点怕母亲生气。男孩子有时在母亲哄逗之下会按照她的吩咐去做，因为他希望得到奖赏。可是我没有东西可奖励他们，至于惩罚嘛，我已经明白，这是父母要保留的特权，然而主人们还要我管好我的学生。对别的孩子，可以利用他们害怕大人生气和想得到大人赞许的心理，来加以引导。可是这一切对这些孩子不起任何作用。

汤姆少爷不仅拒绝接受管教，而且还要管教别人。他不仅坚决要管教妹妹，甚至要管教他的家庭教师，而且还要手脚并用。由于他比同龄的孩子长得高大壮实，这也引起不少麻烦。在这种情况下，如果重重地打他两记耳光，也许很容易解决问题，可是这么一来，他会编造些什么来告诉他母亲，而他母亲必然会确信无疑，因为她坚信儿子的诚实。不过我已经发现在这方面他远不是无可指摘的。我决定不打他，哪怕是为了自卫。每当他表现特别粗暴时，我唯一的办法就是逼他仰天躺下，抓住他的手脚，直到那疯狂劲头多少有所减缓才放手。

不准许他干那些不应该干的事情，是很困难的，而要强迫他干那些应该干的事，也很困难。他常常根本拒绝学习或复习功课，甚至连看一下书本都不肯。这时理应用桦树条好好地抽他一顿，可是我的权力有限，只能做我力所能及的事情。

由于没有固定的学习和游玩时间，我决定给我的学生规定一定的作业。只要他们稍加注意，是可以在短时间内完成这些功课的。要是不完成功课，不管我怎么累，不管他们怎么捣蛋，除非是他们父母出面干涉，否则我是无论如何也不让他们离开教室的，即使我得拉把椅子坐在门口挡住他们也行。耐心、坚定和百折不挠的精神，是我仅有的武器，我下决心尽量利用这些武器。我决定随时随地严格地履行我的告诫和诺言。为此，我必须小心翼翼，不作出任何无法履行的告诫和诺言。而且，我必须谨慎行事，不能无谓地发火，放纵自己的坏脾气。要是他们表现还过得去，我就尽一切力量待他们和蔼和亲切，目的是尽量明确地区分好坏行为。我有时也采用最简单而有力的方式同他们讲道理。在他们犯了大错，我要责骂他们或拒绝满足他们的愿望时，我不仅生气，而且有些伤心。我把简短的赞美诗和祈祷文改编得简单明了，便于他们理解。当他们在晚上祈祷，请求上帝原谅他们的过错时，我会认真地提醒他们，在过去的一天中犯了哪些过错，不过我的态度非常和善，以免引起反感。调皮捣蛋的孩子必须唱有忏悔内容的赞美诗，表现较好的孩子则唱欢乐的赞美诗。我尽量用一些有趣的话题来开导他们，乍一听来，我似乎只是在谈论他们眼前的娱乐。

我想通过这些方法迟早能使孩子们获得教益，受到他们父母的赞许，也能使我的家人相信我并不像他们想象的那样没有能耐和粗心大意。我知道，我面对的这些困难是巨大的，但我也知道（至少相信），只要有坚持不懈的耐心和决心，困难是可以克服的。我日夜祈求上帝能帮助我实现这个目的。不过，或者是孩子们不可救药、父母不讲道理，或者是我看法错误，没有能力实现自己的意图，我最善良的愿望和不屈不挠的努力似乎都没有产生良好的效果，只引起孩子们的嬉闹，父母的不满和我自己的苦恼。

教育孩子对我的身体和精神都是一个沉重的负担。我必须跟着学生们跑来跑去，捉住他们，把他们抱到或拉到桌子跟前来。我还得经常把他们强行关在教室里，让他们把功课做完。我常常让汤姆站在教室角落里，我则坐在他面前的一张椅子上，手里拿着他应该背诵或朗读的那一点功课，让他把功课做完才放他出去。他没有足够的力气把我连同椅子一起推开，所以他只得站在那里百般扭动身体和做怪脸——这在一个事不关己的旁观者看来一定是非常可笑的，我可不认为这有什么好笑的地方——他还大声嚎叫，企图装哭，可是又根本没有眼泪。我知道他这种行为完全是想惹我生气，所以尽管我又气又恼，全身颤抖，我还是勇敢地竭力抑制一切烦恼的表示，装成平静而无所谓的样子坐在那里，等待他自愿地停止这一套把戏，而把眼光停在书本上，阅读或者重复要求他讲述的那几个单词，然后才让他到花园里去玩耍。有时他故意把字写得很潦草，我不得不把住他的手，防止他有意把纸弄脏或弄皱。我常常吓唬他，要是他不好好地写，就得再写一行。这时，他会顽固地连这一行也不写了。可是，我是说到做到的，最后不得不来个权宜之计，让他握住笔，不管他怎么反抗，我都强行把着他的手来回挪动，勉强让他把这一行字写完。

但汤姆并不是我学生当中最难对付的一个。有时，我高兴地发现，他会意识到，最聪明的办法还是做完功课后出去玩耍，一直等我带着妹妹去找他。但这种情况是很少有的，因为玛丽 · 安在这方面很少学哥哥的样。她显然宁愿在地板上打滚，也不愿意去玩其他游戏。她会像一块铅似的往地板上一倒。我得费好大劲才让她坐起来，还得一只胳膊支撑着她，另一只手拿着书让她朗读或拼写功课。在我的一只胳膊实在支撑不住这胖墩墩的六岁女孩子的身子时，只好换一只胳膊，要是两只胳膊都吃不消了，我就把她抱到一个屋角里，告诉她，要是她能用脚站起来，就可以出去玩了。但是她通常宁愿像根木头似地躺着，一直躺到开饭或吃点心的时分。这时，由于我不能不让她吃饭，只好把她放出来。她就会爬起来，红通通的小圆脸上带着一丝胜利的嘲笑。她常常会顽固地拒绝朗读书中的某个单词。现在我很后悔，我为了战胜她的固执的脾气花费了那么多无效劳动。如果那时我把这当作无关紧要的事情，随她去，也许比我白费力气去教育她，要对我们两人都更有利一些。但是在当时，我认为，将这种错误的品性消灭在萌芽状态，是我不可推卸的责任。如果我能够做到这一点，情况确实也是如此。要是我的权力没有这么多限制，我也许可以强迫她服从我。可是那时的事态成了我们两人之间力量的较量，而得胜的往往是她。每一次胜利，都在鼓励和支持她再次同我进行较量。我说理、哄逗、恳求、吓唬、责骂，都无济于事。我不让她出去玩，如果万不得已要带她出去时，我拒绝同她一起玩耍，不肯心平气和地同她说话，或者对她不理不睬，这些也没有奏效。我一再劝她要听话，要招人喜欢，只有这样才能取得别人好感。如果她坚持那种莫名其妙的倔强脾气，是没有好处的。有时，她央求我为她干某件事情，我就说：

“好吧，我帮你做，玛丽·安，不过你要把那个单词读出来。来吧！你最好马上就读，那就再也不用为它烦恼了。”

“不！”

“那么，我当然什么也不会替你去做了。”

当我在她这个年龄或比她更小的时候，大人要是不理睬或不喜欢我，那是最可怕的惩罚。但是这些对她却毫无影响。有几次，她把我惹得怒不可遏，我就粗暴地推推她的肩膀，揪揪她的长发或者罚她站墙角。这时，她就用刺耳的大声尖叫来惩治我。这种声音像刀割一样刺痛我的神经。她知道，我讨厌这种声音，所以她每次使劲尖叫一阵之后，便带着一种复仇的心情得意地看看我的脸色，并且大喊一声："我就要让你听听！"接着又一次一次地嘶声尖叫，我只得被迫把耳朵堵起来。这种可怕的叫声往往会把布卢姆菲尔德太太引上楼来，问是怎么回事。

"玛丽·安不听话，夫人。"

"可是为什么叫得这么吓人？"

"她发脾气就爱这么尖叫。"

"我从来没有听见过这么可怕的吵闹声！好像你是在杀她似的。她为什么没有同她哥哥一起出去玩？"

"我没法让她完成作业。"

"玛丽·安，应该做个好孩子，把功课做完。"她对孩子温和地说了这么一句。"但愿我永远也不再听见这种可怕的叫声！"

这时，她会用冷酷无情和不容误解的眼光盯我一眼，带上门出去了。有时，我会试图采取突然袭击的办法来制服这个固执的小姑娘。当她在想其他什么事情的时候，我随便问问她这个单词。可是她往往刚要开口，又突然停住了，并且以挑衅的眼光望着我，似乎在说："嘿，我要比你聪明得多，你甭想从我口中骗出那个单词来。"

又有一次，我装成把这事全忘了，一如既往地同她谈话、玩耍，一直玩到晚上她上床睡觉。她满脸欢笑，心情愉快地躺着，就在我要走开的一刻，我俯下身去，同刚才一样亲切而愉快地对她说：

"现在，玛丽·安，在我吻你和说晚安之前，你把那个单词告诉我。现在你是个好孩子，你当然会说的。"

"不，我不说。"

"那么，我就不能吻你。"

“随便，我不在乎！”

我很伤心，又待了一会儿，看看她是不是有某种悔过的意思，可是这全然是白费。她的确是“满不在乎”。我就把她一个人留在黑屋中。我对这种难以想象的无情和固执的脾气感到十分惊讶。在我童年时期，我无法想象比母亲在晚上拒绝吻我这一惩罚更为伤心的事。甚至有这个念头也是可怕的。我从未领略过比这个念头更可怕的苦恼，因为我很幸运，从没有犯过一个应该受到这种处罚的错误。但是，有一次我记得，我姐姐犯了一个大错误，母亲认为应该这样来惩罚她。当时姐姐心里是怎么想的，我不知道。但是我为她流下的同情之泪和为她难过的心情，今后也不会很快忘记。

玛丽·安另一个麻烦而又难以纠正的习惯，是老要往婴儿室跑，去同小妹妹们和保姆玩耍。这本来是很自然的事情。但这一行动既然不符合她母亲的心愿，我当然就得禁止她这么做，尽量让她同我待在一起。但这只能增加她对婴儿室的向往。我越是不让她去，她去的次数越多，待的时间也越长。这惹得布卢姆菲尔德太太大为不快，我心里非常明白，她会把全部责任归咎于我。另一件费神的事就是早晨的梳洗。有时她不让我给她洗脸，有时又不让我给她穿衣服，只有指明要穿某一件特别的衣服时，才肯让我服侍她，而我知道她母亲就不喜欢她穿这件衣服。有时我为她梳头，一碰她，她就尖叫着跑了开去。等我克服了许多麻烦，费了很大的力气，总算能把她带下楼去时，家人的早餐往往吃了快一半了。等待着我的肯定是“妈妈”怒冲冲的目光，“爸爸”恶狠狠的言语。他的那些话即使不是冲着我说的，显然也是对我的责备，因为对“爸爸”来说，没有什么事情比吃饭不准时更令人生气。此外，还有些小小的烦恼，譬如我无法使布卢姆菲尔德太太满意她女儿的衣着，这孩子的头发也“总是见不得人的”。有时，太太为了表示对我的严厉责备，会亲自干起梳头女仆的活儿来，过后又大肆抱怨，这事给她添了麻烦。

当小范妮走进教室的时候，我希望她至少会表现得和气而温顺一些。但是没有几天（如果不是几小时），我的幻想便破灭了。我发现她是一个顽皮而不听管教的小东西，爱说谎和骗人。令人惊讶的是，她年龄虽小，却喜欢运用攻击和自卫这两种拿手武器：一是朝她不喜欢的人脸上吐唾沫，二是一旦她的荒诞愿望得不到满足便像老牛似的哞哞吼叫。她在父母面前总是表现得十分安静，因此在他们的印象中她是一个异常温顺的孩子，她的谎言便很容易取信于人，她的叫喊会引起他们的怀疑，认为我对待她粗暴和不公正。一旦他们有偏见的眼光也发现她的坏脾气时，我感到他们又会把这一切都归罪于我。

“范妮变得这么不听话了！”布卢姆菲尔德太太会对丈夫说。“亲爱的，你有没有发现她进教室之后的变化？不久她也会变得同其他两个孩子一样坏。真遗憾，近来他们都变坏了。”

“可以这么说，”丈夫说。“我也一直这么想。原先，我以为给他们找一名家庭教师，他们就会变得好一些。可是恰恰相反，他们越来越不像话。我不知道他们的学习怎么样，但是我看他们的品行毫无长进。他们一天比一天粗鲁，不讲卫生，不懂礼貌。”

我明白，这一切都是冲着我来的。这些议论和类似的含沙射影的语言，对我的伤害远远超出了任何公开的谴责。对待公开的谴责，我倒可以挺起身来，为自己进行辩护。可是，现在，我认为最聪明的办法，是把愤怒的冲动压在心头，抑制种种畏惧情绪，尽力打起精神干下去。虽然我的处境令人厌倦，但我还是真心希望保住这份工作。我想，假如我能坚定地、真诚地支撑下去，孩子们迟早会变得通情达理一些的。岁月会使他们变得稍为聪明一些，从而也好管教一些。一个九岁或十岁的孩子要是同这些六七岁的孩子一样疯疯癫癫和不可管教，那岂不成了疯子。

我还得意地认为，我继续在这里待下去，对我的父母和姐姐是有好处的。薪金虽然微薄，总还是在挣一点，只要事事节俭，很可以设法为他们省点钱出来，但愿他们肯收下就好了。再说，是我自己愿意接受这份工作的，一切苦处是我自找的，我决心忍受这一切。不，不仅如此，我甚至对走上这一步也并不后悔。我非常希望能向家人表明，即使在目前的处境下，我还是有能力承担这一工作，可以体面地尽到自己的责任，善始善终。但每当我感到这无声的屈从是可耻的，或者无法忍受这么持续的辛劳时，我就会怀念我的家，我会在心中暗暗地念叨：

> 他们可以将我压倒，但无法将我征服！
> 我的心中想的是你们，而不是他们。

圣诞节前他们允许我回去探亲，可是假期只有两周。布卢姆菲尔德太太说："我想，不久前你还见过你家里人，你不会想待得太久的。"随她去这么想吧！可是她不知道，离家这十四个星期对我来说是多么漫长，多么寂寞！我多么焦急地期待着假日的到来，可是他们却缩短了我的假期，我有多么失望。不过，这事也不能责怪女主人。我从来没对她谈过我的心情，也不能希望她会体谅我的心情。我来到她这里还不到一学期，她不让我度一个完整的假期，也是情有可原的。

第四章
奶 奶

我不打算向读者赘述我回家时的兴奋和在家中的天伦之乐——在那亲切可爱的地方，在疼爱我和我所爱的人们中间，享受着短暂的休息和自由——以及我不得不再次与他们久别时的悲伤。

然而，我回去工作时，仍然劲头十足。我的工作之艰巨要超乎任何人的想象，他们哪里经历过管教和训导一群不听话的顽皮而捣乱的孩子的苦痛。无论花多大力气都无法让这些顽皮的孩子安分守已，却要为他们的举止向他们的父母承担责任。孩子们的父母要求教师做的事，没有他们有力的、权威性的帮助，是无法实现的。可是这些家长或出于懒惰，或由于怕遭到这些顽皮孩子的厌恶而拒绝给予援助。无论你怎么希望成功，无论你如何尽力履行自己的职责，你的努力还是失败了，还是遭到孩子们的耻笑，可是你还要不公正地遭到家长的责备和蔑视，我很难想象有什么会比这种境遇更令人难堪的了。

我远没有完全列举我那几个学生的令人讨厌的恶习以及我繁重的职责所带来的麻烦，免得过分叨扰读者。我也许已经使读者感到厌烦了。不过我写上面几页文字的目的不是为了消遣，而是为了让那些可能与此有关的人受到一些教益。对此类琐事无关痛痒的人，定会稍稍浏览，一掠而过，或许还会咒骂作者过于啰嗦。但是，如果一位父亲或母亲从中获得了有益的启示，或者一个不幸的家庭教师因此而有所裨益，我的辛苦也就得到了应有的补偿。

为了避免麻烦和混淆，我逐个地叙述了学生们各自的品性，但这不足以让人们充分了解这三个孩子一哄而上时的捣乱情景。他们经常是三人同时行动，决心“要捣乱一番，逗逗格雷小姐，让她生气”。

在这种情况下，我有时会突然想起：“要是他们现在能看到我多好呀！”我说的他们，当然是指我的家人。一想到他们会怎样可怜我，我也自怨自艾起来。这种感情非常强烈，我真是难以忍住自己的眼泪。可是我忍住了。只有在这帮折磨人的孩子去吃甜点心或者上床睡觉了（这是我得到解脱的唯一的希望），只有在我幸福地孤身独处的时刻，我才会舒舒服服地尽情大哭一场。但这种示弱的行为我是不大肯干的。我的事情太多，我的空闲时间太宝贵，不能花许多时间去无谓地流泪。

我特别记得一个大雪纷飞的下午。——那是在元月份我刚回来后不久。孩子们吃完饭就上楼来，大声宣布：他们要“捣乱”了，而且说到做到，尽管我极力想说服他们不要这样，把嗓子喊哑了，喉咙里每一条肌肉都酸痛难忍，但是一切都无济于事。我把汤姆挤在墙角里，告诉他不完成规定的功课不得离开。这时范妮拿起我的针线包，乱掏里面的东西，还朝里面吐唾沫。我叫她放下，当然毫无作用。“把它烧了，范妮！”汤姆喊道。范妮便马上去执行这个命令。我跳起来把针线包从火中抢出，汤姆就趁势往门口冲去。“玛丽·安，把她的小桌子从窗口扔出去！”他喊道。我那张宝贝桌子眼看就要被她从三楼的窗口抛下去了，里面尽是我的信件和材料，还有少量的现金和我所有值钱的东西。我飞奔过去抢我的桌子。汤姆却趁机离开了房间，朝楼下冲去，范妮也跟着跑了下去。我把桌子放好以后，跑下去追他们，而玛丽·安也蹦蹦跳跳地跟着跑下楼去。三个孩子都逃走了，他们离开了屋子，跑进花园，兴高采烈地喊着，叫着，在雪地里乱滚。

我该怎么办呢？要是我去追他们，可能一个也抓不到，只能把他们赶得更远。要是我不追，怎么才能让他们进屋呢？要是他们的父母看到或听到孩子们不戴帽子和手套，不穿靴子，在松软的积雪中胡闹，会对我有什么想法呢？我正进退两难地站在门外，声色俱厉地训斥他们，想让他们听话，却听到身后一个严厉而刺耳的声音说：

“格雷小姐！怎么能这样？你究竟在想些什么呀？”

“我没法让他们进来，先生，”我说着转过身去，看见布卢姆菲尔德先生头发竖了起来，浅蓝色的眼珠几乎要从眼眶里弹出来似的。

“可是我一定得要他们进屋来！”他大声地边喊边走了过来，显出一副凶神恶煞的样子。

“那么，先生，您得亲自去喊他们，因为他们不肯听我的话，”我答道，往后退了一步。

“给我进来，你们这些脏鬼，要不我一个个地揍！”他咆哮着。孩子们马上就听从了。“好了，你瞧！一说，他们就过来了！”

“是的，您一说话，他们就听！”

“真奇怪，是你在管教他们，你就只会这么管他们吗？好了，他们回来了，脚上尽是泥和雪，上楼去了！请你看在老天爷的面上，跟他们上去，把他们弄得干净一些！”

当时，这位老爷的母亲正住在这里，我上楼经过客厅时，有幸听到这位老太太正大声同她儿媳谈论此事（我只听到那几句语气特别重的话）：

“天哪！……我一生中从来没有……！……一定会把他们折腾死的……！亲爱的，你认为，她是个合适的人吗？请相信我……”

我没有再听到更多的话，但就这几句，已经足够了。

老布卢姆菲尔德太太过去对我一直很关心，很客气。我以前一直以为她是一个和蔼、善良、爱聊天的老人。她常来看我，用信任的口吻同我谈话，就像有些老太太常做的那样，点点头，摇摇头，做做手势或眨眨眼睛。我可从来没见到别人有这么严重的怪癖。她甚至对我管教孩子的困难表示同情，有时欲言又止，加上点头和意味深长的眨眼，表明她感到孩子们的母亲如此限制我的权力，不用母亲的权威支持我，是不明智的。她这样来表示不满，是不合我的脾性的，所以我通常不听她这一套，也不去理会她的言外之意。我至多是默认，如果事情安排得好一些，我的任务会轻松些，我就能更好地引导和管教我的学生。不过，现在我可得倍加小心了。先前，我虽然看到老太太的某些缺点（其中之一就是喜欢显摆自己的优点），但还是愿意加以原谅，并相信她自我夸耀的一些美德，甚至还要设想一些她尚未说出来的优点。人们之间的友爱是我多年来生活的营养，可是近来已经完全丧失。因此对人们表示的某些类似友爱的感情，我总是怀着感激而高兴的心情加以欢迎的。无怪乎我对老太太产生了好感，总是很高兴她的到来和惋惜她的离去。

可是，现在，我在路过客厅时有幸或者不幸听到的那几句话，完全推翻了我对她的好感。现在，我觉得她是个伪君子，不真诚的人，一个吹牛拍马，喜欢暗中刺探我的言语和行动的人。毫无疑问，我要是仍然像过去那样对她笑脸相迎，尊敬而热诚地接待她，也许对我会有好处。但是我不能这样做，即使想那么做，也不行。我的态度随着我的感情发生了变化，变得非常冷淡和拘谨，她不能不有所觉察。不久她便看出了这一点，她的态度随之也发生了变化。那亲切的点头，便变成了生硬的欠身。戈耳工[①]式凶恶的怒视代替了仁慈的微笑。她不再同我进行轻松愉快的谈话，转而同“可爱的男孩儿和女孩儿”去闲扯。她对孩子们的溺爱和纵容更为荒唐，就连他们的母亲也从来没有到过这种地步。

我承认，这种变化使我感到有点棘手。我害怕老太太的不满会招致某种后果，因此作了一些努力想挽回我失去的地盘，而效果显然比我预期的要好。有一次，我只是应酬地询问了一下，她的咳嗽好了没有。她那张拉得长长的面孔马上就放松下来，浮出一丝笑容，同我大谈起她的咳嗽和其他毛病，接着又叙说了她虔诚的听天由命的心理状

① 戈耳工，希腊神话中三个蛇发女怪之一，只要人们看它一眼，就会变为石头。

态。她说话的时候又显现出往常那种一本正经的、宣言式的神气，真是任何生花妙笔都难以形容。

“不过，亲爱的，对付这些毛病，有一个医治的办法，那就是听天由命，”（她把头一扬，）“听从上天的安排！”（两手往上一举，两眼往上一翻。）“过去这种心情一直在帮助我渡过所有的难关，今后还会这样。”（不断点头，）“不过，并不是人人都能这么说的；”（摇摇头，）“我可是一个虔诚的人，格雷小姐！”（意味深长地点点头，然后头往后一仰。）“谢天谢地，我一直是这样的，”（又点点头，）“我为此感到荣幸！”（双手用力地一拍，又摇摇头。）她又错误地引证了几句经文，说了几句虔诚的话。如果说这几句话本身并没有什么可笑的，那么说话的口吻和神态就太滑稽了，我简直不想再作任何重复。说完，她就兴致勃勃地——至少她的自我感觉是如此——昂首阔步地走了。这使我产生了一个希望，说到底，她是懦弱的，但并不恶毒。

她下一次到韦尔伍德来访问时，我居然还说，看到她身体这么好，我真高兴。我这番表示的效果真是妙不可言。本来是一句普通的应酬，她却当成了讨好的问候。她容光焕发，从此又变得温厚、慈祥，简直是要多好就有多好，至少她在表面上装得很像。现在，我从她的为人和孩子们的说笑中知道，我只要在每一个适当的时刻说一句讨好的话，就可以赢得她的真诚友谊。这种做法却与我的原则相左，由于我做不到这点，这位反复无常的老太太马上就又对我冷淡起来。我知道她常暗地里中伤我。

她不大能影响她儿媳对我的态度，因为她们彼此之间龃龉时生。主要表现在她对儿媳常常暗中诋毁和诽谤，而儿媳则举止过于冷淡和拘泥。老人的奉承和讨好也无法融化婆媳之间的那堵冰墙。但在儿子面前，老太太的作用要大些，只要她能安抚儿子的暴躁脾气，不用粗暴的言语去惹他生气，她说什么，儿子总是言听计从的。我有理由认为，老太太大大加深了她儿子对我的偏见。她会告诉他，我对孩子们的管教极为不周，他的妻子也没有好好地照顾他们。他非得亲自来管教这些孩子不可，否则他们都会给毁掉的。

布卢姆菲尔德先生听到这样的劝告，常常会劳神地从窗口看看在玩耍的孩子们，有时会尾随他们走过草坪。只要他们在那口不得接近的井旁玩水，在马厩里同车夫说话，或者在肮脏的场院里嬉闹，他往往会突然地出现在他们面前。这时我却正疲惫不堪地站在一旁，为了想让他们离开，早就绞尽了脑汁，可是一点作用也没有。他也常常会在孩子们吃饭的时候突然把头伸进教室，看到他们把牛奶溅在桌上或身上，把手指伸进自己或别人的杯子里，或者像一群虎崽子似的在为食物而争吵。在这种情况下，如果我默不作声，那我就是纵容他们的不轨行为，如果（经常是这样的）我正在大声训斥，要他们循规蹈矩，那我就是过分粗暴，声调和语言很不文雅，为女孩子们树立了不好的榜样。

我记得，那是一个春天的下午，外面在下雨，孩子们无法出去，而且也真是吉星高照，那天他们几个都把功课做好了，还不想下楼去同父母瞎缠——对孩子们跑下楼去的这种行为我很生气，可是在下雨天我又很难不让他们下去，因为在楼下他们觉得新鲜、有趣，遇有客人来访，更是这样。虽然他们的母亲嘱咐，要我把他们留在教室内，但她对他们离开教室的行动，从不责备，也不想费神叫他们回到教室来。但是这一天，他们待在教室里似乎很称心，更有意思的是，他们好像很愿意在一起玩耍，相互间也不争吵，并不要我去陪他们。他们的行动有点令人费解。大家都蹲在窗户旁的地板上，玩弄着一堆破玩具和一些鸟蛋，或者说是蛋壳，因为蛋黄和蛋白都取出来了。他们把蛋壳敲碎，捣成小片，我真想象不出他们要干什么。但是，只要他们安安静静，不干什么坏事，我也就眼开眼闭了。我感到少有的宁静，坐在火炉旁，为玛丽·安的洋娃娃衣服缝上最后的几针，打算缝完后给母亲写信。可是，这时，房门突然打开了，布卢姆菲尔德先生黑乎乎的脑袋伸了进来。

“这么安静！你们在干什么？”他说。“今天至少没有闯祸呀！”我想。可是，他的看法却不同。他朝窗前走了几步，看见孩子们在玩耍，就大发雷霆：“你们究竟在做什么？”

“我们在磨蛋壳，爸爸！”汤姆喊道。

“你们竟敢弄得这么脏？这些小鬼！你们没看见把地毯弄成什么样子了吗？（这是一块普通的棕色粗毛毡。）格雷小姐，你不知道他们在干什么吗？”

“知道，先生。”

“你知道的？”

“是的。”

“你知道的！那你还坐在那儿，也不责备他们，就让他们这么玩下去！”

“我想，他们没闯什么祸！”

“没闯祸！哼，你瞧瞧！瞧瞧那块地毯，你想想……一个基督徒的家出现过这种情景吗？怪不得你的房间连猪圈都不如！怪不得你的学生比一窝猪崽还不如！怪不得……哼，我说，真使人忍受不了！”他走了出去，随手砰的一声把门关上，弄得孩子们哈哈大笑。

“我可也忍受不了！”我咕哝着，站起身来。我拿起拨火棍，往炉火中乱捅，用劲地拨弄着，好像在拨火，实际上想借此来压抑我心中的怒火。

从此以后，布卢姆菲尔德先生常常要来视察教室的整洁情况。孩子们总是把玩具、棍子、石子、树枝、叶子和其他垃圾扔在地板上。我无法阻止他们把这些东西带进来，也无法责令他们收拾这些垃圾，仆人们又拒绝“跟在他们后面打扫”。我只好拿出我相当一部分宝贵的空闲时间，跪在地板上费力地整理东西。有一次，我告诉他们，如果他们不把地毯上的东西都收拾起来就不准吃晚饭。范妮收拾一点儿就可以吃饭，玛丽·安得多收拾一倍，剩下的由汤姆去干。真有意思，两个小女孩把该做的都做了，可是汤姆却大发脾气，奔到桌子前，把面包和牛奶都打翻在地，揍他的两个妹妹，把煤块从煤盆里踢出来，企图把桌子和椅子推倒，似乎想把房里的所有东西弄得一团糟[①]。但是我捉住了他，派玛丽·安去叫她妈妈。在布卢姆菲尔德太太露面之前，不管汤姆怎么拳打、脚踢、喊叫和咒骂，我就是不放手。

“我儿子怎么啦？”她说。

我把事情原委向她说了一遍，她只不过派人叫婴儿室的保姆来打扫房间，并给布卢姆菲尔德少爷端来晚餐。

“你瞧，”汤姆耀武扬威地嚷道，他的眼光离开食物，抬起头望着我，嘴里塞满了东西，连话都几乎说不清楚。“你瞧，格雷小姐！你瞧，不管你怎么说，我还是吃上了晚饭，我可一样东西都没有收拾呀！”

在这个家里，唯一对我真有点同情心的，是那个保姆，因为她也经受着类似的磨难，尽管程度差一些，因为她不用教孩子们读书，也不为孩子们的行为承担什么责任。

“唉，格雷小姐！”她说，“你管教这些孩子够心烦的了！”

“是呀，贝蒂，我想你是知道的。”

“唔，当然啦！不过，我不像你那么为他们操心。再说，你知道，我有时打他们，对那些小的，我常常使劲揍她们。人们都说，对她们没有其他办法。不过，为了这事，我丢掉了工作。”

---

① 原文为 Douglas-larder：1307 年贵族道格拉斯曾在自己的城堡里把面粉、肉、酒同他杀掉的人的尸体揉在一起，令人作呕地弄得一塌糊涂。

“真的吗，贝蒂？我听说你要走了。”

“啊，谢天谢地，是的！太太给了我三个星期的期限。她在圣诞节前跟我说过，要是我再揍她们，就要撵我走。可我就是没法不揍她们。我不知道你是怎么对付他们的，玛丽·安比她两个妹妹还要坏得多！”

第五章
舅 舅

除了那位老太太，这家还有一位亲戚，他的来访使我十分恼火。这人就是“罗布森舅舅”，布卢姆菲尔德太太的弟弟，一个个子高高、态度傲慢的家伙，像他姐姐一样，深褐色的头发，蜡黄的脸色，那只翘鼻子似乎在藐视整个世界，那对灰色小眼睛，常常半开半闭，透出一种地道的愚蠢和矫揉造作的对周围事物的蔑视。他体格结实强壮，可是他找到了某种办法将腰围减少到最小限度，再加上他那不自然的僵直的姿势，表明这位高傲的、富有男子气而又藐视女性的罗布森先生，还没有摆脱穿紧身衣的纨绔习气。他很少降低身份同我打招呼，即使打个招呼，说话的口吻和神气也带有某种目空一切的傲慢，因而尽管他想让人相信他是一个有教养的人，我却认为他恰恰相反。但我之所以不喜欢他的来访，倒不是出于这个缘故，而是因为他给孩子们带来了危害——他对他们各种恶习加以鼓励，在几分钟内就可以毁掉我花了几个月的精力才取得的一点点成绩。

对范妮和小哈里特，罗布森先生很少关心。可是玛丽·安有点儿像他的宠儿。他不断地鼓励她装腔作势（而我却花了九牛二虎之力要改变她的这种恶习），说她脸蛋儿漂亮，给她灌输种种所谓她美貌迷人的自负的念头（而我却教导她，比起培养智力和举止行为来，她应该把相貌视若尘土）。我从未见过一个孩子像她这样热衷于别人的恭维。对她的，或是她哥哥的任何错误行为，罗布森先生即使不是夸奖有加，也是一笑置之，以示鼓励。人们不知道，对孩子们的错误付诸一笑，把孩子们真正的朋友竭力教会他们加以憎恶的事物化为笑料，会给孩子们带来多大的危害。

罗布森先生并非地道的酒鬼，但他时常拿起葡萄酒开怀痛饮，偶尔也津津有味地喝一杯掺水白兰地。他要汤姆尽力模仿他的行为，还让那孩子相信，葡萄酒和烈性酒喝得越多，越是喜欢喝，就越能表现他的勇敢和男子气质，就比他的妹妹们越是神气。布卢姆菲尔德先生对此并不介意，因为他最喜欢饮用掺水的杜松子酒。他每天总要来上几盅。我认为他脸色晦暗，脾气暴躁，都应归咎于饮酒。

罗布森先生还鼓励汤姆摧残那些小动物，并且是言传身教。他经常到他姐夫的庄园来狩猎，总要把他喜欢的猎狗带来。可他对这些猎狗十分残忍，我虽然手头拮据，但我随时都愿意付出一金镑，看一看哪一条狗可以不受惩罚地咬他一口。有时，他要是心情愉快，就会带着孩子们去掏鸟窝。这件事使我特别生气和烦恼。因为由于我经常和持续的努力，我很高兴地看到孩子们已经有点懂得这种游戏的危害了。我还希望，总有一天会使他们一般地懂得正义和人道。可是孩子们一旦同罗布森舅舅一起掏十分钟鸟窝，或者只要他在提起孩子们过去的恶习时哈哈一笑，就足以把我苦口婆心的说理和劝告的管教付诸东流。然而，可喜的是，那个春天，他们掏到的都是空窝，或者只是鸟蛋，因为他们没有耐心等待小鸟儿孵出来。只有一次是例外。那一次汤姆同他舅舅到邻近的庄园去了一次，兴高采烈地捧着一窝还没有长羽毛的小鸟，奔进花园。我刚把玛丽·安和范妮带出来，她们就跑去欣赏他的猎物，求他每人给一只。“不，一只也不给！”汤姆喊道。“全是我的，罗布森舅舅全给了我——一、二、三、四、五——你们一只也不能碰！不，一只也不行，绝对不行！”他高兴地接着说。他把鸟窝放在地上，叉开双腿站在旁边，双手插在裤袋里，身子往前倾，脸上做出各种极其兴奋的怪样。

“不过，你们可以看我怎么来整治它们，我保证，一定要整整它们！我说干就干！真的，这窝鸟够我玩的。”

“可是，汤姆，”我说，“我不准你去折磨那些小鸟儿。你要就一下子把它们杀掉，要就把它们放回原来的窝里，让母鸟去继续喂养它们。”

“你可不知道鸟窝在哪儿，小姐，只有我和罗布森舅舅知道。”

“要是你不告诉我，我就自己把它们全杀了，尽管我很不愿意这样做。”

“你不敢。你怎么也不敢碰它们的，因为，你知道爸爸、妈妈和罗布森舅舅要生气的。哈，哈！我猜对了吧，小姐！”

“在这种情况下，我认为怎么对，就怎么干，用不着问别人的意见。要是你爸爸和妈妈恰恰不赞成，很遗憾，我要得罪他们了，至于你罗布森舅舅的看法，当然与我无关。”

我出于一种责任感，冒着自己感到恶心和引起雇主愤怒的风险，边说边拿起园丁安在那里捉耗子的一块扁平的大石头。接着我再一次竭力说服这个小暴君把鸟儿送回去，可是毫无效果。然后我就问，他到底准备拿它们怎么办。他以一种残忍的愉快心情说了一长串折磨它们的办法。正当他忙于这般数说的时候，我就把石头朝他打算加害的牺牲品身上扔去，把它们砸扁了。这一大胆的暴行引起了大声的吼叫和可怕的咒骂。这时，罗布森舅舅背着猎枪从小路上走来，正停下来要踢他的猎狗。汤姆朝他奔过去，一边发誓说，要叫罗布森不去踢朱诺[1]，而来踢我。罗布森先生撑着猎枪，对这位外甥的怒火和对我的大肆咒骂大笑了一阵。“好啊，你是一个好样的！”他说着，拿起了猎枪，朝屋里走去。“他妈的，不过这孩子倒也有些胆量。哼，我从没见过比他更了不起的小混蛋。现在，妇女已经管不住他了，你瞧，他不怕母亲、奶奶、家庭女教师，谁也不怕！哈，哈，哈！不要紧，汤姆，

① 狗名。

明天我再给你捉一窝。”

“罗布森先生，如果你再捉的话，我还是要砸的，”我说。

“哼！”他回答说，狠狠地瞪了我一眼，他没想到我会毫不畏缩地承受他的这种目光，接着又摆出一副异常蔑视的脸色，转身昂首阔步地走进屋去。这时汤姆又去向他妈妈告状。她通常是对什么事都不大表态的。但事后，当她看见我时，她的神气和举动更加阴沉和冷淡了。她在寒暄了几句以后便说：

“很遗憾，格雷小姐，你认为你有必要干涉布卢姆菲尔德少爷的娱乐活动。你把鸟儿全砸了，他非常不高兴。”

“要是布卢姆菲尔德少爷的娱乐活动是要伤害有生命的东西，”我回答说，“那我认为，我有责任干涉。”

“你似乎忘了，”她平静地说，“一切生物都是为了我们的利益而创造的。”

我认为这种说法是值得怀疑的，但我只是回答说：“如果您的话有理，那么我们也没有权利用折磨它们的办法来取乐。”

“我认为，”她说，“一个孩子的欢乐不能同一个没有灵魂的动物的安危相提并论。”

“但是，从孩子本人来考虑，不应该鼓励他去进行这样的娱乐，”我尽量温和地回答，以缓和一下我这种少有的固执情绪。“怜恤的人有福了，因为他们必蒙怜恤。”①

“啊，当然了！不过那是指人与人之间的行为。”

“富于怜悯的人对家畜也应加以怜悯，”我大胆地补充了一句。

“我认为，你并没有多少怜悯心，”她回答道，短促地冷笑了一声。“那么凶狠地把这些可怜的鸟儿全给砸死了，而且仅仅出于一个希奇的念头，就让可爱的孩子那么伤心。”

---

①《圣经 · 新约 · 马太福音》第 5 章第 7 节。

我觉得还是小心一些，少说为佳。这是我同布卢姆菲尔德太太之间仅有的一次近乎争吵的谈话，也是从我来到这家以后同她交谈最长的一次。

但是到韦尔伍德的来访者中令我生气的并不是只有罗布森先生和布卢姆菲尔德老太太这两个人。每一个来访者多多少少都要给我带来一些干扰，并不是因为他们没把我看在眼里（尽管我对他们的这种态度确实感到奇怪和不快）。而是因为布卢姆菲尔德夫妇一再要我不让我的学生去接近这些客人，但是我做不到：因为汤姆喜欢同客人谈话，而玛丽·安喜欢招人注意。这两个孩子一点不知道难为情，甚至连一般的谦逊都不懂。他们会很不礼貌地、吵吵嚷嚷地打断大人的谈话，用一些最不恰当的问题去取笑他们，粗野地抓抓男人的衣领，不等邀请就爬上人家的膝盖，吊在客人的肩上或者去掏他们的口袋，甚至拉扯太太们的衣裳，弄乱她们的头发，揉皱她们的衣领并纠缠不休地向她们讨小礼物。

布卢姆菲尔德太太看到这一切会感到吃惊和生气，但是她不懂得要加以阻拦，她想让我来干预。可是我怎么行呢，那些衣着漂亮、面孔陌生的客人，不停地夸奖和纵容这些孩子，都想借此讨好他们的父母。而我却穿着平常，又和孩子们天天见面，我即使说几句实话，又怎么能把他们拉开呢？我曾想尽办法，努力逗他们，想把他们吸引到我身边来；行使我所有的权威、采用我敢于表示的严厉的口吻，不让他们去打扰客人；责备他们这种不礼貌的行为，想使他们羞于再犯。可是他们恬不知耻，藐视我那不能引起他们害怕的威势。至于所谓好心和友情，要么是他们没有感情，要么是他们的感情掩饰得非常严密，埋藏得很深，因此，不管我如何努力，都无法打动他们的心。

不过，我的磨难很快就结束了，比我预期或向往的要早得多。5月底一个凉爽的傍晚，我正在为即将到来的假期感到高兴，而且也庆贺自己对学生的管教取得了一些进步（至少在学识方面，我确实给他们的头脑中灌输了一些知识，我终于使他们理智一些了，尽管微乎其微，但他们已知道要按时做好作业，留出一些时间来进行游戏，不能毫无目的地整天折磨我和他们自己），布卢姆菲尔德太太派人来叫我，她心平气和地告诉我，约翰施洗节①以后，不需要我在这里教书了。她对我说，我的性格和一般行为是无可指摘的，但是自从我来以后，孩子们长进很少，因此她和布卢姆菲尔德先生认为有责任去寻求其他某种教育方式。孩子们的能力虽然超过大多数同龄儿童，但知识却显然要差得多。他们的举止没有教养，脾气难以驾驭。她把这些归咎于我缺乏足够的坚定和努力以及平常对孩子们不够关心。

然而，毫不动摇的坚定、热诚的努力、坚持不懈的精神和不断的关心，正是我内心引以为骄傲的品德。我曾希望有朝一日能通过这些品质来克服一切困难并最后取得成功。我想为自己辩解几句。但刚想开口，就觉得声音有些颤抖。我宁愿保持沉默，像一个认罪的罪犯似的忍受这一切，而不愿表现出激动之情或让已经凝聚在眼眶里的眼泪流出来。

于是，我被解雇了。就这样，我要回家了。天哪！家人会怎么想呢？我炫耀了那么多，可是连三个小孩子的家庭教师都还没有干上一年，而我自己的姑姑却说过，孩子们的母亲是个“非常和蔼的妇女”呀。通过这次较量，表明我是力不胜任的，以后我就不用期望家人会再让我尝试一下了。这个想法是不愉快的。尽管我感到不安、烦恼和失望，尽管我懂得热爱和尊重我的家人，但我还没有不思进取，也不愿意放松努力。我知道，不是所有的父母都像布卢姆菲尔德夫妇，我

① 约翰施洗节，6 月 24 日，是英国四个结账日之一。

可以肯定，也不是所有的儿童都像他们的孩子。下一个家庭一定会有所不同，事情一定会好转的。我在逆境中得到了锻炼，有了经验的指导，很希望能挽回自己在家人眼中失去的声誉。对我来说，他们的看法比世上任何人的看法都更加宝贵。

第六章
又回到牧师住宅

我安宁地在家里住了几个月，静静地享受着久违了的自由、休息和真正的友谊。我认真地读书，以找回待在韦尔伍德时丧失的一切，并再积累一些知识，以备今后之需。父亲的身体仍很虚弱，但实际上并不比我上次见面时差多少。我很高兴回家后，父亲可以快活一些，我能唱一些他喜爱的歌曲，增添他的乐趣。

没有人对我的失败幸灾乐祸，或者说，我本应该听取家人的劝告，老老实实地待在家里。我又回来了，大家都高兴，他们对我比以往任何时候都更和蔼，希望这样能补偿我经受的痛苦。可是谁也不肯花掉我的一个先令，这些钱是我高高兴兴地赚来的，是我精心积攒起来的，我希望能同家人一起分享这一切。当时家里靠这里挤一点，那里省一点，已经快把债务还清了。玛丽画画很成功，可是父亲也坚持要她把自己的劳动所得全部留下。他让我们把从简朴的服装和少量零用钱中的节余全都存入储蓄银行。他说，也许我们姊妹过不了多久可能就要完全靠这笔积蓄来过日子了。他觉得，他同我们在一起生活的日子已经不多了。要是他去世以后，母亲和我们姊妹俩会怎样生活，那只有上帝知道了！

亲爱的爸爸！要是他为自己去世后我们会遭遇的苦难少操心一些，我想那桩可怕的事情是不会来得那么快的。只要有办法，母亲总是不让他去多考虑这些事情。

“唉，理查德！”有一次，母亲对父亲说，“只要你打消这些悲观的念头，你会活得跟我们大家一样长久的，至少你会看到女儿结婚，成为幸福的外公，身旁还有一个愉快的老太太陪伴着你！”

母亲开怀大笑，父亲也笑了，但是，他的笑声很快就消失了，变成凄凉的叹息。

“她们结婚——可怜的孩子！她们都身无分文。”他说，“我不知道谁会娶她们。”

“唔，了解她们的人，会娶的。你娶我的时候，我不也是身无分文吗？而你至少表现得非常喜欢你的猎物。而且不管孩子们是否结婚，我们都能想出千百种令人尊敬的办法活下去。我不懂，理查德，你怎么会想到你走了以后我们就会过穷日子呢，这怎么能同我们失去你的灾难相比呢！你很清楚，这个灾难会压倒其他一切痛苦，你应该尽一切力量不要让我们遭受这种灾难。只有精神愉快，才能保持身体健康。”

“我知道，艾丽斯，我成天愁眉苦脸是不对的，可是我控制不住，只好请你原谅我了。”

“我不愿意原谅你，我要你把情绪改变过来，”母亲回答说。但生硬的话语被她口气中流露出的真诚感情和愉快的笑容所冲淡了。父亲微笑了，而且不像平时那么忧郁和笑容短暂。

“妈妈，”我一找到机会同她单独谈话，就说，“我攒的钱不多，不能维持多久，如果我能再挣一些，至少可以在这方面减轻爸爸的一些忧虑。我不能像玛丽那样画画，我力所能及的是再找一份工作。”

“那么说，你真的还想再试一试，艾格妮丝？”

“的确是这样。”

“唉，好孩子，我本来以为你已经受够了。”

“我知道，”我说，“不是人人都像布卢姆菲尔德夫妇一样的……”

“有的人还要坏，”母亲打断我说。

“我想，这样的人不会很多的，”我回答说。“我也相信，不是所有的孩子都像他们的孩子。譬如，我和玛丽就不这样。我们总是按爸爸妈妈的吩咐去做的，不是吗？”

“一般说来，是这样的。不过，我没有溺爱过你们，再说你们也不是完美无缺的天使。玛丽不声不响，但很固执，你的脾气不太好，不过，总的来说，你们两人都是很好的孩子。”

“我知道，过去我有时爱生闷气，要是看到孩子们生闷气，我会很高兴的，因为这样我可以理解他们。可是他们从不生闷气，因为没法触动他们，伤害他们或者使他们感到羞愧。除了撒野的时候，他们无论如何也不会不高兴的。”

“是啊，如果他们不会不高兴，那不是他们的过错。你不能期望石头同黏土一样柔软。”

“是的，不过同这些无动于衷、难以理解的人生活在一起，是很不愉快的。你无法亲近他们。即使能亲近，你的情感也会被他们抛到九霄云外。他们既不会报答你，也不会珍视或理解你的感情。不过即使我再次碰到这样的家庭（这是不大可能的），我已经有了这么多经验，下一次我会干得更出色一些。我说了这么多，无非是想让你允许我再试一次。”

“好吧，孩子，看来，你是不大容易泄气的，对这一点我很高兴。但是我要告诉你，你的脸色比第一次离家时更苍白、更消瘦了。我们不愿意你为了给自己或家人挣钱而把身体弄垮了。”

“玛丽也说我身体不如先前了。对这一点我并不感到奇怪，因为在那段日子里，我的情绪整天处于激动和忧虑之中。可是，下一次，我一定要冷静地对待一切。”

我们深入谈论一阵之后，母亲又一次答应帮助我，但要我耐心等待。我希望母亲能在最合适的时刻以最恰当的方法逐渐把这事透露给父亲。我从不怀疑她会取得父亲的同意。同时，我非常仔细地翻阅报上的广告，看到一则似乎比较合适的“征求家庭教师”启事，就写一封信去。可是我写的信和接到的来信（要是接到的话），都必须让母亲过目。我有些怅惘的是，母亲要我拒绝了一份又一份工作，因为一些人家是下等人，一些人家要求过于苛刻，还有一些人家给的报酬太低。

“你的才能同一般穷牧师的女儿不同，艾格妮丝，”她常说，“你不能忘了这一点。要记住，你答应要有耐心的。没有必要着急，你还有时间，还会有许多机会呢。”

最后，母亲建议我登个广告，讲讲我的才能及其他情况。

“会教钢琴、唱歌、绘画、法语、拉丁语和德语，”她说，“这么多特长不算少了。许多人会喜欢一个教师身上具备这么多才能。这一回，你应该在层次高一些的家庭里去碰碰运气了，这类家庭有良好教养，是真正的绅士家庭。与那些追逐金钱的商人和神气活现的暴发户相比，这样的家庭更能恰如其分地尊重和关心你。我过去就认识几户上等人家，他们对待家庭教师就像亲人一般，不过，我得承认，有些也像别人一样无礼和苛刻：无论哪个阶级，都有好人和坏人。”

我马上写好广告，寄了出去。只有两家来了信，有一家答应给我五十镑，这是母亲要我注明的所要求的工资金额。我对是否去这一家教书，有点犹豫不决，我怕孩子们年龄太大，他们的父母就算不想请一个比我更有才华的人，也可能想请一个比我更漂亮、更有经验的人。可是，母亲劝我不要因此而加以拒绝。她说，只要抛弃胆怯的心理，进一步加强自信心，我就会工作得很好。我只需要坦率而真实地陈述我的学识和才能，讲清条件，然后等待他们的答复。我敢于提出的唯一条件，就是一年中在过约翰施洗节和圣诞节时，给我两个月的例假探亲。那位陌生的太太在回信中对这一点没有提出异议。她认为，从我的学识来看，她毫不怀疑我是能使她感到满意的，但是她又认为在聘请家庭教师时，学识是次要的，因为她家住在奥城附近，她能够找到具有这方面才能的教师。她认为，除了无懈可击的品行以外，最重要的、必不可少的条件是温柔和蔼的脾气以及乐于助人的品德。

母亲根本不喜欢这种提法，因而提出了许多反对意见，不同意我接受这份工作。姐姐在这一点上积极支持母亲。但是我不愿意再一次受到挫折，把这些反对意见都一一驳了回去。我首先征得父亲的同意（不久以前，才把这事告诉他），写了一封语言委婉的信给那位不相识的太太，协议终于达成了。

我得知，我应在1月的最后一天开始担任新的工作，到奥城近郊霍顿村的默里先生家当家庭教师。霍顿村离我们村将近七十英里，这个距离对我来说是可怕的，因为我来到世上的二十年中从来不曾去过离家二十英里以外的地方。再说，我和我的朋友们对那个家庭和邻近的地区一点也不了解。但这倒使我感到更加有意思。现在我已经稍微排除了一些过去曾使我感到十分压抑的 mauvaise honte①。一想到马上要去到那不熟悉的地方，单独在陌生人中间闯出自己的道路，我的心情就非常兴奋。这时，我自以为要去见见世面了。默里先生的住宅靠近大城市，并不是在那些人人只想发财的工厂区。据我推测，默里先生的地位要比布卢姆菲尔德先生高一些。毫无疑问，他就是一位我母亲提到过的具有良好修养的、真正的绅士。他会给予家庭教师应有的尊重，并把她当成一个可敬的、有教养的女士，当成孩子们的教师和引路人，而不仅仅把她看作是一个高级仆人。再说，学生们年龄也大一些，比先前那一家的学生会懂事一些，更容易管教，不会有那么多麻烦。把他们圈在教室里的时间会少一些，不要老是花精力去盯着他们。此外，在我的希望中还浮现出欢乐的幻想，但这同照看孩子和家庭教师的本职工作没有多少联系，或根本没有关系。因此，读者可以看到，我并不要求人们把我看成是孝子贤孙，仅仅是为了攒钱，安慰

① mauvaise honte，法语，意为“羞怯”。

安慰父母，尽尽人子之心，才去牺牲个人的安宁和自由。不过，安慰父亲和今后赡养母亲确实在我心中占有很重要的地位。而且五十镑对我来说的确不是个一般的数额。我得准备几套符合我身份的体面服装。看来，我得把衣服送出去洗，每年还得支付往返霍顿村和老家之间的四次路费。要是厉行节约，花二十镑或稍多一些，肯定足够支付这几笔开销了。这样就可以把三十镑存入银行，或许略少一些。这会给我们家的存款增加多大一笔款项呀！是啊，不管怎么样，我一定要尽力保住这份工作！这既是为了维护我在亲朋之间的信誉，也是因为我在那里工作可以为家里作出具体的贡献。

第七章
霍顿村

1 月 31 日是一个昏沉沉的风雪天。北风大作，阵阵风雪时而拍打着地面，时而在空中旋转。家里人本来要我推迟一天动身，但我担心，如果一开始工作就不遵守时间，主人会对我形成偏见，所以坚持要如约前往。

我不想对读者絮叨我在那个阴沉的冬天早晨离家的情景：如何亲切地话别，去奥城的旅途如何漫长，如何孤独地在酒店里等候马车或者火车——当时那里有几条铁路——以及后来如何在奥城遇见默里先生家的仆人，他们派他赶着四轮敞篷马车把我从车站接到霍顿村去。我想说的是，这场大风雪在马车道和铁路上设置了许多障碍，在我赶到终点之前几小时，夜幕已经降临，接着又刮起了一阵令人望而生畏的暴风雪，它把奥城和霍顿村之间的几英里路程变成了漫长而艰难的旅途。我无可奈何地坐着，任凭冰冷刺骨的雪花钻进我的面纱，撒满我的膝盖。我什么也看不见。我真奇怪，那匹可怜的辕马和车夫怎么会认出路来的，虽然他们当时走得很慢。确实，说得好听一些，那也不过是艰难的爬行。马车终于停下来了。有人听到马车夫的叫门声，拉开了花园门的门闩，并顺着吱吱作响的铰链把门推开。然后我们沿着一条比较平坦的道路驶去。在路上，我偶尔看见一大堆灰白的东西在黑暗中闪闪发光。我猜想，这可能是白雪覆盖的大树的树枝。马车走了一阵，又停了下来，面前是一幢大厦的很有气派的门廊，房子的高大窗户一直延伸到地面。

我吃力地从厚厚的积雪里站起来，走下了马车，满以为会有人亲切和客气地来安慰我一天的旅途劳累和痛苦。一位穿着黑色服装的颇有气派的男人打开房门，把我引进宽敞的门厅。门厅里点着一盏琥珀色的吊灯。他领我走过门厅，穿过走廊，打开一间里屋的房门并告诉我说，这就是教室。我走了进去，看到两位年轻的小姐和两位年轻的少爷——我估计这就是我未来的学生。大家拘谨地彼此打了个招呼。那位年龄大一些的姑娘正在翻弄着一块帆布和一篮子德国毛线①，她问我是否愿意上楼去。我说，当然愿意。

“马蒂尔达，拿上蜡烛，带她到她房间里去，”这位小姐说。

马蒂尔达小姐约摸十四岁左右，是一个身段结实的假小子，穿着短上衣和长裤。她耸耸肩，做了一个鬼脸，但还是端起蜡烛，在我前面，顺着后扶梯（长而陡的两段楼梯）走上去，穿过一条狭长的过道，来到一间窄小但还舒适的房间。然后，马蒂尔达问我，是否想喝点茶或咖啡。我本想说不要，但又想起从早晨七点钟出发到现在我什么也没有吃过，感到有些头晕，所以就说我想喝一杯茶。这位年轻的小姐说，她会告诉“布朗”的，然后就转身走了。待我脱掉了沉重而潮湿的斗篷、围巾和帽子时，一个装腔作势的年轻女人走来说，小姐们想知道我是愿意在楼上用茶呢，还是在教室里。我推说有些疲倦，情愿在楼上用茶。于是她就走了。过了一会儿，她端着一个小茶盘走了进来，把它放在当作梳妆台的五斗橱上。我很客气地向她致谢，然后问她，早晨我应该什么时候起床。

“小姐和少爷们是八点半吃早饭，小姐，”她说，“他们起得很早，不过，他们早饭前是不大读书的，我想，您七点过一点儿起床，就可以了。”

我请她劳神在七点钟叫醒我，她答应后就走了。我饿了整整一天，现在总算喝上了一杯茶，吃了一小片涂上奶油的面包，吃完以后就坐在幽暗的小火炉旁，尽情地哭了一场，消了消气。哭完之后，做了一通祷告，感到轻松多了，接着就准备上床睡觉。可是，我发现行

---

① 英国人是用毛线在帆布上进行刺绣的。

李一件也没拿上来，我想找拉铃，可是在任何屋角里都没有发现这种设备。我只好拿起蜡烛，壮起胆子，穿过长长的走廊、很陡的楼梯，去到处寻找。在半道上遇到了一位穿着入时的妇女，我告诉她要找行李。当时我同她搭话不是没有犹豫的，因为我不能十分肯定，她是一个高级仆人呢，还是默里太太本人。幸好，这是太太的贴身女仆。她摆出一副特别看得起我的神气，答应关照其他人把我的行李送上楼去。我回到房间里等了好久，心里很是疑惑，怕她忘了或出于疏忽没有履行她的诺言，我拿不定主意，是继续等下去呢，还是上床睡觉，还是再下楼去。这时，走廊上传来了脚步声和说笑声。我终于又燃起了希望。一会儿，一个粗俗的女仆和一个男仆把行李拿了进来，这两人对我都不很尊重。在他们的脚步声消失之后，我关上门，打开几件东西，就休息了。心里感到某种宽慰，因为我肉体和精神上都已十分疲乏。

第二天早晨，我带着一种异样的心情醒过来，既有孤寂感和对周围环境的强烈的新鲜感，又有对面临的陌生事物的一种令人不快的好奇心。就像一个人被魔力卷走，突然又从云端落到一个遥远而陌生的世界，这里的一切同他以前所熟悉的事物相距很远，彻底隔绝。或者就像一粒草籽，随风飘到某个陌生角落的不适宜的土壤里，在那里要待很长时间才能生根发芽，从似乎很不适合它本性的土壤中吸取营养。当然，这还要取决于它是否能够做到这一点。但即便这样说，也不能恰当地表达我的心情。一个人要是没有经历过我有过的那种隐居的、恬静的生活，是无法理解我的心情的。如果有人一早醒来，发现自己待在新西兰的纳尔逊港，在他自己和熟人之间隔着一片汪洋大海，这人一定会颇有感触的，但即使是这个人，也未必能理解我当时的心情。

我不会很快忘掉当我拉起百叶窗，望着一个陌生的世界时那种莫

名的情感。一眼望去，尽是广阔无垠的冰雪世界，一片

银装素裹的原野，
为积雪压得沉甸甸的树丛。

当我下楼走向教室的时候，我并不特别想见到我的学生，尽管我也曾好奇地想象和孩子们进一步会面会出现什么情景。除了其他显然是更为重要的事情以外，有一件事我是下了决心要做的，那就是我一开始就得称呼他们为小姐、少爷。我觉得，在孩子同他们的家庭教师和日常伴侣之间采用这种称呼未免过于拘泥和做作，如果这些孩子还是些儿童（就像韦尔伍德的那些孩子一样），那就更是如此。但是，即使在韦尔伍德，我对那些小布卢姆菲尔德直呼其名，也被认为是唐突失礼的。他们的父母曾故意对我作过暗示，在对我谈话时有意称孩子们为布卢姆菲尔德少爷和小姐。我当时没有很快地领会这一点，因为我觉得这样做太荒唐了。但是，现在我应该聪明一点，一开始就应按照每个家庭成员可能要求的那样，注意各种礼仪。再说，这家的孩子们的年龄确实也大得多，我不会感到太为难的。不过，小姐和少爷这类称呼对于抑制一切亲切而真诚的友谊、消除我们之间可能产生的坦率的感情，似乎具有惊人的作用。

我不愿意像多格贝里[①]那样把我心中所有的烦恼统统向读者倾诉出来，我不想详细向读者叙述我在这一天和第二天的一切经历和活动。但简略描述一下这个家庭中各个成员和大致谈一下头一两年我同他们相处的情况，无疑是会让读者满意的。

首先要说的是这一家之长。据说默里先生是一位性情粗暴、喜欢喧闹的乡绅。他喜欢猎狐，善于骑马和钉马掌，是个精明强干的农场

① 多格贝里，莎士比亚剧作《无事生非》中的人物，是一个愚蠢多事的老官吏。

主，还是个胃口很大的bon vivant[①]。我之所以讲“据说”，是因为除了星期日去教堂以外，平时我几乎整月都见不到他的人影。有时在穿过门厅或在花园里散步的时候，我会偶尔碰到这个红面孔、酒糟鼻、大块头的老爷。在这种情况下，要是他就在旁边走过而可以搭话时，他通常是爱理不理地点点头，随口说一句“早安，格雷小姐”或者简短地打个类似的招呼。当然，他的哈哈大笑常常从远处传到我的耳里，而更经常的是，我听见他在咒骂仆人、马夫、车夫或其他可怜的侍从。

默里太太是一位四十开外、打扮入时的漂亮女人。她确实不需要口红和衬垫[②]来增加她的魅力。她主要的享受是（或者看来是）举行或参加舞会，穿着最时髦的衣裳。我来到这家之后的第二天上午十一点钟才见到她。她来看我，似乎给了我很大的面子，就像我母亲到厨房去看一个新来的女仆一样，甚至还要不如，因为我母亲一般是在女仆到来之后马上去看她的，不会等到第二天上午。而且我母亲对她说话的态度也更和善和友好，还会安慰她几句，并把职责交待清楚。可是默里太太却截然不同。她刚去管家的屋子安排了晚餐事宜，在回来的路上顺便到教室里弯了一下，对我道一声早安，在火炉旁站了两分钟，寒暄了几句天气和昨天我在路上一定“很辛苦”之类的客套话，拍拍她最小的孩子——一个十岁的男孩——这孩子刚在管家的贮藏室里美美地吃了点什么，正在用她的睡衣擦嘴和揩手。女主人对我说，这是一个多么可爱的好孩子，说完就飘然而去，脸上露出得意的笑容。无疑，她以为这一次已经做得不错了，给了我很大面子。她的孩子们显然也是这么想的，只有我一个人的看法大不相同。

后来，她曾在学生不在场的时候来看过我一两次，就我对他们的

---

① bon vivant，法语，意为美食家。

② 衬垫，垫在衣服里面以衬托妇女优美的身材。

教育进行一番开导。对于女孩子，她似乎只想尽量把她们培养成外貌动人、能卖弄才华的姑娘，用不着给她们增添负担和麻烦。因此，我必须采取适当的办法，尽量学会使她们快活，服侍她们，开导她们，使她们的仪态变得优雅大方。但是要尽量不让她们感到吃力，还不能行使我的权能。对两个男孩子，基本是如法炮制，只是不必要求他们将来能够多才多艺。但是为了便于他们将来入学，我得尽量往他们头脑里多塞一些拉丁文语法和瓦尔皮的 Delectus[①]——至少是在不要他们费劲的情况下，尽量多塞一些。约翰可能“精力过分充沛”，而查尔斯则有些“紧张和沉闷”……

“可是，不管怎么样，格雷小姐，”默里太太说，“我希望你不要急躁，自始至终保持宽容和耐心，对可爱的小查尔斯更应如此——他情绪容易紧张，又很敏感，他喜欢别人细心地体贴他。请原谅，我对你讲了这么多要求。情况是这样的：到目前为止，我发现所有的家庭教师，在这些问题上都不能尽如人意，即使最好的，也不例外。她们缺乏那种温文尔雅的气质，圣马太或其他某一位圣人说过，这种气质比漂亮的衣着更美丽——你知道我指的是哪一段，你是牧师的女儿嘛。不过我毫不怀疑，在这些方面，你都会让我们感到满意的。请记住，不管什么时候，不管哪个孩子，如果有什么不妥当的行为，而说服和好言规劝均无效用，那就让另一个孩子来告诉我，我可以更明确地同他们谈谈，而你去同他们这样谈话就不大合适了。你要尽量让他们高兴，格雷小姐，我可以说，你会做得相当不错的。”

我发现默里太太非常关怀孩子们的舒适和安乐，她一再提起这一点，可是对我的舒适和安乐却只字不提。他们是在自己家里，有亲人关照，我却在陌生人中间孤身独处。当时我对世界还不够了解，所以对这种不正常的境遇感到十分惊讶。

① Delectus，拉丁文，意为“选择”。

默里小姐，也就是罗萨利，在我来的时候，大约才十六岁。她真是个漂亮的姑娘。随着时间的推移，她在两年之后出落得更加丰满，风度和举止更为优雅。她确实长得非常迷人，而且超乎寻常的美丽。她身材修长苗条，但并不瘦削，她发育完美，皮肤洁白而细腻，但又不缺乏健美的红润。她有一头拳曲和近乎黄色的褐发。她长着一对浅蓝色的眼睛，清澈而明亮；如果颜色再略深一些，那就会逊色不少。脸蛋的其他部位都很细巧，不十分规则，但这并不十分显眼。从总体来说，你会毫不犹豫地说她是一个非常可爱的姑娘。但愿我能像赞美她的身段和脸蛋一样，赞美她的心灵和性格。

但是，请不要以为我有什么可怕的事情要披露。她活泼、愉快，对待顺从她意愿的人非常随和。至于对我嘛，在我刚来的时候，她的态度冷淡而傲慢，后来又变得无礼而专横。可是在进一步熟悉之后，她渐渐放下了架子，终于变得很喜欢我了。不过只限于她对我这样性格和地位的人可能产生的感情，因为过不了半个小时，她就会想起我是一名雇员，是穷牧师的女儿。可是，总的来说，我认为，她对我的尊敬是连她自己也没有意识到的。因为，在这个家庭里只有我一个人一贯坚持正确的原则，习惯于讲真话并时时恪尽职责。我这么说，当然不是自夸，而是表达我当时在这个家庭中的遭遇而已。这个家庭的所有成员不幸都缺乏原则性，但最使我遗憾的是，默里小姐也是这样。这不仅是因为她喜欢我，而且也由于她身上具有那么多愉快而引人注目的气质，当然她也有缺点。但是在她的缺点表现得不太过分，没有引起我不快或生气的时候，我确实是喜欢她的。我也愿意说服自己，这些缺点是她所受教育造成的，不是出于她的本性。因为，从来没有人好好地开导她，教会她如何去区分正确和谬误。她同她的兄弟姐妹一样，从小就可以对保姆、家庭教师和仆人横行霸道。没有人教导她如何约束自己的愿望，控制自己的脾气，驾驭自己的意愿，或者为了别人的幸福而牺牲自己的欢乐。她脾气生来温和，从不粗暴，也不乖僻，但由于长期放纵自己和习惯于蔑视理智，她经常表现得烦躁而任性；她的性情从未得到很好的陶冶，她的才智充其量不过平平常常；她性格活泼，理解力相当强，也具有一些音乐方面的天资和学习语言的才能，但是她在十五岁以前却没有花力气学过任何东西。后来，一种喜欢自我表现的心理唤醒了她的才能，促使她要学习，但仅限于学一些比较表面的技巧。在我来到他们家时，她依然如此。除了法语、德语、钢琴、歌唱、跳舞、刺绣和一些绘画技巧，其他一概不愿学习。即使是绘画，也不过画一些不花多大力气就能加以炫耀的作品，而这些画的主要部分通常还要由我来完成。至于钢琴和歌唱两门功课，除我偶尔进行一些指导外，她还到当地一位最好的先生那里去学习。在弹琴、唱歌以及跳舞方面，她学得的确不错。她在练琴上花的时间过多，尽管身为家庭教师，我还是常常这么提醒她。可是她母亲认为，只要默里小姐喜欢，那么在学习如此动人的技艺方面，花的时间是决不会过多的。至于刺绣，我一窍不通，只是从学生那里和通过观察才学了一些，但是我刚刚入门，默里小姐就给我安排了许多不同的活计。她把最乏味的活儿交给我干，譬如绷架、在帆布上扎眼儿、整理毛线和丝线、绣背景、数针数、拆掉某些该返工的地方，做完她做厌了的活儿。

默里小姐在十六岁的时候不过是一个顽皮而促狭的姑娘，不过，就那个年龄来说，这并不过分。可到了十七岁，这种倾向同其他一切事物一样，渐渐让位于一种主导的情感——吸引和诱惑异性的愿望，不久便为这种强烈的愿望所吞没。好吧，不谈她了。现在来谈谈她的妹妹。

马蒂尔达·默里小姐，无须多说，是个地道的假小子。比她姐姐小两岁半，眼睛、鼻子等都要大一些，肤色要深得多。她应该可以长成一个端庄的妇女。但是她身体壮实，行动笨拙，人们很难把她称为漂亮的姑娘。不过在当时，她对此并不在意。罗萨利自以为姿色过人，但对此估计过高，她的魅力即使再增加两倍，也无须如此得意。马蒂尔达以为自己长相不错，但对此并不看重。至于对陶冶情操和学习些装点门面的本领，更是毫不在意。她读书和练琴的态度，简直是故意使一个家庭教师感到绝望。她的功课又少又容易，但每次做作业，她总是马马虎虎，弄得一塌糊涂，而且总是在最不适当的时刻、用对她最不利而我又最不满意的方法去完成的。即使是短短半小时的钢琴练习，也弹得乱七八糟，可是她还要不遗余力地责怪我，要么说我为了纠正错误而打断她练琴，要么说我没有事先纠正她的错误，或者是不讲道理地进行类似的责难。有一两次，我大胆地对她这种荒谬行为提出严正告诫，可是每一次我都受到她母亲严肃的规劝。这就是说：如果我想保住这份差使，我就得允许马蒂尔达小姐我行我素。

不过，只要功课做完，马蒂尔达的消沉情绪通常也就过去了。每当她骑上活泼的小马，同小狗或者同兄弟姐妹一起嬉闹，特别是同她的好弟弟约翰嬉闹的时候，她总是高兴得像一只云雀。作为一个动物，马蒂尔达是相当不错的，她充满生机、活力和朝气；作为一个有智力的人，她愚昧无知、难以驯服、漫不经心、缺乏理性。因而对一个必须培养她的理解力，改进她的风度，帮助她获取那些可供炫耀的才能的人来说，是很伤脑筋的。她跟她的姐姐不同，对那些可供炫耀的才能和对其他东西一样，一概加以蔑视。她母亲也有点知道她的缺点，多次教导我应该如何来培养她的爱好，竭力唤起并爱护她沉睡的虚荣心，如何通过暗示和巧妙的奉承来引起她对必要的事物的注意——这一点我是不会干的，如何为她扫清并铺平学习的道路，好让她自由地在上面滑行——这一点我也办不到，因为学生本人一点不努力，别人怎么教都是没有用的。

从品德方面来看，马蒂尔达是不计后果的，她不受管教，粗暴而不可理喻。她从父亲那里学会了张口骂人的恶习，仅此一点就足以说明她那可悲的内心世界。她母亲对这种“有失身份的德行”非常吃惊，还想了解“这是从哪儿学来的”。“不过你很快就可以让她改掉的，格雷小姐，”她说。“这只不过是个习惯，你只要每次在她骂人的时候悄悄地提醒她一下就行了。我想，她不久就会改掉的。”我不仅是“悄悄地提醒过”她，我还试图让她明白骂人是不好的习惯，体面的人会觉得不堪入耳的。可是一切劝诫都无济于事。她只是大大咧咧地笑着说：“嗨嗨，格雷小姐，你吓坏了吧！我真高兴！”或者说：“哎呀，我忍不住呀，爸爸不该教我骂人，我是跟他学的，说不定跟车夫也学了一点。”

她的弟弟约翰，也就是默里少爷，在我来的时候才十一岁左右。这是一个漂亮、壮实和健康的孩子，很直爽，总的说来脾气还好。要是对他进行适当的教育，他很可能成长为一个不错的少年。可是，现在他暴躁得像一头小熊，咋咋呼呼，无法驾驭，肆无忌惮，没有人管教他，也管教不了他——至少对一个生活在他母亲眼皮底下的家庭教师来说是这样的。学校里的教师也许能把他管得好一些。过了不到一年，家里就把他送到学校去了。我因此松了一口气。确实，他当时对拉丁文的无知程度简直令人气愤，在其他更为重要、更容易忽视的功课方面，也是一窍不通。无疑，他们会把这一切都归咎于一个负责管教他的无知的女教师，她自以为是地承担了根本无力完成的任务。整整十二个月以后，我又交出了他的弟弟。他给送走的时候，同他哥哥一样，愚昧无知的程度也是十分丢人的。

查尔斯少爷是他母亲的宠儿。他比约翰小一岁多，但是个头矮小，面色苍白，不如约翰机灵和壮实。他爱发脾气、懦弱、任性、自私，只有在胡闹时才比较活跃，在说谎时才表现出他的聪明。他说谎不仅是为了掩饰自己的过错，而且是为了任意中伤他人。说实话，我对如何管教查尔斯少爷感到非常棘手。同他和睦相处，是对耐心的考验。要照料他，就更不容易。要教育他，或者企图管教他，那是不可想象的。他到了十岁，还不能正确地读出简易读本中最简单的句子。遵照他母亲的吩咐，不等他有时间想一下或查一下拼音表，就必须把每个字的读法告诉他。而且，为了劝他努力上进，决不能对他提及其他孩子比他强得多的事情。难怪在我给他上课的两年中，他的进步真是微乎其微。他那点拉丁语法知识，是我对他不断复述才取得的。当时我总是复述到他听懂了才罢手，然后还要教他说出来。如果他算错了简单的算术题，我得马上给他指出来，替他把习题做好，而不是让他靠自己的能力去发现错误。因此，他自己当然就不想努力避免算错，往往根本不进行计算就胡乱写上一个数字。

我并没有死守这些家规，因为这是违背我的良心的。但是只要我大胆地稍微偏离一点这些规则，就必然会引起我的小学生和随之而来的他妈妈的愤怒。他会把我违反他们家规的事情告诉他妈妈，加上恶意的夸大或别出心裁的添枝加叶。结果，我常常给弄得差一点就要丢掉或者辞掉我的差使。可是，为了家人的生计，我抑制了自尊心，强压怒火，继续艰难地维持下去，直到那折磨人的小家伙送进了学校。当时他父亲宣布，家庭教育“对他显然是不成功的。他母亲对他溺爱过度，家庭教师又根本管不住他”。

再谈谈我对霍顿村及某些事态的观察，就暂且结束这枯燥的描述。这家的住宅很豪华，比布卢姆菲尔德先生家的那幢房子要新、宽敞、堂皇。但花圃布置得没有那么雅致。这里没有修剪平整的草地、围在木栅内的小树丛、挺拔的杨树和杉林，却有一片鹿苑，参天的古树使之增色不少。四周的农村亦令人赏心悦目。肥沃的土地，茂密的树林，绿草如茵的宁静的乡间小路，生趣盎然的篱笆上攀满了点点野花；但是仅此而已。对一个生长在山峦起伏的地区的人来说，一切显得沉闷而平淡。

我们住的地方离开村中教堂约两英里，因此，每逢星期天上午都有家用马车伺候，有时用车的次数还要多一些。默里先生和太太认为，一天之中到教堂去一次就足够了，可是孩子们却常常愿意再去一次，无所事事地在那里溜达一天。如果我的学生愿意散散步，要我跟他们一起走走，我很乐意，否则我坐在马车上总是觉得恶心，因为我总是背对辕马，给挤在离窗口最远的角落里。到了教堂里，我即使不是不等礼拜做完就得离开教堂，衰弱无力的感觉以及生怕越来越难过的令人痛苦的心情也会干扰我的虔诚。我往往会整天感到心烦意乱的头痛。否则我倒可以称心地休息休息，安安宁宁地在教堂里度过这一天的时刻。

“真怪，格雷小姐，你坐马车怎么总会恶心呢，我可从不恶心，”马蒂尔达小姐说。

“我也不，”她姐姐说。“不过，我想，要是我坐在她的那个座位上，坐在那个又别扭又讨厌的座位上，我也会恶心的。格雷小姐，我真奇怪，你怎么受得了！”

我本来可以说：“我不得不忍受啊，没法挑选！”可是为了不伤害她们的感情，我只好回答说：“啊，路倒不远，只要在教堂不想吐，我倒是不在乎的。”

如果要我谈谈平常从早到晚的计划和安排，我会感到很为难的。我的几顿饭都在教室里同学生们一起吃，开饭时间随他们决定。有时饭还没有准备好，他们就会拉铃要开饭。有时，他们又会让饭菜凉上一个多小时，然后又大为不高兴，说土豆凉了，肉汤上凝成了厚厚的一层油。有时，他们在四点钟就要吃茶点，可是又常常对仆人们发脾气，因为茶点不是在五点整准时送来。当人们鼓励他们养成遵守时间的习惯，遵照他们的吩咐办事时，他们又会让点心放在桌子上，一放就放到晚上七八点钟。

上课的情形大致也是这样，从不考虑我的意见和方便。有时马蒂尔达和约翰宣布："要在早饭前把讨厌的功课全部做完。"在清晨五点半钟就派女仆来把我叫起来，毫无顾忌，也不作任何解释。有时让我在整六点作好准备，等我匆忙穿好衣服下来时，教室里却一个人影也没有。我不安地等了很久，后来才发现他们改变了主意，还在床上睡大觉呢。有时遇到一个晴朗的夏日早晨，布朗会来告诉我，小姐和少爷们今天放假，都出去了。这时我就得等他们回来吃早饭，一等就是好久，直等得我头昏眼花。可是他们在出门之前就已经吃过点心了。

他们常常愿意在露天做功课，对此，我并无异议，只是坐在潮湿的草地上，沾上了晚间的露水，吹了凉风，我常常要感冒。而这对他们来说，却毫不在乎。他们的身体是经得起风雨的，的确如此。但是，也应该教育他们，要懂得照顾一下其他身体较弱的人。当然，我不该责怪他们，因为，这也许正是我的错。我从来没有特别反对坐在他们愿意坐的地方，愚蠢得宁愿冒点风险而不愿为了我自己的方便而麻烦他们。他们做起功课来总是马马虎虎，正像他们在选择学习时间和地点时所表现的任性一样，十分突出。每当我讲课或者给他们复习旧课时，他们总是倚在沙发上、躺在地毯上，伸伸懒腰，打打呵欠，讲讲悄悄话，或者望望窗外。可是我只要去拨拨火炉，或者拾起掉下的手帕，就有学生会说我不专心，或者说："妈妈不会喜欢我这样漫不经心的。"

仆人们看到父母和孩子对家庭教师这么不尊重，也都相继效法。我常常不顾自己的利益去保护仆人，让他们不致遭到少爷和小姐的虐待和委屈。我总是尽量少给仆人们增添麻烦，但他们完全不顾我的安逸，无视我的要求和意见。我相信，并非个个仆人原来都是如此的。

不过，一般的用人无知而不善于推理和思考，他们很容易受到主人的疏忽和坏榜样的影响。在我看来，这些主人从一开始就不怎么样。

有时，我觉得当时的生活使自己失去了应有的身份，而且我也耻于忍受这样的委屈。有时我又觉得把这些事情看得过重实在太傻，我担心自己一定是缺少基督徒的谦恭或那种“恒久忍耐，又有恩慈……不求自己的益处，不轻易发怒……凡事包容……凡事忍耐”[①]的博爱精神。可是，时间和耐心使事态出现了某些好转，这当然是缓慢的，几乎难以察觉。不过我摆脱了那两个男学生（这是个不小的有利条件），而女孩子们，正如我在上面谈到其中一个时所提到的那样，已不那么无礼了，并且有了一些尊敬他人的表现。“格雷小姐有些怪脾气。她从不奉承迎合，也难得夸奖别人。但是只要她认真称赞别人和他们的一些行为，人们可以相信，她的满意是真诚的。总的来说，她殷勤有礼，文静、和气，但有些事也会惹她发怒。别人对此当然不在乎，不过最好还是别惹她生气。因为，她心情好的时候会同大家聊天，有时还会很快活，很风趣，她有自己的个性，同妈妈很不一样。可是换换花样，也不错呀。她对每件事都有自己的看法，而且坚持不变。她的这些看法往往令人厌倦，她老是在权衡，什么对，什么不对。令人奇怪的是，她很看重同宗教有关系的事物，莫名其妙地喜欢善良的人们。”

---

①《圣经 · 新约 · 哥林多前书》第 13 章，第 4、5、7 节。

第八章
“进入社交界”

年满十八岁的默里小姐就要离开僻静的教室，进入色彩缤纷的上流社会了，至少是进入仅次于伦敦的最时髦的社交界，因为她爸爸不肯放弃乡村的娱乐和消遣，即使是到伦敦去住上几个星期也不大愿意。她将在1月3日的盛大舞会上举行 début ①，她妈妈准备邀请奥城以及周围二十英里之内的所有贵族和名流。当然，默里小姐对此是翘首以待，内心怀着极大的希望。

就在这个非常重要的日子到来之前一个月的某一天晚上，我正在阅读我姐姐寄来的一封非常有趣的长信——早晨我只是匆匆地浏览了一遍，发现其中没有什么不愉快的消息。以后我一直没法安静下来看信，所以一直拖到晚上才拿出来。“格雷小姐，”默里小姐对我说，“格雷小姐，别看这无聊而乏味的信了，听我说！我可以肯定，我说的一定比这信要有趣得多。”

她在我身旁的一张矮凳上坐了下来。我强忍住烦恼的叹息，把家信折叠起来。

“你应该告诉家里人，别写这么长的信来惹你心烦，”她说，“而且，特别要告诉他们，一定要用正式信笺，不要用这种粗俗的大信纸写信。你最好看看妈妈给她朋友们写的那些漂亮的、贵夫人式的便笺。”

我告诉她说：“我家里的亲人非常清楚，他们的信写得越长，我越高兴。我如果接到他们当中哪个人寄来一张漂亮的、贵夫人式的便笺，我会感到遗憾的。而且，默里小姐，我觉得你自己是贵夫人，不能说在一张较大的纸上写信是粗俗的。”

“我这么说，不过是同你开个玩笑。不过现在我想谈谈舞会的安排，我看，你必须把休假挪到舞会之后。”

“为什么？我又不参加舞会。”

“那倒是，不过你可以看看舞会之前房间里的装饰，欣赏一下音乐，还有，也是最重要的一点，你可以看看我穿上光彩夺目的新衣的模样。我一定会非常迷人，你会拜倒在我跟前的。你一定得留下来。”

“我是很想看看的，可是这类舞会和宴会今后还会举行许多次，将来，我还有许多机会可以欣赏你的迷人的丰采。可是我不能把回家的时间拖那么久，否则我家里的人会失望的。”

“哎呀，甭管你家里的什么人！告诉他们，我们不让你走。”

“不过，说实话，那我也会感到失望的，因为像他们想见我一样，我也想见他们，也许我更加想念他们。”

“嗯，不过没有几天了。”

“依我看，还得两个来礼拜呢。再说，不在家过圣诞节，对我来说是无法忍受的。更重要的是，我姐姐要结婚了。”

“是吗，什么时候？”

“下个月。不过我想回家帮她做些准备，在她没出嫁之前多陪陪她。”

“你为什么不早告诉我？”

“我是刚从这封信里知道的，你不是谴责这封信又乏味又无聊，不让我把它看完吗。”

“她嫁给谁？”

“理查森先生，附近教区的一位牧师。”

“他有钱吗？”

---

① début，法语，意为“首次社交活动”。

“不，还过得去。”

“他漂亮吗？”

“不，但很正派。”

“年轻吗？”

“不，年纪不小了。”

“天哪！多么不幸！住房怎么样？”

“有一幢清静的牧师住宅，门廊里攀满了常春藤，还有一个老式花园和……”

“好了，别说了！你说得我都有些恶心了。她怎么能忍受这一切呢？”

“我想，她不仅能忍受，而且会很幸福。你没有问我，理查森先生是不是一位善良、聪明、和蔼可亲的人。我本来可以给这些问题一个肯定的回答。至少玛丽是这么认为的。我想她今后不会后悔自己选错了人。”

“不过……可怜的人儿！她怎么会想到要在那儿待一辈子呢，同那个平平庸庸的老头儿拴在一起。她不会改变主意吗？”

“他并不老，只有三十六七岁，我姐姐也有二十八岁了，她为人非常稳重，倒好像有五十岁了。”

“喔唷！那还好——很般配。不过人们是不是称他为‘尊敬的牧师’？”

“这我不知道。不过要是别人真这么称呼他，我想他是配得上的。”

“哎呀，真难以想象！她会扎上白围裙做馅饼和布丁吗？”

“我不知道是不是会扎白围裙。不过，我敢说，她会经常做馅饼和布丁的，这倒不是苦差使，因为她以前也做过。”

“她是不是要披着素色围巾，戴着大草帽，手上拿着一本小册子，端着一碗骨头汤，四处去分送给她丈夫教区里的穷人呀？”

“这一点我不清楚，不过我相信她会学习我们母亲的榜样，尽力使教区的穷人在肉体和精神上感到舒适和安慰。”

第九章
舞 会

我在家里休息了四个星期，回来后刚脱掉大衣走进教室，默里小姐就高声说：“好了，格雷小姐，现在，把门关上，坐下来，我把舞会的情况一五一十地全告诉你。”

“不，去你的，不！”马蒂尔达小姐喊道。“闭上你的嘴！我要告诉她我的那匹新马——绝对漂亮，格雷小姐！一匹良种马……”

“请你安静，马蒂尔达，让我先讲我的事情。”

“不，不，罗萨利，你他妈的会讲个没完，她得先听我的，我死活得让她听我的！”

“马蒂尔达小姐，我很遗憾，你还没改掉那坏习惯？”

“可是，我忍不住呀。不过，只要你听我讲，让罗萨利闭上讨厌的嘴巴，我就一个脏字也不说。”

罗萨利表示抗议。我想我真要给她们撕成两爿了。可是马蒂尔达的嗓门大，姐姐最后只好作出让步，让妹妹先讲。我也只好从命，听她长篇大论地谈她那匹漂亮的母马，如何配种，是什么血缘，以及它跑起来的步法、姿势、脾性等等，还有她骑这匹马的惊人的技巧和勇气，最后她说，她能“一眨眼”跳过装有五条门闩的大门。爸爸说，下一次带猎狗打猎时也让她去，妈妈已经为她定做了一套鲜红色的猎装。

“哎呀，马蒂尔达！你在吹什么牛呀！”她姐姐大声说。

“嗯，”她一本正经地回答说，“我知道，我要是试一下，我是能跳过装有五条门闩的大门的，爸爸就会说我可以去打猎，如果我提出要求，妈妈一定会给定做一套猎装的。”

“好了，走开吧，”默里小姐回答说，“亲爱的马蒂尔达，请你千万要讲究点风度。格雷小姐，我希望你能告诉她，不要说这些难听的词儿。她会把那匹马叫成母马，这简直是不可思议地令人讨厌！她还用了那么难听的词儿来讲这匹马。她一定是从马夫那儿学来的。她一开口，就差点把我给气晕了。”

“我是从爸爸和他那些有趣的朋友那里学来的，你这头蠢驴！”马蒂尔达小姐说着，使劲挥动了一下从不释手的马鞭。“我鉴别马种的本领并不比他们的那些好手差多少。”

“现在可以走了吧，你这个讨厌的姑娘！你再这么讲下去，我真要生气了。好了，格雷小姐，该听我的了。我给你谈谈那次舞会。我知道你一定非常想听。喔唷，多豪华的舞会！你一辈子也没有见过、听过、读过或者梦见过这样的场面！那些装饰、招待、晚餐、音乐，简直无法形容，还有那么多贵客，有两位勋爵，三位从男爵，五位诰命夫人，还有其他数不清的女士和先生。那些女士对我当然是无关紧要的，只能让我感到春风得意，她们大多长相丑陋，举止笨拙。妈妈对我说，她们当中最漂亮、最艳丽的美人，也无法同我相比。至于我嘛，格雷小姐，真遗憾，你当时没看见！我是多么迷人呀——是吗，马蒂尔达？”

“马马虎虎。”

“不对，我确实是很迷人，至少妈妈是这么说的，布朗和威廉森也这么认为。布朗说，她敢肯定，任何男人一看到我，就会立刻爱上我的。所以我可以表现得高傲一些。我知道，你认为我是一个讨厌的、骄傲而轻浮的姑娘。不过，你知道，我并不把这一切都归功于我的魅力。我也要夸夸理发师和那件高雅而美丽的礼服。明天你得瞧瞧那件礼服——粉红缎子上披着白纱——真美！还有漂亮的大珍珠项链和手镯！”

“我毫不怀疑，你当时是十分迷人的。可是，这就使你那么高兴吗？”

“噢，不，何止这一点。还有，有那么多人为我倾倒。那天晚上，我征服了那么多人，你听了都会感到惊讶……”

“可这些人对你又有什么好处？”

“有什么好处！瞧，哪有一个女人会这么问的！”

“嗯，我觉得，征服一个人就足够了，若不是双方都倾心相与，那么连一个也是多余的。”

“哎呀，不过，你知道，在这些问题上我永远也不会同意你的看法。好了，等一等，我就把几个主要崇拜者告诉你，他们在那天舞会上和以后的晚会上都非常引人注目，因为在那以后我又参加了两次宴会。遗憾的是，贵族格……勋爵和弗……勋爵都已结婚，要不，我会放下架子对他们献献殷勤。可是我没有那么做，但弗……勋爵显然是对我有点动心了，他憎恨他的妻子。他请我同他跳了两次舞。说实话，他跳得很好，我也跳得不错呀！你想象不出我跳得多美，连我自己都感到惊讶。勋爵也一再表示称赞。其实他太过奖了，我得摆点架子，装得令人难以接近的样子。当时我看到他那位凶神恶煞、丑陋无比的老婆气急败坏的模样，我真大为开心……”

“哎呀，默里小姐！我看，这事不会给你带来真正的快乐吧。不管她多凶狠或……”

“好了，我知道，这很不好；请别在意！以后我会改过来的，不过，现在请别说教了，你真好。这事我给你说了还不到一半呢。让我想想。噢，我刚才是想告诉你，我有多少确定无疑的崇拜者，譬如托马斯·阿什比爵士就是一位。休·梅尔塞姆爵士和布罗德利·威尔逊爵士是两个怪老头子，他们只配跟我爸爸妈妈做伴。托马斯爵士年轻、富有、快活，不过长相丑陋。可我妈妈说，只要结识几个月以后，我就不会在意了。还有亨利·梅尔塞姆，他是休·梅尔塞姆爵士的小儿子，相貌英俊，同他调情倒很有意思。但他是个小儿子，也不过只是调调情罢了。还有一个年轻的格林先生，相当有钱，但门第不高，而且傻头傻脑，完全是个乡巴佬！再有我们虔诚的教区主管牧师哈特菲尔德先生。他应该是个谦逊的崇拜者，可是我担心他已经忘记把谦逊列为基督徒的美德了。”

“哈特菲尔德先生也参加舞会了吗？”

“是的，当然啦。你以为他这么虔诚，会连舞会都不参加么？”

“我想，他会认为这是违背牧师的职责的。”

“他绝对没有这么想。他并没有以跳舞来亵渎他的法衣。但他尽了最大的努力控制自己，真可怜！看上去，他真想请我跳舞，哪怕是一次也好。还有……噢，还有，他有了一名新的助理牧师，原来那个不修边幅的老头子布莱先生，终于得到了他长期向往的位置，上任去了。”

“新来的那位怎么样？”

“喔唷，这么一个令人讨厌的家伙！他姓韦斯顿。只消三言两语，就能把他勾画出来——一个麻木不仁、丑陋不堪、呆头呆脑的大笨蛋。已经说得过多了，不过这没关系。好吧，不谈他了。”

然后，话题又转到舞会上去了。她又向我不厌其烦地谈她在那次舞会和后来几次宴会上的风度举止，更详细地谈了有关托马斯·阿什比爵士、梅尔塞姆、格林和哈特菲尔德等几位先生的一些情况，也谈到她对每位客人留下的不可磨灭的印象。

“请问，这四个人中间你最喜欢谁呢？”我问，尽量控制住我的第三个或第四个呵欠。

“没有一个是我喜欢的！”她回答说，以一种明显的蔑视心情摆动了一下光闪闪的鬈发。

“我想，这就是说，‘我个个都喜欢’——可是最喜欢哪一个？”

“不，我确实讨厌他们，不过，哈里[①]·梅尔塞姆长相最漂亮，最逗人喜欢，哈特菲尔德先生最聪明，托马斯爵士最恶劣，格林先生最愚蠢。可是，我想，如果我非得嫁给他们中间的一个不可，我就嫁给托马斯·阿什比爵士。”

“我看不会，既然他那么恶劣，你又不喜欢他。”

“哎呀，他为人恶劣，我倒不在乎。这反而更好。至于不喜欢他么……我若是定要嫁人，那我不大会反对做阿什比花园的阿什比太太。不过，要是能永葆青春，我宁愿永远独身。只要人们还没有把我叫做老小姐，我就要痛痛快快地享受，向所有的人卖弄风情。我要在征服了一万个人，伤透了所有人的心（只有一人除外）以后，为了避免老小姐这个不好听的名声，嫁给一个出身高贵、富有、宽容的丈夫。而在他那方面，也有五十个女人在拼命追求他。”

“好了，如果你坚持这些看法，那还是尽量独身为好，根本不要结婚，哪怕是为了回避老小姐这个难听的名声，也不要结婚。”

① 亨利的昵称。

第十章
教 堂

“喂，格雷小姐，你认为那个新来的助理牧师怎么样？”在我重新开始上课以后的那个星期天，默里小姐在从教堂回家的路上这么问我。

“很难说，”我回答。“我还没有听过他传教呢。”

“是的，但是你见到他了，是吗？”

“是的，不过，只是看了一眼，还无法判断他的性格。”

“那么，他长相是不是很丑？”

“我并不觉得他特别丑，我不讨厌那种长相。不过我特别注意到他读《圣经》时那副神态。我觉得还好，至少比哈特菲尔德先生要好得多。他宣读《圣经》时，似乎希望每一节内容都能充分产生影响。即使最不专心的人也不能不听，最无知的人也不会不懂。他宣读祷词时，似乎不是朗读，而是发自内心的热切而虔诚的祈祷。”

“啊，不错，他就是有这点长处。他的礼拜做得不错。不过，除此之外他什么也不懂。”

“你怎么知道的？”

“哎呀！我知道得很清楚。对这些事，我的判断是一流的。你看见他离开教堂时的那副样子吗？步履艰难，旁若无人，从不东张西望，显然是只想离开教堂，或者径直回家吃饭。他那个愚蠢的大脑袋里不会有别的想法。”

“我想，你大概是希望他朝乡绅的座位瞅上一眼，”我说，我对她强烈的敌意感到好笑。

“什么，他要是敢这么做，我会感到非常气愤的！”她回答说，高傲地把脑袋一扬，想了一会儿，又说，“好了，好了！我想他干那份工作还是胜任的。不过我很高兴，我并不靠**他**来消遣，就这么回事。你有没有看见哈特菲尔德先生匆忙走出来？他想同我打个招呼，把我们送上车。”

“看见了，”我回答，心里这么思忖：“我觉得，一个牧师，这么匆匆忙忙地从布道坛上跑下来同一个乡绅握手告别，搀他妻子和女儿们上车，会有损于他的尊严。”再说，他几乎把我关在车外，对此我很不满意。当时我正站在他面前，就在马车踏板旁边，等着上车，他却让他们一个个都上了车，然后就要把车门关上，因为有人大声叫唤，说家庭教师还没有上车，他才没有关门。但他并不表示一下歉意，只是同他们道声再见就走了，让男仆去处理剩下的事情。

Nota bene[①]，哈特菲尔德先生从来不同我说话，休爵士或梅尔塞姆太太、哈里先生或梅尔塞姆小姐、格林先生或他的姐妹以及常到教堂去的其他太太和老爷们，个个都是这样。事实上，所有到霍顿村的来访者无不如此。

下午，默里小姐又给自己和妹妹叫了马车。她说，到花圃去玩太冷，再说，她认为，哈里·梅尔塞姆会上教堂去的。“因为，”她一面说，一面瞧着自己在镜子里的美丽身影，狡猾地微笑着，“最近几个礼拜天，他都按时上教堂，人们还会以为他是一个虔诚的基督徒呢！你可以跟我们一起去，格雷小姐。我希望你去见见他。他从国外回来，有很大进步，你简直难以想象！再说，这样你就有机会见到漂亮的韦斯顿先生，听听他的布道。”

我确实听到了他的布道，而且十分喜欢他传布的真正福音派的教义，也喜欢他诚恳而朴实的态度、清晰而有力的语调。过去长期听惯了前任助理牧师索然无味的布道和主管牧师更缺乏教诲意义的夸夸其谈，现在听到这样的布道，确实使人耳目一新。哈特菲尔德先生总是

① Nota bene，拉丁文，意为“请注意”。

风度翩翩地从通道走过，或者说像旋风似的拖着长袍扫过，飘在身后的漂亮的绸袍沙沙地拂过座位，像一个征服者登上凯旋车似的登上布道坛，然后装腔作势地跪到丝绒垫上，略行礼拜，简短地低声祷告一番，急促地念一段主祷文，站起身来，拉掉一只鲜艳的淡紫色手套，让教徒们欣赏一下他闪闪发亮的戒指，手指轻轻地捋捋卷曲的长发，炫耀一下他的麻纱手绢，背一小段或一句《圣经》，作为他讲道的开场白，最后才进入正文。从正文的结构来看，倒是不错的，只是刻意求精工，多斧凿痕迹，无法赢得我的好感。主题选得很好，论点也符合逻辑，可有时很难令人安静地听完，而不表示任何反感和烦躁。

他最喜欢的话题是教堂纪律、仪式和礼节；他讲究使徒传统；主张人们尊重和服从牧师；喜欢宣传不信国教者犯下的凶恶罪行；认为遵守一切宗教仪式是绝对必要的；认为应该申斥那些竟敢大胆探讨宗教事务或根据自己对《圣经》的理解而采取行动的人。偶尔，他为了取悦于富有的教徒，也大谈什么穷人理应对富人恭敬从命，他还不断引用早期基督徒作家的言论来证实他的箴言和告诫。看来，他对这些作家的了解大大超过对使徒和福音书作者的了解。他似乎认为，这两种人至少同等重要。不过，有时，他布道的内容很不同，他把上帝描绘成可怕的监工，而不是慈善的父亲——有些人会认为这种布道颇有道理，不过调子阴郁而尖刻。尽管如此，在听他说教时，我仍然觉得他的态度是真诚的。他一定改变了自己的观点，显得十分虔诚、阴郁而严峻，但态度还是诚恳的。可是人们一走出教堂，听到他同梅尔塞姆、格林或默里家的人在一起高谈阔论，上面那些幻觉往往就会消失殆尽。也许，他是在因自己的布道内容而失笑；也许，他以为刚才给卑鄙的人们提出了一些值得思考的问题；也许，他正高兴地想到，那位贝蒂·霍姆斯老太要放弃抽烟斗的恶习了，这可是她三十年来日常消遣的玩艺儿；乔治·希金斯会吓得不敢在安息日晚上外出散步；托马斯·杰克逊良心上会感到严重不安，他本来信心十足，想在末日到来时能高兴地复活，现在这个希望发生了动摇。

因此，我只能说，哈特菲尔德先生就是那种“把难担的重担，捆起来搁在别人的肩上，但自己一个指头也不肯动”[①]的人，这种人“因着你们的遗传，犯上帝的诫命呢”，而“将人的吩咐，当作道理教导人”。[②]我欣喜地发现，据我所看到的情况判断，新来的助理牧师在以上诸方面一点也不像他。

“喂，格雷小姐，你现在对他有什么看法？”我们做完礼拜坐进马车时，默里小姐问道。

“还是不错的，”我回答。

“不错！”她惊讶地重复了一句。“什么意思？”

“我是说，同我过去的看法差不多。”

“差不多！我可不这样认为——恰恰相反，他是不是有了很大进步？”

“噢，是的，的确进步不小，”我回答，因为这时我才发现她说的是哈里·梅尔塞姆，而不是韦斯顿先生。刚才，哈里·梅尔塞姆曾兴冲冲地走上来同年轻的小姐们交谈，要是她们的母亲在场，他不见得会这么大胆。他还彬彬有礼地扶她们上车。他并不像哈特菲尔德先生那样，企图把我关在车外，当然也没有表示要对我进行什么关照（他即使有所表示，我也不会接受）。当车门还敞开着的时候，他一直笑嘻嘻地站在那儿同她们聊天，然后把帽子往上一提，朝他的住所走去。不过，在这段时间，我几乎没有注意地去看他。可是我的同伴们却观察得比较仔细。在车上，她们不仅议论他的神态、言谈、举止，还议论他脸上的每一个部位和他的每一件服饰。

---

① 《圣经·新约·马太福音》第 23 章第 4 节。

② 参看《圣经·新约·马太福音》第 15 章第 3、9 节。

“你不能把他全占为己有，罗萨利，”讨论结束时马蒂尔达说。“我喜欢他，我知道他会成为我快活而有趣的伙伴。”

“好吧，他喜欢你，马蒂尔达，”姐姐回答说，装成若无其事的样子。

“我敢说，”妹妹继续说，“他对我的好感不亚于对你的感情。是不是这样，格雷小姐？”

“我不知道，我不了解他的感情。”

“嗯，不过，他是这样的。”

“**好**马蒂尔达！你不改掉粗野和笨拙的举止，没有人会看得上你。”

“喔唷，废话！哈里·梅尔塞姆就喜欢这样的举止，爸爸的朋友们也喜欢。”

“好吧，你**可以**征服老人和小儿子，但是我敢说，其他人永远也不会喜欢你。”

“我不在乎，我不像你和妈妈那样，整天想的就是钱。如果我丈夫能够养得起几匹好马和好狗，我就满足了；让其他东西见鬼去吧！”

“好啊，要是你还用这样讨厌的语言，我敢肯定，没有一个真正的绅士敢走近你。真的，格雷小姐，你不能让她这样下去。”

“我没法制止她，默里小姐。”

“马蒂尔达，你以为哈里·梅尔塞姆喜欢你，那就完全错了。我敢断言，他根本不喜欢你。”

马蒂尔达正想愤怒地进行反击。幸好这时我们到家了，仆人打开车门，放下踏板，让我们下车，争论也就此不了了之。

第十一章
村 民

我现在只有一个正规学生了，虽然她花样百出，给我增添的麻烦有三四个普通学生那么多，虽然她姐姐还在学德语和绘画，但我自己支配的时间毕竟比以前多了许多，大大超过我套上家庭教师这个枷锁以来的任何时候。我把这些时间部分用于与家人通信，部分用于看书、学习、练习钢琴、唱歌等，部分用于到草坪或附近田野去漫步。如果学生需要我陪伴，我就同她们一起走走；如不需要，我就单独散散步。

两位默里小姐要是一时没有什么开心的事情，就会去访问她们父亲庄园的一些穷苦村民，借此消遣消遣，或去接受村民的讨好和奉承；或者去听听那些饶舌老妇讲述古老的故事和流言蜚语；或者去享受一下比较纯正的愉快，通过她们得意洋洋的访问和小恩小惠，给穷人们带来欢乐。这些小恩小惠对她们来说不足为奇，可是村民们接受这些施舍时却是感激万分的。有时，我应邀同她们姐妹俩或她们当中的某一位共同进行这样的访问。有时她们委托我单独去完成她们愿意许诺而不大愿意兑现的某件事情：如给一个身体不好或生重病的村民送点小东西，或者去给他朗读点什么。因此，我结识了好几个村民，我偶尔也主动去看望他们。

通常，我更喜欢单独进行访问，而不大喜欢同哪位年轻小姐结伴出访。主要是因为她们缺乏教养，对待下人的态度使我看了感到很不愉快。她们从不设身处地地为他人着想，根本不照顾别人的感受，认为下人与自己截然不同。她们会当着那些正在吃饭的穷人，很不礼貌地议论他们的食物和吃相。她们讥笑他们头脑简单，语言土里土气。这样一来，有些人都不大敢说话了。她们会当面把一些庄重的老人称作老笨蛋和老糊涂。不过她们这样说，也并不是有意要伤害他们。我看得出，这种行为常常使人们感到不快和气愤，然而他们害怕这些"漂亮的小姐"，所以没有表示任何不满。可是小姐们却从未注意到这一点。她们以为这些村民生活贫困，没有受过教育，必然愚蠢而粗野。只要她们这些地位优越的小姐肯放下架子同他们谈谈话，赏给他们几个先令、半个克朗[①]或几件衣服，她们就有权去消遣，甚至拿他们取乐。村民们则应该把她们当成天使下凡，她们屈尊俯就地给他们施舍生活必需品，使他们的陋室蓬荜生辉。

我曾多次以种种方式企图在不伤害她们自尊心的前提下让她们消除这种误解，但是没有明显效果。她们的自尊心是很容易损伤而很难抚慰的。我不知道她们两人中间谁更该受到谴责。马蒂尔达更粗鲁，更爱咋呼，可是罗萨利已经成人，看起来像一个贵妇，本来她应该表现得好一些，可她就像一个不懂事的十二岁的女孩子，令人不快地粗心和轻率。

2 月最后一个星期的一天，天气晴朗，我正在花园里散步，这里既有宁静的气氛，读书的快乐，又有爽朗的天气，真是一举三得。因为马蒂尔达小姐照常出去骑马了，默里小姐同她妈妈上午要乘车出去进行例行的寻亲访友了。可是，我突然想到我应该放弃个人的这些享乐，以及蔚蓝色的晴空、阳光明媚的花园。这时西风正飕飕地吹过林中尚未长出新叶的树枝，洼地里还留着一些残雪，但已经在阳光的照耀下渐渐融化，悠闲的小鹿正在吃着湿润的嫩草，这些嫩黄的青草散发着春天的清新。我得离开这里到南希 · 布朗家去一趟。南希是个寡妇，她儿子整天在地里干活，她自己眼睛发炎，好久不能看书了。为此，她很伤心，因为她是一个严肃和勤于思考的人。我到了

① 半个克朗，是英国过去用的硬币，相当于 2.5 先令。

她家，发现她同往常一样，一个人待在狭窄而昏暗的小茅屋里，屋里炊烟弥漫，空气浑浊，但整齐而清洁。她总是尽力把屋子收拾得好好的。她正坐在小小的炉火旁边，忙碌地编织着什么东西。炉子里只有几块泛红的煤渣和一小根木柴。她脚旁放着一小块麻布垫子，这是为她那温顺的朋友——小猫准备的。这时小猫正坐在垫子上，长长的尾巴半围着它毛茸茸的爪子，半闭着眼睡意蒙眬地望着那低低的火炉栏栅。

“喂，南希，你今天好吗？”

“唉，还可以，小姐，眼睛的毛病还是那样，可我心里比以前要好受多了，”她回答说，带着满意的笑容站起来迎接我。看到她这样，我很高兴，因为前一阵南希似乎在宗教信仰方面出现了难解的烦恼。我祝贺她心情变开朗了。她也认为这是件大好事，她说：“我对这一点也感到很高兴。”又说：“要是上帝愿意降福给我，让我重见光明，让我能再阅读《圣经》，我觉得，我会像皇后一样幸福。”

“我想，他会降福于你的，南希，”我回答道。“在这一段时间里，我只要有一点儿空，就会来给你读《圣经》。”

这位可怜的妇女又感激又高兴，要去给我拿张椅子过来，我给她省去了这项麻烦，她就忙着去拨炉火，在快要熄灭的灰烬上又加了几根木柴。然后又从架子上拿下她那本翻旧了的《圣经》，小心地掸了掸灰尘才递给我。我问她是不是要我专门念哪一个章节。她说：

“嗯，格雷小姐，要是你觉得差不多的话，我喜欢听《约翰一书》，上面有‘上帝就是爱，住在爱里面的，就是住在上帝里面，上帝也住在他里面’。”①

我翻了一小会儿，发现这些话是在第四章里。当我读到第七节时

①《圣经·新约·约翰一书》，第4章第16节。

她打断了我，希望我读得慢一些，好让她一字不漏地全听懂了，她要仔细琢磨每一个字的意思。她希望我能原谅她，因为她是一个“笨人”。还不必要地为她的失礼向我表示道歉。

我回答说：“即使最聪明的人，对每一小节都可以想上个把小时，这对他只会有好处。我宁愿读得慢一些的。”

因此，我把这一段读得尽量慢一些，还尽量读得有声有色。我的这位听众一直听得非常入神。我读完以后，她还诚心诚意地感谢我。我静静地坐了半分钟，让她再回味一下。这时她打破了沉默，问我是不是喜欢韦斯顿先生，这使我有点吃惊。

“我不知道，”我回答道，这问题提得如此突然，让我感到有点惊讶。“我觉得，他很善于布道。”

“是的，确实是这样，他也很善于交谈。”

“是吗？”

“是的。也许你还没有同他见过面——还没有同他谈过多少话？”

“没有，除了宅子里的小姐以外，我同别人见面，从来不说话。”

“嗯，这些小姐很好，心地善良，可是她们不像他那么善谈。”

“这么说，他常来看你的，南希？”

“是的，小姐，我对这事非常感激。他常来看望我们所有的穷人，比布莱先生和主管牧师都来得勤。他这样做，非常好，人们对他总是欢迎的。我们不能说主管牧师也这样受欢迎，有人说，他们怕主管牧师。他们说，主管牧师一进屋，总要找点碴儿，一迈进门槛就对他们发号施令。也许，他总以为他的职责就是在别人身上找碴儿。他还常常有意谴责人们不上教堂，或者不像别人一样下跪或站立，或者到卫理公会教堂去过了，如此等等。可是我敢说，他不大能找到我的错儿。在韦斯顿先生来之前，他曾经来看过我一两次。那时，我心情十分烦躁，加上身体不好，我就大胆地找人去请他。他很快就来了。当时我十分苦恼，格雷小姐，感谢上帝，现在已经过去了。可那时我拿起《圣经》，根本得不到什么安慰。譬如说，你刚才念的那一章，就使我感到十分不安：‘没有爱心的，就不认识上帝’①。我觉得，这有点可怕，因为我觉得我没有像我应该做的那样去爱上帝和凡人，即使想爱他们，也不可能。前面一章中还说，‘凡从上帝生的，就不犯罪’②，还有一个地方说，‘爱就完全了律法’③，还有许许多多别的说法，小姐。我想，要是我全说出来，你会感到厌烦的。不过，这一切好像是在谴责我，说我不走正道儿，我不知道怎样才能走上正道儿，我叫比尔去找哈特菲尔德先生，请他有空来看看我。他来了，我把我的苦恼一股脑儿都告诉了他。”

“他怎么说，南希？”

“唉，小姐，他好像看不起我。也许是我错了，可是他好像吹了一声口哨，我在他脸上看到了一丝笑容。他说，‘啊呀，这些全是废话，你上卫理公会教徒那里去过了，老太太。’可是，我对他说，我从来没有接近过任何卫理公会教徒。他就说：

“‘好了，’他说，‘你应该上教堂来，在那里你会听到对《圣经》的正确解释，不要光坐在家里死读你的《圣经》。’

“我告诉他，我身体好的时候，我总是上教堂的。可是，今年冬天天气太冷，我不敢走那么远，我的关节炎发作了，还有其他毛病。

“可是，他说，‘瘸着腿上教堂对你的关节炎有好处。治关节炎最好的办法是锻炼。你在家里不是可以走来走去吗，为什么就不能上教堂？’他说，‘看来，你太喜欢安逸。想找个借口逃避职责总是很容易的。’

① 《圣经 · 新约 · 约翰一书》，第 4 章第 8 节。
② 《约翰一书》，第 3 章第 9 节。
③ 《新约 · 罗马人书》，第 13 章第 10 节。

“可是，你知道，格雷小姐，事情不是这样的。不过我对他说，我要试试。‘可是，先生，’我说，‘即使我去了教堂，我又能好多少呢？我要抹去我的罪孽，我希望不要有人再记恨我，让上帝的爱流入我的心坎。要是在家读《圣经》和做祷告都帮不了我多少忙，上教堂又有什么用呢？’

“‘教堂，’他说，‘是上帝指定礼拜他的地方。尽量常去教堂是你的职责。如果你要得到安慰，就得从履行职责中去寻找。’他还说了许多，我记不住他说的那些好听的话。不过，总起来说，只有一句，就是我应该尽量经常到教堂去，带上我的祈祷书，跟着执事朗读所有答词，站着，跪下，坐下，做我应该做的事，一有机会就吃圣餐，倾听他和布莱先生的布道，一切就会好起来的。如果我坚持履行我的职责，最后我会得到祝福的。

“‘但是，如果你这样做了，仍然得不到安慰，’他说，‘那就没救了。’

“‘那么，先生，’我说，‘你是不是认为上帝把我抛弃了？’

“‘嗯，’他说……他说，‘要是你渴望进天堂而又达不到目的，那你一定是属于那种希望通过那扇窄门[①]而又无法通过的人。’

“然后他问我，那天上午有没有看见默里家的哪一位小姐，我告诉他，我是在什么地方见到小姐们走上莫斯路的。他一脚把我那只可怜的小猫踢到地板那头，就兴高采烈地去追逐她们了。我很难过。他的最后一句话深深地刺痛了我的心，像一块铅似的压在心上，我真是受不了。

“可是，我还是听从他的劝告。我想，他是为了我好，尽管他的态

---

① 指进天堂的门。参看《圣经·新约·马太福音》，第7章第13、14节：“你们要进窄门。因为引到灭亡，那门是宽的，路是大的，进去的人也多。引到永生，那门是窄的，路是小的，找着的人也少。”

度很古怪。不过，你知道，小姐，他年轻又富有，这种人看来是不能正确理解我这个穷老婆子的。可是，我还是尽量按他的吩咐去做——不过，我这样絮叨，你也许感到厌烦了吧，小姐。”

“啊，不，南希！说下去，把什么都告诉我。”

“好吧，我的关节炎好了一些，我不知道是不是因为去教堂的缘故。可是在一个寒冷的星期天，我的眼睛给冻坏了。当时并没有马上发炎，后来慢慢地红起来了。不过，我不想跟你谈我的眼睛，我是想讲我心里的烦恼。说实话，格雷小姐，我认为上教堂丝毫也没有减轻我的痛苦，至少没有明显的效果。我身体似乎好一点，但是这并不能医治我的心病。我非常仔细地听牧师讲道，一再默读祈祷书，可是这一切都像喧闹的铜锣或叮当作响的铙钹。布道我听不懂，祈祷书只能说明我太坏，我能看这么有益的词句，可对我一点也不起作用。我常常感到这是一种苦役和艰巨的任务，不像一切忠实的基督徒那样感到是一种幸福和特权。我觉得四周是一片荒凉和黑暗。还有那些可怕的说法：‘许多人想进去，而进不去。’这些话好像把我的勇气全打消了。

“可是有个星期天，在哈特菲尔德先生发圣餐时，我听见他说，‘你们当中如果有谁感到自己的良心难以得到安宁，需要进一步得到安慰或忠告，就来找我，或者找其他某一个谨慎而博学的神职人员，把苦恼说出来！’所以第二个星期天，在做礼拜之前，我到法衣室去张望了一下，又去找主管牧师。我本来是不敢这么冒昧的，可是，我想，我的灵魂要完了，顾不得那么多了。可是他说，他没有时间听我啰嗦。

“‘而且，说实话，’他说，‘除了以前说过的，我再也没有什么要对你说的了。当然要去吃圣餐，做礼拜。如果这也帮不了你的忙，那说什么也没有用。所以别再来打扰我了。’

“所以我就走了。可是我听见韦斯顿先生——韦斯顿先生当时也在那里，小姐，这是他到霍顿的第一个星期日，你知道，当时他穿着法衣在法衣室里帮助主管牧师穿衣服……”

“说呀，南希。”

“我听见他问哈特菲尔德先生，我是谁。哈特菲尔德先生说，‘啊，是一个爱说废话的老傻瓜。’

“我真伤心啊，格雷小姐。不过我还是走到自己的座位上，想同往常一样做礼拜。可是我心情安定不下来。我吃了圣餐，可是我觉得，我好像一直是在为自己的毁灭而吃圣餐。所以我回家时十分苦恼。

“可是第二天，我还没有收拾好房间——真的，小姐，我没有心思去扫地，收拾东西和洗锅，所以就坐在乱七八糟的东西当中——谁能想到韦斯顿先生来了！我开始收拾东西，扫啊弄的，我以为他张口就会谴责我懒惰，哈特菲尔德先生就是这个态度。可是我错了。他只是很平静、很客气地向我道了早安。所以我就给他抹了一张椅子，拨了一下火，可是我没有忘记主管牧师的话，所以我说，‘先生，真是劳您大驾，走这么老远来看一个像我这样“爱说废话的老傻瓜”。’

“他好像吃了一惊，但是想安慰我，说这不过是主管牧师在开玩笑。他看看说服不了我，便说，‘好了，南希，你不必在意。当时哈特菲尔德先生的情绪不大好。你知道，我们当中没有完人，连摩西嘴中也会说出不明智的话来。不过，你要是有时间，请你坐一会，把你所有的疑虑和恐惧都告诉我，我来想法解除它们。’

“所以我就在他身边坐下。你知道，格雷小姐，他完全是个陌生人，我想，比哈特菲尔德先生还要年轻。以前我觉得他没有哈特菲尔德先生好看，初看上去脾气也不大好。可是他说话这么有礼貌，而且当那只可怜的小猫跳到他膝盖上时，他只是捋捋它，微笑了一下。所以我觉得这是一个好兆头。因为有一次小猫跳到主管牧师身上，他一脚就把小猫踢开，好像非常厌恶和生气，可怜的小猫。可是你不能要求小猫也像基督徒一样懂规矩，是吧，格雷小姐。”

“是的，当然是这样，南希。不过，那天韦斯顿先生说什么了？”

“他什么也没说。可是他非常专心和耐心地听我讲，一点也没有看不起我的神气，所以我就说下去，把什么都告诉了他，就像我告诉你一样，还要多些。

“‘好，’他说，‘哈特菲尔德先生要你继续履行你的职责，是完全正确的。但是他建议你上教堂做礼拜等等，并不是认为这就是基督徒的全部职责。他只是认为，你在那里可以知道还能做些什么，而且会使你对这些活动发生兴趣，而不是把它们当成任务和负担。如果你请他解释一下那些使你感到非常不安的话，我想他会告诉你，许多人想进入那扇窄门而进不去，那是因为他们自己的罪孽挡住了他们。就像一个背着大包袱的人想通过一扇狭窄的房门，发现如果不放下包袱就进不去一样。可是，南希，我想，没有什么罪孽是你不愿意抛弃的，只是你想知道如何抛弃它们，对吗？’

“‘确实是这样，先生，你说得对，’我说。

“‘好，’他说，‘你知道第一条诫命是最重要的，第二条也大致相同。这两条诫命是律法和先知的一切道理的总纲[①]。你说，你不能爱上帝，不过，我觉得，如果你好好地想一想上帝是谁，是干什么的，你就不会不爱他。他是你父亲，你最好的朋友。每一种幸福，每一件善良、愉快或有益的事情都来自上帝。每一种邪恶，每一件你有理由去憎恨、躲避或害怕的事，都来自撒旦——**他**的敌人，也是我们的敌人。上帝下凡，就是为了完成这一事业，为了能摧毁魔鬼的伎俩。一句话，上帝就是爱，我们内心越是充满爱，我们就离他越近，我们掌

① 参见《圣经·新约·马太福音》，第22章第38至40节。

握他的教义就越多。’

“‘是的，先生，’我说，‘如果我能经常想到这些，我想我是可能爱上帝的。可是我怎么能爱我的邻居呢？他们惹我生气，有些人那么可恶，罪孽深重！’

“‘我们的邻居是罪孽深重！’他说，‘他们的罪过常常会激起我们内心残留的邪恶，要爱他们似乎难于办到。可是，要记住，是他创造了他们，他爱他们。爱其父，必爱其子。既然上帝如此爱我们，他让唯一的儿子为我们而死，我们也应该彼此相爱。如果你对那些不关心你的人没有真正的感情，你至少可以尽量以你对他们有所企望的那种感情去对待他们。你应尽量原谅他们的缺点，宽宥他们的罪过，对你周围的人多做些好事。如果你能习惯于这样的行为，南希，那你的这种努力就会使你在某种程度上爱他们——更不用说，你的善良会使他们产生诚意，即使他们除此之外没有其他的优点。如果我们爱上帝，愿意为他效劳，那就让我们尽量像他一样，做**他**要做的工作，为**他**的荣耀，也就是为人类的幸福而劳动，加速他的王国——人世间的安宁和幸福——的到来。无论我们显得多么无能，只要一生尽力从善，我们中间最渺小的人也能为此作出许多贡献。让我们生活在爱的怀抱中，让他生活在我们心中，我们也生活在他心中。我们给予他人的幸福越多，得到的也越多，即使在尘世间也是这样。我们结束劳作而在天堂休息时，得到的那种报答也会更大。’我想，小姐，这些就是他的原话，因为我反复想了好久。然后他拿起《圣经》挑出几句来念，把它们解释得一清二楚，就像新的光芒射进了我的灵魂。我心里感到非常亮堂，我多么希望可怜的比尔和所有的人都能在场听听这一切，分享我的快乐呀。

“他走以后，一个叫汉纳·罗杰斯的邻居进屋来，要我帮她洗洗东西。我对她说，我不能马上就去，因为我还没有准备午饭吃的土豆，也没有刷洗早饭用过的餐具。她就开口骂我讨厌，说我懒惰。起初，我有点生气，但是我一句脏话也没有对她说。我只是心平气和地告诉她，新来的牧师刚刚来看我了。不过我会尽快地把事情做完，然后去帮她忙。这样一来，她的火气也就消了，我心里也对她产生了好感，一会儿我们就成了好朋友。事情就是这样，格雷小姐，'回答柔和，使怒消退，言语暴戾，触动怒气'[①]。这不单单对跟你谈话的人是这样，对你自己也是这样。"

"千真万确，南希，但愿我们能永远记住这一点。"

"是的，但愿如此！"

"韦斯顿先生以后又来看过你吗？"

"是的，来过好几次。由于我的眼睛这么不好，他坐在这里一口气就给我念半个小时，可是你知道，小姐，他还要去看望其他人，还有其他的事情要做，上帝保佑他！而在第二个星期天他讲道讲得**真好**！他的经文是，'凡劳苦担重担的人，可以到我这里来，我就使你们得安息，'[②]下面还有两句经文。当时你不在，小姐，你回家探亲去了。我听了非常快活！我现在也很快活，感谢上帝。现在，我很高兴能够为邻居做些小事——一个可怜的半瞎的老人能够做的事情。人们很喜欢我做好事，就像韦斯顿先生说的那样。你瞧，小姐，我现在在编织一双袜子，是给托马斯·杰克逊的。他是一个古怪的老人。我们接二连三吵过好几次。有时我们之间的分歧很大。所以，我想，我给他编织一双暖和的袜子是再好没有了。自从我开始织袜子以来，我已渐渐觉得我比较喜欢他了，这个可怜的老头儿。事情的结果就像韦斯顿先生说的那样。"

"好啊，我很高兴看到你这么快活，南希，还这么聪明。不过现在

---

①《圣经·旧约·箴言》，第 15 章第 1 节。
②《新约·马太福音》，第 11 章第 28 节。

我得走了，宅子里要找我了。”于是，我同她道声再见，答应有空再来看她，就走了。心中感到几乎同她一样欣慰。

又有一次，我去给一个患后期肺病的可怜的工人读书。两位小姐曾去看过他，不知怎的，还答应去给他读书。事后又嫌麻烦，所以就请我代她们去。我很高兴地去了。在那里，我又听到了对韦斯顿先生的一番赞扬，病人和他的妻子都异口同声说他好。病人告诉我，这位新牧师常来看他，给他带来了很大的安慰，他因此受益不少，这位牧师同哈特菲尔德先生相比，是一种不同的人。在这位牧师来到霍顿之前，哈特菲尔德先生偶尔也来看过他。但一进屋，总是坚持要打开房门，透透空气。他只考虑自己舒服，不考虑对病人是否有利。他打开祈祷书，匆匆地为病人读一段祷词，就急忙拔腿走了，要不然就是留下来对备受折磨的病人妻子粗暴地谴责一番，或者提出一些虽说不很严厉却是十分轻率的意见。这种做法，与其说是减轻，不如说是增加了这对苦难夫妇的痛苦。

“可是，”丈夫说，“韦斯顿先生同我一起祈祷的方式就不同，他很和蔼地同我谈话，也经常给我读《圣经》，就像兄弟一样坐在我身边。”

“真是这样！”妻子大声说，“大概是三个星期以前，他看到可怜的杰姆冷得发抖，我们的炉火燃得不旺，他问我们的煤是不是快用完了。我说是快用完了，我们又没钱再买煤。你知道，小姐，我并没有想到他会帮助我们的。可是，第二天他给我们送来了一袋煤。从那以后我们的火炉就生得比较旺了。在寒冷的冬天，这是很大的福气。不过，他经常这么做好事，格雷小姐，他到穷人家去探望病人时，喜欢问问他们缺少什么，如果他觉得他们自己难于办到，他一句话也不说，随后就给他们弄来了。不是每一个像他收入这么有限的人都愿意这么做的。因为你知道，小姐，他完全是靠主管牧师给他的那点薪俸生活的，人家说，这点钱用来也不宽裕。”

这时，我非常激动地回忆起那位可爱的默里小姐，她常常把他说成是一个粗俗的家伙，因为他佩戴的不过是一只银表，穿着也不如哈特菲尔德先生考究和漂亮。

在回村的路上我感到非常幸福，感谢上帝，现在我有点事情可想了。在生活中，我除了无聊、单调、孤独地埋头苦干之外，也有些宽心的事情可以想了。我当时的确很孤独。除了在家短暂的休息，我整年整月地遇不到一个可以与之倾诉衷肠的人，或者可以同他自由交谈并取得同情和理解的人。如果不把可怜的南希·布朗算上，那我真是从未遇到这样的人。同南希·布朗在一起，我可以享受短暂的真正的人间往来，她的谈话使我变得比以前更善良、更聪明、更快活。我看得出，她从我的谈话中也获益不少。我仅有的伙伴是一些难以亲近的孩子和愚昧固执的姑娘，摆脱他们令人头痛的胡闹而不受干扰地单身独处一会，往往是我最真挚的期望和最珍贵的解脱。但是一天到晚只同这些人待在一起，是很大的不幸，这种交往的直接效果是如此，可能产生的后果也是如此。我从来不能从外界得到任何新思想或激动人心的想法，而我内心萌发的思想，由于见不到阳光，大部分马上就悲惨地被扼杀了，或者注定要萎缩或凋谢。

我们都知道，日常伙伴对相互的思想和作风有着重大的影响。那些人的行为总是呈现在我们眼前，他们的话语总萦绕在我们的耳边，他们自然而然会缓慢地、渐渐地，也许是不显眼地引导我们违心地去同他们一样行动和说话。我不敢说，这种无法抵抗的同化作用有多大力量，但是一个有教养的人如果命中注定要同顽固的野蛮民族生活上十来年，要是他没有力量去改变他们，那我就说不准，到头来他自己是不是（至少是如此）会变成一个野蛮人。而我由于无法改变我的小伙伴，很怕他们的坏习惯会影响我，会把我的感情、习惯、能力逐渐降低到他们的水平，而他们那无忧无虑和欢快的性格却没有感染我。

我似乎已经感到我的智力在逐渐衰退，心灵在逐渐麻木，感情日益狭隘。我很害怕，我的道德观念会渐渐丧失，我的是非观念会混淆不清，我的一切长处最后都会在这种生活的恶劣影响下趋于毁灭。浊世的浓雾正聚集在我的周围，要吞没我内心的天堂。因此，韦斯顿先生终于出现在我面前，就像我的生活天地里升起一颗晨星，将我从一片漆黑的恐惧中拯救出来。我很庆幸，现在我有了一位可以思念的对象，这不是低于我，而是高于我的对象。我也高兴地看到，世界并不是全由布卢姆菲尔德、默里、哈特菲尔德、阿什比这样一些人构成的。人类的美德不仅是梦幻。当我们听到人们谈论某人的长处而不去中伤他时，就很容易，也会很高兴地浮想联翩。总之，分析我的全部思想是没有必要的。不过，现在星期天成了我特别愉快的一天（我现在几乎习惯了马车的后角座了），因为我喜欢去听他谈话，我也喜欢见到他，尽管我知道他外表并不漂亮，甚至并不好看，但是，当然也并不丑陋。

他身材中等，略偏高一点儿。脸形过方，不大好看，但我觉得，这正反映了他果断的性格。他的深褐色头发并不像哈特菲尔德先生那样卷得很仔细，只是往旁边一梳，露出宽阔、白皙的前额。眉毛，我觉得太显眼了，但在褐色的眉毛下闪烁着一对特别威严的、深深的、褐色的小眼睛，惊人的明亮，充满生气。一张颇有性格的嘴巴，表现他具有坚定目标、勤于思索。当他微笑的时候……不过我还不能谈他的微笑，因为在我提到的那时候，我还从来没有见过他的微笑。的确，当时他的一般外貌给我留下的印象，似乎他并不喜欢这种松弛的表情，也不像是村民们所形容的那种人。我很早就形成了对他的看法，尽管默里小姐一再谴责他，我仍然深信他是一个颇有见地、信念坚定和十分虔诚的人，而且非常细心、严格。现在我发现，除了以上美德以外，他还是个真正的乐善好施、能够慷慨解囊和大慈大悲的人。这个发现也许使我更加愉快，因为我对这一点还从来没有想到过。

第十二章
大雨

下一次我去看南希·布朗是在3月的第二个星期。我一天中虽然有许多空闲的时间，但很难说某一个小时是完全属于我的，因为一切都取决于马蒂尔达小姐和她姐姐的兴致，生活就不可能有秩序和规律。只要我不在为她们个人或她们的事情忙碌，不管我想干什么，我都得扎上腰带，穿好鞋子，拿着教鞭。因为，要是人们叫我而我不马上应声前去，不仅我的学生和她们的母亲会认为这是个严重的、不可饶恕的罪过，连那个气吁吁地跑来叫我的仆人也会这么想。她会大声说："小姐，你得马上去教室，小姐们在等你！！"这太可怕了！竟然在等她们的家庭教师！！！

不过，这一次，我肯定有一两个小时是属于我自己的，因为马蒂尔达正在准备骑马远行，罗萨利在梳妆打扮，要去参加阿什比太太的晚宴。因此我就趁机去看望一下那个寡妇南希。我发现她正在家里为那只猫发愁，它一整天都不在家。我想起许多有关猫的流浪癖好的奇闻，用此来安慰她。"我是怕那些猎场看守人，"她说。"我怕的就是他们。如果少爷们在家，一定会让狗去追它，咬它的，可怜的小猫。这班少爷对**好多**穷人家的猫都这样。可是现在我不必担心这一点。"南希的眼睛好一些了，不过还远没有恢复。她在为儿子做一件节日的衬衣，她说，她只能偶尔缝上几针，所以进展很慢，而这个可怜的小伙子非常想要这么一件衣裳。我说，我可以在给她读完《圣经》以后帮她做一点针线活，因为那天傍晚我有充裕的时间，天不黑不用回去。她很感激地接受了我的建议。

"你还可以陪我一会儿，小姐，"她说，"没有小猫，我好像觉得有点孤单。"我读完了《圣经》，在手指上绕了一圈纸，戴上南希用的粗大的铜顶针，刚缝了半条边，就有人来了。韦斯顿先生抱着那只猫走了进来。这时我看见他会微笑，而且笑得非常欢快。

“我给你做了一件好事，南希，”他开口说，然后看见了我，并向我微微欠身致意。哈特菲尔德先生或那些地方上的其他绅士是不会理我的。他接着说：“我把你的小猫从默里先生的猎场看守人手中，或者说从他的枪口下救了下来。”

“上帝保佑你，先生！”感激涕零的老妇大声说，从他手中接过她的宠物，高兴得快哭了。

“要当心它，”韦斯顿先生说，“不要让它跑到养兔场附近去。看守发誓说，要是他再在那里看见这只猫，一定把它崩了。今天如果不是我及时加以制止，他早就把它崩了。……我想，天下雨了，格雷小姐，”他看见我放下了活儿，准备回去，就压低声音说，“我不打扰你，只待两分钟。”

“你们两人都留下，等这场雨过了再说，”南希说着，拨了一下炉火，在炉旁又摆了一张椅子。“好，大家都可以坐下。”

“谢谢你，南希，我在这儿看得清楚一些，”我一边回答，一面把针线活儿凑到窗前。南希就让我安静地待在那里，然后自己拿出一把刷子从韦斯顿先生的衣服上刷小猫身上掉下的毛，细心地擦掉他帽子上的雨水，给小猫喂了饭，一面还不停地谈着。她一会儿感谢她的神职朋友做了一件好事，一会儿又表示奇怪，那只小猫怎么会找到养兔场的，一会儿又为这一情况可能带来的后果担忧。韦斯顿先生带着宁静而和蔼的微笑听着，在南希的一再邀请下，坐了下来，但表示他不准备待很久。

“我还有一个地方要去，”他说，“我发现，”（他看了一眼桌上的书，）“已经有人给你读过《圣经》了。”

“是的，先生，格雷小姐好意给我念了一章。现在，她正帮我给我的比尔做一件衬衣。不过我怕她坐在那儿很冷的。到炉子跟前来吧，小姐。”

“不，谢谢你，南希。我不冷，雨一停，我就走。”

“啊呀，小姐！你刚才说你可以待到天黑才走呢！”令人恼火的老妇大声说。韦斯顿先生拿起了他的帽子。

“不，先生，”南希说，“求你现在别走，雨下得那么大。”

“可是，我觉得我把你的客人从炉旁赶走了。”

“不，哪儿的话，韦斯顿先生，”我说，心想这个谎话不会招致什么害处。

“当然没有！”南希高声说，“瞧，地方很宽敞呢！”

“格雷小姐，”韦斯顿先生半开玩笑地说，他似乎觉得不管他是否有什么特别的事情要说，也该换换话题了，“我希望你看到默里先生时，为我和他调解一下。我救南希那只猫时，他正在旁边，而且不大赞成我的行为。我告诉他，我认为，他可以失去所有的兔子，南希却不能失去她的那只猫。他听了这番无礼的话以后，对我说了些有失绅士身份的话。我怕我对他的回答有点过于激动。”

“哎呀，天哪①，先生！我希望你没有为了我的小猫同老爷争吵起来吧！他是不允许别人同他顶嘴的，是吗？”

“啊，不要紧，南希。我并不在意，是的，我没有说什么**很**失礼的话，我想，默里先生在发火的时候是习惯于使用比较激烈的语言的。”

“是的，先生，这真遗憾！”

“现在，我真该走了。我要到一英里外去看望一户人家，你不会让我摸黑回来吧。再说，现在雨也快停了。再见，南希。再见，格雷小姐。”

---

① 原文为“Oh，lawful sir！”，估计南希是想说，“Oh Lord，sir！”，但表达不确切。

“再见，韦斯顿先生，不过我可无法帮助你同默里先生言归于好，因为我碰到他时……从不交谈。”

“是吗？那只好作罢了，”他沮丧而无奈地回答道，然后，诡谲地加了一句，“不过，无所谓，我认为，更应该感到抱歉的是那位绅士。而不是我。”说着就离开了茅屋。

我继续缝着，直到天色暗了才停下来。然后，同南希道别，制止了她对我过多的道谢。我用毋庸置疑的口吻对她说，我只不过做了她也可能为我做的事情。要是我和她换个位置，她一定也会这样做的。我匆匆回到霍顿，一走进教室，就发现餐桌上乱七八糟，杯盘狼藉。马蒂尔达小姐正在大发雷霆。

“格雷小姐，你干什么去了？我半小时以前就吃点心了。可是我得自己煮茶，一个人喝！你**该**早些回来才对！”

“我去看望了一下南希·布朗。我以为你骑马还没有回来呢。”

“我倒想问你，我能在雨中骑马吗？这一阵该死的倾盆大雨已经是够气人了，正在我骑得带劲的时候下了起来。一回来，发现没有人在家里吃点心！你明知道我是不会煮我喜欢喝的茶的。”

“我没想到会下大雨，”我回答。（的确，我根本没有想到大雨会把她赶回家。）

“当然没想到，你自己待在屋子里，从不为别人着想。”

我异常镇静地、甚至是愉快地听着马蒂尔达粗暴的谴责，因为我知道我给南希·布朗的帮助超过了给马蒂尔达带来的不快。我之所以能保持愉快的心情，也许还有一些其他的想法。这增加了这杯煮得过头的冷茶的味道，增加了这张杯盘狼藉的桌子和——我差一点说出声来——马蒂尔达小姐难看的脸色的魅力。不过马蒂尔达很快就到马厩去了，让我安静地独自来享用我的茶点。

第十三章
樱草花

现在，默里小姐总是要去两次教堂。她醉心于人们的倾慕，不愿意放弃任何一次可以享受这种爱慕的机会。她认为，不管她在什么地方出现，不管哈里·梅尔塞姆和格林先生是否在场，除通常由于公务必须到场的主管牧师以外，总有人会感受到她的魅力。如果天气爽朗，默里小姐和她妹妹一般是步行回家的。马蒂尔达是觉得坐马车太拘束，而默里小姐之不喜欢坐马车，主要是希望让别人欣赏她的容貌。她喜欢交际。从教堂到格林先生的庭园门口这一英里路上，总是有人陪伴着她的。在格林先生家门附近有一条小路，朝另一方向走，便通向霍顿村。还有一条大路一直往前通向更远的休·梅尔塞姆爵士的大院。因此在走到格林先生家之前总是有机会与人结伴同行的，不是哈里·梅尔塞姆（有时同梅尔塞姆小姐一起），就是格林先生同他的某一个或两个妹妹，有时还可能有去他们家拜访的某些男客。

我是陪同小姐们步行，还是同她们父母一起坐车，取决于小姐们变幻莫测的心愿。如果她们愿意“要”我，我就步行，要是由于她们自己才清楚的理由，愿意单独步行，我就坐车。我更喜欢步行，可是又不愿意去打扰任何不希望我在场的人，所以我在这样一些场合总是表现得有些被动。我从不去了解小姐们变化多端的怪念头的原委。的确，这是最好的办法，因为逆来顺受和为人效劳是家庭教师的本分，而一心追求自己的快乐是小姐少爷们的天性。不过，我即使步行，前一半路程通常也是很难堪的。因为上面提到的那些女士和先生从来不理我，他们谈话时总是绕过我或撇开我，要是在谈笑中他们的眼光偶尔落到我身上，那也不过像是望着地上，似乎没有看见我，或者做出一副视而不见的样子。在这种情况下，走在他们身边，似乎在听他们的谈话，或者想让别人以为我是其中的一分子，是很不愉快的。要是走在他们身后，表示承认我的地位低他们一等，也令人难堪，因为事实上我认为，即使与他们中间最优秀的人物相比，我也毫不逊色。而且我希望他们知道我的看法，不要以为我只把自己当成一个仆人，应当清楚自己的处境，知道不能同这样一些漂亮的小姐和先生们平肩而行；不过那些小姐在跟前没有更好的伴侣时，也会要她跟她们一起散步，甚至放下架子同她说几句话。因此——我几乎羞于承认这一点——我同他们一起散步时，确实尽力装成根本不认识或不理睬他们的样子，好像我是专心一致地在进行思考，或者在欣赏周围的景色。要是我走在后面，那不过是鸟儿、虫儿或者树木花草吸引了我的注意力，在充分观赏一番之后，我就从从容容地独自往前走去，直等到我的学生同她们的伙伴告别，拐上那条宁静的小路之后，我才赶上去。

有一次我记得特别清楚。那是3月末的一个晴朗的下午。格林先生和他的妹妹们把空马车打发回去了，想同他们的客人某上尉和某中尉（军队中的两个花花公子）以及两位默里小姐结伴步行，享受一下明媚的阳光和温馨的空气。两位默里小姐当然是很想同他们一起走走的。这样一群人非常适合罗萨利的口味，可是我却觉得格格不入，所以我很快就落在他们后面，沿着绿油油的草坡和一片嫩绿的树篱走去，采集一些花草和捕捉几只昆虫。一会儿那群少男少女渐渐走远了，传来一阵欢乐的云雀的美妙歌唱。在这和煦、清新的空气和温暖的阳光下，我的厌世情绪渐渐消融了，可是代之而来的是对童年悲伤的回忆，对逝去的欢乐和光明一些的未来的向往。我的目光掠过一片生长着绿叶青葱的树丛和嫩绿的树篱的草坡，迫切希望能看到某种熟悉的花朵，可以使我回忆起家乡林木茂密的山谷和绿色的山坡——要想找到什么能令人想起褐色的荒野，那当然是不可能的。要是能发现这样的花朵，无疑会使我热泪盈眶，可是，在当时，这将是我最大的享受。我终于在高处一株盘根错节的大栎树的树根之间发现了三朵可爱的樱草花，正婀娜多姿地从它们借以隐身的地方向外探望。我一看到这花朵，眼泪就情不自禁地流了下来。可是，它们生长在我够不着的高处，我想采摘一两朵，凝望着它们，做一番遐想，然后把它带回去，可是不行。我要是不爬上去，就够不着它们。正当我想爬上坡去时，忽听得身后一阵脚步声，我只好放弃这一念头。我正要转身离去，惊讶地听到有人说："请允许我替你把它们摘下来，格雷小姐。"声音很熟悉，音调庄重而低沉。一会儿他便把花采了下来，放在我的手里。这是韦斯顿先生，当然啰，还有谁肯为我效劳呢？

我对他表示感谢，这感谢是十分热情，还是比较冷淡，我一时也说不清楚。但是，我可以肯定，我远没有表达出我的感激之情。也许，产生这种感激之情根本就是愚蠢的。但是，在当时，我觉得他如此友好的举动，是我无以报答，也是我永远不会忘却的盛情。当时我很不习惯接受这样的礼遇，丝毫没有想到，在霍顿村五十英里方圆之内，我会得到什么人这样的关照。但是在他跟前，我还是感到有点不自在，所以急促地加快步伐，前去追赶我的学生。要是韦斯顿先生领会了我的心思，也没有说一句话，就让我匆匆走去，那我也许会后悔莫及的。可是他并没有这样做。我加快了步伐，他却觉得很正常。

"你的小姐们把你甩下了，"他说。

"是的，她们有一群更加快活的伙伴。"

"那就不用费劲地去追她们了。"

我放慢了步子，可是马上又有些后悔。我这位同伴默不作声，我一时又找不出什么话题，我也怕他会同样感到为难。不过，他终于打破了沉默，用他特有的那种沉着而生硬的口气问我是否喜欢花朵。

"非常喜欢，"我回答，"特别喜欢野花。"

"我也喜欢野花，"他说，"我不喜欢其他的花。其他的花儿，我见得很少，只有一两种除外。你最喜欢哪些花？”

“樱草花、风铃草、石南花。”

“不喜欢紫罗兰吗？”

“不，就像您说的，我很少见到那些可爱的紫罗兰，因为在我家附近的小山坡和山谷里不生长这类花朵。”

“有个家对你一定是个极大的安慰，格雷小姐，”过了一小会儿，他又说。“不管有多远，不管回去的次数多么少，家总是令人向往的。”

“家太重要了，我想没有家就没法活下去，”我回答。我说得十分激动，马上又有点后悔，觉得这话听上去一定很愚蠢。

“不，你能活下去的，”他若有所思地微笑着。“我们同生活的联系比你想象的要牢固，有时无论怎样粗暴地拉扯，也拉不断这些联系。要是没有这样的经历，是绝对想象不到这一点的。没有家，你确实会感到很苦恼，但即使是**你**，也是能生活下去的，并且不像你所想象的**那么**苦恼。人心就像有弹性的橡皮球，轻轻一吹气就把它吹起来，可是吹好多气也不会把它吹破。‘稍微有点风吹草动就能打扰人的生活，但几乎要天塌下来才足以’摧毁他的生命。犹如我们的肌体，它内部蕴藏的活力足以抵抗外界的暴力。使它为之震动的每一次打击，都有助于它坚强地抵抗下一次打击，正如日常劳动能把手上的皮肤磨厚，使肌肉更加坚强有力，而不是更为衰弱。所以，一天的艰苦劳动会磨破一位小姐的手掌，却不会对一个吃苦耐劳的农夫产生明显的影响。

“这是经验之谈，一部分是根据我自己的经验。过去有一段时间，我的想法也同你一样。至少，我完全相信，只有家庭和家庭的温暖才能使人生活下去。失去了这一切，生活就会成为难以忍受的负担。可是，现在我没有家了，除非你把我在霍顿租下的两间房子称之为家。十二个月以前，我失去了最后一位，也是早年最敬爱的亲人，可是我不仅活着，而且还没有完全失去希望和安慰，即使在这个世界上也是如此。尽管我得承认，每当黄昏时分，我哪怕是走进一间矮小的茅屋，看见一家人和和气气地围在熊熊的火炉旁，我也会对人家的天伦之乐产生一种近乎嫉妒的心情。”

“您还不知道您将来会多么幸福，”我说，“现在仅仅是您人生的开始。”

他回答说：“我已经拥有最大的幸福，我有能力和愿望成为一个有用的人。”

这时，我们走到一扇木栅门跟前，门里是一条通向一间农舍的土路。我心想，韦斯顿先生是要去那里作一个“有用的人”了。当时他马上就离开了我，穿过栅门，以他常有的坚定而轻快的步子沿着小路走去。留下我继续独自赶路，边走边回味着他的谈话。我过去听说，他来这里以前几个月刚失去了母亲。这么说，母亲就是他最后一个、也是早年最敬爱的亲人了。他没有家了。我从心底里同情他，几乎要为他一洒同情之泪。我想这就是为什么他的脸色过早地浮现出阴沉而忧虑的神情，并从大慈大悲的默里小姐和她所有亲属那里得到了一个性情忧郁和表情阴沉的声名。“不过，”我想，“我要是失去了母亲，会更加痛苦的，他可不像我。他朝气勃勃，面前有着远大的前程。他善于**交游**，只要愿意，就可以成家。我相信，有朝一日，他会高兴地成家。愿上帝保佑他的终身伴侣能配得上他的选择，愿他的家庭幸福，他应该建立这样的家庭，要是……岂不美好！”不过，我在想些什么并不重要。

我开始撰写这部小说时不打算隐瞒什么，希望那些感兴趣的人有可能研究一个人的内心世界。可是，有些思想我们可以让所有的天使知道，却不能告诉凡人，甚至连其中最高尚、最仁慈的人，我们也不愿意向他们吐露。

这时，格林一家回到家了。默里两姐妹已走上了小路，我就匆匆地朝她们追去。我听见这两姐妹正在兴致勃勃地谈论两个年轻军官的优点。可是，罗萨利一看见我，话说到一半就停住了，嘲笑地大声说：

“哎呀，格雷小姐！你总算来了，是吗？怪不得你落在后面这么久，怪不得我讲韦斯顿先生坏话时你总是那么起劲地护着他。哈——哈！现在我才明白了！”

“好了，默里小姐，别瞎说了，”我说，想不在意地一笑了之。“你知道这种无稽之谈，对我毫无意义。”

可是，这位默里小姐还是喋喋不休地讲着这种令人不能容忍的废话，她妹妹也乘机编一些相应的谎言，为姐姐帮腔。我觉得有必要进行一些自我辩护。

“这真是荒唐之极！”我大声说。“韦斯顿先生碰巧和我一起走了一段路，他在半路碰到我，愿意同我说一两句话，有什么可大惊小怪的！我向你们保证，以前我从没有和他谈过话，只有一次例外。”

“在哪儿？哪儿？什么时候？”她们两人急迫地喊了起来。

“在南希的茅屋里。”

“哈——哈！你在那里遇到过他，是吗？”罗萨利叫道，高兴得大笑起来。“啊，马蒂尔达，我现在才知道她为什么这么喜欢到南希·布朗家里去！她到那里是为了同韦斯顿先生调情！”

“这简直不值一驳。告诉你们，我在那里只见过他一次。我怎么能知道他也要去呢？”

我对她们这种愚蠢的取乐和恼人的非难非常生气，可是这种不愉快的心情很快就消失了。她们在笑够了以后又回头谈论她们的上尉和中尉了。在她们对这两名军官评头论足时，我的怒火很快就平息了下去，生气的原因也很快遗忘了，我的心境又进入到比较愉快的轨道。就这样，我们走进了花园，来到了大厅。当我上楼回卧室的时候，脑海里只有一个念头，心中只有一个真挚的愿望。我走进卧室，一关上房门，就跪下虔诚地默默祈祷着："愿你的意旨成全，"[①]我尽量全部说出来，不过，接下去一定是"主啊，你是万能的，但愿这就是你的意旨。"任何人，不管是男的，还是女的，都会因为我这样的愿望——这样的祈祷——而看不起我，"可是，主啊，你不会鄙视我的！"我嘴里是这么说的，心里也是这么想的。我认为，我在为另一个人祈求幸福，至少同为我自己祈求幸福一样虔诚，不，那甚至是我内心主要的愿望。我可能在欺骗自己，但这个想法使我有信心去祈求，有信心期望我的祈求不是无益的。至于那几朵樱草花，我把其中的两朵放在我房间里的一只玻璃瓶里，直到完全枯萎了，女仆才把它们扔掉。我把另一朵樱草花的花瓣夹在我的《圣经》里，一直保存着，而且要永远保存下去。

---

①《圣经·新约·马太福音》，第26章第42节。

第十四章
主管牧师

第二天的天气同前一天一样晴朗。早饭后不久，马蒂尔达小姐匆匆忙忙地随便读了几课无用的书，报复性地狠狠弹了一小时钢琴。她妈妈不肯放她一天假，她就对我和钢琴发泄不满。然后她就到院子、马厩、狗窝这些她经常喜欢去的地方去了。默里小姐则拿起一本新的流行小说，清静地散步去了，叫我留在教室里一本正经地画一张水彩画，我曾答应为她画这张画，她一定要我在那一天把画画好。

我的脚旁躺着一只毛茸茸的小狗。这是马蒂尔达小姐的财产，可是她恨这条狗，想把它卖了，说什么这只狗给宠坏了。实际上这是一只很好的狗，可她硬说它一点用也没有，连自己的女主人也不认识。

其实，马蒂尔达把它买来时，它还是只小狗崽，起初她坚持除了她以外谁也不能碰它。但是很快就对这弱小、麻烦、需要精心饲养的小东西感到厌烦了。所以，我恳求她让我来喂养这条小狗，她高兴地表示同意。我把这小东西从小精心养大，自然得到了它的好感。可怜的斯纳普的感激之情招来了它主人的许多咒骂和恶毒的踢打和扭拧，它现在还很可能遭到“遗弃”或落入某个铁石心肠的粗暴的主人之手。要不是这样，我会非常珍视这条小狗的报答之情，认为这大大超过了我在它身上花的精力。可是我怎样才能阻止这种局面的发生呢?我不能残酷地虐待它，引起它的憎恨；而马蒂尔达又不肯爱护它，以赢得它的好感。

正当我这么坐着用铅笔作画的时候，默里太太风度翩翩地匆匆走进房来。

“格雷小姐，”她开口说，“天哪，这么好的天气你怎么能坐在这儿画画?”(她以为我是自己画着玩的。)“很奇怪，你怎么不戴上帽子，跟小姐们一起出去？”

“我想，太太，默里小姐在看书，马蒂尔达小姐在逗狗玩。”

“要是你设法多逗逗马蒂尔达小姐，我想她就不会像现在这样常给赶出去同小狗、同马和马夫玩了。要是你开朗一些，同默里小姐多谈谈，她也不会手里拿着一本书常常跑到田野里去转悠，不过我不想使你生气，”她又说。我想，她可能看见了我气得双手发抖，双颊通红。“请你千万不要这么敏感。再说也没有责备你呀。告诉我，你是不是知道罗萨利上哪儿去了，为什么她这么喜欢一个人待着？”

“她说，她看新小说时，喜欢一个人待着。”

“那她为什么不在花园或花圃里看？为什么要到田野和小路上去？那位哈特菲尔德先生又怎么会经常遇到她呢？上星期她告诉我，哈特菲尔德先生骑马陪她在莫斯路上散步。现在我敢说，我在化妆室窗口看见的就是他，他正从园门前经过，大步朝默里小姐常去的那片田野的方向走去。我希望你去看一下她是不是在那里，悄悄地提醒她，像她这样有地位而前程远大的小姐，一个人这样瞎逛，任何一个想同她搭讪的人都可以向她献殷勤，这是有失身份的，好像她是一个没人侍候的穷姑娘，没有花园可供散步，没有家人来照看。请你告诉她，要是她爸爸知道她对哈特菲尔德先生这么亲热——我怕这是可能的——他会非常气愤的。唉！如果你——如果一个家庭教师能有母亲的一半细心、一半热切的关怀，我就不用这么操心了。你马上会意识到，必须关心她，让你的陪伴变成一种愉快……好了，去吧，去吧，没有时间了，”她看到我已收拾好画具，站在门口等着她结束她的训话，就大声说道。

不出默里太太的预料，我在默里小姐常去的花园边上的田野里找到了她，而且她偏巧不是一个人，那位身材魁梧的哈特菲尔德先生正在她身旁散步。

这可给我出了个难题。我有责任要打断他们 tête-à-tête[①] 的密谈，可是怎么办呢？像我这么一个无足轻重的人是难以把哈特菲尔德先生赶跑的。但是，如果走到默里小姐身旁而又不理睬她的伙伴，那就等于将我这个不受欢迎的人强加于默里小姐，这么粗鲁的行为又是我做不出来的。我又没有勇气站在田野这一边高声喊叫，说有人找她。所以我采取了折衷的办法，我沉着而缓慢地朝他们走去，我想，要是我的出现不能把那位花花公子吓跑，那就在走过他们身边时告诉默里小姐，她妈妈找她。

七叶树长长的树枝低垂在花园的栅栏上，默里小姐漫步走在嫩绿的七叶树下，模样确实非常可爱。她一手拿着一本合上的书，一手拿着一根漂亮的山桃枝，把它当作十分有趣的玩具。她那闪闪发光的鬈发从小帽子下披散出来，在和风中微微飘动。由于虚荣心得到满足，她白净的脸颊上泛起阵阵红晕，笑盈盈的蓝眼睛不时狡猾地仰望她的崇拜者，或垂下望望山桃枝。可是斯纳普跑在我前面，衔住默里小姐的衣服，使劲地往后拖，从而打断了默里小姐既冒失又打趣似的连珠妙语。哈特菲尔德先生用手杖狠命地抽打小狗的脑袋，斯纳普就狂吠着奔回到我身边。这位尊敬的牧师，听到小狗的汪汪狂叫，却感到十分有趣。可是他一看见我就在旁边，大概觉得还是走开为妙。因此，当我俯身有意爱怜地抚摸小狗，表示我对他的残忍的不满时，我听见他说：

“什么时候我能再见到您，默里小姐？”

“我想，在教堂吧，”她答道，“除非你因为公务凑巧就在我散步的时刻出现在这里。”

“我在这里任何时候都有事可做的，只要我确切地知道在什么时候和什么地方能见到您。”

---

① tête-à-tête，法语，意为“单独的”。

“即使我想告诉您，那也相当困难，因为我生活没有规律，我从来今天不知道明天要干什么。”

“那么，把那件东西送给我，它能在这段时间给我安慰，”哈特菲尔德先生半开玩笑、半正经地说，并伸手去拿山桃枝。

“不，真的，我不给。”

“送给我吧，求求您！您要是不给，我将成为一个最不幸的人。您不能那么残忍，拒绝送给我一件你很容易赐与而我异常珍惜的小礼物吧！”他非常热诚地祈求着，似乎他的生命就取决于这根树枝。

这时我已经站在离他们只有几码远的地方，我不耐烦地等待着他的离去。

“那好吧，你就拿走吧，”罗萨利说。

哈特菲尔德先生高兴地接过礼物，低声说了句什么，弄得默里小姐满脸通红，把头一仰。可是她那短促的笑声表明，她的不快完全是不真实的。哈特菲尔德先生随即彬彬有礼地向她告别，离开了。

“你见过这样的人吗，格雷小姐？”她转过身来对我说。“你来了，我真高兴！我还以为我无法摆脱他了呢。我真害怕爸爸会看见他。”

“他跟你在一起有很长时间了吗？”

“不，时间不长。可是，他很不讲礼貌。他总是在附近转悠，借口有什么公事，或者说他的牧师职责要求他到这个地区来的。实际上，是想找我这个可怜虫，他不管在什么地方看见我，就猛扑过来。”

“好了，你妈妈认为，要是没有一个像我这样谨慎而且比你年长的人陪伴你，挡住一切外人，你就不该走出花园或花圃。她看见哈特菲尔德先生匆匆走过园门，就派我来找你，照看你，而且也警告……”

“哎呀，妈妈真讨厌！好像我还不能照顾自己似的。她以前就同我啰啰嗦嗦地谈过哈特菲尔德先生。我告诉她应该相信我。为了世上那位最值得爱戴的人，我决不应该忘记自己的地位和处境。我希望哈特菲尔德先生明天向我跪下，恳求我成为他的妻子，那么我就可以向妈妈表明，她太异想天开了，以为我会……啊，真令人生气！她以为我会傻头傻脑地堕入情网！这么做是有损于一个女人的尊严的。爱情！我讨厌这个词儿！我觉得，把这个词儿用到女人身上，完全是一种侮辱。我可以承认有所偏爱，但是决不是指可怜的哈特菲尔德先生那样的人。他一年中连七百镑也挣不到。我喜欢同他聊天，因为他聪明、开朗。如果托马斯·阿什比爵士有他一半可亲，就不错了。再说我也得找个把人调调情呀！可是除了他，还有谁会想到要跑到这里来呢。每逢出游，要是托马斯爵士也在，妈妈只允许我同他逗乐。要是他**不**在，就不许我随便活动，怕引起人们加油添醋地说三道四。托马斯爵士因此会以为我已经订了婚，或者将要同其他什么人订婚。或者，更为可能的是，怕他那讨厌的老母亲看到或听到有关我的行为，认为我不配做他宝贝儿子的妻子，似乎这个儿子不是基督徒中最大的流氓，任何一个出身平凡的女人都比他强千百倍。”

“真是这样吗，默里小姐？你妈妈知道这些事，还要你嫁给他吗？”

“她当然知道！我看，我妈妈对他的恶劣行径了解得比我更清楚。她瞒着我，怕我不愿意。其实她不知道，我对这些事儿根本不在乎。没有什么，真的！就像妈妈说的，一结婚就好了。大家都知道，浪荡子改好了，会成为最好的丈夫。我只希望他模样不要那么丑就行，我要考虑的就是这一点。可是在乡下没有什么可选择的。爸爸又**不让**我们去伦敦……。”

“不过，我觉得，哈特菲尔德先生要比他好得多。”

“如果他是阿什比花园的主人，那当然了——这是毫无疑问的。可是，我**必须**拥有阿什比花园，我不管同我分享财产的是个什么样的人。”

“可是哈特菲尔德先生一直以为你是喜欢他的。你不想想，如果他发现自己犯了个错误，该多么失望。”

“我当然不去想这些！如果他胆敢认为我会喜欢他，仅这一点，就该好好惩罚他一下。我就是喜欢揭掉他眼前的这层薄翳。”

“那就越快越好。”

“不，我告诉你，我喜欢同他闹着玩。再说，他并不相信我会喜欢他。我会谨慎从事的，你不知道我处理得多巧妙。他可能会大胆地设想：他有可能引诱我去喜欢他，对这一点，我要给他点颜色看看。”

“好了，你要当心，不要为这种大胆的设想提供过多的依据——就是这么回事，”我回答。

可是，我的一切告诫都无济于事，默里小姐反而更注意对我掩饰她的内心活动和想法。她再也不同我谈起主管牧师的事情了。但是，我看得出，她的心里虽然没有他，她的脑子里还是老想着他的。她很想同他再见面。按照她母亲的嘱咐，我眼下必须陪着她闲逛。尽管如此，她还是要到离马路很近的田野和小路上去散步。而且，无论是在同我谈话，还是在看手中拿着的书本，她总会不断地停下来向四周张望，或者注视着大路上的动静，看看是不是有人走过来。要是有人骑马走过，我就会从她对这个倒霉的骑士，不管他是什么人，莫名其妙的咒骂中听出，她不喜欢这个人，因为他不是哈特菲尔德先生。

“显然，”我想，“她并不像她自己所说的，也不像她想要别人相信的那样，对哈特菲尔德先生无动于衷。她母亲的担忧并不像她所说的那样毫无道理。”

三天过去了，主管牧师并没有出现。第四天下午，我们正在那难忘的田野中沿着花园的栅栏散步，手里各自拿着一本书（我总是要随身带点什么，这样，在她不愿同我交谈时，有点事儿可做），突然，默里小姐打断了我，说：

“哎呀，格雷小姐！你行行好，去看一下马克·伍德，给我送半个克朗给他妻子。上星期我就该把钱给她或叫人送去，我老是给忘了。给你！”她说着，把钱包丢给我，匆促地说，“不用现在掏，把包拿去，你愿意给他们多少，就给多少。我本想同你一起去，可是我想把这本书看完。等我看完了，就去迎你。快点，你能不能……嗯……啊，等一等。你最好给他读一段书。快到家里去拿一本有趣的书来。什么书都行。”

我遵照她的旨意去办了。可是，对她那番匆忙的神色和突然的要求，使我产生了怀疑。我只是在离开田野时朝后望了一眼就看到哈特菲尔德先生正要跨进那边的大门。默里小姐让我回去取书，只不过是为了防止我同哈特菲尔德先生在路上相遇。

“没关系！”我想，“这没有什么不好。可怜的马克拿到半个克朗会高兴的，也许对那本有趣的书也是愿意听的。如果主管牧师真的博得了罗萨利小姐的欢心，也有助于克服罗萨利小姐的一些骄气。如果他们终成眷属，也会有助于她避免更不幸的命运。何况她可以成为哈特菲尔德先生的好妻子，哈特菲尔德先生也能成为她的好丈夫。”

马克·伍德就是我上面提到过的那位生肺病的工人。这时他的病情已迅速恶化。默里小姐的慷慨行为，的确得到了这位垂死病人的祝福。虽然这半个克朗对他已没有什么用处了，可是他为即将失去丈夫和父亲的妻儿感到高兴。我坐了几分钟。为了安慰和开导他和他那痛苦的妻子，朗读了几页书，然后就走了。但是我走了大约五十码，就遇到了韦斯顿先生，他显然也要上这一家去。他像往常一样，泰然自若地同我打了个招呼，停下来问了一下病人和家属的情况，像兄妹之间那样不拘礼节地随意从我手中拿过我刚朗读过的那本书，翻了几页，提出几点简明扼要的看法，然后把书还给了我，接着又对我谈了一下他刚刚探望过的一位穷苦的病人，也讲了一些南希 · 布朗的近况。对我那小朋友——在他脚旁欢跃的毛茸茸的小狗评论了几句，最后又说了几句天气真好之类的话，就走了。

我没有详细记述他的言谈，因为考虑到读者不会像我那样对之产生兴趣，而不是因为我把它们忘了。不，我记得很清楚，之后一连几天我都在琢磨他那些话的意思。我也不知道前后想过多少次。我回忆着他每一个深沉而清晰的语调、他那灵活的褐色眼睛闪出的每一道眼神、每一次愉快而转瞬即逝的笑容。我担心我这样的自白会显得过于荒谬。不过，这没关系，我已经写下来了，而读者是永远不会认识作者的。

当时我内心充满了幸福，觉得周围的一切都是那么赏心悦目。我正怀着这样的心情向前走去，默里小姐匆匆地迎面向我走来。她那轻快的步伐、绯红的脸颊和喜悦的笑容，表明她也沉浸在幸福之中，当然这是她心目中的那种幸福。她跑到我跟前，挽住了我的胳臂，没等喘过气来，就说，

“啊呀，格雷小姐，你应该感到荣幸，因为我还没有把我的新闻透露给任何人，就先来告诉你。”

“唔，怎么回事？”

“啊，特大新闻！首先，你得知道，你刚走，哈特菲尔德先生就遇到我了。我真怕爸爸或妈妈会看见他。可是你知道，我没法再把你叫回来，所以我就……哎呀，天哪！我现在不能把这一切都告诉你，因为我看见马蒂尔达在花园里，我得去把我的这些新闻告诉她。不过，哈特菲尔德真是一反常态，态度放肆，他讲的那些恭维话真是令人难以启齿，他表现出从来未有的温柔，至少他是想这么表示的。不过这一点他做得并不十分成功，因为他没有那种能耐。下一次我再把他所

说的话全告诉你。”

“可是你说了什么？我对这更感兴趣。”

“以后有机会，我也会告诉你的。碰巧我当时的情绪很好。我显得非常谦逊和温顺，但也谨慎小心，没做任何有损于自己声誉的事情。可是，这个自以为是的家伙居然误会了我的宽厚，最后甚至利用我的宽容大度……你知道怎么回事吗？……居然向我求婚了！”

“你呢……”

“我骄傲地挺起身子，非常冷静地对此表示惊讶，而且希望他在我的行为中不曾看到任何足以使他产生这种奢望的举动。你要是看见他的脸色是怎样沉下来的，那才有趣呢！他脸色刷白。我对他说，我很尊敬他，等等，但不可能接受他的求婚。而且即使我同意，爸爸妈妈也决不会赞成的。

“‘可是如果他们赞成，’他说，‘您还会不同意吗？’

“‘当然啦’哈特菲尔德先生，’我的回答冷静而果断，马上消除了他的种种奢望。啊呀，你要是见到他那伤心的神态，才有意思呢，他完全绝望了！千真万确，我可差一点要同情他了。

“可是，他又作了一次绝望的试探。我们沉默了好久。他在尽量克制自己，我却尽量装得一本正经，因为我只想笑，可是一笑就会把一切都毁了。后来他勉强地微笑了一下，说道：

“‘不过请您坦率地告诉我，默里小姐，如果我拥有休·梅尔塞姆爵士的财产或者他大儿子的前途，您还会拒绝我吗？请您以荣誉保证，诚实地告诉我。’

“‘当然，’我说。‘那也不会产生任何影响。’

“这是个弥天大谎，可是他对自己的魅力相当自信，所以我决定不让他产生任何幻想。他注视着我的脸庞，可是我却神色自若，他只能认为我说的是地地道道的大实话。

“‘那么说，一切都完了，是吧，’他说，出于气愤和极端的绝望，他看上去好像真会当场昏死过去。他站在那里，既失望又生气，痛苦万状。我也站在那里，我是造成他的痛苦的根源，可是无论他怎么看和怎么说，我都表现得莫测高深，态度冷漠而骄傲。他只能感到悔恨。他万分痛苦地说：

“‘我当然没有想到这点，默里小姐。我可以谈谈您过去的行为和您让我对您抱有的希望。但我可以不说，条件是……’

“‘不能有条件，哈特菲尔德先生！’我说，这时我对他的无礼态度的确感到生气了。

“‘那么就让我请您帮个忙，’他回答说，马上压低了嗓门，用谦恭的语调说，‘我恳求您不要对任何人提起这事。如果您对此事保持沉默，那么双方都不会有什么不快——我是说，除了无法避免的往事以外，再也不会有什么事情了。至于我自己的感情如果我不能克制，我也将尽量不表露出来；如果我不能忘却，是谁造成了我的痛苦，我也将设法对她予以谅解。我想，默里小姐，您不会了解您对我的伤害有多深。我不愿意让您知道这一点。但是，如果除了您已经给我造成的伤害（请原谅，不管您是否出于天真，您的行为**确实**如此），您还要公开披露这一不幸的事件，或者哪怕提一下，那您就会发现，我也要说话的。您藐视我的爱情，但您不见得能够藐视我的……’

“他住口了，可是他咬住苍白的嘴唇，显得那么可怕而凶猛，真把我吓坏了。不过，我的自尊心支撑着我，我镇定自如，并倨傲地回答：

“‘我不知道您怎么会看出我有什么理由要把这事公之于众，哈特菲尔德先生，不过，如果我愿意说出去，您怎么威胁，也无济于事。而且，进行威胁也未免有失绅士的体面。’

“‘请原谅，默里小姐，’他说，‘我曾如此炽烈地爱恋着您，现在我仍然深深地爱着您，我不会有意伤害您的。我从没有像爱您这样爱过任何女人，今后也永远不会，但是有一点也是很肯定的：从来没有一个人这么亏待过我。相反，在这以前，我一直认为女人是上帝创造的最善良、最温柔和最驯服的生命。’（你看，那个高傲的家伙在说些什么！）‘今天您给我上了我从未经历过的苦涩的一课，使我在一生幸福所系的唯一感情方面遭受到失望的痛苦，您应该原谅我任何无礼的表现。默里小姐，如果我现在使您感到不愉快，’他说（因为我在朝四下张望，表示我根本没有把他看在眼里，所以他以为我对他感到厌烦了，我想是这样）——‘如果我现在使您感到不快，默里小姐，您只要保证照我刚才说的那样帮个忙，我马上就离开您。有许多女士（就是这个教区内也有一些）会很愉快地接受您鄙视地踩在脚下的一切。她们自然会仇视一个拥有超人魅力的女人，她使我的心思完全疏远了她们，使我看不到她们的动人之处。我只要对她们当中任何一人略为提一下事实真相，就会造成不利于您的舆论，严重地危害您的前途，减少您成功地猎取您或您妈妈喜欢的任何一个男人的希望。’

“‘先生，您这是什么意思？’我说，当时我气得直想跺脚。

“‘我是说，我觉得这件事从头到尾就像地道的调情，至少可以这么说。您会发现，如果人家到处宣扬这件事，对您是不利的。尤其是您的那些对手，还要添油加醋。只要我对她们提示一下，她们是非常乐意散布这类事情的。但是我对您保证，以一个绅士的信誉保证，从我的嘴里决不会露出有损于您的任何言论，只要您……’

“‘好了，好了，我不提这事，’我说，‘如果我的沉默可以给您任何安慰，您对此尽可以放心。’

“‘您保证吗？’

“‘是的，’我回答说，这时我想要摆脱他了。

“‘那就永别了！’他沮丧而悲哀地说，脸上露出自尊与绝望进行徒然争斗的神色。他转身走了。无疑是希望回家关在书房里痛哭一场，不过他很可能没到家就哭了起来。”

“可是你已经食言了，”我说，十分厌恶她背信弃义的行为。

“哎呀，只是对你说说罢了，我知道你不会说出去的。”

“当然不会。不过你说你要去告诉你妹妹，等你的两个弟弟一回来，她就会告诉他们，还有布朗，即使你自己不告诉她，你妹妹也会马上告诉她的。布朗会在村里到处宣扬或者成为宣扬这些事的工具。”

“不，真的，她不会的。她要是不能绝对保密，我们就根本不告诉她。”

“可是你怎么能相信她比她有知识的女主人更能保守秘密呢？”

“好了，好了，那就不让她听见好了。”默里小姐有点不耐烦地说。

“可是你一定会告诉你妈妈的，”我接着说，“你妈妈又会告诉你爸爸。”

“我当然要告诉妈妈，这是我最得意的事。现在我可以让她相信，她为我担心纯属多此一举。”

“噢，原来是这样呀！我刚才还不知道是什么事情使你感到这么高兴呢。”

“对了，还有，我那么有趣地使哈特菲尔德先生遭到了屈辱。还有……唉，你得允许我有一点女人的虚荣心，我不想假心假意地说我不具备女人这一最主要的特点。你要是看到可怜的哈特菲尔德在热诚地倾诉衷肠，奉承我并向我求婚那种极其迫切的心情，看到他在遭到拒绝时无论怎样努力也无法掩饰的悲哀，你就会同意，我是有理由感到高兴的。”

“我认为，他越伤心，你就越没有理由感到高兴。”

“哎呀，废话！”这位小姐大喊了一声，不高兴地扭动了一下身子。“看来，你要不是不理解我，就是不愿意理解我。如果我不是相信你的高尚品德，我就会认为你是在妒忌我。不过你也许能理解我高兴的一个原因（这也跟其他原因一样重要），那就是，我为我的谨慎、自制能力，或者你要说，为我的无情，感到高兴。我当时一点也不感到惊讶，一点也不慌乱、尴尬或笨拙。我的言行很符合我的身份，自始至终应付自如。而这人又很漂亮——简·格林和苏珊·格林说他具有迷人的相貌。我想，她们就属于他所说的很愿意嫁给他的那号女人。不过，他确实是一个非常聪明、诙谐、愉快的伴侣，虽然不是你所说的那种聪明人，但足以使他成为一个风趣的、人们在任何地方都不会为他感到羞耻的、不会很快对他产生厌烦的人。说实话，我相当喜欢他——最近甚至超过了哈里·梅尔塞姆，哈里显然是十分崇拜我的。尽管哈特菲尔德遇到我时没有旁人在场，我也毫无准备，我却有足够的智慧、自尊和力量拒绝他，而且是像我当时那样，轻蔑又镇静。我有理由为此感到骄傲。”

“你对他说，即使他拥有休·梅尔塞姆爵士那样的产业，对你也不会产生任何吸引力。事实却并非如此。你保证不把他的不幸告诉旁人，可是你显然根本不想履行自己的诺言。对于这些，你也同样地感到骄傲吗？”

“当然了！我有什么办法呢？你总不会要我……不过我看得出，格雷小姐，你心情不好。马蒂尔达来了。我倒要听听她和妈妈对这事的看法。”

她从我身旁走开了。因为我并不表示同情，她感到气恼，无疑是以为我在妒忌她。我没有这种想法，至少我坚信我没有。我为她感到遗憾。我对她残忍的虚荣心感到惊讶和厌恶。我奇怪，为什么要把这样的美貌给予那些要用它来干坏事的人，而不给予那些能用它来为自己和他人造福的人。

最后，我想，上帝知道得最清楚。我想，有些男人像她一样虚荣、自私和残忍。也许，这样的女人对惩罚这类男人是大有用处的。

第十五章
散 步

“唉，天哪，要是哈特菲尔德不是那么急躁就好了！”第二天下午四点，罗萨利说着，打了一个大呵欠，放下绒线活，懒洋洋地望着窗外。“现在出去也没有什么意思，没有什么可等待的了。没有宴会，快乐的气氛也没有。日子真是又长又闷。这个星期没有宴会，据我所知，下星期也没有。”

“可惜你对他太粗暴，”马蒂尔达说，罗萨利的这番感叹是对她而发的。“他再也不会来了，我想你终究还是喜欢他的。我原来还希望你把他当成你的情人，而把可爱的哈里让给我。”

“哼，要是让我仅仅钟情于一个男人，那这个人就应该是十全十美的阿多尼斯[①]，真的，马蒂尔达，他应该是一个任何人看到之后都会崇拜的人。我承认，失去哈特菲尔德是个遗憾。但是，取而代之的第一个或第一批体面的男人都会受到我的欢迎。明天是星期天，我真想知道，哈特菲尔德会是什么样子，他是不是能把礼拜做下来。他很可能借口感冒，让韦斯顿先生去做。”

“他才不会呢！”马蒂尔达略显轻蔑地大声说，“尽管他是个傻瓜，但不至于软弱到这种地步。”

姐姐有点不高兴了，可事实证明马蒂尔达是对的。那位失恋的男人照常履行自己的牧师职责。罗萨利，当然，认为他脸色苍白，没精打采。的确，他可能有点苍白，但就算有些异样，也很难看出。至于说没精打采，我当然没有像平时那样听见他从法衣室传出来的笑声，也没有听见他愉快地高谈阔论。不过我确实听见他在申斥教堂的下级职员时提高了嗓门，大家因此感到十分惊讶。当他在布道坛和圣餐桌间来回走动时，严肃地迈着沉重的脚步，没有他通常快步走过时的那种过分自信或自我欣赏的傲慢神气，那副神气似乎在说："你们大家都尊重和崇拜我，我知道。如果有人不这样，我要当面向他挑战！"但是，最突出的变化，是他根本没有朝默里先生一家的座位方向瞅上一眼，而且是等我们走了以后才离开教堂。

哈特菲尔德先生显然受到很严重的打击，但他的自尊心迫使他尽力掩饰这一打击的后果。他曾经想娶一个漂亮的、他认为是极为迷人的妻子。她的地位和财产足以让一个容貌差得多的女子变得光彩夺目。他失望了。毫无疑问，他为自己遭到拒绝而感到十分伤心。默里小姐自始至终的行为深深地伤害了他。而默里小姐发现他表面上这么无动于衷，做了两次礼拜他也不瞧她一眼，也感到很失望。哈特菲尔德先生要是知道这一情况，兴许会获得不少安慰。不过默里小姐声明，这正表明哈特菲尔德先生一直在想念她，否则，哪怕是偶然地，他的目光也会落到她身上。但是如果哈特菲尔德先生的目光果真落在她身上，她就会断言，这是因为他无法抵御她的魅力。在整整一个星期中，或者至少是一个星期的大部分时间里，默里小姐因为缺乏经常的兴奋点而感到闷闷不乐，事事不满，再三后悔"这么快就派完了他的用场"，就像一个孩子，匆匆地把葡萄饼干吞了下去，坐在那里吃指头，白白地后悔自己嘴巴太馋。哈特菲尔德先生要是看到了这些，在一定程度上也会感到高兴的。

一个晴朗的上午，默里小姐终于叫我陪她到村里去一趟。她表面上是说要到一家主要由街坊上太太们资助的比较像样的商店里去买一点柏林毛线。实际上，我想可以宽宏大量地认为她是想顺便去与主管牧师本人或其他哪一位崇拜者碰碰头，因为当我们走在路上时她不断说，"要是我们遇见了主管牧师，不知他会说什么"，如此等等。当我们走过格林先生家的花园门时，她"想知道他是不是在家，这个大傻

① 阿多尼斯，希腊神话中爱神阿芙罗狄蒂所钟爱的美少年。

瓜”，梅尔塞姆太太的马车驶过我们身边，她说“天气这么好不知道哈里先生在干什么”。然后又责怪他哥哥“结了婚，到伦敦去居住，真是莫名其妙”。

“怎么，”我说，“我以前以为你也想住在伦敦。”

“是的，因为这里太无聊，而他一走，这里就更加无聊了。要是他还没有结婚，我也许可以嫁给他，不用嫁给那个讨厌的托马斯爵士。”

后来，她看见有点泥泞的道路上的马蹄印子，就“想知道这是不是哪位绅士的马”，然后又说，是绅士的马，因为马蹄印太小，不可能是一匹“又大又笨的辕马”留下的。过后，她又“奇怪，这个骑士是谁呢？”我们是不是能在他回家的路上遇到他，因为她肯定这位绅士是当天早晨才路过这里的。最后，等我们走进村庄，只看见村里的一些谦卑的村民在忙来忙去。她觉得“奇怪，为什么这些笨头笨脑的人不待在家里。她根本不想看见那些丑陋的面孔、肮脏和土里土气的衣衫。她可不是为了看这些人才来到霍顿的！”

我承认，这时，我心里也在暗暗思忖，我们是否能遇见或看到另外某个人。在我们走过他的住处时，我甚至想象他是不是正站在窗口。默里小姐进店铺时要我站在门口，让她进去买东西，要是有人走过就告诉她。可是天晓得！这儿除了村民以外谁也看不见。只有简·格林和苏珊·格林沿着这条唯一的街道迎面走来，显然是散步归来的样子。

“真没意思！”默里小姐买好东西走出来，嘟哝说。“她们为什么不叫上一个傻兄弟一起出来呢？就是**他**，也要比没有强呀。”

然而，她还是笑眯眯地同她们打招呼，对这次幸运的会见，同她们一样表示高兴。格林姐妹俩往她两边一站，三个人便有说有笑地走了，这些年轻姑娘，只要彼此之间的关系还比较亲密，碰在一起总是有说有笑的。可是，我觉得，我是个多余的人，同往常遇到这种情况时一样，慢慢地走在后面，让她们自己去谈笑。要我走在格林小姐或苏珊小姐身旁，像一个聋子和哑巴似的，既不能主动攀谈，也没有人搭腔，我可没有兴趣。

可是，这一次，我独自走了没有多久。最初，我觉得很奇怪，怎么我一想到韦斯顿先生，他就走上前来同我打招呼。以后再仔细一想，就觉得除了他同我谈话这事以外，没有什么可奇怪的。这天上午天气这么晴朗，离他住所又这么近，他在附近走走是很自然的。至于谈到想念他，说实话，一上路我就一直在想，没有间断过。所以这事儿倒没什么奇怪。

“你又是一个人，格雷小姐！”韦斯顿先生说。

“是的。”

“那些小姐——格林家的那两位，是些什么样的人？”

“我真不知道。”

“奇怪，你同她们住得这么近，而且还经常见面。”

“是呀，我觉得，她们是脾气温和的、活泼的姑娘。不过，我想您对她们的了解要比我强得多，因为我从来没有同她们中任何人说过一句话。”

“是吗？我觉得她们对人并不特别冷淡呀。”

“她们对同一阶层的人可能是这种态度，不过她们认为自己的活动范围和我是格格不入的！”

对此，他没有回答。但是，过了一小会儿，他说：

“我想，格雷小姐，就是因为这些事情你才感到没有家就难以生存吗？”

“不完全是这样。事实上我的性格是很喜欢与人交往的，没有朋友是无法生活得称心如意的。由于我仅有的几个朋友，或者可能有的朋友，都在家里，因此要是家里，或者说，要是家人过世了，我不能说我就活不下去了，可是我也不愿活在这样四顾无人的世界里。”

“你为什么说你可能有的、仅有的几个朋友呢？你非常不善于交际，因而无法结交朋友，是吗？”

“不是的，可是，我还从没结交过任何朋友。在我目前的处境下是不可能交任何朋友的，甚至连结交一个普通的熟人都不行。这事部分应该怪我自己，但不能全怪我。”

“部分应归咎于社会，我想，还有一部分应归咎于你直接接触的那些人，另外也应归咎于你自己。因为许多处于你这种地位的女士，是能引起别人的注意和青睐的。但是，一般说来，你的学生应该是你的伙伴，她们并不比你小多少。”

“啊，是的，她们有时是些好伙伴，不过我不能称她们为朋友，她们也不会赏给我这么一个雅号。她们有更合心意的伴侣。”

“也许，她们觉得你过于理智了。你一人独处时怎么消遣？你书看得不少吧？”

“在有闲读书并且有书可读的时候，我是很喜欢看书的。”

他从有关书籍的一般话题谈到某些具体的书目，迅速从一个话题转向另一个话题，在半个小时内我们认真地讨论了一些问题，包括爱好和观点，可是他并没有提出更多的看法。他显然不大想谈自己的思想和爱好，更多的是想了解我的想法和爱好。他并没有为此使用什么计策。他没有通过真实地或表面上谈论自己的感觉和思想来巧妙地引出我的感觉和想法，或者通过觉察不到的渐变把谈话转向他想涉及的话题。可是这种亲切而不讲究礼貌的态度，这种真心实意的直率，并没有触犯我的自尊心。

“他为什么要对我的道德意识和智力水平感兴趣呢？我的想法或者感觉同他有什么关系？”我问自己，但在回答这个问题时，我的心跳得很厉害。

可是简·格林和苏珊·格林很快就到家了。当她们站在花园门口聊天，想劝默里小姐进去时，我希望韦斯顿先生能走开，免得默里小姐转过身来看见他和我在一起。可是，很不幸，韦斯顿先生要再去看看可怜的马克·伍德，因此和我们同路，一直要走到离我们住所不远的地方。不过当他看见罗萨利同她的朋友们告别了，我快要去和罗萨利做伴时，本想离开我，快步向前走去。可是当他走过罗萨利身旁，有礼貌地举了举帽子时，我很惊讶地发现，罗萨利不是生硬而冷淡地点头回礼，而是报以极甜蜜的微笑，并走在他身边，以一种非常愉快和殷勤的态度同他谈话。所以我们就三人同行了。

我们谈话停止了一会，这时，韦斯顿先生专门对我说了几句我们刚才谈过的事情。可是我还没有来得及回答，默里小姐就替我代劳了，并就此大发议论。韦斯顿先生参加了这一谈话，从那时起一直到谈话结束，她完全吸引了他的注意力。从某一角度看，这可能得怪我的迟钝，我缺乏泰然自若的态度和应付自如的能力。可是我觉得自己受了委屈。我害怕得直哆嗦。我怀着嫉妒的心情听她滔滔不绝的谈话，忧心忡忡地看着她不时投向韦斯顿先生的妩媚动人的微笑。她走在前面一些，是为了（我想）让别人既能听到她的声音，又能看到她的身段。虽然她的谈话无聊而琐碎，但倒也还风趣。她从来不愁没话说，也不愁找不到适当的言语来表达自己的思想。这时，她的表情中丝毫没有同哈特菲尔德先生散步时的那种冒失和轻佻，只是令人感到亲切、风趣和活泼。我想，这肯定是韦斯顿先生这类性格和脾气的男人所特别喜欢的。

他走后，罗萨利哈哈大笑起来，自言自语地说："我想我是能够办到的！"

"办到什么？"我问。

"把那个人俘虏过来。"

“你究竟是什么意思？”

“我是说他回家以后会想我的。我射中了他的心！”

“你怎么知道的？”

“有许多确凿的证据。尤其是他临走时望我的那一眼。那不是无礼的——我不要他那样——而是流露着尊敬而亲切的爱慕之情。哈，哈！他并不完全是我想象中的那个愚蠢的傻瓜！”

我没有回答，因为我的心跳到了喉咙口，或者差不多快跳到喉咙口了。我怕说走嘴，露了马脚。“啊，上帝，别让这事发生！”我的心在呼喊，“这是为了他，而不是为了我！”

我们朝家中的花园走去，这时，默里小姐谈了几件小事，对此（尽管我不愿意让感情有丝毫的流露）我只能作些极简短的回答。她是想折磨我，还是只为了消遣消遣，我不知道，也不想知道。不过，我联想到了只有一只羊的穷人和拥有成千上万只羊的富人。我既为自己被扼杀的希望担忧，不知道为什么，也为韦斯顿先生发愁。

我真高兴我们到了家，我又能单独待在自己的房间里。我第一个强烈的愿望是靠在床旁的椅子里，把头埋在枕头里痛哭一场，以求解脱。我迫切地希望能发泄一番，可是，天哪！我还得抑制我的感情。铃响了，这是提醒我们去教室吃饭的讨厌的铃声。我得神色镇定地走下楼去，脉脉含笑、放声大笑、随便闲扯。是的，如果有胃口，还得吃饭，似乎一切都很正常，我刚愉快地散步回来。

第十六章
替代者

下一个星期天是4月里最阴沉的一天，乌云密布，暴雨阵阵。下午，除了罗萨利，默里家没有谁愿意到教堂去做礼拜。她却和平常一样想到教堂里去，她叫人备好马车，让我与她同行。我当然很乐意，因为在教堂里我可以不怕人们讥笑或非难，看着我所喜欢的身影和脸庞。我觉得这比上帝的最美丽的造物还要可爱。我可以不受干扰地听听我认为比最美妙的音乐还要迷人的声音。看上去我好像是在同我这么感兴趣的圣灵交流感情、吸取圣灵最纯洁的思想和最高尚的追求，在这种幸福中，没有任何杂念。只是我暗暗受到良心的谴责，心中经常嘀咕，我是在欺骗自己，嘲弄上帝，因为我内心更加崇拜造物而不是造物主。

有时这种想法会使我非常不安，但有时我又能自我安慰，我觉得，我爱的不是人，而是他的德性。“凡是真实的……清洁的，可爱的，有美名的……这些事你们都要思念。”[1]我们是根据上帝的善行而崇拜上帝的。我可从来没有看见有谁像上帝的这个忠诚仆人那样，身上闪烁着如此众多的上帝的品质和精神。没有别的什么可以占领我的心，要我了解他而不去爱慕他，那真是太迟钝和麻木了。

礼拜一结束，默里小姐就离开了教堂。由于天在下雨，马车又还没有来，我们不得不站在门廊里。我觉得奇怪，她为什么要这么匆匆地走出来，因为小梅尔塞姆和格林少爷都不在那里。不过我很快就发现，她是要在韦斯顿先生出来的时候同他见面。不久，韦斯顿先生就出来了。他同我们两人打了个招呼，本来就想走过去的，可是默里小姐缠住了他，先是说天气很不好，然后问他，明天是不是可以去看一下门房间那个老太的孙女，因为这小女孩在发烧，想见见他。韦斯顿先生答应要去。

“你大概什么时候去呀，韦斯顿先生？那位老人想知道什么时候恭候你。你知道，这些人希望在体面的人士去看望他们时把茅屋收拾得整洁一些，这一点我们可能是想象不到的。”

粗心的默里小姐这次居然考虑得这么周到。确实很有意思。韦斯顿先生定了上午的一个时刻，说他尽量准时前去那里。这时马车来了，车夫撑开伞等着，好接默里小姐走过院子。我正想跟上去，但是韦斯顿先生也有把伞，他建议我和他共撑一把伞，因为雨下得很大。

“不，谢谢您，这点雨没关系，”我说。在出乎意料的时候我总是不大通情理的。

“可是你总不会喜欢淋雨吧？不管怎么说，有把伞对你不会有什么坏处的，”他笑眯眯地回答说，表明他没有生气，一个脾气坏一点或者观察力差一些的人，遇到别人这样拒绝他的帮助，一定会生气的。他说得很对，我无法否认，所以便同他一起走向马车。在上车时，他还扶了我一把：这本是不必要的礼貌，可是我也接受了，怕惹他生气。他望了我一眼，分手时微微地一笑——一切只是一闪而过。可是我却从中看到了，或者以为看到了某种意义。这在我心中燃起了更欢快的希望之火，超过了以往曾有过的一切向往。

“你要是再等一会儿，格雷小姐，我会派车夫回来接你的，你不该用韦斯顿先生的雨伞。”罗萨利说，她那美丽的脸庞上浮起一片不快的乌云。

“我本来不用伞也能过来的，可是韦斯顿先生要我用他的雨伞，我本来是不要的，但也不好拒绝，否则会得罪他的，”我心平气和地含笑回答说。这时，我内心感到十分幸福，我觉得，即使在别的时候会使我伤心的那些事，这时也变得饶有兴味了。

---

①《圣经 · 新约 · 腓立比书》，第 4 章第 8 节。

马车跑动起来了。默里小姐向前倾着身子，在马车经过韦斯顿先生身旁时向窗外张望着。他正沿着人行道朝家里走去，没有回过头来。

“蠢驴！”她喊着，又靠到椅背上。“你不知道，不朝这边望一眼会有多大的损失！”

“什么损失？”

“我的回礼，他会因此感到无上幸福。”

我没有回答。我看到她不高兴，心中暗暗感到高兴。这不是因为她生气，而是因为她自以为有理由生气。这时，我感觉到，我的希望并不纯粹是我向往和想象的产物。

“我要用韦斯顿先生来代替哈特菲尔德先生，”我的伙伴说，不一会儿，她似乎又恢复了通常的愉快心情。“你知道，阿什比花园的舞会是在星期二举行。妈妈认为托马斯爵士很可能在那天向我求婚。这种事常常是在舞场上暗暗谈妥的。在这种场合，女人最迷人，男人最容易上钩。如果我很快就得结婚，那我一定要尽量利用现在这段时间享乐一番。我想，不应该只有一个哈特菲尔德拜倒在我脚下，徒劳地祈求我接受他那颗毫无价值的心。”

“如果你要让韦斯顿先生成为牺牲品，”我若无其事地说，“你必须亲自去向他表白，那么等他要求你实现你所唤起的期望时，你就会发现难于退却。”

“我想他不会要我嫁给他的。我也不愿意他有这样的想法。否则，就太放肆了！可是我要他觉察到我的力量，他已经觉察到了，真的。不过他还应该承认这一点。不管他抱有什么不切实际的幻想，他只能隐藏心中，只能是用幻想造成的后果来供我消遣。暂且如此。”

“天哪，但愿哪一位慈悲的神灵能把这些话吹到他耳边！”我的心在呼喊着。我感到十分气愤，不愿意随随便便对她的想法作出公开答复。当天我再也没有谈起，或听人谈起韦斯顿先生。但是第二天上午，刚吃完早饭，默里小姐就到教室来了，她妹妹正在那里学习，或者说是做功课，因为这不是学习。默里小姐说，“马蒂尔达，十一点左右我要你同我一起去散步。”

“哎呀，我不去，罗萨利！我得去定制新缰绳和马鞍，还要同抓耗子的人谈谈那些小狗的事情。让格雷小姐同你一起去吧。”

“不，我要你去，”罗萨利说，然后把她妹妹叫到窗前，凑在她耳朵跟前低声说了些什么。于是，她妹妹同意去了。

这时我才想起，韦斯顿先生十一点要到门房间来，我终于明白了这套诡计。然后，在吃饭的时候，我只好听她们滔滔不绝地谈论，说什么在她们沿着大路散步时，韦斯顿先生赶上了她们，她们同他一起长时间地散步和聊天，发现他确实是一个很可亲的伙伴，他一定很喜欢她们和她们屈尊俯就的行动，这一点是显而易见的，等等，等等。

第十七章
自白

由于我是在进行自白，我就应该承认，这些日子以来，我比以前任何时候都更注意穿着打扮。这并不是言过其实。在这以前，我是不修边幅的，可是现在，我常常要花上两分钟仔细在镜子前面端详一番。不过，我从来没有从这种端详中得到丝毫安慰。清晰的线条显现不出美感，双颊苍白低陷，一头普普通通的褐发，前额看来有点智慧，灰褐色的眼睛可能有些表情，但这又算得了什么？人们会认为，别人宽阔的希腊式前额、不太动人的乌黑的大眼睛反而要好看得多。渴望美貌的人是愚蠢的。聪明人从不希望自己漂亮，也不在乎别人的美貌。只要头脑有教养、心地善良，没有人会去考虑外貌。我们在童年时代，就听老师们这么说过。今天我们也这样对孩子们说。一切都合情合理，毫无疑问，可是这些主张是否能得到现实的验证呢？

我们自然会去爱那些能给予我们愉快的东西，而什么东西能比一张漂亮的脸蛋更能令人愉快呢？尤其是当我们知道有着一张漂亮脸蛋的人并不怀有恶意时，情况更是这样。小女孩喜欢她的鸟儿——为什么？因为它有生命，有感觉，因为它无依无靠又无害于人吗？一只癞蛤蟆也有生命，有感觉，也是同样的无依无靠而又无害于人。但是这个小女孩尽管不会去伤害它，却不会像爱鸟儿一样爱它，因为小鸟具有优美的外形、柔软的羽毛、明亮而会说话的眼睛。如果一个女人漂亮而又可亲，她的两个优点都会受到赞美，但是世人大多是赞美她的美貌。如果换一种说法，她的外貌和性格都不太好，她的平凡相貌通常被指责为最大的过错，因为对普通观众来说，这是最令人厌恶的。如果她相貌平平但心地善良，但是不喜交游，与世隔绝，那么除了直接与她有过接触的人以外，没有人会知道她的品德。相反，旁人会对她的思想和为人形成错误的看法；哪怕仅仅是为他们不喜欢天生不美的人的本能寻找借口，他们也会这么想的。如果一个人天使般的外貌遮掩着一颗邪恶的心，或为缺点和弱点蒙上一层虚假、骗人的魅力，人们对这种人的态度却大不一样。这些缺点和弱点如果是产生在另一个人身上，那就是不能令人容忍的。那些拥有美貌的人，愿他们为此感到高兴，就像利用其他任何一种才能一样，好好地利用它。那些相貌平常的人，愿他们能自己安慰自己，尽管相貌不美，也要发愤图强。当然，人们往往过高地估计美貌的意义，不过，美貌究竟是上帝的赐予，不应该加以藐视。许多人会有这样的感觉，他们已经感觉到他们能够爱，而且内心也告诉他们，他们是值得接受人们的爱的。但是由于外表上的某种小小缺陷，他们受到妨碍，不能给予，也不能得到他们似乎生来就应该感受和给予的幸福。就像低级的萤火虫看不起发光的本领一样，可是没有这一本领，那飞来飞去的小虫会千百次地从她跟前一掠而过，而从不在她身旁停留。她可以听见那长着翅膀的情人在她头上和身边嗡嗡地盘旋，他想找她但又无从找起。她迫切地希望他能找到她，却没有力量让他知道她的存在，没有声音去呼唤他，也没有翅膀可以跟着他飞翔。飞舞着的小虫应当去找另一个配偶；萤火虫只得孤独地活着和死去。

这就是我在这几天的内心独白。我本来可以平铺直叙地写下去，我可以写得深刻一些，把其他一些内心活动揭示出来，提出一些读者可能觉得难以回答的问题，推论出一些可以激起读者的偏见或者引起他们耻笑的看法，因为读者无法理解这些看法。不过我没有写下去。

现在，还是让我们回过头去谈谈默里小姐吧。她陪着她妈妈去参加了星期二的舞会，当然打扮得雍容华贵，对自己的命运和魅力充满信心。阿什比花园离开霍顿村将近十英里，所以她们很早就出发了。本来，我想到好久未见面的南希·布朗家去度过一个傍晚，可是，我那好心的学生有意阻拦，甚至不让我离开教室，她要我抄一首曲子，让我一直忙到上床时分。第二天上午十一点左右，她刚走出卧室，就来给我讲她的新闻。托马斯爵士的确在舞会上向她求婚了。这件事表明，她妈妈若不是诡计多端，便是足智多谋。我比较倾向于认为，她事先作出了安排，然后又预言这些安排会取得成功。默里小姐当然接受了他的求婚。这一天，被相中的新郎要来同默里先生商量各种事务。

罗萨利一想到要当阿什比花园的女主人，就异常兴奋。谈起即将到来的婚礼、盛大的豪华场面，去国外欢度蜜月，然后到伦敦和其他地方去痛痛快快地游玩一番，这一切都让她感到欢欣鼓舞。当时她似乎对托马斯爵士本人也很满意，因为刚见过他，同他跳过舞，听了他许多奉承话。尽管如此，她似乎不愿意去想这么快就要结婚。她希望婚礼至少能推迟几个月。我也是这么想的。匆匆忙忙地就让他们不幸地结合，不让这位可怜的姑娘有时间去思考和推敲她即将迈出的不可挽回的一步，似乎是很可怕的事情。我不敢自命具有“母亲的细心、热切的关怀”，但是默里太太的残忍，或者说对她孩子的真正幸福缺乏考虑的做法，让我感到惊讶和可怕。我徒劳地想用我不为人重视的警告和劝说来纠正这一不幸的事件。可是，默里小姐对我的意见只是一笑置之。不久我便发现，她之所以不愿意马上举行婚礼，主要是企图在未失去诱惑人的可能之前，尽量在她认识的年轻人中制造不幸。正是出于这一原因，她在向我透露她订婚秘密时，就要我保证对旁人只字不提此事。当我了解到这一点，看到她比过去更加放肆和残忍地卖弄风情，我就再也不同情她了。“随她去吧，”我想，“她自作自受！托马斯爵士同她两人刚好是半斤八两。她的欺骗行为和害人之心结束得越早越好。”

婚礼订在6月1日举行。婚礼和那次重要舞会之间只有六个多星期时间。可是就是在这一段时间内，罗萨利利用自己的娴熟技巧和不懈努力，还是可以有所作为的。况且在这段时间里，托马斯爵士大部分时光要待在伦敦。据说，他是去同律师商谈事务，并为即将到来的婚礼作点准备。他尽可能用雪片似的、火热的情书来弥补他的空缺。不过，信件不会像亲自来访那样引起邻居的注意，并让他们亲眼看到事实真相。而阿什比老太太有一副高傲、乖张而冷漠的脾气，她不愿宣布这一消息，加上身体不太好，无法去看望她未来的儿媳。由于这些情况，他们的婚事比通常这类事情要机密得多。

罗萨利有时会把她情人的信件拿给我看，目的是想让我相信他将会成为一个多么善良、钟情的丈夫。她也让我看另一个人——不幸的格林先生——的情书。这位先生没有勇气，或者像她所说的，没有“胆量”当面向她求爱，但是在遭到拒绝后仍不灰心，还要一次又一次地投递情书。他要是亲眼见到那位美丽的偶像，对他动人心弦的求爱投以鄙视的目光或听到她蔑视的笑声，或因他的纠缠而给他起了粗俗的绰号，他就不会这样做了。

“你为什么不干脆告诉他你已经订婚了？”我问。

“哎呀，我就是不让他知道这件事，”她回答道。“要是他知道了，他的几个妹妹和其他人都会知道的，这么一来，就没有我的……啊哈！再说，如果我告诉他，他会以为这是主要障碍。如果我没有订婚，我就会爱上他。我不能容忍任何人有这种想法，尤其是他。说实话，他的情书对我也无所谓，”她又蔑视地说，“他愿意写多少情书，愿意在遇见我时表现得多么钟情，都随他去吧。这只会使我感到滑稽。”

这段时间内，小梅尔塞姆经常来这家作客，或路过这里。从马蒂尔达的咒骂和指责来看，她姐姐对他的注意超出了礼节范围。换句话说，罗萨利是在父母在场时允许的范围内尽量同他调情的。她曾经几次企图让哈特菲尔德先生再度拜倒在她的脚下，可是并不成功。她就报以高傲的冷淡，更加骄横的藐视，谈起他时就表现出从前对待助理牧师的那种轻蔑和厌恶。但是，就在这些日子里，她一刻也没有忘记韦斯顿先生。她抓住一切可以同他见面的机会，玩弄种种诡计去迷惑他，如此执着地追求他，似乎她爱的正是他，而不是别的什么人，她一生的幸福就在于博得他的欢心。对她这种行为，我根本无法理解。要是我在小说中读到这种情节，我会认为这是故弄玄虚；要是我听见别人这样叙说，我会认为这是误传，或者是夸大事实。可是，现在，我亲眼目睹，还因此而承受着某种痛苦。我只能得出一个结论：过分的虚荣，犹如酒后酣醉，会使人变得冷漠无情，才能受到抑制，感情发生变态。不仅是狗吃饱了，还盯着剩下的食物，不肯让挨饿的同类吃上一口，有的人也如此。

现在，默里小姐在可怜的村民面前表现得十分慈善。她同他们当中一些人往来更广泛了。她对这些村民茅舍的拜访比以前更加经常，更加随便了。于是，她在村民中赢得了平易近人和乐善好施的声誉。他们一定会对韦斯顿先生提起人们对她的赞誉。而且，这么一来，她每天都有机会在某一村民家里或在来回路上遇见韦斯顿先生。她从村民的闲谈中，也能了解到他可能在什么时间到什么地方去；是去为孩子施洗礼，还是去看望老人、病人、心情沮丧或濒于死亡的人。于是她就极巧妙地作出相应的安排。她在进行这些活动时，有时同她妹妹一起去——她又略施巧计，说服或收买了她妹妹参与她的阴谋——有时独自前往，但是她现在从不同我一起出去。因此，我就失去了见到韦斯顿先生或者哪怕是听到他同别人谈话时的声音的那种愉快。不管听到他的声音会使我多么伤心，会给我带来多大的痛苦，但仍然能带来极大的愉快。现在，我甚至在教堂里也看不见他了，因为默里小姐利用一个小小的借口，把教堂里默里一家座位中自我来以后一直属于我的那个角落占领了。如果我没有胆量去坐在默里先生和默里太太中间，就得背对布道坛，而当时我在教堂里确实就是这么坐的。

现在，我也从不同我的学生一起步行回家了。她们说，她们的妈妈认为，家中有三个人步行，只有两个人坐车，显得不大妥当。而天气晴朗的时候，她们非常愿意步行，那我就得到了同家长一起坐车的荣誉。“而且，”她们还说，“你没有我们走得快，你自己知道，你总是落在我们后面。”我心里明白，这些说法都是欺人之谈，但我没有反对，也从不进行反驳。我很清楚，是什么动机促使她们这么做的。在那值得回忆的六个星期里，下午我从不去教堂。要是我患感冒，或稍有不适，她们就顺势要我待在家里。她们常常告诉我，当天她们自己也不再去教堂了，过后又假装改变了主意，不辞而别地出去了。她们总是悄悄地安排外出活动，等我发现她们主意发生变化时，已为时过晚。有一次，她们回来后，兴致勃勃地给我讲述她们在路上遇见韦斯顿先生时的谈话。马蒂尔达说：“格雷小姐，他还问起你是不是病了，可是我们告诉他你身体很好，只是不想去教堂，他会以为你变坏了。”

我和韦斯顿先生平时的巧遇也为她们处心积虑的安排所阻止。为了不让我去探望可怜的南希·布朗或其他村民，默里小姐总是精心策划，找些杂事占去我全部空余时间。无论她或她妹妹在干什么，我总得画完一张图画，抄点乐谱或做其他琐事，因此，我只能在草坪上匆匆地散会儿步，其他什么也干不成。

一天上午，她们终于设法在路上候着了韦斯顿先生，回来后兴高采烈地把他们相会的情景讲给我听。“他又问起了你，”尽管罗萨利没出声，但专横地暗示马蒂尔达不要多嘴，可是马蒂尔达仍然说个不休，“他很奇怪，你怎么从来不跟我们在一起。他还以为，既然你很少出门，身体一定很弱。”

“他没有这么说，马蒂尔达……你在胡说些什么呀！”

“哎呀，罗萨利，你撒什么谎呀！你明知道他说过。你还说……别，罗萨利……他妈的！……不要这样拧我！格雷小姐，罗萨利还告诉他，你身体很好，不过你总是埋头看书，对其他事情都不感兴趣。”

“他会怎么看我呢！”我想。

“老南希有没有问起过我？”我问。

“问起过的，我们告诉她，你总喜欢看书和画画，别的什么事都没时间去做。”

“不过，情况并不是这样。如果你们告诉她，我很忙，没法去看她，那倒更合乎事实。”

“我认为这不符合事实，”默里小姐勃然大怒地回答。“现在，你课堂里的事儿不多，我敢说你有很多自由支配的时间。”

跟这种任性、不讲道理的人争论是没有用处的。所以我没有作声。现在我已经习惯了，听到什么不顺心的事儿，就保持沉默。我现在也习惯了，每当内心十分痛苦的时候，脸上总是保持着平静、欢快的神色。只有经历过类似感受的人才能想象得出我的心情。我必须若无其事并高高兴兴地听她们描绘与韦斯顿先生会面和交谈的情景（她们似乎觉得对我谈这些事特别愉快），她们硬说他做了一些有损于自己、而能为她们（尤其为默里小姐）争得面子的事情。根据他的性格，我知道，如果这种说法不完全是假的，那也是夸大其词或歪曲事实。我真想加以反驳，或者至少表示一下怀疑。但我不敢这样做。如果表示不相信，那可能会泄露我的真情。我也听到一些我感到是（或害怕是）千真万确的事实。不过，我还得摆出一副无所谓的样子，借以掩饰我对他的担忧和对她们的气愤。对另外一些说过或做过的事，她们只做了一些暗示，我很想多听一些，但是不敢多加询问。令人烦恼的时间就是这样打发过去的。我甚至不能自我安慰：“她快要结婚了，到那时也许会有希望的。”

她结婚以后不久，假期就要开始，等我再从家里回到这里来时，韦斯顿先生也许已经走了。听说，他跟主管牧师意见不合（当然，是主管牧师的错），他要到别的地方供职去了。

是这样，现在除了对上帝寄托希望之外，我唯一的安慰就是这样的想法：尽管韦斯顿先生不了解真情，尽管罗萨利·默里迷人而又可爱，但是我比她更值得他爱慕，因为我能理解他的美德，而她不能。为了增添他的幸福，我会献出我的一生，而她却会为了个人虚荣的暂时满足而毁掉他的幸福。我很想诚挚地呼喊："天哪，要是他能知道这种差别就好了！""可是不！我不会让他看透我的心思。如果他能知道她的虚伪、浅薄、残忍而轻浮，他就会安全无恙的。而我也就……几乎是幸福的了，虽然我可能永远也见不到他了！"

现在，我担心，我这样坦率地对读者披露我的愚蠢和懦弱，会引起读者的厌恶。当时，我可从没说过，哪怕自己的姐姐或母亲待在身边，我也不会对她们说起的。我是一个沉默而坚决的伪君子，至少在这件事上是如此。我的祈祷、我的眼泪、我的希望、担忧和悲伤，只有上帝和我自己知道。

有时我们受到悲伤或忧虑的折磨，长期遭受那种只能埋在心底的强烈感情的压制，我们不谋求从世上任何一个人那里获得对这种感情的同情，然而又不能，也不愿意完全扑灭这些感情。这时，我们很自然地要到诗歌中去寻求安慰，而且也常常能够找到这种安慰；有时是在同我们当时心情很合拍的别人所流露的感情中找到这种安慰；有时是我们自己企图用一些可能不大悦耳，但更确切，因而也更深刻，更能引起共鸣的诗句来表达那些思想和感情。在当时，这些诗句有助于减轻痛苦或令人振作，卸却压在心头的重担。此前，在韦尔伍德和霍顿，每当我想家而陷于忧郁时，我也曾有两三次从这种慰藉的源泉中去寻找解脱。现在我又走向这一源泉，而且较之从前更加急切。我似乎更加需要这种慰藉了。我至今仍保留着这些记载过去的苦恼和经历的纪念品，犹如标志着人生旅途中特殊事件的纪念碑。如今，足迹已经湮灭，时过境迁，物换星移，但这座纪念碑仍屹立在那里，令人回想起在当时竖立这座碑塔的情景。为了满足读者对这种心情的好奇，我愿献上一首小诗，这些诗句也许缺乏情趣和力量，但它们几乎诞生于极度悲伤的心情之中：

啊，她们夺走了——
　　我心中这般甜蜜的希望；
她们不让我听见——
　　我内心喜欢倾听的声音。

她们不让我看见——
　　我朝思暮想的脸庞；
她们抹去了你所有的笑容，
　　夺走了你对我的一片深情。

啊，让她们去抢夺她们能抢到的一切——
　　但有一件瑰宝永远属于我——
那是一颗对你思念的心，
　　一颗值得你爱慕的心。

是的，她们至少无法夺走我的心。我可以日夜思念着他，而且觉得他值得我思念。没有人像我这样了解他，没有人能像我这样珍惜他，没有人能像我……这样爱他，假如有这种可能的话。然而，这正是我的悲剧之所在。我为什么要如此思念一个毫不关心我的人呢？这岂不愚蠢？岂不荒谬？然而，如果我觉得对他的思念能给我带来巨大的欢乐，如果我把这些思念藏在心里而不用它去干扰别人，这又有什么害处呢？我问过我自己。这样的推论使我没有作出足够的努力去摆脱我的羁绊。

不过，要说这些思念带来欢乐，那不过是一种痛苦、困惑的快乐而已，几乎近似苦闷。这种感情给我造成的伤害，我在当时是没有意识到的。一个比较聪明或稍有经验的人，无疑是不至于这么放纵自己的。可是要我的眼睛从那个愉快的形象上移开，强制它们只去观望周围沉闷、灰暗、荒凉的情景，那是多么可怕：呈现在我面前的是抑郁、绝望和寂寞的小路。这么忧闷寡欢、这么消沉沮丧是于事无补的。我本应该把上帝当成朋友，把他的意愿当成我一生的欢乐和事业。可是，信仰很微弱，激情太强烈了。

在这段苦闷的日子里，我还遇到另外两件不愉快的事情。第一件看来无足轻重，但我却因此掉了不少眼泪。斯纳普，我的那个不能说话、面目粗俗但眼睛明亮、心地善良的小伙伴，唯一爱我的小家伙，给抓走了。人们把它交给村里抓耗子的人，任凭他去摆布。这个人臭名昭著，对待手下的狗十分残酷。另一件事的性质十分严重。我家里的来信暗示说，父亲的健康恶化了。信中虽没有提到有不祥之兆，但我心神不定，情绪低沉，十分担心某种可怕的灾难在等待着我们。我似乎看见乌云在我家乡的山顶上积聚翻滚，似乎听到了暴风雨的怒吼，它即将来临，将要夺走我们的亲人。

第十八章
欢乐与悲伤

6月1日终于到来了。罗萨利·默里成了阿什比太太。她穿着结婚礼服，显得光彩夺目，十分漂亮。婚礼结束以后，她从教堂回来，就直接奔到教室，激动得满脸通红，嘻嘻哈哈地笑个不停。依我看，这种嬉笑一半是出于欢乐，一半是出于绝望的自暴自弃。

“好了，格雷小姐，我现在是阿什比太太了！”她高声地说。“婚礼已经举行，命运已经确定，现在再也不能反悔了。我是来接受你的祝贺并向你告别的。然后我要去巴黎、罗马、那不勒斯、瑞士、伦敦……啊，天哪！在我回来之前将会看到和听到多少事儿呀。可是，别把我忘了，我不会忘记你的，尽管我是个淘气的姑娘。唉，你怎么不祝贺我啊？”

“只有在我知道这种变化确实是朝好的方向发展时，我才能祝贺你，”我回答说。“不过我衷心希望如此。我愿你得到真正的快乐和最大的幸福。”

“好了，再见了，马车在等着，他们在叫我了。”

她匆匆地吻了我一下，就赶紧走了。但突然又折回来，热情地拥抱我。我过去以为她是不会有这种表示的。然后，她含着泪水走了。可怜的姑娘！当时我确实爱她，而且从心底里饶恕了她给我和其他人造成的种种伤害。我相信，她过去没有完全意识到这一切。我也祈求上帝宽恕她。

这个令人伤心的节日剩下的时间，可以由我自行支配了。我心烦意乱，不想一本正经地做什么事情。我拿着一本书，徘徊了好几个小时。其实我不是在看书，而是在思索，因为我有许多事情需要考虑。傍晚，我抽空再次去看望我的老朋友南希。我好久没有去看她，一定显得冷淡而无情无义，为此我要向她表示歉意。我还要告诉她，我这一阵有多忙。我要去同她谈谈天，或给她读点什么，或者帮她做点事情，她喜欢什么，我就做什么，当然也要告诉她这一天的重大新闻。也许，从她那里，我也可以得到一些有关韦斯顿先生即将离去的消息。可是，她似乎对此一无所知。因此，我同她一样，但愿这全是讹传。她见到我很高兴，可喜的是她的眼睛现在差不多全好了，几乎不需要我帮什么忙了。她对默里小姐的婚礼很感兴趣，但是我同她一谈起喜庆日子的细节、婚礼的豪华以及新娘的雍容华贵时，她不时摇头叹气，希望默里小姐能有个好结局。她似乎同我一样，也认为这是一件令人伤心，而不是令人欣喜的事情。我坐了很长时间，同她谈了很久，可是一直没有什么人来。

我得承认，我朝房门张望过几次，希望看到房门打开，韦斯顿先生走进来，就像过去那次一样。后来，在沿着小路和田野回去的时候，我也常常停下脚步向四周张望，尽量把脚步放慢，因为这天傍晚，天气虽然晴朗，但并不很热。一路上我只看到两三个农民从田里回去，此外没有遇到任何人，甚至在远处也没有见到任何人，就回到家了。我感到空虚和失望。

不过，礼拜天快到了。那时我就可以看见他了。默里小姐走了，我又可以坐到我过去的那个角落里去。我会看到他，从他的眼神、言语和举止上，我可以了解到默里小姐的婚事是否给他带来了苦恼。可喜的是，我看不出他有什么变化。他的神色同两个月以前一模一样：声音、眼神、举止都没有变化。他的布道还是那样深刻、坦率、真实，他的态度还是那样明朗，他所说和所做的一切还是那样真挚朴实，使听众能在心里感到他们眼睛看不到、耳朵听不到的这种朴实。

我同马蒂尔达小姐一起步行回家，但是他并没有和我们同行。当时马蒂尔达没有伴侣，感到非常寂寞。她的两个弟弟在学校里，姐姐出嫁了，自己又太年轻，还不能进入社交界。她学罗萨利的样，在一定程度上也开始喜欢进行社交活动，至少已喜欢同某些阶层的绅士们交往。在这种单调乏味的季节，没有打猎活动，甚至不能射击，因为她虽然不能参加这些活动，但是看看她父亲或猎场看守人带着猎狗出去，等他们回来时同他们谈谈他们猎获的各种野禽，也是一件有趣的事情。现在，父母又不允许她去享有同车夫、马夫、马匹、猎狗、波因特狗[①]在一起的快乐。她母亲克服了乡村生活的不利条件，把大女儿嫁得非常称心，她感到十分自豪，因而开始认真地把注意力转向小女儿身上。她确实对马蒂尔达的粗野感到吃惊，认为该是矫正她品行的时候了。她总算意识到要运用她的权威了，绝对禁止马蒂尔达到院子、马厩、狗舍和车房去。当然马蒂尔达不想驯顺地服从她的命令。不过，默里太太过去虽然溺爱孩子，但是一旦激动起来，她的脾气并不像她要求家庭教师的那样温和。她的旨意是不准许随便违反的。母女之间发生了多次对抗，甚至大吵大闹，我看了都感到不好意思。这时，常常要依靠父亲的权威，用恶骂和威胁来确保没有得到遵守的母亲的禁令。因为连**她父亲**也看出，"蒂利[②]要是个小伙子，那倒是挺不错的，可是不大像一个大家闺秀。"马蒂尔达终于认识到，最好是不要到那些禁地去，只有在瞒得过机警的母亲时，才偶尔偷偷地去一次。

在此期间，不要以为我能逃避各种各样的申斥和指桑骂槐的责备，这种申斥和责备并不因为没有说穿而有所缓和，实际上对我的伤害反而更加厉害。正是由于这个原因，我无法进行自卫。人们常常告诉我，要用其他办法让马蒂尔达小姐消遣消遣；**提醒**她要遵守母亲的告诫和禁令。我总是尽力而为，可是，要是不合马蒂尔达的意愿和口味，她也就不肯进行娱乐活动。尽管我不仅仅限于提醒，但是我能够

---

① 波因特狗，是一种能站住用鼻尖指示猎物所在处的猎狗。
② 蒂利，是马蒂尔达的小名。

提出的那些温和的劝告是毫无作用的。

“亲爱的格雷小姐，这事真蹊跷。我想你大概是没有什么办法，否则就是你的性格不……可是我很奇怪，你怎么无法取得那位姑娘的信任，你应该让她觉得同你在一起至少和同罗伯特或约瑟夫在一起一样愉快！”

“他们谈论的话题是她最喜欢听的，”我回答道。

“啊！不过，她的家庭教师承认这一点，倒真令人费解。我不知道，要是家庭教师不去培养小姐的兴趣，那又该由谁来管这件事呢?我可认识一些家庭教师，她们十分关心小姐们在高雅的修养和得体的举止方面的声誉。她们要责怪学生一句，就会觉得脸红；要是听到别人稍稍责怪她们的学生，比听到对她们本人的责备还要难过。就我来说，我确实认为这是很自然的。”

“是吗，夫人？”

“当然了。对家庭教师来说，小姐的才能和高雅的举止比教师自己更重要，对社会来说也是如此。如果一个家庭教师想在职业上取得成功，就应该把全部精力都献给工作。她的全部思想和愿望都要贯注于培养学生的才能。我们衡量一个家庭教师的能力，自然要看看她认为已经培育出来的那位小姐的情况，从而作出相应的判断。有见识的家庭教师是明白这个道理的。她知道，虽然自己终日默默无闻，但她学生的美德和缺点是人人都看得见的。她要是不愿意为培育学生而忘我工作，那就不要希望获得成功。你知道，格雷小姐，这同其他任何行业和职业完全一样。希望获得成功的人必须全心全意地投身于他们的职业。如果他们开始偷懒或放纵自己，很快就会被更聪明的竞争者所淘汰。一些教师由于疏忽而延误了学生，另一些教师是以自己的行为带坏了学生。这两类教师没有什么区别。请你原谅，我向你提出了这些看法。你知道，这都是为你好。别人家的太太会对你说得更不客气，有些人根本不愿花力气去谈这些事情，而是悄悄地去找一个替工。当然，这是最简单的办法。不过，我知道，这职位对你的处境来说，是很重要的。我也不想同你分手。我可以肯定，只要你动动脑筋，再花点力气，你会干得很出色的。我相信，你很快就会领会这种微妙的机智。你要给学生以良好的影响，你所缺乏的正是这一点。”

我正想告诉这位太太，她的期待并不合理，可是她话音一落，就飘然而去。她把所想的全说了，但不愿意听听我的回答。我的本分只是洗耳恭听，无需动口。

不过，就像我说过的，马蒂尔达终于对她母亲的权威作出了一些让步（可惜她母亲没有早一点行使这种权威）。她的一切娱乐几乎都遭到禁止，只好把许多时间花在同马夫一起出去骑马，同家庭教师一起散步，拜访她父亲庄园里的农家，同那里的老头儿、老太太聊天，以此来打发时光。有一次，我们正在散步，幸运地遇到了韦斯顿先生。这是我向往已久的事情。可是，在当时，刹那间，我真希望，我和他两人之中最好有一人不要在场。我的心跳得非常厉害，我非常害怕，不要在神色上流露出某种激动的表情。可是我觉得他几乎没朝我望一眼，我很快也就镇静下来了。他简单地同我们两人打了个招呼，便问马蒂尔达最近有没有收到她姐姐的来信。

“收到了，”马蒂尔达回答。“是从巴黎写来的，她身体很好，生活很幸福。”

她说最后半句话时，加重了语气，并且无礼而狡猾地瞥了他一眼。他似乎没有理会这一点，反而一板一眼，十分郑重地说：

“但愿她永远如意。”

“你认为这可能吗？”我大胆地问道。因为马蒂尔达跑去追她的小狗去了，那只狗正在追一只小兔。

“难说，”他回答。“托马斯爵士可能比我想象的要好一些。但是据我所知，一个姑娘这么年轻、活泼，而且……——要用一个词儿来概括她的许多特点的话——这么有趣，随随便便地嫁给了这么一个男人，似乎是太可惜了。这姑娘最大的，即使不是唯一的缺点，似乎就是轻率，因此她几乎可以同任何人交往，容易受到形形色色的诱惑。当然这是个不小的缺点。但总是令人惋惜的。我想，这是她母亲的意愿吧？”

“是的，我想，这也是她自己的意愿，因为每当我想劝说她不要这样做时，她总是讥笑我。”

“你确实劝告过她么？那么，即使发生什么不幸，你至少可以心安理得，知道这不是你的错儿。至于默里太太，我不知道她用什么办法为自己的行为辩护。要是我同她很熟悉的话，我会问问她的。”

“这事看起来是有些反常。但是有人认为，地位和财富是最主要的幸福。如果他们能为孩子们找到这样的幸福，就是尽了自己的职责。”

“是的，可是一个有见识的已婚妇女，还要做这样错误的判断，不是很奇怪吗？”

这时，马蒂尔达气喘吁吁地走了回来，手中抱着那只给咬死的兔子。

“你刚才是想弄死那只兔子呢，还是想去救它，默里小姐？”韦斯顿先生问道，显然为她兴奋的脸色感到困惑不解。

“我是想装成去救它的样子，”她相当老实地回答，“因为，人人都知道现在是禁猎期。可是，我更希望猎狗把它咬死。不过，你们两人都可以证明，我没法制止这事。小王子①坚决要去抓它。它是从后面抓住这兔子的，一下子就把它咬死了！这次追猎难道不是很成功吗？”

“不错！一位小姐去追猎一只小兔！”

马蒂尔达觉察到他的回答中带有几分讥讽，耸耸肩，“哼”了一

① 狗名。

声，就转过身来问我，是不是喜欢刚才那有趣的场面。我回答说，我认为这并不是一件有趣的事情，但是我应该承认，我没有怎么注意这事儿。

“你没看到它拼命地跑么，就像一只老兔子？你没有听到它的尖叫声吗？”

“我很高兴，我没有听到。”

“它尖叫起来，就像一个小孩儿。”

“可怜的小东西！你准备拿它怎么办？”

“走，我要把它留给我们走过的第一户人家。我不想拿回去，怕爸爸骂我，说我让小狗把它咬死了。”

这时，韦斯顿先生走了，我们也继续赶路。我们把兔子放在一户农家，在那里吃了一些风味蛋糕和葡萄酒。上路以后，又遇见了韦斯顿先生，这时，他也完成了某项任务，准备回家。他手中拿着一束美丽的风铃草，送到我跟前，微笑着说，最近两个月内他尽管很少见到我，但没有忘记风铃草是我最喜欢的一种花草。这不过是一种友好的表示，既没有赞美或异常的殷勤，也没有投来任何可以看成是“尊敬而亲切的爱慕之情”的眼光（用罗萨利·默里的话说）。可是，他把我那句无足轻重的话记得这么牢，这一点还是令人欣慰的。他把我不露面的时间记得那么准确，也是令人高兴的。

他说：“她们告诉我，你简直是个蛀书虫，格雷小姐。那么专心读书，根本不喜欢其他娱乐。”

“是的，是这样的！”马蒂尔达高声说。

“不，韦斯顿先生，别信这种说法。这些小姐太喜欢信口开河，对朋友妄加评论。请您对此多加提防！”

“我想，这类说法至少是毫无根据的。”

“怎么，难道您反对女人读书？”

“不！可是，我反对过于看重读书，而忽略其他一切。除了某些特殊情况外，我认为，过分专心地、不间断地读书，是浪费时间，对精神和身体都是有害的。”

“不过，我既没有时间，也没有愿望去做这种迂腐的事情。”

我们又分手了。

唔！这一情景有什么奇特呢？我为什么要对它加以描述呢？读者，因为它足以让我度过一个愉快的傍晚，做了一夜美梦，迎来了一个充满美好希望的早晨。你会说，这全是浅薄的愉快，愚蠢的梦幻，毫无根据的希望。对这种说法，我并不否认，因为我自己的脑海中也经常出现这样的怀疑。可是我们的愿望就像火绒，周围环境中的燧石和打火镰不断碰击出火花。这火花要不是偶尔落在我们愿望的火绒上，就会马上熄灭。要不然，它瞬间就会燃起来，希望的火焰马上就会熊熊燃烧。

可是天哪！当天上午，我那闪烁的希望之火凄惨地被母亲的来信熄灭了。信上非常严重地谈到，我父亲病情日笃，我担心他是很难或者没有可能复原了。尽管当时假期快到，我还是怕假期来得太迟，令我今生今世再也见不到父亲了，一想到这里，内心就在颤抖。两天以后，玛丽来信告诉我，父亲的生命已经没有希望了，他过世的日子似乎很快就会到来。于是我马上要求提前休假，立即动身。默里太太瞪大眼睛望着我，对我急迫地提出这一要求时少有的激动和勇气感到惊讶，认为没有必要那么着急，但终于给了我假期，不过说：“对这种事情不必过于焦虑，也可能最终是无谓地紧张一场。即使不是如此……嗯，那也只是自然发展的一般规律。我们迟早都要死的。不应该认为自己就是世上唯一遭难的人。”最后还说，我可以乘四轮马车到奥城去。“格雷小姐，你不要烦恼，你应该为你所享有的特权感到高兴。有许多贫穷的牧师一死，家庭就会破产。可是，你知道，**你**却有一些体面的朋友继续照应你，从各方面体贴你。”

我对她的“体贴”表示一番感谢之后，就飞奔到房间里去匆匆准备行装。由于我本来就是戴着帽子，披着围巾的，所以赶紧把一些东西塞进我最大的一只箱子，就下楼去了。其实，我完全可以更从容一些的，因为别人都不着急，我还得花相当长的时间去等车。马车总算来了，我上路了。可是，天哪，这次旅途是多么可怕呀！同我过去回家的旅程多么不同！我没有赶上去某地的末班车，不得不雇一辆马车赶了十英里路，然后又雇一辆运货马车送我越过起伏的丛岭。我到家已经是十点半了。家里人都还没有睡觉。

母亲和姐姐在走廊里迎接我。她们都显得那么悲伤、缄默、苍白！我又激动，又害怕，简直没法说话，没法开口询问我急切希望知道而又害怕知道的消息。

“艾格妮丝！”母亲说，竭力压制着强烈的痛苦。

“唉呀，艾格妮丝！”玛丽大叫一声，便哭了起来。

“父亲怎么样了？”我问，急切地等待着回答。

“去世了！”

这个回答是在我预料之中的，但是它给我的打击还是那么可怕。

第十九章
一封来信

安葬了父亲之后，我们一家穿着丧服，满脸愁容，久久地坐在简单的早餐桌旁，反复讨论着今后生活的安排。母亲甚至在经历了这样的灾难以后，意志仍然十分坚强，毫不消沉。她的精神虽然受到了严重打击，但她没有垂头丧气。玛丽希望我回霍顿村，让母亲同她和理查森先生一起住到教区的牧师住宅去。她断言，理查森先生同她一样，也是这样希望的，这种安排对大家都有利，因为有母亲的陪伴和经验，会对他们产生无法估量的作用，而他们也要尽一切力量让母亲生活幸福。可是无论玛丽怎么争辩或恳求都不起作用，母亲坚决不去。不是因为她对女儿善良的愿望和打算有丝毫的怀疑，而是认为，只要上帝还赐予她健康和精力，她就要以此来自食其力，不要任何人赡养，不管人们是否把对她的赡养当成一种负担。如果她付得出钱，能寄宿在某牧师住宅，她首先要选择那里作为她的住所。但是，由于条件不许可，除了偶尔到那里去看看之外，她决不会住进去的。只有碰到什么疾病或灾祸，的确需要玛丽的帮助，或者是到了她年老体衰、无力维持自己生活的时候，她才会同意住到他们那里去。

“不，玛丽，”母亲说，“如果你和理查森能够节余一些钱，你们就该存起来，将来给你们的孩子。我和艾格妮丝将为我们自己的生活去辛勤地采蜜。过去，我由于要教育女儿，所以还没有忘记我的才艺。要是情况许可，我要停止这种无益的烦恼。”尽管她竭力克制，但说着说着，眼泪还是沿着双颊簌簌地流了下来。可是她擦干了眼泪，坚决地把头往后一仰，继续说：“我要设法在一个人口稠密而又有益于健康的地区，找一所位置适中的小屋。如果有可能，我们就在那里招几名年轻的、住读的女孩子，走读生愿意来多少就来多少，或者根据我们的教学能力，能招多少，就招多少。你们父亲的亲戚和老朋友无疑会给我们送一些学生来，或者帮我们作些介绍的。我不会去找我的那些亲戚朋友。你看行不行，艾格妮丝？你愿意抛下目前的职位，来尝试一下吗？”

“好极了，妈妈。我存的那些钱可以用来装修房子。我马上到银行里去取钱。”

“需要的时候再去取。我们首先得找房子并做点准备工作。”

玛丽要把她的那点钱借给我们。可是母亲不要。她说，我们一开始就应该节省。她想，我们变卖家具可以得到一笔收入，亲爱的爸爸在还债后设法为母亲储存了一点钱，再加上我的全部或部分存款，就足够维持到圣诞节了。到那时，通过我们的共同努力，希望能够有些积蓄。最后我们决定就这样安排，马上去了解情况，进行准备。这些事情由母亲一手操办。我要在四个星期的假期结束时回到霍顿村，提前告诉他们，我要在我们的学校筹备就绪时最后离职。

就在父亲逝世后两星期左右的那天早晨，我们一家正在讨论这些事情，有人送来了一封给母亲的信。母亲拿到这封信，脸上泛起一阵红晕。由于对父亲辛劳的护理和过度的伤悲，母亲最近的脸色一直是很苍白的。“我父亲的信！”她匆匆拆开信封时喃喃地说。她已经有多年没有接到她自己的亲属的来信了。我自然很想知道信的内容，所以注视着母亲看信时的表情。看到她似乎生气地咬住嘴唇，皱起眉头，我就有点奇怪。母亲看完信，毫不客气地把它往桌上一扔，冷笑着说：“你们外公心肠真好，还写信给我。他说，他一直坚信，我早就对我‘不幸的婚姻’感到后悔了，我只要承认这一点，表示我不听从他的劝告是错误的，因而理所当然地遭受了痛苦，他就可以再一次让我成为一个有身份的女人——如果我在长期沉沦以后还能做到这一点的话——并且要在他的遗嘱里提到我的两个女儿。艾格妮丝，把我的书桌搬过来，把这些东西拿走。我马上就写回信。不过，我可能要使你们两人丧失一份遗产。我应该先把我的打算告诉你们。我要说，我的女儿一直是我生命的骄傲，也是我晚年的安慰，如果他以为，为了她们的出生以及同我最体贴、最亲密的丈夫一起度过的三十年的时光，我会感到后悔，那他就错了。即使我们的不幸遭遇比过去要多上两倍（只要不是我造成的），我也会很高兴地同你们的父亲分担这些不幸，并且尽力去安慰他。哪怕他病榻上的痛苦大上十倍，我也不会后悔曾对他进行护理并尽力减轻他的痛苦。要是他娶了一个富有的妻子，不幸和苦难无疑仍然会落到他头上。不过，我可以自豪地说，其他女人不可能这么体贴地让他愉快地度过这些苦难的日子。这不是说，我比别的女人能干，而是因为我是为他而生，他是为我而生的。我既不会为我们一起度过的幸福时光和岁月而懊丧——我们彼此缺少了另一方都不可能享有这样的幸福——也不为我曾是他病痛中的伴侣和苦恼中的安慰而感到悔恨。

“这样写行吗，孩子们？或者我应该说，我们大家都为过去三十年中发生的一切感到十分遗憾，我的女儿都悔恨自己来到了这世上。可是，既然她们遭到了这种不幸，她们对外公好意赠送她们的任何小礼物，都会感激不尽的？”

我们两人当然都赞成母亲的决心。玛丽把早饭的餐具收拾掉，我把书桌搬了过来。母亲很快把信写好并发了出去。从此，我们再也没有接到外祖父的来信，很久以后，我们从报上看到他逝世的消息，他在世上的全部财产当然都留给了我们那些不相识的、富有的表兄妹了。

第二十章
告 别

我们在属于上流社会的温泉区阿城租了一幢房子，作为我们女子学校的校址。起初只招到了保证要来上学的两三个学生。我于 7 月中前后回到霍顿村，母亲则忙于签订房屋租赁合同、扩大招生门路、变卖旧住处的家具和装修新住处。

我们常常同情穷人，因为他们没有空闲去悼念他们逝去的亲属。他们迫于贫穷，只有进行辛苦劳动来度过他们最严峻的苦难时刻。可是勤勉的工作，不也是医治巨大悲痛的良方和摆脱绝望心情的有效良药吗？当然，这可能是一种难以接受的慰藉。当我们感受不到生活乐趣，而要为生活中的牵挂去操劳，当我们的心已濒于破碎、心情十分苦恼、只想用默默的哭泣方式来稍事休息，却要被迫去劳动，这确实是十分痛苦的。但是劳动难道不比我们渴望的休息起的作用更大吗？去处理那桩桩件件的日常琐事，难道不比日复一日地想着压在我们心头的巨大悲痛要好过一些吗？再说，有牵挂、忧虑和操劳，就有希望，即使这种希望不过是履行不愉快的任务，完成某种必要的计划，或者是为了避免今后的某种烦恼。不管怎么说，我很高兴看到，勤勉劳动的母亲必须全神贯注地应付各种家事。我们好心的邻居，看到她过去这么富有，这么有地位，现在陷入这样悲惨潦倒的困境，都感到非常痛心。可是，我相信如果她生活宽裕并仍住在那所度过了幸福的青年时期和痛苦的晚年的屋子里，而没有严峻的困难妨碍着她日夜思念亡夫和承受丧偶之痛，我相信，她的痛苦还要成倍地增长。

我不愿意详细叙述我离开老屋时的心情。我离开了熟悉的花园、村里的小教堂——这是我感到特别亲切的地方，因为我父亲过去曾在那里布道和祈祷了三十年，而现在正躺在教堂的石板底下——离开了那古老、荒凉的山陵（荒凉景象的本身就显得这么可爱），离开了生长着绿叶青葱的树木和水花飞溅的泉水的山间峡谷，离开了我出生的房子——我童年一切嬉戏的场所，我一生中尘世感情集中的地方。我这一走，再也不会回来了！是的，我要回霍顿村去，在那里有许多邪恶，但也有一个给人快乐的泉源。但是在这一快乐中却渗透着极大的痛苦。我在那里滞留的时间，天哪，算来只有六个星期！在这段宝贵的时间里，日子一天天地过去，我一直没有再见到他。我回到霍顿已两个星期了，可是除了在教堂里，我从没见过他。时间过得多漫长呀！我常常陪同我那位乐于闲游的学生外出，这样，我的希望自然也常在心头浮现，然而接踵而来的却是大失所望。这时，我会对自己的心灵说："这就是有力的证据，你应该顺乎情理地看到这一点或者坦率地承认这一点：他并不思念你，要是他对你的思念有你对他思念的一半，他早就会设法同你多次相会了。你只要想想自己的感情，就应该知道这一点。所以别再胡思乱想了。你的希望是没有根据的，立即将这些痛苦的念头和愚蠢的愿望从脑海中驱逐掉吧！你必须正视自己的职责和你所面临的沉闷而空虚的生活。你应该知道你是得不到这种幸福的。"

可是，我终于见到他了。那天，马蒂尔达·默里去骑她那匹无与伦比的母马去了。我趁此机会去看了一下南希·布朗。当我从她家出来穿过一片田野时，他突然向我走来。他一定是听说了我蒙受的丧父之痛，他没有表示慰问，也没有进行安慰，劈头的第一句话就是："你母亲怎么样？"这并不是一个非提不可的问题，因为我从来没有同他谈起过我有个母亲。他要是知道什么，那一定是从别人那里听来的。但他询问的语调和态度却充满了真诚的善意，以及十分深切、动人和毫不唐突的同情。我相当有礼貌地对他表示感谢，并告诉他，母亲还好，我们对她也只能寄予这样的希望。他又问："她准备怎么办？"人们会认为，这个问题不大恰当，只能对此作出含糊其词的答复。可当时我脑子里根本没想到这一点，所以就简单扼要地谈了一下我母亲的计划和打算。

“这么说，你很快就要离开这里了？”他说。

“是的，一个月以后。”

他停了一会儿，似乎若有所思。等他再开口时，我以为他会对我的离去表示关心，可是他只是说：“我想你是很乐意走的，对吗？”

“是的，就某些方面而言，”我回答。

“仅仅是就某些方面而言吗？请告诉我，你为什么会感到遗憾。”

听了这话，我的确有点生气，因为这弄得我非常尴尬。我感到遗憾的只有一点，而这又是绝对秘密的，他没有权利问这事儿。

“怎么啦，”我说，“您为什么以为我不喜欢这个地方？”

“你自己这么对我说的，”他果断地回答。“你至少说过，没有朋友，你无法心满意足地生活，而你在这里没有朋友，也不可能交上一个朋友……还有，我知道你一定不喜欢这个地方。”

“不过您要是没忘记，我说过，或者我想说，我在这世上没有一个朋友是无法心满意足地生活的。我不是这样不通情理，要求身边总是有一个朋友。我想，我能够高兴地生活在一所全是敌对的人的屋里，如果……”不过，不行，这句话不能说下去了。我停顿了一会，又匆匆说：“再说，我们要离开一个生活了两三年的地方，哪能没有一点遗憾呢！”

“你同你现在仅有的学生和伙伴默里小姐分手，会感到遗憾吗？”

“恐怕会有一点的。我同她姐姐分手时也有点伤心。”

“我能想象。”

“而且，马蒂尔达小姐同她差不多，在某个方面还要好一些。”

“哪方面？”

“她诚实。”

“另一个不诚实吗？”

“我不想说她**不**诚实，但是应该承认她会耍点小手腕。”

“她会耍手腕？我过去觉得她轻率而狂妄，而现在，”他停顿了一会儿又说，“我也觉得她会耍手腕，可是手段十分高明，显得极为单纯而直率。是的，”他边想边说，“这就是为什么过去在有些小事上我有点摸不着头脑。”

说完，他便转到比较一般的话题上去了。当我们快走到花园大门时，他才离我而去。为了陪我走上一程，他显然绕了一段弯路。这时他又往回走，在我们刚走过的莫斯路上消失了。对他的这一行动，我显然是不会感到遗憾的。如果我心中出现某种忧伤，那只是因为他终于走了，不再在我身旁陪伴着我。那次简短而愉快的谈话结束了。他从没有提到过爱情，或者流露一丝亲热或柔情，即使如此，我仍然感到异常幸福。在他身旁，听着他刚才那番谈话，感到他认为我是一个值得与之交谈的人——能够理解和恰当地理解这番谈话的人——我就满足了。

“是的，爱德华·韦斯顿，我的确能够幸福地生活在一个全是敌对的人的家里，只要有一个执着地、忠实地真正爱我的朋友。如果那位朋友就是您，尽管我们可能相距遥远，难得听到相互的消息，更难得见上一面，尽管我可能整天辛劳，为困难和懊恼所缠绕，我仍然会感到难以想象的幸福！可是谁能预料，”我在花园里边走边想，谁能预料，这一个月会带来什么？我的生命已经进入第二十三个年头了，我经受了那么多苦难，很少尝到人间的欢乐。难道我的一生注定要这样阴沉吗？难道上帝不能听到我的祈祷，驱散这些阴影，赐予我一些天堂的光芒吗？上帝难道会根本拒绝给我祝福，而去祝福那些既不希望得到祝福、得到以后也不知道感恩的人们？难道我不能继续维系我的希望和信任吗？有一段时期，我确实满怀着这样的希望和信任，可是，天哪！天哪！时光渐渐流逝，一个星期、一个星期地过去了，我只在同马蒂尔达小姐散步时曾远远地见过他一眼和短暂地见过两次面（当时几乎什么也没有说），此外，我再也没有见到他了。当然在教堂里，那是例外。

现在，最后一个星期天来到了，这是在做最后一个礼拜。在他讲道时，我曾几次差一点就要掉下眼泪。这是我最后一次听他布道，我可以十分肯定，今后我再也听不到这么好的布道了。礼拜做完，教徒散去了，我也应该跟着离去。刚才也许是我最后一次见到他和听到他的声音了。在教堂的院子里，两位格林小姐缠上了马蒂尔达。她们要向马蒂尔达打听她姐姐的许多事情，还要打听一些我不了解的见闻。我只希望她们快点讲完，好让我们尽快回到霍顿村。我真想回到我自己的房间或者在草地里找一个隐蔽的角落，最后尽情地大哭一场，然后向这一切告别，我惋惜我那虚幻的企望和徒劳的空想。就这么一次了，以后就要告别那无益的梦幻，只能让严肃、永恒的暗淡的现实从此占领我的心灵。可是，正当我下定决心时，有人就在我身旁低声地说："我想，你这个星期就要走了，是吗，格雷小姐？""是的，"我回答道。我可吓了一大跳，当时，我的心情要是有点激动，我肯定会有所表露的。谢天谢地，我并没有表露任何激情。

"嗯，"韦斯顿先生说，"我来跟你道别，看来你走以前，我不大有可能再见到你了。"

"再见，韦斯顿先生，"我说。天呀，我是用了多大力气才镇定地说出这话的！我向他伸出了手，他把我的手握了几秒钟。

"我们可能还会再见面的，"他说，"你愿意我们再见面吗？"

"当然啦，我很愿意再次见到您。"

我只说了这么一句。他亲切地握了握我的手，便转身走了。这时，我又感到很幸福，只是比以往任何时候都更想掉眼泪。如果当时有人强迫我讲话，我一定会泣不成声的。即使是在当时，我也已忍不住流下了眼泪。我走在默里小姐身旁，把脸侧了过去，没有理会她接二连三的问话，后来她大叫起来，问我是聋了还是傻了。这时，我才恢复了自制，从幻觉中苏醒过来，猛地抬起头，问她在说些什么。

第二十一章
学 校

我离开了霍顿村，到阿城新居去和母亲一起生活。我发现母亲身体很好，情绪稳定，平时的表情还是愉快的，只是心情比较压抑和严肃。起初，我们只有三名住读生和六名走读生。我们希望通过应有的辛勤和努力，不久就能增加这两类学生的人数。

我尽一切力量履行着在新生活中担负的职责。我之所以说这是新生活，是因为和母亲一起在我们自己开办的学校里工作，同在陌生人家里充当一名任凭大人小孩藐视和践踏的雇工之间，确实存在着很大区别。因此，在头几个星期中，我心情是很愉快的。“我们可能还会再见面的，”“你愿意我们再见面吗？”这些话语仍然在我的耳边回响，在我的心中萦绕。这是我隐秘的安慰和精神支柱。“我会再见到他的。他会来的，要不会写信来的。”事实上，他并没有作太明显或过分的保证，足以让这种向往在我耳边低语。我对这一切并不怎么相信。我装成对此毫不在意的样子，但是实际上我比自己内心想象的还要轻信得多。否则，一听见有人敲门，女仆去开门后回来对母亲说，有一位老爷要会见她时，我的心为什么要扑通扑通地乱跳？等我知道来客是要到我们学校来工作的音乐老师时，我为什么要整天闷闷不乐？邮差送来两封信，母亲说，“给，艾格妮丝，这是你的信”，而且扔了一封给我。这时我怎么会连气也透不过来呢？当我看到这封信上是男人的笔迹时，我为什么会脸红呢？为什么……啊！当我把信封拆开，发现这只是玛丽写来的，由于某种原因是她丈夫为她投寄的，我为什么会感到这般失望呢？

难道事情已发展到这样的地步，由于这封信不是一位比较陌生的人写的，我对接到唯一的姐姐的来信，也会感到失望吗？亲爱的玛丽！她的信写得这样亲切，以为我接到这封信会非常高兴呢！我真不配看这封信！我觉得，为了对我本人表示愤慨，我应该把信放在一边，等到精神状态好转一些，才配得上享有看这封信的荣誉和权利，可是母亲正看着我，很想知道信中的消息，所以我把信看了就交给她，然后到教室中照料学生去了。我要照料学生抄写和做算术，一会儿给她们改错，一会儿责备她们粗心大意。可是，在工作的间隙中，我内心进行着更加严厉的自我谴责。“你真是个傻瓜，”我的头脑对我的心灵说，或者是严格的我对软弱的我说。“你怎么能幻想他会写信给**你**？你有什么根据抱有这种希望，或者以为他会来看你，为你操心，或者甚至会再次想到你？”“有什么根据？”这时，内心的希望又向我展现了那最后一次短暂的会晤，并重复了一遍我记忆中那些珍贵的话语。“算了，这有什么？谁能把他的希望寄托在这么脆弱的一根细小的树枝上？在那些话中又有什么是一个普通熟人不能说的呢？当然，你们可能再见面。即使你要去新西兰，他也可能这么说。但这并不意味着他想见你。再说下面一个问题，任何人都可以这么问的。你又是怎么回答的呢？只不过是一个愚蠢的和一般的回答，你对默里少爷或其他任何比较客气的人都会这样回答的。”“可是，”内心的希望还在说，“还有他说话的声调和神气呢。”“哼，简直是荒谬透顶！他说话一向很动人。而且当时格林家的人和马蒂尔达·默里小姐就在前面，旁边还有其他人走过，如果他不想让所有人听见他的话，他就得站在靠你很近的地方，把声音压低。这些话虽然没有什么特殊之处，他还是不愿意让别人听见的。”可是，此外，还有那次有力而温柔的握手呢，这好像在说，“*相信我*，”还有许多其他的事……非常令人愉快，几乎是让人心满意足的，甚至无法对自己重复的事。“太愚蠢，太荒谬，简直不值得一驳，全是你想象出来的，你应该对此感到羞愧。你只要想想你那张不大漂亮的脸蛋、不讨人喜欢的矜持态度、愚蠢的胆怯，会使你显得冷漠、沉闷、笨拙，或者乖戾，你只要一开始就正确地估计到这一切，你就决不会怀有这些非分的想法。既然你以前太愚蠢，请你忏悔，改过自新，再也不要这样下去了！”

我不能说我驯顺地听从了自己的禁令。可是随着时间的流逝，这种推理日益显得正确。我没有看到或听到韦斯顿先生的任何消息。最后我不再抱任何希望了。因为我的内心也承认，这完全是徒劳的。但是，我仍然会想念他，维护他在我脑海中的形象，珍惜我能够回忆起的每一句话、每一个眼色和手势，想象着他的美好品德和特点，也就是我曾经看到、听到或想象到的有关他的一切。

“艾格妮丝，我觉得，这海边气候和住所的变更对**你**没有好处。我从来没见你这么沮丧。你可能坐得太久，为学校的事情过于操心了。你应该学会从容不迫地处理问题，要开朗一些，愉快一些。只要有可能，你就应该去锻炼身体，把最麻烦的事务留给我吧，这只会磨练我的耐心，也许还可以磨练我的脾气。”

复活节的一天早晨，我们正坐着工作，母亲给我说了上面这番话。我向她保证，我的工作一点也不繁重，身体也很好。如果说有些小毛病，那等春天难熬的几个月一过去，就会好的。夏天一到，我就会像她希望见到我的那样，体格健壮，精神饱满。可是，她的话却使我暗暗吃了一惊。我知道我的精力越来越差了，胃口也不如从前了，我变得没精打采，垂头丧气。假如他确实永远也不会喜欢我，我再也见不着他了，假如我不能给他增添快乐，不能，永远不能体验到爱情的欢乐，不能给他带来幸福，自己因此也得不到幸福，那么生活就将成为一种负担，假如上帝愿意召我回去，我是很愿意安息的。可是我又不能撇下母亲而死去。自私而可耻的女儿，有时居然能把母亲忘记！她的幸福不是很大程度上要靠我来支撑吗？还有，我们的小学生的康乐，不也是要我来维护的吗？难道因为这工作不合我的心意，我就能逃避交给我的使命吗？我应该做什么以及我应该在哪儿劳动，上帝不是最了解吗？难道我没有完成上帝的使命，就可以抛弃它吗？我没有通过劳动去争取，难道就想到上帝那里去安息吗？“不，我要在上帝的帮助下挺起胸膛，勤勤恳恳地履行给我规定的职责。假如我在尘世得不到幸福，我要尽量帮助周围的人们得到幸福，我在来世就会得到报答的。”我的心在这么诉说。从那以后，我只是作为一种难得的享受，偶尔让思绪转到爱德华·韦斯顿身上，或者是偶尔想想他。不知是否真是由于夏天的到来，或是由于以上那些思绪的影响，或是时光的流逝，或是由于这种种情绪的交融，不久，我的心情就恢复了平静，我的健康和精力也开始慢慢地，然而是明显地恢复起来。

6月初，我接到阿什比太太，也就是前默里小姐的一封信。她曾经在结婚旅行途中，从不同城市给我写过两三封信，总是兴致勃勃，说自己生活如何如何幸福。当时，我就很奇怪，她在这么欢乐和五彩缤纷的生活中居然还会常常记起我。后来，书信终于中断了一阵。她似乎已经把我忘了，因为七个多月过去了，还没有来信。当然我并不为此而感到伤心，不过我经常想着，不知她近况如何。当这封信如此出乎意料地来到时，我是很高兴的。这封信是从阿什比庄园寄来的。她在欧洲大陆和伦敦各居留了一段时间，后来终于到阿什比庄园去定居了。她对这么久没有给我写信一再表示歉意，她向我保证，她并没有忘记我，常常想给我写信等等，但总又给什么事情耽误了。她承认，她一直过着非常阔绰的生活。她说，我一定会认为她是一个很坏、很轻率的女人。不过，她想了很多，其中有一件事就是她非常想见见我。“我们在这里已经住了好几天，”她写道。“身边没有一个朋友，看来生活将是很沉闷的。你知道，我从来没想过要同我丈夫像两只海龟似的住在洞里，哪怕他是一个有史以来最可爱的人。所以可怜可怜我，上我这儿来吧。我想你们的暑假大概同别处一样，是在6月份开始吧，所以你不能说没有时间。你一定要来，说真的，你要是不来，我会死的。我要你作为一个朋友来看看我，而且多待一些日子。正如我上面所说的，我这里除了托马斯爵士和阿什比太太以外，什么人也没有。不过，你不用管他们，他们不会对我们有多大的干扰。你将住在自己的房间里，无论什么时候，你都可以去休息，假如你感到我陪着你没有意思，那还有许多书可看。我忘了，不知你是否喜欢孩子。如果喜欢的话，你还可以看看我的孩子——无疑是世上最可爱的孩子，特别是因为我不用花精力去照顾她。我坚决不为这事操劳。很不幸，这是个女孩，托马斯爵士总不能原谅我这一点，不过只要你愿意来，我可以保证，她一开始讲话，你就可以当她的家庭教师。你可以按照应有的办法管教她，把她培育成比她妈妈更好的人。你还可以看看我的鬈毛狗，这是一只从巴黎进口的非常可爱的小东西，还有两张很有价值的、漂亮的意大利画，画家的名字我可忘了。毫无疑问，你能在这些油画中发现惊人的美。你该把这些艺术的美指点给我看看，因为我对艺术的欣赏，只是靠道听途说。此外，我在罗马和其他地方还买了许多精致的古玩。最后，你可以看看我的新居，这是我过去那么向往的豪华的住宅和草坪。唉！这种占有所带来的愉快远不如想象中那么美好！这种感情真奇妙！我向你保证，我已经变成相当严肃的老主妇了，来吧，哪怕只是看一看这奇妙的变化也好。邮车回来时就写信给我，告诉我，你们的假期什么时候开始，通知我，假期开始的第二天你就能来，一直待到假期结束前一天再走。请可怜可怜

爱你的

罗萨利·阿什比。”

我把这封奇怪的信给母亲过目，同她商量了一下我该怎么办。她劝我去，我就去了。我很愿意见见阿什比太太，还有她的孩子。我要安慰安慰她，作一些劝告，尽量帮帮她，因为我看得出她一定是很不

幸，否则不会这样来求我的。不过我觉得，接受这一邀请，我显然要为她作出不小的牺牲，而且在许多方面违背了我自己的感情。我并没有因为从男爵夫人邀请我作为朋友去拜访的这种荣誉感到高兴。不过，我决定我的访问最多只能是几天。而且我也不否认，我想到阿什比庄园离霍顿不远，我也许能见到韦斯顿先生，或者至少可以听到一些有关他的消息，这一点也使我感到了某些安慰。

第二十二章
一次拜访

阿什比庄园确实是一个很优雅的山庄。住宅外部造型宏伟，内部宽敞而雅致，花园开阔、美丽。这儿有参天的古树、神气的鹿群、宽广的水面以及一直延伸开去的树林。未开垦的土地使这一带的大自然更富于变化，蜿蜒起伏的丘陵，给花园的景色增添了不少魅力。这么说来，这就是罗萨利·默里曾渴望称之为自己的领地，她决意与人共同占有的地方。不管别人提出什么条件，不管爵士夫人这个衔头需要她付出多大的代价，也不管谁将和她共享拥有这笔财富的荣誉和幸福！好了，现在我不想再责备她了。

她亲切地接待了我。虽说我是穷牧师的女儿，一名家庭教师和小学教师，她却真心诚意地、愉快地欢迎我的访问。而且，我感到比较惊讶的是，为了我能在访问期间感到愉快，她费了不少心思。确实，我看得出，她以为我看到她周围的排场会感到异常惊讶。可是，我得承认，她显然在努力让我安下心来，不让我为这宏伟的场面弄得不知所措，不让我过分担心同她丈夫和婆母见面，或过分为我自己寒伧的衣着感到羞愧。我为此感到相当恼火。我根本不感到什么羞愧，因为我衣着虽然普通，但是我很注意，并没有显得寒伧或小气。我这位屈尊俯就的女主人一再表示，要我不要拘束，如果不是这样，我本来是会感到相当自在的。至于那些排场和进入我眼帘的一切，远没有她外貌的变化那样使我触目惊心。不知是由于在上流社会的极度享乐，还是遇到其他什么不幸，一年多所产生的变化，简直与十二年差不多。她的体型失去了丰满，脸色不再那么红润，举止已不那么灵活，精神也不那么饱满了。

我想知道，她是不是很不幸，可是我又觉得不该这么去问她。我

应尽力赢得她的信任。不过她要是想对我隐瞒她婚姻的不幸，我也不会用一些鲁莽的问题去刺激她的。因此，我起初只是一般地问问她身体是否健康，生活是否平安，还夸了几句美丽的花园和那个本应是男孩的小女孩。对这个才七八个星期的纤弱的小婴儿，她母亲似乎并不特别关心和喜爱。不过，这也是我意料中的事情。

我刚到一会儿，罗萨利就派女仆带我到我的住房去看看，是不是一切东西都齐全了。这是一个陈设简单，但相当舒适的小套间。我脱下了行装，为了照顾女主人的感情，打扮了一下，又回到那里去。这时，她亲自带我到另一个房间去，如果我愿意单独待一会儿，或者她忙着招待宾客，或不得不同她婆婆待在一起，或就像她说的，无法享受与我在一起的愉快时，我都可以待在这间房间里。这是一间安静、整洁的小起居室。她能为我提供这么一个避风港，我并不感到遗憾。

“过些时候，”她说，“我带你去看书房。我从没有检查过书架。不过，我想，那都是些深奥的著作。你随时可以借阅。现在你该吃些茶点，马上就要开饭了。我想你过去是习惯于中午一点钟开饭的，现在你可能想喝杯茶，而在我们开午饭的时候吃饭。你知道，你可以在这间屋里用茶点，那你就没有必要同阿什比太太和托马斯爵士一起用餐了，否则会很尴尬的……不是尴尬的话，至少也是……啊……你能理解我的意思。我想你可能不喜欢那样……尤其是我们偶尔会同其他的太太和绅士们共同进餐。”

“当然，”我说。“我很愿意听从你的安排。如果你不反对，我宁愿几餐饭都在这间屋子吃。”

“为什么要这样？”

“因为我觉得这样会使阿什比太太和托马斯爵士感到方便一些。”

“没这事儿。”

“不管怎样，我会觉得愉快一些。”

她稍稍表示一下反对，但很快就让步了。我看得出，这个建议解除了她不少顾虑。

“好了，到客厅去吧，”她说。“更衣铃响了，不过我还不想去更衣。没有来客，打扮也没有意思。而且我要陪你谈谈。”

客厅确实富丽堂皇，陈设非常讲究。当我们走进客厅时，我发现这位年轻的女主人朝我瞥了一眼，似乎想看看这种场面给我留下什么印象。我决心保持无动于衷的样子，似乎没发现任何特殊的地方。可是这种心理状态只延续了几分钟，我马上就感到有些内疚了，“我为什么要为了维护自己的自尊而使她失望呢？不，还是让我作点牺牲，使她获得一点无伤大雅的喜悦吧。”于是我认真地向四周环顾了一下，告诉她这房间很华丽，而且陈设高雅。她没说什么，但我注意到她很高兴。

她让我看了她那只胖胖的法国鬈毛狗。它正蜷缩着身子躺在一个绸垫子上。还有两张精美的意大利画，可是她不给我充裕时间去仔细欣赏，说以后再看吧；但她一定要我欣赏她在日内瓦买的镶有宝石的小表。然后带我在房间里转了一圈，让我看看她从意大利买来的各种古玩：一只精美的小钟，还有几尊胸像、小巧玲珑的雕塑和花瓶，全是用白色大理石制成的，雕刻十分精美。她兴奋地谈论着这些古玩，笑眯眯地听着我的赞美。可是，不一会儿，笑容消失了，接着是一声忧伤的叹息，似乎认为这一切不足以使人感到幸福，也远远不能满足人心的贪婪。

然后，她靠在睡椅上，让我坐在对面的一张宽大的安乐椅里。这椅子不是摆在火炉前，而是靠着敞开的窗户，要知道，当时正是夏天，是6月下半月的一个温暖而惬意的傍晚。我默默地坐了一会儿，享受着这宁静而清新的空气和窗外花园的迷人景色：草木青翠，绿叶葱茏，一切都沐浴在金色的阳光下，没有夕阳西下时的阴影。我要利用这一间隙，有事儿要问她，而且就像一位女士在信中的附言一样，把最重要的事情放在最后面。因此我开始问候默里先生和太太、马蒂尔达小姐和两位少爷。

她告诉我，她爸爸得了痛风病，脾气变得很坏，他不肯放弃美酒、丰盛的午餐和晚餐，还同医生吵了一架，因为医生居然说，他生活过于放纵，他的病是没有药物可医治的。妈妈和其他人身体都不错。马蒂尔达还是又野又粗鲁，但是她有了一个很时髦的家庭教师，举止有了很大的改进，很快要进入社交界了。约翰和查尔斯（现在在家度假）据说是两个“漂亮、冒失、任性、淘气的孩子”。

“其他人怎么样？”我说，“譬如，格林一家？”

“啊，格林先生非常伤心，你知道，”她回答时露出没精打采的微笑。“他还没有忘记他的失恋，我想，他永远也不会忘记的。他注定要当老光棍了。他的两个妹妹正千方百计地想法嫁人。”

“梅尔塞姆一家呢？”

“啊，他们大概还是同往常一样混日子吧，不过我不怎么了解他们。只有哈里的情况，倒知道一些。”她说着，脸上浮起一片红晕和笑容。“我们在伦敦时常见到他，因为他一听说我们在那儿，就跟着去了，借口去看望他哥哥。他要么像影子那样到处跟着我，要么像镜中人似的，老是遇见我。你不必那么大惊小怪，格雷小姐。我为人非常谨慎，我向你保证。可你知道，一个人无法制止别人对他的爱慕。可怜的人儿！他并不是唯一爱慕我的人，不过他确实是非常引人注目的，我觉得他是那些人当中最钟情的一个。而那个可恶的……嗯……托马斯爵士居然对他……或者说对我的所谓挥霍无度——我也不清楚是什么——大发雷霆，逼着我马上回到乡下来。看来，我是要在这里当一辈子隐士了。”

她咬着嘴唇，愤恨地皱起眉头望着她曾经非常渴望称之为自己的美丽的领地。

“哈特菲尔德先生呢，”我说，“他怎么样了？”

她的脸上又掠过一道光彩，她快乐地回答道：“噢！他去追求一个老小姐，不久以前娶了她。哈特菲尔德先生在她沉甸甸的钱包和已经消失的魅力之间作了一番权衡，想到黄金中去寻找在爱情中得不到的安慰——哈，哈！”

“嗯，我想就是这些了……只剩下韦斯顿先生了。他在干什么？”

“我的确不知道。他离开霍顿了。”

“多久以前？去哪儿了？”

“我对他的情况一点也不了解，”她打了个呵欠，回答道。“他大约是一个月以前走的。我从来没问过他去哪里”（我本来想问是到别的地方去定居，还是到另一个地方去当副牧师，可是回头一想，还是不问为好）。“人们对他的离去议论了好久，”她继续说，“哈特菲尔德先生对此大为不满。哈特菲尔德先生不喜欢他，因为他在平民中间影响太大，而且对哈特菲尔德不够顺从，当然还有一些不可饶恕的过错，我也不知道何所指。不过现在我的确得去换衣服了。第二次铃声马上就要响了。要是我就这样去吃饭，我就得听阿什比太太没完没了的唠叨。一个人在自己家里竟然作不了主，真是咄咄怪事！你只要按一按铃，我就会派人去叫女仆给你送茶来。你只要想想那个叫人受不了的女人……”

“谁呀，你的女仆？”

“不，我的婆婆，这真是我犯下的不幸的过错！我结婚时她曾提出要到别处去居住，我太傻，没有让她出去住，反而请她留在这里，为我管理家务；因为，首先，我希望一年中的大部分时间住在城市，其次，我这么年轻，没有经验，想到要管理全家的仆人，安排膳食，招待宾客，还有其他的杂务，就感到害怕。我以为她有经验，也许能帮助我，从没有想到她会是一个篡权者、暴君、恶魔、密探，非常令人讨厌。她要是死了才好呢！”

这时她转身去给男仆下达命令。这男仆已经笔直地在门内站了一会儿，听到了她后面那些责难，尽管他觉得在客厅内的表情应保持呆板和漠然，但他对听到的一切当然会得出自己的看法。过后，我说，男仆一定听见了她的话，罗萨利却回答说：

“啊，没什么！我从来不管那些男仆，他们是些机械人，主人说什么或干什么，他们从不在意，他们不敢搬弄是非。至于他们怎么想，如果他们居然敢于有什么想法，那当然也没有人理睬。要是我们被仆人捆住舌头，那就糟了！”

她说着就匆匆跑去化妆了，让我自己回到起居室去；过了一会儿，仆人给我端来了一杯茶。然后，我坐下来仔细地思索着阿什比太太过去和现在的处境，想想我所听到的韦斯顿先生的一点消息，觉得在我这平静而单调的生活中不大可能再看到或听到有关他的更多的消息了。从今以后，人生似乎只有大雨滂沱或者乌云密布又不下雨的沉闷日子了。可是，后来，我开始对自己的想法感到厌烦了。我希望能找到女主人提到过的那间书房；我拿不定主意，是不是应该无所事事地待在那里，直等到上床就寝。

我手头不富裕，没有手表，所以不知道过了多少时间，只是看着窗外的树影在慢慢地伸长。那是一个侧景，包括花园的一角、一片丛林和一堵高墙。树枝的顶端被无数喧闹的乌鸦占领了。高墙上有一扇厚实的木门，无疑是通向马厩的，因为从花园有一条宽阔的车道通向那里。这堵墙的影子很快就占领了我能看见的全部草坪，迫使金色的阳光一步步退出自己的阵地，最后逃到树梢上去了。不一会儿，连树梢也都处于那远山，或者是地球本身的阴影之下了。我同情那些忙碌的乌鸦，我刚才还看到它们的窝巢沐浴在灿烂的阳光中，这时却披上了地狱般的，也是我内心世界的阴郁、暗淡的色彩，真可惜。有一段时间，那些飞得最高的鸟的翅膀还在闪闪发光，为它们黑色羽毛添上一层黄澄澄的金色和光彩，最后连这一点也没有了。夜幕暗暗降临，乌鸦渐渐安静下来了。我感到非常厌倦，真希望明天就回家去。天色终于全黑了，我正想按铃要蜡烛准备上床，我的女主人出现了，一再抱歉冷落了我这么长时间，而且把这一切都归罪于那个"讨厌的老太婆"，她是这么称呼她的婆婆的。

"在托马斯爵士喝酒的时候，如果我不同她一起待在客厅里，"罗萨利说，"她决不会原谅我的。要是他一进来我就走出房间——我曾经干过一两次——那就是不可饶恕地得罪了她的宝贝托马斯。她对她的丈夫可从来没有这么不尊敬过。至于感情嘛，她认为，现在的妻子从不过问这些事。可是在她的那个时代，情况就大不一样了。好像我待在房间里会有什么用处似的。现在，托马斯要是情绪不好，就只会发牢骚，骂人；要是情绪不错，就尽说些恶心的废话；要是百无聊赖，就躺在沙发上睡大觉。现在他常常这样，闲得发慌，就拼命喝酒。"

"你难道不能试试，让他把脑子用在一些有益的事情上，让他抛弃这些恶习吗？我想你是有力量说服、取悦于男人的。很多女人都很高兴具有这样的能耐。"

"这么说，你以为我会千方百计地取得他的欢心吗！不，对于妻子的作用，**我**的看法不同。应该由丈夫去讨妻子欢心，而不是妻子去讨丈夫的欢心。如果丈夫不满意妻子的现状，不为占有她而感恩不尽，那他就不配做她的丈夫，事情就是这样。至于所谓说服，我向你保证，我不会去费这种力气。要我容忍他这副样子，就够我受了，哪里还谈得上改变他。我很遗憾，让你一个人久等了，格雷小姐。刚才这段时间你在做什么？"

"主要是看看乌鸦。"

“哎呀！你一定感到寂寞吧！我本应该带你去看看书房的。你有什么需要，就该按铃，就像在旅馆里一样，让自己过得舒服一些。我希望你快活，也是从我自己考虑的，因为我想让你住在我这儿，不要实现你那可怕的威胁：待一两天就走掉。”

“好吧，今晚不要让我再把你留在客厅外了，我现在有点累，想睡觉了。”

第二十三章
阿什比庄园

第二天早晨，我听到远处的钟声，知道我下楼的时间是八点差一点儿。早饭还没有摆好。我等了一个多小时，早餐才端来，我还是没有如愿以偿地去书房看看。我独自吃完早饭，又极其不安和不舒服地等了将近一个半小时，不知道干什么才好。阿什比太太总算来向我道早安了。她说，她刚吃完早饭，现在希望我陪她去花园散散步。她问我起床多久了。听了我的回答，她表示十分遗憾，再次保证要带我到书房看看。我建议最好马上就去，免得她老惦记着这事儿。她答应了我的要求，但是提出一个条件，现在我不要去看书或者翻书，因为她要带我去看看花圃，并同我在花园里散散步，否则，一会儿天气热起来，就无法享受了。事实上，当时已经相当热了。我当然满口答应，于是我们就出去散步。

我们在花园里一边散步，一边谈论她的旅途见闻。一位绅士骑马追过了我们，他在走过时回头从正面看了我一眼，我有机会看见了他的模样。他身材瘦长、孱弱，背微驼，脸色苍白，还长着一些疙瘩，眼皮红得难看，长相平常，神态显得懒散而没精打采，只有嘴角和呆滞且凶狠的眼神里露出阴险的表情。

“我讨厌这个人！”阿什比太太等他慢慢地跑过去后，狠狠地低声说。

“他是谁？”我问，真不愿意去想她竟会这样看待她的丈夫。

“托马斯·阿什比爵士，”她阴郁而镇静地回答。

“你讨厌他，默里小姐？”我说，我太惊讶了，竟把她现在的姓氏都忘了。

“是的，格雷小姐，我讨厌他，而且鄙视他。如果你了解他，你就不会责怪我了。”

“可是你嫁给他以前，是了解他的为人的。”

“不，我太自以为是了。实际上，我对他的了解很肤浅。我记得，你曾提醒过我，不要同他结婚，当时我要听了你的劝告就好了。可是，现在已后悔莫及了。再说，妈妈该比我们两人了解得更清楚，可是她从来没有说过任何反对的意见，说的恰恰是相反的意见。而且当时我以为他崇拜我，会允许我随心所欲地生活。起初，他确实是装出那副模样，现在他却一点也不关心我了。不过，我也可以不理睬他，他愿意怎么干都可以，只要我能待在伦敦，自由地消遣，或者在这里交几个朋友。可是他可以为所欲为，我却成了囚犯和奴隶。这个自私的家伙，只要发现我不在他身旁也能够自得其乐，或者发现别人比他更了解我的价值，就开始谴责我卖弄风情，肆无忌惮。他还要辱骂哈里·梅尔塞姆，其实，他给哈里刷鞋都不配。可现在，他偏要让我到乡下来当尼姑，怕我丢了他的脸，毁了他的声誉。实际上他还要坏上十倍，他的赌账、赌桌、女戏子、这位太太、那位夫人——哼，还有他的酒瓶和盛放掺水白兰地的酒杯！啊，我真愿意付出一切代价再次成为默里小姐！为了这么一个禽兽，让生命、健康和美貌逐渐消逝，湮没无闻，没有享受，真是太糟了！”她高声说，气恼得简直要哭了。

我当然非常怜悯她：既怜悯她对幸福抱有错误看法以及对自己职责持有的漠视态度，又可怜命运把她同这么一个恶劣的丈夫结合在一起。我尽量安慰她，并提出了我认为她最需要的忠告。我建议，她首先要进行耐心的说理，关心他，做出榜样，作一些劝说，设法来改变她丈夫的为人。要是她做到了力所能及的一切，而他仍然不可救药，就尽可能把自己的注意力从他身上移开去，把自己关在一个小天地里，尽量少去理睬他。我劝她要在为上帝和人类履行义务中去寻找安慰，要相信上帝，在照看和抚养小女儿中求得愉快。我告诉她，只要看到孩子日益健壮、一天天地聪明起来，只要能得到孩子真挚的爱，她就会得到充分的报偿的。

“可是我不能把自己的生命全扑在孩子身上呀，”她说，“她也许会死掉——这不是完全不可能的。”

“经过细心的照料，许多孱弱的婴儿都强壮地成长了起来。”

“可是，女儿也许会长得太像她父亲，这是令人难以忍受的。我会痛恨她的！”

“那不大可能，这是个女孩子，而且很像母亲。”

“那无所谓，我倒愿意这是个男孩呢，不过，他父亲不会给他留下可供挥霍的遗产。我看着女儿渐渐长大，超过我，能享受到从来不让我享受的那些欢乐，我怎么会高兴呢？就算我豁达大度，从抚养女儿中汲取欢乐，但她终究是个小孩子呀。我不能把我所有的希望都寄托在孩子身上，这不过比全力以赴地养一条小狗好一点。你一向对我灌输的那些智慧和美德，也许都很正确，很恰当。要是我年纪大上二十岁，我会得到一些教益的。可是，一个人在年轻的时候应该过得快活，要是人们不让他享受生活的欢乐，他将会憎恨他们的！”

“要想过得快活，最好的办法是做一些该做的事，而不要憎恨任何人。宗教的目的不是教我们如何去死，而是教我们如何去生活。你要是早一些变得聪明而善良，你就可以得到更多的幸福。现在，阿什比太太，我还要劝你，不要把你的婆婆当成敌人。不要总是把她推得老远，也不要用嫉妒和不信任的眼光看待她。我从没有见过她，但是我听到过有关她的好话和坏话。我想，虽然她待人接物过于冷漠而高傲，她的要求可以说是过分的，但是她对那些能够达到她要求的人是很喜欢的。尽管她对儿子盲目溺爱，但也不是没有原则或是不讲理的。只要你同她的关系缓和一点，态度友好而坦率，甚至可以把你的不满，你有权利抱怨的真正的不满，告诉她，我相信她最终会成为你忠实的朋友，她会安慰和支持你，而不是你所描绘的恶魔。”

不过，我想，我的劝告对这位不幸的少奶奶没有多大作用。当我发现自己起不了任何作用，就觉得待在阿什比庄园更加痛苦了。但我还得按照我的许诺，在那里待上两天。不过我回绝了再延长访问的一切恳求和劝诱，坚持第三天早晨就走，说我不在家，我母亲会感到孤单，她正急不可耐地等待着我回去。虽说如此，我同可怜的阿什比太太告别，把她留在那富丽堂皇的家中，心里毕竟有些沉重。她这么渴望我待在那里能给她一些安慰，真诚地希望与一个在趣味和思想上与她相去甚远的人做伴，更加证明了她的不幸。在幸福时，她完全忘却了我；要是她内心的愿望有一半能得到满足，那么，我在这里待下去绝对不会令她愉快，而只会令她厌烦。

第二十四章
沙 滩

我们的学校并不在城中心。从西北方向通向阿城的那条宽阔洁白的大道两旁，有一排排漂亮的住宅。屋前都有一片狭长的花圃和草坪。窗上挂着威尼斯百叶窗帘，层层台阶通向每扇有铜把手的整洁的大门。母亲和我，以及我们的朋友和众人委托我们管教的小姐们，就住在这儿最大的一幢住宅里。因此我们离海滩比较远，中间隔着一片纵横交错的街道和房屋。不过大海是我的欢乐，我常常兴冲冲地穿过市镇，到海边去愉快地散步，有时带着学生去，在假期则单独同母亲一起去。不管在什么时候，什么季节，能在海滩漫步，我都觉得很愉快，但是在海风吹拂的日子和明媚而清新的夏日早晨，尤其如此。

从阿什比庄园回来后的第三天上午，我一早就醒来了，阳光从百叶帘中透射进来。我想，在世上还有半数人躺在床上的时候，穿过宁静的市镇，在沙滩上单独漫步，该有多么惬意！我马上做出决定，立即付诸行动。我当然不会去打扰母亲，就轻手轻脚地走下楼，悄悄地打开房门。当我穿戴整齐走出家门时，教堂的钟声正好报了五点三刻。街道上呈现出一片清新和朝气勃勃的景象。我走出市镇，踏上沙滩，朝着晶莹而宽阔的海湾望去，那情景真是妙不可言：天空和海水是蓝盈盈的，那么深邃，那么清澈；清晨明媚的阳光照耀着半圆形的巉岩峭壁以及远处起伏不平的绿色群山，撒满在广阔而平滑的沙滩和延伸到大海中的一堆堆矮小的岩石（岩石上是一片杂草和青苔，看上去像一座绿色的小岛）。尤其引人入胜的是，阳光给那闪烁不停的海浪披上了一层金光。这里的空气无比清爽而新鲜！天气有点热，使人觉得海上吹来的阵阵清风格外宜人。和风轻轻地掀动海面，让似乎高兴得手舞足蹈的波浪纷纷拍上海岸，冲起阵阵浪花。但这里其他一切还是那么平静。我的四周看不到一个人影。绵延不断的、板实的沙滩上留下了我一道道的足印。夜里，潮水荡去了昨天最深的足迹，把沙滩抹得平平整整，只有退去的潮水在后面留下了痕迹：一些浅浅的水洼和潺潺的小溪。这时，没有别人在沙滩上留下足迹。

在沙滩上漫步，我容光焕发，身心愉快，精力充沛。我忘却了一切烦恼，觉得似乎双脚插上了翅膀，至少可以不知疲倦地走上四十英里。我感受到了童年以来从未有过的快活。六点半左右，马夫们开始出来给主人家遛马了，先是一匹，然后又是一匹，最后增加到十几匹马和五六名骑手。可是这并不会打搅我，因为他们不会来到那低低的岩石边，而我这时正朝着那边信步走去。我走到那里，冒着摔进岩石缝中清澈的咸水坑的危险，踩着潮湿和溜滑的海草，爬上了四周海水飞溅的、长满青苔的小小海角。这时我回头望望，看看是否又来了什么人。那边还是只有起早的马夫和马，还有一位绅士，一只小小的黑狗在绅士前面跑着，从市镇又驶来了一辆为浴池装水的水车。一两分钟以后，远处的换衣车①就会开动起来。到时候，那些生活刻板的、上了年纪的绅士和一本正经的教友会女士会来作清晨的健身散步了。但是，无论景色多么迷人，我也无心仔细欣赏，因为朝那边望去，阳光和海水分外耀眼；我只看了一眼，又转身去欣赏海浪拍击海角的声音和景色——海水的冲击不是很有力量，因为波浪受到杂乱的海草和水下看不见的岩石的阻击，要不然我立即会给浪花淹没的。不过，潮来了，水涨了，海水注入海湾和湖泊，海峡越来越宽阔，该寻找安全一些的立足点了。我连走带跳，踉踉跄跄地回到光滑而广阔的沙滩，决心大胆地到峭壁上站一会儿，然后就回家去。

这时，我听见身后有唔唔的声音，接着，有一只小狗跑到我脚跟前欢跃跳动。这是我亲爱的斯纳普——那只褐色的小硬毛狗！我一叫

① 换衣车是专为到海滨来游泳的人们准备的更换衣服的车子。

它的名字，它就朝我脸上扑来，高兴得汪汪乱叫。我几乎同它一样高兴，把那小家伙抱在怀里，一再地亲它。可是它怎么会跑到这儿来的呢？它不可能是天上掉下来或是单独从那么老远跑到这儿来的。一定是他的主人，抓耗子的那个人，或者其他什么人，把它带来的。所以我按捺住自己过分的抚爱，也尽力按捺住它对我的亲热，向四周张望，啊——韦斯顿先生！

"你的小狗把你记得真牢，格雷小姐，"他说着，亲切地握住我伸给他的手，我当时已不清楚自己的举止了。"你起得真早。"

"难得起得这么早！"我回答，无论从哪个角度考虑，我的态度都是惊人地镇静。

"你还打算走多远？"

"我这就回家。我想，差不多该回去了。"

他看了一下表——现在是一只金表了——告诉我，才七点五分。

"不过你无疑已经走了很久了，"他说着，朝市镇那边转过身去，我这时已从容地顺着原路朝镇子那边走去，他挨在我的身旁走着。

"你们住在城里哪个地方？"他问。"我怎么也找不着。"

怎么也找不着？这么说，他已经花力气找过了？我把我们的住址告诉了他。他问我们的学校办得怎么样。我说，办得很好，圣诞节之后我们学校增加了不少学生，这学期结束时估计还会增加。

"你一定是个能干的教师，"他说。

"不，我母亲是，"我回答说，"她把各项事务办理得井井有条，她很能干，既聪明，又善良。"

"我很想认识一下你的母亲。我什么时候来拜访时，你愿意把我介绍给她吗？"

"当然，很高兴。"

"你能否允许我拥有一个老朋友的特权，不时来看望你？"

“欢迎，如果……我想是这样的。”

这样的回答是很不得体的，事实上，我认为，在我母亲不了解的情况下，我没有权利邀请任何人到她家里去。如果我说，“欢迎，如果我母亲不反对的话”，那就会显得我对他的问话的理解有点过头。以防母亲万一不同意，所以我又加了一句：“我想是这样的。”当然，要是我机灵一点，我本应说得更切实际、更客气一些。我们又默默地走了一会儿，不过韦斯顿先生很快就打破了沉默（这使我松了好大一口气），谈起明媚的早晨、美丽的海湾，又说阿城比其他许多时髦的疗养地具有更多的优点。

“你没有问我是怎么会来阿城的，”他说，“你不会以为我很富有，是来游览的吧。”

“我听说你离开了霍顿。”

“那么，你没听说我在费村做事吗？”费村是离阿城两英里的一个村庄。

“没有，”我说。“我们的生活完全与世隔绝，就是在这儿，也很少有新闻通过什么渠道传到我这里来，除非靠……报纸。不过，我想你是喜欢你的新教区的，我可以祝贺你找到了新的教职吧。”

“我想，过一两年，等我实现了一心要进行的某些改革……或者至少朝这个目标迈出几步以后，我会更喜欢这个教区的。可是，你现在也可以祝贺我，因为我发现一个人拥有一个教区，没有别人来干扰，挫败我的计划、抵消我的努力，是非常愉快的。再说，我在一个相当舒适的地区有一幢体面的房子，年俸三百镑。事实上，我没有什么可埋怨的了，只是感到寂寞，希望有一个伴侣。”

说到最后，他望了我一眼。他那深褐色眼睛射出的光芒，刺得我满脸通红。我感到非常狼狈。在这种重要关头表现慌张是不能容忍的。所以我尽力设法缓解这一糟糕的场面，匆忙而又含糊其词地回答了一句，企图否认这句话具有任何针对性，只是说，等到附近的居民都了解他了，费村和邻近地区可以提供许多机会来满足他的要求。如果他要充分选择的话，还有阿城的游客。我没考虑到这些话所包含的赞美，听到了他的回答，我才明白过来。

“我没有这么狂妄，不敢有这样的奢望，”他说，“尽管你是这么说。纵使情况如此，我对生活中的伴侣也是比较挑剔的。也许在你所说的女士中间，我找不到一个意中人。”

“如果你要求十全十美，那是难以找到的。”

“我不……我没有权利这样要求，因为我自己也远不是十全十美的。”

这时，一辆水车隆隆地从我们身边驶过，把我们的谈话打断了。我们已经来到沙滩的热闹地段。在以后的八分钟或十分钟里，我们在水车、马匹、毛驴和游人之间穿行，没有什么交谈的可能，只有在我们转身离开大海，走上通向镇子的那条很陡的小路时，才能继续我们的谈话。这时，我的同伴向我伸出了胳膊，我挽住了它，当然这绝不是想把它当成一个支撑物。

“我想，你不是经常到沙滩来的吧，”他说。“因为我来这儿以后，早晚到沙滩来过好几次，但是到今天才见到你。有几次，我路过镇上，也曾找过你们的学校，可是我没想到这条街。我也打听过一两次，但没有得到我所需要的消息。”

我们登上了陡坡。我本来想把手从他胳膊下抽出来，可是他胳膊肘儿轻轻地一压，无声地表明他不愿意我这样做，我也就不再动了。我们海阔天空地谈着，走进镇里，穿过几条街道。我发现他尽管还有很长的路要走，但还是特意陪送着我。我怕他是出于礼貌才这样做的，会给他自己带来诸多不便，就说：“我担心，我把你带到岔路上来了，韦斯顿先生。我想，通往费村的路是在另一个方向。”

“我送你到下一条街的尽头，”他说。

“你什么时候来看妈妈？”

“明天……如果情况许可的话。”

下一条街的尽头几乎就靠近我家了。不过，他在那里站住了，向我告别，然后去叫斯纳普。这条狗有些犹豫，不知是跟它的老主人好呢，还是跟它的新主人。可是听到新主人吆喝，就跑过去了。

“我不想把它还给你，格雷小姐，”韦斯顿先生笑着说，“因为我喜欢它。”

“啊，我不要它，”我回答。“既然它有了一个好主人，我就满意了。”

“那么说，你真的认为我是一个好主人了？”

他带着狗走了，我回到家里。我感到异常幸福，心中充满着对上帝的感激之情。我祈求上帝不要让我的愿望再次陷于破灭。

第二十五章
尾 声

“哎，艾格妮丝，你在早饭之前再也不能这么长时间的散步了，”我母亲说。她看到我多喝了一杯咖啡，别的什么也没吃。我推说天气太热，走得久了，很疲乏。我的确是感到浑身发热，有点累了。

“你做什么事情总是走极端。瞧，你要是每天早晨少走一点，坚持下去，就会对你有好处的。”

“是的，妈妈，我听你的。”

“可是，像你现在这样，比躺在床上或埋头看书更不好。你累得都快发烧了。”

“我再也不这样了，”我说。

我正在绞尽脑汁地考虑如何把韦斯顿先生的事儿告诉她，必须让她知道韦斯顿先生明天要来。然而我一直等到早餐的餐具收走以后，才比较镇定和冷静下来。然后，在我坐下画画时，我开口说：“妈妈，我今天在沙滩上遇到了一个老朋友。”

“一个老朋友！那又能是谁呢？”

“实际上是两个老朋友。一只是狗。”然后我给她谈起小狗斯纳普，这些情况我以前也讲过的。我告诉母亲，它突然跑到我面前，而且居然认出了我。“另一个朋友，”我接着说，“是韦斯顿先生，霍顿的副牧师。”

“韦斯顿先生！我以前从没听说过这个人。”

“不，你听说过的，我想，我曾提到过好几次，可是你没记住。”

“我倒听你说过哈特菲尔德先生。”

“哈特菲尔德先生是主管牧师，而韦斯顿先生是副牧师。我过去常常把他同哈特菲尔德先生进行比较，认为他是个更能干的牧师。不过，今天早晨他带着斯纳普到沙滩上来了。我想他是从抓耗子的人那里把小狗买下来的。他也同斯纳普一样，认出了我……也许是通过斯纳普的关系。我同他谈了一会儿，在谈话中间，他问起我们的学校。这时，我提到你，说你管理有方。他说，他想拜见你，请我引见一下，他想明天来拜访你，我答应了。我做得对吗？”

“当然对。他是个什么样的人？”

“我觉得，是一个非常高尚的人，不过明天你就会见到他了。他是费村新来的牧师，他到那里才几个星期，我想他还没有交上朋友，所以想有点社交活动。”

第二天到了。从早餐时分直到中午，我一直在非常焦虑地期待着。中午，他来了！我把他介绍给母亲后，就拿起针线活儿坐到窗前，等待着会晤的结果。他们谈得非常投机，我对此非常满意，因为原来我很担心，不知道母亲对他会有什么样的看法。那一次，他没有待得很久。但是，当他起身告辞时，母亲说，他无论什么时候来访问，她都会很高兴见他的。他走后，我高兴地听母亲说，“嗯！我觉得他是一个通情达理的人。不过，艾格妮丝，你为什么老坐在一边，”她又说，“话说得那么少。”

“因为你谈得这么好，妈妈，我觉得你不需要我插嘴。再说，他是你的客人，不是来看我的。”

打从那以后，他常来看我们，一星期要来几次。一般他总是同我母亲交谈，这一点我非常理解，因为母亲很善于辞令。我几乎有点妒忌母亲那种无拘无束、生气勃勃而流畅的谈吐风度。她谈论的每一件事都论理充分。可是我没有妒忌。尽管我偶尔为了他而痛恨自己的缺点，但是坐着听世上我最爱戴和最尊敬的两个人在一起这么友好、这么有见识、这么成功地交谈，给我带来了极大的欢乐。而且我也不总是默不作声的，我更没有遭到冷落。韦斯顿先生对我的关照总是恰到好处，不乏亲切的言词、热情的目光、细致的关切；非常微妙，不可捉摸，难以言传，因而也是无法加以形容的——但在我心灵上却留下深深的印象。

不久，我们之间就不再讲究客套了。韦斯顿先生成了理所当然的常客，任何时候都受到欢迎，从来也不打乱我们的家务安排。他甚至叫我"艾格妮丝"，起初还有些不好意思，但是发现谁也没有生气，后来似乎就很乐意叫这个名字，而不想叫"格雷小姐"了。我也很高兴。他不来做客的那些日子，是多么沉闷和阴郁呀！可并不痛苦，因为我怀着对他上次来访的回忆和下次来访的希望，这给予我莫大的快慰。不过，要是两三天过去了，我还见不着他，我就会十分焦虑。当然这是很可笑的，而且毫无道理。因为人家也有自己的事情要安排，有教区的事情要办理。我也害怕假期结束。到那时，我的工作也要开始了。有时，我会无法见到他，但有时——要是我母亲在教室——我又得单独同他待在一起。我根本不愿意在家里出现这样的局面。要是在外面遇见他，走在他身旁，那当然会是非常愉快的。

然而，在假期最后一个星期的一天傍晚，他出乎意料地来了。那天下午，下了一场大雷雨，时间又很长，我几乎丧失了当天见到他的希望。但这时，暴风雨已经过去，又出现了阳光明媚的天气。

"傍晚的时光多美，格雷太太！"他进门时说。"艾格妮丝，我想请你陪我到什么地方去散散步，"（他提到了海边的一个地方——岸边有一座陡峭的小山，险峻的悬崖伸向海面。从悬崖顶上可以看到壮丽的景色。）"今天的雨水把尘土洗净了，空气凉爽而清新，那儿的景色一定很美。你去吗？"

"妈妈，我可以去吗？"

"可以，当然可以。"

我去准备了一下，几分钟就下楼来了。不过，我比单独出去买东西确实要打扮得更仔细一些。雷阵雨果真对气候起了极好的作用，黄昏景色十分宜人。韦斯顿先生让我挽着他的胳臂。我们走过熙来攘往的街道时，他很少说话，而且步子很快，表情严肃，甚至有些心不在焉。我不知道是怎么回事，心中升起一种莫名的恐惧，怕他有什么不愉快的心事。我盲目地推测着可能发生的事情，心中感到忐忑不安，因此也变得严肃起来，一句话也不说。可是，我们一来到宁静的郊区，这些胡思乱想顿时就消失了，因为我发现，当古老的教堂、小山和山下碧波万顷的大海呈现在我们眼前时，我同伴的心情就豁然开朗起来。

“对你来说，我刚才大概走得太快了吧，艾格妮丝，”他说，“因为我急于离开镇子，忘了考虑到你的方便。不过现在我们可以慢慢地走了，你愿意走多慢，就走多慢。从天际明亮的云彩看来，西下的夕阳一定会无限美好。我们走得再慢也可以赶上欣赏海上落日的景象。”

走到半山腰，我们两人都沉默了。同往常一样，又是他首先打破了沉寂。

“我的家还是空着的，格雷小姐，”他笑着说。“现在我已经认识了本教区所有的女士，也认识了镇上的几位，还有许多，我都见过或者听说过了。但其中没有一个适合做我的伴侣。事实上，世上只有一个人是合适的，那就是你。我想知道你的想法。”

“您说话可当真，韦斯顿先生？”

“当真！你怎么能以为我会在这个问题上开玩笑呢？”

他把手放在我挽着他胳膊的手上，他一定感觉到我的手在颤抖。不过，现在这已经没有多大关系了。

“我想，我没有太性急吧，”他严肃地说。“你一定知道，我是不喜欢奉承和说一些庸俗的温存话的，甚至也不愿吐露我的爱慕之情。我的一句话或一个眼色比其他许多人的甜言蜜语和热情表白意义深远得多。”

我说了几句不愿意离开母亲，不得到她的同意我无法做出决定，等等。

“你去戴帽子的时候，我已经同格雷太太把事情都谈妥了，”他回答。“她说，如果我能得到你的同意，也就可以得到她的同意。我说，如果我真能得到这样的幸福，就请她和我们生活在一起，我想，这是你的愿望。可是她拒绝了。她说，现在她能雇得起一个助手了。她要把学校办下去，等到她储蓄了足够的养老金，可以维持她在舒适的住宅中的生活，才罢手。在这段时期内，每逢假期，她将轮流到我们家和你姐姐家来。只要你幸福，她就非常满意了。现在我已把你为母亲着想而提出的异议排除了，你还有其他考虑吗？”

“没有，一点儿也没有了。”

“这么说，你是爱我的？”他说着，热切地握着我的手。

“是的！”

——

我的故事就讲到这里了。我是根据日记来撰写这篇故事的。我的日记也没有多记述多少。我本来可以成年累月地写下去。可是，我只想加上几句。我永远也忘不了那极其愉快的夏日的黄昏，总是高兴地回忆起那陡峭的山峰和悬崖，我们曾一起站在悬崖边上观看壮丽的落日倒映在我们脚下不平静的汪洋大海之中，激动得几乎说不出话来，心中充满对上帝的感激之情，还有幸福和爱情。

几个星期之后，母亲找到了一个助手，我就成了爱德华·韦斯顿的妻子。我从来没有发现过任何值得后悔的理由。我可以肯定，今后也决不会有。我们经历过种种考验，而且今后还会有新的考验。但是我们会很好地共同承受，并尽力锻炼我们自己和对方的意志，来承受最后的分离——未亡人最大的痛苦。但是如果我们牢记着死后我们还会在光辉的天堂——那没有罪恶和忧愁的地方——再次相逢，那么，连这种分离也是可以忍受的。现在，我们要努力为在我们的道路上洒下如许幸福的主的荣耀而生活着。

爱德华奋发有为，在教区内进行了惊人的改革，受到教区人民的尊重和爱戴——这是他应该得到的殊荣。作为一个凡人，他可能有缺点（没有一个人是完美无缺的），可是作为一个牧师、丈夫和父亲，我认为他是无懈可击的。

我们的孩子，爱德华、艾格妮丝和小玛丽都很有出息。现在他们的教育主要由我负责，他们不会缺少一个母亲的关怀能给予的任何幸福。我们的微薄收入足够支付我们的开销。由于我们有在更艰苦的岁月中养成的节约习惯，又从不企图仿效富裕邻居的生活方式，所以我们不仅能舒适而满足地生活，每年还能为孩子们储蓄一些，并拿出部分钱来周济手头拮据的人们。

我想，现在我已经把要说的话全说完了。

译后记

《艾格妮丝·格雷》的作者安妮·勃朗特是十九世纪上半叶英国文坛上著名的勃朗特三姐妹中的一位。由于《简·爱》和《呼啸山庄》的中译本在我国受到很大的欢迎，读者对夏洛蒂和艾米莉都比较熟悉，但对安妮却不大了解，因为国内还没有介绍过她的作品。

安妮于1820年初出生于布雷德福的郊区，是六个姐妹兄弟中最小的一个，比夏洛蒂小四岁，比艾米莉小一岁半。安妮自幼丧母，没有享受过母爱的温暖。她身体孱弱，性格敏感而内向，她热爱大自然，喜爱音乐、绘画，在家里常同姐姐、哥哥一起编戏演剧。安妮六七岁时，他们就一起自编自演过《年轻人》、《我们的伙伴》、《岛民》等短剧。童年的这段生活对安妮后来的创作起了一定的促进作用。

由于家境贫寒，安妮自小没有上学，基本上是在家里自学，由父亲和夏洛蒂亲自授课，只是在十五六岁时，她才有机会到夏洛蒂任教的学校免费受了两年学校教育。

大姐玛丽亚和二姐伊莉莎白去世以后，夏洛蒂在安妮的眼里就成了“小母亲”。安妮非常敬重夏洛蒂，但很少同她谈心，交流感情。同安妮感情最深的是艾米莉。她们两姐妹性格完全不同，艾米莉刚强，安妮温柔。尽管如此，她们彼此却是无话不谈。只要两人都在家里，总是形影不离。两人一起写诗、作文，还一起记日记。现在保存下来的女作家遗物中就有不少她们两姐妹共同署名的日记。

安妮十八岁上染上了肺结核。但她在病情稍有好转之后，就向家人提出，要去当家庭教师，这样可以在经济上对家里有所帮助。在十九世纪上半叶的英国社会中，家庭教师是知识妇女能够得到社会认可的唯一职业。安妮从十九岁开始，曾先后在两个不同阶层的家庭中担任家庭教师达六年之久。这些人家对家庭教师并不尊重，只把她当成高级仆人。但安妮为了给家庭减轻负担，为了给失业的哥哥找条出路，不得不忍辱负重，委曲求全。

安妮的一生是不幸的一生，她曾一度钟情于她父亲的助手威廉·韦特曼，但韦特曼在安妮到外地当家庭教师期间突然病逝，安妮过了好久才得到他去世的消息。她那位酗酒的哥哥，又使她们姐妹几人想在家里开办学校的愿望变成泡影。与此同时，安妮还要不断承受疾病的折磨。但她从不抱怨，以惊人的毅力，默默地忍受着精神上和肉体上的苦痛。在她的几部著作问世后不久，于 1849 年 5 月就病逝于远离故乡的海滨疗养地斯卡巴勒。她临终时留下的最后一句话是："勇敢一些，夏洛蒂，勇敢一些！"

安妮是位有才华的作家，在其短暂的一生中写过不少诗歌和两部长篇小说。她的作品最先问世的是诗歌。在 1846 年 5 月以"柯勒""埃利斯"和"阿克顿·贝尔"的笔名出版的勃朗特三姐妹的诗集中，就收入安妮的二十一首诗。

1847 年 12 月，艾米莉的长篇小说《呼啸山庄》和安妮的《艾格妮丝·格雷》同时问世。1848 年 6 月，安妮又单独出版了一部长篇小说《怀尔德菲尔府的房客》。安妮还有一些未完成的稿件，但在她逝世以后，被夏洛蒂付之一炬了。

小说《艾格妮丝·格雷》是安妮的重要著作之一，几乎就是安妮一生的写照。但是安妮在艾格妮丝·格雷这个人物身上倾注了她对生活的憧憬。她让艾格妮丝获得了她自己在现实生活中没有得到的幸福。

安妮在小说开头写道："一切真实的故事都包含着有益的教诲。"从故事情节看，作者希望她的创作能唤起人们对家庭教师这些职业妇女的生活和工作的关切、同情和支持。她的书中曾说："如果一位父亲或母亲，从中获得了有益的启示，或者一个不幸的家庭教师因此而有所裨益，我的辛苦也就得到了应有的补偿。”

《艾格妮丝·格雷》所反映的不仅是十九世纪上半叶一名家庭女教师的个人遭遇，同时也着重揭露了当时英国社会中的贵族阶级和正处于上升阶段的资产阶级性格所具有的愚昧、冷酷、自私、虚伪等特点。他们虽然积累了大量的物质财富，获得了较高的社会地位和权势，但读者可以从作者叙事的角度出发，体会到隐藏在这一切冠冕堂皇的外表之下的阴暗面。这些老爷太太们似乎很有风度，谈吐优雅，但是他们的精神生活与物质生活极不平衡。如果抛开那肤浅的外表而深入他们的内心中去，读者会发现，在精神上他们却非常贫乏。默里先生在酗酒骂人之外无所事事，罗布森舅舅刁钻古怪，以残害动物、侮辱他人为乐，阿什比爵士吃喝嫖赌，无恶不作；就连这些上层人物的精神指导者哈特菲尔德牧师，也不是什么正人君子，在布道坛上他口若悬河，雄辩滔滔，为人们分辨善恶，指点迷津，俨然以人类拯救者的代言人自居。一走下讲坛，他就原形毕露。他趋附于富家太太小姐左右，表面上风趣健谈，实则插科打诨，溜须拍马。他追求默里小姐不成，便一反常态，出言威胁，布道者的那种正颜厉色和翩翩风度便荡然无存了。

和他们相反的是家庭教师艾格妮丝·格雷和副牧师韦斯顿，他们都相貌平凡，家境清寒。在那些外表高贵的人们看来毫不尊贵。在物质上，他们的确是贫乏的，但他们并不因此自卑而仰承富有者的鼻息。他们的内心生活非常充实，忠实地信守自己的生活准则，坚信人间的爱是伟大的。他们在努力追求一种平衡的生活，如果说，他们并没有使世界变得更完美些的雄心，至少他们想完美自身。在希望获得尊重和爱的同时，他们从不忘记去尊重和热爱他人。他们过的是一种不图浮华、追求真实的生活，这种真实既是对人对己的诚实无欺，也是他们对整个生活的态度。他们喜爱知识和真诚的友谊，也喜爱自然界的一草一木。他们在知识、道德、修养上都比他们的雇主或上级高出一头。由于他们在精神上占有优势，所以面对困难、委屈和不公正，既不欺骗自己也无恐惧不安之心，总是坦然地接受着生活的赐予。从这方面来看，作者似乎想说，艾格妮丝·格雷和韦斯顿对生活的接受，比有产者更深更广。他们虽然不无痛苦和磨难，但是却拥有着人间的美好感情，享受着自然界的美好事物。

应该看到，在艾格妮丝·格雷和韦斯顿这两个人物身上，确实存在着某种宗教感情。读者很容易把作品中的许多内容，特别是两人的性格、经历与这种背景联系起来。作者的确是以宗教感情的虔诚与否来衡量一个人品性的优劣；以对上帝的信仰、对人类的爱来区分艾格妮丝·格雷和她的雇佣者。但在读者面前直接陈述的是格雷在具体生活中的忍耐、努力和追求。所以从这个意义来说，宗教背景只是区分两者的表面手段，并非实质。

一百多年来，人们认为安妮·勃朗特的作品与两个姐姐相比，略逊一筹。但是专门研究安妮·勃朗特作品的评论家则说，安妮·勃朗特具有自己独特的风格。安妮的作品“总是那么清新而明快”。著名的爱尔兰小说家、诗人、批评家乔治·莫尔除了把《艾格妮丝·格雷》称作是“英国文学中最完美的散文体小说”之外，还称赞这部小说“朴素而又美丽，就像一件薄薄的轻纱礼服……故事的题材、人物和主题，是那样的完美和协调”。当然，莫尔的评论仅仅反映了英国文学批评的一种看法，但它毕竟从一个特定侧面说明了《艾格妮丝·格雷》这部小说在英国文学史上的价值。

译　者

1988 年 1 月

· 勃朗特三姐妹文集 ·

Anne Brontë

女房客

The Tenant of Wildfell Hall

〔英〕安妮·勃朗特 著

莲可 西海 译

上海译文出版社

目 次

前　言[1]

在勃朗特三姐妹所著的小说中，尤其需要联系作者一生的情况来考察并且根据其写作时的处境以作出评价的是《女房客》一书。

在当今的读者看来，本书[2]的主题似乎显得过时了，因为除了一些其他的重要问题之外，它主要涉及拯救人的灵魂的问题。不过，正是由于提出这一主题的胆略和绝对坦率的处理手法，使它具有惊人的现代气息。

本书作于1846至1848年间，于1848年初夏出版，它堪称“妇女解放运动”的第一篇宣言。安妮·勃朗特以一对完全不相称的恋人间的拜伦式婚姻为题材，描述女主人公海伦·亨廷顿被迫离开了她那万恶的丈夫，要求独立生活的权利并成功地做到自食其力——而更为冒险的是她竟带着她的儿子一同潜逃——作者不仅震撼了当代社会的道德规范，还无视当时的国法。在1848年，为人妻的妇女——尤其是婚生子女——完全受丈夫的控制。

梅·辛克莱[3]在1913年写道：海伦·亨廷顿在自己的卧室给丈夫吃闭门羹，这在维多利亚时代的整个英国引起了反响。

本书一出版即受到读者欢迎，同年7月就决定再版，安妮为之写了一篇引人注目的序言，宣布她何以就这一既使图书馆订户着迷又使道德家大为震惊的题材而写作的特殊原因。

由于她是用笔名阿克顿·贝尔发表的，所以有关作者的性别引起所有人的好奇心，同时也受到一些人的谴责。他们认为，这种题材不宜由女性来处理，假如作者是女性的话。然而，她在序言中为自己的主旨所作的强有力的辩护，确立了本书的性质，也表现了作者的个性。至于作者究竟是何许人，尤其是什么性别，她只用了寥寥数行有力地表明自己的看法，便使得那些对她横加非议的人哑口无言了：

> ……我相信只要是本好书，那末无论作者的性别为何，它仍不失为一本好书……所有的小说都是，也应当是既供男性又供女性阅读而写作的，而且我百思不得其解，为什么一个男人可以容许自己写出确实使女性丢脸的内容，或者为什么一个女人写出了对男人说来是恰当而相称的任何内容就应当受到苛评。

《女房客》一书的成功，使它的作者得到的磨难多于欢愉。她的出版商J.C.纽贝是个诡计多端的家伙。他在销售该书的时候骗取了她所应得的稿酬(我们现在知道，当时还没有今天的那种版税制度)。安妮去世[4]后，她的大姐夏洛蒂向自己的出版商乔治·史密斯说明，安妮一共只收到两笔各为25英镑的稿费。那时乔治很可能是通过施加压力的手段，成功地从纽贝手里获得了安妮的两部小说和《呼啸山庄》的版权。夏洛蒂并不隐瞒纽贝同她两个妹妹打交道的秘密。她说纽贝一定是"……既贫困又狡猾……"他对刚崭露头角的特洛罗普[5]和乔治·艾略特[6]也同样苛刻。但是他对勃朗特三姐妹所耍的手段太过分了，竟企图把《女房客》的作者冒充为已经成名的《简·爱》的作者，即"柯

① 译自英国勃朗特姐妹研究专家威妮弗雷德·热兰为1979年企鹅丛书版《女房客》写的前言。

② 本书原名为"The Tenant of Wildfell Hall"，全译名应为《怀尔德菲尔府的房客》。

③ 梅·辛克莱(1863—1946)，英国小说家、女权运动家。曾以勃朗特三姐妹为题材，先后发表过一部传记及一部长篇小说。

④ 安妮于1849年去世，当时仅29岁。

⑤ 安东尼·特洛罗普(1815—1882)，英国小说家。

⑥ 乔治·艾略特(1819—1880)，英国女作家。

勒·贝尔”[①]的作品兜售给美国出版商，以取得版权，并且以揭露作者的性别和身份来威胁这姐妹俩，因为这是她们希望不惜任何代价要避免的。正如《女房客》的再版序言中所揭示的那样，当时的社会偏见是反对妇女发表自由的。

为了同纽贝作必要的对质，安妮·勃朗特被迫作了她生平唯一的一次伦敦之行。她姐姐夏洛蒂的出版商乔治·史密斯(后来成为维多利亚时代几乎所有卓越小说家的非常成功的出版商)，为安妮·勃朗特留下了她家庭圈子以外的人所作的极难得的关于她的描述。“……她是个温柔文静、相当克己的人，长得一点儿也不漂亮，可是模样儿很讨人喜欢……她的态度奇特地表现出一种求人保护和支持的愿望，经常保持着一种恳切的神色，这是能博得别人同情的……”[②]

在虚弱的外表后面(安妮·勃朗特终生体弱多病)，正如她的一生和死亡所证实的那样，她是个意志坚强、勇敢非凡的年轻女子。她为写作《女房客》所选择的题材，并非毫无所知或者毫无经验，而是在充分了解了具体事实的情况下，有意识地向当时的社会习俗和法律提出抗议。这些有关的知识是她在一家以体面著称的人家当家庭教师的四年间获得的。

从1841年3月到1845年6月，她受雇于住在约克城附近的小乌斯伯恩镇上绿邨府的埃德蒙·鲁宾逊教士。在这以前，她已经在另一户人家度过一年，那就是在米尔菲尔德的布莱克府的英厄姆家。她在1847年出版的第一部小说《艾格妮丝·格雷》就是反映她在这个早先的职位中所获得的体验的，而《女房客》则是后来的那次经历所结下的果实。

---

① 柯勒·贝尔，夏洛蒂·勃朗特的笔名。

② 引自《康希尔杂志》(创刊于1860年的英国月刊——译者)1900年12月号。——原注

关于在鲁宾逊家的处境，她留下了两篇直接的叙述，其一是她到他们家才几个月后写下的一篇日记，其二是在四年后离开绿郇府时所写的。第一篇中有这么一句话："……我厌恶我的工作，希望另换一个……"[①]第二篇是在1845年7月31日写的，提到早先那段记载："……当时我在'绿郇'，如今刚从那儿逃出来。当时我就希望离开那儿，要是当初我就知道得在那里待上四年的话，我会感到多么沮丧呀！不过，在那儿我体会到了人性中一些很令人厌恶和意想不到的方面……"她把自己在那四年间所见到和经受的作了一番回顾，便成为创作《女房客》的灵感。

可能有人会问，既然她有那样的感觉，为什么要留在鲁宾逊的绿郇府呢。答案是她为了她的哥哥而留下来的。

安妮的哥哥勃兰威尔·勃朗特幼年时就表现出聪明的天资，受到家人的溺爱，鼓舞他们对他的前程抱有过分的期望。可是，在他二十五岁那一年，在连遭四次不光彩的免职之后，变得不再有人肯雇用了。这并非因为他不具有卓越的天赋。他是个文笔流畅的诗人（曾获得诸如哈特利·柯勒律治和詹姆斯·马蒂诺[②]那一类作家的好评），热爱文学和音乐，精通拉丁语，长笛吹得可以登台表演，又能说会道，可惜的是哪一样行当也没学好。同时他又是个非常漂亮的小伙子，这就造成了他的不幸。

鲁宾逊夫妇要为他们的十二岁的儿子埃德蒙请一位家庭教师，而安妮正在那里担任他们家三个女儿的家庭教师。她便推荐了自己的哥哥，认为这是他剩下的唯一机会了。于是他受到接见，给鲁宾逊夫妇留下很好的印象，所以就被聘用了。

---

① 摘自安妮·勃朗特在1841年7月30日写的日记。——原注

② 哈特利·柯勒律治（1796—1849），英国诗人、随笔作者、编辑，为著名浪漫派诗人塞缪尔·柯勒律治的长子。詹姆斯·马蒂诺（1805—1900），英国哲学家、牧师。

这个豪华的新环境像一帖补药，首先对勃兰威尔已被摧垮的精神产生了激励作用。鲁宾逊家有着很好的社会关系。在鲁宾逊太太的亲戚中，有教会高级人士和下议员；他们骑着马纵狗打猎，并去约克城参加郡府里的舞会。这种气氛完全适合勃兰威尔讲究过分的趣味，他也很迎合他的雇主的心意。他在先前几个职位上相继失败之后，对于为他而受尽折磨的家人来说，他目前的成功真是出乎意外。他在这个职位上待了两年半。就是为了他的缘故，安妮同他一起待下去，尽管她对鲁宾逊夫妇和他们的整个生活方式越来越厌恶。

在“绿邨”，这一家人的统治者并非它的男主人，而是鲁宾逊太太。她是个肆无忌惮的美人儿。勃兰威尔受到她的青睐。但他却是个心神不健全的人，天真无知，易于受骗，以为她爱上了自己，便以放纵的情欲回报她的求爱。他们的私通不可避免地被发现了（连孩子们都知道了），最终在被鲁宾逊先生获悉的当天，勃兰威尔就被辞退了。

这一次是不可挽回的了。但使他完全崩溃的并不是这份耻辱，而是强行把他和那女人分开所引起的极度伤心，他以为她是以同等的爱来回报他的。他开始吸毒和酗酒，在三十一岁那年死于震颤性谵妄。

那几年，他家人的痛苦并不亚于他。他们收留了他三年，尽最大的力量护理他，与他一次次的酗酒胡闹和自杀企图进行搏斗，并且为他向方圆十英里内的酒馆老板付酒债。

对于这一切苦难，安妮·勃朗特认为自己负有责任。要是她没有推荐勃兰威尔到“绿邨”这户人家，他的生命便不致这样毁掉。对于他们兄妹两人来说，鲁宾逊太太实在过于狡猾了。虽则安妮不喜欢她，但却事先没有料到她竟然会勾引勃兰威尔。在他被辞退整整一年之后，鲁宾逊先生的去世为他开了方便之门，但使他悲痛欲绝的是，他发现那位太太丝毫无意与他恢复接触，还谎称在她丈夫的遗嘱中有一项规定，如果她再嫁人的话就不得继承遗产，这样便有效地使勃兰威尔不能接近她。可是，过了一段时间，她竟然嫁给一个富有的贵族亲戚爱德华·多尔曼爵士，和他一起在伦敦社交界大出风头。

安妮对所有的这些事实了解得很清楚，并让家人毫不怀疑鲁宾逊太太对勃兰威尔的行为应受到谴责。这个看法后来传到了盖斯凯尔夫人[①]耳朵里，使她在终于写出的《夏洛蒂·勃朗特传》中对这桩事情加以渲染。这种坦率的态度几乎使她自己为之付出被控犯了诽谤罪的代价。老勃朗特先生毫不迟疑地亲自致函盖斯凯尔夫人，痛斥鲁宾逊太太为“勾引他儿子的恶魔……”[②]

当安妮回顾他们兄妹俩在鲁宾逊家的共同经历时，印象最为深刻的是他们对世事的无知，以致在处世方面毫无准备。

她认为自己有责任去搭救那些同他们过去一样缺乏经验的年轻人，告诫他们小心提防埋伏着等待他们的危险。她绝不为那已经发生的事责怪勃兰威尔，把这一切归咎于他的教养不良。

她在再版本序中写道：

> ……我写下面这许多页书的目的并不只是为了逗乐读者……我希望说实话，因为事实的真相总是能……传达它本身在道德方面的教训的……不过请别想象我自以为有能力去革除社会上的种种罪过和弊端，我只是愿意为如此良好的目标贡献微力而已……对于一件坏事的描述，采用最不引起人们反感的表现方式来写作，无疑是小说家能遵循的最合心意的方针。可是这种做法是不

① 盖斯凯尔夫人（1810—1865），英国小说家。《夏洛蒂·勃朗特传》出版于1857年。

② 见1857年4月2日书于勃朗特牧师住宅的函件。——原注

是最诚实……？应该向那些年轻而没头脑的旅客揭露人生道路上的陷阱和罗网，还是用树枝和花朵把这些陷阱和罗网掩盖起来，究竟哪一种办法更好呢？……如果少一些这种对现实的审慎隐瞒……那末，那些靠自己来从各自的经历中提炼出辛酸的知识的男女青年就会少犯罪、少受苦。

即使安妮承认在这部小说中所描述的情况——关于阿瑟·亨廷顿和他那帮伙伴——是个极端的例子，她还是能够根据自己的亲身体验断言现实社会中确实存在这种人，并且基于这一认识，感到自己有责任将她所了解的情况去告诫他人："……如果由于我的忠告，能够使一个轻率的小伙子免于重蹈覆辙，或者可以防止一个没头脑的姑娘像我的女主人公那样不知不觉地误入歧途，那末，这本书就没有白写了。"

她不可能丝毫不差地描写勃兰威尔的那段情事，不过她的确能够，也确实是依据第一手材料刻画出了一个酒鬼临终前的极度痛苦以及他那越来越消瘦的肉体和内心悲痛的可怕景象。

本书至今还值得一读，那是由于它写得绝对忠实，具有心理方面的真实性。作者十分明智和公正，她指出女主人公和她那可憎的丈夫对他们不幸的婚姻都负有责任。海伦尽管年轻妩媚，又有胆量，但却自以为是，而且像在她以前的安娜贝拉·米尔班克一样，自以为有能力改造一个浪子，因此才不听任何劝告，过于自信地缔结了一门不幸的亲事。亨廷顿尽管不像拜伦（他受不了妻子阅读书本），但却被出色地描绘成一个二流的洛夫莱斯①，走起路来趾高气扬，驾驶马车像个疯子，深信自己对异性富有诱惑力，终生彻底放纵自己，在那些牌骗

① 英国小说家塞缪尔·理查森（1689—1761）的作品《克拉丽莎·哈洛》中的男主人公，是个花花公子，诱奸女主人公克拉丽莎，使她饮恨而死。

子、瘾君子和色鬼所凑成的圈子里，他成了他们毫不费力的诈骗对象。但他缺乏道德上最起码的耐力，因而无法克制地放纵自己。

阿瑟·亨廷顿曾被认为是勃兰威尔的写照，其实不然。勃兰威尔尽管有他的所有过失和弱点，但却有一颗富于感情的心和热忱的性格。他爱好所有的艺术，尽管一无所成，但仍坚持练习。他虽则自负又自欺，但抱有理想，而亨廷顿则没有。勃兰威尔待仆人和蔼可亲，备受村民的喜爱，对抚育他成人的姨母十分感激，对自己的不端行为能感到强烈的悔恨。亨廷顿则除了自己以外，对任何人没有感情，待仆人蛮横侮慢，待侍从刻薄恶毒，甚至由于妻子为她父亲戴孝而生气，对自己的妻子有虐待狂行为。他与勃兰威尔的相似之处在于毫无自制力，常讲亵渎神的话，以吓唬他人为乐并喝得酩酊大醉。

与勃兰威尔有许多相似之处的倒是洛勃罗勋爵。尽管他过着堕落的生活，但有时还会感到悔恨，能良心发现。他还有勃兰威尔的那种生动的想象力，而且也像勃兰威尔那样，被自己所爱的女人任意抛弃后，求助于麻醉剂。把作者对洛勃罗狂热的内心反省、在宗教信仰方面经受的痛苦、多次为改邪归正所作的努力、灾难性的懦弱、一再受到麻醉剂的支配以及那些堕落的酒友的影响等等的描述，与所塑造的亨廷顿这个人物相比较，我们可以更清楚地看到勃兰威尔的形象。

显然，安妮·勃朗特在“绿邨”经常见到这一类人，而且无可奈何地眼看她哥哥受到他们的影响。当时使她感受最深的，以及勃兰威尔因经历上述灾难而丧生后萦绕于她脑际的，是男孩子们为应付人生战斗而受的教育是何等的无效。她痛恨男女教育要区别对待，对于普遍地认为男孩子在抵制诱惑方面强于女孩子的看法，表示十分愤慨——她已经看出了这种意见的谬误之处。有关性别问题，勃朗特三姐妹全都雄辩地主张男女平等，其中尤以安妮最为勇猛。她在她的序言中写道，女孩子被保护起来，使之对危害一无所知，而男孩子有如海伦·亨廷顿所发现的那样，却“应该让他们通过自己的体验去证明一切，而我们的女儿甚至想从别人的经验中取得教益也不允许”，而是应当使之一无所知(见本书第三章)。在勃兰威尔遭到不幸之后，夏洛蒂·勃朗特写道，“女孩子受到保护，仿佛确实是因为她们意志薄弱、愚蠢透顶似的，男孩子却被推向社会，任其自由活动，仿佛在所有生物中，他们是最聪明和最不易被诱入歧途的……”①

本书时时显得具有言情小说的特性，但绝不琐碎浅薄。全书以安妮全心全意致力于说真话的精神为特色。它的不足处在于它的结构，在于采用了一个情节包含另一个情节的笨拙手法。(艾米莉·勃朗特在《呼啸山庄》中岂不是也用过这同一手法吗？)海伦的整个婚后生活被记述于一本日记之中。随着次要情节(写她离开丈夫以后的生活)的展开，海伦在新的生活中，把这本日记交给怀尔德菲尔府的邻居吉尔伯特·马卡姆。而在这之前，他对她的过去毫不了解，却爱上了她。她是凭良心这么做的，为的是希望他免受无望的热恋之苦，因为那时她在法律上仍是亨廷顿的妻子。

评论家乔治·穆尔②在安妮的作品一度处于黯然失色的时候给予它们高度的评价。他在1924年出版的《艾伯里街谈话录》一书中，对安妮这部作品在结构方面的缺点作了十分有趣的评语。他认为“在开头一百五十页的记叙文的编写方面显示了一位天生的讲故事能手”，但是他又为安妮半途而废感到惋惜。

这并非由于缺乏才华，而是经验不足所致。只要有个偶然的

① 摘自1846年1月30日致伍勒小姐的信，现藏菲茨威廉博物馆。——原注
② 乔治·穆尔(1852—1933)，爱尔兰小说家、戏剧家、评论家。

机遇，就可以使她不致犯这一失误。因为几乎任何文人都会按着她的手臂说：你切勿让你的女主人公把她的日记交给那个年轻的农场主……务必让你的女主人公把她的往事讲给这个年轻的农场主听，这样，你便可以就那番叙述写成一幕迷人的场面……你的女主人公的外貌、她的嗓音、她的手势、她引起对方提出的问话和她的答话……这一切都能使这别出心裁的爱情故事保持它的热烈气氛。但那本日记把这故事截成了两半……①

穆尔说得多正确啊！用了插进一部日记的手法，那毁掉海伦生活的戏剧性故事就像被拉开了一段距离，而不是在情节发展到高潮，在叫她心脏突突跳的痛心和幻灭的关头，在怒火和反责达到顶点时呈现在读者眼前了。

尽管作者在写作技巧方面存在这一错误，穆尔还是从《女房客》中看出一种“火热的特质，这是种罕见的特质，假如作者能多活十年的话，她的这个优点加上其他全部优点，能使她获得和简·奥斯丁同等的，也许甚至更高的地位……”②

穆尔接着写道：“……如果安妮除了《女房客》外并无其他著作，我就无法预言她原是可能在英国文学界赢得那么高的地位的。我只能说：那是一种梦幻似的来去匆匆的灵感。但她的第一部小说《艾格妮丝·格雷》是英国文学中最完美的散文体记述作品……”这评价确实是高啊。

也许，若不是由于《女房客》有着那样的缺点，穆尔就不致会那么绝对地称赞《艾格妮丝·格雷》。情况正是如此，他接着断言：“……《艾格妮丝·格雷》这部散文体记述作品犹如一件平纹细布

① 见《艾伯里街谈话录》第218页。——原注
② 见前书第219页。——原注

衣服那样质朴美丽……”又说：“写一部内容简单的小说要比内容复杂的困难……”他在小说开头的几个片断中——写艾格妮丝来到她的雇主家的情况——就看出“我们是在读一部杰作……只有天才才能把〔那些细节〕如此明白而有分寸地展开在我们的眼前……”[①]，“……它是英国文学中风格、人物和主题完全协调的唯一的一部小说……”

夏洛蒂·勃朗特公开宣称自己不喜欢《女房客》。她对此书的看法不可能不带有偏见(虽则并不像乔治·穆尔所认为的那样不友善)，因为此书使她想起自己曾赞赏的弟弟的毁灭，这对她来说是过于痛苦了，而且她认为这事给安妮的健康和精神都带来灾难性的影响。她还正确地认为，安妮在这本书完成后不久便去世大半是由于她由此而背负沉重的思想负担。为了尊重夏洛蒂的感情，老史密斯一直等到她去世之后，才于 1859 年以单卷本的形式出版《女房客》。此后，它便经常被收进所有的勃朗特三姐妹小说集。

穆尔将它与《艾格妮丝·格雷》的清新、甜美的风格——直率、逼真和富有诗意的雅致——作了比较，这样有助于读者不仅对《女房客》的缺点，也对它比前书具有更重大的思想内容和更深刻的意义有所了解。《女房客》的重要特色之一是对道德败坏所作的刻画——不只是关于亨廷顿——也关于女主人公海伦·亨廷顿，她在开始的时候那么兴高采烈，后来又是那么欢快，并且满怀希望，周围的人都被她的情绪感染了。促使她决定离开自己丈夫的是因为她越来越明白他对她有害，使得她那气质中天生的宽厚被憎恨和愤怒腐蚀了。她不像格里塞尔达[②]那样有耐性，却是个意志坚强的年轻妇女，她清醒地权衡面临的两个问题：这婚姻既对自己有害，也无益于亨廷顿。后来，为了折

---

① 见前书第 222 页。——原注

② 中世纪传说中的以温顺、忍耐著称的女子，曾先后在《十日谈》(第 10 天第 10 个故事)和英国诗人乔叟(1340—1400)的《坎特伯雷故事集》中出现。

磨海伦，亨廷顿开始强迫儿子喝酒，并且硬要把自己的情妇弄到家里来当孩子的家庭教师，于是海伦便像任何一个现代妇女一样抛弃了他，带着儿子出走了。

安妮·勃朗特既然笃信宗教，自然不会就此结束她的故事。在她看来，勃兰威尔的毁灭不仅仅是人间的一个悲剧，它还有一些可怖的精神方面的含义。如果此书要达到它开头提到的目的，这些含义必须成为亨廷顿命运的奠基石。

在安妮生活的那个年代里，教会中大部分人都相信凡未经悔悟就死去的人全都要被打入地狱，永劫不复。尽管她对这一训诲有明显抵触（她的父亲也是如此），但却因为怀疑自己能否得救（其程度与诗人考珀[①]差不多——〔他恰巧是她特别喜爱的诗人〕）而苦恼，这一点可以从她写的大量宗教诗篇中得到证明。她仅仅小心翼翼地保持着这种人人都有赎罪希望的信念，把它看做一条依然处于激烈争议中的信条。在安妮·勃朗特去世好几年以后，法勒教长的著作《永恒的希望》出版时，有些神学家仍然认为这一信念是渎神的。

因此，安妮对亨廷顿临终时的描绘和对他的妻子拼命要拯救他的灵魂这一题材所赋予的重视，我们必须根据她写作时的时代环境，而且首先结合她自己所笃信的教义来加以领会。她生性慈悲为怀，心肠软得对别人的任何痛苦一点也受不了。她以爱家畜并经常救援所有需要得到帮助的人著称。她想到勃兰威尔将永远受到折磨就无法忍耐，就像海伦·亨廷顿提到她那恶棍丈夫时所说的，这会“使她发狂”。因此对她说来，写《女房客》时头等重要的是把这部小说的内容超越具体的范围，即从海伦的出走并终于与一位正派人幸福地结合出发，提高到进入灵魂的沉沦或得救这一超自然的领域。既然她所采用的主题

① 考珀（1731—1800），英国诗人，曾写过一些宗教题材的诗篇。

为拯救灵魂，那末，把那罪人描绘得越丑恶，他的痛苦越难以忍受，就越能显示出上帝以爱救赎世人的神力。

今天，小说家不再采用这种主题了——或者至少不会写得如此真挚坦率（我们可以这样来看待格雷厄姆·格林[①]的全部著作）。不过，安妮·勃朗特不关心文学上流行什么风尚，只想讲出真相，这是她所热衷于相信的。在她写于 1848 年 4 月 27 日的诗《窄路》中，通篇洋溢着真挚和热忱——乔治·穆尔称之为热力。当时，安妮正要结束《女房客》的写作。

在此别谋求你的荣誉，
要放弃乐趣和名望；
世人那可怕的嘲笑，要勇于忍受，
并面对最毒辣的皱眉蹙额。

要努力工作，要爱人，
要宽恕，要忍耐，
将心奉献上苍，
并保持良心无瑕；

以此作为你恒久的目标、
你的盼望、你的第一乐趣；
有什么要紧谁会背后非议，
或者谁会侮弄或藐视？

① 格雷厄姆·格林（1904—1991），英国小说家，其作品中往往以犯有某种罪的天主教徒为主人公，刻画他们的复杂心理，从而探讨犯罪、信仰、赎罪等问题。

那有什么要紧，只要上帝满意，
而且只要在你的心里，
你感到上帝的爱的抚慰，
和祂给你的安息的保证。①

海伦·亨廷顿看到了她丈夫临终的可怕情景，宣布接受一种信仰，那是安妮有关勃兰威尔所有的唯一安慰。

……没有人能够想象一个人在临终前肉体和精神上的痛苦是什么样的！我怎么能忍心去想这个胆战心惊的可怜人被匆匆地带走，去承受永恒的折磨？这个想法会使我发疯的！不过……我不但……把希望寄托在他最终可能忏悔并得到赦免上，还出于一种令我愉快的信念：不管有罪的灵魂注定要经过怎么样的烈火使其净化……它仍然不会消失，因为上帝并不憎恨祂所创造的一切，最终是会祝福它的！……②

最近发现了一封安妮·勃朗特写的信，发表在1923年6月21日的《泰晤士报文学增刊》上。那是她写给利物浦的神学家汤姆博士的。他著有《普救派》一书。从安妮的这封信可以看出《女房客》对当时的读者所产生的影响。汤姆博士的原信是通过她的出版商转给阿克顿·贝尔的，谈的是他们俩都很关切的问题。安妮在复信中这样写道："……我很少读有关有争议的神学问题的著作，因此不知道普救论有着一位像你这么能干而热情的拥护者；不过我从童年起就珍爱这一

① 见《勃朗特诗集》，1915年，由英国编辑和作家阿瑟·本森(1862—1925)编辑。——原注
② 见本书第49章末。

信条——起初是战战兢兢地对它抱着希望，后来则坚定而欢欣地确信它是真实的了……”①

正如她的诗歌一样，安妮 · 勃朗特的散文作品的直率和明晰更像是十八世纪的作品，而不像她所处的维多利亚时代的作家的风格。她的文体衍生自像苏珊 · 弗利尔②和约翰 · 高尔特③那一类作家的模式，而且有些写得最精练的段落——正如乔治 · 穆尔所提出的——则像简 · 奥斯丁。

尽管由于她的两个姐姐的杰出天才，使安妮 · 勃朗特过久地被低估了，她仍然被看做“文学界的灰姑娘”——在此再度引用了乔治 · 穆尔的话，《女房客》的重版，给现代读者提供了一个新的机会，以便由此来判断她的种种非常独特的素质，并也许能使她终于获得公正的评价。各个时代的读者都需求那种她卓越地具备的素质：小说家的天赋。

威妮弗雷德 · 热兰

① 全信见热兰著《安妮 · 勃朗特传》，企鹅丛书版，1976 年。——原注

② 苏珊 · 弗利尔（1782—1854），苏格兰女作家，著有三部写苏格兰生活的小说：《婚姻》《遗产》和《命运》。

③ 约翰 · 高尔特（1779—1839），苏格兰作家，也写过三部有关苏格兰牧师及乡绅生活的小说。

再版本序[1]

虽则我承认本书所取得的成功大于我所期望的，而且有几位出于善意的评论家所给予的赞扬也大于它所应得到的，但我也得承认，我同样地没有预料到它从其他方面会受到苛刻的批评，而我的判断力和感情都使我确信，这些批评是过分厉害而欠公正的。就作家的职权范围而言，他简直不能反驳他的审查员提出的论点，也不能为自己的作品辩护。但是，也许可以容许我在此发表一些意见。倘若当初我能预料到这些情况的话，我就会对那些抱着偏见来读本书，或者满足于匆匆翻阅一下便下判断的人，采取必要的预防措施。我原会用这些话作为初版本的前言的。

我写下面这许多页书的目的并不只是为了逗乐读者，也不是要满足我自己的爱好，更不是为了要取悦出版界和公众；我希望说实话，因为事实的真相总是能向能够接受的人们传达它本身在道德方面的教训的。然而，由于那无价之宝往往隐藏在井底，需要有勇气的人潜入水中去取，特别是要去取的人得冒险投身于泥水之中，因之而招致的藐视和斥责可能会多于因找到了宝石而得到的感谢；这如同为一个不讲究整洁的单身汉的公寓套房承担清洁工作的女人，由于扬起灰尘而受到的责骂，往往会多于她完成清洁工作而受到的称赞。不过请别想象我自以为有能力去革除社会上的种种罪过和弊端，我只是愿意为如此良好的目标贡献微力而已，而且如果我果真能得到读者的注意的话，我宁可低声说一些有益的真话，也不愿讲许多好听的废话。

正如小说《艾格妮丝 · 格雷》中被指责为过分夸张的部分恰恰就是我用心临摹生活，力避言过其实的那些部分，同样，我发现自己在本书中被指责对某些情节“要不是出于对粗暴，就是对粗俗的一种不健康的爱好”而给予热烈的描写；而我敢说，即使是最爱挑剔的评论家看了这些情节，也不致比我描写它们的时候更感痛苦。我可能写得过于详尽了，如果是这样的话，我将注意不再这样使自己或我的读者为此难过。可是当我们不得不写到罪恶和不道德的人的时候，我坚决认为最好要按他们的真实面貌，而不是按他们希望让读者看到的面貌来加以描述。对于一件坏事的描述，采用最不引起人们反感的表现方式来写作，无疑是小说家能遵循的最合心意的方针。可是这种做法是不是最诚实，或者最安全的呢？应该向那些年轻而没头脑的旅客揭露人生道路上的陷阱和罗网，还是用树枝和花朵把这些陷阱和罗网掩盖起来，究竟哪一种办法更好呢？读者啊！如果少一些这种对现实的审慎隐瞒——这种在没有安宁的时候低声说“安宁、安宁”的做法——那末，那些靠自己来从各自的经历中提炼出辛酸的知识的男女青年就会少犯罪、少受苦。

我不愿意人们以为我认为自己在本书中介绍给读者的那个不幸的无可救药的恶棍和他那几个放荡的伙伴的行为正是社会上普遍作风的一个样板。我相信没有人会看不出来它是一个极端的例子，不过我知道确实有这样的人。如果由于我的忠告，能够使一个轻率的小伙子免于重蹈覆辙，或者可以防止一个没头脑的姑娘像我的女主人公那样不知不觉地误入歧途，那末，这本书就没有白写了。同时，如果哪一位正直的读者看了本书后，从中获得的痛苦多于快乐，并且在合上最后一卷[2]时，心中留下的是不愉快的感觉的话，那么我谨请他宽恕，因为这远非我的意图；下次我将竭力干得好些，因为我喜欢给人们以无害的娱乐。然而请理解我，我的抱负不会仅限于此——或者甚至仅限于创作“一部完美的艺术品”；我会认为把时间和天资如此消耗是浪费和

① 这是本书作者安妮·勃朗特于1848年为本书再版本写的序。

② 《女房客》的初版本分为三卷。——原注

滥用。我要将上帝所赐给我的这份微薄的天资予以最大限度的利用；就算我能使人们得到娱乐的话，我还愿意尽力有益于人。而当我感到有责任说出不中听的事实时，我会靠上帝的帮助照样说出来，尽管这么做会给我的名声带来不利，并直接有损于我的读者和我自己的乐趣。

我再说一句就结束。关于作者的身份问题，我希望人们明白阿克顿·贝尔既非柯勒·贝尔，又非埃利斯·贝尔[①]，因此请别把他的缺点归咎于他们。至于这是真名还是假名，对于仅仅通过他的著作来熟悉他的人来说，关系并不大。而且我认为，拥有这个姓名的作家不论是男是女（这一点，有一两位评论家自称已经发现了），也同样无关紧要。我乐意接受对我的诋毁，把它看做我对女性角色的正确描写的赞美；而且尽管我理应认为我的审查员们之所以如此苛刻，是由于他们怀有这一猜疑，我却无意予以驳斥，因为我相信只要是本好书，那末无论作者的性别为何，它仍不失为一本好书，这就够了。所有的小说都是，也应当是既供男性又供女性阅读而写作的，而且我百思不得其解，为什么一个男人可以容许自己写出确实使女性丢脸的内容，或者为什么一个女人写出了对男人说来是恰当而相称的任何内容就应当受到苛评。

1848 年 7 月 22 日

① 柯勒·贝尔和埃利斯·贝尔分别为她姐姐夏洛蒂和艾米莉的笔名。早在 1846 年，三姐妹就分别用笔名共同发表了一部诗集。

致杰克·哈尔福特先生的一封信

亲爱的哈尔福特：

上回我们相聚的时候，承你告知与我相识之前，在你早年生活中发生的几桩极离奇的事，你谈得又详尽又有趣；接着，你要求我也把我的秘事说给你听。由于我当时没有心绪讲故事，便推说没什么好谈的以及诸如此类推诿的话，婉言拒绝了，而你则认为这些理由完全不能接受；因为尽管你随即换了个话题，却显出深受伤害但却毫无怨言的神情，脸上罩上一层阴影，使它直到我们会见结束时还是阴沉沉的，而且据我所知，迄今仍然如此；因为在那以后，从你来信的字里行间都能看出某种矜持而又带有几分悲凉的拘谨和含蓄，要是我的良心认为我该受到这种责备的话，那末你的这种态度是会使我十分感动的。

老兄，难道你不觉得害臊吗？——你自己都这么一把年纪了，我们彼此已经相识这么多年，关系这么亲密，我也已多次向你证明过自己对你多么信任、一无隐瞒；相比之下，你却相当嘴紧、沉默寡言，而我却从不介意。不过我想事实情况就是这样：你生来就不爱说话，并且自以为你已经干了一些很了不起的事，又在那次难忘的场合空前地表现出自己的友好而信任的态度——无疑你已发誓以后决不会再这样干了——因此，你认为我对这种非同寻常的赏脸所能作出的最起码的回报，应该是毫不犹豫地学习你的榜样的。

说起来，我提起笔来并非要责备你，不是要为自己辩护，也不是要为以前的过错道歉，而是为了在可能的情况下向你弥补我的这些过错。

今天是湿淋淋的雨天，我家里的人都走亲访友去了，我独个儿待在藏书室里，翻阅了一些发霉的旧信和文件，缅怀着往事；因此我这会儿的心情十分适于讲一则旧时代的故事给你听，让你高兴高兴——于是，我把烤得暖呼呼的双脚从炉旁铁架上缩了回来，车转身子到桌子前，给我发脾气的老朋友写了上面几行之后，这就要把与自己平生——至少在我同杰克·哈尔福特相识之前——最重大的一桩事有关的某些情况概略地——不，不是概略地，而是详尽而如实地告诉你。等你通篇看毕之后，只要你办得到，再指责我忘恩负义、冷淡无情也还不迟。

我知道你喜欢冗长的故事，也同我的祖母一样，坚持获悉精确详情，因此我会让你看个够；唯一制约我这样做的将是我自己的耐心和闲暇。

在我上文中提到的书信和文件中，有一本我的已褪色的旧日记本。我之所以提及它，为的是要向你保证我并非单单凭借我的记忆，尽管我的记忆力还是极强的；这样才能使你在倾听我叙述细节的全过程中，不至于过分勉强相信。——那末好吧，现在就马上从第一章讲起——因为这将是一篇有许多章节的故事。

第一章
一桩新发现的事

你得听我从1827年的秋天说起。

如你所知道的，我的父亲在某某郡多少称得上是个务农的乡绅；我呢，遵从他的明确期望，不大情愿地接替了他这个闲适的职业，因为我的抱负激励我去争取更高的目标，而我的自负使我相信，如果我不顾它的呼声，那就无异于把我的一千银子埋藏在地里并把灯点了放在斗底下[①]。我的母亲竭力使我相信我有能力干大事；可是我的父亲却认为野心必然导致灭亡，而“改变”只不过是“毁灭”这个词的替代词罢了。对于改善我自己的景况的计划也好，或者改善我同胞的景况的计划也好，他一概充耳不闻。他断然告诉我那都是一套废话，临终时还规劝我要照那万无一失的老路子走下去，要跟随他的步子而且还要跟随他的父亲走在更前面的步子走，要不偏左也不偏右[②]，把老老实实地走完人生道路作为我最大的抱负，并且把祖传的田亩至少按照交给我时的兴旺状况传给我的子孙。

“好吧！——老实勤劳的农民是社会上最有用的成员之一；如果我把我的才能用于我的农田耕作以及一般农事的改进上，我由此不仅能使我自己的直系亲属和由我供养的人受益，还能多少普遍造福人类——因此我就不会虚度此生。”

将近十月底的一个又冷又湿、阴云密布的傍晚，当我从地里拖着沉重的步子回家时，就是用这些想法来竭力安慰自己的。不过在振作我的精神和批驳我的忘恩负义的埋怨情绪这两方面，从客厅窗户里射出的明亮的炉火红光要比所有那些明智的反省和我强迫自己所下定的好决心更有效——因为，要记得，我当时还年轻——才二十四岁——我眼下的自制能力可能还微不足道，而当年就更差得多了。

可是我得脱下沾满泥的长统靴，换上干净鞋子，脱下粗呢大氅，换上一件像样的上衣，使自己在体面的人士面前可以出得了场，这样才可以跨进这幸福的避难所。因为我的母亲虽然很仁慈，对某些方面却很讲究。

我上楼去自己的房间时，在楼梯上遇见一个伶俐美丽、年方十九的少女。她身材矮胖健美，长着圆圆的脸蛋，红润发亮的双颊，有一束束光亮的鬈发和一双欢乐的褐色小眼睛。我无须告诉你她就是我的妹妹罗丝。我知道她至今仍是个标致的妇人，而且她的姿色——在你的眼中——无疑并不比当年你在那幸福的日子初次见到她时的样子有所逊色。那时我根本想不到几年以后她会成为那个人的妻子。当时我还不认识那个人，但是他已经注定将在以后成为我的亲密朋友，甚至比我们兄妹还要亲密。我对他比对那个没礼貌的十七岁小伙子[③]也更亲密，这小伙子在我下楼时，在过道里扭住了我的领口，差点儿使我失去平衡。接着为了处罚他的无礼行为，我在他脑袋上砰地重重揍了一下，不过他并没有因此受到重伤，因为他的脑壳不仅厚得异乎寻常，还由一层茂密而乱蓬蓬的略带红色的鬈发保护着。我的母亲把这种颜色称作赭色。

我和弟弟一走进客厅，就见到那位可敬的太太照常坐在壁炉旁她的扶手椅上编结毛线衣；当她无事可干时，总是干这活儿的。她早把壁炉打扫干净，生起了一炉烧得很旺的火来欢迎我们；仆人刚把茶盘端进来；罗丝正从黑栎木餐具柜里放碗盏的搁板上拿出糖缸和茶叶罐，在客厅里令人愉快的半明不暗的光线中，那餐具柜像擦亮了的乌木家具那样闪闪发亮。

---

① 分别引用《圣经 · 新约 · 马太福音》第 25 章第 25 节和第 5 章第 15 节耶稣讲的话。

② 大意引自《旧约 · 申命记》第 2 章第 27 节。

③ 这是本书讲述者吉尔伯特 · 马卡姆的弟弟弗格斯。

“好啦！他们俩都来啦！”我的母亲没有放慢她那灵巧的手指和闪闪发亮的毛线针的动作，转过头来嚷道。“好，把门关上，到炉边来，等罗丝把茶沏好。我想你们一定饿坏了——来，告诉我，你们一整天都做了些什么；我想知道我的孩子们干了些什么活儿。”

“我一直在训练那匹小灰马——这活可不容易啊——还指挥那个把犁的小伙子清除最后一批小麦茬——因为他根本就没有头脑来指挥自己——我还按照原来的打算，把地势低的大片草地里的积水全面而有效地排掉。”

“这才是我的好孩子！——那末，弗格斯——你干了些什么？”

“耍獾[①]。”

接着他开口详细谈他的游戏，谈到獾和狗各自表现的小本领。我的母亲装出一副倾听的样子，带着点出于母爱的赞美神情，望着他那生气勃勃的面容，而我则认为这种神情与它的对象极不相称。

“弗格斯，现在已经到了你该干其他事情的时候了，”我趁他说话稍一停顿，插进这么一句话。

“我又能干什么呢？”他回答说，“母亲不让我去当水手，也不让我参军；我已经下定决心，除了使自己成为你们大家的累赘之外，别的什么事也不干。这样，你们就会不顾一切条件把我打发走而谢天谢地了。”

我们的母亲抚摩他的又硬又短的鬈发来安慰他。他哼了一声，竭力显出生气的样子，接着我们大家听从了罗丝的第三次招呼，在桌边各自的座位上坐下。

“现在喝茶吧，”罗丝说。“我来告诉你们我干了些什么。我去拜访了威尔逊一家子。吉尔伯特，可惜极了，你没有同我一起去，因为伊

① 当时的孩子们喜欢把抓到的獾藏在洞穴或木桶里，让狗嗅到了味道把它拖出来。

丽莎·米尔沃德在他们家！”

“嘿！她又怎么啦？”

“哦，没怎么！——我不打算告诉你关于她的事——不过当她情绪好的时候，实在是个又好又逗人的小东西，我倒真想叫她一声——”

“嘘，嘘，亲爱的！你哥哥没有这种想法！”我的母亲举起一个手指，认真地低声说。

“嗯，”罗丝继续说，“我刚才正要告诉你们我在他们家听到的一条重要新闻——我听见后一直巴不得要说出来。你们知道，一个月前就听说有人要租下怀尔德菲尔府[①]——这——这事你们怎么看？实际上已经有人住进去一个多星期了！——而我们却一点儿也不知道！”

“这不可能！”我的母亲大声嚷道。

“多荒谬啊！！！”弗格斯尖叫道。

“可确有其事！——而且住的是个单身女人！”

“我的天哪！那房子已经破烂得不成样子啦！”

“她已经把两三间屋子整修得可以住人了；她就在那儿住下，孑然一身——另外只有一个帮佣的老婆子！”

“天哪！这下子可没趣了——我原希望她是个女巫呢，”弗格斯说，一边切开一片一英寸厚的涂着黄油的面包。

“别胡说，弗格斯！可这事真怪，是不是，妈妈？”

“真怪！我简直没法相信。”

“不过你尽可以相信，因为简·威尔逊见过她了，是陪她母亲一块

---

① 这曾经被认为即霍沃思沼地旁的庞顿府，又被认为是《呼啸山庄》中的画眉田庄的原型。但安妮·勃朗特心目中的怀尔德菲尔的实际地点可能为斯卡巴勒城（英国约克郡东部一滨海游乐城市。——译者）南的约克郡山地。这符合本书第7章中有关靠近海的情节；因为1841年，安妮本人曾以鲁宾逊家的家庭教师的身份去到斯卡巴勒，那次是她首次看到海洋。——1979年企鹅丛书版编者G·D·哈格里夫斯原注

儿去的。她母亲只要听说邻里来了个生人，自然就会如坐针毡，非要去探望一下，尽可能从对方口中打听个够不可。那女人叫格雷厄姆太太，戴着孝——不是穿着寡妇的丧服，而是简单的丧服——听说她还很年轻——不超过二十五六岁——可是却那么沉默！她们想尽办法要知道她是什么人、从哪儿来以及有关她的一切事。可是不管是威尔逊太太的无礼纠缠、紧紧追问也好，还是威尔逊小姐的巧妙花招也好，她们都没法从她口中套出一句满意的答话，连一句能稍微满足一下她们的好奇心或者说明一下她的身世、处境或者社会关系的漫不经心的话或者偶然出现的表情也没有。而且她对她们也不太客气，显然对她们说‘再见’要比说‘你好’更合她的心意。不过伊丽莎·米尔沃德说她父亲打算不久去拜访她，想以牧师的身份给她一些忠告，他担心这正是她所需要的，因为虽然上星期初人家都知道她已经搬到这附近来住下，星期日却没有在教堂露面；而她——这是指伊丽莎——将要求陪同她父亲前去，她满有把握能从她嘴里哄出点儿名堂来——吉尔伯特，你知道，她是什么都干得了的。我们哪一天也应当去拜访，妈妈，你知道我们是该这样做的。”

“当然应当去，我亲爱的。可怜的人儿！她一定觉得怪寂寞的！”

“那末请快点儿去；记住了，要让我知道她在茶里放多少糖、戴的是什么样的便帽、用什么样的围裙，如此这般；因为我在知道这些情况之前，真不晓得怎样才能活下去呢，”弗格斯一本正经地说。

可是如果他存心要让这句话被人家视为出色的妙语而为之喝彩，那末他显然失败了，因为没有一个人笑。不过他对此并不感到怎么困窘，因为当他嘴里塞满了黄油面包，正要把茶一口吞下时，这件事突然使他感到好笑得不得了，不得不从桌旁跳起身来，一边打嗝一边喘着气，冲出屋子；一分钟过后，只听得他在花园里极其痛苦地哇哇叫。

而我呢，由于饿坏了，只顾闷着头狼吞虎咽着茶、火腿和烤面包，母亲和妹妹则继续谈下去，讨论着那位神秘女士显而易见或暧昧不清的情况，以及她的可能是这样或不大可能是这样的身世；不过我还得承认，在我弟弟的不幸遭遇之后，我有过一两次把杯子举到唇边，但不敢去尝杯里的东西，又把杯子放下，生怕自己会爆发出类似的笑声，以致有损尊严。

次日，我的母亲和罗丝赶忙去向那位女隐士致意；可是回来时并不比去之前对她的情况多了解些；不过母亲说她还是感到不虚此行，因为就算她没有得到什么好处，她却以能分一些好处给别人而自慰，而且这样更好些；原来她给了对方一些有益的劝告，希望这不是对牛弹琴，因为尽管格雷厄姆太太没有说出什么中肯的话，而且显得有点自以为是，似乎还不至于不会思考——然而母亲却无从知道这可怜的人儿过去一向是在哪儿的，因为她在某些方面表现出的无知达到了可悲的程度，而且连为之自感惭愧的感觉都没有。

“在哪些方面，妈妈？”我问道。

“在家务方面和烹调法中所有微妙的细节方面，以及每个主妇应当熟悉的诸如此类的事——不管她有没有必要把她的知识用于实际。不过我还是向她传授了一些有用的知识和几种极好的菜肴配制方子，可是她显然并不懂得它们的价值，因为她求我别为她费神，说她自己生活简朴清静，是决不会用上它们的。‘不要紧，亲爱的，’我说，‘这是每个体面的女人所应当知道的；再说，虽然你现在是单身，你不会老是这样的；你结过婚，也许——我可以几乎肯定地说——你还会结婚的。’‘这你可错了，太太，’她近乎傲慢地说，‘我肯定不会再结婚了。’但是我对她说关于这事我比她清楚。”

“我料她是个浪漫的年轻寡妇，”我说，“来这儿独个儿度过她的余生，暗自哀悼那心爱的死者——不过这不会维持很久的。”

“不会，我想不会，”罗丝说，“因为她毕竟并不显得十分郁郁不乐，而且长得秀丽极了——更确切地说，长得——挺俊——你得去看看她，吉尔伯特；尽管你没法假装能在她和伊丽莎·米尔沃德两人之间找到什么相似之处，你还是会把她称为一个十全十美的美人儿的。”

“哦，我能想象许多比伊丽莎更美的、但不比她更媚人的脸蛋儿。我承认她说不上是十全十美的，可是我又坚持认为，假如她更完美，就不会这么逗人喜爱了。”

“原来你宁可要她的缺点而不要别人的完美？”

“正是如此——请妈妈恕我冒昧。”

“嘿，我亲爱的吉尔伯特。你胡说些什么呀！我知道你不过嘴上说说，并没有这意思，你完全不可能有这种想法。”我的母亲说着站起身来，匆匆走出屋去，说有家务事要干，为的是逃避我即将脱口而出的反驳的话。

接着罗丝把更多有关格雷厄姆夫人的情况告诉了我，把她的外貌、风度、衣着以及她所住的那个房间里的家具陈设全都一一说给我听，有如历历在目，即令我亲眼目击，也不见得会看得比这更清楚、更精确。不过，由于我一向听话时不大留神，如果有心要把罗丝的描述重复一遍，也无法办到。

次日是星期六；到了星期天，大家都想知道那个美丽的陌生人会不会从那位教区牧师的告诫中得益而上教堂去。我承认我自己也带着几分兴趣朝属于怀尔德菲尔府的那排过去的家属专座望去，那上面褪了色的绯红色垫子和衬套已经许多年没有熨烫，也没有更新过，那些挂在墙上的可怖的纹章，上面饰有阴郁的褪了色的黑布绲边，仿佛朝下严厉地皱着眉头。

就在那儿，我见到一个修长、端庄的身影，穿着一身黑。她的脸朝向我这边，脸上似乎有些什么使我看了还想再看。她的头发墨黑，梳理成一条条有光泽的长鬈发，在当时这种发型是很少见的，但总是显得优美妥帖；她的肤色洁白而缺乏血色，我看不见她的眼睛是什么模样，因为她正垂着眼在看祈祷书，下垂的眼睑和黑色的长睫毛把眼睛遮住了，不过眼睛上面的眉毛富于表情而且轮廓十分清晰，高高的额头显得颇有才智，还有个完美的鹰钩鼻，整个相貌无可指摘——只是双颊和眼圈微微凹陷，而嘴唇呢，虽然外形很美，还嫌略薄了一些，也闭得紧了点儿，而且带有一种神情，使我认为它标志着不太温柔和蔼的性情。于是我暗自说道：

"美丽的夫人啊，我宁可离你这么远来欣赏你，而不愿成为你家中的伙伴。"

就在此时，她碰巧抬起眼来，正好和我四目相对；我并不打算掉开我凝视着的眼睛，于是她又转过脸去看书，但却在一瞬间显出了一种暗中鄙视的无法形容的表情，使我恼火得无以言喻。

"她以为我是个唐突无礼的小子哩，"我自忖道。"哼！——只要我认为值得那么干，我就可以使她很快改变这想法。"

可是我又蓦地想起在做礼拜的地方存这种念头是极不适宜的，而且我的行为在目前这个场合也是完全不对头的。但我在把心思放在礼拜仪式之前，先朝教堂四下扫了一眼，看看有没有人一直在瞧着我；——可是并没有，凡是不在专心看祈祷书的人都注视着那位陌生女士——其中有我的好母亲和妹妹、威尔逊太太和她的女儿；连伊丽莎·米尔沃德也从眼角偷偷望着这吸引众人注目的对象。接着她向我扫了一眼，微微傻笑了一下，脸上泛起了红晕——然后规规矩矩地看她的祈祷书，极力使自己的面容平静下来。

这时候我又犯罪了；这一次是我那冒失的弟弟用他的手拐儿朝我的肋旁猛地戳了一下，才使我觉察到的。目前我只能用脚去踩他的脚趾来表示对这一冒犯的不满，暂且把进一步的报复推迟到我们出了教堂以后。

好了，哈尔福特，在我结束本信之前，我要告诉你伊丽莎·米尔沃德是何许人。她是教区牧师的小女儿，是个非常迷人的小姑娘，我对她怀有颇深的眷爱——这一点她很清楚，尽管我从没直接向她表白过，而且也并不一定想这么做，因为我的母亲坚持认为在方圆二十英里之内没有一个女子配得上我，她一想到我要娶那个微不足道的小东西便受不了，而伊丽莎除了她的许多其他不够格的条件之外，属于她自己的财产还不足二十英镑。伊丽莎的个子小而丰满，小小的脸蛋儿，几乎与我妹妹的脸蛋同样圆——肤色也和她近似，只是更娇嫩，但不如我妹妹那么明显地红润，鼻子有点翘起[①]——五官都有点儿不完美之处——但总的说来，她与其说是美丽，不如说是媚人的。可是她那双眼睛——我决不能忘记这双出色的眼睛，因为这就是她的主要魅力所在——至少在外表上是迷人的——外形狭长，虹膜呈黑色，也可以说呈很深的褐色，表情众多，而且经常在变，但是万变不离其宗，不是流露出一种不可思议的邪意——我几乎想说是像恶魔似的——就是显出一种不可抗拒的魔力——常常这两种神情兼而有之。她嗓音柔和，有点儿像孩子似的，脚步轻盈得像只猫——但是她的神态往往更像一只好看而顽皮的小猫，一会儿显得活泼而淘气，一会儿又胆怯拘谨，随着自己的意愿而变化着。

她的姐姐玛丽比她大几岁，高几英寸，体格也比她粗大——是个相貌平平、文静懂事的姑娘，在她母亲去世前那冗长沉闷的患病期间耐心地护理她，随后成为家中的管家兼苦工直到目前。她的父亲信任她、器重她，所有的狗、猫、孩子和穷人都爱她、亲近她，其他的人则都忽视她、怠慢她。

---

① 原文为法语，用仿宋体表示，下同。

迈克尔·米尔沃德牧师本人是一位身材高大笨重的老先生，四方的大脸庞上五官粗大，头戴扁平铲形帽，手握粗手杖，依然强劲有力的下肢上套着短裤，裹着绑腿——在礼仪隆重的场合则穿黑色长统丝袜。他为人原则性强、成见深、生活习惯很有规律——他对任何形式的不同意见都不能容忍，坚信他的看法一贯正确，以此作为行动准则，还认为任何持有异议的人肯定不是愚昧得可悲，就是故意视而不见。

我小时候对他总是敬而远之——但最近，甚至目前，这种感觉被克服了，因为，虽则他对品行端正的人像父亲般慈祥，却是个严格执行纪律的人，对于我们少年的一些缺点和小过失常常严加责备；这还不算，从前他每次拜访我们的父母时，我们都得站在他的跟前，朗诵教义问答，或者背诵“忙碌的小蜜蜂怎样干着”[①]或者其他赞美诗，或者——尤其糟糕的是：我们得就他上次讲道时所引用的经文和那篇讲道的要旨受到提问，这是我们怎么也记不住的。有时候这位可敬的先生还责备我的母亲过分溺爱儿子们，同时提及老以利或者大卫和押沙龙的事[②]，这使她特别难过；因此，尽管她十分尊重他和他所说的一切，有一次我却听到她大声说道，“但愿他自己也有个儿子！那一来，他就不会那么向别人动辄提意见了——他就会明白要管教两个男孩子是怎么回事。”

他的养生之道是值得称赞的——早睡早起，早餐前总要散一会儿步，十分注重穿着暖和和干燥的衣服——尽管他天生一副好嗓门，声音洪亮，在布道前却非先吞下一枚生鸡蛋不可——而且尽管他决不是

① 英国神学家艾萨克·瓦茨(1674—1748)所作的赞美诗《反对懒惰》的首句。

② 分别参见《圣经·旧约·撒母耳记上》第3章第12到14节和《撒母耳记下》第13章到18章。先知以利的两个当祭司的儿子挪用圣殿的捐献并玩女人，被上帝永远降罚于他的全家。大卫王的儿子押沙龙背叛大卫，双方对垒，最后押沙龙败死。

个饮食有度的人，通常却对自己的吃喝极端挑剔，规定了一套独特的饮食方式——非常瞧不起茶以及此类蹩脚饮料，喜爱麦芽酒、熏猪肉煎蛋、火腿、熏牛肉和其他不易消化的肉类。由于这些食物对他的消化器官很相宜，他也就坚决认为它们都是有益的好食品，人人咸宜，并且自以为是地向复原期间极度娇弱的病人和患消化不良症者推荐。如果这些人没有从中得到他所说的好处，他就说这是因为他们没有坚持照他的话办；如果他们埋怨说吃了这些食物反而觉得不适，他就向他们保证那只是些幻觉。

我只想再略谈一下我已提到过的另外两个人，就结束这封长信。她们就是威尔逊太太和她的女儿。前者是一个殷实的农庄主的寡妇，是个气量狭窄、爱搬弄是非的长舌婆，她的性格不值一提。她有两个儿子——罗伯特是个乡土气十足的务农的粗汉；理查德则是个勤学寡言的小伙子，正在教区牧师辅导下学习希腊罗马古典著作，准备投考大学，希望将来参加教会工作。

他们的妹妹简是一个略具天资、较有抱负的姑娘。她出于自己的愿望受到过正规的寄宿学校的教育，因此教育程度高于其他家庭成员以前所受的。她得到了很好的锤炼，培养出相当优美的风度，说话时已不带乡音，比教区牧师的女儿们更有才艺。她还被认为是个美人，但她却绝对无法把我算为爱慕者之一。她年约二十六岁，身材相当高，十分苗条，头发既非栗色又非红棕色，分明是种鲜明的浅红色，肤色非常白皙，脑袋小，脖子长，下巴长得很匀称，可惜太短了些，嘴唇薄而红，眼睛是清澈的淡褐色，目光敏锐，但是完全缺乏诗意和情感。在她自己的社会阶层中，她有过，或者原可以有过许多人向她求婚，可是全被她轻蔑地排斥或拒绝了；因为只有绅士才能配得上她的优美情趣，而且只有富有的绅士才满足得了她的奢望。最近有一位绅士相当明显地向她献殷勤，谣传她正认真谋取他的心、姓氏和家财。那人便是年轻的乡绅劳伦斯先生，他的家庭从前在怀尔德菲尔府住过，大约于十五年前抛弃了它，搬到邻近另一教区内一幢较新式更宽敞的宅第里去了。

好啦，哈尔福特，我暂时向你告别了。这是我分期还债的头一笔款子。如果你中意这种硬币的话请示知，我有空的时候就把其余的送交你；如果你宁可继续当我的债主而不愿意把这种难看沉重的硬币塞满你的钱包，也请示知，我自会原谅你的糟糕的鉴赏力，甘愿自己来保存这些财宝。

你的永远不变的朋友，

吉尔伯特 · 马卡姆

第二章
一次会见

我最宝贵的朋友，我高兴地察觉你的不悦的乌云已经消失；你脸上的光①再一次祝福了我，你希望我把故事讲下去；因此，我就不多噜苏，你且听着吧。

我想我最后提到的那个日子是某星期天，1827 年 10 月的最后一个星期天。在随后的星期二那天，我带了我的狗和枪出去，在林登卡领地的范围内寻找我所能捕获的任何野味；可是一无所获，于是我便把我的武器转向老鹰和食腐肉的乌鸦，因为我怀疑由于它们的掠夺，我才捕不到更好的野禽。为要达到这一目的，我离开了原先较常去的地区、树木林立的山谷、小麦田和河边肥沃的低草地，开始攀登怀尔德菲尔那一带的陡坡，这里是本地区内最荒凉、最高耸的高地，越往上树篱越稀少，树木也越矮小，最终树篱为粗糙的石墙所代替，墙上一部分被绿色的常春藤和苔藓所覆盖；那些树木则让位于落叶松和苏格兰冷杉，或者四处散立的黑刺李。那些原野崎岖又多石，根本没法用犁，因此大部分供放牧牛羊之用；表土很薄，土质很差，到处有小块灰色碎石从覆盖小丘的草丛中露出来；墙脚下长着越橘幼苗和石南属植物——这些都是更原始的荒野的遗迹；在许多围墙内，牧草长得稀稀拉拉的，已经被豚草和灯心草取而代之——可是它们并非我的地产。

怀尔德菲尔府便坐落在靠近这山巅的地方，距林登卡领地约两英里，那是一幢伊丽莎白时代的超龄宅第，由深灰色石头砌成——看上去古老而别致，不过住在里面那就无疑够冷而够气闷的了，它的窗门的直棂是厚厚的石头，装的是小格子玻璃，通气孔也因年久而毁坏了，所处部位既荒凉又无遮蔽——只由一簇苏格兰枞树挡开暴风雨，那些枞树本身都已受风雨摧残，显得像那幢宅第同样严峻阴郁。在宅第后面有几块荒芜的田地，再过去是石南丛生的褐色山顶；宅第的前面是一座花园，由石墙围着，园门是铁的，两根门柱顶上各有一只灰色花岗石的大球，与那些装饰着屋顶和山墙的相类似。那座花园过去曾经栽满了各种最适于这里的土壤和气候的耐寒植物与花卉，以及最经得起园丁的大剪刀折磨和最易于遵照园丁意图修剪成形的树木和灌木丛；如今已被撇下了这么久，既不耕作又不修剪，听任杂草丛生、风刮霜冻、旱涝侵害，这座花园的样子的确显得很古怪。园中主要走道旁的两排稠密的翠绿色的女贞已有三分之二枯死，其余的则四处蔓延得不成样子了；过去蹲在刮土机旁的那只黄杨树组成的天鹅的脖子和半爿身躯已不知去向；花园中央一棵棵修成城堡尖塔形的月桂树、安在园门口一侧的那尊巨大的武士和守卫着另一侧的那头狮子全都长满了嫩叶，变得奇形怪状，无论"上天、下地和地底下、水中"②都找不出与它们相像的东西；但是凭我年轻人的想象力，我感到它们个个都显出妖怪的模样，与我们幼时保姆所讲的关于闹鬼的大府第和已逝去的住户的那些鬼故事和神秘的传说很是协调。

等我走到望得见这幢宅第的地方时，我已经打死了一只老鹰和两只乌鸦；至此我放弃了这种劫掠行径，漫步向前，想把这个古老的场所打量一番，看看新住户给它进行了怎么样的改造。我并不想挨近宅子的正面去朝大门里瞧，而仅仅在园墙旁站住了张望，只见除了一侧之外没有什么变化——那边的破窗子和倾坍的屋顶显然已被修好，有一缕青烟从一排烟囱里袅袅上升。

我就这么把身子倚在枪上站着，抬头望着那几堵黑黢黢的山墙，不知不觉沉溺于虚无缥缈的幻想中，随心所欲地编排了一套设想，在

① 见《圣经·旧约·诗篇》第4篇第6节。
② 引自《旧约·出埃及记》第20章第4节。

其中那些对过去的联想和目前幽居在这几堵墙中的年轻女隐士所占的部分几乎相等，就在这时候，我听得花园里的近旁传来一阵轻微的树叶的沙沙声和攀爬声，我便朝发出声音的方向望去，只见一只小手从墙背后伸出来，紧紧抓住最上面的一块石头，接着另一只小手也伸上来，更紧地抓住了石头，再接着出现的是一个白皙的小额头，上面覆盖着一圈圈浅褐色的头发，下面是一双深蓝色的眼睛和一只象牙色的小鼻子的上部。

那双眼睛并没有注意到我，却因瞧见了我那美丽的猎狗桑乔而高兴得闪着光，它是只黑白相间的塞特种狗，此时正用鼻子贴着地面，在场地上奔来奔去。那个小东西仰起了脸，大声呼叫那只狗。那性情温厚的牲畜停下步，抬眼望去，摇起尾巴来，不过并没有作出更友好的表示。那孩子是个小男孩，看来约莫五岁左右。他爬到墙顶上喊了又喊，后来见喊叫没用，显然拿定了主意，打算翻过墙来，就像穆罕默德认为山既然不朝他走来，他就拿定主意朝山走去一样[①]。可是有一棵倾斜的老樱桃树靠墙很近，它的一根弯弯曲曲、凹凸不平的树枝伸展到墙头上，钩住了孩子的外衣。他想要挣脱，却滑了脚，摔了下来——不过并没有摔到地上——树枝使他继续悬在空中。他默默地挣扎着，接着发出一声刺耳的喊声——不过霎时间我已经把枪丢在草地上，接住那个小家伙，把他抱在怀中。

我用他的外衣给他拭眼泪，告诉他说他没事，并把桑乔叫过来哄他。他正把小手按在狗的脖子上、开始破涕为笑的时候，我听得从我身后传来铁门的咔嗒一声和妇女衣服的瑟瑟声。瞧啊！格雷厄姆太太朝我冲过来了——她裸露着脖子，乌黑的头发在风中飘拂着。

“把孩子交给我！”她的说话声几乎不比耳语响些，但是气急败坏

① 引自英国哲学家弗朗西斯·培根（1561—1626）的小品文《论勇敢》。

得吓人，她一把抓住孩子，从我怀中把他抢走，仿佛碰上了我就会受到可怕的污染似的，然后站在那儿，一只手紧紧握住了孩子的手，另一只手按在他的肩膀上，用她那双乌黑发亮的大眼睛盯着我——脸色苍白、气喘吁吁，激动得直打哆嗦。

“太太，我并没有伤害孩子啊，”我简直不知道自己应该大为惊讶还是勃然大怒，便这么说了。“他从那儿墙上摔下来。当时他头朝下地挂在那棵树上，幸亏我接住了他，才避免了谁也说不上的一场什么大祸。”

“请你原谅，先生，”她结结巴巴地说，一下子便镇静下来了，她那给搞糊涂的心情中似乎突然出现了理智的光芒，她的双颊泛起了淡淡的红晕。“我不认识你——我还以为——”

她弯下身子吻她的孩子，亲热地伸出一臂紧紧勾住他的脖子。

“你还以为我要把你的儿子绑走吧？”

她有点儿难为情地笑着，抚摩着孩子的头，答道：

“我并不知道他想爬墙。——我相信我此刻正有幸同马卡姆先生谈话吧？”她有点儿突然地添上这句问话。

我鞠了一躬，不过却冒昧地问她是怎么认识我的。

“前几天你妹妹陪着马卡姆太太来过这儿。”

“我们的外表竟是如此相像吗？”我感到有点儿诧异地问道，对这个想法并不像我原该感到的那么高兴。

“我想在眼睛和肤色方面有点儿相似，”她答道，一边打量着我的脸，似乎有点儿把握不大。“而且我想那个星期天我在教堂里见到过你。”

我微笑了。可能在我的笑容中有点什么，要不就是我的笑容使她想起了什么，使她感到特别不愉快，因为她突然又摆出了那天在教堂里无以言喻地激起我邪恶的天性的那种冷冰冰的傲慢神态——那是一种令人反感的轻蔑态度，那么轻而易举地显出来，根本不用丝毫弄歪眉目鼻嘴，当它出现时，仿佛它就是那张脸的本来表情似的；而由于我无法认为那是假装的，也就使我更加恼火了。

“再见，马卡姆先生，”她说，就此再没二话，也不再瞧我一眼，便带了孩子回到花园里去；于是我忿忿不平地回家——我没法告诉你这是为什么——因此我也不打算告诉你。

我只逗留了一会儿，把枪和火药筒放好，再给一名雇工一些必要的指示，便到教区牧师家去，打算同伊丽莎·米尔沃德待在一块儿聊聊，以便获得慰藉，平息一下我的怒气。

我见她像平时一样忙着在一块柔软的料子上绣花（此时对柏林毛线[①]的狂热还没有开始），她的姐姐则坐在壁炉边缝补着一堆袜子，那只猫蹲在她的膝上。

“玛丽——玛丽！把它们收起来！”我跨进屋子时，伊丽莎正忙不迭地说道。

“我才不呢！”答话是冷冷的；我的出现使她们不再争辩了。

“马卡姆先生，你来得多不巧！”那个做妹妹的像她有时那样调皮地斜着眼睛瞅着我说。“爸爸刚上教区去，可能一小时内回不来！”

“不要紧，只要他的小姐们容许，我可以跟她们在一块儿过几分钟，”我说着也不等她们邀请，便搬了一把椅子到炉边坐下。

“好，如果你很友好又能逗我们乐，我们就不反对。”

“请别让你们的许可附带什么条件，因为我来并非使人愉快，而是寻求愉快的，”我回答。

不过我认为略为尽力使自己陪伴她们时不讨嫌也确是合情合理的，而且我所作出的那么一点努力显然很有成果，因为伊丽莎小姐这

---

① 这种毛线在柏林染色，在德国中部的戈塔城制造。

会儿的情绪再好不过。看来我们俩彼此确实很合得来，尽管我们的谈话内容不十分深刻，却始终保持着热烈愉快的气氛。它简直和两人促膝谈心差不多，因为米尔沃德小姐除了偶尔开口纠正她妹妹信口开河或者夸大其词以及有一回叫她妹妹捡起滚到桌下的一卷棉线之外，始终一言不发。然而还是由我主动捡起了那个线团，似乎感到对此责无旁贷。

“谢谢你，马卡姆先生，”我把线团递给她时，她说道。“我原会自己去捡的，只是我不愿意惊动猫儿。”

“玛丽，亲爱的，依马卡姆先生之见，你的这个理由是不会使他原谅你的，”伊丽莎说。“因为他讨厌猫儿，我相信就像他由衷讨厌老处女一样——其他所有的先生也都这样——不是吗，马卡姆先生？”

“我想我们这些性情不大可亲的男性不喜欢这些牲畜原是很自然的，”我答道，“这是因为你们太太小姐们爱抚它们得太过分了。”

“上帝保佑它们——亲爱的小东西！”她突然热情奔放地嚷道，同时转过身去连连吻她姐姐的爱畜。

“别这样，伊丽莎！”米尔沃德小姐说，她不耐烦地把妹妹推开，态度有点儿粗暴。

这时我该走了。可是不管我走得多快也来不及赶回家去喝茶了，因为我的母亲是严守秩序和时刻的典型。

我那美丽的朋友显然不愿意与我告别。分手时我亲切地紧紧握住她的小手，她则对我报以她那最温柔的微笑和最迷人的秋波。我十分快乐地回家去，心中洋溢着无限的自满，充满着对伊丽莎的爱情。

第三章
争　论

两天后，格雷厄姆太太到林登卡来拜访我们一家。这完全出乎罗丝的意料，因为她认为怀尔德菲尔府的那个神秘的住户会根本不顾文明社会的通常惯例——她的这种看法受到威尔逊一家的支持，他们声称他们家和米尔沃德家都还没有受到回访。不过现在她对自己疏忽失礼的原因作了说明，尽管罗丝听了还不大满意。格雷厄姆太太带了她的孩子一起来，当我的母亲见他竟然能够走这么远的路而表示惊讶时，她答道：

"对他来说，这段路确实长了点儿；可是我非得带他来不可，要不就得压根儿放弃这次拜访，因为我从不把他独个儿丢下。马卡姆太太，我想请你见到米尔沃德一家和威尔逊太太时，代为转达我的歉意，因为在我的小阿瑟还不能够陪伴我之前，我怕是不能享受拜访他们的这份荣幸的了。"

"不过你还有个仆人啊，"罗丝说，"难道你不能把孩子交给她吗？"

"她得照管自己的工作；再说，她已经上了年纪，让她跟在一个孩子后面跑可不行，他呢，又太活泼，让一个老婆子来约束他也不成。"

"可是你上教堂的时候没有把他带去。"

"是的，有过一回，但是为了其他任何目的我是不会丢下他的；而且我想今后我得设法要末带着他，要末就不出门。"

"他这么淘气吗？"我的母亲听了相当吃惊，问道。

"不，"那位夫人回答说。她苦笑着，一边抚摩着她儿子有波纹的头发，他正坐在她脚旁的一个矮凳子上。"可是他是我唯一的宝贝，我呢，是他唯一的朋友，因此我们不喜欢分开。"

“可是亲爱的，我管这叫做溺爱，”我坦率的母亲说。“你应该设法抑制这种愚蠢的溺爱，免得毁了你的儿子，又使你自己成为众人的笑柄。”

“毁了，马卡姆太太？”

“是的，你会把孩子宠坏的。即使在他这个年龄，也不该处处受他母亲的控制；他应该懂得为此感到惭愧。”

“马卡姆太太，请你至少不要当着他的面说这种话。我相信我儿子永远不会因爱他的母亲而感到惭愧的！”格雷厄姆太太严肃而有力地说，把她的同伴吓了一跳。

我的母亲打算作一番解释来平息她的怒气；可是她似乎认为这个话题已经谈得够多了，便突然扯到别的事上去。

“正如我原先所料想的，”我自忖着，“这位夫人的脾气不太温和，尽管她有着一张可爱而苍白的脸蛋儿，而且高高的额头上似乎同样地让思虑和苦难留下了烙印。”

在这一段时间里，我始终坐在房间另一面的一张桌前，显出专心致志地在阅读一本《农场主杂志》的样子。客人来时我刚巧在看它，由于我不愿意显得过分有礼貌，她进来时我只弯了一弯身子，照样继续看我的杂志。

但是，过了一会儿，我觉察到有人在悄悄地走近，步子缓慢而且有点儿踟蹰不前。原来是小阿瑟，他无法抵挡我那正躺在我脚边的狗桑乔的诱惑。我抬起眼来，见他站在离我约两码的地方，用一双清澈的蓝眼睛渴望地盯着这条狗。他一动不动地待在那儿，并非害怕那牲畜，而是因为羞怯，不敢接近狗的主人。不过我稍为鼓励一下，他便走上前来了。这孩子虽然怕羞，却不是郁郁寡欢的。不一会儿工夫，他已经跪在地毯上，双臂搂住了桑乔的脖子，再过一两分钟，小家伙就坐在我的膝上，兴致勃勃地看着我面前那本杂志上不同品种的马、牛、猪和模范农庄的插图了。我不时朝他的母亲瞥上一眼，看她是否喜欢这新出现的亲密关系；我从她那不自在的眼神看出她为了某种原因，对那孩子目前的状况感到不安。

“阿瑟，”她终于说道，“过来。别给马卡姆先生添麻烦，他要看书。”

“没有什么麻烦，格雷厄姆太太，就让他待在这儿吧。我也同他一样感到津津有味呢，”我申明道。但是她仍然做手势使眼色，默示他回到她身边去。

“不，妈妈，”孩子说，“先让我看看这些图画吧，回头再过去把看到的全都说给你听。”

“11 月 5 日星期一，我们将举行一次小型的聚会，”我的母亲说。“格雷厄姆太太，我希望你不会拒绝参加。你可以把你的小宝贝带来，要知道——我相信我们能逗他乐的——到时候你就可以亲自向米尔沃德和威尔逊两家人道歉了——我想他们都会来的。”

“谢谢你，我向来不参加聚会。”

“喔！不过这次将是次家庭聚会——早开始早结束，没有什么外人，就是米尔沃德和威尔逊两家人，他们多半你都已经认得，此外就是你的房东劳伦斯先生，你也应该认识一下。”

“我对他是有所了解的——不过这一回你得原谅我，因为现在晚上又黑又湿，我担心阿瑟太娇弱，经受不起，不能让他冒这个险。对于你的殷勤款待，得等到以后白昼重又变得长些、夜晚回暖的日子再领受了。”

这时，罗丝在我母亲的暗示之下，从栎木餐具柜下面的食橱里取出装着葡萄酒的细颈瓶，还端来了玻璃杯和蛋糕，随即送到客人跟前。他们母子俩一同吃了蛋糕，却执意不肯喝酒，尽管女主人频频相劝，一定要他们喝。阿瑟更是拼命避开那玫瑰红的美酒，似乎又害怕又厌恶，而当主人极力劝他喝下时，他几乎要哭了。

“别担心，阿瑟，”他的母亲说。“马卡姆太太见你走得累了，想到喝点儿酒会对你有好处；不过她不会硬要你喝的——其实你不喝也会蛮好的。他见了酒就厌恶，”她补充说道，“一闻到酒味几乎就要呕吐。遇上他生病时，我惯常把一点葡萄酒或者略掺一点儿酒的水当药让他喝下，事实上我是极力使他憎恶这些饮料的。”

除了那年轻寡妇母子之外，大伙儿都笑开了。

“啊，格雷厄姆太太，”我的母亲拭了拭明亮的蓝眼睛，把笑出来的眼泪抹掉，“啊，你让我吃了一惊！我本来真的相信你是个更有见识的人——这可怜的孩子将成为在牛奶里泡过的面包片[1]中泡得最透的一片！试想你会使他变成怎么样的人，如果你坚持——”

“我认为那是个极好的方法，”格雷厄姆太太打断她的话，沉着而严肃地说。“用那个方法我希望至少能使他不染上一种使人堕落的恶习。但愿我能使激发其他一切坏习惯的因素对他都不产生坏作用。”

“可是用这种方法，”我说，“你决不能使他道德高尚。——格雷厄姆太太，是什么条件构成美德的？是有能力同时也愿意抗拒诱惑的环境呢，还是没有什么诱惑让你去抗拒的环境？哪一种人是坚强的——是那种通过剧烈的体力拼搏、并且冒着会因此感到劳累的风险，终于克服了巨大的障碍、获得惊人的成就的人呢，还是那种整天坐在火炉旁的椅子上、所做的事没有比拨拨火和把食物送进自己嘴里更费力的人？如果你要你的儿子体面地走过人生的道路，你切不可想方设法把他要经过的路上的石头清除掉，而要教他稳稳地踩着它们走——不要坚持搀着他的手带路，而要让他学着自己走。”

“马卡姆先生，我要搀着他的手带路直到他有力量自己独个儿走；

① 喻指懦夫。

我还要尽力为他清除掉路上的石头，并且教他如何避开其余的石头——或者就如你所说的教他如何稳稳地踩着它们走——因为我在清除方面下了最大功夫之后，仍然还会留下许多石头让他去发挥他所有的长处——敏捷、坚定和谨慎。至于抗拒诱惑的高贵行为呀、对美德的考验呀什么的，说说倒是动听的，可是在五十——或者五百个受诱惑的人当中，请指出哪一个是靠自己的道义力量去抗拒的？那末我又为什么应该想当然地认为我的儿子会是一千人当中的一个？——倒不如宁可作最坏的打算，设想他会像他的——像其他的人一样，除非我注意加以防范？”

“你这倒是对我们大家大大夸奖啦，”我说道。

“我对你一点儿也不了解——我是关于我所确实了解的人说这话的——当我看到全人类(除了极少数的例外)沿着人生道路跌跌撞撞，误入歧途，堕入一个个陷阱，在所经道路的障碍物上折断他们的腿骨，我难道不该竭力设法使他走一条较平坦而安全的路吗？”

“对，不过最可靠的办法还是尽力使他坚强得能抵挡诱惑，而不是从他的路上除掉诱惑。”

“马卡姆先生，这两方面我都会做。尽管我想尽办法使他讨厌罪恶，因为罪恶的本质就是可憎的，天晓得还会有多少诱惑向他内外夹攻——我本人固然很少受到激发去犯世人所谓的罪，可是我却经受过另一种诱惑和考验，而且在许多场合中，要加以抵制就需要很高的警惕性和很坚定的态度，这是我迄今还做不到的。我相信这是其他大多数习惯于反省、同时又希望制止自己本性上的种种腐朽倾向的人都会承认的情况。”

“是呀，”我的母亲说，可是并不完全理解这番话的要旨，“不过你不该凭自己的看法来判断一个男孩子——而且，我亲爱的格雷厄姆太太，让我趁早告诫你千万不要犯独自担当教育这孩子的任务的错误——我可以称之为致命的错误。由于你在有些事上是聪明的，而且见识广博，你就可能因而认为自己胜任得了这项任务；可是实际上你是不行的；如果你一定要那么做，那末请相信我，等到闯下祸时你会悔之莫及的。”

“难道要我送他进学校去学习如何藐视他母亲的权威和慈爱！”那位夫人苦笑着说。

“啊，不！——不过如果你要一个男孩子瞧不起他的母亲，那末就让他的母亲把他一直留在家里，把自己的一生消磨在溺爱他上面，为了纵容他干蠢事和为所欲为而甘当牛马。”

“马卡姆太太，我完全同意你的说法，不过像这样的应受责备的癖好是完全违背我的原则和作风的。”

“唔，不过你会把他当作一个女孩——你会挫折他的锐气，把他完全变成一位南希小姐[①]——你真会这样做的，格雷厄姆太太，不管你的想法如何。我可要请米尔沃德先生来同你谈一谈这件事！——他会把后果告诉你——他会把事情像白昼一样清楚地摆在你面前——会告诉你应该做什么等等——而且我毫不怀疑他在一分钟之内就能说服你。”

“没有必要去麻烦教区牧师了，”格雷厄姆太太朝我瞅了一眼说道——我想这是由于此时我正因我的母亲对那位可敬的先生所怀的无限信任而微笑——“在这里的这位马卡姆先生认为他自己的说服力至少与米尔沃德先生的不相上下。但是我若不听从他的话，就是有一个从死里复活的，我也会不听劝[②]，这是他会这么说的——喂，马卡姆先生，既然你坚决主张不该护住一个男孩子不让他接触邪恶，而要遣他出去，独个儿无援地与之作斗争——也不该教他躲开世间的陷阱，而要教他勇敢地向它们冲去，看他是掉进陷阱还是越过它们——让他去

---

① 喻指女子气的男子。

② 参见《圣经 · 新约 · 路加福音》第 16 章第 31 节。

探索危险而不是回避危险，让诱惑来增长他的美德——那末你会不会——”“对不起，格雷厄姆太太——可是你太偏激了。我还没有说该教导一个男孩子朝世间的陷阱冲去——或者甚至为了要通过战胜诱惑来锻炼他的美德而故意去寻找诱惑。我只不过说去武装和强化你的英雄要比解除敌人的武装、削弱他的力量为好，因为如果你要在暖房里培养栎树苗，日夜细心照料它，一丝风也不让它吹着，那末你就别期望它会长成为耐寒的树，一如在山腰上成长的那样，后者是听任风吹雨打的，甚至在暴风雨肆虐之下也没有掩蔽。”

“就算你的话是正确的，那末对于女孩子你是不是也用这同样的论点呢？”

“当然不是。”

“不是，那末你就会把她当作暖房里的幼苗一样，娇生惯养地加以培育——教她凡事都依赖别人的指导和支持，尽最大可能保护着她，使她压根儿不懂得罪恶是什么。不过，我可要请你告诉我：你为什么要如此区别对待？你是不是认为她没有美德？”

“我决无此意。”

“好，可是你断言美德只能由诱惑所激发——同时你却又认为女人越是少受诱惑、对罪恶或者一切与之有关的事了解得越少就越好——那末你一定认为她的本质十分邪恶，要不就是认为她的意志极为薄弱，经受不了诱惑——尽管她在保持无知并受着约束的条件下，可以是纯洁无罪的，不过由于缺乏真正的美德，如果教她如何犯罪，就等于马上把她变成罪人，而且她越有知识、越自由，她就越堕落——反之，对更高尚的男性来说，则具有天然的为善的倾向，又受到高度的刚毅性格的保卫，因而经历的考验和危险越多，这种倾向就更得到发展——”

“要是我有这种想法的话，上天不容！”我终于忍无可忍地打断了她的话。

“好吧，那末你一定是认为他们双方都是软弱并且会动辄犯错误的。哪怕是最轻微的罪过——极其微不足道的污点——也会毁了一方，而另一方的性格则会更坚强、更光彩——只要让他与违禁的事物进行一点实际的接触，便能使他的教育臻于完善。且借用一个老一套的比喻吧，这种经历对他来说就有如暴风雨之于栎树，虽然狂风可能刮得树叶纷飞，并且折断枝条，却使它更加根深蒂固，也使树干的纤维更加紧密结实。你要我们鼓励我们的儿子用他们自身的经历来证实所有的事情，而我们的女儿则连通过他人的经历而得益的机会都没有。现在我却要他们双方都从他人的经历并从一个具有较高权威的人物的告诫而得益，使他们事先就懂得拒恶从善，不需要通过亲身体验才明白犯罪的坏处。我不会让一个可怜的女孩赤手空拳地、并在事先毫不知道自己的道路上是布满陷阱的情况下，走上社会去对付她的敌人，我也不会老是保卫着她，直到她的自尊和自信心丧失殆尽，失去了自我保卫的力量和意志——至于我的儿子，如果我想到他长大后会成为你所谓的老于世故的人——也即那种‘见过世面’、为自己的经历自鸣得意的人，即使他已经得到教训，从而终于清醒过来，成为社会上一个受人尊敬的有用之才——我宁可他明天就死去！——绝对宁可如此！”她热烈地重复说着，一边把身边的爱儿紧搂着，狂热地吻着他的额头。他此刻已经离开他的新伙伴，在他母亲膝旁站了好半晌，抬头盯着她的脸，诧异地默默听着那一席他无法理解的话。

“咳！我看你们女士们总爱说最后一句定论的话，”我见她站起身来，开口向我的母亲告辞，就这样说。

“你还要说多少话尽管说下去——可我不能再待着听下去了。”

“是呀，只好这么办了：对于一个论点，你只高兴听多少就听多少，余下的让人可以对风讲去。”

“要是你急于对这个问题再说些什么，”她同罗丝握手时回答我道，“过几天带你妹妹同来寒舍，到时候你高兴讲什么都可以，要我怎样耐心地听我都愿意。我宁可由你而不是由教区牧师来教训我，这是因为在谈话结束时，我不会因为告诉你我仍照样保持着原先的主张而感到那么遗憾——我相信，对这两位逻辑学家我都会是这样的。”

“是啊，当然会是这样的，”我决意要显得与她同样地惹人恼火，便如此回答她，“因为，当一位女士同意听取一个有违她自己见解的论点时，她总是先决定反对它——只用她的耳朵听着，而坚决封闭智力器官，不去领会那最有力的论证。”

“再见，马卡姆先生，”我这美丽的对手带着怜悯的笑容说道，显出不屑再反驳的神情，略微欠了一下身子便打算离去，可是她的儿子出于孩子气的鲁莽嚷了起来，这才使她住了步。

“妈妈，你没有同马卡姆先生握手呀！”

她笑着转身伸出手来。我恶狠狠地把它紧握了一下，因为她刚认识我便不断使我受屈很感恼火。她显然在对我的气质和道德原则一无所知的情况下，便对我有了偏见，而且似乎拼命要让我知道，在所有方面，她对我的看法都比我自以为的要差得多。这当然使我非常生气，否则我也不至于这样着恼。也许同时也由于我自己有点儿让我的母亲、妹妹以及我认得的几位其他的太太小姐宠坏了——然而我决不是什么纨绔子弟——这我是深信不疑的，不管你以为然否。

第四章
聚　会

尽管格雷厄姆太太拒绝赏光我们在 11 月 5 日那天的聚会，我们还是过得很愉快。说真的，要是她来了，我们大家就不会那么一片真诚、自由自在、热闹欢乐了。

我的母亲一如往常，热心待客，忙碌非凡，兴高采烈，把话说个没完。她唯一的缺点是过于热衷要使她的客人快活，因而勉强他们去做他们心里厌恶的事①——逼他们吃呀喝呀，或者硬要他们坐在炉火熊熊的壁炉前，要不就是人家不想说话时她却凑上去攀谈。不过由于大家都怀着欢度假日的好心情，因此都好好忍下去了。

米尔沃德先生在谈论重要的教义、语言精辟的笑话、着力夸张的轶事以及玄妙深奥的哲理方面是着实有一手的，他用它们来普遍开导所有的与会者，特别是开导充满钦佩心情的马卡姆太太、彬彬有礼的劳伦斯先生、严肃稳重的玛丽 · 米尔沃德、沉默寡言的理查德 · 威尔逊和平淡无味的罗伯特——因为他们是最聚精会神的听众。

威尔逊太太比往常显得更为出色。她谈论着一组组最新的新闻和陈旧的丑闻，由琐细无聊的问话和议论以及一再重复的意见把它们连成一串，她之所以如此饶舌显然为的是不让她那不知疲倦的发音器官得到片刻休息。她把自己的编结活儿也带了来，看来她的舌头仿佛与她的手指打了赌，决意要在速度和不停的动作中胜过它们。

她的女儿简自然竭力要自己显得优雅、机智又富有魅力，因为她得赛过这儿所有的小姐，得迷住这儿所有的先生——特别是得赢得并征服劳伦斯先生。她用以征服他的小小技巧过于微妙而且难以捉摸，竟使我觉察不到；可是我认为她显示出一种精心装出的傲慢样子和一种不亲切的忸怩神态，这就抵消了她所有的优点；等她走开后，罗丝把她的种种神情、话语和动作向我作了解释，讲得又尖刻又严厉，使我对于这位小姐的做作和我妹妹的洞察力感到同样惊奇，并不禁自问莫非她对那位乡绅也有意不成——不过不用着急，哈尔福特，她并不对他有意。

简的弟弟理查德·威尔逊坐在一个角落里，他显然是好脾气的，可是沉默寡言并且羞答答的，他希望人家不要注意他，但很喜欢听听看看。尽管他多少有点不得其所，可是只要我的母亲别打扰他，让他照自己的意愿安静地待着，他原会很快乐的，但她却偏要瞎起劲，不断地关注他，使他感到为难——她认为他因太害羞而自己不肯动手，便硬要他吃各种食物，还逼着他从房间的一头以他那单音节的答话大声回答她在另一头提出的许许多多问话和意见，她一心要靠这办法来引他交谈，可却白费了劲。

罗丝告诉我说，要不是由于他的姐姐简纠缠不休，执意要他来，理查德是决不会大驾光临的；因为简一心要让劳伦斯先生瞧见她至少有一个比罗伯特更斯文、更有教养的弟弟。她也同样拼命地不让这位可敬的人物罗伯特前来，但是他坚持说他不明白自己为什么不能享受与马卡姆和老太太（实际上我的母亲并不老）、美丽的罗丝和那牧师以及其他体面人闲聊的乐趣——何况他也有权如此。因此他便与我的母亲和罗丝聊起家常来，与牧师讨论教区事务，与我谈农事，还与牧师和我谈政治。

玛丽·米尔沃德是另一个沉默寡言的人——但是不像迪克·威尔逊[②]那样，因令人难过的殷勤招待而深受折磨，因为她用一种简短而果断的方式来答话或谢绝，因而被认为是心情不好而不是羞怯。不管怎么样，她的确并不十分讨人喜欢——看上去也没有从他人那里获得多

① 参见《圣经·旧约·诗篇》第107篇第18节。
② 即理查德·威尔逊。迪克为理查德之昵称。

大乐趣。伊丽莎告诉我说，玛丽完全是由于她父亲的坚持才来的。她父亲自以为她把心思过分专注于家务事，以致忽视了适合于像她这种年龄的女孩子的消遣和无害的娱乐。依我看，总的说来，她还是相当和气的。有那么一两次，她被我们中间某个有天赋的人的俏皮话或者高兴劲儿惹得笑起来；这时我注意到她在探索理查德·威尔逊的目光，后者正坐在她的对面。由于他就学于她的父亲，她与他有点儿认识，尽管双方都有缄默的习惯；我料想在他们之间已经建立起一种相互了解。

我的伊丽莎娇媚得无法形容，她毫无做作地卖弄风情，而且在室内所有的人当中，显然尤其希望吸引住我的注意力。不管她那些鲁莽的言行给人以怎么样的假象，她那热情洋溢的脸容和上下起伏的胸脯分明显出她是喜欢我挨近她的——喜欢我坐或者站在她身边、凑着她的耳朵低语或者跳舞时紧握她的手。不过我还是把我的舌头管住为好，因为要是现在夸耀这些情况，日后要为此汗颜的。

且继续谈这次聚会中形形色色的人物吧。罗丝像往常一样单纯自然，兴高采烈，充满生气。

弗格斯又鲁莽又荒唐；不过要是说他那无礼的言行和干出的蠢事并没有使别人更加看得起他的话，至少起到了逗人笑的作用。

我要谈的最后一位(因为我并不把自己计算在内)是劳伦斯先生，他对所有的人都显得很有教养，不惹人讨厌，对教区牧师和太太小姐们彬彬有礼，对他的女主人母女和威尔逊小姐尤其殷勤——他是个想法错误的人，竟然不具有更欣赏伊丽莎·米尔沃德的审美力。劳伦斯先生与我的关系还算密切。他本质上习惯于缄默，自从他的父亲去世后一直独个儿住在他那僻静的出生地，极少离开，因而他既没有机会又不想结识众多的朋友；而在他所认识的人当中，凭事后判断来说，我是最合他心意的伙伴。我很喜欢这个人，可是他太冷淡、太腼腆和沉默了，因此得不到我由衷的共鸣。他见到他人爽朗坦率而又毫不粗暴，感到十分赞赏，然而自己又无法做到。他对于自己所有的私事过于守口如瓶，确实显得冷冰冰的，令人恼火；不过我宽恕他，因为我深信他的这种态度并非由于傲慢和对自己的朋友们缺乏信任，而是出于一种病态心理，感到难以启口，同时也出于一种古怪的羞怯感，对此他自己是觉察到的，然而却无力克服。他的心犹如一株含羞草，只在阳光下绽开那么一会儿，但被人的手指轻轻地一触或者被微风轻轻地一拂便蜷缩起来。总的说来，我同他的亲密关系，哈尔福特，与其说是出于像你我之间后来建立起的那种基础稳固的深厚友谊，还不如说是出于一种相互的偏爱。尽管你有时要发脾气，我依然可以把这种友谊再适当不过地比作一件旧上衣，它的质料无懈可击，可是穿在身上很宽松——它已经适应了穿衣人的体型，他可以随意穿上，不必因害怕把它穿坏而烦恼——而劳伦斯先生却像一件崭新的衣服，望上去极其整洁利落，可是肘部很紧，你会担心因手臂无节制地摆动而使缝道裂开；表面那么挺括精美，使你顾虑重重，不敢让它溅上一滴雨。

客人们到齐后不久，我的母亲便提及格雷厄姆夫人，对于她没有在场与大家会面表达遗憾，向米尔沃德和威尔逊两家人传达了后者所说的关于没有回访他们的原因，母亲还说由于她确信格雷厄姆夫人不是存心失礼，而且会乐意随时会见他们，她希望他们会原谅她——

“不过她是一位很怪僻的夫人，劳伦斯先生，”她又作了补充。“我们不知道怎么对待她才好——不过我想你能告诉我们一些关于她的事情，因为她是你的房客——而且她说她有点儿认得你。”

这下子所有的目光都朝劳伦斯先生转过去。我认为他没有必要因人家提出这要求而显得如此慌乱。

“认得我，马卡姆太太！”他说道，“你搞错了——我并不认得她——这就是说——我确实见过她，可是要向我打听有关格雷厄姆太太的情况，那简直是问道于盲。”

说毕他立即转向罗丝，要求她赏脸给大家唱支歌或者在钢琴上弹一支曲子。

“不行，”她说道，“你该请威尔逊小姐表演。她唱得比我们任何人都好，在音乐方面也是如此。”

威尔逊小姐表示异议。

“劳伦斯先生，”弗格斯说，“如果你去站在她身旁，替她翻乐谱，她就会很乐意唱的。”

“那我再高兴不过了。威尔逊小姐，你允许我这么做吗？”

她昂起她那长长的脖子笑了笑，让他领她走到钢琴前，以她最好的风度一曲又一曲地边弹边唱；他则耐心地站在一旁，一只手按在她的椅背上，另一只手替她翻乐谱。可能他与她同样陶醉于她的演出。就她的演唱来说，虽然十分出色，但是我却不能说它使我深为感动。在技巧和手法方面表现得相当多，可是感情贫乏得很。

不过大家还没有结束有关格雷厄姆夫人的谈论呢。

“我是不喝葡萄酒的，马卡姆太太，”母亲请米尔沃德先生喝这饮料时，他这么说。“我喝些府上家酿的麦芽酒吧。在一切饮料中我总是更喜欢你们家酿的酒。”

我母亲听了这句恭维话高兴极了，便摇摇铃，于是即刻送来了一瓷壶我们家最上乘的麦芽酒，摆在深知如何去品味它的优越质量的那位可敬的先生面前。

“嗨，这正是我要的东西咧！”他嚷道，一边斟满一大杯，那酒像一条长长的细流准确地从壶口倾入一只平底无脚酒杯，为的是不让一滴酒溅出而又能产生许多泡沫；他把酒杯对着烛光细细看了一会儿之后，便一饮而尽，接着咂咂嘴，深深地吸一口气，再斟满一杯，我的母亲在一旁看得乐不可支。

“马卡姆太太，再没有什么比得上这个了！”他说。“我一向认定任什么都不能与府上家酿的麦芽酒相比。”

“先生，你喜欢它真叫我高兴。我一向亲自照料酿酒，就如同做干酪和黄油时一样——干起活来，我总喜欢干好它。”

“说得对极了，马卡姆太太！”

“不过，米尔沃德先生，你并不认为有时候喝一点葡萄酒有什么不对——或者喝一点烈酒，也没什么吧？”我母亲递给威尔逊太太一杯冒着气的掺水杜松子酒时问道。后者斩钉截铁地说葡萄酒使她的胃不胜负担，而她的儿子罗伯特这会儿正在享用一杯相当凶的掺水杜松子酒。

“当然没什么啦！”这位明断者像朱庇特[①]那样点了一下头，答道。“只要我们知道怎样去利用它们，这些东西就全是上帝的赐福和恩惠。”

“但是格雷厄姆太太并不这么认为。你们现在就可以听听她前几天说给我们听的话——我对她说过我会照搬给你们听的。”

于是我母亲就把那位夫人关于此刻所谈问题的错误观念和举动一五一十地告诉了大家，最后问道：“你们说说看，她这么做是错误的吗？”

“何止错误！”教区牧师用比平时更严肃的口气重复了这个字眼——“这是犯罪行为，简直是——犯罪！——这不仅愚弄了那孩子，而且藐视了上天赐予的礼物，并且教他践踏这份厚礼。”

接着他更深入地谈论这个问题，并且把这种行动的愚蠢和亵渎之处详加阐明。我母亲极其崇敬地聆听着，连威尔逊太太都同意让自己的舌头休息一下，只顾静静地听着，一边心满意得地啜着掺水杜松子

① 朱庇特，罗马神话中的主神。

酒。劳伦斯先生则把手拐儿搁在桌子上，漫不经心地摆弄着他那只半空的酒杯，独个儿暗暗地微笑着。

“不过，米尔沃德先生，”他一等到这位先生终于中止了他的讲话就提出一个问题，“当一个孩子——譬如说，由于他的父母或者祖先之咎——可能生来就具有纵酒的倾向，难道你不认为应该采取一些预防措施吗？”（这时人们普遍认为劳伦斯先生的父亲是由于纵酒而过早亡故的。）

“可能需要采取一些预防措施；可是，先生，节饮是一回事，禁酒却是另一回事。”

“不过我听说过节饮——也就是说适可而止——对有些人说来，几乎是不可能的，而且如果说禁酒是罪恶（有些人对此说有怀疑），那末没有人会否认无节制是更大的罪恶。有的父母绝对禁止他们的孩子喝酒，可是父母的权威并不能永远维持下去，孩子们自然而然地有追求被禁止的事物的倾向；而且在这种情况下，一个孩子很可能会有十分强烈的好奇心，巴不得尝尝人们所赞不绝口并尽情享用而对他本人却严加禁止的东西，试试它的作用——这种好奇心一般又会在头一个合适的机会中得到满足；而这种约束一旦被破坏，随之而来的可能是严重的后果。我并不自以为对这种事情能作出判断，不过，马卡姆太太，依我看，你所描述的格雷厄姆太太的这个打算，尽管可能离奇，可是并非没有其优点；因为你瞧，那孩子马上从诱惑物中被解救出来了；他心里并不存在好奇，也没有强烈的渴望；尽他的可能。对诱人的烈酒十分了解，在还没有受它的坏影响之前便对它厌恶透顶了。”

“那末这样做究竟对不对呢，先生？我不是已经向你证明这是如何错误的——而且又是如何违背了《圣经》的教义和人的理智？——去教孩子对上天的赐福持轻蔑而厌恶的态度，而不是去正确地加以使用。”

“你可以把鸦片酊看做上帝的赐福，先生，”劳伦斯先生微笑着回答，“然而你又会承认我们大多数人最好还是不去用它，即使有节制地使用也得避免；不过，”他补充道，“我并不希望你去深究我的这个比喻——为了证明这一点，我把这杯酒喝光。”

“劳伦斯先生，我希望你再喝一杯，”我母亲把酒瓶朝他推过去。

他客气地谢绝了，把椅子稍为推离桌子，把身子向后朝我一偏——我挨着伊丽莎·米尔沃德坐在沙发上，位置比他稍后一点——不在意地问我可认得格雷厄姆夫人。

“我见过她一两次，”我答道。

“你对她的印象如何？”

“我不能说我很喜欢她。论外表，她很漂亮——或者不如说很出色而引人瞩目，但是绝对不可亲——我认为她是个易于对人产生强烈的偏见的女人，而且在任何情况下都会坚持这些偏见，把一切都加以曲解，使得与她自己的先入之见一致——她这个人过于严厉尖刻而且口气太凶，我不喜欢她。”

他听了不吭声，只垂下眼睛咬咬嘴唇，过了一会儿便站起来朝威尔逊小姐信步走去，我想他厌恶我的程度并不亚于被她所吸引的程度。当时我对此没多加注意，事后回忆起此事和其他性质雷同的小事时才——但是现在我不该先下结论。

我们在结束当晚的聚会之前跳了舞——尽管我们雇了一名乡村乐师用小提琴来指导舞蹈的旋转动作，我们这可敬的牧师却认为处身这种场合并非什么丑事。但是玛丽·米尔沃德固执地拒绝参加，理查德·威尔逊也是如此，尽管我母亲热切地恳求他，甚至还提出要做他的舞伴。

不过没有他们我们也照样搞得很好。我们跳了一组四对舞和几支乡村舞，一直跳到深夜；最后我请求我们这位乐师奏起一支圆舞曲，我在劳伦斯和简·威尔逊、弗格斯和罗丝的陪同下，正要拥着伊丽莎跳起这令人愉快的舞蹈，在场子内旋转起来，这时米尔沃德先生干预道：

“不行，不行，我不允许这样做！得，现在该走了。”

“唉，不，爸爸！”伊丽莎恳求道。

“是该走的时候了，我的女儿——是该走的时候了！——凡事都要适可而止，别忘了！这就是办法——‘当叫众人知道你们是有节制的’！”①

不过作为报复，我尾随着伊丽莎走进灯光昏暗的过道，在那儿我假装帮她围上披巾，趁她父亲背转身子用一条羊毛大围巾把自己的脖子和下巴团团包起来之际偷吻了她一下，对此举恐怕我得承认做错了。可是哎呀！我一转身，只见我母亲就在我身边。结果是，客人们一走，我便注定受到了一顿十分严厉的告诫，这非常扫兴地遏制了我那奔腾着的热情，使这个夜晚在很不愉快的气氛中结束。

“亲爱的吉尔伯特，”她说，“我希望你不要这么做！你知道我多么关注你的利益，我多么疼你，重视你胜过世上其他的一切，多么渴望看到你好好地成家立业——要是看到你娶那个女孩子或者本地区的任何一个女孩子，我将会多么伤心。你究竟看中了她什么，我真弄不懂。我考虑的不仅是因为她没有钱——我决不是考虑这个——但她既不美，也不聪明，德性也不好，又没有任何其他可取之处。如果你像我一样知道你自己的价值，你就做梦也不会想到这等事的。务必等着看一时再说！要是你和她结合了，日后你朝周围一望，发现有多少更好的女子时，你就会后悔一辈子。相信我，你一定会的。”

“唉，妈妈，请别说了吧！——我不喜欢人家教训我！——我现在

---

① 引自《圣经·新约·腓立比书》第4章第5节。“有节制”一词钦定本中译本中为“谦让的心”。

确实还不准备结婚呢；不过——天哪！难道我一点也不可以让自己过得快活些吗？”

“可以，我的好孩子，但不是用这种方式。你确实不该这样干。如果她是个安分的女孩子，那末你就会坑了她；可是我敢说她是个狡猾得不得了的轻佻小妞儿；你还没弄清东南西北，就会被她的罗网套住。再说，如果你真的娶她的话，吉尔伯特，你就会大大伤我的心——事情就到此为止吧。”

“唷，别为这事难过了，妈妈，”我见眼泪从她的眼眶里涌出来，这样说道。“好啦，让我吻你一下来抵消我刚才给伊丽莎的那一吻吧。别再说她坏话了，尽管放心吧，因为我答应决不——也就是，我答应——对于你实在不赞成的任何重大措施，要三思而行。”

说着我点燃了我的蜡烛，相当沮丧地去睡觉了。

第五章
画　室

约于当月月底，我终于听从了罗丝急不可耐的不断要求，陪她访问了怀尔德菲尔府。使我们吃了一惊的是，我们被引进一个房间，见到的头一件东西竟是一只画家的画架[①]，旁边有张桌子，上面摆满了一卷卷油画布、一瓶瓶油和清漆、调色板、画笔、颜料等等。有几幅完成程度不等的素描和几幅已完成的油画靠在墙上——大部分是风景画和人物画。

“我不得不请你们到我的画室里来，”格雷厄姆太太说，“今天起居室里没有生火，请你们到壁炉不生火的地方去未免太冷淡了。”

她从零乱地堆放着的美术用品中，拉出被它们占用的两把椅子，请我们坐下，然后回到自己原先在画架前的座位上——她并不完全面对着画架，但是一边谈话一边不时朝画架上那幅画看上一眼，还偶尔用画笔在画上描一下，仿佛她觉得要自己完全放掉手头的工作而把注意力集中在客人身上是办不到的。那是一幅怀尔德菲尔府的全景画，是在清晨从下边田野向上望的情景，建筑物的黑魆魆的轮廓拔地而起，背后衬托着的是清澈的稍带银色的蓝天，在地平线上有几道红色的条纹，这座府第被如实地描绘并设色，画面处理得既雅致又富于艺术性。

“格雷厄姆太太，我明白你把心思放在你的工作上，”我说道。“务必请你继续画下去，因为如果你容忍我们在这儿打断你的工作，那末我们就不得不认为自己是不受欢迎的闯入者了。”

“啊，不！”她回答说，连忙把画笔扔在桌子上，仿佛大吃一惊后变得顾及礼貌了。“我并没有受到许多来客的困扰，倒是乐于为光临寒舍的为数不多的几位抽出几分钟来。”

“你已经差不多完成你这幅油画了，”我边说边走近去仔细观看，我在端详时所流露出的钦佩与喜悦之情，竟比我存心流露的来得多。“我想只要在前景再画上几笔就大功告成了。——可是你为什么把它叫做坎伯兰郡的费尔恩利庄园，而不称它为某郡的怀尔德菲尔府呢？”我问道，指的是她在油画底部以小字体描出的地名。

可是我立即觉察到自己说这句话是无礼之举；因为她的脸涨红了，而且显得欲言又止；不过踌躇了一下之后，她便以一种不顾一切的坦率态度答道：

“因为在这个世界上我还有几个朋友——至少可说是熟人吧，我不愿意让他们知道我目前的住处；由于他们可能瞧见这幅画，而且尽管我在一角写上了假名的首字母，他们还是有可能认出我的风格，因此为了小心起见，我也写上了假地名，这样要是他们想凭那地址找到我，就会迷失方向。”

“这么说你不打算保存这幅画吗？”我急于随便讲些什么来改变话题，便说。

“不打算，拿画画作为自我消遣我可担负不起。”

“妈妈把她所有的画都送到伦敦去，”阿瑟说，“有人在那儿为她代售，然后把钱给我们寄来。”

我朝周围其他的油画望去，见到一幅从山顶俯瞰的林登霍普的美丽素描；还有一幅描绘这幢古老府第的画，画的是它在一个静谧的夏日午后处于和煦的阳光下的情景；还有一小幅虽然简朴却颇惹人注目的画，上面有一个孩子默默地对着一束枯萎的花朵发愣，显出十分哀伤的懊恼神色，背景是隐约可见的一个个黑糊糊的小丘和一片充满秋色的田野，上空黑压压地布满云层。

---

① 安妮·勃朗特和她的兄姐们一样，是个合格的画家。——原编者注

“你瞧可供绘画的素材少得可怜，”那美丽的女画家说。“有一次我在月夜画这幢古老的宅第，我还想我得再在白雪纷飞的冬日画它，然后再在阴暗多云的傍晚画一张，因为我实在没有别的什么可画了。我听说这一带有一处很好的海景——有这回事吗？——步行可以到达那儿吗？”

“可以，如果你愿意走四英里路——也可以说是约摸四英里路——来回就是八英里不到一点儿——而且是一条有点崎岖而叫人走起来很吃力的道路。”

“它在哪个方向？”

我尽力描述那个地形，正开始说明到达那里所必经的大路、小径和田野，应在哪儿笔直走，在哪儿向右转，又应在哪儿向左转，这时候她打断了我：

“嗨，别说了！——现在别告诉我；因为到了我用得上这些的时候早已把你现在所说的忘得一干二净了。非到明春我是不会考虑去的；到那时候我也许要麻烦你。眼下冬天就要到了，而——”

她蓦地顿住，发出一声抑制住的惊呼，突然从椅子上站起来说：“对不起，我一会儿就来。”说罢便冲出房间，随手关上了房门。

我很想看一下究竟是什么使她如此吃惊，便向窗子望去——因为她的眼睛曾在片刻之前漫不经心地朝那儿盯着——此时我刚好瞧见一件男上衣的下摆消失在介于窗户和门廊之间的一大簇冬青后面。

“是妈妈的朋友，”阿瑟说。

罗丝和我相互看了一眼。

“我真摸不透她这个人，”罗丝悄声说。

那孩子非常惊奇地看着她。她便立刻开始对他讲了些无关紧要的事，我则看着一幅幅画作消遣。我发现在一个暗角落里有一幅我还未看过的画。画的是一个小孩坐在草地上，衣兜里堆满了花朵，低着头面对怀中的宝贵花儿，乱蓬蓬的淡褐色鬈发垂在额上，小小的嘴和鼻子以及蓝色的大眼睛在垂下的鬈发后面显出笑容。他的五官与此刻在我面前的这位小绅士很相像，足以表明这是一幅阿瑟·格雷厄姆婴儿时代的画像。

我把这幅画像捡起来以便对着光细看，发现在它后面还有一幅画，面对着墙壁。我放胆把它也捡了起来。那是一位朝气蓬勃的青年绅士的画像——长得够漂亮的，画得也不错；但是，如果说它同其他画一样，出于同一人之手，那末显然是前几年画的；因为画中精心描绘的具体细节要多得多，设色则不那么鲜艳，处理得也不大自如，而后者正是我所喜欢并叹为观止的。然而我仍然相当感兴趣地打量着它。那人的面貌和表情具有某种个性，使人一见便感到它是一幅成功的画像。他那对明亮的蓝眼睛暗带俏皮地注视着观看的人——你几乎可以想象他会向你使眼色哩；两片丰满的嘴唇显得过于肉感，似乎随时会绽出笑容；着上了暖色的双颊由微带红色的连鬓大胡子装点着；发亮的栗色头发聚集成一簇簇浓密而有波纹的鬈发，在额头侵占了过多地盘，似乎表明拥有这些鬈发的人为自己的美貌，甚于为自己的才智，而感到自豪——因为他或许有理由如此认为——不过他看上去也决非笨蛋。

我捧着这幅画还不到两分钟，那位美丽的女画家就回来了。

“只不过是个来联系买画的人，”她为自己突然走开表示歉意说，“我吩咐他等着。”

“我担心我擅自把一幅画家把画面朝墙翻过去的画拿来观看会被认为是无礼之举；可是我可以问——”

“这的确是极端无礼之举，先生，因此我请你别提涉及它的任何问题，因为你的好奇心是不会得到满足的，”她回答说，并试图以笑容来使自己的训斥不显得那么尖刻——但是凭她那涨红了的面颊和发亮的眼睛，不难看出她是非常气恼的。

“我刚才只是打算问这幅画是不是你本人画的，”我说道，一边不高兴地把画交还给她，但她毫不讲究礼节，一把从我手中拿过去，急忙翻转画面，放回到那个暗角落里，然后将另一幅画照旧靠着它放下，接着便转身朝我笑了。

但是我没有心绪开玩笑。我不在意地转身朝窗户站着，眺望那个荒芜的花园，让她同罗丝交谈了一两分钟，然后我对妹妹说我们该走了，跟那位小绅士握了手，对那位夫人冷冷地鞠了一躬，便朝门口走去。可是格雷厄姆太太与罗丝告别后却向我伸出了手，带着绝对说不上不讨人喜欢的微笑柔声说道：

“不可含怒到日落[①]，马卡姆先生。我唐突冒犯了你，请原谅。”

既然一位夫人屈尊向你道歉，你自然不应再不高兴了；于是我们像好朋友一般分了手；而且这次我用亲切而并不怀恨在心的劲儿紧握了她的手。

---

① 引自《圣经 · 新约 · 以弗所书》第 4 章第 26 节。

第六章
友谊的进展

在随后的四个月里，我没有上格雷厄姆太太的家，她也没有来我家；不过太太小姐们仍然不断谈论着她，而我们彼此的了解也继续加深，尽管进度缓慢。至于她们谈论些什么，我不大留心去听（我指的是，当她们谈到那位女隐士的时候），而我从她们的话中所得到的唯一消息是，在一个严寒的晴天，她竟然不辞路远冒险把她的小孩带到教区牧师的住宅，而不巧只有米尔沃德小姐[1]一人在家；然而她却坐了很久，而且根据大家所说，两人竟然感到彼此有许多话可谈，分手时双方都表示希望以后再会面。不过玛丽是疼爱孩子的，而溺爱孩子的妈妈总是喜欢能充分赏识自己宝贝儿子的人。

不过有时我自己也遇见她——不仅在她来到教堂的时候，而且当她带着儿子出来走走，爬上那些小山的时候，不论是他们作有目的的长途散步，还是——在特别晴朗的日子里——在那幢古老府第周围的荒野或光秃秃的牧草地上漫步闲逛，这时她本人手中捧着一本书，她的儿子在她身边嬉戏；凡是遇上这种机会，当我独个儿在散步或骑马，或者当我在干农活的时候瞧见她，我一般总设法迎上去或者追上她；因为我颇喜欢见到格雷厄姆夫人并和她交谈，我更是十分喜欢同她的小伙伴交谈。我发现后者由于腼腆而产生的冷淡态度一旦有了相当程度的改变，却是个十分亲切、聪明而又讨人喜欢的小家伙；我与他不久便成了好朋友——他妈妈对此是否满意，我可说不上。开头我怀疑她很想对我们这越来越亲密的关系泼冷水——仿佛要扑灭我们之间刚燃起的友谊之火似的——可是她终于发现，尽管她对我心存偏见，我实在是毫无危害性，甚至竟是心怀善意的，加之，她的儿子因结识我和我的狗而得到了否则就体验不到的乐趣，因此她便不再反对，甚至还微笑着欢迎我来。

至于阿瑟，他会老远就大声喊叫表示欢迎，在五十码以外，从他母亲身旁奔来迎接我。遇上我碰巧骑着马，他就免不了也会上马来慢跑或飞奔一阵；或者，要是在近处能弄到一匹套着挽具的马，我就请他坐上，稳稳当当地骑一阵子，这对他也几乎同样合适；不过他母亲总要跟在他身旁，艰难地走着——我相信，与其说是要保证他的安全，不如说是要保证不让我把要不得的见解灌输到他那幼稚的脑子里去；因为她一直监视着，决不让他被带出她的视域。使她最高兴的是看到他和桑乔蹦来跳去，一起赛跑，这时候我便在她身边走着——我恐怕她倒不是因为喜欢有我做伴（尽管有时候我用这想法来骗自己），而是很高兴看到她儿子如此欢乐地进行积极的运动。他身体娇弱，由于没有适合他年龄的游伴而难得有锻炼的机会，所以这种运动就起了很好的健身作用；而且，也许她还由于我与她而不是与他待在一起而更加高兴；因为这样我就无法直接或间接、有意识或无意识地伤害他——为了这，我并不怎么感谢她。

可是我相信有时候她的确有点高兴同我谈话；在2月的一个晴朗的早晨，我与她沿着荒野溜达了二十分钟，她撇开了她通常的严厉和矜持态度，跟我谈了不少话，口才那么出色，思想那么深刻，感情那么丰富，所谈的话题又正好合我的意向，加之人又长得那么美，以致我与她分手回家时简直陶醉了；在回家途中，我（出于道德感）吃惊地发现自己在想，也许与这样的一个女人过日子毕竟要比与伊丽莎·米尔沃德更好——接着我因自己的感情不专一而（象征性地）脸红了。

我走进客厅时，见伊丽莎与罗丝在一起，别无他人。这一意外的相遇并不使我完全像我原该感到的那么愉快。我们闲聊了很久，可是

---

① 指玛丽·米尔沃德。按当时习俗，“小姐”前只加姓氏的正式用法是表示家庭中最年长的女儿。——原编者注

我发现与更成熟而更诚挚的格雷厄姆太太相形之下，她显得相当轻浮，甚至有点儿枯燥乏味——唉，人的坚贞竟是如此！

“可是，”我自忖着，“既然我母亲那样坚决反对，我是不该娶伊丽莎的，而且也不该让这姑娘误认为我有这样的打算。再说，如果这样的心情继续下去，我要把自己的感情从她那温柔但又紧紧不放松的支配之下解放出来的困难就会少些了；而且，尽管格雷厄姆夫人也许是同样不可娶的，我也许就像医生们那样，可以用毒性较小的药来医治毒害更大的病；因为我想我是不会认真地爱这位年轻寡妇的——她也不会如此爱我——这是无疑的——不过，如果我与她交往感到有点愉快，就必然会被容许去觅求这种乐趣；如果她的神圣之火亮得足以使伊丽莎的光辉变得暗淡，那就更好了；但是我简直不能这样想。”

自此以后，一遇晴天，我就趁这新结识的朋友通常离开她住所的前后，到怀尔德菲尔去；但是我要再会见她的指望常常受到挫折，她出现的时间是那么多变，她去的地方也经常变更，我所能偶然瞥见她的时间又是那么短暂，这些情况使我感到有点儿倾向于认为她就像我拼命要寻找她那样，也拼命要避免与我交往；这个设想真叫人难过，所以只要能适时地打消，我是不把它放在心上的。

不过在3月里的一个晴朗无风的下午，我正在监督工人把草地辗平并修补山谷里的一段树篱，瞧见格雷厄姆太太在那头一条小溪旁边，手里捧着一本写生簿，正全神贯注于她所特别喜爱的美术创作，阿瑟则在那条多石头的浅溪里筑起水坝和防浪堤作为消遣。我正想散散心，如此难得的机会是不该放过的，因此便丢下牧草地和树篱不管，快步径朝那儿走去——不过却比桑乔慢了一步，因为它一看见它的小朋友，便飞也似地穿过介于两者之间的空地，高兴非凡，急不可耐地猛扑到他身上，几乎把小孩摔到小溪的中央去；但是，幸好有那些石头，他才没有弄得很湿，又由于石头平滑，他也就没有受什么伤，反倒因这一意外事而大笑不止。

格雷厄姆太太正在研究各种树木在冬季的光秃状态中所显示的不同特征，用活泼而又精细的笔法，勾画出那些树枝的千姿百态。她说话不多；我则站在一旁注视着她用铅笔作画的动作，看着它被这些白皙纤细的手指那么灵巧地操纵着，实在很有趣。但是过了不久，她的手指变得不那么灵活了，它们开始犹豫，轻微地颤抖着，使笔法出了岔，接着突然停下，手指的主人便抬头冲我的脸笑着，对我说我的监督并没有使她的写生得益。

"那末，"我说，"我就去同阿瑟谈谈，等你把画画完。"

"马卡姆先生，如果妈妈同意，我想骑一会儿。"

"骑什么，我的孩子？"

"我想在那边地里有一匹马哩，"他应道，一边指着正在拉辗草坪机的那匹强壮的黑牝马。

"不行，不行，阿瑟，路太远了，"他的母亲反对道。

但我答应让他在草地上来回转一两趟之后就把他平平安安地送回来；于是她望了望他那热切的面容便笑了笑，让他走了。这是她头一次竟然允许我把他带到离开她身边半片草场那么远的地方去。

他被扶着登上那匹高大的骏马之后，在那片广阔陡峭的场地上一本正经地来回溜着。他沉静而面露喜色，一副十足得意扬扬、欢欣愉快的样子。不过辗平草地的活儿不久便完成了；当我把这位英勇的骑手扶下了马、送还给他的母亲时，她显得因我把他留住了那么久而相当生气。她已经合上了她的写生簿，可能已经不耐烦地等了几分钟了。

她说该是回家的时候了，要向我道别，可是我还不想离开她，便陪她上到半山。她变得友善些了，我开始感到十分快活，但是一当我们来到可望见那幢阴森森的古老府第之处，她便站住了，一边说话一边朝我转过身来，似乎希望我不要再朝前走，说我们的谈话应到此结束，现在我该告别离去了——实在也正是该走的时候了，因为“那个晴朗寒冷的傍晚”正迅速地“消逝”，夕阳已经西下，在淡灰色的天空中，那轮凸月正显得越来越亮了，可是有一种近乎怜悯的感情把我钉住在那里。把她撇下在这么孤独而不舒适的家里似乎是冷酷无情的。我抬头望望那幢宅子。它仿佛在默默而无情地向我们皱眉蹙额。房子一侧下面的几扇窗子里有微弱的红光在闪烁，所有其他窗户却全都漆黑一片，其中有许多连窗玻璃和窗框子也没有，看上去有如很深的暗洞。

“你难道不觉得这住所很荒凉吗？”我默默地注视了一会儿后问。

“我有时候有这种感觉，”她回答。“在冬夜，那时阿瑟已经睡下，我独个儿坐着，聆听着凄凉的风在我周围呜咽，并咆哮着穿过倾圮的破旧房间，那时候即使看书或者干工作都抑制不了拥进我头脑的种种忧郁之感和恐惧——不过我知道让这种懦弱表现占上风是愚蠢的——如果雷切尔[①]能满足于这种生活，我又为什么不能呢？——的确，我对人家给我留下这样一处避难所是感激不尽的。”

末了的那句话是小声说出的，仿佛是自言自语而不是对我说的。接着她便向我道了晚安后走了。

我在回家的路上还没有走多少路，就望见劳伦斯先生骑着他那匹漂亮的小灰马，正沿着横穿山顶的那条崎岖小路过来。我稍为偏离我所走的路线同他说话，因为我们已有一阵子没见面了。

“刚才跟你谈话的是格雷厄姆太太吗？”我们说了几句互相招呼的开场白之后，他就问道。

“是的。”

---

① 格雷厄姆夫人的老女仆。

“哼！我早就这么想的。”他若有所思地看着马的鬃毛，仿佛对它很不满似的，或者还有其他什么想法。

“唔！怎么啦？”

“哦，没什么！”他回答说。“只是，我原以为你不喜欢她的，”他又平静地添了一句，撅起他那古希腊型的嘴唇，露出微带挖苦味的微笑。

“就算我过去是那样吧，难道一个人在进一步认识以后不能改变他的想法吗？”

“当然可以，”他答道，一边细心地解开小马稠密的灰白色鬃毛中缠住的一束。接着他突然转向我，用他怯生生的淡褐色眼睛盯住我，目光坚定而尖锐，又说道：“那末你已经改变想法了？”

“我不能说我已经确实改变了想法。不。我想我对她仍旧保持着以前的看法——仅仅改善了一点儿。”

“哦。”他朝四下望望，想找个其他什么话题；他抬头望着月亮，对美丽的夜色赞美了几句。由于话不切题，我没有答腔。

“劳伦斯，”我沉静地直望着他的脸说，“你是不是爱上了格雷厄姆夫人？”

我原以为他听了大概会大大生气，不料他仅在开头因这句冒失的问话而吃了一惊，接着便嗤嗤地笑起来，仿佛他对这个想法感到非常有趣。

“我爱上了她！”他跟着说了一句。“什么使你想到这等事的？”

“鉴于你对于我与这位太太之间的友谊的进展和我对她的看法起了变化很感兴趣，我还以为你可能妒忌了。”

他又笑了起来。“妒忌！不——可是我原以为你是要娶伊丽莎·米尔沃德的。”

“那末你搞错了；我既不会娶这个，也不会娶那个——这点我自己明白。”

“那末我认为你最好别去惹她们。”

“你打算娶简·威尔逊吗？”

他脸红了，又去玩弄鬓毛，可却这么回答：

“不，我想我不会。”

“那末你最好别惹她。”

她不愿意放开我——他可能会这么说的；可是他只显出一副愣住的模样，足足有半分钟一言不发，接下来再一次试图换一个话题。这一次我随他去，因为他已经受够了；对这个话题再说上一句话就无异于在骆驼背脊上放上最后一颗微粒，使它折断[①]一样。

我来不及按时回家喝茶了；可是我的母亲很体贴我，把茶壶和松饼搁在炉旁铁架上不让冷掉，尽管她略微责骂了我几句，却很快就接受了我的道歉；而且听见我抱怨茶煮过头变了味，就把剩下的茶脚倒入残渣盆，吩咐罗丝在壶里再放些茶叶，再烧开水泡茶，后者为这事着实忙乱了一阵，一边还说了一些怪话：

“嘿！要是这会儿是我，就根本不会有茶喝了——即使换了弗格斯，也会让他有什么喝什么，还要叫他感恩不尽，因为这样对待他已经是太好了——而我们怎么照顾你都不过分——一向是这样的——遇上饭桌上有什么特别好吃的，妈妈就朝我眨眼点头，让我别吃，要是我没有注意这些暗示，她便轻声说：‘罗丝，别吃这么多，吉尔伯特还要拿来当晚餐吃呢。’——我这个人可根本无足轻重——在客厅里听到的是：‘得了，罗丝，把你的东西收起来，把房间收拾得漂漂亮亮、整整齐齐的，准备他们随时回来；壁炉里的火要保持旺盛；吉尔伯特喜欢炉火烧得暖洋洋的。’在厨房里听到的是‘把那只馅饼做得大大的，

① 西方谚语，一般作“最后一根麦秆”。

罗丝，我想小伙子们一定饿坏了——别在里面放这么多胡椒，他们肯定不喜欢这东西的’——或者，‘罗丝，别在布丁里放这么多香料，吉尔伯特不喜欢在布丁里掺什么东西’，或者，‘要注意在蛋糕里多放些葡萄干，弗格斯喜欢这样’。要是我说：‘唷，妈妈，我不爱吃。’她就会告诉我不该考虑到自己——‘你知道，罗丝，在一切家务事中，我们只要考虑两件事，第一，该怎么做合适；第二，爷儿们最喜欢什么——女的可什么都可以将就。’”

“而且这正是极好的教诲，”我的母亲说。“我相信吉尔伯特也是这么认为的。”

“无论如何，对我们来说，是非常合适的教诲，”我说，“不过，妈妈，如果你真的要琢磨我喜欢的是什么，你一定得比现在更多地考虑自己的舒适和便利——至于罗丝，我相信她会把自己照料好的；每当她作出牺牲或者为了兄妹情谊做了一件明显的分外事，她务必应让我知道她做到了什么程度。我自己经常受照顾，我的一切需要都由别人预料到或者马上提供，同时又一点也没让我知道别人为我干了什么，要是没有你，单是这种生活习惯就可能使我陷入放纵自己、不顾及他人的需要的最糟糕的状态中——要是罗丝没有时时开导我，我会认为自己接受你所有的恩惠是理所当然的，永远不知道自己应该多么感谢你。”

“啊！吉尔伯特，非到你结了婚，你是永远不会知道的。等到你娶了某个像伊丽莎·米尔沃德那样的轻浮而又自负的姑娘，除了她自己眼前的乐趣和利益，她什么也不关心，或者像格雷厄姆太太那样的误入歧途的顽固女人，她对于自己的主要责任一无所知，所擅长的却只是她所最不需要知道的事——到那时候，你才会看出区别来。”

“妈妈，那样倒是对我有好处的；我生下来可并非仅仅为了让别人对我尽力帮助并施加善意的——对不？——而是向别人尽力和行善；

等到我婚后，我希望会因自己使妻子幸福和舒适，而不是因她使我如此而从中得到更大的乐趣；我情愿施恩而不情愿受恩。”

“嘿！这全是一派胡言乱语，我亲爱的——只不过是孩子气的话！不管你妻子多么迷人，你不久就会腻味的，不想再爱抚和迁就她，于是考验就来了。”

“好吧，我们是应该互相背起包袱来的。”

“于是你们都得进入各自的恰当位置。你会去办你的正事，而她呢，如果她配得上你的话，就会去干她的正事；不过你的正事是使你自己高兴，而她的正事则是使你高兴。我确信你那可怜的好父亲是世上再好不过的丈夫了，等到新婚过后才约摸半年，我要期望他勉强讨好我就好比期望他飞上天那么难。他老说我是个好妻子，很尽本分；他也总是尽他的本分——愿上帝祝福他！——他办事踏实、严守时间，很少无故瞎挑剔，我烧的好菜他总是尽量吃，他吃饭从不迟到以致糟蹋了我的烹调手艺——任何女人对任何男人也只能存这样的期望嘛。”

是这样吗，哈尔福特？这是不是你在家庭生活中所遵守的德行规范？而你那幸福的妻子不要求什么别的？

第七章
短途游览

这事过后没有几天，在一个晴好温暖的早晨——脚底下软绵绵的，因为最后一次下的雪才化掉，在树篱下面新长出的青草上，还到处留下一小道一小道稍微隆起的积雪；可是在它们近旁，幼嫩的樱草花已从它们湿漉漉的深色叶丛中向外窥探，上空的云雀歌唱着夏季、希望、爱情和一切无比美好的事物——我出门来到山坡上，欣赏着这些令人欢欣的景象，并且照顾着我的小羊和它们的妈妈，这时向周围看了一眼，见有三个人正从下面溪谷往上走来。他们是伊丽莎·米尔沃德、弗格斯和罗丝；于是我穿过田地去迎接他们，得知他们正要去怀尔德菲尔府，我就声称愿意和他们同去。我向伊丽莎伸出手臂，让她挽住，她欣然接受了，不再挽住我的弟弟的手臂。我对后者说，他可以回家去，因为有我陪伴着两位小姐。

“对不起！”他大声说道——“是小姐们陪伴着我，而并不是我陪伴着她们。你们全都瞥见过这位奇妙的陌生人，我还没有，我可再也不愿意继续处于这种倒楣的无知状况——无论如何我一定得如愿以偿；因此我要求罗丝陪我一同去怀尔德菲尔府，马上介绍我见她。罗丝表示除非伊丽莎也去，否则她坚决不同意；于是我便跑到教区牧师的住宅去接伊丽莎，并且一路上手挽着手，亲热得像一对情人——现在你却把她从我这儿抢走，还不让我散步，也不让我去拜访——回到你的田里去，回到你的羊群那儿去，你这个笨汉；你不配和我们这样的小姐先生们交往。我们终日无所事事，只顾跑进我们邻人家里到处乱嗅，去窥探他们的隐蔽角落，发掘他们的秘密。发现他们不合我们心意时，就找他们的碴子——对于这种高雅的取乐方法你是不理解的。”

“难道你们两个人不能都去吗？”伊丽莎不理睬这番话的后半部的内容，建议道。

“对，当然两个人都去！”罗丝叫喊道，“人越多越快活——我敢说我们会需要我们所能带往那阴暗凄凉的大房间的全部高兴劲儿——那里狭窄的窗子上装着铁格子，古老的家具显得很凄凉——除非她又领我们到她的画室去。”

因此我们一块儿去了；为我们开门的那个又瘦又老的女仆把我们引进一间房间，就是罗丝向我描绘过的、她初次被介绍与格雷厄姆太太相识的地点。那是一间还算高大的房间，但是由于窗户是老式的，光线显得昏暗，天花板、墙壁的嵌板和壁炉架都是用阴森森的黑栎木制作的——壁炉架虽然雕刻得精细，但不十分雅致——还有配套的桌椅，在壁炉的一边是一只放着种类各不相同的书籍的老式书橱，另一边是一架旧的竖式小钢琴。

那位太太坐在一把椅背又直又高的扶手椅上，一边是一只小圆桌，桌上有一只小台架和一只针线筐；她的小孩站在另一边，手拐儿搁在她的膝盖上，正十分流畅地向她朗读搁在她膝上的一本小开本的书；她一手按在他的肩膀上，心不在焉地玩弄着披在他乳白色脖子上有波纹的长鬈发。我感到他们与周围的一切形成了喜人的对照；不过我们一进了屋，他们自然立刻改变了这种姿势；我只能在雷切尔为我们把住门让我们进屋去的那短暂的几秒钟内看见这情景。

我认为格雷厄姆太太见到我们并不特别高兴；她那沉着而文静的礼貌中带着几分难以形容的冷淡；不过我没同她多讲什么话。我在他们一伙背后不远处挨着窗户坐下，把阿瑟叫了过来，于是他与我以及桑乔在一块儿玩得很快活，而两位小姐则用闲聊去诱导孩子的母亲讲话，弗格斯呢，坐在对面，交叉着两腿，两手插在裤袋里，靠在椅背上坐着，一会儿抬眼盯着天花板，一会儿直瞪瞪地望着他的女主人（那态度使我很想把他踢出房间去），一会儿顾自用口哨低声吹奏一段喜爱的曲调，一会儿又打断她们的谈话或者在她们谈话停顿时（根据具体情况而定）插入一句最不恰当的问话或议论。有一次他说的是：

“格雷厄姆太太，你竟然选上这座破破烂烂、东倒西歪的古老房子来住，真叫我觉得好笑。如果你租不起也修理不起整幢房子，那为什么不去租一座整洁的小别墅？”

“弗格斯先生，也许是因为我这人太骄傲了，”她微笑着回答，“也许是因为我特别喜欢这幢富于浪漫色彩的老式房子——不过它的优点确实比一座别墅要多得多——你瞧，首先，这些房间比别墅里的大些、更通风些；其次，我不付租的那些空房间可以充当贮藏室，要是我有什么东西要放在里面的话；而且它们对我的小孩很有用，遇上雨天他不能到户外去，就可以在里面跑动；加之，还有个花园可供他游玩，又可供我干点儿活。你瞧我已经做了一些改进了。”她一边朝窗户转过脸去，一边继续说道，“在那个角落里有一片菜苗，这边有些雪花莲和樱草花已经盛开——那边也有一枝黄色的藏红花正在阳光下绽开。”

“不过，离你最近的邻居处在两英里以外，而且没有人顺便来看望你或者路过你的家，你怎么受得了这种环境呢？——罗丝如处在这样的地方是会彻底发疯的。除非每天能看见半打新的长裙和女式帽，她是无法活下去的——更甭提穿戴这些衣帽的人了；可是你却可以整天坐着望着这些窗子，几乎连一个带着鸡蛋到集市去的老太婆也看不见。”

“我不能断言这里人迹稀少并不是它的一个主要可取之处——我可不喜欢看别人在我窗前走过，我喜欢安静。”

“哦！这等于说你希望我们大家都只管自己的事，让你独个儿待着。”

“是啊，我不喜欢广泛交游，不过如果我有几个朋友，我当然会高兴偶尔见见他们。没有人会喜欢永远过孤独生活的。所以，弗格斯先生，如果你愿意作为一个朋友来到我家，我会欢迎你的；如果不是如此的话，我得坦白地说，我宁可你别来。”说毕她便转而向罗丝或者伊丽莎讲话了。

“还有，格雷厄姆太太，”过了五分钟弗格斯又说道，“我们刚才来时，一路上争论着一个你能轻而易举地为我们解决的问题，因为它主要涉及你本人——真的，我们常常谈论到你，因为我们中间有些人除了谈论我们邻人没有更好的事可干，我们这些土生土长的人，彼此已经相识这么久，又如此经常谈论着对方，以致我们对这项娱乐感到很厌倦了，因此有个陌生人来到我们中间，就为我们那来源已告枯竭的娱乐提供了非常宝贵的补充。好啦，我们要求你解决的问题或者几个问题是——”

“住嘴，弗格斯！”罗丝又怕又怒，气急败坏地嚷道。

“我才不听你的哪！我们要请你解决的问题是这一些：——首先是关于你的出身、血统和以前的住处。有的人认为你是外国人，有的人认为是英国人，有的人认为是北方人，还有的人认为是南方人；有的人说——”

“好吧，弗格斯先生，让我告诉你，我是英国人——我不明白为什么有人会对此怀疑——我是在我们这幸福的岛国上出生的，出生地点既不是极北又不是极南；我一生的大半时间是在这个国家度过的，我希望这下子你该可以满足了，因为目前我不想再答复什么其他问题了。”

“除了这个——”

“不，一个问题也不答复了！”她笑着说罢，立即离开座位，躲到我挨着坐的那扇窗前，为了摆脱我弟弟的纠缠，她在真正绝望之中竭力逗引我讲话。

“马卡姆先生，”她说道，她那急促的话语和涨红了的脸再明显不过地表现出她焦虑不安的心情，“你有没有忘记前些时候我们谈过的美丽海景？我想我现在得劳驾你告诉我到那儿去的最近的路，因为要是像这样好的天气再继续下去，我也许能够步行去写生；我已经把所有其他绘画素材都画过了；我正渴望要看看那海景。”

我正要照她的要求回答她，罗丝却不让我开口。

“哎哟，别告诉她，吉尔伯特！”她嚷道，“她应该和我们一起去。格雷厄姆太太，我猜想你想去的便是某某海湾。去那儿要走很多路，对你来说太远了，更甭提阿瑟了。不过我们已经在考虑要在哪个晴天来一次野餐郊游，去看看海景；如果你愿意等到好天气稳定下来再去，我相信我们大家都很乐意有你参加。”

可怜的格雷厄姆太太显得很惊愕，想找借口谢绝，可是罗丝不是出于对她孤独生活的同情，就是急于要与她多多交往，却说什么也要她参加，驳斥了她的所有异议，并且告诉她一共才几个人，而且都是朋友，还告诉她说从某某峭壁望下去的景色最美，该处离此足有五英里。

“对于先生们来说，走这一段路正好，”罗丝继续说道，“不过女士们将轮流坐车和步行，因为我们会用上我们的小马拉的马车，它足可容纳小阿瑟和三位女士，还有你的写生用具和我们的食物。”

因此她终于同意了这个建议；我们对这个游览计划的时间和方式再作了一番讨论之后便起身告辞。

可是此时还只是3月；我们还得等过了寒冷多雨的4月和5月里的头两个星期，才敢于进行这次远征，这样才能合乎情理地指望获得我们在悦目的景色、愉快的交往、新鲜的空气、高涨的兴致和步行运动中所追求的乐趣，才不致因糟糕的道路、凛冽的寒风或者怕人的乌云而影响我们的兴致。于是，在一个辉煌的早晨，我们集合在一起出发了。这伙人中计有格雷厄姆太太和格雷厄姆少爷、玛丽和伊丽莎·米尔沃德、简和理查德·威尔逊、罗丝、弗格斯和吉尔伯特·马卡姆。

我们曾邀请劳伦斯先生参加，但是他因自己最清楚不过的某种原因拒绝与我们做伴。是我亲自请他赏脸参加的。我说明来意后，他犹豫了一下，问有哪些人同去。等我提及其中有威尔逊小姐时，他似乎有点儿想去，我还提及格雷厄姆太太，心想这会进一步促使他参加，但这却似乎起了相反的作用，他竟然斩钉截铁地谢绝了；老实说，他的这一决定并不使我感到不快，尽管我没法告诉你这是什么缘故。

我们到达目的地时已近中午。格雷厄姆太太一路步行到峭壁，小阿瑟也步行了大半的路程，因为他如今比刚来这地区时强壮和活跃多了，加之他不喜欢跟陌生人一起待在马车里，而他的四个朋友——妈妈、桑乔、马卡姆先生和米尔沃德小姐，全都步行，远远地落在后面或者穿过远处的田野和小路。

那次远足给我留下了十分愉快的回忆。我们沿着一条路面坚硬、阳光照耀的白色道路走着，到处绿树成荫，间以鲜花盛开、芬芳可喜的土埂和树篱；时或穿过喜人的田野，顺着小路走，那里是赏心悦目的五月风光——一片繁花似锦，草木苍翠欲滴。的确，伊丽莎这时不在我身边，但是她正与她的朋友们乘坐着小马车，我相信同我一样地高兴。我们这些步行者为了抄近路，离开了大路穿过田地，看见马车在远处消失在如盖的绿色树丛中，甚至在这时候，我也不怨这些树木把那可爱的小女帽和披巾从我的视野中夺走，也并不觉得所有这些介入的东西把我的幸福和我隔了开来，因为老实说，有格雷厄姆太太做伴，我实在高兴，对于伊丽莎·米尔沃德的不在身边也就并不引以为憾了。

开头，格雷厄姆太太确实显得不容易接近，使人恼火得很——她似乎只愿对玛丽·米尔沃德和阿瑟说话，对别人根本不理睬。她和玛丽并肩走着，阿瑟往往处在她们之间——不过只要路面够宽广，我总是挨在她的另一旁走着，而理查德·威尔逊处在米尔沃德小姐的另一旁，弗格斯则凭自己的高兴到处荡来荡去；过了一阵之后，格雷厄姆太太变得友好些了，最后我总算成功地使她几乎专注于我一个人身上——此时我确实感到幸福，因为只要她屈尊开腔，我总是愿意倾听。每逢她的见解和情趣与我的吻合时，是她那绝妙的辨别力、她那优美的趣味和感受力使我高兴；每逢我们俩有分歧时，照样是她在对分歧的供认或辩护时所表现的毫不妥协的坦率态度——她的热忱和认真态度，激起了我的迷恋；甚至当她的刻薄话或不客气的表情以及她对我下的苛刻结论把我激怒时，也只不过使我因给她留下如此不好的印象而对自己更为不满，更渴望她认识到我的个性和气质，如果可能的话，还渴望能赢得她的尊重。

终于我们结束了步行。有一阵子，周围的山越来越高、越来越险峻，把景色遮住了；可是当我们爬到一处陡峭的斜坡顶上朝下俯览时，有个缺口展现在我们的眼前——那蓝色的海洋顿时映入我们的眼帘！——一片带紫的深蓝色——不是死一般的平静，而是泛着闪闪发亮的碎浪——这些在海洋的胸怀上闪烁的白色小斑点，连最敏锐的视力也几乎不能把它们与在空中遨游的小海鸥区别开来，后者的白翅膀在阳光下闪耀；只有一两艘船映入眼帘，而且它们距此甚远。

我朝我的同伴瞅着，想知道她对这幅壮丽景色的看法如何。她虽然默不作声，却站住了，双眼盯着看，那样子使我确信她并没有失望。顺便提一下，她的眼睛非常美——不知道我告诉过你没有，它们充满了热情，又大又清澈，近乎黑色——不是褐色，而是非常深的灰色。从海面上吹来一阵使人精神为之一振的习习凉风——那么温柔、纯净而宜人，拂动了她下垂的鬈发，使她那通常过于苍白的嘴唇和面颊有了血色。她感觉到这景色振奋人心的力量，我也一样——我觉得它使我浑身震颤，可是见她如此沉静，也就不敢让这种感情支配自己。她脸上显出一股有克制的高兴情绪，当她的眼光与我的接触时，这种情绪几乎燃起一丝兴奋而愉快的会心微笑。她从来没有显得如此可爱，我的心也从来没有像现在这样热烈地依恋着她。要是我们俩单独站在那儿再多两分钟，对于将发生的后果，我是负不了责任的。幸好我们很快就被召唤去就餐。这一来，才使我谨慎了，也许也才使我在这一天的余下时间里能过得很欢乐。那是一顿很像样的小吃，是由罗丝在威尔逊小姐和伊丽莎的帮同下布置的。伊丽莎与罗丝一同乘坐马车，她们比其余的人略早一点儿到达，已经把食物摆在俯瞰着海景的一块隆起的平台上，由一块突出的扁平岩石和几棵悬垂着的树挡住了烈日。

格雷厄姆夫人找了一处远离我的地方坐下。伊丽莎离我最近。她以她那温柔谦逊的态度竭力讨好别人，而且要是我能感觉到的话，无疑是与过去同样迷人可爱的。不过不久我的心又开始对她充满温情了，而且就我所知，在这耗时很长的聚餐过程中，我们大家在一起，自始至终个个兴高采烈。

聚餐结束后，罗丝招呼弗格斯来帮她收拾残羹剩菜和刀叉杯盘等等，把它们都放回到篮子里去。格雷厄姆太太把她的宝贝儿子托付给米尔沃德小姐照管，并严格吩咐他不得离开新保护人身边之后，拎起她的轻便折凳和作画用具离开我们，顺着陡峭多石的山路，朝较远处地势较高、更加险峻的地方走去。尽管有几位小姐对她说那地方很可怕，劝她别去尝试，然而由于那里景色更美，她更喜欢在那里写生。

她走后我感到仿佛不会再有什么乐趣了——尽管很难说她究竟对于这次欢聚的热烈气氛作出了什么贡献。她既没有说什么俏皮话，也很少笑，可是她的微笑却使我高兴，只要听到她提出一个尖锐的意见或者说出一句高兴的话，我的头脑便不知不觉地敏捷起来，使其余人的言行都变得有趣了。尽管当时我并不察觉，但由于她的在场，就连我和伊丽莎的交谈也显得生气勃勃了；现在她一走，伊丽莎说着玩的废话便不再能逗乐我了——不仅如此，还变得使我厌倦起来，同时我也变得不耐烦去逗乐她了。我感到有一股不可抗拒的力量把自己吸引到女画家远远坐着的地点，她正坐在那里独个儿孜孜不倦地工作着——我试图抗拒这股吸引力，却未能坚持下去。趁我这位小邻居与威尔逊小姐交谈之际，我站起来，机警地溜走了。我迅速跨了几大步，并用力朝上攀登了一小段路，不久便到达她坐着的地点——那是处在峭壁边缘上的一块狭窄的突出岩石，那绝壁陡直而下，直达下面满布着岩石的海滨。

她没有听见我走近的脚步声，可是我的影子落到她的画纸上，使她触电般地吃了一惊。她倏地转过头来瞧——似此突然受惊，我所认识的其他任何一位女子都会尖叫起来的。

“唷！我不知道是你啊——你为什么如此吓唬我？”她有点儿恼火地说，“我不喜欢人家突如其来地走近我。”

“怎么了，你把我当成什么样的人了？”我说。“早知道你这么神经质，我是会谨慎点儿的，可是——”

“得了，没关系。你来干什么？他们全都要来吗？”

“不，这一小块岩石容纳不了所有的人。”

“那好极了，因为我对谈话实在感到厌烦了。”

“那好，我就不吭声。就坐着看你画。”

“哎哟，可是你知道我是不喜欢这样的。”

“那末我就满足于观赏这宏伟的风景吧。”

她对此并不表示反对，有好一阵子默默地画着。不过我禁不住不时把眼光从我们脚下的美景移向握着铅笔的那只雅致的白皙的手、那优美的脖子和垂在画纸上方的光滑乌黑的鬈发，偷偷看上一眼。

“啊，”我自忖道，“只要我有一支铅笔和一小张纸，我就能画出比她画得更美的素描，假如我有能力把眼前的对象如实描绘下来的话。”

尽管对此我未能如愿以偿，我仍然因能在那儿一言不发地坐在她身旁而感到心满意足。

“你还在那儿吗，马卡姆先生？”她终于回过头来看着我问道——因为我正坐在离她身后不远的、长满了苔藓的峭壁凸出处——“你为什么不去找你的朋友们消遣？”

“因为我像你一样厌烦他们了；而且明天——或者在此后的任何时候，我尽有机会见到他们，而你呢，我不知道可能还要多久才能有幸再见到。”

“你离开那儿的时候，阿瑟在干什么？”

“他跟着米尔沃德小姐待在你让他留下来的老地方——他平平安安，只是希望妈妈不会把他撇下太久。顺便提一下，你刚才不放心把他托付给我，”我抱怨道，“尽管我荣幸地比她认识你早得多；不过米尔沃德小姐确有本领哄孩子并且博他们欢心，”我随随便便地补充道，“如果说她一无其他本领的话。”

“米尔沃德小姐有许多可贵的品质，你是不可能理解或赏识的。请你告诉阿瑟我过几分钟就来，好吗？”

“要是这样的话，如蒙许可，我就等你几分钟；到时候我可以搀扶着你走那条艰难的下坡路。”

“多谢你——遇上这种情况，我总是完全对付得了，无需别人帮助的。”

“可是至少我可以帮你拿凳子和写生簿。”

她对此并不拒绝，可是我见她显然巴不得摆脱我，感到十分生气，我正开始对自己的执拗深感后悔，她却为作画时出现的某些疑点征求我的感受和判断，这使我稍微消了气。我的见解恰巧合她的心意，于是她便毫不犹豫地采纳了我提出的改进意见。

“我有时几乎不能相信自己的眼睛和头脑的指导作用，”她说，“这是因为它们只顾注视着一个对象，以致变得几乎无法就这对象形成一个恰当的看法。在这种时候，我常常徒劳地希望自己能够征求到他人的意见。”

“这——”我答道，“仅仅是独居生活为我们带来的许多害处之一罢了。”

“确是如此，”她应道，于是我们又陷入沉默之中。

不过，大约两分钟之后，她宣称已完成她的写生，把写生簿合上。

我们回到我们原先就餐的地方时，发现除了玛丽·米尔沃德、理查德·威尔逊和阿瑟·格雷厄姆之外，大家都已离去。那位较年轻的先生正躺着酣睡，脑袋搁在那位小姐的膝上；另一人则坐在她身旁，手中拿着某古典作家的著作的袖珍本。他到任何地方都随身带着这么个同伴以便尽量利用空闲时间来使自己得益；似乎凡是不用于学习的或者被自己肉体的本能所强行挤出来维持生活的时光都是浪费掉的。即使在此刻，他也不能让自己尽情享受这新鲜的空气和温和的阳光——这样一幅壮丽的景象以及那些使人心旷神怡的声音，这音乐来自波涛，来自他头顶上如盖的树丛中的和风——即使有一位小姐坐在他身旁（尽管我得承认她并不十分迷人）也改变不了他这习惯——他就是非要掏出他的书本，尽量利用他的时间看书不可，一面消化他的有节制的饮食，同时也让他那不习惯于如此长途跋涉的、疲乏不堪的双脚休息一下。

不过，也许他时而也抽一点儿时间与他的同伴谈上一两句话或者瞥她一眼——无论如何，她看来对他的行为并不感到不满，因为她那平凡的容貌显出一种不同寻常的高兴和安详的神情；而且我们到达时，见她正十分自满地端详着他那富有思想的苍白的脸。

对我来说，在归途中过得并不像这一天前半段时间里那么愉快；因为这时格雷厄姆太太坐在马车里，与我一同步行的同伴是伊丽莎·米尔沃德。她觉察到了我更喜欢那位年轻寡妇，显然感到自己被冷淡了。她并没有严词指责我，辛辣地挖苦我或噘嘴绷脸、一言不发来显出自己的懊恼——上述的任一种甚至全部表现我都能轻易地加以容忍，或者一笑置之；可是她却显出一种淡淡的忧郁和微带责备的悲痛神情，这使我感到极其难过。我尽力使她高兴，而且在结束我们的步行之前显然多少有了成效；可是这么做的时候，我受到了良心的责备，因为我明知道我们之间的关系迟早必然会决裂，我现在这么做只会使她抱着虚假的希望，并推迟那个不幸的日子的到来而已。

小马车到达那条路上最接近怀尔德菲尔府的地点之后——当然，除非它驶上那条长长的崎岖的小路才能到得了，但这是格雷厄姆太太所不允许的——那位年轻寡妇和她的儿子便下了车，把驾驶马车的座位让给罗丝坐；我就劝伊丽莎去坐在后者的位子上。我把她舒舒服服地安顿好，嘱咐她要当心别被晚风吹得着了凉，又友好地跟她道了晚安之后，觉得大大地松了口气，赶紧去要求格雷厄姆太太让我帮她拿她的装备，一起穿过那块田野，可是她已经把她的折凳挎在手臂上，手里拿着她的写生簿，坚持要当场立即向我以及其余所有的人告别。不过这次她谢绝我所提供的帮助时，态度如此和蔼友好，使我几乎宽恕了她。

第八章
礼 物

六星期过去了。那是接近6月底的一个晴好的早上。此时大部分的干草已经收割，可是最后一星期的天气非常恶劣；现在终于出现了好天气，我拿定主意要尽量利用它，于是把所有的人手都集合到干草地上来，我自己也参加到他们中间努力干起来。我没穿上装，只穿着衬衫，头戴一顶很轻的阴凉草帽，在一长队男仆和雇工的前面，抓起一抱抱又湿又臭的草，朝四面八方扔出去——打算今天从早到晚如此干它个一整天，以不下于我所能期望于他们的最大热忱和勤奋干去。既要以自身的努力使工作进行得顺利，又要以我自己的榜样来激励工人们——可是我正这么干着的时候，瞧啊，我的这个决心竟然一下子便让一件微不足道的事给搞垮了：我的弟弟奔到我跟前，把一个我期望已久、刚从伦敦寄来的小邮包交给我。我把包皮撕掉，出现的是一本精致的小版本《玛密恩》①。

“我猜得出这是给谁的，”弗格斯说，我得意扬扬地细看着这本书的时候，他始终站在一旁看着。“准是给伊丽莎小姐的。”

他说这话的语气和神情异常之狡猾，因此我亟欲反驳他。

“你错了，我的小伙子，”我说着拿起我的上衣，把书塞进其中一只口袋，再把它(即上衣)穿上。“好，过来，你这个懒鬼，这次就做点事情吧，”我接着又说——“脱下你的上衣，代我干地里的活儿直到我回来。”“直到你回来？——那末请问你上哪儿去？”

“别管——上哪儿——跟你有关系的是我什么时候回来；——无论如何吃饭时候我会回来的。”

“哎哟！那末我就得干到那时候，是吗？——还要让所有这些家伙也拼命干？——好吧，好吧！我服从——就干这么一次吧。来，伙计们，你们得手脚勤快，我这就来帮你们干了——你们中间有谁停一下，不管是男是女，都会倒霉——不管是东张西望、搔头还是擤鼻子——凭什么借口也不行——除了干活别的什么也不行，得满头大汗地干——”

我听任他向那些人这么夸夸其谈地演讲着，这番话对于他们与其说是教诲不如说是逗乐，接着我便回家去，略事梳洗之后，口袋里装着那本书，匆匆赶到怀尔德菲尔府去，因为这本书是要放在格雷厄姆太太的书架上的。

“怎么，她和你相处得这么融洽，竟然达到赠送和接受礼物的程度了吗？”——情况并非完全这样，老朋友；这只是我在这方面的初次尝试；我当时正急于知道后果如何呢。

那次游览某某湾以后我们又见过几次面，我发现只要我把谈话内容限制在讨论抽象的问题或者共同关心的话题范围内，她就不反对与我交往——可是我一提到感情方面的事或者一恭维她，或者在话语和神情中稍为表示一点亲切，她便不仅在当时立即改变态度对我进行惩罚，而且下一次找她做伴时准会发现即使自己并非完全无法接近她，她的态度却是更冷淡疏远了。不过这种情况倒并不使我感到很窘，因为我并不认为这是由于她不喜欢我这人，而是她在我们相识之前已经下定决心绝对不再结婚，这也许是由于她对亡夫过分情深或者是由于她对他以及婚姻关系都已厌倦了。起初，她确实显得以挫伤我的自负和压倒我的傲慢为乐——每逢我的这种态度冒昧地流露出来，她便毫不留情地把这些苗头逐一铲除掉。我承认当时我的感情受到了很深的伤害，不过同时我也被激怒得一心想要报复她——可是最近因她无疑发现我并不是她当初所料想的那种没有头脑的花花公子，她便以一种

① 苏格兰诗人及小说家瓦尔特·司各特（1771—1832）于1808年出版的一部长叙事诗。

完全不同的态度来拒绝我谦恭的求爱。那是一种严肃而几乎是悲伤的不快情绪，因此不久我就认识到我应该注意避免唤醒它。

“让我与她先建立朋友关系，”我想道——“先做她儿子的保护人和游伴，做她的庄重可靠、坦白直率的朋友吧。等到我使自己成为她的生活舒适和欢乐所不可缺少的因素时（我相信自己能做到这一点），再看下一步能做到什么程度。”

因此我们谈论绘画、诗歌、音乐、神学、地质学和哲学；有一两次我借书给她看，有一次她回敬我一本；我趁她散步时尽可能地常去与她碰头，尽可能地放胆常去她家。我头一次侵入那个“圣所”的借口是带一只由桑乔与一只母狗交配所生的、走路摇摇摆摆的小狗给阿瑟，使他乐得无法形容，从而自然也使他的母亲高兴。我第二次的借口是带一本书去给她。由于了解她母亲的癖性，该书是经过审慎选择的，并且在获得她的认可后才交给她。接着我又以我妹妹的名义为她的花园送去一些花木——起先我曾经劝罗丝自己送去。我每次去都问起她根据在峭壁上所作的素描加工的那幅油画进行得如何了，于是她便请我进入画室，就它的进度征求我的看法或建议。

我最后一次是去还一本她借给我的书，就在那一次在偶然讨论到瓦尔特·司各特爵士的诗作时，她表示希望一读《玛密恩》，当时我就冒昧地想要送给她这本书，于是一回家便着手邮购今天早上收到的这本漂亮的小开本书籍。不过我还有必要为侵入这个隐士的住所找个借口，因此我为阿瑟的小狗准备了一条蓝色山羊鞣皮的颈圈，把它交给了阿瑟。无论是这份礼物的价值或者赠送者的自私的动机都是远远配不上他那欢欣和感激之情的。接着我便大胆问格雷厄姆太太，那张画是否还在，可否让我看一下。

“啊，可以！请进屋来，”她说（因为我是在花园里遇见他们的）。“我已经画好并且装上了框子，随时可以送走了；不过仍请你最后发表一点意见，如果你能够提出任何改进的建议，我就会——至少加以充分的考虑的。”

那张画美得惊人；正是当时所见的景色，仿佛是通过魔术把它移到画布上去似的；但是为了怕她生气，我小心翼翼地用三言两语表达了我的赞美。她呢，却聚精会神地注视着我的脸色，由于在我的眼神中觉察到我由衷的赞美，她那画家的自豪感无疑是得到满足了。不过，当我凝视着时，我想起了那本书，不知道该怎样送她才好。我鼓不起勇气来，但是我又决定不让自己愚蠢得连试都不试一下就离去。等待机会没有意义，为这件事编出什么话来也没有意义。我认为，这件事办得越随便、越自然就越好，因此就朝窗外望着来鼓起自己的勇气，随即抽出那本书，转过身来，把书放到她手中，作了下面这句简短的说明。

“格雷厄姆太太，你说过希望读一读《玛密恩》；如果你肯赏脸接受它，书就在这儿。”

一刹那间她脸色通红了——也许她对这种馈赠礼物的尴尬方式和我同样感到难为情而把脸羞红了。她神情严肃地把书的封面和封底细细看了看，接着默默地翻着书页，一边皱着眉头慎重地考虑着，然后把书合上，抬起头来转向我，轻声询问书的价格——我顿时觉得血往脸上冲，热乎乎的。

“马卡姆先生，对不起，我使你生气了，”她说，“可是不让我付书款，我是不能接受的。”说着她把书放在桌子上。

“你为什么不能？”

“因为——”她顿住了，垂下眼睛望着地毯。

“你为什么不能？”我带着几分怒气又问了一遍，这使她抬起眼睛，紧紧盯着我的脸瞧。

“因为我不喜欢接受我绝对无法报答的恩惠——你对我儿子那么

好，我已经欠了你的情，不过他感激你的心情和你自己的愉快感觉一定也已经使你得到报答了。”

“胡说！”我猛地喊道。

她又转过眼来，用安详而又严肃的惊奇神情望着我，不管她有没有责备我的意思，却起了这样的作用。

“那末你是不肯接受这本书啰？”我问道，口气比先前温和些了。

“如果你让我付书款，我会很乐于要它的。”

我把确切的价格告诉了她，连邮费多少也说了，说时我极力使语气显得平静——因为事实上我差点儿就要因失望和恼火而哭出来了。

她掏出钱包，冷静地点出了这笔钱，但是不敢立即把钱交到我的手中。她注视着我，以安慰的温和语气说道：

“马卡姆先生，你以为自己受到了侮辱——我希望我能使你了解——我——”

“我完全了解你，”我说。“你以为如果你接受了我这个微不足道的礼物，我今后就会因此有了妄想；可是你错了——只要你肯赏脸接受它，那末请相信我，我是不会因此就抱什么希望的，我也不会把这件事看作取得未来的恩惠的先例——而且你得知道在这种情况下，应当觉得感激的完全是我，而施恩惠的却是你，因此说你欠着我的情，纯属胡说。”

“那末也好，我就相信你的话，”她极其可爱地笑着答道，一边把那些可憎的钱放回到她的钱包里去——“可是要记住！”

“我说过的话我会记住的——不过请不要为了惩罚我的冒昧而把你对我的友情全部收回——或者期望我作为赎罪而对你比过去疏远些，”我说完就伸出手去要与她握别，因为我十分激动，再也不能待下去了。

“那末好吧！让我们跟过去一样，”她答道，一边坦然地把自己的手放到我手中；我握着它的时候，好不容易才忍住了，没有把它紧紧地按在我的嘴唇上——那可是自取灭亡的疯狂举动啊！我已经够大胆的了，这个过早的馈赠礼物之举差点儿对我的希望给了致命的一击哩。

我急匆匆朝家里走去，我的心和脑子里充满了激情，如同有盆火在燃烧，也没有注意到中午时分的火辣辣的太阳——除了她之外，我把刚才的一切都忘了——除了她那无法打动的心和我自己的鲁莽和缺乏策略，我对任什么都不感到遗憾——除了她那可恨的决心和我自己的无能，无力征服它，我任什么都不担心——对任什么都不抱希望——不过我还是搁笔吧——我不愿把我的相互冲突的希望和忧虑——我的慎重考虑和决心——来惹你厌烦。

第九章
潜在的情敌

虽然我对伊丽莎·米尔沃德的感情如今可以说是相当淡漠，可是我还没有就此不上牧师住宅的门，因为我似乎希望能很自然地摆脱她，不致使她太悲伤或者怨恨——或者使自己成为教区所有居民的话题；再说，牧师认为我主要是去拜访他的，即使我并不完全以此为目的，要是我就此不去，他便会认为我的这种怠慢态度明明是有意得罪他。不过我在会见格雷厄姆太太的次日上他家去时，碰巧他不在——这情况如今就不像以前那么合我的心意了。米尔沃德小姐倒确实在家，可是这当然并不比根本没有人在家好多少。不管怎样，我决定只待一会儿就走，并且像一个哥哥或朋友那样跟伊丽莎谈谈，而我们相识这么久了，我采取这样的态度也是无可厚非的，而且我还认为这一来既不会得罪她，又不致使她抱什么幻想。

我从来没有跟她或者任何人谈论过格雷厄姆太太；可是我还没有坐下三分钟，她就以相当奇怪的态度责备起这位夫人来。

"哎哟，马卡姆先生！"她说道，神情十分震惊，声音压低到几乎成为耳语——"你对关于格雷厄姆太太的那些骇人听闻的传说有什么看法？——你能使我们不相信那些话吗？"

"什么传说？"

"得啦！你哪会不知道！"她狡猾地笑笑，摇摇头。

"我对那些传说一无所知——你到底是什么意思，伊丽莎？"

"哎，别问我！——我没法说清楚。"她方才正在为一条麻纱手帕镶上阔花边，此刻她又拿起手帕开始忙她的针线活儿了。

"到底是怎么回事呀，米尔沃德小姐？她的话是什么意思？"我向她的姐姐发出呼吁，后者似乎正专心地在给一床粗布大被单缝上褶边。

“我不知道，”她回答说。——“我想是什么人捏造的什么毫无根据的谣言吧。直到前几天伊丽莎告诉我之前，我从没听说过——不过即使教区里所有的人都叽里呱啦地把这些话朝我耳朵里灌，我也一个字都不相信——我对格雷厄姆太太再了解不过了。”

“说得对，米尔沃德小姐！——我也是一个字也不相信——不管说的是什么。”

“好啊！”伊丽莎轻轻地叹了一口气后说——“能如此令人宽慰地坚信自己所爱的人品质高尚，确实是好事。——我但愿你们到头来不要发现自己信错了人就好。”

说毕她抬起脸来，悲伤而温柔地瞅了我一眼，要不是在那双眼睛里潜伏着我所不喜欢的某种神情，我的心是会软下来的；我纳闷自己过去怎么竟然会赞赏这双眼睛；她姐姐的诚实坦率的脸和那双灰色的小眼睛显得比她顺眼得多——不过当时我因伊丽莎对格雷厄姆太太进行了暗讽正生着气——不管她知道不知道，我确信那些含沙射影的话都没有事实根据。

不过当时我对这个问题没有再谈什么，而且对其他事也没谈几句；因为我觉得自己一时难于恢复平静的心情，不久便借口农场上还有事，起身告辞——接着我就朝农场走去——对于这些故弄玄虚的传说是否真实的可能性一点儿也不去想，只是想知道内容是什么，是谁开的头，其根据又是什么——怎样才能最有效地使人们不再谈它们或者予以驳斥。

这件事过后几天，我们又举行了一次安静的小小聚会，邀请了通常邀请的那些朋友和邻人，格雷厄姆太太也在内。她如今不能再以天黑得早或天气寒冷为借口而不参加了，而她的来到使我大为宽怀。没有她在场，我就会对整个聚会感到十分厌烦、觉得无法忍受；她一来到，就给这房子带来了新生命；虽则我务必不致因她而对其他客人有所怠慢，或者期望尽多地吸引她的注意力，使她只与我交谈，我依然预期有一个非同寻常的欢快夜晚。

劳伦斯先生也来了。他是在所有人都到齐后许久才来的。我很想看一下他对格雷厄姆太太会表现出什么态度。他进屋来时，他们俩只互相略微欠一欠身；他彬彬有礼地向其他人招呼之后，便远离那位年轻的寡妇坐下来，坐在我的母亲和罗丝两人之间。

“你见过像这样的做作没有！”坐在靠我最近的伊丽莎轻声对我说。“你会不会认为他们根本互不相识？”

“几乎会这样认为的——可是那又怎么样呢？”

“那又怎么样！——你为什么不能假装一无所知？”

“对什么一无所知？”我问道，我的语气很严厉，使她吓了一跳，答道：

“哎哟，嘘！说话别这么响。”

“那末，就告诉我吧，”我比较轻声地回答说，“你的话是什么意思？我不喜欢猜谜语。”

“好吧，你是知道的，这事是否真实我可说不准——真的，我一点儿也说不准——可是难道你没有听说——”

“除了听到你所说的，我什么也没听说过。”

“那末你是有意装聋啰；因为任何人都会告诉你的——不过我知道要是我再说一遍，只会使你恼火，所以还是不说为妙。”

她闭上了嘴，把叉起的双手搁在胸前，显出受到伤害后逆来顺受的神情。

“要是你不希望使我恼火，应该一开头就别说；要不就把你要说的话爽爽快快、老老实实地全都说出来。”

她扭过脸去，掏出手绢儿，站起来走到窗前，在那儿站了一会儿，显然在尽情地掉眼泪。我吃了一惊，同时既恼火又惭愧——与其说是感到自己太严厉，不如说是因为见到她像小孩般懦弱。不过，看来并没有人注意到她，不久我们就都被召到茶桌旁去；那一带的人习惯于在任何聚会中都在喝下午茶时在餐桌边坐下饱吃一顿，因为我们午饭吃得早。我就座时，罗丝坐在我的一旁，另一旁的座位空着。

“我可以坐在你旁边吗？”在我的近旁有一个柔和的声音问道。

“只要你愿意，”我答道，于是伊丽莎便顺势坐在那把空椅子上，然后抬起眼睛盯着我的脸，半悲哀、半玩笑地低声说道：

“吉尔伯特，你可真严厉呀。”

我带着有点儿傲慢的微笑把茶递给了她，一言不发，因为我没什么可说的。

“我说了什么话惹得你恼火了？”她更哀怨地说。“但愿我能知道。”

“得啦，伊丽莎，喝你的茶吧，别傻了，”我说道，一边递给她糖和奶油。

正在此时，在我的另一边出现了一阵轻微的骚动，原来是威尔逊小姐来跟罗丝商量和她交换座位。

“马卡姆小姐，请你跟我交换个座位，好吗？”她说，“因为我不喜欢坐在格雷厄姆太太旁边。如果你妈妈认为请这种人到家里来是得体的话，那末她就不可能会反对她的女儿与这种人结交了。”

后面这句话是在罗丝走后自言自语似的添上的，可是我却毫不客气，不放过这句话。

“威尔逊小姐，请你告诉我你这话是什么意思，好吗？”我说。

这句话使她稍为吃了一惊，但并不太厉害。

“哎呀，马卡姆先生，”她很快就恢复了镇定的心情，沉着地答道，“马卡姆太太竟然会请格雷厄姆太太这种人来家里使我十分惊奇，不过也许她还不知道人家都认为这位太太的品质不怎么高尚。”

“她并不知道，我也不知道；因此请你把你的意思解释得再清楚点儿。”

“眼下可不是作这种解释的时候，这场合也不合适；不过我想你不可能像你所假装的那样一无所知；你肯定同我一样很了解她。”

“我想是这样，可能比你了解得更多些，因此如果你把你所听到的或者所想象的对她不利的事告诉我，我也许能把你的看法纠正一下。”

“那末你能告诉我她的丈夫是谁，或者她到底结过婚没有？”

我愤怒得说不出话来。此时此地我不敢担保自己会怎样回答她。

“难道你从没注意到，”伊丽莎说，“她的儿子多像——”

“像谁？”威尔逊小姐追问道，她的态度既冷酷又十分严厉。

伊丽莎吃了一惊，因为她刚才怯声怯气说出的那句暗示的话只是说给我听的。

“哦，请原谅！”她恳求道，“我可能是搞错了——也许本来就搞错了。”她话虽这么说，却同时从她那诡诈的眼角以嘲笑的眼神偷看了我一眼。

“没有必要请我原谅啊，”她的朋友答道，“不过我看除了他的母亲，在这儿根本没有一个人长得像那孩子；而且，伊丽莎小姐，当你听到怀有恶意的传说时，我要感谢你——我的意思是，我认为你会好好忍住了不讲出去的。我想你指的那人是劳伦斯先生吧？不过我想我可以向你保证，你在那方面的猜疑完全错了。再说，要是他与那位夫人真有什么特殊关系的话（这是任何人都无权断言的），他至少（这对有些人说来是办不到的）相当懂得如何做才得体，当着体面的人们的面不作进一步的表示，仅仅点头以示彼此认识——不过当他见到她在这儿时，显然又惊奇又着恼。”

“使劲干吧！”弗格斯喊道，他坐在伊丽莎的另一边，是唯一同我们一起坐在茶桌这一边的人，“勇猛地使劲干！注意别让她有一块石头留在石头上。①”

威尔逊小姐态度冷若冰霜，鄙夷地挺直了身子，但却默不作声。伊丽莎本要开口回答，但我打断了她，尽管我的语气无疑暴露了一些内心的感觉，我还是尽可能镇静地说道：

“我们对这个问题已经扯得够多了，如果我们的谈论只是诽谤比我们更好的人，那末还是别开口吧。”

“我想你们最好还是这样。”弗格斯说，“我们这位好牧师也最好是这样。他一直兴致勃勃地向大家讲他的金玉良言，不时老大不高兴地向你们望望，而你们却坐在这儿，毫不虔敬地窃窃私语，咕哝个没完。有一次他在讲故事——或许是在讲道吧？我可不知道究竟是讲什么——他当时话说到一半，顿住了，把眼睛盯住你，吉尔伯特，那神情等于说——‘我要等马卡姆先生跟那两位小姐结束了调情再讲下去！’”

我说不上后来大家在吃茶点时还谈了些什么；我也说不上自己哪来的耐心使我一直坐到茶点结束。不过我记得自己把杯子里剩下的茶勉强喝下，其他可什么也没有吃。还记得我所做的头一件事是盯着阿瑟·格雷厄姆，他挨着他的母亲隔着餐桌坐在我的对面，而第二件事是盯着劳伦斯先生，他坐在餐桌的下方。开头我觉得他们俩的确有相似之处；可是再进一步端详，我断定那只是出于想象而已。与男性一般注定的身体状况相比，他们两人的五官的确都较清秀，骨骼也都较小，但劳伦斯的肤色苍白清澈，阿瑟则娇嫩白皙；可是阿瑟那略微带扁的小鼻子决不可能长成为像劳伦斯先生的那样长而直；他的面型虽

---

① 参见《圣经·新约·马可福音》第 13 章第 2 节：“将来在这里没有一块石头留在石头上，不被拆毁了。”——作者在此处将下半句略去，大概是认为不讲自明的。——原编者注

然饱满，却算不上是圆的，而且又那么精巧地收缩到那微凹的小下巴颏儿上，因而也称不上是方的，这样的脸也决不可能拉长成为劳伦斯先生那样的长椭圆形；再说，那孩子的头发显然比那位年长的先生早年所可能有的色调更浅、更暖，他那双清澈的蓝色大眼睛虽然有时候显得早熟地严肃，可是与劳伦斯先生那怯生生的淡褐色眼睛截然不同，后者那敏感的心灵通过眼睛十分疑惧地向外张望着，仿佛随时准备缩进去，以便躲避来自一个太粗鲁而不相容的外界的冒犯似的。我真可耻，竟然会有这个连想一想都不该的可憎念头！难道我不了解格雷厄姆太太吗？难道我没有见过她，没有和她交谈过许多次吗？我不是已经确知她无论在才智和心灵的纯洁与崇高方面，都比任何毁损她名誉的人强上不知多少倍？她实际上难道不是我所见过的，甚至想象中存在的女性中最高尚、最值得敬慕的吗？正是这样，而且我会像玛丽·米尔沃德(因为她是个明智的姑娘)那样说道：即使全教区的人，是啊，或者全世界的人把这些鬼话叽里呱啦地灌进我的耳朵，我也不会相信，因为我比他们更了解她。

这时候我愤慨得脑子发烫，我的心似乎随时可能因互相冲突的感情而从它的囹圄中冲出来。我怀着厌恶和憎恨望坐在我身旁的两位小姐，几乎一点不想去隐瞒这种感觉；我刚才因心不在焉，对两位小姐不予理睬、毫不殷勤而受到各方面人们的嘲笑，不过对此我并不在乎；我所关心的，除了我所挂念的那个重大的问题之外，就是要看到那些茶杯放上茶盘之后不再端起来。我想米尔沃德先生会喋喋不休地告诉我们说，他不喜欢喝茶，还说什么把脏水不断地往胃里装，以致再也吃不下更有益的食物，对健康是极有害的，因此他花了很长的时间才喝完第四杯茶。

聚会终于结束了。我站起来，一句道歉的话也没说就离开了餐桌和客人们——我再也受不住和他们待在一起了。我冲出屋外，要在暖和的晚风中凉一凉我的头脑，使我的心平静下来，或者在僻静的花园中热情地恣意胡思乱想。

为了免得人家从窗子里瞧见我，我顺着一条幽静的小径走去，这条小径沿着围墙的一边，尽头处有一个由玫瑰花和忍冬属植物遮蔽着的座位。我在那儿坐下，仔细考虑怀尔德菲尔府那位太太的美德和冤屈；可是我如此思索着还不到两分钟，便听见谈笑声，并从树缝中瞥见移动着的人影，知道所有的人也都到花园里来呼吸新鲜空气了。不管怎样，我还是躲在这凉棚下的一个角落里，希望既不让人瞧见又不受到打扰地继续占有它。可是不行啦——真该死——有人沿着小径走来了！他们为什么不去赏花，不去享用这开阔的花园里的阳光，把这个没有阳光的凹角连同小昆虫和小蚊子统统都留给我呢？

可是当我从这个由树枝交织而成的芬芳的屏风后面向外窥视以探明来者是哪些人时（因为咕咕哝哝的说话声使我知道来者不止一个人），我的恼怒顿时平息了，一些迥然不同的感情搅动了我那还未平静下来的心灵，因为原来是格雷厄姆太太正沿着小径慢慢走来，身旁是阿瑟，并无其他人。怎么只有她母子俩？是不是那些破坏别人名誉的舌头的毒气已经在所有的人中散布开了？难道他们全都不理睬她了吗？此刻我想起来了：傍晚来临不久曾瞧见威尔逊太太把她的椅子移近我的母亲，身子朝前倾着，显然是在传递什么重要而秘密的消息；她不停地晃着脑袋，屡屡扭歪她那张皱脸，那双难看的小眼睛一会儿使一下眼色，一会儿又恶意地眨眨，根据这些表情，我可以断定是什么猥亵的丑闻叫她使出了浑身解数；再从她传消息时的那种唯恐让人听到的谨慎神态，我猜想准是哪位当时在场的人成为她诬蔑的不幸对象了；由这些迹象以及我母亲那震惊和疑惑交集的神色和手势看来，我现在可以断定那个对象就是格雷厄姆太太。由于唯恐我的出现会把她赶跑，因此我在她尚未走到接近小径尽头之前没有走出我的隐蔽处；后来当我真的迎上去的时候，她站住了，似乎打算往回走。

“哦，马卡姆先生，别让我们打扰你！”她说。“我们来这儿是想找个安静的地方，并非要闯入你的藏身之所。”

“格雷厄姆太太，我不是什么隐士——尽管我承认我这么做确实像是个隐士——那么无礼地撇下了我的客人们。”

“当时我担心你不舒服了，”她说道，显出真诚地关心的神色。

“当时我是感到有点儿不适，不过现在已经好了。请在这儿坐一会儿，休息一下，告诉我你喜欢不喜欢这个凉棚。”为了稳住他的母亲，我说着便抓住阿瑟的双肩，把他提起来，安放在座位的中央；格雷厄姆太太承认这儿确是个颇吸引人的避难所之后，便一下子倒坐在一个角落里，我则坐在另一个角落里。

不过“避难所”这个词儿使我不安。莫非他们的不和善态度真的逼得她要找个独个儿可以安静一下的地方了？

“他们为什么要撇下你一个人不管？”我问。

“是我自己离开他们的，”她微笑着答道。“对于闲聊我实在厌烦得要死——任什么都不能使我这么厌烦的了。我没法想象他们怎么能那样谈个没完没了。”

我见她那么认真地感到惊奇，禁不住笑了。

“他们是不是认为自己有义务要说个不停？”她追问道，“因此也就从不停下来思考，一当找不到真正有趣味的话题时，便漫无目标地谈些琐事，毫无意义地一遍遍重复以消磨时间——要不就是他们真心喜欢这么谈吧？”

“他们很可能是这样，”我说。“他们肤浅的思想里容不下什么了不起的见解，他们简单的头脑让琐碎小事给冲昏了，而这些小事根本就打不动一个更有思想的人——他们用来替换这种闲聊的唯一方式是深深地陷入传播流言蜚语的泥沼中去——那是他们的主要乐趣。”

“他们当然并非全是这样的吧？”那位太太听了我愤愤说出的这些话后大为惊讶，大声问道。

“当然不是；谈到具有这种低级趣味的人，我并没有把我妹妹算进去——还有我母亲，如果你把她也谴责在内的话。”

“我无意谴责任何人，当然也没有打算无礼地暗指你母亲。我认得一些有头脑的人，遇上环境逼得他们非那么干不可的时候，在那种交谈中显得非常熟练；不过那是一种我无法夸耀自己也具有的天资。在今天这个场合，我尽可能一直坚持注意听着，可是后来实在支持不住了，这才溜了出来，希望在这个安静的小径上休息几分钟。对于缺乏思想感情交流、不能提供或者获得裨益的谈话，我是十分厌恶的。”

“好，”我说，“那末万一我说话太多使你厌烦，你得马上告诉我，我保证不会生气；因为我有这样的本领：和我所——和我的朋友在一块儿时，无论默不作声或交谈，都感到同样快活。”

“这话我不太相信；不过要真是如此，你正适合做我的朋友。”

“那末在其他方面我全都符合你的愿望吗？”

“不，我并不是这意思。哎呀，这一小簇一小簇的叶子，背后有阳光射进来，多美啊！”她故意换个话题说道。

那些叶子确实很美，平射过来的阳光，时不时穿过在我们前面这条小径对面的密密层层的树木和灌木，照出了一簇簇亮晶晶的绿里带金黄的半透明的叶子，来调剂它们的一片暗绿色泽。

“我几乎巴不得自己不是个画家，”我的同伴说。

“为什么？人家还以为在这种时候你会因自己拥有能够摹绘自然界中种种鲜明可爱的色调的特权而感到欢欣鼓舞哩。”

“并不如此，因为我不像别人那样尽情地去欣赏那些色调，却总是为自己如何才能在画布上创造出同样的效果而绞尽脑汁；又由于那是不可能做到的，这种想法只不过是纯粹的虚荣心所造成精神上的烦恼而已。”

“你可能无法画得使自己满意，但是你努力的成果可能的确能使别人赏心悦目。”

“唔，我终究还是不该抱怨的，因为很少人能像我这样，在谋生的同时从劳累中得到这么多的乐趣。有人来啦。”

看来她对这干扰感到恼火。

“不过是劳伦斯先生和威尔逊小姐罢了，”我说，“他们来享受安静地散步的乐趣。他们不会打扰我们的。”

我辨认不出她脸上显出的是什么样的一种表情；不过我满意地看到其中并不包含着嫉妒的成分。可是我又有什么权利去追究这一点呢?

“威尔逊小姐是怎么样的人？”她问。

“她举止雅致、多才多艺，超出了她的平凡出身和身份；有人还说她像贵妇人，而且平易近人。”

“我本来认为她对人有点儿冷淡，而今天的态度还相当傲慢。”

“她对你很可能是这样的。她可能对你有偏见，因为我想她把你当作情敌呢。”

“我？不可能，马卡姆先生！”她说，显然又惊讶又恼火。

“唔，我对这事一无所知，”我相当固执地答道，因为我认为她的恼火主要是针对我的。

两人这会儿已经走近，只离我们几步路了。我们这个棚架正好隐藏在花园的一角，小径在棚架前终止后拐上那条沿着花园的尽头伸展的更通风的走道。他们走近这个地点时，我从简·威尔逊的面部表情看出她正让她的同伴注意我们；而且根据她那冷冷的讥讽的微笑和我听到的她话中的片言只语，我完全明白她正在让他发觉我们彼此十分相爱。我注意到他脸直红到鬓角，顺便朝我们偷看了一眼，便继续向前走去，神色阴沉，但是似乎对她的话并未作答。

这么看来，他对格雷厄姆太太的确在打某种主意；再说，如果这种主意是高尚的，他也就不会亟欲如此遮掩。她当然是没有过错的，而他则是可憎之极。

这些想法正在闪过我的脑海，我的同伴突然站起来，叫唤她的儿子，说他们现在要去寻找大伙儿了，便顺着小径离去。无疑她已从威尔逊小姐的话中听出或者猜到了一些什么，因此自然要决定终止我们的促膝谈心了，尤其是因为当时我因对以前的那位朋友感到恼怒而双颊发烫，她可能把这个现象误认为我愚蠢无知，难为情得脸也红了。我怨恨威尔逊小姐的原因中又加上了这一个，我越想到她的所作所为就越恨她。

等我加入到大伙中去的时候，傍晚已经将尽。我见格雷厄姆太太已经披戴就绪，准备离去，正向已经回到屋里来的众人告别。我提出——不，是恳求送她回家。当时劳伦斯先生站在一旁跟旁人谈话。他并没有望着我们，可是听到我热切的要求时，话说一半便停下来，等着听她的答话，一听得是拒绝，就继续说下去，神情平静而满意。

她的拒绝是果断的，不过并不是不友善的。怎么劝说，她也不信没有人陪她和她的儿子穿越那些冷僻的小路和田野会是不安全的。她说天还没有黑，不会碰上什么人的；再说，即使碰上了，她也确信他们会是文静无害的。事实上，她是不肯接受任何人特意来陪伴她的，尽管弗格斯自告奋勇要送她，如果他比我更易于被接受的话，而我的母亲恳求由她派一名农场工人护送，都没成功。

她走了以后，对我来说，其余的人犹如一片空白，甚至更糟。劳伦斯试图跟我搭讪，但我断然拒绝了，走到房间的另一部分去。过了不一会儿，聚会散了，他也告辞了。他走到我跟前时，我只装没有瞧见他伸出来的手，也没有听见他道晚安，于是他又说了一声；为了摆脱他，我这才嘟嘟囔囔地回答了一句，不悦地点了点头。

“你怎么啦，马卡姆？”他轻声问道。

我报之以傲慢而愤怒的目光。

“你是不是因为格雷厄姆太太不让你送她回家而发怒了？”他带着一丝笑容问道，这下子把我气得几乎控制不住自己了。

不过我把所有凶狠的答话都吞下肚去，只反问他道——“这关你什么事？”

“是呀，不关我事，”他回答时的那种沉静的口气使我恼火。“只是，”说到这儿他抬眼直盯着我的脸，用一种异乎寻常的一本正经的语气说，“只是，马卡姆，如果你在那方面有什么企图的话，肯定是要失败的；眼看你抱着不切实际的幻想，把你的精力浪费在无效的努力中，我实在难过，因为——”

“伪君子！”我喝了一声，他屏住了气息，神情茫然若失，脸色变得煞白，便一言不发地走了。

我触及了他的痛处；我为此感到高兴。

第十章
订下的约与一场争吵

客人都走了以后，我得知那邪恶的诽谤果然已经当着受害者的面在众人中间传开了。不过罗丝发誓说她根本就不相信，而且以后也不会相信，我的母亲也这么说了，不过我怕她不像罗丝那么真正地坚决不信。她似乎不断地想到那事，不时说出诸如下面这种话，弄得我十分恼火："天哪，谁想得到有这等事！——嘿！我原来就一直觉得她这人有点儿古怪。——你看，女人要装出与众不同的样子是怎么回事。"有一次她还说：

"我一开头就对那种神秘的现象抱有怀疑——就认为不会有什么好结果；不过这的确是件可悲之至的事！"

"怎么啦，妈妈，你不是说过你不相信这些谎话的吗？"弗格斯说。

"我现在也并不相信，我亲爱的；不过，你知道这肯定是有些根据的。"

"根据是世人的邪恶和谎言，"我说，"还有就是有过那么一两次有人瞧见劳伦斯先生在傍晚朝那个方向走去——于是村民就说闲话，讲他是去向那位陌生太太献殷勤的，于是恶意中伤的人就抓住这谣言不放，据以胡凑出他们那一套鬼话来。"

"唔，不过吉尔伯特，她的态度上一定有什么促使人家这么说的地方。"

"你发现她的态度有什么异样吗？"

"当然没有；可是你知道我一向就说她是有点儿古怪的。"

我现在想起：就在当天傍晚，我又大胆前往怀尔德菲尔府。自从一个多星期前我们举行那次茶会以来，我天天设法趁这个府邸的女主人出来散步时去碰上她，可是天天失望而归(肯定是她有意不让我碰上她的)，又天天晚上反复考虑用什么借口再去拜访她。终于我断定自己再也忍受不了与她分离的煎熬(至此你当不难看出我已深深地卷进去了)，于是从书橱里取出一本我认为她可能感兴趣的旧书，然而由于它外表难看又有点儿破旧，我一直没敢拿给她看。此时我拿起书匆匆而去——可是对于她会怎样接待我，以及我自己如何能鼓起勇气以这么无谓的借口去找她，我确实也并非没有种种顾虑。不过也许我可能在田野或者花园里遇见她，要是那样，就不致有太大的麻烦了。使我十分不安的是自己得正正式式地去敲她的大门，等待雷切尔庄重地把我引领到一位感到意外的、冷冰冰的女主人跟前。

可是我的指望落空了。没有看见格雷厄姆太太本人，不过阿瑟正在花园里与他那只顽皮的小狗玩耍。我从园门的上方望过去，把他叫到跟前来。他要我进去，但我对他说，没有得到他妈妈的许可我不能进去。

“我去问她，”孩子说。

“不，不行，阿瑟，千万不可以这样——不过要是她不忙的话，就请她来一会儿，告诉她我有话要对她说。”

他按照我的吩咐跑开了，很快就和他的母亲一块儿回来。她那黑色的鬈发在夏天的微风中飘拂着，白皙的双颊略有点儿红，满面春风，笑容可掬，真是美极了！——亲爱的阿瑟啊！我这次以及过去每一次与她幸福的相会，岂不都是多亏了你吗？——通过他，我立即被免去所有的礼节，既不再害怕又不感拘束。在恋爱时，没有哪个中间人比得上一个欢乐而天真无邪的孩子了——他总是乐于把两颗分开的心胶合在一起，弥合习俗形成的不友好的鸿沟，融化掉冷淡的自我克制的冰块，并推倒那些使男女分开的可怕礼节和傲慢之墙。

“喂，马卡姆先生，什么事？”年轻的母亲说道，带着愉快的微笑走上前来。

“我想让你看看这本书，如果你高兴的话就收下，有空的时候看吧。尽管不是为了什么更重要的事，在这么美好的傍晚我把你请出来，我并不打算为此道歉。”

“叫他进来，妈妈，”阿瑟说。

“请进来，好吗？”太太问。

“好，我想看看你在花园里作了什么改进。”

“还该看看你妹妹送的那些根茎在我培育下长势好不好，”她一边打开园门一边添上一句。

于是我们漫步于花园中，谈论花卉、树木和书本——然后谈了其他事。这是个温和宜人的傍晚，我的同伴也是如此。我一步步地变得越来越热情而温柔了，也许我从来没有达到过这个程度；但是我仍然没有明说什么，她也没有试图加以拒绝；直到后来，我们经过一棵毛萼蔷薇，那是几星期前我以我妹妹的名义送来给她的；她从树上摘下一朵含苞微放的蓓蕾，嘱我带回去给罗丝。

“我可以把它留给自己吗？”我问。

“不行，这儿还有一朵是给你的。”

我并不是默默地把它接过来，而是握住了送花的那只手，同时盯视着她的脸。她听任我握了一忽儿，我瞧见她眼睛里闪过一抹狂喜的光芒，高兴而激动得脸上泛起了红晕——我以为我胜利的时刻来到了——可是她似乎蓦地想起一件痛苦的往事；眉宇之间顿时浮现一片极度痛苦的阴霾，双颊和嘴唇变得像大理石一般苍白；她似乎在内心进行了片刻的斗争——接着猛地用力抽回她的手，朝后退了一两步。

“我说，马卡姆先生，”她以一种极度镇静的语气说道，“我必须跟你讲清楚，我是不想这样做的。我喜欢有你做伴，因为我在这儿很孤独，而你所谈的话比任何人讲的更合我的心意；可是如果你不满足于把我当作一个朋友——一个普通的、冷静的、像母亲或姐姐那样的朋友，那末我现在就得请你走，从此不要再来找我——实际上，我们今后必须保持疏远。”

“那末我就——做你的朋友——或者你的弟弟，或者你所希望的任何别种人，只要你能让我继续来看你。不过，告诉我为什么我同你的关系不能再深一些？”

她茫然不知所措地踌躇了一会儿。

“是不是因为曾经轻率地起过什么誓？”

“是这一类的事，”她答道——“将来有一天我可能会告诉你，但是目前你最好还是离开我；而且，吉尔伯特，别再使我有必要痛苦地重复刚才向你说过的那番话了！”——她热切地添了一句，同时严肃而又和蔼地向我伸出手来。我自己的名字在她的嘴里听上去多么甜蜜、多么像音乐般优美啊！

“我再也不了，”我回答。“不过你可原谅我这次冒犯行动？”

“只要你以后不再这么做就行了。”

“那末我可以不时来看看你吗？”

“也许——可以偶尔来来，假如你不滥用这特权的话。”

“我不会空许愿的，你等着瞧吧。”

“只要你那么做，我们的友好关系马上就结束，就是这么回事。”

“那末你会总管我叫吉尔伯特吗？——这样的称呼听上去更像姐姐在说话，而且会使我记起我们订的约。”

她微笑了，又一次催我走——最后我认为还是听从她的话为好；于是她回进屋去，我则走下山去。不过我正走着的时候，听见马蹄得得的声音，它划破了甜美的傍晚的寂静；我朝那条小路望去，瞧见一个人骑着马在赶来。尽管接近薄暮，我一眼就认出他来：那是劳伦斯先生骑着他那匹灰马。我飞奔着穿过田野——跳过石头砌的围栏——

顺着小路迎上去。他一见到我，猛地勒住他那匹小马，仿佛要掉头往回走，可是再一想，显然断定还是继续照前走他的路为好。到了我跟前，他微微地向我点了点头，挨近墙壁，竭力要走过去——但是我不打算让他这么做，便一把抓住了马笼头，大声喝道：

“嗨，劳伦斯先生，你得解释一下这个谜！告诉我，你上哪儿去，打算干什么——马上说，不得含糊其辞！”

“请你放开马笼头，好吗？”他沉静地说。“你把我小马的嘴弄痛了。”

“你和你的马见鬼去——”

“马卡姆，什么事情使你这么粗暴蛮横？我为你感到羞愧。”

“你回答我的话——要不然就甭想走！我一定要知道你如此背信弃义、要两面手法是什么意思？”

“如果你不放开马笼头，我就决不回答任何问题，即使在这儿站到明天早上也罢。”

“好吧，”我说着便松了手，但是依然站在他面前。

“等下次你能像个绅士一样说话的时候再问我吧，”他回答说，并且又试图走过我的身旁；不过我很快又抓住小马，它对于这种野蛮的对待所感到的惊讶的程度并不亚于它的主人。

“马卡姆先生，你实在太过分了！”后者说。“难道我不能因事务去看我的房客而不受到这样的袭击吗？”

“先生，这会儿可不是处理事务的时间！——现在让我告诉你，我对你的行为有何看法。”

“你最好还是把你的看法推迟到更合适的时节再发表，”接着他中断了自己的话，改口轻声说道——“牧师来了。”

果然牧师就在我的背后，正从他的教区内某个遥远的角落拖着沉重缓慢的步子回家去。我立即放开了这位乡绅，于是他便继续上路，在米尔沃德先生身旁走过时向他打了个招呼。

“马卡姆，什么事，是吵架吗？”后者大声对我说道。“而且我料想是与那个年轻寡妇有关的，”他又添了一句，一边带着责备的神情摇了摇头。“不过让我告诉你，年轻人，”说着他把自己的脸挨近我的脸，带着严重而机密的神态，“她不值得你这样！”为了使这一句话更有力，他还严肃地点了一下头。

“米尔沃德先生！”我呼喊道，我那狂怒的威吓声调使牧师先生掉过头来——他吓呆了——对于他所不习惯的这样的无礼大吃一惊，眼睁睁地望着我的脸，那神情显然等于说：“怎么，对我采取这种态度！”可是我怒火冲天，已经顾不上道歉或者再对他说一句话了；我转身急匆匆地赶回家去，大步流星地走下陡峭而崎岖不平的小路，撇下他，随他高兴在后面跟着走。

第十一章
又是这位牧师

应该说又过去了大约三个星期。如今我和格雷厄姆太太已成了老朋友——或者姐弟，因为我们更喜欢彼此如此看待。根据我明白表示的愿望，她管我叫吉尔伯特，而我管她叫海伦，因为我在她的书本中看见过这署名。我难得试图在一星期内去看她两次以上；而且我仍然尽可能使我们显得是偶然相遇——因为我感到有必要十分小心——一句话，我的举止非常得体，因而她从无理由要责备我。然而我没法不察觉她有时显得很不快活，而且对自己——或者对自己的地位不满，而事实上我对后一点也是不满的：这样装出来的姐弟般的冷淡关系实在令人难以忍受，我常常觉得在这一切事中我自己是个罪该万死的伪君子。同时我也看到，或者不如说感觉到，正如小说中的男主人公所谦虚地表达的那样，“我对于她来说，也并非无关紧要”，这在她是不由自主的。我虽然感激地享受着我目前的好运气，却没法不渴望有朝一日能有更进一步的关系，不过我当然是把这个梦想藏在自己心底里的。

“你上哪儿去呀，吉尔伯特？”有次我在农场上忙了一整天以后，傍晚回家喝完茶不久，罗丝问我。

“出去散散步，”我答道。

“你出去散步是不是每次都把帽子这么仔细地刷一遍，把头发梳得这么好，还戴上这么漂亮的新手套啊？”

“不是每次都这样。”

“你要上怀尔德菲尔府去，不是吗？”

“你怎么会这么想的？”

“因为你看上去好像是这样——不过我希望你不要这么常去。”

“你这是胡说，孩子！我每六个星期去一次也不到——你说这话是什么意思？”

“唔，可我要是你的话，我是不会跟格雷厄姆太太这么接近的。”

“怎么啦，罗丝，难道你也接受大家的看法了吗？”

“没有，”她犹犹豫豫地回答——“可是最近我从威尔逊家和教区牧师家都听到很多关于她的话——另外，妈妈还说，如果她是个正经人，就不会独个儿住在那儿——而且，吉尔伯特，难道你不记得去年冬天在那些画上面写上假名字的事？她又作了怎么样的解释——说她不愿意有些朋友或者相识知道她目前的住址，并且担心被他们查出来——还有，那个人来的时候，她又如何突然站起来走出屋子去——她竭力不让我们瞧见那个人，而阿瑟告诉我们说那人是他妈妈的朋友时，样子又那么神秘？”

“是的，罗丝，这一切我都记得，而且我能够原谅你作出这些并不与人为善的推论，因为要不是我对她有所了解，我可能也会把这一切事联系起来，与你一样相信那些推论；可是，感谢上帝，我了解她；除非由她亲口告诉我，要是我竟然会相信人家说她的任何坏话，我就配不上称为男子汉。——罗丝，我宁可相信人家关于你说的同样的坏话。”

“唉，吉尔伯特！”

“那末，你认为我能够相信任何那一类的话吗——威尔逊一家子和米尔沃德一家子敢于私下传播的一切谣言？”

“我当然不希望你相信！”

“那是为什么呢？——因为我了解你——嗯，我也同样了解她啊。”

“呀，不！对她过去的生活你毫不了解，而且去年这时候，你还不知道有她这么个人哩。”

“这无关紧要。有这样一种情况：通过一个人的眼睛可以看透他的心灵，而且在一小时内对那心灵的高度、阔度和深度所了解到的要比你花一辈子工夫去发现的更多，这是说，要是他或她无意暴露自己——或者你缺乏见识无法领会的话。”

“那末今天傍晚你是去看她啰？”

“当然是的！”

“可是妈妈会怎么说呢，吉尔伯特？”

“没必要让妈妈知道。”

“可是如果你继续发展下去，她总有一天要知道的。”

“发展下去！——在这件事上不存在发展的问题——格雷厄姆太太和我是朋友关系——将来也只是朋友；没有一个活人能阻止这事——或者有权利来干涉我们。”

“可是如果你知道人家怎么议论，你就会注意点儿了——为了她，也为了你自己。简·威尔逊认为你到那个古老的府邸去只能是又一次证明了她的堕落——”

“该死的简·威尔逊！”

“而且伊丽莎·米尔沃德为了你很伤心。”

“我希望她伤心。”

“不过换了我，我就不会这样。”

“不会怎样？——她们怎么知道我去那儿的？”

“没有一件事瞒得过她们，任什么事她们都能查出来。”

“嘿，我哪想得到竟有这等事！——这么说，她们竟敢把我的友谊变成进一步诽谤她的流言蜚语！——总而言之，如果她们没有任何证据，这就证实了她们的其他谎言都是假的。——罗丝，只要有可能，你一定要反驳她们。”

“可是关于这些事她们并不对我明说，只是隐约地暗示和影射，我听了别人讲才明白她们的想法。”

“那好，我今天就不去了，因为时间太晚了。嘿，她们这些该死的可诅咒的毒舌头！”我心灵深处怀着憎恨，喃喃地说。

正在此时，教区牧师走进屋来；我们刚才只顾交谈着，没有听到他在敲门。这位老人很喜欢罗丝，他以他通常的高高兴兴的慈父般的态度招呼了她，有点儿严厉地转向我。

“喂，先生！”他说，“你真成了陌生人啦。已经——我来想想看，”他一边让自己笨重的身躯坐进罗丝殷勤地移到他身旁的扶手椅中，一边慢条斯理地接着说下去，“我算了一算，你上次光临——我家——至今刚巧是——六个——星期了！”他说这话时几字一顿，并且用他的手杖击着地板。

“是这样吗，先生？”我说。

“对，是这样！”说着他还点头表示肯定，然后继续用一种愤怒的严肃神情凝视着我，把他那根结实的手杖夹在两个膝盖之间，两手紧紧握住手杖的头。

“我这一阵很忙，”我说，因为对方显然要我道歉。

“很忙！”他用嘲笑的口吻跟着说了一句。

“是的，你知道我在收干草，现在已经开始收割了。”

“哼！”

正在此时我的母亲走了进来，她对这位可尊敬的客人喋喋不休地表示热烈欢迎，这使形势起了于我有利的转移。她表示深深惋惜他没有稍早点儿来到，赶上喝茶时间；不过只要他能赏脸喝一点，她表示马上就去准备。

“请不要为我准备什么，我向你道谢，”他回答说，“再过几分钟我就要回家。”

“啊，请一定留下喝一点！五分钟就可以煮好。”

但是他威严地挥了一下手拒绝了。

“马卡姆太太，让我告诉你我要喝什么吧，”他说，“我要喝一杯你那上好的麦芽酒。”

“十分愿意！”我的母亲嚷道，欣然就去拉铃，吩咐端来那受欢迎的饮料。

“刚才走过你们家时，”他接着说，“我想就进来看望你们并且尝尝你们自酿的麦芽酒吧。我刚才拜访了格雷厄姆太太来着。”

“你真的去了吗？”

他严肃地点了一下头，还用威严的强调语气补充道：

“我认为我义不容辞得这么做。”

“真的吗！”我的母亲突然喊道。

“为什么是这样，米尔沃德先生？”我问道。他有点儿严厉地朝我望望，然后转向我的母亲，重复说：

“我认为我义不容辞！”说着又把手杖击一下地板。我的母亲坐在对面，敬畏而又钦佩地听着。

“‘格雷厄姆太太，’我说，”他接着说下去，边说边摇着头，“‘有些可怕的传说！’‘都说些什么，先生？’她装出不懂我的话意的样子问。‘作为——你的牧师，我有——责任——把我本人认为你品行中应受指摘之处、有理由怀疑之点以及别人告诉我的有关你的事统统告诉你。’——于是我告诉了她！”

“你这么做了，先生？”我从椅子上跳起来，用拳头猛击一下桌子喊道。他仅仅朝我望了一眼，便接着——向他的女主人说：

“马卡姆太太，这可是桩痛苦的职责——但是我还是告诉了她！”

“那她听了怎么样？”我的母亲问。

“我怕是无动于衷——无动于衷！”他沮丧地摇摇头答道，“同时又强烈地流露出不纯洁的错误感情。她脸色发白，以一种凶狠的态度咬紧牙关，倒抽了一口气——但是她并不作任何辩解，而是显出一副厚颜无耻的镇定样子——对于一个这么年轻的人来说，这种态度教人见了确实感到震惊——这等于在对我说我的告诫徒劳无益，我这牧师的劝告对她来说是浪费——甚至我在那儿说那些话时，我这个人使她感到不快。于是我终于离开了她家，因为已经显而易见毫无办法了——见她如此无可救药使我十分痛心。不过，马卡姆太太，我已经坚决拿定主意，我的女儿们——决——不能——同她交往。对于你的女儿，你会采纳与我同样的决心吗？至于你的两个儿子——至于你，年轻人……”他板起面孔转向我，继续说道。

“至于我，先生——”我开口了，可是我的嗓子被什么东西哽住了，我狂怒得全身上下直哆嗦，便不再说下去——而是采用了一种更明智的办法：一把抓起帽子冲出房间，随手把门砰的一声关上，用力之猛使房子的地基都震动了，并且使我母亲尖叫起来——这一来使我那激动的情绪一时有所缓解。

下一分钟我已经朝着怀尔德菲尔府的方向大步流星地匆匆赶去——究竟抱着什么意图或者目的，我自己也说不上来，可我就是得跑到什么地方去，而其他的目的地都不行——我也一定得见见她，并且同她谈谈——这是肯定的，不过要说什么或者做什么，我却并无明确的打算。如此激烈的想法——这么多不同的决心——都涌上我的心头，使我思想中满是相互冲突的激情，简直乱成一团。

第十二章
一次私下谈话和一个发现

过了二十分钟多一点儿，这段路程就走完了。我在园门前停下，擦抹淌着汗水的前额，舒了舒气，使自己略微镇定一些。一路上的匆匆步行已经使我的激动心情稍为平息一些了，于是便踩着坚定而平稳的脚步顺着花园里的走道慢慢走去。当经过这幢房屋中住人的那一边厢时，我通过打开着的窗户瞥见格雷厄姆太太在她那间静悄悄的房间里来回踱着。

她见我来到，显得很激动，甚至很沮丧，仿佛以为我也是来谴责她似的。我来找她原是为了世人对她如此恶毒，要慰问她一番，并且帮她把教区牧师和那些向他通风报信的坏人痛骂一顿，可是这会儿我觉得实在害臊，没法提及那个问题，便决定除非她先开头，我将一字不提。

“我来得可不是时候，”为了使她打消疑虑，我装出一副实际上并不感到高兴的样子说，“不过我不会待很久的。”

她向我笑了，尽管只是淡淡的一笑，却十分友善——我几乎要说那是感激的笑容，因为她不再担心了。

“你显得多么忧郁啊，海伦！你为什么不生个火？”我把这个阴暗的房间环视了一周后说道。

“现在还是夏季哪，”她回答。

“不过我们在傍晚总是生火的——只要我们受得了——而你，在这幢冷冰冰的房子和这个沉闷的房间里，生个火尤其需要。”

“你该早点儿来，那样我就会为你生个火，可是现在是划不来了——你说自己不准备待多久，而阿瑟已经睡了。”

“不过我还是喜欢有个火。如果我拉铃，你会不会吩咐生火？”

“怎么啦，吉尔伯特，看上去你并不冷呀！”她说，一边微笑着凝视我的脸，这张脸确实是显得够暖和的。

“我不冷，”我答道，“可是在我走之前，我要看到你舒舒服服的。”

“我舒舒服服！”她苦笑着重复了这句话，仿佛在这个主意中有什么引人发笑的荒谬之处似的。“目前这样子对我更合适，”她带着一种无可奈何的悲哀声调补充了一句。

可是我还是固执己见，拉了铃。

“瞧，海伦，来了！”当我听见雷切尔应召而来的脚步声逼近时说道。她也只好转过身去吩咐那女仆生火。

她走出房间去办这事之前向我投来的那种眼光，使我直至今日还怨恨她。那是一种愠怒、猜疑和爱打听别人私事的目光，明摆着是在查问：“我想知道你究竟为什么要到这儿来？”她的女主人并非没有注意到，不安的阴影顿时笼罩着她的眉宇之间。

“吉尔伯特，你不能待得太久，”房门关上后她说。

“我不会待得久的，”我有点儿暴躁地答道，虽然除了那个爱管闲事的老太婆之外，我心中对任何人都不存一点儿怒气。“可是海伦，在我走之前我有话要对你说。”

“什么话？”

“不，现在不说——我还不知道具体是些什么话——或者怎么说，”我回答，我说的是实话但却不够明智；接着又担心她会赶我走，我便开始谈些无关紧要的事以赢得时间。在这段时间里，雷切尔进来点火，她把一根赤热的拨火棒插在壁炉的栅栏间已放好准备点燃的燃料中，不久火便着了。临走时，她再一次用她那不客气的冷酷目光朝我瞪了一眼，我则不把它放在心上，继续讲我的话；我为格雷厄姆夫人在壁炉的一边放上一把椅子，在另一边为自己搬来一把，便擅自大胆坐下，尽管我有几分相信她更希望我走掉。

过了片刻，我们两人都陷入了沉默，一连好几分钟出神地凝视着炉火——她只顾悲哀地想心事，我则想着如此坐在她近旁有多快活，没有任何人在场来妨碍我们的交流——连我们的共同朋友阿瑟也不在场，这是前所未有的事——要是我能大胆向她倾吐衷肠，把心中已经压抑这么久的满腔热情倾吐出来，那该多好啊！这会儿我的心正竭尽全力使这份热情不暴露出来，可是看来不可能再坚持多久了——我还反复思考着以下做法的利弊得失，即：当时当地就向她敞开我的心，恳求她回答我的爱，允许我从此把她看做是属于我的，让我有权利尽力保护她，使她不受到恶毒的人的诽谤。我一方面对于自己的说服力产生了新生的信心——深信我自身炽热的情绪会授予我雄辩的口才——深信靠我的决心——就是我所感觉到的那种非成功不可的绝对必要性——必然会使我赢得我所追求的东西；可是另一方面，我又唯恐失去我辛辛苦苦、绞尽脑汁所已赢得的基础，由于一次轻率的努力而破坏了通过时间和耐心等待原可以实现的一切未来的希望。这犹如把我的生命寄托在孤注一掷的骰子上；不过我还是准备下决心尝试。至少我要恳求她给我作她曾有几分答应要作的解释，我要查问何以存在那可恨的障碍的原因，这一神秘的障碍使我得不到幸福，同时我相信也使她得不到幸福。

可是我正在考虑该用什么方式才能最好地提出要求时，我的同伴发出一声轻得几乎听不见的叹息，从她的沉思中醒过来，眼睛朝窗户望去，窗外一轮收获季节的血红的满月[①]刚升到一棵模样可怖而怪诞的冬青树上方，月光射进屋来照在我们身上，她说道：

“吉尔伯特，时间不早了。”

---

① 指每年收获季节9月22日或23日秋分后两周内的头一次满月。

“我知道，”我说。“我想你是要我走。”

“我想你应该走了。要是我那些仁慈的邻人日后知道你今天来过——因为他们肯定会知道的——他们是不会编一套对我很有利的话的。”

她说这话时，带着一种那位教区牧师无疑会称之为凶狠的笑容。

“随他们高兴怎么编好了，”我说。“只要我们对自己满意——对彼此也满意，人家怎么想对你我又有什么关系！让他们同他们那套卑鄙的编派和捏造的谎言一起见鬼去吧！”

我这一发作使她的脸涨红起来。

“那末你已经听见他们议论我的话了？”

“我听见了一些可恶的假话，不过只有白痴才会相信。所以，海伦，你就别为它们烦恼吧。”

“我并不认为米尔沃德先生是个白痴，可他却全都相信；尽管你不重视你周围人的看法，要是你被他们当作是一个说谎者、一个伪君子，被他们认为你在干你所憎恶的勾当，在鼓励那些你所不赞同的恶习，要是你发现你自己的好意受挫，并且由于自己被人想象为一无是处而束手无策，使你所宣称信奉的节操蒙受耻辱；那末，不管作为个人你多么瞧不起他们，你还是要感到很不愉快的。”

“说得对；而且如果由于我粗心大意并且只顾自己而不顾观瞻，以致竟然成为帮凶使你遭受这些诽谤的话，那末我不仅要求你原谅我，还要求你使我能够作出弥补，请你授权让我从所有的诋毁中恢复你的名声，给我权利把你的荣誉视为我自己的荣誉，并把你的名誉视为比我自己的生命更宝贵的东西来加以捍卫！”

“你是否英勇得敢于和你明知周围的人都怀疑和鄙视的那个人联合起来，使你同她的利益和荣誉成为一致？想一想吧！这事可不是闹着玩的。”

“我会因自己这么做而感到骄傲，海伦！——再快乐也没有了——高兴得无法形容！——而且如果单是这个情况阻碍我们的结合，那末这个障碍已经被消除了，因此你一定得——你必须属于我！”

我狂热地猛然从椅子上跳起来，一把抓住她的手，几乎就要把它紧紧按在我的嘴唇上了，可是她同样突然地抽出她的手，极度悲痛地大声说道：

“不，不，不单是这个情况！”

“那末还有什么呢？你答应过有一天会让我知道的，而且——”

“有一天你可以知道——但是现在不行——我头痛得厉害，”她说着用手按在额上，“我必须休息一下——我今天确实够苦恼的了！”她以几乎狂乱的口气又添了一句。

“但是你说了不会对你有什么损害的，”我坚持道，“说了可以使你心情舒畅，而且我就可以知道怎样来安慰你。”

她沮丧地摇摇头。“如果你知道了全部情况，你也会责备我的——还可能责备得比我所应受的更厉害些——尽管我曾经残酷地委屈了你，”她又轻声咕哝了一句，仿佛是在沉思中自言自语似的。

“你，海伦？不可能！”

“是这样，但是并非甘愿如此；因为我当初不知道你对我的依恋之情究竟有多强多深——我以为——至少我竭力使自己认为你对我的关心就像你所表示的那样，仅仅是姐弟之间冷淡如水的情感。”

“或者像你的态度一样？”

“或者像我的态度——原该有的那副模样——带有轻松、自私和浅薄的性质，那——”

“瞧，你确实委屈了我。”

“这我知道；可是有时候我又有疑虑；不过我又认为就让你继续去幻想去做梦，直到有一天成为泡影——或者让你的幻想飘到其他更合适的对象身上去，同时与我仍保持着友好的同情心，总的说来，这么做也不致有多大害处；可是如果我早知道你那么深深地关注着我，并且对我似乎怀有慷慨无私的爱情——”

“似乎怀有，海伦？”

“那末就说你确实怀有吧，我就会有不同的表现了。”

“怎么不同？你给我的鼓励可说是再少不过的了，过去对待我也是再严厉不过的了！而且如果你认为把友谊给了我，并且偶尔让我享受与你做伴和交谈的乐趣——就如你确实始终要我明白的那样，我们的关系决无可能再亲密些了——如果你认为你这样做是委屈了我，那末你就错了；因为像这样的恩宠，单单就它的本身而言，已不仅使我从心底里高兴，而且使我灵魂净化、昂扬和变得崇高；而我宁可得到你的友谊，不要世界上任何其他女子的爱情！”

这一番话并没有给她多大的安慰，她双手抱住一个膝盖，眼睛向上望着，似乎默默地处于极度的痛苦中，正在恳求上天的帮助；接着她转向我，平静地说：

“明天，约摸中午时分，如果你在原野上与我会面，我就把你要知道的事统统告诉你；你听了以后，即使确实不愿意把我作为不值得关心的人而予以抛弃，你也许会明白有必要中止我们的亲密关系。”

“对于这句话我有把握回答说我不会这样；你不可能有这么严重的事得坦白——你一定是在考验我的真诚，海伦。”

“不，不，不，”她热切地连连说道——“我多么希望是这样啊！感谢上帝，”她这么说下去，“我并没有什么重大的罪行得坦白，可是我有些你所不喜欢听的事，也许也是你所不易于原谅的事——是我现在所不能告诉你的；所以我恳求你离开我吧！”

“好，不过你得先回答我这样一个问题——你爱我吗？”

“我不愿回答！”

“那末我就推断你是爱我的；好，我向你告别了。”

她转过身去不让我瞧见她所无法控制的感情；可是我抓起她的手炽热地吻了又吻。

“吉尔伯特，一定离开我吧！”她叫喊道，痛苦得嗓音都发颤了，使我觉得我再不服从未免太残酷了。

不过我在关上房门之前回头看了一眼，见她身子向前靠在桌子上，两手捂住眼睛，抽抽搭搭地啜泣着；然而我默默地退出去了。我觉得如果当时硬要安慰她，只会使她的痛苦更为加深。

要是我把所有的疑虑和推测一一告诉你——也就是我一路下山的时候在我脑中汹涌并此伏彼起的担忧、希望和乱糟糟的感情，光这些就几乎足以写成一本书了。不过我还没有下到半山，一股对被我撇下的她的强烈的同情取代了所有的其他感情，似乎迫切地要把我拉回去：我开始自忖道，“我为什么要这么快地朝这个方向赶路呢？我能找到安逸或者安慰——安宁、确信、满足和一切——或者任何我在家中所需要的东西吗？我能把我所有的烦扰、悲伤和忧虑都在那儿卸下吗？”

于是我转身朝那幢古老的邸宅望去。除了几个烟囱之外，在我眼前的缩短了的地平线上看不见什么。我往回走，要把那幢邸宅看得清楚些。等到它在我视野中升高了，我驻足片刻看着它，接着继续朝这个吸引着我的黑魆魆的目标走去。有样什么东西在召唤我走得近些——再近些——请问，为什么不走近些呢？对于我来说，凝视着这座古老巍峨的大楼岂不比回家更有利吗？此时万里无云的天空中那轮满月正静悄悄地照耀着——月光带有8月夜晚所特有的暖黄色光辉——在这座大楼里正待着我所深深爱着的心上人；而在我家里，到处都比较明亮、富有生气、气氛愉快，因而与我此刻的心情是有抵触的——家里的人令人可憎地或多或少都相信那些谗言，我一想到这事，就怒不可遏——这便更使我对我的家有抵触情绪了。我怎么受得了听他们公开地断言——或者谨慎地含沙射影——哪一种方式更糟呢？——我已经够烦的了，因为有个喋喋不休的恶魔老在我耳边轻声说“可能是真的”，直到我终于大声嚷道，“不是真的！我看你还敢叫我那么想不！”

我能瞧见从她客厅窗户透出暗淡地闪烁着的红色火光。我走到花园的墙前站住了，把身子俯过墙头，眼睛盯住窗上的铁栅，很想知道她这会儿在干什么、想什么或者为什么事痛苦着，巴不得自己在离去之前能对她说上一句话，或者甚至只要能朝她看上一眼。

我这样盯望着、渴望着、纳闷着，没过多久便跃过墙头，因为无法抵挡非要透过窗子朝屋里看一眼的诱惑，只想知道她是不是比我们分手时镇静了一些——要是见她仍然很苦恼，也许就可以放胆去安慰她几句——向她说出我先前原该说的许多话中的一句，而不要因自己愚蠢的急躁情绪而加深她的痛苦。我探首望去。她的那把椅子空着，屋子里也空无一人。可是正在此时，有人打开了外面的门，有个声音——是她的声音——说道：

“出来吧——我要看看月亮，吸吸夜晚的空气；要是有什么对我有好处的话，那就是这两样东西。”

看来是她和雷切尔两人走到花园里来散步了。我巴不得自己此时已经安全地回到了墙的另一边。不过我正站在高大的冬青树丛的暗影中，它位于窗户和门廊之间，此刻正好把我遮住，使人家看不见我，但并不妨碍我看见有两个人向前走到月光中来：是格雷厄姆太太，后面跟着另一个人——不是雷切尔，而是一个年轻人，身材细长而相当高。天哪，我的太阳穴猛地搏动起来！剧烈的焦急情绪使我的视力变得模糊了；不过我想——没错，那嗓音也证实了——那人是劳伦斯先生。

“海伦，你不该让这事使你这么担心，”他说，“以后我小心些就是了；而且总有一天——”

我没有听见其余的话，因为他在走时挨得她很近，说话声又很轻柔，我听不见说些什么。我恨得心都快要迸裂了。不过还是集中注意力要听她的答话。这我可是听得够清楚的。

“可是我一定得离开这儿，弗雷德里克，”她说——“我在这儿决不可能快活——其实，在其他任何地方也都不可能快活，”她带着毫无欢乐的笑声添了一句，“我在这儿无法安心。”

“但是你在哪儿能找到比这儿更好的地方呢？”他应道——“这么僻静——离我又这么近，如果你朝这方面考虑的话。”

“是的，”她打断了他的话，说，“这正是我所希望的一切，只要人家能不打扰我就好了。”

“不过无论你到哪儿去，海伦，都会同样有人来使你烦恼的。我不能同意失去你；我非跟你一起去不可，要不就是来这儿找你；在其他地方同这儿一样也有管闲事的蠢货。”

他们这样交谈着，一边慢步经过我的身边，沿着小径走去，于是我不再听得见他们的谈话了；可是我瞧见他伸出手臂搂住她的腰，她亲热地把一只手按在他的肩膀上——接着，一片晃晃悠悠的黑暗遮住了我的视线，我从心底里感到难过，脑袋里好像有火在烧着，刚才被那情景吓得呆若木鸡，此刻才踌踌跚跚地向前冲去，跃过或者是翻过那堵墙——我简直不知道是怎么越过它的——可是我知道后来我像一个怒气冲冲的孩子，一头栽倒在地上，躺在那儿，感到一阵忿怒和绝望——我没法说得上这样过了多久，但一定是相当长久的，因为，我大哭一场，减轻了一部分痛苦后，便抬眼朝月亮望去，见它仍然平静而无忧无虑地照耀着，我的痛苦丝毫没有影响它，它那平和的光辉也同样丝毫没有影响我，我诚挚地祈求上帝让我死去，要不就是忘掉这一切，我站起来向家里走去——没有去注意路线，只是让我的双脚凭着本能把我带到家门口，发现门已经上了闩，除了我的母亲，全家人都已入睡。我不耐烦地敲着门，她便急忙打开门，用一大堆问话和训斥来迎接我：

“唉呀，吉尔伯特，你怎么可以这样？你到哪儿去啦？快进来吃晚饭——我已经把饭都准备好了，尽管你在今晚莫名其妙地离了家，一直使我惊恐着，因此你是不配吃这顿饭的。米尔沃德先生很——哎呀这孩子！他的脸色多怕人呀！天哪！出了什么事啦？”

“没事，没事——给我一支蜡烛。”

“可是你不吃点儿晚饭吗？”

“不吃，我要睡觉去，”我说着便拿起一支蜡烛，就着她擎在手中的那支蜡烛点火。

“唉呀，吉尔伯特，你发抖得多厉害呀！”我那忧心忡忡的母亲大声嚷了起来。“你的脸色多么苍白呀！——来，一定得告诉我是怎么回事？发生什么事了吗？”

“没什么事！”我叫喊道，眼看就要恼火得顿脚了，因为蜡烛一直点不着。接着我忍住怒气，补充道，“我刚才走得太快，就是这么回事。晚安，”说毕径直走去睡觉，不理睬在我身后从楼下传来的话：“走得太快啦！你到哪儿去了？”

我的母亲一直跟到我的房门口，关于我的健康和行为，又是盘问又是劝告，唠叨个不停；我则恳求她别管我，明晨再说，于是她便退去，我终于满意地听见她关上她自己房门的声音。可是由于我认为那天晚上我是睡不着的，因而也就不打算去睡，让自己在房间里快步地踱来踱去——我事先已经脱下靴子，免得我母亲听见。可是地板吱吱嘎嘎地响了起来，而她正注意着我的一举一动。果然我踱了还不到一刻钟，她又来到了门前。

“吉尔伯特，你为什么不上床——你自己说要睡觉去的？”

“讨厌！我就要去睡了，”我说。

“可是你为什么这么久还没睡？你一定有心事——”

“看在上帝的面上别管我，你自己睡觉去！”

“究竟是不是格雷厄姆太太使你这么苦恼？”

“不是，不是，说真的——没事呀！”

“但愿也许真的没事！”她咕哝道，叹了一口气，便回自己的房间去，我则往床上一躺，想到她剥夺了我那似乎是仅剩的一点点安慰，非要把我拴在这只该死的好像布满荆棘的床铺上不可，便极其不孝地对她大感不满。

我从没经历过如此漫长而又悲惨的夜晚。然而我并没有彻夜不眠；接近黎明时，我的那些令人心烦意乱的念头开始彻底失去了连贯性，形成了乱糟糟的、狂热的梦，接着我终于失去一切知觉，酣睡了一阵。可是随后来到的黎明又充满了痛苦的回忆——醒来发现生活是一片空白，而且比空白更糟——充满了折磨和苦恼——并非仅是一片荒芜的不毛之地，而是荆棘丛生——发现我自己受蒙骗、被愚弄、毫无希望，我的爱情遭到践踏，我的天使原来不是天使，而我的朋友原来是个魔鬼的化身——这一来比我根本没有入睡更糟了。

这是个沉闷阴暗的早晨，气候像我的前景一样也起了变化，雨哗啦啦打在窗户上。不过我还是起床走出门去；尽管去照看一下农田可以作为我的借口，但是我并没有去那儿，而是去凉快一下我的头脑，尽可能使情绪恢复到足够平静的程度，以便在早餐时见到家人不致引起他们扰人的话语。要是我被雨淋湿了，再加上推托自己在早餐前过分劳累，便可以作为我突然胃口不好的理由；要是我感冒了，那末就越严重越好，因为那一来可以把可能将在相当长的期间使我的脸色阴沉的不快心境和忧郁消沉说成是感冒所致。

第十三章
回到工作中去

“我亲爱的吉尔伯特！我希望你对人要尽量和蔼些，”一天早上我毫无理由地发了脾气后，我的母亲就这样对我说。“你说你自己好端端的，还说并没有发生什么使你伤心的事，可是我从没见到过有谁像你在这几天里变化得那么大，你对任何人都出言不逊——对朋友和陌生人也好，对同等人和下人也好——全都这样。我可真希望你克制一下。”

“克制什么？”

“怎么，就是你那莫名其妙的火气呀。你不知道这样做把自己糟蹋成什么样儿了。我确信从本质来说，没有谁比你的性情更好了，如果你公平对待它的话；因此你在那方面是找不到借口的。”

她如此规劝着我的时候，我拿起一本书，把它打开后搁在我跟前的一张桌子上，装出全神贯注地阅读着的样子，因为我既无法为自己辩护又不愿意承认自己的错误，只希望不要再谈这件事。可是我的好母亲却继续教训我，接着又用好话哄我，并且伸手抚摩我的头发；我正开始觉得自己是个好孩子时，正在屋子里闲逛着的我那淘气弟弟却大声叫嚷，使我又变坏了。他说：

“别碰他，妈妈！他会咬你的。他完全是一只外表像人的老虎。至于我，我是已经放弃他了——完全与他脱离关系了——把他彻底扔掉了。我要是离他六码以内，命就难保了。那天为要逗他乐，我唱了一首悦耳无害的爱情歌曲，但他几乎把我的脑壳也打碎了。”

“哎哟，吉尔伯特！你怎么可以这样！”我的母亲惊叫起来。

“我事先就叫你别吵闹的，这你知道，弗格斯，”我说。

“是啊，可是我向你保证那是不会打扰你的，接着便唱起下一节来，还以为你会比较喜欢它，哪知你一把抓住我的肩膀，把我猛力推开，正撞在那儿墙上，你使了那么大的劲，我还以为我已经把舌头咬成了两截，并且就会看见自己脑浆涂地；不过我伸手摸了一下脑袋，这才知道我的脑壳并没有开花，我认为这的的确确是个奇迹。可是这个可怜的家伙！”他感伤地叹了一口气，补充说道，“他的心碎了——这就是事实真相——而他的脑袋——”

“你这会儿静一静好吗？”我嚷道，倏地站起来，恶狠狠地看着他，母亲见状以为我要重重揍他了，就伸手按住我的手臂，恳求我别碰他，于是他便悠悠自得地走出房去，双手插在口袋里，唱着“我要不要为了一个美人儿”这句歌词①来惹怒我。

“我不会碰他，免得玷污了我自己的手指，”对于我母亲的说情我如此作答。“我也不会用拨火棒戳他。”

此刻我想起了自己还有事要找罗伯特·威尔逊，那是有关购置一块与我家农场毗连的田地的一笔买卖的——这件事我已经一拖再拖没有去办，因为如今我对一切都不感兴趣，而且有点愤世嫉俗；我还特别不愿意遇见简·威尔逊或者她的母亲，因为尽管如今我有充分理由相信她们所说关于格雷厄姆太太的那些事，我并不因此而更喜欢她们一丁点儿——对于伊丽莎·米尔沃德也是如此——因此一想到与她们见面就使我更反感，因为如今我已经不能像以前那样顶住她们那种表面上看来似乎正确的诽谤并因富有自信而得意洋洋了。不过今天，我已拿定主意作出努力再抓起本分工作来。尽管我觉得工作索然寡味，但是终日无所事事令人厌烦——无论如何，工作还是有好处的。如果说生活并没有使我在所干的行当中有可能获得乐趣。至少它也没有把我诱离我的工作；从今以后，我要拼命地干活，像任何一匹对它的活

① 这是根据英国诗人乔治·威瑟（1588—1667）的著名十四行诗谱的曲子。

儿已经相当习惯了的干苦活的拉车马，拖着沉重的步子走过我的一生，如果说不讨人喜欢的话，也并非毫无用处。如果对我自己的命运不满意的话，也并不怨天尤人。

如此下定决心后，我带着一种闷闷不乐的顺从心情——如果可以用这个词儿的话——踏上去拉伊科特农庄的路，我几乎并不指望在一天的这个时间能碰上这个农庄主人在家，只是希望能够获知在农庄的哪个部分最有可能找到他。

他不在家，不过说是再过几分钟就会回来；于是我被请进客厅去等。威尔逊太太在厨房里忙着，但是客厅里并非空无一人；我跨进屋时几乎没能制止住自己下意识的退缩，因为威尔逊小姐正坐在那儿与伊丽莎·米尔沃德聊天。不过我决心要显得冷漠而又有礼。伊丽莎似乎也作出与此相同的决定。自从那天傍晚的茶会以来，我们没有见过面；可是她并没显出高兴或者痛苦的情绪，没有试图要显得凄楚哀婉，也没有自尊心受到伤害的表现；她心情冷静，举止有礼。她的神情和态度甚至显得从容不迫，兴致勃勃，使我自叹不如；可是在她那表情丰富的眼睛里深深地含有恶意，这明明是要让我知道她并没有宽恕我，因为尽管她不再希望赢得我，她仍旧恨她的情敌，而且显然以向我发泄怒气为乐。另一方面，威尔逊小姐则和蔼可亲、谦恭殷勤得无以复加，虽然我没有心情多谈话，那两位小姐之间却能没完没了地谈家常。然而伊丽莎利用了谈话的头一次间歇，问我最近有没有见到格雷厄姆太太，用的虽然只不过是随便问问的口吻，却斜着眼瞟了我一下——想要装出开玩笑的调皮神态——而实际上却是充满了恶意。

“最近没有，”我以毫不介意的口气答道，用目光严厉地回击她那可憎的瞟视，因为尽管我竭尽全力要显出无动于衷的神情，却因觉得自己额上浮起了一阵红晕而非常恼火。

“什么！你已经开始厌倦了不成？我原以为那么高贵的人儿会有能

耐至少把你迷上一年哩！”

“我希望这会儿最好不要谈她。”

“啊！这么说你终于承认自己的错误了——你终于发现你那位天仙并非纯洁无瑕——”

“伊丽莎小姐，我希望你不要谈她。”

“哎呀，对不起啦！我看出丘比特向你射出的箭太锋利了，你的创伤深入皮下，还没有愈合，因此每次提到那位亲人儿的名字，伤口又会出血。”

“不如这么说吧，”威尔逊小姐插嘴道，“马卡姆先生觉得当着正直的女性的面，那个名字是不值一提的。我不明白，伊丽莎，你怎么竟然会想提起那个倒霉人——你应该知道提起她来，这会儿在场的任何人都决不会感到愉快的。”

这教我怎么受得了啊？我站起来，正要抓起帽子朝头上一盖，气冲冲地走出屋子，可是一转念——及时地保持了自己的尊严——此举是愚蠢的，只会为了一个我内心中也承认不值得为之作出最小的牺牲的人，而让折磨我的女子们嘲笑我，并引以为乐——不过我先前对她的崇敬和钟情的残余阴影仍然笼罩在我周围，以致听到她的名字任人诽谤就受不了——于是我仅仅走到窗前，拼命把嘴唇咬了几秒钟，极力抑制剧烈起伏的胸膛，对威尔逊小姐说我见不到她哥哥的影子，我的时间又很宝贵，也许最好还是明天再来，在能肯定碰到他在家的时候来。

“啊不！”她说，“你要是再等上一分钟，他肯定会到家的，因为他有事要去L镇〔这是我们那集镇的名字〕。他在去之前需要吃一点点心的。”

因此我便尽可能装出乐意的姿态顺从了她；而且很幸运，我没有等多长时间，威尔逊先生不久便回家来了。尽管当时我没有心思办事，对那块田地和它的主人也毫不关心，我还是以非常值得称许的坚强决心强迫自己去注意手头的事情，与他迅速达成了交易——这位节俭的农庄主对这笔交易可能比他所承认的更满意。然后撇下他去津津有味地吃他那丰盛的“点心”，我则高兴地离开那幢宅第，径直照料我的收割工人去了。

我让工人们在溪谷坡上忙着劳作，自己向山上走，打算到地势较高的一块小麦田去观察一下，估计什么时候可以开镰收割。但结果那天我没有去成，因为我走近那块地时，瞧见格雷厄姆太太和她的儿子正在前面不远处迎面走来。他们看见了我，而且阿瑟已经跑过来迎接我了；可是我马上转身踏着坚定的步子走回家去，因为我已经拿定主意永远不与他的母亲见面了。我不理睬那叫我等一下的尖叫声，继续以均匀的步伐走着[①]；不久他认为没有希望，便放弃了追赶，或者是他的母亲把他叫回去的。不论怎样，五分钟过后我回头望去，他们母子俩已经渺无踪影了。

这件事使我焦虑和不安，简直到了无法解释的地步——除非你能这样解释：丘比特的那些箭对我来说不仅过于锋利，而且上面有着倒钩，正深深地扎在我的心中，而我至今还不能把它们使劲拔掉。不管是什么原因，在那天的余下时间里我感到加倍的痛苦。

---

① 此处原文为 pursued the even tenor of my way，请参阅英国诗人托马斯 · 格雷(1716—1771)的名作《墓园挽歌》(1751 年)第 19 节末句。

第十四章
袭　击

次晨，我想起自己在L镇也有事要办，因此吃过早餐不久就骑上马出发了。天色阴暗，下着蒙蒙细雨，不过这没关系，这样更适合我的心情。这一段路程可能人迹稀少，因为这一天不是赶集的日子，我经过的这条路在其他任何日子也很少行人，不过这对我也更适合。

可是当我的马一路小跑，我细细品味着爱情的苦涩[①]时，听得在我后面不远处另一匹马的脚步声；不过我根本没有去推测骑在马上的人是谁——或者动脑筋去想，直到后来为了登上一个微斜的山坡而放慢速度的时候——更确切地说是我听任我的马放慢它的步子，懒洋洋地走着，因为我自己既已陷入沉思，也就随它高兴慢吞吞地走了——我前进的速度减退了，我那同路人便赶了上来。他走近来唤我的名字，原来并非陌生人——是劳伦斯先生！我握着马鞭的那只手的手指本能地震颤了，好像发生痉挛似的拼命紧紧握住了鞭子；不过我克制了这种冲动，点头回礼，想赶快往前骑去，可是他赶上来傍着我走，开始谈起天气和收成来。我尽可能简短地答复他的问话和见解，一边放慢步子落到后面去。可是他也放慢了步子，还问我说我的马是不是瘸了腿。我向他瞪了一眼——他却心平气和地微笑了。

我对他的这种异常的执拗和若无其事的狂妄态度感到既惊讶又气恼。我原以为我们上次会见时的情况，会留给他深刻的印象，使他从此对我冷淡疏远；不料他反倒显得不仅已把先前所有引起反感的事忘得一干二净，而且还对我目前的所有粗暴言行都不放在心上。以前，我只要露出一点儿口风，或者仅仅是他想象到我的语气或眼光是冷淡的，就足以使他不来接近我，而如今，明摆着的无礼也无法把他赶走。是不是他已经听说我受到了挫折，是不是他此行目的是要来亲眼看一下结果，趁我绝望之际来炫耀自己的胜利？我比原来更坚决地用力握住我的马鞭——可是仍旧克制住不把它举起来，继续默默地赶马前进，等待他更具体地来冒犯我，到那时才打开我感情的闸门，把抑制在内心的汹涌澎湃的怒气倾倒出来。

“马卡姆，”他以他平时那种温和的口气说，“你为什么因为在一个方面遭到了挫折就与朋友们闹别扭？你发现自己的希望落空了，不过这怎么可以怪我呢？你知道我事先告诫过你的，可你就是不肯——”

他不再说下去了，因为我受到了自己手肘旁的一个什么魔鬼的驱使，已经抓起我马鞭较细的那一端——闪电般迅速而突然地——把另一端朝他的脑袋击去。只见他霎时间脸色变得惨白，几滴鲜血从他的脑门淌下来，身子在马鞍上摇晃了片刻，便朝后摔倒在地上。不消说我此时感到了一种兽性的痛快。他那匹小马由于如此奇怪地被解除了背上的负担而吃惊，腾跃起来，踢蹬了几下，接着便利用所获得的自由去啃树篱旁边的草，它的主人则像死尸般一动不动、不发一声地躺在那儿。我把他打死了吗？——我俯下身，紧张得透不过气来，凝视着他那张仰着的死人般的脸，这时似乎有一只冰冷的手抓住了我的心，使它突然停止了搏动。可是不，他的眼睑动了一下，轻轻地呻吟了一声。我恢复了呼吸——他只是跌下来而晕过去了。他活该——这可以教训他此后注意改善礼貌。我是不是应该扶他上马？不。如果是任何其他冒犯我的行为加在一起，我是会这么做的；可是他的过错委实不可宽恕。要是他高兴的话，就自己爬上马背去吧——只要过一会儿就能够的；瞧，他已经在开始动弹、朝四周望了——马就在那儿等着他，正在路边静静地吃草呢。

因此我轻声含糊地诅咒了一声，就让那家伙听天由命，用靴刺轻

---

① 参见莎士比亚的喜剧《皆大欢喜》第 4 幕第 3 场中的一句词“品味着爱情的甜蜜和苦涩”。

触了一下我自己的马，便奔驰而去；当时有种难以分析的错综复杂的感情使我很激动；而且，即令我对之进行分析，或许其结果也不会为我的意向带来十分有利的评价，因为我不能肯定对我干的这件事所感到的一种得意狂喜是不是伴随产生的唯一主要感情。

不过，我的高兴劲儿不久便开始消退了，没过几分钟，我就转身回去照料被我伤害的那个人。我这么做并非出于宽宏大量而一时冲动——也不是出于好心的怜悯——甚至也不是为了担心我殴打这个乡绅之后丢下他不管，使他蒙受更大的伤害，从而可能会给我自己带来什么恶果；这样做完全是出于我良心的呼声，而且我还为自己如此迅速果断地听从它的命令而大大称赞自己——如果用此举所花的牺牲代价来判断其功过就可知我不会错到哪里。

劳伦斯先生和他的小马都多少改变了他们的位置。那匹小马已经溜到原来地点八码或十码以外去了，而他则已不知用了什么办法使自己离开了路中央。我发现他斜倚在路埂上坐着——仍旧脸色苍白，一副虚弱无力的样子，手里拿着他那条如今红色多于白色的麻纱手帕，按在头上。我那一击肯定很有力；可是这事一半得归功于——或者得怪(要是你愿意如此说的话)——那根马鞭，因为它上面有一只很大的镀金马头作为装饰。雨水浸透了的草地很不宜于供这位年轻绅士坐卧；他的衣服沾满泥污，帽子滚进了路另一边的泥淖。然而他牵挂的似乎主要还是他的小马，他正若有所思地注视着它——既忧心忡忡、束手无策，又绝望地听任命运来摆布自己。

不管怎样，我下了马，把它系在最近的一棵树上，先捡起他的帽子，打算轻轻地盖在他的头上，可是他不是认为自己的头不适于戴帽子，就是帽子如今既已被玷污，就不适宜于戴在头上了；因为他把头往后一缩，从我手中拿走了帽子，轻蔑地把它扔在一旁。

“这顶帽子给你戴是够好的了，”我咕哝道。

我做的下一件好事是去抓住他的小马，把它带到他跟前，这不久就完成了，因为那牲畜大体上还是够温和的，只略为退缩并摆动了一会儿，就被我抓住了马笼头——不过接下来我还得帮他坐上马鞍。

“来，你这家伙——坏蛋——畜生——把手伸给我，我来帮你骑上马。”

不行，他厌恶地转过头去。我试图去握住他的手臂。他往后退缩，仿佛与我接触会玷污他似的。

“什么，你不愿意？好吧！你可以在那儿坐到世界末日，我可不在乎。不过我想你不愿让你身体里的血统统流光吧——我且屈尊来帮你包扎一下。”

“请你别管我。”

“哼！这我可再高兴不过了。你可以见鬼去，只要你高兴这样——而且还要说是我把你送去的。”

不过我在丢下他之前，把他小马的缰绳扔在树篱的一根桩子上，还把我的手帕丢给他，因为此刻他的手帕已经被血浸透了。他捡了起来，使出他所有的劲儿，又憎恨又藐视地扔还给我。这一举动把我激怒到极点了。我咒骂了几句，声音虽然不大，却极为深沉，便丢下他由他自生自灭去。我感到十分自满，认为曾要去救他，已经尽了我的责任——却忘了使他陷于目前的境地，原是自己犯的错误，事后向他表示要帮助他时的态度又是多么无礼——便怏怏地做好了承受这个后果的思想准备，以防万一他告我蓄意杀害他——我认为这事未必不可能，鉴于他那么坚决不接受我的帮助，他似乎很有可能怀着这种恶毒的动机。

我又骑上了马，临走前回头看一下他怎么样了。他已经从地上站起，抓住了小马的鬃毛，试图再坐上马鞍，但是才把脚插进马镫，似乎感到难过或者头晕，以致支持不住：他的身子朝前俯下片刻，脑袋垂下靠在马背上，接着再作一次努力，可是仍然徒劳无益，于是又卧倒在我刚才离开时他所躺着的那条路埂上，脑袋靠在泥泞的草皮上，看上去完全像是在家里沙发椅上休息般镇静自若地斜倚着。

我应当不管他愿不愿意都要帮助他——应当把他无法止血的伤口包扎起来，坚持要把他扶上马，送他平平安安地回到家；可是，除了我对他深恶痛绝的感情在作梗，还有对他家的仆人们作怎样交代的难题，——对我自己的家人又该怎么说。我要末该承认打他的事实，同时也得承认我的动机，否则人家就会把我看做疯子——而要我承认后者似乎不可能——要末就得编造一套谎话，而这看来同样行不通——尤其是因为劳伦斯先生可能会吐露全部真相，那一来就会给我带来十倍的耻辱——除非我是个十足的恶棍，利用没有证人在场，坚持自己对此事的说法，把他说成比实际上更坏的坏蛋。没关系，他只在鬓角上方挨了一下，也许从马上摔下来时擦伤了几处，或者被他自己那匹小马踢了几下；似此情况，如果他躺在那儿半天也不至于会死去；再说，如果他自身无能为力，肯定会有人途经此地，因为不可能在一整天中除了我们俩就没有人从这路上走过的。至于今后他打算怎么说，我只好听天由命了：如果他说谎，我就反驳他；如果他照事实说，我就尽量承受。除了我认为适当的辩解话之外，我没有义务对此事多作解释。为了怕引起人家问起吵架的原因，从而把人们的注意力引到他与格雷厄姆太太的关系上去，他有可能宁愿对这事一言不发。而这关系么，不管是为了她还是他自己，看来他是要竭力隐瞒的。

作了这一番推理之后，我骑马小跑到镇上去，及时办理了我的事，完成了我母亲和罗丝托办的各种琐碎事情；考虑到这些事情头绪很多，我办得可算十分精确可嘉了。在回家的路上，我因对不幸的劳伦斯的种种担忧而感到心烦。如果我发现他仍然躺在那块潮湿的地上，精疲力竭且又冻得快要死了——或者已经僵硬冰冷了，那怎么办？这个问题突然出现在我的脑际，使我极不愉快。我走近与他分手的那地方时，这一骇人的可能性犹如一幅令人痛苦的、栩栩如生的图画出现在我的想象中。可是情况并非如此，谢天谢地，人马都已不见，而且除了两样东西，没有留下什么痕迹可以证明我有罪——它们本身确实就够令人恶心的了，而且呈现出一种极为丑恶、且不说是充满杀机的外观——在一处留下那顶浸透了雨水、上面满是泥浆的帽子，帽边的上方已经被那根可恶的马鞭把手揍得凹了进去并且破损了；在另一处是那块深染血渍的手帕，正泡在一个被染成深红色的水潭里——因为这期间下过很多雨。

坏消息一传千里。我到家时还不到四点钟，可是我的母亲就迎上来对我严肃地说：

“哎哟，吉尔伯特！——出了这么个事故！罗丝到村里买东西，听说劳伦斯先生从他的马上摔了下来，送到家里快要死了！”

正如你可能料到的那样，这条消息使我略微感到震惊；不过当我听说他的脑壳可怕地破裂了，一条腿也骨折了，我也就安心了，因为既然我确知这一点有违事实，我就可以相信这消息的其余内容同样也是夸大了的；等我听到我的母亲和妹妹对他的状况那么悲伤地哀叹着，就感到难以制止自己就我所知把他的真正伤势告知她们。

“你明天一定得去看望他，”我的母亲说。

“或者今天就去，”罗丝提议道。“时间很充裕呢。要是你的马已经跑累了，可以骑那匹小马。好不，吉尔伯特？——一吃好东西就走？”

“不，不——我们怎么知道这不是误传呢？这是极不——”

“唉呀，我可以肯定不是误传，因为整个村子都哄传着这件事哩。我遇到过两个人，他们见到了另一些人，后者曾亲眼见到那个发现劳伦斯先生的人，这听上去未必靠得住，可是只要你想一想，就会觉得并非如此。”

“咳，可是劳伦斯是个骑马能手，根本不可能会从马上摔下来；即使摔下来也绝不会那样骨折的。至少，这一定是在胡乱夸张。”

“不会是夸张，也可能是马踢了他——或者其他什么情况。”

“什么，他那匹文静的小马会这样吗？”

“你怎么知道他骑的是那匹小马？”

“他很少骑别的马。”

“无论如何，”我的母亲说，“你明天得去拜访。不管是真是假，有没有夸张，我们很想知道他怎么样了。”

“弗格斯可以去嘛。”

“为什么不是你去？”

“他闲一些。我目前很忙。”

“哎呀！可是吉尔伯特，你对这件事怎么可以如此无动于衷？当你的朋友眼看就要死的时候——在这种情况，你就停止一两小时，不要去照料你的事务了！”

“我可以肯定说，他并不是快要死了！”

“你怎么知道，他也许是快要死了呢，你没见到他就没法知道——无论如何，他一定碰上了什么可怕的事故，你该去看他；你要是不去，他会认为你对他十分不友好的。”

“真讨厌！我不能去。近来他和我两人关系不好。”

“哎呀，我的好孩子！当然啰，当然啰，你不会这么记仇，竟然把小小的不和扩大到——”

“小小的不和，哼！”我咕哝道。

“嗨，只要记住有这个必要！想想看——”

“好啦，好啦，现在别再打扰我了——我会考虑这件事的，”我回答。我说考虑这件事是打算次晨打发弗格斯带着我母亲的问候去作必要的探询，因为要我去是当然办不到的——也不愿托人带口信去。他带回来的消息是：那位年轻的乡绅因脑袋受伤加上一点撞伤而卧床不起（是摔伤的——对此他不愿费神多谈细节——随后他的马又胡闹一通），还染上了重感冒，是在雨中躺在潮湿的地上引起的；不过并没有什么骨折，也没有马上就要死去的可能性。

这么看来，显然为了格雷厄姆太太的缘故，他无意控告我。

第十五章
一次会见及其后果

那天像前一天一样下着雨，不过将近傍晚时分开始放晴了一些，次晨天气可望持续好转。我在户外与收割庄稼的工人们一同在山上。微风轻轻吹拂着麦田，在阳光照耀下自然界中万物一片生机。在银色的浮云中，云雀欢天喜地歌唱。新近的那场雨使空气变得大为清新而洁净，把天空也洗刷了一番，在树枝和叶片上留下了一颗颗闪烁着的明珠，就连农民们见了都不忍心去抱怨这场雨了。可是却没有一线阳光能射进我的心，没有一丝微风能使我的心振作起来；任什么都不能填补海伦·格雷厄姆在我的信任、希望和欢乐中所留下的空虚，或者驱除我的无限悔恨和至今还压在我心头的依依之情的苦味残渣。

当我抱住双臂站着，心不在焉地凝视着还没有受到收割工人打扰的随风起伏的小麦，有样什么东西轻轻地在拉我衣服的下摆，一个不再受我欢迎的细微的声音说了下面这句惊人的话，使我猛地被唤醒了：

“马卡姆先生，妈妈要你去。”

“是要我去吗，阿瑟？”

“是的。你的表情为什么这么怪？”他见我突然转向他时脸上那副出乎意料的神色，又笑又害怕地说——“而且你又为什么这么久不来了？——来吧！——你来好吗？”“我这会儿正忙着呢，”我不知如何回答才好，便如此说了。

他以孩子气的迷惑不解的神情抬头望着我，可是我还来不及再说话，那位夫人本人已来到我身旁。

“吉尔伯特，我一定得跟你谈一下！”她以极力压抑着自己的剧烈的感情的语调说。

我望着她苍白的面颊和发亮的眼睛，不予作答。

“只要一会儿工夫，”她恳求道。“只要离开这儿，到那另一块田地上就行了，”她朝收割庄稼的工人们瞥了一眼，其中有几个以不礼貌的好奇眼光看着她——“我不会耽搁你很久的。”

我陪她穿过树篱的豁口。

“阿瑟，亲爱的，跑去采集那些风铃草吧，”她说着朝稍远处树篱下一些露出来的风铃草指去，我们正沿着这一道树篱走着。孩子犹豫了一下，似乎不愿意离开我的身边。“去吧，亲爱的！”她更急切地催促道，口气虽然并不严厉，却是要求对方即刻服从的，结果得到了服从。

“好吧，格雷厄姆太太？”我镇静而又冷淡地说，因为虽然看出她很痛苦，而且我也可怜她，却因自己有能力折磨她而感到高兴。

她的眼睛盯住我，那眼光直刺入我的心——然而也使我微笑了。

“吉尔伯特，我不问你为什么起了这个变化，”她既悲痛又镇静地说。——“这是我再清楚不过的；不过尽管我很明白其他所有人都怀疑并谴责我，而且也能平静地忍受这一切，可是我却受不了你也这样——在我与你约定的那天，你为什么不来听我的解释？”

“因为我碰巧在那期间知道了你所要告诉我的一切——而且我料想还多了解到了一些事情。”

“这不可能，因为我原会把一切都告诉你的！”她激动地说——“不过现在我不会告诉你了，因为我看你不配！”

她苍白的嘴唇激动得直打颤。

“为什么不配，我倒要问一下。”

她用轻蔑的眼光愤愤地抵制了我带嘲弄的笑。

“因为你从来没有了解我，否则你是不会宁愿去听那些诽谤我的人的话的——我错信了你——你并非我所认为的那种人——走！我不在乎你对我有怎样的想法！”

她转过身去，我就走开了，因为我认为那样做可以狠狠地折磨她一下；而且我相信自己的判断是对的，因为一分钟以后我回头望去，见她半转过身来，似乎希望或者料想我还在她的身旁；接着她站着不动，朝后看了一眼。她的眼神里所表现的与其说是愤怒，不如说是极度的痛苦和绝望，可是我马上摆出满不在乎的样子，假装漫不经心地朝周围看着，并且猜想她朝前走了；因为我还在那儿逗留了一会儿，想知道她会不会再走回来或呼唤我，然后冒险再看一眼，却见她已离得很远，正匆匆地朝田地的那头走去，小阿瑟在她身旁跑着，显然在边跑边说着话；而她则一直转过脸去避开他，似乎要掩饰什么控制不住的感情。于是我又回去干我的活儿了。

不过不久我开始懊悔自己的仓促从事，那么快就离开了她。显然她是爱我的——大概她对劳伦斯先生厌倦了，想要用我来调换他；要是我一开头并没有这么爱她和崇敬她，这种偏爱可能会使我满足并给我乐趣；可是现在发现她所表现的外貌和我心目中的她的内心实际之间——我先前和如今对她的看法之间的悬殊差别使我如此痛心，使我感到如此苦恼，以致无法作任何较轻松的考虑了。

然而我还是非常想知道她原会对我作出什么样的解释——或者要是我如今逼她的话，她会怎么说——她会承认多少事实，会如何力图为自己辩解。我渴望知道在她身上有什么该加以鄙视的，又有什么该予以赞赏的，以及有多少值得可怜、又有多少值得憎恨的地方——这些还不算，我会知道真相。我要再见她一次，在我们俩分手之前，要彻底搞清楚我该以什么样的眼光看待她。我当然是永远失去她了。可是我仍然不忍心想到我们最后一次分手时，双方都那么不和善、都那么痛苦。她朝我看的那最后的一眼已经深入我的心，我没法忘掉它——可是我多傻呀！——难道她不曾欺骗我，伤害我——使我终生失去幸福了吗？——“好吧，无论如何我还是要见她，”我最终作了如此的决定——“不过不是在今天；今天和今天晚上，她可以去想一下自己的种种罪过，好好地痛苦一番；到了明天，我要再见她一次，把她的情况再多了解一些。这次会见可能对她有帮助，也可能没有。——但至少能给被她弄得死气沉沉的生活增添一点兴奋剂，还可能使一些焦虑不安的念头平静下来。”

次日我的确去了，不过是在傍晚时分结束了我当天的工作之后才去，也就是说在六七点钟之间到达她家。当时西下的夕阳把那幢古老的邸宅照得红红的、闪闪发亮，把花格子窗也照得好似冒着熊熊火焰，使那场所染上了不属于它的愉快气氛。我无须详述我走近我先前崇拜的天仙的圣殿时的种种感受——那地方充满了千百个欢乐的回忆和灿烂的美梦——如今却被一个灾难性的事实真相弄得暗淡无光了。

雷切尔把我引进了客厅，便去通报她的女主人，因为她不在客厅里，但是高背椅旁的小圆桌上她的那个小台架还打开着，上面放着一本打开的书。她藏书不多，但是都是经过精选的，我对它们几乎熟悉得如同我自己的书一样；可是这本书我以前没有看到过。我把它拿起来一看，是汉弗莱·戴维爵士[①]的著作《一位哲学家的末日》，在扉页上写着：“弗雷德里克·劳伦斯。”我合上书，但仍握在手中，脸向门、背向壁炉站着，镇静地等着她的到来；因为我相信她会来。过了不一会儿，我听见她在过道里的脚步声。我的心开始怦怦地跳，不过我从内心指责自己，加以制止，这才保持了镇静——至少在外表上是如此。她走进屋来了，显得平静、苍白而泰然自若。

“马卡姆先生，承蒙光临，有何贵干？”她说道，她那严肃而又文静的庄严态度几乎使我仓皇失措，但是我报之以一笑，而且是很无礼

① 汉弗莱·戴维爵士（1778—1829），英国化学家、自然哲学家，矿工用的安全灯的发明者。

的一笑。

“噢，我是来听你的解释的。”

“我曾告诉你我不会作解释，”她说道。“我说过你不配受我的信任。”

“啊，好吧，”我说着便朝门口走去。

“等一等，”她说。“这是我最后一次与你见面，你且慢走。”

我站住了，等待着她再下命令。

“告诉我，”她继续说道，“你根据什么理由相信那些诽谤我的坏话？谁对你说的？他们说了些什么？”

我踌躇了一下。她盯着我的眼睛看，似乎因自觉清白无辜而内心十分坚定。她决心听取对她最最不利的话，并且下定决心敢于冒这风险。“我能够压倒这大胆的气魄，”我自忖道。可是当我正暗自为自己的力量沾沾自喜，却感到很想像一只猫那样来戏弄我的受害者。我让她看我仍然拿在手中的那本书，指指扉页上的那个名字，但是眼睛却盯着她的脸，问道：

“你认得这位先生吗？”

“当然认得，”她回答时倏地涨红了脸——是因感到羞愧还是恼火，这我可说不准了；看来倒更像是后一种情况。“还要问什么，先生？”

“你最后见到他到现在有多久了？”

“谁给你权利用这个或者其他任何问题来盘问我的？”

“啊，没人——答不答复完全随你的便。——好，我来问你——你可听说最近你的这位朋友出了什么事？——因为，如果你没有——”

“我决不允许人家来侮辱我，马卡姆先生！”她对于我的态度几乎怒不可遏，大声嚷道——“要是你只是为此而来，那么你最好还是马上离开这屋子。”

“我并不是来侮辱你，我是来听你解释的。”

“那么我告诉你我不会这么干！”她反唇相讥地说道，同时十分激动地在屋子里踱来踱去，双手紧紧握着，呼吸短促，眼睛里射出怒火来。“对于一个竟然能把这么可怕的猜疑视同玩笑、又如此轻易受人影响而萌生这些猜疑的人，我决不会屈尊为自己作辩解。”

“格雷厄姆夫人，我并没有拿这些话来开玩笑，”我立即改变我那种奚落人的讥讽语气，回答道。“我衷心希望自己能把这些话当作开玩笑！说到易于受人影响而去猜疑，只有上帝知道我直到目前始终是个多么盲目而不轻信他人的傻瓜，对于一切要动摇我对你的信任的事和话，我总是坚持闭上眼睛、塞住耳朵，直到证据本身使我的痴情破灭为止！”

“什么证据，先生？”

“好，我来告诉你吧。你可记得我最后一次来这儿的那个晚上吗？”

“记得。”

“甚至在那时候，你还给了我一些暗示，换了一个聪明一点的人对此是会明白的，可是对我却没有起到这种作用；我继续相信并信赖你，始终抱着一线希望，崇拜着我所不了解的人——可是碰巧我被纯洁而深沉的同情心和炽热的爱情所左右——离开了你之后又折回来——我不敢公然闯进屋去打扰你，但又抗拒不了从窗外瞥你一眼的诱惑，仅仅想看看你当时是怎么个情况，因为我离开你时你显然很苦恼，而且我还多少怪我自己不知克制并过于任性而使你变成这样。如果说我这么干是错误的，那也只能说是爱情激发了我，而且我所受到的惩罚是够严厉的了，因为当时我刚走到那棵树旁，就看见你和你那朋友走进花园里来。在这种情况下，我可不愿意让你们瞧见我，便在阴影下站住了，等你们两人都走过去。”

“那末我们的话你听到了多少？”

“海伦，我听到了足够多的话。而且我亲耳听到那些话对我是有好处的，只有这样才能医治我的迷恋症。我老是这么说和想的：除非我听你亲口讲，任何对你的谗言我都不信。过去我把其他人的所有暗示和断言都看做是毫无根据的恶毒诽谤；对于你所作的自我谴责，我认为是过度夸张；对于凡是处于你的地位似乎无法解释的事，我也深信只要你愿意你是能说出原因的。”

这时格雷厄姆太太已经停止了踱步。她倚在壁炉架的一头，我则站在靠近壁炉架对面一头的地方，她下巴搁在一只捏成拳头的手上，一双眼睛——不再燃烧着怒火，而是激动不安地闪着光——有时候看着我说话，接着扫视对面的墙壁，或者盯住地毯。

“总之你原是应该来找我的，”她说，“来听一下我有什么可以为自己辩护的话。在刚刚那么热情地表示了自己的恋情之后，就这么突然秘而不宣地断绝与我的往来，对于这个变化也始终没有说明理由，这样做未免胸襟太狭窄而太不对头了。你原该把一切都告诉我——不论口气多么恶毒——也比如此默不作声强呀。”

“为了什么目的我该那样做呢？——对于那个只与我有关的问题，你已不能使我领悟得更透彻些了，同样也不能使我怀疑我凭自己的感官所获得的证据。当时我很想立即断绝我们的亲密关系，正如你自己所承认过的那样。如果我知道了一切就可能会是这样；但是我不愿意责备你——尽管（就如你也承认过那样）你把我冤枉得好厉害——是啊，你给我的伤害你是永远弥补不了的——其他任何人也同样不能弥补——你摧残了青年人的朝气和希望，使我的一生成了一片不毛之地！我可能会活到一百岁，可是我再也不能从这一毁灭性打击的影响中恢复过来——也永远忘不了它！从此以后——你笑了，格雷厄姆夫人，”我突然停下来，见到她对自己一手造成的这种灾难性的局面居然微笑，一种难以形容的感觉制止了我的激昂发言。

“我笑过了吗？”她严肃地抬起眼来反问道，“我并不知道自己在笑。要是我确实笑了，那并不是因为我想到自己给你带来伤害而感到高兴——天知道哪怕只要有一点点这种可能性，我就够痛苦的了！——我之所以笑，是因为我发现你心灵中毕竟有着深度和感情，并且希望自己并没有完全看错你的价值而高兴。不过，对我来说，笑和哭很相似，它们都不局限于任何特定的感情；我常常在快活的时候哭，在悲哀的时候笑。”

她又朝我望着，似乎盼望我答复，可是我继续保持沉默。

“你要是发现自己下错了结论，”她继续说道，“会感到特别高兴吗？”

“你怎么可以问这样的话，海伦？”

“我并不是说我能把自己说得完全清白无辜，”她说得又快又轻，同时她的心显然在剧烈跳动，胸脯因激动而起伏不停——“可是如果你发现我比你所想的好些，你会高兴吗？”

“凡是能起码有助于把我以前对你的看法恢复过来的事实、能为我至今仍然对你怀着的敬意作辩解的事实以及能减轻随之而来的那种难以形容的悔恨的折磨的事实，都会再高兴不过地——再热切不过地被接受！”

此时她由于过度激动，双颊发热，浑身颤抖起来。她一言不发，飞奔到她的小台架前，从那儿抓起一本看上去像是厚厚的粘贴簿或者手稿本，仓促地撕下后面几页，把其余部分塞在我的手里，说道，“你没有必要把它全部看一遍，但是把它带回家去吧，”——然后便匆匆走出房去。不过等我离开了那幢房子，正顺着小径走去时，她打开窗把我叫回去，只为了说一句：

“看完就还我，别把你看到的内容向任何人吐露一个字——我相信你的人格。”

我还没能答上话，她已经把窗扉关上转身走了。我瞧见她把身子往后一倒，投在那把古老的栎木椅子上，两手掩住面孔。她的感情已经激动到了一个高潮，使她有必要流泪发泄了。

我赶紧回家，因心情急切而气喘吁吁，一边竭力抑制着满腔的渴望，一到家便直冲上楼，进了自己的房间——尽管此刻还不是黄昏时分，我却先为自己准备了一支蜡烛——然后关上房门，上了闩，决定不让任何人来打扰，便在桌前坐下，打开这部珍本，专心致志地阅读起来——先是急忙翻过一页又一页，东看一句西看一句，接着便定下心来把它从头到尾看一遍。

现在这个本子就摆在我的面前；尽管你阅读时的劲儿当然及不上我的一半，但是我知道你也不会满足于把内容节略一些，因此你将读到全文，除了可能在有些地方删去几节作者暂时感到兴趣的内容，或者那些只会使故事显得累赘而无助于阐明情节的部分。日记开始得有点儿突兀，是这样的——不过我们要把它的开端留在另一章里，并且把那一章题名为：

第十六章

富有经验者的告诫[①]

1821年6月1日——我们刚回到斯坦宁利——也就是说，前几天才回来，我还没有安顿下来，而且觉得似乎永远也做不到这一点了。由于我的姑父身子不大舒服，我们比原计划提前离城[②]——我不知道要是我们在那儿足足住到预定离开的时间，会有什么结果。我最近突然厌恶起农村生活来，对此我觉得很惭愧。我以前所从事过的一切工作如今显得那么沉闷乏味，以前的娱乐显得那么又枯燥又无益。我弹琴奏乐不感到快活，因为没有人来听。我散步也不感到快活，因为总遇不见人。我对书本感到乏味，因为它们对我毫无吸引力；我脑子里萦绕着有关最后几星期的种种回忆，使我无法把注意力放在书本上。只有画画对我最合适，因为我画画的时候能同时想这想那的；而且即使我画的画，除了我自己和那些并不喜欢画的人之外，眼前没法让别人看见，今后还是可能有人会看见的。再说，有一张脸我一直想把它画下来或者来幅速写，但又总画不成；这使我很恼火。至于拥有着那张脸的人，我没法把他从我的脑子里抹掉——而实际上我也从未试着这么做过。我不知道他究竟可曾想到过我，我也不知道会不会再见到他。接下来还可能是一连串其他我想知道的事——那是些得让时间和命运来作答的问题，而最后想到的是：——假定所有其余的问题都得到肯定的答复，我也不知道自己究竟会不会后悔——而我的姑妈，如果知道了我此刻在想什么，是会说我要后悔的。我清清楚楚地记得我们离乡进城的前一天晚上我和她的那一番谈话，当时我们俩挨着火炉坐在一块儿，姑父则因为痛风轻度发作，已经就寝了。

"海伦，"姑妈默默地想了一会后问，"你究竟考虑不考虑结婚？"

"考虑的，姑妈，常常考虑这事。"

“那末你究竟有没有考虑到在这个社交季节结束之前结婚或者订婚的可能性？”

“有时候也考虑到，不过我认为自己根本不可能会这么做的。”

“你为什么这么认为？”

“因为我料想在这个世界上，我想嫁的男人一定寥寥无几；而在这些为数很少的人中间，我可能十之八九永远不会认得一个；换句话说，即使我认得了，这个人碰巧还是单身汉或者会爱上我的机会也仅是二十分之一而已。”

“这根本没有什么可争辩的。你自己主动愿意嫁的人是很少——这一点可能千真万确——而且我也希望真的如此——当然不能认为在没有人向你求婚之前你会希望嫁给任何人，因为一个姑娘没有经过被人追求是不应该献出自己的爱的。不过一遇上有人追求——那颗芳心像堡垒般被团团围住时，它往往在自己的主人还没有意识到之前便投降了，而且除非她极其小心谨慎，还往往是违背她较明智的判断，并且和她原先认为自己能够爱上什么样品质的人的一切想法相抵触的。海伦，我现在要把这些情况告诫你，我要劝你一开始社交生涯就得提高警惕，慎重小心，别让头一个企图占有你的心的傻瓜或者无耻之徒把它偷走。——你要知道，我亲爱的，你才只有十八岁；你有的是时间，而且你的姑父和我都并不急于要把你嫁出去。我敢说向你求婚的人是不会少的，因为你拥有良好的出身、一笔可观的财产和继承遗产的希望，而且我还可以同时告诉你——因为要是我不说，别人也会说的——此外你还长得相当美——并且我希望你永远不会为此感到遗憾！——”

---

① 从本章起，安妮·勃朗特插进了女主人公的日记，故这里的“我”是指格雷厄姆太太。日记讲述七八年前的个人遭遇。

② 指伦敦。

“我也希望如此，姑妈；可是你为什么为此担心呢？”

“因为，亲爱的，对于最坏的那种男人来说，美貌是仅次于钱财的最吸引他们的东西；因而具有美貌的女子往往可能遇上很多烦恼。”

“姑妈，你有没有遇上过那样的烦恼？”

“没有，海伦，”她严肃地以带责备的语气答道，“不过我知道很多人遇上过；有的由于疏忽，受了骗，成为不幸的牺牲品；有的由于软弱，落进了骇人听闻的陷阱和诱惑。”

“好吧，我既不会疏忽又不会软弱。”

“海伦，要记得彼得那回事！别夸口，得注意。[①]注意管住作为进入内心的通道的眼睛和耳朵，以及作为出口通道的嘴巴，免得因一时大意让它们出卖了你。在你还没有吃准和充分考虑追求者的可取之处前，你要对他所献的殷勤一律采取冷淡无情的态度；使你自己只用情于你感到满意的人身上。先进行研究，然后再通过，接下来才是爱。你的眼睛要无视一切表面上的引诱，充耳不听一切迷惑人的谄媚和轻浮的话语。——这些都毫无价值——比毫无价值更糟——是引诱者布下的陷阱和骗局，用来诱使那些轻率的人自取毁灭。总之，那人首先得有原则；其次是有理智、社会地位和适度的财产。要是你嫁了世上最漂亮、最有才艺而表面上最令人愉快的男子，可是却终于发现他是个一无足取的淫棍，甚或是个无用的傻瓜，那时你将被淹没在怎么样的苦海中，你现在是一点不知道的。”

“可是所有那些可怜的笨伯和恶棍怎么办呢，姑妈？要是大家都听从你的劝告，世人岂不很快就绝种了？”

“这你不用担心，亲爱的！那些笨男人和恶棍决不会找不到对象

---

① 耶稣在被捕前，曾对门徒彼得说：“今夜鸡叫以前，你要三次不认我。”彼得说：“我就是必须和你同死，也总不能不认你。”见《圣经 · 新约 · 马太福音》第 26 章第 34 至 35 节。后来果然如此，见同章第 69 至 75 节。

的，因为与他们匹配的女人有的是；不过你得听我的忠告。海伦，这可不是说笑的事啊。你以这么轻率的态度对待这事使我很难过。要相信我，结婚是一件严肃的事。”她说这句话时的神态是那么认真，使人可能会认为她是自己吃过这种苦头才知道的；然而我不再问不恰当的话，只作了如下的回答：

“这我知道，我也知道你说的是实际情况，很有道理；不过你不必为我担心，因为我不仅认为去嫁给一个在见识或者原则方面都欠缺的人是错误的，而且我也决不会动心去嫁给他；因为即使他在其他方面非常漂亮而富有魅力，我也不可能喜欢他；我会恨他——藐视他——可怜他——就是不会爱上他。我的爱情不仅应当建立在对对方完全满意的基础上，而且也将会是和必定是这样的；因为对不满意的人我没法爱他。不用说我应当既能尊重又爱我所嫁的人，因为没有这种前提，我就无法钟情于他。所以请你放心吧。”

“但愿如此，”她答道。

“我明知道必然是这样，”我坚持说。

“海伦，你还没有受过考验呢；因此我们只能希望而已，”她仍然以冷静而谨慎的态度说。

我对她的怀疑感到很恼火；但是我又不敢肯定她的怀疑是完全没有远见的。我担心，自己感到记住她的劝告要比从中得益容易得多——的确，我对她关于这些问题的处事原则是否正确，有时也会提出疑问。就其本身而言，她的意见可能是对的——至少有一些主要的论点是对的；——可是在她的仔细的分析中却忽略了一些东西。我不知道她本人曾经恋爱过没有。

我开始了我的社交生活——或者照我的姑父的说法，我的头一个战役——被主要是由上述的谈话所引起的——种种灿烂的希望和幻想弄得十分激动——而且深信我自己会小心从事。起先，伦敦生活中令人兴奋而又新奇的事物使我很高兴；可是不久我便对它那又纷乱又压抑的生活开始感到厌烦，渴望起家乡的清新空气和自由自在的生活来。我新结识的那些人，不论是男是女，全都不符合我的期望，一个接一个地使我恼火和沮丧；因为过了没有多久我便对察看他们的特色感到厌倦，对他们的种种癖好觉得可笑——尤其是我得把我的批评意见闷在心里，因为我姑妈不要听——而他们——尤其是太太小姐们——显得那么没头脑、没感情、一副矫揉造作的样子，看了真教人恼火。那些先生似乎好一些，不过也许是因为我对他们了解得较少，也许是因为他们奉承了我；不过我并没有爱上其中的哪一个，即使他们向我献殷勤能使我高兴一会儿，可马上又激怒了我，因为这一来暴露了我的虚荣心并且使我担心自己会变得像有几个我藐视之极的女人那样，从而使我对自己非常生气。

有一个上了年纪的先生使我讨厌极了；他是我姑父的一个很富有的老朋友，我相信他自以为对我来说，嫁给他是再好不过的事了；可是，他除了年纪大，还长得丑陋而讨厌——而且我还能肯定是心地险恶的，尽管我姑妈听见我这样说责备了我；不过她也承认他不是个圣人。还有一个不像他那么讨厌而却更教人不耐烦的人；由于她对他有好感，便要把他硬塞给我，在我耳边说了种种赞扬的话。他姓博雷姆，而我则更喜欢把他的姓拼写成 Bore'em①，因为他委实是个讨厌之极的家伙。我如今想起他那嗡嗡嗡的声音灌进我的耳朵，还会不寒而栗，当时他坐在我身旁，尽讲些乏味的话，一讲就是半小时，自得其乐地认为自己是在以有用的见闻来增进我的知识，或者使我牢记住他的一些武断的见解，并纠正我对一些事的错误看法，可能还认为他是降低了自己的水平来同我谈话，以有趣的谈话来逗我乐。然而我相信

① 意为“惹人厌烦”。

他大体上是个相当体面的人；要是他不那么接近我，我可能决不会嫌恶他。实际上这点几乎是无法做到的，因为他不仅老待在我面前烦扰我，还阻止我和更使我愉快的人聚在一起，从中得到乐趣。

然而有一天晚上，在一个舞会上，他把我折磨得竟比平时更厉害，我简直忍无可忍了。——似乎这整个夜晚注定是令人难以忍受的。我刚和一个浮躁轻率的花花公子跳完舞，博雷姆先生便来找我，似乎拿定主意在这个晚上余下的时间里要缠住我不放。他自己从不跳舞，就坐在那儿，把自己的脑袋伸到我的脸前，使所有目击者认为他已经是个确定而被承认的情郎了。我的姑妈始终得意地在一旁看着，并且希望他一帆风顺。为要把他赶走，我发了脾气，甚至表现出露骨的粗暴态度，可是全都徒劳，因为任什么都不能使他相信他的在场是令人不愉快的。我愠怒地一言不发，他却误认为我在洗耳恭听，便谈得更起劲了；我尖刻地回答他，他却以为是少女的活泼的俏皮话，只需要以宽容的态度加以斥责；而我的直截了当的反驳却如火上加油，反倒引出了他的另一些新的论调来支持他那些武断的见解，给我自己招来了他无穷无尽、滔滔不绝的推理来说服我。

不过有一个在场的人显得比较理解我的心情。那是位绅士，他站在一旁，已经有好一阵子注意着我们的讨论，显然对我的同伴那种毫不留情的执拗和我明显的厌烦感到十分有趣，对于我的粗暴语气和我答话中所流露的毫不妥协的精神暗自发笑。不过他最终走开了，去找这家的女主人，显然是为了请她介绍他与我相识，因为过了不一会儿，他们两人就走来了，她介绍他为亨廷顿先生，是我姑父的一位已故友人的儿子。他请我跳舞。不用说我欣然同意了；于是他便成了我在当晚余下时间里的同伴，不过那段时间并不长，因为我姑妈像平时一样，坚决要早点告辞回家。

我舍不得离去，因为发现我这位新相识是一个非常活泼有趣的同伴。在经过我注定得忍受的一番拘谨客套之后，他的一言一行显出某种潇洒而不拘束的优雅风度，能使人心绪宁静豁达。不过在他的态度和讲话方面确实可能太随便大胆了一点，可是由于我心情极好，非常感激他方才使我摆脱了博雷姆先生的纠缠，因而并不生气。

“嗨，海伦，你到底喜不喜欢博雷姆先生？”我们坐进马车驶离以后，我的姑妈问我。

“比以前更不喜欢了，”我答道。

她看上去不高兴了，但没有再提起这件事。

“最后同你跳舞的那位先生是谁？”她顿了一下后继续问道——“就是过分殷勤地帮你裹上你的披巾的那位？”

“姑妈，他一点儿也不过分殷勤；他是在看见博雷姆先生走来要帮我裹上披巾时，才想起来帮忙的；那时他笑着走上前来说，‘来，让我保护你免受打扰吧。’”

“我问的是他是谁？”她板起面孔冷冷地说。

“那是亨廷顿先生，是姑父的一位老朋友的儿子。”

“我听见你姑父谈到过年轻的亨廷顿先生。他这么说，‘他是个好小伙子，这位年轻的亨廷顿，可是我认为太野了点儿。’所以我要你当心一些。”

“‘太野了点儿’是什么意思？”我问。

“意思是没有原则性，易于犯年轻人通常会犯的每一种罪过。”

“可是我听姑父说过他自己年轻时也是个糟糕的野小子。”

她严肃地摇摇头。

“那末我猜想他是在说笑话吧，”我说，“在这一点上他是随便说说的——至少我没法相信在那对笑眯眯的蓝眼睛里会包藏什么祸心。”

“这是错误的推理，海伦！”她叹了口气说。

“咳，你知道，姑妈，我们应该宽厚为怀——再说，我认为这个推理并没有错。我是个拿手的观相家，我总是凭人的相貌来判断他们的性格——并非根据他们长得漂亮还是难看，而是根据总的脸型。譬如说，我可以从你的面相看出你的性情并不开朗乐观；我可以从威尔莫特先生的面相看出他是个毫不足取的老放荡鬼，从博雷姆先生的面相看出他不是个令人愉快的同伴，并且从亨廷顿先生的面相看出尽管他既不是傻瓜又不是恶棍，也可能既不是哲人又不是圣人——不过这与我无关，因为我不大可能再见到他了——除了偶尔在舞会上跟他跳跳舞。”

然而事实上并非如此，因为次晨我又见到了他。他是来拜访我姑父的，为了自己没有早些来而道歉，说他最近才从欧洲大陆回来，直到上一天晚上才听说我姑父已经来到城里；此后我常常见到他；有时候是在公共场所，有时候是在家里，因为他探望老友颇为殷勤，而后者却对于这种关怀并不觉得很感激。

“我真不明白这小伙子这么常来究竟是什么意思，”姑父总是这么说——“你可知道为什么，海伦？——嗨？他根本不需要与我交往，我也不需要他做伴——这是肯定的。”

“那末我希望你就把这话告诉他，”我的姑妈说。

“怎么，为什么？如果我不需要他，也许有人需要哩（他对我眨眨眼）。再说，佩吉，你也知道，他有相当大的一笔财产——尽管不如威尔莫特那么值得去争取，可是海伦是决不同意这桩亲事的；因为不知怎的，这些老家伙就是不受姑娘们的欢迎——尽管他们有的是钱——还有那么多处世经验。我可以用任何东西打赌，她宁可要这个一文不名的小伙子，而不要黄金盈屋的威尔莫特——你是这样吗，内尔[1]？”

“是的，姑父；不过这对亨廷顿先生来说，并不赞美过头，至于要

[1] 内尔为海伦的爱称。

我成为威尔莫特太太嘛，我宁可做个老处女，靠救济过活。”

“那末成为亨廷顿太太呢？你宁可做什么而不做亨廷顿太太，嗯？”

“这要等我考虑之后再告诉你。”

“啊！这么说这事你还得考虑——不过你说说看——你是不是宁可做老处女——且不提靠救济金过活？”

“这得等到有人向我求婚时才知道。”

为了避免更进一步的盘问，我说完这话便立即走出了房间。可是过了五分钟，我从自己房间的窗子向外望，瞧见博雷姆先生朝大门口走来。我很不自在，忐忑不安地等了近半小时，知道随时都会被叫到楼下去，徒劳地指望听见他离去的声音。后来，从楼梯上传来脚步声，接着我的姑妈神情严肃地走进屋来，随手关上了门。

“海伦，博雷姆先生来了，”她说，“他希望见你。”

“唉，姑妈！你难道不能告诉他我不舒服吗？——我实在不愿——见他。”

“胡说，我亲爱的！这可不是件小事。他是为了有非常要紧的事才来的——他要你姑父和我答应把你嫁给他。”

“我希望我姑父和你已经告诉他你们没有权力这么做。他有什么权力在没有问我之前先问别人？”

“海伦！”

“我姑父说了什么？”

“他说他不愿意干预这件事；要是你喜欢接受博雷姆先生恳切的求婚，你——”

“他说恳切的求婚了吗？”

“没有；他说如果你愿意，你可以接受他；而如果你不同意，也可以随你的便。”

“他说得对；那末你说了什么呢？”

“我说什么无关紧要。你打算怎么说？——这才是关键所在。他现在正等着要亲口问你；不过在你去之前要好好考虑一下；如果你打算拒绝他，要把你的理由告诉我。”

“当然我是要拒绝他的，可是你得告诉我怎么个拒绝法，因为我要显得有礼貌而又态度坚决——等我摆脱了他，我会把我的理由告诉你的。”

“你得等一等，海伦；坐一会儿，使自己平静下来。博雷姆先生并不特别急，因为他几乎不怀疑你会接受他的求婚；但我要同你谈谈。告诉我，亲爱的，他什么地方不讨你喜欢？你能否认他是一位正直高尚的人吗？”

“不。”

“你能否认他是一位明智、持重而值得尊敬的人吗？”

“不；他可能具有这一切优点，不过——”

“可是，海伦！你想在世上能遇上多少这样的人？正直、高尚、明智、持重、值得尊敬！——难道这是一个普通的角色，你竟然毫不犹豫地要把具有这些如此高尚的品质的人加以拒绝？——是啊，我可以称之为高尚；因为，试想一下每种品质的全部含义吧，它们包括多少极其宝贵的美德啊（我还可以在这上面添上更多其他的美德）；好好想想，这一切都摆在你的脚前了，你完全能够获得这份无可估价的终生福分——一位可尊敬的、十全十美的丈夫，他体贴入微地爱你，但并不溺爱得以致觉察不到你的缺点，他将在人生的整个历程中做你的向导，成为你在永恒幸福中的伴侣！试想——”

“可是我讨厌他，姑妈，”我打断了她那不常有的滔滔不绝的话。

“讨厌他，海伦！这是基督徒的精神吗？——你讨厌他？——可是他是个多好的人啊！”

“我并不讨厌他这个人，可是作为丈夫就讨厌了。作为一个人，我十分爱他，希望他有个比我好的妻子——一个与他同样好的，或者更好的——如果你认为这是可能的话——假如她能爱他的话——但是我决不能，因此——”

“可是为什么不能呢？你发现他有什么缺点？”

“首先，他至少已经四十岁了——我想可能还要大得多，可我才十八岁；其次，他的气量狭小，又极端执拗；第三，他的爱好和思想感情与我的完全不同；第四，我特别不喜欢他的相貌、嗓音和态度；最后，我对他整个人有一种无法克服的反感。”

“那你就应该把它克服！还要请你花上一会儿工夫把他同亨廷顿先生比较一下。撇开好看的外貌不谈（这丝毫无助于一个人的价值，也无助于使婚后生活幸福，又何况你也常常声称外貌无足轻重），告诉我他们两个哪一个好些。”

“我能肯定亨廷顿先生比你所认为的好得多——可是我们现在不是在谈论他，而是谈论博雷姆先生；既然我宁愿自己的年纪一年年大起来，过着独身生活直到老死，而不愿意嫁给他，我就应该马上这么告诉他才对，别让他挂虑着这件事——所以就让我去说吧。”

“但是不要直截了当地拒绝他，这么做是他万万想不到的，会大大地冒犯他的；就说你目前还不考虑结婚的事吧——”

“可是我已经在考虑啦。”

“或者说你希望熟识一些再说。”

“可是我并不希望再熟识一些呀——我所希望的倒是恰恰相反。”

我不等她进一步提出劝告便离开了房间去找博雷姆先生。他正在客厅里走来走去，哼着片断的曲子，一边轻轻地咬啮着他手杖的顶端。

“我亲爱的小姐，”他说，带着自鸣得意的傻笑，鞠了一躬。“我得到了你那仁慈的保护人的许可——”

“我知道了，先生，”我希望尽快结束这个场面，就开口说，“我非常感谢你对我的偏爱，但是必须恳求你容许我谢绝你希望授予我的敬意；因为我想我们两人并不相配——因为只要试一试，你自己也很快就会发觉的。”

我的姑妈说得对：他显然毫不怀疑我会接受他的求婚，因此根本没有想到会遇上断然的拒绝。他对于这样的回答感到惊愕，大吃一惊，但是由于感到太难于置信，因而也就不十分生气；嗯嗯呃呃地支吾了一下，他又开始进攻了。

“亲爱的，我知道我们在年龄、性情或者其他一些方面相差较大，不过让我向你保证，我不会很严格地注意到像你这样年轻热情的性格所具有的缺点和弱点，而且尽管我意识到这些，甚至还会出于父亲般的爱护加以指责，请相信我，没有一个年轻的情人对待他所钟情的女子能比我对待你更体贴纵容；而且，在另一方面，让我希望我较深的阅历和我较严肃的思考习惯在你的心目中不会被贬低，因为我将努力使它们为你带来幸福。好啦！你的意见如何？——让我们丢下少女的装模作样和反复无常的作风，马上说出来吧！”

“我会说出来的，不过只是重复一下我刚才已经说过的话：我确信我们两人并不相配。”

“你果真如此想的吗？”

“是的。”

“可这是因为你不了解我——你希望再熟识一些——再多点时间以便——”

“不，我并不希望这样。我已经把你了解得再清楚不过了，而且比你了解我更清楚，否则你决不会梦想与一个这么不适宜的——在各方面与你都完全不相称的人结合。”

“不过我亲爱的小姐，我并不要求尽善尽美，我可以原谅——”

“谢谢你，博雷姆先生，可是我不想叨光你的好意。你还是把你的纵容和体贴留给更配得上你的人吧，她不会像我这样对你如此苛求的。”

“不过我请求你同你的姑妈商量一下；我确信那位杰出的夫人会——”

“我已经同她商量过了；我知道她和你意见一致，可是对于这么重要的事，我得冒昧由自己拿主意；任何劝说都改变不了我的意愿，也不能诱使我相信这样的步骤会有助于我的幸福，或者你的——而且我真不懂像你这样经验丰富、考虑周到的人怎么会想到挑选这样的人为妻。”

“啊，就是么！”他说——“有时候我自己对此也感到纳闷。有时候我对自己说，‘喂，博雷姆，你在追求什么呀？当心啊，伙计——得三思而行呀！这可是个可爱的迷人精，不过得记住，对情人引诱力最强的女子，婚后往往总给丈夫带来最大的苦恼！’——我向你保证我并非没有经过反复思考就贸然作出这一选择。由于这桩婚事似乎是轻率的，它使我白天苦苦思索，晚上又常常为之失眠；不过最终我确实弄明白了实际上它并非轻率之举。我看到尽管我的意中人并非毫无瑕疵，可是我相信她的青春却不是她的缺点，而倒是个尚未萌发的美德的征兆——这是一个有力的根据，足以推定她在脾气方面的小缺点，判断力、见解和举止方面的不正确之处都并非不能改正的，而是可以由一个关心她的有见识的参谋的不懈努力加以消除或者改善的，对于我无法开导并控制之处，我则认为鉴于她的许多美德，我完全可以保证给予宽恕。因此，我最亲爱的小姐，既然我已经满意了，你为什么至少为了我的缘故还要反对？”

“可是老实说，博雷姆先生，我主要是为了我自己的缘故才反对的；所以让我们——就别谈这事了吧。”我原想还要说，“因为再谈下去非但徒劳无益，而且会更糟，”但是他却固执地打断了我的话，说道：

“可是为什么要这样呢？我会爱你、疼你、保护你，等等、等等。”

我不打算再费事把我们之间的全部对话写下来了。总而言之。我觉得他讨厌极了，简直没法使他相信我说的确是心里话，他实在固执之极，无视我本人的利益，因而不管是他还是我的姑妈，都决不可能克服我的反对。我真的吃不准我究竟有没有说服他，尽管由于他执拗地一再回到老问题上，把自己的论点说了又说，迫使我反复用同样的话回答他而感到十分厌倦，我终于倏地转向他，对他说了我最后的几句话：

“让我坦白地告诉你：这事是决不可能的。从任何方面考虑我都不能违背自己的心意嫁给你。我尊敬你——如果你的举止像个明智的人，我至少会尊敬你——可是我不能爱你，决不能——而且你讲得越多我就越反感；所以请你不要再谈这事了吧。”

于是他向我道了早安就走了，没疑问他是又困窘又生气但是这当然不是我的过错。

第十七章
更多的告诫

次日，我伴随我的姑父和姑妈去威尔莫特先生家参加宴会。有两位女士住在他的家里，其一是他的侄女安娜贝拉，她是个劲头十足的好姑娘，或者不如说是约摸二十五岁的年轻女子。据她自己说，她太爱调情，因而不宜结婚，可是先生们都十分爱慕她，一致声称她是个了不起的女子。另一是她文静的表妹米莉森特·哈格雷夫，她极喜欢我，误认为我比实际上要好得多。而我呢，也十分喜欢她——我该把这可怜的米莉森特完全排除在我对所认识的太太小姐们的一般批评之外。不过我之所以要提起这次宴会，并非因为她的缘故，也不是为了她的表姐，而是为了威尔莫特先生的另一位客人，也就是亨廷顿先生。我有充分的理由记得他在那儿，因为那是我最后一次见到他。

进晚餐时他坐得离我并不近，因为命运安排他引领一位承受亡夫遗产的大个子夫人入座，我则由格林斯比先生携手引领着，他是亨廷顿先生的朋友，可却是我极厌恶的人；他脸上一副凶相，举止中有一股潜在的狠劲和令人作呕的虚伪，这是我无法忍受的。我要在此顺便说一句：这种风习[①]多么令人讨厌——它是这种极端文明的生活中产生的人为烦恼的许多根源之一。如果必须由先生们把太太小姐们领进餐厅的话，为什么不能由他们去领他们最喜欢的人呢?

不过，要是亨廷顿先生可以自由作出选择的话，我也不能肯定他会来领我的。很可能他会选择威尔莫特小姐；因为她似乎执意要把他的注意力吸引到自己身上来，而看上去他也十分乐意按她的要求去奉承她。至少我是这么认为的，因为我看见他们只顾自己说说笑笑，隔着桌子四目相视，对他们各自的邻座人如此怠慢，显然惹得后者很不愉快——而且后来先生们也来到客厅里和我们做伴的时候，她一瞧见他进来便大声请求他去仲裁她和另一位小姐的争论，他呢，欣然应召，对那个问题毫不犹豫地作出了对她有利的裁决——尽管据我看来，显然她是错的——接着他便站在那里，无拘无束地与她和一群其他的太太小姐们聊天；而我呢，则在房间的对面一头，与米莉森特·哈格雷夫坐在一块儿，仔细一张张地看着后者作的画，并应她竭诚的要求，加以评论和指点，以便帮助她。然而尽管我竭力按捺着自己，要保持平静，我的注意力却老从那些画上溜到那个欢乐的人群，而且有违我较明智的心意，竟冒起无名之火，而我的脸色无疑也变得阴沉了，因为米莉森特注意到我对她的乱涂乱画一定厌倦了，便请求我即刻参加到其他客人中去，等以后有机会再看其余的画。不过，当我正向她保证我并不想那样做，并说也并不感到厌倦的时候，亨廷顿先生本人却走过来，站在我们所坐的小圆桌前。

“这些是你画的吗？”他随手拿起一张画来，说道。

“不，是哈格雷夫小姐画的。”

“啊！好哇，我们来看看。”

于是他不顾哈格雷夫小姐反对说它们不值一看，便拉过一把椅子，在我身旁坐下，从我手中拿去一张又一张的画，逐一浏览一下后扔在桌子上，尽管他不停地说着话，却只字没提这些画。我不知道米莉森特·哈格雷夫对于此举有什么想法，可觉得他的话极为有趣，但是后来我经过分析，发现他当时的谈话主要局限于拿在场的各个客人开玩笑；尽管他妙语如珠，还说了些极为滑稽的话，可是我认为如果没有神态、音调、手势和他那不可言喻而又难以捉摸的魅力作为外加的辅助手段，光把那些话写下来，它们会显得并没有任何特色。他的

① 指在正式宴会时，由一位男宾携手引领一位女宾入席、并肩坐下的习惯。

那种魅力给他的一言一行都罩上了光轮，使人望着他的脸、听着他那悦耳的嗓音都会感到高兴，即使他说的纯粹是一派胡言——而且还使我对我的姑妈感到十分怨恨，因为她打断了这种乐趣。原来她镇静自若地走了过来，借口要看那些画，而实际上对此既不喜欢又不懂得，便一边假装仔细看画，一边以她的一种最冷淡、最令人反感的样子对亨廷顿先生说话，讲了一套最最平淡无奇的话，提了一连串纯属客套的问题和意见，为的是要把他的注意力硬从我身上转移开去——我认为还为的是要使我恼火。于是，由于我已看完整本画夹，我就撇下他们俩去密谈，独自去坐在离开众人较远的一张沙发上——根本没考虑到这样做会显得多么奇怪，而开头只是为了要发泄当时的怒气，随后却纵情沉思起来。

但是我独个儿待得并不长久，因为在所有男子中我最不欢迎的威尔莫特先生趁我无伴之机跑来坐在我的身旁。我原以为在此前所有的场合我已经那么有效地挫败了他的追求，不必再担心他那种倒霉的垂爱了；可是看来我是错了；他自仗有钱以及自身还保有的吸引力，同时对女性的弱点深信不疑，竟自以为完全可以重新发起围攻，而他喝下的大量的酒更激起了他新的劲儿——这种情况使他更其令人憎恶不堪。但是尽管我这时感到他十分讨厌，我却不愿对他粗暴无礼，因为我毕竟是他的客人，刚受过他的殷勤款待；再说，我不善于既有礼貌又坚决地拒绝他，而且即使我有这种本领，也不会对我有大帮助，因为他的脑子委实太粗浅，假如我的拒绝不像他自己的厚颜无耻的行为那么清楚而明确，他就不能领会。结果是他温柔得越来越令人作呕、多情得越来越教人反感，我被逼得几乎走投无路了，正要开口说连我自己都不知道是什么的话时，觉得我垂在沙发扶手上的那只手突然被另一个人握住，并且温存而又炽热地捏着。出于本能，我猜到了是谁，抬头一望，见到亨廷顿先生正朝我微笑着。我与其说是吃了一惊，不如说是大为欣喜。这情景好比是把目光从某个炼狱中的魔鬼转向一个光明天使，后者前来宣告受折磨的时期已经结束了。

“海伦，”他说（他常常称呼我海伦，我对他这样放肆从无反感），“我要你去看那张画；我相信威尔莫特先生会原谅你走开一会的。”

我欣然站起身来。他拉过我的手臂挽着，带我走到房间的另一头的一幅范戴克[①]的杰出油画前，这幅画我以前见到过，但是没有充分细看过。我默默地注视了一会儿，正开始对它的美点和特色加以评论，他却打断了我的话，一边开玩笑地捏了一下我那只依然钩在他手臂上的手，一边说道：

“别管这张画怎么样，我把你带到这儿来并非为了这张画，而是帮你摆脱那边那个恶棍般的老浪荡鬼，看来这会儿他因我当众侮辱了他而要向我挑战似的。”

“我非常感谢你，”我说。“你这是第二次把我从这种讨厌的同伴身边解救出来了。”

“别过分感谢我，”他答道。“我这么做并非完全出于对你的好意，部分地是出于对折磨你的那些人的恶感，因此我很高兴做有损于那两个老家伙的事，尽管我认为自己并没有什么了不起的理由去害怕他们作为情敌——是不，海伦？”

“你知道我讨厌他们两人。”

“也讨厌我？”

“我没有理由讨厌你。”

“可是你对我有什么感想？——海伦——说吧！——你对我有什么看法？”

于是他又捏了一下我的手；但是我担心在他的举止中意识的力量

① 安东尼·范戴克（1599—1641），出生于英国的弗兰德斯著名画家，擅长作肖像画。

多于温柔的感情，还觉得他在自己还没有向我作出相应的表示之前，是没有权利逼我承认我的恋情的。我不知道如何回答是好，最终说道：

“你对我有什么看法？”

“可爱的天使，我崇拜你！我——”

“海伦，我要你来一会儿，”我听见我姑妈就在我身边用既小声而又清晰的嗓音对我说。于是我便离开了他，由他去低声咒骂他的邪恶天使去。

“唔，姑妈，什么事？你要做什么？”我跟着她来到斜面窗洞前时问道。

“等你适宜于在人们前露面时，我希望你参加到大伙儿中来，”她严厉地注视着我，答道，“不过得请你在这儿待上一会儿，等到你这种糟糕的脸色消退一点儿、眼神恢复得自然一点儿时再去。要是让任何人见到你目前这副模样，我可要丢脸了。”

当然，这样的话对于消退那“糟糕的脸色”丝毫不起作用；而且正相反，我觉得自己脸上更加火辣辣的，这是由复杂的感情所激起的，其中主要的是愤慨和起伏不已的怒火。不过我一语不答，仅仅撩开窗帘，朝窗外的夜色望去——或者不如说，是朝被灯火照亮的广场望去。

“刚才亨廷顿先生是在向你求婚吗，海伦？”我这位过分警惕的亲戚问道。

“没有。”

“那末他说了些什么？我听见了很像是求婚的一句话。”

“我不知道他本来还会说些什么，是你打断了他的话。”

“海伦，要是他向你求婚，你会接受吗？”

“当然不会——没有与姑父和你商量，我是不会的。”

“哦！亲爱的，我很高兴你倒满谨慎。好啦，要知道，”她略微沉默了一下又说道，“这一个晚上，你已经够惹人注目的了。我瞧见这会儿那些太太小姐正朝我们投来好奇的眼光哩。我要到她们那儿去。你等到自己平静下来，显得与平时一样的时候也过来吧。”

“我现在已经平静了。”

“那么说话温和些，也别显得这么恶毒，”我这位心平气和可又惹人恼火的姑妈说。“我们一会儿就回家去，然后，”她带着庄重的意味又添上一句，“我有好多话要对你讲。”

因此我回家时思想上是准备听一番令人畏惧的教训的。在朝家里去的那一小段路上，我们两人在马车里都没有多说话；不过等到我走进了自己的房间，投身在安乐椅上，回想着当天发生的一些事时，我的姑妈就跟进屋来，把正在小心翼翼地收起我的饰物的雷切尔打发走了以后，便关上房门，端了一把椅子放在我身边，或者更确切地说是安排在与我的安乐椅形成直角的位置上，然后坐下。为了表示适当的敬意，我请她坐我那把较宽敞的椅子。她谢绝了，于是会谈开始了。

“海伦，你可记得我们离开斯坦宁利前两天晚上所谈的话吗？”

“我记得，姑妈。”

“那末你还记得我怎样告诫你别让那些不配得到你的心的人把它偷走吗？记得我还劝告你，在你未感到满意、在你的理智和判断尚未认可之前，别爱上任何人吗？”

“记得，可是我的理智——”

“对不起——你也记得你曾叫我放心，说我没有必要为你担心，因为你决不会被诱惑去嫁一个缺乏理智或者原则性不强的人，不管他多么漂亮或在其他方面多么迷人，因为你没法爱这样的人，你只会憎恨——藐视——怜悯——而决不会爱他——这些难道不是你说过的话吗？”

“是的，可是——”

“而且你不是也说过你的爱情一定得建立在满意的基础上，还说除非你能对对方感到满意、尊重和敬慕，你就无法爱他？”

“是的，不过我就是满意、尊重和敬慕——”

“怎么会这样的，我亲爱的？亨廷顿先生是个好人吗？”

“他比你认为的要好得多。”

“这句话答非所问。他是个好人吗？”

“是的——在某些方面。他性情好。”

“他是个有原则的人吗？”

“确切地说，也许不是；不过这仅仅是个缺乏考虑的问题；如果有人给他忠告并提醒他什么是正确的——”

“你认为他很快就能学会——而你自己甘愿当他的导师？可是，我亲爱的，我相信他比你足足大十岁——你怎么竟然会在道德修养方面如此领先？”

“这得感谢你，姑妈，我一向受的是上好的教养，又一直有良好的榜样在我面前，他则很可能没有这一切——此外，他性格乐观，生性欢快而粗心大意，而我呢，生来就喜爱沉思。”

“好啦，你现在已经把他说成在理智和原则性方面都不足，这是你自己不打自招的——”

“那么我的理智和原则性可以听凭他使用！”

“海伦，你这句话可狂傲自大啊！你认为你自己具有够两个人使用的修养吗？你料想你的那位优哉游哉、没有头脑的放荡哥儿会让一个像你这样的女孩子来支配他自己吗？”

“不，我并不希望支配他，不过我想我可能有足够的影响使他不犯一些错误，而且我认为能致力于保护这么高尚的性格免遭不测，我的一生就不算虚度。如今每当我严肃地对他说话时(我常常大胆责备他信口开河的说话方式),他总是注意听着;他有时候还说要是有我老守在他身边,他将永远不会做坏事、说坏话,又说要是能每天跟我谈上一会儿话,他会成为一位圣人。这些可能是半开玩笑、半奉承我的话,不过仍然——"

"不过你仍然认为可能是真心话?"

"如果我的确认为这里面包含着一些真心话,那也不是由于我相信自己的力量,而是相信他的天生的德性。——再说,你没有权利管他叫做放荡哥儿,他根本不是这种人。"

"谁对你这么说的,我亲爱的?他跟一个有夫之妇私通的那件事又怎么说呢?——她名叫什么夫人来着——威尔莫特小姐不是那天亲口告诉你的?"

"那不是事实——不是事实!"我大声地说。"我一句也不相信。"

"那末你认为他是个有道德的行为规矩的年轻人啰?"

"关于他的品质我并不完全了解。我只知道我没有听到过任何对他的品质不利的明确说法——至少是没有得到证实的说法;在人们对他们所诽谤的罪名能加以证实之前,我是不会相信的。有一点我是明白的:即使他犯过错误,那也只是些年轻人所共有的错误,也就是人们不放在心上的一些事;因为我看见大家都喜欢他,所有做妈妈的都向他微笑,她们的女儿们——包括威尔莫特小姐本人——也都再高兴不过要吸引他的注意。"

"海伦,尽管世人可能把这种过错看做是可宽恕的;一些没有原则的母亲可能不管他的品质如何,急于要抓住一个有钱的年轻人;而没头脑的姑娘们又可能都乐于赢得这么漂亮的一位绅士的青睐,根本不去深入探究表面以下的情况;可是你呢,我相信比她们只凭眼睛所见并用歪曲的判断力妄加评定要有见识些。我想你是不会把这些过错看做是可宽恕的！”

“我也想不会这样，姑妈；不过即使我憎恨那些罪恶，我却依然爱那个罪人，为了拯救他，我会尽力而为，就算你所怀疑的事大体上是事实的话——其实我现在和将来都不会相信这一点。”

“好吧，我亲爱的，去问你的姑父他结交的是什么样的人，问他是不是和一伙行为不检、荒淫无耻的青年混在一起，把他们称为朋友——他那伙寻欢作乐的同伴，他们主要的乐趣是沉迷于罪恶之中，竞相争取在险峻的道路上跑得最快最远，最终到达为魔鬼和他的使者所准备好的地方。①”

“那末我要搭救他远离那些人。”

“唉，海伦，海伦！你真不知道把你的命运与这种人联结在一起有多么惨！”

“姑妈，尽管你说了这一切，由于我很信任他，所以为了有可能保障他的幸福，我甘愿拿我自己的幸福去冒险。我愿意把更好的男人留给那些只考虑自己利益的人。如果说他曾经干过坏事，而我却能使他免受他早年所犯罪过的后果，并且努力把他召回到正道上来，我就认为自己没有白活这一辈子了——但愿上帝赐恩成就我！”

我们的谈话到此结束，因为正在这节骨眼上，从我姑父的卧室传来他的声音，大声呼唤我姑妈去睡觉。那天晚上他的情绪不好，因为他的痛风病加重了。自从我们进城以来，他这病逐渐发得越来越厉害了；于是次晨我的姑妈便趁机劝他马上回乡下去，不必等到社交季节结束。姑父的医生支持并加强了她这论点；于是，她一反通常的习惯，赶紧着手进行迁居的种种准备（我想这是既为了我姑父，也是为了我的缘故），因而没过几天我们就走了；我也就再也见不到亨廷顿先

① 指地狱的烈火，参阅《圣经·新约·马太福音》第25章第41节：“……你们这被咒诅的人，离开我，进入那为魔鬼和他的使者所预备的永火里去。”

生。我姑妈自以为过不了多久我就会把他忘掉——也许她以为我已经把他给忘了，因为我再也没有提起过他的名字；而且在我们再次见面之前，她可能继续这么认为——要是我们有一天会再见面的话。我怀疑会不会有那一天。

第十八章
微型画像

8 月 25 日——我现在已经完全安顿下来了，照平常那样天天做着同样的事情，静静地独自娱乐——日子过得尚称满意快活，只是仍然盼望着明年春季的到来，以期再度进城，这并非向往那儿的玩乐和放荡的生活，而是为了伺机再次遇上亨廷顿先生；因为我依然老是想念他、梦见他。在我的一切活动中，不管我做什么、瞧见什么或者听见什么，最终总要联想到他；不论我学到什么技能或者知识，总会有朝一日变得有利于他或者有助于他的娱乐；不论我在自然界或者艺术中发现什么新的美的东西，我都要把它们描绘下来让他看，或者牢记在心中以便在将来某个时候告诉他。这至少是我所抱的希望，是照亮我孤独的人生道路的幻想。它可能终究仅仅是一点磷火，但是我也不妨让我的眼睛随着它，使自己在它的光辉中感到欢欣，只要它不把我诱离我应当坚持的道路就没有坏处；而且我认为它不会，因为我对我姑妈的告诫曾经加以深思熟虑，如今明白了，轻易让自己委身于一个既不配得到我能给予的全部爱情、又不能响应我内心深处最美好和最深厚的感情的人，将是多么愚蠢之举——我已经十分明白，就算我再见到他，就算他还记得我并仍然爱着我(唉！鉴于他的处境，被什么人包围着，这一点几乎是不太可能的了)，就算他向我求婚——我也要拿定主意不就答应他，非要弄清楚了究竟是我姑妈还是我对他的看法更接近事实真相才能作出决定；因为如果我的看法完全错了，那末我所爱的并不是他，而是存在于我自己想象中的那个人。不过我认为我并没有看错——不，不——这里面有某种神秘的因素——有一种内心的直觉使我确信我是对的。他具有好的本质——能使它展现出来该是多么令人愉快！如果他曾经偏离正道，去把他召回又是多么大的幸福！如果他目前正受到堕落而邪恶的同伴的有害影响，去把他从他们身边解救出来又是多么光荣！——啊！要是我能相信上帝已指定我做这件事就好啦！

今天是9月1日。我的姑父吩咐猎场看守人在先生们未来到之前要保护好鹧鸪。我听了就问："哪些先生们？"——原来是他邀请了一小批人来打猎。其中之一是他的朋友威尔莫特先生，还有我姑妈的朋友博雷姆先生。当时我觉得这是个可怕的消息，可是等我听到那第三位先生竟然是亨廷顿先生时，我所感到的遗憾和忧虑犹如一场立时烟消云散的噩梦。我姑妈当然十分反对他来，她急切地力劝我姑父不要邀请他，可是姑父对她的异议一笑置之，告诉她再说也没有用，因为已经无可挽回了：早在我们离开伦敦之前，他已经邀请了亨廷顿和他的朋友洛勃罗勋爵，现在剩下要办的事只是定个日子请他们来了。这样他靠得住会来，我有把握能见到他了。我的高兴心情无法言喻——我觉得很难瞒过我的姑妈；不过在我还不知道自己该不该纵情欢欣之前，并不希望她为我的情感操心。如果我感到自己绝对有责任抑制情感，那末除了我自己，就不必让别人为之烦恼；如果我能真正感到自己放纵这份恋情是正当的，那末为了达到它的目的，我就什么都敢干，即使会引起我最好朋友的愤怒和悲伤，也在所不惜——关于这问题，我肯定很快就会知道的。不过他们要到本月中旬才会来到啊。

还有两位女宾也会来。威尔莫特先生会带他的侄女安娜贝拉和她的表妹米莉森特一同来。我料想我姑妈认为让后者与我交往，她那举止文雅的有益榜样和谦逊温顺的态度全都会对我有好处；我还看出我姑妈打算使前者成为一股对抗的吸引力，把亨廷顿先生的注意力从我身上夺走。我并不为此感谢她；不过我很喜欢有米莉森特来做伴，因为她是个可爱的好姑娘，我希望自己能像她——至少要比我目前更像一点儿。

*　　*　　*

19日。他们来了。是前天来的。先生们都出去打猎了，女士们陪我姑妈在客厅里做刺绣活儿，我退到了书房里，因为我很不快活，想独个儿待着。书本无法转移我的思想；因此打开我的文具匣后，我想先详细记下我心神不安的原因，看看可有什么办法。这张纸将作为我的心腹密友，我可以把我心中所洋溢着的一切向它倾诉。这张纸不会同情我的种种不幸，然而它却不会加以嘲笑；而且，只要我加以保密，它是不会传开去的；因此，它也许便是我为此目的所能找到的最好的朋友。

首先让我谈一下他到达时的情景——我如何坐在我的窗前，注视了几乎两小时，才瞧见他的马车驶进了园门——因为其他的人全都比他先到达了——在这之前，每次有马车来到，由于来者并不是他的，我又是多么失望。首先来到的是威尔莫特先生和那两位小姐。等米莉森特进了她的房间，我离开了我所待的地方，用几分钟时间去看望她，谈了点儿私下话，因为如今她已成了我亲密的朋友，自从上次分手以来，相互写了几封长信。等我再回到我自己的窗前，我瞧见园门口停着另一辆马车。是他的马车吗？不，是博雷姆先生的外观平常的黑色轻便四轮马车；他正站在石阶上，仔细地指挥仆人把各种各样的箱笼卸下车来。那么一大堆！让人见了会以为他打算在此做客，至少住上六个月呢。又过了相当长一段时间，洛勃罗勋爵坐着他的四轮四座马车来到了。不知道他是不是那伙放荡的朋友之一？我想不是，因为我可以肯定没有人会说他是个酒肉朋友——再说，他的举止显得那么庄重而有教养，不应当如此怀疑他。他又高又瘦，神情阴郁，显然介于三十和四十岁之间，有着一张略带病容、饱经忧虑的脸。

亨廷顿先生的轻便四轮敞篷马车终于轻快地在草坪上驶来了。我只在一瞬间瞥见了他，因为马车一停，他便从车侧一跃而出，踏上门廊的台阶，进入房子不见了。

我这时才让雷切尔帮我穿上晚餐礼服——这是她在过去二十分钟里一直催促我去做的分内事；等到这件要事办好之后，我便到客厅去，见到威尔莫特先生、威尔莫特小姐和米莉森特·哈格雷夫小姐已经聚集在那儿。过了不久，洛勃罗勋爵走了进来，接着是博雷姆先生，他似乎十分愿意忘记并宽恕我先前的行为，并且希望：只要双方稍为和解一点，加上他那方面继续坚持一下，也许尚有可能使我通情达理些。我站在窗前正与米莉森特谈着话，他走过来，刚开始用与平时差不多的口吻说话时，亨廷顿先生走了进来。

“我不知道他会怎样招呼我？”我的怦怦直跳的心想道；我没有上前去迎接他，而是向窗子转过身去，为的是要掩饰或者克制我的感情。可是他向主人夫妇和其余的人一一打过招呼后就走到我的跟前，热情地紧捏着我的手，喃喃地说很高兴又见到我，就在此时，仆人报告要开饭了，我姑妈请他领哈格雷夫小姐进餐厅，而可憎的威尔莫特先生摆出一种无法形容的怪相，向我伸过手臂来；于是我便被判定去坐在他和博雷姆先生之间。不过后来我们大家又聚集在客厅里的时候，我总算与亨廷顿先生愉快地谈了几分钟话，我所受的那么多罪一下子得到了补偿。

这天晚上，大家请威尔莫特小姐唱歌弹琴助兴，同时要求我拿出我所画的画给大家看。尽管他喜欢音乐，而她又是个有造诣的音乐家，我却认为自己可以断定他对我的画要比对她的音乐更感兴趣。

到这时为止，一切顺利——可是我听见他对其中一张画发表意见，声音虽轻，语气却特别强调：“这张比所有的都好！”——我出于好奇，抬头看是哪一张的时候，吓了一大跳，因为只见他正自鸣得意地凝视着一张画的背面——那是幅他的面部素描，我把它画在上面后忘记擦掉了！更糟的是，我当时一急，竟要从他手中抢过那张画来；可是他挡住了我，嚷道，“不行——我定要把它保存起来！”说着便把它贴在背心上，然后扣起上衣，高兴得抿着嘴轻声笑了。

接着他把一支蜡烛拉到手边，把那些画，不管是否看过，都集拢到自己面前，一边咕哝着，“我现在得两面都看看。”他认真地开始逐一检查，我开头还算镇定地在一旁注视着，因为明知道他不会再发现什么而得意忘形了；因为虽然我问心有愧，为了描绘那张极端迷人的脸不成而玷污了几张画的背面，我还是确信除了那张倒霉的画之外，我已经把自己迷恋他的这类证据全都小心地抹掉了。可是铅笔往往会在卡纸上留下怎么擦也擦不掉的痕迹。在我大半的画上似乎都有这个情况；因此我得承认，当我见他把这些画放在离蜡烛很近之处，目不转睛地注视着那些似乎是空白的画纸时，我发抖了；然而我依然相信他无法满意地辨认出那些模糊的痕迹。可是我估计错了——因为他结束了那番仔细检查之后，平静地说道：

“我发觉小姐们的画的背面正如她们信中的附言一样，正是她们所关心的事情中最重要而最有趣的部分。”

说毕他在椅子上向后一靠，默默地沉思了几分钟，得意扬扬地暗自微笑，而正当我心里考虑着一套尖刻的话来抑制他那股高兴劲儿时，他站起身来，走过去到安娜贝拉·威尔莫特坐的地方，后者正向洛勃罗勋爵热烈地卖弄风情，他便挨着她在沙发上坐下来，在那天晚上余下的时间里一直守在她身边。

“原来这样！”我自忖着——“他瞧不起我，就因为他知道我爱他。”

这种想法使我很痛苦，以致不知如何是好。米莉森特跑来，开口赞美我的画，并且加以评论；不过我没法与她谈话——我对任何人都没法谈话；茶端来了，我趁门被打开、大家的注意力因上茶而略为分散的当儿，便溜了出去——因为我知道自己一点儿也喝不下去——躲在书房里。我姑妈打发托马斯来找我，问我要不要去喝茶；我吩咐他去说今晚我不喝茶；幸好她忙于招待客人，当时顾不上再来问什么了。

由于大部分的客人那天白天都作过长途旅行，他们都较早去休息；我自以为听见他们全都上楼去了，才冒险走出书房，到客厅里去取餐具柜上的烛台。可是亨廷顿先生却落在众人之后，还在楼下；我打开门的时候，他正好走到楼梯脚那儿；尽管我几乎没有听见自己在过道上走时的脚步声，他却听见了，立刻转过身来。

“海伦，是你吗？”他说，“你为什么逃避我们大家？”

“晚安，亨廷顿先生，”我不愿意回答他的问话，只冷冷地招呼了一声，便转过身要进客厅去。

“不过你不会不愿意和我握一下手的吧？”他说着就去站在门口挡住我。他抓住我的手，尽管我很不愿意，他还是握着。

“让我走吧，亨廷顿先生！”我说——“我要去拿一支蜡烛。”

“蜡烛可以慢慢去拿，”他应道。

我拼命把自己的手从他的掌握中挣脱出来。

“海伦，你为什么这么急于离开我？”他带着极为惹人恼火的、过于自信的笑容说——“你并不恨我，这你是知道的。”

“不，我恨你——这会儿就是恨你。”

“你并不恨我！你恨的是安娜贝拉·威尔莫特，不是我。”

“安娜贝拉·威尔莫特根本与我无关，”我大为恼怒地说。

“可是我与她有瓜葛，这你也知道，”他以一种古怪的强调语气回答。

“这对我无足轻重，先生！”我反驳道。

“真的对你无足轻重吗，海伦？——你能发誓吗？——能吗？”

“不，我不愿发誓，亨廷顿先生！我要走开！”我嚷了起来，不知道自己究竟该笑还是哭，还是该大发脾气。

“那末走好了，你这个泼妇！”他说道；可是他刚一松开手，便放肆地伸出一只手臂搂住我的脖子，吻了我。

我被激怒得哆嗦起来——我不知道还有其他什么情感。我挣脱了他，去拿了蜡烛，便冲上楼到自己的房间去。都怪那张可恨的画，不然他是不会这样干的！而且他仍占有着它，那是标志他的得意和我的丢脸的永久纪念物！

那天夜间我睡得很少；次晨起身，想起要在早餐时见到他，感到茫然不知所措、十分苦恼。我不知道该怎么办；既然他已经知道我热爱着他，我再装出一副严肃而毫不介意的冷漠态度便几乎完全不顶用了——至少，当着他的面是行不通的。然而一定得做些什么来制止他的这种放肆态度——我可忍受不了那双笑眯眯的明亮眼睛对我施威。因此，当他高高兴兴地向我道早安时，我报以我姑妈所可能希望的那么平静而又冷淡的态度；等他有那么一两次要逗引我与他交谈时，我用简短的答话使他谈不下去；同时我对其他所有的客人却表现出不寻常的愉快和殷勤，对安娜贝拉·威尔莫特尤其如此，当时我甚至对她的叔父和博雷姆先生也特别客气，我这么做并非想要卖弄风情，而只是让他知道我对他特别冷淡和矜持并非由于一般的情绪欠佳或者意气消沉。

可是他并没有因我这种装模作样而打退堂鼓。他对我说话并不多，但一旦开腔，便相当不受拘束而直率——而且也极其和蔼——这显然是暗示他知道自己的话语在我听来犹如音乐；而且，当他的目光与我的接触时，总是带着笑意——尽管它的神态可能是放肆的——可是，唉！它是那么甜蜜、那么欢快、那么亲切，使我不可能再继续对他愠怒，而所有残存的气恼在他的目光之下不久便消失殆尽，犹如夏日的炎阳之对晨云。

早餐过后不久，所有的先生们除了一位，都带着孩子气的热切心情出发去讨伐不幸的鹧鸪去了；我姑父和威尔莫特先生骑着他们的小猎马，亨廷顿先生和洛勃罗勋爵则徒步而去；那位例外者是博雷姆先生，他考虑到夜间下过雨，认为逗留一会儿，等太阳把草晒干后再参加到他们中间去比较妥当。他在亨廷顿先生和我姑父的嘲弄和笑声中态度十分沉着严肃地向我们大家发表了一篇冗长而又详尽的学术讲演，是关于伴随潮湿的脚而来的种种灾难和危险。于是亨廷顿先生和我姑父便撇下这位深谋远虑的狩猎爱好者，让他用他的医学论点去逗乐女士们，顾自带着枪出发了，不过他们得先去马厩看一下马的情况，并放出猎犬来。

我不想整个上午和大家在一起陪伴博雷姆先生，便动身到书房去，在那儿拿出我的画架，开始绘画。要是我姑父跑来抱怨我把客人们抛下，那末这个画架和绘画用具都可以作为我离开客厅的借口；再说，我正想完成那幅画。尽管它的构思有点儿肆无忌惮，可是我对它下过极大的工夫，打算使它成为我的一幅杰作。我试图通过鲜明的蔚蓝色天空，加上暖色调的耀眼的明亮处和色泽很浓的长长的阴暗部分，表现出一个阳光明媚的早晨。我大胆地让画中的草和树叶比一般油画中的更具有春季或初夏的鲜明青翠的色彩。所描绘的景色是一块林间空地。为了调剂遍及画中其余部分的鲜艳色彩，在中景画上了一簇深色的苏格兰冷杉；但在前景则画有森林中一棵大树的一部分扭曲的树干和伸展开来的一些树枝，上面的叶子颜色十分耀眼，绿中带有金黄色——并非由于叶子秋熟而发黄，而是由于照在树叶上的阳光，以及一些几乎还没有展开的未成熟的嫩叶子所致。在这根与浅黑色的冷杉形成醒目对照的树枝上，蹲着一对相亲相爱的斑鸠，它们那色彩黯淡的柔软羽毛提供了另一种对照；而在树下，有个小姑娘跪在点缀着雏菊的草皮上，她仰着脸，一头金发披在双肩上，两手紧握着，嘴张开着，眼睛全神贯注地向上望，正又高兴又热切地凝视着那一对长着羽毛的情侣——它们彼此深深地凝视着对方，以致根本没有注意到她。

我几乎还没有定下心来绘画——虽然只需再添上几笔即可大功告成了——这时那些猎手刚从马厩回来，走过我的窗前。窗半开着，亨廷顿先生经过时一定瞧见了我，因为过了半分钟他折回来了，把猎枪靠在墙上，把窗扉朝上一推，一跃进了屋子，站在我的画前。

"确实美极了！"他聚精会神地端详了几秒钟后说——"这倒是一种非常适合于年轻小姐的习作——暮春眼看就要转入初夏——早晨刚要接近中午——少女即将成熟为妇人——希望即将实现。她真是个可爱的人儿！可是你为什么不把她的头发画成黑色？"

"我以为浅色的头发对她更为匹配。你瞧我把她的眼睛着上蓝色，把她画得身段丰满，肤色白皙、面色红润。"

"嗳呀——真是个赫柏[1]！要是没有这位画家在我跟前，我可会爱上她的。可爱的天真无邪的人儿！她在那儿想着自己有一天也会像那只美丽的雌斑鸠一样，有一个同样多情而炽热的情人来向她求婚并且赢得她；她在想那是多美的事，而且她的情人会发现她是多么温柔和忠实。"

"而且也许她也会发现他是多么温柔和忠实，"我提示道。

"也许是这样——因为在这个年龄，一个人的希望往往是想入非非、毫无节制的。"

"那末你是不是把这称做她的毫无节制的幻想之一？"

"不，我的心告诉我这并非幻想。我从前可能会这么想，可是现在

① 赫柏，希腊神话中给奥林匹斯山上诸神斟酒的女神，代表青春和春天，是主神宙斯和赫拉的女儿。

我说，把我所爱的姑娘给我，我就会发誓对她，而且只对她，永远坚贞不渝，从夏至冬，从年轻到年老，无论是活是死！如果老年和死亡非来不可的话。”

他说这话时的态度是那么严肃诚挚，我的心不禁乐得直跳；可是下一分钟他的语气就变了，他意味深长地微笑着问我还有没有其他画像。

“没有，”我回答，我的脸因困窘和发怒而涨得通红。不过我的画夹就在桌子上；他拿起来，平静地坐下，检阅夹子里的画。

“亨廷顿先生，那些是我还没有画好的草稿，”我大声说道，“我是从不让任何人看的。”

我把手按在画夹上，要从他手中把它夺过来；但是他仍不松手，向我保证说他“喜欢一切东西的未完成的画稿”。

“可是我不喜欢让人家看它们，”我答道。“我真的不能让你把画夹拿去！”

“那么把里面的东西给我，”他说。我正从他手中抢过画夹来，他却熟练地把里面大部分的画抽了出来，翻阅了一会儿后，嚷道：

“我的天哪，这儿又有一张！”说着把一小张象牙色的椭圆形的纸塞进他的背心口袋——那是张已完工的微型画像，由于我画的画稿还算成功，便用心地加以着色。可是我下定决心不让他得到它。

“亨廷顿先生，”我提高嗓门说，“我一定要你还给我。这是我的东西，你没有权利拿去。还给我。快——否则我永远不会宽恕你！”

可是我越坚持，他那无礼的欢笑就越使我苦恼。不过他终于还给了我，说道：

“得了，得了，你既然这么珍视它，我就不夺走它吧。”

为了让他知道我多么“珍视”它，我把它撕成两半，丢到火炉里去。他完全没有想到这一着。他的高兴劲儿一下子消失了，面对着正在烧毁的珍品吃惊得目瞪口呆，然后满不在意地说“嘿！我要去打猎了”，便猛地朝后一转身，像来时一样，穿过窗户离开了房间，神气活现地戴上帽子，拿起猎枪走了，一边走一边还吹着口哨——不过他并没有把我惹得心神不安，以致无法完成我的画；因为当时我由于能使他恼火，觉得很高兴。

我回进客厅，知道博雷姆先生已经敢于冒险跟随他的伙伴们去野外了。他们并不打算回来吃午饭。我吃了饭，不久便自愿陪伴女士们去散步，领安娜贝拉和米莉森特去浏览一下乡下的美景。我们到处走走，跑了很长的一段路。我们回来，又进入庄园的园林时，刚巧碰上那些猎手远征归来。他们全都劳累得精疲力竭、风尘仆仆，他们大多数都穿过草地以免遇上我们；可是亨廷顿先生却不顾自己泥污满身，以及沾上的猎获物的血迹——大大冒犯了姑妈的严格的礼貌观念——特地跑来会见我们，兴高采烈地对大家说说笑笑，可就是不理我，把自己夹在安娜贝拉·威尔莫特和我之间，在路上走着，一边开始叙述当天的种种辉煌成就和不幸事件，要不是我跟他关系不好，他那副模样真会教我笑痛肚子的；可是他只向安娜贝拉讲话，而我呢，当然完全让她独个儿去笑、去嘲弄他，装得根本不把他们俩之间发生的任何事放在心上，在距他们几步之遥处走着，东张西望，只是不朝他们看；而我姑妈则与米莉森特走在前面，臂挽着臂，严肃地交谈着。临了，亨廷顿先生转向我，对我窃窃私语道：

“海伦，你为什么把我的肖像画烧了？”

“因为我要毁掉它，”我答道，用的是我现在痛悔莫及的严厉语气。

“哦，很好！”他这样答复道，“如果你不重视我，我就得转向会重视我的人了。”

我还以为他这是有点说着玩的——是一种半开玩笑的花招，既装出无可奈何的样子，又摆出无所谓的神气；可是他马上又回到了威尔莫特小姐的身边，而且从那时起一直到此刻——也就是，当天晚上、次日一整天、次日又次日，直到今天早上(22日)，他始终没有对我说过一句好听的话或者以愉快的目光朝我看上一眼——除非完全有必要，他对我一言不发——他每朝我看，目光总是冷冰冰而不友好的，我原以为他是装不出这种目光的。

我姑妈注意到了这个变化。虽然她关于这一点既没有问我原因又没加任何评论，我却看得出她对此感到高兴。威尔莫特小姐也注意到了，她得意洋洋地把这归因于她自己的超群魅力和奉承手段；而我的确很难过——难过到我自己不愿意承认的地步。我的自尊心拒绝给我援助。是它使我落进这个窘境，而却不肯帮助我解脱。

他并不怀着恶意——那只是出于他兴高采烈、爱开玩笑的心情；而我呢，则是出于怨毒——对于他的冒犯认真得到了不相称的地步——伤透了他的感情——过分地得罪了他，我担心他再也不会宽恕我了——而这一切仅是由开玩笑引起的！他以为我不喜欢他——而且他一定会继续这么想。我一定会永远失去他；而安娜贝拉可能会赢得他，她肯定会胜利的。

可是我深深痛惜的并不是我的损失，也不是她的胜利，而是我为他的利益所抱的天真的希望的破灭、她配不上他的爱情这一点以及他因把自己的幸福托付给她而将会招致的损害。她并不爱他；她一心只为自己打算。她不会赏识他内在的优点；她既察觉不出又不会珍视它，更不会抚育它。她既不会因他的缺点而悲叹，也不会试图帮他改正，反倒因她自己的缺点而使之变本加厉。而且我还怀疑她终究会不会欺骗他，因为我看出她在他和洛勃罗勋爵之间要着两面派手段，一边以与活泼的亨廷顿调情为乐，一边又竭力要征服他那位忧郁的朋友；要是她能够成功地使他们两人都拜倒在她的石榴裙下，那末这位迷人的平民就简直不可能敌得过那位气派十足的贵族。如果说他注意到了她耍的这套狡猾的小动作，他可并不感到不安，却反而会通过克服一个富于刺激的阻力，以赢得否则就太轻易的胜利而为自己的消遣增添新的趣味。

威尔莫特先生和博雷姆先生抓住了他对我怠慢的机会。再度分别向我求爱；要是我像安娜贝拉和一些其他姑娘那样，我就会利用他们不屈不挠的态度，尽力使他复燃对我的情火；可是且不说公正和诚实，我自己也受不了这么做；我没有鼓励他们作进一步的纠缠，但眼前的折磨已经使我够烦恼的了——再说，即使我鼓励了他们，对他的作用也会是极小的。他眼看一个以屈尊的态度向我献殷勤并且唠叨着乏味的话，另一个则令人不胜厌烦地强求着，使我痛苦之极，却对我毫不同情，也不怨恨那两个折磨我的人。他根本从来没有爱过我，不然怎么会心甘情愿地放弃了我，也不会与其他所有的人没完没了地谈得这么高兴——同洛勃罗勋爵和我的姑父在一起说笑，逗弄米莉森特·哈格雷夫，与安娜贝拉·威尔莫特调情——仿佛毫无心事似的。唉，我为什么对他恨不起来呢？我一定是迷恋上他了，不然的话，我是会不屑像现在这样惋惜失去他的！可是我一定得尽我所剩下的全部力量把他从我的心中拔掉。晚餐的铃响了——这时我姑妈走来责备我整天坐在自己的书桌前，而不去同客人们待在一起——我多么希望客人们都——走掉啊。

第十九章
一桩事件

22日。晚上——我做了什么啦？结果又会怎么样呢？我没法平静地回想这一切；我久久不能入睡。我又得求助于我的日记了；今晚我要把这一切写在纸上，且待明天看我会怎么想。

我下楼进晚餐的时候，拿定主意要高高兴兴并且举止得当；考虑到我头痛得多么厉害，内心又感到多么痛苦，我能坚持我这决心还是非常值得赞扬的——我不知道自己最近是怎么回事；我的脑力和体力一定都莫明其妙地衰退了，否则我在许多方面是不会表现得这么软弱无能的——不过这一两天我确实身体不太好，我想这是因为睡得少、吃得少、想得多、情绪又一直不好的关系。可是言归正传：在先生们走进客厅之前，我姑妈和米莉森特要我边弹钢琴边唱来给大家助兴（威尔莫特小姐是从不喜欢单单为女士们浪费她的音乐才能的）；米莉森特要求我唱的是一支苏格兰小曲，他们进来的时候，我正唱到一半。亨廷顿先生一进屋来，便朝安娜贝拉走去。

“喂，威尔莫特小姐，今晚请你给我们来点歌唱表演，好吗？”他说，“现在就唱吧！要是我告诉你我已经一整天如饥似渴地要听你的歌声，我知道你就会唱的。来！钢琴闲着呢。”

钢琴的确是闲着，因为我一听见他的请求就离开了钢琴。要是我生就具有相当多的自制力，那末我就该主动转向那位小姐，高兴地同他一起要求她唱歌；这一来，如果他是有意当众侮辱我，他就会大失所望；如果他那么做只是出于考虑不周，那就可以使他认识到自己的错误；可是由于我过分激动，怎么也办不到，只能从钢琴凳上站起来，投身沙发上，靠在那儿，艰难地忍住我内心所感到的痛苦，不让它发出声音来。我知道安娜贝拉的音乐天资高于我，可是也没有理由把我看做完全无足轻重的人啊。他向她提出要求的时刻和态度无异是对我的一种毫无理由的侮辱；我单是由于恼火也会哭出来的。

与此同时，安娜贝拉兴高采烈地去坐在钢琴前，给他唱了两首他特别喜爱的歌。她的才能是那么出众，连我不久也钦佩得怒气全消，带着一种又忧郁又快乐的感觉去聆听她那洪亮有力的嗓音的技巧高超的抑扬有致的歌唱，它是巧妙地由她那圆熟而活泼的伴奏所烘托的；当我的耳官陶醉在这种音响中时，我的眼睛停留在她的那个主要聆听者的脸上，并且从观察他那面部表情获得不相上下或者更多的乐趣。此时他正站在她的身旁——他眉目之间因兴奋而显得喜气洋洋，他那甜蜜的笑容时隐时现，犹如四月里的一道道阳光。难怪他会如饥似渴地要听她唱歌。对于他那样不顾一切地怠慢了我，我现在从心底里宽恕了他，对于我自己竟然为这样一桩小事而耿耿于怀感到惭愧——而且尽管我如此钦佩和欣喜，我内心深处依然受到一阵阵妒忌所引起的剧痛的折磨，对此我也感到羞惭。

“好啦！”她唱完第二首歌时说道，同时弄着玩地让手指飞速地在琴键上溜一下。“要我下一首唱什么？”

不过她说这句话的时候掉转头望着洛勃罗勋爵，后者站在她背后稍远一点的地方，身子靠在一把椅子的椅背上——也是聚精会神的听众之一，从他的面部表情判断，可知他像我一样，此时也正体验着悲喜交集的感情。可是她向他望着的目光明摆着有这样的含义，“你现在选择一首歌让我唱吧；我为他已经唱够了，很乐意尽力使你满意”。在这样的鼓励下，那位爵爷就向前走来，翻翻乐谱，不一会儿，就把一支小曲摆在她前面。这支小曲我以前注意到过，而且兴致勃勃地看了不止一次，这种兴趣是由于我在心里把它与那个支配我思想的暴君联系起来而产生的。而现在由于我的神经已很兴奋，已经有点儿紧张，听见那些歌词用那么柔和悦耳的颤音唱出来，我也就掩盖不住我无法抑制的感情流露了。泪水不由得涌入了我的眼睛，于是为了不让人瞧见我在听的时候要流泪，我把我的脸埋在沙发的靠垫里。这曲调很简单、悦耳而又悲哀；它至今还萦绕在我的脑中——它的歌词①也是这样：

向你告别了！可是并不
　　向我对你的所有眷念告别；
在我心中它们将依然存留，
　　它们将使我欢欣，给我慰藉。

啊，多美丽啊，又多优雅！
　　要是你从未出现在我的眼前，
我从未梦见过一张活人的脸
　　能够如此远胜想象中的魅力。

如果我可能再也看不见
　　我深深爱着的那身段和容颜，
也不再能听见你的嗓音，我依然会乐意
　　永远珍藏对它们的回忆。

那嗓子，它那音调的魔力
　　在我胸中能唤醒一声共鸣，
引起种种情感，单靠它们
　　就能使我恍惚的心神欢欣。

① 一般认为这是安妮·勃朗特自己写的，曾收入她的第一部诗集《安妮·勃朗特诗歌全集》（克莱门特·肖特编，1920 年）。——原编者注

那笑吟吟的眼睛，它射出的亮光
　　我的头脑不会少加回忆——
还有，啊，那微笑！它那快乐的闪光
　　非凡人的柔情目光所能表达。

别了！不过让我仍然怀有
　　那个我无法放弃的希望。
蔑视可能会伤害，冷酷会使人寒心，
　　可是希望将永留我心中不忘。

而且又有谁知道上天终于
　　不会应答我所有的一千次祈祷，
吩咐未来对过去加以补偿，
　　以欢乐偿还痛苦，笑容偿还眼泪？

歌声停止了，此时我最渴望的莫过于离开这个房间。沙发离房门不远，可是我不敢抬头，因为知道亨廷顿先生正靠我很近站着，根据他回答洛勃罗勋爵的某句话时的话声，我知道他是面向着我的。也许一声没能完全忍住的啜泣被他听见了，促使他掉过头来看——真是上天不容！于是我竭尽全力，拼命制止再度出现懦弱的迹象，擦干了眼泪，等到我认为他已经又掉过头去时，站起身来，立即离开了房间，去躲在我特别喜爱的常去的地方——书房里。

在那里没有烛光，只有被忽视了的炉火所发出的微弱的红光——不过我并不需要什么亮光；我只想在不被人注意和不受到干扰的情况下恣意思忖；于是在安乐椅前的一只矮凳上坐下，把头埋在有垫子的座位上，想啊，想啊，直到眼泪又涌了出来，于是我便像个孩子似的哭开了。然而过了一会儿，房门轻轻地被推开了，有人走进屋来。我相信只是个用人罢了，因此没有动弹。房门又被关上了——可是房里并非只有我一个人，因为有一只手轻轻地碰了一下我的肩膀，有一个声音柔和地说道：

“海伦，怎么回事？”

我当时答不上话来。

“你一定而且非告诉我不可，”他更加热切地补充了一句，倏地挨着我跪在地毯上，强行抓住我的一只手；可是我急忙抽出自己的手，答道：

“对你来说，这无所谓，亨廷顿先生。”

“你能肯定这对我无所谓吗？”他回答说，“你能发誓你哭的时候并没有想着我吗？”

这可真教我受不了。我努力站起来，可是他正跪在我的衣服上。

“告诉我，”他继续说——“我想知道——因为，如果你是在想着我，那么我就有些话要对你说——如果不是，那么我就走。”

“那么走好了！”我大声说，可是又担心他唯命是从，从此不再来了，我连忙又加上一句——“或者把你要说的话说了，就把这事了结掉！”

“到底要我走还是说呢？”他说——“因为只有你真的想着我，我才说。所以告诉我吧，海伦。”

“你太不礼貌了，亨廷顿先生！”

“一点儿也不——你的意思是说我太礼貌了——这么说，你不愿告诉我啰？——好吧，我就不来伤害你们女人的自尊心了，就把你的沉默解释为‘是的’，想当然地认为刚才你想的便是我，我便是使你苦恼的原因——”

“实际上，先生——”

“如果你否认，我就不把我的秘密告诉你，”他威胁道；于是我就不再打断他的话——或者甚至也不试图严加拒绝，尽管他又抓住了我的一只手，用另一条手臂半搂着我——这在当时我几乎没有意识到。

“是这样的，”他重新开始说，“与你相比，安娜贝拉·威尔莫特就像是一朵扬扬得意的牡丹，而你是一朵镶嵌着宝石般的露珠的可爱的野玫瑰花苞——而且我发狂地爱着你！——现在告诉我这条消息有没有使你高兴——又是沉默？这就意味着‘有’了——那末让我再添上一句：我没有你就活不下去，如果你对最后这个问题的答复是‘不’，你就会使我发疯——你愿意把自己给我吗？——你愿意！”他嚷了起来，把我紧紧地搂在怀里，几乎要把我挤死了。

“不，不！”我竭力从他怀中挣脱出来，呼喊道——“你得问我的姑父和姑妈去。”

“你不拒绝我，他们也就不会。”

“这我可不敢说——因为我姑妈不喜欢你。”

“可是你并不不喜欢我，海伦——说你爱我，我就离开。”

“我希望你会走掉！”我回答说。

“我会的，马上走——只要你说一声你爱我。”

“你知道我是爱你的，”我答道。他又猛地把我抱在怀里，吻得我透不过气来。

正在此时，我姑妈把房门开得大大的，手里擎着蜡烛，又震惊又诧异地站在我们跟前，呆呆地朝亨廷顿先生看看，又朝我看看——因为我们两人都惊跳起来，这会儿正隔得老远地站着。不过他只慌乱了片刻，马上就恢复了过来，以值得羡慕的自信态度开口说道：

“我万分抱歉，马克斯韦尔太太！请别对我过于严厉。我刚在要求你这可爱的侄女好歹要接受我的求婚，而她像个好姑娘，告诉我说没有先得到她姑父和姑妈的同意是不能考虑这事的。因此让我恳求你不要罚我永远受苦吧；如蒙你赞同我的目标，我就有把握了；因为我确信马克斯韦尔先生对你是什么也不会拒绝的。”

“我们明天再谈这件事吧，先生，”我姑妈冷冷地说。“这是个需要慎重认真考虑的问题。现在你最好回到客厅去。”

“可是在这同时，”他恳求道，“让我把我的目标托付给你以便得到你最宽容的——”

“亨廷顿先生，在我和对我侄女的幸福所作的考虑之间，不应当插入对你的宽容。”

“啊，确是这样！我知道她是一位天使，而我则是一只冒昧的狗，竟然梦想要得到这么个珍宝；然而我宁死也不甘心把她让给已经进天国的最好的人——至于她的幸福，我愿意牺牲我的肉身和灵魂——”

“肉身和灵魂，亨廷顿先生——牺牲你的灵魂？”

“嗯，我愿意献出生命——”

“不会要求你献出生命的。”

“那末我要度过一生——献出一生——以及它的全部力量以促进并维护——”

“先生，我们改日再谈这件事吧——我原是会倾向于对你的要求作出更有利的判断的，如果你也选择了另一个时间和地点，以及——让我加上一句——另一种态度来作你的声明的话。”

“嗨，你听着，马克斯韦尔太太，”他又开始说话了——

“对不起，先生，”她尊严地说——“朋友们在另一个房间里要你去呢。”说罢她便转过来对着我。

“那末你一定得替我恳求，海伦，”他说，最后走出了房间。

“海伦，你最好还是回自己的房间去，”我姑妈严肃地说。“我也要等到明天再和你讨论这件事。”

“别生气，姑妈，”我说。

“亲爱的，我并不生气，”她答道，“我是感到惊奇。要是你真的告诉他说没有得到我们的同意你就不能接受他的求婚——”

“是真的，”我插嘴道。

“那你怎么可以允许——”

“我实在没有办法，姑妈，”我大声说，突然哇地哭起来。这并不完全是伤心的眼泪，也不是担心她会生气的眼泪，而是由我的感情全面激动起来所引起的爆发。不过我的好姑妈见我这么激动，她感动了。她用较柔和的声调又劝我去休息，轻轻地吻了吻我的前额，向我道了晚安，把手中的蜡烛递给我；于是我就走了——可是我脑子里思潮起伏不已，哪里睡得着觉。现在我已把这一切都写下了，就觉得平静些了；我要去睡觉，试图去赢得疲倦的身体的甜蜜的恢复剂。

第二十章
坚　持

9 月 24 日——早晨我起身来，感到轻松愉快，不，快活极了。我姑妈的意见以及对得不到她的同意的担心像徘徊不去的乌云般笼罩在我头上，在我所抱的金光灿烂的希望以及自己的爱情得到了回答的极度快乐意识中，这团乌云消失殆尽了。这是个辉煌的早晨，我到户外去领略它，静静地闲荡着，由我自己的极其快活的思绪做着伴。草上沾着点点露珠，千万根游丝在微风中飘动，快活的知更鸟正在啭鸣中倾注它那微小的心灵，而我的心洋溢着感谢和赞美上天的无声颂歌。

可是我没有闲步多远，我的孤独状况便受人打扰了。那是唯一可能在当时妨碍我的沉思冥想而却不被我认为是不受欢迎的人——亨廷顿先生。他突然来到我的跟前。他出现得如此意外，假如只有视觉证明他的存在，我就可能会认为是出自我过分兴奋的想象；可是我随即感觉到他一条有力的手臂搂住了我的腰，热情的吻贴上我的面颊，同时他那热切而欣喜的“我的海伦！”的招呼声在我耳边回响。

“还不是你的呢，”听了这一句过于冒昧的招呼话，我忙不迭地躲开他，说道——“别忘了我那两位保护人。你不会轻易获得我姑妈的同意。你难道没有看出她对你有偏见吗？”

“我看出了，我最亲爱的；你一定得告诉我她为什么这样，以便能知道最好怎样去对付她反对的理由。我料她认为我是个浪荡子，”他见我不愿意回答他的话，便接着说下去，“而且还断定我将没有多少财产可以送给我的配偶，是吗？如果是这样，你必须告诉她，我的财产大部分是限定继承的不动产，我没有摆脱这状况。关于其余的财产可能有一些已经做了抵押——各处有一些小笔欠款和债务，不过都是微不足道的；而尽管我承认我不像我可能的——或者说，像我过去——那么富有，可是我仍然认为我们靠剩下的那些财产是能够设法过得相当舒服的。你知道，我父亲有点儿像个守财奴，到晚年尤其小气，除了积聚财富外，不懂得人生什么乐趣；因此也就难怪他的儿子会以花钱为他的主要乐趣——从而情况就是如此——直到我认识了你，亲爱的海伦，是你使我明白还有其他的观点和较高尚的目标。而且一想到得在我的家里好好照顾你，就会迫使我节制开支，生活得像一位基督徒了——且不谈你的明智的忠告和可爱而具有吸引力的德性将会在我脑中灌输为人慎重等美德了。"

"可是我说的不是这个，"我说，"我姑妈考虑的并不是金钱。她很懂事理，并不过于重视世间的财富。"

"那末她考虑的是什么呢？"

"她希望我——只嫁给真正的好人。"

"什么，一个'绝对虔诚'的人吗？——啊哼！——哦，行，我也能设法对付这个！今天是星期天，不是吗？我要在早上、下午和晚上都上教堂去，一举一动表现出非常虔诚的样子，使她把我看做是'从火中抽出来的一根柴'[①]，以钦佩和姐妹般的态度关心我。我从教堂回家，要像一座炉子一样不停地叹气，满怀着亲爱的勃兰顿特先生讲的道的那种味道和热忱——"

"是莱顿先生，"我冷冰冰地说。

"海伦，莱顿先生是不是一位'亲切的传道士'——一位'可爱而讨人喜欢的虔诚的人'？"

"亨廷顿先生，他是个好人。我希望我能说你有他一半好。"

"哦，我忘了，你也是位圣人。最亲爱的，我恳求你的宽恕——不过别叫我亨廷顿先生，我的名字叫阿瑟。"

---

① 引自《圣经·旧约·撒迦利亚书》第3章第2节："这不是从火中抽出来的一根柴吗？"这是上帝当着大祭司约书亚和撒旦的面赞美约书亚的话。

“我什么也不会叫你——因为如果你再这么说话，我就跟你绝交了。如果你真的打算像你所说的那样欺骗我的姑妈，那你真坏透了；如果并不打算这样干，那你在这种问题上开玩笑，就大错特错了。”

“我接受指正，”他收起笑容，伤心地叹了一口气说。“好吧，”他默不作声了一会儿，又说道，“我们来谈谈其他的事吧。海伦，靠得我近些，挽住我的手臂；这样我就不找你麻烦了。我看见你在那边走着，我的心就静不下来。”

我照办了；不过我说我们过一会儿就得回到屋子里去。

“还要过好长一段时间才会有人下楼来进早餐，”他答道。“海伦，你刚才谈到你的两个保护人，不过你的父亲不是还健在吗？”

“是的，不过我一向把我姑父和姑妈看做我的保护人，因为他们尽管在名义上不是，实际上却正是我的保护人。我父亲把我完全交托给他们照管。在我很小的时候我妈妈就去世了，那以后我就一直没有见到过我的父亲；当时是我姑妈提出要来照顾我，于是把我带到斯坦宁利来，从那时候起我就一直待到现在；我想，凡是有关我的事，只要她认为该同意的，他都不会反对。”

“不过他会不会支持她认为应该反对的事呢？”

“不会，我认为他不太关心我。”

“他实在太不对了——可是他并不知道自己有个多么像天使的女儿——不过对我来说，这样更好，因为要是他知道了，他就不会愿意放弃这样的宝贝了。”

“还有一点，亨廷顿先生，”我说，“我想你知道我是没有财产可继承的吧？”

他抗议说自己从来没有想到过这件事，并且请求我不要提起这种毫无趣味的问题来打扰他目前正在享受的乐趣。这证明了他无私的爱情，我听了很高兴；因为安娜贝拉·威尔莫特除了已经拥有她已故父亲的财产之外，她的叔父的财富也很可能全部由她继承。

这时我坚持要顺原路回屋子去；不过我们走得很慢，并且边走边谈着。我不需要把我们所谈的话全部记下来，还是让我把我姑妈和我之间的谈话提一提吧。早餐后，亨廷顿先生把我的姑父叫开去，无疑是为了求婚，于是我姑妈便召唤我到另一间屋子里去，在那儿她又一次开始作一番严肃的规劝，不过完全没能使我信服她对这件事的看法比我的高明。

“姑妈，我知道你用过于挑剔的态度去判断他，”我说。“他的那些朋友就不完全像你所说的那么坏。就拿米莉森特的哥哥沃尔特·哈格雷夫来说吧，要是她关于他的事所说的有一半是真的话，他只比天使略逊一筹。她不断地对我谈他的种种美德，把他捧上了天哩。”

“你要是根据一个疼爱哥哥的妹妹所说的话来对那个男人下结论的话，”她答道，“那末你对此人的品质所作的评价就可能很不恰当。这种人当中最坏的通常都知道怎样把自己的不端行为瞒过他们姐妹的眼睛，也瞒住他们的母亲。”

“还有洛勃罗勋爵，”我接着又说道，“是个很正派的人。”

“谁说的？洛勃罗勋爵是个不顾一切的人。他赌博和干其他事，把自己的财产都挥霍光了，如今正在找一个有财产可继承的女子来挽回这种局面。我把这情况告诉了威尔莫特小姐；可是你们都一样，她傲慢地回答说她非常感谢我，可是她相信自己能分辨出一个男人追求她是为了她的财产还是为了她本身；她自以为在这些事上有足够的经验，有理由信赖自己的判断力——而至于爵爷短少钱财嘛，她可不在乎，因为她希望她自己的财产足以满足两人的需用；至于他的放荡不羁，她想他不会比别人更坏——再说，他已经改过自新了——是啊，他们要骗取一个被引入歧途的多情女郎的心时，是都能装扮成伪君子的！”

“哦，我认为他同她是差不多好的，”我说。“不过亨廷顿先生结婚后是不会有很多机会陪伴他那些单身汉朋友的——而且他们越坏，我也就越渴望把他从他们中间解救出来。”

“确实如此，我亲爱的；而且他越坏，我想你也就越渴望把他从他本身解救出来。”

“是的，假如他不是不可救药的——也就是说，我更渴望把他从他的过错中解救出来——要给他机会摆脱他因与比他更坏的人接触而偶然染上的恶习，并且使他焕发出自身的毫无阴影的真正德性之光——要竭尽全力帮助他的较好的一面去反对他的较坏的一面，使他成为他本来就应该变成的那种人，要不是由于他一开头就有个自私而吝啬的坏父亲和一个愚蠢的母亲的话，他原是会变成这样的。他父亲为了满足自己卑鄙的欲望，对他在孩提时期和青少年时期的最无害的娱乐都加以限制，以致使他对任何性质的约束都产生了反感；而他的母亲则纵容他尽情寻欢作乐，为了儿子欺瞒了丈夫，竭力怂恿他去接受她原该有责任加以抑制的那些放荡和罪恶的萌芽——而且接着又结交上了你所描述的那么一伙恶友——”

“可怜的人哪！”她讥讽地说道，“他的那伙人把他害得好苦！”

“他们就是害了他！”我大声说——“可是他们不再能害他了——他的妻子将挽回他母亲所造成的恶果！”

“唉！”她稍微顿了一下，又说道。“海伦，我得说我原以为你具有比这更好的判断力——以及鉴赏力。我真不明白你怎么会爱上这样的人，也就是说你和他一起能得到什么乐趣，因为‘光明和黑暗有什么相通呢？……信主的和不信主的有什么相干呢’？[①]”

“他并不是个不信主的人——而且我并非光明，他也并非黑暗，他

① 引自《圣经·新约·哥林多后书》第6章第14至15节。

最坏的和唯一的缺点是缺少考虑。”

“而缺少考虑，”我姑妈继续说，“就可能导致一个人去犯所有的罪行，而且在上帝的眼中很难为我们自己的过错辩解。我料想亨廷顿先生并非不具有人所共有的种种功能，他并非轻浮得以致不愿承担任何责任。他的造物者同样地赋予他以无殊于我们其余的人的理性和良心；《圣经》也同样地为他与其他的人打开着——然而‘若不听从摩西和先知的话，就是有一个从死里复活的，他们也是不听劝’。[①]而且要记住，海伦，”她严肃地接着说，“‘恶人，就是忘记上帝的外邦人，都必归到阴间！’[②]因此，就算假定他会继续爱你，你也继续爱他，而且你们俩会尚称舒适地度过一生——可是当你最终看到你们俩永别时，又是怎么个情况呢？你可能被接纳进入永恒的天堂，他则被扔在硫黄的火湖里，必昼夜受痛苦，直到永永远远[③]——”

“并非永远，”我大声叫道，“‘他只在那儿待到他把最后的分文都还清’[④]，因为‘人的工程若被烧了，他就要受亏损，自己却要得救，虽然得救乃像从火里经过的一样’[⑤]。而且上帝‘能叫万有归服自己，愿意万人得救’[⑥]，而且‘在日期满足的时候，使天上地上一切所有的，都在基督里面同归于一，他为人人尝了死味，上帝便借着他叫万有，无论是地上的、天上的，都与自己和好了’。[⑦]”

“哎哟，海伦！你从哪儿学到这一切的？”

“从《圣经》里，姑妈。我把它细细看过，找到了差不多三十段，

① 引自《圣经 · 新约 · 路加福音》第 16 章第 31 节。
② 引自《旧约 · 诗篇》第 9 篇第 17 节。
③ 引自《新约 · 启示录》第 20 章第 10 节。
④ 引自《新约 · 马太福音》第 5 章第 26 节。
⑤ 引自《新约 · 哥林多前书》第 3 章第 15 节。
⑥ 此句是《新约 · 腓立比书》第 3 章第 21 节和《提摩太前书》第 2 章第 4 节两处经文含义的合并。
⑦ 此句是《圣经》中《以弗所书》第 1 章第 10 节、《希伯来书》第 2 章第 9 节和《歌罗西书》第 1 章第 20 节三处经文含义的合并。

全都有助于支持这同样的论点。”

“难道你是这样利用你的《圣经》的吗？你没有找到能证明这种信念的危险性和虚假的章节吗？”

“没有；我的确看到有些段落，如果独立地去加以理解，可能似乎是反驳那种见解的；可是人们都可以对之作出不同于通常的解释，而且在大多数段落中，唯一的困难在于我们如何解释‘无穷尽的’或者‘永恒的’这个词方面。我不识希腊文，不过我相信它的精确涵义该是‘很久’，可能既意味着‘无穷无尽’又意味着‘不朽’。说到这个信念的危险性，要是我认为有哪个可怜虫会把期望寄托在这个信念上从而毁了他自己的话，我也不会到处公之于众的，不过这是珍藏在一个人内心的辉煌的念头，赔上整个世界我也不愿意抛弃它的！”

我们的谈话到此结束，因为这是我该准备去教堂的时候了。除了几乎从不参加早礼拜的姑父之外，所有的人都去了；而威尔莫特先生则留在家里陪他安静地玩纸牌。午后，威尔莫特小姐和洛勃罗勋爵也托辞不参加礼拜；不过亨廷顿先生答应再陪我们去。我说不准他这么做是不是为了要讨好我的姑妈，可是如果是的话，他是确实该表现得更好些的。我不得不承认，我实在不喜欢他在做礼拜时的所作所为。他不是把他的祈祷书颠倒着拿在手里，就是错翻了书页，他什么也不干，只顾东张西望，除非偶然碰上了我姑妈或者我的目光，于是他便垂下眼睛盯住自己的祈祷书，装出一副极端拘谨的假正经神态，这即使不令人过分恼火，也荒唐得引人发笑。莱顿先生在讲道的时候，他有一次聚精会神地凝视了前者几分钟之后，突然拿出他的金制铅笔盒，抓起了一本《圣经》。他发觉我看到了他的这一举动，便轻声说他要把这篇布道记录下来；可是由于我就坐在他身旁，没法不瞅见他并非在作记录，而是在给传道师画一张讽刺画，把这位可敬而虔诚的长老画成极其荒谬的老伪君子的神态和模样。然而他回到家后，与我姑妈谈到那篇布道时，却表现出一定程度的谦恭而又严肃的识别力，以致不由使我相信他果真专心听了那番话，并且得到了教益。

快要吃晚餐的时候，我姑父把我叫进书房里去谈一件很重要的事，结果没说几句话便解决了。

“喂，内尔，”他说，“这个年轻的亨廷顿提出要娶你，我对这事该怎么说？你姑妈会答以‘不行’——可是你怎么说？”

“我说行，姑父，”我毫不犹豫地答道，因为对这问题已经完全拿定主意了。

“很好！”他大声地说。“这可是个又好又诚实的答复——对一个姑娘来说是了不起的！——好吧，我明天就写信给你父亲。他肯定会同意的，所以你可以把这事看做已经定规了。我可以肯定地说，要是你接受威尔莫特的求婚要好得多，可是你是不会相信的。在你这个年龄，处于支配地位的是爱情；而在我这把年纪，重要的是耐用的赤金。我现在料想你大概从没想到要调查你丈夫的经济情况吧，或者动脑筋考虑一下结婚时分授财产给妻子的问题，或者任何这类问题吧？”

“我认为无此必要。”

“好吧，那末你应该感激自己具有更明智的脑子，能替你自己着想。我还没有时间去详细了解这个年轻的无赖的财务状况，不过我知道他父亲大笔财产的大部分已经被他挥霍掉了——可是我想仍然还剩下不少，只要稍为精心加以经营，还可能变成一笔可观的金额；而且，我们还应该劝你父亲给你一笔像样的财产，因为除了你本人，他只需要照顾一个人——再有就是，要是你表现得好，谁知道我不会因此在遗嘱中写上你的一份遗产呢？”他接着说道，一边把一根手指按在鼻子上，会意地眨了一下眼睛。

“多谢姑父，为了那事和你的满腔好意，”我回答说。

“哦，我还问了这个年轻的情郎关于分授财产的问题，”他接下去再说道，“他在这一点上似乎打算做得够慷慨的——”

“我就知道他会这样的！”我说。“不过请不必为这件事多费你的脑筋——也不必多费他和我的脑筋；因为我所有的一切会成为他的，而他所有的一切会成为我的；我们两人还能再有什么要求呢？”我正要走出书房去，他把我又叫了回去。

“别走，别走！”他大声把我叫住——“我们还没有提到时间呢。该定在什么日子？你姑妈会把时间推迟到天晓得哪一天，但是他却渴望尽早缔婚；他不同意迟于下个月；而我猜想你的意见也是如此，因此——”

“根本不是这样，姑父；正好相反，我希望至少要等过了圣诞节。”

“哎呀！呸！呸！别骗我了——我可懂得哩，”他又大声说道，怎么也不相信我这句话。然而实际上确是如此。我一点儿也不急。想到等待着我的那个重大的变化以及我得离开的这一切，我怎么会急于要结婚呢？如今知道我们俩要结婚了，知道他真心爱着我，而我可以同样忠诚地爱他并且随我高兴地常常想他，就够幸福的了。不过我坚持要与我姑妈商量结婚的日子定在哪天，因为我决意不要完全不顾她的意见；因此关于这个细节还没有作出决定。

第二十一章

众说纷纭

10月1日——一切都停当了。我父亲已经表示同意，日子定在圣诞节，这是要提早和要推迟婚期这两个不同主张的一种折衷办法。女傧相之一预定为米莉森特·哈格雷夫，另一个是安娜贝拉·威尔莫特——这并非由于我特别喜欢后者，而是因为她是我姑父家的亲密朋友，再说我也没有其他朋友。

当我告诉米莉森特我已经订婚的时候，她听到这消息的态度使我相当恼火。她惊讶得目瞪口呆了一会儿后说：

“得，海伦，我想我应该祝贺你——见你这么快活真叫我高兴；不过我没有想到你会要他的；而且你竟然这么喜欢他，使我不由得感到惊讶。”

“为什么感到惊讶？”

“因为你在各方面都比他优越得多，而且此人有点极冒失的地方——又很鲁莽——因此我不知道该怎么样——可是我总是见他走近来，便感到希望避开他。”

“是你自己羞怯，米莉森特，这可不是他的错。”

“还有他的外表，”她继续说下去。“大家都说他长得漂亮，他也确实如此，不过我不喜欢那种美；而且我也觉得奇怪你怎么会喜欢的。”

“请问，你为什么觉得奇怪？”

“哦，你是知道的，我认为他的外表一点儿也不高贵或者崇高。”

“事实上你是觉得奇怪我怎么会喜欢上与传奇中那种趾高气扬的英雄人物迥异的任何人，是不？得了！给我个有血有肉的情郎，我就愿意把赫伯特爵爷和瓦伦丁爵爷之流让给你——如果你能找到他们的话。”

“我并不要他们，”她说。“我也是有个有血有肉的就满足了——只是这个人必须是精神磅礴并且让精神力量支配自己的。不过难道你不认为亨廷顿先生的脸色太红了点儿吗？”

“不！”我愤愤地大声答道。“根本一点儿也不红。他的肤色有的只是悦人的红润——一种健康的好气色，整个面部带着粉红的暖色，恰如其分地和双颊上较深的色泽十分相配。我可不喜欢男子的脸色红白分明，活像个涂脂抹粉的洋娃娃——或者苍白得像害病似的，或者黑得像让烟给熏脏了的，或者黄得像死尸似的！”

“得了，审美观各不相同——不过我喜欢肤色苍白，要不就是暗色的，”她回答说。“不过老实告诉你，海伦，过去我一直欺骗自己，想望有一天你会成为我的嫂嫂。我指望在下个社交季节介绍沃尔特与你相识；我原以为你会喜欢他，我也肯定他会喜欢你；我自以为这样我就有福气看到在世上我最喜欢的两个人——除了妈妈以外——结合在一起。他可能不完全符合你所认为漂亮的标准，不过与亨廷顿先生相比，他的相貌可更出色、更像样、更美好——要是你结识了他，我肯定你也会这么说的。”

“不可能，米莉森特！你这么想，是因为你是他的妹妹；而且正因如此，我会原谅你；但是我决不允许其他任何人这么不受谴责地在我面前贬低阿瑟·亨廷顿。”

威尔莫特小姐几乎也同样坦率地表达她对此事的看法。

“这么说，海伦，”她说，一边带着并不和蔼可亲的微笑走到我跟前，“我料想你会成为亨廷顿太太了？”

“是的，”我答道。“难道你不羡慕我吗？”

“哎呀，不！”她大声说。“我或许有一天会成为洛勃罗勋爵夫人，亲爱的，要知道，到那时候，我也就有资格问一声‘难道你不羡慕我吗’？”

“从今以后我什么人也不羡慕了，”我还嘴道。

“说真的！你是这么幸福吗？”她若有所思地说，脸上蒙上了一层非常像是失望的阴影。“那末他是不是爱你——我的意思是，他是不是像你对他那样也把你当作偶像来崇拜？”她补充道，同时双眼紧紧盯住我，露出掩饰不了的急切表情，等我回答。

“我不要别人把我当作偶像来崇拜，”我答道，“不过我十分肯定他爱我胜过世上任何人——就像我爱他一样深。”

“确实如此，”她点了点头说。“我希望——”她说到这里顿住了。

“你希望什么？”她脸上露出的恶意的表情使我很生气，我便追问道。

“我希望，”她干笑了一声说，“这两位先生各自迷人之处和可取的条件能够合在一起——也就是洛勃罗勋爵有亨廷顿的漂亮脸蛋和好脾气，有他的全部机智、高兴劲儿和魅力；要不然就是亨廷顿有洛勃罗的门第、爵位和可爱的祖传家宅，而我把他占为己有；你则可以嫁给另一位而且受到欢迎。”

“谢谢你，亲爱的安娜贝拉，对我来说，我更满足于实际的情况；至于你，我希望你也像我一样，对你的心上人感到满意，”我说道，而且我说的正是真心话，因为，尽管我起先对她那种不友好的态度感到恼火，她的坦率却感动了我，而且我们两人的情况是如此悬殊，使我大可以可怜她并且祝愿她幸福。

看来亨廷顿先生的朋友们对于我们即将结合也不比我的朋友们感到更高兴。今天早上的邮差给他送来了他的几个朋友的信。在早餐桌上看信时，他做着种种奇怪的鬼脸，引起了大家的注意。可是他把那些信全都塞进口袋里去，暗自笑笑，一言不发，直到早餐结束。这时大家还没有安顿下来去从事各种各样的早晨娱乐活动，有的逗留在炉边烤火，有的懒散地在屋子里闲荡，他走过来在我的坐椅背上俯下身子，脸触着我的鬈发，先温和地吻了我一下，然后在我耳边倾吐了下面这一通怨言：

“海伦，你这个迷人的姑娘，你可知道你使我遭到了我所有朋友的咒骂了吗？前几天我写信把我的幸福前景告诉他们，如今我得到的不是一大堆贺词，却是满口袋的痛骂和指责。他们没有一个人对我发出一句友善的祝愿，对你也没有说一句好话。他们说此后不会再有什么乐趣，不会再有欢乐的白天和兴高采烈的夜晚了——这全都是我的过错——说我是首先解散这个欢乐的团体的罪魁，其余的人纯然由于绝望也要学我的样子去结婚了。他们尊称我为这个团体的真正的灵魂和支柱，而我却可耻地辜负了他们对我的信任——”

“如果你喜欢的话，尽可以再和他们做伴去，”我听到他说这话的悲伤口气，便有点儿怄气地说。“让我妨碍任何人——或者任何一批人——得到那么多的幸福，我会感到难过的；我或许也能像你那些被抛弃的可怜朋友一样，好歹设法在没有你的情况下自己过日子。”

“哎呀！不行，”他咕哝道。“对我来说，‘一切为了爱情，否则世界彻底完蛋’①。让他们去——说得客气点儿——去他们活该去的地方吧。不过，海伦，要是你知道他们把我骂得多狠，你就会由于我为你冒了这么大的风险而更加爱我的。”

他掏出他的那些弄皱了的信。我以为他要让我看它们，便对他说我不想看。

“我亲爱的，我并不打算给你看，”他说。“这些信简直不宜让一位小姐过目——大部分内容都是这样的。但是，瞧，这是格里姆斯比的潦草字句——只有三行，这个闷闷不乐的家伙！他固然说得不多，但

① 此句借用英国诗人、评论家及剧作家约翰·德莱顿(1631—1700)于1678年出版的一个历史诗剧的名字。在剧名中，“否则”(or)应译为“又名”。该剧是写安东尼和克娄巴的爱情悲剧的。

正是他的沉默，有着比所有其他人的话更多的涵义，而且他说得越少，就意味着他想得越多——愿上帝惩罚他！——最亲爱的，我请你原谅——这封信是哈格雷夫写的。他特别抱怨我，因为，说真的，他根据他妹妹的报告已经爱上了你，打算结束了放荡生活后就和你结婚。”

“我非常感谢他，”我说。

“我也是，”他说。“再看这封。是哈特斯利写来的——每一页上都满是带抱怨的指责、恶毒的咒骂和伤心的诉苦，最后发誓说，作为报复他也要结婚；他将委身于头一个愿意向他挑逗的老处女——他这么说，仿佛我很在乎他如何处置自己似的。”

“好吧，”我说，“如果你真的放弃与这些人的亲密关系，我想你将没有多大理由因失去他们的友谊而后悔；因为我相信他们对你是从来没有过什么益处的。”

“可能是这样；不过我们倒也开心过一阵呢，尽管乐中有苦，这是洛勃罗吃了苦头之后所体会到的——哈，哈！”他想起洛勃罗所遭到的麻烦事正笑着，我姑父走过来拍了一下他的肩膀。

“喂，我的孩子！”他说。“你是不是忙于同我的侄女调情，都顾不上同野鸡作战了？——要记得，今天是 10 月 1 日！——阳光出来了——雨止了——就连博雷姆也敢穿着他的防水长统靴大胆去冒险了，而威尔莫特和我将会胜过你们大家。我敢说，我们老头儿是这一伙人当中最起劲的运动家！”

“不管怎样，我今天可要让你看看我的厉害，”我的同伴说。“我要成批地杀死那些鸟，就为了你使我离开比你们或者那些鸟更好的伴侣。”

他说罢便走了，直到吃午餐的时候我才再见到他。这一段时间似乎长得令人厌倦，我真不知道我没有了他该怎么过日子。

千真万确，这三位年长的先生证实了自己是比那两位年轻的更起劲得多的运动家，因为最近洛勃罗勋爵和阿瑟·亨廷顿几乎天天都陪我们到处骑马和闲逛，忽视了狩猎活动。不过这一段欢快的日子很快就要结束了。不到两星期聚会就散了，使我十分难过，因为我过得一天比一天快活——博雷姆和威尔莫特这两位先生不再缠住我，我姑妈不再训斥我，我自己也不再妒忌安娜贝拉——甚至也不再讨厌她了——既然亨廷顿先生已成为我的阿瑟，而且我可以自由自在地跟他在一起——我又问自己了：我没有了他该怎么过呀?

第二十二章
友谊点滴

10月5日——我的杯中并不完全是甜汁，其中掺和着我无法对自己掩饰的苦味，不管我怎么想去假装不知情。我可以设法使自己相信甜味对苦味占有压倒的优势；我也可能把苦味称作一种可口的芳香剂；可是，不管我怎么自圆其说，它依然存在，我没法不尝到它。对阿瑟的缺点，我无法视而不见；而且我越爱他，这些缺点就使我越苦恼。我担心我所深深信赖的他那颗心并不像我本来想象的那么热情宽厚。至少他今天让我看到了他自己的本质的一次表现，如果称之为粗心大意似乎就太宽容了。原来他和洛勃罗勋爵陪着安娜贝拉和我骑着马作了次愉快的长途跋涉；他与通常一样在我身旁骑着，而安娜贝拉和洛勃罗勋爵则在距我们前面不远处骑着，后者向他的同伴俯着身子，仿佛亲切地谈着知心话。

“海伦，如果我们不警惕的话，这两个人会比我们抢先一步的，”亨廷顿说。“的的确确，他们会成婚的。那个洛勃罗简直已经坠入情网了。可是我担心他跟她结婚之后会发现自己陷入了困境。”

“要是我听到的关于他的事是真实的话，”我说，“她跟他结婚之后也会发现自己陷入了困境的。”

“她才不会呢。她很清楚自己在干什么；可是他呀，这个可怜的傻瓜却搞错了，还以为她会成为他的好妻子，而且由于她为了蒙骗他曾经吹牛说，在爱情和婚姻问题上她并不重视地位和财富，他便自以为她一往情深地爱着他；认为她不会因他贫穷而拒绝他，也不是为了他的地位而向他求爱，完全是爱他这个人。”

“可是难道他自己不是因她的财富而向她求爱吗？”

“不，他可不是。当然，起初是这个吸引了他；但是如今他已经不再把它放在心上了。除了仅仅将其视作为维持生计所必不可少的东西之外，他从不想到金钱这两个字，因为要是没有它，为这位小姐自身着想，他是没法考虑娶她的。不，他是完全坠入情网了。他原以为自己永远不会再爱什么人了，可是却又一次爱上了。大约在两三年前，他原是要结婚的；可是因为失去了他的财产，也就失去了他的新娘。他在伦敦的同辈中间染上了坏的癖好，不幸对赌博特别感兴趣，而且这家伙谅必生不逢辰，因为他总是输多赢少。这种自我折磨的方式，我是从不沉溺于其中的；我花起钱来，总是十十足足地享受到它的价值；把钱浪费在小偷和骗子身上，我并不觉得有趣；说到赢钱这问题，截至目前，我的钱总还是够多的；我认为等到自己的钱快花光时再去捞一点还不迟。不过我有时候常到赌场去，只为了要看看那些疯狂的赌徒如何进行赌博——海伦，我向你保证，这是一项十分有趣的研究活动，有时候还真能给我乐趣。那些傻瓜和疯子常常使我笑坏了。洛勃罗被相当冲昏了头脑——并非自甘如此，而是出于必然——他老是决定要放弃赌博，却老是违反自己的决心。每次下注时都说‘只再来这一次’；如果赢了一点儿，他就希望下次再赢一点儿，如果输了，在那个节骨眼上离去可不行；他一定得继续下去，直到至少收回最后的那笔输掉的款子，因为坏运不可能永远持续下去；而且每次幸而赢了，他就把这看做是好转的开端，直到事实证明情况正好相反。最后他变得不顾一切了，我们大家天天警惕着会发生自杀的事——我们中间有的人窃窃私语着：这也算不了什么大事，因为对我们的俱乐部来说，他的存在已是可有可无的了。然而他终于控制住了。他下了一笔很大的赌注，下定决心不管是输是赢，从此洗手不干了。他过去的确常常下这样的决心，可每次都违背了自己的话；这一次也不例外。他输了；他的对手喜形于色地伸手把赌注一下子全捋走的时候，他脸色变得像白垩一样白，默默地朝后退去，抹抹前额。当时我在场；我见他两臂交叉于胸前，眼睛盯着地面，我很明白此刻他心里在想什么。

“‘这是不是最后一次，洛勃罗？’我走到他跟前，问道。

“‘这是倒数第二次，’他狞笑着回答；接着便冲回到赌桌旁，砰的一声拍了一下桌子，把嗓门提高得超过了房间里的硬币丁当声以及发誓和咒骂混在一起的一片嘈杂声，他发了一句深沉而严肃的誓言：不管发生什么事，这回的尝试将是最后一次；并祈求说，此后他若再洗一张牌或者再摇动一次骰子盒，便让无以言喻的灾祸降临到他的头上。说毕他下了比先前多上一倍的赌注，向在场的任何人挑战，来与他一赌。格里姆斯比立即挺身而出。洛勃罗狠狠地向他瞪眼，因为格里姆斯比的好运几乎与他的厄运同样著名。不管怎样，他们开始赌了。可是格里姆斯比这人手法熟练又不择手段，因此我不敢说他有没有利用对方急切得哆哆嗦嗦、什么也不注意的情况，卑鄙地耍了他；结果洛勃罗可又输了，气得压根儿垮了。

“‘你最好还是再来一次，’格里姆斯比把身子探过桌面说道。接着对我眨了一下眼。

“‘我没有钱再赌了，’那可怜的家伙勉强笑了笑说。

“‘哦，你要多少，亨廷顿会借给你的，’另一个说。

“‘不行，你听见我发过誓了，’洛勃罗回答道，默默地带着失望的心情转过身去。于是我挽着他的手臂，领他走出了房间。

“‘这是最后一次吗，洛勃罗？’我把他带到街上以后问道。

“‘是最后一次，’他有点儿出乎我的意料地回答说。我便带他回到了家中——这是说回到了我们的俱乐部——因为他顺从得像个孩子，我用掺水的白兰地灌他，直到他开始显得相当快乐——至少比较有点生气了。

“‘亨廷顿，我完蛋了！’他从我手中接过第三杯酒时说道——刚才他一直是喝着闷酒。

“‘你可没有！’我说。‘你会发现一个人失去了他的钱财后照样能像一只失去脑袋的乌龟或者失去身子的黄蜂那样活下去。’

“‘可是我负着债啊，’他说——‘债台高筑！而且我永远，永远也还不清那些债！’

“‘咳，那又有什么关系？许多比你强的人负着债过日子，到死都没有还清，而且你也知道他们不能把你下到牢里去，因为你是贵族。’说着我递给了他第四杯酒。

“‘可是我不喜欢负债！’他叫嚷起来。‘我不是为负债而生的，我可受不了！’

“‘没法补救的事就得忍受，’我说，一边为他调制第五杯酒。

“‘而且我又已经失去了我的卡罗琳。’他开始抽鼻子，因为白兰地使他的心软下来了。

“‘这不要紧，’我答道，‘世上不是只有一个卡罗琳。’

“‘对我来说，只有一个，’他悲伤地叹了一口气说，‘而且就算还有五十个，我可不知道没有钱又有谁能得到她们？’

“‘哦，有人会贪图你的贵族头衔而要你的；再说，你还有祖传产业；你也知道，那是有限定继承权的。’

“‘我多么希望我能把它卖掉了来还债啊，’他咕哝道。

“‘这还不算，’这时格里姆斯比刚走进屋来，他说，‘你知道，你可以再试试。我要是你的话，我会再试一次的。我决不就此罢休。’

“‘我可以告诉你，我不愿再试了！’他大声喊道。他猛地站起来，走出房去——步子踉踉跄跄，因为酒已经冲昏了他的头脑。当时他还不十分习惯于喝酒，不过那以后他一心一意地开始借酒解愁了。

“他遵守了自己关于赌博的那个誓言（这着实使我们大家感到意外），尽管格里姆斯比竭力引诱他去违反它，可是他如今却染上了使他几乎同样伤脑筋的另一种恶习，因为不久他便发现酒魔与赌魔同样邪恶，也几乎同样难于摆脱——特别是他那些好心朋友又竭力怂恿着他那永远不能满足的渴望。”

“这么说，他们自己也是恶魔了，”我再也控制不住满腔的义愤，大声说道。“而且看来头一个引诱他的就是你，亨廷顿先生。”

“唉，我们又有什么办法呢？”他表示不赞成这种说法，说道——“我们那么做是出于一片好心的——我们不忍眼巴巴地看着这可怜家伙那么苦恼——再说，他也实在太扫我们的兴了，在失去情人、丧失大笔财产和前一天晚上胡闹后所引起的反作用的三重影响之下，一言不发、闷闷不乐地坐在那儿；不过遇上他心里有什么念头的时候，即使他本人并不感到快活，却总能为我们提供无穷的乐趣。连格里姆斯比都会因洛勃罗的一些怪话暗自笑起来，他说他喜欢那些话远远胜过我打趣的俏皮话或者哈特斯利的纵声狂笑。可是有天晚上我们大伙儿在俱乐部很亲切地待在一起，吃过晚餐，正坐着喝酒的时候——洛勃罗发疯似的向我们一杯杯地祝酒，尽管他没有陪我们一起唱那些疯狂的歌曲，却在一旁听着并且参加了鼓掌——他突然陷入了沉默，让头垂到手上，不再把酒杯举到唇边了——不过这也不是什么新鲜事儿，因此我们也就由他去，继续乐我们的，直到后来，正当我们哄然大笑的时候，他突然抬起头来，插嘴进来叫嚷道：

“‘先生们，我们这样一直要闹到哪儿才结束？——你们现在就答复我这问题，好吗？——这一切要闹到哪儿才结束？’

“‘闹到地狱的烈火里才结束，’格里姆斯比咆哮着说。

“‘你说中了——我就是这么想的！’他大声说。‘那好，我来告诉你该怎么办。——说着便站起来。

“‘演说啦，演说啦！’我们都嚷开了。‘听啊，听啊！洛勃罗要向我们演说啦！’

“他镇静地等着，直到雷鸣般的喝彩鼓掌声和酒杯的丁当声停下来才开口讲：

“‘先生们，就是这两句话：——我觉得我们最好到此为止。我们还是趁还来得及的时候就停止为好。’

“‘说得正对！’哈特斯利扯开嗓门说道：

‘停下，可怜的罪人，停下想想
　　在你再向前走去之前，
不要再在边沿上寻欢作乐，
　　在那无穷无尽的苦难的边沿。’

“‘完全正确！’爵爷极其严肃地应道。‘而且如果你们愿意去无底坑[1]，我可不同你们一起去——我们必须分手，因为我发誓不再朝它走一步了！——这是什么呀？’他拿起自己的一杯酒说。

“‘尝尝看，’我建议道。

“‘这是行巫术用的羹汤！’他大声说。‘我与它永远脱离关系！’接着便把那杯酒倒在桌面的中央。

“‘把杯子再斟满酒！’我说着把酒瓶递给他——‘让我们为你的自我克制干杯。’

“‘这是剧毒品，’他一把抓住瓶颈说，‘而且我立誓戒酒了！我已经戒了赌，我也要戒掉这个。’他正要故意把瓶子里所有的酒倒在桌子上，哈格雷夫使劲从他手里夺了过去。‘那末你们就活该受诅咒！’他说。于是一边倒退出房间，一边嚷了一声，‘永别了，你们这些诱惑人的恶棍！’便在一片高声的嘲笑和鼓掌声中消失了。

---

①《圣经 · 新约 · 启示录》中多次提到无底坑，指在末日审判时恶人的归宿处。第20章第1至3节写到天使把魔鬼撒旦打入坑内。

“我们以为他次日便会回到我们中间来，可是使我们惊奇的是他的座位一直空着，我们整整一个星期没有见到他；我们当真开始以为他是要遵守自己的诺言了。可是终于在一天晚上，当我们大部分的人又聚在一块儿的时候，他走了进来，沉默冷酷得像个鬼，正要静静地在我旁边他惯常坐的椅子上坐下来，可是我们全体站起来欢迎他，几个人高声问他要喝什么，另有几个人连忙端起酒瓶和酒杯要给他斟酒；不过我知道一大杯冒气的掺水白兰地最能使他得到安慰，可是正要调制就绪，他却带着几分怒气推开酒说：

“‘请别管我，亨廷顿！请安静些，你们大伙儿！我不是来参加作乐的，我只是来陪你们待一会儿，因为我受不了自己思想的折磨。’说完便抱拢两臂，朝后靠在椅背上，因此我们就不去打扰他了。不过我把酒杯留在他身边；过了一会儿，格里姆斯比向我眨眼示意，使我注意那杯子；我转过头去，见那杯酒已经被喝得见了底。他作了个要我再斟酒的手势，默默地把酒瓶推过来。我高高兴兴地照办了，可是洛勃罗察觉到了这出哑剧，被我们两人之间传递的会意的笑惹恼了，从我手中一把抢过酒杯，猛地把里面的酒朝格里姆斯比的脸泼去，把空酒杯朝我扔过来，然后冲出房去。”

“我希望他砸烂了你的脑袋，”我说。

“没有，亲爱的，”他答道，因想起这整个事件而纵声大笑，“他原会这样做的——而且或许还会破了我的相，不过幸好这一大蓬鬈发（说着他脱下帽子，炫耀他那一头密匝匝的栗色头发）保全了我的脑袋瓜儿，使酒杯在落到桌上之前没有碎掉。”

“那以后，”他继续说，“洛勃罗有一两星期之久一直避开我们。我有时候会在城里遇见他，由于我脾气好，对他那次粗野的行动并不记恨，而他对我也没怀恶意——因此他从来不会不愿意跟我说话；相反，他就是老缠着我，我到哪儿他就跟到哪儿——除了俱乐部、赌场和这一类危险的娱乐场所——他对自己那烦闷忧郁的情绪感到十分厌烦。最后，以我不引诱他喝酒为条件，我总算使他和我一起到俱乐部来了；而且在一段时间内，相当按时地不断在晚上来看望我们——仍然以惊人的毅力避开他那么勇敢地立誓戒掉的'剧毒品'。可是我们中间有几个会员反对他这种行为。他们讨厌他不为大伙儿的娱乐起一份作用，却坐在那儿活像一具骷髅坐席[①]，使一切全都黯然失色，而且还用贪婪的眼光注视着他们送上嘴边的每一滴酒，他们发誓说这是不公平的；有几个人坚决主张要末强迫他像大伙儿一样地行动，要末把他从这个团体中开除出去，并且发誓等下次他露面时，就这么告诉他，要是他不接受这个警告的话，就对他采取积极的措施。不过这次我帮助了他，我劝他们这一阵子由他去，说只要我们这方面稍微忍耐一点儿，要不了多久他是会回心转意的——可是这确实是件叫人恼火的事；因为尽管他像个诚实的基督徒那样滴酒不饮，我很清楚他暗地里随身带着一瓶鸦片酊不断地吮吸着——或者更确切地说，是断断续续地吸毒，就像他对待酒那样，头一天戒了，第二天却喝得更多了。

"可是有一天晚上，我们大伙儿正在纵酒宴乐——我指的是我们惯常所举行的盛宴之一——他像《麦克白斯》剧中的那个幽灵[②]一样悄悄地走了进来，一如通常那样在离桌子略远一点儿的地方坐下，坐在不管那个'幽灵'要不要坐，我们都为他准备着的那把椅子上。我从他的神情看出，因服用过量坑人的麻醉剂，他正经受着其影响；不过没有人对他说话，他也不理睬大家。他的出现只引起了几个人的斜视，他们低声说'幽灵来了'。我们继续兴高采烈地闹饮如前，后来他突然把椅子向前一拖，探出身子，把两肘搁在桌子上，这把我们都吓了一跳。他神态严肃，充满不祥之兆，提高嗓门开了腔：

---

① 古埃及人有这种风俗。——原编者注

② 见莎士比亚的《麦克白斯》第 3 幕第 4 场。

“‘咳！我真弄不懂有什么能使你们感到这么高兴的。我不知道你们对人生有什么看法——我只看见一片漆黑，唯有战战兢兢地等候最后审判和那愤怒的烈火。①’

“大伙儿不约而同地把各自的酒杯朝他推去，我把它们在他面前排成一个半圆形，亲切地轻轻拍拍他的背脊，叫他喝，告诉他喝了就会像我们所有人一样很快看到光明的前景，可是他把杯子统统推回去，咕哝道：

“‘把它们拿走！我不喝，我告诉你们——我不愿——我不愿！’于是我把一杯杯酒分别交还它们的主人；不过它们一一被拿走的时候，我瞧见他以一种不胜遗憾的渴望的眼神目送着它们。接着他交叉起十指，按在眼睛上，不去看它们，过了两分钟又抬起头来，嗓门嘶哑而又热切地轻声说：

“‘可是我又一定得喝！亨廷顿，给我一杯！’

“‘就把酒瓶拿去吧，伙计！’我说着把白兰地瓶塞进他的手里——就到此为止吧，我讲得太多了，”叙述者亨廷顿被我转向他的那种目光吓了一跳，轻声含糊地说。“不过不要紧，”他不顾一切地又说，便这样继续讲下去——“他在极度的渴望中一把抓起酒瓶，一口接一口地吮吸着，直到他的身子突然从椅子上倒下去，在暴风雨般的掌声中消失在桌子底下。这一冒失行为所导致的后果是一阵类似中风的发作，接着便患上了相当严重的脑膜炎——”

“那末你对自己有什么看法，先生？”我性急地问道。

“不用说，我很后悔，”他答道。“我去看了他一两次——不，两三次——或者，天晓得，大约有四次吧——等他好了点儿，我就亲切地把他领回到羊栏里来。”

---

① 引用《圣经 · 新约 · 希伯来书》第 10 章第 27 节的内容。

“你这话是什么意思？”

“我的意思是，我把他交还到俱乐部的怀抱中，并且出于对他虚弱的身体和极其低落的情绪的同情，我劝他为了他的胃口，‘可以稍微用点酒’[①]，并且等到他充分复原之后，劝他采纳 me-dia-via，[②]不要趋于极端的方法——既不要像傻瓜那样毁了自己，也不要像蠢货那样戒酒——总而言之，要像一个有理性的人那样快快活活过日子，要学我的样——因为，海伦，你不要以为我是个酒徒；我根本不是，从来不是，也永远不会是。我实在太珍视舒适了。我认为一个人要不是日子过得一个时期痛苦另外一个时期发狂，是不致会酗酒成习的——再说，我喜欢面面俱到地享受生活，一个使自己成为一种癖好的奴隶的人是办不到这一点的——又何况喝多了酒还会毁了一个人的美貌，”他以极其骄傲自满的笑容结束他的话，这种笑容原该使我比实际上更恼怒才是。

“那末洛勃罗勋爵因你的劝告得益了没有呢？”我问。

“呃，有呀，有点儿。曾经有一阵子，他掌握得很好；他确实是一个稳健慎重的模范人物——可是却超过了我们这伙放荡的人所能欣赏的程度——不过，不知怎的，洛勃罗却没有稳健的天赋，也就是：如果他偏离正路一点儿，在他还不能自我纠正之前，总会往下滑去；如果他在前一天晚上做得过了头，其影响会使他次日痛苦得不得不再去犯同样的过错来进行弥补；于是这样一天天地下去，直到他那吵吵嚷嚷的良心迫使他停下来。——接着，在他清醒的时候，他是又悔恨又恐惧又悲哀，闹得他的朋友们为了自卫起见，不得不用葡萄酒或者任何能弄到手的更烈性的饮料来使他消愁；而且等他起先在良心上的种种顾虑被克服了，他也就不再需要别人来劝酒，常常会变得不顾一

① 见《圣经 · 新约 · 提摩太全书》第 5 章第 23 节。

② 拉丁语，意为：折中办法。

切，行为粗鄙得到了他们中间没有一个人所希望的程度——可是等到发作过后，却对自己那无法形容的邪恶和堕落更其伤心了。

“最后，有一天只有他和我两人在一块儿的时候，他处于平时情绪低落，心不在焉时的那种状态，抱着双臂，脑袋垂到胸前，沉思了一会儿之后，突然清醒过来，激动地抓住我的手臂，说道：

“‘亨廷顿，这样不行！我决心了结这一切。’

“‘什么，你打算用枪自杀吗？’我说。

“‘不，我要改过自新。’

“‘哦，这可不是什么新鲜事儿！一年多来你就一直要改过自新的。’

“‘是的，可是你不让我这样做；而我又偏偏是一个没有你就活不成的傻瓜。不过现在我知道是什么阻碍着我，我需要什么来挽救自己了；而且我情愿把海洋和大地绕一圈去获得它——只是恐怕没有这个机会。’说着他叹了一口气，仿佛他的心要碎了似的。

“‘你需要的是什么呀，洛勃罗？’我问道，心想他终于完全垮了。

“‘一个妻子，’他答道，‘因为我没法独个儿过，我会心烦意乱的，但又不能和你一块儿过，因为你站在魔鬼的一边反对我。’

“‘谁——我？’

“‘是的——你们大伙儿全都是这样——而且你也知道，你比他们任何一个都更起劲。不过要是我能娶到一个妻子的话，而她有足够的财产来替我还债，使我在世间正直为人——’

“‘说得对，’我说。

“‘同时又很可爱善良，’他接着说下去，‘把家安排得还过得去，使我安于现状——我想我还是能做到的。我再也不会爱上什么人了，这是肯定的；不过也许这没什么大关系，这样倒能使我用清醒的头脑来选择妻子——尽管没有爱情，我还是会做一个好丈夫的；可是会有人爱上我吗？——这是个问题——要是有你那样漂亮的脸蛋和销魂夺魄的力量，'（他很高兴地说）'我才能抱这样的希望；可是像我这样，亨廷顿，你说会有什么人要我吗——像我这样倾家荡产的倒霉鬼？'

"'有，当然有。'

"'谁？'

"'什么，任何被人忽视的老处女，由于感到绝望，情绪急剧地消沉下去，她就会很高兴——'

"'不行，不行，'他说——'一定得是哪个我能爱的人。'

"'怎么啦，你才说过你自己再也不会爱什么人了！'

"'哦，用"爱"这个词儿不恰当——但该是哪个能讨我喜欢的人。——我无论如何要找遍整个英国！'他嚷道，突然充满了信心，或者可称为极度绝望的情绪。'不管成功还是失败，总比一头冲进那该死的俱乐部里去毁了自己强吧；所以永别了，俱乐部和你们。不管在今后什么时候，只要是在正当的场所或者基督徒的家里遇上你，我都会很高兴和你相会的；可是你决不要再引诱我到那个魔窟去了。'

"说这样的话真丢脸，不过我还是跟他握握手，便分手了。他没有食言；就我所知，那以后他成了正人君子的典范；但直到最近，我始终没有跟他有多少接触。他偶尔找我做伴，可是有时又避开我，生怕我又会把他引向毁灭，但我感到和他在一起不大有劲，尤其因为他有时候还试图唤醒我的良心，并且把我从他认为自己已经逃脱的那个地狱里拉出来；不过我碰巧遇上他时，总没有忘记探询他在婚姻方面所作的努力和探究的进展情况，而大体上他总是乏善可陈。那些做母亲的对他那空空如也的钱柜和嗜赌的名声抱有反感，而那些做女儿的则厌恶他那愁眉不展的脸容和忧郁的情绪——加之，他又对她们毫不了解；他缺乏能说服别人的魄力和自信。

“我到欧洲去的时候，他就是这么个情况；等到年底我回来时，我见他仍然是个郁郁不乐的单身汉——不过和以前比起来，多少减少了些像从坟墓里被放逐回来的倒霉鬼的模样了。年轻的小姐们已经不再见他怕了，还开始觉得他相当有趣哩；可是那些做妈妈的仍然不肯让步。海伦，大约在这时候，我那好心的守护神带领我与你接触上了，于是你便成了我唯一的心上人。但与此同时，洛勃罗结识了我们那迷人的朋友威尔莫特小姐——他无疑会告诉你说，这是通过他那好心的守护神撮合的，尽管他们俩在斯坦宁利这儿更密切接触之前，他还不敢把自己的希望寄托在一个如此被人追求和爱慕的女子身上；而她则趁她的其他爱慕者不在场，明确地吸引他的注意，并且对他的每一次羞怯的接近都给予充分的鼓励。于是他确实开始对光明日子的曙光来临抱有希望；而且如果说有一阵子由于我挡在他和他的太阳之间而使他的指望暗淡了下来——而且因此几乎又使他陷入绝望的深渊——那末当我决定放弃那个战场去追求一个更光辉的宝贝时，就使他的热情更炽烈、希望更坚定了。总之，就像我已告诉你的那样，他简直痴迷了。起先，他还能模模糊糊地察觉她的缺点，使他感到相当不安；可是如今他的热情加上她的手段已经使他只觉得她尽善尽美，认为自己幸运得令人惊异，而其他一切都视若无睹了。昨天晚上他来找我，因他新发现的幸福而喜气洋洋。

“‘亨廷顿，我不是被抛弃的人啦！’他抓住我的手，像一把虎钳似的紧握着它，说道。‘还有幸福要轮到我哩——甚至就在今生——她爱我！’

“‘真的！’我说。‘她这么告诉你了吗？’

“‘没有，可是我不再怀疑了。难道你没有看出她又和蔼又亲切得有多明显？而且她对我的贫困状态十分清楚，但是满不在乎！对于我以前的那种荒唐而邪恶的生活完全了解，竟还敢于信任我——而且也不向往我的地位和头衔；她对这一切完全不放在心上。她是人能想象得到的气量最宽宏、品格最高尚的人。她会拯救我的肉体和灵魂免遭毁灭。她已经使我在自己的眼中显得崇高了，使我比过去好上三倍，也聪明和伟大了三倍。唉！如果我早就认识她，我就能免去多少堕落和痛苦啊！可是我做了什么，能配得上如此高贵的人而无愧？'

“这事情妙就妙在，”亨廷顿笑着继续说，“除了他的头衔和出身以及‘那座可爱的祖宅’以外，这个狡猾的轻佻女子根本就不爱他。”

“你怎么知道？”我问。

“是她亲口告诉我的。她说，‘至于那个人本身，我压根儿瞧不起他；但是另一方面，我想是应该作出抉择的时候了，再说，如果我要等待有什么人能引起我的尊敬和爱情的话，那我就得独身过一辈子了，因为你们没有一个我不憎恶！’哈，哈！我觉得她这话说得不对——但不管怎么样，显然她并不爱他，这可怜的家伙。”

“那你就应当这样告诉他。”

“什么，就这么毁了她的全部计划和前途，这个可怜的姑娘？不行，不行；这是出卖行为，不是吗，海伦？哈，哈！再说，这么做还会使他很伤心的。”说着他又笑了。

“唉，亨廷顿先生，我不懂你怎么会觉得这件事如此出奇地有趣，我可不觉得有什么可笑的。”

“我这会儿是在笑你呀，亲爱的，”说着他笑得更厉害了。

于是我便让他独个儿去乐他的，鞭打了一下鲁比，让它慢跑着去追上我们的同伴，因为在这段时间里，我们一直让我们的马慢步走着，因而已经落后了好一段路了。过了不一会儿工夫，阿瑟又骑到我的身边来了，可是我不想同他说话，便突然拍马飞跑起来，他也拍马飞跑起来。我们在追上威尔莫特小姐和洛勃罗勋爵之前始终没有放慢步子，这时离庄园的大门已不到半英里。我一直避免再和他谈话，直到骑马结束，那时我打算趁他还不能向我提供帮助之前，从马背上一跃而下，躲进屋子里去；可是我正把我马装的裤腿从女鞍的搁腿叉架上挪下来时，他把我举起来放到地上，握住我的两只手，宣称在我没有宽恕他之前不会放我走。

“我没有什么要宽恕的，”我说。“你并没有伤害我啊。”

“有，亲爱的——可天理不容我来伤害你！——但是你生气了，因为安娜贝拉是对我承认她瞧不起她的情人的。”

“不，阿瑟，使我感到不满的并非这件事，而是你对待你那位朋友的整个行为方式；要是你希望我忘记它，那么你现在就去告诉他，他如此狂热地崇拜着、在她身上寄托着自己未来幸福的希望的是一个怎么样的女人。”

“我跟你说呀，海伦，这么做除了对可怜的安娜贝拉无异是耍了个中伤的恶作剧，还确实会使洛勃罗非常伤心——对他会是个致命的打击。现在已经没法挽救他了，他已经无可救药了。再说，她可能把这个骗局维持至死，那么他也就会如同实有其事一样快活地沉浸在幻觉中；或者也许要等到他不再爱她的时候，才会发现自己的错误；要不然，就最好让他逐渐地明白真相。所以，我的天使，我希望我现在已经把情况讲得很清楚了，而且使你完全信服我是不能按你的要求为我的过失去做出补偿的。你还有其他什么要求吗？请说，我会乐于照办的。”

“除了这个，”我像以往一样严肃地说，“我没有其他要求了，那就是：以后你再也不要把人家的痛苦来开玩笑，要始终利用你对你的朋友们的影响，为了他们本身的利益去抵制他们的坏癖好，而不要去支持他们的坏癖好来坑害他们自己。”

“我会尽我的力量，”他说，“来记住并执行我的天使般的女辅导员的指令。”他吻过我的一双戴着手套的手以后便放我走了。

我走进我的房间时，意外地看见安娜贝拉·威尔莫特正站在我的梳妆台前，从容自若地对着镜子细看自己的面孔，一只手摆弄着她那根镶金马鞭，另一只手托着她那马装的长上衣。

“她确实是个漂亮极了的人儿！”我见到她那发育完美的修长的身躯和在我面前镜子里反映出来的脸蛋时，不由得这么想。她那头光亮的黑发在骑马时被微风吹得有点儿乱，但是并不显得难看，浓艳的棕色脸庞因运动而发红，一对黑眼睛闪耀着异样的光辉。她一见我走来便转过身来高声说话，带着恶意多于欢乐的笑声。

“怎么啦，海伦！你这老半天在干些什么呀？——我是来告诉你我的好运气的，”她当着雷切尔的面继续说道。“洛勃罗勋爵向我求婚了，我亲切地欣然接受了。难道你不羡慕我吗，亲爱的？”

“不，亲爱的，”我说——“也不羡慕他，”我在心里加上一句。“那末你喜欢他吗，安娜贝拉？”

“喜欢他！当然啰——深深地爱着他呢！”

“噢，我希望你会成为他的好妻子。”

“谢谢你，我亲爱的！除此之外，你还希望什么？”

“我希望你们彼此相爱，两人都幸福。”

“谢谢——而我希望你会成为亨廷顿先生的非常好的妻子！”她说罢，像女王般鞠了一躬便走了。

“哦，小姐！你怎么可以对她说这样的话？”雷切尔大声说。

“说什么话？”

“怎么，说你希望她会成为他的好妻子——我从来没有听见过这样的话！”

“这是因为我确实这么希望——或者更确切地说，我但愿如此——因为对她几乎不能指望什么了。”

“好啦！”她说，“我确实希望他会成为她的好丈夫。人家在楼下可谈论着他的一些怪事哩。他们说——"

"我知道，雷切尔——关于他的事我全听说了，不过他现在已经改过了。再说他们没有权利在背后讲他们主子们的坏话。"

"是的，小姐——另外，他们也谈过关于亨廷顿先生的一些事。"

"我不要听，雷切尔；他们扯谎。"

"是，小姐，"她轻声说，一边继续为我梳理头发。

"你相信那些话吗，雷切尔？"过了一会儿，我问道。

"不相信，小姐，不完全相信。你知道，许多用人待在一块儿的时候，喜欢谈论他们的主子；有的为了要吹一点牛皮，喜欢使自己显得仿佛比实际上知道得更多，仅仅为了要使其他人感到惊讶，还要露点口风、讲出点什么秘密。不过我想，我要是你的话，海伦小姐，我会三思而行的。我确实相信一位小姐对自己的婚姻大事不管考虑得多么周到都不会是过分的。"

"当然不会，"我说——"可是，雷切尔，你快点儿好吗？我得换衣服了。"

我确实是急于要摆脱这个好心女人，因为她给我换衣服的时候，我的心情十分忧郁，几乎没法忍住眼泪不流出来。我的眼泪之所以涌上眼眶并非为了洛勃罗勋爵——并非为了安娜贝拉——也并非为了我自己——而是为了阿瑟·亨廷顿。

* * *

13 日。他们走了——他走了。我们俩得分离两个月以上——十个星期以上！这可是好长的一段时间，我得在见不到他的情况下生活。不过他答应会常常来信，还要我答应更频繁地给他去信，因为他将忙于安排他的事务，而我则没有其他更好的事要做。好吧，我想我总是有许多话要谈的——啊！盼望我们能老待在一起的时候早日到来，这样我们就可以无需让笔呀、墨水呀和纸张呀这些冷冰冰的媒介插在我们之间来交流思想了！

*　　*　　*

22 日。我已经收到阿瑟的几封信了。他的信不长，然而十分亲切，而且就像他本人一样——充满了炽热的感情以及顽皮活泼的幽默感；但是——在这个不完美的世界上总是有个“但是”——我但愿他有时候能严肃点儿。我没法使他用真正而切实的认真态度来写信或说话。现在我可不十分介意了，可是他要是老这样的话，那我该拿我自己性格中的严肃方面怎么办呢？

第二十三章

婚后的开头几星期

1822年2月18日。今天一早，阿瑟就骑上他的猎马，欢天喜地出发去与——那些猎狗相会了。他将离开一整天，因此我将以被我忽略了的日记自娱——假如我可以把这么不经常的写作称之为日记的话。我最后一次打开日记本迄今恰好是四个月。

我已经结婚了，作为草谷庄园的亨廷顿夫人定居了下来。我已经历了八个星期的婚姻生活。那末我对于自己的这个行动有没有后悔呢？——没有——尽管我在内心深处必须承认，阿瑟并非我起初认为的那种人，而且，要是我当初就像现在这样彻底地了解他，我是很可能根本不会爱上他的，再说，如果我先爱上了他，然后才发现他是那样的人，恐怕我认为自己是不该跟他结婚的。的确，我原是可能了解他的，因为大家都很愿意把他的情况告诉我，而他本人又不善于伪装，可是当时我却是存心视而不见。事到如今，我非但不后悔自己在对他的性格还没有完全了解时便同他结上不解之缘，却觉得很高兴，因为这一来就免得自己去同良心进行大量的斗争，因而引起极大的烦恼和痛苦；而且，不管我原该怎么样，我现在的责任却是明摆着要去爱他，紧紧地依附着他；而且这也正合乎我的心意。

他十分喜爱我——几乎过于喜爱了。我希望他少给点爱抚，多讲点理性；要是能让我选择的话，与其作为受宠者，我倒更喜欢做他的朋友——不过我并不为此情况抱怨，我只是担心他的爱情越炽热，它就越肤浅。有时候我把它比作与坚硬的煤块相对而言的由干燥树枝所燃起的一堆火，——烧得很旺很热，可是一旦烧尽，只留下一堆灰烬，那我可怎么办呢？不过也不会发生这样的事——我决不让它这样——我确实有能力使它继续烧下去。所以让我立刻打消这个想法吧。然而阿瑟是自私的——对此我不得不承认；而且我这样承认了所感到的痛苦确实也并不像可能设想的那么厉害，因为既然我那么爱他，我就很容易宽恕他去爱他自身了；他喜欢人家讨好他，而我则以讨好他为乐——再说，我对他的这种倾向有时感到遗憾，那都是为了他，而并非为了我自己。

他自私表现的头一个例子发生于蜜月旅游之际。他急于要结束那次旅行，因为欧洲大陆所有的景色他都已经很熟悉；在他的眼中，有许多已经引不起兴趣，另一些则根本就没有什么可观的。其结果，我们走马观花地穿过法国和意大利的一部分地区后回国时，我对这两个国家几乎与出发时同样一无所知，没有结识一个人，对于那些地方的风俗习惯也毫不了解，对于其他事也了解得极少——我脑袋里挤满了乱糟糟的事物和景色——有的确实比其他的给我留下了更深刻、更令人愉快的印象，可是想到我的同伴和我并无同感就使我感到怨恨；与此相反，每当我对所见到的或者希望一睹为快的任何事物表示异常感兴趣时，他却感到不快，因为这证明了我竟然会对与他无关联的任何事物引以为乐。

说到巴黎，我们仅仅略作停留，他也不肯让我有足够的时间游览罗马的十分之一的美景和有趣的东西。他要把我带回家去，他说那样我就可以完全属于他，就可以使我一如原来那样忠诚、天真而又淘气，作为草谷庄园的女主人安安全全地安顿下来；仿佛我是什么脆弱的蝴蝶似的，他表示他本人担心让我接触了社会，尤其是巴黎和罗马的社会，就会把我翅膀上的银粉拭掉；此外，他还毫无顾忌地告诉我，要是让上述两地的有些女士碰巧遇上他和我在一块儿，她们准会把他的眼珠剜出来的。

对这一切我当然很恼火；不过使我着恼的与其说是我对自己感到失望，还不如说是我对他本人感到失望，而且我还得伤脑筋编造理由去对朋友们说自己在旅游中见到和注意到的事物为何如此之少，而丝毫不去责怪我的同伴。可是等我们回到了家——到了我那可爱的新家——我感到那么快活，而他又那么仁慈，使我宽大为怀地完全宽恕了他——我开始认为自己的命运非常之好，我丈夫对我可真太好了，即使他对这个世界并不是太好的话，不料在我们到家后的第二个星期天，我就因他无理苛求的另一个事例而感到震惊。那天我们做完早礼拜正朝家里走去——因为那是个严寒的大晴天，我们的家离教堂很近，我就要求不必乘坐马车。

“海伦，”他说，态度严肃得很不寻常，“我对你感到不太满意。”

我表示希望知道出了什么岔儿。

“不过要是我告诉了你，你会答应改正吗！”

“我会的，只要我做得到——同时也不冒犯一位更高的权威的话。”

“啊！就是这么回事，你知道——你并不全心全意地爱我。”

“我不懂你说些什么，阿瑟(至少，我希望我不懂)，请告诉我，我做了什么错事、说了什么错话？”

“并不是你做了或者说了什么，而是你的为人：你太虔诚了。说起来，我是喜欢虔诚女人的，而且认为你的最大魅力之一就是你的虔诚，可是，就如其他所有的好事一样，都有可能搞得过了头。根据我的看法，一个女人不应当因笃信宗教而减少她对她在尘世间的主的忠诚。她应当有足够的宗教信仰来净化她的灵魂，并且使之显得微妙，可是不应有过深的信仰，以致把她的心都提炼掉而且把它抬高得超越所有的人间感情。”

“那末我有没有超越所有的人间感情呢？”

“没有，亲爱的，可是你正朝着那种圣洁的状态发展，超出了我所喜欢的程度；因为，在过去的整整两小时内，我始终在想着你，要引起你的注意，可你却全神贯注地祈祷着，连看都不看我一眼——我说呀，这样是足以使人妒忌起自己的造物主来的——而你也知道，这是非常错误的，因此，为了我的灵魂，别再激发我的这种罪恶的感情了。”

“我要是做得到的话，愿意把我的全部心灵交给我的造物主，”我回答说，“决不超出祂所准许的限度将它多交给你一点。先生，你是什么人，竟然以神灵自居，敢于同祂争夺我的心，而我该感谢祂给了我这一切，使我成为这样的人，并赐予我所有这一切我过去已享受到或者今后能够享受到的福分——在其中有你本人——如果有你也算是福分的话，可是对此我却有点儿倾向于怀疑。”

“别对我这么严厉，海伦，也别这么使劲捏我的胳臂，你要把手指掐进我的骨头了。”

“阿瑟，”我继续说道，同时放松了紧抓住他胳臂的手，“你爱我的程度还不及我爱你的一半；不过即使你爱我的程度远不如目前这么深，我也不会抱怨，只要你更爱你的造物主就好了。在任何时候，只要见到你深深地全神贯注于祈祷以致丝毫不想到我，我是会感到高兴的。可是实际上这样的变化不会给我带来什么损失，因为你越爱你的上帝，你对我的爱情也就越深沉、越纯洁、越真挚。”

他听了这番话只笑笑，吻了我的手，把我称作可爱的宗教狂。然后脱下帽子，他添了一句：

“可是，海伦，你得明白——一个人对这么个脑袋有什么办法呢？”

那个脑袋看上去十分正常，不过他把我的手拉过去按在头顶上时，我的手陷入了一片鬈发中去，下陷得很深，在中央部位尤其是如此，使我吓了一跳。

“你瞧我生来就不配当圣人，”他一边笑一边说。“如果上帝有意要我笃信宗教，祂为什么不给我一个合适的崇敬祂的大脑呢？”

“你就像那个仆人，”我答道，“他非但不利用他拿到的一千银子[①]为主人效劳，却一分钱也没有赚到便交还给主人，竟托辞声称他知道他的主人‘是忍心的人，没有种的地方要收割，没有散的地方要聚敛’[②]。少给一个人东西，对他的要求也少；不过对我们大家却要求作出最大的努力。如果你愿意运用崇敬的能力、信心和盼望、良心和理智以及一个基督徒的品质中所必不可少的其他东西的话，你并非不具有这些条件；但我们所有的才干在使用中都会增长，而所有的才能，不论是好还是坏的，也都是越使用越增强；因此，如果你喜欢使用坏的才能——或者那些有坏倾向的才能，直到它们成为你的主宰——而忽略了那些好的才能，直到它们消亡为止，到头来你也只能怪自己。可是你有的是才干啊，阿瑟——不论是在心情或智力方面你都有天资，你还有不少更善良的基督徒会喜欢具有的那种脾气——只要你愿意把它们用来侍奉上帝就好啦。我决不期望你成为绝对虔诚的信徒，可是一个优哉游哉的快活人照样可能成为一个好基督徒的。”

“海伦，你说话活像是个传神谕者，你所说的全都无可置疑地正确，可是且听我说：我的肚子正饿着，同时我看见在我面前摆着一席丰盛的饭菜；有人对我说，要是我今天不吃这顿饭，明天就可以享用一桌豪华的筵席，席上有各种各样的美味精致的食物。好，听着，首先，既然在我面前已经有可以让我充饥的东西，我就不愿意等到明天；其次，今天靠得住能到嘴的食物要比答应明天给我的美食更配我的胃口；第三，我还没有看见明天的盛宴，怎么知道它不完全是无稽

① 此处作者引用《圣经 · 新约 · 马太福音》第 25 章第 14 到 30 节耶稣讲的“按才干受责任”的比喻。“一千银子”原文为 one talent，talent 是古希腊及中东的重量及货币的单位。

② 引自《圣经 · 新约 · 马太福音》第 25 章第 24 节。

之谈，出自劝我放弃今天这顿饭的那个满脸油腻的家伙的虚构，以便他能独个儿享用这些好饭食呢？第四，这桌饭菜一定是为什么人准备的，而且，正如所罗门所说，‘论到吃用、享福，谁能胜过我呢？’[①]最后是：请你原谅，我今天就要坐下来满足我的饥渴，管它明天怎么样——再说，谁知道我不能两者兼得呢？”

“可是并没有要求你放弃今天这顿丰盛的饭菜啊；我只是劝你要有节制地来吃这些比较粗劣的食物，以免你无法享用明天那顿更精美的盛宴。如果你不听这个劝告，甘心现在就把自己变成一只牲畜，大吃大喝一番，直到把上好的食物变成毒药，那末等到来世你经受往昔暴食狂饮所导致的惩罚时，眼巴巴地望着那些较有节制的人坐下来享用那上好的款待，而你自己却没能尝上一口，这又能怪谁呢？”

“这话再正确不过了，我的守护神，可是我们的朋友所罗门还说过——‘人莫强如吃喝快乐’[②]啊！”

“他还说过，”我反驳道，“‘少年人哪，你在幼年时当快乐，在幼年的日子，使你的心欢畅，行你心所愿行的，看你眼所爱看的，却要知道，为这一切的事，上帝必审问你。’[③]”

“好吧，可是海伦，近几星期我真的非常好。你见到我有什么欠缺？你要我做些什么呢？”

“没什么——我并不要你做更多的事，阿瑟；到目前为止，你的行为不错；但是我要你改变一下思想；我要你坚强起来，能抵挡诱惑，不要把坏事当好事、把好事当坏事；我希望你想得再深刻点儿，看得再远点儿，把目标提得再高点儿。”

---

① 引自《旧约 · 传道书》第 2 章第 25 节。
② 引自《圣经 · 旧约 · 传道书》第 8 章第 15 节。
③ 引自《传道书》第 11 章第 9 节。

这会儿我们来到家门前站住了，我就不再说什么了；我只含着眼泪，热情地拥抱了他一下，就离开他走进房子上了楼，脱下帽子和披风。当时我不想再多谈这个问题，因为唯恐惹得他对这问题和我都感到厌烦。

第二十四章
第一次吵架

3月25日——阿瑟感到厌倦了——我相信他厌倦的并不是我，而是他所过的无所事事的平静生活——这也难怪他，因为他的娱乐实在太少了：除了报纸和体育杂志之外，他一向任何书都不看；而且每次看见我在看书，总要我合上书才肯让我安静。遇上晴天，他通常能妥善地消磨时间；可是逢到下雨的日子（我们这一阵常常碰到下雨天），见他那不胜厌烦的样子，确实教人不好受。我尽力逗他乐，可就是没法使他对我最喜欢谈的事感到兴趣；而另一方面，他所津津乐道的则是些不能引起我兴趣的事——甚至还使我生气——然而这些却是最最使他高兴的事；因为他特别喜欢在沙发上坐在我身旁，或者懒洋洋地靠着，把有关自己过去的情人的事告诉我，老是谈到某个轻信的少女如何堕落或者某个没有猜疑心的丈夫如何受哄骗；当我表示极端厌恶和义愤的时候，他便将这统统说成是出于我的妒忌心，而且笑得眼泪都流到双颊上。起先，我常常会勃然大怒，或者激动得流泪，可是我发现我越发怒越激动，他就越高兴，后来我便竭力抑制住我的情感，默不作声，平静而轻蔑地听他的自我暴露；可是他仍然可以从我的脸上觉察我内心的斗争，并且把我因他的卑劣品质所感到的心灵痛苦曲解为我因妒忌而引起的一阵阵剧痛；等到他借此使自己乐够了，或者担心我气得太厉害以致使他自己感到不舒适的时候，他便试图吻我哄我，以便使我又笑逐颜开——但他对我的爱抚从来不像在当时那么不受我欢迎！这是对我和他以前的那些爱情牺牲者的双重利己表现。曾经有过几次，在一时的一阵悲痛——一阵强烈的沮丧情绪中，我问自己道，“海伦，你干了什么啦？”可是我随即斥责我内心里的那个询问者，并且驱赶掉那些挤进我脑袋的咄咄逼人的念头；因为，即使他的好色和拒不接受崇高的好思想的程度再严重十倍，我也很清楚自己是无权抱怨的。而且我并不、也不愿抱怨。我现在和将来都仍会爱他；我现在和将来都不会后悔把自己的命运和他的连结在一起。

4 月 4 日——我们真正吵架了一次，详细情况如下：——阿瑟曾在不同的时候把他与 F 夫人私通的事统统告诉了我，这是我在过去不会相信真有其事的。不过使我聊以自慰的是，我发现在这件事中，这位夫人比他负有更多的责任；因为当时他很年轻，如果他说的是真话，显然是她开的头。为此我痛恨她，因为看来主要是她导致了他的腐化堕落。前几天他又谈到她的时候，我请他不要再提起她，因为我只要听到她的名字就恶心。

“请注意，阿瑟，这可并不是因为你爱过她，而是因为她伤害了你，欺骗了她的丈夫，十足是个可恶之极的女人，你提到她应该感到羞愧才是。”

可是他却为她辩护，说她有个教人不可能去爱的年老昏聩的丈夫。

“那她为什么嫁给他呢？”我说。

“为了他的钱财嘛，”他答道。

“那末这又是一桩罪行了，而她说自己要爱他、尊敬他的庄严诺言则是另一桩罪行，它只能使前一桩罪行更为严重。”

“你对这位可怜的夫人太严厉了，”他笑着说。“不过没关系，海伦，现在我对她不在乎了；而且我爱她们当中任何一个人都还不及我爱你的一半，所以你不必担心我会像抛弃她们那样抛弃你。”

“阿瑟，如果你早就把这些事告诉我，我是决不会给你这种机会的。”

“你不会，我亲爱的？”

“肯定不会！”

他不相信地笑了。

“我希望我现在就能够使你相信！”我蓦地从他身旁站起来，大声说。于是我但愿自己没有嫁给他，这是我生平头一次这样想，我希望这也是最后一次。

“海伦，”他神态严肃些了，说道，“你可知道如果我这会儿真的相信你，我会非常恼火吗？——可是感谢上帝，我并不相信。尽管你站在那儿，脸色发白，眼睛冒火，活像一只雌老虎瞪着我，我还是了解你的内心的，也许比你自己对它更了解那么一点儿。”

我一言不发，走出了房间，把自己反锁在自己的寝室里。约摸半小时以后，他来到门前，先转了一下门把儿，然后敲门。

“让我进去好吗，海伦？”他说。

“不行，你使我生气了，”我回答，“在明天早上之前我不想再看见你的脸、再听见你的声音。”

他停顿了一会儿，似乎是惊讶得愣住了，要不就是对这样的话不知道该怎样答复，接着他便转身走了。这时晚饭过后才一小时，我知道他整个晚上独个儿坐着会觉得非常沉闷；想到这里我就不那么愤恨了，不过仍然没有原谅他。我拿定主意让他明白我的心并非一任他摆布的奴隶，只要我愿意，没有他我也可以过日子；于是我坐下来给我姑妈写了一封长信——对这一切当然只字不提。十点钟过后不久，我听见他又上楼来，但经过我的房门，径直走进他自己的化妆室，在那里面过夜。

次晨，我十分急于看到他会用什么态度来见我，后来见他带着无所谓的笑容走进早餐室，使我相当失望。

“你仍在生气吗，海伦？”他走上前来，好像是打招呼似的说。我冷冷地转向餐桌，动手倒咖啡，说他到得相当晚。

他轻轻地吹了一声口哨，便漫步荡到窗前，在那儿站了几分钟，望着窗外的景色——阴沉的乌云、连绵的雨、湿透的草地和淌着雨水的光秃的树——他喃喃地咒骂了一阵天气便坐下吃早餐。喝咖啡时，他嘀咕道，“该死，这么凉。”

“你不该等这么久才喝，”我说。

他不答理我，我们一声不吭地吃完这顿饭。装信的口袋送进屋来时，我们两人都松了口气。打开一看，里面有一份报纸、寄给他的一两封信和寄给我的两封信，他一言不发地把我的信扔到桌子这一边来。其中一封是我哥哥写来的，另一封来自米莉森特·哈格雷夫，她目前与她母亲同住在伦敦。他收到的信我想是涉及事务的，显然不十分合他的意，因为他把它们往口袋里一塞，还轻声诅咒了几句，这在其他任何时候，我是会指摘他的。至于那份报纸，他把它摊在自己面前，在余下的吃早餐时间和餐后很长一段时间里，始终装出被报纸的内容深深吸引住的样子。

我看信、写回信并管理家务，这一切使我在上午够忙的了；午饭后，我画画；晚饭后直到就寝时间，我看书。在这期间，可怜的阿瑟悲哀地不知怎样才能自得其乐或者消磨时间。他存心显得像我一样忙碌和淡漠。如果天气许可，他一吃过早餐，无疑就会吩咐牵出马来，出发到什么遥远的地方去——是哪儿无关紧要——直到晚上才回来；要是在附近有个从十五岁到四十五岁的女子，他就会与那女子进行——或者试图进行——一次不顾一切的调情，这样便可以对我报复而且有事可做；可是，使我暗自高兴的是，由于他同这两个娱乐的来源给完全隔绝了，他的痛苦确实值得悲叹。他对着报纸打呵欠，胡乱写了简短的信以回复那些更短的来信后，便把上午余下的时间和整个下午消磨在烦躁地从一个房间走到另一个房间，望着云，咒骂雨，对他的几只狗一会儿爱抚、一会儿逗弄、一会儿谩骂，有时候懒洋洋地靠在沙发上，拿着一本他没法勉强自己去看的书；当他以为我没有察觉的时候，还常常定睛凝视着我，徒劳地希望能在我脸上发现一些泪痕或者因悔恨而苦恼的迹象。可是我一整天都设法维持着一种虽然严肃、但却泰然自若的平静态度。其实我并不真的生气，我始终同情着他，而且渴望与他和好；不过我决定得由他来先作友好表示，或者至少得先显出一些迹象，说明怀着一种谦卑而悔恨的心情；因为如果由我开了头，那只能助长他那自命不凡、骄傲自大的气焰，完全破坏了我要给他的教训。

晚饭后，他在餐厅里待了很久，而且恐怕喝了非常多的酒，不过还不足以使他开口；因为后来他走进屋来，见我安静地看着书，忙得在他进来时也没抬一下头，他只咕哝了一句话，发泄他那抑制着的不满情绪，接着便砰的一声把房门关上，走到沙发跟前直挺挺地躺下，要静下心来睡觉了。可是他所宠爱的那只西班牙长耳狗戴许，它原先是躺在我的脚旁的，此时却擅自跳到他身上开始舔他的脸。他狠狠地打了它一下，把它赶开；这只可怜的狗尖叫了一声，哆嗦着奔回我的身边。过了半小时左右他醒了，召唤它再到他那儿去；可是戴许显得胆怯，只摆动着尾巴的末梢。他又喊它，语调更严厉了，戴许却更加紧贴着我，舔我的手，仿佛在恳求我保护它似的。它的主子见状被激怒了，随手抓起一本厚厚的书，朝它的脑袋猛掷过来。这可怜的狗发出一声乞怜的大叫，跑到房门口去。我开门放它出去，然后默默地捡起那本书。

“把书给我，”阿瑟用不十分客气的语气说道。我就把书给了他。

“你为什么把狗放出去？”他问。“你知道我要它。”

“我凭什么能知道？”我答道，“是凭你朝它扔那本书吗？不过也许你原打算朝我扔的吧？”

“不是——不过我看你也尝到了一点滋味，”他望着我的手说。我这只手也被击中了，被擦破的程度不轻。

我又看起书来；他也努力用同样的方法使自己有事可做；可是过了没多会儿工夫，打了几个带有兆头不妙的呵欠，他宣称他那本书是“该死的连篇废话”，便把它朝桌上一扔。在接下来的八至十分钟中，他不作声，但我相信在大半时间里他是盯着我瞧的。最后他再也按捺不住了。

“海伦，你看的是什么书？”他大声问。

我告诉了他。

“有趣吗？”

“有趣，很有趣。”

“哼！”

我继续看书——或者至少是假装看着——我说不上在我的眼睛和脑子之间有多少交流，因为前者在书页上溜过去的时候，后者正急于想知道下一次阿瑟会在什么时候再开口，会说些什么，我应该怎么答复。可是直到我站起来沏茶他才开口，而且仅仅说他不想喝茶。他继续懒洋洋地躺在沙发上，一会儿闭上眼睛，一会儿看看手表，一会儿看看我，如此直到就寝时间，我站起身来，拿起我的蜡烛，走出房去。

“海伦！”我刚走出房间，他就喊道。我折回去，站住了等待听他吩咐。

“你要什么，阿瑟？”我终于发问了。

“没什么，”他回答。“走吧！”

我走了，可是正在关门时听见他嘀咕着什么，于是又折回去。听上去他很像是在说“该死的娼妇”，我倒很愿意听到他说的是其他什么话。

“你刚才说话了吗，阿瑟？”我问。

“没有，”他回答，于是我便关上门走了。我不再见到他，直到次晨吃早餐的时候，他比平时晚了足足一小时才下楼来。

“你下来得很晚，”这是我一早见面的招呼话。

“你没有必要等我，”这是他的招呼话；说着他便又走到窗前去。天气与昨天一模一样。

“哼，这该受诅咒的雨！”他抱怨道。但是他注视了雨一两分钟之后，似乎猛地想出了一个好主意，因为他突然大声嚷道：“我知道自己要干什么了！”接着便回到餐桌前在自己的座位上坐下。信袋已经搁在那儿等着他去打开了。他开了锁，查看了一下里面的东西，但是没说什么。

“有给我的什么吗？”我问。

“没有。”

他翻开报纸，开始看报。

“你最好把咖啡喝了，”我提议道，“不然又要凉了。”

“如果你已经吃完了，可以走开，”他说。“我不需要你做伴。”

我站起来，退到隔壁房间里去，心中纳闷着不知道我们会不会再过一个跟昨天同样悲惨的日子，渴望结束这种互相造成的痛苦。不久，我听见他拉铃，吩咐了一些关于他的服装的事，听来似乎他在考虑作一次长途旅行。接着他遣人去把马车夫叫来，我听见关于马车和马、伦敦以及第二天早上七点钟的一些话，使我大吃一惊，把我的心扰乱得非同小可。

“我一定不能让他去伦敦，不管这么做会引起什么后果，”我自忖道，“他是什么胡闹勾当都会干出来的，而我将成为这事的祸根。现在的问题是我该怎样去改变他的意图——好吧，我还是等一会儿，看他会不会提起这事。”

一小时又一小时地过去了，我十分焦急地等着；可是关于这件事或者其他任何问题他对我都只字不提。他吹着口哨，对他的狗说话，在一个个房间里荡来荡去，与上一天的情况几乎一样。最后我开始认为必须由我来提起这个话题了，正在考虑如何开个头的时候，约翰来了，无意中搭救了我，他为马车夫带来如下的信息：

“对不起，老爷，理查德说有一匹马患了重感冒，老爷，他想如果你方便的话，明天不要走，改为后天走，他今天可以给它吃药，这样——”

“真该死，如此放肆！”主子打断了他的话。

“对不起，老爷，他说如果你能够这么做的话，事情就好办多了，”约翰坚持道，“因为他希望不久天气就会起变化，他说当一匹马感冒得这么重，还在吃药等等，那是不恰当的——”

“让马见鬼去吧！”那位先生大声嚷道——“好，告诉他我要考虑考虑，”他沉思了一会儿之后添了一句。仆人退出去时，他朝我投来锐利的一瞥，满以为会看到我大为惊讶而惶恐的表情；可是由于事先有所准备，我保持着一种满不在乎的淡泊神情。他看到我那目不转睛的眼光时，脸色变了，显然大失所望地转过身去，走到壁炉前站住，身子靠在壁炉架上，垂下的前额搁在胳臂上，显出一副毫不掩饰的沮丧姿态。

“阿瑟，你要上哪儿去？”我问。

“伦敦，”他严肃地回答。

“为什么要去？”

“因为我在这儿快活不起来。”

“为什么不？”

“因为我的妻子不爱我。”

“如果你配的话，她会全心全意地爱你的。”

“我必须做些什么才配呢？”

这句话似乎够谦卑诚挚的；我悲喜交集，十分激动，不得不停下几秒钟才能用平静的声音作答。

“如果她把她的心给你，”我说，“你必须抱着感激的心情来接受它，好好地待它，不要把它撕得粉碎，当面嘲笑她，因为她没法把它夺回来。”

他马上转过身来，面对我站着，背向着火炉。

“那么来吧，海伦，你愿意做个好姑娘了？”他说。

这句话听上去实在太傲慢了，而且他说这话时的那种笑容也使我不高兴。因此我犹豫着没有就回答。也许我前一句答话的含义过多了，他也听出了我的声音在颤抖，还可能看见我拭去一颗泪珠。

“海伦，你愿意宽恕我吗？”他继续说道，这一次谦卑些了。

“你后悔了？”我回答，同时向他走去，朝着他的脸微笑。

“我伤心透了！”他回答说，表情很悲哀——然而在他眼睛里和嘴角上却潜藏着一股欢乐的笑意；不过这并不使我反感，于是我扑到他的怀抱中去。他热烈地拥抱我，而我尽管泪如雨下，却感到自己平生从没像此刻这么快乐过。

“那末你不去伦敦了，是吗，阿瑟？”等开头又流泪又亲吻后激起的狂热心情平息下来以后，我问道。

“不去了，亲爱的——除非你同我一道去。”

“我会很高兴去的，”我回答说，“如果你认为换个环境会给你乐趣，同时你也愿意把此行推迟到下星期的话。”

他欣然同意了，不过说没有必要作过多的准备，他不会在那儿待得很久，因为他不希望我被伦敦化，并因与那些老于世故的太太交往过多而失去我那乡间的清新和独特的气质。我认为这是傻话，不过当时并不想反驳他，我只说，他也很明白，我习惯于待在家里，并不太想与外界的人士相混。

因此我们定于星期一去伦敦，也就是后天。我们结束吵架至今已四天了，而我确信它对我们两人都有好处。它使我更大大喜欢阿瑟，也使他对我的态度好得多了。从此他再也不以即使是最隐约的方式提及F夫人或者他以前生活中的任何令人不愉快的回忆来使我生气了。但愿我能从我的记忆中抹掉这些事，要不就是使他以与我相同的眼光来看待这些事。好啊！不过总算已经使他明白这种事并不宜于作为夫妇之间开玩笑的话题了。有朝一日他可能会明白得更多——我不会对我的希望加以限制；而且，尽管有我姑妈的那些预感以及我自己的隐忧，我仍然相信我们会幸福的。

第二十五章
丈夫初次独自在外

4月8日，我们到伦敦去；5月8日我回到家里，此举是顺从阿瑟的心意，我自己是极不愿意的，因为我让他留在那儿了。要是他和我一同走，我会很高兴又回到家里来的，因为在伦敦期间，他带着我在那么短的一段日子里无休止地作乐，使我感到疲劳极了。他似乎决心特别是在他的知交跟前以及众人中，抓住每个机会最突出地把我炫耀一番。他把我看做一个值得引以为荣的对象，这对我多少是个安慰；可是我为这种满足付出的代价可大啊。因为，首先，为了讨好他，我得违背自己所怀有的偏爱——也就是我那喜欢穿式样庄重、朴素的深色衣服的几乎根深蒂固的原则；我必须佩戴贵重的宝石饰物，使自己闪闪发亮，把自己打扮成一只颜色瑰丽的蝴蝶，而这正是我很久以来决定永远不干的事——这个牺牲可不小啊；其次，我不断地尽力使我的一举一动都满足他那热烈的期望，尊重他的抉择，惟恐自己有什么举止笨拙失措，或者由于对社交界的习俗不熟悉而显得有些愚昧，以致使他的希望落空，尤其是当我做女主人的时候，这是我经常被指派充当的角色；第三，如我以前已经提到过的，我对那种熙熙攘攘、无休止地匆忙而不断变化的生活感到十分厌烦，这种生活与我先前的习惯迥然不同。他终于突然发现伦敦的空气对我并不适合，而我正因思念乡间的家而憔悴了，必须马上回草谷庄园去。

我笑着要他相信情况并不像他所认为的那么紧急，不过如果他愿意回家的话我也很愿意。他答称他得再留下一两星期，因为有需要他在场的事要办。

“那我就留下和你在一起，”我说。

“可是有你在这儿不行，海伦，”这是他的答话，“因为只要你待在这儿，我就要照顾你，忽略我的事务。”

“不过我不会让你这样的，”我答道，“我既然知道你有事要办，就会坚持要你去办，让我独个儿待着——而且，老实告诉你，我很高兴能有点儿休息。我可以像平时一样骑骑马，在公园里散散步；再说，你的事务也不会占去你的全部时间，至少在三顿饭的时间和晚上我会见到你，这要比我们相距遥远、总见不到你为好。”

“可是我亲爱的，我不能让你留下。我知道你在这儿，被我撂在一边，教我怎么能料理我的事务呢？”

“你在做你的分内事的时候，我不会感到自己被撂在一边的，阿瑟，我决不会为此抱怨。要是你早告诉我你有事要办，到现在可能已经办好一半了；现在你可得加倍努力来弥补时间上的损失了。告诉我你要办些什么事；我要当你的监工，而不做碍事的人。”

“不行，不行，”这个顽强的人坚持说，“你必须回家去，海伦；我必须心安理得地知道，尽管你离开得很远，却是十分安好的。难道我没有看出你看上去相当憔悴吗？——你的明亮的眼睛已经暗淡，面颊已经不再娇嫩红润了。”

“这只是因为玩得过度，感到累了。”

“我可以肯定不是这个原因；是伦敦的空气的关系；你正渴望着你在乡间家里的清新的微风——你在两天之内就将感到它的吹拂了。最亲爱的海伦，别忘记你自己的情况；你要知道，我们的前途，且不说它能否有长久的生命力，单说它的健康发展也得有赖于你本身的健康。”

“这么说你真的要摆脱我啰？”

“我绝对要；我会亲自把你一直送到草谷庄园，然后再回来。我不会离开你一星期以上——或者最多两星期。”

“可是如果我一定得走的话，我就独个儿走；如果你一定要留下的话，那就没有必要让你浪费往返于旅途的时间了。”

但是他不喜欢把我独个儿送走这个主意。

“怎么啦，你把我当作怎么样的无能之辈哪，”我答道，“我乘坐的是我们自备的马车，路程仅仅一百英里，而且有我们自己的男女仆人侍候我，你却还是不放心？要是你同我一道走，我肯定会把你留住在家里的。不过，阿瑟，告诉我这桩讨厌的事是什么，而且你以前为什么从没说起过？”

“只是桩与我的律师商量的事，”他说；接着他告诉我，为了支付一部分他以庄园作抵押的债务，他想卖掉一块地产；不过，不是那项账目有点儿复杂，就是我的理解力迟钝，总之我没能弄清楚何以那事竟然需要他在我走后还要留在城里两星期。我现在更无法理解他怎么竟然要留下一个月——因为我与他分手几乎已有这么久了，而至今还没有要回来的迹象。他在每封来信中都答应过几天就回家，却每次都欺骗了我——或者欺骗了他自己。他的理由都很含糊，很不充分。我可以肯定他又同他以前的朋友们混在一起了——唉，我当时为什么离开他呢？我希望——我多么渴望他会回来啊！

6 月 29 日——还不见阿瑟回来；我枉然期待并渴望他的来信已经有好多天了。他写来的那些信都很和蔼——如果美丽的词汇和讨人喜欢的形容词能够使他的信称为和蔼的话——可是非常短，满篇是无足轻重的借口和我无法置信的诺言；然而我偏偏又多么渴望收到它们啊！我多么热切地拆开、贪婪地读着那些写得既简短又匆促潦草的回信——那是他对我的三四封迄未答复的长信的回音！

唉，丢下我一个人这么久是多残酷啊！他知道除了雷切尔，我没有人可以说话，因为除了哈格雷夫家，我们没有邻居。从楼上那些窗户望出去，我可以依稀辨认出他们那处在溪谷另一边被树木葱茏的矮山所环抱的住宅。当初我得知米莉森特住得离我们这么近，就十分高兴；现在如果有她做伴，就会给我以慰抚了，可是这会儿她还同她的母亲一块儿在城里；目前在园林庄园里除了小埃丝特和她的法国保姆之外，别无他人，因为沃尔特总是不在家。我在伦敦见到了这位完美男子的典型；看来他简直不应受他母亲和妹妹那么赞颂，尽管他显得确实比洛勃罗勋爵健谈，跟别人较合得来，比格里姆斯比先生正直坦率、品格高尚，也比哈特斯利先生文质彬彬，后者是阿瑟认为唯一适于介绍给我的他的另一位朋友——唉，阿瑟，你为什么还不回来啊！你为什么连信也不写给我呀！你谈到过我的健康问题——我在此孑然一身，一天天焦虑不安地渴望着，你又怎么能期望我的脸色会红润、精力会充沛起来呢？——你将活该回来时见我的美貌已丧失殆尽。我要请求我的姑父和姑妈或者哥哥来看我，不过我不愿意向他们抱怨我很寂寞——而且寂寞确实是我所经受的最轻的痛苦；他在干些什么，竟老待在外边不回来？使我心烦意乱得几乎发狂的是这句一再重新浮现的问话和它所引起的种种可怕的联想。

7 月 3 日——我的最后一封充满辛酸的信终于逼他来了回信——而且是一封比通常要长得多的信，可是我仍然不知道该怎么去理解这封信。他对我最近一次向他所抒发的酸溜溜的怨气，开玩笑地加以责骂，告诉我说我根本不可能明白使他留在外边的多种多样的事务，不过斩钉截铁地说，他将不顾这一切在下星期六之前肯定回来，尽管对一个处于他这种情况的人来说，是不可能确定回家的确切日子的；他同时还劝我要锻炼耐性，说这是“女人的首要美德”，并希望我记住那句谚语，“离别使人心中更增喜爱”，还向我保证他离家越久，回家时就将越爱我，以此来安慰我；要求我在他未回来之前要继续经常给他写信，因为尽管我的信递到时，他有时候因懒于执笔，常常因太忙而不能就回信，可是他还是喜欢每天都能收到我的信，又说如果我因惩罚他表面上的忽视而实施不再给他去信的威胁，他就会十分生气，要尽力把我忘掉。他添了这一段有关可怜的米莉森特·哈格雷夫的消息：

“你的小朋友米莉森特可能不久就要学你的榜样，与我的一位朋友建立婚姻关系。你也知道，哈特斯利还没有实施他那项悲惨的威胁，也就是把他那宝贵的身子孤注一掷交给第一个愿意向他表示温存的老姑娘，可是他仍然保持着非要自己在今年之内结婚不可的坚定决心；‘但是，’他对我说，‘亨廷顿，那人必须让我凡事都自主——不像你的妻子那样；她是个可爱的人儿，可是看上去自行其是得很，有时候相当泼辣。’（我心想，‘你说得对，老兄’，不过我没有说出来。）‘我必须有个善良文静的人，会让我随自己高兴干什么和去哪儿，待在家里或者外出，一句责备或者埋怨的话也没有；因为我受不了人家的纠缠。’‘喂，’我说，‘如果你不在乎钱的话，我倒认识一个对你正合适的人，那就是哈格雷夫的妹妹米莉森特。’他要求就给他介绍，因为他说他自己有的是钱——换句话说，等到他那年老的父亲愿意退出舞台时就会有。因此你瞧，海伦，我把这件事办得多好，对你我的朋友都好。”

可怜的米莉森特！我可真没法想象她会被弄得去接受这么个求婚者——他与她认为可以敬重和爱恋的人的观念多么格格不入啊。

5日——可惜呀！我错了。今天早上我接到她的一封长信，告诉我她已经订婚，预计于本月底之前结婚。

“我简直不知道对这件事该说些什么，”她写道，“也不知道该怎么想。海伦，老实告诉你，我连想也不愿去想这事。如果我非得成为哈特斯利太太不可，我就必须设法去爱他；而我也尽力这么做着，可是还没有什么进展；这情况的最糟症候是：他离开我越远，我就越喜欢他；他粗鲁的举止和虚张声势的奇怪作风使我害怕，想到要嫁给他使我感到恐怖。你会问，‘那末你又为什么接受他的求婚呢？’我并不知道自己接受了他；可是妈妈说我已经接受了，而他似乎也这么认为。我确实无意这么做；不过由于担心妈妈会伤心并生气（因为我知道她希望我嫁给他），我不愿意断然拒绝他。我想先与她谈一谈这事，因此我便用一种自以为是半拒绝的遁词答复他；可是妈妈说那句话实际上就等于认可，如果我试图退却的话，他会认为我这人非常反复无常——当时我确实着了慌，而且感到害怕，现在简直不知道自己说了些什么。而下一次我见到他的时候，他迎上来跟我说话时的态度显出他完全相信我是与他订了婚的新娘了，而且立即着手和妈妈一起安排种种事情。当时我没有勇气与他们闹矛盾，我现在又怎么能呢？我不能，因为那一来他们会认为我发疯了。再说，妈妈对于我们俩结婚这个主意感到高兴极了；她认为自己为我作了非常好的安排，我实在不忍心使她失望啊。不过有时候我也提出反对意见，谈了自己的想法，可是你哪里知道她是怎么说的！你知道，哈特斯利先生是一个很富有的银行家的儿子，由于我和埃丝特没有财产而沃尔特的财产也很有限，我们亲爱的妈妈渴望能使我们的婚姻都美满些，也就是说与有钱人结婚——可我对美满婚姻的看法并非如此，但她是完全出于好意的。她说等到我妥妥帖帖嫁出去以后，就可以了却她的一桩心事，并且向我保证这门亲事对我家和我将都是好事。连沃尔特对这个前景也感到高兴，当我向他推心置腹诉说自己如何不情愿时，他说我幼稚，胡说八道。海伦，你认为这是胡说八道吗？只要我能看到有朝一日自己有可能爱他、赞赏他，我就不会介意，可是我感到没有这希望。他身上没有让人可以敬重和爱慕的地方，他与我想象中的丈夫完全相反。你一定要给我写信，尽力鼓励我。不要试图劝阻我，因为我的命运已定；我周围的人已经在为那件大事进行着种种准备；请不要讲一句反对哈特斯利先生的话，因为我要把他想象得好些；虽然我自己说了他的坏话，可这是最后一次了；从今以后，不论他看来多么该受指摘，我也决不容许自己讲一句指摘他的话；不管谁敢于贬低这个我所允诺要爱、要尊敬、要顺从的人，我肯定会对之极其生气。他如果不比亨廷顿先生好一些，毕竟也同他差不多；而你却爱亨廷顿，而且似乎很快活而且满意；所以也许我也能同样过得不错。如果你能够的话，一定得告诉我哈特斯利先生实际上比他所表现的要好些——他为人正直、高尚、坦率——事实上是一块未经琢磨的钻石。他可能完全是这样的人，但是我不了解他——我只认识他的外表，而我相信这是他最糟的部分。”

她以这句话结束了她的信：“再见，亲爱的海伦，急盼你的忠告——不过请注意要说的全都是正面的话。”

唉！可怜的米莉森特，除了下述的意见之外，我又能给你什么鼓励？——或者什么忠告呢？——那便是：与其今后终生痛苦、后悔莫及，还不如现在就勇敢地坚持自己的主张，而不惜使你的母亲、哥哥和情人失望和生气。

13 日，星期六。这个星期结束了，他还没有回来。整个可爱的夏季过去了，我既没有享受到丝毫乐趣，他也没有得到一丁点裨益。我可原先一直盼着这个季节的到来，多情而虚妄地希望我们俩能甜甜蜜蜜地一同享受这个季节的乐趣；还希望通过上帝的帮助和我的努力，靠这个季节来提高他的思想境界和鉴赏力，使他能正确领略自然界的有益和纯洁的乐趣以及安宁和神圣的爱。而如今——在傍晚，每当我瞧见那圆圆的红太阳静悄悄地下沉到那些树木茂盛的小山后面去，让它们安睡在一片暖烘烘的金红色的雾霭中时，我仅仅想到他和我又错过了优美的一天；而在早晨，每当我被麻雀的拍翅声和鸣叫声以及燕子欢乐的吱吱喳喳声闹醒时——它们正专心喂着它们的雏儿，自己那小小的身躯内充满了活力和欢乐——我打开窗户，吸进那令人精神振奋的芬芳空气，眺望着窗外在朝露和阳光中充满笑意的一片明媚景色——我往往就因为他无法感受到这使人精神焕发的影响而淌下忘恩负义的痛苦眼泪，以致使那壮观景色黯然失色；而每当我漫步于古老的树林中，看到小径边朵朵小野花迎着我微笑，或者坐在河边那些高大楞树的阴影下，它们的树枝在夏天的和风中轻轻摇曳着，那阵阵微风在它们轻软如羽毛的叶丛中沙沙作响——我的耳中充满了这种低声演奏的音乐，其间夹杂着昆虫所发出的轻柔的嗡嗡声，我的眼睛出神地凝视着我面前那个小湖平静如镜的湖面，湖岸上挤满了树木，有的以优美的姿势俯身轻轻地吻着湖水，有的高高地昂着它们那庄严的树冠，可是却把树枝远远伸进湖的边缘，它们全都惟妙惟肖地映在明净的深水中——不过有时候这些倒影的一部分被嬉戏着的水中小虫所破坏，有时候一阵风过于粗暴地掠过湖面，弄得整片倒影一时颤动起来，形成许许多多哆嗦着的碎片——然而我始终不感到欢愉，因为大自然展现在我眼前的幸福越大，我也就越是惋惜他不能在这里享用它；我们俩原可以一同享受的幸福越大，我就越感到我们目前分隔两地的不幸(是的，我们两人都不幸；尽管他没有感觉到，但是实际上他肯定是不幸的)；我的感官越愉快，我的心也就越压抑，因为他把我的心保留在他身边，把它禁锢在伦敦的尘土和烟雾之中——也许还关闭在他自己那可恶的俱乐部的四周墙壁之中呢。

但是最痛苦的是在晚上，当我走进我那间孤独的寝室，朝外望着那夏天的明月，那“可爱的天空统治者”①，漂浮于我上空的“蓝黑色的天穹”②之中，将一大片那么纯净、宁静而神圣的银色光辉倾泻在花园、树木和湖水之上——这时候我想道，“这会儿他在哪儿啊？——此刻他在做什么呀？——对这幅天堂般的景色一无所知——也许正与他

① 指月亮，引自苏格兰诗人威廉·朱利叶斯·米克尔(1735—1788)的歌谣《坎姆诺府第》。

② 请参阅英国诗人威廉·华兹华斯(1770—1850)的诗篇《夜曲》。

那帮酒友狂饮作乐，也许吧——”上帝可以作证，我实在受不了——受不了啦！

23日。感谢上帝，他终于回来了！可是变化多大啊！——脸色发红，仿佛得了热病似的，满面倦容，无精打采，他的美貌不可思议地大为逊色，他的朝气和活泼劲儿几乎完全消失了。我并没有用话语或脸色责备他；连他这一阵在干些什么也不问一声。我不忍心这么做，因为我想他感到惭愧——他肯定是如此——而这种询问必定会使两人都痛苦。我的克制态度使他高兴——我还倾向于认为，甚至还感动了他。他说他很高兴又回到家里，而天知道即使他变成这副模样，我还是多么高兴能使他回家来。他几乎一整天都躺在沙发上，我则一连几小时弹琴唱歌给他听。我替他写信，他要什么都给他准备好；有时候为他朗读，有时候谈这谈那，有时候仅仅坐在他身边，默默地用爱抚安慰他。我知道他不该受这样的待遇，担心自己是在宠坏他；不过就这一次，我要慷慨地、完完全全地宽恕他——只要我能够，我要使他自惭得弃邪归正，我再也不让他离开我了。

他对我的殷勤感到很满意——可能是这样，还觉得感激。他喜欢我守在他近旁；尽管他对仆人和狗都暴躁易怒，对我却很温柔和蔼。要是我没有那样处处注意、做好准备、满足他的需求，或者没有小心翼翼地避免或立即停止去做会惹他生气或打扰他的任何事，不论其理由如何不足，就很难说他会怎么样了。我多么热望他值得受到这一切关怀啊！昨天晚上，我坐在他身边，他的头枕在我的大腿上，我用手指插进他美丽的鬈发中间抚摸着，这时候，上述这个念头使我的眼眶里满溢了悲伤的泪水——这原是常有的事——可是这次却有一颗泪水滴在他的脸上，使他抬起眼来望着我。他笑了，不过并无侮慢之意。

“亲爱的海伦！”他说——“你为什么哭了？你知道我是爱你的，”（他把我的手按在他自己发烧的嘴唇上）“你还能再要求什么呢？”

“阿瑟，我只要你爱惜自己，像我爱你这样真诚忠实。”

“这可确是件难事啊！”他答道，一边温柔地捏紧我的手。

我不知道他是不是完全理解我的话意，可是他笑了——若有所思地、甚至可说是凄然地笑了——这在他是一种极不寻常的表情；接着他闭上眼睛睡着了，看上去像孩子一样无忧无虑、清白无辜。我注视着他安静地睡着的时候，我的情感更为高涨，抑制不住的眼泪直往下淌。

8月24日。阿瑟康复了，一如过去那样精力充沛、粗心大胆、轻松愉快、言行轻浮，像一个被宠坏了的孩子一样坐立不安、不易逗乐——几乎也同样地淘气，尤其在天下雨而无法外出的日子里。我希望他有些事干，诸如某种有用的手艺或者职业或者受人聘用——能使他的脑袋和双手每天忙上几小时的任何事情，能使他想想寻欢作乐以外的事。要是他肯当乡绅，料理农活——可是对这一行他一窍不通，不愿专心去考虑的——再说，要是他肯致力于文学研究，或者学画画或弹琴——因为他很爱好音乐，我常常试图说服他学弹钢琴，可是他实在太懒了，干不了这事。他既不打算尽力去排除障碍，又无意克制自己天生的嗜好；而毁了他自己的也正是这两个情况。我把两者都归罪于他那个严厉而又粗心的父亲和他那个狂热地溺爱他的母亲。要是有一天我成为母亲，我是会竭力与这种过分放任的罪恶进行斗争的——想到它所导致的恶果，我简直没法给它安上一个好听点儿的名称。

幸好不久狩猎季节就要来到，到那时候如果天气许可的话，追踪与击杀鹧鸪和野鸡将够他忙的了；我们这里没松鸡，否则这会儿他就可能同样忙碌，而不致躺在刺槐树下拉着可怜的戴许的耳朵了。不过他说独个儿打猎太没趣，他得有一两个朋友给他当助手。

“阿瑟，那末来的应该是还算正派的人，”我说——他所谓的“朋友”使我不寒而栗；我知道正是他的有几个“朋友”劝诱他让我先走，然后自己留在伦敦，并使他离开我那么久——的确，根据他不留神地泄漏的一些话和不时透露的口风，我相信他常把我的信给他们看，让他们知道他的妻子如何多情地维护着他的利益，对于他的离家不归如何深感遗憾；正是他们劝诱他一星期又一星期地逗留下去，而且为了不让人嘲笑他是个受老婆支配的傻瓜，也许还为了要显示他能够干到什么程度而不至于动摇那个多情人儿的倾心爱恋，他便贸然干出了种种越轨勾当。这是一个令人可恨的念头，可是我没法认为它是不真实的。

“好吧，”他答道，“我想到的一个是洛勃罗勋爵；但是不可能请他而不请他的妻子，也就是我们共同的朋友安娜贝拉；因此我们不得不请他们两位。你并不见她怕，是吧，海伦？”他眼睛里带着调皮的闪光问道。

“当然不怕，”我回答说，“我干吗怕她？——那么还有谁？”

“哈格雷夫算一个——尽管他自己的猎场靠得这么近，他还是很高兴来我们这儿的，因为他自己的场地不够大，打猎范围太小，而且只要我们高兴，我们可以把我们的掠夺活动扩展到他的地盘上去——再说，他非常正派，你也知道，海伦，他喜欢在女人淘里厮混——我想，另一个可算是格林斯比，他足够体面文静的——你不反对格林斯比吧？”

“我讨厌他；不过，如果你喜欢，我就尽力暂时容忍他一次。”

“这完全是偏见，海伦——无非是女人的一种反感罢了。”

“不是，我不喜欢他是有确实根据的。那末，没有别人了？”

“呃，是的，我想是没有了。眼前哈特斯利正忙于同他的新娘接吻爱抚、谈情说爱，不会有什么时间同枪和狗打交道的，”他答道。——

这使我想起米莉森特婚后已经给我来过几封信，看来她相当甘于命运，是真是假则无从得知。她自称在她丈夫身上发现了无数美德和优点，其中某些优点，尽管是用眼睛“号哭切求”[①]的，我担心不那么偏袒的眼睛是辨认不出的。如今她既然对他的大嗓门和粗鲁无礼的态度已经习惯，她就断言自己不难像一个妻子所应做的那样去爱他了，她还请求我把她不适当地贬低他的那封信付之一炬。因此我相信她可能还会幸福，但要是这样的话，那将完全是对她那颗仁慈的心的奖赏了，因为如果她认定自己是命运的牺牲品，或者是她母亲通晓人情世故的牺牲品，她原是可能痛苦之极的；再说，如果她没有为了尽本分而竭尽全力去爱她的丈夫，那末她无疑是会恨他至死的。

① 引自《圣经 · 新约 · 希伯来书》第 12 章第 17 节。

第二十六章
客人们

9 月 23 日。我们的客人们是在三星期以前到的。洛勃罗勋爵和夫人到现在已经结婚八个多月了；我得赞扬这位夫人，因为她的丈夫完全变了样：他的相貌、情绪和脾气全都比我最后那次见到他时明显好转了。不过仍然存在有待改进之处。他并非总是高高兴兴的，也并非总是满意的，而她则常常抱怨他容易发火；不过，在所有人当中，她是最不应该如此指责他的，因为除非由于连圣人都会给惹怒的举止之外，他是从不向她发火的。他至今仍然崇拜她，只要能使她高兴，让他奔向天涯海角都心甘情愿。她了解自己的力量，而且也加以利用；不过由于她很明白甜言蜜语地哄骗比发号施令来得妥当，便明智地用奉承讨好来缓和他的专横，足以使他相信自己是一个被宠爱的幸运男人。可是有时候甚至当着她的面也会有一片忧郁的阴影笼罩着他的面容，不过显然这是由于情绪不好所造成的，并非由于坏脾气，而且通常是由她控制不当的脾气或者错误思想的表现引起的——那是某种对他最珍爱的见解的蛮横践踏——是某种不顾后果地无视原则的作风使他觉得她虽然可爱媚人，却不那么善良，而为此深感遗憾。我从心底里怜悯他，因为我懂得这种遗憾的心情有多痛苦。

可是她还在另一方面折磨他，这一点我和他有同样的遭遇——如果我愿意自认为如此，是可以这么说的。那就是她公开而并不太显眼地向亨廷顿先生卖弄风情，而后者也很愿意在这把戏中充当她的搭档；不过我并不在乎，因为知道对他来说，不过是出于个人的虚荣心和要引我妒忌的一种恶作剧心理，也许还想折磨他那位朋友，此外别无其他意图，而她呢，无疑也是出于与此很相似的动机；只不过在她的花招中恶意多于顽皮罢了。因此就我而论，显然我所关心的是要自已始终保持高高兴兴、泰然自若的平静态度，从而使他们两人都感到失望；于是我竭力对我丈夫表示完全的信任，对我这个有迷惑力的客人的诡计则摆出毫不在乎的样子。我从来没有责备过前者，除了有一天晚上，他们特别惹人恼火，这时他见到洛勃罗勋爵抑郁忧愁的面容竟然笑了起来。我当时确乎对这个问题谈了很多，对他严厉指责；可是他只置之一笑，并且说道：

"你会同情他，海伦——不是吗？"

"我会同情任何受到不公平对待的人，"我回答说，"而且我也会同情伤害这些人的人。"

"哎呀，海伦，你同他一样妒忌了！"他大声说道，笑得更厉害了；我明白要使他认识错误是不可能的了。因此打那以后我便特意避免注意这个问题，不去管洛勃罗勋爵怎么样了。他要末是缺乏头脑、要末是没有能力来学我的榜样；尽管他确实尽力掩饰自已的不安心情，可是仍然会在脸上流露出来，而且不时会隐约显得不快，即使还没有公然表示愤恨——因为他们从来没有搞到使他公开表示愤怒的地步。不过我承认有时候自已确实感到妒忌——而且达到极度悲痛的程度——那就是当她唱歌弹琴给他听的时候，他俯身钢琴之上，以毫不做作的兴趣倾听她的歌声；因为我知道此时他真心感到快乐，而我却没有能力去唤醒与此相同的热情。我能够用我那些简单的歌曲来逗他乐、讨他喜欢，却不能使他如此快乐。

如果我愿意的话，我是可以进行报复的，因为哈格雷夫先生乐于向我这个女主人表示极大的礼貌和殷勤——当阿瑟最怠慢我的时候，他尤其如此。我不知道他这么做是出于错误地对我怀有同情呢，还是想以此来和他朋友的疏忽态度作对比，来炫耀自已的良好教养；可是无论是哪一种情况，他那些有礼貌的举动都使我极其厌恶。如果说阿瑟是太随便了点儿的话，那末通过对比来夸大他的过错，当然是令人不愉快的；把我当作一个被忽视的妻子来怜悯我，而实际上我并非如此，这是我无法忍受的侮辱。然而为了好客起见，我竭力忍住了简直不合情理的怒气，相当客气地对待我们这位客人，而说句公道话，他实在决不是个令人讨厌的伙伴。他健谈、消息灵通、兴趣又广，所谈的那些事绝非阿瑟所能参加讨论或者感到任何兴趣的。可是阿瑟不喜欢我跟他交谈，显然对于他那最平常的有礼的举动也生气；这并非由于我丈夫对我怀有任何可耻的猜疑——我相信对他那位朋友也不会——但是除了从他本人那里，他是不喜欢我从任何人那里得到乐趣的，也不喜欢我在他所高兴赐予的以外再得到丝毫尊敬和好意；他知道他是我的太阳，不过当他高兴收回他的亮光的时候，他是要使我的天空成为一片漆黑的；他不能容忍有一轮明月来缓和我被剥夺了亮光后的忧伤。这是不公平的；有时候我很想回敬一下，也照样戏弄他，不过我不愿意受这种诱惑。如果他把我的感情玩弄得过了头，我要想其他的办法来制止他。

28 日——昨天我们大家都到园林庄园去，那是哈格雷夫先生的没有好好照管的家宅。他母亲常常邀请我们上她家去，以便接近她亲爱的沃尔特；这一次她请我们去参加晚宴，并且把附近能请到的乡绅统统请来与我们相会。款待搞得非常地道，可是我始终不禁想着这笔花费要多少。我不喜欢哈格雷夫太太；她冷酷无情、矫揉造作、俗不可耐。只要她懂得怎样花钱审慎些，并且教育她的儿子也如此，她的钱是足够使她一家过得很舒适的；可是她总是以那种可鄙的虚荣心尽力摆阔，把贫穷的迹象看做是一种可耻的罪恶而竭力回避。她对受她赡养的人吝啬，对佣仆苛刻，甚至剥夺了她的女儿们和她本人生活中的种种真正的享受，就因为不愿在外表上向那些拥有三倍于她的财产的人认输，而特别是因为她拿定主意要使她所珍爱的儿子能“与当地最高等的绅士们并驾齐驱”。我料想就是这个儿子有着奢侈的习惯——他并非不顾后果的挥霍无度的浪子，也不是不加约束的好色之徒，而是那种喜欢自己的“东西全都是体体面面的”[①]、喜欢在一定程度上追求年轻人的嗜好的人——与其说是要满足自己的爱好，不如说是要保持自己作为一个世间的时髦人物以及在他那伙无法无天的朋友中的一个体面人的名声；然而他太自私了，以致没有考虑到用他如此挥霍在自己身上的钱可以使他的慈母和妹妹们过得多么舒适；只要她们一年一度到伦敦的时候能够设法穿着得体面，他就不大顾及她们在家中暗地里省吃俭用挣扎着度日的情况了。这是对“亲爱的、思想高尚而宽宏大量的沃尔特”所作出的严厉的判断，不过我恐怕这个判断是再公正也没有的了。

哈格雷夫太太急于要为她的女儿们物色好夫婿，这既是造成下列这些错误作风的原因，也是这些作风所造成的后果：她让自己在社交界露头角，突出她们的优点以引人注目，希望借此使她们得到好些的机遇；她如此不按正当方式量入为出地过生活，又在她们哥哥身上如此滥花钱，这一来不仅使她们的嫁妆无着，还使她们成了她的累赘。我恐怕可怜的米莉森特已经成为这个犯错误的母亲的策略的牺牲品了，而后者还为如此称心地尽了为母的责任而自感庆幸，并希望也为埃丝特这么办。不过埃丝特还是个孩子——是个十四岁的欢天喜地、跳跳蹦蹦的孩子，像她姐姐一样诚实、坦率和单纯，但是具有她的独特的无畏精神，因此我想她的母亲若要她屈从自己的意志将不是件容易的事。

---

① 引自莎士比亚的《无事生非》第 4 幕第 2 场的末尾。

第二十七章
不端行为

10 月 9 日——此时先生们正在树林里来回追猎，洛勃罗勋爵夫人则忙于写信，我要回头来写日记以便记录下人们的一些言行，但愿我今后再也没有必要去描述这类事情了。

那是在四日晚上喝过茶不久，安娜贝拉刚才一直在唱歌弹琴，阿瑟则像平时那样待在她身旁，这会儿她已经唱完歌，可是依然坐在钢琴前，他站着俯在她的椅背上，与她的脸挨得非常近，用几乎听不见的声音谈着话。我朝洛勃罗勋爵望去。他正在房间的那一头与哈格雷夫和格里姆斯比两位先生交谈；不过我瞧见他向他太太和他的主人飞快而急躁地瞥了一眼，显出极为焦虑不安之状，而格里姆斯比则见此微微一笑。我决定要打断他们的密谈，便站起来，从乐谱架上挑选了一张乐谱，走到钢琴旁，打算请那位太太演奏；可是我顿时站住了，呆若木鸡，半晌说不出话来，因为我看见她坐在那儿倾听着他温柔的低语声，通红的脸上似乎浮起了兴奋的微笑，一只手暗地里听任他握住。血液直朝我心脏冲来，接着冲到我的脑袋里——因为我见到的还不止是这些；几乎就在我走近他们的当儿，他转过头去朝房间里其他人匆匆望了一下之后，便把那只毫不反抗的手热烈地紧贴在自己的嘴唇上。他抬眼看见了我，便垂下目光，显得惊慌而沮丧。她也看见了我，竟用冷酷的挑衅眼光正视着我。我把乐谱放在钢琴上后便走开了。我感到不舒服，但是并不离开房间；幸好时间已不早，大伙儿不会待很久就要散去了。我走到壁炉前，把头靠在壁炉架上。过了一两分钟，听得有人问我是否觉得不舒服。我没有回答——实际上当时我没听清那人说了些什么——不过我机械地抬眼一看，见哈格雷夫先生正在我身旁，站在炉边地毯上。

“我去给你拿杯葡萄酒来，好吗？”他说。

“不用，谢谢你，”我答道，转身离开他，朝四周看了看，见洛勃罗夫人正站在她丈夫的旁边，由于他坐着，而向他俯下身子，一只手按在他的肩膀上，冲着他的脸温柔地又说又笑；阿瑟则在桌子旁，正翻阅着一本刻铜版画册。我在一把离我最近的椅子上坐下，而哈格雷夫先生见我并不要他做什么，便知趣地走开了。过了不久大家就散了，客人们都退到各自的寝室里去，于是阿瑟带着极有把握的微笑朝我走来。

“你非常生气吗，海伦？”他轻声问道。

“这可不是开玩笑的事，阿瑟，”我严肃地说，不过尽力保持镇静——“除非你认为永远失去我的爱情是好玩的事。”

“什么！你竟这么痛心吗？”他嚷道，一边笑着把我的手握在他的两只手中；可是我愤愤地抽了出来——几乎感到憎恶，因为他显然是带着点儿醉意的。

“那末我只得双膝跪下了，”他说着便在我跟前跪了下来，举起了紧握的双手，装出一副卑躬屈节的样子，继续恳求道——“宽恕我吧，海伦！——亲爱的海伦，宽恕我吧，我再也不干这种事了！”他把脸埋在手帕中，大声假哭起来。

我随他去这样假哭，拿起我的蜡烛，便悄悄地溜出房间，尽快地上了楼。可是不久他就发现我已经离开他，便从我后面冲上来，在我刚走进寝室、正要冲着他的脸关上门的时候，一把抓住了我，把我搂在怀中。

“不行，不行，老天在上，你不可以这么逃避我！”他嚷道。接着因见我很激动而大为惊恐，他恳求我不要让自己这么生气，告诉我说我的脸色很苍白，这样是会送命的。

“那末你放开我，”我咕哝道；他听了立刻放开了我——他这样做得正对，因为我实在是很生气。我瘫倒在一把安乐椅里，竭力使自己镇静下来，因为想平心静气地和他谈一谈。他站在我的身旁，有几秒钟工夫，既不敢碰我，也不敢开口，接着向我稍微走近一点儿，单膝跪下——这可并非假装谦卑，而是要使自己与我接近同一个高度，接着他把一只手靠在椅子的扶手上，开始轻声地说：

“海伦，那根本是胡闹——开开玩笑罢了，算不上什么的——不值得放在心上。难道你怎么也没法明白，”他大胆些了，接着说，“你丝毫不用担心我会怎么样？我不是全心全意地爱着你吗？——再说，即或，”他暗自笑了笑，补充了几句，“即或我对另外一个人动心，你也大可不必介意，因为那种迷恋来去像一道闪电，而我对你的情火则是稳稳地不断燃烧着，像太阳一样是永恒的。你这要求过高的小霸王，难道这——”

“静一静好吗，阿瑟？”我说，“你听我说——别以为我是妒火中烧；我却非常镇定哩，不信摸摸我的手。”说着我严肃地向他伸出一只手——可是却用力把他的手捏住，此举似乎否定了我自己的话而使他笑了。“你不用笑，先生，”我说，同时仍然紧捏着他的手，目不转睛地盯住他，弄得他几乎在我的目光下畏缩了。“亨廷顿先生，你大可以为用惹我妒忌来取乐很不错，可是你要当心别反而惹起了我的憎恨。而且你一旦把我的爱情之火扑灭了，你就会发现可不容易再把它点燃的。”

“咳，海伦，我不会再叫你生气了。不过我向你保证，刚才那事我完全是无心的。我酒喝得太多，当时糊里糊涂的，不大正常。”

“你常常喝得太多——这正是另一个使我痛恨的行为。”我的激动使他感到惊讶，猛地抬眼看我。“是的，”我继续说。“我过去对此只字不提，是因为我觉得羞于启口；不过现在我可要告诉你，这事使我很苦恼，要是你听任这个习惯继续发展下去，就会使我厌恶，因为如果不及时加以制止，它肯定是会发展下去的。不过你对洛勃罗勋爵夫人所作所为的整个方式是与酒无关的；今晚你对自己的举动是再清楚不过的。”

“唔，我对此事感到遗憾，”他答道，口气与其说是后悔，不如说是不高兴，“你还要我怎么样？”

“没疑问，你感到遗憾的是让我看见了，”我冷冷地反驳他。

“要是你没有看见，”他眼睛盯住地毯，嘀咕道，“就根本不会碍什么事的。”

我气得心几乎要炸了；不过我坚决地压住了激动的情绪，平静地问道，“你认为不会？”

“是的，”他厚颜无耻地回答。“我究竟干了些什么啦？根本没什么——除非你存心把它作为责备和苦恼的缘由？”

“要是你的朋友洛勃罗勋爵知道了这一切，他会怎么想？换句话说，要是他或其他人像你对待安娜贝拉那样也对我从头到尾来一遍，你自己又会怎么想呢？”

“我要把他打得脑袋开花。”

“那好，阿瑟，你既然认为把一个冒犯了你的人的脑袋打得开花的做法是合理的，那么你怎么可以把这种冒犯说成是没什么呢？难道玩弄你朋友和我的感情是没什么——力图偷走一个女人对她丈夫的爱，而后者把这份爱看得比他的金子更宝贵，因此要偷的东西还有什么比这个更不正当的呢？难道结婚誓言是闹着玩的吗？难道你把违反誓言当作娱乐，还引诱别人也这么干，是没什么吗？难道我能爱一个干了这种事还冷漠地坚持说这没什么的人吗？”

“你自己正在违反结婚誓言，”他说着，愤愤地站起来，踱来踱去。“你允诺过尊敬并服从我，而如今你却要折磨我，威胁并谴责我，把我骂得比拦路强盗还不如。海伦，要不是为了你的具体情况，我是不会这么甘心顺从的。我也不会听任一个女人来支配我，尽管她是我的妻子也罢。”

“那末你打算怎么样呢？你打算继续这样下去直到我见你痛恨，到那时候指责我违反誓言吗？”

他默不作声了一会儿，之后答道，“你永远不会恨我的。”说着便走回来，恢复了原先在我脚边的位置，更热切重复说道——“只要我爱你，你是不会恨我的。”

“可是如果你继续这样干下去，叫我怎么能相信你爱我呢？你设身处地想一想，要是我这样干了，你会不会相信我爱你呢？在这种情况下，你会相信我的抗辩，尊敬并信任我吗？”

“这两种情况是不同的，”他回答。“女人的天性是坚贞——爱一个人，只爱一个人，盲目而温柔地，而且始终如一——愿上帝赐福给她们，可爱的人儿！特别要赐福给你——但是你一定得对我们有点儿同情，海伦；你一定得多给我们一点儿自由，因为莎士比亚就是如此写的：

‘无论我们怎样赞扬自己，
与女人相比，我们的迷恋
更加轻浮，更加不稳固，
更加渴求，更加游移不定，
更加容易消失而生厌。’”①

“你是不是要用这个来说明我已失去你的迷恋，而被洛勃罗勋爵夫人所赢得？”

---

① 引自莎士比亚的《第十二夜》第 2 幕第 4 场。

“不对，上天可以作证，我认为与你相比，她仅仅是尘土和灰烬——而且除非你过于严厉以致把我赶走，我将永远这么认为。她是人间的女子，你是天上的天使；只是请你不要圣洁得过于严峻了，并且要记住我是个可怜的难免有错误的凡人。好了，海伦，你肯宽恕我吗？”他说着，温柔地握住我的一只手，带着天真无邪的笑容抬眼望着我。

“要是我宽恕你，你还会犯老错误。”

“我发誓，凭着——”

“别发誓；我会像相信你的誓言一样相信你的话。但愿我对二者都能信任。”

“那么试试吧，海伦；只要信任并原谅我这一次，你就会知道了！好啦，你不这么说，我就会一直受地狱的煎熬。”

我没有说出这句话，不过我把一只手按在他的肩膀上，吻了一下他的前额，接着便突然哭起来了。他温柔地把我抱在怀中；自此以后我们便一直相处得很好。进餐时，他饮酒很有节制，对洛勃罗勋爵夫人也能行为不苟。头一天，在不公然违反地主之谊的前提下，他尽量对她疏远；那天以后，他对她的态度友好而有礼，仅限于此而已——至少当着我的面是这样，而且我想在其他任何时候也是这样；因为她显得态度傲慢，感到不快，而洛勃罗勋爵显然比以前高兴，对他的主人也比以前热诚。不过等他们走了我会觉得高兴的，因为我实在不喜欢安娜贝拉，因此对她以礼相待确是件难事，而且由于在这里除了我以外，她是唯一的女人，我们又必然常被凑到一块儿来。等下次哈格雷夫太太来访的时候，我会把她的到来作为一种宽慰来欢迎。我很想要求阿瑟允许我请那位老太太和我们同住，直到客人们离去。我想我要这么做的。她会把这个邀请看做友好的关注，尽管有她做伴并不使我感到什么乐趣，我却真心欢迎她作为第三者介入到我和洛勃罗勋爵夫人中间来。

在那个不愉快的夜晚过后，后者和我是在次晨早餐后一两小时左右第一次单独在一块儿的，当时先生们一如惯常那样，写了信、看过报纸并随便交谈之后就出去了。我们两人坐着，一声不吭地过了两三分钟。她忙于干她的活儿，我则浏览着报纸上一栏栏文章的内容，但在大约二十分钟之前就已领会了它们的所有要旨了。这段时间使我极感窘迫，而且我想对她一定更是如此；可是看来我错了。是她先开口的，带着极其冷静自信的笑容，她这么开始说：

“海伦，你丈夫昨晚兴高采烈；他常常这样吗？”

我勃然大怒，顿觉脸上发烧；不过她竟然似乎把他的行为归因于这个情况而不是旁的，这就较好。

“不，”我答道，“而且我相信再也不会那样了。”

“你给过他一顿床头训斥了，是吗？”

“没有，不过我告诉了他我不喜欢这种行为，他就答应我以后不再这么干了。”

“我认为今天早上他显得相当驯服，”她继续说，“还有你，海伦，我看出你哭过——你也知道，这是我们的了不起的手段——可是难道这样不使你的眼睛发痛吗？你一直感到这个办法有效吗？”

“我从不为了要取得什么效果才哭的；我也没法想象竟有人能这么干的。”

“啊，我可不知道；因为我从来没有机会试一下——不过我想如果洛勃罗干下了这种越轨行为，我可要叫他哭的。你会恼火我并不觉得奇怪，因为我相信为了比这个更小的过错，我是会给我的丈夫一顿训斥，叫他没法很快就忘记的。可是话得说回来，他是永远不会干这类事的，因为我把他管得好好的，不致会这样。”

“你能肯定你没有把过多的功劳据为己有吗？据我所知，在你嫁给洛勃罗勋爵之前，他早就像现在一样以有节制著称了。”

“喔，你指的是酒——是的，他在这方面是够可靠的。至于斜着眼去看别的女人嘛——只要我活着，他在这方面也是够可靠的，因为他连我踩着的那块地都崇拜哩。”

“原来如此！那末你能肯定自己配得上他如此对待吗？”

“啊，关于这一点，我可没法说了。海伦，你也知道，我们都是容易犯错误的人；我们谁也不配受人的崇拜。不过你能肯定你心爱的亨廷顿配受你所给他的全部爱情吗？”

我不知道该怎样回答这句话。我怒不可遏，但是竭力加以抑制，不让显露出来，仅仅咬住了嘴唇，假装整理我的活儿。

“不管怎么样，”她趁自己占上风紧接着说下去，“你是配受他所给你的全部爱情的，你可以用这个信念自慰。”

“你过奖了，”我说，“不过至少我可以努力使自己配受这一切。”接下来我就转而谈别的了。

第二十八章
慈母的感情

12 月 25 日——去年圣诞节我还是个新娘，心里充满了眼前的极大幸福，对未来满怀热烈的希望——不过并非没有交织着预感到的忧虑。如今我是个妻子，我的幸福有了制约，但是并没有毁掉；我的希望缩小了，但是并没有失去；我的忧虑增加了，但是还没有得到充分证实——而且感谢上帝，我也是个母亲。上帝给我送来了一个灵魂，由我为上天教育他，赐给了我一种新的更平静的幸福和更强烈的希望，以使我获得慰藉。可是哪里出现希望，哪里就一定有忧虑潜伏其后，当我把我的小宝贝紧抱在胸前，或者当他入睡后，我心中怀着无以言喻的喜悦和千万种希望，俯首向他望着，这时候下面两种念头中的一种总是油然而生，遏止住我高涨的喜悦情绪；其一是“他可能会从我身边被夺走”，另一是“他可能活下去，终于诅咒自己的一生”。对于头一种情况，我从中可以得到这样的安慰：这朵蓓蕾虽然被摘下了，却不会凋谢，只会被移植到更适宜的土壤中去，让它在更灿烂的阳光下成长、开花；虽然我也许不能抚育我的孩子，看着他的才智逐渐显露，他却能因被夺走而免得遭受人间所有的苦难和罪恶；因此我对这事的理解是它并非什么大坏事；可是每当冥思到这种可能性时，我的心就收缩起来，并且暗自低声说我不忍看他死去，把我所珍爱的这个小身躯、这个此刻还是暖呼呼的生命幼芽弃进冰冷而残酷的坟墓中去；这个生命是我身上的肉，是藏着那纯洁的火花的神龛，我将终生乐于致力使它不被尘世所玷污——我热切地恳求上天仍然让他成为我的安慰和我的欢乐，让我作为他的保护人、教师和朋友——在青年时期的危险道路上引导他，把他训练成为上帝在世间的仆人和有福而受尊敬的天上圣者。反之，在另一个情况下，万一他活下来使我的希望落空，使我的努力全部付诸东流——成为一个无以自拔的堕落的人、罪恶和苦难的受害者、害人又害己的家伙——天父啊，如果你看见在他前面是这样的人生，那就求你不要顾及我的痛苦，现在就把他从我这里夺走，趁他还是个不狡诈而尚未玷污的小羊羔的时候，把他从我的怀中挪到您的怀中去吧！

我的小阿瑟啊！你躺在那儿，毫无知觉而甜蜜地安睡着，是你父亲的微小的缩影，不过有如方才从天下降的纯净的雪花般依然一尘不染——但愿上帝保护你免受你父亲那些过错的影响！我将会如何照管你、辛勤地保卫你，使你避开它们啊！他醒了；他的小手臂向我伸来；他的眼睛张开了；他的目光碰上我凝视的目光，但是没有作出什么反应。小天使啊！你不认识我；你还不能想我和爱我；可是我的心多么炽热地与你的心紧紧结合在一起；我多么感激你给予我的这一切欢乐啊！但愿你的父亲能够同我一起享受这欢乐——但愿他也能感受与我同样的爱和希望，与我同样地参加到我为将来所作的种种决定和计划中来——不，只要他能赞同我的一半见解，分担我的一半感受，那末不论对他本人还是对我都将确实是一种福佑；这能提高并净化他的思想，使他更紧密地与他的家和我联结在一起。

等孩子长大一些，也许能渐渐唤醒他对他的兴趣和疼爱。目前他只因得到他而觉得高兴，并且希望他会成为一个好孩子和合适的继承人；恐怕我所能说的就是这些了。起先，他觉得这孩子只是个使他惊异并发笑而不可碰触的东西；而现在却对他几乎毫不关心，只在认为他“完全没有用”和“愚蠢得毫无反应”（这些是他所用的字眼）、或者在我过于关怀这小东西的需要时才感到不耐烦。当我忙着照料孩子的时候，他常常跑来坐在我身旁。开头我希望他这么做是因为端详着我们这无价之宝能从中得到快乐；可是不久就发现他只是为了要和我在一起，也可以说是为了逃避孤独之苦。我当然是由衷地欢迎他，不过对一个母亲最好的赞美莫过于对她的小宝贝表示赞赏。有一次他使我大吃一惊：那是在我们的儿子出生后约两星期的一天，当时他与我同在保育室里。有好一阵子，我们两人谁也不说话；我正出神地注视着我的婴儿，以为他也在这样干——至少我当时想到他时是这么想的。可是他突然不耐烦地嚷了起来，使我从幻想中惊醒过来。

“海伦，如果你这么狂热地崇拜他，我就会痛恨这个小坏蛋！你对他完全着迷了。”

我惊讶地抬眼看他，想弄明白他说这话是否认真。

“你对其他事情简直一点儿也不关心了，”他用同样的语气继续说道，“我来也罢、去也罢，在场还是不在场，高兴还是不高兴，对你都一样。只要有这个小丑八怪让你疼着，我的情况怎么样你就一点儿也不在乎。”

“这不是真的，阿瑟；你进屋来总使我加倍地快乐；尽管我并不望着你，但只要你靠近我，我知道你在场就感到高兴；当我想到我们的孩子时，我满意地认为你有着和我共同的思想和感情，尽管我并没有讲出口。”

“真该死，我怎么能把我的思想和感情浪费在这样一个一文不值的小白痴身上？”

“他是你的亲生儿子啊，阿瑟——再说，如果这一点对你无关紧要的话，那末他至少是我的亲生儿子；而你是应当尊重我的感情的。”

“得了，别生气；我刚才只是说漏了嘴，”他申明道。“这小家伙蛮好，只是我没法像你那样崇拜他罢了。”

“那末要罚你一下，由你替我照料他，”我说着站起身来，要把我的婴儿放进他父亲的怀中。

“不，海伦，别这样——别这样！”他当真急起来了，叫喊道。

“我偏要；你感觉到小家伙在你的怀中，就会更疼他了。”

我把那个珍贵的负担安放在他手中之后，便退到房间的另一边去。他坐在那儿，神态荒谬可笑又有点儿窘迫，把捧着婴儿的双臂伸得远远地，仿佛把他看做与自己不属同一人种的什么怪物，使我见了直发笑。

“来，把他抱去，海伦，把他抱去，”他终于喊了起来。“你要不来抱，我就把他扔了。”

我同情他的苦恼——或者更确切地说，是为了孩子所处的危险状况，便免去了他的负担。

“吻他吧！阿瑟；吻啊——你一次也还没有吻过他！”我跪下来把孩子捧到他面前。

“我可情愿吻他的妈妈，”他搂住了我，答道。“喏，这样不是也行吗？”

我又坐进自己的安乐椅，因为他父亲拒绝吻他，我温柔地吻了他好一阵子作为补偿。

“好了！”妒忌的父亲喊道。“你在一分钟内滥花在这个没有感觉而使你吃力不讨好的小牡蛎身上的要比三星期来给我的还多啦。”

“那末过来吧，你这个贪得无厌的霸王，尽管你无可救药也不配领受，你可以要吻我多少就给你多少。——喏，这样够了吗？我很想在你学会尽父亲的责任去疼我的孩子之前，再也不吻你了。”

“我喜欢这个小魔鬼——”

“阿瑟！”

“好吧，这个小天使——真够喜欢的，”说着为了表示他的疼爱，他捏了一下他那个娇嫩的小鼻子，“只是我没法疼他——他又有什么可疼的呢？他不会爱我——也不会爱你；你对他说的话他一个词儿也不懂，对于你的这一切好意也感觉不到一丁点儿。要等到他能对我表示一点感情的时候，我再考虑去疼他。目前他只是个自私自利、没有感觉、只图口腹的小东西，如果你在他身上看到有什么可爱的地方，那当然很好——可惜我只觉得奇怪你怎么能看到。”

“阿瑟，要是你自己不那么自私，你就不会用这种眼光来对待他了。”

“可能不会，亲爱的；可是情况就是如此，我也没办法。”

第二十九章
邻　居

1823年12月25日。又过去了一年。我的小阿瑟活了下来并且顺利地成长着。他很健康，但并不强壮，活泼，爱玩耍，却很文静，已经能流露感情，能感受那些要很久以后才能用话语来表达的激情。他终于赢得了他父亲的心；而如今我经常担心的是，生怕他父亲那种缺乏考虑的纵容会毁了他。不过我也必须提防我自己的弱点，因为我直到如今才知道，父母宠坏独生子的诱惑力有多大！

我必须在我儿子身上得到安慰，因为（我可以对这张不会开口的纸承认）我从我丈夫那里只能得到很少的安慰。我仍然爱着他，他则以他的方式爱着我——不过，唉，多么不同于我原可以给予的、并且一度曾希望得到的爱情啊！在我们之间存在着多么少的真正共鸣；我有多少思想感情阴郁地闷在自己心里；我的更高尚、更优良的自我有多大部分实际上还没有和他结合——命中注定将在孤独的无阳光的阴影中变得麻木、乖戾，或者由于缺乏滋养而在这块劣质土壤上衰退、消亡！——不过我要在此重申，我没有权利抱怨；只求能让我讲出事实真相——至少讲出一部分事实——然后等着瞧今后会不会有什么更糟的事实来玷污这些纸张。我们至今已经结合整整两年了——我们彼此依恋的“浪漫气氛”肯定已经消耗殆尽了。如今阿瑟对我的爱情一定已经降到了最低点，我也发现了他的全部邪恶本质，随着我们变得彼此更加习惯，他要是还会发生什么变化的话，那一定该是向好的方面的发展；我们之间的感情肯定不会变得比现在更不如。而且就算这样，我也忍受得了——至少就像我迄今忍受着那样。

阿瑟并非通常所说的坏人。他有很多好的品质，但是他缺乏自我克制和崇高的抱负——是个浪荡子，沉溺于肉体享受；他并不是坏丈夫，但是他对婚后的义务和舒适的见解与我不同。根据表面来判断，他对妻子的见解如下：妻子应该忠诚地热爱丈夫，并且待在家里——侍候丈夫，在他喜欢与她待在一起的时候，尽一切可能逗他乐、使他过得舒服；而且当他不在家的时候，不管他在这期间可能在干什么，她得照管他在家庭里和其他方面的利益，耐心地等他回来。

早在春初，他宣布打算去伦敦，他说他在那儿的事务需要他到场，再也不能拒绝了。他对于不得不离开我这事表示遗憾，但是希望在他回来之前我会从婴儿那里自找乐趣。

“可是为什么要撇下我呢？”我说。“我可以跟你一道去；我随时都可以准备动身的。”

“你不会要把那孩子带进城去吧？”

“要带的——为什么不呢？”

这个主意太荒唐了。城里的空气肯定对小阿瑟有害，而且对我这个带孩子的也不好；在这种情况下，晚睡和伦敦的生活习惯对我也不合适；总之，他要我相信，那样做会极其麻烦，有害又不安全。我竭力反驳他的异议，因为一想到他独个儿去就使我不寒而栗，为了我自己，甚至更多地为了我的孩子，我愿意几乎作出任何牺牲来制止这事；可是他终于直截了当而有点儿烦躁地对我说，我跟他同去就是不行；说他因为被孩子天天晚上闹得不得安眠已经筋疲力尽，需要好好休息一下。我建议我们分睡两个房间，可是还是不行。

“阿瑟，事实是，”最后我说道，“你已经厌倦我与你做伴，所以打定主意不要我同去。你原该早就这么说的。”

他否认，但是我立即走出房间，朝育婴室飞奔而去，要是我在那儿不能抚慰我的感情的话，也要把它掩盖住。

这太伤我的自尊心了，因而对于他的这些计划不再表示不满，而且压根儿不再提及此事，除了关于为他出门所必需作的一些安排和他不在家期间对一些事的处理问题之外——直到他动身的前一天，我才真挚地劝他好好照料自己、远避诱惑。他见我那么担心便笑了起来，但叫我相信没有值得担心的理由，并答应听从我的劝告。

“我想要你说定回家的日子也没什么用吧？”我说。

“呃，是的；在这种情况下，我简直没法说定；不过，亲爱的，请放心，我不会去很久的。”

“我并不想要你老待在家里，”我回答说，“假如我知道你平安无事，你一整月一整月地待在外边我也不会抱怨——只要你这么久没有我照样能过得快活就行；不过我可不喜欢想起你在那儿与你称作朋友的那伙人混在一起。”

“得了，得了，你这个傻姑娘！你难道以为我照顾不了自己吗？”

“你上趟就没有照顾好自己——可是这一趟，阿瑟，”我接着诚恳地说道，“你要用行动来证明你能照顾好自己，使我认识到我不必担什么心，尽管相信你好了！”

他答应得很好听，不过用的是我们试图安慰小孩子的那种态度。而他有没有遵守他的诺言呢？没有——因此从此之后我再也没法相信他的话了。这是辛酸之极的表白啊！此刻我在写着的时候，泪水挡住了我的视线。他走的时候是3月初，直到7月才回来。这一趟他并不像以前那样得费心找借口，信也不那么常来，也比以前的短而不那么深情了，尤其是过了头几个星期之后，更是如此。来信拖得越来越久，而且一封比一封更简短、更马虎。然而遇上我没有去信，他倒会埋怨我。当我的去信显得严厉冷漠时（我承认在最后阶段我的信常常如此），他就责备我太苛刻，说那样足以使他吓得不敢回家；当我试图对他进行温和的劝告时，他的回信就温柔些，并且答应回家来，但是我终于懂得了只能把他的诺言当作耳边风。

这四个月过得很悲惨，强烈的焦虑、失望和愤慨交替着折磨我；

我可怜他，也可怜我自己。然而在这整个过程中，我并非完全没有安慰；我有我那心爱的清白无辜而不会伤害人的小东西来安慰我，可是连这种安慰也被一个不断地重新浮现的念头弄得痛苦了："今后我该怎样教导他既敬重他的父亲又不要学他的样呢？"

不过我记得这些苦恼原是我任性地自找的，因此拿定主意毫无怨言地忍受这一切。同时，我决定不让自己为别人的越轨行为而痛苦，竭力使自己尽可能欢乐起来；除了与我的孩子和我那亲爱而忠诚的雷切尔做伴之外，我看看书、画画素描、料理家务、照顾阿瑟的穷佃户和雇工们的福利和安乐，而尽管雷切尔由于考虑周到而从不提及我的伤心事，她显然已经猜到并且很同情我。我有时候去找我的小朋友埃丝特·哈格雷夫，与她在一块儿娱乐消遣；我偶尔骑马去看她，并且曾经有一两次邀请她来我的庄园与我一起度过一整天。那个社交季节，哈格雷夫太太没有去伦敦，而且由于没有女儿要出嫁，她想不如待在家里可以节省些；而意想不到是沃尔特竟在六月初来与她同住，一直住到接近八月底。

我头一次见到他是在一个可爱而暖和的傍晚，当时我正同小阿瑟和雷切尔一起在园子里闲逛。雷切尔是保姆头儿兼贴身女侍——由于我过的是隐居生活，还多少好活动，我不怎么需要别人服侍，又由于她曾经把我带大也渴望照料我的孩子，而且非常可靠，我宁可把这重要的任务交托给她，再在她手下配备一个年轻保姆，而不愿意另雇其他任何人——再说，这样也省钱，而且既然我已经熟悉了阿瑟的事务，也就认识到这个办法绝不可视作无足轻重；因为是出于自愿的，在未来的许多年中，几乎我财产的全部收益都得用来偿还他的债务，而他在伦敦挥霍的钱财是漫无止境的。——不过我们还是回头来谈哈格雷夫先生吧：——当时我和雷切尔正站在水池旁，用一根上面长满了金黄色柳絮的柳枝逗着她怀中笑嘻嘻的婴儿玩，这时惊讶地见他骑着他那匹昂贵的黑色猎马进了花园，穿过草地来到我跟前。他用一句非常优美的恭维话向我打招呼，用词雅致，态度谦恭，这无疑是他在一路骑马而来时构想出来的。他对我说他是给他母亲捎口信来的，她得知他要朝这一头走以后，就要他来府拜访并且邀请我明天光临他们家便饭，共叙友情。

“就我们几个人，没有其他人，”他说，“埃丝特可非常想看你；我母亲担心你这么独个儿待在这幢大房子里会觉得寂寞，希望她能说服你更经常地光临舍间同她做伴，并且在寒舍不感拘束，直到亨廷顿先生回府后使你更愿意这么做。”

“她太好了，”我答道，“可是你瞧我并非只一个人——整天忙着的人不大会抱怨寂寞的。”

“那末你明天能来吗？你要是拒绝，她会非常失望的。”

我不喜欢别人如此同情自己的孤寂，不过我还是答应愿去。

“多甜美的黄昏啊！”他说着朝阳光和煦的花园环顾了一周，园子里有岸然隆起的地面和斜坡，池水平静，一簇簇树丛雄伟壮丽。“你住在多美的天堂里啊！”

“这个黄昏确实优美，”我答道，想到自己如何忽略了它的优美，不禁叹了一口气，这令人神怡的草谷庄园对我来说哪里还像个天堂——对自愿背离这景色的人来说更是不像了。我不知道哈格雷夫先生有没有猜到我在想什么，不过他用了一种有几分犹豫而表示同情的严肃口气和态度问我最近有没有收到亨廷顿先生的信。

“最近没有，”我回答说。

“我就是这么想的，”他低声说，仿佛是自言自语，同时若有所思地望着地面。

“你不是最近才从伦敦回来的吗？”我问。

“昨天刚回来。”

“你在那儿见到他吗？”

“是的——见到了。”

“他好吗？”

“好——也就是说，”他说，口气和态度更加犹豫了，还显出一副抑制着愤慨的样子，“好得就像——就像他应该的那样，可是对于一个像他那样受宠爱的人来说，我认为在那种环境中还能那么样真是令人难以置信的。”说到这儿，他抬起头来，为了强调这句话向我严肃地鞠了一躬。我想此时我的脸一定涨得通红。

“请原谅，亨廷顿太太，”他接着说，“可是当我目睹如此昏了头的轻率行为和堕落的趣味时，我真没法忍住我的怒气——不过也许你还不知道——”说到这儿他顿住了。

“先生，我什么也不知道——我只知道他推迟他的归期，比我所盼望的要来得迟。要是说目前他更喜欢的伴侣是他的朋友们而不是他的妻子，更喜欢的是城市里的放荡行为而不是乡下的宁静生活，我想我该为此感谢那些朋友。他们的趣味和活动既然与他的相类似，那我就弄不懂为什么他的行动竟然会激起他们的愤慨或者惊奇。”

“你大大地冤枉我了，”他答道，“最近几星期我与亨廷顿先生很少在一起；至于他的趣味和活动，远远非我能力所及——尽管我是个孤独的流浪汉。我只是呷一口尝尝味道，他却是喝得一点不剩；如果说我曾经一度又疯又蠢地企图淹没反省的呼声，或者在鲁莽放荡的同伴中浪费太多的时间和才能的话，上帝知道，我只要有那个人那么忘恩负义地撇在身后的一半福分——只要得到他所藐视的有关美德、家庭乐趣和有规则的习惯的一半诱导——只要有那样的一个家、那样的一位分享家庭乐趣的伴侣，就会乐意彻底地永远抛弃那些同伴的！——那简直太无耻了！”他咬着牙齿咕哝道。“亨廷顿太太，”他接着大声说，“请别以为我会去教唆他坚持他目前的所作所为；正好相反，我是一再规劝他的；对于他的作为，我常常表示诧异并且向他提醒他的种种责任和所享的特权——可是没用，他仅仅——”

“够了，哈格雷夫先生，你该知道不管我丈夫有什么缺点，由一个陌生人来告诉我，只能使我感到更痛苦。”

“这么说，难道我是个陌生人吗？”他用悲伤的声调说。“我是离你最近的邻居，是你孩子的教父，又是你丈夫的朋友；我不是也可以算是你的朋友吗？”

“要成为真正的朋友必须先要有熟悉的了解；哈格雷夫先生，除了人家的传说，我对你是很不了解的。”

“这么说，你忘记了上一个秋季我在你家作过六七星期的客了？我可没有忘记。亨廷顿太太，我对你却是够了解的，因此才认为你丈夫是世上最令人羡慕的人，而且如果你认为我配得到你的友谊，那我就是第二个令人羡慕的人了。”

“要是你对我更了解些，就不会这么想了——即使这么想了，也不会说出来，并且以为我听了这番恭维话会高兴。”

我一边说一边朝后退。他看出我希望结束谈话，立即接受了这一暗示，庄重地鞠了一躬，向我道了晚安，转过马头朝路上跑去。我不客气地对待他那番同情的表白，看来是伤了他的心并使他感到悲痛。我不知道自己对他说话那么严厉是否对头；可是当时他的行动使我很生气——几乎觉得是受到了侮辱；他似乎在利用我丈夫不在家和把我丢在脑后的情况，含沙射影地对不利于他的事实进行夸大。

我们刚才谈话时，雷切尔朝前走了几码远。此时他骑着马跑到她跟前，要求让他看看孩子。他小心翼翼地把他抱在怀中，以一种几乎像慈父般的微笑望着他，我走近的时候听见他在说：

“而且他把这孩子也丢下了！”

接着他亲热地吻了小孩一下，便把他交还给感到满意的保姆。

“你喜欢孩子，哈格雷夫先生？”我对他的态度温和了一些，问道。

“一般说来并不喜欢，”他回答，“不过这孩子实在太可爱了——而且真像他的母亲，”他把声音压低了一些，又添上一句。

“这你可错了；他像的是他的父亲。”

“我是对的，不是吗，保姆？”他诉诸雷切尔说。

“先生，我认为跟两个人都有点儿像，”她答道。

他告辞了，于是雷切尔说他是一位非常出色的绅士。对此我仍有怀疑。

次日我在他家里见到他时，他不再表示对阿瑟的义愤，也没有对我表示我所不欢迎的同情来惹我生气了；而且甚至当他的母亲开始用谨慎的措词向我暗示她对我丈夫的行为所感到的遗憾和诧异时，他察觉了我的不快，便马上来解围，灵巧地把话岔开，同时乜斜着眼睛向她使眼色，告诫她不要再提这事。他似乎决心以无懈可击的态度去尽地主之谊，尽力招待他的客人，并显示出他自己作为主人、绅士和友伴的品格；结果的确成功地使自己非常讨人喜欢——可惜过分殷勤了一点。——尽管如此，哈格雷夫先生，我可不太喜欢你；你缺乏坦率，这是我所不喜欢的；而在你所有优良的品质下面还隐藏着一份自私，对此我不打算忽略。不，因为我非但不打算与我认为你为人刻薄这一轻微的偏见作斗争，还存心要抱着这种看法，直到我确信自己没有理由再不信任你如此急于向我讨好、要同我建立友谊的意图。

在随后的六星期中，我又见过他几次，不过除了有一次例外，他总是与他的母亲或者妹妹或者她们两人在一起。我每次去拜访他们，他总是碰巧在家里，而她们每次来我家时，也总是由他驾驶那辆四轮敞篷马车前来。他母亲显然对于他的这种孝顺的举动和新近才养成的家居习惯感到很高兴。

我遇见他单独一人的那次是在7月初，那天阳光灿烂，但是却并不闷热。我带着小阿瑟走进园子边的树林，让他坐在一棵古老栎树的长满了苔藓的树根上；我采集了一把风铃草和野玫瑰之后，便跪在他跟前，把一朵朵花交给他，让他用小手指握住；我通过他那双笑吟吟的眼睛为媒介，欣赏着那些美到极点的花朵；一时间忘却了我的一切烦恼，见他欢乐地笑，我也笑了，见他高兴，我也高兴了——正在此时，突然有一个人影把我们前面草地上的一小摊阳光遮暗了；我抬头一看，见沃尔特·哈格雷夫正站着向我们凝视。

“请原谅，亨廷顿太太，”他说，“可是我看得出神了；我既没有能力上前来打扰你们，又没能退后去不来欣赏这么一幅景象。——我的小教子长得多棒！今天早上他多么高兴啊。”他向孩子走去，弯下腰要去握他的手；可是想到他的爱抚可能会使他哭泣悲号，而不是报之以友好的表示，也就谨慎地缩回手去。

“亨廷顿太太，这小家伙一定是你极大的乐趣和安慰啊！”他一边用赞赏的眼光注视着婴儿，一边用带着点儿悲哀的声调说道。

“是的，”我回答，接着问起他的妈妈和妹妹是否安好。

他彬彬有礼地答复了我的问话，然后回到我希望回避的那个话题，不过带有几分胆怯，这表明他担心冒犯我。

“最近你可收到亨廷顿的信？”他问。

“这星期没有收到，”我答道。——我原该说，这三个星期都没有收到过。

“今天早上我收到他一封信。我但愿它是一封我可以让他的太太看的信。”他从背心口袋里抽出半截信封，上面的地址是阿瑟那仍然为我所爱的手迹。他瞪眼怒视了它一眼之后，又把它塞回到口袋里去，补充说道——“不过他告诉我说大概下星期回来。”

“他每次信上都这么对我说的。”

“当真！——得，他就是这样的作风。——不过对我，他始终声称打算待到这个月。”

这句话无异给了我当头一棒，这证明了他的越轨行为全是预谋的，而且一贯不说真话。

“这不过是与他的其余行为同出一辙罢了，”哈格雷夫先生说着，若有所思地注视着我，我猜想在从我的脸色上察知我的感情。

“这么说他下星期真的要回来？”我踌躇了一会儿之后说道。

“这你可以放心——如果这个保证能使你高兴的话。——还有，亨廷顿太太，他的归来有没有可能使你高兴呢？”他大声问道，又一次聚精会神地仔细观察我的脸色。

“那当然啰，哈格雷夫先生；难道他不是我的丈夫吗？”

“唉，亨廷顿，你根本不知道自己忽视了什么！”他情绪激昂地咕哝道。

我抱起孩子，向他道了早安便走开了。我要去到自己家中的私室里，在不受人监视的情况下好好思量。

那末我是不是高兴呢？——是的，很高兴——尽管阿瑟的行为使我恼火，尽管我觉得他欺骗了我，而且决定也要让他感觉到。

第三十章
家居情景

次晨，我亲自收到了他一封寥寥几行的信，证实了哈格雷夫关于他即将回家的消息。而且他确实在下一个星期回来了，可是他的身心状况竟比以前更糟了。这一次，我可无论如何不打算一言不发地放过他的错误——我觉得这样是不行的。不过头一天由于旅途劳顿，他觉得很疲乏，而且他的归来也使我很高兴；因此我不想就责备他，要等到次日再说。次晨，他仍旧觉得困乏，我想就再等一些时候吧。他在十二点钟进早餐，喝了一瓶苏打水和一杯浓咖啡；两点钟进午餐，又喝了一瓶掺白兰地的苏打水；可是在进晚餐的时候，他对端上桌子的每样东西都挑剔，坚持说我们必须换个厨娘——至此我想是该说话的时候了。

“阿瑟，你离家之前我们用的就是这个厨娘呀，”我说。“那时候你一般说对她还是相当满意的。”

“那末一定是我不在家的时候你让她养成了懒散的习惯。吃这种令人作呕的伙食是会毒死人的！”他生气地推开他的盘子，绝望地朝后靠在椅背上。

“我想是你自己起了变化而不是她，”我说，不过用的是极端温和的口气，因为我不想惹他恼火。

“可能是这样，”他漫不经心地答道，说着抓起一大杯掺水的酒，一饮而尽，又添上一句——“因为在我的血管里有着地狱的烈火，那是倾整片海洋的水都没法扑灭的！”

“是什么点燃这火的呢？”我正要如此发问的时候，司膳食的男仆进屋来着手把碗盏拿走。

“快一点，本森——快结束这该死的乒乒乓乓声！”他的主人喝道——“而且不要上干酪！——除非你要使我马上呕吐。”

本森有点儿诧异，把干酪端走，尽量又轻又快地把其余东西也端走，可是由于他的主人猛地把椅子朝后一推，使地毯上隆起一道皱褶，他不幸地在上面绊了一下，弄得他手中满满一盘的陶器餐具惊人地震荡起来，不过除了一只盛调味汁的盖碗摔破之外，实际上其他东西都没有损坏——可是使我感到无以言喻地羞愧而惊愕的是，阿瑟竟然转向他大发雷霆，把他咒骂了一通，态度凶狠粗暴。那个可怜的人刷地脸色发白，俯身去捡起那些碎片的时候，显然在哆嗦。

“阿瑟，他也没办法呀，”我说，“他的脚被地毯勾住了——而且也没有闯下什么大祸。现在别管那些碎片，本森，你可以过后再来扫掉它们。”

本森如此得到解脱，十分高兴，急忙把甜点心在桌子上摆好，便退出了屋子。

“海伦，你这可是什么意思呀，”门一关上阿瑟就说道，“你明知道我心烦，还要袒护仆人来反对我？”

“阿瑟，我并不知道你心烦，你那样突然发作，把那个可怜的人吓坏了，也伤了他的自尊心。”

“什么可怜的人！当我的神经因他该死的过错而受到极大折磨、被撕得粉碎时，你难道认为我还能耐住性子去考虑这样一个愚钝的畜生的感情吗？”

“我从没听你说过自己神经有毛病啊。”

“那末我又为什么不该像你一样神经也有毛病？”

“哎哟，我并不怀疑你有，不过我从没说过自己有这毛病啊。”

“是呀——你从来不干任何折磨自己神经的事，又怎么会得病呢？”

“那你为什么要折磨你的神经呢，阿瑟？”

“你以为我没事干，只像个女人一样待在家里照料好自己就成了吗？”

“那末，难道你离了家就不可能像个男人一样把自己照料好吗？你对我说过你能够——也会这样；而且你答应过——”

“好了，好了，海伦，现在别开口扯那套胡言乱语了；我受不了。”

“受不了什么？——是受不了我让你想起自己所违背的诺言吗？”

“海伦，你太残忍了。你要是知道，你说话的时候，我的心跳得多么快，我的每根神经怎样在我身子里颤动，你就会饶恕我了。一个傻乎乎的仆人打碎了一只碟子，你能够可怜他；但此刻我正发着消耗体力的高烧，脑袋好像给劈成了两半，整个身子着了火似的，你却一点儿也不同情我。”

他把头靠在手上，叹了一口气。我走过去，把手按在他额上。它果然烫手得很。

“那末跟我到客厅里去，阿瑟；不要再喝酒了；晚饭后你已经喝了几杯，整天几乎什么也没有吃。这样怎么能使你的身体好转呢？”

我连哄带骗地使他离开了餐桌。后来婴儿被抱来了，我试着让婴儿逗他乐；可是可怜的小阿瑟正在长新牙，他的父亲受不了他的哼哼声；他一显出烦躁不安，便对他宣布了立即放逐的判决；而且由于在傍晚的那段时间里，我去和儿子同过了一会儿流放生活，回来时便遭到责备，说我喜欢我的孩子甚于我的丈夫。我发现后者一如我离开他时那样斜倚在沙发上。

“咳！”这个被触怒的人用一种佯装无可奈何的口气大声说道。“我刚才不打算派人去叫你来；我打算看看——你存心把我一个人丢下多久。”

“我并没有离开很久，是吗，阿瑟？肯定不到一小时。”

“哦，当然啰，你过得那么愉快，对你来说一小时就算不了什么；可是对我来说——”

“我过得并不愉快，”我打断他的话，说道。“我一直在照料我们那可怜的小宝宝，他很不好过呢，我要等到把他哄睡了，才能离开他。”

“哦，当然啰，你对一切都充满了体贴和同情，唯独对我却没有。”

“我为什么该同情你呢？你怎么啦？”

“好哇！这句话可比什么都凶！我经受了种种折磨之后回到家里，又病又累，渴望得到安慰，指望至少能从我妻子那里得到关怀和体贴——而她却平静自若地问我怎么啦！”

“你根本没出什么事，”我反驳道，“除了你自己不顾我的热切规劝和恳求执意要惹上身的事。”

“咳，海伦，”他用加强的语气说，一边从他那斜靠着的姿势半撑起了身子，“如果你再说出一个字来使我心烦，我就按铃要六瓶酒——而且，老天在上，我要喝得一滴不留才离开这儿！”

我不再吭声，在桌子前坐下，拖过一本书来。

“如果你不给一切使我舒适的东西，”他继续说道，“至少得让我安静！”说完便又颓然倒下，恢复他原先的姿势，不耐烦地吐出一口气，既像叹息又像呻吟，接着便没精打采地闭上眼，似乎想睡觉了。

我不知道摊开在我桌前的是什么书，因为我一眼也没有朝它看。我把两个胳膊肘分别撑在书的两旁，紧握着双手蒙在眼前，尽情地默默流泪。可是阿瑟并没有入睡；他听见我头一声轻微抽泣，便抬头转过脸来瞧，不耐烦地大声问道：

“你为什么哭呀，海伦？究竟又有什么事呀？”

“我是为你哭的，阿瑟，”我急忙擦干眼泪答道；接着倏地站起来，扑到他跟前双膝跪下，把他的一只没有生气的手紧握在我手中，继续说道："你难道不知道你自己是我的一个部分吗？你以为你能伤害你自己、使自己堕落，而我不会感觉到吗？"

"使我自己堕落，海伦？"

"对，堕落！这些日子里你都干了些什么？"

"你最好还是不要问，"他淡淡地笑着说。

"你也最好不要说出来——不过你无法否认你已经使自己堕落到多惨的地步了。你可耻地欺骗了你自己的肉体和灵魂——还有我；而我不能默默地忍受——我也不愿这样！"

"好吧，看在上帝面上，别这么发狂似的紧握我的手，别使我这么激动啦！啊，哈特斯利！你说得对；这个女人感情热烈、性格坚强有趣，会要我的命的——得了，得了，你得宽容我一点儿。"

"阿瑟，你必须悔改！"我怀着极度绝望的狂乱情绪，嚷起来了，猛地伸出手臂抱住他，把我的脸埋在他的怀中。"你该说你对自己干过的事感到懊悔！"

"好，好，我懊悔。"

"你并不懊悔！你还会干的。"

"要是你对我这么粗暴，我就没法活下去再干了，"他回答说，一边把我推开。"你差一点把我压得断气了。"他把手按在胸口，看上去确实很激动而且有病。

"现在给我来杯酒，"他说，"来补救你对我所做的事，你这只雌老虎！我几乎就要晕过去了。"

我飞奔着去取他所要求的补偿物。它似乎使他大大地恢复了精神。

"多丢脸啊，"我从他手中拿过空玻璃杯时说，"像你这么个棒小伙子竟然使自己落到这个地步！"

"我的太太，如果你了解了全部情况，你就会这么说，'真不可思议，你居然能这样忍受下来！’海伦，我在这四个月中所经受的要比你有生以来或者直到你去世——即使你能活到一百岁的话——所经受的来得多——因此我不得不准备以某种形式为之付出代价。”

“你要是不多加小心的话，你就得付出比你所预期的更大的代价——你的身体将会完全垮掉，并且会失去我的爱——如果这对你还有什么价值的话。”

“什么，你又在耍花招，用会失去你的爱来威胁我了，是吗？如果它这么容易受损害，我认为首先它就不是相当真诚的爱。我漂亮的暴君，如果你不介意的话，让我告诉你，你会使我认真地后悔当初的选择，会使我羡慕我那朋友哈特斯利有一个温顺娇小的妻子——海伦，她真是女性的典范；整个社交季节他都让她与他同住在伦敦，而她一点儿也不找他的麻烦。他可以随心所欲地凭正常的单身汉作风自找乐趣，而她从不抱怨被他忽视；他可以在晚上或者凌晨任何时候回家，或者干脆不回家；可以清醒地绷着脸，也可以喝得烂醉而兴高采烈；可以肆无忌惮而毫无干扰地尽情干蠢事或者疯疯癫癫。不管他做什么，她绝无一句责备或抱怨的话。他说在全英国都找不到这样的宝贝，发誓为了她宁可拒绝一个王位。”

“可是他使她的生活充满了灾难。”

“他才不呢！她毫无自己的意愿，唯他是尊，只要他过得快活，她总是心满意足、快快活活。”

“假使是这样的话，她就是像他那样的一个大白痴了；可是事实并非如此。我接到过几封她的来信，表示对他的行径深感忧虑，并且抱怨说是你唆使他如此放荡的——特别在有一封信中，她恳求我运用我对你的影响使你离开伦敦，并且断言在你到伦敦之前，她丈夫从不做这种事，因此只要你一离开，让他受她自己的健全理性指引，他自会中止这些行为的。”

“好一个可恶的小叛徒！把信给我，非让他看这封信不可，绝对错不了。”

“不行，不得到她的同意，不能让他看；不过即使他看了，信里也没有什么能惹他恼火的话——其他信里也没有。她从来没有一句反对他的话，表达的只是对他的忧虑不安。在提到他的行为时，她用的完全是极其委婉的措词，想出种种理由为他开脱——至于她内心的痛苦，与其说我是从她来信的字句中看到，不如说是感觉到的。”

“可是她辱骂了我；毫无疑问，你帮了她的忙。”

“我没有；我对她说她过高地估计了我对你的影响，并说只要我能做到，我是乐意把你引离城里的种种诱惑的，可是成功的希望极微；我还说她猜想是你唆使哈特斯利先生或其他任何人做错事的，这并不正确。我自己则曾经一度持有恰恰与此相反的看法，可是现在我却认为你们是相互腐蚀的；再说，倘若她对她丈夫进行一些温和而却严肃的规劝，也许是会有用的，因为尽管他与我丈夫相比，是一块更粗糙地凿成的毛坯，却是较易贯穿的。”

“原来你们是这样搞的——彼此鼓动对方去造反，相互辱骂对方的丈夫，为了使对方满意，两人都抛出反对各自丈夫的暗示！”

“根据你自己说的这番话，”我说，“我的坏主意对她也起不了什么作用。至于辱骂和诽谤，因为我们对各自丈夫所干的错事和坏事都深感羞愧，所以不会把它们当作我们通信中的共同话题。尽管我们是朋友，我们还是不情愿让别人知道你们的缺点——甚至只要做得到，也不让自己知道，除非我们了解情况后能把你们从那些坏事中解救出来。”

“得了，得了！别拿这些事来烦我了；你这么做永远也起不了什么好作用。对我忍耐一些，暂且宽容我的消沉和坏脾气，等我把这该死的低烧从血管里赶出去，那时你就会发现我还是像过去那样高兴和亲切。你为什么不能像上次那样温柔和善良呢？——上次我确实很感激你哪。”

“那末你的感激之情起了什么好作用呢？我当初误以为你对自己的越轨行为感到了羞愧，并且希望你再也不会重犯这种错误；可是现在你一点儿希望也不留给我了！”

“我的情况已经无药可救，是不？只要能使我免受我忧心忡忡的爱妻为努力改造我而得到的痛苦和焦虑的折磨，也能使她免受这种努力所产生的劳累和苦楚，使她那漂亮的脸蛋和银铃般的嗓音不致因这些努力而受损，那将是一桩多么令人可以愉快地去考虑的事啊。海伦，有时候勃然大怒是桩能促使人觉醒的好事，泪如涌泉能令人极为感动，可是倘若过分经常地这么任性，二者都会成为毁人美貌、使其友人们厌倦的极其讨厌的事。”

自此以后，我竭力忍住眼泪、控制着自己的感情。我也不再规劝他，并放弃了要改造他的徒劳的努力，因为我领悟到那完全是白费劲。上帝可能会使那颗因自我放纵而变得懒散麻木的心醒悟过来，并且消除他眼中那层被色欲所玷污的昏暗薄膜，但我却做不到。我仍然不满并且反对他对待那些无法自卫的下人们的不公正和动辄发火的作风；可是当只有我一个人是这种作风的对象时(这种情况是常有的)，我就镇静而克制地忍受着，除非有时候由于一再受到骚扰以致无法忍耐，或者被什么新出现的不合情理的事刺激得心神烦乱，才控制不住火气，使自己背上了凶狠、刻毒和急躁的罪名。我仔细地关心他的需求和娱乐，不过我得承认，在这样做的时候，并不像过去那样全心全意而多情了，因为我不觉得自己有这种感情；而且如今我还有了另一个要求我花时间照顾的人——也就是我那有病的婴孩，我常常为了他顶着并忍受他那个不合情理地苛求的父亲的责备和抱怨。

可是阿瑟并非生来就是个暴躁或易激动的人——他决不是这样的

人，因此要不是由于伴随着身体违和的那些症状而产生的极度痛苦的杂念，在他这偶发的烦躁和神经质的激动之间的这种不调和性质中几乎带有几分滑稽的味道，旨在引人发笑而不是恼火——再说，随着他身体健康的恢复，他的脾气也逐渐好起来；由于我竭尽了全力，这种好转较之原来的速度要快得多；因为他还有一点没有使我绝望以致撒手不管的地方，而为了保护他，还有一方面的努力我也是不肯放松的。那就是，正如我清楚地预见的那样，他需要酒的刺激的欲望更强烈了。如今对他来说，它不再仅仅是社交乐事中的附属品，它本身已经成为取得欢乐的一个重要来源了。处于目前身体虚弱、意气消沉的状态中，他会把它当做他的药品和支撑、他的安慰者、他的娱乐和他的朋友——从而越陷越深——并且使他永远困于自己所陷入的悲哀中。但我已打定主意，只要我对他还有一点影响，就决不让这种情况发生；尽管我没法阻止他喝得过量，然而由于我不断地坚持，以和蔼、坚定而又警惕的态度，连哄带骗，大胆坚决——总算保住了他，使他不完全成为那可憎的嗜好的奴隶。这种嗜好是如此不知不觉地染上，那样穷凶极恶地难以摆脱，它带来的后果又是那么凄惨。

在此我务必不能忘记对他的朋友哈格雷夫先生深切感谢。当时他常到草谷庄园来看我们，常常与我们同进晚餐。在这种场合，我总担心阿瑟会心甘情愿地把谨慎和体面抛之九霄云外，来个“通宵宴乐”，只要他这朋友同意陪他作这种令人兴奋的消遣，他是一次机会也不会放过的；而且要是哈格雷夫先生愿意照办的话，那就可能在一两夜之间毁掉几星期艰苦工作的成果，他只消一触，便能推翻我历尽千辛万苦所筑成的那座脆弱的堡垒。起先，我担心到极点，只好低声下气地私下对他说，我担心阿瑟会干出这种无节制的事，还希望他不要在这方面怂恿他。他对我的这种信任的表示感到高兴，而且也确实没有辜负这种信任。从这以后，他每次在场都能对主人起一种制约作用，而不是唆使他再次酗酒；而且他总能在还不错的状态中及时带他离开餐厅，因为遇上阿瑟对于“好啦，我不该不顾你的太太，把你留在这儿”，或者“我们不该忘记亨廷顿太太正独个儿待着”等诸如此类的话置若罔闻的时候，他就坚持要独自离开餐桌来陪我，于是他的主人不管有多么勉强，也只得跟了来。

因此，我认识到该把哈格雷夫先生当作我家的一位真诚的朋友来欢迎，当作阿瑟的无害的伴侣，因为阿瑟整天游手好闲，除了我以外，已与所有的朋友完全断绝交往，而他却能振奋他的情绪，使他的生活不致那么单调沉闷；我还把他当做我的有用助手来欢迎。在这种情况下，我对他不能不怀有感激之情，而且毫无顾虑地要趁头一个合适的机会来向他道谢；然而等我真的这么做了，我的心却悄悄地告诉我这一切不太对头，使我脸上泛红，并且因他那一本正经的目不转睛的凝视而越发红了，同时他接受我谢意的态度更倍增了我的不安心情。他因能为我效劳而感到极大喜悦，这一点被他对我的同情和对他自己的怜悯所冲淡——至于他为何怜悯自己则无从得知，因为我不愿意留下来问他或者让他向我表白他的伤心事。他的叹息表示自己有难言的痛苦，这暗示似乎是从一颗十分炽热的心发出的；可是他应当要末设法把它们留在心里，要末向其他人而不是我的耳朵吐露；我们两人之间的知心话已经够多了。在我和我丈夫的朋友之间竟然存在着针对他的、同时又不为他所知的默契，似乎是件错事。可是事后我是这么想的：“如果这么做是错的话，那末当然是咎在阿瑟而不在我。”

当时我确实还弄不清自己究竟是否并非为他而倒是为我自己而脸红；因为，既然他和我是一体的，我也就完全认为他便是我，以致把他的堕落、缺点和越轨行为都看做是自己的；我替他脸红，替他担心，替他悔过，替他哭泣和祈祷，并且同情他犹如同情我自己；可是我就是没法代替他行动；因此我必定是也确实因我们的结合而变得低劣而被玷污，这不仅是我自己的看法，也是实际情况。我要爱他的心太坚决——要宽恕他过错的心太迫切了，以致不断地细细琢磨那些过错，竭力为他最放荡的处世原则和最糟的行为作辩解，直到我自己对罪恶变得十分熟悉，几乎成为他的罪行的同谋犯了。过去使我震惊和厌恶的事如今看来仅是一种自然现象。我明知那些事是错的，因为理智和上帝的告诫宣告它们是错的；可是天性所赋予我的出于本能的、或者由我姑妈的训诲和榜样所灌输给我的恐怖感和反感都逐渐消失了。再说，也许我过去的看法过于严厉，因为我既厌恶罪恶又憎恨那个罪人；而如今我却认为自己变得比较宽厚而体贴人了；可是难道我不是变得越发无动于衷和没有感觉了吗？过去我真是个蠢货，竟然梦想自己有足够的力量和纯洁的心灵来挽救我自己和他！要是我和他会一同在我曾经试图救他脱离的那个深渊里死去，那也是这种自负的傲慢态度所该有的下场！然而上帝保护了我才没有掉进去！——也保护了他。是的，可怜的阿瑟，我仍然会对你抱有希望并为你祈祷；尽管我把你描述得像个放纵无度的坏蛋，已经无药可救而无法宽容，可是我这么写仅仅是出于我的那些焦虑——我的那些强烈愿望；一个不这么爱你的人就不会这么沉痛——也就不会这么不满意。

最近他的行为够得上世人所谓的无可指责的了；然而我知道他的心地依然如故——我还知道春天近在眼前，对随之将发生的事担心极了。

随着他那疲劳不堪的身躯开始恢复健康和活力，他也随之像过去一样对于隐居和宁静生活感到有些受不了，我便提议到海边小住，让他消遣消遣，有助于进一步恢复健康，对小宝宝也有好处。可是行不通；他说海滨胜地沉闷得叫人无法忍受——再说，他有个朋友邀请他去苏格兰玩一两个月，他已经答应了，在那儿有射击松鸡和猎鹿的更有趣的消遣。

“那末你又要离开我了，阿瑟？”我说。

“是的，最亲爱的，不过等我回来的时候只会更爱你，并且弥补我过去的种种过失和缺点；这次你不必为我担心，在山区没有诱惑人的事物。而且趁我不在家，你如果高兴的话，可以去斯坦宁利逗留一些日子；你也知道，你姑父和姑妈一直要我们到那儿去的；可是不知怎的，在这位好太太和我之间存在着一种反感，使我怎么也不打算去与她碰面。”

我十分愿意利用这个许可，不过非常担心我姑妈会问起我的婚后生活并且加以评论，我在给她的信中对这方面保持了沉默，因为没有多少愉快的事可谈。

大约在8月里的第三个星期，阿瑟出发去苏格兰，使我暗自高兴的是哈格雷夫先生陪他一起去。他们走后不久，我便带了小阿瑟和雷切尔同去斯坦宁利，我又见到了我这亲爱的老家和住在里面的那些亲爱的老朋友，使我悲喜交集，这两种感情密切地交融成一体，以致我几乎无法辨别究竟是喜是悲，或者说出由那些熟悉的旧景象、语调和面孔所引起的泪水、欢笑和叹息，究竟是出于喜悦还是悲伤。我最后一次见到并听到这一切至今还不到两年；但似乎远远不止两年了；有这种感觉也好，因为我自身的变化有多大啊！从那以后有多少事物我没有瞧见、没有感觉到又一无所知啊！我姑父也显然更年迈体弱，我姑妈更悲哀而更严肃了。我相信她认为我对自己的轻率已经感到后悔；虽然她并没有像我有些担心的那样，坦率地表示对自己的想法深信不疑，或者得意洋洋地对我提醒她那些未被重视的劝告；可是她仔细地观察着我——我可不喜欢受到如此仔细的观察——似乎不相信我的愉快表现，过于留意我显出悲哀或者沉思的每一个细微迹象，还注意着我所有漫不经心地讲的话，默默地从中自行作出推断；同时，用一种一再重复的温和的盘问方法，她从我口中探到了许多我否则是不会告诉她的事情，我担心她把它们加以归纳之后会对我丈夫的缺点和我的苦恼得出相当清楚的看法，但对我仅存的安慰和希望的源泉却不太清楚，因为尽管我力图使下列这些想法在她脑中留下深刻印象，诸如阿瑟那些尚可挽救的优良品质、我们间相互的恩爱以及许多值得我感激和自庆的事，她却冷淡而平静地听着这些话，仿佛在脑中自行作出种种推论——而我相信这些推论多数与事实有很大出入；尽管在描述我的境况的光明的那一面时，我确实言过其实了些。是否是出于自尊心，我才如此极力希望要显得对自己的命运感到满意呢——或者仅仅是一种公正的决定，要独个儿担负起我这个自愿挑起的担子，并且不让我这最好的朋友丝毫感到她曾经竭尽全力要使我免受的那些痛苦？可能两者兼有，不过我能肯定后一种动机是主要的。

我并不延长我的访问很久，因为不仅我姑妈那种毫不放松的注意和怀疑态度使我很不自在，她那无声的责备使我感到压抑，其程度远远超出她能想象的地步，我还觉察到尽管我姑父对小阿瑟并不怀有恶意，却使他觉得烦恼；尽管小阿瑟是我姑妈疼爱和关注的对象，却并没有给她带来太大的乐趣。

亲爱的姑妈啊！你岂不是在我还是个婴儿时便那么亲切地抚养我，在我的孩提和青年时期又那么细心地引导并教育我？而我岂能仅仅如此报答你——使你的希望落空、与你的愿望相背、藐视你的告诫和指点、还使你在后来的年月里闷闷不乐，为你所无法解除的痛苦焦急地担忧和悲伤？——想到这里，我的心几乎要碎了；于是我一再竭力使她相信我觉得快乐并且对我的命运感到满意；可是当我要跨入马车时，她拥抱了我并吻了我怀中的孩子之后，她的最后一句话是：

“照顾好你的儿子，海伦，你还可能有幸福的日子的。我完全想象得出目前他对你是多大的安慰和宝贝；可是如果为了满足你目前的感情而宠坏了他，等到将来你心碎时便悔之莫及了。”

我回到草谷庄园几星期后阿瑟才回家来，不过我当时对他并不怎么担心，因为想到他正在苏格兰的荒山里忙着打猎，这与明知他陷于伦敦的腐化和诱惑之中完全是两码事。如今他的来信虽然既不长也不像情书，却比过去更按时寄来；而且他回家时使我高兴之极的是，他的情况不仅没有比走的时候更糟，却更愉快健壮，在各方面都更好了。自此以后，我就没有什么可抱怨的了。不幸的是他仍然嗜酒，我还得为此作斗争，对他加以监视；不过他开始注意他的儿子了，这就为他增添了他户内娱乐的来源；同时在地面没有被霜冻得坚硬的日子里，在户外猎狐和追猎也够他忙的了；因此如今他的娱乐并不完全有赖于我了。可是现在已是1月，春季近在眼前；我在此重申：我真担心随它而来将发生的事。我从前把它视作希望和欢乐的时令、那么欣喜地欢迎的那个可爱的季节，如今却因它的再度来临而唤醒了其他迥然不同的预感。

第三十一章
社交中的德行

1824年3月20日。我所担心的时候来到了，如我所料到的那样，阿瑟走了。这次他宣称打算在伦敦只稍作逗留之后就转往欧洲大陆，在那儿他可能会住上几个星期；不过我预计他非过许多星期是不会回来的；如今我已明白，对他来说，一天就意味着一星期，一星期则意味着一个月。

我原是要与他同行的，可是在我们所商定的启程日子快要来到的时候，他允许——甚至还显出了不起的自我牺牲精神，力劝我去探望我不幸病重的父亲和我的哥哥。后者正因父亲的病和他的病因，情绪低落，而且自从我的孩子施洗以后我还没有见到他，那天他与哈格雷夫先生和我姑妈分别担任我孩子的教父教母。由于我不愿意滥用我丈夫让我如此离开他的奸心，我只在父亲那儿稍作逗留，但是当我回到草谷庄园的时候——他已经走了。

他留下一纸便条说明他为何匆匆离去，佯称突然有件急事需要立即到伦敦去，因而不可能等我回来；还说我最好不要自找麻烦跟着也去，这样做是不值得的，因为他只打算作极短暂的停留；而且既然他独个儿的旅费不用说要比有我伴随少一半以上，那末最好还是把那次旅行推迟一年，到那时候他理应已把我们的事务处理得更稳妥了，因为他目前正在为此尽力。

事情果真如此吗？——要不，这一套做法会不会是个诡计，为的是确保他能作一次寻欢作乐的旅行，而没有我在场加以约束？对我们心爱的人的真诚产生怀疑是件痛苦的事，可是在掌握了他这么多扯谎和完全不顾原则的证据之后，叫我怎么能相信这样一套不近情理的话呢？

还剩下这唯一能起安慰作用的情况：——前些时候他对我说过，要是他再去伦敦或巴黎，他要对自己的嗜好比过去多加注意节制，以免彻底摧毁自己行乐的能力；他并不奢望活到古稀的年岁，但他希望自己能活得足够长久，并且尤其要自始至终尝到其乐趣——为了要达到这个目的，他感到对自己非加节制不可，因为他已经担心自己不像过去那么漂亮了，而且尽管还年轻，最近已经在自己那心爱的栗色鬈发中发现了一些白发；他还觉得自己变得比所希望的略胖了一些——不过这是由于生活优裕、游手好闲之故；至于其他方面，他相信自己仍与过去同样健壮和精神；只是说不准再来一阵像上次那样的狂欢滥饮会不会终于把自己搞垮。是的，他对我这么说过——说时厚着脸皮、毫不害臊，还带着我一度那么喜欢看到的那种欢乐调皮的眼光以及往往使我听了心中热乎乎的那种低音调的快乐笑声。

好吧！他的这些想法对他无疑要比我的任何规劝更有力量。既然已经没有其他更好的指望，就让我们等着瞧这些想法对他能起什么样的保护作用吧。

7 月 30 日——他已于大约三星期前回到家，身体倒确实比过去健康，可是脾气却更坏了。然而也许是我判断有误，实际上是我自己不如过去忍耐和克制了。我再也无法容忍他那不公正、自私和毫无希望的堕落行径了——我希望能用上一个较婉转的词儿——我不是天使，因此我的坏性格起来反抗了。上星期我可怜的父亲去世了；阿瑟闻讯十分恼火，因为他看见我感到震惊并哀悼，便担心这情况会妨碍他的舒适生活。我提起要为自己定制丧服的时候，他大声说道：

“哎呀，我讨厌黑颜色！不过我想无论如何为了顾及形式起见，你得穿上一小段时间；不过我希望，海伦，你不要认为义不容辞，必须使自己的表情和态度符合你的丧服。你为什么非得唉声叹气，把我弄得好不舒服，就因为一个对我们俩来说都是十分陌生的人——一位在另一个郡的老先生认为该让自己拼命酗酒致死？——瞧，我敢说你这会儿在哭！得了，这一定是装模作样。"

他不同意我去参加葬礼，也不同意我离家一两天去安慰那可怜而孤独的弗雷德里克。他说根本无此必要，说我的这个愿望是不合情理的。还说：对我说来，我的父亲又算得了什么？我自小除了一次之外，从来没有见过他，而且我也很清楚他一向毫不关心我——而我的哥哥也是只比一个陌生人略强一点儿。"再说，亲爱的海伦，"他说，一边以讨好我的多情神态拥抱着我，"我一天也不能没有你。"

"那末前些天你没有我是怎么过的？"我说。

"啊！那时候我是在世间到处游荡，而现在我是在家里；家里要是没有你，我的这位家神，那可教我没法过了。"

"是啊，只是当你想过得舒适而少不了我的时候；可是你以前并没有这么说，那时候你催我离开你，以便你可以不带着我离开你的家，"我反驳道，可是这句话还没有完全出口，我已经后悔这么说了。这个指责似乎太严厉了；因为倘若是错怪了他，这样的侮辱就太厉害了；倘若说准了，把这事如此公然当面斥责他也太使他丢脸了。不过我原可不必使自己受那一瞬间自责的折磨。因为他受到这样的责备既不感到羞惭也没有恼火；既不试图否认又不为自己辩解，他的反应只是抿着嘴轻声地笑了好一阵，仿佛他把这件事从头到尾看做是一个巧妙而令人愉快的玩笑似的。此人肯定最终会使我厌恶他的！

"我美丽的少女，你既然酿了啤酒，

那末就要记住你非喝它不可。”[1]

是的，我要把它喝得一滴不剩；而且只有我自己知道它的味道有多么苦！

8月20日——我们又大体上恢复了通常的关系。阿瑟差不多恢复了他以前的状态和习惯；而我则发现最明智的办法是对过去和将来都闭上眼睛，至少对于与他有关的事是这样，而只为目前活着；能爱他的时候就爱他；见他微笑我也微笑（如果做得到的话）；见他高兴时我也高兴；他易于相处的时候，我就满意；他闹别扭的时候，我设法使他听话——要是行不通就尽可能宽容他、原谅他并宽恕他，忍住我自己的坏情绪不要去增添他的怒火；然而尽管我如此顺从并照顾他的一些比较无害的放纵自己的倾向，我仍然尽我的最大力量不让他变得更坏。

不过只我们两个人待在一起的时间不会很长久了。因为他很快就要我去款待我们前年秋天接待的同一群经过挑选的朋友，还加上哈特斯利先生，而且经我特别要求，也请了他的妻子和孩子。我渴望见到米莉森特——也很想看看她的小女儿。后者已经一岁多了；她将成为我的小阿瑟的可爱游伴。

9月30日——我们的客人们已经来了一两个星期了；可是直到现在我一直没有空来加以评论。我没法克服对洛勃罗勋爵夫人的厌恶。这并非仅仅出于个人的怄气；我厌恶的是这个女人本身，因为我绝不赞成她的为人。在不违反地主之谊的前提下，我尽可能避免与她在一起；可是遇上我们开口谈话或者交谈时，那是再客气不过的了——在她那一方面甚至显得十分热诚；但我却不要这种热诚！因为这就像你

---

[1] 引自苏格兰诗人罗伯特·彭斯（1759—1796）的《乡村少女》。

拿着野蔷薇和五月花[1]一般——看上去颜色很鲜艳，摸上去表面很柔滑，可是你知道底下有刺，而且你时而还触及这些刺；也许你会因刺痛了你而愤怒，便使劲把它们往下压，直到它们的力量被彻底破坏，尽管这么做你的手指也受到了损害。

然而最近在她对阿瑟的举动上我并没有瞧见什么使我生气或者惊恐的地方。在开头几天中，我认为她似乎巴不得能赢得他的赞美。他并非没有注意到她的努力；我常常瞅见他对她的狡猾的花招暗自微笑；可是得说一句赞扬他的话，她的箭无力地落在他的身旁。他总是以同样不变而漫不经心的好脾气来对待她最迷人的微笑和最傲慢的皱眉蹙额；直到发现他确实无隙可乘，她便突然松下劲来，在表面上变得像他那样完全无动于衷了。这以后我也没有目睹他有任何怄气的征兆，或者见到她再次进行征服他的尝试。

事情原该如此；可是阿瑟总不让我对他感到满意。自从嫁给他以来，我连一个小时也没有体会到去实现那个可爱的想法“你们将在平静安稳中安息”[2]是什么味道。那两个可恶的家伙格里姆斯比和哈特斯利破坏了我为制止他嗜酒所作的全部努力。他们天天怂恿他逾越适当的限度，还使他常常因暴饮丢尽了脸。我不会很快淡忘他们来作客的次日晚上的情况。当时我刚和太太们离开餐厅，门还没有关上就听见阿瑟大声说道：

“喂，我的伙伴们，我们来好好乐它一番怎么样？”

米莉森特用有几分责备的眼光朝我看看，仿佛我能阻止这件事似的；可是当她听见哈特斯利喊叫的声音透过房门和墙壁传出来的时候，她的脸色变了。

---

① 即山楂花，旧名为五月花，这无疑是因为它是在五月开花的。

② 引申自《圣经 · 旧约 · 以赛亚书》第 30 章第 15 节：“……你们得救在乎归向安息，你们得力在乎平静安稳。”

“我听你的！多上点儿酒，这儿的还不够填满我一半肚子！”

我们刚走进客厅，洛勃罗勋爵便尾随而到。

“究竟是什么能使你这么快就跑来？”他的太太不满意地大声说道，态度极为粗暴。

“我从不喝酒，这你是知道的，安娜贝拉，”他一本正经地回答。

“唉，可是你不妨同他们待一会儿嘛；老跟在女人后面，有多傻头傻脑啊——真怪，你竟然能这样！”

他用一种既痛苦又惊奇的眼光谴责她，一屁股坐进一张椅子，忍住一声沉重的叹息，咬住自己苍白的嘴唇，眼睛盯住地板。

“你离开他们是对的，洛勃罗勋爵，”我说。“我相信你会一直继续赏脸这么早来陪伴我们。而且如果安娜贝拉知道真正智慧的价值和愚蠢以及——以及酗酒所导致的痛苦，她就不会说这种废话了——即便是开玩笑也罢。”

我这么说着的时候，他抬起眼睛来，严肃地转向我，带着半惊讶半心不在焉的神情，接着又转向他的妻子。

“至少，”她说，“我是懂得一颗热情的心和一种果断的男子汉气概的价值的！”

她用得意的目光朝我看一眼，借以加强她的语气，似乎在说，“而我这就比你懂事多了”，接着用轻蔑的目光朝她丈夫看去，那目光直刺入他的心。我非常恼怒；不过我是不该指摘她的，另外，看来也不能表示同情她的丈夫而不致侮辱他的感情。此时，为了顺从我内心的冲动，我所能做的只有在给两位太太端去咖啡之前，亲自先端给他一杯，以便用我的极端敬重来抵消她对他的蔑视。他微微点了一下头，机械地从我手中接过杯子，但是却没有喝，过了一会儿便站起来，把杯子放在桌子上，眼睛并不朝杯子看，而是朝她看着。

“好，安娜贝拉，”他说，嗓音深沉而空洞，“既然我在这儿使你讨厌，我就解除你的不快吧。”

“那末你打算回到他们那儿去？”她漫不经心地问。

“不，”他用严厉而令人吃惊的强调语气大声说，“我不会回到他们那儿去！我永远不会为了你或其他任何诱惑我的人，和他们待到超出我认为适当的时间！不过你不必为此介意——我再也不会这么不合时宜地闯来陪你，惹你麻烦了。”

他走出房去，我听见门厅的门开了又关上，我随即掀开窗帘，看见他在那潮湿而多云的黄昏的一片令人不舒服的朦胧中朝花园那头慢步走去。

目击这样的场面总是令人不愉快的。有那么一会儿工夫，我们这几个人都默默无言。米莉森特摆弄着她的茶匙，神色惶惑，很不自在。要是说安娜贝拉感到有点儿羞愧或者不安的话，那末她是试图用她那满不在乎的短促的笑声来掩饰它的，接着便镇静自若地喝她的咖啡了。

“安娜贝拉，”终于我说道，“如果洛勃罗勋爵又染上他的旧习惯，那你就活该。到那时候你就会有理由后悔你自己这样的行为了。当初他的那些旧习惯几乎把他给毁了，他费了那么大的劲才把它们戒掉的。”

“亲爱的，我一点儿也不会后悔！要是他这位爵爷认为每天把自己灌醉是恰当的话，我也不在乎；这一来我倒能更早地摆脱他。”

“哎呀，安娜贝拉！”米莉森特嚷了起来。“你怎么可以说出这么刻毒的话来！拿你来说，那的确将会是一个公正的惩罚，如果上帝相信你的话，并且使你感觉到别人所感觉到的——”她顿住了，因为这时候我们听到从餐厅里突然传来一阵响亮的说笑声，其中哈特斯利的声音特别清楚，连我那对他的话音不熟悉的耳朵都辨别得出来。

“感觉到你此刻所感觉到的，是吧？”洛勃罗勋爵夫人带着恶毒的笑容说道，一边盯住她表妹那苦恼的面容。

后者不予应答，仅仅转过脸去抹掉一颗泪珠。正在此时，房门打开了，哈格雷夫先生走了进来，脸色微微泛红，一对黑眼睛闪耀着，充满了平时少有的生气。

“啊，你来了我真高兴，沃尔特！”他的妹妹嚷道。“不过我希望你能使拉尔夫[1]也来就好啦。”

“根本不可能，亲爱的米莉森特，”他轻快地说，“我自己也费了好大的劲才摆脱出来的。拉尔夫用暴力硬要留住我；亨廷顿威胁说我会永远失去他的友谊；而最糟的是格里姆斯比，他竭力使我对自己的节操感到惭愧，用的是他明知会最伤我心的恶毒的冷嘲热讽。因此瞧啊，太太们，为了有幸与你们共叙，我敢于冒犯并忍受了这一切，所以你们应该欢迎我。”说完他微笑地转向我，鞠了一躬。

“海伦，他这会儿岂不是蛮漂亮吗？”米莉森特偷偷对我说，她作为妹妹的自豪感一时压倒了其他一切思虑。

“假如他的眼睛、嘴唇和面颊生来就这么有神，那就可说是漂亮的了。且等过几小时再瞧个究竟吧，”我回答说。

于是那位先生就在桌子边挨近我坐下，要求我给他一杯咖啡。

“我认为这是强行攻占天国的一个贴切例证，”我递给他一杯的时候，他说。“我现在已经在乐园里了；不过我是赴汤蹈火打出一条路才赢得它的。拉尔夫·哈特斯利的最后一招是用他的背抵住房门，并且发誓说除了穿过他的身体（而且还是个相当结实的呢），我是没有其他出路的。可是幸而那不是唯一的一扇门，我便从边门逃了出去，穿过配膳室，使正在那儿擦盘子的本森诧异不止。”

哈格雷夫说完笑了起来，他的表妹安娜贝拉也笑了；可是他的妹

---

① 这是米莉森特·哈格雷夫的丈夫哈特斯利的名字。

妹和我仍然一言不发，十分严肃。

“亨廷顿太太，请原谅我的轻率，”当他抬眼看着我的脸时，较严肃地低声说。“你对这些事看不惯，你过于敏感地让它们影响了你那娇弱的心灵。不过我处身那伙无法无天的闹饮人之中时是想到你的；我还力劝亨廷顿先生也想到你；但是毫不管用；我怕他是拿定主意今晚要玩个痛快的了；把咖啡留着等他或者他的伙伴们是没用的；他们要能来和我们一同喝茶①就很不错了。眼前，我衷心希望能使你不去想他们——我自己也不去想，因为我不喜欢想到他们——是的——甚至连我亲爱的朋友亨廷顿我也不喜欢去想，当我想到他掌握着影响一位比他优越得无可计量的人儿的幸福的力量，以及他如何利用了这力量时——我就十分痛恨他！”

“那末你最好不要对我说这些话，”我说，“因为，尽管他不好，他到底还是我的一部分，你辱骂他就必然会冒犯我。”

“那我得请你原谅我，因为我宁死也不愿意冒犯你——我们就暂且不再谈他了，好吗？”

于是他完全改变了话题，极力为我们这个小圈子里的人解闷。他谈笑风生，口若悬河，胜过了平时，涉及了种种话题，有时候完全只对我一个人讲，有时候则对我们全部三位太太讲。安娜贝拉高高兴兴地参与了谈话；可是我感到很伤心——尤其是当响亮的笑声和不连贯的唱歌声突然爆发、透过门厅和前房的三道门传来、听来震耳并刺痛我的太阳穴的时候——而米莉森特也多少与我有同感；因此我们觉得这夜晚漫长极了，尽管哈格雷夫显然出于善意极力使之具有相反的作用。

最后他们来了；不过只是过了十点钟才来，那时候被推迟了半小

① 显然他们晚上喝茶的标准时间是在九时半左右。——原编者注

时以上才送来的茶已经几乎喝过了。尽管我一直渴望他们来，听到他们前来时的喧哗声，我的心感到受不了；米莉森特见哈特斯利先生冲进房来，一路吵吵嚷嚷咒骂个不停，她的脸色刷的变得苍白，几乎从椅子上惊跳起来，哈格雷夫则竭力要制止他，恳求他要记得有太太们在场。

“哼！好啊，你提醒我有太太们在场，你这卑怯的叛徒，”他叫喊道，一边向他的大舅子挥着他那可怕的拳头，“你很清楚，要不是为了她们，我一瞬之间就会叫你完蛋，然后把你的尸首扔给天上的飞鸟和野地里的百合花！”[①]说完在洛勃罗勋爵夫人旁边放下一把椅子，便安坐下来，开始对她说话，态度既荒唐可笑又厚颜无耻，像个无赖，看上去与其说惹她生了气，还不如说逗乐了她，尽管她装出愤恨他无礼的样子，却劲头很足、尖嘴薄舌、妙语连珠，逼得他走投无路。

同时，格里姆斯比先生在我旁边坐下，坐在哈格雷夫见他们进屋时腾出来的椅子上，严肃地请求我给他一杯茶；阿瑟则跑去坐在可怜的米莉森特旁边，似乎要说什么心里话似的把头伸向她的脸，见她朝后退缩便更挨近她。他不像哈特斯利那么吵闹，可是他的脸非常红，笑个不停，虽然我为所见所闻而羞得脸红了，但是他对他的朋友这么轻声说话，以致除了她本人没有人听得见他在说些什么，对此我倒感到满意。他所说的话肯定充其量只是些教人难以容忍的胡言乱语，因为她显得非常生气，起先是涨红了脸，接着愤慨地把椅子朝后一推，终于躲到了我身后的沙发上去。阿瑟的唯一的目的似乎就是要产生这种讨人厌的效果；他一见自己把她赶走便放肆地大笑起来——于是把自己的椅子拉到桌子旁，把抱在胸前的双臂靠在桌面上，顾自爆发出

① 借用《圣经 · 新约 · 马太福音》第 6 章第 26 和 28 节中的比喻。

一阵低沉无力的傻笑。他对此感到厌倦以后，便抬头大声叫唤哈特斯利，接下来两个人便大吵大闹起来，他们争论的是什么我可没弄明白。

“他们多傻啊！”格里姆斯比先生拉长了嗓音说。他刚才始终在我身边故作庄重地说个没完没了；不过我一直十分专心注视着那两个人的可叹的模样——尤其是阿瑟的——因此没心听他的话。

“亨廷顿太太，你可曾听见过像他们讲的那派胡言乱语吗？”他接着说。“至于我，真为他们害臊；他们两人一起喝，只消一瓶酒就冲昏了头脑——”

“格里姆斯比先生，你把奶油倒在你的茶托上了。”

“啊！是的，我知道，不过我们这儿几乎一片漆黑呀。哈格雷夫，请你把烛花剪掉，好吗？”

“它们全是蜡做的，用不着剪烛花的，”我说。

“‘眼睛就是身上的灯，’”哈格雷夫带着挖苦的微笑说。“‘你的眼睛若瞭亮，全身就光明。’[①]”

格里姆斯比庄严地挥一下手，不去理睬他，接着转向我，用那同样的拖长了的嗓音、古怪的支支吾吾的话语和像先前那样的极为认真的态度继续说道，“可是正如我刚才说的，亨廷顿太太——他们根本就没有脑子；他们喝了半瓶就免不了受到某种影响；而我呢——得，今晚我喝了相当于他们所喝的三倍的酒，结果你瞧，我照样稳如泰山。说起来还可能使你觉得很奇怪，不过我想我是能给你解释的：——你可明白，他们的脑子——我不指名道姓，你自会明白我指的是谁——首先，他们的脑子是轻的，而从发酵的酒里冒出来的气体使脑子变得更轻，结果是全然头晕目眩，或者眼花缭乱，于是便醉了；而我的脑

① 引自《圣经·新约·马太福音》第6章第22节。

子呢，由于是由比较结实的材料所构成，能吸收大量的这种含酒精的气体而又不会产生任何可感觉得到的后果——”

“我想你会发觉那杯茶所产生的可感觉得到的后果，”哈格雷夫先生打断他的话说道，“这是由所加的糖的数量引起的。你平时的定额是一块，这次你却放了六块。”

“真的吗？”这个爱卖弄大道理的人说道，一边把茶匙伸进杯子，舀出了几块半融化的糖块，从而证实了这个说法。“嗯！我看见了。太太，这一来你就明白心不在焉的弊病了——也就是在干日常生活琐事的时候想得过多。再说，如果我像普通人那样，处处显出智力，而不是像哲人那样，把智慧藏在内心，我就不会糟蹋了这杯茶，也不会不得不麻烦你再给我一杯。——如果你允许，我就把这杯倒进茶渣盆里去。”

“那是糖缸，格里姆斯比先生。这下子你把糖也糟蹋了；劳驾你打铃要些糖——因为洛勃罗勋爵终于来了；尽管我们不配，我还是希望这位爵爷肯屈尊来与我们一同坐下，并且允许我给他斟一些茶。”

对于我的要求，爵爷以庄重的鞠躬作答，但没有说话。与此同时，哈格雷夫自愿打铃吩咐拿糖来，而格里姆斯比则对自己的错误表示遗憾，并且试图证明造成这错误是由于糖缸的影子和屋子里光线太差。

洛勃罗勋爵是在一两分钟之前进屋来的，一直站在房门前，严厉地观察着众人，不过除了我没有人瞧见他的来到。这时他走到安娜贝拉跟前，后者正背向他坐着，哈特斯利仍旧坐在她旁边，不过他此时并不在注意她，而正忙着大声辱骂并威吓他的男主人。

“唔，安娜贝拉，”她丈夫在她的椅背后俯下身子问道，“你要我像这三位‘勇敢而有男子汉气概’的人当中的哪一位？”

“我凭天地发誓，你非像我们大家不可！”哈特斯利猛跳起来，粗暴地抓住他的一只胳膊，嚷道。“喂，亨廷顿！”他喊叫道——“我已经逮住他了！来，老兄，来帮帮我！要是我不把他灌个烂醉就放他走，让我的躯壳和灵魂都进地狱去！他非得为过去的一切过失作出补偿不可！”

接下来他们两人便不光彩地扭作一团；洛勃罗勋爵脸都气白了，态度十分认真，默不作声地拼命要从那强有力的疯子手中挣脱出来，后者则极力要把他拉出房间去。我试图敦促阿瑟出面支持他那位受凌辱的客人，可是他光笑个不停，什么也干不了。

“亨廷顿，你这个蠢货，来帮帮我，行吗？”哈特斯利嚷道，他因用力过度，自身已经有些松劲了。

“哈特斯利，我正在祝你成功呢，”阿瑟喊道，“并且用祈祷来帮助你。即使关系到我的生命，我任什么别的也做不到。我已经筋疲力尽了。哎哟，哎哟！”他在椅子上向后靠着，轻轻拍打着自己左右两旁的肋骨，大声地呻吟着。

“安娜贝拉，拿支蜡烛来！”洛勃罗说，此时他的对手已经搂住了他的腰，正拼命要把他从门柱边拉开，而他则拼死拼活地使出全身的劲，疯狂地抱住了门柱不放。

“我可不愿参加你们这种粗野的激战！”那位夫人答道，一边冷冷地往后退缩。“我想你早该有所准备的！”

不过我却抓起了一支蜡烛送过去给他。他接过后便用火焰去烫哈特斯利的手，直到后者像野兽似的吼叫起来，松开了手让他跑掉。他消失了，我猜想是回他自己的房里去了，因为他直到次日早上才露面。哈特斯利一头栽倒在窗旁那张睡榻上，像疯子似的又咒又骂。这时房门口没有人，米莉森特打算避开她丈夫丢脸的场所，可是他把她叫回来，坚持要她到他跟前去。

“你要干什么，拉尔夫？”她勉强地走近他，轻声问道。

“我要知道你怎么了，”他一边说一边把她当孩子似的拉到他的膝盖上。“米莉森特，你为什么哭？——快告诉我！”

“我没有哭。”

“你哭的，”他坚持说，同时粗暴地把她的双手从她的脸上拉开。“你怎么敢对我说这样的谎话？”

“我现在不在哭，”她申明道。

“可是你哭过的——而且就在这一分钟里；我必须知道为什么。来，快，你一定得告诉我！”

“放开我，拉尔夫！要记得我们不是在家里。”

“没关系；你一定得回答我！”折磨她的人扯开嗓子喊起来了；他猛力摇她，并且无情地紧紧捏住她那处于他有力的掌握中的细小的手臂，试图逼她招供。

“别让他这样对待你的妹妹，”我对哈格雷夫先生说。

“嗨，哈特斯利，我不允许你这样做，”那位先生走到这一对不相配的夫妇跟前。“请你放开我的妹妹。”说着便使劲把这暴徒的手指从他妹妹的手臂上扒开，可是他胸膛上突然遭到一记猛击，他被推得朝后退去，几乎跌倒在地板上，还听得这样的警告：

“你无礼就得给你这一拳！——要明白别再干涉我和我妻子两人之间的事。”

“要不是你酩酊大醉的话，我会为此向你报复的！”哈格雷夫气吁吁地说，他脸色发白，上气不接下气，既因怒不可遏，又与那一拳的直接影响有关。

“滚，见鬼去吧！”他的妹夫答道，“来，米莉森特，告诉我你为什么哭。”

“我别的时候再告诉你，”她低声说，“等只有我们两个人的时候。”

“现在就告诉我！”他说着又紧捏着她的手臂，用力摇撼她的身子，弄得她倒抽了一口气，咬住嘴唇，忍住了没有喊痛。

“我来告诉你吧，哈特斯利先生，”我说。“她完全是为你感到害臊和丢脸才哭的；因为她看到你那么不光彩的表现实在受不了啦。”

“去你的，太太！”听到我这“无礼”的话，他以迟钝的诧异眼神盯住我，咕哝道。“不是这样——是吗，米莉森特？”

她不作声。

“喂，大声说呀，孩子！”

“我现在说不出，”她呜咽地说。

“可你既能说‘我说不出’，就也能说‘是’或者‘不是’呀——快说！”

“是的，”她轻声说，同时垂下了头，为这样窝囊地承认涨红了脸。

“那末你这傲慢的贱妇真真该死！”他嚷着，把她从自己身旁猛力推开，以致她侧身倒下；不过我或者她的哥哥还没来得及赶上去扶她起来，她已经自己爬起身来，尽快地走出屋去，我猜想是一刻也不停地上了楼。

下一个遭到冲击的是阿瑟。他就坐在对面，而且无疑从头到尾充分欣赏这个场面。

“喂，亨廷顿，”他那个性情暴躁的朋友喝道，“我不许你坐在那儿像个白痴似的笑着！”

“唉，哈特斯利啊！”他一边擦他那充满了泪水的眼睛，一边嚷道——“你真叫我笑死了。”

“是的，我要你死，不过不是像你所料想的那样；如果你再用这种傻笑来惹我发火，我可要从你身子里挖出你的心来啦！——怎么！你还要笑？——瞧！看这下子能不能叫你安分！”哈特斯利抓起一只脚凳，大声嚷着朝他男主人的头部扔去；可是他没有击中他的目标，后者仍然瘫坐在那儿，无力地笑着，弄得身子不断颤抖，眼泪簌簌地直淌下脸来；这幅景象好不悲惨啊！

哈特斯利又试用咒骂的方法，可是不起作用；于是他从自己身旁的桌子上拿起许多本书，一本又一本地朝激怒他的对象扔去，可是阿瑟笑得更厉害了；哈特斯利终于发疯似的冲向他，抓住他的两个肩膀，猛力摇他，使他一边笑，一边可怕地尖叫起来。不过我不再看下去了；我认为已经看够了我丈夫的倒霉情况；我离开了客厅，听任安娜贝拉和其余的人随时照自己的心意学我的样——可是我并没有去睡觉。我打发雷切尔去休息之后，在房间里来回踱着，为已经发生的事感到极度痛苦，还挂虑着不知还会发生什么事，那个不幸的人将怎么样或者在什么时候上楼来睡觉。

最后他来了，跌跌撞撞地慢慢走上楼梯，由格里姆斯比和哈特斯利扶着，而他们两人自己走路也不十分稳，可是都在笑着，并且与他开着玩笑，折腾得所有的用人都听得见。他本人则不再笑了，显得不适而且发呆——对此我不想多写了。

这种不光彩的(或者近似如此的)情况已经发生过不止一次了。我对阿瑟不多谈这事，因为谈了只有弊多利少；不过我让他知道我极不喜欢他这样出丑；而每次他总答应决不再让此类事发生了；可是我怕他正在失去他以前具有的那么一点儿自制力和自尊心；以前他会觉得这样的表现很丢脸——至少当着他的酒友或者类似这样的人之外的其他人之时是如此。他的朋友哈格雷夫为人谨慎、自制力强，使我很羡慕他，他就从不喝过了量使自己有点儿“醉醺醺”以致出丑，总是继洛勃罗勋爵之后头一个离开桌子，后者则更明智，一直紧跟在我们后面离开餐厅；不过自从安娜贝拉那次使他大大生气之后，他就不再比其余的人先走进客厅了，那段时间他总是在书房里消磨，我则特意在里面点燃了蜡烛给他方便——或者遇上晴朗的月夜，就在庭院里漫步。不过我想安娜贝拉对自己的错误行动是感到后悔的，因为她从此不再那么做，而且近来她待他异常得体，我以前可从没见过她对他这么一贯地和蔼与关怀。我认定她的这一改进是从她不再希望能争取阿瑟的爱慕的时候开始的。

第三十二章

两相比较——被拒绝接受的消息

10月5日——埃丝特·哈格雷夫逐渐长成一个漂亮姑娘了。她还在上学，不过她母亲常在早上带着她来访，当时先生们都已外出；有时候她和她姐姐、我以及孩子们在一起待上一两个小时；我们上园林庄园去的时候，我总是设法去看她，跟她交谈要比跟别人交谈多，因为我非常喜爱我的这个小朋友，她也非常喜爱我。不过我不明白她凭什么喜欢我，因为我已不再是过去的那个快乐活泼的姑娘了；然而她没有其他人可以交往——除了她那个志趣不相投的母亲和她的女教师（这是个她精明的母亲为了纠正这个学生的天性所能请到的最矫揉造作而俗不可耐的人），以及不时见到的她那已屈服的沉默寡言的姐姐。我常常感到纳闷，不知道她一生的命运究竟会是怎么样的——而她自己也为此纳闷；不过她对未来的憧憬却是充满着令人兴奋的希望的——而我一度也是如此。我一想到她会像我一样，幡然醒悟到这些憧憬的虚妄自欺性，便不寒而栗。看来我会对她的失望心情比对我自己的感受得更深。我几乎感到我自己似乎是命该如此，可是她是那么快快活活而朝气蓬勃，那么轻松愉快而自由自在，又是那么正直无邪而毫不怀疑——唉，如果要使她感受我现在的感受，并且知道我所知道的，那实在太残酷了！

她的姐姐也为她焦虑之极。昨天是十月里最晴朗明媚的日子之一，米莉森特和我早晨在花园里同我们的孩子一起享受着半小时短暂的乐趣，安娜贝拉则躺在客厅沙发上，专心看着一本最新的小说。我们同两个小家伙一起蹦蹦跳跳，几乎就像他们一样兴高采烈而疯疯癫癫，这会儿在高大的紫叶山毛榉的树荫中站住了，缓过气来，整理我们被粗野的嬉戏和爱开玩笑的微风弄乱了的头发——两个小家伙则沿着那条阳光普照的宽阔走道一起蹒跚走着；我的阿瑟扶着步子更不稳的小海伦，伶俐地向她指点所经路边的最鲜艳美丽的花朵，他那发音不清晰的喁喁孩儿话，对她来说，与其他任何讲话方式一样好。我们见了这幅景象笑了，接着便开始谈起这两个小孩的未来的生活，这使我们都沉思起来。我们继续慢慢地在走道上走着，默默地陷入了冥想之中；我料想米莉森特由于一连串的联想，想到了她的妹妹。

“海伦，”她说，“你常见到埃丝特，是不？”

“不常见到。”

“可是你遇见她的机会比我多；我知道她爱你，也尊敬你；她对谁的意见都不像对你的那么重视；她还说你比妈妈有头脑。”

“她这么说是因为她固执己见，而我的意见一般都比你妈妈的更合她的心意。不过这又怎么样呢，米莉森特？”

“好，既然你对她有这么大的影响，我就希望你认真地使她牢牢记住：不管为什么缘故，也不管什么人劝她，都不要为金钱、地位、家业或者任何尘世间的事物而结婚，要完全出于真正的爱情和基础牢固的敬重而结婚。”

“这可没有必要，”我说，“因为我们对这问题已经交谈过了，我向你保证，她对爱情和婚姻的观念充满了浪漫色彩，是合乎任何人的心意的。”

“可是光有浪漫的观念还不管用；她要有切合实际的想法才行。”

“完全正确，可是我认为世人污蔑为浪漫的事往往比通常想象的更接近实际情况；因为即便年轻人丰富的想象往往被下半生的悲惨看法弄得黯然失色，这也不能证明这些想象是错误的。”

“好吧，不过如果你认为她的想法本该如此，那就请你去加以巩固，好吗？并且尽力使她的这些想法更加肯定；因为我也曾经有过浪漫的想法，而——我的意思并非说我对自己的命运感到遗憾，因为我十分肯定我并没有这种感觉——可是——”

“我理解你，”我说，“你对自己的命运是满意的，可是你并不希望你妹妹与你有同样的遭遇。”

“是的——或者更糟的遭遇。她可能会比我惨得多——因为，海伦，尽管你可能不相信，我却真心感到满意；我要说一句庄严的真话，那就是我不会拿我的丈夫去调换世上任何一个男人，即使我只要摘下这片树叶就能办到的话。”

“好，我相信你这句话，既然你已经嫁给他，你也就不愿意用他去调换另一个人；但是你会很乐意把他的有些品质去调换比他好的人的品质。”

“是的，正像我会很乐意把我自己的有些品质去调换比我好的女人的品质一样；因为他和我都不完美，我热烈希望他改进一如希望我自己改进。他会改进的——难道你不这么想吗，海伦？——他才二十六岁呢。”

“他可能会，”我答道。

“他会——他会！”她重复说道。

“米莉森特，请原谅我如此软弱无力地同意你的想法；我决不愿意使你丧失信心，可是由于我自己常常失望，也就变得像最无精打采的八九十岁的人那样对自己的期望抱着冷淡和怀疑的态度。”

“然而你仍然抱有希望——甚至还为亨廷顿先生抱着希望？”

“是的，我承认——‘甚至’为他抱着希望；因为看来生命和希望是必须共存亡的。米莉森特，他是不是比哈特斯利先生坏得多？”

“好吧，那我就坦率地告诉你，我认为他们两人没法比较。可是，海伦，你千万别生气，因为你知道我总是直言谈相的；你也可以这样做，我不会介意。”

“我并没有生气，亲爱的；我的看法倒是要是把他们两人对比一下，当然多半是对哈特斯利有利的。”

米莉森特从内心知道我是吃了多少苦头才这么承认的；出于孩子般的天真的冲动，她一言不发，猛地吻了一下我的面颊，借以表示她的同情，接着急忙转过脸去，抱起她的孩子，把自己的脸贴在孩子的罩衣上。多奇怪啊，我们常常彼此为对方的悲痛流泪，但对各自的痛苦却一滴眼泪也没有！她心里已经让自己的伤心事装得够满的了，可是一想到我的痛苦便哭出泪来——而我呢，尽管已经好几星期没有为自己流过泪，此时见到她因同情我而流泪，也哭起来了。

不过米莉森特对自己所作出的选择表示满意并非完全是假装的；她真心爱她的丈夫；而且再确实不过的是，他与我的丈夫对比之下毫不逊色。那些过度的行为在他身上所产生的有害影响比阿瑟少得多，这也许是由于他不如阿瑟放纵，或者是由于他的体格比较强壮结实；因为他从来没有使自己或多或少地陷入接近愚蠢的状态；对于他，一个夜晚的狂饮至多使他在次晨有点儿暴躁，或者可能使他一时紧绷着脸，露出凶恶的样子；他丝毫没有那种不知所措的沮丧的神情——那种令人为干出越轨行为的人羞愧得无地自容的动辄发怒而不体面的烦躁表现。阿瑟在从前可不是如此的；他如今的承受力已经不如当他像哈特斯利那么年轻的时候的情况了；而倘若后者不改过自新，听任他的承受力也受到这么久的折磨，是也可能被削弱到同样的程度的。哈特斯利比他的朋友年轻五岁，他的种种恶癖还没有完全掌握住他；他还没有与它们合拢，使它们成为自己的一部分。看来它们还没有紧紧缠住他，正像是一件外衣，他还可以趁他高兴随时扔在一旁的——可是这种选择自由他能保持多久呢？——尽管是个充满情欲而注重官能享受的人，而且置一个有头脑的人的本分和更高级的特权于不顾，他倒并非酒色之徒；与那种较悠闲而软弱无力的娱乐相比，他更喜欢较活跃而令人鼓舞的肉体享受。他并不精心研究如何来满足自己的欲望，在饮食和其他方面都是如此；不论在他面前放下什么东西，他都吃得津津有味，并不降低自己的身份，放任自己去追求口福和眼福——也就是那种与自己身份不相称的凭一己的好恶的百般挑剔——那是我们在自己所敬重的人身上所很不愿意见到的状况。阿瑟呢，我看要不是由于担心自己的食欲会无可挽回地减弱，从而破坏了他继续享受的能力，他怕是会穷奢极侈，并认为这是首要的好事，而最终也就可能会陷入最严重的毫无节制状态。至于哈特斯利，尽管他是个粗坯，我相信还是有较合情理的理由可使人寄以希望的；而且——虽然对于他的过失我决无责怪可怜的米莉森特之意，然而我确实认为如果她有勇气或者决心吐露自己对那些过失的意见，并且毫不畏缩地坚持她的论点，他就较有希望受到感化，也就可能最终待她更好，也更爱她。我之所以认为如此，部分是因为不久前他亲口对我说过的一席话——我打算哪一天就这问题给她一些劝告；可是由于我意识到她的想法和性情都与这种劝告背道而驰，我的劝告如果不能起到好作用，就会损害她，使她更不快活，因此我再三踌躇。

现在提到的是上星期的一个雨天；客人中大半都在弹子房里消磨时间，可是米莉森特和我则带着小阿瑟和海伦在书房里，我们期望要从我们的书本、我们的孩子并在我们彼此之间过一个非常惬意的上午。不过我们与其他人如此隔离还未超过两小时，哈特斯利先生走了进来，我猜测他是在穿过门厅时被他孩子的声音所吸引而来的，因为他非常疼她，她也十分爱他。

他身上带着马厩的味儿，用过早餐之后，他便一直与他的伙伴们，也就是那些马，高高兴兴地待在那儿。不过这对与我同名的小宝贝无关紧要，她父亲那巨大的身躯一遮住房门口，她便发出喜悦的尖叫，离开她母亲的身旁，欢呼着直朝他奔去——一路上伸出了双臂平衡自己的身子——抱住了他的膝盖，仰起头盯住他的脸笑。他可以好好地微笑着俯首看那张充满天真的笑容的漂亮的小脸，那双清澈明亮的蓝眼睛以及被她往后一抖、散在她细小的象牙色脖子和肩膀上的柔软的淡黄色头发。难道他不感到自己多么不配占有这么可爱的人儿吗？我看他根本就没有想到过这一点。他把她一把抱起来，接下来是几分钟很粗野的嬉戏，这期间他们父女俩笑呀叫呀，难于分辨谁的声音更响。不过这种喧闹的娱乐终于结束了——正如可以预料到的那样，那小家伙突然碰痛了，哭泣起来；她那粗鲁的游伴便把她扔到她母亲的怀中，吩咐她"解决这个问题"。孩子刚才高高兴兴地离开这位温柔的安慰者，此刻同样高兴地回来，偎依在她的怀中，一会儿便停止了哭声，把那累坏了的小脑袋搁在她的胸前，不久就沉沉入睡了。

与此同时，哈特斯利先生跨着大步走到壁炉前，把他那又高又宽的身子插在火炉和我们之间，双手叉腰站着，挺起了胸脯，朝四下注视了一周，仿佛这幢房子连同其中所有的装置和东西全都毫无疑问地属于他的。

"真是倒霉的鬼天气！"他开口说道。"我看今天是不会去打猎了。"接着突然提高嗓音，他唱几小节欢闹的歌曲来使我们高兴，但是又突然停住，用一声口哨结束了那曲调，接着说——"我说，亨廷顿太太，你丈夫的那匹种马多好啊！——并不高大，但是却很好。——今天早上我把那些马看了一会儿；说真的，黑贝丝、灰汤姆和那匹年轻的尼姆罗德都是我许多日子以来所见到的最上乘的马匹！"接着把它们的优点来一番详述，紧接着又概略地谈了等他那老爹认为自己该死去的时候，他打算在骑师这行当中所要干的种种壮举——"我可并不愿意他一死了结，"他又添了一句，"我是欢迎这老家伙随他高兴要活多久就活多久的。"

"我也确实希望这样，哈特斯利先生！"

"哦，是啊！这只是我惯用的说话方式罢了。因为总有一天会发生这样的事，因此我着眼于这事的光明的一面——这种办法是正确的，不是吗，亨太太？——我说，你们两个在这儿干什么——洛勃罗勋爵夫人在哪儿？”

“在弹子房里。”

“她多了不起呀！”他接着说，两眼盯着他的妻子，后者顿时变了脸色，并且随着他继续说的话越来越显得困窘起来。“她的身段多美啊！那双黑眼睛动人之极；有她独特的优美气魄——还有，在她想使用的时候，她那独特的口才——我完全拜倒在她的石榴裙下了！——不过没关系，米莉森特；我是不会要她做我的妻子的——即使她有一个王国作为嫁妆我也不会娶她！我对自己的这位妻子更满意。——喂，怎么啦！你为什么这样绷着脸呀？你不相信我的话吗？”

“不，我相信你，”她低声说道，她的无可奈何的声调听上去又悲哀又阴郁，同时她转过身去抚摩被她安放在身旁沙发上的已入睡的幼儿的头发。

“好吧，那么是什么事情使你这么生气？过来，米莉，告诉我你为什么对我的保证不满意。”

她走过去，把一只小手插进他的臂弯，抬眼望着他的脸，和蔼地说道——“这等于说什么呢，拉尔夫？只等于说：尽管你这么赞赏安娜贝拉，而且尽管我不具有那些品质，你却仍然情愿要我，而不是要她做你的妻子，这仅仅是证明你认为没有必要爱你的妻子，只要她能管理家务并照料你的孩子，你就满意了。可是我并没有生气，我只是觉得难过，因为，”她又添上一句，嗓音轻而颤抖，一边从他的臂弯中抽出手来，垂下眼睛望着地毯，“如果你不爱我，那就是不爱我，这也是没办法的事。”

“非常正确，可是谁告诉你我不爱你？我说过我爱安娜贝拉吗？”

“你说过你崇拜她。”

“不错，可是崇拜并非爱情。我崇拜安娜贝拉，可是我并不爱她；而我爱你米莉森特，可是我并不崇拜你。”为了证明他的爱情，他抓起一把她那浅棕色的鬈发，装出要残忍地绞拧的样子。

“你真是这样，拉尔夫？”她轻声问道，从她含泪的眼眶里闪出一丝笑意，仅仅举起手来按在他的手上，表示他揪得有点儿过于使劲了。

“真是这样，”他回答说，“可惜你有时候使我有点儿烦。”

“我使你烦！”她理所当然地惊讶得喊叫起来。

“是的，你——不过完全是由于你极端的善良——如果一个男孩子整天用葡萄干和小糖果填满肚子，他就会为了换换口味，渴望榨点儿酸橙水喝。再说，米莉，难道你从没注意到海边的沙滩吗——它们看上去多么美好平坦，碰上去使你的脚觉得多么柔软适意？不过要是你拖着沉重的步子，在这块柔软适意的地毯上走上半小时——你每跨一步它就往下陷去，踩得越重，你的脚就陷得越深——你就会觉得那样使你很疲劳，会乐于踩到一块完好的硬石块，在那上面无论你是站着、行走或者踩踏，它都不会动一动；尽管它‘如下磨石那样结实’①，可是你会发现那样的立足处到底还是比较舒服的。”

“我明白你这话的意思，拉尔夫，”她说，一边不安地玩弄着她的挂表链，用她那纤小的脚的脚尖顺着地毯上的图案轮廓移动着，“我明白你的意思，不过我原以为你总是喜欢我顺从你的；我现在可没法改变了。”

“我是喜欢这样，”他回答说，又猛抓住她的头发，把她拉到身边

---

① 引自《圣经 · 旧约 · 约伯记》第 41 章第 24 节。

来。“米莉，你千万不要介意我的话。男人总要找什么发发牢骚的；要是他没法抱怨妻子的任性和坏脾气把他折磨得要死的话，他就得抱怨她的仁慈和温柔教他受不了。”

“可是又为什么得抱怨呢，除非是因为你觉得厌倦和不满意了？”

“那当然是为了要为我自己的缺点作辩解啰。只要有一个自己没有罪恶得去负担的人愿意帮助我，你以为我会独自负起我自己所有的担子吗？”

“世上是不存在这种人的，”她严肃地说，然后把他的手从她头上挪开，带着真诚的热爱吻了一下，便轻快地朝门口走去。

“你又怎么啦？”他问。“要上哪儿去？”

“去梳理一下头发，”她透过一头乱糟糟的鬈发微笑着回答，“你把我的头发弄得全都披下来了。”

“那就去吧！——真是个十全十美的小女人，”等她走了，他说道，“只是过于软弱点儿——她几乎会在人家的手中融化掉。我确信有时候我喝多了就待她不好——可是我实在也没办法，因为她从不抱怨，当时和事后都不抱怨。我料想她并不介意。”

“哈特斯利先生，对这个问题我可以给你一点启发，”我说，“她实在是介意的，而且还有其他一些她更介意的事，那可能是你从没听见她抱怨过的。”

“你怎么知道的？——她向你诉苦了吗？”他责问道，突然冒出一点暴怒的火花，只要我回答说“是的”，它就会立即燃烧起来。

“没有，”我回答说，“不过我认识她的时间比你长，比你更仔细地观察过她。——而且我可以告诉你，哈特斯利先生，米莉森特爱你超过你应受的程度，而你有能力使她非常快活，可是你却成了附在她身上的恶魔；我还敢说，你没有一天不使她遭受痛苦，可是只要你愿意，那是可以避免的。”

“喏——这可不是我的错，”他说着满不在乎地盯着天花板，把两手深深地插进口袋，“如果她对我的行动觉得不称心，她应该这么告诉我的。”

“难道她不恰恰是你所希望要的妻子吗？你不是告诉过亨廷顿先生，说你得有个妻子，她事事服从、一声不哼，无论你做什么都决不会责怪你吗？”

“不错，可是我们不该想要什么就总能有什么，因为那样的话，我们当中最好的人都会被宠坏的，不是吗？如果我发现不论我的天性使我表现得像基督徒还是像恶棍，对她来说都一样，那我怎么能不胡来呢？——我又怎么能不去戏弄她呢？因为她显得那么诱人地温顺而拘谨沉默——简直像一只长毛垂耳狗，在我脚边躺下，从来不叫一声好让我知道她已受够了。”

“要是你生来就是个恶霸，那末这种引诱确实是大的，这我承认；不过宽厚的心是不喜欢压迫弱者，却是乐于抚育和加以爱护的。”

“我并没有压迫她；可是老是抚育呀爱护的，真无聊得教人受不了——再说，她就那么‘融掉了，毫无表示’[①]，我又怎能知道自己是在压迫她呢？有时候我还以为她根本就没有感觉，于是我继续干下去，直到她喊叫起来——这才使我满意。”

“这么说你是喜欢压迫她的。”

“我可以肯定我不喜欢！——除非当时我情绪不好——或者情绪特别好，想折磨人来得到快慰；要末是她显得无精打采，需要振作一下。还有的时候，她无缘无故地哭，又不告诉我为什么，这冒犯了我；这时候，我承认，我忍无可忍地恼火了——尤其是在我没法控制自己的时候。”

---

① 参见莎士比亚的《亨利六世》（中篇）第3幕第3场：“他死了，毫无表示。”

“在这种情况下，无疑总是会这样的，”我说。“不过，哈特斯利先生，以后你再见到她显得无精打采，或者‘无缘无故地’哭(这是你的说法)，你该完全责怪你自己；要确信是因为你做了什么错事，或者是你日常有失检点之处才使她苦恼。”

“这我不相信。如果真是这样，她该告诉我才是。我可不喜欢那种不声不响、只顾自己烦闷和发愁的作风，什么话也不说——那是不诚实的。这样的话，她怎么能期望我改过自新呢?”

“也许她以为你比你实际上更有头脑，自欺地认为由你自己去反省，你是有希望有一天会认识自己的错误并加以纠正的。”

“别讥笑人了，亨廷顿太太！我很有头脑，知道自己并非总是正确的——不过有时候我认为，只要除了我自己，我的所作所为并不伤害别人，那就无关紧要了——”

“至关紧要，”我打断他的话，说道，“对你自己也好(今后你吃了苦头就会知道)，对所有与你有关的人也好——尤其是你的妻子——全都至关紧要；其实，说什么除了你自己什么人也不会受害，这是胡说八道；不管你是做了坏事，还是把好事丢下不干，都不可能在伤害你自己——尤其是受到我们所提及的那种行为的祸害的同时——不或多或少地伤害且不说几千，但少说也有几百个其他人。”

“我刚才正在说，”他继续说道——“或者，如果你没有突然打断我，我就会说——我有时候想到，要是我同一个见我干了错事总会提醒我的人相结合，我就好办了，因为那人会坚决地赞许好事、贬斥坏事，从而使我有了改恶从善的动机。”

“要是你的动机仅仅以你尘世伙伴的赞许为限，那就对你不会有多大的好处。”

“唔，可是如果我有个伙伴，她不总是顺从我，不总是一味和蔼可亲，而是具有不时进行斗争的魄力，并且无论何时都直言相告——譬如说，像你这样的人——那末如果我在伦敦的时候对待你像我现在对待她这样，你就会吵闹得我没法待在家里，这是肯定的。”

“你错怪我了，我可并不是泼妇。”

“噢，那就更好了，因为我受不了被人顶撞——一般地说是这样——而且我对别人的意愿与对我自己的意愿同样喜爱，只是我认为过多的矛盾是任何男人都受不了的。”

“唔，我决不会无缘无故地同你顶撞，不过，我当然是总会把我对你的行为的看法告诉你的；而且要是你不论对我的肉体、精神或者生活状况进行压迫，你至少不会有理由料想‘我并不在乎’的。”

“这我知道，夫人，而且我想要是我那娇小的妻子也学这个办法，那末对我们两人都会有好处的。”

“让我去告诉她。”

“不，不，由她去吧；因为双方都有各自的一番大道理的——再说，我现在想起了就说出来吧：亨廷顿常常因你并不更像她而表示遗憾——这个坏蛋——所以你知道，你毕竟还是没能改造他，他可要比我坏十倍哩——他固然见你害怕——也就是说，他当着你的面总是举动非常规矩——可是——”

“这么说我不知道他最不规矩的举动是什么样的了？”我禁不住问道。

“哎呀，老实告诉你吧，确实糟透了——不是吗，哈格雷夫？”他对已经走进屋里来的那位先生说道。我此刻正靠近壁炉站着，背对着房门，因此没有发觉他的来到。“难道亨廷顿不是个大恶棍，”他继续说下去，“坏得该见鬼去吗？”

“他的夫人不愿意人家肆无忌惮地责备他，”哈格雷夫走上前来，答道，“可是我得说，我感谢上帝我不是另一个这样的人。”

“对你更适合的也许是，”我说，“先看看你自己是怎么样的一个人，然后说：‘上帝啊，开恩可怜我这个罪人。’[1]”

“你很严厉，”他回答说，略微鞠了一躬，接着挺起身子，神态高傲，然而却像是受了伤害似的。哈特斯利笑了，伸手轻轻拍了一下他的肩膀。哈格雷夫先生带着尊严受到侮辱的姿态，摆脱了他的手，走到地毯的另一头去。

“不是真不像话吗，亨廷顿太太？”他的妹夫大声说——“我们来到这儿的第二天晚上，我喝醉了酒，打了沃尔特·哈格雷夫，尽管我在次晨就请他原谅，可是那以后他就一直疏远我！”

“当时你请求我原谅的那种态度，”对方反驳道，“以及你对事情的全部经过记得那么清楚，证明你那天并非醉得完全不知道自己在干什么事，因此你得为你的行为负全责。”

“你当时企图干涉我和我妻子之间的事，”哈特斯利抱怨道，“这就足以使任何男人恼火的了。”

“这么说你以为那样做是正当的了？”他的对手恶狠狠地朝他瞪着眼说。

“不，说实在的，当时我要不是很激动，是不会那么干的；要是在我说了那么多好话之后，你还要怀恨在心——那就随你便吧，该死的！”

“至少，当着一位夫人的面，我是会忍住了不讲这种话的，”哈格雷夫说，用一副厌恶的表情掩饰了他的愤怒。

“我刚才说了些什么啦？”哈特斯利反问道。“全都是千真万确的事实啊——要是他不肯原谅他妹夫的冒犯，他岂不该死吗，亨廷顿太太？”

“哈格雷夫先生，他既然这么要求，你就应当原谅他，”我说。

---

① 引自《圣经·新约·路加福音》第18章第13节。

“你这么认为吗？那我就原谅他吧！”说着他带着几乎是真诚的微笑走上前来，伸出一只手。他的亲戚立即握住了他的手，双方显然真心实意地重归于好了。

“那次的当众侮辱，”哈格雷夫转向我继续说道，“使我很难过，一半是因为你也在场；现在既然你要我原谅他，我就原谅他——并且也愿意把那事忘掉。”

“我看我所能作的最好报答是告辞了，”哈特斯利咧着嘴大笑，嘟囔着说。他的同伴微微一笑；于是他便离开了房间。这使我警惕起来。哈格雷夫先生神情严肃地转向我，热切地开始说道：

“亲爱的亨廷顿太太，我多么渴望而又害怕这个时刻啊！别惊恐，”他又添了一句，因为我的脸因激怒而涨得通红，“我并不就要用任何徒然无益的恳求或者怨言来冒犯你。我将不会敢于提及我自己的感情或者你的尽善尽美来使你不快，可是我要向你泄露一桩你该知道的事，然而这事又使我无以言喻地难过——”

“那就别费心泄露它吧！”

“可是这事很重要——”

“如果是这样，我很快就会听到的——尤其是，如果是坏消息的话，而你似乎正是这么认为的。目前我要把孩子们送到儿童室去。”

“可是你不能打铃，叫人把他们送去吗？”

“不行；我需要运动一下，跑到房子最高层——来，阿瑟。”

“可是你会回来吗？”

“不会就回来，别等我。”

“那我什么时候再能见到你？”

“午饭时候，”我说完便用一条手臂抱着小海伦，另一只手搀着阿瑟走了。

他转过身去，咕哝了几句不耐烦的责备或者怨言，其中唯一辨别得出的是“无情”这个词儿。

“哈格雷夫先生，你胡说些什么？”我在房门口站住，问道。“你这是什么意思？”

“哦，没什么——我并没有打算让你听见我的自言自语啊。不过，亨廷顿太太，事实是我要向你揭露一件事——我讲，你听，两人都会感到痛苦——我要你给我私下安排几分钟时间，听一下我的话，时间地点随你指定。我的这一要求，并非出于任何自私的动机，也不是为了任何可能引起你那无比贞洁之心惊恐的原因，因此你没有必要用你那冷酷无情的轻蔑眼光来折磨我。我再清楚不过人家通常是用什么样的感情对待带来坏消息的人的，更甭提——”

“这究竟是什么奇妙的消息呀？”我不耐烦地打断他的话，说道。“如果确实是重要的事，那么趁我还没有走，用三个词儿说出来吧。”

“用三个词儿，我做不到。让人把两个孩子送走，你留下来陪我待一会儿。”

“不行；把你的坏消息留给你自己吧。我知道准是我不想听的事，而且你告诉了我，会惹我生气的。”

“我恐怕你推测得太对了；不过我既然知道了这事，我仍然感到自己有责任透露给你听。”

“唉，免去你我的痛苦吧——我会解除你这个责任的。你已经提出要告诉我，我又已经拒绝听，因此我不知道这事不会怪你。”

“那就这样吧——你不会从我嘴里得知。不过如果那打击降临到你头上时过于突然，你要记住——我是曾希望能缓和它的！”

我离开了他。我决意不让他的话使我惊恐。在所有的男人当中，他竟然会有什么事要揭露，使我非听不可的呢？毫无疑问，是一些关于我不幸的丈夫的被夸大了的流言蜚语，而他一心要尽量利用它来为自己的坏主意服务。

6日。此后他没有再提起过这个重大之谜；我也没有什么理由去后悔自己当初不愿意听取。那个威胁人的打击还没有降临；我也不十分担心。目前我对阿瑟很满意，他已经两个多星期没有真正使自己丢过脸了，而且上星期他对自己在饮食方面的嗜好始终非常有节制，因此在他的性情和总的表现方面，我能看出一种显著的变化。可是我敢希望这种情况能一直维持下去吗？

第三十三章
两个夜晚

7 日。是的，我会希望的！今晚，我听见格里姆斯比和哈特斯利在一块儿埋怨他们的男主人对客冷淡。他们不知道我就在近旁，因为我刚巧站在窗帘背后的凸窗前，观看着月亮在草坪另一头那簇高大的黑色榆树上空升起来，心想不知道阿瑟怎么会这么多情地站在屋外，身子倚在门廊外侧的柱子上，显然也在赏月。

“所以我估计在这宅子里我们再也不会有欢乐的闹饮了，”哈特斯利先生说，“我原就认为他与我们的亲密关系不会维持多久的。——不过，”他笑着又说道，“我可没料到我们的关系会这样结束的。我还以为如果我们不改善态度，我们那漂亮的女主人就会竖起她豪猪般的刺，威胁说要把我们赶出这幢房子哩。”

“这么说你没有预料到这情况啰？”格里姆斯比抿着嘴发出带喉音的笑声，应道。“不过等他对她厌倦了，他又会起变化的。如果我们过一两年再来这儿，就会发现我们又可以为所欲为了。”

“这我可说不上，”另一个回答说，“因为她不是那种使你很快就会厌倦的女人——可是就算是这样吧，目前我们可没法过得有趣，真教人恼火，就因为他情愿过得规规矩矩的。”

“这都得怪那些该死的女人！”格里姆斯比嘀咕道。“她们真是世上的祸根，她们有的是表情虚伪的漂亮脸蛋儿和该死的骗人的舌头，到哪儿就把麻烦和不便带到哪儿。”

就在这当儿，我从我的隐蔽处走了出来，经过格里姆斯比先生身边时，朝他笑笑，然后走出房间，到外边去找阿瑟。我瞧见他转向灌木丛走去，就尾随他而去，到达那边时，见他正走上树荫下的走道。当时我心情极度轻松愉快，充满着爱情，禁不住跃身扑到他身上，把他紧紧搂在怀里。这一惊人举动对他产生了一种奇异的影响。开头，他咕哝道，“哎呀，亲爱的！”并且以旧日的热情还报我的紧紧拥抱，接着他吃了一惊，以极其惊慌的嗓音嚷道：

“海伦！——这究竟是怎么回事！”在透过头顶上的树木缝隙的闪烁的微光中，我瞧见他被吓得脸色完全发了白。

多怪呀，开头是出于本能的热情冲动，接着却是这意外所引起的震惊！这至少证明他的爱情是真诚的，他对我还没有厌倦。

“我把你吓了一跳，阿瑟，”我高兴地笑了，说道。“你胆子多小啊！”

“你到底为什么这么干？”他十分恼火地喝道，同时从我的怀中挣脱出来，用手帕抹自己的额头。“回去，海伦——马上回去！你会得感冒而送命的！”

“我不回去——我要告诉你我为什么来以后再走。阿瑟，他们见你能自我克制、保持清醒，正在责怪你呢，而我正是为此来感谢你的。他们说这都怪‘那些该死的女人’，还说我们女人是世上的祸根；不过你可别让他们嘲笑或者抱怨得使你放弃改过自新的决心，也不要因此放弃对我的爱啊！”

他笑了。我又把他紧紧搂在怀里，热切得眼泪汪汪地喊道：

“你一定得——一定得坚持下去啊！——我会比过去更爱你的！”

“好啦，好啦，我会坚持的！”他说着匆匆地吻了吻我。“得了，走吧——你这个疯子，在这么冷飕飕的秋夜里，你怎么可以穿着这么单薄的夜礼服走到外边来？”

“这夜晚很美啊，”我说。

“你要是再待上一分钟，这夜晚就会教你送命的。快走，快！”

“阿瑟，你是不是从那些树间瞧见死亡在向我袭来？”我问，因为他正目不转睛地盯着那些灌木，仿佛看见死亡正在逼近，而我因又恢复了希望和爱情，正陶醉在新获得的幸福中，不愿意离开他。可是他见我迟迟不走，恼火了，因此我便吻了他，跑回屋去。

那天晚上我情绪好极了；米莉森特说我是这群人中的灵魂，悄悄地对我说她从没瞧见我如此出色过。我的确十分健谈，足足抵得上二十个人，而且对所有的人都笑容可掬。格里姆斯比、哈特斯利、哈格雷夫、洛勃罗勋爵夫人——他们都受到我姐妹般的亲切对待。格里姆斯比惊愕地瞪着眼；哈特斯利又笑又讲俏皮话(尽管只允许他喝一点儿葡萄酒)，不过仍然尽量做得循规蹈矩；哈格雷夫和安娜贝拉则竭力仿效着我，不过他们的动机各异，方式也不相同，而且两人无疑都超过了我，前者东拉西扯，内容多样化，口才又好，后者至少谈得大胆而活泼。米莉森特见自己的丈夫、哥哥和自己给予过高评价的那位朋友全都表现得这么好，觉得开心，也以她所特有的文静方式显得活泼而快乐。连洛勃罗勋爵也受到大家的感染：他那表情忧郁的眉毛下面黑中带绿的眼睛闪着光；他那闷闷不乐的脸容因微笑而变得漂亮；所有郁闷的痕迹和骄傲冷淡的谨慎态度暂时都消失了；而且他不仅对任何事都兴高采烈、生气勃勃，还不时确实闪发出真正的魄力和才华，使我们大伙儿都大感惊讶。阿瑟话可不多，只笑着听大家谈话，尽管并没受到酒的兴奋作用，情绪倒也十分高涨。因此总的说来，我们的聚会非常欢乐、无害而有趣。

9 日。昨天雷切尔在晚餐前帮我梳妆打扮时，我看出她曾经哭过。我要知道原因，她却不愿意告诉我。我问她是否有病，她说没有。是否从她的朋友们那里得到了什么坏消息，也不是。有没有哪个仆人使她烦恼？

“啊，没有，太太！”她回答说——“并不是为我自己的事。”

“那末是什么事呢，雷切尔？你看小说了吗？”

“天哪，没有！”她伤心地摇摇头说，然后叹了一口气，接着说，

“不过老实说，太太，我不喜欢老爷的生活作风。”

“你是什么意思，雷切尔？——他行为很端正啊——在目前。”

“好吧，太太，如果你这么认为，那就没什么。”

于是她继续梳理我的头发，但是却急匆匆的，完全不像平时那种平静而镇定的样子——一边半自言自语地咕哝说，她认为这头发确实是美，她“倒想看看谁能比得上它”。梳妆结束后，她亲切地抚摩着我的头发，轻轻拍拍我的头。

“保姆，这种深情的发泄是针对我的头发还是我本人的？”我说道，笑着转过脸去对着她——可是甚至此刻她眼中还含着泪水。

“你怎么啦，雷切尔？”我大声问。

“嗯，太太，我不知道——不过如果——”

“如果什么？”

“嗯，如果我做你的话，我不会让那个洛勃罗勋爵夫人再在这家里待上一分钟——一分钟也不行！”

我呆住了；可是我还来不及从这一震惊中充分恢复过来、要求她解释这句话时，米莉森特走进屋来了——每逢她比我先打扮好，常常这样做；她和我待在一起直到该下楼的时候。这次她一定发现我很孤僻寡言，因为雷切尔最后的那句话始终在我耳中震响着。不过我仍然希望——我仍然相信——那句话是没有根据的，仅仅是仆人们见到了洛勃罗勋爵夫人上个月的举止，或者她上次来访时与他们的主人之间所发生的什么事，而在他们中间传说着的毫无根据的谣言。晚餐时，我仔细观察她和阿瑟，在任一方的举动中都没有察觉什么异常之处——除非存心多疑，没有什么可能引起猜疑的地方——而我的心并不多疑，因此我不疑有它。

几乎一吃完晚饭，安娜贝拉就同她丈夫出去，陪他在月光下闲逛，因为今晚的天气与昨晚同样好。哈格雷夫先生比其他人早一点走进客厅，邀请我同他下棋。此时他毫无通常对我说话时所显出的那种悲哀而又自豪的谦卑神情，平时他因喝酒而兴奋时才不这样。我朝他的脸望望，想看看这会儿他是不是处于这情况。他的目光与我的目光相遇，敏锐而镇定，在他的神态中有些我无法理解的地方，不过他看来相当清醒。我不想与他结伴，就让他找米莉森特来下棋。

“她下得太糟了，”他说，“我要跟你比比棋艺。来吧！——你没法假装不愿意放下你的活儿——我知道，除非因为没有更好的事可做，想要解解闷儿，你是不会抓起它来的。”

“可是下棋的人是那么孤僻，”我反对道，“他们只顾自己，不理别人。”

“这儿又没别人——只有米莉森特，而她——”

“哦，我会很高兴看你们下棋的！”我们这共同的朋友叫道——“这么两位棋手——会是相当有劲的！我可要看看谁会赢。”

于是我同意了。

“来吧，亨廷顿太太，”哈格雷夫说，一边把棋子排列在棋盘上，用一种强调的语气把话说得十分清晰，仿佛他的每个词儿都有双重含义似的，“你是个好手——可是我却更胜你一筹；我们要花很长时间来玩一局，你会给我一些麻烦的；不过我可以同你一样的有耐心，而且最终我当然会赢的。”他用一种我所不喜欢的目光盯着我——锐利、狡猾、大胆而几乎是无礼的，对于自己所预期的胜利已经有几分得意了。

“我希望不是这样，哈格雷夫先生！”我反驳道，口气激烈得肯定至少使米莉森特吃了一惊；但是他只置之一笑，并且低声说：

“让时间来证明吧。”

我们开始下棋了；他对这游戏的兴趣相当浓，可是由于明知自己棋艺高超，便显得心安理得、无忧无虑；而我则热切地希望使他的期望落空，因为我把它看做一种更为严肃的竞赛——我料想他也是这样看的——而且我有一种近似迷信的感觉，生怕输掉；无论如何，我不能忍受目前这场胜利将再增添一点他已意识到的力量（我应当说，是他目空一切的自信），或者会有片刻工夫鼓励他梦想在将来赢得爱情。他小心翼翼、深思熟虑地下着棋，而我则竭力与他对抗。有一段时间，双方不相上下；使我高兴的是终于胜利似乎倾向于我这一方了，因为我吃掉了他好几只最关键的棋子，显然使他的计划受到了挫折。他把一只手按在额上，踌躇着，显出困惑的神情。我因自己占了优势而高兴，但是还不敢得意起来。最后他抬起头来，从容不迫地下了一步棋，镇定地看着我说：

“喂，你想你会赢的，是不？”

“我希望是这样，”我答道，同时用我的“象”吃掉他刚才那么漫不经心地送上门来的“卒”，我以为这是出于他的疏忽，但既然如此，我就没有去提醒他，这是不够宽大的，但当时我也太掉以轻心，以致没有预见到自己那一着的后果。

“就是这些‘象’使我头疼，”他说，“不过勇敢的‘马’能够跃过这位可敬的绅士[1]，”说着便用他的“马”吃掉我的最后一只“象”——“好啦，一旦这些神圣的人物统统给除掉了，我就可以所向披靡了。”

“哎哟，沃尔特，你说得多轻松呀！”米莉森特嚷道——“她还有比你多得多的棋子哩。”

“我还要叫你头疼呢，”我说，“先生，也许要到你被将死后，你才恍然大悟哩。小心你的‘王后’。”

战斗深入发展。这盘棋确实下得很久，我也确实使他头疼；不过

---

① 指“象”，因为在国际象棋中原名为bishop，意为“主教”。

他的棋艺确实比我高强。

“你们这两个赌棍赌兴多浓呀！”哈特斯利先生说。他已经进屋来观战了一会儿了。“啊唷，亨廷顿太太，瞧你的手抖得好像你把身家性命全都押下作赌注了！而沃尔特——你这狗东西——你看上去既莫测高深又泰然自若，好像认为自己必胜无疑似的——既急切又残忍，好像要把她心里的血喝干似的！——不过换作我，我是不会叫她吃败仗的，就为了害怕，因为，要是你打败了她，她准会恨你的——老天在上，她准会的！——我从她的眼神里看到了。”

“闭上你的嘴，好吗？”我说——他的话使我分了心，因为我已经陷入绝境了。再走几步棋子，我就会被对手的罗网缠得脱不了身。

“将——”他喊道，我痛苦地寻找出路——“军！”他虽然小声添上这个字，却显然十分高兴。他故意推迟说出后面这毁灭性的字，为的是要更好地欣赏我惊愕的神情。我被这个结局搞得仓皇失措，大出洋相。哈特斯利笑了；米莉森特见我如此不安感到难过。哈格雷夫把一只手按在我搁在桌上的那只手上，坚定而又温柔地紧握住它，轻声说道，“你输啦——你输啦！”一边盯住我的脸，在他的眼神中，得意的神色和炽热而温柔的表情交融在一起，而后面这种表情使我感到更受侮辱。

“不，决不，哈格雷夫先生！”我急忙抽回我的手，大声说。

“你否认吗？”他反驳道，一面带着笑指指棋盘。

“不，不，”我回答道，想起自己的举止一定显得很古怪，“你赢了我这盘棋。”

“那么你要再下一盘吗？”

“不要。”

“你承认我比你优越了？”

“是的——作为一名棋手。”

我站起来去重新干我的活儿。

“安娜贝拉在哪儿？”哈格雷夫扫视房间一周后，严肃地问。

“跟洛勃罗勋爵一起出去了，”我答道，因为他望着我等我回答。

“而且还没有回来！”他一本正经地说。

“我想是吧。”

“亨廷顿在哪儿？”他又扫视一周。

“跟格里姆斯比一起出去了——这你是晓得的，”哈特斯利说这话时忍住了笑，说完话才扑哧一声笑出来。

他为什么笑？哈格雷夫又为什么把他们这样联系起来？那末真有其事吗？——难道这便是他要透露给我的那个可怕的秘密？我一定得知道——而且要快。我立即站起来，走出房去找雷切尔，要她对她的话作出解释；可是哈格雷夫先生跟着我走进了前室，我还来不及打开通外边的那扇门，他伸过手来轻轻地按在门锁上。

“我可以告诉你一件事吗，亨廷顿太太？”他压低嗓门说，眼睛向下看，神情严肃。

“如果是值得一听的话，可以，”我回答，一边极力使自己镇定下来，因为我的四肢都在发抖。

他默默地朝我推来一张椅子。我仅仅把一只手靠在椅子上，就吩咐他往下说。

“别惊恐，”他说，“我要说的事本身并没什么了不起，我会让你自己从中作出推断。你说安娜贝拉还没有回来？”

“是的，是的——说下去呀！”我不耐烦地说，因为无论他要透露的是什么，我担心他的话还没有讲完，我的强作镇定的态度就会坚持不下去。

“你还听说，”他接着说，“亨廷顿是跟格里姆斯比一同出去的？”

“这又怎么样？”

“我听见后者对你的丈夫——也就是那个自称是你的丈夫的人——说——”

“说下去呀，先生！”

他表示服从地鞠了一躬，便接着说，“我听见他说——‘我会安排的，到时候你就会明白！他们是沿着那个水池走去的；我要到那边去找他们，告诉他我有一些没必要打扰夫人的事要跟他谈一会儿；于是她会说她可以走回屋去，接着我就道歉，如此这般，这你明白，然后向她眨眼示意要走有灌木丛的那条路。我会把他留在那儿谈那些我已提及的和任何其他我能想得出的事，尽可能把他留得久些，然后带他走另一条道，半路上站住了看看树木、田野和任何我能借题发挥的东西，’”哈格雷夫说到这里，顿住了，对我望着。

我对此不置一词，也不再问什么，便站起来，从房间里直冲到屋外。我无法忍受疑信参半的折磨了，我既不愿意凭这个人的告发瞎怀疑我的丈夫，也不能给予他所不配有的信任——我必须马上知道真相。我朝灌木丛飞奔而去。我刚刚到达的时候，就听见说话声，便中止了使我气喘吁吁的飞奔。

“我们逗留得太久了，他要回来了，”传来洛勃罗勋爵夫人的声音。

“哪里会，最亲爱的！”他这么回答，“不过你可以穿过草坪奔去，尽可能悄悄地走进屋去，我过一会儿再跟来。”

我的膝盖在下面发抖，头脑发晕，眼看就要晕倒了。决不能让她瞧见我这副模样。我在灌木丛中蜷缩着，靠在一棵树的树干上，让她在我面前走过去。

“啊，亨廷顿！”她在前一天夜晚我与他一同站着的那地点停下了步，嗔怪道——“你就在这儿吻了那个女人！”——她朝身后树叶茂盛的阴影中望去。他走上前来，漫不经心地笑着回答：

"唉，最亲爱的，我没办法啊。你也知道，我必须尽可能长久地跟她维持好关系。难道我没有见过你吻你那个蠢货丈夫几十次吗？——我可曾抱怨过？"

"可是告诉我，难道你还爱她——还有一点儿？"她说时把一只手按在他的手臂上，热切地望着他的脸——由于月光透过遮住我的树枝之间的空隙正好照在他们身上，我能把他们看得一清二楚。

"一点儿也不，我向天起誓！"他答道，吻了吻她那容光焕发的面颊。

"天哪，我一定得走了！"她说着，倏地摆脱了他，飞奔而去。

他站在那儿，就在我的面前；但是此刻我鼓不起勇气去面对他；我的舌头粘在上颚上，我几乎快要倒在泥地上了，并几乎感到奇怪，他居然没有听见我的心跳声，它压过了风的飒飒声和落叶的阵阵瑟瑟声。我似乎失去了知觉，但还是能看见他那模糊的身影在我面前经过，虽然我耳朵里响着隆隆声，他站住了朝草坪望去时所说的话我仍能听得清清楚楚。

"那个蠢货来啦！快跑，安娜贝拉，快跑！得——快躲进去！啊，他没有看见你！做得对，格里姆斯比，留住他！"甚至他走开时发出的轻轻的笑声我都听得见。

"上帝快帮助我！"我低声说，在我周围的湿漉漉的野草和灌木丛中双膝跪下，透过头上那些稀稀拉拉的树叶，抬头望着月光照亮的天空。由于视力模糊了，眼前的一切似乎都是朦朦胧胧的，在颤动摇晃着。我那火热而快要爆炸的心拼命要把它的痛苦向上帝倾吐，但又没法用祈祷来表达它的苦恼；直到后来有一阵风向我刮来，它把枯叶有如已成泡影的希望那样吹得四散飞扬，同时也使我的前额感到清凉，似乎使我衰弱无力的身躯振作了一些。接着我在热切的默祷中振奋了精神，这时似乎有一股神示的力量使我的内心坚强起来，我的呼吸变得不那么急促了，视力也清晰了，我清楚地瞧见那轮纯洁无瑕的明月照耀着，还有轻盈的云朵掠过清澈的夜空；接着我瞧见永恒的群星向下朝我闪烁着；我知道它们的上帝也是我的上帝，而且上帝的拯救是强有力的，倾听祈祷也是迅速的。从无数的天体之上似乎传来这句轻声的话语："我总不撇下你，也不丢弃你。"[1]不，上帝不会的；我感觉到上帝不会撇下我，使我得不到安慰，尽管得经过尘世和地狱，我应该有力量去应付种种考验，最终赢得光荣的安息！

我重新振作起来了，虽然还没有镇定下来，倒已得到了鼓舞。我站起身来，回到屋里。我承认，当我走进屋子，把新鲜的空气和灿烂的天空关在门外后，我的新产生的力量和勇气大部分离开了我；我所见到和听到的一切——门厅、灯、楼梯、各扇房门，从客厅里传来的社交性的谈话声和笑声——都使我从心里感到厌恶。我怎样能忍受未来的生活啊？就住在这幢房子里，生活在这些人当中——唉，我怎么受得了啊！正在这时候，约翰走进门厅来，瞧见了我，对我说他是受差遣来找我的，还说他已经把茶端进去，老爷问我是否就会去。

"约翰，请哈特斯利太太招待用茶点吧，"我说。"说我今晚不大舒服，请原谅我不能来了。"

我躲进那空无一人的大餐厅，里面静悄悄的，一片黑暗，只听得风在户外轻声地悲鸣着，微弱的月光穿过百叶窗和窗帘透进屋里来；在那儿，我快步来回踱着，独个儿悲痛地思索着。眼前这情况与昨晚多么不同啊！看来那是我一生幸福在终止前所射出的最后一道闪光。我原先那么快活，真是个可怜的瞎眼傻子！我现在明白了那一回阿瑟在灌木丛里接待我的态度为什么那么古怪：那勃发的情分原是给他的情妇的，而所以吃惊是因为见到的却是他自己的妻子。现在我也更清

---

① 引自《圣经·新约·希伯来书》第13章第5节。

楚地理解哈特斯利和格里姆斯比两人之间的那席对话了：他们谈及的他的爱情无疑是对她，而不是对我而言的。

我听见有人打开客厅的门，传来一阵轻快的脚步声，从前室出来，穿过门厅上楼去。那是米莉森特，可怜的米莉森特，她是去探望我的——没有其他人关心我，只有她仍是友爱的。以前我没有流过泪，可是现在却哭了——泪水簌簌而下。就这样，她没有向我走近来倒使我觉得好过。她没有找到我，我听到她下楼来的脚步声——步子比上楼时慢些。她会不会走进这屋子发现我呢？没有，她朝相反的方向走去，又走进了客厅。我感到庆幸，因为不知道见到她时该怎么办，也不知道该说些什么。我在悲痛中不要知心人。我不应当有——而且我也不要。是我自己挑上这副担子的，就让我独个儿去承受吧。

由于接近通常就寝的时候了，我便擦干眼泪，清清嗓子，使自己镇定下来。今晚我一定得见到阿瑟，跟他谈谈；不过我要心平气和地谈，不要吵架——对他的朋友们无所抱怨，也无所夸耀——关于他的情妇也无所嘲笑。我听见大伙儿都进了各自的寝室，便轻轻地打开房门，此时他正走过，便招手要他进屋来。

"你怎么搞的，海伦？"他说。"你为什么不能来招待我们喝茶？你究竟躲在这儿黑暗里做什么？你哪儿不舒服，年轻的女人——你看上去就像个鬼？"他凭借他手里的烛光打量我，接着又说道。

"没什么关系，"我答道——"对你来说没什么关系——看来你已经不再关心我；我也不再关心你了。"

"嗨！这究竟是怎么回事？"他轻声问道。

"我明天要离开你，"我接着说，"要不是为了我的孩子，我再也不会再进这房子——"我顿住了，稳定一下我的嗓子。

"这到底是怎么回事呀？海伦？"他嚷了起来。"你是什么用意呀？"

“你自己完全清楚。我们别作无谓的解释来浪费时间了，只要告诉我，你——”

他激烈地赌咒说自己什么也不知道，坚持要知道是哪个恶婆子诽谤了他的名声，而我竟愚蠢得轻信了那些无耻的谎言。

“你还是别白费心机去发伪誓并且绞尽脑汁去用谎言来蒙蔽真相吧，”我冷冷地答道。“我并没有听信任何第三者的证言。今晚我在灌木丛里，亲眼看见、亲耳听到了一切。”

这句话顶用了。他发出一声半抑制的沮丧的惊叫，咕哝道，“我现在可要受惩罚了！”说着把手中的蜡烛放在最靠近的一把椅子上，把背靠在墙上，抱起两臂面对我站着。

“好吧！那末怎么办？”他问道，态度镇静而蛮横，既厚颜无耻又气急败坏。

“只有这个办法，”我答道，“你让我带上我们的孩子和我剩下的财产走，好吗？”

“到哪儿去？”

“随便哪儿都行，只要是个他不会受到你的坏影响的玷污的地方，而我则可以免于同你见面——你也可以免于同我见面。”

“不行——我决不同意！”

“那末让我带走孩子而不带走钱，行吗？”

“不行——也不能让你不带孩子，自己走掉。你以为我会愿意因你这种爱挑剔的任性作风而让四乡的人说我闲话吗？”

“这么说我非得留在这儿，让人恨，让人瞧不起啰？——不过从此以后，我们只是名义上的夫妻了。”

“很好。”

“我是你孩子的母亲，是你的女管家——此外，什么也不是。因此你不必再费心去装出你不能体会到的爱情了，我也不再会向你强求毫无心肝的爱抚——也不会给你——这两者我都受不了——你把夫妻恩爱的实质给了另一个人，而把空壳给我，我可不愿受这种愚弄！”

“很好——随你的便吧。我们等着瞧谁先感到厌倦吧，我的太太。”

“如果我感到厌倦，那将是厌倦和你一同活在人世间，而不是厌倦不受你的爱情愚弄而活着。等到你对自己罪孽深重的作风厌倦了，并且有真心悔改的表现时，我会宽恕你——也许还会试着再爱你，尽管那确实会是难于做到的事。”

“哼！——在这期间，你会去对哈格雷夫太太大谈我的事，还会写一封封长信给马克斯韦尔姑妈，向她诉说你嫁了个坏蛋，是吗？”

“我不会对任何人诉苦。到目前为止，我一直尽力不让别人看到你的罪恶，同时赋予你从未有过的种种美德——不过从现在起你得照管自己了。”

说完我离开了他，听见他自言自语着骂人的话，我便上楼去了。

“太太，你看上去身体不舒服啊，”雷切尔十分担忧地观察着我，说道。

“雷切尔，事情再确实不过了！”我说，与其说我是在答复她的话，还不如说是对她悲哀的面容作出了反应。

“我知道那事——否则我是不会提起这种事情的。”

“不过你不必为此事烦恼，”我说，吻吻她那被岁月摧残的苍白的面颊——“我忍受得了——超过你所料想的程度。”

“是啊，你是一向主张要‘忍受’的——换了我，就不愿意忍受——我会发泄出来，马上大哭一场的！——我还会说出来，我就是要说——我要让他知道那是怎么回事——”

“我已经谈过了，”我说。“我谈得已够多了。”

“那末我就要哭，”她坚持说。“我不会弄得脸色这么苍白，神态这么平静，并且不会由于把悲痛藏在心里而把心都胀破！”

“我哭过的，”尽管心里难过，我却微笑着说，“而且我现在确实平静了，真的，因此别再使我烦恼了，保姆；我们不要再谈这件事吧——也别对用人们提这事——好啦，现在你可以走了。晚安——不要让我的事打扰你的休息；我会睡得好好的——要是我做得到的话。”

尽管下了这样的决心，我仍发现躺在床上无法忍受，因此不到二点钟就起了床，用还在燃烧着的灯草芯蜡烛点燃了我的蜡烛，走到书桌前，就穿着晨衣坐下来，详细写下刚过去的晚间所发生的那些事。这么做要比躺在床上让久已过去的往事和预料中的可怕的未来折磨着自己的脑子为好。我描述着打破我内心平静的那些情况，以及与发现那些情况有关的琐琐碎碎的细节，觉得可以减轻痛苦。今晚即便睡着了也不可能使我的心境如此平静，并作好准备应付次日将遇到的考验——至少我是这样认为的——然而等我停下了笔，却发现自己头痛得厉害；我朝镜子里望去，被自己那憔悴的面容吓了一大跳。

雷切尔刚帮我穿好衣服，她说能看出我痛苦地挨过了一宵。米莉森特刚来探望过我。我告诉她已经好些了，不过为了给自己的外貌作辩解，我承认晚上没有睡好——我多么希望这一天已经过去了！我想起得下楼进早餐，不禁打了个寒噤——我如何去见所有的人呢？——然而我得记住，犯罪的并不是我，我没有理由该担心；而且倘若他们因我是他们犯下的罪的牺牲品而瞧不起我，我可以怜悯他们的愚蠢、藐视他们的奚落。

第三十四章
隐　瞒

同日晚上。进早餐的那段时间顺利地度过了，我自始至终既沉着又冷静。我镇静自若地回答了涉及我的健康情况的所有询问；他们普遍把我的神情和态度中的任何异常之处，都归因于昨晚促使我提早去休息的那场小病。可是在他们走之前还得度过的那十或十二天，我该怎么熬过去呢？然而为什么如此巴不得他们快离去呢？等他们走了，我将怎样同这个人一起挨过我未来生活的那些岁月？——他是我最大的敌人——因为没有人会像他那样伤害我。唉！当我想到自己曾经多么深情、多么愚蠢地爱过他，多么着迷地信任过他；为了有助于他，我还如何不懈地工作、思索、祈祷和努力过；而他却尽其所能地——多么残忍地践踏我的爱情，辜负我的信任，藐视我的祈祷、眼泪以及为了保护他而作的种种努力——扑灭了我的希望，摧毁了我青春的最美好的感情，让我注定将绝望悲惨地过一生——要是说我如今不再爱我的丈夫了是不足以说明我的感受的——我如今痛恨他！这个词儿就像有罪之人的供词那样瞪着我的脸，然而这是事实，我恨他——我恨他！——可是上帝怜悯他这可怜的灵魂吧！——使他看到并感觉到自己的罪行——我不求其他方式的报复！只要他能彻底意识到并真正感觉到我所受的冤屈，我也就算是报了仇了；我也就能饶恕一切；可是他已丧尽天良，已堕落到如此冷酷无情而麻木不仁的地步，我相信这是他在此生绝对做不到的了。因此继续细想这一点是徒劳无益的，还是让我再一次用对往事细节的描述来打消这种思绪吧。

哈格雷夫先生整天对我所表现的那种认真、同情而又（他自认为是）谦逊的彬彬有礼的态度惹得我很生气——要是他不那么谦逊，我就不会那么烦恼，因为那样我就可以给他没趣；可是既然他力图显得那么真诚地友爱和体贴，我这么做也就没法不显得粗暴而忘恩负义了。有时候我觉得该称赞他竟然能如此逼真地装出有好感的样子；不过鉴于自己处在如此特殊的情况下，我认为自己是应当怀疑他的。他的友好态度可能不完全是伪装的，可是仍然切不可让我纯然出于一时的感激而使自己忘乎所以；且让我记住下棋时的情况，他当时使用的词语，他那些无法形容而有充分理由惹我发火的表情，所以我认为自己将会很安全的。我干得很好，把那些情况这么详细地都记下来了。

我想他希望找个机会同我单独谈话，看上去他一整天都在留意着！可是我一直注意着使他的希望落空；我这么做并非担心他会讲些什么，而是因为没有他来给我添上使我感到凌辱的种种慰问话，或者任何他可能试图说的话，我的烦恼已经够多了；而且为了米莉森特的缘故，我不希望同他争吵。他借口要写信，早上没有陪其他先生们出去打猎；然而却吩咐用人把他的文具匣拿到我、米莉森特和洛勃罗勋爵夫人坐着的上午使用的起居室里来，而不退到书房里去写信。他们做着各自的工作；我呢，与其说是为了要岔开我的思绪，不如说是表示不赞成谈话，给自己准备了一本书。米莉森特看出我希望保持沉默，也就不来打扰我。毫无疑问，安娜贝拉也看出了这一点；但是这并不能成为她应当管住舌头或者抑制她那愉快情绪的理由；于是她便东拉西扯地谈开了，几乎完全只对我一个人讲，态度极为自信和亲昵；她谈得越热烈和友好，我的答话也就越冷淡而简短。哈格雷夫先生看出我受不了，便把他朝着信纸的眼睛抬起来，尽可能代替我答复她的问话和评论，并且试图把她对我的应酬话转移到他自己身上；可是办不到。她也许以为我在头痛，因而没法多讲话——至少她看出自己的健谈使我着恼，因为我可以从她恶意地坚持那么做来断定这一点。不过我把自己一直试图阅读的那本书放在她的手中后，便有效地制止了她，因为事先我在书的扉页上匆匆写下了这样一段话：

"对于你的性格和品行我太了解了，因而对你没法怀有真正的友谊，又由于我没有你那种弄虚作假的本领，我也就没法装模作样。因此我必须请求在我们两人之间今后终止一切亲密的交往；再说，即便我对你仍然继续以礼相待，似乎把你当作一位配受尊重和崇敬的女人，你要明白，这是出于对你表妹米莉森特的而并非你的感情的尊重。"

她看了之后，脸涨得通红，咬住了嘴唇。她暗地里撕下那页纸，把它揉成一团扔进炉火，接着便顾自一页又一页地翻起那本书来，也许是真正地也许是装着在阅读。过了一会儿，米莉森特宣布说她要去育婴室，问我要不要同她一起去。

"安娜贝拉会原谅我们的，"她说，"她正忙着看书呢。"

"不，我不同意，"安娜贝拉倏地抬起眼来，把书扔在桌子上。"我要跟海伦谈一会儿话。你可以去，米莉森特，她过一会儿就来。"（米莉森特走了。）"海伦，你肯奉陪吗？"她接着问我。

她的厚颜无耻使我大吃一惊；不过我照办了，便跟她走进书房。她把门关上，走到壁炉前。

"谁告诉你这事的？"她问。

"没人。我又不是自己没长眼睛。"

"嘿，你是多疑！"她大声说道，带着一线希望地微笑了——到此为止，她那大胆的态度中还有一种绝望的意味，现在她却显然松了一口气。

"我要是真的多疑的话，"我回答说，"我早就会发觉你们的丑事了。不，洛勃罗勋爵夫人，我并非凭我的猜疑才指责你的。"

"那末你凭的是什么？"她一边说一边投身到一把扶手椅中，伸出双腿，把脚搁在壁炉围栏上，显然竭力装出镇静自若的模样。

“我同你一样，喜欢在月下漫步，”我眼睛死盯住她，答道，“而且正巧那灌木丛是我爱去之处。”

她又脸红了，红得厉害，但保持着沉默，一只手指紧按在牙齿上，向炉火凝视着。我满怀恶毒的快感注视了她一会儿，接着朝房门口走去，平静地问她还有没有什么话要说。

“有，有！”她起劲地嚷道，蓦地改变她那斜倚的姿态，跳起身来。“我要知道你会不会告诉洛勃罗勋爵？”

“假如我告诉呢？”

“唔，要是你有意公开这件事，我当然不能劝阻你——不过如果你这么干，事情会很糟糕——而如果你不这么干，我就会认为你是世上最宽宏大量的人——此生如有任何事我能为你效劳的——任何事，除了——”她支支吾吾地顿住了。

“除了让你放弃你同我丈夫的不正当关系，我想你要说的是这句话吧，”我说。

她不做声，显然觉得困窘，茫然不知所措，神情中夹杂着她不敢流露的怒气。

“放弃比生命更可贵的东西，我做不到，”她咕哝道，嗓音低沉而急促。她随即突然抬头，用那双闪闪发亮的眼睛盯住我，诚挚地往下说，“可是海伦——或者亨廷顿太太，或者随便你要我如何称呼你都行——你会告诉他吗？如果你是宽宏大量的，这儿有个发挥你这种气质的适当机会；如果你是高傲的，那末我——你的情敌——在此愿意承认自己是你这最最高尚的克制行为的受惠者。”

“我不告诉他。”

“你不告诉！”她高兴地嚷道。“那末请接受我的衷心感谢！”

她猛地跃身而起，向我伸过手来。我缩了回去。

“不必谢我；我并不是为了你才克制自己的。而且这也不是什么克制行为。我并不想公开你的可耻行为。我不忍心让你丈夫因知道你这丢脸事而悲痛。”

“那末米莉森特呢？你会告诉她吗？”

“不会，正相反，我会极力瞒过她。我决不赞成让她知道她亲戚的不光彩的丑事！”

“亨廷顿太太，你把话说得太重了——不过我可以原谅你。”

“听着，洛勃罗勋爵夫人，”我接着说下去，“让我劝你尽快离开这幢房子吧。你该知道你继续待在这儿使我极不愉快——并非因亨廷顿先生的缘故，”我从她的脸上看出她因得意而露出一丝恶毒的笑意——“对我来说，如果你喜欢他的话，他是尽可以欢迎你的——可是由于要我老是隐瞒着对你的真实感情，竭力对一个我丝毫不尊敬的人保持着有礼貌和尊重的外表，这就使我痛苦之极；还因为在这幢房子里如今只有两个人还不知道你的所作所为，你要是再待着，就不可能再瞒住他们多久。再者，为了你丈夫的缘故，安娜贝拉，而且甚至为你自己的缘故，我希望——我真诚地劝告并恳求你马上结束这种不正当的关系，在还没发生可怕的后果之前再承担起你的义务——”

“好，好，当然可以，”她用不耐烦的手势打断了我的话。——“可是，海伦，还没到我们所约定离去的日子我是没法走的。我能设想出什么讲得通的借口来这样做呢？无论我提出要独个儿回家去——对此洛勃罗是决不会同意的——还是和他同走，这件事本身就肯定会引起猜疑——而既然我们的来访已经这么接近结束了——还只有一星期多一点儿了——你谅必能容忍我再待这么久吧！我不想再用不恰当的友好态度来惹你生气了。”

“好吧！我再没有什么话要对你说的了。”

“你对亨廷顿提起过这件事没有？”我正要离开房间的时候，她问道。

“你怎么胆敢对我提到他的名字！”我仅仅这样答复了她。

从此以后，除了顾全表面上的礼仪或者纯然出于必要的这一类情况外，我们彼此不再说话了。

第三十五章
挑　衅

19日——随着洛勃罗勋爵夫人知道她无须对我存有任何戒心，又由于分手的日子近了，她也就变得更加肆无忌惮而目空一切了。在近旁没有别人的时候，她便毫无顾忌地当着我的面亲昵地对我丈夫说话，尤其喜欢表现出对他的健康和幸福或者任何与他有关的事的关注，仿佛是为了要用她的多情的关怀来衬托出我的无情的冷漠。而作为报答，他向她频频微笑，用那样的眼光瞟着她，时而窃窃私语，时而厚着脸皮说些含沙射影的话，表示注意到了她的好意和我的怠慢，以致使得我不由自主地脸涨得通红。因为我原是打定主意不把这一切放在心上，对他们之间所发生的一切都充耳不听、视若无睹的，因为我越显出自己觉察到他们的恶毒，她对自己的胜利就越得意，他也就越自以为我仍旧忠诚地爱着他，尽管我装出毫不在乎的样子。在这种场合，有时候我会被一种微妙而恶毒的启示吓了一跳，它煽动我装着去鼓励哈格雷夫来接近我的样子，让阿瑟看到我对他的反感；不过这种念头在一瞬间便被惊恐和自贬的感觉所排斥；于是我比以往更恨他十倍，因为是他促使我如此的！——求上帝宽恕我这个念头——以及我一切邪恶的念头吧！我的种种苦恼并没有使我变得谦卑和纯洁，却觉得它们正在使我的性格变得刻毒。这肯定是我的过错，同样也是虐待我的那些人的过错。凡是真正的基督徒都不可怀有像我对他和她所怀有的那种仇恨——尤其是对后者；对于他，我仍然觉得自己可以宽恕——宽大而乐意地——只要他有丝毫后悔的表示；可是对于她——我对她的憎恨是无可言喻的。理智禁止我如此，感情却极力怂恿着我；我必须祈祷和作长期努力，才得征服这份憎恨。

她明天就要走了，这是好事，因为她再待一天我会受不了的。今天早晨她比平时起身得早。我下楼吃早餐时，见她独个儿在餐厅里。

“啊，海伦！是你吗？”我进屋时，她扭头向我说道。

我见到了她，不自觉地退缩了一下，她见状发出一声短促的笑声，说道：

“我想我们俩都感到失望了吧。”

我走上前去，忙着准备早餐的用具。

“今天是我麻烦你招待我这个客人的最后一天了，”她就着餐桌坐下的时候说。“啊，有个对此不会感到高兴的人来啦！”阿瑟进屋来的时候，她半自言自语地轻声说。

他同她握手，向她道早安，然后深情地望着她的脸，一边仍然握着她的手，一边用悲哀的声调咕哝道：

“最后——最后的一天！”

“是啊，”她带着几分严厉的口气说，“我特地起了个早，要充分利用这一天——我独个儿在这儿已经待了半小时，而你呢，你这个懒鬼——”

“唔，我还自以为也起得很早呢，”他说——“可是，”他把嗓音压低到几乎是耳语的程度，又说道，“你看这儿不光是我们两个人啊。”

“我们从来不能单独相处，”她回答说。不过他们几乎等于旁无他人，因为此时我正站在窗前，望着云朵，极力克制着愤怒。

他们又相互说了几句话，幸而没有传到我的耳中；可是安娜贝拉竟然厚颜无耻地走过来，在我身旁站住了，把一只手搁在我的肩膀上，轻声说道：

“海伦，你不必舍不得他，因为我爱他胜过你可能爱的程度。”

这句话使我完全失去了自制力。我一把抓住她的手，猛地从我肩上甩开，再也无法不让憎恶和愤怒的神色流露出来了。我这一突然的爆发，使她吓了一跳，几乎达到震惊的程度。她默不作声地退缩回去。要不是阿瑟的低沉的笑声使我清醒过来，我是会狂怒起来，再说出一些话的。我忍住了已到嘴边的恶骂话，轻蔑地转身走开，懊悔给了他这么大的乐趣。等到哈格雷夫进屋来时，他还在笑。我不知道刚才那情况他瞧见了多少，因为他进来时，门是半开着的。他向他的男主人和表妹冷淡地招呼了一下，并用一种有意表示最深切的同情的眼光望着我，其中还夹杂着高度的爱慕和尊敬。

“你还有多少义务向那个男人效忠？”他走近窗前，站在我身旁，装出是在谈天气，悄悄地这样问道。

“一点儿也没有，”我答道，接着便马上回到餐桌边，着手沏茶。他跟了过来，要不是其他的客人开始集合，他还会同我进行某种谈话的。于是除了端咖啡给他，我就不再注意他了。

早餐后，我决定在这一天里尽可能避免和洛勃罗勋爵夫人在一起，便悄悄地离开了大家，躲进书房。哈格雷夫先生借口要来找本书，尾随而来；起先他转向书架，挑选了一本书；接着悄悄地、但决非胆怯地走近我，在我身旁站住，一手搁在我的椅背上，柔声说道：

“这么说你终于认为自己是自由的了？”

“是的，”我一动不动，也不把盯住书本的眼睛抬起来，说道——“除了冒犯上帝和我自己的良心之外，我有自由做任何事。”

一时双方都没有话。

“完全正确，”他说，“假如你的良心不是过于病态地温柔，假如你关于上帝的想法不是有失于过于严厉的话，你这句话就完全正确了；但是去使一个愿意为你的幸福而死的人得到幸福——在对你或者其他任何人都无丝毫损害的情况下，去把一颗忠诚的心从炼狱的折磨中解脱出来，使之进入天国的极乐境界中去，难道你能以为这么做会触怒那位仁慈的上帝吗？”

他向我弯下身子，用低沉而诚挚的使人陶醉的声音说了这一番话。此时我抬起头来，目不转睛地面对着他的凝视，镇定地答道：

“哈格雷夫先生，你是有意要侮辱我吧？”

这句话完全出乎他的意料。他一时说不出话来，然后从震惊中恢复过来；接着挺直了身子，把手从我的椅子上挪开，傲慢而又悲哀地说道：

“我并无此意。”

我仅仅朝房门望望，头微微摆了一下，接着便照旧看我的书。他立即走了。我这么做要比用更多的话回答他为好，又何况我说话的时候必然会凭最初的冲动，情绪激昂起来。一个人能够控制自己的情绪，这是件多么了不起的事啊！我必须努力培养这种极为宝贵的品质。只有上帝知道，在我前面的这条崎岖而黑暗的道路上，我将会多么时常需要它啊。

在早上这一段时间里，我同两位太太一起驾车去园林庄园，好让米莉森特有个向她母亲和妹妹告别的机会。她们说服她留下来和她们一同度过这一天余下的时光，哈格雷夫太太答应到晚上送她回来，再一直待到次日这些聚会的人各自回家的时候。从而只剩下洛勃罗勋爵夫人和我一同坐马车回去了。在开头的一两英里的路途中，我们两人都不吭声，我望着我这边窗外的景色，她倚在她那边的角落里。不过我并无意要约束自己，特别为她腾出一点儿位置；我刚才向前探出身子，眺望着一排排黄褐色的树篱和它们边坡上杂乱的湿草，阴冷的风朝我的脸上扑来，后来我感到厌倦了，便不再去看它们，也向后靠在座位上。我的同伴以她惯常的那种厚颜无耻的态度试着要同我交谈；可是她那几句话从我嘴里至多只能引出诸如“是”、“不”或者“哼”这些单音节词来。最后她为某个无足轻重的论点征求我的见解，我答道：

“洛勃罗勋爵夫人，你为什么要同我谈话？——你一定知道我对你这人的看法的。”

“好吧，如果你非要同我做死对头，”她回答说，“那我也没有办法——不过我决不愿为任何人而生气。”

这时我们的短短旅程结束了。马车门一打开，她便跳出车去，向花园的那一头走去，迎接刚从树林里回来的先生们。我当然没有跟着去。

不过她对我的那种恬不知耻的态度还没有了结——晚餐后，我像平时一样退到客厅里去，她伴随着我，不过我带着两个孩子，把注意力全部集中在他们身上，并且决定留住他们直到先生们也来到客厅里，或者直到米莉森特和她母亲到达。可是不久小海伦不想玩了，一定要睡觉。我坐在沙发上，让她躺在我的膝上，小阿瑟则坐在我一旁，轻轻地抚弄着她的淡黄色柔发。这时候，洛勃罗勋爵夫人镇静自若地跑过来，在我的另一旁坐下。

“亨廷顿太太，”她说，“明天你就可以不见到我了，对此你无疑是会很高兴的——你自然会这样的——不过你可知道我帮了你一个大忙吗？——要我告诉你是什么事吗？”

“我很高兴听听你帮了我什么忙，”我说，决意要自己保持平静，因为从她的口气我知道她存心要惹我恼火。

“好，”她接着说下去，“你难道没有注意到亨廷顿先生的那种有益的变化吗？你难道没有瞧见他已经变成头脑清醒而饮酒有节制的人了？我知道你过去见他养成那些糟透的习惯很难过；我也知道你尽了最大的力量要他革除那些习惯——可是却毫无成就，直到我来帮助你。我只用几句话告诉他，说我不忍眼看他使自己如此堕落，说我将不再——我告诉了他什么，这无关紧要——可是你瞧见了我所起的改造作用；为此你得感谢我才是。”

我站起来去打铃让保姆来。

“不过我并不希望得到感谢，”她接着说，“我要求的报答只是：我走了以后，请你好好照料他，对他别太严厉，也不要忽视他，以致把他赶回到老路上去。”

我气得几乎晕过去，不过此刻雷切尔来到了门口；我便指指孩子们，因为我没有把握自己能否平静地说话；她把他们领走了，我也尾随而去。

“好吗，海伦？”那个说话人追问道。

我朝她盯了一眼，我的眼光顿时使她那恶毒的笑容收敛起来——或者说，至少暂时制止了她的微笑——接着便走了。我在前室里遇见哈格雷夫先生。他看出我没有听人说话的心情，便默不作声地让我走过去。我在书房里独个儿待了几分钟，已经恢复了镇静，由于刚听见哈格雷夫太太和米莉森特下楼走进客厅，我便走回去要和她们待在一起——这时见到他还在前室里，逗留在这灯光暗淡的房间里，显然是在等我。

“亨廷顿太太，”我穿过那房间时，他说，“能允许我同你说一句话吗？”

“那末你要说什么？——请快说吧。”

“今天早上我冒犯了你；你生了我的气，叫我没法活下去。”

“那就‘去吧，从此不要再犯罪了’[①]，”我说着就转过身去。

“不，不！”他忙不迭地说，挡住了我的去路——“原谅我，我非得到你的宽恕不可。明天我就离开你，可能就此再没有机会同你说话了。我错了，竟然忘乎所以——也忘了你的身份；我恳求你不念既往，宽恕我的鲁莽放肆，就当我从来没有说过那些话；因为，请你相

① 引自《圣经 · 新约 · 约翰福音》第 8 章第 11 节。

信我，我痛悔自己说了那些话，而失去你的尊敬是对我太严厉的处罚——我实在受不了。”

“健忘不是可以凭一个人的愿望就能得到的；我无法把我的敬意赋予所有希望得到它的人，除非他们也值得我这样做。”

“只要你宽恕我这次冒犯，我将会认为，把此生用来尽力使自己值得你的尊敬，就不算虚度了——请你宽恕我，好吗？”

“好。”

“好？可是你的口气这么冷淡。请把你的手伸给我，我才会相信。——你不愿伸手？这么说，亨廷顿太太，你并不宽恕我！”

“我宽恕的——喏，这是我的手，连同我的宽恕。只是——‘不要再犯罪了’。”

他热情地紧握了一下我冷冰冰的手，不过一言不发，站到一边让我通过进入客厅，此时所有的人都聚集在那儿。格里姆斯比先生靠近门口坐着，他看见哈格雷夫几乎紧跟着我走进屋来，便在我走过他跟前时，斜眼朝我投来教人受不了的意味深长的一瞥。我盯住他的脸，直到他绷起脸转过头去，如果不是感到惭愧的话，至少是一时间感到惊慌失措。与此同时，哈特斯利一把抓住了哈格雷夫的手臂，正向他打着耳喳子——讲的无疑是些粗俗的打趣话，因为后者既不笑也不搭理，仅仅微微撇了撇嘴，便掉转身，挣脱开他的手，走到他母亲面前，而她正在告诉洛勃罗勋爵自己有多少理由为她的儿子自豪。

谢天谢地，他们明天全都要走了。

第三十六章
双方孤寂

1824年12月20日——今天是我们结婚大庆的三周年。我们的客人们已经离开了两个月，让我们两人单独相处；而我已经历了九个星期的这种新阶段的夫妇生活——即两个人作为这个家的主人和主妇，作为一个可爱活泼的小孩的双亲，住在一起，双方都明白在他们之间不存在爱情、友谊或同情。我尽我的力量与他和平相处，以无懈可击的礼貌对待他，只要可以合理地做到，我总是为他的方便让路，以通常处理事务的方式与他商量家务事，顺从他的愿望和意见，即使明知他的意见不如我高明的时候也百依百顺。

至于他，在开头一两个星期里，显得恼火而烦闷——我猜想是由于他亲爱的安娜贝拉走了——尤其对我不高兴：认为我做的事全都是错的；说我铁石心肠、冷酷、残忍，见了我那张愁眉不展的苍白面孔就讨厌；我的嗓音使他不寒而栗，他真不知道自己怎么能同我一起过冬，还说我会把他慢慢地折磨死。于是我又提出分居，可是还是不行。他说他不愿意让四邻五舍的所有老碎嘴子说闲话，他不愿意人家说他是个凶神恶煞，弄得他妻子都没法与他同住——不行，他得千方百计忍受与我同住。

“你的意思是说，我得千方百计忍受与你同住，”我说，“因为只要我这么真心实意而出色地尽到作为管事和主妇的责任，既不拿工资又没有人向我道谢，你就犯不着与我分手。因此等到对我的奴役变得教我受不了时，我就会停止尽这些义务。”我认为要是有什么可以对他起制约作用的话，那就是这个威胁。

我相信，他见我听了他冒犯我的话并不觉得更难受，感到非常失望，因为他每次说了特别有心要刺痛我的话之后，总要用搜索的眼光瞅着我的脸，然后对我的“冷酷的心”或者我的“残忍的麻木不仁”大发怨言。要是我痛哭起来，哀悼失去了他的爱情，他就也许会屈尊来怜悯我，宠爱我一阵子，这仅仅是为了缓和一下他的孤寂感，安慰一下自己与心爱的安娜贝拉离别的痛苦，直到能够与她重逢，或者再遇上别的可以取代的合适对象。感谢上帝，我可并不那么软弱！我曾经一度被一种愚蠢糊涂的爱情搞得六神无主，竟然不顾他毫无可取之处，依恋着他，但是这种爱情如今已经无影无踪——被彻底扑灭了，完全枯萎了；而这只能怪他自己和他自己的罪恶。

起初（我猜想是为了服从他情妇的禁令），他出色地避免借酒消愁；可是后来终于开始放松了在道德上的努力，不时有点越轨，而且继续如此——不，有时并非只有点儿越轨。遇上他受到了这种过量饮酒所引起的刺激作用，有时会突然发怒，企图干出蛮横的事来；于是我就几乎并不竭力忍住我的嘲笑和反感；遇上此种后果使他产生了抑郁感，他就悲叹自己的苦难和过失，但却都归咎于我；他知道这种纵饮有碍他的健康，于他有害无益；可是他说都怪我的作风不合人情、不尽妇道才逼得他如此；这样最终会毁了他，不过这完全是我的过错——至此我被惹得为自己辩护起来——有时候还狠狠地反责他。这是一种教我无法耐心地忍受的冤屈。我难道不曾长期竭力挽救他摆脱这个恶癖吗？要是我能够的话，难道我不仍然会尽力挽救他吗？可是明知他藐视我，我岂能用讨好他、爱抚他的办法来挽救他？我已经失去了对他的影响，或者说，他已经丧失了获得我关心的一切权利，难道这是我的过错吗？再说，在我觉得自己憎恨他而他也瞧不起我的情况下——同时也明知他仍继续与洛勃罗勋爵夫人在通信，难道我应当谋求与他言归于好吗？不，决不，决不。决不！他可以喝得置自己于死地，这可不是我的过错！

然而我仍然尽我的本分来挽救他。我让他明白喝酒使他目光呆滞，面孔红肿起来，还会使他的身心都变得低能；要是让安娜贝拉像我这样经常见到他，她会很快对他不再着迷的；要是他继续这样下去，是肯定会失去她的欢心的。这种进劝的方式博得的仅仅是对我的一顿臭骂——而且我真的几乎感到自己也是活该，因为我实在不喜欢使用这种论点，可是这些话却深入到他那麻木不仁的心里，使他停下来想想，并且戒了酒，我所能说的其他任何话都不如这种话顶用。

目前我因他不在家而暂时感到松了一口气。他同哈格雷夫一起去参加一处远地的狩猎，可能要到明天晚上才回来。过去他不在家的时候，我的感觉与此多么不同啊!

哈格雷夫先生仍然待在园林庄园。他和阿瑟常常相约一同去乡下打猎消遣。他常常来我们家访问，阿瑟也常常骑马上他家去。我并不认为这两个所谓的朋友之间彼此洋溢着热爱；不过这种交往有助于消遣时光，而我非常乐意如此继续下去，因为这样我便可以少和阿瑟不愉快地待在一起，同时又给了他较好的消遣，免得他纵情狂饮。我反对哈格雷夫先生待在附近的唯一原因是担心在园林庄园遇见他，以致使我不能那么经常地去看他的妹妹(否则我是会常去的)。因为近来他以那么正确的礼节对待我，使我几乎忘记了他先前的行为。我猜想他正努力要“赢得我的尊敬”。如果他继续这么干下去，就可能赢得——可是接下去又会怎么样呢？只要他一旦企图要求得到更多的东西，他就会再一次失去我的尊敬。

2 月 10 日——一个人的柔情和善意被人当面拒绝，可是一件难以忍受而叫人怨恨的事啊。我开始怜悯我的坏配偶了——我可怜他这种凄凉的得不到安慰的状态，事实上无法通过理性方面的安慰以及对上帝作问心无愧的回答来得到缓解——我开始认为应该牺牲我的自尊心，再次努力使他的家惬意些，把他领回到善良的路上来；用的不是假装的爱情，也不是做作的同情，而是缓和一下我惯用的冷淡态度，只要有机会，便把我那种生硬的礼貌变换成友好的态度；而且我不仅有这样的想法，也已经开始将其付诸行动了——那末结果怎么样呢？没有一丁点儿与之相呼应的友好态度——没有觉醒的悔悟，有的只是无法平息的坏脾气和专横苛求的态度，并且被任性弄得越发厉害了；而且他每次在我的态度中察觉出一种怜悯的温情，便闪现出暗自得意扬扬、自我陶醉的神情，每当出现这一现象，我的心就冷却下来，变得像大理石一样坚硬；而今天早上他算是把事情做绝了——我以为自己终于达到了绝对坚硬的程度，再没有什么能使我软化了。在他的信件中，有一封使他带着不常见的满意神情细细读着，接着把它从桌子对面扔给我，训诫我道：

“给！念一念，从中吸取教训！”

那是洛勃罗勋爵夫人的奔放有力的笔迹。我把头一页匆匆地看了一遍；信中似乎充满了过分热情的表白；迫切渴望快快再次相聚；不虔敬地反抗上帝的训诫，抱怨上帝拆散他们的命运，使他们双双不得不与他们所无法爱的人结婚，注定受到这可恨的婚姻的束缚。他见我变了脸色，发出轻轻的窃笑。我把信折好，站起来交还给他，只说了这么一句话：

“谢谢你——我会从中吸取教训的！”

此时，我的小阿瑟正站在他的两膝之间，高兴地玩弄着他手指上那只亮闪闪的红宝石戒指。我突然受到一个迫切的冲动的驱使，要把我的儿子从这个毒害人的影响中解救出来，便倏地把他抱起来，将他抱出房去。孩子不喜欢我把他猝然抱走，噘起嘴哭起来了。这对我那颗已经受尽折磨的心是个新的打击。我不愿放他走，而是把他带到书房里，关上门，跪在他身边的地板上，拥抱他，吻他，出于对他的热爱而对着他哭了起来。他非但不因此得到安慰，却见状吓坏了，转开身去挣脱我，大声叫唤要爸爸。我放开手臂让他走掉，再没有比此时使我模糊、灼热的眼睛看不见他的泪水更辛酸的了。他的父亲听见他的叫唤就来到屋里。我立即掉转脸去，唯恐让他瞧见并误解我激动的情绪。他臭骂了我之后便把此时已平静下来的孩子领走了。

这是件难以忍受的事，我的小宝贝竟然爱他甚于爱我；而我完全是为了我儿子的幸福和教养才活着的，却竟然得眼看自己对孩子的影响被这样一个人所摧毁，他这种只顾自己的感情要比最冷淡的漠不关心或者最严厉的暴虐行为更为有害。遇上我为了孩子的好，不允许他有某种小小的放纵行为时，他就去找他父亲，而后者，尽管只顾自己、懒得要命，居然会为了迎合孩子的愿望给自己添一点儿麻烦；遇上我企图抑制他的欲望，或者由于孩子不听话做了某种错事而严肃地望着他时，他知道他的另一个家长自会向他微笑，并且袒护他来反对我。因此我不仅得与儿子心中的父亲的灵魂作斗争，找出并消灭他那些具有邪恶倾向的细菌，抵制他在未来的生活中的败坏道德的交往和榜样，而且他已经阻碍了我为孩子的好处所作出的艰巨努力，破坏了我对他的幼小心灵的影响，甚至还从我手里夺走了他的爱——除此以外，我在世上已没有什么指望了，而他看来正像恶魔一样高兴地把它夺走。

可是感到绝望是错误的；我要记住那位受神灵启示的作者①的忠告，他说：“你们中间谁是敬畏耶和华听从他仆人之话的，这人行在暗中，没有亮光，当依靠耶和华的名，仗赖自己的上帝。”

---

① 指古犹太王国的先知以赛亚。下面的引文见《圣经 · 旧约 · 以赛亚书》第 50 章第 10 节。

第三十七章
再谈邻居

1825年12月20日——又过了一年；我对尘世感到厌倦。然而，我决不会希望离开它；无论我在此地遇到什么样的苦难，我都不会希望一走了事，把我的小宝贝独个儿留在这黑暗和邪恶的世界上，没有一个朋友来引导他通过它那令人走得累乏的迷宫，警告他别陷入世上的成千上万个陷阱，保护他躲避从四面八方向他袭来的危险。我知道自己并不完全适宜做他的唯一伴侣；可是又没有其他人可以填补我的位置。我这人太严肃了，不能有助于使他得到娱乐，不能像一位保姆或者母亲所应当做的那样，陪他一起玩那些孩子气的游戏，而且他频频爆发的高兴劲儿，往往引起我的烦恼和惊恐，因为我从中看出他父亲的精神和气质，不禁为其后果感到不寒而栗；对于我应当分享的天真的欢乐，我又过多地泼冷水。与此相反，在那做父亲的心上却毫无愁虑的负担——对于他儿子将来的福利他并不担心，也没有顾忌；尤其在晚上，孩子见到他的时间最长，次数也最多，他总是格外快活和直率，见到任何事动辄发笑，随时与任何人——除了我——都会开玩笑；在这时候，我却特别沉默和阴郁。因此，孩子当然也就偏爱表面上显得又快活又有趣、总是溺爱他的爸爸，而且随时会乐意离开我去与爸爸待在一块儿。这情况使我感到非常烦恼；这与其说是为了我儿子的爱(尽管我极其珍视这份爱，尽管我觉得这是我的权利，而且知道我是经过千辛万苦才赢得它的)，不如说是为了对他的影响的问题。为了他本人的利益，我愿意付出任何代价去取得并保住这种影响，而他的父亲却完全为了泄恨要将这影响从我处夺走，又纯然出于无聊的利己主义的动机，喜欢去独自赢得它，而且偏偏利用它来折磨我，并毁了这孩子。我唯一可以告慰的是，他在家的时间较少，当他在伦敦或者其他地方过上几个月的时候，我就有机会收回我所失去的阵地，并且以善良去征服他出于任性以致处理不当而造成的恶果。可是，见他回家来拼命破坏我的工作，使我那天真无邪而多情温顺的宝贝变成一个自私自利而不肯听话的淘气孩子，却是对我的一种痛苦的折磨；他就这样为那么成功地在自己堕落的本性中所培养的那些恶习准备好一片温床。

幸运的是，过去的那个秋季阿瑟没有邀请任何“朋友”来草谷庄园；他是自己去探望他们中的一些人的。我希望他总是这么做，也希望他有许许多多朋友，并且与他亲密得能使他一年到头和他们待在一起。使我相当烦恼的是，哈格雷夫先生没有陪他一同去；不过我认为自己终于已和这位先生了结了关系。

七八个月以来，他的行为非常得体，又处理得很巧妙，以致我几乎完全放松了提防，真的开始把他当作朋友，甚至也如此对待他，只加以某些谨慎的限制（我还认为这些限制几乎是没有必要的）；于是他便利用我对他不加猜疑这一点，认为可以冒险越过他保持已久的合乎礼仪的稳重而恰当的界线。事情发生在五月底的一个令人愉快的夜晚，当时我正在花园里漫步，他呢，骑着马经过，见到我在那儿，便擅自进了花园朝我驰来，下了马，把马留在园门口。自从我一个人被留下在家里以来，他这还是初次没有他母亲或者妹妹做伴为约束，甚至连替她们送信的借口也没有，大胆地走进这片园地。不过他设法显得很平静从容，他的友好态度既谦恭又沉着，使我对他这一不寻常的冒昧行动，尽管有点儿惊讶，却并不惊慌，也不生气，于是他陪我在椤树下和池边散步，十分生动、雅致而又明智地谈了许多话题，我这才开始考虑如何摆脱他。接着，有一阵子的沉默，这期间我们俩都站着，凝视着纹丝不动的蓝色池水；我反复思量把我这同伴彬彬有礼地打发走的最好办法，而他呢，无疑正在仔细掂量着其他事情，那是同样与唯一呈现于他的耳目前的可爱景色和声响毫不相干的——他突然用一种异常的音调，低沉、柔和却又十分清晰，开始倾吐表示真挚炽热的爱情的最直率的语句，使我大吃一惊。他以所有能用上的、有助于他的大胆而又巧妙的口才为自己辩护。可是我打断了他的恳求，毅然决然地拒绝了他，态度傲慢而愤怒，对他那颗愚昧的心表示冷漠的忧伤和怜悯，使他感到惊讶和受辱，便不快地走了。几天后，我听说他上伦敦去了。不过过了八九个星期之后他回来了——并不完全避开我，而是表现出一种很奇异的态度，使得他那个眼快的妹妹不能不注意到这个变化。

"亨廷顿太太，你对沃尔特干了什么了？"有一天早上我到园林庄园去拜访他们，哈格雷夫出于礼貌，非常冷淡地和我交谈了几句话之后刚走出房间，他的小妹妹就问我。"他最近客气和庄重极了，我想不出到底是怎么回事，莫非是你使他非常生气了？告诉我是什么事，我才可以来调解，使你们再和好如初。"

"我并没有主动干什么事使他生气，"我说。"要是他生气了，那末最好由他自己来告诉你是怎么回事。"

"我来问他，"这个轻率的姑娘大声说，一边跳起身来，把头伸出窗外，"他不过是在花园里——沃尔特！"

"不行，不行，埃丝特！你要是问他，就会使我大大生气的；我会马上离开你，今后几个月内也许几年内都不会再来了。"

"你叫我吗，埃丝特？"她的哥哥在外边走近窗前，问道。

"是的，我要请你——"

"再见，埃丝特，"我抓起她的一只手，使劲地捏着说道。

"要请你，"她接着说下去，"替我摘一朵蔷薇花来给亨廷顿太太。"他走开了。"亨廷顿太太，"她转向我，依然紧握着我的手，大声说，"你真叫我吓坏了——你同他一样生着气，疏远冷淡。我决意在你走之前，使你们成为像以前一样的好朋友。”

“埃丝特，你怎么可以这么粗鲁！”哈格雷夫太太嚷道，她正端庄地坐在她的安乐椅中织毛线。“你真的怎么也学不会去表现得像一位小姐！”

“得了，妈妈，你说过，你自己——”可是她的妈妈举起一根手指，很严厉地摇了一下头，就把这位年轻小姐的话截住了。

“她的脾气多坏呀，不是吗？”她轻声对我说；不过我还没来得及加上一句责备话，哈格雷夫先生已经又在窗前出现，手里拿着一朵美丽的毛萼蔷薇。

“拿去，埃丝特，我给你摘来蔷薇花了，”他说着把那朵花朝她递去。

“你自己给她，你这个木头人！”她嚷着从我们两人中间向后跳开。

“亨廷顿太太可情愿从你的手中接过去，”他用很认真的语气答道，不过压低了嗓门不让他母亲听见。他的妹妹接过蔷薇花交给我。

“亨廷顿太太，我哥哥向你致意，他希望你和他不久会取得更好的谅解——这么说行吗，沃尔特？”这个莽撞的姑娘添上一句，因为他站着倚靠在窗台上，她便转向他，伸出一只胳臂搂住他的脖子——“要不，我是不是应该说你为自己的暴躁感到抱歉？或者说你希望她会原谅你的无礼？”

“你这个傻姑娘！你不知道自己在说些什么，”他严肃地说。

“我确实不知道，因为我完全给蒙在鼓里。”

“喂，埃丝特，”哈格雷夫太太插嘴道，要是说她对我们疏远这一问题同样不明真相的话，她至少能看出她女儿的举止很不得体，“我非要你离开这个房间不可！”

“哈格雷夫太太，请别这样，因为我就要走了，”我说完这句话便立即告辞。

大约过了一星期，哈格雷夫先生带了他的小妹妹一同来看我。起初，他的表现和平常一样，冷淡，疏远，有点儿庄重，又有点儿消沉，完全是一副生气的样子；但是这次埃丝特对此只字不提；显然她已经被教育得懂礼貌些了。她跟我交谈，跟小阿瑟一块儿笑呀蹦的，他是她所爱的可爱游伴。使我有点儿不安的是，他把她引出房间到门厅里去奔跑，再从那儿奔到花园里去。我站起来去拨炉火。哈格雷夫先生问我是不是觉得冷，便把房门关上了——这是个很不得当的殷勤举动，因为我已经打算如果这两个喧闹的游伴不很快就回进屋来，就要去找他们。接着他擅自走到炉边，问我是否知道亨廷顿先生这时正在洛勃罗勋爵的邸宅里，而且很可能继续在那儿待上一段时间。

“我不知道，不过也无关紧要，”我毫不介意地答道；要是说我的面颊像火一般红的话，那是由那句问话，而不是由那问话所传来的消息所引起的。

“你不反对那事？”他问。

“只要洛勃罗勋爵喜欢他这位客人，我一点也不反对。”

“那末你一点儿也不爱他了？”

“一点儿也不。”

“我早就知道是这样的——我知道你生就品格高尚、心地纯洁，因此没法继续用愤怒和不胜藐视的厌恶之外的其他感情来对待一个如此虚伪而且败坏透顶的人！”

“难道他不是你的朋友吗？”我问道，一边把我的眼光从炉火上移到他的脸上，我的眼神里可能含有一点他认为针对另一个人的那些感情。

“他过去是，”他仍然用与以前同样沉着而严肃的态度回答，“不过请你不要误解我，以为我会对能够如此无耻地——如此邪恶地抛弃并伤害一个这么卓越的人的男人维持友谊和尊敬——好吧，我不说这些了。可是请告诉我，你难道从没想到要报复吗？”

“报复！没有——那么干又有什么好处？——那样是不会使他好点儿的，也不会使我快活些。”

“亨廷顿太太，我不知道该怎样跟你谈话了，”他微笑着说，“你只是半个女人——你的天性一定是半凡人半天使的。这种善良把我镇住了；真叫我摸不着头脑是怎么回事。”

“如果像你所承认的那样，我这么个普普通通的人居然比你好得那么多，那末，先生，我恐怕你一定比你应该的那样要坏得多了——而且既然我们两人这么不投合，我想我们最好各自去找更合意的朋友吧。”我说着立即走到窗前，开始用目光寻找我的小儿子和他那快活的年轻朋友。

“不，我坚决认为我是个普通人，”哈格雷夫先生回答说。“我不愿承认自己比我的同伴们坏；可是你，夫人——我同样坚决认为没有一个人及得上你。可是你快活吗？”他用恳切的语气问道。

“我想，我同其他有些人一样快活。”

“你是不是快活到你所希望的程度？”

“在没有进入永生之前，没有人会快活到这个地步。”

“可是有件事我很清楚，”他深深地悲叹了一声，说道，“那就是，你比我快活得无法估量。”

“那末我很替你难过，”我禁不住如此回答他。

“你确实是这样吗？——不——因为如果你真是这样，你就会乐于解救我的。”

“要是我这么做不会伤害自己和任何其他人的话，我会做的。”

“难道你以为我会希望你伤害自己吗？——不；正相反，我更渴望的是你的幸福，而不是我自己的。亨廷顿太太，你目前是痛苦的，”他大胆地盯住我的脸，接着说。“你没有诉苦，可是我看得出——感觉得到——知道你是痛苦的——而且，只要你继续在你那颗仍然跳动着的热情的心周围保持着那些穿不透的冰墙，你就必定会一直苦下去——而我也很痛苦。请你垂顾，对我微笑一下，那末我就快活了；信赖我，你就也会快活，因为如果你正是一个女人，我就能使你快活——而且能使你不由自主地快活起来！”他低声说，“至于其他人么，这只是我们两人之间的问题；你也知道，你是不会伤害你的丈夫的；而此外就没有其他人与这件事有任何关系了。”

“哈格雷夫先生，我有一个儿子，而你有一位母亲，”我说着便从他刚才尾随我去到那儿的窗前走开。

“没有必要让他们知道，”他开始说，不过此时埃丝特和小阿瑟回进屋来，我们也就谁也没能再说什么了。埃丝特朝沃尔特的兴奋得发红的脸望望，接着朝我望望——我想，尽管原因截然不同，我的脸色也有一点儿红和兴奋。她一定以为我们激烈地争吵了一场，显然对这个情况感到困惑和烦恼；可是她顾及礼貌，要不就是害怕惹她的哥哥生气，因而对此不发一言。她在沙发上坐下来，把乱糟糟地披在脸上的浓密的金黄色鬈发往后捋平，便马上谈起花园和她的小游伴，用她平时的语气喋喋不休地直讲到她哥哥叫她一起走为止。

“如果我话说得太热烈，请你宽恕我，”他告辞的时候轻声说，“否则我永远不会宽恕自己。”

埃丝特微微一笑，朝我看看，我仅仅弯了一下腰，她的脸色便变得阴沉了。她认为如此还报沃尔特的宽大的让步是很不够的，对她的朋友感到失望。这可怜的孩子，她对处身其中的世界太不了解啦！

这次以后，一连几个星期哈格雷夫先生都没有与我再私下相会的机会；不过等他真遇上我的时候，他的态度可不像以前那么傲慢，却更显出令人感动的忧郁神情。唉，他使我多么厌烦啊！我终于不得不几乎完全停止去园林庄园拜访，这使哈格雷夫太太大感不快，还使可怜的埃丝特真心感到苦恼，后者确实重视与我交往——因为她没有更好的人做伴，而且按理来说，她也不该为她哥哥的过错而受罪。可是那个不屈不挠的对手却还没有被击败，他似乎老是在等待着时机。我常常瞧见他骑着马缓缓经过我的房屋，一边用搜索的目光朝四下望着——有时候我没有瞧见，是雷切尔瞧见的。这个目光锐利的女人不久就猜到了我们之间发生的事情，由于她是从位置较高的育婴室的窗口遥望到敌人的行动的，因此要是瞧见我准备出去散步，而她有理由相信他就在附近，或者认为在我要经过的路上，他会遇上我或者赶上我，她便暗地通知我。于是我就推迟去散步的时间，或者那天一整天闭门不出，只待在花园和果园里——或者，如果我打算作的那次短途旅行是为了什么要紧事，诸如去探望有病痛者，我就带雷切尔一同去，这样我就从来没有受到过打扰。

可是在 11 月上旬一个温暖晴朗的日子，我冒险独个儿去访问乡村学校和几家贫穷的佃户。在归途中，我听见身后传来一阵马蹄的得得声，那马正又快又稳地一路小跑而来，不禁吓了一跳。近旁的树篱上既没有阶梯又没有豁口，否则我可以逃进田地里去。于是我只好沉着地朝前走去，自忖着：

“也许根本不是他；如果是他，如果他真要缠住我的话——那末这也是最后一次了——我确有把握，只要声色俱厉，他的这种没完没了的厚脸皮行为和令人作呕的自作多情是可以对付得了的。”

不一会儿，马赶上了我，而且就在我身边被勒住了。正是哈格雷夫先生。他带着微笑问候我，打算使自己的笑容显得温柔而忧郁，可是由于他终于追上了我的得意心情使他喜形于色，以致他的装模作样失败了。我简单地回答了他的问候，又问候了园林庄园的太太小姐，便转身继续走我的路；可是他跟了上来，始终策马靠着我走，显然打算一路上与我做伴。

“好！我也不太在乎，如果你还要讨一次没趣，就来吧——而且欢迎你，”我在心里这么说。“好吧，先生，下一步要干什么？”

这句问话虽然没有说出口，但不久就得到答复。对无关紧要的话题随便谈了几句之后，他开始用庄重的语气恳求我发发慈悲如下：

“亨廷顿太太，自从我头一次见到你，到明年四月将是四个年头了——你可能已经忘记了当时的情况，可是我永远不会忘记——那时候我就非常崇拜你，但是不敢爱你；到了那年秋天，我注意到了你那么多的优点，使我没法不爱上你，尽管我不敢流露出来。我忍受着极度的痛苦，已经有三年多了。由于抑制着的感情、强烈而又未见成效的渴望、默默的悲哀、遭挫折的希望和被蔑视的爱情，我身受了我无以言喻而你也无法想象的极大痛苦——而你正是这一切的起因——而且你也是并非一无所知的。我的青春年华正在白白地浪费掉，我的前途暗淡，我的生活一片凄凉，我日日夜夜没有片刻安宁，我成了自己和别人的累赘——而你只消说一句话，看我一眼，就可以救我——可你就是不肯——我说得对吗？”

“首先，我不相信你，”我回答说，“其次，如果你要做这样的傻瓜，我也没法阻止你。”

他热切地回答道：“如果你假装把我们天性中最美好、最强烈、最神圣的冲动看做愚蠢——那我就不相信你——我知道你不是像你假装的那样冰冷无情的人——你以前有过一颗心，你把它给了你的丈夫。当你发现他根本不配得到这个珍宝，便把它收了回去——而且你总不至于会假装那么深深地、忠诚地爱着那个耽于声色、思想粗陋的浪子，以致永远不能再爱别人了吧？——我知道在你的本性里还蕴藏着一些从未被触发过的感情——我还知道，处于目前这种被忽视的孤独的状态中，你是，而且一定是痛苦的。你有能力把两个人从受苦的现状中提高到只有宽宏大量、崇高忘我的爱所能给予的那种无法形容的幸福中去（因为只要你愿意，你是能爱我的；你大可以告诉我说，你藐视我、嫌弃我，可是——既然你为我做出了讲话直率的榜样——我就要答复你说，我不相信你的话！），但是你就是不肯那么做！你宁可听任我们俩受苦；而且你还冷冷地告诉我说，我们应该维持原状是上帝的旨意。你也许能把这个称作宗教信仰，可是我说这是狂热的盲信！”

“你我都还有一个来生，”我说。“如果按上帝的旨意我们现在应该含着泪水播种，那完全是为了我们来生可以欢乐地收获。他的旨意是我们不该为满足自己的尘世间的情欲而伤害别人；而且你有母亲、妹妹和朋友，他们会因你的不光彩行为而受到严重的伤害；而我也有朋友，决不可以让我的享乐——或者在我同意之下，也因你的享乐去牺牲他们的平静心情——再说，即使在世上我是孤零零的孑然一身，我还有我的上帝和我的宗教信仰；要我玷污自己内心的倾向，去对上帝背信弃义，以挣得短暂的几年虚假而转瞬即逝的欢乐，我是宁可去死的。而且这种欢乐——对我或者其他任何人来说——肯定甚至在今世就会悲惨地结束的！”

“不必有什么不光彩的行为——在任何方面也不会有痛苦或者牺牲，”他坚持道。“我并不要求你脱离你的家庭或者公然反抗外界的评价。”——不过我没有必要把他的全部论点都重述一遍。我尽力驳斥了他，可是我的力量在当时小得使我恼火，这是因为他竟然胆敢对我如此说话，使我由于愤慨——甚至由于羞愧——而过于慌张得无法保持充分运用思维和语言的能力来恰当地向他的强有力的诡辩进行斗争。然而，我发现他根本不服理，甚至为他自己表面上的优势而暗中沾沾自喜，而且敢于嘲笑那些我无法冷静地加以证明的断言，我便改变方针，试试另一种方法。

“你真心爱我吗？”我严肃地问道，暂不说下去，只镇静地望着他的脸。

“我会不爱你！”他嚷了起来。

“忠诚地？”我问。

他脸上顿时露出喜色；他以为胜利在握了，便开始对自己的依恋之情有多么忠实、多么热烈，作了一番热情的表白，而我却用另一句话打断了他：

“但是难道这不是一种自私的爱情吗？——你有没有足够的无私的感情，使你能为我的欢乐而牺牲自己的欢乐？”

“我愿意豁出我的命来为你服务。”

“我并不要你的命——不过你对我的苦恼有没有真正的同情，足以促使你冒着使你自己多少有点不舒适的风险去尽力免除我的苦恼？”

“考验我，你就会知道！”

“如果你有——那就永远别再提这件事吧。不论你用什么方法重提这事，都会成倍地加重你那么动情地惋惜的那些苦恼事。除了因问心无愧而感到的安慰和对上帝满怀希望的信赖之外，我已一无所有，而你却不断地竭力要把我的这些东西夺走。要是你坚持这么干，我就只能把你看做我的不共戴天的敌人。”

“不过请再听我说一会儿——”

“不，先生！你说过愿意豁出命来为我服务，而我只要求你对某一件事保持沉默。我已经把话说清楚了，而我说的都是真心话。如果你再这样折磨我，我就必须断定你的那些斩钉截铁的话完全是虚伪的，你在心里把我恨得像你假装爱我一样强烈！”

他咬住了嘴唇，眼睛盯着地面，默不作声了一会儿。

“那我必须离开你了，”他终于说道，把眼睛紧紧盯着我，仿佛还怀着最后的希望，想发现这句庄重的话所唤醒的控制不住的极度苦恼或惊慌。“我必须离开你。我不能住在这儿，同时又对我思想和愿望所专注的问题永远保持沉默。”

“我相信你过去待在家里的时间并不多，”我答道。“那末你再离家一时，对你也没有什么不好——如果真有此必要的话。”

“如果真有此可能的话，”他低声说道——“而你竟然能这么冷淡地吩咐我走！你真的希望这样吗？”

“我绝对希望这样。要是你在见到我时都像最近这一阵那样折磨我，我是很高兴跟你告别，再也不见你的。”

他对此不作答，只从他的马背上弯下身来，向我伸出一只手。我抬头望望他的脸，瞧见这脸上带着一种真正的极度内心痛苦，其中最主要的成分不知是失望的悲痛呢，还是受挫的自尊心，还是恋恋不舍的爱，或者还是炽烈的暴怒，这使我不能再有所犹豫，便伸手搁在他的手中，就像与一个朋友握别一样真诚。他紧紧地握了握我的手，便立即用踢马刺扎进马腹，飞驰而去。没有过多久，我听说他去巴黎了，至今还待在那儿。他在那儿越久，对我就越好。

我为这一解脱感谢上帝！

第三十八章
受害者

1826年12月20日——今天是我结婚的五周年日子，我相信这将是我住在这座邸宅里的最后一年。我已下定决心，计划已经制订，而且有一部分已经付诸实施。我的良心并不责备我，不过在我的意图成熟的同时，为了满足我自己的意愿，让我以记下事实经过来消磨这些漫长的冬夜吧——这确是一种可悲的消遣，可是它具备一种有益活动的样子，又是作为一项任务来进行的，因此它比轻松些的消遣方式更适合我。

在9月里，宁静的草谷庄园又被一群女士先生们（“所谓的”女士先生们）搞得热闹起来。他们包括前年所邀请的那些人，另外加上包括哈格雷夫太太和她的小女儿等两三个人。那些先生和洛勃罗勋爵夫人是为男主人的愿望和方便而邀请的，而其他的女士们我想是请来装点门面的，同时也借此来约束我，使我的举止谨慎有礼。可是女士们只待了三个星期，而先生们，除了两个例外，则都待了两个多月，因为他们那殷勤的款待者不愿意与他们分手，并且不愿意单独同自己的聪明才智、清白无瑕的良心和他曾爱过而也爱他的妻子在一起。

洛勃罗勋爵夫人到达的那天，我尾随她进入她的房间，直率地告诉她，要是我有理由相信她依旧继续与亨廷顿先生私通，我会认为自己绝对有责任把这情况通知她的丈夫——或者至少要唤起他的怀疑——不管这可能会使他多么痛苦，也不管将会导致怎么样的后果。开头，她对这一出乎意外的、坚决而又镇静地发出的宣告吃了一惊；但过了一会儿她便恢复过来，冷冷地回答说，要是我在她的举动中确实发现任何应受严责或者可疑之处，她会慷慨地容许我把这一切都告诉那爵爷。我愿意相信这话，便离开了她；而且在那以后我在她对她的男主人的举止中也的确没有发现任何特别应受指摘或者可疑之处；但是我还得招待其他的客人，也就没有严密地注意他们——因为，老实说，我害怕看到他们之间的任何不轨的事情。我不再把这事看做值得我担心的了，如果说我有责任使洛勃罗勋爵得到启发，那可是桩痛苦的任务，我害怕被要求去履行。

可是我的担心以一种没有预料到的方式被打消了。那是在客人们到达后约两个星期的一天晚上，当时我刚退进书房去待几分钟，以便暂时从强颜欢笑和令人生厌的交谈中解脱出来——因为经过这么长的一段隐居生活，尽管我确实常常感到这种生活沉闷乏味，可我又不能老是忍心践踏自己的感情，强迫我自己谈笑风生、听人闲聊、扮演一个殷勤的女主人的角色——或者还得扮成一个心情愉快的朋友。我刚把自己安置在凸窗的凹处，朝西向窗外望去，见那边正在变得黑魆魆的丘陵被傍晚清澈的琥珀色天光衬托得轮廓分明，而那天光正与高空的纯净的淡蓝色彩交融为一体，渐渐消失。高空中有颗明星放射出光芒，仿佛在许诺——“当行将消失的天光全然逝去，世界不会被撇下在黑暗之中，而凡是信赖上帝的人——他们的心没有被缺乏信仰和罪恶的雾霭所遮暗，将永远不会完全没有慰藉。”这时我听得一阵匆匆而来的脚步声，只见洛勃罗勋爵走进屋来——这间屋子仍旧是他所喜爱的常到之处。他用一反常态的狠劲把门砰的关上，随手扔掉他的帽子，也不管它掉到什么地方。他到底是怎么回事呀？他的脸色苍白得像死人一般，眼睛紧盯着地上，咬紧了牙关，极度痛苦的汗水在额头上闪着亮。显然他终于知道自己受了骗啦！

他没有发觉我在场，开始在屋里十分激动地踱来踱去，使劲地拧着双手，发出轻声的呻吟或者一声声断断续续的喊叫。我动了一下，要让他知道他并非单独一人，可是他因心事重重，竟没有注意到。我想，也许趁他背对着我的时候，我可能穿过房间溜出去而不让他察觉；我站起身来打算尝试，可是这时候他瞧见我了。他吃了一惊，站住不动了一会儿，接着揩干他那汗水淋漓的额头，带着一种不自然的镇静神态朝我走来，用深沉而几乎是阴森森的嗓音说道：

“亨廷顿太太，我明天一定得离开你。”

“明天！”我重复了他所说的这个词儿，“我不必问原因。”

“那你是知道的了——可是居然能这么平静！”他以十分惊讶的目光审视着我，说道。在我看来，这目光中并非没有夹杂着一种由愤恨所引起的悲痛。

“我早就了解了——”我及时地顿住，接着说，“我丈夫的品质，因此没有什么能使我震惊的了。”

“可是这件事——你知道这件事有多久了？”他询问道，把一只紧握着拳头的手搁在他身旁的桌子上，锐利的目光凝视着我的脸。

我觉得自己好像是个罪犯。

“不久，”我回答。

“你过去就知道这事！”他悲痛而又激烈地嚷道——“可是没有告诉我！你帮他们欺骗了我！”

“爵爷，我并没有帮他们欺骗你。”

“那你为什么不早告诉我？”

“因为我知道那样会使你痛苦——我希望她会回心转意来尽她的本分，那样就没有必要使你的感情受折磨，受这种——”

“上帝啊！这事已经有多久了？有多久了，亨廷顿太太？——告诉我——我一定得知道！”他大声嚷道，语气强烈而急切得真吓人。

“我想有两年了吧。”

“老天爷啊！这些年来，她就一直在愚弄我！”他发出一声被抑制的痛苦呻吟，转过身去，突然又激动起来，又在屋子里踱起步来。我感到心上像挨了一下，尽管不知道该怎样安慰他，我还是要试试。

“她是个坏女人，”我说。“她卑鄙地欺骗并背叛了你。她不值得你为之懊恼，也不配你去爱她。别让她再伤害你了。你要自拔，摆脱她的影响，要独立自主。”

“而你，太太，”他停止踱步，转身朝着我严厉地说，“你不够朋友，对我隐瞒真相，你也伤害了我！”

我顿时产生了一种反感，心里浮起一股情绪，它促使我去怨恨对我的由衷同情的这种苛刻回报，并且用严厉的答话来为自己辩护。幸而我并没有顺从这一冲动。我见到他的剧烈痛苦，因为他突然猛击一下自己的前额，倏地转向窗子，抬头望着宁静的天空，激愤地咕哝道，“哦，上帝啊，让我死了吧！”——我觉得在这个已经满溢的杯子里，再加上一滴苦水，才确实是气量太小呢。不过，我担心在我答话时的平静语气中，冷淡成分要多于温和成分：

“我可以提供许多某些人会认为是正当的理由，但是我不打算一一列举——”

“我知道是些什么理由，”他急匆匆地说，“你会说那不关你的事——说我应该照料好自己——说如果是我自己视而不见而使我掉进这个地狱深渊，我是无权责怪别人相信我的长处在于相当精明，而其实并非如此——”

“我承认我错了，”我不顾他这段充满怨恨情绪的插话，接着说下去，“不过不管我是错在缺乏勇气还是对不该施仁慈的人仁慈相待，我都认为你把我责怪得太厉害了。两星期前，洛勃罗勋爵夫人一到我就对她说，如果她继续欺骗你，我肯定会认为我有责任去通知你；她说如果我见她的举动中有任何应受指摘或者可疑之处，我完全有权这么做——但我并没有发现什么，还以为她已经改过自新了。”

我说话的时候，他继续朝窗外凝视着，默不作答，不过我的话唤醒了他的记忆，使他受到刺激，用脚跺跺地板，咬牙切齿，皱起眉头，那模样就像一个肉体上感到剧痛的人。

“错了——错了！”他终于咕哝道。“无可辩解——无可补偿——因为怎么也收不回那几年该诅咒的轻信——怎么也抹不掉那段时间的痕迹！——怎么也不能，怎么也不能！”他一再重复着，在他那低语声中，绝望的痛苦排除了所有的愤恨成分。

“当我向自己提出这件事时，我承认它是错了，”我答道，“可是我现在只能为了我过去没有用这样的眼光来看待这件事，也为了如你所说的过去已怎么也收不回来了而感到遗憾。”

在我的这句答话的嗓音或者精神实质中有些什么东西似乎改变了他的心情。他朝我转过身来，在阴暗的光线下，聚精会神地审视着我的脸，以比原先温和些的语气说道：

“我想你也受了苦吧？”

“开头我非常痛苦。”

“那是在什么时候？”

“两年前；再过两年，你就会同我现在一样平静了——而且我相信还会比我快活得多，因为你是男人，可以爱干什么就干什么。”

有一种像微笑的表情，然而是非常痛苦的微笑，一时在他的脸上掠过。

“你近来不快活吧？”他问道，带着一种要竭力恢复镇静、并决心不再进一步谈论自己的不幸的神情。

“快活！”我几乎被这句问话惹火了，也跟着重复了这个词儿——“我有这么个丈夫，能快活吗？”

“我注意到自从你结婚生活的开头几年以来，你的外貌起了变化，”他继续说。“我对——对那个该死的恶棍说了这事，”他低声咕哝道——“而他却说是你自己的坏脾气在侵蚀你的青春，使你过早衰老而变得丑了，并且使他的家像女修道院的一间斗室一样不舒适——

你微笑了，亨廷顿太太——任什么都不能使你激动。但愿我的性格也能像你的一样镇静！”

“我的天性本来并不镇静，”我说，“我是通过严酷的教训，经过了不断的反复努力，才学会显得镇静的。”

在这节骨眼上，哈特斯利先生闯进房来。

“喂，洛勃罗！”他开口说——“哎呀！我请你原谅，”他瞧见了我，便大声说道，“我并不知道你们在密谈。要打起精神来，老兄！”他接着说，重重地捶了一下洛勃罗勋爵的背，这使后者退缩了一下，显出无可言喻的厌恶和恼怒的神情。“来，我要同你讲几句话。”

“那就说吧。”

“不过我不知道要说的话是否适宜让这位太太听。”

“这样就对我也不合适，”爵爷说着就转身要离开房间。

“不，对你会合适的，”对方嚷道，跟着他进了门厅。“如果你有男子汉气概，那些话对你正合适。是这样的，小伙子，”他接着说下去，稍微压低了嗓音，不过并没有低到使我听不清他所说的每一个字的程度，尽管我们之间隔着一扇半闭着的门。“我认为你是个受到不友好对待的人——不，喂，别发火——我不想惹你生气，只是我这个人说话粗鲁罢了。你知道，我必须直说，要不就压根儿不说——而我要来——别走开！听我来解释——我要来帮助你，因为尽管亨廷顿是我的朋友，我们都知道他是个大坏蛋，而眼下我要做你的朋友。我知道你要的是什么，是要解决问题，而这只不过是同他用枪交火而已，那样你就会又觉得好过了。而万一发生了意外——呃，那对于像你这样的一个绝望的人来说，大概也没有什么关系吧。——好吧，来！把手伸给我，别把这事看得多么不吉利。说个时间和地点，其余的事由我来安排。”

“这个，”洛勃罗勋爵用更低沉而不慌不忙的嗓音答道，“正是我的内心——或者是它里面的魔鬼，所提出的补救办法——去和他交锋，而且非流血不分手。不管是我还是他倒下——或者两个人都倒下，对我来说，总会是一种说不出的宽慰，如果——”

“正是这样！好，那末——”

“不行！”爵爷用深沉而坚决的着重语音嚷道。“我虽然从心底里恨他，任何祸患临到他的头上都会使我高兴——但我却要把他交给上帝来处理；虽然我厌恶自己的生命，我也要把它交给赐给我生命的上帝。”

“可是你瞧，在这个情况下——”哈特斯利申辩道。

“我不要听你的！”他的同伴急忙转过身去，大声嚷了起来。“什么也别说了！我反对自己心里的魔鬼已经够我忙的了。”

“那你是个胆小的白痴，我撒手不管你了，”那个诱惑者抱怨道，一边转过身走开了。

“对啊，对啊，洛勃罗勋爵！”我一边喊着一边冲出房去，紧紧握住他的火烫的手，这时他正朝楼梯走去。“我开始认为这个世界配不上你！”

他对于这突然的热情迸发感到不解，转身用一种阴郁而迷惑的诧异目光盯着我，使我对自己凭冲动行事感到惭愧；可是不久便有种较仁慈的表情开始出现在他的脸上，我还来不及抽回我的手，就被他和善地紧紧握住，当他轻声说下面这句话的时候，眼睛里还闪出一道真诚的感情之光：

“愿上帝帮助我们两人！”

“阿门！”我响应道；于是我们便分手了。

我回到客厅里，无疑我的到场是大部分的人所预期，也是一两个人所希望的。在前室里，哈特斯利先生正当着少数几个听众责骂着洛勃罗勋爵的怯懦。听众中有亨廷顿先生，他正懒洋洋地靠在桌子上，为自己那背信弃义的恶行而欢欣，并且嘲笑他的受害者；格里姆斯比先生正站在一旁，默默无言地搓着手，像恶魔似的高兴地抿着嘴笑。他们见我走过时向他们瞥上一眼，哈特斯利即刻停止他的责骂，像头笨牛似的愣住了，格里姆斯比狠毒而凶恶地斜着眼睛对我怒目而视，而我的丈夫则咕哝了一声下流粗野的诅咒。

在客厅里，我见到洛勃罗勋爵夫人，她的心情显然很不令人羡慕，她正过度勉强地装出一副不寻常的愉快活泼的神态，来极力掩盖她的狼狈处境，而在当时的情况下这真是多余之举，因为她已经亲自通知大家，说她丈夫从家里收到不愉快的信息，需要立即离去，还说这事使他烦恼得头痛，变得暴躁，再加上他认为必须为赶紧动身作准备，因此她相信今晚大家不会再见到他了。不过她宣称那只是一件业务方面的事，所以她并不打算为这事烦恼。我进屋时她正这么说着，她用傲慢和挑衅的目光瞥了我一眼，顿时使我又惊讶又反感。

“不过我可给弄烦了，”她接着说，“也感到恼火，因为我认为自己有责任陪爵爷一起走，而我得这么出乎意料地迅速离开我所有的好朋友，当然感到非常遗憾。”

“可是，安娜贝拉，”坐在她身旁的埃丝特说，“我却从没见到你更兴高采烈过。”

“确实是这样，我亲爱的；因为既然看来今晚将是在天晓得什么时候之前我可以快活地度过的最后一个夜晚，我希望尽好地利用和你们在一起的时间；而且我希望给你们大家留个好印象，”——她朝四下扫了一眼，见她的姑母正盯着她看，可能认为这察看未免过于仔细，便倏地站起来继续说——“为此，我将给你们唱一首歌——好吗，姑母？好吗，亨廷顿太太？好吗，女士们和先生们——你们全体？——很好，我要尽力来逗你们乐。”

她和洛勃罗勋爵住的是我隔壁的那几个房间。我不知道她是怎么过这一夜的，我却是大半夜躺在床上睡不着，听他在离我的房间最近的化妆室中来回踱步时的单调沉重的脚步声。有一次我听见他停下了步，向窗外扔了一样什么东西，同时发出一声激动的喊叫。次晨他们走了以后，在下面花园里一小块草地上发现一把刀刃锋利的折刀，还有一把被折成两段的剃刀深深地扎进壁炉的灰烬中，不过一部分已被在熄灭中的余烬所烧坏。足见引诱他去结束自己悲惨的一生的诱惑是那么强烈，而他抗拒诱惑的决心又是那么坚定。

我躺在床上，听着他那不停顿的脚步声，我的心为他感到悲痛。到目前为止，我关心自己太多，关心他太少了。现在我忘掉了自己的苦恼，只思量着他的——那如此痛遭蹂躏的炽烈的爱情，如此惨遭辜负的多情的忠诚，还有——不，我不想去一一列举他所受的委屈——可是我比以前更恨他的妻子和我的丈夫了，这并非为了我自己的缘故，而是为了他。

“那个男人，”我想道，“成为他的朋友们和对人横加指责的世人的嘲笑对象了。那个亏待他的不忠实的妻子和不可靠的朋友所受到的藐视和贬责还不及他本人所受到的那么多；而且他不愿意报仇雪耻，这使人们更不同情他，使他更丢脸而坏了名声。这一切他全都知道，使他倍感悲哀。他明白这是不公正的，但是没有能力去反对它；他缺乏维持自尊的能力，这种能力引导男子汉对自己的正直感到喜悦，对恶意中伤的敌人毫不畏惧，以藐视还报他们的藐视——或者，更有甚者，使他超脱了尘世的污秽而汹涌的烟雾，去到天国的永恒的阳光中安息。他知道上帝是公正的，不过现在还看不见这公正；他知道人生是短暂的，然而死亡又似乎遥远得使他难以忍受；他相信有一个未来的国度，可是今生的痛苦强烈地吸住了他，以致无法认识到它那令人欢天喜地的安宁。他不得不对着风暴垂下头，同时盲目而绝望地坚持他所知道的正确的事。就像遭到海难的一名水手，他变得眼瞎耳聋，慌了手脚，紧紧依附在一只救生筏上，感觉到波涛在他头上横扫而过，看不到逃生的希望；然而他知道舍此别无指望，只要他还活着，还有知觉，便仍然倾全力抓住了救生筏不放。啊，幸亏我有作为一个朋友的权利去安慰他，并且告诉他，我对他从来没有像今天晚上这样高度地尊敬！”

次晨，他们一早就离去，当时除了我，其他人都还没有下楼，而正当我走出我的房间时，洛勃罗勋爵也正走下楼梯去坐马车，此时他的妻子已经坐在里面了；而阿瑟（或者说是亨廷顿先生，我更愿意如此称呼他，因为前者也是我孩子的名字）竟然如此蛮横无礼，穿着晨衣走出屋来同他的“朋友”道别。

“怎么啦，这就要走了，洛勃罗！”他说。“好啊，早安。”他笑嘻嘻地伸出他的手。

我想要不是他见到面前那个大骨骼的拳头本能地往后一缩，对方是会把他一拳击倒的，那个拳头因狂怒而发抖，握得紧紧的，使个个指关节都透过皮肤而发白又发亮。洛勃罗勋爵望着他，脸色因强烈的憎恨而发青，咬牙切齿地咕哝出一句极其恶毒的咒骂，然后走了。他要是能平静地斟酌字句，他是不致会口吐这类字眼的。

“我可要把这个称为非基督教徒精神的表现，”那个恶棍说。“而我是绝对不会为了妻子的缘故放弃一个老朋友的。如果你喜欢的话，你尽可以占有我的妻子，而且我会把这称作漂亮大方——我至多只能提出这个补偿办法，不是吗？”

不过洛勃罗已经走到了楼梯底下，这会儿正穿过门厅；亨廷顿先生俯身在楼梯扶手之上，喊道——“替我向安娜贝拉问好！——我祝愿你们俩旅途快乐，”说完他笑着退进自己的房间。

后来他还表示对于她的离去感到高兴。“她实在太专横严格了，”他说。“现在我又可以不受别人的支配，觉得更自由自在些了。”

除了米莉森特告诉我的，我对于洛勃罗勋爵后来的动态一无所知。她虽然不知道他与她表姐为什么分居，却告诉我情况确实如此：他们俩完全分居两个住宅，她表姐在城里和乡间过着寻欢作乐、兴致勃勃的生活，他则在他的那座北方古堡里过着严格的隐居生活。他们有两个孩子，都由他自己保护着。他的儿子，也即他的嗣子，是一个有出息的孩子，年纪与我的小阿瑟差不多，对于他的父亲来说，无疑是希望和安慰所寄托的对象；可是另一个小女孩，他则可能完全为了谨慎起见才把她留在身边，认为把她丢给像她母亲这样的女人去教育，去学她的榜样，是错误的。她是个介于一岁和两岁之间的小女孩，长着蓝眼睛和淡金棕色的头发。那个做母亲的从来不喜欢孩子，对于自己的孩子也没有什么天生的母爱，以致使我想起她被如此完全与他们分开，被免去照管他们的操劳和责任，会不会认为是一种宽慰。

洛勃罗勋爵和夫人走后没有几天，其余的女士们也离开了草谷庄园。她们也许原会待得更久些的，可是男主人和女主人都不坚持要求她们延长访问——事实上，前者乐于摆脱她们的态度十分明显——于是哈格雷夫太太带着她的两个女儿和外孙们（如今已有三个了）便回园林庄园去了。可是先生们却继续逗留着。我在上文已经暗示过，亨廷顿先生是拿定主意要尽可能长久地留住他们的。他们既经解除了拘束，便让他们内心的疯狂、愚蠢和蛮横一古脑儿发泄出来，使这幢房子一夜又一夜地出现狂饮、喧嚣和一片混乱的场面。至于他们当中哪个表现得最糟，或者哪个最好，我就说不清了；因为我一发现会发生什么样的事，便打定主意一离开饭厅就退到楼上去，或者把自己反锁在书房里，要等到次晨进早餐时才靠近他们——不过我得为哈格雷夫先生说这样的话，那就是：根据我能看到的他的情况，同其余的人相比，他是一个体面而庄重的绅士风度的典范。

他当初是在其他客人来到后一星期或者十天才来的，因为他们来的时候，他还在欧洲，我当时就一心希望他不接受这次邀请。可是他却接受了，不过在开头几星期里，他对我所采取的态度完全像我所能希望的那样——十分有礼而恭敬，丝毫没有装出沮丧或者气馁的神态，却是相当冷淡，但并不傲慢，举止之中也没有那种明显的拘谨或者冷冰冰的样子，以致会使他的妹妹感到不安或者困惑，并引起他母亲的追究。

第三十九章
逃跑的计划

在这一段艰苦的日子里，最使我忧虑的是我的儿子。他的父亲和他父亲的朋友们以助长一个年幼的孩子所能显示的一切处于萌芽状态的恶习为乐，并且对他所能学到的一切坏习惯给予指导——一句话，他们的主要娱乐之一是要“使他成为男子汉”；我没有必要再多说什么来证明我为他感到惊恐，以及我下决心无论如何要把他从这一类教师的手中解救出来是有理由的了。起先，我试图老是把他留在我自己的身边或者儿童室里，特别责令雷切尔，只要这些“绅士们”还逗留着，就绝不要让他下楼去吃甜点心；可是没有用，因为这些命令立即被他的父亲所取消并否决了。他说他决不让这小家伙被一个老保姆和一个该死的蠢母亲搞得烦闷得要死。因此这小家伙不顾他发怒的妈妈，天天晚上下楼来，像他爸爸那样，学着一点点地喝酒，像哈特斯利先生那样咒骂，像一个男子汉那样为所欲为。当他的妈妈试图阻止他的时候，他就叫她见鬼去。眼看这个美丽的小孩带着淘气的天真干这种事，听见他用孩子气的细小声音说出那种话，他们感到特别有趣，觉得滑稽得禁不住要发笑，而我却痛苦难过得无以言喻。他惹得全桌的人都哈哈大笑起来后，便高兴地朝他们逐个望去，在他们的笑声中加入自己的尖锐笑声。不过他那喜洋洋的蓝眼睛望着我的时候，就会霎时失去光芒，他就会有点儿担心地说道——“妈妈，你为什么不笑？爸爸，你弄得她笑吧——她怎么也不会笑嘛。”

因此，我不得不逗留在这些人面兽心的人当中，随时伺机把我的孩子从他们身边带走，而不再像我本来总会做的那样，桌布一经撤走便立刻离开他们。他则从不愿意走，因此我常常不得不硬把他带走；为此他认为我非常残酷而不公正；而有时他的父亲会坚持要我让他留下来——于是我便让他留在他的那些好心的朋友中间，自己退出去孤零零地饱尝痛苦和绝望的味道，或者绞尽脑汁要想出对付这一大坏事的补救办法。

不过，在这里我又得为哈格雷夫先生说句公道话了。我承认自己从来没有瞧见他对孩子的不端行为发笑，也没有听见他对孩子为渴望获得男子汉的本领说过鼓励的话。可是当这个幼小的浪子说出什么非常特别的话或者做出不寻常的事时，我有时候注意到哈格雷夫的脸上有一种我既无法解释又形容不出的奇怪表情——嘴巴的肌肉微微抽搐一下——突然朝孩子，接着朝我飞快地瞥一眼，同时眼光倏地闪耀一下；然后，他肯定在我脸上看到了一种无能为力的冒火和苦恼的表情，这使我自以为他脸上浮现出一丝冷酷、强烈而又阴郁的满意表情。不过有一次，小阿瑟的举止特别不好，亨廷顿先生和他的客人们在鼓励他的时候特别激怒和侮辱了我，而我也特别急于要把他带出房间去，就在我忍无可忍、即将降低我的身份大发脾气的时候——哈格雷夫先生刷地从椅子上站起来，神态严厉而坚决，把孩子从他父亲的膝上举起来——刚才这孩子坐在那儿已经喝得半醉，抬起了脑袋嘲笑我，用自己并不懂其含意的话咒骂我——哈格雷夫将他带出了房间，在门厅里一面把他放下，一面为我用手扶着门不让关上，等我走出房间的时候，他庄重地鞠了一躬，随后便关上了门。我领着我这给弄糊涂了的、仓皇不知所措的孩子离去的时候，听见他同他那已经半醉的主人之间在怒气冲冲地对话。

不过这情况不应当继续下去了；决不可听任我的孩子受到这种腐蚀。让他与一个逃亡的母亲过贫困隐居的日子比与这样的父亲过奢侈富裕的生活要好得多。虽然这些客人不会长久与我们待在一起，可是他们还会再来的；而且他，这个在所有的人中最最有害的人，他的孩子的最险恶的敌人，仍然会留下来。我自己可以忍受下去，可是我的儿子不应当再忍受了。在这一点上，人们的看法和我的朋友们的感想如何应当同样置之不顾，至少同样阻挡不了我去负起我的责任。可是我该到哪儿去找避难所呢？怎样来为我们两人获得生计呢？啊，天一亮我就要把我照管的宝贝带走，乘上公共马车去M镇，逃往X港，横渡大西洋，在新英格兰找一个安静卑微的家，在那儿我要靠双手劳动来维持我自己和他的生计。调色板和画架一度曾是我心爱的游伴，如今必须充当我的严肃的共同苦干的伴侣。可是在一个陌生的地方，既没有朋友又无人推荐我，作为一名艺术家，我的技艺是否熟练得足以赖此谋生呢？不行，我得再稍等一些时候。无论作为实际上的画家或者教师，我必须努力干一番，以便增进我的才能，画出一些值得作为显示我的能力的样品，一些于我有利的证明。我当然并不期望会有辉煌的成就，但是必须取得一定的把握免遭彻底的失败——我决不可让我的儿子挨饿。另外，我还得为旅途开支和船票筹款，也得为我们隐居后的生活准备一点儿钱，以防万一在开头可能不顺利；而且不能备款太少，因为谁知道我可能因别人的漠不关心或者疏忽，或者因我自身缺乏经验，或者不能适应人们的口味而奋斗多久呢？

那我该怎么办呢？请求我哥哥帮助，向他说明我的情况和决心？不，不行；我极不愿意把我的苦况全部告诉他，即使我这么做了，他也肯定不会赞成这个措施的。在他看来，这简直像是发疯了，正如我姑父和姑妈或者米莉森特会那么想一样。不行，我一定得有耐心，自己来积聚一笔钱。只能让雷切尔做我唯一的知心人——我想我能说服她参加我的计划；应当由她来帮助我，先在哪个遥远的城里找个画商，然后我再依靠她把我手头上适于卖钱的那些画和今后要画的私下出售。此外，我还要设法卖掉我的珠宝首饰——不是那些家族祖传的珠宝，而是我从自己家里带来的不多几件以及我姑父在我结婚时送给我的。抱着这样的目的，我可能完全承受得了几个月艰苦的劳累；在这期间，我儿子所受的伤害不会比他已经受到的更多。

一经作出这个决定，我立即着手工作来完成它。要不是有件事发生了，使我所下的那个决心更坚定了，我是原可能在后来被弄得渐渐对此冷静下来的，或者，也许经过一再考虑正反两面的意见直至后者压倒了前者，便会不得不完全放弃这个计划，或者无限期地推迟它的实现——今天，我依然坚持着，并且依然认为自己下这个决心是做得好的，而能把它付诸实施则更好。

自从洛勃罗勋爵走后，我把书房看做完全属于我的，它在一天的任何时候都是我的安全隐居处。除了哈格雷夫先生，我们这辈先生们当中没有一个堪称有一点儿文学爱好；而他呢，目前看看当天的报纸和期刊就很满足了。而且，万一碰巧他走进来看看，我确信他见到了我就会很快走掉的，因为在他的母亲和妹妹们走了以后，他对我的态度不但没有变得友好些，反倒明显地更冷淡疏远了，而这正合我的心意。于是我便在书房里竖起我的画架，在这儿，我从早到晚画着我的油画，除了有绝对必要的事或者对小阿瑟所应做的事使我离开之外，我几乎毫无间歇地画着——因为我仍然认为每天应当花一部分时间专用于教育他并给他娱乐。可是出乎意料之外，在第三天早上，我正如此忙着的时候，哈格雷夫先生当真进屋来了，并且见到了我没有立即退出去。他为自己闯入之举道歉，说他不过是来找一本书的；可是等他找到以后，竟屈尊瞧了一眼我的画。由于他是个风雅的人，他对画画这个话题正如对其他话题一样尽有议论可以发表。他对我的画加以谦虚的评论之后，见我不大予以鼓励，便详细地谈起一般的艺术。他见我对此举也并不鼓励，就住了嘴，可是并不走开。

“亨廷顿太太，你不大陪我们在一起，”在短暂的沉默之后他说道，而在那段时间里我继续冷漠地搅拌调和着我的颜料，“不过我并不觉得奇怪，因为你对我们所有的人一定讨厌得要死。我本人也为我的同伴们感到羞愧极了，对他们那种荒谬的谈话和消遣方式感到非常厌倦——因为你既然已经公正地听任我们为所欲为，便再没有人使他们变得仁慈博爱，使他们有所制约了——因此我想不久就退出他们的圈子——很可能就在这星期之内——而且我想你是不会对我的离去感到遗憾的。”

他顿住了。我没有答腔。

“也许，”他微笑着又说道，“对这件事你感到的唯一遗憾会是我不能把我的所有同伴统统带走。有时候我自以为虽然和他们在一起，我可不是他们那种人；不过你自然会因摆脱我而感到高兴的。我对此可能感到遗憾，但是不能因此而责怪你。”

“我不会因你的离去而感到高兴，因为你能表现得像一位君子，”我认为对他的良好行为应该表示感谢，便说道，“不过我得承认我会高兴地向其余的人告别，尽管这会显得我对客人冷淡。”

“没有人会对你这样坦白责怪你的，”他神态严肃地应道，“我想就连那些先生本人都不会。我来告诉你吧，”他接着说下去，仿佛由于被一个突然的决心所驱使，“昨晚你离开我们以后，他们在饭厅里说了些什么话——也许你对这些话不会介意，因为你在某些方面是极其达观的，”他微微地冷笑了一下接着说。“他们议论着洛勃罗勋爵和他那可人心意的夫人，而他们突然离去的原因在他们当中已经不是秘密；而且他们都那么了解她的品质，使得我这个同她有着这么亲的亲戚关系的人都不能试图为她的品德辩护。——上帝会诅咒我的，”他还顺便咕哝道，“要是我不为此事作出报复的话！即使这个恶棍一定要使这个家庭蒙受耻辱的话，他有必要向他所认识的每一个没有教养的无赖夸耀吗？——请原谅我，亨廷顿太太。唉，他们那时正谈着这些事，有的说既然她已同她丈夫分居了，那末只要他高兴，他是随时都可以再见到她的。

“‘谢谢你，’他说，‘她对我来说，暂时已经够了；我不会费心去看她，除非她来找我。’

“‘那末，亨廷顿，我们走了以后，你打算干什么？’拉尔夫·哈特斯利说。‘你是不是打算改变你的坏作风，做个好丈夫、好父亲等等？——我在摆脱了你和你管他们叫做你朋友的所有这帮欢闹的魔鬼之后，就是这么样的。我想该是时候了，而且你的妻子对你来说，比你要好上五十倍，你要知道——’

“他还接着赞扬了你一番，你是不会因我向你重复一遍那些赞扬的话而感谢我的——也不会因他说出那些话而感谢他的；像他那样，毫不矜持而不分青红皂白地大声说出你的名字，而在那种听众中说出你的名字简直就是亵渎之举——他本人则根本不理解也不懂得赏识你的真正美德。当时亨廷顿静静地坐着喝酒，要不就是带着微笑朝自己的酒杯里看着，既不打断他的话又不答腔，直到哈特斯利大声嚷道：

“‘老兄，你听见我的话没有？’

“‘听见了，说下去呀，’他说。

“‘不说了，我已经说完了，’对方答道，‘我只想知道你愿不愿意接受我的忠告。’

“‘什么忠告？’

“‘改过自新，你这彻头彻尾的恶棍，’拉尔夫嚷道，‘并且向你的妻子道歉，今后好好做人。’

“‘我的妻子！什么妻子？我没有妻子，’亨廷顿装出一副傻相把眼光从他的酒杯向上抬起——‘或者就算我有的话，你们听着，先生们，我如此高度重视她，只要你们当中任何人喜欢她，你们就可以去占有她，我表示欢迎——你们可以这么干，天啊，我还要祝福你们哩！’

“我——呃——有个人问他那句话是不是当真，他听了便一本正经地赌咒说是当真的，没错——亨廷顿太太，你对此有什么想法？”哈格雷夫先生稍等了一会儿问道，这期间我觉得他正热切地察看我半转过去的脸。

“我说呀，”我平静地回答，“他这么轻视的人属于他的时间也不长了。”

“你总不至于说你会因那么无耻的恶棍的可憎的行为伤心而死吧！”

“决不是这个意思，我的心已经彻底干枯了，不会一下子就破碎的，而且我打算要尽可能活得长些哩。”

“那末你要离开他啰！”

“是的。”

“什么时候？——怎么离开？”他急切地问。

“等我准备好就走，用我能够最有效地处理此事的办法。”

“那你的孩子呢？”

“我的孩子同我一起走。”

“这他不会允许。”

“我不会去要求他的允许。”

“啊，原来你考虑秘密逃跑！——可是跟谁一起走，亨廷顿太太？”

“我的儿子——可能还有他的保姆。”

“独个儿——没有人保护！可是你能到哪儿去呢？你能干些什么呢？他会追上你，把你带回来的。”

“我的计划安排得很好，不会有这等事的。只消我一离开草谷庄园，我就会认为自己安全了。”

哈格雷夫先生向我跨近一步，紧盯着我的脸，倒抽一口气，准备说话；可是我见到他那种神态、涨红的脸和突然发亮的眼睛，不由得勃然大怒。我刷地转过身子，抓起我的画笔，开始在画布上猛挥起来，使的劲儿着实猛，对那幅画很不利。

“亨廷顿太太，”他十分严肃而沉痛地说，“你太残酷了——对我残酷——对你自己也残酷。”

“哈格雷夫先生，记住你的诺言。”

“我一定得讲——我要是不讲，我的心就会胀裂！我已经沉默得够久了——你一定得听我说！”他大胆地拦住了我，不让我朝门口退去。“你告诉过我你并没有义务对你丈夫忠诚；他当众宣布自己已经对你厌倦了，并且只要有人愿意要你，他都会平心静气地放弃你；现在你快要离开他了；没有人会相信你是独个儿走的——所有的人都会说，‘她终于离开他了，谁会对此觉得奇怪呢？很少人能责怪她，会可怜他的人则更少；可是谁跟她一起跑了呢？’这样就没有人会相信你的贞节（如果你如此称呼它的话），连你最好的朋友都不会相信，因为这事是荒谬的，叫人无法相信——只有一些人会相信，他们因它的影响而遭受了那样残酷的折磨，才知道确实有这等事——可是你独个儿在这个冰冷艰难的世界上能做什么呢？你这个年轻而一无经验的妇女，娇生惯养，又完全——”

“一句话，你要劝我留在原处别走，”我打断他的话说道。“好吧，我会考虑一下的。”

“绝对该离开他！”他热切地嚷道，“可是别独个儿走，海伦！让我来保护你！”

“绝对不行！——只要上帝还让我的头脑保持清醒，就绝对不行，”我答道，猛地抽出我的一只被他用双手擅自抓过去并且紧握住的手。可是他如今已经动起来了；他已经完全越过了障碍，他的情感完全被激动了，决心不顾一切去争取胜利。

“你一定不可拒绝我！”他激动地大声说，把我的双手都抓住，紧紧握着，单膝跪下，抬起头用又哀求又专横的眼神凝视着我的脸。"现在你的头脑并不清醒，你要违抗天命逃跑。上帝已经预定由我来安慰你，保护你——我能感觉到——我确确实实知道，仿佛听见天上有个声音宣布道：你们'二人成为一体'[①]——而你却摒弃我——"

"放开我，哈格雷夫先生！"我厉声说。可是他反倒握得更紧了。

"放开我！"我又说道，愤怒得直发抖。

他跪着的时候，脸几乎正面对着窗户。我见他朝窗户瞥了一眼，使我有点儿吃惊，接着又见他脸上显出一丝恶毒的得意神色。我侧过脸一看，只见有个人影刚在拐角处消失。

"那是格里姆斯比，"他故意说道。"他会去向亨廷顿和所有其他人汇报他所瞧见的事，还会随心所欲地添油加醋。亨廷顿太太，他不喜欢你——对女性不尊敬——不相信有贞洁这等事——对贞洁的形象并不赞赏。他会把这件事描述得使听见的人对你的品德究竟如何不予置疑。你清白的名声完蛋了；你我不论说什么都永远无法补救了。给我权力来保护你吧，我要看看哪个恶棍胆敢侮辱你！"

"从来没有人胆敢像你现在这样侮辱过我！"我说着终于抽出我的双手，从他跟前朝后退。

"我并没有侮辱你，"他大声说。"我崇拜你。你是我的天使——我的神！我把我的一切力量贡献给你——你必须也一定会接受！"他激动地嚷道，一边跳起身来——"我要安慰你、保护你！要是你的良心为此责备你，就说我战胜了你，你只得顺从！"

我从没见过一个人激动得这么厉害。他向我猛扑过来。我猛地抓起我的调色刀，对着他握着。这个举动使他大吃一惊；他站住了，惊讶地盯着我看；我相信我自己的神态与他的同样凶猛而坚决。我走到

① 引自《圣经·新约·马太福音》第19章第5节。

铃的旁边，伸手按在铃索上。这一来使他更驯服了。他挥挥手，有点像是发命令又有点像是在哀求，试图阻止我去拉铃。

“那末你走开！”我说。他朝后退去——“听我说——我不喜欢你，”为了使我的话产生更大的效果，我继续尽可能不慌不忙而郑重其事地说道，“即使我与我丈夫离了婚——或者他去世了，我也不愿嫁给你。得了！你总该明白了吧。”

他气得脸色发白。

“我现在明白了，”他用酸溜溜而强调的语气回答，“你是我所见过的心肠最硬、最不近人情而最不领情的女人！”

“最不领情，先生？”

“最不领情。”

“不，哈格雷夫先生；我并非如此。我衷心感谢你为我已经做的和原本还希望要做的一切好事；至于你对我已经做的和原本可能会做的一切坏事，我祈求上帝宽恕你，使你更有头脑。”

正在此时，房门被猛地推开了，亨廷顿和哈特斯利两位先生出现在门口。后者仍然待在门厅里，忙着摆弄他的猎枪和通条；前者走了进来，背朝壁炉站着，打量着哈格雷夫先生和我，对前者尤为注意，带着别有用心的微笑，令人难以忍受，他那黄铜色的容颜还显出厚颜无耻的神情，眼睛里闪着狡猾恶毒的光。

“怎么啦，先生？”哈格雷夫用质问的语气问，带着一副采取守势的神态。

“怎么啦，先生，”他的主人回答道。

“沃尔特，我们想知道你有没有空陪我们一起去打野鸡，”哈特斯利在门外插嘴道。“来吧！因为除了这个和一两只兔子，没有什么可以打的，我可以说得准。”

沃尔特不作答，却走到窗前去使自己镇定下来。阿瑟轻轻地吹了一声口哨，目送着他。哈格雷夫气得面颊上泛出淡淡的红色，不过即刻就平静地转过身来，漫不经心地说：

“我是前来向亨廷顿太太告辞的，告诉她我明天得走了。”

“哼！你的决定下得好突然呀。请问什么事情使你这么快就想走？”

“事务，”他答道，同时用轻蔑的挑战眼光来抵制对方带怀疑意味的冷笑。

“很好，”这是对方的回答；哈格雷夫便走出去了。于是亨廷顿先生把上衣的下摆抓起来夹在两腋下，让肩膀靠在壁炉架上，把脸转向我，用轻得几乎同呼吸声差不多的嗓音对我倾泻出一连串人可能想象得出或者可能说出口来的最最卑鄙、最最下流的辱骂话。我并不试图打断他的话；可是我心中升起了怒火，等他骂完以后，就回答说：

“亨廷顿先生，就算你加给我的罪名符合事实，你怎么竟胆敢责怪我？”

“啊，让她说中了！”哈特斯利嚷道，一边把他的猎枪竖起靠在墙上，走进屋子，抓住他那宝贝朋友的手臂，要把他拉走。“走吧，我的伙伴，”他低声说，“不管是真是假，既然你昨晚说了那些话，你要知道你是没有权利责怪她的——也没有权利责备他。所以走吧。”

在这句话中有些使我无法忍受的含义。

“你胆敢怀疑我，哈特斯利先生？”我说，几乎达到怒不可遏的程度。

“不，不，我对什么人也不怀疑。没问题——没问题。好了，快走吧，亨廷顿，你这个恶棍。”

“她无法否认这事！”被如此称呼的人又狂怒又得意地咧开嘴笑着，大声嚷起来。“她绝对无法否认！”他接着又咕哝了一些辱骂的话之后，便走进门厅，从桌子上拿起他的帽子和猎枪。

“我不屑向你为我自己辩护！”我说。“可是你，”我转向哈特斯利说道，“如果你认为对这事有什么疑问的话，你就去问哈格雷夫先生。”

他们听了这句话，同时爆发出粗野的笑声，把我气得浑身发抖，直传到指尖。

“他在哪儿？我亲自去问他！”我说着朝他们走去。

哈特斯利忍住了再次爆发出的笑声，向通屋外的门指指。那扇门半开着，他的大舅子正站在正门外。

“哈格雷夫先生，请你到这儿来，好吗？”我说。

他转过身来望着我，神态严肃中带有诧异。

“到这儿来，请！”我又说了一遍，态度非常坚决，使他没法或者不想违抗。于是他有点儿勉强地走上那几级台阶，跨进门厅一两步。

“告诉这两位先生，”我接着说道——“这两位男士，我有没有接受你的要求。”

“你的话我不明白，亨廷顿太太。”

“你是明白我的话的，先生；我责令你凭你身为正人君子的荣誉（如果你有的话），据实答复，我有，还是没有？”

“没有，”他把脸转开去，低声说。

“说得响点儿，先生；他们听不见你的话。我有没有答应你的请求？”

“你没有。”

“是没有，我肯定她没有，”哈特斯利说，“否则他决不会这么阴郁。”

“我愿意同你决斗，亨廷顿，”哈格雷夫先生平静地对他的主人说，不过脸上带着一种沉痛的讥讽表情。

“见鬼去！”后者不耐烦地把头一甩，回答道。哈格雷夫带着冷冷的倨傲神情走出屋去，一边说道：

“你如果有意派个朋友来，你是知道在哪儿能找到我的。”

这个通知所得到的反应仅仅是一连串低声的发誓和咒骂。

“好，亨廷顿，你明白了吧！”哈特斯利说，“事情再清楚不过了。”

“我可不在乎他瞧见了什么，”我说，“或者他是怎么想象的；可是你，哈特斯利先生，如果你听见我被人误解，我的名誉受到诽谤，你会不会为它辩护？”

“我会的。要不，我就该死！”

于是我立刻转身走了，把自己关在书房里。是什么竟然使我对这样一个人提出这样的要求呢？我真不明白，不过快淹死的人总是要抓住救命稻草的；是他们一起把我逼得孤注一掷的；我简直不知道自己说了些什么。在这一窝酒友中，没有其他人能保护我的名誉免遭诽谤和破坏，而且通过他们，也许还会传到外界去；和我这个被抛弃的坏蛋丈夫、那个卑鄙恶毒的格里姆斯比以及虚伪的混蛋哈格雷夫相比，这个公猪般的流氓哈特斯利，尽管又粗俗又蛮横，在他那些同伙的软虫当中，却像一只萤火虫般在黑暗中闪闪发光。

这是一个怎么样的场面啊！我怎么想得到自己竟然命中注定要在自己家中忍受这种侮辱——听到这种话当着我的面说出来——不仅如此，还是冲着我说的，说的是与我有关的事——而且是由以绅士自居的一些人说的？我又怎么想得到自己竟然能这样平静地忍受，这样坚定勇敢地抵制他们的凌辱？像这样的坚强精神完全是靠艰难的经历和绝望才使我学到的。

我在屋子里来回踱着的时候，这样的念头接连地兜上我的心头，我并且渴望——唉，我多么渴望现在就带着我的孩子离开他们，一个钟点也不耽搁！可是这办不到；我手头还有些工作要做——一定得做的艰巨的工作。

“那就让我做吧，”我说，“切莫浪费片刻去徒劳地埋怨并无谓地恼恨自己的命运和影响着它的人们。”

于是我强有力地抑制住我的激动心情，马上再继续我的工作，整天努力干着。

哈格雷夫先生确实于次日走了，此后我就一直没有再见到他。其他的人多住了两三星期；但我尽可能地避开他们，仍然继续我的工作，而且以几乎毫不减弱的热情一直工作到目前。不久我就把我的计划告诉了雷切尔，向她吐露了我的全部动机和意图，使我高兴地感到意外的是，我几乎没有困难地使她同意了我的意见。她是个持重谨慎的女人，可是她恨透了她的男主人，却十分爱她的女主人和由她抚养着的小宝贝，因此突然发出了几声表示惊讶的叫喊并作了微弱的异议，还对我竟然落入如此境地痛哭流涕了好一阵之后就表示赞成我所作出的决定，同意竭尽全力帮助我——但是有一个条件，那就是她要同我一起出走，否则她便绝不宽容，因为她认为让我一个人带着小阿瑟走简直是发疯。她谦恭地提出要用她积蓄的那一小笔钱资助我，说她希望我会“原谅她的放肆，不过如果我赏脸把它作为借款接受下来，她会真心感到十分高兴”。她的慷慨使我很感动，但是我当然不可能愿意这样做的——因为感谢上帝，我如今自己已经积蓄了一点儿钱，已经准备得十分充分，正一心盼望快快摆脱这个束缚了。只要这种多风暴的严冬气候稍微缓和一些，到那时，某一个早上，亨廷顿先生就只好下楼来独个儿进早餐了，他还可能喊遍整幢房子，找他的没有露面的妻儿，而他们却已经踏上前往西方世界的旅途，走了五十多英里了——或者更远些，因为我们会在清晨前好几小时就离去，而且他很可能要等到日上三竿才会发现我们两人失踪了。

对于我即将采取的措施，我完全意识到它可能、也必然会带来恶果；但是我的决心从没动摇过，因为我从没忘记过自己的儿子。就在今天早上——我在干着我平日的工作，他坐在我脚旁，默默地玩弄着我扔在地毯上的碎帆布片——可是他的心思不在此，因为过了一会儿，他若有所思地抬头望着我的脸，神情严肃地问道：

“妈妈，你为什么这么坏？”

“亲爱的，谁告诉你我坏？”

“雷切尔。”

“不，阿瑟，我肯定雷切尔从来没有这么说过。”

“好吧，那末就是爸爸说的，”他沉思着说。接着他踌躇了一下又说道，“至少我来告诉你我是怎么知道的吧：我同爸爸在一块儿的时候，要是我说妈妈要我去，或者说妈妈不让我做他让我做的事——他总要说，‘妈妈该死，’——而雷切尔说只有坏人才是该死的。所以，妈妈，我才想你一定是坏人——我可是希望你不是坏人的。”

“我亲爱的孩子，我不是坏人。那句话是坏话。而且坏人常常说比他们自己好的人坏话。那句话不能把人打入地狱，也不能证明那些人应当受罚。上帝会凭我们各人的思想和行为来判断我们，而并不是凭别人怎么说我们的话。阿瑟，你要记住，如果你听见有人说这话，决不要去照搬他的话；不愿意人家这样说你，你自己却这样说别人，是邪恶的。”

“那末爸爸才是坏人吧，”他表示后悔地说。

“爸爸说这种话是错的，如今你既然已经明白了，还要模仿他，那就大错了。”

“模仿是什么意思？”

“他干什么你也照样干。”

“那末他明白吗？”

“他可能明白的；不过这与你无关。”

“如果他不明白，你该去对他说，妈妈。”

“我已经对他说过了。”

这个小道德家默默地想着，我竭力使他的心思不放在这个问题上，可是做不到。

“我很难过，爸爸竟是坏人，”他终于悲伤地说，“因为我不要他去下地狱。”说着他哇地哭起来了。

我安慰他说，希望他爸爸在去世之前可能会改邪归正——可是，解救他脱离这么个父亲的时候不是已经来到了吗?

第四十章
不幸的遭遇

1827 年 1 月 10 日。昨晚在写上述情况时我正坐在客厅里。当时亨廷顿先生在场，不过，如我所料想的那样，在我背后的那只沙发椅上睡着了。但是他后来站起来了，受到某种卑鄙的好奇心理的驱使，并在我不知道的情况下，已经在我背后看了不知多久了；因为当我搁下了笔，正要合上本子时，他突然伸过手来按在本子上，说道——“请原谅，我亲爱的，我想看看”，于是硬从我手中夺过去，将一把椅子拉到桌旁，镇静自若地坐下来，仔细检查起来——把一页页翻过去，要为他所看到的内容找出一个解释。我真倒霉，这天晚上这个时刻他比通常清醒。

我当然没有让他从从容容地这么做。我好几次试图从他手中夺回那本子，但因他抓得很紧而没有成功；我痛斥他，奚落他这卑鄙丢脸的行为，可是对他起不了丝毫作用；最后我把两支蜡烛都熄灭掉，但他车转身子，走到火炉前，把火拨得很旺，足以达到照明的目的，便镇定地继续他的检查工作。我真想去提一大罐水来把炉火也浇灭掉；不过显然他的好奇心已被强烈地激发起来，用这个方法是压制不了的，而且我越是显得急于要阻碍他的检查，他便更非要坚持这么做不可——再说，为时已经太迟了。

“亲爱的，看来好像很有趣，”他抬起头转向我说道，而我则站着，紧绞着双手，默不作声，十分愤怒而痛苦，“可就是着实长，我下次再看吧——而现在，我要麻烦你把你的钥匙交给我，亲爱的。”

“什么钥匙？”

“你的橱柜、书桌、抽屉和凡是你所拥有的其他家具的钥匙，”他说，站起来伸出手来。

“不在我身上，”我回答说。事实上这会儿我的书桌钥匙正插在锁内，其他的钥匙则同它系在一起。

“那你得让人去拿来，”他说，“如果那只老母狗，雷切尔不马上把它们交出来，她明天就卷铺盖给我滚。”

“她并不知道它们在哪儿，”我答道，一边暗中把手按在那串钥匙上，把它们从书桌的锁中拔出来，自以为他并没有察觉。“我是知道的，但是我不会毫无理由地将它们交出来。”

“我也知道，”他说着突然一把抓住我紧握着的手，粗暴地从我手中把钥匙串夺走。接着他拿起一支蜡烛，把它伸到炉火中再点燃起来。

“好啦，”他冷笑着说，“我们得没收财产啦。不过，让我先瞧一下画室。”

他把钥匙串往口袋里一塞，就走进书房去。我跟在他后面，是模模糊糊地想防止他破坏什么呢，还是仅仅为了要知道将发生什么最糟糕的情况，我自己也简直不知道。我的绘画用品一起搁在墙角的桌子上，只由一块布遮盖着，准备明天使用。他不久就发现了它们，便放下手中的蜡烛，开始不慌不忙地把它们扔进炉火中去——调色板、颜料、皮囊、铅笔、画笔、清漆——我看见它们全都给付之一炬——调色刀裂成两段——油彩和松节油发出嘶嘶声和吼叫声，化为浓烟升入烟囱中去。接着他拉了一下铃。

“本森，把那些东西拿走，”他指指画架、油画布和绷画布的框子，说道，“告诉女仆她可以用它们去点火。你的女主人不再需要它们了。”

本森被吓呆了，望着我。

“把它们拿走，本森，”我说；他的男主人咕哝了一句咒骂话。

“是这个和所有的东西吗，先生？”吃惊的仆人问道，他指的是才画了一半的那幅油画。

“那个和全部的东西，”男主人回答说；于是那些东西都被拿走了。

接着亨廷顿先生走上楼去了。我并不想跟随他上去，而是继续坐在扶手椅里，一言不发，欲哭无泪，几乎一动也不动，过了大约半小时他回来了，径直向我走来，把蜡烛凑近我的脸，紧盯着我的眼睛，神情和笑声都带着极大的侮辱性，使我受不了。我猛地一挥手，把蜡烛击落，掉在地板上。

“啊呀！”他吓得往后退缩，低声说——“她十足是仇恨的化身！可曾有什么人见到过这样的眼睛吗？——它们在黑暗中发亮，活像一只猫的眼睛。啊，你是一只可爱的猫！”说着他把蜡烛和蜡烛台拾拢起来。蜡烛被摔断，也熄灭了，他便拉铃再要一支。

“本森，你的女主人把蜡烛弄断了，再拿一支来。”

“你自我暴露得很彻底啊，”等仆人走了，我说。

“我没有说是我弄断的，是吗？”他应道，接着把我的钥匙串扔到我的膝上，又说——“拿去！你会发现除了你的钱和那些首饰之外，什么也没有少——另有一些不值钱的小东西，我认为让我保管它们比较合适，免得你利欲熏心，把它们变卖掉。我在你的钱包里留下了几个金镑，我想够你维持到月底了——不管怎么样，如果你还要钱的话，那就劳驾给我一张开支的账目单。关于你的个人开支，今后我每月会给你一小笔生活津贴，而有关我的个人事务，你就不必再费心了；我要去找一个管家，我亲爱的；我不让你受到金钱的引诱。至于那些家务事，格里夫斯太太一定得把账记得非常详细；我们得执行一项崭新的计划——”

“现在你得到了什么重大的发现呀，亨廷顿先生？我有没有企图要欺骗你？”

“严格地说来，看来在金钱问题上并没有，不过最好还是要避免引诱。”

这时本森拿着蜡烛进来了，接下来是短暂的沉默——我静静地坐在椅子上，他背对壁炉站着，对于我的绝望默默地得意非凡。

“原来如此，”他终于说，“你打算出走，去变成一名画家，靠双手的劳动养活自己，以此来丢我的脸，真是这样吗？而且你还想把我的儿子夺走，把他培养成一个做买卖的下流的美国佬，或者一个卑贱的乞丐般的画家？”

“是的，为了避免使他成为像他父亲那样的绅士。”

“幸好你没有能保守你自己的秘密——哈，哈！幸好这些娘们非得叽叽喳喳不可——如果她们没有朋友可以说话，她们就得把自己知道的秘密私下里告诉鱼，要不写在沙地或者什么地方上；我现在回想起来，也幸好今晚我没有吃喝得过多，不然我就可能会打瞌睡，怎么也想不到去注意我可爱的太太在干些什么——不然我就可能会缺乏判断力和能力，而不能像我已经做到的那样，像个男子汉般去达到我的目的。”

我丢下他由他去自我庆幸，站起来去取我的手稿，因为我这时想起它是被遗留在客厅的桌子上的，我决心尽可能使自己免受再看见它落进他手中的耻辱。一想到他以得知我的内心思想和回忆为乐，我就受不了，尽管他一定会发现在本子里写的有关他本人的话，除了前面的部分，都不是好话——唉，我情愿把整个本子都烧掉，也不让他看到我那么愚蠢地爱着他的时候所写下的那些话啊！

“顺便说一下，”我正离开房间的时候，他嚷道，“你最好还是通知那该死的鬼鬼祟祟的保姆，这一两天要避开我——我打算明天付给她工钱叫她卷铺盖滚蛋，可是我知道她不在这屋里要比在这屋里能干下更多的坏事。”

我走开的时候，他继续诅咒和辱骂我这忠实的朋友和用人，我不愿意照搬他所用的那些词语，以免玷污这张纸。我一收起我的本子，就去找她，把我们的计划遭到失败的过程告诉了她。她像我一样感到忧伤和震惊——实际上那天晚上她的感受更甚于我，因为我被这一打击弄得有点目瞪口呆，我的愤怒又使我有点激动并且对这一打击更为反感。可是今天早上我醒来的时候，长久以来暗中安慰并支撑着我的那个使我振奋的希望已不复存在，而这一整天，我烦躁而无目的地荡来荡去，回避着我的丈夫，连我的孩子也怕见——因为我知道自己不再适宜于做他的教师或与他做伴，对于他的未来丝毫不抱有什么希望，巴不得他从来没有出生——这时我完全感觉到了自己的灾难的严重性——而且我这会儿还能感觉到。我知道日复一日，下述这种感觉还会不断重新兜上心头：我是一个奴隶，一个囚犯——不过这并没有什么关系；因为如果事情只涉及我自己，我是不会抱怨的，可是我却被禁止去搭救我的儿子免于堕落，而那一度是我唯一的慰藉的事，如今却成了使我绝望的最主要原因。

我难道不信仰上帝了？我试着去仰望上帝，把我的心举到天上，可是它却依恋着尘土。我只能这么说——“他用篱笆围住我，使我不能出去。他使我的铜链沉重。……他用苦楚充满我，使我饱用茵陈。”①——我忘记再加上——“主虽使人忧愁，还要照他诸般的慈爱发怜悯。因他并不甘心使人受苦，使人忧愁。”②我应当想到这个；而且如果说在这个世界上我只有受苦的份儿，那末最漫长的痛苦人生与整个永恒的安宁相比，又算得了什么呢？至于我的小阿瑟——难道他除了我就没有朋友了吗？谁这么说过，“你们在天上的父，也是这样不愿意这些小羊里失丧一个？”③

---

① 引自《圣经·旧约·耶利米哀歌》第3章第7及15节。

② 引自《耶利米哀歌》第3章第32到33节。

③ 引自《新约·马太福音》第18章第14节，这是耶稣对门徒讲“迷路的羊”的比喻时说的。为明白计，译文略有改动。

第四十一章
人的心胸中能永远滋生希望[1]

3 月 20 日——摆脱了亨廷顿先生以来已有一段时期，现在我的精神振奋起来了。他在 2 月初离开我；他一走，我就呼吸舒畅了，觉得我的生命力恢复过来了；并非因为有逃跑的希望——他已经设法不让我看到有这种可能——而是决心充分利用现有的情况。小阿瑟终于留下来给我了；我从沮丧的麻木状态中振奋过来，竭尽一切力量去把培育在那幼稚的心灵中的毒草连根拔掉，把曾经被杂草弄得不能开花结果的好种子再播下去。感谢上帝，它并非一片贫瘠或多石的土壤；如果说杂草在那儿长得快，较好的植物也是这样。他的理解力比他的父亲敏捷，他的心田比他父亲的更有可能洋溢着爱；只要没有人来阻碍我的努力，要使他顺从并且说服他去爱并理解他自己的忠实朋友并不是没有希望的。

在改掉他父亲教他染上的那些坏习惯这件事上，开头我遇上了很多麻烦，但如今那困难几乎已经完全克服了。骂人的话很少玷污他的嘴，我还成功地使他对所有的烈酒深恶痛绝，这一点，我希望即使他父亲或者他父亲的朋友们也无法扭转过来。对这么年幼的小家伙来说，他过分嗜酒了，而且想起我那不幸的父亲和他的父亲，我真害怕这种爱好会产生的后果。可是如果我限制他平时的酒量，或者根本禁止他喝酒，那只会促使他更爱喝酒，使他把喝酒看做更大的乐事。因此我便让他喝得和他父亲惯常让他喝的那么多——实际上也就是他要喝多少就给多少，不过我偷偷地在每一杯里都放入少量的吐酒石[2]——其分量恰好足以产生必不可免的恶心和沮丧的感觉，而又不致真的呕吐起来。他由于发现这嗜好每次都引起不愉快的后果，不久也就对它厌倦了，可是他对每天喝酒越害怕，我就越是劝他喝，直至他从勉强喝发展成为彻底的厌恶。后来他对各种葡萄酒都厌恶透顶了，我经他要求，同意他试喝掺水的白兰地；接着又试喝掺水的杜松子酒；由于这个小酒鬼对所有的酒都熟悉，我决心要使他对它们全都同样厌恶。如今我已经达到这个目的了，而且既然他宣称一尝到、闻到或者见到任何一种酒都足以使他作呕，我也就不再用它们来逗弄他了，除非有时候见他举止不当，才利用它们作为吓唬他的东西："阿瑟，要是你不乖，我就要你喝一杯酒，"或者"喂，阿瑟，你如果再说这种话，你就得喝一些掺水的白兰地"。这些话如同其他任何威胁一样奏效；还有过一两次他生病的时候，作为药品，我强迫这可怜的孩子喝下一点没有加吐酒石的掺水的葡萄酒；而且我打算把这种做法延续一段时间；倒并不是因为我认为这在实际意义上具有任何真正的用处，而是因为我决心要唤起联想的全部力量为我效劳，希望这种反感深入到他的本性中，使他在以后的生活中的任何情况下都不能把它磨灭。

因而我自以为能够保护他不再染上这种恶习了，至于其余的恶习，如果他父亲回来了，我就会有理由担心我的良好教育会全被破坏——如果亨廷顿先生又开始耍花招，教孩子憎恨并藐视他的母亲，效法他父亲的恶行，我是还会从他手中把我的儿子救出来的。我已经想出另一个计划以便在这种情况下采用，只要我能获得我哥哥的同意和帮助，我就无疑必然成功。那幢我和哥哥在其中出生、我们的母亲在其中亡故的老邸宅目前无人居住，我想也不十分破败。现在如果我能够说服他把其中一两个房间修整得适宜于居住，把我当作一个陌生人出租给我，那末我就可以用假名同我的孩子住在那里，仍然靠我所喜爱的美术来养活自己。他得借笔钱给我，让我开始生活，我以后会

---

① 引自英国诗人亚力山大 · 蒲柏(1688—1744)发表于1733年的长诗《人论》的第一部分《书信一》。

② 吐酒石，化学学名为酒石酸氧锑钾，为一种能使人呕吐的药物。

还他的。我将过卑微的自立生活并严格隐居，因为那幢房子坐落在一个荒凉的地方，四邻居民稀少。他还得亲自为我接洽出售我的画。我已经在脑子里安排好整个计划，我所要做的只是说服弗雷德里克采纳我的意见罢了。他不久就要来看望我，到那时候我就要向他提出这个建议，不过事先得使他充分理解我的处境，使他能原谅我打算这么做。

我相信，对于我的处境他已经了解得比我所告诉他的多得多。根据他来信的字里行间所流露出的温柔的悲哀情调，根据他难得提及我丈夫这一事实(即使提到他的时候也通常都显出一种隐藏的痛苦)，以及当亨廷顿先生在家时他从不来看我这一情况，我可以明白他已经很了解了。不过他从来没有公开表示过对他不满，也没有对我公开表示同情；他从不提出什么问题，也不说什么话来引导我向他倾吐心事。他要是那样做了，我就可能不会对他隐瞒什么了。也许我的沉默伤了他的自尊心。他是个怪人——但愿我们彼此能更了解一些。在我婚前，他每年总要到斯坦宁利来住上一个月；不过自从我们的父亲死后，我只见到过他一次：趁亨廷顿先生不在家时来住了几天。这一次他要住上许多天，我们俩会比自从童年以来任何时候都更坦率和亲切；我的心比以往任何时候更向他靠拢，我的心灵对孤独感到厌倦了。

4 月 16 日——他来了又走了。他至多只肯待两星期。时间过得快极了，可是我非常非常快活，这对我很有益。我的心情一定很坏，因为我的不幸遭遇使我变得极其烦躁、满腹怨恨。我已经不知不觉地开始对与我同在世上的人们怀有强烈的恶感了——尤其是他们中间的男性；不过见到在他们当中至少有一位是值得信任和尊敬的，这倒是令人欣慰的；无疑还有更多的这种人，不过我从来没有和他们结识——除非我把那可怜的洛勃罗勋爵也算一个，而他在他婚前的时期中却是够坏的；可是如果弗雷德里克生活在那个生活圈子里，从小与我所认识的这种男人们混在一起，他会成为什么样的人呢？小阿瑟生来就有那么可爱的气质，如果我不拯救他脱离这个圈子和那些同伴，他又会变成什么样的人呢？在弗雷德里克到来的当天晚上，我让我的小儿子去见他的舅舅时，提及了我所担心的事，还向他介绍了我的营救计划。

“他的有些心情很像你，弗雷德里克，”我说，“我有时候认为他像你比像他爸爸更多些，而我为此感到高兴。”

“你这是在奉承我，海伦，”他边说边抚摩着那孩子的柔软的鬈发。

“不——如果我对你说，我宁可他像本森而不像他的父亲，你就不会认为我这句话含有赞美之意了。”

他微微扬了一下眉毛，可是没吭声。

“你可知道亨廷顿先生是什么样的人吗？”

“我想我有点数。”

“你是不是有数到这样的程度：如果听说我要带着这孩子逃到什么秘密的避难所，以便在那儿安静地过活，永远不再见到他，你不会感到惊奇也不会不同意呢？”

“事情真是这样吗？”

“要是你还不十分清楚，”我继续说道，“我来再告诉你一些关于他的事情吧。”——于是我约略谈了一下他的一般品行，关于对待他的孩子的行为则谈得更详细些，还解释了我如何为孩子担忧，和要解救他脱离他父亲的影响的决心。

弗雷德里克听了对亨廷顿先生感到极为愤慨，又为我感到十分悲痛；可是尽管如此，他仍然把我的计划看做是荒唐而不切实际的，认为我为小阿瑟的担心与实际情况不相称，并对我的计划提出了许多反对意见，还想出了许多比较和缓地改善我的状况的办法，以致为了使他相信，我不得不更详细地告诉他一些事，说明我丈夫是如何不可救药，不管我变成什么样儿，他怎么也不肯放弃他的儿子，因为他不让孩子离开他的决心同我不愿离开孩子的决心一样大；还说，事实上除了如我先前所打算的那样逃离这个国家，就没有别的解决办法了。为了避免这种情况，他终于同意把那幢老邸宅的一侧边房整修得适于居住，于必要时作为避难所；不过他希望除非遇上真有必要这么做的情况，我不得趁机利用它，这一点我便急忙允诺了；因为，尽管对我本人来说，与我目前的处境相比，这么个隐蔽的住处简直像天堂一样了，然而为了我的朋友们的缘故——为了我衷心爱戴的那两个妹妹米莉森特和埃丝特，为了住在草谷庄园的那些可怜的佃户，尤其是为了我的姑妈——只要可能，我是会在这儿待下去的。

7 月 29 日——哈格雷夫太太和她的女儿从伦敦回来了。埃丝特没完没了地谈论她首次在城里的社交活动，可是她仍然因情窦未开而尚未与人订婚。她母亲为她物色了一位出色的对象，甚至促使那位先生把他的爱情和财产都奉献给她；可是埃丝特有的是胆量，竟拒绝接受这些贵重的礼物。他出身名门，家产富裕，无奈这个淘气姑娘坚持说他老得像亚当①一样，丑得像罪恶一样，讨厌得像——一个不可名状的人。

“不过那段时间我确实不好过，”她说。“妈妈对于她心爱的计划告败感到大失所望，对于我顽固地不顺从她的意愿恼火之极——而且现在还是如此；可是我实在没有办法。而沃尔特对于他所谓的我的刚愎自用和荒谬的任性也当真大为生气，使我担心他永远不会原谅我了——我过去想不到他竟然会像他最近表现的那么不体谅人。可是米

① 指的是《圣经》中上帝所创造的头一个男人。

莉森特恳求我不要让步，而且我可以肯定，亨廷顿太太，如果你见到了他们要硬塞给我的那个男人，你也会劝我不要接受他的。”

“无论我有没有见到他，我都会这么做的，”我说。“只要你不喜欢他，这就够了。”

“我早知道你会这么说的；可是妈妈却肯定地说你对我这种不孝顺的行为会感到十分震惊——你哪里想象得到她是怎么训斥我的——说我不听话，忘恩负义；挫败了她的愿望，辜负了我的哥哥，使我本人成为她得负责照管的负担——有时候我担心她终于会使我就范。我的意志很坚强，但是她也是如此，而且当她说出这种抱怨的话的时候，我陷入了一种没奈何的境地，真想要听从她，然后极端伤心地说一声：‘瞧，妈妈，这都怪你！’”

“请不要这样！”我说。“出于这种动机的服从会是绝对邪恶的，也肯定会带来所该受的惩罚。要坚持下去，不久你妈妈就会停止她的迫害的——而那位先生本人，只要他见到自己的求爱一直遭到拒绝，就会不再纠缠你的。”

“啊不！妈妈在把自己搞得精疲力竭之前会使她周围所有的人都不胜其烦的；至于奥尔德菲尔德先生，她已经使他领会我之所以拒绝他的要求并非由于我不喜欢他这人，而仅仅是因为我年轻而轻率，目前还不能使自己在任何情况下去接受结婚这一想法，不过到了下一个社交季节，她毫不怀疑我会通情达理些，希望到那时候我那些少女的幻想会消失殆尽。所以她把我带回家里来了，要教育我正确理解自己的本分，为再次要来到的那个季节做好准备——实际上，我相信，除非我投降，她是不会花钱再带我去伦敦了；她说为了作乐和胡闹把我带进城去是担负不起这笔费用的，又说不管我对自己的魅力可能有多高的估价，可不是每个富有的先生都会答应接受我这个没有财产的人的。”

“唉，埃丝特，我同情你；但是我还要再说一遍，要坚持下去。你要是去嫁给你不喜欢的男人，还不如立刻把自己出卖去当个奴隶。如果你母亲和哥哥对你不好，你可以离开他们，可是你要记住你将终生受丈夫的束缚。”

“可是除非我嫁人，我是没法离开他们的，而如果没有人能见到我，我又嫁不出去。在伦敦我见到过一两位我可能会喜欢的先生，可是他们都不是长子，妈妈不让我去跟他们来往——尤其是其中的一位，我相信他相当喜欢我，但她却竭力在我们彼此进一步熟悉的道路上设置了种种障碍——这岂不惹人恼火？”

“我并不怀疑你会有这种感觉，不过如果你嫁给他，你可能比嫁给奥尔德菲尔德先生会更有理由后悔的。虽然我告诉你别嫁给你不爱的人，我并非劝你要单单为爱情而结婚——因为还有许许多多别的事情得考虑。克制住你的感情，别随便答应结婚，直到你认为有充分理由这么做；如果这种机会永远不出现，那末你要用这种想法来安慰自己：尽管在独身生活中你的乐趣可能不多，至少你的伤心事也不会多得使你无法忍受。结婚可能使你的情况好转，可是我个人的看法是它更可能产生相反的后果。”

“米莉森特也这么认为，可是请允许我说，我不这么认为。如果我认为自己注定要当老姑娘的话，我就会不再重视我的生命。想到我自己年复一年地在园林庄园住下去——成为妈妈和沃尔特的食客——成为仅仅是土地上的一个累赘（既然如今我知道了他们会以什么眼光来看待这一点，我就有了这个想法），那就完全无法忍受了——我宁可同男管家私奔的。”

“我承认你的情况是特殊的；不过，亲爱的，你得忍耐，千万不要轻举妄动。要记得你还没到十九岁，还得过许多年人家才会把你看做老姑娘；你不知道上帝可能为你准备着什么命运。同时不管你妈妈和哥哥显得有多么不愿意，要记住你是有权利得到他们的保护和供养的。”

“亨廷顿太太，你真严肃啊，”埃丝特顿了一下后说道。“米莉森特就婚姻问题说过与此相同的令人泄气的话，我当时问她快活不快活，她说快活的；可是我不完全相信她的话；而现在我得向你提出同样的问题了。”

“这是由一个年轻姑娘向比她大好几岁的已婚妇女提出的十分不恰当的问题，”我笑着说道——“我不愿回答。”

“请原谅我，亲爱的夫人，”她笑着投入我的怀中，顽皮而又深情地吻我，可是当她把垂下的头靠在我的胸前时，我觉得有一颗泪珠滴在我的脖子上，她这时用一种既悲哀又轻浮、既羞怯又鲁莽的古怪口气继续说道，“我知道你不像我所指的那么快活，因为你在草谷庄园独个儿度过了你的半辈子，而亨廷顿先生则随心所欲地到处寻欢作乐——我希望我的丈夫除了同我共享的乐趣之外，没有别的乐趣；而如果他最大的乐趣并不是喜欢同我做伴——哼——那他就活该倒霉——就这么回事。”

“埃丝特，如果你对婚姻生活抱有这样的期望，你确实得非常留神地选择丈夫——或者不如干脆不结婚。”

第四十二章
改过自新

9月1日——亨廷顿先生还没有回来。也许他会同他的朋友们待在一起直到圣诞节；然后，在明年春天，他将又会离家。如果他继续执行这个计划，我就能在草谷庄园好好地待下去——也就是说，我将能够待下去，而这就足够了；甚至在狩猎季节偶尔来一群朋友，我也能忍受了，只要在他们来到之前，阿瑟变得牢固地依恋着我——并很稳固地形成健全的头脑和原则，那样我就能靠说理和感情使他保持纯洁，免受他们的污染。我担心这只是徒然的希望而已！可是在这种考验的时候来临之前，我仍然不准备去考虑到我心爱的那座老邸宅去找安静的避难所。

哈特斯利夫妇俩曾经在园林庄园住了两星期；由于哈格雷夫先生仍然不在家，天气又异常地好，我没有一天不见到我那两个朋友，米莉森特和埃丝特，不是在她们家就是在我家。有一次，哈特斯利先生驾了四轮敞篷马车把她们都送到草谷庄园来，还带着小海伦和拉尔夫[①]。我们大家都在花园里玩乐，当太太小姐们逗着孩子们自娱的时候，我与这位先生交谈了几分钟。

"亨廷顿太太，你想听听你丈夫的什么消息吗？"他问。

"除非你能告诉我他什么时候回来，别的我并不想听。"

"这个我没法告诉你——你并不要他回来，是吗？"他大咧着嘴笑着问。

"是的。"

"唉，我认为你确实是没有他更好——至于我，我是彻底厌恶他的。我对他说过，如果他不改善礼貌我就不跟他来往了——而他不愿意，因此我就离开了他——你可以明白，我实际上比你想的要好——

而且我还认真地考虑同他和他们那一帮人一刀两断，从今以后使自己举止体面庄重，像一个基督徒和做父亲的应该的那样——对此你觉得怎么样？”

“这个决心你早该下了。”

“咳，我还没到三十岁，现在还不太晚吧，是吗？”

“不晚，只要你有愿意这么做的见地并贯彻你的决心的力量，那末无论什么时候改过自新都不晚。”

“好吧，老实告诉你，过去我是常常想这么干的，可是亨廷顿毕竟是个极好的伙伴啊——你没法想象他不十分醉而仅仅是刚开始放开肚子喝或者半醉的时候，是个多么愉快的好家伙——我们全都从心底里多少喜欢他，尽管我们无法尊敬他。”

“可是你会希望自己像他吗？”

“不会，尽管我这么坏，我还是宁可像我自己这样的。”

“你不可能老是保持这么坏而不会变得更坏——而且变得一天比一天更蛮横——因此就会变得更像他了。”

他对我这种不寻常的讲话方式露出一副有几分生气而又有几分惊慌失措的滑稽神情，使我禁不住笑了。

“恕我直言，”我说，“我说这话是出于最好的动机。可是请你告诉我，你会不会希望你的儿子们像亨廷顿先生那样——或者甚至像你自己？”

“见鬼，我不会。”

“你会不会希望你的女儿瞧不起你——或者至少对你毫不感到尊敬，对你没有感情，只有掺杂着最痛苦的遗憾的一种情感？”

“嘿，该死的，我不会！我受不了这种情况。”

---

① 指哈特斯利夫妇的小儿子，小拉尔夫。

“最后要问你的是，你会不会希望你的妻子听到人家提到你的时候，会恨不得钻进地里去；一听到你的声音便憎恨，你接近她，她就会不寒而栗？”

“她决不会这样；不管我做什么，她都同样喜欢我。”

“不可能，哈特斯利先生！你把她默默顺从的态度误认作爱情了。”

“她该受地狱煎熬——”

“得了，别为这句话大发雷霆——我并非说她不爱你——我知道她爱你远远超过你值得她爱的程度——不过我确信如果你表现得好些，她会更爱你的，而如果你表现得坏些，她对你的爱情会越来越淡，直到后来，她如果不是在心里暗暗憎恨和瞧不起你，一切也会在恐惧、反感和精神痛苦的情况下统统完蛋。不过且撇开爱情问题不谈，难道你愿意成为她生活中的暴君——从她的生活中挪走所有的阳光，使她落到极其悲惨的地步吗？”

“当然不愿意；我现在不会，将来也不会。”

“但是你已经朝这个方向比你自己所料想的走得更远了。”

“呸，呸！她并非你所想象的那种易动感情、多忧多虑而瞎操心的人；她是个逆来顺受、息事宁人而温柔多情的小人儿；有时候会紧紧绷起脸来，但是总的说来，她是温和而冷静的，乐于随遇而安。”

“想一想五年前你娶她时她是什么模样，现在又是什么模样。”

“这我知道——当时她是个丰满的小妞，漂亮的脸蛋儿白里透红；如今她是个可怜的瘦小人儿，正如一个雪堆般在融化而逐渐消失——可是真该死！——大神作证，这可不是我的错！”

“那末是什么原因呢？不是年龄的关系，因为她才二十五岁。”

“那要怪她自己身体虚弱，而且——真该死，太太！你把我当成什么样的人啊？——当然还有孩子们，他们不是这个就是那个使她担心得要死。”

“不，哈特斯利先生，孩子们给她的乐趣多于痛苦；他们是性情良好的好孩子——”

“我知道他们是这样——愿上帝保佑他们！”

“那末你为什么把这事归罪于他们？——我来告诉你是怎么回事：是为了你而默默发愁和经常焦虑所造成的，我猜想其中还夹杂着她对自己的身体的担忧。你表现得好的时候，她也只能战战兢兢地高兴；你的识别力和原则性不能使她高枕无忧，也不能使她信赖；而且她还不断地担心着，生怕这种短暂的幸福会随时结束；遇上你表现得不好的时候，使她恐怖和痛苦的原因却只有她自己最清楚，他人是无法知道的。她耐心地忍受着不幸，竟然忘记了我们有责任对世人的越轨行为发出忠告。——你既然总是把她的沉默误认为不在乎，那么请跟我来，我要让你看她的一两封来信——我希望这么做不好算辜负她的信任，因为你是她的丈夫。”

他跟随着我走进书房。我挑出两封米莉森特的来信放在他的手中；其中的一封发自伦敦，是在他不顾后果地狂饮烂醉、极其放荡的时期中写的；另一封则是在乡间写的，当时他正处于神志清醒的期间。头一封中充满了极度的忧虑和苦恼；并没有指责他，但对他同那些放荡的朋友交往深感遗憾，辱骂格里姆斯比先生和其他人，暗示对亨廷顿先生的怨恨，并把自己丈夫的胡作非为极其巧妙地一古脑儿归咎于他人。后一封中充满了希望和欢乐，然而又惶恐地意识到这种幸福不会持久；对他的长处备加称赞，同时尽管她并没有完全说出来，却显然希望这幸福是建筑在比感情的自然冲动更牢固的基础上的，而且还怀有几分预感，深恐如此盖在沙地上的房子会倒塌①——而不久以

① 参见《圣经·新约·马太福音》第 7 章第 26 到 27 节耶稣作的“两等根基”的比喻。

后果然倒塌了，这是哈特斯利看这封信时一定会意识到的。

当他几乎才开始看头一封信的时候，我意外地看到他脸红了，感到很高兴；可是他立即把背朝着我，在窗前看完那封信。当他看第二封信的时候，我瞧见他有一两次举起手来，急速地在脸上抹一下。会不会是要掠去泪水呢？他看完信之后，花了一段时间来清清嗓子，凝视着窗外，接着用口哨吹了一支他喜爱的歌曲的片段后，便转过身来，把两封信交还给我，默默地握握我的手。

“上帝知道，我确实曾是个可诅咒的流氓，”他说着紧紧地捏了一下我的手，“不过，你要知道，要是我不为往事赎罪的话——要是我不，就让上帝把我打入地狱去！”

“别诅咒你自己，哈特斯利先生；如果你讲的这种诅咒的话，上帝听到了一半，你早在此刻之前就进地狱了——而且你也不可能以将来所尽的本分来赎你过去的罪，因为你的本分只不过是你欠你的造物主的东西，而你不可能做得比你所该尽的义务更多——必须由另一个人来为你过去的过失赎罪。如果你有意改过，那就向上帝祈求他的祝福、他的怜悯和他的帮助，而不是他的诅咒。”

“那就求上帝帮助我吧——因为我肯定需要这种帮助——米莉森特在哪儿呀？”

“她在那边，正同她的妹妹一道走进来。”

他跨出那扇玻璃门去迎接她们。我保持一小段距离跟在后面。使他的妻子有点儿吃惊的是，他把她从地上举起来，以热烈的接吻和使劲的拥抱来招呼她；接着把两只手按在她的肩膀上，我料想他是在把他决定要做的一些了不起的事情给她讲一个大概，因为她猛地伸出双臂搂住他，哇地哭起来，大声嚷道：

“要这么干，要这么干，拉尔夫——我们会很幸福的！你多么、多么好啊！”

“不，我并不好，”他说着把她转过身来朝我推来。“要感谢她，是她干的。”

米莉森特洋溢着感激的情绪，飞奔过来向我道谢。我不承认自己有一点点功劳，对她说在我还没有加上我的一小份劝告和鼓励之前，他就已经倾向于要改过了，而且我做的只不过是她自己本来可能——而且应当——做的。

“啊，不！”她嚷道，“我相信不论我可能说什么，都是对他起不了作用的。假如我尝试过，也只能使他因我笨拙的劝说而感到讨厌。”

“米莉，你从来没有尝试过。”

过了不多久，他们便告辞了。他们现在正去拜望哈特斯利的父亲。那以后，他们将回自己乡间的宅子去。我希望他的好决心不会失败，可怜的米莉森特不会再一次失望。她最后的一封来信洋溢着目前的幸福和对未来的快乐期望；不过还没有发生什么特别的诱惑来考验他的品德。但是从今以后她无疑会变得不那么羞怯和缄默了，而他则会变得更和蔼和体贴——这么说，谅必她的希望并不是没有事实根据的；而我也至少有一个充满光明的亮点来寄托我的思绪。

第四十三章
越过界限

10 月 10 日——亨廷顿先生约于三星期前回来了。对于他的外表、他的举止和谈吐以及我对他的感觉，我不打算费心去加以描述。可是在他到家的次日，使我惊奇的是他宣称要为小阿瑟请一位家庭教师。我对他说，且不说此举很荒谬，在目前这个季节也完全无此必要；我认为我自己完全能胜任亲自教他的任务——至少还能胜任几年；我说教育这个孩子是我生活中的唯一乐趣和事务；又说既然他剥夺了我所有的其他消遣，他确乎也应该给我留下这个乐趣。

他说我不适宜于教育孩子，也不适宜和孩子们待在一块儿，说我已经使这孩子变得比一个自动玩具好不了多少了，还说我的呆板严厉的态度破坏了他原先的那种美好精神；要是我再继续照管他，会把他心中的阳光弄得全部凝固起来，使他变成同我自己一样的阴郁的苦行者。而且如通常那样，可怜的雷切尔也受到了辱骂；他无法容忍雷切尔，因为他知道她对他有看法。

我沉着地为我们两人如何适合分别充当保姆和家庭教师作辩护，仍然抗拒他要在家中增添这么个人的打算；可是他打断了我的话，说再为这事操心也没用，因为他已经聘到了一位家庭教师，下星期就要来了；因此我要做的只是为接纳她做好一切准备。这可是个十分惊人的消息。我大胆地探询她的姓名和住址，是谁推荐她的，还有是什么使他选择了她。

“她是一位非常值得尊敬的虔诚的年轻人，”他说，“你不必担心。我想她姓迈耶斯，是由一位可敬的老年寡妇推荐的——这位太太在宗教界享有盛誉。我没有见过她本人，因此无法把她的外表和谈吐等等详细告诉你；不过，如果这位老太太的赞扬话是正确的，你就会发现她具有担任这职务所需的一切条件——其中之一就是过分疼爱孩子。”

他说这番话的时候，始终很严肃平静，可是在他那半避开的眼睛里有个带着笑容的恶魔，说明兆头不妙。然而我想到了我在某郡的避难所，便不再提出反对意见了。

迈耶斯小姐来到时，我并没有打算非常热诚地接待她。乍看之下，她的外貌并不特别使人产生良好的印象，她的态度和随后的品行也一点儿没有消除我已经对她抱有的偏见。她的造诣有限，她的才智也绝不超过平凡的水平。她的嗓子很好，能够像夜莺般歌唱，而且颇能用钢琴为自己伴奏；不过她的才艺仅此而已。她脸上有一种狡诈而难以捉摸的神态，嗓音中也有这种味道。她看来见我害怕，如果我突然走近她，会惊跳起来。她的行为恭敬而讨好，甚至达到屈从的程度。她开头试图奉承谄媚我，可是我不久就制止了她。她过于宠爱她那个小学生，于是我不得不就过分放纵和不慎重的赞扬的问题对她进行规劝；可是她却没赢到他的欢心。她的虔诚表现在偶尔发出叹息、抬眼朝天花板望和发出几句伪善的说教这些方面。她对我说她是一位牧师的女儿，童年时代就成为孤儿，不过侥幸地在一个非常虔诚的家庭中获得了安身之处；接着她满怀感激之情地谈到她从那个家庭各成员身上所体验到的仁慈，使我为自己的无情想法和不友好的行为责备自己，而且一时变得对她宽厚了——可是并没有持续太久，因为使我厌恶她的原因太合乎情理了，我的怀疑也确有根据；而且我意识到有责任注意并细加察看，直至那些疑点不是满意地被打消就是能得到证实。

我询问那家仁慈而虔敬的人家的姓氏和住址。她说了一个普通的姓和一处陌生而地处遥远的住所，但是对我说他们目前在欧洲，她不知道他们现在的地址。我从没看见她对亨廷顿先生说过话；不过当我不在场的时候，他常常向教室里张望，想看看小阿瑟与他这新同伴相处得如何。晚上，她同我们一起坐在客厅里，自弹自唱来逗他乐——或者像她佯装的那样，逗我们大家乐——而且尽管她只对我说话，却十分关心他的需求，经常注意着抢在他提出之前就去满足他——但实际上他是难得采取让人对他说话的姿态的。要是她并非这么个人，由她来如此夹在我们之间倒能使我大感轻松，可惜如果让任何正派人见到他经常表现的那副模样，我又会羞愧得无地自容了。

我没有对雷切尔提及我的怀疑；可是，她既然已在这块充满了罪恶和痛苦的土地上旅居了半个世纪，就已经知道一个人应该多怀戒心才是。她对我说她一开头就觉得“这个新来的家庭女教师不可靠”，不久我也发现了她完全像我一样严密地注意着她。我很乐意她如此，因为我渴望发现事实真相。草谷庄园的气氛似乎使我窒息，我只能靠想念怀尔德菲尔邸宅活下去。

终于有一天早上，她带了一条消息走进我的寝室，我不等她说完话便下了决心。她给我梳头的时候，我向她说明我的意图和我需要她帮我做什么，告诉她我的哪些东西她得放进行李中去，哪些东西留下给她，因为她已经忠心耿耿地长期服侍我，被如此突然地解雇，我没有其他办法酬报她——对此我极感遗憾，但又无法避免。

“你打算干什么，雷切尔？”我问——“回家去还是另找一个主人？”

“太太，除了同你在一起，我再没有家了，”她答道，“而且如果离开了你，我今生决不再找其他主人了。”

“可是我如今没有钱过太太的生活了，”我回答说。“我必须自己做家务并照看我的孩子。”

“这又有什么关系！”她有点儿激动地回答道。“你需要有人为你收拾房间、洗衣服和煮饭，不是吗？这一切我都能做，工钱无所谓——我自己还有些积蓄哩，如果你不留我，我还得用这些钱在旁的地方开支我自己的食宿，要不就得在陌生人当中干活儿——而我是不习惯这么做的——所以你愿意怎么办就怎么办吧，太太。”她说这话的时候，声音颤抖着，眼睛里噙着泪水。

“雷切尔，这么办我是再高兴不过的了，而且我会在力所能及的范围内付工钱给你——这数目同我可能雇佣的一切活都干的用人所该领的工钱相等；可是你难道没有看出我会把你同我一起往下拖吗？而你又没有干过什么事该受这份罪！”

“嘿，别胡说啦！”她突然嚷道。

“再说，我未来的生活方式会跟过去的大不相同——跟你所习惯的一切完全不相同——”

“太太，难道你以为我受不了我女主人能忍受的一切？——我决不是那么自高自大而娇生惯养——而且我的小主人也受得了，上帝祝福他！”

“不过我年纪还轻，雷切尔；我无所谓，而小阿瑟也年轻——他不会觉得什么的。”

“我也不会。只要是帮助并安慰我当做自己的孩子们来爱的人，我就并没有老到受不了苦日子和重活儿的程度——尽管我已经老得经受不起在艰难险阻中把他们丢下、而自己却去生活在陌生人当中的这种想法。”

“那你就不必去经受这种苦了，雷切尔！”我搂住我这位忠实的朋友，嚷道。“我们大伙儿一块走，你会发现那种新生活是适合你的。”

“上帝保佑你，宝贝儿！”她嚷了起来，也亲昵地拥抱我。“只要我们脱离这座邪恶的房子，我们就会没问题的，你会看到的。”

“我也这么认为，”我如此答道——于是这问题就解决了。

我赶上当天早班的邮寄时间，给弗雷德里克匆匆写了几行，恳求他立即把我的避难所准备好以便接待我——因为可能在他收到这张短笺后一天之内，我就会去住的——我还把我突然作出这一决定的原因用不多的几句话告诉了他。接着我写了三封告别信。头一封给埃丝特·哈格雷夫，告诉她我感到自己不可能再在草谷庄园待下去了，也不能丢下孩子由他的父亲去保护；又由于不让他和他的朋友们知道我们将来的住所是件头等重要的事，因此除了我的哥哥，我对任何人都不透露，并且仍然希望能通过他与我的朋友们通信。于是我把他的地址写给她，劝她常常来信，重申了我先前有关她本人的那些忠告，亲切地向她告别。

第二封是给米莉森特的，信的内容也差不多，只是更多一点儿心腹话。由于我们之间较长久的亲密关系，和她的更多经历，以及她对我的境况更熟悉些，这样做是适宜的。

第三封是给我的姑妈的——这是一项艰巨痛苦得多的任务，因此我留到最后才写；可是我一定得向她解释一下我所采取的这一非同寻常的措施——而且要赶快让她知道，由于亨廷顿先生很可能很快就向她和我的姑父探询我出走的情况，因此他们在我失踪后一两天之内肯定就会知道这事的。不过最后我告诉她，我明白自己犯下的错误，我并不抱怨因而受到的惩罚，但是我很抱歉使我的朋友们为它所造成的后果忧虑；可是考虑到对我儿子所应负的责任，我一定不能再屈服下去了，而绝对有必要使他脱离他父亲的坏人心术的影响。我甚至对她也不能透露我的隐蔽处，以便她和我的姑父能够确确实实否认自己对此有所知；不过任何给我的信附在给我哥哥的信里，都一定能递到我的手中。我希望她和我的姑父肯原谅我采取这一措施，因为我相信，如果他们知道了全部情况，就不会责备我了；而且我相信，他们不会为我而苦恼，因为只要我能够平安无事地到达我的隐避处，并且保持着不受干扰的状态，除了想念他们之外，我会十分快乐的；我会满足于终生隐居，致力于培养我的儿子，教导他避免他的父母所犯的错误。

这些事是在昨天做的。我用了两整天工夫为出走作准备，以便弗雷德里克能有更多的时间去安排那些房间，雷切尔也能从容地收拾行李——因为后一项工作必须非常谨慎地暗中进行，而且只有我能帮助她。我能够帮她把东西聚在一块儿，可是我不懂得该如何把它们装进箱子，才能尽可能地少占地方，更何况既有我和小阿瑟的东西，又有她自己的东西。由于除了我钱包里的那几个金币之外，我一文不名，就不能丢下任何东西——再者，正如雷切尔所说的，我留下的任何东西大有可能会成为迈耶斯小姐的财产，对此我是不乐意的。

可是这两天我多烦恼啊！我必须竭力显得平静而泰然自若——在不得不与他和她见面时，我得像平时一样迎上去，并且强迫自己让小阿瑟一连几小时由她照看！不过我相信这些磨难现在已经结束了，为了更安全起见，我让他在我的床上安睡，而且我相信，他那天真无邪的嘴唇再也不会让他们的传染病毒的吻所玷污，年幼的耳朵再也不会让他们的话语所污染了。不过我们能安全地脱逃吗？唉，但愿早晨已经来临，我们至少已经上路了！这天晚上，我尽力帮助了雷切尔之后，除了等待、期望和发抖之外，再没有什么事可干了，我变得非常激动，以致手足无措。我下楼去吃晚饭，可又没法勉强下咽。亨廷顿先生觉察到了这情况。

“你这又怎么啦？”等第二道菜被端走了，他趁空朝周围看看，问道。

“我不大舒服，”我回答，“我想得去躺一会儿——我去了，你不会觉得很不方便吧？”

“一点儿也不会；如果你不坐在你的座位上，也完全不碍事——还会好一些，”我离开房间的时候，他嘀咕道，“因为我可以设想由别人坐上去。”

“明天就可能由别人坐上去了，”我这么想着——但是并没有说出口来。“得了！我希望这是最后一次看到你了，”我随手关上门时，放轻嗓子咕哝道。

雷切尔催促我马上去休息，恢复一下体力，以便为明天的旅行作准备，因为我们一定得在拂晓前动身，可是处于目前这种紧张不安的状态，我是根本没法入睡的。我计算着从目前到指定要行动的时间还有几小时、几分钟，对每个声响都竖起耳朵听着，身子哆嗦着，唯恐终于会被人发现并泄漏我们的秘密，因此也同样没法坐定下来或者在我的房间里徘徊。我拿起一本书试着阅读。我的目光在书页上溜着，但没法把我的思想集中到它们的内容上。为什么不求助于那个老办法，在我的记事本里添上这最后的一件事呢？我又一次把本子打开，写下了上述的事情——开头是很费力的，不过我的心渐渐平静稳定下来了。几小时就这样过去了，出走的时间逐渐近了——这时我觉得眼睑沉重起来，人也精疲力竭了。我要把我的事情交托给上帝，于是躺下来睡了一两个小时；而接下来！——

小阿瑟酣睡着。整幢房子静悄悄的，不可能有人在注意我们。所有的箱子都由本森捆好，在黄昏以后悄悄地从后楼梯搬下去，用一辆运货马车把它们送往M地的公共马车站去。行李卡上的名字写的是格雷厄姆太太，这是我打算今后采用的名字。我母亲的娘家姓格雷厄姆，因此我认为我对它是有一定权利的，而且除了我不敢再用的自己的本姓之外，与其他姓氏相比，我更喜欢它。

第四十四章

避难所

10 月 24 日——感谢上帝，我终于自由和安全了！——我们一早起身，轻手轻脚地匆匆穿上衣服，偷偷地慢步下楼到了门厅里，本森已经握着一支蜡烛站在那儿，等着为我们打开门，然后再在我们身后闩上门。为了那些箱子等等东西，我们不得不让一个男人知道我们的秘密。所有的仆人对于他们的男主人的品行都非常了解，而不论本森还是约翰，都会愿意为我办事，不过由于前者年长且更稳重，又是雷切尔的亲密朋友，我自然也就指使她在有必要的情况下，选择他作她在这一场合的助手和心腹。但愿他不会因此而遇到麻烦，但愿自己能够因他如此乐意担负风险为我效劳而报答他。他站在门口，擎着蜡烛给我们照路，忠实的灰色眼睛里噙着泪水，严肃的面容上充分流露出良好的祝愿。此时，作为纪念，我往他手中塞了两枚金币。唉！我没有力量多给一点儿了，我剩下的钱几乎还不够应付旅途中可能要花的种种开支哩。

我们走出花园，那扇小门在我们身后关上后，我快活得哆嗦起来！接着，我站停了一会儿，吸一口凉爽的空气，斗胆回头望一下房子。只见一片黑暗，毫无声息；窗上没有露出一丝微光，没有一圈圈的烟去遮住寒空中那些闪烁着的星星。当我向这地方，这充满了那么多的罪恶和痛苦的场所永远告别的时候，我对于自己早先没有离开它感到满意，因为现在我对于采取这一步骤的正确性已经毫无疑问了——我不会为了撇下他而感到一丝后怕；除了担心他察觉我们的出走，没有什么妨碍着我的快活心情；而每走一步，我们就离开这种可能性越远。

在圆圆的红日升上天空来欢迎我们的获救之前，我们已经把草谷庄园抛下在许多英里之后了。我们坐在平稳而快速地行进着的公共马车的车顶上，如果附近的居民碰巧看见我们，我想他们对我们的身份是不会有什么怀疑的。由于我打算让别人当我是个寡妇，我认为自己戴着孝进入我的新寓所是适当的。因此我穿了一身不加装饰的黑绸衣和披风，戴着黑色面纱，（在开头的二三十英里的旅途中我始终小心地把它蒙在脸上），还戴了一顶系带的黑绸无边帽，由于我自己没有这东西，我不得不向雷切尔借用——它的样式当然并非最入时的，但是在目前的情况下还是不错的。小阿瑟穿着他的最朴素的衣服，围了一条粗羊毛围巾；雷切尔则裹着一袭在富裕的日子里穿过的连兜帽的灰色斗篷，使她更显得像一位普通而又体面的老太太，而不大像一个专管梳妆的贴身女仆。

啊，如此高高地坐在马车顶上是多么愉快，车轮在阳光照耀着的宽阔道路上轧辘辘地向前滚动，清新的晨风轻轻地拂着我的脸，周围是笑迎着我的陌生的乡野——它在晨光的黄色光辉中露出一副令人愉快而灿烂的笑容——我心爱的孩儿偎依在我怀中，几乎与我同样快活，我那忠实的朋友坐在我身旁；那座牢笼和绝望的生活被撇下在我背后了，随着得得得的马蹄声而后退得越来越远了——而前方是自由和希望！为了我的解放，我几乎禁不住大声赞美上帝，或者因突然发出欢乐的叫声而把同车人吓了一跳。

然而旅程非常长，在还没有结束之前我们已经疲乏不堪了。我们抵达L镇时已是深夜，但离开我们旅程的终点还有七英里；并且再也不能乘坐公共马车了——除了一辆普通的两轮运货马车，没有其他任何车辆——而且好不容易才雇到，因为半个镇的人都已入睡了。在旅途的最后这段行程上，我们又冷又累，一路上感到十分消沉；我们坐在自己的箱子上，既没有东西可以抓，身子又无处靠，车子在崎岖的山路上被缓慢地向前拖着，摇晃得怪厉害的。不过阿瑟正在雷切尔的怀中睡着，我们两人安排得很好，使他免受夜晚的寒风的侵袭。

最后，我们开始爬上一条极陡而且布满碎石的狭路。尽管在黑暗中，雷切尔说她记得很清楚，她从前常常抱着我在这一带走，根本想不到这许多年以后，在目前这种情况下竟又来到这儿。由于阿瑟这会儿被车子的颠簸和停顿弄醒了，我们全都下了车向前走去。我们无须走很长的路，可是如果弗雷德里克没有收到我的信怎么办？或者如果他没有时间把房间准备好来接待我们，以致我们经历了这一切辛劳之后，会发现房间里一片漆黑，又潮湿又不舒适，没有食物，没有炉火，也没有家具，那怎么办？

那座不祥的黑糊糊的大宅终于出现在我们面前了。那条狭路引领我们绕过屋后到了屋前。我们跨入荒芜的庭院，屏住气息，忧心忡忡地环视着这倾圮的大宅。是不是整座宅子都是漆黑而荒无人烟的呢？不是；从一个花格修整得很好的窗户里透出一丝微弱的红光，使我们为之振奋。大门闩着，不过我们适当地敲了门又等了一会儿，楼上的一扇窗户里便传出一个声音同我们交谈了几句，于是一个老妇人让我们进了屋，她是受委托来使房子保持通气，料理家务直到我们抵达——她带我们进了一间还算舒适温暖的小房间，它以前是这座大宅的碗碟贮藏室，现在弗雷德里克把它装修成了厨房。她给我们拿来一支蜡烛，把炉火拨旺，令人愉快，不久就为恢复我们的精力做好一顿简单的饭菜；这期间我们脱去了我们的旅行装，匆匆浏览了一下我们这新居。除了厨房，还有两间卧室、一间相当大的客厅，另有一间较小的，我打算把它作为画室。这些房间的通风都很好，看来维修得很好，可是只布置着稀稀落落的几件旧家具，它们大多是笨重的黑栎木的——正是这里原有的一些家具，后来由我哥哥当作古物保存在他目前的住处，而如今又赶紧运回来了。

那个老妇人把我和阿瑟的晚餐送到客厅里，并且以应有的礼貌对我说：“老爷问候格雷厄姆太太，他在接到如此匆促的通知后已经尽最大努力准备了这些房间，不过他明天会很高兴地来拜访你，接受你进一步的吩咐。”

我愉快地踏着外表严峻的石砌楼梯上了楼，在那张阴森森的老式床上躺下来，身边是我的小阿瑟。他不一会儿就睡着了；可是尽管我很疲倦，却因情绪激动，思潮翻腾而辗转不能入睡，直至曙光开始与黑暗搏斗的时候才沉沉睡去；不过一旦睡眠来到，它却是既甜蜜而又爽神的，一觉醒来使我快活得无法言喻。是小阿瑟轻轻地吻了我才使我醒过来的——这会儿他就在这儿——由我安安稳稳地抱在怀中，远远离开他那个卑鄙的父亲！——明朗的白天光线照亮了房间，因为尽管被一大块一大块翻滚着的秋云遮掩住，太阳已经升到高空中了。

无论是屋内还是屋外，这里的景象本身并不令人十分愉快。这间空荡荡的大房间里摆着可憎的旧家具，从狭窄的花格窗向外望去，可以看见上面阴暗的灰色天空和下面的一片荒地，在那里只剩下黑色的石墙和铁门、丛生的青草和杂草以及奇形怪状的耐寒冬青，可以使人知道这里曾经有过一个花园——而墙外那片萧瑟贫瘠的田野，换了其他时候，可能会使我觉得够阴郁的，可是现在各个物体似乎都与我自身意识到希望和自由的那种令人振奋的感觉起了共鸣——在遥远的过去中那些模糊的梦想和对未来的欢乐的期望都似乎随时随地在向我招手。在我目前和过去的那两个家之间翻滚着这片宽阔的海洋，我肯定可以更有把握地欢乐起来，而在这个人迹稀少的地方我一定可以一直不被人所知；再说，在这儿我还有个哥哥偶尔来看望我，使我不觉得孤单。

那天早上他来了；而且那天以后我也同他会过几次面；不过对于他什么时候来和怎么来都不得不十分小心，他甚至也不能让他的仆人或者他最好的朋友知道他来过怀尔德菲尔府——除非是在一个房东可望去访问一个陌生的房客的那种情况下——以免引起人家对我的怀疑，不论是关于实情的猜疑还是什么诽谤性质的谎言。

我来到这儿已经几乎两星期了，而除了一桩使人心烦意乱的心事，即担心被人发现真相之外，我在新居已经很舒适地定居下来了。弗雷德里克供应了我需要的全部家具和绘画材料；雷切尔在远处的一个镇上替我卖掉了我的大部分衣服，又为我添置了比较适合我目前穿着的服装；在我的客厅里有一架从旧货店买来的钢琴和一只藏书还算丰富的书橱；而我的另一个房间已经显得相当像专业人员搞工作的场所了。为了要偿还我哥哥为我所花的全部费用，我勤奋地工作着；我并非有丝毫必要这样做，可是我喜欢这样做。等到我知道了自己以正当的手段做到了不负债，我所拥有的那么一点儿钱财完全是合法地归我所有并且没有人为我的愚蠢行为而蒙受损失——至少在金钱方面——我将从我的劳动、我的收入、我的粗茶淡饭和家庭经济得到更多的乐趣——如果我可能如此做而不致太伤他的感情的话，我要他收下我所欠他的最后一个便士。由于我当初让雷切尔把我的全部画都打点在行李中，所以我有着几幅已经完成的作品。她对于托付她的事办得也实在好，因为其中有一幅亨廷顿先生的画像她也装了进去，那是我在婚后头一年画的。当我把它从箱子里取出来，瞧见那双眼睛带着嘲弄人的笑意盯住了我，仿佛仍然因他自己有力量支配我的命运并且嘲笑我为逃跑所作出的努力而得意非凡似的，使我一时猛地感到惊愕。

当初我画那幅肖像时的感情与现在望着它时的感情是多么迥异啊！为了要画出我当初认为与真人相称的肖像，我曾经怎样绞尽脑汁并辛勤操劳啊！对于我自己的劳动成果又是怎样既高兴又不满意啊！——高兴的是我画得很像，不满意的是我把它画得还不够漂亮。而现在我看不出这肖像中有什么美可言——在它任何部分的表情中都毫无可爱之处；可是与现在的他相比，那肖像却漂亮得多，让人看了也愉快得多——我该更确切地说，让人看了远远不是那么讨厌。这是因为这六个年头对他所造成的变化和我对他的感情所起的变化几乎是同样大的。可是那画框是够美的，它可以用于另一幅画。开头我曾经打算毁掉那幅画，不过结果并没有这么做；我把它丢在一边。我认为自己这么做并非由于我对昔日的爱情还暗中怀有丝毫柔情，也不是为了要提醒自己以前所干下的蠢事，而主要是便于在我儿子长大以后，可以用它来与我儿子的相貌和表情作比较，这样便能断定他与他父亲相像到什么程度或不相像到什么程度——这是说，在我可以把他继续留在身边而同时却可以再也不见他父亲的面的情况之下——而这是我几乎不敢指望的恩典。

看来亨廷顿先生在竭尽全力要找出我隐蔽的地方。他曾经亲自到斯坦宁利去设法为自己伸冤——要是在那儿找不到他的受害人的话，也希望能听到什么消息——他还大扯其谎，而且厚颜无耻、面不改色，使我的姑父竟然多半相信了他，因此竭力主张我回到他那儿去言归于好；可是我姑妈心中明白，她沉着而谨慎，对于我丈夫和我的性格都十分了解，不至于上前者所能捏造的任何似是而非的谎话的当。可是他并不要我回去；他要我的孩子；还要通知我的朋友们，如果我宁可与他分居，只要我立即把他的儿子交出来，他会迁就这个怪念头，让我不受干扰地这样做去，甚至还愿安排一笔适当的津贴给我。可是，求求上帝帮助我吧！即使为了使我的孩子和我免于挨饿，我也不愿把他卖掉换成金子。要让他与他的父亲在一起生活，还不如与我同归于尽的好。

弗雷德里克给我看了一封那位先生写给他的信，信中尽是些恬不知耻的话语，使不了解他的人看了会感到惊讶，可是我确信没有人会比我哥哥更知道该怎样去回复这样的信。他没有把他的复信的内容告诉我，只说他并没有承认知道我的躲藏处，而是让对方猜想他确实完全不知道，因为他对他说，由于我看来已经被逼到那样的绝境，甚至对最好的朋友都隐瞒了自己的隐藏处，因此向他或者我的其他任何亲戚探听有关这件事的消息是徒劳的。他还说假如他知道，或者在将来任何时候获悉我的住处，那末他也绝对不会把这消息通知亨廷顿先生，并说不必费心指望把孩子弄到手，因为他（弗雷德里克）相信自己对他妹妹了解得足以使他断言，无论她在哪儿，或者无论她的境况如何，她怎么也不会把孩子交出来的。

30日——唉！我那些好心的邻人不让我独个儿待着。他们用某种方法把我搜索出来了，于是我不得不让三个不同的人家来访问我，他们全都或多或少旨在发现我是什么人，是干什么的，从哪儿来以及为什么挑选这样的住宅。至少可以说，我并不需要他们来和我做伴，而他们的好奇心使我生气而惊恐。如果我满足了他们，我的儿子就可能会倒霉，而如果我显得太神秘，那只会引起他们的怀疑，招来猜测，使他们更拼命地要刺探我的情况——也许还可能使我的名声从一个教区传到另一个教区，一直传到某一个人的耳中去，他便会把这消息传达给草谷庄园的主人。

那几家人家会指望我去回访他们，不过如果我得知他们当中有人住得太远，以致小阿瑟不能陪我同去，那末他们就得白等一段时间，因为除非是上教堂，我是不忍心离开他的；而我还没有去过教堂，因为——这可能是愚蠢的懦弱表现，可我就是经常担心他被夺走，以致他不在我身边时总使我坐立不安；我还担心这种神经质的恐惧感会彻底妨碍我做礼拜，使我得不到上教堂的益处。不过我还是打算在下星期天去试一下，迫使我自己把他留给雷切尔看管几个小时。这将是一项艰难的任务，可是绝非轻率之举；因为那教区牧师曾经责怪我忽视宗教仪式。当时我提不出充分的借口，便答应如果一切顺利，下个星期天他就会看见我在我的座位上，因为我不希望让人家把我看做异教徒；此外，我知道自己会从偶尔参加公众礼拜得到莫大的安慰和益处，只要我有信心和毅力使我的思绪平静下来，使它适合于这个庄严的场合，禁止自己去不断地挂念那不在身边的孩子，也禁止自己老想着回家时会发现他已经失踪这一可怕的可能性；而上帝肯定会凭着他的仁慈保护我免受这么严峻的考验；即使不是为了我的缘故，上帝为了我孩子本人的缘故也不会让人把他夺走的。

11 月 3 日——我又进一步结识了一些邻人。在本教区及其附近地区的一位漂亮的绅士兼花花公子（至少他自己认为是如此的）是个年轻的……

* * *

日记只到此为止。其余的部分给撕掉了。多么冷酷无情啊——就在她刚要提起我[①]的时候！因为我毫不怀疑她正要提起的正是在下，尽管当然不会以十分赞许的口气来提到我——从这寥寥数语也好，从回想起我们开始认识时她对我的整个态度和行为也好，都可以断定这一点。好吧！当我知道了她的经验只局限于一些多么出色的样板人物时，我完全可以原谅她对我的偏见和对一般男性的苛刻想法了。

不过，关于我，她早已发现了自己犯的错误，而且也许又犯下了另一个极端相反的错误。因为，如果说开头她对我的看法低于我应该得到的估价，那末我确信如今我应受称许的品质是低于她对我的看法了；而且要是这日记的续篇的前一部分是为了避免伤我的感情才撕去，那末也许她没有给我的后一部分是由于担心我看了会过分自负起来。无论如何，我会愿意付出很大的代价把它全部都看一看——亲眼看一看那逐渐的变化，注意她对我的尊重和友谊的发展过程——她所

① 指吉尔伯特 · 马卡姆。

可能有的不管什么样的更炽烈的感情——看一看在她那一方面有多少爱情；还要看一看，任凭她决心坚贞不渝并竭尽全力地压制着，她的这份爱情又是如何在她心中逐渐增长——可是这不行，我没有权利看；这一切太神圣了，除了她自己，没有人可以看，而她不让我看是做得完全正确的。

第四十五章

重归于好

好啦，哈尔福特，你对这一切有什么想法？你在看这日记时，究竟有没有设想到我在阅读时可能会产生什么样的感情？你很可能没有；而我现在也不打算详谈这些感情。我愿仅仅承认下面这一点(纵使这一点对于人性来说可能算不上高尚，对我来说尤其如此)：这部日记的前半部分要比后半部分使我看了更痛苦；这并非由于我对亨廷顿太太所受的委屈毫无感觉，或者对于她的苦难无动于衷，而是，我必须承认，当我注视着她的丈夫逐渐失去她的欢心，并见到他如何终于彻底熄灭了她的爱情时，我感到一种自私的喜悦。无论如何，尽管我十分同情她并对他怒不可遏，可是整部日记所产生的作用却是解除了我心头难以忍受的重担，使我心里充满了欢乐，仿佛有个朋友把我从一场可怖的噩梦中唤醒过来了。

这会儿已经快到上午八点钟了，原来我还没有看完那部日记，我的蜡烛便燃尽了，于是我要末惊动家人，自行另取一支来，要末上床去等待白昼的再临，除此别无选择。为了我的母亲，我挑选了后一种办法；可是我有多乐意去就寝啊，结果入睡了多久，这只有让你去想象了。

天一亮我便爬起身来，把那日记手稿拿到窗前，可是还是无法看下去。我花了半小时来穿衣梳洗，随后回过来看那手稿。这会儿我总算不大困难地看得下去了；我以强烈而热切的兴趣，狼吞虎咽似的一口气看完了余下的部分。等到看完了，我对于它的突然的结束所感到的一瞬间的遗憾过去之后，便打开窗，伸出头去迎上那凉快的微风，深深地吸入一阵阵纯净的清晨空气。这是个灿烂的早晨；青草上铺着厚厚一层半结冰的露水，燕子在我的周围叽叽喳喳，白嘴鸦呱呱地叫，从远处传来牛群的哞叫声；清晨的霜和夏日的阳光将各自的芬芳混在空气之中。可是我并不在意这一切。我出神地凝视着大自然的可爱面容时，无数的想法和各种各样的情感乱糟糟地挤进我的脑海。不过不一会儿工夫，这些一团麻似的思绪和情感消失了，被两种十分清楚的感情所代替，那就是：由于得知我所崇拜的海伦果然是完全如我所料想的那种人而感到的无法形容的欢乐——透过世人诽谤的毒雾和我凭一己的想象对她所横加的判断，她的品质犹如太阳一般，光辉灿烂，清澈无瑕，使我无法仰视；还有为我自己的举动所感到的羞愧和深深的自责。

一吃完早餐，我便赶紧朝怀尔德菲尔府走去。自从昨天起，我对雷切尔尊敬有加。我准备完全像个老朋友似的向她致意；可是她开门时向我投来的那种冷冷的怀疑目光制止了我所有的友好的冲动。我想这个老处女自命为她太太的贞操的保护人，她必定把我看成了另一个哈格雷夫先生，而且由于更受到她女主人的尊重和信任，也就更加危险了。

"太太今天不能接见任何人，先生——她身体不好，"我提出要见格雷厄姆太太之后，她说。

"可是我一定要见她，雷切尔，"我说着便把手按住了门，以防她把我关在门外。

"真的，先生，你不能见她，"她答道，她的脸显得更严酷了。

"行行好，去通报我来了吧。"

"这根本没有用，马卡姆先生；她确实身体不好。"

我正要用猛攻夺取城堡的方式，未经通报姓名就闯进去，这时候屋子里有一扇门开了，小阿瑟和他欢乐的游伴那只小狗从里面走了出来，及时防止了我采取这个不合宜的行动。小阿瑟用双手抓住我的手，笑嘻嘻地把我拉上前去。

“马卡姆先生，妈妈说要你进来，”他说，“叫我出去同小狗罗沃尔玩。”

雷切尔叹了一口气，便走开了，我走进客厅，把门关上。在室内，一个身材修长、体态优美的人儿站在壁炉前，她因多愁多苦而消瘦了。我把那日记手稿扔在桌子上，望着她的脸。那焦灼而苍白的脸正朝着我；一双清澈的乌黑眼睛盯住我的眼睛，极其热切地凝视着，使我仿佛被一股魔力镇住了。

“你看过没有？”她低声问道。那股魔力被打消了。

“我全都看了，”我说，一边继续朝屋子中央走去——“而且我要知道你会不会原谅我——你能不能原谅我？”

她并不回答我，可是她眼睛里闪出亮光，嘴唇和双颊泛起一层微红。我逐渐走近她，她倏地转过身，走到窗前去。我完全相信她并没有恼火，而只是要隐瞒或控制自己的感情。因此我便大胆地尾随其后，在她身旁站住了——但是我并不说话。她向我伸出一手，没有转过头来，便用极力稳住而又稳不住的嗓音轻声说道：

“你能原谅我吗？”

我想要是我把这只洁白的手举到我的唇边，她可能会认为这是失信的行为，因而我仅仅把它温柔地捏在手中，微笑着答道：

“我简直无法做到。你原该早告诉我的。这证明你不信任——”

“啊，不，”她急忙打断我的话，嚷道，“不是这么回事！我并非对你不信任，而是如果把自己的往事多少告诉你，我就必须把一切都告诉你，以便为自己的行为辩护；可是非到有必要如此表白自己的时候，我完全应该避免这么做。可是你原谅我吗？——我知道自己犯了极大极大的错误；不过，我已照常从我自己的错误中收获到恶果了——而且还得把恶果统统收获完毕。”

这句话是用被果断坚定地抑制住的痛苦声调说的，这种声调确实悲痛极了。于是我把她的手举到我的唇边，炽热地吻了又吻；我因流泪而无法答腔。她容忍着这些狂热的爱抚，毫无反抗或者不满的表示；接着，她突然从我身边走开，在房间里来回踱了两三趟。我见她皱着眉头，紧抿住嘴，扭着双手，知道她内心中正默默地进行着一场理智和感情的剧烈冲突。她终于在空壁炉前站住了，转过身来向着我，平静地说话了——要是那种神态可以称为平静的话，它显然是通过极大的努力才取得的。

"听着，吉尔伯特，你一定得离开我——不是这会儿就走，而是不久以后——而且一定不要再来了。"

"不要再来了，海伦？就在我比以前更爱你的时候！"

"如果是这样的话，就正是为了这个缘故，我们不该再见面了。我认为这次会见是必要的——至少我要自己这么认为——以便我们各自为了往事要求并接受彼此的原谅；但是不可能有再见面的理由了。我一有办法另找一个避难所，就要离开这儿；不过我们的往来必须到此为止。"

"到此为止！"我跟着应了一声，一边走近那个高高的雕刻着花纹的壁炉架，伸手按在它的粗线条的模制花纹上，默默地把额头垂下贴在手上，心情十分阴郁沮丧。

"你一定不要再来了，"她接着说道。她声音微微发抖，不过考虑到她吐露的这句可怕的话，我认为她的整个态度镇静自若得惹人恼火。"你得知道我为什么对你说这样的话，"她继续说下去，"你还得明白我们最好马上就分手——要是说永别是难以忍受的话，你应当帮助我。"她顿住了。我默不作答。"你答应不要来，好吗？——如果你不答应，如果你偏偏再来，那你就会在我还不知道上哪儿去找另一个避难所——或者还不知道怎么去寻找它之前，把我赶走。"

"海伦，"我急切地转向她，说道，"我没法像你那样平心静气而不动感情地讨论永远分离的问题。对我来说，这不是权宜之计的问题，而是一个生死攸关的问题！”

她默默无言，苍白的嘴唇颤动着。她神经质地把头发编成的表链绕着自己那些因激动而哆嗦着的手指，那根表链上挂着一只小金表——这是她让自己保存着的唯一值钱的东西。我说了一句使人痛苦的不公正的话；可是我却不得不接着再说一句更糟的话。

“可是海伦啊！”我开始用温柔的声调轻声说，不敢抬眼看她的脸——“那个人不是你的丈夫，在上帝的心目中他已经丧失了所有的权利——”她使出惊人的劲头一把抓住我的手臂。

“吉尔伯特，别说这种话！”她嚷道，那声音简直能刺穿一颗坚硬的心。“看在上帝面上，你别再提出这番道理了！没有一个魔鬼能像这样地折磨我！”

“我不说了，我不说了！”我说着把自己的手轻轻地按在她的手上；她的激烈态度使我惊恐的程度不亚于我为自己说错了话而感到的惭愧。

“你非但不像一个真正的朋友那样，”她接着说，突然甩开了我，投身到那把旧的扶手椅上——“尽一切力量来帮助我——或者不如说，在正义对情欲的斗争中尽你的一份力——你却把重担全都推给我——而且这还不够，你还要竭力跟我争辩——你明明知道我——”她停住不说了，用手帕掩住了脸。

“请原谅我，海伦！”我恳求道，“对这个问题我再也不会说一句话。可是难道我们不能仍然像朋友一样见面吗？”

“这办不到，”她悲哀地摇摇头答道，接着抬起眼睛盯住我的眼睛，那种带有温和的责备的神态似乎在说，“对此你应该同我一样清楚。”

“那我们该怎么办呢？”我激昂地大声问。不过我随即以平静一点儿的声调又说道——“你要我怎么样，我就怎么样——只要别说今天是我们的最后一次见面。”

“为什么不？你难道不知道我们每见一次面，想到永别那回事会使我们更痛苦？你难道感觉不到我们每见一次面，使我们彼此比上一次更亲切？”

她发出最后这句问话的语调轻而急促，她垂下的眼睛和绯红的双颊再清楚不过地显示她至少已经感觉到了这一点。作出这样的承认或者像她随即又说的那句话可都不是谨慎之举。那句话是：“现在我有力量吩咐你走，下一趟就可能不同了。”——不过我并没有卑鄙得想利用她的坦率。

“可是我们可以通信，”我怯生生地提议道——“你不会拒绝给我这种安慰吧？”

“我们彼此可以通过我的哥哥得知对方的情况。”

“你的哥哥！”我顿时感到一阵自责和羞愧的痛苦。她并不知道他在我手里所受到的伤害；我没有勇气告诉她。“你的哥哥不会帮助我们，”我说，“他会使我们之间的一切交往彻底结束的。”

“而且我料想他会是正确的。作为我们两人的朋友，他会希望我们两人都好；而所有的朋友都会对我们说，把对方忘掉是对我们俩都有益的，而且也是我们的本分，尽管我们自己可能对此不理解。不过别担心，吉尔伯特，”她瞧见我显然心绪不宁，便苦笑着说，“我是不大可能会忘记你的。不过我的意思并不是让弗雷德里克替我们俩传信，只不过是我们可以通过他知道对方的情况罢了——超过这个程度就不应该了；因为你还年轻，吉尔伯特，你应当结婚——有一天你一定会的，尽管你现在可能认为不可能——而且虽然我很难说我希望你把我忘掉，我知道你是应该这样做的，既为了你自己的幸福，也为了你将来的妻子的幸福——因此我应当也乐于希望这样，”她坚定地补充道。

“你也还年轻啊，海伦，”我大胆地应道，“等到那个放荡的坏蛋走完了他的一生，你就该答应同我结婚——我要等到那个时候。”

但是她却不肯为我留下这精神支柱。她并不受到那个把希望寄托于另一个人的死亡上这一不道德心理的支配，因为如果那人不适于这个人间，他至少也同样不适于阴间，而他的改过从善就将成为我们的祸患，而他犯下的最大的罪就是我们最大的好处——因此她坚持认为这是个狂妄的念头，因为许多有亨廷顿先生这种生活习惯的男人都活到了晚年，尽管往往是悲惨的晚年——“而且，”她说，“如果说我的年龄还轻，我却已饱经哀伤了；即使在罪恶把他毁灭之前，苦难还不能置我于死地的话，你试想想，倘若他只活到五十岁左右，你会不会愿意在前景不太有把握、悬而不决的情况下，度过全部的青年和壮年的全盛时期，等上二十或者十五个年头——最终娶一个像我将来那样的苍老而憔悴的老太婆？——而且从今天起直到那天为止你始终都无法见到我——你是不会的，”她打断了我对她坚贞不渝的热切申明，继续说道——“即使你愿意，你也不应当这样。相信我，吉尔伯特，对于这件事我懂得比你多。你认为我这个人冷酷无情、铁石心肠，你可以这么想，可是——”

“我没有这个想法，海伦。”

“好吧，这没关系；只要你愿意，你可以这么想——不过，我在过着与外界隔绝的生活中并非完全无所事事的，我现在说这些话并不像你那样是凭着一时的冲动。我曾经把所有这些问题反复思考过，同我自己进行辩论，把我们俩过去、目前和未来的生涯彻底想过；而且请你相信我，我终于获得正确的结论了。现在请你相信我的话，而不要相信你自己的感情，过几年你就会发现我是对的——尽管目前我自己也几乎没法领会，”她把头靠在手上，叹了一口气，轻声说——“所以不要再反驳我了，因为你所能说的话都已经在我自己的心里说过，而且被我的理智所驳倒了。当这些建议在我的心里悄悄地提出来的时候，我跟它们斗争已经够艰苦的了；如今出自你的嘴，更是难上十倍。我知道，要是你了解它们使我多么痛苦，你就会马上住嘴的。如果你知道我目前有着什么样的感情，你甚至会为了要解除我的痛苦而让自己痛苦的。”

“我愿意走——一会儿就走，要是这么做能解除你的痛苦的话——而且永远不再回来！”我辛酸地加强了语气说——“不过，如果我们可能永远不再见面，永远没有希望重逢，那末我们靠通信来交流思想是不是犯罪呢？无论其在尘世的肉体的命运和境遇如何，难道相似的心灵不可以接触并在交流中相混合吗？”

“可以，可以！”她大声嚷道，顷刻之间迸发出一股充满欢乐的激情。“我也这么想过，吉尔伯特，可是我没敢说出来，因为担心你不会理解我对这个问题的看法——甚至现在我还在担心——我担心任何出于好意的朋友会对我们说，我们双方都想保持一种心灵交流来哄骗自己，这种交流毫无希望也不可能发展为任何再进一步的关系——不会助长徒然的悔恨和导致创伤的渴望，不会怂恿那些应该严格而无情地听任其由于空洞而最终消亡的思想。”

“不必介意我们的好心朋友们会怎么说。要是他们能使我们的肉身隔离，那就够了；天哪，别让他们隔离我们的心灵呀！”我大声嚷道，深恐她会认为自己有责任不让我们得到这唯一剩下的慰藉。

“可是我们倘若在这儿通信，”她说，“肯定会成为流言蜚语的新材料；而且等我搬走了，我不打算让外界知道，也不让你知道我的新住处；我这么做并非怀疑你的话，即使你答应不来找我，而是认为如果你明知自己找不到我，你的心情就会平静些；而且既然你没法想象我的情况，你也就可能在转移对我的注意方面少些困难。不过，听着，”她说，一边微笑着举起一根手指制止我作急躁的回答，“六个月之后，弗雷德里克会把我的确切住址告诉你的；到那时候，如果你仍然希望要给我写信，而且认为你能保持一种纯粹谈思想而纯属精神性质的通信——至少是像摆脱躯体的心灵或者不动感情的朋友们之间的那种通信——那么，你就来信吧，我会回信的。”

“六个月！”

她沉默了一会儿，突然从椅子上站起来，双手果断地紧紧握着，几乎发了狂似的喊道：“是的，给你时间让你目前的热情冷却下来，考验一下你的心灵对我的爱是否忠实和坚贞。好了，我们之间说的话已经够了。——我们为什么不能马上就分手呢！”我想我有责任毫不迟延地就走；于是我朝她走去，半伸出一只手，仿佛是向她告辞；她默默地握握我的手。可是想到就此这样永别使我实在受不了；它似乎要把我心脏里的血都挤出来；我的双脚胶着在地板上，动弹不了。

“可是我们非得永远不再见面了吗？”我内心痛苦到了极点，咕哝道。

“我们将在天国相会。让我们这样想吧，”她说，声调极其平静；但是她的眼睛狂热地闪着光，脸色死白。

“可是并不像我们现在这情况，”我禁不住如此答道。“想到下次我见到你的时候，你已是一个脱离肉体的灵魂，或者是个变了样的人，身躯完美无瑕，光辉四射，可是不像目前这样子——也许还有一颗跟我完全疏远了的心，这对我就说不上是什么慰藉了。”

“不对，吉尔伯特，在天国里有完美的爱！”

“我想，它完美得超越了任何区别，你将对我和我们俩周围的一千万天使以及数不清的一大群快活的灵魂一视同仁，而不会对我有更亲密的好感。”

“无论我成为什么样的人，你将会同我一个样儿，所以不可能感到遗憾；而且不论会发生什么样的变化，我们知道肯定是变得更好的。”

“可是如果我变得不再全心全意地崇拜你，不再爱你胜过所有的人，那末我就不会是我本人了；而且要是我竟然能到达天国的话，尽管我知道自己肯定会比现在好而幸福得无可限量，我今世的本性却是不会因期待这种福分而感到高兴的，因为我的本性和它的主要乐趣必然会受到这种福分的排斥。”

“这么说你的爱情完全是世俗的了？”

“不，不过我在设想我们彼此将不会再有比与其余的人更亲密的交往了。”

“如果是这样的话，那将是因为我们爱他们爱得更多些，而不是我们对彼此爱得更少些。如果是相互的爱，同时又将是非常纯洁的爱，那么爱情的增长会带来幸福的增长。”

“可是，海伦，难道你能高兴地期待着这个将在浩瀚的光辉中失去我的前景吗？”

“我承认我不能；但我们并不知道将来定会是这样的，而我确实知道将尘世的乐事换取天国的欢乐引以为憾，是正像匍匐爬行的小毛虫会悲叹自己有朝一日必须离开那片被啃啮的叶子向上高飞，振翼穿过空中，随意漫游于一朵又一朵花之间，从花萼中呷着甘甜的蜜，或者在阳光和煦的花瓣上取暖。如果这些小生物知道等待着它们的是多么大的变化，它们肯定会感到遗憾；可是这一切哀伤难道不是不得当的吗？如果这个例子还无法打动你，就再来举一个：——我们现在都是孩子，我们的感觉像孩子，我们的理解像孩子[①]；人家对我们说，男人和女人不玩玩具，还说有一天我们的游伴会厌倦他们和我们现在深感兴趣的那些微不足道的游戏和消遣方式，我们想到这一改变就禁不住会感到悲哀，这是因为我们没法想象在自己长大以后，我们的思想境

① 参阅《圣经 · 新约 · 哥林多前书》第 13 章第 11 节：“我作孩子的时候，话语像孩子，心思像孩子，意念像孩子。既成了人，就把孩子的事丢弃了。”

界会扩大并提高，到那时候，我们本人对现在这么珍爱的东西和消遣方式，也会认为微不足道，而且，虽然我们的游伴们不再同我们一起作那些幼稚的娱乐，他们会同我们一起喝其他快乐的泉水，并且在我们现在所难以理解的更高目标和更高尚的活动中，将他们自己的灵魂与我们的灵魂相汇合，但是并不因而不感到那么津津有味而确实美好——而我们和他们却基本上仍然是无殊于以前的人。可是，吉尔伯特，难道你真的不能从我们可能在不再有痛苦和悲哀的地方再相聚这个想法中得到安慰吗？在那儿不再需要反抗罪恶，不再有灵魂对肉体的搏斗；在那儿，我们俩都会瞧见同样的辉煌的真理，从同一个灵光和仁慈的源泉吮吸那崇高的至上福分——那源泉也就是我们俩会以同样强烈的圣洁的热情崇拜的上帝；在那儿，作为纯洁而欢乐的人，我们俩会以同样神圣的感情去爱上帝。如果你不能，就永远别写信给我！”

“海伦，只要信心永远不会减弱，我能！”

“好，那末，”她大声说，“趁我们还强烈地抱有这种希望——”

“我们就分手吧，”我也叫喊起来。“你也就不用费心再作一次努力来打发我走了。我马上就走，可是——”

我没有说出我的要求，她出于本能就明白了，而且这次她也顺从了——或者更确切地说，在这件事上并不存在像请求或者顺从那样需要经过考虑，那是双方都无法抗拒的一种突然的冲动。我本来站着盯视她的脸，一眨眼便把她搂在胸前，我们俩紧紧地拥抱着，似乎成了一体，非任何物质或精神力量所能拆开的了。她仅仅低声说了这么两句话：“上帝祝福你！”和“走——走吧！”但是她一边说一边却紧紧抱住我，使我不使出劲就无法服从她。不过，我们终于硬是分开了，于是我便冲出那房子去。

我恍恍惚惚记得看见小阿瑟在花园走道上跑过来迎接我，我自己则翻过围墙避开他——随后跑下陡峭的原野，越过挡住我去路的石围栏和矮树篱，直至我完全看不见那座古老的邸宅，来到了山脚下；还记得在那个偏僻的山谷里度过很长的时间，痛哭流泪，忧郁地冥思苦想，耳际是西风猛穿过遮阴的树木的呼呼声和小溪流过布满卵石的河床时的汩汩声的永恒的乐声——我的眼睛多半时间茫然凝视着脚边那块阳光照着的明亮的草地，纵横交错的浓荫正不停地在上面闪动着，不时有一两片枯叶飘来参加这个狂欢活动，可是我的心正远在山上那间黑暗的房间里，她在那儿凄切而孤寂地啼哭着——这个我不可以去安慰、不可以再见面的她，要直等到许多年的痛苦把我们俩都压倒，把我们的灵魂从它们那在坍败中的泥土住所[1]中拉扯出来。

不言而喻，那天我没干什么活儿。我把农场丢给了雇工们去料理，听任他们自行其是。但是有桩任务我必须去做；我并没有忘记自己对弗雷德里克·劳伦斯的攻击，我必须去见他，为那次不幸的举动道歉。我很想推到明天再办，可是如果在这期间他向他妹妹告发了我，那怎么办？不，不，我今天一定得去请他宽恕我，如果此事必须泄露的话，我要恳求他谴责的时候宽大一些。然而我还是推迟到傍晚才去，那时我的心情已经平静了一点儿，而那时——唉，人性中的刚愎自用是多么奇异啊！——一些微弱的不具体希望的萌芽开始在我的心中茁生；我并非在就那问题谈了那么多话之后还抱有这些希望，可是它们必须在我心里停歇一会儿，尽管不受到怂恿，然而也不加以粉碎，直到我学会了没有它们也能活下去为止。

我到达了那位年轻地主在伍德福德的邸宅的时候，发现要见他可不容易。开门的男仆对我说他的主人病很重，似乎认为未必能见我。不过我可不愿受到挡驾。我在门厅里静候他去通报，但是暗自拿定主

① 指人的身躯。

意不接受谢绝。回话果然不出我之所料——他彬彬有礼地告诉我，劳伦斯先生任何人都不能见；他正发着烧，不能受到打扰。

“我不会打扰他很久的，”我说，“可是我必须见他一会儿；我有要紧事情要跟他谈。”

“那我去告诉他吧，先生，”男仆说。我深入门厅，跟随着他几乎走到了他主人待着的那个房间的门口——因为看来他并没有卧床。回话是由于劳伦斯先生目前什么事也不能办，他希望劳驾我留个口信或者便条给那个男仆。

“他既然可以见你，也就可以见我，”我说罢便在那惊讶的男仆跟前走过去，大胆地敲敲门，走进屋子，随手关上了门。房间很宽敞，布置得很漂亮——对一个单身汉来说，也十分舒适。在擦得锃亮的炉栅后面，炉火又亮又红。一条整天懒散而养尊处优的老灵猩躺在炉前那块又厚又软的小地毯上取暖。在小地毯的一角，挨着沙发椅坐着一条漂亮的小猎犬，渴望地抬眼望着它主人的脸，也许是想征求他同意让它也上他的躺椅去，或者可能只是恳求他抚摸它一下或者说一句亲切的话。那位病人本人的模样则很有趣：他身穿讲究的晨衣，横过两鬓绑着一块绸手帕，正斜倚在躺椅上。他那张一向苍白的脸涨红着，发着烧；眼睛半闭着，直至觉察我的到来才睁大；一只手有气无力地靠在沙发椅背上，拿着一本小开本的书，显然曾经白费劲地试图用它来消磨令人厌倦的时间。不过当我朝屋中央走去、在他跟前的小地毯上站住的时候，他吓了一跳，又气愤又惊讶地把书丢下。他撑起身子靠在枕头上凝视着我，脸上流露出同样程度的紧张、恐惧、愤怒和诧异的神情。

“马卡姆先生，我简直想不到你来这一着！”他说这句话的时候，面颊都发白了。

“我知道你想不到，”我应道，“不过你安静一会儿，我来告诉你我的来意吧。”我漫不经心地朝他走近了一两步。他看我走近，退缩了一下，脸上现出反感和出于本能的实际畏惧，那决不是一种对我的心情能起安抚作用的表情。不过我还是朝后退了一步。

“你得长话短说，”他边说边把手按在他身旁桌上的那只小银铃上——“否则我只得叫人来了。我目前的状态受不了你的野蛮举动，也无法容忍你待在我跟前。”而事实上，汗珠也确实从他的毛孔里冒出来，像露水般停留在他苍白的额头上。

简直无法指望这样的接待来使我这不值得羡慕的任务减少困难。可是又必须用某种方式去完成它；因此我立即投入此项工作，尽力好歹干到底。

“事实是，劳伦斯，”我说，“最近我对待你的行动很不恰当——尤其是最后这一次；而我是来——简单地说，来为我的作为向你道歉，请求你宽恕的。——如果你不愿意宽恕我，”由于我不喜欢他此时脸上的那种神情，便急忙继续说道，“那也不要紧——可是我已经尽了我的责任了——我的话完了。”

“你干得倒轻松得很哪，”他应道，露出近乎冷笑的一丝笑容，“毫无道理地把朋友辱骂一顿，还使劲打他的头，然后告诉他说，自己干得不大对头，但是否能得到他的宽恕却无所谓。”

“我忘了告诉你那是出于误会，”我咕哝道。“我原该深表歉意，可是你当时惹得我好厉害，你那副——咳，我想是我的错吧。实情是我原先并不知道你是格雷厄姆太太的哥哥，我瞧见也听见了一些有关你对她的举动的话，那是很可能引起令人不愉快的猜疑的，而且，请容许我这么说，只要你坦率一点、能信任人一点，原是可以免去这种猜疑的；可是终于有一次我偶然听到你同她的一段谈话，使我认为自己有权利恨你。”

“那末你怎么知道我是她的哥哥的呢？”他有点担心地问。

“她亲口告诉我的。她把一切都告诉了我。她知道我这人信得过。不过你对这事也不必在意，劳伦斯先生，因为我不会再见到她了！”

“不会！难道她走了吗？”

“没有，不过她已经向我告辞了；而且我已经答应她，在她住在那房子里的期间，再也不走近那儿。”话题这么一转，又唤醒了我痛苦的思想，我原可以大声地呻吟起来的。但是我仅仅紧握起双手，用脚跺着炉前的小地毯。然而我这朋友却显然松了一口气。

“你做得对！”他用完全认可的语气说，脸上几乎露出了喜色。“至于那次误会，它的发生使我为你我都感到遗憾。也许你能原谅我不坦率，不过你要记得，最近你根本就没有鼓励我给予你友好的信任。这能为我减轻一点罪责。”

“是的，是的，我全记得；没有人能把我责备得比我内心的自责更厉害——总之，对于你正确地称之为野蛮举动的后果，没有人能比我更真诚地感到遗憾。”

“别提这个了，”他淡淡一笑，说道；“让我们把双方讲的不愉快的话和做的事情统统忘了吧，把我们有理由懊悔的一切也都忘掉吧。你会不会反对握我的手——或者你是不是宁可不握？”他伸出手来的时候，由于虚弱而发抖，我还没来得及去握住，它已经垂下了；我亲切地使劲握了一下，他却没有气力也握紧我的手。

“劳伦斯，你的手多么又干又热啊，”我说。“你真的有病，而我说了这些话使你的病更重了。”

“哎呀，没什么，只是淋了雨着凉了。”

“这也得怪我。”

“没关系——不过告诉我，你把这件事告诉了我妹妹没有？”

“我得承认我还没有勇气这样做；不过你告诉她的时候，是不是请你只说我极其懊悔，而且——”

“啊，绝对不必担心！只要你保持继续远离她这一个好决心，我就不会说任何反对你的话。那末据你所知，她还不知道我生病了？”

“我想是这样。”

“这可使我高兴，因为我一直折磨着自己，担心有人会对她说我快要死了，或者说我病得很重，那她就会因为接不到我的信或没法帮我什么忙而苦恼着自己，或者还可能干大蠢事跑来看我。如果我办得到的话，我一定得设法让她知道一些关于我的病况，”他沉思着继续说，“否则她就会听到这类传说。有很多人会乐于把这种消息告诉她，就为了要看看她的反应如何；那一来她就可能使自己受到新的诽谤了。”

“我早告诉她就好啦，”我说。“要不是因为我已经答应她，我现在会去告诉她的。”

“决不要这样！我根本没这个想法——不过如果我现在来写一封短简——不会提起你，马卡姆，只是略微谈一下我的病，作为我没有去看她的理由，还使她对可能听到的任何夸大了的传说提高警惕——用和我自己的不同的笔迹写——劳驾你经过邮局的时候替我投寄，好不好？因为在这种情况下我不敢信任我的任何一个仆人。”

我再乐意不过地同意了，马上去把他的书写用具拿给他。他根本就不需要伪装他的笔迹，因为这个可怜的人为了写得字迹清楚，看来握笔还有相当的困难。短简写好之后，我认为自己该走了，不过在告辞之前，我先问他究竟还有没有什么事，不论大事还是小事，可以让我为他效劳，以便减轻他的病痛，并且弥补我对他所造成的伤害。

“没有了，”他说，“你为此已做了许多事；你为我做的已经比最高明的医生能做到的更多了；因为你已经使我了却了两桩大心事——那就是：为我的妹妹担忧和因你的缘故感到深深的遗憾，因为我确信这两件事所产生的苦恼对引起我发烧的作用比任何其他因素更大；而且我相信我会很快复原的。还有一件事你能为我做的，那就是请你有时来看看我——因为你瞧，我在这儿非常寂寞，我保证再也不会阻止你来了。”

我答应一定再来，亲切地紧握了他的手之后就走了。我在回家途中把信投了邮，果断地抵制了引诱，不让自己顺便投寄一张自己写的便条。

第四十六章
友好的劝告

有时候我真巴不得让我母亲和妹妹明白那个受迫害的怀尔德菲尔府的房客的真正品性和情况；而且开头我还十分懊悔自己忘记去征得那位夫人的同意让我这么做；可是作了应有的考虑之后，我又认为要是她们知道了这些情况，对米尔沃德和威尔逊两家就不可能保密很久，而根据我目前对伊丽莎·米尔沃德的秉性的评价，如果一旦让她掌握了这件事的线索，我担心她要不了多久就会设法使亨廷顿先生知道他妻子的隐避处在哪儿。因此我愿意一直耐心地等到这令人厌倦的六个月过去，到那时候那个逃亡者已经找到了另一个住处，并且允许我给她写信，我就要恳求她让我澄清这些邪恶的诽谤，恢复她的名誉；而目前我必须满足于仅仅断言我自己知道那都是些假话，并且有朝一日要给予证实，使那些诋毁她的人都蒙受羞辱。我并不认为有什么人会相信我的话，但是所有的人不久都懂得了当着我的面要避免说关于她的含沙射影的话，甚至也不要提及她的名字。他们以为我被那位不幸的夫人的魅力弄得神魂颠倒，以致我会毫无理智地坚决支持她；同时由于想到我所遇见的每个人都对这个化名为格雷厄姆太太的人怀有卑鄙的想法，而且只要有胆量都会说出口来，我变得越来越难以容忍地郁郁不欢而愤世嫉俗。我那可怜的母亲为我感到十分难过，但是我也没法不这样——至少我感到自己没法不这么做，尽管有时候我为自己对她的不孝顺行为受到自责的折磨，并努力改正，而且取得了一部分的成功——一般说来，我对她的态度也确实比对除了劳伦斯先生之外的任何人都仁慈些。罗丝和弗格斯通常避免同我见面；他们这么做很好，因为在目前这种情况下，我不适宜与他们接触，他们也不适宜与我做伴。

直到我们那次最后会面之后两个多月，亨廷顿太太才离开怀尔德菲尔府。在那一段日子里，她一次也没有在教堂露面，我也一次都没有走近那座房子。我曾以各种方式多次向她哥哥询问关于她的情况，仅从他简短的回答中得知她仍住在那儿。在他生病和康复期间，我经常去看望他并且十分关心他；这不仅出于我对他的痊愈的关心以及希望使他高兴，并且尽可能为我先前的“蛮横行为”赔罪，还由于我越来越喜欢他，同他在一起感到越来越愉快——这部分是由于他对我越来越亲切，但主要还是因为他与我所崇拜的海伦的密切关系——在血统和情感这两方面的关系。我为这层关系爱他超过我所乐于宣之于口的程度；我暗自以紧握他那些细长而白皙的手指为乐，他虽不是个女人，手指却出奇地像她的手指；我也乐于注视他那美丽苍白的脸上转瞬间的种种表情变化，并注意他嗓音的抑扬转调——察觉到我纳闷为什么以前竟然从未感觉到的相似之处。有时候他显然不愿意跟我谈有关他妹妹的事，这确实使我很生气，然而对于他希望我不去想她的这一友好动机，我是毫不怀疑的。

他的康复并不如他所料想的那么快；直到我们和解后过了两星期，他才能骑上马背；他初次使用他那复原的体力是在晚上骑马到怀尔德菲尔府去看望他的妹妹。对于他们两人来说，这都是一个冒险的举动，可是他认为就算不是为了免去她对他的健康状态的牵挂的话，也有必要与她商量她的迁居计划，而这一来最糟的结果是使他的旧病有点儿复发了。除了一同住在那座旧邸宅内的人之外，没有人知道那次访问——我可是例外。我相信他并不打算对我提起这件事，因为次日我去看他的时候，注意到他的身体情况不如应有的那么好，他仅仅说自己头天晚上在户外待得太晚以致感冒了。

“如果你不照顾好自己的身体，就将永远不能去见你的妹妹了，”我说，为了她的缘故被这个情况有点儿惹火了，倒反而并不对他怜悯。

“我已经见过她了，”他平静地说。

“你见过她了！”我大吃一惊，嚷了起来。

“是的。”接着他便告诉我是什么念头驱使他如此冒险的，又是怎么样谨慎行事的。

“她好吗？”我迫不及待地问。

“跟往常一样。”他的答话很简短，却显得悲哀。

“跟往常一样——这就是说一点儿也不快活，一点儿也不健康。”

“她并不确实有病，”他应道，“而且我毫不怀疑要不了多久她的情绪就会恢复的——可是她身受了这么多的磨难，使她几乎受不了啦。这些天看上去多么怕人哪！”他朝着窗户转过身去，接着说道。“我看不等到晚上就会下雷阵雨的；而我的雇工们正在堆麦子呢。你的麦子全收进仓了没有？”

“没有。——哦，劳伦斯，她有没有——你妹妹有没有提到我？”

“她问过我最近有没有见到你。”

“她还说了些什么？”

“我不能把她说的话全都告诉你，”他微微一笑，答道，“因为虽然我待的时间很短，我们却谈了很多话；不过我们的谈话主要是关于她打算迁居的问题，我请求她推迟到我能更好地帮她找另一个住处的时候。”

“可是难道她没有再说与我有关的话吗？”

“马卡姆，她没有说很多关于你的话。要是她存心多讲，我也不会鼓励她这么做的；不过幸而她并没有，只问了几句关于你的话，而且看来对我的简短回答也感到满意了；在这方面她可显得比她的朋友聪明——我还可以告诉你，看来她担心你太想念她远远超过她担心你忘掉她。”

“她是对的。”

“可是关于她，我怕你所担心的恰恰相反吧。”

“不，并非如此。我希望她幸福；但并不希望她把我完全忘掉。她知道我不可能会忘掉她；而她希望我不要老记住她，这是对的。我不希望她太想念我；不过我简直无法设想她会因我而弄得自己非常不快活，因为我知道自己除了有赏识她的能力之外，是不配这样的。”

“你们俩都不值得使自己心碎——也不值得去浪费那些已经(而且我恐怕还会)浪费在双方身上的所有叹息、眼泪和愁思；可是我恐怕目前你们俩对对方的看法都超过了各自所该得到的崇高的估价；而我妹妹的感情自然同你的一样十分强烈，而且我相信比你的更为坚贞；不过对于这件事，她是通情达理而坚韧不拔的，会竭力与自己的感情作斗争的；我还相信她非到自己彻底断了这个念头是不肯罢休的，那是说断了——”说到这里他犹豫了一下。

“想我的念头，”我说。

“而且我希望你也作出同样的努力，”他接下去说。

“她有没有告诉你说她有这个打算？”

“没有；我们之间并没有提出要讨论这个问题。没有必要这么做，因为我毫不怀疑她有这样的决心。”

“把我忘掉？”

“是的，马卡姆！为什么不呢？”

“唉！好吧，”这是我唯一出声的答话；不过我在内心作了如此的答复——“不，劳伦斯，这你搞错了，她并没有决意要忘掉我。忘掉一个这么深情地忠诚于她，又像我这样能全面赏识她的美德并且与她的一切念头起共鸣的人，会是错误的；而我要是忘掉我曾经那么忠诚地爱过并切实了解的、像她这样完美而神圣的上帝所创造的人也是错误的。”不过对这个问题我不再对他说什么了。我立即换了一个话题，不久便向我的这位友伴告辞，当时我对他的感情不如平时那么热诚亲切。也许我没有权利对他生气，然而我还是生气了。

在这次过后一星期多一点的一天，我在他拜访威尔逊一家后回家的路上遇见他；我这时决定好好报答他一下，尽管这么做会伤他的感情，也许还要冒招致他不快的风险，而这往往是那些提供不合人心意的消息者或者向人主动提出劝告的人所受到的报答。请相信我，在这件事上我并不是由于最近他偶尔有几次惹我生气而产生了报复的动机，也不是对威尔逊小姐怀有任何恶毒的敌意，而纯粹是因为我不能容忍这样一个女人将成为亨廷顿太太的嫂嫂，而且既为了他也为了她之故，我不忍想到他将被骗上当而与一个那么配不上他的人结婚，她是绝对不适宜在他安静的家里充当伙伴，作他的终身伴侣的。我料想他本人对这一点也不自在地怀疑过，可是他是那么缺乏经验，那位小姐的引诱力是那么大，用它来影响他那年轻的想象力的本领又是那么高明，因而他的猜疑并没有使他犹豫多久，而我相信唯一使他举棋不定并至今还没有正式求婚的原因是考虑到她的亲戚关系，特别是她的母亲使他无法忍受。要是他们两家的住处相距得远些，他还有可能克服这个缺点，但只离开伍德福德庄园两三英里，这可就不是无关宏旨的事了。

“劳伦斯，你去拜访过威尔逊家了，”我挨在他的小马旁边走的时候说。

“是的，”他答道，同时略微转过脸去。“在我生病期间，他们始终那么详细而经常地问起我的健康情况，因此我认为单凭礼貌也该趁早就去答谢他们的关怀。”

“那完全是威尔逊小姐一手安排的。”

“就算是这样的话，”他的脸显而易见地羞红了，回答说，“难道这就成了我不该适当地表示感谢的理由吗？”

“这就是你为什么不该表达她所期望的感谢的理由。”

“对不起，我们不谈这个问题吧，”他说道，显然生气了。

“不，劳伦斯，请原谅，让我们再谈一会儿；我们既然谈到了这件事，我就告诉你一件事，信不信由你——只是请你记住，我这个人是不习惯于说假话的，而对这件事，我不可能有存心歪曲事实的动机——”

“好啦，马卡姆！那又怎么样呢？”

“威尔逊小姐恨你的妹妹。鉴于她不知道你们的兄妹关系，她对她感到有几分敌意就可能是很自然的了，可是任何善良和蔼的女人对她想象中的情敌是不可能表现出我所注意到的她那种刻骨的、冷酷无情而有计谋的恶毒态度的。”

“马卡姆！！”

“正是这样——而且我还相信她和伊丽莎·米尔沃德如果不是那些已经传开的诽谤性谣言的制造者，至少也是那些谣言的故意怂恿者和主要传播者。她当然并不想把你的名字牵连到这件事里去，可是她过去乐于，如今仍乐于在不暴露她自己的狠毒用心的太大风险的前提下，竭尽全力诽谤你妹妹的名声！”

“我没法相信这个，”我的朋友打断我的话说道，他愤怒得脸色通红。

“好，我既然没能提供证明，就只能断言：在我看来确是这样；不过，既然要是事实确是这样的话，你便不会愿意娶威尔逊小姐，那末你得小心才是，直到你证实了不是那么回事为止。”

“马卡姆，我从来没有对你说过我打算娶威尔逊小姐，”他傲慢地说。

“你没有，但是不管你有没有这个打算，她却是打算嫁给你的。”

“她这么对你说过吗？”

“没有，不过——”

“那你就没有权利坚持这么说她。”他略微加快了他的小马的步速，可是我伸手按在它的鬃毛上，决定不让他就这么离开我。

“等一等，劳伦斯，让我把我的意思说清楚；别这么——我不知道该怎么说才对——听不进人家的话。——我知道你对简·威尔逊的看法；我也相信自己知道你的见解错到什么程度；你认为她异常迷人、体态雅致、明白事理而品格优美，可你不知道她是自私自利、冷酷无情、野心勃勃、狡猾成性而又思想浅薄——”

“够了，马卡姆，够了。”

“不，让我讲完。——你不知道，如果你娶了她，你的家就会变得一片黑暗而毫不舒适；而最终你会伤心地发现自己相结合的是一个完全不能与你有同样的情趣、感受和观念的人——她是那么彻底地缺乏情感、同情心和真正崇高的心灵。”

“你讲完了没有？”我的朋友平静地问。

“完了——我知道我这些无礼的话使你恨我了，不过只要我的话能有助于使你不犯那致命的错误，我就并不在乎。”

“好吧！”他带着相当冷淡的微笑这么说——“我很高兴，你竟然克服或者说忘记了你自己的苦恼，能够把别人的事情考虑得如此周到，还为他们在将来生活中的想象中的或者可能发生的不幸事情如此枉费心机。”

我们分手了——彼此又一次有点冷淡地分了手；不过我们并没有断绝我们的友谊；而且我那善意的警告，尽管原可以较慎重地提出来，也原可以较承情地被接受，却并非完全没有收到所希望的效果。他就此没有再去威尔逊家，而且尽管在我们随后的会见中，他从不对我提起她的名字，我也没对他提起过——我有理由相信他在心里衡量过我的话，偷偷地却又热切地从其他方面探听有关这位美丽的小姐的情况，再暗自把我对她的评语同他自己的观察和从别人那里听到的情况相对照，终于得出了这样的结论：根据全面考虑，她继续做拉伊科特农庄的威尔逊小姐确实远比变成伍德福德府的劳伦斯太太为好。我还相信他不久就学会了暗自诧异地思考自己先前的偏爱，并且暗自庆幸自己侥幸地脱险了；不过关于这一点他始终没有向我承认，对于我在解救他这件事中所起的作用也未暗示过一句感谢的话——不过这对像我这样了解他的人看来是不足为奇的。

至于简·威尔逊，当然是失望了，并且怨恨她以前的爱慕者突然对她冷淡疏远，终于抛弃了她。我挫败了她所抱的希望这一作为有没有做错呢？我认为没有；而且迄今我的良心确实从未谴责过自己在这件事上出过任何坏主意。

第四十七章
惊人的消息

11月初的一天早上，早餐后不久我在书写一些有关事务的信件时，伊丽莎·米尔沃德来找我的妹妹。罗丝缺乏识别力，又慈心善肠，不像我那样对待那小魔鬼，她们之间仍然保留着过去的亲密关系。不过，她来的时候，房间里只有弗格斯和我，我母亲和妹妹都不在，正一心在料理家务；可是，不管别人愿不愿意，我可不想竭力去逗她乐。我当然只随便地招呼了她一下，并淡淡地说了几句话，便继续写信，让我的弟弟去更客气地应酬她，要是他愿意的话。但是她却存心要逗弄我。

“马卡姆先生，见你在家我多高兴啊！”她带着假意的恶毒微笑说。“如今我很难得见到你，因为你从不到牧师住宅来。我可以告诉你，爸爸相当生气哩，”她一边坐下一边顽皮地添上一句，带着无礼的笑容盯着我的脸。她所坐之处离桌子一角不远，身子一半在我的书桌前，一半在它的旁边。

“我最近有很多事得做，”我说，一边仍然埋头写信。

“真的那么忙！但是有人说这几个月你很怪，对自己的事务变得漠不关心了。”

“那他就说错了，因为，尤其是近两个月来，我正努力苦干、勤奋学习。”

“好啊！我想再没有什么像积极工作那样能安慰受苦难折磨的人了——而且恕我直言，马卡姆先生，你的脸色相当不好，根据大家所说，近来你变得十分忧郁而心事重重——我几乎认为有什么秘密的烦恼压在你的心头。过去，”她怯生生地说，“我敢问你到底有什么心事，我能做什么来安慰你，而现在我就不敢了。”

“你真太好了，伊丽莎小姐。等我想到你能做什么事来安慰我时，我会冒昧地告诉你的。”

“请你这样做吧！——我想我是不该去猜测是什么事使你烦恼的。”

“没有这必要，因为我会坦白地告诉你的。眼下最使我烦恼的就是坐在我肘边的那位年轻小姐，她妨碍我写完这封信，过后还会妨碍我去干日常的事务。”

她还来不及回答这句不礼貌的话，罗丝走进来了；伊丽莎小姐站起来招呼她，她们俩都走到壁炉前坐下来，那个无所事事的小伙子弗格斯也正站在那儿，肩膀靠在壁炉架角上，双腿交叉，两只手插在裤袋里。

“喂，罗丝，我来告诉你一桩新闻——我希望你没有听见过，因为不论是好的，是坏的，还是无所谓的消息，一个人总喜欢头一个把它说出来——那是关于可悲的格雷厄姆太太的事——”

“嘘，嘘，别做声！”弗格斯用一种郑重其事的声调低语说。“‘我们从不提起她；绝对听不见有人提到她的名字。’①”我抬眼望去，目光正好接触到他斜视我的眼睛，而他的手指正指着他的前额；然后他悲哀地摇摇头，向那位年轻小姐使了个眼色，低声说——“一个偏执狂——别提它了——除此之外，一切正常。”

“如果我伤了谁的感情的话，我很遗憾，”她低声地回答，“也许等下一次再说吧。”

“说出来吧，伊丽莎小姐！”我说，不屑去注意另一个人说的俏皮话，“在我面前，你不必害怕讲出任何事情——这是真话。”

“好吧，”她答道，“也许你已经知道格雷厄姆太太的丈夫并不当真已经死了，而是她撇下他出走的？”我吓了一跳，觉得脸红起来；但我

① 引自英国诗人托马斯·海恩斯·贝利（1797—1839）的诗篇《啊，不，我们从不提起她》。

低头朝着信纸，在她继续讲时，我把信折叠起来，“不过也许你还不知道她又回到了他的身边，两人已经完全重新和好了？且想想看，”她继续说，把脸朝着惊慌失措的罗丝，“这个男人有多傻呀！”

“谁告诉你这个消息的，伊丽莎小姐？”我打断我妹妹的感叹。

“我的消息来源十分可靠，先生。”

“谁，允许我问吗？”

“是从伍德福德府的一个仆人那儿听到的。”

“啊！我可不知道你同劳伦斯先生的家里人有这样密切的关系。”

“我不是直接从仆人那儿听到的，而是他私下告诉我们的女用人萨拉，她又告诉了我。”

“我想那是私底下说的，而你现在私底下告诉我们；可是我可以告诉你，这毕竟是站不住脚的传闻，真实的成分还不到一半呢。”

我一面说，一面封好信，写了地址，尽管我尽量保持沉着，同时坚信这传闻是站不住脚的——那个被认作为格雷厄姆太太的人肯定不是自动回到她丈夫那儿去，也不会梦想重新同他和好——但我的手却有点发抖。我想她极其可能是离开了，而这个搬弄是非的仆人并不知道她上哪儿去，就这么猜想，而我们这位漂亮的客人就把它说成是毫无疑问的事，并且为有这么个机会来折磨我而高兴。不过这也有可能——仅仅是一种微乎其微的可能，即有人出卖了她，强行把她带走。我决心要知道最坏程度的真相，便匆匆地把两封信放进口袋，嘴里咕噜说来不及投邮了，就走出房间，奔进院子，大声叫人备马。院子里没有人，我就亲自把马拖出马厩，把鞍子系在它背上，把缰绳套在它头上，跨上马背，一路飞驰到伍德福德府去，我发现那宅子的主人正在庭园里散步，一边沉思着。

“你妹妹走了吗？”我一把抓住他的手，首先问了这句话，而不是像往常那样先问他的健康情况。

“是的，她走了，”他那么平静地回答，使我的惊骇情绪即刻消失了。“也许我不该知道她在哪儿吧？”我说，一面从马背上跳下来，把马交给园丁，他正在用耙子把草地上的枯叶拢在一起，由于当时没有别的仆人在场，他的主人就叫他把马牵到马厩去。

我的同伴严肃地揽着我的胳臂，把我带到花园里，这样回答我的问题：

“她在某郡的草谷庄园。”

“哪儿？”我叫道，吃惊得痉挛起来。

“在草谷庄园。”

“怎么搞的？”我气急吁吁地问。“谁出卖了她？”

“她是自愿回去的。”

“不可能，劳伦斯！她不可能达到这样疯狂的地步！”我大声说，狠狠地抓住他的胳臂，似乎要他收回那句可恨的话。

“她正是这样，”他坚持说，态度同以前一样严肃而镇定——“而且并不是没有理由的，”他继续说，轻轻地从我手中挣脱，“亨廷顿先生病了。”

“所以她回去侍候他？”

“对。”

“傻瓜！”我不由得大声喊道——劳伦斯用责备的眼光抬眼望着我。“那末他快死了吗？”

“我想还不至于，马卡姆。”

“那还有多少人在护理他？——另外还有多少位太太小姐在照料他？”

“一个也没有；他独个儿，不然她也不会去了。”

“哼，真该死！这真叫人受不了！”

“受不了什么？是因为他竟然是独个儿吗？”

我不想回答他，因为我不敢肯定这情况并非导致我心神烦乱的一个原因。因此我默默地沉浸在痛苦中，一边走一边用一只手按在前额上；突然，我停下了步，朝着我的同伴不耐烦地大声问道：

“她怎么会昏头昏脑得走这一步？什么魔鬼驱使她这样做的？”

“除了她本人的责任感之外，没有任何东西驱使她。”

“胡说八道！”

“我自己原来也是想说这句话的，马卡姆。我向你保证我可没有劝她走，因为我跟你一样痛恨这个男人——真的，除了这一点，那就是他的改过自新会比他的死亡给我更大的愉快——不过我只告诉了她关于他的病况（那是打猎时从马背上摔下来的结果），还告诉了她那个不幸的迈耶斯小姐已经离开他一段时间了。”

“这件事太糟了！现在，有她在场的便利，他就会说出种种假话和关于将来的好听而虚假的许诺，而她也会相信他，然后她的情况会比以前坏上十倍，难补救十倍。”

“目前似乎没有多大理由操这份心，”他说，一面从口袋里掏出一封信，“从今早得到的消息，我应该说——”

正是她的笔迹！出于不可抗拒的冲动，我伸出手去，“给我看”这句话也就脱口而出。他显然很不愿意满足我的要求，可是趁他正在犹豫的时候，我把它一把抢了过来。不过，一分钟后我便恢复了镇定，打算还给他。

“要是你不要我看这信，”我说，“就拿回去吧。”

“不，”他答道，“你要看就看吧。”

我看了，所以你也可以看。

草谷，11月4日

亲爱的弗雷德里克：

我知道你渴望得到我的信；我将尽可能把一切情况都告诉你。亨廷顿先生病得很重，但不会就去世的，也没有什么迫在眉睫的危险；而目前他比我刚来的时候要好得多。我发现当时家里乱七八糟；格里夫斯太太、本森和所有像样的仆人都走了，代替他们的，说得好一些，尽是一批做事马马虎虎而杂乱无章的人——要是我待下去，必须把他们换掉不可。那名职业护士是个呆板而冷酷的老太婆，被雇来服侍这可怜的病人。他很痛苦，没有毅力忍受到底。他从事故中受到的直接伤害不十分严重，而且就像医生所说的，对一个生活有节制的人来说，算不上什么；可是对他就大大不同了。我到达的那天晚上，第一次走进他的房间，他正躺着，处在一种半昏迷状态中。我开口说话之后，他才注意到我，可是这时还把我当做别人。

“艾丽斯，你又来了吗？”他咕哝着。“你为什么离开我？”

“是我，阿瑟——是海伦，你的妻子，”我回答。

“我的妻子！”他吃惊地说——“看在老天爷面上，别提起她！——我没有妻子——让魔鬼把她带走，”他过一会儿说——“你也一样！你为什么离开我？”

我再不吭声；我注意到他眼睛一直凝视着床尾，我就走到那儿坐下来，把蜡烛正对着我，让烛光普照在我身上，因为我以为他也许快去世了，要他认出是我。有好一会儿工夫，他躺着一声不响地瞧着我，开头是茫茫然地望着，然后是一种奇怪的越来越强烈的凝视。他终于突然用手肘把自己撑起来，使我吓了一跳，他还惊慌失措地低声问“谁呀？”——他眼睛一直盯着我。

“是海伦·亨廷顿，”我安详地说，同时站起来，移动到一个不大显眼的位置。

“我一定是疯了，”他嚷道——“或者什么——也许是神志昏迷了——不管你是谁，离开我吧——我受不了这张白面孔和这双眼睛——看在上帝面上走吧，打发一个另外模样的人来！”

我立即去叫那受雇的护士来。但第二天早上，我又冒险走进他的房间；我在病床边护士的位子上坐下来，一连观察并侍候他几个小时，尽量不显露自己，只在必要时才说话，而且是轻声轻气地说的。开头，他把我当作那护士呼唤，可是当我按照他的指示走到房间另一头去拉起百叶窗时，他说：

“不，你不是护士；是艾丽斯。你一定得待下来陪我！不然我会死在那母夜叉手里的。”

“我是存心来陪你的，”我说。此后他就叫我艾丽斯——或者其他什么同样使我反感的名字。我勉强忍受了一会儿，唯恐否认会过于使他心神不安；可是当他要喝水，我把杯子递到他的嘴边时，他咕哝着：“谢谢，最亲爱的！”——我不由得明白地说出来——“你要是知道我是谁，就不会这样说了。”我打算接下去再度宣布我是谁，可是见他只是语无伦次地应答着，我就不再说下去了，直到过了一些时候，当我用加水的醋擦洗他的前额和太阳穴来减轻他的头痛和发烧时，他认真地瞧了我几分钟，然后说：

“我有些奇怪的幻觉——我无法驱除它们，它们不让我安生；而最奇怪和最顽固的是你的脸蛋和声音，完全就像是她的。我此刻可以发誓说她刚才就在我的旁边。”

“她现在就在，”我说。

“这么洗似乎很舒服，”他继续说，没有注意我的话，“你给我洗的时候，其他的幻觉都消失了——可是这一个却加强了。做下去——做下去，直到它也消失吧。我受不了像这样的躁狂病；它会把我害死的！”

“它绝不会消失，”我明白地说，“因为它是真实的。”

“真实的！”他大声喊道，好像有条毒蛇咬了他那样惊跳起来。“你不会说你的的确确就是她吧！”

“正是这么说的；可是你也不必摈弃我，好像我是你最大的敌人似的。我是来照顾你的，做别人都不愿做的事。”

“看在上帝面上，现在别折磨我！”他可怜地激动得大叫起来；然后开始轻声狠狠地诅咒我，还抱怨坏运气把我带来了，这时我放下海绵和面盆，又在他床边坐下了。

“他们在哪儿？”他问——“难道他们都撇下我走了——仆人和所有的人？”

“仆人是一喊就会来的，如果你要他们的话；不过你最好躺下来，保持安静；他们中没有一个能够或者愿意像我这么细心照顾你的。”

“我一点也不明白，”他困惑不解地说。“难道这是个梦——”他伸手遮住了眼睛，好像试图解开这个谜。

“不，阿瑟，这不是梦，当初是你的行为使我不得不离开你的；可是我听说你病了，又很孤单，就赶回来照顾你。你不用害怕，要信任我，告诉我你所需要的一切，我会设法满足你的。现在没有别人来照料你了，而且我也不会来谴责你。”

“哦！原来是这样，”他苦笑着说，“是基督徒的慈善之举，通过它，你希望为你自己在天堂里取得一个更高的位置，为我在地狱里挖个更深的坑。”

“不，我来是因为你的情况需要安慰和帮助；要是我能够使你的灵魂和身体都得到好处，并唤醒你的悔罪感——”

“对呀；如果你能用痛悔之感和迷惑人的脸来制服我，现在正是时候。你把我的儿子弄得怎么样了？”

“他很好，你以后可以见到他，如果你能镇静下来，不过，现在还不行。”

“他在哪儿？”

“他很安全。”

“他在这儿吗？”

“不论他在哪儿，你要答应完全让我照管和保护他之后才能见到他，并且今后只要我认为有必要让他再搬个地方，你得让我随时随地把他带走。不过我们可以明天再谈，这会儿你得安静下来。”

“不，让我现在就见他。如果非这样办不可，我现在就答应。”

“不行——”

“我发誓，上天可以作证！好啦，让我见他吧。”

“可是我没法相信你的誓言和许诺，我得有一张书面的协定，你得在一个证人面前签字——今天不行，明天再说吧。”

“不，就要今天——立刻，”他坚持说。他正处在一种极度兴奋的状态下，非要马上满足他的愿望不可，以致我想还是即刻同意他为好，因为我看到，要是我不同意，他是不会安静下来的。不过我决不能忘掉我儿子的利益；我把要亨廷顿先生答应的事情清清楚楚地写在一张纸上，并且从容不迫地念给他听，要他当着雷切尔的面签名。他恳求我不要坚持这一点，因为没有必要让仆人知道我不相信他的话。我对他说我很抱歉，他既然失去了我对他的信任，他就得自食其果。他又以自己不能握笔来推辞。我就说：“那我们就等到你能握笔的时候再说吧。”这时他才说试试看吧；但接着又说眼睛看不见，没法写字。我把手指按在他该签字的地方，告诉他只要他知道写在哪儿，即使在暗处也可以签名，可是他没有能力写出一个个字母来。我就说：“既然这样，你一定病得看不见你的儿子了。”他发现我没有商量的余地，也就好歹签了这份协议；于是我叫雷切尔去把孩子领来。

这一切可能使你感到我这人很苛刻，但是我觉得我绝对不能失去目前的有利条件，我不能为了顾及这个人的感情而滥用温情，从而牺牲我儿子将来的福利。小阿瑟并没有忘记他的父亲，不过在这十三个月的离别期间，我难得让他听到有关他父亲的事，也几乎不让他轻声提及他的名字，这使他变得对他有点儿怕生了；当他被领进病人躺着的黑暗的房间，见他父亲跟过去完全不一样了，脸上因发烧而通红，眼睛里发着狂野的亮光——小阿瑟本能地抓住了我，站着瞧他的父亲，脸上显出害怕远多于愉快的表情。

“过来，阿瑟，”后者说，一手伸向儿子。孩子走过去，胆怯地去摸摸那只发烫的手，可是当他父亲突然抓住了他的手臂，把他拖近身边时，他吓了一大跳。

“你认识我吗？”亨廷顿先生问，目不转睛地细看他的面容。

“认识。”

“我是谁？”

“爸爸。”

“你高兴见到我吗？”

“高兴。”

“你不高兴！”失望的父亲说，松开了手，用怀恨的眼光向我投射过来。

小阿瑟被释放后，蹑手蹑脚回到我的身边，把一只手放在我手里。他父亲发誓说是我使孩子恨他的，便狠狠地骂我，诅咒我。我马上叫我们的儿子出去；等他停下来歇口气时，我冷静地向他保证他完全错了；我一次也没有试图使孩子对他怀有偏见过。

“我确实希望他把你忘掉，”我说，“尤其是忘掉你给他的教育；为了这缘故，还由于要减少被你发现的危险，我承认我通常总是不鼓励他谈起你的——不过我想没有人会为此而责怪我的。”

病人只用大声的呻吟来回答，为了表示不耐烦，他让头在枕头上滚来滚去。

“我已经下了地狱！”他喊道。“这该死的口渴把我的心都要烧成灰啦！难道没有人——”

他还没有说完这句话，我已经从桌子上倒了一杯可以使他凉快些的酸性饮料，拿到他的面前。他贪婪地喝了，可是当我把杯子拿走时，他却咕哝道：

“我想你这样做就是把炭火堆在我的头上[1]——你就是这样想的。”

我没有注意他这句话，却问他有没有什么事我能替他做。

“有啊；我再给你一个机会来表现你基督徒的宽宏大量，”他冷笑着说——“把我的枕头摆摆平——还有这些讨厌的被褥。”我这样做了。“来吧——现在再给我倒一杯那种脏水。”我也照办了。“这令人愉快，是不？”当我把杯子送到他嘴边，他恶意地笑着说——“你从来没有希望有这样辉煌的机会吧！”

“得了，你要我陪下去吗？”我把杯子放回到桌上时问——“还是要我走开，叫护士来，让你更安静些？”

“好啊，你温柔体贴极了！可是你用这一切使我发了疯！”他不耐烦地把身子翻腾了一下，回答道。

“那我就走了，”我说着退出去，后来除了进去过一次，停留了一两分钟，只为了看看他有什么情况，要些什么之外，那一天我再没有去打扰他。

第二天早上，医生吩咐给他放血[2]；此后他变得驯服而安静些了。我花了半天的时间不时到他房里待上一会儿。我的在场不像以前那样刺激他，或使他不安，他安详地接受我对他的侍候，再没有说什么刻薄话——除了表示他需要什么外，他确实几乎没有说话，而且要求也很少。可是第三天——也就是今天——随着他逐渐从衰竭和昏迷状态

---

① 参阅《圣经 · 旧约 · 箴言》第 25 章第 21 到 22 节：“你的仇敌……若渴了就给他水喝。因为你这样做，就是把炭火堆在他的头上……”

② 放血作为医疗手段，是中世纪医务实践的标准特色，19 世纪中仍采用此法。——原编者注

中恢复过来，他的坏脾气显然又苏醒过来了。

“嘿，这甜蜜的报复！”他大声说，那时我已经尽我所能地使他舒服，并弥补了那护士的粗心大意。“你也可以心安理得地欣赏它，因为一切都属于本分范围之内。”

“对我来说，尽我的本分是件好事情，”我带着压制不住的怨恨说，“因为这是我唯一的安慰；而我良心上的满足似乎就是我所需要寻找的唯一报酬！”

对我这认真态度他显得相当惊奇。

“你想要什么样的报答？”他问道。

“如果我告诉你，你会认为我在说谎——不过我的确希望能对你有好处；既使你思想变好，又减轻你目前的痛苦；可是看来两者我都做不到——你自己的坏心肠不让我这样做。就有关你的事来说，我已经毫无意义地牺牲了自己的情感，以及我在世上仅有的那些小小的安慰——但我为你做的每件小事情都被说成是出于自以为正当的恶意和巧妙的报复！”

“也许一切都挺不错，”他说，用迟钝而惊奇的眼光瞧着我，“当然啦，面对着这样宽宏大量和超人的德性，我应当悔恨并敬慕得感激涕零——可是你要知道这是我办不到的。不过，请你尽量对我好，如果这样做真能使你愉快的话；因为你看得出来，这会儿我几乎就像你所希望看到的那样不幸。自从你来了，我承认我得到了比以前好的护理，因为这帮讨厌鬼把我可耻地置诸脑后，而我所有的老朋友看来都完全抛弃了我。我的日子过得确实太糟糕了；有时候我想我会死去——你看有这可能吗？”

“死的可能总是有的；而活着的时候总该考虑到这种可能性才好。”

“对，对——不过你认为我这场病有可能会以送命告终吗？”

“我说不上；不过，假定是致命的，你准备怎样来对待它？”

“嗐，那医生吩咐我别去想它，因为我肯定会好起来的，如果我坚持照他给我安排的生活方式和处方办。”

“我希望你照办，阿瑟，但是在这种情况下，医生也好，我也好，都是说不准的；你有内伤，很难知道它的程度如何。”

“唉！你要把我吓死吗？”

“不；可是我不要使你有虚假的安全感。要是认识到生死未卜能使你进行严肃而有用的思考，我就不会剥夺你做这种反省的好处，不管你最终是不是能恢复健康。想到死使你非常害怕吗？”

“这正是我唯一不敢去想的事；所以你如果有任何——”

“可是死是迟早会来临的，”我打断了他，“即使离现在还有很多年，但它肯定会像今天就来到一样追上你——而且毫无疑问会像现在一样的不受欢迎，除非你——”

“嘿，真该死！这会儿别用你的说教来折磨我，除非你存心马上害死我——告诉你，我受不了——没有说教我已经够痛苦了。要是你认为我有危险，就救救我吧；然后我会感激不尽地听你说你要说的话。”

于是我就不再提及那不受欢迎的话题。现在，弗雷德里克，我想我可以结束这封信了。从这些细节，你可以关于我那病人的状况、我本人的处境以及将来的展望作出自己的判断。请速回信，我会再写信告诉你我们相处得怎么样；不过既然他能容忍我待在他身边——甚至需要我在病房里，那我在照顾我丈夫和儿子之外，就再不会有什么空闲时间了——因为我也不能完全不顾我的儿子，让他经常同雷切尔在一起是不行的，而且我一刻也不敢把他交给其他仆人中的任何一个，或者让他独个儿待着，生怕他会遇到他们。要是他父亲的病恶化，我会请埃丝特·哈格雷夫来暂时照顾他，至少等到我改组好这个家庭；不过我宁可自己来看护他。

我觉得自己的处境很特殊；我尽最大的努力来促进丈夫的康复和改造，要是我成功了，我该怎么办？当然该尽我的责任，可是，怎么尽呢？——别管它吧；我能够完成我眼前的任务，上帝会给我力量去做他今后需要我做的一切的——再见吧，亲爱的弗雷德里克。

海伦·亨廷顿

“你对这有什么看法？”我默默无言地折起信纸时，劳伦斯问。

我答道：“我觉得她是在把她的珍珠丢在猪面前①。但愿它们满足于用猪爪践踏这些珍珠而并不转过头来把她撕碎！不过我不会再说什么反对她的话了，我明白她所做的事情是从最良好和最高尚的动机出发的；如果她的行为是不明智的，那就但愿上天保护她免受任何恶果吧！我可以保存这封信吗，劳伦斯？——你知道她从头到尾一次也没有提起过我，也丝毫没有暗示到我，所以这里面没有什么不恰当或有害之处。”

“那你为什么希望保存它呢？”

“难道这些字不是她亲手写的吗？这些词句不是在她的头脑中构思出来的，而且有许多是她亲口说的吗？”

“好吧，”他说。于是我便把它保存起来了。哈尔福特，否则你就不可能对其内容了解得如此彻底了。

“你给她写信时，”我说，“是否请你行行好，问问她可不可以准许我把她的真正身世和情况告诉我母亲和妹妹，只要能使附近那一带的人们意识到过去曾不公正地对待她是多么可耻就行了。我并不要她对我说什么体己的话，单单问问她这个，并且对她说这是她能给我的最大的恩惠；还要告诉她——不，没有什么了——你瞧，我知道地址，

① 参阅《圣经·新约·马太福音》第7章第6节，意为白费心思，好心不一定能得到好报。

我是可以自己给她写信的，不过我讲道德，不愿这么做。”

“好，我会为你传话的，马卡姆。”

“请你一收到回信就让我知道。”

“如果一切顺利，我会立即亲自来告诉你的。”

第四十八章
进一步的消息

五六天之后，劳伦斯先生驾临敝舍；等我和他单独在一起时——为了尽快做到这一点，我把他带出去看我的小麦堆。于是他给我看了他妹妹写的另一封信。他很乐意让我的渴望的眼睛来读这封信；我想他认为这么做是对我有好处的。信中对我的请求仅作如此答复：

“马卡姆先生可以自由地按照他认为有必要的那样去披露我的情况。他会明白我不愿意多谈这个问题。我希望他很好；不过，请告诉他别想念我。”

我可以把这封信的其余部分给你摘录一些，因为他也允许我保存这封信——也许是有意让它作为对一切有害的希望和幻想的解毒物吧。

*　　*　　*

他[①]肯定地好转了，但由于这场重病的压抑后果和他必须遵守的严格生活方式——这跟他以前的习惯完全相反——而变得非常消沉。看到他过去的生活方式使他那曾经是高尚的性格完全堕落了，并使他全身的组织败坏了，实在可叹。不过医生说他现在可算是脱离危险了，只要他愿意继续遵守必要的约束。他得服一些有刺激作用的兴奋剂，可是该用水适当稀释并有节制地服用；但我发现很难使他遵守这一点。起初，由于他极度害怕死亡，这个要求还比较容易做到；可是随着他觉得剧烈的痛苦减轻了，而且看到危险化小了，他就变得越来越难以对付。现在他的胃口也开始好转；而在这方面，他放纵自己的长期习惯对他大大不利。我尽力注意并约束他，由于我刻板而严厉，常常遭他痛骂；有时候他设法逃避我的监视，有时候则明目张胆地反抗我的意志。然而他现在对我的护理已经是那么习惯，以致我要是不在他身旁，他就老大不高兴。我有时不得不对他态度生硬些，不然他就会把我完全当作奴隶使唤；我知道要是为了他而放弃所有其他的兴趣是不可饶恕的软弱之举。我得看管仆人，还要照顾小阿瑟以及自己的健康，如果要满足他那些过高的要求，这一切都得完全被忽略掉。我通常并不通宵陪夜，因为我认为那位以此为职责的护士比我更有资格做这件事；尽管如此，我仍然难得享受到连续一夜的安眠，也从来不敢有这奢望；因为只要病人需要或者忽发奇想地要求我在场，他随时都会毫无顾忌地把我喊起来。不过，他明显地害怕我生气；如果说有时他用无理的要求、烦躁的抱怨和数落来使我忍受不了，那末当他为自己做得太过分而担心时，他那种低三下四的顺从态度和讨饶的自卑神情又使我感到沮丧。不过这一切我都乐意原谅，因为我知道那主要是他衰弱的身体和混乱的神经所造成的——而使我最讨厌的是他偶尔企图对我表示亲热，而我既不能相信，也不愿回报；这倒不是因为我恨他，他忍受的痛苦和我辛勤的护理使他有权利得到我的关注——甚至赢得我的爱情，只要他愿意做得安静而诚恳，并满足于维持现状，然而他越是想博得我的好感，我就越是退缩，对将来也越不抱希望。

“海伦，等我病好了，你打算怎么样？”他今天早上问。“你还会逃跑吗？”

“那就完全要看你自己的行为啰。”

“哦，我会表现得很好的。”

“但是，阿瑟，如果我觉得有必要离开你，我不会‘逃跑’的，因为你知道你曾经答应我，我随时高兴都可以离开并把儿子带走。”

“唉，可是你不会有出走的理由的。”接着就是一大阵内容各异的表白，我相当冷淡地制止了他。

---

① 以下的两节引自该信，所以又是海伦 · 亨廷顿的口气，而这个“他”指她丈夫阿瑟。

“那末难道你不肯原谅我吗？”他问。

“不——我已经原谅你了；不过我知道你不会像以前那样爱我了——要是你还能那样爱我，我会觉得很抱歉，因为我无法假装来回报你；所以我们就不要谈这件事，再也不要提到它吧。根据我为你已经做的事情，你可以判断我将要做什么——如果跟我对儿子的更大责任不相冲突的话，（我说‘更大’是因为他从没放弃过他的权利，也因为我希望我能为他带来比为你所能带来的大得多的好处），还有，如果你希望我对你有好感的话，那就需要行动而不是用话语来取得我的爱情和尊重。”

他对我的唯一回答是装出一副隐约可辨的怪相，并且几乎觉察不到地耸耸肩。唉，这不幸的人呀！对他来说，话语比行动要便当得多哩，就像我只是说了一句“得用英镑而不是用便士来买你所需要的货”似的。接着他叹了一口气，充满抱怨和自怜的意味，似乎十分悔恨。像他这样一个被那么多的崇拜者所爱慕和追求的人，竟然现在会任凭这样一个刻薄、严厉而冷酷无情的女人来摆布，以致任她怎样对他施恩，他都会觉得高兴。

“真可惜，对不？”我说。不管我是否猜对了他在想些什么，我这句话同他的思路倒很吻合，因为他的回答是——“没有办法啊，”而且是用沮丧的微笑来回答我的洞察力的。

* * *

我见过埃丝特·哈格雷夫两次。她是个可爱的人儿，不过，由于她母亲站在被她所拒绝的那个求婚者的立场上依然不断地困扰着她——虽然做得并不暴烈，却像连绵不绝的雨那样下个没完没了，令人不胜厌烦——以致她那欢乐的心情几乎被破坏，可爱的脾气也几乎被搞坏了。不近人情的母亲似乎决心要使她女儿感到生活的负担，如果她不顺从她的愿望的话。

她说："妈妈竭力使我觉得自己是家庭的负担和累赘，并且是所有人中最忘恩负义、自私自利和不孝顺的女儿；而沃尔特也同样严峻、冷酷而傲慢，仿佛他恨透我了。我相信如果一开始就知道违拗会花这么大的代价，就应该立刻屈服的；可是现在，为了做到真正的固执，我要坚持不屈！"

"决心好而动机坏，"我回答。"不过，我知道你所以要坚持下去，实在有比此更好的动机；而且我劝你仍然要记住那些动机。"

"我会的，你可以相信我。有时我威胁妈妈说要是她再折磨我的话，我会出走，自己去挣钱过日子，那样会给家庭带来耻辱；她听了有点儿惊慌。不过要是他们不在乎的话，我会当真这样做的。"

"安静并忍耐一会儿吧，"我说，"好日子会来的。"

这可怜的姑娘！我希望有个配得上她的人会前来把她带走——你说呢，弗雷德里克?

* * *

如果说阅读这封信使我[①]对海伦和我未来的生活感到沮丧，它同时却提供了很大的安慰：现在我有能力去消除对她名誉的一切恶意中伤了。米尔沃德一家和威尔逊一家将用他们自己的眼睛看到灿烂的太阳破云而出——他们这些人将被阳光烤焦，弄得眼花缭乱——而我的朋友们也将看到——他们的猜疑曾经使我的心灵极度痛苦。要做到这一点，我只要把种子抛在地里，它就会很快变成一棵雄伟的分枝的植物；因为我知道，只要对我母亲和妹妹说几句话，就能够把消息传遍那一整片地方，一点也不用我再花力气。

罗丝很高兴；我把我认为该说的这一切告诉她——也就是我假装知道的一切——她便敏捷地戴上帽子和披肩，奔出去把这个好消息告

① 又回到本文中原叙述者吉尔伯特·马卡姆的口气。

诉米尔沃德一家和威尔逊一家——不过我猜想，这仅仅对她本人和玛丽·米尔沃德来说是好消息——后者是个稳健而明白事理的姑娘；尽管外表平凡，但她的优秀品质很快就被那位被看做格雷厄姆太太的人所察觉，并得到应有的重视；而在玛丽这方面呢，则比他们中最聪明的天才更能看清并欣赏那位夫人的真实性格和品质。

我可能再没有机会提到玛丽，所以不妨现在就告诉你，那时她已经私自同理查德·威尔逊订了婚——我相信这件事除了他们俩自己以外，对谁都是保密的。这个可敬的学生这时正在剑桥大学，他在那儿所表现的最堪作楷模的行为以及在求学方面坚持不懈的勤奋使他顺利地修毕所有课程，终于在大学生活结束时给他带来来之不易的优等成绩和清白无瑕的名声。过了一定的时期，他成为米尔沃德先生手下的头一个也是唯一的副牧师，因为前者年事已高，不得不终于承认自己所吹嘘的精力有点儿应付不了他那广大的教区的职务——他原是惯于在比他年轻而不如他活跃的教士中自夸精力充沛的。这正是这对耐心而忠贞的情人在多年前就私下里策划并静静地等待着的事；再过了一定的时期，他们结合了，这使他们生活其中的那个小天地大为震惊，因为这个小天地早就宣告他们俩是命定独身的，断言这个苍白、腼腆的书呆子决不可能鼓起勇气去找一个老婆，或者即使找到了，也是不会弄到手的，而那个姿色平庸、坦白直率、没有吸引力和不讨人喜欢的米尔沃德小姐也同样决不可能找到一个丈夫。

他们继续住在牧师住宅中，那位夫人把时间分别花在父亲、丈夫和那些可怜的教区居民身上——后来又花在她那些越来越多的儿女身上。现在迈克尔·米尔沃德牧师已寿高年迈，气绝而死，满载荣誉归到他列祖那里去了[1]，理查德·威尔逊牧师已经接替了林登霍普教区的

① 参见《圣经·旧约·列王纪下》第22章第20节及《创世记》第25章第8节。

牧师之职，居民们皆大欢喜，他们长期考验他，充分证实了他和他那杰出而深受爱戴的伴侣具备种种优良的品质。

如果你对牧师夫人的妹妹伊丽莎后来的命运感到兴趣，我只能告诉你——也许你已经从其他方面听到了——在十二三年前，她离开了那幸福的一对，和L镇的一位有钱的商人结了婚，而我是并不羡慕他的这笔交易的。我担心她把他的生活弄得很不舒服，虽然幸亏他太迟钝，看不出自己的灾难有多大。我本人同她没有什么交往；我们有好多年没见面了；不过我非常肯定她既没有忘记也没有原谅她过去的这个情人，还有那位夫人，她那些优秀品质使我第一次看清了自己的孩子气的感情是多么愚蠢。

至于理查德·威尔逊的姐姐简，她至今仍是独身，因为既完全无法夺回劳伦斯先生，又无法获得一个足够富有而文雅的伙伴，以适应她心目中简·威尔逊的丈夫该是什么样的这一想法。她母亲死后不久，她离开了拉伊科特农庄，因为她发现再也无法忍受她那老实的哥哥罗伯特和他那可敬的妻子的粗俗的举止和土气的习惯，也无法容忍自己在世人眼中跟这种庸俗之辈等同起来。她搬到该郡的首府去了，我想她过去住在那儿，现在仍住在那儿，生活在一种吝啬、冷酷而不舒服的假斯文气氛中，没有给别人带来什么好处，对自己也没有多大好处；她把时间花在刺绣和传播丑闻上；经常提到她那位“牧师弟弟”和她的“牧师夫人妹子”，可是却从不提起她那当农庄主的哥哥和当农庄主老婆的嫂子；她尽可能少花钱而多交际，然而她谁也不爱，也没有人爱她——成为一个冷酷、傲慢、尖刻、阴险而吹毛求疵的老处女。

第四十九章

雨淋，水冲，风吹，撞着那房子，房子就倒塌了，并且倒塌得很厉害。①

尽管劳伦斯先生的健康现在已相当恢复了，我仍然像以前那样不断地去伍德福德府，不过逗留的时间往往没有过去那么长。我们难得谈到亨廷顿太太的近况，可是我们见面时总免不了要提起她，因为我去找他做伴就是希望能听到些关于她的事，而他是从不来找我的，因为他不用来找我已经能常常见到我了。不过开始我总是谈些别的事，等着看他会不会先提起这个话题。如果他不提，我就会随便地问一下，“你最近有你妹妹的消息吗？”如果他说“没有”，这件事就再不提了；如果他说“有”，我就冒昧地问一声“她好吗？”可是从不问“她丈夫好吗？”尽管我也许迫切地想知道；因为我不愿假貌为善，装出关心他的康复，同时也没有勇气来表示希望他有相反的结局。我有没有抱着这种希望呢？——我怕我不得不承认是有的；不过你既然听到了我的招供，你应该也听听我的理由——至少是有一些用来安慰我自己良心谴责的借口：

首先，你知道他的生存对别人有害，又显然对他本人没什么好处；尽管我希望他的生命结束，我是不会去使它加速降临的，即使一举手之劳我就能这样做，或者有个精灵在我耳边低声说，只要单凭意志力就够了——当然，除非我确实有魔力能拿他和坟墓里的其他受害者交换，而后者活着也许会对人类有用，并且他的死亡会被他的朋友们所哀悼。不过在今年年内将一定死去的成千上万的人里面，我希望这个讨厌的家伙也是其中之一，这有什么害处呢？我想没有；因此我全心全意希望老天会乐于把他带到一个更好的世界去，或者如果还不可能这样做，就把他从这个世界带走；因为要是他生了这次警告性的大病，又有这样一位天使陪在身旁，而目前还不适于响应上帝的感召的话，那末肯定他再不会有这种机会了——正相反，恢复健康会重新带来淫欲和邪恶，而且随着他对自己的康复更有把握，对她的慷慨和仁慈更加习惯了，他的感情便会变得更麻木不仁，他的心肠会更坚硬，对她的劝导的论点更无动于衷——不过上帝知道该怎么办最好。然而，我同时又不得不对上帝的旨意的后果产生忧虑，因为明知(我完全不把自己考虑在内)不管海伦对她丈夫的幸福多么关心，不管她多么痛惜他的命运，可是，在他活着的时候，她肯定只能是很悲惨的。

两星期过去了，劳伦斯回答我的询问总是否定的。后来，终于有了一个可喜的正面答复，使我可以提出第二个问题。劳伦斯猜出了我在担心什么，理解我的保留态度。开头，我担心他会用不能令我满意的答复来折磨我，不让我知道我所要知道的事，或者迫使我直接追问，从他嘴里榨出一点又一点的消息——这样的话，你会说："你也是活该。"可是他比较宽大，往往过了一会儿就把他妹妹的信交给我。我不声不响地看完信便还给他，一句话也不说。这种方式对他很合适，以致后来我每次问到她，说有什么可以给我看时，他总会马上照此办理，把她的信给我看；这比告诉我信的内容要省事得多；而我是那么安静而谨慎地接受这种机密，以致他从不停止让我看她的信。

我如饥似渴地读着这些珍贵的信，非到它们的内容深深地印在我脑海里绝不放手；等到回家后，我就把最重要的段落跟当天发生的特殊事件一起记在日记簿上。

这些信中的第一封带来了亨廷顿先生的病严重复发的消息，这完全是他自己昏了头坚持滥饮刺激性饮料的结果。她徒劳地劝告他，把

① 引自《圣经·新约·马太福音》第7章第27节。这是耶稣对众门徒讲"两等根基"的比喻时说的话，意为无知的人把房子盖在沙土上，就会得到这样的结果。

水掺在酒里也是枉然，她的劝告和恳求都使他讨厌，认为她的干预是对他不可容忍的侮辱，终于在发现她偷偷地在给他喝的浅色葡萄酒里掺了水之后，把瓶子扔出窗外，发誓不愿再让人把他当婴儿来哄骗，吩咐男管家如果不去地窖拿一瓶最烈的酒来，就要马上开除他，还坚持说如果让他按照自己的主意办，他早就恢复健康了，可是她却要他保持衰弱，以便能支配他——还说，他无论如何不愿再听骗人的鬼话了——便一手抓起一只杯子，另一手握着一只酒瓶，不把酒喝完绝不罢休。这种她温和地称之为“轻率行为”的直接后果就是出现了吓人的症状——自此以后，这些症状不是减少，而是增加了；这正是她推迟给她哥哥写回信的原因。他过去的所有症状重新出现，而且更加厉害了；已经半收口的轻微外伤又裂开了；体内在发炎了，如果并不很快消退，就可能会致命。当然，这场灾难并没有改善这可怜的受害者的脾气——实际上，我估计已经到了令人无法忍受的程度，尽管他这位好心的护士并不抱怨；不过她说她终于不得不把她的儿子交给埃丝特·哈格雷夫去看管，因为病房里经常需要她，使她无法亲自兼顾孩子。尽管小孩子请求让他继续同她在一起，帮助她护理他的爸爸，而且她也毫不怀疑孩子会非常乖而安静的——她无法设想让他的幼小心灵和脆弱的感情接触到那么多的痛苦景象，或者让他目睹他父亲的急躁态度，或者听到他在阵发性的痛楚或激怒发作时所常用的可怕语言。

“他父亲，”她继续写道，“对于导致自己旧病复发所干的事深感后悔——可是像往常一样，他说这是我的过错。他说，如果我像个有理性的人那样好好地跟他讲道理就绝对不会发生这样的事；可是被当作婴儿或者傻瓜来对待是足以使任何人失去耐心，促使他竟然为了维护自己的独立性而宁可牺牲自身的利益——他已经忘了过去有多少次我跟他讲理而使他‘不耐烦’了。他看来也意识到自己有生命危险，但是我却没法使他对此有正确的看法。有一天晚上，我在侍候他，见他渴得厉害，正要拿杯水给他——他又用过去那种尖刻的讽刺口吻说：

“‘对，你现在可真殷勤啊！——我看如今为了我，你是没有什么事不肯做的吧？’

“‘你知道，’我说，对他的态度感到有点惊奇，‘我愿意尽我所能来减轻你的痛苦。’

“‘是的，现在你愿意，我纯洁的天使；可是当你一旦得到了报酬，安安稳稳地待在天上，而我却在地狱的烈火中号啕痛哭，那时候你才不会轻易来为我做什么哪！——不，你会自鸣得意地观望着，就连用指头尖蘸点水，凉凉我的舌头[1]也不肯！’

“‘要是这样，那是因为我不能越过那道大鸿沟；如果在那种情况下我能自鸣得意地观望着，那只是因为我深信那时你的罪孽正在得到涤净，使你配享受我所感到的幸福——可是，阿瑟，难道你真打定主意不跟我在天堂里相会吗？’

“‘哼！我倒想知道，我在那儿能干些什么？’

“‘说真的，这个我说不上；不过恐怕你在那儿得到任何享受之前，你的嗜好和感情非要有一番大变化不可，这倒是千真万确的。难道你不愿费一点力，宁可堕落到你自己想象中的痛苦状态中去吗？’

“‘嘿，这都是无稽之谈，’他轻蔑地说。

“‘你敢肯定吗，阿瑟？十分肯定吗？因为，如果有什么怀疑，如果你竟能发现自己到底是错了，那时候已经来不及改变——’

“‘那确实是着实尴尬的，’他说，‘不过现在别来打扰我——我还不会死哪——我不能，也不会死，’他热烈地添了一句，好像突然感到这桩可怕的事是实在骇人听闻的。‘海伦，你必须救我！’他认真地一

---

① 引自《圣经·新约·路加福音》第16章第24节。

把抓住我的手，带着急切恳求的眼光紧盯着我的脸，以至于我为他难过得心都碎了，不禁淌下泪水，说不出话来。”

*　　*　　*

第二封信带来了他[①]病情迅速恶化的消息；这可怜的受苦者对死亡的恐怖比他对肉体痛苦所感到的不耐烦更加令人难过。并非他的所有朋友都抛弃了他，因为哈特斯利先生听到他病危后，就从远在北方的家赶来看他。他的妻子也陪他一起前来，既为了能看到她这位亲爱的久别的朋友，也为了能探望她的母亲和妹妹而感到高兴。

亨廷顿太太表示自己能再见到米莉森特感到很愉快，并高兴地看到她那么幸福和健康。“她正待在园林庄园，”信上接着写道，“不过她常常来看我。哈特斯利先生在阿瑟的床边待了不少时间。他流露的好感比我相信他具有的更多，对他这不幸的朋友表示了相当多的同情，但对安慰朋友这件事却力不从心。有时候他试图讲讲笑话逗他一起笑，可是没有用；有时候他还试图谈起些往事来使他开心；这样做有时候可能有助于转移受苦者伤心的念头，但是有些时候却反而使他陷入更深的忧郁中；这种时候哈特斯利就会惊慌失措，不知说什么好——只好胆怯地建议去请牧师来。可是阿瑟决不同意这样做；他记得自己曾经轻浮地嘲笑过牧师，拒绝他的善意的警告，所以现在无法梦想从牧师那儿得到安慰了。

“有时候哈特斯利先生要来代替我做护理工作，可是阿瑟不让我走；随着他的体力渐渐衰弱下去，这种奇怪的念头却加强了——那就是要我经常待在他的身边。除了趁他安静的时候我可以偷空到隔壁房间去睡上一个小时左右外，我几乎没有离开过他；即使我待在隔壁房间时，门也是半开着的，以便使他知道可以随时叫我。现在我正在他

① 指亨廷顿先生。

的房里写信；我想我这样做他是不高兴的，尽管我常常放下笔去服侍他，而且哈特斯利先生也在他的身边。这位先生如他自己所说的那样，是来替我请个假，好让我能在这个晴朗而严寒的早晨同米莉森特、埃丝特和小阿瑟一起到花园里去走走，而小阿瑟正是他驾车带来看望我的。我们这可怜的病人显然认为这是个狠心的主意，而我竟然会同意，那就更加狠心了。因此我说我只出去一会儿，跟他们说几句话，马上就回来。我就在门廊外跟他们交谈了几句——站在那儿，呼吸着新鲜凉爽的空气——然后，他们三人全要我多待一会儿，一起在花园里散散步，而我却拒绝了他们的真诚而有说服力的恳求——我坚决离开，回到了病人身边。我只走开了五分钟，但他厉声责备我轻率大意。他那位朋友帮我说话：

“‘不，不，亨廷顿，’他说，‘你对她太苛刻了——她得吃东西和睡觉，时不时还得吸吸新鲜空气，不然她会受不了的，不骗你。瞧她，老兄，她已经消瘦得只剩下个影子了。’

“‘她的痛苦跟我的比起来算得上什么？’这可怜的病人说。‘你对我这样照应，不会是勉强的吧，对吗，海伦？’

“‘不，阿瑟，如果我能真正借此机会为你服务的话。要是可能的话，我愿意献出我的生命来救你。’

“‘你真会这样做吗？——不！’

“‘我会非常乐意的。’

“‘哼！那是因为你认为自己更适宜去死！’

“接着是痛苦的沉默。显然他又陷入了忧郁的沉思中，可是，当我正在考虑说一些也许对他有好处而不会使他惊慌的话时，哈特斯利几乎也顺着同样的思路在考虑着，他先打破了沉默说：

“‘呃，亨廷顿，我打算去请个牧师来，随便哪一个——你要是不喜欢那教区牧师，你知道，可以请他的助理或者别的什么人来。’

“‘不，如果海伦不能对我有益处，没有人能，’这是他的回答。他的眼泪夺眶而出，这时他诚恳地大声说——‘唉，海伦，要是我听了你的话，就绝对不会落到这个地步啦！如果我早听了你的话——唉，上帝！情况会多不一样啊！’

“‘那末现在听我的话吧，阿瑟，’我轻轻地按着他的手说。

“‘现在可太晚了，’他沮丧地说。说罢又是一阵疼痛发作；接着他的精神又开始错乱，我们担心他已经濒临死亡；可是给他服了鸦片酊后，他的痛苦开始减轻，渐渐镇静下来，终于像是睡着了。此后他变得更安静了；哈特斯利离去时，表示希望第二天来时，他会更好些。

“‘也许我可能复原，’他回答，‘谁知道呢？——这也许是转折点。你认为怎么样，海伦？’

“我不愿使他消沉，便给了他我所能给的最使他高兴的回答，可是仍然劝他要有思想准备，因为我内心深处的担心可能是不可避免的。不过他决心抱着希望。不久他就又打起瞌睡来——而现在他又在呻吟了。

“病情起了变化。他突然把我叫到他身旁，神情那么异常而激动，使我担心他神志不清了——可是他并没有。‘那是转折点，海伦！’他高兴地说——‘我这儿本来痛得很厉害——这会儿可完全不痛了；自从摔倒以来，从没这么轻松过——老天爷作证，完全不痛了！’他真心真意地紧紧握住我的手并吻了它；可是当他发现我并不同样感到愉快，就倏地把我的手甩开，严厉地责骂我冷淡，没有感情。我能怎么回答他呢？我在他身边跪下，拿起他的手，亲切地把它紧贴在我的嘴唇上——自从我们分手后这还是头一次——并且泪如涌泉，好歹迸出声音告诉他我之所以沉默并不是由于冷淡，而是担心疼痛这样突然停止并非是他所认为的好兆头。我马上遣人去请医生，我们现在都在焦急地等他来。我将告诉你医生怎么说。他仍然没有痛的感觉——原来最痛的地方现在还是什么感觉都没有。

“我最担心的事发生了——坏疽开始出现。医生曾告诉他再没有希望了——他的苦恼非笔墨所能形容——我写不下去了。”

*　　*　　*

下一封信的内容是更加悲惨了。病人迅速接近死亡——他几乎被拖到了令他一想起来就会发抖的可怕深渊的边缘，多少痛苦的祈祷和眼泪都不能把他从那儿拉回来。现在再没有什么能安慰他了；哈特斯利为安慰他所作的种种简单的尝试完全无效。这世界对他来说是毫无意义了；生活和其中包含的所有乐趣、种种小烦恼和短暂的欢乐都成为残酷的嘲笑了。提起往事等于是用徒劳无益的悔恨感去折磨他；谈到未来又会增添他的苦恼；但是保持沉默又等于把他撇下不管，听任他被内心的悔恨和对死的恐惧所摆布。他常常用颤抖的声音细细谈着他那正在毁坏的躯壳的命运——缓慢的解体过程一寸寸地侵袭他的身躯，全身将裹着尸布，装入棺材，埋进黑暗而孤独的坟墓，肉体腐朽，一派恐怖景象。

“即使我有办法，”他那痛苦的妻子写道，“使他不再去想这些事情——把他的思想转移到更高一点的问题上去，情况也不会好多少——‘越来越糟糕了！’他呻吟道。‘如果在坟墓的另一边还有生命和死后的审判，我怎么应付得了呢？’——我一点也帮不了他的忙；因为不论我怎么说，他既不接受开导，又振奋不起来，也得不到安慰；可是他紧紧抓住了我，一点也不放松——带着一股孩子气的拼命劲儿，好像我能把他从他所害怕的厄运中解救出来似的。他要我日以继夜地守在他身边。这会儿我正在写信，但他握着我的左手；他会这样一连几个小时地握着，有时候他安安静静，仰起苍白的脸庞朝着我；有时候使劲地抓着我的胳臂——一想到他眼前看到的或者自以为看到的什么，他前额上便会迸出大颗的汗珠。只要我把手缩回来一会儿，他就很忧伤。

“‘别离开我，海伦，’他说，‘让我这样握住你，好像有你在这儿，我就不会受到伤害似的。不过死神会来临的——它正在前来——来得多快、多快呀！——唉，但愿我能相信死后什么也不会发生才好啊！’

“‘别相信这个，阿瑟；死后还会有欢乐和荣耀，只要你肯去追求！，

“‘什么，我也会有？’他似笑非笑地说。‘难道我们不是按照在世时的所作所为来受审判的吗？如果一个人只凭自己高兴度过这一生，他的所作所为同上帝的旨意正相反，然后跟最好的人一起上天——如果最坏的罪人，仅仅由于说一声“我悔改”就能获得同最圣洁的圣徒一样的奖赏，那么作为鉴定期的一生还有什么意义？’

“‘但是你如果诚心诚意地悔改——’

“‘我无法悔改；我只觉得害怕。’

“‘你懊悔过去，只是因为它给你带来了恶果吗？’

“‘正是这样——除了因为我对你不起而后悔之外，内尔，因为你对我太好了。’

“‘想到上帝的仁慈，你竟得罪了他，便只能感到悲痛。’

“‘上帝是什么？——我见不到也听不到祂——上帝只是一个概念。’

“‘上帝是无穷的智慧、力量和仁慈①——上帝就是爱②；可是如果这种想法对你那凡人的智力来说是过于广博——如果在那令人不知所

---

① 参见《圣经 · 旧约 · 诗篇》第 147 篇第 5 节：“我们的主为大，最有能力，他的智慧，无法测度。”

② 参见《圣经 · 新约 · 约翰一书》第 4 章第 8 节：“……因为上帝就是爱。”

措的无穷无限之中你不知道该怎么想，那就把思想集中在祂身上，是祂下凡为人，又带着荣耀的人体上天的，“因为上帝本性一切的丰盛，都有形有体的居住在基督里面。”[①]’

“可他只是摇着头叹气。接着，又一阵恐怖的颤抖发作了，他紧紧抓住我的手和胳臂，边呻吟边悲叹，仍然疯狂而极度热烈地抓着我，使我的心灵极端苦恼，因为我明知道自己帮不了他什么忙。我尽力安慰他。

“‘死亡是那么可怕，’他大声说，‘我受不了啦！你不知道，海伦——你无法想象它是什么样的，因为你没有面临过死亡；等我被埋葬了，你将恢复以前的那种生活方式，跟过去一样快活，而全世界的人也会照样忙碌而欢乐地活下去，仿佛从来就没有过我这个人；而我——’他放声大哭了。

“‘你别为这样的事苦恼，’我说，‘我们很快都会跟随你去的。’

“‘但愿我现在就能把你也带走！’他大声说，‘你应该为我恳求上帝。’

“‘没有人能拯救他的弟兄，或者为他求得上帝同意，’我回答道，‘因为赎他们的灵魂需要更高的代价[②]——需要那本身完美无罪的上帝成为肉身的上帝，祂的血才能把我们从魔鬼的束缚中赎回来——让祂为你祈求吧。’

“可是我的这些话似乎白说了。虽然他不再像过去那样嘲笑这些神圣的真理，但是他仍然不相信也不愿意理解它们。他不会再拖多久了。他极度痛苦，侍候他的那些人也极度痛苦——不过我不想再用一些细节来折磨你；我想我所写的已足够使你确信我回到他身边去是做得对的。”

---

① 引自《圣经 · 新约 · 歌罗西书》第 2 章第 9 节。
② 参见《圣经 · 旧约 · 诗篇》第 49 篇第 7 到第 8 节。

*　*　*

可怜之又可怜的海伦啊！对她的考验确实是太可怕了！而且我一点儿也没法减轻她的痛苦——不仅如此，这简直好像是我在内心深藏着的那些愿望的鼓动下把痛苦带给她的；而且不论我想到她丈夫的痛苦还是她的痛苦，都使我感到这仿佛是由于自己怀有这种愿望而受到的天罚。

第三天又来了一封信。它照样是不置一词地交到了我的手中，内容如下：

12 月 5 日

他终于去世了。我整夜坐在他身旁，我的一只手依然被他紧紧地握在手中，我一边注视他面容的变化，一边听着他越来越微弱的呼吸。他已经沉默了好长时间，就在我以为他再不会说话的时候，他却无力而又清晰地咕哝着：

“为我祈祷吧，海伦！”

“我在为你祈祷——每小时、每分钟，阿瑟；可是你还必须为自己祈祷。”

他的嘴唇动了，可是发不出声音来——然后他的表情发生变化了；凭他不时发出的语无伦次的话，我以为他这时已经失去了知觉，于是把手轻轻地抽出他的掌握，打算悄悄走开去吸一口新鲜空气，因为我几乎要昏过去了；可是就在这时，他的手指抽动了一下，同时无力地低声说了一句“别离开我！”这马上又把我召了回来，我又握住他的手，直到他身亡——接着我昏了过去；这可不是由于悲哀，而是由于精疲力竭，而在这一时刻之前，我是始终能成功地与疲劳作斗争的。唉，弗雷德里克！没有人能够想象一个人在临终前肉体和精神上的痛苦是什么样的！我怎么能忍心去想这个胆战心惊的可怜人被匆匆地带走，去承受永恒的折磨？这个想法会使我发疯的！不过感谢上帝，我还抱有希望——我不但不知不觉地把希望寄托在他最终可能忏悔并得到赦免上，还出于一种令我愉快的信念：不管有罪的灵魂注定要经过怎么样的烈火使其净化——不管什么命运在等待着它，它仍然不会消失，因为上帝“并不憎恨祂所创造的一切”①，最终是会祝福它的！

他的尸体将于星期四埋入他曾经那么害怕的黑暗的坟墓中；但是棺材板得尽早盖上。如果你想参加他的葬礼，就赶快来，因为我需要帮助。

海伦 · 亨廷顿

① 引自《圣经 · 经外书 · 所罗门的智慧》第 11 章第 24 节。

第五十章
疑惑与失望

看了这信以后，我没有理由对弗雷德里克·劳伦斯掩盖自己的欢乐和希望了，因为我没有什么可害臊的。我感到高兴只是因为他妹妹终于从那折磨人的压倒一切的劳累中解脱出来了——我只希望她会及时地从这件事的影响中恢复过来，至少可以让她能够平静而安宁地度过余生。我对她那不幸的丈夫感到一种痛苦的同情（尽管完全明白他的每一丁点的痛苦都是自找的，而且是完全罪有应得的），对她本人的苦恼也怀有深深的同情，为她那折磨人的护理活儿、那些可怕的守夜、老是守在一具活死尸身边的那种持续不断的有害的禁闭的种种后果感到非常忧虑——因为我深信她所透露出来的不得不身受的痛苦还不及真相的一半。

“你会到她那儿去吗，劳伦斯？”我说，一边把信放在他手中。

“对，马上去。”

“很对！那我得走了，好让你准备出发。”

“你还没有来之前和你在看信的时候，我就准备好了；此刻马车快要从后院来到门口了。”

我内心很赞成他处事如此迅速，向他道了早安就告辞了。我们紧紧握手告别时，他以锐利的目光瞅了我一眼；但不管他想从我脸上找到什么迹象，他看到的只是最适合于当时情况的庄重的表情，也许还掺杂着一点严峻的神色，因为我这样怀疑他内心的想法使自己一时感到不快。

难道我忘却了自己对未来的展望、我那股热烈的爱情和执拗的希望吗？现在去回想这些似乎是亵渎的行为，但我并没有忘记。然而，当我骑上马慢慢地走在回家的路上想到这一切时，我沉浸在对暗淡的前景、虚幻的希望和空虚的爱情的一种忧郁感中。亨廷顿太太现在是自由了；想念她不再是有罪的行为了——但是她有没有想念过我呢？——不是指现在——当然现在是不能存这种奢望的——不过等这次打击过去了，她会想念我吗？在她和她哥哥通信的整个过程中（她本人曾把他说成是我们共同的朋友），她只有一次提到过我——而那是出于必要的。单凭这一点就足以推断她已经把我忘了；可这还不是最糟的地方；也许是责任感使她保持着沉默，也可能她在想方设法把我忘掉；但除此之外，我悲伤地确信，她所经历的可怕的现实、和她曾经爱过的男人的重归于好、他那恐怖的痛苦和死亡，终于把她与我那一段短暂的爱情的所有痕迹都从心里抹掉了。也许她能从这些恐怖经历中恢复过来，直至恢复她先前的健康和平静，甚至愉快的心情——可是绝不会恢复那种在她今后会看做一种转瞬即逝的迷恋、一种空虚而虚幻的梦想；尤其是因为没有人来对她提起我的存在——无法向她保证我的热情是坚贞的，因为我们相隔很远，而审慎的考虑也不允许我在至少今后的几个月内去看望她或写信给她。我怎样才能让她的哥哥为我效劳呢？我怎能打破因掩盖自己的腼腆而显得冷淡的外表呢？也许他还会像过去那样强烈地反对我的依恋，也许他认为我太穷了——出身太低微，和他妹妹不相配。是啊，还有一个障碍：毫无疑问，草谷庄园的女主人亨廷顿太太与怀尔德菲尔府的租户、艺术家格雷厄姆太太之间有着地位和境遇的显著区别；如果我向亨廷顿夫人求婚也许会被——世人、她的朋友们——认为太冒昧了，即使她自己不这样看。但是如果我能肯定她爱我，我就敢于冒这个险，甘受处罚，若是她并不爱我，我怎么敢求婚呢？最后还有，她那已故的丈夫是一贯自私的，也许在遗嘱中写明一些条款，限制她再婚。所以，如果我听任自己这样去想的话，你就明白我会有足够的理由感到失望的。

不过，我还是相当焦灼地盼望劳伦斯先生从草谷庄园回来——我的不耐烦随着他延期回来而俱增。他已经走了差不多十至十二天了。他要留下来安慰和帮助他妹妹是完全正确的，然而他应该写信把她的近况告诉我——或者至少通知我什么时候他可望回来；因为他该知道我正陷在为他妹妹担忧和对自己渺茫的前途深感不安的苦恼中，并因此受尽折磨。后来他终于回来了，但是只对我说他妹妹由于为了那个曾是她一生苦恼的根源并几乎把她一起拖进坟墓的男人作了不懈的努力，以致弄得自己筋疲力尽——并且直到现在仍然被他那令人悲伤的下场和伴随而来的种种情况大为震动，弄得垂头丧气；然而却没有一句提到我的话——他一字不提她有没有提到过我的名字，或者他在她面前有没有提到过我。关于这件事，我当然一句也没有问起过；由于我确信劳伦斯对我和他妹妹的结合确实抱着反对的态度，所以我就不想问了。

我看出他期待我对他这次访问进一步提出问题，而且我以被唤醒的妒忌心所具有的敏感，或者受惊的自尊心——或者不管我该怎么叫它的一种心情吧——也看出他对即将来临的仔细追问感到有点畏缩，所以我并不追问使他很高兴，甚至不亚于惊奇。当然啦，我当时火气十足，可是自尊心迫使我压制自己的感情，做到不动声色——至少在整个会面过程中保持淡泊的平静。这样也好，因为，在冷静地考虑这问题后，我不得不认为在这种场合下跟他吵架是太荒唐而不合适的；我也不得不承认，我心里感到错怪他了；实际上他非常喜欢我，可是他完全认识到，我和亨廷顿太太的结合会被所有的人看做一桩不相称的婚姻；而根据他的性格，也不是敢于与舆论对着干的——尤其是在这种情况下，虽然众人的可怕的讥笑或者不好的看法是针对他妹妹而不是对他，但在他看来这是可怕得多的。如果他相信我们的结合对两个人的幸福是必要的，或者对其中的一方是必要的，如果他知道我是多么热烈地爱着她，他是会采取不同的行动的；可是当他看见我如此平静而沉着，他就无论如何也不想要扰乱我的思绪；所以，尽管他完全避免积极反对这桩婚事，如今也一点不去促成它，宁可谨慎从事，帮助我们去克服彼此心中的爱恋，而并不感情用事，去帮助我们增长彼此的爱情。你会说：“他这样做是对的。”也许是的——不管怎么样，我并没有权利像我过去那样对他恨如切骨；不过当时我还不能这样有节制地去看待这个问题；后来，我们匆匆谈了一些无关紧要的话题，我就离开了他，担心我确实被她忘记了，明白我所爱的她是又孤独又痛苦，健康受到损害，精神萎靡，而我却不能去安慰并帮助她——甚至不容我去向她表示我的同情，因为通过劳伦斯先生转达这种口信如今是完全不可能的了——除了以上这些情况所引起的痛苦之外，我还得忍受自尊心和友谊受到损害而引起的种种痛楚。

可是我该怎么办呢？我可以等待，等着看她会不会注意到我——当然，她是不会这样做的，除非让她哥哥捎去个友好的口信，但他是绝对不肯捎的，这样——想到这个不寒而栗！——她会以为我冷淡了、变心了，所以没有给她一点表示——或者他已经使她明白我不再想念她了！不过我会等待的，直到我们分离了整整六个月（那时将是二月底左右了）之后，我会写信给她，谦恭地提醒她曾答应过了这个时期可以给她写信，希望至少能利用这个机会来表示我对她最近所受苦难的由衷悲痛、对她宽宏大量的行为的正确赏识，并希望她的健康已完全恢复，而且不久就能过上安定幸福的生活，那是她好久没有享受到，而且可以正确地说没有人比她更应该享受到的——后面再添上几句：向我的小朋友阿瑟问好，希望他没有把我忘掉；也许再提一下过去的日子——我同她在一起的欢乐时刻，和我对之永不磨灭的回忆，那是我生活中的乐趣和安慰——并希望她在最近的烦恼中并没有把我完全排除出她的头脑。——要是她不回复我的这封信，我当然再也不会写信给她了；要是她回复我的信（谅必她是会以某种方式回复的），我将来的行动就将根据她的回信来进行。

处在这样毫无把握的痛苦心情中，等待十个星期是够长的，可是得有勇气！这是必须忍耐的啊——在这期间，我会不时去见劳伦斯，尽管没有以前那么频繁，而且我还会习惯性地问起他妹妹的近况——他最近有没有收到她的信，她的情况如何，但仅此而已。

我这样做了，我得到的回答总是惹人恼火地单单针对问话中的内容的：她一切照常；她并不怨天尤人，不过她上一封信的语气显得心情十分沮丧——但她说自己好些了——而最后，她说她很好，忙于教育儿子，管理她已故丈夫的财产以及料理他的事务。这流氓从不告诉我那些财产是怎样处理的，也没有说究竟亨廷顿先生去世时有没有留下遗嘱；而我是宁可去死也不会问他的，免得他因我想知道这事而把这误看做贪婪。如今他不再给我看他妹妹的信了，我也绝不暗示想看。不过2月快到了；12月份过去了，1月份终于快结束了——还有不多几个星期，到那时候，不是确实的绝望，就是新生的希望将结束这叫人担心的长期痛苦。

但是真可惜！正在此时，她又得因她姑父的去世而再度受到打击——我敢说，他本身是个相当不足道的老头，不过一向对她比对其他任何人显得更仁慈和亲热，她也一直习惯于把他看做父亲。他去世时她随侍在侧，在他生病的最后阶段，曾帮助她姑妈护理他。他的哥哥到斯坦宁利去参加葬礼，回来后告诉我她还在那儿陪伴着她姑妈，竭力使她高兴，很可能会继续待一个时期。这对我来说是坏消息，因为我不知道她姑妈的地址，也不想去问她的哥哥，所以她继续待在那儿，我就没法写信给她。一个星期又一个星期过去了，我每次问起她的情况，她哥哥总说她还在斯坦宁利。

“斯坦宁利在哪儿呀？”我终于问。

“在某郡。”回答很简短，态度又是那么冷淡、干巴巴的，因而把我要他说出更明确的地点的想法压制了下去。

我的下一个问题是："她什么时候回草谷庄园？"

"我不知道。"

"真该死！"我咕哝道。

"什么，马卡姆？"我的同伴问，带着一副天真的惊奇样子。可是我不屑去回答他，只默默无言地用愠怒的轻蔑目光瞧了他一眼，他见了就转过脸去，带着微笑凝视着地毯，显得若有所思而感到有趣；不过他很快就抬起头来，谈起其他话题，试图把我引入愉快而友好的交谈中去；可是我恼火了，不想和他谈话，很快就告辞了。

你瞧，劳伦斯和我不知怎的总没能相处得十分融洽。我相信实际上是我们俩都太容易生气了。哈尔福特，这种对别人并非故意的冒犯的敏感是很麻烦的。你可以作证，我现在不再受这种折磨了：我已经学会了如何做得愉快而明智，对自己随便些，对别人也宽容些，这样我就能够嘲笑你和劳伦斯了。

一半出于偶然，一半是由于我有意的疏忽(因为我真的开始讨厌他了)，过了好几个星期我才又见到我这位朋友。那是他来找我，我们才碰头的。6 月初的一个晴朗的早晨，他来到我正在开始收割干草的地里。

"好久没有见到你了，马卡姆，"我们寒暄了几句后他说。"你不打算再到伍德福德府来了吗？"

"我去过一次，你不在。"

"对不起；不过那是很久以前的事了；我曾指望你再来；最近，我来过，可你不在——你是多半时候不在家的，不然我会很高兴常常来——不过这一次我决心要见到你，所以把马留在小道上，跨过了树篱和沟渠来找你；因为我就要离开伍德福德一段时间，也许一两个月内再见不到你。"

“你上哪儿去？”

“先去草谷庄园，”他带着一丝笑意说，要是做得到的话，他是肯定会忍住不笑的。

“到草谷庄园去！那末她在那儿吗？”

“是的，不过一两天后她就要离开那儿，陪马克斯韦尔太太到F城去吸吸有益的海边空气；我将陪她们一起去。”（当时F城是个僻静而高尚的海滨胜地，如今则成为游客常去的地方了。）

劳伦斯似乎在期待我利用这个机会托他带封什么信给他妹妹；我相信如果我有见地要求他这样做的话，他是会负责传达而不会提出任何具体反对的理由的；尽管如果我愿意放弃这个机会，他是确实也不会自告奋勇这样做的。但是我无法主动提出这个要求；直到等他走了，我才意识到自己失去了一个多么好的机会——那时候，我确实深深地懊悔自己的愚蠢和可笑的自尊心；可是现在已太迟了，这事已无法挽回了。

直到8月下旬他才回来。从F城他给了我两三封信；但其内容都不能令我满意，甚至十分惹我恼火，因为他尽谈些我一点不感兴趣的一般性的或琐碎的事情，或者充满了我当时同样不欢迎的奇想和见解——关于他妹妹的情况几乎一字不提，关于他自己的情况也写得很少。不过我会等待他回来的；也许到那时我能从他嘴里多听到一些。无论如何，我现在不会写信给她，因为她同他和她姑妈在一起，而她姑妈对我放肆的渴望无疑会比他更有反感。等她回到了她自己那寂静和孤独的家，那就是最适合我的机会了。

可是劳伦斯回来了，却对我这极其焦虑的问题像过去一样保持缄默。他告诉我他妹妹在F城小住时得益匪浅，她儿子也很好，还有——真可惜！他们俩都陪同马克斯韦尔太太一起回斯坦宁利去了——而且会在那儿至少待上三个月。不过我不打算告诉你我有多懊恼、怎样期待和失望、我的情绪怎样徘徊于沉闷的沮丧与闪烁着的希望之间，这心情使我一会儿作出放弃的决定，另一会儿又产生了坚持下去的决心——有时候想大胆地行动，过一会儿又觉得应当听其自然发展，耐心等待——我不打算谈这些使你厌烦，我要致力于把在这个故事里提到过的一两个角色的事作个交待，了结一下，因为我可能再没有机会提到他们了。

亨廷顿先生逝世前不久，洛勃罗勋爵夫人和另一个情夫私奔到大陆去，在那儿过了一段花天酒地的放荡生活，两人就吵了架，分手了。她继续我行我素地过了一阵子，但随着岁月的推移，钱花光了，她终于陷入了债台高筑的困境，堕入耻辱和苦难之中；我听说她最终在不名一文、无人理睬、极端痛苦的情况下死去。不过这可能只是传说而已，根据我和她的亲戚或者老相识所风闻的，她也许还活着，因为他们多年来都没有见到过她，而且只要可能的话，也都情愿把她干脆忘掉。然而她丈夫在她第二次干下了不端行为之后，即刻提出与她离婚，离婚后不久又结了婚。这样也好，因为尽管洛勃罗勋爵似乎愁眉不展、忧郁不快，但他不是个能过单身汉日子的人。他对公众事务的兴趣、野心勃勃的计划，或者全力以赴的工作——甚至与朋友们的友情(如果说他有过朋友的话)，都不能补偿他所缺乏的家庭温暖。不错，他有一个儿子和一个名义上的女儿，可是他们使他想起他们的母亲，给他带来极大的痛苦，而那个不幸的小安娜贝拉[①]成为他心灵中永恒痛苦的源泉。他责成自己以父亲的仁慈对待她；他强迫自己不去恨她，甚至终于在某种程度上相当体贴地待她，这也许是用来回报她对他的那种出于自然而毫不怀疑的感情的；但他沉痛地谴责自己内心中对这无辜的孩子所怀的这种反感，经常为了抑制自己本性中的种种不

① 这是勋爵夫人安娜贝拉和情夫所生的女孩。

良倾向进行着思想斗争（因为他的本性并不宽大为怀），尽管了解他的人都多少能看出这一点，只有上帝和他自己的心灵才清楚知道——而他对回到年轻时的放荡生活中去的诱惑所作的艰苦斗争也是如此；为了要忘却过去的灾难，为了要使自己对眼前的苦痛——一颗被摧残的心、没有欢乐而没有朋友的生活以及一种病态的郁郁不乐的心情——做到麻木不仁、无动于衷，他竟然有意再度屈服于那个危害自己的健康、理智和德性的暗藏着的敌人，这个敌人曾经那么悲惨地制服过他，使他堕落。

他选择的第二个对象和第一个完全不同。有些人对他的鉴赏力感到奇怪；有些人甚至加以嘲笑——可是在这一点上他们显然比他更愚蠢。这位女士的年龄同他不相上下——就是说在三十岁到四十岁之间——外貌和财产都平平，才艺也并不出众；除了确实通情达理、一贯正直、虔诚不懈、热心慈善和充满乐观精神之外，我再没有听到过其他的情况。然而你能很容易想象到，这些品质加在一起使她成为孩子们的好母亲，同时也成为勋爵的不可多得的贤内助。他通常贬低自己（还不知是否是自我抬举？），认为对他来说，她简直是太好了，而且他一方面觉得奇怪，上天竟然对他这么仁慈，赐给他这样一份礼物，甚至对于她竟然宁愿要他而不要其他男人也感到难以理解，另一方面却尽量报答她对他的一片好心，干得非常成功，使她成为，而且我相信现在仍然是英国最幸福和最得宠的妻子之一；而且所有对他们夫妇任何一方的鉴赏力持怀疑态度的人，如果他们对各自所选择的对象最终感到的满意程度能达到这对夫妇所感到的一半，或者对方对这种选择所报答的爱情在持久和诚恳的程度上能达到一半的话，他们也该谢天谢地了。

要是你对那卑鄙的坏蛋格里姆斯比的命运有任何兴趣的话，我只能说他每况愈下，在放荡和罪恶中越陷越深，只同俱乐部里最坏的会员和社会上最低级的渣滓为伍——这对社会上其余的人来说倒是幸运的——并且据说他在一次酒后赌钱时欺骗了某个流氓同伙，然后在斗殴中死于对方的手中。

至于哈特斯利先生，他从没完全忘记自己要“从他们中间出来，与他们分别”[1]的决心，表现得像个男子汉，像个基督徒，而他过去的那个酒肉朋友亨廷顿最终因病死亡，使他对他们过去的劣迹产生了非常深刻而严肃的印象，以致再不愿接受同样的教训了。为了避免城市的诱惑，他继续在乡下过日子，埋头于一个健壮而活跃的乡绅的日常事务中；他忙于农事，繁殖马牛，还搞一点打猎和射击活动来使生活多样化，再就是有时和朋友们相聚，使生活过得愉快些（这些朋友要比他年轻时的朋友好），还有他那幸福的娇小的妻子（如今她十分快乐并衷心信任他了）以及一群身强力壮的儿子和如花似玉的女儿做伴。几年前，他的当银行家的父亲去世了，给他留下了所有的财产，如今他有了充分满足自己主要的爱好的机会了，因而我无需告诉你拉尔夫·哈特斯利乡绅的高贵种马在全国是颇负盛名的。

① 引自《圣经·新约·哥林多后书》第6章第17节。

第五十一章
一桩意外事件

我们现在且转而谈一下发生在大约 12 月初一个寒冷多云的下午的一桩事吧。当时下的第一场雪薄薄地散布在草木枯萎的田野和冻结的路面上，或者较厚地积在深深的车辙和人马的脚印的凹处，这些坑坑洼洼都是上月那场滂沱大雨后留在如今已冻硬的淤泥中的。这事我记得很清楚，因为当时我正从牧师住宅走回家，走在我旁边的是伊丽莎·米尔沃德，这个“出色的”人物。我刚才拜访过她的父亲——这完全是为了取悦我母亲，而不是我自己，才为礼貌起见作了这一次牺牲，因为我不喜欢走近那座宅子；这不仅是由于我对一度曾经那么迷人的伊丽莎抱有反感，还因为我不能完全原谅那位老先生对亨廷顿太太有看法；虽然他现在已被迫承认过去的判断是错误的，但仍坚持认为她离开她丈夫是不对的；这违犯了她作为妻子的神圣责任，并且使自己有受诱惑的可能性，从而触犯了天意；除非肉体受到虐待（其性质还得是严重的）才能允许人采取这一步骤——而且即使在这种情况下也不行，因为她应该请求法律的保护。不过我原先打算提起的并不是他，而是他的女儿伊丽莎。当时我正在向牧师告辞，她走进屋来，穿戴停当，准备出去散步。

“我正要去看你的妹妹，马卡姆先生，”她说，“如果你不反对，我来送你回家。我出去散步时喜欢有个伴——难道你不喜欢？”

“喜欢，如果天气好的话。”

“那当然，”这位年轻小姐回答道，调皮地微笑着。于是我们就一起出发了。

“你看罗丝会在家吗？”当我们关上花园的大门，朝林登卡走去时，她问。

“我想她在家。”

“我相信能见到她，因为我有点消息要告诉她——如果没有让你抢先告诉了她的话。”

“我？”

“对；你可知道劳伦斯先生为什么走了？”她抬起头来，焦急地等待我回答。

“他走了吗？”我问，她的脸随即露出了喜色。

“啊！这么说他没有告诉你关于他妹妹的事啰？”

“她怎么啦？”我惊慌地问，深恐她遭到了什么不幸。

“哟，马卡姆先生，你的脸涨得多红呀！”她带着折磨人的笑大声说。“哈，哈，你还没有忘掉她！我可以告诉你，你最好赶快忘掉她，因为——可惜啊可惜！——她下星期四就要结婚啦！”

“不，伊丽莎小姐！这不会是真的。”

“先生，难道你责备我说谎吗？”

“你听到的消息不正确。”

“是吗？这么说你更了解真实的情况啰？”

“我想是的。”

“那末你为什么脸色这么苍白？”她说，看到我激动不安，高兴地微笑着。“是不是为了对你撒了个无伤大雅的小谎，你就对我这可怜虫发怒了？得了，我只不过‘把人家说的话照搬给你听罢了’；我并不保证它是否真实；但是我想不出萨拉为什么要骗我，或者人家为什么要骗她，而这正是萨拉从那男仆那里听到的话——说亨廷顿太太星期四要结婚，劳伦斯先生已经动身去参加她的婚礼了。她确实还告诉了我那位绅士的名字，可是我把它给忘了。也许你能帮我想起它。有没有住在附近的什么人——或者有没有经常到这一带地方来的长期爱慕她的一位先生？——哎呀！——什么先生呢？——”

“哈格雷夫？”我带着苦笑提起这个姓氏。

“你说对了！”她大声嚷道，“正是这个姓氏。”

“不可能，伊丽莎小姐！”我喊道，我的声调使她吓了一跳。

“嗨，你知道人家就是这样告诉我的，”她若无其事地盯着我的脸说。接着她陡地发出一阵又长又尖的笑声，使我恼火得手足无措。

“真的，你必须原谅我，”她大声说，“我知道这样问很不礼貌，可是，哈，哈，哈！——你曾经想过要自己跟她结婚吗？哎呀，哎呀，多可惜啊！哈，哈，哈！——天哪，马卡姆先生！你是不是就要晕过去了？哎呀！我是不是该叫那个人过来？喂，雅各布——”可是我不让她往下讲，便伸手抓住了她的胳臂，我想，我是相当重地把它捏了一下的，因为她因疼痛或者惧怕而轻轻地叫了一声，身子缩成一团；然而她心中的那股劲儿并没有被压倒；她马上振作起来，带着装得很像的关心的神情继续说：

“我能为你做些什么？你要不要喝点水——喝点白兰地？——要是你让我跑过去，那儿的小酒店里也许就有哩。”

“别再胡扯！”我严厉地大声说。她看起来给弄得不知所措——有一会儿工夫几乎又害怕起来。“你知道我讨厌这种玩笑，”我接着说。

“什么玩笑？我不在开玩笑！”

“不管怎样，你在笑；我不喜欢人家笑我，”我回答，竭力表现出恰如其分的尊严和镇静，只说些与此相干而合乎情理的话。“既然你的情绪这么欢畅，伊丽莎小姐，你就尽可以单独一个人走；因为我刚想起来，我还有事得到别的地方去干，所以要让你独个儿走完全程了；祝你晚安。”

说罢我就离开了她（不让她发出那恶意的笑声），转弯走到田野上，跃上土坡，穿过树篱上最近的缺口。我决心即刻去核查她所说的那个情况的真实性——或者不如说去证实它是虚假的，就凭着两条腿能跑的最快速度朝伍德福德赶去——开头我是掉个头来绕道走去的，不过一走出我那美丽的折磨者的视线，便完全像飞鸟一般笔直穿过田野——越过牧草地和休耕地、布满茬儿的田地和田间小道——跨过树篱、阳沟和临时围栏，终于来到那位年轻乡绅的院门前。直到那时我才知道自己的爱情是多么炽热——我的希望是这么富有力量，即使在我最沮丧的时刻，它也没有被彻底粉碎，我总是顽强地紧紧抓住一个念头不放，即总有一天她会属于我——或者，即使做不到这一点，至少也要让她心里永远多少怀有对我的记忆以及对我们的友谊和爱情的一丁点儿回忆。我跨着大步走到门前，决心只要见到屋主人，就大胆地问他关于他妹妹的情况，再也不能等待和犹豫了，而是要把虚假的审慎和愚蠢的自尊心抛到脑后，这样才能立刻知道自己的命运如何。

"劳伦斯先生在家吗？"我迫切地问那来开门的仆人。

"不在，先生，老爷昨天出门了，"他回答，一副十分警惕的样子。

"上哪儿去了？"

"去了草谷庄园，先生——难道您不知道，先生？主人的嘴很紧，"那家伙带着傻笑说。"依我看，先生——"

但我转身走开了，没有等着听他说他的看法是什么。我不打算站在那儿把自己的痛苦感情暴露出来，让这么个家伙来无礼地讥笑并鲁莽地究诘我。

可现在该怎么办？难道她有可能抛弃了我去接受那个男人吗？这是我无法相信的。她可能会抛弃我，但不会去自愿嫁给他呀！好吧，我会知道真相的——这场怀疑与恐惧、嫉妒与愤怒的暴风雨使我心乱如麻，无法处理日常生活的事务。我要从L镇乘上早班公共马车（今晚的班车可能已经开走了），飞驰到草谷庄园去，一定得在举行婚礼之前赶到那儿。为什么？因为我有个想法，也许我能阻止这场婚礼——要是我不去阻止，我和她可能会悲伤到临终的一刻。我想起也许有人使她对我抱着不正确的看法，也许正是她哥哥——对，毫无疑问是她哥哥使她相信我是虚伪而不忠实的，同时利用她的理所当然的愤慨，也许还加上她在沮丧之余对将来生活所抱的无所谓的态度，狡猾而残酷地促使她缔结这门亲事，以便保证把她从我手里夺走。要是果真如此，果真要等到来不及补救的时刻她才会发现自己错了——那她和我都将注定要在如何悔之莫及的痛苦中度过下半辈子啊！想到这一切都是由我的愚蠢的顾虑所造成的，我会多么后悔啊！唉，我一定得见到她——她一定得了解关于我的真相，即使要我在教堂门口告诉她也罢！我也许会被当作疯子或者鲁莽的傻瓜——即使由于我的阻挠而可能使她生气，但至少她可以告诉我现在已经太晚了——不过假如我能够拯救她呢！假如她还有可能属于我——这想法太令我欣喜若狂了！

在这种希望的鼓舞下，又被那些疑虑所驱使，我匆匆赶回家里，就为第二天启程作准备。我对母亲说有些不能拖延的事务需要我到某地(那是我必须路经的最后一个大市镇)去办理，但此刻还不能向她解释是什么。可是我深深的忧虑和若有所思的严肃神情瞒不过母亲的眼睛；她担心我隐瞒着某种灾难性的秘密，我好不容易才让她放下心来。

当天晚上下的一场大雪妨碍了第二天公共马车的顺利行驶，这使我几乎发狂了。不用说我自然连夜赶路，因为当天已是星期三了；次日早上无疑会举行婚礼的。然而这一夜又长又黑；积雪大大阻碍了车轮子向前滚动，把马蹄变成球形；马匹懒洋洋到极点，马车夫小心得令人讨厌极了，乘客们则显得完全漠不关心，对马车的进度苟安不究。他们不但不帮我一起威吓各个马车夫，催促他们赶路，反而只顾瞪着眼睛对我的不耐烦露齿而笑；其中有一个竟敢因此而嘲笑我——但我向他狠狠地瞪了一眼，使他一路上再也不敢吭声了——在最后的一段路上，我打算自己来操纵缰绳，但遭到了他们的一致反对。

我们到达M镇，在玫瑰与皇冠旅馆门口停下来的时候，天色已经大亮了。我下了马车，大声呼唤，要一辆驿站马车去草谷庄园。可是没有马车；城中唯一的一辆正在修理。“那就弄一辆轻便双轮马车——单马马车——大车——不管什么——但求快！”有一辆轻便马车，可是没有多余的马。我差人去城里找一匹马来；然而他们花了好多时间还不回来，我无法容忍，不愿再等；我想我的两条腿能跑得更快，便吩咐他们，如果那该死的车辆一小时内能准备好，叫它来追我，我就拔脚尽快赶路了。路程只有六英里多一点，可是由于路是陌生的，我得不断停下来问路——向驾驶货车的人和乡巴佬高声发问，还常常闯进农舍去问路，因为那个冬天的早晨待在户外的人很少——有时候还敲门把懒汉从床上叫起来，因为那地方要做的活儿很少——也许食物和燃料也不可多得，因此他们不愿意减少他们的睡眠时间。不过我没有时间去想他们的事；我既疲倦又绝望，急着赶路。轻便马车没有追上我，幸亏我也没有等它——我感到相当恼火，因为刚才够傻的了，耽搁了那么久。

我终于来到草谷庄园附近。我走近那乡间的小教堂——可是瞧啊！教堂前面停着一长列马车——不需要看到仆人和马匹身上佩着的白徽章，也不需要听到聚集在那儿看热闹的村中游手好闲之辈的欢声笑语，便可以知道里面正在举行婚礼。我挤到人群中去，上气不接下气地一股劲问婚礼是否已经开始很久了。他们只是目瞪口呆地望着我。在绝望之余，我推推搡搡地穿过人群，正要走进教堂院子的大门，一群像蜜蜂那样跳在窗户上的衣衫褴褛的顽童突然跳下窗台，冲向教堂门廊，用粗野的当地方言喊叫着，意思大概是，“结束了，——他们正走出来啦！”

倘若伊丽莎·米尔沃德看到了我这时的模样，她可能会喜不自胜的。我抓住了门柱来支撑自己，站在那儿目不转睛地望着门口，为了要最后一睹使我的心灵欢愉的人儿，并且头一次瞧瞧那个把她从我心里夺走的可恨的男人，而且我肯定他会使她的一生充满痛苦、空虚和徒然的懊悔——因为她跟他待在一起有什么幸福可言呢？我不想让她知道我在场而使她震惊，可是又没有力气挪动双脚走开。新郎新娘走来了。我瞧不见他，因为我的眼睛只盯着她。一幅长长的薄纱罩住了她那优雅的身躯的一半，可是无法把它隐藏起来；我看得见她笔直地抬着头，但眼睛却望着地上，脸庞和头颈上布满了一片深红色的红晕；然而五官的每个部分都充满着笑意，一簇簇金黄色的鬈发透过薄雾般的白纱闪闪发亮！天哪！她不是我的海伦啊！那头一眼使我大吃一惊——不过我的眼睛由于疲倦和失望而看不清了——我敢相信自己的眼睛吗？没错——这不是她！这是个年纪更轻、个子更小、肤色更红润的美人儿——的确很可爱，但在端庄的仪表和心灵的深度上则差得很远——没有那种难以言喻的优雅、十分风趣而温柔的魅力、吸引并征服人心（至少是我的心）的无法形容的力量。我望望新郎——原来是弗雷德里克·劳伦斯！我擦掉前额上淌下的冷汗，在他走近时往后退却；可是他的目光落在我的身上，尽管我的容貌必定变了样，他依然认出是我。

“真是你吗，马卡姆？”他说，见到我显现在面前，吃了一惊，给弄得不知所措——或许我的一副粗野的样子也使他吃惊。

“对，劳伦斯——真是你吗？”我定了定神回答。

他微笑了，脸红起来，好像因自己的身份被认出来而感到有点又得意而又羞愧；如果他对挽着他胳臂的美人儿有理由感到得意的话，那他也同样有理由因长期隐瞒自己的好运气而觉得羞愧。

“允许我给你介绍我的新娘，”他说，一面企图用假装的漫不经心的愉快神情来掩盖他的窘困。“埃丝特，这位是马卡姆先生，我的朋友；马卡姆，这位是劳伦斯太太，以前的哈格雷夫小姐。”

我向新娘鞠了一躬，使劲跟她握手。

“你为什么不早点告诉我？”我用责备的口吻说，装出一副不满的神气，但心中并没有这种感觉（因为实际上我因发现自己这样幸运地弄错了而欣喜若狂，并且因而觉得自己心里曾对他有过卑鄙的不公正的想法而对他热情洋溢——他尽可能对不起过我，但是没有达到那个程度；在过去的四十个小时里我恨透了他，这种情绪的反作用是那么强烈，以致我一时能够原谅他所有的过错了——而且尽管有这些过错，我还是照样爱他）。

“我的确告诉过你，”他说，带着一副做贼心虚的慌乱样子，“你收到我的信没有？”

“什么信？”

“通知你我打算结婚的信。”

“我从没接到过这种打算的丝毫暗示啊。”

“它一定和你在路上交错了——它原该昨天早上就到你手里的——我承认是着实迟了。可是你干吗到这儿来，如果你没有收到通知？”

现在轮到我不知所措了；可是在我们俩低声谈话之际，他那忙于用双脚轻轻踩着雪的年轻太太及时地帮了我的忙，她捏了一把她那伴侣的胳臂，低声向她丈夫建议请他的这位朋友一起乘马车同行，因为我们正在众目睽睽之下，加上让他们的朋友们等着也实在不恰当。

“而且天气又这么冷！”他说，惊愕地望着她单薄的服装，即刻扶她上车。“马卡姆，你也上来吧？我们要去巴黎，可以在到多佛[1]之前的任何地方让你下车。”

“不，谢谢你。再见了——我没有必要祝你们旅途愉快，因为你们

① 英国东南端一城市，和法国的加来隔英吉利海峡遥遥相望，为当时去巴黎的必经之地。

自然会愉快的；可是记住了，我希望你什么时候给我好好道个歉，在我们再见面之前还得给我好几十封信。”

他握握我的手，赶紧坐到他太太身边的位子上去。这时作解释或者谈话都不是时候，地点也不合适；我们站在那儿已经够久了，足以使看热闹的村民们惊讶了，同时也许还会弄得伴随新娘的那一批人恼火；不过这一切当然都远不会比我用来叙述当时情景所花的时间长，或者甚至也少于你读这一切所花去的时间。我站在马车旁边，车窗开着，我瞧见这位幸福的朋友亲热地用胳臂搂着他伴侣的腰，她则把涨红的面颊搁在他的肩上，看起来完全是充满着情爱与深信不疑的幸福的化身。从仆人关上车门到攀上车后的座位的这段时间里，她抬起含笑的棕色眼睛，始终望着他的脸，开玩笑地说：

“我恐怕你一定会认为我麻木不仁，弗雷德里克；我知道女人在这种场合是惯常会哭的，可是我怎么也挤不出一滴眼泪来。”

他只用接吻来回答，更紧地把她搂在胸前。

“可这是怎么啦？”他咕哝着。“嗨，埃丝特，你现在哭了！”

“喔，没有什么——只是太幸福了——还有，”她抽噎着说，“希望我们亲爱的海伦也像我们这样幸福。”

“祝福你有这个愿望！”当马车驶走时，我在内心作出了如此的反应——“但愿上天答应使这个愿望不致完全落空！”

我想在她说这话的时候，她丈夫的脸上会突然蒙上一片阴影。他在想些什么呢？难道他妒忌他亲爱的妹妹和朋友之间也存在像他现在所感到的那种幸福感吗？在这样的时刻他不可能会这样想。他妹妹和他两人的命运截然不同，这一定会一时使他的幸福感暗淡些。也许他也在想到我；也许他懊悔自己在阻碍我们结合这事上所起的作用；他即使并没有实际上搞阴谋反对我们，可也并没有帮我们的忙——我现在免除他这个罪名，并且因自己曾经胸襟狭窄地对他持怀疑态度而感到十分内疚；不过他还是对我们不起的——我希望，也相信他曾经对我们不起。他实际上并没有拦阻我们之间的爱情的发展，并企图制止它，但是他消极地注视着这两股爱情的溪流在生活的干旱荒原上蜿蜒向前，不愿去排除把它们分隔开来的障碍，却暗中希望它们会在尚未汇合为一之前便在沙漠中枯竭。同时他还悄悄地进行着自己的事情；不过也许是因为全神贯注于他那漂亮的女朋友身上，以致没有时间想到别人。毫无疑问，他第一次和她结识——她至少成了他第一个亲密的熟人——是他在 F 镇逗留的那三个月的期间，因为我现在回想起来，他曾有一次无意中暗示过，当时他的姑妈和妹妹有个年轻朋友住在一起，这多少说明了为什么他对那期间的所有活动保持沉默。现在我也明白了不少以前曾使我略微感到迷惑不解的小事的原因，其中包括他为什么常常离开伍德福德，每次离开的时间又相当长，对此他从没说出过一个令人满意的原因来，而回来后又讨厌人家问长问短。怪不得那仆人说他这个主人“守口如瓶”。可是奇怪的是，为什么要对我保持缄默呢？或许部分的原因是由于我以前提到过的他那种特殊的癖性，而另一部分的原因是出于对我的感情的体贴，或者是担心提起爱情这个有感染力的话题会扰乱我的人生观。

第五十二章
波　动

那辆磨磨蹭蹭的轻便双轮马车终于赶上我了。我跨进马车，吩咐那赶车来的人驶往草谷庄园——我心事重重，不愿自己驾车。我要去见亨廷顿太太——既然她丈夫已经去世一年多了，我这么做是不会有什么不妥之处的——根据她见我突然来到的反应是冷淡还是高兴，我很快就能知道她是否真心爱我。可是我的同伴是个喋喋不休的鲁莽家伙，他就是不肯让我好好地独自思量一番。

“他们走啦！”那些马车在我们前面鱼贯而去的时候，他说道。“今天那儿可热闹呢，明天也一样。——先生，你对那家人家的情况有所了解吗？或者，你对这一带很陌生吧？”

“我听说过他们。”

“哼！——不管怎么样，他们当中最好的人都死了。而且我想忙过这一阵之后老太太也要走了，她自己要到什么地方去靠她丈夫的一点儿遗产过活；而那位年轻的太太——至少可以说是新太太吧(但也不太年轻了)要在园林庄园住下来。”

“这么说哈格雷夫先生已经结婚了？”

“是的，先生，已经有几个月了。他原该早结婚了，同一个寡妇结合，可是他们在钱财方面意见不合；她的钱可多得出奇，而哈格雷夫先生要全部占为己有；可她不肯放手，这样他们便闹翻了。现在这个不如那个有钱——也不如那个漂亮，不过她没有结过婚。听说她脸相长得很平庸，快四十或者已经过了四十岁，所以，你瞧，如果她不赶快抓住这个机会，她就以为自己再也不会有更好的对象了。我想她认为这么个年轻漂亮的丈夫抵得上她所有的一切，他尽可以拿去，而且受到欢迎；不过我打赌她不久就会后悔她的这笔交易的。听说她已经开始发现他根本不是她婚前心目中的那么个高尚、宽大、富有教养而讨人喜欢的绅士——他已经开始变得冷漠而专横了。是啊，而且她还会发现他今后会比她想象的更难对付而更冷漠。”

“看来你跟他很熟，”我说。

“是的，先生；他还是个小少爷的时候，我就认识他了；而他当时就是又骄傲又任性的。我在他们家当了几年的差，可是我受不了他们那种吝啬作风——太太变得越来越不像话了，她省吃俭用，拼命节省，处处留神，什么都舍不得花费；所以我就想另找个不管什么样的人家了。”

接着他谈到自己目前在“玫瑰与王冠”干料理马匹的活儿，尽管外表上不如以前的行当体面，可是舒服自由得多了；于是他开始谈起园林庄园的家庭经济的种种细节以及哈格雷夫太太和她儿子的性格——对这一切我都不留心听，因为心里充满了自己的焦虑不安的期望，而此时马车驶过的乡间景色又使我目不暇接，尽管树枝光秃、白雪盖地，但我能看出用不了多久一座乡绅的乡间住宅就会逼在眼前，而种种毫不含糊的迹象已经出现好一会儿了。

“我们不是已经接近那所房子了吗？”我打断了他的话，问道。

“是的，先生，那边就是花园。”

我一眼瞧见在一片广阔的庭园中的那座华贵的宅第，顿时泄了气——虽然此时花园披着冬装，却与夏季花木茂盛的时节同样美丽；那气象万千的一片景象、波浪起伏的地面，披着那件毫无疵瑕和印痕的洁白耀眼的外衣，把优点充分地展示出来了——只有成群结队的鹿群的脚在上面留下了一条又长又曲的脚迹——在阴暗的灰色天空的衬托下，那片树枝上有着沉甸甸积雪的雄伟的用材林闪耀着白光；四周由密密层层的树林包围着；一大片冻结的湖水沉睡在宁静中；那些有细长垂枝的桦树和柳树在湖面上垂下它们那些覆盖着白雪的树枝——

这一切确实呈现出一幅动人的图画，它能给予一个心情轻松的人以欢愉，可是对我却毫无振奋作用。不过可以告慰的是——这一切都是遗留给小阿瑟的，而严格地说，在任何情况之下都不会属于他的母亲。可是她的情况又怎么样呢？我猛地克制了向我这位饶舌的同伴提起她名字的反感，便问他可知道她的已故丈夫有没有留下遗嘱，财产是如何处置的。啊，对，他全知道，并且随即告诉我，在她儿子未成年期间，由她全权支配和处理遗产，但并不包括由她绝对而无限制地占有的她自己的财产（不过我知道她的父亲给她的也不多）和婚前议定归她所有的另外一小笔款子。

他还没有解释完，我们的马车便在花园门口停下来了。现在要接受考验啦——这是说，如果我能够在屋子里找到她的话——可是，真可惜！她可能还在斯坦宁利呢。她的哥哥并没有告诉我与此相反的情况呀。我在门房间询问亨廷顿太太是否在家。不在，她在某郡她的姑妈家，不过估计圣诞节前会回来。她通常大多数时间在斯坦宁利过，只有在她处理事务或者为了她的佃户和由她供养的人的利益需要她来草谷庄园时，才偶尔回到这里来。

“斯坦宁利靠近什么城镇？”我问。我立刻得到了我所需要的信息。“喂，伙计，把缰绳给我，我们回 M 镇去。我得在玫瑰与王冠酒店吃一些早点，然后乘头班公共马车去斯坦宁利。”

“你今天到不了那儿的，先生。”

“没关系，我并不想今天就赶到那儿；我想在明天到那儿，在途中过夜。”

“去住小旅店吗，先生？你还是耽搁在我们的店里好得多；明天可以精神饱满地上路，整天赶你的路。”

“什么？要浪费十二个小时吗？我可不干。”

“先生，也许你是亨廷顿太太的亲戚吧？”他说，因为贪财的心得不到满足，便打算尽情满足自己的好奇心。

“我没有那份荣幸。”

“啊！唔，”他答道，半信半疑地朝我那被溅污了的灰色长裤和粗呢上装斜乜了一眼。“不过，”他鼓励地添了一句，“依我看，有很多那样的好太太都有比你还要穷的亲属呢，先生。”

“这是肯定无疑的——而且有许多好先生会由于能够自称与你所说的那位太太有亲属关系而感到不胜荣幸呢。”

这时他朝我的脸狡猾地扫了一眼。“先生，也许你打算——”

我猜出他要说些什么，便制止了他无礼的猜测，说——“也许你肯安静一会儿，我很忙。”

“很忙，先生？”

“对，心里很忙乱，我不愿意人家打断我的思索。”

“当然可以，先生！”

你由此可以想见我虽然失望，但我的情绪并没有受到很大的影响，否则我是不能如此镇静地忍受这家伙的无礼唠叨的。事实上，我也这样认为——不但如此，全面考虑的结果，今天不去见她来得更好——我应当用一点时间为这次会见把心静一静——在突然解除了原先的忧虑而感到欣喜若狂之后，我要为更大的失望作好思想准备；姑且不谈连续旅行了一天一夜，心急火燎地冲过下过新雪的六英里道路，我的情况是很不适宜于见人的。

到了 M 镇，在公共马车出发之前，我有时间吃一顿丰盛的早餐来补充我的精力，还能像平时一样在早上洗个澡来恢复精神，稍微整一整装以壮观瞻——此外还发出一封短信给我母亲(因为我是个孝敬的儿子)，让她放心我这人还存在着，请她原谅我不能按预期的时间回到她跟前。在那个旅行缓慢的时代里，去斯坦宁利可是一条漫长的旅程，不过我一路上并没有节省必需的饮食，就是在路边小旅店里过夜也舍得；宁愿稍为耽搁一下，也不愿把自己弄得筋疲力尽、心神不定而饱经风霜地去见我的情人和她的姑妈，而她们即使没见到我这副模样，我的到来也足够令她们吃惊的了。因此，次晨我不仅尽我的兴奋情绪所能容许的那样，吃了一顿丰盛的早餐，借以增强体力，在装扮上也比平时更仔细些，更多花一点时间；从我那毯子制的小旅行提包里取出一件亚麻布衬衫换上，穿了刷得干干净净的衣服、擦得亮亮的靴子，戴上整洁的新手套——上了名叫“闪电”的公共马车，又上路了。路程只有大约两站不到了，但是他们通知我说，马车只经过斯坦宁利附近地区，于是我要求在尽可能靠近那座邸宅的地方下车，然后就抱起双臂坐在那儿，思量着那个即将来到的时刻，别无他事可干。

这是个晴朗严寒的早晨。我得意扬扬地坐在高处，环视着雪景和可爱的阳光明媚的天空，吸入纯净凉爽的空气，车轮在松脆的冻结的雪地上嘎吱嘎吱地碾过，单凭这一点本身就够令人愉快的了；可是想到我是赶往什么目的地、期望与什么人见面时，你就可能对我当时的心情有个粗略的了解了——然而只是粗略的而已；尽管为了谨慎起见，我竭力把自己的感情约束到合理的一般程度，有意去想海伦同我有着无可否认的身份差异、我们俩分手之后她所经历的一切、她对我长时间始终保持着的沉默，而且首先想的是她那位冷静而慎重的姑妈，她的建议是海伦无疑会小心对待而不会再忽视的。尽管我如此想着，我的心仍然充满了无言可喻的欢乐，我的情绪高涨得几乎发狂，同时又使我忧虑得心绪不宁，我的胸脯起伏不停，巴不得快快度过那决定我的命运的时刻，不过所有这些思虑都模糊不了她在我心中的形象，也磨灭不了交流于我们俩之间的话语和感情的栩栩如生的回忆——也没能使我放弃对未来的热切期望——事实上我此时还没能领悟到这些想法是恐怖的。不管怎么样，快要到达我的目的地的时候，有两个同车乘客好心地来帮助我，但使我的情绪消沉到无以复加的地步。

“这块地多好啊，”其中的一人用他的雨伞指着右边的一片广阔的田地说道。那上面栽有一排排整齐的树篱、一条条挖得很整齐的深水沟，还有一些上好的树木，有的长在田地边上，有的长在一圈围墙之中，它们使得这片田地很令人注目——“如果你在夏天或者春天看起来，那真是好极了。”

“是啊，”另一个答道——他是个上了年纪的粗坯，穿着淡褐色的大衣，纽扣一直扣到下巴，两个膝盖中间夹着一把棉布伞。“我想这块地是马克斯韦尔老头的吧。”

“过去是他的，先生，可是你知道他已经去世了，把这一切全留给了他的甥女。”

“全部！”

“每一片土地——加上邸宅和一切——他在世间的所有财产！——除了少量的作为纪念给他在某郡的外甥以及给他妻子的年金以外。”

“这真怪，先生！”

“是的，先生。而且她还不是他的亲甥女呢；但是他自己没有近亲——只有一个跟他吵过架的外甥——而他对这个甥女却总是很偏爱。而且人家说，他的妻子当初也劝他这么做；是她把大半的财产带来的，正是她希望这位太太应该得到它的。”

“哼！——谁娶了她可真福气啦。”

“可不。她是个寡妇，不过还很年轻，而且漂亮出众——另外，自己还有财产，而且只有一个孩子——她还替他照料着另一处在某地的好庄园。要谈她的长处可多着呢！——恐怕我们都没有这份福气。”——（他开玩笑地用胳膊肘儿轻轻推了推我和他的同伴）——“哈，哈，哈！我想你没有生气吧，先生？”——（这是对我说的）——“啊哈！——我个人认为她只肯嫁给贵族。你瞧，先生，”他朝另一个坐在他身旁的人转过脸去，用他的伞横过我面前指着一处又说，“那是宅子——你瞧，好大的花园——到处是树木——那里面有许多用材林，还有许多猎物——哎呀！这怎么啦？”

这声惊叫是由公共马车突然在花园门口停下而引起的。

“有要在斯坦宁利府下车的先生吗？”马车夫喊道；于是我站起来，把我的毯制旅行提包扔到地上，准备自己跟着也下车。

“不舒服吗，先生？”我邻座的那个多嘴的乘客盯着我的脸问道。（大概我的脸色很苍白吧。）

“没有。这给你，马车夫。”

“谢谢你，先生。——行了！”

马车夫把小费收进口袋后便驾车走了，撇下了我，但我并不走近那个花园，只是在门前来回踱着，两臂交叉在胸前，眼睛盯住地上——种种形象、念头和感想汇成一股势不可挡的力量涌上我的心头，其中确实清楚的只有：——我白白地怀了爱情；我的希望永远落空了；我一定得立即忍痛离去，把对她的所有思念当作一场胡乱的狂梦忘掉或者忍住了再不去想它。我会乐于一连几小时在此徘徊不去，希望在离去之前至少能远远地瞥上她一眼，可是这样绝对不行。我决不能让她瞧见我；因为除了希望使她重温旧情、以便日后能娶她之外，还有什么事情能驱使我来到这儿呢？万一她认为我竟然胆敢心存这种念头，我会受得了吗？——认为我竟然胆敢凭借一点相识的关系——如果你要称之为爱情也可以——不过那是当她还是一个为自己的生计操劳着的，表面上看来没有财产、家庭或朋友的隐姓埋名的逃亡者时，通过偶然的结识或者不如说是违背了她的心意强加于她的——等她恢复了在自己固有圈子里的地位时，我却来找她，而且要求分享一份她的富裕，不过要是她过去能一直保持富裕的话，那就肯定永远不会使我能结识她，又何况我们已经在一年零四个月之前分了手，当时她明白地禁止我今生再抱有与她重聚的希望——而且从那天起直到现在，既没有写个片言只字也没有捎个口信给我。不！一想到这一切，我简直受不了啦。

再说，即使她对我依然情丝未断，我是否应该唤醒这种感情而去打扰她平静的心情呢？是否应该使她经受相互矛盾的责任与倾心之间的斗争——不论这倾心能诱惑她到什么程度，还是责任感会命令她倾向于哪一边——也不管她是否认为有责任为了浪漫主义的真诚观念和对我的忠贞，去冒遭受世人的藐视和谴责的风险，并且不顾自己心爱的人们的伤心和不愉快，还是会为了她的朋友们的感情、她本人的审慎和合理处理事务而牺牲她个人的愿望呢？不——我不情愿如此！我要马上走开，决不能让她知道我曾接近过她的住所；因为尽管我可能放弃希望有朝一日能娶她的一切念头，或者甚至也不要求她把我作为一个朋友看待，但她的安静也不应该让我的来到加以妨碍，她的心也不应该因见到我的忠诚而苦恼。

“那末再会了，亲爱的海伦，永远！——永别了！”

我这么说了——可是我没法忍痛离去。我走动了几步路，又回头去看，要把她那壮丽的家看上最后一眼，以便至少可以把它的外观像她的形象那样不可磨灭地印在我的心上。真是可惜，她的形象我决不可以再看见了——接着我走得更远一些；接着便陷入伤感的冥想中，又停下脚步，背靠在路旁一棵凹凸不平的老树上。

第五十三章
结　尾

我这样站着，正闷闷不乐地想得出神的时候，一辆高级四轮马车转过道路的拐角朝这边驶过来了。我没有朝它看，让它悄悄地从我身旁驶过去，原本是一点儿也不会注意到它的出现的；可是从马车里传来一个轻微的声音唤醒了我。

“妈妈，妈妈，马卡姆先生在那儿！”

我没有听见答话，不过随即刚才那个声音又说道：

“真的是他，妈妈——你自己瞧吧。”

我并没有抬眼去望，不过我想那妈妈的确看了，因为一个清晰悦耳的嗓音叫嚷起来，那音调激起我全身一阵颤动。

“姑妈呀！马卡姆先生在这儿——阿瑟的朋友！——停车，理查德！”

她说这几句话时，虽然抑制住了兴奋情绪，但仍流露出喜悦——尤其是说“姑妈呀”时所发出的颤音——几乎使我放松了谨慎的警戒。马车立即停下来，我抬起眼来，刚好同一位脸色苍白、态度严肃的年长太太的目光相遇，她正从打开的车窗向外打量着我。她躬了一下身子，我也鞠躬还礼，接着她把头缩回去，此时小阿瑟尖声嚷叫，要穿号衣的跟班让他下车；可是那仆人还没有从他的驾驶座上下来，便有一只手悄悄地从马车的窗子里伸出来。尽管黑手套遮住了那娇嫩雪白的肌肤和一半的匀称线条，我还是认得出这是谁的，于是急忙抓住它，把它紧紧握在手中——热情地握了片刻，不过我立即使自己镇定下来，松了手，它就马上缩回去了。

“你刚才是来看我们的呢，还只是路过此地？”手的主人用她那低沉的嗓音问道，我觉得她正从黑色的厚面纱后面注意观察着我的脸，这层面纱加上马车镶板投在她脸上的阴影，使我完全看不清她的脸。

“我——我来看看这个地方，”我支支吾吾地说。

“这个地方，”她跟着说了一句，语气中不愉快和失望的意味多于惊讶。

“那你不进去吗？”

“如果你愿意的话。”

“这还用怀疑吗？”

“对，对！他一定得进去，”阿瑟从另一扇车门出来转个弯跑到我跟前，用双手抓住我的手，亲切地摇起来。

“你记得我吗，先生？”他问。

“记得，完全记得，我的小大人，尽管你变了样，”我答道，一边打量着这个身材比较细长的小少爷，除了他那双喜气洋溢的蓝眼睛和聚拢在鸭舌帽下面的发亮的鬈发之外，在他那好看而聪明的脸蛋上明显地有着他母亲容貌的印记。

“我不是长高了吗？”他把身体挺得笔直，问道。

“长高了！肯定高三英寸了！”

“我已过七岁生日了，”答话是得意扬扬的。“再过七年，就会跟你差不多高了。”

“阿瑟，”他母亲说，“请他进去。继续走吧，理查德。”

她说这句话的声音里带着一点儿忧伤和冷淡，不过我不知道如何去解释它才是。马车向前驶去，比我们先进了园门。我的小伙伴领我进了花园，一路上快活地说着话。走到门厅门前时，我在台阶上站住了，向四周看去，等待自己如有可能的话镇静下来——或者无论如何得记住自己刚才作出的决定以及其所依据的原则，直到阿瑟已经把我的上衣轻轻地拉了一会儿，一再请我进屋去，我才同意陪他一同到两位太太正在等着我们的那个房间去。

我进屋的时候，海伦以一种温柔而严肃的目光端详着我，并问起了马卡姆太太和罗丝的近况。我有礼貌地一一答复了。马克斯韦尔太太请我坐下，说天气很冷，但她料想我当天早上没走多少路。

“不到二十英里，”我答道。

“不是步行吧！”

“不是，太太，是乘公共马车。”

“先生，雷切尔来了，”我们当中唯一真正快活的人阿瑟说，他引我注意到那个可敬的人，她刚进屋来取她太太的衣物。她以一种可以说得上是友好的微笑招呼我——这一好意的表示至少需要我这方面也报以有礼的致意，我就这么做了，并且得到了谦恭的还礼——她已经明白自己以前对我的品格作出了错误的判断。

海伦脱下了见了令人难过的帽子和面纱以及冬季的厚大衣等等之后，显得还是老样子，这使我没法自持了。我尤其高兴见到她那头美丽的黑发依然如故，没有被什么遮住那发亮的满头浓发。

“为了祝贺舅舅的结婚，妈妈才脱下了她的寡妇帽子，”阿瑟说，他以孩子所具有的既单纯又敏锐的观察力察看着我的脸色。妈妈的神情很严肃，马克斯韦尔太太则摇了摇头。“马克斯韦尔姑婆可永远不会脱掉她的寡妇帽子的，”这淘气的孩子硬要说下去；不过当他瞧见他的姑婆对于他没规矩的行为真的感到不快和痛苦时，便走过去，默默地伸出一臂勾住她的脖子，亲她的面颊，接着退到一扇大凸窗的凹处，在那儿悄悄地逗狗自娱，马克斯韦尔太太则认真地同我谈天气、冬季和公路这些有趣的话题。我认为她的在场十分有助于防止我的自发冲动——是对汹涌而激动的感情的一帖解毒剂，否则这股热情就会违背我的理智和意志使我神魂颠倒，可是正在此时我又觉得几乎难以忍受这种约束，极其困难地强迫自己倾听她的话并以一般的礼貌答话，因为我知道海伦正站在离我只有几英尺的壁炉旁。我不敢朝她看，可是感觉到她的眼睛正盯着我，于是仓促地朝她偷偷看了一眼，自以为她的面颊有点儿发红，而她那些抚弄着表链的手指正颤抖着，这种不停的颤抖表明极度的激动情绪。

“告诉我，”海伦趁她姑妈和我尽力谈话的头一次中断时开口了，她说得又快又低，两眼始终垂下望着那条金表链——因为我这会儿又斗胆朝她看了一眼，才见到这情景——“告诉我你们在林登霍普的人都好吗？——我离开你们以后没有发生什么事吧？”

“我想没有。”

“没有人去世？没有人结婚？”

“没有。”

“或者——或者准备结婚的？——没有什么老关系断绝了或者什么新关系建立了？没有把老朋友忘掉了或者由别人代替了？”

说最后一句话的时候，她把声音压得很低，因此除了我，没有人能听清最后的那几个词儿，与此同时，她开始带着笑容转眼朝我看着，那笑容极为甜蜜而又忧郁，加上胆怯而又焦急的询问神情，使我的双颊因一种难以言喻的情感而震颤起来。

“我想没有，”我回答说——“肯定没有，如果其他人也像我那样没有什么变化的话。”她的脸同我的脸一样地红了起来。

“那末你是存心不打算来看望我啰？”她大声地问道。

“我怕会打扰你。”

“打扰！”她不耐烦地把手一挥，叫嚷道——“什么！”——不过似乎突然想起了她姑妈在场，她没有再往下说，转向那位太太，继续说道——“嗨，姑妈，这位先生是我哥哥的知己，又是我的熟人（至少有那么短短的几个月是这样），而且非常喜爱我的儿子——可是他离家乘车赶了几十英里路来到此地，经过我们的家，竟然为了怕打扰我而不打算进来看看我！”

“马卡姆先生过于谦虚了，”马克斯韦尔太太说。

“不如说是过于讲究礼貌了，”她的甥女说——“过于——算了，这没关系。”她转过身去，在桌旁的一把椅子上坐下来，抓住一本书的封面，把它拖到自己面前，开始以一种干劲十足而又心不在焉的神态一页页地翻着书。

“如果我早知道，”我说，“你会记得我是你的熟悉朋友，我就大有可能不会阻止自己来拜访你了，可是我还以为你早把我给忘了呢。”

“你完全凭主观判断别人，”她抱怨道，她说这话时没有从书本上抬起眼来，但脸却红了，并且一下子把书翻过了十几页。

大家都沉默下来，于是阿瑟自认为可以大胆利用这个机会把他那年轻漂亮的塞特种猎狗带过来，让我看它已经长得多大多好，还问它的父亲桑乔的身体是否良好。接着马克斯韦尔太太回房去卸妆。海伦立即推开那本书，默默地把她的儿子、他的朋友和他的狗打量了一会儿，要她儿子去把他那本最近买的新书拿来给我看，这是她把他打发离开房间的借口。孩子欣然听命；可是我继续抚摸着那只狗。要是得由我来打破沉默的话，那就可能要一直延长到狗主人回来，然而只过了半分钟或者更少的时间，我的女主人便不耐烦地站起来，回到她原先的位置上，也就是在我和壁炉之间的那块炉边地毯上，热切地大声说：

“吉尔伯特，你怎么啦？——你为什么变成这个样子了？——我知道这是一句很不得体的问话，”她急忙补充道，“也许我这是非常粗鲁无礼的——如果你这么想的话，就不必回答——可我就是不喜欢把事情弄得很神秘，把真相隐瞒起来。”

“我没有变，海伦——不幸的是，我的感情一直十分强烈而炽热——变的不是我，而是处境。”

“什么处境？你一定得告诉我！”她的面颊因焦虑本身造成的痛苦

而发白了——敢情是因为害怕我已经轻率地和别人定情了?

“我来马上告诉你,”我说。“我承认我来这儿的目的是要见你(可是对我自己这样放肆并非一点没有预感到不安,而且还担心我的来到会既出乎意料,又不受欢迎),不过我事先并不知道这个产业是你的,直到在我旅程的最后一站,从两个同车乘客的谈话中才得知你继承遗产的事;于是我马上领悟到自己所抱的希望是多么愚蠢,如果把这些希望再多抱住一会儿就简直是疯狂了;尽管我在你家门前下了车,却拿定主意不进去;我在那儿逗留了几分钟,看看那地方,但下定决心不去见它的女主人就回M镇去。”

“这么说,要不是我和我姑妈刚好早上乘马车兜风回来,我就再也见不到你,也收不到你的信了?”

“我原想我们不见面对双方都较好,”我竭力镇静地答道,可是由于我意识到没法稳住自己的声音,因此不敢大声说,也不敢正眼看她的脸,唯恐我的坚定情绪会完全垮掉。“我还认为我们见了面只会打扰你的安静并使我发疯。不过我现在觉得很高兴,能有这个机会再一次见到你,而且知道你并没有忘记我,我也要向你保证我永远不会忘记你。”

我们又沉默了一会儿。亨廷顿太太走开去,在窗户的凹处站住了。她是不是认为我这番话是暗示我完全由于谦逊才不向她求婚?她此刻是不是在考虑怎样拒绝我才能最不伤我的感情?我还没能说出什么话来使她从这一困境中解脱出来,她突然转过脸向着我,打破了沉默说道:

“你以前原是可以有这种机会的——我的意思是,至少关于你向我保证你将对往事亲切地记忆在心,并且使自己相信我也会亲切地记忆在心这两方面,假如你过去给我写了信的话。”

“我本来会这么做的,可是不知道你的地址,又不愿意问你的哥哥，因为我想他会反对我写信给你的——不过如果当初我敢于相信你希望我给你写信，或者甚至愿意浪费时间想一想你这不幸的朋友的话，那末尽管他反对，我也会马上给你写信的；可是你的沉默自然使我断定你把我给忘了。”

“那末你是不是期望我给你写信？”

“不，海伦——亨廷顿太太，”我听了这句含有责怪之意的话不由得脸红了，说道，“当然不；不过如果你通过你哥哥给我捎个口信，或者甚至不时向他询问我的情况的话——”

“我确实问起过你，常常问的。其他我就不打算干了，”她微笑着接下去说，“因为你继续仅仅有礼貌地问几句关于我的健康的话。”

“你哥哥从没告诉过我你曾经提起我。”

“你究竟问过他没有？”

“没有；因为我见他不喜欢我问起你，而且对我一再坚持的依恋之情也没有加以丝毫鼓励或帮助。”海伦不作答。“而他是完全正确的。”我添了一句。可是她依然一言不发，只顾望着外边积雪的草坪。“唉，我该走了，好让她轻松些！”我自忖道，接着痛下了决心，立刻站起身，走过去向她告辞——不过这是靠有着自尊心做后盾的，否则我是无法如此干到底的。

“你这就要走吗？”她说，握住我向她伸去的手，并不立即松开。

“我凭什么该再待下去呢？”

“至少等阿瑟来了再走吧。”

我巴不得服从她，就靠在那扇窗的另一边站着。

“你刚才说你没有变，”我的同伴说，“可是你是变了——变得很厉害。”

“不，亨廷顿太太，我只是应该这样罢了。”

“难道你真的坚持说你现在还同我们最后那次相遇时一样对我怀着

同样的好感？”

“我是这样，但是现在不该说这话。”

“当时才不该说呢，吉尔伯特；现在可没有什么不该了——除非这么做会违背真情。”

我激动得说不出话来了；可是她没有等我答复就掉开她那亮闪闪的眼睛和绯红的面颊，把窗扇向上推，朝外望着，不知道是要镇静一下自己的兴奋情绪呢，还是要打消她的窘困——或者仅仅是要去摘下长在窗外那丛小灌木上的一朵美丽的半开的圣诞玫瑰，它从雪中微微伸出，迄今得以免受霜冻，无疑是受了那层雪的保护，而此刻雪正在阳光下融化了。不过，她确实摘下了那朵花，轻轻地抖掉花瓣上的雪，把花挨在嘴唇边，说道：

“这朵玫瑰花不像夏季的花朵那么芬芳，不过它经受了没有一朵夏季花朵能顶得住的磨难。冬季的寒雨足以养育它，微弱的阳光给它以温暖；萧瑟的劲风没有使它发白，也没有折断它的茎，刺骨的霜冻也没能使它凋谢。瞧，吉尔伯特，尽管它的花瓣上至今还盖着冰冷的雪，但它依然十分新鲜而盛开着，丝毫不逊于一般的花——你要它吗？”

我伸出手去，唯恐受到自己情感的支配，不敢说话。她把玫瑰花横放在我的手掌上，可是我几乎没有弯起手指去抓住它，因为正全神贯注地思索着她的话有什么用意，自己此刻该做些什么或者说些什么；是该顺从我自己的感情呢，还是继续克制自己。海伦把我这犹豫不决的态度误解为无动于衷，或者甚至是不愿意接受她的馈赠，竟一把夺去我手中的花，把它扔到窗外的雪地上，使劲拉下窗扇，退到壁炉前去。

“海伦！这是什么意思？”我见她的举止起了如此惊人的变化，大为震惊，嚷道。

“你对于我的赠品并不理解，”她说——“要不，更糟的是你瞧不起它。我后悔把它给了你；但是既然我搞错了，我所能想到的唯一补救办法是拿走它。”

“你大大误解我了，”我答道，随即又把窗子打开，一纵身跳出去，拣起花朵，把它带进屋来交给她，恳求她再送给我，并且说为了她我将永远保存它，把它珍视得比我在这世上所拥有的任何东西都更宝贵。

“那你就满足于此了吗？”她接过花时说。

“是的，”我回答。

“那好，拿去。”

我热切地把花按在我的嘴唇上，然后把它藏进我上衣的前襟。亨廷顿太太在一旁望着，脸上带着点儿讥讽的微笑。

“那你就要走了？”她说。

“要走，如果——如果我必须走的话。”

“你是变了，”她坚持说——“你不是变得十分骄傲，就是十分冷淡。”

“我两者都不是，海伦——亨廷顿太太，要是你能看到我的心——”

“你肯定变成了其中的一种——如果不是两种兼而有之的话。再说，为什么称我亨廷顿太太？——为什么不像以往那样叫我海伦？”

“那就叫你海伦——亲爱的海伦！”我低声说。此时我百感交集，既充满爱情、希望、欢乐，又半信半疑、心中悬虑。

“我送给你的玫瑰花象征着我的心，”她说，“你愿意把它带走，撇下我独个儿在这儿吗？”

“如果我要求的话，你也愿意答应同我结婚吗？”

“我说得还不够多吗？”她答道，十分迷人地微笑了。我一把抓过她的手，原要热烈地吻它，可是突然克制住自己，问道：

“但是你有没有考虑过后果呢？”

“我想几乎没有，否则我就不会委身于一个骄傲得不想娶我，或者对我太冷淡以致不认为自己的爱情的价值能超过我的财产的人了。”我真是个迟钝的笨蛋啊！——我哆嗦着把她搂在怀中，但是又不敢相信有如此的大乐事，然而我还是克制着自己说道：

“可是万一你后悔呢！”

“那就可能是你的过错了，”她回答说，“我决不会后悔，除非你使我大失所望。要是由于你对我的爱不够信任而不相信我，那就算了。”

“我亲爱的天使——我心爱的海伦，”我大声叫喊起来，这会儿热烈地吻着我仍然握着的那只手，猛地伸出左臂搂着她，“如果完全取决于我的话，你是决不会后悔的——不过你有没有想到你的姑妈呢？”我哆嗦着等待她的答话，由于本能地害怕失去我新发现的珍宝，把她更紧地搂在胸前。

“现在还不能让我姑妈知道，”她说。“她会认为这是个轻率鲁莽的做法，因为她想象不到我有多么了解你；不过一定得让她亲自了解你，并且慢慢地喜欢上你。你吃过午饭就得离开我们，到春天再来，那时待得久些，争取她对你的了解；我知道你们会彼此投合的。”

“接着你就会属于我的了，”我说罢在她嘴唇上吻了一下，吻了又一下，又一下——因为我一改先前的畏缩和拘束，变得同样大胆和冲动了。

“不——还要等一年，”她答道，然后缓缓地从我的怀抱中脱出身来，不过仍然多情地握着我的手。

“再等一年！唉，海伦，这么久我可等不及啊！”

“你的忠诚到哪儿去了？”

“我说我受不了分离这么久的痛苦。”

“这又不会是分离，我们可以天天通信；我的心会一直同你在一起的；有时候你还可以亲眼看见我。我不愿虚伪地装得好像自己希望等这么久，可是我的婚事要使我自己感到高兴才行，我还应该同我的朋友们商量一下把婚期定在哪一天。”

“你的朋友们会不赞同的。”

“亲爱的吉尔伯特，他们不会太不赞同的，”她说着诚挚地吻我的手——“他们对你有了了解之后，是不会不赞同的——要是他们会，他们就不是真正的朋友了；我也不会在乎他们对我疏远——好，现在你满意了吗？”她带着无可言喻的温柔的微笑抬眼望着我的脸。

“有了你的爱，我还能不满意吗？而你是真心爱我的，海伦？”我问道，并不怀疑这事，可就是希望听见她亲口来加以证实。

“如果你当初爱我像我爱你一样深，”她热切地答道，“你就不致差一点失去我——由错误的审慎和自尊心所引起的那些顾虑也绝对不致使你这样痛苦了——你就会明白即使是世间最大的社会地位、门第和财富方面的区别和差异，与相互协调的思想感情、真挚相爱以及共鸣的心灵的结合作对比，就犹如尘土一般了。”

“不过这幸福实在是太大了，”我说着把她又搂在怀中，“我是配不上的，海伦——我不敢相信自己有这种福气，而且等得越久我就会越担心，深恐会发生什么事把你从我手里夺走——想想看，在一年中可以发生一千桩事的啊！——我将始终处于长时间无休止的恐惧和焦灼的狂热状态中。再说，冬天又是个多么沉闷的季节。”

“我也这么想，”她严肃地说，“所以不愿意在冬天结婚——至少不愿意在12月份，”她毛骨悚然地补充了一句——因为在这个月份里既发生了那倒霉的婚姻，使她同前夫结合在一起，又发生了使她获得解放的那次可怖的死亡——“因此我才说再过一年到春季再说。”

“明年春天。”

“不，不——也许明年秋天。”

“那就夏天吧。”

“呃，夏末吧。得了！感到知足吧。”

她在说着的时候，阿瑟回到屋子里来了——真是个好孩子，离开了这么久。

“妈妈，你让我去找的那两个地方，我都找不到那本书，”（妈妈的微笑带有一种不出她的意料的神态，似乎在说，“对，亲爱的，我原本就知道你找不到的。”）“不过最后雷切尔帮我找到了。瞧，马卡姆先生，这是一本博物学的书，书里介绍了各种各样的鸟和野兽，文字和图画一样好。”

我怀着极好的情绪坐下来仔细看这本书，把小家伙拉到我的两膝之间。他若是早一分钟来到，我就不会如此宽厚地接待他了，而现在我亲切地抚摩他的鬈发，甚至还吻了他那雪白的前额，因为他是我心爱的海伦的儿子，因此也是我的，而且自此以后，我就一直如此看待他。这好看的孩子如今已是一个漂亮的小伙子了，他实现了他母亲对他的最美好的期望，目前正与他年轻的妻子住在草谷庄园——她就是昔日的那个可爱的海伦·哈特斯利。

且说我还没有看到一半，马克斯韦尔太太就来请我到另一间屋子里去进午餐。开头，这位太太冷漠疏远的态度使我有点沮丧，可是我尽力谋求她的好感，而且我想甚至在这趟短时间的初次访问中也并非毫无成效，因为经我高高兴兴地与她谈了话之后，她便渐渐变得和蔼可亲了，而且当我要离开时，她谦和地与我告别，并说希望不久就能有幸再见到我。

当我以心中最大的镇静自若和自制能力来为自己壮胆，向海伦走过去要向她告辞时，她说，“可是你必须先去看看暖房，也就是我姑妈的冬季花园，才能离去。”

我欣然利用了这一延迟告别的机会，跟随着她走进一间美丽的大暖房，就这个季节而言，这里布置的花卉可算相当多——不过当然啰，我哪里会去多注意它们。然而我的同伴把我带到那儿并非为了要说什么亲切的话。

“我姑妈特别喜欢花，”她说，“她也喜欢斯坦宁利。我把你带到这儿来是为了代她提出要求，让这儿能成为她终老于此的家，而且——如果我们不住在这儿，也要让她住在这儿——让我可以常常见到她并且同她待在一起；因为我怕她会因失去我而感到难过；而且尽管她过的是退隐和独自沉思默想的生活，如果让她过于孤单，她是很容易变得意气消沉的。”

“完全可以，最亲爱的海伦！——对你的亲人，你愿意怎么办就怎么办。在任何情况之下，我都决不会要你的姑妈离开这个地方；我们住在这里还是别处，可由你和她来决定，而且你高兴多么经常来看她都可以。我知道她离开你一定很痛苦，我愿意尽力弥补这一点。我为你的缘故爱她，将像重视自己母亲的幸福一样重视她的幸福。”

“谢谢你，亲爱的！为了这个，我要吻你一下。再见了。好啦——嗨，吉尔伯特——放开我——阿瑟来了，别让你的狂热使他幼稚的头脑大吃一惊。”

而现在我该结束我的叙述了——除了你，谁都会说我已经讲得太多了；不过为了满足你，我还要说几句，因为我知道你很同情那位老太太，希望知道她的结局。春天到了，我确实又来了，而且按照海伦的旨意，尽力培养与她姑妈的感情。她很和蔼地接待我，无疑她侄女已对我作了过分有利的介绍，这使她准备对我的品格给予高度评价了。我当然作出了最好的表现，因此我们相处得极好。当她获悉了我野心勃勃的意图时，她对此事的态度比我所敢于希望的更通情达理。我所听到的她对这问题的唯一的意见是：

“噢，马卡姆先生，原来你要夺走我的侄女啦。好吧！我希望上帝会使你们的婚姻成功，使我这心爱的姑娘终于获得幸福。不过要是她能满足于继续过独身生活，我承认我会觉得更满意的；不过如果她非得结婚不可的话，我实在不知道，在现在活着的、年龄又相当的人中，除了你，我更愿意将她托付给谁，或者谁会比你更能赏识她的价值并且使她真正得到幸福。”

听了这一席赞许我当然高兴非凡，并且希望让她看到她对我的赞许并没有错。

“不过我要提出一个要求，”她接着说。“我似乎仍然把斯坦宁利看做自己的家，我希望你也把它看做你的家，因为海伦对这个地方，对我都很依恋——就像我依恋她一样。草谷庄园会引起难于摆脱的痛苦联想；而在这儿我是不会无故找你们攀谈或打扰你们的，因为我是个很爱安静的人，我会待在自己房间里干自己的事，仅仅有时来看看你们罢了。”

我当然极其乐意地同意了这一切；于是我们极为融洽地同我们这亲爱的姑妈住在一起直到她去世，那件令人悲伤的事是在几年之后发生的——感到悲伤的并非她本人(因为死亡是静悄悄地降临到她身上来的，而且她为自己终于走完人生旅途而高兴)，只是她所撇下的那不多几个亲爱的朋友和感恩的侍从感到悲伤。

且回过头来谈谈我自己的事吧：我在夏天结了婚，那是八月中的一个灿烂的早晨。我们花了整整八个月的时间，加上海伦的满腔好意和德性，才克服了母亲对我选择的这位新娘的偏见，并使她接受了让我离开林登田庄，搬到那么远的地方去居住的打算。然而她毕竟对于她儿子的好运气还是满意的，并且得意地将这全部归因于她儿子本人的优点和才能。我把农场移交给弗格斯，希望它日益富裕，超过一年前我处于同一情况时所抱的希望，这是因为弗格斯最近爱上了 L 教区牧师的大女儿。那位小姐的优点激起了他潜在的优点，激励他作出最惊人的努力，不仅为了要赢得她的爱情和尊敬，并且获得足以向她求婚的财富，还为了要在自己的心目中和她双亲的心目中都配得上她；而且你已经知道了，他最终是成功了。至于我呢，我没必要告诉你海伦和我相亲相爱地共同生活得多幸福，而且我们多么有福气，至今仍然朝夕相处，并和前途美好的年轻后代生活在一起。我们正盼望着你和罗丝的到来，因为你们一年一度来访的时候已经接近了，届时你们不得不离开你们那满是灰尘、烟雾弥漫、喧闹的人们在其中辛勤劳作而奋斗着的城市，来同我们一起过一段与外界隔绝的日子，好好休养，恢复精力。

让我们到那时再见吧，

吉尔伯特·马卡姆

寄自斯坦宁利，1847 年 6 月 10 日